JOSEPH ROTH

*ROMANE
UND ERZÄHLUNGEN*

Joseph Roth

Romane und Erzählungen

ZWEITAUSENDEINS

Lizenzausgabe mit freundlicher Genehmigung
der Wunderkammer Verlag GmbH, Frankfurt am Main 2010
für Zweitausendeins, Postfach, D-60381 Frankfurt am Main

Umschlaggestaltung: Sabine Kauf, Plön, sabinekauf@t-online.de
Umschlagmotiv: © Ullstein Bild
Satz: Hain-Team, Bad Zwischenahn

Alle Rechte vorbehalten, insbesondere das Recht der mechanischen,
elektronischen oder fotografischen Vervielfältigung, der Einspeicherung
und Verarbeitung in elektronischen Systemen und Kommunikationsmitteln,
des Nachdrucks in Zeitschriften oder Zeitungen, des öffentlichen Vortrags,
der Verfilmung oder Dramatisierung, der Übertragung durch Rundfunk,
Fernsehen oder Internet, auch einzelner Text- und Bildteile.
Der gewerbliche Weiterverkauf und der gewerbliche Verleih von Büchern,
CDs, CD-ROMs, DVDs, Downloads, Videos, Streamings
oder anderen Sachen aus der Zweitausendeins-Produktion
bedürfen in jedem Fall
der schriftlichen Genehmigung durch die Geschäftsleitung
vom Zweitausendeins Versand in Frankfurt am Main.

Dieses Buch gibt es nur bei Zweitausendeins im Versand:
Postfach, D-60381, Frankfurt am Main,
Telefon: (069) 4208000, Fax: (069) 415003.
Internet: www.Zweitausendeins.de, E-Mail: Service@Zweitausendeins.de.
Oder in den Zweitausendeins-Läden in Augsburg, 2× in Berlin, Bochum, Braunschweig,
Bremen, Darmstadt, Dresden, Düsseldorf, Erfurt, Frankfurt am Main, Freiburg, Göttingen,
2× in Hamburg, in Hannover, Karlsruhe, Kiel, Koblenz, Köln, Leipzig, Ludwigsburg,
Mannheim, Marburg, München, Münster, Neustadt/Weinstraße, Nürnberg, Oldenburg,
Osnabrück, Stuttgart, Ulm.

In der Schweiz über buch 2000, Postfach 89, CH-8910 Affoltern a. A.

ISBN 978-3-86150-835-9

Inhalt

Romane

Das Spinnennetz (1923) 9
Hotel Savoy (1924) 73
Die Rebellion (1924) 149
Hiob (1930) 219
Radetzkymarsch (1932) 323
Tarabas (1934) 569
Beichte eines Mörders (1936) 685
Das falsche Gewicht (1937) 779
Die Kapuzinergruft (1938) 855

Novellen und Erzählungen

Der Vorzugsschüler (1916) 951
Barbara (1918) 961
Karriere (1920) 969
Das Kartell (1923) 975
Der blinde Spiegel (1925) 981
Stationschef Fallmerayer (1933) 1011
Triumph der Schönheit (1935) 1029
Die Büste des Kaisers (1935) 1051
Die Legende vom heiligen Trinker (1939) 1069
Der Leviathan (1940) 1093

Juden auf Wanderschaft (1927) 1119

Romane

Das Spinnennetz

I

THEODOR WUCHS IM HAUSE seines Vaters heran, des Bahnzollrevisors und gewesenen Wachtmeisters Wilhelm Lohse. Der kleine Theodor war ein blonder, strebsamer und gesitteter Knabe. Er hatte die Bedeutung, die er später erhielt, sehnsüchtig erhofft, aber niemals an sie zu glauben gewagt. Man kann sagen: Er übertraf die Erwartungen, die er niemals auf sich gesetzt hatte.

Der alte Lohse erlebte die Größe seines Sohnes nicht mehr. Dem Bahnzollrevisor war nur vergönnt gewesen, Theodor in der Uniform eines Reserveleutnants zu schauen. Mehr hatte sich der Alte niemals gewünscht. Er starb im vierten Jahre des großen Krieges, und den letzten Augenblick seines Lebens verherrlichte der Gedanke, daß hinter dem Sarge der Leutnant Theodor Lohse schreiten würde.

Ein Jahr später war Theodor nicht mehr Leutnant, sondern Hörer der Rechte und Hauslehrer beim Juwelier Efrussi. Im Hause des Juweliers bekam er jeden Tag weißen Kaffee mit Haut und eine Schinkensemmel und jeden Monat ein Honorar. Es waren die Grundlagen seiner materiellen Existenz. Denn bei der Technischen Nothilfe, zu deren Mitgliedern er zählte, gab es selten Arbeit, und die seltene war hart und mäßig bezahlt. Vom wirtschaftlichen Verband der Reserveoffiziere bezog Theodor einmal wöchentlich Hülsenfrüchte. Diese teilte er mit Mutter und Schwestern, in deren Hause er lebte, geduldet, nicht wohlgelitten, wenig beachtet und, wenn es dennoch geschah, mit Geringschätzung bedacht. Die Mutter kränkelte, die Schwestern gilbten, sie wurden alt und konnten es Theodor nicht verzeihen, daß er nicht seine Pflicht, als Leutnant und zweimal im Heeresbericht genannter Held zu fallen, erfüllt hatte. Ein toter Sohn wäre immer der Stolz der Familie geblieben. Ein abgerüsteter Leutnant und ein Opfer der Revolution war den Frauen lästig. Es lebte Theodor mit den Seinigen wie ein alter Großvater, den man geehrt hätte, wenn er tot gewesen wäre, den man geringschätzt, weil er am Leben bleibt.

Manches Ungemach hätte ihm erspart bleiben können, wenn zwischen ihm und seinem Hause nicht die wortlose Feindschaft wie eine Wand gestanden wäre. Er hätte den Schwestern sagen können, daß er sein Unglück nicht selbst verschuldete; daß er die Revolution verfluchte; daß er einen Haß gegen Sozialisten und Juden nährte; daß er jeden seiner Tage wie ein schmerzendes Joch über gebeugtem Nacken trug und in seiner Zeit sich eingeschlossen wähnte wie in einem sonnenlosen Kerker. Von außen her winkte keine Erlösung, und Flucht war unmöglich. Aber er sagte nichts, immer war er schweigsam gewesen, immer hatte er die unsichtbare Hand vor seinen Lippen gefühlt, immer, als Knabe schon. Nur das auswendig Gelernte, dessen Klang schon fertig und ein dutzendmal lautlos geformt in seinen Ohren, seiner Kehle lag, konnte er sprechen. Er mußte lange lernen, ehe die spröden Worte nachgiebig wurden und sich seinem Gehirn einfügten. Erzählungen lernte er auswendig wie Gedichte, das Bild der gedruckten Sätze stand vor seinem Auge, als sähe er sie im Buch, darüber die Seitenzahl und am Rande die Nase, gekritzelt in müßigen Viertelstunden.

Jede Stunde hatte ein fremdes Gesicht. Alles überraschte ihn. Jedes Ereignis war schrecklich, nur weil es neu war, und verschwunden, ehe er es sich eingeprägt hatte. Aus Furchtsamkeit lernte er Sorgfalt, wurde fleißig, bereitete sich mit hartnäckiger Ruhelosigkeit vor, und wieder und wieder entdeckte er, daß die Vorbereitung noch zu mangelhaft gewesen. Aber er verzehnfachte seinen Eifer, brachte es bis zum zweiten Platz in der Schule. Primus war der Jude Glaser, der leicht und lächelnd, von Büchern und Sorgen unbeschwert, durch die Pausen strich, der in zwanzig Minuten den fehlerlosen lateinischen Aufsatz ablieferte und in dessen Kopfe Vokabeln, Formeln, Ausnahmen und unregelmäßige Verba zu wachsen schienen, ohne mühevoll gezüchtet zu werden.

Der kleine Efrussi war Glaser so ähnlich, daß Theodor Mühe hatte, vor dem Sohn des Juweliers Autorität zu bewahren. Theodor mußte eine leise, hartnäckig aufsteigende Zaghaftigkeit unterdrücken, ehe er seinen Schüler zurechtwies. Denn so sicher schrieb der junge Efrussi einen Fehler hin, so selbstbewußt sprach er ihn aus, daß Theodor am Lehrbuch zu zweifeln und seines Schülers Irrtum gelten zu lassen geneigt war. Und immer war es so schon gewesen. Immer hatte Theodor der fremden Macht geglaubt, jeder fremden, die ihm gegenüberstand. In der Armee nur war er glücklich. Was man ihm sagte, mußte er glauben, und die andern mußten es, wenn er selbst sprach. Theodor wäre gern sein Leben lang bei der Armee geblieben.

Anders war das Leben in Zivil, grausam, voller Tücke in unbekannten Winkeln. Gab man sich Mühe, sie hatte keine Richtung, Kräfte verschwendete man an Ungewisses, es war ein unaufhörliches Aufbauen von Kartenhäusern, die ein geheimnisvoller Windzug umblies. Kein Streben nutzte, kein Fleiß erlebte seine Belohnung. Kein Vorgesetzter war, dessen Launen man erkunden, dessen Wünsche man erraten konnte. Alle waren Vorgesetzte, alle Menschen in den Straßen, die Kollegen im Hörsaal, die Mütter sogar und die Schwestern auch.

Alle hatten es leicht, am leichtesten die Glasers und Efrussis: Der wurde Primus und der Juwelier und jener Sohn des reichen Juweliers. Nur in der Armee waren sie nichts geworden, selten Sergeanten. Dort siegte Gerechtigkeit über Schwindel. Denn alles war Schwindel, Glasers Wissen unredlich erworben wie das Geld des Juweliers. Es ging nicht mit rechten Dingen zu, wenn der Soldat Grünbaum einen Urlaub erhielt und wenn Efrussi ein Geschäft machte. Erschwindelt war die Revolution, der Kaiser betrogen, der General genarrt, die Republik ein jüdisches Geschäft. Theodor sah das alles selbst, und die Meinung der anderen verstärkte seine Eindrücke. Kluge Köpfe, wie Wilhelm Tie-

demann, Professor Koethe, der Dozent Bastelmann, der Physiker Lorranz, der Rassen-
forscher Mannheim, behaupteten und bewiesen die Schädlichkeit der jüdischen Rasse
an den Vortragsabenden des Vereines deutscher Rechtshörer und in ihren Büchern, die
in der Lesehalle der „Germania" ausgestellt waren.

Oft hatte der Vater Lohse seine Töchter vor dem Verkehr mit jungen Juden in der
Tanzstunde gewarnt. Beispiele gibt es, Beispiele! Ihm selbst, dem Bahnzollrevisor Loh-
se, passierte es mindestens zweimal im Monat, daß ihn Juden aus Posen, welche die
schlimmsten sind, zu bestechen versuchten. Im Kriege wurden sie enthoben, für den
Kriegsdienst ungeeignet erklärt, saßen sie als Schreiber in den Lazaretten und in den
Etappenkommandos.

Im juridischen Seminar meldeten sie sich immer wieder zu Wort und schufen neue
Situationen, in denen Theodor sich heimatlos fühlte und zu neuerlichen, unangenehmen, eifervollen, hartnäckigen Arbeiten gedrängt.

Nun hatten sie die Armee vernichtet, nun beherrschten sie den Staat, sie erfanden den
Sozialismus, die Vaterlandslosigkeit, die Liebe für den Feind. Es stand in den „Weisen
von Zion" – das Buch bekamen alle Mitglieder des Reserveoffiziersverbandes zu den
Hülsenfrüchten am Freitag –, daß sie die Weltherrschaft erstrebten. Sie hatten die Polizei in Händen und verfolgten die nationalen Organisationen. Und man mußte ihre Söhne unterrichten, von ihnen leben, schlecht leben – wie lebten sie selbst?

Oh, wie herrlich lebten sie! Durch ein graues, silbern schimmerndes Gitter von der
gemeinsamen Straße getrennt, war das Haus Efrussis und von grünem, weitem Rasen
umgeben. Weiß schimmerte der Kies, noch heller die Treppe, die zur Tür führte, Bilder in Goldrahmen hingen im Vestibül, und ein Diener in grün-goldener Livree empfing und verneigte sich. Der Juwelier war hager und groß, immer schwarz gekleidet, in
einer hohen, schwarzen Weste, deren Ausschnitt nur ein Stückchen schwarzer, mit einer haselnußgroßen Perle geschmückter Kragenbinde frei ließ.

Theodors Familie bewohnte drei Zimmer in Moabit, und das schönste enthielt zwei
wackelige Schränke, als Prunkstück die Kredenz und als einzigen Schmuck jenen silbernen Aufsatz, den Theodor aus dem Schlosse von Amiens gerettet und auf dem Grunde des Koffers geborgen hatte, noch knapp vor der Ankunft des gestrengen Majors Krau-
se, der solche Dinge nicht geschehen ließ.

Nein! Theodor lebte nicht in einer Villa hinter silbrig glänzendem Drahtgitter. Und
kein Rang tröstete ihn über die Not seines Lebens. Er war ein Hauslehrer mit gescheiter-
ten Hoffnungen, begrabenem Mut, aber ewig lebendigem, quälendem Ehrgeiz.
Frauen, mit einer süßen, lockenden Musik in den wiegenden Hüften, gingen an ihm
vorbei, unerreichbar, und er war doch geschaffen, sie zu besitzen. Als Leutnant hätte er
sie besessen, alle, auch die junge Frau Efrussi, die zweite Gattin des Juweliers.

Wie ferne war sie, aus jener großen Welt kam sie, in die Theodor beinahe schon gelangt wäre. Sie war eine Dame, jüdisch, aber eine Dame. In der Uniform eines Leutnants
hätte er ihr entgegentreten müssen, nicht im Zivil des Hauslehrers. Er hatte einmal, in

DAS SPINNENNETZ

seiner Leutnantszeit, auf Urlaub in Berlin, ein Abenteuer mit einer Dame. Man konnte schon sagen: Dame; Gattin eines Zigarrenhändlers, der in Flandern stand; seine Photographie hing im Speisezimmer; violette Unterhöschen trug sie. Es waren die ersten violetten Unterhöschen in Theodors männlichem Dasein.

Was ahnte er jetzt von Damen! Sein waren die kleinen Mädchen für billiges Geld, die hastige Minute kalter Liebe im nächtlichen Dunkel des Hausflurs, in der Nische, umflattert von der Furcht vor dem zufällig heimkehrenden Nachbarn, die Lust, die in der Angst vor dem überraschenden Schritt erlosch, wie die Glut erkaltet, die roh in Flüssigkeit geschleuderte; sein war das barfüßige, einfache Mädel aus dem Norden, das Weib mit den eckigen, harthäutigen Händen, deren Liebkosung rauh war, deren Berührung abkühlte, deren Wäsche schmutzig, deren Strümpfe durchschwitzt waren.

Nicht von seiner Welt war sie, die Frau Efrussi. Während er ihre Stimme hörte, fiel ihm ein, daß sie gut sein müsse. Niemand hatte ihm so viel Schönes so einfach und herzlich gesagt. Sie verstehn es vortrefflich, Herr Lohse! Gefällt es Ihnen hier? Fühlen Sie sich wohl bei uns? Oh, wie war sie gut, schön, jung, Theodor hätte sich so eine Schwester gewünscht.

Einmal erschrak er, als sie aus einem Laden trat. Als wäre es plötzlich in ihm hell geworden, erinnerte er sich in diesem Augenblick, daß er auf dem ganzen Wege ihrer gedacht hatte. Es erschreckte ihn die Entdeckung, daß sie in ihm lebte, daß er, wider Willen und ohne es zu wissen, stehengeblieben war, daß er ihre Einladung annahm, mit ihr ins Auto zu steigen, und fast hätte er es vor ihr getan. Manchmal wurde er gegen sie geworfen, ihren Arm berührte er und bat schnell um Verzeihung. Ihre Frage überhörte er. Er mußte angestrengt achtgeben, um nicht wieder an sie zu stoßen. Dennoch ereignete es sich. Eifrig bereitete er sich auf den Moment des Aussteigens vor. Aber früher, als er gedacht hatte, hielt der Wagen, und nun war keine Zeit mehr auszusteigen, ihr hilfreich die Hand zu bieten. Er blieb sitzen und ließ sie warten, bis er unten stand, die Schachtel, die er gerade ergreifen wollte, hielt schon der Chauffeur. Aus einer sehr weiten Ferne traf ihr Abschiedswort sein Ohr, aber in unentrinnbarer Nähe lebte ihr Lächeln vor seinen Augen; als lächelte das Spiegelbild einer fern sprechenden Frau.

Niemals erreichte er sie, wie wollte er es? Glühend war sein Wunsch. Aber erloschen der Glaube an seine Kraft zu erobern, da er nicht mehr Leutnant war. Er hätte es erst wieder werden müssen. Er wollte es werden, Leutnant werden oder sonst etwas. Nicht bleiben in der Verborgenheit und nicht mehr geborgen sein, nicht ein bescheidener Ziegelstein im Gefüge einer Mauer, nicht der Letzte der Kameraden, nicht ihr Lauscher und Lacher, wenn sie Anekdoten erzählten und Zoten rissen, nicht mehr einsam unter den vielen, allein mit seiner vergeblichen Sehnsucht, gehört zu werden, und mit der ewigen Enttäuschung des Überhörten, Geduldeten und wegen seiner dankbaren Aufmerksamkeit Beliebten. Oh, glaubten sie, er wäre harmlos und ungefährlich? Sie sollten sehen. Alle sollten es sehen! Bald wird er aus seinem ruhmlosen Winkel treten, ein Sieger, nicht mehr gefangen in der Zeit, nicht mehr unter das Joch seiner Tage gedrückt. Es schmetterten helle Fanfaren irgendwo am Horizont.

2

Manchmal überfiel ihn sein eigener Stolz wie eine fremde Gewalt, und er fürchtete seine Wünsche, die ihn gefangenhielten. Aber sooft er durch die Straßen ging, hörte er Millionen fremder Stimmen, flimmerten Millionen Buntheiten vor seinen Augen, die Schätze der Welt klangen und leuchteten. Musik wehte aus offenen Fenstern, süßer Duft von schreitenden Frauen, Stolz und Gewalt von sicheren Männern. Sooft er durch das Brandenburger Tor ging, träumte er den alten, verlorenen Traum vom siegreichen Einzug auf schneeweißem Roß, als berittener Hauptmann an der Spitze seiner Kompanie, von Tausenden Frauen beachtet, vielleicht von manchen geküßt, von Fahnen umflattert und Jubel umbraust. Diesen Traum hatte er in sich getragen und liebevoll genährt vom ersten Augenblick seines freiwilligen Eintritts in die Kaserne, durch die Entbehrungen und Lebensnöte des Krieges. Die schmerzende Beschimpfung des Wachtmeisters auf der Exerzierwiese hatte dieser Traum gelindert, den Hunger auf tagelangem Marsch, das brennende Weh in den Knien, den Arrest in dunkler Zelle, das betäubende, qualvolle Weiß der verschneiten Wachtpostennacht, den stechenden Frost in den Zehen.

Der Traum drängte zum Ausbruch wie eine Krankheit, die lange unsichtbar in Gelenken, Nerven, Muskeln lebt und alle Blutgefäße des Körpers erfüllt, der man nicht entrinnen kann, es sei denn, man entrinne sich selbst. Und zufolge jener unbekannten Gewalt, welche Theodor schon oft geholfen hatte und die ihn lehrte, daß der Erfüllung jeder qualvollen Sehnsucht im letzten Moment eine günstige äußere Bedingung auf halbem Wege entgegenkommt, ereignete es sich, daß er den Doktor Trebitsch im Hause Efrussis kennenlernte.

In der ersten Viertelstunde ihrer Bekanntschaft sprach der Doktor Trebitsch unermüdlich, und sein blonder, langer, in sanften, dunkelnden, an den Rändern gelichteten Strähnen herabfließender Bart bewegte sich vor den Augen Theodors in regelmäßigem Auf und Ab und störte die Aufmerksamkeit des Zuhörers. Leise plätscherten die Worte des Blondbärtigen, eines und das andere blieb eine Weile in Theodor haften und verwehte wieder. Noch nie war er einem Vollbart so nahe gewesen. Plötzlich stöberte ihn der Klang eines Namens aus seiner betäubten Zerstreutheit auf. Es war der Name des Prinzen Heinrich. Und mit dem Instinkt eines Mannes, der zufällig einem Prunkstück aus einer verschütteten Vergangenheit begegnet und es mit rettend hastiger Gebärde an die Brust reißt, rief Theodor: „Ich war Leutnant im Regiment Seiner Hoheit des Prinzen Heinrich!"

„Der Prinz wird sich sehr freuen", sagte Doktor Trebitsch, und seine Stimme war nicht mehr fern, sondern ganz, ganz nahe.

Der Stolz füllte, wie etwas Körperliches, Theodors Brustkorb, und sein gestärktes Hemd wölbte sich.

Sie fuhren im Auto ins Kasino. Und Theodor saß im Wagen, nicht wie vor einer Woche, als er mit Frau Efrussi fuhr. Nicht mehr fühlte er, gedrückt und dünn, die Ecke zwischen Seitenwand und Rückenpolster. Er breitete sich aus. Sein Körper fühlte durch Paletot, Rock, Weste die sanfte, kühle Nachgiebigkeit des Leders. Die Füße lehnte er gegen den vorderen Sitz. Die Zigarre erfüllte das Coupé mit dem satten Duft einer überflüssigen Behaglichkeit. Theodor öffnete das Fenster und fühlte die schnelle, schießende kalte Märzluft mit der Wollust eines innerlich Durchwärmten.

Man trank Schnaps und Bier, und der Abend im Kasino erinnerte an eine Kaiser-Geburtstagsfeier. Graf Straubwitz von den Kürassieren hielt eine Rede. Man brach in ein dreifaches Hurra aus. Jemand erzählte Anekdoten aus dem Kriege. Theodor war Gast an der Seite des Prinzen. Nicht einen Moment verlor er Seine Hoheit aus den Augen. Er ignorierte seinen Nachbarn zur anderen Seite. Es galt, allezeit auf eine Frage des Prinzen vorbereitet und zur Stelle zu sein. Nicht für die Dauer eines Augenblicks vergaß Theodor, daß er jetzt endlich die Gelegenheit ergreifen konnte, Teile seines Traums zu verwirklichen. War er noch der kleine, unbekannte Hauslehrer eines jüdischen Knaben? Kannte ihn der Prinz nicht? Kannten ihn nicht alle Herren, die hier um den Tisch saßen? Und obwohl der ungewohnte Alkohol allmählich Theodors Sinn für die augenblicklichen, kleinen Wirklichkeiten einschläferte, blieb doch eine große, helle Heiterkeit zurück, und die Sicherheit kehrte ihm so oft wieder, als er sie brauchte, um dem Prinzen eine Serviette, ein Glas, Feuer für die Zigarette zu reichen.

Als ihn der Prinz aufforderte, von jener Schlacht bei Stojanowics zu erzählen, die das Regiment so löblich mitgemacht hatte, begann Theodor aufs Geratewohl, etwas lauter, als er gewöhnlich zu sprechen pflegte. Es ging eine Weile ganz gut, bis er bemerkte, daß er die Erzählung angefangen hatte, ohne sich den Schluß zurechtgelegt zu haben. Er hielt ein, und es erschütterte ihn die große, lauschende Stille. Er wußte noch, daß seine letzten Worte „Hauptmann von der Heidt" gewesen waren. „Dieser Hauptmann also", fuhr Theodor fort, aber das Ende des Satzes fand er nicht mehr. „Er lebe hoch! Hurra!" fiel der Doktor Trebitsch ein, und man feierte den Hauptmann von der Heidt. Dann stellte es sich heraus, daß Theodor und der Prinz denselben Weg nach Hause hatten, und sie saßen zusammen im Auto. Theodor redete unterwegs. Frau Efrussi fiel ihm ein, und er erzählte von ihr dem Prinzen. Ihre großen grünen Augen sah er. Ihre Schultern. Er streifte ihr die Kleider ab, sie stand vor ihm in der Unterwäsche. Sie trug violette Unterhöschen. Er erzählte alles dem Prinzen, was er sah, tat, erlebte. „Ich streife ihr das Hemd ab", sagte Theodor, „Hoheit müssen wissen, sie hat braune Brustwarzen ... ich beiße in ihre harte Brust!"

„Sie sind ein famoser Junge", sagte der Prinz.

Er wiederholte diesen Satz auch später noch, als sie im Zimmer saßen und einen schwarzen Kaffee tranken und noch einen Likör. So nahe saßen sie beieinander, ihre Schenkel berührten sich, und der Prinz hielt Theodors Hand und drückte sie. Und auf einmal war Theodor nackt und der Prinz Heinrich ebenfalls. Der Prinz hat eine dichtbehaarte Brust und sehr dünne Beine. Seine Zehen sind ein bißchen verkrümmt. Theodor hat den Kopf gesenkt, und obwohl es ihm peinlich ist, muß er die Zehen betrachten.

Er denkt, es wäre schon bei weitem besser, dem Prinzen ins Angesicht zu sehen. Das Angesicht, denkt er, ist der einzige bekleidete Körperteil des Prinzen. Der Prinz drückt aus einem Gummiballon einen kühlen, feinen Staubregen in die Luft.

Theodor sieht zum erstenmal seine ganze Nacktheit in einem großen Wandspiegel. Er kann feststellen, daß er eine weiße, rosa angehauchte Haut besitzt, rundlich geformte Beine, ein wenig gewölbte Brüste und leuchtende Brustwarzen wie zwei dunkelrote, winzige Kuppeln.

Theodor liegt auf dem warmen, weichen Eisbärfell, und neben ihm atmet schwer und laut der Prinz Heinrich. Der Prinz beißt in Theodors Fleisch. Die Bartreste des Prinzen kratzen, seine gekräuselten Brust- und Beinhaare kitzeln Theodor.

Er erwachte in einem halbdunklen Zimmer, und sein erster Blick traf ein großes Ölporträt des Prinzen an der Wand. In einer erschreckenden Wachheit sah er alle Ereignisse der vergangenen Nacht. Er kämpfte gegen sie vergeblich. Er versuchte, sie auszulöschen. Sie waren überhaupt nie gewesen. Er begann, an allerlei entfernte Dinge zu denken. Er konjugierte ein griechisches Verbum. Aber seine letzten Erlebnisse überfielen ihn, eine Schar zudringlicher Fliegen. Er stieg langsam die Stiege hinunter und nahm den Gruß eines alten, ehrfürchtigen Dieners entgegen. Schon meldete das helle Geklingel der Straßenbahn die Nähe der Welt.

Oh, die Nähe dieser reichen Welt, deren Millionen Schätze klangen und flimmerten. Die Straße erlebte er, den Gang der Frauen, Musik in den wiegenden Hüften, die stolze Gewißheit sicher schreitender Männer und seine eigene, kleine Dürftigkeit in der Mitte.

Geringer als er je gewesen, verließ er das Haus. Immer schon war es so gewesen, daß er zurückweichen mußte, getroffen, wenn er sich erhaben gewähnt, verlassen und auf Wegen, die hinunterführten, sooft er Höhen entgegengestrebt war. Er wollte nicht zurück, er wollte hierbleiben. Und er blieb vor dem alten, ehrfürchtigen Diener stehen und fragte nach dem Prinzen.

Prinz Heinrich hielt die Füße in der gefüllten Schüssel unter dem Tisch, während er Frühstück aß. „Gu'n Morjen, Theo!" sagte der Prinz und ließ Theodor stehen.

Ganz nahe an den Tisch trat Theodor und sah den Prinzen an.

Der Prinz brach ein Ei nach dem anderen auf und schüttete die Dotter in ein Glas.

„Setz dich!" sagte er endlich. Und als hätte er sich jetzt erst erinnert: „Schon gegessen?", und er schob Theodor Eier, Butter und Brot zu.

Die Nahrung kräftigte Theodor. Er aß schweigsam, eine gute, wohltätige, klare Ruhe kehrte in ihm ein.

Und plötzlich, als hätte sich die Zunge von jeder Abhängigkeit befreit, huschte seine hurtige Frage über den Tisch: ob der Prinz einen Sekretär brauche.

Prinz Heinrich nickte, längst hatte er die Frage erwartet. Er schreibt etwas auf seine Visitkarte: „Trebitsch", sagt der Prinz, nichts mehr. Und als Theodor aufsteht: „Gu'n Morjen!"

DAS SPINNENNETZ

Und Theodor verläßt das Haus und geht durch den märzfrischen Tiergarten und saugt die Bläue des Himmels ein und das erste Zwitschern der Vögel und weiß, daß er bergaufwärts geht, obwohl die Straße eben ist. Und er weiß, daß man durch Abgründe muß und daß man vergessen soll. Ablegen will er hindernde Erinnerungen an die Ereignisse der vergangenen Nacht. Sie ist verschlungen von der strahlenden Bläue des Morgens.

3

Trebitsch nahm ihn auf, bei feierlichem Kerzenglanz schwor Theodor einen langen Eid, setzte er seinen Namen auf ein Blatt Papier, dessen Inhalt er kaum gelesen hatte, seine Hand lag zwei Minuten lang in der behaarten Tatze eines Mannes, den man Detektiv Klitsche nannte, der über einem zerschossenen oder verkümmerten Ohrläppchen eine mangelhaft verhüllende, glatte Haarsträhne trug und der von nun an Theodors Vorgesetzter sein sollte. Nun war Theodor Mitglied einer Organisation, einer Gemeinschaft, deren Namen er nicht kannte, einen Buchstaben wußte er nur und eine römische Zahl, den Buchstaben S und die Zahl II, und den Sitz dieser unbekannten Macht, der in München war. Befehle hatte er von Klitsche zu erwarten, briefliche, mündliche, Gehorsam unter allen Umständen war Bedingung und ebenso Verschwiegenheit, Tod stand auf Verrat und Vernichtung auf unbedacht gesprochenes Wort.

Es ging Theodor wider seinen Willen zu schnell und gegen die Bedächtigkeit seines Gemüts. Er erschrak wiederum vor so viel Neuem, er kam sich überrumpelt vor. Er fürchtete sich vor dem Kerzenglanz und den tönenden Worten des Schwurs, der Pranke seines Vorgesetzten, und den Tod fühlte er nahe wie ein bereits zum Verräter Gewordener und Verurteilter. Er hatte niemals schlecht geschlafen, in der Nacht träumte er selten und, wenn es geschah, immer nur Tröstliches. Vor dem Einschlafen pflegte er an die schönen Bilder der Zukunft zu denken, mochte der vergangene Tag auch keinen Anlaß dazu gegeben haben. Seit jenem Vormittag im Büro des Dr. Trebitsch träumte er von brennenden Kerzen, gelben, im Licht eines vollen Tages. Am gräßlichsten war die Vorstellung, daß kein Entrinnen möglich war und daß er nicht mehr zurückkonnte, zurück in die geborgene Stille einer Hauslehrerexistenz, die Freiheit war. Welche Befehle harrten seiner? Mord und Diebstahl und gefährliches Spionieren? Wieviel Feinde lauerten im Dunkel der abendlichen Straßen? Schon jetzt war er nicht mehr seines Lebens sicher.

Aber welch ein Lohn konnte ihm werden! Ich sprenge die Zeit, in der ich gefangen bin, den sonnenlosen Kerker dieses Daseins, werfe das drückende Joch dieser Tage ab, steige auf, zerschmettere geschlossene Pforten, ich, Theodor Lohse, ein Gefährdeter, aber ein Gefährlicher, mehr als ein Leutnant, mehr als ein Sieger auf trabendem Roß, zwischen grüßenden Spalieren, Retter des Vaterlandes vielleicht. In diesen Zeiten gewinnt der Wagende.

Ein paar Tage später bekam er den ersten Befehl: bei Efrussi zu kündigen, zugleich den ersten, von Heinrich Meyer unterzeichneten Scheck über einen phantastisch hohen Betrag bei der Dresdner Bank zu beheben. Niemals war so viel Geld bei Theodor gewesen, im Nu veränderte der Besitz seine Miene, seinen Gang, seine Haltung, seine Umwelt. Es war ein heller Aprilabend, die Mädchen trugen leichte Kleider und lebendige Brüste. Die Fenster einer ganzen Häuserfront standen offen. Zwitschernde Spatzen hüpften zwischen gelbem Pferdekot. Es lächelte die Straße. Schon trug der Laternenanzünder den sommerlich weißen Kittel. Die Welt verjüngte sich ohne Zweifel. Die letzten Sonnenstrahlen zitterten in kleinen Kotlachen. Die Mädchen lächelten und schienen sehr zugänglich. Es gab blonde und braune und schwarze. Aber das war eine oberflächliche Einteilung. Mädchen mit breiten Hüften sind Theodors besondere Lieblinge. Er liebt es, Zuflucht und Heimat zu finden im Weibe. Er will nach vollendeter Liebe Mütterlichkeit, weite, breite, gütige. Er will seinen Kopf zwischen großen, guten Brüsten betten.

Das war ein Tag, an dem ihm die Kündigung bei Efrussi leichtfallen mußte. Zwei Jahre war er ins Haus gekommen, Tag für Tag, und jetzt wird er die junge Frau Efrussi nicht mehr sehen. Er dachte ihrer wie einer Landschaft, die man einmal aus der Ferne erblickt hat und in der ein Verweilen unmöglich war.

Er könnte vielleicht schriftlich kündigen – unter irgendeinem Vorwand. Prüfungen nähmen ihn jetzt so in Anspruch. Allein das wäre nicht nur Lüge, wäre Feigheit sogar und die Gelegenheit, dem verhaßten Efrussi die lange krampfhaft zurückgehaltene Wahrheit zu sagen, versäumt. „Herr Efrussi, ich bin ein armer Deutscher, Sie ein reicher Jude. Es bedeutet Verrat, eines Juden Brot zu essen."

Aber Theodor sprach nicht so zu dem schwarzen, hageren Efrussi, dessen Angesicht an das Porträt einer alten Frau mit strengen Zügen erinnerte. Theodor sagte nur:

„Ich will Ihnen etwas mitteilen, Herr Efrussi."

„Bitte!" sagte Efrussi.

„Ich unterrichte in Ihrem Hause schon zwei Jahre ..."

„Ihr Gehalt will ich erhöhen", unterbricht Efrussi.

„Nein, im Gegenteil, ich will kündigen", sagte Theodor.

„Weshalb?"

„Weil Herr Trebitsch nämlich ..."

Efrussi lächelt: „Sehen Sie, Herr Lohse, ich kenne den Trebitsch schon sehr lange. Sein Vater war ein Geschäftsfreund meines Vaters. Er war groß und bedeutend in der Manufaktur. Sein Sohn hätte besser daran getan, im Geschäft zu bleiben. Ich kenne die Kindereien des Doktor Trebitsch. Sie sind der dritte Hauslehrer, den er mir wegnimmt. Er ist ein stiller Narr."

„Er ist ein Freund Seiner Hoheit des Prinzen Heinrich."

„Ja", sagte Efrussi, „der Prinz hat bekanntlich viele Freunde."

„Was wollen Sie damit sagen? Ich war Leutnant im Regiment des Prinzen."

„Des Prinzen Regiment war bestimmt ein tapferes. Übrigens halte ich sehr viel vom Prinzentum im allgemeinen, aber sehr wenig vom Prinzen. Aber das gehört nicht hierher ..."

„Doch", sagte Theodor, und ohne Efrussis letzten Satz begriffen zu haben: „Sie sind Jude!"

„Das ist mir nicht neu." Efrussi lächelte. „Auch Trebitsch ist Jude, ohne daß ich den Wunsch hätte, mich mit ihm zu vergleichen. Aber ich verstehe Sie, ich lese ja die nationalen Blätter. Ich inseriere sogar in der ‚Deutschen Zeitung'. Sie wollen also nicht mehr meinen Sohn unterrichten. Hier ist Ihr letztes Monatsgehalt. Lassen Sie sich durch nichts abhalten, es zu nehmen. Es gebührt Ihnen!"

Theodor nahm es. Seine Weigerung hätte die Diskussion fortgesetzt. Und gebührte es ihm nicht wirklich? Hatte er nicht schon beinahe drei Wochen vom laufenden Monat weg? Er nahm, verneigte sich und ging. Und wußte nicht, daß Efrussi den Major Pauli von der Stadtkommandantur anrief und sich über den Verlust des Hauslehrers beklagte: „Ihre Agitation geht zu weit!" sagte Efrussi. Und der Major entschuldigte sich.

Theodor hat die erste Aufgabe erfüllt. Er hat ein blutendes Herz mitgenommen. Er wird niemals mehr Frau Efrussi sehen.

Und es ist ihm, als hätte er jetzt erst seinen langen, klingenden Eid geleistet. Diese Kündigung war wie ein donnernd zugeschlagenes Tor, Abschluß eines Weges, Ende eines Lebens.

4

Drei Tage, drei Nächte genoß Theodor sein Geld. Es nahm ihm die Besinnung, zu wählen und sich mit Bedacht zu freuen. Er beschlief Mädchen von der Straße und kostspieligere, die in den Lokalen warteten. Er trank Wein, der ihm nicht schmeckte, und süße Liköre, die ihm Qual verursachten und deren widerlichen Geschmack er durch Kognak loszuwerden versuchte. Er schlief in schmutzigen Gasthöfen und entdeckte spät, daß er für die gleiche Summe alle paradiesischen Genüsse eines großen Hotels hätte kaufen können. Er ging einmal in die Gesellschaft seiner Kameraden, zahlte ihnen ein paar Runden und wurde ausgelacht. Jedes neue Mißlingen einer verschwenderisch unternommenen Freude stachelte seinen Ehrgeiz auf, und nur aus Angst vor dem angedrohten Tode hielt er in der Berauschtheit mit seinem Geheimnis zurück und dämmte krampfhaft das Wort hinter widerstrebenden Lippen: Ich, Theodor Lohse, bin Mitglied einer geheimen Organisation.

Wie würden sie ihn bewundern, wenn sie es wüßten! Aber fast so köstlich, wie das Bewundertsein gewesen wäre, war das Geheimnis, in dem er lebte, und das Inkognito.

Er war im Begriff, an den unsichtbaren Fäden zu ziehen, an denen, wie er aus den Zeitungen wußte, Minister, Behörden, Staatsmänner, Abgeordnete hingen. Und er trug immer noch das unscheinbare Gewand eines Rechtshörers und Hauslehrers. Er ging an einem Polizisten vorbei und wurde nicht erkannt. Niemand sah ihm seine Gefährlichkeit an. Manchmal gefiel es ihm, seine Verborgenheit zu verstärken, und er trat für einige Minuten in einen dunklen Hausflur und bildete sich ein, jemanden zu beobachten, ohne selbst bemerkt zu werden. Er bereitete sich auf seinen Beruf vor, indem er eine eingebildete Aufgabe ausführte. Er trat in irgendein Ministerium und fragte den Portier nach einem beliebigen Namen, er las die Liste der Beamten über die Schulter des suchenden Portiers und ging zufrieden davon. Er begann, sich um Dinge zu kümmern, die ihn niemals interessiert hatten. Er kaufte revolutionäre Blätter, er ging, um ein gleichgültiges Inserat aufzugeben, in die Redaktion der „Roten Fahne" und stellte fest, daß sie leicht zu erobern war. Man sollte mit ihm zufrieden sein. Er würde – fiel ihm eine Aufgabe zu – über wichtige Dinge schon orientiert sein.

Mit jenem hitzigen Fleiß, mit dem er einmal freiwillig seinen Einzug in die Kaserne gehalten hatte, machte er sich an noch nicht erhaltene Aufträge, nicht verlangte Arbeiten. Freilich war es beim Regiment leichter, weil übersichtlicher. Man kannte den Zimmerkommandanten genau, den Schulleiter, den Sergeanten und den Wachtmeister. Hier tappte man im dunkeln. Sollte man seine Beflissenheit in Trebitschs Dienste stellen oder dem Detektiv Klitsche widmen? Wer kannte sich hier aus? Theodor ging planlos durch die Straßen, mit rastlos leerlaufendem Eifer angefüllt. Er empfand die Notwendigkeit, seiner Beflissenheit ein sichtbares Gebiet zu erobern, deutliche Erfolge zu konstatieren. Vor einem Schaukasten eines Photographenateliers Unter den Linden blieb er stehen. Hier hing das farbige Bild des Generals Ludendorff, ein Paradestück des Photographen.

Immer war es Theodors Bestreben gewesen, mit den Großen und Größten in irgendeinen Kontakt zu gelangen. Schon in der Schule hatte er es durch allerlei Dienst- und Ehrenerweisungen erreicht, daß ihn der Leiter in den Pausen mit irgendeinem persönlichen Auftrag begnadete. Im Kriege war er nach kurzen Monaten Adjutant des Obersten geworden. Und beim Anblick des Ludendorffschen Bildes verfiel Theodor auf den Gedanken, seine alte Methode anzuwenden und eine Verbindung mit dem General herzustellen. Sein Herz schlug, sein Blut klopfte gegen die Schläfen, als stünde er vor dem lebendigen General, nicht vor einer Photographie. Und Theodor begab sich in ein Café und schrieb einen ehrerbietigen Brief an Ludendorff nach München, ohne nähere Adresse, im Vertrauen auf die Popularität des Generals und die Zuverlässigkeit der Post.

Und es geschah, daß Theodor wirklich eine Antwort erhielt. Er las und wuchs bei jedem der kurzen, metallenen Worte. „Lieber Freund!" schrieb der General, „Sie gefallen mir. Arbeiten Sie fleißig mit Gott für Freiheit und Vaterland. Ihr Ludendorff."

Theodor las den Brief: in der Bahn, an der Haltestelle, im Kolleg und während er aß. Ja, mitten im Gewühl der Straßen erfaßte ihn Verlangen nach dem Brief. Es zog ihn zu einer der kleinen Bänke am Rande eines Rasens hin, auf die er sich niemals gesetzt hät-

te, aus Widerwillen gegen die plebejischen und von Menschen niederen Schlages bevöl-
kerten Sitzgelegenheiten. Heute war er meilenweit von den Menschen entfernt, mit denen er dieselbe Bank teilte. Er las den Brief und wanderte weiter, um sich nach zehn
Minuten wieder zu setzen.

Wie ein frommer Bibeldeuter im Text der Heiligen Schrift, so fand Theodor in den
Zeilen des Generals immer wieder einen neuen Sinn. Bald kam er zu der Überzeugung,
daß Ludendorff von Theodor Lohses Eintritt in die Geheimorganisation wisse. Trebitsch mußte es ihm mitgeteilt haben. War Theodor nicht ein persönlicher Freund des
Prinzen? Zwischen der Absendung des Briefes und dem Eintreffen der Antwort lagen
acht Tage. Also hat sich Ludendorff in Berlin erkundigt. „Mein lieber Freund!" schrieb
der General. So schreibt man einem, der mehr verspricht, als er schon geleistet hat.

Theodor begab sich in die „Germania", in deren Lesesaal der Germanist Spitz einen Vortrag über Rassenprobleme hielt. Wilhelm Tiedemann und andere vom Bunde deutscher
Rechtshörer waren anwesend. Zuerst las Tiedemann den Brief. Auf seine Einsicht konnte
sich Theodor verlassen. Und Tiedemann war ebenso wie Theodor überzeugt, daß Ludendorff seines neuen Freundes Persönlichkeit schon längere Zeit kennen mußte.

Alle sagten es Theodor, alle waren seine Freunde. Aus aller Augen strömte ihm Liebe
entgegen. Jedes einzelnen Herzschlag hörte er, und das Pochen ihrer Herzen war die
Sprache der Freundschaft. Er lud sie ein. Er legte seinen Arm um Tiedemanns Schultern.
Man trank auf Kosten Theodors. Man ließ ihn hochleben. Er sprach viel, und noch mehr
fiel ihm ein. Als er fortging, trug er ein gewaltiges Geräusch seiner eigenen Worte davon.

Der nächste Morgen brachte ihm eine Einladung zum Detektiv Klitsche. Er hätte keine Briefe zu schreiben. An Ludendorff am allerwenigsten. Noch weniger hätte er darüber reden sollen. Er wäre nicht der einzige im Bunde der Rechtshörer, der zur Organisation gehörte, und jedes Wort, das er gestern sagte, war Klitsche hinterbracht worden.

„Geben Sie den Brief her!" sagte Klitsche.

Theodor wurde rot. Flammende Räder kreisten vor seinen Augen. Er war plötzlich
der kleine Einjährige und stand im Kasernenhof. Er nahm vorschriftsmäßig stramme
Stellung an. Er war ein kleiner Einjähriger mit der Aussicht auf einen Gefreitenknopf.

Er gab den Brief her. Klitsche steckte ihn ein. Er befahl:

„Ziehen Sie sich aus!"

Und Theodor zog sich aus. Als wäre es ganz selbstverständlich, zog er sich aus. Er
dachte daran, daß er Klitsche gehorchen müsse.

Und langsam und gleichgültig zog er sich wieder an, so langsam und gleichgültig wie
in seinem Zimmer des Morgens, wie alle Tage.

Es war Frühling in den Straßen, es zwitscherten übermütige Vögel, die Straßenbahnen klingelten, die Luft war blau, die Frauen trugen leichte Kleider.

Theodor möchte krank sein und ein kleiner Junge und in seinem Bett liegen. Er trank
in Schnapsbuden zweiten Ranges und schlief mit Mädchen vom Potsdamer Platz, weil

sein Geld zur Neige ging. Und als er nichts mehr hatte, empfand er die rauschende Buntheit der Straße tausendmal stärker und seine eigene Kleinheit. Und er vergaß den Besuch bei Klitsche, wie er den beim Prinzen Heinrich vergraben hatte. Über Abhänge und durch Niederungen führte der Weg.

5

Sein Weg führte vorläufig zu der Wohnung des Malers Klaften.

Theodor hieß Friedrich Trattner und war Genosse aus Hamburg. Moderne Bilder sah er bei Klaften, farbenrauschende Fanfaronaden, gelbe, violette, rote. Die Augen schmerzten, wenn man sich von den Bildern abwendete, wie wenn man in die Sonne gesehen hätte. Theodor sagte: „Sehr schön!"

Seine Bewunderung genügte allen und ersetzte die Legitimation. Man sagte Genosse Trattner zu ihm. Er trug seinen neuen Namen mit Inbrunst. Er, den jede neue Situation überraschte, erschüttern konnte, jetzt erfand er selbst Situationen, abenteuerliche Ausbrüche aus Gefängnissen, plötzliche Flucht vor auftauchenden Spitzeln, Prügeleien mit Polizei und Studenten.

Theodor wuchs in Friedrich Trattner hinein. Durch den Körper dieser Figur, die er spielte, ging es zu Ansehen und Geltung. Es war wie eine Gefreitencharge beim Militär, die man ganz durchkosten mußte, ehe man weiterkam. Man hatte sie bald überstanden. Man gab sich Mühe, ihrer würdig zu sein, aber nur, um aus ihr schlüpfen zu können.

Neue Menschen lernte Theodor kennen. Den Juden Goldscheider, der die Güte predigte und bei jeder Gelegenheit das Neue Testament zitierte. War er ein Bolschewik oder nur ein Jude? Goldscheider selbst erzählte von seinem Aufenthalt in Irrenhäusern. Er war gewiß närrisch. Er sagte manchmal Unverständliches. Die anderen täuschten Verständnis vor.

Es war eine harmlose Gesellschaft junger, armer Menschen ohne Obdach. Sie bekamen Logis und einen Kaffee vom Maler Klaften. Der Maler lebte von unmodernen Bildern, die allgemein in der Gesellschaft Kitsch genannt wurden. Theodor hielt sie für die besten Werke Klaftens.

Theodor hörte die jungen Leute fluchen. Sie sahen den Tag der großen Revolution greifbar nahe. Sie fluchten auf sozialistische Abgeordnete und Minister, die Theodor immer für Kommunisten gehalten hatte. Er verstand so feine Unterschiede nicht.

Der Maler Klaften porträtierte Theodor. Er erschrak vor seinem eigenen Bildnis. Es war, als hätte er in einen furchtbaren Spiegel gesehen. Sein Angesicht war rund, rötlich, die Nase platt, mit leise angedeuteter Spaltlinie auf dem breiten, flachen Rücken. Der Mund war breit, mit aufgeworfenen Schaufellippen. Der kleine Schnurrbart verhüllte die wirkliche Lippe zwar, aber die gemalte nicht. Es war, als hätte der Maler den Bart wegrasiert – und er hatte ihn doch mitgemalt.

Es ist mißlungen, dachte Theodor. Das Bild hing im Zimmer und verriet ihn. Alle, die das Porträt sahen, wurden schweigsam und betrachteten Theodor verstohlen. Er fühlte sich fast entlarvt und wäre vor diesem Bild geflohen, wenn nicht der junge Kommunist Thimme eingetroffen wäre.

Thimme hatte Ekrasit im Keller eines sicheren Gastwirtes eingelagert. Er wollte es im Dienst der Revolution explodieren lassen. Er sprach von der Notwendigkeit einer neuen revolutionären Tat und fand Zustimmung bei allen, bei Theodor Begeisterung.

Theodor hörte mit tausend Ohren. Tausend Arme hätte er bereithalten mögen. Er entsann sich jener Spinne in den Sommerferien seiner Knabenzeit, die er jeden Tag mit gefangenen Fliegen gefüttert hatte; des atemlosen Wartens auf das hastige Heranklettern des Tieres, sein sekundenlanges Lauern, den letzten todbringenden Anlauf, der Sturz und Sprung und Fall in einer Bewegung war.

So saß er jetzt selbst, sturzbereit, zum Sprunge entschlossen. Er haßte diese Menschen, wußte nicht, weshalb, und führte für sich selbst Gründe seines Hasses an. Sie waren Sozialisten, Vaterlandslose, Verräter. In seiner Gewalt waren sie. Oh, er hatte Gewalt über fünf, sechs, zehn Menschen. Er hatte wieder Macht über Menschen, Theodor Lohse, der Hauslehrer, Jurist, vom Detektiv Klitsche Erniedrigte, vom Prinzen Mißbrauchte, von seinen Kameraden Verratene. Alle sahen das Feuer in seinem Auge, seine geröteten Wangen. Er betrachtete Thimme, den jungen, verhungerten Thimme, einen Glasbläser mit sichtbarer Tuberkulose, den dunklen Tod trug er in den tiefschattenden Augenhöhlen. Er betrachtete Thimme als sein Wild, seinen Menschen, sein Eigentum.

Er kostete seine Verborgenheit wie eine labende Nahrung. Er rückte ins Dunkel Er spreizte die Finger in den Hosentaschen. Er beugte den Oberkörper vor. Er nahm, ohne es zu wissen, die lauernde Haltung seiner Spinne an.

Sie stritten über das Objekt ihres Angriffs. Einige wollten den Reichstag, andere die Polizei. Andere rieten zur Kaiser-Wilhelm-Gedächtniskirche. Goldscheider stand mit ausgebreiteten Armen und bat und beschwor, von dem Ekrasit abzulassen. Er hatte die Brille abgelegt, und sein bärtiges Gesicht sah hilflos und verloren und Rettung heischend aus.

Wer die Tat ausführen sollte? Sie einigten sich auf das Los. Es traf Goldscheider.

Theodor ging. Spät in der Nacht verließ er das Haus, schritt durch den finsteren, rauschenden Tiergarten zu Trebitsch. Die letzte Allee durchlief er, als würde er verfolgt, gedrückt in das Dunkel der schattenden Bäume. Er wollte niemanden wecken. Er warf einen kleinen Stein gegen Trebitschs erleuchtetes Fenster. Er trat ein und sah nach der Tür. Er schilderte eine unermeßliche Gefahr, in der er schwebte. Spitzel hätten ihn hierher verfolgt, kommunistische Spitzel, unterwegs sei er auf einen Omnibus gesprungen. Sie witterten in ihm den, der er war. Sie ahnten schon, daß er nicht Trattner heiße. Und während er erzählte, steigerte sich seine Furcht. Er log nicht mehr mit Vorbedacht, sondern schilderte seine ängstlichen Vorstellungen. „Ekrasit!" sagte er leise und sah zur Tür.

Man solle sie nicht stören, sagte Trebitsch, sanft und lächelnd wie immer. Er strählte seinen Bart mit gespreizten Fingern wie mit einem Kamm. Nach dem Attentat – und hoffentlich gelingt es – müsse man zur Polizei gehen.

Gegen vier Uhr morgens kehrte Theodor zum Maler Klaften zurück. Man hatte sich auf die Siegessäule geeinigt. Zwei Leute holten das Ekrasit in einer Droschke. Thimme bohrte ein Loch in das Kästchen. Thimme, Theodor und Goldscheider fuhren zur Siegessäule. Thimme und Theodor warteten in einer geraumen Entfernung. Dann kam Goldscheider. Sie gingen, alle drei, schweigsam und bitter.

Eine Viertelstunde, nachdem Goldscheider die Lunten angesteckt hatte, rief Theodor die Polizei an: In einigen Minuten würde ein Unglück geschehen. Rechts hinter dem Gitter um die Siegessäule liege Ekrasit.

Dann ging Goldscheider zurück in Klaftens Wohnung – Polizei hielt ihn an, fesselte ihn rasch und lautlos. Aus dem Zimmer kamen die Verhafteten, zu zweit aneinandergefesselte Freunde. An der Seite des Kommissars stand Trattner, der Genosse Trattner.

Sie spuckten alle gleichzeitig, wie auf Kommando und ehe man sie hindern konnte, in sein Angesicht.

Theodor wischte den Speichel mit dem Tuch fort. Er lachte. Er lachte kurz, laut und tief. Es klang wie ein halber Schrei.

Im Flur erloschen die grellen Lampen der Polizisten. Man hörte den gleichmäßigen Trott der zehn Verhafteten von der Straße und das leise Metallgeräusch aneinanderschlagender Handspangen.

6

In den Zeitungen flackerten die Sensationen auf: Kommunistischer Anschlag von einem Mitglied der Technischen Nothilfe vereitelt. Theodor Lohse wurde einigemal genannt. Man gratulierte. Im Bunde deutscher Rechtshörer war Theodor ein seltener Gast geworden. Er ging nicht mehr ins Kolleg. Das hatte Zeit.

Seitdem er im Heeresbericht erwähnt worden war, hatte er seinen Namen niemals mehr gedruckt gesehen. Jetzt begegnete er seiner Tat in allen Zeitungen. Es kam ein Mann vom „Nationalen Beobachter", ein dünnes Männchen, das sich beständig mit irgendwelchen Gegenständen auf dem Schreibtisch beschäftigte, während es sprach. Es lud Theodor zur Mitarbeit ein, machte aber aufmerksam, daß das Budget des Blattes leider für Honorare nicht ausreiche.

Was tat es? Theodor bekam ein Honorar von Trebitsch, ein weniger hohes als das erstemal. Und es verringerte sich noch um die Hälfte, als Klitsche seinen Anteil forderte. Von ihm hatte Theodor den Maler Klaften! Er, Klitsche, hat in selbstloser Freundschaft Theodor die Sache abgetreten. Klitsche sitzt in seinem Büro, ohne Rock und Weste, mit geöffnetem Kragen, und sieht noch mächtiger aus. Man sieht den gewaltigen Umfang seines Halses mit geblähten Muskelsträngen und die gebändigte Wucht seiner ruhenden Fäuste auf dem Tisch. Seine lange Haarsträhne verschob sich und ließ die verkrüppelten Reste seiner Ohrmuschel frei, ein rötliches Stückchen Knorpel mit verkümmerten, winzigen Windungen.

Theodor feilschte erbittert, ein Drittel wollte er hergeben, aber Klitsche rückte den Stuhl mit einem plötzlichen Entschluß hinter sich, so als wollte er sich erheben. Er stand nicht auf, sondern blieb auf dem weit zurückgeschobenen Stuhl, den Oberkörper vorgeneigt, die starken Fäuste an der Tischkante, sitzen, ein geducktes Tier; und Theodor gab ihm die Hälfte.

Dann ging er durch die Straßen, machte vor dem Schaufenster halt und kaufte ein Paar Stiefel. Er kam sich gewachsen vor, als hätte er neuen, erhabenen Boden unter den Füßen.

Am späten Nachmittag, die Vögel zwitscherten ergreifend und abendlich, sprach er ein weißgekleidetes Mädchen an. Im Laufe des Abends besuchte er einen Tanzpalast, wurde eifersüchtig, weil das Mädchen mit einem Herrn vom Nachbartisch dreimal hintereinander tanzte, trank sauren Sekt. Das Mädchen – sie war nicht so eine – verlangte nach einem besseren Hotel, zwei Zimmer mußte Theodor mieten. Eine Viertelstunde mußte er sie allein lassen, dann klopfte er an ihre Tür, horchte, klopfte wieder und öffnete. Das Mädchen war verschwunden. Er hatte mehr Glück bei jungen Frauen, die, ohne Hut, in den einfachen Blusen und fadenscheinigen Jäckchen, sich mit einem Kinobesuch begnügten. Er achtete darauf, daß aus den kleinen Zerstreuungen keine bindende Freundschaft wurde, er hielt grundsätzlich kein vereinbartes Rendezvous.

Er war mit sich zufrieden und überzeugt, daß Willenskraft und Begabung ihm diese kurzen Fortschritte in kurzer Zeit ermöglicht hatten. Er glaubte, die einzige ihm angemessene Beschäftigung gefunden zu haben. Er wurde stolz auf seine Spionierfähigkeit und nannte sie eine diplomatische. Sein Interesse für Kriminalistik steigerte sich. Er saß stundenlang im Kino. Er las Kriminalromane.

Noch lebte das Porträt in ihm, das der Maler Klaften gemalt hatte. Er versuchte, es Lügen zu strafen. Er wendete Mittel an, um seinen Schnurrbart buschiger zu machen. Er kleidete sich neu, jetzt trug er einen hellbraunen Anzug, einen sanft grünlich karierten und ein kleines goldenes Hakenkreuz in einer quergestreiften seidenen Krawatte.

Er kaufte Waffen aller Art, Jagdmesser und Dolche, einen ledernen Totschläger, eine Pistole, einen Gummiknüppel. Er ging, wie Detektiv Klitsche, niemals ohne Revolver, er sah in jedem Passanten einen kommunistischen Spitzel. Daß er nicht verfolgt wurde, wußte er. Aber er vergaß es, besonders wenn er ein Kriminaldrama gesehen hatte. Es schmeichelte ihm, verfolgt zu werden, und also glaubte er daran.

Er, dem jede Stunde schrecklich erschien, nur weil sie neu gewesen war, der das Kommende gefürchtet, das Bleibende geliebt hatte, er täuschte sich kühne Unmöglichkeiten vor und erwartete Abenteuer auf jedem Schritt. Er war gerüstet.

Er wurde ungläubig. Hinter jeder klaren Tatsache sah er Schleier, die Geheimnis und wahren Sachverhalt bargen. Er las politisch-philosophische Schriften, die Trebitsch verfaßt hatte. Flugschriften, in denen Zusammenhänge zwischen Sozialismus, Juden, Franzosen und Russen aufgedeckt wurden. Diese Lektüre befruchtete Theodors Phantasie. Er glaubte nicht nur, was er gelesen hatte, er kombinierte aus dem gelesenen Material neue Tatsachen und entwickelte sie im „Nationalen Beobachter". Seitdem er gedruckt wurde, steigerte sich seine Sicherheit, und wenn er die Feder in die Hand nahm, zweifelte er nicht mehr an der Richtigkeit dessen, was er vorsichtig anzudeuten sich vorgenommen hatte. Las er noch einmal das Manuskript, war er sicher und strich schwächende Worte, jedes „vielleicht" und jedes „wahrscheinlich". Er schrieb die Aufsätze eines Mannes, der hinter die Kulissen geblickt hat. Er wußte, daß der „Nationale Beobachter" in den Lesesälen der „Germania" auflag und daß Tiedemann und die anderen ihn lasen. Dieser „Nationale Beobachter" hing in den Kiosken der Untergrundbahn, er hing an jeder Straßenecke, und an jedem Kiosk, und an jeder Ecke schrie der weißrote Umschlag der Zeitschrift den Namen Theodor Lohse in die Welt.

Er neidete nicht mehr den Efrussis die weißschimmernden Häuser hinter grünen Rasen, die silbernen Gitter und marmornen Treppen. Er dachte an die verlorene Frau Efrussi, wie ein ganz großer Mann einer kleinen Frau aus anderen Kreisen gedenkt, die ein kleines Abenteuer abgegeben hätte. Er beneidete den Juden Efrussi nicht, aber er haßte ihn und seine Sippe, seinen Stolz und die Art, wie er ihn, den Hauslehrer, zuletzt behandelt hatte. Jetzt erinnerte sich Theodor, daß er im Efrussischen Hause eine schüchterne Haltung eingenommen hatte, eine dumme Angst hatte ihn damals noch beherrscht, und die Schuld daran schob er den Juden zu. Wie überhaupt die Juden seine langjährige Erfolglosigkeit verursacht hatten und ihn an der schnellen Eroberung der Welt hinderten. In der Schule war es der Vorzugsschüler Glaser, andere Juden – er wußte sie nicht zu nennen – kamen später. Sie waren, wie alle Welt wußte, furchtbar, weil sie Macht besaßen. Aber auch häßlich und abscheulich, überall, wo sie auftauchten, in der Bahn, auf der Straße, im Theater. Und Theodor zupfte, wenn er einen Juden sah, auffällig an seiner Krawatte, um den anderen auf das drohende Zeichen des Hakenkreuzes aufmerksam zu machen. Die Juden erbebten nicht, ihre Frechheit erweisend. Sie sahen gleichgültig auf Theodor, manchmal höhnten sie ihn sogar, und er wurde beschimpft, wenn er Rechenschaft forderte. Er war gereizt, und es geschah, daß er des Nachts in stillen Straßen Passanten schmähte und, wenn ihm Gefahr drohte, in einer Nebenstraße verschwand. Von solchen Abenteuern erzählte er gelegentlich dem Detektiv Klitsche, dem Doktor Trebitsch und wurde von ihnen, nicht wie er erwartet hatte, belobt, sondern ermahnt, Disziplin zu üben. Denn Leute, die einer Organisation angehörten, müßten Aufsehen vermeiden.

Von nun an schwieg er, aber der Haß fraß in ihm und machte sich frei in Artikeln für den „Nationalen Beobachter". Die Aufsätze wurden immer gewalttätiger, bis das Blatt für einen Monat verboten wurde, und ausdrücklich wegen der Artikel Theodor Lohses. Zu diesem Erfolg gratulierten ihm einige junge Leser schriftlich. Auch Frauen schrieben ihm. Theodor antwortete. Man besuchte ihn. Gymnasiasten, Mitglieder des Bis-

DAS SPINNENNETZ

marck-Bundes luden ihn ein, sahen zu ihm auf, Mittelpunkt war er und stillschweigend gewähltes Haupt, Vorträge hielt er und stand, umbrandet vom Beifall seiner Verehrer, auf dem Podium. Er gründete einen nationalen Jugendbund, zog an Sonntagen mit seinen Jungen hinaus in die Wälder und lehrte sie exerzieren.

Indessen fehlte es ihm an Geld. Weit und breit war keine Aussicht mehr, neues zu verdienen, es waren ruhige Zeiten. Im Büro des Detektivs Klitsche ließen sich keine Spitzel mehr blicken. Klitsche war allerdings nicht auf sie angewiesen, er bekam Gehalt, er stand in steter Verbindung mit München. Theodor hätte gern eine ähnliche Stelle bekleidet, er liebte Klitsche nicht. Klitsche war ein Hindernis. Dieser Klitsche war Wachtmeister gewesen, Theodor war immerhin Leutnant und akademischer Bürger. Er ließ manchmal bei Trebitsch seine Unzufriedenheit merken. Einmal sagte Trebitsch im Spaß: „Vielleicht stirbt Klitsche."

Seit jenem Tag dachte Theodor an Klitsches Tod. Aber Klitsche war gesund, jede Zusammenkunft bewies es, jeder Händedruck, jedes mächtige Gelächter. Es war keine Hoffnung, daß Klitsche jemals nach München abberufen wurde. Und daß man ihm eine Verfehlung nachweisen könnte.

Manchmal träumte Theodor von einem Verrat Klitsches. Wie? War es ganz unmöglich? Verkehrte Klitsche nicht mit kommunistischen Spitzeln? Wer beaufsichtigte ihn? Wer kannte ihn eigentlich genau? Mußte es nicht einem aufmerksamen Beobachter gelingen, den Detektiv zu fangen?

Vorläufig war es unmöglich, und Theodor brauchte Geld. Ein Versuch, bei Trebitsch eine Anleihe zu machen, schlug fehl. Trebitsch erklärte nicht nur, daß er selbst Schulden habe, sondern er verwies auch auf reichere Menschen aus der Bekanntschaft Theodors, wie zum Beispiel der Prinz es war.

„Sie sind ja mit dem Prinzen befreundet!" sagte Trebitsch.

Ja, er war mit dem Prinzen befreundet. War ihm der Prinz nichts mehr schuldig?

Er ging zu Prinz Heinrich. Er mußte lange warten, es war nachmittags, und der Prinz schlief. Dann kam er, im geblümten seidenen Pyjama, mit schlafgeröteten Wangen und Grübchen wie ein gewecktes Kind.

„Ach, Theo!" sagte der Prinz.

Er setzte sich, legte einen Fuß auf den Tisch, ließ die Pantoffeln fallen und betrachtete seine spielenden Zehen. Dazu summte er ein Lied. Er gähnte dazwischen. Er hörte nicht alles, was Theodor sagte. Schließlich unterbrach er ihn:

„Du kannst mit mir nach Königsberg fahren, zur Bootstaufe!"

Also fuhr Theodor, mit einer blühweißen Seemannskappe bekleidet, in einem Coupé erster Klasse nach Königsberg. Seine Hoheit der Prinz schlief unterwegs, ein Buch von Heinz Tovote in der herabhängenden Rechten. Der Ruderklub „Deutsche Treue" holte sie ab, fütterte sie, legte sie schlafen. Sie standen am nächsten Tag, es war ein Sonntag, am Seeufer, und es regnete, wie gewöhnlich bei Bootstaufen. Eine weißgekleidete Jungfrau hielt ein Weinglas in der Rechten, einen Regenschirm in der Linken, der Prinz trat an das Boot, gab ihm seinen Namen und zerschmetterte das Weinglas am Bordrand. Alle riefen dreimal hipp, hipp, hurra! und der Regen rauschte.

Nachmittags besichtigten sie eine Ehrenkompanie der Reichswehr, lernten die Burschenschaft „Rhenania" kennen, und Theodor erkannte in dem Studenten Günther einen Kameraden aus dem Felde. Sie tranken zusammen, sie gingen durch die Stadt, sie erzählten Erlebnisse, sie hielten einander für prachtvolle Menschen und umarmten sich. Nun gab es kein Geheimnis zwischen ihnen, Theodor verschwieg nur seine Verbindung mit dem Prinzen und mit Klitsche. Dennoch nannte er auch diesen Namen einmal, und nun gestand Günther, daß auch er der Stelle S II in München angehöre und von Klitsche Aufträge erhalte. Aber er sei jetzt der Politik müde und wolle heiraten. Seine Braut lebe in Berlin. Ja, er wolle mit Theodor nach Berlin fahren. Er sehne sich.

Seine Braut war die Tochter eines Arbeiters. Der Vater Betriebsrat bei den Schuckert-Werken. Ein einfacher Arbeiter sogar und ein Roter.

Ob Günther nun auch ein halber Roter wäre, fragte Theodor. Er hielt die Hände in den Taschen und spreizte die Finger. Er horchte mit tausend Ohren.

„Nein!" Aber Günther sprach mit seinem Schwiegervater und ließ eines jeden Meinung gelten.

Sie fuhren zusammen; der Prinz schlief in einem Abteil nebenan, und Theodor schwieg. Er sah in die Landschaft. Er betrachtete Günther, den strohblonden, blauäugigen Buben mit dem dummredlichen Gesicht.

Was war ihm Günther? Name und Gesicht gleichgültig und durch Zufall bekannt. Wie der junge Thimme zum Beispiel.

Liebte er Günther? Liebte er jemanden? Ja, er liebte sein Volk. Im Dienste seines Volkes stand er. Wenn Günther nicht die Wahrheit sprach? Wenn er nur die Hälfte sagte? Wenn er ein Verräter war? Mit den Kommunisten verhandelte? Die Organisation verriet?

Hier war Theodor auf eine Sache gestoßen. Und mußte vorsichtig sein. Die Sache wies einen Weg.

Detektiv Klitsche hörte Theodor zu. War Näheres nicht zu erfahren?

Es gab nichts, weder konnte die Braut Günthers etwas verraten noch Günther selbst. Einmal fragte Theodor vorsichtig, ob der Schwiegervater nicht Kommunist wäre.

„Ja!" Günther lachte.

Sie gingen durch den Abend, Arm in Arm, Theodor und Günther. Schon betäubte ihn die Macht, Theodor, den Mächtigen, schon knotete er Schlingen mit gehässigen Fingern, Theodor, der Kluge; sah er seine Verdienste, sich selbst erhaben über Klitsche, über Trebitsch, über alle. Er fuhr nach München, mächtig wurde er, übernahm die Leitung. Theodor, ein Führer. Hastig lief er zu Trebitsch, erzählte von Günthers Verrat. Gefahren sah er und schilderte sie und hetzte sie in Begeisterung, angespornt durch des Bärtigen zustimmendes Lächeln. Am Abend sendete Klitsche Boten aus, sechzehn Angehörige der Stelle S, römisch II, kamen zusammen, zwei Kerzen entzündete Trebitsch und verlas das Protokoll mit Theodor.

Hat Günther gestanden, daß sein Schwiegervater Kommunist und Haupt einer geheimen Organisation ist?

Ja!

Die Arbeiter mit Waffen versorgt?

Ja!

Und Günther beteiligt sich an den Arbeiten?

Ja!

Die Paragraphen acht und neun aus den Statuten lauten: „Dem Femetod verfallen ist, wer gegen die vaterländischen Organisationen durch List oder offene Gewalt vorgeht; wer mit Parteien der Linken ohne Wissen der Leitung und nicht zu Spionagezwecken Verkehr pflegt."

Der Student Günther ist schuldig.

Entscheidet das Los?

„Ich übernehme die Aufgabe!" sagte Klitsche.

Man schweigt. Der Atem staunender Verehrung schlägt Klitsche entgegen. Man singt ein Trutzlied:

Der Verräter zahlt mit Blut,
Schlagt sie tot, die Judenbrut,
Deutschland über alles.

7

Es war eine Freiturnübung in Weißensee angesagt, unter dem Kommando des Leutnants Wachtl. Hundert Schritte von den anderen entfernt gingen Klitsche, Theodor und Günther. Gast war Günther, herzlich begrüßt und mit Witzen unterhalten. Man hörte das starke Lachen Klitsches.

Sie blieben stehen, beschlossen zu rasten, es hackte ein Specht unermüdlich, schüchtern pfiff ein Vogel. Hundert Mücken tänzelten in der ungewöhnlich warmen Aprilsonne, frisch und betäubend roch der Waldboden.

Theodor möchte gern das Ende des Waldes sehen. Ach! Der Wald hat kein Ende, Theodor fiebert, er spürt einen Druck auf der Schädeldecke, als lasteten viele, viele Baumstämme auf seinem Kopfe. Tränen überquellen sein Auge, er kann nicht mehr sehen, er läßt sich neben Günther nieder.

Jetzt wartet er, wartet wie auf seinen eigenen Tod. Es kam zu schnell. Zu schnell. Theodor sah vor sich unzählige Baumstämme, die das Sonnenlicht brachen und dämpften. Aber die Bäume waren körperlos, Schattenbäume, sie standen nicht fest, sie befanden sich in einer fortwährenden, unmerklichen Bewegung, als wäre der ganze Wald eine Kulisse aus dünnem Schleierstoff, von einem ganz sanften Wind bewegt. Deutlicher als die Baumstämme, die sich vor ihm befanden, sah Theodor den Detektiv Klitsche hinter sich; sah, wie er eine Beilpicke erhob, mit beiden Händen, und sich reckte, fühlte, wie Klitsche den Atem anhielt, und dann schloß Theodor die Augen. Als er sie wieder aufschlug, sah er Günther neben sich niederbrechen, sah er den halboffenen Mund des Liegenden, den halben Schrei, den steckengebliebenen, und fühlte eine lastende Stille. So ruhig war es im Walde, als wartete alles auf den Todesschrei, der nicht kam.

Zwischen den Brauen Günthers, an der Nasenwurzel, steckte die Spitze der Beilpicke. Sein Angesicht war weiß, violett schimmernd unter den Augen. Noch atmete er. Der Daumen seiner linken, auf der Brust liegenden Hand bewegte sich wie ein kleines, fleischiges, sterbendes Pendel. Mit einem letzten Röcheln verzog er die Oberlippe, man sah seine Zähne und ein Stück weißlichgrauen Zahnfleisches.

Klitsche warf einen Sack über Günther, die Beilpicke ließ er stecken. Er schleppte ihn weiter über Tannennadeln, über Sandboden, über Zapfen, die leicht knisterten. Da war eine Grube, da hinein fiel Günther, Klitsche zog den Sack fort, um die Beilpicke zu entfernen.

Rot und steil, mit unendlich feinem Prasseln, schoß das lang gehemmte Blut aus Günthers Stirn hinauf in die Baumkronen, eine rote Schnur, und tropfte von den Tannen.

Es waren klebrige, zähe Tropfen, sie erstarrten sofort, im Niederfallen noch. Verkrusteten sich wie roter Siegellack. Unendliches rauschendes Rot umgab Theodor. Im Felde hatte er dieses Rot gesehen und gehört, es schrie, es brüllte wie aus tausend Kehlen, es flackerte, flammte wie tausend Feuersbrünste, rot waren die Bäume, rot war der gelbe Sand, rot die braunen Nadeln auf dem Boden, rot der scharfgezackte Himmel zwischen den Tannen, in grellgelbem Rot spielte der Sonnenschein zwischen den Stämmen. Purpurne, große Räder kreisten in der Luft, purpurne Kugeln rollten auf und nieder, glühende Funken tänzelten zwischendurch, verbanden sich zu sanft gewellten Funkenschlangen, trennten sich. Aus Theodors Innerem kam das rauschende Rot, es erfüllte ihn, schlug aus ihm, aber es machte ihn leicht, und sein Kopf schien zu schweben, als wäre er mit Luft gefüllt. Es war wie ein leichter, roter Jubel, ein Triumph, der ihn hob, ein beschwingtes Rauschen, Tod der schweren Gedanken, Befreiung der verborgenen, begraben gewesenen Seele.

Klitsche glitt aus, fiel nieder, stöhnte einmal. Die Beilpicke stand noch eine Weile in der Luft mit aufwärtsragendem Stiel, als wäre sie lebendig, und wankte seitwärts. Theodor griff sie auf. Er ahmte Klitsche nach, erhob die Beilpicke und ließ sie niedersausen. Klitsches Schädel krachte ein wenig. Weißgrauer und blutiger Brei quoll aus seiner Stirn. Irgendwo hackte wieder der unermüdliche Specht, zwitscherte der schüchterne Vogel, stieg der schwere Dunst aus dem Waldboden.

Mit leichten Schritten ging Theodor durch den Wald, mürbe Zweige krachten unter seinen Füßen, leicht war er wie eine der hundert tänzelnden Mücken.

DAS SPINNENNETZ

8

Nach München meldete der Bericht, daß Günther Klitsche im Kampfe erschlagen habe und von Theodor Lohse nachher umgebracht worden war. Es wurde von den sechzehn Angehörigen der Stelle S, römisch II, bezeugt. Die Toten waren gründlich begraben. Ein geschossenes und auseinandergeschnittenes Eichhörnchen lag auf ihrem Grabe und erklärte die Herkunft der Blutspuren.

Frei war die Bahn Theodor Lohses. Klitsches Erbschaft verwaltete er und baute sie aus. Heiß ging sein Atem, kurz war sein Schlaf und weit das Feld, das er beackerte. Aus vierzig Mittelschulen bildete er eine Garde. Unverläßliche Spione schaffte er ab. Dreimal in der Woche hielt er Vorträge. Eine halbe Stunde bereitete er sich vor, aus Trebitschs Flugschriften und aus dem „Nationalen Beobachter". Er verwaltete Geld, das er von Major Pauli erhielt. Er schrieb Rechnungen und erteilte keine Vorschüsse, es sei denn an sich selbst.

Allmählich begriff er die Zusammenhänge, die er früher nur in Artikeln aufgedeckt hatte. Er fuhr nach München, er lernte seine Vorgesetzten kennen, einen General, der nie nach Preußen reiste und in Bayern unter dem Namen Major Seyfarth wohnte. Er hatte das Bedürfnis, Ludendorff zu besuchen, aber er durfte es nicht, direkter Verkehr mit Ludendorff war verboten. Er verlor die Verehrung für diesen und jenen, den er groß genannt und gewähnt hatte. Er sprach mit Nationalsozialisten und achtete sie gering, weil er erfuhr, daß sie nicht in alles eingeweiht waren und daß Geheimnisse auch ihnen nicht offenbar wurden. Theodor lernte horchen und mißtrauen. Man belog ihn.

Es kränkte ihn. Seinen Fragen gebot man Halt. Es richtete seinen Ehrgeiz auf, es blies ihm neuen Mut ein, Einfluß wollte er, nicht kleine Selbständigkeit, Anfang einer Kette sein, nicht ihr unscheinbares Glied. Aber sein Eifer überwältigte ihn selbst, drang aus ihm, verriet ihn, seinem Fleiß mißtraute man, seine Hitze machte ihn verdächtig. Jeder der Generale, Majore, Hauptleute, Studenten, Journalisten, Politiker klebte an seiner Stelle, es beherrschte sie Angst um ihr tägliches Brot, nichts mehr, nichts weniger. Dazwischen trieben sich kleine Menschen herum, Gäste der Organisation, der rote Wanderredner Schley, der Pfarrer Block, der Schulmädchen verführte, der Student Biertimpfl, der eine Unterstützungskasse geplündert hatte, der Artist Conti aus Triest, Matrose und Deserteur, der jüdische Spitzel Baum, dessen Spezialität Aufmarschpläne waren, der Elsässer Blum, ein französischer Spion, Klatko aus Oberschlesien, Invalider aus den Abstimmungskämpfen; Marineleutnants und Überseedeutsche, Flüchtlinge aus den besetzten Provinzen, ausgewiesene Regierungsräte, Prostituierte aus Koblenz, Straßenbettler aus den Rheinstädten, ungarische Offiziere, die unkontrollierbare Wünsche geflüchteter Mitglieder aus Budapest brachten, von der Polizei Verfolgte, die falsche Pässe forderten, Redakteure, namenlose, die Geld zur Gründung kleiner Blätter wollten. Jeder wußte etwas, konnte gefährlich, mußte befriedigt werden.

Es gab Witzige, Dumme, Menschen, von denen Theodor lernen konnte, andere, die von ihm zu lernen suchten. Viele kannten ihn, sein Name war ihnen geläufig, vor Spitzeln mußte er sich in acht nehmen. Er mußte es überhaupt. Er ging durch die Straßen, die Hand am Revolvergriff in der Tasche, er mied dunkle Gegenden, nie trat er aus dem Haus, ohne sich umzusehen, in jedem Passanten witterte er einen Feind, in jedem Gesinnungsgenossen einen persönlichen Gegner. Auf seine Schar junger Leute allein konnte er sich verlassen. Er schuf einen Saal- und Versammlungsschutz, sprengte sozialistische Versammlungen, zog durch die Straßen mit flotten Gesängen. Zu den Vorträgen Trebitschs verteilte er seine Leute im Saal und ließ sie Beifall klatschen, zum Beifall ermuntern. Manchmal schrie ein ahnungsloser Zuhörer eine Beleidigung. Dann schrillte Theodors Pfiff, der Saalschutz strömte um den Zwischenrufer zusammen, keilte ihn ein, schlug ihn zu Boden, trampelte auf Rücken, Brust und Schädel und schlug sich in tödliche Begeisterung hinein.

Er instruierte, rüstete aus, bestrafte Feiglinge, belobte Mutige, ein kleiner Gott war er. Sich selbst übertraf er, längst war sein Glaube erschüttert, sein Haß geschwächt, seine Begeisterung ausgekühlt, er glaubte nur an sich, liebte sich selbst, begeisterte sich an seinen Taten. Er haßte nicht mehr die Efrussis und nicht mehr die Glasers. Er glaubte nicht an den Erfolg der Bewegung. Er begann, Trebitsch zu durchschauen. Er sah die Sinnlosigkeit dieses Schlagwortes, jenes Arguments. Er verachtete die Zuhörer, zu denen er sprach. Er wußte, daß sie alles glaubten. Er las Broschüren, Zeitungen, nicht um ihre Gesinnung zu teilen, sondern um sie auswendig zu lernen, Überzeugungen, die ihm gleichgültig waren, im Kopf zu behalten. Er sah, daß jeder nur für sich arbeitete, er tat es mit größerer Anstrengung als die anderen. Er wollte … was er wollte, war ihm nicht klar.

Er wollte Führer sein, Abgeordneter, Minister, Diktator. Noch kannte man ihn nicht außerhalb seiner Kreise. Noch brannte der Name Theodor Lohse nicht in den Zeitungen. Er hätte gern ein Märtyrer seines Ruhmes werden, der Volkstümlichkeit des Namens sein Leben opfern mögen. Es schmerzte ihn der Zwang zur Namenlosigkeit, unter dem er alle Taten verrichten mußte. Und je geringer die Kraft seiner Überzeugung wurde, desto mehr erweiterte er die Gebiete seines vorgetäuschten Hasses: Nun sprach er nicht nur gegen Arbeiter und Juden und Franzosen, sondern auch gegen den Katholizismus, die Römlinge. Er überfiel den Saal, in dem der katholische Schriftsteller Lambrecht sprach. Er saß in der ersten Reihe. An ihm vorbei rauschten Sätze einer fremden, unverständlichen Sprache. Aber ein Wort fiel nieder, das Wort „Talmud".

Es rüttelte an Theodors halb eingeschläfertem Bewußtsein. Er pfiff, und vierzig Ochsenziemer seiner Schar prasselten auf die Zuhörer. Dem Schriftsteller Lambrecht schrie Theodor „Jud!" und „Römling!" entgegen. Er formte eine große Speichelkugel auf der Zunge. Er spie sie gegen Lambrecht. Er zerrte eine grauhaarige Frau am Kopfe durch die Sitzreihe. Er drehte ihre Handgelenke. Die Frau schlug ihn mit den Beinen, gellte in sei-

DAS SPINNENNETZ 31

ne Ohren. Plötzlich wurde sie schwer, fiel nieder. Es schrillte seine Pfeife. Alle verschwanden. Die Polizei fand nur noch einen Tatbestand vor und verhaftete zwei Verletzte, in deren Taschen sie rote Knöpfe gefunden hatte und die harmlose Mitglieder eines Kegelklubs waren.

Er liebte Franziska, die zu ihm kam, eine Spionin. Berichte brachte sie von der Kommunistischen Partei, kurzgelockt war ihr Haar, braungelb ihre Haut. Er weinte, als sie verschwand mit seiner Kasse, seinen Berichten, ihm fehlte Geld. Der Postbeamte Janitschke verlangte Honorar für gestohlene Briefe. Er hatte einen lahmen Arm, aber er drohte mit Anzeigen. Der Spitzel Bräune wollte Reisegeld nach Frankfurt an der Oder, seine Frau hatte ein Kind bekommen, und er mußte heim. Theodor meldete den Fall Franziska, das Geld sollte er selbst zurückerstatten, er flehte bei Trebitsch um Hilfe. Trebitsch riet ihm: Efrussi. Er wartete lange im Vorzimmer. So lange hatte er gewartet, als er das erstemal zu Efrussi kam um die Lehrerstelle. Es schrillte die Glocke, zweimal, dreimal, der schwarze Diener bewegte sich stelzend, mit vorgestreckter Brust, eingezogenen Knien, wie ein Mensch aus Holz. Immer noch trug Efrussi das blasse, kalte, schmerzliche Antlitz einer alten, strengen Frau, ein Hauslehrer wurde man in seinem Zimmer, ein Theodor Lohse von damals, ein ganz kleiner Theodor Lohse.

Efrussi verlangte eine Bestätigung. Er steckte den Scheck in einen Umschlag und: „Gehen Sie zu Major Pauli", sagte er. Er befahl, Theodor gehorchte, er ging zu Major Pauli, er begriff, er wußte. Groß war die Macht Efrussis, stärker war er als irgendein Theodor Lohse, man hörte niemals auf, sein Hauslehrer zu sein, sein Diener, sein Abhängiger. Und der alte Haß erwachte, schrie in Theodor: Blut, Blut, Judenblut! Erst als er vor dem Major Pauli stand, straffte sich der Schlaffgewordene, verlor sich seine gelockerte Haltung, wandelte sich seine Wehmut in Respekt, und mit schneller Sorgfalt raffte er alle Kräfte zusammen und machte sie einem einzigen Zweck nur dienstbar: der militärischen Strammheit. Über der Erinnerung an den lästigen Bittgang zu Efrussi schwebte die Stimme des Majors. Den Klang seiner zusammengeschlagenen Hacken trug Theodor fort in sein Arbeitszimmer, kein Abenteuer drohte ihm mehr, Boten kamen, Briefe schnitt er mit dem glatten Papiermesser auf, dessen kühle Elfenbeinfläche er liebkoste.

9

Manchmal kam der Bruder des toten Klitsche. Er diente bei der Reichswehr, er nahm die strammste Haltung an, wenn er sprach, er sagte in einer Minute fünfzehnmal Herr Leutnant und besaß dennoch eine unbestimmte Vertraulichkeit mit allen Dingen dieses Zimmers. Sein Auge grüßte Tapeten, Decke, Diele wie alte Bekannte. Er war auf diesem Sofa gelegen, auf diesem Stuhl gesessen, und er sah dem toten Klitsche ähnlich. So ähnlich, daß Theodor das Angesicht des Toten nicht vergessen konnte und nicht, weshalb er eigentlich hier saß, arbeitete, arbeitete und wuchs.

Wäre dieser Bruder Klitsches nicht gewesen, Theodor hätte innegehalten – er wußte es nicht bestimmt, wahrscheinlich hätte er gerastet. Nach einer Pause sehnte er sich manchmal. Dann aber stieg das Angesicht Klitsches auf und Günthers, und Theodor arbeitete. Er hat beide getötet, nicht umsonst hat er sie getötet. Den einen anzuzeigen war seine Pflicht gewesen, den anderen, der vielleicht schon tot war, ehe er den Schlag erhalten hatte, zu töten, das war eine Aufgabe, die Früchte tragen sollte.

Aber es kamen Abende, an denen Theodor sich mit der Frage beschäftigen mußte, ob die Toten endgültig tot seien. Dann ging er in die Kaiser-Wilhelm-Diele, in die kleine Bar, wo man ihn kannte, guten Tag, Herr Leutnant, sagte und seinen Besuch schätzte. Ein paar Kameraden seiner Gruppe umschmeichelten ihn, machten ihm Platz in der Mitte, sahen ihm auf den Mund und – erkannten sie an den ersten Sätzen, daß es eine lustige Geschichte würde, dann lachten sie und waren erschüttert von Theodors Humor. Theodor kannte viele Geschichten, er war Held und Mittelpunkt aller, er hatte nicht umsonst jahrelang zugehört und gelacht; jetzt wußte er, daß der Erzählende Mittelpunkt sein mußte. Manchmal auch vergaß er und glaubte, manches selbst erlebt zu haben. Denn er trank, und auch der Beifall berauschte ihn, und er saß rittlings auf hohem Barstuhl, und ihm war, als galoppierte er.

Er hörte das Gelächter der Freunde aus der Ferne, die Musik, die im großen Saale spielte und unhörbar gewesen war, rückte näher, sie spielte das Lied vom schwarzbraunen Mädchen, und es war Theodor zum Weinen traurig, und er wunderte sich nur, daß die Bardame lächelte.

Er trank noch einen Gemischten und sank vom Stuhl und erwachte morgens.

Oh, wie gern hätte er sich einer anderen Art der Entspannung hingegeben! Es war schön hinauszufahren, der Sommer lag breit und mächtig über der Welt, und in den Wäldern war … In den Wäldern gefiel es Theodor nicht, die Toten lagen in den Wäldern, sie wurden von Würmern gefressen, und grünes Gras sproßte aus ihrem Gebein.

Einmal kam die Ruhe, spät, auf den Gipfeln erst war sie, weit war der Weg und Theodor müde.

Aber es trieb ihn zu den Gipfeln, er sah sie nicht, kannte sie nicht, er konnte sie sich kaum vorstellen. In ihm schrie es: aufwärts, um ihn schrie es: aufwärts, schon kannte er die Wege, schon war er ein Gruppenführer, schon lebte er mit Journalisten gut, er kannte den großen Politiker Hilper, er ging auf die Galerie des Reichstags, er hörte sich selbst schon reden, er sah sich in diesem Saal, an der Spitze seiner Leute, hörte seinen schrillen Pfiff, er schlug auf die Abgeordneten, verjagte sie, er schrie: Hoch die Diktatur! Oben, hoch oben in der Nähe des Diktators, stand Theodor.

Er entsann sich seiner alten Methode: Er trat in direkten Verkehr mit Hohen und Höchsten. Jetzt kannte er sie. Über seinem „Major Seyfarth" stand der „Marinekapitän Hartmut". Theodor ersann Pläne; er suchte das Leben, die Gewohnheiten jüdischer und sozialistischer Männer zu erkunden; manches erfuhr er, anderes erfand er. Er schrieb im „Nationalen Beobachter" über eine erfundene Verbindung eines Politikers mit französischen Spionen und schlug ein Attentat vor. Er war klug und fand Anhaltspunkte für jede Beschuldigung. Er übertrieb, korrigierte Tatsachen, sein Verdacht ruhte auf irgendeinem Ereignis. Manchmal erriet er eine geheime Verbindung. Journalisten machten ihn auf unscheinbare Vorfälle aufmerksam. Er schickte seine Spione aus. Er wußte, daß jeder dieser Spitzel übertrieb. Er vergrößerte ihre Übertreibungen. Er arbeitete Pläne zur Befreiung gefangener Organisationsmitglieder aus. Er sendete die Pläne nach München – an den Kapitän Hartmut. Er verdiente zumindest Geld. Er verfaßte Rechnungen. Unzufriedene Spitzel begütigte er durch kameradschaftlichen Händedruck. Es gab Dumme, sie ließen sich alles gefallen. Sie warteten.

Aber die Stelle S, „Major Seyfarth", sendete Rügen und Ermahnungen, bestellte Theodor nach München. Theodor hatte Ausreden. Theodor ging vom „Major Seyfarth" zum „Kapitän Hartmut". Er war ein alter Herr, er trug spärliches Haar über der Glatze, von hinten nach vorn gekämmtes, und er lauschte mit dankbarer, aber nie gestillter Gier einem Kompliment, einer Schmeichelei. Theodor erkannte ihn. Manchmal ließ er ein vorsichtiges Urteil über die Stelle S fallen. Einmal sagte Theodor: Wenn er nicht die Stelle S hätte, sondern den Kapitän selbst – das wäre anders. Er brauchte einen freien Geist, er, Theodor Lohse.

Er vergaß, daß Trebitsch lebte; daß Trebitsch verdienen mußte; daß auch der Rechnungen verfaßte; daß es seine Aufgabe war, Theodor zu überwachen. Und Trebitsch teilte mit, daß Theodor im Eifer dieses übertrieben, jenes falsch gesehen hatte. Oh, er besaß zuverlässige Augen und Ohren, der Jude Trebitsch.

Theodor bereitete die Befreiung eines Untersuchungsgefangenen vor. Er fuhr nach Leipzig. Einer der Aufseher war Wachtmeister in Theodors Kompanie gewesen. Ihn wollte er für die Organisation gewinnen. Er teilte nach München gute Fortschritte mit. Und erhielt den Besuch eines Mannes mit dem schriftlichen Befehl, heute noch, spätestens morgen auf das Gut Lukscha in Pommern mit fünfzig Männern abzureisen.

10

Er war ohnmächtig, erbittert, rachelüstern. Er ging zu Trebitsch … War ein Theodor Lohse nicht unentbehrlich?

Und Trebitsch lächelte. Er kämmte mit gespreizten Fingern seinen Bart. Es blieb nichts übrig, Theodor reiste.

Auf dem Gut Lukscha in Pommern streikten die Landarbeiter. Der Freiherr von Köckwitz rief nach Hilfe.

Er war alt, der Freiherr von Köckwitz. Er war verwitwet. Er hatte drei Söhne: Friedrich, Kurt, Wilhelm. Er war ein Jäger. Er schoß gut. Er schoß den ganzen Tag. Er besaß ein Waffenarsenal im Keller. Er war streng gegen sich und andere. Er empfing Theodor um die Mittagsstunde. Die Sonne brannte. Theodors Leute hatten eine Stunde Marsch hinter sich. Der Freiherr verlangte militärischen Schritt. Waren das Landstreicher? Ging man in Gruppen? Er forderte Viererreihen. Er dirigierte den Zug nach der großen Scheune. Sie lag eine Viertelstunde weiter. Theodor marschierte, erbittert, ohnmächtig, rachedurstig. Er kannte den Freiherrn von Köckwitz.

Jeder kannte ihn. Er hatte einen Arbeiter beim Holzfällen erschossen. Er bedrohte Sonntagswanderer mit schußfertigem Gewehr. In seinen Wäldern verschwanden erdbeerensuchende Kinder. Seine Söhne standen im Sommer hinter Hecken verborgen; er lauerten Ausflügler; schossen auf Wandervögel. Der jüngste Sohn war zwölf Jahre alt und zielte auf die Tauben der Förster. Freiherr von Köckwitz hatte seine Frau ins Grab geärgert. Sie war eine geborene von Zick. Ihr Großvater nachweislich bei der Post gewesen. Junger Adel von der Pferdepost. Sie starb an ihrem Großvater. Die Zeitungen schrieben über den Freiherrn von Köckwitz. Die Gerichte ließen Anklagen verstauben, zerfallen, Staatsanwälte waren zu Jagden eingeladen. Untersuchungsrichter spielten Poker mit Kurt. Man kannte den Freiherrn von Köckwitz. Man verspottete ihn. Man erzählte Köckwitz-Anekdoten. Jedes Jahr streikten seine Arbeiter. Immer halfen ihm Roßbach-Leute. Diese Sommerarbeit fürchtete man. Beim Freiherrn von Köckwitz erhielt man zweimal täglich Essen. Graupensuppe und Schwarzbrot.

Sie lagen in der Scheune, verärgert und hungrig. Am Nachmittag kam Freiherr von Köckwitz und befahl: „Lassen Sie Ihre Leute singen! Ich liebe Gesang!" Sie sangen, sie arbeiteten, sie aßen Schwarzbrot und Graupensuppe, sie legten sich schlafen, sie standen beim ersten Morgenstrahl auf. Sie sangen.

Einmal kam der Freiherr aufs Feld. Er war gut gelaunt. Er lud den Untersuchungsrichter ein. Er lud auch Theodor und die fünfzig ein. Er sprach mit Theodor. Schimpfte auf die Arbeiter. Sie waren Polacken. Kein Tropfen deutschen Blutes, Juden verführten sie. In dieser Gegend lebten überhaupt Juden, Polacken, rotes Gesindel. Es war zum Niederknallen.

Niederknallen sollte man sie. In dieser Nacht brannte die große Scheune. Einer von Theodors Leuten hatte geraucht. Der Freiherr drohte: Drei Taglöhne weniger. Aber der Untersuchungsrichter verdächtigte die Landarbeiter. Man verhaftete zehn.

Hundert zogen am nächsten Tage vor das Gut. Der Freiherr ließ Maschinenpistolen aus dem Keller bringen. Er verlor den Appetit. Er schloß die Fensterladen. Ohrfeigte den zwölfjährigen Wilhelm. Schon sah er sein Haus vernichtet. Seine Söhne gehängt. Sich selbst gefoltert. Er ging nicht mehr in die Felder. Er schlief in Kleidern, die Pistole neben sich. Er fürchtete sich vor vergifteten Speisen. Er fürchtete sich überhaupt.

Theodor schlief im Hause. Nicht nur, weil die Scheune abgebrannt war. Wachen stellte Theodor auf. Die jungen Freiherren inspizierten. Der Alte war milde. Ein gütiger Greis. Er spendete für die Kirche. Er sah sich um, wenn er sprach. Er flüsterte.

In solcher Stimmung war er zugänglich jedem Rat.

DAS SPINNENNETZ

Theodor war erbittert. Schickte man ihn weg? Wollte man seinen Namen untergehen lassen? Brennen sollte der Name Theodor Lohse in allen Zeitungen. Nicht vergessen sollte man Theodor Lohse. In Berlin und in München nicht. Man wird ihn nicht vergessen.

Man muß die Arbeiter herausfordern. Kam es zum Kampf – sie vernichten. Hundert Mann – hatten sie Waffen? Hier war ein Arsenal. Man wird Theodor Lohse nicht vergessen.

Jeden Tag sangen sie:

Der Verräter zahlt mit Blut,
Schlagt sie tot, die Judenbrut,
Deutschland über alles.

Sie arbeiteten weniger. Sie exerzierten. Sie rückten mit Gewehren aus. Die Arbeiter hungerten. Ihre Kinder bekamen dünne Hälse und große Köpfe. Die Frauen kreischten, wenn sie Theodors Leute sahen. Sie riefen: „Hunde!"

Man schoß in die Luft. Arbeiter kamen, hundert, zweihundert aus der Nachbarschaft. Sie trugen Stöcke. Sie warfen Steine. Sie zogen zum Gutshof.

Theodor ließ sie in den Hof. Drinnen schrien sie. Sie drängten gegen das Haus. Fensterscheiben klirrten wehmütig. In den Fenstern lag Bettzeug zum Auffangen der Steine. Ein Arbeiter, von Kameraden auf die Schultern gehoben, hielt eine Rede.

Theodor schoß. Der Arbeiter schwankte. Auseinander stoben alle. Vor dem Tor strömten sie zusammen und rüttelten vergebens an der dreifachen Riegelung. Sie schwangen sich über die Mauer. Aber drüben blitzten Gewehrläufe. Die Arbeiter ließen sich in den Hof fallen. Aus dem Hause tönten Schüsse.

Die Sterbenden stöhnten. Die Lebenden schwiegen. Es erhob sich eine große Ruhe. Es wehte Stille aus dem Hofe wie aus einem weiten, geöffneten Grab. Heiße Sonne strahlte von den Pflastersteinen wider. Hoch in der Luft trillerten Lerchen. Eine Hummel surrte wie ein großer Kreisel. Aus der Ferne scholl die Stimme eines Hundes herüber. Glocken der Dorfkirche dröhnten.

Viele entkamen über die Mauer, schlugen die lauernden Schützen nieder und entflohen. Dreißig blieben liegen, verwundet und tot. Blutgerinnsel zeichnete Landkarten auf das weiße Pflaster des Hofes.

Spät kam Gendarmerie, trank Bier auf dem Hofe, noch war das Blut nicht getrocknet. Ein Grübchen im Kinderkinn hatte der junge Untersuchungsrichter und ein Hakenkreuz im Knopfloch.

Es schrieben die Zeitungen: Blutiger Aufstand der Landarbeiter! Eine Heldentat der Technischen Nothilfe! in die horchende Welt. Reporter kamen. Theodor Lohse sprach mit ihnen. Theodor Lohse stand in der Zeitung. Ein Student, Leutnant der Reserve, hat den Aufstand niedergeschlagen: Theodor Lohse.

Der Sonntag war Sammeltag für die Technische Nothilfe. Weißgekleidete Kinder verkauften Kornblumen aus Leinwand in den Straßen Berlins.

II

Theodor hörte das rote Blut, es schrie, es brüllte wie aus tausend Kehlen, es flammte wie tausend Feuersbrünste, purpurne Räder kreisten in der Luft, purpurne Kugeln rollten auf und nieder. Aus seinem Innern kam das rauschende Rot, es erfüllte ihn und machte ihn leicht, ein roter Jubel kam über ihn, ein Triumph hob ihn empor.

Aber wehmütig war er in den Abendstunden, wenn die Fledermäuse zu flattern begannen und die Frösche quakten, das Wispern der Grillen unablässiger und eindringlicher wurde und eine Magd bei der letzten Arbeit des Tages sang. Gerührt, mit einer schluchzenden Seele, betrachtete er den abendlich geröteten Himmel, und er pfiff wehmütige Lieder. Ihm war wie in der Kaiser-Wilhelm-Diele, wenn die Musik das Lied vom schwarzbraunen Mägdlein spielte.

Er gewann seinen Glauben an die Sache wieder, der er diente, wenn der alte Freiherr traurig wurde und von deutschen Landen zu reden begann, die den Polacken anheimgefallen. Irgendwo hörte Theodor Hörner blasen, einer Kriegstrompete aufschreckenden und sterbebangen Ruf. Er war mitten im Krieg, er kämpfte und stritt, er verteidigte heilige Erde, und er war bereit, sein Blut zu verspritzen, wenn der alte Freiherr das Wort „Scholle" sagte. Er sprach ein langes, sehnsüchtig klingendes O und ein hartes ostpreußisches L, er holte Atem, ehe er die erste Silbe aussprach, und stieß ihn bei der zweiten Silbe aus mit einem Seufzer. Theodor sah manchmal in dem alten Freiherrn das Bild eines der letzten deutschen Adeligen, denen in der neuen Zeit der Untergang drohte.

So war es nicht immer. Wenn es regnete und Theodor in der Bibliothek des Freiherrn saß, las er Romane in der „Woche", betrachtete in Zeitschriften Photographien großer Männer, wurde nüchtern, wie er immer gewesen, und den Freiherrn sah er nicht mehr begeistert, sondern als einen alten, mit kleinen Lächerlichkeiten behafteten Mann, wie ihn alle sahen; mit verzeihendem Verständnis allerdings und einer Dankbarkeit, die er dem Hause für eine über die üblichen Maße und ausnahmsweise genossene Gastfreundschaft schuldig war.

Denn Theodor wurde besser gehalten als jemals einer von den alljährlich gebrauchten Helfern. Theodor war Zeuge in dem Prozeß gegen die Landarbeiter. Er unterhielt sich mit dem Untersuchungsrichter. Er begleitete den Freiherrn nach Berlin. Schon war vollkommene Gefahrlosigkeit sicher. Dennoch genoß Theodor liebevolle Behandlung. Ein schwerverletzter Arbeiter, den man für den Aufrührer hielt, wurde rasch im Spital gesund gepflegt. Er bekam sogar Wein, nachdem sein Wundfieber verschwunden war. Die Anklage legte ihm Haus- und Landfriedensbruch zur Last und Mordversuch.

Der Prozeß dauerte eine halbe Stunde. Der Arbeiter bekam acht Monate Zuchthaus. Der Staatsanwalt saß am Abend mit Theodor Lohse und dem Freiherrn im „Kaiserhof" bei einer Flasche Wein.

Eine Woche später nahm Theodor Abschied vom Gutshof. Er konnte seine Rührung nicht unterdrücken, er dachte daran, daß der alte Freiherr bald sterben werde, er dachte

DAS SPINNENNETZ

an die Abendstunden, den Gesang der Frösche und der Grillen, die gemeinsamen Gefahren, die ihn mit dem Hause verbunden hatten, und an die Heiligkeit der „Scholle".

Dann marschierte er an der Spitze der fünfzig ab, zum Bahnhof. Sie sangen auf der breiten Landstraße. Theodor beschloß, ihnen erst in Berlin die Löhnung auszuzahlen. Der Freiherr hatte in der Stunde des Abschieds die drei Taglöhne nicht abgezogen.

Theodor gedachte, es zu tun.

12

Nun ging er zu Trebitsch. Wie Triumph war sein Gruß. Hielt man ihn für tot? Sieh, es lebte Theodor! Lebendiger als je zuvor. Hatte man ihn vergessen? In den Zeitungen klang sein Name.

Die Wehmut verlor er. Vergaß das Zirpen der Grillen, den Gesang der Mägde, die Scholle. Schon griff er den alten Plan auf. Reiste nach Leipzig. Aber Pfeiffer war geflohen ohne Theodors Hilfe. Trebitsch hatte ihn befreit.

Theodor verschmerzte die verlorene Gelegenheit. Noch saßen Zange und Marinelli.

Nach München fuhr er. Bei Kapitän Hartmut fand er Mißtrauen. Trebitsch hatte gearbeitet. Seine Spuren erkannte er.

Nationalsozialismus war ein Wort wie andere. Es bedingt nicht Gesinnung. Er wurde empfangen, von nationalsozialistischen Führern mit Achtung ausgezeichnet vor anderen Wartenden. Man, kannte ihn also. Unwissend waren sie. Theodor lüftete sachte Schleier. Er machte neugierig. Sie lebten im Rausch, in Begeisterung. Viele strömten ihnen zu. Sie waren Partei, nicht Geheimverbindung. Jenes schien Theodor machtvoller. Dort arbeitet man mit offenem Visier. Dort vergräbt man sich nicht. Dort klingt der Name wie mit tausend Glocken.

Er ging zu Versammlungen. Alle jubelten. Kleine Bürger tranken Bier. Aßen und jubelten, Krautknödel in den Mündern. Junge Sturmtruppen marschierten in den Saal. Standen an den Wänden. Trugen den Redner durch eine Gasse zwischen Stühlen, Publikum, Tischen. Viertausend Füße trampelten. Kellner flitzten weiß. Scheine raschelten. Es war ein Volksfestjubel. Theodor war neidisch.

Wie arbeitete er schleichend, im verborgenen, umlauert von Feinden, innen und außerhalb!

Er ging in die Werbebüros. Wie kamen sie alle! Junge Arbeiter, Studenten, Handlungsgehilfen. Anderes Material als Theodors Gymnasiasten. Gläubiger waren sie, leichter entflammt, feurig, ehe sie kamen, lodernd, wenn sie aufgenommen waren. Eine Gefahr war Hitler. War Theodor Lohse eine Gefahr? Täglich nannten jenen die Blätter. Wann sah man Theodors Namen?

Aber Unterwerfung forderte der Große, der Naive, Ungebildete, im Rausch der Begeisterung Lebende. Männer, die so wenig wußten, waren sich selbst alles. Sie kannten kein Verhandeln. Sie hatten es nicht nötig. Wenn der Führer sein Büro verließ, grüßten fünfzig Menschen im Vorzimmer, und zwanzig standen stramm. Im Auto fuhr er. Mag sein, daß er nicht alles wußte. Daß man ihn vorschob. Aber ihn kannte jeder. Wer grüßte Theodor Lohse?

Major Seyfarth war unzufrieden. Wie durfte Theodor ihn übergehen? Auf seine Verdienste wies Theodor hin. Ja, Theodor drohte. Der Major sprang auf. Hatte Theodor den Eid nicht geleistet? Eide könne man brechen. Auf zweihundert Verwegene stütze sich die Macht Theodor Lohses. Theodor übertrieb. Kaum fünfzig Gymnasiasten beteten ihn an. Kleine, furchtsame Jungen waren sie.

Seyfarth zog sich zurück. Einen Ausweg wußte er. War nicht Arbeit genug für Theodor Lohse? Agitation? Propaganda? In der Reichswehr etwa? War das nicht ein Weg? Wertvolle Verbindungen gewann man.

Theodor überlegte: Die zweihundert haben ihm imponiert. Nun fürchtete er sie. Das Militär versprach viel. Blieb ihm sein Einkommen gesichert? Ja, es blieb, und die Gage kam dazu. Er willigte ein.

Daheim sah er in den Spiegel. Nicht anders sah er aus als jener Führer. Niemand machte ihm Eindruck. Er blitzte sein eigenes Spiegelbild an. Sprach ein Wort aus, um seine Stimme zu prüfen. Sie trug die Worte. Sie konnte donnern.

Er machte einen Plan für die Reichswehr: ergebene Leute finden; ihr Lehrer sein, ihr Führer, Herr über Leben und Tod von hundert, zweihundert, tausend Bewaffneten.

Er rückte ein, ein Tag reichte für die Erledigung der Formalitäten. Mit fünf Empfehlungen rückte er ein. Potsdam war seine Garnison. Er trug eine Uniform nach neuestem Schnitt. Den Rock nicht mehr eng wie in alten Zeiten. Es war der neue Geist der Armee. Die Silberstreifen auf den Achselstücken lagen so, daß sie einen schmalen Tuchrand frei ließen. Das Bajonett hatte eine leise vernickelte Kuppel. Sie war in den Vorschriften nicht vorgesehen, aber lächelnd geduldet. Jeden Morgen exerzierte er. Lange hatte er das Exerzieren entbehrt. Er stand vor zwei Menschenreihen. Er merkte die leiseste Veränderung dieses und jenes Körpers. Er sah, wenn sich jemand rührte, wenn Stiefel nicht geputzt, Läufe nicht gefettet, Tornister schief geschnallt waren. Er befahl Kniebeugen, man gehorchte. Er befahl Laufen, man lief. Er donnerte Stillgestanden, man stand still.

Er hielt Unterricht am Nachmittag. Er las Broschüren von Trebitsch vor. Und sagte eigenes. Er machte einen Witz. Die Soldaten lachten. Er glaubte zu sehen, daß einer krank war. Er schickte ihn heim. Er war ein Kamerad. Er klopfte dem und jenem auf die Schulter. Er sprach über Mädchen. An Montagen fragte er, wie der Sonntag gewesen sei. An Samstagen wünschte er vergnügte Sonntage. Er bot Fürsprache beim Obersten den Bestraften an. Er selbst vermied Bestrafungen, begnügte sich mit Rügen. Die im Felde Gewesenen sammelte er um sich. Er kündigte Vorträge am Abend an. Viele kamen. Seine Kompanie spendete Beifall, riß andere mit. Nach einigen Wochen konnte er frei sprechen; fragte er, wieviel mit ihm durch dick und dünn gingen. Alle erhoben sich, alle. Er ließ einzelne einen Eid schwören. Er gab ihnen Geld und Broschüren zur Verteilung.

Mit den Offizieren sprach er wenig. Er kam ins Kasino. Sie sprachen vom Dollar wie alle. Leutnant Schütz, Sohn eines Bankmächtigen, hatte dem Obersten Papiere gekauft. Es waren Haussetage. Des Obersten gute Laune erheiterte das Kasino. Alle wollten Papiere. Sie wußten, was Effekten waren, Hausse und Lombard, Leutnant Schütz lieh allen. Er lieh auch Theodor.

Theodor las in den Abendblättern Kurse.

13

Er las Kurse.

Sein Geld vermehrte sich, er lernte sagen: Das Kapital wächst. Nun waren Wege frei. Wege zu weißschimmernden Villen im Tiergarten, zwischen samtenem Rasengrün, hinter silbrigen Gittern, mit steifen Lakaien und goldgerahmten Bildern. Darüber hätte Theodor fast anderes vergessen. Mächtiger als alle war Efrussi. Nie hörte man auf, sein Hauslehrer zu sein. Zu den Geheimnissen aller Macht führte wachsendes Kapital.

Immer hatte er Geld geliebt, er, Theodor Lohse. In der Schule vollbrachte er das erste Geschäft. Er sammelte für einen Kranz. Der kleine Berger war gestorben. Zwei Mark vierzig Pfennig bekam Theodor. Er kaufte den Kranz für zwei Mark zehn Pfennig. Dreißig Pfennig behielt er. Er hielt sie ein Jahr lang.

Immer war er sparsam gewesen. Als Student und später beim Militär lernte er Geld geringschätzen. Nur die ersten Schecks von Trebitsch gab er leichtsinnig aus. Er bereute es später. Er bereute immer, wenn er ausgegeben hatte.

Er reiste in Zivil und in der dritten. Er kaufte Wochenkarten für die Stadtbahn. Trug er die Uniform, so ging er zu Fuß.

In der Früh, wenn sie auf der Exerzierwiese rasteten, sah er die Frau mit dem Zuckerwerk von Soldaten umringt. Limonade verkaufte sie. Alle waren erhitzt und tranken. Theodor steckte Kaugummi zwischen die Zähne.

Dreimal täglich rauchte er, nach jeder Mahlzeit. Eine Zigarre genügte ihm. Er löschte sie aus, steckte sie wieder an.

Er sah, wie sein Geld wuchs. Wenn er erst reich war wie Efrussi, kaufte er sich einen Theodor Lohse.

Vorläufig blieb Theodor vor den Schaufenstern stehen und rechnete aus, was er kaufen könnte, wenn er seine Aktien losschlüge. Manchmal fragte er bei umherirrenden Maklern an, was dieses und jenes Haus kostete. Er bekam viele Angebote. Er sonderte sie in jene, auf die er nicht eingehen konnte, und solche, für die sein Geld reichte.

Fast hätte er darüber seine Aufgaben vergessen. Er glich einem Bräutigam, der den Sonnenaufgang am Tage der Erfüllung verschläft. Sein spähendes Auge irrte zu fremden Zielen. Sein eingeschläfertes Ohr vernahm nicht mehr die verheißenden Gewitter der Zeit. Er sah Trebitsch nicht mehr. Er schrieb nichts mehr für den „Nationalen Beobachter".

Gleichzeitig ging er an den Lebensmittelläden vorbei, vor denen hungrige Mengen lärmten. Am Nachmittag plünderten Arbeiter in Potsdam.

Eine stille Geschäftigkeit herrschte in der Kaserne. Es rückte eine fremde Maschinengewehrkompanie ein und blieb – niemand wußte, wie lange. Niemand kannte den Oberleutnant, der sie befehligte.

Man sprach weniger, der Oberst saß schweigsam und steif. Er hatte dunkelrote, blaugeäderte Wangen. Sie hingen, wenn er schwieg, wie kleine Täschchen aus Haut über den Kragen. Am Ende der Tafel, wo die „jungen Leute" saßen, machte man keine Witze mehr. Man las Zeitungen, den politischen Teil, und kümmerte sich nicht um das Geld.

Es war eine angstvolle Feierlichkeit, als wartete man auf eine beglückende Katastrophe. Major von Lübbe hielt einen Vortrag über die Zukunft des Luftkrieges. Es war jener bereits bekannte Vortrag, den Major Lübbe einigemal im Jahr aus einer alten Nummer der „Kreuzzeitung" vorzulesen pflegte. Er hatte als Hauptmann einen Artikel über Luftkriege verfaßt. Das war lange her. Wenn er den Aufsatz las, drückten sich die Stabsoffiziere. Nur die jungen Leute mußten bleiben und lauschen. Sie lauschten. Der Major sprach von Zeppelin. Er war einmal beim Grafen Zeppelin Gast gewesen. Und der Aufsatz handelte eigentlich nicht vom Luftkrieg, sondern von der Persönlichkeit des Grafen.

Diesmal drückten sich die Stabsoffiziere nicht. Es war der Zeit nicht angemessen. Sie erforderte strengste militärische und gesellschaftliche Pflichterfüllung. Aber diesmal sprach der Major auch nicht mehr so viel über den Grafen Zeppelin. Er sprach von der Zeit des Grafen und verglich sie mit der Gegenwart und mahnte zur deutschen Einigkeit. Und sprach von harrenden Aufgaben. Und sogar die Stabsoffiziere lauschten.

In zwei Wochen war die Enthüllung einer Gedenktafel fällig. Dazu hatte das Regiment alle alten Offiziere und den General Ludendorff eingeladen. Natürlich kam er. Der Oberst verkündete es im Kasino; er sprach langsam, er formte die Laute sichtbar, und er arbeitete dabei mit den Kiefern, so daß seine Täschchen schlotterten.

Man exerzierte mit erneuten Kräften. Man putzte Gewehre, fettete Läufe, übte Griffe. Die Musik spielte, alte Märsche frischte sie auf. Und die Menschen in den Städten hungerten. Nachrichten vom Generalstreik brannten in den Zeitungen. Die Arbeiter schlichen mit schweren, langsamen Schritten am Abend durch die Straßen. Ihre Frauen warteten. Die Männer kamen nicht heim. Kalt war der Herd. Kein Essen war bereitet. Was sollten sie zu Hause? Sie gingen in die Schenken. Es reichte für Schnaps. Betrunkene fühlen keinen Hunger. Betrunkene torkelten, schleiften ihre Füße über den Asphalt.

DAS SPINNENNETZ

Straßen waren abgesperrt. Polizeihelme starrten. Über zerschmetterten Schaufenstern hingen Rolladen wie eiserne Sargdeckel. Verhaltene Schüsse erwarteten ihre blutige Stunde.

Ein Geheimbefehl erreichte Theodor: Eifer verdreifachen. Es fuhr in Theodor wie ein Trompetenstoß. Seine Zeit brach an. Er war bereit. Er rüstete sich für den Tag. Heute und morgen konnte es sein.

Er berief seine Garde. Die Jungen kamen. Sie brachten neue Kameraden aus dem Bismarck-Bund mit. Sie brachten Pistolen zum Einschießen. Theodor ging zum Waffenmeister. Alle Gewehre wurden geputzt. Alte Bajonette strahlten. Die Jungen blieben einen Tag in der Kaserne. Wie berauschte sie der Rost der alten Waffen! Und wie blendete sie der Glanz der neuen! Konnten sie's wissen? Dieses und jenes Gewehr hatte alle Kriege mitgemacht. Feinde getötet. Eine große Kraft ging von einem Gewehrkolben aus. Zauberhaft wirkte der Griff eines Säbels. Von welchem tapferen Reiter war er geschwungen worden? Blind war der Stahl ... Von Blut! sagten sie. Rostflecke waren Blutflecke. Blut des Feindes klebte an den Waffen.

Am Sonntag kam der General.

Am Sonntag rückte das Regiment aus, mit klingendem Spiel. Die Oktobersonne strahlte wie im Frühling. Bürger winkten aus den Fenstern. Fahnen wehten. Kinder liefen mit. Es war wie im Frieden. Mancher vergaß seine Armut.

Vor dem General standen sie. Der alte Divisionspfarrer sprach. Ludendorffs Helmspitze schwamm im Sonnenglanz. Ein leises Ordenklirren kam von den Offizieren wie silberne, dünne Musik. Sporen läuteten wie Glöckchen. Wie eine Schicht schwerer Feierlichkeit lag der Atem der Mannschaft in der Luft. Man hörte leise Stimmen der Offiziere von der Mitte des Platzes her. Ein kurzes, starkes Lachen des Generals. Es klang wie ein Gurgeln.

Drei Sätze sprach der General, rechts neben der Gedenktafel. Er sprach harte Worte. Die Hände hielt er über dem Säbelknauf. Man hätte ihn für eine Statue halten können, eine bekleidete Statue.

Dann stieg er herunter, das Monokel klemmte er ein, wenn er mit jemandem sprach. Er sprach mit Theodor. Einmal habe ich ihm einen Brief geschrieben, denkt Theodor. Wie lange war es her! Wie jung war Theodor vor einem halben Jahre noch! Heute kennt ihn Ludendorff.

14

Geheimbefehle mahnten zur Bereitschaft für den 2. November. Theodor hatte drei Wochen Zeit. Er schlief nicht mehr. Seinen Tag erfüllte Hast ohne Ziel. An den Abenden hielt er Abrechnung über vergebliche Geschäftigkeit. Durch die wachen Nächte kreiste ohne Ende der planlose Entschluß: mächtig zu werden. Die flinken

Ereignisse kamen ihm zuvor, überrumpelten ihn. War er am 2. November noch Mittel nur, nicht Führer, Glied einer Kette, nicht ihr Anfang, zwischen den anderen und nicht über ihnen, so hatte er seinen Tag versäumt. Dann erwartete ihn kein Glanz, sondern bescheidenes Ziel.

Mitten in seine kreisende Sorge schossen Heldenträume, klang der Ruf seiner Sendung, hob ihn roter Jubel empor. Günther und Klitsche und achtzehn Arbeiter waren tot, vergeblicher Erfolg acht eifervoller Monate. Mißbrauchtes Werkzeug fremder Lust war Theodor gewesen. Wofür? Verantwortung schuldete er nur sich selbst. Er trug sie leicht, wenn sein Ziel erreicht war; er ging an ihr zugrunde, wenn er unterwegs blieb. Er durfte nicht mehr innehalten. Aber er hatte sich Zeit gegeben, ein Jahr wenigstens, noch spann er seine Fäden, noch bargen sich vor ihm Menschen und Dinge. Man hatte ihn abseits gestellt, sein Eifer hatte ihn verraten, er hätte bedachtsamer Wege wählen müssen. Jetzt tat er, was hundert andere taten: Vorträge halten, Broschüren verteilen. Längst war er nicht in München gewesen … wer weiß, neue Menschen führten, und der Zufall brachte einen anderen Klitsche ans Licht.

Ein Jahr noch – und er wäre vielleicht reich, und Geld erwarb ihm alles, wozu der Eifer nicht reichte. Aber hart vor ihm lag der 2. November. Die Nähe des Tages verwirrte ihn, nahm seinen Entschlüssen Besonnenheit. Unter ihm schwankte der Boden, sein Weg führte nicht mehr empor.

Halbe Tage war er unterwegs zwischen Potsdam und Berlin. In seinem Büro las er den Einlauf, zu Trebitsch ging er. Der war ein Beispiel zielsicherer Ruhe. Trebitsch benahm sich, als stünde er abseits. So mußten die Menschen sein, die den 2. November schmiedeten, so harmlos und sanft. Der Vollbart gab ihm das Aussehen des ungefährlich Würdevollen, des Menschen der Idee, des ahnungslosen Gelehrten. Nur ein achtloses Wort verriet ihn. Er sah jede Veränderung, wie Theodor, wenn er vor der Front seiner Kompanie stand. Er sprach von der „anderen Methode", die Arbeiter zu behandeln. Vielleicht ging es in Zukunft um die Eroberung des linken Radikalismus. Die Parole war: Vorsicht; Näherkommen, nicht Herausforderung.

Geborgen vor gefährlicher Entdeckung, lag in Theodor der alte, undeutlich und behutsam geformte Wunsch, eine Brücke zu den anderen zu schlagen. Verrauscht waren die klingenden Worte des Eides, ihre Fruchtbarkeit verblaßt, ihre Drohung unwirklich. Was geschah einem Mächtigen? Unterwegs noch drohte Gefahr – ehe er bei den anderen war. Drohte sie nicht auch hier? Die anderen waren leichter zu fassen. Ehrlichkeit vermutete er bei ihnen. Hier war Selbstsucht und Sorge um Gehalt, Stellung, Weib und Kind. Dort lebten die Goldscheiders, die Gekreuzigten, die Güte predigten und Neues Testament.

Nun ist die Gefahr gering. Immer bleibt eine Tür offen; heute kann Theodor selbständige Versuche machen. Wem schuldet er Rechenschaft? Wer verdächtigt ihn? Er kann alles verantworten. Daß er Unternehmungen geheimhält, deren Erfolg im Geheimnis begründet ist, muß selbstverständlich erscheinen. Er kann es wagen.

DAS SPINNENNETZ

Was war Sozialismus? Ein Wort. Man muß nicht daran glauben. Woran glaubte er heute? Drüben war er wertvoll. Die anderen breiteten die Arme aus. Er kannte die Kulissen.

In den wachen Nächten formte sich sein Plan, nahm Leben an und drängte zur Erfüllung. Theodor hatte keine Zeit mehr. Die ersten Schritte mußte er bedächtig tun.

War er ein Verräter? Er ist es nicht. Er will wirklich nur die anderen aushorchen, seine Spione beaufsichtigen. Er durfte nicht lange nachdenken. Überlegung schwächt Entschlüsse. Es war keine Zeit.

Flammender wurden täglich die Titel über den Zeitungsberichten. Schon streikten die Metallarbeiter in Sachsen. Man sprach von Zügen, die irgendwo aufgehalten worden.

Doppelte Bereitschaft war in der Kaserne befohlen.

15

Unter den unzuverlässigen und verdächtigen Spitzeln, die Theodor abgeschafft hatte, befand sich Benjamin Lenz. Er lieferte doppelte Berichte: an Trebitsch und an Theodor. Von beiden erhielt er Geld. Seine Adresse kannte Theodor.

Benjamin Lenz, ein Jude aus Lodz, war im Krieg von einer Kundschafter- und Nachrichtenstelle als Spion verwendet worden. Sein Angesicht verriet ihn: Seine starken Backenknochen warfen Schatten gegen die Augenhöhlen, der untere Stirnrand mit den Brauen sprang vor, und so lagen die kleinen schwarzen Augen wie in Talkesseln, ringsum geschützt, und die Richtung der Blicke war schwer zu erkennen, denn sie kamen aus entfernter Tiefe. Kurz und breit war das Kinn und die Nase flach. Aber dieser Schädel, der zu einem gedrungenen Rumpf gepaßt hätte, saß auf dünnem Hals, zwischen abschüssigen, schlanken Schultern. Benjamin Lenz hatte schmale Knöchel, dünne Handgelenke, lange, nervöse Finger.

Mit der heimkehrenden Armee war er nach Deutschland gekommen, durch viele Städte gewandert. Er hatte Empfehlungen von der Armee. Polizisten, mit Bosheit gegen solche aus dem Osten geladen, zwinkerten mit verständnisvollem Auge Benjamin zu. Ihre Gunst genoß er und kassierte unbehelligt im wandernden Panoptikum, drehte den Leierkasten des Karussells, fälschte Berichte für auswärtige Missionen, stahl in Amtsstuben Papiere und Stempel, spionierte in Oberschlesien, ließ sich mit Untersuchungshäftlingen einsperren und horchte sie aus und wartete auf „seinen Tag".

Seine Idee hieß: Benjamin Lenz. Er haßte Europa, Christentum, Juden, Monarchen, Republiken, Philosophie, Parteien, Ideale, Nationen. Er diente den Gewalten, um ihre Schwäche, ihre Bosheit, ihre Tücke, ihre Verwundbarkeit zu studieren. Er betrog sie mehr, als er ihnen nützte. Er haßte die europäische Dummheit. Seine Klugheit haßte. Er war klüger als Politiker, Journalisten und alles, was Gewalt hatte und Mittel zur

Macht. Er probte seine Kraft an ihnen. Er verriet die Organisationen an die politischen Gegner; den französischen Gesandtschaften verriet er Gelogenes, Wahres durcheinander; er freute sich an dem gläubigen Gesicht des Betrogenen, der aus den falschen Tatsachen Kraft zu neuer Grausamkeit schöpfte; über das dumme Erstaunen eingebildeter Diplomaten, kindischer, zahnloser Geheimräte, bestialischer Hakenkreuzler; freute sich, daß sie ihn nicht erkannten. Er irrte sich selten. Er hatte nicht gewußt, daß Klitsche tot war und ein anderer an seiner Stelle saß. So brachte ihn ein lange erfolgreich geübtes Manöver mit den Duplikaten, die Theodor entdeckte, in Verdacht. Er verschmerzte den Fall. Er arbeitete mit falschem Material für Trebitsch. Und sogar diesen übertraf er. Er spielte den dummen, kleinen Spitzel. Aufträge ließ er sich einigemal erläutern. Verwikkelte Geschäfte lehnte er ab. Er gab die Rolle eines Menschen, dessen Verstand gerade noch zur Erkenntnis seiner eigenen Beschränktheit ausreicht.

Und er wartete.

An „seinem Tag" mußte in ganz Europa der schlummernde Wahnsinn zum Ausbruch gekommen sein. Also vergrößerte er Verwirrung, steigerte Freude am Blut, Lust am Töten, verriet einen an den anderen, beide dem dritten und diesen auch. Er verdiente Geld. Aber er lebte in einem kleinen Zimmer eines schmutzigen Hotels. In geheimnisvollen Kellerlokalen aß er, mit Bettlern und Glühlampendieben. Er sparte für seinen Bruder, seine zwei Schwestern, seinen alten Vater. Der Vater war ein alter Feldscher in Lodz mit einer kleinen jüdischen Barbierstube. Die Schwestern Benjamins mußten eine Mitgift haben. Dem Bruder, der Chemie studierte, gab er den größten Teil seines Verdienstes. Dieser Bruder sollte einmal eine eigene Fabrik gründen können. Niemals kam Benjamin mit ihm zusammen. Niemals schrieb er nach Lodz an seinen Vater. Er hatte keine Zeit, Benjamin Lenz; er arbeitete für seinen Tag.

Theodor hatte ihn nicht nur wegen der Duplikate abgeschafft. Seine Klugheit roch er. Er fühlte das Judentum Benjamins; wie ein Jagdhund überall Wild wittert, so witterte Theodor Juden, wo er einer Überlegenheit begegnete.

Lenz kam eine halbe Stunde später, er ließ Theodor warten, er ließ jeden warten, der ihn brauchte. Aber Theodors Wunsch zu erfüllen weigerte er sich. Er weigerte sich immer. Theodor Lohse zu den anderen führen? Den Genossen Trattner? Sie kannten ihn, kannten das Porträt Theodors. Klaften hatte ihn noch einigemal gezeichnet: naturgetreu.

Jene Affäre Klaften hatte Theodor begraben. Er fragte, wie sie ausgefallen sei. „Überhaupt nicht", sagte Lenz. Thimme, der junge Attentäter, war ein Polizeispitzel gewesen. Goldscheider lag im Krankenhaus. Klaften war ein bekannter Maler. Das Porträt Theodors hatte in der Ausstellung einen Preis bekommen. Nach einer Viertelstunde weigerte sich Benjamin Lenz nicht mehr. Las er in den Menschen? Alles könnte man ja vergessen, sagte Lenz, wenn Theodor als Freund käme. Oder scheinbar als Freund.

Sie gingen.

16

Sie saßen, drei Männer, im Café auf dem Potsdamer Platz. Zwischen ihnen flogen gleichgültige Worte. Mißtrauen würgte in ihren Hälsen, Angst lähmte ihre Zungen. An einem Nebentisch saß Benjamin Lenz. Theodor bereute. Es war zu spät. Er hatte nicht geahnt, wie schwer es ihm kommen würde. Niemand half ihm. Er sollte anfangen. Es war, als weidete man sich an seiner Qual.

Und es ist genauso wie einmal – lang war es her – in der Schule, wenn er anderes sagen soll als auswendig Gelerntes. Es war Lärm im Café, an den Nebentischen summte das Gespräch der Gäste, Tassen klirrten, und dennoch schlug ihm eine Stille entgegen, als beherrschte das Warten alle Menschen. Erst als sie durch die Straßen gingen, gewann er sich wieder. Er ging zwischen zwei kleinen, schwarzen Männern, die sich jedes Wort einprägten.

Er verstellte sich nicht. Wozu brauchte er Verstellung? Er konnte immer ableugnen; aufrichtiges Geständnis für erheucheltes ausgeben. Seine wahren Gründe klangen überzeugend.

Er erzählte von seiner Unzufriedenheit; schilderte das Mißtrauen, das ihn umgab; gestand, daß ihn Ehrgeiz trieb.

Er lüftete später, in einem Büro, Zipfel von Geheimnissen.

Es war spät, als er schied, er fuhr nach Potsdam, las ein Abendblatt. Als er aufblickte, sah er Benjamin Lenz. Er saß Theodor gegenüber.

Sie gingen durch den Potsdamer Abend, durch alte Gäßchen, die ganz unwahrscheinlich aussahen, und Benjamin führte, und Theodor wußte nicht, daß er geführt wurde. Vom 2. November sprach Benjamin Lenz, er glaubte nicht an Revolutionen. Er glaubte an ein kleines Blutbad, kaum der Sorgen wert, in Deutschland nicht selten und eigentlich jede Woche wahrscheinlich.

Vielleicht sprach er diesmal aufrichtig, Benjamin Lenz?

Es war ein wehmütiger Abend, mit violetten und gelb schimmernden Wolken, mit einem zahmen, behutsamen Abendwind, und Theodor ging durch raschelndes Laub die Straße, die zum Bahnhof führte, entlang und fühlte eine Rührung wie damals in den Feldern des Herrn von Köckwitz.

Und eine Wärme kam von Benjamin Lenz, so daß Theodor zu sprechen anfing und seine Worte nicht mehr wägte und über Trebitsch klagte und über die Undankbarkeit überhaupt. Was machte ein Mann von den Fähigkeiten Lohses bei der Reichswehr?

Was machte so ein Mann bei der Reichswehr? Es kam, ein erquickendes Echo, von Benjamin Lenz zurück. Wer hatte ihn beiseite geschoben? Es kam darauf an, es zu erfahren. Man mußte seinen Gegner kennen.

Oh, wie wußte Lenz Bescheid! Man sollte sich mit Benjamin Lenz gut verhalten.

Wieviel wußte er von Theodor allein? Alles. Ahnte er auch die Angelegenheit Klitsche? Er kannte sie. Er sagte:

„Sie können nicht umsonst Blut vergossen haben, Herr Leutnant Lohse. Andere können über Leichen gehen, der Idee wegen oder weil sie Mörder sind von Geburt. Sie aber, Herr Lohse, glauben längst nicht mehr an die Idee und sind kein geborener Mörder. Sie sind auch kein Politiker. Sie wurden von Ihrem Beruf überfallen. Sie haben ihn sich nicht gewählt. Sie waren unzufrieden mit Ihrem Leben, Ihren Einnahmen, Ihrer sozialen Stellung. Sie hätten versuchen sollen, im Rahmen Ihrer Persönlichkeit mehr zu erlangen, niemals aber ein Leben, das Ihrer Begabung, Ihrer Konstitution zuwiderläuft."

Nein, Theodor konnte es nicht, durfte es nicht. Klein und unbeachtet hätte er ohne Umwege auch bleiben können; wäre Hauslehrer bei Efrussi und zufrieden.

An diesem wehmütigen Abend fiel ihm Frau Efrussi ein. Die sanfte Berührung ihres Oberarmes im Auto, ihr Lächeln.

Zu ihr und ihresgleichen führte der Weg, an dessen Ende die Macht lag. Wie aufrichtig sprach Benjamin, der Spitzel. Es gibt Abende, dachte Theodor, an denen die Menschen gut werden müssen, entzaubert werden.

Da fiel ihm auch schon Günther ein, Günther, der seine Braut geliebt hatte; dieses Angesicht sah er, das violett unter den Augen schimmernde, und den enthüllten Oberkiefer unter krampfhaft emporgezogenen Lippen.

Wie pfiffen Züge sehnsüchtig durch die Nacht, der Friede kam vom blauen Himmel.

An Theodors Seite geht Benjamin Lenz, und das ist vielleicht sein Freund.

Es ist dein Waffengefährte, Theodor. Seine Schlauheit ist nützlich. Zu zweit ist man erfolgreich. Und wer anderer könnte dein Bundesgenosse sein als Lenz? Benjamin Lenz versteht Theodor Lohse.

Sie gingen den langen Weg zurück; zwischen ihnen war die gute, beschwichtigende Schweigsamkeit der Freundschaft. Sie drückten einander zum Abschied die Hand. Der Druck ihrer Hände war ein wortloses Bündnis.

17

Seit jenem Abend kam Benjamin Lenz täglich ins Berliner Büro in der Potsdamer Kaserne. Wieviel Gewehre hatte Theodor an seinen Bismarck-Bund verteilt? Ob Marinellis Flucht schon vorbereitet war? Wie oft gingen die Kuriere von Leipzig nach München?

Alles wußte Benjamin; wußte mehr, als man ihm sagte. Dafür brachte er Theodor zu den anderen. Bekannte Gesichter aus München glaubte Theodor wiederzufinden: den Invaliden Klatko aus den oberschlesischen Abstimmungskämpfen, den Deserteur Conti aus Triest, den Vizefeldwebel Fritsche aus Breslau, den gewesenen Polizeiwachtmeister Glawacki, den Buchbinder Falbe aus Schleswig-Holstein.

Eine Woche lang ging er in die Versammlungen. Sah die verräucherten, schlecht beleuchteten Lokale, tiefe, wie aus Gräbern kommende, heisere, rasselnde, das tausendfache Rufen der Zuhörer, stand hart neben ihnen, roch ihren Schweiß und ihre Armut, sah in flackernde Pupillen, sah dürre Gesichter auf knochigen Hälsen, eckige Fäuste an dünnen, wie ausgesogenen Handgelenken; sah Schnurrbärte, willkürlich gekämmte über zahnlosen Mündern, zwischen geöffneten Lippen schwarze Zahnlücken, Bandagen, von Jodoform durchtränkte, über entblößten Armen. Sah Frauen mit spärlichem, straffgekämmtem wasserblondem Haar, die Armseligkeit der Trägerin, ihren gedörrten Hals, sah durchsichtige, dünne gelbliche Haut, in schlaffen Fetzen hängende. Sah Mütter mit großköpfigen Kindern an welkender Brust, sah Jünglinge mit verwegenen Locken über mutigen Stirnen, dennoch schon von Arbeit und Krankheit gezeichnete, mit unnatürlich großen Augenhöhlen; sah junge Mädchen in derben Schuhen, mit bleichen Gesichtern, männersuchenden Augen, gefärbten Lippen, hörte ihre hemmungslos kreischenden Stimmen. Er sah sie trinken, roch den Schnaps, verstand den Dialekt nicht, lächelte ein leeres Lächeln, wenn jemand an ihn stieß. Fremd waren ihm die Menschen, fremde Gesichter trugen sie, nicht von seiner Welt waren sie, nicht von dieser Welt. Er bedauerte sie nicht, er sah, daß sie leiden mußten, aber welcher Art ihr Leid war, konnte er sich nicht vorstellen. Den einzelnen hätte er vielleicht verstanden, in der Menge aber gab es keine Kontur, keinen bleibenden Punkt. Alles schwankte und schwamm. Wie sie liebten, wußte er nicht, und nicht, wie sie weinten. Er sah, wie sie aßen, Brot, das in den Rocktaschen lag, rissen sie mit Daumen und Zeigefinger heraus, zerpflückten es gleichsam und stopften es mit vorgehaltener Hand in den lechzenden Mund. Aber wie waren ihre Zungen beschaffen, ihre Gaumen? Wie schmeckten sie? Manchmal, wenn sie jubelten, war es eine Drohung, und nicht anders klang ein Zuruf der Erbitterung.

Er liebte sie nicht. Er fürchtete sich vor ihnen, Theodor Lohse. Seine eigene Furcht haßte er. „Herr Leutnant Lohse", sagte Benjamin Lenz, „das ist das deutsche Volk, für das Sie zu arbeiten glauben. Die Offiziere in den Kasinos sind nicht das Volk." Und Benjamin Lenz freute sich. So war es in Europa, wo man nicht sprach, was man tat, und umgekehrt. Wo einer Offiziere und Studenten für das Volk hielt. Europa, in dem es Nationen gibt, die keine Völker sind.

Und dann begab sich Benjamin Lenz zu Trebitsch und erzählte von Theodor Lohses Entwicklung und Verrat. Er hatte selbst längst schon verraten, was er durch Theodor erfahren, der Benjamin Lenz. Und Trebitsch warnte er: Noch einige Tage und Lohse verrät Waffenlager, Marinellis Befreiung, Beziehungen der Reichswehr; Gewehre des Bismarck-Bundes.

Benjamin Lenz war sehr froh. An diesem Abend legte er Geldscheine in einen Umschlag und schickte sie seinem Bruder.

18

Wie liebte er diese Zeit, Benjamin Lenz, diese Menschen. Wie wuchs er unter ihnen, gedieh, sammelte Macht, sammelte Geheimnisse, sammelte Geld, sammelte Freuden, sammelte Haß. Sein lauerndes Auge trank das Blut Europas, sein halbhöriges Ohr den Klang der Waffen, den scharfen Knall der Schüsse, das Heulen der Gewalt, das letzte Gestöhn der Sterbenden und die rauschende Schweigsamkeit der Toten.

Rings um Benjamin verkümmerten die Wachsenden und wurden nicht reif; haßten die Gereiften einander; verdorrten die Guten und die Güte; vertrockneten die Säuglinge; Greise wurden in den Straßen zertreten; Frauen verkauften ihre kranken Leiber; Bettler protzten mit ihrem Gebrest, Reiche mit ihren Banknoten; geschminkte Jünglinge verdienten auf der Straße; Arbeiter schlichen mit krankem Schattenschritt zur Arbeit wie längst Gestorbene, die den Fluch ihres irdischen Tagewerkes weiterschleppen müssen, andere betranken sich, heulten wahnsinnigen Jubel in den Straßen, letzte Jauchzer vor dem Untergang; Diebe legten ihre schleichende Sorgfalt ab und paradierten mit der Beute; Räuber hatten ihre Winkel verlassen und verrichteten ihr Werk im Sonnenschein; brach einer nieder auf hartem Pflaster, raubte ihm der andere den Rock im Weitergehen; Krankheit wälzte sich durch die Häuser der Armen, über staubige Höfe, lag in den lichtarmen Stuben, drang durch die Haut; Geld rann durch die Finger der Satten, ihrer war die Macht; Furcht vor den Hungrigen nährte ihre Grausamkeit; Fruchtbarkeit ihrer Güter blähte ihren Stolz; sie tranken Champagner in lichterfüllten Palästen; sie ratterten in Automobilen vom Geschäft zur Freude, von der Freude zum Geschäft; Fußgänger starben unter den Rädern; rasende Chauffeure flitzten weiter; die Totengräber streikten; die Metallarbeiter streikten; vor den Nahrungsmitteln hinter glänzenden Spiegelscheiben reckten sich ausgedörrte Hälse, flackerten Augen, aus den Höhlen getretene; kraftlose Fäuste ballten sich in zerrissenen Taschen.

In den Parlamenten redeten oberflächliche Menschen. Minister gaben sich ihren Beamten preis und waren ihre Gefangene. Staatsanwälte exerzierten in Sturmtrupps. Richter sprengten Versammlungen. Nationale Wanderredner hausierten mit tönenden Phrasen. Listige Juden zahlten Geld. Arme Juden erlitten Prügel. Geistliche predigten Mord. Priester schwangen Knüppel. Katholiken waren verdächtig. Parteien verloren Anhänger. Fremde Sprachen waren verhaßt.

Fremde Menschen wurden bespien. Treue Hunde wurden geschlachtet. Droschkengäule gegessen. Beamte saßen hinter Schaltern, hinter Gittern, unerreichbar, geschützt vor der Wut, lächelten und befahlen. Lehrer prügelten aus Hunger und Wut. Zeitungen erlogen Greuel der Feinde. Offiziere wetzten Säbel. Gymnasiasten schossen. Studenten schossen. Polizisten schossen. Die kleinen Knaben schossen. Es war eine schießende Nation.

Und Benjamin lebte unter verzerrten Gesichtern, verrenkten Gliedmaßen, gekrümmten Rücken, geprügelten Rücken, geballten Fäusten, rauchenden Pistolen, geschändeten

DAS SPINNENNETZ   49

Müttern, aussätzigen Bettlern, betrunkenen Patrioten, schäumenden Bierkrügen, klirrenden Sporen, zerschossenen Arbeitern, verbluteten Leichen, offenen Gräbern, verschütteten Mordgruben, erbrochenen Kassen, eisernen Knüppeln, scheppernden Schwertern, klingenden Orden, paradierenden Generalen, blitzenden Helmen.

Oh, wie liebte sie Benjamin Lenz! Wie durfte er sie hassen und ihren Haß nähren und großzüchten! Er sah den grausamen Lebendigen und roch den Moder voraus. Benjamin wartet, sie werden ihm anheimfallen. Sie werden einander zerfleischen, er wird es erleben. Wie liebte Benjamin Theodor, den gehaßten Europäer, Theodor: den feigen und grausamen, plumpen und tückischen, ehrgeizigen und unzulänglichen, geldgierigen und leichtsinnigen, den Klassenmenschen, den gottlosen, hochmütigen und sklavischen, getretenen, strebenden Theodor Lohse! Es war der europäische junge Mann: national und selbstsüchtig, ohne Glauben, ohne Treue, blutdürstig und beschränkt. Es war das junge Europa.

19

Am 20. Oktober, um 11 Uhr nachts, wurde Marinelli befreit. Er floh in bereitgehaltenem Auto nach Berlin, er fuhr nach Potsdam, der Chauffeur hatte Befehl, ihn zu Theodor Lohse in die Kaserne zu bringen. Theodor erwartete ihn. Marinelli wurde am Morgen in Uniform gesteckt, er verblieb in der Kaserne. Am 21. Oktober kam Benjamin Lenz und begrüßte Marinelli; dann nahm er Theodor mit zum Russen Rastschuk, der ein Bankbeamter war.

Theodor sprach gern mit Rastschuk. Likör tranken sie. Rastschuk war so groß, so stark, daß er die kleine, dunkle Likörstube erfüllte. Er sprach sehr leise, und man hörte ihn dennoch. Wenn er sein Auge auf den Kellner warf, kehrte der um, als wäre er gerufen worden. Ganz großartig war Rastschuk.

Benjamin Lenz erzählte ihm von Marinellis Befreiung und Flucht und Aufenthalt in der Kaserne. Es war Theodor sehr peinlich, und es wurde ihm heiß, weil Benjamin seine Erzählung immer unterbrach und Theodor zum Zeugen für die Richtigkeit seiner Worte anrief. „Nicht, Herr Lohse?" fragte Benjamin, und Theodor schwieg.

Was wußte er überhaupt von Rastschuk? Daß er ein Weißgardist gewesen und für den Sturz der Bolschewiki arbeitete. So sagte Lenz. So sagte Rastschuk selbst. Aber Theodor glaubt es nicht. Gleichgültig war alles, zu spät kamen die Bedenken. Theodor ging mit Benjamin Lenz. Das ist sein Bundesgenosse.

Benjamin hat einen Plan entworfen. Theodor Lohse erfährt von den anderen die Vorbereitungen für den 2. November. Dann berichtet er der Organisation. Aber er stellt Bedingungen: Was erhält Theodor Lohse für seinen wertvollen Bericht? Er muß nach dem gelungenen 2. November eine führende, weithin sichtbare Stellung einnehmen. Er ist heute eine Gefahr, Theodor Lohse. Zwei Wochen trennen ihn vom 2. November.

Um die anderen zutraulich zu machen, liefert er ihnen Geheimbefehle aus.

Es kommen Befehle an Theodor Lohse. Briefe von Münchner Freunden, in denen gleichgültige Sätze stehen: Alfred holt am 2. Paul ab. Aber dieser Satz bedeutet: Die Berliner Polizei holt die Reichswehr zu Hilfe. Oder: Unser alter Freund hat sich mit Viktoria verlobt. Und das heißt: Der Reichswehrminister ist mit den Organisationen einverstanden. Und: Martin fährt für eine Woche zu den Kindern. Also fuhr Marinelli zum Bismarck-Bund, mit Grüßen von Theodor und dem Befehl, die jungen Leute für den 2. November in der Universität bereitzuhalten.

Diese Briefe bekam Lenz. Er trug sie zu Rastschuk.

Dafür erfährt Theodor, daß sächsische Ordnerwehren nach Berlin kommen. Daß in Potsdam nichts geplant werde. Daß den kommunistischen Arbeitern in Berlin hundertzweiundfünfzig Polizisten ergeben sind.

Das berichtet Theodor nach München an seinen Freund Seyfarth. Er schreibt:

„Ich könnte Dir viele Neuigkeiten erzählen, wenn wir uns sähen. Ich habe keine Geduld zu schreiben. Ich bin beschäftigt."

Also fährt Student Kamm nach Berlin.

„Ich schicke Dir den jungen Kamm", schreibt Seyfarth. „Zeig ihm Berlin, er ist zum erstenmal dort."

Theodor, Kamm und Benjamin Lenz gingen durch Berlin. Kamm hatte Geld, und sie gaben es aus. Sie tranken im Tanzpalast und in der Kaiser-Wilhelm-Diele, und Theodor traf dort seine alten Freunde, und es gab ein großes Fest.

Man sperrte die Cafés, die Dielen, die Tanzpaläste, sie ließen sich von flüsternden Männern an den Straßenecken in Spielklubs fahren, spät war es, in dem raucherfüllten Zimmer merkte man nichts, hörte man nur das klatschende Geräusch der Karten, das kurze Gelächter der Menschen, das Rascheln der Banknoten, das Klirren eines Tellers.

Theodor, Kamm und Benjamin saßen in Fauteuils, abseits vom Spieltisch. Jetzt hatte Kamm kein Geld mehr. Er besorgte sich Reisegeld bei Benjamin.

Er bekam nur so viel, daß er gerade noch die dritte Klasse des Schnellzugs benützen konnte.

„Man soll bescheiden sein!" sagte Lenz.

Dann besprachen sie Einzelheiten.

Lenz verlangte nach dem 2. November „großzügige Reklame" für Theodor Lohse. Alle nationalen Blätter sollten ihn nennen. Sie müßten ihm das Verdienst zuschanzen, die Stadt gerettet zu haben, das Vaterland. Andererseits hätte Theodor noch Mittel, sich sehr viel anderswo zu holen.

„Man kann sie ja vorher umbringen – beide!" sagte Kamm und putzte seine Nägel mit einem Stückchen Rehleder.

„Man sollte es versuchen!" spottete Lenz.

Er nahm den Aufmarschplan der sächsischen Ordner aus der Tasche.

Lenz und Theodor geleiteten Kamm zur Bahn.

DAS SPINNENNETZ

Kamm stand am Fenster und winkte.

„Gruß an Seyfarth!"

„Vergessen Sie Paul nicht!" sagte Kamm.

Dann schied Lenz. Er zwängte sich durch die eilenden Scharen der Büromädchen. Er stieß an geschminkte Frauen, die verloren dastanden.

Es war, als hätte die Nacht sie vergessen.

Und Benjamin Lenz ging zu Rastschuk. Man änderte den Aufmarschplan in Eile. Lenz hatte Kamm das Original gegeben.

„Man muß ehrlich arbeiten!" sagte Benjamin Lenz.

20

Einige Tage vor dem 2. November verschwand Dr. Trebitsch.

Sein Onkel Artur war aus New York angekommen. Er besaß ein Schiffskartenbüro. Er sagte „well" und schob die Unterlippe vor. Er trug sein Geld in der Hosentasche, viel Geld, deutsches Geld. Für Dollars hatte er ein Scheckbuch.

Er stammte aus Österreich und war vor einer Assentkommission geflüchtet. Das war dreißig Jahre her. Jetzt hatte Artur keine Haare mehr.

Er hatte Söhne und Töchter. Die Söhne hatten in der amerikanischen Armee gedient. Es waren tapfere Söhne, sie gaben dem Militär, was ihm der Vater durch die Flucht vor der Assentkommission entzogen hatte.

Er war Witwer, der Onkel Trebitschs. Zum erstenmal nach zwanzig Jahren kam er wieder nach Europa. Er hieß Trewith.

Er erschrak vor dem Bart seines Neffen. Er lachte viel und laut und schlief jede Nacht mit zwei Mädchen.

Er fragte den Dr. Trebitsch, ob er nicht nach Amerika wolle. Was sollte ein Mensch in Europa? Es stank und faulte. Es war ein Leichnam.

Dr. Trebitsch sagte: „Ja!" Der Onkel kabelte nach New York. Er ging zum amerikanischen Konsul. Er zog die Hand aus der Hosentasche und benahm sich auch sonst höflich.

Plötzlich liebte er seinen Neffen sehr. Artur Trewith weinte gerührt, weil dieser kleine Junge, den er selbst noch in der Wiege gesehen hatte, jetzt einen langen, rotblonden, wallenden Bart trug, wie ein Prediger.

So etwas konnte sich ereignen!

Der Bruder Adolf war tot. Die Schwägerin war tot. Weit und breit fand man in Europa nur einen blutsverwandten Menschen, und der trug einen langen Bart! Es war rührend.

Der Onkel Trewith blieb und wartete auf seinen Neffen.

Dr. Trebitsch telegraphierte um Geld nach München. Dann ging er zu Major Pauli. Dann zählte er den Bestand seiner Kasse.

Jeden Tag liefen Schecks ein. Trebitsch telephonierte an alle, die für die Technische Nothilfe gezeichnet hatten.

Auch Efrussi schickte seinen Beitrag. Ein Großunternehmerverband gab einen Vorschuß aus Furcht vor dem 2. November.

Trebitsch vergaß niemanden.

Er ging in die Redaktion der „Deutschen Zeitung". Sie hatte für ein verunglücktes Mitglied der Technischen Nothilfe gesammelt. Die Spenden holte Trebitsch ab.

Er vergaß niemanden.

Einen Tag vor seiner Abreise ließ er sich den Bart scheren.

Mit einem glatten Knabengesicht überraschte er seinen Onkel im Hotel. Der Onkel Trewith weinte vor Freude.

Dann schrieb Trebitsch einen einzigen Abschiedsbrief an Paula vom Amt für Landesverteidigung.

„Du wirst mich nie mehr sehn!" schrieb Trebitsch.

Und Paula lief zu Trebitsch: Die Post hatte ihr den Brief noch vor dem Büro gebracht. Die Wohnung war verschlossen.

Als sie hinunterging, begegnete ihr auf der Treppe ein junger Mann mit einem Kindergesicht, der sie nicht beachtete, obwohl sie einen zitronengelben, auffallenden Hut hatte. Das ärgerte Paula. Aber größer war ihr Kummer um den Dr. Trebitsch. So ging sie weiter, sah draußen ein Automobil, in dem ein alter Amerikaner saß und eine Zigarre rauchte. Theodor kam zweimal, er fand Trebitschs Wohnung versperrt. Theodor kam einen Tag später mit Benjamin Lenz. Lenz brachte einen Haken, leicht ging die Tür auf, sie war nicht verschlossen.

Sie fanden die Schränke offen. Die Schubläden offen. Einen umgeworfenen Stuhl. Alte Kleider. Schmutzige Wäsche.

Sie telephonierten zu Major Pauli: Er wußte nichts. Nur, daß Trebitsch Geld genommen hatte.

Sie fragten beim Verlag der „Deutschen Zeitung" an. Man wußte nichts. Nur, daß Trebitsch Geld geholt hatte.

Da setzte sich Lenz auf das Sofa und dachte nach. „Er ist geflohen, Lohse!" sagte Benjamin.

Um neun Uhr morgens fiel die Brücke im Hamburger Hafen. Dr. Trebitsch stand an Bord der „Deutschland".

Sein Onkel Trewith lief noch einmal hinunter, erblickte ein Mädchen unter den Zuschauern, wie schön, daß sie gekommen war. Gestern hatte sie es ihm versprochen. Er küßte sie laut. Alle sahen zu.

Dann lief er zurück, die Glocke läutete.

Er lief, so daß seine glatten, starken Backen wackelten.

Er stand und winkte mit einem großen Taschentuch. Der Dr. Trebitsch winkte auch.

DAS SPINNENNETZ

21

Viele kannte Benjamin: den Journalisten Pisk; den Filmagenten Brandler; den Statisten Neumann; den Schwarzkünstler Angelli; den Reiseschriftsteller Bertuch.

Der Journalist Pisk war ein wertvoller Mann. Er schrieb für jüdische Blätter. Bilder aus der Gesellschaft. Aus der alten und aus der neuen Gesellschaft. Wenn eine Prinzessin starb, schrieb er.

Aber über den Kapitän Ehrhardt schrieb er auch. Er schrieb den Werdegang Noskes. Er schrieb die Vergangenheit Ludendorffs. Er schrieb die Kadettengeschichten Hindenburgs. Er schrieb über Krupp. Er schrieb über Stinnes' Töchter und Söhne.

Er schrieb über Theodor Lohse, weshalb sollte man über Theodor Lohse nicht schreiben? „Er ist der Mann der Zukunft!" sagte Benjamin Lenz.

Pisk hatte ein abstehendes Ohr. Er trug seinen breitrandigen Hut schief, so daß die Krempe sein Ohr beschattete. Und er trug den Hut im Café auch, er wollte nicht durch sein Ohr auffallen. So konnte niemand sagen, er hätte einen Schönheitsfehler. Man sagte höchstens, er könne sich nicht benehmen. Aber das sagte man ohnehin.

Aber wenn er mit Theodor Lohse in der Likörstube saß, hatte er doch den Hut abgelegt. Das bedeutete eine Ergebenheit, die sich nicht scheut, Opfer zu bringen.

Und Benjamin schließt daraus, daß Pisk sehr viel über Theodor zu schreiben gesonnen ist.

Es stehen in der „Morgenzeitung" Aufsätze über „Männer der Revolution". Und es wird in der „Morgenzeitung" erzählt, daß Theodor Lohse es gewesen ist, der in einer entscheidenden Nacht den Reichstag vor der Demolierung durch Spartakus gerettet hat.

Man spricht im Kasino über den Artikel im jüdischen Blatt. Es bitten die „jungen Leute" am unteren Tischrand, Theodor möge die Geschichte erzählen. Nein, Theodor Lohse erzählt nicht gern von sich selbst. Er sagt: „Nicht der Rede wert!"

Und obwohl sogar der Oberst ihn ansieht und gleichsam eine Pause im Essen eintritt und des Obersten Wangentaschen nicht mehr zittern und des Obersten Augen auf Theodor gerichtet sind, erzählt er nicht. „Ein anderes Mal! Bei Gelegenheit", sagt Theodor Lohse.

Gelegentlich hat Pisk seine Brieftasche vergessen. „Zahlen!" ruft Benjamin Lenz. Und wenn der Kellner beim Tisch steht, erwartend und leicht vorgeneigt, muß Theodor zahlen. Denn er ist in Uniform.

Manchmal sagt Pisk: „Nehmen wir ein Automobil!" Pisk gibt dem Chauffeur das Ziel an. Unterwegs steigt er aus, und Theodor Lohse fährt weiter.

Manchmal hat Pisk auch noch andere Bedürfnisse. Und Benjamin Lenz hat auch Bedürfnisse.

Nun hat Theodor auch die Vertretung Trebitschs übernommen. Er braucht nur dreimal in der Woche auszurücken.

Auch der Oberst weiß, daß Theodor in Berlin zu tun hat. In unregelmäßigen, aber häufigen Abständen flackert der Name Theodor Lohse in Berichten und Artikeln auf.

In jüdischen Zeitungen, die Revolution nicht lieben.

Pisk aber liebt Männer der Revolution. Er lebt von ihnen. Er trägt seit einigen Tagen ein Monokel und in der Brieftasche einen Ausweis vom Bund landwirtschaftlicher Eleven. Er ist so gegen Straßenkämpfe und Überfälle gerüstet.

Auch Benjamin Lenz trägt ein Monokel. Man sieht die Nähe des 2. Novembers.

22

Die Nacht vor dem 2. November verbrachte Theodor mit Kameraden in einem Nachtlokal. Man hielt verschieden gefärbte Mädchen auf den Knien. Es galt, vom Leben Abschied zu nehmen. Das sagten die Offiziere den Mädchen. Der Gedanke an einen frühen Tod machte alle Mädchen wehmütig. Die Musik spielte „Die Wacht am Rhein". Ein Gast saß da. Zwei Offiziere zerrten ihn in die Höhe. Er war dick und schwer und betrunken. Sie hielten ihn an den Schultern. Dann ließen sie ihn fallen. Er fiel unter den Tisch und blieb sitzen. Er spielte mit dem Sektkübel.

Der Morgen brach grau an. Es regnete. Theodor wartete am Bahnhof auf seine Kompanie. Sie sollte um acht Uhr in der Stadt gestellt sein. Es war ein Sonntag. Die Stadt sah schläfrig aus. Es regnete.

Um neun Uhr demonstrierten Arbeiter Unter den Linden. Die nationalen Jugendgruppen in Charlottenburg. Zwischen beiden waren Straßen, Häuser, Polizei. Dennoch wartete die Stadt auf einen Zusammenstoß.

Um neun Uhr regnete es immer noch. Die Arbeiter gingen mitten im grauen Regen. Grau waren sie wie er. Unendlich waren sie wie er. Aus grauen Quartieren kamen sie wie er aus grauen Wolken. Sie waren wie ein Herbstregen. Unaufhörlich, unerbittlich, leise. Wehmut verbreiteten sie. Sie kamen, die Bäcker mit den blutlosen Gesichtern, die wie aus Teig waren, ohne Muskel und Kraft; die Menschen von der Drehbank mit den harten Händen und den schiefen Schultern; die Glasbläser, die nicht älter werden sollten als dreißig Jahre: kostbarer, tödlicher, glitzernder Glasstaub stach in ihren Lungen. Es kamen die Bürstenbinder mit den tiefen Augenhöhlen, den Staub der Borsten und Haare in den Poren der Haut. Es kamen die jungen Arbeiterinnen, von der Arbeit gezeichnet, mit jungen Bewegungen, verbrauchten Gesichtern. Es gingen die Tischler. Sie rochen nach Holz und Hobelspänen. Und die riesenhaften Möbelpacker, groß und überwältigend wie eichene Schränke. Es kamen die schweren Arbeiter aus den Brauereien, sie stampften wie große Baumstämme, die gehen gelernt haben; die Graveure kamen, in den Falten ihrer Gesichter den kaum sichtbaren Metallstaub; die Zeitungssetzer, die übernächtigten, die zehn Jahre und länger nicht eine ganze Nacht geschlafen hatten; sie haben gerötete Augen und blasse Wangen und sind nicht vertraut mit dem Licht des Tages. Es kommen die Pflasterer, die Straße tretend, die sie selbst gebaut haben, dennoch fremd in ihr und betäubt von ihrem Glanz, ihrer Weite, ihrer Herrschaftlichkeit; es fol-

DAS SPINNENNETZ

gen Motorführer und Eisenbahner. Noch rollen in ihrem Bewußtsein schwarze Züge, wechseln Signale ihre Farben, schrillen Pfeifen, schlagen erzene Glocken.

Aber ihnen entgegen marschieren, Sonne auf jungen Gesichtern und Gesang im Herzen, Studenten mit bunten Mützen und goldgesäumten Fahnen, gut genährt und glattwangig, Knüppel in den Händen, Pistolen in den weit abstehenden Hosentaschen, ihre Väter sind Studienräte, ihre Brüder Richter und Offiziere, ihre Vettern Polizeikommissare, ihre Schwäger Fabrikanten, ihre Freunde Minister. Ihrer ist die Macht, sie dürfen schlagen, wer straft sie dafür?

Der Zug der Arbeiter singt die Internationale. Sie singen falsch, die Arbeiter, aus vertrockneten Kehlen. Sie singen falsch, aber mit rührender Kraft. Es singt eine Kraft, die weint, eine schluchzende Gewalt.

Anders singen die jungen Studenten. Aus gepflegten Kehlen tönende Gesänge, volle runde Klänge, siegreiche Lieder, blutige Lieder, satte Lieder, ohne Bruch, ohne Qual, kein Schluchzen ist in ihren Kehlen, nur Jubel, nur Jubel.

Ein Schuß knallt.

In diesem Augenblick sprengen Polizisten zu Pferd, blanke Säbel schwingend, aus den Querstraßen, Polizei zu Fuß sperrt hinter ihnen die Straßen, Pferde stürzen, Reiter schwanken, aufgerissen ist das Pflaster, gierige Finger wühlen darin, Steine hageln gegen die trennenden Wände der Polizei. Es wollen zwei Gewalten zueinander, die Masse der Mächtigen gegen die Masse der Machtlosen, zersprengt sind die Ketten der Polizei, es dringt der Hunger gegen die Sattheit vor, über das Rauschen der Menschen erhebt sich Gesang anderer, nachfolgender, noch singen jene, schon bluten diese, manchmal zerreißt ein Knall Geräusch und Gesang, dann ist es für den Bruchteil einer Sekunde still geworden, und man hört den herbstlichen Regen säuseln, und man hört sein Trommeln an Dächer und Fensterscheiben, und es ist, als fiele er in eine friedliche Welt, die sich anschickt, in Winterschlaf zu sinken.

Aber dann wehklagt wie ein verwundetes Tier eine Autohupe, verzweifelt klingen von fern her Straßenbahnen, Pfeifen schrillen, Trompeten weinen wie Kinder. Ein Hund heult auf, zertreten, mit menschlichem Ruf, menschlich geworden in der Stunde seines elenden Todes, Ketten und Türbalken rasseln, und noch ein Schuß knallt.

Aus der Universität kommt Marinelli mit fünfzig jungen Leuten, die Karabiner tragen, den Studenten als Verstärkung, Feuerwehr rückt an. Die Spritzen schießen kalte Wasserstrahlen. Sie fallen mit schmerzhafter, zischender Wut auf die Menschen. Für ein paar Augenblicke zerstreut sich die Menge. Dann rotten sich die Menschen wieder. Kleine Knäuel schwellen an. Gruppen schließen sich zusammen. Ein Schuß traf den Schlauch. Auf dem Pflaster liegen die Helme der Feuerwehr. Der Schlauch ist zerrissen.

Polizei rattert in Lastautomobilen. Das Pflaster dröhnt. Die Scheiben zittern. Schon sind sie heruntergezerrt, zertreten, blutend, zersprengt, entwaffnet. Arbeiter zerbrechen Karabiner über dem Knie. Frauen schwingen Säbel, Pistolen, Gewehre.

Aus den grauen Vierteln des Nordens strömen neue Scharen, Hausgeräte tragen sie, Schürhaken, Spaten, Axt und Schaufel. Hoch oben tackt ein Maschinengewehr. Einer hat den Schrei ausgestoßen. Schon sind tausend zur Flucht gewendet. Tausend Hände ziellos weisend erhoben. Von allen Dächern starren Läufe. Von allen Dächern tackt es. Hinter jedem Mauervorsprung hocken grüne Uniformen. An allen Fenstern glotzen schwarze Mündungen.

Jemand ruft: „Soldaten!"

Es hallt der Trott genagelter Stiefel auf dem Asphalt. Besetzt sind die Häuser. Die Fenster Schießscharten. Pferde wiehern herrenlos in Hausfluren, Kommandorufe knallen. Rüstungen rasseln.

Theodor wartet am Alexanderplatz. Seine Kompanie wartet. Er drückt sich an ein geschlossenes Haustor. Seine Kompanie hockt auf dem Bürgersteig.

Ein berittener Polizist meldet ihm Sturm auf Rathaus und Polizei. Theodor marschiert ab.

Es wird ein harter Kampf sein. Er wird fallen. Er möchte weinen. An der Spitze marschiert er. Der gleichmäßige Schritt seiner Leute erfüllt sein Ohr. Jetzt wird er sterben. Noch fühlt er den lieblichen Druck eines weichen Frauenkörpers von gestern nacht.

Um Rathaus und Polizei kämpft eine Arbeiterwehr. Ihr Anführer ist ein Mann mit wehendem Haar, mit einem Knotenstock in der Faust. Jetzt reißt er einem Arbeiter das Gewehr aus der Hand und legt an. Theodor wirft sich zu Boden. In eine Kotlache fällt er. Schmutziges Wasser spritzt auf. Er schießt liegend, aufs Geratewohl. Seine Leute rennen vor. Er sieht nichts mehr, vor sich nur die Schwelle des Trottoirs, darüber die Fläche eines quadratischen Steines. Eine Detonation erschreckt ihn. Menschenknochen wirbeln durch die Luft. Ein Beinstumpf fällt blutend aus der Höhe. Ein Stiefel mit einem Fuß darin.

Es brennt. Man riecht den Brand. Sieht eine Rauchwolke, gegen den Regen kämpfend, aufsteigen. Theodor springt auf. Rennt. Es brennt im Judenviertel. Hausgeräte fliegen aus Fenstern schmutziger Häuser. Menschen fliegen mit. Eine Jüdin keucht unter der Last eines Soldaten. Sie liegt quer über dem Bürgersteig. Eine alte Dame hinkt über die Straße. Lächerlich ihre Hast. Allzu gering ihrer lahmen Füße Kraft. Sie hat das Gesicht einer Laufenden. Und ihre Bewegung ist schleppend. Kinder kriechen im Schlamm. Sie tragen gelbe Hemdchen, Blut sammelt sich an den Rändern. Fließt weiter mit dem Regenwasser. Mit Pferdekot, Flaumfedern, Strohhalmen. Fließt den gierig trinkenden Kanalgittern zu.

Weißbärtige Männer eilen mit wehenden Rockschößen. Jemand umklammert Theodors Knie. Gnade winselt ein Mensch. Theodor schlenkert mit dem Fuß. Der Flehende fliegt in einen Blutbach. Rot spritzt auf. Flammen züngeln aus Fenstern. Rauch bricht aus berstenden Dächern. Männer mit Eisenstangen rufen:

„Schlagt die Juden!"

Alle schlagen, alle werden geschlagen. Theodor zwischen allen steht. Er sieht im Schlamm einen Kopf. Ein sterbendes Angesicht. Das Angesicht Günthers. Theodor starrte darauf. Erhielt plötzlich einen schweren Schlag auf den Kopf. Blut rann über sei-

DAS SPINNENNETZ 57

ne Schläfe. Rote Räder kreisten. Er taumelte. Er sah den Anführer. Sein wehendes Haar. Den fliegenden Stock. Theodor riß die Pistole heraus. Der Mann sprang seitwärts. Er schwang seinen Stock. Theodor sah sein weißes Angesicht. Noch hat er den Hahn nicht abgedrückt. Schon fliegt ihm die Waffe aus der schmerzhaft getroffenen Hand. Nahe an ihn tritt der Mann. Er sieht das Weiße der feindlichen Augen. Der Mann schreit. „Du hast Günther getötet!"

Theodor flieht. Hinter sich hört er den heißen Atem seines Verfolgers. Auf den Schultern lastet der Hauch des feindlichen Mundes. Hinter sich hört er des Feindes eiligen Schritt. Auf lautlosen Sohlen läuft Theodor. Er läuft durch stille, ausgebrannte, gestorbene Straßen. Er läuft durch eine fremde Welt. Er läuft durch einen langen Traum. Er hört Schüsse, Trommeln, Wehgeschrei. Alle Geräusche sind in die Schicht eines weichen, dämpfenden Stoffes gebettet. Da kommt eine Biegung! Ist drüben die Rettung? Verdoppelt die Hast! Verstärkt den Galopp, beflügelt den Fuß! Jetzt sieht er zurück. Kein Verfolger ist hinter ihm. Er fällt auf eine Schwelle. Vor ihm liegt ein verlorenes Gewehr. Er hebt es auf. Er rennt weiter. Die Toten leben! Er haßt die Toten. Er gerät zwischen Soldaten. Jetzt erkennt er seine Leute. Fröhlicher Zuruf begrüßt ihn. Den Gewehrkolben stößt er gegen Leichen. Er schmettert die Waffe gegen tote Schädel. Sie bersten. Verwundete tritt er mit den Absätzen. Er tritt die Gesichter, die Bäuche, die schlaff hängenden Hände. Er nimmt Rache an den Toten, sie wollen nicht sterben.

Es wurde Abend. Feuchte Finsternis hockte in den Straßen. Es ist ein Sieg der Ordnung.

23

Es war ein Sieg der Ordnung. Man stürzte zwei Minister. Sie wußten zu viel von den geheimen Organisationen. Man ernannte zwei neue. Sie wußten mehr. Aber es waren Freunde. Sie gehörten der Demokratischen Partei an. So schienen sie demokratisch. Aber sie waren Ehrenmitglieder des Bismarck-Bundes. Und sie standen in Verbindung mit München. Und sie hatten Angst vor den Arbeitern.

„Vereiteln" war der technische Ausdruck für folgende Vorgänge: Spitzel drangen in Sekretariate und Parteibüros, die jeder kannte, und der Polizeibericht meldete eine „Aushebung geheimer Nester". Spitzel stürzten sich auf einen Versammlungsredner, der harmlos war und ohne Bedeutung, und die Zeitungen schrieben, ein längst gesuchter bolschewikischer Spion sei endlich ergriffen worden. Seinen Namen kannte man, aber die Zeitungen teilten mit, den eigentlichen Namen des Verhafteten werde man schwerlich erfahren. Spitzel arrangierten Razzien in Arbeitervierteln, auf breite, schütternde Lastautos lud man zwei- und dreihundert. Die fremde Staatsbürger waren, das heißt aus den abgetrennten Gebieten Deutschlands stammten, wurden auf dem Flugzeugplatz einquartiert, in Baracken, von Gendarmen bewacht und in Transporte eingeteilt, die nach den Grenzen gingen. In den Baracken lebten Tausende aus dem ganzen Reiche mit Kindern, Frauen, Großmüttern. Schmutz brachte Krankheiten. Krankheiten verursachten ein großes Sterben. Täglich starben einige, ehe der Transport zusammengestellt war. Durch jüdische Viertel schlichen Konfidenten, betrunkene Menschen, die von jedem Emigranten Geld forderten. Sie bekamen es. Zahlte der Jude nicht, so wurde er als bolschewikischer Spitzel in das Gefängnis geschleift zur polizeilichen Voruntersuchung. Sie dauerte ein paar Monate. Dann wurde der Jude, dessen Schiffskarte, dessen amerikanisches Visum verfallen war, wieder an die Grenze gebracht. Die Nationale Bürgerliga durfte Waffen tragen. Ihre Mitglieder schossen. Deutsche Prinzen legten Uniform an und fuhren durch die Städte. Alte Generale schepperten mit Orden und Sporen. Streikende Arbeiter, die vor den Betrieben standen, wurden von der Nationalen Bürgerliga gestochen, erschossen, geknüppelt. Die Zeitungen meldeten, daß die Arbeiter Passanten bedroht hatten und nur mit Waffengewalt auseinandergetrieben werden konnten. Wanderprediger zogen durch die Straßen. Sie sprachen von der nationalen Erhebung. Alle Bürger in den Geschäften, in den Kaufhäusern, in Fabriken, in Ämtern sprachen von der nationalen Erhebung. Sozialistische Zeitungen erwarteten jeden Tag neue Überfälle. Die Polizei kam zu spät und nahm Tatbestände auf.

Es war ein Sieg der Ordnung.

Es erwies sich, wie nützlich Benjamin Lenz sein konnte. Der Journalist Pisk brachte einen Bericht über Theodor Lohse. Andere Journalisten baten um Interviews. Man zählte alle vergangenen Taten Theodor Lohses auf. Man erdichtete neue. Theodor Lohse lebte, überschüttet von Ruhm, von Journalisten bedrängt. Reiche jüdische Häuser luden ihn ein. Einmal kam er sogar zu Efrussi. Wie lang war das her! Wieviel hatte er erreicht! Jetzt stand er im Hause Efrussis, mit Politikern, Bankiers, Schriftstellern, ein Gast wie sie. Jetzt hätte er, ein Ebenbürtiger, mehr, ein Held in Uniform, ein Berühmter, der Frau Efrussi entgegentreten können. Aber jetzt klang ihre Stimme aus einer weiten Ferne herüber. Jetzt lächelte sie nicht mehr, verschwunden war ihre Güte, keine Wärme kam von ihr, sie nickte Theodor zu, er konnte kaum die Spitzen ihrer kühlen Finger berühren, und es war etwas wie ein Hohn in ihrem Gesicht, als wollte sie sagen: Ei, sieh den Theodor Lohse!

Theodor konnte Frau Efrussi vergessen, wenn er mit Fräulein von Schlieffen sprach, die mit ihrer Tante in Potsdam wohnte und sehr gut tanzen konnte. Theodor war kein Tänzer, auch im Sattel nahm er sich nicht besonders gut aus. Fräulein von Schlieffen ritt aber jeden Morgen. Und obwohl ihr alle Offiziere der Garnison zur Verfügung standen, zog sie Theodor vor. Sie war sechsundzwanzig, eine Waise, aus berühmter Familie, aber ohne Geld. Der Vater hatte sein Leben als bescheidener Geheimrat, der Gesandtschaft in Sofia zugeteilt, beschließen müssen.

Die Tochter war im Stift erzogen. Die Tante hatte immer für sie gesorgt. Jetzt war Zeit, sich nach einem Mann umzusehen. Das wäre früher leicht gewesen. In der Republik wur-

DAS SPINNENNETZ

de man eher alt, blieb man länger ledig. Wichtiger als Verbindungen war jetzt das Geld in dieser neuen Zeit. Was galt dieser Name? Nie hätte eine von Schlieffen einen Bürgerlichen geheiratet. Jetzt konnte man es. Noch war man blond, noch waren ein paar allzufrühe Fältchen an den Schläfen nicht deutlich geworden, noch konnte man seine weißen, gesunden Zähne zeigen. Aber die Beine wurden schon merklich dicker, und in mancher Nacht fand man keinen Schlaf, Herz und Körper sehnten sich nach dem Mann. Es gab keinen so bescheidenen wie Theodor Lohse. Keinen, dem Ruhm, Erfolg und Ehrgeiz nicht Schüchternheit vor den Damen genommen hätten. Er war mehr als dreißig. Im besten Alter für die Ehe. Er hatte eine Zukunft. Eine Frau, die hoch hinauswollte, konnte seinen Ehrgeiz nützlich machen. Elsa von Schlieffen war in dem Alter, in dem man vernünftig denkt, und aus einer Familie, die zur Karriere verpflichtet.

„Warum heiraten Sie nicht?" fragte Benjamin Lenz. „Heiraten Sie", drängte er.

Es war Zeit, Abschied von der Reichswehr zu nehmen. Wenn es nach denen in München gehen sollte, konnte man sein Leben lang bei der Reichswehr bleiben und Stabsoffizier werden. Trebitschs Stelle war schon besetzt. Man mußte sich umsehen. Was kam aus der Volkstümlichkeit des Tages? Ach! Es war ein kurzer Ruhm! Morgen ereignet sich Neues, und die Zeitungen sind undankbar. Man vergißt. Man macht vergessen.

Benjamin Lenz will an der Quelle sitzen, er braucht nicht beliebige Freunde, er braucht Männer in hohen Ämtern. Benjamin hat keinen Bedarf an kleinen Leutnants. Er will Berichte aus erster Hand; Einblick in einen wichtigen staatlichen Betrieb.

Theodor müßte heiraten. Dieser simple Theodor wird unter den Händen einer ehrgeizigen Dame höchste Ämter bekleiden. „Nützen Sie die Konjunktur aus!" sagte Benjamin.

Freilich konnte er nicht mehr Soldat sein. Wie war er gewachsen. Vor einem Jahr noch hätte er sein Leben als Offizier beschließen mögen. Was war alles vor einem Jahr noch!

Armselige Zeit, Schinkensemmeln und Kaffee mit Haut bei Efrussi, Hülsenfrüchte einmal in der Woche und die „Weisen von Zion". Anders, als in dem Buche stand, waren die Zionweisen. Sie strebten nicht die Macht in Europa an. Sie hatten Verstand. Sie hatten Geld. Am größten war die Macht des Geldes. Aber es ließ sich nicht erobern. Längst wuchs Theodors Kapital nicht mehr, Benjamin Lenz sagte: „Verkaufen Sie! Wer an der Börse nicht heimisch ist, den bestiehlt sie. Wie die Zigeuner machen sie es."

Benjamin sah es gern, wenn Theodor kein überflüssiges Geld hatte. Benjamin leiht seinen Freunden willig und bar. Er ist ein nobler Mensch, Benjamin Lenz. Er ist glücklich, wenn er Theodor helfen kann.

München hätte gern Theodor bei der Reichswehr gelassen. Aber er war heute nicht mehr abhängig wie einst. Er meldete sich krank. Er war ein Neurastheniker. Neurasthenie ist nicht nachweisbar, sagte Benjamin Lenz.

Theodor schied aus der Reichswehr. Eine intime Feier veranstaltete das Kasino. Er meldete seinen Austritt in München und bat um neue Aufträge.

Es war ihm, als hätte er letzte Hindernisse aus dem Wege geräumt.

24

Eine Woche später verlobte er sich mit Fräulein von Schlieffen. Geld für Geschenke, Blumen, eine Feier streckte Benjamin vor.

Unerschöpflich schienen Benjamins Gelder.

Fräulein von Schlieffen tanzte nicht mehr. Auch ritt sie nicht mehr. Sie verlor plötzlich alle sportlichen Leidenschaften.

Sie saß zu Hause und stickte Monogramme auf Hemden, Unterhosen, Taschentücher. Jeden Abend kam Theodor nach Potsdam.

Der erste Schnee fiel. Feuer brannte im Kamin. Einmal brachte Theodor seine Schwestern mit.

Sie saßen stumm und knicksten vor der Tante und gingen.

Sie waren betäubt von dem Klang des Namens: Schlieffen.

Theodors Mutter traute sich nicht einmal, nach der Braut zu fragen.

Längst war Theodor nicht mehr im Hause der geringschätzig Geduldete. Wie gut hatte es Gott gewollt, daß er Theodor am Leben gelassen hatte.

Wenn der selige Vater noch lebte! dachte die Mutter. Sie stickte auch Monogramme. Sie trieb mit einer roten Seide gereimte Sprüche in verschiedene Gegenstände.

Der große Hilper hatte jetzt das Ministerium für Inneres. Er kannte ja Theodor. Ob er ihn kannte.

Der Pressechef war jener kleine Redakteur des „Nationalen Beobachters".

Allen gefiel Theodor. Er war ein gefälliger Mensch und bescheiden trotz allen Verdiensten. Auch besaß er Kenntnisse. Er schien mit der Presse gut zu leben. Und er hatte gesellschaftliche Beziehungen.

Keine Sünde war von ihm bekannt geworden. Niemals hatten ihn Gerichte gesucht. Er besaß ein tadelloses Vorleben. Er war sogar Jurist.

Weshalb sollte Theodor nicht in ein Amt kommen?

Hilper beschloß, Theodor Lohse in ein Amt zu bringen. Er versprach es auch.

Jetzt ging Theodor durch die Ämter, Geheimräte schüttelten seine Hand, sie wußten noch nicht, wozu er ausersehen war; aber daß er ausersehen war, wußten sie.

Der Journalist Pisk brachte einmal seinen Freund Tannen mit. Der Name Tannen war ein Pseudonym. Aber Tannen selbst ein gesprächiger Mensch, ein lächelnder Mensch, er lächelte ein Berufslächeln wie Jongleure, wenn sie sich verneigen.

Kleine Notizen brachte Tannen in die Zeitungen. Er berichtete, daß beim Staatssekretariat für öffentliche Sicherheit eine neue Stelle geschaffen würde; eine Art Relaisposten zwischen dem Ministerium des Innern und dem Staatssekretariat und der Polizei.

Der Journalist Pisk ging zum Minister und erkundigte sich.

„Ich habe noch nichts davon gehört!" sagte Hilper. Denn Hilper war ein einfacher Mann, ein westfälischer Oberlehrer und kein Diplomat.

„Aber es wäre doch eine glänzende Idee", sagte Pisk. Und dann erzählte Pisk, daß der Professor Bruhns von der Sternwarte seinen sechzigsten Geburtstag feierte. Der Minister war ein klassischer Philologe und verstand nichts von Astronomie.

„Hat er Verdienste?" fragte der Minister.

„Und ob! … Er ist einer der besten Meteorologen", sagte Pisk. „Er hat ein zweibändiges Werk über Saturn geschrieben."

„So!" sagte der Minister. „Es ist gut, daß Sie mir das sagen. Soll ich schriftlich gratulieren? Oder einen Vertreter schicken?"

„Einen Vertreter, Exzellenz", sagte Pisk.

Ihn ging der Professor gar nichts an, aber er mußte Brücken finden, Brücken zum Thema: Lohse.

„Wissen schon", sagte Pisk – er vermied direkte Ansprachen –, „daß Lohse heiratet?"

„Ah! …" sagte der Minister. „Wen?"

„Eine von Schlieffen! …"

„Schlieffen?! Guter Name!"

„Große Karriere eigentlich!" sagte Pisk.

„Reich?"

„Sie soll reich sein!"

„Donnerwetter!" sagte der Minister, der ein armes Mädchen geheiratet hatte, als er noch Professor gewesen.

„Gescheiter Junge!" sagte Pisk.

„Und bescheiden!" fügte der Minister hinzu.

Und dann sprachen sie noch von Professor Bruhns.

Und Pisk schrieb:

„Die Nachricht von der neuen Stelle beim Staatssekretär für öffentliche Sicherheit wird von zuständiger Seite bestätigt. Als kommender Mann ist ein in den letzten Wochen oft genannter ehemaliger Offizier in Aussicht genommen."

Im Jänner war die Hochzeit.

25

Zum erstenmal ging Benjamin Lenz zu einer Trauung. Er ging nicht, er glitt im Auto vor das Portal der Kirche, er trug zum erstenmal Zylinder und Frack, und später saß er an einem Tisch mit Offizieren und alten Damen und trank Wein, den er selbst gekauft hatte.

Es war eine großartige Hochzeit. Theodor trug Paradeuniform. Kameraden in Paradeuniformen glänzten, klingelten, rasselten. Aus den Potsdamer Fenstern sahen die Leute, vor der Kirche standen sie, trotz der Kälte.

Der Oberst hielt eine Rede, auch Major Lübbe sprach und erwähnte einmal den Grafen Zeppelin, nur aus Gewohnheit, ohne besondere Notwendigkeit. Elsa drängte Theodor zur

Dankrede, aufstehen mußte er und sprechen, und es verwirrte ihn der schräg zu ihm aufsteigende Blick seiner Braut. Eine große Liebe für alle Anwesenden überflutete sein Herz, ein paarmal stand er auf, um Benjamin Lenz die Hand zu drücken, der ihm gegenübersaß.

Benjamin freute sich. Das war die europäische Hochzeit. An seiner Seite saß die Majorswitwe Strubbe und erzählte von Kattowitz, wo sie ihre schönsten Jahre verlebt hatte. Benjamin hörte nicht, Benjamins tiefer Blick verglomm irgendwo im Weiten, er dachte an Lodz, an die schmutzige Barbierstube seines Vaters und sah den einzigen, blindgewordenen Spiegel im Laden. Wie einfach und weise waren die Reden alter Juden in Lodz, wie treffend ihr Witz, maßvoll ihr Gelächter, schmackhaft ihre Speisen, die Speisen der verachteten, geschlagenen, in Barbarei lebenden Juden, die keine Helme trugen und nicht glänzen und nicht scheppern konnten.

Das war die europäische Hochzeit, hier heiratete einer, der ohne Sinn getötet, ohne Geist gearbeitet hatte, und er wird Söhne zeugen, die wieder töten, Europäer, Mörder sein werden, blutrünstig und feige, kriegerisch und national, blutige Kirchenbesucher, Gläubige des europäischen Gottes, der Politik lenkte. Kinder wird Theodor zeugen, buntbebänderte Studenten. Schulen werden sie bevölkern und Kasernen. Und Benjamin sah den Stamm der Lohse. Es gab Arbeit. Sie werden einander morden.

Und Benjamin lauschte den Telegrammen, die Major Lübbe vorlas. Glückwünsche kamen von Pisk, von anderen Journalisten, vom Minister Hilper und von Geheimräten und auch von Efrussi. Dann machte Major Lübbe eine Pause, atmete hörbar und las ein Telegramm Ludendorffs vor.

Und jedesmal sprach einer Worte, papierne Worte, europäische Worte. Es war Benjamin, als hätte er selbst diese Hochzeit bestellt, ihm führten die Europäer ein lächerliches Stück ihres Lebens vor, damit er sich amüsiere.

Er amüsierte sich. Über den Pfarrer, der mit Ergebenheit, als ließe er Schreckliches über sich ergehen, jedesmal neuen Wein in sein Glas goß und immer schweigsamer wurde und aus schwimmenden Augen Blicke zu Gott schickte, flehende Blicke, demütige Blicke. Laut war der Oberst, er mußte eine schwache Blase haben, er rückte seinen Stuhl, verschwand immer und kam nach einigen Minuten wieder mit einem Witz, und die Offiziere lachten dreimal scharf und kurz und sachlich. Wie schüchterne, kleine Tiere huschten die Augen der alten Frau Lohse, die rechts neben dem Obersten saß, und wenn er etwas sagte, lächelte sie, und wenn er zur alten Frau von Schlieffen sprach, war sie froh, daß sie den Obersten nicht anzusehen brauchte, und sie schaute Theodor an, Theodor und die Braut. Und die Frau von Schlieffen trug eine strenge Potsdamfrisur, ihre Haare waren straff nach oben gekämmt und ließen die gelben, dürren Ohren frei, die aussahen wie alte Blätter, und der Anblick ihres Haarknotens schmerzte den Betrachter.

Wie scherzte Theodor, er erzählte seiner Braut Anekdoten, denn er mußte sprechen. Und wenn er Gleichgültiges sagte, lachte Elsa, denn sie mußte sich unterhalten. Er war stolz. Schön war seine Braut, aber er dachte manchmal an Frau Efrussi, und tief, in geheimsten Tiefen, wälzte er die Frage: ob sie schöner, besser sei als Elsa. Diese Jüdin ärgerte ihn. Alles ärgerte ihn. Obwohl er eigentlich froh sein sollte. Er nahm eine von Schlieffen zur Frau. Seinetwegen gab sie den Adel auf, vertauschte den alten, klingenden Namen mit einem schlichten, wenn auch oft und rühmlich genannten. Die ersten Monate waren gesichert, eine stille Wohnung war gemietet, die Aktien hatte Benjamin, der Treue, gegen Devisen umgetauscht. Jetzt, morgen ging er in sein Heim. Übermorgen, die nächsten Tage und Wochen blieb er dort. Die nächsten Tage und Wochen lagen vor ihm freudenreich, seine Nerven brauchten Erholung. „Du mußt dich erholen, Liebster", sagte Elsa. Er mußte sich erholen.

Er packte im Vorzimmer Geschenke aus, die Nacht lag vor den Fenstern, rötlich brannte die Ampel im Schlafzimmer. Elsa umklammerte ihn, drückte ihn, er tastete nach ihr, er roch an ihrem Haar, er streichelte ihren Nacken.

Am nächsten Morgen erhielt er Blumen von Benjamin Lenz und ein großes Bild. Zur Erinnerung an vergangene Zeiten, schrieb Lenz.

Es war ein Porträt Theodors vom Maler Klaften. Elsa hängte es in Theodors Arbeitszimmer.

26

Benjamin Lenz hat es mit Dollars bezahlt, er hat es nicht zu teuer bezahlt.

Theodor ertrug sein Porträt. Er fürchtete es nicht mehr.

Er trug einen modernen Anzug mit wattierten Schultern und einem einzigen Knopf am Rock. Er fühlte sich fremd in dieser Kleidung, er fand seine Taschen nicht, sie waren hoch angebracht und schief geschnitten.

Er trug seine breiten Füße in spitzen Schuhen aus dünnem Leder. Er fror und litt Schmerzen, aber er fand es hübsch.

Er hätte nach München fahren sollen. Er mußte doch mit Seyfarth sprechen. „Fahr nicht!" sagte Elsa. „Sie werden zu dir kommen."

Er hatte Angst, daß sie nicht kommen würden. Aber er äußerte keine Furcht.

„Liebster", sagte Elsa, „ich muß zu dir aufblicken."

Und er ließ sie zu sich aufblicken.

Er verlor sich ein wenig. Er begann zu glauben, was sie sagte, woran sie glaubte.

Sie ging in die Kirche. „Ich bin es gewohnt!" sagte sie. Und er ging mit.

Denn er war eifersüchtig.

Sie wollte nicht in ein Abteil steigen, in dem Juden saßen. Er stieg mit ihr in ein anderes Abteil.

Sie mußten in der Stadtbahn zweiter Klasse fahren. Er kaufte keine Wochenkarten.

In Berlin wurde sie oft müde. Sie wollte im Auto fahren. Und er fuhr.

Sie sah das Porträt Theodors verliebt an. Und Theodor wußte, daß seine Angst damals übertrieben gewesen. Es war die Aufregung. Ja, das Porträt gefiel ihm. Klaften hatte es auch gemalt, als er noch Theodor für einen Genossen hielt, den Genossen Trattner.

„Wann hat er dich gemalt?" fragte Elsa. „Kennst du den Maler Klaften?" Und sie war stolz.

Theodor wartete auf eine Gelegenheit. Er wollte seiner Frau seinen Werdegang schildern. Einmal erzählte er. Einen geeigneten Abend wählte er. Es blies der Wind durch den Kamin. Elsa stickte bunte Blumen in ein Kissen. Theodor begann von Trebitsch zu erzählen. Der war ein sehr gefährlicher Jude. Theodor hatte ihn zuerst erkannt. Man hörte nicht auf Theodors Warnungen. Leider. Den Prinzen verschwieg Theodor.

Aber den Maler Klaften beschrieb er. Den jungen kommunistischen Thimme. Er ließ den Polizeispitzel Thimme wachsen, älter und einen Führer werden. Und nicht um die Siegessäule hatte es sich gehandelt. Das ganze Zentrum Berlins hätte gesprengt werden sollen. Das Ekrasit lag in den Kanälen.

„Warst du in Lebensgefahr?" fragte Elsa.

„Nicht der Rede wert!" sagte Theodor.

„Erzähle von den Landarbeitern", bat Elsa.

Theodor erzählte. Es waren keine Landarbeiter. Landstreicher waren es, bolschewistische Agitatoren, alle bis an die Zähne bewaffnet. Theodor hatte damals eigentlich Pommern von allen gefährlichen Elementen gesäubert.

„Ich muß zu dir aufblicken", sagte Elsa.

Dann erzählte Theodor von Viktoria, dem Tierweib, dem gefährlichen, der Spionin, die sich in ihn verliebte und die ihm alles gestand.

Elsa dachte ein wenig nach und sagte:

„Das ist aber eigentlich nicht schön!"

„Mein liebes Kind", sagte Theodor, „unsereins kennt nur die Idee!"

„Und die eigene Frau!" ergänzte Elsa.

„Und die eigene Frau!" wiederholte Theodor.

Und sie küßten sich.

27

Jede Woche einmal ging Theodor zu Hilper. Seine Angelegenheit machte Fortschritte.

Elsa hatte sich ein Amt für Theodor ausgesucht. Es hieß: Chef des Sicherheitswesens.

So etwas gab es gar nicht. Dennoch ließ der Klang des Titels Theodor keine Ruhe. Immer dachte er: Chef des Sicherheitswesens.

Er wurde angestellt, beeidet, beglückwünscht. Er bezog sein Amt. Zehn Polizeiagenten warteten im Vorzimmer auf seine Befehle.

Es gab Konferenzen. Zwischen Polizei und Staatssekretär. Zwischen Staatssekretär und Minister. Zwischen allen. Theodor fuhr im Auto.

Die wartenden Polizisten machten sich an die Arbeit. Da sie noch nichts zu tun hatten, füllten sie Fragebogen aus. Sie schrieben die Listen der ausgewiesenen Kommunisten dreimal ab.

Immer, wenn Theodor das Vorzimmer betrat, saßen sie gebückt über raschelnden Papieren.

Dann bekamen sie Arbeit. Theodor fand sich zurecht. Er begann seine alte Tätigkeit. Er schickte Spione aus. Und weil die Polizei selbst Verhaftungen ausführte, ließ Theodor noch mehr verhaften.

Lenz gab ihm Winke. Dort wohnte die Führerin Rahel Lipschitz. Verhaften! Morgen sprach der Pazifist Stock. Verhaften! Die sozialistischen Studenten machten internationale Abende. Redner kamen aus England. Im Bahnhof verhaften!

Theodor verhaftete. Er verhörte selbst. Kleine Missetaten gediehen unter seiner Hand zu Staatsverbrechen. Er brauchte einen Pressechef.

Pisk wurde Pressechef. Pisk versendete Greueltaten an die Zeitungen. Er säte zwischen allerlei außenpolitische Nachrichten kleine Gefahrmeldungen.

Die Presse widerhallte von den Gefahren, in denen sich das ganze Reich befand. Unterirdische Wühler waren an der Arbeit. Aber wachsam blieben die Behörden. Berichte über Verhaftungen schlossen mit dem Satz: In später Nachtstunde wird das Verhör fortgesetzt.

Die verstockten Häftlinge wußten nichts zu gestehen. Die Polizisten schlugen sie. Ein Agent führte den Mann vor und drehte ihm die Handgelenke nach rückwärts. Es war eine „Sicherheitsmaßregel".

Wenn er die verfänglichen Fragen Theodors beantwortete, verringerte der Agent den Druck. Schwieg der Gefragte, dann verstärkte sich der Schmerz. „Antworten Sie!" sagte Theodor. Und alle Häftlinge kamen darauf, daß eine Beziehung zwischen ihren Antworten und den Schmerzen bestand. Und sie antworteten.

Überfüllt waren die Gefängnisse. Die Polizei verhaftete keine Diebe mehr. Die Untersuchungsrichter ließen jeden frei. Sperrte man einen Einbrecher ein, geschah es, damit er die anderen aushorche.

Und es füllten sich die Baracken. Man baute noch einige Hütten. Es war ein kalter Winter. Der Frost sang. Der Wind trieb zerstäubte Schneewogen. Durch die Fugen der Barackendächer fiel Schnee und schmolz und fror wieder auf dem Boden ein. Im Stroh, das feucht war und wie nasse Erde roch – es war ein Stroh, das nicht mehr rascheln konnte –, krochen Kinder, gelbhäutig, und ihre Rippen klapperten. Es war den Barackenbewohnern verboten, Kerzen anzuzünden, aber die elektrischen Birnen waren alt und untauglich, und die Männer saßen im Finstern beisammen und sangen. Sie sangen mit zerbrochenen Stimmen blutige Lieder.

Manchmal ging Benjamin Lenz mit einem Ausweis von Theodor Lohse inspizieren. Er nahm seine Soldaten mit. Er verteilte Zigaretten an die Männer, und er gab ihnen auf kleinen Zetteln Ratschläge und Fluchtpläne. Einigen gelang die Flucht aus den Baracken. Sie kamen zu Benjamin. Er konnte dem und jenem ein falsches Papier verschaffen. Aber die meisten hatten Frau und Kinder, und sie mußten auf ihren Transport warten. Sie warteten lange. Sie warteten auf den Tod.

Einmal kam Thimme zu Theodor, sie tauschten Erinnerungen an die alte Zeit bei Klaften aus. Thimme, der junge, liebte Theodor, er sagte es.

„Sie waren mir damals sofort sympathisch!" sagte Thimme.

Der ist gefährlich! dachte Theodor.

Ich muß mich in acht nehmen, dachte Theodor. Aber er nahm sich nicht in acht. Nach einigen Tagen gefiel ihm der junge Thimme. Es war ein begabter Mensch, ein schneller Junge. Er wollte nur einen Posten.

Und es erwies sich, daß Thimme Schlupfwinkel kannte. Die Gastwirte in Moabit, in deren Kellern Sprengstoffe und Waffen gelegen hatten. Heute lagen keine Waffen mehr dort. Aber Thimme wußte sie in den Kellern zu finden. Er brachte sie eine Nacht vorher unter. Er kannte Zugänge. Er hatte Schlüssel. Er war brauchbar.

Theodor nahm sich nicht in acht. In der satten Ruhe seines Hauses, in den sicheren Grenzen seines Amtes, das Ziel war und noch nicht Endziel, kleiner Gipfel vor größeren Gipfeln, wurde Theodor Lohse gemächlich, wie er immer gewesen, ehe Gefahren und gefährdete Ziele sein Mißtrauen, seine Wachsamkeit geweckt und seine Vernunft geschärft hatten. So wurde er, wie ihn Benjamin Lenz wollte. Er konnte ohne Benjamin nicht mehr arbeiten. Ihn brauchte Theodor im Amt, wie er seiner Frau zu Hause bedurfte.

28

Zu Hause wurde er sich seiner Bedeutung bewußt. Hier geschah, was er befahl, hier geschah auch, was er im stillen nur wünschte. Er aß immer Speisen, die er ersehnte, ohne von ihnen zu sprechen. Er fand seine Kleider gebürstet, seine Hose gebügelt, alle Knöpfe an den Hemden; kein Papier vermißte er, seine Waffen lagen geordnet – er liebte die Waffen –, und seine Pistole putzte Elsa. Auch sie liebte Schießwaffen.

Er war nirgends so mächtig wie zu Hause. Fiel ihn die Lust an zu herrschen – er konnte es. Ergriff ihn Verlangen nach Wärme – sie wurde ihm. Hier zweifelte niemand an seiner Vollkommenheit. Er klagte am Abend über allzuviel Arbeit. Elsa sagte: „Du bist überlastet." Er hob seine Verdienste hervor. „Du hast ein gutes Auge", sagte Elsa, und er hielt sich für einen Menschenkenner. „Ich liebe den Lenz", sagte Theodor. „Er ist ein treuer Freund", erwiderte Elsa. Und er glaubte an Benjamins Treue. Er hörte das Lied vom schwarzbraunen Mägdlein gern, Elsa spielte es, unaufgefordert, vor dem Schlafengehen. Sie liebte weder das Lied noch Benjamin Lenz, noch glaubte sie an Theodors Vollkommenheit. Aber es war nötig, in kleinen Dingen nachzugeben, um in großen recht zu behalten. Eine von Schlieffen heiratete einen Bürgerlichen nur, weil sie hofft, daß er es zu den höchsten Stellen im Staate bringen kann. Dazu gehörte vor allem Beredsamkeit. Und sie brachte Theodor zum Sprechen.

Er vergaß fast seine Frau. Er fing leise an und steigerte die Kraft seiner Stimme. Er sprach nicht in seinem Zimmer. Er sprach im großen Saale. Von tausend Menschen

DAS SPINNENNETZ

schlug ihm achtungsvolles Lauschen entgegen, wie etwas Körperliches. Er sprach gut, wenn er eifrig sprach. Ein fremdes Licht entzündete sich in seinen Augen. Er glaubte an seine Worte. Seine Überzeugung war die Folge seiner eigenen Rede und wuchs mit dem Schall der Laute. Seine Stimme überzeugte ihn.

Er sprach von der Notwendigkeit, das Vaterland zu retten, und er gewann den Glauben seiner Jugend wieder. Alle Erfahrungen waren ausgelöscht. Er haßte ehrlich den inneren Feind, den Juden, den Pazifisten, den Plebejer. Er haßte sie wie damals, als er den Prinzen und Trebitsch, den Detektiv Klitsche und den Major Seyfarth noch nicht gekannt hatte. Auch Elsa haßte die inneren Feinde. Elsa war national. Sie sprach von dem schlechten Duft der Juden. Und Theodor glaubte, sich erinnern zu können, daß Trebitsch jüdisch gesprochen hatte. Benjamin Lenz allein nahm Theodor aus. Er wußte nichts Genaues über Lenz. Aber er wollte auch nichts wissen. Er ordnete Benjamin Lenz unter seine Freunde wie den jüdischen Journalisten Pisk.

Und immer, wenn er so vor seiner Frau gesprochen hatte, schwoll am nächsten Morgen sein Zorn gegen die inneren Feinde, und er griff nach seiner blutigen Arbeit mit fleißiger Wollust. Die Verhafteten, die vor ihm standen, was wollten sie eigentlich in Deutschland? Gefielen ihnen die Zustände nicht, weshalb blieben sie? Wanderten sie nicht aus? Nach Frankreich, Rußland, Palästina? Er stellte diese Fragen an die Verhafteten. Einige sagten: „Weil Deutschland meine Heimat ist." „Sind Sie deshalb ein Verräter?" fragte Theodor. „Sie sind es selbst!" erwiderten sie. Sie waren froh, wenn man sich mit ihnen auseinandersetzen wollte. Und sie büßten für ihre ungebührliche Antwort auf der Stelle. Der Agent an ihrer Seite zerrieb die Knochen ihrer Handgelenke.

Manchmal brachte man vor Theodor Blutiggeschlagene, rotes Blut rann über ihre Gesichter. In Theodor flammte das alte, rauschende Rot auf, rote Sonnenräder kreisten vor seinem Auge, ein Jubel sang in ihm, Jubel hob ihn hoch, er freute sich, war leicht und beschwingt.

Einer lebte, dessen Blut er sehen wollte, jener Mann, der ihn verfolgt hatte. Noch sah Theodor das flackernde Haar des Mannes, sein weißes, hassendes Angesicht, den hochgeschwungenen Arm; den Sang des niedersausenden Stockes hörte er und fühlte Schmerz in der geschlagenen Hand. Noch lebte der Mann, der Theodor feige gesehen hatte, ihn, Theodor Lohse, als flüchtigen Feigling. Nach diesem Mann fahndeten alle Spitzel vergebens, sein Versteck suchte man von allen Verhafteten zu erfahren. Bei jeder Meldung, daß ein neuer Häftling angekommen, hoffte Theodor, auf die Spur seines Feindes zu kommen. Die meisten folterte man vergeblich. Sie wußten nichts oder verrieten nichts. Einige teilten Falsches mit. Und hielt man ihnen dann ihre Lügen vor, so lachten sie. Oder sie hatten sich geirrt.

Nur von einem konnte Hoffnung kommen, von Lenz. Lenz kannte den Mann.

„Es ist sozusagen Günthers Schwager", erzählte Lenz. „Eine Art Familienrache. Er will Sie umbringen. Aber ich glaube, ich bin auf seiner Spur."

Und immer wieder war es eine falsche Spur. Jeder Morgen brachte Benjamins Besuch und neue Hoffnungen. Jeder Abend enttäuschende, schmerzhafte Kunde.

Lenz beschrieb ihn genau. Er war der Bruder jenes Mädchens, das Günther geheiratet hätte. Lenz sagte: „geheiratet hätte". Manchmal sagte Benjamin: „für das Günther gestorben ist". Und wenn er sich vergaß: „für das Sie ihn getötet haben".

Und dieses Wort war unangenehm. Theodor sah die aufwärtsgekrampfte Oberlippe, weißes Zahnfleisch, einen schielenden Blick.

Aber Lenz beschrieb auch jenes Mannes Kleidung und seine Gewohnheiten. Er hatte ihn schon fast gefangen. Nur eine Lücke blieb immer offen, durch die der Gesuchte floh.

„Wir werden ihn finden", versicherte Benjamin Lenz. Aber er fand nicht den Mann, den Todfeind Theodors.

„Du hast einen Kummer", sagte Elsa, „und erzählst mir nichts."

„Es ist die Arbeit", sagte Theodor. Und begann eine Rede über die Ziele der vaterländischen Politik.

<h2 style="text-align:center">29</h2>

Die Nacht verweigerte den Schlaf, und in ihrer rauschenden Stille schwoll Theodors Furcht vor dem unbekannten, schrecklichen Feind. Befand er sich jenseits der Grenzen? Lebte er in Theodors Nähe? Lebte er in Theodors Haus vielleicht, als Portier verkleidet? Hatte der Kellner in der kleinen Konditorei gegenüber dem Amt nicht das Gesicht des Feindes? Dieses flackernde Haar? Diese weiße Farbe des Hasses? Den starken, gewichtigen Gang? Die breiten Schultern?

Lebte jener Mann in der Uniform des staatlichen Chauffeurs, der Theodors Auto lenkte? Lauerte er nicht hinter jeder Straßenecke, um die Theodor bog? Hatte er nicht in diesem Hause, unter dieses Bett eine Bombe gelegt?

Theodor machte Licht und ging ein paarmal durchs Zimmer und sah durch das Fenster die stille Nacht in den Straßen und das zuckende Licht der Laterne und lauschte auf Schritte, die fern verhallten.

Spät, schon graute der Morgen, überwältigte Theodor schwerer Schlaf. Neue Hoffnung brachte der Tag, neue Furcht und die grausamen Stunden des Wartens. Zu Hause konnte Theodor über dieses eine nicht sprechen. Er hätte erzählen, alles von Anfang erzählen müssen. Von Günther erzählen, von Klitsche. Es wäre keine Erzählung – eine Beichte, Sturz von der mühsam erreichten Höhe, Entblößung, Selbstmord.

So blieb nur Benjamin.

Benjamin hörte, tröstete, versprach, erzählte Neuigkeiten, gab Ratschläge, erfuhr den Inhalt geheimer Konferenzen, erfuhr geheime Pläne der Regierung, photographierte Akten, verkaufte die Schriftstücke, brachte andere zu Theodor.

Er hatte viel zu tun.

Es erhoben sich die Arbeiter in den Fabriksvierteln, und die Arbeitslosen demonstrierten, denn sie erhielten gar nichts mehr. Die lange mühsam gebändigte Wut der Massen flammte wieder auf. Aus Sachsen zogen Arbeitslose herbei, sie fuhren nicht mit der Bahn, sie kamen zu Fuß, sie wanderten auf den breiten Straßen der Länder, sie wanderten durch Schnee wirbelnden Wind, der den Frühling ankündigte.

Ja, es kam der Frühling. Man fühlte ihn schon auf den Straßen, in der Mitte schmolz der Schnee, und an den Rändern bedeckte ihn eine graue Kruste. Aber die Hungrigen, die Entwichenen, die geflüchteten Häftlinge und die Arbeiter, die noch vor der Verhaftung die Flucht aus ihrer Heimat ergriffen hatten und in der großen Stadt unerkannt zu verschwinden hofften, die Frauen, deren Männer getötet waren, die jüdischen Emigranten aus dem Osten, die jede Eisenbahn meiden mußten – sie fühlten den Frühling wie ein dreifaches Weh. Mit dem singenden Frost des Winters hatten sie sich befreundet, mit dem knisternden Schnee, seinen zärtlichen Flocken, aber den scharfen Wind, der in sich die kommenden Regen des April trug, der die Kleider zerbiß und in die Poren der Haut drang, ertrugen sie nicht.

Nieder fielen sie in den Straßen, und das Fieber schüttelte sie, mit klappernden Kiefern erwarteten sie die letzte Stunde, und dann lagen sie starr auf den Straßen, und mitleidige Flüchtlinge, die später kamen, begruben die Leichen in den Feldern, des Nachts, wenn die Bauern es nicht sahen.

Wie ein lächelnder Mörder ging der Frühling durch Deutschland. Wer in den Barakken nicht starb, den Foltern entging, von den Kugeln der Nationalen Bürgerliga nicht getroffen wurde und nicht von den Knüppeln des Hakenkreuzes, wen der Hunger nicht zu Hause traf, wen die Spitzel vergessen hatten – der starb unterwegs, und die schwarzen, großen Rabenschwärme kreisten über seinem Leichnam.

Krankheiten lagen geborgen in den Kleiderfalten der Wanderer, Krankheiten hauchte ihr Atem. Der Gendarm, der ihnen unterwegs entgegentrat, sog die Krankheit ein, die in ihrem Fluch lag, und wenn ihn nicht die Überzahl ermordete, starb er nach einigen Tagen. Soldaten starben in den Garnisonen. Patrouillen, die auf die Landstraßen ausgeschickt wurden, schlichen auf Seitenwegen, um der großen Krankheit nicht zu begegnen, und entgingen dem Tode nicht.

In den Städten aber sprachen die Bürger von der nationalen Erhebung, hielt Theodor Vorträge. Jetzt, mehr als je, drohte der innere Feind, und an der Grenze standen die Nachbarstaaten bereit, ins Land zu marschieren. Gymnasiasten exerzierten. Richter exerzierten. Priester schwangen Knüppel. Vor den Altären Gottes, in den großen, schönen Kirchen des Landes, predigten Wanderredner.

Theodor Lohse beschäftigte alle Gymnasiasten, alle Studenten, die Nationale Bürgerliga. Er sprach am Abend in öffentlichen Versammlungen, er sprach sich hinauf, schon galt er mehr als der Polizeipräsident, mehr als der Staatssekretär für öffentliche Sicherheit, mehr als der Minister.

Er stand auf dem Podium, und der Schall seiner eigenen Stimme hob ihn empor. Seine Frau saß in der ersten Reihe. Gesichert waren die Eingänge, die Türen, die Fenster, hier vergaß er jede Gefahr und sogar den Feind, den lauernden, den unbekannten. „Ich muß zu dir aufschaun!" sagte Elsa, und sie saß in der ersten Reihe und sah zu ihrem Mann empor, dem Erwachsenen und Wachsenden, Chef der Sicherheit – dachte sie –, Präsident des Reiches, Platzhalter für den kommenden Kaiser. Rauschende Feste in weißen Sälen, marmorne Treppen, goldene Lüster, große Abendtoilette, klirrende Sporen, Musik, Musik.

Neue Wahlen waren ausgeschrieben, wer weiß, ob nicht eine neue, glänzendere Stellung frei war.

Die Zeitungen schrieben: Theodor Lohse. Berichterstatter aus fremden Ländern kamen. „Die Welt" kannte Theodor Lohse. In den großen amerikanischen Blättern war seine Photographie.

„Einer der führenden Männer" hieß Theodor Lohse. Warum nicht: der führende Mann?

30

Einmal kam Theodor spät am Abend ins Büro und traf Benjamin Lenz vor offenen Schränken.

Lenz photographierte Akten.

Als er Theodor sah, zog er seine Pistole.

„Ruhe!" sagte Benjamin.

Theodor setzte sich auf den Tisch, er taumelte.

„Ruhe!" sagte Benjamin.

„Spitzel!" schrie Theodor.

„Spitzel?" fragte Benjamin. „Sie waren mit mir bei den Gegnern. Sie haben Aufmarschpläne verraten. Ich habe Zeugen. Wer hat Klitsche ermordet?"

„Gehen wir!" sagte Benjamin Lenz.

Und Theodor ging mit Benjamin aus dem Hause.

„Fahren Sie zu Ihrer Frau!" sagte Lenz und begleitete Theodor zu einem Auto.

„Und schlafen Sie gut!" rief Benjamin, während der Chauffeur kurbelte.

Und Theodor fuhr heim.

Seine Frau spielte noch vor dem Schlafengehen. Die Fenster waren offen, und eine milde Märzluft blähte die Vorhänge.

„Du wirst jetzt große Aufgaben haben!" sagte Elsa.

„Ja, mein Kind!"

„Wir müssen bereit sein!"

„Ich bin bereit!" sagte Theodor und dachte an eine Ermordung Benjamins.

Benjamin Lenz ging in der Nacht zu seinem Bruder.

Die Brüder hatten einander lange nicht gesehen.

„Hier hast du Geld und einen Paß", sagte Benjamin, „fahre heute noch weg!"

Und Lazar, sein Bruder, verschwand.

Sie kannten einander gar nicht, Lazar wußte nicht, was Benjamin trieb, woher er Geld nahm und Paß, aber er verschwand.

Alles wußte er, man schwieg oder sprach ein kleines, gleichgültiges Wort, und eine Welt war in dem kleinen, lächerlichen Wort.

Man konnte jedem beliebigen Juden aus Lodz ein einziges kleines Wort sagen, und er wußte.

Man braucht einem Juden aus dem Osten keine Erklärungen zu geben. Sanfte braune Augen hatte Lazar, der Bruder. Sein Haar lichtete sich. Er studierte so viel; er machte Erfindungen.

„Kannst du deine Studien unterbrechen?"

„Ich muß", sagte Lazar und war auch schon fertig. Er hatte nur einen Koffer. Und der Koffer war gepackt. So, als hätte er diese Abreise jeden Augenblick erwartet. „Bist du schon Doktor?" fragte Benjamin.

„Seit einem Jahr!"

„Woran arbeitest du?"

„An einem Gas."

„Sprengstoff?"

„Ja!" sagte Lazar.

„Für Europa", sagte Benjamin.

Und Lazar lachte. Alles verstand Lazar. Was war Benjamin dagegen? Ein kleiner Intrigant.

Aber dieser junge Bruder mit den sanften, golden schimmernden Augen ließ den ganzen Weltteil in die Luft fliegen.

Um halb eins ging der Zug nach Paris.

Auf dem Bahnsteig stand Benjamin.

„Vielleicht komme ich nach", sagte Benjamin.

Dann winkte Benjamin. Zum erstenmal winkte er. Und der Zug glitt aus der Halle. Leer war der Bahnsteig, und ein Mann sprengte Wasser aus einer grünen Kanne.

Viele Lokomotiven pfiffen irgendwo auf Geleisen.

Hotel Savoy

ERSTES BUCH

I

ICH KOMME UM ZEHN UHR vormittags im Hotel Savoy an. Ich war entschlossen, ein paar Tage oder eine Woche auszuruhen. In dieser Stadt leben meine Verwandten – meine Eltern waren russische Juden. Ich möchte Geldmittel bekommen, um meinen Weg nach dem Westen fortzusetzen.

Ich kehre aus dreijähriger Kriegsgefangenschaft zurück, habe in einem sibirischen Lager gelebt und bin durch russische Dörfer und Städte gewandert, als Arbeiter, Taglöhner, Nachtwächter, Kofferträger und Bäckergehilfe.

Ich trage eine russische Bluse, die mir jemand geschenkt hat, eine kurze Hose, die ich von einem verstorbenen Kameraden geerbt habe, und Stiefel, immer noch brauchbare, an deren Herkunft ich mich selbst nicht mehr erinnere.

Zum erstenmal nach fünf Jahren stehe ich wieder an den Toren Europas.

Europäischer als alle anderen Gasthöfe des Ostens scheint mir das Hotel Savoy mit seinen sieben Etagen, seinem goldenen Wappen und einem livrierten Portier. Es verspricht Wasser, Seife, englisches Klosett, Lift, Stubenmädchen in weißen Hauben, freundlich blinkende Nachtgeschirre, wie köstliche Überraschungen in braungetäfelten Kästchen; elektrische Lampen, aus rosa und grünen Schirmen erblühend wie aus Kelchen; schrillende Klingeln, die einem Daumendruck gehorchen; und Betten, daunengepolsterte, schwellend und freudig bereit, den Körper aufzunehmen.

Ich freue mich, wieder ein altes Leben abzustreifen, wie so oft in diesen Jahren. Ich sehe den Soldaten, den Mörder, den fast Gemordeten, den Auferstandenen, den Gefesselten, den Wanderer.

Ich ahne Morgendunst, höre den Trommelwirbel der marschierenden Kompanie, auf klirrende Fensterscheiben im höchsten Stockwerk; erblicke einen Mann in weißen Hemdärmeln, die zuckenden Glieder der Soldaten, eine Waldlichtung, die vom Tau glänzt; ich stürze ins Gras vor „fiktivem Feind" und habe den brünstigen Wunsch, hier liegenzubleiben, ewig, im samtenen Gras, das die Nase streichelt.

Ich höre die Stille des Krankensaals, die weiße Stille. Ich stehe an einem Sommermorgen auf, höre das Trillern gesunder Lerchen, schmecke den Morgenkakao mit Buttersemmel und den Duft von Jodoform in der „ersten Diät".

Ich lebe in einer weißen Welt aus Himmel und Schnee, Baracken bedecken die Erde wie gelber Aussatz. Ich schmecke den süßen letzten Zug aus einem aufgeklaubten Zigarettenstummel, lese die Inseratenseite einer heimatlichen, uralten Zeitung, aus der man vertraute Straßennamen wiederholen kann, den Gemischtwarenhändler erkennt, einen Portier, eine blonde Agnes, mit der man geschlafen hat.

Ich höre den wonnigen Regen in durchwachter Nacht, die hurtig schmelzenden Eiszapfen in lächelnder Morgensonne, ich greife die mächtigen Brüste einer Frau, die man unterwegs getroffen, ins Moos gelegt hat, die weiße Pracht ihrer Schenkel. Ich schlafe den betäubenden Schlaf auf dem Heuboden, in der Scheune. Ich schreite über zerfurchte Äcker und lausche dem dünnen Sang einer Balalaika.

So vieles kann man in sich saugen und dennoch unverändert an Körper, Gang und Gehaben bleiben. Aus Millionen Gefäßen schlürfen, niemals satt sein, wie ein Regenbogen in allen Farben schillern, dennoch immer ein Regenbogen sein, von der gleichen Farbenskala.

Im Hotel Savoy konnte ich mit einem Hemd anlangen und es verlassen als der Gebieter von zwanzig Koffern – und immer noch der Gabriel Dan sein. Vielleicht hat mich dieser Einfall so selbstbewußt gemacht, so stolz und herrisch, daß der Portier mich grüßt, mich, den armen Wanderer in der russischen Bluse, daß ein Boy geschäftig meiner harrt, obwohl ich gar kein Gepäck habe.

Ein Lift nimmt mich auf, Spiegel zieren seine Wände, der Liftboy, ein älterer Mann, läßt das Drahtseil durch seine Fäuste gleiten, der Kasten hebt sich, ich schwebe – und es kommt mir vor, als würde ich so noch eine geraume Weile in die Höhe fliegen. Ich genieße das Schweben, berechne, wieviel Stufen ich mühsam erklimmen müßte, wenn ich nicht in diesem Prachtlift säße, und werfe Bitterkeit, Armut, Wanderung, Heimatlosigkeit, Hunger, Vergangenheit des Bettlers hinunter –, tief, woher es mich, den Emporschwebenden, nimmermehr erreichen kann.

Mein Zimmer – ich habe eines der billigsten bekommen – liegt im sechsten Stockwerk und trägt die Nummer 703. Die Zahl gefällt mir – ich bin zahlengläubig – die Null in der Mitte ist wie eine Dame, von einem ältern und einem jüngern Herrn flankiert. Auf dem Bett liegt eine gelbe Decke; gottlob, keine graue, die ans Militär erinnern könnte. Ich knipse ein paarmal das Licht an und aus, schlage die Tür des Nachtkästchens auf, die Matratze gibt dem Druck der Hand nach und federt empor, Wasser blinkt aus der Karaffe, das Fenster geht in Lichthöfe, in denen lustig bunte Wäsche flattert, Kinder schreien, Hühner lustwandeln.

Ich wasche mich und schlüpfe langsam ins Bett, jede Sekunde koste ich aus. Ich öffne das Fenster, die Hühner schwatzen laut und lustig, es ist wie süße Schlafmusik.

Ich schlafe ohne Traum den ganzen Tag.

2

Späte Sonne rötete die höchsten Fenster des gegenüberliegenden Hauses; die Wäsche, die Hühner, die Kinder waren aus dem Hofe verschwunden.

Am Vormittag, als ich ankam, hatte es leise geregnet; weil es inzwischen heiter geworden war, schien es mir, als hätte ich nicht einen Tag, sondern drei geschlafen. Meine Müdigkeit war abgetan; mein Herz festlich gestimmt. Ich war neugierig auf die Stadt, das neue Leben. Mein Zimmer schien mir vertraut, als hätte ich schon lange darin gewohnt, bekannt die Glocke, der Druckknopf, der elektrische Taster, der grüne Lampenschirm, der Kleiderkasten, die Waschschüssel. Alles heimisch, wie in einer Stube, in der man eine Kindheit verbracht, alles beruhigend, Wärme verschüttend, wie nach einem lieben Wiedersehn.

Neu war nur der Zettel an der Tür, auf dem zu lesen stand:

„Nach zehn Uhr abends wird um Ruhe gebeten. Für abhanden gekommene Schmuckstücke keine Haftung. Tresor im Hause.

Hochachtungsvoll
Kaleguropulos, Hotelwirt.“

Der Name war fremd, ein griechischer Name, ich bekam Lust, ihn zu deklinieren: Kaleguropulos, Kaleguropulu, Kaleguropulo – – eine leise Erinnerung an ungemütliche Schulstunden; einen Griechischlehrer, der aufstieg aus vergessenen Jahren in einem patinagrünen Jäckchen, drängte ich zurück. Dann beschloß ich, durch die Stadt zu gehen, vielleicht einen Verwandten aufzusuchen, wenn Zeit dazu blieb, und zu genießen, wenn dieser Abend und diese Stadt Genuß bieten wollten.

Ich gehe den Korridor entlang der Haupttreppe zu und freue mich über die schöne Quaderpflasterung des Hotelgangs, die rötlichen, sauberen Steine, das Echo meiner festen Schritte.

Langsam steige ich die Treppe hinunter, aus unteren Stockwerken klingen Stimmen, hier oben ist alles still, alle Türen sind geschlossen, man geht wie durch ein altes Kloster, an den Zellen betender Mönche vorbei. Das fünfte Stockwerk sieht genauso wie das sechste aus, man kann sich leicht irren; dort oben und hier hängt eine Normaluhr gegenüber der Treppe, nur gehen die beiden Uhren nicht regelmäßig. Die im sechsten Stockwerk zeigt sieben Uhr und zehn Minuten, hier ist es sieben Uhr, und im vierten Stock sind es zehn Minuten weniger.

Über den Quadersteinen des dritten Stockwerks liegen dunkelrote, grüngesäumte Teppiche, man hört seinen Schritt nicht mehr. Die Zimmernummern sind nicht an die Türen gemalt, sondern auf ovalen Porzellantäfelchen angebracht. Ein Mädchen kommt mit einem Staubwedel und einem Papierkorb, hier scheint man mehr auf Sauberkeit zu achten. Hier wohnen die Reichen, und Kaleguropulos, der Schlaue, läßt absichtlich die Uhren zurückgehn, weil die Reichen Zeit haben.

Im Hochparterre standen zwei Flügel einer Tür weit offen.

Es war ein großes Zimmer mit zwei Fenstern, zwei Betten, zwei Kasten, einem grünen Plüschsofa, einem braunen Kachelofen und einem Ständer für Gepäck. An der Tür war kein Zettel des Kaleguropulos zu sehen – vielleicht durften die Bewohner des Hochparterres nach zehn Uhr lärmen, ihnen haftete man vielleicht für „abhanden gekommene Schmuckstücke" – oder wußten sie bereits von den Tresors, oder sagte es ihnen Kaleguropulos persönlich?

Aus einem benachbarten Zimmer rauschte eine Frau heraus, parfümiert und in einer grauen Federboa – das ist eine Dame, sage ich mir und gehe, hart hinter ihr, die wenigen Stufen hinunter, ihre kleinen Lackstiefelchen fröhlich betrachtend. Die Dame hält sich eine Weile beim Portier auf, ich gelange mit ihr gleichzeitig zur Tür, der Portier grüßt, mir schmeichelt es, daß der Portier mich vielleicht für den Begleiter der reichen Dame hält.

Ich beschloß, weil ich keine Richtung wußte, hinter der Dame einherzugehn.

Sie bog aus dem engen Gäßchen, in dem das Hotel stand, rechts ab, da weitete sich der Marktplatz. Es mußte Markttag gewesen sein, Heu und Häcksel lagen verstreut auf dem Pflaster, man schloß gerade die Läden, es klirrten Schlüssel, und Ketten rasselten, Hausierer zogen heim mit kleinen Handwagen, Frauen mit bunten Kopftüchern eilten mit vollen und vorsichtig vor den Leib gehaltenen Töpfen, berstenden Markttaschen am Arm, aus denen hölzerne Kochlöffel hervorschauten. Spärliche Laternen streuten silbernes Licht in die Dämmerung, auf dem Bürgersteig entwickelte sich ein Korso, Männer in Uniform und Zivil wedelten mit schlanken Rohrstäbchen, und Wolken russischen Parfüms wallten auf und verschwanden wieder. Wagen kamen vom Bahnhof geholpert, mit hochgeschichtetem Gepäck, vermummten Reisenden. Das Pflaster war schlecht, wies Mulden und plötzliche Versenkungen auf, über schadhafte Stellen waren faulende Latten gelegt, die überraschend knarrten.

Dennoch sah die Stadt am Abend freundlicher aus als am Tage. Am Vormittag war sie grau, Kohlendunst naher Fabriken wälzte sich über sie aus riesigen Schornsteinen, schmutzige Bettler krümmten sich an den Straßenecken, und Unrat und Mostkübel waren in engen Gäßchen gehäuft. Die Dunkelheit aber barg alles, Schmutz, Laster, Seuche und Armut, gütig, mütterlich, verzeihend, vertuschend.

Häuser, die nur gebrechlich und schadhaft sind, scheinen im Dunkel gespenstisch und geheimnisvoll, von einer willkürlichen Architektur. Schiefe Giebel wachsen sanft in den Schatten, armseliges Licht winkt heimlich durch halberblindete Scheiben, zwei Schritte daneben brechen Ströme von Licht aus mannshohen Fenstern einer Konditorei, Spiegel widerstrahlen Kristall und Lüster, Engel schweben, lieblich gebeugt, an der Deckenwölbung. Es ist die Konditorei der reichen Welt, die in dieser Fabrikstadt Geld erwirbt und ausgibt.

Hierher ging die Dame, ich folgte ihr nicht, weil ich bedachte, daß mein Geld eine geraume Zeit würde reichen müssen, ehe ich fortreisen konnte.

Ich schlenderte weiter, sah schwarze Gruppen behender Kaftanjuden, hörte lautes Gemurmel, Gruß und Gegengruß, zorniges Wort und lange Rede – Federn, Prozente, Hopfen, Stahl, Kohle, Zitronen flogen, von Lippen in die Luft geschleudert, in Ohren gezielt. Männer mit verdächtigem Blick und Kautschukkragen schienen Polizei. Ich griff nach meiner Brusttasche, wo der Paß lag, unwillkürlich, wie ich nach der Mütze gegriffen hatte als Soldat, wenn ein Vorgesetzter in der Nähe war. Ich war Heimkehrer, meine Papiere waren in Ordnung, ich hatte nichts zu fürchten.

Ich ging zu einem Schutzmann, fragte nach der Gibka, wo meine Verwandten wohnen, der reiche Onkel Phöbus Böhlaug. Der Schutzmann sprach Deutsch, viele Menschen sprachen hier Deutsch, deutsche Fabrikanten, Ingenieure und Kaufleute beherrschten Gesellschaft, Geschäft, Industrie dieser Stadt.

Ich mußte zehn Minuten gehn und dachte an Phöbus Böhlaug, von dem mein Vater in der Leopoldstadt mit Neid und Haß gesprochen hatte, wenn er von vergeblichen Ratensammlungen müde und zerdrückt heimgekommen war. Den Namen Phöbus hatte jedes Familienmitglied mit Respekt genannt, es war, als hätte man wirklich vom Sonnengott gesprochen; nur mein Vater sprach immer von „Phöbus, dem Lump" – weil er angeblich mit der Mitgift der Mutter Geschäfte gemacht hatte. Mein Vater war immer zu feige gewesen, hatte nie seine Mitgift gefordert, hatte immer nur, jährlich um dieselbe Zeit, in der Fremdenliste nachgelesen, ob Phöbus Böhlaug im Hotel Imperial abgestiegen sei, und wenn er da war, ging mein Vater den Schwager in die Leopoldstadt einladen, zu einem Tee. Die Mutter trug ein schwarzes Kleid mit spärlich gewordenem Flitterbesatz, sie achtete den reichen Bruder, als wäre er etwas sehr Fremdes, Königliches, als hätte sie nicht beide ein Schoß geboren, *ein* Brüstepaar gesäugt. Der Onkel kam, brachte mir ein Buch, Lebzelte dufteten aus der dunklen Küche, in der mein Großvater wohnte, aus der er nur bei festlichen Gelegenheiten hervorkam, als wäre er gerade gar geworden, frisch gewaschen, mit einem weiß gestärkten Brustvorsatz, zwinkernd durch die viel zu schwache Brille, vorgeneigt, um den Sohn Phöbus zu sehn, den Stolz des Alters. Phöbus hat ein breites Lachen, ein quellendes Doppelkinn und rote Nackenwülste, er riecht nach Zigarren und manchmal nach Wein, und er gibt jedem einen Kuß auf beide Wangen. Er spricht viel, laut und fröhlich, aber wenn man ihn fragt, ob die Geschäfte gut gehen, quellen seine Augen hervor, er sinkt zusammen, jeden Augenblick kann er anfangen zu schlottern, wie ein frierender Bettler, sein Doppelkinn verschwindet im Kragen: „Die Geschäfte gehn nicht mehr, in diesen Zeiten. Wie ich klein war, bekam ich einen Mohnbeugel für eine halbe Kopeke, zehn Kopeken kostet jetzt ein Brot, die Kinder – unberufen – werden groß und brauchen Geld, Alexander will jeden Tag Taschengeld."

Der Vater zupfte an den Manschettenröllchen und stieß sie wieder am Tischrand zurück, lächelte, wenn ihn Phöbus ansprach, schwach und lauernd und wünschte seinem Schwager einen Herzschlag. Nach zwei Stunden stand Phöbus auf, drückte der Mutter ein Silberstück in die Hand, dem Großvater eines, und ein großes, glänzendes steckte er in meine Tasche. Der Vater begleitete ihn, weil es dunkel war, die Treppe hinunter, mit

HOTEL SAVOY

der Petroleumlampe in hocherhobener Hand, und die Mutter rief: „Nathan, gib acht auf
den Schirm!" Der Vater gab acht auf den Schirm, und man hörte noch, da die Tür offenstand, das gesunde Reden Phöbus'.

Zwei Tage später war Phöbus verreist, und der Vater verkündete: „Der Lump ist schon
weggefahren."

„Hör auf, Nathan!" sagte die Mutter.

Ich kam in die Gibka. Es ist eine vornehme Vorstadtstraße, mit weißen, niederen Häusern, neuen und verzierten. Ich sah erleuchtete Fenster im Hause Böhlaugs, aber die Tür
war geschlossen. Ich überlegte eine Weile, ob ich so spät noch hinaufgehen sollte, es
mußte schon zehn Uhr sein – da hörte ich Klavierspiel und ein Cello, eine weibliche
Stimme, einen Schall von klatschenden Spielkarten. Ich dachte, daß es nicht anginge, in
solchem Anzug, wie ich ihn trug, in die Gesellschaft zu kommen, von meinem ersten
Auftreten hing alles ab – ich beschloß, den Besuch für morgen aufzuschieben, und kehrte ins Hotel zurück.

Der vergebliche Weg hatte mich mißmutig gemacht, der Portier grüßte nicht mehr,
als ich ins Hotel trat. Der Liftmensch beeilte sich nicht, als ich auf den Knopf drückte.
Er kam langsam, in meinem Gesicht forschend. Es war ein fünfzigjähriger livrierter
Mensch, ein alter Liftknabe; ich ärgerte mich, daß in diesem Hotel nicht kleine, rotwangige Knirpse den Fahrstuhl bedienten.

Ich entsann mich, daß ich noch einen Blick in den siebenten Stock hatte werfen wollen, und schritt die Stiege hinauf. Oben war der Korridor sehr schmal, die Decke hing
tiefer, aus einer Waschküche strömte grauer Dunst, und es roch nach feuchter Wäsche.
Zwei, drei Türen mußten halb offenstehn, man hörte streitende Stimmen, eine Normaluhr war, wie ich vermutet hatte, nicht vorhanden. Ich wollte gerade die Stiege hinuntergehn, da hielt knarrend der Fahrstuhl, die Tür ging auf, der Liftmensch warf einen
verwunderten Blick auf mich und ließ ein Mädchen aussteigen. Sie trug einen kleinen,
grauen Sporthut, wandte mir ein braunes Gesicht zu und große, graue, schwarz bewim-
perte Augen. Ich grüßte und schritt die Stiege hinunter. Etwas zwang mich, vom letzten Treppenabsatz wieder aufzublicken, da glaubte ich, die biergelben Augen des Lift-
boys vom Treppengeländer her auf mich gerichtet zu sehn.

Ich schloß meine Tür ab, weil ich eine unbestimmte Furcht hatte, und begann, in einem alten Buch zu lesen.

3

Ich war nicht schläfrig. Eine Kirchturmglocke bettet regelmäßige Schläge in die weiche
Nacht. Über mir höre ich Schritte, behutsame, sanfte, unaufhörliche, es müssen Frau-
enschritte sein – ging jene Kleine aus dem siebenten Stock so rastlos auf und ab? Was
hatte sie?

Ich sah hinauf zur Decke, weil mir plötzlich der Einfall kam, daß die Decke durchsichtig geworden war. Man sah vielleicht die zierlichen Fußsohlen des graugekleideten Mädchens. Ging sie barfuß oder in Pantoffeln? Oder in grauen Strümpfen aus Halbseide?

Ich erinnerte mich, wie sehnsüchtig ich und viele Kameraden einen Urlaub erwartet hatten, der den Wunsch nach einem wildledernen Halbschuh erfüllen konnte. Gesunde Bauernmädchenbeine durfte man streicheln, breitsohlige Füße, mit abstehendem großem Zeh, die durch den Schlamm der Felder, durch den Lehm der Landstraße wanderten, Körper, für die die harten Schollen eines gefrorenen Herbstackers ein Liebesbett bildeten. Gesunde Oberschenkel. Minutenschnelle Liebe in der Dunkelheit vor einbrechendem Befehl. Ich entsann mich der ältlichen Lehrerin in einem Etappennest, der einzigen Frau jenes Orts, die vor Krieg und Überfall nicht geflüchtet war. Es war ein spitzes Mädchen, über dreißig, man nannte sie den „Drahtverhau". Aber es gab nicht einen, der sie nicht umworben hätte. Denn weit und breit, im Umkreis von Kilometern, war sie die einzige Frau mit Halbschuhen und durchbrochenen Strümpfen.

In diesem Riesenhotel Savoy mit den 864 Zimmern, ja in dieser ganzen Stadt, wachten vielleicht nur zwei Menschen, ich und das Mädchen über mir. Man könnte ganz gut beieinander sein, ich, Gabriel, und ein kleines, braunes Mädchen mit freundlichem Gesicht, großen, grauen, schwarz bewimperten Augen. Wie dünn mußten die Decken dieses Hauses sein, wenn die Gazellenschritte so deutlich zu hören waren; selbst den Geruch ihres Leibes glaubte ich zu spüren. Ich beschloß nachzusehn, ob diese Schritte wirklich dem Mädchen gehörten.

Im Korridor brannte ein dunkelrotes Glühlämpchen; Schuhe, Stiefel, Frauenhalbschuhe standen vor den Zimmertüren, alle ausdrucksvoll wie Menschengesichter. Im siebenten Stockwerk brannte überhaupt keine Lampe, schwaches Licht rann aus geblendeten Glasscheiben. Gelb und dünn floß ein Strahl durch eine Ritze, es ist Zimmer 800 – da muß der rastlose Spaziergänger wohnen. Ich kann durchs Schlüsselloch sehn – es ist das Mädchen. Sie schreitet in einem weißen Gewand – es ist ein Bademantel – auf und ab, bleibt eine Weile am Tisch stehn, sieht in ein Buch und beginnt ihre Wanderung von neuem.

Ich bemühe mich, ihr Gesicht zu erhaschen – sehe nur die schwache Rundung eines Kinns, das Viertel eines Profils, wenn sie stehenbleibt, ein Büschel Haare, und sooft der Mantel bei einem weiten Schritt sich lüftet, einen Schimmer ihres braunen Fleisches. Irgendwoher kam ein mühsamer Husten, jemand spuckte in einen Kübel, es klatschte laut. Ich kehrte in mein Zimmer zurück. Als ich die Tür schloß, glaubte ich einen Schatten im Korridor zu sehen; ich riß die Tür weit auf, daß das Licht meines Zimmers einen Teil des Ganges erhellte. Aber es war niemand gewesen.

Oben hörten die Schritte auf. Das Mädchen schlief schon wahrscheinlich. Ich legte mich angekleidet aufs Bett und zog die Gardinen vom Fenster weg. Sanftes Grau des beginnenden Tags legte sich weich auf die Gegenstände des Zimmers.

HOTEL SAVOY

Unerbittlichen Morgenanbruch verkündeten eine knallende Tür und der brutale Ruf einer Männerstimme in einer unverständlichen Sprache.

Ein Zimmerkellner kam − er trug eine grüne Schusterschürze, und die aufgekrempelten Hemdärmel ließen schwarz- und krausbehaarte muskelreiche Unterarme bis zum Ellbogen sehn. Zimmermädchen gab es offenbar nur in den drei ersten Stockwerken. Der Kaffee war besser, als man erwartet hätte, aber was nutzte das, wenn keine Mädchen da waren in weißen Hauben? Das war eine Enttäuschung, und ich dachte nach, ob denn keine Möglichkeit vorhanden wäre, in den dritten Stock zu übersiedeln.

4

Phöbus Böhlaug sitzt vor einem glänzenden, kupfernen Samowar, ißt ein Rührei mit Schinken und trinkt Tee mit Milch. „Der Doktor hat mir Eier verschrieben", sagt er, wischt sich mit der Serviette den Schnurrbart und streckt mir vom Stuhl aus sein Gesicht zum Kusse entgegen. Sein Gesicht riecht nach Rasierseife und Kölnischem Wasser, es ist glatt, weich und warm. Er trägt einen weiten Bademantel, muß eben aus der Wanne gestiegen sein, eine Zeitung liegt auf einem Stuhl, und ein herzförmiger Ausschnitt seiner behaarten Brust wird sichtbar, da er noch kein Hemd trägt.

„Gut siehst du aus!" stellt er fest, für alle Fälle.

„Wie lange bist du schon da?"

„Seit gestern!"

„Warum kommst du heute?"

„Ich war gestern hier, hörte, daß bei euch Gesellschaft war, und wollte nicht in diesem Anzug − −"

„Ach, was − ein ganz schöner Anzug! Heutzutage schämt man sich nicht. Heute tragen Millionäre auch keinen besseren Anzug! Ich hab' auch nur drei Anzüge! Ein Anzug kostet ein Vermögen!"

„Ich wußte nicht, daß es so ist. − Ich komme aus der Kriegsgefangenschaft."

„Da ist es dir doch gut gegangen? Alle Menschen sagen, in der Gefangenschaft ist es gut."

„Es war manchmal auch schlecht, Onkel Phöbus!"

„Nun, und jetzt willst du weiterfahren?"

„Ja, ich brauche Geld!"

„Geld brauch' ich auch", lachte Phöbus Böhlaug. „Wir brauchen alle Geld!"

„Du hast es ja wahrscheinlich."

„Ich hab'? Wie weißt du, daß ich hab'? Man ist von der Flucht zurückgekommen und hat sein Vermögen zusammengeklaubt. Ich hab' in Wien deinem Vater Geld gegeben − seine Krankheit hat mich ein schönes Geld gekostet, und deiner seligen Mutter hab' ich einen Grabstein gesetzt, einen schönen Stein – er hat schon damals zwei runde Tausender gekostet."

„Mein Vater ist im Siechenhaus gestorben."

„Aber die selige Mutter im Sanatorium."

„Was schreist du so? Reg dich nicht auf, Phöbus!" sagt Regina. Sie kommt aus dem Schlafzimmer, hält ein Korsett in der Hand, mit baumelnden Strumpfbändern.

„Das ist Gabriel", stellt Phöbus vor.

Regina bekam einen Handkuß. Sie bedauerte mich, meine Leiden in der Gefangenschaft, den Krieg, die Zeiten, die Kinder, den Mann.

„Alexanderl ist hier, sonst hätten wir Sie gebeten, bei uns zu schlafen", sagt sie.

Alexanderl kommt in einem blauen Pyjama, verbeugt sich und scharrt mit den Pantoffeln. Er war im Krieg rechtzeitig von der Kavallerie zum Train gekommen, studiert jetzt in Paris „Export" – wie Phöbus sagt – und feiert seinen Urlaub zu Hause.

„Sie wohnen im Hotel Savoy?" sagt Alexander mit weltmännischer Sicherheit. „Dort wohnt ein schönes Mädchen" – und er zwinkert mit einem Aug' gegen seinen Vater. „Sie heißt Stasia und tanzt im Varieté – unnahbar, sag' ich Ihnen – ich wollte sie nach Paris mitnehmen" – er rückt nahe heran – „aber sie geht allein, wenn sie will, sagt sie mir. – Ein feines Mädchen!"

Ich blieb zum Mittagessen. Phöbus' Tochter kam mit dem Mann. Der Schwiegersohn „half im Geschäft", war ein robuster, gutmütiger, rotblonder, stiernackiger Mensch, löffelte brav seine Suppe, sorgte für Tellersäuberung, schweigsam, unberührt von rollenden Gesprächen.

„Ich denke grade nach", sagt Frau Regina, „dein blauer Anzug wird Gabriel passen."

„Ich hab' noch blaue Anzüge?" fragt Phöbus.

„Ja", sagt Regina, „ich bring' ihn."

Ich versuchte vergeblich Abwehr. Alexander klopfte mir auf die Schulter, „ganz richtig", sagte der Schwiegersohn, und Regina brachte den blauen Anzug. Ich probiere ihn in Alexanders Zimmer, vor dem großen Wandspiegel – er paßt.

Ich sehe ein, sehe die Notwendigkeit eines blauen, „wie neuen" Anzugs ein, die Notwendigkeit braungetupfter Krawatten, einer braunen Weste, und scheide am Nachmittag mit einem Pappkarton in der Hand. Ich werde wiederkommen. Leise noch singt in mir eine Hoffnung auf Reisegeld.

„Siehst du, jetzt hab' ich ihn ausgestattet", sagt Phöbus zu Regina.

5

Stasia heißt das Mädchen. Das Programm des Varietés nennt ihren Namen nicht. Sie tanzt auf billigen Brettern vor einheimischen und Pariser Alexandern. Sie macht ein paar Wendungen in einem orientalischen Tanz. Dann setzt sie sich mit verschränkten Beinen vor einen Weihrauchkessel und wartet das Ende ab. Man kann ihren Körper sehn, blaue Schatten unter den Armen, schwellenden Ansatz einer braunen Brust, die Rundung der Hüfte, den Oberschenkel aus plötzlich aufhörendem Trikot.

Es gab eine lächerliche Blechmusik, die Geigen fehlten, und das schmerzte fast. Es gab alte Witzlieder, modrige Späße eines Clowns, einen dressierten Esel mit roten Ohrenläschchen, der geduldig auf und ab trippelte, weiße Kellner, die wie Bierkeller rochen, mit überschäumenden Krügen zwischen dunklen Reihen, der Glanz eines gelben Scheinwerfers fiel schräg aus willkürlicher Deckenöffnung, ein finsterer Bühnenhintergrund schrie wie ein aufgerissener Mund, der Ansager krächzte, Bote trauriger Kunden.

Am Ausgang warte ich; es ist wieder wie einst; als wartete ich, ein Knabe, im Seitengäßchen, gedrückt in den Schatten eines Haustors und in ihn verfließend, bis rasche, junge Tritte erschallen, aus dem Pflaster erblühen, wunderbar aus unfruchtbaren Kieselsteinen.

Mit Frauen und Männern kam Stasia daher, die Stimmen rannen durcheinander.

Lange war ich einsam unter Tausenden gewesen. Jetzt gibt es tausend Dinge, die ich teilen kann: den Anblick eines krummen Giebels, ein Schwalbennest im Klosett des Hotels Savoy, das irritierende, biergelbe Aug' des alten Liftknaben, die Bitterkeit des siebenten Stockwerks, die Unheimlichkeit eines griechischen Namens, eines plötzlich lebendigen grammatikalischen Begriffs, die traurige Erinnerung an einen boshaften Aorist, an die Enge des elterlichen Hauses, die plumpe Lächerlichkeit Phöbus Böhlaugs und Alexanderls Lebensrettung durch den Train. Lebendiger wurden die lebendigen Dinge, häßlicher die gemeinsam verurteilten, näher der Himmel, untertan die Welt.

Die Tür des Fahrstuhls war offen, Stasia saß da. Ich verbarg meine Freude nicht, wir wünschten einander guten Abend, wie alte Bekannte. Ich empfand den unvermeidlichen Liftboy bitter, er tat, als wüßte er nicht, daß ich im sechsten Stock aussteigen mußte, fuhr uns beide in den siebenten; hier stieg Stasia aus, verschwand in ihrem Zimmer, während der Liftmann noch wartete, als müßte er hier Passagiere mitnehmen: wozu wartet er mit gelben Hohnaugen?

Ich gehe also langsam die Treppe hinab, lausche, ob der Fahrstuhl sich in Bewegung setzt; endlich, ich bin in der Mitte, höre ich des Fahrstuhls glucksendes Geräusch und kehre um. Auf der obersten Stiege schickt sich der Liftmensch gerade an hinunterzusteigen. Er hat den Fahrstuhl leer laufen lassen und geht mit langsamer Bosheit zu Fuß.

Stasia hat wahrscheinlich mein Klopfen erwartet.

Ich will mich entschuldigen.

„Nein, nein", sagt Stasia. „Ich hätte Sie schon früher eingeladen, aber ich hatte Angst vor Ignatz. Er ist der Gefährlichste im Hotel Savoy. Ich weiß auch, wie Sie heißen, Gabriel Dan, und kommen aus der Gefangenschaft – – ich hielt Sie gestern für einen – Kollegen – Artisten –" sie zögert – – vielleicht fürchtet sie, mich zu beleidigen?

Ich war nicht beleidigt. „Nein", sagte ich, „ich weiß nicht, was ich bin. Früher wollte ich Schriftsteller werden, aber ich ging in den Krieg, und ich glaube, daß es keinen

Zweck hat zu schreiben. – Ich bin ein einsamer Mensch, und ich kann nicht für alle schreiben."

„Sie wohnen gerade über meinem Zimmer", sagte ich, weil ich doch nichts Schöneres sagen kann.

„Weshalb wandern Sie die ganze Nacht herum?"

„Ich lerne Französisch, ich möchte nach Paris gehn, etwas tun, nicht tanzen. Ein Dummkopf hat mich nach Paris mitnehmen wollen – seither denke ich daran, hinzufahren."

„Alexander Böhlaug?"

„Sie kennen ihn? Seit gestern sind Sie hier?"

„Sie kennen ja auch mich."

„Haben Sie auch schon mit Ignatz gesprochen?"

„Nein, aber Böhlaug ist mein Vetter."

„Oh! Entschuldigen Sie!"

„Nein, bitte, bitte, er ist ein Dummkopf!"

Stasia hat ein paar Schokoladerippen, und einen Spirituskocher holt sie aus dem Grunde einer Hutschachtel.

„Das darf niemand wissen. Selbst Ignatz weiß es nicht. Den Spirituskocher verstecke ich jeden Tag woanders. In der Hutschachtel heute, gestern lag er in meinem Muff, einmal zwischen Schrank und Wand. Die Polizei verbietet Spirituskocher im Hotel. Man kann aber doch nur – ich meine unsereins – im Hotel wohnen, und das Hotel Savoy ist das beste, das ich kenne. Sie wollen lange hierbleiben?"

„Nein, ein paar Tage."

„Oh, dann werden Sie Hotel Savoy nicht kennenlernen, hier nebenan wohnt Santschin mit Familie. Santschin ist unser Clown – wollen Sie ihn kennenlernen?"

Ich will nicht gerne. Aber Stasia braucht Tee.

Die Santschins wohnen gar nicht „nebenan", sondern am andern Ende des Korridors, in der Nähe der Waschküche. Hier ist der Plafond abschüssig und hängt so tief, daß man fürchtet, gegen ihn zu stoßen. In Wirklichkeit aber erreicht man ihn noch lange nicht – er scheint nur so bedrohlich. Überhaupt verringern sich in dieser Ecke alle Dimensionen, das kommt von dem grauen Dunst der Waschküche, der die Augen betäubt, Distanzen verkleinert, die Mauer anschwellen läßt. Es ist schwer, sich an diese Luft zu gewöhnen, die in ständiger Wallung bleibt, Konturen verwischt, feucht und warm riecht, die Menschen in unwirkliche Knäuel verwandelt.

Auch in Santschins Zimmer ist Dunst, seine Frau schließt eilig die Tür, als wir eintreten, als lauerte draußen ein wildes Tier. Die Santschins, die ein halbes Jahr in diesem Zimmer wohnen, haben schon Übung im raschen Türschließen. – Ihre Lampe brennt mitten in einem grauen Kreis, weckt Erinnerungen an Photographien von Sternbildern, die von Nebeln umgeben sind. Santschin steht auf, schlüpft mit einem Arm in einen dunklen Rock und neigt den Kopf vor, um die Gäste zu erkennen. Sein Kopf scheint aus

HOTEL SAVOY

Wolken herauszuwachsen wie das Haupt einer überirdischen Erscheinung auf frommen Bildern.

Er raucht eine lange Pfeife und spricht wenig. Die Pfeife behindert ihn an der Unterhaltung. Sooft er einen halben Satz zusammengebracht hat, muß er innehalten, nach der Stricknadel seiner Frau greifen und im Pfeifenkopf herumstochern. Oder es muß ein neues Streichholz angezündet werden, und es gilt, die Zündholzschachtel zu suchen. Frau Santschin kocht Milch fürs Kind, sie braucht die Streichhölzer ebensohäufig wie ihr Mann. Die Schachtel wandert unaufhörlich von Santschins Seite auf den Waschtisch, wo der Spirituskocher steht, manchmal bleibt sie unterwegs liegen und verschwindet im Nebel spurlos. Santschin bückt sich, wirft einen Sessel um, die Milch kocht, man nimmt sie fort und läßt die Spiritusflamme flackern, bis man etwas anderes zu wärmen „aufgestellt" hat, weil die Gefahr besteht, daß die Streichhölzer überhaupt nicht mehr gefunden werden.

Ich empfahl meine eigene Streichholzschachtel abwechselnd dem Herrn und der Frau Santschin – aber niemand wollte sie nehmen, beide suchten eifrig und ließen den Spiritus vergeblich brennen. Endlich erblickte Stasia die Schachtel in einer Falte der Bettdecke.

Eine Sekunde später sucht Frau Santschin nach den Schlüsseln, um den Tee aus dem Koffer zu holen – aus dem Kasten konnte er „immerhin" gestohlen werden. „Ich höre irgendwo Klirren", sagt Santschin auf russisch, und wir halten still, um ein Klirren der Schlüssel zu erhaschen. Aber nichts regt sich. „Sie können ja auch nicht von selbst klirren", schreit Santschin. „Ihr müßt euch alle bewegen, dann melden sie sich schon!"

Aber sie meldeten sich erst, als Frau Santschin einen Milchfleck auf ihrer Bluse entdeckte und rasch nach der Schürze griff, um eine Wiederholung zu vermeiden. Es stellt sich heraus, daß die Schlüssel in der Schürzentasche lagen. Und im Koffer ist kein Stäubchen Tee mehr.

„Ihr sucht den Tee?" fragt Santschin plötzlich, „den hab' ich heute früh verbraucht!"

„Warum sitzt du da wie ein Klotz und sagst kein Wort?" schreit seine Frau.

„Erstens habe ich nicht geschwiegen", sagt Santschin, der ein Logiker ist, „und zweitens fragt mich ja auch niemand. Ich bin nämlich, müssen Sie, wissen, Herr Dan, der Letzte hier im Hause."

Frau Santschin hatte eine Idee: man könnte Tee kaufen bei Herrn Fisch, wenn er nicht grade schlief. Daß er etwas Tee herleihen würde, bestand keine Aussicht. „Mit Nutzen" würde er gern verkaufen.

„Gehn wir zu Fisch", sagt Stasia.

Fisch muß man erst wecken. Er wohnt im letzten Zimmer des Hotels, Nummer 864, umsonst, weil die Kaufleute und Industriellen des Ortes und die vornehmen Parterregäste des Hotels Savoy für ihn zahlen. Es geht die Sage, daß er einmal verheiratet, angesehen, Fabrikant und reich gewesen war. Nun hat er alles unterwegs verloren, aus Nachlässigkeit – wer kann's wissen. Er lebt von geheimer Wohltätigkeit, aber er gibt es nicht zu, sondern nennt sich „Lotterieträumer". Er besitzt die Fähigkeit, Lotterienummern zu träumen, die unbedingt eintreffen müssen. Er schläft den ganzen Tag, läßt sich Nummern träumen und setzt. Aber noch ehe sie gezogen sind, hat er wieder geträumt. Er verkauft sein Los, ersteht für den Erlös ein neues, das alte gewann, das neue nicht. Viele Menschen sind durch Fischs Träume reich geworden und wohnen im ersten Stock des Hotel Savoy. Aus Dankbarkeit bezahlen sie für Fisch das Zimmer.

Fisch – sein Vorname ist Hirsch – lebt in steter Angst, weil er einmal irgendwo gelesen hat, daß die Regierung das Lotteriespiel aufheben und „Klassenlose" einführen will.

Hirsch Fisch muß „schöne Nummern" geträumt haben, es dauert lange, ehe er aufsteht. Er läßt niemanden in sein Zimmer, begrüßt mich im Korridor, hört Stasias Wunsch an, schlägt die Tür wieder zu und öffnet sie nach einer geraumen Weile, mit einem Teepäckchen in der Hand.

„Wir verrechnen das, Herr Fisch", sagt Stasia.

„Guten Abend", sagt Fisch und geht schlafen.

„Wenn Sie Geld haben", rät Stasia, „kaufen Sie bei Fisch ein Los" – und sie erzählt mir von den wunderbaren Träumen des Juden.

Ich lache, weil ich mich schäme, den Wunderglauben zuzugeben, dem ich leicht verfalle. Aber ich bin entschlossen, ein Los zu kaufen, wenn Fisch mir etwas anbieten würde.

Die Schicksale Santschins und Hirsch Fischs beschäftigten mich. Alle Menschen schienen hier von Geheimnissen umgeben. Träumte ich das? Den Dunst der Waschküche? Was wohnte hinter der, hinter jener Tür? Wer hatte dieses Hotel erbaut? Wer war Kaleguropulos, der Wirt?

„Kennen Sie Kaleguropulos?"

Stasia kannte ihn nicht. Niemand kannte ihn. Niemand hatte ihn gesehn. Aber wenn man Zeit und Lust hatte, konnte man sich einmal aufstellen, wenn er gerade inspizieren kam, und ihn anschaun.

„Glanz hat es einmal versucht", sagt Stasia, „hat aber keinen Kaleguropulos gesehn. Übrigens sagt Ignatz, daß morgen Inspektion ist."

Noch ehe ich die Treppe hinabsteige, holt mich Hirsch Fisch ein. Er ist im Hemd und in langen, weißen Unterhosen und hält steif vor den Leib hingestreckt ein Nachtgeschirr. Groß und hager, sieht er im dämmerigen Zwielicht wie ein Auferstandener aus. Seine grauen Bartstoppeln drohen wie kleine, scharfe Spieße. Seine Augen liegen tief, beschattet von mächtigen Backenknochen.

„Guten Morgen, Herr Dan! Glauben Sie, daß die Kleine mir den Tee bezahlen wird?"

„Wahrscheinlich doch!"

„Hören Sie, ich habe Nummern geträumt! Eine sichere Terz! Ich setz' heute! Haben Sie gehört, daß die Regierung die Lotterie abschaffen will?"

„Nein!"

„Es wär' ein großes Unglück, sag' ich Ihnen. Von was lebt das kleine Volk? Von was wird man reich? Soll man warten, bis eine alte Tante stirbt? Ein Großvater? Und dann steht im Testament: das Ganze fürs Waisenhaus."

Fisch redet, das Nachtgeschirr vor sich haltend, er scheint es vergessen zu haben. Ich werfe einen Blick darauf, er bemerkt es.

„Wissen Sie, ich erspar' mir Trinkgelder. Was brauch' ich den Zimmerkellner bei mir? Ich mach' mir selbst Ordnung. Die Menschen stehlen wie die Raben. Allen ist schon was gestohlen worden. Mir nicht! Ich mach' mir selbst Ordnung. Heute, hat der Ignatz gesagt, ist Revision. Ich geh' immer weg, wer nicht da ist, ist nicht da. Wenn Kaleguropulos etwas nicht richtig findet, kann er mich nicht herstellen. Bin ich sein Rekrut?"

„Kennen Sie den Wirt?"

„Wozu soll ich ihn kennen? Ich bin nicht neugierig auf die Bekanntschaft. Haben Sie das Neueste gehört: Bloomfield kommt!"

„Wer ist das?"

„Bloomfield kennen Sie nicht? Bloomfield ist ein Kind dieser Stadt, Milliardär in Amerika. Die ganze Stadt ruft: Bloomfield kommt! Ich hab' mit seinem Vater gesprochen, wie ich hier mit Ihnen rede, so wahr ich leb'."

„Entschuldigen Sie, Herr Fisch, ich will noch ein bißchen schlafen!"

„Bitte schlafen Sie! Ich muß Ordnung machen." Fisch geht der Toilette entgegen. Aber unterwegs, ich war schon auf der Stiege, rannte er zurück:

„Glauben Sie, daß sie zahlen wird?"

„Ganz gewiß."

Ich öffnete die Tür meines Zimmers und glaubte noch einmal, wie gestern, einen huschenden Schatten zu sehn. Ich war zu müde, um nachzusehn. Ich schlief, bis die Sonne hoch im Mittag stand.

6

Es klang wie ein Schlachtruf durchs Haus: Kaleguropulos kommt! Er kam immer am Vorabend, ehe die Sonne verschwand. Geschöpf der Dämmerung war er, Herr der Fledermäuse.

Weiber standen in den drei höchsten Stockwerken verteilt und scheuerten die großen Quadersteine. Man hört Geräusch pantschender Staubfetzen, die in gefüllte Kübel fallen, Schrubbern eines harten Besens und besänftigendes Gleiten trockener Tücher über den Korridor. Ein Zimmerkellner reibt, gelbes Säurefläschchen in der Hand, an den Klinken. Leuchter blinken, Druckknöpfe und Türleisten, verstärkter Dunst quillt aus der Waschküche und stiehlt sich ins sechste Stockwerk. Auf schwankenden Leitern ragen dunkelblaue Männer gegen den Suffit und tasten Drahtleitungen mit behandschuhten Händen ab. An breiten Gurten hängen Mädchen mit wehenden Schößen wie lebendige Fahnen zu den Fenstern hinaus, Scheiben putzend. Aus dem siebenten Stock sind alle Einwohner verschwunden, offen stehn die Türen, dargeboten ist dem Blick alle kümmerliche Häuslichkeit, eilig zusammengeraffte Bündel, Haufen von Zeitungspapier über verbotenen Gegenständen.

In den vornehmen Stockwerken tragen die Zimmermädchen prachtvoll gesteifte Nonnenhauben, duften nach Stärke und feierlicher Aufregung wie Sonntagmorgens. Ich wundere mich, daß keine Kirchenglocken läuten. Unten stäubt jemand mit einem Taschentuch die Palmen ab, es ist der Direktor selbst, sein Auge sieht einen Lederfauteuil, dessen Sitz Risse aufweist und Eingeweide aus Holzwolle verrät. Flugs legt der Portier einen Teppich darüber.

Zwei Buchhalter stehn an hohen Kontorpulten und machen Auszüge. Einer blättert im Katasterkasten. Der Portier trägt eine neue Goldborte um den Mützenrand. Ein Diener tritt aus einem kleinen Gelaß in einer neuen grünen Schürze, blühend wie ein Stück Frühlingswiese.

Im Vestibül sitzen dicke Herren, rauchend und Schnäpse trinkend, von hurtigen Kellnern umgaukelt.

Ich bestelle einen Schnaps und setze mich an einen Tisch am äußersten Rand des Vestibüls, hart neben dem Läufer, über den Kaleguropulos ja kommen muß. Ignatz kam vorbei, nickte, freundlicher als sonst, ruhig, mit einer Würde, die einem Liftboy gar nicht anstand. Er schien als einziger in diesem Hause Ruhe bewahrt zu haben, seine Kleidung wies keine Veränderung auf, sein glattrasiertes Gesicht, bläulich schimmernd am Kinn, war heute genauso pastorenhaft wie immer.

Ich wartete eine halbe Stunde. Plötzlich sah ich Bewegung vorn in der Portierloge, der Direktor griff nach dem Kassabuch, schwenkte es hoch wie ein Signal und rannte die Treppe hinauf. Ein dicker Gast ließ das Schnapsglas, das er halb erhoben hatte, wieder stehn und fragte seinen Nebenmann: „Was ist los?" Der, ein Russe, sagte gleichmütig: „Kaleguropulos ist im ersten Stock."

Wie war er gekommen?

In meinem Zimmer, auf dem Nachtkästchen, fand ich eine Rechnung mit aufgedrucktem Vermerk:

„Die geehrten Gäste werden höfl. ersucht, in bar zu zahlen. Schecks werden prinzipiell nicht angenommen.
Hochachtungsvoll Kaleguropulos,
Hotelwirt."

Der Direktor kam nach einer Viertelstunde und bat um Entschuldigung, es wäre ein Versehen und die Rechnung für einen Gast bestimmt, der darum gebeten hatte. Der Direktor schied, er war aufrichtig erschrocken, seine Entschuldigungen nahmen kein Ende, es war, als hätte er einen Unschuldigen zum Tode verurteilt, so überwältigte ihn die

Reue. Er verbeugte sich noch einmal, zum letztenmal, tief, die Türklinke in der Hand, die Rechnung bergend, verschämt, in den Schößen seines Cuts.

Später belebte sich das Haus, ein Bienenstock, in den die Bewohner mit süßer Beute einschwärmen. Hirsch Fisch kam, und die Familie Santschin und viele andere, die ich nicht kannte, auch Stasia kam. Sie hatte Angst, in ihr Zimmer zu gehn.

„Weshalb fürchten Sie sich?"

„Es ist eine Rechnung da", sagt Stasia, „und ich kann sie doch nicht bezahlen. Ignatz wird wieder mit dem Patent kommen müssen."

Was das für ein Patent wäre?

„Später", sagt Stasia. Sie ist sehr aufgeregt, sie trägt eine dünne Bluse, und ich sehe ihre kleinen Brüste.

Auf ihrem Nachtkästchen lag eine Rechnung. Sie war ansehnlich; wenn ich sie bezahlen wollte, hätte sie mehr als die Hälfte meiner Barschaft verschlungen.

Stasia erholte sich leicht. Vor dem Spiegel entdeckt sie einen Blumenstrauß, Nelken und Sommerblumen.

„Die Blumen sind von Alexander Böhlaug", sagt sie, „aber ich schicke niemals Blumen zurück. Was können sie dafür?"

Dann schickt sie um Ignatz.

Ignatz kam, mit forschendem Gesicht, und verbeugte sich tief vor mir.

„Ihr Patent, Ignatz", sagt Stasia.

Ignatz zieht eine Kette aus der Hosentasche und greift nach einem Toiletteköfferchen vor dem Spiegel.

„Das dritte", sagt Ignatz und legt die Kette vierfach um den Koffer. Er hat dabei ein wollüstiges Gesicht, als fesselte er Stasia und nicht ihr Gepäck. Er hängt an die Kettenenden ein kleines Schloß, faltet die Rechnung und birgt sie in seiner abgegriffenen Brieftasche.

Ignatz leiht jedem Geld, der Koffer hat. Er bezahlt die Rechnungen der Parteien, die ihm ihre Gepäckstücke verpfänden. Die Koffer bleiben in den Zimmern ihrer Besitzer, sie sind von Ignatz versperrt und können nicht geöffnet werden. Das Patentschloß hat Ignatz selbst erfunden. Er kommt jeden Morgen nachsehn, ob „seine" Koffer unberührt sind.

Stasia begnügt sich mit zwei Kleidern. Drei Koffer hat sie verpfändet. Ich beschließe, einen Koffer zu kaufen, und ich denke, daß es gut wäre, das Hotel Savoy schnell zu verlassen.

Mir gefiel das Hotel nicht mehr: die Waschküche nicht, an der die Menschen erstickten, der grausam wohlwollende Liftknabe nicht, die drei Stockwerke Gefangener. Wie die Welt war dieses Hotel Savoy, mächtigen Glanz strahlte es nach außen, Pracht sprühte aus sieben Stockwerken, aber Armut wohnte drin in Gottesnähe, was oben stand, lag unten, begraben in luftigen Gräbern, und die Gräber schichteten sich auf den behaglichen Zimmern der Satten, die unten saßen, in Ruhe und Wohligkeit, unbeschwert von den leichtgezimmerten Särgen.

88   HOTEL SAVOY

Ich gehöre zu den hoch Begrabenen. Wohne ich nicht im sechsten Stockwerk? Treibt mich das Schicksal nicht ins siebente? Gibt es sieben Stockwerke nur? Nicht acht, nicht zehn, nicht zwanzig? Wie hoch kann man noch fallen? In den Himmel, in endliche Seligkeit?

„Sie sind so weit von hier", sagt Stasia.

„Verzeihen Sie", bitte ich, ihre Stimme hat mich gerührt.

7

Phöbus Böhlaug vergaß nie, auf den blauen Anzug hinzuweisen, er nannte ihn „eine Pracht von einem Anzug", „wie auf Maß geschnitten", und lächelte. Einmal traf ich bei meinem Onkel Glanz, Abel Glanz, einen kleinen, schäbig gekleideten, unrasierten Menschen, der furchtsam zusammensank, wenn man ihn ansprach, und die Fähigkeit hatte, automatisch kleiner zu werden, durch irgendeinen rätselhaften Mechanismus seiner Natur. Sein dünner Hals mit dem ruhelos rollenden Adamsapfel konnte sich zusammenziehn wie eine Harmonika und im weiten Stehkragen verschwinden. Nur seine Stirn war groß, sein Schädel lichtete sich, seine roten Ohren standen weit ab und erweckten den Eindruck, als hätten sie diese Stellung eingenommen, weil alle Welt sich erlauben durfte, an ihnen zu ziehen. Abel Glanz' kleine Augen sahen mich gehässig an. Er betrachtete mich vielleicht als Rivalen.

Abel Glanz verkehrt seit Jahren in Phöbus Böhlaugs Hause, er ist einer jener ständigen Teegäste, an denen die wohlhabenden Häuser der Stadt zugrunde zu gehn fürchten und die sie abzuschaffen niemals den Mut finden.

„Trinken Sie einen Tee", sagte Phöbus Böhlaug.

„Nein, danke!" sagt Abel Glanz. „Ich bin mit Tee gefüllt wie ein Samowar. Das ist schon der vierte Tee, den ich ablehnen muß, Herr Böhlaug. Ich trinke, seitdem ich das Besteck fortgelegt habe, fortwährend Tee. Nötigen Sie mich nicht, Herr Böhlaug!"

Böhlaug läßt sich nicht bekehren:

„So einen guten Tee haben Sie in Ihrem ganzen Leben nicht getrunken, Glanz."

„Aber was denken Sie, Herr Böhlaug! Ich war einmal bei der Fürstin Basikoff geladen, Herr Böhlaug, vergessen Sie das nicht!" sagt Abel Glanz, so drohend, wie es ihm möglich ist.

„Und ich sage Ihnen, selbst die Fürstin Basikoff hat so einen Tee nicht getrunken, fragen Sie meinen Sohn, ob man in ganz Paris so einen Tee bekommt!"

„So, meinen Sie?" sagt Abel Glanz und tut, als ob er überlegte.

„Dann kann man ja kosten, kosten kann niemals schaden." Und rückt mit seinem Stuhl in die Nähe des Samowars.

Abel Glanz war Souffleur in einem rumänischen kleinen Theater gewesen, aber er fühlte sich zum Regisseur berufen und hielt es in seinem Kasten nicht aus, wenn er zusehn mußte, wie die Leute „Fehler" machten. Glanz erzählte jedem Menschen seine Geschichte. Es war ihm eines Tages gelungen, probeweise Regie zu führen. Eine Woche später wurde er eingezogen und kam in die Sanitätsgruppe, weil ein Feldwebel den Beruf „Souffleur" für etwas Medizinisches gehalten hatte.

„So spielt der Zufall mit den Menschen", schloß Abel Glanz.

„Glanz wohnt ja auch im Savoy", sagte Phöbus Böhlaug einmal, und es schien mir, als wollte der Onkel einen Vergleich anstellen zwischen dem Souffleur und mir. Für Phöbus Böhlaug gehörten wir beide zusammen, wir waren irgendwo „Künstler", irgendwo halbe Schnorrer, obwohl man gerecht zugeben mußte, daß der Souffleur sich redliche Mühe gab, einen anständigen Beruf zu ergreifen. Er wollte Kaufmann werden, und das wurde man am besten, indem man „Geschäfte machte".

„Siehst du, Glanz macht ganz gute Geschäfte", sagt Onkel Phöbus.

„Was für Geschäfte?"

„Mit Valuta", sagt Phöbus Böhlaug, „gefährlich ist es, aber sicher. Es ist eine Glückssache. Wenn einer keine glückliche Hand hat, soll er nicht anfangen. Aber wenn einer Glück hat, kann er in zwei Tagen Millionär sein."

„Onkel", sage ich, „warum handeln Sie nicht mit Valuta?"

„Gott behüte", schreit Phöbus, „mit der Polizei will ich nichts zu tun haben! Wenn man gar nichts hat, handelt man mit Valuta."

„Phöbus Böhlaug soll mit Valuta handeln?" fragt Abel Glanz. Und diese Frage kommt aus tiefer Empörung.

„Es ist nicht leicht, mit Valuta zu handeln", sagt Abel Glanz. „Man setzt sein Leben aufs Spiel – es ist ein jüdisches Schicksal. Man läuft den ganzen Tag herum. Brauchen Sie rumänische Leis, bietet Ihnen jeder Schweizer Franken. Brauchen Sie Schweizer Franken, gibt Ihnen jeder Leis. Es ist eine verzauberte Geschichte. Ihr Onkel sagt, ich mache gute Geschäfte? Ein reicher Mann glaubt, jeder macht gute Geschäfte."

„Wer hat Ihnen gesagt, daß ich ein reicher Mann bin?" sagt Phöbus.

„Wer soll mir das sagen? Das braucht man mir nicht zu erzählen. Die ganze Welt weiß, daß die Unterschrift Böhlaugs Geld wert ist."

„Die Welt lügt!" schreit Böhlaug, und seine Stimme springt in eine hohe Tonlage. Er schrie, als hätte ihn „die Welt" eines großen Verbrechens bezichtigt.

Alexanderl trat ein, im neumodischen Anzug, ein gelbes Netz über dem glattfrisierten Kopf. Er duftete nach allerlei, nach Mundwasser und Brillantine und rauchte eine süß parfümierte Zigarette.

„Es ist keine Schande, Geld zu haben, Vater", sagt er. „Nicht wahr?" rief Glanz freudig. „Ihr Vater schämt sich." Phöbus Böhlaug goß neuen Tee ein. „So sind eigene Kinder", jammerte er.

Phöbus Böhlaug ist in diesem Augenblick ein ganz alter Mann. Aschgrau das Angesicht, Runzelnetze auf den Augenlidern, die Schultern vorgeneigt, als hätte ihn jemand verwandelt.

„Wir leben alle nicht gut", sagt er. „Man arbeitet und schindet sich ein ganzes Leben, und dann wird man begraben."

Es ist plötzlich sehr ruhig geworden. Auch dämmert der Abend schon.

„Man muß Licht machen!" sagt Böhlaug.

Das war für Glanz gesagt.

„Ich gehe schon, besten Dank für den guten Tee!" Phöbus Böhlaug gibt ihm die Hand und sagt zu mir: „Komm du auch nicht so selten!"

Glanz führte mich durch unbekannte Gäßchen, an Höfen vorbei, verwahrlosten Gehöften, freien Plätzen, auf denen Schutt und Mist lagerte, Schweine grunzten, mit kotigen Mäulern Atzung suchend. Grüne Fliegenschwärme summten um Haufen dunkelbraunen Menschenkotes. Die Stadt hatte keine Kanäle, es stank aus allen Häusern, und Glanz prophezeite plötzlichen Regen aus allerlei Gerüchen.

„So sind unsere Geschäfte", sagt Glanz. „Böhlaug ist ein reicher Mann mit einem kleinen Herzen. Sehen Sie, Herr Dan, die Menschen haben kein schlechtes Herz, nur ein viel zu kleines. Es faßt nicht viel, es reicht gerade für Frau und Kind."

Wir kommen in eine kleine Gasse. Da stehen Juden, spazieren in der Straßenmitte, haben Regenschirme, lächerlich gewickelte, mit krummen Krücken. Sie stehn entweder still mit sinnenden Gesichtern oder gehen hin und zurück, unaufhörlich. Hier verschwindet einer, dort kommt ein anderer aus einem Haustor, sieht forschend nach links und rechts und beginnt zu schlendern.

Wie stumme Schatten gehen die Menschen aneinander vorbei, es ist eine Versammlung von Gespenstern, längst Verstorbene wandeln hier. Seit Tausenden Jahren wandert dieses Volk in engen Gassen.

Wenn man näherkommt, kann man sehn, wie zwei stehenbleiben, eine Sekunde lang murmeln und aneinander vorbeigehen, ohne Gruß, um sich nach wenigen Minuten wieder zu treffen und einen halben Satz zu murmeln.

Ein Polizist erscheint, mit gelben, knarrenden Stiefeln, schlenkerndem Säbel schreitet er gerade durch die Straßenmitte, an ausweichenden Juden vorbei, die ihn grüßen, ihm etwas zurufen, lächeln. Kein Gruß, kein Zuruf hält ihn auf, wie ein aufgezogener Mechanismus schreitet er seine Straße ab, mit abgemessenen Schritten. Seine Wanderung hat keinen einzigen erschreckt.

„Streimer kommt", flüstert jemand an Abel Glanz' Seite, und da ist auch schon Jakob Streimer.

In dem Augenblick entzündet ein blaugekittelter Mann eine Gaslaterne, und es sieht aus, als wäre dies zu Ehren des Gastes geschehn.

Abel Glanz wird unruhig, alle Juden werden es.

Jakob Streimer wartet am Straßenende, prachtvoller noch als der Polizist erwartet er die Menge, die herankommt, wie ein morgenländischer Fürst eine Abordnung bittender Untertanen. Er trägt eine goldene Brille, einen gepflegten, braunen Backenbart und einen Zylinder.

HOTEL SAVOY

Es sprach sich bald herum, daß Jakob Streimer deutsche Reichsmark brauche.

Abel Glanz trat in einen Laden, in dem eine Frau scheinbar auf Kunden wartete. Die Frau verließ ihren Posten, eine Tür ging, ein Glöckchen schrillte, ein Mann trat aus dem Laden.

Glanz kam zurück, strahlend: „Ich habe Mark zu elf drei achtel. Wollen Sie sich beteiligen? Streimer zahlt zwölf dreiviertel."

Ich will fragen, Glanz fährt mit seiner Hand in meine Brusttasche, mit unheimlicher Sicherheit zieht er die Geldtasche, nimmt alle Scheine, steckt mir ein Bündel zerknüllter Banknoten in die Hand und sagt: „Kommen Sie."

„Zehntausend", sagt er und bleibt vor Jakob Streimer stehn.

„Dieser Herr?" fragt Streimer.

„Ja, Herr Dan." Streimer nickte.

„Savoy", sagte er.

„Gratuliere, Herr Dan", sagt Glanz, „Streimer hat Sie eingeladen."

„Wieso?"

„Haben Sie nicht gehört? *Savoy* hat er ja gesagt. – Gehn wir!" – „Wenn Ihr Onkel Phöbus Böhlaug ein weites Herz hätte, könnten Sie hingehn, Geld borgen, deutsche Mark kaufen – haben Sie in zwei Stunden hunderttausend verdient. Aber er gibt Ihnen nichts. So haben Sie nur fünf verdient."

„Das ist auch viel."

„Nichts ist viel. Viel ist eine Milliarde", sagt Glanz träumerisch. „Es gibt heutzutage kein Viel. Weiß man, was morgen sein wird? Morgen ist Revolution. Übermorgen kommen die Bolschewiken. Die alten Märchen sind wahr geworden. Sie bewahren heute hunderttausend im Schrank und gehn morgen hin, und es sind nur fünfzigtausend. Solche Wunder geschehn heutzutage. Wenn nicht einmal das Geld noch Geld ist! Was wollen Sie mehr?"

Wir kamen ins Savoy, Glanz öffnete eine kleine Tür am Ende des Korridors, da stand Ignatz.

Es war eine Bar in einem dunkelrot getünchten Raum. Eine rothaarige Frau stand hinter dem Bartisch, und ein paar geputzte Mädchen saßen verstreut an kleinen Tischchen und sogen Limonade durch dünne Strohhalme.

Glanz grüßte. „Guten Tag, Frau Kupfer", und stellte vor:

„Herr Dan – Frau Jetti Kupfer, die Alma mater."

„Das ist Lateinisch", sagt er zu Frau Kupfer.

„Ich weiß, Sie sind ein gebildeter Mann", sagt Frau Kupfer, „aber Sie müssen mehr verdienen, Herr Glanz."

„Jetzt rächt sie sich für mein Latein." Glanz schämt sich.

Es war halbdunkel im Raum, in einer Ecke brannte rötlich eine Ampel, ein schwarzer Flügel stand vor einer kleinen Bühne.

Ich trank zwei Schnäpse und glitt in einen Lederfauteuil. Vor dem Bartisch saßen Herren und aßen Kaviarbrötchen. Ein Klavierspieler setzte sich an das Instrument.

8

Wir sitzen an kleinen Tischen, Verbindung besteht zwischen allen, es ist eine große Familie. Frau Jetti Kupfer läutet mit einem silbernen Glöckchen, und nackte Frauen treten auf die Bühne. Es wird still und dunkel, man schiebt Stühle zurecht und sieht auf die Bretter. Die Mädchen sind jung und weiß gepudert. Sie tanzen schlecht, winden sich nach der Melodie, jedes, wie ihm gefällt. Unter allen – es sind zehn – fällt mir eine dünne Kleine auf, die mühsam überpuderte Sommersprossen hat und erschrockene blaue Augen. Ihre schmalen Knöchel sind gebrechlich, ihre Bewegungen ungelenk und furchtsam, mit den Händen versucht sie vergeblich, ihre Brüste zu schützen, die klein und spitz sind und fortwährend zittern wie junge, frierende Tiere.

Dann läutet Frau Jetti wieder das silberne Glöckchen, der Tanz hört auf, der Klavierspieler schlägt einen Donnerwirbel, das Licht brennt hell, und die Mädchenkörper weichen gleichmäßig einen halben Schritt zurück, als hätte sie erst das aufflammende Licht entkleidet. Sie wenden sich, um im Gänsemarsch abzutrippeln, und Frau Jetti ruft: „Toni!"

Toni kam, die kleine Sommersprossige, Frau Jetti Kupfer verließ den Bartisch, kam hinunter wie aus Wolken, sie verbreitet einen starken Parfüm- und Likörgeruch und stellt vor: „Fräulein Toni, unsere Neueste!"

„Brav!" schrie ein Herr, es war Herr Kanner, ein Anilinfabrikant, wie mir Glanz erklärte. „Tonka", sagte er und knipste mit Daumen und Zeigefinger wohlgelaunt, streckte die Linke aus und tastete nach Tonkas Hüfte.

„Wo stecken die Mädchen?!" schreit Jakob Streimer, „was ist das überhaupt für eine Bedienung? Hier sitzen die Herren Neuner und Anselm Schwadron, sie werden behandelt wie – ich sag' nicht wer …" Ignatz glitt durch den Raum und brachte fünf der nackten Mädchen, verteilte sie auf fünf Tische. Frau Kupfer sagte: „Wir haben nicht mit so viel Gästen gerechnet."

Anselm Schwadron und Philipp Neuner, die Fabrikanten, standen gemeinsam auf, winkten zwei Mädchen heran und bestellten Prünelle gemischt.

Ein Gast trat ein, von allen mit großem Geschrei begrüßt, die Mädchen schienen vergessen, sie saßen auf kleinen Stühlchen wie abgelegte Gegenstände.

Der Gast ruft: „Bloomfield ist heute in Berlin!"

„In Berlin", wiederholen alle.

„Wann kommt er?" fragt der Anilinfabrikant Kanner.

„Er kann jeden Tag eintreffen!" sagt der Neuangekommene.

„Und grad jetzt müssen meine Arbeiter streiken", sagt Philipp Neuner, der ein Deutscher ist, groß, rotblond, stiernackig, mit einem runden, starken Kindergesicht.

„Einigen Sie sich, Neuner!" ruft Kanner.

„20 Prozent Zulage für die Verheirateten?" fragt Neuner, „können Sie das zahlen?"

HOTEL SAVOY

„Ich gebe Zulage für jedes neugeborene Kind", trumpft Kanner auf, „und seitdem ist ein Kindersegen auf meine Arbeiter hereingebrochen. Ich wünsche allen meinen Feinden eine so fruchtbare Arbeiterschaft. Die Kerle legen sich selbst herein, predige ich immer, aber ein Arbeiter verliert den Verstand für zwei Prozent vom Gehalt und macht mir ein Schock Kinder."

„Sie ihm auch!" sagt Streimer gelassen.

„Ein Fabrikant ist kein Häusermakler! Merken Sie sich das!" schnarrt Philipp Neuner. Er hat einmal bei der Garde gedient, als Einjähriger.

„Ein Duellant", sagt Glanz.

„Mehr als ein Fabrikant", sagt Streimer, „hier ist nicht Preußen."

Ignatz stürzt mit einem Telegramm herein. Er weidet sich an dem neugierigen Schweigen der Gesellschaft, zwei, drei Sekunden lang. Dann sagt er leise, daß man ihn kaum versteht:

„Ein Telegramm von Herrn Bloomfield. Er kommt Donnerstag und bestellt Nummer 13!"

„13? – Bloomfield ist abergläubisch", erklärt Kanner. „Wir haben nur 12 a und 14", sagt Ignatz.

„Malen Sie eine 13 hin", sagt Jakob Streimer.

„Ei des Kolumbus! Bravo, Streimer!" ruft Neuner versöhnt und streckt Streimer die Hand entgegen.

„Ich bin ein Häusermakler", sagte der und verbarg die Hand in der Hosentasche.

„Kein Streit bitte", ruft Kanner, „wenn Bloomfield kommt!"

Ich gehe in den siebenten Stock, mir scheint es plötzlich, daß Stasia mir begegnen muß. Aber Hirsch Fisch tritt mit seinem Nachtgeschirr aus dem Zimmer.

„Bloomfield kommt! Glauben Sie? –"

Ich höre ihn nicht mehr.

9

Santschin ist plötzlich erkrankt.

„Plötzlich", sagen alle Leute und wissen nicht, daß Santschin zehn Jahre lang unaufhörlich gestorben ist. Tag für Tag. Im Simbirsker Lager war vor einem Jahr auch einer so plötzlich gestorben. Ein kleiner Jude. Er fiel eines Nachmittags, während er sein Eßgeschirr putzte, hin und war tot. Er lag auf dem Bauch, streckte alle vier von sich und war tot. Damals sagte jemand: „Ephraim Krojanker ist plötzlich gestorben."

„Nummer 748 ist plötzlich erkrankt", sagen die Zimmerkellner. Es gab in den drei höheren Stockwerken des Hotel Savoy überhaupt keine Namen. Alle hießen nach den Zimmernummern.

Nummer 748 ist Santschin, Wladimir Santschin. Er liegt halb angekleidet auf dem Bett und raucht und will keinen Arzt.

„Es ist eine Familienkrankheit", sagt er. „Es sind die Lungen. Bei mir wären sie vielleicht gesund geblieben, denn als ich geboren wurde, war ich ein starker Kerl und schrie, daß sich die Hebamme Watte in die Ohren stopfen mußte. Aber aus Bosheit und vielleicht, weil kein Platz war in dem kleinen Zimmer, legte sie mich aufs Fensterbrett. Und seitdem huste ich."

Santschin liegt, nur mit einer Hose bekleidet, auf dem Bett, barfuß. Ich sehe, daß seine Füße schmutzig sind und seine Zehen von Hühneraugen und allerlei unnatürlichen Verkrümmungen verunstaltet. Seine Füße erinnern an seltsame Waldwurzeln. Seine großen Zehen sind gekrümmt und bucklig.

Er will keinen Arzt, weil sein Großvater und sein Vater auch ohne Arzt gestorben sind.

Hirsch Fisch kommt und bietet einen heilkräftigen Tee an und hofft, den Tee „preiswert" zu verkaufen.

Als er sieht, daß niemand den Tee will, bittet er mich hinaus: „Vielleicht wollen Sie ein Los kaufen?"

„Geben Sie her", sage ich.

„Die Ziehung ist nächsten Freitag, es sind sichere Nummern." Es waren die Zahlen 5, 8 und 3.

Stasia läuft atemlos herbei, sie hat Ignatz mit dem Lift nicht erwarten können. Ihr Gesicht ist gerötet, Haarsträhnen umflattern es.

„Sie müssen mir Geld geben, Herr Fisch", sagt sie, „Santschin muß einen Arzt haben."

„Dann kaufen Sie auch den Tee", sagt Fisch und sieht mich verstohlen an.

„Ich werde den Arzt bezahlen", sage ich und kaufe den Tee.

„Bleiben Sie ruhig, Herr Santschin", sage ich auf russisch. „Stasia ist um den Arzt gegangen."

„Warum sagt man mir das nicht?" fährt Santschin auf. Ich drücke ihn mühsam aufs Bett. „Man muß die Fenster aufmachen, Weib, hörst du? Man muß den Kübel ausschütten, und die Asche muß verschwinden. Der Doktor wird mir natürlich das Rauchen vorwerfen. Darin sind sich alle Doktoren gleich. Und außerdem bin ich nicht rasiert. Reichen Sie mir mein Messer. Es liegt auf der Kommode."

Aber das Rasiermesser liegt nicht auf der Kommode. Frau Santschin findet es im Nähzeug, weil sie es statt einer Schere benutzt hat, um Hosenknöpfe abzutrennen.

Ich muß Santschin ein Glas Wasser geben; er befeuchtet sein Gesicht, zieht einen Taschenspiegel aus der Hose, hält ihn vor sich in der Linken, verzieht den Mund, streckt die Zunge hinter die rechte Backe, daß sich die Haut strafft, und rasiert sich ohne Seife. Er kratzt sich nur einmal – „weil Sie mir zusehn", sagt er, und ich sehe beschämt in irgendeine Ecke. Dann legt er ein Zigarettenpapier auf die verwundete Stelle.

„Jetzt kann der Doktor kommen."

HOTEL SAVOY

Den Doktor kannte ich. Er saß täglich im Fünf-Uhr-Saal des Hotels. Er ist Militärarzt gewesen. Man sieht ihm eine lange Dienstzeit an, er hat den festen, klirrenden Gang pensionierter Offiziere, eine gewölbte Brust.

Kleine Sporen trägt er noch, trotz Zivilkleidung und langen Hosen, an den Absätzen. Von seiner gereckten Gestalt, seinen metallenen Augen, seiner starken Stimme geht ein Glanz aus wie von Kaisermanövern.

„Nur der Süden kann Sie retten", sagt der Doktor. „Aber wenn Sie nicht nach dem Süden gehn, muß der Süden zu Ihnen kommen, warten Sie." – Der Doktor geht mit klirrendem Schritt auf die Tür zu und klingelt. Er klingelt ausdauernd, spricht, während er mit dem Daumen den Klingelknopf drückt; es dauert einige Minuten, bis der Diener klopft.

Der Zimmerkellner steht in militärischer Haltung vor dem Doktor, der mit seiner schönsten Kommandostimme ruft: „Bringen Sie mir die Weinkarte!"

Es ist eine Weile sehr still im Zimmer; Santschins Augen irren, Rätsel ratend, vom Arzt zu Stasia und zu mir. Dann kommt der Zimmerkellner mit der Weinkarte „Eine Flasche Malaga und fünf Gläser, auf meine Rechnung", kommandiert der Doktor.

„Die einzige Medizin", sagt er dann mit Bedeutung zu Santschin. „Jeden Tag drei Gläschen Wein, verstehen Sie mich?"

Der Doktor schüttet alle fünf Gläser halb voll und reicht sie uns der Reihe nach. Dabei sehe ich, daß der Doktor alt ist. Seine knochigen Hände haben viele blaue Äderchen und zittern.

„Auf Ihre Gesundheit!" sagt der Doktor zu Santschin, und wir stoßen alle an. Es ist wie ein fröhlicher Leichenschmaus.

Ich reiche dem alten Doktor Hut und Stock, und Stasia und ich begleiten ihn auf den Korridor.

„Mehr als zwei Flaschen überlebt er nicht", sagte der Doktor zu uns. „Na, man braucht es ihm ja nicht zu sagen! Ein Testament braucht er nicht aufzusetzen."

Der Doktor stieß seinen schweren Stock auf die Steinfliesen und ging mit klirrender Sporenmusik davon. Er wollte kein Geld nehmen.

An diesem Abend begleitete ich Stasia ins Varieté.

Es war immer noch dasselbe Programm. Nur hatte es ein Loch, oder schien es mir so, weil ich wußte, daß Santschin fehlte. Sein Esel trottete auf die Bühne mit roten Läschchen auf den langen Ohren, die er senkte und hob wie Federstiele. Er suchte etwas auf dem Boden, ihm fehlte Santschin, der heitere Santschin, der auf den Brettern kugelnde Körper Santschins, seine heisere, krächzende Stimme, seine glucksenden Juchzer, sein lautes Clowngeplärre. Der Esel fühlte sich unbehaglich, er hob die Vorderbeine, tanzte, auf den Hinterbeinen stehend, einen Marsch aus Blech und Messing und trottete ab.

Alexanderl Böhlaug traf ich; er saß in der ersten Reihe und aß ein Kaviarbrötchen, hielt es mit Daumen und Mittelfinger und spreizte die Bubenhand. Als die Tanznummer kam und Stasia auftrat, verzog er einen Mundwinkel, als schmerze ihn etwas. Aber es geschah nur, weil er ein Monokel einklemmte.

Dann ging ich mit Stasia nach Hause. Wir wählten stille Gäßchen, wir sahen durch beleuchtete Fenster in Stuben, lauter arme Stuben, in denen kleine Judenkinder Rettich und Brot aßen und ihre Gesichter in große Kürbisse gruben.

„Haben Sie bemerkt, wie traurig August war?"

„Wer ist August?"

„Santschins Esel, er arbeitet schon sechs Jahre mit Santschin."

„Nun wird das Hotel Savoy um einen ärmer", sage ich – nur, weil ich mich vor dem Schweigen fürchte.

Stasia sprach nicht – sie erwartete, daß ich etwas anderes sagen würde, und gerade, als wir auf den Marktplatz kommen sollen – wir stehen in der letzten kleinen Gasse –, zögert Stasia ein wenig und wäre gerne noch geblieben.

Wir sprachen kein Wort mehr, bis wir mit Ignatz im Fahrstuhl sitzen. Da schämen wir uns vor seinem Kontrollblick und reden Gleichgültiges.

In dieser Nacht trug Stasia das Bettzeug der Frau Santschin und das Kind in ihr Zimmer und bat mich, bei Santschin zu bleiben.

Santschin freute sich. Er dankte Stasia, nahm ihre Hand und meine und preßte unsere Hände.

Es war eine furchtbare Nacht.

Ich entsann mich der Nächte in freien, offenen Schneefeldern, der Wachtpostennächte, der weißen podolischen Schneenächte, in denen ich fror, und jener von Raketen durchblitzten, da der dunkle Himmel von roten, glühenden Wunden zerfurcht war. Aber keine einzige Nacht meines Lebens, auch jene nicht, in der ich selbst zwischen Leben und Tod geschwebt, war so furchtbar.

Santschins Fieber steigt plötzlich und eilig. Stasia bringt in Essig getauchte Tücher, wir legen sie um Santschins Kopf – es hilft nicht.

Santschin phantasiert. Er gibt eine Gratisvorstellung. Er ruft nach August, seinem Esel. Mit zärtlicher Gebärde ruft er nach seinem Esel. Er hält die Hand vor sich, als böte er dem Tier ein Stück Zucker an, wie er es vor jeder Vorstellung tut. Er springt auf und schreit. Er klatscht in die Hände wie im Varieté, um Beifall herauszufordern. Er streckt den Kopf vor, wackelt mit den Ohren, steift sie wie ein Hund und lauscht auf den Applaus.

„Klatschen Sie", sagt Stasia, und wir klatschen. Santschin verneigt sich.

Am Morgen lag Santschin in kaltem Schweiß. Die großen Tropfen wuchsen wie gläserne Beulen aus seiner Stirn. Es roch nach Essig, Urin, fauler Luft.

Frau Santschin plärrte leise. Sie drückte den Kopf gegen den Türpfosten. Wir ließen sie weinen.

Als ich mit Stasia hinausging, sagte uns Ignatz guten Morgen. Er stand im Korridor, so selbstverständlich, als wäre hier sein ständiger Posten und nirgends sonst in der Welt.

HOTEL SAVOY

„Santschin wird wohl sterben?" fragt Ignatz.

In diesem Augenblick ist es mir, als hätte der Tod die Gestalt des alten Liftknaben angenommen und stünde nun hier und warte auf eine Seele.

10

Santschin wurde um drei Uhr nachmittags begraben, auf einem entlegenen Teil des orientalischen Friedhofs.

Wer im Winter etwa sein Grab wird besuchen wollen, wird sich mit Spaten und Schaufel mühsam einen Weg bahnen müssen. Alle Armen, die auf Gemeindekosten sterben, werden so weit draußen bestattet, und erst, wenn drei Generationen gestorben sind, zeigt jener entlegene Teil des Gottesackers menschliche Wege.

Aber dann wird das Grab Santschins nicht mehr zu finden sein.

Nicht einmal Abel Glanz, der arme Souffleur, wird so weit draußen liegen.

Das Grab Santschins ist kalt und lehmig – ich sah hinein, als er begraben wurde –, und sein Gebein ist schutzlos dem Getier der Erde preisgegeben.

Santschin lag drei Tage aufgebahrt im Varieté, weil das Hotel Savoy ja kein Hotel für Tote ist, sondern für Springlebendige. Er lag hinter der Bühne in einer Garderobezelle, und seine Frau saß bei ihm, und ein armer Küster betete. Der Direktor des Varietés hatte die Kerzen beigesteuert.

Die Tänzerinnen mußten an dem toten Santschin vorbei, wenn sie auf die Bühne gingen, die Blechmusik machte ihren Lärm wie gewöhnlich, auch der Esel August kam, aber Santschin rührte sich nicht.

Von den Gästen wußte niemand, daß hinter dieser Bühne ein Toter lag. Die Polizei hatte es erst verbieten wollen, aber ein Polizeioffizier, der immer Freiplätze bekam – seine Verwandtschaft füllte ein Viertel des Saales – brachte die Bewilligung.

Vom Varieté aus ging der Leichenzug, der Direktor bis an den Rand der Stadt, wo die Schlachthöfe stehen – in dieser Stadt wurden die Toten den gleichen Weg geführt wie das Vieh. Die Kollegen, Stasia und ich und die Frau Santschin folgten bis zum Grab.

Als wir das Tor des Friedhofs erreicht hatten, stand Xaver Zlotogor da, der Magnetiseur, und zankte mit dem Friedhofsverwalter. Zlotogor hatte den Esel Santschins unbemerkt an das offene Grab geführt und dort warten lassen.

„So kann er nicht begraben werden!" schrie der Verwalter.

„So wird er begraben werden!" sagte Zlotogor.

Es gab einen kleinen Aufenthalt, der Pope sollte entscheiden, und da ihm Xaver Zlotogor etwas zuflüsterte, entschied er, daß das Tier bleiben könne.

Der Esel stand mit schwarzen Trauerläschchen auf den gesenkten Ohren und rührte sich nicht. Hart am Grabesrand stand er und rührte sich nicht, und jeder ging um ihn herum und wagte nicht, das Tier wegzuschieben.

Mit Xaver Zlotogor und dem Esel ging ich zurück, auf den breiten, kiesbestreuten Wegen des Friedhofs, an vornehmen Grabmälern vorbei. Hier liegen die Toten aller Bekenntnisse nicht weit voneinander, nur der jüdische Friedhof ist durch zwei Zäune getrennt. Bettelnde Juden stehen am Zaun und in den Alleen den ganzen Tag, wie menschliche Zypressen. Sie leben von der Gnade reicher Erben und schütten über jeden Geber ihre Segenssprüche.

Ich mußte Xaver Zlotogor meine Anerkennung ausdrücken, er hatte tapfer für den Esel gekämpft. Ich kannte den Magnetiseur noch gar nicht, er trat nicht jeden Tag, sondern nur am Sonntag auf oder bei besonderen Anlässen, und sehr oft reiste er „selbständig" durch kleine und größere Städte und gab Vorstellungen.

Er wohnt im Hotel Savoy im dritten Stock. Er kann es sich leisten.

Xaver Zlotogor ist ein weitgereister Mann, den Westen Europas kennt er und Indien. Dort hat er seine Kunst von Fakiren gelernt, wie er erzählt. Er mag wohl an die vierzig alt sein, aber man merkt ihm kein Alter an, so gut beherrscht er Gesicht und Bewegungen.

Manchmal glaube ich, er wäre müde, während wir so gehen, ich glaube, seine Knie seien leise geknickt, und weil der Weg weit ist und ich nicht mehr frisch bin, will ich vorschlagen, daß wir uns ein bißchen auf einen Stein setzen. Aber siehe: Xaver Zlotogor springt mit hochgezogenen Knien über den Stein und ein gut Stück darüber in die Luft, wie ein vierzehnjähriger Knabe. Er hat in diesem Augenblick ein Knabengesicht, ein olivengrünes, jüdisches Knabengesicht mit schelmischen Augen. Eine Minute später trägt er einen müden Mund mit hängender Unterlippe, und es ist, als lastete sein Kinn schwer, er muß es auf der Brust stützen.

Xaver Zlotogor wandelt sich so schnell in kurzen Zeiträumen, daß er mir unsympathisch wird, ja, ich muß denken, daß seine ganze edle Geschichte mit dem Esel eine gemeine Komödie war, und es scheint mir, daß dieser Xaver Zlotogor nicht immer so geheißen, daß er vielleicht – der Name taucht plötzlich in mir auf – Salomon Goldenberg geheißen hat in seiner kleinen galizischen Heimat. Merkwürdig, daß sein Einfall, den Esel auf den Friedhof zu führen, mich hatte vergessen lassen, daß er Magnetiseur ist, ein schnöder Zauberer, ein Mann, der das indische Fakirtum für Geld verriet und von den Geheimnissen einer fremden Welt nur so viel wußte, als die Zauberkunststückchen erforderten. Und Gott ließ ihn leben und strafte ihn nicht.

„Herr Zlotogor", sage ich, „ich muß Sie leider allein lassen, ich habe eine wichtige Unterredung."

„Mit Herrn Phöbus Böhlaug?" fragt Zlotogor.

Ich war verblüfft und wollte fragen: Woher wissen Sie – aber ich unterdrückte diese Frage und sagte „nein" und gleich darauf „Guten Abend", obwohl es noch gar nicht dämmerte und die Sonne Lust hatte, noch eine geraume Weile am Himmel zu bleiben.

Ich schritt rasch in die entgegengesetzte Richtung, ich sah wohl, daß ich mich nicht der Stadt näherte, hörte, daß mir Zlotogor etwas nachrief, aber wandte mich nicht um.

HOTEL SAVOY

Bündel gemähten Heus dufteten stark, Grunzen kam aus einem Schweinekoben, Baracken standen verstreut hinter den Hütten, und ihre Dächer aus Weißblech glühten wie schmelzendes Blei. Ich wollte bis zum Abend allein sein. Ich dachte an viele Dinge, alles, Wichtiges und Nebensachen gingen mir durch den Kopf, die Gedanken kamen wie fremde Vögel und flogen wieder davon.

Spät am Abend kehrte ich heim, die Felder und Wege lagen im Dunkel, und die Grillen zirpten. Gelbe Lichter brannten in den Dorfhäusern, und Glocken schlugen.

Das Hotel Savoy schien mir leer. Santschin war nicht mehr da. Zweimal nur war ich in seinem Zimmer gewesen. Aber mir war, als hätte ich einen lieben guten Freund verloren. Was wußte ich von Santschin? Er war ein Clown im Theater und zu Hause traurig, warm und grob, er erstickte im Wäschedunst, jahrelang hatte er den Duft schmutziger fremder Wäsche geatmet – wenn nicht in diesem Hotel Savoy, so doch in andern. In allen Städten der Welt gibt es kleinere oder größere Savoys, und überall in den höchsten Stockwerken wohnen die Santschins und ersticken am Dunst fremder Wäsche.

Das Hotel Savoy war noch voll besetzt – von allen 864 Zimmern stand nicht ein einziges leer, nur ein Mensch fehlte, der einzige Wladimir Santschin.

Ich saß unten im Fünf-Uhr-Saal. Der Doktor lächelte mir zu, als wollte er sagen: Siehst du, wie recht ich hatte, als ich Santschin den Tod prophezeite? Er lächelte, als wäre er die medizinische Wissenschaft und feierte nun seinen Triumph. Ich trank einen Wodka und sah Ignatz an – war er der Tod, oder war er nur ein alter Liftknabe? Was glotzte er mit seinen gelben Bieraugen?

Nun fühlte ich, wie Haß in mir aufstieg gegen das Hotel Savoy, in dem die einen lebten und die andern starben, in dem Ignatz Koffer pfändete und die Mädchen sich nackt ausziehen mußten vor Fabrikanten und Häusermaklern. Ignatz war wie ein lebendiges Gesetz dieses Hauses, Tod und Liftknabe. Ich werde mich nicht durch Stasia verlocken lassen hierzubleiben, denke ich.

Für drei Tage reicht meine Barschaft, weil ich durch Glanz' Hilfe Geld gewonnen habe. Dann wird man mich, wenn ich verhungere, genauso begraben wie den armen Santschin, weit draußen auf dem Jenseits des Friedhofs, in einer lehmigen Regenwürmergrube. Jetzt kriechen die Würmer und Schlangen schon über Santschins Sarg, drei Tage noch, acht oder zehn, und das Holz wird verfaulen und der schwarze, alte Anzug, den ihm jemand geschenkt hat und der schon längst fadenscheinig war.

Hier steht Ignatz mit seinen gelben Bieraugen und fährt hinauf und hinunter mit dem Fahrstuhl und hat auch Santschin zum letztenmal hinuntergefahren.

In dieser Nacht betrat ich mein Zimmer nur noch mit großer Überwindung. Ich haßte das Nachtkästchen, den Lampenschirm, den Druckknopf, ich schmiß einen Sessel um, daß es laut polterte, ich hätte gern den Zettel des Kaleguropulos, der höhnisch an der Tür hing, abgerissen, und ich ging furchtsam ins Bett und ließ die ganze Nacht die Lampen brennen.

Santschin erschien mir im Traum: ich sehe, wie er in seiner lehmigen Grube aufsteht und sich rasiert – ich reiche ihm einen Wasserkübel, er nimmt Lehm dazu und streicht sein Gesicht mit Lehm an, als wäre es Rasierseife. „Das kann ich", sagt er und: „Sehen Sie mir nicht zu!" und ich starre beschämt auf seinen Sarg, der in der Ecke steht.

Dann klatscht Santschin in die Hände, und es erhebt sich ein lautes Beifallsklatschen, das ganze Hotel Savoy klatscht, Kanner und Neuner und Siegmund Fink und Frau Jetti Kupfer.

Vorne steht mein Onkel Phöbus Böhlaug und flüstert mir zu: „Weit hast du's gebracht! Du bist nicht mehr wert als dein Vater! Du Taugenichts!"

II

Ich wollte gerade das Hotel verlassen, da stieß ich mit Alexanderl Böhlaug zusammen, der einen hellen Filzhut trug. Solch einen schönen Filzhut habe ich in meinem ganzen Leben nicht gesehen, es ist ein Gedicht, ein Hut von einer zartgetönten hellen, unbestimmbaren Farbe, in der Mitte sorgfältig zusammengekniffen. Wenn ich diesen Hut trüge, ich hütete mich wohl zu grüßen, und ich verzeihe es auch, daß Alexanderl nicht grüßt, sondern nur mit dem Zeigefinger an den Hut tippt, salutierend wie ein Offizier, wenn er den Gruß eines Militärkochs erwidert.

Dabei bewundere ich Alexanderls kanariengelbe Handschuhe ebenso wie den Hut – wenn man diesen Menschen sieht, kann man nicht zweifeln, daß er schnurstracks aus Paris kommt, dorther, wo es am stärksten Paris ist.

„Guten Morgen!" sagt Alexanderl, schläfrig und lächelnd. „Was macht Stasia, Fräulein Stasia?"

„Ich weiß nicht!"

„Sie wissen es nicht? Sind Sie aber lustig! Gestern sind Sie mit der Dame hinter dem Sarg einhergegangen, als wären Sie ihr Cousin."

„Die Geschichte mit dem Esel ist köstlich", sagt Alexanderl, zieht einen Handschuh aus und wedelt mit ihm.

Ich schweige.

„Hören Sie, Vetter", sagt Alexanderl, „ich möchte ein Absteigquartier mieten – im Hotel Savoy. Zu Hause fühle ich mich nicht frei. Manchmal –"

Oh, ich verstehe – Alexanderl legte seine Hand auf meine Schulter und schob mich ins Hotel. Das war mir unangenehm, ich bin abergläubisch und kehre nicht gerne wieder ins Hotel zurück, das ich kaum verlassen habe.

Ich habe keinen Grund, Alexanderl nicht zu folgen, und ich bin neugierig, welche Nummer mein Vetter bekommen wird. Ich überlege, die Zimmer links und rechts von Stasia sind bewohnt.

Es bleibt nur ein Zimmer übrig, in dem Santschin gewohnt hat – seine Frau packt schon und soll zu Verwandten aufs Land.

HOTEL SAVOY

Einen Augenblick freue ich mich, daß Alexanderl aus Paris in Santschins Wäschedunst wohnen wird – und sei es auch nur ein paar Stunden oder zwei Nächte in der Woche.

„Ich will Ihnen einen Vorschlag machen", sagt Alexanderl, „ich miete Ihnen ein Zimmer privat oder zahle Ihnen das Logisgeld für zwei Monate – oder wenn Sie unsere Stadt
verlassen wollen, das Reisegeld nach Wien, Berlin, Paris sogar –, und Sie treten mir das
Zimmer ab. Ist das ein kulantes Geschäft?"

Dieser Ausweg lag sehr nahe, dennoch überraschte mich meines Vetters Angebot.
Nun hatte ich alles, was ich mir wünschte. Weiterreise und Zehrgeld, und ich brauchte
nicht mehr auf Phöbus Böhlaugs Wohltat zu rechnen und war ein freier Mensch.

Sehr schnell löste sich jede Verwicklung. Meine Wünsche gingen prachtvoll in Erfüllung. Gestern noch hätte ich eine halbe Seele für ein Reisegeld verkauft, und heute bot
mir Alexander Freiheit und Geld.

Dennoch schien es mir, daß Alexander Böhlaug zu spät gekommen war. Ich hätte jubeln sollen, ja sagen, und ich tat nichts dergleichen, sondern machte ein nachdenkliches
Gesicht.

Alexander bestellte einen Schnaps um den andern. Aber je mehr ich trank, desto wehmütiger wurde ich, und der Gedanke an Weiterreise und Freiheit schwand ins Nichts.

„Sie wollen nicht, lieber Vetter?" sagte Alexander – und um zu beweisen, daß es ihm
gleichgültig war, begann er, von der Revolution in Berlin zu erzählen, die er zufällig erlebt hatte.

„Wissen Sie, diese Banditen ziehn zwei Tage herum, man ist nicht sicher, daß man mit
dem Leben herauskommt. Ich sitze den ganzen Tag im Hotel, unten bereiten sie für alle
Fälle die gemauerten Keller vor, ein paar fremde Diplomaten wohnen auch dort. Ich
denke mir, nun ade schönes Leben – dem Krieg bin ich entgangen, nun soll mich die
Revolution treffen. Ein Glück, daß ich damals die Vally hatte, wir waren ein paar be-
freundete, junge Leute und nannten sie Vally, die Trösterin, denn sie war unsere Trösterin in der Not, wie es in der Bibel heißt."

„Das steht nicht in der Bibel."

„Nun einerlei – diese Knöchel hätten Sie sehen sollen, mein lieber Vetter – und das
aufgelöste Haar, es reichte bis zum Popo – – es waren sehr aufgeregte Zeiten. Und wozu? Sagen Sie mir, wozu hat man diese aufgeregten Zeiten nötig?"

Alexander saß mit gespreizten Beinen; um die Bügelfalte nicht zu beschädigen,
streckte er sie weit von sich und trommelte mit den Absätzen auf dem Boden.

„Ich werde mich also um ein anderes Zimmer umsehn müssen", sagt Alexander,
„wenn Sie nicht wollen." Oder: „Ich will nicht drängen. Überlegen Sie sich das, lieber
Gabriel, bis morgen – vielleicht …"

Gewiß – ich will es mir überlegen. Jetzt habe ich Schnaps getrunken, und das plötzliche Angebot hat mich noch mehr betäubt. Ich will es mir überlegen.

12

Wir schieden um 11 Uhr vormittags, und ich hatte Zeit genug – einen ganzen Sommernachmittag, einen Abend, eine Nacht.

Dennoch hätte ich gerne noch länger Zeit gehabt, eine Woche, zwei Wochen, oder einen Monat. Ja, ich hätte gerne so eine Stadt wie diese zu einem längeren Ferienaufenthalt gewählt – es war eine recht amüsante Stadt, mit allerlei wunderbaren Menschen – man traf derlei nicht in aller Welt.

Da war dieses Hotel Savoy – ein prachtvolles Hotel, mit einem livrierten Portier, mit goldenen Schildern, es versprach Lift, reinliche Stubenmädchen in weiß gestärkten Nonnenhauben. Da war Ignatz, der alte Liftknabe, mit höhnischen, biergelben Augen, aber was tat er mir, wenn ich zahlte und keine Koffer verpfändete? Da war Kaleguropulos, gewiß der Übelsten einer – den kannte ich noch nicht, den kannte niemand.

Dieses einzigen Kaleguropulos wegen hätte es sich gelohnt hierzubleiben – Geheimnisse haben mich immer gelockt, und es ergab sich bei längerem Aufenthalt gewiß Gelegenheit, Kaleguropulos, dem Unsichtbaren, auf die Spur zu kommen.

Gewiß, es war besser zu bleiben.

Da lebte Abel Glanz, ein sonderbarer Souffleur, da konnte man bei Kanner Geld verdienen, im Judenviertel lag Geld im Straßenkot – es wäre nicht übel, als reicher Mann in den Westen Europas einzuziehen. Mit einem Hemd konnte man im Hotel Savoy anlangen und es verlassen als der Gebieter von zwanzig Koffern.

Und immer noch der Gabriel Dan sein.

Aber will ich nicht nach dem Westen? Habe ich nicht lange Jahre in der Gefangenschaft gelebt? Noch sehe ich die gelben Baracken wie schmutzigen Aussatz eine weiße Fläche bedecken, schmecke ich den süßen letzten Zug aus irgendwo aufgeklaubtem Zigarettenstummel, Jahre der Wanderung, Bitterkeit der Landstraße – grausam gefrorene Ackerschollen, die meine Fußsohlen schmerzen.

Was geht mich Stasia an? Es gibt viele Mädchen in der Welt, braunhaarige mit großen, grauen, klugen Augen und schwarzen Wimpern, kleinen Fußsohlen in grauen Strümpfen, man kann Einsamkeiten zusammenlegen, Schmerzen gemeinsam auskosten. Mag Stasia im Varieté bleiben, dem Pariser Alexander anheimfallen.

Fahr zu, Gabriel!

Es fügt sich, daß ich zum Abschied noch einmal durch die Stadt streiche, die groteske Architektur der windschiefen Giebel, der fragmentarischen Kamine besehe, zerbrochene und mit Zeitungspapier verklebte Fensterscheiben, arme Gehöfte, das Schlachthaus am Rande der Stadt, die Fabrikschlote am Horizont, Arbeiterbaracken, braune, mit weißen Dächern, Geranientöpfe in Fenstern.

Das Land ringsum ist eine traurige Schönheit, eine verblühende Frau, der Herbst meldet sich allerorten, obwohl die Kastanien noch tiefgrün sind. Man muß zum Herbst woanders sein, in Wien, die Ringstraße sehn, von goldenem Laub übersät, Häuser wie Paläste, Straßen, gerade ausgerichtet und geputzt zum Empfang vornehmer Gäste.

Der Wind kommt aus der Gegend der Fabriken, es riecht nach Steinkohle, grauer Dunst lagert über den Häusern – das Ganze ist wie ein Bahnhof, man muß weiterfahren. Der Pfiff eines Zuges kommt gellend herüber, Menschen fahren in die Welt.

Bloomfield fällt mir ein – wo steckt er eigentlich? Längst müßte er kommen, die Fabrikanten sind aufgeregt, im Savoy ist alles vorbereitet, wo bleibt Bloomfield?

Hirsch Fisch erwartet ihn sehnsüchtig. Vielleicht hat Fisch jetzt Gelegenheit, aus dem ewigen Elend herauszukommen, er hat doch mit Bloomfields Vater gesprochen, der Blumenfeld hieß, Jechiel Blumenfeld.

Ich entsinne mich des Loses, das ich vom Hirsch Fisch bekam, die Zahlen 5, 8 und 3 sind sicher, ein Terno scheint mir gewiß. Wie, wenn das Los gewänne? Dann könnte ich in dieser interessanten Stadt bleiben, noch ein bißchen ausruhen. Ich habe keine Eile. Keine Mutter, kein Weib, kein Kind. Niemand erwartet mich. Niemand sehnt sich nach mir.

Aber ich sehne mich wohl, nach Stasia zum Beispiel. Ich lebte gerne mit ihr ein Jahr oder zwei oder fünf, ich reiste gerne mit ihr nach Paris, wenn ich einen Terno bekäme, knapp, ehe die Regierung die Lotterie abschafft – ich brauchte Alexander nicht mein Zimmer zu verkaufen und nicht bei meinem Onkel Phöbus zu betteln.

Die Ziehung ist nächsten Freitag, es muß eine Woche dauern – so lange kann ich Alexander nicht warten lassen. Bis morgen muß es entschieden sein.

Ich muß von Stasia Abschied nehmen.

Sie war angekleidet, als ich kam, und wollte in die Vorstellung gehn.

Sie trug eine gelbe Rose in der Hand und ließ mich riechen.

„Ich habe viele Rosen bekommen – von Alexander Böhlaug.“

Vielleicht erwartet sie, daß ich sage: Schicken Sie die Blumen zurück.

Vielleicht würde ich es auch sagen, wenn ich nicht gekommen wäre, um Abschied für immer zu nehmen.

So sagte ich nur:

„Alexander Böhlaug wird mein Zimmer nehmen. Ich verreise.“

Stasia blieb stehn – auf der zweiten Stufe –, wir hatten gerade die Treppe hinuntergehen wollen.

Vielleicht hätte sie mich gebeten zu bleiben – aber ich sah sie nicht an, blieb auch nicht stehen, sondern ging hartnäckig die Stufen hinunter, als wäre ich ungeduldig.

„Sie reisen also bestimmt?“ sagte Stasia. „Wohin?“

„Ich weiß es nicht genau!“

„Es ist schade, daß Sie nicht bleiben wollen –“

„Nicht bleiben können –“

Nun sagte sie nichts mehr, und wir gingen schweigsam bis zum Varieté.

„Kommen Sie heute nach der Vorstellung zu einem Abschiedstee?“ fragte sie.

Wenn Stasia mich nicht gefragt, sondern kurzwegs eingeladen hätte – ich hätte ja gesagt.

„Nein!"

„Nun, dann gute Reise!"

Das war ein kühler Abschied – aber es war ja auch gar nichts zwischen uns gewesen! Nicht einmal Blumen hatte ich geschenkt.

Es gab Chrysanthemen bei der Blumenhändlerin im Hotel Savoy – ich kaufte sie und schickte die Blumen mit Ignatz in Stasias Zimmer.

„Der Herr verreist?" fragte Ignatz.

„Ja!"

„Weil nämlich für Herrn Alexander Böhlaug noch ein Zimmer frei wäre – wenn der Herr deswegen verreist." „Nein, ich verreise ohnehin! Bringen Sie morgen die Rechnung!"

„Die Blumen für Stasia?" fragte Ignatz, ehe ich aus dem Fahrstuhl stieg.

„Für Fräulein Stasia!"

Ich schlief die ganze Nacht traumlos. – Morgen oder übermorgen reiste ich – der Pfiff eines Zuges kam langgedehnt und schrill herüber – Menschen fuhren in die Welt – ade, Hotel Savoy!

13

Alexanderl war ein Weltmann. Er wußte, wie man eine Sache einfädelt. Er war ein Hohlkopf. Aber der Sohn Phöbus Böhlaugs.

Er kam pünktlich, in einem andern eleganten Anzug. Er sprach eine Stunde von allen Dingen und nichts von unserem Geschäft. Er ließ mich warten. Alexanderl hatte Zeit.

„In Paris wohne ich bei Madame Bierbaum, das ist eine Deutsche. Die deutschen sind in Paris die besten Hausfrauen. Madame Bierbaum hat zwei Töchter, die ältere ist über vierzehn, aber sogar wenn sie dreizehn wäre – man nimmt es nicht so genau. Nun – und eines Tages kam ein Cousin der Madame Bierbaum – und ich hatte einen Ausflug gemacht mit Jeanne – aber sie ließ mich warten. Kurz, ich komme nach zwei Tagen zurück – den Schlüssel habe ich bei mir –, ich komme in der Nacht, gehe leise, um niemanden zu wecken, auf den Zehenspitzen, wie man sagt, mache kein Licht, ziehe nur die Stiefel und den Rock aus und trete zum Bett und greife – nun, was glauben Sie – gerade nach den Brüsten der kleinen Helene.

Sie schlief bei mir, weil der Cousin da war, oder Madame Bierbaum hatte es absichtlich so eingerichtet – kurz, was dann war, können Sie sich denken."

Ich kann es mir denken.

Alexanderl beginnt eine neue Geschichte.

Der Mann hatte unzählige Geschichten erlebt in seinen lausigen zweiundzwanzig Jahren. Eine Geschichte gebiert die andere, ich höre nicht mehr zu.

Plötzlich kam Stasia in den Fünf-Uhr-Saal – sie suchte jemanden – wir waren die einzigen im Saal. Alexander sprang auf, lief ihr entgegen, küßte ihre Hände, zog sie an unsern Tisch.

„Wir sind jetzt Nachbarn!" begann Alexander.

„Ach, das wußte ich nicht", sagte Stasia.

„Ja, mein lieber Vetter ist so freundlich, mir seine Wohnung zu überlassen."

„Das ist noch gar nicht ausgemacht!" sagte ich plötzlich – ich wußte selbst nicht warum. „Wir haben ja noch gar nicht darüber gesprochen."

„Handelt es sich um Geld?" fragte Alexander.

„Nein", sagte ich sehr fest, „ich reise überhaupt nicht. Sie können trotzdem ein Zimmer haben, Alexander – Ignatz hat es gesagt."

„So – na, dann ist ja alles gut – und wir sind alle drei sehr enge Nachbarn", sagte Alexander.

Wir sprachen noch allerlei. – Ignatz kam herein, drei Zimmer ständen frei – zwei würden morgen besetzt werden, aber eines bliebe gewiß frei, Zimmer 606, im vierten Stock allerdings, aber geräumig. – Niemand wollte es wegen der anzüglichen Nummer – für Damen wäre es schon gar nichts – aber als Absteigquartier, weshalb nicht?

Ich ließ Stasia und Alexanderl sitzen und ging.

Am Abend erzählte mir Ignatz im Fahrstuhl, daß Alexander 606 gemietet habe.

Ich ging in mein Zimmer wie in eine wiedergefundene Heimat.

❖

ZWEITES BUCH

14

Nun stehe ich schon den dritten Tag am Bahnhof und warte auf Arbeit. Ich könnte in eine Fabrik gehen, wenn die Arbeiter nicht gerade streikten. Philipp Neuner würde sich wundern, einen Mann aus der Bargesellschaft unter den Arbeitern zu finden. Ich mache mir aus derlei Dingen nichts, viele Jahre harter Arbeit liegen hinter mir.

Man braucht keine Arbeiter, es sei denn gelernte, und gelernt habe ich nichts. Ich kann „Kaleguropulos" deklinieren und noch manches andere. Auch schießen kann ich – ich bin ein guter Schütze. Für Feldarbeit bekommt man Essen und Wohnung, aber kein Geld – und ich muß Geld haben.

Am Bahnhof kann man Geld verdienen. Manchmal kommt ein Ausländer. Er sucht einen zuverlässigen „Menschen mit Sprachkenntnissen", um nicht übers Ohr gehauen zu werden von der schlauen Bevölkerung. Auch Gepäckträger sind sehr gesucht – hier gibt es nicht viele. Ich weiß auch nicht, was ich sonst machen könnte. Vom Bahnhof ist es nicht mehr so weit in die Welt. Hier darf man Schienenstränge hinauslaufen sehn. Menschen kommen an und fahren weiter. Vielleicht kam ein Freund oder ein Kriegskamerad?

Es kam wirklich einer, nämlich Zwonimir Pansin, ein Kroate, von meiner Kompanie. Auch er kommt aus Rußland, und nicht einmal zu Fuß, sondern mit der Bahn – also weiß ich, daß es Zwonimir gut geht und daß er mir helfen wird.

Wir begrüßen uns sehr herzlich, Zwonimir und ich, zwei alte Kriegskameraden.

Zwonimir war ein Revolutionär von Geburt. In seinen Militärpapieren stand ein p. v., das heißt: politisch verdächtig – deshalb hat er es nicht einmal zum Korporal gebracht, obwohl er eine große Tapferkeitsmedaille trug. Er war einer der ersten in unserer Kompanie, die eine Dekoration bekamen – Zwonimir wollte sie ablehnen – er sagte dem Hauptmann ins Gesicht: er wolle nicht ausgezeichnet werden – und es täte ihm leid, daß es dazu gekommen sei.

Nun, der Hauptmann war sehr stolz auf seine Kompanie – ein guter und hohler Kerl war der Hauptmann – und wollte es nicht zugeben, daß der Regimentskommandant etwas von Aufruhr erfahre. Deshalb ordnete sich alles, und Zwonimir nahm die Medaille an.

Ich entsinne mich der Tage – das Regiment war in Rast –, da lagen Zwonimir und ich auf der Wiese am Nachmittag und sahen zur Kantine hinüber, vor der Soldaten kamen und gingen und in Gruppen herumstanden.

„Sie haben sich schon daran gewöhnt", sagte Zwonimir, „sie werden nie mehr in einem anständigen Laden Präservative kaufen, in so einem duftenden, wo die Ladenmädchen parfümiert sind wie Huren."

„Ja", sagte ich.

Und wir sprachen davon, daß dieser Krieg in alle Ewigkeit fortgehen würde und daß wir nie mehr nach Hause kämen. Zwonimir hatte noch einen Vater und zwei kleine Brüder.

„Auch sie werden einrücken", sagte Zwonimir. „In zehn Jahren wächst keine Frucht mehr in allen Ländern der Welt, nur noch in Amerika."

Er liebte Amerika. Wenn eine Menage gut war, sagte er: Amerika! Wenn eine Stellung schön ausgebaut war, sagte er: Amerika! Von einem „feinen" Oberleutnant sagte er: Amerika. Und weil ich gut schoß, nannte er meine Treffer: Amerika.

Und alles Dauernde, Unaufhörliche nannte er: Übt! „Übt" war ein Kommando; bei den Gelenksübungen sagte man „übt": „Kopfnicken übt!", „Kopfbeuge übt!" – Das ging dann in alle Ewigkeit.

Wenn wir jeden Tag Dörrgemüse hatten, so sagte Zwonimir: „Drahtverhau übt." Weil das Trommelfeuer wochenlang dauerte, sagte er: „Trommelfeuer übt!", und weil er mich für einen allzeit guten Kerl hielt, sagte er: „Gabriel übt!"

Wir saßen im Wartesaal dritter Klasse, umtobt vom Lärm der Betrunkenen, und sprachen leise und verstanden dennoch jedes Wort, denn wir hörten mit den Herzen, nicht mit den Ohren.

In diesem Wartesaal hat mich schon jemand mit lauter Stimme angesprochen, und ich habe dennoch nicht verstanden. So stark war das Geheul der Betrunkenen.

Es waren die streikenden Arbeiter Neuners, die hier ihre Streikgelder vertranken.

In der Stadt war Schnapsverbot, am Bahnhof erhielt man den Alkohol in Kaffeekannen. Arbeiterinnen saßen da, junge Mädchen, sie waren schwer berauscht, aber nichts konnte ihre Frische ganz verderben, vergeblich kämpfte der Schnaps gegen ihre Gesundheit. Die jungen Burschen gerieten in Streit wegen eines Mädchens und griffen zum Messer. Aber sie schlugen einander nicht tot. Das Volk war nur lebhaft, nicht böse, jemand warf einen Witz zwischen die Kämpfer, und alle söhnten sich aus.

Dennoch war es gefährlich, hier lange zu sitzen, man konnte plötzlich einen Schlag auf den Schädel erhalten oder einen Stoß vor die Brust, oder es kam einer und nahm dir deinen Hut weg oder schmiß dich auf den Boden, weil er keinen freien Stuhl mehr gefunden hatte.

Zwonimir und ich saßen am Ende des Saals, lehnten uns gegen die Wand, so daß wir die ganze Menge übersehen und jeden erblicken konnten, der sich uns näherte. Aber niemand belästigte uns, in unserer Nähe wurden alle freundlich. Manchmal bat uns einer um Feuer, einmal fiel mir eine Streichholzschachtel auf den Boden – und ein junger Bursche hob sie auf.

„Willst du weitergehn, Zwonimir"? fragte ich – und erzählte ihm, wie es mir ging.

Zwonimir wollte nicht weitergehn. Er wollte hierbleiben; ihm gefiel der Streik. „Ich will hier eine Revolution machen", sagte Zwonimir, so einfach, als sagte er: Ich will hier einen Brief schreiben.

Ich erfahre, daß Zwonimir Agitator ist, aus Liebe zur Unruhe. Er ist ein Wirrkopf, aber ehrlich, und er glaubt an seine Revolution.

„Du kannst mir dabei helfen", sagt er.

„Ich kann nicht", sage ich. Und erkläre Zwonimir, daß ich ein einzelner bin und kein Gefühl für die Gemeinschaft habe. „Ich bin ein Egoist", sage ich, „ein wirklicher Egoist."

„Ein gebildetes Wort", tadelt Zwonimir. „Alle gebildeten Worte sind schändlich. In der einfachen Sprache könntest du so Häßliches gar nicht sagen."

Darauf kann ich nicht antworten.

Ich stehe allein. Mein Herz schlägt nur für mich. Mich gehen die streikenden Arbeiter nichts an. Ich habe keine Gemeinschaft mit einer Menge und nicht mit einzelnen. Ich bin ein kalter Mensch. Im Krieg fühlte ich mich nicht eins mit der Kompanie. Wir lagen alle im gleichen Dreck und warteten alle auf den gleichen Tod. Aber ich konnte nur an mein eigenes Leben denken und an meinen eigenen Tod. Ich ging über Leichen, und manchmal tat es mir weh, daß ich keinen Schmerz empfand.

Jetzt läßt mir der Tadel Zwonimirs keine Ruhe – ich muß über meine Kälte nachdenken und über meine Einsamkeit.

„Jeder Mensch lebt in irgendeiner Gemeinschaft", sagt Zwonimir.

In welcher Gemeinschaft lebe ich? –

Ich lebe in Gemeinschaft mit den Bewohnern des Hotels Savoy.

Alexanderl Böhlaug fällt mir ein, auch er lebt nun „in enger Nachbarschaft" mit mir. Was hatte ich mit Alexanderl Böhlaug Gemeinsames?

Nicht mit Böhlaug, aber mit dem toten Santschin, der im Wäschedunst erstickt ist, und mit Stasia, mit den vielen vom fünften, sechsten und siebenten Stock, die sich vor Kaleguropulos' Inspektionsbesuchen fürchten, ihre Koffer verpfändet haben und eingesperrt sind in diesem Hotel Savoy, lebenslänglich.

Und keine Spur von Gemeinschaft habe ich mit Kanner und Neuner und Anselm Schwadron, mit Frau Kupfer und mit meinem Onkel Phöbus Böhlaug und seinem Sohn Alexanderl.

Gewiß, ich lebe in einer Gemeinschaft, ihr Leid ist mein Leid, ihre Armut ist meine Armut.

Jetzt stehe ich da am Bahnhof und warte auf Geld und finde keine Arbeit. Und habe noch das Zimmer nicht bezahlt und nicht einmal einen Koffer für Ignatz.

Es ist ein großes Glück, das Zusammentreffen mit Zwonimir, ein glücklicher Zufall, wie er nur in Büchern vorkommt.

Zwonimir hat noch Geld und Mut. Er will in mein Zimmer ziehn.

15

Wir wohnen zusammen, in meinem Zimmer, Zwonimir schläft auf dem Sofa.

Ich biete ihm nicht mein Bett an, ich bin bequem und habe lange Zeit ein Bett entbehrt. In meinem Elternhaus in der Leopoldstadt gab es manchmal wenig Essen, aber immer ein weiches Bett. Zwonimir aber hat sein Leben lang auf harten Bänken genächtigt, „auf echtem Eichenholz", scherzt er, er verträgt keine Bettwärme und hat schlechte Träume auf weichen Lagern.

Er hat eine gesunde Konstitution, geht spät schlafen und erwacht mit dem Morgenwind. Bauernblut rollt in seinem Körper, er besitzt keine Uhr und weiß immer die Stunde genau, fühlt Regen und Sonne voraus, riecht entfernte Brände und hat Ahnungen und Träume.

Einmal träumt er, sein Vater wäre begraben worden; er steht auf und weint, und ich weiß mir keinen Rat mit dem großen, weinenden Mann. Ein anderesmal sieht er seine Kuh verenden, er erzählt mir davon und scheint gleichgültig. Wir gehen den ganzen Tag umher, Zwonimir erkundigt sich bei den Arbeitern Neuners nach den Verhältnissen, nach den Streikführern, er gibt den Kindern Geld und schreit mit den Frauen und befiehlt ihnen, ihre Männer aus dem Wartesaal zu holen. Ich bewundere Zwonimirs Fähigkeiten. Er beherrscht die Sprache des Landes nicht, spricht mit Mienen und Armen mehr als mit dem Mund, aber alle verstehen ihn vortrefflich, denn er redet einfach wie das Volk und flucht in seiner Muttersprache. Aber einen kräftigen Fluch versteht hier jeder.

Am Abend gehen wir in die Felder hinaus, da setzt sich Zwonimir auf einen Stein, schlägt die Hände vors Gesicht und schluchzt wie ein Knabe.

„Warum weinst du, Zwonimir?"

„Wegen der Kuh", sagt Zwonimir.

„Aber das weißt du ja schon den ganzen Tag. Warum weinst du jetzt?"

„Weil ich bei Tag keine Zeit habe."

Das sagt Zwonimir ganz ernst, er weint noch eine gute Viertelstunde, dann steht er auf. Er lacht plötzlich laut auf, weil er entdeckt, daß ein Prellstein wie eine kleine Vogelscheuche angezogen ist.

„Die Kerle sind zu faul, stellen ihre Vogelscheuchen nicht ordentlich in die Mitte. Prellsteine sind ja keine Vogelscheuchen!! Möchte den Sperling sehn, der vor einem verkleideten Prellstein Angst hat!"

„Zwonimir", bitte ich, „fahren wir fort! Geh heim, dein Vater lebt noch, aber er wird vielleicht sterben, wenn du nicht kommst und – dann wirst du keine bösen Träume mehr haben. Und ich will auch fort."

„Ein bißchen bleiben wir noch", sagt Zwonimir, und ich weiß, daß er fest bleibt.

Er freut sich über das Hotel Savoy. Zum erstenmal lebt Zwonimir in einem großen Hotel. Er wundert sich gar nicht über Ignatz, den alten Liftknaben. Ich erzähle Zwonimir, daß in anderen Hotels kleine, milchwangige Buben die Fahrstühle bedienen. Zwonimir meint, es wäre schon vernünftiger, wenn eine solche Amerikasache einem ältern, erfahrenen Herrn überlassen wird. Übrigens sind ihm beide unheimlich, der Fahrstuhl und Ignatz. Er geht lieber zu Fuß.

Ich mache Zwonimir auf die Uhren aufmerksam und daß sie verschiedene Stunden zeigen.

Zwonimir sagt, das wäre unangenehm. Abwechslung muß aber sein. Ich zeige ihm den siebenten Stock und den Dunst der Waschküche und erzähle ihm von Santschin und dem Esel am Grab. Diese Geschichte gefällt ihm am besten, Santschin tut ihm gar nicht leid, über den Esel lacht er, des Nachts, während er sich auskleidet.

Ich mache ihn auch mit Abel Glanz bekannt und mit Hirsch Fisch.

Zwonimir kaufte bei Fisch drei Lose und wollte noch mehr kaufen und versprach Fisch ein Drittel vom Gewinst. Wir gingen mit Abel Glanz in das Judengäßchen, Abel machte gute Geschäfte, fragte, ob wir deutsche Mark hätten, Zwonimir hatte deutsche Mark. „Zu zwölf ein viertel", sagte Abel. „Wer kauft?" fragte Zwonimir mit überraschender Kennerschaft. „Kanner!" sagte Glanz.

„Führen Sie den Kanner her!" sagt Zwonimir.

„Was fällt Ihnen ein? Kanner wird zu Ihnen kommen?!" schreit Glanz erschrocken.

„Dann geb' ich die Mark nicht!" sagt Zwonimir. Glanz will verdienen und rennt zu Kanner.

Wir warten. Er kommt nach einer halben Stunde und bestellt uns in die Bar für den Abend.

Am Abend kamen wir in die Bar, Zwonimir in einer russischen Militärbluse, mit genagelten Stiefeln.

Zwonimir kniff Frau Jetti Kupfer in den Oberarm, sie ließ einen schrillen Juchzer los, so einen Gast hatte sie schon lange nicht gehabt. Zwonimir ließ Schnäpse mischen, gab Ignatz einen Klaps auf die Schulter, daß der alte Liftknabe zusammensank, in die Knie brach. Zwonimir lachte über die Mädchen, fragte laut nach den Namen der Gäste, rief den Fabrikanten Neuner beim Namen ohne den Titel „Herr" und fragte Glanz:

„Wo steckt denn der verdammte Kanner?"

Die Herren verzogen die Gesichter, sie blieben ruhig, und Neuner rührte sich nicht und ließ sich jede Anrede gefallen, obwohl er Einjähriger bei der preußischen Garde gewesen war und Schmisse hatte.

Anselm Schwadron und Siegmund Fink unterhielten sich leise, und als Kanner verspätet eintraf, wurde er nicht mit jenem Hallo begrüßt, das er erwartet und verdient hatte. Er sah sich um, entdeckte Zwonimir; da ihm Glanz winkte, trat er auf uns zu und fragte majestätisch: „Herr Pansin?"

„Zu Befehl, Mister Kanner!" schrie Zwonimir mit dröhnender Stimme, daß Kanner einen halben Schritt zurücktrat.

„Zwölf dreiviertel", schrie Zwonimir wieder.

„Nicht so laut!" flüsterte Glanz.

Aber Zwonimir zog, während alle nach unserem Tisch sahen, sein Geld aus der Brieftasche – auch dänische Kronen hatte er – weiß Gott woher.

Kanner steckte das Geld ein und rechnete rasch, um nur fertig zu werden, und zahlte zwölf dreiviertel.

„Meine Provision?" sagte Glanz.

„In Schnaps!" sagte Zwonimir und ließ fünf Schnäpse für Glanz bringen. Abel Glanz trank, aus Furcht, bis er besoffen war.

Es war ein lustiger Abend. Den Stammgästen hatte Zwonimir die Laune verdorben. Ignatz war böse. Seine biergelben Augen funkelten. Zwonimir aber tat, als wäre Ignatz sein bester Freund, rief ihn beim Namen – „liebster Ignatz!" sagte Zwonimir, und Ignatz kam auf leisen Sohlen, ein alter Kater.

Der Fabrikant Neuner fand keine Lust an Tonka, die nackten Mädchen kamen zutraulich an unsern Tisch und pickten Zwonimir aus der Hand. Er fütterte sie mit Gebäck, zerbröckeltem Kuchen und ließ sie an verschiedenen Schnapsgläsern nippen.

In ihrer weißen Nacktheit standen sie da wie junge Schwäne.

HOTEL SAVOY

Spät kam Alexanderl Böhlaug. Er war niedergeschlagen und aufgeräumt zugleich, er wollte irgendeinen Kummer übertönen, und Zwonimir half ihm.

Zwonimir hatte viel getrunken, dennoch war er nüchtern und spöttisch und höhnte Alexanderl, daß es eine Lust war.

„Sie haben spitze Stiefel!" sagte Zwonimir, „lassen Sie sehen, ob sie scharf sind. Wo lassen Sie Ihre Stiefel schleifen? Die neueste Kriegswaffe. Sturmangriff mit französischen Stiefelspitzen! – Ihre Krawatte ist schöner als meiner Großmutter Kopftuch, so wahr ich der Sohn Nikitas bin, so wahr ich Zwonimir heiße und niemals mit Ihrer Braut geschlafen habe."

Alexanderl tat, als hörte er nicht. Gram zehrte an ihm. Er war traurig.

„Ich möchte diesen Vetter nicht an deiner Stelle!" sagte Zwonimir.

„Man sucht sich seine Vettern nicht aus", sagte ich.

„Nichts für ungut, Alexanderl!" schrie Zwonimir und stand auf. Er war groß, wie eine Mauer stand er in der kleinen, dunkelroten Bar.

Am nächsten Morgen erwacht Zwonimir früh und weckt mich. Er ist angekleidet. Er wirft meine Decke auf den Fußboden und zwingt mich, aufzustehen und mit ihm spazierenzugehn.

Die Lerchen trillern wunderbar.

16

An diesem Tage wurde Kaleguropulos erwartet. Zwonimir warf die Stühle um, brachte Unordnung in unser Zimmer. Er beschloß, Kaleguropulos aufzulauern, er wollte ihn im Zimmer erwarten. Ich erwartete Kaleguropulos unten, im Fünf-Uhr-Saal, und Zwonimir blieb oben.

Ich sah diesmal keine Aufregung. Alle hatten das Hotel verlassen, die drei höchsten Stockwerke standen leer, man konnte elende Häuslichkeiten sehen.

Unten war es still. Ignatz fuhr hinauf und hinunter. Nach einer Stunde kam Zwonimir und erzählte, daß der Direktor über den Korridor gegangen sei, Zwonimir war an der Tür gestanden, der Direktor hatte gegrüßt, aber nirgends war ein Kaleguropulos zu sehn gewesen.

Zwonimir vergaß diese Dinge leicht, mich aber ließ das Geheimnis des Kaleguropulos nicht ruhen.

Zwonimir macht selbständige Ausflüge im Hotel, er geht in leere Zimmer, läßt Zettel mit Grüßen zurück und kennt alle Menschen nach drei Tagen.

Er kennt Taddeus Montag, den Karikaturisten, der Schilder malt und nicht viel Arbeit bekommt, weil er die bestellten Arbeiten verpatzt.

Er kennt den Buchhalter Katz, den Schauspieler Nawarski, die nackten Mädchen, zwei Schwestern Mongol, Helene und Irene Mongol, zwei ältliche Jungfern. Zwonimir begrüßt alle laut und herzlich.

Auch Stasia kennt er und berichtet mir:

„Die Kanaille ist in dich verliebt!"

Ich bin verlegen, es ist ja nicht böse gemeint, aber der Ausdruck ärgert mich.

Ich sage: „Stasia ist ein gutes Mädchen."

Zwonimir glaubt nicht an gute Mädchen und sagt, er würde schon mit Stasia schlafen, um mir zu beweisen, wie schlecht sie sei.

Zwonimir ist schon in den Kellern des Hotels gewesen, im Souterrain, wo sich die Küche befindet. Er kennt den Koch, einen Schweizer, der nur Meyer heißt, aber gute Mehlspeisen macht. Zwonimir erhält Gratisproben.

Zwonimir schlägt Ignatz. Es sind freundliche Schläge, und Ignatz kann nichts dagegen tun. Ich beobachte Ignatz, wie er zusammenzuckt, wenn sich ihm Zwonimir nähert. Es ist eine Reflexbewegung, keine Angst. Zwonimir ist der größte und stärkste Mann im Hotel Savoy, er kann Ignatz bequem unter den Arm nehmen. Er scheint furchtbar und gewalttätig, er poltert gern, und in seiner Nähe ist alles still und scheu.

Dem alten Militärarzt ist Zwonimir sympathisch. Der Doktor zahlt ihm gerne ein paar Schnäpse am Nachmittag.

„Solche Doktoren wie Sie kenne ich vom Militär", sagt Zwonimir. „Sie können Lebendige totmachen, dafür bekommen Sie eine hohe Gage. Sie können die Menschen vom Boden wegamputieren, Sie sind ein großer Chirurg. Ich möchte Ihnen nicht einmal einen Tripper anvertrauen." Aber der Doktor lacht. Er ist nicht beleidigt.

„Ich möchte Sie aufhängen!" sagt Zwonimir einmal freundschaftlich und klopft dem Doktor auf die Schulter.

Nie hat dem Doktor jemand auf die Schulter geklopft.

„Ein herrliches Hotel", sagt Zwonimir und fühlt nicht das Geheimnisvolle dieses Hauses, in dem fremde Menschen, nur durch papierdünne Wände und Decken geschieden, nebeneinander leben, essen, hungern. Er findet es selbstverständlich, daß die Mädchen ihre Koffer verpfänden, bis sie nackt der Frau Jetti Kupfer anheimfallen.

Er ist ein gesunder Mensch. Ich beneide ihn. Bei uns in der Leopoldstadt gab es keine so gesunden Kerle. Er freut sich an den Gemeinheiten. Er hat keine Achtung vor den Frauen. Er kennt keine Bücher. Er liest keine Zeitung. Er weiß nicht, was in der Welt vorgeht. Aber er ist mein treuer Freund. Er teilt sein Geld mit mir, und er würde auch sein Leben mit mir teilen.

Und ich täte es genauso.

Er hat ein gutes Gedächtnis und weiß nicht nur die Namen der Menschen, sondern auch die Nummern ihrer Zimmer. Und wenn der Zimmerkellner sagt: 403 ist bei 41 gewesen, so weiß er, daß der Schauspieler Nowakowski bei Frau Goldenberg geschlafen hat. Er weiß auch vieles über Frau Goldenberg; es ist jene Dame, die ich am ersten Tage getroffen habe.

„Hast du Geld genug?" frage ich.

Aber Zwonimir zahlt nicht. Er ist dem Hotel Savoy verfallen.

Ich erinnere mich an ein Wort des toten Santschin. Der hatte mir gesagt – es war ein Tag vor seinem Tode –, daß alle, die hier wohnten, dem Hotel Savoy verfallen waren. Niemand entging dem Hotel Savoy.

Ich warnte Zwonimir, aber er glaubte nicht. Er war gesund bis zur Gottlosigkeit, und er kannte keine Macht außer seiner eigenen.

„Das Hotel Savoy ist mir verfallen, Bruder", sagte er.

Nun war schon der fünfte Tag seit seiner Ankunft vergangen. Am sechsten faßte er den Entschluß zu arbeiten. „Man darf nicht so leben", sagte er.

„Es gibt keine Arbeit hier, laß uns weitergehn!" bat ich. Aber Zwonimir wollte just hier Arbeit finden für uns beide. Er fand wirklich Arbeit.

Bei der Bahn, am Güterbahnhof, waren schwere Hopfenballen da. Sie mußten umgeladen werden, und es gab keine Bahnarbeiter. Es waren einige besoffene, faule Kerle da, und der Vorsteher sah wohl ein, daß er monatelang mit diesen Beamten arbeiten müßte. Von den streikenden Arbeitern Neuners meldeten sich kaum zehn, zwei jüdische Flüchtlinge aus der Ukraine kamen, und dann Zwonimir und ich. Wir bekamen Essen in der Bahnküche und mußten um sieben Uhr früh zur Stelle sein. Ignatz wunderte sich, als er sah, wie ich in meiner alten Militärbluse mit meinem Eßgerät ausrückte und schmutzig vom Kohlendunst und von der Arbeit heimkam.

Zwonimir übernahm das Kommando über uns Arbeiter.

Wir arbeiten fleißig. Wir bekommen scharfe Packhaken, die stoßen wir in die Hopfensäcke und rollen sie auf kleine Handwagen. Wenn wir die Haken eingeschlagen haben, kommandiert Zwonimir: Hopp! dann ziehen wir an – Hopp! wir rasten eine Weile – Hopp! nun lagen die fetten, grauen Säcke unten. Sie sahen wie große Walfische aus, und wir sind wie Harpuniere. Rings um uns pfeifen Lokomotiven, leuchten grüne und rote Signale auf, aber wir kümmern uns um gar nichts – wir arbeiten. Hopp! Hopp! dröhnt die Stimme Zwonimirs. Die Menschen schwitzen, die zwei ukrainischen Juden können es nicht aushalten, sie sind schwächliche und magere Handelsmänner.

Ich fühle Schmerz in den Muskeln, und meine Oberschenkel zittern. Wenn ich meinen Haken auswerfen soll, spüre ich einen schweren Druck in der rechten Schulter. Der Haken muß tief sitzen, sonst zerreißt der Sack, und Zwonimir flucht.

Einmal kamen wir um zwölf in die Küche, es war ein heißer Tag, wir waren müde, und auf unserer Bank saßen schwätzende Schaffner. Sie redeten von Politik und vom Minister und von Gehaltszulagen. Zwonimir bat sie, Platz zu machen, die Beamten fühlten sich wichtig und standen nicht auf. Zwonimir wirft den langen, hölzernen Tisch um, an dem sie sitzen. Die Schaffner schreien und wollen Zwonimir schlagen, aber er fegt ihre Kappen zur offenen Tür hinaus. Es sieht aus, als hätte er sie geköpft. Mit einer Bewegung seiner langen Arme hatte er ein halbes Dutzend Mützen hinausgefegt. Die Schaffner folgten ihren Mützen, nun standen sie da, ohne Adler kamen sie sich jämmerlich vor, sie drohten und zogen ab.

Wir arbeiten schwer und schwitzen. Wir riechen unsern Schweiß, stoßen mit unseren Körpern zusammen, haben schwielige Hände und fühlen unsere Kräfte und Schmerzen gleich.

Vierzehn Männer sind wir, kämpfen gegen schwere Hopfenballen, die nach Deutschland gehen sollen, Absender und Empfänger verdienen an diesen Hopfenballen mehr als wir vierzehn zusammen.

Das sagt uns Zwonimir jeden Abend, wenn wir nach Hause gehn.

Wir kennen den Absender nicht, ich lese nur seinen Namen auf den Waggons: Ch. Lustig heißt er, ein reizender Name. Ch. Lustig wohnt in einem schönen Hause, wie Phöbus Böhlaug, sein Sohn studiert in Paris und trägt geschliffene Schuhe. „Lustig, reg dich nicht auf!" sagt seine Frau.

Wie der Empfänger heißt, weiß ich nicht, er hat Grund genug, Fröhlich zu heißen.

Wir waren alle vierzehn wie ein einziger Mann.

Alle waren wir gleichzeitig da, alle gingen wir gleichzeitig essen, alle hatten wir dieselben Bewegungen, und die Hopfenballen waren unser gemeinsamer Feind. Ch. Lustig hat uns zusammengeschweißt, Lustig und Fröhlich, wir sehen mit Angst, wie die Hopfenballen aufhören, bald ist unsere Arbeit zu Ende, und unsere Trennung scheint uns schmerzvoll, als würde man uns auseinanderschneiden müssen.

Und ich bin kein Egoist mehr.

Nach drei Tagen waren wir mit der Arbeit fertig. Wir waren schon um vier Uhr nachmittags frei, aber wir blieben auf dem Güterbahnhof und sahen zu, wie unsere Hopfenballen langsam nach Deutschland hinausrollten …

17

Es ist wieder die Zeit der Heimkehrer.

Sie kommen in Gruppen, viele kommen auf einmal. Sie werden herangespült wie bestimmte Fische zu bestimmten Jahreszeiten. Vom Schicksal westwärts gespült werden die Heimkehrer. Zwei Monate lang war keiner zu sehen. Dann, wochenlang, fluten sie herbei aus Rußland und Sibirien und aus den Randländern.

Der Staub zerwanderter Jahre liegt auf ihren Stiefeln, auf ihren Gesichtern. Ihre Kleider sind zerfetzt, ihre Stöcke plump und abgegriffen. Sie kommen immer denselben Weg, sie fahren nicht mit der Eisenbahn, sie wandern. Jahrelang mögen sie so gewandert sein, ehe sie hier ankamen.

Sie wissen von fremden Ländern und fremdem Leben und haben, wie ich, viele Leben abgestreift. Sie sind Landstreicher. Ob sie mit Freuden nach Hause wandern? Wären sie nicht lieber in der großen Heimat geblieben, statt in die kleine heimzukehren, zu Weib und Kind und Ofenwärme?

HOTEL SAVOY

Es ist vielleicht nicht ihr Wille, nach Hause zu gehn. Sie werden nach dem Westen gespült wie Fische zu gewissen Jahreszeiten.

Wir standen, Zwonimir und ich, am Rande der Stadt, wo die Baracken sind, stundenlang, und forschten unter den Heimkehrern nach einem bekannten Gesicht.

Viele gingen an uns vorbei, und wir erkannten sie nicht, obwohl wir gewiß mit ihnen zusammen geschossen und gehungert haben. Wenn man so viele Gesichter sieht, kennt man keines mehr. Sie sehen einander gleich wie Fische.

Traurig ist es, daß da einer vorbeigeht, den ich nicht erkenne, und wir haben doch eine Todesstunde miteinander geteilt. Wir waren im grausamsten Augenblick unseres Lebens eine einzige Angst – und jetzt erkennen wir einander nicht. Ich entsinne mich, daß ich dieselbe Trauer fühlte, als ich einmal ein Mädchen sah, in einem Zug trafen wir uns, und ich wußte nicht, ob ich mit ihr geschlafen oder nur meine Wäsche von ihr hatte flicken lassen.

Manche Heimkehrer wollten, wie wir, in dieser Stadt bleiben. Das Hotel Savoy bekam neuen Zuzug. Auch Santschins Zimmer war schon bewohnt. Alexanderl mußte sein Absteigequartier 606 für drei Tage hergeben, der Direktor behauptete, das wäre sein gutes Recht, ein unbenutztes Zimmer zu vermieten.

Ich hörte, während ich meine Schlüssel abgab, wie Ignatz mit Alexanderl diskutierte.

Viele, die kein Geld fürs Hotel Savoy hatten, richteten sich in den Baracken ein.

Es sah aus, als wollte ein neuer Krieg ausbrechen. So wiederholt sich alles: der Rauch steigt wieder aus den Schornsteinen der Baracken, Kartoffelschalen liegen vor den Türen, Fruchtkerne und faule Kirschen – und Wäsche flattert auf ausgespannten Schnüren.

Es wurde unheimlich in der Stadt.

Man sah bettelnde Heimkehrer, sie schämten sich nicht. Ausgezogen waren sie als kräftige und stolze Männer, und jetzt konnten sie sich nicht mehr das Betteln abgewöhnen. Nur wenige suchten Arbeit. Bei den Bauern stahlen sie, gruben Kartoffeln aus dem Boden, schlugen Hühner tot und erwürgten Gänse und plünderten Heuschober aus. Alles schleppten sie in die Baracken, sie kochten dort, aber gruben keine Latrinen aus, man konnte sie an den Wegrändern hocken und ihre Notdurft verrichten sehn.

Die Stadt, die keine Kanäle hatte, stank ja ohnehin. An grauen Tagen sah man am Rand des hölzernen Bürgersteigs, in den schmalen, unebenen Rinnen schwarze, gelbe, lehmdicke Flüssigkeit, Schlamm aus den Fabriken, der noch warm war und Dampf aushauchte. Es war eine gottverdammte Stadt. Es roch, als wäre hier der Pech- und Schwefelregen niedergegangen, nicht über Sodom und Gomorra.

Gott strafte diese Stadt mit Industrie. Industrie ist die härteste Strafe Gottes.

Man war hier an die Heimkehrerperioden gewöhnt, keine Behörde störte sie. Vielleicht ängstigte sich die Polizei vor den vielen verwegenen Menschen, und man wollte keinen Aufruhr. Die Arbeiter Neuners streikten ohnehin schon vier Wochen lang – wenn es hier einmal zu Kämpfen kam, waren die Heimkehrer dabei.

Sie kamen aus Rußland, sie brachten den Atem der großen Revolution mit, es war, als hätte sie die Revolution nach Westen gespuckt wie ein brennender Krater seine Lava.

Lange waren die Baracken leer gewesen. Jetzt wurden sie plötzlich so lebendig, daß man glaubte, heut oder morgen würden sie anfangen, sich in Bewegung zu setzen. Des Nachts brannten dürftige Talgkerzen, aber eine wilde Fröhlichkeit erfüllte sie. Die Mädchen kamen zu den Heimkehrern, man trank Schnaps und tanzte und verbreitete die Syphilis.

Mein Freund Zwonimir geht in die Baracken, denn er liebt Aufregung und Unruhe und vergrößert sie. Er erzählt den Hungernden von den Reichen, schimpft auf den Fabrikanten Neuner und erzählt von den nackten Mädchen in der Bar des Hotel Savoy.

„Du übertreibst ja", sage ich zu Zwonimir.

„Das muß man tun, sonst glauben sie einem nichts", sagt er.

Er erzählt vom Tod Santschins so, als wäre er dabeigewesen.

Er hat eine Kraft zu schildern, der Atem des wahrhaftigen Lebens geht von seinen Reden aus.

Die Heimkehrer hören zu, und dann singen sie Lieder, jeder sein Heimatslied, und alle klingen gleich. Tschechische Lieder und deutsche, polnische und serbische, und in allen liegt die gleiche Trauer, und alle Stimmen sind gleich rauh und hart und grölend – und dennoch klingen die Melodien so schön, wie manchmal die Stimme eines alten, häßlichen Leierkastens schön ist – an Märzabenden, im Vorfrühling, an Sonntagen, wenn die Straßen leer und reingefegt sind, von den großen Glocken, die des Morgens über die Stadt gingen.

Die Heimkehrer essen in der Armenküche und Zwonimir auch. Er sagt, das Essen schmecke ihm. Zwei Tage essen wir in der Armenküche, und ich sehe, daß Zwonimir recht hat.

„Amerika!" sagt Zwonimir.

Es war eine dicke Bohnensuppe, wenn man den Löffel hineinsteckte, blieb er drinnen wie ein Spaten in der Erde. Das ist Geschmacksache, ich liebe dicke Bohnen- und Kartoffelsuppen.

Niemals öffnet man die Fenster in der Armenküche, deshalb liegt der Duft alter Speisereste in den Winkeln und steigt von den nie gewaschenen Tischplatten auf, wenn der Dampf der frischgekochten Speisen ihn zu neuem Leben erweckt.

Und die Menschen sitzen eng an den Tischen, ihre Ellbogen führen Krieg gegeneinander. Ihre Seelen sind friedlich, ihre Gesinnungen freundschaftlich, und ihre Arme führen Krieg.

Die Menschen sind nicht schlecht, wenn sie viel Raum haben. In den großen Gasthäusern nicken sie einander fröhlich zu, weil sie Platz finden. Bei Phöbus Böhlaug streitet niemand, weil die Menschen einander aus dem Wege gehn, wenn es ihnen nicht mehr paßt. Aber wenn zwei in einem engen Bett liegen, kämpfen ihre Beine im Schlaf, und ihre Hände zerreißen die dünne Decke, die sie einhüllt.

Wir stellten uns um halb eins an das Ende einer langen Menschenkette.

Vorne stand ein Polizist und wedelte mit dem Säbel, weil er sich langweilte. Je zwanzig wurden eingelassen, wir standen paarweise, Zwonimir und ich zusammen.

HOTEL SAVOY

Zwonimir fluchte, wenn es zu langsam ging. Er sprach mit dem Polizisten, der ihm nicht gerne antwortete, weil die Bchörde schweigsam sein muß.

Zwonimir sagte ihm „du" und „Kamerad", und einmal erklärte er, daß ein Polizist gar keinen Grund hätte, so stumm zu sein.

„Du bist stumm wie ein Fisch, Kamerad!" sagt Zwonimir. „Nicht wie ein lebendiger, sondern wie ein toter Fisch, den man mit Zwiebeln füllt hierzulande. Bei uns zu Hause werden nur gesprächige Menschen zur Polizei engagiert, so wie ich einer bin."

Die Arbeiterfrauen erschrecken ob solcher Rede und fürchten sich zu lachen.

Der Polizist, der sieht, daß er Zwonimir unterlegen ist, zwirbelt seinen Schnurrbart und sagt:

„Das Leben ist langweilig. Es gibt kein Gesprächsthema."

„Siehst du, Kamerad", sagt Zwonimir, „das kommt davon, daß du nicht in den Krieg gegangen bist, sondern zur Militärpolizei. Wenn man im Schützengraben gelegen hat wie wir, hat man Gesprächsstoff bis zum Tod."

Hier lachen einige Heimkehrer. Der Polizist sagt: „Unser Leben war auch in Gefahr!"

„Ja", erwidert Zwonimir, „wenn ihr einen mutigen Deserteur gefaßt habt – freilich, das glaub' ich schon, da war euer Leben in Gefahr."

Kein Zweifel, die Heimkehrer liebten meinen Freund Zwonimir, und die Polizisten nicht.

„Du bist ein Fremder", sagen sie zu ihm, „und sprichst zu viel bei uns."

„Ich bin ein Heimkehrer und darf mich hier aufhalten, Freund, weil meine Regierung mit der deinigen eigens deswegen einen Vertrag geschlossen hat. Das verstehst du nicht: es gibt in meinem Lande der Eurigen genug, und wenn ihr mir hier ein Haar krümmt, schlägt meine Regierung daheim den Eurigen die Köpfe ab. Aber man sieht, du hast keine Politik studiert. Bei uns zu Hause muß jeder Polizist eine Prüfung in Politik ablegen."

Das sind wirksame Argumente, und die Polizisten schweigen.

Und Zwonimir konnte jeden Tag fluchen.

Er fluchte, wenn er lange warten mußte, und auch drinnen, wenn er die Suppe schon in der Hand hielt. Sie war kalt oder ungesalzen oder zu sehr gesalzen. Er steckte die Menschen mit seiner Unzufriedenheit an, sie schimpften alle, schweigend oder laut, so, daß die Köche hinter den Scheibenfenstern erschraken und noch einen Löffel mehr dazugaben, als sie gewohnt waren und als ihnen befohlen war. Zwonimir vergrößerte die Unruhe.

Die Arbeiterfrauen nahmen Suppe in Töpfen nach Hause, für den Abend.

Sie hätten die Suppe auch in Zeitungspapier packen können, wie sie es mit dem Viertel Brot taten – so erstarrt und zäh war sie, wenn man sie kalt werden ließ. Es war dennoch eine schmackhafte Suppe, man aß sie sehr lange, und weil nur je zwanzig eingelassen wurden, dauerte die Abspeisung drei Stunden.

Man hörte, daß die Köche unzufrieden waren, sie wollten nicht für geringen Lohn einen ganzen Tag arbeiten. Von den Wohltätigkeitsdamen, die umsonst und ehrenhalber die Aufsicht führen sollten, war am zweiten Tag nichts mehr zu sehen. Zwonimir hatte eine „Tante" genannt, und man drohte, die Küche zu sperren.

„Wenn sie nur die Küche sperren!" sagt Zwonimir. „Wir werden sie schon aufmachen. Oder wir werden uns von Herrn Neuner zum Mittagessen einladen lassen. Seine Suppe ist bestimmt besser."

„Ja, der Neuner", sagen die Arbeiterfrauen.

Sie waren elend und blaß, und die schwangeren schleppten ihre gesegneten Leiber wie eine verhaßte Last.

„Wenn man ein Bündel Holz schleppt vom Walde", sagt Zwonimir, „weiß man wenigstens, daß es warm wird in der Stube."

„Neuner hätte ja Zulagen für jedes Kind gegeben, wenn sie nicht angefangen hätten zu streiken, wäre es doch irgendwie gegangen", weinten die Frauen.

„Es wäre nicht gegangen", sagte Zwonimir, „es kann nicht gehen, wenn der Neuner verdienen will."

Es war eine Borstenreinigungsfabrik. Dort reinigte man die Schweinehaare von Staub und Schmutz, und es wurden Bürsten daraus gemacht, die wieder zum Reinigen dienen. Die Arbeiter, die den ganzen Tag die Borsten strählten und siebten, schluckten den Staub und bekamen Lungenbluten und starben im fünfzigsten Jahr ihres Lebens.

Es gab allerlei Hygiene und Gesetze, die Arbeiter sollten Masken tragen, die Arbeitsräume sollten soundsoviel Meter hoch und weit sein und die Fenster offen. Aber eine Renovierung der Fabrik hätte Neuner viel mehr gekostet als doppelte Kinderzulagen Deshalb wurde der Militärarzt zu allen sterbenden Arbeitern gerufen. Und er bestätigte schwarz auf weiß, daß sie nicht an Tuberkulose gestorben waren und auch nicht an Blutvergiftung, sondern am Herzen. Es war ein herzkranker Menschenschlag, alle Arbeiter Neuners starben „infolge Herzschwäche". Der Militärarzt war ein guter Kerl, er mußte jeden Tag im Hotel Savoy Schnäpse trinken und den Santschins Weine schenken, wenn es zu spät war.

Die Gewerkschaftsführer lebten auch schlecht, aber sie kamen sich vor wie Bürgermeister der Fabrik, und Neuner war ihr König. Jetzt suchten sie immer wieder Wege, um zu Neuner zu kommen.

Er empfing sie mit Wein und Kaviarbrötchen, gab ihnen Vorschüsse und vertröstete sie mit Bloomfield.

Es war dem Fabrikanten Neuner überhaupt gar nicht um die Arbeit zu tun.

Bloomfield, dessen Arm weit war und über den großen Teich reichte, Bloomfield war an allen Fabriken seiner alten Vaterstadt beteiligt. Wenn er einmal im Jahr herüberkam, ordnete sich alles, ohne daß es Neuner etwas gekostet hätte.

Neuner wartete auf Bloomfield.

Man wartete also auf Bloomfield – nicht nur im Hotel Savoy. In der ganzen Stadt wartete man auf Bloomfield. Im Judenviertel erwartete man ihn, man hielt mit den Devisen zurück, das Geschäft war flau. Man hoffte auf ihn in den oberen Stockwerken des Hotels, Hirsch Fisch zitterte vor Angst, Bloomfield könnte ein Unfall zugestoßen sein, und er hatte sich schon schöne Lose träumen lassen.

Übrigens hatte sich Hirsch Fisch mit meinem Los geirrt, die Ziehung war erst in zwei Wochen. Ich erfuhr es im Gemeindeamt.

Auch in der Armenküche sprach die Welt von Bloomfield. Wenn er kam, bewilligte er alle Forderungen, die Erde bekam ein neues Gesicht. Was machte bei Bloomfield so eine Forderung? Soviel gab er im Tag für Zigarren aus.

Man erwartet Bloomfield überall: Im Waisenhaus ist ein Schornstein eingestürzt, man richtet ihn nicht, weil Bloomfield jedes Jahr etwas für das Waisenhaus gibt. Kranke Juden gehn nicht zum Arzt, weil Bloomfield die Rechnung bezahlen soll. Am Friedhof hat man eine Erdsenkung bemerkt, zwei Kaufleute sind abgebrannt, die Kaufleute stehen in der Gasse mit ihren Warenballen, es fällt ihnen nicht ein, die Läden zu reparieren – womit sollten sie zu Bloomfield gehn? Die ganze Welt wartet auf Bloomfield. Man wartet mit dem Versetzen des Bettzeugs, mit Anleihen auf Häuser, mit Hochzeiten.

Es ist eine große Spannung in der Luft. Abel Glanz sagt mir, er hätte Gelegenheit, jetzt eine gute Stellung anzunehmen. Aber lieber wäre ihm eine Stellung bei Bloomfield. Ein Onkel des Glanz lebt in Amerika, bei dem könnte man wohnen, vielleicht gibt Bloomfield nur die Schiffskarte, ohne Anstellung, dann würde er sich schon durch den Onkel fortbringen.

Glanz' Onkel verkauft Limonaden in den Straßen New Yorks.

Sogar Phöbus Böhlaug braucht Geld, um sein Geschäft zu „vergrößern". Er wartet auf Bloomfield.

Aber Bloomfield kommt nicht.

Sooft der Zug aus Deutschland einfährt, stehen viele Menschen am Bahnhof. Vornehme Herren mit braunen und gelben Reiseplaids kommen mit großen Lederkoffern, in Gummimänteln, mit zusammengerollten Schirmen in Etuis.

Aber Bloomfield kommt nicht.

Dennoch gehen die Menschen täglich zur Bahn.

DRITTES BUCH

18

Plötzlich war Bloomfield da.

Es ist immer so mit den großen Ereignissen, mit den Kometen und Revolutionen und Hochzeiten der regierenden Fürsten. Die großen Ereignisse pflegen überraschend zu kommen, und jede Erwartung bewirkt nur, daß sie zögern.

Bloomfield, Henry Bloomfield kam in der Nacht um zwei Uhr im Hotel Savoy an.

Um diese Zeit verkehrten keine Züge – aber Bloomfield kam auch gar nicht mit der Bahn –, war Bloomfield denn auf Eisenbahnen angewiesen? Er fuhr von der Grenze im Auto hierher, in seinem amerikanischen Salonauto, weil er sich auf die Eisenbahnen nicht verließ.

So einer war Henry Bloomfield: das Sicherste schien ihm ungewiß, wenn alle Menschen mit dem Zugverkehr rechneten wie mit einem Naturgesetz, mit Sonne, Wind und Frühling, so machte Bloomfield eine Ausnahme. Er traute nicht einmal den Fahrplänen, obwohl sie doch staatlich waren und einen Adler trugen und Siegel von verschiedenen Bezirksdirektionen und das Resultat mühevoller Berechnungen waren.

Bloomfield kam um zwei Uhr nachts im Hotel Savoy an, und Zwonimir und ich waren Zeugen seiner Ankunft.

Wir kommen nämlich um diese Zeit aus den Baracken.

Zwonimir trank eine Menge und küßte alle. Zwonimir konnte sehr viel trinken. Wenn er ins Freie kam, war er wieder nüchtern, die Nachtluft nahm ihm jeden Rausch – „der Wind bläst mir den Spiritus aus dem Kopf", sagt Zwonimir.

Die Stadt ist still, eine Turmuhr schlägt. Eine schwarze Katze läuft über den Bürgersteig. Man kann die Atemzüge der Schlafenden hören. Alle Fenster des Hotels sind dunkel, eine Nachtlampe lauert rötlich vor dem Eingang, in der engen Gasse sieht das Hotel aus wie ein düsterer Riese.

Durch die Scheiben der Hoteltür sieht man den Portier. Er hat die betreßte Livreekappe abgelegt – zum erstenmal sehe ich, daß er einen Schädel besitzt, ein wenig überrascht mich diese Tatsache. Der Portier hat ein paar graue Haarbüschel, sie wachsen um seine Glatze und rahmen sie ein wie eine Girlande eine Geburtstagsplatte.

Der Portier streckt beide Beine weit von sich, er träumt gewiß, daß er in einem Bett liegt.

Die Normaluhr in der Portierloge zeigt drei Minuten vor zwei.

In diesem Augenblick fährt ein Kreischen durch die Luft, es ist, als ob die ganze Stadt auf einmal aufschreien würde.

Einmal und noch einmal und zum drittenmal kreischt es.

Schon flitzt da und dort ein Fenster auf, zwei Stimmen sprechen. Ein Dröhnen erschüttert das Holzpflaster, auf dem wir stehen. Ein weißer Schein erfüllt die Gasse, es ist, als ob ein Stück des Mondes in die schmale Gasse gefallen wäre.

Der weiße Schein kam von einer Laterne, einer Blendlaterne, einem Scheinwerfer: dem Scheinwerfer Bloomfields.

So kam also Bloomfield, wie ein Nachtangriff. Der Scheinwerfer erinnerte mich an den Krieg, ich dachte an „feindliche Flieger".

Es war ein großes Auto. Der Chauffeur war ganz in Leder gepackt. Er stieg ab und sah aus wie ein Wesen einer fremden Welt.

Das Auto ratterte noch ein bißchen. Es war bespritzt vom Kot der Landstraße und war von der Größe einer mäßigen Schiffskabine.

Mir war zumute wie damals im Felde, wenn ein General inspizieren kam und ich zufällig Kompaniedienst hatte. Unwillkürlich streckte ich mich, nahm meine Glieder zusammen und wartete. Ein Herr im grauen Staubmantel stieg aus, ich sah seine Züge nicht genau. Dann kam noch ein Herr, er trug den Mantel überm Arm. Dieser zweite Herr war um ein beträchtliches kleiner, er sagte ein paar englische Worte, die ich nicht verstand. Ich merkte, daß der kleine Herr Bloomfield sein müsse und daß der andere, sein Begleiter, einen Befehl ausführte.

Nun war also Bloomfield da.

„Das ist Bloomfield", sage ich zu Zwonimir.

Zwonimir will sich auf der Stelle davon überzeugen, er tritt auf den kleinen Herrn zu, der auf seinen Begleiter wartet, und fragt:

„Mister Bloomfield?"

Bloomfield nickt nur mit dem Kopf, wirft einen Blick auf den großen Zwonimir, er muß auf Bloomfield, den kleinen, den Eindruck eines Kirchturms machen.

Dann wendet Bloomfield sich rasch wieder dem Sekretär zu.

Der Portier war erwacht und trug seine Mütze wieder. Ignatz eilte gerade an uns vorbei.

Zwonimir vergaß nicht, ihm einen Schlag zu versetzen. In der Bar war die Musik verstummt. Die kleine Tür stand halb offen, Neuner und Kanner standen an der Tür. Frau Jetti Kupfer kam heraus.

„Bloomfield ist da!" sagte sie.

„Ja, Bloomfield!" sagte ich.

Und Zwonimir schrie und tanzte wie verrückt auf einem Bein.

„Bloomfield ist da! ah-ah-ah!"

„Still!" zischte Frau Jetti Kupfer und legte ihre fette Hand auf Zwonimirs Mund.

Bloomfields Sekretär und Ignatz und der Portier schleppten zwei große Koffer in den Flur.

Henry Bloomfield saß im Klubsessel des Portiers und zündete sich eine Zigarette an.

Neuner kam heraus. Er war erhitzt, auf seinem Gesicht glühten die Schmisse, als wären sie mit Karmin aufgemalt.

Neuner ging auf Bloomfield zu, Bloomfield blieb sitzen. „Guten Abend!" sagte Neuner.

„Wie geht's!" sagte Bloomfield, nicht wie eine Frage, sondern wie einen Gruß. Er war gar nicht neugierig.

Bloomfield – ich sah nur sein Profil – streckte Neuner eine dünne Kinderhand entgegen. Sie verschwand spurlos in Neuners großer Pranke wie eine Kleinigkeit in einem Riesenetui.

Sie sprachen deutsch, aber es schickte sich nicht zuzuhören.

Ignatz kam mit fliegender Zunge, einen Karton mit einer großen, schwarzen Dreizehn in der Hand. Er nagelte den Karton an die Türmitte.

Zwonimir schlug Ignatz ein paarmal auf die Schulter, Ignatz zuckte nicht, er spürte die Schläge gar nicht.

Frau Kupfer kehrte in die Bar zurück.

Ich wäre gerne noch für ein halbes Stündchen hineingegangen, aber es schien mir gefährlich, Zwonimir noch trinken zu lassen.

Wir fuhren also selbst mit dem Lift hinauf, zum erstenmal ohne Ignatz.

Hirsch Fisch kam in Unterhosen. Er hatte Lust, so wie er war, bis zu Bloomfield hinunterzugehn.

„Sie müssen sich anziehn, Herr Fisch!" sage ich.

„Wie sieht er aus? Hat er schon zugenommen?" fragt er. „Nein! Er ist immer noch mager!"

„Gott, wenn das der alte Blumenfeld wüßte", sagt Fisch und kehrt wieder um.

„Wenn man den Bloomfield umbringen könnte", sagte Zwonimir, als er schon ausgezogen lag.

Aber ich antwortete ihm nicht, weil ich weiß, daß der Alkohol aus ihm spricht.

19

Am nächsten Morgen scheint mir das Hotel Savoy verändert.

Die Aufregung hat sich meiner wie aller andern bemächtigt, hat meinen Blick geschärft für tausend kleine Veränderungen, so daß ich sie wie durch ein Fernrohr sehe mit mächtig geschwollenen Dimensionen.

Es ist möglich, daß die Stubenmädchen der drei unteren Stockwerke dieselben Häubchen tragen wie gestern und vorgestern. Mir scheint, daß die Hauben und Schürzen neu gestärkt sind, wie vor einem Besuch des Kaleguropulos. Neue grüne Schürzen tragen die Zimmerkellner, auf dem roten Treppenläufer ist kein einziger Zigarettenstummel zu sehen.

Es ist eine unheimliche Sauberkeit. Man fühlt sich nicht mehr heimisch. Man vermißt wohlbekannte Staubwinkel.

Ein Spinnennetz in der Ecke des Fünf-Uhr-Saals war mir eine liebe Gewohnheit geworden, in der Ecke fehlt heute mein Spinnennetz. Ich weiß, daß man eine schmutzige Hand bekam, wenn man über das Stiegengeländer strich. Heute ist die Handfläche sauberer, als sie vorher gewesen, als bestünde das Geländer aus Seife.

Ich glaube, man hätte einen Tag nach der Ankunft Bloomfields auf dem Fußboden essen können.

Es riecht nach aufgelöstem Bohnerwachs, wie daheim in der Leopoldstadt einen Tag vor Ostern.

Etwas Feiertägliches liegt in der Luft. Wenn Glocken läuten würden, wäre es selbstverständlich.

Wenn plötzlich jemand mich beschenkte – es wäre nichts Ungewöhnliches. An solchen Tagen muß man beschenkt werden.

Und trotzdem regnete es draußen in dünnen Schnüren, und der Regen war voller Kohlenstäubchen. Es war ein dauerhafter Regen, er hing über der Welt wie ein ewiger Vorhang. Die Menschen stießen mit den Regenschirmen zusammen und trugen hochaufgeschlagene Mantelkragen.

Die Stadt bekommt an solchen Regentagen erst ihr wirkliches Gesicht. Der Regen ist ihre Uniform. Es ist eine Stadt des Regens und der Trostlosigkeit.

Die hölzernen Bürgersteige faulen, die Bretter quietschen, wenn man auf sie tritt, wie schadhafte, nasse Schuhsohlen.

Der gelbe, träge Brei in den Rinnen löst sich auf und fließt träge dahin.

Tausend Kohlenstäubchen birgt jeder Regentropfen, sie bleiben auf den Gesichtern und Kleidern der Menschen liegen.

Dieser Regen konnte durch die dicksten Kleider dringen. Man hatte im Himmel große Reinigung und schüttete die Kübel auf die Erde.

An solchen Tagen mußte man im Hotel bleiben, im Fünf-Uhr-Saal sitzen und die Leute ansehn.

Der erste Zug, der aus dem Westen kam, um zwölf Uhr mittags, brachte drei Fremde aus Deutschland.

Sie sahen aus wie Drillinge, sie bekamen alle drei nur ein Zimmer – Nummer 16 hörte ich – sie hätten ganz gut alle drei in ein Bett gepaßt wie Drillinge in eine Wiege.

Alle drei hatten Regenmäntel über die Sommermäntel gestreift, alle waren gleich klein gewachsen und hatten spitze Bäuchlein von einer Firma. Alle hatten schwarze Schnurrbärtchen und kleine Augen und große karierte Schirmkappen und Regenschirme in Etuis. Es war ein Wunder, daß sie sich selbst nicht verwechselten.

Der nächste Zug, der um vier Uhr nachmittags kam, brachte einen Herrn mit einem Glasauge und einen jungen, kraushaarigen Mann mit geknickten Knien.

Und am Abend um neun kamen noch zwei junge Herren mit spitzen französischen Stiefeln und dünnen Sohlen. Es waren Männer von neuestem Schnitt.

Die Zimmer 17, 18, 19, 20 im Hochparterre waren besetzt.

Henry Bloomfield lernte ich beim Fünf-Uhr-Tee kennen.

Das hatte ich Zwonimir zu verdanken, der mit dem Militärarzt plauderte. Ich saß dabei und las in einer Zeitung.

Bloomfield kommt mit seinem Sekretär in den Saal, und der Militärarzt begrüßt ihn an unserm Tisch. Als er Zwonimir vorstellen will, sagt Bloomfield: „Wir kennen uns schon", und gibt uns beiden die Hand.

Seine kleine Kinderhand hat einen kräftigen Druck. Sie ist knochig und kühl.

Der Militärarzt erzählt mit lauter Stimme und interessiert sich für amerikanische Verhältnisse. Bloomfield spricht sehr wenig, sein Sekretär beantwortet alle Fragen.

Sein Sekretär ist ein Jude aus Prag und heißt Bondy.

Er spricht artig und beantwortet die dümmsten Fragen des Militärarztes. Sie sprechen über das Alkoholverbot in Amerika. Was macht man in so einem Lande?

„Was macht man in Amerika, wenn man traurig ist – ohne Alkohol?" fragt Zwonimir.

„Man spielt Grammophon", sagt Bondy.

Das also ist Henry Bloomfield.

Ich habe ihn mir ganz anders vorgestellt. Ich habe geglaubt, daß Bloomfield das Gesicht, den Anzug, die Gebärden eines neuen Amerikaners hat. Ich habe geglaubt, daß Henry Bloomfield sich seines Namens und seiner Heimat schämt. Nein, er schämt sich nicht. Er erzählt von seinem Vater:

Das Trinken schadet nur den Betrunkenen, hatte der alte Blumenfeld gesagt, und Henry Bloomfield, sein Sohn, weiß noch die Aussprüche seines alten jüdischen Vaters.

Er hat ein kleines Hundegesicht und große, gelbe Hornbrillen. Seine grauen Augen sind klein, aber nicht flink, wie kleine Augen manchmal sind, sondern langsam und gründlich.

Henry Bloomfield sieht sich alles genau an, seine Augen lernen die Welt auswendig.

Sein Anzug ist nicht amerikanisch geschnitten, und seine dünne, kleine Gestalt ist altmodisch elegant. Eine große, weiße Halskrause hätte zu seinem Gesicht gepaßt.

Henry Bloomfield trinkt seinen Mokka sehr schnell, eine halbe Schale läßt er stehn. Er nippt nur flink, wie ein durstiger Vogel.

Er bricht ein kleines Törtchen entzwei und läßt ein halbes liegen. Er hat keine Geduld für die Nahrung, er vernachlässigt seinen Leib, er ist mit gewaltigen Dingen beschäftigt.

Er denkt an große Gründungen, Henry Bloomfield, des alten Blumenfelds Sohn.

Viele Menschen kamen vorbei und begrüßten Bloomfield, sein Sekretär Bondy sprang immer auf, er schnellte in die Höhe, als zöge ihn jemand an einem Gummiband, Bloomfield aber blieb immer sitzen. Es schien, daß der Sekretär auch die Aufgabe hatte, alle Höflichkeit für Bloomfield zu erfüllen.

Einigen reichte Bloomfield sein kleines Händchen, den meisten nickte er nur zu. Dann steckte er seinen Daumen in die Westentasche und trommelte mit den übrigen vier Fingern auf der Weste.

HOTEL SAVOY

Manchmal gähnt er, ohne daß man es merkt. Ich beobachte nur, wie seine Augen wässerig werden und seine Brille trübe. Er putzt sie mit einem riesengroßen Taschentuch.

Er schien sehr vernünftig, der kleine große Henry Bloomfield. Nur, daß er just im Zimmer Nummer 13 wohnen mußte, war amerikanisch. Ich glaube nicht an die Ehrlichkeit seines Aberglaubens. Ich habe gesehen, daß viele vernünftige Menschen sich absichtlich eine kleine Verrücktheit zulegen.

Zwonimir war merkwürdig still. So still war Zwonimir noch nie gewesen. Ich hatte Angst, daß er über eine Möglichkeit nachdachte, Bloomfield umzubringen.

Plötzlich kommt Alexanderl herein. Er grüßt sehr tief, er schont seinen neuen Filzhut nicht. Er lächelt mir intim zu, so daß jeder merken muß: hier sitzen Alexanders Freunde.

Alexander geht ein paarmal hin und zurück durch den Raum, als suchte er jemanden. In Wirklichkeit aber hat er hier niemanden zu suchen.

„Amerika ist doch ein interessantes Land", sagte der dumme Militärarzt, weil man schon eine Weile geschwiegen hatte.

Und er fuhr mit seiner alten Klage fort: „Hier in dieser Stadt verbauert man. Der Schädel wird einem zugenäht. Das Gehirn verdorrt."

„Aber die Kehle nicht", sage ich.

Bloomfield sah mich mit einem dankbaren Blick an. Kein Zug seines Gesichts verriet, daß er lächelte. Nur seine Augen bemühten sich, von unten her über den Rand der Brille zu blicken, und bekamen so einen spöttischen Ausdruck.

„Sie sind ja fremd hier?" fragte Bloomfield und sah uns beide an, Zwonimir und mich.

Es war die erste Frage, die Bloomfield getan hatte, seitdem er angekommen war.

„Wir sind Heimkehrer", sage ich „und halten uns nur zum Spaß hier auf. Wir wollen weiterfahren, mein Freund Zwonimir und ich."

„Sie sind schon lange unterwegs", fiel der höfliche Bondy ein.

Es war ein prächtiger Sekretär – Bloomfield brauchte nur ein Stichwort zu sagen, und schon setzte Bondy Bloomfields Gedanken in Rede um.

„Sechs Monate", sage ich, „sind wir unterwegs. Und wer weiß, wie lange noch."

„Es ist Ihnen schlimm ergangen in der Gefangenschaft?"

„Im Kriege war es schlimmer", sagt Zwonimir.

Wir sprechen nicht mehr viel an diesem Tage.

Die drei Reisenden aus Deutschland kommen in den Saal, Bloomfield und Bondy verabschieden sich und setzen sich mit den Drillingen an den Tisch.

20

Die Branche der Drillinge waren Juxgegenstände – das erfuhr ich am nächsten Tage vom Zimmerkellner. Es waren keine Drillingsbrüder. Die gemeinsamen Interessen hatten sie so verbrüdert.

Viele Menschen kamen aus Berlin, dem letzten Aufenthalt Bloomfields. Sie reisten ihm nach.

Nach zwei Tagen kam Christoph Kolumbus.

Christoph Kolumbus war Bloomfields Friseur. Er gehörte zum Gepäck Bloomfields und kam immer als Nachsendung.

Er ist ein gesprächiger Mensch, der Abkunft nach ein Deutscher. Sein Vater war ein Verehrer des großen Kolumbus gewesen und hatte seinen Sohn Christoph Kolumbus getauft. Aber der Sohn mit dem großen Namen ward ein Friseur.

Er ist ein Mann mit Geschäftssinn und guten Manieren. Er stellt sich jedem vor: Christoph Kolumbus, Friseur des Mister Bloomfield. Er spricht ein gutes Deutsch mit rheinländischem Akzent.

Christoph Kolumbus ist schlank und groß und hat gekräuseltes Haar, blondes, und gutmütige Augen, wie aus blauem Glas.

Er ist der einzige bessere Friseur in dieser Stadt und im Hotel Savoy, und weil er kein Geld verschmäht und es ihm sonst langweilig würde, beschließt er, sich im Hotel einen Laden zu eröffnen, und er bewirbt sich um die Erlaubnis bei Bloomfield.

Es gab gerade einen freien kleinen Raum neben der Loge des Portiers. Dort lagerten immer Gepäckstücke der Gäste, die im Begriff waren abzureisen oder sich für ein paar Tage entfernt hatten, um wiederzukommen.

Ignatz erzählte mir, daß Christoph Kolumbus sich in diesem Raum festsetzen wollte.

Es gelang ihm, Kolumbus war ein gescheiter Kerl. Dünn und schlank, wie er war, schien er in jeden Winkel zu passen. Es war überhaupt sein Schicksal, Lücken im Leben zu erspähen und sie auszufüllen. Wahrscheinlich war er so Bloomfields Friseur geworden.

Die Leute wußten hier kaum, daß der Friseur einen berühmten Namen lächerlich machte. Nur Ignatz wußte es und der Militärarzt und Alexanderl.

Zwonimir fragte mich: „Gabriel, du bist ein gebildeter Mann, hat Kolumbus Amerika entdeckt oder nicht?"

„Ja."

„Und wer war Alexander?" fragte Zwonimir weiter. „Alexander war ein mazedonischer König und ein großer Welteroberer."

„So, so", sagte Zwonimir.

Am Abend kamen wir mit Alexanderl im Fünf-Uhr-Saal zusammen.

„Was sagen Sie zu diesem Friseur Kolumbus?" lachte Alexander. „Ausgerechnet Kolumbus heißt er!"

Zwonimir schickt mir einen schnellen Blick zu und sagt:

„Wenn ein Friseur Christoph Kolumbus heißt, ist es noch lange nicht so schlimm. Aber Sie heißen Alexander! …"

Das war ein gutes Wort, und Alexander schwieg.

Manchmal sage ich: „Zwonimir, laß uns abreisen."

Aber jetzt will Zwonimir erst recht nicht. Bloomfield ist da, und das Leben wird von Tag zu Tag interessanter. Es kommen mit jedem Zug Fremde aus Berlin. Kaufleute und Agenten und Nichtstuer. Alle Menschen zieht Bloomfield herbei. Der Friseur Kolumbus rasiert heftig. Der Gepäckraum sieht freundlich aus, mit zwei großen Wandspiegeln und einer Marmorplatte. Kolumbus ist der geschickteste Barbier, den ich in meinem Leben je gesehn habe. In fünf Minuten ist man fertig. Das Haarschneiden besorgt er nach neuester Methode mit dem Rasiermesser. Nie hört man in seinem Laden eine Schere klappern.

Weiß der Teufel, woher Zwonimir das Geld für uns beide nahm. Unsere Zimmerrechnung war schon sehr hoch. Zwonimir dachte nicht daran, sie zu bezahlen. Sein Geld legte er jeden Abend vor dem Schlafengehn unters Kopfkissen. Er hatte Angst, daß ich es ihm stehlen könnte.

Wir lebten fast so gut wie Bloomfield und gingen in die Armenküche, wenn es uns gefiel. Und wenn es uns nicht gefiel, aßen wir im Hotel. Und nie ging uns das Geld aus.

Einmal sage ich zu Zwonimir: „Ich packe und gehe zu Fuß weiter! Wenn du nicht willst, bleib hier!"

Da weinte Zwonimir. Es waren ehrliche Tränen.

„Zwonimir", sage ich, „dies ist mein letztes Wort: Sieh im Kalender nach, heute ist Dienstag, heute in zwei Wochen reisen wir."

„Ganz bestimmt", sagt Zwonimir und schwört es laut und feierlich, obwohl ich es gar nicht verlange.

21

Am Nachmittag desselben Tages bat mich der Sekretär Bondy auf einen Augenblick an den Tisch Bloomfields.

Bloomfield brauchte noch einen Sekretär für die Zeit, in der er hier war. Man mußte die Besucher scheiden können in lästige und nützliche und mit beiden Arten verhandeln.

Ob ich nicht jemanden wüßte, fragte Bondy.

Nein, ich wüßte keinen, außer Glanz.

Aber da macht Bloomfield eine abwehrende Handbewegung. Glanz war nichts für ihn, das bedeutete diese Bewegung.

„Wollen Sie nicht diese Stellung annehmen?" sagt Bloomfield. Es war keine Frage. Bloomfield sprach überhaupt nicht in fragendem Ton, er sagte alles nur vor sich hin, als wiederhole er oft erörterte Dinge.

„Wir wollen sehn!" sagte ich.

„Dann – können Sie morgen in Ihrem Zimmer – Sie wohnen?"

„703."

„Bitte morgen anzufangen. Sie bekommen einen Sekretär."

Ich verabschiede mich und fühle, wie Bloomfield mir nachsieht.

„Zwonimir", sage ich, „jetzt bin ich Bloomfields Sekretär."

„Amerika", sagt Zwonimir.

Es war meine Aufgabe, die Leute anzuhören, sie und ihre Projekte zu beurteilen und Bloomfield über die Gäste jedes Tags schriftlichen Bericht zu erstatten.

Ich notierte mir Aussehen, Stellung, Geschäft, Vorschlag jedes Besuchers und beschrieb alles. Ich diktierte einem Mädchen in die Maschine und gab mir sehr viel Mühe.

Bloomfield schien nach den ersten zwei Tagen mit meiner Arbeit zufrieden, denn er nickte mir am Nachmittag, wenn wir uns trafen, sehr wohlwollend zu.

So lange hatte ich nichts mehr gearbeitet – ich freute mich. Es war eine Beschäftigung, die mir behagte, denn ich war auf mich angewiesen und trug die Verantwortung für alles, was ich berichtete. Ich hütete mich, mehr zu berichten, als nötig war. Dennoch lieferte ich manchmal einen Roman.

Ich arbeitete von zehn bis vier. Jeden Tag kamen fünf oder sechs oder mehr Besucher.

Ich wußte wohl, was Bloomfield von mir wollte. Er wollte eine Kontrolle seiner selbst. Er verließ sich nicht in allem auf sein eigenes Urteil – er hatte auch keine Zeit, über jeden nachzudenken –, und er wollte auch eine Bestätigung seiner eigenen Beobachtungen.

Henry Bloomfield war ein vernünftiger Mensch.

Die Juxdrillinge hießen Nachmann, Zobel und Wolff und standen alle drei innig auf einer Visitkarte.

Nachmann, Zobel und Wolff hatten herausgefunden, daß man in dieser Gegend Europas noch keine Juxgegenstände kannte. Sie kamen mit Geld, sie bewiesen es und sprachen sehr vernünftig. Seit Jahren stand in diesem Ort die Spinnerei des verstorbenen Maiblum leer. Man konnte sie mit wenig „Unkosten", sagte Wolff, reparieren. Herr Nachmann würde hierbleiben – sie brauchten eigentlich nicht so sehr das Geld Bloomfields wie seinen Namen. Die Firma sollte Bloomfield und Compagnie heißen und die Gegend und Rußland mit Juxgegenständen versorgen.

Die Drillinge wollten Feuerwerk, Papierschlangen, Serpentinen, Knallerbsen und Frösche fabrizieren.

Ich hörte dann, daß Bloomfield die Idee mit den Juxgegenständen sehr gefallen hatte, und sah nach zwei Tagen, wie langsam ein hölzernes Gerüst um die Maiblumsche Fabrik wuchs und wuchs, bis das ganze halbzerfallene Gemäuer von Holz eingedeckt war wie ein Monument im Winter.

Nachmann, Zobel und Wolff hielten sich hier lange auf. Man sah sie unzertrennlich durch die Straßen und Plätze der Stadt schleichen. Alle drei kamen in die Bar und holten sich ein Mädchen an den Tisch.

HOTEL SAVOY

Sie führten ein inniges Familienleben.

Man begegnet mir mit mehr Ehrfurcht als je vorher im Hotel Savoy. Ignatz schlägt seine biergelben Kontrollaugen nieder, wenn er mit mir zusammentrifft, im Lift oder in der Bar. Der Portier grüßt mich tief. Die Drillinge ziehen gleichmäßig vor mir die Hüte.

Gabriel, sage ich mir, du kommst mit einem Hemd im Hotel Savoy an und fährst weg als ein Gebieter über zwanzig Koffer.

Verborgene Türen öffnen sich auf meinen Wunsch, Menschen geben sich mir preis. Wundersame Dinge tun sich kund. Und ich stehe da, bereit, alles aufzunehmen, was mir zuströmt. Die Menschen bieten sich mir an, unverhüllt liegen ihre Leben vor mir. Ich kann ihnen nicht helfen noch schaden –, sie aber, froh, ein Ohr gefunden zu haben, das sie anhören muß, schütten Leid und Geheimnis vor mir aus.

Es geht ihnen schlecht, den Menschen, riesenhaft steht ihr Weh vor ihnen, eine große Mauer. Eingesponnen sitzen sie in staubgrauen Sorgen und zappeln wie gefangene Fliegen. Dem fehlt es an Brot, und jener ißt es mit Bitterkeit.

Der will satt sein und jener frei. Hier regt einer seine Arme und glaubt, es wären Flügel, und er würde sich im nächsten Augenblick, Monat, Jahr über die Niederung seiner Welt erheben.

Es ging ihnen schlecht, den Menschen. Das Schicksal bereiteten sie sich selbst und glaubten, es käme von Gott. Sie waren gefangen in Überlieferungen, ihr Herz hing an tausend Fäden, und ihre Hände spannen sich selbst die Fäden. Auf allen Wegen ihres Lebens standen die Verbotstafeln ihres Gottes, ihrer Polizei, ihrer Könige, ihres Standes. Hier durften sie nicht weitergehn und dort nicht bleiben. Und nachdem sie so ein paar Jahrzehnte gezappelt, geirrt hatten und ratlos gewesen, starben sie im Bett und hinterließen ihr Elend ihren Nachkommen.

Ich saß im Vorhof des lieben Gottes Henry Bloomfield und registrierte Gebete und Wünsche seiner kleinen Menschen. Die Leute kamen zuerst zu Bondy, und ich empfing nur jene, die einen Zettel von ihm vorzeigten. Zwei oder drei Wochen wollte Bloomfield bleiben – und nach drei Tagen sah ich, daß er mindestens zehn Jahre hierbleiben müßte.

Ich lernte den kleinen Isidor Schabel kennen, der einmal rumänischer Notar gewesen und wegen einer Unterschlagung aufgehört hat, Notar zu sein. Er wohnt schon das sechste Jahr im Hotel Savoy, im Krieg hat er hier gewohnt, zusammen mit den Offizieren der Etappe. Er ist sechzig Jahre alt, er hat Frau und Kinder in Bukarest, und sie schämen sich seiner – sie wissen gar nicht, wo er sich befindet. Nun, glaubt er, wäre es an der Zeit, an der Rehabilitierung zu arbeiten, fünfzehn Jahre sind seit jener unglücklichen Geschichte vergangen, es wäre wohl an der Zeit, heimzukehren, nachzusehen, was Frau und Kinder treiben, ob sie leben, ob der Sohn Offizier geworden, trotz des väterlichen Unglücks.

Er ist ein merkwürdiger Mensch, er will die Charge seines Sohnes wissen – und hat so viele Sorgen. Er lebt von kleinen Winkelschreibereien. Ein Jude kommt manchmal zu ihm und läßt sich ein Gesuch an die Behörde aufsetzen, eine Befreiung von der Erbschaftssteuer zum Beispiel.

Seine Koffer sind längst von Ignatz gepfändet, er ißt geröstete Kartoffeln zu Mittag, aber er will wissen, ob sein Sohn Offizier ist.

Vor einem Jahr war er schon bei Bloomfield, ohne Erfolg.

Er braucht eine hohe Summe, um zu seinem Recht zu kommen. Er blieb hartnäckig dabei, daß er im Recht war.

Er fraß sich in seine Bitterkeit hinein. Heute noch bat er schüchtern, morgen würde er fluchen, und in einem Jahr hatte ihn der Wahnsinn ergriffen.

Ich kenne Taddeus Montag, Zwonimirs Freund, den Schildermaler, der eigentlich ein Karikaturist ist. Er ist mein Nachbar, Zimmer 705. Nun bin ich schon ein paar Wochen hier, und neben mir hungerte Taddeus Montag, und niemals schrie er. Die Menschen sind stumm, stummer als die Fische, früher einmal riefen sie noch, wenn ihnen etwas weh tat, aber im Laufe der Zeit gewöhnten sie sich das Rufen ab.

Taddeus Montag ist ein Todeskandidat, dünn, blaß und groß steigt er sachte herum, seinen Schritt hört man nicht einmal auf den nackten Steinfliesen des sechsten Stockwerks. Er geht auf zerrissenen Sohlen allerdings, aber selbst die weichen Pantoffeln Hirsch Fischs werden auf diesen Steinfliesen hörbar. Taddeus Montag aber hat schon die lautlosen Schattensohlen eines Seligen. Er kommt schweigend, wie ein Stummer steht er an der Tür und zerreißt das Herz mit seiner Stummheit.

Er kann nichts dafür, Taddeus Montag, daß er kein Geld verdient. Er zeichnete die Karikatur des Planeten Mars, oder den Mond oder längstverstorbene Griechen-Helden. Agamemnon war auf seinen Bildern zu finden, wie er Klytämnestra betrügt — im Felde, mit einem rundlichen trojanischen Mädchen. Auf einem Hügel stand Klytämnestra und sah durch ein riesiges Opernglas die Schande ihres Mannes.

Ich entsinne mich, daß Taddeus Montag die ganze Geschichte von den Pharaonen bis zur Gegenwart grotesk verdrehte. Montag reichte seine verrückten Blätter so selbstverständlich herüber, als zeigte er Hosenknöpfe zur Auswahl. Einmal zeichnete Taddeus Montag ein Schild für einen Tischlermeister. Er zeichnete einen überdimensionalen Hobel in die Mitte, daneben auf einem großen Holzgerüst einen Mann mit einem Zwicker auf der Nase, der einen kleinen Bleistift an dem riesigen Hobel spitzte.

Und dieses Schild lieferte er sogar ab. —

Es kamen wunderbare Lügner, der Mann mit dem Glasauge, der ein Kino gründen wollte. Nun war die Ausfuhr deutscher Filme sehr schwierig, das wußte Bloomfield — und ließ sich auf die Sache gar nicht ein.

In dieser Stadt fehlt nichts so sehr wie ein Kinotheater. Es ist eine graue Stadt mit viel Regen und trüben Tagen, die Arbeiter streiken. Man hat Zeit. Die halbe Stadt würde tagsüber und eine halbe Nacht im Kino sitzen.

Der Mann mit dem Glasauge heißt Erich Köhler und ist ein kleiner Regisseur aus München. Er stammt aus Wien, so erzählt er, aber mich kann er nicht täuschen, mich, der ich die Leopoldstadt kenne. Erich Köhler stammt, es ist kein Zweifel, aus Czerno-

HOTEL SAVOY

witz, und das Auge hat er nicht im Krieg verloren. Das hätte schon ein viel größerer Weltkrieg sein müssen.

Er ist ein ungebildeter Mensch, er verwechselt Fremdwörter, er ist ein schlimmer Mensch – er lügt nicht aus Freude an der Lüge, sondern er verkauft seine Seele um schäbigen Gewinn.

„In München habe ich die Kammerlichtspiele eröffnet, mit einer Ansprache an die Presse und die versammelten Behörden. Es war im letzten Kriegsjahr, wenn die Revolution nicht gekommen wäre – Sie wüßten heute besser, wer Erich Köhler ist."

Und eine Viertelstunde später erzählt er von intimen Freundschaften mit russischen Revolutionären.

Er war eine Größe, der Erich Köhler.

Der andere Herr, der Jüngling mit den französischen Stiefeln, ein Elsässer, versprach Gaumontfilme und gründete wirklich ein Kino. Bloomfield hatte keine Lust, den Leuten seiner Heimatstadt Vergnügungen zu verschaffen. Aber der französische Jüngling kaufte einen Milchladen von Fränkel, dessen Geschäft schlecht ging, und druckte Plakate und verkündete Amüsement für Jahrzehnte.

Nein, es war nicht leicht, von Bloomfield Geld zu bekommen.

Ich war mit Abel Glanz in der Bar, da saß die alte Gesellschaft. Glanz erzählte mir im Vertrauen – Glanz erzählte alles im Vertrauen –, daß Neuner kein Geld bekommen hatte und daß Bloomfield überhaupt kein geschäftliches Interesse an dieser Gegend mehr hatte. In einem Jahr verzehnfachte sich sein Vermögen in Amerika- was ging ihn die schlechte Valuta an?

Bloomfield hatte viele enttäuscht. Die Leute wurden ihre Devisen nicht los, das Geschäft ging genauso weiter, als wäre Bloomfield aus Amerika gar nicht gekommen. Dennoch verstand ich nicht, weshalb jetzt plötzlich die Fabrikanten mit ihren Frauen auf den Plan traten und mit den Töchtern.

Es änderte sich nämlich inzwischen vieles in der Gesellschaft des Fünf-Uhr-Saals.

Vor allem hat Kaleguropulos Musik bestellt, eine fünf Mann starke Kapelle, sie spielt Walzer wie Märsche, das Temperament geht mit ihnen durch. Fünf russische Juden spielen jeden Abend Operetten. Und der Primgeiger hat gekräuseltes Haar für die Damen.

Nie waren Damen zu sehen gewesen.

Jetzt hatte Fabrikant Neuner Frau und Tochter, Kanner war Witwer mit zwei Töchtern, Siegmund Fink hatte eine junge Frau, und dann kam noch Phöbus Böhlaug, mein Onkel, mit seiner Tochter.

Phöbus Böhlaug begrüßt mich mit herzlichen Vorwürfen. Ich hätte ihn besuchen müssen.

„Ich habe jetzt keine Zeit", sage ich.

„Du brauchst kein Geld mehr", antwortet Phöbus.

„Sie haben mir nie etwas gegeben –"

„Nichts für ungut", flötet mein Onkel Phöbus.

22

Ich verstand nicht, wozu Henry Bloomfield eigentlich gekommen war. Nur um die Musik spielen zu lassen? Damit die Damen kämen?

Eines Tages tauchte Zlotogor, Xaver Zlotogor, der Magnetiseur, im Fünf-Uhr-Saal auf. Er hatte sein schelmisches Judenjungengesicht aufgesetzt, er ging zwischen den Tischen herum und begrüßte die Damen, und sie nickten ihm alle freundlich zu und baten ihn, Platz zu nehmen.

Er mußte sich an jeden Tisch setzen, überall saß er fünf Minuten und stand auf, und dann küßte er den Damen die Hände, er küßte fünfundzwanzig Hände in einer Stunde.

Er kam auch zu mir, Zwonimir saß auch dabei und fragte ihn:

„Sind Sie der Mann mit dem Esel?"

„Ja", sagt Zlotogor, ein bißchen befremdet, denn er war ein stiller Mensch, sein Element war die Lautlosigkeit, er haßte das Gepolter Zwonimirs.

„Ein guter Witz", lobt Zwonimir weiter und weiß nicht, daß seine laute Fröhlichkeit nicht erwünscht ist.

Den Xaver Zlotogor konnte er allerdings nicht vertreiben. –

Im Gegenteil: Zlotogor setzte sich und erzählte mir, daß er eine gute Idee habe. Es war jetzt keine Saison für öffentlichen Magnetismus, er wollte die Ferien ausnützen und privat magnetisieren. Im Hotel, in seinem großen Zimmer im dritten Stock. Er wollte Damen empfangen, die an Kopfschmerzen litten.

„Prächtige Idee", schreit Zwonimir.

„Herr Doktor", schreit Zwonimir zum Militärarzt hinüber, und Zlotogor, der Magnetiseur, sitzt da, er hätte Zwonimir erdolchen mögen.

Aber Zwonimirs starker Natur schadet kein Magnetismus. Der Militärarzt kommt herüber.

„Sie bekommen Konkurrenz", sagt Zwonimir und zeigt auf den Magnetiseur.

Xaver Zlotogor sprang auf, er wollte größeres Unglück verhüten und das Geschrei Zwonimirs und erzählte deshalb selbst von seinen Absichten.

„Gott sei Dank", sagt der Militärarzt, der nicht gerne arbeitet. „Da werde ich kein Aspirin mehr verschreiben. Ich schicke Ihnen alle Patienten."

„Verbindlichen Dank", sagt Zlotogor und verneigt sich.

Und am nächsten Tag kamen ein paar Damen und schickten Briefe zu Zlotogor hinauf. Ins Hotel traute sich keine, aber Zlotogor nahm es nicht genau. Er ging in die Häuser magnetisieren.

„Es ist merkwürdig", sage ich zu Zwonimir, „siehst du, wie sich die Menschen verändern, weil Bloomfield, mein Chef, da ist? Jeder hat plötzlich geschäftliche Ideen in diesem Hotel und in dieser Stadt. Jeder will Geld verdienen."

„Ich habe auch eine Idee", sagt Zwonimir.

„Ja?"

„Bloomfield umzubringen."

„Wozu?"

„So zum Spaß, das ist ja keine geschäftliche Idee, und sie hat auch keinen Zweck."

„Weißt du übrigens, wozu Bloomfield da ist?"

„Um Geschäfte zu machen."

„Nein, Zwonimir, Bloomfield pfeift auf diese Geschäfte. Ich möchte gerne wissen, weshalb er hier ist. Vielleicht liebt er eine Frau. Aber die könnte er ja hinübernehmen. Eine Frau ist kein Haus, aber sie kann auch verheiratet sein. Dann ist sie noch schwieriger fortzubringen als ein Haus. Ich glaube nicht, daß Bloomfield hierherkommt, um die Fabrik des seligen Maiblum zu reparieren. Juxgegenstände interessieren ihn nicht. Er hat Geld genug, um ein Viertel Amerikas mit Juxgegenständen zu versorgen. Ist er hierhergekommen, um in seiner Heimat ein Kino zu finanzieren? Er gibt nicht einmal dem Neuner Geld, und die Arbeiter streiken schon die fünfte Woche!"

„Weshalb gibt er kein Geld?" sagt Zwonimir.

„Frag ihn doch."

„Ich werde ihn nicht fragen. Es geht mich nichts an. Es ist eine Gemeinheit."

Mir schien, daß Neuner sich nur mit Bloomfield herausredete und daß ihm nichts mehr an den Fabriken lag. Es war eine schlechte Zeit, das Geld hatte seinen Wert verloren. Abel Glanz sagte, Neuner spekuliere lieber an der Züricher Börse, er handele mit Valuta. Er bekam jeden Tag Telegramme – sie kamen aus Wien, Berlin, London. Man kabelte ihm Kurse, er kabelte Aufträge, was ging ihn die Fabrik an.

Es war vergeblich, Zwonimir diese verwickelten Dinge zu erklären, er wollte sie nicht verstehen, weil er fühlte, daß es ihn Mühe kosten würde, und weil er eigentlich ein Bauer war, der täglich in die Baracken ging, nicht nur wegen der Heimkehrer, sondern weil die Baracken in der Nähe der Felder standen und Zwonimirs Seele sich sehnte nach den Garben und Sensen und Vogelscheuchen der heimatlichen Äcker.

Jeden Tag bringt er mir Nachrichten vom Weizen, und in seiner Tasche birgt er blaue Kornblumen. Er flucht, weil die Bauern hierzulande keine Ahnung haben von der richtigen Behandlung der Erde – sie lieben es, ihre Kühe laufen zu lassen, wie es den Tieren gefällt. Sie laufen auch in die Ähren, und man kann sie nur mit viel Mühe herauslocken.

Und die Vogelscheuchen und die Prellsteine kann er nicht vergessen.

Er kommt am Abend heim, Zwonimir Pansin, der Bauer, und bringt eine große Sehnsucht mit und ein gehütetes Heimweh. Er weckt in mir die Sehnsucht, und obwohl er sich nach Feldern sehnt und ich nach Straßen, steckt er mich an. Es ist so wie mit den Liedern der Heimat: wenn einer sein Volkslied anstimmt, singt der andere sein eigenes, und die verschiedenen Melodien werden ähnlich, und alle sind nur wie verschiedene Instrumente einer Kapelle.

Des Menschen Heimweh erwacht draußen, es wächst und wächst, wenn keine Mauern es beengen.

Ich gehe Sonntag vormittag hinaus zwischen die Felder, mannshoch steht das Getreide, und der Wind hängt in den weißen Wolken. Ich gehe langsam dem Friedhof entgegen, ich will das Grab Santschins finden. Ich finde es nach langem Suchen. So viele Menschen waren in dieser kurzen Zeit gestorben und lauter Arme, denn sie lagen in der Nähe des Santschinschen Grabes. Es geht den Armen schlecht in dieser Zeit, und der Tod überliefert sie den Regenwürmern.

Ich fand Santschins Grab und dachte, daß es galt, von seinem letzten irdischen Zeichen Abschied zu nehmen. Er war zu früh gestorben, der gute Clown, er hätte noch den Henry Bloomfield erleben sollen, vielleicht hätte er sogar noch eine Reise nach dem Süden gewonnen?

Ich steige über den niedrigen Zaun, der den jüdischen Friedhof abschließt, und bemerke eine Aufregung unter den armen Juden, den Bettlern, die von der Gnade reicher Erben leben. Sie stehen nicht mehr einzeln wie einsame Trauerweiden am Anfang einer Allee, sondern in einer Gruppe und reden viel und laut. Ich höre den Namen Bloomfield und horche ein bißchen und erfahre, daß sie auf Bloomfield warten.

Das schien mir sehr wichtig. Ich frage die Bettler, und sie erzählen mir, daß heute der Todestag des alten Blumenfeld ist und daß Henry, sein Sohn, deshalb hierherkommt.

Die Bettler wissen die Todesdaten aller reichen Leute, und sie allein wissen auch, weshalb Henry Bloomfield da ist. Die Bettler wissen es, nicht die Fabrikanten.

Henry Bloomfield kam, seinen toten Vater Jechiel Blumenfeld besuchen. Er kam, um ihm zu danken für die Milliarden, für die Begabung, für das Leben, für alles, was er geerbt hatte. Henry Bloomfield kam nicht, um ein Kino zu gründen oder eine Fabrik für Juxgegenstände. Alle Menschen glauben, er käme des Geldes oder der Fabriken wegen. Nur die Bettler wissen den Zweck der Bloomfieldschen Reise.

Es war eine Heimkehr.

Ich wartete auf Henry Bloomfield. Er kam allein, er war zu Fuß auf den Friedhof gekommen, die Majestät Bloomfield. Ich sah ihn vor dem Grabe des alten Blumenfeld stehn und weinen. Er zog seine Brille ab, und die Tränen liefen ihm über die dünnen Wangen, und er wischte sie mit den kleinen Kinderhänden weg. Dann zog er ein Bündel Banknoten, die Bettler fielen über ihn her wie ein Fliegenschwarm, er verschwand in der Mitte der vielen schwarzen Gestalten, denen er Geld gab, um seine Seele loszukaufen von der Sünde des Geldes.

Ich wollte nicht unbemerkt gelauert haben, ich ging auf Bloomfield zu und grüßte ihn. Er wunderte sich gar nicht, daß ich hier war – worüber wundert sich denn Henry Bloomfield überhaupt? Er gab mir die Hand und bat mich, ihn in die Stadt zu begleiten.

„Ich komme jedes Jahr hierher", sagt Bloomfield, „meinen Vater besuchen. Und auch die Stadt kann ich nicht vergessen. Ich bin ein Ostjude, und wir haben überall dort unsere Heimat, wo wir unsere Toten haben. Wenn mein Vater in Amerika gestorben wäre, ich könnte ganz in Amerika zu Hause sein. Mein Sohn wird ein ganzer Amerikaner sein, denn ich werde dort begraben werden."

HOTEL SAVOY

„Ich verstehe, Mister Bloomfield." – Ich bin gerührt und spreche, wie zu einem alten Freund:

„Das Leben hängt so sichtbar mit dem Tod zusammen und der Lebendige mit seinen Toten. Es ist kein Ende da, kein Abbruch – immer Fortsetzung und Anknüpfung."

„In diesem Lande leben die besten Schnorrer", sagt Bloomfield wieder lustig, denn er ist ein Mann des Tages und der Wirklichkeit, und er vergißt sich nur einmal im Jahre.

Ich begleite ihn in die Stadt, die Leute grüßen uns, und ich erlebe noch eine Freude: mein Onkel Phöbus Böhlaug kommt vorbei und grüßt zuerst und sehr tief, und ich lächle ihm herablassend zu, als wäre ich sein Onkel.

23

Ich verstand Henry Bloomfield.

Er hatte Heimweh, wie ich und Zwonimir.

Die Leute kamen immer noch aus Berlin und aus anderen Städten. Es waren laute Menschen, sie schrien und logen schreiend, um das Gewissen zu übertönen. Sie waren Aufschneider und Prahlhänse, und alle kamen vom Film her und wußten viel zu erzählen von der Welt, aber sie sahen die Welt mit ihren Glotzaugen, hielten die Welt für eine geschäftliche Niederlage Gottes, und sie wollten ihm Konkurrenz machen und ebenso große Geschäfte eröffnen.

Sie wohnten in den drei unteren Stockwerken und ließen sich von Zlotogor ihre Kopfschmerzen kurieren.

Viele kamen mit ihren Frauen und Freundinnen, und dabei hatte Zlotogor erst recht zu tun.

Es änderte sich viel im Hotel Savoy.

Man gab Frauen- und Herrenabende und Tanzkränzchen, die Gesellschaft der Herren flüchtete um Mitternacht in die Bar und zwickte die nackten Mädchen und Frau Jetti Kupfer.

Oben stieg Alexanderl herum, in Frack und Lack, und Xaver Zlotogor mit einem hochgeschlossenen Rock, und tat geheimnisvoll und trug ein schelmisches Jungengesicht.

Bloomfield kam und Bondy. Bondy sprach, die Frauen aber sahen nur Henry Bloomfield an, und weil er nichts sprach, schien es, als lauschten sie seinem Schweigen. Als hätten sie die Fähigkeit zu hören, was er dachte und verbarg.

Zu mir kamen auch die Leute aus den oberen Stockwerken, und es nahm kein Ende. Ich sah, daß keiner von ihnen freiwillig im Hotel Savoy wohnte. Jeden hielt ein Unglück fest. Jedem war Hotel Savoy das Unglück, er wußte nicht mehr gerecht zu scheiden zwischen dem und jenem.

Alles Mißgeschick stieß ihnen in diesem Hotel zu, und sie glaubten, Savoy heiße ihr Unglück.

Es nahm kein Ende. Auch die Witwe Santschin kam. Sie lebte jetzt bei ihrem Schwager auf dem Lande und mußte schwere Arbeit im Hause tun. Sie hatte von Bloomfields Ankunft gehört und daß er allen Menschen half.

Ich weiß nicht, ob die Witwe Santschin etwas erreicht hat. Ich weiß nicht, wie vielen Bloomfield geholfen hat.

Der Polizeioffizier tauchte plötzlich auf, derselbe, dessen ganze Familie allabendlich im Varieté saß.

Er war ein junger, stupider Mensch mit Achselklappen und einem Schleppsäbel, und nichts war an ihm Besonderes. Er hatte von seinem Vorgänger das Zimmer 80 geerbt, alle Polizeioffiziere, die hierher versetzt wurden, wohnten umsonst im Zimmer 80.

Seit einer Woche trug der Offizier eine neue Uniform aus dunkelblauem Tuch und eine Auszeichnung auf der Brust. Ich glaube, er wurde endgültig zum Oberleutnant ernannt. Er stelzte feierlich, sein Säbel geriet ihm oft genug zwischen die Beine, und in der Rechten schwenkte er gelbe Wildlederhandschuhe. Er kam in die Bar und trank an allen Tischen, auf aller Kosten und landete schließlich bei Alexanderl am Tisch.

Die zwei verstanden sich gut.

Der Polizeioffizier hat ein kurzes Schnurrbärtchen und ein kurzes, stumpfes Näschen und große, rote Ohren an einem glattrasierten, kleinen Schädel. Das Haar wuchs ihm tief in die Stirn in einem spitzen Dreieck über der Nase, er mußte seine Dienstmütze streng über den Augen tragen, weil man sonst diesen lächerlichen Haarwuchs gesehen hätte.

Ich weiß nicht, was ein Polizeioffizier zu tun hat, ich weiß, daß er sehr wenig arbeitet. Unser Polizeioffizier stand um zehn Uhr auf, er aß um zwölf Uhr Mittag, und dann las er die Zeitungen. Das war eine schwere Arbeit, er legte immer den Säbel ab, wenn er Zeitungen las.

Er gab sich sozusagen privat.

Am Abend tanzte er flott – er war ein begehrter Tänzer. Er bestäubte sich mit Maiglöckchenparfüm, er roch wie ein Blumenpavillon, und er tanzte in straffen Hosen, die mit Gummischnallen an den Stiefeln befestigt waren. Die Hose hatte einen dünnen, roten Streifen an der Naht, der sehr schön und sehr blutig leuchtete. Seine großen Ohren flammten in tiefem Purpur, und mit einem kleinen Spitzentaschentuch wischte er sich eine Schweißperle von der Nase.

Der Polizeioffizier hieß Jan Mrock. Er war sehr höflich und gefällig und lächelte immer.

Das Lächeln war seine Rettung, ein guter, gefälliger Geist hatte es ihm geschenkt.

Wenn ich ihn so ansah, seine rosige Haut, seinen ahnungslosen Mund, dann wußte ich, daß er sich seit seinem siebenten Lebensjahr gar nicht geändert hatte. Er sah genauso aus wie ein Schulknabe. Zwanzig Jahre, Krieg und das Elend ließen ihn unberührt.

Einmal kam er mit Stasia in die Bar.

Zwei Wochen sind vergangen, seitdem ich sie zum letztenmal gesehn habe. Sie ist braun und frisch und lächelnd und hat große, graue Augen.

HOTEL SAVOY

„Sie sind immer noch da?" sagt Stasia und wird rot, denn sie hat sich verstellt, sie weiß ja wohl, daß ich nicht verreist bin.

„Sind Sie enttäuscht?"

„Sie vernachlässigen unsere Freundschaft!"

Ich vernachlässige nicht die Freundschaft. Dieser Vorwurf gebührt Stasia selbst.

Zwei Wochen liegen zwischen ihr und mir, zweihundert Jahre können nicht mehr verwüsten. Ich habe auf sie zitternd gewartet, vor dem Varieté, in den Schatten einer Mauer gedrückt. Wir haben Tee miteinander getrunken, und eine leise Wärme lag um uns beide. Sie war meine erste liebliche Begegnung im Hotel Savoy, und uns beiden war Alexanderl unsympathisch.

Ich habe durch das Schlüsseloch gesehn, wie sie in einem Bademantel hin und her ging und französische Vokabeln lernte. Sie will ja nach Paris.

Ich wäre gerne mit ihr nach Paris gereist. Ich wäre gerne mit ihr zusammengeblieben, ein Jahr, oder zwei oder zehn.

Ein großer Haufen Einsamkeit hat sich in mir angesammelt, sechs Jahre großer Einsamkeit.

Ich suche nach Gründen, weshalb ich ihr so fern bin, und finde keine. Ich suche nach Vorwürfen – was konnte ich ihr vorwerfen? Sie nahm von Alexander Blumen an und schickte sie nicht zurück. Es ist dumm, Blumen zurückzuschicken. Ich bin vielleicht eifersüchtig. Wenn ich mich mit Alexander Böhlaug vergleiche, spricht freilich alles zu meinen Gunsten.

Dennoch bin ich eifersüchtig.

Ich bin kein Eroberer und kein Anbeter. Wenn sich mir etwas gibt, nehme ich es und bin dankbar dafür. Aber Stasia bot sich mir nicht. Sie wollte belagert werden.

Ich verstand damals nicht – ich war lange einsam gewesen und ohne Frauen –, weshalb die Mädchen so heimlich tun und soviel Geduld haben und so stolz sind. Stasia wußte ja nicht, daß ich sie nicht triumphierend angenommen hätte, sondern demütig und dankbar. Heute verstehe ich, daß es der Natur der Frauen ansteht zu zögern und daß ihre Lügen vergeben werden, noch ehe sie geschehn.

Ich kümmerte mich zuviel um das Hotel Savoy und um die Menschen, um fremde Schicksale und zuwenig um mein eigenes. Hier stand eine schöne Frau und wartete auf ein gutes Wort, und ich sagte es nicht, wie ein verstockter Schulknabe.

Ich war verstockt. Mir war, als ob Stasia schuld wäre an meiner langen Einsamkeit, und sie konnte es ja gar nicht wissen. Ich warf ihr vor, daß sie keine Seherin war.

Nun weiß ich, daß die Frauen alles ahnen, was in uns vorgeht, aber dennoch auf Worte warten.

Gott legte das Zagen in die Seele der Frau.

Ihre Gegenwart reizte mich. Weshalb kam sie nicht zu mir? Weshalb ließ sie sich von dem Polizeioffizier begleiten? Weshalb fragt sie, ob ich immer noch da wäre? Weshalb sagt sie nicht: Gott sei Dank, daß du da bist!

Aber man sagt vielleicht nicht, wenn man ein armes Mädchen ist, zu einem armen Mann: Gott sei Dank, daß du da bist! Es ist vielleicht nicht mehr an der Zeit, einen armen Gabriel Dan zu lieben, der nicht einmal einen Koffer hat, geschweige denn ein Haus. Es ist vielleicht jetzt die Zeit, in der die Mädchen den Alexander Böhlaug lieben.

Heute weiß ich, daß die Begleitung des Polizeioffiziers ein Zufall war, ihre Frage eigentlich ein Geständnis. Damals aber war ich einsam und verbittert und benahm mich so, als wäre ich das Mädchen und Stasia der Mann.

Sie wird noch stolzer und kühler, und ich fühle, wie sich der Abstand zwischen uns beiden vergrößert und wie wir immer mehr und mehr fremd werden.

„Ich fahre bestimmt in zehn Tagen", sage ich.

„Wenn Sie nach Paris kommen, schreiben Sie mir eine Karte!"

„Bitte, gerne!"

Stasia hätte sagen können:

Ich möchte mit Ihnen nach Paris fahren!

Stattdessen bittet sie mich um eine Postkarte.

„Ich schicke Ihnen den Eiffelturm."

„Wie Sie wollen!" sagt Stasia, und es bezieht sich gar nicht auf die Ansichtskarte, sondern auf uns selbst.

Das ist unser letztes Gespräch. Ich weiß, es ist unser letztes Gespräch. Gabriel Dan, du hast gar nichts von Mädchen zu erwarten. Arm bist du, Gabriel Dan!

Am nächsten Morgen sehe ich Stasia am Arm Alexanderls die Treppe hinuntergehn. Beide lächeln mir zu – ich esse Frühstück unten. Da weiß ich, daß Stasia eine große Dummheit gemacht hat.

Ich verstehe sie.

Die Frauen begehn ihre Dummheiten nicht wie wir aus Fahrlässigkeit und Leichtsinn, sondern wenn sie sehr unglücklich sind.

VIERTES BUCH

24

Den Hof liebe ich, in den das Fenster meines Zimmers hinausgeht.

Er erinnert mich an den ersten Tag im Hotel, den Tag meiner Ankunft. Ich sehe immer noch Kinder spielen, höre einen Hund bellen und freue mich, wie bunt und fahnenhaft die Wäsche flattert.

In meinem Zimmer ist die Unrast, seitdem ich die Besucher Bloomfields empfange. Unrast ist im ganzen Hotel, im Korridor und im Fünf-Uhr-Saal, und eine kohlenstaubüberwehte Unrast herrscht in der Stadt.

Wenn ich zum Fenster hinausblicke, sehe ich ein Stück glücklich geretteter Ruhe. Die Hühner schreien. Nur die Hühner.

Es gab im Hotel Savoy einen andern, einen engen Lichthof, der aussah wie ein Schacht für Selbstmörder. Dort wurden Teppiche geklopft, dorthin schüttete man den Staub, die Zigarettenstummel und den Kehricht des polternden Lebens.

Mein Hof aber war so, als gehöre er gar nicht zum Hotel Savoy. Er barg sich hinter dem riesigen Gemäuer. Ich wüßte gerne, was mit dem Hof geschehn ist.

Auch mit Bloomfield geht es mir so. Wenn ich seiner gedenke, bin ich neugierig, ob er seine gelbe Hornbrille trägt. Auch wüßte ich gerne etwas von Christoph Kolumbus, dem Friseur. Welche offengelassene Lücke des Lebens füllt er jetzt aus?

Große Ereignisse nehmen manchmal ihren Anfang in Friseurstuben. In dem kleinen Salon des Friseurs Christoph Kolumbus im Hotel Savoy ereignete es sich, daß einer der streikenden Arbeiter Neuners Lärm schlug.

Das Geschäft ging gut. Man hörte in Kolumbus' Stube am Vormittag allerlei Neues. Die angesehenen Männer der Stadt, sogar der Polizeioffizier, alle fremden und die meisten heimischen Gäste des Hotels ließen sich bei ihm barbieren. Und einmal trat ein Arbeiter, ein bißchen angetrunken, in den Friseurladen und begegnete allen widerwilligen Blicken mit aufreizender Gleichgültigkeit.

Er ließ sich rasieren und bezahlte nicht. Christoph Kolumbus hätte ihn – er war ein großzügiger Mensch – gehen lassen. Doch Ignatz drohte mit der Polizei. Da schlug der Arbeiter auf Ignatz ein. Die Polizei verhaftete den Arbeiter.

Am Nachmittag zogen seine Kameraden vor das Hotel Savoy und riefen: „Pfui!" Dann gingen sie vor das Gefängnis.

Und in der Nacht zogen sie, Lieder singend, durch die erschrockenen Straßen.

In der Zeitung stand fett gedruckt eine Nachricht, sie brannte in der Mitte des Blattes. Ein paar Meilen weiter waren die Arbeiter einer großen Textilfabrik in den Streik getreten. Die Zeitung rief nach Militär, Polizei, Behörde, Gott.

Der Schreiber erklärte, daß alles Unheil von den Heimkehrern stamme, die den „Bazillus der Revolution in das keimfreie Land" verschleppten. Der Schreiber war ein jämmerlicher Mensch, er spritzte Tinte gegen Lawinen, er baute Dämme aus Papier gegen Sturmfluten.

25

Es regnet nun schon eine Woche in der Stadt. Die Abende sind klar und kühl, aber bei Tage regnet es.

Es paßt so zum Regen, daß in diesen Tagen die Flut der Heimkehrer sich mit frischer Gewalt heranwälzt.

Mitten durch den schrägen, dünnen Regen gehen sie, Rußland, das große, schüttet sie aus. Sie nehmen kein Ende. Sie kommen alle denselben Weg, in grauen Kleidern, den Staub zerwanderter Jahre auf Gesichtern und Füßen. Es ist, als hingen sie mit dem Regen zusammen. Grau wie er sind sie und beständig wie er.

Sie strömen Grau aus, unendliches Grau über diese graue Stadt. Ihre Blechgeschirre klappern wie der Regen in den Blechrinnen. Ein großes Heimweh geht von ihnen aus, die Sehnsucht vorwärtstreibt und eine verschüttete Erinnerung an Heimat.

Unterwegs sind sie hungrig, sie stehlen oder betteln, und beides ist ihnen gleich. Sie töten Gänse und Hühner und Kälber, es ist Friede in der Welt, aber das bedeutet nur, daß man keine Menschen mehr zu töten braucht.

Gänse, Hühner und Kälber aber haben nichts mit dem Frieden zu tun.

Wir stehen, Zwonimir und ich, am Rande der Stadt, wo die Baracken sind, und spähen nach vertrauten Gesichtern. Alle sind fremd und alle vertraut. Der sieht wie mein Nachbar in der Schwarmlinie aus, und der hat mit mir Gelenksübungen gelernt.

Wir stehn seitwärts und betrachten sie, aber es ist genauso, als ob wir mit ihnen gingen. Wir sind wie sie, auch uns hat Rußland ausgeschüttet, und wir ziehn alle heim.

Es führt einer einen Hund mit, er trägt das Tier auf dem Arm, und seine Eßschale klappert an seine Hüfte bei jedem Schritt. Ich weiß, daß er den Hund nach Hause bringen wird, seine Heimat liegt im Süden, in Agram oder in Sarajevo, den Hund bringt er treu bis zu seiner Hütte. Seine Frau schläft mit einem andern, den Totgeglaubten erkennen seine Kinder nicht mehr – er ist ein anderer geworden, und der Hund nur kennt ihn, ein Hund, ein Heimatloser.

Die Heimkehrer sind meine Brüder, sie sind hungrig.

Nie sind sie meine Brüder gewesen. Im Felde nicht, wenn wir, von einem unverstandenen Willen getrieben, fremde Männer totmachten, und in der Etappe nicht, wenn wir alle, nach dem Befehl eines bösen Menschen, gleichmäßig Beine und Arme streckten. Heute aber bin ich nicht mehr allein in der Welt, heute bin ich Teil der Heimkehrer.

Sie strichen in Gruppen von fünf oder sechs Mann durch die Stadt, sie zerstreuten sich kurz vor den Baracken. Sie sangen Lieder von den Höfen und Häusern, mit gebrochener, rostiger Stimme, und dennoch waren die Lieder schön, wie manchmal an Märzabenden die Stimme eines schadhaften Leierkastens schön ist.

Sie aßen in der Armenküche. Die Portionen wurden immer kleiner und der Hunger größer.

HOTEL SAVOY

Die streikenden Arbeiter saßen und vertranken ihre Streikgelder in den Wartesälen des Bahnhofs, und die Frauen und Kinder hungerten.

In der Bar griff der Fabrikant Neuner nach den Brüsten der nackten Mädchen, die vornehmen Frauen der Stadt ließen sich ihre Kopfschmerzen von Xaver Zlotogor wegmagnetisieren. Den Hunger der armen Frauen konnte Xaver Zlotogor nicht wegmagnetisieren.

Seine Kunst war nur für leichte Krankheiten gut, den Hunger konnte er nicht vertreiben und die Unzufriedenheit auch nicht.

Der Fabrikant Neuner hörte nicht auf die Ratschläge Kanners und schob alle Schuld auf Bloomfield.

Was aber gingen Bloomfield diese Gegend an, ihr Hunger und ihre Verhältnisse? Sein toter Vater Jechiel Blumenfeld hungerte nicht, und seinetwegen war Henry Bloomfield hierhergekommen.

Die Stadt bekam ein Kino und eine Fabrik für Juxgegenstände – was sollte das den Arbeiterfrauen. Die Juxgegenstände waren für die Herrschaften, und ein Spielzeug taugte keinem Arbeiter. Bei den Knallerbsen und brennenden Fröschen und im Kino könnten sie den Neuner vergessen, aber den Hunger nicht.

26

Zwonimir sagte einmal:

„Die Revolution ist da."

Wenn wir in den Baracken sitzen und mit den Heimkehrern sprechen – draußen fällt der schräge Regen unaufhörlich –, fühlen wir die Revolution. Sie kommt aus dem Osten – und keine Zeitung und kein Militär kann sie aufhalten.

„Das Hotel Savoy", sagt Zwonimir zu den Heimkehrern, „ist ein reicher Palast und ein Gefängnis. Unten wohnen in schönen, weiten Zimmern die Reichen, die Freunde Neuners, des Fabrikanten, und oben die armen Hunde, die ihre Zimmer nicht bezahlen können und Ignatz die Koffer verpfänden. Den Besitzer des Hotels, er ist ein Grieche, kennt niemand, auch wir beide nicht, und wir sind doch gescheite Kerle.

Wir haben alle schon lange Jahre nicht in so schönen, weichen Betten gelegen wie die Herrschaften im Parterre des Hotels Savoy.

Wir haben alle schon lange nicht so schöne, nackte Mädchen gesehn wie die Herren unten in der Bar des Hotels Savoy.

Diese Stadt ist ein Grab der armen Leute. Die Arbeiter des Fabrikanten Neuner schlucken den Staub der Borsten, und alle sterben im fünfzigsten Jahr ihres Lebens."

„Pfui!" schreien die Heimkehrer.

Man entließ den Arbeiter, der Ignatz verprügelt hatte, nicht aus dem Gefängnis.

Jeden Tag ziehn die Arbeiter vor das Hotel Savoy und vor das Gefängnis.

Jeden Tag brennen in den Zeitungen die Nachrichten von den Streiks in der Textilindustrie.

Ich rieche die Revolution. Die Banken – so erzählt man bei Christoph Kolumbus – packen ihre Tresors und schicken sie in andere Städte.

„Die Polizei soll verstärkt werden", berichtet Abel Glanz. „Man will die Heimkehrer internieren", erzählt Hirsch Fisch.

„Ich fahre nach Paris", sagt Alexanderl.

Ich dachte, daß Alexanderl nach Paris fahren würde, nicht allein, sondern mit Stasia.

„Man kann nicht noch einmal flüchten", klagt Phöbus Böhlaug.

„Der Typhus ist ausgebrochen", erzählt der Militärarzt am Nachmittag im Fünf-Uhr-Saal.

„Wie schützt man sich vor Typhus?" fragt die jüngere Tochter Kanners.

„Der Tod wird uns alle holen!" erklärt der Militärarzt, und Fräulein Kanner wird blaß.

Vorläufig aber holt der Tod nur ein paar Arbeiterfrauen. Die Kinder erkranken und kommen ins Spital.

Man schließt die Armenküche, um die Ansteckungsgefahr zu vermindern. Also bekamen die Hungrigen keine Suppe mehr.

Die Heimkehrer konnte man nicht mehr in den Baracken internieren. Es waren zu viele Heimkehrer.

Es waren ganze Völkerscharen.

Der Polizeioffizier erzählt, daß man um Verstärkung nachgesucht habe. Der Polizeioffizier war nicht aufgeregt. Er trägt eine Dienstpistole, und er steht nicht um zehn Uhr auf, sondern um neun. Er wedelt mit den Wildlederhandschuhen, als herrschte kein Typhus.

Die Krankheit ergriff ein paar arme Juden. Ich sah, wie man sie bestattete. Die jüdischen Frauen erhoben ein gewaltiges Wehklagen, die Schreie standen in der Luft.

Zehn, zwölf Menschen starben jeden Tag.

Der Regen fällt schräg und hüllt die Stadt ein, und durch den Regen fluten die Heimkehrer.

In den Zeitungen flammen die schrecklichen Nachrichten auf, und jeden Tag ziehen die Arbeiter Neuners vor das Hotel und schreien.

27

Eines Morgens fehlen Bloomfield, Bondy, der Chauffeur und Christoph Kolumbus.

In Bloomfields Zimmer lag ein Brief für mich, Ignatz brachte ihn.

Bloomfield schreibt:

„Geehrter Herr, ich danke Ihnen für Ihre Hilfe und erlaube mir, Ihnen ein Honorar zu übergeben. Meine plötzliche Abreise wird Ihnen verständlich sein. Wenn Ihr Weg

Sie nach Amerika führen sollte, so werden Sie hoffentlich nicht verfehlen, mich zu besuchen."

Ich fand ein Honorar in einem besonderen Umschlag. Es war ein königliches Honorar.

In aller Stille ist Henry Bloomfield geflüchtet. Mit abgeblendeten Scheinwerfern, auf lautlosen Rädern, ohne Hupenschrei, im Dunkel der Nacht floh Bloomfield vor dem Typhus, vor der Revolution. Er hat seinen toten Vater besucht, er wird nie mehr in seine Heimat kommen. Er wird seine Sehnsucht unterdrücken, Henry Bloomfield. Nicht alle Hindernisse kann das Geld aus dem Weg räumen.

Am Abend kamen die Gäste in der Bar zusammen, sie tranken und sprachen von der plötzlichen Abreise Bloomfields.

Ignatz brachte ein Extrablatt aus der Nachbarstadt. Dort kämpften die Arbeiter gegen Militär aus der Hauptstadt. Der Polizeioffizier erzählt, man hätte schon dringend um Militär telephoniert.

Alexanderl Böhlaug wollte in den nächsten Tagen nach Paris reisen.

Frau Jetti Kupfer läutete gerade. Die nackten Mädchen sollten auftreten.

Da geschah ein Knall.

Ein paar Flaschen kollerten vom Büffet herunter. Man hörte das Klirren zersplitterter Fensterscheiben.

Der Polizeioffizier rannte hinaus. Frau Jetti Kupfer riegelte die Tür ab.

„Machen Sie auf", schreit Kanner.

„Glauben Sie, wir wollen bei Ihnen krepieren?" ruft Neuner, und die Schmisse brennen auf seiner Backe, als wären sie mit Karmin aufgemalt.

Neuner stößt Frau Jetti Kupfer fort und öffnet die Tür. Der Portier liegt blutend auf seinem Fauteuil.

Ein paar Arbeiter stehen im Flur. Einer hat eine Handgranate geworfen.

Draußen drängt sich eine große Menge in der schmalen Gasse und schreit.

Hirsch Fisch kam in Unterhosen herunter.

„Wo ist Neuner?" fragt der Arbeiter, der die Handgranate geworfen hat.

„Neuner ist zu Hause!" sagt Ignatz.

Er wußte nicht, ob er zum Militärarzt laufen sollte oder zurück in die Bar, um Neuner zu warnen.

„Neuner ist zu Hause!" sagt der Arbeiter zu den Leuten draußen.

„Zu Neuner! Zu Neuner!" schreit eine Frau.

Die Gasse wird leer.

Der Portier ist tot. Der Militärarzt sagt nichts. Ich habe ihn nie so bleich gesehn.

Die ganze Bargesellschaft flüchtet. Neuner läßt sich vom Polizeioffizier begleiten.

28

Der Morgen bricht mit einem schrägen Regen an, wie alle Morgen vorher. Vor dem Hotel Savoy steht ein Polizeikordon. Polizei sperrt die schmale Gasse von beiden Seiten ab.

Die Menge steht auf dem Marktplatz und wirft Steine in die leere Gasse. Die Steine füllen die Straßenmitte. Man hätte sie neu pflastern können.

Der Polizeioffizier steht mit seinen wildledernen Handschuhen im Eingang. Er hält Zwonimir und mich zurück, als wir hinausgehen wollen.

Zwonimir schiebt ihn zur Seite. Wir schleichen hart an den Mauern, um von den Steinen nicht getroffen zu werden. Wir passieren den Polizeikordon, drängen uns durch die Menge.

Zwonimir hat viele Freunde. Sie rufen:

„Zwonimir!"

„Freunde", ein Mann redet auf einem Brunnen, „man erwartet Militär. Heute abend werden sie dasein."

Wir gehen durch die Stadt, sie ist still, die Läden sind geschlossen. Ein jüdischer Leichenzug begegnet uns, die Leichenträger rennen mit dem Toten auf den Schultern, und die Frauen hasten schreiend nach.

Wir wissen, daß wir das Hotel Savoy nicht mehr wiedersehn. Zwonimir lächelt schlau: „Unser Zimmer ist nicht bezahlt!"

Wir kommen an jenem Tabakladen vorbei, an dem die Treffer der kleinen Lotterie ausgestellt werden. Ich erinnere mich an das Los.

„Gestern war Ziehung", sagt Zwonimir.

Der Laden ist ängstlich und dicht verschlossen, aber die Ziehungen sind neben der grünen Ladentür an der Wand befestigt. Ich sah meine Nummern nicht, vielleicht hat man sie gestern mit Kreide aufgeschrieben – und der Regen hat sie ausgelöscht.

Abel Glanz treffen wir im Judenviertel. Er hat gar nicht im Hotel geschlafen. Er erzählt Neuigkeiten:

„Neuners Villa ist zertrümmert, Neuner und seine Familie sind im Auto fortgefahren."

„Umbringen!" schreit Zwonimir.

Wir kommen zum Hotel zurück, die Menge weicht nicht.

„Vorwärts", schreit Zwonimir.

Ein paar Heimkehrer wiederholen den Ruf.

Ein Mann drängt sich durch die Menge, bleibt vorn. Plötzlich sehe ich, wie er die Hand ausstreckt, es knallt, der Polizeikordon wankt, die Menge wälzt sich in die Gasse.

Der Polizeioffizier schreit einen schrillen Kommandoruf. Ein paar armselige Schüsse knattern, ein paar Menschen fallen, einige Frauen kreischen.

„Hurra!" schreien die Heimkehrer.

„Platz frei!" ruft Taddeus Montag, der Zeichner. Er ist lang und dünn und überragt alle um einen halben Kopf. Er schreit zum erstenmal in seinem Leben.

Man läßt ihn hinaus, und ihm folgen andere. Viele Bewohner des Hotels drängen durch die Menge dem Marktplatz zu.

Der Hoteldirektor steht auf dem Marktplatz, unbemerkt ist er hierhergekommen. Er hält beide Hände vor den Mund und ruft und reckt den Kopf angestrengt gegen die Fenster des siebenten Stockwerks empor:

„Herr Kaleguropulos!"

Ich höre ihn rufen und breche eine Bahn zu ihm. Es geschieht so vieles hier. Mich aber geht Kaleguropulos an. „Wo ist Kaleguropulos?"

„Er will nicht fort!" schreit der Direktor, „er will ja nicht!"

In diesem Augenblick geht oben die Dachluke auf und Ignatz erscheint, der alte Liftknabe. Hat ihn heute sein Fahrstuhl so hoch hinaufgeführt?

„Das Hotel brennt", schreit Ignatz.

„Kommen Sie doch herunter", ruft der Direktor.

Da bricht eine helle Stichflamme aus der Dachluke, Ignatz' Kopf verschwindet.

„Wir müssen ihn retten", sagt der Direktor.

Eine gelbe Flammengarbe bricht aus wie ein Tier.

Im sechsten Stockwerk brennt es auf, man sieht weiße Lichtbündel hinter den Fenstern.

Im fünften brennt es, im vierten. Es brennt in allen Stockwerken, während die Menge das Hotel stürmt. Ich erblicke Zwonimir im Getümmel und rufe ihn.

Die Glocken der Stadttürme und Kirchen fallen schwer in den großen Lärm.

Trommelwirbel erdröhnt, harter Schritt genagelter Stiefel, ein Kommandoschrei zuckt auf.

29

Früher, als ich gedacht hätte, kommen die Soldaten. Sie schreiten genauso, wie wir auch einmal marschiert sind, in breiten, raumfressenden Doppelreihen, mit einem Offizier an der Spitze und einem Trommler zur Seite. Sie tragen die Gewehre mit den aufgepflanzten Bajonetten in der Hand, sie gehen durch den Regen, der Kot spritzt auf, und die ganze geschlossene Soldatenmasse stampft wie eine Maschine.

Ein Kommandoruf löst die festgefügte Masse, Doppelreihen lockern sich, die Soldaten stehen da wie ein schütterer Wald in großen Abständen auf dem Ringplatz.

Sie umringen den ganzen Häuserblock, die Menge ist im Hotel und in der engen Straße eingeschlossen.

Zwonimir sah ich nicht mehr.

30

Ich wartete die ganze Nacht auf Zwonimir.

Es gab viele Tote. Vielleicht war Zwonimir unter ihnen? Ich habe seinem alten Vater geschrieben, daß Zwonimir in der Gefangenschaft gestorben ist. Wozu sollte ich dem Alten mitteilen, daß der Tod seinen starken Sohn unterwegs getroffen hat?

Viele Heimkehrer hat der Tod im Hotel Savoy erreicht. Er hatte ihnen sechs Jahre lang nachgestellt, im Krieg und in der Gefangenschaft – wem der Tod nachstellt, den trifft er auch.

In den grauenden Morgen ragen halbverkohlte Reste des Hotels. Die Nacht war kühl und windig und hat das Feuer geschürt. Der Morgen bringt grauen, schrägen Regen, er löscht verborgene Gluten.

Mit Abel Glanz gehe ich zur Bahn. Der nächste Zug soll am Abend abgelassen werden. Wir sitzen im leeren Wartesaal.

„Wissen Sie, daß Ignatz eigentlich Kaleguropulos war? – und Hirsch Fisch ist auch im Hotel verbrannt."

„Schade", sagt Abel Glanz, „es war ein gutes Hotel."

Wir fahren in einem langsamen Zug mit südslawischen Heimkehrern. Die Heimkehrer singen. Abel Glanz beginnt:

„Wenn ich zu meinem Onkel nach New York komme – –"

Amerika, denke ich, hätte Zwonimir gesagt, nur: Amerika.

Die Rebellion

DIE BARACKEN DES KRIEGSSPITALS Numero XXIV lagen am Rande der Stadt. Von der Endstation der Straßenbahn bis zum Krankenhaus hätte ein Gesunder eine halbe Stunde rüstig wandern müssen. Die Straßenbahn führte in die Welt, in die große Stadt, in das Leben. Aber die Insassen des Kriegsspitals Numero XXIV konnten die Endstation der Straßenbahn nicht erreichen.

Sie waren blind oder lahm. Sie hinkten. Sie hatten ein zerschossenes Rückgrat. Sie erwarteten eine Amputation oder waren bereits amputiert. Weit hinter ihnen lag der Krieg. Vergessen hatten sie die Abrichtung; den Feldwebel; den Herrn Hauptmann; die Marschkompanie; den Feldprediger; Kaisers Geburtstag; die Menage; den Schützengraben; den Sturm. Ihr Frieden mit dem Feind war besiegelt. Sie rüsteten schon zu einem neuen Krieg; gegen die Schmerzen; gegen die Prothesen; gegen die lahmen Gliedmaßen; gegen die krummen Rücken; gegen die Nächte ohne Schlaf; und gegen die Gesunden.

Nur Andreas Pum war mit dem Lauf der Dinge zufrieden. Er hatte ein Bein verloren und eine Auszeichnung bekommen. Viele besaßen keine Auszeichnung, obwohl sie mehr als nur ein Bein verloren hatten. Sie waren arm- und beinlos. Oder sie mußten immer im Bett liegen, weil ihr Rückenmark kaputt war. Andreas Pum freute sich, wenn er die anderen leiden sah.

Er glaubte an einen gerechten Gott. Dieser verteilte Rückenmarkschüsse, Amputationen, aber auch Auszeichnungen nach Verdienst. Bedachte man es recht, so war der Verlust eines Beines nicht sehr schlimm und das Glück, eine Auszeichnung erhalten zu haben, ein großes. Ein Invalider durfte auf die Achtung der Welt rechnen. Ein ausgezeichneter Invalider auf die der Regierung.

Die Regierung ist etwas, das über den Menschen liegt wie der Himmel über der Erde. Was von ihr kommt, kann gut oder böse sein, aber immer ist es groß und übermächtig, unerforscht und unerforschbar, wenn auch manchmal für gewöhnliche Menschen verständlich.

Es gibt Kameraden, die auf die Regierung schimpfen. Ihrer Meinung nach geschieht ihnen immer Unrecht. Als ob der Krieg nicht eine Notwendigkeit wäre! Als ob seine Folgen nicht selbstverständlich Schmerzen, Amputationen, Hunger und Not sein müßten! Was wollten sie? Sie hatten keinen Gott, keinen Kaiser, kein Vaterland. Sie waren wohl Heiden. „Heiden" ist der beste Ausdruck für Leute, die sich gegen alles wehren, was von der Regierung kommt.

Es war ein warmer Sonntag im April, Andreas Pum saß auf einer der roh gezimmerten, weißen Holzbänke, die mitten im Rasen vor den Baracken des Spitals aufgestellt waren. Fast auf jeder Bank saßen zwei und drei Rekonvaleszente zusammen und sprachen. Nur Andreas saß allein und freute sich über die Bezeichnung, die er für seine Kameraden gefunden hatte.

Sie waren Heiden, wie zum Beispiel Leute, die wegen falscher Eide und wegen Diebstahls, Totschlags, Mordes oder gar Raubmordes im Zuchthaus saßen. Warum stahlen die Leute, töteten, raubten, desertierten sie? Weil sie Heiden waren.

Wenn jemand in diesem Augenblick Andreas gefragt hätte, was die Heiden sind, so hätte er geantwortet: zum Beispiel Menschen, die im Gefängnis sitzen, oder auch jene, die man zufällig noch nicht erwischt hat. Andreas Pum war sehr froh, daß ihm die „Heiden" eingefallen waren. Das Wort genügte ihm, es befriedigte seine kreisenden Fragen und gab Antwort auf viele Rätsel. Es enthob ihn der Verpflichtung, weiter nachdenken und sich mit der Erforschung der anderen abquälen zu müssen. Andreas freute sich über das Wort. Zugleich verlieh es ihm das Gefühl der Überlegenheit über die Kameraden, die auf den Bänken saßen und schwatzten. Sie hatten zum Teil schwerere Wunden und keine Auszeichnungen. Geschah ihnen nicht recht? Weshalb schimpften sie? Warum waren sie unzufrieden? Fürchteten sie um ihre Zukunft? Wenn sie weiter in ihrem Trotz verharrten, dann hatten sie wohl recht, um ihre Zukunft bang zu sein. Sie schaufelten sich ja selbst ihre Gräber! Wie sollte sich die Regierung ihrer Feinde annehmen? Ihn, Andreas Pum dagegen, wird sie schon versorgen.

Und während die Sonne schnell und sicher am wolkenlosen Himmel ihrem Höhepunkt zustrebte und immer glühender und fast schon sommerlich wurde, dachte Andreas Pum an die nächsten Jahre seines Lebens. Die Regierung hat ihm einen kleinen Briefmarkenverschleiß übergeben oder eine Wächterstelle in einem schattigen Park oder in einem kühlen Museum. Da sitzt er nun mit seinem Kreuz auf der Brust, Soldaten grüßen ihn, ein etwa vorbeigehender General klopft ihm auf die Schulter, und die Kinder fürchten sich vor ihm. Er aber tut ihnen nichts zuleide, er gibt nur acht, daß sie nicht auf den Rasen springen. Oder die Leute, die ins Museum kommen, kaufen bei ihm Kataloge und Künstlerkarten und betrachten ihn dennoch nicht als einen gewöhnlichen Händler, sondern als eine Amtsperson. Vielleicht findet sich auch noch eine Witwe, kinderlos oder mit einem Kind, oder ein älteres Mädchen. Ein gutversorgter Invalider mit einer Pension ist keine schlechte Partie, und Männer sind nach dem Krieg sehr gesucht.

Der helle Klang einer Glocke hüpfte über den Rasen vor den Baracken und verkündete das Mittagessen. Die Invaliden erhoben sich schwer und wankten, aufeinander gestützt, der großen, langgestreckten, hölzernen Speisebaracke entgegen. Andreas hob mit eiliger Beflissenheit seine heruntergefallene Krücke auf und humpelte munter hinter den Kameraden, um sie zu überholen. Er glaubte nicht recht an ihre Schmerzen. Auch er mußte leiden. Und dennoch – seht – wie flink er sein kann, wenn ihn die Glocke ruft!

Selbstverständlich überholt er die Lahmen, die Blinden, die Männer mit den krummen Wirbelsäulen, deren Rücken so gebückt ist, daß er einen parallelen Strich zur Erde bildet, auf der sie gehen. Hinter Andreas Pum rufen sie her, aber er wird sie nicht hören.

Es gab wieder Hafergrütze wie jeden Sonntag. Die Kranken wiederholten, was sie alle Sonntage zu sagen gewohnt waren: Hafergrütze ist langweilig. Andreas aber fand sie gar nicht langweilig. Er hob den Teller an die Lippen und trank den Rest, nachdem er ein paarmal mit dem Löffel vergeblich gefischt hatte. Die anderen sahen ihm zu und folgten zaghaft seinem Beispiel. Er hielt den Teller lange vor dem Mund und schielte über den Rand nach den Kameraden. Er stellte fest, daß ihnen die Suppe schmeckte und daß ihre Reden Prahlerei und Übermut gewesen waren. Sie sind Heiden! frohlockte Andreas und setzte den Teller ab.

Das Dörrgemüse, das die anderen „Drahtverhau" nannten, schmeckte ihm weniger. Dennoch leerte er den Teller. Er hatte dann das befriedigende Gefühl, eine Pflicht erfüllt zu haben, wie wenn er ein rostiges Gewehr blank geputzt hätte. Er bedauerte, daß kein Unteroffizier kam, um die Geschirre zu kontrollieren. Sein Teller war sauber wie sein Gewissen. Ein Sonnenstrahl fiel auf das Porzellan, und es glänzte. Das nahm sich aus wie ein offizielles Lob des Himmels.

Am Nachmittag kam die längst angekündigte Prinzessin Mathilde in einer Krankenschwesterntracht. Andreas, der in seiner Abteilung das Zimmerkommando führte, stand stramm an der Tür. Die Prinzessin gab ihm die Hand, und er verneigte sich, wider Willen, obwohl er sich vorgenommen hatte, stramm zu bleiben. Seine Krücke fiel zu Boden, die Begleiterin der Prinzessin Mathilde bückte sich und hob sie auf.

Die Prinzessin ging, hinter ihr die Oberschwester, der Oberarzt und der Priester. „Alte Nutte!" sagte ein Mann von der zweiten Bettreihe. „Unverschämt!" schrie Andreas. Die anderen lachten. Andreas wurde zornig. Er befahl: Betten in Ordnung bringen, obwohl alle Decken sauber und vorschriftsmäßig dreimal gefaltet waren. Niemand rührte sich. Einige begannen, ihre Pfeifen zu stopfen.

Da kam der Gefreite Lang, ein Ingenieur, dem der rechte Arm fehlte und vor dem auch Andreas Respekt hatte, und sagte: „Reg dich nicht auf, Andreas, wir sind ja alle arme Teufel!" Es wurde sehr still in der Baracke; alle sahen den Ingenieur an, Lang stand vor Andreas und sprach. Man wußte nicht, ob er zu Andreas oder zu den anderen oder auch nur für sich selbst sprach. Er blickte zum Fenster hinaus und sagte:

„Die Prinzessin Mathilde wird jetzt sehr zufrieden sein. Auch sie hat einen schweren Tag hinter sich. Sie besucht jeden Sonntag vier Krankenhäuser. Denn es gibt, müßt ihr wissen, schon mehr Krankenhäuser als Prinzessinnen und mehr Kranke als Gesunde. Auch die scheinbar Gesunden sind krank, viele wissen es nur nicht. Vielleicht machen sie bald Frieden."

Einige räusperten sich. Der Mann in der zweiten Bettreihe, der vorher „alte Nutte" gesagt hatte, hustete laut. Andreas humpelte zu seinem Bett, nahm vom Kopfbrett eine

DIE REBELLION

Schachtel Zigaretten und rief den Ingenieur herbei. „Gute Zigarette, Herr Doktor!"
sagte Andreas. Er nannte den Ingenieur „Doktor".

Lang sprach wie ein Heide, aber auch wie ein Geistlicher. Vielleicht, weil er so gebildet war. Aber immer hatte er recht. Man hatte Lust, ihm zu widersprechen, und fand keine Argumente. Er mußte recht haben, wenn man ihm nicht widersprechen konnte.

Am Abend lag der Ingenieur auf dem Bett in Kleidern und sagte: „Wenn die Grenzen wieder offen sind, fahre ich weit weg. Es wird nichts mehr zu holen sein in Europa."

„Wenn wir nur den Krieg gewinnen", sagte Andreas.

„Alle werden ihn verlieren", erwiderte der Ingenieur. Andreas Pum verstand es nicht, aber er nickte achtungsvoll, als müßte er dem Lang recht geben.

Indessen nahm er sich vor, im Lande zu bleiben und künstlerische Postkarten in einem Museum zu verkaufen. Er sah ja ein, daß für Gebildete vielleicht kein Platz war. Sollte der Ingenieur etwa Parkwächter werden?

Andreas hatte keine Angehörigen. Wenn andere Besuche empfingen, ging er hinaus und las ein Buch aus der Spitalsbibliothek. Er war oft nahe daran gewesen zu heiraten. Aber die Furcht, daß er zu wenig verdiente, um eine Familie zu erhalten, hatte ihn gehindert, um Anny, die Köchin, die Näherin Amalie, das Kindermädchen Poldi anzuhalten.

Er war mit allen drei nur „gegangen". Sein Beruf war allerdings auch nicht für junge Frauen. Andreas war Nachtwächter in einem Holzlager außerhalb der Stadt und nur einmal in der Woche frei. Seine eifersüchtige Natur hätte ihm die ruhige Freude am gewissenhaft ausgeführten Dienst gestört oder diesen ganz unmöglich gemacht.

Einige schliefen und schnarchten. Der Ingenieur Lang las. „Soll ich abdrehen?" fragte Andreas.

„Ja", sagte der Ingenieur und legte das Buch weg.

„Gute Nacht, Doktor", erwiderte Andreas. Er knipste das Licht ab. Er zog sich im Dunkeln aus. Seine Krücke lehnte an der Wand zur rechten Seite.

Andreas denkt, ehe er einschläft, an die Prothese, die ihm der Oberarzt versprochen hat. Es wird eine tadellose Prothese sein, wie sie der Hauptmann Hainigl trägt. Man merkt gar nicht, daß ihm ein Bein fehlt. Der Hauptmann geht frei, ohne Stock durchs Zimmer, als hätte er nur ein kürzeres Bein. Die Prothesen sind eine großartige Erfindung der hohen Herren, der Regierung, die es sich wirklich etwas kosten läßt. Das muß man sagen.

2

Die Prothese kam nicht. Statt ihrer kam die Unordnung, der Untergang, die Revolution. Andreas Pum beruhigte sich erst zwei Wochen später, nachdem er aus den Zeitungen, den Vorgängen, den Reden der Menschen entnommen hatte, daß auch in

Republiken Regierungen über die Schicksale des Landes walteten. In den großen Städten schoß man auf die Empörer. Die heidnischen Spartakisten gaben keine Ruhe. Wahrscheinlich wollten sie die Regierung abschaffen. Sie wußten nicht, was dann folgen würde. Sie waren schlecht oder töricht, sie wurden erschossen, es geschah ihnen recht. Gewöhnliche Menschen sollen sich nicht in die Angelegenheiten der Klugen mischen.

Man erwartete eine ärztliche Kommission. Sie hatte über den Bestand des Spitals, über die Arbeitsunfähigkeit, über die Versorgung seiner Insassen zu entscheiden. Das Gerücht, aus anderen Krankenhäusern herüberflatternd, wollte wissen, daß nur die Zitterer bleiben würden. Alle anderen bekamen Geld und vielleicht eine Drehorgellizenz. Von einem Briefmarkenverschleiß, einer Wächterstelle in einem Park, in einem Museum könne keine Rede sein.

Andreas begann zu bedauern, daß er kein Zitterer war. Von den hundertsechsundfünfzig Kranken des Kriegsspitals Numero XXIV zitterte nur einer. Alle beneideten ihn. Er war ein Schmied namens Bossi, italienischer Abkunft, schwarz, breitschultrig, finster. Sein Haar wuchs schwer über den Augen und drohte, sich über das ganze Angesicht auszubreiten, die schmale Stirn zu überwuchern und, die Wangen bedeckend, eine Vereinigung mit dem wilden Bart zu finden.

Bossis Krankheit milderte nicht die furchtbare Wirkung seiner körperlichen Gewalt, sondern vergrößerte seine Unheimlichkeit. Die schmale Stirn faltete sich und verschwand zwischen den buschigen Augenbrauen und dem Haaransatz. So traten die grünen Augen hervor, der Bart bebte, man hörte die Zähne klappern. Die mächtigen Beine krümmten sich, daß sich die Kniescheiben innen bald berührten und bald auseinanderstrebten, und die Schultern zuckten empor und fielen zurück, während der wuchtige Kopf in einem ständigen leisen, verneinenden Schütteln verharrte, wie man es bei kraftlosen Häuptern alter Frauen sieht. Die ununterbrochenen Bewegungen des Körpers hinderten den Schmied, deutlich zu sprechen. Er sprudelte halbe Sätze hervor, spuckte ein Wort aus, blieb eine Weile stumm und setzte wieder an. Daß ein so kräftiger, wilder Mann zittern mußte, ließ die allgemein bekannte Krankheit furchtbarer erscheinen, als sie war. Eine große Traurigkeit befiel jeden, der den zitternden Schmied sah. Er war wie ein schwankender Koloß auf unsicherem Grunde. Er hielt alle in der Erwartung seines bald erfolgenden Zusammenbruchs und brach dennoch nicht nieder. Unglaubhaft war, daß ein Mann von solchen Ausmaßen beständig wankte, ohne, sich selbst und seine Umgebung erlösend, endgültig auseinanderzustürzen. Sogar die unglücklichsten Invaliden, die ein zerschossenes Rückgrat hatten, gerieten in Bossis Nähe in eine unübersichtlich endlose Furcht, wie man sie vor Katastrophen empfindet, die nicht eintreffen wollen und deren Ausbruch eine Erlösung wäre.

Wer ihn sah, fühlte die Notwendigkeit, ihm beizustehen, und die Ohnmacht zugleich. Schmerzlich war die Erkenntnis, daß man ihm nicht helfen konnte, und beschämend. Aus Scham hätte man selbst zittern mögen. Die Krankheit übertrug sich auf den

Betrachter. Schließlich zog man sich zurück, entwich, und konnte dennoch das Bild des zitternden Riesen nicht vergessen.

Drei Tage vor der Ankunft der Kommission begab sich Andreas in die Baracke Bossis, den er immer gemieden hatte. Zwanzig Lahme und Einbeinige waren um den Schmied versammelt und sahen ihm in einer leidenschaftlichen Stille zu. Vielleicht hofften sie auf die ansteckende Wirkung des Zitterns. Jedenfalls verspürte bald der eine und bald ein anderer ein heftiges Zucken in Knien, Ellenbogen und Handgelenken. Sie gestanden es einander nicht. Einzelne schlichen davon und probierten zu zittern, wenn sie einen Augenblick allein waren.

Der mißtrauische Andreas, der Bossi aus ganz unbestimmten Gründen nicht leiden mochte, zweifelte zuerst an der Krankheit. Neid erfaßte ihn und zum erstenmal Bitterkeit gegen die Regierung, die just Zitterer belohnen wollte und keine anderen. Zum erstenmal durchdrang ihn eine Erkenntnis von der Ungerechtigkeit derjenigen, die zu befehlen und zu bestimmen hatten. Plötzlich fühlte er, daß seine Muskeln zuckten, sein Mund sich verschob, sein rechtes Augenlid zu flackern begann. Ein freudiger Schrecken überfiel ihn. Er humpelte davon. Seine Muskeln beruhigten sich. Sein Augenlid flackerte nicht mehr.

Er schlief nicht ein. Im Finstern kleidete er sich an, und ohne Krücken, um die Schlafenden nicht zu wecken, die Hände auf den Kopf des Bettes und auf den Tisch stützend, schwang er sein Bein zum Fenster und ließ den Oberkörper nachfolgen. Er sah ein Stück der nächtlichen Wiese und das schimmernde, weiß gestrichene Gitter. Länger als eine Stunde stand er so und dachte an einen Leierkasten.

Es ist ein heller Sommernachmittag. Andreas steht im Hof eines großen Hauses, im Schatten eines alten, breiten Baumes. Es mag eine Linde sein. Andreas dreht die Kurbel seines Kastens und spielt: „Ich hatt' einen Kameraden". Oder: „Draußen vor dem Tore"; oder die Nationalhymne. Er ist in Uniform. Er trägt sein Kreuz. Aus allen offenen Fenstern fliegen Münzen, in Seidenpapier eingewickelte. Man hört den gedämpften Metallklang des fallenden Geldes. Kinder sind da. Dienstmädchen lehnen über die Fensterbrüstungen. Sie achten der Gefahr nicht. Andreas spielt.

Der Mond kam über den Rand des Waldes, der vor den Baracken lag. Es wurde hell. Andreas fürchtete, seine Kameraden könnten ihn entdecken. Er wollte nicht mitten in der fahlen Helle stehen. Er schwang sich wieder ins Bett.

Zwei Tage lebte er still und versonnen.

Die Kommission kam. Jeder wurde einzeln hereingerufen. Ein Mann stand an der Portiere, welche die Kommission vor den Augen der wartenden Invaliden verbarg. Der Mann schlug jedesmal die Portiere zurück und warf einen Namen hinaus. Jedesmal löste sich ein gebrechlicher Körper aus der Reihe der anderen, schwankte, humpelte, polterte und verschwand hinter dem Vorhang.

Die gemusterten Invaliden kamen nicht mehr zurück. Sie mußten den Saal durch einen anderen Ausgang verlassen. Sie bekamen einen Zettel und gingen dann in ihre Baracken, packten ihre Sachen und krochen zur Endstation der Straßenbahn.

Andreas wartete unter den anderen, er beteiligte sich nicht an ihrer geflüsterten Unterhaltung. Er schwieg wie einer, der sich nicht verraten will und der in der Furcht lebt, eine kleine Äußerung könnte ihn verleiten, sein ganzes großes Geheimnis herzugeben.

Der Mann schob den Vorhang zurück und warf den Namen Andreas Pum in den Saal. Einigemal pochte Andreas Pums Krücke auf den Boden und widerhallte in der eingetretenen Stille.

Plötzlich begann Andreas zu zittern. Er sah den Vorsitzenden der Kommission, einen hohen Offizier mit goldenem Kragen und blondem Bart. Bart, Antlitz und Uniformkragen vermischten sich zu einer Masse aus Gold und Weiß. Jemand sagte: „Noch ein Zitterer." Die Krücken in Andreas' Hand begannen selbständig über den Boden zu hüpfen. Zwei Schreiber sprangen auf und stützten Andreas.

„Lizenz!" befahl die Stimme des hohen Offiziers. Die Schreiber drückten Andreas auf einen Stuhl und eilten an ihre Arbeit. Schon saßen sie gebeugt über raschelnden Papieren, und ihre Federn tanzten.

Dann hielt Andreas ein Bündel Papiere in der zappelnden Hand und humpelte zur Tür hinaus.

Als er seine Sachen zu packen anfing, verließ ihn das Zittern. Er dachte nur: Ein Wunder ist geschehen! Ein Wunder ist geschehen!

Er wartete im Klosett, bis alle Kameraden verschwunden waren. Dann zählte er sein Geld.

In der Straßenbahn machten ihm die Leute Platz. Er wählte den besten der ihm angebotenen Plätze. Er saß gegenüber dem Eingang, neben ihm lag seine Krücke, quer über die Mitte des Wagens, wie ein Grenzpfahl. Alle sahen Andreas an.

Er fuhr in das Hospiz, das ihm bekannt war.

3

Der Leierkasten stammt aus der Drehorgelfabrik Dreccoli & Co. Er hat die Form eines Würfels und ruht auf einem hölzernen Gestell, das man zusammenklappen und tragen kann. An zwei Riemen trägt Andreas seinen Kasten auf dem Rücken wie einen Tornister. An der linken Seitenwand des Instruments befinden sich nicht weniger als acht Schrauben. Mit ihrer Hilfe bestimmt man die Melodie. Acht Walzen enthält der Kasten, darunter die Nationalhymne und die „Lorelei".

Andreas Pum hat seine Lizenz in einer Brieftasche, die eigentlich einmal der Ledereinband eines Notizbuches war und sich zufällig in einem Misthaufen gefunden hat, an dem Andreas täglich vorbeigeht. Mit der Lizenz in der Tasche wandelt der Mensch sicher durch die Straßen dieser Welt, in denen die Polizisten lauern. Man scheut keine Gefahr, ja, man kennt keine. Die Anzeige des brotneidischen, bösen Nachbarn brauchen wir nicht zu beachten. Auf einer Postkarte teilen wir der Behörde mit, worum es sich

DIE REBELLION   155

handelt. Wir schreiben knapp und sachlich. Wir sind sozusagen der Behörde gleichgestellt, dank unserer Lizenz. Wir sind von der Regierung ermächtigt zu spielen, wo und wann es uns gefällt. Wir dürfen an den belebten Straßenecken unseren Kasten aufstellen. Selbstverständlich kommt nach fünf Minuten die Polizei. Lassen wir sie ruhig herankommen! Mitten in einem Kreis gespannt zusehender Leute ziehen wir unsere Lizenz hervor. Die Polizei salutiert. Wir spielen weiter, was uns gerade in den Sinn kommt: „Mädchen, weine nicht!" – und „Schwarzbraunes Mägdlein" – und „An der Quelle saß der Knabe" – Für ein mondänes Publikum haben wir einen Walzer aus der vorjährigen Operette.

Andreas kann, je nach seiner Stimmung, die Kurbel so schnell drehen, daß der Walzer flott und kriegerisch wird wie ein Marsch. Denn er selbst hat manchmal ein Bedürfnis nach einer Marschmelodie, besonders an kühlen und trüben Tagen, wenn sich der Regen durch Schmerzen in der Gegend des amputierten Beins ankündigt. Das längst begrabene Bein tut ihm weh. Die Stelle am Knie, an der es abgesägt wurde, läuft blau an. Das Kissen in der Kniehöhlung der hölzernen Krücke ist nicht mehr weich genug. Es ist mit Roßhaaren gefüttert und schon durchgetreten. Es müßte mit Daunen gefüttert sein oder mit Pelz. An solchen Tagen muß Andreas einige Taschentücher in die Kniehöhlung der Krücke legen. Sie sind kein richtiger Ersatz.

Die Schmerzen verschwanden, sobald der Regen kam. An Regentagen aber konnte Andreas nicht viel verdienen. Das Wachstuch, einst glänzend, hart und wasserdicht, war an einzelnen Stellen gesprungen, Risse durchzogen seine Fläche und bildeten eine Art Landkarte. Gelang es dem Regen, was Gott bis jetzt verhütet hatte, durch die Hülle in das edle Holz und durch dieses in das Innere des Instruments zu dringen, so waren die Walzen verloren.

Andreas stand, wenn es regnete, stundenlang in einem jener freundlichen Hausflure, in denen das „Betteln und Hausieren" nicht verboten war, in denen kein scharfer Hund wachte und kein knurriger Hausbesorger oder gar dessen Frau die Heiligkeit des Hauseinganges hüteten. Denn mit dem weiblichen Geschlecht hatte Andreas unangenehme Erfahrungen gemacht. Sie hinderten ihn nicht, von der grausamen Süße einer vorläufig noch ganz unbestimmten Frauenhand zu träumen, die man sein eigen nennen könnte. Andreas besaß keinen alltäglichen Geschmack; je bissiger der Fluch einer Frau war, die ihn zur Flucht veranlaßte, je schneidender der Klang ihrer Stimme, je drohender die Haltung ihrer Gestalt, desto besser gefiel sie ihm. Und während er der ungastlichen Pförtnerin den Rücken kehrte, entzückte ihn ihre Weiblichkeit in dem Maße, in dem ihn der unerwartete Verdienstentgang enttäuschte. Abenteuer dieser Art bestand Andreas oft. Es waren seine einzigen Erlebnisse. Sie beschäftigten seine Nächte, schufen ihm Traumbilder von wehrhaften Frauen, und die Gedanken an sie begleiteten, wie ein malerischer Text, die seriösen unter den Melodien seines Leierkastens. Es kam so, daß sein Instrument nicht wie ein mechanisches und sein Spiel als ein Virtuosentum betrachtete. Denn die Sehnsucht, die Bangigkeit, die Trauer seiner Seele legte er in die Hand, welche die Kurbel drehte, und er glaubte, nach Wunsch und Stimmung, stärker und leiser, gefühlvoller oder kriegerischer spielen zu können. Er begann, sein Instrument zu lieben, mit dem er eine Zwiesprache hielt, die nur er selbst verstand. Andreas Pum war ein echter Musikant.

Wollte er sich zerstreuen, so betrachtete er die bunte Malerei auf der Rückwand des Leierkastens. Das Bild stellte die Szenerie eines Puppentheaters dar und einen Teil eines Stehparketts. Blonde und schwarze Kinder spähten in die Richtung der Bühne, auf der sich spannende Ereignisse vollzogen. Eine grau- und wirrhaarige Hexe hielt eine Zaubergabel in der Hand. Vor ihr standen zwei Kinder, auf deren Köpfen Geweihe wuchsen. Über den Kindern weidete eine Hirschkuh. Es war kein Zweifel, daß dieses Bild eine Verzauberung menschlicher Wesen durch ein böses Weib darstellen sollte. Andreas hatte niemals an die Möglichkeit solcher Ereignisse in der wirklichen Welt gedacht. Weil er aber das Bildnis häufig betrachten mußte, wurde es ihm vertraut und glaubhaft wie irgendein anderer täglich genossener Anblick. Es war fast nichts mehr Märchenhaftes an solch einer Verzauberung. Wunderbarer als der Vorgang selbst waren die bunten Farben, in denen er dargestellt erschien. Andreas' Augen tranken die ölige Sattheit dieser Farben, und es berauschte sich seine Seele an der klangvollen Harmonie, mit der ein blutendes Rot in ein sehnsüchtiges Orange des Abendhimmels im Hintergrund verfloß.

Zeit zu solchen Betrachtungen hatte er zu Hause genug. Allerdings war sein Heim nicht eines jener Art, in dem der Mensch etwa den ganzen Tag verweilen kann. Es bestand vielmehr aus einer Bettstelle in einem, wie es Andreas vorkam, geräumigen Zimmer. In diesem schliefen außer Andreas noch ein Mädchen und ihr Freund. Sie hieß Klara und er Willi. Sie war stellvertretende Kassiererin in einem kleinen Kaffeehaus und er ein arbeitsloser Metalldreher. Willi arbeitete nur einmal in der Woche, und auch dann nicht in seinem Berufe. Er führte einen Handwagen durch die Straßen, um Zeitungspapier einzukaufen. Am Abend brachte er seine Waren dem Althändler. Von jedem Pfund erhielt Willi ein Drittel. Denn auch das geringe Betriebskapital lieh ihm der Althändler. Es war klar, daß Willi von seinen Einnahmen nicht leben konnte. Er lebte von Klara. Sie hatte Nebenverdienste. Er war eifersüchtig. Aber in der Nacht, wenn sie sich beide unter der dünnen Decke fanden, suchte er zu vergessen, wovon er lebte, und es gelang ihm. Am nächsten Morgen blieb er liegen, wenn Klara und Andreas längst aufgestanden waren. Er blieb den ganzen Tag zu Hause und ließ Andreas nicht vor dem Anbruch der Nacht ins Zimmer. Das begründete er immer mit dem Wort: „Ordnung muß sein!" Denn er war weit davon entfernt, Andreas, den Krüppel, etwa zu hassen. Er liebte die Ordnung. Andreas Pum hatte eine Schlafstelle, aber keine Wohnung. Es ist so in der Welt eingerichtet, daß jeder nur das genießen darf, was er bezahlen kann.

Auch Andreas war mit dieser Ordnung zufrieden und kam pünktlich nach Anbruch der Dämmerung. Er kochte Tee auf einer Spiritusmaschine. Willi trank den in einem Wasserglas verdünnten Spiritus, Andreas den Tee. Er aß dazu ein Brot. Willi lieferte manchmal die Wurst. Denn es ereignete sich nicht selten, daß Willi, wenn er an angenehmen Tagen einen Spaziergang unternahm, sich vor das Delikatessenhaus begab, an dessen Tür die prallen Würste wie Gehenkte an einem Nagel hingen. Mehr aus Übermut als aus Lust am Diebstahl schnitt Willi dann zwei oder drei Würste ab. Ihn lockten Gefahren und Freude an der eigenen Geschicklichkeit. Man hätte es außerdem als Sünde bezeichnen können, wenn er das Angebot des Schicksals ausgeschlagen hätte. Andreas ahnte etwas von der Herkunft dieser Würste. Einmal fragte er, woher sie stammten. „Iß und schweig", sagte Willi, „Ordnung muß sein."

Es verstieß glücklicherweise nicht gegen die Ordnung, wenn sich Andreas, während er sein Abendessen verdaute, der Betrachtung der Malereien am Leierkasten hingab. Die unvollendete Verzauberung, welche das Bild darstellte, zwang zu Fortsetzungen, Andreas hätte gerne weitergemalt. Er hätte auch die zwei noch in menschlicher Gestalt lebenden Kinder in Hirschkühe verwandelt oder in andere Tiere. Es ergaben sich viele Möglichkeiten. Konnte man Kinder nicht in Ratten verwandeln? Huh! Ratten! Oder in Katzen; in junge Löwen; in kleine, niedliche Krokodile; in Eidechsen; in Bienen; in Vögeltirili! In Vögel. Ein guter Maler, der mit Pinsel und Farben umzugehen verstand, könnte das Bild fortsetzen.

Kurz nach Mitternacht kam Klara. Sie entkleidete sich. Andreas ließ eine Augenlidspalte offen und sah sie im Hemd. Sein Blick angelte nach ihrer freien Brust, und sein Herz klopfte in der Hoffnung, ein Schulterband würde sich lösen. Dann hörte er Küsse und Umarmungen und schlief ein, von kräftigen, breithüftigen Witwen mit vorgewölbten Busen träumend.

Ach, er sehnte sich nach einem Weibe und einem eigenen Zimmer und einem breiten Ehebett voll schwellender Wärme. Denn weit vorgeschritten war der Sommer und ließ die Grausamkeit des Winters ahnen. Allein stand Andreas in der Welt. Den letzten Winter hatte er noch im Spital verlebt. Jetzt drohte die winterliche Straße und erhob sich manchmal vor ihm, steil geneigt wie eine Rodelbahn. Unser Feind ist die Straße. In Wirklichkeit ist sie so, wie sie uns erscheint, steil und eine schiefe Ebene. Wir merken es nur nicht, wenn wir sie durchschreiten. Aber im Winter – man liest es in den Zeitungen – vergessen die Portiers und die Ladendiener, dieselben, die uns aus den Häusern und Höfen treiben und deren scheltende Worte uns verfolgen, Asche oder Sand auf das Glatteis zu streuen, und wir stürzen, von der Kälte der Beweglichkeit unserer Glieder beraubt.

Andreas hätte gerne bis zum Winter eine Frau gehabt, eine jener wehrhaften, starken und streitbaren Portiersfrauen, vor denen er fliehen mußte und deren imposante Stellung er stets dennoch ahnte: Er sah sie die Hände in die Hüften stemmen, so daß diese hervorquollen und das Hinterteil sich straffte, massig und weiß unter den Röcken. Solch ein Weib sein eigen nennen – das gab Kraft, gab Mut und Sicherheit und machte den Winter zum Kinderspiel.

Früh schon weckte ihn der Fluch Willis, den die aufstehende Klara im besten Morgenschlaf gestört hatte. Dann betrat Andreas die morgendliche Straße und hinkte eilig mit den Eilenden, als riefe ihn nicht die freie Lust, in einem beliebigen Hof zu spielen, sondern die Notwendigkeit, einen ganz bestimmten, weitabgelegenen zu erreichen. Er hatte auch die Stadt nach Bezirken geordnet und eingeteilt, ganz willkürlich, nach seinen privaten Zwecken, und jedem Tag einen eigenen Bezirk zugedacht. So kam er in immer neue Gegenden, forschend und neugierig, hinkte furchtlos über den glatten Asphalt weiter Straßen und war vorsichtig, hielt heranfahrende Automobile mit seinem erhobenen Stock auf und fluchte hinter bedenkenlosen Chauffeuren. So lernte er die Straße besiegen, die gefährliche Straße, die unser aller Feind ist. Von ihr ließ er sich noch lange nicht unterdrücken. Er besaß die Lizenz. Eine Lizenz von der Regierung, zu spielen, wo und zu welcher Zeit immer es ihm behagte. Er besaß eine Krücke und eine Lizenz und eine Auszeichnung. Alle sahen, daß er invalid war, ein Soldat, der fürs Vaterland geblutet. Und es gab immer noch Achtung vor solchen Männern. Wehe, wenn man ihn nicht geachtet hätte!

Denn wie? erfüllte er nicht eine Pflicht, wenn er auf seinem Leierkasten musizierte? War die Lizenz, die ihm die Regierung gewissermaßen eigenhändig überreicht hatte, nicht eine Verpflichtung und keine Vergünstigung? Indem er spielte, enthob er sie der Sorge um ihn und befreite das Land von einer ständigen Steuer. Ja, es war kein Zweifel, daß seine Tätigkeit nur mit jener der Behörden zu vergleichen war und er selbst etwa mit einem Beamten; insbesondere, wenn er die Nationalhymne spielte.

4

Es geschah in der Pestalozzistraße, an einem heißen Donnerstag und im Hof des Hauses Nummer 37 (der Kirche aus gelben Ziegelsteinen gegenüber, die, rings um sich, mitten in der Straße einen grünen Rasen geschaffen hatte, als hätte sie ihre Besonderheit vor allen anderen Häusern hervorheben wollen), daß Andreas Pum das Verlangen überwältigte, einen Marsch zu spielen, vielleicht, weil die wachsende Mattigkeit des Tages und Andreas' eigene eine aufrüttelnde Unterbrechung notwendig machten.

Andreas stellte den Wirbel an der linken Seitenwand des Leierkastens auf „Nationalhymne" und drehte die Kurbel so hurtig, daß die feierlichen Klänge ihre langsame Pracht verloren und hastig zu hüpfen begannen, die Pausen vergaßen und wirklich eine entfernte Ähnlichkeit mit der Melodie eines Marsches erreichten.

Fünf Kinder standen im Hof, und zwei Dienstmädchen lehnten ergriffen über die Fensterbrüstungen. Eine schwarzgekleidete Frau trat aus dem Hausflur, lenkte ihre männlichen, zielbewußten Schritte in die Richtung, in der sich Andreas befand, und blieb hinter ihm stehen. Sie legte eine kräftige Hand auf die Schulter Andreas Pums und sagte: „Mein guter Gustav ist gestern selig geworden. Spielen Sie was Melancholisches!"

Andreas, obwohl nicht feige von Natur, erschrak dennoch ob der Überraschung, brach ab, so daß die Kurbel mit aufwärtsragendem Griff steckenblieb, und wandte sich

DIE REBELLION

um. Dabei tat es ihm leid, daß die starke und warme Hand zögernd, aber notgedrungen von seiner Schulter glitt. Er sah der Witwe in das gerötete Antlitz. Es gefiel ihm. Wenn er auch nicht Zeit genug fand, ihr Alter abzuschätzen, so durchströmte ihn doch plötzlich die Erkenntnis, daß die schwarzgekleidete, blonde Frau eine Witwe in jenem Alter war, welches man „das beste" nennt. Aus dieser Einsicht zog Andreas vorläufig noch keine weiteren Schlüsse. Allein eine dunkle Empfindung breitete sich in ihm aus, daß diese Frau zugleich in den Hof und in sein Leben getreten war. Es war ihm, als beginne es in seiner Seele zu dämmern.

„Mit dem größten Vergnügen", sagte Andreas und vollzog eine leichte Verbeugung mit dem Kopfe. Als erforderte ein melancholisches Lied ganz besondere Vorbereitungen, schraubte er mit wichtiger Umständlichkeit den Nationalhymne-Wirbel ab, gab der Kurbel einen Schwung, daß ihr Handgriff hinunterglitt und der letzte noch steckengebliebene Ton dem Kasten entfloh, ähnlich einem unterdrückten und abgebrochenen Gähnen. Hierauf drehte Andreas den viertletzten Wirbel. Er hatte eine Sekunde lang zwischen der „Lorelei" und „An der Quelle saß der Knabe" geschwankt. Er entschied sich für die „Lorelei", weil er annahm, daß dieses Lied der Witwe bekannt sein müsse.

Diese Annahme bestätigte sich. Die Witwe, die sich in ihr Zimmer zurückgezogen hatte, um die melancholische Weise bequemer an ihrem Fenster zu genießen, begann zu singen. Sie bemühte sich, den Klängen des Instruments zuvorzukommen, so, als triebe sie die Ungeduld und der Ehrgeiz, sich und den Zuhörern zu beweisen, daß sie die Melodie auswendig kannte und gleichsam auf den Kasten nicht angewiesen war; während Andreas, im Gegensatz zu der Eile der Frau, eine ganz besondere Langsamkeit nötig befand und gemächliche Drehungen vollführte, um die Melancholie des Liedes deutlicher wirken zu lassen. Auch befand er sich selbst in jener Stimmung, die uns in entscheidenden Augenblicken unseres Lebens befällt und der wir gerne durch eine hervorragende Feierlichkeit nachzugeben gewohnt sind.

Nachdem er die „Lorelei" über eine Viertelstunde gedehnt hatte, kam die Witwe wieder in den Hof, Kuchen, Brot und eine Tüte mit Früchten in der Hand. Andreas dankte. Die Witwe sagte: „Mein Name ist Blumich, geborene Menz. Kommen Sie nach dem Leichenbegängnis wieder." Andreas fand, daß es angemessen sei, ihr die Hand zu drücken. Er tat es, ihre geschlossene Faust mit seinen Fingern umspannend, und sagte: „Mein Beileid, Frau Blumich."

An diesem Tage spielte er nicht mehr. Er begab sich zu einer Bank vor der Kirche, verzehrte den Kuchen und das Obst und verwahrte das Brot im Sack. Später als gewöhnlich kam er nach Hause. Willi hatte schon längst das Bedürfnis gefühlt, sich im Bett auszustrecken, und wartete nur noch aus Furcht, daß er einschlafen und später geweckt werden könnte, um aus dem Bett zu steigen und „dem Krüppel" die geschlossene Tür zu öffnen. Als Andreas das Zimmer betrat, erwiderte Willi den Gruß nicht. Das tat Andreas leid. Es war ein Tag, an dem er eine große Güte für Willi empfand. Er holte den Spirituskocher hervor, um seinen Tee zu bereiten. Willi ärgerte die Schweigsamkeit. Er hätte gerne mit Andreas gestritten. Deshalb sagte er: „Wenn du morgen wieder so spät kommst, zerschmettere ich deinen Kasten. Du mußt pünktlich kommen! Ordnung muß sein!" Andreas aber war gerade heute nicht leicht zu erzürnen. Er lächelte Willi an, legte das Brot auf den Tisch und sagte höflich, mit der Galanterie eines Mannes von Welt: „Bedienen Sie sich, Herr Willi."

„Daß du mir aber pünktlich zu Hause bist!" sagte Willi und setzte sich an den Tisch. Eigentlich ein lustiger Bruder! dachte er und war bereits versöhnt. Er hatte noch eine Wurst vom letzten Spaziergang. Sie hing an einem Nagel über dem Bett. Sachte nahm er sie herab, brach sie in der Mitte entzwei und gab die Hälfte Andreas.

„Ich habe heute eine Frau kennengelernt", drängte es Andreas zu sagen.

„Gratuliere!" sagte Willi.

„Eine Witwe namens Blumich."

„Jung?"

„Ja, jung."

„Glückskind!"

„Ihr Mann ist gestern gestorben."

„Und schon –?"

„Nein!"

„Beeil dich, Freund! Witwen warten nicht lange!"

Dieses Wort merkte sich Andreas. Er war nicht gesonnen, Willi als einen hervorragenden Menschen zu schätzen, aber er gab zu, daß Leute dieses Schlages bessere Frauenkenner waren und eine Menge Erfahrungen gesammelt hatten. Vielleicht wäre es nützlich, am Leichenzug teilzunehmen? Vielleicht aber schickte es sich auch nicht wegen der Nachbarn – und auch der Frau Blumich war es gar nicht recht? Es schmerzte ihn fast, daß er ihren Vornamen nicht kannte. Er mußte sie in innigem Gedenken „Frau Blumich" nennen und fühlte, daß sie ihm längst keine Fremde mehr war. Je länger er an sie dachte, desto vertrauter war sie ihm. Kein Mensch auf Erden stand ihm so nahe wie sie. Niemandem glaubte er so nahe zu sein wie ihr, obwohl er keine Beweise dafür hatte. Denn war es nicht der Schmerz um den eben verlorenen Gatten gewesen, dem er, Andreas, ihre Bekanntschaft und ihre Freundlichkeit zu verdanken hatte? Vergaß eine Frau so leicht? Und – vermochte sie es, war sie noch wertvoll? Wer kannte die Frauen? Wer weiß, wie lange ihr Mann krank gewesen war, ein lebender Leichnam? Wie lange die Arme ihre natürliche Lebensfreude hatte hemmen müssen? Andreas wurde von Mitleid geschüttelt.

Auch heute ließ er eine Augenlidspalte offen, und sein Blick angelte nach der Brust des Mädchens. Aber kein Neid erfaßte ihn, sondern nur der Wunsch zu vergleichen. Jene kurzen Augenblicke im Hof hatten genügt, um ihm eine Vorstellung von der körperlichen Beschaffenheit der Frau Blumich zu vermitteln. Ach, sie war stämmig, und man sah, wie das knappe Kleid ihre widerspenstig strotzenden Brüste gleichsam im Kampf bändigen mußte; wie sich ihre Hüften breit und versprechend, kraftvoll und wollüstig

DIE REBELLION

gegen das Mieder stemmten; wie alles gesunde Fülle war und gar nichts überflüssig. Ein Strom von Leben und Lust kam aus ihren warmen Händen, und wie zwei kecke Wünsche waren ihre braunen, ein wenig rotgeweinten Augen.

Krieg ein Mann wie Andreas einer solchen Frau ebenbürtig? Was gab er ihr? Gesund konnte man ihn wohl nennen, obwohl das fehlende Bein manchmal vor den Regentagen schmerzte. Das aber hing mit dem schlechten Leben zusammen. Er war stramm, er hatte breite Schultern, eine imponierende schmale und knöcherne Nase, schwellende Muskeln, dichtes braunes Haar und, wenn er nur wollte und sein Angesicht straffte, den kühnen Adlerblick eines Kriegsmannes, besonders, wenn der dunkle, noch lange nicht graue Schnurrbart nach beiden Enden hin flott gezogen war und mit Vaseline gefettet. Auch war er in Dingen der Liebe kein unerfahrener Knabe mehr, und gerade jetzt, nach langer Enthaltsamkeit, von vielversprechender Manneskraft gefüllt. Er war der Mann, eine anspruchsvolle Witwe zufriedenzustellen.

Mit diesen stolzen Gedanken schlief Andreas ein, mit ihnen wachte er auf. Zum erstenmal nach langer Zeit blickte er beim Ankleiden ausdauernd und peinlich genau in einen Spiegel, wie vor dem Appell in der Militärzeit. Das metallene Kreuz hauchte er an und rieb es am Ärmel blank, so daß es möglichst strahlend wurde. Dreimal setzte er den Kamm an, ehe er die gerade Linie des Scheitels gefunden hatte. Sein erster Weg führte in die Pestalozzistraße.

Unterwegs fiel ihm ein, daß er sich nicht oft genug rasieren ließ. An zwei Tagen in der Woche, Freitag und Dienstag, pflegte er die Lehrlingsschule der Barbiere aufzusuchen, wo die Lehrlinge schmerzhaft, aber umsonst die Bärte kratzten. Diese Lehrlingsschule sowie die Übung, sich nur zweimal wöchentlich rasieren zu lassen, erschienen Andreas unwürdig eines Mannes, der gesonnen war, dauernden und erfolgreichen Eindruck auf eine schmucke Witwe zu machen. Und jener siegreiche Leichtsinn, dem wir selig unterliegen, wenn wir einer Eroberung sicher sind, ergriff auch Andreas Pum gewaltsam und ward stärker als seine sonst so wachsame Besonnenheit. Andreas begab sich in eine Barbierstube, die sich nicht mit Unrecht Frisiersalon nannte, und begegnete, obwohl sein Leierkasten ein wenig Verwunderung hätte erregen müssen, dennoch derselben herzlichen und warmen Höflichkeit, die allen Eintretenden aus den Friseurläden wie eine milde Frühlingsluft entgegenströmt.

Er sah sich im Spiegel, das Gesicht weißbestäubt von Puder, seinen Scheitel glänzend von Öl, und den vornehmen Duft, der von ihm selbst ausging, atmete er mit stolzem Behagen. Der Entschluß, die Lehrlingsschule überhaupt nicht mehr, dafür aber diverse Friseurläden um so häufiger zu besuchen, wuchs in ihm unerschütterlich. Er straffte die Kopfhaut, die Stirn, rief die zwei kleinen imponierenden Falten an der Nasenwurzel hervor und brachte so den Adlerblick zustande, den er immer in den entscheidenden Augenblicken seiner militärischen Laufbahn angelegt hatte. Dann gelang es ihm, mit einer solch vornehmen Bewegung den Leierkasten umzuhängen, daß er fast einem Rechnungsfeldwebel glich, der seinen Säbel umschnallt.

Bedenken verschiedener Natur und Wichtigkeit überfielen ihn erst auf der Straße, in der Nähe des Hauses Nummer 37, wie eine lästige Fliegenschar. Er kam sich wie ein hartherziger Egoist vor, ein kalter Mensch und ein eitler obendrein, der ohne Rücksicht auf den schmerzvollen Tag der Witwe Blumich, vielleicht den schmerzvollsten ihres jungen Lebens, geckenhafte Toilette gemacht hatte. Was würde sie denken, wenn er so vor ihr erschiene, nachdem sie ihn gestern in seinem gewöhnlichen Zustand gesehen hatte? Würde sie nicht mit Recht beleidigt, getroffen, ja schmerzlich bewegt sein? Es war vielleicht überhaupt nicht günstig, heute die Witwe Blumich zu besuchen. Man müßte sich ein wenig auch vor dem toten Mann schämen, der noch nicht in der Erde lag. Andreas hätte eigentlich sehr viel Grund zu warten, der Witwe Zeit zu lassen, bis sie mit ihrem ersten Mann vollkommen ins reine kommen würde. Außerdem hatte sie ihn ja selbst nicht etwa für heute, sondern erst für morgen bestellt, ja man konnte sagen: gebeten.

An diesem Tage hatte Andreas Pum soviel Glück wie noch nie, seitdem er mit der Drehorgel in die Höfe wanderte. Sei es, weil die ungewöhnlich heiße Stunde alle Leute zwang, ihre Fenster weit offen zu halten, und sie den Klang einer Musik zum erwarteten Anlaß nahmen, Luft zu schöpfen und sich über die Brüstungen zu lehnen, sei es, weil ihnen der frischrasierte, saubere und mit einem glänzenden Kreuz gezierte Andreas ganz besonders sympathisch erschien – wir wissen nicht, wieso es kam, daß es rings um Andreas Geld regnete und daß er Mühe hatte sich zu bücken, so oft mußte er es tun. Es war kein Zweifel mehr: Das Glück war zugleich mit der Witwe Blumich in sein Leben getreten. Und lächelnd, mild und gütig wie die Strahlen der untergehenden Sonne, die noch auf den Giebeln der Häuser ruhte, kehrte Andreas heim, lange noch vor Anbruch der Dämmerung, einen herzlichen Gruß für Willi auf den Lippen und mit einem gesegneten Appetit, der oft eine angenehme Begleiterscheinung einer gesunden Zufriedenheit zu sein pflegt.

5

Noch ahnte Andreas nichts von seinem Nebenbuhler, der in Anbetracht seines Berufes ein gefährlicher genannt werden konnte. Es war der im Hause Nummer 37 wohnende, jugendliche, schlanke und vom Scheitel bis zur Sohle verführerische Unterinspektor der Polizei, Vinzenz Topp, ein Frauenliebling jener Gegenden, in denen er Dienst hatte, ein Mann, der seine berufliche Würde mit einer gefälligen Sanftmut wohl zu verbinden wußte, leutselig gegen Passanten und Untergebene, und gegen Vorgesetzte von einer sympathischen Korrektheit, der doch gleichwohl ein wenig stramme Demut beigemengt war. Auch in die Adjustierung wußte Vinzenz eine persönliche Note einzuschmuggeln, so daß er nicht nur schmucker als seine Kameraden erschien, sondern auch vorschriftsmäßiger. Er war menschlich im Dienst, soldatisch im privaten Umgang.

DIE REBELLION

Frau Blumich hatte während der langen Krankheit ihres Mannes mit einem durch Entbehrung doppelt geschärften Sinn die Vorzüge ihres Nachbarn in ihrer ganzen verwirrenden Fülle entdeckt, eines gelächelten Grußes nicht selten genossen. Sie war sich jedoch darüber klar, daß der Unterinspektor wohl eine kurze Zerstreuung für entbehrende Frauen sein konnte, aber niemals ein getreuer und zuverlässiger Gatte. Dazu kam der Nachtdienst dreimal in der Woche. Frau Blumich fürchtete sich allein mit ihrem fünfjährigen Mädchen in ihren zwei kleinen, aber im Dunkel der Nacht fast unermeßlich scheinenden Zimmern. Und obwohl sie sich im allgemeinen schon die Fähigkeit zutraute, zur Abwechslung neigende Männer zu zähmen und festzuhalten, so glaubte sie doch, gegenüber dem jugendlichen Übermut des Herrn Vinzenz Topp versagen zu müssen. Freilich war weder ihr Instinkt so zielsicher noch ihr Verstand so scharf, daß sie gewußt hätte, wie sehr gerade der übermütig scheinende Unterinspektor sich nach der gesicherten Existenz eines mit einer Witwe Verheirateten sehnte. Denn Vinzenz Topp war im Grunde mit seinem Leben unzufrieden. Er glitt allmählich in die Jahre, in denen es lästig wird, Gedanken, Tage und sogar Geld den ewig wechselnden Objekten der Liebe zu widmen. Das Herz sehnt sich nach den beruhigenden Regeln der sittlichen Ehe. Wir wollen nicht mehr immer sozusagen unterwegs sein, um unser berechtigtes Verlangen nach der warmen Nähe der Frau stillen zu können. Unser Beruf allein schon macht uns heimatlos. Wir bedürfen eines traulichen Daheims, von dem aus gelegentliche Ausflüge nicht ausgeschlossen sind und schweigend verziehen werden. Wir bedürfen einer eigenen, jetzt überhaupt nicht zu erreichenden Zweizimmerwohnung, möbliert, und einer ansehnlichen Familienzulage für Frau und Kind. Und schließlich der Ernennung zum Inspektor, die von einer Verheiratung zwar nicht abhängig war, aber durch einen Hinweis auf die gesteigerten Bedürfnisse bei einem günstig gestimmten Vorgesetzten beschleunigt werden konnte.

Von all dem ahnte, wie gesagt, Frau Blumich – sie hieß übrigens Katharina – gar nichts. Sie war gewohnt, Eindruck auf Männer zu machen, und sie fand nichts Besonderes daran, daß auch Vinzenz Topp ihr einen jener unternehmungslustigen und dennoch ehrfürchtigen Blicke zugesandt hatte, den alle Frauen zu schätzen wissen. Sie sammelte eine Menge solcher Blicke alle Tage im Hause und auf der Straße, im Park und im Laden. Das hatte nichts zu bedeuten. Von den Männern ist einer leichtsinniger als der andere, alle wollen ohne Verantwortung genießen, jeder will haben, keiner will zahlen, wie das Sprichwort lautet. Katharina Blumich war eine nüchterne Frau. Auch den ersten Mann hatte sie sorgfältig erwählt. Daß er später lungenkrank wurde, weil er Borstenarbeiter war, war Gottes Wille. Gegen das Schicksal kann man nichts unternehmen, aber den Verstand muß man trotzdem sprechen lassen. Dieser plädierte für einen Mann gesetzten Alters, mit einem körperlichen Mangel womöglich, der das eheliche Glück dennoch nicht verhindern konnte; die Vernunft gebot einen Vogel mit bereits gestutztem Gefieder, der leicht zu halten war und keiner aufregenden Disziplin mehr bedurfte. Dabei spielte der Stand keine Rolle oder nur eine geringe, insofern, als es Frau Blumich praktischer erschien, ein Wesen aus tieferer Sphäre zu sich emporzuziehen, als selbst emporgezogen zu werden. Dieses hätte sie zur Dankbarkeit verpflichtet und sie ihrer Autorität beraubt. In jedem Haushalt aber ist die Autorität der Frau das Wichtigste.

Aus diesem Grunde verzichtete Frau Katharina Blumich auf den Unterinspektor Vinzenz Topp. Mochte er eine andere unglücklich machen. Mochte er sein Leben lang überhaupt nur mit losen Frauenzimmern umgehn. Als eine ständige Bedrohung des rechtmäßig angetrauten Gatten und als ein Anlaß zu dessen Eifersucht war er ja stets nachbarlich zur Hand und gut zu gebrauchen. Man muß alles ausnützen, aber man darf sich nicht wegwerfen.

Der Tag, an dem Andreas Pum seinen offiziellen Antrittsbesuch im Hof des Hauses 37 machte, war trübe und bleiern, trotz seiner spätsommerlichen Schwüle eine Vorahnung des Herbstes und von einem starken Feuchtigkeitsgehalt, der Andreas Schmerzen im fehlenden Bein verursachte. An diesen Tagen war er ohnehin schutzbedürftig, kindlich, verlassen, wehmutsvoll, sehnsüchtig. Kaum hatte er im Hof als ein schweigend ausgemachtes Erkennungszeichen die „Lorelei" intoniert, als Frau Blumich erschien, ihn bat, abzubrechen und in ihrer Wohnung sein Spiel fortzusetzen. Es war ein trauriges, ein melancholisches Lied und tat der Trauer keinen Abbruch.

Der Musik folgte ein artiger Knicks der kleinen, blassen Anna, die ein dünnes Zöpfchen mit einer übermäßig großen, fledermausartigen, schwarzen Schleife trug. Das Kind war von den traurigen Aufregungen verstört und still. Der neue Mann mit dem hölzernen Fuß und dem Instrument gefiel ihr trotz seiner Fremdheit. Sie wurde sehr zutraulich. Sie war fünfjährig, ein Mensch in jenem Alter, in dem man noch ein wissender Gott ist, vor dem die verborgene Güte der anderen sichtbar liegt wie buntes Gestein unter klarem Bergwasser. Dann floß das Gespräch, unterbrochen von Kaffee und hausgebackenem Kuchen, eine stille Totenfeier für Herrn Blumich. „Er hatte eine großartige Garderobe", rühmte die Frau, „und gerade so gewachsen wie Sie war er auch. Zwei braune Anzüge sind kaum fünf Jahre alt, damals war er noch Soldat, und ich hab' mich um ihn gesorgt, wäre er doch draußen gestorben, wer kann da wissen, vielleicht wäre der Schmerz kleiner und das Kind nicht da, ein vaterloses Kind! Ach, Sie wissen ja nicht, wie eine ganz allein, mutterseelenallein stehende Frau in dieser bösen Welt lebt. Sie können das gar nicht wissen, die Männer können das gar nicht wissen." „Meine Mutter, die selige, war auch eine junge Witwe geblieben", glaubte Andreas sagen zu müssen.

„Und sie hat nie wieder geheiratet?"

„Ja, sie hat einen Klempner genommen."

„War er brav?"

„Sehr brav."

„Lebt er noch?"

„Nein, sie sind beide im Krieg gestorben."

„Beide im Krieg?"

„Ja, beide."

DIE REBELLION

„Nun, wenn man so glücklich ist und der zweite Mann auch ein guter treuer Lebenskamerad." Hier hielt es Frau Blumich angezeigt zu weinen. Sie suchte nach ihrem Taschentuch, fand es und brach aus.

Andreas hielt diese traurige Szene nicht mit Unrecht für eine günstige Fügung. Jetzt konnte er es mit Aussicht auf Erfolg wagen. Und indem er sich über die schluchzende Frau beugte und wie von ungefähr ihre Brust streifte, sagte er:

„Ich will Ihnen immer treu sein."

Frau Blumich entfernte das Taschentuch und fragte mit einer fast nüchternen Stimme:

„Wirklich?"

„So wahr ich hier sitze."

Frau Blumich stand auf und drückte einen Kuß auf Andreas' Stirn. Er suchte ihren Mund. Sie fiel auf seinen Schoß. Sie blieb dort sitzen.

„Wo wohnst du jetzt?" fragte sie.

„In einer Pension", sagte Andreas.

„Es ist nur wegen der Leute. Sonst könnten wir morgen schon zusammenziehen. Wir warten vielleicht vier Wochen."

„So lang?" fragte Andreas und schlang beide Arme um Katharina, fühlte die stramme Weichheit ihres Körpers und wiederholte klagend: „So lang?"

Katharina riß sich mit einem entschlossenen Ruck los. „Was sein muß, muß sein", sagte sie streng und so überzeugend, daß Andreas ihr recht gab und sich fügte, aber allsogleich die süßesten Zukunftsträume zu spinnen begann.

6

Was war er doch für ein Glückspilz! Dergleichen Dinge geschahen nicht alle Tage, es waren keine gewöhnlichen Dinge, es waren Wunder. Wie viele seinesgleichen erwarteten jetzt zitternd den Winter, wie einsame, schwache Gesträuche, wissend, daß sie preisgegeben und zum Tode verurteilt, und dennoch ohne Kraft, dem langsam vernichtenden Schicksal durch einen schnellen Selbstmord zuvorzukommen. Ihn aber, Andreas Pum, unter tausend Invaliden, hatte die Witwe Katharina Blumich erwählt, die er langsam und wie um sich vorzubereiten, „Kathi" zu nennen begann. Sein war nun das erträumte Weib, das starkbusige, breithüftige, warme; brünstige Weichheit entströmte ihrem Körper, ein verlangender und betäubender Dunst, der langentbehrte Duft des Weibes, der selbst schon schwellend ist, wie das Fleisch wogend, wie ein Busen, der Duft, in den man sich betten kann wie auf einen Leib.

Reich an Vorzügen war Katharina Blumich. Aber nicht viel ärmer erschien in manchen Stunden Andreas sich selbst. Er war ein Mann von seltenen Gaben des Gemüts. Fromm, sanft, ordnungsliebend und in vollendeter Harmonie mit den göttlichen und den irdischen Gesetzen. Ein Mensch, der den Priestern ebenso nahestand wie den Beamten, von der Regierung beachtet, man konnte sagen: ausgezeichnet, niemals vorbestraft, ein tapferer Soldat, kein Revolutionär, ein Hasser und Verächter der Heiden, der Trinker, der Diebe und der Einbrecher. Welch ein Unterschied zwischen ihm und Willi zum Beispiel. Zwischen ihm und den vielen anderen, Unkontrollierbaren, die in den Höfen spielten und sangen, und all das ohne Lizenz! Der fernhallende Schritt des Polizisten erschreckte sie, stets konnte sie die Anzeige des bösen Nachbars erreichen, die geringen Einnahmen verloren sie am Schanktisch, Zuhälter, Verbrecher, die sie waren! Wieviel Beispiele konnte Andreas aus seiner Spitalzeit nur anführen, wie wimmelte es unter den Kranken von Heiden! Wieviel hatten häßliche, entstellende und ansteckende Krankheiten! Die armen Weiber! Sie wußten ja gar nicht, wem sie sich auslieferten! Aber Andreas war rein an Körper und Seele, wie geimpft gegen Sünden und Leiden durch das Leben gegangen, ein gehorsamer Sohn seines Vaters und später ein gern gehorchender Untergebener seiner Vorgesetzten. Er schielte nicht nach den Gütern der Reichen. Er kroch nicht durch die Fenster in ihre Villen. Er überfiel niemanden in den dunklen Alleen des Parks. Dafür belohnte ihn das Schicksal mit einem musterhaften Weibe. Jeder ist seines Glückes Schmied. Er verdiente das Gute. Nichts fällt einem so in den Schoß. Rebellen denken so. Sie täuschen sich. Sie fallen immer herein.

Plötzlich unterbrach ein Schrecken Andreas' fröhlichen Gedankenflug. Der Schmied Bossi fiel ihm ein und sein eigenes Zittern vor der Kommission, dem er die Lizenz zu verdanken hatte. Wie, wenn sich dergleichen wiederholte? Wer konnte wissen, ob nicht in seine Glieder, in seinen Körper, in sein Blut der Keim des Zitterns gelegt war, ob er nicht zur unrechten Zeit sprießen und stark würde, den armen Andreas überwältigend und ihn vernichtend? Wie kam er eigentlich dazu, vom Schicksal vor allen anderen ausgezeichnet, eine Lizenz zu besitzen, ohne dauernd zu zittern? Würde das Geschick sich nicht plötzlich einmal seinen Lohn holen? Er wollte Sicherheit haben, zum Doktor gehen.

Zum Doktor? Wir haben ein berechtigtes Mißtrauen gegen die Doktoren. In ihren Wartezimmern wird man krank. Während sie mit ihren Händen, ihren Instrumenten, ihrem Verstand nach unserer Krankheit forschen, überfällt sie uns, an der wir niemals gelitten. Die Brille des Doktors, sein weißes Gewand, der Duft, den er ausströmt, die mörderische Sauberkeit seiner Gläser und Pinzetten liefern uns dem Tod aus. Noch hat ein Gott, der über allen Doktoren ist, über unsere Gesundheit zu entscheiden; und da er sich bis jetzt so freundlich erwiesen, ermutigt er uns geradezu selbst, auf ihn zu bauen.

Andreas' Nächte gebaren diese Gedanken und Befürchtungen, fruchtbar und beständig, bald grausam und bald freundlich. Ach! Das alles war wohl nur die Sehnsucht nach Katharina Blumich. Die Tage aber, die erfüllt sind von der Geschäftigkeit der anderen und unserm eigenen Tun, die hellen Straßen und ihre eilenden Menschen, die Kinder in den Höfen und die Dienstmädchen an den Fenstern geben uns, obwohl sie nichts gemein haben mit dem Ziele unseres Herzens, dennoch die tröstliche Gewißheit, daß wir

DIE REBELLION   167

es erreichen. Vor allem klang jeder Tag in einen Nachmittag im Hause der Frau Blumich aus, der Kathi, in einen Kaffee und in ein geflüstertes Liebesgespräch. Dieses bestand keineswegs aus eitlen oder verlegenen, heißen und gestammelten Liebesschwüren, sondern verfolgte praktische Zwecke und erwies die großen Vorteile der weiblichen Klugheit, die niemals ohne Anmut ist.

„Wir werden das Geschäft ausbauen", sagte Katharina. „Wir werden einen kleinen Esel kaufen und deinen Kasten auf einen Handwagen stellen, dann brauchst du ihn nicht zu schleppen!"

Welch ein leuchtender Kopf! Welch ein liebreicher Einfall: einen Esel zu kaufen!

Ein Esel ist ein dummes, aber geduldiges Tier! dachte Andreas. So oft hatte er davon gehört. Esel halten viel aus. Dieses Tier war wie geschaffen für unsere Zwecke. Es übt in den Höfen und in den Straßen entschieden eine Anziehungskraft aus.

„Wie wollen wir den Esel nennen?" fragte Katharina. Wirklich! An alles dachte sie. Wie konnte man einen Esel nennen?

„Lux" war ein Hundename.

„Muli", schlug Katharina vor, „Muli" war großartig. Täglich, ehe die Dämmerung kam, fragte Kathi: „Wirst du Anni lieben?"

Darauf hätte Andreas, wenn er ehrlich sein wollte, keine Antwort geben können. Aber er nahm die kleine Anni, die nicht mehr so sauber war wie am ersten Besuchstag, bei der Hand und glaubte wirklich, eine unbekannte, väterliche Liebe für das Kind zu empfinden. Es war still und schien klug. Stille Kinder kommen uns immer wie wissende Beobachter vor, und es schmeichelt uns, wenn wir ihnen gefallen.

Die warme Lebendigkeit der kleinen Kinderhand nahm Andreas, ohne es zu wissen, auf den einsamen und langen Heimweg mit. Manchmal dachte er an Anni mit einer freudigen Hoffnung, daß sie bald ganz sein eigenes Kind würde. Stundenlang fühlte er in seiner gehöhlten Hand ihre kleine, weiche Faust wie einen Vogel. Wieso kam es, daß man andere Dinge vergaß, die man berührt hatte, und Annis Faust nicht? Es war vielleicht so, daß die Hände ihr eigenes Gedächtnis hatten! Tirili! Ihr eigenes Gedächtnis! Sonderliche Gedanken denkt man, wenn man glücklich ist.

Zwei Wochen waren vergangen, seitdem Andreas seine Braut kennengelernt hatte. Und er hätte wohl noch zwei weitere warten müssen bis zum Anbruch eines neuen gemeinsamen Lebens, wenn ihm nicht die Natur zu Hilfe gekommen wäre.

Denn eines Nachmittags, während Kathi Kaffee kochte, erhob sich ein Sturm, und die offenen Fensterscheiben klirrten. Auf einmal wurde es dunkel. Es begann zu regnen. Und sei es, daß Katharina schon ohnehin längst gehofft hatte, ein unerwartetes Naturereignis würde ihrer bereits vorhandenen Neigung, ihre und Andreas' Wartezeit abzukürzen, zu Hilfe kommen, sei es, daß die Plötzlichkeit des Unwetters eine ebensolche der Entschlußkraft hervorgerufen hatte: Katharina besann sich nicht und sagte unvermittelt:

„Du kannst heute schon hierbleiben. In diesem Wetter jagt man keinen Hund auf die Straße."

Am nächsten Morgen übersiedelte Andreas. Er nahm Abschied von Willi und ließ einen Gruß für Klara zurück. Willi begleitete ihn, trug ihm den Koffer bis zur Straßenbahn und pfiff unterwegs ein herausfordernd keckes Lied. Er verbarg beide Hände in den Hosentaschen und ging mit breiten Schritten und auseinandergespreizten Beinen gemächlich neben dem hinkenden Andreas. Den kleinen, aber schweren Holzkoffer hatte er mit einem Riemen um den Arm geschlungen wie eine Einkaufstasche oder einen leeren Marktkorb. Es bedeutete eine stille Ehrenbezeugung für den scheidenden Andreas, daß Willi so seine Riesenkräfte demonstrierte. Auch das ausgelassen muntere Lied pfiff er aus Wehmut. Und an der Haltestelle sagte er zwischen den Zähnen: „Viel Glück auch, Andreas!" – und machte kehrt und schlenderte gemächlich den Weg zurück und warf noch einen langen Blick in die Seitengasse, in der die Würste vor dem Delikatessenladen hingen, prall und feist wie dicke Gehenkte.

Es ließ sich nicht vermeiden, daß Andreas einige Tage später den Unterinspektor der Polizei kennenlernte und dessen Glückwunsch entgegennahm. Diese Begegnung verlief in Anwesenheit der Frau Katharina, die nicht merken konnte, welchen Schmerz Vinzenz Topp hinter seiner fröhlichen Formgewandtheit verbarg. Daß man einen Krüppel ihm vorgezogen, dem bestgewachsenen Mann der ganzen Umgebung, daß man seinen Rang nicht beachtet hatte, seine Uniform und seine Klugheit, daß seine Frauenkenntnis wirkungslos, seine Andeutungen vergeblich geblieben waren – das alles verletzte Vinzenz Topp. Er beschloß, dem neuen Mann der Katharina Blumich – es war ein Mißgriff dieser sonst klugen Frau – keine Sympathie entgegenzubringen. Er grüßte kaum, wenn er und Andreas sich im Hause trafen. Aber Andreas merkte nichts, denn er lebte in der neuen und betäubenden Glückseligkeit, die uns wie ein Panzer gefühllos gegen die Schlechtigkeit und die Kränkungen der Welt macht und wie ein gütiger Schleier die Bosheit der Menschen verhüllt.

Ja, Andreas war glücklich. Ein göttliches Weib wärmte sein Lager und wandelte es in ein Paradies. Kein Schmerz gemahnte an das fehlende Bein. In der neu gefütterten Krücke lag der Stumpf warm gebettet wie in der Höhlung einer liebenden Frauenhand. Den Morgen leitete die dampfende Kaffeetasse ein. Den Tag beschloß ein warmes Essen. Butterbrote lagen in seinen Taschen, begleiteten ihn auf seinen Wegen wie Grüße seiner Frau. In den Stunden der Dämmerung saß Anni, das blasse, großäugige Kind, auf seinem gesunden Knie. Andreas erklärte ihr den wunderbaren Sinn der Bilder auf dem Leierkasten.

„Du bist ein liebes, kleines Mädchen", sagte er oft und sinnlos, denn er plagte sich vergeblich, um ein schöneres Wort für Anni zu finden.

Langsam und wie eine große, gute, heilende Wärme breitete sich in ihm die Liebe aus.

An einem der ersten Novembertage heirateten sie. Zum letztenmal in diesem Herbst schien die Sonne so warm, daß man ganz leicht und frei, wie im Frühling, vor der Kirche stehen konnte (vor der Kirche aus gelben Ziegelsteinen, die von einem leise bereiften Rasen umgeben war) und daß die kleine Anni nicht fror, obwohl sie ein dünnes weißes Musselinkleidchen trug, ohne Mantel. Sie sah aus wie eine kleine Braut.

DIE REBELLION

Dann kamen die trüben, die regnerischen, die kalten Tage. Nur am Vormittag geht Andreas in die Höfe spielen. Ihn friert nicht. Ihn durchnäßt der zudringliche Regen nicht. Er trauert nicht um die wolkenverhangene Sonne. Dank seiner neuen, unten kantig gehobelten Krücke gleitet er niemals auf schlüpfrigem Pflaster. Hart an den Borden der Bürgersteige geht er, und vor ihm führt Muli, der kleine Esel, den Kasten auf einem Handwagen. Alles ist Andreas' eigenes Gut. Nun denkt er schon an einen Papagei mit grünen und roten Losen für den Frühling. Kinder und Erwachsene sehen ihm nach. Trotz der Kälte regnet es Geld aus allen Fenstern, in allen Höfen. Trotz der Kälte greifen Passanten in die verborgenen Taschen. Alle – nicht alle, aber viele kennen ihn. Was fehlt Andreas Pum?

Er liebte alles in der Welt und besonders zwei – sind es Dinge oder Menschen? – Sie gehören zusammen und sind nicht von einer Gattung. Andreas liebte Anni und Muli, das Kind und den Esel.

Dem Esel hatte er einen kleinen Stall im Hof gebaut. In der Nacht denkt er manchmal daran, daß Muli friert. Am nächsten Tag will er mehr Stroh in den Stall tun.

Plakate sind an den Litfaßsäulen zu sehen. Die Invaliden sind wieder einmal unzufrieden. Heiden, die sie sind! „Kameraden!" schreien die Plakate. Die Regierung! Die Regierung! Sie wollen die Regierung abschaffen! Ihn, Andreas Pum, konnte man nicht für derlei Dinge haben. Er machte keinen Radau, er war ein ruhiger Mensch, er verachtete Kartenspieler, Trinker und Rebellen.

Mit dieser Verachtung im Herzen hätte Andreas Pum alle die langen oder kurzen Jahre leben können, die ihm vom Schicksal zugedacht waren, mit dieser Verachtung im Herzen, in dieser warmen, guten Behaglichkeit, in dieser vollendeten Harmonie mit den irdischen und göttlichen Gesetzen, den Priestern ebenso nahe wie den Beamten der Regierung – wenn nicht ein ganz fremder Mann in Andreas Pums Leben getreten wäre, um es zu vernichten, nicht mit dem Willen zum Bösesein, sondern von der Blindheit des Zufalls dazu gezwungen, ein unwissendes Mittel in der Hand des Teufels, der manchmal die göttliche Regierung unterbricht, ohne daß wir es ahnen; so daß wir noch in der tröstlichen Gewißheit, daß ein Gott über uns wacht, unsere stummen Gebete zu ihm hinaufsenden – und uns wundern, wenn sie nicht erhört werden. Der Mann, dem Andreas sein Unglück zu verdanken hatte, war der Posamenteriehändler Arnold von der Firma Arnold & Hahn.

7

Herr Arnold war groß, gesund, satt und dennoch unzufrieden. Das Geschäft florierte. Daheim wartete seiner eine treue Gattin, die ihm zwei Kinder geboren hatte: einen Knaben und ein Mädchen, genauso, wie er es sich gewünscht. Seine Anzüge saßen gut, seine Krawatten waren immer modern, seine Taschenuhr ging richtig, sein Tag war mit einer wohltätigen Genauigkeit eingeteilt. Keine unangenehme Überraschung konnte ihm die milde Ordnung seines Lebens stören. Es schien fast ausgeschlossen, daß ihm je eine Morgenpost den peinlichen Bettelbrief eines unbegüterten Verwandten bringen würde. Er hatte keine armen Verwandten. Er stammte aus einer wohlhabenden Familie, in der es keine Zwistigkeiten gab. Alle ihre Mitglieder einte eine versöhnende Sorglosigkeit und eine verwandte Art, die Welt zu sehen, die Politik zu beurteilen, den persönlichen Geschmack zu zeigen, die jeweils herrschende Mode zu kritisieren oder mitzumachen. Im Hause Arnolds gab es nicht einmal jene häuslichen Kümmernisse, deren Ursachen gewöhnlich in einem mißratenen Leibgericht zu suchen sind. Sogar die Kinder lernten gut, benahmen sich züchtig und schienen zu wissen, welche Verantwortung sie dem Namen ihres Vaters und seiner nicht unerheblichen Abstammung schuldig waren.

Dennoch litt Herr Arnold an einer chronischen und, wie man sieht, unbegründeten Unzufriedenheit. Er selbst wußte freilich Gründe genug. Einerseits regten ihn die Zeitverhältnisse auf. Er hatte von seinen Ahnen einen ausgeprägten Sinn für Ordnung geerbt, und ihm war, als gingen die Tendenzen der Gegenwart dahin, diverse Ordnungen zu stören. Andererseits näherte er sich jenem Alter eines Familienvaters, in dem eine weibliche Abwechslung zur Erhaltung des inneren Gleichgewichts nötig wird. Dieser Liebesdrang aber verursachte eine gewisse Unsicherheit, welche die Ordnung des Tags und noch mehr der Nacht zu sprengen drohte, und teilte sich allmählich der ganzen Tätigkeit des Herrn Arnold mit, beeinflußte die großen Abschlüsse und sogar die Erledigung der Korrespondenz; insbesondere diese, weil Arnold die Briefe der jungen Veronika Lenz, die geradezu absichtlich diesen Namen trug, zu diktieren pflegte.

Nun war Fräulein Lenz allerdings so gut wie verlobt. Dennoch hätte sich ein in den Dingen der Verführung mehr geübter Mann durch diese Tatsache nicht abhalten lassen. Gerade die mangelnde Übung hatte bis jetzt den Herrn Arnold ausgezeichnet, seine Solidität unterstützt, seinen Ruf begründet und ihm die Kraft gegeben, sich gegen die zersetzenden Erscheinungen des gegenwärtigen Lebens zu empören. Ach! wie bangte ihm vor dem Tag, an dem er sich in den traurigsten Widerspruch zu seiner ganzen Existenz bringen würde, und wie sehnte er diesen Tag herbei! Wie mußte er sich stündlich vor sich selbst, vor seiner Umgebung, seinem Kompagnon, seiner Frau und seinen Kindern in acht nehmen. Und wie schwer fiel es ihm!

Denn es war nicht leicht, Veronika Lenz zu vergessen, ein hellblondes Mädchen mit kräftigen Händen und einem merkwürdig zarten Angesicht, in einer sehr vorteilhaften Kleidung, welche die wichtigsten Bestandteile des Körpers mit einer aufregenden Deutlichkeit ahnen ließ. Unvergeßlich blieb sie besonders an jenen Tagen, an denen sie in einer dunkelgrünen, ärmelfreien Bluse erschien und ein braunes Muttermal in der warmen, blauschattenden Ellbogenhöhlung sichtbar machte. Diese Stelle zu küssen wünschte sich Herr Arnold.

Er zweifelte nicht daran, daß es ihm gelingen würde, wenn er nur erst einmal den Entschluß gefaßt hätte. Denn seine breitschultrige, rötlich-blonde Männlichkeit mußte imponieren; obzwar sein Angesicht ein erblicher Fehler störte, der in verschiedenen Gesichtern der Familie Arnold seit Jahrhunderten schon heimisch war. Herr Arnold besaß eine schiefe, unten abgeplattete Nase. Das rührte von der schiefstehenden Scheidewand her, welche das eine Nasenloch rund, das andere dreieckig gestaltete. Immerhin versuchte die Natur, die auch in ihrer Bosheit noch gütig ist, diesen Fehler dadurch zu mildern, daß sie das Nasenende fleischig, platt und beweglich machte. Diese Rührigkeit konnte gelegentlich die schiefen Löcher als eine momentane Verschiebung gelten lassen, etwa durch ein zu starkes Schneuzen verursacht. Den flüchtigen Betrachter täuschte überdies auch der buschige, rötliche Schnurrbart, der die Nase als einen Gesichtsteil zweiten Ranges erscheinen ließ und sich auf ihre Kosten hervorragend bemerkbar machte.

Unbezweifelbar männlich waren alle anderen Merkmale der Arnoldschen Körperlichkeit. Schritt er, Briefe diktierend, durchs Zimmer, so seufzte die Diele unter seiner kräftigen Sohle. Er hatte die Gewohnheit, mit vorgeneigtem Körper, die Hände in den Rocktaschen, auf einem Fuß eine Weile lang stehenzubleiben und mit der Spitze des anderen den Teppich zu berühren, so daß er von ferne an die Stellung einer Statue gemahnte, die einen eilenden Mann in einem bestimmten Moment seines Laufes festhält. Erst nach zwei oder drei Sekunden berührte die Ferse des anderen Fußes den Boden. Die Schritte waren gewaltsam breit und raumfressend. Das Diktat klang streng, und der Stil der Briefe erinnerte, auch wenn sie Höflichkeiten enthielten, an Rügen und Verweise. Obwohl Herr Arnold bereits seit mehr als zehn Jahren für die Firma Briefe zeichnete, bereitete ihm seine Unterschrift doch immer neue Freude. Denn sie war, und wurde sie auch noch so oft gegeben, wie eine Bestätigung der Arnoldschen Macht und rein als graphische Erscheinung ein imponierendes Ornament. Deshalb verrichtete er seine Unterschriften in einer atemraubenden Stille, schnell und dennoch sorgsam, in der Linken die Löschwiege als ein Mittel, die scharfe Wirkung des tintenfeuchten Namens zu beschwichtigen.

Indessen stand Veronika Lenz hinter seinem Stuhl und bezauberte ihren Herrn, ohne es zu wollen. Es war gewiß, daß sie keine anderen Absichten hegte, als die Korrespondenz gewissenhaft zu erledigen und die Stätte ihrer Arbeit schnell zu verlassen. Aber gerade daran zweifelte Herr Arnold. Denn so wenig er auch sonst vom Leben der jungen Mädchen dieser Zeit wußte, so viel schien ihm doch sicher: daß jemand, der so gut wie verlobt war, noch keine Braut genannt werden konnte. Diese Bezeichnung allein hätte ihn mit jenem distanzierenden Schauder erfüllt, den wir den geweihten und heiligen Namen gegenüber empfinden. An sündhafte Beziehungen zu fremden Bräuten dürfen wir nicht einmal im Traum denken. Es gleicht fast einem Ehebruch. Einem Raub fremden Gutes. Einem tückischen Diebstahl. Wir aber leben in einer Welt, in der das Eigentum des Nächsten geschont werden muß. Wo kämen wir denn sonst hin! Dagegen bedeutet eine Verlobung, die noch nicht feststeht und die unter gewissen Umständen überhaupt nicht zustande kommen könnte, noch keinen heiligen Brautstand. Ja, sie gleicht viel eher einem weniger heiligen Verhältnis, auf das man keine Rücksichten zu nehmen braucht – insbesondere, wenn man weiß, daß jener Mann ein Tunichtgut ist, ein Artist, ein Komödiant, der durch die Städte der Welt reist und wahrscheinlich in jeder Stadt ein Mädchen besitzt. Ihn macht man nicht arm. Ihm raubt man gar nichts. Man tut –im Gegenteil – vielleicht ein gottgefälliges Werk, indem man dem Mädchen die Augen öffnet und ihren stumpfen Sinn für die bitteren Wirklichkeiten dieser Erde schärft, die man nur vergessen und besiegen kann in kurzen, vorübergehenden und vor allem folgenlosen Räuschen.

Nachdem Herr Arnold durch derlei sorgfältige Überlegungen dazu gekommen war, den außergewöhnlichen Zustand seiner Verliebtheit als einen gewöhnlichen Wohltätigkeitsdrang erscheinen zu lassen, verlor er die Angst vor den Schwierigkeiten, die sich seiner Eroberung entgegengestellt hatten. Und so geschah es, daß er eines Tages, während er Unterschriften gab, die Löschwiege langsam hinlegte, seine Feder in das Tintenfaß steckte und – sich schnell erinnernd, daß man Federn ohne Schaden nicht in der Tinte lassen könnte – sie sofort wieder auf dem eisernen Haltergestell sorgfältig plazierte. Hierauf wandte er seinen Kopf, streckte beide Arme hoch und umklammerte den süßen, gebückten Nacken des blonden Mädchens.

Veronika Lenz stemmte sich gegen die umarmenden Hände, deren Druck stärker war und siegreich blieb. Sehr erschrocken und stöhnend in vergeblicher Abwehr mußte sie ihr Angesicht der Wange des Herrn Arnold nähern. Sie sah dabei die rötlichen Haarbüschel in seinen Ohren, roch den kalten Dunst von Zigarren und menschlichem Fett, der aus den Fugen zwischen Kragen und Hals des Mannes zu strömen schien. Die Rückenkante des Stuhls schnitt schmerzhaft in ihren Leib. Sie schloß die Augen, wie um den Tod zu erwarten, und fühlte einen Biß auf ihrer Wange.

Jetzt erst riß sie ihren Kopf heftig zurück, spuckte auf den Nacken des Herrn Arnold, raffte Jacke, Hut und Tasche zusammen und stürzte hinaus.

Arnold blieb nur eine Hoffnung: daß dieses Mädchen, das er jetzt haßte, nicht mehr kommen würde. Er wollte ihr sofort eine größere Summe anweisen lassen. Diesen beschämenden Vorfall würde er einmal schon vergessen. Man kommt über alles hinweg. Arbeiten und nicht verzweifeln! Allzeit Kopf hoch! Auch der Klügste begeht Dummheiten. Und schon träumte er, daß ein Jahr verflossen und das Ereignis begraben sei unter der wuchtigen Fülle von dreihundertfünfundsechzig arbeits- und abschlußreichen Tagen.

Also sein aufgeregtes Gemüt besänftigend, begab er sich im Automobil nach Hause, trat er mit lautem, herablassendem Gruß in sein Zimmer, küßte er beide Wangen seiner immer noch schönen Frau, versprach er den Kindern Geschenke zu Weihnachten, fand er ein leutseliges Wort für das Dienstmädchen, schüttete er Gnaden über sein Haus. Dann schlief er eine lange, ruhige, gesunde Nacht und fuhr des Morgens pfeifend ins Geschäft.

Hier aber unterbrach Luigi Bernotat, ein Tierstimmenimitator aus dem Rokoko-Varieté, Herrn Arnolds zuversichtliche Laune. Luigi Bernotat, ein Mann von höflichen Formen, entschuldigte sich zuerst, daß er so früh schon störe, und begann, ohne zu zögern, von seiner Braut zu sprechen, die durch eine bedauerliche Zudringlichkeit eines Herrn dieses sonst so angesehenen Hauses gezwungen sei, den Dienst aufzugeben und eine Abfertigung zu verlangen.

„Mit dem größten Vergnügen", unterbrach hier Herr Arnold Luigi Bernotats wohlgesetzten Vortrag.

„Das ist sehr nett", sagte Bernotat, „aber im Grunde nur Ihre Pflicht. Darüber hinaus fühle ich, als der Verlobte der Dame, mich schwer gekränkt. Ich bin also gekommen, um Ihnen anzukündigen, daß ich den Gerichtsweg beschreiten werde, daß ich fest gesonnen bin, den Gerichtsweg zu beschreiten; – schon um ein Exempel zu statuieren."

Jetzt entstand eine drohende Pause.

Herr Arnold ergriff das blanke Lineal aus Eisen, er drückte die Finger an das kühle Metall, es tat ihm wohl und vertrieb wenigstens an einer Körperstelle und für eine kurze Weile die plötzliche Hitze, die sich seines ganzen Leibes bemächtigt hatte. Er will erpressen, er will erpressen, ich bin hereingefallen, ich bin schön hereingefallen, dachte Herr Arnold. Dann stand er auf und sagte:

„Wieviel wollen Sie?"

Luigi Bernotat schien diese Frage erwartet zu haben. Denn wie ein Schauspieler, dessen Stichwort gefallen, begann er langsam und sicher, mit künstlichen Pausen und abwechselnd sehr schnell fließendem Vortrag eine Rede, und seine Stimme bannte ihren Zuhörer so, daß er eine kurze Zeit nur auf das mähliche Steigen und Fallen des Tones hörte, ohne zu unterbrechen.

„Sie denken wohl", sagte Luigi Bernotat, „ich wäre ein Erpresser? Wie sollten Sie auch anders? Menschen Ihresgleichen glauben natürlich, daß die Ehre eines Mannes käuflich ist. Die meinige nicht! Bei mir nicht, Herr Arnold. Sie selbst werden dafür einstehen, was Sie zu unternehmen gewagt haben. Noch gibt es Gerichte. Sie glaubten, ein Artist würde das nicht so genau nehmen? Die Braut eines Geschäftsfreundes oder eines Rechtsanwalts, eines Studenten oder eines Offiziers hätten Sie nicht berührt. Ich werde Sie darüber belehren, daß auch die Braut eines Artisten kein Freiwild ist. Ich könnte Sie fordern, wenn ich nicht der Antiduell-Liga angehören würde. Glauben Sie nicht, daß ich feige bin. Man kennt mich. Ich habe den bekannten Martin Popovics, seinen Namen werden Sie bestimmt schon gehört haben, den Kunstbläser Popovics, zweimal geohrfeigt, weil er einen dummen Witz gemacht hat. Übrigens bin ich Amateurboxer. Ich bin also, wie Sie sehen, nicht feige. Aber ich verleugne meine Grundsätze nicht. Konsequenz ist das wichtigste im Leben. Seien Sie ein konsequenter Mann, und tragen Sie die Folgen!"

Herr Arnold stand schweigend, weil der Stimme beraubt. Er beobachtete die rote, schwarz und braun gestreifte Schleife seines Gegners, die keck und wie ein Requisit der Lebensfreude über die beiden Kragenenden hinausragte. Es wurde sehr still, nachdem

Luigi Bernotat mit erhobener Stimme seine Rede beendet hatte. Plötzlich begann Bernotat zu trillern. Er wollte offenbar seinen frechen Übermut beweisen, indem er eine Lerche täuschend imitierte. Sein Pfeifen schwoll an, und bald war es, als jubilierte ein ganzer Lerchenchor.

Da schrie Herr Arnold: „Trillern Sie hier nicht, Sie frecher Lausbub."

Luigi Bernotat verneigte sich: „Das werden Sie beweisen", sagte er leise und gar nicht konsequent, und er tänzelte, nachdem er sich noch einmal verneigt hatte, elegant hinaus. Herr Arnold übersah, trotz seiner Aufregung, die ganz gefährlichen Folgen dieses Besuches nicht. Da hatte er was angerichtet! Fünfundvierzig Jahre eines anständigen Lebenswandels, eines tadellosen Rufes, eines glänzenden Geschäftsganges waren gefährdet. Und, ohne lange zu überlegen, fuhr er zu seinem Rechtsanwalt.

Freilich war dieser abwesend und beim Gericht. Ein Narr, wer es anders erwartet hätte! Wozu haben wir eigentlich unsere Rechtsanwälte? Damit sie verschwinden, sobald wir ihren Rat gebrauchen. Unsere Hausärzte? Sie kommen erst, wenn wir gestorben sind, und schreiben unsere Totenscheine. Unsere Büromädchen? Sie bringen uns eines dummen Witzes wegen in die allergrößte Verlegenheit. Unsere Frauen? Mit ihnen können wir überhaupt nicht sprechen, wenn unser Herz voll ist; unser Unglück löscht nur ihren ewigen Rachedurst. Unsere Kinder? Sie haben ihre eigenen Sorgen, und wir Väter sind womöglich ihre Feinde.

Und obwohl alle diese Verhältnisse seit Jahrhunderten wahr und gültig sein mochten, so war doch vieles von dem, was den besonderen Fall Bernotat, Lenz und Arnold betraf, eine Schuld dieser Zeit; dieser entsetzlichen Gegenwart, deren Tendenzen dahin gingen, diverse Ordnungen zu zerstören. In welchem Zeitalter der Weltgeschichte wäre es sonst möglich gewesen, daß ein kleines Büromädchen ihren Verlobten zu ihrem Brotgeber schickte? Daß dieser „Bräutigam" – Herr Arnold dachte diese Bezeichnung in Gänsefüßchen – zum Chef eines altangesehenen Hauses käme und Rechenschaft forderte – notabene ein Bräutigam, der ein Zirkusmensch ist! In welcher anderen Zeit hätte diese Hefe der menschlichen Gesellschaft noch so viel impertinenten Mut aufgebracht?

Herr Arnold schickte das Auto weg und ging durch die Straßen. Er aß in einem Restaurant. Mochte seine Familie auch ein bißchen aufgeregt sein. Hatte er vielleicht die Verpflichtung, seit Jahren pünktlich heimzukommen? Mochten sie zu Hause nur glauben, ihm sei ein Unfall zugestoßen.

Im Gasthaus schien der Kellner eine so auffällige Erscheinung wie Herrn Arnold nicht bemerken zu wollen. Arnold zerschlug mit einem schweren Messergriff ein Salzfaß und nahm mit der wortlosen Gekränktheit eines gewaltigen Tyrannen die demütige Entschuldigung des feierlichen Direktors entgegen.

Dann trank er einen Mokka, um die Müdigkeit niederzuringen. Dennoch mußte er noch auf der Straße gegen den Schlaf ankämpfen, der mit der Zähigkeit einer langjährigen Gewohnheit auftrat.

DIE REBELLION

Herr Arnold ging durch fremde Straßen mit eiligen Schritten, als wollte er bald ein Ziel erreichen. Mit jedem Schritt merkte er, bitter und dem Weinen nahe, wie wenig er eigentlich bedeutete. Man geht so durch die Welt, durch sein eigenes Land, durch seine Heimat, für die man fünfundvierzig Jahre geschuftet hat – und ist ein Niemand. Vor fremden Automobilen und Wagen muß man sich in acht nehmen. Die Lümmel von Polizisten sehen stolz auf uns herab. Gemeine Menschen aus den unteren Schichten des Volkes, versoffen und zerlumpt, gehen uns nicht aus dem Wege. Geschäftsdiener mit Gepäckstücken stoßen uns an. Sechzehnjährige Burschen bitten mit der Miene ernster Männer um Feuer für ihre Zigarette. Es fällt uns aber nicht ein, stehenzubleiben und Rotzbuben Gefälligkeiten zu erweisen. Auf Schritt und Tritt erkennt man die zersetzenden Tendenzen dieser Zeit. Dieser gottverlassenen Gegenwart! Die Dämmerung senkte sich rasch über die Welt. Die ersten Laternen erglommen. Ein hinkender Mann stellte sich Arnold in den Weg. Er trug auf Brust und Rücken ein aufreizendes Plakat. „Genossen!" – so begann es, „die Not der Invaliden kennt keine Grenzen. Die Regierung ist ohnmächtig!" In diesem Ton ging es weiter. Das war ja auch eine schöne Bande! Bettler, Diebe und Einbrecher. Viele waren ja gar nicht echt. Simulierten Schmerzen. Gaben vor, Krüppel zu sein! Eine nette Gesellschaft. Die Regierung ließ das zu. Auf öffentlichen Plakaten schreiben sie: Genossen! Ein schreckliches Wort. Anarchistisch. Zersetzend. Es riecht nach Bomben. Die russischen Juden erfinden solche Bezeichnungen. Der Polizist stand in der Nähe und griff nicht ein. Dafür zahlt man die horrenden Steuern! Schrecklich so was! Da ist ja auch das Versammlungslokal! Hinein strömen sie! Auffallend wenig Krüppel. Drei oder vier Blinde mit Hunden. Aber sonst? – Tagediebe, Bettler, Gesindel.

Es war spät. Man mußte heim. Am besten, man bestieg eine Straßenbahn.

Hätte der Herr Arnold, wozu er wohl in der Lage gewesen wäre, ein Auto genommen, um heimzukommen, er wäre der letzten Aufregung dieses furchtbaren Tages entronnen und sein Weg hätte sich nicht unheilvoll mit jenem des Leierkastenmannes Andreas Pum gekreuzt. So aber richtet es ein tückisches Geschick ein: daß wir zugrunde gehen nicht durch unsere Schuld und ohne daß wir einen Zusammenhang ahnen; durch das blinde Wüten eines fremden Mannes, dessen Vorleben wir nicht kennen, an dessen Unglück wir unschuldig sind und dessen Weltanschauung wir sogar teilen. Er gerade ist nun das Instrument in der vernichtenden Hand des Schicksals.

8

Es fügte sich, daß Andreas, der an diesem Nachmittag seinen Leierkasten zu Hause gelassen hatte und den Esel im Stall, wie er es an jedem Mittwoch zu tun gewohnt war, plötzlich so müde wurde, daß er, obwohl er sparsam und sein Haus nicht mehr weit entfernt war, die Straßenbahn bestieg. Hart an ihrem Eingang und so, daß er das halbe Trittbrett einnahm, stand Herr Arnold mit seinem Regenschirm wie ein Wächter. Mehrere Passanten hatten sich schon über den umfangreichen Herrn aufgeregt, der den Verkehr so anmaßend behinderte. Arnold aber war – wir wissen weshalb –nicht in jener Stimmung, in der man seinen Mitmenschen Gerechtigkeit widerfahren läßt. Er, der sonst immer für die vorgeschriebene Ordnung auf öffentlichen Verkehrsanstalten eingenommen war, rebellierte gegen seine eigene Überzeugung.

Andreas Pum war schon lange nicht Straßenbahn gefahren. Er hatte sie als ein sympathisches Verkehrsmittel in der Erinnerung. Immer boten ihm zwei und drei Passagiere gleichzeitig ihre Plätze an. Seine Krücke, sein militärischer Anzug, den er an Wochentagen trug, und sein blankes Kreuz sprachen zu dem Gewissen der Leute, selbst jener mürrischen Nebenmenschen, die immer tiefbekümmert und wie durch tausend Ungerechtigkeiten, die ihnen jemand zugefügt, erbittert durch die Welt gehen mit dem Ziel, allen, die ihnen in den Weg laufen, das Dasein zu erschweren. In der Straßenbahn begegnete Andreas Pum immer zuvorkommenden Gesichtern.

Um so größer war seine Verwunderung über den fremden Herrn, der nicht um einen halben Zoll von seinem Platz rückte, obwohl er sah, daß Andreas mit Krücke und Stock zumindest ein ganzes Trittbrett für sich allein benutzen mußte, wenn er die Bahn besteigen wollte. Hinter Andreas drängten die Leute. Der Schaffner befand sich im Innern des Wagens. Indessen aber sah Herr Arnold geradeaus vor sich hin, als wüßte er gar nicht, was sich alles vor ihm begab, und seine Gedanken waren etwa von dieser Art:

Das ist so ein Invalide. Ein Simulant. Das andere Bein hat er sorgfältig verborgen. Ein Soldat! Ha – ha! Das kennen wir. Diese Kerle schämen sich nicht, die Uniform zu entehren. Eine Auszeichnung! Welch ein gottloser Schwindel! Der kommt aus der Versammlung der Invaliden, die ich gerade gesehen habe. Die Herren Genossen! Man tut nicht genug für sie. Ich gehöre dem Wohltätigkeitskomitee vom Silbernen Kreuz an. Der Herr Reschofsky ebenfalls. Alle Herren aus meiner Gesellschaft. Jeder tut, was er kann. Sie sind unzufrieden. Undank ist der Welten Lohn. Der Fratz, den ich gestern kaum angerührt habe, schickt mir ihren Zuhälter an den Hals. Einen Artisten! Er wagt es, mich zu beleidigen. Die Gerichte sind imstande, ihm recht zu geben! Diese Gerichte heutzutage! Gibt es überhaupt noch eine Gerechtigkeit in der Welt?

Des Menschen Gedanken sind schneller als die Blitze, und ein empörtes Gehirn kann wohl in einer halben Minute eine ganze Revolution gebären. Die Straßenbahn wartete schon eine Minute länger. Andreas Pum beschloß endlich, sich, so gut es ging, an dem steinernen Herrn vorbeizudrücken. Es gelang ihm, nachdem ihm eine Frau, die rückwärts stand, geholfen hatte. Nun aber wurde sogar der sanfte Andreas aufgeregt. Es fiel ihm nicht ein, in den Wagen zu gehen. Er blieb neben dem unbeweglichen Herrn.

Es geschah im Leben Andreas' zum erstenmal, daß ihm das Angesicht eines gutgekleideten Herrn unsympathisch war. Andreas sah die schiefe Nase und den rötlichen Schnurrbart. Längst hatte er sich damit abgefunden – ja, es war ihm kaum jemals eingefallen, darüber empört zu sein, daß andern Menschen kein Bein fehlte. Aber die körper-

DIE REBELLION   177

liche Unversehrtheit dieses einen Herrn verdroß Andreas. Es war ihm, als machte er jetzt erst die Entdeckung, daß er ein Krüppel und die andern Menschen gesund waren.

Dem Herrn Arnold gegenüber stand eine große Dame. Sie trug über ihrem Jäckchen eine kleine Pelerine und hielt die Hände hoch über der Brust. Sie hatte ein gelbes, langes Gesicht, einen Kneifer und eine verschwindend kleine Nase mit trockenen Nasenlöchern. Sie sah einem gilbenden Schilfrohr ähnlich.

Zu ihr sprach plötzlich Herr Arnold: „Diese Invaliden sind gefährliche Simulanten. Ich war gerade jetzt in ihrer Versammlung. Alle natürlich Bolschewiken. Ein Redner gab Anleitungen. Die Blinden sind nicht blind, die Lahmen sind gar nicht lahm. Alles Schwindel."

Die dünne Dame nickte und versuchte zu lächeln. Es war, als drückte jemand ihr Angesicht schmerzlich, wie man Zitronen zu pressen pflegt. „Auch die Einbeinigen", fuhr Herr Arnold fort, „sind nicht einbeinig. Man macht das ganz einfach – so!" Und Arnold hob einen Fuß und wollte zeigen, wie man ein halbes Bein verbergen kann.

Da schrie plötzlich Andreas: „Sie Fettbauch, Sie!"

Er wußte nicht, wie er zu diesem Schrei gekommen war. Denn er hatte in seinem ganzen Leben nicht so laut geschrien, und er hätte sich vor fünf Minuten noch nicht vorstellen können, daß er einen fremden Herrn so angreifen würde. Ein unerklärlicher Haß vergewaltigte Andreas. Vielleicht hatte er lange in ihm geruht, verhüllt von Demut und Frömmigkeit.

Herr Arnold hob die Hand. „Sie Schwindler, Simulant, Sie Bolschewik, Sie!" schrie Arnold, und einige Passanten stürzten aus dem Wagen auf die Plattform.

Es waren im Wagen zum Unglück kleine Bürger und Frauen, Menschen, die durch die Ereignisse der Revolution verschüchtert, gedrückt, aber nicht minder erbittert, einen zähen Kampf gegen die Gegenwart führten, mit zusammengebissenen Zähnen und würgenden Tränen im Halse rückwärts sahen, in die strahlende Vergangenheit ihres Landes, und denen das Wort Bolschewik nichts anderes bedeutete als Raubmörder. Es war ihnen, als hätte vorn ein Mitglied ihrer Familie um Hilfe gerufen, als es den Schrei: Bolschewik! ausstieß.

„Ein Simulant! Ein Bolschewik! Ein Russe! Ein Spion!" riefen einige Stimmen durcheinander.

Und ein würdiger Herr, der im Innern des Wagens sitzen blieb, in einem Winterrock von erhabener Sauberkeit und glänzendem Alter, sagte vor sich hin: „Es wird ein Jude sein!"

Andreas hatte seinen Stock erhoben, halb, um sich im Falle eines Angriffs zu wehren, aber auch, um anzugreifen. Der Schaffner kam, verschloß sorgfältig seine Geldtasche, weil er aus Erfahrung wußte, daß bei jedem Gedränge Diebe waren, und mischte sich in die aufgeregte Passagiergruppe auf der Plattform. Die Bahn fuhr gerade durch eine lange, stille Straße, in der es wenig Haltestellen gab. Der Schaffner versuchte, die Leute in das Innere des Wagens zurückzuschicken. Er überlegte einen Augenblick, wer von den beiden wohl recht haben mochte, und er entsann sich eines Zeitungsartikels, aus dem zu erfahren war, daß die Simulanten geriebene Kerle seien und daß man durch Bettelei unter Umständen viele Tausende im Tag verdiene. Er wußte noch genau, wie er nach der Lektüre empört war über die Unverschämtheit der Bettler und ihre hohen Einnahmen, die er mit seinem eigenen Hungergehalt verglich. Außerdem gemahnte ihn das Angesicht und die Statur des schreienden Herrn von ferne an einen vorgesetzten Magistratsbeamten, den er einmal flüchtig gesehen hatte. Gleichzeitig erinnerte er sich an das Unglück eines Kollegen, der einen Herrn in der Bahn grob behandelt und infolgedessen seinen Posten verloren hatte. Der Herr war nämlich ein Magistratsbeamter gewesen. Alle diese Erwägungen veranlaßten den Schaffner, Andreas Pum um eine Legitimation zu fragen.

In jeder anderen Situation hätte Andreas mit Genugtuung seine Lizenz gezeigt, wie er es ja oft vor Polizisten tun mußte, um seine Berechtigung, zu spielen und auf einer Krücke zu humpeln, anstandslos zu beweisen. Jetzt aber wollte Andreas nicht. Erstens war ein Schaffner kein Polizeiorgan, zweitens dünkte er sich selbst mehr als ein Schaffner; und drittens hätte man den Herrn zuerst um eine Legitimation fragen müssen. Und während Andreas zögerte, glaubte der Kondukteur, daß ihn der simulierende Invalide zum besten halte. Deshalb schrie er: „Also wird's?!"

So hatte noch kein Schaffner mit Andreas gesprochen. Er sagte also: „Von Ihnen lasse ich mir nichts vorschreiben!" „Dann verlassen Sie den Wagen!" befahl der Beamte.

„Und wenn ich nicht will?" gab Andreas zurück.

„Verlassen Sie sofort den Wagen!" schrie der Schaffner, und seine Nase lief blau an. Zugleich blies er zweimal in seine Trompete, so daß der Motorführer mit einem gewaltsamen Ruck die Bahn zum Stehen brachte.

„Ich gehe nicht!" erklärte Andreas.

Der Schaffner faßte Andreas beim Arm. Herr Arnold schickte sich an, den zweiten Arm seines Gegners zu ergreifen. Da schlug Andreas mit der Krücke seines Stocks blindlings los. Er sah nichts mehr. Runde Flammen kreisten vor seinen Augen. Er traf das Ohr des Herrn Arnold und die Mütze des Beamten. Die Frauen flüchteten ins Innere des Wagens. Auf der Straße sammelten sich die Leute an. Unter ihnen wuchs plötzlich, wie ein Fakirwunder, ein Polizist hervor. Er zerteilte mit beiden Armen die Menge wie ein Schwimmer die Wellen. Er landete auf dem Trittbrett und befahl: „Kommen Sie herunter!"

Andreas beruhigte sich langsam als er den Mann des Gesetzes sah, dem er sich kraft seiner Lizenz, seiner Weltanschauung und seines Ordens verwandt fühlte. In der sicheren Annahme, daß er sich jetzt endlich unter dem Schutze der Gerechtigkeit befinde, sagte er zum Polizisten: „Holen Sie erst den da runter!" – und zeigte auf Herrn Arnold.

Dadurch hatte Andreas jede Sympathie der Polizei von vornherein verwirkt. Denn der Mann, der sich der größten Autorität der Straßenmenge erfreut, liebt es nicht, untergeordneten Menschen – und untergeordnet sind alle Menschen – zu gehorchen, auch wenn sie tausendmal recht haben sollten. Der Polizist erwiderte:

„Sie haben mir nichts zu befehlen! Im Namen des Gesetzes! Kommen Sie runter!"

Während der Polizist „im Namen des Gesetzes" sagte, wurden alle Beteiligten und Neugierigen von einem kühlen Schauder erfaßt. Andreas sah im Geiste ein Kruzifix zwischen zwei brennenden Kerzen und das bleiche Antlitz eines Richters mit einem Barett. Er kam ohne weiteres auf die Straße.

„Ihre Legitimation", sagte die Polizei.

Andreas zeigte seine Lizenz. Hierauf vernahm der Polizist den Schaffner. Dieser schien die Ursachen der großen Aufregung gar nicht zu kennen. Er verschwieg die Vorgeschichte. Für ihn begann der Vorfall erst in dem Moment interessant zu werden, in dem Andreas sich geweigert hatte, seinen wohlberechtigten Anordnungen Folge zu leisten. „Ich kenn' ja meine Vorschrift", schloß der Schaffner seinen Bericht.

In diesem Augenblick rief der Herr Arnold herunter: „Das ist ein Bolschewik, den hab ich in der Invalidenversammlung hetzen gehört!"

„Lügner!" schrie Andreas und erhob noch einmal seinen Stock. Aber der Polizist fuhr ihm an die Kehle. Schmerz und Haß raubten Andreas die Besinnung. Er schlug den Polizisten. Zwei Männer aus dem Publikum entrissen ihm den Stock. Dann sank er auf das Pflaster.

Der Beamte hob ihn mit einem Ruck wieder in die Höhe, ordnete die Uniform, steckte die Lizenz in das Notizbuch und dieses in die Tasche und entfernte sich.

Der Wagen fuhr weiter, die Menschen zerstreuten sich.

Andreas humpelte nach Hause.

Er wütete noch immer. Er schämte sich. Er war schmerzlich enttäuscht. Daß ihm so etwas geschehen mußte! Ihm, Andreas Pum, den die Regierung ausgezeichnet hatte! Er besaß eine Lizenz, er hatte ein Bein verloren und ein Kreuz bekommen. Er war ein Kämpfer, ein Soldat!

Plötzlich erinnerte er sich, daß er die Lizenz ja gar nicht mehr hatte. Er war auf einmal ein Lebender ohne Recht zu leben. Er war gar nichts mehr! Als wenn er aus einem Schiff in den großen Ozean geworfen wäre, so begann seine Seele die verzweifelten Anstrengungen eines Ertrinkenden zu machen, wenn er mit seinem Leierkasten ausging.

Er kam nach Hause, er erzählte alles seiner Frau. Unterwegs hatte eine leise Hoffnung durch sein aufgeregtes Gemüt geklungen, eine Hoffnung auf die Klugheit, die Güte, die Liebe seiner Frau. Aber während er ihr erzählte, wurde es um ihn kalt und kälter. Sie sagte nichts. Sie stand vor ihm, die Hände in den breiten Hüften, ein Schlüsselbund hing wie eine Waffe an ihrer linken Seite, und Teig klebte an ihren Fingern. Er sah ihr Gesicht nicht, er konnte nicht feststellen, welchen Eindruck seine Rede machte. Er glaubte zu fühlen, daß sie ein bißchen spöttisch auf ihn heruntersah.

Er warf von unten einen scheuen Blick zu ihr hinauf und glich in diesem Augenblick einem Hund, der Prügel erwartet. Dann aber veränderte sich sein Angesicht, denn er erschrak. Plötzlich war es ihm, als stünde vor ihm ein fremdes Weib, das er nicht kannte und das fürchterlich war. Zum erstenmal machte Andreas die Entdeckung, daß ein menschliches Angesicht ganz anders aussehen kann, wenn man es von unten betrachtet. Er sah zuerst das fettwülstige Kinn seiner Frau und unmittelbar darüber, so, als hätte ihr Antlitz Mund und Lippen verloren, die breiten Nasenlöcher, die sich abwechselnd blähten und schlaff wurden und aus denen ein peinlicher und schwüler Hauch blies, der merkwürdigerweise an Wildgeruch erinnerte. Ein leises Stöhnen schien aus dem Innern der Frau zu kommen, wie ein wollüstiger und sehnsüchtiger Laut, der in dem hungrigen Rachen der Raubtiere entsteht, wenn sie Beute erblicken.

Andreas fürchtete sich vor seiner Frau.

Er brach mitten in der Erzählung ab. Katharina rückte einen Schritt von ihm weg, und ihm schien es, als schrumpfe er zusammen und würde klein, ganz klein, und sähe vor sich seine Frau, nur wie man einen riesigen Kirchturm mehr ahnt als sieht, wenn man sich sehr nahe vor ihm befindet.

Ihre Brüste hoben und senkten sich, und sie schnaufte mit den Nüstern. So rang sie einige Sekunden lang nach Luft und einem treffenden Wort. Endlich hatte sie es gefunden!

„Elender Krüppel!" kreischte sie.

Andreas wurde blaß. Mitten in einem großen Ozean schwamm er. Er klammerte sich an seinen Sitz wie an eine rettende Planke. Von ferne, durch Nebel und gleichsam untertauchend, hatte er noch Zeit, das Angesicht der kleinen Anna zu erblicken, die neugierig im Zimmer stand.

Frau Katharina schien alles vergessen zu haben. Sie sah ihren Mann nicht und nicht ihr Kind. Sie hatte offenbar vergessen, daß Nachbarn lebten. Sie fuhr mit der rechten Hand durch die Luft und streifte eine Blumenvase aus bemaltem Gips, die mitten auf dem Tisch gestanden hatte. Das Wasser rann aus und gurgelte leise und plinkte in einzelnen wehmütigen Tropfen vom Rand der Wachstuchdecke auf den Boden. Um so besser! dachte Katharina. Das fließende Wasser verdoppelte ihren Zorn.

„Das ist der Dank, daß ich dich aufgenommen habe!" schrie sie. „Gehst herum und lebst von meiner Hände Arbeit, ja, von meiner Hände Arbeit und fängst dir Streit mit fremden Herren an und verlierst deine Lizenz. Bist du ganz verrückt geworden? Zehn gesunde Männer an jedem Finger hätte ich haben können statt deiner, statt eines elenden Mannes, der einem kein Schutz ist und keine Freude und jetzt auch noch eine Schande. Man wird dich einsperren, bei Wasser und Brot wirst du sitzen, und ich muß deinen Namen tragen. Pfui! Pfui! Pfui!"

Und dreimal spuckte Frau Katharina aus. Einmal traf sie die Hose ihres Mannes. Andreas wischte den Speichel seiner Frau mit zitterndem Handrücken weg.

Dann erst wandte sich Katharina den häuslichen Angelegenheiten zu. Sie warf sich auf die Knie und begann, mit einem quietschenden Fetzen den Boden aufzuwischen. Dazwischen schrie sie: „Ännchen, stell die Vase auf!" und „Tummel dich!" und „Schöne Bescherung!" und „So ein Krüppel!"

Sie wütete scheuernd gegen die längst getrockneten und gelblich glänzenden Dielenbretter. Sie fuhr mit den Nägeln zwischen die einzelnen Bretter in die Fugen und wir-

DIE REBELLION

belte und spritzte kleine Erdklümpchen auf. Trotz ihrer angestrengten Tätigkeit konnte sie denken und sogar in Wehmut schwelgen. Auf dem Boden ausgestreckt und ihn, wie zur Strafe, bearbeitend, dachte sie traurig an ihr verpfuschtes Leben. Ach, sie dachte an den schmucken, schlanken Unterinspektor der Polizei, Vinzenz Topp, den sie eines Krüppels wegen ausgeschlagen hatte. Oh, wo waren ihre Augen gewesen?!

Schnell erhob sie sich. Schnell löste sie ihr geschürztes Kleid, warf sie das Schlüsselbund auf den Tisch, ergriff sie einen Kamm, stellte sich vor den Spiegel und ordnete ihre Haare. Dann schlug sie die Tür ins Schloß und rannte den Korridor entlang zu der Wohnung des Klempners Faßbend, bei dem der Unterinspektor ein möbliertes Kabinett innehatte. Vinzenz Topp hatte in der letzten Nacht Dienst gehabt. Jetzt war er gerade im Begriff, sich zu rasieren. Mit einem halb eingeseiften Angesicht lief er zur Tür.

„Entschuldigen Sie, entschuldigen Sie, ich bitte vielmals um Entschuldigung!" sagte Vinzenz Topp, während er die Frau Katharina in sein Zimmer führte. Die Familie Faßbend war für zwei Tage aufs Land gefahren zu der Kindstaufe eines landwirtschaftlichen Onkels. Vinzenz Topp ließ Frau Katharina niedersitzen und bat, sich rasieren zu dürfen. Die Höflichkeit war seine zweite Natur, man hätte ihn mitten in der Nacht wecken können, und er wäre höflich gewesen.

Frau Katharina war gekommen, um juristischen Rat zu erbitten. Sie hatte zu ihm Vertrauen wie zu einem Rechtsanwalt. Sehr schnell und mit jener präzisen Sachlichkeit, die sie vor ihren Geschlechtsgenossinnen auszeichnete, erzählte sie den ganzen Vorfall.

Vinzenz Topp kniff die Unterlippe ein, um sein wundrasiertes Kinn mit dem Stein einzureiben. Dann streute er wohlriechenden Puder auf sein Angesicht. Hierauf nahm er den Uniformrock von der Stuhllehne und schlüpfte in ihn sorgfältig, wobei seine Knochen knackten. Jetzt erst war er fähig, eine Auskunft zu erteilen.

Ach, es war nicht das erstemal, daß sich Leute – „Laien", wie er sie nannte – an ihn um Rat und Auskunft gewandt hatten. Er wußte manches aus seiner Praxis. Dieser Fall schien ihm sehr verwickelt.

„Das ist bewaffneter Widerstand gegen die Staatsgewalt und übrigens Amtsehrenbeleidigung. Ihr Herr Gemahl" – Vinzenz sagte immer „Herr Gemahl", denn er war ein besserer Mensch – „kann froh sein, wenn er mit einer Polizeistrafe davonkommt. Wahrscheinlich wird sich auch das Gericht mit der Sache beschäftigen."

Katharina breitete ihre Arme aus, stützte sie auf den Tisch und ließ den Kopf auf die Platte sinken. Nach einer Weile wurde ihr Schluchzen hörbar. Ihre Arme lagen rosig, rundlich und verlockend da.

Vinzenz Topp legte seine duftende Hand auf einen dieser Arme. „Trösten Sie sich!" sagte er. Dann ging er zur Tür und schob für alle Fälle den Riegel vor.

Katharina erhob ihr tränenüberströmtes Antlitz. Sie wußte selbst nicht, ob sie um ihren Mann weinte oder um Vinzenz Topp. Er war so schön mit seinem weiß gepuderten Kinn und seinem noblen Toiletteseifengeruch. Seine Uniform saß wie angegossen. Oh, wo waren ihre Augen gewesen?

Sie verglich. Sie konnte nicht anders.

„Retten Sie mich!" schluchzte sie plötzlich auf und breitete ihre Arme aus. Vinzenz ließ sich in sie fallen.

So kam er endlich zu dem Genuß dieser Frau, die er lange und insgeheim ersehnt hatte. Es war eine freundliche Fügung des Schicksals.

Er vergaß nicht, schwere Beschuldigungen gegen Andreas zu häufen, den er nicht mehr „Herr Gemahl" nannte. Auch der Frau Katharina machte er sanfte Vorwürfe. Aber alles sprach er in einem zärtlichen, überlegenen Schäkerton, wie ihn Katharina noch niemals vernommen hatte.

Als sie seine Wohnung verließ, war es später Abend. Sie roch nach seiner Seife, und sie trug freudig seine Atmosphäre mit sich herum. Man kann sagen, daß sie an diesem Abend vollkommen glücklich war.

9

Das Unglück Andreas Pums hatte noch einem anderen wohlgetan: dem Herrn Arnold nämlich. Sein Zorn war verraucht. Den unangenehmen Luigi Bernotat versuchte er zu vergessen. Morgen wollte er zum Rechtsanwalt gehen. Er küßte seine Frau und seine blühenden Kinder. Er sprach wieder freundlich mit dem Dienstmädchen. Und obwohl ein strenger Ernst über seinem Wesen und seinen Bewegungen und seinen Worten lag, atmete seine Umgebung dennoch auf. Er warf einen freundlichen Schatten auf seine Familie.

Andreas Pum aber ging in den Stall. Da stand Muli und hauchte Wärme aus. Eine Fledermaus hing im Winterschlaf zwischen zwei Pfosten, die im Winkel ein Dreieck bildeten. Das feuchte Stroh stank und war in der Nähe der Tür gefroren. Der Wind blies durch ihre Fugen. Andreas sah ein paar Sterne des nächtlichen Winterhimmels durch eine Ritze. Er spielte mit einem Strohhalm. Er flocht einen Ring aus drei Halmen und schob ihn auf das Ohr Mulis. Das Tier war gut und ließ sich liebkosen. Es hob mit freundlicher Langsamkeit einen Hinterfuß, und das sah aus, als hätte es den ungelenken Versuch gemacht, Andreas zu streicheln. Es war hell genug, daß man seine Augen sehen konnte. Sie waren groß in der Dunkelheit und bernsteingrün. Sie waren feucht, als stünden sie voller Tränen und schämten sich doch zu weinen.

Je weiter die Nacht fortschritt, desto kälter wurde es. Andreas hätte am liebsten gewimmert, wenn er sich nicht vor dem Tier geschämt hätte. Sein fehlendes Bein schmerzte wieder, nach langer Zeit. Er schnallte die Krücke ab und betastete seinen Stumpf. Er hatte die Form eines abgeflachten Kegels. Dünne Rillen und Vertiefungen zogen sich kreuz und quer über das Fleisch hin. Wenn Andreas seine Hand darauf legte, milderte sich der Schmerz. Aber der andere, der in seinem Innern wütete, hörte nicht auf.

DIE REBELLION

Die Nacht war still und hell. Die Hunde bellten. Ferne Türen gingen. Der Schnee knisterte, obwohl ihn niemand betrat, und nur, weil der Wind über ihn hinstrich. Draußen schien sich die Welt zu weiten. Man sah durch die Ritze ein schmales Stückchen Himmel. Aber es gab eine deutliche Vorstellung von seiner Unendlichkeit.

Wohnte Gott hinter den Sternen? Sah er den Jammer eines Menschen und rührte sich nicht? Was ging hinter dem eisigen Blau vor? Thronte ein Tyrann über der Welt, und seine Ungerechtigkeit war unermeßlich wie sein Himmel?

Weshalb straft er uns mit plötzlicher Ungnade? Wir haben nichts verbrochen und nicht einmal in Gedanken gesündigt. Im Gegenteil: Wir waren immer fromm und ihm ergeben, den wir gar nicht kannten, und priesen ihn unsere Lippen auch nicht alle Tage, so lebten wir doch zufrieden und ohne frevelhafte Empörung in der Brust als bescheidene Glieder der Weltordnung, die er geschaffen. Gaben wir ihm Anlaß, sich an uns zu rächen? Die ganze Welt so zu verändern, daß alles, was uns gut in ihr erschienen, plötzlich schlecht ward? Vielleicht wußte er von einer verborgenen Sünde in uns, die uns selbst nicht bewußt war?

Und Andreas begann mit der Hast eines Menschen, der in seinen Taschen nach einer vermißten Uhr sucht, nach verborgenen Sünden in seiner armen Seele zu forschen. Aber er fand keine. War es etwa eine Sünde, daß er die Witwe Blumich genommen hatte, und rächte sich jetzt ihr toter Mann? Ach! lebten die Toten? Hatte er sich je an Muli, dem Esel, versündigt? War das etwa ein Unrecht, daß er das Tier, als es einmal unterwegs stehenblieb und etwas Unerklärliches auf dem Boden suchte, mit einem sanften Schlag weitertrieb? Ach, war der Schlag auch sanft gewesen? War es nicht vielmehr ein harter, ein schmerzlicher, ein unbarmherziger? „Muli, mein Esel!" flüsterte Andreas und legte seine Wange an die Stelle, die er geschlagen hatte.

Gegen Morgen schlief Andreas ein. In seinen ersten Schlaf rauschte schon der frühe Lärm der Straßen. Das Tier blieb unbeweglich. Es ließ ein leises Grunzen hören und näßte das Stroh, das sofort gefror. Sein Urin roch schwer und betäubend.

Am nächsten Tag kam Andreas grußlos in die Stube. Er entnahm selbst Brot und Margarine dem Schrank. Die kleine Anna kam aus der Schule. Sie schmiegte sich an ihn, als wollte sie ihn versöhnen. „Spiel ein bißchen!" bat sie. Und Andreas spielte auf seinem Leierkasten die wehmütigsten Lieder, mit denen der Fabrikant das Instrument ausstaffiert hatte. „An der Quelle saß der Knabe" und die „Lorelei". Und die Melodien erinnerten ihn an jenen glücklichen Sommertag, an dem er zum erstenmal in den Hof dieses Hauses gekommen war.

Oh, wunderbar war der Sommer, eine kostbare Schnur glücklicher Tage, Tage der Sonne und der Freiheit, der alten Lindenbäume in den gastfreundlichen Höfen. Die Fenster in allen Stockwerken flogen auf, rundliche rote Freudengesichter steckten die Mädchen wie festliche Lampions zu den Küchen hinaus, und der Duft guter Speisen sättigte die Nase. Lachende Kinder tanzten um die Musik, das Kreuz blinkte in der Sonne, die Uniform, heute von Stroh und Unrat beschmutzt, wie sauber und ehrfurchterregend war sie damals!

Katharina kam. Mit sachlichen, knappen Bewegungen hantierte sie im Hause. Sie schien ihren Mann gar nicht mehr zu sehn. Sie stellte wortlos und mit einem heftigen Ruck eine irdene Schüssel auf seinen Platz. Er kannte diese kleine Schüssel mit der schadhaften Glasur. Manchmal bekamen ein alter Bettler, eine verirrte Katze, ein zugelaufener Hund aus ihr zu essen. Katharina selbst schlürfte die Suppe aus einem rotgeränderten Porzellanteller. Auch hatte sie den Kohl von den Kartoffeln gesondert vor sich aufgestellt. Aber in der kleinen Schüssel Andreas' mischte sich alles, und ein großer Knochen ragte zwischen dem Mischmasch wie ein Dachtrümmerstück im Schutt eines zerfallenen Hauses.

Was sollte er tun? Er aß und wurde demütig und richtete von Zeit zu Zeit sein Auge auf Katharina. Sie hatte ein rotes Gesicht und war sehr sorgfältig onduliert, mit vielen kleinen Wellchen, die bis zu den Augen reichten, und in der Mitte trug sie ein paar kurzgeschnittene und in die Stirn gekämmte, am Ende mit einem scharfen Lineal abgeschnittene Härchen, die wie Fransen eines Schals aussahen. Sie duftete wie ein Friseurladen nach allerlei Gerüchen, Patschuli mischte sich mit Haaröl und dieses mit Kölnischem Wasser. Ein anderer hätte sofort erkannt, daß Katharina einen ganzen Vormittag im Damenfrisiersalon zugebracht hatte. Andreas aber merkte nichts.

Ihn beschäftigte nur das Rätsel der plötzlichen Veränderungen, die sich um ihn vollzogen hatten. Es war wie eine Verzauberung. Er versuchte, sich den Vorfall in der Straßenbahn klar ins Gedächtnis zu rufen. Er sah wieder den Herrn, der ihn angegriffen hatte. War es nicht umgekehrt gewesen? Was hatte der Herr nur gesagt? Daß die Invaliden simulierten! Und es stimmte. Wie oft hatte Andreas selbst Simulanten gesehen. Woraus entnahm er eigentlich, daß der Herr ihn persönlich gemeint hatte? Er sprach ganz allgemein. Er ärgerte sich mit Recht über die Versammlung. Waren es doch Tagediebe, Rebellen, Gottlose, sie wollten die Regierung stürzen, und sie verdienten ihr Schicksal.

Es war eben eine Ausnahme, daß Andreas das Pech hatte, mit einem unfreundlichen Schaffner, mit einem verständnislosen Polizisten zusammenzustoßen. Sie sollen ihn nur vor Gericht bringen. Hier wird er kategorische Bestrafung der untergeordneten Organe verlangen. Hier wird er seinen Lebenslauf erzählen, seine Kriegsteilnahme, seine Begeisterung für das Vaterland. Er wird die Lizenz wiederbekommen. Er wird Katharinas Achtung aufs neue erringen. Er wird Herr im Hause sein. Der Mann seiner Frau. Sie stand auf. Ihre breiten, in ein Mieder gepreßten Hüften bewegten sich selbständig, und die strotzende Fülle ihrer Brüste zappelte, wenn sie einen Schritt machte. Andreas erinnerte sich an ihre gemeinsamen Liebesfeste, an den Druck ihrer nachgiebigen und dennoch muskulösen Oberschenkel, und er höhlte die Hand und glaubte wieder die breite, weiche, schwellende Endlosigkeit ihrer Brust zu fühlen.

Ach! laßt uns nur vor Gericht kommen. Dort sitzen keine ungebildeten Polizisten und keine rohen Schaffner. Die Gerechtigkeit leuchtet über den Sälen der Gerichtshöfe. Weise, noble Männer in Talaren sehen mit klugem Blick in das Innere des Menschen und sondern mit bedächtigen Händen die Spreu vom Weizen.

DIE REBELLION

Hätte Andreas eine Ahnung von der Jurisprudenz gehabt, so hätte er gewußt, daß die Gerichte sich bereits mit ihm beschäftigten. Denn sein Fall gehörte zu jenen sogenannten „eiligen Fällen", die nach einem Erlaß des modernen Justizministers sofort in Behandlung genommen wurden und zur Erledigung kamen. Schon hatten die großen, rollenden Räder des Staates den Bürger Andreas Pum in die Arbeit genommen, und ohne daß er es noch wußte, wurde er langsam und gründlich zermahlen.

10

Am nächsten Morgen kam eine gerichtliche Vorladung an den „Lizenzinhaber Inhaber Andreas Pum". Das Schriftstück trug ein Amtssiegel, einen weißen, lithographierten Wappenadler auf einem roten, runden Papier, und obwohl die Adresse von einer flüchtigen Hand geschrieben war und der Gerichte vielbeschäftigte Eile bewies, verbreitete das Schreiben dennoch eine Ahnung von jener langsamen Feierlichkeit, die unsere Ämter auszeichnet. Es enthielt die Vorladung vor die zweite Kammer, welche die eiligen und unbedeutenden Strafsachen zu behandeln hatte. Zum erstenmal wurde hier Andreas Pum als ein „Beschuldigter" bezeichnet, ein Wort, das, wenn es von einem Gericht geschrieben war, schon fast wie „Bestrafter" klang. Im übrigen enthielt das Schreiben nur noch die nähere Terminbestimmung, einen runden, roten Stempel, der etwas blaß und undeutlich ausgefallen war, und die unleserliche Unterschrift eines Richters, die anzudeuten schien, daß der Mann der Gerechtigkeit vorläufig nicht gekannt sein wollte.

Mehrere Male las Andreas das Schreiben des Gerichts, in einer törichten und aussichtslosen Hoffnung, daß er zwischen den gedruckten Zeilen des Formulars etwas herauslesen könnte, Nützliches oder Schädliches, etwas von der Stimmung, die den Richter beherrschte. Als das nicht gelang, versuchte er, sich das Gericht vorzustellen, das Kreuz, die Lichter, die Barriere, die Angeklagtenbank, den Exofficio-Verteidiger, den Richter, den Schreiber, den Gerichtsdiener, die Aktenbündel und das große Bild des Gekreuzigten, zu dem er innerlich schon betete. Er ging in die Kirche aus gelben Ziegelsteinen hinüber, in der er seit seiner Trauung nicht gewesen war. Die Kirche war leer, ein Fensterflügel stand in der Höhe eines Stockwerks offen, und kalte Luft blies der Winter in das Gotteshaus, das dennoch muffig roch, nach Menschen, ausgelöschten Talgkerzen und Tünche. Andreas faltete die Hände, kniete nieder und sagte mit der dünnen Stimme, mit der er als Schulknabe vor dem Unterricht gebetet hatte, drei, vier, fünf Vaterunser auf.

Hierauf fühlte er sich beruhigt, gesichert vor böser Überraschung, vor dem gerichtlichen Urteil, das im Schoße des Morgen lag.

Er kehrte heim und traf einen fremden Mann im Zimmer. Der stand auf und verneigte sich leicht und setzte sich wieder und sagte sitzend zu Andreas: „Ich warte auf Ihre

Frau Gemahlin. Sie entschuldigen schon! Ihre Frau Gemahlin muß in einer Viertelstunde dasein. Ihre Frau Gemahlin war heute früh bei mir im Geschäft. Sie können selbst sehen, wie pünktlich ich bin. Den ganzen Tag unterwegs und immer pünktlich. Das ist meine Devise."

Andreas betrachtete den Mann feindselig, obwohl er ihn weder kannte noch verstanden hatte. Gewiß war er zu irgendeinem bösen Zweck hier – Andreas ahnte es. Er gab sich einige Mühe, den Beruf und die Absichten des Fremden zu erraten. Aber es gelang ihm nicht. Solange der Fremde saß, machte er den Eindruck eines großgewachsenen Mannes, wenn er aufstand, war er sehr klein. Denn er hatte kurze Beine. Sein vorgewölbtes Bäuchlein hätte auf eine gewisse Gutmütigkeit schließen lassen, ebenso wie die rötlichen Mädchenwangen und der harmlose, kleine, schwarze Schnurrbart und das glatte, gepuderte und säuberlich rasierte Kinn, das in der Mitte eine lächelnde Mulde hatte. Auch das Näschen war zierlich, sorgfältig und wie aus Gips geformt. Aber in den kleinen, schwarzen Augen brannte ein böser Glanz. Der Fremde sah aus wie ein pausbäckiger Knabe mit dem Wuchs und dem Gebaren, der Stimme und dem Bartwuchs eines Mannes. Von ihm ging eine heitere Bosheit aus, eine niederträchtige Gutmütigkeit. Er saß da und hatte gar nicht das Angesicht eines Wartenden. Es schien, daß er sich nicht einen Augenblick langweilte. Seine brennenden Augen sprühten Funken über die Gegenstände des Zimmers, den Teppich, den Tischläufer, die Vase aus blauem Stein, das Kissen mit der Stickerei, als wollte er alles in Brand setzen. So saß er da, lebhaft beschäftigt, und ließ merken, daß sein reger Geist auch an den gleichgültigsten Dingen der Welt Interesse zu finden imstande war.

Immer noch duftend, von einer Wolke parfümierten Frohsinns umgeben, trat Frau Katharina ein, und als hätte ihn plötzlich etwas auf seinem Sitz gestochen, sprang der Mann in die Höhe. „Ich begrüße Sie ergebenst!" sagte er. „Wir wollen gleich ans Geschäft gehen. Nur nichts aufgeschoben! ist meine Devise."

Katharina klirrte mit den Schlüsseln. Andreas beobachtete sie und den Mann schweigsam aus der Ecke. Er folgte ihnen, als sie hinausgingen. Auf seiner Stirn stand kalter Schweiß, und sein Herz klopfte in wuchtigen, die Brust fast sprengenden, von Zeit zu Zeit aussetzenden Schlägen. An die Tür gelehnt, die den Hof vom Flur trennte, stand er und sah, wie seine Frau den Stall Mulis aufsperrte und den Esel hinauszog. Es war sonnig und trocken, und das kleine Tier warf einen unwahrscheinlich riesigen Schatten auf den glitzernden Schnee. Vor Andreas' Augen verfinsterte sich die Welt. Der strahlende Himmel wurde dunkelblau und schien sich herabsenken zu wollen wie ein Vorhang. Alle Gegenstände wurden dunkelgrün, wie durch ein Bierflaschenglas gesehen. Alles spielte sich in dieser zauberhaften Traumbeleuchtung ab. Der Fremde tätschelte den Esel. Er kniff ihn, als wollte er sich überzeugen, ob das Fell dick genug sei. Er kitzelte das Tier an den Ohrenspitzen, daß es unwillig den Kopf wandte und schüttelte.

DIE REBELLION

„Sehen Sie", sagte der Fremde, „was fang' ich mit so einem Tier an? Ich will ja damit nicht gesagt haben, daß ich es überhaupt nicht brauche, aber was fang' ich mit einem Tier an? Wenn es wenigstens ein Pferd wäre, ein kleines Pferdchen", sagte er mit zärtlicher Stimme, als spräche er schon zu einem kleinen Füllen.

„Ich sagte Ihnen ja: ein Esel", erwiderte mit resoluter und schriller Stimme, die nichts Gutes verhieß, Frau Katharina. „Gewiß, gewiß", sagte der Mann mit niedergeschlagenen Augen, „ein Esel, gewiß. Aber so ein kleines Eselchen!"

„Ein Esel ist doch kein Kamel!" schrie Frau Katharina.

„Belieben zu scherzen, ha, ha, ein Esel ist gewiß ein Esel. Aber es gibt große und es gibt kleine Esel, auch ganz winzige Tierchen. Ich habe schon viel kleinere Tierchen gesehen!"

„Na, sehen Sie!" triumphierte Katharina. „Sie sagen's doch selbst!"

Zögernd griff der Mann nach der Brieftasche. Er zog drei Scheine, sie waren sehr neu und knisterten, und er zählte sie zweimal und hielt sie in die Luft und knatterte noch mit ihnen eine Weile.

Dann schlang er sein kleines, fettes Ärmchen um Muli, und das Tier trottete hinaus, an Andreas vorbei. Katharina blickte über ihn hinweg, als wäre er ein Bestandteil des Türpfostens.

Andreas sah seinem Esel bis zur Tür nach. Der Mann wandte sich noch einmal und grüßte: „Ergebenster Diener!" sagte er. Andreas humpelte ihm nach. Er sah bis an das Ende der Straße. Da ging der Mann, und Muli trottete am Rande des Bürgersteigs, hart neben der Bordschwelle, das liebe Tier, das warme, kleine Wesen. Es hatte goldbraune Augen gehabt, und sein grauer Leib barg eine menschliche Seele.

II

Der Tag, an dem Andreas vor Gericht erscheinen sollte, brach an wie ein ganz gewöhnlicher Tag, wie alle Tage, die ihm vorangegangen waren. In der Nacht, die Andreas auf dem Sofa, ohne Kissen und in Kleidern, zugebracht hatte, war ihm eine großartige Rede eingefallen, deren Wirkung keine andere sein konnte als die, daß man ihn um Entschuldigung bitten und den Herren, den Polizisten und den Schaffner einsperren würde. Der Morgen beruhigte Andreas. Um zehn Uhr sollte der Termin stattfinden. Es ist fast sicher, daß bereits um zwölf Uhr Andreas Pum siegreich und im Besitz seiner Lizenz das Gerichtsgebäude verlassen wird. Die Sonne schien etwas wärmer, und der Frost war gebrochen. Der Schnee schmolz. Es tropfte von den Dächern mit einer süßen, hoffnungsfreudigen Melodie. Ja, es begann sogar ein Sperling zu zwitschern. Die freundliche Milde der Natur war wie Gottes tröstende Vergebung.

Andreas hätte sich nicht auf Anzeichen dieser Art verlassen, wenn er in den Gesetzen des Staates heimischer gewesen wäre. Er wußte nicht, daß die gut geölten Räder dieser

Maschine auch manchmal – und besonders in kleinen Fällen – sich unabhängig voneinander drehten und, jedes für sich, das Opfer zermahlten, das ihnen der Zufall ausgeliefert hatte. Denn nicht nur den Gerichten, auch der Polizeibehörde steht das Recht zu, Strafen zu verhängen, und wer es mit ihr angefangen hat, muß zuerst von ihr erledigt werden. Es schien der Polizei, daß Andreas sich einer gewöhnlichen „Übertretung" schuldig gemacht hatte und daß er der Lizenz nicht mehr würdig war, die er durch eine besondere Gnade des Staates bekommen hatte. Andreas Pum mußte also vor allem verhört werden.

So kam es, daß, während er zur Wanderung aufs Gericht rüstete, die Tür sich auftat und ein Kriminalagent eintrat, um Andreas zur polizeilichen Vernehmung abzuholen. Andreas verwechselte in seiner katastrophalen Unkenntnis der staatlichen Bestandteile diesen Mann der Polizei mit einem der Gerichte und sagte, daß der Termin erst für zehn Uhr angesetzt wäre. Der Beamte ließ sich die Vorladung zeigen, klärte Andreas mit der Sachkenntnis eines Menschen von Fach über den enormen Unterschied auf, zwirbelte dabei seinen blonden Schnurrbart und sagte endlich: „Pflicht ist Pflicht!" Das bedeutete, daß er nichts dafür könne, daß er aber seinen Auftrag, Andreas zur Polizei zu bringen, ausführen müßte. Vor dem Kommissär, so riet er, möge Andreas seine Vorladung zeigen.

Andreas Pum tröstete sich. Zwar ahnte er ein neues Unglück. Aber sein Verstand sagte ihm, daß der Staat für seine eigenen Irrtümer verantwortlich sein müsse und daß der Staatsbürger nicht das Recht habe, die Behörden auf ihre Widersprüche aufmerksam zu machen. Also ging er. Unterwegs erzählte er dem freundlichen Kriminalbeamten den ganzen Vorfall. Der Mann lachte herzlich und stark, seine blauen Augen blitzten, und seine breiten, weißen Zähne leuchteten. „Ihnen geschieht nichts!"sagte er. Und Andreas faßte neuen Mut.

In der Polizei mußte er warten. Entweder war der Beamte, der ihn verhören sollte, noch nicht anwesend oder mit anderen Dingen beschäftigt. Die Normaluhr an der kahlen Wand des Amtszimmers zeigte halb zehn. Andreas näherte sich der Barriere, hinter der ein Mann in Uniform von gelben Karthotekzetteln Namen und Daten auf rote Zettel umschrieb, und sagte: „Entschuldigen Sie!"

Der uniformierte Mann schrieb weiter. Er behandelte den Buchstaben K. Darin wollte er nicht gestört sein. Erst als er die erste Seite umblätterte, die mit L anfing, wandte er den Kopf…

Andreas zeigte ihm die Vorladung. Der Uniformierte fragte, was für eine Geschichte das nun schon wieder wäre, als hätte er bereits eine schwere Enttäuschung mit dieser Persönlichkeit erlebt. Andreas erzählte den ganzen Vorfall haarklein. Im Zimmer warteten zwei Straßenmädchen. Sie lachten.

Der Uniformierte faltete die Vorladung wieder zusammen und sagte: „Warten Sie!" Dann schrieb er weiter. Endlich ging eine Tür auf, die Stimme eines unsichtbaren Menschen rief: „Andreas Pum!"

DIE REBELLION

Andreas trat vor einen Herrn und machte eine Verbeugung, wobei seine Krücke ein wenig ausrutschte, so daß er mit der Hand gegen den Schreibtisch fiel, hinter dem der Kommissär saß.

„No, no!" sagte dieser.

„Erlauben bitte", stotterte Andreas, „ich habe hier eine Vorladung!"

„Das weiß ich", sagte der Herr, „antworten Sie, wenn Sie gefragt sind."

Hierauf begann er, den Bericht jenes Polizisten vorzulesen, der Andreas aufgeschrieben hatte. Als er zu der Stelle kam, an der die Lizenz erwähnt wurde, schwang er sie ein wenig hoch, so daß Andreas sie sehen konnte.

„Ist das so?" fragte der Kommissär.

Es war ein junger Mann mit einem sehr hohen Stehkragen und einem sehr kleinen, dünnen Gesicht. Sein spitzes Kinn machte Anstalten, im Kragen zu verschwinden. Er sprach mit einer heiseren Stimme. Dabei glättete er seine Frisur mit beiden Händen und prüfte mit sanften Fingerspitzen immer wieder die gerade Linie seines Scheitels.

„Ja", sagte Andreas, „aber nicht ganz."

„Wie denn sonst?" fragte der Kommissär.

Andreas erzählte seine Geschichte zum drittenmal. Dann holte er schnell seine Vorladung hervor und zeigte sie dem Kommissär. Der sah nach der Uhr und sagte: „Zu spät! Weshalb sagen Sie das nicht gleich?!"

„Was soll ich jetzt tun?" fragte Andreas.

„Jetzt werden wir Sie erst erledigen."

„Wie lange dauert es?"

„Das geht Sie gar nichts an!" schrie der Kommissär. „Gar nichts an", wiederholte er – und sprang auf. Er begann, im Zimmer hin und her zu gehen. Er schlug mit der Faust auf den Tisch und schrie: „So eine Frechheit!"

Andreas fühlte, daß ihm Blut ins Gesicht schnellte. Haß gegen den Beamten ergriff ihn, schüttelte ihn so, daß er zitterte. Mit dem Stock schlug er auf den Boden. Speichel floß in seinem Mund zusammen. Er spuckte aus.

Der Beamte ballte die Fäuste. Andreas sah ihn in weiter Ferne. Der Beamte schrie. Andreas hörte seinen Schrei gedämpft und matt. Rote Räder kreisten vor Andreas' Augen. Er hob den Stock und traf einen Lampenschirm. Er klirrte schrill. Zwei Männer stürzten sich auf Andreas.

„Vierundzwanzig Stunden!" schrie der Beamte. Dann überreichte er den Akt Andreas Pum einem Schreiber: „Lizenzentziehung!" seufzte er und sagte: „Der nächste!"

Und während man Andreas über den Hof des Gebäudes in den Arrest für leichte Fälle führte, entschwanden alle Gedanken seinem Hirn. Es war, als ob sein Schädel auslaufen würde. Eine schmerzliche Leere entstand in seinem Kopf.

12

Der Arrest für leichte Fälle schien sehr tief zu liegen, Andreas fiel ins Halbdunkel. Er blieb an der Tür stehen. Er hörte den knarrenden Schlüssel. Er war wie tot. Ausgelöscht war die Sonne. Endgültig verronnen waren die Tage, unauffindbar verschüttet wie große verlorene, auseinandergerollte Perlen. Das Leben kehrte nicht mehr wieder. Es war vertan. Nichts blieb übrig. Tot war das Auge. Über alles, was es gesehen und jemals gespiegelt, breitete sich der Vorhang. Hinter dem verblaßten die Bilder der Dinge, der Tiere, der Menschen. Gestorben ist Muli, der kleine Esel, an der Straßenecke, hinter der er verschwand. Ein rosiger, rundlicher Tod hatte das Tier gekauft und mit einem kurzen, fetten Arm erstickt. Gestorben ist Katharina, Kathi, die breithüftige, hochbusige Frau. Gestorben ist Anna, das kleine Mädchen mit den dünnen Zöpfen. Die große, weiße, breitflügelige Schleife war ein Vampir auf dem Kopf des Kindes. Ausgelöscht wie mit einem großen Schwamm, als wären sie nur eine Kreidezeichnung auf matter Tafel gewesen, sind das Spital, der Krieg, die Lizenz, die Kameraden, der Ingenieur Lang, Willi, seine Braut, der Leierkasten, die Straßenbahn.

Nur in zarten, erlöschenden Umrissen wehten sie durch die Erinnerung.

Der Lagerplatz stieg auf aus dem Halbdunkel der Zelle, wie von einem Schnellmaler mit rasendem Pinselstrich an eine Leinwand gefegt. Da ist Kastor, der zottelige Hund mit den grün schillernden Augen, die in der Nacht phosphoreszierten, seine ernste Schweifquaste, die immer zu mahnen schien, weil sie die Bewegung eines väterlichen Zeigefingers nachahmte, sein tappender Schritt, der war wie ein Gang auf Teppichen der Finsternis. Dort der Zaun, braunlackiert und nach Ölfarbe riechend, mit dem dreifach gewundenen Draht auf dem oberen Rande, mit kleinen Zinken und Zacken wie einer eisernen Zahnreihe. Der Mond geht auf hinter geschichteten Brettern und klettert von vorragenden Latten empor, um sich über den Platz zu ergießen, das Sägemehl zu versilbern, das weich auf dem Boden liegt. Und Andreas schreitet, klirrend mit Waffen und Schlüsseln, den Hund hinter sich, neben sich, vor sich, rund um den Zaun. Wenn er müde ist, streckt er sich aus, den Rücken lehnt er gegen den Zaun, und seine müden Augen gleiten über seinen Bauch, seine Knie, seine Stiefelkappen.

Hört er ein Geräusch, knurrt der Hund, steht er behutsam auf, Schlüssel und Waffen an sich drückend, und setzt, wie ein Tier auf Pfaden der Beute, ein Bein vor das andere, ein Bein vors andere, und die Stiefel unterdrücken das gewohnte Knarren, weil der Fuß sie dazu zwingt.

Er war ein guter Nachtwächter, Andreas Pum, er hätte es bleiben sollen.

Er wurde aber einbeinig.

Er verlor ein Stück von sich und lebte weiter.

Man kann ein gewichtiges, wertvolles, unbedingt notwendiges Stück seiner selbst verlieren und dennoch weiterleben. Man geht auf zwei Beinen, verliert unterwegs ein halbes aus dem losen Kniegelenk, wie ein Federmesser aus der Tasche, und geht weiter. Es tut nicht weh, das Blut ist nicht sichtbar, es war kein Fleisch, kein Knochen, keine Ader. War's Holz? Eine Krücke? Eine natürliche Krücke? Besser geleimt als die künstliche, geräuschlos wie Gummi und stark wie Stahl?

Man konnte unhörbar gehen und konnte laut schreiten. Man konnte mit beiden Füßen aufstampfen. Man konnte hüpfen. Man konnte einen Fuß in der Hand halten. Man konnte mit beiden laufen. Man konnte Kniebeugen machen, einfache und tiefe. Man konnte exerzieren.

Das alles und noch manches andere können wir nicht mehr. Wie lange ist es her, daß wir nicht geräuschlos einen Fuß vor den anderen setzen konnten? Jeder unserer Schritte verursachte Hall und Widerhall. Wir kommen mit Geräusch und gehen mit Gepolter. Wir machen einen ständigen Lärm um uns. Die Krücke stößt Löcher in unsere Gedanken. Menschen auf zwei Beinen holen uns ein.

Die Zweibeinigen sind unsere Feinde. Zweibeinig ist der schiefnasige Herr auf der Plattform. Zweibeinig ist der polternde Schaffner. Zweibeinig ist der respektlose Polizist. Zweibeinig ist der Kommissär mit dem spitzen Kinn. Zweibeinig ist Katharina. Zweibeinig ist der rotwangige Tod, der Muli geholt hat. Die Zweibeinigen sind „Heiden".

Ein Heide ist jetzt Andreas selbst. Er ist verhaftet worden. Man hat ihm die Lizenz genommen. Er ist, ohne Schuld, ein Heide geworden. Würde er sonst im Arrest sitzen?

Es sitzen noch andere in dieser geräumigen Zelle. Gewiß sind es Raubmörder, Gottlose, Halunken.

Aber sie sind auch Heiden, wie Andreas. Er ist ihnen nicht böse. Zwar hat er nicht geraubt, aber er hat Gott verloren. Man kann Gott verlieren. Gott fällt aus dem Kniegelenk. „Was stehst du?" fragte ein Mann, der auf einem Kistenboden saß.

„Platz genug für bessere Menschen!"

Andreas setzte sich.

„Du bist Invalide?" fragte der Mann.

„Ja!"

„Wozu trägst du das Blech da an der Brust?"

„Ich weiß nicht."

Sie schweigen. Aus der Tiefe der Zelle sagte eine heisere Trinkerstimme durch die Luft: „Hast du Zigaretten?"

„Ja!"

Eine Gestalt tauchte aus dem Dunkel auf und schwamm näher, die Finsternis zerteilend.

Es waren drei Männer. Andreas hatte fünf Zigaretten. Sie beschlossen, Ketten zu rauchen.

„Du bist ein Neuer!" sagte der Mann mit der heiseren Stimme.

„Gib das Blech herunter!" schrie einer.

Der dritte trat zu Andreas, riß das Kreuz von seiner Brust und betrachtete es, indem er es ganz nahe vor die Augen führte.

„Haben dir ein Pflaster gegeben!" sagte der eine.

„Welcher Paragraph?" fragte der Heisere.

Der Heisere war ein „Jurist".

Jemand übersetzte: „Was du ausgefressen hast, will er wissen!"

Andreas sagte: „Ich weiß nicht. Ich bin ja gar nicht hier zuständig. Ich habe eine Vorladung für heute!" Und er zeigte seine Vorladung.

Der „Jurist" las. Er entzündete ein Streichholz, das er lose in der Tasche hatte, an seiner Hose und las. „Du mußt schnell machen, Mensch! Wieviel Uhr ist es?"

„Es ist ja zu spät", sagte Andreas.

„Na, dann haben Sie dich ja verknackt."

„Wieso?"

„Weil du nicht da warst. Das Gericht weiß nichts von der Polizei. Und die Polizei weiß nichts vom Gericht. Bist du nicht bei deiner Verhandlung und du bist Angeklagter, dann hast du morgen die Aufforderung, die Strafe anzutreten. Was hast du denn getan?"

Andreas schilderte den Vorfall auf der Straßenbahn.

„Ja", sprach der Heisere, „das kann körperliche Bedrohung eines Beamten sein. Amtsehrenbeleidigung auf jeden Fall. Es kann tätlicher Widerstand gegen die Staatsgewalt sein. Wenn die Beamten aussagen, daß du sie geschlagen hast, so entscheidet das Gericht: Ein rabiater Kerl! Sechs Wochen! Wärst doch hingegangen?!"

„Sie haben mich ja hierhergeholt!"

„Du kehrst einfach nicht zurück. Dann brauchst du auch nicht zu sitzen. Sechs Wochen sind für mich eine Kleinigkeit. Aber für dich nicht. Wovon lebst du eigentlich?"

„Ich habe eine Lizenz! Zum Spielen!"

„Verkauf mir deine Drehorgel!"

„Da muß ich sie aber zu Hause holen!"

„Ich hol' sie dir. Wo wohnst du? Gib mir ein Zeichen für deine Alte, daß sie mich erkennt."

„Reden wir morgen darüber", sagte Andreas.

„Du bist sehr dumm", sagte der Heisere. „Du hast alles ganz falsch gemacht. Ich hätte den Herrn verklagt. Man muß sich nur auskennen. Ich hätte ihn verprügelt und verklagt. Wie hat er denn ausgesehen? Vielleicht trifft man mit ihm zusammen. Denn die Welt ist klein und rund."

Aber Andreas wußte keine genaue Auskunft.

Die anderen schliefen ein. Einer nach dem anderen begann zu schnarchen.

Andreas wollte gern sechs Wochen und noch länger sitzen. Er will lebenslänglich eingesperrt sein.

Man ist auch so ein Gefangener, Andreas Pum! Wie Fangeisen liegen die Gesetze auf den Wegen, die wir Armen gehen. Und wenn wir auch eine Lizenz haben, so lauern

DIE REBELLION

doch die Polizisten in den Winkeln. Wir sind immer gefangen und in der Gewalt des Staates, der Zweibeinigen, der Polizei, der Herren auf den Plattformen der Straßenbahn, der Frauen und der Eselskäufer.

13

Am nächsten Morgen erhielt Andreas Pum eine Schale Kaffee und ein Stück Brot. Er verabschiedete sich von den drei Männern. „Laß dich nicht wieder ein!" mahnte ihn der Heisere. Als Andreas die Straße betrat, glaubte er, die Welt wäre neu angestrichen und renoviert, und er fühlte sich nicht mehr in ihr zu Hause; wie man fremd ist in einem Zimmer, in das man wiederkehrt, nachdem seine Wände eine neue Farbe erhalten haben. Fremd und unverständlich waren die Bewegungen der Menschen, der Gefährte und der Hunde. Sehr merkwürdig nahmen sich in dem Gewimmel eines belebten Platzes die Radfahrer aus, wie helle Grasmücken zwischen den großen Autobussen und Bahnen, den Lastwagen und den schwarzen, gedeckten Droschken. Ein knallgelbes Automobil schlenkerte, rasselte, wütete über den Platz. An seinen Wänden brannte lichterloh die rote Reklame: „Raucht nur Jota." Es war der Wagen des Wahnsinns. Der saß im Innern zwischen vier knallgelben und rotbemalten Wänden, und sein Atem wehte verderblich aus dem kleinen Gitterfenster. Wie merkwürdig, daß ich jetzt erst die Zusammenhänge sehe, denkt Andreas. Aus diesem Wagen breitet sich die Verrücktheit über die Welt. Tausendmal ist der Wagen an mir vorbeigefahren. Wie dumm war ich! Das kann kein Postwagen sein! Was hätte die Post mit roten Jotazigaretten zu tun? Was geht das die Post an, was die Menschen rauchen?

Tausend wunderbare Dinge entdeckt Andreas. An der Spitze einer Litfaßsäule befindet sich eine Windfahne. Sie vollführt kleine Drehungen, als könnte sie sich nicht für eine bestimmte Richtung entscheiden. Wenn man nahe vor ihr steht und sie ansieht, hört man auch ihr leises Knattern mitten durch den Lärm der Straße. Was macht eine Windfahne auf einer Litfaßsäule? Zeichen des allgemeinen Wahnsinns? Was ist es denn sonst? Ist es die Aufgabe einer Litfaßsäule, die Richtung des Windes anzuzeigen? Oder Vorträge, Theatervorstellungen und Konzerte?

Andreas schickte sein Auge verzweifelt zum Himmel empor, weil er dem Wahnsinn der Erde entrinnen wollte. Denn der Himmel ist von einer unsterblichen, klaren Bläue, und seine Farbe ist rein wie Gottes Weisheit, und ewige Wolken ziehen über sie hin. Heute aber verbanden sich Wolkenfetzen zu verzerrten Gesichtern, Fratzen wehten über den Himmel, und Gott schnitt Grimassen.

Da die Welt sich also verändert hatte, beschloß Andreas, sich mehr um sie zu kümmern und nicht wieder ins Gefängnis zurückzukehren.

Sein Blick fiel auf seine linke Brust. Er erinnerte sich, daß er kein Kreuz mehr trug. Und als hätte er das Bedürfnis, statt des Ordens, den er sich in seinem alten Leben erworben, einen neuen zu gewinnen, der seiner Wiedergeburt entsprochen hätte, wälzte er in seinem Gehirn das Wort „Heide", ein trotziges Wort, das plötzlich eine neue Bedeutung erhielt und das er sich, als wäre es ein Orden, selbst verlieh.

Andreas Pum erklärte sich als einen Heiden. Schon zählte er sich mit Übermut der Gilde der Verbrecher zu. Und sein Schritt wurde scheu, und sein Blick wurde lauernd, wenn ein Polizist vorbeiging. Als wäre er ein steckbrieflich verfolgter Mörder, so schlich Andreas durch die Seitenstraßen der Stadt.

So kam er, ohne es gewollt zu haben, vor seine alte Wohnung. Es war, als hätte er sie erst gestern verlassen. Er klopfte, wie er es immer getan hatte und wie es wegen des schwer schlafenden Willi nötig war, mit dem Stock dreimal gegen die Tür. Er hörte Willis verschlafenes Gähnen und das Knacken seiner starken Knochen, das immer vernehmbar wurde, wenn Willi die Arme dehnte.

„Da bist du ja wieder!" sagte Willi. „Wo ist dein Konzertflügel?"

Andreas faßte sehr viel Mut, als er Willi sah. Er hatte das Vertrauen, das man für einen Bruder empfindet. In traulichem Halbdunkel lag das Zimmer. Ein heimischer, liebgewordener Duft saurer Muffigkeit kam von den Wänden und von dem schmutzigen Lager. Und derselbe Rausch, der manche empfindsamen Menschen ergreift, wenn sie nach langer Weltreise die Grenze des Landes überschreiten, in dem sie geboren sind – derselbe Heimatrausch erfüllte Andreas Pum.

Willi deckte mit einem Pappendeckel den Tisch. Hierauf brachte er die Wurst, die er immer noch von seinem alten Lieferanten in der Seitenstraße bezog. Dann goß er Schnaps in das Teeglas.

„Gestern haben wir Geburtstag gefeiert von der Klara!" erläuterte er. Und er saß mit breit aufgestemmten Ellenbogen vor Andreas Pum und hörte diese seltsame, diese merkwürdige Geschichte, aus der er schloß, daß sie nur solchen Idioten wie diesem Krüppel zustoßen konnte.

„Du bleibst hier!" entschied Willi mit der Sicherheit eines Mannes, der Macht besitzt und schnelle Entschlüsse zu fassen weiß. „Wollen sehen, ob sie dich hier finden!" sagte Willi und war wirklich neugierig. Hierauf legte er sich wieder schlafen.

Auch Klara hörte mit großer Verwunderung Andreas Pums Geschichte. „So hast du Weib und Kind und alles auf einmal verloren!" sagte sie. Denn sie hatte ein weiches Herz.

„Wie gewonnen, so zerronnen", sagte Willi. Dann sang er die erste Strophe eines Gassenhauers.

„Fang dir nicht mit den dummen Gerichten an!" sagte die weichherzige, aber immerhin etwas furchtsame Klara. „Geh hin und sitz deine sechs Wochen ab."

Aber Willi, der von Nachgiebigkeit nichts hören wollte, stieß sie in den Rücken, so daß sie über den Tisch fiel. In dieser Nacht schlief Andreas den lächelnden, tiefen, reinen Schlaf eines Kindes. Aber am Morgen kamen zwei Kriminalbeamte. Sie hatten ihn bei seiner Frau nicht angetroffen und von ihr die alte Wohnung erfahren. Sie holten Andreas ab. Sie fuhren mit ihm zur Vorortbahn und ein gut Stück weiter außerhalb der Stadt.

Die Strafanstalt lag in der Nähe weiter Felder, ein breiter Bau, mit vielen zackigen Türmchen aus braunroten Ziegelsteinen.

So lag das Gefängnis, das Land beherrschend, heilig wie eine Kirche und finster wie ein gemauertes Gesetz. Das letzte, das Andreas von der Welt sah, war eine junge Katze. Sie mochte einem Gefängniswärter gehören. Sie lief, ein helles Glöckchen an einem roten Band um den Hals, an dem Zaun entlang, der das Haus der Gerechtigkeit von einem Feldweg trennte. Sie erinnerte an ein kleines Mädchen.

14

An seine Zelle gewöhnte sich Andreas sehr schnell; an ihre saure Feuchtigkeit, ihre durchdringende Kälte und an das schraffierte Grau, das ihr Tageslicht war. Ja, er lernte die Phasen der Dunkelheit unterscheiden, welche den Morgen, den Abend, die Nacht und die nebelhaften Stunden der Dämmerung kennzeichneten. Er wuchs in die Finsternis der Nächte hinein, sein Auge durchbohrte ihre Undurchdringlichkeit, daß sie durchsichtig wurde wie dunkelgefärbtes Glas am Mittag. Er entlockte den wenigen Gegenständen, unter denen er lebte, ihr eigenes Licht, so daß er sie in der Nacht betrachten konnte und sie ihm selbst ihre Konturen darboten. Er lernte die Stimme der Finsternis kennen und den Gesang der lautlosen Dinge, deren Stummheit zu klingen beginnt, wenn die polternden Tage vergehn. Das Geräusch einer kletternden Mauerassel konnte er vernehmen, sobald sie die glatte Wandfläche verließ und eine Stelle erreichte, die den Mörtel verloren hatte und in ihrer rissigen Ziegelnacktheit lag. Die kümmerlichen Äußerungen der großen Stadt, die bis zum Gefängnis drangen, erkannte er, jede in ihrer Art und einer jeden Herkunft und Abstammung. An den feinsten Unterschieden ihrer Laute erkannte er Wesen und Gestalt und Ausmaß der Dinge. Er wußte, ob ein vornehmer Privatwagen draußen vorbeisauste oder nur eine gutgebaute Droschke; ob ein Pferd die zarten Gelenke adeliger Zucht besaß oder die breiten Hufe des billigen Nützlichkeitsgeschlechts; er kannte den Unterschied zwischen dem flotten Trab des Rosses, das ein leichtes Wägelchen auf stummen Gummirädern führte, und jenem, das auf seinem Rücken den Herrenreiter trug. Er erkannte den schleppenden Schritt des alten Mannes und den schlendernden des jungen Naturliebhabers; das flotte Getrippel des hurtigen Mädchens und den zielbewußten Tritt der geschäftigen Mutter. Er konnte mit dem Ohr einen Spaziergänger von einem Wanderer unterscheiden; den Zartgebauten von dem Vierschrötigen; den Kräftigen von dem Schwachen. Er bekam die zauberhaften Gaben eines Blinden. Sein Ohr wurde sehend.

An den ersten Tagen seiner Haft versuchte er noch, durch das hohe Gitter hinauszusehen.

Er schob die Holzbank zum Fenster und ließ nicht nach, bis er mit seinen beiden Händen den unteren Rand der Mauerbuchtung gefaßt hatte, in der das Gitter saß. Ach – er war nur einbeinig, die stumpfe Krücke fand an der glatten Mauer nicht einmal den kümmerlichen Halt, den sein gesunder Fuß noch mühevoll ertastete, und er hing sekundenlang mit seinem ganzen Gewicht an den krampfdurchzuckten letzten Gliedern seiner Finger. So schwebte sein Körper in der Luft und seine Seele zwischen dem Verlangen, einen kargen Ausschnitt der Welt zu sehen, und der Furcht, hinunterzufallen und den Tod zu finden. Nie hatte er größere Gefahr gekannt. Denn niemals – auch im Felde nicht – hatte er so die Kostbarkeit des Lebens empfunden, dieses kleinen Lebensrestes, den ihm die Zelle gewährte. Ihr entriß er mit List und mit tausend Mühen den kurzen Augenblick in die Welt durch das schmutzige Glas hinter den engen Quadraten und kehrte dennoch erfrischt und bereichert in das ewige Dunkelgrau hinunter, als hätte er alle Schönheiten der Erde genossen. Diese kleinen Ausflüge, die sein Auge unternahm, versöhnten ihn immer wieder mit der Unerbittlichkeit seines Kerkers; bewiesen sie ihm doch, daß nicht einmal die Zelle, die ihn abschloß, außerhalb der Welt war und daß auch er noch dem Leben gehörte. Er war ein Krüppel und nicht unbeschränkter Herr über die Erde wie ein zweibeiniger Mensch. Er konnte nicht lautlos gehen, nicht hüpfen, nicht laufen. Aber er durfte wenigstens hinken und mit einer Sohle die Erde betreten, später, sechs Wochen später, kurze sechs Wochen später.

Manchmal hoffte er, die kleine Katze wiederzusehen, die er beim Eintritt in die Anstalt getroffen. Aber sein Auge erreichte gerade noch den Saum des dunklen Föhrenwaldes in der Ferne und einen schmalen Streifen des Himmels; manchmal ein geflügeltes Tier; eine hurtige Wolke; einmal sogar die schmalen Tragflächen eines Aeroplans, dessen Geräusch er immer hörte; – denn ein Flugplatz befand sich in der Nähe. Er aber sehnte sich nach der jungen Katze. Sie hatte er in dem letzten Augenblick seiner Freiheit gesehen. In der Nacht hörte sein geschärftes Ohr ein liebliches, kleines Läuten. Er bildete sich ein, es käme von der Schelle, die um den Hals des Tieres gehängt war.

Bald aber vergaß er es. Er kroch nicht mehr die Wand hinauf. Traulich erschien ihm die Zelle. Tausend Bilder erblühten aus seiner Einsamkeit. Tausend Stimmen erfüllten sie. Er sah ein Schwein, das mit dem Rüssel in die Fuge zwischen Tür und Wand des Stalles geraten war und sich nicht wieder befreien konnte. Er kannte dieses Bild. Als Knabe, bei seinem Onkel, der ein Steuereinnehmer auf dem Lande war und einen Hof besaß, hatte er es gesehen. Er sah ein Schwalbennest im Klosett; einen Papagei an einer Kette, der nach seinem Finger schnappte; den Kompaß und den silbergefaßten Zahn an der Uhrkette des Vaters; die Geburt eines Schmetterlings aus der dünnen, gebrechlichen Hülle der Puppe in einer grasgefütterten Streichholzschachtel; getrocknete Anemonen in einem Herbarium; ein goldgerändertes Gesangbuch und den ersten Schlips aus roter Seide.

Andreas hatte viel zu tun. Er mußte die Bilder einordnen. Wie ein Kind an den Sprossen einer Leiter, so kletterte der neugeborene Andreas an diesen kleinen Erinnerungen zaghaft empor. Es schien ihm, als müßte er noch lange klettern, um zu sich selbst zu gelangen. Er entdeckte sich selbst. Er schloß die Augen und freute sich. Wenn er sie öffnete, hatte er ein neues Stück entdeckt, eine Beziehung, einen Klang, einen Tag und ein Bild. Ihm war, als begänne er zu lernen und Geheimnisse täten sich vor ihm auf. So hatte er also fünfundvierzig Jahre in Blindheit gelebt, ohne sich selbst und die Welt zu kennen.

Das Leben mußte anders sein, als er es gesehen. Eine Frau, die ihn liebte, verriet ihn in der Not. Hätte er sie gekannt, niemals wäre es ihm zugestoßen. Was aber hatte er von ihr gekannt? Nur die Hüften, den Busen, ihr Fleisch, ihr breites Gesicht und den schwülen Hauch, den sie ausströmte. Woran hatte er geglaubt? An Gott, an die Gerechtigkeit, an die Regierung. Im Kriege verlor er sein Bein. Er bekam eine Auszeichnung. Nicht einmal eine Prothese verschafften sie ihm. Jahrelang trug er das Kreuz mit Stolz. Seine Lizenz, die Kurbel eines Leierkastens in den Höfen zu drehen, schien ihm höchste Belohnung. Aber die Welt erwies sich eines Tages nicht so einfach, wie er sie in seiner frommen Einfalt gesehen hatte. Die Regierung war nicht gerecht. Sie verfolgte nicht nur die Raubmörder, die Taschendiebe, die Heiden. Offenbar geschah es, daß sie sogar einen Raubmörder auszeichnete, da sie doch Andreas, den Frommen, ins Gefängnis schloß, obwohl er sie verehrte. So ähnlich handelte Gott: Er irrte sich. War Gott noch Gott, wenn er sich irrte?

Jeden Morgen gingen die Insassen dieses Hauses im Hof spazieren. Der Hof war dicht gepflastert, von kleinen Ziegelsteinchen war der Boden bedeckt, und man sah kein Stückchen Staub, kein Stückchen Erde. Ein großes Ereignis war eine Henne, die oft im Hof erschien. Hundertvierundfünfzig Sträflinge wallten, einer hinter dem andern, mit gesenkten Köpfen immer in der Richtung von rechts nach links, immer die vier Wände entlang. In der Mitte gingen die weißbraun gesprenkelte Henne und der Aufseher, der ein Rohrstäbchen in der Hand schwang und einen Revolver an der Hüfte trug. Am linken Ärmel hatten die Gefangenen ihre schwarze Nummer. Der Zug begann mit Eins und endete mit Einhundertvierundfünfzig. Viermal gingen sie das Quadrat des Hofes ab. Dann war die Stunde um. Sie sprachen nicht miteinander. Sie sahen sehnsüchtig nach der Henne. Einer lächelte manchmal. Der dreiundsiebzigste war Andreas Pum.

Einmal erblickte er im Hof ein Stückchen Zeitungspapier.

Der Aufseher sah gerade in die entgegengesetzte Richtung. Andreas hob es auf und barg es in der Hand. Er war sehr neugierig. Es war, als würde in seiner Zelle ein Mensch erscheinen, um mit ihm zu sprechen. Vielleicht, ja wahrscheinlich enthielt dieses Stückchen Papier eine lustige oder eine merkwürdige Geschichte. Er zerknüllte es und hielt es zwischen zwei Fingern. So konnte er vorschriftsmäßig die Hände an der Hosennaht halten. Der Weg erschien ihm lang, die Stunde unendlich, der Hof grausam gewachsen. Endlich ertönte der Pfiff des Aufsehers. Andreas kam in die Zelle und wartete, bis sich seine Augen an die Dunkelheit gewöhnten. Dann entfaltete er das Papier, rückte die Bank zum Fenster und setzte sich. Er las:

„Personalien. Als Verlobte empfehlen sich Fräulein Elsbeth Waldeck, die Tochter von Prof. Leopold Waldeck, und Dr. med. Edwin Aronowsky, Fräulein Hildegard Goldschmidt und Dr. jur. Siegfried Türkel, Fräulein Erna Walter und Willi Reizenbaum. Der Bankdirektor Willibald Rowolsky und Frau Martha Maria, geb. Zadik, zeigen hocherfreut die Geburt eines Sohnes an. Frau Hedwig Kalischer, geb. Goldenring, betrauert das Hinscheiden ihres Gatten Leopold Kalischer, Mitinhaber der Firma König, Schrumm & Kalischer, Vorsitzender des Aufsichtsrates der Gemeinschaft der Chemikalienhändler AG, der nach schwerem Leiden im 62. Lebensjahre gestorben ist. Herr Johann Kotz zeigt das Ableben seiner Gattin Frau Helene Kotz an. Bergwerksdirektor Bergassessor Harald Kreuth gibt Nachricht vom Tod seines Vaters Sigismund Johann Kreuth. Im 77. Lebensjahre verschied nach langem Leiden der Geheime Sanitätsrat Dr. med. Max Treitel.“

Andreas wendete das Papier und las auf der Rückseite: „Wenn das zutrifft, so versteht man jetzt, warum in den letzten Tagen die Poincaré-Presse den Sachverständigenbericht so geflissentlich als pro-französisch gepriesen hat – um ihren Herrn zu decken. Daily Mail, aus Paris direkt unterrichtet, zählt in bestimmter Form – –“

Hier brach das Papier ab.

Andreas Pum versuchte, sich die Menschen vorzustellen, von deren Leben er die wichtigsten Abschnitte erfahren hatte. Fräulein Elsbeth Waldeck war blond und vornehm, die Tochter eines Professors, die Braut eines Arztes. Der Doktor Siegfried Türkel war vielleicht ein Rechtsanwalt, und es wäre nicht von Schaden, seine Bekanntschaft zu machen. Vielleicht geriet man überhaupt nicht ins Gefängnis, wenn man mit dem Rechtsanwalt Türkel bekannt war. Ja, es war so: Alle, deren Namen auf diesem Stückchen Zeitungspapier standen, mußten miteinander befreundet sein. Der Doktor Aronowsky behandelte die Frau Martha Maria, geborene Zadik, und der Bergassessor Harald Kreuth lieh sich Geld vom Bankdirektor Willibald Rowolsky. Diesen vertrat der Rechtsanwalt Türkel bei Gericht, und der Rechtsanwalt Türkel machte dem Herrn Johann Kotz einen Kondolenzbesuch. Die Namen sprangen selbständig aus den Zeilen und verbanden sich wechselweise. Da hüpfte der Sanitätsrat zum Assessor und dieser zum Rechtsanwalt. Die Namen waren lebendig. Sie nahmen menschliche Gestalten an. Andreas Pum blickte auf das bedruckte Papier wie in ein Zimmer, in dem sich alle diese Menschen befanden und herumgingen und miteinander sprachen.

Dieses Bild bewegte ihn. Er stellte sich die Gesellschaft sehr glänzend vor. Es schien ihm, daß er hinter das Geheimnis der Welt gekommen war. Er glaubte zu wissen, daß er in der Zelle saß, weil er keinen von diesen Verlobten, Geborenen und Verstorbenen kannte. Weshalb stand es nicht gedruckt, daß Herr Andreas Pum, Lizenzinhaber, nach ungerechter Behandlung und ohne gehört zu werden, zu sechs Wochen verurteilt war?

DIE REBELLION

15

Das kränkte Andreas Pum. Andreas empfand die Beschämung zurückgesetzter Menschen, die sich auf eine Karriere vorbereitet hatten. Daß man gerade ihn eingesperrt hatte, daß man gerade ihn zum Heidentum zwang, war eine Ungerechtigkeit, grausam, unentschuldbar und verbrecherisch. Wie lange war es denn überhaupt her, daß er, fast mit der Würde eines Beamten, jedenfalls aber mit dem gottesfürchtigen Sinn eines Priesters, die Lizenz in der Tasche, an einer belebten Straßenecke die Nationalhymne spielte und die Leute zur Vaterlandsliebe fast ebensosehr ansporte wie zur Wohltätigkeit? Daß ein Schutzmann auf ihn zuschritt und sich, respektvoll grüßend, wieder entfernte, weil er die Berechtigung Andreas Pums, die Nationalhymne zu spielen, anerkennen mußte?

Was war denn eigentlich geschehen? Wie konnte sich die Welt so schnell geändert haben?

Ach! sie hatte sich gar nicht geändert! Immer war sie so gewesen! Nur wenn wir ganz besonders Glück haben, werden wir nicht eingesperrt. Aber unser Schicksal ist es, Anstoß zu erregen und im Gestrüpp der willkürlich wuchernden Gesetze zu stolpern. Wie Spinnen sitzen die Behörden, lauernd in den feinmaschigen Geweben der Verordnungen, und es ist nur eine Frage der Zeit, wann wir ihnen anheimfallen. Und es ist nicht genug daran, daß wir einmal ein Bein verloren haben. Wir müssen unser Leben verlieren. Die Regierung, wie wir sie jetzt erkannt haben, ist nicht mehr etwas Fernes, hoch über uns Befindliches. Sie hat alle irdischen Schwächen und keinen Kontakt mit Gott. Wir haben vor allem gesehen, daß sie durchaus nicht eine einheitliche Macht ist. Sie gliedert sich in Polizei und Gericht und wer weiß noch wie viele Ministerien. Der Kriegsminister mag jemandem eine Auszeichnung verleihen, und die Polizei sperrt ihn dennoch ein. Das Gericht mag ihn vorladen, und der Herr Kommissär tut es auch. So wurde mancher gottlos, ein Heide und ein Anarchist.

Manchmal dachte Andreas, daß es notwendig wäre, sich wieder vernehmen zu lassen. Und einmal, als der Direktor der Strafanstalt, wie er es jede Woche seiner Vorschrift gemäß tat, die Zelle inspizierte, erzählte ihm Andreas seine Geschichte. Der Direktor war ein sehr strenger Mann, aber er glaubte, daß der Bestand des Staates von dem Ausmaß der Gerechtigkeit abhänge, die in seinen Grenzen zur Anwendung gebracht werde. Er ließ ein Protokoll mit Andreas Pum aufnehmen und versprach, „die Sache in die Wege zu leiten".

Von diesem Tage an erfüllte Andreas Pums Brust ein neue, kleine Hoffnung. Zwar wußte er nicht, zu wem er zurückkehren sollte. Zwar hatte er das Wichtigste verloren, das ein Mensch in Freiheit nötig hat, um mit frohem Sinn und erfolgverheißender Kraft ein neues Leben zu beginnen: den Glauben nämlich, die Heimat der Seele. Und auch sein Körper hatte keine Heimat mehr. Von Katharina wollte er sich scheiden lassen. Wahrscheinlich hatte sie selbst schon die Scheidungsklage eingereicht. Sollte er zu Willi zurückkehren? Ein Straßenbettler werden? Würde er auch die Lizenz wiederkriegen? War es nicht überhaupt besser, er blieb in dieser Zelle, freiwillig, ein Leben lang?

Eines Tages erwachte er sehr früh. Er wußte nicht, wie spät es war, es konnte jedenfalls noch nicht sechs sein. Denn um sechs wurden die Sträflinge geweckt. An der Stelle, an der sein Bein abgesägt war, spürte er Schmerzen. Es mußte sich irgendeine bedeutsame Änderung des Wetters zugetragen haben. Plötzlich wurden leise plinkende Tropfen vernehmbar. Es regnete offenbar.

Andreas stand auf. Er schnallte seine Krücke an und stellte sich unter das Fenster. Jetzt hörte er den Regen ganz deutlich. Wäre das Fenster nicht in so tiefer Mauerbuchtung eingefaßt gewesen, so hätte der Regen sogar an die Scheiben getrommelt. So klatschte nur von Zeit zu Zeit ein einzelner Tropfen gegen eine Gitterstange. Jedenfalls aber stand fest: Es regnete.

Auf einmal erwuchs aus verschütteten Jahren ein Tag aus Andreas' Jugend. So war er mitten in der Nacht aufgestanden, von Erwartung und Unruhe getrieben, und hatte festgestellt, daß die Macht des langen Winters gebrochen war. Damals hatte er den Morgen gar nicht erwarten können, und auch jetzt konnte er es kaum. Was erschütterte ihn denn eigentlich so? Jahr um Jahr war er gewohnt, den regelmäßigen Wechsel der Jahreszeiten zu erleben, und seit mehr als dreißig Jahren hatte auf ihn der erste Regen keinen Eindruck gemacht. Er mußte weit zurückgreifen in die verschollene Jugend.

Und er sah die enge Gasse der ganz kleinen Stadt, in der er geboren war, und wie sie den einziehenden Frühling begrüßte, ihm spielende Kinder entgegenschickte und große Wasserbottiche, in denen sich das Regenwasser fangen sollte; wie sie ihre Kanalgitter öffnete, weil sie verstopft waren, und wie der Regen ungehemmt und in rastlos stürzenden, schäumenden, gurgelnden Fluten in die Untergründe der Gasse drang, wie er die schmutzigen winterlichen Schneereste an den Rändern des Bürgersteigs mit vernichtender Wut verschwinden, zerrinnen, Nichts werden ließ.

Ach, es wurde Frühling, und er sah es nicht! Die Welt änderte sich, und er war gefangen.

Jetzt klopfte der Wärter, und Andreas rief „Hier!" so schnell, daß der vorsichtige Beamte die Tür aufschloß und den angekleideten Andreas mit verwundertem Mißtrauen betrachtete. „Schon auf?" fragte der Wärter.

„Mein Knie schmerzt so!" antwortete Andreas.

„Heut ist kein Ausgang!" sagte der Wärter und schloß die Tür.

Oh, warum war heut kein Ausgang?

Die Finsternis lichtete sich, löste sich langsam in das gewohnte Dunkelgrau auf. Es wurde Tag. Der Regen wurde stiller. Auf einmal begann ein Vogel zu zwitschern. Eine ganze Vogelgruppe zwitscherte. Einige Spatzen drängten sich gegen das Gitter. Sie schrien und schlugen mit den Flügeln.

Andreas betrachtete die Vögel und lächelte. Er lächelte mild wie ein Großvater, der seinen spielenden Enkeln zusieht. Niemals hatte er sich um Spatzen sonderlich bekümmert. Jetzt schien es ihm, als hätte er eine alte Schuld an sie abzutragen. Er hätte sie gerne mit Brotkrumen gefüttert.

Er nahm sich vor, den Wärter darum zu bitten.

Als man ihm das Frühstück brachte, bat er den Wärter, einen Augenblick zu bleiben.

„Hören Sie", sagte er, „bringen Sie eine Leiter! Ich möchte den armen Spatzen ein paar Brotkrumen streuen."

Wenn Andreas dem Wärter zugemutet hätte, ihm die Schlüssel zu allen Zellen herauszugeben, die Überraschung wäre nicht größer gewesen. Der Beamte versah hier seit sechsundzwanzig Jahren seinen Dienst. Von all den Tausenden Häftlingen, die seiner strengen Obhut anvertraut gewesen, hatte noch keiner einen solch verrückten Wunsch geäußert. Der Wärter dachte, von seinem beruflichen Argwohn gefaßt, der seine zweite Natur geworden war, zuerst an eine List des Häftlings. Er beleuchtete mit seiner Taschenlampe Andreas, um dessen Gesicht zu erforschen. „Wie kommen Sie darauf?" sagte der Wärter.

„Sie tun mir sehr leid, die armen Vögelchen!" sagte Andreas mit einer erschütterten Stimme, daß der Wärter zu glauben anfing, Andreas sei verrückt.

„Lassen Sie sich nicht auslachen!" sagte er. „Der Herr sorgt für die Vögel. Essen Sie lieber das teure Brot allein!" „Meinen Sie?" sagte Andreas. „Ist es so sicher, daß Gott für die Vögel sorgt?"

„Das ist nicht Ihre Sache!" erwiderte der Beamte. „Und meine auch nicht. Wozu hat man denn die Gesetze? Ich kenne meine Vorschriften. Es ist verboten, Leitern in die Zellen zu bringen. Wenn Sie krank im Gehirn sind, müssen Sie sich beim Herrn Doktor melden! Ich kann Sie ja aufschreiben, dann kommen Sie zur Marodenvisite. Wenn Ihnen der Herr Direktor es erlaubt, dann können Sie ja auch die Vögel füttern. Aber ein Gesuch müssen Sie machen."

„Ich will ein Gesuch machen!" sagte Andreas.

Der Beamte notierte den Wunsch in sein Dienstbuch. Nach einer Stunde brachte er Papier, Tinte und ein Pult. „Schreiben Sie Ihr Gesuch", sagte er, „der Herr Direktor hat es erlaubt."

Andreas bat den Beamten um Hilfe. Dieser entzündete eine Kerze und zog seine Brille an. Dann diktierte er:

„An die hochwohllöbliche Direktion!

Endesgefertigter ersucht um die Bewilligung, einmal täglich den Spatzen sowie Vögeln anderer Art an den Fenstern seiner Zelle Brot und Speisereste auslegen zu dürfen.

Unterschrift: Andreas Pum, derzeit Häftling"

Dieses Gesuch steckte der Beamte ein.

Am Nachmittag kam der Doktor. Er hegte Zweifel an der geistigen Gesundheit Andreas Pums. Er begann, sich mit dem Häftling zu unterhalten. Andreas ergriff die Gelegenheit, auch dem Arzt seine Geschichte zu erzählen.

Der Doktor tröstete. Der Direktor, sagte er, würde schon die Sache in die Wege leiten. Andreas möge nur Vertrauen haben. „Aber die Spatzen zu füttern wird man Ihnen nicht erlauben! Es ist so was einfach zu umständlich. Man kann Ihnen doch nicht eine Leiter in die Zelle bringen!"

„Wozu hab' ich dann ein Gesuch geschrieben?"

„Das ist Vorschrift. Wenn Sie einen Wunsch haben, müssen Sie ihn schriftlich äußern. Aber erfüllt wird er Ihnen nicht."

Der Doktor lächelte. Er war ein alter, beleibter Herr mit grauen Stoppeln auf Wangen und Doppelkinn. Er trug eine unmoderne, goldgerändete Brille.

„Überlassen Sie doch dem lieben Gott die Sorge um seine Vögel!"

„Ach, Herr Doktor!" sagte Andreas traurig. „Manche sagen: Überlassen wir Gott die Sorge um diesen Menschen! Dann sorgt Gott nicht!"

Der Doktor lächelte wieder: „Es ist nicht gesund, ein Philosoph zu sein. Dazu reicht Ihre Kraft nicht. Man muß glauben, lieber Freund!" Der Doktor wußte bereits, daß er es mit einem Narren zu tun hatte; aber auch, daß dieser Narr ungefährlich war. Im übrigen hatte er noch im ganzen drei Wochen abzubüßen. Also beschloß er, Andreas sich selbst und seinen philosophischen Gedanken zu überlassen. Außerdem erwartete der Doktor heute seine Nichte. Er mußte zur Bahn und vorher noch einmal nach Hause. Und da er ein Menschenfreund war, reichte er Andreas die Hand.

Spät am Tag, es mochte vor Anbruch der Dämmerung sein, sah Andreas, wie draußen der Himmel sich lichtete. Ein Stückchen strahlenden Blaus war sogar durch die schmutzige, kleine Scheibe zu sehen. Und wieder lärmten die Spatzen.

Dann vernahm er den leichten Trab eines Wägelchens, das regelmäßig jeden Tag hörbar wurde.

Obwohl es erst Februar war, nahm er an, daß die Knospen an den Weiden und Kastanien schon ziemlich groß sein müßten. Er dachte an sie mit derselben Zärtlichkeit, die er für die Vögel übrig hatte. Er nahm sich vor, einen weiten Spaziergang zu unternehmen, wenn man ihn freiließe.

In dieser Nacht schlief er spät ein. Er hatte Schmerzen im Knie. Der Wind wütete draußen und in den langen Gängen der Anstalt.

Am nächsten Tage war wieder Inspektion. Der Direktor sagte, die Sache laufe gut. In zwei Wochen könnte sie erledigt sein.

Andreas würde also eine Woche früher freikommen. Man würde ein neues Verfahren einleiten. Dann könnte Andreas sich vor Gericht beschweren. Dann würde man ja das Unrecht einsehen und Andreas freisprechen. Er, der Direktor, wolle jedenfalls ein hervorragendes Zeugnis schreiben. So ein Zeugnis hätte er noch niemandem geschrieben.

DIE REBELLION

Und was die Fütterung der Spatzen anbelangte, so sei dergleichen nicht üblich. Die Anstalt sei schließlich kein Tierschutzverein.

In diesem Augenblick entdeckte der Herr Direktor, daß der Kübel, in dem Andreas seine Bedürfnisse zu verrichten hatte, nicht neben dem Fenster, sondern in der Nähe der Bank stand, und weil der Herr Direktor die Ordnung fast genauso liebte wie die Menschlichkeit, sagte er streng: „Ihre Pflichten aber dürfen Sie nicht vernachlässigen!" Und genauso wie Willi fügte er hinzu: „Ordnung muß sein!"

Er ging, und hinter ihm klirrte der Säbel des Wärters.

16

Ein Tag war schöner als der andere.

Man merkte es nicht nur im Hof, wenn man den vorschriftsmäßigen Spaziergang absolvierte. Man merkte es sogar im Hof weniger. Denn seine Luft war muffig, und obwohl über seinen hohen Wänden der Himmel sich wölbte, schien es, als läge eine unsichtbare Decke über ihn gespannt. Nie kam die Sonne in diesen Hof. Deshalb war sein Pflaster immer feucht, als sonderte es Schweiß ab. Es war wie eine Krankheit der Pflastersteine.

Übrigens kamen jeden Tag die Spatzen in ganzen Massen vor das Zellenfenster, als wollten sie Andreas an sein Versprechen erinnern. Das tat ihm weh. Er sah hinauf und betrachtete schmerzlich die lärmenden, kleinen Wesen. Er hielt stumme Ansprachen, und sein Herz redete zu den Tieren, ohne daß sich seine Lippen bewegten. Meine kleinen, lieben Vögel, lange Jahrzehnte war ich euch fremd, und ihr wart mir gleichgültig wie der gelbe Pferdekot in der Straßenmitte, von dem ihr euch nährt. Wohl hörte ich euch zwitschern, aber mir war es gleich wie das Summen der Hummeln. Ich wußte nicht, daß ihr Hunger haben könntet. Ich wußte kaum, daß Menschen, also meinesgleichen, Hunger haben. Ich wußte kaum, was der Schmerz ist, obwohl ich im Krieg war und ein Bein verlor, aus dem Kniegelenk fallen ließ. Ich war vielleicht kein Mensch. Oder ich war krank am schlafenden Herzen. Denn so etwas gibt es. Das Herz hält einen langen Schlaf, es tickt und tackt, aber es ist sonst wie tot. Eigene Gedanken dachte mein armer Kopf nicht. Denn ich bin von der Natur nicht mit scharfer Einsicht gesegnet, und mein schwacher Verstand wurde betrogen von meinen Eltern, von der Schule, von meinen Lehrern, vom Herrn Feldwebel und vom Herrn Hauptmann und von den Zeitungen, die man mir zu lesen gab. Kleine Vögel, seid nicht böse! Ich beugte mich den Gesetzen meines Landes, weil ich glaubte, eine größere Vernunft als die meinige hätte sie ersonnen, und eine große Gerechtigkeit führte sie aus im Namen des Herrn, der die Welt erschaffen. Ach! daß ich länger als vier Jahrzehnte leben mußte, um einzusehen, daß ich blind gewesen war im Lichte der Freiheit, und daß ich erst sehen lernte in der Dunkelheit des Kerkers! Ich wollte auch füttern, aber man verbietet es mir. Weshalb? Weil noch niemals ein Häftling diesen Wunsch hatte. Ach! jene waren vielleicht jünger, beweglicher und schneller, und sie dachten, wenn sie euch sahen, nicht an eure Nöte, sondern an ihre Freiheit, meine Vögel, und ich weiß schon, weshalb ich euch liebe. Ich weiß auch, weshalb ich euch nicht kannte, als ich selbst noch frei war. Denn damals war ich, obwohl einbeinig, dumm und alt, selbst wie ihr und ahnte nicht, daß tausend Gefängnisse auf mich warten, lauernd in den verschiedenen Teilen des Landes. Seht! ich möchte euch von meinem Brot geben, aber die Ordnung verbietet es. So nennen die Menschen den Kerker. Wißt ihr, was Ordnung ist, kleine Vögel?

Die Nacht heftete sich an den Tag und zerrann wieder im siegreichen Grau des Morgens. Andreas hörte auf, die Tage zu zählen. Jahre trennten ihn von seinem früheren Leben. Jahre trennten ihn von der kommenden Freiheit. Und obwohl er sich nach ihr sehnte, tat es ihm doch wohl, zu glauben, daß er niemals seine Sehnsucht erfüllt sehen würde. Er tauchte in seinen Schmerz tief hinab und beweinte sich wie einen teuren Toten. Er liebte seine Qualen wie treue Feinde. Er haßte seine verlebten Jahre wie verräterische Freunde. Eines Tages wurde er entlassen.

Obwohl er dem Direktor der Anstalt bescheiden und demütig dankte und seine Hand in dessen dargebotene legte, fühlte er doch noch später stundenlang den Druck der mächtigen Direktorshand wie eine feindliche Macht und wie den Willen des Staates und der Behörden, ihr Opfer nicht wieder freizulassen. Andreas faßte einen tiefen Argwohn gegen das Gesetz und seine Vertreter, und schon begann er, sich vor dem neuen Verfahren zu fürchten. Hatte man ihn nicht zum erstenmal ungerecht behandelt? Würde man ihn nicht noch einmal einsperren? Er wollte am liebsten fliehen. Die ganze Unermeßlichkeit der Welt war plötzlich vor ihm aufgetan, er sah Amerika, Australien und die fremden Gestade der Erde, und als wäre seine neugewonnene Freiheit noch ein Kerker, so empfand er das Land, in dem er lebte und in dem ihm Leid angetan war, als einen Gefängnishof, in dem er provisorisch frei spazieren durfte, um wieder in die Zelle zurückzukehren.

Indessen begab er sich zur Vorortbahn und löste, in einem kindischen Trotz, eine Karte zweiter Klasse. So saß er zum erstenmal auf grünen Polstern, breit in eine Ecke am Fenster gelehnt und den Ellenbogen stützend auf weiches, schwellendes Leder, und freute sich, daß er hier saß, wo nicht sein Platz war, daß er ein Unrecht beging und daß er sich anmaßte, was ihm nicht zukam. Er rebellierte gegen die ungeschriebenen und dennoch heiligen Gesetze der irdischen und der Bahnordnung, und sein trotziger Blick verriet den stillen und gutgekleideten Passagieren, daß er ein Rebell war. Sie rückten zur Seite, und Andreas freute sich. Er stand auf, es fiel ihm ein, daß er sämtliche Einrichtungen der zweiten Klasse sehen und genießen müsse, und er machte sich auf die Suche nach der Toilette im Korridor des Wagens. Sie war verschlossen. Er rief den Schaffner, der zufrieden in seinem Dienstabteil schlummerte, und er befahl mit der Stimme eines aufgeregten Herrn dem Beamten, das Klosett zu öffnen. Der Schaffner fand sogar ein Wort der Entschuldigung.

DIE REBELLION

Andreas trat ein und prallte sofort zurück. Aus dem schmalen Spiegel gegenüber der Tür blickte ihm ein weißbärtiger Greis entgegen, mit einem gelben Gesicht und unzähligen Runzeln. Dieser Greis erinnerte an einen bösen Zauberer aus den Märchen, der Ehrfurcht und Furcht erweckt und dessen weißer Großvaterbart wie das Abzeichen einer verräterischen Liebe ist, einer heuchlerischen Güte und einer falschen Ehrlichkeit. Andreas glaubte, sich an die Farbe seiner Augen zu erinnern: Waren sie nicht einmal blau gewesen? Jetzt schillerten sie in grünlicher Bosheit. Änderte sich auch die Farbe der Augen in der Luft der Zelle?

Weshalb sollten die Augen bleiben, wie sie gewesen, wenn das braune Haar in kurzen Wochen weiß geworden war? In kurzen Wochen? Bewies ihm nicht gerade diese ehrwürdige Haarfarbe, daß er lange Jahre in der Zelle zugebracht hatte?

Jetzt war er ein Greis, unfähig, ein neues Leben zu beginnen, und dem Tode nah. Nun, er wollte sich nicht fürchten. Er wollte freiwillig wieder ins Gefängnis zurückkehren und sterben. Sein Leben war nur noch kurz.

Er kehrte an seinen Platz zurück. Die Leute rückten auseinander. Es schien, daß sie sich über ihn unterhalten hatten; so plötzlich und unwahrscheinlich war ihr Schweigen. Andreas sah zum Fenster hinaus wie einer, der seinem Tod entgegenfährt und Abschied nimmt von den bunten Bildern der Erde. Ein bißchen traurig war Andreas. Er sah selbst die häßlichen Bretterzäune und die Reklamebilder mit dem Schmerz eines Abschieds für ewige Zeiten.

Und dennoch erwachte eine neue Hoffnung in seiner Seele als er den Bahnhof verließ. Er sah wieder den freudigen Wirbel der lebendigen, großen Stadt. Er sah über dem Gewirr der Wagen und Pferde und Menschen die neue Sonne des kommenden Frühlings. Und obwohl er ein weißhaariger Krüppel war, gab er seinen Trotz nicht auf. Todgeweiht, blieb er am Leben, um zu rebellieren: gegen die Welt, die Behörden, gegen die Regierung und gegen Gott.

17

Willi schlief nicht, obwohl es Mittagszeit war und die Stunde des besten und tiefsten Schlafs. Andreas brauchte nicht an die Tür zu klopfen. Willi hatte das Aufschlagen der Krücke im Hausflur gehört. Er öffnete und erschrak vor dem weißen Haar.

Aber mit der frechen Heiterkeit, die ihm eigen war und die Andreas freundlich entgegenschlug wie ein gutgemeinter, freundschaftlicher Stoß vor die Brust, fand Willi ein wohltätiges und lautes Scherzwort. Er traktierte Andreas mit Wurst und Witzen. Er holte eine große Schere, band ein Handtuch um Andreas und begann mit den Bewegungen eines Barbiers, den weißen Bart zu stutzen. Er machte ihn viereckig und ehrwürdig. Andreas sah sich im Spiegel und empfand Ehrfurcht vor seinem eigenen Angesicht. „Du siehst aus wie ein Waisenvater!" sagte Willi.

Hierauf begann Willi sich anzuziehen. Sehr erstaunt sah Andreas einen hellkarierten Anzug aus dem Dunkel des Kleiderkastens ans Licht kommen; einen hellbraunen, steifen Hut mit einem breiten, gerippten Seidenband und eine seidene, sonnengelbe Krawatte. Bald stand Willi da wie ein Modell aus einer Schneiderzeitung. Seine übermäßig großen Hände steckten in braunen Lederhandschuhen, deren Nähte leise krachten. Unter dem Arm hielt er ein schlankes, bewegliches, gelbes Baumbusstöckchen mit einem goldenen Knopf. Dann sagte Willi: „Leb wohl! Ich geh' jetzt kontrollieren! Schlaf dich aus indessen! Nur keine Sorge!" Er grüßte mit dem Hut und schloß die Tür ab. Dann ging er „kontrollieren".

In den fünf Wochen hatte sich nämlich eine große Änderung in Willis Leben vollzogen. Manchmal geschieht es, daß uns plötzlich die Lust packt, tätig zu sein und Geld zu verdienen, auch wenn wir von Natur den Müßiggang lieben. Sei es, daß der Frühling den neuen Tatendrang in uns weckt oder daß unsere Natur, der Faulheit müde, nach Abwechslung verlangt, ohne jede Rücksicht auf die Wandlung der Jahreszeiten – eines Tages treibt uns ein Zufall aus unserer Gleichgültigkeit, wir betreten die Straße, wir kehren in die Welt zurück, um uns in ihr zu tummeln, mit aufgeweckten, frischen und ausgeruhten Sinnen.

Ein Zufall rüttelte Willi auf. Er hatte immer Unternehmungsgeist besessen. Er war sich seiner Gaben bewußt. Er hatte schon oft daran gedacht, die Konjunktur dieser Zeit auszunützen. Er sah, wie junge Leute mit stumpfen Hirnen und nur mit dem Willen, Geld zu verdienen, eine gleichgültige Sache anfingen, einen Handel mit Streichhölzern oder Toiletteseife zum Beispiel, und wie sie es zu einem Vermögen brachten. Er hatte es nicht nötig, sich wegen seiner alten Sünden vor der Polizei ewig verborgen zu halten. Er besaß die Fähigkeit, Pässe zu fälschen, und er sah längst nicht mehr so aus wie vor vier Jahren, als er in der Basteistraße eingebrochen war. Heute klebte übrigens sein Bild nicht mehr an den Litfaßsäulen der Stadt. Er brauchte nichts mehr zu fürchten.

Diese Gedanken kamen ihm in einer Nacht, als Klara heimkehrte und ihm erzählte, der Alte aus der Herrentoilette des Cafés Excelsior wäre gestorben. Klara schlug ihm schüchtern vor, vielleicht vorläufig, für einige Wochen nur, in der Herrentoilette den Dienst zu übernehmen. Das lehnte Willi ab. Der Frühling kam. Die Rennsaison begann. Da gab es viel zu verdienen. Im Frühling setzte sich ein Mann von seinen Fähigkeiten nicht freiwillig in die Scheißbude.

Aber ein Einfall erleuchtete ihn plötzlich.

Drei Tage blieb Willi unterwegs. Zuerst besorgte er sich in einem Laden, in dem eine schwerhörige Witwe Kaffeebohnen und Malz verkaufte, Betriebskapital. Das verursachte weiter keine Mühe. Er trat ein, neigte sich über den Ladentisch, gab sich verliebt, bediente auch ein paar Kunden, ohne daß ihn die Witwe dazu aufgefordert hätte. Dann half er ihr den Laden schließen, knipste das Licht aus und nestelte mit der Linken an dem Rock der Frau, während er mit der Rechten die Schubladen öffnete. Dann begab er sich in die großen Kaffeehäuser der Stadt, sprach mit den Wirten und Direktoren und entdeckte überall Mißstände: Die Toiletten waren nicht gut oder überhaupt nicht verwaltet, er war entsetzt über eine solch gefährliche Vernachlässigung der Hygiene und versprach, sich der Sache anzunehmen. Am nächsten Morgen klaubte er Invaliden und Nichtstuer von den Straßen auf und wählte unter ihnen die zuverlässigsten mit kundigem Blick und unerbittlicher Strenge. Da er nur wenig geeignetes Material fand, scheute er den weiten Weg zum Altersversorgungsheim auch nicht. Dort lebten die anständigsten Greise und Greisinnen. Er schrieb Zettel aus, gab jedem ein geringes Angeld, lief in die Toilettegeschäfte, bestellte Seifen, Nagelfeilen, Zahnpulver, Schwämme und Bürsten für die großen Kaffeehäuser und entdeckte, als er draußen war, daß er, fast ohne es zu wissen, ein paar Flaschen Kölnisch Wasser mitgenommen hatte. Diese brachte er zuerst in Sicherheit und nach Hause und stellte sie in Pyramidenform auf dem Brett über seinem Lager auf. Dann teilte er den Kaffeehausverwaltungen mit, daß er die „Organisation sämtlicher Garderoben, Herren- und Damentoiletten" übernommen habe. Und nach drei Tagen sammelte er seine ersten Einkünfte. In jedem Kaffeehaus saßen seine Leute. Hatte er die Toiletten schon besetzt gefunden, so errichtete er Garderoben. Er ging in seinem hellkarierten Anzug zur Behörde, fuchtelte mit dem Stöckchen, lud Wachtmeister zu einem Glas Bier und ließ Schnaps folgen und bekam eine Konzession auf den schönen Namen: Wilhelm Klinckowström, der eigentlich einem gefallenen Soldaten gehörte, dessen Militärpapiere sich Willi gesichert hatte. Von nun an hieß er: Herr Klinckowström, und manchmal setzte er noch ein bescheidenes „von" vor diesen ohnehin sehr anmutigen und noblen Namen. Er mietete ein „herrschaftlich möbliertes Zimmer" im vornehmsten Viertel der Stadt, kaufte eine Schreibmaschine, und Klara wurde seine „Sekretärin". Sie kam jeden Tag aus ihrer alten Wohnung in die neue und lernte mühsam maschineschreiben. Willi diktierte gleichgültige Briefe mit erhobener Stimme und schrie von Zeit zu Zeit. Seine Wirtin bezahlte er pünktlich, dafür verlangte er äußerste Sauberkeit unter der Devise: Ordnung muß sein. Klara gab ihre Stellung und ihren nächtlichen Beruf auf.

Willi erwies sich als ein treuer und sorgfältiger Kavalier. Sie wollten im Mai heiraten. Willi kaufte Kleider, Sommerhüte, Goldkäferschuhe und seidene Strümpfe, Pyjamas und Busenhalter aus den feinsten Geweben. In jedem „seiner" Lokale war Willi ein gerngesehener und freigebig bedienter Stammgast. Er war sehr nützlich. Mit der Polizei wußte er zu reden, Musikanten und Kapellmeister billig zu verschaffen. Nachdem ihm eines Tages der Gedanke gekommen war, nach Südamerika auszuwandern, begann er, überall zu erzählen, daß er fünfzehn Jahre in Brasilien gewesen sei. Er schilderte haarklein das Leben in Brasilien und malte das Land so wunderbar, daß er immer stärkere Sehnsucht verspürte auszuwandern. Diesen Plan teilte er Klara mit. Sie war seit einigen Wochen sehr glücklich und mit allem einverstanden. Sie entsann sich sogar einer alten Tante und machte ihr einen Besuch mit Willi, den sie als ihren Gemahl, Herrn Klinckowström, vorstellte. Die Tante bekam regelmäßige, kleine Unterstützungen. Die Geschäfte florierten. Willi kaufte Puppen aus Stoff und Seide für die Damentoiletten. Sie fanden guten Absatz. Man beobachtete, daß seit kurzer Zeit alle Frauen, gesetzten und jüngeren Alters, aus den Toiletten mit großen Puppen zurückkehrten. Es gab viel zu tun. Gelegentlich starb ein Greis, der, mitten aus seiner trägen Altersstille herausgeholt, das geräuschvolle Nachtleben nicht vertrug. Ersatz mußte man schaffen. Einige waren unehrlich. Willi übergab sie der Polizei und kannte kein Mitleid. Ordnung mußte sein.

So wunderbar hatte das Schicksal Willis Leben verändert. Er wurde ein wohlhabender Mann. Nur sehr selten stahl er noch, um seine Geschicklichkeit zu erproben. Meist kaufte er, ohne lange zu überlegen, „das Beste an Qualität“. Er liebte Südfrüchte. Er rauchte Brasilzigarren. Aus alter Gewohnheit trug er noch seinen Schlagring in der Tasche, mit dem er viele Abenteuer gemeinsam bestanden hatte. Er war sehr sorgfältig rasiert und gewann mit der Zeit Vergnügen an gutgeschnittenen und dunklen Anzügen von sanfter und vornehmer Unauffälligkeit. Der teuerste Schneider nähte für ihn. Manchmal trug Willi auch ein Monokel und, wenn er schrieb, eine braungefaßte Hornbrille, die seinem Angesicht den Ausdruck unleugbarer Intelligenz verlieh. Weil ihm die Brille gefiel, schrieb er oft in Kaffeehäusern überflüssige Briefe und Rechnungen. Schließlich kam er auf die Idee, Artikel für Zeitungen zu schreiben. Er schrieb „Erlebnisse in Verbrecherkreisen“, die den Stempel der Aufrichtigkeit und der Sachkenntnis trugen und deren stilistische Unvollkommenheit in den Redaktionen korrigiert wurde. Willi besuchte die Redakteure. Als ein alter Brasilianer und Allerweltskerl brauchte er keinen fehlerlosen Stil zu schreiben. Das war ohne weiteres verständlich.

Willi beschloß, Andreas im Café Halali einzustellen. Dieses Lokal war gerade dabei, seiner ursprünglichen Bestimmung untreu zu werden und das Geschäft auf eine neue Basis zu stellen. Früher war es ein Stammlokal der alten Jäger von Beruf und Jagdliebhaber gewesen. Jetzt führte Willi eine Salonkapelle ein. Die alten Jäger wanderten allmählich in die ewigen Jagdgründe ab. Eine neue Kundschaft, junge Leute und frisch geschminkte Mädchen, begann, der Alten Plätze einzunehmen. Der Inhaber ließ eine Wand durchstoßen und machte aus zwei stillen Zimmern ein lautes. Willi kam auf die Idee, eine Estrade in halber Wandhöhe für die Musik einzurichten. Dazu bedurfte es einer Genehmigung der Baupolizei. Baupolizei? Es war für Willi eine Kleinigkeit. Er bekam die Erlaubnis, einen ganzen Balkon zu bauen. Auch das Geld verschaffte er zu guten Zinsen, er verdiente Provision von beiden Seiten. Für die Garderobe gewann er eine ältere Dame aus einer städtischen Bedürfnisanstalt, die bereits fünf Jahre ihrem traurigen Beruf oblag und gerade in jenes Alter gekommen war, in dem die weibliche Seele einen späten Frühling feiert und nach Abwechslung verlangt. Nun fehlte nur noch ein Greis für die Herrentoilette. Andreas Pum besaß, nach Willis Ansicht, für diesen Beruf hervorragende Qualitäten.

Am Abend holte Willi Andreas in die neue Wohnung. Er ließ den Alten schwören, daß er nie etwas von der Vergangenheit verraten würde. Willi war von diesem Tage an als Herr von Klinckowström anzusprechen. Andreas staunte über diese großartigen Veränderungen. Erschüttert von der neuen Herrlichkeit, begann er, fast zu glauben, daß

Willi ein wirklicher Herr von Klinckowström war. So nannte er ihn bei diesem Namen, von dessen Glanz auch etwas auf denjenigen fiel, der ihn aussprach. Zu Klara sagte er: gnädige Frau Klinckowström. Willi leitete die geschäftliche Diskussion ein. „Wo ist deine neue Uniform?" fragte er. „Zu Hause, bei – ihr", sagte Andreas. „Hol sie!" befahl Willi. Aber Andreas hatte Furcht. Also beschloß Willi, auf der Stelle zu Frau Katharina im Auto zu fahren.

Der Unterinspektor Vinzenz Topp öffnete. Daraus schloß Willi, daß Andreas eigentlich diesem jungen Mann sein ganzes Unglück zu verdanken hatte. Er stellte sich als Herr von Klinckowström vor und bemerkte freudig, daß ein kurzes Zucken durch die sehnige Gestalt des Unterwachtmeisters lief und daß seine Brust sich leise wölbte. Hierauf forderte er die Kleider für Andreas und „überhaupt dessen Besitz". Es stellte sich heraus, daß Katharina den Leierkasten längst verkauft hatte. Die neue Uniform war noch vorhanden. Willi drohte mit einer Anzeige wegen des verkauften Leierkastens und erreichte, daß man ihm die Uniform sofort übergab. Er pfiff, und der Chauffeur, mit dem er dieses Zeichen verabredet hatte, kam. Willi überreichte ihm den Anzug, sagte drohend „Guten Abend" und ging. Der Unterinspektor war gewiß, soeben den Besuch eines großen Mannes erhalten zu haben.

Die Uniform allein genügte noch nicht. Andreas erzählte, daß er sein Kreuz nicht mehr besitze. Willi behauptete, ohne Orden könne man keinen Dienst in der Toilette versehen. Er kannte die geheimen Zusammenhänge zwischen Bedürfnisanstalten und Patriotismus und wußte die ornamentale Wirkung eines dekorierten Invaliden im Klosett zu schätzen. Am nächsten Morgen kaufte er in einem Ordenladen fünf Auszeichnungen, darunter einen Stern aus Gold und Silberflitter an blauroten, rotweiß gestreiften und knallroten Bändern. Das mußte Andreas an die Brust nähen.

Zwei Tage später trat er seinen Dienst in der Toilette des Cafés Halali an.

18

Zwischen blanken Kachelwänden und wandhohen Spiegeln, neben einer blauen Personenwaage saß Andreas Pum. Von den Wasserhähnen über den drei Porzellanbecken tropfte es in regelmäßigen Abständen, das plinkende Geräusch unterbrach die weiße, unendlich saubere Stille, und es war, als fielen Tropfen der Zeit in den Raum der Ewigkeit. Auf einem Tischchen lagen Handtücher, flachgebügelt, übereinandergeschichtet, und Seifenwürfel bildeten eine kunstvolle, sehr hohe und dennoch sichergegründete Pyramide. In einem gläsernen Wandkasten sah man Parfümflaschen, Würfelspiele, Trendel aus Messing und Stahl, ein Dominospiel für die Tasche und kleine Zauberspielkarten. Das alles bekam Willi „in Kommission". Andreas verkaufte es. Um die „Toilette" interessanter zu machen, hatte der Cafétier einen Papagei angeschafft. Er hieß Ignatz und besaß einen grünen Rücken, der violett schimmerte, eine rötliche Mütze und eine weiße Halskrause. Der Papagei sagte „Guten Tag" und „Guten Abend", sooft ein Herr die Toilette betrat. In den Pausen, besonders an Nachmittagen, wenn keine Gäste kamen, unterhielt sich Andreas mit dem intelligenten Vogel. Sie hatten sich allerhand anzuvertrauen, Andreas und Ignatz. Der Papagei saß im Käfig, dessen Tür offenstand, aber es fiel ihm nicht ein, etwa weitere Ausflüge zu unternehmen als bis zum Wandkasten, der oben in der Mitte einen dreieckigen Giebel hatte.

Auf der Spitze saß der Papagei oft und rieb mit einer Kralle kunstvoll seinen Schnabel.

Andreas dachte an die Zeit, in der er sich zu seinem Leierkasten einen solchen Vogel gewünscht hatte. Er stellte fest, daß viele Wünsche spät in Erfüllung gehen, wenn der Mensch bereits alt und fast wunschlos geworden ist. Dieser Papagei war sehr musikalisch. Wenn die Musikkapelle im Café spielte, begann Ignatz zu pfeifen. Es gab Melodien, die er besonders liebte, und andere, die ihn aufregten. Erklang eine, die ihm unsympathisch war, so sträubte sich sein Gefieder, es bauschte sich sein rotes Samtkäppchen, und er begann, mit den Flügeln so wild um sich zu schlagen, daß seine bunten Federn flogen und die Seifenpyramide leise zitterte. Das ereignete sich bei den Klängen der Nationalhymne in einem ganz erstaunlichen Maße und bei einigen kriegerischen Märschen. Es schien, daß Ignatz ein Pazifist war und unpatriotisch bis zu einem sträflichen Grade. Darüber freute sich Andreas im stillen. Denn auch er liebte die patriotische Musik nicht mehr, und er dachte mit bitterem Hohn an jene Zeit zurück, in der er selbst noch durch seinen Leierkasten diese Melodien verbreitet hatte.

Ja, ja, Ignatz, wir sind Rebellen, wir beide. Leider kann es uns nichts nützen. Denn ich bin ein alter Krüppel, und du bist ein ohnmächtiger Vogel, und wir können die Welt nicht ändern. Wenn ich dir erzählen wollte, wieviel ich im Leben gelitten, was ich im Krieg durchgemacht habe und im Gefängnis, wie mir in der Zelle die Augen aufzugehen begannen und wie ich endlich entschlossen war, ein kräftiger, tätiger Heide zu werden, bis ich im Spiegel des Vorortzuges einsehen mußte, daß ich zu alt geworden war! Alle meine Freunde leben noch und sind kräftig und jung. Ich aber bin dem Tode verfallen, und wenn du mit deinen Flügeln so wild um dich schlägst, so glaube ich schon, sein Rauschen hinter meinem Rücken zu hören.

Der Papagei sah versonnen und träumerisch und vollkommen ruhig Andreas an. Dann begann er zu pfeifen, als wollte er den alten Mann erheitern. Er pfiff ganz willkürlich, nach eigenen Tongesetzen, als würfe er die Sprossen der Tonleiter durcheinander, und besonders schrille Laute wiederholte er schnell und ohne Pause. Dann sprang er mit einem leisen Schrei Andreas auf die Schulter und bat um Zucker, den Andreas in viele kleine Stückchen teilte.

Es ging abwärts mit Andreas. Er sah aus wie ein Siebzigjähriger. Sein weißer Bart reichte knapp bis zu den bunten Ordensbändern auf seiner Brust, die ihm das Ansehen eines alten Schlachtenlenkers verliehen. Weißes Moos wucherte in seinen Ohren. Er hustete laut und trocken und war nach jedem Hustenanfall matt wie ein fieberkrankes Kind und einer Ohnmacht nahe. Er mußte ein paar Minuten sitzen, und um ihn kreisten die Spiegel, die blanken Kacheln und die Lichter, zuerst schnell, dann immer langsamer, bis sie endlich an ihrem gewohnten Ort stehenblieben. Diese seltsamen Bewegungen erinnerten Andreas an die letzten Drehungen eines Karussells, das aus den verschütteten Tagen seiner Kindheit auftauchte. Dazu kam die Musik aus dem Café, gedämpft, wie aus einem Jenseits und nur anschwellend, sooft ein Gast die Tür öffnete. Sehr oft schlief Andreas ein. Er träumte viel und sehr deutlich, und alle Bilder des Traumes behielt er scharf im Gedächtnis, wenn er erwachte. Er wußte bald nicht mehr zu unterscheiden zwischen Wachheit und Traum, und er nahm geträumte Bilder für wirkliche Ereignisse und diese für Träume. Er sah die Gesichter seiner Gäste gar nicht, er putzte ihre Kleider, reichte ihnen Seifen, Bürsten und Handtücher und hörte nicht, wenn sie ihm etwas sagten, dankte nicht für ihre Trinkgelder und zählte nicht seine Einnahmen. Er verkaufte auch nicht viel von Willis Waren, er pries nichts an, er „interessierte" nicht, wie Willi sagte, wenn er „kontrollieren" kam. Nur der alten Freundschaft hatte er es zu verdanken, daß er auf seinem Posten bleiben durfte.

Das schmale Fenster der Toilette ging in einen Hof, in dessen Mitte ein Kastanienbaum stand und der Andreas an die Höfe erinnerte, in denen er musiziert hatte. Jetzt wurden die Knospen immer größer, sie wuchsen zusehends, wurden fett und knallig, die Vögel hingen in den Zweigen, paarten sich und stritten. Andreas streute ihnen Krumen und sah in den Frühling hinaus, der verborgen, kümmerlich und dennoch reich so viel Pracht entfaltete, als es die Bedingungen des gepflasterten Hofes zuließen und die Sonnenstrahlen, die nur am Nachmittag hierherkamen. Wenn ein Gast eintraf, mußte Andreas aus Gründen des Anstandes das Fenster schließen, denn gegenüber waren Küchenfenster und weibliches Hauspersonal, das neugierig hinüberzusehen schien.

Die Stelle am Knie schmerzte, die Polsterung der Krücke hätte längst erneuert werden müssen. Auch der Rücken tat aus unerklärlichen Gründen weh, die Feuchtigkeit verstärkte alte rheumatische Schmerzen, Gichtknoten bildeten sich an den Fingern, und ein drückendes Weh lastete auf der Brust, das Herz schien sekundenlang stillzustehen, und Andreas glaubte, er wäre bereits tot. Dann erwachte er, erschrak, daß er noch lebte, und glaubte bald wieder, er wäre nicht mehr auf Erden. Erst ein neuer Schmerz bewies ihm, daß er noch ein Lebender war. Er wußte nämlich, daß Verstorbene keine Schmerzen kannten, weil sie keinen Leib hatten, sondern nur aus Seelenstoff bestanden. Über derlei Fragen grübelte er lange, einsame Stunden, er suchte eine Erklärung für die sichtliche Ungerechtigkeit Gottes und seine Irrtümer, er dachte über die Möglichkeit einer Wiedergeburt und begann, verschiedene Wünsche zu äußern, als stünde er vor dem Ewigen und der Wahl, in welcher Gestalt er wieder ins Leben zurückkehren wolle. Er entschied sich für die Existenz eines Revolutionärs, der kühne Reden führt und mit Mord und Brand das Land überzieht, um die verletzte Gerechtigkeit zu sühnen. Von derlei Dingen las er in den Zeitungen, die er vom Café bekam. Sie waren meist schon zwei

Tage alt, und er erfuhr alle Neuigkeiten, die nicht mehr wahr sein konnten, ehe er die Zeitungen in Rechtecke zerschnitt und sie in gleichmäßigen Päckchen an die Nägel hing. Denn Willi hatte ihm eingeschärft, das teure Klosettpapier zu sparen.

Spät in der Nacht kehrte er heim. Jetzt bewohnte er allein das alte Zimmer Willis, aber er blieb nicht gerne ohne Gesellschaft zu Hause. So bat er um die Erlaubnis, seinen Papagei aus dem Café mitnehmen zu dürfen. Er trug den Vogel im Käfig, über den er warme Decken stülpte, wenn es regnete und die Nächte kühl waren. Der Papagei schlief unterwegs und erwachte erst im Zimmer, wenn er Licht durch die dicken Hüllen verspürte. Dann sprach er ein paar Worte, wie ein Mensch im Schlaf oder im Halbschlummer zu sprechen pflegt, und Andreas besänftigte ihn mit guter, liebevoller Rede.

Einmal sah Andreas Einbrecher in der Nacht, aber er sagte nichts dem Polizisten, den er an der nächsten Ecke traf. Die Einbrecher arbeiteten an der Tür eines Ladens. Andreas freute sich im stillen. Es schien ihm, daß die Einbrecher den geheimen Zweck haben, die Gerechtigkeit in der Welt auf eine gewaltsame Weise wiederherzustellen. Las er in der Zeitung von Mord und Einbruch und Diebstahl, so freute er sich. Die Verbrecher, die „Heiden", waren seine stillen Freunde geworden. Sie wußten es nicht. Er aber war ihr Freund, ihr Gönner. Manchmal träumte er, ein verfolgter Verbrecher flüchte sich zu ihm in die Toilette. Dann half er ihm freudig durchs Fenster in den Hof und in die Freiheit. Indessen wurden die Apriltage warm, regenschwanger und wie süße Versprechungen. In den Nächten fühlte Andreas einen fernen Duft mit dem Winde daherkommen, seine Glieder wurden mehr müde als sonst. Er verlor das Interesse für viele Dinge. Sogar die Wiederaufnahme seines Verfahrens bekümmerte ihn nicht mehr. Er war alt, er war älter, als er selbst wußte. Schon ragte er hinüber ins andere Leben, während er noch die Pflastersteine dieser Erde trat. Seine Seele träumte sich ins Jenseits, wo sie heimisch war. Fremd kehrte sie in den Tag zurück.

Seine Schmerzen verstärkten sich, sein Husten wurde noch trockener, die Anfälle dauerten länger. Er vergaß heute, was gestern geschehen war. Er sprach mit sich selbst. Er vergaß manchmal den Papagei und schrak auf, wenn dessen Stimme unvermutet krächzte. Der Tod warf einen großen, blauen Schatten über Andreas.

Da kam eines Tages eine gerichtliche Vorladung. Sie war genau wie die erste mit einem würdigen Amtssiegel versehen, ein weißer Adler erhob seine Schwingen auf blutrotem Grunde, und obwohl die Adresse von flüchtiger Hand geschrieben war und der Gerichte vielbeschäftigte Eile bewies, strömte das Schriftstück doch jene Würde aus, welche den portofreien und amtlichen Briefen innewohnt. Andreas las. Er wurde noch einmal für zehn Uhr vormittags bestellt.

Er erinnerte sich wieder an seine Leiden, er arbeitete an einer Rede, er bereitete sich zu einer großen Anklage vor. „Hoher Gerichtshof", wollte er sagen. „Ich bin ein Opfer dieser Verhältnisse, die Sie selbst geschaffen haben. Verurteilen Sie mich. Ich gestehe, daß ich ein Rebell bin. Ich bin alt, ich habe nicht lange mehr zu leben. Ich aber würde mich auch nicht fürchten, selbst, wenn ich jung wäre." Noch viele tausend schöne und

DIE REBELLION

mutige Worte fielen Andreas ein. Er saß auf seinem Stuhl neben der blauen Personenwaage und flüsterte vor sich hin. Ein Herr verlangte Seife, und er hörte es nicht. Ignatz
flatterte auf seine Schulter und bat um Zucker. Andreas fühlte ihn nicht.

19

Von einer Turmuhr schlug die zehnte Vormittagsstunde. Eine zweite Uhr wiederholte
die zehn Schläge. Mit langgezogenen, wehklagenden Tönen fiel eine dritte ein. Viele
Türme, alle Türme der großen Stadt warfen Glockenschläge hinunter auf die kupfernen
Dächer.

Andreas stand vor dem Richter. Die Vorladung hatte er soeben dem Gerichtsdiener
übergeben. Der trug sie mit weihevoller Gebärde zum Schreiber, er schritt auf den Zehenspitzen, um die andächtige Stelle des Gerichtssaals nicht durch den schweren Tritt
seiner offenbar genagelten Stiefel zu unterbrechen, und dennoch war in seinem Gang etwas Gewichtiges wie in dem Parademarsch eines lautlosen Gespenstes. Der Schreiber
war uralt und hatte eine schiefe Schulter. Auch kurzsichtig schien er zu sein. Denn seine Nase berührte fast den Tisch, auf dem er schrieb, und die Spitze seines Federhalters
ragte dünn und drohend, wie ein geschliffener Speer, über den Rand seines Kopfes.
Noch hatte die Verhandlung nicht begonnen, und dennoch lief die Feder mit schnellen,
raschelnden Lauten über das Papier, als gälte es, die Aussagen der Jahrhunderte abzu-
schreiben.

Der Richter saß in der Mitte zwischen zwei blonden, wohlgenährten Männern mit
blanken Glatzen. Andreas hätte gerne gewußt, was die beiden Männer dachten. Sie
sahen aus wie Zwillinge und unterschieden sich lediglich dadurch, daß der eine die
Enden eines Schnurrbarts emporgezwirbelt, der andere sie nach beiden Seiten, links
und rechts, waagrecht ausgezogen hatte. Der Richter war bartlos. Er hatte ein unbe-
wegliches Antlitz voll steinerner Majestät wie ein toter Kaiser. Seine Gesichtsfarbe
war grau wie verwitterter Sandstein. Seine großen grauen Augen waren alt wie die
Welt und schienen durch die Wände in ferne Jahrtausende zu blicken. Nicht bogen-
förmig gekrümmt, wie bei anderen Menschen, sondern waagrecht, wie zwei lange
schwarze Kohlenstriche standen die Brauen am unteren Rande der scharfen, kantigen Stirn. Die dünnen Lippen waren fest geschlossen, breit und blutigrot. So hätte
dieses Angesicht wohl den Eindruck einer herzlosen Unerbittlichkeit hervorgerufen,
wenn in der Mitte des männlichen starken Kinns nicht eine versöhnende, fast kindliche Mulde gewesen wäre. Der Richter trug einen schwarzen Talar mit einem kleinen, noch schwärzeren Samtkragen.

Auf dem erhöhten Tisch, zwischen zwei weißen und dicken, aber nicht gleich großen
Kerzen stand ein Kreuz, gelb und wuchtig, wie aus Würfeln aufgebaut. Es schien Andreas, daß dieses Kreuz aus den Seifenwürfeln bestand, die ihm Willi zum Verkauf über-

geben hatte. Aber das war nur der Irrtum eines Augenblicks. Andreas sah ein, daß ein Kreuz niemals aus Seife sein könne und daß es sündhaft wäre, so etwas zu denken.

Er war gespannt auf den Gang der Verhandlung. Manchmal ging die Tür auf. Dann sah Andreas auf einer Bank im Korridor seine Frau Katharina, die kleine Anni, den Herrn von der Plattform der Straßenbahn und seltsamerweise auch den rotbackigen Händler, der den Esel gekauft hatte. Das waren die Zeugen. Wo aber blieben der Polizist und der Schaffner?

Der Richter verlas den Namen: Andreas Pum, er murmelte die Daten, die Konfession, den Geburtsort, den Beruf. Dann erhob er seine Stimme, die tief und weich war, und sagte ein paar Worte, die wie in Samt gehüllt waren. Andreas hatte nur den Klang der Stimme gehört und nicht, was der Richter sagte. Dennoch wußte er, daß man ihn aufforderte zu erzählen.

Plötzlich entsann er sich, daß er noch die bunten Orden an seiner Brust trug, die ihm Willi gekauft hatte. Er riß sie schnell herunter und behielt sie in der Faust. Gleichzeitig bemerkte er, daß die Wände des Gerichtssaales aus blaßblauen Kacheln bestanden, nämlich denen der Toilette im Café Halali. Von der Decke, die unendlich hoch sein mußte, zu der er aber nicht emporzublicken wagte, wehte es kühl und duftend wie im Sommer aus einem verdunkelten Friseurladen.

Er hustete einmal kurz und begann zu sprechen. Er fing mit der Schilderung der Szene auf der Plattform an. Aber der Richter streckte seine lange, schöne Hand aus, die aus den weiten Ärmeln der Toga weiß und edel herauswuchs, und machte eine abwehrende Bewegung. Zugleich ertönte seine Stimme, weich und dunkel, obwohl er die Lippen gar nicht bewegte. Das schien Andreas sehr wunderbar. Er hatte einmal als Knabe einen Bauchredner gehört. Aber dessen Stimme hatte grölend geklungen. Außerdem war ein Richter bestimmt kein Bauchredner. Wie aber war es dennoch möglich, daß er mit geschlossenen Lippen klar und rein die Worte sprach:

„Andreas, was hast du auf dem Herzen?"

Andreas wunderte sich noch mehr über das „Du". Aber plötzlich fiel ihm ein, daß er ja ein kleiner Junge war. Er trug kurze Hosen. Er hatte beide Beine und war barfuß. Seine Knie waren vom letzten Fall auf die Kieselsteine des Schotterhaufens am Flußufer zerschunden, rot und brennend.

Er dachte gerade über diese seltsame Verwandlung nach, als Musik ertönte. Im ersten Augenblick erinnerte sie an den Leierkasten. Dann aber schwollen die Klänge an, sie rauschten, fluteten, sanken wieder in sich zusammen, begannen zu flüstern, entfernten sich und kehrten zurück. Viele Menschen waren im Saal. Sie knieten nieder. Die Kerzen zu beiden Seiten des Kreuzes brannten golden und verbreiteten einen Duft von Weihrauch und Stearin.

Da begriff Andreas, daß er tot war und vor dem himmlischen Richter. Auch war er kein Knabe mehr. Er allein stand im ganzen Saal unter tausend Knienden. Er trat einen Schritt vor und stieß die Krücke auf, aber sie verursachte kein Geräusch. Andreas merk-

DIE REBELLION

te, daß er auf weichen Wolken stand. Er erinnerte sich an die Rede, die er für die irdische Gerichtsverhandlung präpariert hatte. Ein starker Zorn wuchs in ihm, sein Angesicht flammte, und seine Seele gebar Worte, zornige, purpurne Worte, tausend, zehntausend, Millionen Worte. Nie hatte er sie gehört, gedacht oder gelesen. Tief in ihm hatten sie geschlafen, gebändigt von dem armseligen Verstand, verkümmert unter der grausamen Hülle des Lebens. Jetzt sprossen sie auf und fielen von ihm ab wie Blüten von einem Baum. Im Hintergrund klang leise und in feierlicher Wehmut die Musik. Andreas hörte sie zugleich mit dem Rauschen seiner eigenen Rede:

Aus meiner frommen Demut bin ich erwacht zu rotem, rebellischem Trotz. Ich möchte Dich leugnen, Gott, wenn ich lebendig wäre und nicht vor Dir stünde. Da ich Dich aber mit meinen Augen sehe und mit meinen Ohren höre, muß ich Böseres tun als Dich leugnen: Ich muß Dich schmähen! Millionen meinesgleichen zeugst Du in Deiner fruchtbaren Sinnlosigkeit, sie wachsen auf, gläubig und geduckt, sie leiden Schläge in Deinem Namen, sie grüßen Kaiser, Könige und Regierungen in Deinem Namen, sie lassen sich von Kugeln eiternde Wunden in die Leiber bohren und von dreikantigen Bajonetten in die Herzen stechen, oder sie schleichen unter dem Joch Deiner arbeitsreichen Tage, sonntägliche, saure Feste umrahmen mit billigem Glanz ihre grausamen Wochen, sie hungern und schweigen, ihre Kinder verdorren, ihre Weiber werden falsch und häßlich, Gesetze wuchern wie tückische Schlingpflanzen auf ihren Wegen, ihre Füße verwickeln sich im Gestrüpp deiner Gebote, sie fallen und flehen zu Dir, und Du hebst sie nicht auf. Deine weißen Hände müßten rot sein. Dein steinernes Angesicht verzerrt, Dein gerader Leib gekrümmt, wie die Leiber meiner Kameraden mit Rückenmarkschüssen. Andere, die Du liebst und nährst, dürfen uns züchtigen und müssen Dich nicht einmal preisen. Ihnen erläßt Du Gebete und Opfer, Rechtschaffenheit und Demut, damit sie uns betrügen. Wir schleppen die Lasten ihres Reichtums und ihrer Körper, ihrer Sünden und ihrer Strafen, wir nehmen ihnen den Schmerz und die Sühne ab, ihre Schuld und ihre Verbrechen, wir morden uns selbst, sie brauchen es nur zu wünschen; sie wollen Krüppel sehen, und wir gehen hin und verlieren unsere Beine aus den Gelenken; sie wollen Blinde sehen, und wir lassen uns blenden; sie wollen nicht gehört werden, also werden wir taub; sie allein wollen schmecken und riechen, und wir schleudern Granaten gegen unsere Nasen und Münder; sie allein wollen essen, und wir mahlen das Mehl. Du aber bist vorhanden und rührst Dich nicht? Gegen Dich rebelliere ich, nicht gegen jene. Du bist schuldig, nicht Deine Schergen. Hast Du Millionen Welten und weißt Dir keinen Rat? Wie ohnmächtig ist Deine Allmacht! Hast Du Milliarden Geschäfte und irrst Dich in den einzelnen? Was bist Du für ein Gott! Ist Deine Grausamkeit Weisheit, die wir nicht verstehen – wie mangelhaft hast Du uns geschaffen! Müssen wir leiden, weshalb leiden wir nicht alle gleich? Hast Du nicht genug Segen für alle, so verteile ihn gerecht! Bin ich ein Sünder – ich wollte Gutes tun! Weshalb ließest Du mich die kleinen Vögel nicht füttern? Nährst Du sie selbst, dann nährst Du sie schlecht. Ach, ich wollte, ich könnte Dich noch leugnen. Du aber bist da. Einzig, allmächtig, unerbittlich, die höchste Instanz, ewig – und es ist keine Hoffnung, daß Dich Strafe trifft, daß Dich der Tod zu einer Wolke zerbläst, daß Dein Herz erwacht. Ich will Deine Gnade nicht! Schick mich in die Hölle.

Die letzten Sätze hatte Andreas nach einer unbekannten, fremden, wunderbaren Melodie gesungen. Immer noch klang die Musik wie ein Orchester aus tausend Seufzern.

Da hob der Richter die Hand, und seine Stimme tönte: „Willst Du ein Diener im Museum sein oder Wächter in einem grünen Park oder einen kleinen Tabakverschleiß an der Straßenecke haben?"

„Ich will in die Hölle!" antwortete Andreas.

Da war auf einmal Muli, der kleine Esel, neben Andreas und führte den Leierkasten, aus dem Töne drangen, obwohl die Kurbel nicht bewegt wurde. Der Papagei Ignatz stand auf Andreas' Schulter. Der Richter erhob sich, er wurde groß und größer, sein graues Angesicht begann, weiß zu leuchten, seine roten Lippen öffneten sich und lächelten. Andreas begann zu weinen. Er wußte nicht, ob er im Himmel oder in der Hölle war.

Man sperrte die Herrentoilette im Café Halali und ließ die Herren in die Damenabteilung für diesen Abend. Nachdem sich alle Gäste entfernt hatten, schaffte man die Leiche Andreas Pums weg. Sie kam nach einigen Tagen, weil gerade Leichenmangel war und obwohl sie nur ein Bein hatte, ins Anatomische Institut und erhielt, dank einem geheimnisvollen Zufall, die Nummer 73, dieselbe, die der Häftling Andreas getragen hatte. Ehe man die Leiche in den Seziersaal trug, kam Willi, um Abschied zu nehmen. Er wollte gerade anfangen zu weinen. Da fiel ihm schnell das Lied ein, das er immer zu pfeifen pflegte.

Und pfeifend ging er, einen Greis für die Toilette suchen.

DIE REBELLION

Hiob

VOR VIELEN JAHREN lebte in Zuchnow ein Mann namens Mendel Singer. Er war fromm, gottesfürchtig und gewöhnlich, ein ganz alltäglicher Jude. Er übte den schlichten Beruf eines Lehrers aus. In seinem Haus, das nur aus einer geräumigen Küche bestand, vermittelte er Kindern die Kenntnis der Bibel. Er lehrte mit ehrlichem Eifer und ohne aufsehenerregenden Erfolg. Hunderttausende vor ihm hatten wie er gelebt und unterrichtet.

Unbedeutend wie sein Wesen war sein blasses Gesicht. Ein Vollbart von einem gewöhnlichen Schwarz umrahmte es ganz. Den Mund verdeckte der Bart. Die Augen waren groß, schwarz, träge und halb verhüllt von schweren Lidern. Auf dem Kopf saß eine Mütze aus schwarzem Seidenrips, einem Stoff, aus dem manchmal unmoderne und billige Krawatten gemacht werden. Der Körper steckte im halblangen, landesüblichen jüdischen Kaftan, dessen Schöße flatterten, wenn Mendel Singer durch die Gasse eilte, und die mit hartem, regelmäßigen Flügelschlag an die Schäfte der hohen Lederstiefel pochten.

Singer schien wenig Zeit zu haben und lauter dringende Ziele. Gewiß war sein Leben ständig schwer und zuweilen sogar eine Plage. Eine Frau und drei Kinder mußte er kleiden und nähren. (Mit einem vierten ging sie schwanger.) Gott hatte seinen Lenden Fruchtbarkeit verliehen, seinem Herzen Gleichmut und seinen Händen Armut. Sie hatten kein Gold zu wägen und keine Banknoten zu zählen. Dennoch rann sein Leben stetig dahin, wie ein kleiner, armer Bach zwischen kärglichen Ufern. Jeden Morgen dankte Mendel Gott für den Schlaf, für das Erwachen und den anbrechenden Tag. Wenn die Sonne unterging, betete er noch einmal. Wenn die ersten Sterne aufsprühten, betete er zum drittenmal. Und bevor er sich schlafen legte, flüsterte er ein eiliges Gebet mit müden, aber eifrigen Lippen. Sein Schlaf war traumlos. Sein Gewissen war rein. Seine Seele war keusch. Er brauchte nichts zu bereuen, und nichts gab es, was er begehrt hätte. Er liebte sein Weib und ergötzte sich an ihrem Fleische. Mit gesundem Hunger verzehrte er schnell seine Mahlzeiten. Seine zwei kleinen Söhne, Jonas und Schemarjah, prügelte er wegen Ungehorsams. Aber das Jüngste, die Tochter Mirjam, liebkoste er häufig. Sie hatte sein schwarzes Haar und seine schwarzen, trägen und sanften Augen. Ihre Glieder waren zart, ihre Gelenke zerbrechlich. Eine junge Gazelle.

Zwölf sechsjährige Schüler unterrichtete er im Lesen und Memorieren der Bibel. Jeder von den zwölf brachte ihm an jedem Freitag zwanzig Kopeken. Sie waren Mendel Singers einzige Einnahmen. Dreißig Jahre war er erst alt. Aber seine Aussichten, mehr zu verdienen, waren gering, vielleicht überhaupt nicht vorhanden. Wurden die Schüler älter, kamen sie zu andern, weiseren Lehrern. Das Leben verteuerte sich von Jahr zu Jahr. Die Ernten wurden ärmer und ärmer. Die Karotten verringerten sich, die Eier wurden hohl, die Kartoffeln erfroren, die Suppen wässerig, die Karpfen schmal und die Hechte kurz, die Enten mager, die Gänse hart und die Hühner ein Nichts.

Also klangen die Klagen Deborahs, der Frau Mendel Singers. Sie war ein Weib, manchmal ritt sie der Teufel. Sie schielte nach dem Besitz Wohlhabender und neidete Kaufleuten den Gewinn. Viel zu gering war Mendel Singer in ihren Augen. Die Kinder warf sie ihm vor, die Schwangerschaft, die Teuerung, die niedrigen Honorare und oft sogar das schlechte Wetter. Am Freitag scheuerte sie den Fußboden, bis er gelb wurde wie Safran. Ihre breiten Schultern zuckten auf und nieder im gleichmäßigen Rhythmus, ihre starken Hände rieben kreuz und quer jedes einzelne Brett, und ihre Nägel fuhren in die Sparren und Hohlräume zwischen den Brettern und kratzten schwarzen Unrat hervor, den Sturzwellen aus dem Kübel vollends vernichteten. Wie ein breites, gewaltiges und bewegliches Gebirge kroch sie durch das kahle, blaugetünchte Zimmer. Draußen, vor der Tür, lüfteten sich die Möbel, das braune hölzerne Bett, die Strohsäcke, ein blankgehobelter Tisch, zwei lange und schmale Bänke, horizontale Bretter, festgenagelt auf je zwei vertikalen. Sobald die erste Dämmerung an das Fenster hauchte, zündete Deborah die Kerzen an, in Leuchtern aus Alpaka, schlug die Hände vors Angesicht und betete. Ihr Mann kam nach Hause, in seidigem Schwarz, der Fußboden leuchtete ihm entgegen, gelb wie geschmolzene Sonne, sein Angesicht schimmerte weißer als gewöhnlich, schwärzer als an Wochentagen dunkelte auch sein Bart. Er setzte sich, sang ein Liedchen, dann schlürften die Eltern und die Kinder die heiße Suppe, lächelten den Tellern zu und sprachen kein Wort. Wärme erhob sich im Zimmer. Sie schwärmte aus den Töpfen, den Schüsseln, den Leibern. Die billigen Kerzen in den Leuchtern aus Alpaka hielten es nicht aus, sie begannen sich zu biegen. Auf das ziegelrote, blaukarierte Tischtuch tropfte Stearin und verkrustete im Nu. Man stieß das Fenster auf, die Kerzen ermannten sich und brannten friedlich ihrem Ende zu. Die Kinder legten sich auf die Strohsäcke in der Nähe des Ofens, die Eltern saßen noch und sahen mit bekümmerter Festlichkeit in die letzten blauen Flämmchen, die gezackt aus den Höhlungen der Leuchter emporschossen und sanft gewellt zurücksanken, ein Wasserspiel aus Feuer. Das Stearin schwelte, blaue dünne Fäden aus Rauch zogen von den verkohlten Dochtresten aufwärts zur Decke. „Ach!" seufzte die Frau. „Seufze nicht!" gemahnte Mendel Singer. Sie schwiegen. „Schlafen wir, Deborah!" befahl er. Und sie begannen ein Nachtgebet zu murmeln.

Am Ende jeder Woche brach so der Sabbat an, mit Schweigen, Kerzen und Gesang. Vierundzwanzig Stunden später tauchte er unter in der Nacht, die den grauen Zug der Wochentage anführte, einen Reigen aus Mühsal. An einem heißen Tag im Hochsommer, um die vierte Stunde des Nachmittags, kam Deborah nieder. Ihre ersten Schreie stießen in den Singsang der zwölf lernenden Kinder. Sie gingen alle nach Hause. Sieben Tage Ferien begannen. Mendel bekam ein neues Kind, ein viertes, einen Knaben. Acht Tage später wurde es beschnitten und Menuchim genannt.

Menuchim hatte keine Wiege. Er schwebte in einem Korb aus geflochtenen Weidenruten in der Mitte des Zimmers, mit vier Seilen an einem Haken im Plafond befestigt wie ein Kronleuchter. Mendel Singer tippte von Zeit zu Zeit mit einem leichten, nicht lieblosen Finger an den hängenden Korb, der sofort anfing zu schaukeln. Diese Bewegung beruhigte den Säugling zuweilen. Manchmal aber half gar nichts gegen seine Lust, zu wimmern und zu schreien. Seine Stimme krächzte über den Stimmen der zwölf lernenden Kinder, profane, häßliche Laute über den heiligen Sätzen der Bibel. Deborah stieg auf einen Schemel und holte den Säugling herunter. Weiß, geschwellt und kolossal entquoll ihre Brust der offenen Bluse und zog die Blicke der Knaben übermächtig auf sich. Alle Anwesenden schien Deborah zu säugen. Ihre eigenen älteren drei Kinder umstanden sie, eifersüchtig und lüstern. Stille brach ein. Man hörte das Schmatzen des Säuglings.

Die Tage dehnten sich zu Wochen, die Wochen wuchsen sich zu Monaten aus, zwölf Monate machten ein Jahr. Menuchim trank immer noch die Milch seiner Mutter, eine schüttere, klare Milch. Sie konnte ihn nicht absetzen. Im dreizehnten Monat seines Lebens begann er Grimassen zu schneiden und wie ein Tier zu stöhnen, in jagender Hast zu atmen und auf eine noch nie dagewesene Art zu keuchen. Sein großer Schädel hing schwer wie ein Kürbis an seinem dünnen Hals. Seine breite Stirn fältelte und furchte sich kreuz und quer wie ein zerknittertes Pergament. Seine Beine waren gekrümmt und ohne Leben wie zwei hölzerne Bögen. Seine dürren Ärmchen zappelten und zuckten. Lächerliche Laute stammelte sein Mund. Bekam er einen Anfall, so nahm man ihn aus der Wiege und schüttelte ihn ordentlich, bis sein Angesicht bläulich wurde und der Atem ihm beinahe verging. Dann erholte er sich langsam. Man legte gebrühten Tee (in mehreren Säckchen) auf seine magere Brust und wickelte Huflattich um seinen dünnen Hals. „Macht nichts", sagte sein Vater, „es kommt vom Wachsen!" – „Söhne geraten nach den Brüdern der Mutter. Mein Bruder hat es fünf Jahre gehabt!" sagte die Mutter. „Man wächst sich aus!" sprachen die andern. Bis eines Tages die Pocken in der Stadt ausbrachen, die Behörden Impfungen vorschrieben und die Ärzte in die Häuser der Juden drangen. Manche verbargen sich. Mendel Singer aber, der Gerechte, floh vor keiner Strafe Gottes. Auch der Impfung sah er getrost entgegen.

Es war an einem heißen, sonnigen Vormittag, an dem die Kommission durch Mendels Gasse kam. Das letzte in der Reihe der jüdischen Häuser war Mendels Haus. Mit einem Polizisten, der ein großes Buch im Arm trug, ging der Doktor Soltysiuk mit wehendem blondem Schnurrbart im braunen Angesicht, einen goldgeränderten Kneifer auf der geröteten Nase, mit breiten Schritten, in knarrend gelben Ledergamaschen und den Rock, der Hitze wegen, über die blaue Rubaschka lässig gehängt, daß die Ärmel wie noch ein paar Arme aussahen, die ebenfalls bereit schienen, Impfungen vorzunehmen: also kam der Doktor Soltysiuk in die Gasse der Juden. Ihm entgegen scholl das Wehklagen der Frauen und das Heulen der Kinder, die sich nicht hatten verbergen können. Der Polizist holte Frauen und Kinder aus tiefen Kellern und von hohen Dachböden, aus kleinen Kämmerchen und großen Strohkörben. Die Sonne brütete, der Doktor schwitzte. Nicht weniger als hundertsechsundsiebzig Juden hatte er zu impfen. Für jeden Geflohenen und Unerreichbaren dankte er Gott im stillen. Als er zum vierten der kleinen, blaugetünchten Häuschen gelangt war, gab er dem Polizisten einen Wink, nicht mehr eifrig zu suchen. Immer stärker schwoll das Geschrei, je weiter der Doktor ging. Es wehte vor seinen Schritten einher. Das Geheul derjenigen, die sich noch fürchteten, verband sich mit dem Fluchen der bereits Geimpften. Müde und vollends verwirrt ließ er sich in Mendels Stube mit einem schweren Stöhnen auf die Bank nieder und verlangte ein Glas Wasser. Sein Blick fiel auf den kleinen Menuchim, er hob den Krüppel hoch und sagte: „Er wird ein Epileptiker." Angst goß er in des Vaters Herz. „Alle Kinder haben Fraisen", wandte die Mutter ein. „Das ist es nicht", bestimmte der Doktor. „Aber ich könnte ihn vielleicht gesund machen. Es ist Leben in seinen Augen."

Gleich wollte er den Kleinen ins Krankenhaus mitnehmen. Schon war Deborah bereit. „Man wird ihn umsonst gesund machen", sagte sie. Mendel aber erwiderte: „Sei still, Deborah! Gesund machen kann ihn kein Doktor, wenn Gott nicht will. Soll er unter russischen Kindern aufwachsen? Kein heiliges Wort hören? Milch und Fleisch essen und Hühner auf Butter gebraten, wie man sie im Spital bekommt? Wir sind arm, aber Menuchims Seele verkauf' ich nicht, nur weil seine Heilung umsonst sein kann. Man wird nicht geheilt in fremden Spitälern." Wie ein Held hielt Mendel seinen dürren, weißen Arm zum Impfen hin. Menuchim aber gab er nicht fort. Er beschloß, Gottes Hilfe für seinen Jüngsten zu erflehen und zweimal in der Woche zu fasten, Montag und Donnerstag. Deborah nahm sich vor, auf den Friedhof zu pilgern und die Gebeine der Ahnen anzurufen um ihre Fürsprache beim Allmächtigen. Also würde Menuchim gesund werden und kein Epileptiker.

Dennoch hing seit der Stunde der Impfung über dem Haus Mendel Singers die Furcht wie ein Ungetüm, und der Kummer durchzog die Herzen wie ein dauernder heißer und stechender Wind. Deborah durfte seufzen, und ihr Mann wies sie nicht zurecht. Länger als sonst hielt sie ihr Angesicht in den Händen vergraben, wenn sie betete, als schüfe sie sich eigene Nächte, die Furcht in ihnen zu begraben, und eigene Finsternisse, um zugleich die Gnade in ihnen zu finden. Denn sie glaubte, wie es geschrieben stand, daß Gottes Licht in den Dämmernissen aufleuchtete und seine Güte das Schwarze erhelle. Menuchims Anfälle aber hörten nicht auf. Die älteren Kinder wuchsen und wuchsen, ihre Gesundheit lärmte wie ein Feind Menuchims, des Kranken, böse in den Ohren der Mutter. Es war, als bezögen die gesunden Kinder Kraft von dem Siechen, und Deborah haßte ihr Geschrei, ihre roten Wangen, ihre geraden Gliedmaßen. Sie pilgerte zum Friedhof durch Regen und Sonne. Sie schlug mit dem Kopf gegen die moosigen Sandsteine, die aus den Gebeinen ihrer Väter und Mütter wuchsen. Sie beschwor die Toten, deren stumme, tröstende Antworten sie zu hören vermeinte. Auf dem Heimweg zitterte sie vor Hoffnung, ihren Sohn gesund wiederzufinden. Sie versäumte den Dienst am Herd, die Suppe lief über, die tönernen Töpfe zerbrachen, die Kasserollen verrosteten, die grünlich schimmernden Gläser zersprangen mit hartem Knall, der Zylinder der Petroleumlampe verfinsterte sich rußig, der Docht verkohlte kümmerlich zu einem Zäpfchen, der Schmutz vieler Sohlen und vieler Wochen überlagerte die Dielen des Bodens, das Schmalz im Topfe zerrann, die Knöpfe fielen dürr von den Hemden der Kinder wie Laub vor dem Winter.

Eines Tages, eine Woche vor den hohen Feiertagen (aus dem Sommer war Regen geworden, und aus dem Regen wollte Schnee werden), packte Deborah den Korb mit ihrem Sohn, legte wollene Decken über ihn, stellte ihn auf die Fuhre des Kutschers Sameschkin und reiste nach Kluczýsk, wo der Rabbi wohnte. Das Sitzbrett lag locker auf dem Stroh und rutschte bei jeder Bewegung des Wagens. Lediglich mit dem Gewicht ihres Körpers hielt Deborah es nieder, lebendig war es, hüpfen wollte es. Die schmale, gewundene Straße bedeckte der silbergraue Schlamm, in dem die hohen Stiefel der Vorüberkommenden versanken und die halben Räder der Fuhre. Der Regen verhüllte die Felder, zerstäubte den Rauch über den vereinzelten Hütten, zermahlte mit unendlicher feiner Geduld alles Feste, auf das er traf, den Kalkstein, der hier und dort wie ein weißer Zahn aus der schwarzen Erde wuchs, die zersägten Stämme an den Rändern der Straße, die aufeinandergeschichteten duftenden Bretter vor dem Eingang zur Sägemühle, auch das Kopftuch Deborahs und die wollenen Decken, unter denen Menuchim begraben lag. Kein Tröpfchen sollte ihn benetzen. Deborah berechnete, daß sie noch vier Stunden zu fahren hatte; hörte der Regen nicht auf, mußte sie vor der Herberge halten und die Decken trocknen, einen Tee trinken und die mitgenommenen, ebenfalls schon durchweichten Mohnbrezeln verzehren. Das konnte fünf Kopeken kosten, fünf Kopeken, mit denen man nicht leichtsinnig umgehen darf. Gott hatte ein Einsehen, es hörte zu regnen auf. Über hastigen Wolkenfetzen bleichte eine zerronnene Sonne, eine Stunde kaum; in einem neuen, tieferen Dämmer versank sie endgültig.

Die schwarze Nacht lagerte in Kluczýsk, als Deborah ankam. Viele ratlose Menschen waren bereits gekommen, den Rabbi zu sehen. Kluczýsk bestand aus ein paar tausend niedrigen, stroh – und schindelgedeckten Häusern, einem kilometerweiten Marktplatz, der wie ein trockener See war, umkränzt von Gebäuden. Die Fuhrwerke, die in ihm herumstanden, erinnerten an stehengebliebene Wracks; übrigens verloren sie sich, winzig und sinnlos, in der kreisrunden Weite. Die ausgespannten Pferde wieherten neben den Fuhrwerken und traten mit müden, klatschenden Hufen den klebrigen Schlamm. Einzelne Männer irrten mit schwankenden, gelben Laternen durch die runde Nacht, eine vergessene Decke zu holen und ein klirrendes Geschirr mit Mundvorrat. Ringsum, in den tausend kleinen Häuschen, waren die Ankömmlinge untergebracht. Sie schliefen auf Pritschen neben den Betten der Einheimischen, die Siechen, die Krummen, die Lahmen, die Wahnsinnigen, die Idiotischen, die Herzschwachen, die Zuckerkranken, die den Krebs im Leibe trugen, deren Augen mit Trachom verseucht waren, Frauen mit unfruchtbarem Schoß, Mütter mit mißgestalten Kindern, Männer, denen Gefängnis oder Militärdienst drohte, Deserteure, die um eine geglückte Flucht baten, von Ärzten Aufgegebene, von der Menschheit Verstoßene, von der irdischen Gerechtigkeit Mißhandelte, Bekümmerte, Sehnsüchtige, Verhungernde und Satte, Betrüger und Ehrliche, alle, alle, alle … Deborah wohnte bei Kluczýsker Verwandten ihres Mannes. Sie schlief nicht. Die ganze Nacht kauerte sie neben dem Korb Menuchims in der Ecke, neben dem Herd; finster war das Zimmer, finster war ihr Herz. Sie wagte nicht mehr, Gott anzurufen, er schien ihr zu hoch, zu groß, zu weit, unendlich hinter unendlichen Himmeln, eine Leiter aus Millionen Gebeten hätte sie haben müssen, um einen Zipfel von Gott zu erreichen. Sie suchte nach toten Gönnern, rief die Eltern an, den Großvater Menuchims, nach dem der Kleine hieß, dann die Erzväter der Juden, Abraham, Isaak und Jakob, die Gebeine Mosis und zum Schluß die Erzmütter. Wo immer eine Fürsprache möglich war, schickte sie einen Seufzer vor. Sie pochte an hundert Gräber, an hundert Türen des Paradieses. Vor Angst, daß sie morgen den Rabbi nicht erreichen würde, weil zuviel Bittende dawaren, betete sie zuerst um das Glück, rechtzeitig vordringen zu können, als wäre die Gesundung ihres Sohnes dann schon ein Kinderspiel. Endlich sah sie durch die Ritzen der schwarzen Fensterläden ein paar fahle Streifen des Morgens. Schnell erhob sie sich. Sie zündete die trockenen Kienspäne an, die auf dem Herd lagen, suchte und fand einen Topf, holte den Samowar vom Tisch, warf die brennenden Späne hinein, schüttete Kohle nach, faßte das Gefäß an beiden Henkeln, bückte sich und blies hinein, daß die Funken herausstoben und um ihr Angesicht knisterten. Es war, als handelte sie nach einem geheimnisvollen Ritus. Bald siedete das Wasser, bald kochte der Tee, die Familie erhob sich, sie setzten sich vor irdene braune Geschirre und tranken. Da hob Deborah ihren Sohn aus dem Korb. Er winselte. Sie küßte ihn schnell und viele Male, mit einer rasenden Zärtlichkeit, ihre feuchten Lippen knallten auf das graue Angesicht, die dürren Händchen, die krummen Schenkel, den aufgedunsenen Bauch des Kleinen, es war, als schlüge sie das Kind mit ihrem liebenden mütterlichen Mund. Hierauf packte sie ihn ein, schnürte einen Strick um das Paket und hängte sich ihren Sohn um den Hals, damit ihre Hände frei würden. Platz wollte sie sich schaffen im Gedränge vor der Tür des Rabbi.

Mit scharfem Heulen stürzte sie sich in die Menge der Wartenden, mit grausamen Fäusten drängte sie Schwache auseinander, niemand konnte sie aufhalten. Wer immer, von ihrer Hand getroffen und weggerückt, sich nach ihr umsah, um sie zurückzuweisen, war geblendet von dem brennenden Schmerz in ihrem Angesicht, ihrem offenen roten Mund, aus dem ein sengender Hauch zu strömen schien, von dem kristallenen Leuchten der großen rollenden Tränen, von den Wangen, die in hellroten Flammen standen, von den dicken blauen Adern am gereckten Hals, in denen sich die Schreie sammelten, ehe sie ausbrachen. Wie eine Fackel wehte Deborah einher. Mit einem einzigen grellen Schrei, hinter dem die grauenhafte Stille einer ganzen gestorbenen Welt einstürzte, fiel Deborah vor der endlich erreichten Tür des Rabbi nieder, die Klinke in der gereckten Rechten. Mit der Linken trommelte sie gegen das braune Holz. Menuchim schleifte vor ihr her am Boden.

Jemand machte die Tür auf. Der Rabbi stand am Fenster, er kehrte ihr den Rücken, ein schwarzer schmaler Strich. Plötzlich wandte er sich um. Sie blieb an der Schwelle, auf beiden Armen bot sie ihren Sohn dar, wie man ein Opfer bringt. Sie erhaschte einen Schimmer von dem bleichen Angesicht des Mannes, das eins zu sein schien mit seinem weißen Bart. Sie hatte sich vorgenommen, in die Augen des Heiligen zu sehen, um sich zu überzeugen, daß wirklich in ihnen die mächtige Güte lebe. Aber nun sie hier stand, lag ein See von Tränen vor ihrem Blick, und sie sah den Mann hinter einer weißen Welle aus Wasser und Salz. Er hob die Hand, zwei dürre Finger glaubte sie zu erkennen, Instrumente des Segens. Aber ganz nah hörte sie die Stimme des Rabbi, obwohl er nur flüsterte:

„Menuchim, Mendels Sohn, wird gesund werden. Seinesgleichen wird es nicht viele geben in Israel. Der Schmerz wird ihn weise machen, die Häßlichkeit gütig, die Bitternis milde und die Krankheit stark. Seine Augen werden weit sein und tief, seine Ohren hell und voll Widerhall. Sein Mund wird schweigen, aber wenn er die Lippen auftun wird, werden sie Gutes künden. Hab keine Furcht, und geh nach Haus!"

„Wann, wann, wann wird er gesund werden?" flüsterte Deborah.

„Nach langen Jahren", sagte der Rabbi, „aber frage mich nicht weiter, ich habe keine Zeit, und ich weiß nichts mehr. Verlaß deinen Sohn nicht, auch wenn er dir eine große Last ist, gib ihn nicht weg von dir, er kommt aus dir, wie ein gesundes Kind auch. Und geh!"

Draußen machte man ihr Platz. Ihre Wangen waren blaß, ihre Augen trocken, ihre Lippen leicht geöffnet, als atmeten sie lauter Hoffnung. Gnade im Herzen, kehrte sie heim.

2

Als Deborah heimkehrte, traf sie ihren Mann am Herd. Unwillig besorgte er das Feuer, den Topf, die hölzernen Löffel. Sein gerader Sinn war auf die einfachen irdischen Dinge gerichtet und vertrug kein Wunder im Bereich der Augen. Er lächelte über den Glauben seiner Frau an den Rabbi. Seine schlichte Frömmigkeit bedurfte keiner vermittelnden Gewalt zwischen Gott und den Menschen. „Menuchim wird gesund werden, aber es wird lange dauern!" – Mit diesen Worten betrat Deborah das Haus. „Es wird lange dauern!" wiederholte Mendel wie ein böses Echo. Deborah hängte seufzend den Korb wieder an den Plafond. Die drei älteren Kinder kamen vom Spiel. Sie fielen über den Korb her, den sie schon einige Tage vermißt hatten, und ließen ihn heftig pendeln. Mendel Singer ergriff mit beiden Händen seine Söhne, Jonas und Schemarjah. Mirjam, das Mädchen, flüchtete zur Mutter. Mendel kniff seine Söhne in die Ohren. Sie heulten auf. Er schnallte den Hosengurt ab und schwang ihn durch die Luft. Als gehörte das Leder noch zu seinem Körper, als wäre es die natürliche Fortsetzung seiner Hand, fühlte Mendel Singer jeden klatschenden Schlag, der die Rükken seiner Söhne traf. Ein unheimliches Getöse brach los in seinem Kopf. Die warnenden Schreie seiner Frau fielen in seinen eigenen Lärm, unbedeutend vergingen sie darin. Es war, als schüttete man Gläser Wasser in ein aufgeregtes Meer.

Er fühlte nicht, wo er stand. Er wirbelte mit dem schwingenden, knallenden Gürtel umher, traf die Wände, den Tisch, die Bänke und wußte nicht, ob ihn die verfehlten Schläge mehr freuten oder die gelungenen. Endlich klang es drei von der Wanduhr, die Stunde, in der sich die Schüler am Nachmittag versammelten. Mit leerem Magen – denn er hatte nichts gegessen –, die würgende Aufregung noch in der Kehle, begann Mendel, Wort für Wort, Satz auf Satz aus der Bibel vorzutragen. Der helle Chor der Kinderstimmen wiederholte Wort für Wort, Satz für Satz, es war, als würde die Bibel von vielen Glocken geläutet. Wie Glocken schwangen auch die Oberkörper der Lernenden vorwärts und zurück, indes über den Köpfen der Korb Menuchims fast in gleichem Rhythmus pendelte. Heute nahmen Mendels Söhne am Unterricht teil. Des Vaters Zorn versprühte, erkaltete, erlosch, weil sie im klingenden Vorsagen den andern voran waren. Um sie zu erproben, verließ er die Stube. Der Chor der Kinder läutete weiter, angeführt von den Stimmen der Söhne. Er konnte sich auf sie verlassen.

Jonas, der ältere, war stark wie ein Bär, Schemarjah, der jüngere, war schlau wie ein Fuchs. Stampfend trottete Jonas einher, mit vorgeneigtem Kopf, mit hängenden Händen, strotzenden Backen, ewigem Hunger, gekräuseltem Haar, das heftig über die Ränder der Mütze wucherte. Sanft und beinahe schleichend, mit spitzem Profil, immer wachen, hellen Augen, dünnen Armen, in der Tasche vergrabenen Händen, folgte ihm sein Bruder Schemarjah. Niemals brach ein Streit zwischen ihnen aus, zu ferne waren sie einander, getrennt waren ihre Reiche und Besitztümer, sie hatten ein Bündnis geschlossen. Aus Blechdosen, Zündholzschachteln, Scherben, Hörnern, Weidenruten verfertigte Schemarjah wunderbare Sachen. Jonas hätte sie mit seinem starken Atem umblasen und vernichten können. Aber er bewunderte die zarte Geschicklichkeit seines Bruders. Seine kleinen schwarzen Augen blinkten wie Fünkchen zwischen seinen Wangen, neugierig und heiter.

Einige Tage nach ihrer Rückkehr erachtete Deborah die Zeit für gekommen, Menuchims Korb vom Plafond abzuknüpfen. Nicht ohne Feierlichkeit übergab sie den Kleinen den älteren Kindern. „Ihr werdet ihn spazierenführen!" sagte Deborah. „Wenn er müde wird, werdet ihr ihn tragen. Laßt ihn, Gott behüte, nicht fallen! Der heilige Mann hat gesagt, er wird gesund. Tut ihm kein Weh." Von nun an begann die Plage der Kinder.

Sie schleppten Menuchim wie ein Unglück durch die Stadt, sie ließen ihn liegen, sie ließen ihn fallen. Sie ertrugen den Hohn der Altersgenossen schwer, die hinter ihnen herliefen, wenn sie Menuchim spazierenführten. Der Kleine mußte zwischen zweien gehalten werden. Er setzte nicht einen Fuß vor den andern wie ein Mensch. Er wackelte mit seinen Beinen wie mit zwei zerbrochenen Reifen, er blieb stehen, er knickte ein.

Schließlich ließen ihn Jonas und Schemarjah liegen. Sie legten ihn in eine Ecke, in einen Sack. Dort spielte er mit Hundekot, Pferdeäpfeln, Kieselsteinen. Er fraß alles. Er kratzte den Kalk von den Wänden und stopfte sich den Mund voll, hustete dann und wurde blau im Angesicht. Ein Stück Dreck, lagerte er im Winkel. Manchmal fing er an zu weinen. Die Knaben schickten Mirjam zu ihm, damit sie ihn tröste. Zart, kokett, mit hüpfenden dünnen Beinen, einen häßlichen und hassenden Abscheu im Herzen, näherte sie sich ihrem lächerlichen Bruder. Die Zärtlichkeit, mit der sie sein aschgraues verknittertes Angesicht streichelte, hatte etwas Mörderisches. Sie sah sich vorsichtig um, nach rechts und links, dann kniff sie ihren Bruder in die Schenkel. Er heulte auf, Nachbarn sahen aus den Fenstern. Sie verzerrte das Angesicht zur weinerlichen Grimasse. Alle Menschen hatten Mitleid mit ihr und fragten sie aus.

Eines Tages im Sommer, es regnete, schleppten die Kinder Menuchim aus dem Haus und steckten ihn in den Bottich, in dem sich Regenwasser seit einem halben Jahr gesammelt hatte, Würmer herumschwammen, Obstreste und verschimmelte Brotrinden. Sie hielten ihn an den krummen Beinen und stießen seinen grauen, breiten Kopf ein dutzendmal ins Wasser. Dann zogen sie ihn heraus, mit klopfenden Herzen, roten Wangen, in der freudigen und grausigen Erwartung, einen Toten zu halten. Aber Menuchim lebte. Er röchelte, spuckte das Wasser aus, die Würmer, das verschimmelte Brot, die Obstreste und lebte. Nichts geschah ihm. Da trugen ihn die Kinder schweigsam und voller Angst ins Haus zurück. Eine große Furcht vor Gottes kleinem Finger, der eben ganz leise gewinkt hatte, ergriff die zwei Knaben und das Mädchen. Den ganzen Tag sprachen sie nicht zueinander. Ihre Zungen lagen gefesselt an den Gaumen, ihre Lippen öffneten sich, ein Wort zu formen, aber kein Ton bildete sich in ihren Kehlen. Es hörte zu regnen auf, die Sonne erschien, die Bächlein flossen munter an den Rändern der Straßen. Es wäre an der Zeit gewesen, die Papierschiffchen loszulassen und zuzusehen, wie sie dem Kanal entgegenschwimmen. Aber gar nichts geschah. Die Kinder krochen ins Haus zurück, wie Hunde. Den ganzen Nachmittag noch warteten sie auf den Tod Menuchims. Menuchim starb nicht.

Menuchim starb nicht, er blieb am Leben, ein mächtiger Krüppel. Von nun an war der Schoß Deborahs trocken und fruchtlos. Menuchim war die letzte, mißratene Frucht ihres Leibes, es war, als weigerte sich ihr Schoß, noch mehr Unglück hervorzubringen. In flüchtigen Sekunden umarmte sie ihren Mann. Sie waren kurz wie Blitze, trockene Blitze am fernen sommerlichen Horizont. Lang, grausam und ohne Schlaf waren Deborahs Nächte. Eine Wand aus kaltem Glas trennte sie von ihrem Mann. Ihre Brüste welkten, ihr Leib schwoll an, wie ein Hohn auf ihre Unfruchtbarkeit, ihre Schenkel wurden schwer, und Blei hing an ihren Füßen.

Eines Morgens, im Sommer, erwachte sie früher als Mendel. Ein zwitschernder Sperling am Fensterbrett hatte sie geweckt. Noch lag ihr sein Pfiff im Ohr, Erinnerung an Geträumtes, Glückliches, wie die Stimme eines Sonnenstrahls. Die frühe warme Dämmerung durchdrang die Poren und Ritzen der hölzernen Fensterläden, und obwohl die

Kanten der Möbel noch im Schatten der Nacht verrannen, war Deborahs Auge schon klar, ihr Gedanke hart, ihr Herz kühl. Sie warf einen Blick auf den schlafenden Mann und entdeckte die ersten weißen Haare in seinem schwarzen Bart. Er räusperte sich im Schlaf. Er schnarchte. Schnell sprang sie vor den blinden Spiegel. Sie fuhr mit kalten strählenden Fingerspitzen durch ihren schütteren Scheitel, zog eine Strähne nach der andern vor die Stirn und suchte nach weißen Haaren. Sie glaubte, ein einziges gefunden zu haben, ergriff es mit einer harten Zange aus zwei Fingern und riß es aus. Dann öffnete sie ihr Hemd vor dem Spiegel. Sie sah ihre schlaffen Brüste, hob sie hoch, ließ sie fallen, strich mit der Hand über den hohlen und dennoch gewölbten Leib, sah die blauen verzweigten Adern an ihren Schenkeln und beschloß, wieder ins Bett zu gehn. Sie wandte sich um, und ihr Blick stieß erschrocken auf das geöffnete Aug' ihres Mannes. „Was schaust du?" rief sie. Er antwortete nicht. Es war, als gehörte das offene Auge nicht ihm, denn er selbst schlief noch. Unabhängig von ihm hatte es sich geöffnet. Selbständig neugierig war es geworden. Das Weiße des Auges schien weißer als gewöhnlich. Die Pupille war winzig. Das Auge erinnerte Deborah an einen vereisten See mit einem schwarzen Punkt darinnen. Es konnte kaum eine Minute offen gewesen sein, aber Deborah hielt diese Minute für ein Jahrzehnt. Mendels Auge schloß sich wieder. Er atmete ruhig weiter, er schlief, ohne Zweifel. Ein fernes Trillern von Millionen Lerchen erhob sich draußen, über dem Haus, unter den Himmeln. Schon drang die anbrechende Hitze des jungen Tages in den morgendlich verdunkelten Raum. Bald mußte die Uhr sechs Schläge schlagen, die Stunde, in der Mendel Singer aufzustehen pflegte. Deborah rührte sich nicht. Sie blieb stehen, wo sie gestanden war, als sie sich wieder dem Bett zugewandt hatte, den Spiegel im Rücken. Nie hatte sie so stehend gelauscht, ohne Zweck, ohne Not, ohne Neugier, ohne Lust. Sie wartete auf gar nichts. Aber es schien ihr, daß sie auf etwas Besonderes warten müßte. Alle ihre Sinne waren wach wie nie, und noch ein paar unbekannte, neue Sinne waren erwacht, zur Unterstützung der alten. Sie sah, hörte, fühlte tausendfach. Und gar nichts geschah. Nur ein Sommermorgen brach an, nur Lerchen trillerten in unerreichbarer Ferne, nur Sonnenstrahlen zwängten sich mit heißer Gewalt durch die Ritzen der Läden, und die breiten Schatten an den Rändern der Möbelstücke wurden schmäler und schmäler, und die Uhr tickte und holte zu sechs Schlägen aus, und der Mann atmete. Lautlos lagen die Kinder in der Ecke, neben dem Herd, Deborah sichtbar, aber weit, wie in einem andern Raum. Gar nichts geschah. Dennoch schien Unendliches geschehen zu wollen. Die Uhr schlug wie eine Erlösung. Mendel Singer erwachte, setzte sich gerade im Bett auf und starrte verwundert auf seine Frau. „Warum bist du nicht im Bett?" fragte er und rieb sich die Augen. Er hustete und spuckte aus. Gar nichts an seinen Worten und an seinem Gehaben verriet, daß sein linkes Auge offen gewesen war und selbständig geschaut hatte. Vielleicht wußte er nichts mehr, vielleicht hatte sich Deborah getäuscht.

Seit diesem Tage hörte die Lust auf zwischen Mendel Singer und seiner Frau. Wie zwei Menschen gleichen Geschlechts gingen sie schlafen, durchschliefen sie die Nächte, erwachten sie des Morgens. Sie schämten sich voreinander und schwiegen, wie in den ersten Tagen ihrer Ehe. Die Scham stand am Beginn ihrer Lust, und am Ende ihrer Lust stand sie auch.

Dann war auch sie überwunden. Sie redeten wieder, ihre Augen wichen nicht mehr einander aus, im gleichen Rhythmus alterten ihre Gesichter und ihre Leiber wie Gesichter und Leiber von Zwillingen. Der Sommer war träge und schweren Atems und arm an Regen. Tür und Fenster standen offen. Die Kinder waren selten zu Haus. Draußen wuchsen sie schnell, von der Sonne befruchtet. Sogar Menuchim wuchs. Seine Beine blieben zwar gekrümmt, aber sie wurden ohne Zweifel länger. Auch sein Oberkörper streckte sich. Plötzlich, eines Morgens, stieß er einen nie gehörten schrillen Schrei aus. Dann blieb er still. Eine Weile später sagte er, klar und vernehmlich: „Mama."

Deborah stürzte sich auf ihn, und aus ihren Augen, die lange schon trocken gewesen waren, flossen die Tränen, heiß, stark, groß, salzig, schmerzlich und süß. „Sag: Mama!" „Mama", wiederholte der Kleine. Ein dutzendmal wiederholte er das Wort. Hundertmal wiederholte es Deborah. Nicht vergeblich waren ihre Bitten geblieben. Menuchim sprach. Und dieses eine Wort der Mißgeburt war erhaben wie eine Offenbarung, mächtig wie ein Donner, warm wie die Liebe, gnädig wie der Himmel, weit wie die Erde, fruchtbar wie ein Acker, süß wie eine süße Frucht. Es war mehr als die Gesundheit der gesunden Kinder. Es bedeutete, daß Menuchim stark und groß, weise und gütig werden sollte, wie die Worte des Segens gelautet hatten.

Allerdings: Noch andere verständliche Laute kamen nicht mehr aus Menuchims Kehle. Lange Zeit bedeutete dieses eine Wort, das er nach so schrecklichem Schweigen zustande gebracht hatte, Essen und Trinken, Schlafen und Lieben, Lust und Schmerz, Himmel und Erde. Obwohl er nur dieses Wort bei jeder Gelegenheit sagte, erschien er seiner Mutter Deborah beredt wie ein Prediger und reich an Ausdruck wie ein Dichter. Sie verstand jedes Wort, das sich in dem einen verbarg. Sie vernachlässigte die älteren Kinder. Sie wandte sich von ihnen ab. Sie hatte nur einen Sohn, den einzigen Sohn: Menuchim.

3

Vielleicht brauchen Segen eine längere Zeit zu ihrer Erfüllung als Flüche. Zehn Jahre waren vergangen, seitdem Menuchim sein erstes und einziges Wort ausgesprochen hatte. Er konnte immer noch kein anderes sagen.

Manchmal, wenn Deborah mit ihrem kranken Sohn allein im Hause war, schob sie den Riegel vor, setzte sich neben Menuchim auf den Boden und sah dem Kleinen starr ins Angesicht. Sie erinnerte sich an den fürchterlichen Tag im Sommer, an dem die Gräfin vor der Kirche vorgefahren war. Deborah sieht das offene Portal der Kirche. Ein goldener Glanz von tausend Kerzen, von bunten, lichtumkränzten Bildern, von drei Geistlichen im Ornat, die tief und fern am Altar stehn, mit schwarzen Bärten und weißen schwebenden Händen, dringt in den weißbesonnten, staubigen Platz. Deborah ist im dritten Monat. Menuchim regt sich in ihrem Leib, die kleine zarte Mirjam hält sie fest an der Hand. Auf einmal erhebt sich Geschrei. Es übertönt den Gesang der Beter in der Kirche. Man hört das schnalzende Getrappel der Pferde, eine Staubwolke wirbelt auf, die dunkelblaue Equipage der Gräfin hält vor der Kirche. Die Bauernkinder jubeln. Die Bettler und Bettlerinnen auf den Stufen humpeln der Kalesche entgegen, um der Gräfin die Hand zu küssen. Auf einmal reißt sich Mirjam los. Im Nu ist sie verschwunden. Deborah zittert, sie friert, mitten in der Hitze. Wo ist Mirjam? Sie fragt jedes Bauernkind. Die Gräfin ist ausgestiegen. Deborah tritt ganz nah an die Kalesche. Der Kutscher mit den silbernen Knöpfen in der dunkelblauen Livree sitzt so hoch, daß er alles übersehen kann. „Haben Sie die kleine Schwarze laufen gesehen?" fragt Deborah, den Kopf emporgereckt, die Augen geblendet vom Glanz der Sonne und des Livrierten. Der Kutscher zeigt mit seiner weißbehandschuhten Linken in die Kirche. Da hinein ist Mirjam gelaufen. Deborah überlegt einen Augenblick, dann stürzt sie sich in die Kirche, hinein in den goldenen Glanz, in den vollen Gesang, in das Brausen der Orgel. Im Eingang steht Mirjam. Deborah ergreift das Kind, schleppt es auf den Platz, rennt die heißen weißglühenden Stufen hinunter, flüchtet wie vor einem Brand. Sie will das Kind schlagen, aber sie hat Angst.

Sie rennt, das Kind hinter sich her ziehend, in eine Gasse. Nun ist sie ruhiger. „Du darfst dem Vater nichts davon erzählen", keucht sie. „Hörst du, Mirjam?"

Seit diesem Tage weiß Deborah, daß ein Unglück im Anzug ist. Ein Unglück trägt sie im Schoß. Sie weiß es und schweigt. Sie schiebt den Riegel wieder zurück, es klopft an der Tür, Mendel ist da.

Früh ergraut ist sein Bart. Früh verwelkt waren auch Angesicht, Körper und Hände Deborahs. Stark und langsam wie ein Bär war der älteste Sohn Jonas, schlau und hurtig wie ein Fuchs der jüngere Schemarjah, kokett und gedankenlos wie eine Gazelle die Schwester Mirjam. So wie sie durch die Gassen huschte, Botengänge zu besorgen, schlank und schmal, ein schimmernder Schatten, ein braunes Gesicht, ein großer roter Mund, ein goldgelber Schal, unter dem Kinn in zwei wehende Flügel geknotet, und die zwei alten Augen mitten in der braunen Jugend des Angesichts, so fiel sie in die Blickfelder der Offiziere von der Garnison und blieb haften in ihren sorglosen, lustsüchtigen Köpfen. Mancher stellte ihr manchmal nach. Nichts anderes nahm sie von ihren Jägern zur Kenntnis, als was sie durch die äußeren Tore der Sinne gerade nachschicken konnte: ein silbernes Klirren und Rasseln von Sporen und Wehr, einen verwehenden Duft von Pomade und Rasierseife, einen knalligen Schimmer von goldenen Knöpfen, silbernen Borten und blutroten Riemen aus Juchten. Es war wenig, es war genug. Gleich hinter den äußeren Toren ihrer Sinne lauerte die Neugier in Mirjam, die Schwester der Jugend, die Künderin der Lust. In einer süßen und heißen Furcht floh das Mädchen vor seinen Verfolgern. Nur um den schmerzlichen erregenden Genuß der Furcht auszukosten, floh es durch mehrere Gassen, viele Minuten länger. Es flüchtete auf Umwegen. Nur um wieder fliehen zu können, ging Mirjam häufiger, als nötig war, aus dem Haus. An den Straßenecken hielt sie ein und warf Blicke zurück, Lockspeise den Jägern. Es waren Mirjams einzige Genüsse. Selbst wenn jemand vorhanden gewesen wäre, der sie verstanden hätte, ihr Mund wäre verschlossen geblieben. Denn die Genüsse sind stärker, solange sie geheim bleiben.

Noch wußte Mirjam nicht, in welch drohende Beziehung sie zu der fremden und schrecklichen Welt des Militärs treten sollte und wie schwer die Schicksale waren, die sich bereits zu sammeln begannen über den Häuptern Mendel Singers, seiner Frau und seiner Kinder. Denn Jonas und Schemarjah waren schon in dem Alter, in dem sie nach dem Gesetz zu den Soldaten sollten und nach der Tradition ihrer Väter sich vor dem Dienst retten mußten. Andern Jünglingen hatte ein gnädiger und vorsorglicher Gott ein körperliches Gebrechen mitgegeben, das sie wenig behinderte und vor dem Bösen beschützte. Manche waren einäugig, manche hinkten, der hatte einen Leistenbruch, jener zuckte ohne Grund mit den Armen und Beinen, einige hatten schwache Lungen, andere schwache Herzen, einer hörte schlecht, und ein anderer stotterte, und ein dritter hatte ganz einfach eine allgemeine Körperschwäche.

In der Familie Mendel Singers aber schien es, als hätte der kleine Menuchim die ganze Anzahl menschlicher Qualen auf sich genommen, die sonst vielleicht eine gütige Natur sachte auf alle Mitglieder verteilt hätte. Mendels ältere Söhne waren gesund, kein Fehler konnte an ihrem Körper entdeckt werden, und sie mußten anfangen, sich zu plagen, zu fasten und Kaffee zu trinken und auf eine vorübergehende Herzschwäche zu hoffen, obwohl der Krieg gegen Japan schon beendet war.

Und also begannen ihre Plagen. Sie aßen nicht, sie schliefen nicht, sie torkelten schwach und zitternd durch Tage und Nächte. Ihre Augen waren gerötet und geschwollen, ihre Hälse mager und ihre Köpfe schwer. Deborah liebte sie wieder. Für die älteren Söhne zu beten, pilgerte sie noch einmal zum Friedhof. Diesmal betete sie um eine Krankheit für Jonas und Schemarjah, wie sie früher um die Gesundheit Menuchims gefleht hatte. Das Militär erhob sich vor ihrem bekümmerten Aug' wie ein schwerer Berg aus glattem Eisen und klirrender Marter. Leichen sah sie, lauter Leichen. Hoch und schimmernd, die gespornten Füße im roten Blut, saß der Zar und wartete auf das Opfer ihrer Söhne. Sie gingen ins Manöver, schon dies allein war ihr der größte Schrecken, an einen neuen Krieg dachte sie nicht einmal. Sie zürnte ihrem Mann. Mendel Singer, was war er? Ein Lehrer, ein dummer Lehrer dummer Kinder. Sie hatte anderes im Sinn gehabt, als sie noch ein Mädchen gewesen war. Mendel Singer indessen trug nicht leichter am Kummer als seine Frau. Am Sabbat in der Synagoge, wenn das gesetzlich vorgeschriebene Gebet für den Zaren abgehalten wurde, dachte Mendel an die nächste Zukunft seiner Söhne. Schon sah er sie in der verhaßten Drillichuniform frischer Rekruten. Sie aßen Schweinefleisch und wurden von Offizieren mit der Reitpeitsche geschlagen. Sie trugen Gewehre und Bajonette. Er seufzte oft ohne erdenklichen Grund,

HIOB
231

mitten im Beten, mitten im Unterricht, mitten im Schweigen. Sogar Fremde sahen ihn bekümmert an. Nach seinem kranken Sohn hatte ihn niemals jemand gefragt, aber nach seinen gesunden Söhnen erkundigten sich alle.

Am sechsundzwanzigsten März, endlich, fuhren die beiden Brüder nach Targi. Sie zogen beide das Los. Beide waren tadellos und gesund. Beide wurden genommen.

Noch einen Sommer durften sie zu Hause verbringen. Im Herbst sollten sie einrücken. An einem Mittwoch waren sie Soldaten geworden. Am Sonntag kehrten sie heim. Am Sonntag kehrten sie heim, mit Freikarten des Staates ausgerüstet. Schon reisten sie auf Kosten des Zaren. Viele ihresgleichen fuhren mit ihnen. Es war ein langsamer Zug. Sie saßen auf hölzernen Bänken unter Bauern. Die Bauern sangen und waren betrunken. Alle rauchten den schwarzen Tabak, in dessen Rauch noch eine ferne Erinnerung an Schweiß mit duftete. Alle erzählten einander Geschichten. Jonas und Schemarjah trennten sich nicht für einen Augenblick. Es war ihre erste Reise mit der Eisenbahn. Oft tauschten sie die Plätze. Jeder von ihnen wollte ein wenig am Fenster sitzen und in die Landschaft sehn. Ungeheuer weit erschien Schemarjah die Welt. Flach war sie in Jonas' Augen, sie langweilte ihn. Der Zug fuhr glatt durch das flache Land, wie ein Schlitten über Schnee. Die Felder lagen in den Fenstern. Die bunten Bäuerinnen winkten. Wo sie in Gruppen auftauchten, antwortete ihnen im Waggon ein dröhnendes Geheul der Bauern. Schwarz, schüchtern und bekümmert saßen die zwei Juden unter ihnen, in die Ecke gedrängt vom Übermut der Trunkenen. „Ich möchte ein Bauer sein", sagte plötzlich Jonas.

„Ich nicht", erwiderte Schemarjah.

„Ich möchte ein Bauer sein", wiederholte Jonas, „ich möchte betrunken sein und mit den Mädchen da schlafen."

„Ich will sein, was ich bin", sagte Schemarjah, „ein Jude wie mein Vater Mendel Singer, kein Soldat und nüchtern."

„Ich freue mich ein bißchen, daß ich Soldat werde", sagte Jonas.

„Du wirst schon deine Freuden erleben! Ich möchte lieber ein reicher Mann sein und das Leben sehn."

„Was ist das Leben?"

„Das Leben", erklärte Schemarjah, „ist in großen Städten zu sehen. Die Bahnen fahren mitten durch die Straßen, alle Läden sind so groß wie bei uns die Gendarmeriekaserne, und die Schaufenster sind noch größer. Ich habe Ansichtskarten gesehen. Man braucht keine Tür, um in ein Geschäft zu treten, die Fenster reichen bis zu den Füßen."

„He, warum seid ihr so betrübt?" rief plötzlich ein Bauer aus der gegenüberliegenden Ecke.

Jonas und Schemarjah taten, als hörten sie ihn nicht oder als gälte nicht ihnen seine Frage. Sich taub stellen, wenn ein Bauer sie anredete, das hatten sie im Blut. Seit tausend Jahren ging es niemals gut aus, wenn ein Bauer fragte und ein Jude antwortete.

„He!" sagte der Bauer und erhob sich.

Jonas und Schemarjah standen gleichzeitig auf.

„Ja, zu euch, Juden, hab' ich gesprochen", sagte der Bauer. „Habt ihr noch nichts getrunken?"

„Haben schon getrunken", sagte Schemarjah.

„Ich nicht", sagte Jonas.

Der Bauer holte eine Flasche hervor, die er unter der Joppe, an der Brust, getragen hatte. Sie war warm und schlüpfrig und roch nach dem Bauern stärker als nach ihrem Inhalt. Jonas setzte sie an den Mund. Er entblößte die blutroten vollen Lippen, man sah zu beiden Seiten der braunen Flasche die weißen starken Zähne. Jonas trank und trank. Er spürte nicht die leichte Hand des Bruders, die ihn mahnend am Ärmel berührte. Mit beiden Händen, einem riesigen Säugling ähnlich, hielt er die Flasche. An seinem emporgereckten Ellenbogen schimmerte weißlich das Hemd durch den zerriebenen dünnen Stoff. Regelmäßig, wie ein Kolben an einer Maschine, stieg und sank sein Adamsapfel unter der Haut des Halses. Ein leises ersticktes Gurgeln grollte aus seiner Kehle. Alle sahen zu, wie der Jude trank.

Jonas war fertig. Die leere Flasche fiel ihm aus den Händen und seinem Bruder Schemarjah in den Schoß. Er selbst sank ihr nach, als müßte er den gleichen Weg nehmen wie sie. Der Bauer streckte die Hand aus und erbat stumm die Flasche von Schemarjah wieder. Dann liebkoste er mit dem Stiefel ein wenig die breiten Schultern des schlafenden Jonas.

Sie erreichten Podworsk, hier mußten sie aussteigen. Bis nach Jurki waren es sieben Werst, zu Fuß sollten die Brüder wandern, wer weiß, ob sie unterwegs jemand auf den Wagen nehmen würde. Alle Reisenden halfen den schweren Jonas aufrichten. Als er draußen stand, wurde er wieder nüchtern.

Sie wanderten. Es war Nacht. Den Mond ahnten sie hinter milchigem Gewölk. Auf den Schneefeldern dunkelten einzelne unregelmäßig konturierte Erdflecken wie Kratermünder. Der Frühling schien aus dem Wald einherzuwehn. Jonas und Schemarjah gingen schnell auf einem schmalen Weg. Sie hörten das zarte Knistern der dünnen spröden Eishülle unter ihren Stiefeln. Ihre weißen, rundlichen Bündel trugen sie geschultert an Stöcken. Einige Male versuchte Schemarjah, ein Gespräch mit seinem Bruder anzufangen. Jonas antwortete nicht. Er schämte sich, weil er getrunken hatte und hingefallen war wie ein Bauer. An den Stellen, an denen der Pfad so schmal war, daß beide Brüder nicht nebeneinander gehen konnten, ließ Jonas dem jüngeren den Vortritt. Am liebsten hätte er Schemarjah vor sich hergehen lassen. Wo der Weg wieder breiter wurde, verlangsamte er den Schritt in der Hoffnung, Schemarjah würde weitergehen, ohne auf den Bruder zu warten. Aber es war, als fürchtete der Jüngere, den älteren zu verlieren. Seitdem er gesehen hatte, daß Jonas betrunken sein konnte, traute er ihm nicht mehr, zweifelte er an des älteren Vernunft, fühlte er sich für den älteren verantwortlich. Jonas erriet, was sein Bruder empfand. Ein großer törichter Zorn kochte in seinem Herzen. Lächerlich ist Schemarjah, dachte Jonas. Wie ein Gespenst ist er dünn, den Stock

HIOB   233

kann er nicht einmal halten, jedesmal schultert er ihn wieder, das Bündel wird noch in den Dreck fallen. Bei der Vorstellung, daß Schemarjahs weißes Bündel vom glatten Stock in den schwarzen Dreck der Straße fallen könnte, lachte Jonas laut auf. „Was lachst du?" fragte Schemarjah. „Über dich!" antwortete Jonas. „Ich hätte mehr Recht, über dich zu lachen", sagte Schemarjah. Wieder schwiegen sie. Schwarz wuchs ihnen der Tannenwald entgegen. Aus ihm, nicht aus ihnen selbst, schien die Schweigsamkeit zu kommen Von Zeit zu Zeit erhob sich ein Wind aus willkürlicher Himmelsrichtung, ein heimatloser Windstoß. Ein Weidenbusch regte sich im Schlaf, Zweige knackten dürr, die Wolken liefen hell über den Himmel. „Jetzt sind wir doch Soldaten!" sagte auf einmal Schemarjah. „Ganz richtig", sagte Jonas, „was waren wir denn sonst? Wir haben keinen Beruf. Sollen wir Lehrer werden wie unser Vater?" „Besser als Soldat sein!" sagte Schemarjah. „Ich könnte ein Kaufmann werden und in die Welt gehen!" „Die Soldaten sind auch Welt, und ich kann kein Kaufmann sein", meinte Jonas. „Du bist betrunken!" „Ich bin nüchtern wie du. Ich kann trinken und nüchtern sein. Ich kann ein Soldat sein und die Welt sehn. Ich möchte ein Bauer sein. Das sag' ich dir – und ich bin nicht betrunken …"

Schemarjah zuckte mit den Schultern. Sie gingen weiter. Gegen Morgen hörten sie die Hähne krähn aus entfernten Gehöften. „Das wird Jurki sein", sagte Schemarjah. „Nein, es ist Bytók!" sagte Jonas. „Meinetwegen Bytók!" sagte Schemarjah.

Eine Fuhre klapperte und rasselte hinter der nächsten Biegung des Weges. Der Morgen war fahl, wie die Nacht gewesen war. Kein Unterschied zwischen Mond und Sonne. Schnee fing an zu fallen, weicher, warmer Schnee. Raben flogen auf und krächzten.

„Sieh, die Vögel", sagte Schemarjah; nur als Vorwand, um den Bruder zu versöhnen.

„Raben sind das!" sagte Jonas. „Vögel!" ahmte er höhnisch nach.

„Meinetwegen!" sagte Schemarjah, „Raben!"

Es war wirklich Bytók. Noch eine Stunde, und sie waren zu Hause.

Es schneite dichter und weicher, je weiter der Tag fortschritt, als käme der Schnee von der ansteigenden Sonne. Nach einigen Minuten war das ganze Land weiß. Auch die einzelnen Weiden am Weg und die verstreuten Birkengruppen zwischen den Feldern weiß, weiß, weiß. Nur die zwei jungen schreitenden Juden waren schwarz. Auch sie überschüttete der Schnee, aber auf ihren Rücken schien er schneller zu schmelzen. Ihre langen, schwarzen Röcke flatterten. Die Schöße pochten mit hartem, regelmäßigen Schlag gegen die Schäfte der hohen Lederstiefel. Je dichter es schneite, desto schneller gingen sie. Bauern, die ihnen entgegenkamen, gingen ganz langsam, mit eingeknickten Knien, sie wurden weiß, auf ihren breiten Schultern lag der Schnee wie auf dicken Ästen, schwer und leicht zugleich, vertraut mit dem Schnee, gingen sie in ihm einher, wie in einer Heimat. Manchmal blieben sie stehn und sahen sich nach den zwei schwarzen Männern um, wie nach ungewohnten Erscheinungen, obwohl ihnen der Anblick von Juden nicht fremd war. Atemlos langten die Brüder zu Hause an, schon fing es an zu dämmern. Sie hörten von weitem den Singsang der lernenden Kinder. Er kam ihnen entgegen, ein

Mutterlaut, ein Vaterwort, ihre ganze Kindheit trug er ihnen entgegen, alles bedeutete und enthielt er, was sie seit der Stunde der Geburt geschaut, vernommen, gerochen und gefühlt hatten: der Singsang der lernenden Kinder. Er enthielt den Geruch der heißen und würzigen Speisen, den schwarzweißen Schimmer, der von Bart und Angesicht des Vaters ausging, den Widerhall der mütterlichen Seufzer und der Wimmertöne Menuchims, des betenden Geflüsters Mendel Singers am Abend, Millionen unnennbarer regelmäßiger und besonderer Ereignisse. Beide Brüder nahmen also mit den gleichen Regungen die Melodie auf, die ihnen durch den Schnee entgegenwehte, während sie sich dem väterlichen Haus näherten. In gleichem Rhythmus schlugen ihre Herzen. Die Tür flog vor ihnen auf, durchs Fenster hatte sie ihre Mutter Deborah schon lange kommen sehn.

„Wir sind genommen!" sagte Jonas ohne Gruß.

Auf einmal stürzte ein furchtbares Schweigen über die Stube, in der eben noch die Stimmen der Kinder geklungen hatten, ein Schweigen ohne Grenzen, um vieles gewaltiger als der Raum, der seine Beute geworden war und dennoch geboren aus dem kleinen Wort „genommen", das Jonas eben ausgesprochen hatte. Mitten im halben Wort, das sie memoriert hatten, brachen die Kinder das Lernen ab. Mendel, der auf und ab durch die Stube gewandert war, blieb stehn, sah in die Luft, erhob die Arme und ließ sie wieder sinken. Die Mutter Deborah setzte sich auf einen der zwei Schemel, die immer in der Nähe des Ofens standen, als hätten sie schon seit langem auf die Gelegenheit gewartet, eine trauernde Mutter aufzunehmen. Mirjam, die Tochter, hatte sich rückwärts tastend in die Ecke geschoben, laut pochte ihr Herz, sie glaubte, alle müßten es hören. Die Kinder saßen festgenagelt auf ihren Plätzen. Ihre Beine in wollenen buntbereiften Strümpfen, die unaufhörlich während des Lernens gebaumelt hatten, hingen leblos unter dem Tisch. Draußen schneite es unaufhörlich, und das weiche Weiß der Flocken strömte einen fahlen Schimmer durch das Fenster in die Stube und auf die Gesichter der Schweigenden. Ein paarmal hörte man verkohlte Holzreste im Ofen knistern und ein leises Knattern an den Türpfosten, wenn der Wind an ihnen rüttelte. Die Stöcke noch über den Schultern, die weißen Bündel noch an den Stöcken, standen die Brüder an der Tür, Boten des Unglücks und seine Kinder. Plötzlich schrie Deborah: „Mendel, geh, lauf und frag die Leute um Rat!"

Mendel Singer faßte nach seinem Bart. Das Schweigen war verbannt, die Beine der Kinder fingen an, sachte zu baumeln, die Brüder legten ihre Bündel und ihre Stöcke ab und näherten sich dem Tisch.

„Was redest du für Dummheiten?" sagte Mendel Singer.

„Wohin soll ich gehn? Und wen soll ich um Rat fragen?

Wer hilft einem armen Lehrer, und womit soll man mir helfen? Welche Hilfe erwartest du von den Menschen, wo Gott uns gestraft hat?"

Deborah antwortete nicht. Eine Weile saß sie noch ganz still auf dem Schemel. Dann erhob sie sich, stieß ihn mit dem Fuß wie einen Hund, daß er mit Gepolter hintorkelte, ergriff ihren braunen Schal, der wie ein Hügel aus Wolle auf dem Fußboden gelegen hatte, umwickelte Kopf und Hals, knüpfte die Fransen im Nacken zu einem starken Knoten, mit einer wütenden Bewegung, als wollte sie sich erwürgen, wurde rot im Gesicht, stand da, zischend und wie gefüllt von siedendem Wasser, und spuckte plötzlich aus, weißen Speichel feuerte sie wie ein giftiges Geschoß vor Mendel Singers Füße. Und als hätte sie damit allein ihre Verachtung nicht genügend bewiesen, schickte sie dem Speichel noch einen Schrei nach, der wie ein Pfui! klang, der aber nicht genau verstanden werden konnte. Ehe sich die Verblüfften gefaßt hatten, schlug sie die Tür auf. Ein böser Windstoß schüttete weiße Flocken ins Zimmer, blies Mendel Singer ins Gesicht, griff den Kindern an die hängenden Beine. Dann knallte die Tür wieder zu. Deborah war fort.

Sie lief, ohne Ziel, durch die Gassen, immer in der Mitte, ein schwarzbrauner Koloß, raste sie durch den weißen Schnee, bis sie in ihm versank. Sie verwickelte sich in den Kleidern, stürzte, erhob sich mit erstaunlicher Hurtigkeit, lief weiter, noch wußte sie nicht, wohin, aber es war ihr, als liefen die Füße schon selbst zu einem Ziel, das ihr Kopf noch nicht kannte Die Dämmerung fiel schneller als die Flocken, die ersten gelben Lichter erglommen, die spärlichen Menschen, die aus den Häusern traten, um die Fensterläden zu schließen, drehten die Köpfe nach Deborah und sahen ihr lange nach, obwohl sie froren. Deborah lief in die Richtung des Friedhofs. Als sie das hölzerne, kleine Gitter erreichte, fiel sie noch einmal nieder. Sie raffte sich auf, die Tür wollte nicht weichen, Schnee hatte sie festgeklemmt. Deborah rannte mit den Schultern gegen das Gitter. Jetzt war sie drinnen. Der Wind heulte über die Gräber. Toter als sonst schienen heute die Toten. Aus der Dämmerung wuchs schnell die Nacht, schwarz, schwarz und durchleuchtet vom Schnee. Vor einem der ersten Grabsteine in der ersten Reihe ließ sich Deborah nieder. Mit klammen Fäusten befreite sie ihn vom Schnee, als wollte sie sich vergewissern, daß ihre Stimme leichter zu dem Toten dringen würde, wenn die dämpfende Schicht zwischen ihrem Gebet und dem Ohr des Seligen fortgeräumt wäre. Und dann brach ein Schrei aus Deborah, der klang wie aus einem Horn, in dem ein menschliches Herz eingebaut ist. Diesen Schrei hörte man im ganzen Städtchen, aber man vergaß ihn sofort. Denn die Stille, die hinter ihm folgte, wurde nicht mehr gehört. Nur ein leises Wimmern stieß Deborah in kurzen Abständen hervor, ein leises, mütterliches Wimmern, das die Nacht verschlang, das der Schnee begrub und das nur die Toten vernahmen.

4

Nicht weit von den Kluczýsker Verwandten Mendel Singers lebte Kapturak, ein Mann ohne Alter, ohne Familie, ohne Freunde, flink und vielbeschäftigt und mit den Behörden vertraut. Seine Hilfe zu erreichen, bemühte sich Deborah. Von den siebzig Rubeln, die Kapturak einforderte, ehe er sich mit seinen Klienten in Verbindung setzte, besaß sie

erst knapp fünfundzwanzig, geheim gespart in den langen Jahren der Mühsal, im haltbaren Lederbeutel aufbewahrt unter einem Dielenbrett, das ihr allein vertraut war. Jeden Freitag hob sie es sachte auf, wenn sie den Fußboden scheuerte. Ihrer mütterlichen
Hoffnung erschien die Differenz von fünfundvierzig Rubeln geringer als die Summe,
die sie bereits besaß. Denn zu dieser addierte sie die Jahre, in denen sich das Geld ange-
häuft hatte, die Entbehrungen, denen jeder halbe Rubel seine Dauer verdankte, und die
vielen stillen und heißen Freuden des Nachzählens.

Vergeblich versuchte ihr Mendel Singer die Unzugänglichkeit Kapturaks zu schildern, sein hartes Herz und seinen hungrigen Beutel. „Was willst du, Deborah", sagte
Mendel Singer, „die Armen sind ohnmächtig, Gott wirft ihnen keine goldenen Steine
vom Himmel, in der Lotterie gewinnen sie nicht, und ihr Los müssen sie in Ergebenheit
tragen. Dem einen gibt Er, dem andern nimmt Er. Ich weiß nicht, wofür Er uns straft,
zuerst mit dem kranken Menuchim und jetzt mit den gesunden Kindern. Ach, dem Armen geht es schlecht, wenn er gesündigt hat, und wenn er krank ist, geht es ihm schlecht.
Man soll sein Schicksal tragen! Laß die Söhne einrücken, sie werden nicht verkommen!
Gegen den Willen des Himmels gibt es keine Gewalt. ‚Von ihm donnert es und blitzt es,
er wölbt sich über die ganze Erde, vor ihm kann man nicht davonlaufen' – so steht es geschrieben."

Deborah aber antwortete, die Hand in die Hüfte gestemmt über den Bund rostiger
Schlüssel: „Der Mensch muß sich zu helfen suchen, und Gott wird ihm helfen. So steht
es geschrieben, Mendel! Immer weißt du die falschen Sätze auswendig. Viele tausend
Sätze sind geschrieben worden, die überflüssigen merkst du dir alle! Du bist so töricht
geworden, weil du Kinder unterrichtest! Du gibst ihnen dein bißchen Verstand, und sie
lassen bei dir ihre ganze Dummheit. Ein Lehrer bist du, Mendel, ein Lehrer!"

Mendel Singer war nicht eitel auf seinen Verstand und auf seinen Beruf. Dennoch
wurmten ihn die Reden Deborahs, ihre Vorwürfe zernagten langsam seine Gutmütigkeit, und in seinem Herzen züngelten bereits die weißen Stichflämmchen der Empörung. Er wandte sich ab, um das Angesicht seiner Frau nicht länger anzusehn. Es war
ihm, als kannte er es schon lange, weit länger als seit der Hochzeit, seit der Kindheit vielleicht. Lange Jahre war es ihm gleich erschienen wie am Tag seiner Heirat. Er hatte nicht
gesehen, wie das Fleisch abbröckelte von den Wangen, schöngetünchter Mörtel von einer Wand, wie die Haut sich um die Nase spannte, um desto lockerer unter dem Kinn
zu zerflattern, wie die Lider sich runzelten zu Netzen über den Augen und wie deren
Schwärze ermattete zu einem kühlen und nüchternen Braun, kühl, verständig und hoffnungslos. Eines Tages, er erinnerte sich nicht, wann es gewesen sein konnte (vielleicht
war es auch an jenem Morgen geschehen, an dem er selbst geschlafen und nur eines seiner Augen Deborah vor dem Spiegel überrascht hatte), eines Tages also war die Erkenntnis über ihn gekommen. Es war wie eine zweite, eine wiederholte Ehe, diesmal mit der
Häßlichkeit, mit der Bitterkeit, mit dem fortschreitenden Alter seiner Frau. Näher empfand er sie zwar, beinahe ihm einverleibt, untrennbar und auf ewig, aber unerträglich,

HIOB 237

quälend und ein bißchen auch gehaßt. Sie war aus einem Weib, mit dem man sich nur in der Finsternis verbindet, gleichsam eine Krankheit geworden, mit der man Tag und Nacht verbunden ist, die einem ganz angehört, die man nicht mehr mit der Welt zu teilen braucht und an deren treuer Feindschaft man zugrunde geht. Gewiß, er war nur ein Lehrer! Auch sein Vater war ein Lehrer gewesen, sein Großvater auch. Er selbst konnte eben nichts anderes sein. Man griff also sein Dasein an, wenn man seinen Beruf tadelte, man versuchte, ihn auszulöschen aus der Liste der Welt. Dagegen wehrte sich Mendel Singer.

Eigentlich freute er sich, daß Deborah wegfuhr. Jetzt schon, während sie die Vorbereitung zur Abreise traf, war das Haus leer, Jonas und Schemarjah trieben sich in den Gassen herum, Mirjam saß bei den Nachbarn oder ging spazieren. Zu Hause, um die Stunde des Mittags, bevor die Schüler wiederkamen, blieben nur Mendel und Menuchim. Mendel aß eine Graupensuppe, die er selbst gekocht hatte, und ließ in seinem irdenen Teller einen erheblichen Rest für Menuchim übrig. Er schob den Riegel vor, damit der Kleine nicht vor die Tür krieche, wie es seine Art war. Dann ging der Vater in die Ecke, hob das Kind hoch, setzte es auf seine Knie und begann, es zu füttern.

Er liebte diese stillen Stunden. Er blieb gern allein mit seinem Sohn. Ja, manchmal überlegte er, ob es nicht besser wäre, wenn sie überhaupt zusammenblieben, ohne Mutter, ohne Geschwister. Nachdem Menuchim Löffel um Löffel die Graupensuppe verschluckt hatte, setzte ihn der Vater auf den Tisch, blieb hart vor ihm sitzen und vertiefte sich mit zärtlicher Neugier in das breite blaßgelbe Angesicht mit den vielen Runzeln auf der Stirn, den vielfach gefälteten Augenlidern und dem schlaffen Doppelkinn. Er bemühte sich zu erraten, was in diesem breiten Schädel vorgehn mochte, durch die Augen wie durch Fenster in das Gehirn hineinzusehen und durch ein bald leises, bald lautes Sprechen dem stumpfen Knaben irgendein Zeichen zu entlocken. Er nannte zehnmal hintereinander Menuchims Namen, mit langsamen Lippen zeichnete er die Laute in die Luft, damit Menuchim sie erblickte, wenn er sie schon nicht hören konnte. Aber Menuchim regte sich nicht. Dann ergriff Mendel seinen Löffel, schlug damit gegen ein Teeglas, und sofort wandte Menuchim den Kopf, und ein kleines Lichtlein flammte in seinen großen, grauen, hervorquellenden Augen auf. Mendel klingelte weiter, begann, ein Liedchen zu singen und mit dem Löffel an das Glas den Takt zu läuten, und Menuchim offenbarte eine deutliche Unruhe, wendete den großen Kopf mit einiger Mühe und baumelte mit den Beinen. „Mama, Mama!" rief er dazwischen. Mendel stand auf, holte das schwarze Buch der Bibel, hielt die erste Seite aufgeschlagen vor Menuchims Angesicht und intonierte in der Melodie, in der er seine Schüler zu unterrichten pflegte, den ersten Satz: „Am Anfang schuf Gott Himmel und Erde." Er wartete einen Augenblick, in der Hoffnung, daß Menuchim die Worte nachsprechen würde. Aber Menuchim regte sich nicht. Nur in seinen Augen stand noch das lauschende Licht. Da legte Mendel das Buch weg, blickte seinen Sohn traurig an und fuhr in dem monotonen Singsang fort:

„Hör mich, Menuchim, ich bin allein! Deine Brüder sind groß und fremd geworden, sie gehn zu den Soldaten. Deine Mutter ist ein Weib, was kann ich von ihr verlangen. Du bist mein jüngster Sohn, meine letzte und jüngste Hoffnung habe ich in dich gepflanzt. Warum schweigst du, Menuchim? Du bist mein wirklicher Sohn! Sieh her, Menuchim, und wiederhole die Worte: ‚Am Anfang schuf Gott Himmel und Erde.'"

Mendel wartete noch einen Augenblick. Menuchim rührte sich nicht. Da klingelte Mendel wieder mit dem Löffel an das Glas. Menuchim drehte sich um, und Mendel ergriff wie mit beiden Händen den Moment der Wachheit und sang wieder: „Hör mich, Menuchim! Ich bin alt, du bleibst mir allein von allen Kindern, Menuchim! Hör zu und sprich mir nach: ‚Am Anfang schuf Gott Himmel und Erde.'" Aber Menuchim rührte sich nicht.

Da ließ Mendel mit einem schweren Seufzer Menuchim wieder auf den Boden. Er schob den Riegel zurück und trat vor die Tür, um seine Schüler zu erwarten. Menuchim kroch ihm nach und blieb auf der Schwelle hocken. Von der Turmuhr schlug es sieben Schläge, vier tiefe und drei helle. Da rief Menuchim: „Mama, Mama!" Und als Mendel sich zu ihm umwandte, sah er, daß der Kleine den Kopf in die Luft streckte, als atmete er den nachhallenden Gesang der Glocken ein.

Wofür bin ich so gestraft? dachte Mendel. Und er durchforschte sein Gehirn nach irgendeiner Sünde und fand keine schwere.

Die Schüler kamen. Er kehrte mit ihnen ins Haus zurück, und während er auf und ab durch die Stube wanderte, den und jenen ermahnte, dem auf die Finger schlug und jenem einen leichten Stoß in die Rippen versetzte, dachte er unaufhörlich: Wo ist die Sünde? Wo steckt die Sünde? Deborah ging indessen zum Fuhrmann Sameschkin und fragte ihn, ob er sie in der nächsten Zeit umsonst nach Kluczýsk mitnehmen könnte.

„Ja", sagte der Kutscher Sameschkin, er saß auf der blanken Ofenbank, ohne sich zu rühren, die Füße in graugelben Säcken, mit Stricken umwickelt, und er duftete nach selbstgebranntem Schnaps. Deborah roch den Branntwein wie einen Feind. Es war der gefährliche Geruch der Bauern, der Vorbote unbegreiflicher Leidenschaften und der Begleiter der Pogromstimmungen. „Ja", sagte Sameschkin, „wenn die Wege besser wären!" „Du hast mich einmal auch schon im Herbst mitgenommen, als die Wege noch schlechter waren." „Ich erinnere mich nicht", sagte Sameschkin, „du irrst dich, es wird ein trockener Sommertag gewesen sein." „Keineswegs", erwiderte Deborah, „es war Herbst, und es regnete, und ich fuhr zum Rabbi." „Siehst du", sagte Sameschkin, und seine beiden Füße in den Säcken begannen sachte zu baumeln, denn die Ofenbank war ziemlich hoch und Sameschkin ziemlich klein von Wuchs, „siehst du", sagte er, „damals fuhrst du zum Rabbi, es war vor euren hohen Feiertagen, und da nahm ich dich eben mit. Heute aber fährst du nicht zum Rabbi!" „Ich fahre in einer wichtigen Angelegenheit", sagte Deborah, „Jonas und Schemarjah sollen niemals Soldaten werden!" „Auch ich war Soldat", meinte Sameschkin, „sieben Jahre, davon saß ich zwei im Zuchthaus, denn ich hatte gestohlen. Eine Kleinigkeit übrigens!" Er brachte Deborah zur Verzweiflung. Seine Erzählungen bewiesen ihr nur, wie fremd er ihr war, ihr und ihren Söhnen, die nicht stehlen und auch nicht im Zuchthaus sitzen sollten. Also entschloß sie sich, schnell zu handeln: „Wieviel soll ich dir zahlen?" „Gar nichts! – Ich verlange kein Geld, ich will auch nicht fahren! Der Schimmel ist alt, der Braune hat gleich auf einmal zwei Hufeisen verloren. Übrigens frißt er den ganzen Tag Hafer, wenn er einmal nur zwei Werst gelaufen ist. Ich kann ihn nicht mehr halten, ich will ihn verkaufen. Es ist überhaupt kein Leben, Fuhrmann zu sein!" „Jonas wird den Braunen selbst zum Schmied führen", sagte beharrlich Deborah, „er wird selbst die Hufeisen bezahlen." „Vielleicht!" erwiderte Sameschkin. „Wenn Jonas das selbst machen will, dann muß er aber auch ein Rad beschlagen lassen." „Auch das", versprach Deborah. „Wir fahren also nächste Woche!"

Also reiste sie nach Kluczýsk, zu dem unheimlichen Kapturak. Viel lieber wäre sie eigentlich beim Rabbi eingetreten, denn gewiß war ein Wort aus seinem heiligen, dünnen Mund mehr wert als eine Protektion Kapturaks. Aber der Rabbi empfing nicht zwischen Ostern und Pfingsten, es sei denn in dringenden Fällen, in denen es sich um Leben und Tod handelte. Sie traf Kapturak in der Schenke, wo er, umringt von Bauern und Juden, in der Ecke am Fenster saß und schrieb. Seine offene Mütze, mit dem aufwärts gekehrten Unterfutter, lag auf dem Tisch, neben den Papieren, wie eine ausgestreckte Hand, und viele Silbermünzen ruhten bereits in der Mütze und zogen die Augen aller Umstehenden an. Kapturak kontrollierte sie von Zeit zu Zeit, obwohl er wußte, daß niemand wagen würde, ihm auch nur eine Kopeke zu entwenden. Er schrieb Gesuche, Liebesbriefe und Postanweisungen für jeden Analphabeten – (außerdem konnte er Zähne ziehen und Haare schneiden).

„Ich habe mit dir eine wichtige Sache zu besprechen", sagte Deborah über die Köpfe der Umstehenden hinweg. Kapturak schob mit einem Ruck alle Papiere von sich, die Menschen zerstreuten sich, er langte nach der Mütze, schüttete das Geld in die hohle Hand und knüpfte es in ein Taschentuch. Dann lud er Deborah ein, sich zu setzen.

Sie sah in seine harten, kleinen Augen wie in starre helle Knöpfchen aus Horn. „Meine Söhne müssen einrücken!" sagte sie. „Du bist eine arme Frau", sagte Kapturak mit einer fernen, singenden Stimme, als läse er aus den Karten. „Du hast kein Geld sparen können, und kein Mensch kann dir helfen." „Doch, ich habe gespart." „Wieviel?" „Vierundzwanzig Rubel und siebzig Kopeken. Davon habe ich schon einen Rubel ausgegeben, um dich zu sehn." „Das macht also nur dreiundzwanzig Rubel!" „Dreiundzwanzig Rubel und siebzig Kopeken!" verbesserte Deborah. Kapturak hob die rechte Hand, spreizte Mittel- und Zeigefinger und fragte: „Und zwei Söhne?" „Zwei", flüsterte Deborah. „Fünfundzwanzig kostet schon ein einziger!" „Für mich?" „Auch für dich!"

Sie handelten eine halbe Stunde. Dann erklärte sich Kapturak mit fünfundzwanzig für einen zufrieden. Wenigstens einer! dachte Deborah.

Aber unterwegs, während sie auf der Fuhre Sameschkins saß und die Räder durch ihre Eingeweide und ihren armen Kopf holperten, erschien ihr die Lage noch elender als zuvor. Wie konnte sie ihre Söhne voneinander unterscheiden? Jonas oder Schemarjah? fragte sie sich unermüdlich. Besser einer als beide, sagte ihr Verstand, wehklagte ihr Herz.

Als sie nach Hause kam und ihren Söhnen das Urteil Kapturaks zu berichten anfing, unterbrach sie Jonas, der ältere, mit den Worten: „Ich gehe gern zu den Soldaten!"

Deborah, die Tochter Miriam, Schemarjah und Mendel Singer warteten wie Hölzer. Endlich, da Jonas nichts weiter sprach, sagte Schemarjah: „Du bist ein Bruder! Ein guter Bruder bist du!" „Nein", erwiderte Jonas, „ich will zu den Soldaten!"

„Vielleicht kommst du ein halbes Jahr später frei!" tröstete der Vater.

„Nein", sagte Jonas, „ich will gar nicht freikommen! Ich bleibe bei den Soldaten!"

Alle murmelten das Nachtgebet. Schweigsam entkleideten sie sich. Dann ging Mirjam im Hemd auf koketten Zehen zur Lampe und pustete sie aus. Sie legten sich schlafen.

Am nächsten Morgen war Jonas verschwunden. Sie suchten nach ihm, den ganzen Vormittag. Erst am späten Abend erblickte ihn Mirjam. Er ritt einen Schimmel, trug eine braune Joppe und eine Soldatenmütze.

„Bist du schon Soldat?" rief Mirjam.

„Noch nicht", sagte Jonas und hielt den Schimmel an. „Grüß Vater und Mutter. Ich bin bei Sameschkin, vorläufig, bis ich einrücke. Sag, ich konnte es nicht bei euch aushalten, aber ich hab' euch alle ganz gern!"

Er ließ daraufhin eine Weidengerte pfeifen, zog an den Zügeln und ritt weiter.

Von nun an war er Pferdeknecht beim Fuhrmann Sameschkin. Er striegelte den Schimmel und den Braunen, schlief bei ihnen im Stall, sog mit offenen, genießenden Nasenlöchern ihren beizenden Urinduft ein und den sauren Schweiß. Er besorgte den Hafer und den Tränkeimer, flickte die Koppeln, beschnitt die Schwänze, hängte neue Glöckchen an das Joch, füllte die Tröge, wechselte das faule Heu in den zwei Fuhren gegen trockenes aus, trank Samogonka mit Sameschkin, war betrunken und befruchtete die Mägde.

Man beweinte ihn zu Hause als einen Verlorenen, aber man vergaß ihn nicht. Der Sommer brach an, heiß und trocken. Die Abende sanken spät und golden über das Land. Vor der Hütte Sameschkins saß Jonas und spielte Ziehharmonika. Er war sehr betrunken, und er erkannte seinen eigenen Vater nicht, der manchmal zögernd vorbeischlich, ein Schatten, der sich vor sich selbst fürchtet, ein Vater, der nicht aufhörte zu staunen, daß dieser Sohn seinen eigenen Lenden entsprossen war.

5

Am zwanzigsten August erschien bei Mendel Singer ein Bote Kapturaks, um Schemarjah abzuholen. Alle hatten den Boten in diesen Tagen erwartet. Als er aber leibhaftig vor ihnen stand, waren sie überrascht und erschrocken. Es war ein gewöhnlicher Mann von gewöhnlichem Wuchs und gewöhnlichem Aussehen, mit einer blauen Soldatenmütze auf dem Kopf und einer dünnen, gedrehten Zigarette im Mund. Als man ihn einlud, sich zu setzen und einen Tee zu trinken, lehnte er ab. „Ich will lieber vor dem Haus warten", sagte er in einer Art, an der man erkennen mußte, daß er gewohnt war, draußen zu warten, vor den Häusern. Aber gerade dieser Entschluß des Mannes versetzte die Familie Mendel Singers in noch hitzigere Aufregung. Immer wieder sahen sie den blaubemützten Mann wie einen Wachtposten vor dem Fenster erscheinen, und immer heftiger wurden ihre Bewegungen. Sie packten Schemarjahs Sachen ein, einen Anzug, Gebetriemen, Reiseproviant, ein Brotmesser. Mirjam holte die Gegenstände herbei, immer mehr schleppte sie heran. Menuchim, der bereits mit dem Kopf bis zum Tisch reichte, reckte neugierig und stupide das Kinn und lallte unaufhörlich das eine Wort, das er konnte: „Mama". Mendel Singer stand am Fenster und trommelte gegen die Scheibe. Deborah weinte lautlos, eine Träne nach der anderen schickten ihre Augen zu dem verzogenen Mund. Als Schemarjahs Bündel fertig war, erschien es allen viel zu kümmerlich, und sie suchten mit hilflosen Augen das Zimmer ab, um noch irgendeinen Gegenstand zu entdecken. Bis zu diesem Augenblick hatten sie nichts miteinander gesprochen. Jetzt, da das weiße Bündel neben dem Stock auf dem Tisch lag, wandte sich Mendel Singer vom Fenster ab und der Stube zu und sagte zu seinem Sohn: „Du wirst uns sofort und so schnell wie es dir möglich ist, Nachricht zukommen lassen, vergiß es nicht!" Deborah schluchzte laut auf, breitete die Arme aus und umfing ihren Sohn. Lange umklammerten sie sich. Dann löste sich Schemarjah gewaltsam los, schritt auf seine Schwester zu und küßte sie mit knallenden Lippen auf beide Wangen. Sein Vater breitete die Hände segnend über ihn und murmelte hastig etwas Unverständliches. Furchtsam näherte sich darauf Schemarjah dem glotzenden Menuchim. Zum erstenmal galt es, das kranke Kind zu umarmen, und es war Schemarjah, als hätte er nicht einen Bruder zu küssen, sondern ein Symbol, das keine Antwort gibt. Jeder hätte gerne noch etwas gesagt. Aber keiner fand ein Wort. Sie wußten, daß es ein Abschied für immer war. Im besten Fall geriet Schemarjah heil und gesund ins Ausland. Im schlimmsten Fall wurde er an der Grenze gefangen, dann hingerichtet oder von den Grenzposten an Ort und Stelle erschossen. Was soll man einander sagen, wenn man Abschied fürs Leben nimmt? Schemarjah schulterte das Bündel und stieß die Tür mit dem Fuß auf. Er sah sich nicht mehr um. Er versuchte, in dem Augenblick, in dem er über die Schwelle trat, das Haus und alle seine Angehörigen zu vergessen. Hinter seinem Rücken ertönte noch einmal ein lauter Schrei Deborahs. Die Tür schloß sich wieder. Mit dem Gefühl, daß seine Mutter ohnmächtig hingestürzt sei, näherte sich Schemarjah seinem Begleiter. „Gleich hinter dem Marktplatz", sagte der Mann mit der blauen Mütze, „erwarten uns die Pferde." Als sie an Sameschkins Hütte vorbeikamen, blieb Schemarjah stehn. Er warf einen Blick in den kleinen Garten, dann in den offenen, leeren Stall. Sein Bruder Jonas war nicht da. Einen wehmütigen Gedanken hinterließ er dem verlorenen Bruder, der sich freiwillig geopfert hatte, wie Schemarjah immer noch glaubte. Er ist ein Grobian, aber edel und tapfer, dachte er. Dann ging er mit gleichmäßigen Schritten an der Seite des Fremden weiter.

Gleich hinter dem Marktplatz trafen sie die Pferde, wie der Mann gesagt hatte. Nicht weniger als drei Tage brauchten sie, bis sie zur Grenze kamen, denn sie mieden die Eisenbahn. Es erwies sich unterwegs, daß der Begleiter Schemarjahs genau Bescheid im Lande wußte. Er gab es zu erkennen, ohne daß ihn Schemarjah gefragt hätte. Auf die fernen Kirchtürme deutete er und nannte die Dörfer, zu denen sie gehörten. Er nannte die Gehöfte und die Güter und die Namen der Gutsbesitzer. Er zweigte oft von der breiten Straße ab und fand sich auf schmalen Wegen in kürzerer Zeit zurecht. Es war, als wollte er Schemarjah noch schnell mit der Heimat vertraut machen, ehe der junge Mann auszog, eine neue zu suchen. Er säte das Heimweh fürs ganze Leben in das Herz Schemarjahs.

Eine Stunde vor Mitternacht kamen sie zur Grenzschenke. Es war eine stille Nacht. Die Schenke stand in ihr als einziges Haus, ein Haus in der Stille der Nacht, stumm, finster, mit abgedichteten Fenstern, hinter denen kein Leben zu ahnen war. Millionen Grillen umzirpten es unaufhörlich, der wispernde Chor der Nacht. Sonst störte sie keine Stimme. Flach war das Land, der gestirnte Horizont zog einen vollendet runden tiefblauen Kreis darum, der nur im Nordosten durch einen hellen Streifen unterbrochen war, wie ein blauer Ring von einem Stück eingefaßten Silber. Man roch die ferne Feuchtigkeit der Sümpfe, die sich im Westen ausbreiteten, und den langsamen Wind, der sie herübertrug. „Eine schöne, echte Sommernacht!" sagte der Bote Kapturaks. Und zum erstenmal, seitdem sie zusammen waren, ließ er sich herbei, von seinem Geschäft zu sprechen: „Man kann in so stillen Nächten nicht immer ohne Schwierigkeiten hinüber. Für unsere Unternehmungen ist Regen nützlicher." Er warf eine kleine Angst in Schemarjah. Da die Schenke, vor der sie standen, stumm und geschlossen war, hatte Schemarjah nicht an ihre Bedeutung gedacht, bis ihn die Worte des Begleiters an sein Vorhaben erinnerten. „Gehen wir hinein!" sagte er, wie einer, der die Gefahr nicht länger aufschieben will. „Brauchst dich nicht zu eilen, wir werden lange genug warten müssen!"

Er trat dennoch ans Fenster und klopfte leise an den hölzernen Laden. Die Tür öffnete sich und entließ einen breiten Strom gelben Lichts über die nächtliche Erde. Sie traten ein. Hinter der Theke, genau im Lichtkegel einer Hängelampe, stand der Wirt und nickte ihnen zu, auf dem Fußboden hockten ein paar Männer und würfelten. An einem Tisch saß Kapturak mit einem Mann in Wachtmeisteruniform. Niemand sah auf. Man hörte das Klappern der Würfel und das Ticken der Wanduhr. Schemarjah setzte sich. Sein Begleiter bestellte zu trinken. Schemarjah trank einen Schnaps, er wurde heiß, aber ruhig. Sicherheit fühlte er wie noch nie; er wußte, daß er eine der seltenen Stunden erlebte, in denen der Mensch an seinem Schicksal nicht weniger zu formen hat als die große Gewalt, die es ihm beschert.

Kurz nachdem die Uhr Mitternacht geschlagen hatte, knallte ein Schuß, hart und scharf, mit einem langsam verrinnenden Echo. Kapturak und der Wachtmeister erhoben sich. Es war das verabredete Zeichen, mit dem der Posten zu verstehen gab, daß die nächtliche Kontrolle des Grenzoffiziers vorbei war. Der Wachtmeister verschwand. Kapturak mahnte die Leute zum Aufbruch. Alle erhoben sich träge, schulterten Bündel und Koffer, die Tür ging auf, sie tropften einzeln in die Nacht hinaus und traten den Weg zur Grenze an. Sie versuchten zu singen, irgend jemand verbot es ihnen, es war Kapturaks Stimme. Man wußte nicht, ob sie aus den vorderen Reihen her kam, aus der Mitte, aus der letzten. Sie schritten also schweigsam durch das dichte Zirpen der Grillen und das tiefe Blau der Nacht. Nach einer halben Stunde kommandierte ihnen Kapturaks Stimme: Niederlegen! Sie ließen sich auf den taufeuchten Boden fallen, lagen reglos, preßten die klopfenden Herzen gegen die nasse Erde, Abschied der Herzen von der Heimat. Dann befahl man ihnen aufzustehn. Sie kamen an einen seichten breiten Graben, ein Licht blinkte links von ihnen auf, es war das Licht der Wächterhütte. Sie setzten über den Graben. Pflichtgemäß, aber ohne zu zielen, feuerte hinter ihnen der Posten sein Gewehr ab.

„Wir sind draußen!" rief eine Stimme.

In diesem Augenblick lichtete sich der Himmel im Osten. Die Männer wandten sich um zur Heimat, über der noch die Nacht zu liegen schien, und kehrten sich wieder dem Tag und der Fremde zu.

Einer begann zu singen, alle fielen ein, singend setzten sie sich in Marsch. Nur Schemarjah sang nicht mit. Er dachte an seine nächste Zukunft (er besaß zwei Rubel); an den Morgen zu Haus. In zwei Stunden erhob sich daheim der Vater, murmelte ein Gebet, räusperte sich, gurgelte, ging zur Schüssel und verspritzte Wasser. Die Mutter blies in den Samowar. Menuchim lallte irgend etwas in den Morgen hinein, Mirjam kämmte weiße Flaumfedern aus ihrem schwarzen Haar. All dies sah Schemarjah so deutlich, wie er es nie gesehen hatte, als er noch zu Hause gewesen war und selbst ein Bestandteil des heimatlichen Morgens. Er hörte kaum den Gesang der andern, nur seine Füße nahmen den Rhythmus auf und marschierten mit. Eine Stunde später erblickte er die erste fremde Stadt, den blauen Rauch aus den ersten fleißigen Schornsteinen, einen Mann mit einer gelben Armbinde, der die Ankömmlinge in Empfang nahm. Von einer Turmuhr schlug es sechs.

Auch von der Wanduhr der Singers schlug es sechs. Mendel erhob sich, gurgelte, räusperte sich, murmelte ein Gebet, Deborah stand bereits am Herd und pustete in den

Samowar, Menuchim lallte aus seiner Ecke etwas Unverständliches, Mirjam kämmte sich vor dem erblindeten Spiegel. Dann schlürfte Deborah den heißen Tee, stehend, immer noch am Herd. „Wo ist jetzt Schemarjah?" sagte sie plötzlich. Alle hatten an ihn gedacht. „Gott wird ihm helfen!" sagte Mendel Singer. Und also brach der Tag an.

Also brachen die folgenden Tage an, leere Tage, kümmerliche Tage. Ein Haus ohne Kinder, dachte Deborah. Alle hab' ich geboren, alle hab' ich gesäugt, ein Wind hat sie weggeblasen. Sie sah sich nach Mirjam um, sie fand die Tochter selten zu Haus. Menuchim allein blieb der Mutter. Immer streckte er die Arme aus, kam sie an seinem Winkel vorbei. Und wenn sie ihn küßte, suchte er nach ihrer Brust, wie ein Säugling. Vorwurfsvoll dachte sie an den Segen, der sich so langsam erfüllte, und sie zweifelte, ob sie die Gesundheit Menuchims noch erleben würde.

Das Haus schwieg, wenn der Singsang der lernenden Knaben aufhörte. Es schwieg und war finster. Es war wieder Winter. Man sparte Petroleum. Man legte sich zeitig schlafen. Man versank dankbar in der gütigen Nacht. Von Zeit zu Zeit schickte Jonas einen Gruß.

Er diente in Pskow, erfreute sich seiner guten, gewohnten Gesundheit und hatte keine Schwierigkeiten mit den Vorgesetzten.

Also verrannen die Jahre.

6

An einem Nachmittag im Spätsommer betrat ein Fremder das Haus Mendel Singers. Tür und Fenster standen offen. Die Fliegen klebten still, schwarz und satt an den heiß besonnten Wänden, und der Singsang der Schüler strömte aus dem offenen Haus in die weiße Gasse. Plötzlich bemerkten sie den fremden Mann im Rahmen der Tür und verstummten. Deborah erhob sich vom Schemel. Von der andern Seite der Gasse eilte Mirjam herbei, den wackelnden Menuchim an der heftigen Hand. Mendel Singer stellte sich vor dem Fremden auf und musterte ihn. Es war ein außergewöhnlicher Mann. Er trug einen mächtigen schwarzen Kalabreser, weite, helle, flatternde Hosen, solide gelbe Stiefel, und wie eine Fahne wehte über seinem tiefgrünen Hemd eine knallrote Krawatte. Ohne sich zu rühren, sagte er etwas, offenbar einen Gruß, in einer unverständlichen Sprache. Es klang, als spräche er mit einer Kirsche im Mund. Grüne Stengel lugten ohnehin aus seinen Rocktaschen. Seine glatte, sehr lange Oberlippe rückte langsam hinauf wie ein Vorhang und entblößte ein starkes, gelbes Gebiß, das an Pferde denken ließ. Die Kinder lachten, und auch Mendel Singer schmunzelte. Der Fremde zog einen länglich gefalteten Brief und las die Adresse und den Namen der Singers in seiner eigentümlichen Weise, so daß alle noch einmal lachten. „Amerika!" sagte jetzt der Mann und überreichte Mendel Singer den Brief. Eine glückliche Ahnung stieg in Mendel auf und erleuchtete sein Angesicht. „Schemarjah", sagte er. Mit einer Handbewegung schickte er seine Schüler fort, wie man Fliegen verscheucht. Sie liefen hinaus. Der Fremde setzte sich. Deborah stellte Tee, Konfekt und Limonade auf den Tisch. Mendel öffnete den Brief. Deborah und Mirjam setzten sich ebenfalls. Und folgendes begann Singer vorzulesen:

„Lieber Vater, liebe Mutter, teure Mirjam und guter Menuchim!

Den Jonas rede ich nicht an, weil er ja beim Militär ist. Auch bitte ich Euch, ihm diesen Brief nicht direkt zukommen zu lassen, denn er könnte widrige Umstände haben, wenn er mit einem Bruder korrespondiert, der ein Deserteur ist. Deshalb habe ich auch so lange gewartet und Euch nicht per Post geschrieben, bis ich endlich die Gelegenheit fand, Euch diesen Brief mit meinem guten Freund Mac zu schicken. Er kennt Euch alle aus meinen Erzählungen, aber er wird kein Wort mit Euch sprechen können, denn nicht nur er ist ein Amerikaner, sondern seine Eltern waren auch schon in Amerika geboren, und ein Jude ist er auch nicht. Aber er ist besser als zehn Juden. Und also beginne ich Euch zu erzählen, von Anfang bis heute: Zuerst, als ich über die Grenze kam, hatte ich nichts zu essen, nur zwei Rubel in der Tasche, aber ich dachte mir, Gott wird helfen. Von einer Triestiner Schiffsgesellschaft kam ein Mann mit einer Amtsmütze an die Grenze, um uns abzuholen. Wir waren zwölf Mann, die anderen elf hatten alle Geld, sie kauften sich falsche Papiere und Schiffskarten, und der Agent der Schiffsgesellschaft brachte sie zum Zug. Ich ging mit. Ich dachte mir, es kann nicht schaden. Man geht mit, auf jeden Fall werde ich sehen, wie es ist, wenn man nach Amerika fährt. Ich blieb also allein mit dem Agenten zurück, und er wundert sich, daß ich nicht auch fahre. ‚Ich habe keine Kopeke', sage ich zu dem Agenten. Ob ich lese und schreibe, fragt er. ‚Ein bißchen', sage ich, ‚aber es ist vielleicht genug.' Nun gut, um Euch nicht lange aufzuhalten, der Mann hatte eine Arbeit für mich. Nämlich: jeden Tag, wenn die Deserteure ankommen, zur Grenze gehen, sie abholen und ihnen alles einkaufen und ihnen einreden, daß in Amerika Milch und Honig fließt. Well: Ich fange zu arbeiten an, und fünfzig Prozent von meinem Verdienst gebe ich dem Agenten, denn ich bin nur Unteragent. Er trägt eine Mütze mit goldgestickter Firma, ich habe nur eine Armbinde. Nach zwei Monaten sage ich ihm, ich müsse sechzig Prozent haben, sonst lege ich die Arbeit nieder. Er gibt sechzig. Kurz und gut, ich lerne bei meinem Wirt ein hübsches Mädel kennen, Vega heißt sie, und jetzt ist sie Eure Schwiegertochter. Ihr Vater gab mir etwas Geld, damit ich ein Geschäft anfange, ich aber kann und kann nicht vergessen, wie die elf nach Amerika gefahren sind, und wie ich allein zurückgeblieben bin. Ich nehme also nur von Vega Abschied, in Schiffen kenne ich mich aus, es ist ja meine Branche – und also fahre ich nach Amerika. Und hier bin ich, vor zwei Monaten ist Vega hierhergekommen, wir haben geheiratet und sind sehr glücklich. Mac hat die Bilder in der Tasche. Im Anfang nähte ich Knöpfe an Hosen, dann bügelte ich Hosen, dann nähte ich Unterfutter in Ärmel, und fast wäre ich ein Schneider geworden, wie alle Juden in Amerika. Da aber lernte ich Mac auf einem Ausflug auf Long Island kennen, direkt am Fort Lafayette. Wenn Ihr hier seid, werde ich Euch die Stelle zeigen. Von da an begann ich, mit ihm zusammenzuarbeiten, allerhand Geschäfte. Bis wir Versicherungen anfingen. Ich versichere die Juden und er die Irländer, ich habe sogar auch schon ein paar Christen versichert. Mac wird Euch zehn Dollar von mir geben, davon kauft Euch was, für die Reise. Denn bald schicke ich Euch Schiffskarten, mit Gottes Hilfe.

Ich umarme und küsse Euch alle
Euer Sohn Schemarjah (hier heiße ich Sam).‟

Nachdem Mendel Singer den Brief beendet hatte, entstand in der Stube ein klingendes Schweigen, das sich mit der Stille des Spätsommertages zu vermischen schien und aus dem alle Mitglieder der Familie die Stimme des ausgewanderten Sohnes zu hören vermeinten. Ja, Schemarjah selbst sprach, drüben, im weltenweiten Amerika, wo um diese Stunde vielleicht Nacht war oder Morgen. Für eine kurze Weile vergaßen alle den anwesenden Mac. Es war, als wäre er hinter dem fernen Schemarjah unsichtbar geworden, wie ein Postbote, der einen Brief abgibt, weitergeht und verschwindet. Er selbst, der Amerikaner, mußte sich wieder in Erinnerung bringen. Er erhob sich und griff in die Hosentasche, wie ein Zauberkünstler, der sich anschickt, ein Kunststück zu produzieren. Er zog ein Portefeuille, entnahm ihm zehn Dollar und Fotografien, auf denen Schemarjah einmal mit seiner Frau Vega auf der Bank im Grünen zu sehen war und ein anderes Mal allein, im Schwimmkostüm, am Badestrand, ein Leib und ein Gesicht unter einem Dutzend fremder Leiber und Gesichter, kein Schemarjah mehr, sondern ein Sam. Den Dollarschein und die Bilder überreichte der Fremde Deborah, nachdem er alle kurz gemustert hatte, wie um jeden einzelnen auf seine Vertrauenswürdigkeit zu prüfen. Den Schein zerknüllte sie in der einen Hand, mit der andern legte sie die Bilder auf den Tisch, neben den Brief. All dies dauerte ein paar Minuten, in denen immer noch geschwiegen wurde. Endlich setzte Mendel Singer den Zeigefinger auf die Fotografie und sagte: „Das ist Schemarjah!‟ „Schemarjah!‟ wiederholten die anderen, und sogar Menuchim, der jetzt schon den Tisch überragte, gab ein helles Wiehern von sich und legte einen seiner scheuen Blicke mit schielender Behutsamkeit auf die Bilder.

Es war Mendel Singer auf einmal, als wäre der Fremde kein Fremder mehr und als verstünde er dessen seltsame Sprache. „Erzähl mir was!‟ sagte er zu Mac. Und der Amerikaner, als hätte er die Worte Mendels begriffen, begann seinen großen Mund zu bewegen und mit heiterem Eifer Unbegreifliches zu erzählen, und es war, als zerkaute er manche schmackhafte Speise mit gesegnetem Appetit. Er erzählte den Singers, daß er eines Hopfenhandels wegen – es lag ihm an der Errichtung von Brauerei-

HIOB   247

en in Chicago – nach Rußland gekommen sei. Aber die Singers verstanden ihn nicht. Da er einmal hier sei, wolle er keineswegs verfehlen, den Kaukasus zu besuchen und besonders jenen Ararat zu besteigen, von dem er bereits Ausführliches in der Bibel gelesen. Hatten die Zuhörer der Erzählung Macs mit angestrengten Spähergebärden gelauscht, um aus dem ganzen polternden Wust vielleicht eine winzige verständliche Silbe zu erjagen, so erbebten ihre Herzen bei dem Wort „Ararat", das ihnen merkwürdig bekannt vorkam, aber auch zum Entsetzen verändert, und das aus Mac mit einem gefährlichen und schrecklichen Grollen herausrollte. Mendel Singer allein lächelte unaufhörlich. Es war ihm angenehm, die Sprache zu hören, die nunmehr auch die seines Sohnes Schemarjah geworden war, und während Mac redete, versuchte Mendel sich vorzustellen, wie sein Sohn aussah, wenn er ebensolche Worte sprach. Und bald war es ihm, als spräche die Stimme des eigenen Sohnes aus dem heiter mahlenden Munde des Fremden. Der Amerikaner beendete seinen Vortrag, ging rund um den Tisch und drückte jedem herzlich und heftig die Hand. Menuchim hob er mit einem hastigen Ruck in die Höhe, betrachtete den schiefen Kopf, den dünnen Hals, die blauen und leblosen Hände und die krummen Beine und setzte ihn mit einer zärtlichen und besinnlichen Geringschätzung auf den Boden, als wollte er so ausdrücken, daß merkwürdige Geschöpfe auf der Erde zu kauern haben und nicht an Tischen zu stehn. Dann ging er breit, groß und ein wenig schwankend, die Hände in den Hosentaschen, aus der offenen Tür, und ihm nach drängte die ganze Familie. Alle beschatteten die Augen mit den Händen, wie sie so in die besonnte Gasse sahen, in deren Mitte Mac dahinschritt und an deren Ende er noch einmal stehenblieb, um einen kurzen Gruß zurückzuwinken.

Lange blieben sie draußen, auch nachdem Mac verschwunden war. Sie hielten die Hände über den Augen und sahen in das staubige Strahlen der leeren Straße. Endlich sagte Deborah: „Nun ist er weg!" Und als wäre der Fremde erst jetzt verschwunden, kehrten alle um und standen umschlungen, jeder einen Arm um die Schultern des anderen, vor den Fotografien auf dem Tisch. „Wieviel sind zehn Dollar?" fragte Mirjam und begann nachzurechnen.

„Es ist ganz gleich", sagte Deborah, „wieviel zehn Dollar sind, wir werden uns doch nichts dafür kaufen."

„Warum nicht?" erwiderte Mirjam, „in unseren Fetzen sollen wir fahren?"

„Wer fährt und wohin?" schrie die Mutter.

„Nach Amerika", sagte Mirjam und lächelte, „Sam selbst hat es geschrieben."

Zum ersten Male hatte ein Angehöriger der Familie Schemarjah „Sam" genannt, und es war, als hätte Mirjam den amerikanischen Namen des Bruders absichtlich ausgesprochen, um seiner Forderung, die Familie möge nach Amerika fahren, Nachdruck zu verleihen.

„Sam!" rief Mendel Singer, „wer ist Sam?"

„Ja", wiederholte Deborah, „wer ist Sam?"

„Sam", sagte, immer noch mit einem Lächeln, Mirjam, „ist mein Bruder in Amerika und euer Sohn!"

Die Eltern schwiegen.

Menuchims Stimme gellte plötzlich hell aus dem Winkel, in den er sich verkrochen hatte.

„Menuchim kann nicht fahren!" sagte Deborah so leise, als fürchtete sie, der Kranke könnte sie verstehen.

„Menuchim kann nicht fahren!" wiederholte, ebenso leise, Mendel Singer.

Die Sonne schien rapide zu sinken. Auf der Wand des gegenüberliegenden Hauses, auf die alle durch das offene Fenster starrten, stieg der schwarze Schatten sichtbar höher, wie das Meer beim Anzug der Flut seine Uferwände emporsteigt. Ein leiser Wind erhob sich, und in den Angeln knarrte der Fensterflügel.

„Mach die Tür zu, es zieht!" sagte Deborah.

Mirjam ging zur Tür. Ehe sie die Klinke berührte, stand sie noch ein wenig still und steckte den Kopf über den Türrahmen, in die Richtung, in der Mac verschwunden war. Dann schloß Mirjam die Tür mit hartem Schlag und sagte: „Das ist der Wind!"

Mendel stellte sich ans Fenster. Er sah zu, wie der Schatten des Abends die Wand hinankroch. Er hob den Kopf und betrachtete den goldüberglänzten First des Hauses gegenüber. Er stand lange so, die Stube, sein Weib, seine Tochter Mirjam und den kranken Menuchim im Rücken. Er fühlte sie alle und ahnte jede ihrer Bewegungen. Er wußte, daß Deborah den Kopf auf den Tisch legte, um zu weinen, daß Mirjam ihr Gesicht dem Herd zukehrte und daß ihre Schultern dann und wann zuckten, obwohl sie gar nicht weinte. Er wußte, daß seine Frau nur auf den Augenblick wartete, in dem er nach seinem Gebetbuch griff, um ins Bethaus zu gehn, das Abendgebet sagen, und Mirjam den gelben Schal nahm, um zu den Nachbarn hinüberzueilen. Dann wollte Deborah den Zehndollarschein, den sie immer noch in der Hand hielt, unter dem Dielenbrett vergraben. Er kannte das Dielenbrett, Mendel Singer. Sooft er es betrat, verriet es ihm knarrend das Geheimnis, das es deckte, und erinnerte ihn an das Knurren der Hunde, die Sameschkin vor seinem Stall angebunden hielt. Er kannte das Brett, Mendel Singer. Und um nicht an die schwarzen Hunde Sameschkins denken zu müssen, die ihm unheimlich waren, lebendige Gestalten der Sünde, vermied er es, auf das Brett zu treten, wenn er nicht gerade vergeßlich war und im Eifer des Unterrichtens durch die Stube wanderte. Wie er so den goldenen Streifen der Sonne immer schmaler werden sah und vom First des Hauses auf das Dach gleiten und von hier auf den weißen Schornstein, glaubte er, zum erstenmal in seinem Leben deutlich das lautlose und tückische Schleichen der Tage zu fühlen, die trügerische Hinterlist des ewigen Wechsels von Tag und Nacht und Sommer und Winter und das Rinnen des Lebens, gleichförmig, trotz allen erwarteten wie überraschenden Schrecken. Sie wuchsen nur an den wechselreichen Ufern; an ihnen vorbei strich Mendel Singer. Es kam ein Mann aus Amerika, lachte, brachte einen Brief, Dollars und Bilder von Schemarjah und verschwand wieder in den verschleierten Gebieten der Ferne. Die Söhne verschwanden: Jonas diente dem Zaren in Pskow und war kein Jonas mehr. Schemarjah badete an den Ufern des Ozeans und hieß nicht mehr Schemarjah. Mirjam sah dem Amerikaner nach und wollte auch nach Amerika. Nur Menuchim blieb, was er gewesen war, seit dem Tage seiner Geburt: ein Krüppel. Und Mendel Singer selbst blieb, was er immer gewesen war: ein Lehrer.

Die schmale Gasse verdunkelte sich vollends und belebte sich gleichzeitig. Die dicke Frau des Glasermeisters Chaim und die neunzigjährige Großmutter des längst verstorbenen Schlossers Jossel Kopp brachten ihre Stühle aus den Häusern, um sich vor den Türen hinzusetzen und die frische Abendstunde zu genießen. Die Juden eilten schwarz und hastig und mit flüchtig gemurmelten Grüßen ins Bethaus. Da wandte sich Mendel Singer um, er wollte sich ebenfalls auf den Weg machen. Er ging an Deborah vorbei, deren Kopf immer noch auf dem harten Tisch lag. Ihr Gesicht, das Mendel schon seit Jahren nicht mehr leiden konnte, war jetzt vergraben, wie eingebettet in das harte Holz, und die Dunkelheit, die das Zimmer zu erfüllen begann, deckte auch die Härte und Schüchternheit Mendels zu. Seine Hand huschte über den breiten Rücken der Frau, vertraut war ihm dieses Fleisch einmal gewesen, fremd war es ihm jetzt. Sie erhob sich und sagte: „Du gehst beten!" Und da sie an etwas anderes dachte, wandelte sie mit einer fernen Stimme den Satz ab und wiederholte: „Beten gehst du!"

Mit ihrem Vater zugleich verließ Mirjam im gelben Schal das Haus und begab sich zu den Nachbarn.

Es war die erste Woche im Monat Ab. Die Juden versammelten sich nach dem Abendgebet, um den Neumond zu begrüßen, und weil die Nacht angenehm war und ein Labsal nach dem heißen Tage, folgten sie ihren gläubigen Herzen williger als gewöhnlich und dem Gebot Gottes, die Wiedergeburt des Mondes auf einem freien Platz zu begrüßen, über dem sich der Himmel weiter und umfangreicher wölbt als über den engen Gassen des Städtchens. Und sie hasteten, stumm und schwarz, in regellosen Grüppchen, hinter die Häuser, sahen in der Ferne den Wald, der schwarz und schweigsam war wie sie, aber ewig in seinem verwurzelten Bestand, sahen die Schleier der Nacht über den weiten Feldern und blieben schließlich stehn. Sie blickten zum Himmel und suchten das gekrümmte Silber des neuen Gestirns, das heute noch einmal geboren wurde, wie am Tage seiner Erschaffung. Sie schlossen sich zu einer dichten Gruppe, schlugen ihre Gebetbücher auf, weiß schimmerten die Seiten, schwarz starrten die eckigen Buchstaben vor ihren Augen in der nächtlich-bläulichen Klarheit, und sie begannen, den Gruß an den Mond zu murmeln und die Oberkörper hin und her zu wiegen, daß sie aussahen wie von einem unsichtbaren Sturm gerüttelt. Immer schneller wiegten sie sich, immer lauter beteten sie, mit kriegerischem Mut warfen sie zu dem fernen Himmel ihre urheimischen Worte. Fremd war ihnen die Erde, auf der sie standen, feindlich der Wald, der ihnen entgegenstarrte, gehässig das Kläffen der Hunde, deren mißtrauisches Gehör sie geweckt hatten, und vertraut nur der Mond, der heute in dieser Welt geboren wurde wie im Lande der Väter, und der Herr, der überall wachte, daheim und in der Verbannung.

Mit einem lauten „Amen" beschlossen sie den Segen, reichten einander die Hände und wünschten sich einen glücklichen Monat, Gedeih den Geschäften und Gesundheit den Kranken. Sie zerteilten sich, sie liefen einzeln nach Haus, verschwanden in den Gäßchen hinter den kleinen Türen ihrer schiefen Hütten. Nur ein Jude blieb zurück, Mendel Singer.

Seine Gefährten mochten sich erst vor wenigen Minuten verabschiedet haben, aber ihm war es, als stünde er schon seit einer Stunde da. Er atmete die ungestörte Ruhe in der Freiheit, machte ein paar Schritte, fühlte sich matt, bekam Lust, sich auf den Boden zu legen, und hatte Angst vor der unbekannten Erde und dem gefahrvollen Gewürm, das sie höchstwahrscheinlich beherbergte. Sein verlorener Sohn Jonas kam ihm in den Sinn. Jonas schlief jetzt in einer Kaserne, auf dem Heu, in einem Stall, vielleicht neben Pferden. Sein Sohn Schemarjah lebte jenseits des Wassers: Wer war weiter, Jonas oder Schemarjah? Deborah hatte daheim schon die Dollars vergraben, und Mirjam erzählte jetzt den Nachbarn die Geschichte von dem Besuch des Amerikaners.

Die junge Mondsichel verbreitete bereits einen starken silbernen Glanz, treu begleitet von dem hellsten Stern des Himmels glitt sie durch die Nacht. Manchmal heulten die Hunde und erschreckten Mendel. Sie zerrissen den Frieden der Erde und vergrößerten Mendel Singers Unruhe. Obwohl er kaum fünf Minuten von den Häusern des Städtchens entfernt war, kam er sich unendlich weit von der bewohnten Welt der Juden vor, unsagbar einsam, von Gefahren bedroht und dennoch außerstande zurückzugehen. Er wandte sich nach Norden: Da atmete finster der Wald. Rechts dehnten sich viele Werst weit die Sümpfe mit den vereinzelten, silbernen Weiden. Links lagen die Felder unter opalenen Schleiern. Manchmal glaubte Mendel einen menschlichen Laut aus unbestimmbarer Richtung zu vernehmen. Er hörte bekannte Leute reden, und es war ihm auch, als ob er sie verstünde. Dann erinnerte er sich, daß er diese Reden schon längst gehört hatte. Er begriff, daß er sie jetzt nur noch einmal vernahm, lediglich ihr Echo, das so lange in seinem Gedächtnis gewartet hatte. Auf einmal rauschte es links im Getreide, obwohl sich kein Wind erhoben hatte. Es rauschte immer näher, jetzt konnte Mendel auch sehn, wie sich die mannshohen Ähren bewegten, zwischen ihnen mußte ein Mensch schleichen, wenn nicht ein riesiges Tier, ein Ungetüm. Davonlaufen wäre wohl richtig gewesen, aber Mendel wartete und bereitete sich auf den Tod vor. Ein Bauer oder ein Soldat würde jetzt aus dem Korn treten, Mendel des Diebstahls bezichtigen und auf der Stelle erschlagen – mit einem Stein vielleicht. Es könnte auch ein Landstreicher sein, ein Mörder, ein Verbrecher, der nicht belauscht und beobachtet sein wollte. „Heiliger Gott!" flüsterte Mendel. Da hörte er Stimmen. Es waren zwei, die durch das Getreide gingen, und daß es nicht einer war, beruhigte den Juden, obwohl er sich gleichzeitig sagte, daß es eben zwei Mörder sein dürften. Nein, es waren keine Mörder, es war ein Liebespaar. Eine Mädchenstimme sprach, ein Mann lachte. Auch Liebespaare konnten gefährlich werden, es gab manches Beispiel dafür, daß ein Mann rasend wurde, wenn er einen Zeugen seiner Liebe ergriff. Bald mußten die beiden aus dem Felde treten. Mendel Singer überwand seinen furchtsamen Ekel vor dem Gewürm der Erde und legte sich sachte hin, den Blick auf das Getreide gerichtet. Da teilten sich die Ähren, der Mann trat zuerst hervor, ein Mann in Uniform, ein Soldat mit dunkelblauer Mütze, gestiefelt und gespornt, das Metall blinkte und klingelte leise. Hinter ihm leuchtete ein gelber Schal auf, ein gelber Schal, ein gelber Schal. Eine Stimme erklang, die Stimme des Mädchens. Der Soldat wandte sich um, legte seinen Arm um ihre Schultern, jetzt öffnete sich der Schal, der Soldat ging hinter dem Mädchen, die Hände hielt er an ihrer Brust, eingebettet in den Soldaten ging das Mädchen.

Mendel schloß die Augen und ließ das Unglück im Finstern vorbeigehen. Hätte er nicht Angst gehabt, sich zu verraten, er hätte sich auch gern die Ohren verstopft, um nicht hören zu müssen. So aber mußte er hören: schreckliche Worte, silbernes Klirren der Sporen, leises wahnsinniges Kichern und ein tiefes Lachen des Mannes. Sehnsüchtig erwartete er jetzt das Kläffen der Hunde. Wenn sie nur laut heulen wollten, sehr laut heulen sollten sie! Mörder hatten aus dem Getreide zu treten, um ihn zu erschlagen. Die Stimmen entfernten sich. Still war es. Fort war alles. Nichts war gewesen.

Mendel Singer stand eilends auf, sah sich um in der Runde, hob mit beiden Händen die Schöße seines langen Rocks und lief in die Richtung des Städtchens. Die Fensterläden waren geschlossen, aber manche Frauen saßen noch vor den Türen und plauderten und schnarrten. Er verlangsamte seinen Lauf, um nicht aufzufallen, er machte nur große eilige Schritte, die Rockschöße immer noch in den Händen. Vor seinem Hause stand er. Er klopfte ans Fenster. Deborah öffnete es. „Wo ist Mirjam?“ fragte Mendel. „Sie geht noch spazieren“, sagte Deborah, „sie ist ja nicht zu halten! Tag und Nacht geht sie spazieren Eine halbe Stunde kaum ist sie im Haus. Gott hat mich gestraft mit diesen Kindern, hat man je in der Welt schon –“ „Sei still“, unterbrach sie Mendel, „wenn Mirjam nach Hause kommt, sag ihr, ich habe nach ihr gefragt. Ich komme heute nicht nach Haus, sondern erst morgen früh. Heute ist der Todestag meines Großvaters Zallel, ich gehe beten.“ Und er entfernte sich, ohne eine Antwort seiner Frau abzuwarten.

Es konnten kaum drei Stunden verflossen sein, seitdem er das Bethaus verlassen hatte. Nun, da er es wieder betrat, war ihm, als kehre er nach vielen Wochen dahin zurück, und er strich mit einer zärtlichen Hand über den Deckel seines alten Gebetpultes und feierte mit ihm ein Wiedersehn. Er klappte es auf und langte nach seinem alten, schwarzen und schweren Buch, das in seinen Händen heimisch war und das er unter tausend gleichartigen Büchern ohne Zögern erkannt hätte. So vertraut war ihm die lederne Glätte des Einbands mit den erhabenen runden Inselchen aus Stearin, den verkrusteten Überresten unzähliger längst verbrannter Kerzen, und die unteren Ecken der Seiten, porös, gelblich, fett, dreimal gewellt durch das jahrzehntelange Umblättern mit angefeuchteten Fingern. Jedes Gebet, dessen er im Augenblick bedurfte, konnte er im Nu aufschlagen. Eingegraben war es in sein Gedächtnis mit den kleinsten Zügen der Physiognomie, die es in diesem Gebetbuch trug, der Zahl seiner Zeilen, der Art und Größe des Drucks und der genauen Farbtönung der Seiten.

Es dämmerte im Bethaus, das gelbliche Licht der Kerzen an der östlichen Wand neben dem Schrank der Thorarollen vertrieb das Dunkel nicht, sondern schien sich eher in diesem zu bergen. Man sah den Himmel und einige Sterne durch die Fenster und erkannte alle Gegenstände im Raum, die Pulte, den Tisch, die Bänke, die Papierschnitzel auf dem Boden, die Armleuchter an der Wand, ein paar golden befranste Deckchen. Mendel Singer entzündete zwei Kerzen, klebte sie fest am nackten Holz des Pultes, schloß die Augen und begann zu beten. Mit geschlossenen Augen erkannte er, wo eine Seite zu Ende war, mechanisch blätterte er die neue auf. Allmählich glitt sein Oberkörper in das altgewohnte regelmäßige Schwanken, der ganze Körper betete mit, die Füße scharrten die Dielen, die Hände schlossen sich zu Fäusten und schlugen wie Hämmer auf das Pult, an die Brust, auf das Buch und in die Luft. Auf der Ofenbank schlief ein obdachloser Jude. Seine Atemzüge begleiteten und unterstützten Mendel Singers monotonen Gesang, der wie ein heißer Gesang in der gelben Wüste war, verloren und vertraut mit dem Tode. Die eigene Stimme und der Atem des Schlafenden betäubten Mendel, vertrieben jeden Gedanken aus seinem Herzen, nichts mehr war er als ein Beter, die Worte gingen durch ihn den Weg zum Himmel, ein hohles Gefäß war er, ein Trichter. So betete er dem Morgen entgegen.

Der Tag hauchte an die Fenster. Da wurden die Lichter kümmerlich und matt, hinter den niedrigen Hütten sah man schon die Sonne emporkommen, mit roten Flammen erfüllte sie die zwei östlichen Fenster des Hauses. Mendel zerdrückte die Kerzen, verbarg das Buch, öffnete die Augen und wandte sich zum Gehen. Er trat ins Freie. Es roch nach Sommer, trocknenden Sümpfen und erwachtem Grün. Die Fensterläden waren noch geschlossen. Die Menschen schliefen.

Mendel pochte dreimal mit der Hand an seine Tür. Er war kräftig und frisch, als hätte er traumlos und lange geschlafen. Er wußte genau, was zu tun war. Deborah öffnete. „Mach mir einen Tee", sagte Mendel, „dann will ich dir was sagen. Ist Mirjam zu Haus?" „Natürlich", erwiderte Deborah, „wo sollte sie denn sein? Glaubst du, sie ist schon in Amerika?"

Der Samowar summte, Deborah hauchte in ein Trinkglas und putzte es blank. Dann tranken Mendel und Deborah gleichmäßig mit gespitzten schlürfenden Lippen. Plötzlich setzte Mendel das Glas ab und sagte: „Wir werden nach Amerika fahren. Menuchim muß zurückbleiben. Wir müssen Mirjam mitnehmen. Ein Unglück schwebt über uns, wenn wir bleiben." Er blieb eine Weile still und sagte dann leise:

„Sie geht mit einem Kosaken."

Das Glas fiel klirrend aus den Händen Deborahs. Mirjam erwachte in der Ecke, und Menuchim regte sich in seinem dumpfen Schlaf. Dann blieb es still. Millionen Lerchen trillerten über dem Haus, unter dem Himmel.

Mit einem hellen Blitz schlug die Sonne ans Fenster, traf den blanken Samowar aus Blech und entzündete ihn zu einem gewölbten Spiegel.

So begann der Tag.

7

Nach Dubno fährt man mit Sameschkins Fuhre; nach Moskau fährt man mit der Eisenbahn; nach Amerika fährt man nicht nur auf einem Schiff, sondern auch mit Dokumenten. Um diese zu bekommen, muß man nach Dubno.

Also begibt sich Deborah zu Sameschkin. Sameschkin sitzt nicht mehr auf der Ofenbank, er ist überhaupt nicht zu Haus, es ist Donnerstag und Schweinemarkt, Sameschkin kann erst in einer Stunde heimkehren.

Deborah geht auf und ab, auf und ab vor Sameschkins Hütte, sie denkt nur an Amerika.

Ein Dollar ist mehr als zwei Rubel, ein Rubel hat hundert Kopeken, zwei Rubel enthalten zweihundert Kopeken, wieviel, um Gottes willen, enthält ein Dollar Kopeken? Wieviel Dollar ferner wird Schemarjah schicken? Amerika ist ein gesegnetes Land.

Mirjam geht mit einem Kosaken, in Rußland kann sie es wohl, in Amerika gibt es keine Kosaken. Rußland ist ein trauriges Land, Amerika ist ein freies Land, ein fröhliches Land. Mendel wird kein Lehrer mehr sein, der Vater eines reichen Sohnes wird er sein.

Es dauert nicht eine Stunde, es dauert nicht zwei Stunden, erst nach drei Stunden hört Deborah Sameschkins genagelte Stiefel.

Es ist Abend, aber immer noch heiß. Die schräge Sonne ist schon gelb geworden, aber weichen will sie nicht, sehr langsam geht sie heute unter. Deborah schwitzt vor Hitze und Aufregung und hundert ungewohnten Gedanken.

Nun, da Sameschkin herankommt, wird ihr noch mehr heiß. Er trägt eine schwere Bärenmütze, zottelig und an einigen Stellen räudig, und einen kurzen Pelz über schmutzigen Leinenhosen, die in den schweren Stiefeln stecken. Dennoch schwitzt er nicht.

In dem Augenblick, in dem ihn Deborah sieht, riecht sie ihn auch schon, denn er stinkt nach Branntwein. Einen schweren Stand wird sie mit ihm haben. Es ist schon keine Kleinigkeit, den nüchternen Sameschkin herumzukriegen. Am Montag ist Schweinemarkt in Dubno. Es ist nicht von Vorteil, daß Sameschkin bereits den Schweinemarkt zu Hause absolviert hat, er dürfte keine Veranlassung mehr haben, nach Dubno zu fahren, und die Fuhre wird Geld kosten.

Deborah tritt Sameschkin mitten in den Weg. Er taumelt, die schweren Stiefel halten ihn aufrecht. Ein Glück, daß er nicht barfuß ist! denkt Deborah, nicht ohne Verachtung.

Sameschkin erkennt die Frau nicht, die ihm den Weg verstellt. „Weg mit den Weibern!" ruft er und macht eine Bewegung mit der Hand, halb ein Griff und halb ein Schlagen.

„Ich bin es!" sagt Deborah tapfer. „Montag fahren wir nach Dubno!"

„Gott segne dich!" ruft Sameschkin freundlich. Er bleibt stehn und stützt sich mit dem Ellenbogen auf Deborahs Schulter. Sie hat Angst, sich zu rühren, damit Sameschkin nicht hinfalle.

Sameschkin wiegt gute siebzig Kilo, sein ganzes Gewicht liegt jetzt im Ellenbogen, und dieser Ellenbogen liegt auf Deborahs Schulter.

Zum erstenmal ist ihr ein fremder Mann so nahe. Sie fürchtet sich, aber sie denkt zugleich auch, daß sie schon alt ist, sie denkt auch an Mirjams Kosaken und wie lange sie Mendel nicht mehr berührt hat.

„Ja, mein Süßes", sagt Sameschkin, „wir fahren Montag nach Dubno und unterwegs schlafen wir miteinander."

„Pfui, du Alter", sagt Deborah, „ich werde es deiner Frau sagen, vielleicht bist du besoffen?" „Besoffen ist er nicht", erwidert Sameschkin, „er hat nur gesoffen. Was willst du überhaupt in Dubno, wenn du nicht mit Sameschkin schläfst?"

„Dokumente machen", sagt Deborah, „wir fahren nach Amerika."

„Die Fuhre kostet fünfzig Kopeken, wenn du nicht schläfst, und dreißig, wenn du mit ihm schläfst Ein Kindchen wird er dir machen, bekommen wirst du es in Amerika, ein Andenken an Sameschkin."

Deborah erschauert, mitten in der Hitze.

Dennoch sagt sie, aber erst nach einer Minute: „Ich schlafe nicht mit dir und zahle fünfunddreißig Kopeken." Sameschkin steht plötzlich frei, er hat den Ellenbogen von Deborahs Schulter weggezogen, es scheint, daß er nüchtern geworden ist.

„Fünfunddreißig Kopeken!" sagt er mit fester Stimme.

„Montag um fünf Uhr früh."

„Montag um fünf Uhr früh."

Sameschkin kehrt in seinen Hof ein, und Deborah geht langsam nach Haus.

Die Sonne ist untergegangen. Der Wind kommt von Westen, am Horizont schichten sich violette Wolken, morgen wird es regnen. Deborah denkt: Morgen wird es regnen, und fühlt einen rheumatischen Schmerz im Knie, sie begrüßt ihn, den alten treuen Feind. Der Mensch wird alt! denkt sie. Die Frauen werden schneller alt als die Männer, Sameschkin ist genauso alt wie sie und noch älter. Mirjam ist jung, sie geht mit einem Kosaken.

Vor dem Wort „Kosaken", das sie laut gesagt hatte, war Deborah erschrocken. Es war, als ob erst der Klang ihr die Furchtbarkeit des Tatbestandes bewußt gemacht hätte. Zu Hause sah sie ihre Tochter Mirjam und ihren Mann, Mendel. Sie saßen am Tisch, der Vater und die Tochter, und sie schwiegen beharrlich, daß Deborah sofort beim Eintritt wußte, daß es bereits ein altes Schweigen war, ein heimisches, festgesiedeltes Schweigen.

„Ich habe mit Sameschkin gesprochen", begann Deborah. „Montag um fünf Uhr früh fahre ich nach Dubno um die Dokumente. Fünfunddreißig Kopeken will er." Und da sie der Teufel der Eitelkeit ritt, fügte sie hinzu „So billig fährt er nur mit mir!"

„Du kannst überhaupt nicht allein fahren", sagte, Müdigkeit in der Stimme und Bangnis im Herzen, Mendel Singer. „Ich habe mit vielen Juden gesprochen, die sich auskennen. Sie sagen, ich muß selber beim Urjadnik sein." „Du beim Urjadnik?"

Es war in der Tat nicht einfach, sich Mendel Singer in einem Amt vorzustellen. Nie in seinem Leben hatte er mit einem Urjadnik gesprochen. Nie hatte er einem Polizisten begegnen können, ohne zu zittern. Den Uniformierten, den Pferden und den Hunden ging er sorgfältig aus dem Weg. Mendel sollte mit einem Urjadnik sprechen?

„Kümmere dich nicht, Mendel", sagte Deborah, „um die Dinge, die du nur verderben kannst. Ich allein werde alles richten."

„Alle Juden", wendete Mendel ein, „haben mir gesagt, daß ich persönlich erscheinen muß."

„Dann fahren wir Montag zusammen!"

„Und wo wird Menuchim sein?"

„Mirjam bleibt mit ihm!"

Mendel sah seine Frau an. Er versuchte, mit seinem Blick ihre Augen zu treffen, die sie unter den Lidern furchtsam verbarg. Mirjam, die von einer Ecke aus den Tisch betrachtete, konnte den Blick ihres Vaters sehn, ihr Herz ging schneller. Montag war sie verabredet. Montag war sie verabredet. Die ganze heiße Zeit des Spätsommers war sie verabredet. Ihre Liebe blühte spät, zwischen den hohen Ähren, Mirjam hatte Angst vor der Ernte. Sie hörte schon manchmal, wie die Bauern sich vorbereiteten, wie sie die Sicheln wetzten an den blauen Schleifsteinen. Wo sollte sie hin, wenn die Felder kahl wurden? Sie mußte nach Amerika. Eine vage Vorstellung von der Freiheit der Liebe in Amerika, zwischen den hohen Häusern, die noch besser verbargen als die Kornähren im Feld, tröstete sie über das Nahen der Ernte. Schon kam sie. Mirjam hatte keine Zeit zu verlieren. Sie liebte Stepan. Er würde zurückbleiben. Sie liebte alle Männer, die Stürme brachen aus ihnen, ihre gewaltigen Hände zündeten dennoch sachte die Flammen im Herzen an. Stepan hießen die Männer, Iwan und Wsewolod. In Amerika gab es noch viel mehr Männer.

„Ich bleibe nicht allein zu Hause", sagte Mirjam, „ich habe Angst!"

„Man muß ihr", ließ sich Mendel vernehmen, „einen Kosaken ins Haus stellen. Damit er sie bewacht."

Mirjam wurde rot. Sie glaubte, daß der Vater ihre Röte sah, obwohl sie in der Ecke, im Schatten stand. Ihre Röte mußte doch durch das Dunkel leuchten, wie eine rote Lampe war Mirjams Angesicht entzündet. Sie bedeckte es mit den Händen und brach in Tränen aus.

„Geh hinaus!" sagte Deborah, „es ist spät, mach die Fensterläden zu!"

Sie tastete sich hinaus, vorsichtig, die Hände immer noch vor den Augen. Draußen blieb sie einen Moment stehen. Alle Sterne des Himmels standen da, nah und lebendig, als hätten sie Mirjam vor dem Haus erwartet. Ihre klare goldene Pracht enthielt die Pracht der großen, freien Welt, kleine Spiegelchen waren sie, in denen sich der Glanz Amerikas spiegelte.

Sie trat ans Fenster, sah hinein, versuchte aus den Mienen der Eltern zu erkennen, was sie sprechen mochten. Sie erkannte nichts. Sie löste die eisernen Haken von dem Holz der aufgeklappten Läden und schloß die beiden Flügel wie einen Schrank Sie dachte an einen Sarg. Sie begrub die Eltern in dem kleinen Häuschen. Sie fühlte keine Wehmut.

Mendel und Deborah Singer waren begraben. Die Welt war weit und lebendig. Stepan, Iwan und Wsewolod lebten. Amerika lebte, jenseits des großen Wassers, mit all seinen hohen Häusern und mit Millionen Männern.

Als sie wieder ins Zimmer trat, sagte ihr Vater, Mendel Singer:

„Sogar die Läden kann sie nicht schließen, eine halbe Stunde braucht sie dazu!"

Er ächzte, erhob sich und trat an die Wand, an der die kleine Petroleumlampe hing, dunkelblauer Behälter, rußiger Zylinder, durch einen rostigen Draht verbunden mit einem gesprungenen runden Spiegel, der die Aufgabe hatte, das spärliche Licht kostenlos zu verstärken. Die obere Öffnung des Zylinders überragte Mendel Singers Kopf. Vergeblich versuchte er, die Lampe auszupusten. Er stellte sich auf die Zehenspitzen, er blies, aber der Docht flackerte nur stärker auf.

Indessen entzündete Deborah ein kleines, gelbliches Wachslicht und stellte es auf den Ziegelherd. Mendel Singer stieg krächzend auf einen Sessel und blies endlich die Lampe aus. Mirjam legte sich in die Ecke, neben Menuchim. Erst wenn es finster war, wollte sie sich ausziehen. Sie wartete atemlos, mit geschlossenen Lidern, bis der Vater sein Nachtgebet zu Ende gemurmelt hatte.

Durch ein rundes Astloch im Fensterladen sah sie das blaue und goldene Schimmern der Nacht. Sie entkleidete sich und befühlte ihre Brüste. Sie taten ihr weh. Ihre Haut hatte ein eigenes Gedächtnis und erinnerte sich an jeder Stelle der großen, harten und heißen Hände der Männer. Ihr Geruch hatte ein eigenes Gedächtnis und behielt den Duft von Männerschweiß, Branntwein und Juchten unablässig, mit quälender Treue. Sie hörte das Schnarchen der Eltern und das Röcheln Menuchims. Da erhob sich Mirjam, im Hemd, barfuß, mit den schweren Zöpfen, die sie nach vorne legte und deren Enden bis zu den Schenkeln reichten, schob den Riegel zurück und trat hinaus, in die fremde Nacht. Sie atmete tief. Es schien ihr, daß sie die ganze Nacht einatmete, alle goldenen Sterne verschlang sie mit dem Atem, immer noch mehr brannten am Himmel. Frösche quakten, und Grillen zirpten, den nordöstlichen Rand des Himmels säumte ein breiter, silberner Streifen, in dem schon der Morgen enthalten zu sein schien. Mirjam dachte an das Kornfeld, ihr Hochzeitslager. Sie ging rund um das Haus. Da schimmerte von ferne her die große, weiße Mauer der Kaserne. Ein paar kärgliche Lichter schickte sie Mirjam entgegen. In einem großen Saal schliefen Stepan, Iwan und Wsewolod und viele andere Männer.

Morgen war Freitag. Alles mußte man für den Samstag vorbereiten, die Fleischkugeln, den Hecht und die Hühnerbrühe. Das Backen begann schon um sechs Uhr morgens. Als der breite, silberne Streifen rötlich wurde, schlich sich Mirjam wieder in die Stube. Sie schlief nicht mehr ein. Durch das Astloch im Fensterladen sah sie die ersten Flammen der Sonne. Schon regten sich Vater und Mutter im Schlaf. Der Morgen war da. Der Sabbat verging, den Sonntag verbrachte Mirjam im Kornfeld, mit Stepan. Sie gingen schließlich weit hinaus, ins nächste Dorf, Mirjam trank Schnaps. Den ganzen Tag suchte man sie zu Hause. Mochte man sie suchen! Ihr Leben war kostbar, der Sommer war

HIOB   257

kurz, bald begann die Ernte. Im Walde schlief sie noch einmal mit Stepan. Morgen, Montag, fuhr der Vater nach Dubno die Papiere besorgen.

Um fünf Uhr früh am Montag erhob sich Mendel Singer. Er trank Tee, betete, legte dann schnell die Gebetsriemen ab und ging zu Sameschkin. „Guten Morgen!" rief er von weitem. Es war Mendel Singer, als begänne schon hier, vor dem Einsteigen in die Fuhre Sameschkins, die Amtshandlung und als müßte er Sameschkin begrüßen wie einen Urjadnik.

„Ich fahre lieber mit deiner Frau!" sagte Sameschkin. „Sie ist noch ansehnlich für ihre Jahre und hat einen anständigen Busen."

„Fahren wir", sagte Mendel.

Die Pferde wieherten und schlugen mit den Schwänzen auf ihre Hinterteile. „Hej! Wjo!" rief Sameschkin und knallte mit der Peitsche.

Um elf Uhr vormittags kamen sie nach Dubno. Mendel mußte warten. Er trat, die Mütze in der Hand, durch das große Portal. Der Portier trug einen Säbel.

„Wohin willst du?" fragte er.

„Ich will nach Amerika – wo muß ich hin?"

„Wie heißt du?"

„Mendel Mechelovitsch Singer."

„Wozu willst du nach Amerika?"

„Geld verdienen, es geht mir schlecht."

„Du gehst auf Nummer 84", sagte der Portier. „Dort warten schon viele."

Sie saßen in einem großen, gewölbten, ockergelb getünchten Korridor. Männer in blauen Uniformen wachten vor den Türen. Die Wände entlang standen braune Bänke – alle Bänke waren besetzt. Aber sooft ein Neuer kam, machten die blauen Männer eine Handbewegung; und die schon saßen, rückten zusammen, und immer wieder nahm ein Neuer Platz. Man rauchte, spuckte, knackte Kürbiskerne und schnarchte. Der Tag war hier kein Tag. Durch das Milchglas eines sehr hohen, sehr fernen Oberlichts konnte man eine blasse Ahnung vom Tag erhaschen. Uhren tickten irgendwo, aber sie gingen gleichsam neben der Zeit einher, die in diesen hohen Korridoren stillstand. Manchmal rief ein Mann in blauer Uniform einen Namen aus. Alle Schläfer erwachten. Der Aufgerufene erhob sich, wankte einer Tür zu, rückte an seinem Anzug und trat durch eine der hohen, zweiflügeligen Türen, die statt einer Klinke einen runden, weißen Knopf hatte. Mendel überlegte, wie er diesen Knopf behandeln würde, um die Tür aufzumachen. Er stand auf, vom langen Sitzen, eingezwängt zwischen den Menschen, taten ihm die Glieder weh. Kaum aber hatte er sich erhoben, als ein blauer Mann auf ihn zutrat. „Sidaj!" rief der blaue Mann, „setz dich!" Mendel Singer fand keinen Platz mehr auf seiner Bank. Er blieb neben ihr stehen, drückte sich an die Wand und hatte den Wunsch, so flach zu werden wie die Mauer.

„Wartest du auf Nummer 84?" fragte der blaue Mann „Ja", sagte Mendel. Er war überzeugt, daß man jetzt gesonnen war, ihn endgültig hinauszuwerfen. Deborah wird noch einmal hierherfahren müssen. Fünfzig Kopeken und fünfzig Kopeken machen einen Rubel.

Aber der blaue Mann hatte nicht die Absicht, Mendel aus dem Haus zu weisen. Dem blauen Mann lag vor allem daran, daß alle Wartenden ihre Plätze behielten und daß er alle übersehen konnte. Wenn einer schon aufstand, so konnte er auch eine Bombe werfen.

Anarchisten verkleiden sich manchmal, dachte der Türsteher. Und er winkte Mendel zu sich heran, betastete den Juden, fragte nach den Papieren. Und da alles in Ordnung war und Mendel keinen Platz mehr hatte, sagte der blaue Mann: „Paß auf! Siehst du die gläserne Tür? Die machst du auf. Dort ist Nummer 84!"

„Was willst du hier?" schrie ein breitschultriger Mann hinter dem Schreibtisch. Genau unter dem Bild des Zaren saß der Beamte. Er bestand aus einem Schnurrbart, einem kahlen Kopf, Epauletten und Knöpfen. Er war wie eine schöne Büste hinter seinem breiten Tintenfaß aus Marmor. „Wer hat dir erlaubt, hier ohne weiteres einzutreten? Warum meldest du dich nicht an?" polterte eine Stimme aus der Büste.

Mendel Singer verbeugte sich unterdessen tief. Auf solch einen Empfang war er nicht vorbereitet gewesen. Er beugte sich und ließ den Donner über seinen Rücken dahinstreichen, er wollte winzig werden, dem Erdboden gleich, wie wenn er von einem Gewitter auf freiem Felde überrascht worden wäre. Die Falten seines langen Rockes schlugen auseinander, und der Beamte sah ein Stück von Mendel Singers fadenscheiniger Hose und das abgeschabte Leder der Stiefelschäfte. Dieser Anblick machte den Beamten milder. „Tritt näher!" befahl er, und Mendel rückte näher, den Kopf vorgeschoben, als wollte er gegen den Schreibtisch vorstoßen. Erst als er sah, daß er sich schon dem Saum des Teppichs näherte, hob Mendel ein wenig den Kopf. Der Beamte lächelte.

„Her mit den Papieren!" sagte er.

Dann war es still. Man hörte eine Uhr ticken. Durch die Jalousien brach das goldene Licht eines späten Nachmittags. Die Papiere raschelten. Manchmal sann der Beamte eine Weile nach, blickte in die Luft und haschte plötzlich mit der Hand nach einer Fliege. Er hielt das winzige Tier in seiner riesigen Faust, öffnete sie vorsichtig, zupfte einen Flügel ab, dann den zweiten und sah noch ein bißchen zu, wie das verkrüppelte Insekt auf dem Schreibtisch weiterkroch.

„Das Gesuch?" fragte er plötzlich, „wo ist das Gesuch?" „Ich kann nicht schreiben, Euer Hochwohlgeboren!" entschuldigte sich Mendel.

„Das weiß ich, du Tepp, daß du nicht schreiben kannst! Ich habe nicht nach deinem Schulzeugnis gefragt, sondern nach dem Gesuch. Und wozu haben wir einen Schreiber? Ha? Im Parterre? Auf Nummer 3? Ha? Wozu erhält der Staat einen Schreiber? Für dich, du Esel, weil du eben nicht schreiben kannst Also geh auf Nummer 3. Schreib das Gesuch. Sag, ich schicke dich, damit du nicht zu warten brauchst und gleich behandelt wirst. Dann kommst du zu mir. Aber morgen! Und morgen nachmittag kannst du meinetwegen wegfahren!" Noch einmal verneigte sich Mendel. Er ging nach rückwärts, er wagte nicht, dem Beamten den Rücken zu kehren, unendlich lang schien ihm der Weg vom Schreibtisch zur Tür. Er glaubte, schon eine Stunde zu wandern. Endlich fühlte er die Nähe der Tür. Er wandte sich schnell um, ergriff den Knopf, drehte ihn zuerst links, dann rechts, dann machte er noch eine Verbeugung. Er stand endlich wieder im Korridor.

In Nummer 3 saß ein gewöhnlicher Beamter, ohne Epauletten. Es war eine dumpfe, niedrige Stube, viele Menschen umstanden den Tisch, der Schreiber schrieb und schrieb, die Feder stieß er jedesmal ungeduldig auf den Boden des Tintenbehälters. Er schrieb flink, aber er wurde nicht fertig. Immer kamen neue Menschen. Trotzdem hatte er noch Zeit, Mendel zu bemerken.

„Seine Hochwohlgeboren, der Herr von Nummer 84 schickt mich", sagte Mendel.

„Komm her", sagte der Schreiber.

Man machte Mendel Singer Platz.

„Einen Rubel für den Stempel!" sagte der Schreiber. Mendel kramte einen Rubel aus seinem blauen Taschentuch. Es war ein harter, blanker Rubel. Der Schreiber nahm die Münze nicht, er erwartete noch mindestens fünfzig Kopeken. Mendel verstand nichts von den ziemlich deutlichen Wünschen des Schreibers.

Da wurde der Schreiber böse. „Sind das Papiere?" sagte er. „Fetzen sind es! Die zerfallen einem ja in der Hand." Und er zerriß wie unabsichtlich eines der Dokumente, es zerfiel in zwei gleiche Teile, und der Beamte griff nach dem Gummiarabikum, um es zusammenzukleben. Mendel Singer zitterte.

Das Gummiarabikum war zu trocken, der Beamte spuckte in das Fläschchen, dann hauchte er es an. Aber es blieb trocken. Er hatte plötzlich einen Einfall, man sah ihm an, daß er plötzlich einen Einfall hatte. Er schloß eine Schublade auf, legte Mendel Singers Papiere hinein, schloß sie wieder zu, riß von einem Block einen kleinen, grünen Zettel, bestempelte ihn, gab ihn Mendel und sagte: „Weißt du was? Morgen früh um neun Uhr kommst du her! Da sind wir allein. Da können wir ruhig miteinander sprechen. Deine Papiere sind hier bei mir. Du holst sie morgen ab. Den Zettel zeigst du vor!"

Mendel ging. Sameschkin wartete draußen, neben den Pferden saß er auf den Steinen, die Sonne ging unter, der Abend kam.

„Wir fahren erst morgen", sagte Mendel, „um neun Uhr muß ich wiederkommen."

Er suchte nach einem Bethaus, um übernachten zu können. Er kaufte ein Stück Brot, zwei Zwiebeln, steckte alles in die Tasche, hielt einen Juden auf und fragte ihn nach dem Bethaus. „Gehn wir zusammen", sagte der Jude.

Unterwegs erzählte Mendel seine Geschichte.

„Bei uns im Bethaus", sagte der Jude, „kannst du einen Mann treffen, der dir die ganze Sache besorgt. Er hat schon viele Familien nach Amerika geschickt. Kennst du Kapturak?"

„Kapturak? Natürlich! Er hat meinen Sohn weggeschickt!"

„Alte Kundschaft!" sagte Kapturak. Im Spätsommer hielt er sich in Dubno auf, er ordinierte in den Bethäusern. „Damals war deine Frau bei mir. An deinen Sohn erinnere ich mich noch. Gut geht es ihm, was? Kapturak hat eine glückliche Hand."

Es erwies sich, daß Kapturak bereit war, die Angelegenheit zu übernehmen. Es kostete vorläufig zehn Rubel per Kopf. Einen Vorschuß von zehn Rubel konnte Mendel nicht geben. Kapturak wußte einen Ausweg. Er ließ sich die Adresse vom jungen Singer geben. In vier Wochen hat er Antwort und Geld, wenn der Sohn wirklich die Absicht hat, seine Eltern kommen zu lassen. „Gib mir den grünen Zettel, den Brief aus Amerika und verlaß dich auf mich!" sprach Kapturak. Und die Umstehenden nickten. „Fahr heute noch nach Hause. In ein paar Tagen komme ich bei euch vorbei. Verlaß dich auf Kapturak!"

Ein paar Umstehende wiederholten: „Verlaß dich ruhig auf Kapturak!"

„Es ist ein Glück", sagte Mendel, „daß ich euch hier getroffen habe!" Alle gaben ihm die Hand und wünschten ihm eine gute Fahrt. Er kehrte zum Marktplatz zurück, wo Sameschkin wartete. Sameschkin war schon im Begriff, sich in seinem Wagen schlafen zu legen.

„Mit einem Juden kann nur der Teufel etwas Gewisses ausmachen!" sagte er. „Also fahren wir doch noch!"

Sie fuhren.

Sameschkin band sich die Zügel ums Handgelenk, er gedachte, ein wenig zu schlafen. Er nickte wirklich ein, die Pferde scheuten vor dem Schatten einer Vogelscheuche, die ein Spitzbube aus einem Feld fortgetragen und an den Straßenrand gestellt hatte. Die Tiere setzten sich in Galopp, die Fuhre schien sich in die Luft zu heben, bald, so glaubte Mendel, würde sie zu flattern beginnen, auch sein Herz galoppierte, wie ihm schien, es wollte die Brust verlassen und in die Weite hüpfen.

Auf einmal stieß Sameschkin einen lauten Fluch aus. Die Fuhre glitt in einen Graben, die Pferde ragten noch mit den Vorderbeinen auf die Straße, Sameschkin lag auf Mendel Singer.

Sie kletterten wieder hervor. Die Deichsel war zersplittert, ein Rad war locker geworden, einem anderen fehlten zwei Speichen. Sie mußten die Nacht über hierbleiben. Morgen wollte man sehn.

„So beginnt deine Reise nach Amerika", sagte Sameschkin. „Was fahrt ihr auch immer so viel in der Welt herum! Der Teufel schickt euch von einem Ort zum andern. Unsereins bleibt, wo er geboren ist, und nur wenn Krieg ist, zieht man nach Japan!"

Mendel Singer schwieg. Er saß am Straßenrand, neben Sameschkin. Zum erstenmal in seinem Leben saß Mendel Singer auf der nackten Erde, mitten in der wilden Nacht, neben einem Bauern. Er sah über sich den Himmel und die Sterne und dachte: sie verdecken Gott. All das hat der Herr in sieben Tagen geschaffen. Und wenn ein Jude nach Amerika fahren will, braucht es Jahre!

„Siehst du, wie schön das Land ist?" fragte Sameschkin. „Bald wird die Ernte kommen. Es ist ein gutes Jahr. Wenn es so gut ist, wie ich mir vorstelle, kaufe ich noch ein Pferd im Herbst. Hörst du was von deinem Sohn Jonas? Er versteht was von Pferden. Er ist ganz anders als du. Hat dich dein Weib vielleicht einmal betrogen?" „Alles ist möglich", erwiderte Mendel. Es war ihm auf einmal sehr leicht, alles konnte er begreifen, die Nacht machte ihn frei von Vorurteilen. Er schmiegte sich sogar an Sameschkin wie an einen Bruder.

„Alles ist möglich", wiederholte er, „die Weiber taugen nichts."

Plötzlich begann Mendel zu schluchzen. Mendel weinte, mitten in einer fremden Nacht, neben Sameschkin.

Der Bauer drückte seine Fäuste gegen die Augen, denn er fühlte, daß er auch weinen würde.

Dann legte er einen Arm um die dünnen Schultern Mendels und sagte leise:

„Schlaf, lieber Jude, schlaf dich aus!"

Er blieb lange wach. Mendel Singer schlief und schnarchte. Die Frösche quakten bis zum Morgen.

8

Zwei Wochen später rollte in einer großen Staubwolke ein kleiner, zweirädriger Wagen vor das Haus Mendel Singers und brachte einen Gast: Es war Kapturak.

Er berichtete, daß die Papiere bereit waren. Sollte eine Antwort in vier Wochen von Schemarjah, genannt Sam, aus Amerika kommen, so würde die Abreise der Familie Singer gesichert sein. Nur dieses hatte Kapturak sagen wollen; und daß ein Vorschuß von zwanzig Rubeln ihm angenehmer wäre, als wenn er das Geld später von der Summe Schemarjahs abziehen müßte.

Deborah ging in die Rumpelkammer aus faulen Holzplanken, die in dem kleinen Hof stand, zog die Bluse über den Kopf, holte ein verknotetes Taschentuch aus dem Busen und zählte sich acht harte Rubel in die Hand. Dann stülpte sie die Bluse wieder über, ging ins Haus und sagte zu Kapturak: „Das ist alles, was ich bei den Nachbarn auftreiben konnte. Sie müssen sich damit zufriedengeben."

„Einer alten Kundschaft sieht man was nach!" sagte Kapturak, schwang sich auf sein federleichtes, gelbes Wägelchen und verschwand alsbald in einer Staubwolke.

„Kapturak war bei Mendel Singer!" riefen die Leute im Städtchen. „Mendel fährt nach Amerika."

In der Tat begann bereits die Reise Mendel Singers nach Amerika. Alle Leute gaben ihm Ratschläge gegen die Seekrankheit. Ein paar Käufer erschienen, Mendels Häuschen zu besichtigen. Man war bereit, tausend Rubel dafür zu zahlen, eine Summe, für die Deborah fünf Jahre ihres Lebens gegeben hätte.

Mendel Singer aber sagte: „Weißt du, Deborah, daß Menuchim zurückbleiben muß? Bei wem wird er bleiben? Billes verheiratet im nächsten Monat seine Tochter an den Musikanten Fogl. Bis sie ein Kind bekommen, können die jungen Leute Menuchim behalten. Dafür geben wir ihnen die Wohnung, und wir nehmen kein Geld."

„Ist es schon für dich eine ausgemachte Sache, daß Menuchim zurückbleibt? Es sind noch ein paar Wochen mindestens bis zu unserer Abreise, bis dahin tut Gott sicher ein Wunder."

„Wenn Gott ein Wunder tun will", erwiderte Mendel, „wird er es dich nicht vorher wissen lassen. Man muß hoffen. Fahren wir nicht nach Amerika, so geschieht ein Unglück mit Mirjam. Fahren wir nach Amerika, so lassen wir hier Menuchim zurück. Sollen wir Mirjam allein nach Amerika schicken? Wer weiß, was sie anstellt, allein unterwegs und allein in Amerika. Menuchim ist so krank, daß ihm nur ein Wunder helfen kann. Hilft ihm aber ein Wunder, so kann er uns folgen. Denn Amerika ist zwar sehr weit; aber es liegt dennoch nicht außerhalb dieser Welt."

Deborah blieb still. Sie hörte die Worte des Rabbi von Kluczýsk: „Verlaß ihn nicht, bleibe bei ihm, als wenn er ein gesundes Kind wäre!" Sie blieb nicht bei ihm. Lange Jahre, Tag und Nacht, Stunde um Stunde hatte sie auf das verheißene Wunder gewartet. Die Toten im Jenseits halfen nicht, der Rabbi half nicht, Gott wollte nicht helfen. Ein Meer von Tränen hatte sie geweint. Nacht war in ihrem Herzen, Kummer in jeder Freude gewesen seit Menuchims Geburt. Alle Feste waren Qualen gewesen und alle Feiertage Trauertage. Es gab keinen Frühling mehr und keinen Sommer. Winter hießen alle Jahreszeiten. Die Sonne ging auf, aber sie wärmte nicht. Die Hoffnung allein wollte nicht sterben. „Der bleibt ein Krüppel", sagten alle Nachbarn. Denn ihnen war kein Unglück zugestoßen, und wer kein Unglück hat, glaubt auch nicht an Wunder.

Auch wer Unglück hat, glaubt nicht an Wunder. Wunder geschahen vor ganz alten Zeiten, als die Juden noch in Palästina lebten. Seitdem sind keine mehr gewesen. Dennoch: Hatte man nicht mit Recht merkwürdige Taten des Rabbi von Kluczýsk erzählt? Hatte er nicht schon Blinde sehend gemacht und Gelähmte erlöst? Wie war es mit Nathan Piczeniks Tochter? Verrückt war sie gewesen. Man brachte sie nach Kluczýsk. Der Rabbi sah sie an. Er sagte seinen Spruch. Dann spuckte er dreimal aus. Und Piczeniks Tochter ging frei, leicht und vernünftig nach Hause.

Andere Menschen haben Glück, dachte Deborah. Für Wunder muß man auch Glück haben. Mendel Singers Kinder haben kein Glück! Sie sind eines Lehrers Kinder! „Wenn du ein vernünftiger Mensch wärst", sagte sie zu Mendel, „so würdest du morgen nach Kluczýsk fahren und den Rabbi um Rat fragen."

„Ich?" fragte Mendel. „Was soll ich bei deinem Rabbi? Bist einmal dort gewesen, fahr noch einmal hin! Glaubst an ihn, dir wird er einen Rat geben. Du weißt, daß ich nichts davon halte. Kein Jude braucht einen Vermittler zum Herrn. Er erhört unsere Gebete, wenn wir nichts Unrechtes tun. Wenn wir aber Unrechtes tun, kann er uns strafen!"

„Wofür straft er uns jetzt? Haben wir Unrecht getan? Warum ist er so grausam?"

„Du lästerst ihn, Deborah, laß mich in Ruh', ich kann nicht länger mit dir reden." Und Mendel vertiefte sich in ein frommes Buch.

Deborah griff nach ihrem Schal und ging hinaus. Draußen stand Mirjam. Sie stand da, gerötet von der untergehenden Sonne, in einem weißen Kleid, das jetzt orangen schimmerte, mit ihren glatten, glänzenden schwarzen Haaren und sah gradaus in die untergehende Sonne mit ihren großen schwarzen Augen, die sie weit offenhielt, obwohl sie die Sonne ja blenden mußte. Sie ist schön, dachte Deborah, so schön bin ich auch einmal gewesen, so schön wie meine Tochter – was ist aus mir geworden? Mendel Singers Frau bin ich geworden. Mirjam geht mit einem Kosaken, sie ist schön, vielleicht hat sie recht.

Mirjam schien ihre Mutter nicht zu sehen. Sie beobachtete mit leidenschaftlicher Genauigkeit die glühende Sonne, die jetzt hinter einem schweren violetten Wall von Wolken versinken wollte. Seit einigen Tagen stand diese dunkle Masse jeden Abend im Westen, kündigte Sturm und Regen an und war am nächsten Tag wieder verschwunden. Mirjam hatte beobachtet, daß in dem Augenblick, in dem die Sonne untergetaucht war, drüben in der Kavalleriekaserne die Soldaten zu singen begannen, eine ganze Sotnia begann zu singen, immer dasselbe Lied: „Polubil ja tibia za twoju krasotu." Der Dienst war zu Ende, die Kosaken begrüßten den Abend. Mirjam wiederholte summend den Text des Liedes, von dem sie nur die ersten zwei Verse kannte: „Ich habe dich liebgewonnen, deiner Schönheit wegen." Ihr galt das Lied einer ganzen Sotnia! Hundert Männer sangen ihr zu. Eine halbe Stunde später traf sie sich mit einem von ihnen oder auch mit zweien. Manchmal kamen drei.

Sie erblickte die Mutter, blieb ruhig stehen, wußte, daß Deborah herüberkommen würde. Seit Wochen wagte die Mutter nicht mehr, Mirjam zu rufen. Es war, als ginge von Mirjam selbst ein Teil des Schreckens aus, der die Kosaken umgab, als stünde die Tochter schon unter dem Schutz der fremden und wilden Kaserne.

Nein, Deborah rief Mirjam nicht mehr. Deborah kam zu Mirjam. Deborah, in einem alten Schal, stand alt, häßlich, ängstlich vor der goldüberglänzten Mirjam, hielt ein am Rande des hölzernen Bürgersteigs, als befolgte sie ein altes Gesetz, das den häßlichen Müttern befahl, einen halben Werst tiefer zu stehen als die schönen Töchter.

„Der Vater ist bös, Mirjam!" sagte Deborah.

„Laß ihn böse sein", erwiderte Mirjam, „deinen Mendel Singer."

Zum ersten Mal hörte Deborah den Namen des Vaters aus dem Mund eines ihrer Kinder. Einen Augenblick schien es ihr, daß hier eine Fremde sprach, nicht Mendels Kind. Eine Fremde – weshalb sollte sie auch „Vater" sagen? Deborah wollte umkehren, sie hatte sich geirrt, sie hatte zu einem fremden Menschen gesprochen. Sie machte eine kurze Wendung. „Bleib!" befahl Mirjam – und Deborah fiel es zum ersten Mal auf, mit welch harter Stimme ihre Tochter sprach. „Eine kupferne Stimme", dachte Deborah. Sie klang wie eine der gehaßten und gefürchteten Kirchenglocken.

„Bleib hier, Mutter!" wiederholte Mirjam, „laß ihn allein, deinen Mann, fahr mit mir nach Amerika. Laß Mendel Singer und Menuchim, den Idioten, hier."

„Ich habe ihn gebeten, zum Rabbi zu fahren, er will nicht. Allein fahr' ich nicht mehr nach Kluczýsk. Ich habe Angst! Einmal schon hat er mir verboten, Menuchim zu lassen, und wenn seine Krankheit Jahre dauern sollte. Was soll ich ihm sagen, Mirjam? Soll ich ihm sagen, daß wir deinetwegen wegfahren müssen, weil du, weil du – – –"

„Weil ich mich mit Kosaken abgebe", ergänzte Mirjam, ohne sich zu rühren. Und sie fuhr fort: „Sag ihm, was du willst, es soll mich gar nichts angehn. In Amerika werde ich noch eher tun, was ich will. Weil du einen Mendel Singer geheiratet hast, muß ich nicht auch einen heiraten. Hast du denn einen bessern Mann für mich, was? Hast du eine Mitgift für deine Tochter?"

Mirjam erhob ihre Stimme nicht, auch ihre Fragen klangen nicht wie Fragen, es war, als spräche sie gleichgültige Dinge, als gäbe sie Auskunft über die Preise des Grünzeugs und der Eier. Sie hat recht, dachte Deborah. Hilf, guter Gott, sie hat recht.

Alle guten Geister rief Deborah zu Hilfe. Denn sie fühlte, daß sie ihrer Tochter recht geben mußte, sie selbst sprach aus ihrer Tochter. Deborah begann, ebenso vor sich selbst Angst zu haben, wie sie noch vor einer kurzen Weile vor Mirjam Angst gehabt hatte. Bedrohliche Dinge ereigneten sich. Der Gesang der Soldaten klang unaufhörlich herüber. Noch ragte ein kleiner Streifen der roten Sonne über das Violett.

„Ich muß fort", sagte Mirjam, löste sich von der Mauer, an der sie gelehnt hatte, leicht wie ein weißer Schmetterling flatterte sie vom Bürgersteig, ging mit raschen koketten Füßen die Straßenmitte entlang, hinaus in die Richtung, in der die Kaserne lag, dem rufenden Gesang der Kosaken entgegen.

Fünfzig Schritte vor der Kaserne, in der Mitte des kleinen Pfades zwischen dem großen Wald und dem Getreide Sameschkins, erwartete sie Iwan.

„Wir fahren nach Amerika", sagte Mirjam.

„Wirst mich nicht vergessen", mahnte Iwan. „Wirst immer um diese Stunde, beim Untergang der Sonne, an mich denken und nicht an die andern. Und vielleicht, wenn Gott hilft, komme ich dir nach, wirst mir schreiben. Pawel wird mir deine Briefe vorlesen, schreib nicht zuviel geheime Dinge von uns beiden, sonst muß ich mich schämen." Er küßte Mirjam, stark und viele Male, seine Küsse knatterten wie Schüsse durch den Abend. Ein Teufelsmädel, dachte er, nun fährt sie hin, nach Amerika, ich muß mir eine andere suchen. So schön wie die ist keine mehr, noch vier Jahre muß ich dienen. Er war groß, bärenstark und schüchtern. Seine riesigen Hände zitterten, wenn er ein Mädchen anfassen sollte. Auch war er in der Liebe nicht heimisch, alles hatte ihm Mirjam beigebracht, auf was für Gedanken war sie nicht schon gekommen!

Sie umarmten sich, wie gestern und vorgestern, mitten im Feld, eingebettet zwischen den Früchten der Erde, umgeben und überwölbt von dem schweren Korn. Willig legten sich die Ähren hin, wenn Mirjam und Iwan niedersanken; noch ehe sie niedersanken, schienen sich die Ähren zu legen. Heute war ihre Liebe heftiger, kürzer und gleichsam erschreckt. Es war, als müßte Mirjam schon morgen nach Amerika. Der Abschied zitterte schon in ihrer Liebe. Während sie ineinanderwuchsen, waren sie sich schon fern, durch den Ozean voneinander getrennt. Wie gut, dachte Mirjam, daß nicht er fährt, daß nicht ich zurückbleibe. Sie lagen lange matt, hilflos, stumm, wie Schwerverwundete. Tausend Gedanken schwankten durch ihre Hirne. Sie merkten nicht den Regen, der endlich gekommen war. Er hatte sachte und tückisch begonnen, es dauerte lange, bis seine Tropfen schwer genug waren, das dichte goldene Gehege der Ähren zu durchbrechen. Plötzlich waren sie den strömenden Wassern preisgegeben. Sie erwachten, begannen zu laufen. Der Regen verwirrte sie, verwandelte die Welt vollends, nahm ihnen den Sinn für die Zeit. Sie dachten, es sei schon spät, sie lauschten, ob sie die Glocken vom Turm hören würden, aber nur der Regen rauschte, immer dichter, alle andern Stimmen der Nacht waren unheimlich verstummt. Sie küßten sich auf die nassen Gesichter, drückten sich die Hände, Wasser war zwischen ihnen, keins von beiden konnte den Körper des andern fühlen. Hastig nahmen sie Abschied, ihre Wege trennten sich, schon war Iwan in Regen eingehüllt und unsichtbar. Nie mehr werde ich ihn sehen! dachte Mirjam, während sie nach Hause lief. Die Ernte kommt. Morgen werden die Bauern erschrecken, weil ein Regen mehrere bringt. Sie kam nach Hause, wartete eine Weile unter dem Dachvorsprung, als wäre es möglich, in einer kurzen Minute trocken zu werden. Sie entschloß sich, ins Zimmer zu treten. Finster war es, alle schliefen schon. Sie legte sich leise, naß, wie sie war, sie ließ ihre Kleider am Körper trocknen und rührte sich nicht mehr. Draußen rauschte der Regen.

Alle wußten schon, daß Mendel nach Amerika ging, ein Schüler nach dem andern blieb vom Unterricht weg. Jetzt waren es nur noch fünf Knaben, auch sie kamen nicht zu regelmäßigen Zeiten. Die Papiere hatte Kapturak noch nicht gebracht, die Schiffskarten hatte Sam noch nicht geschickt. Aber schon begann das Haus Mendel Singers zu zerfallen. Wie morsch muß es doch gewesen sein, dachte Mendel. Es ist morsch gewesen, und man hat es nicht gewußt. Wer nicht achtgeben kann, gleicht einem Tauben und ist schlimmer daran als ein Tauber – so steht es irgendwo geschrieben. Hier war mein Großvater Lehrer; hier war mein Vater Lehrer, hier war ich ein Lehrer. Jetzt fahre ich nach Amerika. Meinen Sohn Jonas haben die Kosaken genommen, Mirjam wollen sie mir auch nehmen. Menuchim – was wird mit Menuchim?

Noch am Abend dieses Tages begab er sich zu der Familie Billes. Es war eine frohe Familie, es schien Mendel Singer, daß sie unverdient viel Glück hatte; alle Töchter waren verheiratet, bis auf die jüngste, der er eben sein Haus anbieten wollte, alle drei Söhne waren dem Militär entgangen und in die Welt gefahren, der eine nach Hamburg, der andere nach Kalifornien, der dritte nach Paris. Es war eine fröhliche Familie, Gottes Hand ruhte über ihr, sie lag wohlgebettet in Gottes breiter Hand. Der alte Billes war immer heiter. Alle seine Söhne hatte Mendel Singer unterrichtet. Der alte Billes war ein Schüler des alten Singer gewesen. Weil sie einander schon so lange kannten, glaubte Mendel, ein kleines Anrecht an dem Glück der Fremden zu haben.

Der Familie Billes – sie lebten nicht im Überfluß – gefiel der Vorschlag Mendel Singers. Gut! – das junge Paar wird das Haus übernehmen und Menuchim dazu. „Er macht gar keine Arbeit", sagte Mendel Singer. „Es geht ihm auch von Jahr zu Jahr besser. Bald wird er mit Gottes Hilfe gesund sein. Dann wird mein älterer Sohn Schemarjah herüberkommen, oder er wird jemanden schicken und Menuchim nach Amerika bringen."

„Und was hört Ihr von Jonas?" fragte der alte Billes. Mendel hatte schon lange nichts von seinem Kosaken gehört, wie er ihn im stillen nannte – nicht ohne Verachtung, aber auch nicht ohne Stolz. Dennoch antwortete er: „Lauter Gutes! Er hat Lesen und Schreiben gelernt, und er ist befördert worden. Wenn er kein Jude wäre, wer weiß, vielleicht wäre er schon Offizier!" Es war Mendel unmöglich, im Angesicht dieser glücklichen Familie mit dem schweren Übergewicht seines großen Unglücks auf dem Rücken dazustehn. Deshalb streckte er den Rücken und log ein bißchen Freude vor.

Es wurde ausgemacht, daß Mendel Singer sein Haus vor einfachen Zeugen der Familie Billes zur Benutzung übergeben würde, nicht vor dem Amt, denn das kostete Geld. Drei, vier anständige Juden als Zeugen genügten. Inzwischen bekam Mendel einen Vorschuß von dreißig Rubeln, weil seine Schüler nicht mehr kamen und das Geld zu Hause ausging.

Eine Woche später rollte noch einmal Kapturak in seinem leichten gelben Wägelchen durch das Städtchen. Alles war da: das Geld, die Schiffskarten, die Pässe, das Visum, das Kopfgeld für jeden und sogar das Honorar für Kapturak. „Ein pünktlicher Zahler", sagte Kapturak. „Euer Sohn Schemarjah, genannt Sam, ist ein pünktlicher Zahler. Ein Gentleman, sagt man drüben …"

Bis zur Grenze sollte Kapturak die Familie Singer begleiten. In vier Wochen ging der Dampfer „Neptun" von Bremen nach New York.

Die Familie Billes kam Inventar aufnehmen. Das Bettzeug, sechs Kissen, sechs Leintücher, sechs rot-blau karierte Bezüge nahm Deborah mit, man ließ die Strohsäcke zurück und das spärliche Bettzeug für Menuchim.

Obwohl Deborah nicht viel zu packen hatte und obwohl sie alle Stücke ihres Besitzes im Kopf behielt, blieb sie doch unaufhörlich in Tätigkeit. Sie packte ein, sie packte wieder aus. Sie zählte das Geschirr und zählte noch einmal. Zwei Teller zerbrach Menuchim. Er schien überhaupt seine stupide Ruhe allmählich zu verlieren. Er rief seine Mutter öfter als bisher, das einzige Wort, das er seit Jahren aussprechen konnte, wiederholte er, auch wenn die Mutter nicht in seiner Nähe war, ein dutzendmal. Er war ein Idiot, dieser Menuchim! Ein Idiot! Wie leicht sagt man das! Aber wer kann sagen, was für einen Sturm von Ängsten und Sorgen die Seele Menuchims in diesen Tagen auszuhalten hatte, die Seele Menuchims, die Gott verborgen hatte in dem undurchdringlichen Gewande der Blödheit! Ja, er ängstigte sich, der Krüppel Menuchim. Er kroch manchmal aus seinem Winkel selbständig bis vor die Tür, hockte an der Schwelle, in der Sonne, wie ein kranker Hund und blinzelte die Passanten an, von denen er nur die Stiefel zu sehen schien und die Hosen, die Strümpfe und die Röcke. Manchmal griff er unvermutet nach der Schürze seiner Mutter und knurrte. Deborah nahm ihn auf den Arm, obwohl er schon ein ansehnliches Gewicht hatte. Dennoch wiegte sie ihn im Arm und sang zwei, drei abgerissene Strophen eines Kinderliedes, das sie selbst schon ganz vergessen hatte und das in ihrem Gedächtnis wieder zu erwachen begann, sobald sie den unglücklichen Sohn in den Armen fühlte. Dann ließ sie ihn wieder niederhocken und ging an die Arbeit, die seit Tagen lediglich aus Packen und Zählen bestand. Plötzlich gab sie es wieder auf. Sie blieb eine Weile stehen, mit nachdenklichen Augen, die denen Menuchims nicht unähnlich waren; so ohne Leben waren sie, so hilflos in einer unbekannten Ferne nach den Gedanken suchend, die das Gehirn zu liefern sich weigerte. Ihr törichter Blick fiel auf den Sack, in den die Pölster eingenäht werden sollten. Vielleicht, fiel es ihr ein, konnte man Menuchim in einen Sack nähen? Gleich darauf erzitterte sie bei der Vorstellung, daß die Zollrevisoren mit langen, scharfen Spießen die Säcke der Passagiere durchstechen würden. Und sie begann, wieder auszupacken, und der Entschluß durchzuckte sie zu bleiben, wie der Rabbi von Kluczýsk gesagt hatte: „Verlaß ihn nicht, als wenn er ein gesundes Kind wäre!" Die Kraft, die zum Glauben gehörte, brachte sie nicht mehr auf, und allmählich verließen sie auch die Kräfte, deren der Mensch bedarf, um die Verzweiflung auszuhalten.

Es war, als hätten sie, Deborah und Mendel, nicht freiwillig den Entschluß gefaßt, nach Amerika zu gehn, sondern als wäre Amerika über sie gekommen, über sie hergefallen, mit Schemarjah, Mac und Kapturak. Nun, da sie es bemerkten, war es zu spät. Sie konnten sich nicht mehr vor Amerika retten. Die Papiere kamen zu ihnen, die Schiffskarten, die Kopfgelder. „Wie ist es", fragte Deborah einmal, „wenn Menuchim plötzlich gesund wird, heute oder morgen?" Mendel wiegte eine Weile den Kopf. Dann sagte er: „Wenn Menuchim gesund wird, nehmen wir ihn mit!" Und sie ergaben sich beide schweigend der Hoffnung, daß Menuchim morgen oder übermorgen gesund von seinem Lager aufstehen würde, mit heilen Gliedern und einer vollkommenen Sprache.

Am Sonntag sollen sie fahren. Heute ist Donnerstag. Zum letzten Mal steht Deborah vor ihrem Herd, die Mahlzeit für den Sabbat zu richten, das weiße Mohnbrot und die geflochtenen Semmeln. Offen brennt das Feuer, zischt und knistert, und der Rauch erfüllt die Stube, wie an jedem Donnerstag, seit dreißig Jahren. Es regnet draußen. Der Regen drängt den Rauch aus dem Schornstein zurück, der alte gezackte, vertraute Fleck im Kalk des Plafonds zeigt sich wieder in seiner feuchten Frische. Seit zehn Jahren hätte das Loch in den Schindeln des Daches ausgebessert werden sollen, die Familie Billes wird es schon machen. Gepackt steht der große, eisenbeschlagene, braune Koffer, mit seiner soliden Eisenstange vor dem Schlitz und mit zwei funkelnden, neuen, eisernen Schlössern. Manchmal kriecht Menuchim an sie heran und läßt sie baumeln. Dann gibt's ein unbarmherziges Klappern, die Schlösser schlagen gegen die eisernen Reifen und zittern lange und wollen sich nicht beruhigen. Und das Feuer knistert, und der Rauch erfüllt die Stube.

Am Sabbat-Abend nahm Mendel Singer Abschied von seinen Nachbarn. Man trank den gelblich-grünen Schnaps, den einer selbst gebraut und mit trockenen Schwämmen durchsetzt hat. Also schmeckt der Schnaps nicht nur scharf, sondern auch bitter. Der Abschied dauert länger als eine Stunde. Alle wünschen Mendel Glück. Manche betrachten ihn zweifelnd, manche beneiden ihn. Alle aber sagen ihm, daß Amerika ein herrliches Land ist. Ein Jude kann sich nichts Besseres wünschen, als nach Amerika zu gelangen.

In dieser Nacht verließ Deborah das Bett und ging, die Hand sorgsam gewölbt um eine Kerze, zum Lager Menuchims. Er lag auf dem Rücken, sein schwerer Kopf lehnte an der zusammengerollten grauen Decke, seine Lider standen halb offen, man sah das Weiße seiner Augen. Bei jedem Atemzug zitterte sein Körper, seine schlafenden Finger bewegten sich unaufhörlich. Er hielt die Hände an der Brust. Sein Angesicht war im Schlaf noch fahler und schlaffer als am Tag. Offen standen die bläulichen Lippen, mit weißem, perlendem Schaum in den Mundwinkeln.

Deborah löschte das Licht. Sie hockte ein paar Sekunden neben dem Sohn, erhob sich und schlich wieder ins Bett. Nichts wird aus ihm, dachte sie, nichts wird aus ihm. Sie schlief nicht mehr ein.

Am Sonntag, um acht Uhr morgens, kommt ein Bote Kapturaks. Es ist der Mann mit der blauen Mütze, der einmal Schemarjah über die Grenze gebracht hat. Auch heute bleibt der Mann mit der blauen Mütze an der Tür stehen, lehnt es ab, Tee zu trinken, hilft dann wortlos, den Koffer hinauszurollen und auf den Wagen stellen. Ein bequemer Wagen, vier Menschen haben Platz. Die Füße liegen im weichen Heu, der Wagen duftet wie das ganze spätsommerliche Land. Die Rücken der Pferde glänzen, gebürstet und blank, braune, gewölbte Spiegel. Ein breites Joch mit vielen silbernen Glöckchen überspannt ihre schlanken und hochmütigen Nacken. Obwohl es heller Tag ist, sieht man die Funken sprühn, die sie mit ihren Hufen aus dem Schotter schlagen.

Noch einmal hält Deborah Menuchim auf dem Arm. Die Familie Billes ist schon da, umzingelt den Wagen und hört nicht auf zu reden. Mendel Singer sitzt auf dem Kutschbock, und Mirjam lehnt ihren Rücken gegen den des Vaters. Nur Deborah steht noch vor der Tür, den Krüppel Menuchim in den Armen.

Plötzlich läßt sie von ihm. Sie setzt ihn sachte auf die Schwelle, wie man eine Leiche in einen Sarg legt, steht auf, reckt sich, läßt ihre Tränen fließen, über das nackte Gesicht nackte Tränen. Sie ist entschlossen. Ihr Sohn bleibt. Sie wird nach Amerika fahren. Es ist kein Wunder geschehen.

Weinend steigt sie in den Wagen. Sie sieht nicht die Gesichter der Menschen, deren Hände sie drückt. Zwei große Meere voll Tränen sind ihre beiden Augen. Die Pferdehufe hört sie klappern. Sie fährt.

Sie schreit auf, sie weiß nicht, daß sie schreit, es schreit aus ihr, das Herz hat einen Mund und schreit. Der Wagen hält, sie springt aus ihm, leichtfüßig wie eine Junge. Menuchim sitzt noch auf der Schwelle. Sie fällt vor Menuchim nieder. „Mama, Mama!" lallt Menuchim. Sie bleibt liegen.

Die Familie Billes hebt Deborah hoch. Sie schreit, sie wehrt sich, sie bleibt schließlich still. Man trägt sie wieder zum Wagen und bettet sie auf das Heu. Der Wagen rollt sehr schnell nach Dubno.

Sechs Stunden später saßen sie in der Eisenbahn, im langsamen Personenzug, zusammen mit vielen unbekannten Menschen. Der Zug fuhr sachte durch das Land, die Wiesen und die Felder, auf denen man erntete, die Bauern und Bäuerinnen, die Hütten und Herden grüßten den Zug. Das sanfte Lied der Räder schläferte die Passagiere ein. Deborah hatte noch kein Wort gesprochen. Sie schlummerte. Die Räder der Eisenbahn wiederholten unaufhörlich, unaufhörlich: Verlaß ihn nicht! Verlaß ihn nicht! Verlaß ihn nicht!

Mendel Singer betete. Er betete auswendig und mechanisch, er dachte nicht an die Bedeutung der Worte, ihr Klang allein genügte, Gott verstand, was sie bedeuteten. Also betäubte Mendel seine große Angst vor dem Wasser, auf das er in einigen Tagen gelangen sollte. Manchmal warf er einen gedankenlosen Blick auf Mirjam. Sie saß ihm gegenüber, an der Seite des Mannes mit der blauen Mütze. Mendel sah nicht, wie sie sich an den Mann schmiegte. Der sprach nicht zu ihr, er wartete auf die kurze Viertelstunde zwischen dem Anbruch der Dämmerung und dem Augenblick, in dem der Schaffner die winzige Gasflamme entzünden würde. Von dieser Viertelstunde und später von der Nacht, in der die Gasflammen wieder ausgelöscht wurden, versprach sich der Mann mit der blauen Mütze allerhand Wonnen.

Am nächsten Morgen nahm er von den alten Singers einen gleichgültigen Abschied, nur Mirjam drückte er die Hand in stummer Herzlichkeit. Sie waren an der Grenze. Die Revisoren nahmen die Pässe ab. Als man Mendels Namen ausrief, erzitterte er. Ohne Grund. Alles war in Ordnung. Sie passierten.

Sie stiegen in einen neuen Zug, sahen andere Stationen, hörten neue Glockensignale, sahen neue Uniformen. Sie fuhren drei Tage und stiegen zweimal um. Am Nachmittag des dritten Tages kamen sie in Bremen an. Ein Mann von der Schiffahrtsgesellschaft brüllte: „Mendel Singer!" Die Familie Singer meldete sich. Nicht weniger als neun Familien erwartete der Beamte. Er stellte sie in einer Reihe auf, zählte sie dreimal, verlas ihre Namen und gab jedem eine Nummer. Da standen sie nun und wußten nichts mit den Blechmarken anzufangen. Der Beamte ging fort. Er hatte versprochen, bald wiederzukommen. Aber die neun Familien, fünfundzwanzig Menschen, rührten sich nicht. Sie standen in einer Reihe auf dem Bahnsteig, die Blechmarken in den Händen, die Bündel vor den Füßen. An der äußersten Ecke links, weil er sich so spät gemeldet hatte, stand Mendel Singer.

Er hatte während der ganzen Fahrt mit Frau und Tochter kaum ein Wort gesprochen. Beide Frauen waren auch stumm gewesen. Jetzt aber schien Deborah die Schweigsamkeit nicht mehr ertragen zu können. „Warum rührst du dich nicht?" fragte Deborah. „Niemand rührt sich", erwiderte Mendel. „Warum fragst du nicht die Leute?" „Niemand fragt." „Worauf warten wir?" „Ich weiß nicht, worauf wir warten." „Glaubst du, ich kann mich auf den Koffer setzen?" „Setz dich auf den Koffer."

In dem Augenblick aber, in dem Deborah ihre Röcke gespreizt hatte, um sich niederzulassen, erschien der Beamte von der Schiffahrtsgesellschaft und verkündete auf russisch, polnisch, deutsch und jiddisch, daß er alle neun Familien jetzt in den Hafen zu geleiten gedenke; daß er sie in einer Baracke für die Nacht unterbringe; und daß morgen, um sieben Uhr früh, die „Neptun" die Anker lichten werde.

In der Baracke lagerten sie, in Bremerhaven, die Blechmarken krampfhaft in den geballten Fäusten, auch während des Schlafs. Vom Schnarchen der fünfundzwanzig und von den Bewegungen, die jeder auf dem harten Lager vollführte, erzitterten die Balken, und die kleinen, gelben, elektrischen Birnen schaukelten leise. Es war verboten worden, Tee zu kochen. Mit trockenem Gaumen waren sie schlafen gegangen. Nur Mirjam hatte ein polnischer Friseur rote Bonbons angeboten. Mit einer großen, klebrigen Kugel im Mund schlief Mirjam ein.

Um fünf Uhr morgens erwachte Mendel. Er stieg mühsam aus dem hölzernen Behälter, in dem er geschlafen hatte, suchte die Wasserleitung, ging hinaus, um zu sehen, wo der Osten liege. Dann kehrte er zurück, stellte sich in eine Ecke und betete. Er flüsterte vor sich hin, aber während er flüsterte, packte ihn der laute Schmerz, krallte sich in sein Herz und riß daran so heftig, daß Mendel mitten im Flüstern laut aufstöhnte. Ein paar Schläfer erwachten, sahen hinunter und lächelten über den Juden, der in der Ecke hüpfte und wackelte, seinen Oberkörper vor- und rückwärts wiegte und Gott zu Ehren einen kümmerlichen Tanz aufführte.

Mendel war noch nicht fertig, da riß der Beamte die Tür auf. Ein Seewind hatte ihn in die Baracke geweht. „Aufstehen!" rief er ein paarmal und in allen Sprachen dieser Welt.

Es war noch früh, als sie das Schiff erreichten. Man erlaubte ihnen, ein paar Blicke in die Speisesäle der ersten und zweiten Klasse zu werfen, ehe man sie ins Zwischendeck hineinschob. Mendel Singer rührte sich nicht. Er stand auf der höchsten Stufe einer schmalen, eisernen Leiter, im Rücken den Hafen, das Land, den Kontinent, die Heimat, die Vergangenheit. Zu seiner Linken strahlte die Sonne. Blau war der Himmel. Weiß war das Schiff. Grün war das Wasser. Ein Matrose kam und befahl Mendel Singer, die Treppe zu verlassen. Er begütigte den Matrosen mit einer Handbewegung. Er war ganz ruhig und ohne Furcht. Er warf einen flüchtigen Blick auf das Meer und trank Trost aus der Unendlichkeit des bewegten Wassers. Ewig war es. Mendel erkannte, daß Gott selbst es geschaffen hatte. Er hatte es ausgeschüttet aus seiner unerschöpflichen, geheimen Quelle. Nun schaukelte es zwischen den festen Ländern. Tief auf seinem Grunde ringelte sich Leviathan, der heilige Fisch, den am Tage des Gerichts die Frommen und Gerechten speisen werden. „Neptun" hieß das Schiff, auf dem Mendel stand. Es war ein großes Schiff. Aber mit dem Leviathan verglichen und mit dem Meer, dem Himmel und mit der Weisheit des Ewigen, war es ein winziges Schiff. Nein, Mendel fühlte keine Angst. Er beruhigte den Matrosen, er, ein kleiner schwarzer Jude auf einem riesengroßen Schiff und vor dem ewigen Ozean, er drehte sich noch einmal im Halbkreis und murmelte den Segen, der zu sprechen ist beim Anblick des Meeres. Er drehte sich im Halbkreis und verstreute die einzelnen Worte des Segens über die grünen Wogen: „Gelobt seist Du, Ewiger, unser Herr, der Du die Meere geschaffen hast und durch sie trennest die Kontinente!"

In diesem Augenblick erdröhnten die Sirenen. Die Maschinen begannen zu poltern. Und die Luft und das Schiff und die Menschen erzitterten. Nur der Himmel blieb still und blau, blau und still.

9

Den vierzehnten Abend der Seereise erleuchteten die großen feurigen Kugeln, die von den Leuchtschiffen abgeschossen wurden. „Jetzt erscheint", sagte ein Jude, der schon zweimal diese Fahrt mitgemacht hatte, zu Mendel Singer, „die Freiheitsstatue. Sie ist hunderteinundfünfzig Fuß hoch, im Innern hohl, man kann sie besteigen. Um den Kopf trägt sie eine Strahlenkrone. In der Rechten hält sie eine Fackel. Und das schönste ist, daß diese Fackel in der Nacht brennt und dennoch niemals ganz verbrennen kann. Denn sie ist nur elektrisch beleuchtet. Solche Kunststücke macht man in Amerika."

Am Vormittag des fünfzehnten Tages wurden sie ausgeladen. Deborah, Mirjam und Mendel standen enge nebeneinander, denn sie fürchteten, sich zu verlieren.

Es kamen Männer in Uniformen, sie erschienen Mendel ein wenig gefährlich, obwohl sie keine Säbel hatten. Einige trugen blütenweiße Gewänder und sahen halb wie Gendarmen aus und halb wie Engel. Das sind die Kosaken Amerikas, dachte Mendel Singer, und er betrachtete seine Tochter Mirjam.

Sie wurden aufgerufen, nach dem Alphabet, jeder kam an sein Gepäck, man durchstach es nicht mit spitzen Lanzen. Vielleicht hätte man Menuchim mitnehmen können, dachte Deborah.

Auf einmal stand Schemarjah vor ihnen.

Alle drei erschraken auf die gleiche Weise.

Sie sahen gleichzeitig ihr altes Häuschen wieder, den alten Schemarjah und den neuen Schemarjah, genannt Sam.

Sie sahen Schemarjah und Sam zugleich, als wenn ein Sam über einen Schemarjah gestülpt worden wäre, ein durchsichtiger Sam.

Es war zwar Schemarjah, aber es war Sam.

Es waren zwei. Der eine trug eine schwarze Mütze, ein schwarzes Gewand und hohe Stiefel, und die ersten flaumigen, schwarzen Härchen sproßten aus den Poren seiner Wangen.

Der zweite trug einen hellgrauen Rock, eine schneeweiße Mütze, wie der Kapitän, breite, gelbe Hosen, ein leuchtendes Hemd aus grüner Seide, und sein Angesicht war glatt, wie ein nobler Grabstein.

Der zweite war beinahe Mac.

Der erste sprach mit seiner alten Stimme – sie hörten nur die Stimme, nicht die Worte.

Der zweite schlug mit einer starken Hand seinem Vater auf die Schulter und sagte, und jetzt erst hörten sie die Worte: „Hallo, old chap!" – und verstanden nichts.

Der erste war Schemarjah. Der zweite aber war Sam. Zuerst küßte Sam den Vater, dann die Mutter, dann Mirjam. Alle drei rochen an Sams Rasierseife, die nach Schneeglöckchen duftete und auch ein wenig wie Karbol. Er erinnerte sie an einen Garten und gleichzeitig an ein Spital.

Im stillen wiederholten sie sich ein paarmal, daß Sam Schemarjah war. Dann erst freuten sie sich. „Alle andern", sagte Sam, „kommen in die Quarantäne. Ihr nicht! Mac hat es gerichtet. Er hat zwei Vettern, die sind hier bedienstet."

Eine halbe Stunde später erschien Mac.

Er sah noch genauso aus wie damals, als er im Städtchen erschienen war. Breit, laut, in einer unverständlichen Sprache polternd und die Taschen schon geschwollen von süßem Backwerk, das er sofort zu verteilen und selbst zu essen begann. Eine knallrote Krawatte flatterte wie eine Fahne über seiner Brust.

„Ihr müßt doch in die Quarantäne", sagte Mac. Denn er hatte übertrieben. Seine Vettern waren zwar in dieser Gegend bedienstet, aber nur bei der Zollrevision. „Aber ich werde euch begleiten. Habt nur keine Angst!"

Sie brauchten in der Tat keine Angst zu haben. Mac schrie allen Beamten zu, daß Mirjam seine Braut sei und Mendel und Deborah seine Schwiegereltern.

Jeden Nachmittag um drei Uhr kam Mac an das Gitter des Lagers. Er streckte seine Hand durch die Drähte, obwohl es verboten war, und begrüßte alle. Nach vier Tagen gelang es ihm, die Familie Singer zu befreien. Auf welche Weise es ihm gelungen war, verriet er nicht. Denn es gehörte zu Macs Eigenschaften, daß er mit großem Eifer Dinge erzählte, die er erfunden hatte; und daß er Dinge verschwieg, die sich wirklich zugetragen hatten.

Er bestand darauf, daß sie ganz ausführlich, auf einem Leiterwagen seiner Firma, Amerika betrachteten, ehe sie sich nach Hause begaben.

Man verlud Mendel Singer, Deborah und Mirjam und führte sie spazieren.

Es war ein heller und heißer Tag. Mendel und Deborah saßen in der Fahrtrichtung, ihnen gegenüber Mirjam, Mac und Sam. Der schwere Wagen ratterte über die Straßen mit einer wütenden Wucht, wie es Mendel Singer schien, als wäre es seine Absicht, Stein und Asphalt für ewige Zeiten zu zertrümmern und die Fundamente der Häuser zu erschüttern. Der lederne Sitz brannte unter Mendels Körper wie ein heißer Ofen. Obwohl sie sich im düstern Schatten der hohen Mauern hielten, glühte die Hitze wie graues, schmelzendes Blei durch die alte Mütze aus schwarzem Seidenrips auf den Schädel Mendels, drang in sein Gehirn und verlötete es dicht, mit feuchter, klebriger, schmerzlicher Glut. Seit seiner Ankunft hatte er kaum geschlafen, wenig gegessen und fast gar nichts getrunken. Er trug heimatliche Galoschen aus Gummi an den schweren Stiefeln, und seine Füße brannten, wie in einem offenen Feuer. Krampfhaft zwischen die Knie geklemmt hatte er seinen Regenschirm, dessen hölzerner Griff heiß war und nicht anzufassen, als wäre er aus rotem Eisen. Vor den Augen Mendels wehte ein dichtgewebter Schleier aus Ruß, Staub und Hitze. Er dachte an die Wüste, durch die seine Ahnen vierzig Jahre gewandert waren. Aber sie waren wenigstens zu Fuß gegangen, sagte er sich. Die wahnsinnige Eile, in der sie jetzt dahinrasten, weckte zwar einen Wind, aber es war ein heißer Wind, der feurige Atem der Hölle. Statt zu kühlen, glühte er. Der Wind war kein Wind, er bestand aus Lärm und Geschrei, es war ein wehender Lärm. Er setzte sich

HIOB 273

zusammen aus einem schrillen Klingeln von hundert unsichtbaren Glocken, aus dem gefährlichen, metallenen Dröhnen der Bahnen, aus dem tutenden Rufen unzähliger Trompeten, aus dem flehentlichen Kreischen der Schienen an den Kurven der Streets, aus dem Gebrüll Macs, der durch einen übermächtigen Trichter seinen Passagieren Amerika erläuterte, aus dem Gemurmel der Menschen ringsum, aus dem schallenden Gelächter eines fremden Mitreisenden hinter Mendels Rücken, aus den unaufhörlichen Reden, die Sam in des Vaters Angesicht warf, Reden, die Mendel nicht verstand, zu denen er aber fortwährend nickte, ein furchtsames und zugleich freundliches Lächeln um die Lippen, wie eine schmerzende Klammer aus Eisen.

Selbst wenn er den Mut gehabt hätte, ernst zu bleiben, wie es seiner Situation entsprach, er hätte das Lächeln nicht ablegen können. Er hatte nicht die Kraft, seine Miene zu verändern. Die Muskeln seines Angesichts waren erstarrt. Er hätte lieber geweint wie ein kleines Kind. Er roch den scharfen Teer aus dem schmelzenden Asphalt, den trockenen und spröden Staub in der Luft, den ranzigen und fetten Gestank aus Kanälen und Käsehandlungen, den beizenden Geruch von Zwiebeln, den süßlichen Benzinrauch der Autos, den fauligen Sumpfgeruch aus Fischhallen, die Maiglöckchen und das Chloroform von den Wangen seines Sohnes. Alle Gerüche vermengten sich im heißen Brodem, der ihm entgegenschlug, mit dem Lärm, der seine Ohren erfüllte und seinen Schädel sprengen wollte. Bald wußte er nicht mehr, was zu hören, zu sehen, zu riechen war. Er lächelte immer noch und nickte mit dem Kopfe. Amerika drang auf ihn ein, Amerika zerbrach ihn, Amerika zerschmetterte ihn. Nach einigen Minuten wurde er ohnmächtig.

Er erwachte in einem Lunch-Room, in den man ihn in der Eile gebracht hatte, um ihn zu laben. In einem runden, von hundert kleinen Glühbirnen umkränzten Spiegel erblickte er seinen weißen Bart und seine knochige Nase und glaubte im ersten Augenblick, Bart und Nase gehörten einem andern. Erst an seinen Angehörigen, die ihn umringten, erkannte er sich selbst wieder. Ein bißchen schämte er sich. Er öffnete mit einiger Mühe die Lippen und bat seinen Sohn um Entschuldigung. Mac ergriff seine Hand und schüttelte sie, als gratulierte er Mendel Singer zu einem gelungenen Kunststück oder zu einer gewonnenen Wette. Um den Mund des Alten legte sich wieder die eiserne Klammer des Lächelns, und die unbekannte Gewalt bewegte wieder seinen Kopf, so daß es aussah, als ob Mendel nickte. Mirjam sah er. Sie hatte wirre, schwarze Haare unter dem gelben Schal, etwas Ruß auf den blassen Wangen und einen langen Strohhalm zwischen den Zähnen. Deborah hockte breit, stumm, mit geblähten Nasenflügeln und auf und ab ebbenden Brüsten auf einem runden Sessel ohne Lehne. Es sah aus, als müßte sie bald herunterfallen.

Was gehen mich diese Leute an? dachte Mendel. Was geht mich ganz Amerika an? Mein Sohn, meine Frau, meine Tochter, dieser Mac? Bin ich noch Mendel Singer? Ist das noch meine Familie? Bin ich noch Mendel Singer? Wo ist mein Sohn Menuchim? Es war ihm, als wäre er aus sich selbst herausgestoßen worden, von sich selbst getrennt, würde er fortan leben müssen. Es war ihm, als hätte er sich selbst in Zuchnow zurückgelassen, in der Nähe Menuchims. Und während es um seine Lippen lächelte und während es seinen Kopf schüttelte, begann sein Herz, langsam zu vereisen, es pochte wie ein metallener Schlegel gegen kaltes Glas. Schon war er einsam, Mendel Singer: Schon war er in Amerika …

❖

ZWEITER TEIL

10

Ein paar hundert Jahre früher war ein Ahne Mendel Singers wahrscheinlich aus Spanien nach Wolynien gekommen. Er hatte ein glücklicheres, ein gewöhnlicheres, jedenfalls ein weniger beachtetes Schicksal als sein Nachfahre, und wir wissen infolgedessen nicht, ob er viele Jahre oder wenige gebraucht hat, um in dem fremden Land heimisch zu werden. Von Mendel Singer aber wissen wir, daß er nach einigen Monaten in New York zu Hause war.

Ja, er war beinahe heimisch in Amerika! Er wußte bereits, daß old chap auf amerikanisch Vater hieß und old fool Mutter, oder umgekehrt. Er kannte ein paar Geschäftsleute aus der Bowery, mit denen sein Sohn verkehrte, die Essex Street, in der er wohnte, und die Houston Street, in der das Kaufhaus seines Sohnes lag, seines Sohnes Sam. Er wußte, daß Sam bereits ein American boy war, daß man good bye sagte, how do you do und please, wenn man ein feiner Mann war, daß ein Kaufmann von der Grand Street Respekt verlangen konnte und manchmal am River wohnen durfte, an jenem River, nach dem es auch Schemarjah gelüstete. Man hatte ihm gesagt, daß Amerika God's own country hieß, daß es das Land Gottes war, wie einmal Palästina, und New York eigentlich the wonder city, die Stadt der Wunder, wie einmal Jerusalem. Das Beten dagegen nannte man service und die Wohltätigkeit ebenso. Sams kleiner Sohn, zur Welt gekommen knapp eine Woche nach der Ankunft des Großvaters, heißt nicht anders denn MacLincoln und wird in einigen Jahren, husch, geht die Zeit in Amerika, ein college boy. My dear boy, nennt den Kleinen heute die Schwiegertochter. Vega heißt sie immer noch, merkwürdigerweise. Blond ist sie und sanft, mit blauen Augen, die Mendel Singer mehr Güte als Klugheit verraten. Mag sie dumm sein! Frauen brauchen keinen Verstand, Gott helfe ihr, amen! Zwischen zwölf und zwei muß man Lunch essen und zwischen sechs und acht ein Dinner. Dieser Zeiten achtet Mendel nicht. Er ißt um drei Uhr nachmittags und um zehn Uhr abends, wie zu Hause, obwohl eigentlich zu Hause Tag ist, wenn er sich zum Nachtmahl setzt, oder auch früher Morgen, wer kann es wissen. All right heißt einverstanden, und statt ja! sagt man yes! Will man einem etwas Gutes wünschen, so wünscht man ihm nicht Glück und Gesundheit, sondern prosperity. In der nächsten Zukunft schon gedenkt Sam eine neue Wohnung zu mieten, am River, mit einem parlour. Ein Grammophon besitzt er schon, Mirjam leiht es manchmal bei der Schwägerin aus und trägt es in getreuen Armen durch die Straßen wie ein krankes Kind. Das Grammophon kann viele Walzer spielen, aber auch Kol Nidre. Sam wäscht sich zweimal am Tag, den Anzug, den er manchmal am Abend trägt, nennt er Dreß. Deborah war schon zehnmal im Kino und dreimal im Theater. Sie hat ein seidenes, dunkelgraues Kleid. Sam hat es ihr geschenkt. Eine große, goldene Kette trägt sie um den Hals, sie erinnert an eines der Lustweiber, von denen manchmal die heiligen Schriften erzählen. Mirjam ist Verkäuferin in Sams Laden. Sie kommt nach Mitternacht heim und geht um sieben Uhr morgens weg. Sie sagt Guten Abend, Vater! Guten Morgen, Vater! und weiter nichts. Hier und da hört Mendel Singer aus Gesprächen, die an seinen Ohren vorüberrinnen, wie ein Fluß vorbeirinnt an den Füßen eines alten Mannes, der am Ufer steht, daß Mac mit Mirjam spazieren geht, tanzen geht, baden geht, turnen geht. Er weiß, Mendel Singer, daß Mac kein Jude ist, die Kosaken sind auch keine Juden, soweit ist es noch nicht, Gott wird helfen, man wird sehen. Deborah und Mirjam leben gut miteinander. Friede ist im Haus. Mutter und Tochter flüstern miteinander, oft, lange nach Mitternacht, Mendel tut, als ob er schliefe. Er kann es leicht. Er schläft in der Küche, Frau und Tochter schlafen im einzigen Wohnraum. Paläste bewohnt man auch in Amerika nicht. Man wohnt im ersten Stock! Ein Glücksfall. Wie leicht hätte man auch im zweiten, im dritten, im vierten wohnen können! Die Treppe ist schief und schmutzig, immer finster. Mit Streichhölzern beleuchtet man auch am Tage die Stufen. Es riecht warm, feucht und klebrig nach Katzen. Aber Mäusegift und Glassplitter, in Sauerteig zerrieben, muß man immer noch, jeden Abend, in die Ecken legen. Deborah scheuert jede Woche den Fußboden, aber so safrangelb wie zu Hause wird er niemals. Woran liegt das? Ist Deborah zu schwach? Ist sie zu faul? Ist sie zu alt? Alle Bretter quietschen, wenn Mendel durch die Stube geht. Unmöglich zu erkennen, wo Deborah jetzt das Geld verbirgt. Zehn Dollar in der Woche gibt Sam. Dennoch ist Deborah aufgebracht. Sie ist ein Weib, manchmal reitet sie der Teufel. Sie hat eine gute, sanfte Schwiegertochter, Deborah aber behauptet, Vega treibe Luxus. Wenn Mendel derlei Reden hört, sagt er: „Schweig, Deborah! Sei zufrieden mit den Kindern! Bist du noch immer nicht alt genug, um zu schweigen? Hast du mir nicht mehr vorzuwerfen, daß ich zuwenig verdiene, und quält es dich, daß du mit mir nicht streiten kannst? Schemarjah hat uns hierhergebracht, damit wir alt werden und sterben in seiner Nähe. Seine Frau ehrt uns beide, wie es sich gehört. Was willst du noch, Deborah?"

Sie wußte nicht genau, was ihr fehlte. Vielleicht hatte sie gehofft, in Amerika eine ganz fremde Welt zu finden, in der es möglich gewesen wäre, das alte Leben und Menuchim sofort zu vergessen. Aber dieses Amerika war keine neue Welt. Es gab mehr Juden hier als in Kluczýsk, es war eigentlich ein größeres Kluczýsk. Hatte man den weiten Weg über das große Wasser nehmen müssen, um wieder nach Kluczýsk zu kommen, das man in der Fuhre Sameschkins hätte erreichen können? Die Fenster gingen in einen finsteren Lichthof, in dem Katzen, Ratten und Kinder sich balgten, um drei Uhr nachmittags, auch im Frühling, mußte man die Petroleumlampe anzünden, nicht einmal elektrisches Licht gab es, ein eigenes Grammophon hatte man auch noch nicht. Licht und Sonne hatte Deborah wenigstens zu Hause gehabt. Gewiß! Sie ging dann und wann mit der Schwiegertochter ins Kino, zweimal war sie schon in der Untergrundbahn gefahren, Mirjam war ein nobles Fräulein, mit Hut und Seidenstrümpfen. Brav war sie geworden. Geld verdiente sie auch. Mac gab sich mit ihr ab, besser Mac als die Kosaken. Er war der beste Freund Schemarjahs. Man verstand zwar kein Wort von seinen unaufhörlichen Reden, aber man würde sich daran gewöhnen. Er war geschickter als zehn Juden und hatte noch gewiß den Vorteil, keine Mitgift zu verlangen. Schließlich war es doch eine andere Welt. Ein amerikanischer Mac war kein russischer Mac. Mit dem Geld kam Deborah auch hier nicht aus. Das Leben verteuerte sich zusehends, vom Sparen konnte sie nicht lassen, das gewohnte Dielenbrett verdeckte bereits achtzehnundeinhalb Dollar, die Karotten verringerten sich, die Eier wurden hohl, die Kartoffeln gefroren, die Suppen wässerig, die Karpfen schmal und die Hechte kurz, die Enten mager, die Gänse hart und die Hühner ein Nichts.

Nein, sie wußte nicht genau, was ihr fehlte, Menuchim fehlte ihr. Oft, im Schlaf, im Wachen, beim Einkaufen, im Kino, beim Aufräumen, beim Backen hörte sie ihn rufen. Mama! Mama! rief er. Das einzige Wort, das er sprechen gelernt hatte, mußte er jetzt schon vergessen haben. Fremde Kinder hörte sie Mama rufen, die Mütter meldeten sich, keine einzige Mutter ließ freiwillig von ihrem Kinde. Man hätte nicht nach Amerika fahren dürfen. Aber man konnte ja immer noch heimkehren!

„Mendel“, sagte sie manchmal, „sollen wir nicht umkehren, Menuchim sehn?“

„Und das Geld und der Weg und wovon leben? Glaubst du, daß Schemarjah so viel geben kann? Er ist ein guter Sohn, aber er ist nicht Vanderbilt. Es war vielleicht Bestimmung. Bleiben wir vorläufig! Menuchim werden wir hier wiedersehen, wenn er gesund werden sollte.“

Dennoch heftete sich der Gedanke an die Abreise in Mendel Singer fest und verließ ihn niemals. Einmal, als er seinen Sohn im Geschäft besuchte (im Kontor saß er, hinter der gläsernen Tür, und sah die Kunden kommen und gehn und segnete im stillen jeden Eintretenden), sagte er zu Schemarjah: „Von Menuchim hört man noch immer nichts. Im letzten Brief von Billes war kein Wort über ihn. Was glaubst du, wenn ich hinüberführe, ihn anzusehen?“ Schemarjah, genannt Sam, war ein American boy, er sagte: „Vater, es ist unpraktisch. Wenn es möglich wäre, Menuchim hierherzubringen, hier würde er sofort gesund. Die Medizin in Amerika ist die beste in der Welt, grad hab’ ich’s in der Zeitung gelesen. Man heilt solche Krankheiten mit Einspritzungen, einfach mit Einspritzungen! Da man ihn aber nicht hierherbringen kann, den armen Menuchim, wozu die Geldausgabe? Ich will nicht sagen, daß es ganz unmöglich ist! Aber gerade jetzt, wo ich und Mac ein ganz großes Geschäft vorbereiten und das Geld knapp ist, wollen wir nicht davon reden! Warte noch ein paar Wochen! Im Vertrauen gesagt: Ich und Mac, wir spekulieren jetzt in Bauplätzen. Jetzt haben wir ein altes Haus in der Delancy Street abreißen lassen. Ich sage dir, Vater, das Abreißen ist fast so teuer wie das Aufbauen. Aber man soll nicht klagen! Es geht aufwärts! Wenn ich daran denke, wie wir mit Versicherungen angefangen haben! Treppauf, treppab! Und jetzt haben wir dies Geschäft, man kann schon sagen: dieses Warenhaus! Jetzt kommen die Versicherungsagenten zu mir. Ich seh' sie mir an, denke mir: ich kenn' das Geschäft, und werfe sie hinaus, eigenhändig. Alle werfe ich hinaus!"

Mendel Singer begriff nicht ganz, weshalb Sam die Agenten hinauswarf und weshalb er sich darüber so freute. Sam fühlte es und sagte: „Willst du mit mir ein breakfast nehmen, Vater?" Er tat, als ob er vergessen hätte, daß der Vater nur zu Hause aß, er schuf sich gerne eine Gelegenheit, den Abstand zu betonen, der ihn von den Sitten seiner Heimat trennte, er schlug sich auf die Stirn, als ob er Mac wäre, und sagte:

„Ach so! Ich habe vergessen! Aber eine Banane wirst du essen, Vater!" Und er ließ dem Vater eine Banane bringen. „Apropos Mirjam", fing er wieder an, mitten im Essen, „sie macht sich. Sie ist das schönste Girl hier im Geschäft. Wäre sie bei einem Fremden, man hätte ihr längst eine Stellung als Modell angeboten. Aber ich möchte nicht, daß meine Schwester ihre Figur für fremde Kleider hergibt. Und Mac will es auch nicht!" Er wartete, ob der Vater etwas über Mac sagen würde. Aber Mendel Singer schwieg. Er war nicht argwöhnisch. Er hatte den letzten Satz kaum gehört. Er ergab sich der innigen Bewunderung seiner Kinder, insbesondere Schemarjahs. Wie klug er war, wie schnell er dachte, wie fließend sprach er Englisch, wie konnte er auf Klingelknöpfe drücken, Laufjungen anschnauzen, er war ein Boß.

Er ging in die Abteilung für Hemdblusen und Krawatten, um seine Tochter zu sehn. „Guten Tag, Vater!" rief sie, mitten im Bedienen. Respekt erwies sie ihm, zu Hause war es anders gewesen. Sie liebte ihn wahrscheinlich nicht, aber es stand auch nicht geschrieben: Liebe Vater und Mutter!, sondern: Ehre Vater und Mutter! Er nickte ihr zu und entfernte sich wieder. Er ging nach Hause. Er war getrost, er ging langsam in der Mitte der Straße, grüßte die Nachbarn, freute sich an den Kindern. Er trug immer noch seine Mütze aus schwarzem Seidenrips und den halblangen Kaftan und die hohen Stiefel. Aber die Schöße seines Rocks pochten nicht mehr mit hastigem Flügelschlag an die rohledernen Schäfte. Denn Mendel Singer hatte in Amerika, wo alles eilte, erst gelernt, langsam zu wandern.

Also wanderte er durch die Zeit dem Greisenalter entgegen, vom Morgengebet zum Abendgebet, vom Frühstück zum Nachtmahl, vom Erwachen zum Schlaf. Am Nachmittag, um die Stunde, in der zu Hause seine Schüler gekommen waren, legte er sich auf das Roßhaarsofa, schlief eine Stunde und träumte von Menuchim. Dann las er ein bißchen in der Zeitung. Dann ging er in den Laden der Familie Skowronnek, in dem Grammophonapparate, Platten, Notenhefte und Gesangstexte gehandelt, gespielt und gesungen wurden. Dort versammelten sich alle älteren Leute des Viertels. Sie sprachen über

Politik und erzählten Anekdoten aus der Heimat. Manchmal, wenn es spät geworden war, gingen sie in die Wohnstube der Skowronneks und beteten sehr schnell ein Abendgebet.

Auf dem Heimweg, den Mendel ein wenig auszudehnen suchte, ergab er sich der Vorstellung, daß ihn zu Hause ein Brief erwartete. Im Brief stand klar und ausdrücklich, daß erstens: Menuchim ganz gesund und vernünftig geworden war; zweitens: daß Jonas wegen eines geringfügigen Gebrechens den Dienst verlassen hatte und nach Amerika kommen wollte. Mendel Singer wußte, daß dieser Brief noch nicht gekommen war. Aber er versuchte gleichsam, dem Brief eine günstige Gelegenheit zu geben, auf daß er Lust bekomme einzutreffen. Und mit einem leisen Herzklopfen zog er den Klingelknopf. In dem Augenblick, in dem er Deborah erblickt, ist es vorbei. Noch war der Brief nicht da. Es wird ein Abend sein wie jeder andere.

An einem Tage, an dem er einen Umweg machte, um nach Hause zu gelangen, sah er an der Ecke der Gasse einen halbwüchsigen Jungen, der ihm aus der Ferne bekannt erschien. Der Junge lehnte in einem Haustor und weinte. Mendel hörte ein dünnes Wimmern, es drang, so leise es auch war, bis zu Mendel, auf die gegenüberliegende Seite der Straße. Wohlvertraut war Mendel dieser Laut. Er blieb stehen. Er beschloß, zu dem Knaben zu treten, ihn auszufragen, ihn zu trösten. Er setzte sich in Gang. Plötzlich, das Wimmern wurde lauter, stockte Mendel in der Straßenmitte. Im Schatten des Abends und des Haustors, in dem der Junge kauerte, schien er Menuchims Umriß und Haltung zu bekommen. Ja, so, vor der Schwelle seines Hauses in Zuchnow, hatte Menuchim gekauert und gewimmert. Mendel machte noch ein paar Schritte. Da huschte der Knabe ins Haus. Mendel trat bis zur Tür. Da hatte der finstere Hausflur den Jungen schon aufgenommen.

Noch langsamer als zuvor ging Mendel heim.

Nicht Deborah kam an die Tür, als er schellte, sondern sein Sohn Sam. Mendel blieb einen Augenblick an der Schwelle. Obwohl er auf nichts anderes als auf eine überraschende Freude vorbereitet war, ergriff ihn doch die Angst, es könnte ein Unglück geschehen sein. Ja, dermaßen war sein Herz an Unglück gewöhnt, daß er immer noch erschrak, selbst nach einer langen Vorbereitung auf das Glück. Was kann einem Mann wie mir, dachte er, überraschend Fröhliches widerfahren? Alles Plötzliche ist böse, und das Gute schleicht langsam.

Die Stimme Schemarjahs aber beruhigte ihn bald. „Komm nur!" sagte Sam. Er zog den Vater an der Hand ins Zimmer. Deborah hatte zwei Lampen angezündet. Seine Schwiegertochter Vega, Mirjam und Mac saßen um den Tisch. Das ganze Haus kam Mendel verwandelt vor. Die zwei Lampen – sie waren von der gleichen Art – sahen aus wie Zwillinge, und sie beleuchteten weniger das Zimmer als sich selbst gegenseitig. Es war, als ob sie sich zulachten, eine Lampe der andern, und das erheiterte Mendel besonders. „Setz dich, Vater!" sagte Sam. Er war nicht neugierig, Mendel, er fürchtete schon, es werde jetzt eine von den amerikanischen Geschichten kommen, die alle Welt veranlaßten, fröhlich zu sein, und an denen er keine Freude finden konnte. Was wird schon geschehen sein? dachte er. Sie werden mir ein Grammophon geschenkt haben. Oder sie haben beschlossen, Hochzeitstag zu feiern. Er setzte sich sehr umständlich. Alle schwiegen. Dann sagte Sam – und es war, als entzündete er die dritte Lampe im Zimmer: „Vater, wir haben fünfzehntausend Dollar auf einen Schlag verdient."

Mendel erhob sich und reichte allen Anwesenden die Hand. Zuletzt gelangte er zu Mac. Ihm sagte Mendel: „Ich danke Ihnen." Sam übersetzte sofort die drei Worte ins Englische. Mac erhob sich nun ebenfalls und umarmte Mendel. Dann begann er zu sprechen. Er hörte nicht mehr auf. An diesem Abend sprach außer Mac kein anderer mehr. Deborah rechnete die Summe in Rubel um und wurde nicht fertig. Vega dachte an neue Möbel in der neuen Wohnung, besonders an ein Klavier. Ihr Sohn sollte Klavierstunden nehmen. Mendel dachte an einen Abstecher nach Hause. Mirjam hörte nur Mac reden und bemühte sich, möglichst alles zu verstehen. Da sie seine Sprache nicht ganz verstand, meinte sie, Mac spreche zu klug, um verstanden zu werden. Sam überlegte, ob er das ganze Geld in sein Kaufhaus stecken sollte. Nur Mac dachte wenig, machte sich keine Sorgen, schmiedete keine Pläne. Er sprach, was ihm einfiel.

Am nächsten Tag fuhren sie nach Atlantic City. „Eine schöne Natur!" sagte Deborah. Mendel sah nur das Wasser. Und er erinnerte sich an jene wilde Nacht daheim, in der er mit Sameschkin im Straßengraben gelegen hatte. Und er hörte das Zirpen der Grillen und das Quaken der Frösche. „Bei uns zu Hause", sagte er plötzlich, „ist die Erde so weit wie in Amerika das Wasser." Er hatte es gar nicht sagen wollen. „Hörst du, was der Vater sagt?" meinte Deborah. „Er wird alt!" Ja, ja, ich werde alt, dachte Mendel.

Als sie nach Hause kamen, lag im Türspalt ein dicker, geschwollener Brief, den der Postbote nicht hatte durchstecken können. „Siehst du", sagte Mendel und bückte sich, „dieser Brief ist ein guter Brief. Das Glück hat angefangen. Ein Glück bringt das andere, gelobt sei Gott. Er helfe uns weiter."

Es war ein Brief von der Familie Billes. Und es war in der Tat ein guter Brief. Er enthielt die Nachricht, daß Menuchim plötzlich zu reden angefangen hatte.

„Der Doktor Soltysiuk hat ihn gesehn", schrieb die Familie Billes. „Er konnte es nicht glauben. Man will Menuchim nach Petersburg schicken, die großen Doktoren wollen sich den Kopf über ihn zerbrechen. Eines Tages, es war Donnerstagnachmittag, er war allein zu Haus, und es brannte im Ofen wie jeden Donnerstag, fiel ein brennendes Scheit heraus, und jetzt ist der ganze Fußboden verbrannt, und die Wände muß man tünchen. Es kostet ein schönes Stück Geld. Menuchim lief auf die Straße, er kann auch schon ganz gut laufen, und schrie: ‚Es brennt!' Und seit damals spricht er ein paar Worte.

Schade nur, daß es eine Woche war nach Jonas' Abreise. Denn Euer Jonas war hier, auf Urlaub, er ist wirklich schon ein großer Soldat, und er hat gar nicht gewußt, daß Ihr in Amerika seid. Auch er schreibt Euch hier, auf der andern Seite."

Mendel wendete das Blatt um und las:

„Lieber Vater, liebe Mutter, lieber Bruder und liebe Schwester!

Ihr seid also in Amerika, es hat mich getroffen wie ein Blitz. Ich bin zwar selbst schuldig, denn ich habe Euch niemals oder, ich erinnere mich, nur einmal geschrieben, dennoch, wie gesagt, es hat mich getroffen wie ein Blitz. Macht Euch nichts daraus. Es geht mir sehr gut. Alle sind gut zu mir, und ich bin gut zu allen. Besonders gut bin ich zu den Pferden. Ich kann reiten wie der beste Kosak und im Galopp mit den Zähnen ein Taschentuch vom Boden aufheben. Solche Sachen liebe ich und das Militär auch. Ich werde bleiben, auch wenn ich ausgedient habe. Man ist versorgt, man hat zu essen, alles befiehlt man von oben, was nötig ist, man braucht nicht selbst zu denken. Ich weiß nicht, ob ich es so schreibe, daß Ihr es ganz genau versteht. Vielleicht könnt Ihr das gar nicht verstehen. Im Stall ist es sehr warm, und ich liebe Pferde. Sollte einmal einer von Euch herüberkommen, so könnt Ihr mich sehn. Mein Kapitän hat gesagt, wenn ich ein so guter Soldat bleibe, kann ich ein Gesuch machen an den Zaren, das heißt an Seine hochwohlgeborene Majestät, damit meinem Bruder die Desertion vergeben und vergessen wird. Das wäre meine größte Freude, Schemarjah in diesem Leben noch zu sehn, wir sind ja zusammen aufgewachsen.

Sameschkin läßt Euch grüßen, es geht ihm gut. Man sagt hier manchmal, daß ein Krieg kommen wird. Sollte er wirklich kommen, so müßt Ihr darauf vorbereitet sein, daß ich sterbe, so wie ich darauf vorbereitet bin, denn ich bin ein Soldat.

Für diesen Fall umarme ich Euch ein für allemal und für immer. Aber seid nicht traurig, vielleicht bleibe ich am Leben.

Euer Sohn Jonas"

Mendel Singer legte die Brille ab, sah, daß Deborah weinte, und ergriff nach langen Jahren zum erstenmal wieder ihre beiden Hände. Er zog ihre Hände vom verweinten Angesicht und sagte beinahe feierlich: „Nun, Deborah, der Herr hat uns geholfen. Nimm den Schal, geh hinunter, und bring eine Flasche Met."

Sie saßen bei Tisch und tranken den Met aus Teegläsern, sahen sich an und dachten das gleiche. „Der Rabbi hat recht", sagte Deborah. Deutlich diktierte ihr die Erinnerung die Worte, die lange in ihr geschlafen hatten: „Der Schmerz wird ihn weise machen, die Häßlichkeit gütig, die Bitternis milde und die Krankheit stark."

„Das hast du mir nie gesagt", meinte Mendel.

„Ich hatte es vergessen."

„Mit Jonas hätte man auch nach Kluczýsk fahren müssen. Die Pferde liebt er mehr als uns."

„Er ist noch jung", tröstete Deborah. „Vielleicht ist es gut, daß er die Pferde liebt." Und weil sie keine Gelegenheit, boshaft zu sein, vorübergehn ließ, sagte sie noch: „Von dir hat er die Liebe zu den Pferden nicht."

„Nein", sagte Mendel und lächelte friedfertig.

Er begann, an eine Heimkehr zu denken. Jetzt konnte man vielleicht bald Menuchim nach Amerika bringen. Er zündete eine Kerze an, löschte die Lampe aus und sagte: „Geh schlafen, Deborah! Wenn Mirjam nach Hause kommt, werde ich ihr den Brief zeigen. Ich bleibe heute wach."

Er holte aus dem Koffer sein altes Gebetbuch, heimisch war es in seiner Hand, er schlug mit einem Griff die Psalmen auf und sang einen nach dem andern. Es sang aus ihm. Er hatte die Gnade erfahren und die Freude. Auch über ihm wölbte sich Gottes breite, weite, gütige Hand. Von ihr beschirmt und ihr zu Ehren sang er einen Psalm nach dem andern. Die Kerze flackerte in dem leisen, aber eifrigen Wind, den Mendels schaukelnder Oberkörper entfachte. Mit den Füßen schlug er den Takt zu den Versen der Psalmen. Sein Herz jubelte, und sein Körper mußte tanzen.

II

Da verließen zum erstenmal die Sorgen das Haus Mendel Singers. Vertraut waren sie ihm gewesen, wie verhaßte Geschwister. Neunundfünfzig Jahre wurde er jetzt alt. Seit achtundfünfzig Jahren kannte er sie. Die Sorgen verließen ihn, der Tod näherte sich ihm. Sein Bart war weiß, sein Auge war schwach. Der Rücken krümmte sich, und die Hände zitterten. Der Schlaf war leicht, und die Nacht war lang. Die Zufriedenheit trug er wie ein fremdes geborgtes Kleid. Sein Sohn übersiedelte in die Gegend der Reichen, Mendel blieb in seiner Gasse, in seiner Wohnung, bei den blauen Petroleumlampen, in der Nachbarschaft der Armen, der Katzen und der Mäuse. Er war fromm, gottesfürchtig und gewöhnlich, ein ganz alltäglicher Jude. Wenige beachteten ihn. Manche bemerkten ihn gar nicht. Ein paar alte Freunde besuchte er tagsüber: Menkes, den Obsthändler, Skowronnek, die Musikalienhandlung, Rottenberg, den Bibelschreiber, Groschel, den Schuster. Einmal in der Woche kamen seine drei Kinder, sein Enkel und Mac. Er hatte ihnen gar nichts zu sagen. Sie erzählten Geschichten aus dem Theater, aus der Gesellschaft und aus der Politik. Er hörte zu und schlief ein. Wenn Deborah ihn weckte, schlug er die Augen auf. „Ich habe nicht geschlafen!" versicherte er. Mac lachte. Sam lächelte. Mirjam flüsterte mit Deborah. Mendel blieb eine Weile wach und nickte wieder ein. Er träumte sofort: Begebenheiten aus der Heimat und Dinge, von denen er in Amerika nur gehört hatte, Theater, Akrobaten und Tänzerinnen in Gold und Rot, den Präsidenten der Vereinigten Staaten, das Weiße Haus, der Milliardär Vanderbilt und immer wieder Menuchim. Der kleine Krüppel mischte sich zwischen das Rot und Gold der Sängerinnen, und vor dem bleichen Strahlen des „Weißen Hauses" haftete er als ein armer, grauer Fleck. Dies und jenes mit wachen Augen anzuschauen, war Mendel zu alt. Er glaubte seinen Kindern aufs Wort, daß Amerika das Land Gottes war, New York die Stadt der Wunder und Englisch die schönste Sprache. Die Amerikaner waren gesund, die Amerikanerinnen schön, der Sport wichtig, die Zeit kostbar, die Armut ein Laster, der Reichtum ein Verdienst, die Tugend der halbe Erfolg, der Glaube an sich selbst ein ganzer, der Tanz hygienisch, Rollschuhlaufen eine Pflicht, Wohltätigkeit eine Kapitalanlage, Anarchismus ein Verbrechen, Streikende die Feinde der Menschheit, Aufwiegler Verbündete des Teufels, moderne Maschinen Segen des Himmels, Edison das größte Genie. Bald werden die Menschen fliegen wie Vögel, schwimmen wie Fische, die Zukunft sehn wie Propheten, im ewigen Frieden leben und in vollkommener Eintracht bis zu den Sternen Wolkenkratzer bauen. Die Welt wird sehr schön sein, dachte Mendel, glücklich mein Enkel! Er wird alles erleben! Dennoch mischte sich in seine Bewunderung für die Zukunft ein Heimweh nach Rußland, und es beruhigte ihn, zu wissen, daß er noch vor den Triumphen der Lebendigen ein Toter sein würde. Er wußte nicht, warum. Es beruhigte ihn. Er war bereits zu alt für das Neue und zu schwach für Triumphe. Er hatte nur eine Hoffnung noch: Menuchim zu sehn. Sam oder Mac würde hinüberfahren, ihn holen. Vielleicht fuhr auch Deborah.

Es war Sommer. Das Ungeziefer in der Wohnung Mendel Singers vermehrte sich unaufhaltsam, obwohl die kleinen Messingräder an den Füßen der Betten Tag und Nacht in Näpfen voll Petroleum standen und obwohl Deborah mit einer zarten Hühnerfeder, in Terpentin getaucht, alle Ritzen der Möbel bestrich. Die Wanzen zogen in langen, geordneten Reihen die Wände hinunter, den Plafond entlang, warteten in blutlüsterner Tücke auf den Anbruch der Finsternis und fielen auf die Lager der Schlafenden. Die Flöhe sprangen aus den schwarzen Sparren zwischen den Brettern der Diele, in die Kleider, auf die Kissen, auf die Decken. Die Nächte waren heiß und schwer. Durch die offenen Fenster kam von Zeit zu Zeit das ferne Dröhnen unbekannter Züge, die kurzen, regelmäßigen Donner einer meilenweiten, geschäftigen Welt und der trübe Dunst aus nachbarlichen Häusern, Misthaufen und offenen Kanälen. Die Katzen lärmten, die herrenlosen Hunde heulten, Säuglinge schrien durch die Nacht, und über dem Kopf Mendel Singers schlurften die Schritte der Schlaflosen, dröhnte das Niesen der Erkälteten, miauten die Ermatteten in qualvollem Gähnen. Mendel Singer entzündete die Kerze in der grünen Flasche neben dem Bett und ging ans Fenster. Da sah er den rötlichen Widerschein der lebendigen amerikanischen Nacht, die sich irgendwo abspielte, und den regelmäßigen, silbernen Schatten eines Scheinwerfers, der verzweifelt am nächtlichen Himmel Gott zu suchen schien. Ja, und ein paar Sterne sah Mendel ebenfalls, ein paar kümmerliche Sterne, zerhackte Sternbilder. Mendel erinnerte sich an die hellgestirnten Nächte daheim, die tiefe Bläue des weitgespannten Himmels, die sanftgewölbte Sichel des Mondes, das finstere Rauschen der Föhren im Wald, an die Stimmen der Grillen und Frösche. Es kam ihm vor, daß es leicht wäre, jetzt, so wie er ging und stand, das Haus zu verlassen und zu Fuß weiterzuwandern, die ganze Nacht, so lange, bis er wieder unter dem freien Himmel war und die Frösche vernahm und die Grillen und das Wimmern Menuchims. Hier in Amerika gesellte es sich zu den vielen Stimmen, in denen die Heimat sang und redete, zum Zirpen der Grillen und zum Quaken der Frösche. Dazwischen lag der Ozean, dachte Mendel. Man mußte ein Schiff besteigen, noch einmal ein Schiff, noch einmal zwanzig Tage und Nächte fahren. Dann war er zu Hause, bei Menuchim.

Die Kinder redeten ihm zu, endlich das Viertel zu verlassen. Er hatte Angst. Er wollte nicht übermütig werden. Jetzt, wo alles gut zu gehn begann, durfte man nicht Gottes Zorn hervorrufen. Wann war es ihm je besser gegangen? Wozu in andere Gegenden ziehn? Was hatte man davon? Die paar Jahre, die er noch zu leben gedachte, konnte er in Gemeinschaft mit dem Ungeziefer verbringen.

Er wandte sich um. Da schlief Deborah. Früher hatte sie hier im Zimmer mit Mirjam geschlafen. Jetzt wohnte Mirjam bei ihrem Bruder. Oder bei Mac, dachte Mendel, hurtig und verstohlen. Deborah schlief ruhig, halb aufgedeckt, ein breites Lächeln über dem breiten Angesicht. Was geht sie mich an? dachte Mendel. Wozu leben wir noch zusammen? Unsere Lust ist vorbei, unsere Kinder sind groß und versorgt, was soll ich bei ihr? Essen, was sie gekocht hat! Es steht geschrieben, daß es nicht gut ist, daß der Mensch allein sei. Also leben wir zusammen. Sehr lange schon lebten sie zusammen, jetzt handelte es sich darum, wer früher sterben würde. Wahrscheinlich ich, dachte Mendel. Sie ist gesund und hat wenig Sorgen. Immer noch verbirgt sie Geld unter irgendeinem Dielenbrett. Sie weiß nicht, daß es eine Sünde ist. Mag sie es verbergen!

Die Kerze im Flaschenhals ist zu Ende gebrannt Die Nacht ist vergangen. Die ersten Geräusche des Morgens hört man schon, noch ehe man die Sonne sieht. Man öffnet irgendwo kreischende Türen, man hört polternde Schritte im Stiegenhaus, der Himmel ist fahlgrau, und von der Erde steigt ein gelblicher Dunst auf, Staub und Schwefel aus den Kanälen. Deborah erwacht, seufzt und sagt: „Es wird regnen! Es stinkt aus dem Kanal, mach die Fenster zu!"

So beginnen die sommerlichen Tage. Am Nachmittag kann Mendel nicht zu Hause schlafen. Er geht auf den Spielplatz der Kinder. Er freut sich am Gesang der seltenen Amseln, sitzt lange auf einer Bank, zieht mit dem Regenschirm verworrene Striche in den Sand. Das Geräusch des Wassers, das ein langer Gummischlauch über den kleinen Rasen stäubt, kühlt Mendel Singers Angesicht, er glaubt, das Wasser zu fühlen, und er schläft ein. Er träumt vom Theater, von Akrobaten in Rot und Gold, vom Weißen Haus, vom Präsidenten der Vereinigten Staaten, vom Milliardär Vanderbilt und von Menuchim.

Eines Tages kommt Mac. Er sagt (Mirjam begleitet ihn und übersetzt es), daß er Ende Juli oder im August nach Rußland fahren wird, Menuchim holen.

Mendel ahnt, warum Mac fahren will. Er möchte wahrscheinlich Mirjam heiraten. Er tut alles mögliche für die Familie Singer.

Wenn ich stürbe, denkt Mendel, würde Mac Mirjam heiraten. Beide warten auf meinen Tod. Ich habe Zeit. Ich warte auf Menuchim.

Es ist Juni, ein heißer und besonders langer Monat. Wann wird endlich der Juli kommen?

Ende Juli bestellt Mac eine Schiffskarte. Man schreibt an die Familie Billes. Mendel geht in den Laden der Skowronneks, um den Freunden zu sagen, daß sein jüngster Sohn ebenfalls nach Amerika kommt.

Im Laden der Familie Skowronnek sind viel mehr Leute versammelt als sonst, an andern Tagen. Jeder hat ein Zeitungspapier in der Hand. In Europa ist der Krieg ausgebrochen.

Mac wird nicht mehr nach Rußland fahren. Menuchim wird nicht nach Amerika kommen. Der Krieg ist ausgebrochen.

Hatten die Sorgen nicht soeben erst Mendel Singer verlassen? Sie gingen, und der Krieg brach aus.

Jonas war im Krieg und Menuchim in Rußland. Zweimal in der Woche am Abend kamen Sam und Mirjam, Vega und Mac Mendel Singer besuchen. Und sie bemühten sich, dem Alten Jonas' sichern Untergang und Menuchims gefährdetes Leben zu verbergen. Es war, als glaubten sie, sie könnten Mendels nach Europa gerichteten Blick auf ihre eigene glückliche Leistung und ihre eigene Sicherheit lenken. Sie stellten sich gleichsam zwischen Mendel Singer und den Krieg. Und während er ihren Reden zuzuhören schien, ihren Vermutungen recht gab, daß Jonas in einer Kanzlei beschäftigt sei und Menuchim seiner besonderen Krankheit wegen gesichert in einem Petersburger Spital, sah er seinen Sohn Jonas mit dem Pferd stürzen und in einem jener Stacheldrähte hängenbleiben, die von den Kriegsberichterstattern so anschaulich beschrieben wurden. Und sein Häuschen in Zuchnow brannte – Menuchim lag im Winkel und wurde verbrannt Gelegentlich getraute er sich, einen kleinen Satz zu sagen: „Vor einem Jahr, als der Brief kam", sagte Mendel, „hätte ich selbst zu Menuchim fahren müssen."

Niemand wußte darauf etwas zu erwidern. Ein paarmal schon hatte Mendel diesen Satz gesprochen, und stets war das gleiche Schweigen eingebrochen. Es war, als löschte der Alte mit diesem einen Satz das Licht im Zimmer aus, finster wurde es, und keiner sah mehr, wohin mit dem Finger zu deuten. Und nachdem sie lange geschwiegen hatten, erhoben sie sich und gingen.

Mendel Singer aber schloß die Tür hinter ihnen, schickte Deborah schlafen, entzündete eine Kerze und begann, einen Psalm nach dem andern zu singen. In guten Stunden sang er sie und in bösen. Er sang sie, wenn er dem Himmel dankte und wenn er ihn fürchtete. Mendels schaukelnde Bewegungen waren immer die gleichen. Und nur an seiner Stimme hätte ein aufmerksamer Lauscher vielleicht erkannt, ob Mendel, der Gerechte, dankbar war oder ausgefüllt von Ängsten.

In diesen Nächten schüttelte ihn die Furcht wie der Wind einen schwachen Baum. Und die Sorge lieh ihm ihre Stimme, mit einer fremden Stimme sang er die Psalmen Er war fertig. Er schlug das Buch zu, hob es an die Lippen, küßte es und drückte die Flamme aus. Aber er wurde nicht ruhig. Zu wenig, zu wenig – sagte er sich – habe ich getan. Manchmal erschrak er über die Erkenntnis, daß sein einziges Mittel, das Singen der Psalmen, ohnmächtig sein könnte in dem großen Sturm, in dem Jonas und Menuchim untergingen. Die Kanonen, dachte er, sind laut, die Flammen sind gewaltig, meine Kinder verbrennen, meine Schuld ist es, meine Schuld! Und ich singe Psalmen. Es ist nicht genug! Es ist nicht genug!

12

Alle Menschen, die an den politischen Nachmittagen Skowronneks gewettet hatten, daß Amerika neutral bleiben würde, verloren die Wette.

Es war Herbst. Um sieben Uhr morgens erwachte Mendel Singer. Um acht Uhr stand er schon in der Straße, vor dem Haus. Der Schnee war noch weiß und hart wie zu Hause in Zuchnow. Aber hier zerrann er bald. In Amerika hielt er sich nicht länger als eine Nacht. In der Frühe schon zerkneteten ihn die hurtigen Füße der Zeitungsjungen. Mendel Singer wartete, bis einer von ihnen vorbeikam. Er kaufte eine Zeitung und ging wieder ins Haus. Die blaue Petroleumlampe brannte. Sie erleuchtete den Morgen, der finster war wie die Nacht. Mendel Singer entfaltete die Zeitung, sie war fett, klebrig und naß, sie roch wie die Lampe. Er las die Berichte vom Kriegsschauplatz zweimal, dreimal, viermal. Er nahm zur Kenntnis, daß fünfzehntausend Deutsche auf einmal in Gefangenschaft geraten waren und daß die Russen ihre Offensive in der Bukowina wieder aufgenommen hatten.

Das allein genügte ihm nicht. Er legte die Brille ab, putzte sie, setzte sie wieder auf und las die Kriegsberichte noch einmal. Seine Augen durchsiebten die Zeilen. Fielen da nicht einmal die Namen: Sam Singer, Menuchim, Jonas heraus? „Was ist Neues in der Zeitung?" fragte Deborah heute wie jeden Morgen. „Gar nichts!" erwiderte Mendel. „Die Russen siegen, und die Deutschen werden gefangen."

Es wurde still. Im Spirituskocher siedete der Tee. Es sang beinahe wie der Samowar zu Hause. Nur der Tee schmeckte anders, ranzig war er, amerikanischer Tee, obwohl die Päckchen in chinesisches Papier gehüllt waren. „Nicht einmal Tee kann man trinken!" sagte Mendel und wunderte sich selbst, daß er von solchen Kleinigkeiten sprach. Er wollte vielleicht etwas anderes sagen? Es gab so viel Wichtiges in der Welt, und Mendel beklagte sich über den Tee. Die Russen siegten, und die Deutschen wurden gefangen. Nur von Sam hörte man gar nichts und nichts von Menuchim.

Vor zwei Wochen hatte Mendel geschrieben. Auch das Rote Kreuz hatte mitgeteilt, daß Jonas verschollen sei. Er ist wahrscheinlich tot, dachte im stillen Deborah. Mendel dachte das gleiche. Aber sie sprachen lange über die Bedeutung des Wortes „verschollen", und als schlösse es die Möglichkeit des Todes vollkommen aus, kamen sie immer wieder überein, daß „verschollen" nur gefangengenommen heißen konnte, desertiert oder in der Gefangenschaft verwundet.

Warum aber schrieb Sam schon so lange nicht? Nun, er war auf einem längeren Marsch begriffen oder gerade in einer „Umgruppierung", in einer jener Umgruppierungen, deren Wesen und Bedeutung am Nachmittag bei Skowronnek genauer erläutert wurden.

Man kann es nicht laut sagen, dachte Mendel, Sam hätte nicht gehen sollen.

Er sagte den zweiten Teil des Satzes dennoch laut, Deborah hörte es. „Das verstehst du nicht, Mendel", sagte Deborah. Alle Argumente für die Teilnahme Sams am amerikanischen Krieg hatte Deborah von ihrer Tochter Mirjam bezogen. „Amerika ist nicht Rußland. Amerika ist ein Vaterland. Jeder anständige Mensch ist verpflichtet, für das Vaterland in den Krieg zu gehn. Mac ist gegangen, Sam hat nicht bleiben können. Außerdem ist er, Gott sei Dank!, beim Regimentsstab. Dort fällt man nicht. Denn wenn man zulassen sollte, daß alle hohen Offiziere fallen, würde man gar nicht siegen. Und Sam ist, Gott sei Dank!, neben den hohen Offizieren."

„Einen Sohn hab' ich dem Zaren gegeben, es wäre genug gewesen!"

„Der Zar ist was anderes, und Amerika ist etwas anderes!"

Mendel debattierte nicht weiter. Alles hatte er schon gehört. Er erinnerte sich noch an den Tag, an dem beide fortgegangen waren, Mac und Sam. Beide hatten ein amerikanisches Lied gesungen, in der Mitte der Gasse. Am Abend hatte man bei Skowronnek gesagt, Sam sei, unberufen, ein schöner Soldat.

Vielleicht war Amerika ein Vaterland, der Krieg eine Pflicht, die Feigheit eine Schande, ausgeschlossen der Tod beim Regimentsstab! Dennoch, dachte Mendel, bin ich der Vater, ich hätte ein Wort sagen müssen. Bleib, Sam! hätte ich sagen müssen. Lange Jahre habe ich gewartet, um einen kleinen Zipfel vom Glück zu sehen. Nun ist Jonas bei den Soldaten, wer weiß, was mit Menuchim geschehen wird, du hast eine Frau, ein Kind und ein Geschäft. Bleib, Sam! Vielleicht wäre er geblieben.

Mendel stellte sich, wie es seine Gewohnheit war, ans Fenster, den Rücken der Stube zugekehrt. Er sah geradeaus auf das zerbrochene und mit braunem Pappendeckel vernagelte Fenster der Lemmels gegenüber im ersten Stock. Unten war der Laden des jüdischen Selchers mit dem hebräischen Schild, weiße, schmutzige Buchstaben auf blaßblauem Grund. Auch der Sohn der Lemmels war in den Krieg gegangen. Die ganze Familie Lemmel besuchte die Abendschule und lernte Englisch. Am Abend gingen sie mit Heften in die Schule, wie kleine Kinder. Wahrscheinlich war es richtig. Vielleicht sollten auch Mendel und Deborah in die Schule gehn. Amerika war ein Vaterland.

Es schneite noch ein wenig, langsame, faule und feuchte Flocken. Die Juden, aufgespannte, schwarze Regenschirme schwankten über ihren Köpfen, begannen schon, auf und ab zu promenieren. Immer mehr kamen, sie gingen in der Mitte der Gasse, die letzten weißen Schneereste zerschmolzen unter ihren Füßen, es war, als müßten sie hier im Interesse der Behörden so lange auf und ab gehn, bis der Schnee vollends vernichtet war. Den Himmel konnte Mendel von seinem Fenster aus nicht erblicken. Aber er wußte, daß es ein finsterer Himmel war. In allen Fenstern gegenüber sah er den gelblich roten Widerschein von Lampen. Finster war der Himmel. Finster war es in allen Stuben.

HIOB

287

Bald öffnete sich hier und dort ein Fenster, die Büsten der Nachbarinnen wurden sichtbar, man hängte rote und weiße Bettbezüge und nackte, gelbliche, gehäutete Pölster an die Fenster. Auf einmal war die ganze Gasse heiter und bunt. Die Nachbarinnen riefen einander laute Grüße zu. Aus dem Innern der Stuben drangen Tellergeklapper und Kindergeschrei. Man hätte glauben können, es sei Friede, wenn nicht vom Laden der Skowronneks her die Kriegsmärsche aus den Grammophonen durch die Gasse gerasselt hätten.

Wann ist Sonntag? dachte Mendel. Früher hatte er von einem Samstag zum andern gelebt, jetzt lebte er von einem Sonntag zum nächsten. Am Sonntag kam Besuch, Mirjam, Vega und der Enkel. Sie brachten Briefe von Sam oder wenigstens Neuigkeiten allgemeiner Natur. Alles wußten sie, alle Zeitungen lasen sie. Gemeinsam leiteten sie jetzt das Geschäft. Es ging immer gut, sie waren tüchtig, sie sammelten Geld und warteten auf die Rückkehr Sams.

Mirjam brachte manchmal Herrn Glück mit, den Ersten Direktor. Sie ging mit Glück tanzen, sie ging mit Glück baden. Ein neuer Kosak! dachte Mendel. Aber er sagte nichts.

„Ich kann nicht in den Krieg, leider!" seufzte Mister Glück. „Ich habe einen schweren Herzklappenfehler, das einzige, was ich von meinem seligen Vater geerbt habe." Mendel betrachtete die rosigen Wangen Glücks, seine kleinen, braunen Augen und den koketten, flaumigen Schnurrbart, den er entgegen der Mode trug und mit dem er oft spielte. Er saß zwischen Mirjam und Vega. Einmal, als Mendel mitten im Gespräch vom Tisch aufstand, glaubte er zu bemerken, daß der Herr Glück die rechte Hand in Vegas Schoß hielt und die linke auf Mirjams Schenkel. Mendel ging hinaus, auf die Straße, er ging vor dem Hause auf und ab und wartete, bis die Gäste weggegangen waren.

„Du benimmst dich wie ein russischer Jude", sagte Deborah, als er zurückkehrte.

„Ich bin ein russischer Jude", erwiderte Mendel.

Eines Tages, es war ein Wochentag, Anfang Februar, Mendel und Deborah saßen beim Mittagessen, trat Mirjam ein.

„Guten Tag, Mutter!" sagte sie, „guten Tag, Vater!", und blieb stehn.

Deborah legte den Löffel aus der Hand und rückte den Teller weg. Mendel sah beide Frauen an. Er wußte, daß etwas Außerordentliches geschehen war. Mirjam kam an einem Wochentag, zu einer Zeit, in der sie im Geschäft hätte sein müssen. Sein Herz schlug laut. Er war dennoch ruhig. Er glaubte sich an diese Szene erinnern zu können. Sie hatte sich schon einmal zugetragen. Da stand Mirjam im schwarzen Regenmantel und war stumm. Da saß Deborah, den Teller hatte sie weit von sich geschoben, er steht fast in der Mitte des Tisches, draußen schneit es, weich, faul und flockig. Die Lampe brennt gelblich, ihr Licht ist fett, wie ihr Geruch. Sie kämpft gegen den dunklen Tag, der schwächlich und fahl ist, aber mächtig genug, um mit seinem hellen Grau das ganze Zimmer zu bestreichen. An dieses Licht erinnert sich Mendel Singer genau. Er hat diese Szene geträumt. Er weiß auch, was jetzt folgen wird. Alles weiß Mendel schon, als läge es längst zurück und als hätte sich der Schmerz schon vor Jahren in eine Trauer verwandelt. Mendel ist ganz ruhig.

288   HIOB

Es ist ein paar Sekunden still. Mirjam spricht nicht, als hoffte sie, der Vater oder die Mutter würden sie durch eine Frage von der Pflicht befreien, die Botschaft auszurichten. Sie steht und schweigt. Keins von den dreien rührt sich.

Mendel steht auf und sagt: „Ein Unglück ist geschehen!" Mirjam sagt: „Mac ist zurückgekommen. Er hat Sams Uhr gebracht und die letzten Grüße."

Deborah sitzt, als ob nichts geschehen wäre, ruhig auf dem Sessel. Ihre Augen sind trocken und leer, wie zwei dunkle Stückchen Glas. Sie sitzt dem Fenster gegenüber, und es sieht aus, als zählte sie die Schneeflocken.

Es ist still, man hört das harte Ticken der Uhr.

Plötzlich beginnt Deborah, sich ganz langsam, mit schleichenden Fingern die Haare zu raufen. Sie zieht eine Haarflechte nach der andern über das Gesicht, das bleich ist und ohne Regung, wie aufgequollener Gips. Dann reißt sie eine Strähne nach der andern aus, fast in demselben Tempo, in dem draußen die Schneeflocken niederfallen. Schon zeigen sich zwei, drei weiße Inseln inmitten des Haars, ein paar talergroße Flecken der nackten Kopfhaut und ganz winzige Tröpfchen roten Blutes. Niemand rührt sich. Die Uhr tickt, der Schnee fällt, und Deborah reißt sich sachte die Haare aus.

Mirjam sinkt in die Knie, vergräbt den Kopf im Schoß Deborahs und rührt sich. Nicht mehr. In Deborahs Angesicht ändert sich kein Zug. Ihre beiden Hände zupfen abwechselnd an den Haaren. Ihre Hände sehen aus wie bleiche, fleischige fünffüßige Tiere, die sich von Haaren nähren.

Mendel steht, die Arme über der Lehne des Sessels verschränkt.

Deborah beginnt zu singen. Sie singt mit einer tiefen, männlichen Stimme, die so klingt, als wäre ein unsichtbarer Sänger im Zimmer. Die fremde Stimme singt ein altes jüdisches Lied ohne Worte, ein schwarzes Wiegenlied für tote Kinder.

Mirjam erhebt sich, rückt den Hut zurecht, geht zur Tür und läßt Mac eintreten.

Er ist in der Montur größer als in Zivil. Er hat in beiden Händen, die er vor sich her trägt wie Teller, die Uhr, die Brieftasche und ein Portemonnaie Sams.

Diese Gegenstände legt Mac langsam auf den Tisch, gerade vor Deborah. Er sieht eine Weile zu, wie sie sich die Haare ausreißt, dann geht er zu Mendel, legt dem Alten seine großen Hände auf die Schultern und weint lautlos. Seine Tränen rinnen, ein dichter Regen über die Uniform.

Es ist still, Deborahs Gesang hat aufgehört, die Uhr tickt, der Abend sinkt plötzlich über die Welt, die Lampe leuchtet nicht mehr gelb, sondern weiß, hinter den Fensterscheiben ist die Welt schwarz, man kann keine Flocken mehr sehen.

Auf einmal kommt ein grölender Laut aus Deborahs Brust. Er klingt wie der Rest jener Melodie, die sie vorher gesungen hat, ein gesprengter, geborstener Ton.

Dann fällt Deborah vom Sessel. Sie liegt, eine gekrümmte, weiche Masse, auf dem Boden.

Mac stößt die Tür auf, läßt sie offen, es wird kalt in der Stube.

Er kommt zurück, ein Doktor begleitet ihn, ein kleiner, flinker, grauhaariger Mann.

Mirjam steht dem Vater gegenüber.

Mac und der Doktor tragen Deborah auf das Bett. Der Doktor sitzt am Bettrand und sagt: „Sie ist tot." Auch Menuchim ist gestorben, allein, unter Fremden, denkt Mendel Singer.

13

Sieben runde Tage saß Mendel Singer auf einem Schemel neben dem Kleiderschrank und schaute auf das Fenster, an dessen Scheibe zum Zeichen der Trauer ein weißes Stückchen Leinwand hing und in dem Tag und Nacht eine der beiden blauen Lampen brannte. Sieben runde Tage rollten nacheinander ab, wie große, schwarze, langsame Reifen, ohne Anfang und ohne Ende, rund wie die Trauer. Der Reihe nach kamen die Nachbarn: Menkes, Skowronnek, Rottenberg und Groschel, brachten harte Eier und Eierbeugel für Mendel Singer, runde Speisen, ohne Anfang und ohne Ende, rund wie die sieben Tage der Trauer.

Mendel sprach wenig mit seinen Besuchern. Er bemerkte kaum, daß sie kamen und gingen. Tag und Nacht stand seine Tür offen, mit zurückgeschobenem, zwecklosem Riegel. Wer kommen wollte, kam, wer gehen wollte, ging. Der und jener versuchte, ein Gespräch anzufangen. Aber Mendel Singer wich ihm aus. Er sprach, während die andern lebendige Dinge erzählten, mit seiner toten Frau. „Du hast es gut, Deborah!" sagte er zu ihr. „Es ist nur schade, daß du keinen Sohn hinterlassen hast, ich selbst muß das Totengebet sagen, ich werde aber bald sterben, und niemand wird uns beweinen. Wie zwei kleine Stäubchen wurden wir verweht. Wie zwei kleine Fünkchen sind wir erloschen. Ich habe Kinder gezeugt, dein Schoß hat sie geboren, der Tod hat sie genommen. Voller Not und ohne Sinn war dein Leben. In jungen Jahren habe ich dein Fleisch genossen, in späteren Jahren habe ich es verschmäht. Vielleicht war das unsere Sünde. Weil nicht die Wärme der Liebe in uns war, sondern zwischen uns der Frost der Gewohnheit, starb alles rings um uns, verkümmerte alles und wurde verdorben. Du hast es gut, Deborah. Der Herr hat Mitleid mit dir gehabt. Du bist eine Tote und begraben. Mit mir hat Er kein Mitleid. Denn ich bin ein Toter und lebe. Er ist der Herr, Er weiß, was Er tut. Wenn du kannst, bete für mich, daß man mich auslösche aus dem Buch der Lebendigen.

Sieh, Deborah, die Nachbarn kommen zu mir, um mich zu trösten. Aber obwohl es viele sind und sie alle ihre Köpfe anstrengen, finden sie doch keinen Trost für meine Lage. Noch schlägt mein Herz, noch schauen meine Augen, noch bewegen sich meine Glieder, noch gehen meine Füße. Ich esse und trinke, bete und atme. Aber mein Blut stockt, meine Hände sind welk, mein Herz ist leer. Ich bin nicht Mendel Singer mehr, ich bin der Rest von Mendel Singer. Amerika hat uns getötet. Amerika ist ein Vaterland, aber ein tödliches Vaterland. Was bei uns Tag war, ist hier Nacht. Was bei uns Leben war, ist hier Tod. Der Sohn, der bei uns Schemarjah hieß, hat hier Sam geheißen. In Amerika bist du begraben, Deborah, auch mich, Mendel Singer, wird man in Amerika begraben."

Am Morgen des achten Tages, als Mendel von seiner Trauer aufstand, kam seine Schwiegertochter Vega, in Begleitung des Mister Glück.

„Mister Singer", sagte Mister Glück, „unten ist der Wagen. Sie müssen sofort mit uns kommen, mit Mirjam ist etwas passiert."

„Gut", erwiderte Mendel gleichgültig – als hätte man ihm mitgeteilt, daß man sein Zimmer tapezieren müsse. „Gut, gebt mir meinen Mantel."

Mendel kroch mit schwachen Armen in den Mantel und ging die Stiegen hinunter. Mister Glück drängte ihn in den Wagen. Sie fuhren und sprachen kein Wort. Mendel fragte nicht, was mit Mirjam geschehen sei. Wahrscheinlich ist sie auch tot, dachte er ruhig. Mac hat sie aus Eifersucht getötet.

Zum erstenmal betrat er die Wohnung seines toten Sohnes. Man schob ihn in ein Zimmer. Da lag Mirjam in einem breiten weißen Bett. Ihre Haare flossen lose, in einer funkelnden blauen Schwärze, über die weißen Kissen. Ihr Angesicht glühte rot, und ihre schwarzen Augen hatten breite, runde, rote Ränder; umkreist von Ringen aus Brand waren Mirjams Augen. Eine Krankenschwester saß neben ihr, Mac stand in einer Ecke, groß und ohne sich zu rühren, wie ein Möbelstück.

„Da ist Mendel Singer", rief Mirjam. Sie streckte eine Hand gegen den Vater aus und begann zu lachen. Ihr Lachen dauerte ein paar Minuten. Es klang wie das Klingeln der hellen, ununterbrochenen Signale auf Bahnhöfen und als schlüge man mit tausend Klöppeln aus Messing auf tausend dünne Kristallgläser. Plötzlich brach das Lachen ab. Eine Sekunde war es still. Dann begann Mirjam zu schluchzen. Sie schob die Decke zurück, ihre nackten Beine zappelten, ihre Füße schlugen in schneller Regelmäßigkeit auf das weiche Lager, immer schneller, immer regelmäßiger, während ihre geballten Fäuste im gleichen Rhythmus durch die Luft schwangen. Die Krankenschwester hielt Mirjam mit Gewalt fest. Sie wurde ruhiger. „Guten Tag, Mendel Singer!" sagte Mirjam. „Du bist mein Vater, ich kann es dir erzählen. Ich liebe Mac, der da steht, aber ich habe ihn betrogen. Mit Mister Glück habe ich geschlafen, ja, mit Mister Glück! Glück ist mein Glück, Mac ist mein Mac. Mendel Singer gefällt mir auch, und wenn du willst – –" Da hielt die Krankenschwester Mirjam die Hand vor den Mund, und Mirjam verstummte.

Mendel Singer stand noch immer an der Tür, Mac stand immer noch in der Ecke. Beide Männer sahen einander fortwährend an. Da sie sich nicht mit Worten verständigen konnten, redeten sie mit den Augen. „Sie ist verrückt", sagten Mendel Singers Augen zu denen Macs. „Sie hat ohne Männer nicht leben können, sie ist verrückt."

Vega trat ein und sagte: „Wir haben den Arzt kommen lassen. Jeden Augenblick muß er da sein. Seit gestern spricht Mirjam wirr. Sie war mit Mac spazierengegangen, und als sie zurückkam, begann sie, sich so unverständlich zu benehmen. Jeden Augenblick muß der Arzt da sein."

Der Doktor kam. Es war ein Deutscher, er konnte sich mit Mendel verstehn. „Wir werden sie in die Anstalt bringen", sagte der Doktor. „Ihre Tochter muß leider in eine Anstalt. Warten Sie einen Moment, ich werde sie betäuben."

Mac stand noch immer im Zimmer. „Wollen Sie sie festhalten?" fragte der Doktor. Mac hielt mit seinen großen Händen Mirjam fest. Der Doktor stieß ihr eine Spritze in den Schenkel. „Bald wird sie ruhig sein!" sagte er.

Der Krankenwagen kam, zwei Träger mit einer Bahre traten ins Zimmer. Mirjam schlief. Man band sie auf die Bahre. Mendel, Mac und Vega fuhren hinter dem Krankenwagen.

„Das hast du nicht erlebt", sprach Mendel zu seiner Frau Deborah, während sie fuhren. „Ich erlebe es noch, aber ich habe es gewußt. Seit jenem Abend, an dem ich Mirjam mit dem Kosaken im Felde sah, habe ich es gewußt. Der Teufel ist in sie gefahren. Bete für uns, Deborah, daß er sie wieder verlasse."

Nun saß Mendel im Wartezimmer der Anstalt, umgeben von andern Wartenden, vor kleinen Tischchen, auf denen Vasen voll gelber, sommerlicher Blumen standen, und dünnen Gestellen, beladen mit bunten illustrierten Zeitschriften. Aber keiner von den Wartenden roch an den Blumen, keiner der Wartenden blätterte in den Zeitschriften. Zuerst glaubte Mendel, alle Menschen, die hier mit ihm saßen, wären verrückt und er selbst ein Verrückter, wie alle. Dann sah er durch die breite Tür aus spiegelndem Glas, die diesen Warteraum von dem weißgetünchten Korridor trennte, wie draußen Menschen in blaugestreiften Kitteln paarweise vorbeigeführt wurden. Zuerst Frauen, dann Männer, und manchmal warf einer von den Kranken sein wildes, verkniffenes, zerrissenes, böses Gesicht durch die Scheibe der Tür in den Wartesaal. Alle Wartenden erschauerten, nur Mendel blieb ruhig. Ja, es erschien ihm merkwürdig, daß nicht auch die Wartenden blaugestreifte Kittel trugen und er selbst auch nicht.

Er saß in einem breiten, ledernen Lehnstuhl, die Mütze aus schwarzem Seidenrips hatte er über ein Knie gestülpt, sein Regenschirm lehnte, ein treuer Gefährte, neben dem Sessel. Mendel blickte abwechselnd auf die Menschen, die gläserne Tür, die Zeitschriften, die Verrückten, die draußen immer noch vorbeizogen – man führte sie zum Bad –, und auf die goldenen Blumen in den Vasen. Es waren gelbe Schlüsselblumen, Mendel erinnerte sich, daß er sie daheim auf den grünen Wiesen oft gesehen hatte. Die Blumen kamen aus der Heimat. Er gedachte ihrer gern. Diese Wiesen hatte es dort gegeben und diese Blumen! Der Friede war dort heimisch gewesen, die Jugend war dort heimisch gewesen und die vertraute Armut. Im Sommer war der Himmel ganz blau gewesen, die Sonne ganz heiß, das Getreide ganz gelb, die Fliegen hatten grün geschillert und warme Liedchen gesummt, und hoch unter den blauen Himmeln hatten die Lerchen getrillert, ohne Aufhören. Mendel Singer vergaß, während er die Schlüsselblumen ansah, daß Deborah gestorben, Sam gefallen, Mirjam verrückt und Jonas verschollen war. Es war, als hätte er soeben erst die Heimat verloren und in ihr Menuchim, den treuesten aller Toten, den weitesten aller Toten, den nächsten aller Toten. Wären wir dort geblieben, dachte Mendel, gar nichts wäre geschehen! Jonas hat recht gehabt, Jonas, das dümmste meiner Kinder! Die Pferde hat er geliebt, den Schnaps hat er geliebt, die Mädchen hat er geliebt, jetzt ist er verschollen! Jonas, ich werde dich nie mehr wiedersehen, ich werde dir nicht sagen können, daß du recht hattest, ein Kosak zu werden. „Was geht ihr nur immer in der Welt herum?" hatte Sameschkin gesagt. „Der Teufel schickt euch!" Er war ein Bauer, Sameschkin, ein kluger Bauer. Mendel hatte nicht fahren wollen. Deborah, Mirjam, Schemarjah – sie hatten fahren wollen, in der Welt herumfahren. Man hätte bleiben sollen, die Pferde lieben, Schnaps trinken, in den Wiesen schlafen, Mirjam mit Kosaken gehn lassen und Menuchim lieben.

Bin ich verrückt geworden, dachte Mendel weiter, daß ich so denke? Denkt ein alter Jude solche Sachen? Gott hat meine Gedanken verwirrt, der Teufel denkt aus mir, wie er aus meiner Tochter Mirjam redet.

Der Doktor kam, zog Mendel in eine Ecke und sagte leise: „Fassen Sie sich, Ihre Tochter ist sehr krank. Es gibt jetzt viele solcher Fälle, der Krieg, verstehn Sie, und das Unglück in der Welt, es ist eine schlimme Zeit. Die Medizin weiß noch nicht, wie man die Krankheit heilt. Einer Ihrer Söhne ist Epileptiker, wie ich höre, entschuldigen Sie, so was ist in der Familie. Wir Ärzte nennen das degenerative Psychose. Es kann sich geben. Es kann sich aber auch als eine Krankheit erweisen, die wir Ärzte Dementia nennen, Dementia praecox, aber sogar die Namen sind unsicher. Das ist einer von den seltenen Fällen, die wir nicht heilen können. Sie sind doch ein frommer Mann, Mister Singer? Der liebe Gott kann helfen. Beten Sie nur fleißig zum lieben Gott. Übrigens, wollen Sie noch einmal Ihre Tochter sehen? Kommen Sie!"

Ein Schlüsselbund rasselte, eine Tür fiel mit hartem Knall zu, und Mendel ging durch einen langen Korridor, vorbei an weißen Türen mit schwarzen Nummern, wie an vertikal aufgestellten Särgen. Noch einmal rasselte der Schlüsselbund der Wärterin, und einer der Särge ward aufgetan, drin lag Mirjam und schlief, Mac und Vega standen neben ihr.

„Jetzt müssen wir gehn", sagte der Doktor.

„Führ mich direkt nach Hause, in meine Gasse", befahl Mendel.

Seine Stimme klang so hart, daß alle erschraken. Sie sahen ihn an. Sein Aussehen schien sich nicht verändert zu haben. Dennoch war es ein anderer Mendel. Genau wie in Zuchnow und wie die ganze Zeit in Amerika war er angezogen. In hohen Stiefeln, im halblangen Kaftan, in der Mütze aus schwarzem Seidenrips. Was also hatte ihn so verändert? Warum erschien er allen größer und stattlicher? Warum ging so ein weißer und furchtbarer Glanz von seinem Angesicht aus? Fast schien er den großen Mac zu überragen. Seine Majestät, der Schmerz, dachte der Doktor, ist in den alten Juden gefahren.

„Einmal", begann Mendel im Wagen, „hat mir Sam gesagt, daß die Medizin in Amerika die beste der Welt ist. Jetzt kann sie nicht helfen. Gott kann helfen! sagt der Doktor. Sag, Vega, hast du schon gesehn, daß Gott einem Mendel Singer geholfen hätte? Gott kann helfen!"

„Du wirst jetzt bei uns wohnen", sagte Vega schluchzend. „Ich werde nicht bei euch wohnen, mein Kind", antwortete Mendel, „du wirst einen Mann nehmen, du sollst nicht ohne Mann sein, dein Kind soll nicht ohne Vater sein. Ich bin ein alter Jude, Vega, bald werde ich sterben. Hör zu, Vega! Mac war Schemarjahs Freund, Mirjam hat er geliebt, ich weiß, er ist kein Jude, aber ihn sollst du heiraten, nicht den Mister Glück! Hörst du, Vega? Wundert es dich, daß ich so rede, Vega? Wundere dich nicht, ich bin nicht verrückt. Alt bin ich geworden, ein paar Welten habe ich zugrunde gehn sehn, endlich bin ich klug geworden. Alle die Jahre war ich ein törichter Lehrer. Nun weiß ich, was ich sage."

Sie kamen an, sie luden Mendel ab, führten ihn ins Zimmer, Mac und Vega standen noch eine Weile und wußten nicht, was tun.

Mendel setzte sich auf den Schemel neben den Schrank und sagte zu Vega: „Vergiß nicht, was ich dir gesagt habe. Jetzt geht, meine Kinder."

Sie verließen ihn. Mendel trat ans Fenster und sah zu, wie sie in den Wagen stiegen. Es schien ihm, daß er sie segnen müsse, wie Kinder, die einen sehr schweren oder einen sehr glücklichen Weg antreten. Ich werde sie nie mehr sehen, dachte er dann, ich werde sie auch nicht segnen. Mein Segen könnte ihnen zum Fluch werden, ihre Begegnung mit mir ein Nachteil. Er fühlte sich leicht, ja, leichter als jemals in all seinen Jahren. Er hatte alle Beziehungen gelöst. Es fiel ihm ein, daß er schon seit Jahren einsam war. Einsam war er seit dem Augenblick gewesen, an dem die Lust zwischen seinem Weib und ihm aufgehört hatte. Allein war er, allein. Frau und Kinder waren um ihn gewesen und hatten ihn verhindert, seinen Schmerz zu tragen. Wie unnütze Pflaster, die nicht heilen, waren sie auf seinen Wunden gelegen und hatten sie nur verdeckt. Jetzt, endlich, genoß er sein Weh mit Triumph. Es galt, nur noch eine Beziehung zu kündigen. Er machte sich an die Arbeit.

Er ging in die Küche, raffte Zeitungspapier und Kienspäne zusammen und machte ein Feuer auf der offenen Herdplatte. Als das Feuer eine ansehnliche Höhe und Weite erreichte, ging Mendel mit starken Schritten zum Schrank und entnahm ihm das rotsamtene Säckchen, in dem seine Gebetsriemen lagen, sein Gebetsmantel und seine Gebetbücher. Er stellte sich vor, wie diese Gegenstände brennen würden. Die Flammen werden den gelblich getönten Stoff des Mantels aus reiner Schafwolle ergreifen und mit spitzen, bläulichen, gefräßigen Zungen vernichten. Der glitzernde Rand aus silbernen Fäden wird langsam verkohlen, in kleinen rotglühenden Spiralen. Das Feuer wird die Blätter der Bücher sachte zusammenrollen, in silbergraue Asche verwandeln, und die schwarzen Buchstaben für ein paar Augenblicke blutig färben. Die ledernen Ecken der Einbände werden emporgerollt, stellen sich auf wie seltsame Ohren, mit denen die Bücher zuhören, was ihnen Mendel in den heißen Tod nachruft. Ein schreckliches Lied ruft er ihnen nach. „Aus, aus, aus ist es mit Mendel Singer", ruft er, und mit den Stiefeln stampft er den Takt dazu, daß die Dielenbretter dröhnen und die Töpfe an der Wand zu klappern beginnen. „Er hat keinen Sohn, er hat keine Tochter, er hat kein Weib, er hat keine Heimat, er hat kein Geld. Gott sagt: Ich habe Mendel Singer gestraft. Wofür straft er, Gott? Warum nicht Lemmel, den Fleischer? Warum straft er nicht Skowronnek?

Warum straft er nicht Menkes? Nur Mendel straft er! Mendel hat den Tod, Mendel hat den Wahnsinn, Mendel hat den Hunger, alle Gaben Gottes hat Mendel. Aus, aus, aus ist es mit Mendel Singer."

So stand Mendel vor dem offenen Feuer und brüllte und stampfte mit den Füßen. Er hielt das rotsamtene Säckchen in den Armen, aber er warf es nicht hinein. Ein paarmal hob er es in die Höhe, aber seine Arme ließen es wieder sinken. Sein Herz war böse auf Gott, aber in seinen Muskeln wohnte noch die Furcht vor Gott. Fünfzig Jahre, Tag für Tag, hatten diese Hände den Gebetsmantel ausgebreitet und wieder zusammengefaltet, die Gebetsriemen aufgerollt und um den Kopf geschlungen und um den linken Arm, dieses Gebetbuch aufgeschlagen, um und um geblättert und wieder zugeklappt. Nun weigerten sich die Hände, Mendels Zorn zu gehorchen. Nur der Mund, der so oft gebetet hatte, weigerte sich nicht. Nur die Füße, die oft zu Ehren Gottes beim Halleluja gehüpft hatten, stampften den Takt zu Mendels Zorngesang.

Da die Nachbarn Mendel also schreien und poltern hörten und da sie den graublauen Rauch durch die Ritzen und Spalten seiner Tür in den Treppenflur dringen sahen, klopften sie bei Singer an und riefen, daß er ihnen öffne. Er aber hörte sie nicht. Seine Augen erfüllte der Dunst des Feuers, und in seinen Ohren dröhnte sein großer, schmerzlicher Jubel. Schon waren die Nachbarn bereit, die Polizei zu holen, als einer von ihnen sagte: „Rufen wir doch seine Freunde! Sie sitzen bei Skowronnek. Vielleicht bringen sie den Armen wieder zur Vernunft." Als die Freunde kamen, beruhigte sich Mendel wirklich. Er schob den Riegel zurück und ließ sie eintreten, der Reihe nach, wie sie immer gewohnt waren, in Mendels Stube zu treten, Menkes, Skowronnek, Rottenberg und Groschel. Sie zwangen Mendel, sich aufs Bett zu setzen, setzten sich selbst neben ihn und vor ihn hin, und Menkes sagte: „Was ist mit dir, Mendel? Warum machst du Feuer, warum willst du das Haus anzünden?"

„Ich will mehr verbrennen als nur ein Haus und mehr als einen Menschen. Ihr werdet staunen, wenn ich euch sage, was ich wirklich zu verbrennen im Sinn hatte. Ihr werdet staunen und sagen: Auch Mendel ist verrückt, wie seine Tochter. Aber ich versichere euch: Ich bin nicht verrückt. Ich war verrückt. Mehr als sechzig Jahre war ich verrückt, heute bin ich es nicht."

„Also sag uns, was du verbrennen willst!"

„Gott will ich verbrennen."

Allen vier Zuhörern entrang sich gleichzeitig ein Schrei. Sie waren nicht alle fromm und gottesfürchtig, wie Mendel immer gewesen war. Alle vier lebten schon lange genug in Amerika, sie arbeiteten am Sabbat, ihr Sinn stand nach Geld, und der Staub der Welt lag schon dicht, hoch und grau auf ihrem alten Glauben. Viele Bräuche hatten sie vergessen, gegen manche Gesetze hatten sie verstoßen, mit ihren Köpfen und Gliedern hatten sie gesündigt. Aber Gott wohnte noch in ihren Herzen. Und als Mendel Gott lästerte, war es ihnen, als hätte er mit scharfen Fingern an ihre nackten Herzen gegriffen.

„Lästere nicht, Mendel", sagte nach langem Schweigen Skowronnek. „Du weißt besser als ich, denn du hast viel mehr gelernt, daß Gottes Schläge einen verborgenen Sinn haben. Wir wissen nicht, wofür wir gestraft werden."

„Ich aber weiß es, Skowronnek", erwiderte Mendel. „Gott ist grausam, und je mehr man ihm gehorcht, desto strenger geht er mit uns um. Er ist mächtiger als die Mächtigen, mit dem Nagel seines kleinen Fingers kann er ihnen den Garaus machen, aber er tut es nicht. Nur die Schwachen vernichtet er gerne. Die Schwäche eines Menschen reizt seine Stärke, und der Gehorsam weckt seinen Zorn. Er ist ein großer, grausamer Isprawnik. Befolgst du die Gesetze, so sagt er, du habest sie nur zu deinem Vorteil befolgt. Und verstößt du nur gegen ein einziges Gebot, so verfolgt er dich mit hundert Strafen. Willst du ihn bestechen, so macht er dir einen Prozeß. Und gehst du redlich mit ihm um, so lauert er auf die Bestechung. In ganz Rußland gibt es keinen böseren Isprawnik!"

„Erinnere dich, Mendel", begann Rottenberg, „erinnere dich an Hiob. Ihm ist Ähnliches geschehen wie dir. Er saß auf der nackten Erde, Asche auf dem Haupt, und seine Wunden taten ihm so weh, daß er sich wie ein Tier auf dem Boden wälzte. Auch er lästerte Gott. Und doch war es nur eine Prüfung gewesen. Was wissen wir, Mendel, was oben vorgeht? Vielleicht kam der Böse vor Gott und sagte wie damals: Man muß einen Gerechten verführen. Und der Herr sagte: Versuch es nur mit Mendel, meinem Knecht."

„Und da siehst du auch", fiel Groschel ein, „daß dein Vorwurf ungerecht ist. Denn Hiob war kein Schwacher, als Gott ihn zu prüfen begann, sondern ein Mächtiger. Und auch du warst kein Schwacher, Mendel! Dein Sohn hatte ein Kaufhaus, ein Warenhaus, er wurde reicher von Jahr zu Jahr. Dein Sohn Menuchim wurde beinahe gesund, und fast wäre er auch nach Amerika gekommen. Du warst gesund, dein Weib war gesund, deine Tochter war schön, und bald hättest du einen Mann für sie gefunden!"

„Warum zerreißt du mir das Herz, Groschel?" entgegnete Mendel. „Warum zählst du mir auf, was alles gewesen ist, jetzt, da nichts mehr ist? Meine Wunden sind noch nicht vernarbt, und schon reißt du sie auf."

„Er hat recht", sagten die übrigen drei, wie aus einem Munde.

Und Rottenberg begann: „Dein Herz ist zerrissen, Mendel, ich weiß es. Weil wir aber über alles mit dir sprechen dürfen und weil du weißt, daß wir deine Schmerzen tragen, als wären wir deine Brüder, wirst du uns da zürnen, wenn ich dich bitte, an Menuchim zu denken? Vielleicht, lieber Mendel, hast du Gottes Pläne zu stören versucht, weil du Menuchim zurückgelassen hast? Ein kranker Sohn war dir beschieden, und ihr habt getan, als wäre es ein böser Sohn."

Es wurde still. Lange antwortete Mendel gar nichts. Als er wieder zu reden anfing, war es, als hätte er Rottenbergs Worte nicht gehört; denn er wandte sich an Groschel und sagte:

„Und was willst du mit dem Beispiel Hiobs? Habt ihr schon wirkliche Wunder gesehen mit euren Augen? Wunder, wie sie am Schluß von ‚Hiob' berichtet werden? Soll mein Sohn Schemarjah aus dem Massengrab in Frankreich auferstehen? Soll mein Sohn

Jonas aus seiner Verschollenheit lebendig werden? Soll meine Tochter Mirjam plötzlich gesund aus der Irrenanstalt heimkehren? Und wenn sie heimkehrt, wird sie da noch einen Mann finden und ruhig weiterleben können wie eine, die niemals verrückt gewesen ist? Soll mein Weib Deborah sich aus dem Grab erheben, noch ist es feucht? Soll mein Sohn Menuchim mitten im Krieg aus Rußland hierherkommen, gesetzt den Fall, daß er noch lebt? Denn es ist nicht richtig", und hier wandte sich Mendel wieder Rottenberg zu, „daß ich Menuchim böswillig zurückgelassen habe und um ihn zu strafen. Aus andern Gründen, meiner Tochter wegen, die angefangen hatte, sich mit Kosaken abzugeben – mit Kosaken! –, mußten wir fort. Und warum war Menuchim krank? Schon seine Krankheit war ein Zeichen, daß Gott mir zürnt – und der erste der Schläge, die ich nicht verdient habe."

„Obwohl Gott alles kann", begann der Bedächtigste von allen, Menkes, „so ist doch anzunehmen, daß er die ganz großen Wunder nicht mehr tut, weil die Welt ihrer nicht mehr wert ist. Und wollte Gott sogar bei dir eine Ausnahme machen, so stünden dem die Sünden der andern entgegen. Denn die andern sind nicht würdig, ein Wunder bei einem Gerechten zu sehn, und deshalb mußte Lot auswandern, und Sodom und Gomorrha gingen zugrunde und sahen nicht das Wunder an Lot. Heute aber ist die Welt überall bewohnt – und selbst wenn du auswanderst, werden die Zeitungen berichten, was mit dir geschehen ist. Also muß Gott heutzutage nur mäßige Wunder vollbringen. Aber sie sind groß genug, gelobt sei sein Name! Deine Frau Deborah kann nicht lebendig werden, dein Sohn Schemarjah kann nicht lebendig werden. Aber Menuchim lebt wahrscheinlich, und nach dem Krieg kannst du ihn sehn. Dein Sohn Jonas ist vielleicht in Kriegsgefangenschaft, und nach dem Krieg kannst du ihn sehn. Deine Tochter kann gesund werden, die Verwirrung wird von ihr genommen werden, schöner kann sie sein als zuvor, und einen Mann wird sie bekommen, und sie wird dir Enkel gebären. Und einen Enkel hast du, den Sohn Schemarjahs. Nimm deine Liebe zusammen, die du bis jetzt für alle Kinder hattest, für diesen einen Enkel! Und du wirst getröstet werden."

„Zwischen mir und meinem Enkel", erwiderte Mendel, „ist das Band zerrissen, denn Schemarjah ist tot, mein Sohn und der Vater meines Enkels. Meine Schwiegertochter Vega wird einen andern Mann heiraten, mein Enkel wird einen neuen Vater haben, dessen Vater ich nicht bin. Das Haus meines Sohnes ist nicht mein Haus. Ich habe dort nichts zu suchen. Meine Anwesenheit bringt Unglück, und meine Liebe zieht den Fluch herab, wie ein einsamer Baum im flachen Felde den Blitz. Was aber Mirjam betrifft, so hat mir der Doktor selbst gesagt, daß die Medizin ihre Krankheit nicht heilen kann. Jonas ist wahrscheinlich gestorben, und Menuchim war krank, auch wenn es ihm besser ging. Mitten in Rußland, in einem so gefährlichen Krieg, wird er bestimmt zugrunde gegangen sein. Nein, meine Freunde! Ich bin allein, und ich will allein sein. Alle Jahre habe ich Gott geliebt, und er hat mich gehaßt. Alle Jahre hab' ich ihn gefürchtet, jetzt kann er mir nichts mehr machen. Alle Pfeile aus seinem Köcher haben mich schon getroffen. Er kann mich nur noch töten. Aber dazu ist er zu grausam. Ich werde leben, leben, leben."

„Aber seine Macht", wandte Groschel ein, „ist in dieser Welt und in der andern. Wehe dir, Mendel, wenn du tot bist!"

Da lachte Mendel aus voller Brust und sagte: „Ich habe keine Angst vor der Hölle, meine Haut ist schon verbrannt, meine Glieder sind schon gelähmt, und die bösen Geister sind meine Freunde. Alle Qualen der Hölle habe ich schon gelitten. Gütiger als Gott ist der Teufel. Da er nicht so mächtig ist, kann er nicht so grausam sein. Ich habe keine Angst, meine Freunde!"

Da verstummten die Freunde. Aber sie wollten Mendel nicht allein lassen, und also blieben sie schweigend sitzen. Groschel, der jüngste, ging hinunter, die Frauen der andern und seine eigene zu verständigen, daß die Männer heute abend nicht nach Hause kommen würden. Er holte noch fünf Juden in Mendel Singers Wohnung, damit sie zehn seien und das Abendgebet sagen können. Sie begannen zu beten. Aber Mendel Singer beteiligte sich nicht am Gebet. Er saß auf dem Bett und rührte sich nicht. Selbst das Totengebet sagte er nicht – und Menkes sagte es für ihn. Die fremden fünf Männer verließen das Haus. Aber die vier Freunde blieben die ganze Nacht. Eine der beiden blauen Lampen brannte noch mit dem letzten Dochtrest und dem letzten Tropfen Öl auf dem flachen Grunde. Es war still. Der und jener schlief auf seinem Sitz ein, schnarchte und erwachte, von seinen eigenen Geräuschen gestört, und nickte wieder ein.

Nur Mendel schlief nicht. Die Augen weit offen, sah er auf das Fenster, hinter dem die dichte Schwärze der Nacht endlich schütter zu werden begann, dann grau, dann weißlich. Sechs Schläge erklangen aus dem Innern der Uhr. Da erwachten die Freunde, einer nach dem andern. Und ohne daß sie sich verabredet hätten, ergriffen sie Mendel bei den Armen und führten ihn hinunter. Sie brachten ihn in die Hinterstube der Skowronneks und betteten ihn auf ein Sofa.

Hier schlief er ein.

14

Seit diesem Morgen blieb Mendel Singer bei den Skowronneks. Seine Freunde verkauften die kümmerliche Einrichtung. Sie ließen nur das Bettzeug zurück und den rotsamtenen Sack mit den Gebetsutensilien, die Mendel beinahe verbrannt hätte. Den Sack rührte Mendel nicht mehr an. In der Hinterstube der Skowronneks hing er grau und verstaubt an einem mächtigen Nagel. Mendel Singer betete nicht mehr. Wohl wurde er manchmal gebraucht, wenn ein zehnter Mann fehlte, um die vorgeschriebene Zahl der Betenden vollzählig zu machen. Dann ließ er sich seine Anwesenheit bezahlen. Manchmal lieh er auch dem und jenem seine Gebetsriemen aus, gegen ein kleines Entgelt. Man erzählte sich von ihm, daß er oft in das italienische

Viertel hinüberging, um Schweinefleisch zu essen und Gott zu ärgern. Die Menschen, in deren Mitte er lebte, nahmen für Mendel Partei, in dem Kampf, den er gegen den Himmel führte. Obwohl sie gläubig waren, mußten sie dem Juden recht geben. Zu hart war Jehovah mit ihm umgegangen.

Noch war Krieg in der Welt. Außer Sam, Mendels Sohn, lebten alle Angehörigen des Viertels, die ins Feld gegangen waren. Der junge Lemmel war Offizier geworden und hatte glücklicherweise die linke Hand verloren. Er kam in Urlaub und war der Held des Viertels. Allen Juden verlieh er die Heimatberechtigung in Amerika. Er blieb nur noch in der Etappe, um frischen Truppen den letzten Schliff zu geben. So groß auch der Unterschied zwischen dem jungen Lemmel und dem alten Singer war, die Juden des Viertels stellten beide in eine gewisse Nachbarschaft. Es war, als glaubten die Juden, daß Mendel und Lemmel das ganze Ausmaß des Unglücks, das allen zugedacht gewesen, untereinander aufgeteilt hätten. Und mehr als nur eine linke Hand hatte Mendel verloren! Kämpfte Lemmel gegen die Deutschen, so kämpfte Mendel gegen überirdische Gewalten. Und obwohl sie überzeugt waren, daß der Alte nicht mehr über seinen ganzen Verstand zu verfügen imstande war, konnten die Juden doch nicht umhin, Bewunderung in ihr Mitleid zu mischen und die Andacht vor der Heiligkeit des Wahns. Ohne Zweifel ein Auserkorener war Mendel Singer. Als erbarmungswürdiger Zeuge für die grausame Gewalt Jehovahs lebte er in der Mitte der andern, deren mühseligen Wochentag kein Schrecken störte. Lange Jahre hatte er wie sie alle seine Tage gelebt, von wenigen beachtet, von manchen gar nicht bemerkt. Eines Tages ward er ausgezeichnet in einer fürchterlichen Weise. Es gab keinen mehr, der ihn nicht kannte. Den größten Teil des Tages hielt er sich in der Gasse auf. Es war, als gehörte es zu seinem Fluch, nicht nur ein Unheil sonder Beispiel zu leiden, sondern auch das Zeichen des Leids wie ein Banner zu tragen. Und wie ein Wächter seiner eigenen Schmerzen ging er auf und ab in der Mitte der Gasse, von allen gegrüßt, von manchen mit kleinen Münzen beschenkt, von vielen angesprochen. Für die Almosen dankte er nicht, die Grüße erwiderte er kaum, und Fragen beantwortete er mit Ja oder Nein. Früh am Morgen erhob er sich. In die Hinterstube der Skowronneks kam kein Licht, sie hatte keine Fenster. Er fühlte nur den Morgen durch die Läden, einen weiten Weg hatte der Morgen, ehe er zu Mendel Singer gelangte. Regten sich die ersten Geräusche in den Straßen, begann Singer den Tag. Auf dem Spirituskocher siedete der Tee. Er trank ihn zu einem Brot und einem harten Ei. Er warf einen schüchternen, aber bösen Blick auf den Sack mit den heiligen Gegenständen an der Wand, im dunkelblauen Schatten sah das Säckchen aus wie ein noch dunklerer Auswuchs des Schattens. Ich bete nicht! sagte sich Mendel. Aber es tat ihm weh, daß er nicht betete. Sein Zorn schmerzte ihn und die Machtlosigkeit dieses Zorns. Obwohl Mendel mit Gott böse war, herrschte Gott noch über die Welt. Der Haß konnte ihn ebensowenig fassen wie die Frömmigkeit.

Erfüllt von solchen und ähnlichen Überlegungen, begann Mendel seinen Tag. Früher, er erinnerte sich, war sein Erwachen leicht gewesen, die frohe Erwartung des Gebetes hatte ihn geweckt und die Lust, die bewußte Nähe zu Gott zu erneuern. Aus der wohligen Wärme des Schlafes war er eingetreten in den noch heimlicheren, noch trauteren Glanz des Gebets wie in einen prächtigen und doch gewohnten Saal, in dem der mächtige und dennoch lächelnde Vater wohnte. „Guten Morgen, Vater!" hatte Mendel Singer gesagt – und geglaubt, eine Antwort zu hören. Ein Trug war es gewesen. Der Saal war prächtig und kalt, der Vater war mächtig und böse. Keine andern Laute kamen über seine Lippen als Donner.

Mendel Singer sperrte den Laden auf, legte die Notenblätter, die Gesangstexte, die Grammophonplatten in das schmale Schaufenster und zog mit einer langen Stange den eisernen Rolladen hoch. Dann nahm er einen Mund voll Wasser, besprengte den Fußboden, ergriff den Besen und fegte den Schmutz des vergangenen Tages zusammen. Auf einer kleinen Schaufel trug er die Papierschnitzel zum Herd und machte ein Feuer und verbrannte sie. Dann ging er hinaus, kaufte ein paar Zeitungen und brachte sie einigen Nachbarn in die Häuser. Er begegnete den Milchjungen und den frühen Bäckern, begrüßte sie und ging wieder „ins Geschäft". Bald kamen die Skowronneks. Sie schickten ihn dies und jenes besorgen. Den ganzen Tag hieß es: „Mendel, lauf hinaus und kauf einen Hering", „Mendel, die Rosinen sind noch nicht eingelegt!", „Mendel, du hast die Wäsche vergessen!", „Mendel, die Leiter ist zerbrochen!", „In der Laterne fehlt eine Scheibe", „Wo ist der Korkenzieher?" Und Mendel lief hinaus und kaufte einen Hering und legte die Rosinen ein und holte die Wäsche und richtete die Leiter und trug die Laterne zum Glasermeister und fand den Korkenzieher. Die Nachbarinnen holten ihn manchmal, damit er die kleinen Kinder bewache, wenn ein Kino das Programm geändert hatte oder ein neues Theater gekommen war. Und Mendel saß bei den fremden Kindern, und wie er einmal zu Hause mit einem leichten und zärtlichen Finger den Korb Menuchims ins Schaukeln gebracht hatte, so schaukelte er jetzt mit einer leichten und zärtlichen Fußspitze die Wiegen fremder Säuglinge, deren Namen er nicht wußte. Er sang dazu ein altes Lied, ein sehr altes Lied: „Sprich mir nach, Menuchim: ‚Am Anfang schuf Gott Himmel und Erde', sprich es mir nach, Menuchim!"

Es war im Monat Ellul, und die hohen Feiertage brachen an. Alle Juden des Viertels wollten ein provisorisches Bethaus in Skowronneks Hinterstube einrichten. (Denn in die Synagoge gingen sie nicht gern.) „Mendel, in deinem Zimmer wird man beten!" sagte Skowronnek. „Was sagst du dazu?" „Man soll beten!" erwiderte Mendel. Und er sah zu, wie sich die Juden versammelten, die großen gelben Wachskerzen anzündeten, mit den überhängenden Dochtbüscheln. Er selbst half jedem Kaufmann, die Rolläden herunterzulassen und die Türen zu schließen. Er sah, wie sie alle die weißen Kittel überzogen, daß sie aussahen wie Leichen, die noch einmal auferstanden sind, um Gott zu loben. Sie zogen die Schuhe aus und standen in Socken. Sie fielen in die Knie und erhoben sich, die großen, goldgelben Wachskerzen und die blütenweißen aus Stearin bogen sich und tropften auf die Gebetsmäntel heiße Tränen, die im Nu verkrusteten. Die weißen Juden selbst bogen sich wie die Kerzen, und auch ihre Tränen fielen auf den Fußboden und vertrockneten. Aber Mendel Singer stand schwarz und stumm, in seinem Alltagsgewand, im Hintergrund, in der Nähe der Tür und bewegte sich nicht. Seine Lippen waren verschlossen und sein Herz ein Stein. Der Gesang des Kol Nidre erhob sich wie ein heißer Wind. Mendel Singers Lippen blieben verschlossen und sein Herz ein Stein. Schwarz und stumm, in seinem Alltagsgewand, hielt er sich im Hintergrund, in der Nähe der Tür. Niemand beachtete ihn. Die Juden bemühten sich, ihn nicht zu sehen. Ein Fremder war er unter ihnen. Der und jener dachte an ihn und betete für ihn. Mendel Singer aber stand aufrecht an der Tür und war böse auf Gott. Sie beten alle, weil sie sich fürchten, dachte er. Ich aber fürchte mich nicht. Ich fürchte mich nicht!

Nachdem alle gegangen waren, legte sich Mendel Singer auf sein hartes Sofa. Es war noch warm von den Körpern der Beter. Vierzig Kerzen brannten noch im Zimmer. Sie auszulöschen wagte er nicht, sie ließen ihn nicht einschlafen. So lag er wach, die ganze Nacht. Er dachte sich Lästerungen sondergleichen aus. Er stellte sich vor, daß er jetzt hinausging, ins italienische Viertel, Schweinefleisch in einem Restaurant kaufte und zurückkehrte, um es hier, in der Gesellschaft der schweigsam brennenden Kerzen, zu verzehren. Wohl knüpfte er sein Taschentuch auf, wohl zählte er die Münzen, die er besaß, aber er verließ das Zimmer nicht und aß nichts. Er lag angekleidet, mit großen, wachen Augen auf dem Sofa und murmelte: „Aus, aus, aus ist es mit Mendel Singer! Er hat keinen Sohn, er hat keine Tochter, er hat kein Weib, er hat kein Geld, er hat kein Haus, er hat keinen Gott! Aus, aus, aus ist es mit Mendel Singer!" Die goldenen und die bläulichen Flammen der Kerzen erzitterten leise. Die heißen, wächsernen Tränen tropften mit harten Schlägen auf die Leuchterplatten, auf den gelben Sand in den messingenen Mörsern, auf das dunkelgrüne Glas der Flaschen. Der heiße Atem der Beter lebte noch im Zimmer. Auf den provisorischen Stühlen, die man für sie aufgestellt hatte, lagen noch ihre weißen Gebetsmäntel und warteten auf den Morgen und auf die Fortsetzung des Gebets. Es roch nach Wachs und verkohlenden Dochten. Mendel verließ die Stube, öffnete den Laden, trat ins Freie. Es war eine klare, herbstliche Nacht. Kein Mensch zeigte sich. Mendel ging auf und ab vor dem Laden. Die breiten, langsamen Schritte des Polizisten erklangen. Da kehrte Mendel in den Laden zurück. Immer noch ging er Uniformierten aus dem Weg.

Die Zeit der Feiertage war vorüber, der Herbst kam, der Regen sang. Mendel kaufte Heringe, fegte den Fußboden, holte die Wäsche, richtete die Leiter, suchte den Korkenzieher, legte die Rosinen ein, ging auf und ab durch die Mitte der Gasse. Für Almosen dankte er kaum, Grüße erwiderte er nicht, Fragen beantwortete er mit Ja oder Nein. Am Nachmittag, wenn sich die Leute versammelten, um Politik zu reden und aus den Zeitungen vorzulesen, legte sich Mendel auf das Sofa und schlief. Die Reden der andern weckten ihn nicht. Der Krieg ging ihn gar nichts an. Die neuesten Platten sangen ihn in den Schlaf. Er erwachte erst, wenn es still geworden war und alle verschwanden. Dann sprach er noch eine Weile mit dem alten Skowronnek.

„Deine Schwiegertochter heiratet", sagte Skowronnek einmal.

„Ganz recht!" erwiderte Mendel.

„Aber sie heiratet Mac!"

„Das hab' ich ihr geraten!"

„Das Geschäft geht gut!"

„Es ist nicht mein Geschäft."

„Mac hat uns wissen lassen, daß er dir Geld geben will!"

„Ich will kein Geld!"

„Gute Nacht, Mendel!"

„Gute Nacht, Skowronnek!"

Die schrecklichen Neuigkeiten flammten auf in den Zeitungen, die Mendel jeden Morgen zu kaufen pflegte. Sie flammten auf, er vernahm wider Willen ihren fernen Widerschein, er wollte nichts von ihnen wissen. Über Rußland regierte kein Zar mehr. Gut, mochte der Zar nicht mehr regieren. Von Jonas und Menuchim wußten sie jedenfalls nichts zu melden, die Zeitungen. Man wettete bei Skowronnek, daß der Krieg in einem Monat zu Ende sein würde. Gut, mochte der Krieg zu Ende gehn. Schemarjah kehrte nicht zurück. Die Leitung der Irrenanstalt schrieb, daß Mirjams Zustand sich nicht gebessert habe. Vega schickte den Brief, Skowronnek las ihn Mendel vor. „Gut", sagte Mendel, „Mirjam wird nicht mehr gesund werden!"

Sein alter, schwarzer Kaftan schimmerte grün an den Schultern, und wie eine winzige Zeichnung der Wirbelsäule wurde, den ganzen Rücken entlang, die Naht sichtbar. Mendels Gestalt wurde kleiner und kleiner. Die Schöße seines Rockes wurden länger und länger und berührten, wenn Mendel ging, nicht mehr die Schäfte der Stiefel, sondern fast schon die Knöchel. Der Bart, der früher nur die Brust bedeckt hatte, reichte bis zu den letzten Knöpfen des Kaftans. Der Schirm der Mütze aus schwarzem, nunmehr grünlichem Rips war weich und dehnbar geworden und hing schlaff über Mendel Singers Augen, einem Lappen nicht unähnlich. In den Taschen trug Mendel Singer viele Sachen: Päckchen, um die man ihn geschickt hatte, Zeitungen, verschiedene Werkzeuge, mit denen er die schadhaften Gegenstände bei Skowronnek reparierte, Knäuel bunter Bindfäden, Packpapier und Brot. Diese Gewichte beugten den Rücken Mendels noch tiefer, und weil die rechte Tasche gewöhnlich schwerer war als die linke, zog sie auch die rechte Schulter des Alten hinunter. Also ging er schief und gekrümmt durch die Gasse, ein baufälliger Mensch, die Knie geknickt und mit schlurfenden Sohlen. Die Neuigkeiten der Welt und die Wochentage und Feste der andern rollten an ihm vorbei, wie Wagen an einem alten, abseitigen Haus.

Eines Tages war der Krieg wirklich zu Ende. Das Viertel war leer. Die Menschen waren fortgegangen, die Friedensfeiern zu sehen und die Heimkehr der Regimenter. Viele hatten Mendel aufgetragen, auf die Häuser zu achten. Er ging von einer Wohnung zur andern, prüfte die Klinken und Schlösser und kehrte heim, in den Laden. Aus einer unermeßlichen Ferne glaubte er das festliche Gedröhn der freudigen Welt zu hören, das Knallen der Feuerwerke und das Gelächter Zehntausender Menschen.

Ein kleiner, stiller Friede kam über ihn. Seine Finger krauten den Bart, seine Lippen verzogen sich zu einem Lächeln, ja, sogar ein winziges Kichern kam in kurzen Stößen aus seiner Kehle. „Mendel wird sich auch ein Fest machen", flüsterte er, und zum erstenmal ging er an einen der braunen Grammophonkästen. Er hatte schon gesehen, wie man das Instrument aufdrehte. „Eine Platte, eine Platte!" sagte er. Heute vormittag war ein heimgekehrter Soldat dagewesen und hatte ein halbes Dutzend Platten gebracht, neue Lieder aus Europa. Mendel packte die oberste aus, legte sie behutsam auf das Instrument, dachte eine Weile nach, um sich genau an die Hantierung zu erinnern, und setzte endlich die Nadel auf. Es räusperte sich der Apparat. Dann erklang das Lied. Es war Abend, Mendel stand im Finstern neben dem Grammophon und lauschte. Jeden Tag hatte er hier Lieder gehört, lustige und traurige, langsame und hurtige, dunkle und helle. Aber niemals war ein Lied wie dieses hier gewesen. Es rann wie ein kleines Wässerchen und murmelte sachte, wurde groß wie das Meer und rauschte. Die ganze Welt höre ich jetzt, dachte Mendel. Wie ist es möglich, daß die ganze Welt auf so einer kleinen Platte eingraviert ist? Als sich eine kleine, silberne Flöte einmischte und von nun an die samtenen Geigen nicht mehr verließ und wie ein getreuer, schmaler Saum umrandete, begann Mendel zum erstenmal seit langer Zeit zu weinen. Da war das Lied zu Ende. Er drehte es noch einmal auf und zum drittenmal. Er sang es schließlich mit seiner heiseren Stimme nach und trommelte mit zagen Fingern auf das Gestell des Kastens.

So traf ihn der heimkehrende Skowronnek. Er stellte das Grammophon ab und sagte: „Mendel, zünde die Lampe an! Was spielst du hier?" Mendel zündete die Lampe an. „Sieh nach, Skowronnek, wie das Liedchen heißt." „Das sind die neuen Platten", sagte Skowronnek. „Heute habe ich sie gekauft. Das Lied heißt", Skowronnek zog die Brille an, hielt die Platte unter die Lampe und las: „Das Lied heißt: ‚Menuchims Lied'."

Mendel wurde plötzlich schwach. Er mußte sich setzen. Er starrte auf die spiegelnde Platte in Skowronneks Händen.

„Ich weiß, woran du denkst", sagte Skowronnek.

„Ja", antwortete Mendel.

Skowronnek drehte noch einmal die Kurbel. „Ein schönes Lied", sagte Skowronnek, legte den Kopf auf die linke Schulter und horchte. Allmählich füllte sich der Laden mit den verspäteten Nachbarn. Keiner sprach. Alle hörten das Lied und wiegten im Takt die Köpfe.

Und sie hörten es sechzehnmal, bis sie es auswendig konnten.

Mendel blieb allein im Laden. Er versperrte sorgfältig die Tür von innen, räumte das Schaufenster aus, begann sich auszuziehen. Jeden seiner Schritte begleitete das Lied. Während er einschlief, schien es ihm, daß sich die blaue und silberne Melodie mit dem kläglichen Wimmern verbinde, mit Menuchims, seines eigenen Menuchims, einzigem, längst nicht mehr gehörtem Lied.

15

Länger wurden die Tage. Die Morgen enthielten schon so viel Helligkeit, daß sie sogar durch den geschlossenen Rolladen in das fensterlose Hinterzimmer Mendels einbrechen konnten. Im April erwachte die Gasse eine gute Stunde früher. Mendel zündete den Spirituskocher an, stellte den Tee auf, füllte das kleine, blaue Waschbecken, tauchte sein Gesicht in die Schüssel, trocknete sich mit einem Zipfel des Handtuchs, das an der Türklinke hing, öffnete den Rolladen, nahm einen Mund voll Wasser, bespuckte sorgfältig die Diele und betrachtete die verschlungenen Ornamente, die der helle aus seinen Lippen gespritzte Strahl auf den Staub zeichnete. Schon zischte der Spirituskocher; noch hatte es nicht einmal sechs geschlagen. Mendel trat vor die Tür. Da öffneten sich die Fenster in der Gasse wie von selbst.

Es war Frühling. Ostern bereitete man vor, in allen Häusern half Mendel. Den Hobel legte er an die hölzernen Tischplatten, um sie zu säubern von den profanen Nahrungsresten des ganzen Jahres. Die runden, zylinderförmigen Pakete, in denen das Osterbrot geschichtet lag in karminrotem Papier, stellte er auf die weißen Fächer der Schaufenster, und die Weine aus Palästina befreite er von dem Spinngewebe, unter dem sie in den kühlen Kellern geruht hatten. Die Betten der Nachbarn nahm er auseinander und trug Stück um Stück in die Höfe, wo die linde Aprilsonne das Ungeziefer hervorlockte und der Vernichtung durch Benzin, Terpentin und Petroleum anheimgab. In rosa und himmelblaues Zierpapier schnitt er mit der Schere runde und winkelige Löcher und Fransen und befestigte es mit Reißnägeln an den Küchengestellen, als kunstvollen Belag für das Geschirr. Die Fässer und Bottiche füllte er mit heißem Wasser, große, eiserne Kugeln hielt er an hölzernen Stangen ins Herdfeuer, bis sie glühten. Dann tauchte er die Kugeln in die Bottiche und Fässer, das Wasser zischte, gereinigt waren die Gefäße, wie die Vorschrift es befahl. In riesengroßen Mörsern zerstampfte er die Osterbrote zu Mehl, schüttete es in saubere Säcke und umschnürte sie mit blauen Bändchen. All das hatte er einmal im eigenen Hause gemacht. Langsamer als in Amerika war dort Frühling gekommen. Mendel erinnerte sich an den alternden, grauen Schnee, der das hölzerne Pflaster des Bürgersteigs in Zuchnow um diese Jahreszeit säumte, an die kristallenen Eiszapfen am Rande der Spundlöcher, an die plötzlichen, sanften Regen, die in den Dachrinnen sangen, die ganze Nacht, an die fernen Donner, die hinter dem Föhrenwald dahinrollten, an den weißen Reif, der jeden hellblauen Morgen zärtlich bedeckte, an Menuchim, den Mirjam in eine geräumige Tonne gesteckt hatte, um ihn aus dem Wege zu räumen, und an die Hoffnung, daß endlich, endlich in diesem Jahre der Messias kommen werde. Er kam nicht. Er kommt nicht, dachte Mendel, er wird nicht kommen Andere mochten ihn erwarten. Mendel wartete nicht.

Dennoch erschien Mendel seinen Freunden wie den Nachbarn in diesem Frühling verändert. Sie beobachteten manchmal, daß er ein Lied summte, und sie erhaschten ein sanftes Lächeln unter seinem weißen Bart.

„Er wird kindisch, er ist schon alt", sagte Groschel.

„Er hat alles vergessen", sagte Rottenberg.

„Es ist eine Freude vor dem Tod", meinte Menkes.

Skowronnek, der ihn am besten kannte, schwieg. Nur einmal, an einem Abend, vor dem Schlafengehen, sagte er zu seiner Frau: „Seitdem die neuen Platten gekommen sind, ist unser Mendel ein anderer Mensch. Ich ertappe ihn manchmal, wie er selbst ein Grammophon aufzieht. Was meinst du dazu?"

„Ich meine dazu", erwiderte ungeduldig die Frau Skowronnek, „daß Mendel alt und kindisch wird und bald gar nicht zu gebrauchen." Sie war schon seit geraumer Zeit mit Mendel unzufrieden. Je älter er wurde, desto geringer wurde ihr Mitleid für ihn. Allmählich vergaß sie auch, daß Mendel ein wohlhabender Mann gewesen war, und ihr Mitgefühl, das sich von ihrem Respekt genährt hatte (denn ihr Herz war klein), starb dahin. Sie nannte ihn auch nicht mehr wie am Anfang Mister Singer, sondern einfach: Mendel, wie bald alle Welt. Und hatte sie ihm früher Aufträge mit jener gewissen Zurückhaltung erteilt, die beweisen sollte, daß seine Folgsamkeit sie ehrte und beschämte zugleich, so fing sie jetzt an, ihn dermaßen ungeduldig zu befehligen, daß ihre Unzufriedenheit mit seinem Gehorsam schon von vornherein sichtbar wurde. Obwohl Mendel nicht schwerhörig war, erhob Frau Skowronnek die Stimme, um mit ihm zu sprechen, als fürchtete sie, mißverstanden zu werden, und als wollte sie durch ihr Schreien beweisen, daß Mendel ihre Befehle falsch ausführte, weil sie in ihrer gewohnten Stimmlage zu ihm gesprochen hatte. Ihr Schreien war eine Vorsichtsmaßregel; das einzige, was Mendel kränkte. Denn er, der vom Himmel so erniedrigt war, machte sich wenig aus dem gutmütigen und leichtfertigen Spott der Menschen, und nur wenn man seine Fähigkeit zu verstehen anzweifelte, war er beleidigt. „Mendel, sputet Euch", so begann jeder Auftrag der Frau Skowronnek. Er machte sie ungeduldig, er schien ihr zu langsam. „Schreien Sie nicht so", erwiderte Mendel gelegentlich, „ich höre Sie schon." „Aber Sie eilen sich nicht, Sie haben Zeit!" „Ich habe weniger Zeit als Sie, Frau Skowronnek, so wahr ich älter bin als Sie!" Frau Skowronnek, die den Nebensinn der Antwort und die Zurechtweisung nicht sofort begriff und sich nur verspottet wähnte, wendete sich sofort an den nächststehenden Menschen im Laden: „Nun, was sagen Sie dazu? Er wird alt! Unser Mendel wird alt!" Sie hätte ihm gerne noch ganz andere Eigenschaften nachgesagt, aber sie begnügte sich mit der Erwähnung des Alters, das sie für ein Laster hielt. Wenn Skowronnek derlei Reden hörte, sagte er zu seiner Frau: „Alt werden wir alle! Ich bin genauso alt wie Mendel – und du wirst auch nicht jünger!" „Du kannst ja eine Junge heiraten", sagte Frau Skowronnek. Sie war glücklich, daß sie endlich einen gebrauchsfertigen Anlaß zu einem ehelichen Zwist hatte. Und Mendel, der die Entwicklung dieser Streitigkeiten kannte und von vornherein begriff, daß sich der Zorn der Frau Skowronnek schließlich gegen ihren Mann und seinen Freund entladen würde, zitterte um seine Freundschaft.

Heute war Frau Skowronnek aus einem besonderen Grund gegen Mendel Singer eingenommen. „Stell dir vor", sagte sie zu ihrem Mann, „seit einigen Tagen ist mein Hackmesser verschwunden. Ich kann schwören, daß Mendel es genommen hat. Frage ich ihn aber, so weiß er nichts davon. Er wird alt und älter, er ist wie ein Kind!"

In der Tat hatte Mendel Singer das Hackmesser der Frau Skowronnek an sich genommen und versteckt. Er bereitete schon seit langem im geheimen einen großen Plan vor, den letzten seines Lebens. Eines Abends glaubte er, ihn ausführen zu können. Er tat, als nickte er auf dem Sofa ein, während die Nachbarn sich bei Skowronnek unterhielten. In Wirklichkeit aber schlief Mendel keineswegs. Er lauerte und lauschte mit geschlossenen Lidern, bis sich der letzte entfernt hatte. Dann zog er unter dem Kopfpolster des Sofas das Hackmesser hervor, steckte es unter den Kaftan und huschte in die abendliche Gasse. Die Laternen waren noch nicht entzündet, aus manchen Fenstern drang schon gelbes Lampenlicht. Gegenüber dem Hause, in dem er mit Deborah gewohnt hatte, stellte sich Mendel Singer auf und spähte nach den Fenstern seiner früheren Wohnung. Dort lebte jetzt das junge Ehepaar Frisch, unten hatte es einen modernen Eiscreme-Salon eröffnet. Jetzt traten die jungen Leute aus dem Haus. Sie schlossen den Salon. Sie gingen ins Konzert. Sparsam waren sie, geizig konnte man sagen, fleißig, und Musik liebten sie. Der Vater des jungen Frisch hatte in Kowno eine Hochzeitskapelle dirigiert. Heute konzertierte ein philharmonisches Orchester, eben aus Europa gekommen. Frisch sprach schon seit Tagen davon. Nun gingen sie. Sie sahen Mendel nicht. Er schlich sich hinüber, trat ins Haus, tastete sich das altgewohnte Geländer empor und zog alle Schlüssel aus der Tasche. Er bekam sie von den Nachbarn, die ihm die Bewachung ihrer Wohnungen übertrugen, wenn sie ins Kino gingen. Ohne Mühe öffnete er die Tür. Er schob den Riegel vor, legte sich platt auf den Boden und begann, ein Dielenbrett nach dem andern zu beklopfen. Es dauerte sehr lange. Er wurde müde, gönnte sich eine kleine Pause und arbeitete dann weiter. Endlich tönte es hohl, just an der Stelle, an der einmal das Bett Deborahs gestanden hatte. Mendel entfernte den Schmutz aus den Fugen, lockerte das Brett mit dem Hackmesser an allen vier Rändern und stemmte es hoch. Er hatte sich nicht getäuscht, er fand, was er suchte. Er ergriff das stark verknotete Taschentuch, barg es im Kaftan, legte das Brett wieder hin und entfernte sich lautlos. Niemand war im Treppenflur, kein Mensch hatte ihn gesehn. Früher als gewöhnlich sperrte er heute den Laden, ließ er die Rollbalken nieder. Er entzündete die große Hängelampe, den Rundbrenner, und setzte sich in ihren Lichtkegel. Er entknotete das Taschentuch und zählte seinen Inhalt. Siebenundsechzig Dollar in Münzen und Papier hatte Deborah gespart. Es war viel, aber es genügte nicht und enttäuschte Mendel. Legte er seine eigenen Ersparnisse hinzu, die Almosen und kleinen Vergütungen für seine Arbeiten in den Häusern, so waren es genau sechsundneunzig Dollar. Sie reichten nicht. Also noch ein paar Monate! flüsterte Mendel. Ich habe Zeit.

Ja, er hatte Zeit, ziemlich lange noch mußte er leben! Vor ihm lag der große Ozean. Noch einmal mußte er ihn überqueren. Das ganze große Meer wartete auf Mendel. Ganz Zuchnow und Umgebung warten auf ihn: die Kaserne, der Föhrenwald, die Frösche in den Sümpfen und die Grillen auf den Feldern. Ist Menuchim tot, so liegt er auf dem kleinen Friedhof und wartet. Auch Mendel wird sich hinlegen. In Sameschkins Gehöft wird er vorher eintreten, keine Angst mehr wird er vor den Hunden haben, gebt ihm einen Wolf aus Zuchnow, und er fürchtet sich nicht. Ungeachtet der Käfer und der Würmer, der Laubfrösche und der Heuschrecken wird Mendel imstande sein, sich auf die nackte Erde zu legen. Dröhnen werden die Kirchenglocken und ihn an das lauschende Licht in Menuchims törichten Augen erinnern. Mendel wird antworten: „Heimgekehrt bin ich, lieber Sameschkin, mögen andere durch die Welt wandern, meine Welten sind gestorben, zurückgekommen bin ich, um hier für ewig einzuschlafen!" Die blaue Nacht ist über das Land gespannt, die Sterne glänzen, die Frösche quaken, die Grillen zirpen, und drüben, im finstern Wald, singt jemand das Lied Menuchims.

So schläft Mendel heute ein, in der Hand hält er das verknotete Taschentuch.

Am andern Morgen ging er in Skowronneks Wohnung, legte auf die kalte Herdplatte der Küche das Hackmesser und sagte: „Hier, Frau Skowronnek, das Hackmesser hat sich gefunden!"

Er wollte sich schnell wieder entfernen, aber die Frau Skowronnek begann: „Gefunden hat es sich! Es war nicht schwer, Ihr habt es doch versteckt! Übrigens habt Ihr gestern fest geschlafen. Wir waren noch einmal vor dem Laden und haben geklopft. Habt ihr schon gehört? Der Frisch vom Eiscreme-Salon hat Euch etwas sehr Wichtiges zu sagen. Ihr sollt sofort zu ihm hinübergehn."

Mendel erschrak. Irgend jemand hatte ihn also gestern gesehen, vielleicht hatte ein anderer die Wohnung ausgeplündert, und man verdächtigte Mendel. Vielleicht auch waren es gar nicht Deborahs Ersparnisse, sondern die der Frau Frisch, und er hatte sie geraubt. Seine Knie zitterten. „Erlaubt mir, daß ich mich setze", sagte er zu Frau Skowronnek. „Zwei Minuten könnt Ihr sitzen", sagte sie, „dann muß ich kochen." „Was für eine wichtige Sache ist es?" forschte er. Aber er wußte schon im voraus, daß ihm die Frau nichts verraten würde. Sie weidete sich an seiner Neugier und schwieg. Dann hielt sie die Zeit für gekommen, ihn wegzuschicken. „Ich mische mich nicht in fremde Angelegenheiten! Geht nur zu Frisch!" sagte sie.

Und Mendel ging und beschloß, nicht bei Frisch einzutreten. Es konnte nur etwas Böses sein. Es würde von selbst früh genug kommen. Er wartete. Am Nachmittag aber kamen die Enkel Skowronneks zu Besuch. Frau Skowronnek schickte ihn um drei Portionen Erdbeercreme. Zage betrat Mendel den Laden. Mister Frisch war zum Glück nicht da. Seine Frau sagte: „Mein Mann hat Ihnen etwas sehr Wichtiges mitzuteilen, kommen Sie bestimmt am Nachmittag!"

Mendel tat, als ob er nicht gehört hätte. Sein Herz lief stürmisch, es wollte ihm entfliehen, mit beiden Händen hielt er es fest. Etwas Böses drohte ihm auf jeden Fall. Er wollte die Wahrheit sagen, Frisch würde ihm glauben. Glaubte man ihm nicht, so kam er ins Zuchthaus. Nun, es war auch nichts dabei. Im Zuchthaus wird er sterben. Nicht in Zuchnow.

Er konnte die Gegend des Eiscreme-Salons nicht verlassen. Er ging auf und ab vor dem Laden. Er sah den jungen Frisch heimkehren. Er wollte noch warten, aber seine Füße hasteten von selbst in den Laden. Er öffnete die Tür, die eine schrille Glocke in Bewegung setzte, und fand nicht mehr die Kraft, die Tür zu schließen, so daß die Alarmklingel unaufhörlich lärmte und Mendel betäubt in ihrem gewaltsamen Lärm gefangen blieb, gefesselt im Klingeln und unfähig, sich zu rühren. Mister Frisch selbst schloß die Tür. Und in der Stille, die jetzt einbrach, hörte Mendel den Mister Frisch seiner Frau sagen: „Schnell ein Soda mit Himbeer für Mister Singer!"

Wie lange hatte man nicht mehr „Mister Singer" zu Mendel gesagt? Erst in diesem Augenblick empfand er, daß man ihm lange Zeit nur „Mendel" gesagt hatte, um ihn zu kränken. Es ist ein böser Witz von Frisch, dachte er. Das ganze Viertel weiß, daß dieser junge Mann geizig ist, er selbst weiß, daß ich das Himbeerwasser nicht bezahlen werde. Ich werde es nicht trinken.

„Danke, danke", sagte Mendel, „ich trinke nichts!"

„Sie werden uns keinen Korb geben", sagte lächelnd die Frau.

„Mir werden Sie keinen Korb geben", sagte der junge Frisch.

Er zog Mendel an eines der dünnbeinigen Tischchen aus Gußeisen und drückte den Alten in einen breiten Korbsessel. Er selbst setzte sich auf einen gewöhnlichen hölzernen Stuhl, rückte nahe an Mendel heran und begann:

„Gestern, Mister Singer, war ich, wie Sie wissen, beim Konzert." Mendel setzte der Herzschlag aus. Er lehnte sich zurück und tat einen Schluck, um sich am Leben zu erhalten. „Nun", fuhr Frisch fort, „ich habe ja viel Musik gehört, aber so etwas ist noch nicht dagewesen! Zweiunddreißig Musikanten, verstehn Sie, und fast alle aus unserer Gegend. Und sie spielten jüdische Melodien, verstehen Sie? Das Herz wird warm, ich habe geweint, das ganze Publikum hat geweint. Sie spielten am Schluß ‚Menuchims Lied', Mister Singer, Sie kennen es vom Grammophon her. Ein schönes Lied, nicht wahr?"

Was will er nur? dachte Mendel. „Ja, ja, ein schönes Lied." „In der Pause gehe ich zu den Musikanten. Es ist voll. Alle drängen sich zu den Musikanten. Der und jener findet einen Freund, und ich auch, Mister Singer, ich auch." Frisch machte eine Pause. Leute traten in den Laden, die Glocke schrillte.

„Ich finde", sagte Mister Frisch, „aber trinken Sie nur, Mister Singer! – Ich finde meinen leiblichen Vetter, den Berkovitsch aus Kowno. Den Sohn meines Onkels. Und wir küssen uns. Und wir reden. Und plötzlich sagt Berkovitsch: Kennst du hier einen alten Mann namens Mendel Singer?"

Frisch wartete wieder. Aber Mendel Singer rührte sich nicht. Er nahm zur Kenntnis, daß ein gewisser Berkovitsch nach einem alten Mendel Singer gefragt hatte.

„Ja", sagte Frisch, „ich erwiderte ihm, daß ich einen Mendel Singer aus Zuchnow kenne. ‚Das ist er, sagte Berkovitsch. ‚Unser Kapellmeister ist ein großer Komponist, noch jung und ein Genie, von ihm kommen die meisten Musikstücke, die wir spielen. Er heißt Alexej Kossak und ist auch aus Zuchnow.'"

„Kossak?" wiederholte Mendel. „Meine Frau ist eine geborene Kossak. Es ist ein Verwandter!"

„Ja", sagte Frisch, „und es scheint, daß dieser Kossak Sie sucht. Er will Ihnen wahrscheinlich etwas mitteilen. Und ich soll Sie fragen, ob Sie es hören wollen. Entweder Sie gehn zu ihm ins Hotel, oder ich schreibe Berkovitsch Ihre Adresse."

Es wurde Mendel leicht und gleichzeitig schwer zumute. Er trank das Himbeerwasser, lehnte sich zurück und sagte: „Ich danke Ihnen, Mister Frisch. Aber es ist nicht so wichtig. Dieser Kossak wird mir alle traurigen Sachen erzählen, die ich schon weiß. Und außerdem – ich will Ihnen die Wahrheit sagen: Ich habe schon daran gedacht, mich mit Ihnen zu beraten. Ihr Bruder hat doch eine Schiffskartenagentur? Ich will nach Haus, nach Zuchnow. Es ist nicht mehr Rußland, die Welt hat sich verändert. Was kostet eine Schiffskarte heute? Und was für Papiere muß ich haben? Reden Sie mit Ihrem Bruder, aber sagen Sie niemandem etwas."

„Ich werde mich erkundigen", erwiderte Frisch. „Aber Sie haben bestimmt nicht soviel Geld. Und in Ihrem Alter! Vielleicht sagt Ihnen dieser Kossak etwas! Vielleicht nimmt er Sie mit! Er bleibt nur kurze Zeit in New York! Soll ich dem Berkovitsch Ihre Adresse geben? Denn, wie ich Sie kenne, Sie gehen nicht ins Hotel!"

„Nein", sagte Mendel, „ich werde nicht hingehn. Schreiben Sie ihm, wenn Sie wollen."

Er erhob sich.

Frisch drückte ihn wieder in den Sessel. „Einen Moment", sagte er, „Mister Singer, ich habe das Programm mitgenommen. Da ist das Bild dieses Kossak." Und er zog aus der Brusttasche ein großes Programm, entfaltete es und hielt es Mendel vor die Augen.

„Ein schöner, junger Mann", sagte Mendel. Er betrachtete die Fotografie. Obwohl das Bild abgenutzt war, das Papier schmutzig und das Porträt sich in hunderttausend winzige Moleküle aufzulösen schien, trat es lebendig aus dem Programm vor Mendels Augen. Er wollte es sofort zurückgeben, aber er behielt es und starrte darauf. Breit und weiß war die Stirn unter der Schwärze der Haare, wie ein glatter, besonnter Stein. Die Augen waren groß und hell. Sie blickten Mendel Singer geradeaus an, er konnte sich nicht mehr von ihnen befreien. Sie machten ihn fröhlich und leicht, so glaubte Mendel. Ihre Klugheit sah er leuchten. Alt waren sie und jung zugleich. Alles wußten sie, die Welt spiegelte sich in ihnen. Es war Mendel Singer, als ob er beim Anblick dieser Augen selbst jünger würde, ein Jüngling wurde er, gar nichts wußte er. Alles mußte er von diesen Augen erfahren. Er hat sie schon gesehn, geträumt, als kleiner Junge. Vor Jahren, als er anfing, die Bibel zu lernen, waren es die Augen der Propheten. Männer, zu denen Gott selbst gesprochen hat, haben diese Augen. Alles wissen sie, nichts verraten sie, das Licht ist in ihnen.

Lange sah Mendel das Bild an. Dann sagte er: „Ich werde es nach Hause mitnehmen, wenn Sie erlauben, Mister Frisch." Und er faltete das Papier zusammen und ging. Er ging um die Ecke, entfaltete das Programm, sah es an und steckte es wieder ein. Eine lange

Zeit schien ihm seit der Stunde vergangen zu sein, in der er den Eiscreme-Salon betreten hatte. Die paar tausend Jahre, die in den Augen Kossaks leuchteten, lagen dazwischen und die Jahre, vor denen Mendel noch so jung gewesen war, daß er sich das Angesicht von Propheten hatte vorstellen können. Er wollte umkehren, nach dem Konzertsaal fragen, in dem die Kapelle spielte, und hineingehn. Aber er schämte sich. Er ging in den Laden der Skowronneks und erzählte, daß ihn ein Verwandter seiner Frau in Amerika suche. Er habe Frisch die Erlaubnis gegeben, die Adresse mitzuteilen.

„Morgen abend wirst du bei uns essen wie alle Jahre", sagte Skowronnek. Es war der erste Osterabend. Mendel nickte. Er wollte lieber in seinem Hinterzimmer bleiben, er kannte die schiefen Blicke der Frau Skowronnek und die berechnenden Hände, mit denen sie Mendel die Suppe und den Fisch zuteilte. Es ist das letztemal, dachte er. Von heute in einem Jahr werde ich in Zuchnow sein: lebendig oder tot; lieber tot.

Als erster der Gäste kam er am nächsten Abend, aber als letzter setzte er sich an den Tisch. Frühzeitig kam er, um die Frau Skowronnek nicht zu kränken, spät nahm er seinen Platz ein, um zu zeigen, daß er sich für den Geringsten unter den Anwesenden hielt. Ringsum saßen sie schon: die Hausfrau, beide Töchter Skowronneks mit ihren Männern und Kindern, ein fremder Reisender in Musikalien und Mendel. Er saß am Ende des Tisches, auf den man ein gehobeltes Brett gelegt hatte, um ihn zu verlängern. Mendels Sorge galt nun nicht allein der Erhaltung des Friedens, sondern auch dem Gleichgewicht zwischen der Tischplatte und ihrer künstlichen Verlängerung. Mendel hielt mit einer Hand das Brettende fest, weil man einen Teller oder eine Terrine daraufstellen mußte. Sechs schneeweiße, dicke Kerzen brannten in sechs silbernen Leuchtern auf dem schneeweißen Tischtuch, dessen gestärkter Glanz die sechs Flammen zurückstrahlte. Wie weiße und silberne Wächter von gleichem Wuchs standen die Kerzen vor Skowronnek, dem Hausherrn, der im weißen Kittel auf einem weißen Kissen saß, angelehnt an ein anderes Kissen, ein sündenreiner König auf einem sündenreinen Thron. Wie lange war es her, daß Mendel in der gleichen Tracht, in gleicher Art den Tisch und das Fest regiert hatte? Heute saß er gebeugt und geschlagen, in seinem grün schillernden Rock am letzten Ende, der Geringste unter den Anwesenden, besorgt um die eigene Bescheidenheit und eine armselige Stütze der Feier. Die Osterbrote lagen verhüllt unter einer weißen Serviette, ein schneeiger Hügel neben dem saftigen Grün der Kräuter, dem dunklen Rot der Rüben und dem herben Gelb der Meerrettichwurzel. Die Bücher mit den Berichten von dem Auszug der Juden aus Ägypten lagen aufgeschlagen vor jedem Gast. Skowronnek begann, die Legende vorzusingen, und alle wiederholten seine Worte, erreichten ihn und sangen einträchtig im Chor diese behagliche, schmunzelnde Melodie, eine gesungene Aufzählung der einzelnen Wunder, die immer wieder zusammengerechnet wurden und immer wieder die gleichen Eigenschaften Gottes ergaben: die Größe, die Güte, die Barmherzigkeit, die Gnade für Israel und den Zorn gegen Pharao. Sogar der Reisende in Musikalien, der die Schrift nicht lesen konnte und die Gebräuche nicht verstand, konnte sich der Melodie nicht entziehen, die ihn mit jedem neuen Satz umwarb, einspann und umkoste, so daß er sie mitzusummen begann, ohne es zu wissen. Und selbst Mendel stimmte sie milde gegen den Himmel, der vor viertausend Jahren freigiebig heitere Wunder gespendet hatte, und es war, als würde durch die Liebe Gottes zum ganzen Volk Mendel mit seinem eigenen kleinen Schicksal beinahe ausgesöhnt. Noch sang er nicht mit, Mendel Singer, aber sein Oberkörper schaukelte vor und zurück, gewiegt vom Gesang der andern. Er hörte die Enkelkinder Skowronneks mit hellen Stimmen singen und erinnerte sich der Stimmen seiner eigenen Kinder. Er sah noch den hilflosen Menuchim auf dem ungewohnten, erhöhten Stuhl am feierlichen Tisch. Der Vater allein hatte während des Singens von Zeit zu Zeit einen hurtigen Blick auf seinen jüngsten und ärmsten Sohn geworfen, das lauschende Licht in seinen törichten Augen gesehn und gefühlt, wie sich der Kleine vergeblich mühte, mitzuteilen, was in ihm klang, und zu singen, was er hörte. Es war der einzige Abend im Jahr, an dem Menuchim einen neuen Rock trug wie seine Brüder und den weißen Kragen des Hemdes mit den ziegelroten Ornamenten als festlichen Rand um sein welkes Doppelkinn. Wenn Mendel ihm den Wein vorhielt, trank er mit gierigem Zug den halben Becher, keuchte und prustete und verzog sein Gesicht zu einem mißlungenen Versuch zu lachen oder zu weinen: Wer konnte es wissen?

Daran dachte Mendel, während er sich im Gesang der andern wiegte. Er sah, daß sie schon weit voraus waren, überschlug ein paar Seiten und bereitete sich vor, aufzustehn, die Ecke von den Tellern zu entlasten, damit sich kein Unfall ereignete, wenn er loslassen sollte. Denn der Zeitpunkt näherte sich, an dem man den roten Becher mit Wein füllte und die Tür öffnete, um den Propheten Eliahu einzulassen. Schon wartete das dunkelrote Glas, die sechs Lichter spiegelten sich in seiner Wölbung. Frau Skowronnek hob den Kopf und sah Mendel an. Er stand auf, schlurfte zur Tür und öffnete sie. Skowronnek sang nun die Einladung an den Propheten. Mendel wartete, bis sie zu Ende war. Denn er wollte nicht den Weg zweimal machen. Dann schloß er die Tür, setzte sich wieder, stemmte die stützende Faust unter das Tischbrett, und der Gesang ging weiter.

Kaum eine Minute, nachdem Mendel sich gesetzt hatte, klopfte es. Alle hörten das Klopfen, aber alle dachten, es sei eine Täuschung. An diesem Abend saßen die Freunde zu Haus, leer waren die Gassen des Viertels. Um diese Stunde war kein Besuch möglich. Es war gewiß der Wind, der klopfte. „Mendel", sagte Frau Skowronnek, „Ihr habt die Tür nicht richtig geschlossen." Da klopfte es noch einmal, deutlich und länger. Alle hielten ein. Der Geruch der Kerzen, der Genuß des Weins, das gelbe, ungewohnte Licht und die alte Melodie hatten die Erwachsenen und die Kinder so nah an die Erwartung eines Wunders gebracht, daß ihr Atem für einen Augenblick aussetzte und daß sie ratlos und blaß einander ansahen, als wollten sie sich fragen, ob der Prophet nicht wirklich Einlaß verlange. Also blieb es still, und niemand wagte, sich zu rühren. Endlich regte sich Mendel. Noch einmal schob er die Teller in die Mitte. Noch einmal schlurfte er zur Tür und öffnete. Da stand ein großgewachsener Fremder im halbdunklen Flur, wünschte guten Abend und fragte, ob er eintreten dürfe. Skowronnek erhob sich mit einiger Mühe aus

seinen Pölstern. Er ging zur Tür, betrachtete den Fremden und sagte: „Please!" – wie er
es in Amerika gelernt hatte. Der Fremde trat ein. Er trug einen dunklen Mantel, hoch-
geschlagen war sein Kragen, den Hut behielt er auf dem Kopf, offenbar aus Andacht vor
der Feier, in die er geraten war, und weil alle anwesenden Männer mit bedeckten Häuptern dasaßen.

Es ist ein feiner Mann, dachte Skowronnek. Und er knöpfte, ohne ein Wort zu sagen,
dem Fremden den Mantel auf. Der Mann verneigte sich und sagte: „Ich heiße Alexej
Kossak. Ich bitte um Entschuldigung. Ich bitte sehr um Entschuldigung. Man hat mir
gesagt, daß sich ein gewisser Mendel Singer aus Zuchnow bei Ihnen aufhält. Ich möchte ihn sprechen."

„Das bin ich", sagte Mendel, trat nahe an den Gast und hob den Kopf. Seine Stirn
reichte bis zur Schulter des Fremden. „Herr Kossak", fuhr Mendel fort, „ich habe schon
von Ihnen gehört. Ein Verwandter sind Sie."

„Legen Sie ab und setzen Sie sich mit uns an den Tisch", sagte Skowronnek.

Frau Skowronnek erhob sich. Alle rückten zusammen. Man machte dem Fremden
Platz. Skowronneks Schwiegersohn stellte noch einen Stuhl an den Tisch. Der Fremde
hängte den Mantel an einen Nagel und setzte sich Mendel gegenüber. Man stellte einen
Becher Wein vor den Gast. „Lassen Sie sich nicht aufhalten", bat Kossak, „beten Sie weiter."

Sie fuhren fort. Still und schmal saß der Gast auf seinem Platz. Mendel betrachtete ihn
unaufhörlich. Unermüdlich sah Alexej Kossak auf Mendel Singer. Also saßen sie einander gegenüber, umweht von dem Gesang der andern, aber von ihnen getrennt. –

Es war beiden angenehm, daß sie der andern wegen noch nicht miteinander sprechen
konnten. Mendel suchte die Augen des Fremden. Schlug sie Kossak nieder, so war es
dem Alten, als müßte er den Gast bitten, sie offenzuhalten. In diesem Angesicht war
Mendel Singer alles fremd, nur die Augen hinter den randlosen Gläsern waren ihm nahe. Zu ihnen schweifte immer wieder sein Blick wie in einer Heimkehr zu vertrauten,
hinter Fenstern verborgenen Lichtern, aus der fremden Landschaft des schmalen, blassen und jugendlichen Gesichts. Schmal, verschlossen und glatt waren die Lippen. Wenn
ich sein Vater wäre, dachte Mendel, würde ich ihm sagen: Lächle, Alexej. Leise zog er
aus der Tasche das Plakat, entfaltete es unter dem Tisch, um die andern nicht zu stören,
und reichte es dem Fremden hinüber. Der nahm es und lächelte, schmal, zart und nur
eine Sekunde lang.

Man unterbrach den Gesang, die Mahlzeit begann, einen Teller heißer Suppe schob
Frau Skowronnek vor den Gast, und Herr Skowronnek bat ihn mitzuessen. Der Reisende in Musikalien begann ein Gespräch in Englisch mit Kossak, von dem Mendel
gar nichts verstand. Dann erklärte der Reisende allen, daß Kossak ein junges Genie
sei, nur noch eine Woche in New York bleibe und sich erlauben werde, den Anwesenden Freikarten zu dem Konzert seines Orchesters zu schicken. Andere Gespräche
konnten nicht in Gang kommen. Man aß in wenig festlicher Eile dem Ende der Feier

zu, und jeden zweiten Bissen begleitete ein höfliches Wort des Fremden oder seiner
Wirte. Mendel sprach nicht. Frau Skowronnek zu Gefallen aß er noch schneller als die
andern, um keinen Anlaß zu Verzögerungen zu geben. Und alle begrüßten das Ende
des Mahls und fuhren eifrig fort im Absingen der Wunder. Skowronnek schlug einen
immer schnelleren Rhythmus an, die Frauen konnten ihm nicht folgen. Als er aber
zu den Psalmen kam, veränderte er die Stimme, das Tempo und die Melodie, und so
betörend klangen die Worte, die er nunmehr sang, daß sogar Mendel am Ende jeder
Strophe „Halleluja, Halleluja" wiederholte. Er schüttelte den Kopf, daß sein tiefer
Bart über die aufgeschlagenen Blätter des Buches strich und ein zartes Rascheln hörbar wurde, als wollte sich der Bart Mendels an dem Gebet beteiligen, da der Mund
Mendels so sparsam feierte.

Nun waren sie bald fertig. Die Kerzen waren bis zur Hälfte abgebrannt, der Tisch war
nicht mehr glatt und feierlich, Flecken und Speisereste sah man auf dem weißen Tischtuch, und Skowronneks Enkel gähnten schon. Man hielt am Ende des Buches. Skowronnek sagte mit erhobener Stimme den überlieferten Wunsch: „Im nächsten Jahre in
Jerusalem!" Alle wiederholten es, klappten die Bücher zu und wandten sich zum Gast.
An Mendel kam jetzt die Reihe, den Besucher zu fragen. Der Alte räusperte sich, lächelte und sagte: „Nun, Herr Alexej, was wollen Sie mir erzählen?"

Mit halblauter Stimme begann der Fremde: „Ihr hättet längst von mir Nachricht gehabt, Herr Mendel Singer, wenn ich Eure Adresse gewußt hätte. Aber nach dem Kriege
wußte sie niemand mehr. Billes' Schwiegersohn, der Musikant, ist an Typhus gestorben,
Euer Haus in Zuchnow stand leer, denn die Tochter Billes' war zu ihren Eltern, die damals schon in Dubno wohnten, geflohen, und in Zuchnow, in Eurem Haus, waren
österreichische Soldaten. Nun, nach dem Kriege schrieb ich an meinen Manager hierher,
aber der Mann war nicht geschickt genug, er schrieb mir, daß Ihr nicht zu finden seiet."

„Schade um Billes' Schwiegersohn!" sagte Mendel, und er dachte dabei an Menuchim.

„Und nun", fuhr Kossak fort, „habe ich eine angenehme Nachricht." Mendel hob den
Kopf. „Ich habe Euer Haus gekauft, vom alten Billes, vor Zeugen und auf Grund einer
amtlichen Einschätzung. Und das Geld will ich Euch auszahlen."

„Wieviel macht es?" fragte Mendel.

„Dreihundert Dollar!" sagte Kossak.

Mendel griff sich an den Bart und kämmte ihn mit gespreizten zitternden Fingern.
„Ich danke Ihnen!" sagte er.

„Und was Euren Sohn Jonas betrifft", sprach Kossak weiter, „so ist er seit dem Jahre
1915 verschollen. Niemand konnte etwas über ihn sagen. Weder in Petersburg noch in
Berlin, noch in Wien, noch im Schweizer Roten Kreuz. Ich habe überall angefragt und
anfragen lassen. Aber vor zwei Monaten traf ich einen jungen Mann aus Moskau. Er kam
eben als Flüchtling über die polnische Grenze, denn, wie Ihr wißt, gehört Zuchnow jetzt
zu Polen. Und dieser junge Mann war Jonas' Regimentskamerad gewesen. Er sagte mir,
daß er einmal durch Zufall gehört hat, daß Jonas lebt und in der weißgardistischen Ar-

mee kämpft. Nun ist es wohl ganz schwer geworden, etwas über ihn zu erfahren. Aber Ihr dürft die Hoffnung immer noch nicht aufgeben."

Mendel wollte eben den Mund auftun, um nach Menuchim zu fragen. Aber sein Freund Skowronnek, der Mendels Frage vorausahnte, eine traurige Antwort für sicher hielt und bestrebt war, betrübliche Gespräche an diesem Abend zu vermeiden oder sie wenigstens, solang es ging, zu verschieben, kam dem Alten zuvor und sagte: „Nun, Herr Kossak, da wir das Vergnügen haben, einen so großen Mann wie Sie bei uns zu sehen, machen Sie uns vielleicht noch die Freude, etwas aus Ihrem Leben zu erzählen. Wie kommt es, daß Sie den Krieg, die Revolution und alle Gefahren überstanden haben?"

Der Fremde hatte offenbar diese Frage nicht erwartet, denn er antwortete nicht sofort. Er schlug die Augen nieder wie einer, der sich schämt oder nachdenken muß, und antwortete erst nach einer längeren Weile: „Ich habe nichts Besonderes erlebt. Als Kind war ich lange krank, mein Vater war ein armer Lehrer, wie Herr Mendel Singer, mit dessen Frau ich ja verwandt bin. (Es ist jetzt nicht an der Zeit, die Verwandtschaft näher zu erläutern.) Kurz, meiner Krankheit wegen, und weil wir arm waren, kam ich in eine große Stadt, in ein öffentliches medizinisches Institut. Man behandelte mich gut, ein Arzt hatte mich besonders gern, ich wurde gesund, und der Doktor behielt mich in seinem Haus. Dort", hier senkte Kossak die Stimme und den Kopf, und es war, als spräche er zum Tisch, so daß alle den Atem anhielten, um ihn genau zu hören, „dort setzte ich mich eines Tages an das Klavier und spielte aus dem Kopf eigene Lieder. Und die Frau des Doktors schrieb die Noten zu meinen Liedern. Der Krieg war mein Glück. Denn ich kam zur Militärmusik und wurde Dirigent einer Kapelle, blieb die ganze Zeit in Petersburg und spielte ein paarmal beim Zaren. Meine Kapelle ging mit mir nach der Revolution ins Ausland. Ein paar fielen ab, ein paar Neue kamen dazu, in London machten wir einen Kontrakt mit einer Konzertagentur, und so ist mein Orchester entstanden."

Alle lauschten immer noch, obwohl der Gast längst nichts mehr erzählte. Aber seine Worte schwebten noch im Zimmer, und an den und jenen schlugen sie erst jetzt. Kossak sprach den Jargon der Juden mangelhaft, er mischte halbe russische Sätze in seine Erzählung, und die Skowronneks und Mendel begriffen sie nicht einzeln, sondern erst im ganzen Zusammenhang. Die Schwiegersöhne Skowronneks, die als kleine Kinder nach Amerika gekommen waren, verstanden nur die Hälfte und ließen sich von ihren Frauen die Erzählung des Fremden ins Englische übersetzen. Der Reisende in Musikalien wiederholte daraufhin die Biographie Kossaks, um sie sich einzuprägen. Die Kerzen brannten nur noch als kurze Stümpfe in den Leuchtern, es wurde dunkel im Zimmer, die Enkel schliefen mit schiefen Köpfchen auf den Sesseln, aber niemand machte Anstalten zu gehn, ja, Frau Skowronnek holte sogar zwei neue Kerzen, klebte sie auf die alten Stümpfe und eröffnete so den Abend von neuem. Ihr alter Respekt vor Mendel Singer erwachte. Dieser Gast, der ein großer Mann war, beim Zaren gespielt hatte, einen merkwürdigen Ring am kleinen Finger trug und eine Perle in der Krawatte, mit einem Anzug aus gutem europäischem Stoff bekleidet war – sie verstand sich darauf, denn ihr Vater war

Tuchhändler gewesen –, dieser Gast konnte nicht mit Mendel in die Hinterstube des Ladens gehn. Ja, sie sagte zur Überraschung ihres Mannes: „Mister Singer! Es ist gut, daß Sie heute zu uns gekommen sind. Sonst", und sie wandte sich an Kossak, „ist er so bescheiden und zartfühlend, daß er alle meine Einladungen ausschlägt. Er ist dennoch wie das älteste Kind in unserem Haus." Skowronnek fiel ihr ins Wort: „Mach uns noch einen Tee!" Und während sie aufstand, sagte er zu Kossak: „Wir alle kennen Ihre Lieder schon lange, ‚Menuchims Lied‘ ist doch von Ihnen?" „Ja", sagte Kossak. „Es ist von mir." Es schien, daß ihm diese Frage nicht angenehm war. Er sah schnell auf Mendel Singer und fragte: „Ihre Frau ist tot?" Mendel nickte. „Und soviel ich weiß, haben Sie doch eine Tochter?" Statt Mendel erwiderte nun Skowronnek: „Sie ist leider durch den Tod der Mutter und des Bruders Sam verwirrt geworden und in der Anstalt." Der Fremde ließ wieder den Kopf sinken. Mendel erhob sich.

Er wollte nach Menuchim fragen, aber er hatte nicht den Mut dazu. Er kannte ja die Antwort schon im voraus. Er selbst versetzte sich an die Stelle des Gastes und antwortete sich: Menuchim ist schon lange tot. Er ist jämmerlich umgekommen. Er prägte sich diesen Satz ein, schmeckte im voraus seine ganze Bitterkeit, um dann, wenn er wirklich erklingen sollte, ruhig bleiben zu können. Und da er noch eine schüchterne Hoffnung tief in seinem Herzen keimen fühlte, versuchte er, sie zu töten. Wenn Menuchim am Leben wäre, sagte er sich, so hätte es mir der Fremde sofort am Anfang erzählt. Nein! Menuchim ist schon lange tot. Jetzt werde ich ihn fragen, damit diese dumme Hoffnung ein Ende nehme! Aber er fragte noch immer nicht. Er setzte sich eine Pause, und die geräuschvolle Tätigkeit der Frau Skowronnek, die in der Küche mit dem Teekocher hantierte, veranlaßte ihn, das Zimmer zu verlassen, um der Hausfrau zu helfen, wie er es gewohnt war.

Heute aber schickte sie ihn ins Zimmer zurück. Er besaß dreihundert Dollar und einen vornehmen Verwandten. „Es schickt sich nicht für Euch, Mister Mendel", sagte sie. „Laßt Euren Gast nicht allein!" Sie war übrigens schon fertig. Mit den vollen Teegläsern auf dem breiten Tablett betrat sie das Zimmer, gefolgt von Mendel. Der Tee dampfte. Mendel war endlich entschlossen, nach Menuchim zu fragen. Auch Skowronnek fühlte, daß die Frage nicht mehr aufzuschieben war. Er fragte lieber selbst, Mendel, sein Freund, sollte zu dem Weh, das ihm die Antwort bereiten würde, nicht auch noch die Qual zu fragen auf sich nehmen müssen.

„Mein Freund Mendel hatte noch einen armen kranken Sohn namens Menuchim. Was ist mit ihm geschehn?"

Wieder antwortete der Fremde nicht. Er stocherte mit dem Löffel auf dem Grunde seines Glases herum, zerrieb den Zucker, und als wollte er aus dem Tee die Antwort ablesen, sah er auf das hellbraune Glas und, den Löffel immer noch zwischen Daumen und Zeigefinger, die schmale, braune Hand sachte bewegend, sagte er endlich, unerwartet laut, wie mit einem plötzlichen Entschluß:

„Menuchim lebt!"

Es klingt nicht wie eine Antwort, es klingt wie ein Ruf. Unmittelbar darauf bricht ein Lachen aus Mendel Singers Brust. Alle erschrecken und sehen starr auf den Alten. Mendel sitzt zurückgelehnt auf dem Sessel, schüttelt sich und lacht. Sein Rücken ist so gebeugt, daß er die Lehne nicht ganz berühren kann. Zwischen der Lehne und Mendels altem Nacken (weiße Härchen kräuseln sich über dem schäbigen Kragen des Rocks) ist ein weiter Abstand. Mendels langer Bart bewegt sich heftig, flattert beinahe wie eine weiße Fahne und scheint ebenfalls zu lachen. Aus Mendels Brust dröhnt und kichert es abwechselnd. Alle erschrecken, Skowronnek erhebt sich etwas schwerfällig aus den schwellenden Kissen und behindert durch den langen, weißen Kittel, geht um den ganzen Tisch, tritt zu Mendel, beugt sich zu ihm und nimmt mit beiden Händen Mendels beide Hände. Da verwandelt sich Mendels Lachen in Weinen, er schluchzt, und die Tränen fließen aus den alten, halb verhüllten Augen in den wild wuchernden Bart, verlieren sich im wüsten Gestrüpp, andere bleiben lange und rund und voll wie gläserne Tropfen in den Haaren hängen.

Endlich ist Mendel ruhig. Er sieht Kossak gerade an und wiederholt: „Menuchim lebt?"

Der Fremde sieht Mendel ruhig an und sagt: „Menuchim lebt, er ist gesund, es geht ihm sogar gut!"

Mendel faltet die Hände, er hebt sie, so hoch er kann, dem Plafond entgegen. Er möchte aufstehn. Er hat das Gefühl, daß er jetzt aufstehn müßte, gerade werden, wachsen, groß und größer werden, über das Haus hinauf und mit den Händen den Himmel berühren. Er kann die gefalteten Hände nicht mehr lösen. Er blickt zu Skowronnek, und der alte Freund weiß, was er jetzt zu fragen hat an Mendels Statt.

„Wo ist Menuchim jetzt?" fragt Skowronnek.

Und langsam erwidert Alexej Kossak:

„Ich selbst bin Menuchim."

Alle erheben sich plötzlich von den Sitzen, die Kinder, die schon geschlafen haben, erwachen und brechen in Weinen aus. Mendel selbst steht so heftig auf, daß hinter ihm der Stuhl mit lautem Krach hinfällt. Er geht, er eilt, er hastet, er hüpft zu Kossak, dem einzigen, der sitzen geblieben ist. Es ist ein großer Aufruhr im Zimmer. Die Kerzen beginnen zu flackern, als würden sie plötzlich von einem Wind angeweht. An den Wänden flattern die Schatten stehender Menschen. Mendel sinkt vor dem sitzenden Menuchim nieder, er sucht mit unruhigem Mund und wehendem Bart die Hände seines Sohnes, seine Lippen küssen, wo sie hintreffen, die Knie, die Schenkel, die Weste Menuchims. Mendel steht wieder auf, hebt die Hände und beginnt, als wäre er plötzlich blind geworden, mit heftigen Fingern das Gesicht seines Sohnes abzutasten. Die stumpfen, alten Finger huschen über die Haare Menuchims, die glatte, breite Stirn, die kalten Gläser der Brille, die schmalen, geschlossenen Lippen. Menuchim sitzt ruhig und rührt sich nicht. Alle Anwesenden umringen Menuchim und Mendel, die Kinder weinen, die Kerzen flackern, die Schatten der Wand ballen sich zu schweren Wolken zusammen. Niemand spricht.

Endlich erklingt Menuchims Stimme. „Steh auf, Vater!" sagt er, greift Mendel unter die Arme, hebt ihn hoch und setzt ihn auf den Schoß wie ein Kind. Die andern entfernen sich wieder. Jetzt sitzt Mendel auf dem Schoß seines Sohnes, lächelt in die Runde, jedem ins Angesicht. Er flüstert: „Der Schmerz wird ihn weise machen, die Häßlichkeit gütig, die Bitternis milde und die Krankheit stark." Deborah hat es gesagt. Er hört noch ihre Stimme.

Skowronnek verläßt den Tisch, legt seinen Kittel ab, zieht seinen Mantel an und sagt: „Gleich komme ich wieder!" Wohin geht Skowronnek? Es ist noch nicht spät, kaum elf Uhr, die Freunde sitzen noch an den Tischen. Er geht von Haus zu Haus, zu Groschel, Menkes und Rottenberg. Alle sind noch an den Tischen zu finden. „Ein Wunder ist geschehn! Kommt zu mir und seht es an!" Er führt alle drei zu Mendel. Unterwegs begegnen sie der Tochter Lemmels, die ihre Gäste begleitet hat. Sie erzählen ihr von Mendel und Menuchim. Der junge Frisch, der mit seiner Frau noch ein bißchen spazierengeht, hört ebenfalls die Neuigkeit. Also erfahren einige, was sich ereignet hat. Unten vor dem Hause Skowronneks steht als Beweis das Automobil, in dem Menuchim gekommen ist. Ein paar Leute öffnen die Fenster und sehen es. Menkes, Groschel, Skowronnek und Rottenberg treten ins Haus. Mendel geht ihnen entgegen und drückt ihnen stumm die Hände.

Menkes, der Bedächtigste von allen, nahm das Wort. „Mendel", sagte er, „wir sind gekommen, dich in deinem Glück zu sehn, wie wir dich im Unglück gesehn haben. Erinnerst du dich, wie du geschlagen warst? Wir trösteten dich, aber wir wußten, daß es umsonst war. Nun erlebst du ein Wunder am lebendigen Leibe. Wie wir damals mit dir traurig waren, so sind wir heute mit dir fröhlich. Groß sind die Wunder, die der Ewige vollbringt, heute noch, wie vor einigen tausend Jahren. Gelobt sei Sein Name!" Alle standen. Die Töchter Skowronneks, die Kinder, die Schwiegersöhne und der Reisende in Musikalien waren schon in Überkleidern und nahmen Abschied. Mendels Freunde setzten sich nicht, denn sie waren nur zu einem kurzen Glückwunsch gekommen. Kleiner als sie alle, mit gekrümmtem Rücken, im grünlich schillernden Rock stand Mendel in ihrer Mitte, wie ein unscheinbarer, verkleideter König. Er mußte sich recken, um ihnen in die Gesichter zu sehn. „Ich danke euch", sagte er. „Ohne eure Hilfe hätte ich diese Stunde nicht erlebt. Seht euch meinen Sohn an!" Er zeigte mit der Hand auf ihn, als könnte irgend jemand von den Freunden nicht gründlich genug Menuchim betrachten. Ihre Augen befühlten den Stoff des Anzugs, die seidene Krawatte, die Perle, die schmalen Hände und den Ring. Dann sagten sie: „Ein edler junger Mann! Man sieht, daß er ein Besonderer ist!"

„Ich habe kein Haus", sagte Mendel zu seinem Sohn. „Du kommst zu deinem Vater, und ich weiß nicht, wo dich schlafen zu legen."

„Ich möchte dich mitnehmen, Vater", erwiderte der Sohn. „Ich weiß nicht, ob du fahren darfst, weil ja Feiertag ist."

„Er darf fahren", sagten alle wie aus einem Munde.

„Ich glaube, daß ich mit dir fahren darf", meinte Mendel. „Schwere Sünden hab' ich begangen, der Herr hat die Augen zugedrückt. Einen Isprawnik hab' ich ihn genannt. Er hat sich die Ohren zugehalten. Er ist so groß, daß unsere Schlechtigkeit ganz klein wird. Ich darf mit dir fahren."

Alle begleiteten Mendel zum Wagen. An diesem und jenem Fenster standen Nachbarn und Nachbarinnen und sahen hinunter. Mendel holte seine Schlüssel, sperrte noch einmal den Laden auf, ging ins Hinterzimmer und nahm das rotsamtene Säckchen vom Nagel. Er blies darauf, um es vom Staub zu befreien, ließ den Rolladen herunter, sperrte zu und gab Skowronnek die Schlüssel. Mit dem Sack im Arm stieg er ins Auto. Der Motor ratterte. Die Scheinwerfer leuchteten auf. Aus dem und jenem Fenster riefen Stimmen: „Auf Wiedersehen, Mendel." Mendel Singer ergriff Menkes am Ärmel und sagte: „Morgen, beim Gebet, wirst du verkünden lassen, daß ich dreihundert Dollar für Arme spende. Lebt wohl!"

Und er fuhr an der Seite seines Sohnes in den vierundvierzigsten Broadway, ins Astor Hotel.

16

Kümmerlich und gebeugt, im grünlich schillernden Rock, das rotsamtene Säckchen im Arm, betrat Mendel Singer die Halle, betrachtete das elektrische Licht, den blonden Portier, die weiße Büste eines unbekannten Gottes vor dem Aufgang zur Stiege und den schwarzen Neger, der ihm den Sack abnehmen wollte. Er stieg in den Lift und sah sich im Spiegel neben seinem Sohn, er schloß die Augen, denn er fühlte sich schwindlig werden. Er war schon gestorben, er schwebte in den Himmel, es nahm kein Ende. Der Sohn faßte ihn bei der Hand, der Lift hielt, Mendel ging auf einem lautlosen Teppich durch einen langen Korridor. Er öffnete erst die Augen, als er im Zimmer stand. Wie es seine Gewohnheit war, trat er sofort zum Fenster. Da sah er zum erstenmal die Nacht von Amerika aus der Nähe, den geröteten Himmel, die flammenden, sprühenden, tropfenden, glühenden, roten, blauen, grünen, silbernen, goldenen Buchstaben, Bilder und Zeichen. Er hörte den lärmenden Gesang Amerikas, das Hupen, das Tuten, das Dröhnen, das Klingeln, das Kreischen, das Knarren, das Pfeifen und das Heulen. Dem Fenster gegenüber, an dem Mendel lehnte, erschien jede fünfte Sekunde das breite, lachende Gesicht eines Mädchens, zusammengesetzt aus lauter hingesprühten Funken und Punkten, das blendende Gebiß in dem geöffneten Mund aus einem Stück geschmolzenen Silbers. Diesem Angesicht entgegen schwebte ein rubinroter, überschäumender Pokal, kippte von selbst um, ergoß seinen Inhalt in den offenen Mund und entfernte sich, um neu gefüllt wieder zu erscheinen, rubinrot und weißgischtig überschäumend. Es war eine Reklame für eine neue Limonade. Mendel bewunderte sie als die vollkommenste Darstellung des nächtlichen Glücks und der goldenen Gesundheit. Er lächelte, sah das Bild ein paarmal kommen und verschwinden und wandte sich wieder dem Zimmer zu. Da stand aufgeschlagen sein weißes Bett. In einem Schaukelstuhl wiegte sich Menuchim. „Ich werde heute nicht schlafen", sagte Mendel. „Leg du dich schlafen, ich werde neben dir sitzen. Im Winkel hast du geschlafen, in Zuchnow, neben dem Herd." „Ich erinnere mich genau an einen Tag", begann Menuchim, nahm seine Brille ab, und Mendel sah die nackten Augen seines Sohnes, traurig und müde erschienen sie ihm, „ich erinnere mich an einen Vormittag, die Sonne ist sehr hell, das Zimmer leer. Da kommst du, hebst mich hoch, ich sitze auf einem Tisch, und du klingelst an ein Glas mit einem Löffel. Es war ein wunderbares Klingeln, ich wollte, ich könnte es heute komponieren und spielen. Dann singst du. Dann beginnen die Glocken zu läuten, ganz alte, wie große, schwere Löffel schlagen sie an riesengroße Gläser." „Weiter, weiter", sagte Mendel. Auch er erinnerte sich genau an jenen Tag, an dem Deborah aus dem Hause ging, die Reise zu Kapturak vorzubereiten. „Das ist aus frühen Tagen das einzige!" sagte der Sohn. „Dann kommt die Zeit, wo Billes' Schwiegersohn, der Geiger, spielt. Jeden Tag, glaube ich, spielt er. Er hört zu spielen auf, aber ich höre ihn immer, den ganzen Tag, die ganze Nacht." „Weiter, weiter!" mahnte Mendel in dem Ton, in dem er seine Schüler immer zum Lernen angeeifert hatte. „Dann ist lange nichts! Dann sehe ich eines Tages einen großen roten und blauen Brand. Ich lege mich auf den Boden. Ich krieche zur Tür. Plötzlich reißt mich jemand hoch und treibt mich, ich laufe. Ich bin draußen, die Leute stehen auf der andern Seite der Gasse. Feuer! schreit es aus mir!" „Weiter, weiter!" mahnte Mendel. „Ich weiß nichts mehr. Man sagte mir dann später, ich wäre lange krank und bewußtlos gewesen. Ich erinnere mich erst an die Zeiten in Petersburg, ein weißer Saal, weiße Betten, viele Kinder in den Betten, ein Harmonium oder eine Orgel spielt, und ich singe mit lauter Stimme dazu. Dann führt mich der Doktor im Wagen nach Haus. Eine große, blonde Frau in einem blaßblauen Kleid spielt Klavier. Sie steht auf. Ich gehe an die Tasten, es klingt, wenn ich sie anrühre. Plötzlich spiele ich die Lieder der Orgel und alles, was ich singen kann." „Weiter, weiter!" mahnte Mendel. „Ich wüßte nichts weiter, was mich mehr anginge als diese paar Tage. Ich erinnere mich an die Mutter. Es war warm und weich bei ihr, ich glaube, sie hatte eine sehr tiefe Stimme, und ihr Gesicht war sehr groß und rund, wie eine ganze Welt." „Weiter, weiter!" sagte Mendel. „An Mirjam, an Jonas, an Schemarjah erinnere ich mich nicht. Von ihnen habe ich erst viel später gehört, durch Billes' Tochter."

Mendel seufzte. „Mirjam", wiederholte er. Sie stand vor ihm, im goldgelben Schal, mit den blauschwarzen Haaren, flink und leichtfüßig, eine junge Gazelle. Seine Augen hatte sie. „Ein schlechter Vater war ich", sagte Mendel. „Dich habe ich schlecht behandelt und sie. Jetzt ist sie verloren, keine Medizin kann ihr helfen." „Wir werden zu ihr gehn", sagte Menuchim. „Ich selbst, Vater, bin ich nicht geheilt worden?"

Ja, Menuchim hatte recht. Der Mensch ist unzufrieden, sagte sich Mendel. Eben hat er ein Wunder erlebt, schon will er das nächste sehn. Warten, warten, Mendel Singer!

Sieh nur, was aus Menuchim, dem Krüppel, geworden ist. Schmal sind seine Hände, klug sind seine Augen, zart sind seine Wangen.

„Geh schlafen, Vater!" sagte der Sohn. Er ließ sich auf den Boden nieder und zog Mendel Singer die alten Stiefel aus. Er betrachtete die Sohlen, die zerrissen waren, gezackte Ränder hatten, das gelbe, geflickte Oberleder, die ruppig gewordenen Schäfte, die durchlöcherten Socken, die ausgefransten Hosen. Er entkleidete den Alten und legte ihn ins Bett Dann verließ er das Zimmer, holte aus seinem Koffer ein Buch, kehrte zum Vater zurück, setzte sich in den Schaukelstuhl neben das Bett, entzündete die kleine, grüne Lampe und begann zu lesen. Mendel tat, als ob er schliefe. Er blinzelte durch einen schmalen Spalt zwischen den Lidern. Sein Sohn legte das Buch weg und sagte: „Du denkst an Mirjam, Vater! Wir werden sie besuchen. Ich werde Ärzte rufen. Man wird sie heilen. Sie ist noch jung! Schlaf ein!" Mendel schloß die Augen, aber er schlief nicht ein. Er dachte an Mirjam, hörte die ungewohnten Geräusche der Welt, fühlte durch die geschlossenen Lider die nächtlichen Flammen des hellen Himmels. Er schlief nicht, aber es war ihm wohl, er ruhte aus. Mit wachem Kopf lag er gebettet in Schlaf und erwartete den Morgen.

Der Sohn bereitete ihm das Bad, kleidete ihn an, setzte ihn in den Wagen. Sie fuhren lange durch geräuschvolle Straßen, sie verließen die Stadt, sie kamen auf einen langen und breiten Weg, an dessen Rändern knospende Bäume standen. Der Motor summte hell, im Winde wehte Mendels Bart. Er schwieg. „Willst du wissen, wohin wir fahren, Vater?" fragte der Sohn. „Nein!" antwortete Mendel. „Ich will nichts wissen! Wohin du fährst, ist es gut."

Und sie gelangten in eine Welt, wo der weiche Sand gelb war, das weite Meer blau und alle Häuser weiß. Auf der Terrasse vor einem dieser Häuser, an einem kleinen, weißen Tischchen, saß Mendel Singer. Er schlürfte einen goldbraunen Tee. Auf seinen gebeugten Rücken schien die erste warme Sonne dieses Jahres. Die Amseln hüpften dicht an ihn heran. Ihre Schwestern flöteten indessen vor der Terrasse. Die Wellen des Meeres plätscherten mit sanftem, regelmäßigem Schlag an den Strand. Am blaßblauen Himmel standen ein paar weiße Wölkchen. Unter diesem Himmel war es Mendel recht, zu glauben, daß Jonas sich einmal wieder einfinden würde und Mirjam heimkehren, „schöner als alle Frauen der Welt", zitierte er im stillen. Er selbst, Mendel Singer, wird nach späten Jahren in den guten Tod eingehen, umringt von vielen Enkeln und „satt am Leben", wie es im „Hiob" geschrieben stand. Er fühlte ein merkwürdiges und auch verbotenes Verlangen, die Mütze aus altem Seidenrips abzulegen und die Sonne auf seinen alten Schädel scheinen zu lassen. Und zum erstenmal in seinem Leben entblößte Mendel Singer aus freiem Willen sein Haupt, so wie er es nur im Amt getan hatte und im Bad. Die spärlichen, gekräuselten Härchen auf seinem kahlen Kopf bewegte ein Frühlingswind wie seltsame, zarte Pflanzen.

So grüßte Mendel Singer die Welt.

Und eine Möwe stieß wie ein silbernes Geschoß des Himmels unter das Zeltdach der Terrasse. Mendel beobachtete ihren jähen Flug und die schattenhafte, weiße Spur, die sie in der blauen Luft hinterließ.

Da sagte der Sohn: „Nächste Woche fahre ich nach San Franzisko. Auf der Rückkehr spielen wir noch zehn Tage in Chikago. Ich denke, Vater, daß wir in vier Wochen nach Europa fahren können!"

„Mirjam?"

„Heute noch werde ich sie sehen, mit Ärzten sprechen. Alles wird gut werden, Vater. Vielleicht nehmen wir sie mit. Vielleicht wird sie in Europa gesund!"

Sie kehrten ins Hotel zurück. Mendel ging ins Zimmer seines Sohnes. Er war müde.

„Leg dich auf das Sofa, schlaf ein wenig", sagte der Sohn. „In zwei Stunden bin ich wieder hier!"

Mendel legte sich gehorsam. Er wußte, wohin sein Sohn ging. Zur Schwester ging er. Er war ein wunderbarer Mensch, der Segen ruhte auf ihm, gesund würde er Mirjam machen.

Mendel erblickte eine große Photographie in rostbraunem Rahmen auf dem kleinen Spiegeltisch. „Gib mir das Bild!" bat er.

Er betrachtete es lange. Er sah die junge, blonde Frau in einem hellen Kleid, hell wie der Tag, in einem Garten saß sie, durch den der Wind spazierenging und die Sträucher am Rande der Beete bewegte. Zwei Kinder, ein Mädchen und ein Knabe, standen neben einem kleinen, eselbespannten Wagen, wie sie in manchen Gärten als spielerisches Vehikel gebraucht werden.

„Gott segne sie!" sagte Mendel.

Der Sohn ging. Der Vater blieb auf dem Sofa, die Photographie legte er sachte neben sich. Sein müdes Auge schweifte durchs Zimmer zum Fenster. Von seinem tiefgelagerten Sofa aus konnte er einen vielgezackten, wolkenlosen Ausschnitt des Himmels sehn. Er nahm noch einmal das Bild vor. Da war seine Schwiegertochter, Menuchims Frau, da waren die Enkel, Menuchims Kinder. Betrachtete er das Mädchen genauer, glaubte er, ein Kinderbild Deborahs zu sehn. Tot war Deborah, mit fremden, jenseitigen Augen erlebte sie vielleicht das Wunder. Dankbar erinnerte sich Mendel an ihre junge Wärme, die er einst gekostet hatte, ihre roten Wangen, ihre halboffenen Augen, die im Dunkel der Liebesnächte geleuchtet hatten, schmale, lockende Lichter. Tote Deborah!

Er stand auf, schob einen Sessel an das Sofa, stellte das Bild auf den Sessel und legte sich wieder hin. Während sie sich langsam schlossen, nahmen seine Augen die ganze blaue Heiterkeit des Himmels in den Schlaf hinüber und die Gesichter der neuen Kinder. Neben ihnen tauchten aus dem braunen Hintergrund des Porträts Jonas und Mirjam auf. Mendel schlief ein. Und er ruhte aus von der Schwere des Glücks und der Größe der Wunder.

HIOB

Radetzkymarsch

ERSTER TEIL

DIE TROTTAS WAREN ein junges Geschlecht. Ihr Ahnherr hatte nach der Schlacht bei Solferino den Adel bekommen. Er war Slowene. Sipolje – der Name des Dorfes, aus dem er stammte – wurde sein Adelsprädikat. Zu einer besondern Tat hatte ihn das Schicksal ausersehn. Er aber sorgte dafür, daß ihn die späteren Zeiten aus dem Gedächtnis verloren.

In der Schlacht bei Solferino befehligte er als Leutnant der Infanterie einen Zug. Seit einer halben Stunde war das Gefecht im Gange. Drei Schritte vor sich sah er die weißen Rücken seiner Soldaten. Die erste Reihe seines Zuges kniete, die zweite stand. Heiter waren alle und sicher des Sieges. Sie hatten ausgiebig gegessen und Branntwein getrunken, auf Kosten und zu Ehren des Kaisers, der seit gestern im Felde war. Hier und dort fiel einer aus der Reihe. Trotta sprang flugs in jede Lücke und schoß aus den verwaisten Gewehren der Toten und Verwundeten. Bald schloß er dichter die gelichtete Reihe, bald wieder dehnte er sie aus, nach vielen Richtungen spähend mit hundertfach geschärftem Auge, nach vielen Richtungen lauschend mit gespanntem Ohr. Mitten durch das Knattern der Gewehre klaubte sein flinkes Gehör die seltenen, hellen Kommandos seines Hauptmanns. Sein scharfes Auge durchbrach den blaugrauen Nebel vor den Linien des Feindes. Niemals schoß er, ohne zu zielen, und jeder seiner Schüsse traf. Die Leute spürten seine Hand und seinen Blick, hörten seinen Ruf und fühlten sich sicher.

Der Feind machte eine Pause. Durch die unabsehbar lange Reihe der Front lief das Kommando: „Feuer einstellen!" Hier und dort klapperte noch ein Ladestock, hier und dort knallte noch ein Schuß, verspätet und einsam. Der blaugraue Nebel zwischen den Fronten lichtete sich ein wenig. Man stand auf einmal in der mittäglichen Wärme der silbernen, verdeckten, gewitterlichen Sonne. Da erschien zwischen dem Leutnant und den Rücken der Soldaten der Kaiser mit zwei Offizieren des Generalstabs. Er wollte gerade einen Feldstecher, den ihm einer der Begleiter reichte, an die Augen führen. Trotta wußte, was das bedeutete: selbst wenn man annahm, daß der Feind auf dem Rückzug begriffen war, so stand seine Nachhut gewiß gegen die Österreicher gewendet, und wer einen Feldstecher hob, gab ihr zu erkennen, daß er ein Ziel sei, würdig, getroffen zu werden. Und es war der junge Kaiser. Trotta fühlte sein Herz im Halse. Die Angst vor der unausdenkbaren, der grenzenlosen Katastrophe, die ihn selbst, das Regiment, die Armee, den Staat, die ganze Welt vernichten würde, jagte glühende Fröste durch seinen Körper. Seine Knie zitterten. Und der ewige Groll des subalternen Frontoffiziers gegen die hohen Herren des Generalstabs, die keine Ahnung von der bitteren Praxis hatten, diktierte dem Leutnant jene Handlung, die seinen Namen unauslöschlich in die Geschichte seines Regiments einprägte. Er griff mit beiden Händen nach den Schultern des Monarchen, um ihn niederzudrücken. Der Leutnant hatte wohl zu stark angefaßt. Der Kaiser fiel sofort um. Die Begleiter stürzten auf den Fallenden. In diesem Augenblick durchbohrte ein Schuß die linke Schulter des Leutnants, jener Schuß eben, der dem Herzen des Kaisers gegolten hatte. Während er sich erhob, sank der Leutnant nieder. Überall, die ganze Front entlang, erwachte das wirre und unregelmäßige Geknatter der erschrockenen und aus dem Schlummer gerissenen Gewehre. Der Kaiser, ungeduldig von seinen Begleitern gemahnt, die gefährliche Stelle zu verlassen, beugte sich dennoch über den liegenden Leutnant und fragte, eingedenk seiner kaiserlichen Pflicht, den Ohnmächtigen, der nichts mehr hörte, wie er denn heiße. Ein Regimentsarzt, ein Sanitätsunteroffizier und zwei Mann mit einer Tragbahre galoppierten herbei, die Rücken geduckt und die Köpfe gesenkt. Die Offiziere des Generalstabs rissen erst den Kaiser nieder und warfen sich dann selbst zu Boden. „Hier den Leutnant!" rief der Kaiser zum atemlosen Regimentsarzt empor.

Inzwischen hatte sich das Feuer wieder beruhigt. Und während der Kadettoffizierstellvertreter vor den Zug trat und mit heller Stimme verkündete: „Ich übernehme das Kommando!", erhoben sich Franz Joseph und seine Begleiter, schnallten die Sanitäter vorsichtig den Leutnant auf die Bahre, und alle zogen sich zurück, in die Richtung des Regimentskommandos, wo ein schneeweißes Zelt den nächsten Verbandplatz überdachte.

Das linke Schlüsselbein Trottas war zerschmettert. Das Geschoß, unmittelbar unter dem linken Schulterblatt steckengeblieben, entfernte man in Anwesenheit des Allerhöchsten Kriegsherrn und unter dem unmenschlichen Gebrüll des Verwundeten, den der Schmerz aus der Ohnmacht geweckt hatte.

Trotta wurde nach vier Wochen gesund. Als er in seine südungarische Garnison zurückkehrte, besaß er den Rang eines Hauptmanns, die höchste aller Auszeichnungen: den Maria-Theresien-Orden und den Adel. Er hieß von nun ab: Hauptmann Joseph Trotta von Sipolje.

Als hätte man ihm sein eigenes Leben gegen ein fremdes, neues, in einer Werkstatt angefertigtes vertauscht, wiederholte er sich jede Nacht vor dem Einschlafen und jeden Morgen nach dem Erwachen seinen neuen Rang und seinen neuen Stand, trat vor den Spiegel und bestätigte sich, daß sein Angesicht das alte war. Zwischen der linkischen Vertraulichkeit, mit der seine Kameraden den Abstand zu überwinden versuchten, den das unbegreifliche Schicksal plötzlich zwischen ihn und sie gelegt hatte, und seinen eigenen vergeblichen Bemühungen, aller Welt mit der gewohnten Unbefangenheit entgegenzutreten, schien der geadelte Hauptmann Trotta das Gleichgewicht zu verlieren, und ihm war, als wäre er von nun ab sein Leben lang verurteilt, in fremden Stiefeln auf einem glatten Boden zu wandeln, von heimlichen Reden verfolgt und von scheuen Blikken erwartet. Sein Großvater noch war ein kleiner Bauer gewesen, sein Vater Rechnungsunteroffizier, später Gendarmeriewachtmeister im südlichen Grenzgebiet der Monarchie. Seitdem er im Kampf mit bosnischen Grenzschmugglern ein Auge verloren hatte, lebte er als Militärinvalide und Parkwächter des Schlosses Laxenburg, fütterte die Schwäne, beschnitt die Hecken, bewachte im Frühling den Goldregen, später den Holunder vor räuberischen, unberechtigten Händen und fegte in milden Nächten obdachlose Liebespaare von den wohltätig finstern Bänken. Natürlich und angemessen schien der Rang eines gewöhnlichen Leutnants der Infanterie dem Sohn eines Unteroffiziers. Dem adeligen und ausgezeichneten Hauptmann aber, der im fremden und fast unheimlichen Glanz der kaiserlichen Gnade umherging wie in einer goldenen Wolke, war der leibliche Vater plötzlich ferngerückt, und die gemessene Liebe, die der Nachkomme dem Alten entgegenbrachte, schien ein verändertes Verhalten und eine neue Form des Verkehrs zwischen Vater und Sohn zu verlangen. Seit fünf Jahren hatte der Hauptmann seinen Vater nicht gesehen; wohl aber jede zweite Woche, wenn er nach dem ewig unveränderlichen Turnus in den Stationsdienst kam, dem Alten einen kurzen Brief geschrieben, im Wachtzimmer, beim kärglichen und unruhigen Schein der Dienstkerze, nachdem er die Wachen visitiert, die Stunden ihrer Ablösung eingetragen und in die Rubrik „Besondere Vorfälle" ein energisches und klares „Keine" gezeichnet hatte, das gleichsam auch nur jede leise Möglichkeit besonderer Vorfälle leugnete. Wie Urlaubsscheine und Dienstzettel glichen die Briefe einander, geschrieben auf gelblichen und holzfaserigen Oktavbogen, die Anrede „Lieber Vater!" links, vier Finger Abstand vom oberen Rand und zwei vom seitlichen, beginnend mit der kurzen Mitteilung vom Wohlergehen des Schreibers, fortfahrend mit der Hoffnung auf das des Empfängers und abgeschlossen von der steten, in einen neuen Absatz gefaßten und rechts unten im diagonalen Abstand zur Anrede hingemalten Wendung: „In Ehrfurcht Ihr treuer und dankbarer Sohn Joseph Trotta, Leutnant." Wie aber sollte man jetzt, zumal da man dank dem neuen Rang nicht mehr den alten Turnus mitmachte, die gesetzmäßige, für ein ganzes Soldatenleben berechnete Form der Briefe ändern und zwischen die normierten Sätze ungewöhnliche Mitteilungen von ungewöhnlich gewordenen Verhältnissen rükken, die man selbst noch kaum begriffen hatte? An jenem stillen Abend, an dem der Hauptmann Trotta sich zum erstenmal nach seiner Genesung an den von spielerischen Messern gelangweilter Männer reichlich zerschnittenen und durchkerbten Tisch setzte, um die Pflicht der Korrespondenz zu erfüllen, sah er ein, daß er über die Anrede „Lieber Vater!" niemals hinauskommen würde. Und er lehnte die unfruchtbare Feder ans Tintenfaß, und er zupfte ein Stück vom flackernden Docht der Kerze ab, als erhoffte er von ihrem besänftigten Licht einen glücklichen Einfall und eine passende Wendung, und schweifte sachte in Erinnerungen ab, an Kindheit, Dorf, Mutter und Kadettenschule. Er betrachtete die riesigen Schatten, von geringen Gegenständen an die kahlen, blau getünchten Wände geworfen, und die leicht gekrümmte, schimmernde Linie des Säbels am Haken neben der Tür und, durch den Korb des Säbels gesteckt, das dunkle Halsband.

Er lauschte dem unermüdlichen Regen draußen und seinem trommelnden Gesang am blechbeschlagenen Fensterbrett. Und er erhob sich endlich mit dem Entschluß, den Vater in der nächsten Woche zu besuchen, nach vorgeschriebener Dank-Audienz beim Kaiser, zu der man ihn in einigen Tagen abkommandieren sollte.

Eine Woche später fuhr er unmittelbar von der Audienz, die aus knappen zehn Minuten bestanden hatte, nicht mehr als aus zehn Minuten kaiserlicher Huld und jener zehn oder zwölf aus Akten gelesenen Fragen, auf die man in strammer Haltung ein „Jawohl, Majestät!" wie einen sanften, aber bestimmten Flintenschuß abfeuern mußte, im Fiaker zu seinem Vater nach Laxenburg. Er traf den Alten in der Küche seiner Dienstwohnung, in Hemdärmeln, am blankgehobelten, nackten Tisch, auf dem ein dunkelblaues Taschentuch mit roten Säumen lag, vor einer geräumigen Tasse mit dampfendem und wohlriechendem Kaffee. Der knotenreiche, rotbraune Stock aus Weichselholz hing mit der Krücke an der Tischkante und schaukelte leise. Ein runzliger Lederbeutel mit faserigem Knaster lag dick geschwellt und halb offen neben der langen Pfeife aus weißem, gebräuntem, gelblichem Ton. Ihre Färbung paßte zu dem mächtigen, weißen Schnurrbart des Vaters. Hauptmann Joseph Trotta von Sipolje stand mitten in dieser ärmlichen und ärarischen Traulichkeit wie ein militärischer Gott, mit glitzernder Feldbinde, lakkiertem Helm, der eine Art eigenen, schwarzen Sonnenscheins verbreitete, in glatten, feurig gewichsten Zugstiefeln, mit schimmernden Sporen, mit zwei Reihen glänzender, beinahe flackernder Knöpfe am Rock und von der überirdischen Macht des Maria-Theresien-Ordens gesegnet. Also stand der Sohn vor dem Vater, der sich langsam erhob, als wollte er durch die Langsamkeit der Begrüßung den Glanz des Jungen wettmachen. Hauptmann Trotta küßte die Hand seines Vaters, beugte den Kopf tiefer und empfing einen Kuß auf die Stirn und einen auf die Wange. „Setz dich!" sagte der Alte. Der Hauptmann schnallte Teile seines Glanzes ab und setzte sich. „Ich gratulier' dir!" sagte der Vater mit gewöhnlicher Stimme, im harten Deutsch der Armee-Slawen. Er ließ die Konsonanten wie Gewitter hervorbrechen und beschwerte die Endsilben mit kleinen Gewichten. Vor fünf Jahren noch hatte er zu seinem Sohn slowenisch gesprochen, obwohl der Junge nur ein paar Worte verstand und nicht ein einziges selbst hervorbrachte. Heute aber mochte dem Alten der Gebrauch seiner Muttersprache von dem so weit durch die Gnade des Schicksals und des Kaisers entrückten Sohn als eine gewagte Zutraulichkeit erscheinen, während der Hauptmann auf die Lippen des Vaters achtete, um den ersten slowenischen Laut zu begrüßen, wie etwas vertraut Fernes und verloren Heimisches. „Gratuliere, gratuliere!" wiederholte der Wachtmeister donnernd. „Zu meiner Zeit ist es nie so schnell gegangen! Zu meiner Zeit hat uns noch der Radetzky gezwiebelt!" Es ist tatsächlich aus! dachte der Hauptmann Trotta. Getrennt von ihm war der Vater durch einen schweren Berg militärischer Grade. „Haben Sie noch Rakija, Herr Vater?" sagte er, um den letzten Rest der familiären Gemeinsamkeit zu bestätigen. Sie tranken, stießen an, tranken wieder, nach jedem Trunk ächzte der Vater, verlor sich in einem unendlichen Husten, wurde blaurot, spuckte, beruhigte sich langsam und begann, Allerweltsgeschichten aus der eigenen Militärzeit zu erzählen, mit der unbezweifelbaren Absicht, Verdienste und Karriere des Sohnes geringer erscheinen zu lassen. Schließlich erhob sich der Hauptmann, küßte die väterliche Hand, empfing den väterlichen Kuß auf Stirn und Wange, gürtete den Säbel um, setzte den Tschako auf und ging – mit dem sichern Bewußtsein, daß er den Vater zum letztenmal in diesem Leben gesehen hatte…

Es war das letztemal gewesen. Der Sohn schrieb dem Alten die gewohnten Briefe, es gab keine andere sichtbare Beziehung mehr zwischen beiden – losgelöst war der Hauptmann Trotta von dem langen Zug seiner bäuerlichen slawischen Vorfahren. Ein neues Geschlecht brach mit ihm an. Die runden Jahre rollten nacheinander ab wie gleichmäßige, friedliche Räder. Standesgemäß heiratete Trotta die nicht mehr ganz junge, begüterte Nichte seines Obersten, Tochter eines Bezirkshauptmanns im westlichen Böhmen, zeugte einen Knaben, genoß das Gleichmaß seiner gesunden, militärischen Existenz in der kleinen Garnison, ritt jeden Morgen zum Exerzierplatz, spielte nachmittags Schach mit dem Notar im Kaffeehaus, wurde heimisch in seinem Rang, seinem Stand, seiner Würde und seinem Ruhm. Er besaß eine durchschnittliche militärische Begabung, von der er jedes Jahr bei den Manövern durchschnittliche Proben ablegte, war ein guter Gatte, mißtrauisch gegen Frauen, den Spielen fern, mürrisch, aber gerecht im Dienst, grimmiger Feind jeder Lüge, unmännlichen Gebarens, feiger Geborgenheit, geschwätzigen Lobs und ehrgeiziger Süchte. Er war so einfach und untadelig wie seine Konduitenliste, und nur der Zorn, der ihn manchmal ergriff, hätte einen Kenner der Menschen ahnen lassen, daß auch in der Seele des Hauptmanns Trotta die nächtlichen Abgründe dämmerten, in denen die Stürme schlafen und die unbekannten Stimmen namenloser Ahnen.

Er las keine Bücher, der Hauptmann Trotta, und bemitleidete im stillen seinen heranwachsenden Sohn, der anfangen mußte, mit Griffel, Tafel und Schwamm, Papier, Lineal und Einmaleins zu hantieren, und auf den die unvermeidlichen Lesebücher bereits warteten. Noch war der Hauptmann überzeugt, daß auch sein Sohn Soldat werden müsse. Es fiel ihm nicht ein, daß (von nun bis zum Erlöschen des Geschlechts) ein Trotta einen andern Beruf würde ausüben können. Wenn er zwei, drei, vier Söhne gehabt hätte – aber seine Frau war schwächlich, brauchte Arzt und Kuren, und Schwangerschaft brachte sie in Gefahr –, alle wären sie Soldaten geworden. So dachte damals noch der Hauptmann Trotta. Man sprach von einem neuen Krieg, er war jeden Tag bereit. Ja, es schien ihm fast gewiß, daß er ausersehen war, in der Schlacht zu sterben. Seine solide Einfalt hielt den Tod im Feld für eine notwendige Folge kriegerischen Ruhms. Bis er eines Tages das erste Lesebuch seines Sohnes, der gerade fünf Jahre alt geworden war und den ein Hauslehrer schon, dank dem Ehrgeiz der Mutter, die Nöte der Schule viel zu früh schmecken ließ, mit lässiger Neugier in die Hand nahm. Er las das gereimte Morgengebet, es war seit Jahrzehnten das gleiche, er erinnerte sich noch daran. Er las die *Vier Jahreszeiten*, den *Fuchs und den Hasen*, den *König der Tiere*. Er schlug das Inhaltsverzeichnis auf und fand den Titel eines Lesestückes, das ihn selbst zu betreffen schien, denn es hieß: *Franz Joseph der Erste in der Schlacht bei Solferino*; las und mußte sich setzen. „In der Schlacht bei Solferino" – so begann der Abschnitt – „geriet unser Kaiser und König Franz Joseph der Erste in große Gefahr." Trotta selbst kam darin vor. Aber in welcher Verwandlung! „Der Monarch" – hieß es – „hatte sich im Eifer des Gefechts so weit vorgewagt, daß er sich plötzlich von feindlichen Reitern umdrängt sah. In diesem Augenblick der höchsten Not sprengte ein blutjunger Leutnant auf schweißbedecktem Fuchs herbei, den Säbel schwingend. Hei! wie fielen da die Hiebe auf Kopf und Nacken der feindlichen Reiter!" Und ferner: „Eine feindliche Lanze durchbohrte die Brust des jungen Helden, aber die Mehrzahl der Feinde war bereits erschlagen. Den blanken Degen in der Hand, konnte sich der junge, unerschrockene Monarch leicht der immer schwächer werdenden Angriffe erwehren. Damals geriet die ganze feindliche Reiterei in Gefangenschaft. Der junge Leutnant aber – Joseph Ritter von Trotta war sein Name – bekam die höchste Auszeichnung, die unser Vaterland seinen Heldensöhnen zu vergeben hat: den Maria-Theresien-Orden."

Hauptmann Trotta ging, das Lesebuch in der Hand, in den kleinen Obstgarten hinter das Haus, wo sich seine Frau an linderen Nachmittagen beschäftigte, und fragte sie, die Lippen blaß, mit ganz leiser Stimme, ob ihr das infame Lesestück bekannt gewesen sei. Sie nickte lächelnd. „Es ist eine Lüge!" schrie der Hauptmann und schleuderte das Buch auf die feuchte Erde. „Es ist für Kinder", antwortete sanft seine Frau. Der Hauptmann kehrte ihr den Rücken. Der Zorn schüttelte ihn wie der Sturm einen schwachen Strauch. Er ging schnell ins Haus, sein Herz flatterte. Es war die Stunde des Schachspiels. Er nahm den Säbel vom Haken, schnallte den Gurt mit einem bösen und heftigen Ruck um den Leib und verließ mit wilden und langen Schritten das Haus. Wer ihn sah, konnte glauben, daß er ausziehe, ein Schock Feinde zu erlegen. Nachdem er im Kaffeehaus, ohne noch ein Wort gesprochen zu haben, vier tiefe Querfurchen auf der blassen, schmalen Stirn unter dem harten, kurzen Haar, zwei Partien verloren hatte, warf er mit einer grimmen Hand die klappernden Figuren um und sagte zu seinem Partner: „Ich muß mich mit Ihnen beraten!" – Pause. – „Man hat mit mir Mißbrauch getrieben", begann er wieder, sah geradewegs in die blitzenden Brillengläser des Notars und merkte nach einer Weile, daß ihm die Worte fehlten. Er hätte das Lesebuch mitnehmen müssen. Mit diesem odiosen Gegenstand in Händen wäre ihm die Erklärung bedeutend leichter gefallen. „Was für ein Mißbrauch?" fragte der Jurist. „Ich habe nie bei der Kavallerie gedient", glaubte Hauptmann Trotta am besten anfangen zu müssen, obwohl er selbst einsah, daß man ihn so nicht begreifen konnte. „Und da schreiben diese schamlosen Schreiber in den Kinderbüchern, daß ich auf einem Fuchs, einem schweißbedeckten Fuchs, schreiben sie, herangesprengt bin, um den Monarchen zu retten, schreiben sie." – Der Notar verstand. Er selbst kannte das Lesestück aus den Büchern seiner Söhne. „Sie überschätzen das, Herr Hauptmann", sagte er. „Bedenken Sie, es ist für Kinder!" Trotta sah ihn erschrocken an. In diesem Augenblick schien es ihm, daß sich die ganze Welt gegen ihn verbündet hatte: die Schreiber der Lesebücher, der Notar, seine Frau, sein Sohn, der Hauslehrer. „Alle historischen Taten", sagte der Notar, „werden für den Schulgebrauch anders dargestellt. Es ist auch so richtig, meiner Meinung nach. Die Kinder brauchen Beispiele, die sie begreifen, die sich ihnen einprägen. Die richtige Wahrheit erfahren sie dann später!" „Zahlen!" rief der Hauptmann und erhob sich. Er ging in die Kaserne, überraschte den diensthabenden Offizier, Leutnant Amerling, mit einem Fräulein in der Schreibstube des Rechnungsunteroffiziers, visitierte selbst die Wachen, ließ den Feldwebel holen, bestellte den Unteroffizier vom Dienst zum Rapport, ließ die Kompanie antreten und befahl Gewehrübungen im Hof. Man gehorchte verworren und zitternd. In jedem Zug fehlten ein paar Mann, sie waren unauffindbar. Hauptmann Trotta befahl, die Namen zu verlesen. „Abwesende morgen zum Rapport!" sagte er zum Leutnant. Mit keuchendem Atem machte die Mannschaft Gewehrübungen. Es klapperten die Ladestöcke, es flogen die Riemen, die heißen Hände schlugen klatschend auf die kühlen, metallenen Läufe, die mächtigen Kolben stampften auf den dumpfen, weichen Boden. „Laden!" kommandierte der Hauptmann. Die Luft zitterte von dem hohlen Geknatter der blinden Patronen. „Eine halbe Stunde Salutierübungen!" kommandierte der Hauptmann. Nach zehn Minuten änderte er den Befehl. „Kniet nieder zum Gebet!" Beruhigt lauschte er dem dumpfen Aufprall der harten Knie auf Erde, Schotter und Sand. Noch war er Hauptmann, Herr seiner Kompanie. Diesen Schreibern wird er's schon zeigen.

Er ging heute nicht ins Kasino, er aß nicht einmal, er legte sich schlafen. Er schlief traumlos und schwer. Den nächsten Morgen beim Offiziersrapport brachte er knapp und klingend seine Beschwerde vor den Obersten. Sie wurde weitergeleitet. Und nun begann das Martyrium des Hauptmanns Joseph Trotta, Ritter von Sipolje, des Ritters der Wahrheit. Es dauerte Wochen, bis vom Kriegsministerium die Antwort kam, daß die Beschwerde an das Kultus- und Unterrichtsministerium weitergegeben sei. Und abermals vergingen Wochen, bis eines Tages die Antwort des Ministers einlief. Sie lautete:

„Euer Hochwohlgeboren,
sehr geehrter Herr Hauptmann!

In Erwiderung auf Euer Hochwohlgeboren Beschwerde, betreffend Lesebuchstück Nummer fünfzehn der autorisierten Lesebücher für österreichische Volks- und Bürgerschulen nach dem Gesetz vom 21. Juli 1864, verfaßt und herausgegeben von den Professoren Weidner und Srdcny, erlaubt sich der Herr Unterrichtsminister respektabelst, Euer Hochwohlgeboren Aufmerksamkeit auf den Umstand zu lenken, daß die Lesebuchstücke von historischer Bedeutung, insbesondere diejenigen, die Seine Majestät, den Kaiser Franz Joseph höchst persönlich, sowie auch andere Mitglieder des Allerhöchsten Herrscherhauses betreffen, laut Erlaß vom 21. März 1840, dem Fassungsvermögen der Schüler angepaßt und bestmöglichen pädagogischen Zwecken entsprechend gehalten sein sollen. Besagtes, in Euer Hochwohlgeboren Beschwerde erwähntes Lesestück Nummer fünfzehn hat Seiner Exzellenz dem Herrn Kultusminister persönlich vorgelegen und ist dasselbe von ihm zum Schulgebrauch autorisiert worden. In den Intentionen der hohen sowie auch nicht minder der niederen Schulbehörden ist es gelegen, den Schülern der Monarchie die heroischen Taten der Armeeangehörigen dem kindlichen Charakter, der Phantasie und den patriotischen Gefühlen der heranwachsenden Generationen entsprechend darzustellen, ohne die Wahrhaftigkeit der geschilderten Ereignisse zu verändern, aber auch, ohne sie in dem trocknen, jeder Aneiferung der Phantasie wie der patriotischen Gefühle entbehrenden Tone wiederzugeben. Zufolge dieser und ähnlicher Erwägungen ersucht der Unterzeichnete Euer Hochwohlgeboren respektvollst, von Euer Hochwohlgeboren Beschwerde Abstand nehmen zu wollen."

Dieses Schriftstück war vom Kultus- und Unterrichtsminister gezeichnet. Der Oberst übergab es dem Hauptmann Trotta mit den väterlichen Worten: „Laß die Geschichte!"

Trotta nahm es entgegen und schwieg. Eine Woche später ersuchte er auf dem vorgeschriebenen Dienstwege um eine Audienz bei Seiner Majestät, und drei Wochen später stand er am Vormittag in der Burg, Aug' in Aug' gegenüber seinem Allerhöchsten Kriegsherrn.

„Sehn Sie zu, lieber Trotta!" sagte der Kaiser. „Die Sache ist recht unangenehm. Aber schlecht kommen wir beide dabei nicht weg! Lassen S' die Geschicht'!"

„Majestät", erwiderte der Hauptmann, „es ist eine Lüge!"

„Es wird viel gelogen", bestätigte der Kaiser.

„Ich kann nicht, Majestät", würgte der Hauptmann hervor.

Der Kaiser trat nahe an den Hauptmann. Der Monarch war kaum größer als Trotta. Sie sahen sich in die Augen.

„Meine Minister", begann Franz Joseph, „müssen selber wissen, was sie tun. Ich muß mich auf sie verlassen. Verstehen Sie, lieber Hauptmann Trotta?" Und, nach einer Weile: „Wir wollen's besser machen. Sie sollen es sehen!"

Die Audienz war zu Ende.

Der Vater lebte noch. Aber Trotta fuhr nicht nach Laxenburg. Er kehrte in die Garnison zurück und bat um seine Entlassung aus der Armee.

Er wurde als Major entlassen. Er übersiedelte nach Böhmen, auf das kleine Gut seines Schwiegervaters. Die kaiserliche Gnade verließ ihn nicht. Ein paar Wochen später erhielt er die Mitteilung, daß der Kaiser geruht habe, dem Sohn seines Lebensretters für Studienzwecke aus der Privatschatulle fünftausend Gulden anzuweisen. Gleichzeitig erfolgte die Erhebung Trottas in den Freiherrnstand.

Joseph Trotta, Freiherr von Sipolje, nahm die kaiserlichen Gaben mißmutig entgegen, wie Beleidigungen. Der Feldzug gegen die Preußen wurde ohne ihn geführt und verloren. Er grollte. Schon wurden seine Schläfen silbrig, sein Auge matt, sein Schritt langsam, seine Hand schwer, sein Mund schweigsamer als zuvor. Obwohl er ein Mann in den besten Jahren war, sah er aus, als würde er schnell alt. Vertrieben war er aus dem Paradies der einfachen Gläubigkeit an Kaiser und Tugend, Wahrheit und Recht, und, gefesselt in Dulden und Schweigen, mochte er wohl erkennen, daß die Schlauheit den Bestand der Welt sicherte, die Kraft der Gesetze und den Glanz der Majestäten. Dank dem gelegentlich geäußerten Wunsch des Kaisers verschwand das Lesebuchstück Nummer fünfzehn aus den Schulbüchern der Monarchie. Der Name Trotta verblieb lediglich in den anonymen Annalen des Regiments. Der Major lebte dahin als der unbekannte Träger früh verschollenen Ruhms, gleich einem flüchtigen Schatten, den ein heimlich geborgener Gegenstand in die helle Welt des Lebendigen schickt. Auf dem Gut seines Schwiegervaters hantierte er mit Gießkanne und Gartenschere, und ähnlich wie sein Vater im Schloßpark von Laxenburg beschnitt der Baron die Hecken und mähte den Rasen, bewachte er im Frühling den Goldregen und später den Holunder vor räuberischen und unbefugten Händen, ersetzte er mürbe gewordene Zaunlatten durch frische und blankgehobelte, richtete er Gerät und Geschirr, zäumte und sattelte eigenhändig die Braunen, erneuerte rostige Schlösser an Pforte und Tor, legte bedächtig sauber geschnitzte, hölzerne Stützen zwischen müde Angeln, die sich senkten, blieb tagelang im Wald, schoß Kleintier, nächtigte beim Förster, kümmerte sich um Hühner, Dung und Ernte, Obst und Spalierblumen, Knecht und Kutscher. Knauserig und mißtrauisch erledigte er Einkäufe, zog mit spitzen Fingern Münzen aus dem filzigen Ledersäckchen und barg es wieder an der Brust. Er wurde ein kleiner slowenischer Bauer. Manchmal kam noch sein alter Zorn über ihn und schüttelte ihn wie ein starker Sturm einen schwachen Strauch. Dann schlug er den Knecht und die Flanken der Pferde, schmetterte die Türen ins Schloß, das er selbst gerichtet hatte, bedrohte die Taglöhner mit Mord und Vernichtung, schob am Mittagstisch den Teller mit bösem Schwung von sich, fastete und knurrte. Neben ihm lebten, schwach und kränklich, die Frau in getrennten Zimmern, der Junge, der den Vater nur bei Tische sah und dessen Zeugnisse ihm zweimal jährlich vorgelegt wurden, ohne daß sie ihm Lob oder Tadel entlockt hätten, der Schwiegervater, der heiter seine Pension verzehrte, die Mädchen liebte, wochenlang in der Stadt blieb und seinen Schwiegersohn fürchtete. Er war ein kleiner, alter, slowenischer Bauer, der Baron Trotta. Immer noch schrieb er zweimal im Monat, am späten Abend bei flackernder Kerze, dem Vater einen Brief auf gelblichen Oktavbogen, vier Mannesfinger Abstand von oben, zwei Mannesfinger Abstand vom seitlichen Rand die Anrede „Lieber Vater!" Sehr selten erhielt er eine Antwort.

Wohl dachte der Baron manchmal daran, seinen Vater zu besuchen. Längst hatte er Heimweh nach dem Wachtmeister der kärglichen, ärarischen Armut, dem faserigen Knaster und dem selbstgebrannten Rakija. Aber der Sohn scheute die Kosten, nicht anders als es sein Vater, sein Großvater, sein Urgroßvater getan hätten. Jetzt war er dem Invaliden im Laxenburger Schloß wieder näher als vor Jahren, da er im frischen Glanz seines neuen Adels in der blau getünchten Küche der kleinen Dienstwohnung gesessen und

Rakija getrunken hatte. Mit der Frau sprach er nie von seiner Abkunft. Er fühlte, daß die Tochter des älteren Staatsbeamtengeschlechts ein verlegener Hochmut von einem slowenischen Wachtmeister trennen würde. Also lud er den Vater nicht ein. Einmal, es war ein heller Tag im März, der Baron stampfte über die harten Schollen zum Gutsverwalter, brachte ihm ein Knecht einen Brief von der Schloßverwaltung Laxenburg. Der Invalide war tot, schmerzlos entschlafen im Alter von einundachtzig Jahren. Der Baron Trotta sagte nur: „Geh zur Frau Baronin, mein Koffer soll gepackt werden, ich fahr' abends nach Wien!" Er ging weiter, ins Haus des Verwalters, erkundigte sich nach der Saat, sprach vom Wetter, gab Auftrag, drei neue Pflüge zu bestellen, den Tierarzt am Montag kommen zu lassen und die Hebamme heute noch zur schwangeren Magd, sagte beim Abschied: „Mein Vater ist gestorben. Ich werde drei Tage in Wien sein!", salutierte mit einem nachlässigen Finger und ging.

Sein Koffer war gepackt, man spannte die Pferde vor den Wagen, es war eine Stunde Fahrt bis zur Station. Er aß hastig die Suppe und das Fleisch. Dann sagte er zur Frau: „Ich kann nicht weiter! Mein Vater war ein guter Mann. Du hast ihn nie gesehen!" War es ein Nachruf? War's eine Klage? „Du kommst mit!" sagte er zu seinem erschrockenen Sohn. Die Frau erhob sich, um auch die Sachen des Knaben zu packen. Während sie einen Stock höher beschäftigt war, sagte Trotta zum Kleinen: „Jetzt wirst du deinen Großvater sehen." Der Knabe zitterte und senkte die Augen.

Der Wachtmeister war aufgebahrt, als sie ankamen. Er lag mit mächtigem, gesträubtem Schnurrbart, von acht meterlangen Kerzen und zwei invaliden Kameraden bewacht, in dunkelblauer Uniform, mit drei blinkenden Medaillen an der Brust, auf dem Katafalk in seinem Wohnzimmer. Eine Ursulinerin betete in der Ecke neben dem einzigen, verhangenen Fenster. Die Invaliden standen stramm, als Trotta eintrat. Er trug die Majorsuniform mit dem Maria-Theresien-Orden, kniete nieder, sein Sohn fiel zu Füßen des Toten ebenfalls auf die Knie, vor dem jungen Angesicht die mächtigen Stiefelsohlen der Leiche. Der Baron Trotta fühlte zum erstenmal im Leben einen schmalen, scharfen Stich in der Gegend des Herzens. Seine kleinen Augen blieben trocken. Er murmelte ein, zwei, drei Vaterunser, aus frommer Verlegenheit, erhob sich, beugte sich über den Toten, küßte den mächtigen Schnurrbart, winkte den Invaliden und sagte zu seinem Sohn: „Komm!"

„Hast du ihn gesehen?" fragte er draußen.

„Ja", sagte der Knabe.

„Er war nur ein Gendarmeriewachtmeister", sagte der Vater, „ich habe dem Kaiser in der Schlacht von Solferino das Leben gerettet – und dann haben wir die Baronie bekommen."

Der Junge sagte nichts.

Man begrub den Invaliden auf dem kleinen Friedhof in Laxenburg, Militärabteilung. Sechs dunkelblaue Kameraden trugen den Sarg von der Kapelle zum Grabe. Der Major Trotta, in Tschako und Paradeuniform, hielt die ganze Zeit eine Hand auf der

Schulter seines Sohnes. Der Knabe schluchzte. Die traurige Musik der Militärkapelle, der wehmütige und eintönige Singsang der Geistlichen, der immer wieder hörbar wurde, wenn die Musik eine Pause machte, der sanft verschwebende Weihrauch bereiteten dem Jungen einen unbegreiflichen, würgenden Schmerz. Und die Gewehrschüsse, die ein Halbzug über dem Grab abfeuerte, erschütterten ihn mit ihrer lang nachhallenden Unerbittlichkeit. Man schoß soldatische Grüße der Seele des Toten nach, die geradewegs in den Himmel zog, für immer und ewig dieser Erde entschwunden.

Vater und Sohn fuhren zurück. Unterwegs, die ganze Zeit, schwieg der Baron. Nur, als sie die Eisenbahn verließen und hinter dem Garten der Station den Wagen, der sie erwartete, bestiegen, sagte der Major: „Vergiß ihn nicht, den Großvater!"

Und der Baron ging wieder seinem gewohnten Tagewerk nach. Und die Jahre rollten dahin wie gleichmäßige, friedliche, stumme Räder. Der Wachtmeister war nicht die letzte Leiche, die der Baron zu bestatten hatte. Er begrub zuerst seinen Schwiegervater, ein paar Jahre später seine Frau, die schnell, bescheiden und ohne Abschied nach einer heftigen Lungenentzündung gestorben war. Er gab seinen Jungen in ein Pensionat nach Wien und verfügte, daß der Sohn niemals aktiver Soldat werden dürfte. Er blieb allein auf dem Gut, im weißen, geräumigen Haus, durch das noch der Atem der Verstorbenen ging, sprach nur mit dem Förster, dem Verwalter, dem Knecht und dem Kutscher. Immer seltener brach die Wut aus ihm. Das Gesinde aber spürte ständig seine bäurische Faust, und sein zorngeladenes Schweigen lag wie ein hartes Joch über den Nacken der Leute. Vor ihm wehte furchtsame Stille einer wie vor einem Gewitter. Zweimal im Monat empfing er gehorsame Briefe seines Kindes. Einmal im Monat antwortete er in zwei kurzen Sätzen, auf kleinen, sparsamen Zetteln, den Respektsrändern, die er von den erhaltenen Briefen abgetrennt hatte. Einmal im Jahr, am achtzehnten August, dem Geburtstag des Kaisers, fuhr er in Uniform in die nächste Garnisonstadt. Zweimal im Jahr kam der Sohn zu Besuch, in den Weihnachts- und in den Sommerferien. An jedem Weihnachtsabend erhielt der Junge drei harte, silberne Gulden, die er durch Unterschrift quittieren mußte und niemals mitnehmen durfte. Die Gulden gelangten noch am selben Abend in eine Kassette, in die Lade des Alten. Neben den Gulden lagen die Schulzeugnisse. Sie kündeten von des Sohnes ordentlichem Fleiß und seiner mäßigen, stets hinreichenden Begabung. Niemals erhielt der Knabe ein Spielzeug, niemals ein Taschengeld, niemals ein Buch, abgesehen von den vorgeschriebenen Schulbüchern. Er schien nichts zu entbehren. Er besaß einen saubern, nüchternen und ehrlichen Verstand. Seine karge Phantasie gab ihm keinen anderen Wunsch ein als den, die Schuljahre, so schnell es ging, zu überstehen.

Er war achtzehn Jahre alt, als ihm der Vater am Weihnachtsabend sagte: „Dies Jahr kriegst du keine drei Gulden mehr! Du darfst dir gegen Quittung neun aus der Kassette nehmen. Gib acht mit den Mädeln! Die meisten sind krank!" Und, nach einer Pause:

„Ich habe beschlossen, daß du Jurist wirst. Bis dahin hast du noch zwei Jahre. Mit dem Militär hat es Zeit. Man kann's aufschieben, bis du fertig bist."

Der Junge nahm die neun Gulden ebenso gehorsam entgegen wie den Wunsch des Vaters. Er besuchte die Mädchen selten, wählte sorgfältig unter ihnen und besaß noch sechs Gulden, als er in den Sommerferien wieder heimkam. Er bat den Vater um die Erlaubnis, einen Freund einzuladen. „Gut", sagte etwas erstaunt der Major. Der Freund kam mit wenig Gepäck, aber einem umfangreichen Malkasten, der dem Hausherrn nicht gefiel. „Er malt?" fragte der Alte. „Sehr schön!" sagte Franz, der Sohn. „Er soll keine Kleckse im Haus machen! Er soll die Landschaft malen!" Der Gast malte zwar draußen, aber keineswegs die Landschaft. Er porträtierte den Baron Trotta aus dem Gedächtnis. Jeden Tag am Tisch lernte er die Züge seines Hausherrn auswendig. „Was fixiert Er mich?" fragte der Baron. Beide Jungen wurden rot und sahen aufs Tischtuch. Das Porträt kam dennoch zustande und wurde dem Alten beim Abschied im Rahmen überreicht. Er studierte es bedächtig und lächelnd. Er drehte es um, als suchte er auf der Rückseite noch weitere Einzelheiten, die auf der vorderen Fläche ausgelassen sein mochten, hielt es gegen das Fenster, dann weit vor die Augen, betrachtete sich im Spiegel, verglich sich mit dem Porträt und sagte schließlich: „Wo soll es hängen?" Es war seit vielen Jahren seine erste Freude. „Du kannst deinem Freund Geld borgen, wenn er was braucht", sagte er leise zu Franz. „Vertragt euch nur gut!" Das Porträt war und blieb das einzige, was man jemals vom alten Trotta angefertigt hatte. Es hing später im Wohnzimmer seines Sohnes und beschäftigte noch die Phantasie des Enkels …

Inzwischen erhielt es den Major ein paar Wochen in seltener Laune. Er hängte es bald an diese, bald an jene Wand, betrachtete mit geschmeicheltem Wohlgefallen seine harte, vorspringende Nase, seinen bartlosen, blassen und schmalen Mund, die mageren Backenknochen, die wie Hügel vor den kleinen, schwarzen Augen lagen, und die kurze, vielgefurchte Stirn, überdacht von dem scharf gestutzten, borstigen und stachelig vorgeneigten Haar. Er lernte erst jetzt sein Angesicht kennen, er hielt manchmal stumme Zwiesprache mit seinem Angesicht. Es weckte in ihm nie gekannte Gedanken, Erinnerungen, unfaßbare, rasch verschwimmende Schatten von Wehmut. Er hatte erst des Bildes bedurft, um sein frühes Alter und seine große Einsamkeit zu erfahren, aus der bemalten Leinwand strömten sie ihm entgegen, die Einsamkeit und das Alter. War es immer so? fragte er sich. Immer war es so? Ohne Absicht ging er hie und da auf den Friedhof, zum Grab seiner Frau, betrachtete den grauen Sockel und das kreideweiße Kreuz, das Datum der Geburt und des Sterbetages, berechnete, daß sie zu früh gestorben war, und gestand, daß er sich ihrer nicht genau erinnern konnte. Ihre Hände zum Beispiel hatte er vergessen. „China-Eisenwein" kam ihm in den Sinn, eine Arznei, die sie lange Jahre hindurch genommen hatte. Ihr Gesicht? Er konnte es noch mit geschlossenen Augen heraufbeschwören, bald verschwand es und verschwamm in rötlichem, kreisrundem Dämmer. Er wurde milde in Haus und Hof, streichelte manchmal ein Pferd, lächelte den Kühen zu, trank häufiger als bisher einen Schnaps und schrieb eines Tages seinem

Sohn einen kurzen Brief außerhalb der üblichen Termine. Man begann, ihn mit einem Lächeln zu grüßen, er nickte gefällig. Der Sommer kam, die Ferien brachten den Sohn und den Freund, mit beiden fuhr der Alte in die Stadt, trat in ein Wirtshaus, trank ein paar Schluck Sliwowitz und bestellte den Jungen reichliches Essen.

Der Sohn wurde Jurist, kam häufiger heim, sah sich auf dem Gut um, verspürte eines Tages Lust, es zu verwalten und von der juristischen Karriere zu lassen. Er gestand es dem Vater. Der Major sagte: „Es ist zu spät! Du wirst in deinem Leben kein Bauer und kein Wirt! Du wirst ein tüchtiger Beamter, nichts mehr!" Es war eine beschlossene Sache. Der Sohn wurde politischer Beamter, Bezirkskommissär in Schlesien. War der Name Trotta auch aus den autorisierten Schulbüchern verschwunden, so doch nicht aus den geheimen Akten der hohen politischen Behörden, und die fünftausend Gulden, von der Huld des Kaisers gespendet, sicherten dem Beamten Trotta eine ständige wohlwollende Beobachtung und Förderung unbekannter höherer Stellen. Er avancierte schnell. Zwei Jahre vor seiner Ernennung zum Bezirkshauptmann starb der Major.

Er hinterließ ein überraschendes Testament. Da er sicher sei des Umstandes – so schrieb er –, daß sein Sohn kein guter Landwirt wäre, und da er hoffe, daß die Trottas, dem Kaiser dankbar für seine währende Huld, im Staatsdienst zu Rang und Würden kommen und glücklicher als er, der Verfasser des Testaments, im Leben werden könnten, habe er sich entschlossen, im Andenken an seinen seligen Vater, das Gut, das ihm der Herr Schwiegervater vor Jahren verschrieben, mit allem, was es an beweglichem wie unbeweglichem Vermögen enthielt, dem Militärinvalidenfonds zu vermachen, wohingegen die Nutznießer des Testaments keine andere Verpflichtung hätten als die, den Erblasser in möglichster Bescheidenheit auf jenem Friedhof zu bestatten, auf dem sein Vater beigesetzt worden sei, ginge es leicht, dann in der Nähe des Verstorbenen. Er, der Erblasser, bäte, von jedem Pomp abzusehen. Das vorhandene Bargeld, fünfzehntausend Florin samt Zinsen, angelegt im Bankhaus Efrussi zu Wien, sowie restliches, im Hause befindliches Geld, Silber und Kupfer, ebenso Ring, Uhr und Kette der seligen Mutter gehören dem einzigen Sohn des Erblassers, Baron Franz von Trotta und Sipolje.

Eine Wiener Militärkapelle, eine Kompanie Infanterie, ein Vertreter der Ritter des Maria-Theresien-Ordens, Vertreter des südungarischen Regiments, dessen bescheidener Held der Major gewesen war, alle marschfähigen Militärinvaliden, zwei Beamte der Hof- und Kabinettskanzlei, ein Offizier des Militärkabinetts und ein Unteroffizier mit dem Maria-Theresien-Orden auf schwarz behangenem Kissen: sie bildeten das offizielle Leichenbegängnis. Franz, der Sohn, ging schwarz, schmal und allein. Die Kapelle spielte den Marsch, den sie beim Begräbnis des Großvaters gespielt hatte. Die Salven, die diesmal abgefeuert wurden, waren stärker und verhallten mit längerem Echo.

Der Sohn weinte nicht. Niemand weinte um den Toten. Alles blieb trocken und feierlich. Niemand sprach am Grabe. In der Nähe des Gendarmeriewachtmeisters lag Major Freiherr von Trotta und Sipolje, der Ritter der Wahrheit. Man setzte ihm einen einfachen, militärischen Grabstein, auf dem in schmalen, schwarzen Buchstaben neben

Namen, Rang und Regiment der stolze Beinamen eingegraben war: „Der Held von Solferino".

Wenig mehr blieb also von dem Toten zurück als dieser Stein, ein verschollener Ruhm und das Porträt. Also geht ein Bauer im Frühling über den Acker – und später, im Sommer, ist die Spur seiner Schritte überweht vom Segen des Weizens, den er gesät hat. Der kaiserlich-königliche Oberkommissär Trotta von Sipolje erhielt noch in derselben Woche ein Beileidsschreiben Seiner Majestät, in dem von den immerdar „unvergessenen Diensten" des selig Verstorbenen zweimal die Rede war.

2

Es gab im ganzen Machtbereich der Division keine schönere Militärkapelle als die des Infanterieregiments Nr. X in der kleinen Bezirksstadt W. in Mähren. Der Kapellmeister gehörte noch zu jenen österreichischen Militärmusikern, die dank einem genauen Gedächtnis und einem immer wachen Bedürfnis nach neuen Variationen alter Melodien jeden Monat einen Marsch zu komponieren vermochten. Alle Märsche glichen einander wie Soldaten. Die meisten begannen mit einem Trommelwirbel, enthielten den marschrhythmisch beschleunigten Zapfenstreich, ein schmetterndes Lächeln der holden Tschinellen und endeten mit einem grollenden Donner der großen Pauke, dem fröhlichen und kurzen Gewitter der Militärmusik. Was den Kapellmeister Nechwal vor seinen Kollegen auszeichnete, war nicht so sehr die außerordentlich fruchtbare Zähigkeit im Komponieren wie die schneidige und heitere Strenge, mit der er Musik exerzierte. Die lässige Gewohnheit anderer Musikkapellmeister, den ersten Marsch vom Musikfeldwebel dirigieren zu lassen und erst beim zweiten Punkt des Programms den Taktstock zu heben, hielt Nechwal für ein deutliches Anzeichen des Untergangs der kaiserlichen und königlichen Monarchie. Sobald sich die Kapelle im vorgeschriebenen Rund aufgestellt und die zierlichen Füßchen der winzigen Notenpulte in die schwarzen Erdritzen zwischen den großen Pflastersteinen des Platzes eingegraben hatte, stand der Kapellmeister auch schon in der Mitte seiner Musikanten, den schwarzen Taktstock aus Ebenholz mit silbernem Knauf diskret gehoben. Alle Platzkonzerte – sie fanden unter dem Balkon des Herrn Bezirkshauptmanns statt – begannen mit dem Radetzkymarsch. Obwohl er den Mitgliedern der Kapelle so geläufig war, daß sie ihn mitten in der Nacht und im Schlaf hätten spielen können, ohne dirigiert zu werden, hielt es der Kapellmeister dennoch für notwendig, jede Note vom Blatt zu lesen. Und als probte er den Radetzkymarsch zum erstenmal mit seinen Musikanten, hob er jeden Sonntag in militärischer und musikalischer Gewissenhaftigkeit den Kopf, den Stab und den Blick und richtete alle drei gleichzeitig gegen die seiner Befehle jeweils bedürftig scheinenden Segmente des Kreises, in dessen Mitte er stand. Die herben Trommeln wirbelten, die süßen Flöten pfiffen, und die holden Tschinellen schmetterten. Auf den Gesichtern aller Zuhörer ging ein gefälliges und versonnenes Lächeln auf, und in ihren Beinen prickelte das Blut. Während sie noch standen, glaubten sie schon zu marschieren. Die jüngeren Mädchen hielten den Atem an und öffneten die Lippen. Die reiferen Männer ließen die Köpfe hängen und gedachten ihrer Manöver. Die ältlichen Frauen saßen im benachbarten Park, und ihre kleinen, grauen Köpfchen zitterten. Und es war Sommer.

Ja, es war Sommer. Die alten Kastanien gegenüber dem Haus des Bezirkshauptmanns bewegten nur am Morgen und am Abend ihre dunkelgrünen, reich und breit belaubten Kronen. Tagsüber verharrten sie reglos, atmeten einen herben Atem aus und schickten ihre weiten, kühlen Schatten bis in die Mitte der Straße. Der Himmel war ständig blau. Unaufhörlich trillerten die unsichtbaren Lerchen über der stillen Stadt. Manchmal rollte über ihr holpriges Kopfsteinpflaster ein Fiaker, in dem ein Fremder saß, vom Bahnhof zum Hotel. Manchmal trappelten die Hufe des Zweigespanns, das Herrn von Winternigg spazierenführte, durch die breite Straße, von Norden nach Süden, vom Schloß des Gutsbesitzers zu seinem immensen Jagdrevier. Klein, alt und kümmerlich, ein gelbes Greislein in einer großen, gelben Decke und mit einem winzigen, verdorrten Gesicht, saß Herr von Winternigg in seiner Kalesche. Wie ein kümmerliches Stückchen Winter fuhr er durch den satten Sommer. Auf elastischen und lautlosen hohen Gummirädern, deren braun lackierte, zarte Speichen die Sonne spiegelten, rollte er geradewegs aus dem Bett zu seinem ländlichen Reichtum. Die großen, dunklen Wälder und die blonden grünen Förster harrten schon seiner. Die Bewohner der Stadt grüßten ihn. Er antwortete nicht. Unbewegt fuhr er durch ein Meer von Grüßen. Sein schwarzer Kutscher ragte steil in die Höhe, der Zylinder streifte fast die Kronen der Kastanien, die biegsame Peitsche streichelte die braunen Rücken der Rösser, und aus dem geschlossenen Munde des Kutschers kam in ganz bestimmten, regelmäßigen Abständen ein knallendes Schnalzen, lauter als das Hufgetrappel und ähnlich einem melodischen Flintenschuß.

Um diese Zeit begannen die Ferien. Der fünfzehnjährige Sohn des Bezirkshauptmanns, Carl Joseph von Trotta, Schüler der Kavalleriekadettenschule in Mährisch-Weißkirchen, empfand seine Geburtsstadt als einen sommerlichen Ort; sie war die Heimat des Sommers wie seine eigene. Weihnachten und Ostern war er bei seinem Onkel eingeladen. Nach Hause kam er nur in den Sommerferien. Der Tag seiner Ankunft war immer ein Sonntag. Es geschah nach dem Willen seines Vaters, des Herrn Bezirkshauptmanns Franz Freiherrn von Trotta und Sipolje. Sommerferien hatten, mochten sie in der Anstalt an welchem Tag immer beginnen, zu Hause jedenfalls am Samstag anzubrechen. Am Sonntag hatte Herr von Trotta und Sipolje keinen Dienst. Den ganzen Vormittag von neun bis zwölf reservierte er für seinen Sohn. Pünktlich zehn Minuten vor neun, eine Viertelstunde nach der ersten Messe, stand der Junge in der Sonntagsuniform vor der Tür seines Vaters. Fünf Minuten vor neun kam Jacques in der grauen Livree die Treppe herunter und sagte: „Junger Herr, der Herr Papa kommt." Carl Joseph zog noch einmal an seinem Rock, rückte das Koppel zurecht, nahm die Mütze in die Hand und stemmte sie, wie es Vorschrift war, gegen die Hüfte. Der Vater kam, der Sohn schlug die Hacken zusammen, es knallte durch das stille, alte Haus. Der Alte öffnete die Tür und ließ mit leichtem Gruß der Hand dem Sohn den Vortritt. Der Junge blieb stehen, er nahm die Einladung nicht zur Kenntnis. Der Vater schritt also durch die Tür, Carl Joseph folgte ihm und blieb an der Schwelle stehen. „Mach dir's bequem!" sagte nach einer Weile der Bezirkshauptmann. Jetzt erst trat Carl Joseph an den großen Lehnstuhl aus rotem Plüsch und setzte sich, dem Vater gegenüber, die Knie steif angezogen und die Mütze mit den weißen Handschuhen auf den Knien. Durch die dünnen Ritzen der grünen Jalousien fielen schmale Sonnenstreifen auf den dunkelroten Teppich. Eine Fliege summte, die Wanduhr begann zu schlagen. Nachdem die neun goldenen Schläge verhallt waren, begann der Bezirkshauptmann: „Was macht Herr Oberst Marek?" „Danke, Papa, es geht ihm gut!" „In der Geometrie immer noch schwach?" „Danke, Papa, etwas besser!" „Bücher gelesen?" „Jawohl, Papa!" „Wie steht's mit dem Reiten? Voriges Jahr war's nicht sonderlich …" „In diesem Jahr", begann Carl Joseph, wurde aber sofort unterbrochen. Sein Vater hatte die schmale Hand ausgestreckt, die halb in der runden, glänzenden Manschette geborgen war.

Golden glitzerte der viereckige, mächtige Manschettenknopf. „Es war nicht sonderlich, habe ich eben gesagt. Es war" – hier machte der Bezirkshauptmann eine Pause und sagte dann mit tonloser Stimme: „eine Schande!" – Vater und Sohn schwiegen. So lautlos das Wort „Schande" auch ausgesprochen war, es wehte noch durch den Raum. Carl Joseph wußte, daß nach einer strengen Kritik seines Vaters eine Pause einzuhalten war. Man hatte das Urteil in seiner ganzen Bedeutung aufzunehmen, zu verarbeiten, sich einzuprägen, dem Herzen und dem Gehirn einzuverleiben. Die Uhr tickte, die Fliege summte. Dann begann Carl Joseph mit heller Stimme: „In diesem Jahr war's bedeutend besser. Der Wachtmeister selbst hat's oft gesagt. Ich habe auch vom Herrn Oberleutnant Koppel eine Belobung gekriegt." „Es soll mich freuen", bemerkte mit Grabesstimme der Herr Bezirkshauptmann. Er stieß am Tischrand die Manschette in den Armel zurück, es gab ein hartes Scheppern. „Erzähle weiter!" sagte er und zündete sich eine Zigarette an. Es war das Signal für den Anbruch der Gemütlichkeit. Carl Joseph legte Mütze und Handschuhe auf ein kleines Pult, erhob sich und begann, alle Ereignisse des letzten Jahres vorzutragen. Der Alte nickte. Auf einmal sagte er: „Du bist ja ein großer Bub, mein Sohn! Du mutierst ja! Etwa verliebt?" Carl Joseph wurde rot. Sein Gesicht brannte wie ein roter Lampion, er hielt es tapfer dem Vater entgegen. „Also noch nicht!" sagte der Bezirkshauptmann. „Laß dich nicht stören! Erzähl nur weiter!" Carl Joseph schluckte, die Röte wich, er fror auf einmal. Langsam berichtete er und mit vielen Pausen. Dann zog er den Bücherzettel aus der Tasche und reichte ihn dem Vater. „Recht anständige Lektüre!" sagte der Bezirkshauptmann. „Bitte die Inhaltsangabe von *Zriny*!" Carl Joseph erzählte das Drama Akt für Akt. Dann setzte er sich, müde, blaß, mit trockener Zunge.

Er warf einen geheimen Blick nach der Uhr, es war erst halb elf. Anderthalb Stunden ging noch die Prüfung. Es konnte dem Alten einfallen, Geschichte des Altertums zu prüfen oder germanische Mythologie. Er ging rauchend durchs Zimmer, die Linke am Rücken. An der Rechten klapperte die Manschette. Immer stärker wurden die Sonnenstreifen auf dem Teppich, immer näher rückten sie zum Fenster. Die Sonne mußte schon hoch stehen. Die Kirchenglocken begannen zu dröhnen, ganz nahe schlugen sie ins Zimmer, als schaukelten sie knapp hinter den dichten Jalousien. Der Alte prüfte heute lediglich Literatur. Er sprach sich ausführlich über die Bedeutung Grillparzers aus und empfahl dem Sohn als „leichte Lektüre" für Ferientage Adalbert Stifter und Ferdinand von Saar. Dann sprang er wieder auf militärische Themen, Wachdienst, Dienstreglement Zweiter Teil, Zusammensetzung eines Armeekorps, Kriegsstärke der Regimenter. Plötzlich fragte er: „Was ist Subordination?" „Subordination ist die Pflicht des unbedingten Gehorsams", deklamierte Carl Joseph, „welchen jeder Untergebene seinem Vorgesetzten und jeder Niedere …" „Halt!" unterbrach ihn der Vater und verbesserte: „… *sowie auch* jeder Niedere dem Höheren" – und Carl Joseph fuhr fort: „zu leisten schuldig ist, wenn …" – „sobald", korrigierte der Alte, „sobald diese die Befehlsgebung ergreifen." Carl Joseph atmete auf. Es schlug zwölf.

Jetzt erst begannen die Ferien. Noch eine Viertelstunde, und er hörte von der Kaserne her den ersten ratternden Trommelwirbel der ausrückenden Musik. Jeden Sonntag spielte sie um die Mittagszeit vor dem Amtshaus des Bezirkshauptmanns, der in diesem Städtchen keinen Geringeren vertrat als Seine Majestät den Kaiser. Carl Joseph stand verborgen hinter dem dichten Weinlaub des Balkons und nahm das Spiel der Militärkapelle wie eine Huldigung entgegen. Er fühlte sich ein wenig den Habsburgern verwandt, deren Macht sein Vater hier repräsentierte und verteidigte und für die er einmal selbst ausziehen sollte, in den Krieg und in den Tod. Er kannte die Namen aller Mitglieder des Allerhöchsten Hauses. Er liebte sie alle aufrichtig, mit einem kindlich ergebenen Herzen, vor allen andern den Kaiser, der gütig war und groß, erhaben und gerecht, unendlich fern und sehr nahe und den Offizieren der Armee besonders zugetan. Am besten starb man für ihn bei Militärmusik, am leichtesten beim Radetzkymarsch. Die flinken Kugeln pfiffen im Takt um den Kopf Carl Josephs, sein blanker Säbel blitzte, und, Herz und Hirn erfüllt von der holden Hurtigkeit des Marsches, sank er hin in den trommelnden Rausch der Musik, und sein Blut sickerte in einem dunkelroten und schmalen Streifen auf das gleißende Gold der Trompeten, das tiefe Schwarz der Pauken und das siegreiche Silber der Tschinellen.

Jacques stand hinter seinem Rücken und räusperte sich. Das Mittagessen begann also. Wenn die Musik eine Pause machte, hörte man ein leises Tellerklirren aus dem Speisezimmer. Es lag durch zwei weite Räume vom Balkon getrennt, genau in der Mitte des ersten Stockwerks. Während des Essens klang die Musik fern, aber deutlich. Leider spielte sie nicht jeden Tag. Sie war gut und nützlich, sie umrankte die feierliche Zeremonie des Essens mild und versöhnend und ließ keins der peinlichen, kurzen und harten

Gespräche aufkommen, die der Vater so oft anzubrechen liebte. Man konnte schweigen, zuhören und genießen. Die Teller hatten schmale, verblassende, blaugoldene Streifen. Carl Joseph liebte sie. Oft im Laufe des Jahres gedachte er ihrer. Sie und der Radetzkymarsch und das Wandbildnis der verstorbenen Mutter (an die sich der Junge nicht mehr erinnerte) und der schwere, silberne Schöpflöffel und die Fischterrine und die Obstmesser mit den gezackten Rücken und die winzigen Kaffeetäßchen und die gebrechlichen Löffelchen, die dünn waren wie dünne Silbermünzen: all das zusammen bedeutete Sommer, Freiheit, Heimat.

Er gab Jacques Überschwung, Mütze und Handschuhe und ging ins Speisezimmer. Der Alte betrat es zu gleicher Zeit und lächelte dem Sohn zu. Fräulein Hirschwitz, die Hausdame, kam eine Weile später, im sonntäglich Grauseidenen, mit erhobenem Haupt, den schweren Haarknoten im Nacken, eine mächtige, krumme Spange quer über der Brust wie eine Art Tartarensäbel. Gewappnet und gepanzert sah sie aus. Carl Joseph hauchte einen Kuß auf ihre lange, harte Hand. Jacques rückte die Sessel. Der Bezirkshauptmann gab das Zeichen zum Niedersitzen. Jacques verschwand und trat nach einer Weile wieder mit weißen Handschuhen ein, die ihn völlig zu verändern schienen. Sie strömten einen schneeigen Glanz über sein ohnehin schon weißes Gesicht, seinen ohnehin schon weißen Backenbart, seine ohnehin weißen Haare. Aber sie übertrafen ja auch an Helligkeit wohl alles, was in dieser Welt hell genannt werden konnte. Mit diesen Handschuhen hielt er ein dunkles Tablett. Darauf stand die dampfende Suppenterrine. Bald hatte er sie in der Mitte des Tisches hingesetzt, sorgfältig, lautlos und sehr schnell. Nach alter Gewohnheit verteilte Fräulein Hirschwitz die Suppe. Man kam den Tellern, die sie hinhielt, mit gastfreundlich ausgestreckten Armen entgegen und mit einem dankbaren Lächeln in den Augen. Sie lächelte wieder. Ein warmer, goldener Schimmer wallte in den Tellern; es war die Suppe: Nudelsuppe. Durchsichtig, mit goldgelben, kleinen, verschlungenen, zarten Nudeln. Herr von Trotta und Sipolje aß sehr schnell, manchmal grimmig. Es war, als vernichtete er mit geräuschloser, adeliger und flinker Gehässigkeit einen Gang um den andern, er machte ihnen den Garaus. Fräulein Hirschwitz nahm bei Tisch winzige Portionen und aß nach vollendeter Mahlzeit in ihrem Zimmer die ganze Reihenfolge der Speisen aufs neue. Carl Joseph schluckte furchtsam und hastig heiße Löffelladungen und mächtige Bissen. So wurden sie alle zugleich fertig. Man sprach kein Wort, wenn Herr von Trotta und Sipolje schwieg.

Nach der Suppe trug man den garnierten Tafelspitz auf, das Sonntagsgericht des Alten seit unzähligen Jahren. Die wohlgefällige Betrachtung, die er dieser Speise widmete, nahm längere Zeit in Anspruch als die halbe Mahlzeit. Das Auge des Bezirkshauptmanns liebkoste zuerst den zarten Speckrand, der das kolossale Stück Fleisch umsäumte, dann die einzelnen Tellerchen, auf denen die Gemüse gebettet waren, die violett schimmernden Rüben, den sattgrünen, ernsten Spinat, den fröhlichen, hellen Salat, das herbe Weiß des Meerrettichs, das tadellose Oval der jungen Kartoffeln, die in schmelzender Butter schwammen und an zierliche Spielzeuge erinnerten. Er unterhielt merkwürdige

Beziehungen zum Essen. Es war, als äße er die wichtigsten Stücke mit den Augen, sein Schönheitssinn verzehrte vor allem den Gehalt der Speisen, gewissermaßen ihr Seelisches; der schale Rest, der dann in Mund und Gaumen gelangte, war langweilig und mußte unverzüglich verschlungen werden. Die schöne Ansicht der Speisen bereitete dem Alten ebensoviel Vergnügen wie ihre einfache Beschaffenheit. Denn er hielt auf ein sogenanntes „bürgerliches" Essen: ein Tribut, den er seinem Geschmack ebenso wie seiner Gesinnung zollte; diese nämlich nannte er eine spartanische. Mit einem glücklichen Geschick vereinigte er also die Sättigung seiner Lust mit den Forderungen der Pflicht. Er war ein Spartaner. Aber er war ein Österreicher.

Er machte sich nun, wie jeden Sonntag, daran, den Spitz zu zerschneiden. Er stieß die Manschetten in die Ärmel, hob beide Hände, und indem er Messer und Gabel an das Fleisch ansetzte, begann er, zu Fräulein Hirschwitz gewendet: „Sehn Sie, meine Gnädige, es genügt nicht, beim Fleischer ein zartes Stück zu verlangen. Man muß darauf achten, in welcher Art es geschnitten ist. Ich meine, Querschnitt oder Längsschnitt. Die Fleischer verstehen heutzutage ihr Handwerk nicht mehr. Das feinste Fleisch ist verdorben, nur durch einen falschen Schnitt. Sehen Sie her, Gnädigste! Ich kann es kaum noch retten. Es zerfällt in Fasern, es zerflattert geradezu. Als Ganzes kann man's wohl *mürbe* nennen. Aber die einzelnen Stückchen werden zäh sein, wie Sie bald selbst sehen werden. Was aber die Beilagen, wie es die Reichsdeutschen nennen, betrifft, so wünsche ich ein anderes Mal den Kren, genannt Meerrettich, etwas trockener. Er darf die Würze nicht in der Milch verlieren. Auch muß er knapp, bevor er zum Tisch kommt, angerichtet werden. Zu lange naß gewesen. Ein Fehler!"

Fräulein Hirschwitz, die viele Jahre in Deutschland gelebt hatte, immer hochdeutsch sprach und auf deren Vorliebe für die literaturfähige Ausdrucksweise sich Herrn von Trottas „Beilagen" und „Meerrettich" bezogen hatten, nickte schwer und langsam. Es kostete sie offensichtlich Mühe, das bedeutende Gewicht des Haarknotens vom Nacken zu lösen und ihr Haupt zu einer zustimmenden Neigung zu veranlassen. So bekam ihre beflissene Freundlichkeit etwas Gemessenes, ja, sie schien sogar eine Abwehr zu enthalten. Und der Bezirkshauptmann sah sich veranlaßt zu sagen: „Ich habe sicherlich nicht Unrecht, meine Gnädigste!"

Er sprach das nasale österreichische Deutsch der höheren Beamten und des kleinen Adels. Es erinnerte ein wenig an ferne Gitarren in der Nacht, auch an die letzten, zarten Schwingungen verhallender Glocken, es war eine sanfte, aber auch präzise Sprache, zärtlich und boshaft zugleich. Sie paßte zu dem mageren, knochigen Angesicht des Sprechers, zu seiner schmalen, gebogenen Nase, in der die klingenden, etwas wehmütigen Konsonanten zu liegen schienen. Nase und Mund waren, wenn der Bezirkshauptmann sprach, eher eine Art von Blasinstrumenten als Gesichtspartien. Außer den Lippen bewegte sich nichts in diesem Gesicht. Der dunkle Backenbart, den Herr von Trotta als ein Uniformstück trug, als ein Abzeichen, das seine Zugehörigkeit zu der Dienerschaft Franz Josephs des Ersten beweisen sollte, als einen Beweis seiner dynastischen Gesin-

RADETZKYMARSCH 341

nung; auch dieser Backenbart blieb reglos, wenn Herr von Trotta und Sipolje sprach. Aufrecht saß er am Tisch, als hielte er Zügel in den harten Händen. Wenn er saß, sah es aus, als stünde er, und wenn er sich erhob, überraschte immer wieder seine kerzengrade Größe. Er trug immer Dunkelblau, Sommer und Winter, an Sonn- und Wochentagen; einen dunkelblauen Rock und graue, gestreifte Hosen, die eng um seine langen Beine lagen und von Stegen um die glatten Zugstiefel straff gespannt wurden. Zwischen dem zweiten und dritten Gang pflegte er aufzustehen, um sich „Bewegung zu machen". Aber es war eher, als wollte er seinen Hausgenossen vorführen, wie man sich erhebt, steht und wandelt, ohne die Reglosigkeit aufzugeben. Jacques räumte das Fleisch ab und fing einen hurtigen Blick von Fräulein Hirschwitz auf, der ihn ermahnte, den Rest für sie aufwärmen zu lassen. Herr von Trotta ging mit gemessenen Schritten zum Fenster, lüftete ein wenig die Gardine und kehrte an den Tisch zurück. In diesem Augenblick erschienen die Kirschknödel auf einem geräumigen Teller. Der Bezirkshauptmann nahm nur einen, zerschnitt ihn mit dem Löffel und sagte zu Fräulein Hirschwitz: „Das, meine Gnädigste, ist ein Muster von einem Kirschknödel. Er besitzt die nötige Konsistenz, wenn er aufgeschnitten wird, und gibt auf der Zunge dennoch sofort nach." Und zu Carl Joseph gewendet: „Ich rate dir, heute zwei zu nehmen!" Carl Joseph nahm zwei. Er verschlang sie im Nu, war eine Sekunde früher fertig als sein Vater und trank ein Glas Wasser nach – denn Wein gab es nur am Abend –, um sie aus der Speiseröhre, in der sie noch stecken mochten, in den Magen hinunterzuspülen. Er faltete, im gleichen Rhythmus wie der Alte, seine Serviette.

Man erhob sich. Die Musik spielte draußen die Tannhäuser-Ouvertüre. Unter ihren sonoren Klängen schritt man ins Herrenzimmer, Fräulein Hirschwitz voran. Dorthin brachte Jacques den Kaffee. Man erwartete den Herrn Kapellmeister Nechwal. Er kam, während sich seine Musikanten unten zum Abmarsch formierten, im dunkelblauen Paraderock, mit glänzendem Degen und zwei funkelnden, goldenen, kleinen Harfen am Kragen. „Ich bin entzückt von Ihrem Konzert", sagte Herr von Trotta heute wie jeden Sonntag. „Es war heute ganz außerordentlich." Herr Nechwal verbeugte sich. Er hatte schon vor einer Stunde in der Offiziersmesse gegessen, den schwarzen Kaffee nicht abwarten können, er hatte noch den Geschmack der Speisen im Mund, er dürstete nach einer Virginier. Jacques brachte ihm ein Paket Zigarren. Der Kapellmeister sog lange am Feuer, das Carl Joseph standhaft vor die Mündung der langen Zigarre hielt, auf die Gefahr hin, daß seine Finger verbrannten. Man saß in breiten Lederstühlen. Herr Nechwal erzählte von der letzten Lehár-Operette in Wien. Er war ein Weltmann, der Kapellmeister. Er kam zweimal im Monat nach Wien, und Carl Joseph ahnte, daß der Musiker auf dem Grunde seiner Seele viele Geheimnisse aus der großen, nächtlichen Halbwelt barg. Er hatte drei Kinder und eine Frau „aus einfachen Verhältnissen", aber er selbst stand im vollsten Glanz der Welt, losgelöst von den Seinen. Er genoß und erzählte jüdische Witze mit pfiffigem Behagen. Der Bezirkshauptmann verstand sie nicht, lachte auch nicht, sagte aber: „Sehr gut, sehr gut!" „Wie geht es Ihrer Frau Gemahlin?" fragte Herr von

Trotta regelmäßig. Seit Jahren stellte er diese Frage. Er hatte Frau Nechwal nie gesehen, er wünschte auch nicht, der „Frau aus einfachen Verhältnissen" jemals zu begegnen. Beim Abschied sagte er immer zu Herrn Nechwal: „Empfehlen Sie mich Ihrer Frau Gemahlin, unbekannterweise!" Und Herr Nechwal versprach, die Grüße auszurichten, und versicherte, daß sich seine Frau sehr freuen würde. – „Und wie geht es Ihren Kindern?" fragte Herr von Trotta, der immer wieder vergaß, ob es Söhne oder Töchter waren. „Der älteste lernt gut!" sagte der Kapellmeister. „Wird wohl auch Musiker?" fragte Herr von Trotta mit leiser Geringschätzung. „Nein!" erwiderte Herr Nechwal, „noch ein Jahr, und er kommt in die Kadettenschule." „Ah, Offizier!" sagte der Bezirkshauptmann. „Das ist richtig. Infanterie?" Herr Nechwal lächelte: „Natürlich! Er ist tüchtig. Vielleicht kommt er einmal in den Stab." „Gewiß, gewiß!" sagte der Bezirkshauptmann. „Man hat derlei schon erlebt!" Eine Woche später hatte er alles vergessen. Man merkte sich nicht die Kinder des Kapellmeisters.

Herr Nechwal trank zwei kleine Tassen Kaffee, nicht mehr, nicht weniger. Mit Bedauern zerdrückte er das letzte Drittel der Virginier. Er mußte gehen, man schied nicht mit rauchender Zigarre. „Es war heute ganz besonders großartig. Empfehlen Sie mich Ihrer Frau Gemahlin. Ich hatte leider noch nicht das Vergnügen!" sagte Herr von Trotta und Sipolje. Carl Joseph schlug die Hacken zusammen. Er begleitete den Kapellmeister bis zum ersten Absatz der Treppe. Dann kehrte er ins Herrenzimmer zurück. Er stellte sich vor dem Vater auf und sagte: „Ich gehe spazieren, Papa!" „Recht, recht! Gute Erholung!" sagte Herr von Trotta und winkte mit der Hand.

Carl Joseph ging. Er gedachte, langsam spazierenzugehen, er wollte schlendern, seinen Füßen beweisen, daß sie Ferien hatten. Es riß ihn zusammen, wie man beim Militär sagte, als er dem ersten Soldaten begegnete. Er begann zu marschieren. Er erreichte die Stadtgrenze, das große gelbe Finanzamt, das gemächlich in der Sonne briet. Der süße Duft der Felder schlug ihm entgegen, der schmetternde Gesang der Lerchen. Den blauen Horizont begrenzten im Westen graublaue Hügel, die ersten dörflichen Hütten mit Schindel- und Strohdächern traten auf, Geflügelstimmen stießen wie Fanfaren in die sommerliche Stille. Das Land schlief, eingehüllt in Tag und Helligkeit.

Hinter dem Bahndamm stand das Gendarmeriekommando, das ein Wachtmeister führte. Carl Joseph kannte ihn, den Wachtmeister Slama. Er beschloß anzuklopfen. Er betrat die brütende Veranda, klopfte, zog am Klingeldraht, niemand meldete sich. Ein Fenster ging auf. Frau Slama beugte sich über die Geranien und rief: „Wer dort?" Sie erblickte den kleinen Trotta und sagte: „Sofort!" Sie machte die Flurtür auf, es roch kühl und ein wenig nach Parfüm. Frau Slama hatte einen Tropfen Wohlgeruch auf das Kleid getupft. Carl Joseph dachte an die Wiener Nachtlokale. Er sagte: „Der Wachtmeister ist nicht da?" „Dienst hat er, Herr von Trotta!" erwiderte die Frau. „Treten Sie nur ein!"

Jetzt saß Carl Joseph im Salon der Slamas. Es war ein rötliches, niedriges Zimmer, sehr kühl, man saß wie in einem Eisschrank, die hohen Lehnen der gepolsterten Sessel bestanden aus braun gebeiztem Schnitzwerk und Blättergerank, das dem Rücken weh tat.

Frau Slama holte kühle Limonaden, sie trank zierliche Schlückchen, hielt den kleinen Finger gespreizt und ein Bein übers andere geschlagen. Sie saß neben Carl Joseph und ihm zugewandt und wippte mit einem Fuß, der in einem rotsamtenen Pantoffel gefangen war, nackt, ohne Strumpf. Carl Joseph sah auf den Fuß, dann auf die Limonade. Frau Slama sah er nicht ins Gesicht. Seine Mütze lag auf den Knien, die Knie hielt er steif, aufrecht saß er vor der Limonade, als wäre es eine Dienstobliegenheit, sie zu trinken. „Waren lange nicht da, Herr von Trotta!" sagte die Frau Wachtmeister. „Sind recht groß geworden! Schon vierzehn vorbei?" „Jawohl, schon lange!" Er dachte daran, möglichst schnell das Haus zu verlassen. Die Limonade mußte man in einem Zug austrinken und eine schöne Verbeugung machen und den Mann grüßen lassen und weggehen. Er sah hilflos auf die Limonade, man wurde nicht mit ihr fertig. Frau Slama schüttete nach. Sie brachte Zigaretten. Rauchen war verboten. Sie zündete selbst eine Zigarette an und sog an ihr, nachlässig, mit geblähten Nasenflügeln, und wippte mit dem Fuß. Plötzlich nahm sie, ohne ein Wort, die Mütze von seinen Knien und legte sie auf den Tisch. Dann steckte sie ihm ihre Zigarette in den Mund, ihre Hand duftete nach Rauch und Kölnisch Wasser, der helle Ärmel ihres sommerlich geblümten Kleides schimmerte vor seinen Augen. Er rauchte höflich die Zigarette weiter, an deren Mundstück noch die Feuchtigkeit ihrer Lippen lag, und sah auf die Limonade. Frau Slama steckte die Zigarette wieder zwischen die Zähne und stellte sich hinter Carl Joseph. Er hatte Angst sich umzuwenden. Auf einmal lagen ihre beiden schimmernden Ärmel an seinem Hals, und ihr Gesicht lastete auf seinen Haaren. Er rührte sich nicht. Aber sein Herz klopfte laut, ein großer Sturm brach in ihm aus, krampfhaft zurückgehalten vom erstarrten Körper und den festen Knöpfen der Uniform. „Komm!" flüsterte Frau Slama. Sie setzte sich auf seinen Schoß, küßte ihn flugs und machte schelmische Augen. Von ungefähr fiel ein blondes Büschel Haare in ihre Stirn, sie schielte hinauf und versuchte, es mit gespitzten Lippen wegzublasen. Er begann, ihr Gewicht auf seinen Beinen zu fühlen, gleichzeitig durchströmte ihn neue Kraft und spannte seine Muskeln im Schenkel und in den Armen. Er umschlang die Frau und fühlte die weiche Kühle ihrer Brust durch das harte Tuch der Uniform. Ein leises Kichern brach aus ihrer Kehle, es war ein wenig wie Schluchzen und etwas wie Trillern. Tränen standen in ihren Augen. Dann lehnte sie sich zurück und begann, mit zärtlicher Genauigkeit einen Knopf der Uniform nach dem andern zu lösen. Sie legte eine kühle, zarte Hand auf seine Brust, küßte seinen Mund lange, mit systematischem Genuß, und erhob sich plötzlich, als hätte sie irgendein Geräusch aufgeschreckt. Er sprang sofort auf, sie lächelte und zog ihn langsam, rückwärts schreitend, mit beiden ausgestreckten Händen und den Kopf zurückgeworfen, ein Leuchten im Gesicht, zur Tür, die sie von rückwärts mit dem Fuß aufstieß. Sie glitten ins Schlafzimmer.

Wie ein ohnmächtig Gefesselter sah er zwischen halb geschlossenen Lidern, daß sie ihn entkleidete, langsam, gründlich und mütterlich. Mit einigem Entsetzen bemerkte er, wie Stück um Stück seiner Paradekleidung schlaff auf die Erde sank, er hörte den dumpfen Fall seiner Schuhe und fühlte sofort an seinem Fuß die Hand der Frau Slama.

Von unten her stieg eine neue Welle von Wärme und Kühle bis an seine Brust. Er ließ sich fallen. Er empfing die Frau wie eine weiche, große Welle aus Wonne, Feuer und Wasser.

Er erwachte. Frau Slama stand vor ihm, hielt ihm Stück um Stück seiner Kleidung entgegen; er begann, sich hastig anzuziehen. Sie lief in den Salon, brachte ihm Handschuhe und Mütze. Sie rückte an seinem Rock, er fühlte ihre ständigen Blicke auf seinem Gesicht, aber er vermied es, sie anzuschauen. Er schlug die Absätze aneinander, daß es knallte, drückte der Frau die Hand, sah aber hartnäckig auf ihre rechte Schulter und ging.

Von einem Turm schlug es sieben. Die Sonne näherte sich den Hügeln, die jetzt blau waren wie der Himmel und von Wolken kaum zu unterscheiden. Von den Bäumen am Wegrand strömte süßer Duft. Der Abendwind kämmte die kleinen Gräser der Wiesenhänge zu beiden Seiten der Straße; man sah, wie sie sich zitternd wellten unter seiner unsichtbaren, leisen und breiten Hand. In fernen Sümpfen begannen die Frösche zu quaken. Aus dem offenen Fenster eines knallgelben Vorstadthäuschens sah eine junge Frau in die leere Straße. Obwohl Carl Joseph sie nie gesehen hatte, grüßte er sie, stramm und voller Ehrfurcht. Sie nickte etwas befremdet und dankbar. Es war ihm, als hätte er jetzt erst Frau Slama zum Abschied gegrüßt. Wie ein Grenzposten zwischen der Liebe und dem Leben stand die fremde, vertraute Frau am Fenster. Nachdem er sie gegrüßt hatte, fühlte er sich wieder der Welt zurückgegeben. Er schritt schnell aus. Schlag dreiviertel acht war er zu Hause und meldete seinem Vater die Rückkehr, blaß, kurz und entschlossen, wie es sich für Männer geziemt.

Der Wachtmeister hatte jeden zweiten Tag Patrouillendienst. Jeden Tag kam er mit einem Aktenbündel in die Bezirkshauptmannschaft. Den Sohn des Bezirkshauptmanns traf er niemals. Jeden zweiten Tag, nachmittags um vier, marschierte Carl Joseph in das Gendarmeriekommando. Um sieben Uhr abends verließ er es. Der Duft, den er von Frau Slama mitbrachte, vermischte sich mit den Gerüchen der trockenen sommerlichen Abende und blieb an Carl Josephs Händen Tag und Nacht. Er gab acht, dem Vater bei Tisch nicht näher zu kommen als nötig war. „Es riecht hier nach Herbst", sagte eines Abends der Alte. Er verallgemeinerte. Frau Slama gebrauchte grundsätzlich Reseda.

3

Im Herrenzimmer des Bezirkshauptmanns hing das Porträt, den Fenstern gegenüber und so hoch an der Wand, daß Stirn und Haar im dunkelbraunen Schatten des alten, hölzernen Suffits verdämmerten. Die Neugier des Enkels kreiste beständig um die erloschene Gestalt und den verschollenen Ruhm des Großvaters. Manchmal, an stillen Nachmittagen – die Fenster standen offen, der dunkelgrüne Schatten der Kastanien aus dem Stadtpark erfüllte das Zimmer mit der ganzen satten und kräftigen Ru-

he des Sommers, der Bezirkshauptmann leitete eine seiner Kommissionen außerhalb
der Stadt, von fernen Treppen her schlurfte der Geisterschritt des alten Jacques, der
auf Filzpantoffeln durch das Haus ging, um Schuhe, Kleider, Aschenbecher, Leuchter und Stehlampen zum Putzen einzusammeln – stieg Carl Joseph auf einen Stuhl
und betrachtete das Bildnis des Großvaters aus der Nähe. Es zerfiel in zahlreiche tiefe
Schatten und helle Lichtflecke, in Pinselstriche und Tupfen, in ein tausendfältiges
Gewebe der bemalten Leinwand, in ein hartes Farbenspiel getrockneten Öls. Carl Joseph stieg vom Stuhl. Der grüne Schatten der Bäume spielte auf dem braunen Rock
des Großvaters, die Pinselstriche und Tupfen fügten sich wieder zu der vertrauten,
aber unergründlichen Physiognomie, und die Augen erhielten ihren gewohnten, fernen, dem Dunkel der Decke entgegendämmernden Blick. Jedes Jahr in den Sommerferien fanden die stummen Unterhaltungen des Enkels mit dem Großvater statt.
Nichts verriet der Tote. Nichts erfuhr der Junge. Von Jahr zu Jahr schien das Bildnis
blasser und jenseitiger zu werden, als stürbe der Held von Solferino noch einmal dahin, als zöge er sein Andenken langsam zu sich hinüber und als müßte eine Zeit kommen, in der eine leere Leinwand aus dem schwarzen Rahmen noch stummer als das
Porträt auf den Nachkommen niederstarren würde.

Unten im Hof, im Schatten des hölzernen Balkons, saß Jacques auf einem Schemel,
vor der militärisch ausgerichteten Reihe gewichster Stiefel. Immer, wenn Carl Joseph
von Frau Slama heimkehrte, ging er zu Jacques in den Hof und setzte sich auf die Kante.
„Erzählen Sie vom Großvater, Jacques!" – Und Jacques legte Bürste, Pasta und Sidol weg,
rieb die Hände aneinander, als wüsche er sie von Arbeit und Schmutz, bevor er anfing,
von dem Seligen zu sprechen. Und wie immer und wie schon gute zwanzig Mal begann
er: „Ich bin immer mit ihm ausgekommen! Gar nicht jung mehr bin ich auf den Hof gekommen, geheiratet hab' ich nicht, das hätt' dem Seligen nicht gefallen. Frauenzimmer
hat er nicht gern gesehn, ausgenommen seine eigene Frau Baronin, aber die ist bald gestorben, auf der Lunge. Alle haben gewußt: er hat dem Kaiser das Leben gerettet, in der
Schlacht bei Solferino, aber er hat nichts davon gesagt, keinen Mucks hat er gegeben.
Deshalb haben sie ihm auch *Der Held von Solferino* auf den Grabstein geschrieben. Gar
nicht alt ist er gestorben, so am Abend, gegen neun, im November wird's gewesen sein.
Geschneit hat es schon, nachmittags ist er schon im Hof gestanden und hat gesagt: ‚Jacques, wo hast du die Pelzstiefel hingetan?' Ich hab's nicht gewußt, aber gesagt hab' ich:
‚Gleich hol' ich sie Herrn Baron!' ‚Hat Zeit bis morgen!' sagt er – und morgen hat er sie
nicht mehr gebraucht. Geheiratet hab' ich nie!"

Das war alles.

Einmal (es waren die letzten Ferien, in einem Jahr sollte Carl Joseph ausgemustert
werden) sagte der Bezirkshauptmann beim Abschied: „Ich hoffe, daß alles glatt geht. Du
bist der Enkel des Helden von Solferino. Denk daran, dann kann dir nichts passieren!"

Auch der Oberst, alle Lehrer, alle Unteroffiziere dachten daran, und also konnte Carl
Joseph in der Tat nichts passieren. Obwohl er kein ausgezeichneter Reiter war, in der

Terrainlehre schwach, in der Trigonometrie ganz versagt hatte, kam er „mit einer guten Nummer" durch, wurde als Leutnant ausgemustert und den X-ten Ulanen zugeteilt.

Die Augen trunken vom eigenen, neuen Glanz und von der letzten feierlichen Messe, das Ohr erfüllt von den donnernden Abschiedsreden des Obersten, im azureanen Waffenrock mit goldenen Knöpfen, das silberne Patronentäschchen mit dem goldenen, erhabenen Doppeladler am Rücken, die Tschapka mit Schuppenriemen und Haarschweif in der Linken, in knallroten Reithosen, spiegelnden Stiefeln, singenden Sporen, den Säbel mit breitem Korb an der Hüfte: so präsentierte sich Carl Joseph an einem heißen Sommertag seinem Vater. Es war diesmal kein Sonntag. Ein Leutnant durfte auch am Mittwoch kommen. Der Bezirkshauptmann saß in seinem Arbeitszimmer. „Mach dir's bequem!" sagte er. Er legte den Zwicker ab, zog die Augenlider zusammen, erhob sich, musterte seinen Sohn und fand alles in Ordnung. Er umarmte Carl Joseph, sie küßten sich flüchtig auf die Wangen. „Nimm Platz!" sagte der Bezirkshauptmann und drückte den Leutnant in einen Sessel. Er selbst ging auf und ab durchs Zimmer. Er überlegte einen passenden Anfang. Ein Tadel war diesmal nicht anzubringen, mit einem Ausdruck der Zufriedenheit konnte man nicht beginnen. „Du solltest dich jetzt", sagte er endlich, „mit der Geschichte deines Regiments beschäftigen und auch ein wenig in der Geschichte des Regiments nachlesen, in dem dein Großvater gekämpft hat. Ich hab' zwei Tage dienstlich in Wien zu tun, wirst mich begleiten." Dann schwang er die Tischglocke. Jacques kam. „Fräulein Hirschwitz", befahl der Bezirkshauptmann, „möchte heute den Wein heraufholen lassen und, wenn's geht, Rindfleisch vorbereiten und Kirschknödel. Wir essen heute zwanzig Minuten später als gewöhnlich." „Jawohl, Herr Baron", sagte Jacques, sah Carl Joseph an und flüsterte: „Gratuliere herzlich!" Der Bezirkshauptmann ging zum Fenster, die Szene drohte rührend zu werden. Hinter seinem Rücken vernahm er, wie der Sohn dem Diener die Hand gab, Jacques mit den Füßen scharrte, etwas Unverständliches vom seligen Herrn murmelte. Er wandte sich erst um, als Jacques das Zimmer verlassen hatte.

„Es ist heiß, nicht?" begann der Alte.

„Jawohl, Papa!"

„Ich denke, wir gehn an die Luft!"

„Jawohl, Papa!"

Der Bezirkshauptmann nahm den schwarzen Stock aus Ebenholz mit dem silbernen Griff, nicht das gelbe Rohr, das er sonst an hellen Vormittagen zu tragen liebte. Auch die Handschuhe behielt er nicht in der Linken, er streifte sie über. Er setzte den Halbzylinder auf und verließ das Zimmer, gefolgt von dem Jungen. Langsam und ohne ein Wort zu wechseln, gingen beide durch die sommerliche Stille des Stadtparks. Der Stadtpolizist salutierte, Männer erhoben sich von den Bänken und grüßten. Neben der dunklen Gravität des Alten nahm sich die klirrende Buntheit des Jungen noch leuchtender und geräuschvoller aus. In der Allee, in der ein hellblondes Mädchen Sodawasser mit Himbeersaft unter einem roten Sonnenschirm ausschenkte, hielt der Alte ein und sagte: „Ein frischer Trunk kann nicht schaden!" – Er bestellte zwei Soda ohne und beobachtete mit verstohlener Würde das blonde Fräulein, das wollüstig und willenlos ganz in den farbigen Schimmer Carl Josephs einzutauchen schien. Sie tranken und gingen weiter. Manchmal schwenkte der Bezirkshauptmann ein bißchen den Stock, es war wie die Andeutung eines Übermuts, der sich in Grenzen zu halten weiß. Obwohl er schwieg und ernst war wie gewöhnlich, erschien er seinem Sohn heute beinahe flott. Aus seinem frohen Innern brach gelegentlich ein wohlgefälliges Hüsteln, eine Art Lachen. Grüßte ihn jemand, so hob er kurz den Hut. Es gab Augenblicke, in denen er sich sogar zu kühnen Paradoxen vortraute, wie zum Beispiel: „Auch Höflichkeit kann lästig werden!" Er sprach lieber ein gewagtes Wort aus, als daß er sich die Freude über die staunenden Blicke der Vorbeikommenden hätte anmerken lassen. Als sie sich wieder dem Haustor näherten, blieb er noch einmal stehen. Er wandte sein Angesicht dem Sohn zu und sagte: „In meiner Jugend wär' ich auch gern Soldat geworden. Dein Großvater hat's ausdrücklich verboten. Jetzt bin ich zufrieden, daß du nicht Beamter bist!" „Jawohl, Papa!" erwiderte Carl Joseph.

Es gab Wein, auch Rindfleisch und Kirschknödel hatte man ermöglicht. Fräulein Hirschwitz kam im sonntäglich Grauseidenen und ließ beim Anblick Carl Josephs den größten Teil ihrer Strenge ohne weiteres fallen. „Ich freue mich sehr", sagte sie, „und beglückwünsche Sie herzlich." „Beglückwünschen heißt gratulieren", bemerkte der Bezirkshauptmann. Und man begann zu essen.

„Du brauchst dich nicht zu eilen!" sagte der Alte. „Wenn ich schneller fertig bin, so wart' ich noch ein bißchen." Carl Joseph sah auf. Er begriff, daß der Vater seit Jahr und Tag wohl gewußt hatte, wieviel Mühe es kostete, mit ihm Schritt zu halten. Und zum erstenmal war es ihm, als sähe er durch den Panzer des Alten in sein lebendiges Herz und in das Gewebe seiner geheimen Gedanken. Obwohl er bereits ein Leutnant war, wurde Carl Joseph rot. „Danke, Papa!" sagte er. Der Bezirkshauptmann löffelte hastig weiter. Er schien nicht zu hören.

Ein paar Tage später stiegen sie in den Zug nach Wien. Der Sohn las in der Zeitung, der Alte in den Akten. Einmal blickte der Bezirkshauptmann auf und sagte: „Wir wollen in Wien eine Salonhose bestellen, du hast nur zwei." „Danke, Papa!" Sie lasen weiter.

Sie waren knapp eine Viertelstunde vor Wien, als der Vater die Akten zusammenklappte. Der Sohn legte sofort die Zeitung weg. Der Bezirkshauptmann sah auf die Fensterscheibe, dann ein paar Sekunden auf den Sohn. Plötzlich sagte er: „Du kennst doch den Wachtmeister Slama?" Der Name schlug an Carl Josephs Gedächtnis, ein Ruf aus verlorenen Zeiten. Er sah sofort den Weg, der zum Gendarmeriekommando führte, das niedrige Zimmer, den geblümten Schlafrock, das breite und wohlbepackte Bett, er roch den Duft der Wiesen und gleichzeitig das Reseda der Frau Slama. Er lauschte. „Er ist leider Witwer geworden, in diesem Jahr", fuhr der Alte fort. „Traurig. Die Frau ist an einer Geburt gestorben. Solltest ihn besuchen."

Es wurde auf einmal unerträglich heiß im Kupee. Carl Joseph versuchte, den Kragen zu lockern. Während er vergeblich nach einem passenden Wort rang, stieg eine törichte, heiße, kindische Lust zu weinen in ihm auf, würgte ihn im Hals, sein Gaumen wurde trocken, als hätte er seit Tagen nicht getrunken. Er fühlte den Blick seines Vaters, sah angestrengt in die Landschaft, empfand die Nähe des Ziels, dem sie unaufhaltsam entgegenfuhren, als eine Verschärfung seiner Qual, wünschte sich wenigstens in den Korridor und sah gleichzeitig ein, daß er dem Blick und der Mitteilung des Alten nicht davonlaufen könnte. Er raffte schnell ein paar schwache, vorläufige Kräfte zusammen und sagte: „Ich werde ihn besuchen!"

„Es scheint, daß du die Eisenbahn nicht verträgst", bemerkte der Vater.

„Jawohl, Papa!"

Stumm und aufrecht, von einer Qual bedrängt, der er keinen Namen hätte geben können, die er niemals gekannt hatte und die wie eine rätselhafte Krankheit aus fernen Zonen war, fuhr Carl Joseph ins Hotel. Es gelang ihm noch: „Pardon, Papa!" zu sagen. Dann schloß er sein Zimmer ab, packte den Koffer aus und zog die Mappe hervor, in der ein paar Briefe der Frau Slama lagen, in den Umschlägen, wie sie gekommen waren, mit der chiffrierten Adresse, Mährisch-Weißkirchen, poste restante. Die blauen Blätter hatten die Farbe des Himmels und ein Hauch von Reseda, und die zarten, schwarzen Buchstaben flogen wie eine geordnete Schar schlanker Schwalben dahin. Briefe der toten Frau Slama! Sie erschienen Carl Joseph als die frühen Künder ihres plötzlichen Endes, von der geisterhaften Feinheit, die nur todgeweihten Händen entströmt, vorweggenommene Grüße aus dem Jenseits. Den letzten Brief hatte er nicht beantwortet. Die Ausmusterung, die Reden, der Abschied, die Messe, die Ernennung, der neue Rang und die neuen Uniformen verloren ihre Bedeutung vor dem gewichtlosen, dunklen Zug der beschwingten Buchstaben auf blauem Hintergrund. Noch lagen auf seiner Haut die Spuren der liebkosenden Hände der toten Frau, und in seinen eigenen, warmen Händen barg sich noch die Erinnerung an ihre kühle Brust, und mit geschlossenen Augen sah er die selige Müdigkeit in ihrem liebessatten Angesicht, den offenen, roten Mund und den weißen Schimmer der Zähne, den lässig gekrümmten Arm, in jeder Linie des Körpers den fließenden Abglanz wunschloser Träume und glücklichen Schlafs. Jetzt krochen die Würmer über Brust und Schenkel, und gründliche Verwesung zerfraß das Gesicht. Je stärker die gräßlichen Bilder des Zerfalls vor den Augen des jungen Mannes wurden, desto heftiger entzündeten sie seine Leidenschaft. Sie schien in die unbegreifliche Unbegrenztheit jener Bezirke hinauszuwachsen, in denen die Tote verschwunden war. Wahrscheinlich hätte ich sie gar nicht mehr besucht! dachte der Leutnant. Ich hätte sie vergessen. Ihre Worte waren zärtlich, sie war eine Mutter, sie hat mich geliebt, sie ist gestorben! Es war klar, daß er Schuld an ihrem Tode trug. An der Schwelle seines Lebens lag sie, eine geliebte Leiche.

Es war die erste Begegnung Carl Josephs mit dem Tode. An seine Mutter erinnerte er sich nicht mehr. Nichts mehr kannte er von ihr als Grab und Blumenbeet und zwei Photographien. Nun zuckte der Tod vor ihm auf wie ein schwarzer Blitz, traf seine harmlose Freude, versengte seine Jugend und schmetterte ihn an den Rand der verhängten Gründe, die das Lebendige vom Gestorbenen trennen. Vor ihm lag also ein langes Leben voller Trauer. Er rüstete sich, es zu erleiden, entschlossen und blaß, wie es einem Manne geziemt. Er packte die Briefe ein. Er schloß den Koffer. Er ging in den Korridor, klopfte an die Tür seines Vaters, trat ein und hörte wie durch eine dicke Wand aus Glas die Stimme des Alten: „Es scheint, daß du ein weiches Herz hast!" Der Bezirkshauptmann ordnete seine Krawatte vor dem Spiegel. Er hatte noch in der Statthalterei zu tun, in der Polizeidirektion, im Oberlandesgericht. „Du begleitest mich!" sagte er.

Sie fuhren im Zweispänner auf Gummirädern. Festlicher als je erschienen die Straßen Carl Joseph. Das breite, sommerliche Gold des Nachmittags floß über Häuser und Bäume, Straßenbahnen, Passanten, Polizisten, grüne Bänke, Monumente und Gärten. Man hörte den hurtigen, schnalzenden Aufschlag der Hufe auf das Pflaster. Junge Frauen glitten wie helle, zärtliche Lichter vorbei. Soldaten salutierten. Schaufenster schimmerten. Der Sommer wehte milde durch die große Stadt.

Alle Schönheiten des Sommers aber glitten an Carl Josephs gleichgültigen Augen vorüber. An sein Ohr schlugen die Worte des Vaters. Hundert Veränderungen hatte der Alte festzustellen: verlegte Tabaktrafiken, neue Kioske, verlängerte Omnibuslinien, verschobene Haltestellen. Vieles war zu seiner Zeit anders gewesen. Aber an alles Verschwundene wie an alles Bewahrte heftete er seine treue Erinnerung, seine Stimme hob mit leiser und ungewohnter Zärtlichkeit winzige Schätze aus verschütteten Zeiten, seine magere Hand deutete grüßend nach den Stellen, an denen einst seine Jugend geblüht hatte. Carl Joseph schwieg. Auch er hatte soeben die Jugend verloren. Seine Liebe war tot, aber sein Herz aufgetan der väterlichen Wehmut, und er begann zu ahnen, daß hinter der knöchernen Härte des Bezirkshauptmanns ein anderer verborgen war, ein Geheimnisvoller und dennoch Vertrauter, ein Trotta, Abkömmling eines slowenischen Invaliden und des merkwürdigen Helden von Solferino. Und je lebhafter des Alten Ausrufe und Bemerkungen wurden, desto spärlicher und leiser kamen die gehorsamen und gewohnten Bestätigungen des Sohnes, und das stramme und dienststeifrige „Jawohl, Papa", der Zunge eingeübt seit frühen Jahren, klang nunmehr anders, brüderlich und heimisch. Jünger schien der Vater zu werden und älter der Sohn. Sie hielten vor mehreren Amtsgebäuden, in denen der Bezirkshauptmann nach früheren Genossen, Zeugen seiner Jugend, suchte. Der Brandl war Polizeirat geworden, der Smekal Sektionschef, Monteschitzky Oberst und Hasselbrunner Legationsrat. Sie hielten vor den Läden, bestellten bei Reitmeyer in den Tuchlauben ein Paar Salonstiefeletten, matt, Chevreaux, für Hofball und Audienz, eine Salonhose auf der Wieden beim Hof- und Militärschneider Ettlinger, und es ereignete sich das Unglaubliche, daß der Bezirkshauptmann beim Hofjuwelier Schafransky eine silberne Tabatiere, solide und mit geripptem Rücken, auswählte; ein Luxusgegenstand, in den er die tröstlichen Worte eingravieren ließ: „in periculo securitas. Dein Vater."

Sie landeten vor dem Volksgarten und tranken Kaffee. Weiß im dunkelgrünen Schatten leuchteten die runden Tische der Terrasse, auf den Tischtüchern blauten die Siphons. Wenn die Musik innehielt, hörte man den jubelnden Gesang der Vögel. Der Bezirkshauptmann hob den Kopf, und als zöge er Erinnerungen aus der Höhe, begann er: „Hier hab' ich einmal ein kleines Mädel kennengelernt. Wie lang wird's her sein?" Er verlor sich in stummen Berechnungen. Lange, lange Jahre schienen seit damals vergangen; es war Carl Joseph, als säße neben ihm nicht sein Vater, sondern ein Urahne. „Mizzi Schinagl hat's geheißen!" sagte der Alte. In den dichten Kronen der Kastanien suchte er nach dem verschollenen Bildnis Fräulein Schinagls, als wäre sie ein Vögelchen gewesen. „Sie lebt noch?" fragte Carl Joseph aus Höflichkeit und wie um einen Anhaltspunkt für die Abschätzung der verschwundenen Epochen zu gewinnen. „Hoffentlich! Zu meiner Zeit, weißt du, war man nicht sentimental. Man nahm Abschied von Mädchen und auch von Freunden …" Er unterbrach sich plötzlich. Ein Fremder stand an ihrem Tisch, ein Mann mit Schlapphut und flatternder Krawatte, in einem grauen und sehr alten Cutaway mit schlaffen Schößen, dichtes, langes Haar im Nacken, das breite, graue Gesicht mangelhaft rasiert, auf den ersten Blick ein Maler, von jener übertriebenen Deutlichkeit der überlieferten künstlerischen Physiognomie, die unwirklich erscheint und ausgeschnitten aus alten Illustrationen. Der Fremde legte seine Mappe auf den Tisch und machte Anstalten, seine Werke anzubieten, mit dem hochmütigen Gleichmut, den ihm Armut und Sendung zu gleichen Teilen eingeben mochten. „Aber Moser!" sagte Herr von Trotta. Der Maler rollte langsam die schweren Lider von seinen großen, hellen Augen empor, betrachtete ein paar Sekunden den Bezirkshauptmann, streckte die Hand aus und sagte: „Trotta!"

Im nächsten Augenblick schon hatte er die Bestürzung wie die Sanftheit abgelegt, schmetterte die Mappe hin, daß die Gläser zitterten, rief dreimal hintereinander: „Donnerwetter!", so mächtig, als erzeugte er es wirklich, ließ den Blick triumphierend über die benachbarten Tische kreisen und schien Applaus von den Gästen zu erwarten, setzte sich, lüftete den Schlapphut und warf ihn auf den Kies neben den Stuhl, schob mit dem Ellbogen die Mappe vom Tisch, bezeichnete sie gelassen als „Dreck", neigte den Kopf gegen den Leutnant vor, zog die Augenbrauen zusammen, lehnte sich wieder zurück und sagte: „Wie, Herr Statthalter, dein Herr Sohn?"

„Das ist mein Jugendfreund, der Herr Professor Moser!" erklärte der Bezirkshauptmann.

„Donnerwetter, Herr Statthalter!" wiederholte Moser. Er faßte gleichzeitig nach dem Frack eines Kellners, erhob sich und flüsterte eine Bestellung wie ein Geheimnis, setzte sich und schwieg, die Augen in jene Richtung gewendet, aus der die Kellner mit den Getränken kommen mußten. Schließlich stand ein Sodawasserglas vor ihm, halbgefüllt mit wasserklarem Sliwowitz; er führte es vor geblähter Nase ein paarmal hin und her, setzte mit einer mächtigen Armbewegung an, als gälte es, einen schweren Humpen auf einen Zug zu leeren, nippte schließlich nur ein wenig und sammelte dann mit vorgestreckter Zungenspitze die Tropfen von den Lippen ab.

RADETZKYMARSCH

„Du bist zwei Wochen hier und besuchst mich nicht!" begann er mit der forschenden Strenge eines Vorgesetzten.

„Lieber Moser", sagte Herr von Trotta, „ich bin gestern gekommen und fahre morgen wieder zurück."

Der Maler sah lange in das Gesicht des Bezirkshauptmanns. Dann setzte er das Glas wieder an und trank es ohne Aufenthalt leer, wie Wasser. Als er es hinstellen wollte, traf er nicht mehr die Untertasse und ließ es sich von Carl Joseph aus der Hand nehmen. „Danke!" sagte der Maler, und mit ausgestrecktem Zeigefinger auf den Leutnant: „Außerordentlich, die Ähnlichkeit mit dem Helden von Solferino! Nur etwas weicher! Schwächliche Nase! Weicher Mund! Kann sich aber mit der Zeit ändern …!"

„Professor Moser hat den Großvater gemalt!" bemerkte der alte Trotta. Carl Joseph sah den Vater und den Maler an, und in seiner Erinnerung erstand das Porträt des Großvaters, verdämmernd unter dem Suffit des Herrenzimmers. Unfaßbar erschien ihm die Beziehung des Großvaters zu diesem Professor; die Vertrautheit des Vaters mit Moser erschreckte ihn, er sah die schmutzige, breite Hand des Fremden mit freundschaftlichem Schlag auf die gestreifte Hose des Bezirkshauptmanns niederfallen und den abwehrenden, sanften Rückzug des väterlichen Oberschenkels. Da saß nun der Alte, würdig wie sonst, zurückgelehnt und gleichsam abgehalten vom Alkoholgeruch, der gegen seine Brust und sein Angesicht gerichtet war, lächelte und ließ sich alles gefallen. „Solltest dich renovieren lassen", sagte der Maler. „Schäbig bist du geworden! Dein Vater hat anders ausgesehn."

Der Bezirkshauptmann strich seinen Backenbart und lächelte. „Ja, der alte Trotta!" begann wieder der Maler.

„Zahlen!" sagte plötzlich leise der Bezirkshauptmann. „Du entschuldigst, Moser, wir haben eine Verabredung."

Der Maler blieb sitzen, Vater und Sohn verließen den Garten.

Der Bezirkshauptmann schob seinen Arm unter den des Sohnes. Zum erstenmal fühlte Carl Joseph den dürren Arm des Vaters an der Brust. Die väterliche Hand im dunkelgrauen Glacéhandschuh lag in leicht gekrümmter Zutraulichkeit auf dem blauen Ärmel der Uniform. Es war die gleiche Hand, die, hager und zürnend, umscheppert von der steifen Manschette, mahnen konnte und warnen, mit leisen und spitzen Fingern in Papieren blättern, die Schubladen mit grimmem Ruck in ihre Fächer stieß, Schlüssel so entschieden abzog, daß man glauben konnte, die Schlösser seien für alle Ewigkeit versperrt. Es war die Hand, die mit lauernder Ungeduld auf die Tischkante trommelte, wenn es nicht nach dem Willen ihres Herrn ging, und an die Fensterscheibe, wenn im Zimmer irgendeine Verlegenheit entstanden war. Diese Hand hob den mageren Zeigefinger, wenn jemand im Haus etwas unterlassen hatte, ballte sich zur stummen, niemals aufschlagenden Faust, bettete sich zärtlich um die Stirn, nahm behutsam den Zwicker ab, bog sich leicht um das Weinglas, führte die schwarze Virginier liebkosend zum Mund. Es war die linke Hand des Vaters, dem

Sohn seit langem vertraut. Und dennoch war es, als erführe er jetzt erst, daß es die Hand des Vaters war, die väterliche Hand. Carl Joseph verspürte das Verlangen, diese Hand an seine Brust zu drücken.

„Siehst du, der Moser!" begann der Bezirkshauptmann, schwieg eine Weile, suchte nach einem gerecht abwägenden Wort und sagte endlich: „Aus dem hätte was werden können!"

„Ja, Papa!"

„Wie er das Bild vom Großvater gemacht hat, war er sechzehn Jahre alt. Waren wir beide sechzehn Jahre alt! Es war mein einziger Freund in der Klasse! Dann ist er in die Akademie gekommen. Der Schnaps hat ihn halt erwischt. Er ist trotzdem …" Der Bezirkshauptmann schwieg und sagte erst nach ein paar Minuten: „Unter allen, die ich heut wiedergesehn hab', ist er trotzdem mein Freund!"

„Ja – Vater."

Zum erstenmal sagte Joseph das Wort „Vater"! „Jawohl, Papa!" verbesserte er sich schnell.

Es wurde dunkel. Der Abend fiel heftig in die Straße.

„Du frierst, Papa?"

„Keine Spur."

Aber der Bezirkshauptmann schritt rascher aus. Bald waren sie in der Nähe des Hotels.

„Herr Statthalter!" erscholl es hinter ihnen. Der Maler Moser war ihnen offenbar gefolgt. Sie wandten sich um. Da stand er, den Hut in der Hand, mit gesenktem Kopf, demütig, als wollte er den ironischen Anruf ungeschehen machen. „Die Herren entschuldigen!" sagte er. „Habe zu spät bemerkt, daß mein Etui leer ist!" Er zeigte eine offene, leere Blechschachtel. Der Bezirkshauptmann zog ein Zigarrenetui. „Zigarren rauch' ich nicht!" sagte der Maler.

Carl Joseph hielt einen Zigarettenkarton hin. Moser legte umständlich die Mappe vor die Füße, auf das Pflaster, füllte seine Schachtel, bat um Feuer, hielt beide Hände um das blaue Flämmchen. Seine Hände waren rot und klebrig, zu groß im Verhältnis zu ihren Gelenken, zitterten leise, erinnerten an sinnlose Werkzeuge. Seine Nägel waren wie kleine, flache, schwarze Spaten, mit denen er eben in Erde, Kot, farbigem Brei und flüssigem Nikotin geschaufelt hatte. „Wir sollen uns also nicht mehr wiedersehen", sagte er und bückte sich nach der Mappe. Er stand auf, über seine Wangen rannen dicke Tränen. „Nie mehr wiedersehn!" schluchzte er. „Ich muß für einen Augenblick ins Zimmer", sagte Carl Joseph und ging ins Hotel.

Er rannte die Stufen hinauf ins Zimmer, beugte sich aus dem Fenster, beobachtete ängstlich seinen Vater, sah, wie der Alte die Brieftasche zog, der Maler zwei Sekunden darauf mit verjüngten Kräften dem Bezirkshauptmann die schauerliche Hand auf die Schulter legte, und hörte, wie Moser ausrief: „Also, Franz, am dritten, wie gewöhnlich!" Carl Joseph rannte wieder hinunter, es war ihm, als müßte er den Vater schützen; der Professor salutierte und trat zurück, ging, mit letztem Gruß, erhobenen Hauptes, mit

nachtwandlerischer Sicherheit schnurgerade über die Fahrbahn und winkte vom gegenüberliegenden Bürgersteig noch einmal zurück, bevor er in einer Seitengasse verschwand. Aber einen Augenblick später kam er wieder zum Vorschein, rief laut: „Einen
Moment!", daß es in der stillen Gasse widerhallte, setzte mit unwahrscheinlich sicheren
und großen Sprüngen über die Fahrbahn und stand vor dem Hotel, so unbekümmert
und gleichsam neu angekommen, als hätte er sich nicht erst vor ein paar Minuten verabschiedet. Und als sähe er jetzt zum erstenmal seinen Jugendfreund und dessen Sohn, begann er mit einer klagenden Stimme: „Wie traurig ist es, sich so wiederzusehn! Weißt
du noch, wie wir nebeneinander in der dritten Bank gesessen sind? In Griechisch warst
du schwach, ich habe dich immer abschreiben lassen. Wenn du wirklich ehrlich bist,
sag's selbst, vor deinem Sprößling! Hab' ich dich nicht alles abschreiben lassen?" Und zu
Carl Joseph: „Er war ein guter Kerl, aber ein Traumichnicht, Ihr Herr Vater! Auch zu
den Mädeln ist er spät gegangen, ich hab' ihm Kurasch machen müssen, sonst hätt' er nie
hingefunden. Sei gerecht, Trotta! Sag, daß ich dich hingeführt habe!"

Der Bezirkshauptmann schmunzelte und schwieg. Maler Moser machte Anstalten,
einen längeren Vortrag zu beginnen. Er legte die Mappe auf das Pflaster, nahm den Hut
ab, streckte einen Fuß vor und begann: „Wie ich zum erstenmal dem Alten begegnet bin,
es war in den Ferien, du erinnerst dich doch." Er unterbrach sich plötzlich und tastete
mit hastigen Händen alle Taschen ab. Der Schweiß trat in dicken Perlen auf seine Stirn.
„Ich hab's verloren!" rief er aus und zitterte und wankte. „Ich habe das Geld verloren!"

Aus der Tür des Hotels trat in diesem Augenblick der Portier. Er grüßte den Bezirkshauptmann und den Leutnant mit einem heftigen Schwung der goldbetreßten Mütze und
zeigte ein unwilliges Gesicht. Es sah aus, als könnte er im nächsten Augenblick dem Maler
Moser Lärm und Aufenthalt und Beleidigung der Gäste vor dem Hotel verbieten wollen.
Der alte Trotta griff in die Brusttasche, der Maler verstummte. „Kannst du mir aushelfen?"
fragte der Vater. Der Leutnant sagte: „Ich werde den Herrn Professor ein wenig begleiten.
Auf Wiedersehn, Papa!" Der Bezirkshauptmann lüftete den Halbzylinder und ging ins Hotel. Der Leutnant gab dem Professor einen Schein und folgte dem Vater. Der Maler Moser
hob die Mappe auf und entfernte sich mit gemessen wankender Würde.

Schon lag der tiefe Abend in den Straßen, und auch in der Halle des Hotels war es dunkel. Der Bezirkshauptmann saß, den Zimmerschlüssel in der Hand, den Halbzylinder
und den Stock neben sich, ein Bestandteil der Dämmerung, im ledernen Sessel. Der
Sohn blieb in achtungsvoller Entfernung von ihm stehen, als wollte er die Erledigung
der Affäre Moser dienstlich melden. Noch waren die Lampen nicht entzündet. Aus dem
dämmernden Schweigen kam die Stimme des Alten: „Wir fahren morgen nachmittag
zwei Uhr fünfzehn."

„Jawohl, Papa."

„Es ist mir bei der Musik eingefallen, daß du den Kapellmeister Nechwal besuchen
müßtest. Nach dem Besuch beim Wachtmeister Slama, versteht sich. Hast du noch was
in Wien zu erledigen?"

„Die Hosen abholen lassen und die Zigarettendose."

„Was sonst?"

„Nichts, Papa!"

„Du machst morgen vormittag noch deine Aufwartung bei deinem Onkel. Hast du offenbar vergessen. Wie oft bist du sein Gast gewesen?"

„Jedes Jahr zweimal, Papa!"

„Na also! Richtest einen Gruß von mir aus. Sagst, ich lass' mich entschuldigen. Wie sieht er übrigens aus, der gute Stransky?"

„Sehr gut, wie ich ihn zuletzt gesehen habe."

Der Bezirkshauptmann griff nach seinem Stock und stützte die vorgestreckte Hand auf die silberne Krücke, wie er es gewohnt war, im Stehen zu tun, und als müßte man auch sitzend noch einen besonderen Halt haben, sobald von jenem Stransky die Rede war:

„Ich hab' ihn zuletzt vor neunzehn Jahren gesehn. Da war er noch Oberleutnant. Schon verliebt in diese Koppelmann. Unheilbar! Die Geschichte war recht fatal. Verliebt war er halt in eine Koppelmann." Er sprach diesen Namen lauter als das übrige und mit einer deutlichen Zäsur zwischen den beiden Teilen. „Sie konnten die Kaution natürlich nicht aufbringen. Deine Mutter hätt' mich beinah dazu gebracht, die Hälfte herzugeben."

„Er hat den Dienst quittiert?"

„Ja, das hat er. Und ist zur Nordbahn gekommen. Wie weit ist er heute? Bahnrat, glaub' ich, wie?"

„Jawohl, Papa!"

„Na also. Hat er nicht den Sohn Apotheker werden lassen?"

„Nein, Papa, der Alexander ist noch im Gymnasium."

„So. Hinkt ein bißchen, hab' ich gehört, wie?"

„Er hat ein kürzeres Bein."

„Na ja!" schloß der Alte befriedigt, als hätte er schon vor neunzehn Jahren vorausgesehn, daß Alexander hinken würde.

Er erhob sich, die Lampen im Vestibül flammten auf und beleuchteten seine Blässe. „Ich will Geld holen!" sagte er. Er näherte sich der Treppe. „Ich hol's, Papa!" sagte Carl Joseph. „Danke!" sagte der Bezirkshauptmann.

„Ich empfehle dir", sagte er dann, während sie die Mehlspeise aßen, „die Bacchussäle. Soll so eine neue Sache sein! Triffst dort vielleicht den Smekal."

„Danke, Papa! Gute Nacht!"

Zwischen elf und zwölf vormittags besuchte Carl Joseph den Onkel Stransky. Der Bahnrat war noch im Büro, seine Frau, geborene Koppelmann, ließ den Bezirkshauptmann herzlich grüßen. Carl Joseph ging langsam über den Ringkorso ins Hotel. Er bog in die Tuchlauben ein, ließ die Hosen ins Hotel schicken, holte die Zigarettendose ab. Die Zigarettendose war kühl, man fühlte ihre Kühle durch die Tasche der dünnen Bluse an der Haut. Er dachte an den Kondolenzbesuch beim Wachtmeister Slama und faßte den Beschluß, keinesfalls das Zimmer zu betreten. Herzlichstes Beileid, Herr Slama! wird er sagen, auf der Veranda noch. Die Lerchen trillern unsichtbar im blauen Gewölbe. Man hört das schleifende Wispern der Grillen. Man riecht das Heu, den späten Duft der Akazien, die eben aufblühenden Knospen im Gärtchen des Gendarmeriekommandos. Frau Slama ist tot. Kathi, Katharina Luise nach dem Taufschein. Sie ist tot.

Sie fuhren nach Hause. Der Bezirkshauptmann legte die Akten weg, bettete den Kopf zwischen die roten Samtpolster in der Fensterecke und schloß die Augen.

Carl Joseph sah zum erstenmal den Kopf des Bezirkshauptmanns waagerecht gelegt, die Flügel der schmalen, knöchernen Nase gebläht, die zierliche Mulde im glattrasierten, gepuderten Kinn und den Backenbart ruhig gespreizt in zwei breiten, schwarzen Fittichen. Schon silberte er ein wenig an den äußersten Ecken, schon hatte ihn dort das Alter gestreift und an den Schläfen auch. Er wird eines Tages sterben! dachte Carl Joseph. Sterben wird er und begraben werden. Ich werde bleiben.

Sie waren allein im Kupee. Das schlummernde Angesicht des Vaters wiegte sich friedlich im rötlichen Dämmer der Polsterung. Unter dem schwarzen Schnurrbart waren die blassen, schmalen Lippen wie ein einziger Strich, an dem dünnen Hals zwischen den blanken Ecken des Stehkragens wölbte sich der kahle Adamsapfel, die tausendfach gerunzelten, bläulichen Häute der geschlossenen Lider zitterten ständig und leise, die breite, weinrote Krawatte hob und senkte sich gleichmäßig, und auch die Hände schliefen, geborgen in den Achselhöhlen an den quer über der Brust gekreuzten Armen. Eine große Stille ging vom ruhenden Vater aus. Entschlafen und besänftigt schlummerte auch seine Strenge, eingebettet in der stillen, senkrechten Furche zwischen Nase und Stirn, wie ein Sturm schläft im schroffen Spalt zwischen den Bergen. Diese Furche war Carl Joseph bekannt, sogar wohlvertraut. Das Angesicht des Großvaters auf dem Porträt im Herrenzimmer zierte sie, dieselbe Furche, der zornige Schmuck der Trottas, das Erbteil des Helden von Solferino.

Der Vater öffnete die Augen: „Wie lange noch?" „Zwei Stunden, Papa!"

Es begann zu regnen. Es war Mittwoch, Donnerstagnachmittag war der Kondolenzbesuch bei Slama fällig. Es regnete auch Donnerstagvormittag. Eine Viertelstunde nach dem Essen, sie hielten noch beim Kaffee im Herrenzimmer, sagte Carl Joseph: „Ich gehe zu den Slamas, Papa!" „Er ist leider allein!" erwiderte der Bezirkshauptmann. „Du triffst ihn am besten um vier." Man hörte in diesem Augenblick vom Kirchturm zwei helle Schläge, der Bezirkshauptmann hob den Zeigefinger und deutete in die Richtung der Glocken zum Fenster. Carl Joseph wurde rot. Es schien, daß der Vater, der Regen, die Uhren, die Menschen, die Zeit und die Natur selbst entschlossen waren, ihm den Weg noch schwerer zu machen. Auch an jenen Nachmittagen, an denen er noch zur lebenden Frau Slama gehen durfte, hatte er auf den goldenen Schlag der Glocken gelauscht, ungeduldig wie heute, aber darauf bedacht, den Wachtmeister eben nicht zu treffen. Hinter vielen Jahrzehnten schienen jene Nachmittage vergraben zu liegen. Der Tod beschattete und barg sie, der Tod stand zwischen damals und heute und schob seine ganze

356   RADETZKYMARSCH

zeitlose Finsternis zwischen Vergangenheit und Gegenwart. Und dennoch war der goldene Schlag der Stunden nicht verwandelt – und genauso wie damals saß man heute im Herrenzimmer und trank Kaffee.

„Es regnet", sagte der Vater, als bemerkte er es jetzt zum erstenmal. „Du nimmst vielleicht einen Wagen?"

„Ich geh' gern im Regen, Papa!" Er wollte sagen: Lang, lang muß der Weg sein, den ich gehe. Vielleicht hätte ich damals einen Wagen nehmen müssen, als sie noch gelebt hat! Es war still, der Regen trommelte gegen die Fenster. Der Bezirkshauptmann erhob sich: „Ich muß hinüber!" Er meinte das Amt. „Wir sehen uns dann!" Er schloß sanfter, als er gewohnt war, die Tür. Es war Carl Joseph, als stände der Vater noch eine Weile draußen und lauschte.

Jetzt schlug es ein Viertel vom Turm, dann halb. Halb drei, noch anderthalb Stunden. Er ging in den Korridor, nahm den Mantel, richtete lange die vorschriftsmäßigen Falten am Rücken, zerrte den Korb des Säbels durch den Schlitz der Tasche, setzte mechanisch die Mütze vor dem Spiegel auf und verließ das Haus.

4

Er ging den gewohnten Weg, unter den offenen Bahnschranken durch, am schlafenden, gelben Finanzamt vorbei. Von hier aus sah man bereits das einsame Gendarmeriekommando. Er ging weiter. Zehn Minuten hinter dem Gendarmeriekommando lag der kleine Friedhof mit dem hölzernen Gitter. Dichter schien der Schleier des Regens über die Toten zu fließen. Der Leutnant berührte die nasse, eiserne Klinke, er trat ein. Verloren flötete ein unbekannter Vogel, wo mochte er sich wohl verbergen, sang er nicht aus einem Grab? Er klinkte die Tür des Wächters auf, eine alte Frau, mit Brille auf der Nase, schälte Kartoffeln. Sie ließ die Schalen wie die Früchte aus dem Schoß in den Eimer fallen und stand auf. „Ich möchte das Grab der Frau Slama!" „Vorletzte Reihe, vierzehn, Grab sieben!" sagte die Frau prompt und als hätte sie längst auf diese Frage gewartet.

Das Grab war noch frisch, ein winziger Hügel, ein kleines, vorläufiges Holzkreuz und ein verregneter Kranz aus gläsernen Veilchen, die an Konditoreien und Bonbons erinnerten. „Katharina Luise Slama, geboren, gestorben." Unten lag sie, die fetten, geringelten Würmer begannen soeben, behaglich an den runden, weißen Brüsten zu nagen. Der Leutnant schloß die Augen und nahm die Mütze ab. Der Regen streichelte mit nasser Zärtlichkeit seine gescheitelten Haare. Er achtete nicht auf das Grab, der zerfallende Körper unter diesem Hügel hatte nichts mit Frau Slama zu tun; tot war sie, tot, das hieß: unerreichbar, stand man auch an ihrem Grab. Näher war ihm der Körper, der in seiner Erinnerung begraben lag, als der Leichnam unter diesem Hügel. Carl Joseph setzte die Mütze auf und zog die Uhr. Noch eine halbe Stunde. Er verließ den Friedhof.

Er gelangte zum Gendarmeriekommando, drückte die Klingel, niemand kam. Der Wachtmeister war noch nicht zu Haus. Der Regen rauschte auf das dichte, wilde Weinlaub, das die Veranda umhüllte. Carl Joseph ging auf und ab, auf und ab, zündete sich eine Zigarette an, warf sie wieder weg, fühlte, daß er einer Schildwache glich, wendete, sooft sein Blick jenes rechte Fenster traf, aus dem Katharina immer geblickt hatte, den Kopf, zog die Uhr, drückte noch einmal den weißen Knopf der Klingel, wartete.

Verhüllte vier Schläge kamen langsam vom Kirchturm der Stadt. Da tauchte der Wachtmeister auf. Er salutierte mechanisch, bevor er noch sah, wen er vor sich hatte. Als gälte es, nicht dem Gruß, sondern einer Bedrohung des Gendarmen entgegenzukommen, rief Carl Joseph lauter, als er beabsichtigt hatte: „Grüß Gott, Herr Slama!" Er streckte die Hand aus, stürzte sich gleichsam in die Begrüßung wie in eine Schanze, erwartete mit der Ungeduld, mit der man einem Angriff entgegensieht, die schwerfälligen Vorbereitungen des Wachtmeisters, die Anstrengung, mit der er den nassen Zwirnhandschuh abstreifte und seine beflissene Hingabe an dieses Unterfangen und seinen gesenkten Blick. Endlich legte sich die entblößte Hand feucht, breit und ohne Druck in die des Leutnants. „Danke für den Besuch, Herr Baron!" sagte der Wachtmeister, als wäre der Leutnant nicht eben gekommen, sondern im Begriff zu gehn. Der Wachtmeister holte den Schlüssel hervor. Er sperrte die Tür auf. Ein Windstoß peitschte den prasselnden Regen gegen die Veranda. Es war, als triebe er den Leutnant ins Haus. Dämmrig war der Flur. Leuchtete nicht ein schmaler Streifen auf, schmal, silbern, irdische Spur der Toten? – Der Wachtmeister machte die Küchentür auf, die Spur ertrank im einströmenden Licht. „Bitte abzulegen!" sagte Slama. Er steht selbst noch im Mantel und gegürtet. Herzliches Beileid! denkt der Leutnant. Ich sage es jetzt schnell und gehe dann wieder. Schon breitet Slama die Arme aus, um Carl Joseph den Mantel abzunehmen. Carl Joseph ergibt sich in die Höflichkeit, die Hand Slamas streift einen Augenblick den Nacken des Leutnants, den Haaransatz über dem Kragen, just an jener Stelle, an der sich die Hände der Frau Slama zu verschränken pflegten, zarte Riegel der geliebten Fessel. Wann, genau, zu welchem Zeitpunkt, wird man endlich die Kondolenzformel abstoßen können? Wenn wir in den Salon treten oder erst, wenn wir uns gesetzt haben? Muß man sich dann wieder erheben? Es ist, als ob man nicht den geringsten Laut hervorbringen könnte, bevor nicht jenes dumme Wort gesagt ist, ein Ding, das man auf den Weg mitgenommen und die ganze Zeit im Mund getragen hat. Es liegt auf der Zunge, lästig und unnütz, von schalem Geschmack.

Der Wachtmeister drückt die Klinke nieder, die Salontür ist verschlossen. Er sagt: „Pardon!", obwohl er nichts dafür kann. Er greift wieder nach der Tasche im Mantel, den er bereits abgelegt hat – es scheint schon sehr lange her –, und klirrt mit dem Schlüsselbund. Niemals war diese Tür verschlossen gewesen, zu Lebzeiten der Frau Slama. Sie ist also nicht da! denkt der Leutnant auf einmal, als wäre er nicht hergekommen, weil sie eben nicht mehr da ist, und merkt, daß er die ganze Zeit noch die verborgene Vorstellung gehegt hat, sie könnte dasein, in einem Zimmer sitzen und warten. Nun ist sie be-

358   RADETZKYMARSCH

stimmt nicht mehr da. Sie liegt in der Tat draußen unter dem Grab, das er eben gesehn hat.

Ein feuchter Geruch liegt im Salon, von den zwei Fenstern ist eines verhangen, durch das andere schwimmt das graue Licht des trüben Tages. „Bitte einzutreten!" wiederholt der Wachtmeister. Er steht hart hinter dem Leutnant. „Danke!" sagt Carl Joseph. Und er tritt ein und geht an den runden Tisch, er kennt genau das Muster der gerippten Dekke, die ihn verhüllt, und den zackigen, kleinen Fleck in der Mitte, die braune Politur und die Schnörkel der gerillten Füße. Hier steht die Kredenz mit den Glasfenstern, Pokale aus Neusilber dahinter und kleine Puppen aus Porzellan und ein Schwein aus gelbem Ton mit einem Spalt für Sparmünzen im Rücken. „Erweisen mir die Ehre, Platz zu nehmen!" murmelt der Wachtmeister. Er steht hinter der Lehne eines Sessels, umfaßt sie mit den Händen, er hält sie vor sich wie einen Schild. Vor mehr als vier Jahren hat ihn Carl Joseph zuletzt gesehn. Damals war er im Dienst. Er trug einen schillernden Federbusch am schwarzen Hut, Riemen überkreuzten seine Brust, das Gewehr hielt er bei Fuß, er wartete vor der Kanzlei des Bezirkshauptmanns. Er war der Wachtmeister Slama, der Name war wie der Rang, der Federbusch gehörte wie der blonde Schnurrbart zu seiner Physiognomie. Jetzt steht der Wachtmeister barhäuptig da, ohne Säbel, Riemen und Gurt, man sieht den fettigen Glanz des gerippten Uniformstoffs auf der leichten Wölbung des Bauchs über der Lehne, und es ist nicht mehr der Wachtmeister Slama von damals, sondern der Herr Slama, ein Wachtmeister der Gendarmerie im Dienst, früher Mann der Frau Slama, jetzt Witwer und Herr dieses Hauses. Die kurzgeschnittenen, blonden Härchen liegen, in der Mitte gescheitelt, wie ein zweiflügeliges Bürstchen über der faltenlosen Stirn mit dem waagerechten, rötlichen Streifen, den der dauernde Druck der harten Mütze hinterlassen hat. Verwaist ist dieser Kopf ohne Mütze und Helm. Das Angesicht ohne den Schatten des Schirmrandes ein regelmäßiges Oval, ausgefüllt von Wangen, Nase, Bart und kleinen, blauen, verstockten, treuherzigen Augen. Er wartet, bis Carl Joseph sich gesetzt hat, rückt dann den Sessel, setzt sich ebenfalls und zieht seine Tabatiere. Sie hat einen Deckel aus buntbemaltem Email. Der Wachtmeister legt sie in die Mitte des Tisches, zwischen sich und den Leutnant und sagt: „Eine Zigarette gefällig?" – Es ist Zeit zu kondolieren, denkt Carl Joseph, erhebt sich und sagt: „Herzliches Beileid, Herr Slama!" Der Wachtmeister sitzt, beide Hände vor sich an der Tischkante, scheint nicht sofort zu erkennen, worum es sich handelt, versucht zu lächeln, erhebt sich zu spät in dem Augenblick, in dem Carl Joseph sich wieder setzen will, nimmt die Hände vom Tisch und führt sie an die Hose, neigt den Kopf, erhebt ihn wieder, sieht Carl Joseph an, als wollte er fragen, was zu tun sei. – Sie setzen sich wieder. Es ist vorbei. Sie schweigen. „Sie war eine brave Frau, die selige Frau Slama!" sagt der Leutnant.

Der Wachtmeister führt die Hand an den Schnurrbart und sagt, ein dünnes Bartende zwischen den Fingern: „Sie ist schön gewesen, Herr Baron haben sie ja gekannt." „Ich hab' sie gekannt, Ihre Frau Gemahlin. Ist sie leicht gestorben?" „Zwei Tage hat's gedau-

ert. Wir haben den Doktor zu spät geholt. Sie wär' sonst am Leben geblieben. Ich hab'
Dienst gehabt in der Nacht. Wie ich heimkomm', ist sie tot. Vom Finanzer die Frau drüben ist bei ihr gewesen." Und gleich darauf: „Vielleicht ein Himbeerwasser gefällig?"

„Bitte, bitte!" sagte Carl Joseph, mit einer helleren Stimme, als könnte das Himbeerwasser eine ganz veränderte Lage schaffen, und er sieht den Wachtmeister aufstehn und
zur Kommode gehn, und er weiß, daß es dort kein Himbeerwasser gibt. Es steht in der
Küche im weißen Schrank, hinter Glas, dort hat es Frau Slama immer geholt. Er verfolgt
aufmerksam alle Bewegungen des Wachtmeisters, die kurzen, starken Arme in den engen Ärmeln, die sich recken, um auf der höchsten Etagere nach der Flasche zu fassen,
und die sich dann hilflos senken, während die gestreckten Füße wieder auf ihre Sohlen
zurückfallen, und Slama, gleichsam heimgekehrt aus einem fremden Gebiet, in das er
eine überflüssige und leider erfolglose Entdeckungsfahrt unternommen hat, sich wieder
umwendet und mit rührender Hoffnungslosigkeit in den blitzblauen Augen die schlichte Mitteilung macht: „Bitte um Entschuldigung, ich find's leider nicht!"

„Das macht nichts, Herr Slama!" tröstet der Leutnant. Der Wachtmeister aber, als hätte er diesen Trost nicht gehört oder als hätte er einem Befehl zu gehorchen, der, von höherer Stelle ausdrücklich erteilt, keine Milderung mehr durch ein Eingreifen Niederer
erfahren könne, verläßt das Zimmer. Man hört ihn in der Küche hantieren, er kommt
zurück, die Flasche in der Hand, holt Gläser mit matten Randornamenten aus der Kredenz und stellt eine Karaffe Wasser auf den Tisch und gießt aus der dunkelgrünen Flasche die zähe, rubinrote Flüssigkeit ein und wiederholt noch einmal: „Erweisen mir die
Ehre, Herr Baron!" Der Leutnant gießt Wasser aus der Karaffe in den Himbeersaft, man
schweigt, es rinnt mit starkem Strahl aus dem geschwungenen Mund der Karaffe, plät-
schert ein wenig und ist wie eine kleine Antwort auf das unermüdliche Fließen des Regens draußen, den man die ganze Zeit über hört. Er hüllt, man weiß es, das einsame Haus
ein und scheint die beiden Männer noch einsamer zu machen. Allein sind sie. Carl Joseph hebt das Glas, der Wachtmeister tut das gleiche, der Leutnant schmeckt die süße,
klebrige Flüssigkeit. Slama trinkt das Glas mit einem Zug leer, Durst hat er, merkwürdigen, unerklärlichen Durst an diesem kühlen Tag. „Rücken jetzt zu den X-ten Ulanen
ein?" fragt Slama. „Ja, ich kenne das Regiment noch nicht." „Ich habe einen bekannten
Wachtmeister dort, Rechnungsunteroffizier Zenower. Er hat mit mir bei den Jägern gedient, hat sich dann transferieren lassen. Ein nobles Haus, sehr gebildet. Er wird die Offiziersprüfung sicher machen. Unsereins bleibt, wo es gewesen ist. Bei der Gendarmerie
sind keine Aussichten mehr." Der Regen ist stärker geworden, die Windstöße heftiger,
es prasselt immer wieder an die Fenster. – Carl Joseph sagt: „Es ist überhaupt schwer, in
unserm Beruf, beim Militär mein' ich!" Der Wachtmeister bricht in ein unverständliches Lachen aus, es scheint ihn außerordentlich zu freuen, daß es schwer ist in dem Beruf, den er und der Leutnant ausüben. Er lacht ein wenig stärker, als er möchte. Man sieht
es an seinem Mund, der weiter geöffnet ist, als das Lachen erfordert, und der länger of-
fenbleibt, als es dauert. Also ist es einen Augenblick so, als könnte sich der Wachtmeister

aus körperlichen Gründen allein schon schwer entschließen, zu seinem alltäglichen Ernst zurückzufinden. Freut es ihn wirklich, daß er und Carl Joseph es so schwer im Leben haben? „Herr Baron belieben", beginnt er, *von unserm* Beruf zu sprechen. Bitte, es mir nicht übel zu nehmen, bei unsereinem ist es doch etwas anders." Carl Joseph weiß nichts darauf zu erwidern. Er fühlt (auf eine unbestimmte Weise), daß der Wachtmeister eine Gehässigkeit gegen ihn hegt, vielleicht gegen die Zustände in Armee und Gendarmerie überhaupt. Man hat in der Kadettenschule nie etwas darüber gelernt, wie sich ein Offizier in einer ähnlichen Lage zu benehmen hat. Auf jeden Fall lächelt Carl Joseph, ein Lächeln, das wie eine eiserne Klammer seine Lippen herabzieht und zusammenpreßt; es sieht aus, als geize er mit dem Ausdruck des Vergnügens, den der Wachtmeister so unbedenklich verschwendet. Das Himbeerwasser, auf der Zunge soeben noch süß, schickt aus der Kehle einen bittern, schalen Geschmack zurück, man möchte einen Cognac darauf trinken. Niedriger und kleiner als sonst erscheint heute der rötliche Salon, vielleicht vom Regen zusammengepreßt. Auf dem Tisch liegt das wohlbekannte Album mit den steifen, glänzenden Messingohren. Alle Bilder sind Carl Joseph bekannt. Wachtmeister Slama sagt: „Gestatten gefälligst?" und schlägt das Album auf und hält es vor den Leutnant hin. In Zivil ist er hier photographiert, an der Seite seiner Frau, als junger Ehemann. „Damals war ich noch Zugsführer!" sagt er etwas bitter, als hätte er sagen mögen, daß ihm dazumal bereits eine höhere Charge gebührt hätte. Frau Slama sitzt neben ihm in einem engen, hellen Sommerkleid mit Wespentaille wie in einem duftigen Panzer, einen breiten, weißen Tellerhut schief auf dem Haar. Was ist das? Hat Carl Joseph noch niemals das Bild gesehn? Warum scheint es ihm denn heute so neu? Und so alt? Und so fremd? Und so lächerlich? Ja, er lächelt, als betrachte er ein komisches Bild aus längst vergangenen Zeiten und als wäre Frau Slama ihm niemals nahe und teuer gewesen und als wäre sie nicht erst vor ein paar Monaten, sondern schon vor Jahren gestorben. „Sie war sehr hübsch! Man sieht's!" sagt er, nicht mehr aus Verlegenheit, wie früher, sondern aus ehrlicher Heuchelei. Man sagt etwas Nettes von einer Toten, im Angesicht des Witwers, dem man kondoliert.

Er fühlt sich sofort befreit und von der Toten geschieden, als wäre alles, alles ausgelöscht. Einbildung war alles gewesen! Das Himbeerwasser trinkt er aus, steht auf und sagt: „Ich werde also gehn, Herr Slama!" Er wartet auch nicht, er macht kehrt, der Wachtmeister hat kaum Zeit gehabt, aufzustehn, schon stehn sie wieder im Flur, schon hat Carl Joseph den Mantel an, streift mit Wohlbehagen den linken Handschuh langsam über, dazu hat er plötzlich mehr Zeit, und wie er „Na, auf Wiedersehn, Herr Slama!" sagt, vernimmt er selbst mit Befriedigung einen fremden, hochmütigen Klang in seiner Stimme. Slama steht da, mit gesenkten Augen und mit ratlosen Händen, die auf einmal leer geworden sind, als hätten sie bis zu diesem Augenblick etwas gehalten und soeben fallen gelassen und für immer verloren. Sie reichen einander die Hände. Hat Slama noch etwas zu sagen? – Egal! – „Vielleicht ein anderes Mal wieder, Herr Leutnant!" sagt er dennoch. Ja, er wird es wohl nicht ernstlich glauben, Carl Joseph hat das Angesicht Slamas schon vergessen. Er sieht nur die goldgelben Kanten am Kragen und die drei goldenen Zacken am schwarzen Ärmel der Gendarmeriebluse. „Leben Sie wohl, Wachtmeister!"

Es regnet noch immer, milde, unermüdlich, mit einzelnen, föhnigen Windstößen. Es ist, als hätte es schon längst Abend sein müssen, und es könnte immer noch nicht Abend werden. Ewig dieses schraffierte, nasse Grau. Zum erstenmal, seitdem er Uniform trägt, ja, zum erstenmal, seitdem er denken kann, hat Carl Joseph das Gefühl, daß man den Kragen des Mantels hochschlagen müßte. Und er hebt sogar für einen Augenblick die Hände und erinnert sich, daß er Uniform trägt, und läßt sie wieder fallen. Es ist, als hätte er eine Sekunde lang seinen Beruf vergessen. Er geht langsam und klirrend über den nassen, knirschenden Kies des Vorgartens und freut sich seiner Langsamkeit. Er hat's nicht nötig, sich zu beeilen; nichts ist gewesen, ein Traum war alles. Wie spät mag es sein? Die Taschenuhr ist zu tief geborgen unter der Bluse in der kleinen Hosentasche. Schade, den Mantel aufzuknöpfen. Bald wird es ohnehin vom Turm schlagen.

Er öffnet das Gartengitter, er tritt auf die Straße. „Herr Baron!" sagt plötzlich hinter ihm der Wachtmeister. Rätselhaft, wie unhörbar er gefolgt ist. Ja, Carl Joseph erschrickt. Er bleibt stehn, kann sich aber nicht entschließen, sich sogleich umzuwenden. Vielleicht ruht der Lauf einer Pistole genau in der Mulde, zwischen den vorschriftsmäßigen Rückenfalten des Mantels. Grauenhafter und kindischer Einfall! Fängt alles aufs neue an? „Ja!" sagt er, immer noch mit hochmütiger Lässigkeit, die wie eine mühselige Fortsetzung seines Abschieds ist und ihn sehr anstrengt – und macht kehrt. Ohne Mantel und barhäuptig steht der Wachtmeister im Regen, mit dem nassen, zweiflügeligen Bürstchen und dicken Wasserperlen an der blonden, glatten Stirn. Er hält ein blaues Päckchen, kreuzweis mit silbernem Bindfaden verschnürt. „Das ist für Sie, Herr Baron!" sagt er, die Augen niedergeschlagen. „Bitte um Entschuldigung! Der Herr Bezirkshauptmann hat's angeordnet. Ich hab's damals gleich hingebracht. Der Herr Bezirkshauptmann hat's schnell überflogen und gesagt, ich soll's persönlich übergeben!"

Es ist einen Augenblick still, nur der Regen prasselt auf das arme, blaßblaue Päckchen, färbt es ganz dunkel, es kann nicht länger warten, das Päckchen. Carl Joseph nimmt es, versenkt es in die Manteltasche, wird rot, denkt einen Moment daran, den Handschuh von der Rechten abzustreifen, besinnt sich, streckt die Hand im Leder dem Wachtmeister hin, sagt „Herzlichen Dank!" und geht schnell.

Er fühlt das Päckchen wohl in der Tasche. Von dort her, durch die Hand, den Arm entlang, quillt eine unbekannte Hitze auf und rötet noch stärker sein Angesicht. Er fühlt jetzt, daß man den Kragen aufmachen müßte, wie er früher geglaubt hat, ihn hochschlagen zu müssen. Der bittere Nachgeschmack des Himbeerwassers ist wieder im Mund. Carl Joseph zieht das Päckchen aus der Tasche. Ja, es ist kein Zweifel. Das sind seine Briefe.

Es müßte jetzt endlich Abend werden und der Regen aufhören. Es müßte sich manches in der Welt verändern, die Abendsonne vielleicht noch einen letzten Strahl hierherschicken. Durch den Regen atmen die Wiesen den wohlbekannten Duft, und der einsame Ruf eines fremden Vogels ertönt, niemals hat man ihn hier gehört, es ist wie eine fremde Gegend. Man hört fünf Uhr schlagen, es ist also genau eine Stunde her – nicht mehr als eine Stunde. Soll man schnell gehn oder langsam? Die Zeit hat einen fremden, rätselhaften Gang, eine Stunde ist wie ein Jahr. Es schlägt fünf ein Viertel. Man hat kaum ein paar Schritte zurückgelegt. Carl Joseph beginnt, schneller auszuschreiten. Er geht über die Geleise, hier beginnen die ersten Häuser der Stadt. Man geht an dem Café des Städtchens vorbei, es ist das einzige Lokal mit einer modernen Drehtür im Ort. Es ist vielleicht gut, einzutreten, einen Cognac zu trinken, im Stehn, und wieder wegzugehn. Carl Joseph tritt ein.

„Schnell, einen Cognac", sagt er am Büfett. Er bleibt in Mütze und Mantel, ein paar Gäste stehen auf. Man hört das Klappern der Billardkugeln und der Schachfiguren. Offiziere der Garnison sitzen im Schatten der Nischen, Carl Joseph sieht sie nicht und grüßt sie nicht. Nichts ist dringender als Cognac. Er ist blaß, die fahlblonde Kassiererin lächelt mütterlich von ihrem erhabenen Platz und legt mit gütiger Hand ein Stück Würfelzukker neben die Tasse. Carl Joseph trinkt auf einen Zug. Er bestellt sofort das nächste. Er sieht vom Angesicht der Kassiererin nur einen hellblonden Schimmer und die zwei Goldplomben in den Mundwinkeln. Es ist ihm, als täte er etwas Verbotenes, und er weiß nicht, warum es verboten sein sollte, zwei Cognacs zu trinken. Er ist schließlich nicht mehr Kadettenschüler. Warum sieht ihn die Kassierin so merkwürdig lächelnd an? Ihr marineblauer Blick ist ihm peinlich und das gekohlte Schwarz der Augenbrauen. Er wendet sich um und sieht in den Saal. Dort in der Ecke neben dem Fenster sitzt sein Vater.

Ja, es ist der Bezirkshauptmann – und was ist daran weiter verwunderlich? Jeden Tag sitzt er da, zwischen fünf und sieben, liest das *Fremdenblatt* und die Amtszeitung und raucht eine Virginier. Die ganze Stadt weiß es, seit drei Jahrzehnten. Der Bezirkshauptmann sitzt da, er betrachtet seinen Sohn und scheint zu lächeln. Carl Joseph nimmt die Mütze ab und geht auf den Vater zu. Der alte Herr von Trotta blickt kurz von seiner Zeitung auf, ohne sie abzulegen, und sagt: „Kommst von Slama?" „Jawohl, Papa!" „Er hat dir deine Briefe gegeben?" „Jawohl, Papa!" „Setz dich, bitte!" „Jawohl, Papa!"

Der Bezirkshauptmann legt endlich die Zeitung aus der Hand, stützt die Ellenbogen auf den Tisch, wendet sich dem Sohn zu und sagt: „Sie hat dir einen billigen Cognac gegeben. Ich trinke immer Hennessy." „Werd's mir merken, Papa!" „Trinke übrigens selten." „Jawohl, Papa!" „Bist noch etwas blaß. Leg ab! Der Major Kreidl ist drüben, sieht herüber!" Carl Joseph erhebt sich und grüßt mit einer Verbeugung den Major. „War er unangenehm, der Slama?" „Nein, recht netter Kerl!" „Na also!" Carl Joseph legt den Mantel ab. „Wo hast denn die Briefe?" fragt der Bezirkshauptmann. Der Sohn holt das Päckchen aus der Manteltasche. Der alte Herr von Trotta faßt es an. Er wiegt es in der Rechten, legt es wieder hin und sagt: „Recht viele Briefe!" „Jawohl, Papa!"

Es ist still, man hört das Klappern der Billardkugeln und der Schachfiguren, und draußen rinnt der Regen. „Übermorgen rückst du ein!" sagt der Bezirkshauptmann, mit einem Blick zum Fenster. Auf einmal fühlt Carl Joseph die dürre Hand des Vaters über
seiner Rechten. Die Hand des Bezirkshauptmanns liegt über der des Leutnants, kühl
und knöchern, eine harte Schale. Carl Joseph senkt die Augen auf die Tischplatte. Er
wird rot. Er sagt: „Jawohl, Papa!"

„Zahlen!" ruft der Bezirkshauptmann und entfernt seine Hand. „Sagen Sie dem Fräulein", bemerkt er zum Kellner, „daß wir nur Hennessy trinken!"

In einer schnurgeraden Diagonale gehn sie durch das Lokal zur Tür, der Vater und
hinter ihm der Sohn.

Es tropft nur noch sacht und singend von den Bäumen, während sie langsam durch
den feuchten Garten nach Hause gehn. Aus dem Tor der Bezirkshauptmannschaft tritt
der Wachtmeister Slama im Helm, mit Gewehr und aufgepflanztem Bajonett und
Dienstbuch unter dem Arm. „Grüß Gott, lieber Slama!" sagt der alte Herr von Trotta.
„Nichts Neues, was?"

„Nichts Neues!" wiederholt der Wachtmeister.

5

Im Norden der Stadt lag die Kaserne. Sie schloß die breite und wohlgepflegte Land-
straße ab, die hinter dem roten Ziegelbau ein neues Leben begann und weit ins blaue
Land hineinführte. Es schien, als wäre die Kaserne als ein Zeichen der habsburgischen
Macht von der kaiser- und königlichen Armee in die slawische Provinz hineingestellt
worden. Der uralten Landstraße selbst, die von der jahrhundertelangen Wanderung
slawischer Geschlechter so breit und geräumig geworden war, verstellte sie den Weg.
Die Landstraße mußte ihr ausweichen. Sie machte einen Bogen um die Kaserne.
Stand man am äußersten Nordrand der Stadt, am Ende der Straße, dort, wo die Häuser immer kleiner wurden und schließlich zu dörflichen Hütten, so konnte man an
klaren Tagen in der Ferne das breite, gewölbte, schwarzgelbe Tor der Kaserne erblik-
ken, das wie ein mächtiges habsburgisches Schild der Stadt entgegengehalten wurde,
eine Drohung, ein Schutz und beides zugleich. Das Regiment war in Mähren gelegen. Aber seine Mannschaft bestand nicht aus Tschechen, wie man hätte glauben mögen, sondern aus Ukrainern und Rumänen.

Zweimal in der Woche fanden die militärischen Übungen im südlichen Gelände statt.
Zweimal in der Woche ritt das Regiment durch die Straßen der kleinen Stadt. Der helle und schmetternde Ton der Trompeten unterbrach in regelmäßigen Abständen das regelmäßige Klappern der Pferdehufe, und die roten Hosen der berittenen Männer auf den
glänzenden, braunen Leibern der Rösser erfüllten das Städtchen mit blutiger Pracht. An
den Straßenrändern blieben die Bürger stehn. Die Kaufleute verließen ihre Läden, die

müßigen Besucher der Kaffeehäuser ihre Tische, die städtischen Polizisten ihre gewohnten Posten und die Bauern, die mit frischem Gemüse aus den Dörfern auf den Marktplatz gekommen waren, ihre Pferde und Wagen. Nur die Kutscher auf den wenigen Fiakern, die ihren Standplatz in der Nähe des städtischen Parkes hatten, blieben unbeweglich auf den Böcken sitzen. Von oben her übersahen sie das militärische Schauspiel noch besser als die am Straßenrand Stehenden. Und die alten Gäule schienen mit dumpfem Gleichmut die prachtvolle Ankunft ihrer jüngeren und gesünderen Genossen zu begrüßen. Die Rösser der Kavalleristen waren weit entfernte Verwandte der trüben Pferde, die seit fünfzehn Jahren nur Droschken zum Bahnhof führten und zurück.

Carl Joseph, Freiherrn von Trotta, blieben die Tiere gleichgültig. Manchmal glaubte er, in sich das Blut seiner Ahnen zu fühlen: sie waren keine Reiter gewesen. Die kämmende Egge in den harten Händen, hatten sie Schritt vor Schritt auf die Erde gesetzt. Sie stießen den furchenden Pflug in die saftigen Schollen des Ackers und gingen mit geknickten Knien hinter dem wuchtigen Zweigespann der Ochsen einher. Mit Weidenruten trieben sie die Tiere an, nicht mit Sporen und Peitsche. Die geschliffene Sense schwangen sie im hocherhobenen Arm wie einen Blitz, und sie mähten den Segen, den sie selbst gesät hatten. Der Vater des Großvaters noch war ein Bauer gewesen. Sipolje war der Name des Dorfes, aus dem sie stammten. Sipolje: das Wort hatte eine alte Bedeutung. Auch den heutigen Slowenen war es kaum mehr bekannt. Carl Joseph aber glaubte, es zu kennen, das Dorf. Er sah es, wenn er an das Porträt seines Großvaters dachte, das verdämmernd unter dem Suffit des Herrenzimmers hing. Eingebettet lag es zwischen unbekannten Bergen, unter dem goldenen Glanz einer unbekannten Sonne, mit armseligen Hütten aus Lehm und Stroh. Ein schönes Dorf, ein gutes Dorf! Man hätte seine Offizierskarriere darum gegeben!

Ach, man war kein Bauer, man war Baron und Leutnant bei den Ulanen! Man hatte kein eigenes Zimmer in der Stadt wie die andern. Carl Joseph wohnte in der Kaserne. Das Fenster seines Zimmers führte in den Hof. Gegenüber lagen die Mannschaftsstuben. Immer, wenn er in die Kaserne am Nachmittag heimkehrte und das große, doppelflügelige Tor sich hinter ihm schloß, hatte er die Empfindung, gefangen zu sein; niemals mehr würde es sich vor ihm auftun. Seine Sporen klirrten frostig auf der kahlen, steinernen Stiege, und der Tritt seiner Stiefel widerhallte auf dem hölzernen, braunen, geteerten Boden des Korridors. Die weißen, gekalkten Wände hielten das Licht des schwindenden Tages noch ein wenig gefangen und strahlten es jetzt wider, als achteten sie in ihrer kahlen Sparsamkeit noch darauf, daß die ärarischen Petroleumlampen in den Winkeln nicht früher entzündet würden, als bis der Abend vollständig eingebrochen wäre; als hätten sie zu rechter Zeit den Tag gesammelt, um ihn in der Not der Dunkelheit auszugeben. Er machte kein Licht, Carl Joseph. Die Stirn an das Fenster gepreßt, das ihn von der Finsternis scheinbar trennte und in Wirklichkeit wie die vertraute, kühle Außenwand der Finsternis selber war, sah er in die gelblich beleuchtete Traulichkeit der Mannschaftsstuben. Er hätte gern mit einem

von den Männern getauscht. Dort saßen sie, halb ausgezogen, in den groben, gelblichen, ärarischen Hemden, ließen die nackten Füße über die Ränder ihrer Schlaffä-
cher baumeln, sangen, sprachen und spielten Mundharmonika. Um diese Tageszeit –
der Herbst war schon lange vorgerückt –, eine Stunde nach dem Befehl, anderthalb
Stunden vor dem Zapfenstreich, glich die ganze Kaserne einem riesengroßen Schiff.
Und es war Carl Joseph auch, als schaukelte sie leise und als bewegten sich die kümmerlichen, gelben Petroleumlampen mit den großen, weißen Schirmen im gleichmäßigen Rhythmus irgendwelcher Wellen eines unbekannten Ozeans. Die Leute sangen Lieder in einer unbekannten Sprache, in einer slawischen Sprache. Die alten
Bauern von Sipolje hätten sie wohl verstanden! Der Großvater Carl Josephs noch hätte sie vielleicht verstanden! Sein rätselhaftes Bildnis verdämmerte unter dem Suffit
des Herrenzimmers. An dieses Bildnis klammerte sich die Erinnerung Carl Josephs,
als an das einzige und letzte Zeichen, das ihm die unbekannte, lange Reihe seiner
Vorfahren vermacht hatte. Ihr Nachkomme war er. Seitdem er zum Regiment eingerückt war, fühlte er sich als der Enkel seines Großvaters, nicht als der Sohn seines Vaters; ja, der Sohn seines merkwürdigen Großvaters war er. Ohne Unterlaß bliesen sie
drüben die Mundharmonika. Er konnte deutlich die Bewegungen der groben, braunen Hände sehen, die das blecherne Instrument vor den roten Mündern hin- und zu-
rückschoben, und hie und da das Aufblinken des Metalls. Die große Wehmut dieser
Instrumente strömte durch die geschlossenen Fenster in das schwarze Rechteck des
Hofes und erfüllte die Finsternis mit einer lichten Ahnung von Heimat und Weib und
Kind und Hof. Daheim wohnten sie in niedrigen Hütten, befruchteten nächtens die
Frauen und tagsüber die Felder! Weiß und hoch lag winters der Schnee um ihre Hüt-
ten. Gelb und hoch wogte im Sommer das Korn um ihre Hüften. Bauern waren sie,
Bauern! Nicht anders hatte das Geschlecht der Trottas gelebt! Nicht anders!…

Weit vorgeschritten war schon der Herbst. Wenn man am Morgen aufsaß, tauchte die
Sonne wie eine blutrote Orange am Ostrand des Himmels auf. Und wenn die Gelenksübungen auf der Wasserwiese begannen, in der breiten, grünlichen Lichtung, umrandet
von schwärzlichen Tannen, erhoben sich schwerfällig die silbrigen Nebel, auseinander-
gerissen von den heftigen, regelmäßigen Bewegungen der dunkelblauen Uniformen.
Blaß und schwermütig stieg dann die Sonne empor. Zwischen das schwarze Geäst brach
ihr mattes Silber, kühl und fremd. Der frostige Schauer strich wie ein grausamer Kamm
über die rostbraunen Felle der Rösser; und ihr Wiehern kam aus der nachbarlichen Lichtung, ein schmerzlicher Ruf nach Heimat und Stall. Man machte „Übungen mit dem
Karabiner“. Carl Joseph konnte kaum die Rückkehr in die Kaserne abwarten. Er fürchtete die Viertelstunde „Rast“, die gegen zehn Uhr pünktlich eintrat, und das Gespräch
mit den Kameraden, die sich manchmal in der nahen Wirtschaft zusammenfanden, um
ein Bier zu trinken und den Obersten Kovacs zu erwarten. Noch peinlicher war der
Abend im Kasino. Bald brach er an. Es war Pflicht zu erscheinen. Schon näherte sich die
Stunde des Zapfenstreiches. Schon durcheilten die dunkelblauen, klirrenden Schatten

der heimkehrenden Mannschaften das finstere Rechteck des Kasernenhofes. Schon trat drüben der Wachtmeister Reznicek aus der Tür, die gelblich blinkende Laterne in der Hand, und die Bläser versammelten sich in der Finsternis. Die gelben Messinginstrumente schimmerten vor dem dunklen, leuchtenden Blau der Uniformen. Aus den Ställen kam das schläfrige Wiehern der Pferde. Am Himmel die Sterne blinzelten golden und silbrig.

Es klopfte an der Tür, Carl Joseph rührte sich nicht. Es ist sein Diener, er wird schon eintreten. Sofort wird er eintreten. Er heißt Onufrij. Wie lange hat man gebraucht, um sich diesen Namen zu merken! Onufrij! Dem Großvater wäre der Name noch geläufig gewesen. –

Onufrij trat ein. Carl Joseph preßte die Stirn gegen das Fenster. Er hörte im Rücken den Diener die Hacken zusammenschlagen. Es war Mittwoch heute. Onufrij hatte „Ausgang". Man mußte Licht machen und einen Zettel unterschreiben. „Machen Sie Licht!" befahl Carl Joseph, ohne sich umzusehen. Drüben spielten die Leute immer noch Mundharmonika.

Onufrij machte Licht. Carl Joseph hörte das Knacken des Schalters an der Türleiste. Es wurde ganz hell drinnen, hinter dem Rücken. Vor dem Fenster starrte immer noch die rechteckige Finsternis, und drüben blinzelte das gelbe, heimische Licht der Mannschaftsstuben. (Das elektrische Licht war ein Privileg der Offiziere.)

„Wohin gehst du heute?" fragte Carl Joseph und sah immer noch in die Mannschaftsstuben. „Zu Mädchen!" sagte Onufrij. Zum erstenmal hatte ihm heute der Leutnant du gesagt. „Zu welchem Mädchen?" fragte Carl Joseph. „Zu Katharina!" sagte Onufrij. Man hörte, wie er „Habt acht" stand. „Ruht!" kommandierte Carl Joseph. Onufrij schob hörbar den rechten Fuß vor den linken.

Carl Joseph wandte sich um. Vor ihm stand Onufrij, die großen Pferdezähne schimmerten zwischen den breiten, roten Lippen. Er konnte nicht „Ruht!" stehn, ohne zu lächeln. „Wie sieht sie aus, deine Katharina?" fragte Carl Joseph. „Herr Leutnant, melde gehorsamst, große, weiße Brust!"

„Große, weiße Brust!" Der Leutnant höhlte die Hände und fühlte eine kühle Erinnerung an die Brüste Kathis. Tot war sie, tot!

„Den Zettel!" befahl Carl Joseph. Onufrij hielt den Dienstzettel hin. „Wo ist Katharina?" fragte Carl Joseph. „Dienstmädchen bei Herrschaften!" erwiderte Onufrij. Und „große, weiße Brust!" fügte er glücklich hinzu. „Gib her!" sagte Carl Joseph. Er nahm den Dienstzettel, glättete ihn, unterschrieb. „Geh zu Katharina!" sagte Carl Joseph. Onufrij schlug noch einmal die Hacken zusammen. „Abtreten!" befahl Carl Joseph.

Er knipste das Licht aus. Er tastete im Dunkeln nach seinem Mantel. Er trat in den Korridor. In dem Augenblick, in dem er unten die Tür schloß, setzten die Bläser zum letzten Abgesang des Zapfenstreiches an. Die Sterne am Himmel flimmerten. Der Posten vor dem Tor salutierte. Hinter Carl Josephs Rücken schloß sich das Tor. Silbern im Mondlicht schimmerte die Straße. Die gelben Lichter der Stadt grüßten herüber wie

heruntergefallene Sterne. Der Schritt klang hart auf dem frisch gefrorenen, herbstlich-
nächtlichen Boden.

Hinter dem Rücken vernahm er die Stiefel Onufrijs. Der Leutnant ging schneller, um
sich nicht vom Diener überholen zu lassen. Aber auch Onufrij beschleunigte den Schritt.
So liefen sie auf der einsamen, harten und widerhallenden Straße, einer hinter dem andern. Offenbar machte es Onufrij Freude, seinen Leutnant einzuholen. Carl Joseph
blieb stehen und wartete. Onufrij reckte sich deutlich im Mondlicht, er schien zu wachsen, er hob den Kopf gegen die Sterne, als bezöge er von dorther neue Kraft für die Begegnung mit seinem Herrn. Seine Arme bewegte er ruckartig, im gleichen Rhythmus
wie die Beine; es war, als träte er auch die Luft mit den Händen. Drei Schritte vor Carl
Joseph blieb er stehen, die Brust noch einmal reckend, mit einem fürchterlichen Knall
der Stiefelabsätze, und die Hand salutierte mit zusammengewachsenen fünf Fingern.
Ratlos lächelte Carl Joseph. Jeder andere, dachte er, wüßte etwas Nettes zu sagen. Es war
rührend, wie ihm Onufrij folgte. Er hatte ihn eigentlich niemals genau angesehen. Solange er den Namen nicht behalten konnte, war es ihm auch unmöglich gewesen, das
Angesicht zu betrachten. Es war so, als hätte er jeden Tag einen anderen Burschen gehabt. Die anderen sprachen von ihren Burschen mit kennerischer Sorgfalt, wie von
Mädchen, Kleidern, Lieblingsspeisen und Pferden. Carl Joseph dachte an den alten Jacques zu Hause, wenn von Dienern die Rede war, an den alten Jacques, der noch dem
Großvater gedient hatte. Es gab, außer dem alten Jacques, keinen Diener auf der Welt!
Jetzt stand Onufrij vor ihm auf der mondbelichteten Landstraße, mit mächtig aufge-
pumptem Brustkorb, mit glitzernden Knöpfen, spiegelnd gewichsten Stiefeln und im
breiten Angesicht eine krampfhaft verborgene Freude über die Zusammenkunft mit
dem Leutnant. „Stehen S'! Ruht!" sagte Carl Joseph.

Er hätte etwas Liebenswürdigeres sagen mögen. Der Großvater hätte es zu Jacques gesagt. Onufrij setzte knallend den rechten Fuß vor den linken. Sein Brustkorb blieb auf-
gepumpt, der Befehl hatte keine Wirkung. „Stehen S' kommod!" sagte Carl Joseph, etwas traurig und ungeduldig. „Steh' ich kommod, melde gehorsamst!" erwiderte Onufrij.
„Wohnt sie weit von hier, dein Mädchen?" fragte Carl Joseph. „Nicht weit, eine Stunde
Marsch, melde gehorsamst, Herr Leutnant!" – Nein, es ging nicht! Carl Joseph konnte
kein Wort mehr finden. Er würgte an irgendeiner unbekannten Zärtlichkeit, er wußte
nicht, mit Burschen umzugehen! Mit wem denn sonst? Seine Ratlosigkeit war groß,
auch vor den Kameraden fand er kaum ein Wort. Warum flüsterten sie alle, wenn er sich
von ihnen abwandte und ehe er zu ihnen stieß? Warum saß er so schlecht zu Pferd? Ach,
er kannte sich! Er sah seine Silhouette wie im Spiegel, man konnte ihm nichts einreden.
Hinter seinem Rücken zischelten die geheimen Reden der Kameraden. Ihre Antworten begriff er erst, nachdem man sie ihm erklärt hatte, und auch dann konnte er nicht
lachen; dann erst recht nicht! Der Oberst Kovacs liebte ihn dennoch. Und er hatte sicher
eine ausgezeichnete Konduitenliste. Man lebte im Schatten des Großvaters! Das war es!
Man war ein Enkel des Helden von Solferino, der einzige Enkel. Man fühlte den dunk-

len, rätselhaften Blick des Großvaters ständig im Nacken! Man war der Enkel des Helden von Solferino!

Ein paar Minuten lang standen Carl Joseph und sein Bursche Onufrij einander schweigend gegenüber, auf der milchig schimmernden Landstraße. Der Mond und die Stille verlängerten noch die Minuten. Onufrij rührte sich nicht. Er stand wie ein Denkmal, überglänzt vom silbernen Mond. Carl Joseph wandte sich plötzlich um und begann zu marschieren. Genau drei Schritte hinter ihm folgte Onufrij. Carl Joseph hörte den regelmäßigen Aufschlag der schweren Stiefel und den eisernen Klang der Sporen. Es war die Treue selbst, die ihm folgte. Jeder Aufschlag des Stiefels war wie ein neues, kurzes, gestampftes Gelöbnis soldatischer Burschentreue. Carl Joseph fürchtete umzukehren. Er wünschte, daß diese schnurgerade Straße plötzlich eine unerwartete, unbekannte Abzweigung böte, einen Seitenweg; Flucht vor der beharrlichen Dienstfertigkeit Onufrijs. Der Bursche folgte ihm im gleichen Takt. Der Leutnant bemühte sich, mit den Stiefeln hinter seinem Rücken Schritt zu halten. Er fürchtete, Onufrij zu enttäuschen, wenn er den Schritt etwa achtlos wechselte. In den zuverlässig aufstampfenden Stiefeln war sie, die Treue Onufrijs. Und jeder neue Aufschlag rührte Carl Joseph. Es war, als versuchte dort hinter seinem Rücken ein ungelenker Kerl, mit schweren Sohlen an das Herz des Herrn zu klopfen; hilflose Zärtlichkeit eines gestiefelten und gespornten Bären.

Schließlich erreichten sie den Stadtrand. Carl Joseph war ein gutes Wort eingefallen, das für den Abschied taugte. Er wandte sich um und sagte: „Viel Vergnügen, Onufrij!" Und er bog schnell in die Seitengasse ein. Der Dank des Burschen traf ihn nur noch als ein fernes Echo.

Er mußte einen Umweg machen. Er erreichte das Kasino zehn Minuten später. Es lag im ersten Stock eines der besten Häuser am alten Ring. Alle Fenster strömten, wie jeden Abend, Licht auf den Platz, auf den Korso der Bevölkerung. Es war spät, man mußte sich geschickt durch die dichten Scharen der spazierfreudigen Bürger und ihrer Frauen winden. Tag für Tag bereitete es dem Leutnant unsagbare Pein, in klirrender Buntheit zwischen den dunklen Zivilisten aufzutauchen, von neugierigen, gehässigen und lüsternen Blicken getroffen zu werden und schließlich wie ein Gott in die hellerleuchtete Toreinfahrt des Kasinos einzutauchen. Er schlängelte sich hurtig durch die Korsobesucher. Zwei Minuten dauerte der ziemlich lange Korso, ekelhafte zwei Minuten. Er nahm zwei Stufen auf einmal. Niemandem begegnen! Begegnungen auf der Treppe mußte man meiden: schlimme Vorzeichen. Wärme, Licht und Stimmen kamen ihm im Flur entgegen. Er trat ein, er tauschte Grüße aus. Er suchte den Obersten Kovacs im gewohnten Winkel. Dort spielte er jeden Abend Domino, jeden Abend mit einem andern Herrn. Er spielte Domino mit Begeisterung; vielleicht aus einer unmäßigen Angst vor Karten. „Ich habe noch nie eine Karte in der Hand gehabt", pflegte er zu sagen. Nicht ohne Gehässigkeit sprach er das Wort „Karten" aus; und er zeigte dabei mit dem Blick in die Richtung seiner Hände, als hielte er in ihnen seinen tadellosen Charakter. „Ich empfeh-

RADETZKYMARSCH

le euch", fuhr er manchmal fort, „das Dominospiel, meine Herren! Es ist sauber und erzieht zur Mäßigkeit." Und er hob gelegentlich einen der schwarz-weißen, vieläugigen Steine in die Höhe, wie ein magisches Instrument, mit dem man lasterhafte Kartenspieler von ihrem Teufel befreien kann.

Heute war der Rittmeister Taittinger an der Reihe, den Dominodienst zu versehen. Das Angesicht des Obersten warf einen bläulich-roten Widerschein auf das gelbliche, hagere des Rittmeisters. Carl Joseph blieb mit sanftem Klirren vor dem Obersten stehn. „Servus!" sagte der Oberst, ohne von den Dominosteinen aufzusehn. Er war ein gemütlicher Mann, der Oberst Kovacs. Seit Jahren hatte er sich eine väterliche Haltung angewöhnt. Und nur einmal im Monat geriet er in einen künstlichen Zorn, vor dem er selbst mehr Angst hatte als das Regiment. Jeder Anlaß war ihm da willkommen. Er schrie, daß die Wände der Kaserne und die alten Bäume rings um die Wasserwiese bebten. Sein blaurotes Angesicht wurde blaß bis in die Lippen, und seine Reitpeitsche schlug in zitternder Unermüdlichkeit gegen den Stiefelschaft. Er schrie lauter wirres Zeug, zwischen dem lediglich die rastlos wiederkehrenden, zusammenhanglos vorgebrachten Worte „in meinem Regiment" leiser klangen als alles andere. Er machte endlich halt, ohne Grund, genauso, wie er angefangen hatte, und verließ die Kanzlei, das Kasino, den Exerzierplatz oder was er sonst immer zum Schauplatz seines Gewitters gewählt hatte. Ja, man kannte ihn, den Obersten Kovacs, das gute Tier! Man konnte sich auf die Regelmäßigkeit seiner Zornausbrüche verlassen wie auf die Wiederkehr der Mondphasen. Rittmeister Taittinger, der sich schon zweimal hatte transferieren lassen und der eine genaue Kenntnis von Vorgesetzten besaß, bezeugte jedermann unermüdlich, daß es in der ganzen Armee keinen harmloseren Regimentskommandanten gebe.

Oberst Kovacs sah schließlich von der Dominopartie auf und gab Trotta die Hand. „Schon gegessen?" fragte er. „Schade", sagte er weiter, und sein Blick verlor sich in einer rätselhaften Ferne: „Das Schnitzel war heute ausgezeichnet." Und „ausgezeichnet!" wiederholte er eine Weile später. Es tat ihm leid, daß Trotta das Schnitzel versäumt hatte. Er hätte es dem Leutnant gern noch einmal vorgekaut; zumindest zugesehen, wie man eines mit Appetit verzehrt. „Na, gute Unterhaltung!" sagte er schließlich und wandte sich wieder den Dominosteinen zu.

Die Verwirrung war um diese Stunde groß, man konnte keinen angenehmen Platz mehr finden. Rittmeister Taittinger, der die Messe seit undenklichen Zeiten verwaltete und dessen einzige Leidenschaft der Genuß von süßem Backwerk war, hatte das Kasino im Laufe der Zeit nach dem Muster jener Zuckerbäckerei eingerichtet, in der er jeden Nachmittag verbrachte. Man konnte ihn dort hinter der Glastür sitzen sehen, in der düsteren Unbeweglichkeit einer merkwürdigen uniformierten Reklamefigur. Er war der beste Stammgast der Konditorei, wahrscheinlich auch ihr hungrigster. Ohne sein gramvolles Angesicht um eine Spur zu beleben, verschlang er einen Teller Süßigkeiten nach dem andern, nippte von Zeit zu Zeit am Wasserglas, sah unbeweglich durch die Glastür auf die Straße, nickte gemessen, wenn ein vorbeikommender

Soldat salutierte, und in seinem großen, mageren Schädel mit den spärlichen Haaren schien einfach gar nichts vorzugehen. Er war ein sanfter und sehr fauler Offizier. Die Beschäftigung mit den Angelegenheiten der Messe, ihrer Küche, der Köche, der Ordonnanzen, des Weinkellers war ihm unter allen dienstlichen Obliegenheiten die einzig genehme. Und seine ausgedehnte Korrespondenz mit Weinhändlern und Likörfabrikanten beschäftigte nicht weniger als zwei Kanzleischreiber. Es gelang ihm im Laufe der Jahre, die Einrichtung des Kasinos jener der geliebten Konditorei anzugleichen, niedliche Tischchen in den Winkeln aufzustellen und die Tischlampen mit rötlichen Schirmen zu bekleiden.

Carl Joseph blickte um sich. Er suchte einen erträglichen Platz. Zwischen dem Fähnrich in der Reserve Bärenstein, Ritter von Zaloga, einem jüngst geadelten reichen Advokaten, und dem rosigen Leutnant Kindermann, reichsdeutscher Abkunft, war man verhältnismäßig am sichersten. Der Fähnrich, zu dessen gesetztem Alter und leicht gewölbtem Bauch die jugendliche Charge so wenig paßte, daß er aussah wie ein militärisch verkleideter Bürger, und dessen Angesicht mit dem kleinen, kohlschwarzen Schnurrbart befremdete, weil ihm gleichsam ein naturnotwendiger Zwicker fehlte, strömte in diesem Kasino eine zuverlässige Würde aus. Er erinnerte Carl Joseph an eine Art Hausarzt oder Onkel. Ihm allein in diesen zwei großen Sälen glaubte man, daß er wirklich und ehrlich saß – während die andern auf ihren Sitzen herumzuhüpfen schienen. Das einzige Zugeständnis, das der Fähnrich Doktor Bärenstein außer seiner Uniform dem Militär machte, war das Monokel während seiner Dienstzeit; denn er trug tatsächlich einen Zwicker in seinem bürgerlichen Leben.

Beruhigender als die andern war auch der Leutnant Kindermann, kein Zweifel. Er bestand aus einer blonden, rosigen und durchsichtigen Substanz, man hätte beinahe durch ihn durchgreifen können wie durch einen abendlich besonnten, luftigen Dunst. Alles, was er sagte, war luftig und durchsichtig, aus seinem Wesen fortgehaucht, ohne daß er sich vermindert hätte. Und der Ernst sogar, mit dem er den ernsten Gesprächen folgte, hatte etwas sonnig Lächelndes. Ein heiteres Nichts, saß er am Tischchen. „Servus!" pfiff er mit seiner hohen Stimme, von der Oberst Kovacs sagte, sie sei eines der Blasinstrumente der preußischen Armee. Fähnrich in der Reserve Bärenstein erhob sich vorschriftsgemäß, aber gravitätisch. „Respekt, Herr Leutnant!" sagte er. Guten Abend, Herr Doktor! hätte Carl Joseph ehrfurchtsvoll beinahe geantwortet. „Ich störe nicht?" fragte er nur und setzte sich. „Der Doktor Demant kommt heute zurück", begann Bärenstein, „ich bin ihm zufällig am Nachmittag begegnet!" „Ein reizender Kerl", flötete Kindermann, es klang wie ein zarter Windhauch, der über eine Harfe streicht, hinter dem starken, forensischen Bariton Bärensteins. Kindermann, ständig darauf bedacht, sein äußerst schwaches Interesse für Frauen durch eine besondere Aufmerksamkeit wettzumachen, die er ihnen zu widmen vorgab, bekundete ferner: „Und seine Frau – kennt ihr sie? – ein reizendes Geschöpf, eine charmante Frau!" Und er hob bei dem Wort „charmant" seine Hand, an der die lockeren Finger in der Luft tänzelten. „Ich hab' sie noch als junges Mädel gekannt", sagte der Fähnrich. „Interessant", sagte Kindermann. Er heuchelte deutlich.

„Ihr Vater war früher einer der reichsten Hutfabrikanten", fuhr der Fähnrich fort. Es war, als läse er in Akten. Er schien über seinen Satz erschrocken und hielt ein. Das Wort „Hutfabrikanten" klang ihm zu zivilistisch, er saß schließlich nicht mit Rechtsanwälten zusammen. Er schwor sich im stillen zu, von nun ab jeden Satz genau vorher zu überlegen. Soviel war er der Kavallerie schon schuldig. Er versuchte, Trotta anzusehen. Der saß just an der Linken, und vor dem rechten Auge trug Bärenstein das Monokel. Deutlich konnte er nur den Leutnant Kindermann sehen: und der war gleichgültig. Um zu erkennen, ob die familiäre Erwähnung des Hutfabrikanten einen niederschmetternden Eindruck auf den Leutnant Trotta gemacht habe, zog Bärenstein sein Zigarettenetui und hielt es links hin, entsann sich gleichzeitig, daß Kindermann rangälter war, und sagte, nach rechts gewandt, hastig: „Pardon!"

Schweigend rauchten jetzt alle drei. Carl Josephs Blicke richteten sich gegen das Bildnis des Kaisers an der Wand gegenüber. Da war Franz Joseph in blütenweißer Generaluniform, die breite, blutrote Schärpe quer über der Brust und den Orden des goldenen Vlieses am Halse. Der große, schwarze Feldmarschallshut mit dem üppigen, pfauengrünen Reiherbusch lag neben dem Kaiser auf einem wacklig aussehenden Tischchen. Das Bild schien ganz fern zu hängen, weiter war es als die Wand. Carl Joseph erinnerte sich, daß ihm dieses Bildnis in den ersten Tagen, da er eingerückt war, einen gewissen stolzen Trost bedeutet hatte. Damals war es jeden Augenblick so gewesen, als könnte der Kaiser aus dem schmalen, schwarzen Rahmen treten. Allmählich aber bekam der Allerhöchste Kriegsherr das gleichgültige, gewohnte und unbeachtete Angesicht, das seine Briefmarken und seine Münzen zeigten. Sein Bild hing an der Wand des Kasinos, eine merkwürdige Art von einem Opfer, das ein Gott sich selber darbringt … Seine Augen – früher einmal hatten sie an sommerliche Ferienhimmel erinnert – bestanden nunmehr aus einem harten, blauen Porzellan. Und es war immer noch der gleiche Kaiser! Daheim, im Arbeitszimmer des Bezirkshauptmanns, hing dieses Bild ebenfalls. Es hing in der großen Aula der Kadettenschule. Es hing in der Kanzlei des Obersten in der Kaserne. Und hunderttausendmal verstreut im ganzen weiten Reich war der Kaiser Franz Joseph, allgegenwärtig unter seinen Untertanen wie Gott in der Welt. Ihm hatte der Held von Solferino das Leben gerettet. Der Held von Solferino war alt geworden und gestorben. Jetzt fraßen ihn die Würmer. Und sein Sohn, der Bezirkshauptmann, der Vater Carl Josephs, wurde auch schon ein alter Mann. Bald werden auch ihn die Würmer fressen. Nur der Kaiser, der Kaiser schien eines Tages, innerhalb einer ganz bestimmten Stunde, alt geworden zu sein; und seit jener Stunde in seiner eisigen und ewigen, silbernen und schrecklichen Greisenhaftigkeit eingeschlossen zu bleiben, wie in einem Panzer aus ehrfurchtgebietendem Kristall. Die Jahre wagten sich nicht an ihn heran. Immer blauer und immer härter wurde sein Auge. Seine Gnade selbst, die über der Familie der Trottas ruhte, war eine Last aus scheidendem Eis. Und Carl Joseph fror es unter dem blauen Blick seines Kaisers.

Daheim, er erinnerte sich, wenn er zu den Ferien heimgekehrt war und am Sonntag, vor dem Mittagessen, der Kapellmeister Nechwal seine Militärkapelle im vorgeschriebenen Rund aufgestellt hatte, war man bereit gewesen, für diesen Kaiser in einem wonnigen, warmen und süßen Tod dahinzusterben. Lebendig war das Vermächtnis des Großvaters gewesen, dem Kaiser das Leben zu retten. Und ohne Unterbrechung rettete man, wenn man ein Trotta war, dem Kaiser das Leben.

Nun war man kaum vier Monate im Regiment. Auf einmal war es, als bedurfte der Kaiser, unnahbar geborgen in seinem kristallenen Panzer, keiner Trottas mehr. Man hatte zu lange Frieden. Der Tod lag weit vor einem jungen Leutnant der Kavallerie, wie die letzte Stufe des vorschriftsmäßigen Avancements. Man wird einmal Oberst werden und hierauf sterben. Indessen ging man jeden Abend ins Kasino, man sah das Bild des Kaisers. Je länger der Leutnant Trotta es betrachtete, desto ferner wurde ihm der Kaiser.

„Da schau her!" flötete die Stimme Leutnant Kindermanns. „Der Trotta hat sich in den Alten verschaut!"

Carl Joseph lächelte Kindermann zu. Der Fähnrich Bärenstein hatte längst eine Partie Domino begonnen und war im Begriff zu verlieren. Er hielt es für eine Anstandspflicht zu verlieren, wenn er mit Aktiven spielte. Im Zivil gewann er immer. Er war sogar unter Rechtsanwälten ein gefürchteter Spieler. Wenn er aber zu den jährlichen Übungen einrückte, schaltete er seine Überlegung aus und bemühte sich, töricht zu werden. „Der verliert unaufhörlich", sagte Kindermann zu Trotta. Der Leutnant Kindermann war überzeugt, daß die „Zivilisten" minderwertige Wesen waren. Nicht einmal im Domino konnten sie gewinnen.

Der Oberst saß immer noch in seiner Ecke mit dem Rittmeister Taittinger. Einige Herren wandelten gelangweilt zwischen den Tischchen. Sie wagten nicht, das Kasino zu verlassen, solange der Oberst spielte. Die sanfte Pendeluhr weinte jede Viertelstunde sehr deutlich und langsam, ihre wehmütige Melodie unterbrach das Klappern der Dominosteine und der Schachfiguren. Manchmal schlug eine der Ordonnanzen die Hakken zusammen, lief in die Küche und kehrte mit einem Gläschen Cognac auf einer lächerlich großen Platte wieder. Manchmal lachte einer schallend auf, und sah man in die Richtung, aus der das Gelächter kam, so erblickte man vier zusammengesteckte Köpfe und begriff, daß es sich um Witze handelte. Diese Witze! Diese Anekdoten, bei denen alle andern sofort erkannten, ob man aus Gefälligkeit mitlachte oder aus Verständnis! Sie schieden die Heimischen von den Fremden. Wer sie nicht verstand, gehörte nicht zu den Bodenständigen. Nein, nicht zu ihnen gehörte Carl Joseph!

Er war im Begriff, eine neue Partie zu dritt vorzuschlagen, als die Tür geöffnet wurde und die Ordonnanz mit einem auffällig lauten Knall der Stiefelhacken salutierte. Es wurde im Augenblick still. Der Oberst Kovacs sprang von seinem Sitz auf und sah nach der Tür. Kein anderer war eingetreten als der Regimentsarzt Demant. Er selbst erschrak über die Aufregung, die er verursacht hatte. Er blieb an der Tür stehn und lächelte. Die Ordonnanz an seiner Seite stand immer noch stramm und störte ihn sichtlich. Er winkte mit der Hand.

Aber der Bursche merkte es nicht. Die starken Brillengläser des Doktors waren leicht überhaucht von dem herbstlichen Abendnebel draußen. Er war gewohnt, die Brille abzunehmen, um sie zu putzen, wenn er aus der kalten Luft in die Wärme trat. Hier aber wagte er es nicht. Es dauerte eine Weile, ehe er die Schwelle verließ. „Ah, schau her, da ist ja der Doktor!" rief der Oberst. Er schrie aus Leibeskräften, als gälte es, sich im Getümmel eines Volksfestes verständlich zu machen. Er glaubte, der Gute, daß Kurzsichtige auch taub seien und daß ihre Brillen klarer würden, wenn ihre Ohren besser hörten. Die Stimme des Obersten bahnte sich eine Gasse. Die Offiziere traten zurück. Die wenigen, die noch an den Tischen gesessen hatten, erhoben sich. Der Regimentsarzt setzte vorsichtig einen Fuß vor den andern, als ginge er auf Eis. Seine Brillengläser schienen allmählich klarer zu werden. Grüße kamen ihm von allen Seiten entgegen. Nicht ohne Mühe erkannte er die Herren wieder. Er beugte sich vor, um in den Gesichtern zu lesen, wie man in Büchern studiert. Vor dem Obersten Kovacs blieb er endlich stehen, mit gereckter Brust. Es sah stark übertrieben aus, wie er so den ewig vorgeneigten Kopf am dünnen Hals zurückwarf und seine abschüssigen, schmalen Schultern mit einem Ruck zu heben suchte. Man hatte ihn, während seines langen Krankheitsurlaubs, beinahe vergessen; ihn und sein unmilitärisches Wesen. Man betrachtete ihn jetzt nicht ohne Überraschung. Der Oberst beeilte sich, dem vorschriftsmäßigen Ritus der Begrüßung ein Ende zu machen. Er schrie, daß die Gläser zitterten: „Gut schaut er aus, der Doktor!", als wollte er es der ganzen Armee mitteilen. Er schlug seine Hand auf die Schulter Demants, wie um sie wieder in ihre natürliche Lage zu bringen. Sein Herz war allerdings dem Regimentsarzt zugetan. Aber der Kerl war unmilitärisch, Sapperlot, Donnerwetter! Wenn er nur ein bißchen militärischer wäre, brauchte man sich nicht immer so anzustrengen, um ihm gut zu sein. Man hätte auch, zum Teufel, einen anderen Doktor schicken können, grad in sein Regiment! Und diese ewigen Schlachten, die das Gemüt des Obersten seinem soldatischen Geschmack zu liefern hatte, wegen dieses verfluchten, netten Kerls, konnten schon einen alten Soldaten aufreiben. An diesem Doktor gehe ich noch zugrunde! dachte der Oberst, wenn er den Regimentsarzt zu Pferde sah. Und eines Tages hatte er ihn gebeten, lieber nicht durch die Stadt zu reiten.

Man muß ihm was Nettes sagen, dachte er aufgeregt. Das Schnitzel war heute ausgezeichnet! fiel ihm in der Eile ein. Und er sagte es. Der Doktor lächelte. Er lächelt ganz zivilistisch, der Kerl! dachte der Oberst. Und plötzlich entsann er sich, daß da noch einer war, der den Doktor nicht kannte. Der Trotta natürlich! Er war eingerückt, als der Doktor in Urlaub gegangen war. Der Oberst lärmte: „Unser Jüngster, der Trotta! Ihr kennt euch noch nicht!" Und Carl Joseph trat vor den Regimentsarzt.

„Enkel des Helden von Solferino?" fragte Doktor Demant.

Man hätte ihm diese genaue Kenntnis der militärischen Geschichte nicht zugetraut.

„Alles weiß er, unser Doktor!" rief der Oberst. „Er ist ein Bücherwurm!"

Und zum erstenmal in seinem Leben gefiel ihm das verdächtige Wort Bücherwurm so gut, daß er noch einmal wiederholte: „Ein Bücherwurm!" in dem liebkosenden Ton, in dem er sonst nur zu sagen pflegte: „ein Ulane!"

Man setzte sich wieder, und der Abend nahm den üblichen Verlauf. „Ihr Großvater", sagte der Regimentsarzt, „war einer der merkwürdigsten Menschen der Armee. Haben Sie ihn noch gekannt?" „Ich habe ihn nicht mehr gekannt", antwortete Carl Joseph. „Sein Bild hängt bei uns zu Hause im Herrenzimmer. Wie ich klein war, hab' ich es oft betrachtet. Und sein Diener, der Jacques, ist noch bei uns." „Was ist das für ein Bild?" fragte der Regimentsarzt. „Ein Jugendfreund hat es gemalt!" sagte Carl Joseph. „Es ist ein merkwürdiges Bild. Es hängt ziemlich hoch. Als ich klein war, mußte ich auf einen Stuhl steigen. Da hab' ich es betrachtet."

Sie waren ein paar Augenblicke still. Dann sagte der Doktor: „Mein Großvater war ein Schankwirt; ein jüdischer Schankwirt in Galizien. Galizien, kennen Sie das?" (Ein Jude war der Doktor Demant. Alle Anekdoten enthielten jüdische Regimentsärzte. Zwei Juden hatte es auch in der Kadettenschule gegeben. Sie waren dann zur Infanterie gekommen.)

„Zu Resi, zu Tante Resi!" rief plötzlich jemand.

Und alle wiederholten: „Zu Resi. Man geht zur Resi!" „Zur Tante Resi!"

Nichts hätte Carl Joseph stärker erschrecken können als dieser Ruf. Seit Wochen erwartete er ihn voller Angst. Vom letzten Besuch im Bordell der Frau Horwath behielt er noch alles in deutlicher Erinnerung: alles! den Sekt, der aus Kampfer und Limonade bestand, den weichen, fleischigen Teig der Mädchen, das schmetternde Rot und das irrsinnige Gelb der Tapeten, im Korridor den Geruch von Katzen, Mäusen und Maiglöckchen und das Sodbrennen zwölf Stunden später. Er war kaum eine Woche eingerückt, und es war sein erster Besuch in einem Bordell gewesen. „Liebesmanöver!" sagte Taittinger. Er war der Anführer. Es gehörte zu den Obliegenheiten eines Offiziers, der die Messe seit undenklichen Zeiten verwaltete. Bleich und hager, den Korb des Säbels im Arm, mit langen, dünnen und sanft klirrenden Schritten ging er im Salon der Frau Horwath von einem Tisch zum andern, ein schleichender Mahner zu saurer Freude. Kindermann war der Ohnmacht nahe, wenn er nackte Frauen roch, das weibliche Geschlecht machte ihm Übelkeiten. Der Major Prohaska stand in der Toilette, ehrlich bemüht, seinen dicken, kurzen Finger in den Gaumen zu stecken. Die seidenen Röcke der Frau Resi Horwath raschelten gleichzeitig in allen Winkeln des Hauses. Ihre großen, schwarzen Augenbälle rollten ohne Richtung und Ziel in ihrem breiten, mehligen Antlitz herum, weiß und groß wie Klaviertasten schimmerte in ihrem breiten Mund das falsche Gebiß. Trautmannsdorff verfolgte von seiner Ecke aus alle ihre Bewegungen mit winzigen, flinken, grünlichen Blicken. Er stand schließlich auf und steckte eine Hand in den Busen der Frau Horwath. Sie verlor sich drinnen wie eine weiße Maus in weißen Bergen. Und Pollak, der Klavierspieler, saß mit gebeugtem Rücken, Sklave der Musik, am schwärzlich spiegelnden Flügel, und an seinen hämmernden Händen schepperten die harten Manschetten, wie heisere Tschinellen begleiteten sie die blechernen Klänge.

Zu Tante Resi! Man ging zu Tante Resi. Der Oberst machte unten kehrt, er sagte: „Viel Vergnügen, meine Herren!", und auf der stillen Straße riefen zwanzig Stimmen:

„Respekt, Herr Oberst!", und vierzig Sporen klirrten aneinander. Der Regimentsarzt Doktor Max Demant machte einen schüchternen Versuch, sich ebenfalls zu empfehlen. „Müssen Sie mit?" fragte er den Leutnant Trotta leise. „Es wird wohl so sein!" flüsterte Carl Joseph. Und der Regimentsarzt ging wortlos mit. Sie waren die letzten in der unordentlichen Reihe der Offiziere, die mit Gerassel durch die stillen, mondbelichteten Straßen der kleinen Stadt gingen. Sie sprachen nicht miteinander. Beide fühlten, daß sie die geflüsterte Frage und die geflüsterte Antwort verband, da war nichts mehr zu machen. Sie waren beide vom ganzen Regiment geschieden. Und sie kannten sich kaum eine halbe Stunde.

Plötzlich, er wußte nicht warum, sagte Carl Joseph:

„Ich hab' eine Frau namens Kathi geliebt. Sie ist gestorben!"

Der Regimentsarzt blieb stehen und wandte sich ganz dem Leutnant zu. „Sie werden noch andere Frauen lieben!" sagte er.

Und sie gingen weiter.

Man hörte vom fernen Bahnhof her späte Züge pfeifen, und der Regimentsarzt sagte: „Ich möchte wegfahren, weit wegfahren!"

Nun standen sie vor Tante Resis blauer Laterne. Rittmeister Taittinger klopfte an das verschlossene Tor. Jemand öffnete. Drinnen begann das Klavier sofort zu klimpern: den Radetzkymarsch. Die Offiziere marschierten in den Salon. „Einzeln abfallen!" kommandierte Taittinger. Die nackten Mädchen schwirrten ihnen entgegen, eine emsige Schar von weißen Hennen. „Gott mit euch!" sagte Prohaska. Trautmannsdorff griff diesmal sofort und noch im Stehen in den Busen der Frau Horwath. Er ließ sie vorläufig nicht mehr los. Sie hatte Küche und Keller zu überwachen, sie litt sichtlich unter den Liebkosungen des Oberleutnants, aber die Gastfreundschaft verpflichtete sie zu Opfern. Sie ließ sich verführen. Leutnant Kindermann wurde bleich. Er war weißer als der Puder auf den Schultern der Mädchen. Der Major Prohaska bestellte Sodawasser. Wer ihn näher kannte, wußte vorauszusagen, daß er heute sehr besoffen sein würde. Er bahnte nur dem Alkohol einen Weg mit Wasser, wie man Straßen reinigt vor einem Empfang. „Der Doktor ist mitgekommen?" fragte er laut. „Er muß die Krankheiten an der Quelle studieren!" sagte mit wissenschaftlichem Ernst, bleich und hager wie immer, der Rittmeister Taittinger. Fähnrich Bärensteins Monokel steckte jetzt im Auge eines weißblonden Mädchens. Er saß da, mit kleinen, zwinkernden, schwarzen Äuglein, seine braunen, behaarten Hände krochen wie merkwürdige Tiere über das Fräulein. Allmählich hatten alle ihre Plätze eingenommen. Zwischen dem Doktor und Carl Joseph, auf dem roten Sofa, saßen zwei Frauen, steif, mit angezogenen Knien, eingeschüchtert von den verzweifelten Gesichtern der beiden Männer. Als der Sekt kam – die strenge Hausdame in schwarzem Taft brachte ihn feierlich –, zog Frau Horwath entschlossen die Hand des Oberleutnants aus ihrem Ausschnitt, legte sie ihm auf die schwarze Hose, aus Ordnungsliebe, wie man einen geborgten Gegenstand zurückerstattet, und erhob sich, mächtig und gebieterisch. Sie löschte den Kronleuchter aus. Nur die kleinen Lampen brannten in den Nischen. Im rötlichen Halbdämmer leuchteten die gepuderten, weißen Leiber, blinkten die goldenen Sterne, schimmerten die silbernen Säbel. Ein Paar nach dem andern erhob sich und verschwand. Prohaska, der schon längst beim Cognac hielt, trat an den Regimentsarzt und sagte: „Ihr braucht sie ja doch nicht, ich nehm' sie mit!" Und er nahm die Frauen und torkelte zwischen beiden der Treppe entgegen.

So waren sie auf einmal allein, Carl Joseph und der Doktor. Der Klavierspieler Pollak streichelte nur so über die Tasten in der gegenüberliegenden Ecke des Salons. Ein sehr zärtlicher Walzer kam zage und dünn durch den Raum gezogen. Sonst war es still und beinahe traulich, und die Standuhr am Kamin tickte. „Ich glaube, wir zwei haben hier nichts zu tun, wie?" fragte der Doktor. Er stand auf, Carl Joseph sah nach der Uhr auf dem Kamin und erhob sich ebenfalls. Er konnte im Dunkel nicht die Stunde erkennen, ging nahe an die Standuhr und trat wieder einen Schritt zurück. In einem bronzenen, von Fliegen betupften Rahmen stand der Allerhöchste Kriegsherr, in Verkleinerung, das bekannte, allgegenwärtige Porträt Seiner Majestät, im blütenweißen Gewande, mit blutroter Schärpe und goldenem Vlies. Es muß etwas geschehen, dachte der Leutnant schnell und kindisch. Es muß etwas geschehen! Er fühlte, daß er bleich geworden war und daß sein Herz klopfte. Er griff nach dem Rahmen, öffnete die papierene, schwarze Rückwand und nahm das Bild heraus. Er faltete es zusammen, zweimal, noch einmal und steckte es in die Tasche. Er wandte sich um. Hinter ihm stand der Regimentsarzt. Er zeigte mit dem Finger auf die Tasche, in der Carl Joseph das kaiserliche Porträt verborgen hatte. Auch der Großvater hat ihn gerettet, dachte Doktor Demant. Carl Joseph wurde rot. „Schweinerei!" sagte er. „Was denken Sie?"

„Nichts", erwiderte der Doktor. „Ich hab' nur an Ihren Großvater gedacht!"

„Ich bin sein Enkel!" sagte Carl Joseph. „Ich hab' keine Gelegenheit, ihm das Leben zu retten; leider!"

Sie legten vier Silbermünzen auf den Tisch und verließen das Haus der Frau Resi Horwath.

6

Seit drei Jahren war der Regimentsarzt Max Demant beim Regiment. Er wohnte außerhalb der Stadt, an ihrem Südrande, dort, wo die Landstraße zu den beiden Friedhöfen führte, zum „alten" und zum „neuen". Beide Friedhofswächter kannten den Doktor gut. Er kam ein paarmal in der Woche, die Toten besuchen, die längst verschollenen wie die noch nicht vergessenen Toten. Und er verweilte manchmal lange zwischen ihren Gräbern, und man hörte hier und da seinen Säbel mit zartem Klirren gegen einen Grabstein anschlagen. Er war ohne Zweifel ein sonderbarer Mann; ein guter Arzt, sagte man, und also unter Militärärzten in jeder Beziehung eine Seltenheit. Er mied jeglichen Verkehr. Nur dienstliche Pflicht gebot ihm, hie und da (aber immer noch häufiger, als er gewünscht hätte) unter Kameraden zu erscheinen. Seinem Alter wie seiner Dienstzeit nach hätte er Stabsarzt sein müssen. Niemand wußte, warum er es noch nicht war. Vielleicht wußte er selbst es nicht. „Es gibt Karrieren mit Widerhaken." Es war ein Wort von Rittmeister Taittinger, der das Regiment auch mit trefflichen Sprüchen versorgte.

„Karriere mit Widerhaken", dachte der Doktor selber oft. „Leben mit Widerhaken", sagte er zu Leutnant Trotta. „Ich habe ein Leben mit Widerhaken. Wenn mir das Schicksal günstig gewesen wäre, hätte ich Assistent des großen Wiener Chirurgen und wahrscheinlich Professor werden können." – In die düstere Enge seiner Kindheit hatte der große Name des Wiener Chirurgen frühen Glanz geschickt. Max Demant war schon als Knabe entschlossen gewesen, später Arzt zu werden. Er stammte aus einem der östlichen Grenzdörfer der Monarchie. Sein Großvater war ein frommer jüdischer Schankwirt gewesen, und sein Vater, nach zwölfjähriger Dienstzeit bei der Landwehr, mittlerer Beamter im Postamt des nächstgelegenen Grenzstädtchens geworden. Er erinnerte sich noch deutlich seines Großvaters. Vor dem großen Torbogen der Grenzschenke saß er zu jeder Stunde des Tages. Sein mächtiger Bart aus gekräuseltem Silber verhüllte seine Brust und reichte bis zu den Knien. Um ihn schwebte der Geruch von Dünger und Milch und Pferden und Heu. Vor seiner Schenke saß er, ein alter König unter den Schankwirten. Wenn die Bauern, vom allwöchentlichen Schweinemarkt heimkehrend, vor der Schenke anhielten, erhob sich der Alte, gewaltig wie ein Berg in menschlicher Gestalt. Da er schon schwerhörig war, mußten die kleinen Bauern ihre Wünsche zu ihm emporschreien, durch die geholten Hände vor den Mündern. Er nickte nur. Er hatte verstanden. Er bewilligte die Wünsche seiner Kundschaft, als wären sie Gnaden und als würden sie ihm nicht in baren, harten Münzen bezahlt. Mit kräftigen Händen spannte er selbst die Pferde aus und führte sie in die Ställe. Und während seine Töchter den Gästen in der breiten, niedrigen Gaststube Branntwein mit getrockneten und gesalzenen Erbsen verabreichten, fütterte er mit begütigendem Zuspruch draußen die Tiere. Am Samstag saß er gebeugt über großen und frommen Büchern. Sein silberner Bart bedeckte die untere Hälfte der schwarzbedruckten Seiten. Wenn er gewußt hätte, daß sein Enkel einmal in der Uniform eines Offiziers und mörderisch bewaffnet durch die Welt spazieren würde, hätte er sein Alter verflucht und die Frucht seiner Lenden. Schon sein Sohn, Doktor Demants Vater, der mittlere Postbeamte, war dem Alten nur ein zärtlich geduldeter Greuel. Die Schenke, von Urvätern her vermacht, mußte den Töchtern und den Schwiegersöhnen überlassen bleiben; während die männlichen Nachkommen bis in die fernste Zukunft Beamte, Gebildete, Angestellte und Dummköpfe zu bleiben bestimmt waren. Bis in die fernste Zukunft: das paßte allerdings nicht! Der Regimentsarzt hatte keine Kinder. Er wünschte sich auch keine … Seine Frau nämlich –

An dieser Stelle pflegte Doktor Demant seine Erinnerungen abzubrechen. Er dachte an seine Mutter: sie lebte in ständiger, hastiger Suche nach irgendwelchen Nebeneinnahmen. Der Vater sitzt nach der Dienstzeit im kleinen Kaffeehaus. Er spielt Tarock und verliert und bleibt die Zeche schuldig. Er wünscht, daß der Sohn vier Mittelschulklassen absolviere und dann Beamter werde; bei der Post natürlich. „Du willst immer hoch hinaus!" sagt er zur Mutter. Er hält, mag sein ziviles Leben noch so unordentlich sein, eine lächerliche Ordnung in allen Requisiten, die er aus der Militärzeit mitgebracht hat. Seine Uniform, die Uniform eines „längerdienenden Rechnungsunteroffiziers", mit den goldenen Ecken an den Ärmeln, den schwarzen Hosen und dem Infanterietschako, hängt im Schrank wie eine in drei Teile zerlegte und immer noch lebendige Persönlichkeit, mit leuchtenden, jede Woche frisch geputzten Knöpfen. Und der schwarze, gebogene Säbel mit dem gerippten, ebenfalls jede Woche aufgefrischten Griff liegt quer, von zwei Nägeln gehalten, an der Wand über dem nie benutzten Schreibtisch, mit lässig baumelnder, goldgelber Troddel, die an eine knospenhaft geschlossene und etwas verstaubte Sonnenblume erinnert. „Wenn du nicht gekommen wärst", sagt der Vater zur Mutter, „hätt' ich die Prüfung gemacht und wäre heute Rechnungshauptmann." An Kaisers Geburtstag zieht der Postoffiziant Demant seine Beamtenuniform an, mit Krappenhut und Degen. An diesem Tage spielt er nicht Tarock. Jedes Jahr an Kaisers Geburtstag nimmt er sich vor, ein neues, schuldenfreies Leben zu beginnen. Er betrinkt sich also. Und er kommt spät in der Nacht heim, zieht in der Küche seinen Degen und kommandiert ein ganzes Regiment. Die Töpfe sind Züge, die Teetassen Mannschaften, die Teller Kompanien. Simon Demant ist ein Oberst, ein Oberst im Dienste Franz Josephs des Ersten. Die Mutter, mit Spitzenhaube und vielgefälteltem Nachtunterrock und flatterndem Jäckchen, steigt aus dem Bett, um den Mann zu beruhigen.

Eines Tages, einen Tag nach Kaisers Geburtstag, trifft den Vater im Bett der Schlag. Er hatte einen freundlichen Tod gehabt und ein glänzendes Leichenbegängnis. Alle Briefträger gingen hinter dem Sarg. Und im getreuen Gedächtnis der Witwe blieb der Tote haften, das Muster eines Ehemannes, gestorben im Dienste des Kaisers und der kaiser-königlichen Post. Die Uniformen, die des Unteroffiziers, die des Postoffizianten Demant, hingen noch nebeneinander im Schrank, von der Witwe mittels Kampfer, Bürste und Sidol in stetem Glanz erhalten. Sie sahen aus wie Mumien, und sooft der Schrank geöffnet wurde, glaubte der Sohn, zwei Leichen seines seligen Vaters nebeneinander zu sehen.

Man wollte um jeden Preis Arzt werden. Man erteilte Unterricht für kümmerliche sechs Kronen im Monat. Man hatte zerrissene Stiefel. Man hinterließ, wenn es regnete, auf den guten, gewichsten Fußböden der Wohlhabenden nasse und übergroße Spuren. Man hatte größere Füße, wenn die Sohlen zerrissen waren. Und man machte schließlich die Reifeprüfung. Und man wurde Mediziner. Die Armut stand immer noch vor der Zukunft, eine schwarze Wand, an der man zerschellte. Man sank der Armee geradezu in die Arme. Sieben Jahre Essen, sieben Jahre Trinken, sieben Jahre Kleidung, sieben Jahre Obdach, sieben, sieben lange Jahre! Man wurde Militärarzt. Und man blieb es.

Das Leben schien schneller dahinzulaufen als die Gedanken. Und ehe man einen Entschluß gefaßt hatte, war man ein alter Mann.

Und man hatte Fräulein Eva Knopfmacher geheiratet.

Hier unterbrach der Regimentsarzt Doktor Demant noch einmal den Zug seiner Erinnerungen. Er begab sich nach Hause.

Der Abend war schon angebrochen, eine ungewohnt festliche Beleuchtung strömte aus allen Zimmern. „Der alte Herr ist gekommen", meldete der Bursche. Der alte Herr: es war sein Schwiegervater, Herr Knopfmacher.

Er trat in diesem Augenblick aus dem Badezimmer, im langen, geblümten, flaumigen Schlafrock, ein Rasiermesser in der Hand, mit freundlich geröteten, frisch rasierten und duftenden Backen, die breit auseinanderstanden. Sein Angesicht schien in zwei Hälften zu zerfallen. Es wurde lediglich durch den grauen Spitzbart zusammengehalten. „Mein lieber Max!" sagte Herr Knopfmacher, indem er das Rasiermesser sorgfältig auf ein Tischchen legte, die Arme ausbreitete und den Schlafrock auseinanderklaffen ließ. Sie umarmten sich so, mit zwei flüchtigen Küssen, und gingen zusammen ins Herrenzimmer. „Ich möchte einen Schnaps!" sagte Herr Knopfmacher. Doktor Demant öffnete den Schrank, sah eine Weile mehrere Flaschen an und wandte sich um: „Ich kenn' mich nicht aus", sagte er, „ich weiß nicht, was dir schmeckt." Er hatte sich eine Alkoholauswahl zusammenstellen lassen, etwa wie sich ein Ungebildeter eine Bibliothek bestellt. „Du trinkst immer noch nicht!" sagte Herr Knopfmacher. „Hast du Sliwowitz, Arrak, Rum, Cognac, Enzian, Wodka?" fragte er geschwind, wie es seiner Würde keineswegs entsprach. Er erhob sich. Er ging (die Schöße seines Mantels flatterten) zum Schrank und holte mit sicherem Griff eine Flasche aus der Reihe.

„Ich hab' der Eva eine Überraschung machen wollen!" begann Herr Knopfmacher. „Und ich muß dir gleich sagen, mein lieber Max, du warst den ganzen Nachmittag nicht da. Statt deiner" – er machte eine Pause und wiederholte: „Statt deiner hab' ich hier einen Leutnant angetroffen. Einen Dummkopf!"

„Es ist der einzige Freund", erwiderte Max Demant, „den ich seit dem Anfang meiner Dienstzeit beim Militär gefunden habe. Es ist der Leutnant Trotta. Ein feiner Mensch!"

„Ein feiner Mensch!" wiederholte der Schwiegervater. „Ein feiner Mensch bin ich auch zum Beispiel! Nun, ich würde dir nicht raten, mich eine Stunde allein mit einer hübschen Frau zu lassen, wenn dir auch nur so viel an ihr gelegen ist." Knopfmacher legte die Spitze von Daumen und Zeigefinger zusammen und wiederholte nach einer Weile: „Nur so viel!" Der Regimentsarzt wurde blaß. Er nahm die Brille ab und putzte sie lange. Er hüllte auf diese Weise die Umwelt in einen wohltuenden Nebel, in dem der Schwiegervater in seinem Bademantel ein undeutlicher, wenn auch äußerst geräumiger, weißer Fleck war. Und er setzte die Brille, nachdem sie geputzt war, nicht sofort wieder auf, sondern er behielt sie in der Hand und sprach in den Nebel hinein:

„Ich habe gar keine Veranlassung, lieber Papa, Eva oder meinem Freund zu mißtrauen."

Er sagte es zögernd, der Regimentsarzt. Es klang ihm selbst wie eine ganz fremde Wendung, entnommen irgendeiner fernen Lektüre, abgelauscht einem vergessenen Schauspiel.

Er setzte die Brille auf, und sofort rückte der alte Knopfmacher, deutlich an Umfang und Umriß, an den Doktor heran. Jetzt schien auch die Wendung, deren er sich soeben bedient hatte, sehr weit zurückzuliegen. Sie war bestimmt nicht mehr wahr. Der Regimentsarzt wußte es genausogut wie sein Schwiegervater.

„Gar keine Veranlassung!" wiederholte Herr Knopfmacher. „Ich aber habe Veranlassung! Ich kenne meine Tochter! Du kennst deine Frau nicht! Die Herren Leutnants kenn' ich auch! Und überhaupt die Männer! Ich will nichts gegen die Armee gesagt haben. Bleiben wir bei der Sache. Als meine Frau, deine Schwiegermutter, noch jung war, hab' ich Gelegenheit gehabt, die jungen Männer – in Zivil und in Uniform – kennenzulernen. Ja, komische Leute seid ihr, ihr, ihr –"

Er suchte nach einer gemeinsamen Bezeichnung irgendeiner ihm selbst nicht genau bekannten Gemeinschaft, der sein Schwiegersohn und noch andere Dummköpfe angehören mochten. Am liebsten hätte er „ihr akademisch Gebildeten!" gesagt. Denn er war gescheit, wohlhabend und angesehen geworden, ohne Studium. Ja, man war im Begriff, ihm in diesen Tagen den Titel des Kommerzialrats zu verschaffen. Er spann einen süßen Traum in die Zukunft, einen Traum von Geldspenden, großen Geldspenden. Deren unmittelbare Folge war der Adel. Und wenn man zum Beispiel die ungarische Staatsbürgerschaft annahm, so konnte man noch schneller adelig werden. In Budapest machte man einem das Leben nicht so schwer. Es waren übrigens auch Akademiker, die einem das Leben schwer machten, lauter Konzeptsbeamte, Dummköpfe! Sein eigener Schwiegersohn machte es ihm schwer. Wenn jetzt ein kleiner Skandal mit den Kindern ausbricht, kann man noch lange auf den Kommerzialrat warten! Überall muß man nach dem Rechten sehn, selbst, persönlich! Auf die Tugend fremder Gattinnen muß man auch aufpassen!

„Ich möchte dir, lieber Max, ehe es zu spät ist, reinen Wein einschenken!"

Der Regimentsarzt liebte dieses Wort nicht, er liebte nicht, um jeden Preis die Wahrheit zu hören. Ach, er kannte seine Frau genausogut wie Herr Knopfmacher seine Tochter! Aber er liebte sie, was war dagegen zu tun! Er liebte sie. In Olmütz hatte es den Bezirkskommissär Herdall gegeben, in Graz den Bezirksrichter Lederer. Wenn es nur nicht Kameraden waren, dankte der Regimentsarzt Gott und auch seiner Frau. Wenn man nur die Armee verlassen könnte. Man schwebte ständig in Lebensgefahr. Wie oft hatte er schon einen Anlauf genommen, dem Schwiegervater vorzuschlagen … Er setzte noch einmal an.

„Ich weiß", sagte er, „daß sich Eva in Gefahr befindet. Immer. Seit Jahren. Sie ist leichtsinnig, leider. Sie treibt es nicht bis zum Äußersten", er hielt ein und betonte: „nicht bis zum Äußersten!" Er mordete mit diesem Wort alle seine eigenen Zweifel, die ihn seit Jahren nicht in Ruhe ließen. Er rottete seine Unsicherheit aus, er bekam die Gewißheit, daß seine Frau ihn nicht betrog. „Keineswegs!" sagte er noch einmal laut. Er wurde ganz sicher: „Eva ist ein anständiger Mensch, trotz allem!"

„Ganz bestimmt!" bekräftigte der Schwiegervater.

„Aber dieses Leben", fuhr der Regimentsarzt fort, „halten wir beide nicht lange aus. Mich befriedigt dieser Beruf keineswegs, wie du weißt. Wo wäre ich heute schon, ohne diesen Dienst? Ich hätte eine ganz große Stellung in der Welt, und Evas Ehrgeiz wäre zufriedengestellt. Denn sie ist ehrgeizig, leider!"

„Das hat sie von mir!" sagte Herr Knopfmacher, nicht ohne Vergnügen.

„Sie ist unzufrieden", sprach der Regimentsarzt weiter, während sein Schwiegervater ein neues Gläschen füllte, „sie ist unzufrieden und sucht sich zu zerstreuen. Ich kann's ihr nicht übelnehmen."

„Du sollst sie selbst zerstreuen!" unterbrach der Schwiegervater.

„Ich bin –" Doktor Demant fand kein Wort, schwieg eine Weile und blickte nach dem Schnaps.

„Na, trink doch endlich!" sagte aufmunternd Herr Knopfmacher. Und er stand auf, holte ein Gläschen, füllte es; sein Mantel klaffte auseinander, man sah seine behaarte Brust und seinen fröhlichen Bauch, der so rosig war wie seine Wangen. Er näherte das gefüllte Gläschen den Lippen seines Schwiegersohnes. Max Demant trank endlich.

„Da gibt es noch was, es zwingt mich eigentlich, den Dienst zu verlassen. Als ich einrückte, war es mit den Augen noch ganz gut. Nun, es wird mit jedem Jahre schlimmer. Ich habe jetzt, ich kann jetzt, es ist mir jetzt unmöglich, ohne Brille etwas deutlich zu sehen. Und eigentlich müßte ich es melden und den Abschied nehmen."

„Ja?" fragte Herr Knopfmacher.

„Und wovon …"

„Wovon leben?" Der Schwiegervater schlug ein Bein übers andere, es fröstelte ihn auf einmal; er hüllte sich in den Bademantel und hielt mit den Händen den Kragen am Halse fest.

„Ja", sagte er, „glaubst du denn, daß ich das aufbringe? Seitdem ihr verheiratet seid, beträgt mein Zuschuß (ich weiß es zufällig auswendig) dreihundert Kronen im Monat. Aber ich weiß schon, ich weiß schon! Eva braucht viel. Und wenn ihr eine neue Existenz anfangt, wird sie auch soviel brauchen. Und du auch, mein Sohn!" Er wurde zärtlich. „Ja, mein lieber, lieber Max! Es geht nicht mehr so gut wie vor Jahren!"

Max schwieg. Herr Knopfmacher empfand, daß er den Angriff abgeschlagen hatte, und ließ den Bademantel wieder aufgehen. Er trank noch einen. Sein Kopf konnte klar bleiben. Er kannte sich. Diese Dummköpfe! Es war immerhin noch besser, so eine Art Schwiegersohn, als der andere, der Hermann, der Mann der Elisabeth. Sechshundert Kronen monatlich kosteten beide Töchter. Er wußte es ganz genau auswendig. Wenn der Regimentsarzt einmal blind werden sollte – er betrachtete die funkelnden Brillen. Er soll auf seine Frau aufpassen! Kurzsichtigen darf es auch nicht schwer fallen!

„Wie spät ist es jetzt?" fragte er, sehr freundlich und sehr harmlos.

„Bald sieben!" sagte der Doktor.

„Ich werde mich anziehn!" entschied der Schwiegervater. Er stand auf, nickte und wallte würdig und langsam zur Tür hinaus.

Der Regimentsarzt blieb. Nach der vertrauten Einsamkeit des Friedhofs schien ihm die Einsamkeit im eigenen Hause riesengroß, ungewohnt, feindlich beinahe. Zum erstenmal in seinem Leben schenkte er sich selbst einen Schnaps ein. Es war, als tränke er überhaupt zum erstenmal in seinem Leben. Ordnung machen, dachte er, man muß Ordnung machen. Er war entschlossen, mit seiner Frau zu sprechen. Er trat in den Korridor. „Wo ist meine Frau?" „Im Schlafzimmer!" sagte der Bursche. Anklopfen? fragte sich der Doktor. Nein! befahl sein eisernes Herz. Er klinkte die Tür auf. Seine Frau stand, in blauen Höschen, eine große, rosarote Puderquaste in der Hand, vor dem Schrankspiegel. „Ach!" schrie sie und hielt eine Hand vor die Brust. Der Regimentsarzt blieb an der Tür. „Du bist es?" sagte die Frau. Es war eine Frage, sie klang wie ein Gähnen. „Ich bin es!" antwortete der Regimentsarzt mit fester Stimme. Ihm war, als spräche ein anderer. Er hatte die Brille an; aber er sprach in einen Nebel. „Dein Vater", begann er, „hat mir gesagt, daß der Leutnant Trotta hier war!"

Sie wandte sich um. Sie stand in den blauen Höschen, die Quaste, wie eine Waffe in der Rechten, gegen ihren Mann gewendet und sagte mit zwitschernder Stimme: „Dein Freund, der Trotta, war hier! Papa ist gekommen! Hast ihn schon gesehn?"

„Eben darum!" sagte der Regimentsarzt und wußte sofort, daß er verspielt hatte.

Es blieb eine Weile still.

„Warum klopfst du nicht?" fragte sie.

„Ich wollte dir eine Freude machen!"

„Du erschreckst mich!"

„Ich –", begann der Regimentsarzt. Er wollte sagen: Ich bin dein Mann!

Aber er sagte: „Ich liebe dich!"

Er liebte sie in der Tat. Sie stand da, in blauen Höschen, die rosarote Puderquaste in der Hand. Und er liebte sie.

Ich bin ja eifersüchtig, dachte er. Er sagte: „Ich hab's nicht gern, wenn die Leute ins Haus kommen, und ich weiß nichts davon!"

„Er ist ein reizender Bursche!" sagte die Frau und begann, sich langsam und ausgiebig vor dem Spiegel zu pudern.

Der Regimentsarzt trat nahe an seine Frau heran und ergriff ihre Schultern. Er sah in den Spiegel. Er sah seine braunen, behaarten Hände auf ihren weißen Schultern. Sie lächelte. Er sah es, im Spiegel, das gläserne Echo ihres Lächelns. „Sei aufrichtig!" flehte er. Es war, als knieten seine Hände auf ihren Schultern. Er wußte sofort, daß sie nicht aufrichtig sein würde. Und er wiederholte: „Sei aufrichtig, bitte!" Er sah, wie sie mit hurtigen, blassen Händen ihre blonden Haare an den Schläfen lockerte. Eine überflüssige Bewegung: sie regte ihn auf. Aus dem Spiegel traf ihn ihr Blick, ein grauer, kühler, trockener und flinker Blick, wie ein stählernes Geschoß. Ich liebe sie, dachte der Regimentsarzt. Sie tut mir weh, und ich liebe sie. Er fragte: „Bist du mir bös, daß ich den ganzen Nachmittag fort war?"

Sie wandte sich halb um. Jetzt saß sie, den Oberkörper in den Hüften verrenkt, ein lebloses Wesen, Modell aus Wachs und seidener Wäsche. Unter dem Vorhang ihrer langen, schwarzen Wimpern erschienen die hellen Augen, falsche, nachgemachte Blitze aus Eis. Ihre schmalen Hände lagen auf den Höschen wie weiße Vögel, gestickt auf blauseidenem Grund. Und mit einer tiefen Stimme, die er niemals von ihr vernommen zu haben glaubte und die ebenfalls ein Mechanismus in ihrer Brust hervorzubringen schien, sagte sie ganz langsam:

„Ich vermisse dich nie!"

Er begann, auf und ab zu gehn, ohne die Frau anzuschaun. Er schob zwei Stühle aus dem Weg. Es war ihm, als müßte er vieles noch aus seinem Weg räumen, die Wände vielleicht wegschieben, mit dem Kopf die Decke zertrümmern, mit den Füßen die Dielen in die Erde treten. Seine Sporen klirrten ihm leise in die Ohren, von ferne her, als trüge sie ein anderer. Ein einziges Wort belebte seinen Kopf, es rauschte hin und zurück, es flog durch sein Gehirn, unaufhörlich. Aus, aus, aus! Ein kleines Wort. Hurtig, federleicht und zentnerschwer zugleich flog es durch sein Gehirn. Seine Schritte wurden immer schneller, die Füße hielten gleichen Takt mit dem beschwingten Pendelschlag des Wortes in seinem Kopf. Plötzlich blieb er stehen: „Du liebst mich also nicht?" fragte er. Er war sicher, daß sie nicht darauf antworten würde. Schweigen wird sie, dachte er. Sie antwortete: „Nein!" Sie hob den schwarzen Vorhang ihrer Wimpern und maß ihn mit nackten, schrecklich nackten Augen von Kopf zu Fuß und fügte hinzu: „Du bist ja betrunken!"

Es wurde ihm klar, daß er zuviel getrunken hatte. Er dachte befriedigt: Ich bin betrunken und will es auch. Und er sagte, mit einer fremden Stimme, als hätte er jetzt die Pflicht, betrunken und nicht er selbst zu sein: „So, aha!" Nach seinen unklaren Vorstellungen waren es diese Worte und dieser Klang, die ein betrunkener Mann in solchen Augenblicken zu singen hatte. Er sang also. Und er tat ein übriges. „Ich werde dich töten!" sagte er ganz langsam.

„Töte mich!" zwitscherte sie mit ihrer alten, hellen, gewohnten Stimme. Sie erhob sich. Sie erhob sich flink und geschmeidig, die Puderquaste in der Rechten. Der schlanke und volle Schwung ihrer seidenen Beine erinnerte ihn flüchtig an Gliedmaßen in den Schaufenstern der Modehäuser, die ganze Frau war zusammengesetzt, aus Stücken zusammengesetzt. Er liebte sie nicht mehr, er liebte sie nicht mehr. Er war erfüllt von einer Gehässigkeit, die er selbst haßte, einem Zorn, der wie ein unbekannter Feind aus fernen Gegenden zu ihm gekommen war und nun in seinem Herzen wohnte. Er sagte laut, was er vor einer Stunde gedacht hatte: „Ordnung machen! Ich werde Ordnung machen!"

Sie lachte, mit einer schallenden Stimme, die er nicht kannte. Eine Theaterstimme! dachte er. Ein unbezwinglicher Drang, ihr zu beweisen, daß er Ordnung machen könne, gab seinen Muskeln Fülle, seinen schwachen Augen eine ungewöhnliche Stärke. Er sagte: „Ich lasse dich mit deinem Vater allein! Ich gehe, den Trotta aufsuchen!"

„Geh nur, geh!" sagte die Frau.

Er ging. Er kehrte, bevor er das Haus verließ, noch einmal ins Herrenzimmer zurück, um einen Schnaps zu trinken. Er kehrte zum Alkohol zurück wie zu einem heimischen Freund, zum erstenmal in seinem Leben. Er schenkte sich ein Gläschen ein, noch eines und ein drittes. Er verließ das Haus mit klirrenden Schritten. Er ging ins Kasino. Er fragte die Ordonnanz: „Wo ist Herr Leutnant Trotta?"

Leutnant Trotta war nicht im Kasino.

Der Regimentsarzt schlug die schnurgerade Landstraße ein, die zur Kaserne führte. Schon war der Mond im Abnehmen. Er leuchtete noch silbern und stark, beinahe ein Vollmond. Auf der stillen Landstraße rührte sich kein Hauch. Die dürren Schatten der kahlen Kastanien zu beiden Seiten zeichneten ein verworrenes Netz auf die leichtgewölbte Mitte der Straße. Hart und gefroren klang der Schritt Doktor Demants. Er ging zum Leutnant Trotta. Er sah von ferne, in bläulichem Weiß, die mächtige Mauer der Kaserne, er ging auf sie los, auf die feindliche Burg. Ihm entgegen kam der kalte, blecherne Ton des Zapfenstreichs, Doktor Demant marschierte geradewegs auf die gefrorenen, metallenen Töne zu, er zertrat sie. Bald, jeden Augenblick, mußte der Leutnant Trotta erscheinen. Er löste sich, ein schwarzer Strich, von dem mächtigen Weiß der Kaserne und näherte sich dem Doktor. Noch drei Minuten. Sie standen einander gegenüber. Jetzt standen sie einander gegenüber. Der Leutnant salutierte. Doktor Demant hörte sich selbst wie aus einer unendlichen Ferne: „Sie waren heute nachmittag bei meiner Frau, Herr Leutnant?"

Die Frage widerhallte vom blauen, gläsernen Gewölbe des Himmels. Längst, seit Wochen, sagten sie einander du. Sie sagten einander du. Nun aber standen sie sich gegenüber wie Feinde.

„Ich war heute nachmittag bei Ihrer Frau, Herr Regimentsarzt!" sagte der Leutnant.

Doktor Demant trat ganz nahe an den Leutnant: „Was gibt es zwischen meiner Frau und Ihnen, Herr Leutnant?" Die starken Brillengläser des Doktors funkelten. Der Regimentsarzt hatte keine Augen mehr, nur Brillen.

Carl Joseph schwieg. Es war, als gäbe es in der ganzen weiten, großen Welt keine Antwort auf die Frage Doktor Demants. Man hätte Jahrzehnte umsonst nach einer Antwort suchen können; als wäre die Sprache der Menschen ausgeschöpft und für ewige Zeiten verdorrt. Das Herz schlug mit schnellen, trockenen, harten Schlägen gegen die Rippen. Trocken und hart klebte die Zunge am Gaumen. Eine große, grausame Leere rauschte durch den Kopf. Es war, als stünde man knapp vor einer namenlosen Gefahr und als hätte sie einen zugleich bereits verschlungen. Man stand vor einem riesigen, schwarzen Abgrund, und gleichzeitig war man bereits von seiner Finsternis überwölbt. Aus einer vereisten, glasigen Ferne erklangen die Worte Doktor Demants, tote Worte, Leichen von Worten: „Antworten Sie, Herr Leutnant!"

Nichts. Stille. Die Sterne funkeln, und der Mond schimmert. „Antworten Sie, Herr Leutnant!" Damit ist Carl Joseph gemeint, er muß antworten. Er nimmt die kümmerlichen Reste seiner Kräfte zusammen. Aus der rauschenden Leere in seinem Kopf schlängelt sich ein dünner, nichtswürdiger Satz. Der Leutnant schlägt die Absätze zusammen (aus militärischem Instinkt und auch, um irgendwie Geräusch zu hören), und das Klirren seiner Sporen beruhigt ihn. Und er sagt ganz leise: „Herr Regimentsarzt, zwischen Ihrer Frau und mir ist gar nichts!"

Nichts. Stille. Die Sterne funkeln, und der Mond schimmert. Doktor Demant sagt nichts. Aus toten Brillen schaut er Carl Joseph an. Der Leutnant wiederholt ganz leise: „Gar nichts, Herr Regimentsarzt!"

Er ist verrückt geworden, denkt der Leutnant. Und: Es ist zerbrochen! Es ist etwas zerbrochen. Es ist, als hätte er ein dürres, splitterndes Zerbrechen vernommen. Gebrochene Treue! fällt ihm ein, er hat die Wendung einmal gelesen. Zerbrochene Freundschaft. Ja, es ist eine zerbrochene Freundschaft.

Auf einmal weiß er, daß der Regimentsarzt seit Wochen sein Freund ist; ein Freund! Sie haben sich jeden Tag gesehen. Einmal ist er mit dem Regimentsarzt auf dem Friedhof, zwischen den Gräbern, spazierengegangen. „Es gibt so viel Tote", sagte der Regimentsarzt. „Fühlst du nicht auch, wie man von den Toten lebt?" „Ich lebe vom Großvater", sagte Trotta. Er sah das Bildnis des Helden von Solferino, verdämmernd unter dem Suffit des väterlichen Hauses. Ja, etwas Brüderliches klang aus dem Regimentsarzt, aus dem Herzen Doktor Demants schlug das Brüderliche wie ein Feuerchen. „Mein Großvater", hat der Regimentsarzt gesagt, „war ein alter, großer Jude, mit silbernem Bart!" Carl Joseph sah den alten, großen Juden mit dem silbernen Bart. Sie waren Enkel, sie waren beide Enkel. Wenn der Regimentsarzt sein Pferd besteigt, sieht er ein wenig lächerlich aus, kleiner, winziger als zu Fuß, das Pferd trägt ihn auf dem Rücken wie ein Säckchen Hafer. So kümmerlich reitet auch Carl Joseph. Er kennt sich genau. Er sieht sich wie im Spiegel. Es gibt zwei Offiziere im ganzen Regiment, hinter deren Rücken die andern zu tuscheln haben: Doktor Demant und der Enkel des Helden von Solferino! Zwei sind sie im ganzen Regiment. Zwei Freunde.

„Ihr Ehrenwort, Herr Leutnant?" fragt der Doktor. Ohne zu antworten, streckt Trotta seine Hand aus. Der Doktor sagt: „Danke!" und nimmt die Hand. Sie gehen zusammen die Landstraße zurück, zehn Schritte, zwanzig Schritte, und sprechen kein Wort.

Auf einmal beginnt der Regimentsarzt: „Du sollst es mir nicht übelnehmen. Ich habe getrunken. Mein Schwiegervater ist heute gekommen. Er hat dich gesehen. Sie liebt mich nicht. Sie liebt mich nicht. Kannst du verstehn?" – „Du bist jung!" sagt der Regimentsarzt nach einer Weile, als wollte er sagen, daß er vergeblich gesprochen hat. „Du bist jung!"

„Ich verstehe!" sagt Carl Joseph.

Sie marschieren im gleichen Schritt, ihre Sporen klirren, ihre Säbel scheppern. Gelblich und heimisch winken ihnen die Lichter der Stadt entgegen. Sie haben beide den Wunsch, die Straße möge kein Ende finden. Lange, lange möchten sie so nebeneinander marschieren. Jeder von den beiden hätte irgendein Wort zu sagen, und beide schweigen.

Ein Wort, ein Wort ist leicht gesprochen. Es ist nicht gesprochen. Zum letztenmal, denkt der Leutnant, zum letztenmal gehen wir so nebeneinander her!

Jetzt erreichen sie die Stadtgrenze. Der Regimentsarzt muß noch etwas sagen, bevor sie die Stadt betreten. „Es ist nicht wegen meiner Frau", sagt er. „Das ist ja unwichtig geworden! Damit bin ich fertig. Es ist deinetwegen." Er wartet auf eine Antwort und weiß, daß keine kommen wird. „Es ist gut, ich danke dir!" sagt er ganz schnell. „Ich gehe noch ins Kasino. Kommst du mit?"

Nein. Leutnant Trotta geht heute nicht ins Kasino. Er kehrt um. „Gute Nacht!" sagt er und macht kehrt. Er geht in die Kaserne.

7

Der Winter kam. Am Morgen, wenn das Regiment ausrückte, war die Welt noch finster. Unter den Hufen der Rösser zersplitterte die zarte Eishülle auf den Straßen. Grauer Hauch strömte aus den Nüstern der Tiere und aus den Mündern der Reiter. Über den Scheiden der schweren Säbel und über den Läufen der leichten Karabiner perlte der matte Hauch des Frostes. Die kleine Stadt wurde noch kleiner. Die gedämpften, gefrorenen Rufe der Trompeten lockten keinen der gewohnten Zuschauer mehr an den Straßenrand. Nur die Kutscher am alten Standplatz hoben jeden Morgen die bärtigen Köpfe. Sie fuhren Schlitten, wenn reichlich Schnee gefallen war. Die Glöckchen am Gehänge ihrer Gäule klingelten leise, unaufhörlich bewegt von der Unruhe der frierenden Tiere. Alle Tage glichen einander wie Schneeflocken. Die Offiziere des Ulanenregiments warteten auf irgendein außerordentliches Ereignis, das die Eintönigkeit ihrer Tage unterbrechen sollte. Niemand wußte zwar, welcher Art das Ereignis sein würde. Dieser Winter aber schien irgendeine furchtbare Überraschung in seinem klirrenden Schoße zu bergen. Und eines Tages brach sie aus ihm hervor, wie ein roter Blitz aus weißem Schnee …

An diesem Tage saß der Rittmeister Taittinger nicht einsam wie sonst hinter der großen Spiegelscheibe an der Tür der Konditorei. Seit dem frühen Nachmittag hielt er sich, umgeben von den jüngeren Kameraden, im Hinterstübchen auf. Blasser und hagerer als gewöhnlich erschien er den Offizieren. Sie waren übrigens alle bleich. Sie tranken viele Liköre, und ihre Gesichter röteten sich nicht. Sie aßen nicht. Nur vor dem Rittmeister erhob sich heute, wie immer, ein Berg von Süßigkeiten. Ja, er naschte vielleicht sogar heute mehr als an andern Tagen. Denn der Kummer nagte an seinem Innern und höhlte es aus, und er mußte sich am Leben erhalten. Und während er so ein Backwerk nach dem andern mit seinen hageren Fingern in den weit geöffneten Mund schob, wiederholte er seine Geschichte, zum fünftenmal schon, vor seinen ewig begierigen Zuhörern:

„Also, Hauptsache, meine Herren, ist strengste Diskretion gegenüber der Zivilbevölkerung! Wie ich noch bei den Neuner-Dragonern war, da hat's dort so einen Schwätzer gegeben, Reserve natürlich, schweres Vermögen, nebenbei bemerkt, und grad, wie er einrückt, muß die Geschichte passieren! Natürlich, wie wir dann den armen Baron Seidl begraben haben, hat die ganze Stadt schon gewußt, warum der so plötzlich gestorben ist. Ich hoffe, meine Herren, daß wir diesmal ein diskreteres −", er wollte „Begräbnis" sagen, hielt ein, überlegte lange, fand kein Wort, sah zum Plafond, und um seinen Kopf wie um die Köpfe der Zuhörer rauschte eine furchtbare Stille. Endlich schloß der Rittmeister: „− einen diskreteren Vorgang haben werden." Er atmete einen Augenblick auf, verschluckte ein kleines Backwerk und trank sein Wasser in einem Zug leer.

Alle fühlten, daß er den Tod angerufen hatte. Der Tod schwebte über ihnen, und er war ihnen keineswegs vertraut. Im Frieden waren sie geboren und in friedlichen Manövern und Exerzierübungen Offiziere geworden. Damals wußten sie noch nicht, daß jeder von ihnen, ohne Ausnahme, ein paar Jahre später mit dem Tod zusammentreffen sollte. Damals war keiner unter ihnen scharfhörig genug, das große Räderwerk der verborgenen, großen Mühlen zu vernehmen, die schon den großen Krieg zu mahlen begannen. Winterlicher, weißer Friede herrschte in der kleinen Garnison. Und schwarz und rot flatterte über ihnen der Tod im Dämmer des Hinterstübchens. „Ich kann's nicht begreifen!" sagte einer von den Jungen. Alle hatten schon ähnliches gesagt. „Aber ich erzähl's doch schon zum x-ten Mal!" erwiderte Taittinger. „Die Wandertruppe, damit hat's angefangen! Mich hat der Teufel geritten, grad zu der Operette hinzugehn, zu dem, wie heißt's denn, jetzt hab' ich den Namen auch schon vergessen, also, wie heißt's denn?" − „Der Rastelbinder!" sagte einer. „Richtig! also mit dem *Rastelbinder* hat's angefangen! Wie ich grad aus dem Theater komm', steht der Trotta gottverlassen einsam im Schnee auf dem Platz, ich bin nämlich vor Schluß fortgegangen, das mach' ich immer so, meine Herren! Ich kann's nie bis zum End' aushalten, 's geht gut aus, das kann man gleich erkennen, wann der dritte Akt anfangt, und dann weiß ich eh alles, und dann geh' ich eben, so leis wie möglich, aus dem Saal. Außerdem hab' ich das Stück schon dreimal gesehn! − na! − Da steht also der arme Trotta mutterseelenallein im Schnee. Ich sag': ,Ganz nett ist das Stück gewesen.' Und erzähl' noch das merkwürdige Benehmen von Demant! Der hat mich kaum angeschaut, läßt seine Frau im zweiten Akt allein und geht einfach weg und kommt nicht wieder! Er hätt' mir ja auch die Frau anvertrauen können, aber so einfach fortgehn, das ist beinah ein Skandal, und all das sag' ich dem Trotta. ,Ja', sagt der, ,mit dem Demant hab' ich schon lang nicht mehr gesprochen.'"

„Den Trotta und den Demant hat man wochenlang zusammen gesehn!" rief jemand.

„Weiß ich natürlich, und deshalb hab' ich auch dem Trotta von dem kuriosen Benehmen Demants erzählt. Aber ich misch' mich ja auch nicht weiter in fremde Angelegenheiten, und deshalb frag' ich den Trotta, ob er noch auf einen Sprung mit mir in die Konditorei kommt. ,Nein', sagt er, ,hab' noch ein Rendezvous.' Also, ich geh'. Und grad an dem Abend ist die Konditorei früher geschlossen. Schicksal, meine Herren! Ich − ins Kasino natürlich. Erzähl' ahnungslos dem Tattenbach und, wer sonst noch dabei war, die Geschichte von Demant und daß der Trotta mitten am Theaterplatz ein Rendezvous hat. Ich hör' noch, wie der Tattenbach pfeift. ,Was pfeifst denn da?' frag' ich. ,Hat nichts zu bedeuten', sagt er. ,Paßt auf, ich sag' nix als: paßt auf! Der Trotta und die Eva, der

Trotta und die Eva', singt er zweimal, wie ein Chanson aus dem Tingeltangel, und ich weiß nicht, wer die Eva ist, ich mein' halt, es ist die aus dem Paradies, also symbolisch und generaliter, meine Herren! Verstanden?"

Alle hatten verstanden und bestätigten es durch Zurufe und Kopfnicken. Sie hatten nicht nur die Erzählung des Rittmeisters verstanden, sie kannten sie schon ganz genau, vom Anfang bis zum Ende. Und dennoch ließen sie sich die Begebenheiten immer wieder erzählen, denn sie hofften im törichtesten und geheimsten Abteil ihrer Herzen, daß die Erzählung des Rittmeisters sich einmal verändern und eine spärliche Aussicht auf einen günstigeren Ausgang offenlassen könnte. Sie fragten Taittinger immer wieder. Aber seine Erzählung hatte stets den gleichen Klang. Nicht die geringste der traurigen Einzelheiten veränderte sich.

„Und nun?" fragte einer.

„Das andere wißt ihr ja auch schon!" erwiderte der Rittmeister. „In dem Augenblick, in dem wir das Kasino verlassen, der Tattenbach, der Kindermann und ich, läuft uns der Trotta mit der Frau Demant geradezu in die Arme. ‚Paßt auf!' sagt der Tattenbach. ‚Hat der Trotta nicht gesagt, daß er ein Rendezvous hat?' ‚Es kann ja auch Zufall sein', sag' ich zu Tattenbach. Und es war ja auch ein Zufall, wie ich jetzt weiß. Die Frau Demant ist allein aus dem Theater gekommen. Der Trotta hat sich ver pflichtet gefühlt, sie nach Haus zu führen. Auf sein Rendezvous hat er verzichten müssen. Gar nix wär' passiert, wenn mir der Demant in der Pause die Frau übergeben hätt'! Gar nix!"

„Gar nix!" bestätigten alle.

„Am nächsten Abend ist der Tattenbach im Kasino besoffen, wie gewöhnlich. Und gleich, wie der Demant eintritt, erhebt er sich und sagt: ‚Servus, Doktorleben!' So begann's!"

„Schäbig!" bemerkten zwei gleichzeitig.

„Gewiß, schäbig, aber besoffen! Was soll man da? Ich sage korrekt: ‚Servus, Herr Regimentsarzt!' Und der Demant mit einer Stimme, die ich ihm nicht zugetraut hätt', zum Tattenbach:

‚Herr Rittmeister, Sie wissen, daß ich Regimentsarzt bin!'

‚Ich tät' lieber zu Haus sitzen und aufpassen!' sagt der Tattenbach und hält sich am Sessel fest. Es war übrigens sein Namenstag. Hab' ich euch's schon gesagt?"

„Nein!" riefen alle.

„Also, nun wißt ihr's: sein Namenstag war's grad!" wiederholte Taittinger.

Diese Neuigkeit schlürften alle mit gierigen Sinnen. Es war, als könnte sich aus der Tatsache, daß Tattenbach Namenstag gehabt hatte, eine ganz neue, günstige Lösung der traurigen Affäre ergeben. Jeder überlegte für sich, welcher Nutzen aus dem Namenstag Tattenbachs zu ziehen wäre. Und der kleine Sternberg, durch dessen Gehirn die Gedanken einzeln dahinzuschießen pflegten, wie einsame Vögel durch leere Wolken, ohne Geschwister und ohne Spur, äußerte sofort, vorzeitigen Jubel in der Stimme: „Aber, dann ist ja alles gut! Situation total verändert! Namenstag hat er halt gehabt!"

Sie sahen zum kleinen Grafen Sternberg hin, verblüfft und trostlos und dennoch bereit, nach dem Unsinn zu greifen. Es war äußerst töricht, was der Sternberg da von sich gab, aber wenn man genau überlegte, konnte man sich nicht daran halten, war da nicht eine Hoffnung, winkte da kein Trost? Das hohle Gelächter, das Taittinger gleich darauf ausstieß, überschüttete sie mit neuem Schrecken. Die Lippen halb geöffnet, hilflose Laute auf den stummen Zungen, die Augen aufgerissen und ohne Blick, blieben sie still, Verstummte und Geblendete, die einen Augenblick lang geglaubt hatten, einen trostreichen Klang zu vernehmen, einen tröstlichen Schimmer zu erblicken. Taub und finster war es rings um sie. In der ganzen großen, stummen, tief verschneiten winterlichen Welt gab es nichts anderes mehr als die fünfmal schon wiederholte, ewig unveränderliche Erzählung Taittingers. Er fuhr fort:

„Also, ‚ich tät' lieber zu Haus sitzen und aufpassen‘, sagt der Tattenbach. Und der Doktor, wißt ihr, wie bei der Marodenvisit' und als ob der Tattenbach krank wär', streckt den Kopf gegen den Tattenbach vor und sagt: ‚Herr Rittmeister, Sie sind besoffen!‘ –

‚Ich tät' lieber auf meine Frau aufpassen‘, lallt der Tattenbach weiter. – ‚Unsereins läßt seine Frau nicht um Mitternacht mit Leutnants spazieren!‘ –

‚Sie sind besoffen und ein Schuft!‘ sagt der Demant. Und wie ich aufstehn will und eh' ich mich noch rühren kann, fängt der Tattenbach an, wie verrückt zu rufen: ‚Jud, Jud!‘ Achtmal sagt er's hintereinander, ich hab' noch die Geistesgegenwart gehabt, genau zu zählen.“

„Bravo!“ sagt der kleine Sternberg, und Taittinger nickt ihm zu.

„Ich hab' aber auch“, fuhr der Rittmeister fort, „die Geistesgegenwart, zu kommandieren: ‚Ordonnanzen abtreten!‘ Denn was sollten die Burschen dabei?“

„Bravo!“ rief der kleine Sternberg noch einmal. Und alle nickten Beifall.

Sie wurden wieder still. Man hörte aus der nahen Küche der Konditorei hartes Klappern des Geschirrs und von der Straße her das helle Geklingel eines Schlittens. Taittinger schob noch ein Backwerk in den Mund.

„Jetzt haben wir die Bescherung!“ rief der kleine Sternberg.

Taittinger verschluckte den letzten Rest seiner Süßigkeit und sagte nur: „Morgen, sieben Uhr zwanzig!“

Morgen, sieben Uhr zwanzig! Sie kannten die Bedingungen: gleichzeitiger Kugelwechsel, zehn Schritt Entfernung. Säbel hatte man beim Doktor Demant unmöglich durchsetzen können. Er konnte nicht fechten. Morgen, sieben Uhr früh, rückt das Regiment zur Exerzierübung auf die Wasserwiese aus. Von der Wasserwiese bis zu dem sogenannten „Grünen Platz“ hinter dem alten Schloß, wo das Duell stattfinden wird, sind kaum zweihundert Schritte. Jeder von den Offizieren weiß, daß er morgen, während der Gelenksübungen noch, zwei Schüsse vernehmen wird. Jeder hörte sie schon jetzt, die zwei Schüsse. Mit schwarzen und roten Fittichen rauschte der Tod über ihren Köpfen.

„Zahlen!“ rief Taittinger. Und sie verließen die Konditorei.

Es schneite neuerlich. Ein stummes, dunkelblaues Rudel, gingen sie durch den stummen, weißen Schnee, verloren sich zu zweit und einzeln. Jeder von ihnen hatte Angst, allein zu bleiben; aber es war ihnen auch nicht möglich, zusammen zu sein. Sie trachteten, sich in den Gäßchen der winzigen Stadt zu verlieren, und mußten einander wieder nach ein paar Augenblicken begegnen. Die gekrümmten Gassen trieben sie zusammen. Sie waren gefangen in der kleinen Stadt und in der großen Ratlosigkeit. Und immer, wenn einer dem andern entgegenkam, erschraken beide, jeder vor der Angst des andern. Sie warteten auf die Stunde des Abendessens, und sie fürchteten gleichzeitig den nahenden Abend im Kasino, wo sie heute, heute schon, nicht alle anwesend sein würden.

In der Tat, sie waren nicht alle vorhanden! Tattenbach fehlte, der Major Prohaska, der Doktor, der Oberleutnant Zander und der Leutnant Christ und überhaupt die Sekundanten. Taittinger aß nicht. Er saß vor einem Schachbrett und spielte mit sich selbst. Niemand sprach. Die Ordonnanzen standen still und steinern an den Türen, man hörte das langsame, harte Ticken der großen Standuhr, links von ihr sah der Allerhöchste Kriegsherr aus kalten, porzellanblauen Augen auf seine schweigsamen Offiziere. Es wagte weder jemand allein fortzugehn noch den Nächsten mitzunehmen. Und also blieben sie, jeder an seinem Platz. Wo zwei oder drei zusammensaßen, tropften die Worte einzeln und schwer von den Lippen, und zwischen Wort und Antwort lastete eine große Stille aus Blei. Jeder fühlte die Stille auf seinem Rücken.

Sie gedachten derer, die nicht da waren, als wären die Abwesenden schon Tote. Alle erinnerten sich an den Eintritt Doktor Demants, vor einigen Wochen, nach seinem langen Krankheitsurlaub. Sie sahen seinen zögernden Schritt und seine funkelnden Brillen. Sie sahen den Grafen Tattenbach, den kurzen, rundlichen Leib auf gekrümmten Reiterbeinen, den ewig roten Schädel mit den gestutzten, wasserblonden, in der Mitte gescheitelten Haaren und den hellen, kleinen, rotgeränderten Äugelein. Sie hörten die leise Stimme des Doktors und die polternde des Rittmeisters. Und obwohl in ihren Herzen und Sinnen, seitdem sie denken und fühlen konnten, die Worte Ehre und Sterben, Schießen und Schlagen, Tod und Grab heimisch waren, schien es ihnen heute unfaßbar, daß sie vielleicht für ewig geschieden waren von der polternden Stimme des Rittmeisters und von der sanften des Doktors. Sooft die wehmütigen Glocken der großen Wanduhr erklangen, glaubten die Männer, daß ihre eigene letzte Stunde geschlagen habe. Sie wollten ihren Ohren nicht trauen und blickten nach der Wand. Kein Zweifel: die Zeit hielt nicht. Sieben Uhr zwanzig, sieben Uhr zwanzig, sieben Uhr zwanzig: hämmerte es in allen Hirnen.

Sie erhoben sich, einer nach dem andern, zögernd und schamhaft; während sie einander verließen, war es ihnen, als verrieten sie einander. Sie gingen beinahe lautlos. Ihre Sporen klirrten nicht, ihre Säbel schepperten nicht, ihre Sohlen traten taub einen tauben Boden. Vor Mitternacht noch war das Kasino leer. Und eine Viertelstunde vor Mitternacht erreichten der Oberleutnant Schlegel und der Leutnant Kindermann die Kaserne, in der sie wohnten. Aus dem ersten Stock, wo die Offiziersstuben lagen, warf ein einziges belichtetes Fenster ein gelbes Rechteck in die quadratische Finsternis des Hofes. Beide blickten gleichzeitig hinauf. „Das ist der Trotta!" sagte Kindermann.

„Das ist der Trotta!" wiederholte Schlegel.

„Wir sollten noch einen Blick hineintun!"

„Es wird ihm nicht passen!"

Sie gingen klirrend durch den Korridor, hemmten den Schritt vor der Tür des Leutnants Trotta und lauschten. Nichts rührte sich. Oberleutnant Schlegel griff nach der Klinke, drückte sie aber nicht nieder. Er zog wieder die Hand zurück, und beide entfernten sich. Sie nickten einander zu und gingen in ihre Zimmer.

Der Leutnant Trotta hatte sie in der Tat nicht gehört. Seit nunmehr vier Stunden bemühte er sich, seinem Vater einen ausführlichen Brief zu schreiben. Er kam über die ersten Zeilen nicht hinaus. „Lieber Vater!", so begann er, „ich bin ahnungslos und unschuldig der Anlaß einer tragischen Ehrenaffäre geworden." Seine Hand war schwer. Ein totes, nutzloses Werkzeug, schwebte sie mit der zitternden Feder über dem Papier. Dieser Brief war der erste schwere seines Lebens. Es erschien dem Leutnant unmöglich, den Ausgang der Angelegenheit abzuwarten und erst dann dem Bezirkshauptmann zu schreiben. Seit dem unseligen Streit zwischen Tattenbach und Demant hatte er den Bericht von Tag zu Tag hinausgeschoben. Es war unmöglich, ihn nicht heute noch abzuschicken. Heute noch, vor dem Duell. Was hätte der Held von Solferino in dieser Lage getan? Carl Joseph fühlte den gebieterischen Blick des Großvaters im Nacken. Der Held von Solferino diktierte dem zaghaften Enkel bündige Entschlossenheit. Man mußte schreiben, sofort, auf der Stelle. Ja, man hätte vielleicht sogar zum Vater fahren müssen. Zwischen dem toten Helden von Solferino und dem unentschiedenen Enkel stand der Vater, der Bezirkshauptmann, Hüter der Ehre, Wahrer des Erbteils. Lebendig und rot in den Adern des Bezirkshauptmanns rollte noch das Blut des Helden von Solferino. Es war, wenn man dem Vater nicht rechtzeitig berichtete, als versuchte man, auch dem Großvater etwas zu verheimlichen.

Aber um diesen Brief zu schreiben, hätte man so stark sein müssen wie der Großvater, so einfach, so entschieden, so nahe den Bauern von Sipolje. Man war nur der Enkel! Dieser Brief unterbrach in einer schrecklichen Weise die gemächliche Reihe der gewohnten wöchentlichen, gleichklingenden Berichte, die in der Familie der Trottas die Söhne den Vätern immer geschrieben hatten. Ein blutiger Brief; man mußte ihn schreiben.

Der Leutnant fuhr fort:

„Ich hatte, allerdings gegen Mitternacht, einen harmlosen Spaziergang mit der Frau unseres Regimentsarztes gemacht. Die Situation ließ mir keine andere Möglichkeit. Kameraden sahen uns. Der Rittmeister Tattenbach, der leider häufig betrunken ist, machte dem Doktor gegenüber eine schäbige Anspielung. Morgen, sieben Uhr zwanzig früh, schießen sich die beiden. Ich werde wahrscheinlich gezwungen sein, den

Tattenbach zu fordern, wenn er am Leben bleibt, wie ich hoffe. Die Bedingungen sind schwer.

Dein treuer Sohn

Carl Joseph Trotta, Leutnant.

Nachschrift: Vielleicht werde ich auch das Regiment verlassen müssen."

Nun schien es dem Leutnant, das Schwerste sei überstanden. Als er aber seinen Blick über den beschatteten Suffit wandern ließ, sah er auf einmal wieder das mahnende Angesicht seines Großvaters. Neben dem Helden von Solferino glaubte er auch das weißbärtige Angesicht des jüdischen Schankwirts zu sehen, dessen Enkel der Regimentsarzt Doktor Demant war. Und er fühlte, daß die Toten die Lebenden riefen, und ihm war, als würde er selbst morgen schon, sieben Uhr zwanzig, zum Duell antreten. Zum Duell antreten und fallen. Fallen! Fallen und sterben!

An jenen längst entschwundenen Sonntagen, an denen Carl Joseph auf dem väterlichen Balkon gestanden war und die Militärkapelle Herrn Nechwals den Radetzkymarsch intoniert hatte, wäre es eine Kleinigkeit gewesen, zu fallen und zu sterben! Dem Zögling der kaiser- und königlichen Kavalleriekadettenanstalt war der Tod vertraut gewesen, aber es war ein sehr ferner Tod gewesen! Morgen früh, sieben Uhr zwanzig, wartete der Tod auf den Freund, den Doktor Demant. Übermorgen, oder in einigen Tagen, auf den Leutnant Carl Joseph von Trotta. O Graus und Finsternis! Anlaß seiner schwarzen Ankunft zu sein und endlich sein Opfer zu werden! Und sollte man selbst nicht sein Opfer werden, wie viele Leichen lagen noch unterwegs? Wie Meilensteine auf den Wegen anderer lagen die Grabsteine auf dem Wege Trottas! Es war gewiß, daß er den Freund nie mehr wiedersehn würde, wie er Katharina nicht mehr gesehn hatte. Niemals! Vor den Augen Carl Josephs dehnte sich dieses Wort ohne Ufer und Grenze, ein totes Meer der tauben Ewigkeit. Der kleine Leutnant ballte die weiße, schwache Faust gegen das große, schwarze Gesetz, das die Leichensteine heranrollte, der Unerbittlichkeit des Niemals keinen Damm setzte und die ewige Finsternis nicht erhellen wollte. Er ballte seine Faust, trat zum Fenster, um sie gegen den Himmel zu erheben. Aber er erhob nur seine Augen. Er sah das kalte Flimmern der winterlichen Sterne. Er erinnerte sich an die Nacht, in der er zum letztenmal mit Doktor Demant zusammen gegangen war, von der Kaserne zur Stadt. Zum letztenmal, er hatte es damals gewußt.

Plötzlich überfiel ihn ein Heimweh nach dem Freund; und auch die Hoffnung, daß es noch möglich sei, den Doktor zu retten! Es war ein Uhr zwanzig. Sechs Stunden hatte Doktor Demant bestimmt noch zu leben, sechs große Stunden. Diese Zeit erschien dem Leutnant jetzt beinahe so mächtig wie vorher die uferlose Ewigkeit. Er stürzte zum Kleiderhaken, schnürte den Säbel um und fuhr in den Mantel, eilte den Korridor entlang und schwebte fast die Treppe hinunter, jagte über das nächtliche Viereck des Hofes zum Tor hinaus, am Posten vorbei, lief durch die stille Landstraße, erreichte in zehn Minuten das Städtchen und eine Weile später den einzigen Schlitten, der einsamen Nachtdienst hatte, und glitt unter tröstlichem Geklingel gegen den Südrand der Stadt, der Villa des Doktors zu. Hinter dem Gitter schlief das Häuschen mit blinden Fenstern. Trotta drückte die Klingel. Alles blieb still. Er schrie den Namen Doktor Demants. Nichts rührte sich. Er wartete. Er ließ den Kutscher mit der Peitsche knallen. Niemand gab Antwort.

Wenn er den Grafen Tattenbach gesucht hätte, es wäre leicht gewesen, ihn zu finden. Eine Nacht vor seinem Duell saß er wahrscheinlich bei Resi und trank auf seine eigene Gesundheit. Unmöglich aber, zu erraten, wo Demant sich aufhielt. Vielleicht ging der Regimentsarzt durch die Gassen der Stadt. Vielleicht spazierte er zwischen den vertrauten Gräbern und suchte sich schon sein eigenes. „Zum Friedhof!" befahl der Leutnant dem erschrockenen Kutscher. Nicht weit von hier lagen die Friedhöfe beieinander. Der Schlitten hielt vor der alten Mauer und dem verschlossenen Gitter. Trotta stieg ab. Er trat an das Gitter. Dem irrsinnigen Einfall folgend, der ihn hierher getrieben hatte, hielt er die gehöhlten Hände vor den Mund und rief gegen die Gräber hin mit einer fremden Stimme, die wie ein Heulen aus seinem Herzen kam, den Namen Doktor Demants; und glaubte selbst, während er schrie, daß er schon den Toten riefe und nicht mehr den Lebendigen; und erschrak und fing an zu zittern wie einer der nackten Sträucher zwischen den Gräbern, über die jetzt der winterliche Nachtsturm pfiff; und der Säbel schepperte an der Hüfte des Leutnants.

Den Kutscher auf dem Bock des Schlittens grauste es vor seinem Fahrgast. Er dachte, einfältig, wie er war, der Offizier sei ein Gespenst oder ein Wahnsinniger. Er fürchtete aber auch, das Pferd anzutreiben und davonzufahren. Seine Zähne klapperten, sein Herz raste mächtig gegen den dicken Katzenpelz. „Steigen Sie doch ein, Herr Offizier!" bat er.

Der Leutnant folgte. „Zur Stadt zurück!" sagte er. In der Stadt stieg er ab und trabte gewissenhaft durch die gewundenen Gäßchen und über die winzigen Plätze. Die blechernen Melodien eines Musikautomaten, der irgendwoher durch die nächtliche Stille zu schmettern begann, gaben ihm ein vorläufiges Ziel; er eilte dem metallenen Gerassel entgegen. Es drang durch die matt belichtete Glastür einer Kneipe in der Nähe des Unternehmens der Frau Resi, einer Kneipe, die häufig von den Mannschaften aufgesucht wurde und von Offizieren nicht betreten werden durfte. Der Leutnant trat an das hellerleuchtete Fenster und schaute über den rötlichen Vorhang ins Innere der Schenke. Er sah die Theke und den hageren Wirt in Hemdärmeln. An einem Tisch spielten drei Männer, ebenfalls in Hemdärmeln, Karten, an einem andern saß ein Korporal, ein Mädchen neben sich, Biergläser standen vor den beiden. In der Ecke saß ein Mann allein, einen Bleistift hielt er in der Hand, über ein Blatt Papier beugte er sich, schrieb etwas, unterbrach sich, nippte an einem Schnaps und sah in die Luft. Auf einmal richtete er seine Brillengläser gegen das Fenster. Carl Joseph erkannte ihn: es war Doktor Demant in Zivil.

Carl Joseph klopfte an die Glastür, der Wirt kam; der Leutnant bat ihn, den einsamen Herrn herauszuschicken. Der Regimentsarzt trat auf die Straße. „Ich bin's, Trotta!" sagte der Leutnant und streckte die Hand aus. „Du hast mich gefunden!" sagte der Doktor. Er sprach leise, wie gewöhnlich, aber viel deutlicher als sonst, so schien es dem Leutnant; denn auf eine rätselhafte Weise übertönten seine stillen Worte den rasselnden Musikautomaten. Zum erstenmal stand er vor Trotta in Zivil. Die vertraute Stimme kam aus der veränderten Erscheinung des Doktors dem Leutnant entgegen wie ein guter, heimatlicher Gruß. Ja, die Stimme klang um so vertrauter, je fremder Demant erschien. Alle Schrecken, die den Leutnant in dieser Nacht verwirrten, zerstoben nun vor der Stimme des Freundes, die Carl Joseph seit langen Wochen nicht mehr gehört und die er entbehrt hatte. Ja, entbehrt hatte er sie; er wußte es jetzt. Der Musikautomat hörte auf zu schmettern. Man hörte den Nachtwind von Zeit zu Zeit aufheulen und spürte den Schneestaub, den er aufwirbelte, im Gesicht. Der Leutnant trat noch einen Schritt näher an den Doktor. (Man konnte ihm gar nicht nahe genug kommen.) Du sollst nicht sterben! wollte er sagen. Es schoß ihm durch den Sinn, daß Demant ohne Mantel vor ihm stand, im Schnee, im Wind. Wenn man in Zivil ist, sieht man's nicht sofort, dachte er auch. Und mit einer zärtlichen Stimme sagte er: „Du wirst dich noch erkälten!"

Im Angesicht Doktor Demants leuchtete sofort das alte, wohlbekannte Lächeln auf, das die Lippen ein wenig schürzte, den schwarzen Schnurrbart ein bißchen hob. Carl Joseph errötete. Er kann sich ja gar nicht mehr erkälten, dachte der Leutnant. Gleichzeitig hörte er die sanfte Stimme Doktor Demants: „Ich hab' keine Zeit mehr, krank zu werden, mein lieber Freund." Er konnte sprechen, während er lächelte. Mitten durch das alte Lächeln gingen die Worte des Doktors, und es blieb dennoch ganz; ein kleines, trauriges, weißes Schleierchen, hing es vor seinen Lippen. „Wir wollen aber hinein!" sagte der Doktor weiter. Er stand, ein schwarzer, unbeweglicher Schatten, vor der matt belichteten Tür und warf einen zweiten, blasseren, auf die beschneite Straße. Auf seinen schwarzen Haaren lag der silberne Schneestaub, belichtet von dem matten Schein, der aus der Kneipe drang. Über seinem Haupt war bereits gleichsam der Schimmer der himmlischen Welt, und Trotta war beinahe bereit, wieder umzukehren. Gute Nacht! wollte er sagen und ganz schnell davongehn.

„Wir wollen doch hineingehn!" sagte der Doktor wieder. „Ich werde fragen, ob du unbemerkt hinein kannst!" Er ging und ließ Trotta draußen. Dann kam er mit dem Wirt zurück. Sie durchschritten einen Flur und einen Hof und gelangten in die Küche der Wirtsstube. „Du bist hier bekannt?" fragte Trotta. „Ich komme manchmal hierher", erwiderte der Doktor, „das heißt: ich pflegte oft hierher zu kommen!" Carl Joseph sah den Doktor an. „Du wunderst dich? Ich hatte so meine besonderen Gewohnheiten", sagte der Regimentsarzt. – Warum sagt er: hatte? – dachte der Leutnant; und erinnerte sich aus der Deutschstunde, daß man so was „Mitvergangenheit" nannte. Hatte! Warum sagte der Regimentsarzt: hatte?

Der Wirt brachte ein Tischchen und zwei Stühle in die Küche und entzündete eine grünliche Gaslampe. In der Wirtsstube schmetterte der Musikapparat wieder, ein Pot-

pourri aus bekannten Märschen, zwischen denen die ersten Trommeltakte des Radetzkymarsches, entstellt durch heisere Nebengeräusche, aber immer noch kenntlich, in bestimmten Zeitabständen erklangen. Im grünlichen Schatten, den der Lampenschirm
über die weiß getünchten Küchenwände zeichnete, dämmerte das bekannte Porträt des
Obersten Kriegsherrn in blütenweißer Uniform auf, zwischen zwei riesigen Pfannen
aus rötlichem Kupfer. Das weiße Gewand des Kaisers war von zahllosen Fliegenspuren
betupft, wie von winzigen Schrotkügelchen durchsiebt, und die Augen Franz Josephs
des Ersten, sicher auch auf diesem Porträt im selbstverständlichen Porzellanblau gemalt,
waren im Schatten des Lampenschirmes erloschen. Der Doktor zeigte mit ausgestrecktem Finger auf das Kaiserbild. „In der Gaststube hat es noch vor einem Jahr gehangen!"
sagte er. „Jetzt hat der Wirt keine Lust mehr, zu beweisen, daß er ein loyaler Untertan
ist." Der Automat verstummte. Im selben Augenblick erklangen zwei harte Schläge einer Wanduhr. „Schon zwei Uhr!" sagte der Leutnant. „Noch fünf Stunden!" erwiderte der Regimentsarzt. Der Wirt brachte Sliwowitz. Sieben Uhr zwanzig! hämmerte es
im Hirn des Leutnants.

Er griff nach dem Gläschen, hob es in die Luft und sagte mit der starken, angelernten
Stimme, mit der man die Kommandos hervorzustoßen hatte:

„Auf dein Wohl! Du mußt leben!"

„Auf einen leichten Tod!" erwiderte der Regimentsarzt und leerte das Glas, während
Carl Joseph den Schnaps wieder auf den Tisch stellte.

„Dieser Tod ist unsinnig!" sagte der Doktor weiter. „So unsinnig, wie mein Leben gewesen ist!"

„Ich will nicht, daß du stirbst!" schrie der Leutnant und stampfte auf die Fliesen des
Küchenbodens. „Und ich will auch nicht sterben. Und mein Leben ist auch unsinnig!"

„Sei still!" erwiderte Doktor Demant. „Du bist der Enkel des Helden von Solferino.
Der wäre fast ebenso unsinnig gestorben. Obwohl es ein Unterschied ist, ob man so gläubig wie er in den Tod geht oder so schwachmütig wie wir beide." Er schwieg. „Wie wir
beide", begann er nach einer Weile. „Unsere Großväter haben uns nicht viel Kraft hinterlassen, wenig Kraft zum Leben, es reicht gerade noch, um unsinnig zu sterben. Ach!"
Der Doktor schob sein Gläschen von sich, und es war, als schöbe er die ganze Welt weit
fort und den Freund ebenfalls. „Ach!" wiederholte er, „ich bin müde, seit Jahren müde!
Ich werde morgen wie ein Held sterben, wie ein sogenannter Held, ganz gegen meine
Art und ganz gegen die Art meiner Väter und meines Geschlechts und gegen den Willen meines Großvaters. In den großen, alten Büchern, in denen er gelesen hat, steht der
Satz: ‚Wer die Hand gegen seinesgleichen erhebt, ist ein Mörder.' Morgen wird einer gegen mich eine Pistole erheben, und ich werde eine Pistole gegen ihn erheben. Und ich
werde ein Mörder sein. Aber ich bin kurzsichtig, ich werde nicht zielen. Ich werde meine kleine Rache haben. Wenn ich die Brille abnehme, sehe ich gar nichts, gar nichts.
Und ich werde schießen, ohne zu sehn! Das wird natürlicher sein, ehrlicher und ganz
passend!"

Der Leutnant Trotta begriff nicht vollkommen, was der Regimentsarzt sagte. Die Stimme des Doktors war ihm vertraut und, nachdem er sich an das Zivil des Freundes gewöhnt hatte, auch Gestalt und Angesicht. Aber aus einer ganz unermeßlichen Ferne kamen die Gedanken Doktor Demants, aus jener unermeßlich fernen Gegend, in der Demants Großvater, der weißbärtige König unter den jüdischen Schankwirten, gelebt haben mochte. Trotta strengte sein Gehirn an, wie einst in der Kadettenschule in der Trigonometrie, er begriff immer weniger. Er fühlte nur, wie sein frischer Glaube an die Möglichkeit, alles noch zu retten, allmählich matt wurde, wie seine Hoffnung langsam verglühte zu weißer, windiger Asche, ähnlich den verglimmenden Netzfäden über dem singenden Gasflämmchen. Sein Herz klopfte laut wie die hohlen, blechernen Schläge der Wanduhr. Er verstand den Freund nicht. Er war auch vielleicht zu spät gekommen. Vieles noch hatte er zu sagen. Aber seine Zunge lag schwer im Mund, von Gewichten belastet. Er öffnete die Lippen. Sie waren fahl, sie zitterten sachte, er konnte sie nur mit Mühe wieder schließen.

„Du dürftest Fieber haben!" sagte der Regimentsarzt, genauso, wie er zu Patienten zu sprechen gewohnt war. Er klopfte an den Tisch, der Wirt kam mit neuen Schnapsgläsern. „Und du hast noch das erste nicht getrunken!"

Trotta leerte gehorsam das erste Glas. „Zu spät hab' ich den Schnaps entdeckt – schade!" sagte der Doktor. „Du wirst es nicht glauben: es tut mir leid, daß ich nie getrunken habe."

Der Leutnant machte eine ungeheure Anstrengung, hob den Blick und starrte ein paar Sekunden dem Doktor ins Angesicht. Er hob das zweite Glas, es war schwer, die Hand zitterte und verschüttete ein paar Tropfen. Er trank in einem Zug; Zorn erglühte in seinem Innern, stieg in den Kopf, rötete sein Angesicht. „Ich werde also gehn!" sagte er. „Ich kann deine Witze nicht vertragen. Ich war froh, wie ich dich gefunden hab'! Ich war bei dir zu Haus. Ich habe geläutet. Ich bin vor den Friedhof gefahren. Ich hab' deinen Namen durch das Tor hineingerufen, wie ein Verrückter. Ich hab' – – –" Er brach ab. Zwischen seinen bebenden Lippen formten sich lautlose Worte, taube Worte, taube Schatten von tauben Lauten. Plötzlich füllten sich seine Augen mit einem warmen Wasser, und ein lautes Stöhnen kam aus seiner Brust. Er wollte aufstehn und weglaufen, denn er schämte sich sehr. Ich weine ja! dachte er, ich weine ja! Er fühlte sich ohnmächtig, grenzenlos ohnmächtig gegenüber der unbegreiflichen Macht, die ihn zwang zu weinen. Er lieferte sich ihr willig aus. Er ergab sich der Wonne seiner Ohnmacht. Er hörte sein Stöhnen und genoß es, schämte sich und genoß noch seine Scham. Er warf sich dem süßen Schmerz in die Arme und wiederholte sinnlos, unter fortwährendem Schluchzen, ein paarmal hintereinander: „Ich will nicht, daß du stirbst, ich will nicht, daß du stirbst, ich will nicht! Ich will nicht!"

Doktor Demant erhob sich, ging ein paarmal durch die Küche, verharrte vor dem Porträt des Obersten Kriegsherrn, begann, die schwarzen Fliegentupfen auf dem Rock des Kaisers zu zählen, unterbrach seine törichte Beschäftigung, trat zu Carl Joseph, legte seine Hände sachte auf die zuckenden Schultern und näherte seine funkelnden Brillenglä-ser dem hellbraunen Scheitel des Leutnants. Er hatte, der kluge Doktor Demant, bereits mit der Welt Schluß gemacht, seine Frau zu ihrem Vater nach Wien geschickt, seinen Burschen beurlaubt, sein Haus verschlossen. Im Hotel zum goldenen Bären wohnte er seit dem Ausbruch der unseligen Affäre. Er war fertig. Seitdem er angefangen hatte, den ungewohnten Schnaps zu trinken, war es ihm sogar möglich gewesen, in diesem sinn-losen Duell irgendeinen geheimen Sinn zu finden, den Tod herbeizuwünschen als den gesetzmäßigen Abschluß seiner irrtümlichen Laufbahn, ja einen Schimmer der jensei-tigen Welt zu erahnen, an die er immer geglaubt hatte. Lange noch vor der Gefahr, in die er sich nun begab, waren ihm ja die Gräber vertraut gewesen und die toten Freunde. Ausgelöscht war die kindische Liebe zu seiner Frau. Die Eifersucht, vor wenigen Wo-chen noch ein schmerzlicher Brand in seinem Herzen, war ein kaltes Häufchen Asche. Sein Testament, eben geschrieben, an den Obersten adressiert, lag in seiner Rocktasche. Er hatte nichts zu vermachen, weniger Menschen zu gedenken und also nichts verges-sen. Der Alkohol machte ihn leicht, ungeduldig nur das Warten. Sieben Uhr zwanzig, die Stunde, die fürchterlich in allen Hirnen seiner Kameraden seit Tagen hämmerte, schwang in dem seinen wie ein silbernes Glöckchen. Zum erstenmal, seitdem er die Uniform angezogen hatte, fühlte er sich leicht, stark und mutig. Er genoß die Nähe des Todes, wie ein Genesender die Nähe des Lebens genießt. Er hatte Schluß gemacht, er war fertig!…

Nun stand er wieder, kurzsichtig und hilflos wie immer, vor seinem jungen Freund. Ja, es gab noch Jugend und Freundschaft und Tränen, die um ihn vergossen wurden. Auf einmal fühlte er wieder Heimweh nach der Kümmerlichkeit seines Lebens, nach der ekelhaften Garnison, der verhaßten Uniform, der Stumpfheit der Marodenvisite, dem Gestank der versammelten und entkleideten Mannschaften, den öden Impfungen, dem Karbolgeruch des Spitals, den häßlichen Launen seiner Frau, der wohlgesicherten Enge seines Hauses, den aschgrauen Wochentagen, den gähnenden Sonntagen, den qualvol-len Reitstunden, den blöden Manövern und seiner eigenen Betrübnis über all diese Schalheit. Durch das Schluchzen und Stöhnen des Leutnants brach gewaltig der schmet-ternde Ruf dieser lebendigen Erde, und während der Doktor nach einem Wort suchte, um Trotta zu beruhigen, überschwemmte das Mitleid sein Herz, flackerte die Liebe in ihm mit tausend Feuerzungen auf. Weit hinter ihm lag schon die Gleichgültigkeit, in der er die letzten Tage zugebracht hatte.

Da erklangen drei harte Schläge der Wanduhr. Trotta war auf einmal still. Man hör-te das Echo der drei Glocken, es ertrank langsam im Summen der Gaslampe. Der Leut-nant begann mit einer ruhigen Stimme: „Du sollst wissen, wie dumm diese ganze Ge-schichte ist! Der Taittinger langweilt mich wie uns alle. Ich sag' ihm also, daß ich ein Rendezvous hab', an jenem Abend vor dem Theater. Dann kommt deine Frau allein. Ich muß sie begleiten. Und grad wie wir am Kasino vorbeigehn, treten sie alle auf die Stra-ße."

Der Doktor nahm die Hände von den Schultern Trottas und begann wieder seine Wanderung. Er ging beinahe lautlos, mit sanften und horchenden Schritten.

„Ich muß dir noch sagen", fuhr der Leutnant fort, „daß ich sofort geahnt hab', es wird was Schlimmes passieren.

Ich hab' auch kaum noch ein nettes Wort zu deiner Frau sagen können. Und wie ich dann vor eurem Garten gestanden bin, vor deiner Villa, hat die Laterne gebrannt; ich erinnere mich, da hab' ich im Schnee auf dem Weg vom Gartentor zur Haustür deutlich die Spuren deiner Schritte sehn können, und da hab' ich eine merkwürdige Idee gehabt, eine verrückte Idee ..."

„Ja?" sagte der Doktor und blieb stehen.

„Eine komische Idee: ich hab' einen Moment gedacht, deine Spuren sind so was wie Wächter, ich kann's nicht ausdrücken, ich hab' halt gedacht, sie schaun aus dem Schnee herauf zu deiner Frau und mir."

Doktor Demant setzte sich wieder, sah Trotta genau an und sagte langsam: „Vielleicht liebst du meine Frau und weißt es nur selber nicht?"

„Ich hab' keine Schuld an der ganzen Sache!" sagte Trotta.

„Nein, du hast keine Schuld!" bestätigte der Regimentsarzt.

„Aber immer ist es so, als hätt' ich Schuld!" sagte Carl Joseph. „Du weißt, ich hab' dir erzählt, wie das mit der Frau Slama gewesen ist!" Er blieb still. Dann flüsterte er: „Ich hab' Angst, ich hab' Angst, überall!"

Der Regimentsarzt breitete die Arme aus, hob die Schultern und sagte: „Du bist auch ein Enkel!"

Er dachte in diesem Augenblick nicht an die Ängste des Leutnants. Es schien ihm sehr wohl möglich, jetzt noch allem Bedrohlichen zu entgehn. Verschwinden! dachte er. Ehrlos werden, degradiert, drei Jahre als Gemeiner dienen oder ins Ausland fliehen! Nicht erschossen werden! Schon war ihm der Leutnant Trotta, Enkel des Helden von Solferino, ein Mensch aus einer anderen Welt, vollkommen fremd. Und er sagte laut und mit höhnender Lust:

„Diese Dummheit! Diese Ehre, die in der blöden Troddel da am Säbel hängt. Man kann eine Frau nicht nach Haus begleiten! Siehst du, wie dumm das ist? Hast du nicht jenen dort" – er zeigte auf das Bild des Kaisers – „aus dem Bordell gerettet? Blödsinn!" schrie er plötzlich, „infamer Blödsinn!"

Es klopfte, der Wirt kam und brachte zwei gefüllte Gläschen. Der Regimentsarzt trank. „Trink!" sagte er. Carl Joseph trank. Er begriff nicht ganz genau, was der Doktor sagte, aber er ahnte, daß Demant nicht mehr bereit war zu sterben. Die Uhr tickte ihre blechernen Sekunden. Die Zeit hielt nicht. Sieben Uhr zwanzig, sieben Uhr zwanzig! Ein Wunder mußte sich ereignen, wenn Demant nicht sterben sollte. Es ereigneten sich keine Wunder, soviel wußte der Leutnant schon! Er selbst – phantastischer Gedanke – wird morgen, sieben Uhr zwanzig, erscheinen und sagen: Meine Herren, der Demant ist verrückt geworden, in dieser Nacht, ich schlage mich für ihn! Kinderei, lächerlich, unmöglich! Er sah wieder ratlos auf den Doktor. Die Zeit hielt nicht, die Uhr steppte unaufhörlich ihre Sekunden weiter. Bald ist es vier: noch drei Stunden!

„Also!" sagte schließlich der Regimentsarzt. Es klang, als hätte er schon einen Entschluß gefaßt, als wüßte er genau, was zu tun sei. Aber er wußte nichts Genaues! Seine Gedanken zogen blind und ohne Zusammenhang verworrene Bahnen durch blinde Nebel. Er wußte nichts! Ein nichtswürdiges, infames, dummes, eisernes, gewaltiges Gesetz fesselte ihn, schickte ihn gefesselt in einen dummen Tod. Er vernahm aus der Gaststube die späten Geräusche. Offenbar saß dort niemand mehr. Der Wirt steckte die klirrenden Biergläser ins plätschernde Wasser, schob die Stühle zusammen, rückte an den Tischen, klirrte mit dem Schlüsselbund. Man mußte gehn. Von der Straße, vom Winter, vom nächtlichen Himmel, von seinen Sternen, vom Schnee vielleicht kamen Rat und Trost. Er ging zum Wirt, zahlte, kam im Mantel zurück, schwarz, in einem schwarzen, breiten Hut stand er vermummt und noch einmal verwandelt vor dem Leutnant. Er erschien Carl Joseph gerüstet, stärker gerüstet als jemals in Uniform mit Säbel und Mütze.

Sie gingen durch den Hof, durch den Flur zurück, in die Nacht. Der Doktor sah zum Himmel hinauf, von den ruhigen Sternen kam kein Rat, kälter waren sie als der Schnee ringsum. Finster waren die Häuser, taubstumm die Gassen, der Nachtwind zerblies den Schnee zu Staub, die Sporen Trottas klirrten sacht, die Sohlen des Doktors knirschten daneben. Sie gingen schnell, als hätten sie ein bestimmtes Ziel. In ihren Köpfen jagten Fetzen von Vorstellungen einher, von Gedanken, von Bildern. Wie schwere und flinke Hämmer klopften ihre Herzen. Ohne es zu wissen, gab der Regimentsarzt die Richtung an, ohne es zu wissen, folgte ihm der Leutnant. Sie näherten sich dem Hotel zum goldenen Bären. Sie standen vor dem gewölbten Tor des Gasthauses. In der Vorstellung Carl Josephs erwachte das Bild vom Großvater Demants, dem silberbärtigen König unter den jüdischen Schankwirten. Vor solch einem Tor, einem viel größeren wahrscheinlich, saß er zeit seines Lebens. Er stand auf, wenn die Bauern anhielten. Weil er nicht mehr hörte, schrien die kleinen Bauern durch die gehöhlten Hände vor den Mündern ihre Wünsche zu ihm empor. Sieben Uhr zwanzig, sieben Uhr zwanzig, klang es wieder. Sieben Uhr zwanzig war der Enkel dieses Großvaters tot.

„Tot!" sagte der Leutnant laut. Oh, er war nicht mehr klug, der kluge Doktor Demant! Er war vergeblich frei und mutig gewesen, ein paar Tage; es zeigte sich jetzt, daß er nicht Schluß gemacht hatte. Man wurde nicht leicht fertig! Sein kluger Kopf, ererbt von einer langen, langen Reihe kluger Väter, wußte ebensowenig Rat wie der einfache Kopf des Leutnants, dessen Ahnen die einfachen Bauern von Sipolje gewesen waren. Ein stupides, eisernes Gesetz ließ keinen Ausweg frei.

„Ich bin ein Dummkopf, mein lieber Freund!" sagte der Doktor. „Ich hätte mich von Eva längst trennen müssen. Ich habe keine Kraft, diesem blöden Duell zu entrinnen. Ich werde aus Blödheit ein Held sein, nach Ehrenkodex und Dienstreglement. Ein Held!"

Er lachte. Es schallte durch die Nacht. „Ein Held!" wiederholte er und stapfte hin und zurück vor dem Tor des Gasthofes.

Durch das junge, trostbereite Hirn des Leutnants schoß blitzschnell eine kindische Hoffnung; sie werden nicht aufeinander schießen und sich versöhnen! Alles wird gut sein! Man wird sie zu andern Regimentern transferieren! Mich auch! Töricht, lächerlich, unmöglich! dachte er gleich darauf. Und verloren, verzweifelt, mit schalem Kopf, trockenem Gaumen, zentnerschweren Gliedern stand er regungslos vor dem hin und her wandelnden Doktor.

Wie spät war es schon? – Er wagte nicht, auf die Uhr zu sehn. Bald mußte es ja vom Turm schlagen. Er wollte warten. „Wenn wir uns nicht wiedersehn sollten", sagte der Doktor, hielt ein und sagte ein paar Sekunden später: „Ich rate dir, verlaß diese Armee!" Dann streckte er die Hand aus: „Leb wohl! Geh heim! Ich werde allein fertig! Servus!" Er zog am Glockendraht. Man hörte aus dem Innern das dröhnende Klingeln. Schon näherten sich Schritte. Man schloß auf. Leutnant Trotta ergriff die Hand des Doktors. Mit einer gewöhnlichen Stimme, die ihn selbst verwunderte, sagte er ein gewöhnliches „Servus!" Er hatte nicht einmal den Handschuh ausgezogen. Schon fiel die Tür zu. Schon gab es keinen Doktor Demant mehr. Wie von einer unsichtbaren Hand gezogen, ging der Leutnant Trotta den gewohnten Weg in die Kaserne. Er hörte nicht mehr, wie über ihm im zweiten Stock ein Fenster aufgeklinkt wurde. Der Doktor beugte sich noch einmal hinunter, sah den Freund um die Ecke verschwinden, schloß das Fenster, entzündete alle Lichter im Zimmer, ging zum Waschtisch, schliff sein Rasiermesser, prüfte es am Daumennagel, seifte sein Gesicht ein, in aller Ruhe, wie jeden Morgen. Er wusch sich. Er nahm aus dem Schrank die Uniform. Er kleidete sich an, schnallte den Säbel um und wartete. Er nickte ein. Er schlief traumlos, ruhig, im breiten Lehnstuhl vor dem Fenster.

Als er erwachte, war der Himmel über den Dächern schon hell, ein zarter Schimmer blaute über dem Schnee. Bald mußte es klopfen. Schon hörte er von fern das Klingeln eines Schlittens. Er näherte sich, er hielt. Jetzt schepperte die Glocke. Jetzt knarrte die Stiege. Jetzt klirrten die Sporen. Jetzt klopfte es.

Jetzt standen sie im Zimmer, der Oberleutnant Christ und der Hauptmann Wangert vom Infanterieregiment der Garnison. Sie blieben in der Nähe der Tür, der Leutnant einen halben Schritt hinter dem Hauptmann. Der Regimentsarzt warf einen Blick zum Himmel. Als ein ferner Widerhall aus ferner Kindheit zitterte die erloschene Stimme des Großvaters: „Höre Israel", sprach die Stimme, „der Herr, unser Gott, ist der einzige Gott!" – „Ich bin fertig, meine Herren!" sagte der Regimentsarzt.

Sie saßen, ein wenig eng, im kleinen Schlitten; die Schellen klingelten mutig, die braunen Rösser hoben die gestutzten Schwänze und ließen große, runde, gelbe, dampfende Äpfel in den Schnee fallen. Der Regimentsarzt, dem alle Tiere zeit seines Lebens sehr gleichgültig gewesen waren, fühlte auf einmal Heimweh nach seinem Pferd. Es wird mich überleben! dachte er. Nichts verriet sein Angesicht. Seine Begleiter schwiegen.

Sie hielten etwa hundert Schritte vor der Lichtung. Bis zum „Grünen Platz" gingen sie zu Fuß. Schon war der Morgen da, aber die Sonne noch nicht aufgegangen. Still standen die Tannen, den Schnee auf den Ästen trugen sie stolz, schmal und aufrecht. Von ferne her krähten die Hähne Ruf und Widerruf. Tattenbach sprach laut mit seinen Begleitern. Der Oberarzt Doktor Mangel ging hin und her zwischen den Parteien. „Meine Herren!" sagte eine Stimme. In diesem Augenblick nahm der Regimentsarzt Doktor Demant umständlich, wie er immer gewohnt war, die Brille ab und legte sie sorgfältig auf einen breiten Baumstumpf. Merkwürdigerweise sah er dennoch vor sich deutlich seinen Weg, den angewiesenen Platz, die Distanz zwischen sich und dem Grafen Tattenbach und diesen selbst. Er wartete. Bis zum letzten Augenblick wartete er auf den Nebel. Aber alles blieb deutlich, als ob der Regimentsarzt nie kurzsichtig gewesen wäre. Eine Stimme zählte: „Eins!" Der Regimentsarzt hob die Pistole. Er fühlte sich wieder frei und mutig, ja übermütig, zum erstenmal in seinem Leben übermütig. Er zielte wie einst als Einjährig-Freiwilliger beim Scheibenschießen (obwohl er damals schon ein miserabler Schütze gewesen war). Ich bin ja nicht kurzsichtig, dachte er, ich werde die Brille nie mehr brauchen. Vom medizinischen Standpunkt war es kaum erklärlich. Der Regimentsarzt beschloß, sich in der Ophthalmologie umzusehen. In dem Augenblick, in dem ihm der Name eines bestimmten Facharztes einfiel, zählte die Stimme: „Zwei." Der Doktor sah immer noch klar. Ein zager Vogel unbekannter Art begann zu zwitschern, und von ferne hörte man das Blasen der Trompeten. Um diese Zeit erreichte das Ulanenregiment den Exerzierplatz.

In der zweiten Eskadron ritt Leutnant Trotta, wie alle Tage. Der matte Hauch des Frostes perlte über den Scheiden der schweren Säbel und über den Läufen der leichten Karabiner. Die gefrorenen Trompeten weckten das schlafende Städtchen. Die Kutscher in ihren dicken Pelzen, am gewohnten Standplatz, hoben die bärtigen Häupter. Als das Regiment die Wasserwiese erreichte und absaß und die Mannschaften sich wie gewöhnlich zu den allmorgendlichen Gelenksübungen in Doppelreihen aufstellten, trat der Leutnant Kindermann zu Carl Joseph und sagte: „Bist du krank? Weißt du, wie du ausschaust?" Er zog seinen koketten Taschenspiegel und hielt ihn vor Trottas Augen. In dem kleinen, schimmernden Rechteck erblickte Leutnant Trotta ein uraltes Angesicht, das er sehr genau kannte: glühende, schmale, schwarze Augen, den scharfen, knöchernen Rücken einer großen Nase, aschgraue, eingefallene Wangen und einen schmalen, langen, festgeschlossenen und blutleeren Mund, der wie ein längstvernarbter Säbelhieb das Kinn vom Schnurrbart schied. Nur dieser kleine, braune Schnurrbart erschien Carl Joseph fremd. Daheim, unter dem Suffit des väterlichen Herrenzimmers, war das verdämmernde Angesicht des Großvaters ganz nackt gewesen.

„Danke!" sagte der Leutnant. „Ich hab' diese Nacht nicht geschlafen." Er verließ den Exerzierplatz.

Er ging zwischen den Stämmen links ab, wo ein Pfad zur breiten Landstraße abzweigte. Es war sieben Uhr vierzig. Man hatte keine Schüsse gehört. Alles ist gut, alles ist gut,
sagte er sich, es ist ein Wunder geschehn! In spätestens zehn Minuten muß der Major
Prohaska dahergeritten kommen, dann wird man alles wissen. Man hörte die zögernden Geräusche der erwachenden kleinen Stadt und das langgedehnte Heulen einer Lokomotive vom Bahnhof. Als der Leutnant die Stelle erreichte, wo der Pfad in die Straße
mündete, erschien auf seinem Braunen der Major, Leutnant Trotta grüßte. „Guten
Morgen!" sagte der Major, und nichts weiter. Der schmale Pfad hatte keinen Platz für
Reiter und Fußgänger nebeneinander. Leutnant Trotta ging also hinter dem reitenden
Major. Etwa zwei Minuten vor der Wasserwiese (man vernahm schon die Kommandos
der Unteroffiziere) hielt der Major, wandte sich halb im Sattel um und sagte nur: „Beide!" – Dann, während er weiterritt, mehr vor sich hin als zum Leutnant: „Es war halt
nix zu machen!"

An diesem Tage kehrte das Regiment eine gute Stunde früher in die Kaserne zurück.
Die Trompeten bliesen wie an allen andern Tagen. Am Nachmittag verlasen die dienst-
führenden Unteroffiziere vor der Mannschaft den Befehl, in dem der Oberst Kovacs
mitteilte, daß der Rittmeister Graf Tattenbach und der Regimentsarzt Doktor Demant
für die Ehre des Regiments den Soldatentod gefunden hatten.

8

Damals, vor dem großen Kriege, da sich die Begebenheiten zutrugen, von denen auf
diesen Blättern berichtet wird, war es noch nicht gleichgültig, ob ein Mensch lebte
oder starb. Wenn einer aus der Schar der Irdischen ausgelöscht wurde, trat nicht sofort ein anderer an seine Stelle, um den Toten vergessen zu machen, sondern eine Lük-
ke blieb, wo er fehlte, und die nahen wie die fernen Zeugen des Unterganges verstummten, sooft sie diese Lücke sahen. Wenn das Feuer ein Haus aus der Häuserzeile
der Straße hinweggerafft hatte, blieb die Brandstätte noch lange leer. Denn die Mau-
rer arbeiteten langsam und bedächtig, und die nächsten Nachbarn wie die zufällig
Vorbeikommenden erinnerten sich, wenn sie den leeren Platz erblickten, an die Gestalt und an die Mauern des verschwundenen Hauses. So war es damals! Alles, was
wuchs, brauchte viel Zeit zum Wachsen; und alles, was unterging, brauchte lange Zeit,
um vergessen zu werden. Alles aber, was einmal vorhanden gewesen war, hatte seine
Spuren hinterlassen, und man lebte dazumal von den Erinnerungen, wie man heutzutage lebt von der Fähigkeit, schnell und nachdrücklich zu vergessen. Lange Zeit bewegte und erschütterte der Tod des Regimentsarztes und des Grafen Tattenbach die
Gemüter der Offiziere, der Mannschaften des Ulanenregiments und auch der Zivilbevölkerung. Man begrub die Toten nach den vorschriftsmäßigen militärischen und
religiösen Riten. Obwohl über die Art ihres Todes keiner der Kameraden außerhalb

der eigenen Reihen ein Wort hatte fallen lassen, schien es doch in der Bevölkerung der kleinen Garnison ruchbar geworden zu sein, daß beide ihrer strengen Standesehre zum Opfer gefallen waren. Und es war, als trüge von nun ab auch jeder der überlebenden Offiziere das Merkmal eines nahen, gewaltsamen Todes in seinem Antlitz, und für die Kaufleute und Handwerker des Städtchens waren die fremden Herren noch fremder geworden. Wie unbegreifliche Anbeter einer fernen, grausamen Gottheit, deren buntverkleidete und prachtgeschmückte Opfertiere sie gleichzeitig waren, gingen die Offiziere umher. Man sah ihnen nach und schüttelte die Köpfe. Man bedauerte sie sogar. Sie haben viele Vorteile, sagten sich die Leute. Sie können mit Säbeln herumgehn und Frauen gefallen, und der Kaiser sorgt für sie persönlich, als wären sie seine eigenen Söhne. Aber, eins, zwei, drei, hast du nicht gesehn, fügt einer dem andern eine Kränkung zu, und das muß mit rotem Blut abgewaschen werden! …

Diejenigen, von denen man also sprach, waren in der Tat nicht zu beneiden. Sogar der Rittmeister Taittinger, von dem das Gerücht ging, daß er bei andern Regimentern ein paar Duelle mit tödlichem Ausgang miterlebt hatte, veränderte sein gewohntes Gebaren. Während die Lauten und Leichtfertigen still und kleinlaut wurden, bemächtigte sich des allezeit leisen, hageren und genäschigen Rittmeisters eine merkwürdige Unruhe. Er konnte nicht mehr stundenlang allein hinter der Glastür der kleinen Konditorei sitzen und Backwerk verschlingen oder mit sich selbst oder mit dem Obersten wortlos Schach und Domino spielen. Er fürchtete die Einsamkeit. Er klammerte sich geradezu an die andern. War kein Kamerad in der Nähe, so betrat er einen Laden, um irgend etwas Überflüssiges zu kaufen. Er blieb lange stehen und plauderte mit dem Händler unnützes und törichtes Zeug und konnte sich nicht entschließen, den Laden zu verlassen; es sei denn, daß er einen gleichgültigen Bekannten draußen vorbeigehn sah, auf den er sich sofort stürzte. Dermaßen hatte sich die Welt verändert. Das Kasino blieb leer. Man unterließ die geselligen Ausflüge ins Unternehmen der Frau Resi. Die Ordonnanzen hatten wenig zu tun. Wer einen Schnaps bestellte, dachte beim Anblick des Glases, daß es just jenes wäre, aus dem vor ein paar Tagen noch Tattenbach getrunken hatte. Man erzählte zwar noch die alten Anekdoten, aber man lachte nicht mehr laut, sondern lächelte höchstens. Den Leutnant Trotta sah man nicht mehr außerhalb des Dienstes.

Es war, als hätte eine geschwinde, zauberhafte Hand den Anstrich der Jugend aus dem Angesicht Carl Josephs weggewaschen. Man hätte in der ganzen kaiser- und königlichen Armee keinen ähnlichen Leutnant finden können. Es war ihm, als müßte er jetzt etwas Besonderes tun – aber weit und breit fand sich nichts Besonderes! Es verstand sich von selbst, daß er das Regiment verließ und in ein anderes eingereiht wurde. Er aber suchte nach irgendeiner schwierigen Aufgabe. Er suchte in Wirklichkeit nach einer freiwilligen Buße. Er hätte es niemals ausdrücken können, aber wir können es ja von ihm sagen: es bedrängte ihn unsäglich, daß er ein Werkzeug in der Hand des Unglücks war.

In diesem Zustand befand er sich, als er seinem Vater den Ausgang des Duells mitteilte und seine unumgängliche Transferierung zu einem anderen Regiment ankündigte.

Er verschwieg, daß ihm bei dieser Gelegenheit ein kurzer Urlaub zustand; denn er hatte Angst, sich seinem Vater zu zeigen. Es erwies sich aber, daß er den Alten nicht kannte. Denn der Bezirkshauptmann, das Muster eines Staatsbeamten, wußte in den militärischen Bräuchen Bescheid. Und merkwürdigerweise schien er sich auch in den Kümmernissen und Verwirrungen seines Sohnes auszukennen, was zwischen den Zeilen seiner Antwort deutlich sichtbar wurde. Die Antwort des Bezirkshauptmanns lautete nämlich folgendermaßen:

„Lieber Sohn!

Ich danke Dir für Deine genauen Mitteilungen und für Dein Vertrauen. Das Schicksal, das Deine Kameraden getroffen hat, berührt mich schmerzlich. Sie sind gestorben, wie es sich für ehrenwerte Männer geziemt.

Zu meiner Zeit waren Duelle noch häufiger und die Ehre weit kostbarer als das Leben. Zu meiner Zeit waren auch die Offiziere, wie mir scheinen will, aus einem härteren Holz. Du bist Offizier, mein Sohn, und der Enkel des Helden von Solferino. Du wirst es zu tragen wissen, daß Du unfreiwillig und schuldlos an dem tragischen Ereignis beteiligt bist. Gewiß tut es Dir auch leid, das Regiment zu verlassen, aber in jedem Regiment, im ganzen Bereich der Armee, dienst Du unserem Kaiser.
Dein Vater
Franz von Trotta.

Nachschrift: Deinen zweiwöchigen Urlaub, der Dir bei der Transferierung zusteht, kannst Du, nach Deinem Belieben, in meinem Haus verbringen, oder, noch besser, in dem neuen Garnisonsort, damit Du Dich mit den dortigen Verhältnissen leichter vertraut machst.
Der Obige."

Diesen Brief las der Leutnant Trotta nicht ohne Beschämung. Der Vater hatte alles erraten. Die Gestalt des Bezirkshauptmanns wuchs in den Augen des Leutnants zu einer fast furchtbaren Größe. Ja, sie erreichte bald den Großvater. Und hatte der Leutnant schon vorher Angst gehabt, dem Alten gegenüberzutreten, so war es ihm jetzt ganz unmöglich, den Urlaub zu Hause zu verleben. Später, später, wenn ich den ordentlichen Urlaub habe, sagte sich der Leutnant, der aus einem ganz andern Holz geschnitzt war als die Leutnants aus der Jugendzeit des Bezirkshauptmanns.

„Gewiß tut es Dir auch leid, das Regiment zu verlassen", schrieb der Vater. Hatte er es geschrieben, weil er das Gegenteil ahnte? Was hätte Carl Joseph nicht gern verlassen mögen? Dieses Fenster vielleicht, den Blick in die Mannschaftsstuben gegenüber, die Mannschaften selbst, wenn sie auf den Betten hockten, den wehmütigen Klang ihrer Mundharmonikas und die Gesänge, die fernen Lieder, die wie ein unverstandenes Echo ähnlicher Lieder klangen, die von den Bauern in Sipolje gesungen wurden! Vielleicht müßte man nach Sipolje gehn, dachte der Leutnant. Er trat vor die Generalstabskarte, den einzigen Wandschmuck in seinem Zimmer. Mitten im Schlaf hätte er Sipolje finden können. Im äußersten Süden der Monarchie lag es, das stille, gute Dorf. Mitten in einem leicht schraffierten, hellen Braun steckten die hauchdünnen, winzigen, schwarzen Buchstaben, aus denen sich der Name Sipolje zusammensetzte. In der Nähe waren: ein Ziehbrunnen, eine Wassermühle, der kleine Bahnhof einer eingleisigen Waldbahn, eine Kirche und eine Moschee, ein junger Laubwald, schmale Waldpfade, Feldwege und einsame Häuschen. Es ist Abend in Sipolje. Vor dem Brunnen stehen die Frauen in bunten Kopftüchern, golden überschminkt vom glühenden Sonnenuntergang. Die Moslems liegen auf den alten Teppichen der Moschee im Gebet. Die winzige Lokomotive der Waldbahn klingelt durch das dichte Dunkelgrün der Tannen. Die Wassermühle klappert, der Bach murmelt. Es war das vertraute Spiel aus der Kadettenzeit. Die gewohnten Bilder kamen auf den ersten Wink. Über allen glänzte der rätselhafte Blick des Großvaters. Es gab in der Nähe wahrscheinlich keine Kavalleriegarnison. Man mußte sich also zur Infanterie transferieren lassen. Nicht ohne Mitleid sahen die berittenen Kameraden auf die Truppen zu Fuß, nicht ohne Mitleid werden sie auf den transferierten Trotta sehn. Der Großvater war auch nur ein einfacher Hauptmann bei der Infanterie gewesen. Zu Fuß marschieren über den heimatlichen Boden war fast eine Heimkehr zu den bäuerlichen Vorfahren. Mit schweren Füßen gingen sie über die harten Schollen, den Pflug stießen sie in das saftige Fleisch des Ackers, den fruchtbaren Samen verstreuten sie mit segnenden Gebärden. Nein! Es tat dem Leutnant durchaus nicht leid, dieses Regiment und vielleicht die Kavallerie zu verlassen! Der Vater mußte es erlauben. Ein Infanteriekurs, vielleicht ein bißchen lästig, war noch zu absolvieren.

Man mußte Abschied nehmen. Kleiner Abend im Kasino. Eine Runde Schnaps. Kurze Ansprache des Obersten. Eine Flasche Wein. Den Kameraden herzlichen Händedruck. Hinter dem Rücken zischelten sie schon. Eine Flasche Sekt. Vielleicht, wer weiß, erfolgt am Ende noch gesammelter Abmarsch ins Lokal der Frau Resi: noch eine Runde Schnaps. Ach, wenn dieser Abschied schon überstanden wäre! Den Burschen Onufrij wird man mitnehmen. Man kann sich nicht wieder mühsam an einen neuen Namen gewöhnen! Dem Besuch beim Vater wird man entgehn. Überhaupt wird man versuchen, allen lästigen und schwierigen Ereignissen zu entgehen, die mit einer Transferierung verbunden sind. Blieb allerdings noch der schwere, schwere Weg zur Witwe Doktor Demants.

Welch ein Weg! Der Leutnant Trotta versuchte, sich einzureden, daß Frau Eva Demant nach dem Begräbnis ihres Mannes wieder zu ihrem Vater nach Wien abgereist wäre. Er wird also vor der Villa stehn, lange und vergeblich läuten, die Adresse in Wien erfahren und einen knappen, möglichst herzlichen Brief schreiben. Es ist sehr angenehm, daß man nur einen Brief zu schreiben hat. Man ist keineswegs mutig, denkt der Leutnant zu gleicher Zeit. Fühlte man nicht ständig im Nacken den dunklen, rätselhaften

Blick des Großvaters, wer weiß, wie jämmerlich man durch dieses schwere Leben torkeln müßte. Mutig wurde man nur, wenn man an den Helden von Solferino dachte. Immer mußte man beim Großvater einkehren, um sich ein bißchen zu stärken.

Und der Leutnant machte sich langsam auf den schweren Weg. Es war drei Uhr nachmittags. Die kleinen Kaufleute warteten kümmerlich und erfroren vor den Läden auf ihre spärlichen Kunden. Aus den Werkstätten der Handwerker klangen trauliche und fruchtbare Geräusche. Es hämmerte fröhlich in der Schmiede, beim Klempner schepperte der hohle, blecherne Donner, es klapperte hurtig aus dem Keller des Schusters, und beim Tischler surrten die Sägen. Alle Gesichter und alle Geräusche der Werkstätten kannte der Leutnant. Täglich ritt er zweimal an ihnen vorbei. Vom Sattel aus konnte er über die alten, blauweißen Schilder sehen, die sein Kopf überragte. Jeden Tag sah er das Innere der morgendlichen Stuben in den ersten Stockwerken, die Betten, die Kaffeekannen, die Männer in Hemden, die Frauen mit offenen Haaren, die Blumentöpfe an den Fensterbrettern, gedörrtes Obst und eingelegte Gurken hinter verzierten Gittern.

Nun stand er vor der Villa Doktor Demants. Das Tor knarrte. Er trat ein. Der Bursche öffnete. Der Leutnant wartete. Frau Demant kam. Er zitterte ein wenig. Er erinnerte sich an den Kondolenzbesuch beim Wachtmeister Slama. Er fühlte die schwere, feuchte, kalte und lockere Hand des Wachtmeisters. Er sah das dunkle Vorzimmer und den rötlichen Salon. Er spürte im Gaumen den schalen Nachgeschmack des Himbeerwassers. Sie ist also nicht in Wien, dachte der Leutnant, erst in dem Augenblick, in dem er die Witwe erblickte. Ihr schwarzes Kleid überraschte ihn. Es war, als erführe er jetzt erst, daß Frau Demant die Witwe des Regimentsarztes sei. Auch das Zimmer, das man jetzt betrat, war nicht das gleiche, in dem man zu Lebzeiten des Freundes gesessen hatte. An der Wand hing, schwarz umflort, das große Bildnis des Toten. Es rückte immer weiter, ähnlich wie der Kaiser im Kasino, als wäre es nicht den Augen nahe und den Händen greifbar, sondern unerreichbar weit hinter der Wand, wie durch ein Fenster gesehen. „Danke, daß Sie gekommen sind!" sagte Frau Demant. „Ich wollte mich verabschieden", erwiderte Trotta. Frau Demant erhob ihr blasses Angesicht. Der Leutnant sah den schönen, grauen, hellen Glanz ihrer großen Augen. Sie waren geradeaus gegen sein Gesicht gerichtet, zwei runde Lichter aus blankem Eis. Im winterlichen Nachmittagsdämmer des Zimmers leuchteten nur die Augen der Frau. Der Blick des Leutnants floh zu ihrer schmalen, weißen Stirn und weiter zur Wand, zum fernen Bildnis des toten Mannes. Die Begrüßung dauerte viel zu lange, es war Zeit, daß Frau Demant zum Sitzen aufforderte. Aber sie sagte nichts. Indessen fühlte man, wie die Dunkelheit des nahenden Abends durch die Fenster fiel, und hatte kindische Angst, daß in diesem Hause niemals ein Licht entzündet würde. Kein passendes Wort kam dem Leutnant zu Hilfe. Er hörte den leisen Atem der Frau. „Wir stehn hier so herum", sagte sie endlich. „Setzen wir uns!" Sie setzten sich einander gegenüber an den Tisch. Wie einst beim Wachtmeister Slama saß Carl Joseph, die Tür im Rücken. Bedrohlich, wie damals, fühlte er die Tür. Ohne Sinn schien sie von Zeit zu Zeit lautlos aufzugehn und sich lautlos zu schließen. Tiefer färbte sich die Dämmerung. In ihr verrann das schwarze Kleid der Frau Eva Demant. Nun war sie von der Dämmerung selbst bekleidet. Ihr weißes Angesicht schwebte nackt, entblößt, auf der dunklen Oberfläche des Abends. Verschwunden war das Bildnis des toten Mannes an der Wand gegenüber. „Mein Mann", sagte die Stimme der Frau Demant durch die Dunkelheit. Der Leutnant konnte ihre Zähne schimmern sehn; sie waren weißer als das Angesicht. Allmählich unterschied er auch wieder den blanken Glanz ihrer Augen. „Sie waren sein einziger Freund! Er hat es oft gesagt! Wie oft hat er von Ihnen gesprochen! Wenn Sie wüßten! Ich kann nicht begreifen, daß er tot ist. Und" – sie flüsterte: „daß ich schuld daran bin!"

„Ich bin schuld daran!" sagte der Leutnant. Seine Stimme war sehr laut, hart und seinen eigenen Ohren fremd. Es war kein Trost für die Witwe Demant. „Ich bin schuldig!" wiederholte er. „Ich hätte Sie vorsichtiger nach Hause führen müssen. Nicht am Kasino vorbei."

Die Frau begann zu schluchzen. Man sah das blasse Angesicht, das sich immer tiefer über den Tisch beugte, wie eine große, weiße, ovale, langsam niedersinkende Blume. Plötzlich tauchten rechts und links die weißen Hände auf, nahmen das niedersinkende Antlitz in Empfang und betteten es. Und nun war nichts mehr hörbar eine Zeitlang, eine Minute, noch eine, als das Schluchzen der Frau. Eine Ewigkeit für den Leutnant. Aufstehn und sie weinen lassen und fortgehn, dachte er. Er erhob sich wirklich. Im Nu fielen ihre Hände auf den Tisch. Mit einer ruhigen Stimme, die gleichsam aus einer anderen Kehle kam als das Weinen, fragte sie: „Wohin wollen Sie denn?"

„Licht machen!" sagte Trotta.

Sie erhob sich, ging um den Tisch an ihm vorbei und streifte ihn. Er roch eine zarte Welle Parfüm, vorbei war sie und schon verweht. Das Licht war hart; Trotta zwang sich, geradeaus in die Lampen zu sehen. Frau Demant hielt eine Hand vor die Augen. „Zünden Sie das Licht über der Konsole an", befahl sie. Der Leutnant gehorchte. Sie wartete an der Türleiste, die Hand über den Augen. Als die kleine Lampe unter dem sanften, goldgelben Schirm brannte, löschte sie das Deckenlicht aus. Sie nahm die Hand von den Augen, wie man ein Visier abnimmt. Sie sah sehr kühn aus, im schwarzen Kleid, mit dem blassen Angesicht, das sie Trotta entgegenreckte. Zornig und tapfer war sie. Man sah auf ihren Wangen die winzigen, getrockneten Rinnsale der Tränen. Die Augen waren blank wie immer.

„Setzen Sie sich dorthin, aufs Sofa!" befahl Frau Demant, Carl Joseph setzte sich. Die angenehmen Polster glitten von allen Seiten, von der Lehne, aus den Winkeln, tückisch und behutsam gegen den Leutnant. Er fühlte, daß es gefährlich war, hier zu sitzen, und rückte entschlossen an den Rand, legte die Hände über den Korb des aufgestützten Säbels und sah Frau Eva herankommen. Wie der gefährliche Befehlshaber all der Kissen und Polster sah sie aus. An der Wand, rechts vom Sofa, hing das Bild des toten Freundes. Frau Eva setzte sich. Ein sanftes, kleines Kissen lag zwischen beiden. Trotta rührte sich nicht. Wie immer, wenn er keinen Weg aus einer der zahlreichen peinigenden Situationen sah, in die er zu gleiten pflegte, stellte er sich vor, daß er schon imstande sei fortzugehn.

„Sie werden also transferiert?" fragte Frau Demant.

„Ich lasse mich transferieren!" sagte er, den Blick auf den Teppich gesenkt, das Kinn in den Händen und die Hände über dem Korb des Säbels.

„Das muß sein?"

„Jawohl, es muß sein!"

„Es tut mir leid! – Sehr leid!"

Frau Demant saß, wie er, die Ellenbogen auf die Knie gestützt, das Kinn in den Händen und die Augen auf den Teppich gerichtet. Sie wartete wahrscheinlich auf ein tröstliches Wort, auf ein Almosen. Er schwieg. Er genoß das wonnige Gefühl, den Tod des Freundes durch ein hartherziges Schweigen fürchterlich zu rächen. Geschichten von gefährlichen, kleinen, Männer mordenden, hübschen Frauen, oft wiederkehrend in den Gesprächen der Kameraden, fielen ihm ein. Zu dem gefährlichen Geschlecht der schwachen Mörderinnen gehörte sie höchstwahrscheinlich. Man mußte trachten, unverzüglich ihrem Bereich zu entkommen. Er rüstete zum Aufbruch. In diesem Augenblick veränderte Frau Demant ihre Haltung. Sie nahm die Hände vom Kinn. Ihre Linke begann, gewissenhaft und sachte die seidene Borte zu glätten, die den Rand des Sofas einsäumte. Ihre Finger gingen so den schmalen, glänzenden Pfad, der von ihr zu Leutnant Trotta führte, auf und ab, regelmäßig und langsam. Sie stahlen sich in sein Blickfeld, er wünschte sich Scheuklappen. Die weißen Finger verwickelten ihn in ein stummes, aber keineswegs abzubrechendes Gespräch. Eine Zigarette rauchen: glücklicher Einfall! Er zog die Zigarettendose, die Streichhölzer. „Geben Sie mir eine!" sagte Frau Demant. Er mußte in ihr Gesicht sehen, als er ihr Feuer gab. Er hielt es für ungehörig, daß sie rauchte; als wäre Nikotingenuß in der Trauer nicht erlaubt. Und die Art, in der sie den ersten Zug einatmete und wie sie die Lippen rundete zu einem kleinen, roten Ring, aus dem die zarte, blaue Wolke kam, war übermütig und lasterhaft.

„Haben Sie eine Ahnung, wohin Sie transferiert werden?"

„Nein", sagte der Leutnant, „aber ich werde mich bemühen, sehr weit weg zu kommen!"

„Sehr weit? Wohin zum Beispiel?"

„Vielleicht nach Bosnien!"

„Glauben Sie, daß Sie dort glücklich sein können?"

„Ich glaube nicht, daß ich irgendwo glücklich sein kann!"

„Ich wünsche Ihnen, daß Sie es werden!" sagte sie flink, sehr flink, wie es Trotta vorkam.

Sie erhob sich, kam mit einem Aschenbecher zurück, stellte ihn auf den Boden, zwischen sich und den Leutnant, und sagte:

„Wir werden uns also wahrscheinlich nie mehr wiedersehn!"

Nie mehr! Das Wort, das gefürchtete, das uferlose, tote Meer der tauben Ewigkeit! Nie mehr konnte man Katharina sehn, den Doktor Demant, diese Frau! Carl Joseph sagte:

„Wahrscheinlich! Leider!" Er wollte hinzufügen: Auch Max Demant werde ich nie mehr wiedersehn! „Witwen gehören verbrannt!", eines der kühnen Sprichwörter Taittingers, kam dem Leutnant gleichzeitig in den Sinn.

Man hörte die Klingel, darauf Bewegung im Korridor. „Das ist mein Vater!" sagte Frau Demant. Schon trat Herr Knopfmacher ein. „Ah, da sind Sie ja, Sie sind es ja!" sagte er. Er brachte einen herben Schneegeruch ins Zimmer. Er entfaltete ein großes, blütenweißes Taschentuch, schneuzte sich dröhnend, barg das Tuch behutsam in der Brusttasche, wie man einen wertvollen Besitz einsteckt, streckte die Hand nach der Türleiste und entzündete die Deckenlampe, trat näher an Trotta, der sich beim Eintritt Knopfmachers erhoben hatte und nun seit einer Weile stehend wartete, und drückte ihm stumm die Hand. In diesem Händedruck kündigte Herr Knopfmacher alles an, was an Kummer über den Tod des Doktors auszudrücken war. Schon sagte Knopfmacher, nach der Deckenlampe zeigend, zu seiner Tochter: „Entschuldige, ich kann so trauriges Stimmungslicht nicht ausstehen!" Es war, als hätte er einen Stein nach dem umflorten Porträt des Toten geworfen.

„Sie sehen aber schlecht aus!" sagte Knopfmacher im nächsten Augenblick mit frohlockender Stimme. „Hat Sie furchtbar hergenommen, dieses Unglück, wie?"

„Er war mein einziger Freund!"

„Sehn Sie", sagte Knopfmacher und setzte sich an den Tisch und bat lächelnd: „Behalten Sie doch Ihren Platz!" und fuhr fort, als der Leutnant wieder auf dem Sofa saß: „Genau das hat er von Ihnen gesagt, wie er noch gelebt hat. Welch ein Malheur!" Und er schüttelte ein paarmal den Kopf, und seine vollen, geröteten Wangen wackelten ein bißchen.

Frau Demant zog ein Tüchlein aus dem Ärmel, hielt es vor die Augen, stand auf und ging aus dem Zimmer.

„Wer weiß, wie sie's überstehn wird!" sagte Knopfmacher. „Na, ich hab' ihr lange genug zugeredet, vorher! Sie hat nix hören wollen! Sehn Sie doch, lieber Herr Leutnant! Jeder Stand hat seine Gefahren. Aber ein Offizier! Ein Offizier – verzeihn Sie – sollte eigentlich nicht heiraten. Unter uns gesagt, aber Ihnen wird er's ja auch gewiß erzählt haben, er wollte den Abschied nehmen und sich ganz der Wissenschaft widmen. Und wie froh ich darüber war, kann ich ja gar nicht sagen. Er wäre gewiß ein großer Arzt geworden. Der liebe, gute Max!" Herr Knopfmacher erhob die Augen zum Porträt, ließ sie oben verweilen und schloß seinen Nachruf: „Eine Kapazität!"

Frau Demant brachte den Sliwowitz, den ihr Vater liebte. „Sie trinken doch?" fragte Knopfmacher und schenkte ein. Er trug selbst das gefüllte Gläschen in vorsichtiger Hand zum Sofa. Der Leutnant erhob sich. Er fühlte einen schalen Geschmack im Mund wie einst nach dem Himbeerwasser. Er trank den Alkohol in einem Zug.

„Wann haben Sie ihn zuletzt gesehn?" fragte Knopfmacher.

„Einen Tag vorher!" sagte der Leutnant.

„Er hat Eva gebeten, nach Wien zu fahren, ohne etwas anzudeuten. Und sie ist ahnungslos abgefahren. Und dann ist sein Abschiedsbrief gekommen. Und da hab' ich gleich gewußt, daß nix mehr zu machen ist."

„Nein, es war nichts zu machen!"

„Es ist etwas nicht mehr Zeitgemäßes, entschuldigen Sie schon, an diesem Ehrenkodex! Wir sind immerhin im zwanzigsten Jahrhundert, bedenken Sie! Wir haben das Grammophon, man telephoniert über hundert Meilen, und Bleriot und andere fliegen sogar schon in der Luft! Und, ich weiß nicht, ob Sie auch Zeitung lesen und in der Politik beschlagen sind: man hört so, daß die Konstitution gründlich geändert wird. Seit dem allgemeinen, gleichen und geheimen Wahlrecht ist allerlei vorgegangen, bei uns und in der Welt. Unser Kaiser, Gott erhalte ihn uns lange, denkt gar nicht so unmodern, wie manche glauben. Freilich, die sogenannten konservativen Kreise haben ja auch nicht so ganz unrecht. Man muß langsam, bedächtig, mit Überlegung vorgehn. Nur nix überstürzen!"

„Ich verstehe nichts von Politik!" sagte Trotta.

Knopfmacher fühlte Unwillen im Herzen. Er grollte dieser blöden Armee und ihren hirnverbrannten Einrichtungen. Sein Kind war jetzt Witwe, der Schwiegersohn tot, man mußte einen neuen suchen, Zivil diesmal, und der Kommerzialrat war ebenfalls vielleicht hinausgeschoben. Es war höchste Zeit, daß man mit diesem Unfug aufräumte. So junge Taugenichtse wie die Leutnants durften im zwanzigsten Jahrhundert nicht übermütig werden. Die Nationen wollten ihre Rechte, Bürger ist Bürger, keine Privilegien mehr für den Adel; die Sozialdemokratie war ja gefährlich, aber ein gutes Gegengewicht. Vom Krieg redet man fortwährend, aber er kommt gewiß nicht. Man wird ihnen schon zeigen. Die Zeiten sind aufgeklärt. In England zum Beispiel hatte der König nichts zu sagen.

„Natürlich!" sagte er. „In der Armee ist ja auch Politik nicht angebracht. „Er" – Knopfmacher wies nach dem Porträt – „hat allerdings manches davon verstanden."

„Er war sehr klug!" sagte Trotta leise.

„Es war nix mehr zu machen!" wiederholte Knopfmacher.

„Er war vielleicht", sagte der Leutnant, und ihm selbst schien es, daß aus ihm eine fremde Weisheit sprach, eine aus den alten, großen Büchern des silberbärtigen Königs unter den Schankwirten, „er war vielleicht sehr klug und ganz allein!"

Er wurde blaß. Er fühlte die blanken Blicke der Frau Demant. Er mußte jetzt gehen. Es wurde sehr still. Es war nichts mehr zu sagen.

„Auch den Baron Trotta werden wir nicht mehr wiedersehn, Papa! Er wird transferiert!" sagte Frau Demant.

„Aber ein Lebenszeichen?" fragte Knopfmacher.

„Sie werden mir schreiben!" sagte Frau Demant.

Der Leutnant stand auf. „Alles Gute!" sagte Knopfmacher. Seine Hand war groß und weich, wie warmen Sammet fühlte man sie. Frau Demant ging voraus. Der Bursche kam, hielt den Mantel. Frau Demant stand daneben. Trotta schlug die Hacken zusammen. Sehr schnell sagte sie: „Sie schreiben mir! Ich will wissen, wo Sie bleiben." Es war ein hurtiger, warmer Lufthauch, schon verweht. Schon öffnete der Bursche die Tür. Da lagen die Stufen. Nun erhob sich das Gitter; wie damals, als er den Wachtmeister verlassen hatte.

Er ging schnell zur Stadt, trat ins erste Kaffeehaus, das auf seinem Wege lag, trank stehend, am Büfett, einen Cognac, noch einen. „Wir trinken nur Hennessy!" hörte er den Bezirkshauptmann sagen. Er hastete der Kaserne zu.

Vor der Tür seines Zimmers, ein blauer Strich zwischen kahlem Weiß, wartete Onufrij. Der Kanzleigefreite hatte im Auftrag des Obersten ein Paket für den Leutnant gebracht. Es lehnte, schmal, in braunem Papier, in der Ecke. Auf dem Tisch lag ein Brief.

Der Leutnant las:

„Mein lieber Freund, ich hinterlass' Dir meinen Säbel und meine Taschenuhr.
Max Demant."

Trotta packte den Säbel aus. Am Korb hing die glatte, silberne Taschenuhr Doktor Demants. Sie ging nicht. Ihr Zifferblatt zeigte zehn Minuten vor zwölf. Der Leutnant zog sie auf und hielt sie ans Ohr. Ihre zarte, hurtige Stimme tickte tröstlich. Er öffnete den Deckel mit dem Taschenmesser, neugierig und spielsüchtig, ein Knabe. Auf der Innenseite standen die Initialen: M. D. Er zog den Säbel aus der Scheide. Hart unter dem Griff hatte Doktor Demant mit dem Messer ein paar schwerfällige und unbeholfene Zeichen in den Stahl geritzt. „Lebe wohl und frei!" lautete die Inschrift. Der Leutnant hängte den Säbel in den Schrank. Er hielt das Portepee in der Hand. Die metallumwobene Seide rieselte zwischen den Fingern, ein kühler, goldener Regen. Trotta schloß den Kasten; er schloß einen Sarg.

Er löschte das Licht aus und streckte sich angekleidet auf das Bett. Der gelbe Schimmer aus den Mannschaftsstuben schwamm im weißen Lack der Tür und spiegelte sich in der blitzenden Klinke. Die Ziehharmonika seufzte drüben heiser und wehmütig auf, umtost von den tiefen Stimmen der Männer. Sie sangen das ukrainische Lied vom Kaiser und der Kaiserin:

Oh, unser Kaiser ist ein guter, braver Mann,
Und unsere Herrin ist seine Frau, die Kaiserin,
Er reitete allen seinen Ulanen voran,
Und sie bleibt allein im Schloß,
Und sie wartet auf ihn – – –
Auf den Kaiser wartet sie, die Kaiserin – –

Die Kaiserin war zwar schon lange tot. Aber die ruthenischen Bauern glaubten, sie lebe noch. –

ENDE DES ERSTEN TEILS

❖

ZWEITER TEIL

9

Die Strahlen der habsburgischen Sonne reichten nach dem Osten bis zur Grenze des russischen Zaren. Es war die gleiche Sonne, unter der das Geschlecht der Trottas zu Adel und Ansehn herangewachsen war. Die Dankbarkeit Franz Josephs hatte ein langes Gedächtnis, und seine Gnade hatte einen langen Arm. Wenn eines seiner bevorzugten Kinder im Begriffe war, eine Torheit zu begehn, griffen die Minister und Diener des Kaisers rechtzeitig ein und zwangen den Törichten zu Vorsicht und Vernunft. Es wäre kaum schicklich gewesen, den einzigen Nachkommen des neugeadelten Geschlechts derer von Trotta und Sipolje in jener Provinz dienen zu lassen, welcher der Held von Solferino entstammte, der Enkel analphabetischer slowenischer Bauern, der Sohn eines Wachtmeisters der Gendarmerie. Mochte es dem Nachfahren immer noch gefallen, den Dienst bei den Ulanen mit dem bescheidenen bei den Fußtruppen zu vertauschen: er blieb also treu dem Gedächtnis des Großvaters, der als einfacher Leutnant der Infanterie dem Kaiser das Leben gerettet hatte. Aber die Umsicht des kaiser- und königlichen Kriegsministeriums vermied es, den Träger eines Adelsprädikats, das genau so hieß wie das slowenische Dorf, dem der Begründer des Geschlechtes entstammte, in die Nähe dieses Dorfes zu schicken. Ebenso wie die Behörden dachte auch der Bezirkshauptmann, der Sohn des Helden von Solferino. Zwar gestattete er – und gewiß nicht leichten Herzens – seinem Sohn die Transferierung zur Infanterie. Aber mit dem Verlangen Carl Josephs, in die slowenische Provinz zu kommen, war er keineswegs einverstanden. Er selbst, der Bezirkshauptmann, hatte niemals den Wunsch gespürt, die Heimat seiner Väter zu sehn. Er war ein Österreicher, Diener und Beamter der Habsburger, und seine Heimat war die Kaiserliche Burg zu Wien. Wenn er politische Vorstellungen von einer nützlichen Umgestaltung des großen und vielfältigen Reiches gehabt hätte, so wäre es ihm genehm gewesen, in allen Kronländern lediglich große und bunte Vorhöfe der Kaiserlichen Hofburg zu sehn und in allen Völkern der Monarchie Diener der Habsburger. Er war ein Bezirkshauptmann. In seinem Bezirk vertrat er die Apostolische Majestät. Er trug den goldenen Kragen, den Krappenhut und den Degen. Er wünschte sich nicht, den Pflug über die gesegnete slowenische Erde zu führen. In dem entscheidenden Brief an seinen Sohn stand der Satz: „Das Schicksal hat aus unserm Geschlecht von Grenzbauern Österreicher gemacht. Wir wollen es bleiben."

Also kam es, daß dem Sohn Carl Joseph, Freiherrn von Trotta und Sipolje, die südliche Grenze verschlossen blieb und er lediglich die Wahl hatte, im Innern des Reiches zu dienen oder an dessen östlicher Grenze. Er entschied sich für das Jägerbataillon, das nicht weiter als zwei Meilen von der russischen Grenze stationiert war. In der Nähe lag das Dorf Burdlaki, die Heimat Onufrijs. Dieses Land war die verwandte Heimat der ukrainischen Bauern, ihrer wehmütigen Ziehharmonikas und ihrer unvergeßlichen Lieder: es war die nördliche Schwester Sloweniens.

Siebzehn Stunden saß Leutnant Trotta im Zug. In der achtzehnten tauchte die letzte östliche Bahnstation der Monarchie auf. Hier stieg er aus. Sein Bursche Onufrij begleitete ihn. Die Jägerkaserne lag in der Mitte des Städtchens. Bevor sie in den Hof der Kaserne traten, bekreuzigte sich Onufrij dreimal. Es war Morgen. Der Frühling, lange schon heimisch im Innern des Reiches, war erst vor kurzem hierher gelangt. Schon leuchtete der Goldregen an den Hängen des Eisenbahndamms. Schon blühten die Veilchen in den feuchten Wäldern. Schon quakten die Frösche in den unendlichen Sümpfen. Schon kreisten die Störche über den niederen Strohdächern der dörflichen Hütten, die alten Räder zu suchen, die Fundamente ihrer sommerlichen Behausung.

Die Grenze zwischen Österreich und Rußland, im Nordosten der Monarchie, war um jene Zeit eines der merkwürdigsten Gebiete. Das Jägerbataillon Carl Josephs lag in einem Ort von zehntausend Einwohnern. Er hatte einen geräumigen Ringplatz, in dessen Mittelpunkt sich seine zwei großen Straßen kreuzten. Die eine führte von Osten nach Westen, die andere von Norden nach Süden. Die eine führte vom Bahnhof zum Friedhof. Die andere von der Schloßruine zur Dampfmühle. Von den zehntausend Einwohnern der Stadt ernährte sich ungefähr ein Drittel von Handwerk aller Art. Ein zweites Drittel lebte kümmerlich von seinem kargen Grundbesitz. Und der Rest beschäftigte sich mit einer Art von Handel.

Wir sagen: eine Art von Handel: denn weder die Ware noch die geschäftlichen Bräuche entsprachen den Vorstellungen, die man sich in der zivilisierten Welt vom Handel gemacht hat. Die Händler jener Gegend lebten viel eher von Zufällen als von Aussichten, viel mehr von der unberechenbaren Vorsehung als von geschäftlichen Überlegungen, und jeder Händler war jederzeit bereit, die Ware zu ergreifen, die ihm das Schicksal jeweilig auslieferte, und auch eine Ware zu erfinden, wenn ihm Gott keine beschert hatte. In der Tat, das Leben dieser Händler war ein Rätsel. Sie hatten keine Läden. Sie hatten keinen Namen. Sie hatten keinen Kredit. Aber sie besaßen einen scharfgeschliffenen Wundersinn für alle geheimen und geheimnisvollen Quellen des Geldes. Sie lebten von fremder Arbeit; aber sie schufen Arbeit für Fremde. Sie waren bescheiden. Sie lebten so kümmerlich, als erhielten sie sich von der Arbeit ihrer Hände. Aber es war die Arbeit anderer. Stets in Bewegung, immer unterwegs, mit geläufiger Zunge und hellem Gehirn, wären sie geeignet gewesen, eine halbe Welt zu erobern, wenn sie gewußt hätten, was die Welt bedeutet. Aber sie wußten es nicht. Denn sie lebten fern von ihr, zwischen dem Osten und dem Westen, eingeklemmt zwischen Nacht und Tag, sie selbst eine Art lebendiger Gespenster, welche die Nacht geboren hat und die am Tage umgehn.

Sagten wir: sie hätten „eingeklemmt" gelebt? Die Natur ihrer Heimat ließ es sie nicht fühlen. Die Natur schmiedete einen unendlichen Horizont um die Menschen an der Grenze und umgab sie mit einem edlen Ring aus grünen Wäldern und blauen Hügeln. Und gingen sie durch das Dunkel der Tannen, so konnten sie sogar glauben, von Gott bevorzugt zu sein; wenn sie die tägliche Sorge um das Brot für Weib und Kinder die Güte Gottes hätte erkennen lassen. Sie aber gingen durch die Tannenwälder, um Holz für die städtischen Käufer einzuhandeln, sobald der Winter herannahte. Denn sie handelten auch mit Holz. Sie handelten übrigens mit Korallen für die Bäuerinnen der umliegenden Dörfer und auch für die Bäuerinnen, die jenseits der Grenze, im russischen Lande, lebten. Sie handelten mit Bettfedern, mit Roßhaaren, mit Tabak, mit Silberstangen, mit Juwelen, mit chinesischem Tee, mit südländischen Früchten, mit Pferden und Vieh, mit Geflügel und Eiern, mit Fischen und Gemüse, mit Jute und Wolle, mit Butter und Käse, mit Wäldern und Grundbesitz, mit Marmor aus Italien und Menschenhaaren aus China zur Herstellung von Perücken, mit Seidenraupen und mit fertiger Seide, mit Stoffen aus Manchester, mit Brüsseler Spitzen und mit Moskauer Galoschen, mit Leinen aus Wien und Blei aus Böhmen. Keine von den wunderbaren und keine von den billigen Waren, an denen die Welt so reich ist, blieb den Händlern und Maklern dieser Gegend fremd. Was sie nach den bestehenden Gesetzen nicht bekommen oder verkaufen konnten, verschafften sie sich und verkauften sie gegen jedes Gesetz, flink und geheim, mit Berechnung und List, verschlagen und kühn. Ja manche unter ihnen handelten mit Menschen, mit lebendigen Menschen. Sie verschickten Deserteure der russischen Armee nach den Vereinigten Staaten und junge Bauernmädchen nach Brasilien und Argentinien. Sie hatten Schiffsagenturen und Vertretungen fremdländischer Bordelle. Und dennoch waren ihre Gewinste kümmerlich, und sie hatten keine Ahnung von dem breiten und prächtigen Überfluß, in dem ein Mann leben kann. Ihre Sinne, so geschliffen und geübt, Geld zu finden, ihre Hände, die Gold aus Schottersteinen schlagen konnten, wie man Funken aus Steinen schlägt, waren nicht fähig, den Herzen Genuß zu verschaffen und den Leibern Gesundheit. Sumpfgeborene waren die Menschen dieser Gegend. Denn die Sümpfe lagen unheimlich ausgebreitet über der ganzen Fläche des Landes, zu beiden Seiten der Landstraße, mit Fröschen, Fieberbazillen und tückischem Gras, das den ahnungslosen, des Landes unkundigen Wanderern eine furchtbare Lokkung in einen furchtbaren Tod bedeutete. Viele kamen um, und ihre letzten Hilferufe hatte keiner gehört. Alle aber, die dort geboren waren, kannten die Tücke des Sumpfes und besaßen selbst etwas von seiner Tücke. Im Frühling und im Sommer war die Luft erfüllt von einem unaufhörlichen, satten Quaken der Frösche. Unter den Himmeln ju-

belte ein ebenso sattes Trillern der Lerchen. Und es war eine unermüdliche Zwiesprach'
des Himmels mit dem Sumpf.

Unter den Händlern, von denen wir gesprochen haben, waren viele Juden. Eine Laune der Natur, vielleicht das geheimnisvolle Gesetz einer unbekannten Abstammung von
dem legendären Volk der Chasaren machte, daß viele unter den Grenzjuden rothaarig
waren. Auf ihren Köpfen loderte das Haar. Ihre Bärte waren wie Brände. Auf den Rükken ihrer hurtigen Hände starrten rote und harte Borsten wie winzige Spieße. Und in
ihren Ohren wucherte rötliche, zarte Wolle wie der Dunst von den roten Feuern, die im
Innern ihrer Köpfe glühen mochten.

Wer immer von Fremden in diese Gegend geriet, mußte allmählich verlorengehn.
Keiner war so kräftig wie der Sumpf. Niemand konnte der Grenze standhalten. Um jene Zeit begannen die hohen Herren in Wien und Petersburg bereits, den großen Krieg
vorzubereiten. Die Menschen an der Grenze fühlten ihn früher kommen als die andern;
nicht nur, weil sie gewohnt waren, kommende Dinge zu erahnen, sondern auch, weil
sie jeden Tag die Vorzeichen des Untergangs mit eigenen Augen sehen konnten. Auch
von diesen Vorbereitungen noch zogen sie Gewinn. So mancher lebte von Spionage und
Gegenspionage, bekam österreichische Gulden von der österreichischen Polizei und
russische Rubel von der russischen. Und in der weltfernen, sumpfigen Erde der Garnison verfiel der und jener Offizier der Verzweiflung, dem Hasardspiel, den Schulden und
finsteren Menschen. Die Friedhöfe der Grenzgarnisonen bargen viele junge Leiber
schwacher Männer.

Aber auch hier exerzierten die Soldaten, wie in allen andern Garnisonen des Reiches.
Jeden Tag rückte das Jägerbataillon, vom Frühlingskot bespritzt, grauen Schlamm an
den Stiefeln, in die Kaserne ein. Major Zoglauer ritt voran. Den zweiten Zug der ersten
Kompanie führte Leutnant Trotta. Den Takt, in dem die Jäger marschierten, gab ein
breites, biederes Signal des Hornisten an, nicht der hochmütige Fanfarenruf, der bei den
Ulanen das Hufgetrappel der Rösser ordnete, unterbrach und umschmetterte. Zu Fuß
ging Carl Joseph, und er bildete sich ein, daß ihm wohler war. Rings um ihn knirschten
die genagelten Stiefel der Jäger über den kantigen Schottersteinchen, die immer wieder,
jede Woche im Frühling, auf das Verlangen der Militärbehörde dem Sumpf der Wege
geopfert wurden. Alle Steine, Millionen von Steinen, verschluckte der unersättliche
Grund der Straße. Und immer neue, siegreiche, silbergraue, schimmernde Schichten
von Schlamm quollen aus den Tiefen empor, fraßen den Stein und den Mörtel und
schlugen klatschend über den stampfenden Stiefeln der Soldaten zusammen.

Die Kaserne lag hinter dem Stadtpark. Links neben der Kaserne war das Bezirksgericht, ihr gegenüber die Bezirkshauptmannschaft, hinter deren festlichem und baufälli-
gem Gemäuer lagen zwei Kirchen, eine römische, eine griechische, und rechts ab von
der Kaserne erhob sich das Gymnasium. Die Stadt war so winzig, daß man sie in zwanzig Minuten durchmessen konnte. Ihre wichtigen Gebäude drängten sich aneinander in
lästiger Nachbarschaft. Wie Gefangene in einem Kerkerhof kreisten die Spaziergänger

am Abend um das regelmäßige Rund des Parkes. Eine gute halbe Stunde Marsch brauchte man bis zum Bahnhof. Die Messe der Jägeroffiziere war in zwei kleinen Stuben eines Privathauses untergebracht. Die meisten Kameraden aßen im Bahnhofsrestaurant. Carl Joseph auch. Er marschierte gern durch den klatschenden Kot, nur um einen Bahnhof zu sehen. Es war der letzte aller Bahnhöfe der Monarchie, aber immerhin: auch dieser Bahnhof zeigte zwei Paar glitzernder Schienenbänder, die sich ununterbrochen bis in das Innere des Reiches erstreckten. Auch dieser Bahnhof hatte helle, gläserne und fröhliche Signale, in denen ein zartes Echo von heimatlichen Rufen klirrte, und einen unaufhörlich tickenden Morseapparat, auf dem die schönen, verworrenen Stimmen einer weiten, verlorenen Welt fleißig abgehämmert wurden, gesteppt wie von einer emsigen Nähmaschine. Auch dieser Bahnhof hatte einen Portier, und dieser Portier schwang eine dröhnende Glocke, und die Glocke bedeutete Abfahrt, Einsteigen! Einmal täglich, just um die Mittagszeit, schwang der Portier seine Glocke zu dem Zug, der in die westliche Richtung abging, nach Krakau, Oderberg, Wien. Ein guter, lieber Zug! Er hielt beinahe so lange, wie das Essen dauerte, vor den Fenstern des Speisesaals erster Klasse, in dem die Offiziere saßen. Erst wenn der Kaffee kam, pfiff die Lokomotive. Der graue Dampf schlug an die Fenster. Sobald er anfing, in feuchten Perlen und Streifen die Scheiben hinunterzurinnen, war der Zug bereits fort. Man trank den Kaffee und kehrte in langsamem, trostlosem Rudel zurück durch den silbergrauen Schlamm. Selbst die inspizierenden Generäle hüteten sich hierherzukommen. Sie kamen nicht, niemand kam. In dem einzigen Hotel des Städtchens, in dem die meisten Jägeroffiziere als Dauermieter wohnten, stiegen nur zweimal im Jahr die reichen Hopfenhändler ab, aus Nürnberg und Prag und Saaz. Wenn ihre unbegreiflichen Geschäfte gelungen waren, ließen sie Musik kommen und spielten Karten im einzigen Kaffeehaus, das zum Hotel gehörte.

Das ganze Städtchen übersah Carl Joseph vom zweiten Stock des Hotels Brodnitzer. Er sah den Giebel des Bezirksgerichts, das weiße Türmchen der Bezirkshauptmannschaft, die schwarzgelbe Fahne über der Kaserne, das doppelte Kreuz der griechischen Kirche, den Wetterhahn über dem Magistrat und alle dunkelgrauen Schindeldächer der kleinen Parterrehäuser. Das Hotel Brodnitzer war das höchste Haus im Ort. Es gab eine Richtung an, wie die Kirche, der Magistrat und die öffentlichen Gebäude überhaupt. Die Gassen hatten keine Namen und die Häuschen keine Nummern, und wer hierorts nach einem bestimmten Ziel fragte, richtete sich nach dem Ungefähr, das man ihm bezeichnet hatte. Der wohnte hinter der Kirche, jener gegenüber dem städtischen Gefängnis, der dritte rechter Hand vom Bezirksgericht. Man lebte wie im Dorf. Und die Geheimnisse der Menschen in den niederen Häusern, unter den dunkelgrauen Schindeldächern, hinter den kleinen, quadratischen Fensterscheiben und den hölzernen Türen quollen durch Ritzen und Sparren in die kotigen Gassen und selbst in den ewig geschlossenen, großen Hof der Kaserne. Den hatte die Frau betrogen, und jener hatte seine Tochter dem russischen Kapitän verkauft; hier handelte einer mit faulen Eiern, und dort lebte ein anderer von regelmäßigem Schmuggel; dieser hat im Gefängnis gesessen, und jener ist dem Kerker entgangen; der borgte den Offizieren Geld, und sein Nachbar trieb ein Drittel der Gage ein. Die Kameraden, Bürgerliche zumeist und deutscher Abstammung, lebten seit vielen Jahren in dieser Garnison, waren heimisch in ihr geworden und ihr anheimgefallen. Losgelöst von ihren heimischen Sitten, ihrer deutschen Muttersprache, die hier eine Dienstsprache geworden war, ausgeliefert der unendlichen Trostlosigkeit der Sümpfe, verfielen sie dem Hasardspiel und dem scharfen Schnaps, den man in dieser Gegend herstellte und der unter dem Namen „Neunziggrädiger" gehandelt wurde. Aus der harmlosen Durchschnittlichkeit, zu der sie Kadettenschule und überlieferter Drill herangezogen hatten, glitten sie in die Verderbnis dieses Landes, über das bereits der große Atem des großen feindlichen Zarenreiches strich. Kaum vierzehn Kilometer waren sie von Rußland entfernt. Die russischen Offiziere vom Grenzregiment kamen nicht selten herüber, in ihren langen sandgelben und taubengrauen Mänteln, die schweren silbernen und goldenen Epauletten auf den breiten Schultern und spiegelnde Galoschen an den spiegelblanken Schaftstiefeln, bei jedem Wetter. Die Garnisonen unterhielten sogar einen gewissen kameradschaftlichen Verkehr. Manchmal fuhr man auf kleinen, zeltüberspannten Bagagewagen über die Grenze, den Reiterkunststücken der Kosaken zuzusehn und den russischen Schnaps zu trinken. Drüben in der russischen Garnison standen die Schnapsfässer an den Rändern der hölzernen Bürgersteige, von Mannschaften mit Gewehr und aufgepflanzten langen, dreikantigen Bajonetten bewacht. Wenn der Abend einbrach, rollten die Fäßchen polternd durch die holprigen Straßen, angetrieben von den Stiefeln der Kosaken, gegen das russische Kasino, und ein leises Plätschern und Glucksen verriet der Bevölkerung den Inhalt der Fässer. Die Offiziere des Zaren zeigten den Offizieren Seiner Apostolischen Majestät, was russische Gastfreundschaft hieß. Und keiner von den Offizieren des Zaren und keiner von den Offizieren der Apostolischen Majestät wußte um jene Zeit, daß über den gläsernen Kelchen, aus denen sie tranken, der Tod schon seine hageren, unsichtbaren Hände kreuzte.

In der weiten Ebene zwischen den beiden Grenzwäldern, dem österreichischen und dem russischen, jagten die Sotnien der Grenzkosaken einher, uniformierte Winde in militärischer Ordnung, auf den kleinen, husch- geschwinden Pferdchen ihrer heimatlichen Steppen, die Lanzen schwenkend über den hohen Pelzmützen wie Blitze an langen, hölzernen Stielen, kokette Blitze mit niedlichen Fahnenschürzchen. Auf dem weichen, federnden Sumpfboden war das Getrappel kaum zu vernehmen. Nur mit einem leisen, feuchten Seufzen antwortete die nasse Erde auf den fliegenden Anschlag der Hufe. Kaum daß sich die tiefgrünen Gräschen niederlegten. Es war, als schwebten die Kosaken über das Gefilde. Und wenn sie über die gelbe, sandige Landstraße setzten, erhob sich eine große, helle, goldige, feinkörnige Staubsäule, flimmernd in der Sonne, breit zerflatternd, aufgelöst wieder niedersinkend in tausend kleinen Wölkchen. Die geladenen Gäste saßen auf rohgezimmerten, hölzernen Tribünen. Die Bewegungen der Reiter waren fast schneller als die Blicke der Zuschauer. Mit den starken, gelben Pferdezähnen hoben die Kosaken vom Sattel aus ihre roten und blauen Taschentücher vom Boden, mitten im Galopp, die Leiber senkten sich, jäh gefällt, unter die Bäuche der Rösser, und die Beine in den spiegelnden Stiefeln preßten gleichzeitig noch die Flanken der Tiere. Andere warfen die Lanzen weit von sich in die Luft, die Waffen wirbelten und fielen dann dem Reiter gehorsam wieder in die erhobene Faust; wie lebendige Jagdfalken kehrten sie zurück in die Hand ihrer Herren. Andere wieder sprangen geduckt, den Oberkörper waagerecht über dem Leib des Pferdes, den Mund brüderlich an das Maul des Tieres gepreßt, durch das erstaunlich kleine Rund eiserner Reifen, die etwa ein mäßiges Faß hätten umgürten können. Die Rösser streckten alle viere von sich. Ihre Mähnen erhoben sich wie Schwingen, ihre Schweife standen waagerecht wie Steuer, ihre schmalen Köpfe glichen dem schlanken Bug eines dahinschießenden Kahns. Wieder andere sprengten über zwanzig Bierfässer, die, Boden an Boden, hintereinanderlagen. Hier wieherten die Rösser, bevor sie zum Sprung ansetzten. Der Reiter kam aus unendlicher Ferne dahergesprengt, ein grauer, winziger Punkt war er zuerst, wuchs in rasender Geschwindigkeit zu einem Strich, einem Körper, einem Reiter, ward ein riesengroßer, sagenhafter Vogel aus Mensch und Pferdeleib, geflügelter Zyklop, um dann, wenn der Sprung geglückt war, ehern stehenzubleiben, hundert Schritte vor den Fässern, ein Standbild, ein Denkmal aus leblosem Stoff. Wieder andere schossen, während sie pfeilschnell dahinflogen (und sie selbst, die Schützen, sahen aus wie Geschosse), nach fliegenden Zielen, die seitwärts von ihnen dahinjagende Reiter auf großen, runden, weißen Scheiben hielten: die Schützen galoppierten, schossen und trafen. So mancher sank vom Pferd. Die Kameraden, die ihm folgten, huschten über seinen Leib, kein Huf traf ihn. Es gab Reiter, die ein Pferd neben sich dahergaloppieren ließen und im Galopp aus einem Sattel in den andern sprangen, in den ersten zurückkehrten, plötzlich wieder auf das begleitende Roß fielen und schließlich, beide Hände auf je einen Sattel gestützt, die Beine schlenkernd zwischen den Leibern der Tiere, mit einem Ruck am angegebenen Ziel stehenblieben, beide Rösser haltend, daß sie reglos dastanden wie Pferde aus Bronze.

Diese Reiterfeste der Kosaken waren nicht die einzigen in dem Grenzgebiet zwischen der Monarchie und Rußland. In der Garnison stationierte noch ein Dragonerregiment. Zwischen den Offizieren des Jägerbataillons, denen des Dragonerregiments und den Herren der russischen Grenzregimenter stellte der Graf Chojnicki die innigsten Beziehungen her, einer der reichsten polnischen Grundbesitzer der Gegend. Graf Wojciech Chojnicki, verwandt mit den Ledochowskis und den Potockis, verschwägert mit den Sternbergs, befreundet mit den Thuns, Kenner der Welt, vierzig Jahre alt, aber ohne erkennbares Alter, Rittmeister der Reserve, Junggeselle, leichtlebig und schwermütig zu gleicher Zeit, liebte die Pferde, den Alkohol, die Gesellschaft, den Leichtsinn und auch den Ernst. Den Winter verbrachte er in großen Städten und in den Spielsälen der Riviera. Wie ein Zugvogel pflegte er, wenn der Goldregen an den Dämmen der Eisenbahn zu blühen begann, in die Heimat seiner Ahnen zurückzukehren. Er brachte mit sich einen leicht parfümierten Hauch der großen Welt und galante und abenteuerliche Geschichten. Er gehörte zu den Leuten, die keine Feinde haben können, aber auch keine Freunde, lediglich Gefährten, Genossen und Gleichgültige. Mit seinen hellen, klugen, ein wenig hervorquellenden Augen, seiner spiegelnden, kugelblanken Glatze, seinem kleinen, blonden Schnurrbärtchen, den schmalen Schultern, den übermäßig langen Beinen gewann Chojnicki die Zuneigung aller Menschen, denen er zufällig oder absichtlich in den Weg kam.

Er bewohnte abwechselnd zwei Häuser, die als „altes" und als „neues Schloß" bei der Bevölkerung bekannt und respektiert waren. Das sogenannte „alte Schloß" war ein größerer, baufälliger Jagdpavillon, den der Graf aus unerforschlichen Gründen nicht instand setzen wollte. Das „neue Schloß" war eine geräumige, einstöckige Villa, deren oberes Geschoß jederzeit von merkwürdigen und manchmal auch von unheimlichen Fremden bewohnt wurde. Es waren die „armen Verwandten" des Grafen. Ihm wäre es, selbst beim eifrigsten Studium seiner Familiengeschichte, nicht möglich gewesen, den Grad der Verwandtschaft seiner Gäste zu kennen. Es war allmählich Sitte geworden, als Familienangehöriger Chojnickis auf das „neue Schloß" zu kommen und hier den Sommer zu verbringen. Gesättigt, erholt und manchmal vom Ortsschneider des Grafen auch mit neuen Kleidern versehen, kehrten die Besucher, sobald die ersten Züge der Stare in den Nächten hörbar wurden und die Zeit der Kukuruzkolben vorbei war, in die unbekannten Gegenden zurück, in denen sie heimisch sein mochten. Der Hausherr merkte weder die Ankunft noch den Aufenthalt, noch die Abreise seiner Gäste. Ein für allemal hatte er verfügt, daß sein jüdischer Gutsverwalter die Familienbeziehungen der Ankömmlinge zu prüfen hatte, ihren Verbrauch zu regeln, ihre Abreise vor Einbruch des Winters festzusetzen. Das Haus hatte zwei Eingänge. Während der Graf und die nicht zur Familie zählenden Gäste den vorderen Eingang benutzten, mußten seine Angehörigen den großen Umweg durch den Obstgarten machen und durch eine kleine Pforte in der Gartenmauer ein- und ausgehn. Sonst durften die Ungebetenen machen, was ihnen gefiel.

Zweimal in der Woche, und zwar Montag und Donnerstag, fanden die sogenannten „kleinen Abende" beim Grafen Chojnicki statt und einmal im Monat das sogenannte „Fest". An den „kleinen Abenden" waren nur sechs Zimmer erleuchtet und für den Aufenthalt der Gäste bestimmt, an den „Festen" aber zwölf. An den „kleinen Abenden" bediente das Personal ohne Handschuhe und in dunkelgelber Livree; an den „Festen" trugen die Lakaien weiße Handschuhe und ziegelbraune Röcke mit schwarzsamtenen Kragen und silbernen Knöpfen. Man begann immer mit Wermut und herben spanischen Weinen. Man ging über zu Burgunder und Bordeaux. Hierauf kam der Champagner. Ihm folgte der Cognac. Und man schloß, um der Heimat den gehörigen Tribut zu zollen, mit dem Gewächs des Bodens, dem Neunziggrädigen.

Die Offiziere des außerordentlichen feudalen Dragonerregiments und die meist bürgerlichen Offiziere des Jägerbataillons schlossen beim Grafen Chojnicki rührselige Bündnisse fürs Leben. Die anbrechenden Sommermorgen sahen durch die breiten und

gewölbten Fenster des Schlosses auf ein buntes Durcheinander von Infanterie- und Ka-
vallerieuniformen. Die Schläfer schnarchten der goldenen Sonne entgegen. Gegen fünf
Uhr morgens rannte eine Schar verzweifelter Offiziersburschen zum Schloß, die Herren zu wecken. Denn um sechs Uhr begannen die Regimenter zu exerzieren. Längst
war der Hausherr, den der Alkohol nicht müde machte, in seinem kleinen Jagdpavillon.
Er hantierte dort mit sonderbaren Glasröhren, Flämmchen, Apparaten. In der Gegend
lief das Gerücht um, daß der Graf Gold machen wolle. In der Tat schien er sich mit törichten alchimistischen Versuchen abzugeben. Wenn es ihm auch nicht gelang, Gold
herzustellen, so wußte er doch, es im Roulettespiel zu gewinnen. Er ließ manchmal
durchblicken, daß er von einem geheimnisvollen, längst verstorbenen Spieler ein zu-
verlässiges „System" geerbt hatte.

Seit Jahren war er Reichsratsabgeordneter, regelmäßig wiedergewählt von seinem
Bezirk, alle Gegenkandidaten schlagend mit Geld, Gewalt und Überrumpelung, Günstling der Regierung und Verächter der parlamentarischen Körperschaft, der er angehörte. Er hatte nie eine Rede gehalten und nie einen Zwischenruf getan. Ungläubig, spöttisch, furchtlos und ohne Bedenken pflegte Chojnicki zu sagen, der Kaiser sei ein
gedankenloser Greis, die Regierung eine Bande von Trotteln, der Reichsrat eine Versammlung gutgläubiger und pathetischer Idioten, die staatlichen Behörden bestechlich,
feige und faul. Die deutschen Österreicher waren Walzertänzer und Heurigensänger,
die Ungarn stanken, die Tschechen waren geborene Stiefelputzer, die Ruthenen ver-
kappte und verräterische Russen, die Kroaten und Slowenen, die er „Krowoten und
Schlawiner" nannte, Bürstenbinder und Maronibrater, und die Polen, denen er ja selbst
angehörte, Courmacher, Friseure und Modephotographen. Nach jeder Rückkehr aus
Wien und den andern Teilen der großen Welt, in der er sich heimisch tummelte, pflegte
er einen düsteren Vortrag zu halten, der etwa so lautete:

„Dieses Reich muß untergehn. Sobald unser Kaiser die Augen schließt, zerfallen wir in
hundert Stücke. Der Balkan wird mächtiger sein als wir. Alle Völker werden ihre dreckigen, kleinen Staaten errichten, und sogar die Juden werden einen König in Palästina aus-
rufen. In Wien stinkt schon der Schweiß der Demokraten, ich kann's auf der Ringstraße
nicht mehr aushalten. Die Arbeiter haben rote Fahnen und wollen nicht mehr arbeiten. Der
Bürgermeister von Wien ist ein frommer Hausmeister. Die Pfaffen gehn schon mit dem
Volk, man predigt tschechisch in den Kirchen. Im Burgtheater spielt man jüdische Sau-
stücke, und jede Woche wird ein ungarischer Klosettfabrikant Baron. Ich sag' euch, meine
Herren, wenn jetzt nicht geschossen wird, ist's aus. Wir werden's noch erleben!"

Die Zuhörer des Grafen lachten und tranken noch eins. Sie verstanden ihn nicht. Man
schoß gelegentlich, besonders bei den Wahlen, um dem Grafen Chojnicki zum Beispiel
das Mandat zu sichern, und zeigte also, daß die Welt nicht ohne weiteres untergehn
konnte. Der Kaiser lebte noch. Nach ihm kam der Thronfolger. Die Armee exerzierte
und leuchtete in allen vorschriftsmäßigen Farben. Die Völker liebten die Dynastie und
huldigten ihr in den verschiedensten Nationaltrachten. Chojnicki war ein Witzbold.

RADETZKYMARSCH

Der Leutnant Trotta aber, empfindlicher als seine Kameraden, trauriger als sie und in der Seele das ständige Echo der rauschenden, dunklen Fittiche des Todes, dem er schon zweimal begegnet war: der Leutnant spürte zuweilen das finstere Gewicht der Prophezeiungen.

10

Jede Woche, wenn er Stationsdienst hatte, schrieb Leutnant Trotta seine gleichtönigen Berichte an den Bezirkshauptmann. Die Kaserne hatte keine elektrische Beleuchtung. In den Wachstuben brannte man die alten, reglementmäßigen Dienstkerzen, wie zur Zeit des alten Helden von Solferino. Jetzt waren es „Apollokerzen" aus schneeweißem und weniger sprödem Stearin, mit gutgeflochtenem Docht und steter Flamme. Die Briefe des Leutnants verrieten nichts von seiner veränderten Lebensweise und von den ungewöhnlichen Verhältnissen der Grenze. Der Bezirkshauptmann vermied jede Frage. Seine Antworten, die er regelmäßig jeden vierten Sonntag an den Sohn abschickte, waren ebenso gleichförmig wie die Briefe des Leutnants.

Jeden Morgen brachte der alte Jacques die Post in das Zimmer, in dem der Bezirkshauptmann seit vielen Jahren sein Frühstück einzunehmen pflegte. Es war ein etwas entlegenes, tagsüber nicht benutztes Zimmer. Das Fenster, dem Osten zugewandt, ließ bereitwillig alle Morgen, die klaren, die trüben, die warmen, die kühlen und die regnerischen, ein; es war Sommer und Winter während des Frühstücks geöffnet. Im Winter hielt der Bezirkshauptmann die Beine in einen warmen Schal gewickelt, der Tisch war nahe an den breiten Ofen gerückt, und im Ofen prasselte das Feuer, das der alte Jacques eine halbe Stunde früher angezündet hatte. Jedes Jahr am fünfzehnten April hörte Jacques auf, den Ofen zu heizen. Jedes Jahr am fünfzehnten April nahm der Bezirkshauptmann, ohne Rücksicht auf die Witterung, seine sommerlichen Morgenspaziergänge auf. Der Friseurgehilfe kam, unausgeschlafen und selbst noch unrasiert, um sechs Uhr ins Schlafzimmer Trottas. Sechs Uhr fünfzehn lag das Kinn des Bezirkshauptmanns glatt und gepudert zwischen den leicht angesilberten Fittichen des Backenbarts. Der kahle Schädel war bereits massiert, von ein paar verriebenen Tropfen Kölnischen Wassers leicht gerötet, und alle überflüssigen Härchen, die teils vor den Nasenlöchern, teils aus den Ohrmuscheln wuchsen und gelegentlich auch am Nacken über dem hohen Stehkragen wucherten, waren spurlos entfernt. Dann griff der Bezirkshauptmann zum hellen Spazierstock und zum grauen Halbzylinder und begab sich in den Stadtpark. Er trug eine weiße Weste mit grauen Knöpfen und winzigem Ausschnitt und einen taubengrauen Schlußrock. Die engen Hosen ohne Bügelfalte umspannten mittels dunkelgrauer Stege die schmalen, spitz auslaufenden Zugstiefel, ohne Kappen und Nähte, aus zartestem Chevreau. Noch waren die Straßen leer. Der städtische

Sprengwagen, von zwei schwerfälligen braunen Rössern gezogen, kam über das holprige Kopfsteinpflaster dahergerattert. Der Kutscher auf dem hohen Bock senkte, sobald er den Bezirkshauptmann erblickte, die Peitsche, schlang die Zügel um den Griff der Bremse und zog die Mütze so tief, daß sie seine Knie berührte. Es war der einzige Mensch des Städtchens, ja des Bezirks, dem Herr von Trotta mit der Hand heiter, beinahe übermütig zuwinkte. Am Eingang zum Stadtpark salutierte der Gemeindepolizist. Diesem sagte der Bezirkshauptmann ein herzliches „Grüß Gott!", ohne die Hand zu rühren. Hierauf begab er sich zu der blonden Inhaberin des Sodawasserpavillons. Hier lüftete er ein wenig den Halbzylinder, trank einen Kelch Magenwasser, zog eine Münze aus der Westentasche, ohne die grauen Handschuhe abzulegen, und setzte seinen Spaziergang fort. Bäcker, Schornsteinfeger, Gemüsehändler, Fleischhauer begegneten ihm. Jedermann grüßte. Der Bezirkshauptmann erwiderte, indem er den Zeigefinger sachte an den Hutrand legte. Erst vor dem Apotheker Kronauer, der ebenfalls Morgenspaziergänge liebte und übrigens Gemeinderat war, zog Herr von Trotta den Hut. Manchmal sagte er: „Guten Morgen, Herr Apotheker!", blieb stehen und fragte: „Wie geht's?" „Ausgezeichnet!" sagte der Apotheker. „Das freut mich!" bemerkte der Bezirkshauptmann, lüftete noch einmal den Hut und setzte seine Wanderung fort.

Er kam nicht vor acht Uhr zurück. Manchmal begegnete er dem Briefträger im Flur oder auf der Treppe. Dann ging er noch für eine Weile in die Kanzlei. Denn er liebte es, die Briefe schon neben dem Tablett beim Frühstück vorzufinden. Es war ihm unmöglich, jemanden während des Frühstücks zu sehn oder gar zu sprechen. Der alte Jacques mochte noch von ungefähr eintreten, an Wintertagen, um im Ofen nachzusehn, an sommerlichen, um das Fenster zu schließen, wenn es zufällig allzu stark regnete. Von Fräulein Hirschwitz konnte keine Rede sein. Vor ein Uhr mittag war ihr Anblick dem Bezirkshauptmann ein Greuel.

Eines Tages, es war Ende Mai, kehrte Herr von Trotta fünf Minuten nach acht von seinem Spaziergang heim. Der Briefträger mußte längst dagewesen sein. Herr von Trotta setzte sich an den Tisch im Frühstückszimmer. Das Ei stand, „kernweich" wie immer, auch heute im silbernen Becher. Golden schimmerte der Honig, die frischen Kaisersemmeln dufteten nach Feuer und Hefe wie alle Tage; die Butter leuchtete gelb, gebettet in ein riesiges, dunkelgrünes Blatt, im goldgeränderten Porzellan dampfte der Kaffee. Nichts fehlte. Wenigstens schien es Herrn von Trotta im ersten Augenblick, daß gar nichts fehlte. Aber gleich darauf erhob er sich, legte die Serviette wieder hin und überprüfte noch einmal den Tisch. Am gewohnten Platz fehlten die Briefe. Es war, soweit sich der Bezirkshauptmann erinnern konnte, kein Tag ohne dienstliche Post vergangen. Herr von Trotta ging zuerst zum offenen Fenster, wie um sich zu überzeugen, daß draußen die Welt noch bestand. Ja, die alten Kastanien im Stadtpark trugen noch ihre dichten, grünen Kronen. In ihnen lärmten unsichtbar die Vögel wie an jedem Morgen. Auch der Milchwagen, der um diese Zeit vor der Bezirkshauptmannschaft zu halten pflegte, stand heute da, unbekümmert, als wäre es ein Tag wie alle anderen. Es hat sich also draußen gar nichts verändert, stellte der Bezirkshauptmann fest. War es möglich, daß keine Post gekommen war? War es möglich, daß Jacques sie vergessen hatte? Herr von Trotta schwang die Tischglocke. Ihr silberner Klang lief hurtig durch das stille Haus. Niemand kam. Der Bezirkshauptmann rührte vorläufig das Frühstück nicht an. Er schwenkte noch einmal das Glöckchen. Endlich klopfte es. Er war erstaunt, erschrocken und beleidigt, als er seine Haushälterin, Fräulein Hirschwitz, eintreten sah.

Sie trug eine Art von Morgenrüstung, in der er sie noch nie gesehen hatte. Eine große Schürze aus dunkelblauem Wachstuch hüllte sie vom Hals bis zu den Füßen ein, und eine weiße Haube saß stramm auf ihrem Kopf und ließ ihre großen Ohren mit den weichen, fleischigen und breiten Läppchen sehn. Also erschien sie Herrn von Trotta außerordentlich scheußlich – er konnte den Geruch von Wachstuch nicht vertragen. „Höchst fatal!" sagte er, ohne ihren Gruß zu erwidern. „Wo ist Jacques?"

„Jacques ist heute von einer Unpäßlichkeit befallen worden."

„Befallen?" wiederholte der Bezirkshauptmann, der nicht sofort begriff. „Krank ist er?" fragte er weiter.

„Er hat Fieber!" sagte Fräulein Hirschwitz.

„Danke!" sagte Herr von Trotta und winkte mit der Hand.

Er setzte sich an den Tisch. Er trank nur den Kaffee. Das Ei, den Honig, die Butter und die Kaisersemmeln ließ er auf dem Tablett. Er verstand nun zwar, daß Jacques krank geworden war und also nicht imstande, die Briefe zu bringen. Warum aber war Jacques krank geworden? Er war immer ebenso gesund gewesen wie die Post zum Beispiel. Wenn sie plötzlich aufgehört hätte, Briefe zu befördern, so wäre es keineswegs überraschender gewesen. Der Bezirkshauptmann selbst war niemals krank. Wenn man krank wurde, mußte man sterben. Die Krankheit war nichts anderes als ein Versuch der Natur, den Menschen an das Sterben zu gewöhnen. Epidemische Krankheiten – die Cholera hatte man in der Jugendzeit Herrn von Trottas noch gefürchtet – konnte der und jener überwinden. Andern Krankheiten aber, die so einzeln dahergeschlichen kamen, mußte man erliegen; mochten sie noch so verschiedene Namen tragen. Die Ärzte – die der Bezirkshauptmann „Feldscher" nannte – gaben vor, heilen zu können; aber nur, um nicht zu verhungern. Mochte es aber immerhin noch Ausnahmen geben, die nach einer Krankheit weiterlebten, soweit sich Herr von Trotta erinnern konnte, war in seiner näheren und weiteren Umgebung keine derartige Ausnahme zu bemerken.

Er klingelte noch einmal. „Ich möchte die Post", sagte er zu Fräulein Hirschwitz, „aber schicken Sie sie mit irgend jemanden, bitte! – Was fehlt denn dem Jacques übrigens?"

„Er hat Fieber!" sagte Fräulein Hirschwitz. „Er wird sich erkältet haben!"

„Erkältet?! Im Mai!?"

„Er ist nicht mehr jung!"

„Lassen Sie den Doktor Sribny kommen!"

Dieser Doktor war der Bezirksarzt. Er amtierte in der Bezirkshauptmannschaft von neun bis zwölf. Bald mußte er da sein. Nach Ansicht des Bezirkshauptmanns war er ein „honetter Mann".

Indessen brachte der Amtsdiener die Post. Der Bezirkshauptmann sah nur die Umschläge an, gab sie zurück und befahl, sie in die Kanzlei zu legen. Er stand am Fenster und konnte sich nicht genug darüber verwundern, daß die Welt draußen noch gar nichts von den Veränderungen in seinem Hause zu wissen schien. Er hatte heute weder gegessen noch die Post gelesen. Jacques lag an einer rätselhaften Krankheit danieder. Und das Leben ging weiter seinen gewohnten Gang.

Sehr langsam, mit mehreren unklaren Gedanken beschäftigt, schritt Herr von Trotta ins Amt, zwanzig Minuten später als sonst setzte er sich an den Schreibtisch. Der erste Bezirkskommissär kam, Bericht zu erstatten. Es hatte gestern wieder eine Versammlung tschechischer Arbeiter gegeben. Ein Sokolfest war angesagt, Delegierte aus „slawischen Staaten" – gemeint waren Serbien und Rußland, aber im dienstlichen Dialekt niemals namentlich erwähnt – sollten morgen schon kommen. Auch die Sozialdemokraten deutscher Zunge machten sich bemerkbar. In der Spinnerei wurde ein Arbeiter von seinen Kameraden geschlagen, angeblich und nach den Spitzelberichten, weil er es ablehnte, in die rote Partei einzutreten. All dies bekümmerte den Bezirkshauptmann, es schmerzte ihn, es kränkte ihn, es verwundete ihn. Alles, was die ungehorsamen Teile der Bevölkerung unternahmen, um den Staat zu schwächen, Seine Majestät den Kaiser mittelbar oder unmittelbar zu beleidigen, das Gesetz ohnmächtiger zu machen, als es ohnehin schon war, die Ruhe zu stören, den Anstand zu verletzen, die Würde zu verhöhnen, tschechische Schulen zu errichten, oppositionelle Abgeordnete durchzusetzen: all das waren gegen ihn selbst, den Bezirkshauptmann, unternommene Handlungen. Zuerst hatte er die Nationen, die Autonomie und das „Volk", das „mehr Rechte" verlangte, nur geringgeschätzt. Allmählich begann er, sie zu hassen, die Schreiner, die Brandstifter, die Wahlredner. Er schärfte dem Bezirkskommissär ein, jede Versammlung sofort aufzulösen, in der man es sich etwa einfallen ließ, „Resolutionen" zu fassen. Von allen in der letzten Zeit modern gewordenen Worten haßte er dieses am stärksten; vielleicht, weil es nur eines winzigen andern Buchstabens bedurfte, um in das schändlichste aller Worte verwandelt zu werden: in Revolution. Dieses hatte er vollends ausgerottet. In seinem Sprachschatz, auch im dienstlichen, kam es nicht vor; und wenn er in dem Bericht eines seiner Untergebenen etwa die Bezeichnung „revolutionärer Agitator" für einen der aktiven Sozialdemokraten las, so strich er dieses Wort und verbesserte mit roter Tinte: „verdächtiges Individuum". Vielleicht gab es irgendwo in der Monarchie Revolutionäre: im Bezirk des Herrn von Trotta kamen sie nicht vor.

„Schicken Sie mir nachmittags den Wachtmeister Slama!" sagte Herr von Trotta zum Kommissär. „Verlangen Sie für diese Sokoln Gendarmerieverstärkung. Schreiben Sie einen kurzen Bericht für die Statthalterei, geben Sie ihn mir morgen. Vielleicht müssen wir uns mit der Militärbehörde in Verbindung setzen. Der Gendarmerieposten hat jedenfalls ab morgen Bereitschaft. Ich möchte gern einen knappen Auszug aus dem letzten Ministerialerlaß betreffend Bereitschaft haben."

„Jawohl, Herr Bezirkshauptmann!"

„So. Ist der Doktor Sribny schon dagewesen?"

„Er ist gleich zu Jacques gerufen worden."

„Ich hätte ihn gern gesprochen."

Der Bezirkshauptmann berührte heute kein Aktenstück mehr. Damals, in den ruhigen Jahren, als er angefangen hatte, sich in der Bezirkshauptmannschaft einzurichten, hatte es noch keine Autonomisten, keine Sozialdemokraten und verhältnismäßig wenig „verdächtige Individuen" gegeben. Es war auch im langsamen Laufe der Jahre kaum zu merken, wie sie wuchsen, sich ausbreiteten und gefährlich wurden. Es war nun dem Bezirkshauptmann, als machte ihn erst die Erkrankung Jacques' mit einemmal auf die grausamen Veränderungen der Welt aufmerksam und als bedrohte der Tod, der jetzt am Bettrand des alten Dieners sitzen mochte, nicht diesen allein. Wenn Jacques stirbt, fiel es dem Bezirkshauptmann ein, so stirbt gewissermaßen der Held von Solferino noch einmal und vielleicht – und hier stockte eine Sekunde das Herz des Herrn von Trotta – derjenige, den der Held von Solferino vor dem Tode bewahrt hatte. Oh! Nicht nur Jacques war heute krank geworden! Uneröffnet lagen noch die Briefe vor dem Bezirkshauptmann auf dem Schreibtisch: wer weiß, was sie enthalten mochten! Unter den Augen der Behörden und der Gendarmerie versammelten sich die Sokoln im Innern des Reiches. Diese Sokoln, die der Bezirkshauptmann für sich „Sokolisten" nannte, wie um aus ihnen, die eine große Gruppe unter den slawischen Völkern darstellten, eine Art kleinerer Partei zu machen, gaben nur vor, Turner zu sein und die Muskeln zu kräftigen. In Wirklichkeit waren sie Spione oder Rebellen, vom Zaren bezahlt. Im *Fremdenblatt* hatte man gestern noch lesen können, daß die deutschen Studenten in Prag die *Wacht am Rhein* gelegentlich singen, diese Hymne der Preußen, der mit Österreich verbündeten Erbfeinde Österreichs. Auf wen konnte man sich da noch verlassen? Den Bezirkshauptmann fröstelte es. Und zum erstenmal, seitdem er in dieser Kanzlei zu arbeiten angefangen hatte, ging er an einem unleugbar warmen Frühlingstag zum Fenster und schloß es.

Den Bezirksarzt, der in diesem Augenblick eintrat, fragte Herr von Trotta nach dem Befinden des alten Jacques. Doktor Sribny sagte: „Wenn's eine Lungenentzündung wird, hält er's nicht durch. Er ist sehr alt. Er hat jetzt vierzig Fieber. Er hat um den Geistlichen gebeten." Der Bezirkshauptmann beugte sich über den Tisch. Er fürchtete, Doktor Sribny könnte irgendeine Veränderung in seinem Angesicht wahrnehmen, und er fühlte, daß sich in der Tat irgend etwas in seinem Angesicht zu verändern begann. Er zog die Schublade auf, holte die Zigarren hervor und bot sie dem Doktor an. Er wies stumm auf den Lehnstuhl. Jetzt rauchten beide. „Sie haben also wenig Hoffnung?" fragte Herr von Trotta endlich. „Eigentlich sehr wenig, um die Wahrheit zu sagen!" erwiderte der Doktor. „In diesem Alter –." Er vollendete den Satz nicht und sah den Bezirkshauptmann an, als wollte er erkennen, ob der Herr um vieles jünger sei als der Diener. „Er ist nie krank gewesen!" sagte der Bezirkshauptmann, als wäre das eine Art Milderungsgrund und der Doktor eine Instanz, von der das Leben abhing. „Ja, ja", sagte der Doktor nur. „Das kommt vor. Wie alt mag er sein?" Der Bezirkshauptmann dachte nach und sagte: „An die achtundsiebzig bis achtzig." „Ja", sagte Doktor Sribny, „so hab' ich ihn auch geschätzt. Das heißt: erst heute. Solang einer herumläuft, denkt man, er wird ewig leben!"

Hierauf erhob sich der Bezirksarzt und ging an seine Arbeit.

Herr von Trotta schrieb auf einen Zettel: „Ich bin in der Wohnung Jacques'", legte das Papier unter einen Briefbeschwerer und ging in den Hof.

Er war noch niemals in Jacques' Wohnung gewesen. Sie lag, ein winziges Häuschen mit einem allzu großen Schornstein auf dem Dächlein, an die rückwärtige Hofmauer angebaut. Sie hatte drei Wände aus gelblichen Ziegeln und eine braune Tür in der Mitte. Man betrat zuerst die Küche und dann durch eine Glastür die Wohnstube. Jacques' zahmer Kanarienvogel stand auf dem Kuppelknauf seines Käfigs, neben dem Fenster mit der etwas kurzen, weißen Gardine, hinter der die Scheibe ausgewachsen erschien. Der glattgehobelte Tisch war an die Wand gerückt. Über ihm hing eine blaue Petroleumlampe, mit rundem Spiegel und Lichtverstärker. Die Heilige Mutter Gottes stand in einem großen Rahmen auf dem Tisch, gegen die Mauer gelehnt, wie etwa Porträts von Verwandten aufgestellt werden. Im Bett, mit dem Kopf gegen die Fensterwand, unter einem weißen Berg von Tüchern und Kissen, lag Jacques. Er glaubte, der Priester sei gekommen, und seufzte tief und befreit, als käme schon zu ihm die Gnade. „Ach, Herr Baron!" sagte er dann. Der Bezirkshauptmann trat nahe an den Alten. In einem ähnlichen Zimmer, in den Ubikationen der Laxenburger Invaliden, war der Großvater des Bezirkshauptmanns aufgebahrt gelegen, der Wachtmeister der Gendarmerie. Der Bezirkshauptmann sah noch den gelben Glanz der großen, weißen Kerzen im Halbdämmer des verhängten Zimmers, und die übergroßen Stiefelsohlen der festlich bekleideten Leiche erhoben sich hart vor seinem Angesicht. Kam nun bald an Jacques die Reihe? Der Alte stützte sich auf den Ellenbogen. Er trug eine gestickte Schlafmütze aus dunkelblauer Wolle, zwischen den dichten Maschen schimmerte sein silbernes Kopfhaar. Sein glattrasiertes Angesicht, knochig und vom Fieber gerötet, erinnerte an gefärbtes Elfenbein. Der Bezirkshauptmann setzte sich auf einen Stuhl neben dem Bett und sagte: „Na, das ist ja nicht so schlimm, sagt mir eben der Doktor. Wird ein Katarrh sein!" „Jawohl, Herr Baron!" erwiderte Jacques und machte unter der Decke einen schwachen Versuch, die Fersen zusammenzuschlagen. Er setzte sich aufrecht. „Ich bitte um Entschuldigung!" fügte er hinzu. „Morgen, denk' ich, wird's vorbei sein!" „In einigen Tagen, ganz gewiß!" „Ich warte auf den Geistlichen, Herr Baron!" „Ja, ja", sagte Herr von Trotta, „er wird schon kommen. Dazu ist noch lange Zeit!" „Er ist schon unterwegs!" erwiderte Jacques in einem Ton, als sähe er den Geistlichen mit eigenen Augen näher kommen. „Er kommt schon", fuhr er fort, und er schien plötzlich nicht mehr zu wissen, daß der Bezirkshauptmann neben ihm saß. „Wie der selige Herr Baron gestorben ist", sprach er weiter, „haben wir alle nichts gewußt. Am Morgen, oder war's ein Tag vorher, ist er noch in den Hof gekommen und hat gesagt: ‚Jacques, wo sind die Stiefel?' Ja, ein Tag vorher ist das gewesen. Und am Morgen hat er sie nicht mehr gebraucht. Der Winter hat dann gleich angefangen, es war ein ganz kalter Winter. Bis zum Winter, glaub' ich, werd' ich auch noch durchhalten. Bis zum Winter ist gar nicht mehr so weit, ein wenig Geduld muß ich halt haben. Jetzt haben wir schon Juli, also Juli, Juni, Mai, April, August, November, und zu Weihnachten, denk' ich, kann's ausgehn, abmarschieren, Kompanie, marsch!" Er hörte auf und sah mit großen, glänzenden, blauen Augen durch den Bezirkshauptmann wie durch Glas.

Herr von Trotta versuchte, den Alten sachte in die Polster zu drücken, aber Jacques' Oberkörper war steif und gab nicht nach. Nur sein Kopf zitterte, und seine dunkelblaue Nachtmütze zitterte ebenfalls unaufhörlich. Auf seiner gelben, hohen und knochigen Stirn glitzerten winzige Schweißperlchen. Der Bezirkshauptmann trocknete sie von Zeit zu Zeit mit seinem Taschentuch, es kamen aber immer wieder neue. Er nahm die Hand des alten Jacques, betrachtete die rötliche, schuppige und spröde Haut auf dem breiten Handrücken und den kräftigen, weit abstehenden Daumen. Dann legte er die Hand wieder sorgfältig auf die Decke, ging in die Kanzlei zurück, befahl dem Amtsdiener, den Geistlichen und eine Barmherzige Schwester zu holen, Fräulein Hirschwitz, inzwischen bei Jacques zu wachen, ließ sich Hut, Stock und Handschuhe reichen und schritt zu dieser ungewohnten Stunde in den Park, zur Überraschung aller, die sich dort befanden.

Es trieb ihn aber bald aus dem tiefen Schatten der Kastanien ins Haus zurück. Als er sich seiner Tür näherte, vernahm er das silberne Geläute des Priesters mit dem Allerheiligsten. Er zog den Hut und neigte den Kopf und verharrte so vor dem Eingang. Manche der Vorübergehenden blieben ebenfalls stehn. Nun verließ der Priester das Haus. Einige warteten, bis der Bezirkshauptmann im Hausflur verschwunden war, folgten ihm neugierig und erfuhren vom Amtsdiener, daß Jacques im Sterben liege. Man kannte ihn im Städtchen. Und man widmete dem Alten, der von dannen schied, ein paar Minuten ehrfürchtigen Schweigens.

Der Bezirkshauptmann durchschritt geradewegs den Hof und trat in das Zimmer des Sterbenden. Bedächtig suchte er in der dunklen Küche nach einem Platz für Hut, Stock und Handschuhe, versorgte schließlich alles in den Fächern der Etagere, zwischen Töpfen und Tellern. Er schickte Fräulein Hirschwitz hinaus und setzte sich ans Bett. Die Sonne stand nun so hoch am Himmel, daß sie den ganzen weiten Hof der Bezirkshauptmannschaft erfüllte und durch das Fenster in Jacques' Stube fiel. Die weiße, kurze Gardine hing jetzt wie ein fröhliches, besonntes Schürzchen vor den Scheiben. Der Kanarienvogel zwitscherte munter und ohne Unterlaß; die nackten, blanken Dielenbretter leuchteten gelblich im Sonnenglanz; ein breiter, silberner Sonnenstreifen lag über dem Fußende des Bettes, der untere Teil der weißen Bettdecke zeigte nunmehr eine stärkere, gleichsam himmlische Weiße, und zusehends kletterte der Sonnenstreifen auch die Wand empor, an der das Bett stand. Von Zeit zu Zeit ging ein sanfter Wind im Hof durch die paar alten Bäume, die dort die Mauern entlang aufgestellt waren und die so alt sein mochten wie Jacques oder noch älter und die ihn jeden Tag in ihrem Schatten beherbergt hatten. Der Wind ging, und ihre Kronen säuselten, und Jacques schien es zu wissen. Denn er erhob sich und sagte: „Bitte, Herr Baron, das Fenster!" Der Bezirkshauptmann klinkte das Fenster auf, und sofort drangen die heiteren, maienhaften Geräusche des Hofes ins kleine Zimmer. Man hörte das Säuseln der Bäume, den sachten Atem des Windchens, das übermütige Summen der funkelnden spanischen Fliegen und das Trillern der Lerchen aus blauen, unendlichen Höhen. Der Kanarienvogel schwang sich hinaus, aber nur, um zu zeigen, daß er noch fliegen könne. Denn er kam nach ein paar Augenblicken wieder, setzte sich aufs Fensterbrett und begann, mit verdoppelter Kraft zu schmettern. Fröhlich war die Welt, drinnen und draußen. Und Jacques beugte sich aus dem Bett, lauschte regungslos, die Schweißperlchen glitzerten auf seiner harten Stirn, und sein schmaler Mund öffnete sich langsam. Zuerst lächelte er nur stumm. Dann kniff er die Augen zu, seine hageren, geröteten Wangen falteten sich an den Backenknochen, jetzt sah er aus wie ein alter Schelm, und ein dünnes Kichern kam aus seiner Kehle. Er lachte. Er lachte, ohne Aufhören; die Kissen zitterten leise, und das Bettgestell stöhnte sogar ein wenig. Auch der Bezirkshauptmann schmunzelte. Ja, der Tod kam zum alten Jacques wie ein munteres Mädchen im Frühling, und Jacques öffnete den alten Mund und zeigte ihm die spärlichen, gelben Zähne. Er hob die Hand, wies auf das Fenster und schüttelte, immerfort kichernd, den Kopf. „Schöner Tag heute!" bemerkte der Bezirkshauptmann. „Da kommt er ja, da kommt er ja!" sagte Jacques. „Auf dem Schimmel, ganz weiß angezogen, warum reitet er denn so langsam? Schau, schau, wie langsam der reitet! Grüß Gott! Grüß Gott! Wollen S' nicht näher kommen? Kommen S' nur! Kommen S' nur! Schön ist's heut, was?" Er zog die Hand zurück, richtete den Blick auf den Bezirkshauptmann und sagte: „Wie langsam der reitet! Das kommt, weil er von drüben ist! Er ist schon lange tot und gar nicht mehr gewohnt, hier auf den Steinen herumzureiten! Ja, früher! Weißt noch, wie der ausg'schaut hat? Ich möcht' das Bild sehn. Ob der sich wirklich verändert hat? Bring's her, das Bild, sei so gut, bring's her! Bitte, Herr Baron!"

Der Bezirkshauptmann begriff sofort, daß es sich um das Porträt des Helden von Solferino handelte. Er ging gehorsam hinaus. Er nahm auf der Treppe sogar zwei Stufen auf einmal, trat schnell ins Herrenzimmer, stieg auf einen Stuhl und holte das Bild des Helden von Solferino vom Haken. Es war ein wenig verstaubt; er blies darauf und fuhr mit dem Taschentuch darüber, mit dem er früher die Stirn des Sterbenden getrocknet hatte. Auch jetzt schmunzelte der Bezirkshauptmann unaufhörlich. Er war fröhlich. Er war schon lange nicht mehr fröhlich gewesen. Er ging eilends, das große Bildnis unter dem Arm, durch den Hof. Er trat an Jacques' Bett. Jacques schaute lange auf das Porträt, streckte den Zeigefinger aus, fuhr im Antlitz des Helden von Solferino herum und sagte endlich: „Halt's in die Sonne!" Der Bezirkshauptmann gehorchte. Er hielt das Porträt in den besonnten Streifen am Bettende, Jacques richtete sich auf und sagte: „Ja, genau so hat er ausg'schaut!" und legte sich wieder in die Kissen.

Der Bezirkshauptmann stellte das Bild auf den Tisch, neben die Mutter Gottes, und kehrte ans Bett zurück. „Da geht's bald aufwärts!" sagte Jacques lächelnd und zeigte auf den

Suffit. „Hast noch lange Zeit!" erwiderte der Bezirkshauptmann. „Nein, nein!" sagte Jacques und lachte sehr hell. „Lang' genug hab' ich Zeit gehabt. Jetzt geht's hinauf. Schau mal nach, wie alt ich bin. Ich hab's vergessen." „Wo soll ich nachsehn?" „Da unten!" sagte Jacques und deutete auf das Bettgestell. Es enthielt eine Schublade. Der Bezirkshauptmann zog sie heraus. Er sah ein sauber verschnürtes Päckchen in braunem Packpapier, daneben eine runde Blechschachtel mit einem bunten, aber verblaßten Bild auf dem Deckel, das eine Schäferin mit weißer Perücke darstellte, und erinnerte sich, daß es eine jener Konfektschachteln war, die in seiner Kindheit unter manchen Weihnachtsbäumen der Kameraden gelegen hatten. „Hier ist das Büchlein!" sagte Jacques. Es war Jacques' Militärbuch. Der Bezirkshauptmann setzte den Zwicker auf und las: „Franz Xaver Joseph Kromichl." „Ist das dein Büchl?" fragte Herr von Trotta. „Freilich!" sagte Jacques. „Aber du heißt ja Franz Xaver Joseph?" „Werd' schon so heißen!" „Warum hast dich denn Jacques genannt?" „Das hat er so befohlen!" „So", sagte Herr von Trotta und las das Geburtsjahr. „Dann bist du also zweiundachtzig im August!" „Was ist denn heut?" „Der neunzehnte Mai!" „Wie lang haben wir noch bis August?" „Drei Monate!" „So!" sagte Jacques ganz ruhig und lehnte sich wieder zurück. „Das erleb' ich also nicht mehr!"

„Mach die Schachtel auf!" sagte Jacques, und der Bezirkshauptmann öffnete die Schachtel. „Da liegt der heilige Antonius und der heilige Georg", sprach Jacques weiter. „Die kannst du behalten. Dann ein Stück Lohwurzel, gegen Fieber. Das gibst deinem Sohn, dem Carl Joseph. Grüß ihn schön von mir! Das kann er brauchen, dort ist's sumpfig! Und jetzt mach's Fenster zu. Ich möcht' schlafen!"

Es war Mittag geworden. Das Bett lag jetzt ganz im hellsten Sonnenschein. An den Fenstern klebten reglos große spanische Fliegen, und der Kanarienvogel zwitscherte nicht mehr, sondern knabberte am Zucker. Zwölf Schläge dröhnten vom Turm des Rathauses, ihr goldenes Echo verhallte im Hof. Jacques atmete still. Der Bezirkshauptmann ging ins Speisezimmer.

„Ich esse nicht!" sagte er zu Fräulein Hirschwitz. Er überblickte das Speisezimmer. Hier, an dieser Stelle, war Jacques immer mit der Platte gestanden, so war er an den Tisch getreten, und so hatte er sie dargereicht. Herr von Trotta konnte heute nicht essen. Er ging in den Hof hinunter, setzte sich auf die Bank an der Wand unter das braune Gebälk des hölzernen Vorsprungs und wartete auf die Barmherzige Schwester. „Er schläft jetzt!" sagte er, als sie kam. Der zarte Wind fächelte von Zeit zu Zeit vorüber. Der Schatten des Gebälks wurde langsam breiter und länger. Die Fliegen summten rings um den Backenbart des Bezirkshauptmanns. Von Zeit zu Zeit schlug er nach ihnen mit der Hand, und seine Manschette scheppterte. Zum erstenmal, seitdem er im Dienste seines Kaisers stand, tat er am hellichten Wochentag gar nichts. Er hatte niemals das Bedürfnis gehabt, einen Urlaub zu nehmen. Zum erstenmal erlebte er einen freien Tag. Er dachte fortwährend an den alten Jacques und war dennoch fröhlich. Der alte Jacques starb, aber es war, als feierte er ein großes Ereignis und der Bezirkshauptmann hätte aus diesem Anlaß seinen ersten Ferientag.

Auf einmal hörte er die Barmherzige Schwester aus der Tür treten. Sie erzählte, daß Jacques, anscheinend bei klarer Vernunft und ohne Fieber, aus dem Bett aufgestanden und eben im Begriff sei sich anzuziehn. In der Tat erblickte der Bezirkshauptmann gleich darauf den Alten am Fenster. Er hatte Pinsel, Seife und Rasiermesser auf das Fensterbrett gelegt, wie er es an gesunden Tagen jeden Morgen zu tun pflegte, und den Handspiegel an der Fensterschnalle aufgehängt, und er war im Begriff sich zu rasieren. Jacques öffnete das Fenster, und mit seiner gesunden, gewohnten Stimme rief er: „Es geht mir gut, Herr Baron, ich bin ganz gesund, bitte um Entschuldigung, bitte, sich nicht zu inkommodieren!"

„Na, dann ist alles gut! Das freut mich, freut mich außerordentlich. Jetzt wirst du als Franz Xaver Joseph ein neues Leben beginnen!"

„Ich bleib' lieber beim Jacques!"

Herr von Trotta, von solch wunderbarem Ereignis erfreut, aber auch ein wenig ratlos, kehrte auf seine Bank zurück, bat die Barmherzige Schwester, für alle Fälle noch dazubleiben, und fragte sie, ob ihr derlei schnelle Heilungen bei so bejahrten Menschen bekannt seien. Die Schwester, die Blicke auf den Rosenkranz gesenkt und die Antwort mit den Fingern zwischen den Perlen hervorklaubend, erwiderte, daß Gesundung und Erkrankung, schnelle und langsame, in der Hand Gottes lägen; und Sein Wille hätte schon oft sehr schnell aus Sterbenden Lebendige gemacht. Eine wissenschaftlichere Antwort hätte dem Bezirkshauptmann besser gefallen. Und er beschloß, morgen den Bezirksarzt zu fragen. Vorläufig ging er in die Kanzlei, von einer großen Sorge zwar befreit, aber auch erfüllt von einer noch größeren und unerklärlichen Unruhe. Er konnte nicht mehr arbeiten. Dem Wachtmeister Slama, der schon lange auf ihn gewartet hatte, gab er Anweisungen für das Fest der Sokoln, aber ohne Strenge und Nachdruck. Alle Gefahren, von denen der Bezirk W. und die Monarchie bedroht waren, erschienen Herrn von Trotta auf einmal geringer als am Vormittag. Er verabschiedete den Wachtmeister, rief ihn aber gleich darauf zurück und sagte: „Hören Sie, Slama, ist Ihnen schon so was zu Ohren gekommen, der alte Jacques sieht heut vormittag aus, als ob er sterben müßt', und jetzt ist er wieder ganz vergnügt!"

Nein, der Wachtmeister Slama hatte noch nie etwas ähnliches gehört. Und auf die Frage des Bezirkshauptmanns, ob er den Alten sehen wolle, sagte Slama, er sei gewiß dazu bereit. Und beide gingen sie in den Hof.

Da saß nun Jacques auf seinem Schemel, eine Reihe militärisch geordneter Stiefelpaare vor sich, die Bürste in der Hand und in die hölzerne Schachtel mit der Schuhwichse kräftig spuckend. Er wollte sich erheben, als der Bezirkshauptmann vor ihm stand, konnte es aber nicht schnell genug und fühlte auch schon die Hände Herrn von Trottas auf seinen Schultern. Heiter salutierte er mit der Bürste vor dem Wachtmeister. Der Bezirkshauptmann setzte sich auf die Bank, der Wachtmeister lehnte das Gewehr an die Wand und setzte sich ebenfalls, in gehöriger Entfernung; Jacques blieb auf seinem Schemel und putzte die Stiefel, wenn auch sanfter und langsamer als sonst. In seiner Stube saß indessen betend die Barmherzige Schwester.

„Jetzt is mir eingefallen", sagte Jacques, „daß ich heut Herrn Baron du gesagt hab'! Ich hab' mich plötzlich erinnert!"

„Macht nix, Jacques!" sagte Herr von Trotta. „Das war das Fieber!"

„Ja, da hab' ich halt als Leich' geredet. Und wegen Falschmeldung müssen S' mich einsperren, Herr Wachtmeister. Weil ich nämlich Franz Xaver Joseph heiß'! Aber auf'm Grabstein hätt' ich auch den Jacques gern drauf. Und mein Sparkassenbüchl liegt unterm Militärbüchl, da is was fürs Begräbnis und eine heilige Meß, und da heiß' ich aber wieder Jacques!"

„Kommt Zeit, kommt Rat!" sagte der Bezirkshauptmann. „Wir können warten!"

Der Wachtmeister lachte laut und wischte sich die Stirn.

Jacques hatte alle Stiefel blank geputzt. Ihn fröstelte ein wenig; er ging hinein, kam wieder, in seinen winterlichen Pelz gehüllt, den er auch im Sommer trug, wenn es regnete, und setzte sich auf den Schemel. Der Kanarienvogel folgte ihm, flatternd über seinem silbernen Haupt, suchte eine Weile nach einem Plätzchen, hockte sich auf die Reckstange, auf der ein paar Teppiche hingen, und begann zu schmettern. Sein Gesang weckte Hunderte von Spatzenstimmen in den Kronen der wenigen Bäume, und ein paar Minuten war die Luft erfüllt von einer zwitschernden und pfeifenden lustigen Wirrnis. Jacques hob den Kopf und lauschte nicht ohne Stolz der siegreichen Stimme seines Kanarienvogels, die alle andern übertönte. Der Bezirkshauptmann lächelte. Der Wachtmeister lachte, das Taschentuch vor dem Mund, und Jacques kicherte. Die Schwester selbst hörte mit dem Beten auf und lächelte durch das Fenster. Die goldene Nachmittagssonne lag schon auf dem hölzernen Gebälk und spielte hoch oben in den grünen Kronen. Die Mücken tänzelten abendlich und müd, in zarten, runden Schwärmen, und manchmal surrte schwer ein Maikäfer an den Sitzenden vorüber, geradewegs ins Laub und ins Verderben und wahrscheinlich in die offenen Schnäbel der Spatzen. Der Wind ging stärker. Jetzt schwiegen die Vögel. Tiefblau wurde der Ausschnitt des Himmels und rosa die weißen Wölkchen.

„Jetzt gehst du ins Bett!" sagte Herr von Trotta zu Jacques.

„Ich muß noch das Bild hinauftragen!" murmelte der Alte, ging und holte das Porträt des Helden von Solferino und verschwand im Dunkel der Treppe. Der Wachtmeister sah ihm nach und sagte: „Merkwürdig!"

„Ja, recht merkwürdig!" antwortete Herr von Trotta.

Jacques kam zurück und näherte sich der Bank. Er setzte sich ohne ein Wort und überraschend zwischen den Bezirkshauptmann und den Wachtmeister, öffnete den Mund, atmete tief, und ehe sich noch beide ihm zugewandt hatten, sank sein alter Nacken auf die Lehne, seine Hände fielen auf den Sitz, sein Pelz öffnete sich, seine Beine streckten sich starr, und die aufwärtsgeschweiften Pantoffelspitzen ragten in die Luft. Der Wind fuhr heftig und kurz durch den Hof. Sachte segelten oben die rötlichen Wölkchen dahin. Die Sonne war hinter der Mauer verschwunden. Der Bezirkshauptmann bettete den silbernen Schädel seines Dieners in seine linke Hand und tastete mit der Rechten nach dem Herzen des Ohnmächtigen. Der Wachtmeister stand erschrocken da, seine schwarze Mütze lag am Boden. Die Barmherzige Schwester kam mit breiten, eiligen Schritten. Sie nahm die Hand des Alten, hielt sie eine Weile zwischen den Fingern, legte sie sanft auf den Pelz und machte das Zeichen des Kreuzes. Sie sah den Wachtmeister still an. Er verstand und griff Jacques unter die Arme. Sie faßte seine Beine. So trugen sie ihn in die kleine Stube, legten ihn auf das Bett, falteten ihm die Hände und umwanden sie mit dem Rosenkranz und stellten ihm das Bild der Mutter Gottes zu Häupten. An seinem Bett knieten sie nieder, und der Bezirkshauptmann betete. Er hatte schon lange nicht mehr gebetet. Aus verschütteten Tiefen seiner Kindheit kam ein Gebet zu ihm wieder, ein Gebet für das Seelenheil toter Anverwandten, und dieses flüsterte er. Er erhob sich, warf einen Blick auf die Hose, fegte den Staub von den Knien und schritt hinaus, gefolgt vom Wachtmeister.

„So möcht' ich einmal sterben, lieber Slama!" sagte er statt des gewöhnlichen „Grüß Gott!" und ging ins Herrenzimmer.

Er schrieb die Anordnungen für die Aufbahrung und das Begräbnis seines Dieners auf einen großen Bogen Kanzleipapier, mit allem Bedacht, wie ein Zeremonienmeister, Punkt für Punkt, Abteilungen und Unterabteilungen. Er fuhr am nächsten Morgen, ein Grab zu suchen, auf den Friedhof, kaufte einen Grabstein und gab die Inschrift an: „Hier ruht in Gott Franz Xaver Joseph Kromichl, genannt Jacques, ein alter Diener und ein treuer Freund" und bestellte ein Leichenbegängnis erster Klasse, mit vier Rappen und acht livrierten Begleitern. Er ging drei Tage später zu Fuß hinter dem Sarg, als einziger Leidtragender, in gebührendem Abstand gefolgt vom Wachtmeister Slama und manchen andern, die sich anschlossen, weil sie Jacques gekannt hatten und besonders weil sie Herrn von Trotta zu Fuß sahen. So kam es, daß eine stattliche Anzahl von Leuten den alten Franz Xaver Joseph Kromichl, genannt Jacques, zu Grabe geleitete.

Von nun an erschien dem Bezirkshauptmann sein Haus verändert, leer und nicht mehr heimisch. Er fand die Post nicht mehr neben seinem Frühstückstablett, und er zögerte auch, dem Amtsdiener neue Anweisungen zu geben. Er rührte nicht mehr eine einzige seiner kleinen, silbernen Tischglocken an, und, wenn er manchmal zerstreut die Hand nach ihnen ausstreckte, so streichelte er sie nur. Manchmal, am Nachmittag, lauschte er auf und glaubte, den Geistesschritt des alten Jacques auf der Treppe zu vernehmen. Manchmal ging er in die kleine Stube, in der Jacques gelebt hatte, und reichte dem Kanarienvogel ein Stückchen Zucker zwischen die Käfigstangen.

Eines Tages, es war gerade vor dem Sokolfest und seine Anwesenheit im Amt nicht ohne Bedeutung, faßte er einen überraschenden Entschluß.

Davon wollen wir im nächsten Kapitel berichten.

II

Der Bezirkshauptmann beschloß, seinen Sohn in der fernen Grenzgarnison zu besuchen. Für einen Mann von der Art Herrn von Trottas war es kein leichtes Unternehmen. Er hatte ungewöhnliche Vorstellungen von der östlichen Grenze der Monarchie. Zwei seiner Schulkollegen waren wegen peinlicher Verfehlungen im Amt in jenes ferne Kronland versetzt worden, an dessen Rändern man wahrscheinlich schon den sibirischen Wind heulen hörte. Bären und Wölfe und noch schlimmere Ungeheuer wie Läuse und Wanzen bedrohten dort den zivilisierten Österreicher. Die ruthenischen Bauern opferten heidnischen Göttern, und grausam wüteten gegen fremdes Hab und Gut die Juden. Herr von Trotta nahm seinen alten Trommelrevolver mit. Die Abenteuer schreckten ihn keineswegs; vielmehr erlebte er jenes berauschende Gefühl aus längst verschütteter Knabenzeit wieder, das ihn und seinen alten Freund Moser in die geheimnisvollen Waldgründe auf dem väterlichen Gut getrieben hatte, zur Jagd und in mitternächtlicher Stunde auf den Friedhof. Von Fräulein Hirschwitz nahm er wohlgemut kurzen Abschied, mit der unbestimmten und kühnen Hoffnung, sie nie mehr wiederzusehen. Allein fuhr er zur Bahn. Der Kassierer hinter dem Schalter sagte: „Oh, endlich eine weite Reise. Glückliche Fahrt!" Der Stationschef eilte auf den Perron. „Sie reisen dienstlich?" fragte er. Und der Bezirkshauptmann, in jener aufgeräumten Stimmung, in der man gelegentlich gerne rätselhaft erscheinen mag, antwortete: „Sozusagen, Herr Stationschef! Man kann schon *dienstlich* sagen!" „Für längere Zeit?" „Noch unbestimmt." „Werden wahrscheinlich auch Ihren Sohn besuchen?" „Wenn es sich machen läßt!" – Der Bezirkshauptmann stand am Fenster und winkte mit der Hand. Er nahm heitern Abschied von seinem Bezirk. Er dachte nicht an die Rückkehr. Er las im Kursbuch noch einmal alle Stationen. „In Oderberg umsteigen!" wiederholte er für sich. Er verglich die angegebenen mit den wirklichen Ankunfts- und Abfahrtszeiten und seine Taschenuhr mit allen Bahnhofsuhren, an denen der Zug vorüberfuhr. Merkwürdigerweise erfreute, ja erfrischte jede Unregelmäßigkeit sein Herz. In Oderberg ließ er einen Zug aus. Neugierig, nach allen Seiten Umschau haltend, ging er über die Bahnsteige, durch die Wartesäle und ein bißchen auch auf dem langen Weg zur Stadt. In den Bahnhof zurückgekehrt, tat er, als hätte er sich wider Willen verspätet, und sagte ausdrücklich dem Portier: „Ich habe meinen Zug versäumt!" Es enttäuschte ihn, daß sich der Portier nicht wunderte. Er mußte in Krakau noch einmal umsteigen. Das war ihm willkommen. Wenn er Carl Joseph nicht die Ankunft angegeben hätte und wenn in jenem „gefährlichen Nest" zwei Züge täglich angekommen wären, hätte er gerne noch eine Rast gemacht, um die Welt zu betrachten. Immerhin, auch durch das Fenster ließ sie sich in Augenschein nehmen. Der Frühling grüßte ihn die ganze Fahrt entlang. Am Nachmittag kam er an. In munterer Gelassenheit stieg er vom Trittbrett, mit jenem „elastischen Schritt", den die Zeitungen dem alten Kaiser nachzurühmen pflegten und den allmählich viele ältliche Staatsbeamte gelernt hatten. Denn es gab um jene Zeit in der Monarchie eine ganz besondere, seither völlig vergessene Art, Eisenbahnen und Gefährte zu verlassen, Gaststätten, Perrons und Häuser zu betreten, sich Angehörigen und Freunden zu nähern; eine Art des Schreitens, die vielleicht auch von den schmalen Hosen der älteren Herren bestimmt wurde und von den Gummistegen, die viele von ihnen noch um die Zugstiefel zu schnallen liebten. Mit diesem besonderen Schritt verließ also Herr von Trotta den Waggon. Er umarmte seinen Sohn, der sich vor dem Trittbrett aufgestellt hatte. Herr von Trotta war der einzige Fremde, der heute den Waggon erster und zweiter Klasse verließ. Ein paar Urlauber und Eisenbahner und Juden in langen, schwarzen, flatternden Gewändern kamen aus der dritten. Alle sahen auf den Vater und den Sohn. Der Bezirkshauptmann beeilte sich, in den Wartesaal zu gelangen. Hier küßte er Carl Joseph auf die Stirn. Am Büfett bestellte er zwei Cognacs. An der Wand, hinter den Regalen mit den Flaschen, hing der Spiegel. Während sie tranken, betrachteten Vater und Sohn ihre Gesichter. „Ist der Spiegel so miserabel“, fragte Herr von Trotta, „oder siehst du wirklich so schlecht aus?“ Bist du wirklich so grau geworden? hätte Carl Joseph gerne gefragt. Denn er sah viel Silber im dunklen Backenbart und an den Schläfen des Vaters schimmern. „Laß dich anschaun!“ fuhr der Bezirkshauptmann fort. „Das ist allerdings nicht der Spiegel! Das ist der Dienst hier, vielleicht?! Geht's schlimm?!“ Der Bezirkshauptmann stellte fest, daß sein Sohn nicht so aussah, wie ein junger Leutnant auszusehen hatte. Krank ist er vielleicht, dachte der Vater. Es gab außer den Krankheiten, an denen man starb, nur noch jene schrecklichen Krankheiten, von denen Offiziere dem Vernehmen nach nicht selten befallen wurden. „Darfst auch Cognac trinken?“ fragte er, um auf Umwegen den Sachverhalt aufzuklären. „Ja, gewiß, Papa“, sagte der Leutnant. Diese Stimme, die ihn vor Jahren geprüft hatte, an den stillen Sonntagvormittagen, sie lag ihm noch in den Ohren, diese nasale Stimme des Staatsbeamten, die strenge, immer ein wenig verwunderte und forschende Stimme, vor der jede Lüge noch auf der Zunge erstarb. „Gefällt's dir bei der Infanterie?“ „Sehr gut, Papa!“ „Und dein Pferd?“ „Hab' ich mitgenommen, Papa!“ „Reitest oft?“ „Selten, Papa!“ „Magst nicht?“ „Nein, ich hab's nie gemocht, Papa!“ „Hör auf mit dem: Papa“, sagte plötzlich Herr von Trotta. „Bist schon groß genug! Und ich hab' Ferien!“

Sie fuhren in die Stadt. „Na, gar so wild ist es hier nicht!“ sagte der Bezirkshauptmann. „Amüsiert man sich hier?“

„Sehr viel!“ sagte Carl Joseph. „Beim Grafen Chojnicki. Da kommt alle Welt zusammen. Du wirst ihn sehen. Ich hab' ihn sehr gern.“

„Das wär' also der erste Freund, den du je gehabt hast?“

„Der Regimentsarzt Max Demant war's auch“, erwiderte Carl Joseph.

„Hier ist dein Zimmer, Papa!“ sagte der Leutnant. „Die Kameraden wohnen hier und machen manchmal Lärm in der Nacht. Aber es gibt kein anderes Hotel. Sie werden sich auch zusammennehmen, solang du da bist!“

„Macht nix, macht nix!" sagte der Bezirkshauptmann.

Er packte aus dem Koffer eine runde Blechdose, öffnete den Deckel und zeigte sie Carl Joseph. „Da ist so eine Wurzel – soll gegen Sumpffieber gut sein. Jacques schickt sie dir!" „Was macht er?"

„Er ist schon drüben!" Der Bezirkshauptmann zeigte auf die Decke.

„Er ist drüben!" wiederholte der Leutnant. Dem Bezirkshauptmann war es, als spräche ein alter Mann. Der Sohn mochte viele Geheimnisse haben. Der Vater kannte sie nicht. Man sagte: Vater und Sohn, aber zwischen beiden lagen viele Jahre, große Berge! Man wußte nicht viel mehr von Carl Joseph als von einem andern Leutnant. Er war zur Kavallerie eingerückt und hatte sich dann zur Infanterie transferieren lassen. Die grünen Aufschläge der Jäger trug er statt der roten der Dragoner. Nun ja! Mehr wußte man nicht! Man wurde offenbar alt. Man wurde alt. Man gehörte nicht ganz dem Dienst mehr und nicht den Pflichten! Man gehörte zu Jacques und zu Carl Joseph. Man brachte die steinharte, verwitterte Wurzel von einem zum andern.

Der Bezirkshauptmann öffnete den Mund, immer noch gebeugt über den Koffer. Er sprach in den Koffer hinein wie in ein offenes Grab. Aber er sagte nicht, wie er gewollt hatte: Ich hab' dich lieb, mein Sohn!, sondern: „Er ist sehr leicht gestorben! Es war ein echter Maiabend, und alle Vögel haben gepfiffen. Erinnerst dich an den Kanarienvogel? Der hat am lautesten gezwitschert. Jacques hat alle Stiefel geputzt. Dann erst ist er gestorben, im Hof, auf der Bank! Der Slama ist auch dabeigewesen. Am Vormittag nur hat er Fieber gehabt. Ich soll dich schön grüßen!"

Dann blickte der Bezirkshauptmann vom Koffer auf und sah seinem Sohn ins Gesicht: „Genauso möcht' ich auch einmal sterben!"

Der Leutnant ging in sein Zimmer, öffnete den Schrank und legte in die oberste Lade das Stückchen Wurzel gegen Fieber, neben die Briefe Katharinas und den Säbel Max Demants. Er zog die Taschenuhr des Doktors. Er glaubte, den dünnen Sekundenzeiger hurtiger als je einen andern über das winzige Rund kreisen zu sehn und heftiger das klingende Ticken zu vernehmen. Die Zeiger hatten kein Ziel, das Ticken hatte keinen Sinn. Bald werde ich auch Papas Taschenuhr ticken hören, er wird sie mir vermachen. In meiner Stube wird das Porträt des Helden von Solferino hängen und der Säbel Max Demants und ein Erbstück von Papa. Mit mir wird alles begraben. Ich bin der letzte Trotta!

Er war jung genug, um süße Wollust aus seiner Trauer zu schöpfen und aus der Sicherheit, der Letzte zu sein, eine schmerzliche Würde. Von den nahen Sümpfen kam das breite und schmetternde Quaken der Frösche. Die untergehende Sonne rötete Möbel und Wände des Zimmers. Man hörte einen leichten Wagen heranrollen, das weiche Getrapp der Hufe auf der staubigen Straße. Der Wagen hielt, eine strohgelbe Britschka, das sommerliche Vehikel des Grafen Chojnicki. Dreimal unterbrach seine knallende Peitsche den Gesang der Frösche.

Er war neugierig, der Graf Chojnicki. Keine andere Leidenschaft als die Neugierde schickte ihn auf Reisen in die weite Welt, fesselte ihn an die Tische der großen Spielsäle, schloß ihn hinter die Türen seines alten Jagdpavillons, setzte ihn auf die Bank der Parlamentarier, gebot ihm jeden Frühling die Heimkehr, ließ ihn seine gewohnten Feste feiern und verstellte ihm den Weg zum Selbstmord. Lediglich die Neugierde erhielt ihn am Leben. Er war unersättlich neugierig. Der Leutnant Trotta hatte ihm erzählt, daß er seinen Vater, den Bezirkshauptmann, erwarte; und obwohl Graf Chojnicki ein gutes Dutzend österreichischer Bezirkshauptleute kannte und zahllose Väter von Leutnants, war er dennoch begierig, den Bezirkshauptmann Trotta kennenzulernen. „Ich bin der Freund Ihres Sohnes", sagte Chojnicki. „Sie sind mein Gast. Ihr Sohn wird es Ihnen gesagt haben! Ich habe Sie übrigens schon irgendwo gesehn. Sind Sie nicht mit dem Doktor Swoboda im Handelsministerium bekannt?" „Wir sind Schulkollegen!" „Na also!" rief Chojnicki. „Das ist mein guter Freund, der Swoboda. Etwas verteppert mit der Zeit! Aber ein feiner Mann! Gestatten Sie mir, ganz aufrichtig zu sein? – Sie erinnern mich an Franz Joseph."

Es wurde einen Augenblick still. Der Bezirkshauptmann hatte niemals den Namen des Kaisers ausgesprochen. Bei feierlichen Anlässen sagte man: Seine Majestät. Im gewöhnlichen Leben sagte man: der Kaiser. Dieser Chojnicki aber sagte: Franz Joseph, wie er soeben Swoboda gesagt hatte. „Ja, Sie erinnern mich an Franz Joseph", wiederholte Chojnicki.

Sie fuhren. Zu beiden Seiten lärmten die unendlichen Chöre der Frösche, dehnten sich die unendlichen, blaugrünen Sümpfe. Der Abend schwamm ihnen entgegen, violett und golden. Sie hörten das weiche Rollen der Räder im weichen Sande des Feldwegs und das helle Knirschen der Achsen. Chojnicki hielt vor dem kleinen Jagdpavillon.

Die rückwärtige Wand lehnte sich an den dunklen Rand des Tannenwaldes. Von der schmalen Straße war er durch einen kleinen Garten und ein steinernes Gitter getrennt. Die Hecken, die an beiden Seiten den kurzen Weg vom Gartengitter zum Hauseingang säumten, waren seit langer Zeit nicht beschnitten worden; so wucherten sie in wilder Willkür hier und da über den Weg, bogen ihre Zweige einander entgegen und erlaubten zwei Menschen nicht gleichzeitig den Durchgang. Also gingen die drei Männer hintereinander, ihnen folgte das Pferd gehorsam, zog das Wägelchen nach, schien mit diesem Pfad vertraut zu sein und wie ein Mensch im Pavillon zu wohnen. Hinter den Hecken dehnten sich weite Flächen, von Distelblüten bewachsen, von den breiten, dunkelgrünen Gesichtern des Huflattichs überwacht. Rechts erhob sich ein abgebrochener, steinerner Pfeiler, Überrest eines Turms vielleicht. Wie ein mächtiger, abgebrochener Zahn wuchs der Stein aus dem Schoß des Vorgartens gegen den Himmel, mit vielen dunkelgrünen Moosflecken und schwarzen, zarten Rissen. Das schwere, hölzerne Tor zeigte das Wappen der Chojnickis, ein dreifach geteiltes, blaues Schild mit drei goldenen Hirschböcken, deren Geweihe unentwirrbar ineinander verwachsen waren. Chojnicki zündete Licht an. Sie standen in einem weiten, niedrigen Raum. Noch fiel der letzte Dämmer des Tages durch die schmalen Ritzen der grünen Jalousien. Der gedeckte Tisch unter der Lampe trug Teller, Flaschen, Krüge, silbernes Besteck und Terrinen. „Ich hab' mir erlaubt, Ihnen einen kleinen Imbiß vorzubereiten!" sagte Chojnicki. Er schüttete den wasserklaren Neunziggrädigen in drei kleine Gläschen, reichte zwei den Gästen und erhob selbst das dritte. Alle tranken. Der Bezirkshauptmann war etwas verwirrt, als er das Gläschen wieder auf den Tisch stellte. Immerhin widersprach die Wirklichkeit der Speisen dem geheimnisvollen Wesen des Pavillons, und der Appetit des Bezirkshauptmanns war größer als seine Verwirrung. Die braune Leberpastete, von pechschwarzen Trüffeln durchsetzt, stand in einem glitzernden Kranz aus frischen Eiskristallen. Die zarte Fasanenbrust ragte einsam im schneeigen Teller, umgeben von einem bunten Gefolge aus grünen, roten, weißen und gelben Gemüsen, jedes in einer blaugoldgeränderten und wappenverzierten Schüssel. In einer geräumigen, kristallenen Vase wimmelten Millionen schwarzgrauer Kaviarperlchen, umrandet von goldenen Zitronenscheiben. Und die runden, rosafarbenen Schinkenräder, von einer großen, silbernen, dreizackigen Gabel bewacht, reihten sich gehorsam aneinander auf länglicher Schüssel, begleitet von rotbäckigen Radieschen, die an kleine, knusprige Dorfmädchen erinnerten. Gekocht, gebraten und mit süß-säuerlichen Zwiebeln mariniert, lagen die fetten, breiten Karpfenstücke und die schmalen, schlüpfrigen Hechte auf Glas, Silber und Porzellan. Runde Brote, schwarz, braun und weiß, ruhten in einfachen, ländlich geflochtenen Strohkörbchen, wie Kinder in Wiegen, kaum sichtbar zerschnitten, und die Scheiben so kunstvoll wieder aneinandergefügt, daß die Brote heil und ungeteilt aussahen. Zwischen den Speisen standen fette, bauchige Flaschen und schmale, hochgewachsene, vier- und sechskantige Kristallkaraffen und glatte, runde; solche mit langen und andere mit kurzen Hälsen; mit und ohne Etiketten; und alle gefolgt von einem Regiment vielgestaltiger Gläser und Gläschen.

Sie begannen zu essen.

Dem Bezirkshauptmann war diese ungewöhnliche Art, zu einer ungewöhnlichen Stunde einen „Imbiß" einzunehmen, ein äußerst angenehmes Anzeichen für die außergewöhnlichen Sitten der Grenze. In der alten kaiser -und königlichen Monarchie waren selbst spartanische Naturen wie Herr von Trotta beachtenswerte Liebhaber von Genüssen. Es war schon eine geraume Zeit seit dem Tage verflossen, an dem der Bezirkshauptmann außergewöhnlich gegessen hatte. Der Anlaß war damals das Abschiedsfest des Statthalters, des Fürsten M., gewesen, der mit einem ehrenvollen Auftrag in die frisch okkupierten Gebiete von Bosnien und Herzegowina abgegangen war, dank seinen berühmt gewordenen Sprachkenntnissen und seiner angeblichen Kunst, „wilde Völker zu zähmen". Ja, damals hatte der Bezirkshauptmann ungewöhnlich gegessen und getrunken! Und dieser Tag, neben andern Trink- und Gelagetagen, hatte sich in seiner Erinnerung ebenso stark erhalten wie die besonderen Tage, an denen er eine Belobung der Statthalterei bekommen hatte, wie die Tage, an denen er zum Bezirksoberkommissär und später zum Bezirkshauptmann ernannt worden war. Die Vorzüglichkeit der Nahrung schmeckte er mit den Augen wie andere mit dem Gaumen. Sein Blick schweifte ein paarmal über den reichen Tisch und genoß und verweilte hier und dort im Genießen. Er hatte die geheimnisvolle, ja etwas unheimliche Umgebung beinahe vergessen. Man aß. Man trank aus den verschiedenen Flaschen. Und der Bezirkshauptmann lobte alles, indem er, sooft er von einer Speise zur andern überging, „delikat" und „ausgezeichnet" sagte. Sein Angesicht rötete sich langsam. Und die Flügel seines Backenbartes bewegten sich fortwährend.

„Ich habe die Herren hierher eingeladen", sagte Chojnicki, „weil wir im *neuen Schloß* nicht ungestört gewesen wären. Dort ist meine Tür sozusagen immer offen, und alle meine Freunde können kommen, wann sie wollen. Sonst pflege ich hier nur zu arbeiten."

„Sie arbeiten?" fragte der Bezirkshauptmann. „Ja", sagte Chojnicki, „ich arbeite. Ich arbeite sozusagen zum Spaß. Ich setze nur die Tradition meiner Vorfahren fort, ich meine es, offen gestanden, gar nicht immer so ernst, wie es noch mein Großvater gemeint hat. Die Bauern dieser Gegend haben ihn für einen mächtigen Zauberer gehalten, und vielleicht ist er auch einer gewesen. Mich selbst halten sie auch für einen, ich bin es nicht. Es ist mir bis jetzt noch nicht gelungen, auch nur ein Stäubchen herzustellen!"

„Ein Stäubchen?" fragte der Bezirkshauptmann, „wovon ein Stäubchen?" „Von Gold natürlich!" sagte Chojnicki, als handele es sich um die selbstverständlichste Sache von der Welt.

„Ich verstehe was von Chemie", fuhr er fort, „es ist ein altes Talent in unserer Familie. Ich habe hier an den Wänden, wie Sie sehen, die ältesten und die modernsten Apparate." Er zeigte auf die Wände. Der Bezirkshauptmann sah sechs Reihen hölzerner Regale an jeder Wand. Auf den Regalen standen Mörser, kleine und große Papiersäckchen, gläserne Behälter wie in altertümlichen Apotheken, merkwürdige Kugeln aus Glas, gefüllt mit bunten Flüssigkeiten, Lämpchen, Gasbrenner und Röhren.

„Sehr seltsam, seltsam, seltsam!" sagte Herr von Trotta.

„Und ich kann selber nicht genau sagen", fuhr Chojnicki fort, „ob ich es ernst meine oder nicht. Ja, manchmal ergreift mich die Leidenschaft, wenn ich am Morgen hierherkomme, und ich lese in den Rezepten meines Großvaters und gehe hin und probiere und lache mich selber aus und gehe fort. Und komme immer wieder her und probiere immer wieder."

„Seltsam, seltsam!" wiederholte der Bezirkshauptmann.

„Nicht seltsamer", sagte der Graf, „als alles andere, was ich sonst machen könnte. Soll ich Kultus- und Unterrichtsminister werden? Man hat's mir nahegelegt. Soll ich Sektionschef im Ministerium des Innern werden? Man hat's mir ebenfalls nahegelegt. Soll ich an den Hof, ins Obersthofmeisteramt? Auch das kann ich, Franz Joseph kennt mich – – –."

Der Bezirkshauptmann rückte seinen Stuhl um zwei Zoll zurück. Wenn Chojnicki den Kaiser so vertraulich beim Namen nannte, als wäre er einer jener lächerlichen Abgeordneten, die seit der Einführung des allgemeinen, gleichen und geheimen Wahlrechts im Parlament saßen, oder als wäre er, im besten Falle, schon tot und eine Figur der vaterländischen Geschichte, gab es dem Bezirkshauptmann einen Stich ins Herz. Chojnicki verbesserte:

„Seine Majestät kennt mich!"

Der Bezirkshauptmann rückte wieder näher an den Tisch und fragte: „Und warum – Pardon! – wäre es genauso überflüssig, dem Vaterland zu dienen wie Gold zu machen?"

„Weil das Vaterland nicht mehr da ist."

„Ich verstehe nicht!" sagte Herr von Trotta.

„Ich hab' mir's gedacht, daß Sie mich nicht verstehen!" sagte Chojnicki. „Wir alle leben nicht mehr!"

Es war sehr still. Der letzte Dämmer des Tages war längst erloschen. Man hätte durch die schmalen Sparren der grünen Jalousien schon ein paar Sterne am Himmel sehen können. Den breiten und schmetternden Gesang der Frösche hatte der leise, metallische der nächtlichen Feldgrillen abgelöst. Von Zeit zu Zeit hörte man den harten Ruf des Kuckucks. Der Bezirkshauptmann, vom Alkohol, von der sonderlichen Umgebung und von den ungewöhnlichen Reden des Grafen in einen nie gekannten, beinahe verzauberten Zustand versetzt, blickte verstohlen auf seinen Sohn, lediglich, um einen vertrauten und nahen Menschen zu sehen. Aber auch Carl Joseph schien ihm gar nicht mehr vertraut und nahe! Vielleicht hatte Chojnicki richtig gesprochen, und sie waren in der Tat alle nicht mehr da: das Vaterland nicht und nicht der Bezirkshauptmann und nicht der Sohn! Mit großer Anstrengung brachte Herr von Trotta noch die Frage zustande: „Ich verstehe nicht! Wie sollte die Monarchie nicht mehr dasein?"

„Natürlich!" erwiderte Chojnicki, „wörtlich genommen, besteht sie noch. Wir haben noch eine Armee" – der Graf wies auf den Leutnant – „und Beamte" – der Graf zeigte auf den Bezirkshauptmann. „Aber sie zerfällt bei lebendigem Leibe. Sie zerfällt, sie ist schon verfallen! Ein Greis, dem Tode geweiht, von jedem Schnupfen gefährdet, hält den alten Thron, einfach durch das Wunder, daß er auf ihm noch sitzen kann. Wie lange noch, wie lange noch? Die Zeit will uns nicht mehr! Diese Zeit will sich erst selbständige Nationalstaaten schaffen! Man glaubt nicht mehr an Gott. Die neue Religion ist der Nationalismus. Die Völker gehn nicht mehr in die Kirchen. Sie gehn in nationale Vereine. Die Monarchie, unsere Monarchie, ist gegründet auf der Frömmigkeit: auf dem Glauben, daß Gott die Habsburger erwählt hat, über so und so viel christliche Völker zu regieren. Unser Kaiser ist ein weltlicher Bruder des Papstes, es ist Seine K. u. K. Apostolische Majestät, keine andere wie er apostolisch, keine andere Majestät in Europa so abhängig von der Gnade Gottes und vom Glauben der Völker an die Gnade Gottes. Der deutsche Kaiser regiert, wenn Gott ihn verläßt, immer noch; eventuell von der Gnade der Nation. Der Kaiser von Österreich-Ungarn darf nicht von Gott verlassen werden. Nun aber hat ihn Gott verlassen!"

Der Bezirkshauptmann erhob sich. Niemals hätte er geglaubt, daß es einen Menschen in der Welt gebe, der sagen könnte, Gott habe den Kaiser verlassen. Dennoch schien ihm, der zeit seines Lebens die Angelegenheiten des Himmels den Theologen überlassen und im übrigen die Kirche, die Messe, die Zeremonie am Fronleichnamstag, den Klerus und den lieben Gott für Einrichtungen der Monarchie gehalten hatte, auf einmal der Satz des Grafen alle Wirrnis zu erklären, die er in den letzten Wochen und besonders seit dem Tode des alten Jacques gefühlt hatte. Gewiß, Gott hatte den alten Kaiser verlassen! Der Bezirkshauptmann machte ein paar Schritte, unter seinen Füßen knarrten die alten Dielen. Er trat zum Fenster und sah durch die Ritzen der Jalousien die schmalen Streifen der dunkelblauen Nacht. Alle Vorgänge der Natur und alle Ereignisse des täglichen Lebens erhielten auf einmal einen bedrohlichen und unverständlichen Sinn. Unverständlich war der wispernde Chor der Grillen, unverständlich das Flimmern der Sterne, unverständlich das samtene Blau der Nacht, unverständlich war dem Bezirkshauptmann seine Reise an die Grenze und sein Aufenthalt bei diesem Grafen. Er kehrte an den Tisch zurück, mit der Hand strich er einen Flügel seines Backenbartes, wie er es zu tun pflegte, wenn er ein wenig ratlos war. Ein wenig ratlos! So ratlos wie jetzt war er nie gewesen!

Vor ihm stand noch ein volles Glas. Er trank es schnell. „Also", sagte er, „glauben Sie, glauben Sie, daß wir – –"

„Verloren sind", ergänzte Chojnicki. „Verloren sind wir, Sie und Ihr Sohn und ich. Wir sind, sage ich, die Letzten einer Welt, in der Gott noch die Majestäten begnadet und Verrückte wie ich Gold machen. Hören Sie! Sehen Sie!" Und Chojnicki erhob sich, ging an die Tür, drehte einen Schalter, und an dem großen Lüster erstrahlten die Lampen. „Sehen Sie!" sagte Chojnicki, „dies ist die Zeit der Elektrizität, nicht der Alchimie. Der Chemie auch, verstehen Sie! Wissen Sie, wie das Ding heißt? Nitroglyzerin", der Graf sprach jede einzelne Silbe getrennt aus. „Nitroglyzerin!" wiederholte er. „Nicht mehr Gold! Im Schloß Franz Josephs brennt man oft noch Kerzen! Begreifen Sie? Durch Nitroglyzerin und Elektrizität werden wir zugrunde gehn! Es dauert gar nicht mehr lang, gar nicht mehr lang!"

Der Glanz, den die elektrischen Lampen verbreiteten, weckte an den Wänden auf den Regalen grüne, rote und blaue, schmale und breite zitternde Reflexe in den Glasröhren. Still und blaß saß Carl Joseph da. Er hatte die ganze Zeit getrunken. Der Bezirkshauptmann sah zum Leutnant hin. Er dachte an seinen Freund, den Maler Moser. Und da er selbst schon getrunken hatte, der alte Herr von Trotta, erblickte er, wie in einem sehr entfernten Spiegel, das blasse Abbild seines betrunkenen Sohnes unter den grünen Bäumen des Volksgartens, mit einem Schlapphut am Kopfe, einer großen Mappe unter dem Arm, und es war, als hätte sich die prophetische Gabe des Grafen, die geschichtliche Zukunft zu sehen, auch auf den Bezirkshauptmann übertragen und ihn fähig gemacht, die Zukunft seines Nachkommen zu erkennen. Halb geleert und traurig waren Teller, Terrinen, Flaschen und Gläser. Zauberhaft leuchteten die Lichter in den Röhren ringsum an den Wänden. Zwei alte, backenbärtige Diener, beide dem Kaiser Franz Joseph und dem Bezirkshauptmann ähnlich wie Brüder, begannen, den Tisch abzuräumen. Von Zeit zu Zeit fiel der harte Ruf des Kuckucks wie ein Hammer auf das Zirpen der Grillen. Chojnicki hob eine Flasche hoch. „Den heimischen" – so nannte er den Schnaps –

„müssen Sie noch trinken. Es ist nur noch ein Rest!" Und sie tranken den letzten Rest des „Heimischen".

Der Bezirkshauptmann zog seine Uhr, konnte aber den Stand der Zeiger nicht genau erkennen. Es war, als rotierten sie so schnell über den weißen Kreis des Zifferblattes, daß es hundert Zeiger gab, statt der regelrechten zwei. Und statt der zwölf Ziffern gab es zwölf mal zwölf! Denn die Ziffern drängten sich aneinander wie sonst nur die Striche der Minuten. Es konnte neun Uhr abends sein oder schon Mitternacht.

„Zehn Uhr!" sagte Chojnicki.

Die backenbärtigen Diener faßten die Gäste sachte bei den Armen und führten sie hinaus. Die große Kalesche Chojnickis wartete. Der Himmel war sehr nahe, eine gute, vertraute, irdische Schale aus einem vertrauten blauen Glas, lag er, mit der Hand zu greifen, über der Erde. Der steinerne Meiler rechts vom Pavillon schien ihn zu berühren. Die Sterne waren von irdischen Händen in den nahen Himmel mit Stecknadeln gespießt wie Fähnchen in eine Landkarte. Manchmal drehte sich die ganze blaue Nacht um den Bezirkshauptmann, schaukelte sachte und hielt wieder still. Die Frösche quakten in den unendlichen Sümpfen. Es roch feucht nach Regen und Gras. Die gespenstisch weißen Pferde vor dem schwarzen Wagen überragte der Kutscher im schwarzen Mantel. Die Schimmel wieherten, und weich wie Katzenpfoten scharrten ihre Hufe den feuchten, sandigen Boden.

Der Kutscher schnalzte mit der Zunge, und sie fuhren.

Sie fuhren den Weg zurück, den sie gekommen waren, bogen in die breite, geschotterte Birkenallee und erreichten die Laternen, die das „neue Schloß" ankündigten. Die silbernen Birkenstämme schimmerten noch heller als die Laternen. Die starken Gummiräder der Kalesche rollten glatt und mit einem dumpfen Murmeln über den Schotter, man hörte nur den harten Aufschlag der geschwinden Schimmelhufe. Die Kalesche war breit und bequem. Man lehnte in ihr wie in einem Ruhebett. Leutnant Trotta schlief. Er saß neben seinem Vater. Sein blasses Angesicht lag fast waagerecht auf der Polsterlehne, durch das offene Fenster strich der Wind darüber. Von Zeit zu Zeit beleuchtete es eine Laterne. Dann sah Chojnicki, der seinen Gästen gegenübersaß, die blutlosen, halboffenen Lippen des Leutnants und seine harte, vorspringende, knöcherne Nase. „Er schläft gut!" sagte er zum Bezirkshauptmann. Beide kamen sich vor wie zwei Väter des Leutnants. Den Bezirkshauptmann ernüchterte der Nachtwind, aber eine unbestimmte Furcht nistete noch in seinem Herzen. Er sah die Welt untergehn, und es war seine Welt. Lebendig saß ihm gegenüber Chojnicki, allem Anschein nach ein lebendiger Mensch, dessen Knie sogar manchmal an das Schienbein Herrn von Trottas stießen, und dennoch unheimlich. Der alte Trommelrevolver, den Herr von Trotta mitgenommen hatte, drückte in der rückwärtigen Hosentasche. Was sollte da ein Revolver! Man sah keine Bären und keine Wölfe an der Grenze! Man sah nur den Untergang der Welt!

Der Wagen hielt vor dem gewölbten, hölzernen Tor. Der Kutscher knallte mit der Peitsche. Die zwei Flügel des Tores gingen auf, und gemessen schritten die Schimmel die sachte Steigung hinan. Aus der ganzen Fensterfront fiel gelbes Licht auf den Kies und auf die Grasflächen zu beiden Seiten des Weges. Man hörte Stimmen und Klavierspiel. Es war ohne Zweifel ein „großes Fest".

Man hatte bereits gegessen. Die Lakaien liefen mit großen, buntfarbigen Schnäpsen umher. Die Gäste tanzten, spielten Tarock und Whist, tranken, dort hielt einer eine Rede vor Menschen, die ihm nicht zuhörten. Einige torkelten durch die Säle, andere schliefen in den Ecken. Es tanzten nur Männer miteinander. Die schwarzen Salonblusen der Dragoner preßten sich an die blauen der Jäger. In den Zimmern des „neuen Schlosses" ließ Chojnicki Kerzen brennen. Aus mächtigen, silbernen Leuchtern, die auf steinernen Wandbrettern und Vorsprüngen aufgestellt waren, oder von Lakaien, die jede halbe Stunde abwechselten, gehalten wurden, wuchsen die schneeweißen und wachsgelben dicken Kerzen. Ihre Flämmchen zitterten manchmal im nächtlichen Wind, der durch die offenen Fenster daherzog. Wenn für ein paar Augenblicke das Klavier schwieg, hörte man die Nachtigallen schlagen und die Grillen wispern und von Zeit zu Zeit die Wachstränen mit sachten Schlägen auf das Silber tropfen.

Der Bezirkshauptmann suchte seinen Sohn. Eine namenlose Angst trieb den Alten durch die Zimmer. Sein Sohn – wo war er? Weder unter den Tänzern noch unter den betrunken Dahertorkelnden, noch unter den Spielern, noch unter den älteren, gesitteten Männern, die da und dort in den Winkeln miteinander sprachen. Allein saß der Leutnant in einem abgelegenen Zimmer. Die große, bauchige Flasche stand zu seinen Füßen, treu und halb geleert. Sie sah neben dem schmalen und zusammengesunkenen Trinker allzu mächtig aus, beinahe, als könnte sie den Trinker verschlingen. Der Bezirkshauptmann stellte sich vor dem Leutnant auf, die Spitzen seiner schmalen Stiefel berührten die Flasche. Der Sohn bemerkte zwei und mehr Väter, sie vermehrten sich mit jeder Sekunde. Er fühlte sich von ihnen bedrängt, es hatte keinen Sinn, so vielen von ihnen den Respekt zu erweisen, der nur dem einen gebührte, und vor ihnen allen aufzustehn. Es hatte keinen Sinn, der Leutnant blieb in seiner merkwürdigen Stellung, das heißt: er saß, lag und kauerte zu gleicher Zeit. Der Bezirkshauptmann regte sich nicht. Sein Gehirn arbeitete sehr geschwind, es gebar tausend Erinnerungen auf einmal. Er sah zum Beispiel den Kadetten Carl Joseph an den sommerlichen Sonntagen, an denen er im Arbeitszimmer gesessen hatte, die schneeweißen Handschuhe und die schwarze Kadettenmütze auf den Knien, mit klingender Stimme und gehorsamen, kindlichen Augen jede Frage beantwortend. Der Bezirkshauptmann sah den frisch ernannten Leutnant der Kavallerie in das gleiche Zimmer treten, blau, golden und blutrot. Dieser junge Mann aber war von dem alten Herrn von Trotta jetzt ganz weit entfernt. Warum tat es ihm so weh, einen fremden, betrunkenen Jägerleutnant zu sehn? Warum tat es ihm so weh?

Der Leutnant Trotta rührte sich nicht. Zwar vermochte er sich zu erinnern, daß sein Vater vor kurzem angekommen war, und noch zur Kenntnis zu nehmen, daß nicht dieser eine, sondern daß mehrere Väter vor ihm standen. Aber weder gelang es ihm, zu be-

RADETZKYMARSCH   443

greifen, warum sein Vater gerade heute gekommen war, noch, warum er sich so heftig vermehrte, noch, warum er selbst, der Leutnant, nicht imstande war sich zu erheben.

Seit mehreren Wochen hatte sich der Leutnant Trotta an den Neunziggrädigen gewöhnt. Der ging nicht in den Kopf, er ging, wie die Kenner zu sagen liebten, „nur in die Füße". Zuerst erzeugte er eine angenehme Wärme in der Brust. Das Blut begann, schneller durch die Adern zu rollen, der Appetit löste die Übelkeit ab und die Lust zu erbrechen. Dann trank man noch einen Neunziggrädigen. Mochte der Morgen kühl und trübe sein, man schritt mutig und in der allerbesten Laune in ihn hinein, wie in einen ganz sonnigen, glücklichen Morgen. Während der Rast aß man in der Grenzschenke, in der Nähe des Grenzwaldes, wo die Jäger exerzierten, in Gesellschaft der Kameraden eine Kleinigkeit und trank wieder einen Neunziggrädigen. Er rann durch die Kehle wie ein geschwinder Brand, der sich selber auslöscht. Man fühlte kaum, daß man gegessen hatte. Man kehrte in die Kaserne zurück, zog sich um und ging zum Bahnhof, Mittag essen. Obwohl man einen weiten Weg zurückgelegt hatte, war man gar nicht hungrig. Und man trank infolgedessen noch einen Neunziggrädigen. Man aß und war sofort schläfrig. Man nahm also einen Schwarzen und hierauf wieder einen Neunziggrädigen. Und kurz und gut: es gab niemals im Lauf des langweiligen Tages eine Gelegenheit, keinen Schnaps zu trinken. Es gab im Gegenteil manche Nachmittage und manche Abende, an denen es geboten war, Schnaps zu trinken.

Denn das Leben wurde leicht, sobald man getrunken hatte! Oh, Wunder dieser Grenze! Sie machte einem Nüchternen das Leben schwer; aber wen ließ sie nüchtern bleiben?! Der Leutnant Trotta sah, wenn er getrunken hatte, in allen Kameraden, Vorgesetzten und Untergebenen alte und gute Freunde. Das Städtchen war ihm vertraut, als wäre er darin geboren und aufgewachsen. Er konnte in die winzigen Kramläden gehn, die schmal, dunkel, gewunden und von allerlei Waren vollgestopft wie Hamsterlöcher in die dicken Mauern des Basars eingegraben waren, und unbrauchbare Dinge einhandeln: falsche Korallen, billige Spiegelchen, eine miserable Seife, Kämme aus Espenholz und geflochtene Hundeleinen; lediglich, weil er den Rufen der rothaarigen Händler freudig folgte. Er lächelte allen Menschen zu, den Bäuerinnen mit den bunten Kopftüchern und den großen Bastkörben unter dem Arm, den geputzten Töchtern der Juden, den Beamten der Bezirkshauptmannschaft und den Lehrern des Gymnasiums. Ein breiter Strom von Freundlichkeit und Güte rann durch diese kleine Welt. Aus allen Menschen grüßte es dem Leutnant heiter entgegen. Es gab auch nichts Peinliches mehr. Nichts Peinliches im Dienst und außerhalb des Dienstes! Alles erledigte man glatt und geschwind. Onufrijs Sprache verstand man. Man kam gelegentlich in eines der umliegenden Dörfer, fragte die Bauern nach dem Weg, sie antworteten in einer fremden Sprache. Man verstand sie. Man ritt nicht. Man lieh das Pferd dem und jenem der Kameraden: guten Reitern, die ein Roß schätzen konnten. Mit einem Wort: man war zufrieden. Leutnant Trotta wußte nur nicht, daß sein Gang unsicher wurde, seine Bluse Flecken hatte, seine Hose keine Bügelfalte, daß an seinen Hemden Knöpfe fehlten, seine Hautfarbe gelb am Abend und

aschgrau am Morgen war und sein Blick ohne Ziel. Er spielte nicht – das allein beruhigte den Major Zoglauer. Es gab im Leben eines jeden Menschen Zeiten, in denen er trinken mußte. Macht nichts, es ging vorüber! – Der Schnaps war billig. Die meisten gingen nur an den Schulden zugrunde. Der Trotta machte seinen Dienst nicht nachlässiger
als die andern. Er machte keinen Skandal, wie mancher andere. Er wurde im Gegenteil
immer sanfter, je mehr er trank. Einmal wird er heiraten und nüchtern werden! dachte
der Major. Er ist ein Günstling oberster Stellen. Er wird eine schnelle Karriere machen.
Er wird in den Generalstab kommen, wenn er nur will.

Herr von Trotta setzte sich vorsichtig an den Rand des Sofas neben seinen Sohn und
suchte nach einem passenden Wort. Er war nicht gewohnt, zu Betrunkenen zu sprechen.
„Du sollst dich" – sagte er nach längerer Überlegung – „denn doch vor dem Schnaps in
acht nehmen. Ich zum Beispiel, ich habe nie über den Durst getrunken." Der Leutnant
machte eine ungeheure Anstrengung, um aus seiner respektlosen, kauernden Stellung
in eine sitzende zu gelangen. Seine Mühe war vergeblich. Er betrachtete den Alten, jetzt
war es Gott sei Dank nur einer, der sich mit dem schmalen Sitzrand begnügen und mit
den Händen auf den Knien stützen mußte, und fragte: „Was hast du eben gesagt, Papa?"
„Du sollst dich vor dem Schnaps in acht nehmen!" wiederholte der Bezirkshauptmann.
„Wozu?" fragte der Leutnant. „Was fragst du?" sagte Herr von Trotta, ein wenig getröstet, weil ihm sein Sohn wenigstens klar genug erschien, das Gesagte zu begreifen. „Der
Schnaps wird dich zu Grund richten, erinnerst dich an den Moser?" „Der Moser, der
Moser", sagte Carl Joseph. „Freilich! Er hat aber ganz recht! Ich erinnere mich an ihn.
Er hat das Bild von Großvater gemalt!" „Du hast es vergessen?" sagte Herr von Trotta
ganz leise. „Ich hab' ihn nicht vergessen", antwortete der Leutnant, „an das Bild hab' ich
immer gedacht. Ich bin nicht stark genug für dieses Bild. Die Toten! Ich kann die Toten
nicht vergessen! Vater, ich kann gar nichts vergessen! Vater!"

Herr von Trotta saß ratlos neben seinem Sohn, er verstand nicht genau, was Carl Joseph sagte, aber er ahnte auch, daß nicht die Trunkenheit allein aus dem Jungen sprach.
Er fühlte, daß es um Hilfe aus dem Leutnant rief, und er konnte nicht helfen! Er war an
die Grenze gekommen, um selbst ein bißchen Hilfe zu finden. Denn er war ganz allein
in dieser Welt! Und auch diese Welt ging unter! Jacques lag unter der Erde, man war allein, man wollte den Sohn noch einmal sehn, und der Sohn war ebenfalls allein und vielleicht, weil er jünger war, dem Untergang der Welt näher. Wie einfach hat die Welt immer ausgesehn! dachte der Bezirkshauptmann. Für jede Lage gab es eine bestimmte
Haltung. Wenn der Sohn zu den Ferien kam, prüfte man ihn. Als er Leutnant wurde,
beglückwünschte man ihn. Wenn er seine gehorsamen Briefe schrieb, in denen so wenig stand, erwiderte man mit ein paar gemessenen Zeilen. Wie aber sollte man sich benehmen, wenn der Sohn betrunken war? wenn er „Vater" rief? wenn es aus ihm „Vater!"
rief?

Er sah Chojnicki eintreten und stand heftiger auf, als es seine Art war. „Es ist ein Telegramm für Sie gekommen!" sagte Chojnicki. „Der Hoteldiener hat's gebracht." Es war

ein Diensttelegramm. Es berief Herrn von Trotta wieder nach Hause. „Man ruft Sie leider schon zurück!" sagte Chojnicki. „Es wird mit den Sokoln zusammenhängen." „Ja, das ist es wahrscheinlich", sagte Herr von Trotta. „Es wird Unruhen geben!" Er wußte jetzt, daß er zu schwach war, etwas gegen Unruhen zu unternehmen. Er war sehr müde. Ein paar Jahre blieben noch bis zur Pensionierung! Aber in diesem Augenblick hatte er den schnellen Einfall, sich bald pensionieren zu lassen. Er konnte sich um Carl Joseph kümmern; eine passende Aufgabe für einen alten Vater.

Chojnicki sagte: „Es ist nicht leicht, wenn man die Hände gebunden hat, wie in dieser verflixten Monarchie, etwas gegen Unruhen zu unternehmen. Lassen Sie nur ein paar Rädelsführer verhaften, und die Freimaurer, die Abgeordneten, die Volksführer, die Zeitungen fallen über Sie her, und alle werden wieder freigelassen. Lassen Sie den Sokolverein auflösen – und Sie bekommen eine Rüge von der Statthalterei. Autonomie! Ja, wartet nur! Hier, in meinem Bezirk, endet jede Unruhe mit Schießen. Ja, solange ich hier lebe, bin ich Regierungskandidat und werde gewählt. Dieses Land ist glücklicherweise weit genug entfernt von allen modernen Ideen, die sie in ihren dreckigen Redaktionen aushecken!"

Er trat zu Carl Joseph und sagte mit der Betonung und der Sachkenntnis eines Mannes, der an den Umgang mit Betrunkenen gewohnt ist: „Ihr Herr Papa muß abreisen!" Carl Joseph verstand auch sofort. Er konnte sich sogar erheben. Mit verglasten Blicken suchte er den Vater. „Es tut mir leid, Vater!"

„Ich habe einigermaßen Sorge um ihn!" sagte der Bezirkshauptmann zu Chojnicki.

„Mit Recht!" antwortete Chojnicki. „Er muß aus dieser Gegend weg. Wenn er Urlaub hat, werde ich versuchen, ihm ein wenig von der Welt zu zeigen. Er wird dann keine Lust mehr haben zurückzukommen. Vielleicht verliebt er sich auch –"

„Ich verlieb' mich nicht", sagte Carl Joseph sehr langsam.

Sie fuhren ins Hotel zurück.

Es fiel während des ganzen Weges nur ein Wort, ein einziges Wort: „Vater!" sagte Carl Joseph und gar nichts mehr.

Der Bezirkshauptmann erwachte am nächsten Tag sehr spät, man hörte schon die Trompeten des heimkehrenden Bataillons. In zwei Stunden ging der Zug. Carl Joseph kam. Schon knallte unten das Peitschensignal Chojnickis. Der Bezirkshauptmann aß am Tisch der Jägeroffiziere im Bahnhofsrestaurant.

Seit der Abreise aus seinem Bezirk W. war eine ungeheuer lange Zeit verstrichen. Er erinnerte sich mühsam, daß er erst vor zwei Tagen in den Zug gestiegen war. Er saß, außer dem Grafen Chojnicki der einzige Zivilist, am langen, hufeisenförmigen Tisch der bunten Offiziere, dunkel und hager, unter dem Wandbildnis Franz Josephs des Ersten, dem bekannten, allseits verbreiteten Porträt des Allerhöchsten Kriegsherrn im blütenweißen Feldmarschallsrock mit blutroter Schärpe. Just unter des Kaisers weißem Bakkenbart und fast parallel zu ihm ragten einen halben Meter tiefer die schwarzen, leicht angesilberten Flügel des Trottaschen Backenbartes. Die jüngsten Offiziere, die an den

Enden des Hufeisens untergebracht waren, konnten die Ähnlichkeit zwischen Seiner Apostolischen Majestät und deren Diener sehn. Auch der Leutnant konnte von seinem Platz aus das Angesicht des Kaisers mit dem seines Vaters vergleichen. Und ein paar Sekunden lang schien es dem Leutnant, daß oben an der Wand das Porträt seines gealterten Vaters hänge und unten am Tisch lebendig und ein wenig verjüngt der Kaiser in Zivil sitze. Und fern und fremd wurden ihm sein Kaiser wie sein Vater.

Der Bezirkshauptmann schickte indessen einen hoffnungslosen, prüfenden Blick rings um den Tisch, über die flaumigen und fast bartlosen Gesichter der jungen Offiziere und die schnurrbärtigen der älteren. Neben ihm saß Major Zoglauer. Ach, mit ihm hätte Herr von Trotta noch gerne ein besorgtes Wort über Carl Joseph gewechselt! Es war keine Zeit mehr. Draußen vor dem Fenster rangierte man schon den Zug.

Ganz verzagt war der Herr Bezirkshauptmann. Von allen Seiten trank man auf sein Wohl, seine glückliche Reise und das gute Gelingen seiner beruflichen Aufgaben. Er lächelte nach allen Seiten hin, erhob sich, stieß da und dort an, und sein Kopf war schwer von Sorgen und sein Herz bedrängt von düsteren Ahnungen. War doch schon eine ungeheuer lange Zeit verstrichen seit seiner Abreise aus seinem Bezirk W.! Ja, der Bezirkshauptmann war heiter und übermütig in eine abenteuerliche Gegend und zu seinem vertrauten Sohn gefahren. Nun kehrte er zurück, einsam, von einem einsamen Sohn und von dieser Grenze, wo der Untergang der Welt bereits so deutlich zu sehen war, wie man ein Gewitter sieht am Rande einer Stadt, deren Straßen noch ahnungslos und glückselig unter blauem Himmel liegen. Schon läutete die fröhliche Glocke des Portiers. Schon pfiff die Lokomotive. Schon schlug der nasse Dampf des Zuges in grauen, feinen Perlen an die Fenster des Speisesaals. Schon war die Mahlzeit beendet, und alle erhoben sich. Das „ganze Bataillon" begleitete Herrn von Trotta auf den Perron. Herr von Trotta hatte den Wunsch, noch etwas Besonderes zu sagen, aber es fiel ihm gar nichts Passendes ein. Er schickte noch einen zärtlichen Blick zu seinem Sohn. Gleich darauf aber hatte er Angst, man würde diesen Blick bemerken, und er senkte die Augen. Er drückte dem Major Zoglauer die Hand. Er dankte Chojnicki. Er lüftete den würdigen, grauen Halbzylinder, den er auf Reisen zu tragen pflegte. Er hielt den Hut in der Linken und schlug die Rechte um den Rücken Carl Josephs. Er küßte den Sohn auf die Wangen. Und obwohl er sagen wollte: Mach mir keinen Kummer! Ich liebe dich, mein Sohn!, sagte er lediglich: „Halt dich gut!" – Denn die Trottas waren schüchterne Menschen.

Schon stieg er ein, der Bezirkshauptmann. Schon stand er am Fenster. Seine Hand im dunkelgrauen Glacéhandschuh lag am offenen Fenster. Sein kahler Schädel glänzte. Noch einmal suchte sein bekümmertes Auge das Angesicht Carl Josephs. „Wenn Sie nächstens wiederkommen, Herr Bezirkshauptmann", sagte der allzeit gutgelaunte Hauptmann Wagner, „finden Sie schon ein kleines Monte Carlo vor!" „Wieso?" fragte der Bezirkshauptmann. „Hier wird ein Spielsaal gegründet!" erwiderte Wagner. Und ehe noch Herr von Trotta seinen Sohn heranrufen konnte, um ihn vor dem angekündigten „Monte Carlo" herzlichst zu warnen, pfiff die Lokomotive, die Puffer schlugen dröhnend aneinander, und der Zug glitt davon. Der Bezirkshauptmann winkte mit dem grauen Handschuh. Und alle Offiziere salutierten. Carl Joseph rührte sich nicht.

Er ging auf dem Rückweg neben dem Hauptmann Wagner. „Ein famoser Spielsaal wird's!" sagte der Hauptmann. „Ein wirklicher Spielsaal! Ach Gott! Wie lange hab' ich schon kein Roulette gesehn! Weißt, wie sie rollt, das hab' ich so gern und dieses Geräusch! Ich freu' mich außerordentlich!"

Es war nicht nur der Hauptmann Wagner, der die Eröffnung des neuen Spielsaals erwartete. Alle warteten. Seit Jahren wartete die Grenzgarnison auf den Spielsaal, den Kapturak eröffnen sollte.

Eine Woche nach der Abreise des Bezirkshauptmanns kam Kapturak. Und wahrscheinlich hätte er ein weit größeres Aufsehen erregt, wenn nicht gleichzeitig mit ihm, dank einem merkwürdigen Zufall, jene Dame gekommen wäre, der sich die Aufmerksamkeit aller Menschen zuwandte.

12

An den Grenzen der österreichisch-ungarischen Monarchie gab es damals viele Männer von der Art Kapturaks. Rings um das alte Reich begannen sie zu kreisen wie die schwarzen und feigen Vögel, die aus unendlicher Ferne einen Sterbenden eräugen. Mit ungeduldigen und finsteren Flügelschlägen warteten sie sein Ende ab. Mit steilen Schnäbeln stoßen sie auf die Beute. Man weiß nicht, woher sie kommen, noch wohin sie fliegen. Die gefiederten Brüder des rätselhaften Todes sind sie, seine Künder, seine Begleiter und seine Nachfolger.

Kapturak ist ein kleiner Mann von unbedeutendem Angesicht. Gerüchte huschen um ihn, fliegen ihm auf seinen gewundenen Wegen voran und folgen den kaum merklichen Spuren, die er hinterläßt. Er wohnt in der Grenzschenke. Er verkehrt mit den Agenten der südamerikanischen Schiffahrtsgesellschaften, die jedes Jahr Tausende russischer Deserteure auf ihren Dampfern nach einer neuen und grausamen Heimat befördern. Er spielt gerne und trinkt wenig. An einer gewissen gramvollen Leutseligkeit läßt er es nicht fehlen. Er erzählt, daß er jahrelang den Schmuggel mit russischen Deserteuren jenseits der Grenze betrieben und dort ein Haus, Weib und Kinder zurückgelassen habe, aus Angst, nach Sibirien verschickt zu werden, nachdem man mehrere Beamte und Militärs ertappt und verurteilt hatte. Und auf die Frage, was er hier zu machen gedenke, erwidert Kapturak, bündig und lächelnd: „Geschäfte."

Der Inhaber des Hotels, in dem die Offiziere logierten, ein gewisser Brodnitzer, schlesischer Abstammung und aus unbekannten Gründen an die Grenze verschlagen, machte den Spielsaal auf. Er hängte einen großen Zettel an die Fensterscheibe des Cafés. Er verkündete, daß er Spiele jeder Art bereit halte, eine Musikkapelle allabendlich bis in die Morgenstunden „konzertieren" lassen werde und „Tingel-Tangel-Sängerinnen von

Ruf" engagiert habe. Die „Renovierung" des Lokals begann mit den Konzerten der Musikkapelle, die aus acht zusammengeklaubten Musikern bestand. Später traf die sogenannte „Nachtigall aus Mariahilf" ein, ein blondes Mädchen aus Oderberg. Sie sang Walzer von Lehár, dazu das gewagte Lied: „Wenn ich in der Liebesnacht in den grauen Morgen wandre …", ferner als Zugabe: „Unter meinem Kleidchen trag' ich rosa Dessous voller plis." Also steigerte Brodnitzer die Erwartungen seiner Kundschaft. Es erwies sich, daß Brodnitzer neben den zahlreichen kurzen und langen Kartentischen in einer schattigen und verhängten Ecke auch einen kleinen Roulettetisch aufgestellt hatte. Hauptmann Wagner erzählte es allen und weckte Begeisterung. Den Männern, die seit vielen Jahren an der Grenze dienten, schien die kleine Kugel (und viele hatten noch nie ein Roulette gesehn) einer jener zauberischen Gegenstände der großen Welt, mit deren Hilfe der Mensch schöne Frauen, teure Pferde, reiche Schlösser auf einmal gewinnt. Wem sollte sie etwa nicht helfen, die Kugel? Alle hatten kümmerliche Knabenjahre in der Stiftsschule verlebt, harte Jünglingsjahre in den Kadettenanstalten, grausame Jahre im Dienst an der Grenze. Sie warteten auf den Krieg. Statt seiner war eine Teilmobilisierung gegen Serbien gekommen, von der man ruhmlos in die gewohnte Erwartung des mechanischen Avancements zurückkehrte. Manöver, Dienst, Kasino, Kasino, Dienst und Manöver! Sie hörten zum erstenmal die kleine Kugel rattern und wußten nun, daß das Glück selbst unter ihnen rotierte, um heute den und morgen jenen zu treffen. Fremde, blasse, reiche und stumme Herren saßen da, wie man sie niemals gesehen hatte. Eines Tages gewann Hauptmann Wagner fünfhundert Kronen. Am nächsten Tag waren seine Schulden bezahlt. Er bekam in diesem Monat zum erstenmal nach langer Zeit seine Gage unversehrt, ganze drei Drittel. Allerdings hatten Leutnant Schnabel und Leutnant Gründler je hundert Kronen verloren. Morgen konnten sie tausend gewinnen! …

Wenn die weiße Kugel zu laufen begann, so daß sie selbst wie ein milchiger Kreis aussah, gezogen um die Peripherie schwarzer und roter Felder, wenn die schwarzen und roten Felder sich ebenfalls vermischten zu einem einzigen verschwimmenden Rund von unbestimmbarer Farbe, dann erzitterten die Herzen der Offiziere, und in ihren Köpfen entstand ein fremdes Tosen, als rotierte in jedem Gehirn eine besondere Kugel, und vor ihren Augen wurde es schwarz und rot, schwarz und rot. Die Knie wankten, obwohl man saß. Die Augen jagten mit verzweifelter Hast der Kugel nach, die sie nicht erhaschen konnten. Nach eigenen Gesetzen fing sie schließlich an, zu torkeln, trunken vom Lauf, und blieb erschöpft in einer numerierten Mulde liegen. Alle stöhnten auf. Auch wer verloren hatte, fühlte sich befreit. Am nächsten Morgen erzählte es einer dem andern. Und ein großer Taumel ergriff sie alle. Immer mehr Offiziere kamen in den Spielsaal. Aus unerforschlichen Gegenden kamen auch die fremden Zivilisten. Sie waren es, die das Spiel beheizten, die Kasse füllten, aus Brieftaschen große Scheine zogen, aus Westentaschen goldene Dukaten, Uhren und Ketten und von den Fingern Ringe. Alle Zimmer des Hotels waren besetzt. Die schläfrigen Droschken, die immer auf ihrem

Standplatz gewartet hatten, mit den gähnenden Kutschern am Bock und den mageren Schindmähren davor, wie nachgemachte Fuhrwerke im Panoptikum: auch sie erwachten, und siehe da: die Räder konnten rollen, die mageren Mähren trabten mit klappernden Hufen vom Bahnhof zum Hotel, vom Hotel zur Grenze und wieder zurück ins Städtchen. Die verdrossenen Händler lächelten. Lichter schienen die dunklen Läden zu werden, bunter die ausgelegten Waren, Nacht für Nacht sang die „Nachtigall von Mariahilf". Und als hätte ihr Gesang noch andere Schwestern geweckt, kamen nie gesehene, neue, geputzte Mädchen ins Café. Man rückte die Tische auseinander und tanzte zu den Walzern von Lehár. Die ganze Welt war verändert. –

Ja, die ganze Welt! An anderen Stellen zeigten sich sonderbare Plakate, wie man sie hierorts noch niemals gesehen hat. In allen Landessprachen fordern sie die Arbeiter der Borstenfabrik auf, die Arbeit niederzulegen. Die Borstenfabrikation ist die einzige, armselige Industrie dieser Gegend. Die Arbeiter sind arme Bauern. Ein Teil von ihnen lebt im Winter vom Holzhacken, im Herbst von Erntearbeiten. Im Sommer müssen alle in die Borstenfabrik. Andere kommen aus den niederen Schichten der Juden. Sie können nicht rechnen und nicht handeln, sie haben auch kein Handwerk gelernt. Weit und breit, wohl zwanzig Meilen in der Runde, gibt es keine andere Fabrik.

Für die Herstellung von Borsten bestanden unbequeme und kostspielige Vorschriften; die Fabrikanten hielten sie nicht gerne ein. Man mußte Staub und Bazillen absondernde Masken für die Arbeiter anschaffen, große und lichte Räume anlegen, die Abfälle zweimal täglich verbrennen lassen und anstelle der Arbeiter, die zu husten anfingen, andere aufnehmen. Denn alle, die sich mit der Reinigung der Borsten abgaben, begannen nach kurzer Zeit, Blut zu spucken. Die Fabrik war ein altes, baufälliges Gemäuer mit kleinen Fenstern, einem schadhaften Schieferdach, umzäunt von einer wildwuchernden Weidenhecke und umgeben von einem wüsten, breiten Platz, auf dem seit undenklichen Jahren Mist abgelagert wurde, tote Katzen und Ratten der Fäulnis ausgeliefert waren, Blechgeschirre rosteten, zerbrochene irdene Töpfe neben zerschlissenen Schuhen lagerten. Ringsum dehnten sich Felder, voll vom goldenen Segen des Korns, durchzirpt vom unaufhörlichen Gesang der Grillen, und dunkelgrüne Sümpfe, ständig widerhallend vom fröhlichen Lärm der Frösche. Vor den kleinen, grauen Fenstern, an denen die Arbeiter saßen, mit großen, eisernen Harken das dichte Gestrüpp der Borstenbündel unermüdlich kämmend und die trockenen Staubwölkchen schluckend, die jedes neue Bündel gebar, schossen die hurtigen Schwalben vorbei, tanzten die schillernden Sommerfliegen, schwebten weiße und bunte Falter einher, und durch die großen Luken des Daches drang das sieghafte Geschmetter der Lerchen. Die Arbeiter, die erst vor wenigen Monaten aus ihren freien Dörfern gekommen waren, geboren und groß geworden im süßen Atem des Heus, im kalten des Schnees, im beizenden Geruch des Düngers, im schmetternden Lärm der Vögel, im ganzen wechselreichen Segen der Natur: die Arbeiter sahen durch die grauen Staubwölkchen Schwalbe, Schmetterling und Mückentanz und hatten Heimweh. Wenn die Lerchen trillerten, wurden sie unzufrieden.

Früher hatten sie nicht gewußt, daß ein Gesetz befahl, für ihre Gesundheit zu sorgen; daß es ein Parlament in der Monarchie gab; daß in diesem Parlament Abgeordnete saßen, die selbst Arbeiter waren. Fremde Männer kamen, schrieben Plakate, veranstalteten Versammlungen, erklärten die Verfassung und die Fehler der Verfassung, lasen aus Zeitungen vor, redeten in allen Landessprachen. Sie waren lauter als die Lerchen und die Frösche: die Arbeiter begannen zu streiken.

In dieser Gegend war es der erste Streik. Er erschreckte die politischen Behörden. Sie waren seit Jahrzehnten gewohnt, gemächliche Volkszählungen zu veranstalten, den Geburtstag des Kaisers zu feiern, an den jährlichen Rekrutenaushebungen teilzunehmen und gleichlautende Berichte an die Statthalterei zu schicken. Hier und da verhaftete man russophile Ukrainer, einen orthodoxen Popen, Juden, die man beim Schmuggel von Tabak ertappte, und Spione. Seit Jahrzehnten reinigte man in dieser Gegend Borsten, schickte sie nach Mähren, Böhmen, Schlesien in die Bürstenfabriken und bekam aus diesen Ländern fertige Bürsten. Seit Jahren husteten die Arbeiter, spuckten Blut, wurden krank und starben in den Spitälern. Aber sie streikten nicht. Nun mußte man aus der weiteren Umgebung die Gendarmerieposten zusammenziehen und einen Bericht an die Statthalterei schicken. Diese setzte sich mit dem Armeekommando in Verbindung. Und das Armeekommando verständigte den Garnisonkommandanten.

Die jüngeren Offiziere stellten sich vor, daß „das Volk", das hieß, die unterste Schicht der Zivilisten, Gleichberechtigung mit den Beamten, Adligen und Kommerzialräten verlangte. Sie war keinesfalls zu gewähren, wollte man eine Revolution vermeiden. Und man wollte keine Revolution; und man mußte schießen, ehe es zu spät wurde. Der Major Zoglauer hielt eine kurze Rede, aus der all das klar hervorging. Viel angenehmer ist allerdings ein Krieg. Man ist kein Gendarmerie- und Polizeioffizier. Aber es gibt vorläufig keinen Krieg. Befehl ist Befehl. Man wird unter Umständen mit gefälltem Bajonett vorgehen und „Feuer" kommandieren. Befehl ist Befehl! Er hindert vorläufig keinen Menschen, in Brodnitzers Lokal zu gehen und viel Geld zu gewinnen.

Eines Tages verlor der Hauptmann Wagner viel Geld. Ein fremder Herr, früher aktiver Ulan, mit klingendem Namen, Gutsbesitzer in Schlesien, gewann zwei Abende hintereinander, lieh dem Hauptmann Geld und wurde am dritten durch ein Telegramm nach Hause gerufen. Es waren im ganzen zweitausend Kronen, eine Kleinigkeit für einen Kavalleristen. Keine Kleinigkeit für einen Hauptmann der Jäger! Man hätte zu Chojnicki gehen können, wenn man ihm nicht schon dreihundert schuldig gewesen wäre.

Brodnitzer meinte: „Herr Hauptmann, gebieten Sie nach Belieben über meine Unterschrift!"

„Ja", sagte der Hauptmann, „wer gibt so viel auf Ihre Unterschrift?"

Brodnitzer dachte eine Weile nach: „Herr Kapturak!"

Kapturak erschien und sagte: „Es handelt sich also um zweitausend Kronen. Rückzahlbar?"

„Keine Ahnung!"

„Viel Geld, Herr Hauptmann!"

„Ich geb's wieder!" erwiderte der Hauptmann.

„Wie, in welchen Raten? Sie wissen, daß man nur ein Drittel von der Gage pfänden darf. Ferner, daß alle Herren bereits engagiert sind. Ich sehe keine Möglichkeit!"

„Herr Brodnitzer – –", begann der Hauptmann.

„Herr Brodnitzer" – begann Kapturak, als wäre Brodnitzer gar nicht anwesend – „ist mir auch viel Geld schuldig. Ich könnte die gewünschte Summe hergeben, wenn jemand von Ihren Kameraden, der noch nicht engagiert ist, einspringen wollte, zum Beispiel der Herr Leutnant Trotta. Er kommt von der Kavallerie, er hat ein Pferd!"

„Gut", sagte der Hauptmann. „Ich werde mit ihm sprechen." Und er weckte den Leutnant Trotta.

Sie standen im langen, schmalen, dunklen Korridor des Hotels. „Unterschreib schnell!" flüsterte der Hauptmann. „Dort warten sie. Sie sehen, daß du nicht magst!" – Trotta unterschrieb.

„Komm sofort herunter!" sagte Wagner. „Ich erwarte dich!"

An der kleinen Tür im Hintergrund, durch welche die ständigen Mieter des Hotels das Kaffeehaus zu betreten pflegten, blieb Carl Joseph stehen. Er sah zum erstenmal den neueröffneten Spielsaal Brodnitzers. Er sah zum erstenmal einen Spielsaal überhaupt. Rings um den Roulettetisch war ein dunkelgrüner Vorhang aus Rips gezogen. Hauptmann Wagner lüpfte den Vorhang und glitt hinüber in eine andere Welt. Carl Joseph hörte das weiche, samtene Surren der Kugel. Er wagte nicht, den Vorhang zu heben. Am andern Ende des Cafés, neben dem Straßeneingang, stand das Podium, und auf dem Podium wirbelte die unermüdliche „Nachtigall aus Mariahilf". An den Tischen spielte man. Die Karten fielen mit klatschenden Schlägen auf den falschen Marmor. Die Menschen stießen unverständliche Rufe aus. Sie sahen aus wie Uniformierte, alle in weißen Hemdärmeln, ein sitzendes Regiment von Spielern. Die Röcke hingen über den Lehnen der Stühle. Sachte und gespenstisch schaukelten bei jeder Bewegung der Spieler die leeren Ärmel. Über den Köpfen lagerte eine dichte Gewitterwolke aus Zigarettenrauch. Die winzigen Köpfchen der Zigaretten erglommen rötlich und silbern im grauen Dunst und schickten immer neue, bläuliche Nebelnahrung zur dichten Gewitterwolke empor. Und unter der sichtbaren Wolke von Rauch schien eine zweite aus Lärm zu lagern, eine brausende, brummende, summende Wolke. Schloß man die Augen, so konnte man glauben, eine ungeheure Schar von Heuschrecken sei mit schrecklichem Gesang über die sitzenden Menschen losgelassen worden.

Hauptmann Wagner kam völlig verwandelt durch den Vorhang ins Café zurück. Seine Augen lagen in violetten Höhlen. Über seinen Mund hing struppig der braune Schnurrbart, dessen eine Hälfte seltsamerweise verkürzt erschien, und am Kinn standen die rötlichen Bartstoppeln, ein üppiges, kleines Feld von winzigen Lanzen. „Wo bist du, Trotta?" rief der Hauptmann, obwohl er Brust an Brust vor dem Leutnant stand. „Zweihundert verloren!" rief er. „Dies verfluchte Rot! Es ist aus mit meinem Glück im Roulette. Man muß es anders versuchen!" Und er schleppte Trotta zu den Kartentischen.

Kapturak und Brodnitzer erhoben sich. „Gewonnen?" fragte Kapturak, denn er sah, daß der Hauptmann verloren hatte. „Verloren, verloren!" brüllte der Hauptmann.

„Schade, schade!" sagte Kapturak. „Sehen Sie zum Beispiel mich: wie oft habe ich schon gewonnen und verloren! Sehen Sie, alles hatte ich schon verloren! Alles hab' ich wiedergewonnen! Nicht immer beim selben Spiel bleiben! Nur nicht immer beim selben Spiel bleiben! Das ist die Hauptsache!"

Hauptmann Wagner hakte den Rockkragen auf. Die gewöhnliche, bräunliche Röte kehrte wieder in sein Gesicht. Sein Schnurrbart ordnete sich gleichsam von selbst. Er schlug Trotta auf den Rücken. „Du hast noch nie eine Karte angerührt!" Trotta sah Kapturak ein blankes Spiel neuer Karten aus der Tasche ziehen und es behutsam auf den Tisch legen, wie um dem bunten Angesicht der untersten Karte nicht weh zu tun. Er streichelte das Päckchen mit seinen hurtigen Fingern. Wie dunkelgrüne, glatte Spiegelchen glänzen die Rücken der Karten. In ihrer sanften Wölbung schwimmen die Lichter der Decke. Einzelne Karten erheben sich von selbst, stehen senkrecht auf ihrer scharfen Schmalseite, legen sich bald auf den Rücken und bald auf den Bauch, sammeln sich zum Häufchen, dieses entblättert sich mit einem sanften Geknatter, läßt die schwarzen und roten Gesichter wie ein kurzes, buntes Gewitter vorbeirauschen, schließt sich neuerlich, fällt auf den Tisch, verteilt in kleinere Häufchen. Diesen entgleiten einzelne Karten, rücken zärtlich ineinander, jede den halben Rücken der andern deckend, runden sich hierauf zu einem Kreis, erinnern an eine seltsame umgestülpte und flache Artischocke, fliegen in eine Reihe zurück und sammeln sich schließlich zum Päckchen. Alle Karten hören auf die lautlosen Rufe der Finger. Hauptmann Wagner verfolgt dieses Vorspiel mit hungrigen Augen. Ach, er liebte die Karten! Manchmal kamen jene, die er gerufen hatte, zu ihm, und manchmal flohen sie ihn. Er liebte es, wenn seine tollen Wünsche den Fliehenden nachgaloppierten und sie endlich, endlich zur Umkehr zwangen. Manchmal freilich waren die Flüchtigen schneller, und die Wünsche des Hauptmanns mußten ermattet umkehren. Im Laufe der Jahre hatte der Hauptmann einen schwer übersichtlichen, äußerst verworrenen Kriegsplan ersonnen, in dem keine Methode, das Glück zu zwingen, außer acht gelassen war: weder die Mittel der Beschwörung noch die der Gewalt, noch die der Überrumpelung, noch die des flehentlichen Gebets und der liebestollen Lockung. Einmal mußte sich der arme Hauptmann, sobald er ein Cœur erwünschte, verzweifelt stellen und der Unsichtbaren im Geheimen versichern, daß er, käme sie nicht bald, heute noch Selbstmord begehen würde; ein anderes Mal hielt er es für aussichtsreicher, stolz zu bleiben und so zu tun, als sei ihm die Heißersehnte vollkommen gleichgültig. Ein drittes Mal mußte er, um zu gewinnen, mit eigener Hand die Karten mischen, und zwar mit der Linken, eine Geschicklichkeit, die er mit eisernem Willen nach langen Übungen endlich erworben hatte; und ein viertes Mal war es nützlicher, an der rechten Seite des Bankhalters Platz zu nehmen. In den meisten Fällen allerdings galt es, alle Methoden miteinander zu verbinden oder sie sehr schnell zu wechseln, und zwar so, daß die Mitspieler es nicht erkannten. Denn dieses war wichtig. „Tauschen wir den Platz!" konnte der Hauptmann zum Beispiel ganz harmlos sagen. Und wenn er im Angesicht seines Mitspielers ein erkennendes Lächeln zu sehen glaubte, lachte er und fügte hinzu: „Sie irren sich! Ich bin nicht abergläubisch! Das Licht stört mich hier!" Erfuhren nämlich die Mitspieler etwas von den strategischen Tricks des Hauptmanns, so verrieten ihre Hände den Karten seine Absichten. Die Karten bekamen sozusagen Wind von seiner List und hatten Zeit zu fliehen. Und also begann der Hauptmann, sobald er sich an den Spieltisch setzte, so eifrig zu arbeiten wie ein ganzer Generalstab. Und während sein Gehirn diese übermenschliche Leistung vollbrachte, zogen durch sein Herz Gluten und Fröste, Hoffnungen und Schmerzen, Jubel und Bitterkeit. Er kämpfte, er focht, er litt schauderhaft. Seit den Tagen, da man hier angefangen hatte, Roulette zu spielen, arbeitete er schon über schlauen Kriegsplänen gegen die Tücke der Kugel. (Aber er wußte wohl, daß sie schwieriger zu besiegen war als die Spielkarte.)

Er spielte fast immer Bakkarat, obwohl es nicht nur zu den verbotenen Spielen, sondern auch zu den verpönten gehörte. Was aber sollten ihm die Spiele, bei denen man rechnen mußte und überlegen – in einer vernünftigen Art rechnen und überlegen –, wenn seine Spekulationen schon an das Unerrechenbare und Unerklärliche rührten, es enthüllten und häufig sogar bezwangen? Nein! Er wollte unmittelbar mit den Rätseln des Geschicks kämpfen und sie auflösen! Und er setzte sich zum Bakkarat. Und er gewann in der Tat. Und er hatte drei Neuner und drei Achter hintereinander, während Trotta lauter Buben und Könige bekam, Kapturak nur zweimal Vierer und Fünfer. Und da vergaß sich der Hauptmann Wagner. Und obwohl es zu seinen Grundsätzen gehörte, das Glück nicht merken zu lassen, daß man seiner sicher sei, verdreifachte er plötzlich den Einsatz. Denn er hoffte, den Wechsel heute noch „hereinzukriegen". Und hier begann das Unheil. Der Hauptmann verlor, und Trotta hatte gar nicht aufgehört zu verlieren. Schließlich gewann Kapturak fünfhundert Kronen. Der Hauptmann mußte einen neuen Schuldschein unterschreiben.

Wagner und Trotta standen auf. Sie fingen an, Cognac mit Neunziggrädigem zu mischen und diesen wieder mit Okočimer Bier. Der Hauptmann Wagner schämte sich seiner Niederlage, nicht anders als ein General, der besiegt aus einer Schlacht hervorgeht, zu der er einen Freund geladen hat, um den Sieg mit ihm zu teilen. Der Leutnant aber teilte die Scham des Hauptmanns. Und beide wußten, daß sie einander unmöglich ohne Alkohol in die Augen sehen konnten. Sie tranken langsam, in kleinen, regelmäßigen Schlucken.

„Auf dein Wohl!" sagte der Hauptmann. „Auf dein Wohl!" sagte Trotta.

Sooft sie diese Wünsche wiederholten, schauten sie sich mutig an und bewiesen einander, daß ihnen ihr Unheil gleichgültig war. Plötzlich aber schien es dem Leutnant, daß der Hauptmann, sein bester Freund, der unglücklichste Mann auf dieser Erde sei, und er fing an, bitterlich zu weinen. „Warum weinst du?" fragte der Hauptmann, und auch seine Lippen bebten schon. „Über dich, über dich!" sagte Trotta, „mein armer Freund!" Und sie verloren sich teils in stummen, teils in wortreichen Wehklagen.

In Hauptmann Wagners Erinnerung tauchte ein alter Plan auf. Er bezog sich auf das Pferd Trottas, das er jeden Tag zu reiten pflegte, das er liebgewonnen hatte und zuerst selbst hatte kaufen wollen. Es war ihm gleich darauf eingefallen, daß er, wenn er soviel Geld hätte, wie das Pferd kosten mußte, ohne Zweifel ein Vermögen im Bakkarat gewinnen und mehrere Pferde besitzen könnte. Hierauf dachte er daran, dem Leutnant das Pferd abzunehmen, es nicht zu zahlen, sondern zu belehnen, mit dem Geld zu spielen und dann das Tier zurückzukaufen. War das unfair? Wem konnte es schaden? Wie lange dauerte es? Zwei Stunden Spiel, und man hatte alles! Man gewann am sichersten, wenn man sich ohne Angst, ohne auch nur ein bißchen zu rechnen, an den Spieltisch setzte. Oh, wenn man nur ein einziges Mal so spielen hätte können wie ein reicher, unabhängiger Mann! Einmal! Der Hauptmann verfluchte seine Gage. Sie war so schäbig, daß sie ihm nicht erlaubte, „menschenwürdig" zu spielen.

Jetzt, wie sie so gerührt nebeneinandersaßen, alle Welt ringsum vergessen hatten, aber überzeugt waren, sie wären von aller Welt ringsum vergessen worden, glaubte der Hauptmann endlich sagen zu können: „Verkauf mir dein Pferd!" „Ich schenk's dir", sagte Trotta gerührt. Ein Geschenk darf man nicht verkaufen, auch nicht vorübergehend, dachte der Hauptmann und sagte: „Nein, verkaufen!" „Nimm's dir!" flehte Trotta. „Ich zahl's!" beharrte der Hauptmann.

Sie stritten so einige Minuten. Schließlich erhob sich der Hauptmann, taumelte ein wenig und schrie: „Ich befehle Ihnen, es mir zu verkaufen!" „Jawohl, Herr Hauptmann!" sagte Trotta mechanisch. „Ich hab' aber kein Geld!" lallte der Hauptmann, setzte sich und wurde wieder gütig. „Das macht nichts! Ich schenk' dir's." „Nein, justament nicht! Ich will's auch gar nicht mehr kaufen. Wenn ich nur Geld hätte!"

„Ich kann's einem andern verkaufen!" sagte Trotta. Er leuchtete vor Freude über diesen ungewöhnlichen Einfall.

„Famos!" rief der Hauptmann. „Aber wem?" „Chojnicki zum Beispiel!" „Famos!" wiederholte der Hauptmann. „Ich bin ihm fünfhundert Kronen schuldig!" „Ich übernehme sie!" sagte Trotta.

Weil er getrunken hatte, war sein Herz erfüllt von Mitleid für den Hauptmann. Dieser arme Kamerad mußte gerettet werden! Er befand sich in großer Gefahr. Er war ihm ganz vertraut und nahe, der liebe Hauptmann Wagner. Außerdem hält es der Leutnant in dieser Stunde für unumgänglich notwendig, ein gutes, tröstliches, vielleicht auch ein großes Wort zu sagen und eine hilfreiche Tat zu vollbringen. Edelmut, Freundschaft und das Bedürfnis, sehr stark und hilfreich zu erscheinen, rannen in seinem Herzen zusammen, gleich drei warmen Strömen. Trotta erhebt sich. Der Morgen ist angebrochen. Nur einige Lampen brennen noch, schon ermattet vor dem Hellgrau des Tages, der übermächtig durch die Jalousien eindringt. Außer Herrn Brodnitzer und seinem einzigen Kellner ist kein Mensch mehr im Lokal. Trostlos und verraten stehen Tische und Stühle und das Podium, auf dem die „Nachtigall aus Mariahilf" während der Nacht herumgehüpft ist. Alles Wüste ringsum weckt schreckliche Bilder von einem plötzlichen Aufbruch, der hier stattgefunden haben kann, als hätten die Gäste, von einer Gefahr überrascht, in hellen Scharen das Café auf einmal verlassen. Lange Zigarettenmundstücke aus Pappe wimmeln in Haufen auf dem Boden neben kurzen Stummeln von Zigarren. Es sind Überreste russischer Zigaretten und österreichischer Zigarren, und sie verraten, daß hier Gäste aus dem fremden Lande mit Einheimischen gespielt und getrunken haben.

„Zahlen!" ruft der Hauptmann. – Er umarmt den Leutnant. Er drückt ihn lange und herzlich an die Brust. „Also mit Gott!" sagt er, die Augen voller Tränen.

Auf der Straße war bereits der ganze Morgen vorhanden, der Morgen einer kleinen östlichen Stadt, voll vom Duft der Kastanienkerzen, des eben erblühten Flieders und der frischen, säuerlichen, schwarzen Brote, die von den Bäckern in großen Körben ausgetragen wurden. Die Vögel lärmten, es war ein unendliches Meer aus Gezwitscher, ein tönendes Meer in der Luft. Ein blaßblauer, durchsichtiger Himmel spannte sich glatt und nahe über den grauen, schiefen Schindeldächern der kleinen Häuser. Die winzigen Fuhrwerke der Bauern rollten weich und langsam und noch schläfrig über die staubige Straße und verstreuten nach allen Seiten Strohhalme, Häcksel und trockenes Heu vom vorigen Jahr. Am freien östlichen Horizont stieg sehr schnell die Sonne empor. Ihr entgegen ging Leutnant Trotta, ein wenig ernüchtert durch den sachten Wind, der dem Tag voranwehte, und erfüllt von der stolzen Absicht, den Kameraden zu retten. Es war nicht einfach, das Pferd zu verkaufen, ohne vorher den Bezirkshauptmann um Erlaubnis zu fragen. Man tat es für den Freund! Es war auch nicht so einfach – und was wäre für den Leutnant Trotta in diesem Leben einfach gewesen! –, Chojnicki das Pferd anzutragen. Aber je schwieriger das Unterfangen erschien, desto rüstiger und entschlossener marschierte ihm Trotta entgegen. Schon schlug es vom Turm. Trotta erreichte den Eingang zum „neuen Schloß" in dem Augenblick, in dem Chojnicki, gestiefelt und die Peitsche in der Hand, sein sommerliches Gefährt besteigen wollte. Er bemerkte die falsche rötliche Frische im hageren und unrasierten Gesicht des Leutnants, die Schminke der Trinker. Sie lag über der wirklichen Blässe des Angesichts wie der Widerschein einer roten Lampe über einem weißen Tisch. Er geht zugrunde! dachte Chojnicki.

„Ich wollte Ihnen einen Vorschlag machen!" sagte Trotta. „Wollen Sie mein Pferd?" – Die Frage erschreckte ihn selbst. Auf einmal wurde es ihm schwer zu sprechen.

„Sie reiten nicht gern, wie ich weiß, Sie sind ja auch von der Kavallerie weg, nun ja – es ist Ihnen also einfach unsympathisch, sich um das Tier zu sorgen, da Sie es doch nicht gern benützen, nun ja – aber es könnte Ihnen doch leid tun."

„Nein!" sagte Trotta. Er wollte nichts verheimlichen. „Ich brauche Geld."

Der Leutnant schämte sich. Es gehörte nicht zu den unehrenhaften, verpönten, zweifelhaften Handlungen, Geld bei Chojnicki zu leihen. Und dennoch war es Carl Joseph, als begänne er mit der ersten Anleihe eine neue Etappe seines Lebens und als bedürfte er dazu der väterlichen Erlaubnis. Der Leutnant schämte sich. Er sagte: „Um es klar zu sagen: ich habe für einen Kameraden gebürgt. Eine große Summe. Außerdem hat er noch in dieser Nacht eine kleinere verloren. Ich will nicht, daß er diesem Cafetier schuldig bleibt. Es ist unmöglich, daß ich leihe. Ja", wiederholte der Leutnant, „es ist einfach unmöglich. Der Betreffende ist Ihnen schon Geld schuldig."

„Aber er geht Sie nichts an!" sagte Chojnicki. „In diesem Zusammenhang geht er Sie gar nichts an. Sie werden mir nächstens zurückzahlen. Es ist eine Kleinigkeit! Sehen Sie, ich bin reich, man nennt das reich. Ich habe keine Beziehung zum Geld. Wenn Sie mich um einen Schnaps bitten, es ist genau das gleiche. Sehen Sie doch, was für Umstände! Sehen Sie", und Chojnicki streckte die Hand gegen den Horizont aus und beschrieb einen Halbkreis, „alle diese Wälder gehören mir. Es ist ganz unwichtig, nur, um Ihnen Gewissensbisse zu ersparen. Ich bin jedem dankbar, der mir etwas abnimmt. Nein, lächerlich, es spielt keine Rolle, es ist schade, daß wir so viele Worte verlieren. Ich mache Ihnen einen Vorschlag: ich kaufe Ihr Pferd und lasse es Ihnen ein Jahr. Nach einem Jahr gehört es mir."

Es ist deutlich, daß Chojnicki ungeduldig wird. Übrigens muß das Bataillon bald ausrücken. Die Sonne steigt rastlos höher. Der volle Tag ist da.

Trotta hastete der Kaserne zu. In einer halben Stunde war das Bataillon gestellt. Er hatte keine Zeit mehr sich zu rasieren. Major Zoglauer kam gegen elf Uhr. (Er liebte keine unrasierten Zugskommandanten. Das einzige, worauf er im Laufe der Jahre, in denen er Grenzdienst tat, noch acht zu geben gelernt hatte, waren „Sauberkeit und Adjustierung im Dienst".) Nun, es war zu spät! Man lief in die Kaserne. Man war wenigstens nüchtern geworden. Man traf Hauptmann Wagner vor versammelter Kompanie. „Ja, erledigt!" sagte man hastig, und man stellte sich vor seinen Zug. Und man kommandierte: „Doppelreihen, rechts um. Marsch!" Der Säbel blitzte. Die Trompeten bliesen. Das Bataillon rückte aus.

Hauptmann Wagner bezahlte heute die sogenannte „Erfrischung" in der Grenzschenke. Man hatte eine halbe Stunde Zeit, zwei, drei Neunziggrädige zu trinken. Hauptmann Wagner wußte ganz genau, daß er angefangen hatte, sein Glück in die Hand zu bekommen. Er lenkte es jetzt ganz allein! Heute nachmittag zweitausendfünfhundert Kronen! Man gab fünfzehnhundert sofort zurück und setzte sich, ganz ruhig, ganz sorglos, ganz wie ein reicher Mann zum Bakkarat! Man übernahm die Bank! Man mischte selbst! Und zwar mit der linken Hand! Vielleicht bezahlte man vorläufig nur tausend und setzte sich mit ganzen fünfzehnhundert, ganz ruhig, ganz sorglos, ganz wie ein reicher Mann zum Spiel, und zwar mit fünfhundert zum Roulette und mit tausend zum Bak! Das wäre noch besser! „Anschreiben für Hauptmann Wagner!" rief er zum Schanktisch. Und man erhob sich, die Rast war beendet, und die „Feldübungen" sollten beginnen.

Glücklicherweise verschwand Major Zoglauer heute schon nach einer halben Stunde. Hauptmann Wagner übergab das Kommando dcm Oberleutnant Zander und ritt schleunigst zu Brodnitzer. Er erkundigte sich, ob er am Nachmittag, gegen vier Uhr, auf Mitspieler rechnen könnte. Jawohl, kein Zweifel! Alles ließ sich großartig an! Sogar die „Hausgeister", jene unsichtbaren Wesen, die Hauptmann Wagner in jedem Raum, in dem gespielt wurde, fühlen konnte, mit denen er manchmal unhörbar sprach – und auch dann in einem Kauderwelsch, das er sich im Laufe der Jahre zurechtgelegt hatte –, sogar diese Hausgeister waren heute von eitel Wohlwollen für Wagner erfüllt. Um sie noch besser zu stimmen oder um sie nicht anderer Meinung werden zu lassen, beschloß Wagner, heute ausnahmsweise im Café Brodnitzer Mittag zu essen und sich bis zur Ankunft Trottas nicht vom Platz zu rühren. Er blieb. Gegen drei Uhr nachmittag kamen die ersten Spieler. Hauptmann Wagner begann zu zittern. Wenn dieser Trotta ihn im Stich ließ und zum Beispiel erst morgen das Geld brachte? Dann waren vielleicht schon alle Chancen vorbei. Einen so guten Tag wie heute erwischte man vielleicht niemals mehr! Die Götter waren gut gelaunt, und es war ein Donnerstag. Am Freitag aber! Am Freitag das Glück rufen, das hieß ebensoviel, wie von einem Oberstabsarzt Kompanie-Exerzieren verlangen! Je mehr Zeit verging, desto grimmiger dachte Hauptmann Wagner von dem säumigen Leutnant Trotta. Er kam nicht, der junge Schuft! Und dazu hatte man sich so angestrengt, den Exerzierplatz zu früh verlassen, auf das gewohnte Mittagessen im Bahnhof verzichtet, mit den Hausgeistern mühsam verhandelt und gewissermaßen den günstigen Donnerstag aufgehalten! Und dann wurde man im Stich gelassen. Der Zeiger an der Wanduhr rückte unermüdlich vor, und Trotta kam nicht, kam nicht, kam nicht!

Doch! Er kommt! Die Tür geht auf, und Wagners Augen leuchten! Er gibt Trotta gar nicht die Hand! Seine Finger zittern. Alle Finger gleichen ungeduldigen Räubern. Im nächsten Augenblick pressen sie schon einen herrlichen, knisternden Umschlag. „Setz dich hin!" befahl der Hauptmann. „In einer halben Stunde spätestens siehst du mich wieder!" Und er verschwand hinter dem grünen Vorhang.

Die halbe Stunde verging, noch eine Stunde und noch eine. Es war schon Abend, die Lichter brannten. Der Hauptmann Wagner kam langsam näher. Er war höchstens noch an seiner Uniform zu erkennen, und auch diese hatte sich verändert. Ihre Knöpfe standen offen, aus dem Kragen ragte das schwarze Halsband aus Kautschuk, der Säbelgriff steckte unter dem Rock, die Taschen blähten sich, und Zigarrenasche lag verstreut auf der Bluse. Auf dem Kopf des Hauptmanns ringelten sich die Haare des braunen, zerstörten Scheitels, und unter dem zerzausten Schnurrbart standen die Lippen offen. Der Hauptmann röchelte: „Alles!" und setzte sich.

Sie hatten einander nichts mehr zu sagen. Ein paarmal machte Trotta den Versuch, eine Frage zu tun. Wagner bat mit ausgestreckter Hand und gleichsam ausgestreckten Augen um Stille. Dann erhob er sich. Er ordnete seine Uniform. Er sah ein, daß sein Leben keinen Zweck mehr hatte. Er ging jetzt hin, um endlich Schluß zu machen. „Leb wohl!" sagte er feierlich -- und ging.

Draußen aber umfächelte ihn ein gütiger, schon sommerlicher Abend mit hunderttausend Sternen und hundert Wohlgerüchen. Es war schließlich leichter, nie mehr zu spielen als nie mehr zu leben. Und er gab sich sein Ehrenwort, daß er nie mehr spielen würde. Lieber verrecken als eine Karte anrühren. Nie mehr! Nie mehr war eine lange Zeit, man kürzte sie ab. Man sagte sich: bis zum 31. August kein Spiel! Dann wird man ja sehen! Also, Ehrenwort, Hauptmann Wagner!

Und mit frisch gesäubertem Gewissen, stolz auf seine Festigkeit und froh über das Leben, das er sich soeben selbst gerettet hat, geht der Hauptmann Wagner zu Chojnicki. Chojnicki steht an der Tür. Er kennt den Hauptmann lange genug, um auf den ersten Blick zu sehen, daß Wagner viel verloren und wieder einmal den Entschluß gefaßt hat, kein Spiel mehr anzurühren. Und er ruft: „Wo haben Sie den Trotta gelassen?"

„Nicht gesehn!"

„Alles?"

Der Hauptmann senkt den Kopf, schaut auf seine Stiefelspitzen und sagt: „Ich habe mein Ehrenwort gegeben –"

„Ausgezeichnet!" sagt Chojnicki, „es ist Zeit!"

Er ist entschlossen, den Leutnant Trotta von der Freundschaft mit dem irrsinnigen Wagner zu befreien. Weg mit ihm! denkt Chojnicki. Man wird ihn vorläufig für ein paar Tage in Urlaub schicken, mit Wally! Und er fährt in die Stadt.

„Ja!" sagt Trotta ohne Zögern. Er hat Angst vor Wien und vor der Reise mit einer Frau. Aber er muß fahren. Er empfindet jene ganz bestimmte Bedrängnis, die ihn vor jeder Veränderung seines Lebens regelmäßig befallen hat. Er fühlt, daß ihn eine neue Gefahr bedroht, die größte der Gefahren, die es geben kann, nämlich eine, nach der er sich selbst gesehnt hat. Er wagt nicht zu fragen, wer die Frau sei. Viele Gesichter fremder Frauen, blaue, braune und schwarze Augen, blonde Haare, schwarze Haare, Hüften, Brüste und Beine, Frauen, die er vielleicht einmal gestreift hat, als Knabe, als Jüngling; alle schweben hurtig an ihm vorbei; alle auf einmal: ein wunderbarer, zarter Sturm von fremden Frauen. Er riecht den Duft der Unbekannten; er spürt die kühle und harte Zartheit ihrer Knie; schon liegt um seinen Hals das süße Joch nackter Arme und an seinem Nacken der Riegel ineinander geschlungener Hände.

Es gibt eine Angst vor der Wollust, die selbst wollüstig ist, wie eine gewisse Angst vor dem Tode tödlich sein kann. Diese Angst erfüllt nun den Leutnant Trotta.

13

Frau von Taußig war schön und nicht mehr jung. Tochter eines Stationschefs, Witwe von einem jung verstorbenen Rittmeister namens Eichberg, hatte sie vor einigen Jahren einen frisch geadelten Herrn Taußig geheiratet, einen reichen und kranken Fabrikanten. Er litt an leichtem, sogenanntem zirkulärem Irresein. Seine Anfälle kehrten regelmäßig jedes halbe Jahr wieder. Wochenlang vorher fühlte er sie nahen. Und er fuhr in jene Anstalt am Bodensee, in der verwöhnte Irrsinnige aus reichen Häusern behutsam und kostspielig behandelt wurden und die Irrenwärter zärtlich waren wie Hebammen. Kurz vor einem seiner Anfälle und auf den Rat eines jener windigen und mondänen Ärzte, die ihren Patienten „seelische Emotionen" ebenso leichtfertig verschreiben wie altertümliche Hausärzte Rhabarber und Rizinus, hatte Herr von Taußig die Witwe von seinem Freund Eichberg geheiratet. Taußig erlebte zwar eine „seelische Emotion", aber sein Anfall kam auch schneller und heftiger. Seine Frau hatte während ihrer kurzen Ehe mit Herrn von Eichberg viele Freunde gewonnen und nach dem Tode ihres Mannes ein paar herzliche Heiratsanträge zurückgewiesen. Von ihren Ehebrüchen schwieg man aus purer Hochschätzung. Die Zeit war damals strenge, wie man weiß. Aber sie erkannte Ausnahmen an und liebte sie sogar. Es war einer jener wenigen aristokratischen Grundsätze, denen zufolge einfache Bürger Menschen zweiter Klasse waren, aber der und jener bürgerliche Offizier Leibadjutant des Kaisers wurde; die Juden auf höhere Auszeichnungen keinen Anspruch erheben konnten, aber einzelne Juden geadelt wurden und Freunde von Erzherzögen; die Frauen in einer überlieferten Moral lebten, aber diese und jene Frau lieben durfte wie ein Kavallerieoffizier. (Es waren jene Grundsätze, die man heute „verlogene" nennt, weil wir so viel unerbittlicher sind; unerbittlich, ehrlich und humorlos.)

Der einzige unter den intimen Freunden der Witwe, der ihr keinen Heiratsantrag gemacht hatte, war Chojnicki. Die Welt, in der es sich noch lohnte zu leben, war zum Untergang verurteilt. Die Welt, die ihr folgen sollte, verdiente keinen anständigen Bewohner mehr. Es hatte also keinen Sinn, dauerhaft zu lieben, zu heiraten und etwa Nachkommen zu zeugen. Mit seinen traurigen, blaßblauen, etwas hervortretenden Augen sah Chojnicki die Witwe an und sagte: „Entschuldige, daß ich dich nicht heiraten möchte!" Mit diesen Worten beendete er seinen Kondolenzbesuch.

Die Witwe heiratete also den irrsinnigen Taußig. Sie brauchte Geld, und er war bequemer als ein Kind. Sobald sein Anfall vorbei war, bat er sie zu kommen. Sie kam, erlaubte ihm einen Kuß und führte ihn nach Hause. „Auf frohes Wiedersehn!" sagte Herr von Taußig dem Professor, der ihn bis vor das Gitter der geschlossenen Abteilung begleitete. „Auf Wiedersehn, recht bald!" sagte die Frau. (Sie liebte die Zeiten, in denen ihr Mann krank war.) Und sie fuhren nach Hause.

Vor zehn Jahren hatte sie zuletzt Chojnicki besucht, damals noch nicht mit Taußig verheiratet, nicht weniger schön als heute und um ganze zehn Jahre jünger. Auch damals war sie nicht allein zurückgefahren. Ein Leutnant, jung und traurig wie dieser hier, hatte sie begleitet. Er hieß Ewald und war Ulan. (Ulanen hatte es hier damals gegeben.) Es wäre der erste wirkliche Schmerz ihres Lebens gewesen, ohne Begleitung zurückzufahren; und eine Enttäuschung, etwa von einem Oberleutnant begleitet zu werden. Für höhere Chargen fühlte sie sich noch lange nicht alt genug. Zehn Jahre später – vielleicht.

Aber das Alter nahte mit grausamen und lautlosen Schritten und manchmal in tückischen Verkleidungen. Sie zählte die Tage, die an ihr vorbeirannen, und jeden Morgen die feinen Runzeln, zarthaarige Netze, in der Nacht um die ahnungslos schlafenden Augen vom Alter gesponnen. Ihr Herz aber war ein sechzehnjähriges Mädchenherz. Mit ständiger Jugend gesegnet, wohnte es mitten im alternden Körper, ein schönes Geheimnis in einem verfallenden Schloß. Jeder junge Mann, den Frau von Taußig in ihre Arme nahm, war der langersehnte Gast. Er blieb leider nur im Vorzimmer stehen. Sie lebte ja gar nicht; sie wartete ja nur! Einen nach dem andern sah sie davongehn, mit bekümmerten, ungesättigten und verbitterten Augen. Allmählich gewöhnte sie sich daran, Männer kommen und gehen zu sehen, das Geschlecht der kindischen Riesen, die täppischen Mammutinsekten glichen, flüchtig und dennoch von schwerem Gewicht; eine Armee von plumpen Toren, die mit bleiernen Fittichen zu flattern versuchten; Krieger, die zu erobern glaubten, wenn man sie verachtete, zu besitzen, während man sie verlachte, zu genießen, wenn sie kaum gekostet hatten; eine barbarische Horde, auf die man trotzdem wartete, solange man lebte. Vielleicht, vielleicht stand einmal ein einziger aus ihrer verworrenen und finsteren Mitte auf, leicht und schimmernd, ein Prinz mit gesegneten Händen. Er kam nicht! Man wartete, er kam nicht! Man wurde alt, er kam nicht! Frau von Taußig stellte dem nahenden Alter junge Männer entgegen wie Dämme. Aus Angst vor ihrem erkennenden Blick ging sie mit geschlossenen Augen in jedes ihrer sogenannten Abenteuer. Und sie verzauberte mit ihren Wünschen die törichten Männer für den eigenen Gebrauch. Leider merkten sie nichts davon. Und sie verwandelten sich nicht im geringsten.

Sie schätzte den Leutnant Trotta ab. Er sieht alt aus für seine Jahre – dachte sie – er hat traurige Dinge erlebt, aber er ist nicht an ihnen klug geworden. Er liebt nicht leidenschaftlich, aber vielleicht auch nicht flüchtig. Er ist bereits so unglücklich, daß man ihn höchstens nur noch glücklich machen kann.

Am nächsten Morgen erhielt Trotta drei Tage Urlaub „in Familienangelegenheiten". Um ein Uhr nachmittags verabschiedete er sich von den Kameraden im Speisesaal. Er stieg mit Frau von Taußig, beneidet und umjubelt, in ein Kupee erster Klasse, für das er allerdings einen Zuschlag gezahlt hatte.

Als die Nacht einbrach, bekam er Angst wie ein Kind vor der Dunkelheit; und er verließ das Kupee, um zu rauchen, das heißt: unter dem Vorwand, rauchen zu müssen. Er stand im Korridor, erfüllt von verworrenen Vorstellungen, sah durch das nächtliche Fenster die fliegenden Schlangen, die aus den weißglühenden Funken der Lokomotive im Nu gebildet wurden und im Nu verloschen, die dichte Finsternis der Wälder und die ruhigen Sterne am Gewölbe des Himmels. Sachte schob er die Tür zurück und ging auf den Zehen ins Kupee. „Vielleicht hätten wir Schlafwagen nehmen sollen!" sagte die Frau überraschend, ja erschreckend aus der Dunkelheit. „Sie müssen unaufhörlich rauchen! Rauchen dürfen Sie auch hier!" Sie schlief also noch immer nicht. Das Streichholz beleuchtete ihr Angesicht. Es lag, weiß, vom schwarzen, wirren Haar umrandet, auf der dunkelroten Polsterung. Ja, vielleicht hätte man Schlafwagen nehmen sollen. Das Köpfchen der Zigarette glomm rötlich durch die Finsternis. Sie fuhren über eine Brücke, die Räder polterten stärker. „Die Brücken!" sagte die Frau. „Ich habe Angst, sie stürzen ein!" Ja, dachte der Leutnant, sie sollen nur einstürzen! Er hatte lediglich zwischen einem plötzlichen Unglück und einem langsam heranschleichenden zu wählen. Er saß reglos der Frau gegenüber, sah die Lichter der vorüberhuschenden Stationen sekundenlang das Abteil erhellen und das bleiche Angesicht der Frau von Taußig noch blasser werden. Er konnte kein Wort hervorbringen. Er stellte sich vor, daß er sie küssen müsse, statt etwas zu sagen. Er verschob den fälligen Kuß immer wieder. Nach der nächsten Station, sagte er sich. Auf einmal streckte die Frau ihre Hand aus, suchte nach dem Riegel an der Kupeetür, fand ihn und ließ ihn einschnappen. Und Trotta beugte sich über ihre Hand.

In dieser Stunde liebte Frau von Taußig den Leutnant mit der gleichen Heftigkeit, mit der sie vor zehn Jahren den Leutnant Ewald geliebt hatte, auf der gleichen Strecke, um die gleiche Stunde und, wer weiß, vielleicht im selben Kupee. Aber ausgelöscht war vorläufig jener Ulan, wie die Früheren, wie die Späteren. Die Lust brauste über die Erinnerung hin und schwemmte alle Spuren fort. Frau von Taußig hieß Valerie mit Vornamen, man nannte sie mit der landesüblichen Abkürzung Wally. Dieser Name, ihr zugeflüstert in allen zärtlichen Stunden, klang in jeder zärtlichen Stunde ganz neu. Eben taufte sie wieder dieser junge Mann, sie war ein Kind (und frisch wie der Name). Dennoch machte sie jetzt, aus Gewohnheit, die wehmütige Feststellung, daß sie „viel älter" sei als er: eine Bemerkung, die sie jungen Männern gegenüber immer wagte, gewissermaßen eine tollkühne Vorsicht. Übrigens eröffnete diese Bemerkung eine neue Reihe von Liebkosungen. Alle zärtlichen Worte, die ihr geläufig waren, und die sie dem und jenem schon geschenkt hatte, holte sie wieder hervor. Jetzt kam – wie gut kannte sie leider die Reihenfolge! – die ständig gleichlautende Bitte des Mannes, nicht vom Alter und von der Zeit zu reden. Sie wußte, wie wenig diese Bitten bedeuteten – und sie glaubte ihnen. Sie wartete. Aber der Leutnant Trotta schwieg, ein verstockter junger Mann. Sie hatte Angst, das Schweigen sei ein Urteil; und sie begann vorsichtig: „Was glaubst, um wieviel älter ich bin als du?" Er war ratlos. Darauf antwortet man nicht, es ging ihn auch gar nichts an. Er fühlte den schnellen Wechsel von glatter Kühle und ebenso glatter Glut auf ihrer Haut, die jähen klimatischen Veränderungen, die zu den zauberhaften Erscheinungen der Liebe gehören. (Innerhalb einer einzigen Stunde häufen sie alle Eigenschaften aller Jahreszeiten auf einer einzigen weiblichen Schulter. Sie heben tatsächlich die Gesetze der Zeit auf.) „Ich könnt' ja deine Mutter sein!" flüsterte die Frau. „Rate mal, wie alt ich bin?" „Ich weiß nicht!" sagte der Unglückliche. „Einundvierzig!" sagte Frau Wally. Sie war erst vor einem Monat zweiundvierzig geworden. Aber manchen Frauen verbietet die Natur selbst, die Wahrheit zu sagen; die Natur, die sie davor behütet, älter zu werden. Frau von Taußig wäre vielleicht zu stolz gewesen, ganze drei Jahre zu unterschlagen. Aber der Wahrheit ein einziges, armseliges Jahr zu stehlen war noch kein Diebstahl an der Wahrheit.

„Du lügst!" sagte er endlich, sehr grob, aus Höflichkeit. Und sie umarmte ihn in einer neuen, aufrauschenden Welle aus Dankbarkeit. Die weißen Lichter der Stationen rannen am Fenster vorbei, erleuchteten das Kupee, belichteten ihr weißes Angesicht und schienen ihre Schultern noch einmal zu entblößen. Der Leutnant lag an ihrer Brust wie ein Kind. Sie fühlte einen wohltätigen, seligen, einen mütterlichen Schmerz. Eine mütterliche Liebe rann in ihre Arme und erfüllte sie mit neuer Kraft. Sie wollte ihrem Geliebten Gutes tun wie einem eigenen Kind; als hätte ihn ihr Schoß geboren, derselbe, der ihn jetzt empfing.

„Mein Kind, mein Kind!" wiederholte sie. Sie hatte keine Angst mehr vor dem Alter. Ja, zum erstenmal segnete sie die Jahre, die sie von dem Leutnant schieden. Als der Morgen, ein strahlender, frühsommerlicher Morgen, durch die dahinschießenden Kupeefenster brach, zeigte sie dem Leutnant furchtlos das noch nicht für den Tag gerüstete Angesicht. Sie rechnete allerdings ein bißchen mit der Morgenröte. Denn zufällig lag der Osten vor dem Fenster, an dem sie saß.

Dem Leutnant Trotta erschien die Welt verändert. Infolgedessen stellte er fest, daß er soeben die Liebe kennengelernt habe, das heißt: die Verwirklichung seiner Vorstellungen von der Liebe. In Wirklichkeit war er nur dankbar, ein gesättigtes Kind. „In Wien bleiben wir zusammen, nicht?" – Liebes Kind, liebes Kind! dachte sie fortwährend. Sie sah ihn an, von mütterlichem Stolz erfüllt, als hätte sie ein Verdienst an den Tugenden, die er nicht besaß und die sie ihm zuschrieb wie eine Mutter.

Eine unendliche Reihe kleiner Feste bereitete sie vor. Es fügte sich gut, daß sie zu Fronleichnam eintrafen. Sie wird zwei Plätze auf der Tribüne beschaffen. Sie wird mit ihm den bunten Zug genießen, den sie liebte, wie ihn damals alle österreichischen Frauen jedes Standes liebten.

Sie beschaffte Plätze auf der Tribüne. Der fröhliche und feierliche Pomp der Parade beschenkte sie selbst mit einem warmen und verjüngenden Widerschein. Seit ihrer Jugend kannte sie, wahrscheinlich nicht weniger genau als der Obersthofmeister, alle Phasen, Teile und Gesetze des Fronleichnamzuges, ähnlich wie die alten Besucher der angestammten Opernlogen alle Szenen ihrer geliebten Stücke. Ihre Lust zu schauen verminderte sich nicht etwa, sondern nährte sich im Gegenteil von dieser vertrauten Kennerschaft. In Carl Joseph standen die alten kindischen und heldischen Träume auf, die ihn zu Hause, in den Ferien auf dem väterlichen Balkon, bei den Klängen des Radetzkymarsches erfüllt und beglückt hatten. Die ganze majestätische Macht des alten Reiches zog vor seinen Augen dahin. Der Leutnant dachte an seinen Großvater, den Helden von Solferino, und an den unerschütterlichen Patriotismus eines Vaters, der einem kleinen, aber starken Fels vergleichbar war, mitten unter den ragenden Bergen der habsburgischen Macht. Er dachte an seine eigene, heilige Aufgabe, für den Kaiser zu sterben, jeden Augenblick zu Wasser und zu Lande und auch in der Luft, mit einem Worte, an jedem Orte. Die Wendungen des Gelübdes, das er ein paarmal mechanisch abgelegt hatte, wurden lebendig. Sie erhoben sich, ein Wort nach dem andern erhob sich, jedes eine Fahne. Das porzellanblaue Auge des Allerhöchsten Kriegsherrn, erkaltet auf so vielen Bildern an so vielen Wänden des Reiches, füllte sich mit neuer, väterlicher Huld und blickte wie ein ganzer blauer Himmel auf den Enkel des Helden von Solferino. Es

RADETZKYMARSCH   463

leuchteten die lichtblauen Hosen der Infanterie. Wie der leibhaftige Ernst der ballistischen Wissenschaft zogen die kaffeebraunen Artilleristen vorbei. Die blutroten Feze auf den Köpfen der hellblauen Bosniaken brannten in der Sonne wie kleine Freudenfeuerchen, angezündet vom Islam zu Ehren Seiner Apostolischen Majestät. In den schwarzen, lackierten Karossen saßen die goldgezierten Ritter des Vlieses und die schwarzen, rotbäckigen Gemeinderäte. Nach ihnen wehten wie majestätische Stürme, die ihre Leidenschaft in der Nähe des Kaisers zügeln, die Roßhaarbüsche der Leibgarde-Infanterie einher. Schließlich erhob sich, vom schmetternden Generalmarsch vorbereitet, der kaiser- und königliche Gesang der irdischen, aber immerhin Apostolischen Armee-Cherubim: „Gott erhalte, Gott beschütze" über die stehende Volksmenge, die marschierenden Soldaten, die sachte trabenden Rösser und die lautlos rollenden Wagen. Er schwebte über allen Köpfen, ein Himmel aus Melodie, ein Baldachin aus schwarz-gelben Tönen. Und das Herz des Leutnants stand still und klopfte heftig zu gleicher Zeit – eine medizinische Absonderlichkeit. Zwischen den langsamen Klängen der Hymne flogen die Hochrufe auf wie weiße Fähnchen zwischen großen, wappenbemalten Bannern. Der Lipizzanerschimmel kam tänzelnd einher, mit der majestätischen Koketterie der berühmten Lipizzanerpferde, die im kaiserlich-königlichen Gestüt ihre Ausbildung genossen. Ihm folgte das Hufgetrappel der Halbschwadron Dragoner, ein zierlicher Paradedonner. Die schwarz-goldenen Helme blitzten in der Sonne. Die Rufe der hellen Fanfaren ertönten, Stimmen fröhlicher Mahner: Habt acht, habt acht, der alte Kaiser naht!

Und der Kaiser kam: acht blütenweiße Schimmel zogen seinen Wagen. Und auf den Schimmeln, in goldbestickten, schwarzen Röcken und mit weißen Perücken, ritten die Lakaien. Sie sahen aus wie Götter, und sie waren nur Diener von Halbgöttern. Zu beiden Seiten des Wagens standen je zwei ungarische Leibgarden mit gelb-schwarzen Pantherfellen über der Schulter. Sie erinnerten an die Wächter der Mauern von Jerusalem, der heiligen Stadt, deren König der Kaiser Franz Joseph war. Der Kaiser trug den schneeweißen Rock, den man von allen Bildern der Monarchie kannte, und einen mächtigen, grünen Papageienfederstrauß über dem Hut. Sachte im Wind wehten die Federn. Der Kaiser lächelte nach allen Seiten. Auf seinem alten Angesicht lag das Lächeln wie eine kleine Sonne, die er selbst geschaffen hatte. Vom Stephansdom dröhnten die Glocken, die Grüße der römischen Kirche, entboten dem Römischen Kaiser Deutscher Nation. Der alte Kaiser stieg vom Wagen mit jenem elastischen Schritt, den alle Zeitungen rühmten, und ging in die Kirche wie ein einfacher Mann; zu Fuß ging er in die Kirche, der Römische Kaiser Deutscher Nation, umdröhnt von den Glocken.

Kein Leutnant der kaiser- und königlichen Armee hätte dieser Zeremonie gleichgültig zusehen können. Und Carl Joseph war einer der Empfindlichsten. Er sah den goldenen Glanz, den die Prozession verströmte, und er hörte nicht den düstern Flügelschlag der Geier. Denn über dem Doppeladler der Habsburger kreisten sie schon, die Geier, seine brüderlichen Feinde.

Nein, die Welt ging nicht unter, wie Chojnicki gesagt hatte, man sah mit eigenen Augen, wie sie lebte! Über die breite Ringstraße zogen die Bewohner dieser Stadt, fröhliche Untertanen der Apostolischen Majestät, alles Leute aus seinem Hofgesinde. Die ganze Stadt war nur ein riesengroßer Burghof. Mächtig in den Torbögen der uralten Paläste standen die livrierten Türhüter mit ihren Stäben, die Götter unter den Lakaien. Schwarze Kutschen auf gummibereiften hohen und edlen Rädern mit zarten Speichen hielten vor den Toren. Die Rösser streichelten mit fürsorglichen Hufen das Pflaster. Staatsbeamte mit schwarzen Krappenhüten, goldenen Kragen und schmalen Degen kamen würdig und verschwitzt von der Prozession. Die weißen Schulmädchen, Blüten im Haar und Kerzen in den Händen, kehrten heim, eingezwängt zwischen ihre feierlichen Elternpaare, wie deren körperhaft gewordenen, etwas verstörten und vielleicht auch ein wenig verprügelten Seelen. Über den hellen Hüten der hellen Damen, die ihre Kavaliere spazierenführten wie an Leinen, wölbten sich die zierlichen Baldachine der Sonnenschirme. Blaue, braune, schwarze, gold- und silberverzierte Uniformen bewegten sich wie seltsame Bäumchen und Gewächse, ausgebrochen aus einem südlichen Garten und wieder nach der fernen Heimat strebend. Das schwarze Feuer der Zylinder glänzte über eifrigen und roten Gesichtern. Farbige Schärpen, die Regenbogen der Bürger, lagen über breiten Brüsten, Westen und Bäuchen. Da wallten über die Fahrbahn der Ringstraße in zwei breiten Reihen die Leibgardisten in weißen Engelspelerinen mit roten Aufschlägen und weißen Federbüschen, schimmernde Hellebarden in den Fäusten, und die Straßenbahnen, die Fiaker und selbst die Automobile hielten vor ihnen an, wie vor wohlvertrauten Gespenstern der Geschichte. An den Kreuzungen und Ecken begossen die dicken, zehnfach beschürzten Blumenfrauen (städtische Schwestern der Feen) aus dunkelgrünen Kannen ihre leuchtenden Sträuße, segneten mit lächelnden Blicken vorübergehende Liebespaare, banden Maiglöckchen zusammen und ließen ihre alten Zungen laufen. Die goldenen Helme der Feuerwehrmänner, die zu den Spektakeln abmarschierten, funkelten, heitere Mahner an Gefahr und Katastrophe. Es roch nach Flieder und Weißdorn. Die Geräusche der Stadt waren nicht laut genug, die pfeifenden Amseln in den Gärten und die trillernden Lerchen in den Lüften zu übertönen. All das schüttete die Welt über den Leutnant Trotta aus. Er saß im Wagen neben seiner Freundin, er liebte sie, und er fuhr, wie ihm schien, durch den ersten guten Tag seines Lebens.

Und es war auch in der Tat, als begänne sein Leben. Er lernte Wein trinken, wie er an der Grenze den Neunziggrädigen getrunken hatte. Er aß mit der Frau in jenem berühmten Speisehaus, dessen Wirtin würdig war wie eine Kaiserin, dessen Raum heiter und andächtig war wie ein Tempel, nobel wie ein Schloß und friedlich wie eine Hütte. Hier aßen an angestammten Tischen die Exzellenzen, und die Kellner, die sie bedienten, sahen aus wie ihresgleichen, so daß es beinahe war, als wechselten Gäste und Kellner in einem bestimmten Turnus miteinander ab. Und jeder kannte jeden beim Vornamen, wie ein Bruder den andern; aber sie grüßten einander wie ein Fürst den andern. Man kannte die Jungen und die Alten, die guten Reiter und die schlechten, die Galanten und die

Spieler, die Flotten, die Ehrgeizigen, die Günstlinge, die Erben einer uralten, durch die Überlieferung geheiligten sprichwörtlichen und allseits verehrten Dummheit und auch die Klugen, die morgen an die Macht kommen sollten. Man hörte nur ein zartes Geräusch wohlerzogener Gabeln und Löffel und an den Tischen jenes lächelnde Geflüster der Essenden, das lediglich der Angesprochene hört und das der kundige Nachbar ohnehin errät. Von den weißen Tischtüchern kam ein friedlicher Glanz, durch die hohen, verhangenen Fenster strömte ein verschwiegener Tag, aus den Flaschen rann der Wein mit zärtlichem Gurren, und wer einen Kellner rufen wollte, brauchte nur die Augen zu erheben. Denn man vernahm in dieser gesitteten Stille den Aufschlag eines Augenlides wie anderswo einen Ruf.

Ja, so begann das, was er „das Leben" nannte und was zu jener Zeit vielleicht auch das Leben war: die Fahrt im glatten Wagen zwischen den dichten Gerüchen des gereiften Frühlings, an der Seite einer Frau, von der man geliebt wurde. Jeder ihrer zärtlichen Blicke schien ihm seine junge Überzeugung zu rechtfertigen, daß er ein ausgezeichneter Mann sei von vielen Tugenden und sogar ein „famoser Offizier", in dem Sinne, in dem man innerhalb der Armee diese Bezeichnung anwandte. Er erinnerte sich, daß er fast sein ganzes Leben traurig gewesen war, scheu, man konnte schon sagen: verbittert. Aber so, wie er sich jetzt zu kennen glaubte, begriff er nicht mehr, warum er traurig, scheu und verbittert gewesen war. Der Tod in der Nähe hatte ihn erschreckt. Aber auch aus den wehmütigen Gedanken, die er jetzt Katharina und Max Demant nachsandte, bezog er noch einen Genuß. Er hatte seiner Meinung nach Hartes durchgemacht. Er verdiente die zärtlichen Blicke einer schönen Frau. Er sah sie von Zeit zu Zeit dennoch ein wenig ängstlich an. War's nicht eine Laune von ihr, ihn mitzunehmen wie einen Knaben und ihm ein paar gute Tage zu bereiten? Das konnte man sich nicht gefallen lassen. Er war, wie es bereits feststand, ein ganz famoser Mensch, und wer ihn liebte, mußte ihn ganz lieben, ehrlich und bis in den Tod, wie die arme Katharina. Und wer weiß, wie viele Männer dieser schönen Frau einfielen, während sie ihn ganz allein zu lieben glaubte oder zu lieben vorgab?! War er eifersüchtig? Gewiß, er war eifersüchtig! Und auch ohnmächtig, wie ihm gleich darauf einfiel. Eifersüchtig und ohne jedes Mittel, hierzubleiben oder mit der Frau weiterzufahren, sie zu behalten, solange ihm beliebte, und sie zu erforschen und sie zu gewinnen. Ja, er war ein kleiner, armer Leutnant, mit fünfzig Kronen monatlicher Rente vom Vater, und er hatte Schulden …

„Spielt ihr in eurer Garnison?" fragte Frau von Taußig plötzlich.

„Die Kameraden", sagte er. „Hauptmann Wagner zum Beispiel. Er verliert enorm!"

„Und du?"

„Gar nicht!" sagte der Leutnant. Er wußte in diesem Augenblick, auf welche Weise man mächtig werden konnte. Er empörte sich gegen sein mäßiges Geschick. Er wünschte sich ein glanzvolles. Wenn er Staatsbeamter geworden wäre, hätte er vielleicht Gelegenheit gehabt, einige seiner geistigen Tugenden, die er gewiß besaß, nützlich anzuwen-

den, Karriere zu machen. Was war ein Offizier im Frieden?! Was hatte der Held von
Solferino selbst im Krieg und durch seine Tat gewonnen?!

„Daß du nur nicht spielst!" sagte Frau von Taußig. „Du siehst nicht aus wie einer, der
Glück im Spiel hat!"

Er war gekränkt. Sofort faßte ihn die Begierde, zu beweisen, daß er Glück habe, überall! Er begann, geheime Pläne zu brüten, für heute, jetzt, für diese Nacht. Seine Umarmungen waren gleichsam vorläufige Umarmungen, Proben einer Liebe, die er morgen
geben wollte, als ein Mann, nicht nur ausgezeichnet, sondern auch mächtig. Er dachte
an die Zeit, sah auf die Uhr und überlegte schon eine Ausflucht, um nicht zu spät fort-
zukommen. Frau Wally schickte ihn selbst weg. „Es wird spät, du mußt gehen!" „Morgen vormittag!" „Morgen vormittag!"

Der Hotelportier nannte einen Spielsaal in der Nähe. Man begrüßte den Leutnant mit
geschäftiger Höflichkeit. Er sah ein paar höhere Offiziere und blieb vor ihnen in der vorgeschriebenen Erstarrung stehen. Lässig winkten sie ihm zu, verständnislos starrten sie
ihn an, als begriffen sie überhaupt nicht, daß man sie militärisch behandle; als wären sie
längst nicht mehr Angehörige der Armee und nur noch nachlässige Träger ihrer Uniformen; und als weckte dieser ahnungslose Neuling in ihnen eine sehr ferne Erinnerung
an eine sehr ferne Zeit, in der sie noch Offiziere gewesen waren. Sie befanden sich in einer anderen, vielleicht in einer geheimeren Abteilung ihres Lebens, und nur noch ihre
Kleider und Sterne erinnerten an ihr gewöhnliches, alltägliches Leben, das morgen mit
dem anbrechenden Tag wieder beginnen würde. Der Leutnant überzählte seine Barschaft, sie betrug hundertundfünfzig Kronen. Er legte, wie er es beim Hauptmann Wagner gesehen hatte, fünfzig Kronen in die Tasche, den Rest in das Zigarettenetui. Eine
Weile saß er an einem der beiden Roulettetische, ohne zu setzen – Karten kannte er zu
wenig, und er wagte sich nicht an sie. Er war ganz ruhig und über seine Ruhe erstaunt.
Er sah die roten, weißen, blauen Häufchen der Spielmarken kleiner werden, größer werden, hierhin- und dorthinrücken. Aber es fiel ihm nicht ein, daß er eigentlich gekommen war, um sie alle an seinen Platz wandern zu sehen. Er entschloß sich endlich zu setzen, und es war nur wie eine Pflicht. Er gewann. Er setzte die Hälfte des Gewinstes und
gewann noch einmal. Er sah nicht nach den Farben und nicht nach den Zahlen. Er setzte gleichmütig irgendwohin. Er gewann. Er setzte den ganzen Gewinn. Er gewann zum
viertenmal. Ein Major gab ihm einen Wink. Trotta stand auf. Der Major: „Sie sind zum
erstenmal hier. Sie haben tausend Kronen gewonnen. Es ist besser, Sie gehn gleich!" „Jawohl, Herr Major!" sagte Trotta und ging gehorsam. Als er die Marken eintauschte, tat
es ihm leid, daß er dem Major gehorcht hatte. Er zürnte sich, weil er imstande war, jedem Beliebigen zu gehorchen. Weshalb ließ er sich wegschicken? Und warum hatte er
nicht mehr den Mut zurückzukehren? Er ging, unzufrieden mit sich und unglücklich
über seinen ersten Gewinn.

Es war schon spät und so still, daß man die Schritte einzelner Fußgänger aus entfernten Straßen hörte. An dem Streifen des Himmels über der schmalen, von hohen Häu-

sern gesäumten Gasse zwinkerten fremd und friedlich die Sterne. Eine dunkle Gestalt bog um die Ecke und kam dem Leutnant entgegen. Sie schwankte, es war ein Betrunkener, ohne Zweifel. Der Leutnant erkannte ihn sofort: es war der Maler Moser, der seine gewöhnliche Runde durch die nächtlichen Straßen der inneren Stadt machte, mit Mappe und Schlapphut. Er salutierte mit einem Finger und begann, seine Bilder anzubieten. „Lauter Mädchen in allen Positionen!" Carl Joseph blieb stehen. Er dachte, daß ihm das Schicksal selbst den Maler Moser entgegenschickte. Er wußte nicht, daß er seit Jahren jede Nacht um die gleiche Stunde den Professor in irgendeiner Gasse der inneren Stadt hätte treffen können. Er zog die aufgesparten fünfzig Kronen aus der Tasche und gab sie dem Alten. Er tat es, als hätte es ihm jemand lautlos geboten; wie man einen Befehl vollführt. So wie er, so wie er, dachte er, „er ist ganz glücklich, er hat ganz recht!" Er erschrak über seinen Einfall. Er suchte nach den Gründen, denen zufolge der Maler Moser recht haben sollte, fand keine, erschrak noch mehr und verspürte schon den Durst nach Alkohol, den Durst der Trinker, der ein Durst der Seele und des Körpers ist. Plötzlich sieht man wenig wie ein Kurzsichtiger, hört schwach wie ein Schwerhöriger. Man muß sofort, auf der Stelle, ein Glas trinken. Der Leutnant kehrte um, hielt den Maler Moser auf und fragte: „Wo können wir trinken?"

Es gab ein nächtliches Gasthaus, nicht weit von der Wollzeile. Dort bekam man Sliwowitz, leider war er fünfundzwanzig Prozent schwächer als der Neunziggrädige. Der Leutnant und der Maler setzten sich und tranken. Allmählich wurde es Trotta klar, daß er längst nicht mehr der Meister seines Glücks war, längst nicht mehr ein ausgezeichneter Mann von allerhand Tugenden. Arm und elend war er vielmehr und voller Wehmut über seinen Gehorsam gegenüber einem Major, der ihn verhindert hatte, Hunderttausende zu gewinnen. Nein! Fürs Glück war er nicht geschaffen! Frau von Taußig und der Major aus dem Spielsaal und überhaupt alle, alle machten sich über ihn lustig. Nur dieser eine, der Maler Moser (man konnte ihn schon ruhig einen Freund nennen), war aufrichtig, ehrlich und treu. Man sollte sich ihm zu erkennen geben! Dieser ausgezeichnete Mann war der älteste und der einzige Freund seines Vaters. Man sollte sich seiner nicht schämen. Er hatte den Großvater gemalt! Der Leutnant tat einen tiefen Atemzug, um aus der Luft Mut zu schöpfen, und sagte: „Wissen Sie eigentlich, daß wir uns schon lange kennen?" Der Maler Moser reckte den Kopf, ließ seine Augen unter den buschigen Brauen blitzen und fragte: „Wir – uns – lange – kennen? Persönlich? Denn so, als Maler, kennen Sie mich natürlich! Als Maler bin ich weithin bekannt. Ich bedaure, ich bedaure, ich fürchte, Sie irren sich! Oder" – Moser wurde bekümmert – „ist es möglich, daß man mich verwechselt?"

„Ich heiße Trotta!" sagte der Leutnant.

Maler Moser schaute aus blicklosen, gläsernen Augen auf den Leutnant und streckte die Hand aus. Dann brach ein donnerndes Jauchzen aus ihm. Er zog den Leutnant an der Hand halb über den Tisch zu sich, beugte sich ihm entgegen, und so, in der Mitte des Tisches, küßten sie sich brüderlich und ausdauernd.

„Und was macht er, dein Vater?" fragte der Professor. „Ist er noch im Amt? Ist er schon Statthalter? Hab' nie mehr was von ihm gehört! Vor einiger Zeit hab' ich ihn hier getroffen im Volksgarten, da hat er mir Geld gegeben, da war er nicht allein, da war er mit seinem Sohn, dem Bürscherl – aber halt, das bist du ja eben."

„Ja, das war ich damals", sagte der Leutnant. „Es ist schon lange her, es ist schon sehr, sehr lange her."

Er erinnerte sich an den Schrecken, den er damals gefühlt hatte, beim Anblick der klebrigen und roten Hand auf dem väterlichen Schenkel.

„Ich muß dich um Vergebung bitten, ja, um Vergebung!" sagte der Leutnant. „Ich hab' dich damals miserabel behandelt, miserabel hab' ich dich behandelt! Vergib mir, lieber Freund!"

„Ja, miserabel!" bestätigte Moser. „Ich verzeihe dir! Kein Wort mehr davon! Wo wohnst du? Ich will dich begleiten!"

Man schloß das Gasthaus. Arm in Arm wankten sie durch die stillen Gassen. „Hier bleibe ich", murmelte der Maler. „Hier meine Adresse! Besuch mich morgen, mein Junge!" Und er gab dem Leutnant eine seiner unmäßigen Geschäftskarten, die er in den Kaffeehäusern zu verteilen pflegte.

14

Der Tag, an dem der Leutnant in seine Garnison zurückfahren mußte, war ein betrüblicher und zufällig auch ein trüber Tag. Er ging noch einmal über die Straßen, durch die zwei Tage früher die Prozession gezogen war. Damals, dachte der Leutnant (damals, dachte er), war er eine kurze Stunde stolz auf sich und seinen Beruf gewesen. Heute aber schritt der Gedanke an seine Rückkehr neben ihm einher wie ein Wächter neben einem Gefangenen. Zum erstenmal lehnte sich der Leutnant Trotta gegen das militärische Gesetz auf, das sein Leben beherrschte. Er gehorchte seit seiner frühesten Knabenzeit. Und er wollte nicht mehr gehorchen. Er wußte zwar keineswegs, was die Freiheit bedeutete; aber er fühlte, daß sie sich von einem Urlaub unterscheiden mußte wie etwa ein Krieg von einem Manöver. Dieser Vergleich fiel ihm ein, weil er ein Soldat war (und weil der Krieg die Freiheit des Soldaten ist). Es kam ihm in den Sinn, daß die Munition, die man für die Freiheit brauche, das Geld sei. Die Summe aber, die er bei sich trug, glich gewissermaßen den blinden Patronen, die man in den Manövern abfeuerte. Besaß er überhaupt etwas? Konnte er sich Freiheit leisten? Hatte sein Großvater, der Held von Solferino, ein Vermögen hinterlassen? Würde er es einmal von seinem Vater erben? Niemals waren ihm früher derlei Überlegungen bekannt gewesen! Jetzt flogen sie ihm zu wie eine Schar fremder Vögel, nisteten sich in seinem Gehirn ein und flatterten unruhig darin herum. Jetzt vernahm er alle verwirrenden Rufe der großen Welt. Seit gestern wußte er, daß Chojnicki in diesem Jahr früher als gewöhnlich seine Heimat verlassen und noch in dieser Woche mit seiner Freundin nach dem Süden fahren wolle. Und er lernte die Eifersucht auf einen Freund kennen; und sie beschämte ihn doppelt. Er fuhr an die nordöstliche Grenze. Aber die Frau und der Freund fuhren nach dem Süden. Und der „Süden", der bis zu dieser Stunde eine geographische Bezeichnung gewesen war, erglänzte in allen betörenden Farben eines unbekannten Paradieses. Der Süden lag in einem fremden Land! Und siehe da: es gab also fremde Länder, die Kaiser Joseph dem Ersten nicht untertan waren, die ihre eigenen Armeen hatten, mit vieltausenden Leutnants in kleinen und großen Garnisonen. In diesen andern Ländern bedeutete der Name des Helden von Solferino gar nichts. Auch dort gab es Monarchen. Und diese Monarchen hatten ihre eigenen Lebensretter. Es war höchst verwirrend, solchen Gedanken nachzugehen; für einen Leutnant der Monarchie genau so verwirrend wie etwa für unsereinen die Überlegung, daß die Erde nur einer von Millionen und Abermillionen Weltkörpern sei, daß es noch unzählige Sonnen auf der Milchstraße gebe und daß jede der Sonnen ihre eigenen Planeten habe und daß man also selbst ein sehr armseliges Individuum wäre, um nicht ganz grob zu sagen: ein Häufchen Dreck!

Von seinem Gewinn besaß der Leutnant noch siebenhundert Kronen. Einen Spielsaal noch einmal aufzusuchen, hatte er nicht mehr gewagt; nicht allein aus Angst vor jenem unbekannten Major, der vielleicht vom Stadtkommando bestellt war, jüngere Offiziere zu überwachen, sondern auch aus Angst vor der Erinnerung an seine klägliche Flucht. Ach! Er wußte wohl, daß er noch hundertmal sofort jeden Spielsaal verlassen würde, dem Wunsch und Wink eines Höheren gehorchend. Und wie ein Kind in einer Krankheit verlor er sich mit einem gewissen Wohlbehagen in der schmerzlichen Erkenntnis, daß er unfähig sei, das Glück zu zwingen. Er bedauerte sich außerordentlich. Und es tat ihm in dieser Stunde wohl, sich zu bedauern. Er trank einige Schnäpse. Und sofort fühlte er sich heimisch in seiner Ohnmacht. Und wie einem Menschen, der sich in eine Haft oder in ein Kloster begibt, erschien dem Leutnant das Geld, das er bei sich trug, bedrückend und überflüssig. Er beschloß, es auf einmal auszugeben. Er ging in den Laden, in dem ihm sein Vater die silberne Tabatiere gekauft hatte, und erstand eine Perlenkette für seine Freundin. Blumen in der Hand, die Perlen in der Hosentasche und mit einem kläglichen Gesicht trat er vor Frau von Taußig. „Ich hab' dir was gebracht", gestand er, als hätte er sagen wollen: Ich hab' was für dich gestohlen! Es kam ihm vor, daß er zu Unrecht eine fremde Rolle spiele, die Rolle eines Weltmannes. Und erst in dem Augenblick, da er sein Geschenk in der Hand hielt, fiel ihm ein, daß es lächerlich übertrieben war, ihn selbst erniedrigte und die reiche Frau vielleicht beleidigte. „Ich bitte, es zu entschuldigen!" sagte er also. „Ich wollte eine Kleinigkeit kaufen – aber –" Und er wußte nichts mehr. Und er wurde rot. Und er senkte die Augen.

Ach! Er kannte nicht die Frauen, die das Alter nahen sehen, der Leutnant Trotta! Er wußte nicht, daß sie jedes Geschenk wie eine Zaubergabe empfangen, die sie verjüngt, und daß ihre klugen und sehnsüchtigen Augen ganz anders schätzen! Frau von Taußig liebte ja übrigens diese Hilflosigkeit, und je deutlicher seine Jugend wurde, desto jünger wurde sie selbst! Und also flog sie, klug und ungestüm, an seinen Hals, küßte ihn wie ein eigenes Kind, weinte, weil sie ihn nun verlieren sollte, lachte, weil sie ihn noch hielt, und auch ein wenig, weil die Perlen so schön waren, und sagte, durch eine heftige, prachtvolle Flut von Tränen: „Du bist lieb, sehr lieb, mein Junge!" Sie bereute sofort diesen Satz, insbesondere die Worte: mein Junge! Denn sie machten sie älter, als sie in diesem Augenblick tatsächlich war. Zum Glück konnte sie gleich darauf bemerken, daß er stolz war, wie auf eine Auszeichnung, die ihm der Oberste Kriegsherr selbst verliehen hätte. Er ist zu jung, dachte sie, um zu wissen, wie alt ich bin! …

Aber, um auch ihr wirkliches Alter zu vernichten, auszurotten, in dem Meer ihrer Leidenschaft zu versenken, griff sie nach den Schultern des Leutnants, deren zarte und warme Knochen schon ihre Hände zu verwirren begannen, und zog ihn zum Sofa. Sie überfiel ihn mit ihrer gewaltsamen Sehnsucht, jung zu werden. In heftigen Flammenbögen brach die Leidenschaft aus ihr, fesselte den Leutnant und unterjochte ihn. Ihre Augen blinzelten dankbar und selig das junge Angesicht des Mannes über dem ihrigen an. Sein Anblick allein verjüngte sie. Und ihre Wollust, eine ewig junge Frau zu bleiben, war so groß wie ihre Wollust zu lieben. Eine Weile glaubte sie, niemals von diesem Leutnant lassen zu können. Einen Augenblick später sagte sie allerdings: „Schade, daß du heute fährst! …"

„Werd' ich dich nie mehr sehen?" fragte er, fromm, ein junger Liebhaber.

„Wart auf mich, ich komm' wieder!" Und: „Betrüg mich nicht!" fügte sie schnell hinzu, mit der Furcht der alternden Frau vor der Untreue und vor der Jugend der anderen.

„Ich liebe nur dich!" antwortete aus ihm die ehrliche Stimme eines jungen Mannes, dem nichts so wichtig erscheint wie die Treue.

Das war ihr Abschied.

Leutnant Trotta fuhr zur Bahn, kam zu früh und mußte lange warten. Ihm war es aber, als führe er schon. Jede Minute, die er noch in der Stadt zugebracht hätte, wäre peinvoll, vielleicht sogar schmachvoll gewesen. Er milderte den Zwang, der ihn befehligte, indem er sich den Anschein gab, ein wenig früher wegzufahren, als er mußte. Er konnte endlich einsteigen. Er verfiel in einen glücklichen, selten unterbrochenen Schlaf und erwachte erst kurz vor der Grenze.

Sein Bursche Onufrij erwartete ihn und berichtete, daß Aufruhr in der Stadt herrsche. Die Borstenarbeiter demonstrierten, und die Garnison hatte Bereitschaft.

Leutnant Trotta begriff jetzt, warum Chojnicki die Gegend so früh verlassen hatte. Da fuhr er also „nach dem Süden" mit Frau von Taußig! Und man war ein schwacher Gefangener und konnte nicht sofort umkehren, den Zug besteigen und zurückfahren!

Vor dem Bahnhof warteten heute keine Wagen. Leutnant Trotta ging also zu Fuß. Hinter ihm ging Onufrij, den Ranzen in der Hand. Die kleinen Kramläden des Städtchens waren geschlossen. Eiserne Balken verrammelten die hölzernen Türen und Fensterläden der niedrigen Häuser. Gendarmen patrouillierten mit aufgepflanzten Bajonet-

RADETZKYMARSCH 471

ten. Man hörte keinen Laut, außer dem gewohnten Quaken der Frösche aus den Sümpfen. Den Staub, den diese sandige Erde unermüdlich erzeugte, hatte der Wind aus vollen Händen über Dächer, Mauern, Staketenzäune, das hölzerne Pflaster und die vereinzelten Weiden geschüttet. Ein Staub von Jahrhunderten schien über dieser vergessenen Welt zu liegen. Man sah keinen Einwohner in den Gassen, und man konnte glauben, sie seien alle hinter ihren verriegelten Türen und Fenstern von einem plötzlichen Tod überfallen worden. Doppelte Wachtposten standen vor der Kaserne. Hier wohnten seit gestern alle Offiziere, und Brodnitzers Hotel stand leer.

Leutnant Trotta meldete seine Rückkehr beim Major Zoglauer. Von diesem Vorgesetzten erfuhr er, daß ihm die Reise wohlgetan habe. Nach den Begriffen eines Mannes, der schon länger als ein Jahrzehnt an der Grenze diente, konnte eine Reise nicht anders als wohltun. Und als handelte es sich um eine ganz alltägliche Angelegenheit, sagte der Major dem Leutnant, daß ein Zug Jäger morgen früh ausrücken und an der Landstraße, gegenüber der Borstenfabrik, Aufstellung nehmen sollte, um gegebenenfalls gegen „staatsgefährliche Umtriebe" der streikenden Arbeiter mit der Waffe vorzugehen. Diesen Zug sollte der Leutnant Trotta kommandieren. Es sei eigentlich eine Kleinigkeit und Anlaß vorhanden, anzunehmen, daß die Gendarmerie genüge, um die Leute in gehörigem Respekt zu halten; man müsse nur kaltes Blut bewahren und nicht zu früh vorgehen; endgültig aber würde die politische Behörde darüber zu entscheiden haben, ob die Jäger vorzugehen hätten oder nicht; dies sei für einen Offizier gewiß nicht sehr angenehm; denn wie käme man schließlich dazu, sich etwas von einem Bezirkskommissär sagen zu lassen? Schließlich aber sei diese delikate Aufgabe auch eine Art Auszeichnung für den jüngsten Leutnant des Bataillons; und endlich hätten die anderen Herren keinen Urlaub gehabt, und das einfachste Gebot der Kameradschaftlichkeit würde fordern, und so weiter …

„Jawohl, Herr Major!" sagte der Leutnant und trat ab.

Gegen den Major Zoglauer war gar nichts einzuwenden. Er hatte den Enkel des Helden von Solferino fast gebeten, statt ihm zu befehlen. Der Enkel des Helden von Solferino hatte ja auch einen unerwarteten, herrlichen Urlaub gehabt. Er ging jetzt quer über den Hof in die Kantine. Für ihn hatte das Schicksal diese politische Demonstration vorbereitet. Deshalb war er an die Grenze gekommen. Er glaubte jetzt genau zu wissen, daß ein tückisch berechnendes Schicksal besonderer Art ihm zuerst den Urlaub beschert hatte, um ihn hierauf zu vernichten. Die anderen saßen in der Kantine, begrüßten ihn mit dem übertriebenen Jubel, der mehr ihrer Neugier, „etwas zu erfahren", entsprang als ihrer Herzlichkeit für den Heimgekehrten, und fragten auch, alle gleichzeitig, wie „es" gewesen sei. Nur der Hauptmann Wagner sagte: „Wenn morgen alles vorbei ist, kann er's ja erzählen!" Und alle schwiegen plötzlich.

„Wenn ich morgen erschlagen werde?" sagte der Leutnant Trotta zu Hauptmann Wagner.

„Pfui, Teufel!" erwiderte der Hauptmann. „Ein ekelhafter Tod. Eine ekelhafte Sache überhaupt! Dabei sind's arme Teufel. Und vielleicht haben sie am End' recht!"

Es war dem Leutnant Trotta noch nicht eingefallen, daß es arme Kerle seien und daß sie recht haben konnten. Die Bemerkung des Hauptmanns erschien ihm nun trefflich, und er zweifelte nicht mehr daran, daß es arme Teufel waren. Er trank also zwei Neunziggrädige und sagte: „Dann werd' ich also einfach nicht schießen lassen! Auch nicht mit gefälltem Bajonett vorgehen! Die Gendarmerie soll selber dazuschaun, wie sie fertig wird."

„Du wirst tun, was du mußt! Du weißt's ja selbst!"

Nein! Carl Joseph wußte es nicht in diesem Augenblick. Er trank. Und er geriet sehr schnell in jenen Zustand, in dem er sich alles nur Erdenkliche zutrauen konnte. Gehorsamsverweigerung, Austritt aus der Armee und gewinnreiches Hasardspiel. Auf seinen Wegen sollte kein Toter mehr liegen! „Verlaß diese Armee!" hatte Doktor Max Demant gesagt. Lange genug war der Leutnant ein Schwächling gewesen! Statt aus der Armee auszutreten, hatte er sich an die Grenze transferieren lassen. Nun sollte alles ein Ende haben. Man ließ sich nicht morgen zu einer Art gehobenem Wachmann degradieren! Übermorgen wird man vielleicht Straßendienst machen und den Fremden Auskünfte erteilen müssen! Lächerlich, dieses Soldatenspiel im Frieden! Niemals wird es einen Krieg geben! Verfaulen wird man in den Kantinen! Er aber, der Leutnant Trotta: wer weiß, ob er nicht schon nächste Woche um diese Stunde im „Süden" sitzen würde!

All das sagte er zu Hauptmann Wagner, eifrig, mit lauter Stimme. Ein paar Kameraden umringten ihn und hörten zu. Einigen stand der Sinn durchaus nicht nach Krieg. Die meisten wären mit allem zufrieden gewesen, wenn sie etwas höhere Gagen, etwas bequemere Garnisonen und etwas schnellere Avancements gehabt hätten. Manchen war Leutnant Trotta fremd und auch ein wenig unheimlich vorgekommen. Er war ein Protektionskind. Er kam eben von einem herrlichen Ausflug zurück. Wie? Und es paßte ihm nicht, morgen auszurücken?

Leutnant Trotta fühlte rings um sich eine feindselige Stille. Zum erstenmal, seitdem er in der Armee diente, beschloß er, seine Kameraden herauszufordern. Und da er wußte, was sie am bittersten kränken mußte, sagte er: „Vielleicht lass' ich mich in die Stabsschul' schicken!"

Gewiß, warum nicht? sagten sich die Offiziere. Er war von der Kavallerie gekommen, er konnte auch zur Stabsschule gehen! Er würde bestimmt die Prüfungen machen und sogar außertourlich General werden, in einem Alter, in dem ihresgleichen gerade Hauptmann wurde und Sporen anlegen durfte. Es konnte ihm also nicht schaden, morgen zu dem Pallawatsch auszurücken!

Er mußte am nächsten Tag schon zu früher Stunde ausrücken. Denn die Armee selbst regelte den Gang der Stunden. Sie ergriff die Zeit und stellte sie auf den Platz, der ihr nach militärischem Ermessen gebührte. Obwohl die „staatsgefährlichen Umtriebe" erst gegen Mittag zu erwarten waren, marschierte Leutnant Trotta schon um acht Uhr morgens auf der breiten, staubigen Landstraße auf. Hinter den sauberen, regelmäßigen Gewehrpyramiden, die friedlich und gefährlich zugleich aussahen, lagen, standen und

RADETZKYMARSCH
473

wandelten die Soldaten. Die Lerchen schmetterten, die Grillen sirrten, die Mücken summten. Auf den fernen Feldern konnte man die bunten Kopftücher der Bäuerinnen leuchten sehen. Sie sangen. Und manchmal antworteten ihnen die Soldaten, die in dieser Gegend geboren waren, mit denselben Liedern. Sie hätten wohl gewußt, was sie drüben auf den Feldern zu tun hatten! Aber worauf sie hier warteten, verstanden sie nicht. War's schon der Krieg? Sollten sie heute mittag schon sterben?

Es gab in der Nähe eine kleine Dorfschenke. Dorthin ging Leutnant Trotta, einen Neunziggrädigen trinken. Die niedere Schankstube war voll. Der Leutnant erkannte, daß hier die Arbeiter saßen, die sich um zwölf Uhr vor der Fabrik versammeln sollten. Alle Welt verstummte, als er eintrat, klirrend und schrecklich gegürtet. Er blieb an der Theke stehen. Langsam, allzu langsam hantierte der Wirt mit Flasche und Gläschen. Hinter dem Rücken Trottas stand das Schweigen, ein massives Gebirge aus Stille. Er leerte das Glas auf einen Zug. Er fühlte, daß sie alle warteten, bis er wieder draußen wäre. Und er hätte ihnen gern gesagt, daß er nichts dafür könne. Aber er war weder imstande, ihnen etwas zu sagen, noch auch, sofort hinauszugehen. Er wollte nicht furchtsam erscheinen, und er trank noch mehrere Schnäpse hintereinander. Sie schwiegen noch immer. Vielleicht machten sie sich Zeichen hinter seinem Rücken. Er wandte sich nicht um. Er verließ schließlich das Wirtshaus und glaubte zu fühlen, daß er sich an dem harten Felsen aus Stille vorbeizwängte; und Hunderte Blicke steckten in seinem Nacken wie finstere Lanzen.

Als er wieder seinen Zug erreichte, schien es ihm geboten, „Vergatterung!" zu kommandieren, obwohl es erst zehn Uhr vormittag war. Er langweilte sich, und er hatte auch gelernt, daß die Truppe durch Langeweile demoralisiert werde und daß Gewehrübungen ihre Sittlichkeit heben. Im Nu stand sein Zug vor ihm in den vorschriftsmäßigen zwei Reihen, und auf einmal, und wohl zum erstenmal in seinem soldatischen Leben, kam es ihm vor, daß die exakten Gliedmaßen der Männer tote Bestandteile toter Maschinen waren, die gar nichts erzeugten. Der ganze Zug stand reglos, und alle Männer hielten den Atem an. Aber dem Leutnant Trotta, der soeben das wuchtige und finstere Schweigen der Arbeiter in der Schenke hinter seinem Rücken gespürt hatte, wurde es plötzlich klar, daß es zwei Arten von Stille geben könne. Und vielleicht, dachte er weiter, gab es mehrere Arten von Stille, wie es so viele Arten von Geräuschen gab? Niemand hatte den Arbeitern, als er die Schenke betrat, Vergatterung kommandiert. Dennoch waren sie auf einmal verstummt. Und aus ihrem Schweigen strömte ein finsterer und lautloser Haß, wie manchmal aus den trächtigen und unendlich schweigsamen Wolken die lautlose, elektrische Schwüle des noch vorhandenen Gewitters strömt.

Leutnant Trotta lauschte. Aber aus dem toten Schweigen seines reglosen Zuges strömte gar nichts. Ein steinernes Gesicht stand neben dem andern. Die meisten erinnerten ein wenig an seinen Burschen Onufrij. Sie hatten breite Münder und schwere Lippen, die sich kaum schließen konnten, und schmale, helle Augen ohne Blicke. Und wie er so vor seinem Zuge stand, der arme Leutnant Trotta, überwölbt vom blauen Glanz des

Frühsommertages, umschmettert von den Lerchen, umsirrt von den Grillen und mitten im Summen der Mücken, und dennoch die tote Schweigsamkeit seiner Soldaten stärker zu hören glaubte als alle Stimmen des Tages, überfiel ihn die Gewißheit, daß er nicht hierhergehöre. Wohin eigentlich sonst? fragte er sich, während der Zug auf seine weiteren Kommandos wartete. Wohin sonst gehöre ich? Nicht zu jenen, die dort in der Schenke sitzen! Nach Sipolje vielleicht? Zu den Vätern meiner Väter? Der Pflug gehört in meine Hand und nicht der Säbel? Und der Leutnant ließ seine Mannschaft in der reglosen Habt-acht-Stellung.

„Ruht!" kommandierte er endlich. „Gewehr bei Fuß! Abtreten!"

Und es war wie zuvor. Hinter den Gewehrpyramiden lagen die Soldaten. Von den fernen Feldern her kam der Gesang der Bäuerinnen. Und die Soldaten antworteten ihnen mit den gleichen Liedern.

Aus der Stadt marschierte die Gendarmerie heran, drei verstärkte Wachtposten, begleitet vom Bezirkskommissär Horak. Leutnant Trotta kannte ihn. Er war ein guter Tänzer, schlesischer Pole, flott und bieder zu gleicher Zeit, und er erinnerte, ohne daß jemand seinen Vater gekannt hätte, dennoch an diesen. Und sein Vater war ein Briefträger gewesen. Heute trug er, wie es Vorschrift im Dienst war, die Uniform, schwarz-grün mit violetten Aufschlägen, und den Degen. Sein kurzer, blonder Schnurrbart leuchtete weizengolden, und von seinen rosigen, vollen Wangen duftete weithin der Puder. Er war fröhlich wie ein Sonntag und eine Parade. „Ich habe Auftrag", sagte er zum Leutnant Trotta, „die Versammlung sofort aufzulösen. Dann sind Sie bereit, Herr Leutnant." Er ordnete seine Gendarmen rings um den wüsten Platz vor der Fabrik, auf dem die Versammlung stattfinden sollte. Leutnant Trotta sagte: „Ja!" und wandte ihm den Rücken.

Er wartete. Er hätte gerne noch einen Neunziggrädigen getrunken, aber er konnte nicht mehr in die Schenke. Er sah den Oberjäger, den Zugsführer, den Unterjäger in der Schenke verschwinden und wieder zurückkommen. Er streckte sich ins Gras am Wegrand und wartete. Der Tag wurde immer voller, die Sonne stieg höher, und die Lieder der Bäuerinnen auf den fernen Feldern verstummten. Eine unendlich lange Zeit schien dem Leutnant Trotta seit seiner Rückkehr aus Wien verstrichen. Aus jenen fernen Tagen sah er nur noch die Frau, die heute schon im „Süden" sein mochte, die ihn verlassen hatte: er dachte: verraten. Da lag er nun in der Grenzgarnison am Wegrand und wartete – nicht auf den Feind, sondern auf die Demonstranten.

Sie kamen. Sie kamen aus der Richtung der Schenke. Ihnen voran wehte ihr Gesang, ein Lied, das der Leutnant noch niemals gehört hatte. In dieser Gegend hatte man es noch kaum gehört. Es war die Internationale, in drei Sprachen gesungen. Der Bezirkskommissär Horak kannte es, berufsmäßig. Der Leutnant Trotta verstand kein Wort. Aber ihm schien die Melodie jene in Musik verwandelte Stille zu sein, die er vorher im Rücken gespürt hatte. Feierliche Aufregung bemächtigte sich des flotten Bezirkskommissärs. Er lief von einem Gendarmen zum andern. Notizbuch und Bleistift in der Hand. Noch einmal kommandierte Trotta: „Vergatterung!" Und wie eine auf Erden gefallene

Wolke zog die dichte Gruppe der Demonstranten an dem starrenden, doppelten Zaun der zwei Reihen Jäger vorbei. Den Leutnant ergriff eine dunkle Ahnung vom Untergang der Welt. Er erinnerte sich an den bunten Glanz der Fronleichnamsprozession, und einen kurzen Augenblick schien es ihm, als wallte die finstere Wolke der Rebellen jenem kaiserlichen Zug entgegen. Für die Dauer eines einzigen hurtigen Augenblicks kam über den Leutnant die erhabene Kraft, in Bildern zu schauen; und er sah die Zeiten wie zwei Felsen gegeneinanderrollen, und er selbst, der Leutnant, ward zwischen beiden zertrümmert.

Sein Zug schulterte das Gewehr, während drüben, von unsichtbaren Händen gehoben, Kopf und Oberkörper eines Mannes über dem dichten schwarzen und unaufhörlich bewegten Kreis der Menge erschienen. Alsbald bildete der schwebende Körper fast den genauen Mittelpunkt des Kreises. Seine Hände hoben sich in die Luft. Aus seinem Munde hallten unverständliche Laute. Die Menge schrie. Neben dem Leutnant, Notizbuch und Bleistift in der Hand, stand der Kommissär Horak. Auf einmal klappte er sein Buch zu und schritt gegen die Menge auf die andere Seite der Straße, langsam zwischen zwei funkelnden Gendarmen.

„Im Namen des Gesetzes!" rief er. Seine helle Stimme übertönte den Redner. Die Versammlung war aufgelöst.

Eine Sekunde war es still. Dann brach ein einziger Schrei aus allen Menschen. Neben den Gesichtern erschienen die weißen Fäuste der Männer, jedes Gesicht flankiert von zwei Fäusten. Die Gendarmen schlossen sich zur Kette. Im nächsten Augenblick war der Halbbogen der Menschen in Bewegung. Alle liefen schreiend gegen die Gendarmen. „Fällt das Bajonett!" kommandierte Trotta. Er zog den Säbel. Er konnte nicht sehen, daß seine Waffe in der Sonne aufblitzte und einen flüchtigen, spielerischen und aufreizenden Widerschein über die im Schatten liegende Seite der Straße warf, auf der sich die Menge befand. Die Helmknäufe der Gendarmen und ihre Bajonettspitzen waren plötzlich in der Menge untergegangen. „Direktion die Fabrik!" kommandierte Trotta. „Zug Marsch!" Die Jäger gingen vor, und ihnen entgegen flogen dunkle Gegenstände aus Eisen, braune Latten und weiße Steine, es pfiff und sauste, schnurrte und schnob. Leicht wie ein Wiesel rannte Horak neben dem Leutnant her und flüsterte: „Lassen Sie schießen, Herr Leutnant, um Gottes willen!"

„Zug halt!" kommandierte Trotta und: „Feuer!"

Die Jäger schossen, wie die Instruktionen Major Zoglauers gelautet hatten, die erste Salve in die Luft. Hierauf wurde es ganz still. Eine Sekunde lang konnte man alle friedlichen Stimmen des sommerlichen Mittags hören. Und man spürte das gütige Brüten der Sonne durch den Staub, den die Soldaten und die Menge aufgewirbelt hatten, und durch den verwehenden leichten Brandgeruch der abgeschossenen Patronen. Auf einmal schnitt die helle, heulende Stimme einer Frau durch den Mittag. Und da einige in der Menge offenbar glaubten, die Schreiende sei durch einen Schuß getroffen worden, begannen sie neuerlich, ihre wahllosen Geschosse gegen das Militär zu schleudern. Und den wenigen Schützen folgten sofort mehrere und schließlich alle. Und schon sanken ein paar Jäger in der ersten Reihe zu Boden, und während Leutnant Trotta ziemlich ratlos dastand, den Säbel in der Rechten, mit der Linken nach der Pistolentasche tastend, hörte er an der Seite die flüsternde Stimme Horaks: „Schießen! Lassen Sie um Gottes willen schießen!" In einer einzigen Sekunde rollten durch das aufgeregte Gehirn Leutnant Trottas Hunderte abgerissener Gedanken und Vorstellungen, manche gleichzeitig nebeneinander, und verworrene Stimmen in seinem Herzen geboten ihm, bald Mitleid zu haben, bald grausam zu sein, hielten ihm vor, was sein Großvater in dieser Lage getan hätte, drohten ihm, daß er im nächsten Augenblick selbst sterben würde, und ließen ihn zugleich den eigenen Tod als den einzig möglichen und wünschenswerten Ausgang dieses Kampfes erscheinen. Jemand hob seine Hand, wie er glaubte, eine fremde Stimme kommandierte aus ihm noch einmal: „Feuer!", und er konnte noch sehen, daß diesmal die Gewehrläufe gegen die Menge gerichtet waren. Eine Sekunde später wußte er gar nichts mehr. Denn ein Teil der Menge, der zuerst geflohen zu sein schien oder sich den Anschein gegeben hatte zu fliehen, machte nur einen Umweg und kehrte im Lauf hinter dem Rücken der Jäger wieder, so daß der Zug Leutnant Trottas zwischen die zwei Gruppen geriet. Während die Jäger die zweite Salve abfeuerten, fielen Steine und genagelte Latten auf ihre Rücken und Nacken. Und von einer dieser Waffen auf den Kopf getroffen, sank Leutnant Trotta bewußtlos zu Boden. Man hieb noch mit allerhand Gegenständen auf den Liegenden ein. Die Jäger schossen nun ohne Kommando wahllos und nach allen Seiten gegen ihre Angreifer und zwangen sie also zur Flucht. Das Ganze hatte kaum drei Minuten gedauert. Als sich die Jäger unter dem Kommando des Unteroffiziers in Doppelreihen aufstellten, lagen im Staub der Landstraße verwundete Soldaten und Arbeiter, und es dauerte lange, ehe die Sanitätswagen kamen. Man brachte den Leutnant Trotta ins kleine Garnisonspital, stellte einen Schädelbruch und einen Bruch des linken Schlüsselbeins fest und befürchtete eine Gehirnentzündung. Ein offenbar sinnloser Zufall hatte dem Enkel des Helden von Solferino eine Verletzung am Schlüsselbein beschert. (Im übrigen hätte keiner von den Lebenden, der Kaiser vielleicht ausgenommen, wissen können, daß die Trottas ihren Aufstieg einer Schlüsselbeinverletzung des Helden von Solferino zu verdanken haben.)

Drei Tage später kam in der Tat eine Gehirnentzündung. Und man hätte gewiß den Bezirkshauptmann verständigt, wenn der Leutnant noch am Tage seiner Einlieferung in das Garnisonspital und nachdem er aus seiner Bewußtlosigkeit erwacht war, den Major nicht dringlichst gebeten hätte, dem Vater auf keinen Fall Mitteilung von dem Ereignis zu machen. Zwar war der Leutnant jetzt wieder ohne Bewußtsein, und es war sogar Anlaß genug vorhanden, für sein Leben zu fürchten; aber der Major beschloß trotzdem, noch zu warten. So kam es, daß der Bezirkshauptmann erst zwei Wochen später von der Rebellion an der Grenze und von der unseligen Rolle erfuhr, die sein Sohn gespielt hatte. Er erfuhr es zuerst aus den Zeitungen, in die es durch die oppositionellen Politiker gekommen war. Denn die Opposition war entschlossen, die Armee, das Jägerbataillon und insbesondere den Leutnant Trotta, der den Befehl gegeben hatte zu feuern, für die Toten und Witwen und Waisen verantwortlich zu machen. Und dem Leutnant drohte in der Tat eine Art Untersuchung, das heißt: eine formal zur Beruhigung der Politiker angestellte Untersuchung, ausgeführt von Militärbehörden, und eine Veranlassung, den Angeklagten zu rehabilitieren und vielleicht sogar auf irgendeine Weise auszuzeichnen. Immerhin war der Bezirkshauptmann keineswegs beruhigt. Er telegraphierte sogar zweimal an seinen Sohn und einmal an den Major Zoglauer. Dem Leutnant ging es damals bereits besser. Er konnte sich noch nicht im Bett bewegen, aber sein Leben war nicht mehr gefährdet. Er schrieb an seinen Vater einen kurzen Bericht. Und er war im übrigen nicht um seine Gesundheit besorgt ... Er dachte daran, daß wieder Tote auf seinem Wege lagen, und er war entschlossen, endlich den Abschied zu nehmen. Mit derlei Überlegungen beschäftigt, wäre es ihm unmöglich gewesen, seinen Vater zu sehen und zu sprechen, obwohl er sich nach ihm sehnte. Er hatte eine Art Heimweh nach dem Vater, aber er wußte zugleich, daß sein Vater nicht mehr seine Heimat war. Die Armee war nicht mehr sein Beruf. Und so sehr ihm vor dem Anlaß schauderte, der ihn ins Spital gebracht hatte, so sehr begrüßte er seine Krankheit, weil sie die Notwendigkeit hinausschob, Entschlüsse auszuführen. Er überließ sich dem traurigen Karbolgeruch, der schneeweißen Öde der Wände und des Lagers, dem Schmerz, dem Verbandswechsel, der strengen und mütterlichen Milde der Pfleger und den langweiligen Besuchen der ewig heiteren Kameraden. Er las ein paar jener Bücher wieder – seit der Kadettenzeit hatte er nichts mehr gelesen –, die ihm sein Vater als Privatlektüre einst aufgegeben hatte, und jede Zeile erinnerte ihn an den Vater und an die stillen, sommerlichen Sonntagvormittage und an Jacques, an Kapellmeister Nechwal und an den Radetzkymarsch.

Eines Tages besuchte ihn der Hauptmann Wagner, saß lange am Bett, ließ hier und da ein Wort fallen, stand auf und setzte sich wieder. Schließlich zog er seufzend einen Wechsel aus dem Rock und bat Trotta zu unterschreiben. Trotta unterschrieb. Es waren fünfzehnhundert Kronen. Kapturak hatte ausdrücklich Trottas Garantie gefordert. Hauptmann Wagner wurde sehr lebhaft, erzählte eine ausführliche Geschichte von einem Rennpferd, das er preiswert zu kaufen gedachte und das er in Baden laufen lassen wollte, fügte noch ein paar Anekdoten hinzu und ging sehr plötzlich weg.

Zwei Tage später erschien der Oberarzt bleich und bekümmert an Trottas Bett und erzählte, daß Hauptmann Wagner tot sei. Er hatte sich im Grenzwald erschossen. Er hinterließ einen Abschiedsbrief an alle Kameraden und einen herzlichen Gruß für Leutnant Trotta.

Der Leutnant dachte keineswegs an die Wechsel und an die Folgen seiner Unterschrift. Er verfiel in Fieber. Er träumte – und er sprach auch davon –, daß die Toten ihn riefen und daß es Zeit für ihn sei, von dieser Erde abzutreten. Der alte Jacques, Max Demant, Hauptmann Wagner und die unbekannten erschossenen Arbeiter standen in einer Reihe und riefen ihn. Zwischen ihm und den Toten stand ein leerer Roulettetisch, auf dem die Kugel, von keiner Hand bewegt, dennoch ohne Ende rotierte.

Zwei Wochen dauerte sein Fieber. Ein willkommener Anlaß für die Militärbehörde, die Untersuchung hinauszuschieben und mehreren politischen Stellen bekanntzugeben, daß die Armee ebenfalls Opfer zu beklagen habe und daß die politische Behörde des Grenzorts die Verantwortung trüge und daß die Gendarmerie rechtzeitig hätte verstärkt werden müssen. Es entstanden unermeßlich große Akten über den Fall Leutnant Trottas, und die Akten wuchsen, und jede Stelle jedes Amtes bespritzte sie noch mit etwas Tinte, wie man Blumen begießt, damit sie wachsen, und die ganze Angelegenheit wurde schließlich dem Militärkabinett des Kaisers unterbreitet, weil ein besonders umsichtiger Ober-Auditor entdeckt hatte, daß der Leutnant ein Enkel jenes verschollenen Helden von Solferino war, der in ganz vergessenen, jedenfalls aber intimen Beziehungen zum Allerhöchsten Kriegsherrn gestanden hatte; und daß also dieser Leutnant allerhöchste Stellen interessieren müßte; und daß es besser wäre abzuwarten, ehe man eine Untersuchung begänne.

So mußte sich der Kaiser, der soeben aus Ischl zurückgekehrt war, eines Morgens um sieben Uhr mit einem gewissen Carl Joseph Freiherrn von Trotta und Sipolje beschäftigen. Und da der Kaiser schon alt war, wenn auch durch den Aufenthalt in Ischl erholt, konnte er es sich nicht erklären, weshalb er beim Lesen dieses Namens an die Schlacht bei Solferino denken mußte, und er verließ seinen Schreibtisch und ging mit kurzen Greisenschritten in seinem dürftigen Arbeitszimmer auf und ab, auf und ab, so daß es seinen alten Leibdiener verwunderte und daß dieser, unruhig geworden, an die Tür klopfte.

„Herein!" sagte der Kaiser. Und als er seinen Diener erblickte: „Wann kommt denn der Montenuovo?"

„Majestät, um acht Uhr!"

Es war noch eine halbe Stunde bis acht. Und der Kaiser glaubte, diesen Zustand nicht mehr ertragen zu können. Warum, warum erinnerte ihn nur der Name Trottas an Solferino? Und warum konnte er sich nicht mehr an die Zusammenhänge erinnern? War er denn schon so alt geworden? Seitdem er aus Ischl zurückgekehrt war, beschäftigte ihn die Frage, wie alt er eigentlich sei, denn es erschien ihm plötzlich merkwürdig, daß man zwar das Geburtsjahr vom laufenden Kalenderjahr subtrahieren müsse, um sein Alter zu wissen, daß aber die Jahre mit dem Monat Januar begannen und daß sein Geburtstag auf den achtzehnten August fiel! Ja, wenn die Jahre mit dem August begonnen hätten! Und wenn er zum Beispiel am achtzehnten Januar geboren worden wäre, dann wär's auch eine Kleinigkeit gewesen! So aber konnte man unmöglich genau wissen, ob man zweiundachtzig und im dreiundachtzigsten war oder dreiundachtzig und im vierundachtzigsten! Und er mochte nicht fragen, der Kaiser. Alle Welt hatte sowieso viel zu tun, und es lag auch gar nichts daran, ob man ein Jahr jünger oder älter war, und am Ende hätte man sich auch als ein Jüngerer nicht erinnert, warum dieser verflixte Trotta an Solferino gemahnte. Der Obersthofmeister wußte es. Aber er kam erst um acht Uhr! Vielleicht aber wußte es auch dieser Leibdiener?

Und der Kaiser hielt inne, in seinem trippelnden Lauf, und fragte den Diener:
„Sagen Sie mal: kennen Sie den Namen Trotta?"

Der Kaiser hatte eigentlich du zu seinem Diener sagen wollen, wie er es oft tat, aber es handelte sich diesmal um die Weltgeschichte, und er hatte sogar Respekt vor jenen, die er um historische Ereignisse fragte.

„Trotta!" sagte der Leibdiener des Kaisers. „Trotta!"

Er war auch schon alt, der Diener, und er erinnerte sich ganz dunkel an ein Lesebuchstück mit der Überschrift: „Die Schlacht bei Solferino." Und plötzlich erstrahlte die Erinnerung auf seinem Angesicht wie eine Sonne. „Trotta!" rief er, „Trotta! Der hat Majestät das Leben gerettet!"

Der Kaiser trat an den Schreibtisch. Durch das offene Fenster des Arbeitszimmers drang der Jubel der morgendlichen Vögel von Schönbrunn. Es schien dem Kaiser, daß er wieder jung sei, und er hörte das Knattern der Gewehre, und er glaubte sich an der Schulter ergriffen und zu Boden gerissen. Und auf einmal war ihm auch der Name Trotta sehr vertraut, genau wie der Name Solferino.

„Ja, ja", sagte der Kaiser und winkte mit der Hand und schrieb an den Rand der Trottaschen Akten: „Günstig erledigen!"

Dann erhob er sich wieder und ging zum Fenster. Die Vögel jubelten; und der Alte lächelte ihnen zu, als ob er sie sähe.

15

Der Kaiser war ein alter Mann. Er war der älteste Kaiser der Welt. Rings um ihn wandelte der Tod im Kreis, im Kreis und mähte und mähte. Schon war das ganze Feld leer, und nur der Kaiser, wie ein vergessener silberner Halm, stand noch da und wartete. Seine hellen und harten Augen sahen seit vielen Jahren verloren in eine verlorene Ferne. Sein Schädel war kahl, wie eine gewölbte Wüste. Sein Backenbart war weiß, wie ein Flügelpaar aus Schnee. Die Runzeln in seinem Angesicht waren ein verworrenes Gestrüpp, darin hausten die Jahrzehnte. Sein Körper war mager, sein Rücken leicht gebeugt. Er ging zu Hause mit trippelnden, kleinen Schritten umher. Sobald er aber die Straße betrat, versuchte er, seine Schenkel hart zu machen, seine Knie elastisch, seine Füße leicht, seinen Rücken gerade. Seine Augen füllte er mit künstlicher Güte, mit der wahren Eigenschaft kaiserlicher Augen: sie schienen jeden anzusehen, der den Kaiser ansah, und sie grüßten jeden, der ihn grüßte. In Wirklichkeit aber schwebten und flogen die Gesichter nur an ihnen vorbei, und sie blickten geradeaus auf jenen zarten, feinen Strich, der die Grenze ist zwischen Leben und Tod, auf den Rand des Horizontes, den die Augen der Greise immer sehen, auch wenn ihn Häuser, Wälder oder Berge verdecken. Die Leute glaubten, Franz Joseph wisse weniger als sie, weil er so viel älter war als sie. Aber er wußte vielleicht mehr als manche. Er sah die Sonne in seinem Reiche untergehen, aber er sagte nichts. Er wußte, daß er vor ihrem Untergang noch sterben werde. Manchmal stellte er sich ahnungslos und freute sich, wenn man ihn umständlich über Dinge aufklärte, die er genau kannte. Denn mit der Schlauheit der Kinder und der Greise liebte er die Menschen irrezuführen. Und er freute sich über die Eitelkeit, mit der sie sich bewiesen, daß sie klüger wären als er. Er verbarg seine Klugheit in der Einfalt: denn es geziemt einem Kaiser nicht, klug zu sein wie seine Ratgeber. Lieber erscheint er einfach als klug. Wenn er auf die Jagd ging, wußte er wohl, daß man ihm das Wild vor die Flinte stellte, und obwohl er noch anderes hätte erlegen können, schoß er dennoch nur jenes, das man ihm vor den Lauf getrieben hatte. Denn es ziemt einem alten Kaiser nicht, zu zeigen, daß er eine List durchschaue und besser schießen könne als ein Förster. Wenn man ihm ein Märchen erzählte, tat er, als ob er es glaube. Denn es ziemt einem Kaiser nicht, jemanden auf einer Unwahrheit zu ertappen. Wenn man hinter seinem Rücken lächelte, tat er, als wüßte er nichts davon. Denn es ziemt einem Kaiser nicht, zu wissen, daß man über ihn lächelt; und dieses Lächeln ist auch töricht, solange er nichts davon wissen will. Wenn er Fieber hatte und man rings um ihn zitterte und sein Leibarzt vor ihm log, daß er keines habe, sagte der Kaiser: „Dann ist ja alles gut!", obwohl er von seinem Fieber wußte. Denn ein Kaiser straft nicht einen Mediziner Lügen. Außerdem wußte er, daß die Stunde seines Todes noch nicht gekommen war. Er kannte auch die vielen Nächte, in denen ihn das Fieber plagte, ohne daß seine Ärzte etwas davon wußten. Denn er war manchmal krank, und niemand sah es. Und ein anderes Mal war er gesund, und sie nannten ihn krank, und er tat, als ob er krank wäre. Wo man ihn für einen Gütigen hielt, war er gleichgültig. Und wo man sagte, er sei kalt: dort tat ihm das Herz weh. Er hatte lange genug gelebt, um zu wissen, daß es töricht ist, die Wahrheit zu sagen. Er gönnte den Leuten den Irrtum, und er glaubte weniger als die Witzbolde, die in seinem weiten Reich Anekdoten über ihn erzählten, an den Bestand seiner Welt. Aber es ziemt einem Kaiser nicht, sich mit Witzbolden und Weltklugen zu messen. Also schwieg der Kaiser.

Obwohl er sich erholt hatte, der Leibarzt mit seinem Puls, seinen Lungen, seiner Atmung zufrieden war, hatte er seit gestern Schnupfen. Es fiel ihm nicht ein, diesen Schnupfen merken zu lassen. Man konnte ihn hindern, die Herbstmanöver an der östlichen Grenze zu besuchen, und er wollte noch einmal, und einen Tag wenigstens, Manöver sehen. Er hatte sich durch den Akt dieses Lebensretters, dessen Name ihm schon wieder entfallen war, an Solferino erinnert. Er hatte Kriege nicht gern (denn er wußte, daß man sie verliert), aber das Militär liebte er, das Kriegsspiel, die Uniform, die Gewehrübungen, die Parade, die Defilierung und das Kompanieexerzieren. Es kränkte ihn zuweilen, daß die Offiziere höhere Kappen trugen als er selbst, Bügelfalten und Lackschuhe und viel zu hohe Kragen an der Bluse. Viele waren sogar glattrasiert. Unlängst erst hatte er einen glattrasierten Landwehroffizier zufällig auf der Straße gesehen, und sein Herz war den ganzen Tag bekümmert gewesen. Wenn er aber selbst zu den Leuten

RADETZKYMARSCH

hinkam, wußten sie wieder, was Vorschrift war und was Firlefanz. Den und jenen konnte man derber anfahren. Denn beim Militär schickte sich auch für den Kaiser alles, beim Militär war sogar der Kaiser ein Soldat. Ach! Er liebte das Blasen der Trompeten, obwohl er immer so tat, als interessierten ihn die Aufmarschpläne. Und obwohl er wußte, daß Gott selbst ihn auf seinen Thron gesetzt hatte, kränkte es ihn dennoch in mancher schwachen Stunde, daß er nicht Frontoffizier war, und er hatte was auf dem Herzen gegen die Stabsoffiziere. Er erinnerte sich, daß er nach der Schlacht bei Solferino die disziplinlosen Truppen auf dem Rückweg wie ein Feldwebel angebrüllt und wieder geordnet hatte. Er war überzeugt – aber wem durfte er es sagen! –, daß zehn gute Feldwebel mehr leisteten als zwanzig Generalstäbler. Er sehnte sich nach Manövern!

Er beschloß also, seinen Schnupfen nicht merken zu lassen und sein Taschentuch so selten wie nur möglich zu ziehen. Niemand sollte es vorher wissen, er wollte die Manöver überraschen und die ganze Umgebung mit seinem Entschluß. Er freute sich über die Verzweiflung der Zivilbehörden, die nicht genügend polizeiliche Vorkehrungen getroffen haben würden. Er hatte keine Angst. Er wußte genau, daß die Stunde seines Todes noch nicht gekommen war. Er erschreckte alle. Man versuchte, ihm abzuraten. Er blieb hart. Eines Tages bestieg er den Hofzug und rollte nach dem Osten.

In dem Dorfe Z., nicht mehr als zehn Meilen von der russischen Grenze entfernt, bereitete man ihm sein Quartier in einem alten Schloß. Der Kaiser hätte lieber in einer der Hütten gewohnt, in denen die Offiziere untergebracht waren. Seit Jahren ließ man ihn nicht richtiges Militärleben genießen. Ein einziges Mal, eben in jenem unglücklichen italienischen Feldzug, hatte er zum Beispiel einen echten, lebendigen Floh in seinem Bett gesehen, aber niemandem was davon gesagt. Denn er war ein Kaiser, und ein Kaiser spricht nicht von Insekten. Das war damals schon seine Meinung gewesen.

Man schloß die Fenster in seinem Schlafzimmer. In der Nacht, er konnte nicht schlafen, rings um ihn aber schlief alles, was ihn zu bewachen hatte, stieg der Kaiser im langen, gefalteten Nachthemd aus dem Bett und sachte, sachte, um keinen zu wecken, klinkte er die hohen, schmalen Fensterflügel auf. Er blieb eine Weile stehen, den kühlen Atem der herbstlichen Nacht atmete er, und die Sterne sah er am tiefblauen Himmel und die rötlichen Lagerfeuer der Soldaten. Er hatte einmal ein Buch über sich selbst gelesen, in dem der Satz stand: „Franz Joseph der Erste ist kein Romantiker." Sie schreiben über mich, dachte der alte Mann, ich sei kein Romantiker. Aber ich liebe die Lagerfeuer. Er hätte ein gewöhnlicher Leutnant sein mögen und jung. Ich bin vielleicht keineswegs romantisch, dachte er, aber ich möchte jung sein! Wenn ich nicht irre, dachte der Kaiser weiter, war ich achtzehn Jahre alt, als ich den Thron bestieg. Als ich den Thron bestieg – dieser Satz kam dem Kaiser sehr kühn vor, in dieser Stunde fiel es ihm schwer, sich selbst für den Kaiser zu halten. Gewiß! Es stand in dem Buch, das man ihm mit einer der üblichen, ehrfurchtsvollen Widmungen überreicht hatte. Er war ohne Zweifel Franz Joseph der Erste! Vor seinem Fenster wölbte sich die unendliche, tiefblaue, bestirnte Nacht. Flach und weit war das Land. Man hatte ihm gesagt, daß diese Fenster nach dem Nordosten gingen. Man sah also nach Rußland hinüber. Aber die Grenze war selbstverständlich nicht zu erkennen. Und Kaiser Franz Joseph hätte in diesem Augenblick gern die Grenze seines Reiches gesehen. Sein Reich! Er lächelte. Die Nacht war blau und rund und weit und voller Sterne. Der Kaiser stand am Fenster, mager und alt, in einem weißen Nachthemd und kam sich sehr winzig vor, im Angesicht der unermeßlichen Nacht. Der letzte seiner Soldaten, die vor den Zelten patrouillieren mochten, war mächtiger als er. Der letzte seiner Soldaten! Und er war der Allerhöchste Kriegsherr! Jeder Soldat schwor bei Gott, dem Allmächtigen, Kaiser Franz Joseph dem Ersten Treue. Er war eine Majestät von Gottes Gnaden, und er glaubte an Gott, den Allmächtigen. Hinter dem goldgestirnten Blau des Himmels verbarg er sich, der Allmächtige – unvorstellbar! Seine Sterne waren es, die da am Himmel glänzten, und Sein Himmel war es, der sich über die Erde wölbte, und einen Teil der Erde, nämlich die österreichisch-ungarische Monarchie, hatte Er Franz Joseph dem Ersten zugeteilt. Und Franz Joseph der Erste war ein magerer Greis, stand am offenen Fenster und fürchtete, jeden Augenblick von seinen Wächtern überrascht zu werden. Die Grillen zirpten. Ihr Gesang, unendlich wie die Nacht, weckte die gleiche Ehrfurcht im Kaiser wie die Sterne. Zuweilen war es dem Kaiser, als sängen die Sterne selbst. Es fröstelte ihn ein wenig. Aber er hatte noch Angst, das Fenster zu schließen, es gelang vielleicht nicht mehr so glatt wie früher. Seine Hände zitterten. Er erinnerte sich, daß er vor langer Zeit schon Manöver in dieser Gegend besucht haben mußte. Auch dieses Schlafzimmer tauchte aus vergessenen Zeiten wieder empor. Aber er wußte nicht, ob zehn, zwanzig oder mehr Jahre seit damals verflossen waren. Ihm war, als schwämme er auf dem Meer der Zeit – nicht einem Ziel entgegen, sondern regellos auf der Oberfläche herum, oft zurückgestoßen zu den Klippen, die er schon gekannt haben mußte. Eines Tages würde er an irgendeiner Stelle untergehen. Er mußte niesen. Ja, sein Schnupfen! Nichts rührte sich im Vorzimmer. Vorsichtig schloß er wieder das Fenster und tappte mit seinen mageren, nackten Füßen zum Bett zurück. Das Bild vom blauen, gestirnten Rund des Himmels hatte er mitgenommen. Seine geschlossenen Augen bewahrten es noch. Und also schlief er ein, überwölbt von der Nacht, als läge er im Freien.

Er erwachte wie gewöhnlich, wenn er „im Felde" war (und so nannte er die Manöver), pünktlich um vier Uhr morgens. Schon stand sein Diener im Zimmer. Und hinter der Tür warteten schon, er wußte es, die Leibadjutanten. Ja, man mußte den Tag beginnen. Man wird den ganzen Tag kaum eine Stunde allein sein können. Dafür hatte er sie alle in dieser Nacht überlistet und war eine gute Viertelstunde am offenen Fenster gestanden. An dieses schlau gestohlene Vergnügen dachte er jetzt und lächelte. Er schmunzelte den Diener und den Burschen an, der jetzt eintrat und leblos erstarrte, erschreckt vom Schmunzeln des Kaisers, von den Hosenträgern Seiner Majestät, die er zum erstenmal in seinem Leben sah, von dem noch wirren, ein bißchen verknäuelten Backenbart, zwischen dem das Schmunzeln hin und her huschte, wie ein stilles, müdes und altes Vögelchen, vor der gelben Gesichtsfarbe des Kaisers und vor der Glatze, deren Haut sich schuppte. Man wußte nicht, ob man mit dem Greis lächeln oder stumm warten sollte. Auf einmal begann der Kaiser zu pfeifen. Er spitzte wahrhaftig die Lippen, die Flügel seines Bartes rückten ein bißchen aneinander, und der Kaiser pfiff eine Melodie, eine bekannte, wenn auch ein wenig entstellte Melodie. Es klang wie eine winzige Hirtenflöte. Und der Kaiser sagte: „Das pfeift der Hojos immer, das Lied. Ich wüßt' gern, was es ist!" Aber beide, der Diener und der Leibbursch, wußten es nicht; und eine Weile später, beim Waschen, hatte der Kaiser das Lied schon vergessen.

Es war ein schwerer Tag. Franz Joseph sah den Zettel an, auf dem der Tagesplan aufgezeichnet war, Stunde für Stunde. Es gab nur eine griechische Kirche im Ort. Ein römisch-katholischer Geistlicher wird zuerst die Messe lesen, dann der griechische. Mehr als alles andere strengten ihn die kirchlichen Zeremonien an. Er hatte das Gefühl, daß er sich vor Gott zusammennehmen müsse wie vor einem Vorgesetzten. Und er war schon alt! Er hätte mir so manches erlassen können! dachte der Kaiser. Aber Gott ist noch älter als ich, und seine Ratschlüsse kommen mir vielleicht genau so unerforschlich vor wie die meinen den Soldaten der Armee! Und wo sollte man da hinkommen, wenn jeder Untergeordnete seinen Vorgesetzten kritisieren wollte! Durch das hohe, gewölbte Fenster sah der Kaiser die Sonne Gottes emporsteigen. Er bekreuzigte sich und beugte das Knie. Seit undenklichen Zeiten hatte er jeden Morgen die Sonne aufgehen gesehen. Sein ganzes Leben lang war er beinahe immer noch vor ihr aufgestanden, wie ein Soldat früher aufsteht als sein Vorgesetzter. Er kannte alle Sonnenaufgänge, die feurigen und fröhlichen des Sommers und die umnebelten späten und trüben des Winters. Und er erinnerte sich zwar nicht mehr der Daten, nicht mehr an die Namen der Tage, der Monate und der Jahre, in denen Unheil oder Glück über ihn hereingebrochen waren; wohl aber an die Morgen, die jeden wichtigen Tag in seinem Leben eingeleitet hatten. Und er wußte, daß dieser Morgen trübe und jener heiter gewesen war. Und jeden Morgen hatte er das Kreuz geschlagen und das Knie gebeugt, wie manche Bäume jeden Morgen ihre Blätter der Sonne öffnen, ob es Tage sind, an denen Gewitter kommen oder die fällende Axt oder der tödliche Reif im Frühling oder aber Tage voller Frieden und Wärme und Leben.

Der Kaiser erhob sich. Sein Friseur kam. Regelmäßig jeden Morgen hielt er das Kinn hin, der Backenbart wurde gestutzt und säuberlich gebürstet. An den Ohrmuscheln und vor den Nasenlöchern kitzelte das kühle Metall der Schere. Manchmal mußte der Kaiser niesen. Er saß heute vor einem kleinen, ovalen Spiegel und verfolgte mit heiterer Spannung die Bewegungen der mageren Hände des Friseurs. Nach jedem Härchen, das fiel, nach jedem Strich des Rasiermessers und jedem Zug des Kammes oder der Bürste sprang der Friseur zurück und hauchte: „Majestät!", mit zitternden Lippen. Der Kaiser hörte dieses geflüsterte Wort nicht. Er sah nur die Lippen des Friseurs in ständiger Bewegung, wagte nicht zu fragen und dachte schließlich, der Mann sei ein wenig nervös. „Wie heißen S' denn?" fragte der Kaiser. Der Friseur – er hatte die Charge eines Korporals, obwohl er erst ein halbes Jahr bei der Landwehr Soldat war, aber er bediente seinen

Obersten tadellos und erfreute sich aller Gunst seiner Vorgesetzten – sprang mit einem Satz bis zur Tür, elegant wie es sein Metier erforderte, aber auch militärisch, es war ein Sprung, eine Verneigung und eine Erstarrung gleichzeitig, und der Kaiser nickte wohlgefällig. „Hartenstein!" rief der Friseur. „Warum springen S' denn so?" fragte Franz Joseph. Aber er erhielt keine Antwort. Der Korporal näherte sich wieder zaghaft dem Kaiser und vollendete sein Werk mit eiligen Händen. Er wünschte sich weit fort und wieder im Lager zu sein. „Bleiben S' noch!" sagte der Kaiser. „Ach, Sie sind Korporal! Dienen S' schon lang?" „Ein halbes Jahr, Majestät!" hauchte der Friseur. „So, so! Schon Korporal? Zu meiner Zeit", sagte der Kaiser, wie etwa ein Veteran gesagt hätte, „ist's nie so fix gegangen! Aber, Sie sind auch ein ganz fescher Soldat. Wollen S' beim Militär bleiben?" – Der Friseur Hartenstein besaß Weib und Kind und einen guten Laden in Olmütz und hatte schon ein paarmal versucht, einen Gelenkrheumatismus zu simulieren, um recht bald entlassen zu werden. Aber er konnte dem Kaiser nicht nein sagen. „Jawohl, Majestät", sagte er und wußte in diesem Augenblick, daß er sein ganzes Leben verpatzt hatte. – „Na, dann is gut. Dann sind Sie Feldwebel! Aber sind S' nicht so nervös!"

So. Jetzt hatte der Kaiser einen glücklich gemacht. Er freute sich. Er freute sich. Er freute sich. Er hatte ein großartiges Werk an diesem Hartenstein vollbracht. Jetzt konnte der Tag beginnen. Sein Wagen wartete schon. Man fuhr langsam zur griechischen Kirche, den Hügel hinan, auf dessen Gipfel sie stand. Ihr goldenes, doppeltes Kreuz funkelte in der morgendlichen Sonne. Die Militärkapellen spielten: ‚Gott erhalte'. Der Kaiser stieg aus und betrat die Kirche. Er kniete vor dem Altar, bewegte die Lippen, aber er betete nicht. Er mußte die ganze Zeit an den Friseur denken. Der Allmächtige konnte dem Kaiser nicht so plötzliche Gunstbezeugungen erweisen wie der Kaiser einem Korporal, und es war schade darum. König von Jerusalem: es war die höchste Charge, die Gott einer Majestät verleihen konnte. Und Franz Joseph war bereits König von Jerusalem! Schade, dachte der Kaiser. Jemand flüsterte ihm zu, daß draußen im Dorf noch die Juden auf ihn warteten. Man hatte die Juden vollkommen vergessen. Ach, noch diese Juden! dachte der Kaiser bekümmert. Gut! Mochten sie kommen! Aber man mußte sich eilen. Sonst kam man zu spät zum Gefecht.

Der griechische Priester absolvierte die Messe in größter Hast. Noch einmal intonierten die Musikkapellen das ‚Gott erhalte'. Der Kaiser kam aus der Kirche. Es war neun Uhr vormittag. Das Gefecht begann neun Uhr zwanzig. Franz Joseph beschloß, jetzt schon sein Pferd zu besteigen, nicht mehr den Wagen. Diese Juden konnte man auch zu Pferd empfangen. Er ließ den Wagen zurückfahren und ritt den Juden entgegen. Am Ausgang des Dorfes, wo die breite Landstraße anhub, die zu seinem Quartier und zugleich zum Kampfplatz führte, wallten sie ihm entgegen, eine finstere Wolke. Wie ein Feld voll seltsamer, schwarzer Ähren im Wind neigte sich die Gemeinde der Juden vor dem Kaiser. Ihre gebeugten Rücken sah er vom Sattel aus. Dann ritt er näher und konnte die langen, wehenden silberweißen, kohlschwarzen und feuerroten Bärte unterscheiden, die der sanfte Herbstwind bewegte, und die langen, knöchernen Nasen, die auf der

Erde etwas zu suchen schienen. Der Kaiser saß, im blauen Mantel, auf seinem Schimmel. Sein Backenbart schimmerte in der herbstlichen, silbernen Sonne. Von den Feldern ringsum erhoben sich die weißen Schleier. Dem Kaiser entgegen wallte der Anführer, ein alter Mann im weißen, schwarzgestreiften Gebetmantel der Juden, mit wehendem Bart. Der Kaiser ritt im Schritt. Des alten Juden Füße wurden immer langsamer. Schließlich schien er auf einem Fleck stehenzubleiben und sich dennoch zu bewegen. Franz Joseph fröstelte es ein wenig. Er hielt plötzlich an, so, daß sein Schimmel bäumte. Er stieg ab. Sein Gefolge ebenfalls. Er ging. Seine blankgewichsten Stiefel bedeckten sich mit dem Staub der Landstraße und in den schmalen Rändern mit schwerem, grauem Kot. Der schwarze Haufen der Juden wogte ihm entgegen. Ihre Rücken hoben und senkten sich. Ihre kohlschwarzen, feuerroten und silberweißen Bärte wehten im sanften Wind. Drei Schritte vor dem Kaiser blieb der Alte stehen. Er trug eine große purpurne Thorarolle in den Armen, geziert von einer goldenen Krone, deren Glöckchen leise läuteten. Dann hob der Jude die Thorarolle dem Kaiser entgegen. Und sein wildbewachsener, zahnloser Mund lallte in einer unverständlichen Sprache den Segen, den die Juden zu sprechen haben beim Anblick eines Kaisers. Franz Joseph neigte den Kopf. Über seine schwarze Mütze zog feiner, silberner Altweibersommer, in den Lüften schrien die wilden Enten, ein Hahn schmetterte in einem fernen Gehöft. Sonst war es ganz still. Aus dem Haufen der Juden stieg ein dunkles Gemurmel empor. Noch tiefer beugten sich ihre Rücken. Wolkenlos, unendlich spannte sich der silberblaue Himmel über der Erde. „Gesegnet bist du!" sagte der Jude zum Kaiser. „Den Untergang der Welt wirst du nicht erleben!" Ich weiß es! dachte Franz Joseph. Er gab dem Alten die Hand. Er wandte sich um. Er bestieg seinen Schimmel.

Er trabte nach links über die harten Schollen der herbstlichen Felder, gefolgt von seiner Suite. Der Wind trug ihm die Worte zu, die Rittmeister Kaunitz zu seinem Freund an der Seite sprach: „Ich hab' keinen Ton von dem Juden verstanden!" Der Kaiser wandte sich im Sattel um und sagte: „Er hat auch nur zu mir gesprochen, lieber Kaunitz!" und ritt weiter.

Er verstand nichts vom Sinn der Manöver. Er wußte nur, daß die „Blauen" gegen die „Roten" kämpften. Er ließ sich alles erklären. „So, so", sagte er immer wieder. Es freute ihn, daß die Leute glaubten, er wolle verstehen und könne nicht. Trottel! dachte er. Er schüttelte den Kopf. Aber die Leute meinten, er wackle mit dem Kopf, weil er ein Greis war. „So, so", sagte der Kaiser immer wieder. Die Operationen waren schon ziemlich vorgeschritten. Der linke Flügel der Blauen, der heute etwa anderthalb Meilen hinter dem Dorf Z. stand, befand sich seit zwei Tagen fortwährend auf dem Rückzug vor der andringenden Kavallerie der Roten. Die Mitte hielt das Terrain um P. besetzt, ein hügelreiches Gelände, schwer anzugreifen, leicht zu verteidigen, aber auch der Gefahr ausgesetzt, umzingelt zu werden, wenn es gelang – und darauf konzentrierte sich in dieser Stunde die Aufmerksamkeit der Roten –, den rechten und den linken Flügel der Blauen von der Mitte abzuschneiden. Während der linke Flügel im Zurückweichen begriffen war, wankte aber der rechte nicht, er stieß vielmehr noch langsam vor und zeigte die Tendenz, sich gleichzeitig dermaßen zu verlängern, daß man annehmen konnte, er wolle die Flanke des Feindes umklammern. Es war, nach der Meinung des Kaisers, eine recht banale Situation. Und wenn er an der Spitze der Roten gestanden wäre, hätte er den elanvollen Flügel der Blauen durch ein fortwährendes Zurückweichen so weit herangelockt und seine Stoßkraft so weit am äußersten Ende zu beschäftigen versucht, daß sich schließlich eine entblößte Stelle zwischen ihm und der Mitte hätte finden lassen. Aber er sagte nichts, der Kaiser. Ihn bekümmerte die ungeheuerliche Tatsache, daß der Oberst Lugatti, ein Triestiner und eitel, wie nach der unerschütterlichen Meinung Franz Josephs nur die Italiener sein konnten, seinen Mantelkragen hoch geschnitten trug, wie es nicht einmal Blusenkragen sein durften, und daß er, um seine Charge dennoch sehen zu lassen, diesen abscheulich hohen Mantelkragen auch kokett geöffnet hatte. „Sagen Sie, Herr Oberst", fragte der Kaiser, „wo lassen Sie Ihre Mäntel nähen? In Mailand? Ich hab' leider die dortigen Schneider schon völlig vergessen." Der Stabsoberst Lugatti schlug die Hacken zusammen und schloß seinen Mantelkragen. „Jetzt könnt' man Sie für einen Leutnant halten", sagte Franz Joseph. „Jung schauen S' aus!" – Und er gab seinem Schimmel die Sporen und galoppierte dem Hügel zu, auf dem, ganz nach dem Muster der älteren Schlachten, die Generalität zu stehen hatte. Er war entschlossen, wenn es zu lange dauern sollte, die „Kampfhandlungen" abbrechen zu lassen – denn er sehnte sich nach der Defilierung. Der Franz Ferdinand machte es gewiß anders. Er nahm überhaupt Partei, stellte sich auf irgendeine Seite, begann zu befeligen und siegte natürlich immer. Wo gab es noch einen General, der den Thronfolger besiegt hätte? Der Kaiser ließ seine alten, blaßblauen Augen über die Gesichter schweifen. Lauter eitle Burschen! dachte er. Vor ein paar Jahren noch hätte er sich darüber ärgern können. Heute nicht mehr, heute nicht mehr! Er wußte nicht ganz genau, wie alt er war, aber er fühlte, wenn die andern ihn umgaben, daß er sehr alt sein mußte. Manchmal war es ihm, als schwebte er geradezu den Menschen und der Erde davon. Alle wurden sie immer kleiner, je länger er sie ansah, und ihre Worte trafen wie aus weiter Ferne sein Ohr und fielen wieder ab, ein gleichgültiger Schall. Und wenn dem und jenem ein Unglück zustieß, sah er wohl, daß sie sich Mühe gaben, es ihm behutsam zu erzählen. Ach, sie wußten nicht, daß er alles vertragen konnte! Die großen Schmerzen waren schon heimisch in seiner Seele, und die neuen Schmerzen kehrten nur wie längst erwartete Brüder zu den alten ein. Er ärgerte sich nicht mehr so heftig. Er freute sich nicht mehr so stark. Er litt nicht mehr so schwer. Nun ließ er tatsächlich die „Kampfhandlungen abbrechen", und die Defilierung sollte beginnen. Auf den uferlosen Feldern stellten sie sich auf, die Regimenter aller Waffengattungen, leider in Feldgrau (auch so eine moderne Sache, die dem Kaiser nicht am Herzen lag). Immerhin brannte noch das blutige Rot der Kavalleriehosen über dem dürren Gelb der Stoppelfelder und brach aus dem Grau der Infanteristen durch wie Feuer aus Wolken. Die matten und schmalen Blitze der Säbel zuckten vor den marschierenden Reihen und Doppelreihen, die roten Kreuze auf weißem

Grund leuchteten hinter den Maschinengewehrabteilungen. Wie alte Kriegsgötter auf ihren schweren Wagen rollten die Artilleristen heran, und die schönen braunen und falben Rösser bäumten sich in starker und stolzer Gefügigkeit. Durch den Feldstecher sah Franz Joseph die Bewegungen jedes einzelnen Zuges, ein paar Minuten lang fühlte er Stolz auf seine Armee und ein paar Minuten auch Bedauern über ihren Verlust. Denn er sah sie schon zerschlagen und verstreut, aufgeteilt unter den vielen Völkern seines weiten Reiches. Ihm ging die große, goldene Sonne der Habsburger unter, zerschmettert am Urgrund der Welten, zerfiel in mehrere kleine Sonnenkügelchen, die wieder als selbständige Gestirne selbständigen Nationen zu leuchten hatten. Es paßt ihnen halt nimmer, von mir regiert zu werden! dachte der Alte. Da kann man nix machen! fügte er im stillen hinzu. Denn er war ein Österreicher …

Also stieg er zum Entsetzen aller Kommandierenden von seinem Hügel und begann, die reglosen Regimenter zu mustern, beinahe Zug für Zug. Und gelegentlich ging er zwischen den Reihen durch, betrachtete die neuen Tornister und die Brotsäcke, zog hier und dort eine Konservenbüchse heraus und fragte, was sie enthielte, sah hier und dort ein stumpfes Angesicht und befragte es nach Heimat, Familie und Beruf, vernahm kaum diese und jene Antwort, und manchmal streckte er die alte Hand aus und klopfte einem Leutnant auf die Schulter. So gelangte er auch zum Bataillon der Jäger, in dem Trotta diente.

Es war vier Wochen her, daß Trotta das Spital verlassen hatte. Er stand vor seinem Zug, blaß, mager und gleichgültig. Als sich ihm aber der Kaiser näherte, begann er, seine Gleichgültigkeit zu bemerken und zu bedauern. Er hatte das Gefühl, eine Pflicht zu versäumen. Fremd geworden war ihm die Armee. Fremd war ihm der Allerhöchste Kriegsherr. Der Leutnant Trotta glich einem Manne, der nicht nur seine Heimat verloren hatte, sondern auch das Heimweh nach dieser Heimat. Er hatte Mitleid mit dem weißbärtigen Greis, der ihm immer näher kam, Tornister, Brotsäcke und Konserven neugierig betastend. Der Leutnant hätte sich jenen Rausch wieder gewünscht, der ihn in allen festlichen Stunden seiner militärischen Laufbahn erfüllt hatte, daheim, an den sommerlichen Sonntagen, auf dem Balkon des väterlichen Hauses, und bei jeder Parade und bei der Ausmusterung und noch vor wenigen Monaten beim Fronleichnamszug in Wien. Nichts rührte sich im Leutnant Trotta, als er fünf Schritte vor seinem Kaiser stand, nichts anderes regte sich in seiner vorgestreckten Brust als Mitleid mit einem alten Mann. Major Zoglauer schnarrte die vorschriftsmäßige Formel herunter. Aus irgendeinem Grunde gefiel er dem Kaiser nicht. Franz Joseph hatte den Verdacht, daß in dem Bataillon, das dieser Mann kommandierte, nicht alles zum Besten stünde, und er beschloß, es sich genauer anzusehen. Er blickte aufmerksam auf die reglosen Gesichter, zeigte auf Carl Joseph und fragte: „Ist er krank?"

Major Zoglauer berichtete, was sich mit dem Leutnant Trotta zugetragen hatte. Der Name schlug an das Ohr Franz Josephs wie etwas Vertrautes, zugleich Ärgerliches, und in seiner Erinnerung erhob sich der Vorfall, wie er in den Akten geschildert war, und hinter diesem Vorfall erwachte auch jenes längst entschlafene Ereignis aus der Schlacht bei Solferino wieder. Er sah noch genau den Hauptmann, der in einer lächerlichen Audienz so beharrlich um die Abschaffung eines patriotischen Lesebuchstückes gebeten hatte. Es war das Lesestück Nummer fünfzehn. Der Kaiser erinnerte sich an die Zahl mit dem Vergnügen, das ihm gerade die geringfügigen Beweise für sein „gutes Gedächtnis" bereiteten. Seine Laune besserte sich zusehends. Wohlgefälliger erschien ihm auch der Major Zoglauer. „Ich erinnere mich noch gut an Ihren Vater!" sagte der Kaiser zu Trotta. „Er war sehr bescheiden, der Held von Solferino!" „Majestät", erwiderte der Leutnant, „es war mein Großvater!"

Der Kaiser trat einen Schritt zurück, wie weggedrängt von der gewaltigen Zeit, die sich plötzlich zwischen ihm und dem Jungen aufgetürmt hatte. Ja, ja! Er konnte sich noch an die Nummer eines Lesestücks erinnern, aber nicht mehr an die Unmenge der Jahre, die er zurückgelegt hatte. „Ach!" sagte er, „das war also der Großvater! So, so! Und Ihr Vater ist Oberst, wie?" „Bezirkshauptmann in W." „So, so!" wiederholte Franz Joseph. „Ich werd's mir merken!" fügte er hinzu: eine Art Entschuldigung für den Fehler, den er soeben gemacht hatte.

Er stand noch eine Weile vor dem Leutnant, aber er sah weder Trotta noch die anderen. Er hatte keine Lust mehr, die Reihen abzuschreiten, aber er mußte es wohl tun, damit die Leute nicht merkten, daß er vor seinem eigenen Alter erschrocken war. Seine Augen sahen wieder, wie gewöhnlich, in die Ferne, wo die Ränder der Ewigkeit schon auftauchten. Dabei bemerkte er nicht, daß an seiner Nase ein glasklarer Tropfen erschien und daß alle Welt gebannt auf diesen Tropfen starrte, der endlich, endlich in den dichten, silbernen Schnurrbart fiel und sich dort unsichtbar einbettete.

Und allen ward es leicht ums Herz. Und die Defilierung konnte beginnen.

❖

DRITTER TEIL

16

Verschiedene wichtige Veränderungen gingen im Haus und im Leben des Bezirkshauptmanns vor. Er verzeichnete sie erstaunt und ein wenig grimmig. An kleinen Anzeichen, die er allerdings für gewaltige hielt, bemerkte er, daß sich rings um ihn die Welt veränderte, und er dachte an ihren Untergang und an die Prophezeiungen Chojnickis. Er suchte nach einem neuen Diener. Man empfahl ihm viele jüngere und offensichtlich brave Männer, mit tadellosen Zeugnissen, Männer, die drei Jahre beim Militär gedient hatten und sogar Gefreite geworden waren. Den und jenen nahm der

Bezirkshauptmann „auf Probezeit" ins Haus. Aber er behielt niemanden. Sie hießen Karl, Franz, Alexander, Joseph, Alois oder Christoph oder noch anders. Aber der Bezirkshauptmann versuchte, jeden „Jacques" zu nennen. Hatte doch selbst der echte Jacques anders geheißen und seinen Namen nur angenommen und ein ganzes langes Leben mit Stolz geführt, so, wie etwa ein berühmter Dichter seinen literarischen Namen, unter dem er unsterbliche Lieder und Gedichte schreibt. Es erwies sich jedoch schon nach einigen Tagen, daß die Aloise, die Alexanders, die Josephs und die anderen auf den großen Namen Jacques nicht hören wollten, und der Bezirkshauptmann empfand diese Widerspenstigkeit nicht nur als einen Verstoß gegen den Gehorsam und gegen die Ordnung der Welt, sondern auch als eine Kränkung des unwiederbringlichen Toten. Wie? Es paßte ihnen nicht, Jacques zu heißen?! Diesen Taugenichtsen ohne Jahre und ohne Verdienst, ohne Intelligenz und ohne Disziplin?! Denn der tote Jacques lebte im Angedenken des Bezirkshauptmanns weiter als ein Diener von musterhaften Eigenschaften, als das Muster eines Menschen überhaupt. Und mehr noch als über die Widerspenstigkeit der Nachfolger wunderte sich Herr von Trotta über den Leichtsinn der Herrschaften und der Behörden, die so miserablen Subjekten günstige Zeugnisse ausgestellt hatten. Wenn es überhaupt möglich war, daß ein gewisses Individuum namens Alexander Cak – ein Mann, dessen Namen er niemals vergessen wollte, und ein Name, der sich auch mit einer gewissen Gehässigkeit aussprechen ließ, so daß es klang, als würde dieser Cak schon erschossen, wenn der Bezirkshauptmann ihn nur erwähnte: wenn es also möglich war, daß dieser Cak der Sozialdemokratischen Partei angehörte und dennoch bei seinem Regiment Gefreiter geworden war, so konnte man freilich nicht nur an diesem Regiment, sondern auch an der ganzen Armee verzweifeln. Und die Armee war nach der Meinung des Bezirkshauptmanns noch in der Monarchie die einzige Macht, auf die man sich verlassen konnte! Es war dem Bezirkshauptmann, als bestünde plötzlich die ganze Welt aus Tschechen: einer Nation, die er für widerspenstig, hartköpfig und dumm hielt und überhaupt für die Erfinder des Begriffes Nation. Es mochte viele Völker geben, aber keineswegs Nationen. Und außerdem kamen verschiedene, kaum verständliche Erlässe und Verfügungen der Statthalterei betreffend eine gelindere Behandlung der „nationalen Minoritäten", eines jener Worte, die Herr von Trotta am tiefsten haßte. Denn „nationale Minoritäten" waren für seine Begriffe nichts anderes als größere Gemeinschaften „revolutionärer Individuen". Ja, er war von lauter revolutionären Individuen umgeben. Er glaubte sogar zu bemerken, daß sie sich in einer widernatürlichen Weise vermehrten, in einer Weise, wie sie dem Menschen nicht entspricht. Es war für den Bezirkshauptmann ganz deutlich geworden, daß die „staatstreuen Elemente" immer unfruchtbarer wurden und immer weniger Kinder bekamen, wie die Statistiken der Volkszählungen bewiesen, in denen er manchmal blätterte. Er konnte sich nicht mehr den schrecklichen Gedanken verhehlen, daß die Vorsehung selbst mit der Monarchie unzufrieden war, und obwohl er im gewöhnlichen Sinne ein zwar praktizierender, aber nicht sehr gläubiger Christ war, neigte er immer noch zu der Annahme, daß Gott selbst den Kaiser strafe. Er kam allmählich auf allerlei sonderbare Gedanken überhaupt. Die Würde, die er seit dem ersten Tage trug, an dem er Bezirkshauptmann in W. geworden war, hatte ihn zwar sofort alt gemacht. Auch als sein Backenbart noch ganz schwarz gewesen war, wäre es keinem Menschen eingefallen, Herrn von Trotta für einen jungen Mann zu halten. Und dennoch begannen die Menschen in seinem Städtchen jetzt erst zu sagen, daß der Bezirkshauptmann alt werde. Allerhand längst vertraute Gewohnheiten hatte er ablegen müssen. So ging er zum Beispiel seit dem Tode des alten Jacques und seit der Rückkehr aus der Grenzgarnison seines Sohnes nicht mehr am Morgen vor dem Frühstück spazieren, aus Angst, eines der so häufig wechselnden verdächtigen Subjekte, die bei ihm Dienst taten, könnte vergessen haben, die Post auf den Frühstückstisch zu legen oder gar das Fenster zu öffnen. Er haßte seine Haushälterin. Er hatte sie schon immer gehaßt, aber hie und da ein Wort an sie gerichtet. Seitdem der alte Jacques nicht mehr servierte, enthielt sich der Bezirkshauptmann jeder Bemerkung bei Tisch. Denn in Wirklichkeit waren seine hämischen Worte immer für Jacques bestimmt gewesen und gewissermaßen Werbungen um den Beifall des alten Dieners. Jetzt erst, seitdem der Alte tot war, wußte Herr von Trotta, daß er nur für Jacques gesprochen hatte, einem Schauspieler ähnlich, der einen langjährigen Verehrer seiner Kunst im Parkett weiß. Und hatte der Bezirkshauptmann immer hastig gegessen, so bemühte er sich jetzt, schon nach den ersten Bissen den Tisch zu verlassen. Denn es erschien ihm lästerlich, den Tafelspitz zu genießen, dieweil die Würmer den alten Jacques im Grabe fraßen. Und wenn er auch dann und wann den Blick nach oben richtete, in der Hoffnung und in einem angeborenen gläubigen Gefühl, daß der Tote im Himmel sei und ihn sehen könne, so sah der Bezirkshauptmann doch nur den bekannten Plafond seines Zimmers; denn er war dem einfachen Glauben entflohen, und seine Sinne gehorchten nicht mehr dem Gebot seines Herzens. Ach, es war ein Jammer.

Hie und da vergaß der Bezirkshauptmann sogar, an gewöhnlichen Tagen ins Amt zu gehen. Und es konnte geschehen, daß er zum Beispiel an einem Donnerstagmorgen den schwarzen Schlußrock anlegte, um die Kirche zu besuchen. Draußen erst merkte er an allerlei unbezweifelbaren wochentäglichen Anzeichen, daß es nicht Sonntag war, und er kehrte um und zog wieder seinen gewöhnlichen Anzug an. Umgekehrt aber vergaß er an manchen Sonntagen den Kirchenbesuch, blieb trotzdem länger im Bett als gewöhnlich und erinnerte sich erst, wenn der Kapellmeister Nechwal unten mit seinen Musikanten erschien, daß es Sonntag war. Es gab Tafelspitz mit Gemüse wie an allen Sonntagen. Und zum Kaffee kam der Kapellmeister Nechwal. Man saß im Herrenzimmer. Man rauchte eine Virginier. Auch der Kapellmeister Nechwal war älter geworden. Bald sollte er in Pension gehen. Er fuhr nicht mehr so häufig nach Wien, und die Witze, die er erzählte, glaubte selbst der Bezirkshauptmann seit langen Jahren genau zu kennen. Er verstand sie noch immer nicht, aber er erkannte sie, ähnlich wie manche Menschen, denen er immer wieder begegnete und deren Namen er dennoch nicht wußte. „Was machen die Ihrigen?" fragte Herr von Trotta. „Danke, es geht ihnen ausgezeichnet!" sagte der Kapellmeister. „Die Frau Gemahlin?" „Befindet sich wohl!" „Die Kinder?" (denn der Bezirkshauptmann wußte noch immer nicht, ob der Kapellmeister Nechwal Söhne oder Töchter hatte, und fragte deshalb seit mehr als zwanzig Jahren vorsichtig nach den „Kindern"). „Der älteste ist Leutnant geworden!" erwiderte Nechwal. „Infanterie natürlich?" fragte gewohnheitsmäßig Herr von Trotta und erinnerte sich einen Augenblick darauf, daß sein eigener Sohn jetzt bei den Jägern diente und nicht bei der Kavallerie. „Jawohl, Infanterie!" sagte Nechwal. „Er kommt nächstens zu Besuch. Ich werde mir erlauben, ihn vorzustellen." „Bitte, bitte, wird mich sehr freuen!" sagte der Bezirkshauptmann.

Eines Tages kam der junge Nechwal. Er diente bei den Deutschmeistern, war vor einem Jahr ausgemustert worden und sah nach der Meinung Herrn von Trottas „wie ein Musikant" aus. „Ganz dem Vater ähnlich", sagte der Bezirkshauptmann, „Ihnen aus dem Gesicht geschnitten", obwohl der junge Nechwal eher seiner Mutter als dem Kapellmeister ähnlich war. „Wie ein Musikant": damit meinte der Bezirkshauptmann eine ganz bestimmte unbekümmerte Forschheit im Angesicht des Leutnants, einen winzigen, blonden, aufgezwirbelten Schnurrbart, der wie eine waagerechte, geschlungene Klammer unter der kurzen, breiten Nase lag, und die wohlgelungenen, schöngeformten, puppenhaft kleinen Ohren, die wie aus Porzellan gemacht waren, und das brave, sonnenblonde, in der Mitte gescheitelte Haar. „Fidel schaut er aus!" sagte Herr von Trotta zu Herrn Nechwal. „Sind Sie zufrieden?" fragte er dann den Jungen. „Offen gestanden, Herr Bezirkshauptmann", erwiderte der Sohn des Kapellmeisters, „ist es etwas langweilig!" „Langweilig?" fragte Herr von Trotta, „in Wien?!" „Ja", sagte der junge Nechwal, „langweilig! Schaun S', Herr Bezirkshauptmann, wenn man in einer kleinen Garnison dient, dann kommt's einem gar nicht zum Bewußtsein, daß man kein Geld hat!" Der Bezirkshauptmann fühlte sich gekränkt. Er fand, daß es sich nicht schickte, von Geld zu sprechen, und er fürchtete, daß der junge Nechwal auf die besseren finanziellen Verhältnisse Carl Josephs anspielen wollte. „Mein Sohn dient zwar an der Grenze", sagte Herr von Trotta, „aber er ist immer gut ausgekommen. Auch bei der Kavallerie." Er betonte dieses Wort. Es war ihm zum erstenmal peinlich, daß Carl Joseph die Ulanen verlassen hatte. Gewiß kamen derlei Nechwals bei der Kavallerie nicht vor! Und der Gedanke, daß der Sohn dieses Kapellmeisters sich etwa einbildete, dem jungen Trotta in irgendeiner Weise zu gleichen, verursachte dem Bezirkshauptmann fast körperliche Pein. Er beschloß, „den Musikanten" zu überführen. Er witterte geradezu Vaterlandsverrat in diesem Jungen, dessen Nase ihm „tschechisch" erschien. „Dienen Sie gern?" fragte der Bezirkshauptmann. „Offen gestanden", sagte der Leutnant Nechwal, „ich könnt' mir einen besseren Beruf vorstellen!" „Wieso denn? Ein besseren?" „Einen praktischeren!" sagte der junge Nechwal. „Ist es nicht praktisch, fürs Vaterland zu kämpfen?" fragte Herr von Trotta, „vorausgesetzt, daß man überhaupt praktisch veran-

lagt ist." Es war deutlich, daß er das Wort „praktisch" in einer ironischen Weise betonte.
„Aber wir kämpfen ja gar nicht", entgegnete der Leutnant. „Und wenn wir einmal zum
Kämpfen kommen, ist es vielleicht gar nicht so praktisch." „Aber warum denn?" fragte
der Bezirkshauptmann. „Weil wir bestimmt den Krieg verlieren", sagte Nechwal, der
Leutnant. „Es ist eine andere Zeit", fügte er hinzu – und nicht ohne Bosheit, wie es
Herrn von Trotta vorkam. Er kniff seine kleinen Augen zusammen, so daß sie beinahe
ganz verschwanden, und in einer Art, die dem Bezirkshauptmann ganz unerträglich
schien, entblößte seine Oberlippe das Zahnfleisch, der Schnurrbart berührte die Nase,
und diese glich den breiten Nüstern irgendeines Tieres, nach der Meinung Herrn von
Trottas. – Ein ganz widerlicher Bursche, dachte der Bezirkshauptmann. „Eine neue
Zeit", wiederholte der junge Nechwal. „Die vielen Völker halten nicht lange zusammen!" „So", sagte der Bezirkshauptmann, „und woher wollen Sie das alles wissen, Herr
Leutnant?" Und der Bezirkshauptmann wußte im gleichen Augenblick, daß sein Hohn
stumpf war, und er fühlte sich selbst wie ein Veteran etwa, der seinen ungefährlichen,
ohnmächtigen Säbel gegen einen Feind zückt. „Alle Welt weiß es", sagte der Junge,
„und sagt es auch!" „Sagt es?" wiederholte Herr von Trotta. „Ihre Kameraden sagen's?"
„Ja, sie sagen es!"

Der Bezirkshauptmann sprach nicht mehr. Es schien ihm plötzlich, daß er auf einem
hohen Berg stand und ihm gegenüber der Leutnant Nechwal in einem tiefen Tal. Sehr
klein war der Leutnant Nechwal! Aber obwohl er klein war und sehr tief stand, hatte er
dennoch recht. Und die Welt war nicht mehr die alte Welt. Sie ging unter. Und es war
in der Ordnung, daß eine Stunde vor ihrem Untergang die Täler recht behielten gegen
die Berge, die Jungen gegen die Alten, die Dummköpfe gegen die Vernünftigen. Der
Bezirkshauptmann schwieg. Es war ein sommerlicher Sonntagnachmittag. Die gelben
Jalousien im Herrenzimmer ließen gefilterte goldene Sonne einströmen. Die Uhr tickte. Die Fliegen summten. Der Bezirkshauptmann erinnerte sich an den Sommertag, an
dem sein Sohn Carl Joseph in der Uniform eines Kavallerieleutnants gekommen war.
Wieviel Zeit war seit jenem Tage vergangen? Ein paar Jahre! In diesen Jahren aber schienen dem Bezirkshauptmann die Ereignisse dichter geworden zu sein. Es war, als wenn
die Sonne täglich zweimal auf- und zweimal untergegangen wäre; und jede Woche hätte zwei Sonntage gehabt und jeder Monat sechzig Tage! Und die Jahre waren doppelte
Jahre gewesen. Und Herr von Trotta fühlte sich gleichsam von der Zeit betrogen, obwohl sie ihm das Doppelte geboten hatte; und es war ihm, als hätte ihm die Ewigkeit
doppelte falsche Jahre geboten statt einfacher echter. Und während er den Leutnant verachtete, der ihm gegenüber so tief in seinem Jammertal stand, mißtraute er dem Berg,
auf dem er selber stand. Ach! Es geschah ihm Unrecht! Unrecht! Unrecht! Zum erstenmal in seinem Leben glaubte der Bezirkshauptmann, daß ihm Unrecht geschah.

Er sehnte sich nach Doktor Skowronnek, dem Mann, mit dem er seit einigen Monaten jeden Nachmittag Schach spielte. Denn auch das regelmäßige Schachspiel gehörte
zu den Veränderungen, die im Leben des Bezirkshauptmanns vorgegangen waren. Er

hatte Doktor Skowronnek schon lange gekannt, wie er andere Kaffeehausbesucher kannte, nicht mehr und nicht weniger. Eines Nachmittags saßen sie einander gegenüber. Jeder halb verdeckt von einer aufgespannten und entfalteten Zeitung. Wie auf ein Kommando legten beide die Zeitungen nieder, und ihre Augen begegneten einander. Gleichzeitig und auf einen Schlag erkannten sie, daß sie denselben Bericht gelesen hatten. Es war ein Bericht über ein Sommerfest in Hietzing, an dem ein Fleischermeister namens Alois Schinagl dank seiner übernatürlichen Gefräßigkeit Sieger im Beinfleischessen geblieben war und die „Goldene Medaille des Wettesservereins von Hietzing" erhalten hatte. Und die Blicke der beide Männer sagten zu gleicher Zeit: Wir essen auch gerne Beinfleisch, aber diese Idee, eine goldene Medaille für so was zu verleihen, ist doch eine recht neumodische und verrückte Idee! Ob es eine Liebe auf den ersten Blick geben kann, wird mit Recht von Kennern bezweifelt. Daß es aber eine Freundschaft auf den ersten Blick gibt, eine Freundschaft unter bejahrten Männern, daran gibt es keinen Zweifel. Doktor Skowronnek sah über die randlosen, ovalen Gläser seiner Brille auf den Bezirkshauptmann, und der Bezirkshauptmann legte im selben Augenblick den Zwicker ab. Er lüftete den Zwicker. Und Doktor Skowronnek trat an den Tisch des Bezirkshauptmanns.

„Spielen Sie Schach?" fragte Doktor Skowronnek. „Gerne!" sagte der Bezirkshauptmann.

Sie hatten es nicht nötig, sich zu verabreden. Sie trafen sich jeden Nachmittag um die gleiche Stunde. Sie kamen gleichzeitig. In ihren täglichen Gewohnheiten schien eine abgemachte Übereinstimmung zu herrschen. Während des Schachspiels wechselten sie kaum ein Wort. Sie hatten auch nicht das Bedürfnis, miteinander zu sprechen. Auf dem engen Schachbrett stießen manchmal ihre hageren Finger zusammen wie Menschen auf einem kleinen Platz, zuckten zurück und kehrten wieder heim. Aber so flüchtig diese Berührungen auch waren: als hätten die Finger Augen und Ohren, vernahmen sie alles voneinander und von den Männern, denen sie gehörten. Und nachdem der Bezirkshauptmann und Doktor Skowronnek ein paarmal mit ihren Händen auf dem Schachbrett zusammengestoßen waren, kam es beiden Männern vor, daß sie sich schon seit langen Jahren kannten und daß sie keine Geheimnisse mehr voreinander hätten. Und also begannen eines Tages sanfte Gespräche ihr Spiel zu umranden, und über die Hände hinweg, die längst miteinander vertraut waren, schwebten die Bemerkungen der Männer über Wetter, Welt, Politik und Menschen. Ein schätzenswerter Mann! dachte der Bezirkshauptmann vom Doktor Skowronnek. Ein außerordentlich feiner Mensch! dachte Doktor Skowronnek vom Bezirkshauptmann.

Den größten Teil des Jahres hatte Doktor Skowronnek gar nichts zu tun. Er arbeitete nur vier Monate im Jahr als Badearzt in Franzensbad, und seine ganze Weltkenntnis beruhte auf den Geständnissen seiner Patientinnen; denn die Frauen erzählten ihm alles, wovon sie bedrückt zu sein glaubten, und es gab nichts in der Welt, was sie nicht bedrückt hätte. Ihre Gesundheit litt unter dem Beruf ihrer Männer ebenso wie unter deren Lieb-

losigkeit, unter der „allgemeinen Not der Zeit", unter der Teuerung, unter den politi-
schen Krisen, unter der ständigen Kriegsgefahr, unter den Zeitungsabonnements der
Gatten, der eigenen Beschäftigungslosigkeit, der Treulosigkeit der Liebhaber, der
Gleichgültigkeit der Männer, aber auch unter deren Eifersucht. Auf diese Weise lernte
Doktor Skowronnek die verschiedenen Stände und ihr häusliches Leben kennen, die
Küchen und die Schlafzimmer, die Neigungen, die Leidenschaften und die Dummhei-
ten. Und da er den Frauen nicht alles glaubte, sondern nur drei Viertel von dem, was sie
ihm berichteten, erlangte er mit der Zeit eine ausgezeichnete Kenntnis der Welt, die
wertvoller war als seine medizinische. Auch wenn er mit Männern sprach, lag auf seinen
Lippen das ungläubige und dennoch bereitwillige Lächeln eines Menschen, der alles zu
hören erwartet. Eine Art abwehrender Güte leuchtete auf seinem kleinen, verkniffenen
Antlitz. Und in der Tat hatte er die Menschen ebenso gern, wie er sie geringschätzte.

Ahnte die einfache Seele Herrn von Trottas etwas von der herzlichen Schlauheit Doktor Skowronneks? Es war jedenfalls der erste Mensch nach dem Jugendfreund Moser, für
den der Bezirkshauptmann eine zutrauliche Hochachtung zu fühlen begann. „Sie leben
schon lange hier in unserer Stadt, Herr Doktor?" fragte er. „Seit meiner Geburt!" sagte
Skowronnek. „Schade, schade", sagte der Bezirkshauptmann, „daß wir uns so spät kennenlernen!" „Ich kenne Sie schon lange, Herr Bezirkshauptmann!" sagte Doktor Skowronnek. „Ich hab' Sie gelegentlich beobachtet!" erwiderte Herr von Trotta. „Ihr Herr
Sohn war einmal hier!" sagte Skowronnek. „Es sind ein paar Jahre her!" „Ja, ja! Ich erinnere mich!" meinte der Bezirkshauptmann. Er dachte an den Nachmittag, an dem
Carl Joseph mit den Briefen der toten Frau Slama gekommen war. Es war Sommer. Es
hatte geregnet. Einen schlechten Cognac hatte der Junge am Büfett getrunken. „Er hat
sich transferieren lassen", sagte Herr von Trotta. „Er dient jetzt bei den Jägern, an der
Grenze, in B." „Und er macht Ihnen Freude?" fragte Skowronnek. Aber er wollte „Sorgen" sagen. „Eigentlich – ja! Gewiß! Ja!" erwiderte der Bezirkshauptmann. Er stand
sehr schnell auf und verließ den Doktor Skowronnek.

Er trug sich schon lange mit dem Gedanken, Doktor Skowronnek alle Sorgen zu erzählen. Er wurde alt, er brauchte einen Zuhörer. Jeden Nachmittag faßte der Bezirkshauptmann aufs neue den Entschluß, mit Doktor Skowronnek zu sprechen. Aber er
brachte nicht jenes Wort hervor, das geeignet gewesen wäre, ein vertrautes Gespräch ein-
zuleiten. Doktor Skowronnek erwartete es jeden Tag. Er ahnte, daß die Zeit für den Bezirkshauptmann gekommen war, Geständnisse abzulegen.

Seit mehreren Wochen trug der Bezirkshauptmann in der Brusttasche einen Brief seines Sohnes. Es galt, ihm zu antworten, aber Herr von Trotta konnte es nicht. Indessen
wurde der Brief immer schwerer, geradezu eine Last in der Tasche. Bald war es dem Bezirkshauptmann, als trüge er den Brief auf seinem alten Herzen. Carl Joseph schrieb
nämlich, daß er gedenke, die Armee zu verlassen. Ja, gleich der erste Satz des Briefes lautete: „Ich trage mich mit dem Gedanken, die Armee zu verlassen." Als der Bezirkshauptmann diesen Satz las, unterbrach er sich sofort und warf einen Blick auf die Unter-

schrift, um sich zu überzeugen, daß kein anderer als Carl Joseph den Brief geschrieben hatte. Dann legte Herr von Trotta den Zwicker, den er zum Lesen benutzte, weg und den Brief ebenfalls. Er ruhte aus. Er saß in seiner Kanzlei. Die dienstlichen Briefe waren noch nicht aufgeschnitten. Vielleicht enthielten sie heute Wichtiges, sofort zu erledigende Angelegenheiten. Alle Dinge aber, die den Dienst betrafen, schienen durch die Erwägungen Carl Josephs bereits in der ungünstigsten Weise erledigt. Es geschah dem Bezirkshauptmann zum erstenmal, daß er seine dienstlichen Obliegenheiten von persönlichen Erlebnissen abhängig machte. Und ein so bescheidener, ja demütiger Diener des Staates er auch war: die Erwägung seines Sohnes, die Armee zu verlassen, wirkte auf Herrn von Trotta etwa so, wie wenn er eine Mitteilung von der gesamten kaiser- und königlichen Armee erhalten hätte, daß sie gesonnen sei, sich aufzulösen. Alles, alles in der Welt schien seinen Sinn verloren zu haben. Der Untergang der Welt schien angebrochen! Und es war dem Bezirkshauptmann, als er sich dennoch entschloß, die dienstliche Post zu lesen, als erfüllte er eine vergebliche und namenlose und heroische Pflicht, wie etwa der Telephonist eines sinkenden Schiffes.

Erst eine gute Stunde später las er den Brief seines Sohnes weiter. Carl Joseph bat ihn um die Zustimmung. Und der Bezirkshauptmann erwiderte folgendes:

„Mein lieber Sohn!

Dein Brief hat mich erschüttert. Ich werde Dir nach einiger Zeit meinen endgültigen Entschluß mitteilen.
Dein Vater."

Auf diesen Brief Herrn von Trottas antwortete Carl Joseph nicht mehr. Ja, er unterbrach die regelmäßige Reihe seiner gewohnten Berichte, und der Bezirkshauptmann hörte also seit einer geraumen Zeit nichts von seinem Sohn. Er wartete jeden Morgen, der Alte, und er wußte gleichzeitig, daß er umsonst wartete. Und es war, als fehlte nicht jeden Morgen der erwartete Brief, sondern als käme jeden Morgen die erwartete und gefürchtete Stille. Der Sohn schwieg. Aber der Vater hörte ihn schweigen. Und es war, als kündigte der Sohn jeden Tag aufs neue dem Alten den Gehorsam. Und je länger Carl Josephs Berichte ausblieben, desto schwieriger war es dem Bezirkshauptmann, den angekündigten Brief zu schreiben. Und war es ihm noch zuerst ganz selbstverständlich erschienen, dem Jungen den Austritt aus der Armee einfach zu verbieten, so begann jetzt Herr von Trotta allmählich zu glauben, daß er kein Recht mehr habe, etwas zu verbieten. Er war recht verzagt, der Herr Bezirkshauptmann. Immer silberner wurde sein Backenbart. Seine Schläfen waren schon ganz weiß. Sein Kopf hing manchmal auf die Brust herab, und sein Kinn und die beiden Flügel seines Backenbarts lagen auf dem gestärkten Hemd. So schlief er in seinem Sessel plötzlich ein, fuhr nach einigen Minuten wieder auf und glaubte, eine Ewigkeit geschlafen zu haben. Überhaupt entschwand ihm sein peinlich genauer Sinn für den Gang der Stunden, seitdem er diese und jene seiner alten Gewohnheiten aufgegeben hatte. Denn eben diese Gewohnheiten zu erhalten, waren ja die Stunden und die Tage bestimmt gewesen, und nunmehr glichen sie leeren Gefäßen, die nicht mehr gefüllt werden konnten und um die man sich nicht mehr zu kümmern brauchte. Und nur am Nachmittag zur Schachpartie mit Doktor Skowronnek erschien der Bezirkshauptmann noch pünktlich.

Eines Tages bekam er einen überraschenden Besuch. Er saß über seinen Papieren in der Kanzlei, als er draußen die wohlbekannte, polternde Stimme seines Jugendfreundes Moser vernahm und die vergeblichen Bemühungen des Amtsdieners, den Professor abzuweisen. Der Bezirkshauptmann klingelte und ließ den Professor kommen. „Grüß Gott, Herr Statthalter!" sagte Moser. Mit seinem Schlapphut, seiner Mappe und ohne Mantel sah Moser nicht aus wie jemand, der eine Reise zurückgelegt hat und eben aus der Eisenbahn gestiegen ist, sondern als käme er aus einem Haus gegenüber. Und den Bezirkshauptmann erschreckte der fürchterliche Gedanke, daß Moser gekommen sein könnte, um sich in W. für immer niederzulassen. Der Professor ging zuerst zur Tür zurück, drehte den Schlüssel um und sagte: „Damit man uns nicht überrascht, mein Lieber! Es könnte deiner Karriere schaden!" Dann trat er mit breiten, langsamen Schritten an den Schreibtisch, umarmte den Bezirkshauptmann und drückte ihm einen schallenden Kuß auf die Glatze. Hierauf ließ er sich im Lehnstuhl neben dem Schreibtisch nieder, legte Mappe und Hut vor die Füße auf den Boden und schwieg.

Herr von Trotta schwieg ebenfalls. Er wußte nun, weshalb Moser gekommen war. Seit drei Monaten hatte er ihm kein Geld geschickt. „Entschuldige!" sagte der Herr von Trotta. „Ich wollt's dir sofort nachzahlen! Du mußt entschuldigen! Ich hab' viel Sorgen in der letzten Zeit!" „Kann mir's denken!" erwiderte Moser. „Dein Herr Sohn ist sehr kostspielig! Seh' ihn jede zweite Woche in Wien. Scheint sich gut zu amüsieren, der Herr Leutnant!"

Der Bezirkshauptmann erhob sich. Er griff nach der Brust. Er fühlte den Brief Carl Josephs in der Tasche. Er trat ans Fenster. Den Rücken Moser zugewandt, den Blick auf die alten Kastanien im Park gegenüber gerichtet, fragte er: „Hast du mit ihm gesprochen?"

„Wir trinken immer ein Gläschen, sooft wir uns treffen", sagte Moser, „nobel ist er ja, dein Herr Sohn!"

„So! Nobel ist er!" wiederholte Herr von Trotta.

Er kehrte schnell zum Schreibtisch zurück, riß eine Schublade hervor, blätterte in Geldscheinen, zog ein paar heraus und gab sie dem Maler. Moser legte das Geld in den Hut zwischen das zerschlissene Unterfutter und den Filz und erhob sich. „Einen Moment!" sagte der Bezirkshauptmann. Er ging zur Tür, sperrte sie auf und sagte dem Amtsdiener: „Begleiten Sie den Herrn Professor zur Bahn. Er fährt nach Wien. Der Zug geht in einer Stunde!" „Ergebenster Diener!" sagte Moser und machte eine Verbeugung.

Der Bezirkshauptmann wartete ein paar Minuten. Dann nahm er Hut und Stock und ging ins Kaffeehaus.

Er hatte sich ein wenig verspätet. Doktor Skowronnek saß schon am Tisch, das Schachbrett mit den aufgestellten Figuren vor sich. Herr von Trotta setzte sich. „Schwarz oder weiß, Herr Bezirkshauptmann?" fragte Skowronnek. „Ich spiele heute nicht!" sagte der Bezirkshauptmann. Er bestellte einen Cognac, trank ihn und begann: „Ich möchte Sie belästigen, Herr Doktor!"

„Bitte!" sagte Skowronnek.

„Es handelt sich um meinen Sohn", begann der Bezirkshauptmann. Und in seiner amtlichen, langsamen, ein wenig näselnden Sprache berichtete er von seinen Sorgen, als spräche er von dienstlichen Angelegenheiten zu einem Statthaltereirat. Er teilte gewissermaßen seine Sorgen in Haupt- und Untersorgen. Und Punkt für Punkt, mit kleinen Absätzen, trug er Doktor Skowronnek die Geschichte seines Vaters vor, seine eigene und die seines Sohnes. Als er geendet hatte, waren alle Gäste verschwunden und die grünlichen Gasflammen im Spielzimmer schon entzündet, und ihr eintöniger Gesang summte über den leeren Tischen.

„So! Das ist es also!" schloß der Bezirkshauptmann.

Es blieb lange still zwischen den beiden Männern. Der Bezirkshauptmann wagte nicht, den Doktor Skowronnek anzusehen. Und der Doktor Skowronnek wagte nicht, den Bezirkshauptmann anzusehen. Und sie schlugen die Augen voreinander nieder, als hätten sie sich gegenseitig auf einer blamablen Tat ertappt. Endlich sagte Skowronnek:

„Vielleicht steckt eine Frau dahinter? Welchen Grund hätte Ihr Sohn, so oft in Wien zu sein?"

Der Bezirkshauptmann hätte in der Tat niemals an eine Frau gedacht. Es erschien ihm selbst unfaßbar, daß er auf diesen selbstverständlichen Gedanken nicht sofort gekommen war. Denn alles – und es war gewiß nicht viel –, was er jemals von dem verderblichen Einfluß vernommen hatte, den Frauen auf junge Männer auszuüben imstande waren, stürzte plötzlich wuchtig in sein Gehirn und befreite gleichzeitig sein Herz. Wenn es nichts anderes war als eine Frau, die in Carl Joseph den Entschluß geweckt hatte, die Armee zu verlassen, so ließ sich vielleicht zwar noch nichts reparieren, aber man sah wenigstens die Ursache des Unheils, und der Untergang der Welt war nicht mehr die Frage unerkennbarer, geheimer, finsterer Mächte, gegen die man sich nicht wehren konnte. Eine Frau! dachte er. Nein! Er wußte nichts von einer Frau! Und er sagte in seinem amtlichen Stil:

„Mir ist nichts von einer Frauensperson zu Ohren gekommen!"

„Eine Frauensperson!" wiederholte Doktor Skowronnek und lächelte: „Es könnte ja auch zufällig eine Dame sein!"

„Sie meinen also", sagte Herr von Trotta, „daß mein Sohn die ernste Absicht hat, eine Ehe zu schließen."

„Auch das nicht", sagte Skowronnek. „Man muß doch auch Damen nicht heiraten."

Er erkannte, daß der Bezirkshauptmann zu jenen einfachen Naturen gehörte, die gleichsam noch einmal in die Schule geschickt werden mußten. Und er beschloß, den Bezirkshauptmann wie ein Kind zu behandeln, das eben seine Muttersprache lernen soll. Und er sagte:

„Lassen wir die Damen, Herr Bezirkshauptmann! Es kommt nicht darauf an! Aus diesem oder jenem Grunde möchte Ihr Sohn nicht bei der Armee bleiben. Und ich verstehe das!"

„Sie verstehen es?"

„Gewiß, Herr Bezirkshauptmann! Ein junger Offizier unserer Armee kann mit seinem Beruf nicht zufrieden sein, wenn er nachdenkt. Seine Sehnsucht muß der Krieg sein. Er weiß aber, daß der Krieg das Ende der Monarchie ist."

„Das Ende der Monarchie?"

„Das Ende, Herr Bezirkshauptmann! Es tut mir leid! Lassen Sie Ihren Sohn tun, was ihm behagt. Vielleicht eignet er sich besser zu irgendeinem anderen Beruf!"

„Zu irgendeinem anderen Beruf!" wiederholte Herr von Trotta.

„Zu irgendeinem anderen Beruf!" sagte er noch einmal. Sie schwiegen eine lange Weile. Dann sagte der Bezirkshauptmann zum drittenmal:

„Zu irgendeinem anderen Beruf!"

Er bemühte sich, mit diesen Worten vertraut zu werden, aber sie blieben ihm fremd wie die Worte revolutionär oder nationale Minderheiten zum Beispiel. Und es war dem Bezirkshauptmann, als hätte er nicht erst lange auf den Untergang der Welt zu warten. Er schlug mit der mageren Faust auf den Tisch, die runde Manschette scheppterte, und über dem Tischchen wackelte die grünliche Lampe ein bißchen, und fragte:

„Was für einen Beruf, Herr Doktor?"

„Er könnte", meinte Doktor Skowronnek, „vielleicht bei der Eisenbahn unterkommen!"

Der Bezirkshauptmann sah im nächsten Augenblick seinen Sohn in der Uniform eines Schaffners, eine Zange zum Knipsen der Fahrkarten in der Hand. Das Wort „unterkommen" jagte einen Schauer durch sein altes Herz. Er fror.

„So, meinen Sie?"

„Sonst weiß ich nichts!" sagte Doktor Skowronnek. Und da sich der Bezirkshauptmann jetzt erhob, stand auch Doktor Skowronnek auf und sagte:

„Ich werde Sie begleiten!"

Sie gingen durch den Park. Es regnete. Der Bezirkshauptmann spannte seinen Regenschirm nicht auf. Hier und dort fielen schwere Tropfen aus den dichten Kronen der Bäume auf seine Schultern und seinen steifen Hut. Es war dunkel und still. Sooft sie an einer der spärlichen Laternen vorbeikamen, die ihre silbernen Häupter zwischen dem dunklen Laub verbargen, neigten beide Männer die Köpfe. Und als sie vor dem Ausgang des Stadtparks standen, zögerten sie noch einen Augenblick. Und Doktor Skowronnek sagte plötzlich: „Auf Wiedersehen, Herr Bezirkshauptmann!" Und Herr von Trotta

ging allein über die Straße, hinüber zum breitgewölbten Tor der Bezirkshauptmannschaft.

Er begegnete seiner Haushälterin auf der Treppe, sagte: „Ich esse heute nicht, Gnädigste!" und ging schnell weiter. Er wollte zwei Stufen auf einmal nehmen, aber er
schämte sich und ging mit gewohnter Würde geradewegs ins Amt. Zum erstenmal, seitdem er diese Bezirkshauptmannschaft leitete, saß er zu abendlicher Stunde in seiner
Amtskanzlei. Er entzündete die grüne Tischlampe, die sonst nur im Winter am Nachmittag brannte. Die Fenster waren offen. Der Regen schlug heftig an die blechernen
Fensterbretter. Herr von Trotta zog einen gelblichen Kanzleibogen aus der Schublade
und schrieb:

„Lieber Sohn!

Nach reiflicher Überlegung habe ich mich entschlossen, die Verantwortung für deine Zukunft Dir selbst zu überlassen. Ich ersuche Dich lediglich, mir Deine Entschlüsse mitzuteilen.
Dein Vater."

Herr von Trotta blieb lange Zeit vor seinem Brief sitzen. Er las ein paarmal die wenigen Sätze, die er geschrieben hatte. Sie klangen ihm wie sein Testament. Es wäre ihm
niemals früher eingefallen, seinen väterlichen Charakter für wichtiger zu halten als
seinen amtlichen. Da er nun aber mit diesem Brief die Befehlsgewalt über seinen Sohn
niederlegte, schien es ihm, daß sein ganzes Leben wenig Sinn mehr hätte und daß er
zugleich auch aufhören müßte, Beamter zu sein. Es war nichts Ehrloses, was er unternahm. Aber es kam ihm vor, daß er sich selbst einen Schimpf zufügte. Er verließ
die Kanzlei, den Brief in der Hand, er ging ins Herrenzimmer. Hier entzündete er alle vorhandenen Lichter, die Stehlampe in der Ecke und die Hängelampe am Suffit und
stellte sich vor dem Porträt des Helden von Solferino auf. Das Angesicht seines Vaters
konnte er nicht deutlich sehen. Das Gemälde zerfiel in hundert kleine, ölige Lichtflecke und Tupfen, der Mund war ein blaßroter Strich und die Augen zwei schwarze
Kohlensplitter. Der Bezirkshauptmann stieg auf einen Sessel (seit seiner Knabenzeit
war er nicht auf einem Sessel gestanden), reckte sich, stellte sich auf die Zehenspitzen,
hielt den Zwicker vor die Augen und konnte gerade noch die Unterschrift Mosers in
der Ecke rechts auf dem Porträt lesen. Er stieg ein wenig mühsam wieder hinunter,
unterdrückte einen Seufzer, wich, rückwärtsschreitend, bis zur Wand gegenüber,
stieß sich heftig und schmerzlich an der Kante des Tisches und begann, das Bild aus
der Ferne zu studieren. Er löschte die Deckenlampe aus. Und im tiefen Dämmer
glaubte er, das Angesicht seines Vaters lebendig schimmern zu sehen. Bald näherte es
sich ihm, bald entfernte es sich, schien hinter die Wand zu entweichen und wie aus
einer unermeßlichen Weite durch ein offenes Fenster ins Zimmer zu schauen. Herr

von Trotta verspürte eine große Müdigkeit. Er setzte sich in den Sessel, rückte ihn so zurecht, daß er gerade dem Bildnis gegenübersaß, und öffnete seine Weste. Er hörte die immer spärlicheren Tropfen des nachlassenden Regens in harten, unregelmäßigen Schlägen an den Fensterscheiben und von Zeit zu Zeit den Wind in den alten Kastanien gegenüber rauschen. Er schloß die Augen. Und er schlief ein, den Brief im Umschlag in der Hand und die Hand reglos über der Lehne des Sessels.

Als er erwachte, strömte der volle Morgen schon durch die drei großen, gewölbten Fenster. Der Bezirkshauptmann erblickte zuerst das Porträt des Helden von Solferino, dann fühlte er den Brief in seiner Hand, sah die Adresse, las den Namen seines Sohnes und erhob sich seufzend. Seine Hemdbrust war zerdrückt, seine breite, dunkelrote Krawatte mit den weißen Tupfen war nach links verschoben, und auf der gestreiften Hose bemerkte Herr von Trotta zum erstenmal, seitdem er Hosen trug, abscheuliche Querfalten. Er betrachtete sich eine Weile im Spiegel. Und er sah, daß sein Backenbart zerzaust war und daß sich ein paar kümmerliche, graue Härchen auf seiner Glatze ringelten und daß seine stichligen Augenbrauen kreuz und quer durcheinanderstanden, als wäre ein kleiner Sturm über sie hingegangen. Der Bezirkshauptmann schaute auf die Uhr. Und da der Friseur bald kommen mußte, beeilte er sich, die Kleider abzulegen und geschwind ins Bett zu schlüpfen, um dem Barbier einen normalen Morgen vorzutäuschen. Aber den Brief behielt er in der Hand. Und er hielt ihn, während er eingeseift und rasiert wurde, und später, als er sich wusch, lag der Brief am Rande des Tischchens, auf dem das Waschbecken stand. Erst als sich Herr von Trotta zum Frühstück setzte, übergab er den Brief dem Amtsdiener und befahl, ihn zusammen mit der nächsten Dienstpost abgehen zu lassen.

Er ging, wie jeden Tag, an seine Arbeit. Und niemand wäre imstande gewesen zu erkennen, daß Herr von Trotta seinen Glauben verloren hatte. Denn die Sorgfalt, mit der er heute seine Geschäfte erledigte, war keineswegs eine geringere als an anderen Tagen. Nur war diese Sorgfalt eine ganz, ganz andere. Sie war lediglich die Sorgfalt der Hände, der Augen, des Zwickers sogar. Und Herr von Trotta glich einem Virtuosen, in dem das Feuer erloschen, in dessen Seele es taub und leer geworden ist und dessen Finger nur noch in kalter, seit Jahren erworbener Dienstfertigkeit dank ihrem eigenen, toten Gedächtnis richtige Klänge erzeugen. Aber niemand bemerkte es, wie gesagt. Und am Nachmittag kam, wie gewöhnlich, der Wachtmeister Slama. Und Herr von Trotta fragte ihn: „Sagen Sie, lieber Slama, haben Sie eigentlich wieder geheiratet?" Er wußte selbst nicht, warum er diese Frage heute stellte und warum ihn plötzlich das Privatleben des Gendarmen etwas anging. „Nein, Herr Baron!" sagte Slama. „Ich werde auch nicht mehr heiraten!" „Da haben Sie recht!" sagte Herr von Trotta. Aber er wußte auch nicht, weshalb der Wachtmeister mit seinem Entschluß, nicht wieder zu heiraten, recht haben sollte.

Das war die Stunde, in der er täglich im Kaffeehaus erschien, und also begab er sich auch heute dorthin. Das Schachbrett stand schon auf dem Tisch. Doktor Skowronnek kam zu gleicher Zeit, sie setzten sich. „Schwarz oder weiß, Herr Bezirkshauptmann?" fragte der Doktor wie alle Tage. „Nach Belieben!" sagte der Bezirkshauptmann. Und sie begannen zu spielen. Herr von Trotta spielte heute sorgfältig, andächtig beinahe, und gewann. „Sie werden ja allmählich ein wahrer Schachmeister!" sagte Skowronnek. Der Bezirkshauptmann fühlte sich wahrhaftig geschmeichelt. „Vielleicht hätte ich einer werden können!" erwiderte er. Und er dachte, daß es besser gewesen wäre, daß alles besser gewesen wäre.

„Ich habe übrigens meinem Sohn geschrieben", begann er nach einer Weile. „Er mag tun, was ihm gefällt!"

„Das scheint mir das Richtige!" sagte Doktor Skowronnek. „Man kann keine Verantwortung tragen! Kein Mensch darf für den andern eine Verantwortung tragen."

„Mein Vater hat sie für mich getragen", sagte der Bezirkshauptmann, „mein Großvater für meinen Vater."

„Es war damals anders", erwiderte Skowronnek. „Nicht einmal der Kaiser trägt heute die Verantwortung für seine Monarchie. Ja, es scheint, daß Gott selbst die Verantwortung für die Welt nicht mehr tragen will. Es war damals leichter! Alles war gesichert. Jeder Stein lag auf seinem Platz. Die Straßen des Lebens waren wohl gepflastert. Die sicheren Dächer lagen über den Mauern der Häuser. Aber heute, Herr Bezirkshauptmann, heute liegen die Steine auf den Straßen quer und verworren und in gefährlichen Haufen, und die Dächer haben Löcher, und in die Häuser regnet es, und jeder muß selber wissen, welche Straße er geht und in was für ein Haus er zieht. Wenn Ihr seliger Herr Vater gesagt hat, aus Ihnen würde kein Landwirt, sondern ein Beamter, so hat er recht gehabt. Sie sind ein musterhafter Beamter geworden. Aber als Sie Ihrem Sohn sagten, er solle Soldat werden, haben Sie unrecht gehabt. Er ist kein musterhafter Soldat!"

„Ja, ja!" bestätigte Herr von Trotta.

„Und deshalb soll man alles gehen lassen, jedes seinen eigenen Weg! Wenn mir meine Kinder nicht gehorchen, bemühe ich mich nur noch, nicht die Würde zu verlieren. Es ist alles, was man tun kann. Ich sehe sie mir manchmal an, wenn sie schlafen. Ihre Gesichter scheinen mir dann ganz fremd, kaum zu erkennen, und ich sehe, daß sie fremde Menschen sind, aus einer Zeit, die erst kommen wird und die ich nicht mehr erleben werde. Sie sind noch ganz jung, meine Kinder! Das eine ist acht, das andere zehn, und sie haben runde, rosige Gesichter im Schlaf. Dennoch ist sehr viel Grausames in diesen Gesichtern, wenn sie schlafen. Manchmal scheint es mir, daß es schon die Grausamkeit ihrer Zeit ist, der Zukunft, die im Schlaf über die Kinder kommt. Ich möchte nicht diese Zeit erleben!"

„Ja, ja!" sagte der Bezirkshauptmann.

Sie spielten noch eine Partie, aber diesmal verlor Herr von Trotta. „Ich werde kein Meister!" sagte er milde und gleichsam ausgesöhnt mit seinen Mängeln. Es war auch heute spät geworden, die grünlichen Gaslampen, die Stimmen der Stille, surrten schon, und das Kaffeehaus war leer. Sie gingen wieder durch den Park nach Hause. Heute war der Abend heiter, und heitere Spaziergänger begegneten ihnen. Sie sprachen über die häufigen Regen dieses Sommers und von der Trockenheit des vergangenen und der vorauszusehenden Strenge des kommenden Winters. Skowronnek ging bis zur Tür der Bezirkshauptmannschaft. „Sie haben recht getan mit Ihrem Brief, Herr Bezirkshauptmann!" sagte er.

„Ja, ja!" bestätigte Herr von Trotta.

Er ging an den Tisch und aß hastig sein halbes Huhn mit Salat, ohne ein Wort. Die Haushälterin warf ihm verstohlene, ängstliche Blicke zu. Sie bediente selbst, seitdem Jacques tot war. Sie verließ das Zimmer noch vor dem Bezirkshauptmann, mit einem mißlungenen Knicks, wie sie ihn vor dreißig Jahren als kleines Mädchen vor ihrem Schuldirektor ausgeführt hatte. Der Bezirkshauptmann winkte ihr nach mit einer Handbewegung, mit der man Fliegen verscheucht. Dann erhob er sich und ging schlafen. Er fühlte sich müde und fast krank, die vergangene Nacht lag als ein sehr ferner Traum in seiner Erinnerung, aber als ein ganz naher Schrecken noch in seinen Gliedern.

Er schlief ruhig ein, er glaubte, das Schwerste hätte er überstanden. Er wußte nicht, der alte Herr von Trotta, daß ihm das Schicksal bitteren Kummer spann, dieweil er schlief. Alt war er und müde, und der Tod wartete schon auf ihn, aber das Leben ließ ihn noch nicht frei. Wie ein grausamer Gastgeber hielt es ihn am Tische fest, weil er noch nicht alles Bittere gekostet hatte, das für ihn bereitet war.

17

Nein, der Bezirkshauptmann hatte noch nicht alles Bittere gekostet! Carl Joseph erhielt den Brief seines Vaters zu spät, das heißt, zu einer Zeit, in der er längst beschlossen hatte, keine Briefe mehr zu öffnen und keine zu schreiben. Was Frau von Taußig betraf, so telegraphierte sie. Wie flinke, kleine Schwalben kamen jede zweite Woche ihre Telegramme, ihn zu rufen. Und Carl Joseph stürzte zum Kleiderschrank, holte den grauen Zivilanzug hervor, seine bessere, wichtigere und geheime Existenz, und zog sich um. Sofort fühlte er sich heimisch in der Welt, in die er sich begeben sollte, er vergaß sein militärisches Leben. An Stelle Hauptmann Wagners war Hauptmann Jedlicek von den Einser-Jägern zum Bataillon gekommen, ein „guter Kerl" von enormen körperlichen Ausmaßen, breit, heiter und sanft wie jeder Riese und jeder guten Zurede offen. Welch ein Mann! Gleich als er ankam, wußten alle, daß er diesem Sumpf gewachsen war und daß er stärker war als die Grenze. Man konnte sich auf ihn verlassen! Er verstieß gegen alle militärischen Gebote, aber es war, als ob er sie umstieße! Er hätte ein neues Dienstreglement erfinden und einführen und durchsetzen können: so sah er aus! Er brauchte viel Geld, aber es strömte ihm auch von allen Seiten zu. Die Kameraden borgten ihm, unterschrieben Wechsel für ihn, versetzten für ihn ihre Ringe und ihre Uhren, schrieben an ihre Väter für ihn und an ihre Tanten.

RADETZKYMARSCH

Nicht, daß man ihn geradezu geliebt hätte! Denn die Liebe hätte sie ihm nahege-
bracht, und er schien nicht zu wünschen, daß man ihm nahekomme. Aber es wäre
auch schon aus körperlichen Gründen nicht leicht gewesen; seine Größe, seine Breite, seine Wucht wehrten alle ab, und es fiel ihm also nicht schwer, gutmütig zu sein.
„Fahr du nur ruhig!" sagte er zum Leutnant Trotta. „Ich übernehme die Verantwortung!" Er übernahm die Verantwortung, und er konnte sie auch tragen. Und er be-
nötigte jede Woche Geld. Leutnant Trotta bekam es von Kapturak. Er brauchte selbst
Geld, der Leutnant Trotta. Es erschien ihm jämmerlich, ohne Geld bei Frau von Taußig anzukommen. Wehrlos hätte er sich da in ein bewaffnetes Lager begeben. Welch
ein Leichtsinn! – Und er steigerte allmählich seine Bedürfnisse, und er erhöhte die
Summen, die er mitnahm, und er kam dennoch von jedem Ausflug mit der allerletz-
ten Krone zurück, und er beschloß immer wieder, das nächstemal mehr mitzunehmen. Manchmal versuchte er, sich Rechenschaft über das verlorene Geld zu geben.
Aber es gelang ihm niemals, sich an die einzelnen Ausgaben zu erinnern, und oft kamen auch einfache Additionen nicht mehr zustande. Er konnte nicht rechnen. Seine
kleinen Notizbücher hätten von seinen trostlosen Bemühungen, Ordnung zu halten,
zeugen können. Unendliche Zahlenkolonnen standen auf jeder Seite. Sie verwirrten
und vermischten sich aber, er verlor sie gleichsam aus den Händen, sie addierten sich
selbst und trogen ihn mit falschen Summen, sie galoppierten vor seinen sehenden Augen davon, sie kehrten im nächsten Augenblick verwandelt zurück und waren nicht
mehr zu erkennen. Es gelang ihm nicht einmal, seine Schulden zu addieren. Auch die
Zinsen begriff er nicht. Was er geliehen hatte, verschwand hinter dem, was er schuldig war, wie ein Hügel hinter einem Berg. Und er begriff nicht, wie Kapturak eigentlich rechnete. Und mißtraute er auch Kapturaks Ehrlichkeit, so traute er doch noch
weniger seiner eigenen Fähigkeit zu rechnen. Schließlich langweilte ihn jede Zahl.
Und er gab ein für allemal jeden Rechenversuch auf, mit dem Mut, den Ohnmacht
und Verzweiflung erzeugen.

Sechstausend Kronen war er Kapturak und Brodnitzer schuldig. Diese Summe war
selbst für seine mangelhafte Vorstellung von Zahlen riesengroß, wenn er sie mit seiner
monatlichen Gage verglich. (Und von der wurde noch ein Drittel regelmäßig abgezogen.) Dennoch hatte er sich mit der Zahl 6000 allmählich vertraut gemacht wie mit einem übermächtigen, aber ganz alten Feind. Ja, in guten Stunden konnte es ihm sogar
scheinen, daß die Zahl abnehme und Kräfte verliere. In schlechten Stunden aber schien
es ihm, daß sie zunehme und Kräfte gewinne.

Er fuhr zu Frau von Taußig. Seit Wochen unternahm er diese kurzen und verstohlenen Fahrten zu Frau von Taußig, sündige Wallfahrten. Den naiven Frommen ähnlich,
für die eine Pilgerfahrt eine Art Genuß ist, eine Zerstreuung und manchmal sogar eine
Sensation, verband Leutnant Trotta das Ziel, zu dem er pilgerte, mit der Umgebung, in
der es lebte, mit seiner ewigen Sehnsucht nach einem freien Leben, wie er es sich vorstellte, mit dem Zivil, das er anlegte, und mit dem Reiz des Verbotenen. Er liebte seine

Reisen. Er liebte diese zehn Minuten Fahrt im geschlossenen Wagen zum Bahnhof, während welcher er sich einbildete, daß er von niemandem erkannt wurde. Er liebte die paar geliehenen Hundertkronenscheine in der Brusttasche, die heute und morgen ihm allein gehörten und denen man nicht ansah, daß sie geliehen waren und daß sie schon zu wachsen und zu schwellen begannen in den Notizbüchern Kapturaks. Er liebte diese zivile Anonymität, in der er den Wiener Nordbahnhof passierte und verließ. Niemand erkannte ihn. Offiziere und Soldaten gingen an ihm vorbei. Er grüßte nicht und wurde nicht gegrüßt. Manchmal erhob sich sein Arm zum militärischen Gruß von selbst. Er erinnerte sich schnell an sein Zivil und ließ ihn wieder sinken. Die Weste zum Beispiel machte dem Leutnant Trotta ein kindisches Vergnügen. Er steckte die Hände in alle ihre Taschen, die er nicht zu gebrauchen wußte. Und er liebkoste mit eitlen Fingern den Knoten der Krawatte über dem Ausschnitt, der einzigen, die er besaß – Frau von Taußig hatte sie ihm geschenkt – und die er trotz unzähliger Bemühungen nicht zu knüpfen verstand. Der simpelste Kriminalbeamte hätte im Leutnant Trotta auf den ersten Blick den Offizier in Zivil erkannt.

Frau von Taußig stand am Nordbahnhof auf dem Perron. Vor zwanzig Jahren – sie dachte, es sei vor fünfzehn gewesen, denn sie hatte so lange ihr Alter verleugnet, daß sie selbst überzeugt war, ihre Jahre hielten im Lauf inne und gingen nicht zu Ende –, vor zwanzig Jahren hatte sie ebenfalls am Nordbahnhof auf einen Leutnant gewartet, der allerdings ein Kavallerist gewesen war. Sie stieg auf den Perron wie in ein Verjüngungsbad. Sie tauchte unter im beizenden Dunst der Steinkohle, in den Pfiffen und Dämpfen der rangierenden Lokomotiven, im dichten Geklingel der Signale. Sie trug einen kurzen Reiseschleier. Sie hatte die Vorstellung, daß er vor fünfzehn Jahren Mode gewesen war. Dieweil waren es bereits fünfundzwanzig Jahre her, und nicht einmal zwanzig! Sie liebte es, auf dem Bahnsteig zu warten. Sie liebte den Augenblick, in dem der Zug einrollte und sie das lächerliche, dunkelgrüne Hütchen Trottas am Kupeefenster erblickte und sein geliebtes, ratloses, junges Angesicht. Denn sie machte Carl Joseph jünger, ebenso wie sich selbst, dümmer und ratloser, ebenso wie sich selbst. In dem Augenblick, in dem der Leutnant das unterste Trittbrett verließ, öffneten sich ihre Arme, wie vor zwanzig, beziehungsweise fünfzehn Jahren. Und aus dem Gesicht, das sie heute trug, tauchte jenes frühe rosige und faltenlose auf, das sie vor zwanzig, beziehungsweise vor fünfzehn Jahren getragen hatte, ein Mädchengesicht, süß und etwas erhitzt. Um ihren Hals, in dessen Haut sich heute schon zwei parallele Rillen gruben, hatte sie jene kindliche, dünne Goldkette geschlungen, die vor zwanzig, beziehungsweise fünfzehn Jahren ihr einziger Schmuck gewesen war. Und wie vor zwanzig, beziehungsweise fünfzehn Jahren fuhr sie mit dem Leutnant in eines jener kleinen Hotels, in denen die verborgene Liebe blühte, in bezahlten, armseligen, quietschenden und köstlichen Bettparadiesen. Die Spaziergänge begannen. Die Liebesviertelstunden im jungen Grün des Wienerwalds, die kleinen, plötzlichen Gewitter des Bluts. Die Abende im rötlichen Dämmer der Opernlogen, hinter vorgezogenen Vorhängen. Die Liebkosungen, wohlbekannte und dennoch überraschende Liebkosungen, auf die das erfahrene und dennoch ahnungslose Fleisch wartete. Das Ohr kannte die oft gehörte Musik, aber die Augen kannten nur Bruchteile der Szenen. Denn Frau von Taußig hatte immer hinter vorgezogenem Vorhang oder mit geschlossenen Augen in der Oper gesessen. Die Zärtlichkeiten, von der Musik geboren und den Händen des Mannes gleichsam vom Orchester anvertraut, kamen kühl und heiß zugleich zur Haut, längst vertraute und ewig junge Schwestern, Geschenke, die man oft schon empfangen, aber wieder vergessen und lediglich vorgeträumt zu haben glaubte. Die stillen Restaurants öffneten sich. Die stillen Nachtmähler begannen, in Winkeln, in denen der Wein, den man trank, auch zu wachsen schien, gereift von der Liebe, die hier im Dunkeln ewig leuchtete. Der Abschied kam, eine letzte Umarmung am Nachmittag, von der ständig tickenden Mahnung der Taschenuhr, die auf dem Nachttisch lag, begleitet und schon erfüllt von der Freude auf das nächste Wiedersehen; und die Hast, mit der man zum Zug drängte; und der allerletzte Kuß auf dem Trittbrett und die im letzten Augenblick aufgegebene Hoffnung, doch noch mitzufahren.

Müde, aber erfüllt von allen Süßigkeiten der Welt und der Liebe, kam Leutnant Trotta wieder in seinem Garnisonort an. Sein Diener Onufrij hielt die Uniform schon bereit. Trotta zog sich im Hinterzimmer des Restaurants um und fuhr in die Kaserne. Er ging in die Kompaniekanzlei. Alles in Ordnung, nichts vorgefallen. Hauptmann Jedlicek war froh, heiter, wuchtig und gesund wie immer. Leutnant Trotta fühlte sich erleichtert und zugleich enttäuscht. In einem verborgenen Winkel seines Herzens hatte er eine Katastrophe erhofft, die ihm den weiteren Dienst in der Armee unmöglich gemacht hätte. Er wäre dann sofort umgekehrt. Aber es war nichts vorgefallen. Und also mußte er noch zwölf Tage hier warten, eingesperrt zwischen den vier Mauern des Kasernenhofes, innerhalb der wüsten Gäßchen dieser Stadt. Er warf einen Blick auf die Schießfiguren rings an den Wänden des Kasernenhofes. Kleine, blaue Männchen, von Schüssen zerfetzt und wieder nachgemalt, erschienen sie dem Leutnant wie boshafte Kobolde, Hausgeister der Kaserne, sie selbst drohend mit Waffen, von denen sie getroffen wurden, keine Ziele mehr, sondern gefährliche Schützen. Sobald er ins Hotel Brodnitzer kam, sein kahles Zimmer betrat, sich aufs eiserne Bett warf, faßte er den Entschluß, von seinem nächsten Urlaub nicht mehr in die Garnison zurückzukehren.

Diesen Entschluß auszuführen, war er nicht imstande. Er wußte es auch. Und er wartete in Wirklichkeit auf irgendein merkwürdiges Glück, das ihm eines Tages in die Arme fallen und ihn befreien würde für alle Zeiten: von der Armee und von der Notwendigkeit, sie aus freien Stücken zu verlassen. Alles, was er tun konnte, bestand darin, daß er aufhörte, seinem Vater zu schreiben, und daß er ein paar Briefe des Bezirkshauptmanns liegenließ, um sie später einmal zu öffnen; später einmal …

Die nächsten zwölf Tage rollten vorüber. Er öffnete den Kleiderkasten, betrachtete seinen Zivilanzug und wartete auf das Telegramm. Immer kam es um diese Stunde, in der Dämmerung, kurz vor dem Anbruch der Nacht, wie ein Vogel, der heimkehrt in sein Nest. Aber heute kam es nicht, auch nicht, als die Nacht schon eingebrochen war. Der Leutnant zündete kein Licht an, um die Nacht nicht zur Kenntnis zu nehmen. Angekleidet und mit offenen Augen lag er auf dem Bett. Alle vertrauten Stimmen des Frühlings wehten durch das offene Fenster herein: der tiefe Lärm der Frösche und über ihm sein sanfter und heller Bruder, der Gesang der Grillen, dazwischen der ferne Ruf des nächtlichen Hähers und die Lieder der Burschen und Mägde aus dem Grenzdorf. Das Telegramm kam schließlich. Es teilte dem Leutnant mit, daß er diesmal nicht kommen könne. Frau von Taußig wäre zu ihrem Mann gefahren. Sie wollte bald zurück, wüßte nur nicht wann. Mit „tausend Küssen" schloß der Text. Ihre Zahl beleidigte den Leutnant. Sie hätte nicht sparen dürfen, dachte er. Hunderttausend hätte sie auch telegraphieren können! Es fiel ihm ein, daß er sechstausend Kronen schuldig war. Mit ihnen verglichen, waren tausend Küsse eine kümmerliche Zahl. Er stand auf, um die offene Tür des Kleiderschranks zu schließen. Da hing, sauber und gerade, eine gebügelte Leiche, der freie, dunkelgraue, zivilistische Trotta. über ihm schloß sich der Kasten. Ein Sarg: begraben! begraben!

Der Leutnant öffnete die Tür zum Korridor. Immer saß Onufrij dort, schweigsam oder leise summend oder die Mundharmonika vor den Lippen und die Hände gewölbt über dem Instrument, um die Töne zu dämpfen. Manchmal saß Onufrij auf einem Stuhl. Manchmal hockte er auf der Schwelle. Vor einem Jahr schon hätte er das Militär verlassen sollen. Er blieb freiwillig. Sein Dorf Burdlaki lag in der Nähe. Immer, wenn der Leutnant wegfuhr, ging er in sein Dorf. Er nahm einen Knüppel aus Weichselholz mit, ein weißes, blaugeblümtes Tuch, legte rätselhafte Gegenstände in dieses Tuch, hängte das Bündel an das Knüppelende, schulterte den Stock, begleitete den Leutnant zur Bahn, wartete bis zum Abgang des Zuges, stand salutierend und erstarrt am Bahnsteig, auch wenn Trotta nicht aus dem Kupeefenster blickte, und begann dann seine Wanderung nach Burdlaki, zwischen den Sümpfen, auf dem schmalen Pfad, an dem die Weiden wuchsen, auf dem einzigen sicheren Weg, auf dem keine Gefahr war zu versinken. Onufrij kam rechtzeitig wieder, um Trotta zu erwarten. Und er setzte sich vor die Tür Trottas, schweigsam, summend oder auf der Mundharmonika spielend unter den gewölbten Händen.

Der Leutnant öffnete die Tür zum Korridor. „Du kannst diesesmal nicht nach Burdlaki! Ich fahre nicht weg!" „Jawohl, Herr Leutnant!" Onufrij stand, erstarrt und salutierend, im weißen Korridor, ein dunkelblauer, gerader Strich. „Du bleibst hier!" wiederholte Trotta; er glaubte, Onufrij habe ihn nicht verstanden.

Aber Onufrij sagte nur noch einmal: „Jawohl!" Und wie, um zu beweisen, daß er noch mehr begriffe, als man ihm sagte, ging er hinunter und kam mit einer Flasche Neunziggrädigem zurück.

Trotta trank. Das kahle Zimmer wurde heimlicher. Die nackte elektrische Birne am geflochtenen Draht, umschwirrt von Nachtfaltern, geschaukelt vom nächtlichen Wind, weckte in der bräunlichen Politur des Tisches trauliche, flüchtige Reflexe. Allmählich verwandelte sich auch Trottas Enttäuschung in wohliges Weh. Er schloß eine Art Bündnis mit seinem Kummer. Alles in der Welt war heute im höchsten Maße traurig, und der Leutnant war der Mittelpunkt dieser erbärmlichen Welt. Für ihn lärmten heute so jämmerlich die Frösche, und auch die schmerzerfüllten Grillen wehklagten für ihn. Seinetwegen füllte sich die Frühlingsnacht mit einem so gelinden, süßen Weh, seinetwegen standen die Sterne so unerreichbar hoch am Himmel, und ihm allein blinkte ihr Licht so vergeblich sehnsüchtig zu. Der unendliche Schmerz der Welt paßte vollkommen zu dem Elend Trottas. Er litt in vollendeter Eintracht mit dem leidenden All. Hinter der tiefblauen Schale des Himmels sah Gott selbst auf ihn mitleidig hernieder. Trotta öffnete noch einmal den Kasten. Da hing, gestorben für immer, der freie Trotta. Daneben blinkte der Säbel Max Demants, des toten Freundes. Im Koffer lag das Andenken des alten Jacques, die steinharte Wurzel, neben den Briefen der toten Frau Slama. Und auf dem Fensterbrett lagen nicht weniger als drei nicht geöffnete Briefe seines Vaters, der vielleicht auch schon gestorben war! Ach! Der Leutnant Trotta war nicht nur traurig und unglücklich, sondern auch schlecht, ein grundschlechter Charakter! Carl Joseph kehrte an den Tisch zurück, schenkte sich noch ein Glas ein und leerte es auf einen Zug. Im Korridor, vor der Tür, begann eben Onufrij, ein neues Lied auf der Mundharmonika zu blasen, das wohlbekannte Lied. ‚Oh, unser Kaiser …‘ Die ersten ukrainischen Worte kannte Trotta nicht mehr: „Oj nasch cisar, cisarewa." Es war ihm nicht gelungen, die Landessprache zu erlernen. Er war nicht nur ein grundschlechter Charakter, sondern auch ein müder, törichter Kopf. Und kurz und gut: sein ganzes Leben war verfehlt! Seine Brust preßte sich zusammen, die Tränen quollen schon in seiner Kehle, bald würden sie in die Augen steigen. Und er trank noch ein Glas, um ihnen den Weg zu erleichtern. Schließlich brachen sie aus seinen Augen. Er legte die Arme auf den Tisch, bettete den Kopf in die Arme und begann, jämmerlich zu schluchzen. So weinte er wohl eine Viertelstunde. Er hörte nicht, daß Onufrij sein Spiel unterbrochen hatte und daß er an die Tür klopfte. Erst als sie ins Schloß fiel, hob er den Kopf. Und er erblickte Kapturak.

Es gelang ihm, die Tränen zurückzuhalten und mit einer scharfen Stimme zu fragen: „Wie kommen Sie hierher?"

Kapturak, die Mütze in der Hand, stand hart an der Tür; er ragte nur wenig über die Klinke. Sein gelblichgraues Angesicht lächelte. Er war grau angezogen. Er trug Schuhe aus grauer Leinewand. Ihre Ränder zeigten den grauen, frischen, glänzenden Frühlingsschlamm der Straßen dieses Landes. Auf seinem winzigen Schädel ringelten sich deutlich ein paar graue Löckchen. „Guten Abend!" sagte er und machte eine kleine Verbeugung. Gleichzeitig flitzte an der weißen Tür sein Schatten empor und sank sofort wieder zusammen.

„Wo ist mein Bursche?" fragte Trotta – „und was wünschen Sie?"

„Sie sind diesmal nicht nach Wien gefahren!" begann Kapturak.

„Ich fahre überhaupt nicht nach Wien!" sagte Trotta.

„Sie haben diese Woche kein Geld benötigt!" sagte Kapturak. „Ich habe heute Ihren Besuch erwartet. Ich hab' mich erkundigen wollen. Ich komme eben von Herrn Hauptmann Jedlicek. Er ist nicht zu Hause!"

„Er ist nicht zu Hause!" wiederholte Trotta gleichgültig.

„Ja", sagte Kapturak. „Er ist nicht zu Hause, es ist was mit ihm passiert!"

Trotta hörte wohl, daß etwas mit dem Hauptmann Jedlicek passiert sei. Aber er fragte nicht. Er war erstens nicht neugierig. (Er war heute nicht neugierig.) Zweitens schien es ihm, daß mit ihm selbst ungeheuer viel passiert sei, zu viel, und daß ihn alle andern wenig kümmern dürften; drittens hatte er durchaus keine Lust, sich von Kapturak etwas erzählen zu lassen. Er war ergrimmt über die Anwesenheit Kapturaks. Er hatte nur nicht die Kraft, irgendwas gegen den kleinen Mann zu unternehmen. Eine sehr vage Erinnerung an die sechstausend Kronen, die er dem Besucher schuldig war, tauchte immer wieder in ihm auf; eine peinliche Erinnerung: er versuchte, sie zurückzudrängen. Das Geld, versuchte er sich im stillen einzureden, hat nichts mit seinem Besuch zu tun. Es sind zwei verschiedene Leute: der eine, dem ich Geld schuldig bin, ist nicht hier; der andere, der hier im Zimmer steht, will mir nur etwas Gleichgültiges über Jedlicek erzählen. Er starrte auf Kapturak. Für ein paar Augenblicke schien es dem Leutnant, daß sein Gast zerfließe und sich aus undeutlichen, grauen Flecken wiederzusammensetze. Trotta wartete, bis Kapturak völlig hergestellt war. Es bedurfte einiger Mühe, um den Augenblick schnell auszunutzen; denn die Gefahr bestand, daß der kleine, graue Mann sofort wiederum zerging und sich auflöste. Kapturak trat einen Schritt näher, als wüßte er, daß er dem Leutnant nicht deutlich sichtbar war, und wiederholte etwas lauter:

„Mit dem Hauptmann ist was passiert!"

„Was ist denn mit ihm schließlich passiert?" fragte Trotta verträumt wie aus dem Schlaf.

Kapturak kam noch einen Schritt näher an den Tisch und flüsterte, die gewölbten Hände vor dem Mund, so daß sein Flüstern wie ein Rauschen wurde: „Man hat ihn verhaftet und verschickt. Wegen Spionageverdachts."

Bei diesem Wort erhob sich der Leutnant. Er stand jetzt, beide Hände auf den Tisch gestützt. Seine Beine spürte er kaum. Es war ihm, als stünde er lediglich auf den Händen. Er grub sie fast in die Tischplatte. „Ich wünsche nichts von Ihnen darüber zu hören", sagte er. „Gehen Sie!"

„Leider nicht möglich, nicht möglich!" sagte Kapturak.

Er stand jetzt nahe am Tisch, neben Trotta. Er senkte den Kopf, wie um ein schamhaftes Geständnis abzulegen, und sagte: „Ich muß auf einer Teilzahlung bestehen!"

„Morgen!" sagte Trotta.

„Morgen!" wiederholte Kapturak. „Morgen ist es vielleicht unmöglich! Sie sehen, was da jeden Tag für Überraschungen vorkommen. Ich habe am Hauptmann ein Vermögen verloren. Wer weiß, ob man ihn jemals wiedersehen wird. Sie sind sein Freund!"

„Was sagen Sie?" fragte Trotta. Er hob die Hände vom Tisch und stand plötzlich sicher auf seinen Füßen. Er begriff plötzlich, daß Kapturak ein ungeheuerliches Wort gesagt hatte, obwohl es die Wahrheit war; und ungeheuerlich schien es nur, weil es die Wahrheit sagte. Zugleich erinnerte sich der Leutnant an die einzige Stunde seines Lebens, in der er andern Menschen gefährlich gewesen war. Er wünschte sich, jetzt ebenso gerüstet zu sein, wie damals, mit Säbel, Pistole, seinen Zug im Rücken. Der kleine, graue Mann war heute weitaus gefährlicher, als es damals die Hunderte waren. Und um seine Wehrlosigkeit wettzumachen, suchte Trotta sein Herz mit einem fremden Zorn zu erfüllen. Er ballte die Fäuste; er hatte es noch nie getan, und er spürte, daß er nicht bedrohlich sein, sondern höchstens einen Bedrohlichen spielen konnte. An seiner Stirn schwoll eine blaue Ader an, sein Angesicht rötete sich, das Blut stieg auch in seine Augen, und sein Blick wurde starr. Es gelang ihm, sehr gefährlich auszusehen. Kapturak wich zurück.

„Was sagen Sie?" wiederholte der Leutnant.

„Nichts!" sagte Kapturak.

„Wiederholen Sie, was Sie gesagt haben!" befahl Trotta.

„Nichts!" antwortete Kapturak.

Er zerrann wiederum für einen Augenblick in undeutliche, graue Flecke. Und den Leutnant Trotta ergriff eine ungeheure Angst, daß der Kleine die gespenstische Fähigkeit habe, in Stücke zu zerfallen und sich wieder in ein Ganzes zusammenzufügen. Und ein unwiderstehliches Verlangen, die Substanz Kapturaks zu erfahren, erfüllte den Leutnant Trotta, ähnlich der unbezwinglichen Leidenschaft eines Forschers. Am Bettpfosten, hinter seinem Rücken, hing der Säbel, seine Waffe, der Gegenstand seiner militärischen und privaten Ehre und in diesem Augenblick merkwürdigerweise auch ein magisches Instrument, geeignet, das Gesetz unheimlicher Gespenster zu enthüllen. Er fühlte den blinkenden Säbel im Rücken und eine Art magnetischer Kraft, die von der Waffe ausging. Und, gleichsam von ihr angezogen, machte er rückwärts einen Satz, den Blick auf den fortwährend zerfallenden und sich wiederzusammensetzenden Kapturak gerichtet, ergriff mit der Linken die Waffe, zog mit der Rechten blitzschnell die Klinge, und während Kapturak einen Sprung zur Tür machte, die Mütze seinen Händen entfiel und vor den grauen Leinenschuhen liegenblieb, folgte ihm Trotta, den Säbel zückend. Und ohne daß der Leutnant wußte, was er tat, hielt er die Spitze der Klinge gegen die Brust des grauen Gespenstes, fühlte durch die ganze Länge des Stahls den Widerstand der Kleider und des Körpers, atmete auf, weil ihm endlich erwiesen schien, daß Kapturak ein Mensch war – und konnte dennoch nicht die Klinge sinken lassen. Es war nur ein Augenblick. Aber in diesem Augenblick hörte, sah und roch Leutnant Trotta alles, was in der Welt lebte, die Stimmen der Nacht, die Sterne am Himmel, das Licht der Lampe, die Gegenstände im Zimmer, seine eigene Gestalt, als trüge er sie nicht selbst, sondern als stünde sie vor ihm, den Tanz der Mücken um das Licht, den feuchten Dunst der Sümpfe und den kühlen Hauch des nächtlichen Windes. Auf einmal breitete Kapturak die Arme aus. Seine mageren, kleinen Hände krallten sich am linken und am rechten Türpfosten fest. Sein kahler Kopf mit den geringelten, grauen Härchen sank auf die Schulter. Gleichzeitig setzte er einen Fuß vor den andern und verschlang die lächerlichen, grauen Schuhe zu einem Knoten. Und hinter ihm, an der weißen Tür, erhob sich vor den erstarrten Augen Leutnant Trottas auf einmal schwarz und schwankend der Schatten eines Kreuzes.

Trottas Hand zitterte und ließ die Klinge fallen. Mit einem leisen, klirrenden Wimmern fiel sie nieder. Im gleichen Augenblick ließ Kapturak die Arme sinken. Sein Kopf rutschte von der Schulter und fiel vornüber auf die Brust. Er hatte die Augen geschlossen. Seine Lippen zitterten. Sein ganzer Körper zitterte. Es war still. Man hörte das Flattern der Mücken um das Lampenlicht und durch das offene Fenster die Frösche, die Grillen und dazwischen das nahe Bellen eines Hundes. Leutnant Trotta wankte. Er kehrte um. „Setzen Sie sich!" sagte er und wies auf den einzigen Stuhl im Zimmer.

„Ja", sagte Kapturak, „ich will mich setzen!"

Er ging munter an den Tisch, munter, als wenn nichts geschehen wäre, wie es Trotta vorkam. Seine Fußspitze berührte den Säbel am Boden. Er bückte sich und hob ihn auf. Als hätte er die Aufgabe, Ordnung im Zimmer zu machen, ging er, den nackten Säbel zwischen zwei Fingern einer erhobenen Hand, zum Tisch, auf dem die Scheide lag, und, ohne den Leutnant anzusehen, versorgte er den Säbel und hängte ihn wieder an den Bettpfosten. Dann umkreiste er den Tisch und setzte sich dem stehenden Trotta gegenüber. Jetzt erst schien er ihn zu erblicken.

„Ich bleibe nur einen Augenblick", sagte er, „um mich zu erholen." Der Leutnant schwieg.

„Ich bitte Sie nächste Woche um diese Zeit und genau zu dieser Stunde um das ganze Geld", sagte Kapturak weiter. „Ich möchte mit Ihnen keine Geschäfte machen. Es sind siebentausendzweihundertfünfzig Kronen im ganzen. Ich möchte Ihnen ferner mitteilen, daß Herr Brodnitzer hinter der Tür steht und alles gehört hat. Der Herr Graf Chojnicki kommt in diesem Jahr, wie Sie wissen, erst später und vielleicht gar nicht. Ich möchte gehen, Herr Leutnant!"

Er erhob sich, ging zur Tür, bückte sich, hob seine Mütze auf und sah sich noch einmal um. Die Tür fiel zu.

Der Leutnant war jetzt vollständig nüchtern. Dennoch kam es ihm vor, daß er alles geträumt hatte. Er öffnete die Tür. Onufrij saß auf seinem Stuhl wie immer, obwohl es schon sehr spät sein mußte. Trotta sah auf seine Uhr. Es war halb zehn. „Warum schläfst du noch nicht?" fragte er. „Wegen Besuch!" erwiderte Onufrij. „Hast alles gehört?" „Alles!" sagte Onufrij. „War Brodnitzer hier?" „Jawohl!" bestätigte Onufrij.

Es gab keinen Zweifel mehr, alles hatte sich so zugetragen, wie Leutnant Trotta es erlebt hatte. Er mußte also morgen früh die ganze Angelegenheit melden. Noch waren die Kameraden nicht heimgekehrt. Er ging von einer Tür zur andern, die Zimmer waren leer. Sie saßen jetzt in der Messe und besprachen den Fall des Hauptmanns Jedlicek, den grauenhaften Fall des Hauptmanns Jedlicek. Man würde ihn vor das Standgericht stellen, degradieren und erschießen. Trotta schnallte den Säbel um, nahm die Mütze und ging hinunter. Er mußte die Kameraden unten erwarten. Er patrouillierte auf und ab vor dem Hotel. Wichtiger als die Szene, die er jetzt mit Kapturak erlebt hatte, war ihm seltsamerweise die Affäre des Hauptmanns. Er glaubte, die tückischen Schliche einer finsteren Macht zu erkennen, unheimlich erschien ihm der Zufall, daß Frau von Taußig gerade heute zu ihrem Mann hatte reisen müssen, und allmählich sah er auch alle düsteren Ereignisse seines Lebens in einen düsteren Zusammenhang gefügt und abhängig von irgendeinem gewaltigen, gehässigen, unsichtbaren Drahtzieher, dessen Ziel es war, den Leutnant zu vernichten. Es war deutlich, es lag, wie man zu sagen pflegt, auf der Hand, daß Leutnant Trotta, der Enkel des Helden von Solferino, teils andern den Untergang bereitete, teils mitgezogen ward von denen, die untergingen, und in jedem Falle zu jenen unseligen Wesen gehörte, auf die eine böse Macht ein böses Auge geworfen hatte. Er ging auf und ab in der stillen Gasse, sein Schritt hallte vor den beleuchteten und verhüllten Fenstern des Cafés wider, in dem die Musik spielte, Karten auf die Tische klatschten und statt der alten „Nachtigall" irgendeine neue sang und tanzte: die alten Lieder und die alten Tänze. Heute saß gewiß keiner der Kameraden dort. Auf jeden Fall wollte Trotta nicht nachsehen. Denn die Schande des Hauptmanns Jedlicek lag auch auf ihm, obwohl ihm der Dienst bei der Armee seit langem verhaßt war. Die Schande des Hauptmanns lag auf dem ganzen Bataillon. Die militärische Erziehung Leutnant Trottas war stark genug, um es ihm wenig begreiflich erscheinen zu lassen, daß sich die Offiziere des Bataillons nach diesem Fall Jedlicek noch in der Garnison in Uniform auf die Straße wagten. Ja, dieser Jedlicek! Groß, stark und heiter war er, ein guter Kamerad, und sehr viel Geld brauchte er. Alles nahm er auf seine breiten Schultern, Zoglauer liebte ihn, die Mannschaft liebte ihn. Allen war er stärker erschienen als der Sumpf und die Grenze. Und er war ein Spion gewesen! Aus dem Kaffeehaus tönte die Musik, scholl Stimmengewirr und Tassenklirren und versank immer wieder im nächtlichen Chor der unermüdlichen Frösche. Der Frühling war da! Chojnicki aber kam nicht! Der einzige, der mit seinem Geld hätte helfen können. Es waren längst keine sechstausend mehr, sondern siebentausendzweihundertfünfzig! Nächste Woche genau um dieselbe Stunde zu bezahlen! Wenn er nicht bezahlte, ließ sich gewiß irgendein Zusammenhang zwischen ihm und dem Hauptmann Jedlicek herstellen. Er war sein Freund gewesen! Aber alle waren schließlich seine Freunde gewesen. Dennoch konnte man just bei diesem unseligen Leutnant Trotta auf alles gefaßt sein! Das Schicksal, sein Schicksal! Vor vierzehn Tagen noch um diese Zeit war er ein froher und freier junger Mann in Zivil gewesen. Um diese Stunde hatte er den Maler Moser getroffen und einen Schnaps getrunken! Und heute beneidete er den Professor Moser.

Er hörte um die Ecke bekannte Schritte, die Kameraden kehrten heim. Alle kamen sie, die im Hotel Brodnitzer wohnten, in einem stummen Rudel gingen sie einher. Er trat ihnen entgegen. „Ah, du bist nicht weg!" sagte Winter. „Du weißt also schon! Furchtbar! Entsetzlich!" Sie gingen, einer hinter dem andern, ohne ein Wort und jeder bemüht, möglichst leise zu sein, die Treppe hinauf. Sie stahlen sich fast die Treppe hinauf. „Alle auf Nummer neun!" kommandierte Oberleutnant Hruba. Er bewohnte Nummer neun, das geräumigste Zimmer im Hotel. Sie traten alle, die Köpfe gesenkt, in das Zimmer Hrubas.

„Wir müssen was unternehmen!" begann Hruba. „Ihr habt den Zoglauer gesehen! Er ist verzweifelt! Er wird sich erschießen! Wir müssen was unternehmen!"

„Unsinn, Herr Oberleutnant!" sagte der Leutnant Lippowitz. Er hatte sich spät aktivieren lassen, nach zwei Semestern Jura, es gelang ihm niemals, den „Zivilisten" abzulegen, und man begegnete ihm mit dem etwas scheuen und auch etwas spöttischen Respekt, den man den Reserveoffizieren zollte. „Hier können wir nichts machen", sagte Lippowitz. „Schweigen und weiter dienen! Es ist nicht der erste Fall. Es wird leider auch nicht der letzte in der Armee sein!"

Niemand antwortete. Sie sahen wohl ein, daß gar nichts zu machen war. Und jeder von ihnen hatte doch gehofft, daß sie, in einem Zimmer versammelt, auf allerhand Auswege kommen würden. Nun aber erkannten sie mit einem Schlage, daß sie lediglich der Schrecken zueinander getrieben hatte, weil jeder von ihnen fürchtete, mit seinem Schrecken allein zwischen seinen vier Wänden zu bleiben; aber auch, daß es ihnen gar nichts half, wenn sie sich zusammenrotteten, und daß jeder einzelne mitten unter den andern dennoch allein war mit seinem Schrecken. Sie hoben die Köpfe und sahen sich an und ließen die Köpfe wieder sinken. So waren sie schon einmal zusammen gesessen, nach dem Selbstmord Hauptmann Wagners. Jeder von ihnen dachte an den Vorgänger Hauptmann Jedliceks, den Hauptmann Wagner, jeder von ihnen wünschte heute, auch Jedlicek hätte sich erschossen. Und jedem kam plötzlich der Verdacht, daß sich auch ihr toter Kamerad Wagner vielleicht nur erschossen hatte, weil er sonst verhaftet worden wäre.

„Ich werde hingehen, ich dring' schon vor", sagte Leutnant Habermann, „und werde ihn niederknallen."

„Du dringst eben erstens nicht vor!" erwiderte Lippowitz. „Zweitens ist schon dafür gesorgt, daß er sich selber umbringt. Sobald man alles von ihm erfahren hat, gibt man ihm eine Pistole mit und sperrt ihn mit ihr ein."

„Ja, richtig, so ist es!" riefen einige. Sie atmeten auf. Sie begannen zu hoffen, daß sich der Hauptmann in dieser Stunde schon umgebracht habe. Und es war ihnen, als hätten sie alle soeben dank ihrer eigenen Klugheit diesen vernünftigen Usus der Militärgerichtsbarkeit eingeführt.

„Um ein Haar hätt' ich heut einen Mann umgebracht!" sagte Leutnant Trotta.

„Wen, wieso, warum?" fragten alle durcheinander.

„Es ist Kapturak, den ihr alle kennt", begann Trotta. Er erzählte langsam, suchte nach Worten, verfärbte sich, und als er zum Ende kam, war es ihm unmöglich zu erklären, weshalb er nicht zugestoßen hatte. Er fühlte, daß sie ihn nicht verstehen würden. Ja, sie begriffen ihn jetzt nicht mehr. „Ich hätt' ihn erschlagen!" rief einer. „Ich auch", ein zweiter. „Und ich", ein dritter.

„Es ist eben nicht so leicht!" rief Lippowitz dazwischen.

„Dieser Blutsauger, der Jud", sagte jemand – und alle wurden starr, weil sie sich erinnerten, daß Lippowitz' Vater auch Jude war.

„Ja, ich habe plötzlich", begann Trotta wieder – und es verwunderte ihn höchlichst, daß er in diesem Augenblick an den toten Max Demant denken mußte und an dessen Großvater, den weißbärtigen König unter den Schankwirten –, „ich hab' plötzlich ein Kreuz hinter ihm gesehen!" Einer lachte. Ein anderer sagte kühl: „Bist besoffen gewesen!"

„Also Schluß!" befahl endlich Hruba. „Das alles wird morgen dem Zoglauer gemeldet!"

Trotta sah ein Gesicht nach dem andern an; müde, schlaffe, aufgeregte, aber noch in der Müdigkeit und in der Aufregung aufreizend heitere Gesichter. Wenn der Demant jetzt lebte, dachte Trotta. Man könnte mit ihm reden, mit dem Enkel des weißbärtigen Königs der Schankwirte! Er versuchte, unbemerkt hinauszugehen. Er ging in sein Zimmer.

Am nächsten Morgen meldete er den Vorfall. Er berichtete in der Sprache der Armee, in der er seit seiner Knabenzeit zu melden und zu erzählen gewohnt war, in der Sprache der Armee, die seine Muttersprache war. Aber er fühlte wohl, daß er nicht alles und nicht einmal das Wichtige gesagt hatte und daß zwischen seinem Erlebnis und dem Bericht, den er erstattete, ein weiter und rätselhafter Abstand lag, gleichsam ein ganzes merkwürdiges Land. Er vergaß auch nicht, den Schatten des Kreuzes zu melden, den er gesehen zu haben glaubte. Und der Major lächelte genau so, wie Trotta es erwartet hatte, und fragte: „Wieviel hatten Sie getrunken?" „Eine halbe Flasche!" sagte Trotta. „Na also!" bemerkte Zoglauer.

Er hatte nur einen Augenblick gelächelt, der geplagte Major Zoglauer. Es war eine ernste Geschichte. Die ernsten Geschichten häuften sich leider. Eine peinliche Sache, jedenfalls höheren Orts zu vermelden. Man konnte warten. „Haben Sie das Geld?" fragte der Major. „Nein!" sagte der Leutnant. Und sie sahen einander einen Augenblick ratlos an, mit leeren, starren Augen, mit den armen Augen von Menschen, die sich nicht einmal gestehen durften, daß sie ratlos waren. Es stand nicht alles im Reglement, man konnte die Büchl von vorn nach hinten und wieder von hinten nach vorn durchblättern, es stand nicht alles drin! War der Leutnant im Recht gewesen? Hatte er zu früh nach dem Säbel gegriffen? War der Mann im Recht, der ein Vermögen verliehen hatte und es zurückforderte? Und wenn der Major auch alle seine Herren zusammenrief und sich mit ihnen beriet: wer hätte einen Rat gewußt? Wer durfte klüger sein als der Kommandant des Bataillons? Und was war nur los mit diesem unseligen Leutnant? Es hatte schon Mühe gekostet, jene Streikgeschichte niederzuschlagen, Unheil, Unheil häufte sich über dem Kopf Major Zoglauers, Unheil über Trotta, Unheil über diesem Bataillon. Er hätte gern die Hände gerungen, der Major Zoglauer, wenn es nur möglich gewesen wäre, im Dienst die Hände zu ringen. Und

wenn auch alle Offiziere des Bataillons für Leutnant Trotta gutstanden, die Summe
kam nicht zusammen! Und die Geschichte verwickelte sich nur mehr, wenn die Summe nicht bezahlt wurde. „Wozu haben S' denn so viel gebraucht?" fragte Zoglauer,
erinnerte sich aber im Nu, daß er alles wußte. Er winkte mit der Hand. Er wünschte
keine Auskunft. „Schreiben Sie an Ihren Herrn Papa vor allen Dingen!" sagte Zoglauer. Es kam ihm vor, daß er da eine glänzende Idee ausgedrückt hatte. Und der Rapport war beendet.

Und Leutnant Trotta ging nach Haus und setzte sich hin und begann, an den Herrn
Papa zu schreiben. Er konnte es ohne Alkohol nicht. Und er stieg hinunter ins Café, bestellte einen Neunziggrädigen, Tinte, Feder und Papier. Er begann. Welch ein schwerer
Brief! Welch ein unmöglicher Brief! Leutnant Trotta setzte ein paarmal an, vernichtete
die Anfänge, begann wieder. Nichts ist schwieriger für einen Leutnant, als Ereignisse
aufzuschreiben, die ihn selbst betreffen und sogar gefährden. Es erwies sich bei dieser
Gelegenheit, daß Leutnant Trotta, dem der Dienst in der Armee seit langem schon verhaßt war, noch genug soldatischen Ehrgeiz besaß, um sich nicht aus der Armee entfernen zu lassen. Und während er seinem Vater den verwickelten Sachverhalt darzustellen
versuchte, verwandelte er sich wieder unversehens in den Kadettenschüler Trotta, der
einst auf dem Balkon des väterlichen Hauses bei den Klängen des Radetzkymarsches für
Habsburg und Österreich zu sterben gewünscht hatte. (So merkwürdig, so wandelbar
und so verworren ist die menschliche Seele.)

Es dauerte mehr als zwei Stunden, bis Trotta den Sachverhalt zu Papier gebracht hatte. Es war später Nachmittag geworden. Schon versammelten sich die Karten- und die
Roulettespieler im Kaffeehaus. Auch der Wirt, Herr Brodnitzer, kam. Seine Höflichkeit war ungewöhnlich und erschreckend. Er machte eine so tiefe Verbeugung vor dem
Leutnant, daß dieser sofort erkannte, der Wirt wolle ihn an die Szene mit Kapturak erinnern und an die eigene authentische Zeugenschaft. Trotta erhob sich, um nach Onufrij
zu suchen. Er ging in den Flur und rief ein paarmal den Namen Onufrijs zur Treppe hinauf. Aber Onufrij meldete sich nicht. Brodnitzer aber kam und berichtete: „Ihr Diener
ist heute früh weggegangen!"

Der Leutnant machte sich also selbst auf den Weg zur Bahn, um seinen Brief zu befördern. Erst unterwegs fiel es ihm auf, daß Onufrij weggegangen war, ohne um Erlaubnis gebeten zu haben. Seine militärische Erziehung diktierte ihm Zorn gegen den Diener. Er selbst, der Leutnant, war oft nach Wien gefahren – und in Zivil und ohne
Erlaubnis. Vielleicht hatte der Bursche sich nur nach dem Beispiel seines Herrn aufgeführt. Vielleicht hat Onufrij ein Mädchen, es wartet auf ihn, dachte der Leutnant weiter.
Ich werd' ihn einsperren, bis er blau wird! dachte der Leutnant Trotta. Aber gleichzeitig
spürte er wohl, daß er diese Phrase nicht selbständig gedacht und nicht ernst gemeint
hatte. Es war eine mechanische Wendung, ewig parat in seinem militärischen Gehirn,
eine von den zahllosen mechanischen Wendungen, die in den militärischen Gehirnen
Gedanken ersetzen und Entscheidungen vorwegnehmen.

RADETZKYMARSCH

Nein, der Bursche Onufrij hatte kein Mädchen in seinem Dorf. Er hatte viereinhalb Morgen Feld, von seinem Vater ererbt, von seinem Schwager verwaltet, und zwanzig goldene Zehn-Kronen-Dukaten in der Erde vergraben, neben der dritten Weide vor der Hütte links, auf dem Pfad, der zum Nachbarn Nikofor führte. Der Bursche Onufrij hatte sich noch vor dem Aufgang der Sonne erhoben, Montur und Stiefel des Leutnants geputzt, die Stiefel vor die Tür gestellt und die Montur über den Sessel gehängt. Er nahm seinen Knüppel aus Weichselholz und begann, nach Burdlaki zu marschieren. Er ging den schmalen Pfad entlang, auf dem die Weiden wuchsen, auf dem einzigen Weg, der die Trockenheit des Bodens anzeigte. Denn die Weiden verbrauchten alle Feuchtigkeit des Sumpfes. Zu beiden Seiten des schmalen Wegs, den er ging, stiegen die grauen, vielgestaltigen und gespenstischen Nebel des Morgens auf, wallten ihm entgegen und zwangen ihn, sich zu bekreuzigen. Unaufhörlich murmelte er mit zitternden Lippen das Vaterunser. Dennoch war er guten Mutes. Jetzt kamen links die großen, schiefergedeckten Magazine der Eisenbahn und trösteten ihn einigermaßen, weil sie auf dem Platz standen, auf dem er sie erwartet hatte. Er bekreuzigte sich noch einmal, diesmal aus Dankbarkeit für die Güte Gottes, welche die Magazine der Eisenbahn an ihrem gewohnten Platz stehengelassen hatte. Er erreichte das Dorf Burdlaki eine Stunde nach Sonnenaufgang. Seine Schwester und sein Schwager waren schon auf den Feldern. Er betrat die väterliche Hütte, in der sie wohnten. Die Kinder schliefen noch, in den Wiegen, die am Plafond aufgehängt waren, mit dicken Seilen, an mehrfach gewundenen, eisernen Haken. Er nahm Spaten und Harke aus dem Gemüsegärtchen hinter dem Haus und begab sich auf die Suche nach der dritten Weide links von der Hütte. Am Ausgang stellte er sich auf, den Rücken der Tür zugewandt und das Auge gegen den Horizont gerichtet. Es dauerte eine Weile, bis er sich bewiesen hatte, daß sein rechter Arm der rechte, sein linker der linke war, dann ging er links, bis zur dritten Weide, in der Richtung zum Nachbarn Nikofor. Hier begann er zu graben. Von Zeit zu Zeit warf er einen Blick ringsum, um sich zu überzeugen, daß ihm niemand zusehe. Nein! Niemand sah, was er tat. Er grub und grub. Die Sonne stieg so schnell hoch am Himmel, daß er glaubte, der Mittag sei schon gekommen. Aber es war erst neun Uhr morgens. Endlich hörte er die eiserne Zunge des Spatens an etwas Hartes, Klingendes stoßen. Er legte den Spaten weg, begann, mit der Harke zärtlich die gelockerte Erde zu streicheln, warf auch die Harke weg, legte sich auf den Boden und kämmte mit allen zehn Fingern die lockeren Krümchen der feuchten Erde beiseite. Er tastete zuerst ein Taschentuch aus Leinen, suchte nach dem Knoten, zog es heraus. Da war sein Geld: zwanzig goldene Zehn-Kronen-Dukaten.

Er gab sich keine Zeit nachzuzählen. Er verbarg den Schatz in der Hosentasche und ging zum jüdischen Schankwirt des Dorfes Burdlaki, einem gewissen Hirsch Beniower, dem einzigen Bankier der Welt, den er persönlich kannte. „Ich kenne dich!" sagte Hirsch Beniower, „ich habe auch deinen Vater gekannt! – Brauchst du Zucker, Mehl, russischen Tabak oder Geld?"

„Geld!" sagte Onufrij.

„Wieviel brauchst du?" fragte Beniower.

„Sehr viel!" sagte Onufrij – und streckte die Arme aus, soweit er konnte, um zu zeigen, wieviel er brauche.

„Gut", sagte Beniower, „wir wollen sehen, wieviel du hast!"

Und Beniower schlug ein großes Buch auf. In diesem Buch stand verzeichnet, daß Onufrij Kolohin viereinhalb Morgen besaß. Beniower war bereit, dreihundert Kronen darauf zu leihen.

„Gehn wir zum Bürgermeister!" sagte Beniower. Er rief seine Frau, übergab ihr den Laden und ging mit Onufrij Kolohin zum Bürgermeister.

Hier gab er Onufrij dreihundert Kronen. Onufrij setzte sich an einen wurmstichigen, braunen Tisch und begann, seinen Namen unter ein Schriftstück zu schreiben. Er legte die Mütze ab. Die Sonne stand schon hoch am Himmel. Auch durch die winzigen Fenster der Bauernhütte, in welcher der Bürgermeister von Burdlaki amtierte, vermochte sie ihre bereits brennenden Strahlen zu schicken. Onufrij schwitzte. Auf seiner kurzen Stirn wuchsen die Schweißperlen, wie kristallene, durchsichtige Beulen. Jeder Buchstabe, den Onufrij schrieb, weckte eine kristallene Beule auf seiner Stirn. Diese Beulen rannen, rannen hinunter wie Tränen, die das Gehirn Onufrijs geweint hatte. Endlich stand sein Name unter dem Schriftstück. Und die zwanzig goldenen Zehn-Kronen-Dukaten in der Hosentasche und die dreihundert papierenen Kronenscheine in der Tasche der Bluse, begann Onufrij Kolohin seine Rückwanderung.

Er erschien am Nachmittag im Hotel. Er ging ins Café, fragte nach seinem Herrn und stellte sich inmitten der Kartenspieler auf, als er Trotta erblickte, so unbekümmert, als stünde er mitten im Kasernenhof. Sein ganzes, breites Angesicht leuchtete wie eine Sonne. Trotta sah ihn lange an, Zärtlichkeit im Herzen und Strenge im Blick. „Ich werde dich einsperren, bis du schwarz wirst!" sagte der Mund des Leutnants, dem Diktat gehorchend, das ihm sein militärisches Hirn befahl. „Komm ins Zimmer!" sagte Trotta und stand auf.

Der Leutnant ging die Treppe hinauf. Genau drei Stufen hinter ihm folgte Onufrij. Sie standen im Zimmer. Onufrij, immer noch mit sonnigem Angesicht, meldete: „Herr Leutnant, hier ist Geld!", und er zog aus Hosen- und Blusentasche alles, was er besaß, trat näher und legte es auf den Tisch. An dem dunkelroten Taschentuch, das die zwanzig goldenen Zehn-Kronen-Dukaten so lange unter der Erde geborgen hatte, klebten noch silbergraue Schlammstückchen. Neben dem Taschentuch lagen die blauen Geldscheine. Trotta zählte sie. Dann knüpfte er das Tuch auf. Er zählte die Goldstücke. Dann legte er die Scheine zu den Goldstücken in das Tuch, schlang den Knoten wieder zusammen und gab Onufrij das Bündel zurück.

„Ich darf leider kein Geld von dir nehmen, verstehst du?" sagte Trotta. „Das Reglement verbietet es, verstehst du? Wenn ich das Geld von dir nehme, werde ich aus der Armee entlassen und degradiert, verstehst du?"

RADETZKYMARSCH

Onufrij nickte.

Der Leutnant stand da, das Bündel in der erhobenen Hand. Onufrij nickte fortwährend mit dem Kopf. Er streckte die Hand aus und ergriff das Bündel. Es schwankte eine Weile in der Luft.

„Abtreten!" sagte Trotta, und Onufrij ging mit dem Bündel.

Der Leutnant erinnerte sich an jene Herbstnacht in der Kavalleriegarnison, in der er hinter seinem Rücken Onufrijs stampfenden Schritt vernommen hatte. Und er dachte an die Militärhumoresken, die er in schmalen, grüngebundenen Bändchen in der Bibliothek des Spitals gelesen hatte. Dort wimmelte es von rührenden Offiziersburschen, ungeschlachten Bauernjungen mit goldenen Herzen. Und obwohl Leutnant Trotta keinerlei literarischen Geschmack besaß und obwohl ihm, wenn er zufällig einmal das Wort Literatur hörte, lediglich das Drama ‚Zriny' von Theodor Körner einfiel und gar nichts mehr, hatte er doch immer einen dumpfen Widerwillen gegen die wehmütige Sanftheit jener Büchlein und gegen ihre goldenen Gestalten empfunden. Er war nicht erfahren genug, der Leutnant Trotta, um zu wissen, daß es auch in der Wirklichkeit ungeschlachte Bauernburschen mit edlen Herzen gab und daß viel Wahres aus der lebendigen Welt in schlechten Büchern abgeschrieben wurde; nur eben schlecht abgeschrieben.

Er hatte überhaupt noch wenig erfahren, der Leutnant Trotta.

18

An einem frischen und sonnigen Frühlingsmorgen erhielt der Bezirkshauptmann den unglücklichen Brief des Leutnants. Herr von Trotta wog das Schreiben in der Hand, bevor er es öffnete. Es schien schwerer zu sein als alle Briefe, die er von seinem Sohn bis nun erhalten hatte. Es mußte ein Brief von zwei Bogen sein, ein Brief von einer ungewöhnlichen Länge. Das gealterte Herz Herrn von Trottas erfüllte sich mit Kummer, väterlichem Zorn, Freude und banger Ahnung zugleich. An seiner alten Hand schepperte die harte Manschette ein bißchen, als er das Kuvert öffnete. Er hielt den Zwicker, der im Laufe der letzten Monate etwas zittrig geworden schien, mit der Linken fest und brachte den Brief mit der Rechten ziemlich nahe vor das Angesicht, so daß die Ränder des Backenbartes leise raschelnd das Papier streiften. Die deutliche Hast der Schriftzüge erschreckte Herrn von Trotta im gleichen Maße wie der außergewöhnliche Inhalt. Auch zwischen den Zeilen noch suchte der Bezirkshauptmann nach etwa verborgenen neuen Schrecken; denn es war ihm auf einmal, als enthielte der Brief nicht der Schrecken genug und als hätte er seit langem schon, und besonders, seitdem der Sohn zu schreiben aufgehört hatte, Tag für Tag auf die furchtbarste Botschaft gewartet. Deshalb wohl war er gefaßt, als er das Schreiben weglegte. Er war ein alter Mann einer alten Zeit. Die alten Männer aus der Zeit vor dem großen Kriege waren vielleicht törichter als die jungen von heute. Aber in den Augenblicken, die jenen schrecklich vorkamen und die nach den Begriffen der Tage, in denen wir leben, wahrscheinlich mit einem flüchtigen Scherz erledigt wären, bewahrten sie, die braven, alten Männer, einen heldenhaften Gleichmut. Heutzutage sind die Begriffe von Standesehre und Familienehre und persönlicher Ehre, in denen der Herr von Trotta lebte, Überreste unglaubwürdiger und kindischer Legenden, wie es uns manchmal scheint. Damals aber hätte einen österreichischen Bezirkshauptmann von der Art Herrn von Trottas die Kunde vom plötzlichen Tod seines einzigen Kindes weniger erschüttert als die von einer auch nur scheinbaren Unehrenhaftigkeit dieses einzigen Kindes. Nach den Vorstellungen jener verschollenen und wie von den frischen Grabhügeln der Gefallenen verschütteten Epoche war ein Offizier der kaiser-und königlichen Armee, der einen Angreifer seiner Ehre scheinbar deshalb nicht getötet hatte, weil er ihm Geld schuldig war, ein Unglück und schlimmer als ein Unglück: nämlich eine Schande für seinen Erzeuger, für die Armee und für die Monarchie. Und im ersten Augenblick regte sich auch nicht das väterliche, sondern gewissermaßen das amtliche Herz Herrn von Trottas. Und es sagte: Leg sofort dein Amt nieder! Geh frühzeitig in Pension. Im Dienst deines Kaisers hast du nichts mehr zu suchen! Im nächsten Augenblick aber schrie das väterliche Herz: Die Zeit ist schuld! Die Grenzgarnison ist schuld! Du selbst bist schuld! Dein Sohn ist aufrichtig und edel! Nur schwach ist er leider! Und man muß ihm helfen!

Man mußte ihm helfen! Man mußte verhüten, daß der Name der Trottas entehrt und geschändet würde. Und in diesem Punkte waren sich beide Herzen Herrn von Trottas einig, das väterliche und das amtliche. Also galt es vor allem, Geld zu beschaffen, siebentausendzweihundertfünfzig Kronen! Die fünftausend Florin, einstmals von der kaiserlichen Gnade dem Sohn des Helden von Solferino gespendet, wie das ererbte Geld des Vaters waren längst nicht mehr vorhanden. Sie waren dem Bezirkshauptmann unter den Händen zerronnen, für dies und jenes, für den Haushalt, für die Kadettenschule in Mährisch-Weißkirchen, für den Maler Moser, für das Pferd, für wohltätige Zwecke, Herr von Trotta hatte immer darauf gehalten, reicher zu erscheinen, als er war. Er hatte die Instinkte eines wahren Herrn. Und es gab um jene Zeit (und es gibt vielleicht auch heute noch) keine kostspieligeren Instinkte. Die Menschen, die mit derlei Flüchen begnadet sind, wissen weder, wieviel sie besitzen, noch, wieviel sie ausgeben. Sie schöpfen aus einem unsichtbaren Quell. Sie rechnen nicht. Sie sind der Meinung, ihr Besitz könne nicht geringer sein als ihre Großmut.

Zum erstenmal in seinem nunmehr so langen Leben stand Herr von Trotta vor der unmöglichen Aufgabe, eine verhältnismäßig große Summe auf der Stelle zu beschaffen. Er hatte keine Freunde, jene Schulkollegen und Studiengenossen ausgenommen, die heute in Ämtern saßen wie er und mit denen er seit Jahren nicht verkehrt hatte. Die meisten waren arm. Er kannte den reichsten Mann dieser Bezirksstadt, den alten Herrn von Winternigg. Und er begann, sich langsam an den schauderhaften Gedanken zu gewöhnen, daß er zu

Herrn von Winternigg gehen würde, morgen, übermorgen oder schon heute, um ein Darlehen bitten. Er hatte keine überaus starke Vorstellungskraft, der Herr von Trotta. Dennoch gelang es ihm, sich jeden Schritt dieses schrecklichen Bittganges mit qualvoller Deutlichkeit auszumalen. Und zum erstenmal in seinem nunmehr langen Leben mußte der Bezirkshauptmann erfahren, wie schwer es ist, hilflos zu sein und würdig zu bleiben. Wie ein Blitz fiel diese Erfahrung auf ihn nieder, zerbrach in einem Nu den Stolz, den Herr von Trotta so lange sorgfältig gehütet und gepflegt, den er ererbt hatte und weiterzuvererben entschlossen war. Schon war er gedemütigt wie einer, der seit vielen Jahren nutzlose Bittgänge unternimmt. Der Stolz war früher der starke Genosse seiner Jugend gewesen, später eine Stütze seines Alters geworden, nun war ihm der Stolz genommen, dem armen, alten Herrn Bezirkshauptmann! Er beschloß, sofort einen Brief an Herrn von Winternigg zu schreiben. Kaum aber hatte er die Feder angesetzt, als es ihm deutlich wurde, daß er nicht einmal imstande war, einen Besuch anzukündigen, der eigentlich ein Bittgang genannt werden mußte. Und es schien dem alten Trotta, daß er sich in eine Art Betrug einlasse, wenn er nicht von Anfang an den Zweck seines Besuches zumindest andeute. Es war aber unmöglich, eine Wendung zu finden, die dieser Absicht einigermaßen entsprochen hätte. Und also blieb er lange sitzen, die Feder in der Hand, überlegte und stilisierte und verwarf jeden Satz wieder. Man konnte freilich auch mit Herrn von Winternigg telephonieren. Aber seitdem es ein Telephon in der Bezirkshauptmannschaft gab – und das war nicht länger her als zwei Jahre –, hatte Herr von Trotta es nur zu dienstlichen Gesprächen benutzt. Unvorstellbar, daß er etwa an den braunen, großen, ein wenig auch unheimlichen Kasten getreten wäre, die Klingel gedreht hätte, um mit jenem schauderhaften Hallo!, das Herrn von Trotta fast beleidigte (weil es ihm das kindische Losungswort eines ungeziemenden Übermuts zu sein schien, mit dem ernste Leute an die Besprechung ernster Sachen gingen), ein Gespräch mit Herrn von Winternigg anzufangen. Unterdessen fiel es ihm ein, daß sein Sohn auf eine Antwort wartete, eine Depesche vielleicht. Und was sollte der Bezirkshauptmann telegraphieren! Etwa: Werde alles versuchen, Näheres folgt? Oder: Warte geduldig Weiteres ab? Oder: Versuche andere Mittel, hierorts unmöglich? – Unmöglich! Ein langes, schreckliches Echo weckte dieses Wort. Was war unmöglich? Die Ehre der Trottas zu retten? Das mußte ja möglich sein. Das durfte ja nicht unmöglich sein! Auf und ab, auf und ab ging der Bezirkshauptmann durch die Kanzlei, wie an jenen Sonntagvormittagen, an denen er den kleinen Carl Joseph geprüft hatte. Eine Hand hielt er am Rücken und an der anderen Hand schepperte die Manschette. Dann ging er in den Hof hinunter, getrieben von dem wahnwitzigen Einfall, daß der tote Jacques noch dort sitzen könnte, im Schatten des Gebälks. Leer war der Hof. Das Fenster des kleinen Häuschens, in dem Jacques gewohnt hatte, stand offen, und der Kanarienvogel lebte noch. Er saß auf dem Fensterrahmen und schmetterte. Der Bezirkshauptmann kehrte um, nahm Hut und Stock und verließ das Haus. Er hatte sich entschlossen, etwas Außergewöhnliches zu unternehmen, nämlich den Doktor Skowronnek zu Hause aufzusuchen. Er überquerte den kleinen Marktplatz, bog in die Lenaugasse ein, suchte an den Haustüren nach einem Schild, denn er wußte die Hausnummer nicht, und mußte sich nach der Adresse Skowronneks schließlich bei einem Kaufmann erkundigen, obwohl es ihm wie eine Indiskretion vorkam, einen Fremden mit der Bitte um eine Auskunft zu belästigen. Aber auch das überstand Herr von Trotta starkmütig und zuversichtlich, und er trat in das Haus, das man ihm bezeichnete. Er traf Doktor Skowronnek im kleinen Garten hinter dem Flur, mit einem Buch unter einem riesigen Sonnenschirm. „Um Gottes willen!" rief Skowronnek. Denn er wußte wohl, daß etwas Ungewöhnliches geschehen sein mußte, wenn der Bezirkshauptmann ihn zu Hause aufsuchte.

Herr von Trotta gebrauchte eine ganze Anzahl umständlicher Entschuldigungen, ehe er begann. Und er erzählte, sitzend auf der Bank im kleinen Garten, den Kopf gesenkt und mit der Stockspitze stochernd im bunten Kies des schmalen Pfades. Dann gab er den Brief seines Sohnes in Skowronneks Hände. Dann schwieg er, hielt einen Seufzer zurück und atmete tief.

„Meine Ersparnisse", sagte Skowronnek, „betragen zweitausend Kronen, ich stelle sie Ihnen zur Verfügung, Herr Bezirkshauptmann, wenn Sie mir erlauben." Er sagte diesen Satz sehr schnell, so, als fürchte er, der Bezirkshauptmann könnte ihn unterbrechen, und aus Verlegenheit griff er nach dem Stock Herrn von Trottas und begann selbst, im Kies herumzustochern; denn es kam ihm vor, daß er nach diesem Satz nicht mehr mit unbeschäftigten Händen dasitzen könne.

Herr von Trotta sagte: „Danke, Herr Doktor, ich nehme sie. Ich will Ihnen einen Schuldschein geben. Ich zahle, wenn Sie erlauben, in Raten zurück."

„Davon kann keine Rede sein!" sagte Skowronnek.

„Gut!" sagte der Bezirkshauptmann. Es kam ihm auf einmal unmöglich vor, viele unnütze Worte zu sagen, wie er sie sein ganzes Leben lang aus Höflichkeit Fremden gegenüber gebraucht hatte. Die Zeit drängte ihn plötzlich. Die paar Tage, die er noch vor sich hatte, schrumpften auf einmal zusammen und wurden ein Nichts.

„Der Rest", fuhr Skowronnek fort, „der Rest kann nur durch Herrn von Winternigg aufgetrieben werden. Sie kennen ihn?"

„Flüchtig."

„Es bleibt nichts anderes übrig, Herr Bezirkshauptmann! Aber ich glaube, Herrn von Winternigg zu kennen. Ich habe einmal seine Schwiegertochter behandelt. Er ist, scheint mir, ein Unmensch, wie man so sagt. Und es könnte sein, es könnte sein, Herr Bezirkshauptmann, daß Sie sich einen Refus holen."

Hierauf schwieg Skowronnek. Der Bezirkshauptmann nahm dem Doktor wieder den Stock aus der Hand. Und es war ganz still. Man hörte nur das Scharren der Stockspitze im Kies.

„Einen Refus!" flüsterte der Bezirkshauptmann. „Ich fürchte keinen", sagte er laut. „Aber was dann?"

„Dann", sagte Skowronnek, „gibt es nur etwas Merkwürdiges, es geht mir so durch den Kopf, aber es scheint mir selbst zu phantastisch. Ich meine, in Ihrem Falle ist es vielleicht gar nicht so unwahrscheinlich. An Ihrer Stelle würde ich direkt hingehn, direkt zum Alten, zum Kaiser, meine ich. Denn es handelt sich ja nicht ums Geld allein. Die Gefahr besteht doch, verzeihen Sie, daß ich so offen rede, daß Ihr Sohn aus der Armee, aus der Armee" – „fliegt" wollte Skowronnek sagen. Aber er sagte: „ausscheiden muß!"

Nachdem Skowronnek dieses Wort ausgesprochen hatte, schämte er sich sofort. Und er fügte hinzu: „Es ist vielleicht doch eine kindische Idee. Und während ich sie ausdrük-ke, kommt es mir vor, daß wir zwei Knaben sind, die unmögliche Dinge überlegen. Ja, so alt sind wir geworden, und wir haben schweren Kummer, und dennoch ist etwas Übermütiges in meiner Idee. Entschuldigen Sie!"

Der einfachen Seele Herrn von Trottas erschien der Einfall Doktor Skowronneks gar nicht kindisch. Immer, bei jedem Akt, den er aufsetzte oder unterzeichnete, bei jeder geringfügigen Anweisung, die er dem Kommissär oder auch nur dem Gendarmerie-wachtmeister Slama erteilte, stand er unmittelbar unter dem ausgestreckten Zepter des Kaisers. Und es war ganz selbstverständlich, daß der Kaiser mit Carl Joseph gesprochen hatte. Der Held von Solferino hatte Blut für den Kaiser vergossen, Carl Joseph auch, in einem gewissen Sinne, indem er nämlich gegen die turbulenten und verdächtigen „In-dividuen" und „Elemente" gekämpft hatte. Nach den einfachen Begriffen Herrn von Trottas war es nicht ein Mißbrauch der kaiserlichen Gnade, wenn der Diener Seiner Ma-jestät vertrauensselig zu Franz Joseph ging, wie ein Kind in der Not zu seinem Vater. Und Doktor Skowronnek erschrak und begann, an der Vernunft des Bezirkshaupt-manns zu zweifeln, als der Alte ausrief:

„Ausgezeichnete Idee, Herr Doktor, das Einfachste von der Welt!"

„So einfach ist sie nicht!" sagte Skowronnek. „Sie haben nicht viel Zeit. In zwei Ta-gen läßt sich keine Privataudienz ermöglichen."

Der Bezirkshauptmann gab ihm recht. Und sie beschlossen, daß Herr von Trotta zu-erst zu Winternigg gehen müsse.

„Auch im Falle einer Absage!" sagte der Bezirkshauptmann.

„Auch im Falle einer Absage!" wiederholte Doktor Skowronnek.

Und der Bezirkshauptmann machte sich sofort auf den Weg zu Herrn von Winternigg. Er fuhr im Fiaker. Es war Mittagszeit. Er hatte selbst nichts gegessen. Er hielt vor dem Kaf-feehaus und nahm einen Cognac. Er überlegte, daß er ein höchst unpassendes Unterneh-men begann. Er wird den alten Winternigg beim Essen stören. Aber er hat keine Zeit. Heu-te nachmittag muß es entschieden sein. Übermorgen ist er beim Kaiser. Und er läßt noch einmal halten. Er steigt vor der Post aus und schreibt mit fester Hand ein Telegramm an Carl Joseph: „Wird erledigt. Gruß, Vater." Er ist ganz sicher, daß alles gut geht. Denn mag es vielleicht unmöglich sein, das Geld aufzubringen, noch weniger möglich ist es, daß die Ehre der Trottas gefährdet werde. Ja, der Bezirkshauptmann bildet sich ein, daß ihn der Geist seines Vaters, des Helden von Solferino, bewache und begleite. Und der Cognac wärmt sein altes Herz. Es schlägt ein bißchen heftiger. Er ist aber ganz ruhig. Und er be-zahlt den Kutscher vor dem Eingang zur Villa Winterniggs und salutiert wohlwollend mit einem Finger, wie er immer kleine Leute zu grüßen pflegt. Wohlwollend lächelt er auch dem Diener zu. Mit Hut und Stock in der Hand wartet er.

Herr von Winternigg kam, winzig und gelb. Er streckte dem Bezirkshauptmann sein dürres Händchen entgegen, fiel nieder in einen breiten Sessel und verschwand fast in der grünen Polsterung. Seine farblosen Augen richtete er gegen die großen Fenster. In seinen Augen lebte kein Blick, oder sie verbargen geradezu seinen Blick; sie waren matte, alte Spiegelchen, der Bezirkshauptmann sah nur sein eigenes, kleines Abbild in ihnen. Er begann, geläufiger, als er es sich selbst zugetraut hätte, mit wohlgesetzten Entschuldigungen, und er erklärte, wieso es ihm unmöglich gewesen sei, seinen Besuch anzukündigen. Dann sagte er: „Herr von Winternigg, ich bin ein alter Mann." Er hatte diesen Satz gar nicht sagen wollen. Die gelben, runzligen Lider Winterniggs klappten ein paarmal auf und nieder, und der Bezirkshauptmann hatte die Empfindung, er spräche zu einem alten, dürren Vogel, der die menschliche Sprache nicht verstand.

„Sehr bedauerlich!" sagte dennoch Herr von Winternigg. Er sprach sehr leise. Seine Stimme hatte keinen Klang, wie seine Augen keinen Blick. Er hauchte, wenn er sprach, und entblößte dabei ein kräftiges, überraschendes Gebiß, breite, gelbliche Zähne, ein starkes Schutzgitter, das die Worte bewachte.

„Sehr bedauerlich!" sagte Herr von Winternigg noch einmal. „Ich hab' ja gar kein Bargeld!"

Der Bezirkshauptmann erhob sich sofort. Auch Winternigg schnellte auf. Er stand, winzig und gelb, vor dem Bezirkshauptmann, bartlos vor einem silbrigen Backenbart, und Herr von Trotta schien zu wachsen und glaubte auch selbst zu fühlen, daß er wachse. War sein Stolz gebrochen? Keineswegs. War er gedemütigt? Er war es nicht! Er hatte die Ehre des Helden von Solferino zu retten, wie es die Aufgabe des Helden von Solferino gewesen war, das Leben des Kaisers zu retten. So leicht waren eigentlich die Bittgänge! Mit Verachtung, zum erstenmal füllte sich das Herz Herrn von Trottas mit wirklicher Verachtung, und die Verachtung war fast so groß wie sein Stolz. Er empfahl sich. Und er sagte mit seiner alten, hochmütig näselnden Stimme des Beamten: „Ich empfehle mich, Herr von Winternigg!" Er ging zu Fuß, aufrecht, langsam, schimmernd in der ganzen Würde seines Silbers durch die lange Allee, die vom Hause Winterniggs zur Stadt führte. Die Allee war leer, die Spatzen hüpften über den Weg, und die Amseln pfiffen, und die alten, grünen Kastanien säumten den Weg des Herrn Bezirkshauptmanns.

Zu Hause ergriff er nach langer Zeit wieder die silberne Tischglocke. Ihr dünnes Stimmchen lief hurtig durch das ganze Haus. „Meine Gnädigste", sagte Herr von Trotta zu Fräulein Hirschwitz, „ich möchte meinen Koffer in einer halben Stunde gepackt sehen. Meine Uniform, mit Krappenhut und Degen, den Frack und die weiße Krawatte bitte! In einer halben Stunde!" Er zog die Uhr, hörbar klappte der Deckel auf. Er setzte sich in den Lehnstuhl und schloß die Augen.

Im Schrank hing seine Paradeuniform, an fünf Haken: Frack, Weste, Hose, Krappenhut und Degen. Stück für Stück trat die Uniform aus dem Kasten, wie selbständig, und von den vorsichtigen Händen der Hausdame nicht getragen, sondern nur begleitet. Der große Koffer des Bezirkshauptmanns in der Schutzhülle aus braunem Leinen öffnete seinen Schlund, ausgestattet mit knisterndem Seidenpapier, und nahm Stück für Stück der Uniform auf. Der Degen ging gehorsam in sein ledernes Futteral. Die weiße Krawatte umhüllte sich mit einem zarten, papierenen Schleier. Die weißen Handschuhe betteten sich in das Unterfutter der Weste. Dann schloß sich der Koffer. Und Fräulein Hirschwitz ging hin und meldete, daß alles bereit sei.

Und also fuhr der Herr Bezirkshauptmann nach Wien.

Er kam spät am Abend an. Aber er wußte, wo die Männer zu finden waren, die er brauchte. Er kannte die Häuser, in denen sie wohnten, und die Lokale, in denen sie aßen. Und der Regierungsrat Smekal und der Hofrat Pollak und der Oberrechnungsrat Pollitzer und der Obermagistratsrat Busch und der Statthaltereirat Leschnigg und der Polizeirat Fuchs: sie alle und noch manche andere sahen an diesem Abend den sonderbaren Herrn von Trotta eintreten, und obwohl er genau so alt war wie sie, dachte doch jeder von ihnen bekümmert, wie alt der Bezirkshauptmann geworden sei. Denn er war viel älter als sie alle. Ja, ehrwürdig erschien er ihnen, und sie scheuten sich fast, ihm du zu sagen. Man sah ihn an diesem Abend an vielen Orten und beinahe gleichzeitig an allen auftauchen, und er erinnerte sie an einen Geist, an einen Geist der alten Zeit und der alten habsburgischen Monarchie; der Schatten der Geschichte. Und so merkwürdig das auch klang, was er ihnen anvertraute, nämlich sein Unterfangen, innerhalb von zwei Tagen eine Privataudienz beim Kaiser zu erwirken, viel merkwürdiger erschien er ihnen selbst, der Herr von Trotta, der früh Gealterte und gleichsam von Anbeginn Alte, und allmählich fanden sie sein Unternehmen gerecht und selbstverständlich.

In Montenuovos Obersthofmeisteramt saß der Glückspilz, der Gustl, den sie alle beneideten, obwohl man wußte, daß seine Herrlichkeit mit dem Tode des Alten und der Thronbesteigung Franz Ferdinands ein schmähliches Ende finden würde. Sie warteten schon darauf. Indessen: er hatte geheiratet, und zwar die Tochter eines Fugger, er, ein Bürgerlicher, den sie alle kannten, aus der dritten Bank, linke Ecke, dem sie alle vorgesagt hatten, sooft er geprüft wurde, und dessen „Glück" sie mit bitteren Sprüchen seit dreißig Jahren begleiteten. Gustl wurde geadelt und saß im Obersthofmeisteramt. Er hieß nicht mehr Hasselbrunner, er hieß von Hasselbrunner. Sein Dienst war einfach, ein Kinderspiel, während sie alle, die andern, unerträgliche und äußerst verwickelte Angelegenheiten zu erledigen hatten. Der Hasselbrunner! Er allein konnte da was machen.

Und am nächsten Morgen, um neun Uhr schon, stand der Bezirkshauptmann vor der Tür Hasselbrunners, im Obersthofmeisteramt. Er erfuhr, daß Hasselbrunner verreist war und vielleicht heute nachmittag zurückkommen würde. Zufällig kam der Smetana vorbei, den er gestern nicht hatte finden können. Und Smetana, schnellstens eingeweiht und flink wie immer, wußte vieles. Wenn Hasselbrunner auch verreist war, so saß doch nebenan der Lang. Und Lang war ein netter Kerl. Und also begann des unermüdlichen Bezirkshauptmanns Irrgang von einer Kanzlei zur andern. Er kannte die geheimen Gesetze keineswegs, die in den kaiser-königlichen Wiener Behörden gültig waren. Jetzt lernte er sie kennen. Diesen Gesetzen zufolge waren die Amtsdiener mürrisch, bevor er seine Visitkarte herauszog; hierauf, sobald sie seinen Rang kannten, untertänig. Die höheren Beamten begrüßten ihn samt und sonders mit herzlichem Respekt. Jeder von ihnen, ohne Ausnahme, schien in der ersten Viertelstunde bereit, seine Karriere und sogar sein Leben für den Bezirkshauptmann wagen zu wollen. Und erst in der nächsten Viertelstunde trübten sich ihre Augen, erschlafften ihre Gesichter; der große Kummer zog in ihre Herzen und lähmte ihre Bereitschaft, und jeder von ihnen sagte: „Ja, wenn's was andres wär'! Mit Freuden! So aber, lieber, lieber Baron Trotta, selbst für unsereinen, na, Ihnen brauch' ich ja eh nix zu sagen." Und so und ähnlich redeten sie an dem unerschütterlichen Herrn von Trotta vorbei. Er ging durch Kreuzgang und Lichthof, in den dritten Stock, in den vierten, zurück in den ersten, dann ins Parterre. Und dann beschloß er, auf Hasselbrunner zu warten. Er wartete bis zum Nachmittag, und er erfuhr, daß Hasselbrunner gar nicht in Wirklichkeit verreist, sondern zu Hause geblieben war. Und der unerschrockene Kämpfer für die Ehre der Trottas drang in Hasselbrunners Wohnung vor. Hier endlich zeigte sich eine schwache Aussicht. Sie fuhren zusammen zu dem und jenem, Hasselbrunner und der alte Herr von Trotta. Es galt, bis zu Montenuovo selbst vorzudringen. Und es gelang schließlich um die sechste Abendstunde, einen Freund Montenuovos in jener berühmten Konditorei aufzustöbern, in der sich die genäschigen und heiteren Würdenträger des Reiches gelegentlich am Nachmittag einfanden. Daß sein Vorhaben unausführbar sei, hörte der Bezirkshauptmann heute schon zum fünfzehntenmal. Aber er blieb unerschütterlich. Und die silberne Würde seines Alters und die leicht sonderbare und etwas wahnwitzige Festigkeit, mit der er von seinem Sohne sprach und von der Gefahr, die seinem Namen drohte, die Feierlichkeit, mit der er seinen verschollenen Vater den Helden von Solferino nannte und nicht anders, den Kaiser Seine Majestät und nicht anders, bewirkten in den Zuhörern, daß ihnen selbst das Vorhaben Herrn von Trottas allmählich gerecht und fast selbstverständlich vorkam. Wenn es nicht anders ging, sagte dieser Bezirkshauptmann aus W., würde er, ein alter Diener Seiner Majestät, der Sohn des Helden von Solferino, sich vor den Wagen werfen, in dem der Kaiser jeden Vormittag von Schönbrunn in die Hofburg fuhr, wie ein gewöhnlicher Markthelfer vom Naschmarkt. Er, der Bezirkshauptmann Franz von Trotta, mußte die ganze Angelegenheit ordnen. Nun war er dermaßen begeistert von seiner Aufgabe, mit Hilfe des Kaisers die Ehre der Trottas zu retten, daß es ihm vorkam, durch diesen Unfall seines Sohnes, wie er die ganze Affäre für sich nannte, hätte sein langes Leben erst den rechten Sinn bekommen. Ja, dadurch allein hatte es seinen Sinn bekommen.

Es war schwer, das Zeremoniell zu durchbrechen. Man sagte es ihm fünfzehnmal. Er antwortete, daß sein Vater, der Held von Solferino, das Zeremoniell ebenfalls durchbrochen hatte. „So, mit der Hand, hat er Seine Majestät an der Schulter gepackt und niedergerissen!" sagte der Bezirkshauptmann. Er, der nur mit leisem Schaudern heftige oder überflüssige Bewegungen an andern wahrnehmen konnte, erhob sich selbst, griff nach der Schulter des Herrn, dem er die Szene gerade schilderte, und versuchte, die historische Lebensrettung an Ort und Stelle zu spielen. Und keiner lächelte. Und man suchte nach einer Möglichkeit, das Zeremoniell zu umgehen.

Er ging in einen Papierladen, kaufte einen Bogen vorschriftsmäßigen Kanzleipapiers, ein Fläschchen Tinte und eine Stahlfeder, Marke Adler, die einzige, mit der er schreiben konnte. Und mit fliegender Hand, aber mit seiner gewöhnlichen Schrift, die noch die Gesetze von „Haar und Schatten" streng einhielt, setzte er das vorschriftsmäßige Gesuch an Seine K. und K. Apostolische Majestät auf, und er zweifelte nicht einen Augenblick, das heißt: er gestattete sich nicht, einen Augenblick daran zu zweifeln, daß es „im günstigen Sinne" erledigt würde. Er wäre bereit gewesen, Montenuovo selbst mitten in der Nacht zu wecken. Im Laufe dieses Tages war nach der Auffassung Herrn von Trottas die Sache seines Sohnes zu der des Helden von Solferino und somit zu einer Sache des Kaisers geworden: gewissermaßen zur Sache des Vaterlands. Er hatte seit seiner Abreise aus W. kaum etwas gegessen. Er sah hagerer aus als gewöhnlich, und er erinnerte seinen Freund Hasselbrunner an einen jener exotischen Vögel im Schönbrunner Tierpark, die einen Versuch der Natur darstellten, die Physiognomie der Habsburger innerhalb der Fauna zu wiederholen. Ja, der Bezirkshauptmann erinnerte alle Menschen, die den Kaiser gesehen hatten, an Franz Joseph selbst. Sie waren keineswegs an diesen Grad der Entschiedenheit gewöhnt, die der Bezirkshauptmann demonstrierte, die Herren von Wien! Und der alte Herr von Trotta erschien ihnen, die mit den federleichten, in den Kaffeehäusern der Residenzstadt formulierten Witzen noch weit schwierigere Angelegenheiten des Reiches abzutun gewohnt waren, als eine Persönlichkeit, nicht einer geographisch, sondern einer geschichtlich entfernten Provinz entstiegen, Gespenst vaterländischer Historie und verkörperte Mahnung des patriotischen Gewissens. Die ewige Bereitschaft zum Witz, mit dem sie alle Anzeichen ihres eigenen Untergangs zu begrüßen beflissen waren, erstarb für die Dauer einer Stunde, und der Name „Solferino" weckte in ihnen Schauder und Ehrfurcht, der Name der Schlacht, die zum erstenmal den Untergang der kaiser- und königlichen Monarchie angekündigt hatte. Beim Anblick und bei den Reden, die dieser merkwürdige Bezirkshauptmann ihnen bot, erschauerten sie selbst. Sie spürten vielleicht schon den Atem des Todes, der ein paar Monate später sie alle ergreifen sollte, am Nacken ergreifen! Und sie verspürten im Nacken den eisigen Hauch des Todes.

Drei Tage im ganzen hatte Herr von Trotta noch Zeit. Und es gelang ihm, innerhalb einer einzigen Nacht, in der er nicht schlief, nicht aß und nicht trank, das eiserne und das goldene Gesetz des Zeremoniells zu durchbrechen. So wie der Name des Helden von Solferino in den Geschichtsbüchern oder in den Lesebüchern für österreichische Volks- und Bürgerschulen nicht mehr gefunden werden konnte, ebenso fehlt der Name des Sohnes des Helden von Solferino in den Protokollen Montenuovos. Außer Montenuovo selbst und dem jüngst verstorbenen Diener Franz Josephs weiß kein Mensch in der

Welt mehr, daß der Bezirkshauptmann Franz Freiherr von Trotta eines Morgens vom Kaiser empfangen worden ist, und zwar knapp vor der Abfahrt nach Ischl.

Es war ein wunderbarer Morgen. Der Bezirkshauptmann hatte die ganze Nacht hindurch die Paradeuniform probiert. Er ließ das Fenster offen. Es war eine helle Sommernacht. Von Zeit zu Zeit trat er ans Fenster. Die Geräusche der schlummernden Stadt hörte er dann und den Ruf eines Hahns aus entfernten Gehöften. Er roch den Atem des Sommers; er sah die Sterne am Ausschnitt des nächtlichen Himmels, er hörte den gleichmäßigen Schritt des patrouillierenden Polizisten. Er erwartete den Morgen. Er trat, zum zehntenmal, vor den Spiegel, richtete die Flügel der weißen Krawatte über den Ecken des Stehkragens, fuhr noch einmal über die goldenen Knöpfe seines Fracks mit dem weißen, batistenen Taschentuch, putzte den goldenen Griff des Degens, bürstete seine Schuhe, kämmte seinen Backenbart, bezwang mit dem Kamm die spärlichen Härchen seiner Glatze, die sich immer wieder aufzustellen und zu ringeln schienen, und bürstete noch einmal die Schöße des Fracks. Er nahm den Krappenhut in die Hand. Er stellte sich vor den Spiegel und wiederholte: „Majestät, ich bitte um Gnade für meinen Sohn!" Er sah im Spiegel, wie sich die Flügel seines Backenbartes bewegten, und er hielt es für ungehörig, und er begann, den Satz so zu sprechen, daß der Bart sich nicht rührte und daß die Worte trotzdem deutlich hörbar waren. Er verspürte keinerlei Müdigkeit. Er trat noch einmal ans Fenster, wie man an ein Ufer tritt. Und er erwartete sehnsüchtig den Morgen, wie man ein heimatliches Schiff erwartet. Ja, er hatte Heimweh nach dem Kaiser. Er stand am Fenster, bis der graue Schimmer des Morgens den Himmel erhellte, der Morgenstern erstarb und die verworrenen Stimmen der Vögel den Aufgang der Sonne verkündeten. Dann löschte er die Lichter im Zimmer. Er drückte die Klingel an der Tür. Er befahl den Friseur. Er zog den Frack aus. Er setzte sich. Er ließ sich rasieren. „Zweimal", sagte er zu dem schlaftrunkenen jungen Mann, „und gegen den Strich!" Nun schimmerte bläulich sein Kinn zwischen den silbernen Fittichen seines Bartes. Der Alaunstein brannte, der Puder kühlte seinen Hals. Für acht Uhr dreißig war er bestellt. Noch einmal bürstete er seinen schwarz-grünen Frack. Dann wiederholte er vor dem Spiegel: „Majestät, ich bitte um Gnade für meinen Sohn!" Dann schloß er das Zimmer. Er stieg die Treppe hinunter. Noch schlief das ganze Haus. Er zog an den weißen Handschuhen, glättete die Finger, streichelte die lederne Haut, blieb noch einen Augenblick vor dem großen Spiegel auf der Treppe zwischen dem ersten und dem zweiten Stock und versuchte, sein Profil zu erhaschen. Dann stieg er vorsichtig, nur mit den Fußspitzen die Stufen berührend, die rotgepolsterte Treppe hinunter, silberne Würde verbreitend, Duft von Puder und Kölnischem Wasser und den scharfen Geruch der Schuhwichse. Der Portier verbeugte sich tief. Der Zweispänner hielt vor der Drehtür. Der Bezirkshauptmann fegte mit dem Taschentuch über den Polstersitz des Fiakers und setzte sich. „Schönbrunn!" befahl er. Und er saß während der ganzen Fahrt starr im Fiaker. Die Hufe der Rösser schlugen fröhlich aufs frisch besprizte Pflaster, und die

RADETZKYMARSCH   527

eilenden weißen Bäckerjungen blieben stehn und sahen dem Wagen nach wie einer Parade. Wie das Glanzstück einer Parade rollte Herr von Trotta zum Kaiser.

Er ließ den Wagen in einer Entfernung halten, die ihm angemessen erschien. Und er ging, mit seinen blendenden Handschuhen an beiden Seiten des schwarz-grünen Fracks, sorgfältig einen Fuß vor den andern setzend, um die glänzenden Zugstiefel vor dem Staub der Allee zu bewahren, den geraden Weg zum Schönbrunner Schloß empor. Über ihm jubelten die morgendlichen Vögel. Der Duft des Flieders und Jasmins betäubte ihn. Von den weißen Kastanienkerzen fiel hier und dort ein Blättchen auf seine Schulter. Er knipste es mit zwei Fingern weg. Langsam ging er die strahlenden, flachen Stufen empor, die schon weiß in der Morgensonne lagen. Der Posten salutierte, der Bezirkshauptmann von Trotta betrat das Schloß.

Er wartete. Er wurde, wie es Vorschrift war, von einem Beamten des Obersthofmeisteramtes gemustert. Sein Frack, seine Handschuhe, seine Hosen, seine Stiefel waren tadellos. Es wäre unmöglich gewesen, einen Fehler an Herrn von Trotta zu entdecken. Er wartete. Er wartete in dem großen Raum vor dem Arbeitszimmer der Majestät, durch dessen sechs große, gewölbte und noch morgendlich verhangene, aber bereits geöffnete Fenster der ganze Reichtum des Frühsommers drang, alle süßen Gerüche und alle tollen Stimmen der Vögel von Schönbrunn.

Er schien nichts zu hören, der Bezirkshauptmann. Er schien auch den Herrn nicht zu beachten, dessen diskrete Pflicht es war, die Besucher des Kaisers zu mustern und ihnen Verhaltungsmaßregeln zu geben. Vor der silbernen, unnahbaren Würde des Bezirkshauptmanns verstummte er und unterließ seine Pflicht. An beiden Flügeln der hohen, weißen, goldgesäumten Tür standen zwei übergroße Wächter wie tote Standbilder. Der braungelbe Parkettboden, den der rötliche Teppich nur in der Mitte bedeckte, spiegelte den unteren Teil Herrn von Trottas undeutlich wider, die schwarze Hose, die vergoldete Spitze der Degenscheide und auch die wallenden Schatten der Frackschöße. Herr von Trotta erhob sich. Er ging mit zagen, lautlosen Schritten über den Teppich. Sein Herz klopfte. Aber seine Seele war ruhig. In dieser Stunde, fünf Minuten vor der Begegnung mit seinem Kaiser, war es Herrn von Trotta, als verkehrte er hier seit Jahren und als wäre er gewohnt, jeden Morgen Seiner Majestät Kaiser Franz Joseph dem Ersten persönlich Bericht zu erstatten über die Vorfälle des vergangenen Tages im mährischen Bezirk W. Ganz heimisch fühlte sich der Herr Bezirkshauptmann im Schlosse seines Kaisers. Höchstens störte ihn der Gedanke, daß er es vielleicht nötig hätte, noch einmal mit kämmenden Fingern durch seinen Backenbart zu fahren, und daß jetzt keine Gelegenheit mehr war, die weißen Handschuhe abzustreifen. Kein Minister des Kaisers und nicht einmal der Obersthofmeister selbst hätte sich hier heimischer fühlen können als der Herr von Trotta. Von Zeit zu Zeit blähte der Wind die sonnengelben Vorhänge vor den hohen, gewölbten Fenstern, und ein Stück sommerliches Grün stahl sich in das Gesichtsfeld des Bezirkshauptmanns. Immer lauter lärmten die Vögel. Schon begannen ein paar schwere Fliegen zu summen, im törichten, verfrühten Glauben, der Mittag sei gekommen, und allmählich fing auch die sommerliche

Hitze an, fühlbar zu werden. Der Bezirkshauptmann blieb in der Mitte des Raums stehn, den Krappenhut an der rechten Hüfte, die linke, weißblendende Hand am goldenen Degengriff, das Angesicht gegen die Tür des Zimmers starr gerichtet, in dem der Kaiser saß. So stand er wohl zwei Minuten. Durch die offenen Fenster wehten die goldenen Glockenschläge entfernter Turmuhren herein. Da gingen auf einmal die zwei Flügel der Tür auf. Und mit gerecktem Kopf, vorsichtigen, lautlosen und dennoch festen Schritten trat der Bezirkshauptmann vor. Er machte eine tiefe Verbeugung und verharrte ein paar Sekunden so, das Angesicht gegen das Parkett und ohne einen Gedanken. Als er sich erhob, war die Tür hinter seinem Rücken geschlossen. Vor ihm, hinter dem Schreibtisch, stand Kaiser Franz Joseph, und es war dem Bezirkshauptmann, als stünde hinter dem Schreibtisch sein älterer Bruder. Ja, der Backenbart Franz Josephs war etwas gelblich, um den Mund besonders, aber im übrigen genauso weiß wie der Backenbart Herrn von Trottas. Der Kaiser trug die Uniform eines Generals, und der Herr von Trotta die Uniform eines Bezirkshauptmanns. Und sie glichen zwei Brüdern, von denen der eine ein Kaiser, der andere ein Bezirkshauptmann geworden war. Sehr menschlich, wie diese ganze, in den Protokollen niemals verzeichnete Audienz Herrn von Trottas beim Kaiser, war die Bewegung, die Franz Joseph in diesem Augenblick vollführte. Da er befürchtete, ein Tropfen könnte an seiner Nase hängen, zog er sein Taschentuch aus der Hosentasche und fuhr damit über den Schnurrbart. Er warf einen Blick auf den Akt. Aha, der Trotta! dachte er. Gestern hatte er sich die Notwendigkeit dieser plötzlichen Audienz erklären lassen, aber nicht genau zugehört. Seit Monaten schon hörten die Trottas nicht auf, ihn zu belästigen. Er erinnerte sich, daß er bei den Manövern den jüngsten Abkömmling dieser Familie gesprochen hatte. Es war ein Leutnant, ein merkwürdig blasser Leutnant gewesen. Dies hier war gewiß sein Vater! Und schon hatte der Kaiser wieder vergessen, ob ihm der Großvater oder der Vater des Leutnants das Leben in der Schlacht bei Solferino gerettet hatte. War der Held von Solferino plötzlich Bezirkshauptmann geworden? Oder war es gar der Sohn des Helden von Solferino? Und er stützte sich mit den Händen auf den Schreibtisch. „Na, mein lieber Trotta?" fragte er. Denn es war seine kaiserliche Pflicht, seine Besucher verblüffenderweise beim Namen zu kennen. „Majestät!" sagte der Bezirkshauptmann und verbeugte sich noch einmal tief: „Ich bitte um Gnade für meinen Sohn!" „Was für einen Sohn hat Er?" fragte der Kaiser, um Zeit zu gewinnen und nicht sofort zu verraten, daß er in der Familiengeschichte der Trottas nicht bewandert war. „Mein Sohn ist Leutnant bei den Jägern in B.", sagte Herr von Trotta. „Ah so, ah so!" sagte der Kaiser. „Das ist der junge Mann, den ich bei den letzten Manövern gesehen hab'! Ein braver Mensch!" Und weil sich seine Gedanken ein wenig verwirrten, fügte er hinzu: „Er hat mir beinah das Leben gerettet. Oder waren Sie es?"

„Majestät! Es war mein Vater, der Held von Solferino!" bemerkte der Bezirkshauptmann, indem er sich noch einmal verneigte.

„Wie alt ist er jetzt?" fragte der Kaiser. „Die Schlacht bei Solferino. Das war doch der mit dem Lesebuch?"

„Jawohl, Majestät!" sagte der Bezirkshauptmann.

Und der Kaiser erinnerte sich plötzlich genau an die Audienz des merkwürdigen Hauptmanns. Und wie damals, als der sonderbare Hauptmann bei ihm erschienen war, verließ Franz Joseph der Erste auch jetzt den Platz hinter dem Schreibtisch, ging seinem Besucher ein paar Schritte entgegen und sagte: „Kommen S' doch näher!"

Der Bezirkshauptmann trat näher. Der Kaiser streckte seine magere, zitternde Hand aus, eine Greisenhand mit blauen Äderchen und kleinen Knoten an den Fingergelenken. Der Bezirkshauptmann ergriff die Hand des Kaisers und verbeugte sich. Er wollte sie küssen. Er wußte nicht, ob er wagen dürfte, sie zu halten oder seine eigene Hand so in die des Kaisers zu legen, daß dieser in jeder Sekunde die Möglichkeit hätte, die seine zurückzuziehen. „Majestät!" wiederholte der Bezirkshauptmann zum drittenmal, „ich bitte um Gnade für meinen Sohn!"

Sie waren wie zwei Brüder. Ein Fremder, der sie in diesem Augenblick erblickt hätte, wäre imstande gewesen, sie für zwei Brüder zu halten. Ihre weißen Backenbärte, ihre abfallenden, schmalen Schultern, ihr gleiches körperliches Maß erweckte in beiden den Eindruck, daß sie ihren eigenen Spiegelbildern gegenüberständen. Und der eine glaubte, er hätte sich in einen Bezirkshauptmann verwandelt. Und der andere glaubte, er hätte sich in den Kaiser verwandelt. Zur linken Hand des Kaisers und zur rechten Herrn von Trottas standen die zwei großen Fenster des Zimmers offen, auch sie noch verhüllt von sonnengelben Vorhängen. „Schönes Wetter heut!" sagte plötzlich Franz Joseph. „Wunderschönes Wetter heut!" sagte der Bezirkshauptmann. Und während der Kaiser mit der Linken nach dem Fenster deutete, streckte der Bezirkshauptmann seine Rechte in die gleiche Richtung aus. Und es war dem Kaiser, als stünde er vor seinem eigenen Spiegelbild.

Auf einmal fiel es dem Kaiser ein, daß er vor seiner Abreise nach Ischl noch viel zu erledigen hatte. Und er sagte: „Es ist gut! Es wird alles erledigt! Was hat er denn angestellt? Schulden? Es wird erledigt! Grüßen Sie Ihren Papa!"

„Mein Vater ist tot, Majestät!" sagte der Bezirkshauptmann.

„So, tot!" sagte der Kaiser. „Schade, schade!" Und er verlor sich in Erinnerungen an die Schlacht bei Solferino. Und er kehrte an seinen Schreibtisch zurück, setzte sich, drückte den Knopf der Glocke und sah nicht mehr, wie der Bezirkshauptmann hinausging, den Kopf gesenkt, den Degengriff an der linken, den Krappenhut an der rechten Hüfte.

Der morgendliche Lärm der Vögel erfüllte das ganze Zimmer. Bei aller Wertschätzung, die der Kaiser für die Vögel empfand, als eine Art bevorzugter Gottesgeschöpfe, hegte er doch auch gegen sie ein gewisses Mißtrauen auf dem Grunde seines Herzens, ähnlich jenem gegen die Künstler. Und nach seinen Erfahrungen in den letzten Jahren waren die zwitschernden Vögel immer der Anlaß seiner kleinen Vergeßlichkeiten gewesen. Deshalb notierte er schnell „Affäre Trotta" auf den Akt.

Dann wartete er auf den täglichen Besuch des Obersthofmeisters. Schon schlug es neun. Jetzt kam er.

19

Die fatale Angelegenheit Leutnant Trottas wurde in einer fürsorglichen Stille begraben. Der Major Zoglauer sagte nur: „Von Allerhöchster Stelle aus ist Ihre Affäre beigelegt. Ihr Herr Papa hat das Geld geschickt. Mehr ist darüber nicht zu sagen." Trotta schrieb hierauf an seinen Vater. Er berichtete, daß die Gefahr für seine Ehre von Allerhöchster Stelle abgewandt worden sei. Er bat um Verzeihung für die frevelhaft lange Zeit, in der er geschwiegen und Briefe des Bezirkshauptmanns nicht beantwortet hatte. Er war bewegt und gerührt. Er bemühte sich, seine Rührung auch aufzuzeichnen. Aber in seinem kargen Wortschatz fanden sich keine Ausdrücke für Reue, Wehmut und Sehnsucht. Es war ein bitteres Stück Arbeit. Als er den Brief unterschrieben hatte, fiel ihm der Satz ein: „Ich gedenke, bald um einen Urlaub einzukommen und dich mündlich um Verzeihung zu bitten." Als Nachschrift war dieser glückliche Satz aus formalen Gründen nicht unterzubringen. Der Leutnant machte sich also daran, das Ganze umzuschreiben. Nach einer Stunde war er fertig. Durch das Umschreiben hatte die äußere Form des Briefes nur gewonnen. Somit schien ihm alles erledigt, die ganze ekelhafte Sache begraben. Er bewunderte selbst sein „phänomenales Glück". Auf den alten Kaiser konnte sich der Enkel des Helden von Solferino in jeder Lage verlassen. Nicht minder erfreulich war die nunmehr erwiesene Tatsache, daß der Vater Geld besaß. Unter Umständen, nachdem jetzt die Gefahr, aus der Armee ausgeschlossen zu werden, vermieden war, konnte man sie freiwillig verlassen, in Wien mit Frau von Taußig leben, vielleicht in den Staatsdienst treten, Zivil tragen. Man war schon lange nicht mehr in Wien gewesen. Man hörte nichts von der Frau. Man sehnte sich nach ihr. Man trank einen Neunziggrädigen, und man sehnte sich noch mehr, aber es war schon jener wohltätige Grad der Sehnsucht, der es gestattet, ein bißchen zu weinen. Die Tränen lagen in der letzten Zeit ganz locker unter den Augen. Leutnant Trotta betrachtete noch einmal mit Wohlgefallen den Brief, gelungenes Werk seiner Hände, steckte ihn in den Umschlag und malte heiter die Adresse. Zur Belohnung bestellte er einen doppelten Neunziggrädigen. Herr Brodnitzer selbst brachte den Schnaps und sagte:

„Kapturak ist weg!"

Ein glücklicher Tag, kein Zweifel! Der kleine Mann, der den Leutnant immer an eine der schlimmsten Stunden hätte erinnern können, war also ebenfalls aus der Welt geschafft.

„Warum?"

„Man hat ihn einfach ausgewiesen!"

Ja, so weit reichte also der Arm Franz Josephs, des alten Mannes, der mit Leutnant Trotta gesprochen hatte, einen blinkenden Tropfen an der kaiserlichen Nase. So weit reichte also auch das Andenken des Helden von Solferino.

Eine Woche nach der Audienz des Bezirkshauptmanns hatte man Kapturak weggeschafft. Nachdem die politischen Behörden einmal einen erhabenen Wink erhalten hatten, verboten sie auch den Spielsaal Brodnitzers. Von Hauptmann Jedlicek war nicht mehr die Rede. Er versank in jene rätselhafte, stumme Vergessenheit, aus der man ebensowenig wiederkehren konnte wie aus dem Jenseits. Er versank in den militärischen Untersuchungsgefängnissen der alten Monarchie, in den Bleikammern Österreichs. Wenn den Offizieren gelegentlich sein Name einfiel, verscheuchten sie ihn sofort. Das gelang den meisten dank ihrer natürlichen Anlage, alles zu vergessen. Ein neuer Hauptmann kam, ein gewisser Lorenz: ein behäbiger, untersetzter, gutmütiger Mann, mit einer unbezwinglichen Neigung zur Nachlässigkeit in Dienst und Haltung, jederzeit bereit, den Rock auszuziehen, obwohl es verboten war, und eine Partie Billard zu spielen. Dabei zeigte er seine kurzen, manchmal geflickten und ein wenig verschwitzten Hemdärmel. Er war Vater dreier Kinder und Gatte einer vergrämten Frau. Er wurde schnell heimisch. Man gewöhnte sich sofort an ihn. Seine Kinder, die einander ähnlich waren wie Drillinge, traten zu dritt im Kaffeehaus auf, um ihn abzuholen. Allmählich verzogen sich die verschiedenen tanzenden „Nachtigallen", die aus Olmütz, Hernals und Mariahilf. Nur zweimal wöchentlich spielte die Musik im Café. Aber es fehlte ihr bereits an Verve und Temperament, sie wurde aus Mangel an Tänzerinnen klassisch und schien eher den alten Zeiten nachzuweinen als aufzuspielen. Die Offiziere begannen, sich wieder zu langweilen, wenn sie nicht tranken. Wenn sie aber tranken, wurden sie wehmütig und hatten herzliches Mitleid mit sich selbst. Der Sommer war sehr schwül. Während der Exerzierübungen machte man zweimal am Vormittag Rast. Die Gewehre und die Mannschaften schwitzten. Aus den Trompeten der Bläser schlugen die Töne taub und unmutig gegen die schwere Luft. Ein dünner Nebel überzog den ganzen Himmel gleichmäßig, ein Schleier aus silbernem Blei. Er lag auch über den Sümpfen und dämpfte sogar den allezeit muntern Lärm der Frösche. Die Weiden rührten sich nicht. Alle Welt wartete auf einen Wind. Aber alle Winde schliefen.

Chojnicki war in diesem Jahr nicht heimgekehrt. Alle grollten ihm, als wäre er ein vertragsbrüchiger Erheiterer, den die Armee zu allsommerlichen Gastspielen verpflichtet hatte. Damit das Leben in der verlorenen Garnison trotzdem einen neuen Glanz erhalte, war Rittmeister Graf Zschoch von den Dragonern auf den genialen Einfall gekommen, ein großes Sommerfest zu veranstalten. Genial war dieser Einfall einfach deshalb, weil das Fest als eine Probe für die große Jahrhundertfeier des Regiments gelten konnte. Der hundertste Geburtstag des Dragonerregiments sollte erst in einem Jahr stattfinden, aber es war, als könnte es sich nicht ganze neunundneunzig Jahre in Geduld fassen, so ganz ohne Jubel. Man sagte allgemein, der Einfall sei genial. Der Oberst Festetics sagte es auch und bildete sich sogar ein, daß er allein und zuerst diese Bezeichnung geprägt hatte. Er hatte ja auch mit den Vorbereitungen für die große Jahrhundertfeier seit einigen Wochen begonnen. Jeden Tag, in freien Stunden, diktierte er in der Regimentskanzlei den untertänigen Einladungsbrief, der ein halbes Jahr später an den Inhaber des Regiments, einen kleinen reichsdeutschen Fürsten aus leider etwas vernachlässigter Nebenlinie, abgeschickt werden sollte. Allein die Stilisierung dieses höfischen

Schreibens beschäftigte zwei Männer, den Obersten Festetics und den Rittmeister Zschoch. Manchmal gerieten sie auch in heftige Diskussionen über stilistische Fragen. So hielt zum Beispiel der Oberst die Wendung „Und erlaubt sich das Regiment untertänigst" für gestattet, während der Rittmeister der Ansicht war, daß sowohl das „und" falsch sei als auch das „untertänigst" nicht ganz zulässig. Sie hatten beschlossen, jeden Tag zwei Sätze zu verfassen, und das gelang ihnen auch. Jeder von ihnen diktierte einem Schreiber, der Rittmeister einem Gefreiten, der Oberst einem Zugsführer. Dann verglichen sie die Sätze. Beide lobten einander über die Maßen. Der Oberst verschloß hierauf die Entwürfe im großen Kasten der Regimentskanzlei, zu dem er allein die Schlüssel hatte. Er legte die Skizzen zu den andern Plänen, die er schon gemacht hatte, betreffend die große Parade und das Offiziers- sowie das Mannschaftsturnier. Alle Pläne lagen in der Nähe der großen, unheimlichen, versiegelten Umschläge, in denen die geheimen Befehle für den Fall einer Mobilisierung geborgen waren.

Nachdem also Rittmeister Zschoch den genialen Einfall verkündet hatte, unterbrach man die Stilisierung des Briefes an den Fürsten und machte sich daran, gleichlautende Einladungen in alle vier Richtungen der Welt zu verschicken. Diese knapp gehaltenen Einladungen erforderten weniger literarische Bemühung und kamen auch innerhalb einiger Tage zustande. Es gab nur ein paar Diskussionen über den Rang der Gäste. Denn zum Unterschied vom Obersten Festetics war Graf Zschoch der Meinung, man müßte die Einladungen der Reihe nach zuerst an die vornehmsten, hierauf an die minder Vornehmen absenden. „Alle gleichzeitig!" sagte der Oberst. „Ich befehle es Ihnen!" Und obwohl die Festetics' zu den besten ungarischen Familien gehörten, glaubte Graf Zschoch, aus dem Befehl auf eine blutmäßig bedingte demokratische Neigung des Obersten schließen zu müssen. Er rümpfte die Nase und versandte die Einladungen gleichzeitig.

Der Standesführer wurde befohlen. In seinen Händen befanden sich alle Adressen der Reserveoffiziere und der in den Ruhestand Versetzten. Sie alle wurden eingeladen. Eingeladen wurden ferner die näheren Verwandten und die Freunde der Dragoneroffiziere. Diesen teilte man mit, daß es sich um eine Probe für das hundertste Geburtstagsfest handle. Also gab man ihnen zu verstehen, daß sie Aussicht hatten, mit dem Regimentsinhaber persönlich zusammenzutreffen, dem reichsdeutschen Fürsten aus einer leider und allerdings wenig ansehnlichen Nebenlinie. Manche von den Eingeladenen waren von älterem Stamme als der Inhaber des Regiments. Sie hielten trotzdem etwas von einer Berührung mit dem mediatisierten Fürsten. Man beschloß, da es ein „Sommerfest" werden sollte, das Wäldchen des Grafen Chojnicki in Anspruch zu nehmen. „Das Wäldchen" unterschied sich von den Wäldern Chojnickis dadurch, daß es von der Natur selbst und von seinem Besitzer für Feste bestimmt zu sein schien. Es war jung. Es bestand aus kleinen und lustigen Fichtenstämmchen, es bot Kühlung und Schatten, geebnete Wege und ein paar kleine Lichtungen, die offensichtlich zu nichts anderem taugten, als von Tanzböden bedeckt zu werden. Man mietete also das Wäldchen. Man bedauerte bei dieser Gelegenheit noch einmal die Abwesenheit Chojnickis. Man lud ihn dennoch ein, in der Hoffnung, daß er einer

Einladung zum Fest des Dragonerregiments nicht werde widerstehen können und daß er sogar imstande sein würde, „ein paar charmante Menschen mitzunehmen", wie Festetics sich ausdrückte. Man lud die Huhns und die Kinskys ein, die Podstatzkis und die Schönborns, die Familie Albert Tassilo Larisch, die Kirchbergs, die Weißenhorns und die Babenhausens, die Sennyis, die Benkyös, die Zuschers und die Dietrichsteins. Jeder von ihnen hatte irgendeine Beziehung zu diesem Dragonerregiment. Als der Rittmeister Zschoch noch einmal die Liste der Eingeladenen durchsah, sagte er: „Donnerwetter, Himmelherrgottsakra!" Und er wiederholte diese originelle Bemerkung ein paarmal. Es war schlimm, aber unvermeidlich, daß man zu einem so großartigen Fest auch die schlichten Offiziere des Jägerbataillons einladen mußte. Man wird sie schon an die Wand drücken! dachte der Oberst Festetics. Genau das gleiche dachte auch der Rittmeister Zschoch. Während sie die Einladungen an die Offiziere des Jägerbataillons diktierten, der eine dem Gefreiten, der andere dem Zugsführer, sahen sie einander mit grimmigen Augen an. Und jeder von ihnen machte den andern für die Pflicht verantwortlich, das Bataillon der Jäger einzuladen. Ihre Gesichter erhellten sich, als der Name des Freiherrn von Trotta und Sipolje fiel. „Schlacht bei Solferino", warf der Oberst hin, nebenbei. „Ah!" sagte Rittmeister Zschoch. Er war überzeugt, daß die Schlacht bei Solferino bereits im sechzehnten Jahrhundert stattgefunden hatte.

Alle Kanzleischreiber drehten grüne und rote Girlanden aus Papier. Die Offiziersburschen saßen auf den dünnen Fichtenstämmen des „Wäldchens" und spannten Drähte von einem Bäumchen zum andern. Dreimal in der Woche rückten die Dragoner nicht aus. Sie hatten „Schule" in der Kaserne. Man unterwies sie in der Kunst, mit vornehmen Gästen umzugehen. Eine halbe Schwadron wurde vorübergehend dem Koch zugeteilt. Hier lernten die Bauern, wie man Kessel putzt, Tabletts serviert, Weingläser hält und den Bratspieß dreht. Jeden Morgen hielt der Oberst Festetics strenge Visite in Küche, Keller und in der Messe ab. Für alle Mannschaftspersonen, denen die geringste Aussicht drohte, mit den Gästen in irgendeiner Weise zusammenzustoßen, hatte man weiße Zwirnhandschuhe angeschafft. Jeden Morgen mußten die Dragoner, denen die Laune der Wachtmeister diese harte Auszeichnung beschert hatte, die ausgestreckten, weißbekleideten Hände, alle Finger gespreizt, dem Obersten vor die Augen halten. Er prüfte die Sauberkeit, den Sitz, die Haltbarkeit der Nähte. Er war aufgeräumt, von einer besonderen, verborgenen, inneren Sonne durchleuchtet. Er bewunderte seine eigene Tatkraft, rühmte sie und verlangte Bewunderung. Er entwickelte eine ungewöhnliche Phantasie. Jeden Tag schenkte sie ihm mindestens zehn Einfälle, während er früher mit einem einzigen wöchentlich ganz gut ausgekommen war. Und die Einfälle betrafen nicht nur das Fest, sondern auch die großen Fragen des Lebens, das Exerzierreglement zum Beispiel, die Adjustierung und sogar die Taktik. In diesen Tagen wurde es dem Obersten Festetics klar, daß er ohne weiteres General sein könnte.

Jetzt waren die Drähte von Stamm zu Stamm gespannt, nun handelte es sich darum, die Girlanden an den Drähten anzubringen. Man hängte sie also probeweise auf. Der

Oberst besichtigte sie. Unleugbar war die Notwendigkeit vorhanden, auch Lampions anzubringen. Aber da es, trotz den Nebeln und der Schwüle, so lange nicht mehr geregnet hatte, mußte man jeden Tag ein überraschendes Gewitter erwarten. Der Oberst bestimmte also eine ständige Wache im Wäldchen, deren Aufgabe es war, bei den geringsten Anzeichen eines nahenden Gewitters die Girlanden wie die Lampions abzunehmen. „Auch die Drähte?" fragte er vorsichtig den Rittmeister. Denn er wußte wohl, daß große Männer den Rat ihrer kleineren Helfer gerne hören. „Den Drähten passiert nix!" sagte der Rittmeister. Man ließ sie also an den Bäumen.

Es kamen keine Gewitter. Es blieb schwül und schwer.

Dagegen erfuhr man aus manchen Absagen der Eingeladenen, daß an dem Sonntag, an dem das Fest der Dragoner stattfinden sollte, auch das Fest eines bekannten Adelsklubs in Wien gefeiert wurde. Manche unter den Eingeladenen schwankten zwischen ihrer Begierde, alle Neuigkeiten aus der Gesellschaft zu vernehmen (was nur auf dem Ball des Klubs möglich war), und dem abenteuerlichen Vergnügen, die fast sagenhafte Grenze zu besuchen. Die Exotik erschien ihnen genau so verführerisch wie der Klatsch, wie die Gelegenheit, eine günstige Gesinnung oder eine gehässige zu erspähen, eine Protektion anzuwenden, um die man gerade gebeten worden war, eine andere zu erringen, die man grad nötig hatte. Einige versprachen, im letzten Augenblick allerdings, eine Depesche. Diese Antworten und die Aussicht auf Depeschen vernichteten beinahe vollends die Sicherheit, die sich der Oberst Festetics in den letzten Tagen erworben hatte. „Es ist ein Unglück!" sagte er. „Es ist ein Unglück!" wiederholte der Rittmeister. Und sie ließen die Köpfe hängen.

Wie viele Zimmer sollte man vorbereiten? Hundert oder nur fünfzig? Und wo? Im Hotel? Im Hause Chojnickis? Er war ja leider nicht da und hatte nicht einmal geantwortet! „Der ist tückisch, der Chojnicki. Ich hab' ihm nie getraut!" sagte der Rittmeister. „Du hast ganz recht!" bestätigte der Oberst. Da klopfte es, und die Ordonnanz meldete den Grafen Chojnicki.

„Famoser Bursche!" riefen beide gleichzeitig.

Es wurde eine herzliche Begrüßung. Im stillen fühlte der Oberst, daß sein Genie ratlos geworden war und einer Unterstützung bedurfte. Auch der Rittmeister Zschoch fühlte, daß er sein Genie bereits erschöpft hatte. Sie umarmten den Gast abwechselnd, jeder dreimal. Und jeder wartete ungeduldig, bis die Umarmung des andern vorbei wäre. Dann bestellten sie Schnaps.

Alle schweren Sorgen verwandelten sich auf einmal in leichtfertige, anmutige Vorstellungen. Wenn Chojnicki zum Beispiel sagte: „Dann werden wir hundert Zimmer bestellen, und wenn fünfzig leer bleiben, dann ist eben nix zu machen!", riefen beide, wie aus einem Munde: „Genial!" Und sie fielen noch einmal mit heißen Umarmungen über den Gast.

In der Woche, die noch bis zum Fest verblieb, regnete es nicht. Alle Girlanden blieben hängen, alle Lampions. Manchmal erschreckte den Unteroffizier und die vier Mann, die am Rande des Wäldchens wie eine Feldwache lagerten und nach Westen spähten, nach der Richtung des himmlischen Feindes, ein fernes Grollen, Echo eines fernen Donners. Manchmal flammte ein fahles Wetterleuchten am Abend über die graublauen Nebel, die sich am westlichen Horizont verdichteten, um die untergehende rote Sonne sachte einzubetten. Weit von hier, wie in einer anderen Welt, mochten sich die Gewitter entladen. In dem stummen Wäldchen knisterte es von den trockenen Nadeln und von den verdorrten Rinden der Fichtenstämme. Matt und schläfrig piepsten die Vögel. Der weiche, sandige Boden zwischen den Stämmen glühte. Kein Gewitter kam. Die Girlanden blieben an den Drähten.

Am Freitag kamen ein paar Gäste. Telegramme hatten sie angekündigt. Der Offizier vom Dienst holte sie ab. Die Aufregung in beiden Kasernen wuchs von Stunde zu Stunde. In Brodnitzers Kaffeehaus hielten die Kavalleristen mit den Fußtruppen Beratungen ab, aus nichtigen Gründen und lediglich zu dem Zweck, die Unruhe noch zu vergrößern. Es war niemandem möglich, allein zu bleiben. Die Ungeduld trieb einen zum andern. Sie flüsterten, sie wußten plötzlich lauter merkwürdige Geheimnisse, die sie seit Jahren verschwiegen hatten. Sie vertrauten einander rückhaltlos, sie liebten einander. Sie schwitzten einträchtig in der gemeinsamen Erwartung. Das Fest verdeckte den Horizont, ein mächtiger, feierlicher Berg. Alle waren überzeugt, daß es nicht nur eine Abwechslung war, sondern daß es auch eine völlige Veränderung ihres Lebens bedeutete. Im letzten Augenblick bekamen sie Angst vor ihrem eigenen Werk. Selbständig begann das Fest freundlich zu winken und gefährlich zu drohen. Es verfinsterte den Himmel, es erhellte ihn. Man bürstete und bügelte die Paradeuniformen. Sogar der Hauptmann Lorenz wagte in diesen Tagen keine Billardpartie. Die wohlige Gemächlichkeit, in der er den Rest seines militärischen Lebens zu verbringen beschlossen hatte, war zerstört. Er betrachtete seinen Paraderock mit mißtrauischen Blicken, und er glich einem behäbigen Gaul, der seit Jahren im kühlen Schatten des Stalls gestanden hat und der plötzlich gezwungen wird, an einem Trabrennen teilzunehmen.

Der Sonntag brach schließlich an. Man zählte vierundfünfzig Gäste. „Donnerwetter, Sapperlot!" sagte Graf Zschoch ein paarmal. Er wußte wohl, in welch einem Regiment er diente, aber im Anblick der vierundfünfzig klangreichen Namen auf der Liste der Gäste kam es ihm vor, daß er die ganze Zeit nicht stolz genug auf dieses Regiment gewesen war. Um ein Uhr nachmittags begann das Fest, mit einer einstündigen Parade auf dem Exerzierplatz. Man hatte zwei Militärkapellen aus größeren Garnisonen erbeten. Sie spielten in zwei hölzernen, runden, offenen Pavillons im kleinen Wäldchen. Die Damen saßen in zeltüberdeckten Bagagewagen, trugen sommerliche Kleider über steifen Miedern und rädergroße Hüte, auf denen ausgestopfte Vögel nisteten. Obwohl es ihnen heiß war, lächelten sie, jede eine heitere Brise. Sie lächelten mit den Lippen, den Augen, den Brüsten, die hinter duftigen und festverrammelten Kleidern gefangen waren, mit den durchbrochenen Spitzenhandschuhen, die bis an die Ellenbogen reichten, mit den winzigen Taschentüchlein, die sie in der Hand hielten und mit denen sie manchmal sachte, sachte an die Nase tupften, um sie nicht zu zerbrechen. Sie verkauften Bonbons, Sekt und Lose für das Glücksrad, das vom Standesführer eigenhändig behandelt wurde, und bunte Säckchen mit Konfetti, von dem sie alle überschüttet waren und das sie mit neckisch gespitzten Mündern wegzublasen versuchten. Auch an Papierschlangen fehlte es nicht. Sie umwanden Hälse und Beine, hingen von den Bäumen herab und verwandelten alle natürlichen Fichten im Nu in künstliche. Denn sie waren dichter und überzeugender als das Grün der Natur.

Am Himmel über dem Wald waren unterdessen die längst erwarteten Wolken heraufgezogen. Der Donner kam immer näher, aber die Militärkapellen übertönten ihn. Als der Abend über Zelte, Wagen, Konfetti und Tanz hereinbrach, zündete man die Lampions an, und man bemerkte nicht, daß sie von plötzlichen Windstößen stärker geschaukelt wurden, als es sich für festliche Lampions schicken mochte. Das Wetterleuchten, das immer heftiger den Himmel erhellte, konnte sich mit dem Feuerwerk, das die Mannschaft hinter dem Wäldchen abknallte, noch lange nicht vergleichen. Und man war allgemein geneigt, die Blitze, die man zufällig bemerkte, für mißlungene Raketen zu halten. „Es gibt ein Gewitter!" sagte plötzlich einer. Und das Gerücht vom Gewitter begann sich im Wäldchen zu verbreiten.

Man rüstete also zum Aufbruch und begab sich zu Fuß, zu Pferde und im Wagen in das Haus Chojnickis. Alle Fenster standen offen. Der Glanz der Kerzen strömte frei, im mächtigen, flackernden Fächerschein gegen die weite Allee, vergoldete den Boden und die Bäume, die Blätter sahen aus wie Metall. Es war noch zeitig, aber schon dunkel, dank den Heerscharen der Wolken, die von allen Seiten gegeneinanderrückten und sich vereinigten. Vor dem Eingang zum Schloß in der breiten Allee und auf dem ovalen, kiesbestreuten Vorplatz sammelten sich jetzt die Pferde, die Wagen, die Gäste, die bunten Frauen und die noch bunteren Offiziere. Die Reitpferde, von Soldaten am Zaum gehalten, und die Wagenpferde, von den Kutschern mühsam gezügelt, wurden ungeduldig; wie ein elektrischer Kamm strich der Wind über ihr glänzendes Fell, sie wieherten ängstlich nach dem Stall und scharrten den Kies mit zitternden Hufen. Auch den Menschen schien sich die Aufregung der Natur und der Tiere mitzuteilen. Die munteren Zurufe, mit denen sie noch vor einigen Minuten Ball gespielt hatten, erstarben. Alle sahen, etwas ängstlich, zu den Türen und Fenstern. Jetzt ging die große, zweiflügelige Tür auf, und man begann, sich in Gruppen dem Eingang zu nähern. Sei es nun, daß man mit den zwar nicht ungewöhnlichen, aber dennoch den Menschen immer wieder erregenden Vorgängen des Gewitters zu sehr beschäftigt war, sei es, daß man von den verworrenen Klängen der beiden Militärkapellen abgelenkt wurde, die bereits im Innern des Hauses ihre Instrumente zu stimmen begannen: niemand vernahm den rapiden Galopp der Ordonnanz, die jetzt auf den Vorplatz heransprengte, mit plötzlichem Ruck anhielt und in ihrer dienstlichen Adjustierung, mit blinkendem Helm, umgeschnalltem Karabiner am Rücken und Patronentaschen am Gurt, umflackert von weißen Blitzen und von violetten Wolken umdüstert, einem theatralischen Kriegsboten nicht unähnlich war. Der Dragoner stieg ab und erkundigte sich nach dem Obersten Festetics. Es hieß, der Oberst sei schon drinnen. Einen Augenblick hierauf trat er heraus, nahm einen Brief von der Ordonnanz entgegen und kehrte ins Haus zurück. Im rundlichen Vorraum, in dem es keine Deckenbeleuchtung gab, blieb er stehen. Ein Diener trat hinter seinen Rücken, den Armleuchter in der Hand. Der Oberst riß den Umschlag auf. Der Diener, obgleich seit seiner frühesten Jugend in der großen Kunst des Dienens erzogen, konnte dennoch nicht seine plötzlich zitternde Hand beherrschen. Die Kerzen, die er hielt, begannen heftig zu flackern. Ohne daß er etwa versucht hätte, über die Schulter des Obersten zu lesen, fiel der Text des Schreibens in das Blickfeld seiner wohlerzogenen Augen, ein einziger Satz aus übergroßen, mit blauem Kopierstift sehr deutlich geschriebenen Worten. Ebensowenig wie er etwa vermocht hätte, hinter geschlossenen Lidern einen der Blitze nicht zu fühlen, die jetzt in immer schnellerer Folge in allen Richtungen des Himmels aufzuckten, ebensowenig wäre es ihm auch möglich gewesen, seinen Blick von der furchtbaren, großen, blauen Schrift abzuwenden: „Thronfolger gerüchtweise in Sarajevo ermordet", sagten die Buchstaben.

Die Worte fielen wie ein einziges, ohne Pause, in das Bewußtsein des Obersten und in die Augen des hinter ihm stehenden Dieners. Der Oberst ließ den Umschlag fallen. Der Diener, den Leuchter in der Linken, bückte sich, um ihn mit der Rechten aufzuheben. Als er wieder aufrecht stand, sah er geradewegs in das Angesicht des Obersten Festetics, der sich ihm zugewandt hatte. Der Diener trat einen Schritt zurück. Er hielt den Leuchter in der einen, den Umschlag in der anderen Hand, und seine beiden Hände zitterten. Der Schein der Kerzen flackerte über das Angesicht des Obersten und erhellte und verdunkelte es abwechselnd. Das gewöhnliche, gerötete, von einem großen, graublonden Schnurrbart gezierte Angesicht des Obersten wurde bald violett, bald kreideweiß. Die Lippen bebten ein wenig, und der Schnurrbart zuckte. Außer dem Diener und dem Obersten war kein Mensch in der Vorhalle. Aus dem Innern des Hauses hörte man schon den ersten gedämpften Walzer der beiden Militärkapellen, Klirren von Gläsern und das Gemurmel der Stimmen. Durch die Tür, die zum Vorplatz führte, sah man den Widerschein ferner Blitze, hörte man den schwachen Widerhall ferner Donner. Der Oberst sah den Diener an. „Haben Sie gelesen?" fragte er. „Jawohl, Herr Oberst!" „Mund halten!" sagte Festetics und legte den Zeigefinger an die Lippen. Er entfernte sich. Er schwankte ein wenig. Vielleicht war es das flackernde Kerzenlicht, in dem sein Gang unsicher erschien.

Der Diener, neugierig und durch das Schweigegebot des Obersten ebenso erregt wie durch die blutige Nachricht, die er soeben wahrgenommen hatte, wartete auf einen seiner Kollegen, um diesem seinen Dienst und den Leuchter zu übergeben, in die Zimmer zu gehen und dort vielleicht Näheres zu erfahren. Auch war es ihm, obwohl er ein aufgeklärter, vernünftiger Mann in mittleren Jahren war, allmählich unheimlich in diesem Vorraum, den er mit seinen Kerzen nur spärlich beleuchten konnte und der nach jedem der heftigen, bläulichweißen Blitze in eine noch tiefere, braune Dunkelheit versank.

Schwere Wellen geladener Luft lagen im Raum, das Gewitter zögerte. Der Diener brachte den Zufall des Gewitters mit der schrecklichen Kunde in einen übernatürlichen Zusammenhang. Er bedachte, daß die Stunde endlich gekommen sei, in der sich übernatürliche Gewalten der Welt deutlich und grausam kundgeben wollten. Und er bekreuzigte sich, den Leuchter in der Linken. In diesem Augenblick trat Chojnicki heraus, sah verwundert auf ihn und fragte, ob er sich denn so vor dem Gewitter fürchte. Es sei nicht nur das Gewitter, antwortete der Diener. Denn, obwohl er versprochen hatte zu schweigen, war es ihm nicht mehr möglich, die Last seiner Mitwisserschaft zu tragen. „Was denn sonst?" fragte Chojnicki. Der Herr Oberst Festetics hätte eine schreckliche Nachricht erhalten, sagte der Mann. Und er zitierte ihren Wortlaut.

Chojnicki befahl zuerst, alle Fenster, die schon des Unwetters wegen geschlossen worden waren, auch dicht zu verhängen, hierauf, den Wagen fertigzumachen. Er wollte in die Stadt. Während man draußen die Pferde anspannte, fuhr eine Droschke vor, mit aufgerollter, triefender Plache, an der man erkannte, daß sie aus einer Gegend kam, in der das Gewitter bereits niedergegangen war. Aus dem Fiaker stieg jener muntere Bezirkskommissär, der die politische Versammlung der streikenden Borstenarbeiter aufgelöst hatte, eine Aktentasche unter dem Arm. Er berichtete zuerst, als wäre er vornehmlich zu diesem Zweck gekommen, daß es im Städtchen regne. Hierauf teilte er Chojnicki mit, daß man den Thronfolger der österreichisch-ungarischen Monarchie wahrscheinlich in Sarajevo erschossen habe. Reisende, die vor drei Stunden angekommen seien, hätten zuerst die Nachricht verbreitet. Dann sei ein verstümmeltes, chiffriertes Telegramm von der Statthalterei angelangt. Offenbar infolge des Gewitters sei der telegraphische Verkehr gestört, eine Rückfrage also bis jetzt unbeantwortet geblieben. Überdies sei heute Sonntag und nur wenig Personal in den Ämtern vorhanden. Die Aufregung in der Stadt und selbst in den Dörfern wachse aber ständig, und trotz des Gewitters ständen die Leute in den Gassen.

Während der Kommissär hastig und flüsternd erzählte, hörte man aus den Räumen die schleifenden Schritte der Tanzenden, das helle Klirren der Gläser und von Zeit zu Zeit ein tiefes Gelächter der Männer. Chojnicki beschloß, zuerst ein paar seiner Gäste, die er für maßgebend, vorsichtig und noch nüchtern hielt, in einem abgesonderten Zimmer zu versammeln. Indem er allerhand Ausreden gebrauchte, brachte er den und jenen in den vorgesehenen Raum, stellte ihnen den Bezirkskommissär vor und berichtete. Zu den Eingeweihten gehörten der Oberst des Dragonerregiments, der Major des Jägerbataillons mit ihren Adjutanten, mehrere von den Trägern berühmter Namen, und unter den Offizieren des Jägerbataillons Leutnant Trotta. Das Zimmer, in dem sie sich befanden, enthielt wenig Sitzgelegenheiten, so daß mehrere sich ringsum an die Wände lehnen mußten, einige sich ahnungslos und übermütig, bevor sie noch wußten, worum es sich handle, auf den Teppich setzten, mit gekreuzten Beinen. Aber es erwies sich bald, daß sie in ihrer Lage verblieben, auch als man ihnen alles mitgeteilt hatte. Manche mochte der Schreck gelähmt haben, andere waren einfach betrunken. Die dritten aber waren von Natur gleichgültig gegen alle Vorgänge in der Welt und sozusagen aus angeborener Vornehmheit gelähmt, und es schien ihnen, daß es sich für sie nicht schicke, lediglich wegen einer Katastrophe ihren Körper zu inkommodieren. Manche hatten nicht einmal die bunten Papierschlangenfetzen und die runden Koriandoliblättchen von ihren Schultern, Hälsen und Köpfen entfernt. Und ihre närrischen Abzeichen verstärkten noch den Schrecken der Nachricht.

In dem kleinen Raum wurde es nach einigen Minuten heiß. „Öffnen wir ein Fenster!" sagte einer. Ein anderer klinkte eines der hohen und schmalen Fenster auf, lehnte sich hinaus und prallte im nächsten Augenblick zurück. Ein weißglühender Blitz von einer ungewöhnlichen Heftigkeit schlug in den Park, in den das Fenster führte. Zwar konnte man die Stelle nicht unterscheiden, die er getroffen hatte, aber man hörte das Splittern gefällter Bäume. Schwarz und schwer rauschten ihre umsinkenden Kronen. Und selbst die übermütig Kauernden, die Gleichgültigen, sprangen auf, die Angeheiterten begannen zu taumeln und alle erbleichten. Sie wunderten sich, daß sie noch lebten. Sie hielten den Atem an, sahen aufeinander mit aufgerissenen Augen und warteten auf den Donner. Es dauerte nur ein paar Sekunden, bis er erfolgte. Aber zwischen dem Blitz und dem Donner drängte sich die Ewigkeit selbst zusammen. Alle versuchten, einander näher zu kommen. Sie bildeten ein Bündel von Leibern und Köpfen rings um den Tisch. Einen Augenblick zeigten ihre Gesichter, so verschiedene Züge sie auch trugen, eine brüderliche Ähnlichkeit. Es war, als erlebten sie überhaupt zum erstenmal ein Gewitter. In Furcht und Ehrfurcht warteten sie den knatternden, kurzen Donner ab. Dann atmeten sie auf. Und während vor den Fenstern die schweren Wolken, die der Blitz aufgetrennt hatte, mit jubelndem Getose niederschäumten, begannen die Männer, ihre Plätze wieder einzunehmen.

„Wir müssen das Fest abbrechen!" sagte Major Zoglauer.

Der Rittmeister Zschoch, ein paar Konfettisternchen im Haar und den Rest einer rosa Papierschlange um den Nacken, sprang auf. Er war beleidigt, als Graf, als Rittmeister, als Dragoner im besonderen, als Kavallerist im allgemeinen und ganz besonders als er selbst, als Individuum von außergewöhnlicher Art, als Zschoch kurzweg. Seine kurzen, dichten Augenbrauen stellten sich auf und bildeten zwei dräuende, gegen den Major Zoglauer gerichtete Hecken aus kleinen, starrenden Stacheln. Seine großen, törichten, hellen Augen, in denen sich alles zu spiegeln pflegte, was sie vor Jahren aufgenommen haben mochten, selten das, was sie im Augenblick sahen, schienen jetzt den Hochmut der Zschochschen Ahnen auszudrücken, einen Hochmut aus dem fünfzehnten Jahrhundert. Er hatte den Blitz, den Donner, die fürchterliche Nachricht, alle Ereignisse der vergangenen Minuten beinahe vergessen. In seiner Erinnerung bewahrte er nur noch die Anstrengungen, die er für das Fest, seinen genialen Einfall, unternommen hatte. Er konnte auch nicht viel vertragen, er hatte Sekt getrunken, und sein kleines Sattelnäschen schwitzte ein wenig.

„Die Nachricht ist nicht wahr", sagte er, „sie ist halt nicht wahr. Es soll mir einer nachweisen, daß es wahr ist, blöde Lüge, dafür spricht schon allein das Wort ‚gerüchtweise' oder ‚wahrscheinlich' oder wie das politische Zeug heißt!"

„Auch ein Gerücht genügt!" sagte Zoglauer.

Hier mischte sich Herr von Babenhausen, Rittmeister der Reserve, in den Zwist. Er war angeheitert, fächelte sich mit dem Taschentuch, das er bald in den Ärmel steckte, bald wieder hervorzog. Er löste sich von der Wand, trat an den Tisch und kniff die Augen zusammen:

„Meine Herren", sagte er, „Bosnien ist weit von uns entfernt. Auf Gerüchte geben wir nix! Was mich betrifft, ich pfeif' auf Gerüchte! Wann's wahr is, werden wir's eh früh genug erfahren!"

„Bravo!" rief der Baron Nagy Jenö, der von den Husaren. Er hielt, obwohl er zweifellos von einem jüdischen Großvater aus Ödenburg abstammte und obwohl erst sein Vater die Baronie gekauft hatte, die Magyaren für eine der adligsten Rassen der Monarchie und der Welt, und er bemühte sich mit Erfolg, die semitische, der er entstammte, zu vergessen, indem er alle Fehler der ungarischen Gentry annahm.

„Bravo!" wiederholte er noch einmal. Es war ihm gelungen, alles, was der nationalen Politik der Ungarn günstig oder abträglich erschien, zu lieben, beziehungsweise zu hassen. Er hatte sein Herz angespornt, den Thronfolger der Monarchie zu hassen, weil es allgemein hieß, er sei den slawischen Völkern günstig gesinnt und den Ungarn böse. Der Baron Nagy war nicht eigens zu einem Fest an der verlorenen Grenze aufgebrochen, um es sich hier durch einen Zwischenfall stören zu lassen. Er hielt es überhaupt für einen Verrat an der magyarischen Nation, wenn sich einer ihrer Angehörigen die Gelegenheit, einen Csárdás zu tanzen, zu dem er aus Rassegründen verpflichtet war, durch ein Gerücht verderben ließ. Er klemmte das Monokel fester, wie immer, wenn er national zu fühlen hatte, ähnlich wie ein Greis seinen Stock stärker faßt, wenn er eine Wanderung beginnt, und sagte in dem Deutsch der Ungarn, das wie eine Art weinerlichen Buchstabierens klang: „Herr von Babenhausen hat sehr recht! Sehr recht! Wann der Herr Thronfolger wirklich ermordet ist, so gibt es noch andere Thronfolger!"

Herr von Sennyi, magyarischer von Geblüt als Herr von Nagy und von plötzlicher Angst erfaßt, ein Judenstämmling könnte ihn in ungarischer Gesinnung übertreffen, erhob sich und sagte: „Wann der Herr Thronfolger ermordet ist, so erstens wissen wir noch nichts Sicheres davon, zweitens geht uns das gar nichts an!"

„Es geht uns etwas an", sagte der Graf Benkyö, „aber er ist gar nicht ermordet. Es ist ein Gerücht!"

Draußen rauschte der Regen mit steter Gewalt. Die blauweißen Blitze wurden immer seltener, der Donner entfernte sich.

Oberleutnant Kinsky, an den Ufern der Moldau aufgewachsen, behauptete, der Thronfolger sei jedenfalls eine höchst unsichere Chance der Monarchie gewesen – vorausgesetzt, daß man das Wort „gewesen" überhaupt anwenden könne. Er selbst, der Oberleutnant, sei der Meinung seiner Vorredner: die Ermordung des Thronfolgers müsse als ein falsches Gerücht aufgefaßt werden. Man sei hier so weit von dem angeblichen

RADETZKYMARSCH 541

Tatort entfernt, daß man gar nichts kontrollieren könne. Und die volle Wahrheit würde man jedenfalls erst spät nach dem Fest erfahren.

Der betrunkene Graf Battyanyi begann hierauf, sich mit seinen Landsleuten auf ungarisch zu unterhalten. Man verstand kein Wort. Die andern blieben still, sahen die Sprechenden der Reihe nach an und warteten, immerhin ein wenig bestürzt. Aber die Ungarn schienen munter fortfahren zu wollen, den ganzen Abend; also mochte es ihre nationale Sitte heischen. Man bemerkte, obwohl man weit davon entfernt war, auch nur eine Silbe zu begreifen, an ihren Mienen, daß sie allmählich anfingen, die Anwesenheit der andern zu vergessen. Manchmal lachten sie gemeinsam auf. Man fühlte sich beleidigt, weniger, weil das Gelächter in dieser Stunde unpassend erschien, als weil man seine Ursache nicht feststellen konnte. Jelacich, ein Slowene, geriet in Zorn. Er haßte die Ungarn ebenso, wie er die Serben verachtete. Er liebte die Monarchie. Er war ein Patriot. Aber er stand da, die Vaterlandsliebe in ausgebreiteten, ratlosen Händen, wie eine Fahne, die man irgendwo anbringen muß und für die man keinen Dachfirst findet. Unmittelbar unter der ungarischen Herrschaft lebte ein Teil seiner Stammesgenossen, Slowenen und ihre Vettern, die Kroaten. Ganz Ungarn trennte den Rittmeister Jelacich von Österreich und von Wien und vom Kaiser Franz Joseph. In Sarajevo, beinahe in seiner Heimat, vielleicht gar von der Hand eines Slowenen, wie der Rittmeister Jelacich selbst einer war, war der Thronfolger getötet worden. Wenn der Rittmeister nun anfing, den Ermordeten gegen die Schmähungen der Ungarn zu verteidigen (er allein in dieser Gesellschaft verstand Ungarisch), so konnte man ihm erwidern, seine Volksgenossen seien ja die Mörder. Er fühlte sich in der Tat ein bißchen mitschuldig. Er wußte nicht warum. Seit etwa hundertfünfzig Jahren diente seine Familie redlich und ergeben der Dynastie der Habsburger. Aber schon seine beiden halbwüchsigen Söhne sprachen von der Selbständigkeit aller Südslawen und verbargen vor ihm Broschüren, die aus dem feindlichen Belgrad stammen mochten. Nun, er liebte seine Söhne! Jeden Nachmittag um ein Uhr, wenn das Regiment das Gymnasium passierte, stürzten sie ihm entgegen, sie flatterten aus dem großen, braunen Tor der Schule, mit zerrauftem Haar und Gelächter in den offenen Mündern, und väterliche Zärtlichkeit zwang ihn, vom Pferd zu steigen und die Kinder zu umarmen. Er schloß die Augen, wenn er sie verdächtige Zeitungen lesen sah, und die Ohren, wenn er sie Verdächtiges reden hörte. Er war klug, und er wußte, daß er ohnmächtig zwischen seinen Ahnen und seinen Nachkommen stand, die bestimmt waren, die Ahnen eines ganz neuen Geschlechts zu werden. Sie hatten sein Gesicht, die Farbe seiner Haare und seiner Augen, aber ihre Herzen schlugen einen neuen Takt, ihre Köpfe gebaren fremde Gedanken, ihre Kehlen sangen neue und fremde Lieder, die er nicht kannte. Und mit seinen vierzig Jahren fühlte sich der Rittmeister wie ein Greis, und seine Söhne kamen ihm vor wie unbegreifliche Urenkel.

Es ist alles gleich, dachte er in diesem Augenblick, trat an den Tisch und schlug mit der flachen Hand auf die Platte. „Wir bitten die Herren", sagte er, „die Unterhaltung auf deutsch fortzusetzen."

Benkyö, der gerade gesprochen hatte, hielt ein und antwortete: „Ich will es auf deutsch sagen: Wir sind übereingekommen, meine Landsleute und ich, daß wir froh sein können, wann das Schwein hin is!"

Alle sprangen auf. Chojnicki und der muntere Bezirkskommissär verließen das Zimmer. Die Gäste blieben allein. Man hatte ihnen zu verstehen gegeben, daß Zwistigkeiten innerhalb der Armee keine Zeugen vertrugen. Neben der Tür stand der Leutnant Trotta. Er hatte viel getrunken. Sein Gesicht war fahl, seine Glieder waren schlaff, sein Gaumen trocken, sein Herz hohl. Er fühlte wohl, daß er berauscht war, aber er vermißte zu seiner Verwunderung den gewohnten wohltätigen Nebel vor den Augen. Vielmehr kam es ihm vor, als sähe er alles deutlicher, wie durch blankes, klares Eis. Die Gesichter, die er heute zum erstenmal erblickt hatte, glaubte er schon seit langem zu kennen. Diese Stunde war ihm überhaupt ganz vertraut, die Verwirklichung einer oft vorgeträumten Begebenheit. Das Vaterland der Trottas zerfiel und zersplitterte.

Daheim, in der mährischen Bezirksstadt W., war vielleicht noch Österreich. Jeden Sonntag spielte die Kapelle Herrn Nechwals den Radetzkymarsch. Einmal in der Woche, am Sonntag, war Österreich. Der Kaiser, der weißbärtige, vergeßliche Greis mit dem blinkenden Tropfen an der Nase, und der alte Herr von Trotta waren Österreich. Der alte Jacques war tot. Der Held von Solferino war tot. Der Regimentsarzt Doktor Demant war tot. „Verlaß diese Armee!" hatte er gesagt. Ich werde diese Armee verlassen, dachte der Leutnant. Auch mein Großvater hat sie verlassen. Ich werd's ihnen sagen, dachte er weiter. Wie vor Jahren im Lokal der Frau Resi fühlte er den Zwang, etwas zu tun. Gab es da kein Bild zu retten? Er fühlte den dunklen Blick des Großvaters im Nacken. Er machte einen Schritt gegen die Mitte des Zimmers. Er wußte noch nicht, was er sagen wollte. Einige sahen ihm schon entgegen. „Ich weiß", begann er, und er wußte noch immer nichts. „Ich weiß", wiederholte er, und trat noch einen Schritt vorwärts, „daß Seine Kaiser-Königliche Hoheit, der Herr Erzherzog Thronfolger, wirklich ermordet ist."

Er schwieg. Er kniff die Lippen ein. Sie bildeten einen schmalen, blaßrosa Streifen. In seinen kleinen, dunklen Augen glomm ein helles, fast weißes Licht auf. Sein schwarzes, verworrenes Haar überschattete die kurze Stirn und verfinsterte die Falte über der Nasenwurzel, die Höhle des Zorns, das Erbteil der Trottas. Er hielt den Kopf gesenkt. An den schlaffen Armen hingen die Fäuste geballt. Alle blickten auf seine Hände. Wenn den Anwesenden das Porträt des Helden von Solferino bekannt gewesen wäre, hätten sie glauben können, der alte Trotta sei auferstanden.

„Mein Großvater", begann der Leutnant wieder, und er fühlte den Blick des Alten im Nacken, „mein Großvater hat dem Kaiser das Leben gerettet. Ich, sein Enkel, ich werde nicht zugeben, daß das Haus unseres Allerhöchsten Kriegsherrn beschimpft wird. Die Herren betragen sich skandalös!" Er hob die Stimme. „Skandal!" schrie er. Er hörte sich zum erstenmal schreien. Niemals hatte er, wie seine Kameraden, vor der Mannschaft geschrien. „Skandal!" wiederholte er. Das Echo seiner Stimme hallte wider in seinen Ohren. Der betrunkene Benkyö torkelte einen Schritt gegen den Leutnant.

„Skandal!" schrie der Leutnant zum drittenmal.

„Skandal!" wiederholte der Rittmeister Jelacich.

„Wer noch ein Wort gegen den Toten sagt", fuhr der Leutnant fort, „den schieß' ich nieder!" Er griff in die Tasche. Da der betrunkene Benkyö etwas zu murmeln anfing, schrie Trotta: „Ruhe!", mit einer Stimme, die ihm wie eine geliehene vorkam, einer donnernden Stimme, vielleicht war es die Stimme des Helden von Solferino. Er fühlte sich eins mit seinem Großvater. Er selbst war der Held von Solferino. Sein eigenes Bildnis war's, das unter dem Suffit des väterlichen Herrenzimmers verdämmerte.

Der Oberst Festetics und der Major Zoglauer standen auf. Zum erstenmal, seitdem es eine österreichische Armee gab, befahl ein Leutnant Rittmeistern, Majoren und Obersten Ruhe. Keiner von den Anwesenden glaubte noch, die Ermordung des Thronfolgers sei lediglich ein Gerücht. Sie sahen den Thronfolger in einer roten, dampfenden Blutlache. Sie fürchteten, auch hier, in diesem Zimmer, in der nächsten Sekunde Blut zu sehen. „Befehlen Sie ihm zu schweigen!" flüsterte der Oberst Festetics.

„Herr Leutnant", sagte Zoglauer, „verlassen Sie uns!"

Trotta wandte sich zur Tür. In diesem Augenblick wurde sie aufgestoßen. Viele Gäste strömten herein, Konfetti und Papierschlangen auf Köpfen und Schultern. Die Tür blieb offen. Man hörte aus den anderen Räumen die Frauen lachen und die Musik und die schleifenden Schritte der Tänzer. Jemand rief:

„Der Thronfolger ist ermordet!"

„Den Trauermarsch!" schrie Benkyö.

„Den Trauermarsch!" wiederholten mehrere.

Sie strömten aus dem Zimmer. In den zwei großen Sälen, in denen man bis jetzt getanzt hatte, spielten beide Militärkapellen, dirigiert von den lächelnden, knallroten Kapellmeistern, den Trauermarsch von Chopin. Ringsum wandelten ein paar Gäste im Kreis, im Kreis, zum Takt des Trauermarsches. Bunte Papierschlangen und Koriandolisterne lagen auf ihren Schultern und Haaren. Männer in Uniform und in Zivil führten Frauen am Arm. Ihre Füße gehorchten schwankend dem makabren und stolpernden Rhythmus. Die Kapellen spielten nämlich ohne Noten, nicht dirigiert, sondern begleitet von den langsamen Schleifen, die der Kapellmeister schwarze Taktstöcke durch die Luft zeichneten. Manchmal blieb eine Kapelle hinter der anderen zurück, suchte die vorauseilende zu erhaschen und mußte ein paar Takte auslassen. Die Gäste marschierten im Kreis rings um das leere, spiegelnde Rund des Parketts. Sie kreisten so umeinander, jeder ein Leidtragender hinter der Leiche des Vordermanns und in der Mitte die unsichtbaren Leichen des Thronfolgers und der Monarchie. Alle waren betrunken. Und wer noch nicht genügend getrunken hatte, dem drehte sich der Kopf vom unermüdlichen Kreisen. Allmählich beschleunigten die Kapellen den Takt, und die Beine der Wandelnden fingen an zu marschieren. Die Trommler trommelten ohne Unterlaß, und die schweren Klöppel der großen Pauke begannen zu wirbeln wie junge, muntere Schlegel. Der betrunkene Pauker schlug plötzlich an den silbernen Triangel, und im selben Augenblick machte Graf Benkyö einen Freudensprung. „Das Schwein ist hin!" schrie der Graf auf ungarisch. Aber alle verstanden es, als ob er deutsch gesprochen hätte. Plötzlich begannen einige zu hüpfen. Immer schneller schmetterten die Kapellen den Trauermarsch. Dazwischen lächelte der Triangel silbern, hell und betrunken.

Schließlich begannen die Lakaien Chojnickis, die Instrumente abzuräumen. Die Musiker ließen es sich lächelnd gefallen. Mit aufgerissenen Augen glotzten die Violinisten ihren Geigen nach, die Cellisten ihren Celli, die Hornisten den Hörnern. Einige strichen noch mit den Bögen, die sie behalten hatten, über das taubstumme Tuch ihrer Ärmel und wiegten die Köpfe zu den unhörbaren Melodien, die in ihren trunkenen Köpfen rumoren mochten. Als man dem Trommler seine Schlaginstrumente fortschleppte, fuchtelte er immer noch mit Klöppel und Schlegel in der leeren Luft herum. Die Kapellmeister, die am meisten getrunken hatten, wurden schließlich von je zwei Dienern weggezogen wie die Instrumente. Die Gäste lachten. Dann wurde es still. Niemand gab einen Laut von sich. Alle blieben, wie sie gestanden oder gesessen hatten, und rührten sich nicht mehr. Nach den Instrumenten räumte man auch die Flaschen weg. Und dem und jenem, der noch ein halbvolles Glas in Händen hielt, wurde es weggenommen.

Leutnant Trotta verließ das Haus. Auf den Stufen, die zum Eingang führten, saßen Oberst Festetics, Major Zoglauer und Rittmeister Zschoch. Es regnete nicht mehr. Es tropfte nur noch von Zeit zu Zeit aus den schütter gewordenen Wolken und von den Vorsprüngen des Daches. Den drei Männern hatte man weiße, große Tücher über die Steine gebreitet. Und es war, als säßen sie schon auf ihren eigenen Leichentüchern. Große, zackige Regenwasserflecke starrten auf ihren dunkelblauen Rücken. Die Fetzen einer Papierschlange klebten feucht und nunmehr unlösbar am Nacken des Rittmeisters.

Der Leutnant stellte sich vor ihnen auf. Sie rührten sich nicht. Sie hielten die Köpfe gesenkt. Sie erinnerten an eine wächserne militärische Gruppe im Panoptikum.

„Herr Major!" sagte Trotta zu Zoglauer, „ich werde morgen um meinen Abschied bitten!"

Zoglauer erhob sich. Er streckte die Hand aus, wollte etwas sagen und brachte keinen Laut hervor. Es wurde allmählich hell, ein sanfter Wind zerriß die Wolken, man konnte im schimmernden Silber der kurzen Nacht, in die sich schon eine Ahnung vom Morgen mischte, deutlich die Gesichter sehen. In dem hageren Gesicht des Majors war alles in Bewegung. Die Fältchen schoben sich ineinander, die Haut zuckte, das Kinn wanderte hin und her, es schien geradezu zu pendeln, um die Backenknochen spielten ein paar winzige Muskelchen, die Augenlider flatterten, und die Wangen zitterten. Alles war in Bewegung geraten, vom Aufruhr, den die wirren, unausgesprochenen und unaussprechlichen Worte innerhalb des Mundes verursachen mochten. Eine Ahnung von Wahnsinn flackerte über diesem Angesicht. Zoglauer preßte Trottas Hand, sekundenlang, Ewigkeiten. Festetics und Zschoch kauerten immer noch regungslos auf den Stufen. Man roch den starken Holunder. Man hörte das sachte Tropfen des Regens und das zarte Rauschen der nassen Bäume, und schon begannen die Stimmen der Tiere zaghaft zu erwachen, die vor dem Gewitter verstummt waren. Die Musik im Innern des Hauses war still geworden. Nur die Reden der Menschen drangen durch die geschlossenen und verhängten Fenster.

„Vielleicht haben Sie recht, Sie sind jung!" sagte Zoglauer endlich. Es war der lächerlichste, ärmlichste Teil dessen, was er in diesen Sekunden gedacht hatte. Den Rest, ein großes, verworrenes Knäuel von Gedanken, verschluckte er wieder.

Es war lange nach Mitternacht. Aber im Städtchen standen noch die Menschen vor den Häusern, auf den hölzernen Bürgersteigen und sprachen. Sie blieben still, wenn der Leutnant vorbeikam.

Als er das Hotel erreichte, graute der Morgen schon. Er öffnete den Schrank. Zwei Uniformen, den Zivilanzug, die Wäsche und den Säbel Max Demants legte er in den Koffer. Er arbeitete langsam, um die Zeit auszufüllen. Er berechnete nach der Uhr die Dauer jeder Bewegung. Er dehnte die Bewegungen. Er fürchtete die leere Zeit, die vor dem Rapport noch zurückbleiben mußte.

Der Morgen war da, Onufrij brachte die Dienstuniform und die glänzend gewichsten Stiefel.

„Onufrij", sagte der Leutnant, „ich verlasse die Armee."

„Jawohl, Herr Leutnant!" sagte Onufrij. Er ging hinaus, den Korridor entlang, die Treppe hinunter, in die Kammer, die er bewohnte, packte seine Sachen in ein buntes Tuch, band es an den Griff seines Knüppels und legte alles aufs Bett. Er beschloß heimzukehren, nach Burdlaki, die Erntearbeiten begannen bald. Er hatte nichts mehr in der kaiser- und königlichen Armee zu suchen. Man nannte so was „desertieren" und wurde dafür erschossen. Die Gendarmen kamen nur einmal in der Woche nach Burdlaki, man konnte sich verbergen. Wie viele hatten es schon gemacht! Panterlejmon, der Sohn Ivans, Grigorij, der Sohn Nikolajs, Pawel, der Blatternarbige, Nikofor, der Rothaarige. Nur einen hatte man gefangen und verurteilt, aber das war schon lange her!

Was den Leutnant Trotta betraf, so brachte er seine Bitte um die Entlassung aus der Armee beim Offiziersrapport vor. Er bekam sofort einen Urlaub. Auf dem Exerzierplatz verabschiedete er sich von den Kameraden. Sie wußten nicht, was sie ihm sagen sollten. Sie standen im lockeren Kreis um ihn, bis endlich Zoglauer die Abschiedsformel fand. Sie war höchst einfach. Sie hieß: „Alles Gute!", und jeder wiederholte sie.

Der Leutnant fuhr bei Chojnicki vor. „Bei mir ist immer Platz!" sagte Chojnicki. „Ich werde Sie übrigens abholen!"

Eine Sekunde lang dachte Trotta an Frau von Taußig. Chojnicki erriet es und sagte: „Sie ist bei ihrem Mann. Sein Anfall wird diesmal lange dauern. Vielleicht bleibt er immer dort. Und er hat recht. Ich beneide ihn. Ich hab' sie übrigens besucht. Sie ist alt geworden, lieber Freund, sie ist alt geworden!"

Am nächsten Morgen, zehn Uhr vormittags, trat Leutnant Trotta in die Bezirkshauptmannschaft. Der Vater saß im Amt. Sobald man die Tür aufgemacht hatte, sah man ihn sofort. Er saß der Tür gegenüber, neben dem Fenster. Durch die grünen Jalousien zeichnete die Sonne schmale Streifen auf den dunkelroten Teppich. Eine Fliege summte, eine Wanduhr tickte. Es war kühl, schattig und sommerlich still, wie einst in den Ferien. Dennoch ruhte heute auf den Gegenständen dieses Zimmers ein unbestimmter, neuer Glanz. Man wußte nicht, woher er kam. Der Bezirkshauptmann erhob sich. Er selbst verbreitete den neuen Schimmer. Das reine Silber seines Bartes färbte das grüngedämpfte Licht des Tages und den rötlichen Glanz des Teppichs. Es atmete die leuchtende Milde eines unbekannten, vielleicht eines jenseitigen Tags, der schon mitten im irdischen Leben Herrn von Trottas anbrach, wie die Morgen dieser Welt zu grauen beginnen, während die Sterne der Nacht noch leuchten. Vor vielen Jahren, wenn man aus Mährisch-Weißkirchen zu den Ferien gekommen war, war der Backenbart des Vaters noch eine kleine, schwarze, zweigeteilte Wolke gewesen.

Der Bezirkshauptmann blieb am Schreibtisch stehen. Er ließ den Sohn herankommen, legte den Zwicker auf die Akten und breitete die Arme aus. Sie küßten sich flüchtig. „Setz dich!" sagte der Alte und wies auf den Lehnstuhl, auf dem Carl Joseph als Kadettenschüler gesessen hatte, an den Sonntagen, von neun bis zwölf, die Mütze auf den Knien und die leuchtenden, schneeweißen Handschuhe auf der Mütze.

„Vater!" begann Carl Joseph. „Ich verlasse die Armee."

Er wartete. Er fühlte sofort, daß er nichts erklären konnte, solange er saß. Er stand also auf, stellte sich dem Vater gegenüber, an das andere Ende des Schreibtisches, und sah auf den silbernen Backenbart.

„Nach diesem Unglück", sagte der Vater, „das uns vorgestern getroffen hat, gleicht so ein Abschied einer – einer – Desertion."

„Die ganze Armee ist desertiert", antwortete Carl Joseph.

Er verließ seinen Platz. Er begann, auf und ab durchs Zimmer zu gehen, die Linke am Rücken, mit der Rechten begleitete er seine Erzählung. Vor vielen Jahren war der Alte so durch das Zimmer gegangen. Eine Fliege summte, die Wanduhr tickte. Die Sonnenstreifen auf dem Teppich wurden immer stärker, die Sonne stieg schnell höher, sie mußte schon hoch am Himmel stehen. Carl Joseph unterbrach seine Erzählung und warf einen Blick auf den Bezirkshauptmann. Der Alte saß, beide Hände hingen schlaff und halbverdeckt von den steifen, runden, glänzenden Manschetten an den Armlehnen. Sein Kopf sank auf die Brust, und die Flügel seines Bartes ruhten auf den Rockklappen. Er ist jung und töricht, dachte der Sohn. Er ist ein lieber, junger Tor mit weißen Haaren. Ich bin vielleicht sein Vater, der Held von Solferino. Ich bin alt geworden, er ist nur bejahrt. Er ging auf und ab und er erläuterte: „Die Monarchie ist tot, sie ist tot!" schrie er auf und blieb still.

„Wahrscheinlich!" murmelte der Bezirkshauptmann.

Er klingelte und befahl dem Amtsdiener: „Sagen Sie Fräulein Hirschwitz, daß wir heute zwanzig Minuten später essen."

„Komm!" sagte er, stand auf, nahm Hut und Stock. Sie gingen in den Stadtpark.

„Frische Luft kann nicht schaden!" sagte der Bezirkshauptmann. Sie vermieden den Pavillon, in dem das blonde Fräulein Soda mit Himbeer ausschenkte. „Ich bin müde!"

sagte der Bezirkshauptmann. „Wir wollen uns setzen!" Zum erstenmal, seitdem Herr von Trotta in dieser Stadt amtierte, nahm er auf einer gewöhnlichen Bank im Garten Platz. Er zeichnete sinnlose Striche und Figuren mit dem Stock auf die Erde und sagte dazwischen:

„Ich war beim Kaiser. Ich hab's dir eigentlich nicht sagen wollen. Der Kaiser selbst hat deine Affäre erledigt. Kein Wort mehr darüber!"

Carl Joseph schob seine Hand unter den Arm des Vaters. Er fühlte jetzt den mageren Arm des Alten wie vor Jahren beim abendlichen Spaziergang in Wien. Er entfernte die Hand nicht mehr. Sie standen zusammen auf. Sie gingen Arm in Arm nach Hause.

Fräulein Hirschwitz kam im sonntäglich grauseidenen Kleid. Ein schmaler Streifen ihrer hohen Frisur über der Stirn hatte die Farbe ihres festlichen Kleides angenommen. Sie hatte noch in aller Eile ein sonntägliches Essen ermöglicht: Nudelsuppe, Rinderspitz und Kirschknödel.

Aber der Bezirkshauptmann verlor kein Wort darüber. Es war, als äße er ein ganz gewöhnliches Schnitzel.

20

Eine Woche später verließ Carl Joseph seinen Vater. Sie umarmten sich im Hausflur, bevor sie den Fiaker bestiegen. Nach der Meinung des alten Herrn von Trotta durften Zärtlichkeiten nicht auf dem Perron, vor zufälligen Zeugen, stattfinden. Die Umarmung war flüchtig wie immer, umweht vom feuchten Schatten des Flurs und vom kühlen Atem der steinernen Fliesen. Fräulein Hirschwitz wartete schon auf dem Balkon, gefaßt wie ein Mann. Vergeblich hatte Herr von Trotta ihr zu erklären versucht, daß es überflüssig sei zu winken. Sie mochte es für eine Pflicht halten. Obwohl es nicht regnete, spannte Herr von Trotta den Regenschirm auf. Leichte Bewölkung des Himmels schien ihm ein hinreichender Grund dazu. Unter dem Schutz des Regenschirms stieg er in den Fiaker. Also konnte ihn Fräulein Hirschwitz vom Balkon aus nicht sehen. Er sprach kein Wort. Erst, als der Sohn schon im Zug stand, hob der Alte die Hand, mit ausgestrecktem Zeigefinger: „Es wäre günstig", sagte er, „wenn du krankheitshalber abgehn könntest. Man verläßt die Armee nicht ohne wichtige Ursache! …"

„Jawohl, Papa!" sagte der Leutnant.

Knapp vor der Abfahrt des Zuges verließ der Bezirkshauptmann den Perron. Carl Joseph sah ihn dahingehen, mit straffem Rücken und den zusammengerollten Regenschirm mit aufwärtsgerichteter Spitze wie einen gezogenen Säbel im Arm. Er wandte sich nicht mehr um, der alte Herr von Trotta.

Carl Joseph bekam seinen Abschied. „Was willst denn jetzt machen?" fragten die Kameraden. „Ich hab' einen Posten!" sagte Trotta, und sie fragten nicht mehr.

Er erkundigte sich nach Onufrij. Man sagte ihm in der Regimentskanzlei, daß der Bursche Kolohin desertiert sei.

Der Leutnant Trotta ging ins Hotel. Er kleidete sich langsam um. Zuerst schnallte er den Säbel ab, die Waffe und das Abzeichen seiner Ehre. Vor diesem Augenblick hatte er Angst gehabt. Er wunderte sich, es ging ohne Wehmut. Eine Flasche Neunziggrädiger stand auf seinem Tisch, er mußte nicht einmal trinken. Chojnicki kam, um ihn abzuholen, schon knallte unten seine Peitsche; jetzt war er im Zimmer. Er setzte sich und sah zu. Es war Nachmittag, drei Uhr schlug es vom Turm. Alle satten Stimmen des Sommers strömten zum offenen Fenster herein. Der Sommer selbst rief den Leutnant Trotta. Chojnicki, in hellgrauem Anzug mit gelben Stiefeln, das gelbe Peitschenrohr in der Hand, war ein Abgesandter des Sommers. Der Leutnant fuhr mit dem Ärmel über die matte Scheide des Säbels, zog die Klinge, hauchte sie an, wischte mit dem Taschentuch über den Stahl und bettete die Waffe in ein Futteral. Es war, als putzte er eine Leiche vor der Bestattung. Bevor er das Futteral an den Koffer schnallte, wog er es noch einmal in der flachen Hand. Dann bettete er den Säbel Max Demants dazu. Er las noch die eingeritzte Inschrift unter dem Griff. „Verlaß diese Armee!" hatte Demant gesagt. Nun verließ man diese Armee …

Die Frösche quakten, die Grillen zirpten, unten vor dem Fenster wieherten die Braunen Chojnickis, zogen ein bißchen am leichten Wägelchen, die Achsen der Räder stöhnten. Der Leutnant stand da, im aufgeknöpften Rock, das schwarze Halsband aus Kautschuk zwischen den offenen, grünen Aufschlägen der Bluse. Er wandte sich um und sagte: „Das Ende einer Karriere!"

„Die Karriere ist zu Ende!" bemerkte Chojnicki. „Die Karriere selbst ist am Ende angelangt!"

Jetzt legte Trotta den Rock ab, den Rock des Kaisers. Er spannte die Bluse über den Tisch, so wie man es in der Kadettenschule gelernt hatte. Er stülpte zuerst den steifen Kragen um, faltete hierauf die Ärmel und bettete sie in das Tuch. Dann schlug er die untere Hälfte der Bluse auf, schon war sie ein kleines Päckchen, das graue Moireeunterfutter schillerte. Dann kam die Hose darüber, zweimal geknickt. Jetzt zog Trotta den grauen Zivilanzug an, den Riemen behielt er, letztes Andenken an seine Karriere (den Umgang mit Hosenträgern hatte er niemals verstanden). „Mein Großvater", sagte er, „dürfte auch eines Tages seine militärische Persönlichkeit so ähnlich eingepackt haben!"

„Wahrscheinlich!" bestätigte Chojnicki.

Der Koffer stand noch offen, die militärische Persönlichkeit Trottas lag drinnen, eine vorschriftsmäßig zusammengefaltete Leiche. Es war Zeit, den Koffer zu schließen. Nun ergriff der Schmerz plötzlich den Leutnant, die Tränen stiegen ihm in den Hals, er wandte sich Chojnicki zu und wollte etwas sagen. Mit sieben Jahren war er Stift geworden, mit zehn Kadettenschüler. Er war sein Leben lang Soldat gewesen. Man mußte den Soldaten Trotta begraben und beweinen. Man senkte nicht eine Leiche ins Grab, ohne zu weinen. Es war gut, daß Chojnicki daneben saß.

RADETZKYMARSCH

„Trinken wir", sagte Chojnicki. „Sie werden wehmütig!"

Sie tranken. Dann stand Chojnicki auf und schloß den Koffer des Leutnants. Brodnitzer selbst trug den Koffer zum Wagen. „Sie waren ein lieber Mieter, Herr Baron!" sagte Brodnitzer. Er stand, den Hut in der Hand, neben dem Wagen. Chojnicki hielt schon die Zügel. Trotta fühlte eine plötzliche Zärtlichkeit für Brodnitzer – Leben Sie wohl! wollte er sagen. Aber Chojnicki schnalzte mit der Zunge, und die Pferde zogen an, sie hoben die Köpfe und die Schwänze gleichzeitig, und die leichten, hohen Räder des Wägelchens rollten knirschend durch den Sand der Straße wie durch ein weiches Bett.

Sie fuhren zwischen den Sümpfen dahin, die vom Lärm der Frösche widerhallten.

„Hier werden Sie wohnen!" sagte Chojnicki.

Es war ein kleines Haus, am Rande des Wäldchens, mit grünen Jalousien, wie sie vor dem Fenster der Bezirkshauptmannschaft angebracht waren. Jan Stepaniuk hauste hier, ein Unterförster, ein alter Mann mit herabhängendem, langem Schnauzbart aus oxydiertem Silber. Er hatte zwölf Jahre beim Militär gedient. Er sagte „Herr Leutnant" zu Trotta, heimgekehrt zur militärischen Muttersprache. Er trug ein grobgewebtes Leinenhemd mit schmalem, blau-rot besticktem Kragen. Der Wind blähte die breiten Ärmel des Hemdes, es sah aus, als wären seine Arme Flügel.

Hier blieb der Leutnant Trotta.

Er war entschlossen, niemanden von seinen Kameraden wiederzusehen. Beim Schein der flackernden Kerze, in seiner hölzernen Stube, schrieb er dem Vater, auf gelblichem, fasrigem Kanzleipapier, die Anrede vier Finger Abstand vom oberen Rand, den Text zwei Finger Abstand vom seitlichen. Alle Briefe glichen einander wie Dienstzettel.

Er hatte wenig Arbeit. Er trug die Namen der Lohnarbeiter in große, schwarz-grün gebundene Bücher ein, die Löhne, den Bedarf der Gäste, die bei Chojnicki wohnten. Er addierte die Zahlen, guten Willens, aber falsch, berichtete vom Stand des Geflügels, von den Schweinen, von dem Obst, das man verkaufte oder behielt, von dem kleinen Gelände, in dem der gelbe Hopfen wuchs, und von der Darre, die jedes Jahr an einen Kommissionär vermietet wurde.

Er kannte nun die Sprache des Landes. Er verstand einigermaßen, was die Bauern sagten. Er handelte mit den rothaarigen Juden, die schon Holz für den Winter einzukaufen begannen. Er lernte die Unterschiede zwischen dem Wert der Birken, der Fichten, der Tannen, der Eichen, der Linden und des Ahorns kennen. Er knauserte. Genauso wie sein Großvater, der Held von Solferino, der Ritter der Wahrheit, zählte er mit hageren, harten Fingern harte Silbermünzen, wenn er in die Stadt kam, am Donnerstag, zum Schweinemarkt, um Sattel, Kummet, Joch und Sensen einzukaufen, Schleifsteine, Sicheln, Harken und Samen. Wenn er zufällig einen Offizier vorbeigehen sah, senkte er den Kopf. Es war eine überflüssige Vorsicht. Sein Schnurrbart wuchs und wucherte, seine Bartstoppeln starrten hart, schwarz und dicht an seinen Wangen, man konnte ihn kaum erkennen. Schon bereitete man sich allenthalben für die Ernte vor, die Bauern standen vor den Hütten und schliffen die Sensen an den runden, ziegelroten Steinen. Überall im Land sirrte der Stahl an den Steinen und übertönte den Gesang der Grillen. In der Nacht hörte der Leutnant manchmal Musik und Lärm aus dem „neuen Schloß" Chojnickis. Er nahm diese Stimmen in seinen Schlaf hinüber wie das nächtliche Krähen der Hähne und das Gebell der Hunde bei Vollmond. Er war endlich zufrieden, einsam und still. Es war, als hätte er niemals ein anderes Leben geführt. Wenn er nicht schlafen konnte, erhob er sich, ergriff den Stock, ging durch die Felder, mitten durch den vielstimmigen Chor der Nacht, erwartete den Morgen, begrüßte die rote Sonne, atmete den Tau und den sachten Gesang des Windes, der den Tag verkündet. Er war frisch wie nach durchschlafenen Nächten.

Jeden Nachmittag ging er durch die angrenzenden Dörfer. „Gelobt sei Jesus Christus!" sagten die Bauern. „In Ewigkeit. Amen!" erwiderte Trotta. Er ging, wie sie, die Knie geknickt. So waren die Bauern von Sipolje gegangen.

Eines Tages kam er durch das Dorf Burdlaki. Der winzige Kirchturm stand, ein Finger des Dorfes, gegen den blauen Himmel. Es war ein stiller Nachmittag. Die Hähne krähten schläfrig. Die Mücken tänzelten und summten, die ganze Dorfstraße entlang. Plötzlich trat ein vollbärtiger, schwarzer Bauer aus seiner Hütte, stellte sich mitten in den Weg und grüßte: „Gelobt sei Jesus Christus!"

„In Ewigkeit. Amen!" sagte Trotta und wollte weitergehen.

„Herr Leutnant, hier ist Onufrij!" sagte der bärtige Bauer. Der Bart umhüllte sein Angesicht, ein gespreizter, schwarzer, dichtgefiederter Fächer. „Warum bist du desertiert?" sagte Trotta. „Bin nur nach Hause gegangen!" sagte Onufrij. Es hatte keinen Sinn, so törichte Fragen zu stellen. Man verstand Onufrij gut. Er hatte dem Leutnant gedient, wie der Leutnant dem Kaiser. Es gab kein Vaterland mehr. Es zerbrach, es zersplitterte. „Hast du keine Angst?" fragte Trotta. Onufrij hatte keine Angst. Er wohnte bei seiner Schwester. Die Gendarmen gingen jede Woche durchs Dorf, ohne sich umzusehen. Es waren übrigens Ukrainer, Bauern wie Onufrij selbst. Wenn man beim Wachtmeister keine schriftliche Anzeige erstattete, brauchte er sich um nichts zu kümmern. In Burdlaki erstattete man keine Anzeigen.

„Leb wohl, Onufrij!" sagte Trotta. Er ging die gebogene Straße hinauf, die unversehens in die weiten Felder mündete. Bis zur Biegung folgte ihm Onufrij. Er hörte den Schritt der genagelten Soldatenstiefel auf dem Schotter des Weges. Die ärarischen Stiefel hatte Onufrij mitgenommen. Man ging zum Juden Abramtschik in die Dorfschenke. Man bekam dort Kernseife, Schnaps, Zigaretten, Knaster und Briefmarken. Der Jude hatte einen feuerroten Bart. Er saß vor dem gewölbten Tor seiner Schenke und leuchtete weithin, über zwei Kilometer der Landstraße. Wenn er einmal alt wird, dachte der Leutnant, ist er ein weißbärtiger Jude, wie der Großvater Max Demants.

Trotta trank einen Schnaps, kaufte Tabak und Briefmarken und ging. Von Burdlaki führte der Weg an Oleksk vorbei, zum Dorfe Sosnow, dann zu Bytók, Leschnitz und Dombrowa. Jeden Tag ging er diesen Weg. Zweimal passierte er die Bahnstrecke, zwei schwarzgelbe, verwaschene Bahnschranken und die gläsernen, unaufhörlich klingenden Signale in den Wächterhäuschen. Das waren die fröhlichen Stimmen der großen Welt, die den Baron Trotta nicht mehr kümmerten. Ausgelöscht war die große Welt. Ausgelöscht waren die Jahre beim Militär, als wäre man immer schon über Felder und Landstraßen gegangen, den Stock in der Hand, niemals den Säbel an der Hüfte. Man lebte wie der Großvater, der Held von Solferino, und wie der Urgroßvater, der Invalide im Schloßpark von Laxenburg, und vielleicht wie die namenlosen, unbekannten Ahnen, die Bauern von Sipolje. Immer den gleichen Weg, an Oleksk vorbei, nach Sosnow, nach Bytók, nach Leschnitz und Dombrowa. Diese Dörfer lagen im Kreis um Chojnickis Schloß, alle gehörten ihm, Von Dombrowa führte ein weidenbestandener Pfad zu Chojnicki. Es war noch früh. Schritt man stärker aus, so erreichte man ihn noch vor sechs Uhr und traf keinen der früheren Kameraden. Trotta verlängerte die Schritte. Jetzt stand er unter den Fenstern. Er pfiff. Chojnicki erschien am Fenster, nickte und kam heraus.

„Es ist endlich soweit!" sagte Chojnicki. „Der Krieg ist da. Wir haben ihn lang erwartet. Dennoch wird er uns überraschen. Es ist, scheint es, einem Trotta nicht beschieden, lange in Freiheit zu leben. Meine Uniform ist bereit. In einer Woche, denke ich, oder in zwei werden wir einrücken."

Es schien Trotta, als wäre die Natur niemals so friedlich gewesen wie in dieser Stunde. Man konnte schon mit freiem Aug' in die Sonne blicken, sie sank, in sichtbarer Schnelligkeit, dem Westen entgegen. Sie zu empfangen, kam ein heftiger Wind, kräuselte die weißen Wölkchen am Himmel, wellte die Weizen- und Kornähren auf der Erde und streichelte die roten Gesichter des Mohns. Ein blauer Schatten schwebte über die grünen Wiesen. Im Osten versank das Wäldchen in schwärzlichem Violett. Das kleine, weiße Haus Stepaniuks, in dem Trotta wohnte, leuchtete am Rande des Wäldchens, in den Fenstern brannte das schmelzende Licht der Sonne. Die Grillen zirpten heftiger auf. Dann trug der Wind ihre Stimmen in die Ferne, es wurde einen Augenblick still, man vernahm den Atem der Erde. Plötzlich hörte man von oben, unter dem Himmel, ein schwaches, heiseres Kreischen. Chojnicki erhob die Hand. „Wissen Sie, was es ist? Wilde Gänse! Sie verlassen uns früh. Es ist noch mitten im Sommer. Sie hören schon die Schüsse. Sie wissen, was sie tun!"

Es war Donnerstag heute, der Tag der „kleinen Feste". Chojnicki kehrte um. Trotta ging langsam den glitzernden Fenstern seines Häuschens zu.

In dieser Nacht schlief er nicht. Er hörte um Mitternacht den heiseren Schrei der wilden Gänse. Er kleidete sich an. Er trat vor die Tür. Stepaniuk lag im Hemd vor der Schwelle, seine Pfeife glomm rötlich. Er lag flach auf der Erde und sagte, ohne sich zu rühren: „Man kann heute nicht schlafen!"

„Die Gänse!" sagte Trotta.

„So ist es, die Gänse!" bestätigte Stepaniuk. „Seitdem ich lebe, habe ich sie noch nicht so früh im Jahr gehört. Hören Sie, hören Sie! …"

Trotta sah den Himmel an. Die Sterne blinzelten wie immer. Es war nichts anderes am Himmel zu sehen. Dennoch schrie es unaufhörlich heiser unter den Sternen. „Sie üben", sagte Stepaniuk. „Ich liege schon lange hier. Manchmal kann ich sie sehen. Es ist nur ein grauer Schatten. Schaun Sie!" Stepaniuk streckte den glimmenden Pfeifenkopf gegen den Himmel. Man sah in diesem Augenblick den winzigen, weißen Schatten der wilden Gänse unter dem kobaltenen Blau. Zwischen den Sternen wehten sie dahin, ein kleiner, heller Schleier. „Das ist noch nicht alles!" sagte Stepaniuk. „Heute morgen habe ich viele Hunderte Raben gesehen, wie noch nie. Fremde Raben, sie kommen aus fremden Gegenden. Sie kommen, glaub' ich, aus Rußland. Man sagt bei uns, daß die Raben die Propheten unter den Vögeln sind."

Am nordöstlichen Horizont lag ein breiter, silberner Streifen. Er wurde zusehends heller. Ein Wind erhob sich. Er brachte ein paar verworrene Klänge aus dem Schloß Chojnickis herüber. Trotta legte sich neben Stepaniuk auf den Boden. Er sah schläfrig die Sterne an, lauschte auf das Geschrei der Gänse und schlief ein.

Er erwachte beim Aufgang der Sonne. Es war, als hätte er eine halbe Stunde geschlafen, aber es mußten mindestens vier vergangen sein. Statt der gewohnten zwitschernden Vogelstimmen, die jeden Morgen begrüßt hatten, erscholl heute das schwarze Krächzen viel Hunderter Raben. An der Seite Trottas erhob sich Stepaniuk. Er nahm die Pfeife aus dem Mund (sie war kalt geworden, während er geschlafen hatte) und deutete mit dem Pfeifenstiel auf die Bäume ringsum. Die großen schwarzen Vögel saßen starr auf den Zweigen, unheimliche Früchte, aus den Lüften herabgefallen. Sie saßen unbeweglich, die schwarzen Vögel, und krächzten nur. Stepaniuk warf Steine gegen sie. Aber die Raben schlugen nur ein paarmal mit den Flügeln. Sie hockten wie angewachsene Früchte auf den Zweigen. „Ich werde schießen", sagte Stepaniuk. Er ging ins Haus, er holte die Flinte, er schoß. Ein paar Vögel fielen nieder, der Rest schien den Knall nicht gehört zu haben. Alle blieben auf den Zweigen hocken. Stepaniuk las die schwarzen Leichen auf, er hatte ein gutes Dutzend geschossen, er trug seine Beute in beiden Händen zum Haus, das Blut tropfte auf das Gras. „Merkwürdige Raben", sagte er, „sie rühren sich nicht. Es sind die Propheten unter den Vögeln."

Es war Freitag. Am Nachmittag ging Carl Joseph wie gewöhnlich durch die Dörfer. Die Grillen zirpten nicht, die Frösche quakten nicht, nur die Raben schrien. Überall saßen sie, auf den Linden, auf den Eichen, auf den Birken, auf den Weiden. Vielleicht kommen sie jedes Jahr vor der Ernte, dachte Trotta. Sie hören, wie die Bauern die Sensen schleifen, dann versammeln sie sich eben. – Er ging durch das Dorf Burdlaki, er hoffte im stillen, daß Onufrij wieder kommen würde. Onufrij kam nicht. Vor den Hütten standen die Bauern und schliffen den Stahl an den rötlichen Steinen. Manchmal sahen sie auf, das Krächzen der Raben störte sie, und schossen schwarze Flüche gegen die schwarzen Vögel ab.

Trotta kam an der Schenke Abramtschiks vorbei, der rothaarige Jude saß vor dem Tor, sein Bart leuchtete. Abramtschik erhob sich. Er lüftete das schwarze Samtkäppchen, deutete in die Luft und sagte: „Raben sind gekommen! Sie schreien den ganzen Tag! Kluge Vögel! Man muß acht geben!"

„Vielleicht, ja, vielleicht haben Sie recht!" sagte Trotta und ging weiter, den gewohnten, weidenbestandenen Pfad, zu Chojnicki. Jetzt stand er unter den Fenstern. Er pfiff. Niemand kam.

Chojnicki war sicherlich in der Stadt. Trotta ging den Weg zur Stadt, zwischen den Sümpfen, um niemandem zu begegnen. Nur die Bauern benutzten diesen Weg.

Einige kamen ihm entgegen. Der Pfad war so schmal, daß man einander nicht ausweichen konnte. Einer mußte stehenbleiben und den andern vorbeilassen. Alle, die Trotta heute entgegenkamen, schienen hastiger dahinzugehen als sonst. Sie grüßten flüchtiger als sonst. Sie machten größere Schritte. Sie gingen mit gesenkten Köpfen, wie Menschen, die von einem wichtigen Gedanken erfüllt sind. Und auf einmal, Trotta sah schon den Zollschranken, hinter dem das Stadtgebiet begann, vermehrten sich die Wanderer, es war eine Gruppe von zwanzig und mehr Menschen, die jetzt einzeln abfielen und hintereinander den Pfad betraten. Trotta blieb stehen. Er merkte, daß es Arbeiter sein mußten, Borstenarbeiter, die in die Dörfer heimkehrten. Vielleicht befanden sich unter ihnen Menschen, auf die er geschossen hatte. Er blieb stehen, um sie vorbeizulassen. Sie hasteten stumm dahin, einer hinter dem andern, jeder mit einem Päckchen am geschulterten Stock. Der Abend schien schneller einzubrechen, als verstärkten die dahineilenden Menschen seine Dunkelheit. Der Himmel war leicht bewölkt, rot und klein ging die Sonne unter, der silbergraue Nebel erhob sich über den Sümpfen, der irdische Bruder der Wolken, der seinen Schwestern entgegenstrebte. Plötzlich begannen alle Glocken des Städtchens zu läuten. Die Wanderer hielten einen Augenblick ein, lauschten und gingen weiter. Trotta hielt einen der letzten an und fragte, warum die Glocken läuteten. „Es ist wegen des Krieges", antwortete der Mann, ohne den Kopf zu heben.

„Wegen des Krieges", wiederholte Trotta. Selbstverständlich gab es Krieg. Es war, als hätte er es seit heute morgen, seit gestern abend, seit vorgestern, seit Wochen gewußt, seit dem Abschied und dem unseligen Fest der Dragoner. Das war der Krieg, auf den er sich schon als Siebenjähriger vorbereitet hatte. Es war sein Krieg, der Krieg des Enkels. Die Tage und die Helden von Solferino kehrten wieder. Die Glocken dröhnten ohne Unterlaß. Jetzt kam der Zollschranken. Der Wächter mit dem Holzbein stand vor seinem Häuschen, von Menschen umringt, an der Tür hing ein leuchtendes, schwarzgelbes Plakat. Die ersten Worte, schwarz auf gelbem Grunde, konnte man auch aus der Ferne lesen. Wie schwere Balken ragten sie über die Köpfe der angesammelten Menschen: „An meine Völker!"

Bauern in kurzen und stark riechenden Schafspelzen, Juden in flatternden, schwarzgrünen Kaftans, schwäbische Landwirte aus den deutschen Kolonien in grünem Loden, polnische Bürger, Kaufleute, Handwerker und Beamte umringten das Häuschen des Zollwächters. An jeder der vier freistehenden Wände klebten die großen Plakate, jedes in einer anderen Landessprache, jedes beginnend mit der Anrede des Kaisers: „An meine Völker!" Die des Lesens kundig waren, lasen laut die Plakate vor. Ihre Stimmen vermischten sich mit dem dröhnenden Gesang der Glocken. Manche gingen von einer Wand zur anderen und lasen den Text in jeder Sprache. Wenn eine der Glocken verhallt war, begann sofort eine neue zu dröhnen. Aus dem Städtchen strömten die Menschen herbei, in die breite Straße, die zum Bahnhof führte. Trotta ging ihnen entgegen in die Stadt. Es war Abend geworden, und da es ein Freitagabend war, brannten die Kerzen in den kleinen Häuschen der Juden und erleuchteten die Bürgersteige. Jedes Häuschen war wie eine kleine Gruft. Der Tod selbst hatte die Kerzen angezündet. Lauter als an den andern Feiertagen der Juden scholl ihr Gesang aus den Häusern, in denen sie beteten. Sie grüßten einen außerordentlichen, einen blutigen Sabbat. Sie stürzten in schwarzen, hastigen Rudeln aus den Häusern, sammelten sich an den Kreuzungen, und bald erhob sich ihr Wehklagen um jene unter ihnen, die Soldaten waren und morgen schon einrücken mußten. Sie gaben sich die Hände, sie küßten sich auf die Backen, und wo zwei sich umarmten, vereinigten sich ihre roten Bärte wie zu einem besonderen Abschied, und die Männer mußten mit den Händen die Bärte voneinander trennen. Über den Köpfen schlugen die Glocken. Zwischen ihrem Gesang und die Rufe der Juden fielen die schneidenden Stimmen der Trompeten aus den Kasernen. Man blies den Zapfenstreich, den letzten Zapfenstreich. Schon war die Nacht gekommen. Man sah keinen Stern. Trüb, niedrig und flach hing der Himmel über dem Städtchen!

Trotta kehrte um. Er suchte nach einem Wagen, es gab keinen. Er ging mit schnellen, großen Schritten zu Chojnicki. Das Tor stand offen, alle Zimmer waren erleuchtet wie bei den „großen Festen". Chojnicki kam ihm im Vorraum entgegen, in Uniform, mit Helm und Patronentäschchen. Er ließ einspannen. Er hatte drei Meilen bis zu seiner Garnison, er wollte in der Nacht fort. „Wart einen Augenblick!" sagte er. Er sagte zum erstenmal du zu Trotta, vielleicht aus Unachtsamkeit, vielleicht, weil er schon in Uniform war. „Ich fahr' dich noch vorbei und dann in die Stadt."

Sie fuhren vor Stepaniuks Häuschen. Chojnicki setzt sich. Er sieht zu, wie Trotta sein Zivil ablegt und die Uniform anzieht. Stück für Stück. So hat er vor einigen Wochen erst – aber lang ist es her! – in Brodnitzers Hotel zugesehen, wie Trotta seine Uniform ausgezogen hatte. Trotta kehrt in seine Montur zurück, in seine Heimat. Er zieht den Säbel aus dem Futteral. Er schnallt die Feldbinde um, die riesigen, schwarz-gelben Quasten streicheln zärtlich das schimmernde Metall des Säbels. Jetzt schließt Trotta den Koffer.

Sie haben nur wenig Zeit, Abschied zu nehmen. Sie halten vor der Kaserne der Jäger. „Adieu!" sagte Trotta. Sie drücken sich die Hand sehr lange, die Zeit vergeht fast hörbar, hinter dem breiten, unbeweglichen Rücken des Kutschers. Es ist, als wäre es nicht genug, die Hände zu drücken. Sie fühlten, daß man mehr tun müßte. „Bei uns küßt man sich", sagt Chojnicki. Sie umarmen sich also und küssen sich schnell. Trotta steigt ab. Der Posten vor der Kaserne salutiert. Die Pferde ziehen an. Hinter Trotta fällt das Tor der Kaserne zu. Er steht noch einen Augenblick und hört den Wagen Chojnickis wegfahren.

21

Noch in dieser Nacht marschierte das Bataillon der Jäger in Richtung nach Nordosten gegen die Grenze Woloczyska. Es begann zuerst sachte, dann immer stärker zu regnen, und der weiße Staub der Landstraße verwandelte sich in silbergrauen Schlamm. Der Kot schlug klatschend über den Stiefeln der Soldaten zusammen und bespritzte die tadellosen Uniformen der Offiziere, die vorschriftsmäßig in den Tod gingen. Die langen Säbel störten sie, und an ihren Hüften hingen die prachtvollen, langhaarigen Quasten der schwarz-goldenen Feldbinden, verfilzt, durchnäßt und bespritzt von tausend kleinen Schlammklümpchen. Beim Morgengrauen erreichte das Bataillon sein Ziel, vereinigte sich mit zwei fremden Infanterieregimentern und bildete Schwarmlinien. So warteten sie zwei Tage, und es war nichts vom Krieg zu sehen. Manchmal hörten sie aus der Ferne, zu ihrer Rechten, verlorene Schüsse. Es waren kleinere Grenzgeplänkel zwischen berittenen Truppen. Man sah manchmal verwundete Grenzfinanzer, auch hie und da einen toten Grenzgendarmen. Sanitäter schafften Verwundete wie Leichen weg, an den wartenden Soldaten vorbei. Der Krieg wollte nicht anfangen. Er zögerte, wie manchmal Gewitter tagelang zögern, bevor sie ausbrechen.

Am dritten Tag kam der Befehl zum Rückzug, und das Bataillon formierte sich zum Abmarsch. Die Offiziere wie die Mannschaften waren enttäuscht. Es verbreitete sich das Gerücht, daß zwei Meilen östlich ein ganzes Dragonerregiment aufgerieben worden sei. Kosaken sollten bereits im eigenen Lande eingebrochen sein. Man marschierte schweigsam und mißmutig nach Westen. Man merkte bald, daß ein unvorbereiteter Rückzug stattfand, denn man stieß auf ein verworrenes Gewimmel verschiedenster Waffengattungen an den Kreuzungen der Landstraßen und in Dörfern und kleinen Städtchen. Vom Armeekommando kamen zahlreiche und sehr verschiedene Befehle. Die meisten bezogen sich auf die Evakuierung der Dörfer und Städte und auf die Behandlung der russisch gesinnten Ukrainer, der Geistlichen und der Spione. Voreilige Standgerichte verkündeten in den Dörfern voreilige Urteile. Geheime Spitzel lieferten unkontrollierbare Berichte über Bauern, Popen, Lehrer, Photographen, Beamte. Man hatte keine Zeit. Man mußte sich schleunigst zurückziehen, aber auch die Verräter schleunigst bestrafen. Und während sich Sanitätswagen, Trainkolonnen, Feldartillerie, Dragoner, Ulanen und Infanteristen im ständigen Regen, auf den aufgeweichten Straßen in ratlosen und plötzlich entstandenen Knäueln zusammenfanden, Kuriere hin und her galoppierten, die Einwohner der kleinen Städtchen in endlosen Scharen nach dem Westen flüchteten, umflattert vom weißen Schrecken, beladen mit weißen und roten Bettpolstern, grauen Säcken, braunen Möbelstücken und blauen Petroleumlampen, knallten von den Kirchplätzen der Weiler und Dörfer die Schüsse der hastigen Vollstrecker hastiger Urteile, und der düstere Trommelwirbel begleitete die eintönigen Urteilssprüche der Auditoren, und die Weiber der Ermordeten lagen kreischend um Gnade vor den kotbedeckten Stiefeln der Offiziere, und loderndes rotes und silbernes Feuer schlug aus Hütten und Scheunen, Ställen und Schobern. Der Krieg der österreichischen Armee begann mit Militärgerichten. Tagelang hingen die echten und die vermeintlichen Verräter an den Bäumen auf den Kirchplätzen, zur Abschreckung der Lebendigen. Aber weit und breit waren die Lebenden geflohen. Rings um die hängenden Leichen an den Bäumen brannte es, und schon begann das Laub zu knistern, und das Feuer war stärker als der ständige, leise rieselnde, graue Landregen, der den blutigen Herbst einleitete. Die alte Rinde der uralten Bäume verkohlte langsam, und schwellende, winzige, silberne Funken krochen zwischen den Rillen empor, feurige Würmer, erfaßten die Blätter, das grüne Blatt rollte sich zusammen und wurde rot, dann schwarz, dann grau; die Stricke lösten sich, und die Leichen fielen zu Boden, die Gesichter verkohlt und die Körper noch unversehrt.

Eines Tages machten sie Rast im Dorfe Krutyny. Sie kamen am Nachmittag, sie sollten am nächsten Morgen, noch vor Sonnenaufgang, weiter nach Westen. An diesem Tage hatte der Landregen aufgehört, und die Sonne eines späten Septembertages spann ein gütiges, silbernes Licht über die weiten Felder, auf denen das Getreide noch stand, das lebendige Brot, das nicht mehr gegessen werden sollte. Der Altweibersommer zog langsam durch die Luft. Sogar die Raben und Krähen verhielten sich still, getäuscht von dem flüchtigen Frieden dieses Tages und also ohne Hoffnung auf das erwartete Aas. Man war seit acht Tagen nicht aus den Kleidern gekommen. Die Stiefel hatten sich mit Wasser vollgesogen, die Füße waren geschwollen, die Knie steif, die Waden schmerzten, die Rücken konnten sich nicht mehr biegen. Man war in den Hütten untergebracht, versuchte, aus den Koffern trockene Kleidungsstücke zu holen und sich an den spärlichen Brunnen zu waschen. In der Nacht, sie war klar und still, und nur die vergessenen und verlassenen Hunde in einzelnen Gehöften heulten vor Hunger und Angst, konnte der Leutnant nicht schlafen. Und er verließ die Hütte, in der er einquartiert war. Er ging die langgestreckte Dorfstraße entlang, in die Richtung des Kirchturms, der sich mit seinem griechischen doppelten Kreuz gegen die Sterne erhob. Die Kirche mit schindelgedecktem Dach stand in der Mitte des kleinen Friedhofs, umgeben von schiefen, hölzernen Kreuzen, die im nächtlichen Licht zu tänzeln schienen. Vor dem großen, grauen, weitgeöffneten Tor des Friedhofs hingen drei Leichen, in der Mitte ein bärtiger Priester, zu beiden Seiten zwei junge Bauern in sandgelben Joppen, grobgeflochtene Bastschuhe an den reglosen Füßen. Die schwarze Kutte des Priesters, der in der Mitte hing, reichte bis zu seinen Schuhen. Und manchmal bewegte der Nachtwind die Füße des Priesters so, daß sie wie stumme Klöppel einer taubstummen Glocke an das Rund des Priestergewandes schlugen und, ohne einen Klang hervorzurufen, dennoch zu läuten schienen.

Leutnant Trotta ging näher an die Gehenkten heran. Er sah in ihre aufgedunsenen Gesichter. Und er glaubte in den dreien den und jenen seiner Soldaten zu erkennen. Das waren die Gesichter des Volkes, mit dem er jeden Tag exerziert hatte. Der schwarze, gespreizte Fächerbart des Priesters erinnerte ihn an den Bart Onufrijs. So hatte Onufrij zuletzt ausgesehen. Und, wer weiß, vielleicht war Onufrij der Bruder dieses aufgehängten Priesters. Leutnant Trotta sah sich um. Er lauschte. Es war kein menschlicher Laut zu hören. Im Glockenturm der Kirche rauschten die Fledermäuse. In den verlassenen Gehöften bellten die verlassenen Hunde. Da zog der Leutnant seinen Säbel und schnitt die drei Gehenkten ab, einen nach dem andern. Dann nahm er eine Leiche nach der andern auf die Schulter und trug sie alle, eine nach der andern, in den Kirchhof. Dann begann er, mit dem blanken Säbel die Erde auf den Wegen zwischen den Gräbern aufzulockern, so lange, bis er Platz für drei Leichen gefunden zu haben glaubte. Dann legte er sie alle drei hin, schaufelte die Erde über sie, mit Säbel und Scheide, trat noch mit den Füßen auf der Erde herum und stampfte sie fest. Dann machte er das Zeichen des Kreuzes. Seit der letzten Messe in der Mährisch-Weißkirchener Kadettenschule hatte er nicht mehr das Kreuz geschlagen. Er wollte noch ein Vaterunser sagen, aber seine Lippen bewegten sich nur, ohne daß er einen Laut hervorbrachte. Irgendein nächtlicher Vogel schrie. Die Fledermäuse rauschten. Die Hunde heulten.

Am nächsten Morgen, vor dem Aufgang der Sonne, marschierten sie weiter. Die silbernen Nebel des herbstlichen Morgens verhüllten die Welt. Bald aber entstieg ihnen die Sonne, glühend wie im Hochsommer. Sie bekamen Durst. Sie marschierten durch eine verlassene, sandige Gegend. Manchmal schien es ihnen, als hörten sie irgendwo Wasser rauschen. Einige Soldaten liefen in die Richtung, aus der das Geräusch des Wassers zu kommen schien, und kehrten sofort wieder um. Kein Bach, kein Teich, kein Brunnen. Sie kamen durch ein paar Dörfer, aber die Brunnen waren verstopft von Leichen Erschossener und Hingerichteter. Die Leichen hingen, manchmal in der Mitte gefaltet, über die hölzernen Ränder der Brunnen. Die Soldaten sahen nicht mehr in die Tiefe. Sie kehrten zurück. Man marschierte weiter.

Der Durst wurde stärker. Der Mittag kam. Sie hörten Schüsse und legten sich flach auf die Erde. Der Feind hatte sie wahrscheinlich schon überholt. Sie schlängelten sich weiter, auf die Erde gedrückt. Bald begann, sie sahen es bereits, der Weg breiter zu werden. Schon leuchtete eine verlassene Bahnstation. Hier fingen die Schienen an. Im Laufschritt erreichte das Bataillon die Station, hier war man sicher; ein paar Kilometer weit war man zu beiden Seiten von den Bahndämmen gedeckt. Der Feind, vielleicht eine dahingaloppierende Sotnia Kosaken, mochte sich jenseits des Dammes auf gleicher Höhe befinden. Still und gedrückt marschierten sie zwischen den Bahndämmen. Plötzlich rief einer: „Wasser!" Und im nächsten Augenblick hatten alle auch schon den Brunnen auf dem Grat des Bahndammes neben einem Wächterhäuschen erblickt. „Hierbleiben!" kommandierte Major Zoglauer. „Hierbleiben!" wiederholten die Offiziere. Die durstigen Männer aber waren nicht zu halten. Einzeln zuerst, dann in Gruppen, liefen die Männer den Abhang hinan; Schüsse knallten, und die Männer fielen. Die feindlichen Reiter jenseits des Bahndamms schossen auf die durstigen Männer, und immer mehr durstige Männer liefen dem tödlichen Brunnen entgegen. Und als sich der zweite Zug der zweiten Kompanie dem Brunnen näherte, lag schon ein Dutzend Leichen auf dem grünen Abhang.

„Zug halt!" kommandierte Leutnant Trotta. Er trat seitwärts und sagte: „Ich werde euch Wasser bringen! Daß keiner sich rührt! Hier warten! Eimer her!" Man brachte ihm zwei Eimer aus wasserdichtem Leinen von der Maschinengewehrabteilung. Er nahm beide, je einen Eimer in jede Hand. Und er ging den Abhang hinauf, dem Brunnen zu. Die Kugeln umpfiffen ihn, fielen vor seinen Füßen nieder, flogen an seinen Ohren vorbei und an seinen Beinen und über seinen Kopf hinweg. Er beugte sich über den Brunnen. Er sah auf der anderen Seite, jenseits des Abhangs, die zwei Reihen der zielenden Kosaken. Er hatte keine Angst. Es fiel ihm nicht ein, daß er getroffen werden könnte wie die anderen. Er hörte schon die Schüsse, die noch nicht gefallen waren, und gleichzeitig die ersten trommelnden Takte des Radetzkymarsches. Er stand auf dem Balkon des väterlichen Hauses. Unten spielte die Militärkapelle. Jetzt hob Nechwal den schwarzen Taktstock aus Ebenholz mit dem silbernen Knauf. Jetzt senkte Trotta den zweiten Eimer in den Brunnen. Jetzt schmetterten die Tschinellen. Jetzt hob er den Eimer hoch. In jeder Hand einen vollen, überquellenden Eimer, von den Kugeln umsaust, setzte er den linken Fuß an, um hinabzugehen. Jetzt tat er zwei Schritte. Jetzt ragte gerade noch sein Kopf über den Rand des Abhangs.

Jetzt schlug eine Kugel an seinen Schädel. Er machte noch einen Schritt und fiel nieder. Die vollen Eimer wankten, stürzten und ergossen sich über ihn. Warmes Blut rann aus seinem Kopf auf die kühle Erde des Abhangs. Von unten her riefen die ukrainischen Bauern seines Zuges im Chor: „Gelobt sei Jesus Christus!"

In Ewigkeit. Amen! wollte er sagen. Es waren die einzigen ruthenischen Worte, die er sprechen konnte. Aber seine Lippen rührten sich nicht mehr. Sein Mund blieb offen. Seine weißen Zähne starrten gegen den blauen Herbsthimmel. Seine Zunge wurde langsam blau, er fühlte seinen Körper kalt werden. Dann starb er.

Das war das Ende des Leutnants Carl Joseph, Freiherrn von Trotta.

So einfach und zur Behandlung in Lesebüchern für die kaiser- und königlichen österreichischen Volks- und Bürgerschulen ungeeignet war das Ende des Enkels des Helden von Solferino. Der Leutnant Trotta starb nicht mit der Waffe, sondern mit zwei Wassereimern in der Hand. Major Zoglauer schrieb an den Bezirkshauptmann. Der alte Trotta las den Brief ein paarmal und ließ die Hände sinken. Der Brief fiel ihm aus der Hand und flatterte auf den rötlichen Teppich. Herr von Trotta nahm den Zwicker nicht ab. Der Kopf zitterte, und der wacklige Zwicker flatterte mit seinen ovalen Scheibchen wie ein gläserner Schmetterling auf der Nase des Alten. Zwei schwere, kristallene Tränen tropften gleichzeitig aus den Augen Herrn von Trottas, trübten die Gläser des Zwickers und rannen weiter in den Backenbart. Der ganze Körper Herrn von Trottas blieb ruhig, nur sein Kopf wackelte von hinten nach vorn und von links nach rechts, und fortwährend flatterten die gläsernen Flügel des Zwickers. Eine Stunde oder länger saß der Bezirkshauptmann so vor dem Schreibtisch. Dann stand er auf und ging mit seinem gewöhnlichen Gang in die Wohnung. Er holte aus dem Kasten den schwarzen Anzug, die schwarze Krawatte und die Trauerschleifen aus schwarzem

Krepp, die er nach dem Tode des Vaters um Hut und Arm getragen hatte. Er kleidete sich um. Er sah dabei nicht in den Spiegel. Immer noch wackelte sein Kopf. Er bemühte sich zwar, den unruhigen Schädel zu zähmen. Aber je mehr sich der Bezirkshauptmann anstrengte, desto stärker zitterte der Kopf. Der Zwicker saß immer noch auf der Nase und flatterte. Endlich gab der Bezirkshauptmann alle Bemühungen auf und ließ den Schädel wackeln. Er ging, im schwarzen Anzug, das schwarze Trauerband um den Ärmel, zu Fräulein Hirschwitz ins Zimmer, blieb an der Tür stehen und sagte: „Mein Sohn ist tot, Gnädigste!" Er schloß schnell die Tür, ging ins Amt, von einer Kanzlei zur andern, steckte nur den wackelnden Kopf durch die Türen und verkündete überall: „Mein Sohn ist tot, Herr Soundso! Mein Sohn ist tot, Herr Soundso!" Dann nahm er Hut und Stock und ging auf die Straße. Alle Leute grüßten ihn und betrachteten verwundert seinen wackelnden Kopf. Den und jenen hielt der Bezirkshauptmann an und sagte: „Mein Sohn ist tot!" Und er wartete nicht die Beileidssprüche der Bestürzten ab, sondern ging weiter, zu Doktor Skowronnek. Doktor Skowronnek war in Uniform, ein Oberarzt, vormittags im Garnisonspital, nachmittags im Kaffeehaus. Er erhob sich, als der Bezirkshauptmann eintrat, sah den wackelnden Kopf des Alten, das Trauerband am Ärmel und wußte alles. Er nahm die Hand des Bezirkshauptmanns und blickte auf den unruhigen Kopf und auf den flatternden Zwicker. „Mein Sohn ist tot!" wiederholte Herr von Trotta. Skowronnek behielt die Hand seines Freundes lange, ein paar Minuten. Beide blieben stehen, Hand in Hand. Der Bezirkshauptmann setzte sich, Skowronnek legte das Schachbrett auf einen anderen Tisch. Als der Kellner kam, sagte der Bezirkshauptmann: „Mein Sohn ist tot, Herr Ober!" Und der Kellner verbeugte sich sehr tief und brachte einen Cognac.

„Noch einen!" bestellte der Bezirkshauptmann. Er nahm endlich den Zwicker ab. Er erinnerte sich, daß die Todesnachricht auf dem Teppich der Kanzlei liegengeblieben war, stand auf und kehrte in die Bezirkshauptmannschaft zurück. Hinter ihm folgte Doktor Skowronnek. Herr von Trotta schien es nicht zu merken. Aber er war auch gar nicht überrascht, als Skowronnek, ohne zu klopfen, die Kanzleitür aufmachte, eintrat und stehenblieb. „Hier ist der Brief!" sagte der Bezirkshauptmann.

In dieser Nacht und in vielen der folgenden Nächte schlief der alte Herr von Trotta nicht. Sein Kopf zitterte und wackelte auch in den Kissen. Manchmal träumte der Bezirkshauptmann von seinem Sohn. Der Leutnant Trotta stand vor seinem Vater, die Offiziersmütze mit Wasser gefüllt, und sagte: „Trink, Papa, du hast Durst!" Dieser Traum wiederholte sich oft und immer öfter. Und allmählich gelang es dem Bezirkshauptmann, seinen Sohn jede Nacht zu rufen, und in manchen Nächten kam Carl Joseph sogar einigemal. Herr von Trotta begann, sich also nach der Nacht und nach dem Bett zu sehnen, der Tag machte ihn ungeduldig. Und als der Frühling kam und die Tage länger wurden, verdunkelte der Bezirkshauptmann die Zimmer des Morgens und am Abend und verlängerte auf eine künstliche Weise seine Nächte. Sein Kopf hörte nicht mehr auf zu zittern. Und er selbst und alle anderen gewöhnten sich an das ständige Zittern des Kopfes.

Der Krieg schien Herrn von Trotta wenig zu kümmern. Eine Zeitung nahm er nur zur Hand, um seinen zitternden Schädel hinter ihr zu verbergen. Zwischen ihm und Doktor Skowronnek war von Siegen und Niederlagen niemals die Rede. Meist spielten sie Schach, ohne ein Wort zu wechseln. Manchmal aber sagte einer zum andern: „Erinnern Sie sich noch? Die Partie vor zwei Jahren? Damals haben Sie genausowenig aufgepaßt wie heute." Es war, als sprächen sie von Ereignissen, die vor Jahrzehnten stattgefunden hatten.

Lange Zeit war seit der Todesnachricht vergangen, die Jahreszeiten hatten einander abgewechselt, nach den alten, unbeirrbaren Gesetzen der Natur, aber den Menschen unter dem roten Schleier des Krieges dennoch kaum fühlbar – und dem Bezirkshauptmann von allen Menschen am allerwenigsten. Sein Kopf zitterte noch ständig wie eine große, aber leichte Frucht an einem allzu dünnen Stengel. Der Leutnant Trotta war schon längst vermodert oder von den Raben zerfressen, die damals über den tödlichen Bahndämmen kreisten, aber dem alten Herrn von Trotta war es immer noch, als hätte er gestern erst die Todesnachricht erhalten. Und der Brief Major Zoglauers, der ebenfalls schon gestorben war, lag in der Brusttasche des Bezirkshauptmanns, jeden Tag wurde er aufs neue gelesen und in seiner fürchterlichen Frische erhalten, wie ein Grabhügel erhalten wird von sorgenden Händen. Was gingen den alten Herrn von Trotta die hunderttausend neuen Toten an, die seinem Sohn inzwischen gefolgt waren? Was gingen ihn die hastigen und verworrenen Verordnungen seiner vorgesetzten Behörde an, die Woche für Woche erfolgten? Und was ging ihn der Untergang der Welt an, den er jetzt noch deutlicher kommen sah als einstmals der prophetische Chojnicki? Sein Sohn war tot. Sein Amt war beendet. Seine Welt war untergegangen.

❖

EPILOG

Es bleibt uns nur noch übrig, von den letzten Tagen des Herrn Bezirkshauptmanns Trotta zu berichten. Sie vergingen fast wie ein einziger. Die Zeit floß an ihm vorbei, ein breiter, gleichmäßiger Strom, mit eintönigem Rauschen. Die Nachrichten aus dem Kriege und die verschiedenen außerordentlichen Bestimmungen und Erlässe der Statthalterei kümmerten den Bezirkshauptmann wenig. Längst wäre er ja ohnehin in Pension gegangen. Er diente nur weiter, weil der Krieg es erforderte. Und also war es ihm zuweilen, als lebte er nur noch ein zweites, ein blasseres Leben, und sein erstes und echtes hätte er längst vorher beschlossen. Seine Tage – so schien es ihm – eilten nicht dem Grabe entgegen wie die Tage aller anderen Menschen. Versteinert, wie sein eigenes Grabmal, stand der Bezirkshauptmann am Ufer der Tage. Niemals hatte Herr von Trotta so sehr dem Kaiser Franz Joseph geglichen. Zuweilen wagte er sogar selbst, sich mit dem Kaiser zu vergleichen. Er dachte an seine Audienz in der Burg zu Schönbrunn, und nach der Art der einfachen alten Männer, die von einem gemeinsamen Unglück sprechen, sagte er in Gedanken zu Franz Joseph: Was?! Wenn uns jemand damals das gesagt hätte! Uns beiden Alten! …

Herr von Trotta schlief sehr wenig. Er aß, ohne zu merken, was man ihm vorsetzte. Er unterschrieb Aktenstücke, die er nicht genau gelesen hatte. Es kam vor, daß er am Nachmittag im Kaffeehaus erschien, und Doktor Skowronnek war noch nicht da. Dann griff Herr von Trotta zu einem ‚Fremdenblatt‘, das drei Tage alt war, und las also noch einmal, was er schon lange kannte. Sprach der Doktor Skowronnek aber von den letzten Neuigkeiten des Tages, so nickte der Bezirkshauptmann nur, ganz so, als hätte er die Neuigkeiten schon seit langem gewußt.

Eines Tages erhielt er einen Brief. Eine gewisse, ihm gänzlich unbekannte Frau von Taußig, derzeit freiwillig Krankenschwester in der Wiener Irrenanstalt Steinhof, teilte dem Herrn von Trotta mit, daß der Graf Chojnicki, vor ein paar Monaten wahnsinnig vom Schlachtfeld zurückgekehrt, sehr oft von dem Bezirkshauptmann spreche. In seinen verworrenen Reden wiederholte er die Behauptung immer, daß er dem Herrn von Trotta etwas Wichtiges zu sagen habe. Und wenn der Bezirkshauptmann zufällig die Absicht hätte, nach Wien zu kommen, so könnte sein Besuch bei dem Kranken vielleicht eine unerwartete Klärung des Gemüts hervorrufen, wie es schon hie und da in ähnlichen Fällen vorgekommen sei. Der Bezirkshauptmann erkundigte sich bei Doktor Skowronnek. „Alles ist möglich!“ sagte Skowronnek. „Wenn Sie es ertragen, leicht ertragen, mein’ ich …“ Herr von Trotta sagte: „Ich kann alles ertragen.“ Er entschloß sich, sofort abzureisen. Vielleicht wußte der Kranke etwas Wichtiges vom Leutnant. Vielleicht hatte er dem Vater etwas von der Hand des Sohnes zu übergeben. Herr von Trotta fuhr nach Wien.

Man führte ihn in die Militärabteilung der Irrenanstalt. Es war später Herbst, ein trüber Tag; die Anstalt lag im grauen Landregen, der seit Tagen über die Welt niederrann. Im blendendweißen Korridor saß Herr von Trotta, schaute durch das vergitterte Fenster auf das dichtere und zartere Gitter des Regens und dachte an den Abhang des Bahndamms, auf dem sein Sohn gestorben war. Jetzt wird er ganz naß, dachte der Bezirkshauptmann; als wäre der Leutnant erst heute oder gestern gefallen und die Leiche noch frisch. Die Zeit verging langsam. Man sah Menschen mit irren Gesichtern und grausamen Verrenkungen der Gliedmaßen vorbeigehen, aber für den Bezirkshauptmann bedeutete Wahnsinn nichts Schreckliches, obwohl er zum erstenmal in einem Irrenhaus war. Schrecklich war nur der Tod. Schade! dachte Herr von Trotta. Wenn Carl Joseph verrückt geworden wäre, statt zu fallen, ich hätte ihn schon vernünftig gemacht. Und wenn ich es nicht gekonnt hätte, so wäre ich doch jeden Tag zu ihm gekommen! Vielleicht hätte er den Arm so grauenhaft verrenkt wie dieser Leutnant hier, den man eben vorbeiführt. Aber es wäre doch sein Arm gewesen, und man kann auch einen verrenkten Arm streicheln. Man kann auch in verdrehte Augen sehen! Hauptsache, daß es die Augen meines Sohnes sind. Glücklich die Väter, deren Söhne verrückt sind!

Frau von Taußig kam endlich, eine Krankenschwester wie die anderen. Er sah nur ihre Tracht, was kümmerte ihn ihr Gesicht! Sie aber betrachtete ihn lange und sagte dann: „Ich habe Ihren Sohn gekannt!"

Jetzt erst richtete der Bezirkshauptmann seinen Blick auf ihr Angesicht. Es war das Angesicht einer gealterten Frau, die immer noch schön war. Ja, die Schwesternhaube verjüngte sie, wie alle Frauen, weil es in ihrer Natur liegt, von Güte und Mitleid verjüngt zu werden und auch von den äußerlichen Abzeichen des Mitleids. Sie kommt aus der großen Welt, dachte Herr von Trotta. „Wie lang ist es her", fragte er, „daß Sie meinen Sohn gekannt haben?" „Es war vor dem Krieg!" sagte Frau von Taußig. Dann nahm sie den Arm des Bezirkshauptmanns, führte ihn den Korridor entlang, wie sie gewohnt war, Kranke zu geleiten, und sagte leise: „Wir haben uns geliebt, Carl Joseph und ich!"

Der Bezirkshauptmann fragte: „Verzeihen Sie, war das Ihretwegen, diese dumme Affäre?"

„Auch meinetwegen!" sagte Frau von Taußig. „So, so", sagte Herr von Trotta, „auch Ihretwegen." Dann drückte er den Arm der Krankenschwester ein bißchen und fuhr fort: „Ich wollte, Carl Joseph könnte noch Affären haben, Ihretwegen!"

„Jetzt gehen wir zum Patienten!" sagte Frau von Taußig. Denn sie fühlte Tränen aufsteigen, und sie war der Meinung, daß sie nicht weinen dürfe.

Chojnicki saß in einer kahlen Stube, aus der man alle Gegenstände weggeräumt hatte, weil er manchmal wütend werden konnte. Er saß auf einem Sessel, dessen vier Füße im Boden festgeschraubt waren. Als der Bezirkshauptmann eintrat, erhob er sich, ging dem Gast entgegen und sagte zu Frau von Taußig: „Geh hinaus, Wally! Wir haben was Wichtiges zu besprechen!" Nun waren sie allein. Es gab ein Guckloch an der Tür. Chojnicki ging zur Tür, verdeckte mit dem Rücken das Guckloch und sagte: „Willkommen in meinem Hause!" Sein kahler Schädel erschien Herrn von Trotta aus rätselhaften Gründen noch kahler. Von den etwas vorgewölbten blauen, großen Augen des Kranken schien ein eisiger Wind auszugehen, ein Frost, der über das gelbe verfallene und zu gleicher Zeit aufgedunsene Angesicht dahinwehte und über die Wüste des Schädels. Von Zeit zu Zeit zuckte der rechte Mundwinkel Chojnickis. Es war, als ob er mit dem rechten Mundwinkel lächeln wollte. Seine Fähigkeit zu lächeln hatte sich justament im rechten Mundwinkel festgesetzt und den Rest des Mundes für immer verlassen. „Setzen Sie sich!" sagte Chojnicki. „Ich habe Sie kommen lassen, um Ihnen etwas Wichtiges mitzuteilen. Verraten Sie es niemandem! Außer Ihnen und mir weiß es heute kein Mensch: Der Alte stirbt!"

„Woher wissen Sie das?" fragte Herr von Trotta.

Chojnicki, immer noch an der Tür, hob den Finger gegen die Zimmerdecke, legte ihn dann an die Lippen und sagte: „Von oben!"

RADETZKYMARSCH

563

Dann wandte er sich um, öffnete die Tür, rief: „Schwester Wally!" und sagte zu Frau von Taußig, die sofort erschienen war: „Die Audienz ist beendet!"

Er verbeugte sich. Herr von Trotta ging hinaus.

Er ging durch die langen Korridore, begleitet von Frau von Taußig, die breiten Stufen hinunter. „Vielleicht hat es gewirkt!" sagte sie.

Herr von Trotta empfahl sich und fuhr zum Bahnrat Stransky. Er wußte selbst nicht genau warum. Er fuhr zu Stransky, der sich mit einer geborenen Koppelmann vermählt hatte. Die Stranskys waren zu Haus. Man erkannte den Bezirkshauptmann nicht sofort. Man begrüßte ihn dann, verlegen und wehmütig und kalt zugleich, wie ihm schien. Man gab ihm Kaffee und Cognac. „Carl Joseph!" sagte Frau Stransky geborene Koppelmann. „Wie er Leutnant war, ist er sofort zu uns gekommen. Er war ein lieber Junge!"

Der Bezirkshauptmann kämmte seinen Backenbart und schwieg. Dann kam der Sohn der Familie Stransky. Er hinkte, es war häßlich anzusehen. Er hinkte sehr stark. Carl Joseph hat nicht gehinkt! dachte der Bezirkshauptmann. „Der Alte soll im Sterben liegen!" sagte der Oberbahnrat Stransky plötzlich.

Da erhob sich der Bezirkshauptmann sofort und ging. Er wußte ja, daß der Alte starb. Chojnicki hatte es gesagt, und Chojnicki hatte immer schon alles gewußt. Der Bezirkshauptmann fuhr zu seinem Jugendfreund Smetana ins Obersthofmeisteramt. „Der Alte stirbt!" sagte Smetana.

„Ich möchte nach Schönbrunn!" sagte Herr von Trotta. Und er fuhr nach Schönbrunn.

Der unermüdliche, dünne Landregen hüllte das Schloß von Schönbrunn ein, genau wie die Irrenanstalt Steinhof. Herr von Trotta ging die Alleen hinan, die gleiche Allee, über die er vor langer, langer Zeit gegangen war, zu der geheimen Audienz, in Angelegenheit des Sohnes. Der Sohn war tot. Und auch der Kaiser starb. Und zum erstenmal, seitdem Herr von Trotta die Todesnachricht erhalten hatte, glaubte er zu wissen, daß sein Sohn nicht zufällig gestorben war. Der Kaiser kann die Trottas nicht überleben! dachte der Bezirkshauptmann. Er kann sie nicht überleben! Sie haben ihn gerettet, und er überlebt die Trottas nicht.

Er blieb draußen. Er blieb draußen, unter den Leuten des niederen Gesindes. Ein Gärtner aus dem Schönbrunner Park kam, in grüner Schürze, den Spaten in der Hand, fragte die Umstehenden: „Was macht er jetzt?" Und die Umstehenden, Förster, Kutscher, niedere Beamte, Portiers und Invaliden, wie der Vater des Helden von Solferino einer gewesen war, antworteten dem Gärtner: „Nichts Neues! Er stirbt!"

Der Gärtner entfernte sich, mit dem Spaten ging er dahin, die Beete umgraben, die ewige Erde.

Es regnete, leise, dicht und immer dichter. Herr von Trotta nahm den Hut ab. Die umstehenden niederen Hofbeamten hielten ihn für ihresgleichen oder für einen der Briefträger vom Postamt Schönbrunn. Und der und jener sagte zum Bezirkshauptmann: „Hast ihn gekannt, den Alten?"

„Ja", erwiderte Herr von Trotta. „Er hat einmal mit mir gesprochen."

„Jetzt stirbt er!" sagte ein Förster.

Um diese Zeit betrat der Geistliche mit dem Allerheiligsten das Schlafzimmer des Kaisers.

Franz Joseph hatte neununddreißig, drei, soeben hatte man ihn gemessen. „So, so", sagte er zum Kapuziner. „Das ist also der Tod!" Er richtete sich in den Kissen auf. Er hörte das unermüdliche Geräusch des Regens vor den Fenstern und dazwischen hie und da das Knirschen von vorübergehenden Füßen auf dem Kies. Es schien dem Kaiser abwechselnd, daß die Geräusche sehr fern waren und sehr nahe. Manchmal erkannte er, daß der Regen das sanfte Rieseln vor dem Fenster verursachte. Bald darauf aber vergaß er, daß es der Regen war. Und er fragte ein paarmal seinen Leibarzt: „Warum säuselt es so?" Denn er konnte nicht mehr das Wort „rieseln" hervorbringen, obwohl es ihm auf der Zunge lag. Nachdem er aber nach dem Grund des Säuselns gefragt hatte, glaubte er in der Tat, lediglich ein „Säuseln" zu hören. Es säuselte der Regen. Es säuselten auch die Schritte vorbeigehender Menschen. Das Wort und auch die Geräusche, die es für ihn bezeichnete, gefielen dem Kaiser immer besser. Im übrigen war es gleichgültig, was er fragte, denn man hörte ihn nicht mehr. Er bewegte nur die Lippen, aber ihm selbst schien es, daß er spreche, allen hörbar, wenn auch ein wenig leise, nicht anders jedoch, als in den letzten Tagen. Zuweilen wunderte er sich darüber, daß man ihm nicht antwortete. Bald darauf aber vergaß er sowohl seine Fragen als auch seine Verwunderung über die Stummheit der Befragten. Und wieder ergab er sich dem sanften „Säuseln" der Welt, die rings um ihn lebte, indes er starb – und er glich einem Kinde, das jeden Widerstand gegen den Schlaf aufgibt, bezwungen vom Schlaflied und in diesem eingebettet. Er schloß die Augen. Nach einer Weile aber öffnete er sie wieder und erblickte das einfache, silberne Kreuz und die blendenden Kerzen auf dem Tisch, die den Priester erwarteten. Und da wußte er, daß der Pater bald kommen würde. Und er bewegte seine Lippen und begann, wie man ihn gelehrt hatte, als Knaben: „In Reue und Demut beichte ich meine Sünden –" Aber auch das hörte man nicht mehr. Übrigens sah er gleich darauf, daß der Kapuziner schon da war. „Ich hab' lang warten müssen!" sagte er. Dann überlegte er seine Sünden. „Hoffart!" fiel ihm ein. „Hoffärtig war ich halt!" sagte er. Eine Sünde nach der andern ging er durch, wie sie im Katechismus standen. Ich bin zu lange Kaiser gewesen! dachte er. Aber es kam ihm vor, daß er es laut gesagt hatte. „Alle Menschen müssen sterben. Auch der Kaiser stirbt." Und es war ihm zugleich, als stürbe irgendwo, weit von hier, jener Teil von ihm, der kaiserlich gewesen war. „Der Krieg ist auch eine Sünde!" sagte er laut. Aber der Priester hörte ihn nicht. Franz Joseph wunderte sich aufs neue. Jeden Tag kamen die Verlustlisten, seit 1914 dauerte der Krieg. „Schluß machen!" sagte Franz Joseph. Man hörte ihn nicht. „Wär' ich nur bei Solferino gefallen!" sagte er. Man hörte ihn nicht. Vielleicht, dachte er, bin ich schon tot und rede als ein Toter. Deshalb verstehen sie mich nicht. Und er schlief ein.

Draußen unter dem niederen Gesinde wartete Herr von Trotta, der Sohn des Helden von Solferino, den Hut in der Hand, im ständig niederrieselnden Landregen. Die Bäume im Schönbrunner Park rauschten und raschelten, der Regen peitschte sie, sacht, geduldig, ausgiebig. Der Abend kam. Neugierige kamen. Der Park füllte sich. Der Regen hörte nicht auf. Die Wartenden lösten sich ab, sie gingen, sie kamen. Herr von Trotta blieb. Die Nacht brach ein, die Stufen waren leer, die Leute gingen schlafen. Herr von Trotta drückte sich gegen das Tor. Er hörte Wagen vorfahren, manchmal klinkte jemand über seinem Kopf ein Fenster auf. Stimmen riefen. Man öffnete das Tor, man schloß es wieder. Man sah ihn nicht. Der Regen rieselte, unermüdlich, sacht, die Bäume raschelten und rauschten.

Endlich begannen die Glocken zu dröhnen. Der Bezirkshauptmann entfernte sich. Er ging die flachen Stufen hinunter, die Allee entlang bis vor das eiserne Gitter. Es war offen in dieser Nacht. Er ging den ganzen langen Weg zur Stadt, barhäuptig, den Hut in der Hand, er begegnete niemandem. Er ging sehr langsam, wie hinter einem Leichenwagen. Als der Morgen graute, erreichte er das Hotel.

Er fuhr nach Hause. Es regnete auch in der Bezirksstadt W. Herr von Trotta ließ Fräulein Hirschwitz kommen und sagte: „Ich geh' zu Bett, Gnädigste! Ich bin müde!" Und er legte sich, zum erstenmal in seinem Leben, bei Tag ins Bett.

Er konnte nicht einschlafen. Er ließ den Doktor Skowronnek kommen. „Lieber Doktor Skowronnek", sagte er, „würden Sie mir den Kanarienvogel holen lassen?" Man brachte den Kanarienvogel aus dem Häuschen des alten Jacques. „Geben Sie ihm ein Stück Zucker!" sagte der Bezirkshauptmann. Und der Kanarienvogel bekam ein Stück Zucker.

„Dieses liebe Vieh!" sagte der Bezirkshauptmann.

Skowronnek wiederholte: „Ein liebes Vieh!"

„Es überlebt uns alle!" sagte Trotta. „Gott sei Dank!"

Dann sagte der Bezirkshauptmann: „Bestellen Sie den Geistlichen! Kommen Sie aber wieder!"

Doktor Skowronnek wartete den Geistlichen ab. Dann kam er wieder. Der alte Herr von Trotta lag still in den Kissen. Er hielt die Augen halbgeschlossen. Er sagte: „Ihre Hand, lieber Freund! Wollen Sie mir das Bild bringen?"

Doktor Skowronnek suchte das Herrenzimmer auf, stieg auf einen Stuhl und holte das Bildnis des Helden von Solferino vom Haken. Als er zurückkam, das Bild in beiden Händen, war Herr von Trotta nicht mehr imstande, es zu sehen. Der Regen trommelte sacht an die Scheibe.

Doktor Skowronnek wartete, das Porträt des Helden von Solferino auf den Knien. Nach einigen Minuten erhob er sich, nahm die Hand Herrn von Trottas, beugte sich gegen die Brust des Bezirkshauptmanns, atmete tief und schloß die Augen des Toten.

Es war der Tag, an dem man den Kaiser in die Kapuzinergruft versenkte. Drei Tage später ließ man die Leiche Herrn von Trottas ins Grab hinunter. Der Bürgermeister der Stadt W. hielt eine Rede. Auch seine Grabrede begann, wie alle Reden jener Zeit überhaupt, mit dem Krieg. Weiter sagte der Bürgermeister, daß der Bezirkshauptmann seinen einzigen Sohn dem Kaiser gegeben und trotzdem weiter gelebt und gedient hatte. Indessen rann der unermüdliche Regen über alle entblößten Häupter der um das Grab Versammelten, und es rauschte und raschelte ringsum von den nassen Sträuchern, Kränzen und Blumen. Doktor Skowronnek, in der ihm ungewohnten Uniform eines Landsturmoberarztes, bemühte sich, eine sehr militärische Habt-acht-Stellung einzunehmen, obwohl er sie keineswegs für einen maßgeblichen Ausdruck der Pietät hielt. – Zivilist, der er war. Der Tod ist schließlich kein Generalstabsarzt! dachte der Doktor Skowronnek. Dann trat er als einer der ersten an das Grab. Er verschmähte den Spaten, den ihm ein Totengräber hinhielt, sondern er bückte sich und brach eine Scholle aus der nassen Erde und zerkrümelte sie in der Linken und warf mit der Rechten die einzelnen Krumen auf den Sarg. Dann trat er zurück. Es fiel ihm ein, daß jetzt Nachmittag war, die Stunde des Schachspiels nahte heran. Nun hatte er keinen Partner mehr; er beschloß dennoch, ins Kaffeehaus zu gehn.

Als sie den Friedhof verließen, lud ihn der Bürgermeister in den Wagen. Doktor Skowronnek stieg ein. „Ich hätte noch gern erwähnt", sagte der Bürgermeister, „daß Herr von Trotta den Kaiser nicht überleben konnte. Glauben Sie nicht, Herr Doktor?" „Ich weiß nicht", erwiderte der Doktor Skowronnek, „ich glaube, sie konnten beide Österreich nicht überleben."

Vor dem Kaffeehaus ließ Doktor Skowronnek den Wagen halten. Er ging, wie jeden Tag, an den gewohnten Tisch. Das Schachbrett stand da, als ob der Bezirkshauptmann nicht gestorben wäre. Der Kellner kam, um es wegzuräumen, aber Skowronnek sagte: „Lassen Sie nur!" Und er spielte mit sich selbst eine Partie, schmunzelnd, von Zeit zu Zeit auf den leeren Sessel gegenüber blickend und in den Ohren das sanfte Geräusch des herbstlichen Regens, der noch immer unermüdlich gegen die Scheiben rann.

Tarabas
Ein Gast auf dieser Erde

ERSTER TEIL
DIE PRÜFUNG

IM AUGUST DES JAHRES NEUNZEHNHUNDERTVIERZEHN lebte in New York ein junger Mann namens Nikolaus Tarabas. Er war der Staatsangehörigkeit nach Russe. Er entstammte einer jener Nationen, die damals noch der große Zar beherrschte und die man heute als „westliche Randvölker" bezeichnet.

Tarabas war der Sohn einer begüterten Familie. Er hatte in Petersburg die Technische Hochschule besucht. Weniger aus echter Gesinnung als infolge der ziellosen Leidenschaft seines jungen Herzens schloß er sich im dritten Semester seiner Studien einer revolutionären Gruppe an, die sich einige Zeit später an einem Bombenattentat gegen den Gouverneur von Cherson beteiligte. Tarabas und seine Kameraden kamen vors Gericht. Einige von ihnen wurden verurteilt, andere freigesprochen. Zu diesen gehörte Tarabas. Sein Vater verwies ihn von Haus und Hof und versprach ihm Geld für den Fall, daß er sich entschlösse, nach Amerika auszuwandern. Der junge Tarabas verließ die Heimat, unbesonnen, wie er zwei Jahre vorher Revolutionär geworden war. Er folgte der Neugier, dem Ruf der Ferne, sorglos und kräftig und voller Zuversicht auf ein „neues Leben".

Allein, schon zwei Monate nach seiner Ankunft in der großen, steinernen Stadt erwachte das Heimweh in ihm. Obwohl die Welt noch vor ihm lag, schien es ihm manchmal, sie läge hinter ihm bereits. Zuweilen fühlte er sich wie ein alter Mann, der sich nach einem verlorenen Leben sehnt und dem keine Zeit mehr bleibt, ein neues anzufangen. Also ließ er sich denn gehen, wie man sagt, machte keinerlei Versuche, sich an die neue Umgebung anzupassen und nach einem Unterhalt zu suchen. Er sehnte sich nach dem zartblauen Dunst seiner väterlichen Felder, den gefrorenen Schollen im Winter, dem unaufhörlich schmetternden Gesang der Lerchen im Sommer, dem süßlichen Duft bratender Kartoffeln auf herbstlichen Äckern, dem quakenden Lied der Frösche in den Sümpfen und dem scharfen Gewisper der Grillen auf den Wiesen. Das Heimweh trug Nikolaus Tarabas im Herzen. Er haßte New York, die hohen Häuser, die breiten Straßen und überhaupt alles, was Stein war. Und New York war eine steinerne Stadt.

Ein paar Monate nach seiner Ankunft hatte er Katharina kennengelernt, ein Mädchen aus Nischnij Nowgorod. Sie war Kellnerin in einer Bar. Tarabas liebte sie wie seine verlorene Heimat. Er konnte mit ihr sprechen, er durfte sie lieben, schmecken und riechen. Sie erinnerte ihn an die väterlichen Felder, an den heimischen Himmel, an den süßen Duft bratender Kartoffeln auf den herbstlichen Äckern der Heimat. Zwar stammte Katharina nicht aus seiner Gegend. Aber er verstand ihre Sprache. Sie begriff seine Launen und fügte sich ihnen. Sie milderte und verstärkte zugleich sein Heimweh. Sie sang die Lieder, die er auch in seiner Heimat gelernt hatte, und sie kannte Menschen genau von der Art, wie auch er sie kannte.

Er war eifersüchtig, wild und zärtlich, bereit, zu prügeln und zu küssen. Stundenlang trieb er sich in der Nähe der Bar herum, in der Katharina bedienstet war. Er saß oft lange an einem der Tische, die zu ihrem Rayon gehörten, beobachtete sie, die Kellner und die Gäste und ging manchmal in die Küche, um auch noch den Koch zu beobachten. Allmählich begann man, sich in der Anwesenheit Nikolaus Tarabas' unbehaglich zu fühlen. Der Wirt drohte, Katharina zu entlassen. Tarabas drohte, den Wirt zu erschlagen. Katharina bat ihren Freund nicht mehr in die Bar zu kommen. Dahin aber trieb ihn immer wieder die Eifersucht. Eines Abends beging er eine Gewalttat, die den Lauf seines Lebens verändern sollte. Vorher aber geschah folgendes:

An einem schwülen Spätsommertag geriet er auf einen der fliegenden Jahrmärkte, die in New York nicht selten sind. Er ging, ohne bestimmtes Ziel, von einem Zelt zum andern. Gegen wertloses Porzellan schleuderte er sinnlos hölzerne Kugeln, mit Flinte, Pistole und altertümlichem Bogen schoß er auf törichte Figuren und versetzte sie in törichte Bewegungen, auf zahlreichen Karussells ließ er sich rundum treiben, rittlings auf Pferden, Eseln und Kamelen, auf einem Kahn fuhr er durch Grotten voll mechanischer Gespenster und düster gurgelnder Gewässer, auf einer Berg- und Talbahn genoß er die Ängste jäher Auf- und Abwärtsbewegung, und in den Schreckenskammern betrachtete er grausame Anomalien der Natur, Geschlechtskrankheiten und berühmte Mörder. Er blieb schließlich vor der Bude einer Zigeunerin stehn, die das Schicksal der Menschen aus den Händen zu weissagen versprach. Er war abergläubisch. Er hatte bis jetzt viele Gelegenheiten wahrgenommen, einen Blick in die Zukunft zu tun, Kartenleger und Sterndeuter befragt und sich selbst mit allerhand Broschüren über Astrologie, Hypnose, Suggestion beschäftigt. Schimmel und Schornsteinfeger, Nonnen, Mönche und Geistliche, denen er begegnete, bestimmten seine Wege, die Richtung seiner Spaziergänge und seine geringfügigsten Entschlüsse. Alten Frauen wich er am Morgen sorgfältig aus, ebenso rothaarigen Menschen. Und Juden, die er zufällig am Sonntag traf, hielt er für sichere Unheilsbringer. Mit diesen Dingen füllte er einen großen Teil seiner Tage aus.

Auch vor dem Zelt der Zigeunerin blieb er stehn. Auf dem umgestülpten Faß, vor dem sie auf einem Schemel hockte, lagen allerhand Gegenstände, deren sie zu ihrer Zauberei bedurfte: eine gläserne Kugel, gefüllt mit einer grünen Flüssigkeit, eine gelbe Wachskerze, Spielkarten und ein Häufchen Silbermünzen, ein Stäbchen aus rostbraunem Holz und Sterne verschiedener Größe aus blinkendem Goldlack. Viele Menschen drängten sich vor der Bude der Wahrsagerin, aber keiner getraute sich, vor sie hinzutreten. Sie war jung, schön und gleichgültig. Sie schien nicht einmal die Menschen zu sehen. Sie hielt die braunen, beringten Hände gefaltet im Schoß und ihre Augen auf die Hände gesenkt. Unter ihrer grellroten, seidenen Bluse sah man den lebendigen Atem ihrer vollen Brust. Es zitterten sachte die großen goldenen Taler ihrer schweren, dreimal um den Hals gelegten Kette. An den Ohren trug sie die gleichen Taler. Und es war, als ginge ein Klirren von all dem Metall aus, obwohl man in Wirklichkeit keinen Klang vernahm. Es war, als sei die Zigeunerin gar nicht darauf bedacht, bezahlte Mittlerin zwischen unheimlichen Gewalten und irdischen Wesen zu sein, sondern vielmehr eine der Mächte, die das Geschick der Menschen nicht deuten, sondern selbst bestimmen.

Tarabas zwängte sich durch die Menge, trat vor das Faß und streckte ohne ein Wort die Hand aus. Langsam hob die Zigeunerin die Augen. Sie sah Tarabas ins Gesicht, bis er, unsicher geworden, eine Bewegung machte, als wollte er die Hand zurückziehn. Nun erst griff die Zigeunerin nach ihr. Tarabas fühlte die Wärme der braunen Finger und die Kühle der silbernen Ringe auf seiner flachen Hand. Allmählich, sehr sanft, zog ihn die Frau zu sich herüber, über das Faß, so daß sein Ellenbogen die gläserne Kugel streifte, sein Gesicht ganz nahe vor dem ihren stand. Die Leute hinter ihm drängten näher, im Rücken fühlte er ihre Neugier. Es war, als stieße ihn diese ihre Neugier zur Wahrsagerin hinüber – und er wäre gerne über das Faß gestiegen, um endlich getrennt von den Menschen zu sein und allein mit der Zigeunerin. Er hatte Angst, sie könnte laut über ihn sprechen, was die anderen vernehmen würden – und schon wollte er sein Vorhaben aufgeben. „Haben Sie keine Angst", sagte sie in der Sprache seiner Heimat, „keiner wird mich verstehen. Aber geben Sie mir zuerst zwei Dollar, und so, daß es die andern sehn! Viele werden dann weggehn."

Er erschrak, weil sie seine Muttersprache erraten hatte. Sie nahm mit der Linken das Geld, hielt es eine Weile hoch, damit die Menschen es sähen, und legte es dann auf das Faß. Hierauf sagte sie in Tarabas' Muttersprache: „Sie sind sehr unglücklich, Herr! Ich lese in Ihrer Hand, daß Sie ein Mörder sind und ein Heiliger! Ein unglückseligeres Schicksal gibt es nicht auf dieser Welt. Sie werden sündigen und büßen – alles noch auf Erden."

Dann ließ die Zigeunerin Tarabas' Hand frei. Sie senkte die Augen, verschränkte die Hände im Schoß und blieb unbeweglich. Tarabas wandte sich, um zu gehen. Die Leute machten ihm Platz, voller Hochschätzung vor einem Mann, der einer Zigeunerin zwei Dollar gegeben hatte. Die einzelnen Worte der Wahrsagerin steckten in seinem Gedächtnis, ohne Zusammenhang, er konnte sie wiederholen, so, wie sie ihm gesagt worden waren. Gleichgültig ging er zwischen Schieß- und Zauberbuden einher, kehrte um, beschloß, das Fest zu verlassen, dachte an Katharina, die er bald, wie gewohnt, abholen sollte, glaubte zu fühlen, daß sie ihm fremd geworden war, und wehrte sich gegen dieses Gefühl. Es war Ende August … Der Himmel war bleiern und grau, ein schmaler

Himmel aus Stein in schmalen Straßen, zwischen hohen, steinernen Häusern. Gewitter versprach man sich seit Tagen. Es kam nicht. Andere Gesetze herrschten in diesem Land, die Natur ließ sich von den praktischen Menschen dieses Landes bestimmen. Sie brauchten augenblicklich kein Gewitter. Tarabas sehnte sich nach einem Blitz, einem zackigen Blitz aus schweren Wolken, aus einem trächtigen, tief über weiten, goldenen Feldern hängenden Himmel. Es kam kein Gewitter. Tarabas verließ den Rummelplatz. Er ging zur Bar, zu Katharina. Er war also ein Mörder und ein Heiliger. Zu großen Dingen war er ausersehen.

Je näher er der Bar Katharinas kam, desto klarer wurde ihm auch, so glaubte er, der Sinn der Weissagung. Die Worte der Zigeunerin begannen sich zu einer sinnvollen Kette aneinanderzureihen. Ich werde also – dachte Tarabas – zuerst ein Mörder werden und dann ein Heiliger. (Es war nicht möglich, dem Schicksal, das gewiß ohne Rücksicht auf Tarabas seine Fäden spann, gewissermaßen auf halbem Wege entgegenzukommen und also das Leben vom nächsten Augenblick an freiwillig zu verändern.)

Als Tarabas die Bar betrat, auf den ersten Blick unter den bedienenden Mädchen Katharina nicht traf und auf die Frage, wo sie sei, die Antwort erhielt, sie habe heute um einen freien Tag angesucht, auch die Erlaubnis hierzu erhalten und solle gegen neun Uhr abends zurückkommen, war er betroffen; und er sah bereits in diesem Vorfall den Anfang des Schicksals, das man ihm prophezeit hatte. Er setzte sich an einen Tisch und bestellte einen Gin bei der Kellnerin, der er als ein Freund Katharinas wohlbekannt war; und er verbarg seine Unrast hinter einer der üblichen witzigen Wendungen, die alte Stammgäste Kellnern gegenüber anzuwenden beliebten. Da ihm aber die Zeit zu lang wurde, bestellte er nach dem ersten auch noch ein zweites und ein drittes Glas. Und da er von Natur ein schwacher Trinker war, verlor er bald den sichern Sinn für die Dinge dieser Welt und für die Umstände, in denen er sich befand, und begann, in überflüssiger Weise Lärm zu schlagen.

Hierauf trat der Wirt, ein kräftiger und wohlgefütterter Bursche, der Tarabas seit langem nicht mehr wohlgesinnt war, auf ihn zu und forderte ihn auf die Bar zu verlassen. Tarabas fluchte, zahlte, verließ die Bar, blieb aber, zum Kummer des Wirtes, vor der Tür stehn, um Katharina zu erwarten. Ein paar Minuten später kam sie, das Angesicht gerötet, die Haare zerzaust, offenbar in höchster Eile, Angst in den Augen, und, wie es Tarabas schien, schöner als je zuvor. „Wo warst du?" fragte er. „Bei der Post", sagte Katharina. „Es ist ein Brief gekommen, rekommandiert, ich mußte ihn holen, ich war nicht zu Hause als der Briefträger kam. Der Vater ist krank. Er wird vielleicht sterben. Ich muß nach Hause! So schnell wie möglich! Kannst du mir helfen! Hast du Geld?"

Eifersüchtig und mißtrauisch versuchte Tarabas, im Auge, in der Stimme und im Angesicht seiner Geliebten eine Lüge und einen Betrug zu erkennen. Er sah sie mit forschender, vorwurfsvoller Wehmut lange an, und da sie, nunmehr völlig verwirrt, den Kopf senkte, sagte er – und schon kochte in ihm der Zorn –: „Du lügst also! Wo warst du wirklich?" Im gleichen Augenblick fiel ihm ein, daß heute Mittwoch war, ein Tag, an dem der Koch frei war – und sein Verdacht ergriff nun etwas Wirkliches, eine lebendige Gestalt. Schreckliche Bilder rollten blitzschnell durch Tarabas' Gehirn. Schon ballte er die Faust und stieß sie Katharina in die Rippen. Sie taumelte, verlor den Hut und ließ das Handtäschchen fallen. Dieses hob Tarabas hastig auf, durchwühlte es, fortwährend die Frage wiederholend, wo denn der Brief vom Vater sei. Der Brief fand sich nicht. „Ich muß ihn verloren haben! Ich war so aufgeregt!" lallte Katharina, und in ihren Augen standen große Tränen. „So, verloren!" brüllte Tarabas.

Schon wurden einige Passanten aufmerksam und blieben stehen. Jetzt trat der Wirt aus der Bar. Er legte den Arm zum Schutz um Katharina und schob sie hinter sich; den rechten streckte er gegen Tarabas und rief: „Machen Sie vor meinem Geschäft keinen Skandal! Scheren Sie sich weg! Ich verbiete Ihnen hier den Aufenthalt!" Tarabas erhob die Faust und ließ sie mitten in das Angesicht des Wirtes sausen. Ein winziger Blutstropfen zeigte sich an der breiten Nasenwurzel des Wirtes, floß die Wange hinunter, wurde ein schmaler, roter Streifen. Ein schöner Schlag, dachte Tarabas, sein Herz freute sich und füllte sich mit noch heißerem Grimm. Das Blut, das er vergossen hatte, entzündete seine Lust, noch mehr Blut zu sehn. Es war, als ob der Wirt erst in dem Augenblick, in dem sein Blut zu fließen begonnen hatte, sein wirklicher, großer Feind geworden wäre, der einzige Feind, den es im gewaltigen, steinernen New York gab. Als nun der Feind in die Tasche griff, nach einem Tuch suchend, das Blut zu trocknen, vermeinte Tarabas, der Wirt suche nach einer Waffe. Deshalb stürzte sich Tarabas auf ihn, biß sich mit gekrallten Händen an seinem Halse fest, würgte, bis der Wirt niederfiel, mit dem Kopf gegen die gläserne Tür der Bar. Ein ungeheuerlicher Lärm erfüllte Tarabas' Kopf. Das Splittern und Krachen des Glases, der dumpfe Aufschlag des feindlichen Körpers, der gemeinsame Schrei gaffender, belustigter und zugleich erschrockener Passanten, der Kellnerinnen und Gäste vereinigte sich zu einem Ozean aus schrecklichen Geräuschen. Mit dem Wirt zusammen, die Hände an dessen mächtigem Hals, war auch Tarabas hingefallen. Er fühlte des Wirtes gespannten muskulösen Bauch durch Rock und Weste. Der geöffnete Mund des Feindes zeigte den roten Rachen, den blaßgrauen Gaumen, darinnen sich die Zunge bewegte wie ein seltsames Tier, das blendende Weiß der kräftigen Zähne. Tarabas sah den perlenden Schaum an den Mundwinkeln, die bläulich angelaufenen Lippen, das aufwärtsgereckte Kinn. Eine unbekannte Faust faßte Tarabas plötzlich am Nacken, kniff ihn, würgte ihn, hob ihn hoch. Dem Schmerz und der Gewalt konnte er nicht widerstehen. Seine Faust wurde locker. Er sah sich nicht mehr um. Er sah überhaupt nichts mehr. Furcht erfüllte ihn plötzlich. Mit kräftigen Stößen zerteilte er die Menge, Lärm noch im Ohr, unbestimmten, riesigen Schrecken in der Brust. Mit großen Sprüngen setzte er über die Straße, Verfolger und Rufe und den schrillen Pfiff eines Polizisten hinter sich. Er lief. Er fühlte sich laufen. Er lief, als hätte er zehn Beine, eine großartige Kraft in Schenkeln und Füßen, die Freiheit vor Augen, den Tod im Rücken. In eine Seitenstraße lief er und warf einen Blick zurück. Kein Mensch mehr hinter ihm. Er rettete sich in ein dunkles Tor, kauerte hinter der Stiege, sah und hörte die

Schar seiner Verfolger am Haus vorüberrennen. Leute kamen die Treppe herunter. Er hielt seinen Atem an. Eine Ewigkeit, so dünkte es ihn, hockte er still. – Es war wie in einem Grab. In einem Sarg hockte er. Ein Säugling jammerte irgendwo. Kinder schrien im Hof. Diese Stimmen beruhigten Tarabas. Er rückte das Hemd, den Anzug, die Krawatte zurecht. Er stand auf und ging sachte ans Haustor. Die Straße hatte ein gewöhnliches Aussehen. Tarabas verließ das Haus. Schon war der Abend da. Schon brannten die Laternen, und die Fenster der Läden waren schon hell erleuchtet.

2

Tarabas bemerkte bald zu seinem Schrecken, daß er im Begriffe war, sich wieder der Bar zu nähern. Nun kehrte er um, bog um die Ecke, verlor sich in einer Seitenstraße, war überzeugt, daß er die linke Richtung einhalten müsse, und erkannte ein paar Sekunden hierauf, daß er im Rechteck herumgegangen war und sich nun zum zweitenmal in der Nähe der Bar befand. Unterdessen hielt er, wie es seine Art war, Ausschau nach einem der Zeichen, die Glück oder Unheil bringen konnten, einem Schimmel, einer Nonne, einem rothaarigen Menschen, einem rothaarigen Juden, einer Greisin, einem Buckligen. Da sich kein einziges Zeichen begab, beschloß er, anderen Dingen schicksalhafte Bedeutung zuzutrauen. Er begann, Laternen und Pflastersteine zu zählen, die kleinen, viereckigen Netzlöcher der Kanalgitter, die geschlossenen und die offenen Fenster dieser und jener Häuser und die Zahl seiner eigenen Schritte von einem bestimmten Punkt der Straße aus bis zum nächsten Übergang. Also beschäftigt mit der Prüfung verschiedenartigster Orakel, gelangte er vor eines jener langen, schmalen und wohltätig dunklen Kinotheater, die damals noch „Bioskope“ oder „Kinematographen“ hießen und manchmal die ganze Nacht bis zum Morgengrauen ihr vielfältiges Programm abrollen ließen, ohne Unterbrechung. Weil es Tarabas nun vorkam, daß dieses Theater vor ihm plötzlich auftauchte (und nicht, daß er davorgelangt war), nahm er es als ein Zeichen, kaufte eine Karte und betrat den finstern Raum, geleitet von der gelblichen Lampe des Billetteurs.

Er setzte sich – und zwar nicht, wie er es sonst gewohnt war, auf einen Eckplatz, sondern in die Mitte, zwischen die anderen, nahe der Leinwand, obwohl er hier die Bilder weniger genau sehen konnte. Er war aber entschlossen, seine ganze Aufmerksamkeit den Vorgängen auf der Leinwand zu schenken. Dies wollte ihm eine Zeitlang nicht gelingen, sei es, weil er gerade in die Mitte der Handlung geraten war, sei es, weil er zu nahe der Leinwand Platz genommen hatte. Er mußte den Kopf recken, weil die Reihe, in der er saß, viel zu tief gelegen war, und bald schmerzte ihn der Nacken. Allmählich nahm ihn die Handlung gefangen, deren Anfang er zu erraten versuchte, als hätte er eines der Rätsel zu lösen, die in den illustrierten Zeitschriften standen und mit denen er sich oft die Stunden zu vertreiben pflegte, in welchen er auf Katharina warten mußte. Nunmehr

574   TARABAS

erkannte er, daß es auf der Leinwand um das Schicksal eines sonderbaren Mannes ging, der unschuldig, und sogar aus edlen Gründen, nämlich um eine schutzlose Frau zu verteidigen, ein Verbrecher geworden war, ein Mörder, Dieb und Einbrecher – und der, unverstanden von der schutzlosen Dame, derentwegen er so viel Grausiges verübt hatte, ins Gefängnis kam in eine fürchterliche Zelle, zum Tode verurteilt wurde und zum Schafott schließlich geführt. Als man ihn, wie es üblich ist, nach seinem letzten Wunsch fragte, bat er um die Erlaubnis, mit seinem Blut den Namen der Geliebten an die Zellenwand malen zu dürfen, und um das Versprechen der Behörde, daß sie niemals diesen Namen auslöschen lassen würde. Er schnitt sich mit dem Messer, das ihm der Henkersknecht geliehen hatte, in die linke Hand, tauchte den rechten Zeigefinger in das Blut und schrieb an die steinerne Wand der Zelle den süßesten aller Namen: „Evelyn". Die ganze Geschichte spielte, wie an den Kostümen zu erkennen war, nicht in Amerika, auch nicht in England, sondern in einem der sagenhaften Balkanländer Europas. Unbewegt starb der Held auf dem Schafott. Die Leinwand wurde still und leer. Das angenehme Surren des Apparates verstummte, ebenso das Klavier, das die Dramen begleitete. Ein paar Augenblicke war Tarabas der Überlegung überlassen, ob das Stück, das er gesehen hatte, einen so deutlichen Hinweis auf sein eigenes Erlebnis bedeuten mochte, daß er es als eines der besonderen Zeichen nehmen dürfe, die ihm, seiner Meinung nach, der Himmel zu schicken pflegte. Gewiß war jedenfalls ein Zusammenhang zwischen ihm und dem Helden vorhanden, zwischen Katharina und Evelyn. Ehe Tarabas noch dazu gelangen konnte, diesen Zusammenhang genauer festzustellen, belichtete sich wieder die Leinwand, und ein neuer Film begann.

Der behandelte eine biblische Geschichte, nämlich die Art, wie Dalila Simson die Haare abschnitt, um ihn schwach zu machen und gefügig den Philistern. War Tarabas bereits unter dem Einfluß des vorigen Stückes geneigt gewesen, sich der irdischen Gerechtigkeit zu überliefern und das heldenmütige Geschick zu erleiden, das ihn dem Mann auf dem Schafott anzunähern geschienen hatte, so wurde er jetzt durch die Gestalt Simsons, der noch als Geblendeter Rache an den Philistern und an Dalila nahm, verführt, sich eher den viel heroischeren Tod Simsons zu wünschen. Und eine Beziehung herstellend zwischen Dalila und Katharina, begann er, die beiden zu verwechseln. Er überlegte, auf welche Weise es möglich wäre, unter den gänzlich von den biblischen verschiedenen amerikanischen Umständen an der Welt der Philister Rache zu nehmen, nach der Art des judäischen Helden. Mußte es doch auch in New York Wunder geben wie im alten Lande Israel. Und mit Hilfe Gottes, der wahrscheinlich ein Gönner Tarabas' war, konnte man die mächtigen Säulen der Gefängnisse und Gerichte stürzen. Kraft fühlte Tarabas in seinen Muskeln. Ein starker Glaube lebte in seinem Herzen. Er war Katholik. Lange schon hatte er nicht mehr die Kirche besucht. Als junger Mann und Student, der Revolution ergeben, hatte er dem gefürchteten Gott seiner Kindheit den Gehorsam und den Glauben gekündigt und war kurz hierauf dem Aberglauben an Schornsteinfeger, Schimmel und rothaarige Juden anheimgefallen. Aber immer noch hegte und liebte er die Vorstellung von einem Gott, der die Gläubigen nicht verließ und der die Sünder liebte. Gewiß: Gott liebte ihn, Nikolaus Tarabas. Er war entschlossen, nach dem Ende des Programms sich der irdischen Gerechtigkeit zu stellen, in frommer Zuversicht auf die himmlische Gnade.

Allein, Müdigkeit überfiel ihn – und außerdem begann das Programm von neuem. Tarabas blieb sitzen, während vor, hinter ihm und neben ihm die alten Zuschauer gingen und neue Zuschauer kamen. Fünfmal sah er das Programm des Kinematographen ablaufen. Endlich kam der Morgen, und man schloß das Haus.

3

Es hatte in der Nacht geregnet. Der Morgen war frisch, die Pflastersteine waren noch naß. Sie trockneten aber schnell im herben, beständigen Morgenwind. Schon ratterte der Spritzwagen durch die Straßen und netzte das Pflaster aufs neue.

Tarabas beschloß, sich dem ersten Polizisten auszuliefern, der ihm begegnen würde. Da aber vorläufig keiner kam, überlegte Tarabas, daß es günstiger wäre, erst den dritten anzusprechen – und zwar der Zahl Drei wegen, die ihm immer Glück gebracht hatte. Ob der Wirt tot war oder am Leben, hing höchstwahrscheinlich davon ab.

Der erste Polizist überholte Tarabas. Es war eigentlich keine Begegnung. Jene, die ihm Angesicht in Angesicht entgegenkamen, waren für Tarabas Begegnungen. Nun kam einer, schlenkernd mit dem Gummiknüppel, morgenmüd und gähnend: der erste also. Um die Begegnung mit dem zweiten so lange wie möglich hinauszuschieben, bog Tarabas in die nächste Seitengasse. Aber hier stieß er auf einen andern, der munter und jugendlich aussah, als hätte er soeben erst den Dienst angetreten. Tarabas lächelte ihm zu und kehrte sofort um. Nicht vor dem Gesetz, das ihn bereits verfolgen mochte, fürchtete er sich, sondern davor, daß die Prophezeiung schneller erfüllt werden könnte, als er gedacht hatte. Nun bleibt mir noch der letzte, dachte Tarabas, und dann ist alles in Gottes Hand!

Auf der Hauptstraße aber, in die er zurückgekehrt war, zeigte sich wohl eine halbe Stunde lang kein Polizist mehr. Schon begann Tarabas, sich geradezu nach einem dritten zu sehnen. In dem Augenblick aber, in dem einer auftauchte, am äußersten Ende der breiten Straße und in deren Mitte – und der schwarze Helm ragte gegen das tiefe Grün des Parks, der die Straße abschloß –, in diesem Augenblick erscholl die helle Stimme eines der ersten Zeitungsjungen von New York.

„Krieg zwischen Österreich und Rußland!" schmetterte die Stimme des Jungen. – „Krieg zwischen Österreich und Rußland!" – „Krieg zwischen Österreich und Rußland!" Eines der frischesten Blätter – feucht war es noch vom Tau des Morgens und von der Druckerschwärze der Nacht – kaufte Tarabas. „Krieg zwischen Österreich und Rußland" las er.

Der Polizist kam heran und blickte in die morgenfrische Zeitung, Tarabas über die Schulter.

„Es ist Krieg", sagte Tarabas zum Polizisten, „und ich werde in diesen Krieg gehn!"

„Dann kommen Sie auch lebendig zurück!" sagte der Polizist, hob die Hand an den Helm und entfernte sich.

Tarabas lief ihm nach und fragte, wie man am raschesten zur russischen Botschaft komme. Hierauf, nachdem ihm Auskunft zuteil geworden, rannte er, mit langen Schritten, der Botschaft entgegen, dem Krieg entgegen. Und Katharina, der Wirt und seine Missetat waren ausgelöscht und vergessen.

4

Angesichts des gewaltigen Hafens von New York, der großen, bräutlich-weißen Schiffe, vor dem ewigen Anschlag eintöniger, dunkelgrüner Wellen an Planke und Stein, dem Gewoge der Träger, der Matrosen, der Beamten, der Zuschauer, der Händler, verlor Nikolaus Tarabas vollends die Erinnerung an den vorhergegangenen Tag. Die Herzen kühner, törichter und leicht berauschter Menschen sind unergründlich; nächtliche Brunnen sind es, in denen die Gedanken, die Gefühle, die Erinnerungen, die Ängste, die Hoffnungen, ja die Reue selbst versinken können und zeitweise auch die Furcht vor Gott. Tief und dunkel, ein wahrer Brunnen, war Nikolaus Tarabas' Herz. In seinen großen, hellen Augen aber leuchtete die Unschuld.

Immerhin: Als er das Schiff bestieg, kaufte er alle Zeitungen, die in der letzten Stunde erreichbar waren, um nachzulesen, ob sich nicht doch irgendeine Nachricht von dem Mord eines gewissen Tarabas an einem gewissen Wirt einer bestimmten Bar fände. Es war, als suchte Tarabas nach dem Bericht eines Vorgangs, dessen Zeuge lediglich er gewesen wäre. Wichtiger schien ihm das Schiff, die Kabine, die er bewohnen sollte, schienen ihm die merkwürdigen Passagiere, die es führen mochte, der Krieg und die Heimat, denen er entgegenfuhr. Den heimatlichen Feldern fuhr er entgegen, dem Geschmetter der Lerchen, dem Gewisper der Grillen, dem süßlichen Duft bratender Kartoffeln auf den Äckern, dem silbernen Staketenzaun, ringsum geschlungen um das väterliche Gehöft wie ein geflochtener Ring aus Birkenholz, dem Vater, der Nikolaus früher grausam erschienen war und nach dem er sich jetzt wieder sehnte. In zwei mächtigen, schwarzgrauen Hälften lag der Schnurrbart des Vaters über dem Mund, eine gewaltige Kette aus struppigem Haar, oft im Laufe des Tages gebürstet und gekämmt, natürliches Abzeichen häuslicher Allgewalt. Sanft und blond war Tarabas' Mutter. Liebling des Vaters waren die zwölfjährige Luisa gewesen und die Cousine, Tochter des frühverstorbenen, sehr reichen Onkels, Maria. Ein fünfzehnjähriges Mädchen, oft im Streit mit Nikolaus Tarabas, zanksüchtig und hübsch. Alles lag weit, unsichtbar noch, aber schon fühlbar, hinter den dunkelgrünen Wogenkämmen des Ozeans und weiter, dort, wo er sich dem Himmel entgegenwölbte, um sich mit ihm zu vereinigen.

In den Zeitungen stand nichts von einem Mord an einem Barwirt. Tarabas warf sie, alle auf einmal, ins Meer. Wahrscheinlich war der Wirt nicht gestorben. Eine kleine Schlägerei war es gewesen, nichts mehr. In New York und in aller Welt kamen täglich Tausende dergleichen vor. Als Tarabas sah, wie Wind und Wasser die Zeitungen davontrugen, dachte er, nun sei Amerika endgültig erledigt. Eine Weile später fiel ihm Katharina ein. Er war gut zu ihr gewesen, sie hatte ihm die Heimat ersetzt – und ihn nur ein einziges Mal belogen. Glücklich war Tarabas in diesem Augenblick. (Glück allein konnte seine Großmut wecken.) Möge sie sehen, dachte er, was ich für ein Mann bin und was sie an mir verloren hat. Trauern wird sie um mich, vielleicht wird sie auch, wenn es wahr ist, was sie mir erzählt hat, ihren kranken Vater besuchen. Trauern soll sie jedenfalls um mich! Und er ging hin und schrieb ein paar Zeilen an Katharina. Der Krieg riefe ihn. Ausharren möchte Katharina. Treue erwarte er von ihr. Geld schickte er ihr eben. Und er schickte ihr in der Tat fünfzig Rubel, die Hälfte des Reisegeldes, das er von der Botschaft bekommen hatte.

Erleichtert (und auch ein wenig stolz) betrieb er dann weiter den Müßiggang eines Schiffspassagiers, spielte Karten mit Fremden, führte Gespräche ohne Sinn; sah die hübschen Frauen oft mit begierigen Augen an, und kam es mit einer von ihnen zu einer Unterhaltung, vergaß er nicht zu erwähnen, daß er als russischer Leutnant der Reserve in den Krieg ziehe. Hie und da glaubte er auch in den Augen der Frauen Bewunderung – und Verheißungen – zu lesen. Aber dabei ließ er es bewenden. Die Seereise behagte ihm. Sein Appetit war mächtig, sein Schlaf ausgezeichnet. Cognac und Whisky trank er viel. Auf dem Meere vertrug man sie weitaus besser als zu Lande.

Gebräunt, gekräftigt, neugierig auf die Heimat und begierig auf den Krieg, verließ Tarabas eines Morgens im Hafen von Riga das Schiff.

5

Er mußte nach Cherson einrücken, zum Kader seines Regiments. Mit ihm verließen zwei junge Männer das Schiff, Soldaten, Offiziere. Er hatte sie während der Seefahrt nicht gesehn. Nun fragte er sie, ob sie auch einrückten. Jawohl, sagten sie, in die Petersburger Garnison, sie seien aber aus Kiew. Wäre man einmal beim Regiment, wer weiß, ob man da noch Urlaub bekäme, die Heimat zu sehn. Also führen sie zuerst nach Hause, und dann erst zum Regiment. Sie rieten ihm, das gleiche zu tun.

Dies leuchtete Tarabas ein. Der Krieg hatte eine brüderliche Ähnlichkeit mit dem Tode bekommen. Wer weiß, ob man da noch Urlaub erhielt – sagten die beiden. In Tarabas' Zimmer, im Schrank, hing die Uniform, die er liebte, ähnlich liebte wie Vater, Mutter, Schwester und Haus. Dank seinen Beziehungen und seinem Geld war es dem alten

578   TARABAS

Tarabas gelungen, die Gnade des Zaren anzurufen und dem Sohn die Charge eines Leutnants zu erhalten – ein paar Monate schon, nachdem der unselige Prozeß vergessen worden war. Dies erschien Nikolaus Tarabas nur selbstverständlich. Seiner Meinung nach war er es, der dem Zaren die Gnade erwies, im Dreiundneunzigsten Infanterieregiment als Leutnant zu dienen. Es wäre ein schwerer Schaden der russischen Armee widerfahren, wenn man Tarabas degradiert hätte.

Tarabas stieg also in den Zug, der in seine Heimat fuhr. Er kündigte seine Ankunft nicht an. Überraschungen zu erleben, Überraschungen zu bereiten war seine Lust. Wie ein Befreier wollte er heimkommen! Wie mochten sie sich fürchten, so nahe der Grenze! Sicherheit und Sieg wollte er ihnen bringen!

Frohgemut ließ sich Tarabas im überfüllten Zug nieder, gab dem Schaffner ein überraschendes Trinkgeld, erklärte, er sei ein „besonderer Kurier" in besonderen Angelegenheiten des Kriegs, schob den Riegel vor und betrachtete mit Wollust die Passagiere, die, trotz ihrem unbestreitbaren Recht, in seinem Kupee Platz zu nehmen, dennoch im Korridor stehen mußten. Eine außergewöhnliche Zeit, die Leute hatten die Pflicht, sich mit ihr abzufinden und einem außergewöhnlichen „Kurier des Zaren" die Bequemlichkeit zu lassen, die für seine besondere Aufgabe unentbehrlich war. Von Zeit zu Zeit ging Tarabas in den Korridor, musterte hochmütig die Armen, die da stehen mußten, zwang die Müden, die auf ihren umgestülpten Koffern saßen, aufzustehn und ihm Platz zu machen, stellte befriedigt fest, daß alle ohne Widerspruch seinem blitzblauen Auge gehorchten und ihn sogar mit einigem Wohlgefallen ansahen, und mit übertriebener Strenge gab er dem Schaffner, so daß es alle hören konnten, Befehle, Tee zu kochen und dies und jenes von den Stationen zu holen. Manchmal riß er die Kupeetür auf und beschwerte sich über die allzu lauten Gespräche der Passagiere im Korridor. Sie brachen in der Tat sofort ihre Unterhaltungen ab, wenn sie Tarabas erblickten.

Befriedigt und belustigt von der eigenen Klugheit wie von der Torheit der anderen, verließ Nikolaus Tarabas den Zug am Morgen nach einem ungestörten, gesunden Schlaf. Kaum zwei Werst trennten ihn noch vom väterlichen Hause. Freilich erkannten und begrüßten ihn der Stationschef, der Portier, die Gepäckträger. Auf ihre herzlichen Fragen erwiderte er mit amtlicher Geschäftigkeit, er sei in allerwichtigstem und allerhöchstem Auftrag aus Amerika zurückberufen worden, immer den gleichen Satz wiederholend, ohne das freundliche Lächeln zu verlieren und den Glanz seiner blitzblauen Kinderaugen. Als ihn der und jener fragte, ob er zu Hause angekündigt worden sei, legte Tarabas einen Finger an den Mund. Also gebot er Schweigen und weckte Respekt. Und als er sich ohne Gepäck, so, wie er New York verlassen hatte, vom Bahnhof entfernte und den schmalen Landweg einschlug, der zum Hause des Geschlechtes Tarabas führte, legte einer der Beamten nach dem anderen den Finger an den Mund, genauso, wie es Tarabas getan hatte, und alle glaubten sie zu wissen, daß Tarabas, ihnen seit seiner Kindheit vertraut, ein großes Staatsgeheimnis mit sich trage. Um die Stunde, in der man, wie er wußte, zu Hause Mittag aß, kam Nikolaus

an. Er ging, um die „Überraschung" vollkommen zu machen, nicht den breiten Weg
hinan, der zu seinem Hause führte und den die schlanken, zarten und so lang entbehrten Birken zu beiden Seiten begleiteten, sondern über den feuchten, schmalen
Pfad zwischen den breiten Sümpfen, den die vereinzelten Weiden, zuverlässige Weg-
weiser, bezeichneten und der im halben Bogen hinter das Haus führte und unter dem
Fenster Nikolaus Tarabas' endete. Im Dachgiebel lag sein Zimmer. Wildes Weinlaub,
alt schon, feste und biegsame Ruten, von hartem Draht durchflochten, wucherten an
der Wand, bis zu den grauen Schindeln des Daches. Statt der Stiege die Weinlaubru-
ten zu benutzen war für Tarabas eine Kleinigkeit. Das Fenster – mochte es auch geschlossen sein – mit einem seit der Kindheit geübten Griff zu lockern und lautlos auf-
zustoßen schien ihm ebenso leicht. Er zog die Schuhe aus und steckte sie in die
Rocktaschen, wie er in der Kindheit getan hatte. Und gewandt, ohne Laut, wie er es
als Knabe gewohnt gewesen, klomm er die Wand empor; zufällig war das Fenster offen; einen Augenblick später stand er in seinem Zimmer. Er schlich zur Tür und schob
den Riegel vor. Der Schlüssel steckte noch im Schrank. Man mußte sich sachte mit
der Schulter gegen den Schrank lehnen, wollte man verhüten, daß er knarre. Jetzt war
er offen. Säuberlich über Bügeln hing die Uniform. Tarabas legte den Zivilanzug ab.
Er zog die Uniform an. Den Säbel befreite er mit geschwinden Händen von der papierenen Hülle. Der Gürtel knarrte. Schon war Tarabas gerüstet. Er ging auf Zehen
die Treppe hinunter, klopfte an die Tür des Speisezimmers und trat ein.

Vater und Mutter, die Schwester und die Cousine Maria saßen auf ihren gewohnten
Plätzen. Man aß Kascha.

Zuerst begrüßte er den langentbehrten heißen Duft dieser Speise, einen Duft aus ge-
rösteten Zwiebeln und gleichzeitig eine Wolke gewordene selige Erinnerung an Feld
und Getreide. Zum erstenmal, seitdem er das Schiff verlassen hatte, verspürte er wieder
Hunger. Hinter dem leisen Dunst, der aus der vollen Schüssel in der Mitte des Tisches
aufstieg, verschwammen die Gesichter der Familie. Sekunden später erst bemerkte Tarabas ihr Erstaunen, vernahm er erst das Klirren der hingelegten Bestecke, das Geräusch
der rückenden Stühle. Als erster stand der alte Tarabas auf. Er breitete die Arme aus. Nikolaus eilte ihm entgegen und konnte nicht umhin, zwei, drei Körner der langentbehrten Speise im Schnurrbart des Vaters zu bemerken. Dieser Anblick verminderte be-
trächtlich die Zärtlichkeit des Jungen. Nachdem sie sich geräuschvoll geküßt hatten,
begrüßte Nikolaus die Mutter, die sich eben schluchzend erhob, die Schwester, die ihren Platz verließ und rings um den Tisch ging, den Bruder zu erreichen, und die Cousine Maria, die sich ihm, der Schwester folgend, langsamer näherte. Nikolaus umarmte
sie. „Ich hätte dich niemals erkannt", sagte er zu Maria. Durch das feste Tuch seiner Uniform spürte er ihre warme Brust. In diesem Augenblick begehrte er die Cousine Maria
so heftig und ungeduldig, daß er den Hunger vergaß. Die Cousine huschte nur mit gespitzten, kühlen Lippen über seine Wange. Der alte Tarabas rückte einen Stuhl herbei
und hieß den Sohn, sich an seine Rechte zu setzen. Nikolaus setzte sich. Er lechzte wie-

der nach der Kascha. Er sah gleichzeitig Maria an und schämte sich seines Hungers. „Hast du gegessen?" fragte die Mutter.

„Nein!" sagte Nikolaus; fast rief er es.

Man schob ihm Teller und Löffel hin. Während er aß und erzählte, wie er gekommen, ungesehn in sein Zimmer geklettert war und die Uniform angezogen hatte, beobachtete er die Cousine. Sie war kräftig, ein beinahe gedrungenes Mädchen. Ihre zwei braunen Zöpfe hingen züchtig und zuchtlos zugleich über ihre Schultern und begegneten einander, unter dem Tischtuch, wahrscheinlich im Schoß. Manchmal nahm Maria die Hände vom Tisch und spielte mit den Enden ihrer Zöpfe. In ihrem jungen, bäuerlichen, gleichgültigen und ausdruckslosen Angesicht fielen die sanften, schwarzen, seidigen, langen und aufwärtsgebogenen Wimpern auf, zarte Vorhänge vor den halbgeschlossenen, grauen Augen. Auf ihrer Brust lag ein kräftiges, silbernes Kreuz. Sünde, dachte Tarabas: Das Kreuz erregte ihn. Ein heiliger Wächter war es über der lockenden Brust Marias.

Hübsch, breitschultrig, schmalhüftig sah Tarabas in der Uniform aus. Man bat ihn, von Amerika zu erzählen. Man wartete: Er schwieg. Man begann, vom Krieg zu sprechen. Der alte Tarabas sagte, der Krieg würde drei Wochen dauern. Nicht alle Soldaten fielen, und von den Offizieren stürben bestimmt nur wenige. Nun fing die Mutter zu weinen an. Darauf achtete der alte Tarabas keineswegs. Als gehörte es zu den selbstverständlichen Eigenschaften einer Mutter, Tränen zu vergießen, dieweil die anderen essen und sprechen, hielt er weitläufige Vorträge über die Schwäche der Feinde und die Stärke der Russen; und nicht für einen Augenblick wurde ihm klar, daß der finstere Tod schon seine hageren Hände über dem ganzen Lande kreuzte und auch über Nikolaus, seinem Sohn. Taub und stumpf war der alte Tarabas. Die Mutter weinte.

Der Staketenzaun aus silbernen Birkenknüppeln umringte noch das väterliche Gehöft; und es war gerade die Zeit, wo die Knechte die Apfelbäume schüttelten, die Mägde hoch hinauf in die Zweige krochen, um die Früchte zu pflücken, und auch, um von den Knechten besser gesehen zu werden. Sie hoben die leuchtend roten Röcke und zeigten die weißen, starken Waden und die Schenkel. Die späten Schwalben flogen in großen, dreieckigen Schwärmen nach dem Süden. Die Lerchen schmetterten immer noch, unsichtbar im Blau. Offen standen die Fenster. Und man hörte das scharfe, schwirrende Singen der Sensen – man schnitt schon die letzten Halme von den Feldern – in größter Hast, wie der Vater erzählte. Denn die Bauern mußten einrücken, morgen, übermorgen oder in einer Woche.

All dies gelangte zum heimgekehrten Tarabas wie aus einer unendlichen Ferne. Er wunderte sich, daß Haus, Hof, Land, Vater und Mutter ihm näher gewesen waren im weiten, steinernen New York als hier, und obwohl er doch hierhergekommen war, sie zu umarmen und seinem Herzen nahe zu fühlen. Tarabas war enttäuscht. Daß sie ihn als heimgekehrten verlorenen Sohn begrüßen würden, als Retter und als Helden: so hatte er es sich ausgemalt. Man behandelte ihn allzu gleichgültig. Die Mutter weinte: Aber so sei ihre Natur, meinte Tarabas. In New York hatte er eine andere Mutter gesehn, eine zärtlichere, verzweifelte Mutter, wie sie sein eitles Kinderherz brauchte. Hatte man sich während seiner langen Abwesenheit daran gewöhnt, das Haus Tarabas ohne den einzigen Sohn zu sehn? Eine Überraschung hatte er ihnen bereiten wollen, durchs Fenster war er gestiegen, immer noch harmlos wie als Knabe, die Uniform hatte er angezogen und war ins Zimmer getreten, so, als wäre er gar niemals in Amerika gewesen. Ihnen aber schien es ganz selbstverständlich, daß er so plötzlich daherkam!

Er aß, gekränkt, stumm und mit gutem Appetit. Er führte wortlos einen Löffel nach dem andern zum Mund, es war ihm, als äße er nicht selbst, als fütterte ihn ein anderer. Nun war er gesättigt. Mit einem Blick auf die Cousine Maria sagte er: „Ich muß also morgen früh abreisen. Ich muß spätestens übermorgen beim Regiment sein." Bat man ihn etwa zu bleiben? – Keineswegs! – „Recht, recht!" sagte der Vater. Ein wenig heftiger schluchzte die Mutter auf. Unbewegt blieb die Schwester. Maria senkte die Augen. Das große Kreuz an ihrer Brust glänzte. Man erhob sich schließlich vom Tisch.

Am Nachmittag stattete Tarabas ein paar Besuche ab, beim Pfarrer, bei Gutsnachbarn. Er ließ einspannen. Und im Glanz seiner Uniform, eine großartige Erscheinung aus Blau und Silber, fuhr er, ein wenig fremd, durch das Grün und Gold des Herbstes, mit der Zunge schnalzend – und sooft er irgendwo hielt, wendete er in einem eleganten und kühnen Bogen, die Zügel straffend, und die Pferde blieben stehen, wie erzene Pferde auf Monumenten. Das war immer schon Tarabas' Art gewesen. Alle kleinen Bauern grüßten ihn, die Fenster öffneten sich, eine große, sonnendurchglänzte Staubwolke ließ er hinter sich. Seine Fahrt befriedigte ihn, auch gefiel ihm der Respekt, den man ihm überall unterwegs zollte. Dennoch glaubte er eine große, unbekannte Angst in den Gesichtern zu sehen. Der Krieg hatte noch nicht begonnen, und schon wohnte sein Schrecken in den Menschen. Und wenn sie Tarabas etwas Angenehmes sagen wollten, quälten sie sich, und sie sagten ihm nicht alles, was sie im Herzen trugen. Fremd war Tarabas in seinem Lande – der Krieg war hier heimisch geworden.

Der Abend kam. Tarabas zögerte, nach Hause zu fahren. Locker ließ er die Zügel und die Rosse im träumerischen Schritt. Als er den Anfang der Birkenallee erreichte, die geradeaus zum Hause führte, stieg er ab. Die Pferde kannten den Weg. Vor den großen Ställen, linker Hand vom Hause, blieben sie stehen und wieherten klug und gaben ihre Ankunft zu erkennen, und der Hofhund bellte, weil der Knecht nicht sofort kam. Die Pferde allein hatten Tarabas erkannt. Zärtlichkeit erfüllte ihn, er streichelte die heißen, rostbraunen, glänzenden Leiber, legte seine Stirn an die Stirn jedes Tieres, atmete den Dunst ihrer Nüstern und fühlte die wohlige Kühle der ledernen Haut. In den großen, glänzenden Augen der Pferde glaubte er alle Liebe der Welt zu sehen. Er schlug zum zweitenmal den Seitenweg ein, zwischen den Weiden, wie am Morgen. Die Frösche lärmten zu beiden Seiten, es roch nach Regen, obwohl der Himmel wolkenrein war und die herbstliche Sonne in glänzender Reinheit unterging. Sie blendete ihn. Er mußte den Blick senken, um auf den Weg zu achten, den Pfad nicht zu verlieren. Also sah er nicht, daß ihm jemand entgegenkam. Überrascht nahm er einen Schatten dicht vor seinen Füßen wahr, ahnte im Nu, wem er gehörte, blieb stehen. Maria kam ihm entgegen. Sie hatte ihn also vermißt. Die hochgeschnürten Stiefel setzte sie zierlich und achtsam auf den schmalen Pfad. Es gelüstete Tarabas plötzlich, die vielfältig geflochtenen Schnüre aufzuschneiden. Wut und Wollust erfüllten ihn. Es gab kein Ausweichen. Er ließ Maria herankommen. Er legte einen Arm um sie – und so, sorgfältig und hart aneinandergedrückt aus Angst vor dem Sumpf zu beiden Seiten (und auch aus Heimweh), berührten sich manchmal ihre Füße auf dem schmalen Pfad. Sie kehrten zurück in den Wald. Späte Vögel riefen. Sie sprachen kein Wort. Sie umarmten sich plötzlich. Sie wandten sich, beide gleichzeitig, einander zu, umschlangen sich, taumelten und sanken auf die Erde.

Als sie aufstanden, blinkten die Sterne durch die Baumkronen. Es fröstelte sie. Sie klammerten sich aneinander und kehrten auf dem Hauptweg ins Haus zurück. Vor dem Eingang blieben sie stehen, küßten sich lange, als nähmen sie Abschied für immer. „Du gehst zuerst hinein", sagte Tarabas. Es war der einzige Satz, der die ganze Zeit über zwischen beiden gefallen war.

Tarabas folgte langsam.

Man sammelte sich zum Abendessen. Wann er weg müsse, fragte der Alte den Sohn. Um vier Uhr morgens, sagte Nikolaus, damit er ja nicht den Zug versäume. Das hätte er also richtig vorausbedacht, sagte der Alte. Man trug das besondere Mahl auf, das er am Nachmittag angeordnet hatte: Grütze in dampfender Milch, gekochtes Schweinefleisch mit Kartoffeln, Wodka und hellen Burgunder dazwischen und weißen Schafkäse zum Beschluß. Man wurde laut. Der Alte fragte. Nikolaus erzählte von Amerika. Er erfand für den Augenblick eine Fabrik, in der er soeben zu arbeiten angefangen hatte, eine Fabrik. Dort stellte man Filme her. Eine recht amerikanische Fabrik. Als er, wie schon seit Wochen, jeden Morgen um fünf Uhr früh im Begriff war, sich an seine Arbeitsstelle zu begeben, riefen die Zeitungsjungen die Nachricht vom Kriege aus – und also fuhr er dann geradewegs in die russische Botschaft. Einen Abend vorher hatte es noch zwischen ihm, Tarabas, und einem ekelhaften Barwirt eine Schlägerei gegeben. Der Wirt hatte ein unschuldiges Mädchen, wahrscheinlich seine Kellnerin, beschimpft und sogar angegriffen. Solche Menschen gab es in New York.

Selbst die gleichgültige Schwester horchte auf, als Nikolaus diese Geschichte erzählte, und immer wieder sagte die Mutter: „Gott segne dich, mein Junge!" Tarabas selbst war überzeugt, daß er die pure Wahrheit erzählte.

Und man erhob sich. Man feierte im Stehen Abschied. Und der alte Tarabas sagte, daß man den Sohn in vier Wochen wiedersehen werde. Und alle küßten ihn. Er wollte morgen früh niemanden mehr sehn. Maria küßte ihn flüchtig. Die Mutter hielt ihn eine Weile in den Armen und wiegte ihn so im Stehen. Vielleicht erinnerte sie sich an die Zeit, in der sie ihn noch im Schoß gewiegt hatte.

Das Gesinde kam. Mit jedem, Knecht und Magd, tauschte Nikolaus den Abschiedskuß.

Er ging in sein Zimmer. Er legte sich, so wie er war, Schlamm an den Stiefeln, aufs Bett. Er schlief wohl eine Stunde, erwachte dann infolge eines unbekannten Geräusches, sah, daß seine Tür offen war, ging hin, um sie zu schließen. Ein Windstoß hatte sie geöffnet. Auch das Fenster gegenüber war offen.

Er konnte nicht mehr einschlafen. Es kam ihm in den Sinn, daß es nicht just der Wind gewesen sein mußte. Hatte Maria versucht, ihn wiederzutreffen? – Warum schlief sie nicht mit ihm, in der letzten Nacht, die er in diesem Hause verbrachte? Ihr Zimmer kannte er. Im Hemd lag sie nun, das Kreuz über dem Bett. (Es schreckte ihn ein wenig.)

Er öffnete die Tür. Er ließ sich mit beiden Händen das Geländer der Treppe hinuntergleiten, um nicht mit den schweren Stiefeln die Stufen zu betreten. Jetzt öffnete er Marias Tür. Er riegelte sie ab. Er blieb eine Weile reglos. Dort war das Bett, er kannte es, als Knabe hatte er mit Maria und der Schwester die Laken abgezogen, um Leichenzug zu spielen. Eines nach dem anderen hatten sie sich totgestellt. Durch das große Rechteck des Fensters leuchtete die hellblaue Nacht. Tarabas trat ans Bett. Die Diele knarrte, und Maria fuhr auf. Halb noch im Schlaf und ganz vom Schrecken gefangen, breitete sie die Arme aus. Sie empfing Tarabas, so wie er war, gerüstet und gestiefelt, fühlte mit Wonne seine harten Bartstoppeln auf dem Angesicht und haschte mit ungelenken Händen nach seinem Nacken.

Satt, herrisch und lärmend erhob er sich. Sanft und schon ein wenig ungeduldig legte er Marias Hände, die sie ihm entgegenstreckte, auf das Bett zurück. „Du gehörst mir!" sagte Tarabas; „wir heiraten, bis ich zurückkomme. Du bist treu. Du siehst keinen Mann an. Leb wohl!" – Und er verließ das Zimmer, ging, ohne auf den Lärm zu achten, den er verursachen mochte, die Treppe hinauf, um seine Sachen zu holen.

Oben, in der Stube, saß der alte Tarabas. Man spioniert also, dachte Nikolaus im Nu. Man spioniert mich aus. Der alte Grimm gegen den Vater erwachte wieder, der Grimm gegen den Alten, der einen grausam vertrieben hatte, in das grausame New York. Der Vater erhob sich, sein Schlafrock klaffte auseinander, man sah das Bauernhemd und die langen Schläuche der Unterhosen aus Sackleinwand, zusammengebunden über den mächtigen Knöcheln. Mit beiden Händen ergriff der Vater Nikolaus an den Epauletten. „Ich degradiere dich!" sagte der Alte. Oh, man kannte diese Stimme sehr gut, sie war nicht lauter als gewöhnlich. Nur der Adamsapfel bewegte sich auf und nieder, heftiger als sonst – und in den Augen stand der kalte Zorn, Zorn aus blankem Eis. Jetzt geschieht was, dachte Nikolaus, die Angst um seine Epauletten verwirrte ihn. „Laß los!" schrie er. Im nächsten Augenblick sauste die väterliche Hand gegen seine Wange. Nikolaus wich zurück, indes der Alte den Schlafrock wieder zusammenraffte.

„Wenn du gesund heimkehrst, heiratest du!" sagte der Alte. „Und nun geh! Sofort! Verschwinde!"

Tarabas griff nach Säbel und Mantel und wandte sich zur Tür. Er öffnete sie, zögerte einen Augenblick, kehrte noch einmal um und spuckte aus. Dann schlug er die Tür zu und hastete hinaus. Pferde, Knecht und Wagen erwarteten ihn schon, um ihn zur Bahn zu führen.

6

Der Krieg wurde seine Heimat. Der Krieg wurde seine große, blutige Heimat. Von einem Teil der Front zum andern kam er. Er kam in friedliches Gebiet, setzte Dörfer in Brand, ließ die Trümmer kleiner und größerer Städte zurück, klagende Frauen, verwaiste Kinder, geschlagene, aufgehängte und ermordete Männer. Er kehrte um, erlebte die Unrast auf der Flucht vor dem Feind, nahm Rache im letzten Augenblick an vermeintlichen Verrätern, zerstörte Brücken, Straßen, Eisenbahnen, gehorchte und befahl, und alles mit gleicher Lust. Er war der mutigste Offizier in seinem Regiment. Patrouillen führte er mit der Vorsicht und Schlauheit, mit der die nächtlichen Raubtiere auf Beute ausgehn, und mit der zuversichtlichen Kühnheit eines törichten Mannes, der seines Lebens nicht achtet. Mit Pistole und Peitsche trieb er seine zaghaften Bauern zum Sturm, den Mutigen aber gab er ein Beispiel: Er lief ihnen voran. In der Kunst, unsichtbar, maskiert durch Pflanze, Baum und Strauch, geborgen von der Nacht oder in den morgendlichen Nebel gehüllt, sich an Drahtverhaue heranzuschleichen, um den Feind zu vernichten, erreichte ihn keiner. Karten brauchte er nicht zu lesen, die Geheimnisse jedes Terrains errieten seine geschärften Sinne. Verhüllte und entfernte Geräusche vernahm sein hurtiges Ohr. Flink ergriff sein wachsames Auge alle verdächtigen Bewegungen. Seine sichere Hand griff zu, schoß und verfehlte kein Ziel, hielt, was sie gefaßt hatte, schlug unerbittlich auf Gesichter und Rücken, ballte sich zur Faust mit grausamen Knöcheln, öffnete sich aber bereitwillig und mit stählerner Zärtlichkeit zu kameradschaftlichem Druck. Tarabas liebte nur seinesgleichen. Er wurde ausgezeichnet und zum Hauptmann befördert. Wer immer in seiner Kompanie Neigung zum Zaudern verriet, geschweige denn Feigheit, war sein Feind, wie der Feind, gegen den die ganze Armee kämpfte. Wer aber, wie Tarabas selbst, das Leben nicht liebte und den Tod nicht scheute, war der Freund seines Herzens. Hunger und Durst, Schmerz und Müdigkeit, durchwanderte Tage und Nächte ohne Schlaf stärkten sein Herz, erfreuten es sogar. Vollkommen außerstande, strategisches Talent zu beweisen und, was man in der Militärsprache „größere Aktionen" nennt, zu begreifen, war er ein außerordentlicher Frontoffizier, ein ausgezeichneter Jäger auf kleinen Jagdabschnitten. Ja, ein Jäger war er, ein wilder Jäger war Nikolaus Tarabas.

Die schwere Trunkenheit lernte er kennen und die flüchtige Liebe. Vergessen waren Haus, Hof, Vater und Mutter und die Cousine Maria. Als er sich ihrer aller eines Tages erinnerte, war es zu spät, ihnen Nachricht zu geben; denn Tarabas' Heimat war damals vom Feinde besetzt. Wenig bekümmerte ihn dies, der Krieg war seine große, blutige Heimat geworden. Vergessen waren New York und Katharina. Dennoch, in manchen Pausen, zwischen Gefahr und Gefecht, Trunkenheit und Nüchternheit, flüchtigem Rausch und flüchtigem Mord, ward es Tarabas sekundenlang (aber auch nur so lange) klar, daß er seit der Stunde, in der ihm die Zigeunerin auf dem New Yorker Jahrmarkt geweissagt hatte, als ein Verwandelter lebte, ein Verwandelter, ein Verzauberter und wie in einem Traum Befangener. Ach, es war nicht sein Leben mehr! – Zuweilen war es ihm, als sei er gestorben und das Leben, das er jetzt führte, bereits ein Jenseits. Doch verflogen diese Sekunden der Besinnung, und Tarabas versank aufs neue im Rausch des Blutes, das rings um ihn floß und das er fließen ließ, im Geruch der Kadaver, im Dunst der Brände und in seiner Liebe zum Verderben. So ging er denn, so ließ er sich kommandieren, von Brand zu Brand, von Mord zu Mord, und nichts Böses widerfuhr ihm. Eine höhere Gewalt hielt Wacht über ihn und bewahrte ihn auf für sein merkwürdiges Leben. Seine Soldaten liebten ihn und fürchteten ihn auch. Seinem Blick gehorchten sie und dem leisesten Wink seiner Hand. Und lehnte sich einer unter ihnen gegen Tarabas' Grausamkeit auf, so hielt fast keiner der anderen zu dem Empörer. Alle liebten sie Tarabas; und alle fürchteten sie ihn.

Auch Tarabas liebte seine Leute, in seiner Art liebte er seine Leute, weil er ihr Gebieter war. Er sah viele von ihnen sterben. Ihr Tod gefiel ihm. Es gefiel ihm überhaupt, wenn man rings um ihn starb, und wenn er, wie er auch mitten zwischen den Schlachten als einziger im Regiment zu tun gewohnt war, durch den Schützengraben ging, die Namen seiner Leute verlas und die Antwort „gefallen" von den Kameraden hörte, so zeichnete er ein Kreuz in sein Notizbuch. In diesen Augenblicken genoß er manchmal die Vorstellung, er sei ja überhaupt selbst schon tot; alles, was er da erfuhr, geschähe im Jenseits; und die anderen, die Gefallenen, seien so gewiß in ein drittes Leben eingekehrt wie er selbst nunmehr in sein zweites.

Er wurde niemals verwundet und niemals krank; er bat auch niemals um einen Urlaub. Der einzige war er im Regiment, der keine Post bekam und keine erwartete. Von seinem Haus sprach er niemals. Und dies befestigte die Meinung, die man von ihm hatte, daß er ein gar Sonderbarer sei.

So verlebte er den Krieg.

Als die Revolution ausbrach, behielt er seine Kompanie ingrimmig in der Gewalt, mit Gebärden, Fäusten, Blick, Pistole und Stock. Es war nicht seine Sache, zu verstehen, was in der Politik vorging. Es kümmerte ihn nicht, ob der Zar abgesetzt war. In seiner Truppe war er selbst der Zar. Es war ihm nur angenehm, daß seine Vorgesetzten, der Stab, das Armeekommando, verworrene und widerspruchsvolle Befehle auszuteilen begannen. Er brauchte sich nicht um sie zu kümmern. Bald gewann er, weil er der einzige im ganzen Regiment war, den die Revolution nicht verwirrt und nicht verwandelt hatte, mehr Macht als der Oberst selbst. Er kommandierte das Regiment. Und er verlegte es nach seinem Gutdünken dahin und dorthin, führte selbständige Kämpfe, brach in gleichgültige Dörfer und Städtchen ein, frisch und munter wie in den ersten Wochen des Krieges.

Eines Tages – es war ein Sonntag – tauchte in seinem Regiment ein Soldat auf, den Tarabas noch niemals gesehen hatte. Zum erstenmal, seitdem er eingerückt war, erschrak er gewaltig vor einem ganz gewöhnlichen Infanteristen. Sie lagen in einem winzigen, halbzerschossenen galizischen Dorf. Der Hauptmann Tarabas hatte sich in einer der noch ziemlich gut erhaltenen Hütten einquartiert, die Nacht mit der vierzehnjährigen Tochter der Bäuerin verbracht, am Morgen bei seinem Burschen Kaffee mit Schnaps bestellt. Es war ein sonniger Tag, gegen neun Uhr morgens. In frischgewichsten Stiefeln, in gesäuberten, lederbespannten, breiten Reithosen, ein Reitstöckchen in der Hand, rasiert und mit dem ganzen Wohlgefühl ausgestattet, das einen Mann wie Tarabas nach einer wohlig verbrachten Nacht an einem glänzenden Herbstmorgen erfüllen konnte, verließ der Hauptmann die Hütte und das Mädchen, das im Hemd vor der Tür hockte. Tarabas schlug es mit seiner Reitgerte zärtlich auf die Schulter. Das Mädchen erhob sich. Er fragte, wie es heiße: „Der Herr hat mich schon gestern abend nach meinem Namen gefragt", sagte das Mädchen, „als ich ins Bett kam." In ihren winzigen, grünen, tief in die Wangen gebetteten Augen stand ein schelmisches und böses Feuerchen. Tarabas sah ihre junge Brust unter dem Hemd, ein dünnes Kettchen am Hals, dachte an das Kreuz, das Maria getragen hatte, und sagte, indem er ihren Scheitel mit der Reitpeitsche berührte: „Du heißt Maria, von nun ab, solange ich hierbleibe!" „Jawohl, Euer Gnaden!" sagte das Mädchen. Und pfeifend ging Tarabas von dannen.

Er war, wie gesagt, in herrlicher Laune. Mit seinem Reitstöckchen versuchte er, die blinkenden Fäden des Altweibersommers zu zerteilen. Es gelang ihm nicht; diese merkwürdigen Kreaturen aus Nichts schlangen sich vielmehr um das Stöckchen, umschmeichelten es geradezu. Auch dies gefiel Tarabas. Hierauf drehte er sich eine Zigarette aus dem Tabak, den er lose in der Tasche trug, und verlangsamte den Schritt. Er näherte sich dem Lager seiner Leute. Schon kam der Unteroffizier, ihm Bericht zu erstatten. Sonntag war heute. Die Soldaten lagen faul und matt an den Wiesenabhängen und auf den Stoppelfeldern. „Liegenbleiben!" rief Tarabas, als er sich ihnen näherte. Trotzdem erhob sich einer, einer der ersten, vom Wegrand. Und obwohl dieser Soldat vorschriftsmäßig und sogar ehrerbietig grüßte, unbeweglich wie ein Pfahl, lag in seiner ganzen Erscheinung für das Gefühl des Hauptmanns Tarabas etwas Widerspenstiges, Freches, etwas unbegreiflich Überlegenes. Nein, der war nicht von Tarabas' Hand erzogen worden! Ein Fremder war's in dieser Kompanie!

Tarabas trat näher – und gleich darauf einen Schritt zurück. In diesem Augenblick begann die Glocke der kleinen griechischen Kirche zu läuten. Die ersten Bäuerinnen zeigten sich schon auf dem Weg, der zur Kirche führte. Sonntag war es. Tarabas bekreuzigte sich – immer den Blick auf den fremden Soldaten gerichtet. Und es war, als ob er aus Angst vor ihm das Kreuz geschlagen hätte. In diesem Augenblick nämlich sah er es deutlich: Der fremde Soldat war ein rothaariger Jude. Ein rothaariger Jude. Rothaarig, Jude – und es war Sonntag!

Zum erstenmal, seitdem er zur Armee gekommen war, erwachte in Nikolaus Tarabas der alte Aberglaube wieder. Sofort wußte er auch, daß von diesem Augenblick an sein Schicksal sich verändern sollte. „Wie kommst du daher?" fragte Tarabas. Der Soldat zog aus seiner Tasche ein Papier. Man ersah daraus, daß er von dem aufgeriebenen, zum Teil desertierten, zum Teil zu den Bolschewiken übergelaufenen Infanterieregiment Nummer zwei-

undfünfzig gekommen war. „Es ist gut!" sagte der Hauptmann Tarabas. „Bist du Jude?"
„Ja!" sagte der Soldat, „meine Eltern waren Juden! Ich aber kenne keinen Gott!"

Nikolaus Tarabas trat noch einen Schritt zurück. Er klopfte mit dem Reitstöckchen gegen die Stiefel. Der Rothaarige hatte grüngraue Augen und flammende, kurze Büschel darüber statt der Brauen. „Also, ein Gottloser bist du!" sagte der Hauptmann. „So, so!"

Er ging weiter. Der Soldat legte sich wieder an den Wegrand. Einmal noch wandte sich Tarabas um. Da sah er das rote Haar des Fremden zwischen dem spärlichen Grün des Abhangs leuchten; ein kleines Feuerchen an der grauen, staubigen Straße.

7

Von diesem Tag an begann sich die Welt des Hauptmanns Tarabas zu verändern. Seine Leute gehorchten nicht mehr wie zuvor, schienen ihn weniger zu lieben und weniger zu fürchten. Und züchtigte er einen von ihnen, so verspürte er einen unerklärlichen, unsichtbaren, unhörbaren Groll in den Reihen. Die Männer sahen ihm nicht mehr gerade in die Augen. Eines Tages verschwanden zwei Unteroffiziere, die besten Leute des Regiments, die mit Tarabas seit dem ersten Tag gekämpft hatten. Ihnen folgten eine Woche später ein paar Infanteristen. Aber der rothaarige Gottlose entfernte sich nicht, der einzige, dessen Desertion der Hauptmann Tarabas ersehnte. Es war im übrigen ein Soldat ohne Makel. Pünktlich und gehorsam war er. Aber selten erteilte ihm der Hauptmann Tarabas einen Befehl. Die anderen fühlten es. Ja, sie wußten es. Manchmal beobachtete Tarabas, daß der Rothaarige zu den Soldaten sprach. Sie hörten ihm zu, umringten ihn, lauschten. Tarabas rief einen Beliebigen zu sich. „Was erzählt er denn, der Rothaarige?" „Geschichten!" sagte der Soldat. „Was für Geschichten?" „So, eben lustige Weibergeschichten!" Und Tarabas wußte, daß der Mann log. Aber er schämte sich, daß man ihn belogen hatte, und er fragte nicht weiter.

Eines Morgens fand der Hauptmann bei seinem Burschen eine der bolschewistischen Broschüren, die er noch nie gesehen hatte. Er zündete sie mit einem Streichholz an, die Blätter brannten nur bis zur Hälfte ab, erloschen dann, und Tarabas warf sie wieder hin. Er beobachtete von nun an den Burschen aufmerksamer. „Stepan", sagte er, „hast du mir nichts zu erzählen? – Wo ist deine Mundharmonika, Stepan, möchtest mir was vorspielen?" „Hab' sie verloren, Euer Hochwohlgeboren!" sagte Stepan, demütig und traurig.

Auch Stepan verschwand plötzlich, an einem Abend, kein Mensch wußte Auskunft zu geben.

Der Hauptmann Tarabas ließ alle Welt antreten und verlas die Namen seiner Kompanie. Mehr als die Hälfte der Leute war desertiert. Den Rest ließ er eine Stunde exerzieren. Der Rothaarige exerzierte tapfer, fleißig, ohne Fehl, ein tadelloser Soldat.

588   TARABAS

Ein paar Tage später, in der Stunde, in der Tarabas gerade mit dem Obersten und den übrigen Offizieren beriet, wie man die Desertionen verhindern könnte, erschien der Rothaarige, zwei Handgranaten im Gürtel, eine Pistole in der Hand, begleitet von zwei Unteroffizieren. „Bürger“, sagte der rothaarige Gottlose, „die Revolution hat gesiegt. Geben Sie die Waffen ab, Sie haben freies Geleit. Und Sie, Bürger Tarabas, und was sonst bei uns Ihre Landsleute sind, können in Ihre Heimat zurück. Einen eigenen Staat haben jetzt eure Leute.“

Er war ganz still. Man hörte nur die große Taschenuhr des Obersten ticken, die auf dem Tisch lag, mit aufgeklapptem Deckel. Sie steppte die Zeit wie eine Nähmaschine.

8

Nachdem der Rothaarige mit seinen Leuten das Zimmer verlassen hatte, stand der Oberst auf, wartete einen Augenblick, als überlegte er irgendeinen Plan, als hätte er in dieser Stunde, da die ganze Armee, das Regiment, er selbst endgültig verloren waren, noch die Gnade eines rettenden Einfalls erfahren. Tarabas sah von seinem Sitz zum Obersten empor, mit einem fragenden Blick. Der Oberst wandte sich um. Er stieß den Sessel weg. Die solide, ledergepolsterte Lehne schlug dumpf auf den hölzernen Boden. Der Oberst ging ans Fenster. Sein breiter Rücken bedeckte fast den ganzen Rahmen. Tarabas rührte sich nicht. Plötzlich schluchzte der Oberst auf. Es klang wie ein kurzer, jäher, schnell erstickter Ruf, fremd, als käme er nicht aus der Kehle des Obersten, sondern unmittelbar aus dem Herzen; ja, als hätte das Herz eine eigene, eine ganz besondere Kehle, durch die es sein ganz besonderes Weh in die Welt rief. Die mächtigen Schultern hoben und senkten sich, eine Sekunde lang. Dann machte der alte Mann wieder kehrt und trat zum Schreibtisch. Er blickte eine Weile auf die große, aufgeklappte, unerbittlich-regelmäßig tickende Uhr, als sähe er zum erstenmal das hurtige Rucken ihres feinen Sekundenzeigers. Tarabas schaute ebenfalls auf die Uhr. Nichts regte sich in ihm, leer war sein Kopf, kalt war sein Herz. Er glaubte, es klopfen zu hören, es tickte im gleichen Rhythmus wie die Uhr auf dem Tisch. Nichts hörte man sonst. Es war Tarabas, als wäre schon eine unendlich lange Zeit seit dem Abgang des Rothaarigen vergangen.

Schließlich begann der Oberst: „Tarabas“, sagte er, „nehmen Sie diese Uhr zum Andenken!“

Der Oberst zog sein Taschenmesser heraus und öffnete den rückwärtigen Deckel. Er las die eingravierte russische Inschrift: „Meinem Sohn Ossip Iwanowitsch Kudra“ und zeigte sie Tarabas.

„Ich habe die Uhr bekommen, als ich die Kadettenschule verließ. Mein Vater war sehr stolz. Ich auch. Ich komme aus ganz kleiner Familie. Der Vater meines Vaters noch war Leibeigener der Zarizyns gewesen. Ich war mein Leben lang kein besonderer Soldat,

Hauptmann Tarabas! Ich glaube, ich war faul und nachlässig. Es gab viele solcher Offiziere bei uns. Wenn Sie mir die Ehre erweisen, diese Uhr anzunehmen, Bruder Tarabas?"

„Ich nehme sie", sagte Tarabas und erhob sich. Der Oberst klappte beide Deckel zu und reichte die Uhr Tarabas über den Tisch. Dann stand er noch eine Weile da, den grauen Kopf gesenkt. Dann sagte er: „Pardon, ich will nach meinen Sachen sehn!" – ging langsam um den Tisch, an Tarabas vorbei, zur Tür hinaus.

Im nächsten Augenblick knallte ein Schuß. Er hat sich erschossen! dachte Tarabas im Nu. Er öffnete die Tür. Der Oberst lag ausgestreckt neben der Schwelle. Er mußte sich zuerst vorsorglich hingelegt und dann erst erschossen haben. Sein Rock war geöffnet. Das Blut sickerte durch das Hemd. Die Hände des Toten waren noch warm. Noch lag der Zeigefinger der Rechten am Hahn der Pistole.

Tarabas löste die Waffe aus der Hand des Obersten. Dann faltete er die Hände des Toten über der Brust.

Ein paar Soldaten umstanden die Leiche und den knienden Tarabas. Sie nahmen die Mützen ab, wußten nicht, was sie hier sollten, blieben aber stehen.

Tarabas erhob sich. „Wir werden ihn sofort begraben, hier, vor dem Haus", befahl Tarabas. „Richtet ein Grab! Hierauf antreten. Mit Gewehr! Ruft den Konzew!"

Der Feldwebel Konzew kam. „Es bleiben mir nur sechsundzwanzig Mann", sagte er. „Alle antreten!" befahl Tarabas.

Zwei Stunden später begrub man den Obersten, zehn Schritte vor dem Tor des Hauses. Sechsundzwanzig Mann, der ganze treue Rest des Regiments, feuerte auf Tarabas' Kommando dreimal in die Luft. Sechs armselige Doppelreihen machten kehrt.

Tarabas aber marschierte an ihrer Spitze, als führte er noch ein ganzes, ein unversehrtes Regiment; er war keineswegs entschlossen, den Untergang seiner Welt, das Ende des Krieges, anzuerkennen.

Mit den sechsundzwanzig Männern, von denen einige seine Landsleute waren, trat Tarabas den Weg in die Heimat an, in die neue Heimat des neuen Landes. Hier hatte man in der Eile funkelnagelneue Minister, Gouverneure, Generäle ernannt und gar hastig eine provisorische, kleine Armee gebildet. Es gab einen großen Wirrwarr im Lande; zwischen Machthabern und Bewohnern des Landes, und auch unter den Machthabern selbst herrschte Verwirrung. Tarabas aber, erfüllt von unermüdlicher Lust zum Abenteuer und einer ehrlichen, heißen Gehässigkeit gegen die vielen Ämter und Beamten, gegen Kanzleien und Papiere, war entschlossen, sein Leben fortzusetzen. Er war Soldat, nichts anderes. Er hatte seine sechsundzwanzig Getreuen hierhergebracht, die sechsundzwanzig, denen der Krieg, wie ihm selber, die einzige Heimat gewesen war und denen er, wie sich selbst, eine neue Heimat schuldete. Mit diesen sechsundzwanzig ein ganzes neues Regiment zu begründen – welch eine Aufgabe für einen Tarabas! Er war nicht der Mann, sich selbst das Leben zu nehmen wie der brave Oberst. Die Weltgeschichte, die da von alten Vaterländern winzige neue absplittern ließ, ging den Hauptmann Tarabas gar nichts an. Solange er lebte, wollte er den sogenannten Willen der Geschichte nicht kennen. Er hatte seinen sechsundzwanzig Rechenschaft abzugeben. Was bedeutete ihm der neue Kriegsminister eines neuen Landes? Weniger als ein Gefreiter seiner eigenen Kompanie!

Er begab sich zum Kriegsminister, wohlgerüstet, schwer bewaffnet, von seinen sechsundzwanzig Getreuen gefolgt, Diener, Schreiber und Kanzlisten, die ihn nach seinem Begehr fragten, durch donnernde Befehle einschüchternd, im Vorzimmer schon mächtiger als der Minister selbst. In diesem erkannte er allerdings nach einigen Worten einen Vetter seiner Familie mütterlicherseits.

Als eine ganz selbstverständliche, eine gebührliche Belohnung für seine kriegerischen Leistungen verlangte Tarabas das Kommando über eines der neu aufzustellenden heimischen Regimenter. Dieser Wunsch des Hauptmanns, nachdrücklich unterstützt von seinem gewalttätigen und herrischen Gebaren, von der Pistole, der Reitpeitsche und dem Eindruck, den auch das Gefolge auf den Kriegsminister machte, wurde kaum ein paar Stunden später erfüllt.

Der Hauptmann Tarabas stieg also aus den Trümmern der alten Armee als neuer Oberst herauf. Er bekam den Auftrag, in der Garnison Koropta ein Regiment aufzustellen.

9

In dem kleinen Städtchen Koropta herrschte eine große Verwirrung, als Tarabas mit seinen Getreuen ankam. Männer in den verschiedensten Uniformen, herbeigeschwärmt und herangeschwemmt von allen Teilen der Front und aus dem Innern des Landes, Gefangene aus den plötzlich aufgelösten Lagern, Verwahrloste und Betrunkene, manche angelockt von der Möglichkeit, mitten in der allgemeinen Verwirrung irgendeinen abenteuerlichen Gewinn zu ergattern, ihr Glück und Gott selbst zu versuchen, trieben sich in den Gäßchen herum, lagerten auf dem weiten, wüsten Rund des Marktplatzes, hockten auf ziellos hin und her rollenden Bauernfuhren und Militärautomobilen, kauerten auf den hellen Stufen des großen Gerichtsgebäudes, auf den alten Grabsteinen des Friedhofs am Hügel, auf dessen Gipfel sich die kleine, gelbleuchtende Kirche erhob. Es war ein klarer, vortrefflicher Herbsttag. In seinem vollkommenen, blauen Glanz nahmen sich die verfallenen Häuschen mit den schiefen Schindeldächern, die hölzernen Bürgersteige, der getrocknete, silbern schimmernde Straßenkot in der Mitte, die zerlumpten Uniformen wie eine unaufhörlich bewegte, festliche Malerei aus, ein im Entstehen begriffenes Bild; seine einzelnen Teile und Gestalten schienen noch den ihnen gebührenden Platz zu suchen. Zwischen den farbigen Soldaten sah man die hurtigen und furchtsamen dunklen Schatten der Juden in langen Kaftanen und die hellgelben Schafspelze der Bauern und Bäuerinnen. Frauen mit bunten, geblümten Kopftüchern hockten auf den niedrigen Schwellen in den offenen Türen der kleinen Häuschen, und man hörte ihr aufgeregtes, zielloses Geschwätz. Die Kinder spielten in der Mitte der Hauptstraße. Und durch den silbernen Schlamm wateten Gänse und Enten den vereinzelten, von der trocknenden Sonne noch verschont gebliebenen, schwarzen Tümpeln entgegen.

Mitten in diesem Frieden waren die armen Einwohner des Städtchens Koropta ganz ratlos und sehr aufgeregt. Sie erwarteten etwas Fürchterliches; vielleicht sollte es noch schlimmer sein als alles, was ihnen bisher der Krieg gebracht hatte. Seine gewaltigen, brennenden Stiefel hatten zwischen den ärmlichen Häuserzeilen Koroptas verkohlte und wüste Spuren hinterlassen. In der niedrigen, alten Mauer rings um den Kirchhof am Hügel fanden sich zahllose Löcher unsinnig verirrter Geschosse; da hatte der Krieg seine mörderischen Finger in den Stein gegraben. Mit diesen Fingern eben hatte er auch viele Söhne des Städtchens Koropta erwürgt. Friedlich zu leben waren die Menschen von Koropta seit jeher gewohnt gewesen, hingegeben ihren kümmerlichen Tagen und ihren stillen Nächten, den gewöhnlichen Wandlungen eines gewöhnlichen Geschicks. Plötzlich dann vom Krieg überfallen, erstarrten sie zuerst vor seinem schrecklichen Antlitz, duckten sich hierauf, flohen bald, kehrten zurück, beschlossen zu bleiben, gebannt in seinem feurigen Atem. Unschuldig waren sie, fremd waren ihnen die mörderischen Gesetze der Geschichte, gleichgültig und ergeben ertrugen sie die Schläge Gottes, wie sie lange, undenkliche Jahre die Gesetze des Zaren ertragen hatten. Kaum konnten sie die Kunde glauben, daß dieser nicht mehr auf seinem goldenen Throne in Petersburg saß, ja die zweite, noch fürchterlichere, daß man ihn erschossen hatte wie einen alten, unbrauchbar gewordenen Hund. Nun erzählte man ihnen, sie seien nicht mehr ein Teil von Rußland, sondern ein selbständiges Land. Sie seien nunmehr, sagten die Lehrer, die Advokaten, die Gebildeten, eine erlöste und freie Nation. Was bedeuteten diese Reden? Und was für furchtbare Gefahren verhieß dieser Tumult?

Der Hauptmann Tarabas kümmerte sich ebensowenig um die Gesetze der Geschichte wie die Bewohner des Städtchens Koropta. Die Befreiung der Nation machte es ihm möglich, sein soldatisches Leben fortzusetzen. Was ging ihn die Politik an? Eine Angelegenheit der Lehrer, der Advokaten, der Gebildeten! Der Hauptmann Tarabas war nunmehr Oberst geworden. Es war seine Aufgabe, ein untadeliges Regiment zusammenzustellen und es zu kommandieren. Kein anderer als Nikolaus Tarabas wäre imstande gewesen, mit einer Handvoll Männer ein ganzes Regiment zu sammeln. Er hatte einen ganz bestimmten Plan. Auf dem winzigen Bahnhof von Koropta und just vor der hölzernen Baracke, in der noch ein alter russischer Major einen Unteroffizier und die Bahnwache befehligte, stellte Tarabas seine Leute in zwei Reihen auf, kommandierte ihnen ein paar Exerzierübungen, ließ sie niederknien, das Gewehr in Anschlag bringen, ein paar Salven in die Luft abgeben, alles in Anwesenheit einiger erstaunter Menschen in Zivil und in Uniform, der Bahnwache und ihres Kommandanten, des alten Majors.

592   TARABAS

Hierauf hielt Tarabas, sichtlich befriedigt von der erheblichen Anzahl der Zeugen, die, herbeigelockt von den zwecklosen Salven, dem merkwürdigen Beginnen beiwohnten, eine Ansprache. „Ihr Männer", so sagte Tarabas, „die ihr mir gefolgt seid in vielen Schlachten und in der Rast, im Krieg gegen den Feind und gegen die Revolution, ihr habt jetzt keine Lust mehr, das Gewehr abzulegen und friedlich heimzukehren. Ihr, so wie ich, wir werden als Soldaten sterben, nicht anders! Mit eurer Hilfe werde ich hier ein neues Regiment aufstellen, für das neue Vaterland, das uns das Schicksal beschert hat. Abtreten!" – Die kleine Schar schulterte die Gewehre. Alle waren sie furchtbar anzusehn, weit furchtbarer als die bedrohlichen und zerlumpten Gestalten im Städtchen und auf dem Bahnhof. Sie besaßen nämlich die ganze wohlausgerüstete, rasselnde, klirrende, gespornte, die gepflegte Furchtbarkeit ihres Führers und Herrn. Blank schimmerten die fleißig gefetteten Läufe ihrer Gewehre, die kräftigen Riemen kreuzten sich über den breiten Schultern und Brüsten und gürteten die schlanken Röcke ohne Fleck und Fehl. Wie Tarabas, ihr Führer und Herr, trugen alle kriegerische, sauber gebürstete und gewaltige Schnurrbärte in den wohlgenährten Gesichtern. Und aller Augen waren hart und kalt, ein guter, ein wachsamer Stahl. Tarabas selbst, obwohl er es beileibe keineswegs nötig hatte, seine Entschlossenheit durch irgendeinen ihn ermutigenden Anblick zu nähren und zu stärken, fühlte seine eigene Kraft bestätigt, wenn er seine Leute ansah. Jeder von ihnen war sein getreues und ergebenes Abbild. Alle zusammen waren sie gleichsam sechsundzwanzig Tarabasse, sechsundzwanzig Ebenbilder des großen Nikolaus Tarabas, und ohne ihn unmöglich. Seine sechsundzwanzig Spiegelbilder waren sie eben.

Warten hieß er sie vorläufig und ging klirrenden Fußes in das Bahnhofskommando. Hier fand er niemanden vor. Denn der alte Major, ebenso wie der Unteroffizier, befanden sich noch draußen, auf dem Perron, wo sie der merkwürdigen Kommandos Tarabas' und der merkwürdigen Disziplin seiner Leute Zeugen gewesen waren. Der Oberst Tarabas klopfte mit seinem Reitstock auf den Tisch. Man mußte dieses Klopfen weithin auf dem still gewordenen Bahnhof hören. Der Major erschien auch alsbald. „Ich bin der Oberst Tarabas", sagt Nikolaus. „Ich habe die Aufgabe, in dieser Stadt ein Regiment zu bilden. Ich übernehme bis auf weiteres auch das Kommando über diese Stadt. Vorläufig wünsche ich von Ihnen zu wissen, wo ich Verpflegung für mich und meine sechsundzwanzig Mann bekomme."

Der alte Major verharrte still auf der Stelle neben der Tür, durch die er soeben eingetreten war. Lange schon hatte er solch eine Sprache nicht mehr vernommen. Das war die seit der Kindheit vertraute, seit dem Ausbruch der Revolution nicht mehr gehörte Musik des Soldaten, eine längst verloren geglaubte Melodie. Der grauhaarige Major – Kisilajka hieß er und war ein Ukrainer – fühlte während der Rede Tarabas', wie sich seine Glieder strafften. Er fühlte, daß sich seine Knochen härteten, seine alten, armen Knochen, seine Muskeln spannten sich und gehorchten der militärischen Sprache. „Zu Befehl, Herr Oberst!" sagte der Major Kisilajka. „Die Verpflegungsbaracke ist einen halben Kilometer von hier entfernt. Es gibt aber wenig Lebensmittel dort. Ich weiß nicht –" „Ich marschiere keinen Schritt weiter", sagte der Oberst Tarabas. „Die Lebensmittel werden hierhergebracht. Was sind das für Leute, die sich auf dem Bahnhof herumtreiben? Sie werden uns die Verpflegung holen. Ich lasse die Ausgänge besetzen." Und Tarabas begab sich wieder zu seinen Männern. „Keiner der hier Anwesenden verläßt den Bahnhof", rief Tarabas. Und alle erstarrten. Aus purer Neugier und leichtsinniger Müßigkeit hatten sie sich eingefunden und in der Nähe der merkwürdigen Ankömmlinge ausgeharrt. Gefangene waren sie nun. Sie waren gewohnt, Hunger, Durst und Entbehrungen aller Art seit langer Zeit zu ertragen. Aber die Freiheit hatten sie besessen. Auf einmal verloren war nunmehr auch ihre Freiheit. Gefangene waren sie. Sie wagten nicht mehr, sich umzusehn. Einer nur von den Zuschauern, ein kleiner, magerer Jude in Zivil, versuchte, in ängstlichem Leichtsinn und Gott weiß welcher Hoffnung auf ein Wunder, einen der Ausgänge zu gewinnen. Im gleichen Augenblick aber schoß Tarabas auf den Flüchtigen – und der Arme fiel nieder, mit lautem, unmenschlichem Gebrüll fiel er hin, in den linken Schenkel getroffen, genau an der Stelle, die Tarabas gezielt hatte; das knöcherne, dünne Köpfchen mit dem schütteren Ziegenbärtchen lag, aufwärtsgereckt, hart am Rande eines Schotterhaufens, welcher der Lokomotive Halt anzukündigen bestimmt war, und die kümmerlichen Stiefel mit den zerschlissenen Sohlen ragten mit den gekrümmten Spitzen gegen das gläserne Perrondach. Tarabas selbst ging zu dem Verletzten, hob den federleichten Juden auf, trug ihn auf beiden Armen, als trüge er ein dünnes Birkenstämmchen, in die Stube des Bahnhofskommandos. Alles schwieg still. Nachdem der Schuß verhallt war, hörte man keinen Laut. Es war, als wären sie alle, die da herumstanden, getroffen worden und im Stehen erstarrt. Tarabas legte den gewichtlosen Körper seines ohnmächtigen Opfers auf den mit Papieren bedeckten Tisch des Majors, riß die alte, glänzende, dunkelgraukarierte Hose des Juden auf, zog ein Taschentuch heraus, betrachtete die Wunde und sagte „Streifschuß" zu dem erschrockenen Major. „Verbinden!" rief er dann. Und einer seiner Leute, der Friseur gewesen war und den Dienst als Sanitäter versah, trat ein und begann, den verwundeten Juden flink und behutsam zu behandeln.

Der erstarrten Zuschauer auf dem Bahnhof gab es etwa vierzig. Diese ließ Tarabas aufstellen. Zweien seiner Männer übergab er das Kommando. Essen sollten sie holen. Der Rest verblieb auf dem besonnten, großen Perron und wartete. Tarabas stand am Rande des Bahnsteigs und blickte auf die bläulich schimmernden, schmalen und eiligen Schienenbänder, indessen drinnen im Büro des Majors der verletzte Jude wieder zu sich kam. Man hörte sein jämmerliches, schwaches Schluchzen durch die offene Tür. In der blauen Luft zwitscherten die Spatzen.

Alsbald kamen auch die Leute mit dem Essen zurück. Man hörte das Klappern der blechernen Geschirre und die gleichmäßigen Schritte der Männer. Sie kamen an. Man begann, das Essen zu verteilen. Tarabas bekam als erster eine Schüssel. Mitten aus der grauen, undurchsichtigen Suppe ragte ein Stück dunkelbraunen Fleisches wie ein Fels aus einem See.

Tarabas zog einen Löffel aus dem Stiefel, und seine Männer taten im selben Augenblick das gleiche. Die vierzig Gefangenen, die das Essen gebracht hatten, standen reglos da. In ihren großen Augen wohnte der Hunger. In ihren Mündern sammelte sich feuchter Speichel. Sie konnten das hurtige Klappern der blechernen Löffel gegen das Geschirr kaum hören. Und einige unter ihnen versuchten, sich mit den Fingern die Ohren zu verstopfen.

Tarabas setzte als erster den Löffel ab. Dem ersten der Gefangenen, der in seiner Nähe stand, reichte er den Rest seines Essens, samt dem Löffel. Und ohne daß Tarabas ein Wort gesagt hätte, taten alle seine Männer das gleiche. Jeder von ihnen setzte mit einem Ruck die Schale ab und reichte sie dem nächststehenden Gefangenen. All dies vollzog sich, ohne daß ein Wort gefallen wäre. Man hörte nichts mehr als das Klappern der Blechgeschirre, das Schmatzen der Lippen und das Mahlen der Zähne und das Zwitschern der Sperlinge unter dem gläsernen Dach des Perrons.

Nachdem alle gegessen hatten, gebot der Oberst Tarabas den Abmarsch in die Stadt. Den so zufällig und plötzlich Gefangenen erschien auf einmal ihre veränderte Lage angenehmer. Sie ließen sich von Tarabas' Männern in die Mitte nehmen. Und umgeben von einer lebendigen Mauer aus Bewaffneten, marschierten sie, zufrieden, gleichgültig, manche unter ihnen freudig, unter Tarabas' Befehl in das Städtchen Koropta.

Sie marschierten durch den halbgetrockneten, silbergrauen Schlamm der Straßenmitte – und die Gänse, die Enten und die Kinder liefen schreiend und jammernd vor ihnen her. Der kleine Trupp verbreitete einen absonderlichen Schrecken. Die Bewohner wußten nicht, was für eine neue Art Krieg eben ausgebrochen sein mochte. Denn eine neue Art von Krieg schien ihnen der Einmarsch des Obersten Tarabas zu sein. Fürchterliche und hurtige Gerüchte flogen Tarabas voran. Er sei der neue König des neuen Landes, sagten einige. Und andere behaupteten, er sei der Sohn des Zaren selbst und eben gekommen, seinen Vater zu rächen. Was aber die Juden betraf, deren ein paar Hundert in diesem Städtchen Koropta saßen, so beeilten sie sich, weil es gerade ein Freitag war und der Sabbat mit heiligem Schritt herannahte, die winzigen Läden zu schließen, in großer Hast; und in dem festen Glauben, ihr Sabbat könne den unerbittlichen Gang der Geschichte ebenso aufhalten, wie er ihre Geschäfte aufhielt.

Tarabas, an der Spitze seines gefährlichen Trupps, begriff nicht, weshalb die kleinen Kramläden so eilig geschlossen wurden, und er fühlte sich gekränkt. Die schwatzenden Weiber erhoben sich von den Schwellen, sobald er sich näherte. Man hörte das eiserne Gerassel der Ketten und Riegel und Schlösser vor den hölzernen Kramläden. Hier und dort huschte der schwarze Schatten eines Juden vorbei, Tarabas entgegen, geduckt in den kümmerlichen Schutz der Häuser. Vor sich auf seinem Weg sah Tarabas lauter Fliehende. Daß man vor ihm Angst haben könnte, verstand er nicht. Bekümmert wurde er im Verlauf seines Marsches, bekümmert. Ja, Kummer bereitete ihm die Stadt Koropta. Er hielt vor dem Gouvernementsgebäude, stieg, von zwei seiner Bewaffneten gefolgt, die breite Treppe hinauf und öffnete die zweiflügelige Tür, hinter der er den Kommandanten der Polizei vermutete. Hier saß er in der Tat, ein armseliger Greis, hager und winzig und verloren in dem gewaltigen Lehnstuhl, ein Mann aus alten Zeiten. „Ich habe das Kommando dieser Stadt übernommen", sagte Tarabas. „Es ist meine Aufgabe, hier ein Regiment zusammenzustellen. Geben Sie mir die Aufzeichnung der wichtigsten Gebäude. Wo ist die Kaserne? Sie dürfen dann ruhig heimgehn."

„Sehr gerne", sagte das Greislein. Und begann, mit einem verstaubten, außerordentlich dünnen Stimmchen, das kam, wie aus einem altertümlichen Spind, das Gewünschte herzusagen. Dann erhob sich der Greis. Sein kahler, gelblicher, fleckiger Schädel reichte knapp bis zur Höhe der Sessellehne. Hut und Stock holte er von den Haken, verneigte sich lächelnd und ging.

„Setz dich dorthin!" sagte Tarabas zu einem seiner Begleiter. „Bis ich wiederkomme, bist du der Polizeikommandant!" Und Tarabas ging und säuberte eines der wenigen in Koropta befindlichen Ämter nach dem andern. Die leere Kaserne bezog er hierauf, versammelte die Gefangenen im Hof und fragte: „Wer von euch war Soldat? Wer von euch möchte unter mir weiter Soldat bleiben?"

Alle traten sie vor. Alle wollten sie unter Tarabas Soldaten sein.

10

Als die Kunde von der Ankunft des schrecklichen Tarabas und seiner schrecklichen Begleiter in den Gasthof „Zum weißen Adler" gedrungen war, beschloß der Wirt, der Jude Nathan Kristianpoller, unverzüglich seine Wohnung zu räumen und seine Frau sowie seine sieben Kinder zu den Schwiegereltern nach Kyrbitki zu schicken. Einigemal schon hatte die Familie Kristianpollers diese Reise gemacht. Zuerst, als der Krieg ausbrach, hierauf, als ein fremdes Kosakenregiment in das Städtchen Koropta einrückte, später, als die Deutschen einmarschierten und die westlichen Teile Rußlands besetzten. Bei der ersten Fahrt waren es fünf Kinder gewesen, hierauf sechs, zuletzt nicht weniger als sieben, Mädchen und Knaben. Denn unabhängig von den unaufhörlich wechselnden Schrecken des Krieges erteilte die Natur der Familie Kristianpoller ihren gleichen unerbittlichen und freundlichen Segen. Den Gasthof „Zum weißen Adler" – es war der einzige im Städtchen Koropta – hatte der Jude Kristianpoller von seinen Vorfahren geerbt. Seit mehr als hundertfünfzig Jahren besaßen und verwalteten die Kristianpollers diesen Gasthof. Der Erbe Nathan Kristianpoller wußte nichts mehr von den Schicksalen seiner Großväter. Er war in diesem alten Gasthof aufgewachsen, hinter der dicken, verfallenden, von vielen Sprüngen gezeichneten, von wildem Weinlaub bewachsenen Mauer, die ein großes, rotbraun gestrichenes, zweiflügeliges Tor unterbrach und gleichzeitig verband, wie ein Stein einen Ring unterbricht und verbindet. Vor diesem Tor hatten der Großvater und der Vater Nathan Kristianpollers die Bauern erwartet und begrüßt, die Donnerstag und

Freitag auf den Markt nach Koropta kamen, ihre Schweine zu verkaufen und Sensen, Sicheln, Hufeisen und bunte Kopftücher in den kleinen Läden der Händler zu erstehen. Bis zu der Stunde, in welcher der große Krieg ausbrach, hatte der Gastwirt Kristianpoller keine Veranlassung gehabt, an eine Veränderung zu denken. Später aber gewöhnte er sich sehr schnell an die verwandelte Welt, und es gelang ihm, wie vielen seiner Brüder, die Gefahren zu umgehen, mit List und mit Hilfe Gottes der Gewalt heimischer und fremder Soldaten die angeborene und eingeübte Schlauheit entgegenzuhalten wie einen Schild und, was das wichtigste war, das nackte Leben zu bewahren, das eigene und das der Familie.

Jetzt aber, nach der Ankunft des schrecklichen Tarabas, ergriff den Gastwirt Kristianpoller ein ganz fremder, ihm völlig unbekannter Schrecken. Eine neue Bangnis erfüllte sein Herz, das sich schon mit den heimischen, gewohnten Bangnissen vertraut gemacht hatte. Wer ist dieser Tarabas? fragte das Herz Kristianpollers. Wie ein schimmernder König aus Stahl kommt er nach Koropta. Gefährlich neue und eiserne Nöte bringt er nach Koropta. Andere Zeiten werden anbrechen und, Gott weiß, welche neuen Gesetze! Erbarme Dich unser aller, Herr, und insbesondere Nathan Kristianpollers!

Zwar wohnten schon seit zwei Wochen im Gasthof „Zum weißen Adler" die Offiziere der neuen Armee des jungen Landes mit ihren Burschen. Zwar lärmten sie jede Nacht im großen, weiten Saal der Gaststube unter dem braunen Gebälk der niedrigen, hölzernen Decke und später noch in ihren Zimmern. Kristianpoller aber hatte bald erkannt, daß sie nur aus harmlosem Übermut wüteten und tranken und daß sie eines Meisters und Gebieters harrten, der sie noch unbekannten, gewiß aber gefährlichen Zielen entgegenführen würde. Und gewiß war Tarabas dieser Gebieter. Infolgedessen lud Kristianpoller seine ganze Familie, wie er es schon gewohnt war, in den großen Landauer, der im Schuppen des Gasthofs bereitstand, und schickte alle Teuren nach Kyrbitki. Er selbst blieb. Die zwei geräumigen Zimmer, zu denen eine kaum sichtbare Tür hinter dem Schanktisch führte und in denen er mit den Seinigen gewohnt hatte, verließ er und schlug sich ein Lager aus Stroh auf dem Boden der Küche auf. Im weiten Hof, neben dem Schuppen, befand sich noch ein kleines Gebäude aus gelben Ziegeln, halb verfallen und zu keinen sichtlichen Zwecken erbaut, nur vorläufigen und zufälligen dienlich. Dort lagerte allerlei Hausgerät, leere Fässer, Tröge und Körbe, gespaltenes Holz für den Winter und rundgebündelte Kienspäne, alte, ausgediente Samoware und was sich sonst Nützliches und Nutzloses im Lauf der Zeit angesammelt hatte.

Nicht ohne ein gewisses Schaudern hatte Kristianpoller in seiner ersten Jugend dieses Gebäude betreten. Manche erzählten nämlich, vor undenklichen Zeiten, als noch die ersten christlichen Missionare in dieses hartnäckige heidnische Land gekommen waren, hätten sie an dieser Stelle, just in diesem Hofe, eine Kapelle errichtet. Diese Erzählungen bewahrte der Jude Kristianpoller wohl in seiner Brust, er verriet sie nicht, denn er ahnte, daß sie eine Wahrheit enthielten. Wäre er überzeugt gewesen, daß es Märchen seien, so hätte er sich nicht gehütet, ihrer vielleicht bei passenden Gelegenheiten zu erwähnen, statt seiner Frau oder seinen Kindern Schweigen zu gebieten, wenn eins von ihnen jemals auf die merkwürdige Vergangenheit der Kammer zu sprechen kam. Man möge kein törichtes Märchen wiederholen, pflegte Kristianpoller zu sagen.

Dem Stallknecht Fedja gab er jetzt den Auftrag, die „Kammer" zu reinigen und herzurichten. Er selbst ging in den Keller, wo die kleinen, rundlichen Schnapsfässer lagerten und die größeren Weinfässer, die schon sehr alt waren und glücklicherweise sogar den Krieg und alle wechselnden Invasionen überdauert hatten. Es war ein geräumiges Kellergewölbe, angelegt in zwei Stockwerken, mit steinernen Wänden, steinernem Boden und einer steilen Wendeltreppe. Hatte man deren letzte Stufe erreicht, so trat der Fuß auf eine große Platte, die man mit Hilfe eines großen, eisernen Ringes ein wenig heben und dann mit einem schweren, eisernen Stab hochstemmen konnte. Den Ring hatte Kristianpoller aus der Öse gelöst und verborgen, damit kein Unberufener etwa auf den Gedanken komme, daß ein tieferes Stockwerk des Kellers vorhanden sei. Tief unten befand sich der alte, kostbare Wein. Schnaps und Bier lagen, jedermann erreichbar, in der oberen Abteilung.

Die eiserne Stange wie den Ring holte nun Kristianpoller aus dem Versteck und schleppte sie in seine Schankstube. Er war ein ziemlich kräftiger Mann, wohlgerötet durch den Atem des Alkohols, der ihn seit seinen Kindertagen umwehte, waren sein Gesicht und sein Nacken, und kräftig spannten sich seine Muskeln dank der gewohnten Arbeit an den schweren Fässern und an den Fuhrwerken der bäuerischen Gäste. Dem Dienst bei der Armee und also den unmittelbaren Gefahren des Krieges war Kristianpoller nur infolge eines geringen körperlichen Fehlers entgangen: ein zartes, weißes Häutchen verschleierte sein linkes Auge. Auf seinen entblößten Unterarmen, unter den aufgerollten Hemdsärmeln wucherten Wälder von dichten, schwarzen Haaren. Der ganze Mann hatte etwas Furchtbares, und sein verschleiertes Auge machte sein braunbärtiges Angesicht zuweilen sogar grimmig. Unerschrocken war er von Natur. Dennoch wohnte jetzt die Angst in seinem Herzen.

Allmählich, im Laufe der Vorbereitungen, die er traf, gelang es ihm, sich ein wenig zu beruhigen und die Furcht vor dem unbekannten Tarabas zurückzudrängen. Ja, er machte sich sogar langsam mit der Vorstellung vertraut, daß er der Grausamkeit des fremden, eisernen Mannes zum Opfer fallen könnte. Und sollte es auch ein schreckliches Ende werden, dachte Kristianpoller, so sollte es auch ein mutiges sein. Und er betrachtete die eiserne Stange, die er aus dem Keller geholt hatte und die neben dem Schanktisch lehnte. Sie war ein wenig rostig von der Feuchtigkeit des Kellers. An altes Blut erinnerten ihre braunen Flecke.

Die Mittagsstunde war da, und Kristianpoller begrüßte die Offiziere, die bei ihm wohnten und die jetzt mit sehr viel Geklirr und lauten Rufen in die Gaststube traten. Er haßte sie. Seit nunmehr vier Jahren ertrug er mit lächelndem Angesicht, bald Zorn und bald Schrecken im Herzen, die verschiedenen Uniformen, das Scheppern der verschiedenen Säbel, den dumpfen Aufschlag der Karabiner und Gewehre auf die hölzernen Dielen dieser Gaststube, das Klirren der Sporen und den brutalen Tritt der Stiefel, das knarrende Lederzeug, an dem die Pistolen hingen, und das Klappern der Menageschalen, die gegen die Feldflaschen anschlugen. Der Wirt Kristianpoller hatte gehofft, nachdem der Krieg zu Ende gegangen war, endlich wieder eine andere Art von Gästen sehn zu können, Bauern aus den Dörfern, Händler aus den Städten, scheue, schlaue Juden, die verbotenen Branntwein verkauften. Aber die kriegerische Mode hörte offenbar in dieser Welt nicht mehr auf. Nun erfand man noch neue Monturen und allerneueste Abzeichen. Kristianpoller kannte nicht einmal mehr die Chargen seiner Gäste. Er sagte zur Sicherheit einem jeden Herr Oberst. Und er war entschlossen, Tarabas mit dem Titel „Exzellenz" und „Herr General" zu begrüßen.

Er trat vor den Schanktisch, lächelte und verneigte sich unaufhörlich und wünschte im stillen jedem Gast, ohne Ausnahme, einen qualvollen Tod. Sie fraßen und tranken, aber sie zahlten nicht, seitdem dieses neue Land auferstanden war. Sie erhielten keine Gage und konnten demzufolge auch gar nicht zahlen. Verdächtig erschienen dem Juden Kristianpoller die Finanzen seines neuen Landes. Diese Herren warteten gewiß auf Tarabas, auf das neue Regiment. Sie sprachen unaufhörlich von ihm, und das feine und schlaue Ohr Kristianpollers lauschte fleißig, während er die Gäste bediente. Es schien ihm alsbald, daß sie vor Tarabas beinahe ebensoviel Angst hatten wie er selbst, ja vielleicht fürchteten sie ihn noch mehr. Näheres über Tarabas zu fragen, wagte der Jude nicht. Gewiß hätten sie ihm Auskunft geben können. Alle kannten sie ihn schon.

Auf einmal, während sie noch aßen, wurde die Tür aufgestoßen. Einer von Tarabas' Bewaffneten trat ein, schlug salutierend die Absätze zusammen und blieb an der Tür stehn, eine fürchterliche Bildsäule. Das ist Tarabas' Bote, sagte sich der Wirt. Bald kommt er selber.

In der Tat hörte man einen Augenblick später die klirrenden Schritte von Soldaten. Durch die offene Tür trat der Oberst Tarabas, gefolgt von seinen Getreuen. Die Tür blieb offen. Alle Offiziere sprangen auf. Oberst Tarabas salutierte und gab ihnen ein Zeichen, sich wieder zu setzen. Zum Juden Kristianpoller wandte er sich, der die ganze Zeit gebückt vor seiner Theke stand, und befahl ihm, Essen, Trinken und Lager für zwölf Mann unverzüglich herzurichten. Er selbst werde hier wohnen, sagte Tarabas. Ein geräumiges Zimmer brauche er. Ein Bett vor der Tür für seinen Diener. Zwölf seiner Leute wolle er in der nächsten Umgebung wissen. Pünktlichkeit, Sauberkeit und Gehorsam verlange er auch vom Wirt und dessen Personal, falls solches vorhanden. Und er schloß mit dem Satz: „Wiederhole, Jude, was ich eben gesagt habe!"

Wort für Wort wiederholte nun Kristianpoller alle Wünsche des Obersten Tarabas. Ja, es war ihm ein leichtes, sie zu wiederholen. Eingegraben hatten sich die Worte Tarabas' in den Kopf Kristianpollers wie harte Nägel in Wachs. Für ewige Zeiten steckten sie drin. Er wiederholte Wort für Wort, das Angesicht immer noch gegen den Fußboden geneigt, den Blick auf die glänzenden Stiefelkappen Tarabas' gerichtet und auf den silbernen Saum, den der Schlamm an den Stiefelrändern zurückgelassen hatte. Er könnte verlangen, dachte Kristianpoller, daß ich den Rand seiner Stiefel mit der Zunge säubere. Wehe, wenn er es fordert.

„Sieh mir ins Auge, Jude!" sagte Tarabas. Kristianpoller erhob sich. „Was hast du zu erwidern?" fragte Tarabas.

„Euer Hochwohlgeboren und Exzellenz", antwortete Kristianpoller, „es ist alles bereit und in Ordnung. Ein großes Zimmer steht Euer Hochwohlgeboren zur Verfügung. Eine geräumige Kammer ist für Euer Hochwohlgeboren Begleiter bereit. Und vor dem Zimmer wollen wir ein Bett bereitstellen, ein bequemes Bett!"

„Recht, recht", sagte Tarabas. Und er befahl seinen Leuten, Essen aus der Küche zu holen. Und er setzte sich an einen freien Tisch.

Es war ganz still im Schankzimmer geworden. Die Offiziere rührten sich nicht mehr. Sie sprachen nicht mehr. Ihre Gabeln und Löffel lagen unbeweglich neben den Tellern.

„Guten Appetit!" rief Tarabas, zog sein Messer aus dem Stiefel und betrachtete es sorgfältig. Er leckte seinen Daumen ab und fuhr mit dem nassen Finger sachte über die Schneide.

Der Jude Kristianpoller nahte mit dampfender Schüssel in der Rechten, Löffel und Gabel in der Linken. Erbsen und Sauerkraut brachte er, dazwischen eine rosa leuchtende Schweinsrippe. Zarter, grauer Dunstschleier lag über dem Ganzen.

Nachdem Kristianpoller die Schüssel niedergesetzt hatte, verneigte er sich und schritt rücklings gegen den Schanktisch.

Von hier aus beobachtete er unter halbgeschlossenen Lidern den äußerst gesunden Appetit des gefährlichen Tarabas. Er wagte nicht, ohne besondere Aufforderung der Stimme seines Herzens zu gehorchen, die ihm da zuflüsterte, er möchte dem gewaltigen Manne Alkohol anbieten. Vielmehr wartete er auf einen Befehl.

„Trinken!" rief endlich der fürchterliche Tarabas.

Kristianpoller verschwand und erschien einen Augenblick später mit drei großen Flaschen auf einer soliden, hölzernen Platte: Wein, Bier und Schnaps.

Er stellte die drei Flaschen sowie drei verschiedene Gläser vor den Obersten Tarabas, verbeugte sich tief und zog sich zurück. Tarabas prüfte zuerst die Flaschen, indem er jede einzelne nacheinander hob und in der Luft betrachtete, wie um sie mit Hand und Blick zu wägen, und entschloß sich hierauf für den Branntwein. Er trank, wie es die Gewohnheit aller Schnapstrinker ist, ein Gläschen auf einen Zug und schenkte sich ein neues ein. Vollkommene Stille herrschte in der Wirtsstube. Die Offiziere saßen steif vor ihren Tellern, Bestecken und Gläsern und schielten zu Tarabas hinüber. Kristianpoller stand reglos, mit gesenktem Kopf vor seiner Theke, in harrender Dienstfertigkeit, jeden Moment bereit, auf einen Wink, ja auf ein Zucken der Augenbrauen des Obersten Tarabas herbeizueilen. So stand Kristianpoller da, lauschend und lauernd auf die Wünsche des Kriegsgottes von Koropta, die sich in dessen Innerem langsam oder, wer weiß, auch plötzlich bilden mochten. Man hörte deutlich das gurgelnde Rinnen des Branntweins,

600   TARABAS

wenn der Oberst ein neues Gläschen füllte; und hierauf die anerkennenden Worte des Furchtbaren: „Ein guter Schnaps, mein lieber Jude!" – ein Satz, den Tarabas immer häufiger und mit immer lauterer Stimme wiederholte. Schließlich, nachdem der Oberst sechs Gläschen getrunken hatte, schien es dem jüngsten der anwesenden Offiziere, dem Leutnant Kulin, an der Zeit, die allgemeine, von Respekt und Furcht geladene Stille zu unterbrechen. Er erhob sich, ein gefülltes Glas Branntwein in der Hand, und näherte sich dem Tisch des Obersten. Die Hand des Leutnants Kulin zitterte nicht, aus dem bis zum Rande gefüllten Glas fiel kein Tropfen, als er in soldatischer Haltung vor Tarabas stehenblieb. „Wir trinken auf das Wohl unseres ersten Obersten!" sagte der Leutnant Kulin. Alle Offiziere erhoben sich. Auch Tarabas stand auf. „Es lebe die neue Armee!" sagte Tarabas. „Es lebe die neue Armee!" wiederholten alle. Und mitten in das Geklirr der aneinanderstoßenden Gläser brach, ein etwas verspätetes und schüchternes Echo, die Stimme des Juden Kristianpoller: „Es lebe unsere neue Armee!"

Sofort nachdem er diese Worte ausgestoßen hatte, erschrak Nathan Kristianpoller gewaltig. Und er eilte hinter die Theke, schlug die kleine, hölzerne Tür auf, die in den Hof ging, rief nach dem Hausknecht Fedja und befahl ihm, zwei Fäßchen Branntwein aus dem Keller zu holen. Indessen hub drinnen in der Stube eine allgemeine Verbrüderung an. Einzeln zuerst, hierauf in kleinen Gruppen, verließen die Männer ihre Sitze, näherten sich, immer mutiger und vertraulicher, dem Obersten Tarabas und leerten ihre Gläser auf sein Wohl. Tarabas fühlte sich immer wohler und heimischer. Mehr noch als der Schnaps wärmte ihn die untertänige Freundschaft der Offiziere, Eitelkeit wärmte sein Herz. „Du, mein Freund", sagte er bald wahllos dem und jenem. Alsbald rückten sie auch die Tische zusammen. Keuchend und die Stirnen schweißbedeckt, kamen Kristianpoller und der Hausknecht Fedja mit den Schnapsfässern. Eine Weile später rann der wasserklare Branntwein in die geräumigen, funkelnden Weingläser, sechsunddreißig an der Zahl, die auf dem Schanktisch warteten. Sobald eines gefüllt war, wurde es von Hand zu Hand gereicht wie Wassereimer bei einem Brand. Dann, als gälte es, ein Feuer zu löschen, stellten sich die Offiziere in einer Kette auf, von der Theke Kristianpollers bis zum Tisch, an dem der furchtbare Tarabas saß, und reichten einander die gefüllten Gläser. So reichten sie einander ein volles Glas nach dem andern weiter; und ordentliche Gläser waren es.

Auf einen Wink des Majors Kulubeitis erhoben alle gleichzeitig die Gläser, brüllten ein unheimliches „Hurra", das den Juden Kristianpoller vollends verzagt machte, den Knecht Fedja aber dermaßen erfreute, daß er überraschend aus vollem Herzen zu lachen anfing. Er mußte sich bücken, so schüttelte ihn sein eigenes Gelächter. Dabei schlug er mit seinen schweren Händen auf seine vollen Schenkel. Anstatt daß dieses törichte Gelächter die Herren beleidigt hätte, wie Kristianpoller bereits zu befürchten begann, steckte es im Gegenteil auch die gutgelaunten Offiziere an, und alle Welt lachte nun, stieß mit den Gläsern an, prustete, schüttelte sich, brüllte und hustete. Alle waren sie plötzlich von einer unerbittlichen Fröhlichkeit unterjocht worden, preisgegeben und ausgeliefert waren sie ihrem eigenen Gelächter. Ja, Tarabas selbst, der Gewaltige, winkte unter dem unaufhörlichen Jubel aller den lachenden Fedja heran und befahl ihm zu tanzen. Und damit die Musik nicht fehle, ließ Tarabas einen der Seinen hereinrufen, einen gewissen Kalejczuk, der vortrefflich die Ziehharmonika zu handhaben verstand. Dieser begann aufzuspielen, sein Instrument in beiden Händen vor der gereckten Brust. Er spielte den weitbekannten Kosakentanz, denn er hatte sofort erkannt, daß der Knecht Fedja sein Landsmann war. Und sofort – gleichsam Herz und Füße getroffen von den Klängen der Ziehharmonika – begann Fedja zu tanzen. Die Kette, welche die Offiziere bis jetzt gebildet hatten, rundete sich zu einem Ring, in dessen Mitte Fedja herumhüpfte und Kalejczuk die Ziehharmonika bearbeitete. Freiwillig, ja glückselig zuerst hatte Fedja zu tanzen begonnen. Allmählich aber, unter der Gewalt der Musik, die ihn befehligte und der er sich in süßem und zugleich qualvollem Gehorsam fügte, erstarrte sein lächelndes Gesicht, und sein offener Mund konnte sich nicht mehr schließen. Zwischen seinen gelben Zähnen zeigte sich von Zeit zu Zeit die lechzende Zunge, als gälte es, die Luft zu lecken, an der es den Lungen fehlte. Er drehte sich um die eigene Achse, ließ sich hierauf fallen und wirbelte hockend in den Knien im Kreise herum, erhob sich wieder, um einen Luftsprung zu vollführen: alles, wie es die Gesetze des Kosakentanzes vorschrieben. Man sah ihm an, daß er gerne innegehalten hätte. Zuweilen schien es, daß den Tänzer alle Kräfte zu verlassen drohten, ja, daß sie ihn schon verlassen hätten und daß er nur noch getrieben und belebt ward von den wehklagenden und feurigen Klängen des Instruments und von den rhythmischen, klatschenden Schlägen, welche die rundum als Wächter des Tanzes aufgestellten Offiziere mit ihren Händen vollführten. Auch den Musikanten Kalejczuk ergriff alsbald die Lust, sich zu bewegen. Die Musik, die er machte, überwältigte ihn selbst so, daß er sich, die rührigen Finger immer noch unablässig in den Klappen der Ziehharmonika, plötzlich zu drehen begann, zu hüpfen, sich in die Knie fallen zu lassen und dem unermüdlichen Fedja entgegenzutanzen. Schließlich sprangen auch einige Offiziere aus dem Kreis, tanzten, so gut sie konnten, mit den beiden um die Wette, und die übrigen, die noch dastanden, stampften zum Takt mit den Stiefeln und hörten nicht auf, in die Hände zu klatschen. Ein ungeheuerlicher Lärm erhob sich. Es dröhnten die Stiefel auf dem Boden, die Fensterscheiben schepperten, die Sporen klirrten und die noch leeren Gläser, die nebeneinander auf dem blechernen Schanktisch standen und auf neue Trinker zu warten schienen. Der Jude Kristianpoller wagte nicht, den Platz zu verlassen, auf dem er stehengeblieben war. Merkwürdigerweise beruhigte ihn dieser ganze Lärm in der gleichen Weise, wie er ihn erschreckte. Er fürchtete, man würde auch ihn im nächsten Augenblick tanzen lassen, wie Fedja, den Knecht. Haß war in seinem Herzen und Bangnis. Zugleich wünschte er, diese Leute möchten noch mehr trinken, obwohl sie ja, wie er bereits wußte, kein Geld hatten, zu bezahlen. Reglos stand er neben seiner Theke da, ein Fremder in seinem eigenen Hause. Und er wußte nicht, was er da zu tun hätte. Und er wollte seinen Schanktisch verlassen – und er wußte auch, daß es unmöglich sei. Ratlos, armselig und geschäftig, trotz seiner Unbeweglichkeit, stand er da, der Jude Kristianpoller.

Nun, der goldige Herbsttag ging indessen zu Ende. Und den drei großen Fenstern gegenüber, auf den Schragen, an denen die gebräunten, fettigen Ledergürtel hingen und die blitzenden Säbel, spiegelte sich die rötlich untergehende Sonne des Herbstes. Auf sie richtete der Jude Nathan Kristianpoller seinen Blick. Ein Zeichen schien es ihm, daß der alte Gott noch bestehe. Er wußte, der Jude, daß die Sonne im Westen unterging und daß sie jeden wolkenlosen Tag auf diesen Schragen fiel: Dennoch schöpfte er in diesem Augenblick Trost aus längst vertrautem und selbstverständlichem Tatbestand. Mochte Tarabas, der Fürchterliche, auch gekommen sein. Die Sonne Gottes ging noch unter, wie jeden Tag zuvor. Es war die Zeit gekommen, das Abendgebet zu sagen, das Antlitz gegen Osten gewendet, das heißt eben gegen den Schragen, den Kristianpoller jetzt betrachtete. Wie konnte er beten? Immer noch verstärkte sich der Lärm. Alle Schrecken des Kriegs und der bisherigen verschiedenen Besatzungen erschienen Kristianpoller in diesem Augenblick harmlos, verglichen mit dem eigentlich ganz ungefährlichen Gestampf und Gebrüll der Männer um Tarabas. Dieser saß übrigens, als der einzige, an seinem Tisch. Er lehnte sich weit zurück, fast lag er mehr, als er saß, die Beine in den prallen Hosen auseinandergespreizt, die Füße in den funkelnden Stiefeln weit vor sich hingestreckt. Von Zeit zu Zeit fühlte er sich bewogen, in die Hände zu klatschen, wie die andern es unaufhörlich taten. Nun stand schon ein gutes Dutzend geleerter Gläschen auf seinem Tisch – und immer noch gesellte sich ein neues, gefülltes dazu, dargebracht wie ein Opfer von den fürsorglichen Händen der im Rund aufgestellten Offiziere. Außer Tarabas trank seit einer halben Stunde kein anderer mehr. Von seinem Platz an der Theke aus konnte der Jude Kristianpoller merken, wann es an der Zeit sei, ein neues Gläschen zu füllen. Eigentlich starrte er die ganze Zeit nur noch auf den Tisch des Obersten Tarabas, und weder der Lärm, der ihn fast betäubte, noch der vielfältige Kummer, der ihn erfüllte, konnte ihn von der im Augenblick allerwichtigsten Sorge ablenken: ob der Fürchterliche noch mehr zu trinken wünsche. Aus der Flasche, die Kristianpoller vorher auf den Tisch gestellt hatte, schüttete Tarabas nichts mehr nach. Offenbar gefiel es ihm besser, wenn ihn die Offiziere bedienten. Nunmehr fing er an, wie Kristianpoller zu bemerken glaubte, der Müdigkeit anheimzufallen. Er mochte, nach der oberflächlichen Schätzung des Wirtes, bereits das sechzehnte Glas geleert haben. Er gähnte, der Große; Kristianpoller sah es ganz deutlich. Und diese unzweifelhafte Äußerung einer allgemeinen menschlichen Schwäche beruhigte den Juden.

Indessen verschwand der abendliche Widerschein der Sonne sehr schnell aus der Gasthausstube. Es wurde dunkel, auf einmal fast. Plötzlich hörte man einen schweren Fall. Fedja lag da, auf dem Rücken, die Arme ausgestreckt, und die Ziehharmonika brach ab, als hätte sie jemand in der Mitte entzweigeschnitten. „Wasser!" rief einer. Kristianpoller stürzte mit dem Eimer herbei, der immer hinter der Theke bereitstand, und goß einen schweren, kalten Schwall auf Fedjas Angesicht. Ringsum beobachtete man genau, mit mehr Eifer als Schrecken, wie Fedja aus der Ohnmacht erwachte, prustete und sofort nach seiner Rückkehr ins Leben, liegend noch, ein schallendes Gelächter begann … ähnlich, wie ein Neugeborenes das Licht der Welt mit jämmerlichem Weinen begrüßt. Es war inzwischen völlig dunkel geworden. „Macht Licht!" rief Tarabas und erhob sich. Kristianpoller entzündete zuerst die Laterne, die stets auf dem Schanktisch stand, und an ihr, wie er es immer gewohnt war, mit Hilfe eines zusammengerollten Papierchens die Petroleumlampe. Das gelbliche, fettige Licht fiel gerade auf Fedja, der sich lachend erhob. Er prustete, schnaufte, Wasser rann von seinem Kopf und von seinen Schultern. Alle anderen schwiegen. Keiner rührte sich. „Zahlen!" rief plötzlich Tarabas. Wie lange schon hatte der Jude Kristianpoller diesen Ruf nicht mehr gehört! Wer hatte „Zahlen!" gerufen?

„Euer Hochwohlgeboren, Euer Exzellenz, Herr General", sagte Kristianpoller, „ich bitte um Vergebung, ich habe nicht gezählt …" „Von morgen an wirst du zählen!" sagte Tarabas. „Ich schlage einen Spaziergang vor, meine Herren."

Und alle gürteten sich hastig. Mit Geklirr und Gepolter gingen sie hinaus, in die Nacht des kleinen Städtchens Koropta, in einem Rudel hinter Tarabas, der Kaserne entgegen, um zu sehen, wie sich die Mannschaft des neuen Regiments in der Finsternis betrage.

II

In den folgenden Tagen fühlte sich Oberst Tarabas, der furchtbare König von Koropta, nicht mehr heimisch in seinem Reich. Erwachte er des Morgens in dem breiten und gefälligen Bett, das ihm der Gastwirt Kristianpoller bereitet hatte, so wußte der König Tarabas nicht mehr, was sich gestern alles zugetragen hatte. Und die Erwartung der Dinge, die sich heute noch ereignen sollten, verwirrte ihn noch mehr. Denn wahrhaft verwirrend waren die Ereignisse, die sich in diesen Tagen rings um den Obersten häuften, teuflische Ereignisse. Teuflische Papiere brachten die häufigen Kuriere, die herbeikamen aus der Hauptstadt, zu Fuß, in Wagen, beritten und in alten Militärautomobilen. Es war für Tarabas kein Zweifel, daß in diesem seinem neuen Vaterland ein papierener Teufel regierte. Unter seinem Befehl saßen tausend wütige Schreiber in der neuen Hauptstadt und sannen auf listige Pläne, Tarabas zu verderben. Rothaarige Schreiber waren es, rothaarige Juden vielleicht. Der Bursche mußte den Obersten am Morgen ankleiden, rasieren und bürsten. Er mußte ihm die schweren, engen Stiefel anpassen, neben dem Herrn vor dem Bett niederknien, Kopf und Oberkörper zwischen den gespreizten Beinen des Obersten bald vorstrecken und bald zurückziehen, die starken, braunen Fäuste abwechselnd an den Schäften und Zuglappen des rechten und an denen des linken Stiefels, hierauf geduckt vorkriechen und kräftig gegen Fersen und Sohlen klopfen, damit der Fuß Tarabas' endlich bequem in seine Behausung gelange. Denn es war, als ob sich der ganze Widerwille Tarabas' gegen den neuen Tag, der sich da drohend vor dem Fenster erhob, in den widerspenstigen Füßen gesammelt hätte. Um sie an die Erde wieder zu gewöhnen, stampfte er ein paarmal dröhnend auf den Boden, reckte dabei die Arme hoch, gähnte, mit einem langgezogenen, hohlen Schrei, und ließ sich den Riemen mit Dolch und Pistole umgürten. Es sah aus, als würde ein königliches Roß angeschirrt. Das war der Augenblick, in dem der Jude Kristianpoller, der seit dem ersten Morgengrauen hinter der Tür gelauscht hatte, auf lautlosen Pantoffeln in die Schenke eilte, den Tee zu bereiten. Kam dann der Oberst in die Schankstube, so rief Kristianpoller ein lautes „Guten Morgen!", das wie bestimmt war, eine ganze Stadt zu begrüßen. Es war, als schallte die ganze große Freude des Juden, seinen erhabenen Gast endlich wiederzusehn, in diesem Gruß. „Guten Morgen, Jude!" erwiderte der Furchtbare. Es war ihm angenehm, der lärmende Gruß Kristianpollers weckte ihn erst eigentlich, bestätigte ihm auch, daß er noch mächtiger war als der anbrechende Tag; mochte der noch viele neue Papiere bringen. Gierig, mit gewaltigen Schlucken trank er den glühenden Tee, erhob sich, grüßte und rasselte in die Kaserne. Alle, die ihm unterwegs begegneten, wichen ihm aus und verbeugten sich tief. Er aber sah niemanden an. Neues Unglück erwartete ihn in der Kanzlei. Er war ein gebildeter Mensch, Akademiker sogar. Einmal, vor Jahren, hatte er ganz verteufelte Formeln begriffen, Prüfungen bestanden. Ach, kein schlechtes Köpfchen war der Tarabas gewesen! Heute hatte er zwei Hauptleute zu Hilfe genommen; vier Schreiber, befehligt von einem kundigen Unteroffizier, saßen da und schrieben (auch sie wie Teufel). Alle zusammen verwickelten noch mehr die unzähligen Erlässe, die aus der Hauptstadt kamen, verwickelten die Anfragen, lösten keines der vielen Rätsel, verdichteten den Nebel, der sich aus den Papieren zu erheben schien, traten vor Tarabas mit verwirrenden Berichten, fragten ihn, ob sie dies und jenes zu tun hätten, und sagte er ihnen, sie möchten ihn in Ruhe lassen, so verschwanden sie wie Gespenster, vom Erdboden verschluckt, und ließen ihn allein mit der Qual der Verantwortung! Ach, er sehnte sich nach dem Kriege, der gewaltige Tarabas! Die wahllos Zusammengelaufenen, aus denen sich sein neues Regiment zusammensetzte, waren nicht seine alten Soldaten. Aus Hunger waren sie zu Tarabas gekommen, aus keinem andern Grunde. Jeden Tag meldete man ihm Desertionen. Jeden Tag, wenn er den Exerzierplatz besuchte, bemerkte er neue Lücken in den einzelnen Zügen. Man exerzierte faul und schläfrig. Ja, einige seiner Offiziere hatten nicht einmal eine Ahnung von Kompanieexerzieren. Welch Greuel für einen Tarabas! Nur auf seine wenigen Getreuen, die er hierher nach Koropta mitgebracht hatte, konnte er sich noch verlassen. Die andern fürchteten ihn zwar noch; aber schon fühlte er, daß diese Furcht auch den Verrat gebären konnte und den Meuchelmord. Gehorchte man noch seinen Befehlen? – Man nahm sie nur ohne Widerspruch entgegen. Auflehnung wäre ihm genehmer gewesen.

Und Tarabas erinnerte sich an den unseligen Sonntag, an dem der rote Fremdling zum erstenmal vor ihm erschienen war und mit dem das große Unheil angefangen hatte. Zeitweilig erfüllte ihn ein grimmiger Haß gegen seine Untergebenen, wie er ihn niemals gegen den Feind gekannt hatte. Und er erhob sich am Abend, wenn er sicher war, daß sie alle, seine Feinde, schon lange schliefen, vom friedlichen Tisch des Gasthofs, verließ ohne Gruß die Gesellschaft der zechenden Kameraden und eilte, Rachedurst im Herzen, mit großen Schritten in die Kaserne. Er visitierte die Wachen, ließ die Zimmer öffnen, riß die Decken von den nackten Leibern der Schlafenden, durchsuchte Lager und Strohsäcke, Rucksäcke und Bündel, Taschen und Kissen, kontrollierte das Klosett, drohte, den und jenen zu erschießen, fragte nach den Militärpässen, den Papieren, den Schlachten, die der und jener mitgemacht hatte, wurde plötzlich gerührt, war nahe daran, sich zu entschuldigen, dann von neuem Grimm gegen sich selbst erfüllt, hierauf von Wehmut und Mitleid. Tiefbeschämt, aber die Scham geborgen hinter klirrender Furchtbarkeit, stampfte er von dannen (und wie gerne hätte er seinen Schritt lautlos gemacht), zurück in den Gasthof.

Noch hatte er keine Löhnung für seine Mannschaft bekommen, keine Gage für sich und seine Offiziere. Seine Getreuen stahlen und raubten, was sie brauchten, wie sie gewohnt waren, in Häusern und Gehöften. Der Bevölkerung hatte er, der Sitten eingedenk, die in eroberten Gebieten galten, befohlen, vorläufig jeden Nachmittag dem Regiment Lebensmittel zu liefern. Pünktlich jeden Nachmittag um vier Uhr standen die Einwohner von Koropta mit Körben und Bündeln im Hof der Kaserne. Sie bekamen für Fleisch, Eier, Butter und Käse sogenannte Quittungen, winzige Zettelchen. Überreste und Fetzen aus altem vergilbtem Kanzleipapier, beschrieben von der ungelenken Hand des Feldwebels Konzew, gezeichnet von Tarabas mit einem kraftvollen T. Einmal sollten, nach Tarabas' Kundgebung, die drei seiner Männer unter heftigem Trommeln in Koropta verlautbart hatten, diese Quittungen eingelöst und bezahlt werden. Man traute den Trommlern nicht. Wie oft schon im Verlauf dieses Krieges hatten die Menschen von Koropta Trommler vernommen! Aber furchtsam wie bisher brachten sie in die Kaserne, was sie an entbehrlicher Nahrung besaßen oder gekauft hatten – und auch die Ärmsten trugen noch eine Kleinigkeit herbei, ein Töpfchen Schmalz, eine Schnitte Brot, Kartoffeln, Zuckerrüben, Rettich und gebratene Äpfel.

Die unersättlichen Offiziere verpflegte der Jude Kristianpoller. Der alte, hilfreiche und grausame Gott schenkte dem Juden Kristianpoller an jedem neuen Tag ein neues Geschenk. Aus dem Dörfchen Hupki kam der gute Schwager Leib mit einem halben Ochsen. Und am nächsten Tage erschien unerwartet der Schinder Kuropkin, der ein gestohlenes Schwein gegen einen Liter Schnaps umzutauschen gehofft hatte. Nicht vergeblich war seine Hoffnung gewesen. Zwei Liter gab ihm Kristianpoller. Dafür schlachtete Kuropkin eigenhändig das Schwein und briet es im Hof im offenen Feuer. Mit Geld hatte bis jetzt nur der furchtbare Tarabas bezahlt. Von den anderen hatte Kristianpoller nicht einmal Quittungen erhalten. Aber was bedeutete auch das neue, in der Hast her-

606   TARABAS

gestellte Papiergeld, das der neue Staat auslieferte? Würde es noch zu Lebzeiten Kristianpollers in bares Gold umgetauscht werden? Bares Gold, fünf meterhohe Rollen aus goldenen Zehn-Rubel-Stücken, bewahrte Kristianpoller im zweiten Stockwerk seines Kellers auf.

Schon bereitete er sich auf den Tag vor, an dem er, die Gefräßigkeit seiner verhaßten Gäste zu befriedigen, in den Keller steigen würde, um etwas von einer der Rollen abzuheben. Aber er betete, dieser Tag möchte noch sehr ferne liegen.

Schon hatte Tarabas Botschaft nach der Hauptstadt geschickt, es fehle an Geld und er könne, wenn es ausbliebe, Meuterei und Unruhe erwarten. An einem der nächsten Tage erschien ein eleganter Leutnant in der neuen Uniform des Landes in Koropta, just zu einer Zeit, in der Oberst Tarabas bereits in der Gesellschaft der Kameraden trank. Der Leutnant meldete, daß am nächsten Tage die Exzellenz, der General Lakubeit, die Garnison inspizieren werde. Tarabas erhob sich. „Bringt er Geld, der General?" fragte er. „Gewiß!" sagte der Leutnant. „Setz dich und trink!" befahl Tarabas.

Der Leutnant setzte sich gehorsam. Er trank sehr wenig. Er war der Adjutant eines nüchternen Generals.

12

Am nächsten Morgen traf der General Lakubeit ein. Tarabas erwartete ihn am Bahnhof. Der Anblick des Generals, eines schwächlichen, kleinen Mannes, überraschte den Obersten Tarabas; ja, er fühlte sich durch die Winzigkeit des Generals überrumpelt. Es war ihm, als verhieße der schwache Körper der Exzellenz seinem eigenen, sehr kräftigen wenig Gutes. Vom Trittbrett schon reichte ihm der General die Hand. Aber es war, als suchte die Exzellenz eher sich auf Tarabas' mächtige Hand beim Absteigen zu stützen, als sie zur Begrüßung zu drücken. Das dürre, zerbrechliche Händchen des Generals fühlte Tarabas einen Augenblick in seiner mächtigen Faust wie einen kleinen, warmen, hilflosen Vogel. Der Oberst Tarabas war gerüstet, einen General zu empfangen, wie er deren viele kannte: zumeist mächtige und männliche Erscheinungen, bärtige, zumindest schnurrbärtige Herren, mit geradeaus gerichtetem, soldatischem Blick, mit harten Händen und festen Schritten. Solch einem General zu begegnen, war Tarabas gerüstet gewesen. Lakubeit aber war bestimmt einer der sonderbarsten Generale der Welt. Sein glattrasiertes, gelbes, verkniffenes Gesichtchen wuchs, irgendeiner fremden, alten, verrunzelten Frucht ähnlich, aus dem hohen, breiten, blutroten Kragen und barg sich im Schatten des riesigen, schwarzen Daches, mit dem die graue, goldbetreßte Mütze eigens zu dem Zweck versehen zu sein schien, um das alte Köpfchen vor weiterer Verwelkung zu schützen. Die dünnen Beine Lakubeits versanken in den hohen Stiefeln, die gewöhnlichen Bauernstiefeln glichen und nicht mit Sporen versehen waren. Ein lockeres Jäckchen umflatterte die dürren Rippen der Exzellenz. Eine Vogelscheuche war es eher, kein General …

Ein so kümmerliches Aussehn hielt Tarabas für eine besondere Tücke. Er liebte seinesgleichen. Er liebte seine Ebenbilder. Sehr tief, geborgen auf dem Grunde seines Herzens, ruhte schlafend noch, aber von Zeit zu Zeit aus dem Schlaf murmelnd und mahnend, die Ahnung, daß der gewaltige Tarabas einmal eine entscheidende, eine schicksalhafte Begegnung haben werde mit einer der vielen schwächlichen Persönchen, die sich auf dieser Erde herumtrieben, überflüssig und listig und zu nichts Rechtem zu gebrauchen. Als er an die Seite des Generals trat, um ihn zum Ausgang zu geleiten, bemerkte er, daß Lakubeit ihm bis zur Höhe des Ellbogens reichte, und aus Höflichkeit und Disziplin sah sich der Oberst Tarabas gezwungen, sich kleiner zu machen, so gut es ging, den Rücken zu beugen, den langen Schritt zu verkürzen, die Stimme zu dämpfen. Seine Sporen klirrten. Lautlos aber waren die Stiefel des Generals. „Mein Lieber!" sagte der General mit ganz leiser Stimme. Tarabas beugte den Rücken noch tiefer, um genau zu hören. „Mein Lieber", sagte der General Lakubeit, „ich danke Ihnen für den Empfang. Ich weiß viel von Ihnen. Ich kenne Sie schon lange, dem Namen nach. Ich freue mich, Sie zu sehn!" – Sprach so ein General? – Tarabas wußte nichts Rechtes zu erwidern.

Unterwegs, als sie im Wagen saßen – es war der Wagen Kristianpollers, und einer der Männer Tarabas' lenkte ihn–, sprach der General Lakubeit gar nicht. Zusammengeschrumpft, ein winziges Kind, saß er neben Tarabas und ließ seine blanken, dunklen Äuglein flink über die Landschaft gleiten. Man sah es, wenn er die große, goldbetreßte Mütze abnahm (was er ein paarmal während der Fahrt tat, obwohl es gar nicht heiß war). Ein paarmal versuchte auch Tarabas, ein Gespräch anzufangen. Sobald er aber zu einem Wort ansetzte, war es ihm, als sei der General Lakubeit viele Meilen von ihm entfernt. Schlimme Ahnungen durchzogen das Herz des gewaltigen Tarabas, dunkle Ahnungen! Als sie in das Städtchen kamen und links und rechts auf den hölzernen Bürgersteigen die Einwohner von Koropta in gewohnter Unterwürfigkeit grüßten, begann der General Lakubeit, nach allen Seiten hin zu lächeln und die Grüße zu erwidern, den kahlen, gelblichen Schädel entblößt, die Mütze auf den Knien. Die schmalen Lippen öffneten sich und zeigten einen zahnlosen Mund. Nun war Tarabas seiner Sache sicher: Der oberste der gefährlichen papierenen Teufel war dieser Lakubeit.

Sie hielten vor dem Gasthof Kristianpollers, und der General sprang hurtig ab, ohne sich um Tarabas zu kümmern. Dem Gastwirt nickte er freundlich zu, die Mütze setzte er sich eiligst aufs Köpfchen und sprang geradezu in das Innere des Gasthofs. Er bestellte einen Tee und ein hartes Ei. Und Tarabas rührte den Schnaps nicht an, den Kristianpoller wie gewöhnlich, ohne zu fragen, vor den Obersten hingestellt hatte. Der General klopfte das Ei sachte gegen den Rand der Untertasse, während der elegante Leutnant, sein Adjutant, eintrat und sich vor dem Tisch aufpflanzte. „Setzen Sie sich", murmelte der General und schälte mit dürrem Zeigefinger das Ei bloß.

608   TARABAS

Nachdem er also in vollkommener Stille das Ei gegessen und den Tee getrunken hatte, sagte der General Lakubeit: „Jetzt wollen wir uns das Regiment ansehn!" Gewiß, der Oberst Tarabas hatte alles vorbereitet. Seit dem frühen Morgen wartete das Regiment vor der Kaserne auf den General. Auch in den Mannschaftsstuben war alles in bester Ordnung. Dennoch sagte der Oberst Tarabas: „Ich kann nicht für alles garantieren. Ich hatte keine Löhnung, keine Uniformen, nicht einmal die Kaserne war brauchbar, als ich ankam. Auch kann ich nicht für jeden Mann des Regiments die Verantwortung übernehmen. Viele sind desertiert. Es ist viel Gesindel dabei."

„Trinken Sie zuerst Ihren Schnaps", sagte der General.

Tarabas trank.

„Und Sie auch!" sagte der General zum Leutnant.

„Zwei Kisten mit Geld kommen heute nach", sagte dann der General. „Somit dürften die Hauptschwierigkeiten behoben sein. Es ist Geld für zwei Monatsgagen und Löhnung für sechs Dekaden. Ferner ist noch da ein Überschuß für Bier und Schnaps. Die gute Laune ist das wichtigste. Das wissen Sie, Oberst Tarabas."

Ja, der Oberst wußte es.

Schweigsam bestiegen sie den Wagen und rollten in die Kaserne.

Mit hastigen, kleinen Schritten trippelte der General Lakubeit an den Reihen des aufgestellten Regiments vorbei. Er nahm oft, wie es seine Gewohnheit zu sein schien, die Mütze ab. So, barhaupt, mit seinem nackten Schädelchen, reichte er gerade bis zu den Kolben der geschulterten Gewehre, und man mußte annehmen, daß seine flinken Äuglein lediglich die Koppeln und das Stiefelzeug der Männer zu mustern imstande waren. Die Leute vollzogen die üblichen Kopfwendungen, aber ihre Augen sahen hoch über dem Köpfchen Lakubeits in die Luft. Manchmal aber, erschreckend und jäh, hob der General den Kopf, blieb stehen, seine flinken Augen wurden starr und bohrten sich im Angesicht, im Körper, im Riemenzeug eines beliebigen Mannes oder Offiziers fest.

Es war, als prüfte der General Lakubeit gar nicht, wie sonst alle Generale der Welt, die militärischen Eigenschaften der Menschen, die er anblickte. Auf ihre militärischen Tugenden geprüft zu werden, waren sie alle gewohnt. Sie kannten den Krieg, die Gefangenschaft, Schlachten und Wunden, den Tod selbst: Was konnte ihnen ein General anhaben? Dieser winzige Lakubeit aber schien, wenn er so überraschend stehenblieb, das Innerste, die Seele zu erforschen. Gleichsam um diese vor ihm zu verbergen, panzerten sich die Männer mit einer militärischen Strammheit, hüllten sich in Disziplin, erstarrten wie in den ersten Rekrutenjahren und hatten doch das peinigende Gefühl, daß alles umsonst war. Die meisten glaubten an den Teufel. Und sie, wie ihr Oberst Tarabas, glaubten auch, kleine Höllenfeuerchen in den Äuglein Lakubeits glimmen zu sehen.

Sehr schnell beendete Lakubeit die Inspizierung. Er ging mit Oberst Tarabas in die Kanzlei, befahl, die Schreiber wegzuschicken, setzte sich, blätterte in den Papieren, ordnete sie mit seinen geschickten, mageren Händchen in einzelne Häuflein, lächelte

TARABAS 609

manchmal, glättete zärtlich einen Haufen und dann den andern, sah auf Tarabas, der ihm gegenübersaß, und sagte:

„Oberst Tarabas, diese Sache verstehn Sie nicht!"

Nun gab es also eine Sache, die der gewaltige Tarabas nicht verstand; und man weiß, daß es, seitdem Tarabas in den Krieg gezogen war, eine solche Sache nicht gegeben hatte.

„Ja", wiederholte der General Lakubeit mit seiner dünnen Stimme, „diese Sache verstehn Sie nicht, Oberst Tarabas."

„Nein", sagte der gewaltige Tarabas, „nein, in der Tat, ich verstehe diese Sache nicht. Die beiden Hauptleute, die ich für Sachverständige hielt, sie waren Rechnungshauptleute im Krieg, und die Schreiber, die ich bestellt habe: Sie begreifen die Angelegenheit auch nicht. Sie erstatten mir Berichte, die ich nicht verstehe, es ist wahr! Ich fürchte, sie verwirren all die Angelegenheiten noch mehr."

„Ganz richtig", sagte der General Lakubeit. „Ich werde Ihnen, Oberst Tarabas, einen Adjutanten schicken. Einen jungen Mann. Behandeln Sie ihn nicht geringschätzig! Er hat den Krieg nicht mitgemacht. Schwach gewesen. Kränklich! Ja, keine Soldatennatur wie Sie, gottlob, eine sind, Oberst! Um Ihnen die Wahrheit zu sagen: Er war mein Gehilfe, zehn Jahre lang, im Frieden. Ich bin nämlich, müssen Sie wissen – und ich hoffe, es macht Ihnen nichts–, Advokat gewesen. Im Krieg war ich Auditor, kein Krieger. Sie werden es bemerkt haben. Im übrigen, Oberst Tarabas, bin ich der Advokat Ihres Herrn Vaters gewesen. Ich habe ihn erst vor einer Woche gesprochen, Ihren alten Herrn Vater. Er hat mir keine Grüße für Sie mitgegeben …"

Der General Lakubeit machte eine Pause. Seine eindringlichen, eintönigen Worte standen gleichsam noch im Raum, jedes einzeln, hart, scharf und still standen sie rings um den Obersten Tarabas wie ein Zaun aus dünnen, geschliffenen Pfählchen. Unter ihnen ragte nur das Wörtchen „Vater" ein wenig hervor. Auf einmal glaubte der Oberst Tarabas zu fühlen, wie er klein und immer kleiner werde, eine geradezu körperliche Veränderung, ohne Zweifel. Und wie er früher, aus Disziplin und Höflichkeit, vergeblich versucht hatte, geringfügiger als der General zu erscheinen, so gab er sich jetzt Mühe, seine körperlichen Maße zu bewahren, steil und aufrecht dazusitzen, gewaltiger Tarabas, der er war. Noch konnte er über den kahlen Kopf General Lakubeits hinwegsehn, zum Fenster hinaus, er nahm es mit Genugtuung zur Kenntnis. Sonniger Herbst war draußen. Ein goldener, halbentblätterter Kastanienbaum stand vor dem Fenster. Dahinter, zum Greifen nahe, schimmerte das eindringliche Blau des Himmels. Zum erstenmal seit seiner Kindheit empfand der Oberst Tarabas die Kraft und Stärke der Natur, ja, er roch den Herbst hinter dem Fenster, und er wünschte sich, wieder ein Knabe zu sein. Eine kurze Weile verlor er sich in Erinnerungen an seine Kinderzeit, und er wußte zugleich, daß er nur vor dieser Stunde floh, zurück in die Vergangenheit rettete er sich, der gewaltige Tarabas, und wurde somit nur noch kleiner und winziger und saß schließlich vor dem General Lakubeit da wie ein Knabe.

610   TARABAS

„Ich hatte die Absicht", log er, „meine Eltern bald zu besuchen."

Der General Lakubeit aber schien diesen Satz nicht zu hören. „Ich habe Sie gekannt", sagte Lakubeit, „als Sie noch ein Knabe waren. Ich hin oft bei Ihrem Vater gewesen. Sie waren dann in diese Petersburger Affäre verwickelt. Sie erinnern sich noch. Es hat damals schwere Mühe gekostet. Und Geld, schweres Geld auch, Sie sind dann nach Amerika gegangen. Dann war diese Affäre mit dem Wirt, den Sie geschlagen haben ..."

„Der Wirt?" sagte Tarabas.

Wie lange schon hatte er an diesen Wirt nicht mehr gedacht, und nicht mehr an Katharina. Nun sah er wieder Katharina, den gewaltigen, roten Rachen des Wirtes, die Cousine Maria, das schwere, silberne Kreuz zwischen ihren Brüsten, die große, gläserne Kugel, dahinter das Gesicht der Zigeunerin.

„In New York", begann plötzlich Tarabas, und es war, als erzählte jemand anderer, als erzählte ein anderer aus ihm, „in New York, auf einem Jahrmarkt, hat mir eine Zigeunerin geweissagt, ich würde ein Mörder und ein Heiliger werden ... Ich glaube schon, daß der erste Teil dieser Prophezeiung ..."

„Oberst Tarabas", sagte der kleine Lakubeit, und er hielt sein mageres Händchen vor das Gesicht und spreizte die Finger, „der erste Teil der Prophezeiung ist noch nicht in Erfüllung gegangen. Den New Yorker Wirt haben Sie nicht umgebracht. Er lebt allerdings auch nicht mehr. Er ist in den Krieg gegangen und gefallen. Bei Ypern; um ganz genau zu sein. Die Geschichte hat viel Mühe gekostet. Sehn Sie: Die Justiz – entschuldigen Sie die Abschweifung – hat sich durch den Krieg nicht beirren lassen. Man hat Sie verfolgt. Sie hätten eine neue Degradierung erlebt, wenn Sie den braven Mann damals totgemacht hätten. Übrigens hat der junge Mann, den ich Ihnen zu schicken gedenke, Ihre Sache damals geführt. Sie haben ihm einiges zu danken! Ihr Vater war aufgeregt damals."

Es war ganz still. Die eintönige Stimme Lakubeits wehte daher; ein sanfter Wind, wehte sie dem Obersten Tarabas entgegen. Ein sanfter, hartnäckiger, unausweichlicher Wind. Wohlvertraut auch und zugleich peinlich. Er kam aus längstvergangenen, wohlvertrauten, unangenehmen Jahren.

„Meine Cousine Maria?" fragte Tarabas.

Sie ist verheiratet", sagte Lakubeit. „Sie ist mit einem deutschen Offizier verheiratet. Sie hat sich offenbar in ihn verliebt."

„Ich habe sie auch geliebt", sagte Tarabas.

Dann war es ganz still. Lakubeit verschränkte die Hände. Seine ineinander verschlungenen Finger bildeten ein knochiges Gitter auf dem Tisch vor den säuberlichen Aktenhaufen.

Der Oberst Tarabas aber ließ die Hände locker und kraftlos auf den Schenkeln ruhn. Es war ihm, als könnte er die Hände nicht mehr von den Schenkeln, die Füße nicht mehr vom Fußboden heben. Maria hatte sich in einen fremden Offizier verliebt. Verrat am gewaltigen Tarabas! Unrecht war ihm geschehen, dem fürchterlichen Tarabas, der bis jetzt

TARABAS

611

nur den anderen Unrecht und Gewalt zugefügt hatte. Großes, bitteres Unrecht fügt man dem armen Tarabas zu. Es mildert ein bißchen die eigene Gewalt, es ist eigentlich ein gütiges Unrecht. Man büßt, man büßt, oh, gewaltiger Tarabas!

„Das wichtigste", begann der General Lakubeit, „das wichtigste ist: daß Sie Ihr Regiment säubern. Sie werden mindestens die Hälfte hinauswerfen. Wir werden genauen Bericht über die Herkunft jedes einzelnen haben müssen, den Sie behalten. Oberst Tarabas, wir bauen jetzt eine neue Armee. Eine zuverlässige Armee. Wir werden die fremden Leute, die Sie nicht behalten können, ausweisen oder einsperren oder den verschiedenen Konsulaten übergeben. Kurz: wir werden sie los, auf irgendeine Weise. Es ist eigentlich gleichgültig, wieso. Behalten Sie Musiker! Musik ist wichtig. Behalten Sie, soweit es geht, Leute, die lesen und schreiben können. Allen aber zahlen Sie die Löhnung aus! Auch jenen, die Sie wegschicken. Damit Sie ihnen leichter die Waffen abnehmen, lassen Sie morgen und übermorgen Bier ausschenken. Sagen Sie meinetwegen, der Herr General hätte es geschenkt. – So, das ist alles!" schloß Lakubeit und erhob sich.

Schweigsam, wie sie hierhergekommen waren, fuhren sie zum Bahnhof. Der Abend war da. Der Bahnhof lag im Westen von Koropta. Auf der schnurgeraden Straße fuhr man der Abendsonne entgegen, die durch die Rauchwolken rangierender Lokomotiven über dem gelben Giebel des Bahnhofsgebäudes ein wehmütig-rotes Angesicht zeigte. Sie spiegelte sich im riesigen, schwarzen Lackschirm der hohen Generalsmütze. Der elegante Leutnant auf dem Rücksitz starrte stumm und krampfhaft auf dieses Spiegelbild.

„Alles Gute!" sagte der General Lakubeit, bevor er einstieg. Merkwürdig warm war sein dürres Händchen, ein hilfloser Vogel in des mächtigen Tarabas mächtiger Faust. „Und vergessen Sie das Bier nicht, und auch den Schnaps nicht, wenn nötig", sagte Lakubeit noch aus dem offenen Fenster.

Dann fuhr der Zug davon – und der gewaltige Tarabas blieb allein; allein, so schien es ihm, wie noch nie in seinem Leben.

13

Deshalb trank er am Abend dieses unseligen Tages viel mehr, als seine Gewohnheit war. Er trank so viel, daß der Jude Kristianpoller nachzusinnen begann, auf welche Weise man unbemerkt dem Branntwein Wasser zumischen könnte. Das Leben freute den Gastwirt Kristianpoller nicht mehr, obwohl er bereits wußte, daß zwei Kisten mit Löhnung für die Mannschaft und Gage für die Offiziere am späten Nachmittag gekommen waren. Zwei Unteroffiziere, sechs Mann, alle mit Karabinern in der Hand, hatten das Auto begleitet. Noch stand es im Hof Kristianpollers. Die Kisten lagerten in der Kammer. Der Wachtposten marschierte auf und ab vor dem Eingang. Er war es eben, der den Juden verhinderte, den Branntwein zu verwässern. Eine Laterne pendelte sachte im nächtlichen Wind vor dem Eingang zur Kammer und verbreitete einen gelblichen, fettigen Schimmer im Hof. In der Gaststube hörte man die regelmäßigen, genagelten Schritte des Postens, obwohl alle Offiziere, wie gewöhnlich, an ihren Tischen saßen. Aber sie sprachen nicht, sie flüsterten. Denn mitten, wie auf einer Insel des Schweigens und wie umzäunt von einer Mauer aus blankem und stummem Eis, saß der gefürchtete Oberst Tarabas allein an seinem Tisch. Er trank.

Die ganze Welt hatte Tarabas verlassen. Vergessen und ausgespuckt hatte ihn die Welt. Zu Ende war der Krieg. Der Krieg selbst hatte Tarabas verlassen. Keine Gefahr mehr wartete auf ihn. Verraten fühlte sich Tarabas vom Frieden. Die Sache mit dem Regiment verstand er nicht. Die Cousine Maria hatte ihn verraten. Vater und Mutter schickten ihm keinen Gruß. Sie verrieten ihn. Vergessen, verlassen, ausgespuckt und verraten war der Oberst Tarabas.

Das Regiment, das er aufgestellt hatte, taugte nichts. Er wußte es ja selber. Morgen mußte man die Hälfte wegschicken; entwaffnen und wegschicken. Er erhob sich, er schwankte schon ein bißchen. Er ging in den Hof, seine Getreuen aufzusuchen.

Er rief Konzew, seinen ältesten Feldwebel. Seit mehr als drei Jahren diente Konzew Herrn Tarabas.

„Mein Lieber!" sagte Tarabas. „Mein Lieber!" wiederholte Tarabas; er lallte schon ein bißchen.

Die mächtige Gestalt des Feldwebels Konzew unter dem gestirnten Gewölbe der klaren Nacht, spärlich beleuchtet von der gelblich schimmernden Laterne, blieb unbeweglich vor dem Obersten stehn. „Komm mit!" sagte Tarabas. Und der Koloß Konzew setzte sich in Bewegung. Da er sah, daß Tarabas ein wenig schwankte, bückte er sich, dermaßen dem Obersten die Schulter als Stütze darbietend. Tarabas umschlang die Schulter Konzews. Er versuchte, das bärtige, große Angesicht des Feldwebels dem seinigen anzunähern, er roch mit Wohlbehagen den Schnurrbart Konzews, den Atem aus Tabak und Alkohol, oh, den ganzen wohlvertrauten Geruch des Feldsoldaten, die feuchte Ausdünstung des wolligen Uniformstoffes, den erdigen Duft der schweren, klobigen Hände, den süßlichen Juchtengeruch der Stiefelschäfte und des Riemenzeugs. Diese Gerüche konnten den Obersten Tarabas zu Tränen rühren. Schon stahlen sich zwei heiße Tropfen aus seinen Augen. Tarabas konnte nicht sprechen. Er wankte, mit dem Arm den gebückten, gleichsam verkürzten Koloß Konzew umschlingend, in die äußerste, dunkelste Ecke des Hofes.

„Konzew", begann Tarabas, und es war das erstemal, daß er so zu seinem Feldwebel sprach, „mein lieber, alter Konzew, unser Regiment taugt nichts, der General hat es mir heute gesagt, aber wir zwei haben es ja auch so schon gewußt, nicht wahr, mein Konzew? Ach, mein lieber Konzew, wir müssen sie morgen wegschicken, die schlimme Hälfte, und wir müssen sie morgen besoffen machen."

„Jawohl, Herr Oberst", sagte da der Feldwebel Konzew, „wir werden sie besoffen machen, und wir werden sie auch loswerden. Wir werden ihnen die Gewehre abnehmen. Und die Munition auch", sagte Konzew nach einer Weile als einen ganz besonderen

Trost. Er war gut zehn Jahre älter und fünf Zentimeter größer als der Oberst Tarabas, und er benahm sich ganz väterlich.

„Weißt du noch", sagte dann der Oberst, „der Krieg? – Es war eine großartige Sache. Man hatte es da nicht nötig, Regimenter zusammenzustellen. Man schoß einfach, man krepierte. Ganz einfach. Nicht, mein lieber Konzew?"

„Ja, ja", sagte der Koloß Konzew, „der Krieg, das war eine Sache! Nie mehr, nie mehr werden wir einen neuen erleben."

„Und er war schön!" sagte Tarabas.

„Er war herrlich!" bestätigte Konzew.

„Wir werden morgen nicht ausrücken", sagte Tarabas. „Wir werden sagen, der General hat einen Tag zum Trinken freigegeben. Um sechs Uhr morgens werden die Leute zu trinken beginnen. Am Abend werden wir sie unter Bewachung hinausschaffen."

„Wir haben vier Lastautos", bestätigte Konzew. „Kehren wir um, Herr Oberst!" Und er geleitete gebückt, um gute drei Zentimeter kürzer, als ihn die Natur geschaffen hatte, den Obersten Tarabas zurück in die Wirtsstube.

„Laß dich umarmen", sagte Tarabas, bevor er eintrat. Konzew aber sprang einen Schritt vor, stieß die Tür zur Gaststube auf, blieb an der Schwelle reglos stehn und wartete, bis Tarabas eingetreten war. Hierauf salutierte er, verließ mit einem einzigen gewaltigen Schritt die Stube, und eine Weile hörte man noch seine mächtigen Stiefel auf der nächtlichen Erde des Hofes herumstampfen.

Tarabas setzte sich wieder an den Tisch und blieb auch daselbst, und vor ihm reihten sich die Schnapsgläser auf wie funkelnde Soldaten. Allmählich verließen die Offiziere, einer nach dem andern, die Gaststube, jeder mit wortlosem Gruß vor dem Obersten. Allein blieb Tarabas am Tisch. Hinter der Theke saß der Gastwirt Kristianpoller.

Der Oberst Tarabas gedachte offenbar nicht mehr, sich zu erheben. Über dem Schanktisch schlug die Wanduhr Kristianpollers eine Stunde nach der anderen. Dazwischen hörte man nur ihr starkes, eisernes Ticken und aus dem Hof die regelmäßigen, genagelten Schritte des Wachtpostens. Sooft der Oberst Tarabas ein Gläschen an den Mund führte, schrak Kristianpoller auf und machte sich bereit, ein neues zu füllen. Unheimlicher noch als der unaufhörlich trinkende Tarabas erschien dem Wirt die vollkommene Stille dieser Nacht, dermaßen, daß er ordentlich froh wurde, sobald der Oberst trank. Von Zeit zu Zeit blickten beide Männer nach dem Fenster, auf das schmale Rechteck des dunkelblauen, gestirnten Himmels. Hierauf begegneten einander ihre Augen. Und je häufiger ihre Augen sich trafen, desto vertrauter schienen die Männer miteinander zu werden. Ja, ja, du Jude! sagten die Augen des Obersten Tarabas. Und: Ja, ja, du armer Held! sagte das eine, das gesunde Auge des Juden Kristianpoller.

14

Der Morgen brach an. Ein heiterer Morgen. Er stieg mit sanftem Gleichmut aus zarten Nebeln. Kristianpoller erwachte zuerst. Er war hinter seinem Schanktisch eingeschlafen, er konnte sich nicht mehr erinnern, zu welcher Stunde. Außer ihm war noch der Oberst Tarabas da. Er schlief. Er schnarchte mächtig, den Kopf in den verschränkten Armen über dem Tisch, vor der unregelmäßigen, funkelnden Schar der leeren Gläser. Der breite, leicht gebeugte Rücken des Obersten hob und senkte sich mit jedem der schweren Atemzüge. Kristianpoller betrachtete zuerst den schlafenden Tarabas und überlegte, ob er es selbst wagen dürfe, ihn zu wecken. Halb neun zeigte schon die Uhr über dem Schanktisch. Kristianpoller erinnerte sich an den müden, sanften, menschlichen Blick, der in den trunkenen Augen des Obersten Tarabas gestern in später Nacht geleuchtet hatte, und er trat entschlossen an den Tisch und berührte eine Schulter des Fürchterlichen mit zaghaftem Finger. Tarabas sprang sofort auf, heiter, ja ausgelassen. Er hatte kurz, unbequem und sehr tief geschlafen. Er fühlte sich stark. Er war munter. Er verlangte den Tee. Er rief nach seinem Burschen, streckte die Beine aus, ließ sich, während er den Tee trank, die Stiefel putzen, biß in ein mächtiges Butterbrot, verlangte zu gleicher Zeit nach einem Spiegel, den der Jude Kristianpoller von der Wand nahm, an den Tisch brachte und vor Tarabas hinhielt. „Rasieren!" befahl Tarabas. Und der Bursche brachte Seife und Messer, und Tarabas legte den roten Nacken auf die harte Lehne des Stuhls. Während er rasiert wurde, pfiff er eine muntere, willkürliche Melodie und schlug mit der flachen Hand den Takt auf die prallen Schenkel. Immer goldiger und heiterer wurde der Morgen. „Mach das Fenster auf!" befahl Tarabas. Durch das offene Fenster strömte das frühe und schon satte Blau des herbstlichen Himmels. Man hörte das ausgelassene Geschwätz der Spatzen wie an einem warmen Vorfrühlingstag. Es war, als sollte in diesem Jahr überhaupt kein Winter kommen.

Erst im Hof, als er sah, daß sein Feldwebel Konzew mit fünf anderen Getreuen fehlte, erinnerte sich Tarabas, daß heute besondere Ereignisse zu erwarten seien. Er trat aus dem Gasthof. Er bemerkte eine ungewöhnliche Bewegung in der einzigen, langgestreckten Hauptstraße von Koropta. Vor ihren kleinen Kramläden hatten die jüdischen Händler auf Stühlen, Tischen und Kisten ihre Waren ausgelegt, Glasperlen, falsche Korallen, dunkelblaues, goldenes und silbernes Zierpapier, lange, blutrote Karamellenstangen, feurig geblümte Kattunschürzen, funkelnde Sicheln, große Taschenmesser mit rosa gefärbten Holzgriffen, türkische Kopftücher für Frauen. Kleine Bauernfuhren trabten friedlich hintereinander, wie an einer Schnur aufgereiht, über die Straße, hie und da wieherte ein Pferdchen, und die in den Wägelchen ohnmächtig daliegenden, an den Hinterpfoten gefesselten Schweine grunzten fröhlich und klagend zugleich gegen den Himmel. „Was ist denn das?" fragte Tarabas. „Freitag und Schweinemarkt!" sagte der Bursche. „Das Pferd!" befahl Tarabas. Er fühlte sich nicht mehr ganz behaglich. Der

Freitag mißfiel ihm, der Schweinemarkt mißfiel ihm auch. Wenn er heute, wie alle Tage, zu Fuß in die Kaserne gehen sollte, könnte es leicht irgendwelche Zwischenfälle geben. Er hatte große Lust, die ausgebreiteten Waren der Krämer so im Vorbeigehen mit der Hand umzustoßen, von dem hohen, hölzernen Bürgersteig hinunter in die tiefe Straßenmitte auf die Fahrbahn, vor die rollenden Wägelchen der Bauern. Er fühlte schon, daß sich ein großer Zorn in ihm vorbereitete. Der Freitag! Er wollte durch den Freitag lieber reiten, diesen Tag unter den Hufen wissen. Er bestieg das Pferd und ritt im Schritt zwischen den Bauernfuhren, da und dort einen donnernden Fluch abschießend, wenn ihm jemand nicht rechtzeitig auswich, manches Mal in kühnem Bogen auf den ahnungslosen Nacken eines Bauern spuckend, manchmal das erschrockene Angesicht eines andern mit der ledernen Reitstocklasche kitzelnd.

Als er die Kaserne erreichte, sah er auf den ersten Blick, daß der brave Konzew seine Arbeit getan hatte. Die Fässer voll Bier und Schnaps, die heute früh mit der Bahn gekommen waren, standen in zwei Reihen an der Mauer des Kasernenhofes, bewacht von den fünf Getreuen. Die Mannschaft hatte Rast. Die Offiziere saßen in der frischgehobelten, hölzernen Baracke, in der man seit Tarabas' Ankunft die Kantine eingerichtet hatte. Man hörte ihr schwatzhaftes und dröhnendes Gelächter. Konzew kam. Er blieb stehn und salutierte, ohne ein Wort zu sagen. Er erstattete einen ganz stummen, äußerst beredten Bericht. Tarabas verstand ihn, ließ ihn ruhig stehn, ging weiter. Die Mannschaft und die Unteroffiziere lagen und hockten auf der Erde. Freundlich, immer wärmer schien die Sonne auf den kahlen Boden des Hofes. Alle warteten, heiter, zufrieden und festlich.

Gegen elf Uhr vormittags traten sie zum Essenholen an. Die Menageschalen klapperten in der Reihe, klatschend fiel der heiße, dicke Brei von dem geräumigen Küchenkessel aus dem riesigen Schöpflöffel des Kochs in die Gefäße. Der Oberst Tarabas stand neben der Fahrküche. Einer nach dem andern gingen die Leute an ihm vorbei. Ihre Gesichter betrachtete er. Er wollte erkennen, wer von diesen Männern etwas taugte, wer von ihnen ausgeschaltet werden mußte. Ja, an den Gesichtern wollte Tarabas die Menschen erkennen. Vergebliches Beginnen! Der General Lakubeit konnte es! Alle Gesichter erschienen heute dem Obersten Tarabas stumpf, grausam, verlogen, tückisch. Im Krieg war es anders. Im Krieg konnte man genau sehn, wer etwas taugte. Rothaarige waren nicht dabei. Leider waren sie nicht dabei. Das wäre ein deutliches Zeichen gewesen. Jeden Rothaarigen hätte der Oberst Tarabas sofort ausgeschieden.

Man aß heute in großer Hast. Wer einen Löffel hatte, behielt ihn lieber im Stiefel. Man setzte die Schalen an die Lippen und schlang den schweren Brei hinunter, sog dann an den Knochen, schmiß sie in großem Bogen über die Mauer des Kasernenhofes, alles nur, um bald an das verheißene Bier zu gelangen. Konzew führte die Wirtschaft. Nun, da es Mittag von der Kirche schlug und die Sonne so ziemlich brannte, erschienen wie durch einen Zauber zahllose Trinkgefäße verschiedenster Art, Gefäße aus Glas, aus Holz, aus Blech, aus Ton, Kannen und Kännchen, eiligst von Soldaten herbeigetragen, bündelweise auf den Armen und behutsam vor die Fässer gestellt. Und alsbald wurden auf einen Wink Konzews die Hähne geöffnet. Es hub ein lautes Schäumen und Rauschen an. Und über die gesättigten und dennoch gierigen Gesichter der Soldaten, in deren Bärten noch die breiigen Spuren der genossenen Speise zu sehen waren und in deren Mündern sich schon der durstige Speichel zu sammeln begann, zog eine flammende, beinahe heilige Begeisterung, die alle einander ähnlich machte: ein Regiment aus lauter Brüdern. In dichten Schwärmen hasteten sie in die Nähe der Fässer.

Ein gewaltiges Trinken begann. Die Gefäße reichten nicht aus, sie wurden herumgereicht, mit Ungeduld erwartete man ihre Rückkehr, vier, sechs Hände hielten je eines vor die fruchtbaren, endlos fruchtbar quellenden Hähne. Man trank Bier. Der weiße Schaum rann über die Ränder, versickerte im Boden, stand in den Mundwinkeln und auf den Schnurrbärten der Männer, die Zungen schleckten ihn von den Bärten weg, und die Gaumen schmeckten ihn nach, diese besondere gnädige Zugabe eines überhaupt gnadenreichen Tags. Oh, welch ein Tag! Konzew mit seinen fünf Leuten, jeder einen blechernen Krug, gefüllt mit klarem Branntwein, in der Hand, bahnte sich einen Weg durch die zuchtlosen Haufen, wählte und besann sich, traktierte den und jenen, je nach Laune, wie es den Leuten schien, mit dankbarem Lächeln belohnt von den Beschenkten, von den trostlos enttäuschten Blicken der Unbeschenkten gehässig verfolgt. Wer einen mächtigen Schluck vom Branntwein getan hatte, dem brannte der Rachen, und er verlangte sofort nach neuem Bier. Mancher fiel sofort, schwer und groß, wie er war, mit Getöse auf den Boden, vom klaren Blitz getroffen. Und es sah nicht danach aus, als ob er sich noch jemals würde erheben können. Schaum perlte an seinen Mundwinkeln, blau waren seine Lippen, die Lider schlossen sich nicht ganz, sondern ließen noch den unteren bläulich-weißen Rand der Augäpfel sehn, das Angesicht war verzerrt und zugleich zufrieden, erfüllt von einem grausamen, verbissenen Glück. Wer also hingeschlagen war, wurde eine Weile später von zwei kräftigen Burschen hochgehoben und aus der Kaserne hinausgeschafft. Vier große Wagen warteten vor dem Kasernentor. Ein Lastauto war bereits halb gefüllt. Da lagen ein paar Männer, sorgfältig nebeneinandergelegt, eine Art eingepackter, übermächtiger Zinnsoldaten. Man schlug ein wohltätig bergendes Leinenzelt über die Bewußtlosen.

Es erwies sich alsbald, daß der vorsichtige Konzew nicht mit der unüberwindlichen Natur mancher Männer gerechnet hatte. Einige, denen der Branntwein und das Bier gar nichts anhaben konnten, benutzten in der allgemeinen Verwirrung die längstersehnte Gelegenheit, den Ausgang zu erreichen. Zuerst lautlos schleichend, hierauf, nachdem sie die Kaserne verlassen hatten, unter lallendem Gesang, schwankten sie auf Umwegen dem Städtchen Koropta zu, das sie lange nicht mehr genau gesehen hatten und nach dem sie jetzt ein wahrhaftiges Heimweh ergriff. Groll hegten und pflegten sie gegen den furchtbaren Tarabas, seitdem er sie in die Kaserne gelockt und unter sein hartes Joch gezwungen hatte. Nur seine Getreuen hatten es gut. Diesen grollte man fast noch mehr als dem Obersten selbst. Es war ein paarmal vorgekommen, daß die Unzufriedenen versuchten, sich zu verabreden, zu einer Flucht oder zu einer offenen Auflehnung. Die Unzufriedenen! Wer gehörte nicht dazu – außer den Getreuen, die Tarabas nach Koropta mitgebracht hatte? Nachdem sie alle, die so schnell herbeigeströmt waren, ihren Hunger und Durst gestillt hatten, begannen sie, sich nach der Freiheit zu sehnen, nach der Freiheit, der süßen Schwester des bitteren Hungers. Exerzieren für ein neues Vaterland, von dem man noch nicht wissen konnte, wem es eigentlich gehörte, war sinnlos, kindisch und anstrengend. Sooft aber eine Verabredung unter den Freiheitsdurstigen im Gange war, wurde sie auf eine abscheuliche Weise (und auf eine unerklärliche) dem Feldwebel Konzew verraten. Die Strafen waren furchtbar. Manche wurden verurteilt, sechs Stunden mit geknickten Knien auf dem schmalen Rand der Kasernenmauer zu hocken, bewacht von zwei Mann mit schußbereiten Gewehren, von denen einer im Innern des Kasernenhofes, der andere außerhalb der Mauer stand, Aug' und Gewehrmündung auf den Verurteilten gerichtet. Unübertrefflich war Konzew in der Kunst, Strafe und Plage zu ersinnen. Manchen band er mit eigenen Händen die ausgestreckten Arme an zwei Sprossen einer langen Leiter fest, die der Unselige dann vor sich her tragen mußte, im Laufschritt, beim gewöhnlichen und beim Parademarsch. Andere wieder mußten in voller Ausrüstung und mit dem Gewehr zehnmal hintereinander, ohne Pause, mit entsprechendem Anlauf den steilen Damm hinaufrennen, der am äußersten Rande des Kasernenhofes aufgerichtet war und hinter dem die Soldaten sonst zu Schießübungen anzutreten pflegten. Nachdem diese und ähnliche Strafen ein paarmal vorgekommen waren, hörte man mit den geheimen Verabredungen auf. Aber der Groll in den Herzen blieb und wuchs. Endlich waren sie frei. Den ersten acht, die sich aus der Kaserne geschlichen hatten, folgten noch weitere Gruppen, obwohl sie sich diesmal gar nicht verabredet hatten. Es war, als wären jene, die der Alkohol nicht zu fällen imstande war, durch dessen Genuß sehr hellsichtig geworden. Und während ihre Körper das Gleichgewicht verloren, wurde es in ihren Köpfen beständig und licht. Es dauerte nicht lange – und ehe noch Konzew und die Seinen bemerken konnten, wie viele ihnen entwichen waren, hatten die Flüchtigen bereits, dank dem zuverlässigen Tastsinn der Trunkenen, den Gasthof Kristianpollers erreicht. Sie traten ein, in drei, vier Haufen; sie brachen ein.

Das Tor des Gasthofes stand heute offen. Es gab wieder, nach langer Zeit, einen Schweinemarkt in Koropta. Der Jude Kristianpoller lobte die Wunder Gottes. Groß war Er in all Seiner Unverständlichkeit, sehr groß in Seiner unerforschlichen Güte. Es war durch menschliche Vernunft unergründlich, weshalb gerade heute wieder der altgewohnte, gute Schweinemarkt stattfand, der das Herz Kristianpollers so erfreute. Gestern hatte noch keine Seele etwas ahnen können! Aber, siehe da: Wenn es der Wille Gottes war, daß wieder einmal, nach langer Zeit, ein Schweinemarkt in Koropta stattfinde, so wußten es in einem Nu alle Bauern der Umgebung; und, wer weiß, vielleicht wußten es auch die Schweine.

Als die ersten, längstersehnten bäurischen Gäste im Gasthof „Zum weißen Adler" erschienen, befahl Kristianpoller dem Knecht Fedja, beide Flügel des Tores zu öffnen; wie in alten guten Zeiten, vor langen Jahren, als noch kein Bewaffneter außer dem friedlichen Polizisten die Schwelle des Gasthofes überschritten hatte. Ja, als in den ersten Morgenstunden die ersten Bäuerlein ankamen, so selbstverständlich, als wären sie in der vorigen Woche ebenfalls dagewesen, als hätte es keinen Krieg, keine Revolution und kein neues Vaterland gegeben, in den vertrauten, scharf riechenden, gelblichweißen Schafspelzen ohne Knöpfe, von dunkelblauen Leinengürteln zusammengehalten; als diese heimischen Gestalten nach langer Zeit wieder auftauchten, vergaß der Jude Kristianpoller die durchwachte Nacht, den Schrecken, seine Gäste, die Offiziere und sogar Tarabas. Es war, als seien diese Bauern die ersten sicheren Boten eines neuen, völlig wiederhergestellten Friedens. Noch während Kristianpoller in freudiger und gläubiger Hast seine Gebetsriemen abschnallte und zusammenwickelte, erschienen die ersten bäurischen Gäste in der Wirtsstube. In eiligen Verbeugungen versuchte der Wirt, sich von Gott, zu dem er eben gebetet hatte, zu verabschieden und zu gleicher Zeit mit derselben Bewegung die Bauern zu begrüßen. Oh, wie süß und friedlich war der scharfe Geruch ihrer Pelze! Wie wunderbar grunzten draußen im Stroh auf den kleinen Fuhren die gefesselten Schweine! Kein Zweifel: Es waren die echten Stimmen des längst verlorenen, süßen Friedens. Der Friede kehrte wieder in die Welt ein und hielt Rast im Gasthof Kristianpollers.

Und wie in alten Zeiten ließ der Jude Kristianpoller die kleinen, dickbäuchigen Fäßlein aus dem Keller kommen und nicht nur im Hof, sondern auch draußen vor dem geöffneten Tor einige aufstellen, um die ohnedies trinkbereiten Ankömmlinge noch mehr aufzumuntern. Eine große gläubige Dankbarkeit erfüllte Nathan Kristianpoller. Gott, der Unerforschliche, hatte zwar Krieg und Verwüstung über die Welt ausgeschüttet; aber inzwischen ließ Er auch Hopfen und Malz im Überfluß wachsen, woraus das Bier gemacht wurde, das Werkzeug der Wirte; und so viele Menschen auch im Kriege gefallen waren, immer neue Bauern, trinkfeste und durstige, wuchsen heran, sie selber üppig wie Hopfen und Malz. Oh, große Gnade! Oh, süßer Frieden!

Aber während der fromme Kristianpoller bewunderte und lobte, bereitete sich schon das Unheil vor, das große, blutige Unheil von Koropta, und zugleich die unselige Verirrung des gewaltigen Nikolaus Tarabas.

15

Die Getreuen des Obersten Tarabas, die in der „Kammer" im Hofe Kristianpollers verblieben waren, empfingen die Deserteure mit geheucheltem Vergnügen. Sie schickten sogleich dem Feldwebel Konzew in die Kaserne die Meldung, daß sich die Betrunkenen ahnungslos in eine neue Gefangenschaft begeben hätten. Was den Obersten Tarabas betraf, so saß er schon lange mit den Offizieren in der Baracke, um den „Freitag zu vergessen" und überhaupt die Aufregungen dieses ungewöhnlichen

Tages. Der Feldwebel Konzew meldete ihm das Geschehene; aber der Oberst Tarabas hörte nicht mehr alles.

Unterdessen rückte der Abend heran, ein Freitagabend. Und die Juden von Koropta begannen wie gewöhnlich zum Sabbat zu rüsten. Auch Kristianpoller rüstete. Während er in der Küche, in der er seit der Abreise der Seinen schlief, den Tisch deckte und die Kerzen aufstellte, gedachte er seiner Frau und der Kinder, und eine gewisse Hoffnung erfüllte ihn, daß sie bald alle zurückkehren würden. Der Schweinemarkt war ein sicheres Zeichen für die Wiederkehr des Friedens, des endgültigen Friedens. Vorausgesetzt, daß die neuen Banknoten des neuen Vaterlandes, mit denen die Bauern bezahlten, einen wirklichen Goldwert hatten wie die alten, guten Rubel, waren die Einnahmen des heutigen Tages großartig, wie in alten Zeiten vor dem Krieg. Kristianpoller begann, die Scheine, die zerknüllt in der Schublade seines Schanktisches lagen, zu ordnen, zu glätten und in den zahlreichen Fächern seiner zwei dicken, ledernen Taschen unterzubringen. Am Schragen, knapp über seinem Kopfe, erschien jetzt, wie alle Tage bisher, der goldene Abglanz der herbstlichen Sonne, die sich zum gewohnten, heiteren Untergang anschickte. Draußen, in der Hauptstraße und im Hof, bereiteten die Bauern schon ihre Heimfahrt vor. Sie hatten Tücher, Korallen, Sicheln und Hüte eingekauft. Sie hatten viel getrunken und waren guter Laune. Alle stülpten die neugekauften Hüte über die alten, die Taschentücher trugen sie um den Hals, das Geld für die verkauften Schweine in graubraunen Leinensäckchen über der Brust. Sie waren müde und heiter, zufrieden mit sich und dem verflossenen Tag. Friedlich krähten die Hähne, und zwischen dem verstreuten Häcksel in der Straßenmitte suchte das wohlgelaunte Geflügel nach einer besonderen festlichen Jahrmarktsnahrung. Sogar die Hunde, die man von den Ketten losgebunden hatte, liefen zwischen Enten und Gänsen herum, ohne zu bellen und ohne die schwächeren Tiere zu bedrohen.

Den ganzen seligen Frieden dieses untergehenden irdischen Freitags, der dem heiligen und himmlischen Samstag entgegenzustreben schien, nahm Nathan Kristianpoller mit offenem Herzen auf. Morgen abend gedachte er, einen Brief an seine Frau nach Kyrbitki zu schreiben, sie möge nach Hause zurückkehren. Mein liebes Herz! – so wollte er schreiben – mit Gottes Hilfe sind wir vom Kriege erlöst, und der Frieden ist uns zurückgegeben. Wir haben leider Gottes immer noch Einquartierung, aber der Oberst ist nicht so gefährlich, wie er aussieht, sondern, wenn man bedenkt, daß er ein großer Offizier ist, kein ganz wilder Mensch. Ich glaube, daß er kein schlechter Mann ist und daß er Gott sogar fürchtet …

Während Kristianpoller diesen Brief zurechtlegte, schnitt er sich, dem nahenden Sabbat zu Ehren, die Fingernägel mit dem Taschenmesser und sah immer wieder durch das Fenster auf die Straße hinaus, ob nicht noch neue Gäste kämen. Plötzlich erstarrte sein Herz. Er lauschte. Sechs Pistolenschüsse – ach, wie gut konnte er sie von Gewehrschüssen unterscheiden! – knallten hintereinander im Hof. Alle friedlichen Geräusche draußen waren auf einmal erstorben: das Schnattern und Gackern des Geflügels, die heiteren

620   TARABAS

Zurufe der Bauern, das Wiehern der Pferdchen, das Gelächter der Bäuerinnen. Durch das Fenster sah Kristianpoller, wie die Bauern auf der Straße die Münder öffneten, sich bekreuzigten und flugs von den Fuhren sprangen, auf denen sie schon, zur Abfahrt bereit, gesessen waren. Als hätten die plötzlichen Schüsse gleichsam auch den Tag getroffen, schien es auf einmal rapide dunkler zu werden. Gegenüber der Schenke, beim Glasermeister Nuchim in der kleinen Stube, herrschte geradezu tiefe Finsternis, obwohl die Fenster offenstanden. Es leuchtete nur silbern das weiße Tischtuch, das man für den Sabbat vorbereitet hatte.

Eine böse Ahnung gebot Kristianpoller, vorläufig durch das Fenster den Gasthof zu verlassen. Er kletterte hinaus, auf die Straße, und huschte zum blauen, verfallenen Häuschen des Glasermeisters Nuchim hinüber. „Bei mir schießen sie!" sagte er hastig. „Zündet keine Kerzen an! Sperrt die Tür zu!"

In der Tat, man schoß in der „Kammer" Kristianpollers. Da die Getreuen des Obersten Tarabas in harmlosem Vertrauen auf ihre eigene Überlegenheit und in der Erwartung, daß der Feldwebel Konzew jeden Augenblick zurückkehren müsse, angefangen hatten, mit den Deserteuren aus der Kaserne gemeinsam weiterzutrinken, hatten sie alsbald Müdigkeit, Schlaf und auch Gleichgültigkeit übermannt. Allmählich wurde aus der falschen Brüderlichkeit, die Tarabas' Getreue gegenüber den Deserteuren zuerst geheuchelt hatten, eine flüchtige, verlogene, aber immerhin rührselige Freundschaft. Von beiden Seiten wurden gar viele falsche, heiße Tränen vergossen. Man hatte sich einfach betrunken.

„Wir wollen ein bißchen schießen, nur damit wir sehen, ob wir noch zielen können", sagte der schlaueste unter den Deserteuren, ein gewisser Ramsin.

„Großartig!" sagten die anderen.

„Wir wollen uns ein paar schöne Ziele an die Wand malen!" sagte Ramsin. Und er begann mit einer Kreide, die er aus seiner Hosentasche hervorgeholt hatte, an die dunkelblau getünchte Wand der Kammer allerhand Figuren und Figürchen in drei übereinanderliegenden Reihen zu zeichnen. Er war ein geschickter Mann, der Ramsin. Er hatte immer allerlei Kunststücke verstanden, Zauberwerk und Taschenspielerei. Seine große, hagere Gestalt, seine schwarzen Augen im gelblichen Gesicht, seine lange, schiefe, seitwärts gebogene Nase, ein pechschwarzes Haarbüschel, das er nicht ohne Eitelkeit in die Stirn fallen ließ, und seine knochigen, langen Hände mit den leicht gekrümmten Fingern hatten in seinen Kameraden längst den Verdacht geweckt, daß Ramsin niemals wirklich heimisch unter ihnen gewesen sein konnte. Einige kannten ihn zwei Jahre und länger, noch vom Felde her. Er hatte nie jemandem gesagt, aus welchem Gouvernement oder Lande er komme. Auf einmal schien er, den die meisten für einen Ukrainer gehalten hatten, just hierher zu gehören, in diesen nagelneuen Staat. Die Sprache des Landes schien seine Muttersprache zu sein. Er sprach sie fließend und munter.

Er zeichnete flott mit der Kreide, mit großer Meisterschaft – so fanden sie alle. Sie fühlten sich nicht mehr müde. Sie drängten sich in einem großen Haufen hinter dem

Rücken Ramsins zusammen, stellten sich auf die Zehen und verfolgten die hurtigen Bewegungen der zeichnenden Hand. Auf den tiefblauen Hintergrund der Wand zauberte Ramsin schneeweiße Kätzchen, die nach Mäuschen jagten, wütende und gefräßige Hunde, die wieder die Kätzchen erschreckten, Männer, die mit Stöcken nach den Hunden ausholten. Darunter, in der zweiten Reihe, begann Ramsin, drei Frauen zu zeichnen, die offensichtlich im Begriffe waren, ihre Kleider abzulegen. In der Tat schien ihnen die Hand Ramsins, gierig etwas und ungeduldig zwar, aber mit meisterhafter Fertigkeit, die Kleider von den Leibern zu ziehen, in dem Augenblick, in dem er sie erstehen ließ; er entblößte die Frauen in der gleichen Sekunde, in der er sie schuf – und dieser Vorgang erregte und beschämte die Zuschauer in gleichem Maße. Sie wurden von einem Augenblick zum andern nüchtern. Aber sie verfielen einer neuen, viel mächtigeren Trunkenheit. Jeder von ihnen wünschte, Ramsin möchte aufhören oder sich anderen Gegenständen widmen, aber zugleich und ebenso stark wünschten sie auch, er möchte fortfahren. Zwischen Angst, Scham, Rausch und Erwartung taumelten ihre Herzen. Und die Augen, vor denen zeitweise alle Bilder verschwammen, sahen gleich darauf wieder in scharfer, peinigender Deutlichkeit die Schatten, die Linien der Körper, die Warzen der Brüste, die scharfen Falten in den Schößen, die zarte Festigkeit der Schenkel und die zärtliche Gebrechlichkeit der schlanken, schönen Fesseln. Mit hochgeröteten Gesichtern und um die Verlegenheit zu überwinden, deren ohnmächtige Sklaven sie waren, stießen die Männer verschiedene ratlose, sinnlose und schamlose Rufe aus. Manche pfiffen schrill, andere brachen in wieherndes Gelächter aus. Auf der Wand, auf der Ramsin seine teuflische Aufgabe zu Ende führte, erschien jetzt der letzte, selige Glanz der Abendsonne. Aus tiefem Blau und rotem Gold bestand nun die Wand, und die kreideweißen Figuren schienen in das goldene Blau eingraviert.

Ramsin trat zurück. Die dritte Reihe, in der er angefangen hatte, deutsche Soldaten verschiedener Waffengattungen, Soldaten der Roten Armee, allerlei Symbole, wie Sichel und Hammer, Adler und Doppeladler, zu zeichnen, unterbrach er plötzlich. Er warf die Kreide gegen die Wand. Sie zersplitterte und fiel in zahllosen kleinen Stückchen zu Boden. Ramsin wandte sich um. Neben ihm stand der Ukrainer Kolohin, einer von Tarabas' Getreuen. Ramsin zog ihm die Pistole aus dem Gürtel. „Achtung!" sagte er. Alle traten beiseite. Ramsin ging bis zur offenen Tür zurück. Er legte an und schoß. Er traf alle sechs Bilder nacheinander, die ganze obere Reihe. Man klatschte Bravo. Man trampelte mit den Stiefeln. Man rief: „Hurra!" und: „Es lebe Ramsin!" Jeder eilte, eine Schußwaffe zu suchen. Die Getreuen Tarabas' schossen zuerst selbst und übergaben hierauf die Waffen den Fremden. Alle versuchten sich, und kein einziger traf. „Es ist verhext!" sagte einer. „Ramsin hat seine Bilder verhext!" Es war eine verteufelte Angelegenheit. Selbst die guten Schützen, die ihrer Hand und ihres Blickes sicher waren, schossen diesmal zu hoch oder zu tief. Jedenfalls war es ihnen, nachdem sie sich ein paarmal versucht hatten, als hätte ein Unsichtbarer in dem Augenblick, in dem die Kugel den Lauf verließ, ihre Pistolen berührt. Nun schoß Ramsin wieder. Er traf. Er hatte gewiß nicht weniger getrunken als alle anderen. Sie hatten ihn trinken gesehen. Wie kam es, daß seine Hand sicherer war als alle anderen Hände? Ramsin zielte, schoß und traf. Ja, wie getrieben von irgendeinem höllischen Befehl, fragte er die Kameraden nach noch genaueren Zielen, die er sich zu treffen erbot. Die Fragen erweckten in den meisten eine gierige Lust zu vernichten, ein schwüles Bedürfnis, bestimmte Körperteile der nackten, immer nackter werdenden drei Frauen getroffen und vertilgt zu sehn. Auf die erste Frage Ramsins, wohin er zielen solle, antworteten sie nicht. Gier und Scham würgten ihre Kehlen. Ramsin selbst ermunterte sie: „Linke Brust des dritten Bildes in der Mitte, zweite Frau?" fragte er; oder „unterer Rand des Hemdes? Knöchel oder Brustwarze?" „Gesicht?" „Nase?" Allmählich ward es ihnen unmöglich, diesen Fragen zu widerstehn, die gleichsam noch genauer in ihre verborgenen Wünsche zielten als das Auge des vortrefflichen Schützen auf die Bilder. Die schamlosen Fragen Ramsins weckten schamlose Antworten. Ramsin schoß; und er traf jedes Ziel, das ihm die Zurufe angegeben hatten.

Allmählich füllte sich der Hof mit neugierigen Bauern, die das fröhliche Knallen und das wiehernde Gelächter herbeilockte. Verwirrung bemächtigte sich auch der Zuschauer. Nun hatten alle Bauern ihre heimfahrtbereiten Wägelchen verlassen. Sie standen da, Münder, Augen und Ohren aufgesperrt. Sie drängten und reckten sich, um besser zu sehn. Plötzlich rief Ramsin, der bereits drei Magazine verschossen hatte: „Gebt mir ein Gewehr!" Man brachte es ihm. Er schoß. Kaum war der Schuß verhallt – da erhob sich schon ein Schrei, aus allen Kehlen gleichzeitig. Eine große Fläche des blaugetünchten Kalks mit den letzten vier unzüchtigen Bildern Ramsins hatte sich von der Mauer gelöst, war abgesprungen, geborsten, in Splitter und Staub zerfallen. Und vor den aufgerissenen Augen der Zuschauer vollzog sich ein wahrhaftiges Wunder: Auf dem rissigen Grunde der Wand, im tiefen, goldenen Abglanz der untergehenden Sonne, erschien an Stelle der zuchtlosen Bilder Ramsins das selige, süße Angesicht der Mutter Gottes. Man sah das Angesicht zuerst, hierauf die Büste. Tiefschwarz war ihre große, dichte Haarkrone, von einem silbernen, halbrunden Diadem geschmückt. Ihre glühenden, schwarzen Augen schienen mit unsäglichem Schmerz, mit schwesterlichem, fröhlichem Trost und mit kindlicher Verwunderung auf die Männer zu blicken. Aus dem Ausschnitt des rubinroten Kleides schimmerte das gelblichweiße Elfenbein der Haut, und man ahnte die schöne, gnadenreiche Brust, die bestimmt war, den kleinen Heiland zu nähren. Rötlich vergoldet vom Widerschein der untergehenden Sonne, die an diesem Tage länger am Himmel verbleiben zu wollen schien als an allen Tagen vorher, war die enthüllte Erscheinung der Mutter Gottes allen zweifellos ein wahres Wunder. Plötzlich sang einer aus der Menge mit inbrünstiger, tiefer und klarer Stimme das Lied: „Maria, du Süße", ein Lied, bekannt und geliebt in diesem frommen Lande, Jahrhunderte alt, dem Herzen des Volkes selbst entsprossen. Im gleichen Augenblick, gefällt vom Blitz der Gottesfurcht, fielen alle in die Knie, die kleinen Bauern, die mächtigen Soldaten, die Deserteure sowohl als auch die Getreuen Tarabas'. Eine gewaltige Trunkenheit erfaßte sie. Es schien ihnen, daß sie zu schweben begannen, während sie in Wirklichkeit auf die Knie sanken. Sie fühlten sich an den Schultern gefaßt und niedergedrückt von einer himmlischen Gewalt und zugleich von ihr in die Höhe getragen. Je tiefer sie ihre Rücken beugten, desto leichter erhoben sich ihre Seelen. Mit hilflosen Stimmen fielen sie in den Gesang ein. Alle Loblieder zu Ehren Marias sangen selbst aus ihnen, während langsam der Abglanz der Sonne an der Wand entschwand. Man sah bald nur noch einen schmalen Streifen, der die Stirn der Mutter Gottes vergoldete. Schmäler und schmäler wurde der Streifen. Nunmehr leuchtete im Schatten nur noch das milde Angesicht und der elfenbeinerne Ausschnitt der Brust. Das rote Gewand vermischte sich mit dem Dämmer. Es ertrank in der beginnenden Nacht.

Sie drängten sich vor, der wunderbaren Erscheinung entgegen. Viele erhoben sich von der Erde, auf der sie gekniet und gelegen hatten. Andere wagten nicht aufzustehen. Sie rutschten und schoben sich vorwärts, auf dem Bauch, auf den Knien. In jedem zitterte die Angst, das gnadenreiche Bild könnte ebenso schnell erlöschen, wie es aufgeleuchtet war. Sie versuchten, ihm möglichst nahe zu kommen, sie hofften, es mit den Händen greifen zu können. Wie lange schon hatten ihre armen Herzen ein so deutliches Wunder entbehrt! Seit langen Jahren war Krieg in der Welt! Sie sangen alle Marienlieder, die sie aus der Kirche und aus der Schule kannten, während sie stehend, liegend und kniend der Erscheinung an der Wand näher rückten. Auf einmal verschwand der letzte Schimmer des Tages, als hätte ihn eine ruchlose Hand fortgewischt. Blasse Flecke waren nunmehr das liebliche Elfenbein der Büste, des Halses, des Angesichts und die silberne Krone. Die der Wand am nächsten gerückt waren, erhoben sich und streckten die Hände aus, um die Mutter Gottes zu berühren. „Halt!" rief es aus dem Hintergrund. Es war Ramsin. Hochaufgerichtet, mitten in einem Rudel Kniender, stand er da und schmetterte: „Halt! Rührt es nicht an, das Bild! Dieser Raum hier ist eine Kirche. Dort an der Wand, wo ihr das Bild seht, stand einmal der Altar! Der jüdische Gastwirt hat ihn entfernt. Die Kirche hat er beschmutzt. Mit blauem Kalk hat er die heiligen Bilder bestrichen. Betet, meine Brüder! Tut Buße! Hier soll wieder eine Kirche werden. Büßen soll hier auch der Jude Kristianpoller. Wir wollen ihn herbeiholen. Er hat sich verborgen. Wir werden ihn finden!"

Niemand antwortete. Nun war der Abend vollends eingebrochen. Durch die offene Tür der Kammer drang die kräftige, kühle, dunkelblaue Finsternis. Sie verstärkte das schreckliche Schweigen. Die blaue Wand war beinahe schwarz geworden. Man sah nur noch einen unregelmäßigen, grauweißen, gezackten Fleck, und nichts mehr. Die Leute, die gekniet und gelegen hatten, standen auf, zögernd und als müßten sie erst ihre Glieder von irgendwelchen Fesseln befreien. Ein wilder Zorn, ihnen selbst kaum bekannt, seit ihrer frühesten Kindheit in ihre Herzen versenkt, vom Blut aufgenommen und durch alle Adern getrieben, wurde wach und stark in ihnen, genährt vom Alkohol, den sie heute genossen, verstärkt von den Aufregungen des Wunders, das sie erlebt hatten. Hundert verworrene Stimmen schrien nach Rache für die milde, süße, lästerlich behandelte, geschändete Mutter Gottes. Wer hatte sie beleidigt, mit billigem, blauem Kalk beschmiert, unter Mörtel und Branntweingeruch begraben? Der Jude! – Uraltes Gespenst, in tausendfacher Gestalt über das Land gesät, schwärender Feind im Fleisch, unverständlich, schlau, blutdürstig und sanft zugleich, tausendmal erschlagen und auferstanden, grausam und nachgiebig, schrecklicher als alle Schrecken des eben überstandenen Krieges: der Jude. In diesem Augenblick trug er den Namen des Wirtes Kristianpoller. „Wo verbirgt er sich?" fragte jemand. Und andere schrien: „Wo verbirgt er sich?"

Die Bauern, die das Muttergottesbild gesehen hatten, dachten nicht mehr daran, heute noch heimzufahren. Aber auch die anderen, die von dem Wunder nur gehört hatten, begannen, die Pferdchen auszuspannen und sie in den Hof Kristianpollers zu führen. Es schien ihnen nötig, an dem Orte zu bleiben, in dem sich eine so himmlische Begebenheit zugetragen hatte. Langsam erst, mit ihren vorsichtig tastenden, sachte mahlenden Gehirnen nahmen sie die wunderbare Kunde auf, wälzten sie hin und her in den schweren, wiederkäuenden Köpfen, zweifelten, wurden gleich darauf verzückt, bekreuzigten sich, lobten Gott und füllten sich mit Haß gegen die Juden.

Wo war er übrigens, der Jude Kristianpoller? Ein paar gingen in die Schenke, ihn zu suchen. Hinter dem Schanktisch fanden sie nur den Knecht Fedja, der sich betrunken hatte und der seit langem eingeschlafen war. Man suchte in den Gastzimmern, in denen die Offiziere einquartiert waren. Man schlug die Betten auf, öffnete die Kästen. Vor dem Gasthaus und drinnen im Hof sammelten sich die Menschen. Ja, selbst die Bauern, die bereits auf dem Heimweg begriffen gewesen waren, machten kehrt, um das Wunder noch zu erleben. Als sie mit ihren Wägelchen und ihren Frauen und Kindern vor dem Gasthof hielten, schien es ihnen, daß sie nicht etwa umgekehrt waren, um die gnadenreiche Erscheinung anzubeten, sondern um an dem Juden Rache zu nehmen, der die Mutter Gottes geschändet hatte. Denn eifriger als der eifrigste Glaube ist der Haß, und fix ist er wie der Teufel. Es war den Bauern, als hätten sie alle nicht nur die wunderbare Erscheinung mit eigenen Augen gesehn, sondern auch, als könnten sie sich haargenau an die einzelnen schändlichen Handlungen erinnern, durch die der Jude das Bild beschmutzt und mit blauem Kalk zugedeckt hatte. Und zu ihrem Verlangen nach Rache gesellte sich noch das dumpfe Gefühl einer eigenen Schuld, die sie sich aufgeladen hatten, als sie noch leichtsinnig genug gewesen waren, den Juden nach seinem schmählichen Belieben gewähren zu lassen. Kein Zweifel für sie mehr: Dazumal hatte sie der Teufel verblendet.

Sie stiegen von den Wagen, bewaffnet mit Peitschen und Knüppeln, den neugekauften Sensen, Sicheln und Messern. Es war die Stunde, in der die Juden in feiertäglichen Kleidern aus dem Bethaus kamen, beinahe lauter Greise und Krüppel. Ihnen entgegen stürzten sich jetzt die Bauern. Diesen bewaffneten, kräftigen und wütenden Männern erschienen die jüdischen Schwächlinge, die Greise und die Lahmen, die sich da in ihrer sabbatlichen Hilflosigkeit nach Hause schleppten, besonders gefährlich, gefährlicher als Gesundheit, Stärke, Jugend und Waffen. Ja, in dem trippelnden, ungleichmäßigen

Schritt der Juden, in der Krümmung ihrer Rücken, in der dunklen Feierlichkeit ihrer langen, auseinanderklaffenden Kaftane, in ihren gesenkten Köpfen und selbst noch in den huschenden Schatten, die ihre schwankenden Gestalten hie und da auf die Straßenmitte warfen, sooft sie an einer der spärlichen Petroleumlaternen vorüberkamen, glaubten die Bauern die wahrhaft höllische Abkunft dieses Volkes zu erkennen, das sich von Handel, Brand, Raub und Diebstahl nährte. Was den Schwarm der humpelnden, armen Juden betraf, so sahen sie wohl, fühlten sie vielmehr das nahende Unglück. Allein, sie wankten ihm entgegen, halb im Vertrauen auf den Gott, den sie soeben im Bethaus gelobt hatten und dem sie sich heimisch und vertraut fühlten (allzu heimisch und allzu vertraut), halb gelähmt von jener Angst, mit der die grausame Natur die Schwachen belädt, damit sie um so sicherer der Gewalt der Starken anheimfallen. In der ersten Reihe der Bauern schritt ein gewisser Pasternak, würdig anzusehn dank seinem gewaltigen, buschigen, grauen Schnurrbart, die Peitsche in der Hand; übrigens ein reicher und also doppelt geachteter Bauer aus der Umgebung von Koropta. Als er in der Höhe des jüdischen Schwarms angelangt war, erhob er die Peitsche, ließ den schweren, vielfach geknoteten Riemen zwei-, dreimal über seinem Kopf kreisen und knallen und schlug hierauf, da seine Hand den sicheren Schwung bekommen hatte, mitten in die dunkle Schar der Juden. Er traf ein paar Gesichter. Ein paar Juden schrien auf. Der ganze hilflose Schwarm blieb stehen. Einige versuchten, sich an die Mauern der Häuschen zu drücken und im Schatten zu verschwinden. Andere aber stürzten von dem meterhohen hölzernen Bürgersteig in die Straßenmitte, geradewegs den Bauern zu Füßen. Man hob sie hoch, warf sie in die Luft, Dutzende von Händen streckten sich, um die wirbelnden Juden aufzufangen und noch einmal, und noch einmal und zum viertenmal in die Luft zu werfen. Es war eine sehr klare Nacht. Gegen den hellblauen, sternenbesäten Himmel hoben sich die tiefschwarzen, flatternden, emporfliegenden und wieder herunterfallenden Juden wie übergroße, seltsame Nachtvögel ab. Dazu kamen immer wieder ihre kurzen, schrillen Schreie, denen das brüllende Gelächter ihrer Peiniger antwortete. Hie und da öffnete eine der wartenden jüdischen Frauen furchtsam einen Fensterladen und machte ihn schnell wieder zu. „Alle Juden zum Hof Kristianpollers und knien und beten!" rief eine Stimme. Es war Ramsin. Und Pasternak trieb mit der Peitsche die Juden vom Bürgersteig. Man nahm sie in die Mitte und führte sie in den Gasthof Kristianpollers.

Hier in der „Kammer", in der sich das Wunder zugetragen hatte, waren zwei Kerzen angezündet. Sie klebten auf einem Holzscheit und beleuchteten flackernd die Mutter Gottes. Alle Soldaten, auch die Getreuen des Obersten Tarabas, knieten vor den Lichtern, sangen, beteten, bekreuzigten sich, neigten ihre Köpfe, stießen mit den Stirnen gegen den Boden. Die Kerzen, die man immer wieder erneuerte (man wußte nicht, wo sie herkamen, es war, als hätten alle Bauern Kerzen mitgebracht), verbreiteten mehr Schatten als Helligkeit. Eine weihevolle Finsternis herrschte in der „Kammer", eine Finsternis, innerhalb derer die beiden Kerzen zwei leuchtende Kerne bildeten. Es roch nach bil-

ligem Stearin, nach Schweiß, Juchten, säuerlichen Schafspelzen und dem heißen Atem
der offenen Münder. Oben im Dämmer, im ohnmächtigen und unbeständigen Licht der
schwachen Flammen, schien das wunderbare, milde Antlitz der Madonna bald zu weinen, bald tröstlich zu lächeln, zu leben, in einer überirdischen, erhabenen Wirklichkeit
zu leben. Als die Bauern mit dem schwarzen Schwarm der Juden ankamen, rief Ramsin:
„Platz für die Juden!" Und die kniende und liegende Menge ließ eine Gasse frei. Während die Armen, einzeln und zu zweit, vorwärtsgestoßen wurden, geschah es, daß der
und jener Bauer, das Gebet und die Andacht unterbrechend, ausspuckte. Je näher die Juden dem Wunder kamen, desto häufiger und heftiger wurden ihre dunklen Gewänder
angespuckt, und bald klebten die vielen Spuren silbrigen Speichels an ihren Kaftanen,
gelblicher Schleim, eine schauerliche, abstruse Art von irrsinnigen Knöpfen. Es war lächerlich und schaurig. Man zwang die Juden niederzuknien. Und als sie auf den Knien
lagen und mit furchtsamen, ratlosen Gesichtern links und rechts schauten, wie um sich
zu vergewissern, woher ihnen größere Gefahr drohe, und in allerhöchster Furcht vor den
Kerzen und dem Bild, das diese beleuchteten, die Köpfe wegzuwenden versuchten,
schrie plötzlich Ramsin aus dem Hintergrund: „Singen!" Und während die Gläubigen
wohl zum fünfzigstenmal das Ave Maria anstimmten, begannen die Juden in ihrer To-
desangst, aus zusammengepreßten Kehlen schauerliche Töne hervorzustoßen, die wie
aus alten, zerbrochenen Leierkästen kamen und mit der Melodie des Ave nicht die geringste Ähnlichkeit hatten. „Hinlegen!" befahl Ramsin. Und die gehorsamen Juden berührten mit den Stirnen den Boden. Ihre Mützen hielten sie noch krampfhaft in den
Händen, gleichsam als die letzten Symbole ihres Glaubens, den man ihnen rauben wollte. „Aufstehn!" kommandierte Ramsin. Die Juden erhoben sich, mit der schwachen, lächerlichen Hoffnung, daß sie nunmehr von ihrer Pein erlöst seien. „Auf, Brüder!" sagte
Ramsins furchtbare Stimme. „Wir wollen sie nach Hause führen!"

Und die Mehrzahl der Andächtigen verließ die Stätte des Wunders. Uniformierte und
Bauern, Peitschen, Stöcke und Sicheln in den Händen, trieben den düstern Schwarm der
Juden durch die trübe beleuchtete, nächtliche Straße. Man brach in jedes der kleinen
Häuschen ein, löschte die Lichter aus, befahl den Juden, sie wieder anzuzünden, weil
man wußte, daß ihnen ihr Gesetz verbot, Feuer am Sabbat zu machen. Manche Bauern
nahmen die brennenden Kerzen aus den Leuchtern, bargen die Leuchter unter den Röcken, vergnügten sich, die Kerzen an alle zufällig erreichbaren brennbaren Stoffe zu halten und sie anzuzünden. So brannten bald Tischtücher, Vorhänge und Bettlaken. Die
jüdischen Kinder erhoben ein jämmerliches Geschrei, die jüdischen Weiber rauften sich
die Haare, riefen die Namen ihrer Männer, deren Klang den Peinigern lächerlich und
nichtswürdig erschien und der sie bis zum tränenvollen Lachen erschütterte. Verschiedene ahmten das Heulen der Kinder und der Weiber nach. Und es erhob sich ein ganz
irrsinniger Tumult in der Luft. Einige von den mitgeschleppten Juden machten den kindischen Versuch, sich in den Häusern, die ihnen vertraut waren, zu verbergen. Sie wurden aber schnell gefaßt und verprügelt. „Wo ist euer Gastwirt, der Kristianpoller?" brüll-

ten immer wieder ein paar Stimmen. So unermeßlich der Lärm war, so deutlich verstand man doch im allgemeinen Getümmel diese fürchterliche Frage.

Und da alle Juden, samt ihren Weibern und Kindern, mit allen heiligen Eiden in einem äußerst verworrenen Chor zu schwören begannen, daß sie nicht wüßten, wo ihr Bruder Kristianpoller sei, verstärkten und verdoppelten sich nur die grausamen Fragen. „Wir werden euch zwingen!" rief einer aus der Menge. Es war ein Soldat, ein mächtiger Kerl, mit breiten Schultern und einem winzigen Köpfchen, das an eine kleine Nuß erinnerte, ein armseliges Früchtlein auf einem gewaltigen Stamm. Er zerteilte die Menge, trat vor und stellte sich vor eine junge jüdische Frau, deren bräunliches, schönes Gesicht mit den unschuldig erschrocken aufgerissenen, goldbraunen Augen unter dem weißen, seidig schimmernden Kopftuch den Soldaten schon aus der Ferne angelockt und zur Liebe wie zum Haß gereizt haben mochte. Die junge Frau erstarrte. Sie versuchte nicht einmal zurückzuweichen. „Das ist sie, seine Frau, die Frau des Halunken Kristianpoller!" rief der Soldat. Eine unsagbare, unmenschliche Gier entzündete sein fahles, kleines und nacktes Angesicht. Er erhob einen kurzen, hölzernen Knüppel und ließ ihn auf das Kopftuch der Jüdin niedersausen. Sie fiel sofort um. Alle stießen einen Schrei aus. Blut zeigte sich auf dem schimmernden Weiß des seidenen Kopftuches. Und als hätte der Anblick des roten Blutes, des ersten, das an diesem Tage floß, dem stumpfen Grimm der Menge erst einen deutlichen Sinn und eine bestimmte Richtung gegeben, erwachte auch in den anderen eine unbezwingliche Gier, zu schlagen, zu treten, und schon sahen sie rote Schleier aus Blut vor ihren Augen, rote Schleierströme wie blutige Wasserfälle. Sie hieben hinein, jeder mit dem Gegenstand, den er gerade in Händen hielt, auf die Menschen, Kinder, Gegenstände, die sich gerade vor ihm und neben ihm befanden.

Als Konzew von der Kaserne her mit einer kleinen Abteilung Soldaten heranrückte, sah er sofort, daß er dem übermäßigen Tumult nicht gewachsen sei. Er schickte schleunigst eine Meldung an den Obersten Tarabas, während er in verschiedenen Sprachen der Menge abwechselnd drohende und beruhigende Worte entgegenrief. Die Bauern und Soldaten aber waren schon zu tief in ihrem Rausch befangen, um noch etwas von diesen ernüchternden Zurufen zu begreifen. Sie fühlten nur undeutlich, daß ihnen hier eine ordnende und also feindliche Gewalt entgegenrückte, und sie machten Anstalten, ihr ebenfalls kräftig zu begegnen. Die Instrumente, mit denen sie soeben losgeschlagen hatten, verwendeten sie als Wurfgeschosse gegen Konzew und die Abteilung.

Konzew wagte keinen entscheidenden Befehl, ohne Erlaubnis des Obersten Tarabas. Er wich also vorläufig zurück und verteilte seine wenigen Leute zu beiden Seiten der Straße als Wachen vor den noch unversehrt gebliebenen Häusern. Die Menge rückte zwar nicht weiter. Aber um so kräftiger hieb sie auf den Rest des Judenhaufens, auf die Gefangenen in ihrer Mitte. Hie und da schlugen blaue Flämmchen aus den Häusern, und Jammern und Heulen brach durch Fenster und Türen. Konzew wartete ungeduldig. Jeden Augenblick mußte der Oberst Tarabas kommen.

Indessen kam nur der Soldat zurück, den Konzew geschickt hatte. Er meldete, daß alle Offiziere in ihrer Messe, in der Baracke, sich in einem fast leblosen Zustand befänden, und auch der gewaltige Oberst Tarabas unterschiede sich augenblicklich nicht von den andern. Ja, vielleicht sei er sogar noch schlimmer dran. Denn, wie ihm der Koch und die bedienenden Soldaten berichtet hätten, wäre es im Verlauf des Vorabends zu einem Streit gekommen. Der alte Major Libudin, eben jener, der noch aus alten Zeiten das Bahnhofskommando befehligte und auch seinen Abschied nicht zu nehmen gedachte, hätte dem Obersten Tarabas zugerufen, solch eine Art sinnloser Trinkerei hätte man in der alten russischen Armee nicht gekannt. Es wäre nun Streit entstanden. Tarabas hätte alle Unzufriedenen aufgefordert, die neue Armee auf der Stelle zu verlassen. Hierauf hätten sich die Offiziere geschlagen, auch Tarabas. Und nach einer überraschenden, allgemeinen Versöhnung wäre in allen neuerlich die Lust ausgebrochen, sich zu betrinken. Der Feldwebel Konzew entschloß sich, seine kleine Abteilung wieder zu sammeln und mit gefälltem Bajonett gegen den Haufen der Bauern vorgehen zu lassen. Er wußte noch nicht, daß sich in der Menge Soldaten befanden. Einige unter diesen trugen immer noch die Pistolen, mit denen sie auf Ramsins Zeichnungen geschossen hatten. Sie haßten den Feldwebel Konzew. Sie hatten ihm nichts vergessen. Sie erkannten ihn, seine Stimme, und sie beschlossen, angefeuert von Ramsin, sich an ihm zu rächen. Sie drängten die Bauern beiseite, stießen vor und stellten sich in die ersten Reihen des Haufens. Als Konzew den Befehl gab vorzugehn, schoß Ramsin, und die desertierten Soldaten folgten ihm. Drei von Konzews Leuten fielen. Er begriff die Gefahr, aber es war schon zu spät. Bevor er noch „Feuer!" kommandieren konnte, stießen Ramsin und die Deserteure vor, schossen den Rest ihrer Patronen ab, gefolgt von dem Siegesgeheul der trunkenen Bauern.

In der nächtlichen Straße, die von drei, vier ärmlichen Öllaternen belichtet wurde und über die von Zeit zu Zeit und immer häufiger aus den Judenhäuschen hervorzüngelnde Flämmchen einen huschenden, spärlichen Widerschein warfen, begann ein heftiges, kurzes Handgemenge. Zwar sah der Feldwebel Konzew, alter Soldat, der er war, den Ausgang dieses Kampfes sofort voraus. Er wußte, daß seine kleine Abteilung dem wütenden Haufen nicht standhalten konnte. Und Scham und Jammer empfand er, da er bedachte, daß ihn ein schmähliches Ende nach solch einem schmählichen Handgemenge erwartete, ihn, einen der furchtlosesten Soldaten der großen russischen Armee. Viele Soldaten, brave Feinde, Österreicher und Deutsche, hatte er mit seinen braven Händen getötet. Aus Ratlosigkeit, aber auch aus Treue zu seinem Herrn und Obersten Tarabas, war er hierhergekommen. Was ging ihn dieses neue Ländchen an? Was, zum Teufel, gingen ihn die Juden von Koropta an? – Ach, welch ein Ende für einen alten Soldaten aus dem großen Kriege! – All diese Gedanken jagten mit großer Geschwindigkeit durch den Kopf des großartigen Konzew, während sein militärisches und ordentliches Gewissen, gleichsam als ein ganz besonderes und sein eigentliches Gehirn, ihm alle Maßnahmen diktierte, die in Anbetracht dieser scheußlichen Lage notwendig waren. In der Linken die Pistole, den schweren, krummen Säbel in der Rechten, umgeben von den johlenden Bauern und seinen Todfeinden, den Deserteuren, hieb und schoß der tapfere Konzew nach allen Seiten. Er überragte die Meute, die ihn umdrängte, um seinen ganzen gewaltigen, muskulösen Kopf. An allen Stellen seines Körpers spürte er Schmerzen, ein dichter Hagel von Schlägen fiel auf ihn nieder. Plötzlich fühlte er einen Stich im Hals. Seine blutunterlaufenen, von Schleiern überhangenen Augen konnten noch Ramsin wahrnehmen, der ein gewöhnliches bäurisches Steckmesser in der erhobenen Hand hielt. „Hund, du", röchelte Ramsin. „Sohn und Enkel einer Hündin!" Mit der letzten Klarheit, die ihm der nahende Tod bescherte, begriff Konzew die schmachvolle Art seines Untergangs. Ein Bauernmesser war ihm in den Hals gefahren. Ein elender Räuber, ein Deserteur hatte es geführt. Erbitterung, Scham und Haß verzerrten sein Angesicht. Er sank hin, zuerst auf die Knie. Dann streckte er die Arme aus, man machte ihm Platz. Er hatte keine Kraft mehr, sich auf die Hände zu stützen. Er fiel der Länge nach hin, mit dem Gesicht in den Schlamm und Unrat der Straßenmitte. Sein Blut strömte aus dem Hals, über den Kragen der Uniform und versickerte in der kotigen Erde. Über seinen Leib und über die Leiber der anderen Soldaten trampelten und stampften die genagelten Stiefel der Menge. Einige hatten sich selbst Wunden zugefügt. Einige andere waren verletzt worden. Aber ihr eigenes rinnendes Blut besänftigte sie keineswegs, sondern berauschte sie noch mehr als das fremde, das sie ringsum fließen sahen. Der kurze Kampf hatte sie ebenfalls nicht etwa ermattet, sondern im Gegenteil ihren Drang zum sinnlosen Wüten noch verstärkt. Aus den riesenhaft aufgerissenen Mündern stießen sie in einem seltsam regelmäßigen, beinahe strengen Rhythmus unmenschliche Rufe aus, in denen Schluchzen, Heulen, Jammer, Jubel, Gelächter, Weinen, der Brunst- und Hungerschrei von Tieren enthalten war. Auf einmal brachte ein Soldat eine Fackel herbei. Er hatte um das obere Ende seines Stockes ein Tischtuch gewickelt, eine der spärlichen Laternen zerschlagen, das Tuch mit Petroleum getränkt und angezündet. Nun schwenkte er die Fackel über den Köpfen zuerst, berührte mit ihr die tief über die Häuschen hängenden trockenen Schindeldächer und entzündete sie. Viele taten wie er. Hierauf begann allmählich die ganze Hauptstraße von Koropta zu brennen. Die leckenden Feuerchen, die lustig und ausgelassen aus den Dächlein zu beiden Seiten der Straße dahertänzelten, erfreuten die Menge dermaßen, daß sie beinahe der Juden vergaß. Man schleppte zwar die Armen immer noch mit, die unaufhörlich stolperten, in die Knie sanken und gewaltsam wieder hochgehoben wurden, aber man stieß und prügelte sie nicht mehr. Man begann sogar, ihnen begütigend und tröstlich zuzusprechen und sie auf die schauerlichen Schönheiten hinzuweisen, die man da angestiftet hatte. „Schau, schau, das Flämmchen!" sagte man. „Sieh, sieh, hier, meine Wunde!" sagte man. „Das tut weh, siehst du?" sagte man. Man hatte sich allmählich an die Juden gewöhnt. Sie waren, nachdem man sie so lange gepeinigt hatte, ein unentbehrlicher Bestandteil des ganzen Triumphzuges geworden. Man hätte sie um keinen Preis entbehren mögen. Die Juden aber erschreckten milde Worte und sanfte Behandlung noch mehr als Schläge und Peinigungen. Es schien ihnen, daß der allgemeinen Milde nur noch stärkere Folterungen folgen müßten. Näherte sich ihren Schultern eine friedliche Hand, so zuckten sie zusammen wie vor einer Peitsche. Sie sahen aus wie ein Häufchen Wahnsinniger, sie stellten eine besondere Art des stumpfen, schwachen und furchtsamen Irrsinns dar, mitten unter dem gewaltsamen und gefährlichen der anderen. Sie sahen ihre Häuser brennen, ihre Weiber, Kinder und Enkel mochten schon tot sein, sie hätten beten mögen, aber sie fürchteten, einen Laut von sich zu geben. Warum strafte sie der alte Gott so hart? Seit vier Jahren schon schüttete er Qualen über Qualen auf die Juden von Koropta. Der Zar, der alte Pharao, war gestorben, ein neuer war auferstanden im ewigen Lande Ägypten, ja, ein ganz neues, kleines zwar, aber unheimlich grausames Ägypten war auferstanden! Von Zeit zu Zeit stießen die Juden erstickte Seufzer aus; es klang wie die heiseren, furchtsamen Rufe der Möwen vor einem Sturm.

Die Wache in der Kaserne hatte die Schüsse vernommen. Der Rest von Tarabas' Leuten, der in der „Kammer" Kristianpollers verblieben war, ebenfalls. Diese Leute erwachten plötzlich aus dem Rausch, in den sie der Alkohol, das Wunder, das Gebet, der Gesang versetzt hatten. Sie wurden von der Furcht ergriffen, der Furcht der disziplinierten Soldaten, vor dem eigenen, militärischen Gewissen und vor der fürchterlichen Strafe Tarabas'. Einen Teil ihrer Waffen hatten die Deserteure genommen. Die Soldaten in der „Kammer" sahen einander stumm, vorwurfsvoll und ängstlich an, schuldbewußt senkte einer vor dem anderen die Augen. Nun, da sie aus ihrem Rausch erwachten, konnten sie sich zwar an alle Vorgänge dieses sonderlichen und furchtbaren Tages erinnern, aber sie wußten keine Erklärung für den bösen Zauber, dem sie erlegen waren. Immer noch brannten und qualmten die zahllosen Restchen der Kerzen vor der Mutter Gottes. Aber das Bild sah man nicht mehr. Es war, als sei es wieder verschwunden, vom Dämmer verschlungen. „Es geht schrecklich zu", begann schließlich einer. „Wir müssen in die Kaserne. Wir müssen den Alten verständigen. Wer wagt es?" – Man schwieg. „Wir gehen alle zusammen!" sagte ein anderer. Sie drückten die schwelenden Kerzenstümpfchen aus und verließen die „Kammer". Sie sahen den Widerschein des Feuers, hörten den Lärm, setzten sich in Trab, liefen im Bogen um die Hauptstraße. Als sie die Kaserne betraten, stand das Regiment zum Ausmarsch bereit. Tarabas saß gerade auf. „Sofort in die Reihen!" rief er ihnen zu. Sie rannten in die Zimmer, suchten und fanden noch ein paar verlassene Gewehre und schoben sich, jeder einzelne, wo er noch Platz fand, in eine der aufgestellten Zugsreihen. Ein paar Offiziere (nicht alle) waren auf den Beinen. Die üblichen Kommandos erfolgten. Das stark gelichtete Regiment rückte in die Stadt, Tarabas zu Pferde, an der Spitze, wie das Reglement es befahl, mit gezogenem Säbel. Sie rückten geradewegs in die Hauptstraße. Der gewaltige Oberst Tarabas, zwanzig Schritt Abstand vor seiner ersten Kompanie, rötlich im Widerschein der Flammen, war so schrecklich anzusehn, daß aller Lärm des irrsinnigen Haufens verstummte. „Zurück!" schmetterte Tarabas. Und gehorsam begannen alle rückwärts zu gehen, wandten sich dann um, als wäre ihnen plötzlich zum Bewußtsein gekommen, daß sie, rückwärts schreitend, nicht schnell genug dem gefährlichen Tarabas entfliehen könnten und den zahllosen aufgepflanzten Bajonetten, die sie hinter ihm im Widerschein des Feuers blitzen sahen. Man lief, man rannte um Tod und Leben. Man ließ die Juden, man hatte sie schon vergessen. Sie blieben, ein geschlossener, wie zusammengekitteter, schwarzer Knäuel in der Mitte der Straße. Sie ahnten, daß ihre Rettung nahe war, aber sie wußten zugleich auch, daß sie zu spät kam. Verloren waren sie, für alle Zeiten. Sie rührten sich nicht. Mochten sie von den Rettern endgültig zertreten und zerstampft werden. Tod und Frost waren in ihren Herzen. Nicht einmal ihre körperlichen Schmerzen spürten sie mehr. Auf den hölzernen Bürgersteigen, die auch schon langsam an einigen Stellen zu schwelen anfingen, standen Weiber und Kinder zu beiden Seiten, die brennenden Häuschen im Rücken. Sie schrien nicht. Selbst die Kinder weinten nicht mehr. „Fort! Fort!" befahl Tarabas. Und vor ihm lief jetzt der dunkle Schwarm der Juden einher, zu beiden Seiten, auf den hölzernen Brettern klapperten die hastigen Sohlen der Frauen und Kinder. Nachdem die Straße frei geworden war, begannen die Soldaten aus den Häusern zu retten, was noch zu retten war. Man versuchte, so gut es ging, die Brände zu ersticken. An Wasser fehlte es, auch an Gefäßen. Man konnte nicht daran denken, das Feuer zu löschen. Man warf Mäntel, Steine, Kot auf das Feuer, man holte aus den Stuben wahllos Tische, Bettzeug, Leuchter, Lampen, Töpfe, Schragen, Wiegen, Brote, Speisen aller Art, Hausrat jeder Gattung. Mit den Stiefeln zertrat man den schwelenden Brand auf den Bürgersteigen. Was man nicht löschen konnte, ließ man brennen, man versuchte, mit Bajonetten, Säbeln und Gewehrkolben Schindeln abzureißen, Mauern zu zerschlagen, brennendes Bettzeug niederzustampfen. Eine Stunde später konnte man nur noch bläuliches Züngeln, gelbliches Schwelen, rötliches Verglühen der ganz und halb abgebrannten Häuser von Koropta sehen und den erstickenden, blaugrauen Dunst, der das ganze Städtchen einhüllte. Ermattet und reglos lagerten und hockten die Soldaten in der Straße. Sie erwarteten gleichgültig den Morgen. Kein Wind regte sich, zum Glück. Von den wenigen unversehrt gebliebenen Häusern Koroptas enthielt nur eines noch lebendige Bewohner: der Gasthof „Zum weißen Adler"; der Gasthof des verschwundenen Juden Kristianpoller. Hier im Hof und in den Stuben, im geräumigen Gastzimmer und im Keller drängten sich die Juden und die Bauern. Manche hatten Schrecken und Müdigkeit, Alkohol, Betäubung und Schmerzen eingeschläfert. Bauern und Juden lagen nebeneinander. Man sah keine Soldaten mehr. Die Deserteure, unter Ramsins Führung, hatten Koropta schon verlassen. Kinder schrien aus dem Schlaf, Frauen schluchzten. Ein paar Juden hockten da, fanden keine Kraft mehr, sich zu erheben, beteten summend und singend und wiegten ihre Oberkörper im Takt zu ihren alten Melodien.

Als der Morgen anbrach, ein heiterer Morgen, der wieder einen der gewohnten goldenen Tage dieses späten, sonderbaren Herbstes verkündete, erwachten die Bauern zuerst, taumelten ein wenig, weckten ihre Weiber und gingen hinaus, nach ihren Pferden und Wagen zu sehen. Sie erinnerten sich langsam und schwer an den Abend, an die Nacht, das Feuer, den Kampf, das Wunder und an die Juden. Sie gingen in die „Kammer". Und siehe da: Das wunderbare Bild der Mutter Gottes lebte noch an der Wand, davor lagen unzählige Holzscheite, und auf den Scheiten klebten unzählige ausgebrannte Kerzenstümpfchen. Es war also wirklich wahr. Das milde Antlitz der Mutter Gottes zeigte im grauen Licht des Morgens keine veränderten Züge. Gütig, lächelnd, schmerzlich leuchtete es elfenbeinfarben über dem blutroten Gewand. Seine Güte, sein Weh, seine himmlische Trauer, seine selige Schönheit waren wirklicher als der Morgen, die aufgehende Sonne, die Erinnerung an die blutigen und feurigen Schrecken der vergangenen Nacht. Die Erinnerung an all das verschwand vor der Heiligkeit des Bildes. Und mochte auch in dem und jenem der Bauern Reue wach werden, es war ihnen, als sei alles schon vergeben, da es ihnen nur vergönnt war, das liebliche Antlitz anzuschauen.

Indessen: Sie waren Bauern. Sie dachten an ihre Gehöfte und Höfe, an die Schweine und an das Geld, das sie in ihren Säckchen um den Hals trugen. Sie mußten nach Hause, in die umliegenden Dörfer. Und sie beeilten sich doppelt und dreifach, denn sie mußten zu den zu Hause verbliebenen Brüdern Kunde von dem Wunder in Koropta geben. Zugleich ahnten sie, daß ihnen Gefahr von dem Regiment des Obersten Tarabas noch drohen könnte, das sie gestern in die Flucht getrieben hatte. Sie bestiegen die Wägelchen. Sie peitschten die Pferdchen an und jagten davon, den umliegenden Dörfern zu.

Als der Oberst Nikolaus Tarabas in den Gasthof Kristianpollers einritt, fand er nur noch die jammernden Juden vor, die ihm mit verzweifelten, verweinten und zerschundenen Gesichtern, flehend erhobenen Händen, namenlosen Schrecken und Schmerz in den Augen, entgegentraten. Er befahl ihnen, den Gasthof zu verlassen, sich in den noch unversehrt gebliebenen Häusern zu verbergen und sich nicht zu rühren, ehe nicht neue Befehle ergangen wären. Und da sie ihn dauerten, gab er ihnen die Versicherung, daß die Soldaten über sie wachen würden, solange sie sich still, in den Häusern eingeschlossen, verhielten. Sie zogen davon.

Ein paar Offiziere kamen. Tarabas ging mit ihnen in die „Kammer", das Wunder zu sehn. Vor dem Bildnis der Mutter Gottes zogen sie die Mützen ab. Tarabas' Soldaten hatten berichtet, wie Ramsin auf seine schamlosen Zeichnungen geschossen und wie sich unter dem Kalk das Bild plötzlich gezeigt hatte. Tarabas bekreuzigte sich. Im ersten Augenblick hatte er Lust niederzuknien. Er überlegte schnell, daß er nach den Vorfällen der letzten Nacht, der mörderischen Folge eines blinden Glaubens, eine vernünftige Haltung einzunehmen verpflichtet war. Hinter ihm standen die Offiziere. Er schämte sich. Er durfte keine Bewegung machen, die seine bigotten Regungen verraten hätte. Er bekreuzigte sich noch einmal und machte kehrt.

Der Gastwirt Kristianpoller mußte sich nach Tarabas' Meinung noch irgendwo im Gasthof verborgen halten. Er befahl, alle Winkel des Hauses zu durchsuchen. Unterdessen brachte man die in der Nacht getöteten Soldaten in den Gasthof. Es waren fünf, der Feldwebel Konzew unter ihnen. „Legt den Konzew in mein Zimmer!" befahl der Oberst Tarabas.

Er gab ein paar Anweisungen für die nächste Stunde. Er befahl eine telefonische Verbindung mit der Hauptstadt, mit dem General Lakubeit. Dann ging er in sein Zimmer, riegelte die Tür ab und setzte sich neben das Bett, auf das man den toten Konzew gelegt hatte.

❖

ZWEITER TEIL

DIE ERFÜLLUNG

16

Nun war Tarabas allein mit dem toten Konzew. Man hatte das Angesicht des Feldwebels gewaschen, die Uniform von den Blut- und Kotspuren gereinigt, die hohen Stiefel gewichst, den mächtigen Schnurrbart gebürstet. Säbel und Pistole lagen neben ihm, zur Rechten und zur Linken, die kräftigen, behaarten Hände mit den großen, rissigen Nägeln waren über dem Bauch gefaltet. Der milde Schimmer des ewigen Friedens schwebte über dem scharfen, soldatischen Angesicht. Das Angesicht des Obersten Tarabas aber zeigte Zerfahrenheit, Unrast und Bitterkeit. Er wünschte sich, weinen zu können, toben zu dürfen. Er konnte nicht weinen, der Oberst Tarabas. Er sah graue Haare an den Schläfen des Feldwebels und fuhr mit der Hand über die Schläfen und zog sie sofort zurück, erschrocken über seine eigene Zärtlichkeit. Er dachte an die Weissagung der Zigeunerin. Noch kündigte nichts seine Heiligkeit an! Törichte Worte, längst begraben unter dem Gewicht der Schrecknisse, ertrunken im Blut, das man vergossen hatte, versunken wie die Jahre in New York, der Wirt, das Mädchen Katharina, die Cousine Maria, Vater, Mutter und Haus! Tarabas gab sich Mühe, die Bilder, die vor ihm auftauchten, Erinnerungen zu nennen und sie also ihrer Macht zu berauben. Er wollte den Gedanken, die ihn peinigten, jene gewichtlosen Bezeichnungen geben, die sie zu unbedeutenden und ungefährlichen Schatten der Vergangenheit stempeln, die ebenso schnell verfliegen, wie sie auftauchen. Er versuchte, sich in die Verbitterung über den Tod Konzews, seines besten Mannes, zu retten und sein Gelüst nach Rache für diesen Toten noch zu steigern. Er haßte nun diese Juden, diese Bauern und dieses Koropta, dieses Regiment, dieses ganze neue Vaterland, diesen Frieden und diese Revolution, die es geboren und gebildet hatten. Ach, er wollte – wie rasch faßte Tarabas seine Entschlüsse! – Ordnung machen, dann sein Amt niederlegen, dem kleinen General Lakubeit ein paar grobe Wahrheiten sagen und auf und davon gehn! Auf und davon! Wohin aber, gewaltiger Tarabas?! Gab's noch Amerika? Gab es noch das väterliche Heim? Wo war man zu Hause? Gab es noch irgendwo Krieg in der Welt?!

Aus diesen Überlegungen – es waren, wie man sieht, verworrene Ketten von Einfällen – riß Tarabas die Stimme der Ordonnanz, die durch die geschlossene Tür meldete, der Anruf des Generals Lakubeit werde in zwanzig Minuten erfolgen, der Oberst möge zur Post gehen. Tarabas fluchte auf die primitiven und umständlichen postalischen Verhältnisse – auch eine der üblen Folgen neuer und überflüssig gegründeter Staaten.

Er befahl Kerzen, für den Toten eine Ehrenwache und den Priester und ging ins Postamt. Er befahl dem einzigen Beamten, der seinen Dienst verrichtete, das Amt zu verlassen, man habe „Staatsgeschäfte" zu führen. Der Beamte ging hinaus. Es klingelte, und der Oberst Tarabas nahm selbst den Hörer ab. „General Lakubeit!" Tarabas wollte einen kurzen Bericht erstatten. Aber die sanfte, klare Stimme des kleinen Generals, die wie aus dem Jenseits herüberkam, sagte: „Nicht unterbrechen!" Hierauf gab sie in kurzen Sätzen Anweisungen: den Befehl, das Regiment in Bereitschaft zu halten; übermorgen erst könnten Teile des Regiments aus der entfernten Garnison Ladka nach Koropta beordert werden; man müsse mit neuen Unruhen rechnen; alle Bauern der Umgebung sammelten sich, das Wunder zu sehen; man müsse den Ortspfarrer bitten, die Leute zu beruhigen; alle Juden seien in den Häusern zurückzuhalten – „soweit solche noch vorhanden", sagte der General wörtlich, und der Oberst Tarabas hörte Hohn und Tadel in dieser Bemerkung. „Das ist alles!" schloß der General, und: „Warten Sie!" rief er noch. Tarabas wartete. „Wiederholen Sie kurz!" befahl Lakubeit. Tarabas erstarrte vor Schreck und Wut. Er wiederholte gehorsam. „Schluß!" sagte Lakubeit.

Geschlagen, ohnmächtig und voller Zorn, vernichtet von der schwachen, fernen Stimme eines schwächlichen, alten Mannes, der kein Soldat, sondern „nur ein Advokat" war, verließ der gewaltige Tarabas das Postamt. Fast wunderte er sich über den Gruß des Postbeamten, der vor dem Eingang gewartet hatte. Kräftig von Ansehn, aber in Wirklichkeit schwach und ohne seinen alten Stolz, ging der große Tarabas durch die Trümmer des Städtchens Koropta. Es rauchte und schwelte immer noch zu beiden Seiten der Straße. Und Tarabas nahm sich trotz seiner wirklichen muskulösen und fleischlichen Erscheinung nur wie ein gewaltiges Gespenst aus, zwischen dem Schutt, der Asche, den wahllos vor den Häusern aufgereihten, nutzlos geretteten, verlassenen Gegenständen.

Er ging, ohne Soldaten und Offiziere anzusehn, in den Gasthof zurück. Überrascht blieb er in der Gaststube stehn. Hinter dem Schanktisch verneigte sich, als wäre nichts geschehen, der Jude Kristianpoller. Als wäre nichts geschehen, spülte der Knecht Fedja die Gläser.

Beim Anblick des Juden, der so unversehrt und unbekümmert sein gewöhnliches Geschäft fortsetzte, als wäre er plötzlich wieder aus einer Wolke hervorgetreten, die ihn bis jetzt unsichtbar gemacht und geschützt hatte, tauchte auch im Obersten Tarabas der Verdacht auf, daß es Juden gebe, die zaubern können und daß dieser Wirt tatsächlich für die Schändung des Muttergottesbildes verantwortlich sei. Die ganze große Mauer, die unüberwindliche Mauer aus blankem Eis und geschliffenem Haß, aus Mißtrauen und Fremdheit, die heute noch, wie vor Tausenden Jahren, zwischen Christen und Juden steht, als wäre sie von Gott selbst aufgerichtet, erhob sich vor Tarabas' Augen. Sichtbar hinter diesem blanken, durchsichtigen Eis stand nun Kristianpoller, nicht mehr das gefahrlose Subjekt von einem Händler und Gastwirt, nicht mehr nur der nichtswürdige, aber ungefährliche Angehörige einer geringgeschätzten Schicht, sondern eine fremde, unverständliche und geheimnisvolle Persönlichkeit, ausgerüstet mit höllischen Mitteln zum Kampf gegen Menschen, Heilige, Himmel und Gott. Auch aus den unergründlichen Tiefen des Tarabasschen Gemüts stieg, wie gestern aus dem ahnungslos frommen der Bauern und Soldaten, ein blinder und brünstiger Haß gegen den unversehrten, gleichsam gegen den ewig aus allen Gefahren unversehrt hervorgehenden Juden, der diesmal zufällig den Namen Nathan Kristianpoller trug. Ein anderes Mal hieß er anders. Ein drittes Mal würde er wieder einen neuen Namen führen. Oben in Tarabas' Zimmer lag der gute, teure Konzew aufgebahrt, tot, für alle Ewigkeit tot, und für diesen unverletzlichen, teuflischen Kristianpoller gestorben. Ganze hunderttausend Juden hätte Tarabas für einen Stiefel des toten Feldwebels Konzew geopfert! Tarabas antwortete nicht auf den ehrfürchtigen Gruß Kristianpollers. Er setzte sich. Er bestellte nicht einmal Tee oder Schnaps. Er wußte, daß der Wirt ohnehin bald mit den Getränken kommen würde.

Und Kristianpoller kam auch. Er kam mit einem Glas heißem, dampfendem, goldenem Tee. Er wußte, daß Tarabas jetzt nicht in der Laune war, Alkohol zu genießen. Tee besänftigt. Tee klärt die Verworrenen, und Klarheit ist den Vernünftigen nicht gefährlich. Er hat den Tee in der Hölle gekocht, fuhr es durch Tarabas' Gehirn. Woher weiß er, wonach mich dürstet? Als ich eintrat, hatte ich beschlossen, einen Tee zu verlangen. – Und da Kristianpoller Tarabas' Wunsch erraten hatte, fühlte sich der Oberst geschmeichelt, seinem eigenen Mißtrauen zum Trotz. Er konnte sich einer gewissen Bewunderung für den Juden nicht erwehren. Er war auch neugierig zu erfahren, auf welche Weise Kristianpoller vermocht hatte, sich zu verbergen und frisch wie gewöhnlich wieder zu erscheinen. Und er begann mit dem Verhör:

„Weißt du, was hier los ist?"

„Jawohl, Euer Hochwohlgeboren!"

„Du bist schuld daran, daß man deine Glaubensgenossen geschlagen und gepeinigt hat; einige meiner Leute sind gefallen; mein lieber Konzew ist gestorben; deinetwegen! Ich werde dich aufhängen, mein Lieber! Du bist ein Aufrührer; ein Kirchenschänder; du sabotierst das neue Vaterland, auf das wir seit Jahrhunderten gewartet haben. Was sagst du dazu?"

„Euer Hochwohlgeboren", sagte Kristianpoller, und er erhob sich aus seiner gebeugten Stellung und sah dem Fürchterlichen mit seinen einen gesunden Auge gerade ins Gesicht, „ich bin kein Aufrührer; ich habe kein Heiligtum geschändet; ich liebe dieses Land soviel und sowenig wie jeder andere auch. Euer Hochwohlgeboren gestatten mir eine allgemeine Bemerkung?"

„Sprich!" sagte Tarabas.

„Euer Hochwohlgeboren", sagte Kristianpoller und verneigte sich noch einmal, „ich bin nur ein Jude!"

„Das ist es eben!" sagte Tarabas.

„Euer Hochwohlgeboren", erwiderte Kristianpoller, „erlauben mir gnädigst, sagen zu dürfen, daß ich ohne meinen Willen ein Jude geworden bin."

Tarabas schwieg. Es war nicht mehr der fürchterliche Oberst Tarabas der da schwieg und zu überlegen begann. Es war der längst totgeglaubte, der junge Tarabas, einst ein Revolutionär, Mitglied einer geheimen Bande, die später den Gouverneur von Cherson umgebracht, der Student Tarabas, der tausend nächtliche Diskussionen angehört hatte, der weiche und leidenschaftliche Tarabas, der rebellische Sohn eines steinernen Vaters, ausgestattet mit der Gabe, zu denken und zu überlegen, aber auch der ewig unfertige Tarabas, dem die Sinne den Kopf verwirrten, der sich den Ereignissen auslieferte, wie sie gerade kamen: dem Totschlag, der Liebe, der Eifersucht, dem Aberglauben, dem Krieg, der Grausamkeit, dem Trunk, der Verzweiflung. Tarabas' Intelligenz wachte noch unter dem Schutt seiner vernichteten, unter dem Getümmel seiner lebendigen Leidenschaften und Räusche. Die Sache, die der Jude Kristianpoller mit seinem unerbittlichen Verstand verteidigte, ging ja den Gewaltigen und seine verworrene Vergangenheit gar nichts an! Dennoch leuchtete sie in die Finsternisse, die Tarabas seit vielen Jahren ausfüllten. Die Antwort Kristianpollers fiel in das Gehirn des Obersten wie ein plötzliches Licht in einen Keller. Für eine Weile erhellte es dessen geheime, verschollene Tiefen und die schattigen Winkel. Und obwohl der Oberst, als er das Verhör begann, bereit gewesen war, die rätselhaften Eigenschaften des unheimlichen Juden zu klären und zu erfahren, mußte er sich jetzt selbst zugestehn, daß die Antwort Kristianpollers wie ein plötzliches Licht daherkam, geeignet, eher die Dämmerungen zu erleuchten, die in seinem eigenen Herzen herrschten, als jene, die den Juden umgeben mochten und sein fremdes Volk.

Eine Weile schwieg Tarabas. Einen Augenblick war ihm, als erkenne er die Nichtswürdigkeit, Sinnlosigkeit und Leere seines geräuschvollen und heroischen Lebens und als hätte er allen Grund, den verachteten Kristianpoller um dessen immer wache Vernunft und gewiß sorgfältig geregeltes Dasein zu beneiden. Diese Einsicht währte kurz. Noch war der gewaltige Tarabas von dem Hochmut erfüllt, der in allen Mächtigen dieser Erde die Vernunft unterjocht und die seltenen Erkenntnisse, deren sie zuweilen teilhaft werden, wie mit einer Wolke aus falschem Gold umhüllt. Der Hochmut war es, der aus Tarabas sprach:

„Die andern Juden, deine Brüder, hast du umkommen lassen. Hättest du dich gemeldet, den andern wäre nichts geschehn! Selbst deine Glaubensgenossen hast du ausgeliefert. Du bist ein erbärmlicher Mensch. Ich werde dich zertreten!"

„Euer Hochwohlgeboren", erwiderte Kristianpoller, „man hätte alle anderen geschlagen, wie es geschehen ist, und mich hätte man getötet. Ich habe eine Frau und sieben Kinder. Als Euer Hochwohlgeboren hierherkamen, habe ich sie nach Kyrbitki geschickt. Ich sagte mir, es sei gefährlich. Ein neues Regiment ist uns Juden immer gefährlich. Euer Hochwohlgeboren sind ein edler Herr, ich weiß es bestimmt. Aber …"

Tarabas blickte auf, und Kristianpoller verstummte. Er hatte fürchterliche Angst vor dem Wörtchen „aber", das ihm entschlüpft war. Er verneigte sich wieder. Er blieb so, den Rücken tief gebeugt, so daß der Blick des sitzenden Tarabas geradewegs auf das seidene Hauskäppchen des Juden fiel.

„Was ,aber'?" fragte Tarabas. „Sag alles!" „Aber", wiederholte Kristianpoller und richtete sich wieder auf, „Euer Hochwohlgeboren sind selbst in der Hand Gottes. Er lenkt uns, und wir wissen nichts. Wir verstehen nicht seine Grausamkeit und nicht seine Güte …"

„Philosophiere nicht, Jude!" schrie Tarabas. „Sag, was du meinst!" „Nun", erwiderte Kristianpoller, „Euer Hochwohlgeboren haben gestern zuviel Zeit in der Kaserne verbracht." Und nach einer Weile fügte er hinzu: „Es war Gottes Wille!"

„Du versteckst dich immer wieder hinter Gott!" sagte Tarabas. „Gott ist nicht dein Paravent! Ich werde dich aufhängen lassen. Aber jetzt sage mir, wo du dich verborgen hast. Du mußt dich wieder verstecken! Ich habe den Befehl aus der Hauptstadt, alle Juden verborgen zu halten. Die Bauern ziehen heran, das Wunder in deinem Hof wollen sie sehn. Du wirst der erste sein, den sie abschlachten. Und ich will dich persönlich aufhängen lassen. Daß du mir das Vergnügen nicht verdirbst!"

„Euer Hochwohlgeboren!" sagte Kristianpoller, „ich verberge mich im Keller. Mein Keller hat zwei Stockwerke. Im ersten steht der Schnaps. Im zweiten steht alter Wein. Unter der ersten Treppe liegt eine schwere, steinerne Platte. Sie hat eine Öse. In diese stecke ich einen eisernen Ring. In den Ring einen eisernen Stab. So hebe ich die Platte. Wenn ich im zweiten Stockwerk des Kellers sitze, lasse ich die Spitze der Stange zwischen der Platte und dem Boden. Euer Hochwohlgeboren können mich aus diesem Versteck holen und hinrichten lassen."

Tarabas schwieg. Der Jude log nicht. Aber selbst die Wahrheit noch aus diesem Munde mußte irgendeine Lüge enthalten. Sogar der Mut, den der Wirt Kristianpoller bewies, mußte lediglich die Maske irgendeiner verborgenen Feigheit sein, einer teuflischen Feigheit. Also sagte Tarabas:

„Ich werde dich holen. Sag mir noch, weshalb du die Kirche in deinem Hof und die Mutter Gottes geschändet hast!"

„Ich hab' es nicht getan!" rief Kristianpoller. „Dieses Haus ist sehr alt. Ich habe es von meinem Urgroßvater geerbt! Ich weiß nicht, wann die Kapelle zu einer Rumpelkammer geworden ist. Ich weiß es nicht. Ich bin unschuldig!"

Es war so viel Inbrunst in diesen Rufen Nathan Kristianpollers, daß sich sogar in Tarabas Vertrauen regte. „Also geh, verbirg dich!" sagte der Oberst. „Ich möchte für mich ein anderes Zimmer, auf meinem Bett liegt der Tote."

„Es ist besorgt!" erwiderte Kristianpoller. „Euer Hochwohlgeboren haben das Zimmer meines seligen Großvaters. Es ist im zweiten Stock, neben dem Dachboden leider!"

Ich habe es hergerichtet. Das Bett ist gut. Der Ofen ist geheizt. Fedja wird es Euer Hochwohlgeboren zeigen. Für den seligen Herrn Konzew habe ich ein Dutzend Wachskerzen vorbereitet. Sie liegen im Nachtkästchen, neben dem Bett. Seine Hochwürden, der Herr Pfarrer, ist oben!"

„Rufe ihn!" befahl Tarabas.

17

Der Pfarrer von Koropta war ein alter Mann. Er verrichtete seit mehr als dreißig Jahren seinen Dienst in dieser Gemeinde. Einen einfachen, demütigen, undankbaren Dienst. Die alte, fettig glänzende Soutane schlotterte um seinen hageren Körper. Die Jahre hatten ihn winzig und mager gemacht, seinen Rücken gekrümmt, Höhlen um seine grauen, großen Augen gegraben, zwei Furchen zu beiden Seiten seines schmalen, zahnlosen Mundes, sie hatten seine Schläfen und seine Stirn gelichtet und sein schlichtes Herz geschwächt. Er hatte den Krieg über sich ergehen lassen, den großen Zorn des Himmels, und Hunderte von Morgen, an denen er die Messe nicht lesen konnte. Er hatte Tote begraben, die, von zufälligen Geschossen getroffen, den letzten Segen nicht empfangen konnten, Eltern getröstet, deren Kinder gefallen und gestorben waren. Er sehnte sich selbst schon nach dem Tode. Mager und schwach, mit erloschenen Augen, zittrigen Gliedern erschien er vor Tarabas.

Man müsse, eröffnete ihm der Oberst, die wunderdürstigen Bauern, die da nach Koropta heranrückten, besänftigen. Das geschehene Unglück sei groß. Die Armee rechne auf den Einfluß der Geistlichkeit. Er, der Oberst Tarabas, auf die Unterstützung des Pfarrers.

„Ja, ja!" sagte der Pfarrer. Allen Machthabern, die im Verlauf der letzten Jahre in Koropta eingezogen waren und beinahe genauso gesprochen hatten, wie jetzt der Oberst Tarabas sprach, hatte der Pfarrer das gleiche „Ja, ja!" gesagt.

Einen Augenblick ruhten seine alten, erloschenen, großen, hellen Augen auf dem Antlitz des Obersten. Der Pfarrer hatte Mitleid mit dem Obersten Tarabas. (Ja, wahrscheinlich war der Pfarrer der einzige Mensch in Koropta, der Mitleid mit Tarabas hatte.)

„Ich werde in Ihrem Sinne morgen zu den Gläubigen sprechen!" sagte der Pfarrer.

Aber es war Tarabas, als hätte der Pfarrer etwa gesagt: Ich weiß, wie es um dich steht, mein Sohn! Du bist verworren und ratlos. Du bist ein Mächtiger und ein Ohnmächtiger. Du bist ein Mutiger, aber ein Ängstlicher. Du gibst mir Anweisungen, aber du weißt selbst, daß es dir wohler wäre, wenn ich dir Anweisungen geben könnte.

Tarabas schwieg. Er wartete noch auf ein Wort des Alten. Der aber sagte nichts. „Sie trinken?" fragte Tarabas. „Ein Glas Wasser!" sagte der Pfarrer. Fedja brachte es. Der Pfarrer trank einen Schluck. „Schnaps!" rief der Oberst. Fedja brachte ein Glas voll Schnaps. Er war klar wie Wasser. Tarabas trank.

„Die Herren Soldaten können viel Alkohol vertragen!" sagte der Pfarrer.

„Ja, ja", antwortete Tarabas, fern, fremd und zerstreut.

Es war beiden klar, daß sie nichts mehr miteinander zu reden hatten. Der Pfarrer wartete nur auf ein Zeichen, aufbrechen zu dürfen. Tarabas hätte sehr viel zu sagen gehabt: Sein Herz war voll und auch verschlossen. Ein geheimnisvoll verschlossener, schwerer Sack: so lag das Herz in der Brust des gewaltigen Tarabas.

„Was haben Sie noch zu befehlen, Herr Oberst?" fragte der Pfarrer. „Nichts!" sagte Tarabas.

„Gelobt sei Jesus Christus", sagte der Pfarrer.

Auch Tarabas stand auf und flüsterte: „In Ewigkeit. Amen!"

18

An diesem Tage wurde in Koropta wieder einmal, wie schon so oft, getrommelt und verfügt, daß sich die Juden nicht in den Gassen zu zeigen hätten. Sie hatten ohnedies keine Lust dazu. Sie saßen in den wenigen noch übriggebliebenen Häuschen ihrer Glaubensgenossen. Sie verrammelten Türen und Fenster. Es war, seitdem sie denken konnten, ihr traurigster Samstag. Dennoch versuchten sie, sich zu trösten und auf eine schnelle Hilfe Gottes zu hoffen. Sie dankten ihm, daß er sie wenigstens am Leben gelassen hatte. Einige waren verletzt. Sie hockten da, mit verbundenen Köpfen, die verrenkten Arme in weißen Binden, mit zerschundenen Gesichtern, an denen das rötlichviolette Geflecht der Peitschenstriemen zu sehen war, mit nackten Oberkörpern, über deren Wunden sie feuchte Handtücher gebunden hatten. Sie waren ohnehin alt, schwach oder verkrüppelt: denn die Jungen und Gesunden hatte der Krieg verschlungen. Sie empfanden den Schimpf nicht, den man ihnen angetan hatte, sie fühlten lediglich ihre Schmerzen. Denn das Volk Israel kennt seit zweitausend Jahren eine einzige Schmach, der gegenüber jeder spätere Schimpf und Hohn seiner Feinde lächerlich wird: die Schmach, in Jerusalem keinen Tempel zu wissen. Was sonst an Schande, Spott und Weh kommen mag, ist eine Folge jener bitteren Tatsache. Manchmal schickt der Ewige, als wäre der schwere Becher des Leidens noch nicht voll, neue Plagen und Strafen. Er bedient sich gelegentlich dazu der ländlichen Bevölkerung. Man kann sich nicht wehren. Aber selbst wenn man könnte, dürfte man es?! Gott wollte, daß man gestern die Juden von Koropta schlage. Und man schlug sie. Hatten sie nicht schon in ihrem sündhaften Übermut an die Rückkehr des Friedens geglaubt? Hatten sie nicht schon aufgehört, sich zu fürchten? Es steht einem Juden von Koropta nicht an, die Furcht zu verlieren.

Sie saßen da und wiegten ihre zerschlagenen Oberkörper im Dämmer der kleinen Zimmerchen, deren Fensterladen vernagelt waren, obwohl man am Sabbat keine Nägel einschlagen darf. Aber das Leben zu erhalten ist ein ebenso ehrwürdiges Gebot wie je-

640   TARABAS

nes, das den Sabbat zu heiligen befiehlt. Sie wiegten ihre Oberkörper, sagten im Singsang die Psalmen her, die sie auswendig konnten, und die andern lasen sie mit ihren trüben Augen aus den Büchern, im Dämmer, zerbrochene, gespaltene, mit Bindfäden zusammengehaltene Brillen über den langen, kummervollen Nasen, eng aneinandergedrückt, denn es mangelte an Büchern, und drei oder vier mußten gemeinsam aus einem einzigen lesen. Sie hüteten sich auch, ihre Stimmen zu erheben, aus Angst, man könnte sie draußen hören. Von Zeit zu Zeit blieben sie still und lauschten angestrengt. Einige wagten sogar, durch die Ritzen und Sparren der Fensterladen zu spähen. Kamen nicht schon die neuen Verfolger, vor denen die Trommeln gewarnt hatten? Es galt, sich totzustellen; die anrückenden Bauern glauben zu machen, es befände sich kein einziger lebendiger Jude mehr in Koropta.

Unter diesen kläglichen Juden fand sich auch der Bethausdiener Schemarjah, der unglücklichsten einer. Allen war sein Jammer bekannt. Er war seit langen Jahren Witwer und hatte einen einzigen Sohn. Ja: hatte! Er konnte sein Kind in Wirklichkeit nicht mehr seinen Sohn nennen, seitdem dieser – es war noch während des Kriegs – den Vater angespuckt und den Entschluß kundgegeben hatte, Revolutionär zu werden. Gewiß war es Schemarjahs, des Vaters, Schuld: Er hatte sich ein paar hundert Rubel erspart, um den Sohn studieren zu lassen. Der törichte Diener des Bethauses von Koropta hatte auch einmal den Wunsch gehabt, einen gebildeten Sohn zu sehn, einen Doktor der Medizin oder der Jurisprudenz. Was aber war aus diesem übermütigen Unterfangen geworden? – Ein rebellischer Gymnasiast zuerst, der einen Lehrer ohrfeigte, aus der Schule vertrieben wurde, zu einem Uhrmacher in die Lehre kam, einen revolutionären „Zirkel" in Koropta gründete, Gott leugnete, Bücher las und die Herrschaft des Proletariats verkündete. Obwohl er schwächlich war wie sein Vater und die Soldaten ihn gar nicht haben wollten, meldete er sich während des Krieges freiwillig – und zwar nicht, um den Zaren zu verteidigen, sondern, wie er verkündete, um „den Gewalthabern den Garaus zu machen". Nebenbei erklärte er, daß er an Gott nicht glaube, denn dieser sei eine Erfindung des Zaren und der Rabbiner. „Du bist aber ein Jude?" fragte der alte Schemarjah. „Nein, Vater", erwiderte der fürchterliche Sohn, „ich bin kein Jude!"

Er verließ das Haus, ging zur Armee und schrieb, nachdem die erste Revolution ausgebrochen war, noch einen Brief an den alten Vater. Er teilte mit, daß er nie mehr nach Hause zurückkehren wolle. Man möge ihn als tot und erledigt betrachten.

Schemarjah betrachtete ihn als tot und erledigt, trauerte, wie es geschrieben steht, sieben Tage um ihn und hatte aufgehört, ein Vater zu sein.

Er war schwächlich, hager und trotz seinem vorgeschrittenen Alter noch grellrot von Haar und Bart. Er sah einem bösen Magier ähnlich, mit seinem kurzen, knallroten Fächerbart, seinen unzähligen Sommersprossen auf dem bleichen und knochigen Gesicht, seinen affenlangen, dürren Armen und den schlaffen, rötlich behaarten mageren und langen Händen. Man nannte ihn „Schemarjah, den Roten". Auch manche Judenfrauen ängstigten sich vor seinen gelblichen Augen. In Wirklichkeit war er ein harmloser

Mann, ergeben, demütig, närrisch, gläubig, gutmütig und voller Pflichteifer. Er lebte von Zwiebeln, Rettich und Brot. Im Sommer waren ihm Kukuruzkolben Delikatesse und Luxus. Er lebte von wenigen Kopeken, die ihm die Gläubigen bezahlten, und von Almosen, die er hie und da, gewöhnlich vor den Feiertagen, bekam. An dem Ende seines Sohnes gab er sich selbst die Schuld. Sein väterlicher Hochmut war gestraft worden. Zwar hatte er, nach den Gesetzen der Religion, die allein für ihn Wirklichkeit war, keinen Sohn mehr. Aber oft, im Traum und im Wachen, kam ihm sein Kind in den Sinn. Vielleicht kehrte es noch von den Toten zurück? Vielleicht führte Gott es zurück? – Damit derartiges sich ereigne, mußte man nur fromm, immer frömmer werden. An Frömmigkeit und Gesetzestreue übertraf er alle anderen.

Auch er war gestern ein paarmal durch die Luft gewirbelt worden. Jemand hatte ihm die Faust gegen das Kinn gestoßen. Heute schmerzten die Kiefer so, daß er kaum ein verständliches Wort hervorbringen konnte. Aber an sein Weh dachte er nicht. Eine andere Sorge beschäftigte ihn. Man hatte das kleine Bethaus von Koropta angezündet. Vielleicht waren die Thorarollen verbrannt? Und wenn sie unversehrt waren, mußte man sie nicht rechtzeitig retten? Und wenn sie verbrannt waren, mußte man sie nicht, wie das Gesetz befiehlt, auf dem Friedhof bestatten?

Den ganzen Tag kreisten die Sorgen Schemarjahs um die Thorarollen. Er äußerte sich aber nicht, aus Eifersucht. Er hütete das Geheimnis, aus Angst, es könnte sich noch ein anderer finden, der ebenfalls bereit wäre, die Heiligtümer zu retten. Diese großartige Tat sollte ihm allein vorbehalten bleiben. In dem großen Buch, das im Himmel über alle Juden geführt wird, zeichnet ihm der Ewige ein prächtiges „Vorzüglich“ ein, und vielleicht bringt ihm für diese Tat das Schicksal auch den Sohn zurück. Deshalb behält Schemarjah seine Sorgen für sich. Er weiß noch nicht, auf welche Weise man in die Straße gelangen kann, ohne von den Soldaten des gefährlichen Tarabas oder von den noch gefährlicheren Bauern gesehn zu werden. Die Vorstellung, daß eine von Feuer verwüstete Thora der ehrwürdigen Bestattung vergeblich harren mag, bereitet Schemarjah unsagbare Pein. Hätte er nur sprechen können! Sein Herz ausschütten! Die Aussicht auf ein einzigartiges Verdienst und auf den seligen Lohn verbietet ihm zu sprechen.

Am späten Nachmittag, just zu der Stunde, in der die Juden von Koropta gewohnt sind, das Ende des Sabbats zu feiern und den Anbruch der Wochentage zu begrüßen, hört man Lärm durch die vernagelten Fensterladen. Die Bauern rückten heran, die Bauern! Ach, es sind nicht die mehr oder weniger vertrauten Bauern aus der Umgebung von Koropta; obwohl man gerade von diesen in die Luft geschleudert und geschlagen worden ist! Ach! Es sind fremde Bauern, nie gesehene Bauern! Alles Mögliche und Unmögliche kann man von ihnen erwarten: Schändung, Morde gar. Späße, wahrhaft harmlose Späße waren eigentlich, bedachte man es genauer, gestern die Grausamkeiten! Was noch kommen kann, muß ein tödlicher Ernst werden. Die Bauern rücken gegen Koropta. In langen Prozessionen nahen sie, unter frommen Gesängen, mit vielen bunten, gold- und silberbestickten Fahnen, geführt von Geistlichen in weißen Gewändern, Frauen, Männer, Jungfrauen und Kinder. Es gibt welche, denen es nicht genügt, nach Koropta zu pilgern. Sie wollen sich die heilige Aufgabe noch schwerer machen. Und sie fallen nach jedem fünften, siebenten oder zehnten Schritt nieder und rutschen zehn Schritte auf den Knien weiter. Andere werfen sich in bestimmten Abständen zu Boden, bleiben ein Paternoster lang liegen, erheben sich, wanken weiter und lassen sich wieder fallen. Fast alle tragen Kerzen in den Händen. Die blankgewichsten Schnürstiefel hängen über den Schultern, damit die Sohlen geschont bleiben. Die Bäuerinnen tragen ihre schönsten farbigen Kopftücher; die Männer tragen die Sonntagswesten, die freudig geblümten, die wie Frühlingswiesen aussehen. Mit falschen Stimmen, schrillen, heiseren, aber inbrünstigen und warmen, singen sie dem Wunder zu.

Die Nachricht von dem Wunder im Hofe Kristianpollers hat sich innerhalb eines Tages in den Dörfern der Umgebung verbreitet. Ja, die Art und die Schnelligkeit, mit der sich diese Kunde verbreitet hat, ist ein Wunder für sich. Unter den Bauern, die am Jahrmarkt in Koropta teilgenommen haben, gibt es nicht wenige, die noch in der Nacht in ferner gelegene Dörfer fuhren, um Verwandten, Freunden und Fremden die märchenhafte Kunde zu bringen. Manche Ereignisse rufen auf eine unerklärliche Weise an allen Ecken und Enden ein Echo hervor. Sie bedürfen, um allbekannt zu werden, keines der neuzeitlichen Verkehrs- und Verständigungsmittel. Die Luft vermittelt sie jedem, den sie angehn. Also verbreitete sich auch die Nachricht von dem Wunder in Koropta.

Während nun die Bauern aus allen Richtungen heranrückten, so daß nicht weniger als sechs Prozessionen vor dem Gasthof Kristianpollers zusammenstießen, während die Juden in den paar dämmrigen Häuschen sehnsüchtig die rettende Nacht erwarteten, saß Tarabas mit den Offizieren in der Gaststube, wo der Knecht Fedja den Gastwirt vertrat. Kristianpoller hatte sich verborgen. Aber die frommen Bauern dachten heute nicht mehr an Rache und Gewalt. Sie hatten die Mahnungen der Geistlichen aufgenommen. Ihr frommer Eifer strömte sachte dem Wunder entgegen wie ein gedämmter Fluß. Man hielt Gottesdienste ab, ein paar hintereinander, für je eine Gruppe Frommer. Man hatte einen improvisierten Altar aufgestellt. Die Kammer erinnerte an eine jener rohen, hastig eingerichteten Kapellen, die von den ersten Missionaren kaum dreihundert Jahre früher in diesem Land errichtet worden waren. Dreihundert Jahre war dieses Volk schon christlich getauft. Dennoch erwachte nach einem fröhlich verbrachten Schweinemarkt und nach ein paar Gläsern Bier und beim Anblick eines lahmen Juden in jedem einzelnen ein alter Heide.

Man verließ sich allerdings heute nicht nur auf die Geistlichen. Soldaten patrouillierten durch Koropta.

Unter den Offizieren in der Schankstube Kristianpollers herrschte große Aufregung. Zum erstenmal, seitdem Tarabas sie befehligte, wagten sie in seiner Gegenwart alles zu sagen, was sie dachten. Obwohl Tarabas finster, schweigsam und verbissen seinen gewohnten Schnaps trank, lärmten die anderen, stritten miteinander, einzelne entwickelten verschiedene Theorien über den neuen Staat, über die Armee, über Revolution, Religion, Bauern, Aberglauben und Juden. Auf einmal schienen sie Achtung und Angst verloren zu haben. Es war, als hätten das Wunder in der „Kammer" Kristianpollers und der Brand von Koropta dem Kommandanten Tarabas Würde und Gewalt genommen. Auch die Offiziere dieses Regiments waren aus allen Teilen der früheren Armee und der Front zusammengekommen. Es waren Russen, Finnen, Balten, Ukrainer, Leute aus der Krim, Kaukasier und andere. Der Zufall und die Not hatten sie hierhergeweht. Sie waren Soldaten, wahrhaft Landsknechte. Sie nahmen Dienst, wo sie konnten. Sie hatten nur Soldaten bleiben wollen. Sie konnten auch ohne Uniform, ohne eine Armee nicht leben. Sie brauchten, wie alle Söldner der Welt, einen Kommandanten, der keine Schwäche hatte und keinen Fehl; keine sichtbare Schwäche und keinen sichtbaren Fehl. Nun, es hatte gestern zwischen ihnen und Tarabas Streit gegeben. Sie hatten ihn bewußtlos und betrunken gesehen, sie zweifelten nicht mehr daran, daß man ihn in einigen Tagen absetzen würde. Übrigens glaubte jeder, er sei selbst weit eher geeignet, ein Regiment zu bilden und es zu führen.

Der schweigsame Tarabas ahnte wohl, was die Offiziere dachten. Auf einmal schien es ihm, daß er bis jetzt nur Glück gehabt hatte, kein Verdienst. Er hat die zufällige Verwandtschaft mit dem Kriegsminister ausgenützt, ja mißbraucht. Er ist in Wirklichkeit niemals ein Held gewesen. Er hat Mut bewiesen, weil sein Leben nichts wert ist. Er ist ein guter Soldat im Kriege gewesen, weil er sich eigentlich nach dem Tode sehnt und weil im Krieg der Tod am nächsten ist. Es ist ein verdorbenes Leben, Tarabas, das du seit Jahren führst! Es begann im dritten Semester deiner Studien. Niemals hast du gewußt, was dir angemessen ist. Das Heim, Katharina, New York, Vater und Mutter, Maria, die Armee, den Krieg verloren! Du warst nicht einmal imstande zu sterben, Tarabas. Viele hast du sterben lassen, viele hast du umgebracht. Mit Pomp und in der Maskerade der Gewalt kommst du einher! Alle haben dich durchschaut: zuerst der General Lakubeit, dann der Jude Kristianpoller, jetzt die Offiziere. Konzew ist tot, der einzige, der dir geglaubt hat.

So sprach Tarabas zu sich. Bald war es ihm, als gäbe es in der Tat zwei Tarabasse. Von denen stand einer in einem schäbigen, aschgrauen Rock vor dem Tisch; hier saß der gewaltige Tarabas, bewaffnet, in Uniform, mit Orden, gestiefelt und gespornt. Der sitzende Tarabas sank immer mehr auf seinem Stuhl zusammen, und der armselige, der vor ihm stand, reckte stolz den Kopf und wuchs und wuchs aus seinem demütigen Rock.

Der Oberst Tarabas hörte nicht mehr auf die Gespräche der Offiziere rings um ihn: so sehr beschäftigte ihn sein armseliges und stolzes Ebenbild. Auf einmal war ihm, als gäbe es ihm den Rat, zum toten Konzew hinaufzugehn. Er torkelte hinaus. Er hielt sich am Geländer fest. Es dauerte lange, bis er die oberste Stufe der Treppe erreichte. Dann trat er neben den Toten. Er schickte die zwei Soldaten fort, die die Wache hielten. Vier mächtige Wachskerzen, zwei zu Häupten, zwei zu Füßen des Toten, verbreiteten eine unstete, wechselnde, goldene Helligkeit. Es roch süßlich und dumpf. Auf die Schulter Konzews waren ein paar Wachstropfen gefallen. Tarabas kratzte sie mit dem Nagel ab und fuhr dann bürstend mit dem Ärmel über die Uniform des Toten. „Beten", fiel ihm ein. Und er sagte mechanisch ein Vaterunser nach dem anderen.

Er öffnete die Tür, rief die Soldaten und stolperte die Treppe hinunter. „Meine Herren!" sagte er, „Sie wissen, daß wir morgen die Toten begraben. Um die Mittagsstunde. Den Feldwebel Konzew und die anderen." Es war dem Obersten Tarabas, als wäre die Mitteilung, die er soeben den Offizieren gemacht hatte, eine der letzten seines Lebens; als hätte er die Stunde seiner eigenen Bestattung angegeben.

Er blieb die ganze Nacht an seinem Tisch sitzen. Er mußte, so schien es ihm, den anderen Tarabas erwarten. Er wird wahrscheinlich nicht mehr kommen, dachte Tarabas, er hat genug von mir. Und er schlief ein, über dem Tisch, den Kopf in den gekreuzten Armen.

19

Ein blauer und silberner Sonntagmorgen, golden summende Glocken und der Chorgesang der frommen Bauern, die noch immer in der „Kammer" ausharrten, weckten den Obersten Tarabas. Er stand sofort auf. Schon wartete Fedja mit dem dampfenden Tee. Ungeduldig trank Tarabas nur ein paar Schluck. Er war ganz wach und klar. Er konnte sich an alle Vorgänge von gestern erinnern. Er wußte noch alle Reden der Offiziere. Er wußte jedes Wort, das ihm der andere Tarabas gesagt hatte. Der andere Tarabas ist ein wirklicher Mensch, der Oberst zweifelt nicht mehr daran.

Er tritt in die Hauptstraße. Die Soldaten lagern neben den Resten der abgebrannten Häuschen. Sie erheben sich, sie grüßen. Ein Unteroffizier meldet ihm, daß die Nacht in Ruhe verlaufen sei. Tarabas sagt: „Gut, gut, es ist gut!" Und er geht weiter.

Die tiefen Glocken summen, und die Bauern singen noch immer. Tarabas denkt an das Begräbnis Konzews und der andern um zwölf Uhr mittags. Es ist noch Zeit. Es ist erst neun Uhr.

Es ist niemand in Koropta zu sehn, kein einziger Jude. Aus den wenigen unversehrten Judenhäuschen mit den blinden, geschlossenen Fensterläden dringt kein Laut. Vielleicht sind die alle erstickt! denkt Tarabas. Es ist ihm gleichgültig, ob sie ersticken.

Es kann dir nicht gleich sein! sagt allerdings der zweite Tarabas. Der Oberst antwortet: Doch, es ist mir gleich! Ich hasse sie!

Plötzlich trat irgend etwas Schwarzes, Verdächtiges, aus einem der noch unversehrten Judenhäuschen. Es huschte um die Ecke.

Tarabas hatte sich vielleicht getäuscht. Er ging ruhig weiter.

Als er aber um die nächste Ecke in die Seitengasse bog, rannte ihm eine geradezu fürchterliche Erscheinung in die Arme.

Es war ein strahlender Sonntagvormittag. In den Lüften schwang noch der goldene Nachhall der Glocken. Man sieht von der Kirche, von der Spitze des Hügels her, die bunten, fröhlichen Kopftücher der Bäuerinnen leuchten, die vom Gottesdienst kommen. Es war, als bewegte sich der ganze Hügel selber stadtwärts, von mächtigen, bunten Blumen übersät. Ein sachter Wind trug den verhallenden letzten Orgelklang herüber. Der Sonntag mit den verwehenden Glocken und der verhallenden Orgel schien selbst ein Bestandteil der Natur. Wie verruchte Zeichen einer verruchten Auflehnung gegen ihre Gesetze nahmen sich die kahlen Plätze und die immer noch rauchenden Trümmer im Städtchen aus: eine Verletzung des sonntäglichen Friedens. Der Hügel im Südwesten des Städtchens war vom Sonnenglanz überflutet. Immer dichter schienen die großen, bunten Blumen auf den Kopftüchern der Bäuerinnen zu werden. Das gelbliche Kirchlein schwamm ganz in der Sonne. Und auf seinem Türmchen das Kreuz funkelte munter, heiter und heilig wie ein erhabenes Spielzeug. So war die Welt beschaffen, als Tarabas die fürchterliche Erscheinung in die Arme lief.

Diese fürchterliche Erscheinung war ein hagerer, armseliger, schwächlicher, allerdings außerordentlich rothaariger Jude. Wie ein flammender Kranz umgab der kurzgewachsene Bart sein bleiches, von Sommersprossen übersätes Angesicht. Auf dem Kopf trug er eine verschossene, grünlich schimmernde Mütze aus schwarzem Seidenrips, unter deren Rändern sich brennende rote Löckchen hervorstahlen, um sich mit dem flammenden Bart zu vereinigen. Aus den grüngelblichen, kleinen Augen des Mannes, über denen winzige, dichte, rote Brauen standen, wie zwei angezündete Bürstchen, schienen ebenfalls Flämmchen hervorzuschießen, Feuerchen von anderer Art, eisige Stichflammen. Nichts Schlimmeres konnte Tarabas an einem Sonntag zustoßen.

Er erinnerte sich jenes unseligen Sonntags, an dem das Unheil angefangen hatte. Es war ein wunderbarer Tag gewesen, wie heute im galizischen Dorf, die Glocken hatten geläutet. Da war am Wegrand der fremde, rothaarige Soldat aufgestanden, der Bote des Unglücks. Ach! Hatte der gewaltige Oberst Tarabas gedacht, man könnte das Unglück überlisten? Man könnte ihm entgehn? Man könnte auf eigene Faust Kriege fortsetzen?

Ein roter Jude am Sonntagmorgen! So rote Haare, einen solch flammenden, geradezu Funken sprühenden Bart hatte Tarabas in seinem Leben noch nicht gesehn, er, dessen Blick besonders geübt war in der Unterscheidung der Rothaarigen. Tarabas erschrak nicht nur, als er den Juden erblickte. Erschrocken war er damals, das erstemal, vor dem Soldaten. Diesmal erstarrte er von Kopf bis Fuß. Was nutzten ihm alle Schlachten, die er mitgemacht hatte? Was bedeuteten alle Schrecken, die er erlitten und die er selbst verursacht hatte? Es zeigte sich, daß Tarabas den größten, einen unüberwindlichen Schrecken in der Brust trug, eine Angst, die immer neue Ängste schuf, eine Furcht, die Gespenster erzeugte, und eine Schwachheit, die ihm immer neue Schwachheiten gebar. Von einer Heldentat zur anderen war er geeilt, der mächtige Tarabas! Aber es war nicht sein Wille gewesen; die Furcht in seinem Herzen hatte ihn durch die Schlachten getrieben. Ungläubig hatte er gelebt aus Aberglauben, tapfer aus Furcht und gewaltsam aus Schwäche.

Nicht minder als der Oberst erschrak der Jude Schemarjah. In seinen Armen trug er zwei Thorarollen wie zwei tote Kinder, jede bekleidet mit rotem, golden besticktem

Samt. Die runden, hölzernen Griffe der Rollen waren verkohlt, auch die samtenen Hüllen, aus denen die unteren Enden des vom Feuer aufgerollten und angebrannten Pergaments herausragten. Zweimal war es heute schon Schemarjah gelungen, je zwei Rollen auf den Friedhof zu bringen. Er hatte sich morgens noch vor Sonnenaufgang aus dem Haus gestohlen. Kein Soldat hatte ihn bemerkt. Er war überzeugt, daß Gott selbst ihn erwählt hatte. Er allein konnte dieses heilige Werk vollbringen. Als er zum drittenmal das Bethaus verließ, hatte er sich schon, wundergläubig, armselig, töricht, wie er war, eingebildet, daß er in jener unsichtbar machenden Wolke dahinging, von der in der Bibel erzählt wird. Wie er nun dem Obersten in die Arme lief, machte er, immer in seinem festen Glauben an die Wolke befangen, einen Schritt seitwärts, als könnte er noch ungesehen dem Gewaltigen ausweichen. Diese Bewegung versetzte Tarabas in furchtbaren Zorn. Er packte den Juden an der Brust, schüttelte ihn ein bißchen und donnerte: „Was machst du hier?"

Schemarjah antwortete nicht.

„Weißt du nicht, daß ihr in den Häusern bleiben müßt?"

Schemarjah nickte nur mit dem Kopf. Dabei krampfte er seine Arme noch fester um die Thorarollen, als drohte der Oberst, sie ihm zu entreißen.

„Was schleppst du mit dir, und was willst du damit?"

Schemarjah, der aus Angst kein Wort hervorbrachte, überdies die Sprache des Landes nicht gut kannte, antwortete nur mit einer Bewegung. Nachdem er sorgfältig eine Rolle aus dem rechten in den linken Arm gelegt hatte, machte er einen noch gespenstischeren Eindruck. Die schweren Heiligtümer mit dem schwachen linken Arm an die Brust pressend, deutete er mit der hageren rechten Hand, auf deren Rücken die roten Borstenstacheln standen, gegen den Boden, machte die Bewegung des Schaufelns und begann dann, mit dem Fuß zu stampfen und zu scharren, als hätte er ein aufgeworfenes Grab glatt zu machen. Natürlich begriff Tarabas nur wenig. Die hartnäckige Stummheit des Juden weckte seinen Grimm. Schon fing es an, in ihm zu brodeln. „Rede!" schrie er und erhob die Faust.

„Euer Gnaden!" lallte Schemarjah. „Das hat man verbrannt. Das kann nicht so bleiben. Das muß man begraben! Am Friedhof!" Und er deutete mit der Hand in die Richtung des jüdischen Friedhofs von Koropta.

„Du hast hier nichts zu begraben!" schmetterte Tarabas.

Der arme Schemarjah, der nicht genau verstand, glaubte, noch mehr Erklärungen abgeben zu müssen. Und er erzählte, so gut er konnte, stotternd und stammelnd, aber mit leuchtendem Angesicht, daß er schon zweimal seine heilige Pflicht erfüllt hatte. Er vergrößerte aber gerade dadurch noch Tarabas' Zorn. Denn in Tarabas' Augen war die Tatsache, daß der Jude sich schon zum drittenmal auf der Straße befand, ein besonders schweres Verbrechen. Es war zuviel. Rothaarig und Jude sein – es wäre an einem Wochentag noch möglich gewesen; ein Sonntag machte diese Erscheinung grauenhaft; ein Sonntag, wie es der heutige war, machte sie zu einer grauenhaften persönlichen Belei-

TARABAS   647

digung des Obersten. Ach, der arme gewaltige, zornige Tarabas! Er fühlte plötzlich die schwache Stimme des armen Tarabas: Sei still! sei still! – Tarabas, der gewaltige, gehorchte nicht. Im Gegenteil, er wurde nur noch grimmiger. „Verschwinde!" donnerte er dem Juden zu. Und da Schemarjah verständnislos und wie gelähmt stehenblieb, warf ihm Tarabas die Thorarollen mit einem Stoß aus dem Arm. Sie plumpsten auf den Boden, in den Kot.

Im nächsten Augenblick geschah das Furchtbare. Der wahnwitzige Schemarjah stieß mit beiden geballten Händen und mit gesenktem Kopf gegen die mächtige Brust des Obersten vor. Es sah aus, als versuchte ein Clown im Zirkus einen wütenden Stier zu imitieren. Es war lächerlich und herzzerreißend. Es war das erstemal, seitdem es Juden in Koropta gab, daß einer der ihren einen Obersten – und welch einen Obersten! – zu schlagen versuchte. Es war das erste, es war, höchstwahrscheinlich, auch das letzte Mal. Niemals hätte Tarabas geglaubt, daß er derartiges erleben könnte.

Wenn es für ihn noch eines Beweises bedurft hätte, daß die rothaarigen Juden am Sonntag seine besonderen Unglücksbringer seien, so war es dieser Angriff. Es war etwas anderes als ein Schimpf. Es war – man konnte unmöglich eine Bezeichnung für diesen unmöglichen Vorgang finden! Wenn bis zu diesem Augenblick ein bärenhafter Grimm Tarabas erfüllt hatte, so fing jetzt eine teuflische, langsame, grausame Wut in ihm zu brodeln an, eine erfinderische Wut, eine listige, sogar einfallsreiche. Tarabas' Gesicht veränderte sich. Wie eine Klammer lag das Lächeln zwischen seinen Lippen, eine kalte, gefrorene Klammer. Mit zwei Fingern der linken Hand schüttelte er den Roten ab. Hierauf faßte er mit Daumen und Zeigefinger der Rechten den armen Schemarjah am Ohrläppchen und kniff es, bis sich ein Blutstropfen zeigte. Hierauf – und er lächelte noch immer – griff Tarabas mit beiden Händen den fächerartigen, flammenden Bart des Juden. Und mit seiner ganzen riesigen Kraft begann er, den hageren, schlotternden Körper zu rütteln, vor- und rückwärts. Ein paar Barthaare blieben in Tarabas' Händen. Er steckte sie seelenruhig rechts und links in die Taschen seines Mantels. Er lächelte immer noch, der Oberst Tarabas! Und wie ein Kind, das Gefallen an der Vernichtung eines Spielzeugs gefunden hat, einen kindischen, beinahe närrischen Ausdruck in den Augen, griff er aufs neue nach dem roten Bart. Dazwischen fragte er:

„Du hast einen Sohn, der rothaarig ist wie du, nicht wahr?" „Ja, ja", lallte Schemarjah.

„Er ist ein verfluchter Revolutionär!"

„Ja, ja", wiederholte Schemarjah, während er hin und zurück, rückwärts und vorwärts geschüttelt wurde und er jedes einzelne seiner Barthaare wie eine große, offene Wunde fühlte. Er wollte seinen Sohn verleugnen, er wollte erzählen, daß der Sohn selbst seinen Vater verleugnete. Aber wie sprechen? Hätte ihn der Gewaltige selbst nicht so fürchterlich und schmerzhaft geschüttelt, Schemarjah hätte in der Sprache der Christen, die er zur Not nur verstand, nicht alles genau erklären können. Sein Herz flatterte, er fühlte es in der Brust wie ein unendlich schweres, dennoch verrückt fliegendes Gewicht, der Atem ging ihm aus, er öffnete den Mund, er lechzte mit hängender Zunge nach Luft, und während er sie schöpfte und gleich wieder ausstieß, entrangen sich ihm winzige, krächzende und schrille Seufzerchen. Sein ganzes Angesicht schmerzte ihn, als stäche man es mit zehntausend glühenden Nadeln. Töte mich! wollte er sagen, er konnte es nicht. Vor seinen verschleierten Augen erschien das Angesicht seines Peinigers bald riesengroß wie ein gewaltiger Kreis, bald wieder winzig wie eine Haselnuß, und beides innerhalb einer einzigen Sekunde. Endlich stieß er einen durchdringenden, schrillen Schrei aus, der unmittelbar aus seinem tiefsten Innern kam. Ein paar Soldaten liefen herbei. Sie sahen Schemarjah ohnmächtig niederfallen und den Obersten Tarabas noch eine Weile ratlos dastehn. Er hielt zwei rote Bartbüschel in den Händen, lächelte immer noch, sah in eine unbestimmte Ferne, steckte schließlich die Hände in die Taschen, wandte sich um und ging.

20

Gegen sechs Uhr abends erwachte der Oberst Tarabas. Durch das unverdeckte Fenster sah er Sterne am Himmel. Er glaubte, es müsse späte Nacht sein. Er bemerkte, daß er nicht in seinem Zimmer lag; und er erinnerte sich, daß er am Nachmittag nach Hause in den Gasthof gekommen war und daß ihm der Knecht Fedja ein neues Zimmer gegeben hatte, weil in seinem früheren der tote Feldwebel Konzew gelegen war. Dann entsann sich Tarabas, daß man um zwölf Uhr mittags Konzew und die anderen begraben hatte. Man wollte Tarabas das Zimmer des seligen Großvaters anweisen: Dies hier war also das Zimmer, in dem der Großvater des Juden Kristianpoller gelebt hatte und wahrscheinlich auch gestorben war.

Es war hell. Der blaue Schimmer der Nacht ließ alle Gegenstände erkennen. Tarabas setzte sich aufrecht. Er bemerkte, daß er im Mantel mit umgeschnalltem Riemen und in Stiefeln auf dem Bett lag. Er sah sich im Zimmer um. Er sah den Ofen, die Kommode, den Spiegel, den Schrank, die kahlen, weißgetünchten Wände. Nur zur Linken des Bettes hing ein Bild. Tarabas erhob sich, um es genauer zu betrachten. Es zeigte ein breites Angesicht, umgeben von einem fächerartigen Bart. Der Oberst trat einen Schritt zurück. Er steckte die Hände in die Taschen, er wollte seine Zündhölzer hervorholen. Seine Hände befühlten etwas Haariges und Klebriges.

Er zog sie sofort heraus. Kerze und Streichhölzer waren auf dem Nachttisch. Tarabas machte Licht. Er hob die Kerze hoch und las die Unterschrift unter dem Bild. Sie lautete: „Moses Montefiore".

Es war ein billiger Stich, wie er zu Hunderten in vielen jüdischen Häusern des Ostens verbreitet ist. Der Name bedeutete Tarabas gar nichts. Der Bart aber erschreckte ihn gewaltig.

Er steckte die Hände noch einmal in die Taschen und zog zwei klebrige, verfilzte Knäuel roter Menschenhaare hervor. Mit Abscheu warf er sie auf den Boden, bückte sich sofort

TARABAS

und hob sie wieder auf. Er betrachtete sie eine Weile in der offenen Hand und steckte sie in die Taschen. Hierauf erhob er noch einmal die Kerze und leuchtete genauer, Zug um Zug, das Angesicht Montefiores ab. Das Porträt hing unter Glas, in einem dünnen, schwarzen Holzrahmen. Auf dem Kopf trug Montefiore ein rundes Käppchen, genau wie der Gastwirt Kristianpoller. Das breite, weiße Angesicht, vom dichten, weißen Fächerbart umrandet, erinnerte an einen gütigen, umnebelten Mond in milden Sommernächten. Der halbverhängte, dunkle Blick zielte in eine bestimmte, nicht zu erahnende Ferne.

Tarabas stellte die Kerze auf den Nachttisch und begann auf und ab zu gehn. Er vermied es, noch einmal einen Blick auf das Bild zu werfen. Aber bald hatte er das deutliche Gefühl, daß ihn der unbekannte Montefiore von der Wand her aufmerksam betrachtete. Er löste das Bild vom Nagel, kehrte es um und stellte es auf die Kommode, mit dem Rücken zum Zimmer. Die Rückwand des Rahmens bestand aus nacktem, dünnem Holz und ein paar kleinen Nägelköpfchen an den vier Rändern. Nunmehr glaubte Tarabas, daß er ungestört auf und ab wandeln könnte. Aber er irrte sich. Hatte er den Blick Montefiores auch abgewendet, so erwachte jener Rothaarige, dessen Bart er noch in der Tasche trug, wie er leibte und lebte, vor Tarabas' Augen. Er hörte wieder die kleinen, piepsenden Angstrufe des hin und her geschüttelten Juden und dann den letzten, schrillen Schrei.

Noch einmal zog Tarabas aus der Tasche das verfilzte Knäuel. Er betrachtete es längere Zeit, mit stumpfen Augen.

Plötzlich sagte er: „Sie hat recht gehabt!"

„Sie hat recht gehabt", wiederholte er – und ging hin und zurück. „Sie hat recht gehabt – ich bin ein Mörder."

Es war ihm in diesem Augenblick, als hätte er eine unendlich schwere Bürde auf den Rücken genommen, aber zugleich auch, als wäre er von einer noch unsäglicher drückenden befreit worden. Er befand sich in dem Zustand eines Menschen, der, seit undenklichen Jahren verurteilt, eine Last aufzuheben, die zu seinen Füßen liegt, sich endlich von dieser Last beschwert weiß, ohne daß er sie sich selbst aufgeladen hätte; als wäre sie plötzlich lebendig auf seine Schultern gelangt. Er beugte den Rücken. Er nahm die Kerze in die Hand. Und als wäre die Tür des Zimmers nicht hoch genug, um ihn durchzulassen, senkte er den Kopf, um sie zu durchschreiten. Er ging die schmale, ächzende Treppe hinunter, vorsichtig Stufe um Stufe beleuchtend. Aus der Gaststube kamen ihm die Stimmen der Kameraden entgegen. Er trat ein, die brennende Kerze in der Hand. Er stellte sie auf den Schanktisch. Die Uhr zeigte sieben. Er erkannte, daß es erst sieben Uhr abends war. Er grüßte kurz. Die Offiziere warteten auf ihr Abendessen. Zu Fedja sagte er leise: „Ich möchte in den Keller, zu Kristianpoller."

Sie stiegen in den Keller. Auf dem letzten Treppenabsatz rief Tarabas: „Ich bin's, Tarabas!"

Kristianpoller stemmte den eisernen Stab gegen die Platte. Fedja zog sie an der Öse hoch.

„Euer Hochwohlgeboren!" sagte Kristianpoller. „Ich habe mit dir zu sprechen!" sagte Tarabas. „Bleiben wir hier. Fedja soll gehn."

Als sie allein waren, begann Tarabas: „Wer ist dein Moses Montefiore?"

„Das ist", erwiderte Kristianpoller, „ein Jude aus England. Er war der erste jüdische Bürgermeister von London. Wenn er bei der Königin eingeladen war, bereitete man ihm ein Essen, ihm allein, wie es die jüdische Religion vorschreibt. Es war ein großer Gelehrter und ein frommer Jude."

„Sieh her", sagte Tarabas und zog aus der Tasche den roten Bartknäuel. „Sieh her, Kristianpoller, verstehe mich auch recht! Ich habe heute einem Juden sehr weh getan."

„Ja, ich weiß, Euer Hochwohlgeboren", erwiderte Kristianpoller. Manche kennen nämlich mein Versteck. Und die Juden stehlen sich doch auf die Straße. Es ist einer gekommen. Er hat mir erzählt. Sie haben Schemarjah den Bart ausgerissen."

„Ich gebe dir einen Soldaten mit!" sagte Tarabas. „Geh, hole mir diesen Schemarjah her! Ich werde euch hier erwarten."

Sie stiegen die Treppe hinauf. „Wache!" rief Tarabas. Der Soldat begleitete Kristianpoller in die Straße.

Aber der Wirt kam nach wenigen Minuten zurück. „Er ist nicht mehr zu finden", sagte er. „Euer Hochwohlgeboren müssen wissen", fügte er hinzu, „er war ein Narr. Ein Schwachkopf. Sein Sohn hat ihm ganz den Kopf verdreht …"

„Seinen Sohn kenne ich", sagte Tarabas.

„Nun, er ist, sagen die Juden, in die Wälder geflohen."

„Ich werde ihn finden", sagte Tarabas.

Sie schwiegen eine lange Zeit. Sie saßen im ersten Stockwerk des Kellers, jeder auf einem kleinen Branntweinfaß. Auf einem dritten stand die Kerze. Das Licht flackerte. An den feuchten, rissigen Wänden huschten die Schatten der beiden Männer auf und nieder. Der Oberst Tarabas schien nachzudenken. Kristianpoller wartete.

Endlich sagte Tarabas: „Hör zu, mein Lieber! Geh hinauf. Bring mir einen deiner Anzüge. Leih ihn mir!"

„Sofort!" sagte der Jude.

„Und mach ein Bündel daraus!" rief ihm Tarabas nach.

Als Kristianpoller mit dem Bündel in den Keller zurückkam, sagte Tarabas: „Ich danke dir! Ich werde für ein paar Tage verschwinden; aber sag niemandem etwas davon!"

Und er verließ den Keller.

21

Der Pfarrer erhob sich. Es war, nach seinen Begriffen, spät am Abend; er schickte sich an, schlafen zu gehn.

„Ich komme in einer persönlichen Sache", sagte Tarabas, noch an der Tür. Der breite Schirm der tief über dem Tisch hängenden Petroleumlampe verbreitete einen schweren Schatten bis zur unteren Hälfte der vier kahlen Wände. Der schwachsichtige Alte konnte Tarabas nicht sofort erkennen. Er stand ratlos da. Sein altes, hageres Köpfchen ragte noch in den Schatten des Lampenschirms, während das Licht des Rundbrenners seine alte, fettige Soutane mit den zahllosen, stoffüberzogenen und ebenfalls fettigen Knöpfchen noch stärker als am Tage erglänzen ließ. Als er Tarabas erkannte, machte der Alte ein paar trippelnde Schritte der Tür entgegen. „Kommen Sie näher und setzen Sie sich!" sagte er.

Tarabas trat an den Tisch und setzte sich nicht. Es paßte ihm gerade, im tiefen Schatten des Lampenschirms zu stehen. Er sprach vor sich hin, als redete er nicht zum Pfarrer. Er zog aus der Tasche den Bartknäuel, hielt ihn in der Faust und sagte: „Ich habe heute diesen Bart einem armen Juden ausgerissen." Und als müßte er genaue Daten angeben und als wäre es ein amtliches Verhör, fügte er hinzu: „Er heißt Schemarjah und ist rothaarig. Ich habe ihn suchen lassen, aber er ist verschwunden. Man sagt, er sei närrisch geworden und in die Wälder der Umgebung geflohen. Ich möchte ihn selber suchen. Was soll ich tun? Ist er durch mich närrisch geworden? Ich wollte, ich hätte ihn lieber getötet. Ja", fuhr Tarabas fort, mit einer gleichgültigen Stimme, „ich wollte lieber, ich hätte ihn getötet. Ich habe viele Männer totgemacht. Sie haben mich nicht weiter beunruhigt. Ich war ein Soldat."

Noch nie in seinem langen Leben hatte der Pfarrer von Koropta eine derartige Rede gehört. Er kannte viele Menschen, der Alte, Bauern, Knechte und Mägde. Sechsundsiebzig Jahre war er alt. Und dreißig Jahre schon lebte er in Koropta. Vorher war er in anderen kleinen Städtchen gewesen. Viele Beichtkinder hatte er angehört, alle hatten beinahe die gleichen Sünden gestanden. Einer hatte seinen Vater geschlagen (es war ein ohnmächtiger Greis gewesen) in der Hoffnung, der Vater würde an den Folgen der Schläge sterben. Frauen hatten ihre Männer betrogen. Ein dreizehnjähriger Knabe hatte mit einem sechzehnjährigen Mädchen geschlafen und einen Knaben gezeugt. Den Neugeborenen erwürgte die Mutter. Das waren alle außergewöhnlichen Begebenheiten. Kam der Alte jemals überhaupt dazu, sich Rechenschaft über seine Welt- und Menschenkenntnis abzulegen, so erschienen ihm die obengenannten Fälle als die entsetzlichsten Beispiele einer abgrundtiefen, höllischen Versuchung, die den Menschen ankommen kann. Als er nun Tarabas so reden hörte, war er eher erstaunt als entsetzt. „Setzen Sie sich doch endlich", sagte der Alte, denn das Stehen hatte ihn ebenso ermüdet wie diese merkwürdige Geschichte. Tarabas setzte sich.

„Also", begann der Pfarrer, der sich selbst über den Vorgang Rechenschaft geben wollte, „wir wollen versuchen zu wiederholen: Sie haben, Herr Oberst, einem Ihnen unbekannten Juden namens Schemarjah den Bart ausgerissen. Und, was gedenken Sie zu tun? Ich kenne diesen Schemarjah. Ich kenne ihn seit dreißig Jahren. Er hat seinen Sohn verstoßen, der ein Revolutionär war. Es ist ein gefährlich aussehender Mann, aber ein harmloser Narr. Nun, Herr Oberst, was kann ich dabei?"

„Ich komme nicht um einen praktischen Rat zu Ihnen!" sagte Tarabas und senkte den Blick auf das gelbliche, rissige Linoleum, das den Tisch des Pfarrers bedeckte.

„Ich will büßen!"

Sie schwiegen lange.

„Ich will lieber", sagte der Pfarrer, „so tun, als ob ich Sie nicht gehört hätte, Herr Oberst. Sie können gehn, Herr Oberst, wenn Sie wollen. Ich weiß keinen Rat, Herr Oberst. Wollen Sie einen geistlichen Trost? – Gott möge Ihnen verzeihen! Ich werde für Sie beten. Sie haben einem armen, törichten Juden weh getan! Viele von Ihnen haben es getan, Herr Oberst. Viele werden es noch tun …"

„Ich bin schlimmer als ein Mörder", sagte Tarabas. „Ich war es schon jahrelang, aber es ist mir jetzt eben ganz klargeworden. Ich werde büßen. Sehen Sie, ich werde meinen ganzen mörderischen Glanz ablegen und zu büßen versuchen. Ich wollte es Ihnen nur sagen. Als ich hier eintrat, hatte ich noch die letzte, dumme Hoffnung, die sündige Hoffnung, Sie könnten mir vergeben. Ach, wie konnte ich so was denken!" „Gehen Sie, gehen Sie, Herr Oberst!" sagte der Pfarrer. „Mir scheint, Sie werden Ihren Weg finden. Gehn Sie, mein Sohn!"

Noch in dieser Nacht ritt er nach der Hauptstadt. Er kam am frühen Morgen an. Er erkundigte sich nach der Wohnung des Generals Lakubeit und ritt vor dessen Haus. Er band sein Pferd an, setzte sich auf die Schwelle des Hauses und wartete, bis Lakubeit aufgestanden war.

Der Adjutant des Generals, der elegante Leutnant, sah den Obersten Tarabas in das Zimmer des Generals gehn und nach einer Viertelstunde wieder herauskommen. Merkwürdigerweise trug der Oberst ein Päckchen in der Hand, das er sich nicht abnehmen lassen wollte. Den neugierigen Offizieren, die auf den General im Vorzimmer warteten, konnte der Adjutant über die Unterredung des Obersten mit Lakubeit leider gar nichts mitteilen.

Die Offiziere grüßten, als Tarabas hinausging.

Er winkte den Adjutanten heran und sagte: „Mein Pferd steht unten. Ich werde es in ein paar Tagen abholen. Lassen Sie inzwischen darauf achtgeben."

Tarabas verließ das Haus, stand noch eine Weile vor dem Tor, entschloß sich, die linke Richtung einzuschlagen, und ging die breite Straße entlang, schnurgerade nach dem Westen der Stadt, bis er die Felder erreichte. Er ließ sich am Wegrand nieder, entfaltete sein Bündel, legte die Uniform ab, zog die Zivilkleider Kristianpollers an, suchte noch in den Taschen seiner Uniform, entnahm ihnen nur ein Messer und den Bart Schemarjahs, steckte beides in die Rocktasche, faltete die Uniformstücke sorgfältig, warf noch einen letzten Blick auf sie und begann darauf, die gerade Straße entlangzuwandern, die weit, weit in den blassen, fernen Horizont zu münden schien.

22

Viele Landstreicher wandern über die Straßen der östlichen Länder. Sie können von der Barmherzigkeit der Menschen leben. Die Wege sind zwar schlecht, und leicht ermüden die Füße; zwar sind die Hütten armselig und bieten wenig Platz: aber die Herzen der Menschen sind gut, das Brot ist schwarz und saftig, die Türen öffnen sich schneller. Auch heute noch, nach dem großen Krieg und nach der großen Revolution, obwohl die Maschinen ihren unheimlichen, stählernen und präzisen Gang nach dem Osten Europas angetreten haben, sind die Menschen dem fremden Elend zugetan. Auch die Toren und die Tröpfe verstehen noch die Not des Nächsten rascher und besser als anderswo die Weisen und die Gescheiten. Noch sind nicht alle Straßen vom Asphalt bedeckt. Die Launen und die Gesetze des Wetters, der Jahreszeiten und des Bodens bestimmen und verändern das Aussehen und die Beschaffenheit der Wege. In den kleinen Hütten, die sich an den Schoß der Erde drücken, sind die Menschen dieser ebenso nahe wie dem Himmel. Ja, dort läßt sich der Himmel selber zur Erde und zu den Menschen herab, während er anderwärts, wo ihm die Häuser entgegenstreben, immer höher zu werden scheint und immer ferner. Weit voneinander, verstreut im Lande, liegen die Dörfer. Selten sind die Städtchen und die Städte, aber lebhafter Wege und Straßen. Viele Menschen sind ständig unterwegs. Ihre Not und ihre Freiheit sind innige Schwestern. Der ist zur Wanderschaft gezwungen, weil er kein Heim hat; der andere, weil er keine Ruhe findet; der dritte, weil er keine haben möchte oder weil er ein Gelübde getan hat, die Ruhe zu meiden; der vierte, weil er die Wege liebt und die fremden, unbekannten Häuser. Zwar hat man auch schon in den Ländern des Ostens gegen Bettler und Landstreicher zu kämpfen begonnen. Es ist, als könnten die Unrast der Maschinen und Fabriken, die Windigkeit der Menschen, die im sechsten Stockwerk wohnen, die Unbeständigkeit der trügerischerweise Festgesetzten die stete, ehrliche und ruhige Bewegung der guten, ziellosen Wanderer nicht mehr aushalten. Wohin gehst du, was willst du dort? Warum bist du aufgebrochen? Wie kommt es, daß du ein eigenes Leben führst, da wir anderen doch ein gemeinsames ertragen? Bist du besser?! Bist du anders?!

Unter jenen, die hie und da dem früheren Obersten Nikolaus Tarabas begegneten, gab es manche, die derlei Fragen stellten. Er antwortete nicht. Längst waren die Kleider Kristianpollers zerfetzt. Zerrissen waren die Stiefel. Den Militärmantel trug Tarabas noch. Er hatte die Epauletten abgetrennt und in die Tasche gesteckt. Er befühlte sie manchmal, zog sie heraus und betrachtete sie. Ihr Silber war gelblich angelaufen, gealterte Spielzeuge. Er steckte sie wieder in die Tasche. Von seiner Mütze hatte er die Rosette abgeschnitten. Über seinem wuchernden, dichten Haar saß sie, ein viel zu kleines Rädchen. Ihre schöne graue Farbe hatte sie verloren. Sie schimmerte weiß an einigen Stellen, graugelblich und grün. An der Brust, unter dem Hemd, trug der frühere Oberst zwei schwesterliche Säckchen nebeneinander. In dem einen lagen Münzen und Geldscheine. Im andern bewahrte er einen Gegenstand, den er auch um sein Leben und um seine Seligkeit nicht hergegeben hätte.

Sooft er ein Kreuz oder ein Heiligenbild an seinem Wege traf, kniete er nieder und betete lange. Er betete, inbrünstig, obwohl es ihm schien, daß er nichts mehr zu erflehen hatte. Er war zufrieden, sogar heiter. Er gab sich Mühe, Qualen zu finden, Leid und Unbill. Die Menschen waren zu gut gegen ihn. Man versagte ihm selten eine Suppe, ein Stück Brot, ein Obdach. Geschah es aber, so antwortete er mit einem Segen.

Er sprach sanft noch zu den Hunden, die ihm an die Beine fuhren. Und sagte ihm ein Mensch: „Geh fort, wir haben selber gar nichts!", so erwiderte Tarabas: „Gott segne dich! Er gebe dir alles, was du brauchst."

Schwer war nur die erste Woche gewesen.

Der heitere Herbst hatte sich über Nacht in einen strengen Winter verwandelt. Zuerst kam der harte Regen, dessen Tropfen einzeln im Fallen gefroren und wie Körner aus Eisen gegen Gesicht und Körper schlugen. Hierauf wurden es deutliche, gewaltige Hagelstücke, die in schräger Wucht niedersausten. Tarabas begrüßte den ersten Schnee, den guten, milden Sohn des Winters. Die Straßen wurden weich und grundlos. Der Schnee schmolz. Man sehnte sich nach einem bitteren, guten Frost. Eines Tages brach er an, begleitet von seinem Bruder, dem beständigen und ruhig wehenden Wind aus dem Norden, der wie ein Schwert daherkommt, flach, breit und furchtbar geschliffen. Er schneidet Panzer durch. Kein Kleid kann ihm standhalten. Man steckt die Hände in die Taschen. Der Nordwind aber bläst durch den Stoff wie durch ein Pauspapier. Unter seinem Atem gefriert die Erde im Nu und schickt ihrerseits einen eisigen Hauch empor. Der Wanderer wird federleicht, ja leichter als eine Flaumfeder, der Wind kann ihn davonwehn wie die ausgespuckte Schale von einem Kürbiskern. Das nächste Dorf liegt weit, weiter als gewöhnlich. Alles Lebendige hat sich verkrochen und verborgen. Selbst die Raben und die Krähen, die Vögel des Frostes, die Besinger des Todes, sind stumm. Und zu beiden Seiten des gefrorenen Weges, rechts und links vom Wanderer, breitet sich die Ebene aus, lagern die Felder und Wiesen unter einer dünnen, durchsichtigen, körnigen Haut aus weißlichem Eis.

Es gibt in dem Lande, in dem die Geschichte unseres Nikolaus Tarabas spielt, eine Gilde der Bettler und Landstreicher. Eine sichere, gute Gemeinschaft der Heimatlosen, mit eigenen Sitten, eigenen Gesetzen, einer eigenen Gerichtsbarkeit zuweilen, eigenen Zeichen, einer eigenen Sprache. Auch Häuser besitzen diese Bettler: Baracken, verlassene Schäferbuden, teilweise abgebrannte Hütten, vergessene Eisenbahnwaggons, zufällige Höhlen. Wer einmal vier Wochen unterwegs gewesen ist, hat von den zwei größten Lehrern des Menschen: der Not und der Einsamkeit, die geheimen Zeichen lesen gelernt, die einen Unterschlupf ankündigen. Hier liegt ein Zwirnsfaden, dort der Fetzen von einem Schnupftuch und drüben ein verkohlter Zweig. Hier bemerkt man in einer Mulde am Wegrand die Aschenreste eines Feuers. Dort sind unter der Glasur des Frostes noch menschliche Fußspuren zu entdecken, die einen

Weg und eine Richtung zeigen. Der Frost schneidet ins Fleisch, und er schärft auch die Sinne.

Tarabas lernte die Zeichen verstehen, die Wärme und Sicherheit verheißen. Der Krieg hatte viel brauchbares Material im Lande gelassen. Eisen und Wellblech, Holz und zerbrochene Automobile, einsame Waggons auf schmalspurigen, improvisierten Geleisen, jämmerliche Baracken, halbverbrannte Häuschen, verlassene, gut betonierte Schützengräben. In einem Land, in dem der Krieg die Güter der Festgesessenen zerstört hat, haben es die Landstreicher gut.

Wenn der frühere Oberst Tarabas einen solchen Unterschlupf betrat, fühlte er sich weit über Verdienst belohnt. Und fast bereute er, daß er ihn aufgesucht hatte. Ja, manchmal kam es vor, daß er, kaum eingetreten und von der Wärme umfangen, nach einigen Minuten wieder aufbrach. Ihm stand es nicht an, mehr Schutz und Wärme zu genießen, als er nötig hatte, um sein Leben zu erhalten. Denn er genoß seine Qualen, und er wollte sie verlängern. Also trat er wieder in Schnee, Eis und Nacht hinaus. Begegnete ihm ein Landstreicher, der dem Obdach entgegenstrebte, und fragte er, warum und wohin des Wegs, so erwiderte Tarabas, er hätte heute noch ein Ziel zu erreichen; heute nacht noch. Eines Abends geriet er in einen Unterschlupf, in dem schon ein anderer lagerte. Es war ein schadhafter Waggon zweiter Klasse, er stand auf einem verlassenen Geleise einer alten Feldbahn. Die Fenster der Kupees waren zerbrochen und durch Bretter und Pappendeckel ersetzt. Die Türen zwischen dem Gang und den Abteilen schlossen nicht mehr. Die ledernen Bezüge der Sitze hatte man längst herausgeschnitten. Aus den Sitzen quollen die grauen, harten Roßhaarknäuel, und durch die Ritzen und Sparren blies der erbarmungslose Wind. Tarabas ging in das erste Kupee. Ein Kupee zweiter Klasse, wie es früher einmal Tarabas benützt hatte! Er war sehr müde, er schlief sofort ein. In den Schlaf nahm er die Erinnerung an jene Zeit hinüber, in der er als „der Kurier des Zaren" in „besonderen Staatsgeschäften" heimgefahren war. „Schaffner", hatte er gerufen, „hol mir einen Tee!" Oder: „Schaffner! Ich möchte Weintrauben!" – Platz, Platz hatten die Leute im Korridor dem besonderen Kurier des Zaren gemacht. Ach, was war Nikolaus Tarabas einst für ein Mann gewesen! Was machten jetzt seine Getreuen ohne Tarabas? Sieh da, dachte Tarabas, da hat nun so ein Mann großartig gelebt, ein mächtiger Tarabas, und hat gedacht, ohne ihn würde die Welt ihr Angesicht verändern! Aber nun bin ich aus der Welt geschieden – und sie hat ihr altes Aussehn nicht im geringsten verändert. Nichts bedeutet ihr ein Mensch; und wär's auch so ein gewaltiger, wie ich einer gewesen bin!

Nach zwei Stunden erwachte Tarabas. Er schlug die Augen auf und, erkannte im Dämmer einen Mann, einen greisen Landstreicher. Das weiße Haar wallte über den Kragen seines dunklen Mantels, und der Bart reichte fast bis zum Strick an den Hüften. „Du hast einen gesegneten Schlaf!" sagte der Alte. „Eine Viertelstunde stehe ich da, huste und spucke, und du hörst nichts. Ich hörte dich wohl, als du kamst, du aber hast nicht einmal bemerkt, daß ein Mensch in diesem Waggon lebt. Du bist noch jung. Ich wette, es ist nicht lange her, daß du wanderst!"

„Woher weißt du das?" fragte Tarabas und setzte sich auf.

„Weil der halbwegs erfahrene Mensch jeden Raum, den er betritt, zuerst durchforscht. Wie leicht kann man da was Nützliches finden! Ein Geldstück, Tabak, eine Kerze, ein Stück Brot, oder auch einen Gendarmen. Diese merkwürdigen Männer verbergen sich manchmal, warten geduldig, bis unsereins kommt, dann fragen sie nach den Papieren. – Ich habe Papiere!" setzte der Greis nach einer Pause hinzu. „Ich könnte sie dir sogar zeigen, wenn wir Licht hätten."

„Hier ist eine Kerze, mach Licht", sagte Tarabas.

„Ich darf's nicht!" erwiderte der Alte. „Du mußt es selbst machen!" Tarabas entzündete den Kerzenstumpf und klebte ihn auf die schmale Holzkante am Fenster. „Warum wolltest du kein Licht machen?" fragte er und betrachtete ein wenig neidisch den Alten, der schon um so viel älter war und leidvoller aussah als Tarabas. Ach, es war ein General unter den Elenden! Tarabas war nur ein Leutnant.

„Heute ist Freitagabend!" sagte der Alte. „Ich bin Jude. Es ist uns verboten, Licht anzuzünden."

„Wie kommt es, daß du nicht in einem warmen Hause bist, heute?" fragte Tarabas, und der Neid erfüllte ihn jetzt ganz und gar, wie ihn einst nur der Zorn hatte erfüllen können. „Deine Glaubensgenossen essen und schlafen in den Häusern der Juden, wenn der Sabbat kommt. Ich habe noch nie an einem solchen Tage einen jüdischen Bettler getroffen!"

„Nun, siehst du", sagte der alte Jude und ließ sich Tarabas gegenüber auf der Bank nieder, „bei mir ist es anders. Ich war ein angesehener Mann in meiner Gemeinde. Ich habe jeden Sabbat gefeiert, wie Gott es befiehlt. Aber manches andere, was Er auch befiehlt, habe ich nicht getan. Nun sind es schon acht Jahre her, daß ich so herumwandere. Die ganze Zeit des Krieges bin ich herumgewandert. Das waren nicht einmal die schwersten Jahre. Ich bin sehr weit herumgekommen, ich war in vielen Teilen Rußlands und manchmal hinter der Front. In der Etappe ist immer etwas losgewesen. Für einen Bettler ist immer etwas abgefallen."

„Weshalb verzichtest du auf den Samstag?" fragte Tarabas.

Der Alte fuhr mit den Händen durch den Bart, neigte sich vor, um Tarabas besser zu sehn, und sagte: „Rück nur ein bißchen näher zum Licht, damit ich dich anschaun kann."

Tarabas rückte näher zur Kerze.

„So!" sagte der alte Jude. „Es scheint mir, daß ich dir meine Geschichte erzählen kann. Ich erzähle sie gerne, offen gestanden. Aber es gibt Leute, denen man etwas erzählt, und die sagen dann: ja, ja! oder: so, so! oder sie lächeln gar, oder sie sind ganz stumpf, und sie sagen gar nichts. Sie drehen sich um und beginnen zu schnarchen. Nun bin ich beileibe nicht etwa eitel, und ich will keinen Beifall, im Gegenteil: Ich will, daß man mich ganz kennt, in meiner ganzen Art. Und wenn jemand meine ganze Natur nicht zur Kenntnis nimmt, hat es keinen Sinn, daß ich ihm etwas erzähle."

„Ja, ich verstehe dich!" sagte Tarabas.

„Nun will ich dir sagen", fuhr der Jude fort – und er sprach zu Tarabas' Verwunderung die Sprache des Landes, ohne zu stocken, nicht wie die anderen Juden –, „nun will ich dir sagen, daß ich ein sehr reicher Mann war. Ich heiße Samuel Jedliner. Und weit und breit in diesem Lande kennt mich jeder. Aber ich rate dir nicht, jemanden nach mir zu fragen. Wenn einer meinen Namen hört, wird er dich verfluchen. Merk dir das. Besonders, wenn du zufällig einmal nach Koropta kommen solltest. Denn dort habe ich gewohnt."

„Koropta?" fragte Tarabas.

„Ja, kennst du's?"

„Flüchtig!" sagte Tarabas.

„Ja", sagte der alte Jedliner. „Ich habe ein Haus gehabt, groß wie der Gasthof in Koropta, der Gasthof Kristianpollers. Ich hatte eine hübsche, kräftige, breithüftige Frau und zwei Söhne. Ich handelte mit Holz, mußt du wissen, und verdiente einen Haufen. Man verkauft viel, wenn der Winter kalt ist, wie dieser hier, den wir jetzt haben zum Beispiel. Es gab da noch andere Holzhändler. Aber ich war klüger als alle. Du mußt wissen: Im Frühling, wenn noch kein Mensch daran denkt, daß einmal Winter sein wird, gehe ich zum Gutsherrn und besehe mir den Wald und lasse diese und diese Bäume anzeichnen und gebe ein Handgeld. Dann holze ich ab. Ich verlasse mich nicht auf den Gutsherrn selbst. Mag er abholzen, was er will. Ich lasse meine Bäume fällen. Dann hole ich mir das Holz nach Hause. Dann lasse ich es im Freien liegen, wenn es regnet – und wenn es trocken ist, spanne ich Zelte darüber. Damit es nämlich an Gewicht zunimmt. Denn es war mein oberstes Prinzip: nach Gewicht verkaufen; und zwar möglichst zersägtes und schon zerkleinertes Holz. Nicht wahr? – Wozu sollten die Leute sich noch Holzhacker kommen lassen und sie extra bezahlen? Sie kaufen nach Klaftern, nach Ellen, und dann kommt erst die Notwendigkeit, die Stämme zu zersägen. Nein, bei mir ist das nicht so. Ich verkaufe gebrauchsfertiges Holz nach Gewicht. Siehst du, bei uns zu Lande war ich mit meiner Methode ganz originell."

Der Alte hielt ein. Er mochte sich sagen, daß die Leidenschaft, die er jetzt noch für einen abgelegten Beruf aufbrachte, ihm nicht mehr zustand. Er brach ab:

„So war es also – oder ähnlich. Es kommt nicht mehr darauf an. Also: Ich war ein reicher Mann. Ich hatte Geld im Hause und auf der Bank. Ich ließ meinen Sohn studieren. Meine Frau schickte ich jedes Jahr ins Ausland, nach Österreich, nach Franzensbad, denn der Arzt sagte, sie müsse was am Unterleib haben, sie habe Schmerzen im Kreuz, und ganz ohne ersichtlichen Grund. Aber der Teufel zwickte mich. Den ganzen Sommer nahm ich kein Geld ein, und ich hatte keine Geduld, bis zum Herbst zu warten. Es gab manchmal auch trockene, späte, sommerliche Herbste, kein Mensch dachte an den Winter – und mein Holz wurde immer leichter und leichter. Das kränkte mich bitter. Da kam eines Tages zu mir dieser Jurytsch und machte mir einen Vorschlag …"

Jedliner schwieg, seufzte und fuhr fort: „Seit diesem Tage war ich ein gutbezahlter Spitzel der Polizei. Ich gab zuerst die Leute an, von denen ich etwas wußte; hierauf jene, von denen ich nur etwas ahnte; schließlich jeden, der mir nicht gefiel. Ich entwickelte eine mächtige Phantasie, und ich konnte gut kombinieren. Man glaubte mir alles. Ein paarmal hatte ich Glück. Es stellte sich heraus, daß alles richtig gewesen war, was ich lediglich vermutet hatte. Eines Tages aber kam Jurytsch in die Schenke Kristianpollers, betrank sich dort und sagte, daß ich viel mehr Geld verdiene als er selbst.

Nun, ich will dich nicht langweilen: Man ließ mich in der Nacht holen. Zwei kräftige jüdische Fleischhauer und der Gastwirt Kristianpoller, der auch kein schwacher Knabe ist, schlugen mich halbtot. Man zwang mich, das Haus und die Stadt zu verlassen. Meine Frau wollte nicht mit mir gehn. Meine Söhne spuckten mich an. Der Rabbiner berief ein Gericht, drei gelehrte Juden saßen da. Ich sah ein, was ich getan hatte. Mindestens zwanzig Juden von Koropta und Umgebung hatte ich in den Kerker gebracht. Und mindestens zehn unter ihnen waren unschuldig. Und ich gelobte vor den Juden von Koropta, daß ich alles verlassen werde. Und daß ich mich den Bettlern des Landes zugesellen werde. Und für mich selbst beschloß und gelobte ich noch, daß ich auch den Sabbat nicht in einem jüdischen Hause zubringen werde. Deshalb bin ich hier. Und das ist meine Geschichte."

„Ich habe", sagte Tarabas, „einem deiner Glaubensgenossen den Bart ausgerissen." Sie saßen einander gegenüber. Der Kerzenstumpf am Fensterrand war längst ausgegangen.

Als der Morgen kam, ein eisiger Morgen, er kündete rot und feurig einen neuen Schneesturm an, verließen sie den Waggon, gaben sich die Hände und wanderten weiter, jeder in eine andere Richtung.

23

An diesem Vormittag gelangte Tarabas in den Marktflecken Turka. Die Erzählung des alten Jedliner hatte in ihm die Lust geweckt, Holz zu sägen und kleinzuhacken.

Deshalb ging er in Turka von einem Haus zum anderen und fragte, ob es Holz zu sägen gäbe. Er fand, was er suchte. Es galt, einen halben Klafter Eichenholz zu zerkleinern. „Was willst du als Bezahlung?" fragte der Besitzer des Holzes. „Ich werde mit jedem Lohn zufrieden sein!" erwiderte Tarabas. „Nun gut!" sagte der Hausherr. Es war ein wohlhabender Mann, ein Pferdehändler. Er führte Tarabas in den Hof, zeigte ihm das Holz, holte Axt und Säge aus dem Schuppen und das hölzerne Gestell, das man die Schere nennt und auf das man die Stämme legt.

Der Pferdehändler hatte einen Pelz angezogen, bevor er in den Hof ging, innen Biber, mit einem schön gekräuselten, silbrigen Krimmerkragen. Sein Gesicht war rot und wohlgenährt, seine Beine steckten in pelzgefütterten Stiefeln, die Hände hielt er in den warmen Taschen. Tarabas indessen fror in seinem Militärmantel, hauchte sich in die

TARABAS

steifen Hände, versuchte, die viel zu kleine Mütze bald auf das rechte, bald auf das linke Ohr zu schieben, denn der Frost stach in beide mit zahllosen Nadeln. Der Pferdehändler betrachtete ihn mißtrauisch. Tarabas trug einen wirren, blonden Bart, der unter den Backenknochen begann und über den Mantelkragen ragte. Andere Landstreicher gaben sich die Mühe, wenigstens solange sie noch jung waren wie dieser hier, sich einmal in zwei Wochen zu rasieren. Gewiß hat er etwas zu verbergen, dachte der Pferdehändler. Was für einen mörderischen oder diebischen Zug verheimlicht er hinter seinem Bart? Beil und Säge konnte er an sich nehmen und einfach weggehn! Der vorsichtige Mann beschloß, achtzugeben und den Fremden während der Arbeit zu beaufsichtigen. Allein, Tarabas, der zum erstenmal in seinem Leben Holz zersägen sollte, stellte sich dermaßen ungeschickt an, daß der Pferdehändler noch mißtrauischer wurde. „Hör zu!" sagte er und faßte Tarabas an einem Mantelknopf, „mir scheint, du hast noch nie gearbeitet?" Tarabas nickte. „Du bist wohl ein Verbrecher? Wie? Und du glaubst, daß ich dich in meinem Gehöft allein lasse? Damit du es ausspionierst und in der Nacht bei mir einbrichst? Mich kann man nicht betrügen, weißt du, und Angst hab' ich auch nicht. Ich war drei Jahre im Feld. Ich habe acht Sturmangriffe mitgemacht. Weißt du, was das ist?"

Tarabas nickte nur.

Der Pferdehändler nahm Axt und Säge an sich und sagte: „Nun geh! Ich könnte dich sonst zur Polizei bringen. Und zeig dich nicht mehr in meiner Nähe!"

„Gott mit Ihnen, Herr!" sagte Tarabas und ging langsam durch den Hof.

Der Pferdehändler blickte ihm nach. Es war ihm warm und wohlig in seinem Biberpelz. Den Frost fühlte er in seinem geröteten Gesicht nur als eine angenehme, göttliche Einrichtung, geeignet und vielleicht sogar dazu geschaffen, den Appetit der Hausbesitzer und Pferdehändler zu fördern. Er war außerdem zufrieden, daß er mit seinem klugen Auge sofort den verdächtigen Burschen durchschaut und ihm mit seiner kräftigen Hand Respekt eingejagt hatte. Auch hatte er wieder einmal von seinen acht Sturmangriffen sprechen können. Überdies fiel ihm ein, daß der Fremde gar keinen Arbeitslohn verlangt hatte. Er wäre vielleicht mit einer Suppe zufrieden gewesen. Derlei Überlegungen stimmten ihn milde. Und er rief Tarabas zurück, ehe dieser noch das Tor erreicht hatte.

„Ich will es mit dir doch versuchen", sagte der Hausherr, „weil ich ein zu gutes Herz habe. Was verlangst du als Bezahlung?"

„Ich werde mit jedem Lohn zufrieden sein!" wiederholte Tarabas. Er begann, den Stamm zu zersägen, den er früher mit so deutlichem Ungeschick auf das Gestell gelegt hatte. Er sägte fleißig, unter den Augen des Händlers. Er entwickelte und fühlte dabei eine beträchtliche Kraft in seinen Muskeln. Er arbeitete schnell, er wollte dem Bereich der mißtrauischen Blicke des Pferdehändlers entkommen. Diesem gefiel Tarabas immer mehr. Auch fürchtete er sich ein wenig vor der nicht zu leugnenden Kraft des Fremden. Auch ein bißchen neugierig wurde man, wenn man einen so merkwürdigen Mann vor sich sah. Deshalb sagte der Hausherr: „Komm ins Haus, kriegst einen Schnaps, zum Wärmen!"

Zum erstenmal seit langer Zeit trank Tarabas wieder einen Schnaps. Es war ein guter, ein kräftiger Schnaps, klar und sauber, durch allerhand Kräuter, die man auf dem Grunde der mächtigen, gebauchten Flasche schwimmen sah wie Algen in einem Aquarium, hellgrün gefärbt und bitterlich gewürzt. Es waren gute, zuverlässige Hausmittelchen, wie sie auch der alte Vater Tarabas seinen Schnäpsen beizumischen pflegte. Der Schnaps brannte, ein kurzes, schnelles Feuerchen, in der Kehle, erlosch sofort, um sich tiefer im Innern in eine große, gütige Wärme zu verwandeln. Er wanderte in die Glieder und dann in den Kopf. Tarabas stand da, das Gläschen in der einen, die Mütze in der andern Hand. Seine Augen verrieten eine derartige Anerkennung und Zufriedenheit, daß der Wirt, geschmeichelt und zugleich von Mitleid ergriffen, noch ein Gläschen einschenkte. Tarabas trank es auf einen Schluck. Seine Glieder wurden schlaff, seine Sinne verwirrten sich. Er wollte sich setzen, aber er wagte es nicht. Plötzlich empfand er Hunger, gewaltigen Hunger, es war, als spürte er mit den Händen die unermeßliche, vollkommen leere Höhle seines Magens. Das Herz krampfte sich zusammen. Tarabas öffnete weit den Mund. Er tastete mit den Händen einen Augenblick, der ihm selbst wie eine Ewigkeit schien, ins Leere, erfaßte die Lehne eines Stuhls und fiel mit großem Gepolter zu Boden, während der erschrockene Pferdehändler ratlos, ohne Zweck, die Tür aufriß.

Die Frau des Pferdehändlers stürzte aus dem Nebenzimmer. Man goß einen Eimer eisigen Wassers über Tarabas. Er erwachte, erhob sich langsam, ging an den Ofen, trocknete, ohne ein Wort zu sagen, den Mantel und die Mütze, sagte: „Gott segne Euch!" und verließ das Haus.

Zum erstenmal hatte ihn ein Blitz der Krankheit getroffen. Und schon fühlte er den ersten Hauch des Todes.

24

In diesem Jahre warten die Landstreicher ungeduldig auf den Frühling. Es war ein schwerer Winter. Es kann noch lange dauern, bis er sich entschließt, das Land zu verlassen. Hunderttausend feine, unentwirrbar verästelte, eisige Wurzeln hat er überall geschlagen. Tief unter der Erde und hoch über ihr hat er gewohnt. Unten sind die Saaten tot, oben die Sträucher und das Gras. Sogar der Saft in den Bäumen der Wälder und an den Rändern der Wege scheint erstarrt für immer. Ganz langsam schmilzt der Schnee auf den Äckern und Wiesen, nur in den kurzen Stunden um den Mittag. In den dunklen Abgründen aber, in den Gräben am Weg liegt er noch klar und starr über einer harten Eiskruste. Es ist Mitte März; und noch hängen Eiszapfen an den Dachrinnen der Häuser und schmelzen kaum ein Stunde lang im Glanz der mittäglichen Sonne. Am Nachmittag, wenn der Schatten wiederkehrt, erstarren sie aufs neue zu unbeweglichen, funkelnden und geschliffenen Spießen. Noch schläft die Erde in den Wäldern. Und in den Kronen der Bäume hört man keinen Vogel. Ungerührt, in kaltem Kobaltblau, verharrt der Himmel. Die Vögel des Frühlings meiden seine tote Klarheit.

Die neuen Gesetze des neuen Landes sind ebenso die Feinde der Landstreicher wie der Winter. In einem neuen Staat muß Ordnung herrschen. Man soll ihm nicht nachsagen, er sei barbarisch oder gar „eine Operette". Die Staatsmänner des neuen Landes haben an alten Universitäten Rechte und Gesetze studiert. Die neuen Ingenieure haben an den alten technischen Hochschulen studiert. Und die neusten, lautlosen, zuverlässigen und präzisen Maschinen kommen auf stillen, gefährlichen Rädern in das neue Land. Die gefährlichsten Raubtiere der Zivilisation, die großen Rollen Zeitungspapier, gleiten in die neuen Setzmaschinen, entrollen sich selbständig, bedecken sich mit Politik und Kunst und Wissenschaft und Literatur, spalten sich und falten sich und flattern hinaus in die Städtchen und in die Dörfchen. Sie fliegen in Häuser, Häuschen und Hütten. Und somit ist der neue Staat vollkommen. Auf seinen Straßen gibt es mehr Gendarmen als Landstreicher. Jeder Bettler muß ein Papier haben, ganz, als wäre er ein Mensch, der Geld besitzt. Und wer Geld besitzt, der trägt es zu den Banken. In der Hauptstadt gibt es eine Börse.

Tarabas erwartete den einundzwanzigsten März, um die Hauptstadt aufzusuchen. Es war das Datum, das ihm der General Lakubeit ausgesetzt hatte. Tarabas hatte noch fünf Tage Zeit.

Er erinnert sich an das letzte Gespräch mit Lakubeit. Der Kleine hat nicht viel Zeit. Er mahnt Tarabas, ganz schnell zu erzählen. „Verstehe! Verstehe!" sagt er, „fahren Sie nur fort!" Nachdem Tarabas alles erzählt hat, sagt Lakubeit: „Also gut. Kein Mensch außer mir wird etwas von Ihnen wissen. Auch Ihr Vater nicht. Sie können bis zum zwanzigsten März des nächsten Jahres versuchen, ob Sie dieses Leben aushalten. Dann schreiben Sie mir. Ich werde dafür sorgen", sagt Lakubeit, „daß Sie vom einundzwanzigsten März an jeden folgenden Monat Ihre Pension erhalten."

„Leben Sie wohl!" sagt Tarabas. Und ohne eine Antwort abzuwarten, ohne Lakubeits ausgestreckte kleine Hand zu beachten, geht er fort. Mehr als vier Monate waren es her! Zuweilen sehnt sich Tarabas danach, jemandem zu begegnen, der ihn früher gekannt hatte und der ihn trotzdem jetzt noch erkennen würde! Es mußte eine der lustvollsten Arten sein, sich zu demütigen! In seinen sündhaften Stunden, das heißt: in den Stunden, die er seine sündhaften nannte, sah Tarabas mit jener Selbstbewunderung auf seinen kurzen, aber geschehnisreichen Weg zurück, auf dem er sich die Abzeichen und die Auszeichnungen des Elends erworben hatte, mit der andere, die aus Not und Namenlosigkeit zu Geld oder Ruhm gelangen, auf ihre „Karriere" zurückzusehn pflegen. Auch eine gewisse Eitelkeit auf sein Äußeres konnte Tarabas nicht bekämpfen. Manchmal blieb er vor der spiegelnden Scheibe eines Schaufensters stehn und betrachtete sich mit gehässigem, grimmigem Wohlgefallen. So, versunken in den Anblick seines Spiegelbildes, stand er manchmal da, bis er seine alte Gestalt, seine Uniform, seine Stiefel in Gedanken wiederangenommen hatte. Und fand hierauf eine bittere Freude daran, Stück für Stück abfallen, das rasierte und gepuderte Angesicht sich mit dem wuchernden Bart bedecken zu sehn, zu beobachten, wie der gerade Rücken sich in sanftem Bogen krümmte. Ja, du bist der echte Tarabas! sagte Tarabas dann. Damals, vor Jahren, als du mit den Revolutionären Umgang hattest, war dein Angesicht schon gezeichnet. Später, als du dich in den Straßen von New York herumtriebst, warst du schon ein Elender. Dein Vater hat dich durchschaut, Nikolaus! Du hast ihn angespuckt, das war dein Abschied vom Vater! Erkannt hat dich der rothaarige Soldat, der keinen Gott hatte, und der kluge Lakubeit. Manche haben gewußt, Tarabas, daß du die Welt betrügst und dich selbst. Es war nicht dein Rang, den du gewaltig spazierenführtest, eine Maskerade war deine Uniform. So, wie du jetzt bist, gefällst du mir, Tarabas!

So sprach Tarabas manchmal zu sich selbst, in den belebten Gassen einer Stadt, und die Leute lachten über ihn. Sie hielten ihn für einen närrischen Menschen. Er entfernte sich schnell. Die Leute waren imstande, die Polizei zu rufen. Er erinnerte sich an die drei Polizisten in New York, die er hatte vorbeigehn lassen, als er noch der abergläubische Feigling Tarabas war. Auch dafür büße ich noch, dachte er still erfreut. Ich möchte sie schon aufhalten und mich vor den Augen der Gassenbuben abführen lassen. Aber sie würden erfahren, wer ich bin. Immer, wenn er so zu sich selber sprach und wenn die Erinnerungen durch sein Gehirn jagten, ihm davonliefen, während er sie festzuhalten wünschte, fühlte er Frost und Hitze in seinem Körper abwechseln. Er fieberte. Oft überfiel ihn das Fieber und schüttelte ihn. Es begann, an seinem kräftigen Körper zu zehren. Es setzte sich in seinem Angesicht fest. Es höhlte seine bärtigen Wangen aus. Manchmal schwollen seine Füße an. Er mußte humpeln. In manchen Nächten, in denen er ein Obdach gefunden hatte, in dem man sich ausziehn durfte, konnte er nur mit Mühe die Stiefel ablegen. Landstreicher, die ihm zusahen, betrachteten mit Kennerschaft seine geschwollenen Glieder und verschrieben ihm allerhand Rezepte: Heublumenbäder, auch Wegerichtee, urintreibende Kräuter, Geißbart und Geißleitern und wilden Hirsch. Man riet ihm zu Bitterklee, Weihwedel und Wegwartkraut. Seine Krankheiten verursachten viele nächtliche Diskussionen. Immer fanden sich Männer, die im Verlauf ihres wechselreichen Lebens genau die gleichen Leiden gehabt hatten. Sobald aber Tarabas eingeschlafen war, stießen sie sich an und gaben einander durch Zeichen zu verstehen, daß sie nicht mehr viel auf sein Leben geben mochten. Sie machten Kreuze über den Schlafenden und schliefen dann selbst zufrieden ein. Denn auch die Söhne des Elends liebten ihr Leben und hingen mit Inbrunst an dieser Erde, die sie so gut kannten, ihre Schönheit und ihre Grausamkeit; und sie freuten sich ihrer Gesundheit, wenn sie einen dem Tod entgegenhumpeln sahen. Tarabas selbst sorgte sich eher um seine zerrissenen Stiefel als um seine geschwollenen Füße. Mochten die Kleider zerreißen, man mußte ganze Stiefel haben! Sie sind das Werkzeug des Landstreichers. Man hat vielleicht noch lange Wege zurückzulegen, Tarabas!

Manchmal mußte er mitten auf der Straße einhalten. Er setzte sich. Sein Herz jagte in rasender Hast. Die Hände zitterten. Vor den Augen bildete sich ein grauer Nebel, der auch die nächsten Gegenstände unkenntlich machte. Die einzelnen Bäume auf der gegenüberliegenden Straßenseite verschwammen zu einem dichten, geschlossenen, end-

TARABAS

losen Zug aus Stämmen und Kronen, einer undeutlichen, aber undurchdringlichen Mauer aus Bäumen. Sie verdeckte den Himmel. Man saß in der freien Landschaft, und es war, als säße man in einem luftlosen Zimmer. Schwere Gewichte drückten auf die Brust und auf die Schultern. Tarabas hustete und spuckte. Langsam zerrann der Nebel vor den Augen. Die Bäume am Wegrand gegenüber schieden sich wieder deutlich. Die Welt bekam wieder ihr gewöhnliches Angesicht. Tarabas konnte seinen Weg fortsetzen.

Er hatte noch zwei Stunden bis zur Hauptstadt. Ein Bauer, der Milch zur Stadt führte, hielt an, winkte ihm und lud ihn ein, auf den Wagen zu steigen. „Ich habe Milch genug, Gott sei Dank und Lob!" sagte der Bauer unterwegs. „Trink, wenn du Durst hast!" – Tarabas hatte seit seiner Kindheit keine Milch mehr getrunken. Wie er jetzt, umgeben von scheppernden, vollen Kannen, in denen die Milch satt und vernehmlich gluckste, eine schneeweiße Flasche an die Lippen hob, erfaßte ihn eine große Rührung. Es war ihm, als erkannte er auf einmal den Segen, ja, das Wunder der Milch, der weißen, vollen, der unschuldigsten Flüssigkeit der Welt. Eine ganz selbstverständliche Angelegenheit, so eine Milch. Kein Mensch denkt daran, daß sie ein Wunder ist. In den Müttern entsteht sie; in ihnen verwandelt sich das warme, rote Blut in kühle, weiße Milch, die erste Nahrung der Menschen und der Tiere, der weiße, strömende Gruß der Erde an ihre neugeborenen Kinder. „Weißt du", sagte Tarabas zu dem Milchbauern, „du führst auf deinem Wagen eine wunderbare Sache!" „Ja, ja", sagte der Bauer, „meine Milch ist großartig. In ganz Kurki, in meinem Dorf, findest du keine solche! Ich habe fünf Kühe: Sie heißen: Terepa, Lala, Korowa, Duscha und Luna. Die beste ist Duscha. Ein süßes Tier! Du solltest sie sehen! Du würdest sie sofort liebhaben. Sie gibt die beste Milch! Sie hat vorne einen braunen Fleck an der Stirn. Die andern sind alle weiß. Aber sie brauchte gar keinen braunen Fleck zu haben, ich könnte sie auch so erkennen. An ihrem Blick, verstehst du, an ihrem Schwanz, ihrem lieben Schwänzchen, an ihrer Stimme. Sie ist wie ein Mensch. Ganz genau wie ein Mensch. Wir leben gut miteinander!"

Nun kamen sie in die Stadt, und Tarabas stieg ab. Er ging zur Post. Es war die Hauptpost, ein neues, großartiges Gebäude. Er kaufte bei dem Fräulein, das vor dem großartigen Portal ihren kleinen Papierladen verwaltete, Briefpapier, Kuvert und eine Feder. Dann schrieb er drinnen in der großen Halle an einem Pult an den General Lakubeit.

„Euer Exzellenz", schrieb er, „Herr General! Es ist heute der Tag, an dem ich mich melden soll. Ich tue es hiermit respektvollst. Ich erlaube mir, Euerer Exzellenz noch zwei Bitten zu unterbreiten. Die erste: wenn es geht, mir die Pension in Gold- oder Silberstücken auszahlen lassen zu wollen. Die zweite: daß ich mir das Geld zu einer Stunde abholen darf, in der ich von niemandem gesehen werden kann. Ich werde mir erlauben, die Antwort hier, poste restante, abzuholen.
Euerer Exzellenz dankbarst und respektvollst ergebener

Nikolaus Tarabas, Oberst.

Poste restante."

Er schickte den Brief ab. Er humpelte in das tadellose, nach westlichen Mustern neu eingerichtete Asyl für Obdachlose, wo er, mit vielen anderen, entlaust, gebadet, gereinigt und mit einer Suppe beschenkt wurde. Er bekam eine Nummer aus Blech und einen harten und chemisch gereinigten Strohsack.

Auf diesem schlief er bis zum nächsten Morgen.

Am Poste-restante-Schalter lag ein Brief für Nikolaus Tarabas, von der Hand Lakubeits geschrieben. „Lieber Oberst Tarabas!" schrieb der General. „Wenn Sie heute oder morgen gegen zwölf Uhr mittags im Postgebäude erscheinen, wird ein junger Mann Sie ansprechen und Ihnen die Pension einhändigen. Sie brauchen keine Indiskretion zu fürchten. Für unsere neue Armee, Ihren alten Vater, für die Welt sind Sie tot und vergessen. Lakubeit, General."

Um zwölf Uhr mittags, da die meisten Schalter schlossen, die Beamten fortgingen und die große Halle sich leerte, sprach ein junger Mann Tarabas an. „Herr Oberst!" sagte der junge Mann. „Unterschreiben Sie die Quittung." Tarabas bekam achtzig goldene Fünf-Franc-Stücke. „Sie entschuldigen uns!" sagte der junge Herr. „Wir haben nicht alles in Goldstücken bekommen können. Wir werden uns bemühen. Von heute in einem Monat um diese Stunde treffen wir uns wieder hier." Tarabas ging vor das Tor, blieb einen Augenblick stehn – und wandte sich sofort wieder dem mächtigen Portal zu. Auf dem großen Platz vor der Post warteten ein paar Wagen, Reitpferde, angebunden an Laternenpfählen, und einige Automobile. Es war einer der ersten warmen Tage dieses Frühlings. Die mittägliche Sonne floß gütig über den weiten, steinernen, schattenlosen Platz. Die Pferde vergruben ihre Köpfe ganz in den umgehängten Hafersäcken, fraßen mit heiterem Appetit und schienen sich selig in der Sonne zu fühlen. Auf einmal erhob eines von den Tieren, das vor ein leichtes zweirädriges Wägelchen gespannt war, den Kopf aus dem Hafersack und stieß ein jubelndes Gewieher aus. Es war ein schönes Tier. Es hatte ein grausilbernes Fell, mit großen, regelmäßigen, braunen Flecken. Tarabas erkannte es sofort, am Hals, am wiehernden Ruf, an den braunen Flecken.

Er ging in die Halle, setzte sich auf eine Bank und wartete.

Als die Mittagspause vorbei war, die Schalter sich öffneten und die Menschen wieder die Halle zu füllen begannen, erschien auch der Vater Tarabas'. Er war sehr alt geworden. Er ging jetzt auf zwei Stöcken. Auch die Stöcke verrieten noch den reichen Mann. Es waren Stöcke aus Ebenholz mit silbernen Krücken. Der mächtige Schnurrbart des Alten fiel in zwei großartigen, tief herabhängenden, silberweißen, in der Mitte geteilten Ketten über den Mund, und die feinen Spitzen berührten den hohen, schneeweißen Kragen. Quer durch die große Halle wankte der alte Tarabas. Die einfachen Leute machten ihm Platz. Auf den Steinfliesen hörte man seine scharrenden Schritte und das dumpfe, beinahe gespenstische Tappen seiner beiden Stöcke, deren Enden in schweren Gummipfropfen steckten. Als der Alte an den Schalter trat, beugte der Beamte seinen Kopf aus dem Fenster. „Ah! Euer Gnaden!" sagte der Beamte.

Der junge Tarabas verließ die Bank und näherte sich dem Schalter. Er sah, wie sein Vater, einen seiner beiden Stöcke an das Schalterbrett hängend, die Brieftasche zog, ein paar Coupons hervorklaubte und dem Beamten übergab. Dann entfernte er sich wieder. Und er streifte fast den Sohn. Aber den Blick auf den Boden gerichtet, ohne sich umzusehen, humpelte er hinaus.

Nikolaus folgte ihm. Vom Tor aus sah er, wie ein Mitleidiger dem Alten half, das Wägelchen zu besteigen. Beide Stöcke lehnten nun neben ihm, auf dem Kutschbock. Er nahm die Zügel in die Hände. Das Pferd zog an. Und der alte Tarabas rollte dahin, nach Hause.

Nach Hause.

25

Eines Tages, es war schon Ende Mai, glaubte Tarabas, daß es an der Zeit sei, heimzugehn und Vater, Mutter und die Schwester wiederzusehn. Er war oft auf seinen Wanderungen in die Nähe seines Dorfes gekommen, aber er hatte es in großen Bogen umgangen. Noch war er nicht gerüstet genug; denn man muß gerüstet sein, um die Heimat wiederzusehn. Von der ganzen Welt war Tarabas getrennt. Aber Angst hatte er noch, die Heimat zu besuchen. Den Vater liebte er nicht. Er hatte niemals seinen Vater geliebt. Er erinnerte sich nicht, daß ihn sein Vater jemals geküßt oder geschlagen hatte. Denn der alte Tarabas geriet selten in Zorn; und ebenso selten in gute Laune. Wie ein fremder König schaltete er in seinem Hause, mit der Frau und mit den Kindern. Ein prunkloses, einfaches, stählernes Zeremoniell regelte seine Tage, seine Abende, seine Mahlzeiten, sein Betragen und das der Mutter und der Kinder. Es war, als wäre er niemals selbst ein junger Mensch gewesen. Es war, als wäre er mit seinem fertigen Zeremoniell, einem vollendeten Stunden- und Lebensplan auf die Welt gekommen, nach besonderen Gesetzen gezeugt und geboren, nach regelmäßigen, naturwidrigen Vorschriften gewachsen und groß geworden. Höchstwahrscheinlich hatte er niemals eine Leidenschaft erlebt, ganz gewiß niemals Not gekannt. Sein Vater war früh umgekommen, „bei einem Unfall" hieß es immer; man wußte nicht, was für eine Art Unfall. Als Knabe hatte sich der junge Tarabas ausgedacht, daß sein Großvater auf der Jagd, im Kampf mit Wölfen oder Bären, gestorben war. Ein paar Jahre lebte noch die Großmutter im Hause ihres Sohnes, in dem Zimmer, das nach ihrem Tode die kleine Schwester bezog. Die Schwester – sie war damals zehn Jahre alt – fürchtete sich vor der Wiederkehr der toten Großmutter. Zu ihren Lebzeiten noch war sie wie ein majestätisches Gespenst durch das Haus gewandelt, groß und stark, mit einer breiten, gestärkten, schneeweißen Haube auf dem Kopf, den mächtigen Körper in feierlicher schwarzer und steifer Seide, einer Art steinerner Seide, einen violetten Rosenkranz in den weißen, fleischigen, weichen Händen. Ohne sichtbaren Grund und scheinbar nur zu dem Zweck, um zu zeigen, daß ihre lautlose Majestät immer noch lebendig sei, ging sie jeden Tag über die Treppe in die Küche, nahm mit wortlosem Nicken die Knickse der Diener und der Köchin entgegen, wallte quer über den Hof, dem Stalle zu, gewährte dem Knecht einen kalten Blick aus ihren großen, braunen, hervorquellenden und immer feuchten Augen und kehrte wieder um. Bei den Mahlzeiten thronte sie am Kopf des Tisches. Vater, Mutter und die Kinder traten an sie heran und küßten ihr die weiche, muskellose, teigige Hand, bevor man die Suppe auftrug. Man sprach in der Anwesenheit der Großmutter kein Wort. Man hörte nur das Schlürfen der Suppe, das sachte Klirren der Löffel. Nach der Suppe, wenn das Fleisch kam, verließ die Alte den Tisch. Sie ging schlafen. Man wußte nicht, ob sie wirklich schlief. Am Abend erschien sie wieder, um nach einer Viertelstunde zu verschwinden. Obwohl sie kein Wort sprach, sich in keine Angelegenheit des Hauses und des Hofes mischte und so selten sichtbar wurde, war ihre Anwesenheit allen – ihren Sohn vielleicht ausgenommen – eine stumme, unerträgliche Last. Die Angestellten haßten sie und nannten sie „die Schattenkönigin". Ihre ewig feuchten Augen schillerten bös, und ihr wortloser Hochmut weckte in den Leuten einen ebenso stummen, rachedurstigen Haß. Man hätte die Schattenkönigin gerne auf irgendeine Weise umgebracht. Auch die Kinder, Nikolaus und seine Schwester, haßten die stumme, wie von schalldämpfenden Stoffen umgebene, böse Majestät der Großmutter. Als sie eines Tages plötzlich starb, ebenso lautlos, wie sie gelebt hatte, atmeten alle im Hause auf – und nur für eine Weile. Der Vater Tarabas übernahm das Erbe seiner Mutter: ihre tödliche, eisige Majestät. Von nun an saß der Vater am Kopfende des Tisches. Von nun an küßten die Kinder ihm die Hand vor Beginn der Mahlzeit. Er unterschied sich nur dadurch von seiner Mutter, daß er nach der Suppe ausharrte, mit kaltem Appetit auch das Fleisch und die Nachspeise aß und sich dann erst schlafen legte. Hatte er früher, als die Mutter noch lebte, hie und da, und natürlich während ihrer Abwesenheit, ein Wort gesagt, manchmal sogar einen Scherz gemacht, so schien er jetzt, nach dem Tode der Alten, deren ganze gewichtige Düsterkeit auszuströmen. Und auch ihn nannte man, nach seiner Mutter, den „Schattenkönig".

Seine Frau gehorchte ihm ohne Widerspruch. Sie weinte oft. In ihren Tränen verströmte sie den ganzen geringen Vorrat an Kraft, den ihr die Natur mitgegeben hatte. Sie war mager und blaß. Mit ihrem spitzen Gesicht, dem abfallenden Kinn, den rotumrandeten Augen, der ewigen blauen Schürze, die ihr ganzes Kleid bedeckte, glich sie einer Magd, einer Art privilegierter Köchin oder Haushälterin. Sie hielt sich auch den größten Teil des Tages in der Küche auf. Ihre harten, trockenen Hände, mit denen sie manchmal scheu und beinahe furchtsam, als täte sie etwas Verbotenes, ihre Kinder streichelte, rochen nach Zwiebeln. Streckte sie die Hand nur nach den Kindern aus, so rannen zugleich ihre Tränen unaufhaltsam; es war, als weinte sie schon über die Zärtlichkeit, die sie ihren Kindern angedeihen ließ. Tarabas und seine Schwester begannen, der

Mutter auszuweichen. Jede Annäherung an ihre Mutter war unweigerlich mit Zwiebeln und Tränen verwandt. Sie ängstigten sich.

Dennoch war es die Heimat. Stärker noch als die düstere Majestät des Vaters und die weinerliche Ohnmacht der Mutter waren der silberne Zauber der Birken, das dunkle Geheimnis des Tannenwaldes, der süßliche Duft bratender Kartoffeln im Herbst, das jubelnde Geschmetter der Lerchen im Blau, der eintönige Gesang des Windes, der fröhliche, helle Wolkenzug im April, die düsteren Märchen der Mägde am Winterabend in der Stube, das Knistern des frisch verbrennenden Holzes im Ofen, der harzige, fette Geruch, den es im Brennen verströmte, und das gespenstische Licht, das der Schnee vor den Fenstern in die noch nicht erleuchteten Zimmer warf. All dies war die Heimat. Der unerreichbar fremde Vater und die arme, unbedeutende Mutter erhielten noch etwas von der Kraft dieser Empfindungen, und Tarabas gab ihnen einen Teil der Zärtlichkeit, die er für die Natur der Heimat fühlte. Seine Erinnerungen an die Kraft und an die Süße seiner Erde umhüllten die ganze Fremdheit der Eltern mit einem versöhnlichen Schleier. Ach, er hatte Angst, die Heimat wiederzusehn! Er war noch zu schwach gewesen. Man konnte sich von der Macht, vom Krieg, von der Uniform trennen, von den Erinnerungen an Maria, von den Lüsten, die im Schoß der Frauen auf einen Mann wie Tarabas warteten: nicht aber von den heimatlichen silbernen Birken. War der Alte, den Tarabas auf zwei Krücken gesehen hatte, schon dem Tode nah? – Lebte die Mutter noch? – Er wußte nicht, daß nicht der Anblick des humpelnden Vaters sein Heimweh geweckt hatte, sondern jenes plötzliche Gewieher des Pferdes, des silbernen, braungefleckten. Ein Ruf der ganzen Heimat war es gewesen.

Am nächsten Morgen, es regnete sanft und wehmütig, ein guter, linder Regen im Frühling, schlug Tarabas den Weg nach Koryla ein.

Gegen zehn Uhr vormittags erreichte er den Anfang der Birkenallee, die zu seinem väterlichen Hause führte. Ja, die Mulden auf diesem Wege waren noch die gleichen, und genau wie vor Jahren hatte man sie mit Schotter ausgefüllt. Jede einzelne Birke kannte Tarabas. Hätten die Birken Namen gehabt, er hätte jede einzelne rufen können. Zu beiden Seiten dehnten sich die Wiesen. Auch sie gehörten dem Herrn von Koryla. Man ließ die Wiesen seit undenklichen Zeiten Wiesen bleiben, man bewies dadurch, daß man reich genug war und noch mehr fruchtbare Erde nicht brauchte. Gewiß waren die brandtragenden Stiefel des Krieges auch über diese Erde gestampft; aber die Erde des Geschlechtes Tarabas erzeugte in unermüdlicher Frische neue Saat, neues Kraut, neues Gras, sie besaß eine üppige, leichtsinnige Fruchtbarkeit, sie überlebte den Krieg, sie war stärker als der Tod. Auch Nikolaus Tarabas, noch der letzte Sproß dieser Erde, dem sie nicht mehr gehörte, war stolz auf sie, die Triumphierende. Er mußte besondere Vorsicht üben. Er wußte, daß rückwärts, im Hof, die Hunde zu bellen begannen, sobald ein Fremder die sechste Birke, vom Tor des Hauses an gerechnet, überschritten hatte. Er bemühte sich, leise aufzutreten. Er konnte nicht mehr den Umweg machen, über den weidenbestandenen Weg, zwischen den Sümpfen, um in den Hof zu gelangen, die wein-

668   TARABAS

laubüberwachsene Wand hinaufzuklettern! Er schlurfte leise die flachen sechs Stufen hinauf, die zu dem rostbraunen Tor des weißgestrichenen, breiten Hauses hinanführten. Er klopfte, wie es einem Bettler geziemt, zaghaft mit dem Klöppel, der an einem rostigen Draht hing, an das Tor. Er wartete.

Er wartete lange. Man öffnete. Es war ein junger Diener, Tarabas hatte ihn niemals gesehn. Sofort sagte er: „Der Herr Tarabas leidet keine Bettler!" „Ich suche Arbeit!" antwortete Tarabas. „Und ich habe großen Hunger!"

Der junge Mensch ließ ihn eintreten. Er führte ihn durch den dunklen Flur – links war die Tür zu Marias Zimmer, rechts erhob sich die Treppe – in den Hof und beschwichtigte die Hunde. Er ließ Tarabas auf einem Holzhaufen niederhocken und versprach, bald wiederzukommen.

Er kam aber nicht. Statt seiner erschien ein Alter mit weißem Backenbart. „Kabla, Turkas!" rief er den Hunden zu. Sie liefen ihm entgegen. Es war der alte Andrej. Tarabas hatte ihn sofort erkannt. Andrej war sehr verändert. Er ging vorsichtig schnuppernd einher, mit vorgeneigtem Kopf, mit schlurfenden Schritten. Zuerst schien er Tarabas nicht zu sehn. Er kam dann näher, von den Hunden gefolgt, und streckte immer noch suchend den Kopf vor. Endlich erblickte er Tarabas auf dem Holzhaufen. „Verhalte dich still!" sagte der alte Andrej. „Der Herr könnte kommen. Ich bin gleich wieder hier."

Er schlurfte davon und kam nach ein paar Minuten wieder, mit einem dampfenden, irdenen Topf und einem hölzernen Löffel. „Iß, iß, mein Lieber", sagte er. „Fürchte dich nicht! Der Herr schläft. Er schläft jeden Tag eine halbe Stunde. So lange hast du Zeit. Wenn er erwacht, kann es passieren, daß er in den Hof kommt. Er war früher ganz anders!"

Tarabas machte sich ans Essen. Er kratzte, als er fertig war, mit dem hölzernen Löffel noch ein wenig den Boden und die Wände des irdenen Topfes leer. „Still, still", sagte Andrej, „der Alte könnte dich hören."

„Ich bin nämlich", fuhr er fort, „hier für alles verantwortlich. Vierzig Jahre schon und darüber bin ich in diesem Haus. Ich habe noch die Alte gekannt, die Mutter unseres Herrn, und seinen Sohn. Ich habe noch gesehn, wie beide Kinder zur Welt gekommen sind. Dann habe ich den Tod der Alten gesehn."

„Wo ist der Sohn geblieben?" fragte Tarabas.

„Der ist zuerst infolge einer Verfehlung nach Amerika gegangen. Dann in den Krieg. Und man hat die ganze Zeit auf ihn gewartet. Er ist verschwunden. Es ist nicht lange her, es war im letzten Herbst, da kam der Briefträger mit einem großen, gelben, versiegelten Brief. Es war Mittag. Ich habe damals noch am Tisch bedient. Heute macht es der junge Jurij, der dir das Tor geöffnet hat. Ich sehe also, wie der Herr den Brief nimmt, dem Briefträger einen unterschriebenen Zettel gibt, die Brille muß ich aus dem Schreibzimmer holen. Dann liest der Herr für sich. Dann sagt er, indem er die Brille ablegt: ‚Es ist nichts mehr zu hoffen' zu seiner Frau. ‚Der General Lakubeit schreibt es selber! Da lies!' Und er reicht ihr den Brief.

TARABAS

Da erhebt sie sich, wirft Messer und Gabel hin, obwohl ich im Zimmer stehe, und schreit: ‚Nichts mehr zu hoffen! Das sagst du mir! Das wagst du mir zu sagen! Du Unmensch!' So schreit sie und verläßt das Zimmer. Du mußt wissen, man hat sie immer nur mit verweinten Augen gesehn und niemals ein Wort von ihr gehört. Auf einmal ist sie es, die ein Geschrei erhebt. Sie geht aus dem Zimmer. Sie fällt an der Schwelle um. Und sie bleibt uns sechs Wochen krank. Wie sie wieder aufstehn kann, ist der Herr, der nichts gesagt hat (aber er hat sich gewiß innerlich gegrämt), auch krank. Wir haben ihn ein paar Wochen im Rollstuhl geschoben, jetzt humpelt er auf zwei Stöcken."

„Du selbst – was sagst du dazu?" fragte Tarabas.

„Ich selbst – ich erlaube mir gar nicht, etwas zu sagen. Gott will es so! Der Herr hat sein ganzes Vermögen, sagt man, der Kirche vermacht. Der Notar war hier und der Herr Pfarrer! Was sagst du dazu? So ein großes Vermögen der Kirche! Die Herrschaften sind jetzt nur Mieter in ihrem eigenen Hause. Jeden Monat fährt der Herr in die Stadt. Jurij, der ihn einmal begleitet hat, erzählt, daß er auf der Post die Miete bezahlt. Die Zügel kann er noch ganz gut halten. Wenn er einmal oben auf dem Bock sitzt, ist er wie ein Gesunder!"

„Weißt du, wo ich hier austreten kann, lieber Vater?" fragte Nikolaus. Der Alte zeigte nach dem Flur.

Ein unwiderstehlicher, toller Plan erstand in Tarabas. Er beschloß, ihn ohne Zögern auszuführen. Er ging die Treppe schnell hinauf, er nahm vier Stufen auf einmal. Er machte die Tür zu seinem Zimmer auf. Der Fensterladen war geschlossen, ein brauner, kühler Dämmer herrschte im Zimmer. Nichts hatte sich hier verändert. Rechts stand noch der Schrank, links das Bett. Man hatte das Bettzeug entfernt, das Bett enthielt nur die rot-weiß gestreifte Matratze. Es sah aus wie das Skelett von einem Bett, grausig enthäutet. Ein alter, grüner Mantel, Tarabas hatte ihn noch als Junge getragen, hing am Nagel an der Tür. Am Fußende des Bettes stand ein Paar Schnürschuhe.

Diese ergriff Tarabas und steckte einen Stiefel rechts, einen links in die Tasche. Er schloß die Tür, lauschte und ließ sich wie einst mit den Händen längs des Geländers hinuntergleiten. Er öffnete die Tür zum Speisezimmer. Der Vater lag schlafend im Lehnstuhl neben dem Fenster.

Tarabas blieb an der Schwelle stehn. Er konnte sagen, er hätte sich geirrt, wenn ihn jemand erblickte. Eine Weile stand er und betrachtete kalten Herzens die prustenden Backen des Vaters und wie sich der Schnurrbart hob und senkte. Auf den Lehnen des Sessels lagen die Hände des Vaters reglos, abgemagerte Hände, an deren Rücken die groben Adern sichtbar wurden, angeschwellte und zugleich erstarrte mächtige Ströme unter einer dünnen Haut. Einst hatte Tarabas diese Hände geküßt. Sie waren damals noch braun und muskulös, sie hatten einen Geruch von Tabak, Stall, Erde und Wind und waren nicht nur Hände, sondern auch so etwas wie Insignien väterlich-königlicher Macht, eine ganz bestimmte Art von Händen, die nur der Vater, sein Vater, tragen durfte. Das Fenster stand weit offen. Man roch den süßen Mairegen und den Duft der späten Kastanienkerzen. Die Lippen des Vaters, unsichtbar unter dem dichten Schnurrbart, öffneten und schlossen sich bei jedem Atemzug, ließen merkwürdige, komische, ja skurrile Geräusche laut werden, die der Würde des Schlafs und des Schlafenden zu höhnen schienen, und störten die Andacht, der sich der Sohn hingeben wollte. Er sehnte sich nach der kalten Ehrfurcht und sogar nach der Furcht, die ihm der Vater einst eingeflößt hatte. Aber er empfand eher Mitleid mit der leichten Lächerlichkeit dieses Schlafenden, der so ohnmächtig war und hilflos ausgeliefert seinen schwachen, nach Luft ringenden, pfeifenden Organen, der, weit entfernt, ein mächtiger König zu scheinen, eher aussah wie ein komisches Opfer des Schlafs und der Krankheit. Dennoch fühlte der Sohn einen Augenblick, daß er verpflichtet sei, die kraftlose Hand des Vaters zu küssen. Ja, es schien ihm einen Augenblick, daß er nur zu diesem Zweck hierhergekommen war. Dieses Gefühl war so stark, daß er der Gefahr nicht mehr achtete, die ihn bedrohte, wenn jemand zufällig die Tür öffnete. Er nahte sich sachte dem Lehnstuhl, kniete vorsichtig nieder und hauchte über dem Handrücken des Vaters einen Kuß hin. Er kehrte sofort um. Mit drei langen, lautlosen Schritten erreichte er die Tür. Behutsam drückte er die Klinke nieder. Er ging durch den Flur. Er trat in den Hof und setzte sich wieder zu Andrej.

„Nun, du hast dich lang in dem feinen Lokal aufgehalten", scherzte Andrej. „Vor einem Jahr erst haben wir die Klosetts neu herrichten lassen. Man hat sie jetzt auf englisch gemacht. Die verschiedenen Einquartierungen hatten sie übel zugerichtet."

„Sehr feine Klosetts", sagte Tarabas. „Schade, daß sie keiner erben wird."

„Ja, unser Fräulein wird hier wohnen bleiben. Für den Fall, daß sie noch heiratet, heißt es, wird sie noch etwas erben. Aber sie kann ja keinen mehr finden. Weit und breit sind die Männer ausgerottet, die passenden. Schön ist sie leider auch nicht, unser Fräulein. Sie sieht schon beinahe aus wie ihre Mutter, hager, kränklich, verweint. Da war das Fräulein Maria anders. Jetzt ist sie in Deutschland. Sie ist mit so einem Deutschen mitgezogen, man sagt, er hat sie geheiratet, aber ich glaub' es nicht. Sie war auch mit unserem jungen Herrn verlobt gewesen, und man sagt allerhand, man erzählt, er hätte die Hochzeit nicht abwarten können. Und einmal versucht, für immer verflucht, heißt das Sprichwort. Dieses Fräulein Maria hat den Krieg genossen, sagt man. Nun, der deutsche Herr wird es auch gemerkt haben ..."

„Allerhand Dinge gehn auch bei den Reichen vor!" sagte Tarabas.

„Sie sind gar nicht mehr reich", schwatzte Andrej weiter, „die armen Herren! Im übrigen Rußland hat man ihnen alles genommen und unter das Volk aufgeteilt, Gott bewahre mich davor. Ein Glück, daß ich hier bin. Aber – schau: Da kommt unsere Frau."

Sie trug ein langes, schwarzes Kleid und eine schwarze Spitzenhaube. Sie hielt den zitternden Kopf gesenkt. Tarabas sah nur einen verhuschenden, gelblichen Schimmer ihrer wächsernen Haut und das spitze Profil ihrer Nase. Sie ging mit kleinen, unregelmäßigen Schritten quer über den Hof. Ein Schwarm gackernder Hühner begrüßte sie flatternd und geräuschvoll. „Sie füttert das Geflügel, die Arme!" sagte Andrej. Tarabas sah ihr zu. Er hörte, wie seine Mutter, die Stimmen der Hühner nachahmend, glucksende, krächzende, krähende, piepsende Töne hervorbrachte. Graugelbliche Haarsträhnen fielen ihr übers Gesicht aus der Haube. Die Mutter selbst bekam etwas von einem glucksenden Huhn. Sie sah äußerst töricht aus, eine schwarzgekleidete, greise Närrin, und es war unzweifelhaft erkennbar, daß das dumme Geflügel tatsächlich ihr einziger Verkehr seit langen Jahren war. Ihr Schoß hat mich geboren, ihre Brüste haben mich gesäugt, ihre Stimme hat mich in Schlaf gesungen, dachte Tarabas. Das ist meine Mutter!

Er stand auf, ging zu ihr hin, trat mitten unter die Hühner, verneigte sich tief und murmelte: „Gnädigste Herrin!" Sie erhob ihr spitzes Kinn. Ihre kleinen rotgeränderten Augen, über die ein paar gelblich-weiße, lockere Haarsträhnen flatterten, hatten keinen Blick für Tarabas. Sie wandte sich um und schrie: „Andrej, Andrej!" mit krächzender Stimme.

In diesem Augenblick öffnete sich oben das Fenster. Der Kopf des alten Tarabas erschien. Er schrie: „Andrej! Wer ist der Lump? Wirf ihn sofort hinaus! Durchsuche zuerst seine Taschen! Wo ist Jurij? Wie oft hab' ich euch gesagt, daß ihr keinen Bettler hereinlaßt! Daß euch der Teufel hole!" Die Stimme des alten Tarabas kippte um, er beugte sich noch mehr über die Brüstung, sein Kopf lief rot an, und er kreischte: „Hinaus mit ihm! Hinaus! Hinaus!" unzählige Male hintereinander.

Andrej faßte Tarabas sachte am Arm und führte ihn an das rückwärtige Tor. „Gott mit dir!" sagte Andrej leise. Dann schloß er laut das schwere Tor. Es kreischte in den Angeln und fiel mit schwerem, endgültigem Schlag ins Schloß. Es zitterte noch ein wenig nach.

Tarabas schlug den Weg unter den Weiden ein, den schmalen Pfad zwischen den Sümpfen.

26

Ein schöner, trockener Sommer brach an. Aber Tarabas' Herz wärmte er nicht. Die zerrissenen Stiefel hatte er in den Sumpf hinter dem väterlichen Haus geworfen. Sie versanken schnell. Es gluckste zuerst ein wenig, dann glättete sich das grüne Antlitz des Sumpfes wieder. Auf dem schmalen Pfad noch, unter den Weiden, zog Tarabas die neuen Schuhe an; brave Schuhe, den ganzen Krieg hatten sie auf ihn, neben seinem Bett, gewartet. Er hatte sie noch in Amerika getragen. In diesen Schuhen (sie drückten jetzt ein bißchen) war er durch die steinernen Straßen von New York gewandert, jeden Abend, um Katharina abzuholen. Hier mußte übrigens ungefähr die Stelle sein, an der er vor Jahren Maria begegnet war. Er erinnerte sich an die lüsterne Wut, mit der er damals ihre Schnürstiefel betrachtet hatte, als sie so hintereinander auf diesem schmalen Pfad dahingegangen waren, bedächtig, um den Sumpf nicht zu betreten, und mit verworrenen Sinnen, die ungeduldig den Wald schon erreichen wollten. Das waren die Ereignisse eines längst vergangenen Lebens. Die Erinnerungen lagen in Tarabas, tot und kalt, Leichen von Erinnerungen. Wie ein steinerner Sarg barg sie sein Herz. Auch der heimatliche Himmel, auch die heimatlichen Wiesen, der vertraute Gesang der Frösche, das liebe, gute Rauschen des Regens, auch der Duft der Linden, die eben zu blühen begannen, auch das wohlbekannte und eintönige Hacken des Spechts waren tot, obwohl sie Tarabas sichtbar, hörbar und fühlbar umgaben. Es war, als hätte er seit dem Augenblick, in dem er dem schlafenden Vater die Hand geküßt hatte, nicht nur Abschied vom väterlichen Haus und vom Erbe und von der Heimat genommen, sondern auch von jedem Gefühl für sie und für die Vergangenheit, die sie barg. Solange er sich noch gescheut hatte, das väterliche Haus zu betreten, waren Vater, Mutter, Schwester und Land noch lebendig gewesen, lebendige Gegenstände des gefährlichen Heimwehs, das vielleicht imstande war, Tarabas von seinen ziellosen Wegen wegzulocken. Törichte Angst! Ein fremder, schnurrbärtiger, lahmer Mann war sein Vater; eine furchtsame, grauhaarige Törin die Mutter. Wenn in ihnen Liebe vor Jahren noch gelebt hatte, jetzt waren sie leer und kalt wie Nikolaus Tarabas selbst. Auch wenn er gesagt hätte: Ich bin euer Sohn – sie hätten ihn nicht mehr in ihre versteinerten Herzen aufnehmen können. Wären sie gestorben und hätte er nur noch ihre Gräber angetroffen, er hätte sie mit seiner wärmenden Erinnerung lebendig machen können, sie und das Haus. Sie aber lebten noch, sie gingen, standen, schliefen, fütterten Hühner, verjagten Bettler: bewegliche Mumien, in denen sie selbst begraben waren; jedes von ihnen sein eigener wandelnder Sarg. Als Tarabas aus dem Wäldchen trat, das in die Birkenallee mündete, wandte er sich noch einmal um. Er sah die weiße, schimmernde Front des Hauses, das die Allee abschloß, davor das dunkle Silber der Birken. Der Regen bildete einen dichten, grauen, fließenden Schleier zwischen dem Haus und Tarabas.

Es ist längst zu Ende gewesen! sagte sich Tarabas.

Auch an den heißen Mittagen der sommerlichen Tage überfiel ihn jetzt immer häufiger der Frost. Sein großer, immer noch kräftiger Körper mußte sich dem Fieber ergeben, das ihn durch die süßen Sommertage wie ein ganz besonderer, eigener Winter begleitete. Unerwartet, je nach seiner unerforschlichen Laune, sprang er Tarabas an. Tarabas wehrte sich nicht mehr, wie man sich gegen den Schatten nicht mehr wehrt, der jeden Menschen begleitet. Manchmal blieb er matt an einem Wegrand liegen, fühlte die gute Sonne und den strahlenden Himmel wie durch eine dicke, kalte Mauer aus Glas und fror und zitterte. Er lag da und erwartete die Schmerzen im Rücken und in der Brust und den jämmerlichen Husten. Das kam mit einer gewissen Regelmäßigkeit, man erwartete all das wie zuverlässige, treue Feinde. Manchmal floß Blut aus Tarabas' Mund. Es rötete das saftige Grün des Abhangs oder das helle, erdene Grau des Weges. Sehr viel Blut hatte Tarabas fließen sehn und fließen lassen. Er spuckte es aus, das rote, flüssige Leben. Es tropfte aus ihm. Manchmal, wenn er sich ganz schwach werden fühlte, ging er in eine Schenke, kramte Geld aus seinem Säckchen und trank einen Schnaps. Er fühlte darauf Hunger wie in alten Zeiten. Es

TARABAS

war, als könnte sich sein Körper noch an den alten Tarabas erinnern, den er einst umgeben hatte. Der Magen hatte noch Hunger, die Kehle noch Durst. Die Füße wollten noch gehn und ruhen. Die Hände wollten noch greifen und fassen. Und wenn die Nacht kam, fielen die Augen zu, und der Schlaf kam über Tarabas. Und wenn der Morgen anbrach, war es, als müßte Tarabas sich selber wecken, seine Glieder schelten, weil sie zu faul und müde waren, und er befahl seinen Füßen zu wandern, er kommandierte sie, wie er einst seinem Regiment befohlen hatte zu marschieren.

Regelmäßig jeden Fünfzehnten erschien er in der großen Halle der Post in der Hauptstadt. Und regelmäßig erwartete ihn der junge Mann und reichte ihm die Pension. Diese Begegnungen spielten sich nicht ohne ein gewisses, wortkarges Zeremoniell ab. Tarabas legte zwei Finger an die Mütze, während der junge Herr respektvoll den Hut zog. Er sagte: „Danke sehr!", wenn Tarabas unterschrieben hatte. Er zog noch einmal den Hut.

Eines Tages aber blieb er länger stehen als gewöhnlich, betrachtete Tarabas und sagte dann: „Wenn ich mir einen Rat erlauben darf, Herr Oberst, Sie sollten zum Arzt. Soll ich vielleicht Seiner Exzellenz etwas Besonderes berichten?"

„Berichten Sie gar nichts!" sagte Tarabas.

Er betrachtete sein Gesicht in dem kleinen Spiegel der Personenwaage, die man in der Halle des Postgebäudes erst seit kurzem aufgestellt hatte, um ihr die letzte moderne Vollendung zu geben. Und er sah, daß seine Augen tief in den Höhlen lagen und daß ein dichtes Netz aus blauen Äderchen seine beiden Schläfen durchzog. Er bestieg die Platte und steckte eine Münze in den Automaten. Er wog im ganzen neunundvierzig Kilo.

Er ging lächelnd hinaus, wie einer, der jetzt genau erfahren hat, was zu tun sei. Er verließ die Hauptstadt auf dem Wege, über den ihn ein paar Monate früher der Milchwagen des Bauern gefahren hatte. Eine Meile weiter gabelte sich die Straße. An dieser Stelle standen zwei alte, verwitterte hölzerne Tafeln mit Pfeilen. Auf dem einen links las man das halberloschene Wort: Koryla. Auf der anderen Tafel wies der Pfeil rechts nach Koropta. Tarabas schlug den Weg nach Koropta ein.

Er ging langsam, bedächtig fast. Er wollte das Städtchen nicht vor dem Abend erreichen. Es war wie eine langausgedehnte Vorfreude auf ein unentrinnbares Glück, das ihn in Koropta erwarten mußte. Als er die ersten Häuser des Städtchens erblickte, es war am späten Nachmittag, begann sein Herz, schnell und freudig zu schlagen. Noch eine Biegung – und schon war die Mauer des Gasthofs „Zum weißen Adler" sichtbar. Tarabas gönnte sich eine Rast. Zum erstenmal nach langer Zeit fühlte er den sommerlichen Frieden der Welt. Kein Fieber schüttelte ihn. Im abendlichen Glanz tänzelte ein froher Schwarm winziger, von der Sonne vergoldeter Mücken vor seinen Augen. Er betrachtete dieses Schauspiel. Er nahm es entgegen, eine Art Huldigung. Die Sonne sank tiefer, die Mücken verzogen sich, Tarabas stand auf. Als er den Gasthof Kristianpollers erreichte, war der Abend schon da. Fedja stand auf einer Leiter vor dem großen, braunen Tor und goß neues Petroleum in die rote Laterne, die an einem eisernen, aus der Wand ragenden Pfahl hing.

„Gelobt sei Jesus Christus!" rief Tarabas zu Fedja hinauf. „In Ewigkeit, amen. Ich komme gleich!" antwortete Fedja geschäftig. Er stieg herunter, die Kanne in der Hand, und sagte: „Tritt nur ein!"

Tarabas setzte sich im Hof auf eines der Fässer. Er sah die „Kammer" vor sich. Sie hatte frisch getünchte, weiße Wände und ein neues, schwarzgestrichenes Tor. Fedja brachte Fleisch, Kartoffeln und Bier, und Tarabas wies auf die „Kammer" und fragte: „Was ist da drüben?" „Das ist jetzt eine Kapelle!" sagte Fedja. „Man hat das lange nicht gewußt. Eines Tages hat sich hier in wunderbarer Weise das Bild der Mutter Gottes gezeigt. Denk dir: von selbst! Plötzlich stieg sie von der Wand herunter, breitete die Arme aus und segnete die Soldaten, die da früher geschlafen haben. Dann begann man, die Juden zu schlagen, aber die Herren Pfarrer kamen und predigten: Die Juden sind nicht schuld. Mein eigner Herr, der Gastwirt hier, ist ein Jude. Und er ist wirklich unschuldig wie der erste Schnee. Jetzt hat er sogar aus dieser Kammer eine Kapelle machen lassen. Man liest hier am Sonntag die heilige Messe. Und es ist auch ein Geschäft dazu. Denn die Bauern können gar nicht das Ende der Messe abwarten, um schnell in die Schenke zu kommen. Wir haben viel zu tun. An Sonntagen verdienen wir mehr als an den Tagen, wo Schweinemarkt ist!"

Tarabas aß indessen bedächtig, gründlich und heiter seinen Teller leer. Es wurde dunkel, Kristianpoller zündete schon den großen Rundbrenner im Schankzimmer an.

„Nun muß ich gehen!" sagte Fedja und nahm Tarabas den geleerten Teller aus der Hand. Er wollte sagen: Geh du auch! – Aber er wartete noch.

„Hast noch einen weiten Weg?" fragte er.

„Nein", sagte Tarabas, „ich bin fast schon zu Hause!" Er stand auf, dankte Fedja und ging die Hauptstraße von Koropta entlang. Zu beiden Seiten hatte man schon die verbrannten und verwüsteten Häuschen wiederaufzubauen begonnen. Vor den halbfertigen Gebäuden saßen schon wieder die geschwätzigen Frauen. Eine neue Generation von Hühnern, Enten, Gänsen wurde von Mädchen zur nächtlichen Ruhe heimgetrieben, mit flatternden Armen und wehenden Röcken. Säuglinge miauten. Kinder weinten. Juden kamen schwarz und hastig von ihren Geschäften. Man begann, die bunten Kramläden zu schließen. Eiserne Stangen klirrten. Die ersten Sterne erblinkten.

Tarabas ging geradeaus. Am Ende der Hauptstraße bog ein Seitenpfad auf eine Wiese ab. Er führte zum Friedhof der Juden. Die kleine, graue Mauer schimmerte durch das Blau der Sommernacht. Das Tor war geschlossen. Im kleinen Haus des Wächters und Totengräbers brannte noch Licht. Tarabas stieg lautlos über die Mauer. Zwischen den Reihen der aberhundert gleichförmigen Steine tappte er eine Weile herum, entzündete ein Streichholz, beleuchtete die eckigen Buchstaben, die er nicht lesen konnte, und betrachtete die fremden Zeichnungen: zwei flache segnende Hände mit gespreizten Fingern und den Daumen, die mit den Kuppen aneinanderlehnten, einen Löwen mit Ad-

TARABAS 675

lerflügeln am Rücken, einen sechszackigen Stern, zwei geöffnete Buchseiten, gefüllt von unleserlichen Buchstaben. Vor der letzten Reihe der Gräber – ein schmaler Raum wartete noch auf die nächsten toten Juden – schaufelte Tarabas mit den Händen die Erde auf, grub eine kleine Mulde aus, knüpfte eines der beiden Säckchen vom Hals, legte es in die Mulde, scharrte die Erde wieder zusammen und glättete sie mit den Händen.

Ein Käuzchen rief, eine Fledermaus flatterte, der nächtliche Himmel verströmte sein tiefes, leuchtendes Blau und den Glanz der Sterne. Es war ein roter Bart, dachte Tarabas. Er hat mich geschreckt. Ich habe ihn begraben. – Er stieg wieder über die Mauer und ging den Weg zurück. Es war ganz still im Städtchen Koropta. Nur die Hunde, die Tarabas vorübergehn hörten, begannen zu bellen.

Er fand ein Nachtlager in einem der Häuschen, die man gerade wiederaufzubauen anfing. Es roch nach feuchtem Mörtel und frischem Kalk. Tarabas schlief in einer Ecke, erwachte beim Aufgang der Sonne und ging hinaus. Er begegnete den ersten frommen Juden, die ins Bethaus eilten, hielt sie an und fragte sie, wo Schemarjah wohne. Sie wunderten sich über seine Frage, schwiegen und betrachteten ihn lange. „Habt keine Furcht!" sagte Tarabas – und es war ihm, als lachte jemand, während er diese Worte sprach. Hatte man noch Furcht vor ihm? Zum erstenmal in seinem Leben sagte er diese Worte. Hätte er sie jemals sagen können, als er noch der gewaltige Tarabas war? – „Wir kennen uns lange, Schemarjah und ich", fuhr er fort. Die Juden tauschten ein paar Blicke untereinander aus, dann sagte einer: „Fragt nur nach Schemarjah bei dem Krämer Nissen. Es ist der blaue Laden, das dritte Haus vor dem Marktplatz!"

Der Krämer Nissen saß vor einem Samowar, in dem Kukuruz kochte, zwischen den ausgebreiteten bunten Waren und sah nach Kunden aus. Er war ein behäbiger, älterer Mann mit grauem Bart und ansehnlichem Bauch, ein wohlgeschätzter Bürger von Koropta und ein leidenschaftlicher Wohltäter, dem es ausgemacht erschien, daß er infolge seiner Barmherzigkeit in den Himmel der Juden kommen würde. „Ja", sagte er, „Schemarjah wohnt bei mir in der Dachkammer. Der arme Narr! Habt Ihr ihn noch früher gekannt? Wißt Ihr auch seine Geschichte? Es war da ein neuer Oberst, Tarabas hat er geheißen, ausgelöscht sei sein Name, aber man sagt, es hat ihn schon der Schlag getroffen, welch ein leichter Tod für so einen Bösewicht! Dieser Oberst hat dem armen Schemarjah den Bart ausgerissen. Er hatte gerade eine Thora begraben wollen. Seit damals ist er ganz närrisch. Er hat nicht mehr arbeiten können. Da hab' ich mir gesagt: Nimm ihn auf, Nissen! Was soll man tun? Er lebt bei mir wie ein Bruder. Geht nur hinauf!"

Es war eine winzige Kammer, in der Schemarjah lebte, mit einer runden Dachluke statt eines Fensters. Auf einer hölzernen Bank lag das rotkarierte Bettzeug Schemarjahs. Auf dieser Bank schlief er. Er saß, als Tarabas eintrat, vor dem nackten Tisch, las in einem großen Buch und summte vor sich hin. Er mochte glauben, daß einer seiner Bekannten eingetreten war, es dauerte eine Weile, bis er den Kopf hob. Dann verwandelte ein jäher Schrecken sein Angesicht. Der Schrecken stand, ein kalter Brand, in seinen aufgerissenen Augen. Schemarjah unterbrach seinen summenden Gesang und blickte starr auf Tarabas. Er bewegte die Lippen und brachte keinen Ton hervor. „Ich bin ein Bettler!" sagte Tarabas. „Hab nur keine Furcht!" – Dann setzte er hinzu „Ich möchte ein Stück Brot!"

Es dauerte längere Zeit, bis der Jude Schemarjah begriffen hatte. Er verstand die Sprache kaum, er mußte Tarabas' Verlangen lediglich an den schlechten Kleidern, der Haltung, der Gebärde erkannt haben. Er stieß ein schrilles Kichern aus, erhob sich, drückte sich furchtsam an die Wand und schlich so, mit einer Schulter halb gegen den Fremden gewendet, immer noch kichernd, zum Bett. Unter dem Kissen zog er ein trockenes Stück Brot hervor, legte es auf den Tisch und zeigte mit dem Finger darauf. Tarabas näherte sich dem Tisch, Schemarja drückte sich ans Bett. Tarabas sah rings um das hagere, sommersprossige Gesicht des Juden einen kurzen, spärlichen, silbernen Fächerbart dazwischen ein paar kahle Narben, wie von Mäusen angenagte Stellen. Es war ein kümmerliches Kränzchen aus armseligem Silber, das da zu sprießen begann.

Tarabas senkte die Augen, nahm das Brot und sagte: „Ich danke dir!" Er ging hinaus. Auf der schmalen Leiter schon, die zum Boden führte, begann er zu essen. Das Brot schmeckte nach Schemarjahs Schweiß und Bett. „Er erkennt mich nicht!" sagte unten Tarabas zum Händler Nissen. „Gott mit dir!" „Hier ist ein Kukuruz gerade fertig", sagte Nissen. „Nimm ihn nur mit, für unterwegs!" – Man soll jedem Armen Gutes tun, dachte der Händler. Aber ein Armer kann auch ein Dieb sein, man soll ihn auch nicht lange im Laden lassen.

Alles in Ordnung! sagte sich Tarabas, während er weiterging. Jetzt ist alles in Ordnung!

27

Ein paar Wochen später – der Sommer ging schon zu Ende, die Kastanien wurden reif, und die Juden von Koropta bereiteten sich vor, ihre hohen Feste zu feiern – erschien im Kramladen des Händlers Nissen der sanfte Bruder Eustachius aus dem nahen Kloster Lobra. Die guten Brüder des Klosters Lobra beschäftigten sich mit der Pflege der Kranken, einige unter den Brüdern waren tüchtige Ärzte, und es gab sogar Juden in Koropta, die, wenn sie krank wurden, nicht zum Feldscher oder zum Doktor gingen, sondern zu den Mönchen. Manchmal, zu gewissen Jahreszeiten, kamen zwei von ihnen in das Städtchen Koropta, um für arme Kranke zu sammeln. Der Juden bemächtigte sich dann ein merkwürdiges, aus Vertrautheit, Fremdheit, Anerkennung, Achtung und Furcht gemischtes Gefühl. Waren ihnen auch die runden Käppchen vertraut, welche die Mönche auf ihren glatten Schädeln trugen, so erschreckte sie um so stärker das starke, metallene Kreuz, das wie eine Waffe an der Hüfte der Brüder hing, das Kreuz, das einst zu grauenhaftem Zweck errichtet zu haben man ihren Vorvätern vorwarf, das allen Völkern der

Erde Segen zu bringen verhieß und ihnen allein nur Fluch und Jammer brachte. Dem und jenem Juden hatte schon ein Mönch einen schlimmen Zahn gezogen, Blutegel angesetzt, einen Abszeß aufgeschnitten. Nur während sie Schmerzen litten, waren sie vielleicht ihren Helfern nahe; die Angst vor der Pein der Krankheit verdrängte für ein paar Stunden die andere, viel größere, nämlich die Furcht des Blutes. In den gesunden Tagen aber lebte in ihnen die Dankbarkeit für die frommen Brüder hart neben dem Mißtrauen gegen sie. Da die Brüder kein Geld nahmen wie der Feldscher oder gar der Arzt, suchte man sie zwar gerne auf; aber nach der Heilung fragte man sich auch, welch einen Grund diese unbegreiflichen Menschen hatten, Juden umsonst zu behandeln. Nun, die frommen Brüder mochten diese Überlegungen kennen oder ahnen, und sie verbanden mit dem Gebot, ihres Nächsten Menschenliebe durch fromme Mahnungen um Almosen zu wecken, auch den Zweck, ihre rätselhafte Selbstlosigkeit vor den klugen Juden klugerweise ein wenig zu verbergen. In den Häusern der Juden gab man die Almosen schnell und beinahe hastig. Man trug den Mönchen Geld, Kleider und Nahrungsmittel vor die Türen entgegen, nur, damit sie diese nicht überschritten. Ihre wallenden, groben, braunen Kutten, die rundliche Fülle ihrer wohlgenährten Körper, ihre geröteten, leuchtenden Gesichter, ihre stete Sanftheit, ihre vollkommene Gleichgültigkeit gegen Frost und Hitze, Regen, Schnee und Sonne: unheimlich schien all dies den Juden, die geneigt waren, sich ständige Sorgen zu machen, geradezu in Sorgen zu schwelgen, die jeden Morgen aufs neue den kommenden Tag zu fürchten begannen, die, lange noch vor dem Einbruch des Winters, vor dem Frost schon zitterten und in der Hitze des Sommers zu Skeletten abmagerten, die, immer aufgeregt, weil niemals heimisch in diesem Lande, schon längst den Gleichmut verloren hatten und die zwischen Haß oder Liebe, Zorn oder Untertänigkeit, Empörung und Pogrom hin und her gewirbelt wurden.

Sie waren seit Jahren daran gewöhnt, die Brüder vom Kloster Lobra zu ganz bestimmten Jahreszeiten auftauchen zu sehn. Nun aber, da sie einen von ihnen zu einer ungewöhnlichen Zeit erblickten, begannen sie, Unheil zu fürchten. Was mochte er bringen? Wohin wollte er gehen? Sie standen in zitternder Erwartung vor ihren Läden, jeden Augenblick bereit, sich zu verbergen. Der sanfte, rundliche Bruder Eustachius aber ging gemessen und ahnungslos an all diesen Schrecken vorbei, in der kotigen Straßenmitte, die Schöße der Kutte ein wenig gehoben, mit seinen groben, gleichmäßig ausschreitenden, doppelt gesohlten Zugstiefeln. Da und dort sprang eine bigotte Bäuerin vom hölzernen Bürgersteig, um ihm die Hand zu küssen. Er war es gewohnt. Und mit einer mechanischen Würde streckte er seine braune, kräftige Hand aus, ließ sie küssen und wischte sie an der Kutte ab. Die furchtsamen Blicke der jüdischen Krämer folgten ihm. Man sah, wie er vor dem Laden des Händlers Nissen stehenblieb, das Schild las und mit einem gewaltigen Schritt den hohen Bürgersteig bestieg. Er verschwand im Laden.

Der Händler Nissen erhob sich, überrascht und erschrocken, von seinem Schemel. Der Bruder Eustachius lächelte sanft, zog aus den Tiefen seiner Kutte eine elfenbeinerne Dose und bot dem Juden eine Prise Schnupftabak an. Der Jude griff in die Dose, nieste kräftig und fragte:

„Hochwürdiger Herr Pater, was wünschen Sie?"

„Erschrick nicht", sagte der Mönch, „ich komme in einer todtraurigen Angelegenheit. Bei uns im Kloster liegt ein kranker Mann. Er wird bald sterben! Bei dir wohnt der närrische Schemarjah. Du hast ein gutes Werk getan! Du hast ihn aufgenommen! Ja, ich wollte, es gäbe so gute Herzen bei allen Christen!"

Ruhiger, aber immer noch mißtrauisch machte Nissen die allgemeine Bemerkung: „Gott gebietet die Barmherzigkeit!"

„Aber die Menschen folgen Gott selten!" erwiderte Eustachius. „Du hast freiwillig eine Last auf dich genommen. Es muß sehr schwer sein, mit diesem Schemarjah auszukommen! Glaubst du, daß ich mit ihm reden kann?"

„Hochwürdiger Herr, es ist unmöglich!" sagte der Händler Nissen. Und er sah auf die Kutte, den Rosenkranz, das Kreuz. Der Mönch verstand ihn. Er sagte: „Gut, willst du mich begleiten? Siehst du, der kranke Mensch, der bei uns liegt, sagt, er könne nicht sterben, er hätte diesem Schemarjah eine Unbill zugefügt. Schemarjah müsse ihm vorher verzeihen. Verstehst du das? Es ist ja möglich", fuhr Eustachius fort, denn er hatte beschlossen, eine Konzession an die Vernunft der Juden zu machen, „es ist ja möglich, daß er im Fieber redet, daß er so einfach ohne Besinnung daherredet. Aber man muß ihm helfen, damit er ruhig sterbe. Verstehst du?"

„Gut!" sagte Nissen. „Ich gehe mit!"

Und der Händler Nissen führte, nicht ohne Bangnis, den Mönch die schmale Leiter zu Schemarjahs Dachzimmer hinauf. Vor der Tür sagte er: „Ich werde zuerst hineingehn, hochwürdiger Herr." Er trat ein; aber er ließ die Tür offen.

Schemarjah blickte von dem großen Buch auf, in dem er ewig zu lesen schien. Hinter seinem Wirt und Freund Nissen nahm er die erschreckende, fremde, fettige Gestalt des Mönches in der braunen Kutte wahr, klappte das Buch zu, stand auf und drückte sich an die Wand. Er stand jetzt, den mageren Kopf vor der runden Dachluke, dem einzigen Fenster seiner Kammer, und er erinnerte den sanften Bruder Eustachius an einen Heiligen oder einen Apostel. Schemarjah streckte beide hageren, lang aus den Ärmeln ragenden Hände seinen Gästen entgegen. Sein Mund zitterte. Aber er sagte nichts.

„Schemarjah, hör zu und gib gut acht!" begann Nissen und trat an den Tisch. „Du brauchst dich nicht zu fürchten! Der Herr kommt nicht hierher, um dich einzusperren. Er hat eine Bitte, er will dich nur um eine Kleinigkeit bitten! Sag ja! – Und wir gehen sofort wieder hinaus!"

„Was will er?" fragte Schemarjah.

„Ein Mensch liegt im Sterben, bei ihm zu Hause!" Nissen zeigte mit dem Kopf nach dem Mönch, der immer noch im Türrahmen stand. „Dieser Mensch sagt, er hätte dir einmal was Böses getan! Und er kann deshalb nicht ruhig sterben. Du sollst sagen, daß du ihm nicht bös bist! Du brauchst nur ja zu sagen."

Es dauerte eine Weile, dann verließ Schemarjah den Platz, an den er sich geflüchtet hatte. Und zur Überraschung Nissens sagte er laut: „Ich weiß, wer es ist! Er soll ruhig sterben! Ich bin nicht bös auf ihn!" Und zur höchsten Verblüffung des Händlers ging Schemarjah rings um den Tisch, trat nahe an Nissen, erhob die rechte Hand, legte den Nagel des Daumens und des Zeigefingers aneinander und sagte:

„Nicht so viel habe ich gegen ihn! Er soll ruhig sterben! Sag ihm das!"

28

In der Zelle des Bruders Eustachius, in dessen Bett, lag Nikolaus Tarabas. Er wartete. Auf dem steinernen Fußboden, neben dem Bett, brannte ein Feuer, damit es den Kranken wärme. Ein Bruder saß an der anderen Seite des Bettes.

Eustachius trat ein, und Tarabas setzte sich im Bett gerade auf. „Er verzeiht!" sagte Eustachius.

„Haben Sie ihn selbst gesprochen?"

„Selbst gesprochen!" antwortete Eustachius.

„Wie ist er? Kann er noch gescheit sein, gescheit reden?"

„Er ist sehr gescheit!" sagte Eustachius. „Er hat alles genau verstanden. Er ist klüger, als man glaubt!"

„So, so. Und sein Sohn?"

„Von seinem Sohn hat er nichts gesagt!"

„Schade!" sagte Tarabas und legte sich wieder in die Kissen.

„Ich möchte", sagte er dann, „in Koropta begraben werden. Vater und Mutter und Schwester soll man verständigen und auch den General Lakubeit."

Das waren Tarabas' letzte Worte. Er starb am Abend, während die Sonne unterging. Sie warf durch das vergitterte Fenster der Zelle noch acht rotgoldene Vierecke auf die Bettdecke, über die noch ein sanftes Zittern ging, in der letzten Sekunde.

Man begrub den Obersten Nikolaus Tarabas in Koropta, mit allen militärischen Ehren, die einem Obersten gebührten. Es gab Musik und Schüsse. Die Juden von Koropta gingen auf den Friedhof mit.

Den Vater, der auf seinen zwei edlen Ebenholzstöcken zum Grabe humpelte, begleiteten die verschleierte Frau Tarabas und der alte Knecht Andrej.

Nach dem Begräbnis bestiegen die Eltern die schwarze Kalesche. Andrej lenkte sie. Keiner von den Anwesenden hatte eine Träne in den Augen der alten Tarabas gesehn.

Die Kalesche überholte unterwegs die Kompanie, die mit klingendem Spiel in die Kaserne zurückkehrte.

Der Bruder Eustachius bestellte einen Stein für den Toten, einen schönen Stein aus schwarzem Marmor. Eustachius wußte nichts mehr von Tarabas als die Daten: geboren, gestorben. Er hätte, wäre es möglich gewesen, eingravieren lassen: Ein Narr, der den

Himmel verdiente. Aber diese Inschrift paßte nicht. Der Bruder Eustachius sann also über eine passende Inschrift nach.

29

Eine Woche später ging er, mit dem Notar, zum Juden Nissen. Sie stiegen, alle drei, die Leiter zu Schemarjah hinauf. Schemarjah erhob sich und klappte das Buch zu.

Er flüchtete sich nicht mehr vor den Fremden. Er erhob sich und blieb am Tisch vor seinem zugeklappten Buch stehn.

Der Notar machte in Anwesenheit der zwei Zeugen, des hochwürdigen Bruders Eustachius und des Händlers Nissen Pitschenik, bekannt, daß der Gebethausdiener Schemarjah Korpus der alleinige Erbe des jüngst verstorbenen Obersten Nikolaus Tarabas sei. Das Erbe bestand in einem Säckchen voller goldener Münzen, im Werte von fünfhundertundzwanzig Goldfranken, ferner in ein paar hundert Papierscheinen.

Der Notar legte das Geld auf den Tisch. Der Bruder Eustachius und der Händler Nissen zählten die Goldstücke, und der Notar schaufelte sie wieder in das Säckchen zurück. Man reichte das Säckchen Schemarjah über den Tisch.

Er wog es in der Hand, kicherte, nahm es in die Linke. Er hielt es am Bund, schnippte daran mit einem Finger der Rechten und versetzte es so in ein schepperndes Rotieren. Er betrachtete es eine Weile mit fröhlichen Blicken und ließ es schließlich auf den Tisch fallen. „Ich brauche es nicht!" sagte Schemarjah endlich. „Nehmt es nur wieder mit!"

Da aber keiner von den Anwesenden sich rührte, begann er, wortlos, zuerst dem Notar, dann dem Händler Nissen, hierauf dem Bruder Eustachius das Säcklein anzubieten. Jeder schob es zurück.

Schemarjah wartete eine Weile. Dann nahm er das Säckchen, ging an sein Bett und steckte es unter das Kopfkissen.

Die drei Männer verließen ihn. Unterwegs, auf der Leiter noch, sagte der Notar: „Schad' um das Geld! Er hat also umsonst gelebt, der Tarabas!" „Das weiß man nicht!" sagte der Bruder Eustachius. „Das kann man niemals wissen!"

Sie verabschiedeten sich von dem Händler Nissen.

„Wir kehren noch bei Kristianpoller ein!" schlug der Notar vor. Sie saßen bald darauf in der Gaststube Kristianpollers. Der einäugige Wirt trat an den Tisch und sagte: „Ja, jetzt ist er tot!"

„Er war Ihr Gast!" bemerkte der Notar.

„Er war lange Zeit mein Gast!" antwortete der Jude Kristianpoller. „Er war immerhin ein merkwürdiger Gast im Wirtshof Kristianpollers!"

„Er war", sagte der Notar, „immerhin ein merkwürdiger Gast auf Erden."
Hier horchte der Bruder Eustachius auf. Er beschloß, auf den Grabstein Tarabas' die
Inschrift zu setzen:

Oberst Nikolaus Tarabas,
ein Gast auf dieser Erde.

Gerecht, bescheiden und angemessen erschien ihm diese Inschrift.

30

In der Zeit, in der diese Zeilen geschrieben werden, sind ungefähr fünfzehn Jahre seit
dem Tode des merkwürdigen Mannes verflossen. Über dem Grab des Obersten Nikolaus Tarabas erhebt sich ein einfaches Kreuz aus schwarzem Marmor, das der alte
Vater Tarabas bezahlt hat. Der Fremde, der heute nach Koropta kommt, kann keine
Spur mehr von den traurigen, wunderbaren und merkwürdigen Ereignissen finden.
Alle Häuser des Städtchens sind neu hergerichtet, weiß angestrichen, und eine Bau-
kommission, nach westeuropäischen Mustern, wacht darüber, daß sie gleichzeitig
aufgefrischt werden und daß sie gleichmäßig aussehn wie Soldaten. Der alte Pfarrer
ist vor ein paar Jahren gestorben. Der närrische Schemarjah lebt noch in der Dachstu-
be bei dem Händler Nissen, bewahrt das nutzlose Säckchen mit den Goldstücken unter dem Kopfkissen und will es kaum anrühren, geschweige denn zeigen oder gar aus
der Hand geben. Da die neue Regierung des Landes eigene Goldmünzen geprägt hat,
haben – wie der Krämer Nissen richtig sagt – die alten goldenen Franc- und Rubel-
stücke bedeutend an Wert eingebüßt. Es war ein nutzloses Beginnen, dem närrischen
Schemarjah diesen Sachverhalt begreiflich zu machen. Er kicherte nur. Vielleicht
lachte in der Tat der Narr die klugen Leute aus. Vielleicht war es nur ihm allein klar,
daß der Wert dieser Goldmünzen niemals zu jenen Werten gehören konnte, die man
auf den Börsen und Banken der Welt notiert. Es ist anzunehmen, daß der Händler
Nissen im stillen hofft, er werde einmal das Säckchen erben. Es wäre nur ein ganz natürlicher Lohn für die Wohltaten, die er dem törichten Schemarjah erwiesen hat. Im
übrigen käme es auch anderen Armen zugute. Denn der Krämer Nissen wird bis an
sein Lebensende ein wohltätiger, barmherziger Mann bleiben. Er ist es Gott schuldig,
seinem Ruf und auch seinem Geschäft. (Und wahrscheinlich hat auch der Händler
Nissen recht.) In ganz Koropta sind er und der Gastwirt Kristianpoller die einzigen,
die noch manchmal bei einem Glase Met – zu dem sie gesalzene Erbsen essen – von
dem seltsamen Obersten Tarabas sprechen, der als ein gewaltsamer König in das
Städtchen gekommen war und als ein armer Bettler darin begraben wurde. In der
„Kammer" Kristianpollers steht zwar immer noch der Altar vor dem wunderbaren

Bild der Mutter Gottes; aber die Gottesdienste werden immer seltener. Ein neues Geschlecht wächst heran, das nichts von der alten Geschichte weiß. Man betet, wie alle Jahre vorher, in der Kirche. Und das neue Geschlecht betet überhaupt selten.

An manchen Tagen findet der Schweinemarkt statt. Die Pferdchen wiehern, die Ferkel quieken, die Bauern betrinken sich. Der Knecht Fedja faßt sie dann unter, schleppt sie zu ihren Fuhren und übergießt sie mit kaltem, nüchternem Wasser. Die Juden handeln weiter mit Glasperlen, Kopftüchern, Taschenmessern, Sensen und Sicheln.

Jedes Jahr kommen fremde Hopfenhändler nach Koropta. So mancher, der das saubere Städtchen betrachtet, geht die Hauptstraße entlang, steigt den Hügel empor, auf dem die Kirche steht, streift durch den Friedhof und sieht die merkwürdige Inschrift:

Oberst Nikolaus Tarabas,
ein Gast auf dieser Erde.

Der Fremde kehrt in den Gasthof Kristianpollers zurück, trinkt ein Bier, einen Met oder einen Wein und fragt den Wirt: „Apropos, da hab' ich so ein rätselhaftes Grab gesehn!"

Solche Gäste erscheinen Nathan Kristianpoller – er weiß selber nicht, warum – sympathischer als alle anderen. Er setzt sich an den Tisch des Fremden und erzählt die sonderbare Geschichte von Tarabas.

„Und ihr Juden habt keine Angst mehr?" fragt gelegentlich der Fremde.

„Was wollen Sie?" pflegt dann Kristianpoller zu antworten: „Die Menschen vergessen. Sie vergessen die Angst, den Schrecken, sie wollen leben, sie gewöhnen sich an alles, sie wollen leben! Das ist ganz einfach! Sie vergessen auch das Wunderbare, sie vergessen das Außerordentliche sogar schneller als das Gewöhnliche! Sehen Sie, mein Herr! Am Ende jedes Lebens steht der Tod. Wir wissen es alle. Und wer denkt an ihn?"

So spricht der Gastwirt Nathan Kristianpoller zu den Gästen, die ihm sympathisch sind. – Er ist ein kluger Mann.

Beichte eines Mörders, erzählt in einer Nacht

VOR EINIGEN JAHREN wohnte ich in der Rue des Quatre Vents. Meinen Fenstern gegenüber lag das russische Restaurant „Tari-Bari". Oft pflegte ich dort zu essen. Dort konnte man zu jeder Stunde des Tages eine rote Rübensuppe bekommen, gebackenen Fisch und gekochtes Rindfleisch. Ich stand manchmal spät am Tage auf. Die französischen Gasthäuser, in denen die altüberlieferten Stunden des Mittagessens streng eingehalten wurden, bereiteten sich schon für die Nachtmähler vor. Im russischen Restaurant aber spielte die Zeit keine Rolle. Eine blecherne Uhr hing an der Wand. Manchmal stand sie, manchmal ging sie falsch; sie schien die Zeit nicht anzuzeigen, sondern verhöhnen zu wollen. Niemand sah nach ihr. Die meisten Gäste dieses Restaurants waren russische Emigranten. Und selbst jene unter ihnen, die in ihrer Heimat einen Sinn für Pünktlichkeit und Genauigkeit besessen haben mochten, hatten ihn in der Fremde entweder verloren, oder sie schämten sich, ihn zu zeigen. Ja, es war, als demonstrierten die Emigranten bewußt gegen die berechnende, alles berechnende und so sehr berechnete Gesinnung des europäischen Westens, und als wären sie bemüht, nicht nur echte Russen zu bleiben, sondern auch „echte Russen" zu spielen, den Vorstellungen zu entsprechen, die sich der europäische Westen von den Russen gemacht hat. Also war die schlecht gehende oder stehengebliebene Uhr im Restaurant „Tari-Bari" mehr als ein zufälliges Requisit: nämlich ein symbolisches. Die Gesetze der Zeit schienen aufgehoben zu sein. Und manchmal beobachtete ich, daß selbst die russischen Taxi-Chauffeure, die doch gewiß bestimmte Dienststunden einhalten mußten, ebensowenig um den Gang der Zeit bekümmert waren wie die anderen Emigranten, die gar keinen Beruf hatten und die von den Almosen ihrer bemittelten Landsleute lebten. Derlei berufslose Russen gab es viele im Restaurant „Tari-Bari". Sie saßen dort zu jeder Tageszeit und spät am Abend und noch in der Nacht, wenn der Wirt mit den Kellnern abzurechnen begann, die Eingangstür schon geschlossen war und nur noch eine einzige Lampe über der automatischen Stahlkasse brannte. Gemeinsam mit den Kellnern und dem Wirt verließen diese Gäste die Speisestube. Manche unter ihnen, die obdachlos oder angetrunken waren, ließ der Wirt über Nacht im Restaurant schlafen. Es war zu anstrengend, sie zu wecken – und sogar wenn man sie geweckt hätte, wären sie doch gezwungen gewesen, nach einem andern Obdach bei einem andern Landsmann zu suchen. Obwohl ich an den meisten Tagen, wie gesagt, selbst sehr spät aufstand, konnte ich doch manchmal am Morgen, wenn ich zufällig an mein Fenster trat, sehen, daß „Tari-Bari" schon geöffnet war und „in vollem Betrieb", wie der Ausdruck für Gasthäuser lautet. Die Leute gingen ein und aus. Sie nahmen dort offenbar das erste Frühstück und manchmal sogar ein alkoholisches erstes Frühstück. Denn ich sah manche taumelnd herauskommen, die noch mit ganz sicheren Füßen eingetreten waren. Einzelne Gesichter und Gestalten konnte ich mir merken. Und unter diesen, die auffällig genug waren, um sich mir einzuprägen, befand sich ein Mann, von dem ich annehmen durfte, daß er zu jeder Stunde des Tages im Restaurant „Tari-Bari" anzutreffen sei. Denn sooft ich auch des Morgens ans Fenster kam, sah ich ihn drüben vor der Tür des Gasthauses, Gäste begleitend oder Gäste begrüßend. Und sooft ich am späten Nachmittag zum Essen kam, saß er an irgendeinem der Tische, mit den Gästen plaudernd.

Und trat ich spät am Abend, vor „ Geschäftsschluß" – wie die Fachleute sagen –, im „Tari-Bari" ein, um noch einen Schnaps zu trinken, so saß jener Fremde an der Kasse und half dem Wirt und den Kellnern bei den Abrechnungen. Im Laufe der Zeit schien er sich auch an meinen Anblick gewöhnt zu haben und mich für eine Art Kollegen zu halten. Er würdigte mich der Auszeichnung, ein Stammgast zu sein wie er – und er begrüßte mich nach einigen Wochen mit dem erkennenden und wortreichen Lächeln, das alte Bekannte füreinander haben. Ich will zugeben, daß mich dieses Lächeln am Anfang störte – denn das sonst ehrliche und sympathische Angesicht des Mannes bekam, wenn es lächelte, nicht geradezu einen widerwärtigen, wohl aber einen gleichsam verdächtigen Zug. Sein Lächeln war nicht etwas Helles, es erhellte also nicht das Gesicht, sondern es war trotz aller Freundlichkeit düster, ja, wie ein Schatten huschte es über das Angesicht, ein freundlicher Schatten. Und also wäre es mir lieber gewesen, wenn der Mann nicht gelächelt hätte.

Selbstverständlich lächelte ich aus Höflichkeit wieder. Und ich hoffte, daß dieses gegenseitige Lächeln vorläufig oder sogar für längere Zeit der einzige Ausdruck unserer Bekanntschaft bleiben würde. Ja, im stillen nahm ich mir sogar vor, das Lokal zu meiden, wenn der Fremde eines Tages etwa anfangen sollte, das Wort an mich zu richten. Mit der Zeit aber ließ ich auch diesen Gedanken fallen. Ich gewöhnte mich an das schattenhafte Lächeln, ich begann, mich für den Stammgast zu interessieren. Und bald fühlte ich sogar den Wunsch nach einer näheren Bekanntschaft mit ihm in mir wach werden. Es ist an der Zeit, daß ich ihn etwas näher beschreibe: Er war groß gewachsen, breitschultrig, graublond. Mit klaren, manchmal blitzenden, durch Alkohol niemals benebelten blauen Augen sah er die Menschen geradewegs an, mit denen er sprach. Ein mächtiger, sehr gepflegter, graublonder, waagerechter Schnurrbart teilte den oberen Teil des breiten Angesichts von dem unteren, und beide Teile des Angesichts waren gleich groß. Dadurch erschien es etwas langweilig, unbedeutend, das heißt: ohne jedes Geheimnis. Hunderte solcher Männer hatte ich selbst in Rußland gesehn, Dutzende solcher Männer in Deutschland und in den anderen Ländern. Auffallend waren an diesem großen, starken Mann die zarten, langen Hände und ein sanfter, stiller, fast unhörbarer Schritt und überhaupt gewisse langsame, zaghafte und vorsichtige Bewegungen. Deshalb kam es mir zuweilen vor, daß sein Gesicht denn doch etwas Geheimnisvolles barg, insofern nämlich, als es seine gerade, leuchtende Offenheit nur spielte und daß der Mann

die Leute, mit denen er sprach, nur deshalb so aufrichtig mit seinen blauen Augen an-
blitzte, weil er sich denken mochte, daß man Grund haben könnte, ihm zu mißtrauen,
wenn er es etwa nicht täte. Und dennoch mußte ich mir bei seinem Anblick immer wieder sagen, daß er, wenn er eine so vollendete, allerdings naive Darstellung der personi-
fizierten Aufrichtigkeit geben konnte, doch in der Tat ein großes Maß von Aufrichtigkeit besitzen mußte. Das Lächeln, mit dem er mir zuwinkte, war vielleicht nur aus
Verlegenheit so dunkel: obwohl die großen Zähne blitzten und der Schnurrbart golden
schimmerte, als verlöre er gleichsam während des Lächelns seine graue Mischfarbe und
würde immer blonder. Man sieht, wie mir der Mann immer angenehmer wurde. Und
bald begann ich sogar, mich auf ihn ein bißchen zu freuen, wenn ich vor der Tür des
Gasthauses angelangt war, genauso auf ihn wie auf den vertrauten Schnaps und auf den
vertrauten Gruß des dicken, angenehmen Wirtes.

Niemals hatte ich im „Tari-Bari" zu erkennen gegeben, daß ich die russische Sprache
verstehe. Einmal aber, als ich an einen Tisch mit zwei Chauffeuren zu sitzen kam, wurde ich von ihnen gefragt, geradeheraus, welcher Nationalität ich sei. Ich antwortete, ich
sei ein Deutscher. Wenn sie die Absicht hätten, Geheimnisse vor mir zu besprechen, in
welcher Sprache auch immer, so möchten sie das bitte tun, nachdem ich wieder fortgegangen wäre. Denn ich verstünde so ziemlich alle europäischen Sprachen. Da aber gerade in diesem Augenblick ein anderer Tisch frei wurde, erhob ich mich und ließ die
Chauffeure allein mit ihren Geheimnissen. Also konnten sie mich nicht mehr fragen,
was offenbar ihre Absicht gewesen war, ob ich auch Russisch verstehe. Und man wußte
es also weiter nicht.

Aber man erfuhr es eines Tages, eines Abends vielmehr, oder, um ganz genau zu sein:
in einer späten Nachtstunde. Und zwar dank dem Graublonden, der damals gerade gegenüber dem Büfett saß, ausnahmsweise schweigsam und beinahe düster, wenn diese
Bezeichnung überhaupt auf ihn angewandt werden kann.

Ich trat kurz vor Mitternacht ein, mit der Absicht, einen einzigen Schnaps zu trinken
und mich gleich darauf zu entfernen. Ich suchte mir also gar nicht erst einen Tisch, sondern blieb an der Theke stehen, neben zwei anderen späten Gästen, die ebenfalls nur auf
einen Schnaps hereingekommen zu sein schienen, entgegen ihrem ursprünglichen Plan
aber schon längere Zeit hiergeblieben sein mußten; denn mehrere geleerte und halbge-
leerte Gläser standen vor ihnen, dieweil es ihnen vorkommen mochte, daß sie erst ein
einziges getrunken hatten. So schnell vergeht manchmal die Zeit, wenn man in einem
Lokal an der Theke stehen bleibt, statt sich zu setzen. Sitzt man an einem Tisch, so über-
sieht man in jeder Sekunde, wieviel man genossen hat, und merkt an der Anzahl der geleerten Gläser den Gang der Zeiger. Tritt man aber in ein Gasthaus ein, nur „auf einen
Sprung", wie man sagt, und bleibt auch am Schanktisch stehen, so trinkt man und trinkt
und glaubt, es gehörte noch alles eben zu jenem einzigen „Sprung", den man zu machen
gedacht hatte. Das beobachtete ich an jenem Abend an mir selbst. Denn gleich den beiden andern trank auch ich eins und das andere und das dritte, und ich stand immer noch

da, ähnlich einem jener ewig hastigen und ewig säumigen Menschen, die ein Haus betreten, den Mantel nicht ablegen, die Klinke in der Hand behalten, jeden Augenblick auf Wiedersehen sagen wollen und sich dennoch länger aufhalten, als wenn sie Platz genommen hätten. Beide Gäste unterhielten sich ziemlich leise mit dem Wirt auf russisch. Was an der Theke gesprochen wurde, konnte der graublonde Stammgast gewiß nur halb hören. Er saß ziemlich entfernt von uns, ich sah ihn im Spiegel hinter dem Büfettisch, er schien auch gar nicht gesonnen, etwas von dem Gespräch zu hören oder gar sich an ihm zu beteiligen. Auch ich tat nach meiner Gewohnheit so, als verstünde ich nichts. Auf einmal aber schlug ein Satz gleichsam von selbst an mein Ohr. Ich konnte mich seiner gar nicht erwehren. Dieser Satz lautete: „Warum ist unser Mörder heute so finster?" Einer der beiden Gäste hatte diesen Satz ausgesprochen und dabei mit dem Finger auf das Spiegelbild des Graublonden hinter dem Büfett gedeutet. Unwillkürlich wandte ich mich nach dem Stammgast um und verriet also, daß ich die Frage verstanden hatte. Man musterte mich auch sofort ein wenig mißtrauisch, in der Hauptsache aber verblüfft. Die Russen haben, nicht mit Unrecht, Angst vor Spitzeln, und ich wollte auf alle Fälle verhüten, daß sie mich für einen hielten. Gleichzeitig aber interessierte mich die immerhin ungewöhnliche Bezeichnung „unser Mörder" in dem Maße, daß ich zuerst zu fragen beschloß, warum man den Graublonden so nenne. Ich hatte, als ich mich umwandte, bemerken können, daß der so ungewöhnlich benannte Stammgast die Frage auch gehört hatte. Er nickte lächelnd. Und er hätte wohl sofort selbst geantwortet, wenn ich gleichgültig geblieben und nicht in dieser kurzen Minute der Gegenstand des Zweifels und des Mißtrauens geworden wäre. „Sie sind also Russe?" fragte mich der Wirt. – Nein, wollte ich antworten, aber zu meiner Verwunderung erwiderte statt meiner der Graublonde hinter meinem Rücken: „Dieser unser Stammgast versteht Russisch und ist ein Deutscher. Er hat immer nur aus Diskretion geschwiegen." „So ist es", bestätigte ich, drehte mich um und sagte: „Ich danke Ihnen, Herr!" „Bitte sehr!" sagte er, stand auf und ging auf mich zu. „Ich heiße Golubtschik", sagte er, „Semjon Semjonowitsch Golubtschik." Wir gaben uns die Hand. Der Wirt und die beiden anderen Gäste lachten. „Woher wissen Sie über mich Bescheid?" fragte ich. „Man ist nicht umsonst bei der russischen Geheimpolizei gewesen", sagte Golubtschik. Ich konstruierte mir sofort eine phänomenale Geschichte. Dieser Mann hier, dachte ich, sei ein alter Beamter der Ochrana gewesen und habe einen kommunistischen Spitzel in Paris umgelegt; weshalb ihn auch diese weißrussischen Emigranten so harmlos und beinahe rührend „unseren Mörder" genannt hatten, ohne sich vor ihm zu scheuen. Ja, vielleicht steckten alle vier unter einer Decke.

„Und woher können Sie unsere Sprache?" fragte mich einer der beiden Gäste. – Und wieder antwortete statt meiner Golubtschik: „Er hat im Krieg an der Ostfront gedient und war sechs Monate in der sogenannten Okkupationsarmee!" „Das stimmt!" bestätigte ich. „Er war dann später", fuhr Golubtschik fort, „noch einmal in Rußland, will sagen: nicht mehr in Rußland, sondern in den Vereinigten Sowjetstaaten, im Auftrag einer großen Zeitung. Er ist Schriftsteller!" Mich verwunderte dieser genaue Bericht über meine Person nur wenig. Denn ich hatte schon ziemlich viel getrunken – und in diesem Zustand kann ich kaum noch das Merkwürdige von dem Selbstverständlichen unterscheiden. Ich wurde sehr höflich und sagte ein wenig gespreizt: „Ich danke Ihnen für das Interesse, das Sie mir so lange bewiesen haben, und für die Auszeichnung, die Sie mir somit schenken!" Alle lachten. Und der Wirt sagte: „Er spricht wie ein alter Petersburger Kanzleirat!" Damit war nun jeder Zweifel an meiner Person ausgelöscht. Ja, man betrachtete mich sogar wohlwollend, und es folgten vier weitere Runden, die wir alle gegenseitig auf unser Wohl tranken.

Der Wirt ging zur Tür, versperrte sie, löschte eine Anzahl Lampen und bat uns alle, Platz zu nehmen. Die Zeiger der Wanduhr standen auf halb neun. Ich trug bei mir keine Uhr, und einen der Gäste nach der Zeit zu fragen schien mir unschicklich. Ich machte mich vielmehr mit dem Gedanken vertraut, daß ich hier die halbe oder die ganze Nacht verbringen würde. Eine große Karaffe Schnaps stand noch vor uns. Sie mußte mindestens, meiner Schätzung nach, zur Hälfte geleert werden. Ich fragte also: „Warum nannte man Sie so merkwürdig vorhin, Herr Golubtschik?"

„Das ist mein Spitzname", sagte er, „aber auch wieder nicht ganz nur ein Spitzname. Ich habe nämlich vor vielen Jahren einen Mann erschlagen und – wie ich damals glaubte – eine Frau auch."

„Ein politisches Attentat?" fragte der Wirt, und es wurde mir also klar, daß auch die andern nichts wußten, außer dem Spitznamen.

„Keine Spur!" sagte Semjon. „Ich bin in keiner Beziehung eine politische Persönlichkeit. Ich mache mir überhaupt nichts aus öffentlichen Dingen. Ich liebe das Private. Nur das interessiert mich. Ich bin ein guter Russe, wenn auch ein Russe aus einem Randgebiet – ich bin nämlich im früheren Wolynien geboren. Aber niemals habe ich meine Jugendgenossen begreifen können, mit ihrer verrückten Lust, unbedingt das Leben für irgendeine verrückte oder auch meinetwegen normale Idee herzugeben. Nein! Glauben Sie mir! Das private Leben, die einfache Menschlichkeit ist wichtiger, größer, tragischer als alles Öffentliche. Und das ist vielleicht für heutige Ohren absurd. Aber das glaube ich, das werde ich bis zu meiner letzten Stunde glauben. Niemals hätte ich politische Leidenschaft genug aufbringen können, um einen Menschen aus politischen Gründen zu töten. Ich glaube auch gar nicht, daß politische Verbrecher besser oder edler sind als andere; vorausgesetzt, daß man der Meinung ist, ein Verbrecher, welcher Art er auch sei, könne kein edler Mensch sein. Ich zum Beispiel, ich habe getötet und halte mich durchaus für einen guten Menschen. Eine Bestie, um es glatt zu sagen: eine Frau, meine Herren, hat mich zum Mord getrieben." „Sehr interessant!" sagte der Wirt.

„Gar nicht! Sehr alltäglich", sagte bescheiden Semion Semjonowitsch. „Und doch nicht so ganz alltäglich. Ich kann Ihnen meine Geschichte ganz kurz erzählen. Und Sie werden sehn, daß es eine ganz simple Geschichte ist."

Er begann. Und die Geschichte war weder kurz noch banal. Deshalb habe ich beschlossen, sie hier nachzuschreiben.

BEICHTE EINES MÖRDERS, ERZÄHLT IN EINER NACHT

„Ich habe Ihnen eine kurze Geschichte versprochen", begann Golubtschik, „aber ich sehe, daß ich wenigstens am Anfang weit ausholen muß; und ich bitte Sie also, nicht ungeduldig zu werden. Ich sagte Ihnen früher, daß mich nur das Privatleben interessiert. Ich muß darauf zurückkommen. Ich will damit sagen, daß man, wenn man genau achtgeben würde, unbedingt zu dem Resultat kommen müßte, daß alle sogenannten großen, historischen Ereignisse in Wahrheit zurückzuführen sind auf irgendein Moment im Privatleben ihrer Urheber oder auf mehrere Momente. Man wird nicht umsonst, das heißt, ohne private Ursache, Feldherr oder Anarchist oder Sozialist oder Reaktionär, und alle großen und edlen und schimpflichen Taten, die einigermaßen die Welt verändert haben, sind die Folgen irgendwelcher ganz unbedeutender Ereignisse, von denen wir keine Ahnung haben. Ich sagte Ihnen früher, ich sei Spitzel gewesen. Ich habe mir oft darüber den Kopf zerbrochen, warum gerade ich ausersehen war, ein so fluchwürdiges Gewerbe zu betreiben, denn es ruht kein Segen darauf, und es ist bestimmt Gott nicht wohlgefällig. Es ist auch noch heute so, der Teufel reitet mich, ohne Zweifel. Sehn Sie, ich leb' ja heute nicht mehr davon, aber ich kann es nicht lassen, nicht lassen. Ganz gewiß gibt es einen solchen Teufel der Spionage oder der Spitzelei. Wenn mich einer interessiert, wie zum Beispiel dieser Herr hier, der Schriftsteller", Golubtschik deutete mit dem Kopf gegen mich, „so kann ich nicht ruhen, so ruht es nicht eher in mir, als bis ich erforscht habe, wer er ist, wie er lebt, woher er stammt. Denn ich weiß natürlich noch mehr von ihnen, als Sie ahnen. Sie wohnen da drüben und schauen manchmal des Morgens im Negligé zum Fenster hinaus. Na aber, es ist ja auch nicht von Ihnen die Rede, sondern von mir. Also fahren wir fort. Es war Gott nicht wohlgefällig, aber Sein unerforschter Ratschluß hatte es mir ja vorgezeichnet.

Sie kennen meinen Namen, meine Herren, ich sage lieber: meine Freunde. Denn es ist besser, ‚meine Freunde' zu sagen, wenn man erzählt, nach guter, alter heimatlicher Sitte. Mein Name ist also, wie Sie wissen: Golubtschik*. Ich frage Sie selbst, ob das gerecht ist. Ich war immer groß und stark, schon als Knabe an Wuchs und Körperkraft weit stärker als meine Kameraden; und gerade ich muß Golubtschik heißen. Nun, es gibt noch etwas: Ich hieß gar nicht mit Recht so, das heißt: nach natürlichem Recht sozusagen. Denn das war der Name meines legitimen Vaters. Indessen: Mein wirklicher Name, mein natürlicher, der Name meines natürlichen Vaters war: Krapotkin – und ich bemerke eben, daß ich nicht ohne lasterhaften Hochmut diesen Namen ausspreche. Sie sehen: Ich war ein uneheliches Kind. Dem Fürsten Krapotkin gehörten, wie Sie wissen werden, viele Güter in allen Teilen Rußlands. Und eines Tages erfaßte ihn die Lust, auch ein Gut in Wolynien zu kaufen. Solche Leute hatten ja ihre Launen. Bei dieser Gelegenheit lernte er meinen Vater kennen und meine Mutter. Mein Vater war Oberförster. Krapotkin war eigentlich entschlossen gewesen, alle Angestellten des frü-

---

* Golubtschik heißt im Russischen: Täubchen

heren Herrn zu entlassen. Als er aber meine Mutter sah, entließ er alle – mit Ausnahme meines Vaters. Und so kam es eben. Mein Vater, der Förster Golubtschik, war ein einfacher Mann. Stellen Sie sich einen gewöhnlichen, blonden Förster in dem üblichen Gewande des Försterberufes vor, und Sie haben meinen legitimen Vater vor Augen. Sein Vater, mein Großvater also, war noch Leibeigener gewesen. Und Sie werden begreifen, daß der Förster Golubtschik gar nichts dagegen einzuwenden hatte, daß der Fürst Krapotkin, sein neuer Herr, meiner Mutter häufige Besuche zu einer Stunde machte, in der die verheirateten Frauen, bei uns zu Lande an der Seite ihrer angetrauten Männer zu liegen pflegen. Nun, ich brauche nichts weiter zu sagen: Nach neun Monaten kam ich zur Welt, und mein wirklicher Vater hielt sich bereits seit drei Monaten in Petersburg auf. Er schickte Geld. Er war ein Fürst, und er benahm sich genauso, wie sich ein Fürst zu benehmen hat. Meine Mutter hat ihn zeit ihres Lebens nicht vergessen. Ich schließe das aus der Tatsache, daß sie außer mir kein anderes Kind zur Welt gebracht hat. Das will also heißen, daß sie nach der Geschichte mit Krapotkin sich geweigert hat, ihre ehelichen Pflichten zu erfüllen, wie es in den Gesetzbüchern heißt. Ich selbst erinnere mich genau, daß sie niemals in einem Bett geschlafen haben, der Förster Golubtschik und meine Mutter. Meine Mutter schlief in der Küche, auf einem improvisierten Lager, auf der ziemlich breiten Holzbank, genau unter dem Heiligenbild, während der Förster ganz allein das geräumige Ehebett in der Stube einnahm. Denn er hatte genug Einkünfte, um sich Stube und Küche leisten zu können. Wir wohnten am Rande des sogenannten ,schwarzen Waldes' – denn es gab auch einen lichten Birkenwald, und der unsrige bestand aus Tannen. Wir wohnten abseits und etwa zwei bis drei Werst entfernt vom nächsten Dorf. Es hieß Woroniaki. Mein legitimer Vater, der Förster Golubtschik, war, im Grunde genommen, ein sanfter Mann. Niemals habe ich einen Streit zwischen ihm und meiner Mutter gehört. Sie wußten beide, was zwischen ihnen stand. Sie sprachen nicht darüber. Eines Tages aber – ich mochte damals etwa acht Jahre alt gewesen sein – erschien ein Bauer aus Woroniaki in unserem Haus, fragte nach dem Förster, der gerade durch die Wälder streifte, und blieb sitzen, als meine Mutter ihm sagte, daß ihr Mann vor dem späten Abend nicht nach Hause kommen würde. ,Nun, ich habe Zeit!', sagte der Bauer. ,Ich kann auch bis zum Abend warten und auch bis Mitternacht und auch später. Ich kann warten, bis ich eingesperrt werde. Und das hat noch mindestens einen Tag Zeit!' ,Warum sollte man Sie einsperren?' fragte meine Mutter. ,Weil ich Arina, meine leibliche Tochter Arina, mit diesen meinen Händen erwürgt habe', antwortete lächelnd der Bauer. Ich kauerte neben dem Ofen, weder meine Mutter noch der Bauer beobachteten mich im geringsten, und ich habe die Szene ganz genau behalten. Ich werde sie auch nie vergessen! Ich werde niemals vergessen, wie der Bauer gelächelt und wie er auf seine ausgestreckten Hände geblickt hat bei jenen fürchterlichen Worten. Meine Mutter, die gerade Teig geknetet hatte, ließ Mehl, das Wasser und das halbausgelaufene Ei auf dem Küchentisch, schlug das Kreuz, faltete dann die Hände über ihrer blauen Schürze, trat nahe an den Besuch heran und fragte: ‚Sie haben Ihre Arina erwürgt?‘ ‚Ja‘, bestätigte der Bauer. ‚Aber warum denn, um Gottes willen?‘ ‚Weil sie Unzucht getrieben hat mit Ihrem Mann, dem Förster Semjon Golubtschik. Heißt er nicht so, Ihr Förster?‘ Der Bauer sprach auch all das mit einem Lächeln, mit einem versteckten Lächeln, das hinter seinen Worten gleichsam hervorblinkte wie manchmal der Mond hinter finsteren Wolken. ‚Ich bin schuld daran‘, sagte meine Mutter. Ich höre es noch, als ob sie es erst gestern gesprochen hätte. Ich habe ihre Worte behalten. (Damals aber verstand ich sie nicht.) Sie bekreuzigte sich noch einmal. Sie nahm mich bei der Hand. Sie ließ den Bauern in unserer Stube und ging mit mir durch den Wald, immerfort den Namen Golubtschik rufend. Nichts meldete sich. Wir kehrten ins Haus zurück, und der Bauer saß immer noch dort. ‚Wollen Sie Grütze?‘ fragte meine Mutter, als wir zu essen begannen. ‚Nein!‘ sagte lächelnd und höflich unser Gast, ‚aber wenn Sie zufällig einen Samogonka im Hause haben – wäre ich nicht abgeneigt.‘ Meine Mutter schenkte ihm von unserem Selbstgebrannten ein, er trank, und ich erinnere mich genau, wie er den Kopf zurückwarf und wie an seinem von Borsten bewachsenen, zurückgeworfenen Hals gleichsam von außen zu sehen war, daß der Schnaps durch die Kehle rann. Er trank und trank und blieb sitzen. Endlich, die Sonne ging schon unter, es mag ein früher Herbsttag gewesen sein, kam mein Vater zurück. ‚Ach, Pantalejmon!‘ sagte er. Der Bauer erhob sich und sagte ganz ruhig: ‚Komm gefälligst hinaus!‘ ‚Warum?‘ fragte der Förster. ‚Ich habe eben‘, antwortete immer noch ganz ruhig der Bauer, ‚Arina erschlagen.‘ Der Förster Golubtschik ging sofort hinaus. Sie blieben lange draußen. Was sie da gesprochen haben, weiß ich nicht. Ich weiß nur, daß sie lange draußen blieben. Es mochte wohl eine Stunde sein. Meine Mutter lag auf den Knien vor dem Heiligenbild in der Küche. Man hörte keinen Laut. Die Nacht war hereingebrochen. Meine Mutter zündete kein Licht an. Das dunkelrote Lämpchen unter dem Heiligenbild war das einzige Licht in der Stube, und niemals bis zu dieser Stunde hatte ich mich davor gefürchtet. Jetzt aber fürchtete ich mich. Meine Mutter lag die ganze Zeit auf den Knien und betete, und mein Vater kam nicht. Ich hockte neben dem Ofen. Endlich, es mochten drei oder mehr Stunden vergangen sein, hörte ich Schritte und viele Stimmen vor unserem Haus. Man brachte meinen Vater. Vier Männer trugen ihn. Der Förster Golubtschik muß ein ansehnliches Gewicht gehabt haben. Er blutete an allen Ecken und Enden, wenn man so sagen darf. Wahrscheinlich hatte ihn der Vater seiner Geliebten so zugerichtet.

Nun, ich will es kurz machen. Der Förster Golubtschik hat sich niemals mehr von diesen Schlägen erholt. Er konnte seinen Beruf nicht mehr ausüben. Er starb ein paar Wochen später, und man begrub ihn an einem eisigen Wintertag, und ich erinnere mich noch genau, wie die Totengräber, die ihn holen kamen, dicke, wollene Fäustlinge trugen und dennoch mit beiden Händen um sich schlagen mußten, damit es ihnen wärmer werde. Man lud meinen Vater Golubtschik auf einen Schlitten. Meine Mutter und ich, wir saßen auch in einem Schlitten, und während der Fahrt sprühte mir der helle Frost mit hunderttausend köstlichen, kristallenen Nadeln ins Gesicht. Eigentlich war ich froh.

Dieses Begräbnis meines Vaters gehört eher zu den heiteren Erinnerungen meiner Kindheit.

Passons! – wie man in Frankreich sagt. Es dauerte nicht lange, und ich kam in die Schule. Und aufgeweckt, wie ich war, erfuhr ich bald, daß ich der Sohn Krapotkins war. Ich bemerkte es an dem Benehmen des Lehrers und einmal im Frühling an einem denkwürdigen Tage, an dem Krapotkin selber kam, unser Gut zu visitieren. Man schmückte das Dorf Woroniaki. Man hängte Girlanden an beiden Enden der Dorfstraße auf. Man stellte sogar eine Musikkapelle zusammen aus lauter Bläsern, und dazwischen gab es auch Sänger. Man übte eine Woche vorher, unter der Anleitung unseres Lehrers. Aber in dieser Woche ließ mich meine Mutter nicht in die Schule gehn, und nur unter der Hand gewissermaßen erfuhr ich von all den Vorbereitungen. Eines Tages kam Krapotkin wirklich. Und zwar direkt zu uns. Er ließ die Dorfstraße mit Girlanden eine Dorfstraße mit Girlanden sein und die Musiker Musikanten und die Sänger Sänger, und er kam directement in unser Haus. Er hatte einen schönen dunklen und etwas angesilberten Knebelbart, roch nach Zigarren, und seine Hände waren sehr lang, sehr mager, sehr trocken, dürr sogar. Er streichelte mich, fragte mich aus, drehte mich ein paarmal herum, betrachtete meine Hände, meine Ohren, meine Augen, meine Haare. Dann sagte er, meine Ohren wären schmutzig und meine Fingernägel auch. Er zog ein elfenbeinernes Taschenmesser aus der Westentasche, schnitzte mir in zwei, drei Minuten aus einem ganz gewöhnlichen Holzbrett einen Mann mit Bart und langen Armen (später hörte ich, daß er ein sogenannter ‚Kunstschnitzer‘ gewesen sei), dann sprach er noch leise mit meiner Mutter, und dann verließ er uns.

Seit diesen Tagen, meine Freunde, wußte ich natürlich ganz genau, daß ich nicht der Sohn Golubtschiks, sondern Krapotkins war. Natürlich tat es mir sehr leid, daß der Fürst verschmäht hatte, die geschmückte Dorfstraße zu passieren, die Musik und die Lieder zu hören. Am besten, so stellte ich mir vor, wäre es wohl gewesen, wenn er in einer großartigen Kalesche, an meiner Seite, von vier schneeweißen Schimmeln gezogen, ins Dorf gekommen wäre. Ich selbst wäre bei dieser Gelegenheit als der rechtmäßige, sozusagen gottgewollte Nachkomme des Fürsten von allen anerkannt worden, vom Lehrer, von den Bauern, von den Knechten, sogar von der Obrigkeit, und die Lieder und die Musik und die Girlanden hätten eher mir als meinem Vater gegolten. Ja, meine Freunde, so war ich damals: anmaßend, eitel, von einer uferlosen Phantasie bedrängt und sehr egoistisch. An meine Mutter dachte ich bei dieser Gelegenheit nicht im geringsten. Zwar begriff ich schon einigermaßen, daß es eine Art Schande war, wenn eine Frau ein Kind von einem andern als von ihrem angetrauten Mann bekam. Wichtig aber war nicht die Schande meiner Mutter und auch nicht meine eigene. Im Gegenteil: Es freute mich, und ich bildete mir viel darauf ein, daß ich nicht nur sozusagen von Geburt an ein besonderes Zeichen mit mir herumtrug, sondern auch, daß ich der leibliche Sohn unseres Fürsten war. Und nun aber, nachdem es so zweifellos und klar wie der Tag geworden war, ärgerte mich der Name Golubtschik nur noch mehr, und besonders, weil alle ihn so höhnisch aussprachen, seit dem Tode des Försters und seitdem der Fürst bei meiner Mutter gewesen war. Sie sprachen alle meinen Namen mit einem ganz besonderen Unterton aus, so als wäre es gar kein ehrlicher, gesetzlicher Name, sondern ein Spitzname. Und das ärgerte mich um so mehr, als ich ja selbst diesen lächerlichen und für mich gar nicht passenden Namen Golubtschik schon immer als einen Spott- und Spitznamen empfunden hatte, auch noch in den Zeiten, in denen man ihn gewissermaßen mit harmloser Ehrlichkeit auszusprechen pflegte. So wechselten also in meinem jungen Herzen damals die Gefühle in jäher Schnelligkeit, ich fühlte mich gedemütigt, ja erniedrigt und gleich darauf – oder besser: zugleich – wieder erhaben und hochmütig, und manchmal drängten sich alle diese Gefühle gleichzeitig in mir zusammen und kämpften gegeneinander, grausame Ungeheuer, meine Freunde, grausam in einer kleinen Knabenbrust.

Es war deutlich zu spüren, daß der Fürst Krapotkin seine starke, gnädige Hand über mir hielt. Zum Unterschied von allen anderen Knaben unseres Dorfes kam ich nach W. ins Gymnasium, im elften Jahre meines Lebens. An allerhand Anzeichen konnte ich bald bemerken, daß den Lehrern auch hier das Geheimnis meiner Geburt bekannt war, und ich freute mich nicht wenig darüber. Aber ich hörte auch nicht auf, mich über meinen unsinnigen Namen zu ärgern. Ich schoß schnell in die Höhe, ich wuchs fast ebenso schnell in die Breite, und ich hieß immer noch Golubtschik.

Je älter ich wurde, desto mehr kränkte ich mich darüber. Ich war ein Krapotkin, und ich hatte, zum Teufel, das Recht, mich Krapotkin zu nennen. Ich wollte noch ein bißchen warten. Ein Jahr vielleicht. Vielleicht überlegte es sich der Fürst in der Zwischenzeit und kam eines Tages herüber und verlieh mir, am liebsten vor den Augen aller Menschen, die mich kannten, seinen Namen, seinen Titel und alle seine märchenhaften Besitztümer. Ich wollte ihm keine Schande machen. Ich lernte gut und mit Ausdauer. Man war mit mir zufrieden. Und all das, meine Freunde, war doch keine echte Sache, es war doch nur teuflische Eitelkeit, die mich trieb, und nichts weiter. Bald sollte sie noch stärker in mir zu wirken anfangen. Bald begann ich mit meiner ersten, zwar noch nicht schändlichen Handlung. Sie sollen es sogleich hören.

Ich hatte mir also vorgenommen, ein ganzes Jahr zu warten, obwohl ich mir kurz nach diesem Entschluß vorzuhalten begann, daß ein ganzes Jahr eine viel zu lange Zeit wäre. Ich versuchte bald, mir selbst ein paar Monate abzuhandeln, denn die Ungeduld plagte mich sehr. Doch sagte ich mir zu gleicher Zeit, daß es eines Mannes, der entschlossen sei, sehr hoch emporzukommen – für einen solchen Mann hielt ich mich damals, meine Freunde –, daß es seiner unwürdig sei, ungeduldig zu werden und von seinen Entschlüssen abzuweichen. Auch fand ich bald eine Hilfe für meine Standhaftigkeit in der abergläubischen Überzeugung, daß der Fürst auf eine geheimnisvolle, geradezu magische Weise schon längst gefühlt haben müßte, was ich von ihm forderte. Denn ich bildete mir zuweilen ein, daß ich magische Kräfte besäße und daß ich überdies auf eine natürliche Weise mit ihm als mit meinem leiblichen Vater selbst über viele tausend Werst hinweg ständig verbunden wäre. Diese Einbildung beruhigte mich und bändigte zeitweilig meine Ungeduld. Als aber das Jahr verstrichen war, hielt ich mich für doppelt berechtigt, den Fürsten an seine Pflichten gegen mich zu mahnen. Denn daß ich ein ganzes Jahr ausgeharrt hatte, rechnete ich mir natürlich nicht gerade als ein geringes Verdienst an. Bald ereignete sich außerdem etwas, was mir den klaren Beweis dafür zu liefern schien, daß die Vorsehung selbst mein Vorhaben billige. Es war kurz nach Ostern und schon recht voller Frühling. In dieser Jahreszeit fühlte ich immer – und noch heute fühle ich in den Frühlingsmonaten – eine frische Kraft im Herzen und in den Muskeln und eine ganz große unberechtigte und törichte Überzeugung, daß mir alles Unmögliche gelingen müsse. Nun ereignete sich der merkwürdige Zufall, daß ich eines Tages in der Pension, in der ich untergebracht war, der Zeuge eines Gesprächs wurde, das zwischen meinem Wirt und einem fremden Mann, den ich nicht sehen konnte, im Nebenzimmer geführt wurde. Ich hätte damals viel darum gegeben, den Mann zu sehen und selbst mit ihm zu sprechen. Ich durfte aber meine Anwesenheit nicht verraten. Offenbar hatte man geglaubt, ich sei nicht zu Hause beziehungsweise nicht in meinem Zimmer. Man hätte in der Tat auch nicht vermuten können, daß ich um diese Stunde zu Hause sei, und ich war nur zufällig in mein Zimmer gekommen. Mein Wirt, ein Postbeamter, unterhielt sich mit dem Fremden im Korridor ziemlich laut. Nach den ersten paar Worten, die ich vernahm, begriff ich sofort, daß der Fremde jener Beauftragte des Fürsten sein mußte, der jeden Monat für mich Kost, Quartier und Kleidung bezahlte. Offenbar hatte mein Wirt eine Preiserhöhung verlangt, und der Beauftragte des Fürsten wollte sie nicht anerkennen. ‚Aber ich sage Ihnen doch‘, hörte ich den Fremden sprechen, ‚daß ich ihn vor einem Monat nicht erreichen kann. Er ist in Odessa. Dort bleibt er sechs oder acht Wochen. Er will nicht gestört sein. Er öffnet keinen Brief. Er lebt da ganz abgeschlossen. Er schaut den ganzen Tag aufs Meer und kümmert sich um gar nichts. Ich wiederhole Ihnen: Ich kann ihn nicht erreichen.‘

‚Wie lange soll ich also warten, mein Lieber?‘ sprach mein Wirt. ‚Seitdem er hier lebt, hab’ ich sechsunddreißig Rubel ausgegeben, Extraspesen, einmal war er krank, sechsmal war der Arzt hier. Ich hab’s nicht ersetzt bekommen.‘ – Ich wußte – nebenbei gesagt –, daß mein Wirt log. Ich war niemals krank gewesen. Aber darauf achtete ich damals natürlich nicht. Mich regte die belanglose Tatsache, daß Krapotkin in Odessa lebte, in einem abgeschlossenen Haus am Meere, ungeheuer auf. Ein großer Sturm erhob sich in meinem Herzen. Das Meer, das abgeschlossene Haus, die Laune des Fürsten, sechs oder gar acht Wochen nichts von der Welt zur Kenntnis zu nehmen: all das beleidigte mich schwer. Es war, als hätte sich der Fürst zurückgezogen, nur, um von mir nichts mehr zu hören und als fürchtete er mich und nur mich auf dieser Welt.

So ist es also, sagte ich mir. Der Fürst hat auf dem magischen Wege meinen Entschluß vor einem Jahr vernommen. Er hat, aus begreiflicher Schwäche, nichts getan. Und nun, da das Jahr zu Ende geht, hat er Angst vor mir und verbirgt sich. Ich muß immerhin, damit Sie mich ganz kennenlernen, hinzufügen, daß ich sogar einer leisen Anwandlung von Großmut gegen den Fürsten damals fähig war. Denn er begann mir bald leid zu tun. Ich war geneigt, ihm seine Flucht vor mir als eine verzeihliche Schwäche auszulegen. So dreist überschätzte ich damals meine Kraft. War mein ganzer törichter Plan, den Fürsten zu zwingen, eine lächerliche Überheblichkeit, so war die kindische Großmut, mit der ich ihm seine angeblichen Schwächen verzeihen wollte, schon krankhaft zu nennen, wie die Ärzte sagen würden: ein ‚psychotischer Zustand'.

Eine Stunde, nachdem ich das früher erwähnte Gespräch belauscht hatte, fuhr ich zu meiner Mutter, mit dem letzten Rest des Geldes, das ich mir durch Stundengeben verdient hatte. Ich hatte sie Weihnachten zuletzt gesehen. Als ich sie jetzt wiedersah – sie erschrak übrigens, weil ich so plötzlich ins Haus fiel –, erkannte ich sofort, daß sie krank und sehr gealtert aussah. Im Laufe der wenigen Monate, in denen ich sie nicht gesehen hatte, waren ihre Haare grau geworden. Das erschreckte mich. Zum erstenmal sah ich deutlich an dem nächsten Menschen, den ich auf der Welt besaß, die Zeichen des unerbittlichen Alters. Und weil ich noch jung war, bedeutete mir das Alter nichts anderes als den Tod. Ja, der Tod war schon mit seinen grausigen Händen über den Scheitel meiner Mutter gefahren – nun waren ihre Haare welk und silbern. Sie wird also bald sterben, dachte ich ehrlich erschüttert. Und schuld daran, dachte ich weiter, ist der Fürst Krapotkin. Denn es lag mir begreiflicherweise daran, den Fürsten noch schuldiger zu machen, als er ohnehin in meinen Augen schon war. Je schuldiger er wurde, desto richtiger und berechtigter erschien mein Unternehmen.

Ich sagte also meiner Mutter, ich sei nur für ein paar Stunden gekommen, in einer höchst merkwürdigen und geheimen Angelegenheit. Ich müsse morgen nach Odessa. Nichts Geringeres sei passiert als die Tatsache, daß mich der Fürst rufen ließ. Mir die Botschaft zu überbringen, sei gestern jener Mann zu meinem Wirt gekommen, der Beauftragte des Fürsten. Sie, meine Mutter, sei der einzige Mensch, zu dem ich ein Wort davon verrate. Sie möge also schweigen, betonte ich dumm und wichtig. Ich ließ durchblicken, daß der Fürst vielleicht krank und im Sterben liege.

Kaum aber hatte ich diese lügenhafte Andeutung gemacht, als meine Mutter, die alles ruhig angehört hatte, kauernd auf der hölzernen Schwelle unseres Hauses, sofort aufsprang. Ihr Angesicht füllte sich mit Blut, Tränen rannen über ihre Wangen, sie breitete zuerst die Arme aus und schlug dann die Hände zusammen. Ich sah, daß ich sie erschreckt hatte, begann zu ahnen, was sie jetzt sagen würde, und erschrak selbst ungeheuerlich. ‚Dann muß ich gleich mit dir!' sagte sie. ‚Komm, komm, schnell, schnell, er darf nicht sterben, er darf nicht sterben, ich muß ihn sehn, ich muß ihn sehn!' So groß, so erhaben, möchte ich sagen, war die Liebe dieser einfachen Frau, die meine Mutter war. Viele Jahre waren vergangen, seitdem sie den letzten Kuß ihres Geliebten gespürt hatte, aber auf ihrem Leib fühlte sie den Kuß noch so lebendig, als hätte sie ihn gestern empfangen. Der Tod selbst hatte sie schon gestreichelt, aber selbst die Berührung des Todes konnte die Berührungen des Geliebten nicht verwischen und nicht vergessen machen.

‚Hat er dir geschrieben?' fragte meine Mutter. ‚Beruhige dich!' sagte ich. Und da meine
Mutter nicht lesen und schreiben konnte, erlaubte ich mir noch eine schändlichere Lüge: ‚Er hat mir mit eigener Hand ein paar Zeilen geschrieben, es kann ihm also so schlecht
nicht gehen!' sagte ich.

Sie beruhigte sich im Augenblick. Sie küßte mich. Und ich schämte mich nicht, ihren Kuß zu empfangen. Sie gab mir zwanzig Rubel, ein ziemlich schweres Häuflein Silber in einem blauen Taschentuch. Das steckte ich mir ins Hemd, über den Gürtel.

Ich fuhr schnurstracks nach Odessa.

Ja, meine Freunde, ich fuhr nach Odessa, ich hatte ein reines Gewissen, ich empfand
keine Reue, ich hatte mein Ziel vor Augen, und nichts sollte mich aufhalten. Es war
ein strahlender Frühlingstag, als ich ankam. Zum erstenmal sah ich eine große Stadt.
Es war keine gewöhnliche russische große Stadt, sondern erstens ein Hafen; und zweitens waren die meisten Straßen und Anlagen, wie ich bereits gehört hatte, ganz nach
europäischem Muster angelegt. Vielleicht war Odessa mit Petersburg, jenem Petersburg, das ich in meiner Vorstellung trug, nicht zu vergleichen. Aber auch Odessa war
eine große, eine riesengroße Stadt. Sie lag am Meer. Sie hatte einen Hafen. Und sie
war eben die erste Stadt, in die ich ganz allein, aus eigenem Willen gereist war, die
erste wunderbare Station auf meinem wunderbaren Weg ‚nach oben'.

Ich tastete, als ich den Bahnhof verließ, nach meinem Geld unter dem Hemd. Es war
noch vorhanden. Ich nahm ein Zimmer in einem kleinen Gasthaus, in der Nähe des Hafens. Es war meiner Meinung nach nötig, möglichst nahe vom Fürsten zu wohnen. Da
er, wie ich gehört hatte in einem Hause ‚am Meer' wohnte, stellte ich mir vor, es liege
auch in der Nähe des Hafens. Ich zweifelte keinen Augenblick daran, daß mich der Fürst,
sobald er nur erfahren haben würde, daß ich gekommen sei, nötigen müßte, bei ihm zu
wohnen. Und dann hätte ich es nicht weit gehabt. Ich brannte vor Neugier, die Lage seines geheimnisvollen Hauses zu erfahren. Ich nahm an, daß alle Leute in Odessa wissen
müßten, wo der Fürst wohnte. Aber ich wagte nicht, den Wirt meines Gasthofes zu fragen. Es war Angst, die mich hinderte, so offen Erkundigungen einzuholen, aber auch
eine Art Wichtigtuerei. Schon kam ich mir selbst wie ein Fürst Krapotkin vor, und ich
freute mich an der Vorstellung, daß ich sozusagen inkognito in einem viel zu billigen
Hotel unter dem lächerlichen Namen Golubtschik abgestiegen sei. Ich beschloß, mich
lieber beim nächsten Polizisten zu erkundigen. Zuerst aber ging ich zum Hafen. Ich
schlenderte langsam durch die lebendigen Straßen der großen Stadt, verweilte vor allen
Schaufenstern, besonders vor jenen, in denen Fahrräder und Messer ausgelegt waren,
und machte verschiedene Einkaufspläne. Morgen oder übermorgen konnte ich mir ja
alles kaufen, was mir gefiel, sogar eine ganz neue Gymnasiasten-Uniform. So dauerte es
lange, bis ich an den Hafen kam. Das Meer war tiefblau, hundertmal blauer als der Himmel und eigentlich auch schöner, weil man mit den Händen hineingreifen konnte. Und
wie die unerreichbaren Wolken über den Himmel schwammen, so fuhren die schnee-

weißen großen und kleinen Schiffe, auch sie greifbar, über das nahe Meer. Ein großes, ein unbeschreibliches Entzücken erfüllte mein Herz, und ich vergaß sogar den Fürsten für eine Stunde. Manche Schiffe warteten im Hafen und schaukelten sachte, und wenn ich nahe herantrat, hörte ich den zärtlichen, unermüdlichen Anschlag des blauen Wassers an weißes, weiches Holz und schwarzes, hartes Eisen. Ich sah die Kräne wie große, eiserne Vögel durch die Luft schweben und ihre Lasten ausspeien in wartende Schiffe, aus weit geöffneten, eisernen braunschwarzen Rachen. Jeder von Ihnen, meine Freunde, weiß, wie es ist, wenn man zum erstenmal in seinem Leben das Meer und den Hafen erblickt. Ich will euch nicht mit näheren Schilderungen aufhalten.

Nach einiger Zeit verspürte ich Hunger und ging in eine Konditorei. Ich war in einem Alter, in dem man, wenn man hungrig wird, nicht in ein Gasthaus, sondern in eine Konditorei geht. Ich aß mich satt. Ich glaube, daß ich damals Aufsehen mit meiner Genäschigkeit erregt habe. Ich fraß ein Zuckerwerk nach dem andern, ich hatte ja Geld in der Tasche, trank zwei Tassen stark gezuckerter Schokolade und wollte mich gerade entfernen, als plötzlich ein Herr an mein Tischchen trat und mir irgend etwas sagte, was ich nicht sofort verstand. Ich glaube, ich bin damals im ersten Augenblick sehr erschrocken gewesen. Erst als der Mann weitersprach, begann ich ziemlich langsam zu verstehen. Er sprach übrigens mit einem fremden Akzent. Ich merkte sofort, daß er kein Russe war, und diese Tatsache allein verdrängte meinen ersten Schrecken und weckte in mir eine Art Stolz. Ich weiß nicht recht, warum. Es scheint mir aber, daß wir Russen uns oft geschmeichelt fühlen, wenn wir Gelegenheit haben, mit einem Ausländer zu verkehren. Und zwar verstehen wir unter ‚Ausländer‘ Europäer, jene Menschen also, die viel mehr Verstand haben dürften als wir, obwohl sie viel weniger wert sind. Es kommt uns zuweilen vor, daß Gott die Europäer begnadet hat, obwohl sie nicht an ihn glauben. Vielleicht aber glauben sie einfach deshalb nicht an Ihn, weil Er ihnen soviel geschenkt hat. Und also werden sie übermütig und glauben, sie hätten selbst die Welt erschaffen, und sind obendrein noch mit ihr unzufrieden, obwohl sie ja selbst, ihrer Meinung nach, die Verantwortung dafür haben. Siehst du – dachte ich bei mir – während ich den Ausländer betrachtete – es muß etwas Besonderes an dir sein, wenn dich ein Europäer so mir nichts, dir nichts anspricht. Er ist viel älter, vielleicht zehn Jahre älter als du. Wir wollen ihm höflich begegnen. Wir wollen ihm zeigen, daß wir ein gebildeter russischer Gymnasiast sind und kein gewöhnlicher Bauer …

Ich betrachtete mir also den Fremden: Er war, was man so einen ‚Stutzer‘ nennt. Er hielt ein ganz weiches, feines Panama-Strohhütchen in der Hand, eines, wie es gewiß in ganz Rußland nicht zu kaufen war, und ein gelbes Rohrstöckchen mit silbernem Knauf. Er trug ein gelbliches Röckchen aus russischer Rohseide, eine weiße Hose mit zarten blauen Streifen und gelbe Knopfstiefel. Und statt eines Gürtels schlang sich um sein zartes Bäuchlein eine halbe, ja weniger: eine Viertelweste aus weißem, geripptem Stoff, zusammengehalten von drei wundervollen, schillernden Perlmuttknöpfchen. Außerordentlich wirkte seine geflochtene goldene Uhrkette mit großem Karabiner in der Mitte und vielen zierlichen

Anhängseln, einem Revolverchen, einem Messerchen, einem Zahnstocher und einem niedlichen, winzigen Kuhglöckchen; alles aus purem Gold. Auch an das Angesicht des Mannes erinnere ich mich ganz genau. Er hatte pechschwarze, in der Mitte gescheitelte Haare, sehr dicht, eine kurze, knappe Stirn und ein winziges Schnurrbärtchen, aufwärtsgezwirbelt, so daß die Endchen direkt in die Nasenlöcher krochen. Die Hautfarbe war eine blasse, bleiche, was man so eine ‚interessante‘ nennt. Das ganze Männchen kam mir damals sehr nobel vor, ein zierliches Herrchen aus europäischen Regionen. Wahrscheinlich, sagte ich mir, hätte er so einen gewöhnlichen Russen, wie sie hier in der Konditorei herumsitzen, nicht angesprochen. An mir aber sieht er sofort mit dem Kennerblick des Europäers, daß ich was Besonders bin, ein noch namenloser, aber echter Fürst, kein Zweifel.

‚Ich sehe‘, sagte das fremde Herrchen, ‚daß Sie hier in Odessa fremd sind, mein Herr! Ich bin es auch. Ich bin nicht aus Rußland. Wir sind also in einem gewissen Sinne Genossen, Schicksalsgenossen!‘

‚Ich bin erst heute gekommen‘, sagte ich.

‚Und ich vor einer Woche!‘

‚Woher kommen Sie?‘ fragte ich.

‚Ich bin Ungar, ich komme aus Budapest‘, antwortete er, ‚gestatten Sie, daß ich mich vorstelle: Ich heiße Lakatos, Jenö Lakatos.‘

‚Sie sprechen aber ganz gut Russisch!‘

‚Gelernt, gelernt, lieber Freund!‘ sagte der Ungar und pochte dabei mit dem Knauf seines Rohrstäbchens auf meine Schulter. ‚Wir Ungarn haben ein großes Sprachtalent!‘

Es war mir unangenehm, sein Stäbchen auf meiner Schulter zu fühlen, ich schüttelte es ab, er entschuldigte sich und lächelte, und man sah dabei seine glänzenden, weißen und etwas gefährlichen Zähne und noch ein Stückchen vom roten Zahnfleisch darüber. Seine schwarzen Augen blitzten. Ich hatte noch nie einen Ungarn gesehn, wohl aber mir eine genaue Vorstellung von ihnen gemacht nach all dem, was ich aus der Geschichte von ihnen wußte. Ich kann nicht sagen, daß es geeignet war, in mir irgendeinen Respekt vor diesem Volk zu wecken, das meiner Meinung nach noch weniger europäisch war als wir. Es waren Tataren, die sich nach Europa hineingestohlen hatten und dort sitzengeblieben waren. Sie waren Untertanen des Kaisers von Österreich, der sie so wenig schätzte, daß er uns Russen zu Hilfe gerufen hatte, als sie einst rebellierten. Unser Zar hatte dem österreichischen Kaiser geholfen, die rebellischen Ungarn zu unterdrücken. Und vielleicht hätte ich mich mit diesem Herrn Lakatos auch nicht näher eingelassen, wenn er nicht plötzlich etwas Überraschendes, mir unwahrscheinlich Imponierendes begonnen hätte. Er zog nämlich aus dem linken Täschchen seiner gerippten Viertelweste ein flaches, kleines Flakönchen, besprizte sich die Rockklappen, die Hände und die breite, blaue, weißpunktierte Krawatte, und sofort erhob sich ein süßer Duft, der mich fast betäubte. Es waren, wie ich damals wähnte, geradezu himmlische Wohlgerüche. Ich konnte ihnen nicht widerstehen. Und als er mir sagte, wir sollten zusammen Nachtmahl essen gehn, erhob ich mich sofort und gehorchte.

BEICHTE EINES MÖRDERS, ERZÄHLT IN EINER NACHT

Merken Sie daran, meine Freunde, wie grausam Gott mit mir umging, als er mir diesen parfümierten Lakatos auf die erste Kreuzung stellte, die ich auf meinem Weg zu passieren hatte. Ohne diese Begegnung wäre mein Leben ein ganz anderes geworden. Lakatos aber führte mich geradewegs in die Hölle. Er parfümierte sie sogar.

Wir gingen also, der Herr Lakatos und ich. Erst als wir längere Zeit kreuz und quer durch die Straßen gegangen waren, bemerkte ich auf einmal, daß mein Begleiter hinkte Er hinkte nur leicht, es war kaum zu sehen, es war eigentlich kein Hinken, sondern eher, als zeichnete der linke Fuß eine kleine Schleife, ein Ornament, auf das Pflaster. Niemals seither habe ich solch ein graziöses Hinken gesehn, es war kein Gebrechen, eher eine Vollkommenheit, ein Kunststück – und gerade diese Tatsache erschreckte mich sehr. Ich war damals, müßt ihr wissen, ungläubig und außerdem auch noch unermeßlich stolz auf meine Ungläubigkeit. Es schien mir, daß ich sehr gescheit sei, weil ich, trotz meinen jungen Jahren, bereits zu wissen glaubte, daß der Himmel aus blauer Luft bestehe und keine Engel und keinen Gott enthalte. Und obwohl ich das Bedürfnis hatte, an Gott und an die Engel zu glauben, und obwohl es mir in Wirklichkeit sehr leid tat, daß ich im ganzen Himmel nur blaue Luft sehen mußte und in allen Ereignissen auf Erden lauter blinde Zufälle, konnte ich doch auf mein hochmütiges Wissen nicht verzichten und nicht auf den Stolz, den es mir verlieh; dermaßen, daß ich, trotz meiner Sehnsucht, Gott anzubeten, dennoch gezwungen war, mich gleichsam selbst anzubeten. Als ich aber dieses graziöse, ja einschmeichelnde und liebenswürdige Hinken meines Genossen bemerkte, glaubte ich, im Nu zu fühlen, daß es ein Abgesandter der Hölle war, kein Mensch, kein Ungar, kein Lakatos, und ich erkannte auf einmal, daß meine Ungläubigkeit keine vollkommene war und daß jene Torheit, die ich damals meine ‚Weltanschauung‘ nannte, sozusagen Lücken besaß. Denn hatte ich auch aufgehört, an Gott zu glauben, so waren die Furcht vor dem Teufel und der Glaube an ihn doch ganz lebendig und groß in mir geblieben. Und hatte ich auch vermocht, die sieben Himmel leerzufegen, so konnte ich doch die Hölle nicht von all ihren Schrecken säubern. Es war kein Zweifel, daß Lakatos hinkte, und ich gab mir zuerst alle Mühe, mir diese Tatsache auszureden, meinen eigenen Augen abzuleugnen, was sie so deutlich sahen. Hierauf sagte ich mir, daß auch Menschen selbstverständlich hinken können, ich erinnerte mich an alle Hinkenden, die ich kannte, an unseren Postboten Wassilij Kolohin zum Beispiel, an den Holzhacker Nikita Melaniuk und an den Schankwirt von Woroniaki, Stefan Olepszuk. Aber je deutlicher ich mir die bekannten Hinkenden ins Gedächtnis rief, desto deutlicher wurde auch der Unterschied zwischen ihrem Gebrechen und dem meines neuen Freundes. Manchmal, wenn ich glaubte, er könne es nicht bemerken und nicht übelnehmen, blieb ich unauffällig zwei, drei Schritte hinter ihm zurück und beobachtete ihn. Nein, es war kein Zweifel, er hinkte wirklich. Von hinten gesehen, war sein Gang noch merkwürdiger, seltsamer, zauberischer beinahe, es war, als zeichnete er mit dem linken Fuß wirklich unsichtbare, runde, kreisartige Zeichen auf den Boden, und sein linker gelber, spitzer und äußerst eleganter Knöpfelschuh schien mir plötzlich – aber nur sekundenlang – um ein bedeutendes länger zu sein als der rechte. Schließlich hielt ich es nicht aus, und um mir selbst zu beweisen, daß ich wieder einen sogenannten ‚Rückfall‘ in meinen alten ‚Aberglauben‘ erlitten hatte, beschloß ich, den Herrn Lakatos zu fragen, ob er wirklich hinke. Ich ging aber sehr vorsichtig zu Werke, überlegte die Frage ein paarmal und sagte schließlich: ‚Haben Sie sich den linken Fuß verletzt, oder drückt Sie der Stiefel? Es scheint mir nämlich, daß Sie hinken.‘ Lakatos blieb stehen, hielt mich am Ärmel fest, damit auch ich stehenbleibe, und sagte: ‚Daß Sie das erkannt haben! Ich muß schon sagen, junger Freund, ein Aug’ haben Sie wie ein Adler! Nein! Wirklich! Sie haben ein merkwürdig gutes Auge! Bisher haben’s nur wenige bemerkt. Aber ich kann’s Ihnen ja sagen. Wir kennen uns nicht lange, aber ich fühle mich schon ganz als Ihr alter Freund, ein älterer Bruder, könnte man sagen. Also ich habe mir den Fuß nicht verletzt, und mein Stiefel paßt auch ganz ausgezeichnet. Aber ich bin so geboren, ich hinke, seitdem ich gehe, und mit den Jahren habe ich angefangen, sogar eine Art eleganter Kunst aus meinem Gebrechen zu machen. Ich habe reiten und fechten gelernt, ich spiele Tennis, ich mache Hoch- und Weitsprünge mit Leichtigkeit, ich kann stundenlang wandern und sogar auf Berge steigen. Auch schwimmen und radfahren verstehe ich auf das beste. Wissen Sie, lieber Freund, niemals ist die Natur gütiger, als wenn sie uns ein kleines Gebrechen beschert. Wenn ich tadellos zur Welt gekommen wäre, hätte ich wahrscheinlich gar nichts gelernt.‘

Während Lakatos all dies sagte, hielt er mich, wie erwähnt, am Ärmel fest. Er stand an eine Häuserwand gelehnt, ich ihm gegenüber, fast mitten auf dem ziemlich schmalen Bürgersteig. Es war ein heller, fröhlicher Abend, die Menschen gingen lässig und frohgemut an uns vorbei, die abendliche Sonne vergoldete ihre Gesichter, alle Welt erschien mir anmutig und selig, nur ich war’s nicht, und zwar deshalb nicht, weil ich mit Lakatos zusammenbleiben mußte. Zuweilen glaubte ich, ich müßte ihn im nächsten Augenblick verlassen, und es war mir doch so, als hielte er mich nicht nur am Ärmel fest, sondern gewissermaßen auch an der Seele; als hätte er einen Zipfel meiner Seele erwischt und ließe ihn nicht mehr los. Ich konnte damals weder reiten noch radfahren, und auf einmal schien es mir sehr schändlich, daß ich beides nicht konnte, obwohl ich doch kein Krüppel war. Nur eben: Golubtschik hieß ich, das war schlimmer als ein Krüppel sein, für mich, der ich doch eigentlich ein Krapotkin war und das Recht hatte, auf den edelsten Rossen der Welt zu reiten und, wie man zu sagen pflegt, in allen Sätteln gerecht zu sein. Daß aber dieser Ungar, dieser Herr Lakatos, alle edlen und adligen Sportarten beherrschte, obwohl er doch als ein Hinkender geboren war, daß er nicht einmal Golubtschik hieß und keinesfalls der Sohn eines Fürsten war, beschämte mich ganz besonders. Dazu kam, daß ich, der ich immer schon meinen lächerlichen Namen wie ein Gebrechen getragen hatte, auf einmal zu glauben begann, gerade dieser Name sei imstande, aus mir ebenso einen Allerweltskerl zu machen, wie der lahme Fuß des Herrn Lakatos ihm verholfen hatte, alle edlen und adligen Sportarten zu beherrschen. – Ihr seht, meine Freunde, wie der Teufel arbeitet …

BEICHTE EINES MÖRDERS, ERZÄHLT IN EINER NACHT

Damals aber sah ich es nicht, ich ahnte es nur, aber es war schon mehr als eine Ahnung. Es war etwas zwischen einer Ahnung und einer Gewißheit. Wir gingen weiter. ‚Jetzt wollen wir essen‘, sagte Lakatos, ‚und dann kommen Sie zu mir, in mein Hotel. Es ist angenehm, wenn man in einer wildfremden Stadt etwas Nahes neben sich weiß, etwas Nahes, einen guten Freund, einen jüngeren Bruder.‘

Gut, wir gingen also essen. Wir gingen in die ‚Tschornaja‘ – und, ja, wißt ihr, wohin, meine Freunde?“

Hier machte Golubtschik eine Pause. Er sah den Wirt an. Der Wirt sah mit seinen stark hervorquellenden, hellen Augen auf den Erzähler. Bei dem Wort „Tschornaja“, war es, als entzündete sich in den Augen des Wirtes ein besonderes Licht, ein ganz besonderes. „Ja, die Tschornaja“, sagte er. „Eben die Tschornaja“, fing Golubtschik wieder an. „Dort gab es um jene Zeit ein Restaurant, das hieß genauso wie dieses hier, in dem wir jetzt sitzen, nämlich: ‚Tari-Bari‘ – und der Wirt ist derselbe.“

Der Wirt, der dem Erzähler gegenübergesessen hatte, erhob sich jetzt, ging um den Tisch herum, breitete die Arme aus und umarmte Golubtschik. Sie küßten sich lange und herzlich. Sie tranken Brüderschaft; und auch wir alle, die Zuhörer, hoben die Gläser und leerten sie.

„Ja, so ist’s!“ begann Golubtschik wieder. „Dieser Wirt da, mein Bruder, seht ihr, Freunde, in seinem Restaurant hat sozusagen mein Unglück begonnen. Zigeunerinnen gab es dort, im alten ‚Tari-Bari‘ in Odessa, großartige Geigenspieler und Zymbalisten. Und was für Weine, Kinder! Und alles bezahlte der Herr Lakatos. Und ich war zum erstenmal in meinem Leben in so einem Lokal. ‚Trink nur, trink!‘ sagte der Herr Lakatos. Und ich trank.

‚Trink nur!‘ wiederholte er. Und ich trank weiter.

Nach einiger Zeit, es mochte schon sehr spät sein, vielleicht lange nach Mitternacht – – aber in der Erinnerung ist es mir, als sei jene ganze Nacht eine einzige lange, lange Mitternacht gewesen –, fragte mich Lakatos: ‚Was suchst du eigentlich in Odessa?‘

‚Ich bin gekommen‘ sagte ich (aber ich lallte es damals wahrscheinlich), ‚um meinen eigentlichen Vater zu besuchen. Er erwartet mich seit mehreren Wochen.‘

‚Und wer ist dein Vater?‘ fragte Lakatos.

‚Der Fürst Krapotkin.‘

Hierauf schlug Lakatos mit der Gabel an das Glas und bestellte noch eine Flasche Champagner. Ich sah, wie er sich unter dem Tisch die Hände rieb und wie darüber, über dem Tisch, über dem weißen Tischtuch, sein schmales Angesicht aufleuchtete, sich plötzlich rötete und voller wurde, als hätte er seine Wangen aufgepustet.

‚Ich kenne ihn, Seine Durchlaucht meine ich‘, so begann Lakatos. ‚Ich kann mir auch schon alles zusammenreimen. Er ist ein alter Fuchs, dein Herr Papa! Natürlich bist du sein illegitimer Sohn! Gnade dir Gott, wenn du auch nur den geringsten psychologischen Fehler machst! Mächtig und gefährlich mußt du auftreten! Er ist schlau wie ein Fuchs und feig wie ein Hase! Ja, mein Sohn, du bist nicht der erste, du bist nicht der einzige! Vielleicht irren Hunderte seiner unehelichen Söhne in Rußland herum. Ich kenne ihn. Ich habe Geschäfte mit ihm getätigt. Hopfengeschäfte! Ich bin nämlich von Beruf Hopfenhändler, mußt du wissen. Also, tritt morgen ein, und laß dich melden als Golubtschik, wohlverstanden! Und wenn man dich fragt, was du dem Fürsten zu sagen hast, so sag einfach: eine private Angelegenheit. Und stehst du drin, vor ihm, vor seinem schwarzen großen Schreibtisch, der aussieht wie ein Sarg, und er fragt dich: Was wünschen Sie? – so sagst du: Ich bin Ihr Sohn, Fürst! – Fürst! sagst du. Nicht: Durchlaucht. – Und dann wirst du sehen. Ich traue deiner Klugheit. Ich führe dich hin. Und ich erwarte dich vor dem Schloß. Und ist er etwa unfreundlich, dein Herr Papa, so sag ihm, daß wir Mittel haben, Mittelchen. Und du hättest einen mächtigen Freund! Verstanden?'

All dies verstand ich sehr wohl, es rann wie Honig in meinen Kopf, und ich drückte Herrn Lakatos die Hand unter dem Tisch, herzlich und fest. Er winkte eine der Zigeunerinnen heran, eine zweite, eine dritte. Vielleicht waren es noch mehr. Einer jedenfalls, jener, die sich an meine Seite gesetzt hatte, verfiel ich vollends. Meine Hand verfing sich in ihrem Schoß wie eine Fliege im Netz. Es war heiß, verworren, sinnlos, und dennoch eine große Seligkeit. Ich erinnere mich noch an den bleischweren, grauenden Morgen, an etwas Weiches, Warmes in einem fremden Bett, in einem fremden Zimmer, an schrille Glocken im Korridor und ganz besonders an einen tief beschämenden, einen schamlosen Jammer vor dem neuen Tag.

Als ich erwachte, stand die Sonne schon hoch am Himmel. Als ich die Treppe hinunterging, sagte man mir, das Zimmer sei bezahlt. Von Lakatos fand ich nur einen Zettel: ,Viel Glück!' stand darauf – und: ,Ich muß sofort verreisen. Gehen Sie selbst hin! Meine Wünsche begleiten Sie!'

Also ging ich allein zum Schloß des Fürsten.

Das Haus meines Vaters, des Fürsten Krapotkin, stand einsam, stolz und weiß am Rande der Stadt. Obwohl es eine breite, gelbe, gut erhaltene Landstraße vom Strande trennte, schien es mir damals, es liege eigentlich hart am Ufer. So blau und mächtig war das Meer an jenem Morgen, an dem ich dem Hause des Fürsten entgegenging, daß es aussah, als schlüge es eigentlich immer mit seinen zärtlichen Wellen an die steinernen Treppen des Schlosses und als sei es nur zeitweilig zurückgewichen, um die Straße frei zu lassen. Überdies war, lange noch vor dem Schloß, eine Tafel angebracht, auf der geschrieben stand, daß allen Fuhrwerken die Weiterfahrt verboten sei. Es war gewiß, daß der Fürst in seiner sommerlichen, hochmütigen Ruhe nicht gestört sein wollte. Zwei Polizisten standen nahe dieser Tafel, sie beobachteten mich, während ich sie kühl und stolz anblickte, als hätte ich sie selber hierher befohlen. Wenn sie mich damals gefragt hätten, was ich hier zu suchen habe, ich hätte ihnen geantwortet, daß ich der junge Fürst Krapotkin sei. Eigentlich wartete ich auf diese Frage. Sie aber ließen mich passieren, folgten mir nur noch eine Weile mit ihren Blicken, ich spürte ihre Augen im Nacken. Je näher ich dem Hause Krapotkins kam, desto unruhiger wurde ich. Lakatos hatte versprochen, mich hierher zu begleiten. Nun hatte ich nur noch seinen Zettel in der Tasche. Laut und lebendig tönten in mir noch seine Worte wider: Sag ihm nicht Durchlaucht, sondern Fürst! – Er ist schlau wie ein Fuchs und feig wie ein Hase! – Immer langsamer, ja schleppender wurden meine Schritte, und auf einmal fühlte ich auch die grausame Hitze des Tages, der sich seiner Höhe näherte. Der Himmel war blau, das Meer zu meiner Rechten reglos, die Sonne in meinem Rücken unbarmherzig. Gewiß lag ein Gewitter in der Luft, und man merkte es nur noch nicht. Ich setzte mich eine Weile an den Wegrand. Aber als ich wieder aufstand, war ich noch müder als zuvor. Sehr langsam, die Kehle trocken, mit brennenden Füßen schleppte ich mich vor die strahlende Treppe des Hauses. Weiß waren die steinernen, flachen Stufen wie Milch und Schnee, und obwohl sie mit allen Poren die Sonne tranken, strömten sie mir doch eine wohltätige Kühle entgegen. Vor dem braunen, zweiflügeligen Portal stand ein mächtiger Schweizer in einem langen, sandgelben Mantel, mit einer großen schwarzen Mütze aus Bärenpelz (trotz der Hitze) und einem großen Zepter in der Hand, dessen goldener Knauf blitzte, eine Art Sonnenapfel. Ich stieg die flachen Stufen langsam empor. Der Schweizer schien mich erst zu erblicken, als ich knapp vor ihm stand, klein, verschwitzt und sehr armselig. Aber er rührte sich auch dann nicht, als er mich erblickt hatte. Nur seine großen blauen Kugelaugen ruhten auf mir wie auf einem Wurm, einer Schnecke, einem Nichts, und als wäre ich nicht ein Mensch wie er, ein Mensch auf zwei Beinen. So sah er zu mir eine Weile schweigsam herunter. Es war, als fragte er mich nur deshalb nicht nach meinem Begehr, weil er von vornherein wußte, daß ein so elendes Geschöpf die menschliche Sprache gar nicht verstehen konnte. Auf meinen Scheitel, durch meinen Mützendeckel, brannte die Sonne fürchterlich und tötete die paar letzten Gedanken, die noch in meinem Gehirn rumorten. Bis jetzt hatte ich eigentlich weder Angst noch Bedenken empfunden. Ich hatte einfach nicht mit dem Schweizer gerechnet, noch weniger mit einem, der gar nicht den Mund auftat, um nach meinem Begehr zu fragen. Immer noch stand ich klein und jämmerlich vor dem gelben Koloß und seinem gefährlichen Zepter. Immer noch ruhten seine Augen, die so rund waren wie seine Zepterkugel, auf meiner erbarmungswürdigen Gestalt. Mir fiel keine passende Frage ein, meine Zunge lag trocken, unendlich groß und lastend in meinem Munde. Mir fiel damals ein, daß er eigentlich vor mir salutieren oder gar die schwere Mütze abnehmen müßte, der Zorn kochte in meiner Brust über so viel Schamlosigkeit eines Lakaien, eines Lakaien, der in meines eigenen Vaters Diensten stand. Ich muß ihm befehlen – dachte ich schnell –, die Mütze abzunehmen. Aber statt ihm diesen Befehl zu erteilen, zog ich selber vor ihm meine Mütze und stand nun noch elender da, barhäuptig und wie ein Bettler. Als hätte er just darauf gewartet, fragte er mich nunmehr mit einer überraschend dünnen, fast weiblichen Stimme nach meinem Begehr. – ‚Ich möchte zum Fürsten!' sagte ich, sehr zag und leise. – ‚Sind Sie angemeldet?' – ‚Der Fürst erwartet mich.' – ‚Bitte!' sagte er etwas lauter und schon mit einer männlichen Stimme.

Ich trat ein. Im Vestibül standen zwei sandgelb livrierte Lakaien, mit silbernen Litzen und Knöpfen, von den Stühlen auf, sie erhoben sich wie durch einen Zauber, als wären sie steinerne Löwen gewesen, wie man sie manchmal vor herrschaftlichen Treppen sehen kann. Ich war wieder Herr über mich geworden, ich zerdrückte meine schöne Mütze in der Linken, das gab mir ein wenig mehr Festigkeit. Ich sagte, ich wolle den Fürsten sehn und er erwarte mich, und es sei eine private Angelegenheit. Man führte mich in einen kleinen Salon, da hing das Porträt des alten Krapotkin, wie ich aus der metallenen Plakette ersah, meines Großvaters also. Ich fühlte mich schon ganz zu Hause, obwohl mein Großvater ein sehr böses, gelbes, hageres und fremdes Gesicht machte. Ich bin Blut von deinem Blute! dachte ich. Mein Großvater! Ich werde euch zeigen, wer ich bin. Ich bin nicht Golubtschik. Ich bin euer! Oder, vielmehr, ihr seid mein!

Indessen hörte ich ein zartes silbernes Glöckchen läuten, nach einigen Minuten öffnete sich die Tür, und ein Diener verbeugte sich vor mir. Ich stand auf. Ich trat ein. Ich stand im Zimmer des Fürsten.

Er mußte vor nicht langer Zeit aufgestanden sein. Er saß hinter seinem mächtigen schwarzen Schreibtisch, der wirklich aussah wie ein Sarg, in dem man Zaren begräbt, bekleidet mit einem weichen silbergrauen, flauschigen Morgenrock.

Sein Angesicht hatte ich nicht genau in der Erinnerung behalten; jetzt erst gewahrte ich es. Es war mir jetzt, als sähe ich den Fürsten zum erstenmal in meinem Leben, und diese Erkenntnis bereitete mir einen unheimlichen Schrecken. Es war also gewissermaßen nicht mehr mein Vater, nicht der Vater, auf den ich mich vorbereitet hatte, sondern in der Tat ein fremder Fürst, der Fürst Krapotkin eben. Er erschien mir grauer, magerer, hagerer und länger und größer, obwohl er saß, als ich, der ich vor ihm stand. Als er gar fragte: ‚Was wünschen Sie von mir?‘ verlor ich vollends die Sprache. Er wiederholte noch einmal: ‚Was wünschen Sie von mir?‘ – Jetzt hörte ich genau seine Stimme, sie war heiser, und ein wenig böse klang sie, es war, so schien es mir damals, eine Art Bellen, als verträte der Fürst selber gewissermaßen einen seiner Hofhunde. In der Tat erschien plötzlich, ohne daß irgendeine der zwei Türen, die ich im Zimmer des Fürsten bemerkte, aufgegangen wäre, ein riesiger Wolfshund; ich wußte nicht, woher er kam, vielleicht hatte er hinter dem mächtigen Sessel des Fürsten gewartet. Der Hund blieb unbeweglich, er stand zwischen mir und dem Tisch, sah mich an, und auch ich sah ihn unverwandt an und konnte nicht den Blick von ihm wenden, obwohl ich doch den Fürsten, und nur ihn, anschauen wollte. Plötzlich begann der Hund zu knurren, und der Fürst sagte: ‚Ruhe, Slavka!‘ Er knurrte selbst beinahe wie der Hund. ‚Also, was wünschen Sie, junger Mann?‘ fragte der Fürst zum drittenmal.

Ich stand immer noch hart an der Tür. ‚Treten Sie näher!‘ sagte Krapotkin.

Ich ging einen winzigen, einen armseligen winzigen Schritt vor und holte Atem. Dann sagte ich:

‚Ich bin gekommen, um mein Recht zu fordern!‘ ‚Welches Recht?‘ fragte der Fürst.

‚Mein Recht als Ihr Sohn!‘ sagte ich, ganz leise.

BEICHTE EINES MÖRDERS, ERZÄHLT IN EINER NACHT

Es war eine kurze Weile still. Dann sagte der Fürst: ‚Setzen Sie sich, junger Mann!‘ und er wies auf einen breiten Stuhl vor dem Schreibtisch.

Ich setzte mich, das heißt: Ich verfiel eigentlich diesem verhexten Stuhl. Seine weichen Armlehnen zogen mich an und hielten mich fest, ähnlich jenen fleischfressenden Pflanzen, die sorglose Insekten anziehen und vollends vernichten. Ich blieb sitzen, ohnmächtig, und da ich saß, kam ich mir noch schmachvoller vor als die ganze Zeit, in der ich gestanden hatte. Ich wagte nicht, meine Arme auf die Lehnen zu legen. Sie sanken wie gelähmt hinunter, sie hingen zu beiden Seiten des Lehnstuhls hinab, und auf einmal fühlte ich, wie sie sacht und äußerst blöde zu baumeln begannen, und ich hatte doch nicht die Kraft, sie festzuhalten oder gar wieder an mich zu ziehen. Auf meine rechte Wange schien die Sonne stark und blendend, nur mit dem linken Auge konnte ich den Fürsten sehen. Ich ließ aber beide Augen sinken und beschloß abzuwarten.

Der Fürst bewegte ein silbernes Tischglöckchen, der Diener kam. ‚Papier und Bleistift!‘ befahl Krapotkin. Ich rührte mich nicht, mein Herz begann, sehr stark zu pochen, und meine Arme schlenkerten heftiger. Der Hund streckte sich behaglich aus und fing an zu grunzen.

Man brachte das Schreibzeug, der Fürst hub an: ‚Also, Ihr Name?‘ – ‚Golubtschik!‘ sagte ich. ‚Geburtsort?‘ – ‚Woroniaki.‘ – ‚Der Vater?‘ – ‚Tot!‘ – ‚Den Beruf meine ich‘, sagte Krapotkin, ‚nicht den Gesundheitszustand!‘ – ‚Er war Förster!‘ – ‚Noch andere Kinder vorhanden?‘ – ‚Nein!‘ – ‚Wo besuchen Sie das Gymnasium?‘ – ‚In W.‘ – ‚Sind die Zeugnisse gut?‘ – ‚Ja!‘ – ‚Wollen Sie weiterlernen?‘ – ‚Jawohl!‘ – ‚Denken Sie an einen bestimmten Beruf?‘ – ‚Nein!‘

‚So!‘ sagte der Fürst und legte Papier und Bleistift weg. Er stand auf, nun sah ich unter seinem auseinanderklaffenden Morgenrock eine ziegelrote Hose aus türkischer Seide, wie mir damals schien, und kaukasische, perlenbestickte Sandalen an seinen Füßen. Er sah genauso aus, wie ich mir damals einen Sultan vorstellte. Er näherte sich mir, gab dem Hund einen Tritt, das Tier schob sich knurrend zur Seite. Dann stand er hart vor mir, und ich fühlte seinen starken, harten Blick auf meinem gesenkten Scheitel wie eine Messerspitze.

‚Stehen Sie auf!‘ sagte er. Ich erhob mich. Er überragte mich um zwei Köpfe. ‚Sehen Sie mich an!‘ befahl er. Ich reckte den Kopf empor. Er betrachtete mich eine lange Weile. ‚Wer hat Ihnen gesagt, daß Sie mein Sohn sind?‘ – ‚Niemand, ich weiß es schon lange, ich habe es erlauscht und erraten!‘ – ‚So‘, machte Krapotkin, ‚und wer hat Ihnen gesagt, daß Sie irgendein Recht von mir zu fordern haben?‘ – ‚Niemand – ich selbst glaube es.‘ – ‚Und welches Recht?‘ – ‚Das Recht, so zu heißen.‘ ‚Wie zu heißen?‘ ‚So‘ wiederholte ich, denn ich wagte nicht, zu sagen: so wie Sie!‘ – ‚Krapotkin wollen Sie heißen, he?‘ – ‚Ja!‘ – ‚Hören Sie, Golubtschik‘, sagte er, ‚wenn Sie wirklich mein Sohn sind, so sind Sie mir schlecht geraten, das heißt, dumm, total dumm.‘ Ich fühlte Spott, aber auch zum erstenmal ein wenig Güte in seiner Stimme. ‚Sie müßten sich selbst sagen, junger Golubtschik, daß Sie dumm sind. Gestehen Sie es?‘ –

‚Nein!' – ‚Nun, ich werde Ihnen erklären: In ganz Rußland habe ich wahrscheinlich viele Söhne, wer kann es wissen? Ich war lange Jahre jung, viel zu lange war ich jung. Sie selbst haben vielleicht schon Söhne. Auch ich war einmal Gymnasiast. Meinen ersten Sohn bekam die Frau des Schuldieners, meinen zweiten die Tochter desselben Schuldieners. Der erste dieser zwei Söhne ist ein ehelicher Kolohin, der zweite ein unehelicher Kolohin. An diese beiden Namen, wenn es überhaupt zwei Namen sind, erinnere ich mich, weil es eben die ersten waren. Meinen Förster Golubtschik aber hatte ich ganz vergessen, wie so viele andere, wie so viele andere. Es können doch nicht hundert Krapotkins in der Welt herumlaufen, wie? Und nach was für einem Recht und Gesetz? Und gäbe es selbst diesbezüglich ein Gesetz, wer garantiert mir, daß es wirklich meine Söhne sind? He? Und dennoch sorge ich für sie alle, soweit sie meiner Privatkanzlei bekannt sind. Da ich aber auf Ordnung halte, habe ich sämtliche diesbezüglichen Adressen meinen Sekretären angegeben. Und nun? Haben Sie was daran auszusetzen?'

‚Ja!' sagte ich.

‚Was denn, junger Mann?'

Jetzt konnte ich den Fürsten ganz gelassen ansehn. Ich war nun ruhig genug, und wenn unsereins ruhig wird, wird es auch frech und unverschämt, und also sagte ich: ‚Mich gehen meine anderen Brüder gar nichts an. Mir handelt es sich nur darum, daß ich mein Recht finde.'

‚Welches Recht? – Sie haben gar kein Recht. Fahren Sie nach Haus. Grüßen Sie meinetwegen Ihre Mutter. Lernen Sie fleißig. Und werden Sie was Rechtes!'

Ich machte keinerlei Anstalten wegzugehn. Ich begann, hartnäckig und ungezogen: ‚Einmal waren Sie in Woroniaki und haben mir Männchen aus Holz geschnitzt und dann –' ich wollte von seiner Hand sprechen, die hart, hager und väterlich mein Gesicht gestreichelt hatte – da flog plötzlich die Tür auf, der Hund sprang empor, begann jubelnd zu bellen, das Angesicht des Fürsten verklärte sich, es leuchtete auf. Ein junger Mensch, kaum älter als ich, ebenfalls in Gymnasiasten-Uniform, sprang herein, der Fürst breitete die Arme aus, küßte den jungen Mann mehrere Male auf beide Wangen, dann endlich wurde es still, der Hund wedelte nur noch mit dem Schwanz. Da erst erblickte mich der junge Mann. ‚Herr Golubtschik!' sagte der Fürst. ‚Mein Sohn!'

Der Sohn lachte mich an. Er hatte ganz blitzende Zähne, einen breiten Mund, einen gelblichen Teint und eine feine, harte Nase. Er sah dem Fürsten nicht ähnlich, weniger ähnlich als ich, dachte ich damals.

‚Nun, leben Sie wohl!' sagte der Fürst zu mir. – ‚Lernen Sie gut!' Er streckte mir die Hand hin. Dann aber zog er sie zurück, sagte: ‚Warten Sie!' und ging zum Schreibtisch. Er zog eine Schublade auf und entnahm ihr eine schwere goldene Tabaksdose. – ‚Hier', sagte er, ‚nehmen Sie das zum Andenken! Gehen Sie mit Gott!'

Er vergaß, mir die Hand zu geben. Ich dankte nicht, nahm die Dose, verneigte mich und verließ das Haus.

Aber kaum war ich wieder draußen, vorbei an dem Schweizer, den ich in einer Art Verwirrung und Angst sogar grüßte und der mir nicht einmal mit einem Blick erwiderte, als ich bereits genau zu fühlen glaubte, daß mir ein großer Schimpf angetan worden war. Die Sonne stand schon hoch im Mittag. Ich fühlte Hunger – und schämte mich seltsamerweise dieses Gefühls: Es erschien mir niedrig und vulgär und meiner unwürdig. Man hatte mich gekränkt, und siehe da: Ich war nur hungrig. Ich war eben vielleicht doch nur Golubtschik, nichts mehr als ein Golubtschik.

Ich ging die hellbesonnte, glatte, sandige Straße zurück, auf der ich vor kaum zwei Stunden hierhergekommen war, ich ließ den Kopf buchstäblich hängen, ich hatte die Empfindung, er könnte sich nie mehr aufrecht halten, er war schwer und wie geschwollen; als hätte man ihn verprügelt, meinen armen Kopf. Die zwei Polizisten standen immer noch an der gleichen Stelle. Auch jetzt sahen sie mir lange nach. Eine Weile, nachdem ich sie passiert hatte, vernahm ich einen schrillen Pfiff. Er kam von links, vom Ufer des Meeres her, der Pfiff erschreckte, aber er erfrischte mich auch gewissermaßen, ich hob den Kopf und erblickte meinen Freund Lakatos. Munter stand er da, sein hellgelbes, sonniges Röckchen schimmerte fröhlich, sein Stöckchen wedelte mir entgegen, sein feines, ebenso sonniges Panamahütchen lag neben ihm, auf dem Kies. Er hob es eben auf und näherte sich mir.

Munter und ohne sichtbare Beschwer nahm er die ziemlich steile Anhöhe, die an dieser Stelle die Straße vom Meer trennte, und in wenigen Minuten stand er schon neben mir und reichte mir seine glatte Hand.

Erst in diesem Augenblick merkte ich, daß ich immer noch in meiner Rechten die Tabaksdose des Fürsten hielt, und ich verbarg sie, so flink ich konnte, in meiner Tasche. So schnell ich aber auch diese Bewegung vollführt hatte, meinem Freund Lakatos war sie nicht entgangen, ich merkte es an seinem Blick und an seinem Lächeln. Er sagte zuerst gar nichts. Er tänzelte nur fröhlich neben mir einher. Dann, als die ersten Häuser der Stadt vor uns auftauchten, fragte er: ‚Nun, es ist gelungen, hoffe ich?‘ – ‚Nichts ist gelungen‘, erwiderte ich, und eine große Wut erfüllte mich gegen Lakatos. ‚Wenn Sie mich begleitet hätten‘, sprach ich weiter, ‚wie Sie mir gestern versprochen hatten, wäre alles ganz anders gekommen. Sie haben gelogen! Warum schrieben Sie mir, daß Sie verreisen müssen? Warum sind Sie überhaupt noch da?‘ – ‚Wie?‘ rief Lakatos, ‚habe ich etwa nichts anderes zu tun? Glauben Sie, ich kümmere mich um Ihre Affären? Ich bekam in der Nacht ein Telegramm, ich solle abreisen. Es stellte sich aber heraus, daß ich noch bleiben könne. Nun ging ich, als ein guter Freund, hierher, um zu hören, was aus Ihnen geworden ist.‘ – ‚Nun‘, sagte ich, ‚nichts ist aus mir geworden, oder noch weniger, als ich gewesen war.‘ – ‚Er hat Sie nicht anerkannt? Er hat keine Angst vor Ihnen? Er hat Sie nicht eingeladen?‘ – ‚Nein!‘ – ‚Er hat Ihnen die Hand gegeben?‘ – ‚Ja‘, log ich. ‚Und was noch?‘ – Ich zog die Dose aus der Tasche. Ich hielt sie in der ausgestreckten, flachen Hand, blieb stehen und ließ sie Lakatos betrachten. Er rührte sie nicht an, er strich nur mit den Augen um sie sorgfältig herum. Er

708   BEICHTE EINES MÖRDERS, ERZÄHLT IN EINER NACHT

schnalzte dabei mit der Zunge, spitzte die Lippen, pfiff ein wenig, hüpfte einen Schritt vor, dann einen zurück und sagte schließlich: ‚Großartiges Stück! Ein Vermögen wert! Darf ich es anfassen?‘ – Und schon tippte er mit seinen spitzen Fingern auf die Dose. Wir befanden uns bereits knapp vor den ersten Häusern der Stadt, ein paar Leute kamen uns entgegen, Lakatos flüsterte hastig: ‚Stecken Sie's ein!‘, und ich verbarg die Dose.

‚Nun, war er allein, der alte Fuchs?‘ fragte Lakatos. ‚Nein!‘ sagte ich, ‚sein Sohn kam ins Zimmer!‘ – ‚Sein Sohn?‘ sagte Lakatos. ‚Er hat keinen. Ich will Ihnen etwas sagen, ich habe vergessen, Sie gestern darauf aufmerksam zu machen! Es ist nicht sein Sohn. Es ist der Sohn des Grafen P., eines Franzosen. Seit der Geburt dieses Jungen lebt die Fürstin in Frankreich; verbannt sozusagen. Den Sohn mußte sie abliefern. So ist es. Ein Erbe muß einmal sein. Wer sollte dieses Vermögen sonst zusammenhalten? Sie etwa? Oder ich?‘

‚Wissen Sie das bestimmt?‘ fragte ich, und mein Herz begann heftig zu schlagen, aus Freude, aus Schadenfreude, aus Rachsucht, und plötzlich fühlte ich einen brennenden Haß gegen den Jungen, eine vollkommene Gleichgültigkeit gegen den alten Fürsten. Alle meine Gefühle, meine Sehnsucht, meine Wünsche, hatten auf einmal ein Ziel, ich rüstete mich plötzlich aufs neue, ich vergaß, daß ich soeben eine Schmach erlitten hatte, oder vielmehr: Ich glaubte zu wissen, wer allein schuld war an meiner Schmach. Wenn – so dachte ich in jener Stunde – dieser Junge nicht ins Zimmer getreten wäre, ich hätte den Fürsten für mich sicherlich gewinnen können. Dieser Junge aber muß einen Wink erhalten haben, er muß gewußt haben, wer ich bin, deshalb kam er so plötzlich hereingestürmt, der Fürst ist alt und töricht geworden, dieser sein falscher Sohn umgarnt ihn tückisch, dieser Franzose, Sohn einer würdelosen Mutter.

Es schien mir damals, während ich solches überlegte, als würde mir immer wohler und leichter, das Feuer des Hasses erwärmte mein Herz. Ich glaubte endlich, den Sinn meines Lebens und sein Ziel erfaßt zu haben. Der tragische Sinn meines Lebens bestand darin, daß ich das unglückliche Opfer eines tückischen Jungen war. Das Ziel meines Lebens bestand darin, daß ich von dieser Stunde an die Pflicht hatte, den tückischen Jungen zu vernichten. Eine große, warme Dankbarkeit gegen Lakatos erfaßte mich und zwang mich, ihm stumm und fest die Hand zu drücken. Er ließ meine Hand nicht mehr los. So gingen wir, Hand in Hand, fast zwei Kindern ähnlich, dem nächsten Restaurant entgegen. Wir aßen ausgiebig, mit kräftigem Appetit. Wir sprachen nicht viel. Lakatos zog einige Zeitungen aus der Rocktasche, es war wie ein Zauber, ich hatte diese Blätter bis jetzt gar nicht bemerkt. Als wir mit dem Essen fertig waren, rief er nach der Rechnung, schob sie mir zu, und immer noch in seine Zeitung vertieft, sagte er, ganz nebenbei: ‚Zahlen Sie bitte vorläufig! Wir verrechnen dann!‘

Ich griff in die Tasche, langte nach meiner Börse, öffnete sie und sah, daß sie mit einigen Kupfermünzen gefüllt war, statt des Silbergelds, das ich mitgenommen hatte. Ich suchte noch im mittleren Fach, erinnerte mich genau an die zwei Zehn-Rubel-Stücke, die darin gelegen hatten, kramte noch eine Weile, Angst befiel mich, der Schweiß trat mir auf die Stirn. Gestern nacht hatte man mich bestohlen, es war sicher. Lakatos begann indessen, die Zeitung zusammenzufalten. Nach einer Weile fragte er: ‚Gehen wir?', sah mich an und schien zu erschrecken. – ‚Was ist los?' sagte er. ‚Ich habe kein Geld mehr!' flüsterte ich.

Er nahm mir die Börse aus der Hand, betrachtete sie und sagte endlich: ‚Ja, die Weiber!'

Dann zog er Geld aus der Brieftasche, zahlte, nahm mich beim Arm und begann: ‚Das macht nichts, das macht bestimmt nichts, junger Mann! In Not geraten wir keineswegs, wir haben da einen Schatz in der Tasche. Dreihundert Rubel unter Brüdern. Zu diesen Brüdern wollen wir eben jetzt wandern! Dann aber, junger Mann, genug für diesmal mit den Abenteuern! Fahren Sie sofort nach Haus!'

Arm in Arm mit Lakatos ging ich nun zu den Brüdern, von denen er gesprochen hatte.

Wir gingen in das Viertel nahe am Hafen, wo in winzigen und halb verfallenen Häusern die armen Juden wohnen. Es sind, glaube ich, die ärmsten und, nebenbei gesagt, auch die kräftigsten Juden der Welt. Tagsüber arbeiten sie im Hafen, sie arbeiten wie Kräne, sie schleppen Lasten auf die Schiffe und löschen die Ladungen, und die Schwächeren unter ihnen handeln mit Früchten, Kürbiskernen, Taschenuhren, Kleidern, reparieren Stiefel, flicken alte Hosen, nun, was eben alles arme Juden machen müssen. Ihren Sabbat aber feiern sie, vom Anbruch der Freitagnacht an, – und Lakatos sagte: ‚Gehen wir etwas schneller, denn heute ist Freitag, und die Juden hören bald auf, Geschäfte zu machen.' Während ich so an Lakatos' Seite dahinging, erfaßte mich eine große Angst, und es war mir, als gehörte mir die Tabaksdose gar nicht, die ich nun versetzen ging: als hätte sie mir Krapotkin gar nicht geschenkt, sondern als hätte ich sie gestohlen. Aber ich unterdrückte meine Angst und machte sogar ein heiteres Gesicht und tat so, als hätte ich bereits vergessen, daß man mir das Geld gestohlen hatte, und ich lachte über jede Anekdote, die Lakatos erzählte, obwohl ich diese Anekdoten gar nicht hörte. Ich wartete nur immer darauf, daß er kichere, dann merkte ich, daß seine Geschichte zu Ende war, und hierauf lachte ich laut und verlegen. Ich ahnte nur von ungefähr, daß die Geschichten bald von Frauen, bald von Juden, bald von Ukrainern handelten. Wir hielten endlich vor der schiefen Hütte eines Uhrmachers. Er hatte kein Schild, man sah nur an den Rädern, Rädchen, Zeigern und Zifferblättern, die im Fenster lagen, daß der Bewohner der Hütte ein Uhrmacher war. Es war ein winziger, dürrer Jude mit einem schütteren, strohgelben Ziegenbärtchen. Als er sich erhob, um uns entgegenzutreten, bemerkte ich, daß er hinkte, es war ebenfalls ein tänzelndes Hinken, fast wie das meines Freundes Lakatos, nur nicht ein solch feines und vornehmes. Der Jude glich einem traurigen, etwas erschöpften Böcklein. In seinen kleinen schwarzen Äuglein glomm ein rötliches Feuerchen. Er hielt die Tabaksdose in seiner mageren Hand, wog sie ein wenig und sagte: ‚Aha, Krapotkin!' und prüfte mich dabei mit einem flinken Blick, und es war, als wöge er mich mit seinen kleinen Äuglein, wie er eben die Dose auf seinem mageren Händchen gewogen hatte. Auf einmal schien es mir, daß der Uhrmacher und Lakatos Brüder seien, obwohl beide Sie zueinander sagten.

,Also, wieviel?' fragte Lakatos.

,Wie gewöhnlich!' sagte der Jude.

,Dreihundert?'

,Zweihundert!'

,Zweihundertachtzig?'

,Zweihundert!'

,Gehn wir!' sagte Lakatos und nahm dem Uhrmacher die Dose aus der ausgestreckten Hand.

Wir gingen ein paar Häuser weiter, da war wieder ein Uhrmacherfenster wie vorher, und siehe da, als wir eintraten, erhob sich der gleiche magere Jude mit gelblichem Bärtchen, blieb aber hinter seinem Pult, so daß ich nicht sehen konnte, ob auch er hinke. Als ihm Lakatos meine Dose zeigte, sagte auch dieser zweite Uhrmacher nur das Wort: ,Krapotkin!' – ,Wieviel?' fragte Lakatos. – ,Zweihundertfünfzig!' sagte der Uhrmacher. ,Bitte!' sagte Lakatos. Und der Jude zahlte uns das Geld aus, in goldenen Zehn- und Fünf-Rubel-Stücken. Wir verließen das Viertel. ,So, mein Junge!' begann Lakatos. ,Jetzt nehmen wir einen Wagen und fahren zur Bahn. Sei klug, laß dich nicht mehr auf dumme Sachen ein, und behalte dein Geld. Schreib mir gelegentlich, nach Budapest, hier ist meine Adresse.' Und er gab mir seine Visitkarte, auf der stand in lateinischen sowie auch in zyrillischen Buchstaben:

JENÖ LAKATOS
Hopfenkommissionär
Firma Heidegger und Cohnstamm, SAAZ

Adresse: Budapest, Rakocziutca, 31.

Es kränkte mich tief, daß er zu mir du sagte, so plötzlich, und deshalb sagte ich: ,Ich bin Ihnen viel Dank schuldig, aber auch Geld.'

,Dank nicht!' erwiderte er.

,Also, wieviel?' fragte ich.

,Zehn Rubel!' sagte er, und ich gab ihm ein goldenes Zehn-Rubelstück.

Hierauf winkte er einem Wagen. Wir stiegen ein. Wir fuhren zum Bahnhof.

Wir hatten nicht mehr viel Zeit, der Zug ging in zehn Minuten, man hatte schon zum erstenmal geläutet.

Ich wollte gerade auf das Trittbrett steigen, als plötzlich zwei auffallend große Männer auftauchten, je einer rechts und links von meinem Freunde Lakatos. Sie winkten mir, ich stieg aus. Sie nahmen uns in die Mitte und führten uns, gewaltig und finster, wieder hinaus vor den Bahnhof. Wir alle vier sprachen kein Wort. Wir gingen um das ganze große

Bahnhofsgebäude herum und dann rückwärts, wo man das Tuten der rangierenden Lokomotiven vernahm, zu einer kleinen Tür hinein. Es war das Polizeibüro. Zwei Polizisten standen an der Tür. Ein Beamter saß am Tisch und beschäftigte sich damit, die zahllosen Fliegen zu fangen, die mit einem lauten, unaufhörlichen, durchdringenden Gesumm im Zimmer umherflogen und sich auf die weißen Blätter setzten, die auf dem Schreibtisch ausgebreitet lagen. Sooft er eine Fliege gefangen hatte, nahm er sie zwischen Daumen und Zeigefinger der Linken und zupfte ihr einen Flügel aus. Dann tauchte er sie in das große, weite Tintenfaß aus weißem, tintenbeflecktem Porzellan. So ließ er uns etwa eine Viertelstunde herumstehn, Lakatos, mich und die beiden Männer, die uns hierhergebracht hatten. Es war heiß und still. Man hörte nur die Lokomotiven, den Gesang der Fliegen und den schweren, gleichsam schnarchenden Atem der Polizisten.

Schließlich winkte mich der Beamte heran. Er tauchte die Feder in das Tintenfaß, in dem so viele Fliegenleichen herumschwammen, fragte mich nach Namen und Herkunft und Ziel und Zweck meines Aufenthalts in Odessa, und nachdem ich alles gesagt hatte, lehnte er sich zurück, strich seinen schönen, semmelblonden Bart und beugte sich plötzlich wieder vor über den Tisch und fragte: ‚Wieviel Tabaksdosen haben Sie eigentlich gestohlen?‘

Ich verstand seine Frage nicht und blieb stumm.

Er zog die Schublade auf, winkte mir, an seine Seite zu treten, ich ging um den Tisch herum an die offene Lade und sah, daß sie ausgefüllt war mit lauter Tabaksdosen von jener Art, wie ich sie vom Fürsten bekommen hatte. Ich blieb erschrocken vor dieser Lade stehn, ich begriff gar nichts mehr. Es war mir, als sei ich verzaubert worden, ich zog das Billet aus meiner Tasche, das ich vor einer halben Stunde gelöst hatte, und zeigte es dem Beamten, es war lächerlich, so etwas zu tun, ich fühlte es sogleich, aber ich war eben ratlos, verworren und glaubte wie jeder Verworrene, unbedingt etwas Sinnloses tun zu müssen. ‚Wieviel von diesen Dosen haben Sie genommen?‘ fragte der Beamte noch einmal.

‚Eine‘, sagte ich. ‚Die hat mir der Fürst gegeben! Dieser Herr weiß es‘ – ich zeigte auf Lakatos. Er nickte. Aber in diesem Augenblick sagte der Beamte: ‚Hinaus!‘ – und Lakatos wurde hinausgeführt.

Ich blieb nun allein mit dem Beamten und einem Polizisten an der Tür. Der aber schien kein lebendiger Mensch, eher ein Pfosten oder etwas ähnliches.

Der Beamte tauchte die Feder wieder ins Tintenfaß, angelte eine tote, tropfende Fliege heraus, und es war, als blutete die Fliege Tinte, betrachtete sie und sagte leise:

‚Sie sind der Sohn des Fürsten?‘

‚Ja!‘

‚Sie wollten ihn umbringen?‘

‚Umbringen?‘ rief ich.

‚Ja?‘ fragte der Beamte, ganz leise und lächelnd.

‚Nein! Nein!‘ schrie ich, ‚ich liebe ihn!‘

‚Sie können gehn!' sagte der Beamte zu mir. Ich näherte mich der Tür. Da ergriff mich der Polizist am Arm. Er führte mich hinaus: Da stand ein Polizeiwagen mit vergittertem Fenster. Die Wagentür ging auf. Drinnen saß ein Polizist, der zog mich in den Wagen. Wir fuhren ins Gefängnis."

Hier machte Golubtschik eine lange Pause. Sein Schnurrbart, dessen unterer Rand feucht war vom Schnaps, den der Erzähler immer wieder in großen Zügen trank, zitterte ein wenig. Die Gesichter aller Zuhörer waren bleich und unbewegt und, wie mir schien, gleichsam reicher geworden an Runzeln und Falten, als hätte jeder der Anwesenden innerhalb der Stunde, die seit dem Anfang der Erzählung vergangen sein mochte, außer seiner eigenen Jugend auch noch die Semjon Golubtschiks erlebt. Auf uns allen lastete nunmehr nicht mehr nur unser eigenes Leben, sondern auch jener Teil des Golubtschikschen Lebens, den wir soeben kennengelernt hatten. Und nicht ohne Schrecken erwartete ich den aller Voraussicht nach furchtbaren Rest dieses Lebens, das ich gewissermaßen eher zu überstehen als anzuhören haben sollte. Durch die geschlossene Tür hörte man jetzt das dumpfe Poltern der ersten Gemüsewagen, die zum Markt fuhren, und manchmal den wehmütigen, langgezogenen Pfiff ferner Lokomotiven. „Es war nur ein gewöhnlicher Polizeiarrest", begann Golubtschik wieder, „nichts Fürchterliches. Es war immerhin ein ziemlich bequemes Zimmer, mit breiten Gittern vor dem hohen Fenster, die nichts Drohendes hatten, etwa so wenig Drohendes wie Gitter vor den Fenstern mancher Wohnungen. Es gab auch einen Tisch, einen Stuhl und zwei Feldbetten. Aber fürchterlich war die Tatsache, daß, als ich das Arrestzimmer betrat, mein Freund Lakatos sich von einem der Betten erhob, fröhlich und um mich zu begrüßen. Ja, er gab mir die Hand genauso unbefangen, als hätten wir uns zum Beispiel im Restaurant getroffen.

Ich aber übersah seine ausgestreckte Hand. Er seufzte bekümmert und gekränkt und legte sich wieder hin. Ich setzte mich auf den Stuhl. Ich wollte weinen, den Kopf auf den Tisch legen und weinen, aber ich schämte mich vor Lakatos, und noch stärker als meine Scham war meine Furcht, er könnte mich trösten wollen. So saß ich denn, mit einer Art versteinerten Weinens in der Brust, stumm auf dem Sessel und zählte die Gitter am Fenster.

‚Seien Sie nicht verzweifelt, junger Herr!' sagte Lakatos nach einer Weile. Er stand auf und trat an den Tisch. ‚Ich habe alles erfahren!' – Gegen meinen Willen hob ich den Kopf, bereute es aber sofort. ‚Ich habe meine Beziehungen, auch hier schon. In zwei Stunden spätestens sind Sie frei. Und wissen Sie, wem wir dieses Pech zu verdanken haben? Raten Sie bitte!'

‚Sagen Sie's doch schrie ich. ‚Quälen Sie mich doch nicht!'

‚Nun, Ihrem Herrn Bruder, oder vielmehr dem Sohn des Grafen P., Sie verstehen?'

Oh, ich verstand, und ich verstand doch nicht. Aber der Haß, meine Freunde, der Haß gegen den jungen Mann, den Bastard, den falschen Sohn meines leiblichen, meines fürstlichen Vaters, übernahm gleichsam die Rolle der Vernunft, wie es oft geschieht, und weil ich haßte, glaubte ich, auch zu erkennen. In einem Nu, so schien es mir, durchschaute ich ein fürchterliches Komplott, das man gegen mich gesponnen hatte. Und zum erstenmal erwachte in mir die Rachsucht, die Zwillingsschwester des Hasses, und schneller noch, als der Donner dem Blitz zu folgen pflegt, faßte ich den Entschluß, mich einmal bestimmt an dem Jungen zu rächen. Wie – das wußte ich nicht, aber ich fühlte schon, daß Lakatos der Mann war, mir den Weg zu zeigen, und also wurde er mir im gleichen Augenblick sogar angenehm.

Selbstverständlich wußte er, was alles in mir vorging. Er lächelte, ich erkannte an seinem Lächeln, daß er alles wußte. Er beugte sich über den Tisch so nahe zu mir herüber, daß ich nichts mehr sah als seine blitzenden Zähne und dahinter den rötlichen Schimmer seines Gaumens und von Zeit zu Zeit seine rosa Zungenspitze, die mich an die Zunge unserer Katze daheim erinnerte. Er wußte in der Tat alles. Die Sache verhielt sich so: Dosen zu schenken, alle von der gleichen, äußerst kostspieligen Art, war eine der vielen Marotten des alten Fürsten. Er ließ sie eigens für sich herstellen, bei einem Juwelier in Venedig, nach dem alten Muster einer Dose, die er, der Fürst, selbst einmal bei einer Versteigerung erstanden hatte. Diese Tabaksdosen, aus schwerem Gold, mit elfenbeinerner Einlage und mit Smaragdsplittern umkränzt, liebte der Fürst seinen Gästen zu geben, und er hatte auch immer unzählige dieser Dosen bereit. Nun, es war einfach. Der junge Mann, den er für seinen Sohn hielt, brauchte Geld, stahl die Dosen, verkaufte sie von Zeit zu Zeit, und im Laufe der Jahre hatte die Polizei bei jeder Untersuchung, die sie bei den Händlern vorzunehmen pflegte, eine mächtige Anzahl Dosen gesammelt. Alle Welt wußte, woher diese Schätze kamen. Auch der Verwalter des Fürsten, auch seine Lakaien wußten es. Aber wer hätte gewagt, es ihm zu sagen? – Wie leicht war es dagegen, einem so bedeutungslosen Jungen wie mir einen Diebstahl, ja einen Einbruch sogar zuzumuten; denn was war unsereins im alten Rußland, meine Freunde? Ein Insekt, eine jener Fliegen, die der Beamte in seinem Tintenfaß ersäuft, ein Nichts, ein Staubkörnchen unter der Stiefelsohle eines großen Herrn. Und dennoch, meine Freunde, laßt mich eine Weile abschweifen, verzeiht es mir, daß ich euch aufhalte: Ich wollte heute, wir wären noch die alten Staubkörnchen! Wir waren nicht von Gesetzen, sondern von Launen abhängig. Aber diese Launen waren fast eher berechenbar als die Gesetze. Und auch noch Gesetze sind von Launen abhängig. Man kann sie nämlich auslegen. Ja, meine Freunde, die Gesetze schützen vor der Willkür nicht, denn die Gesetze werden nach Willkür ausgelegt. Die Launen eines kleinen Richters kenne ich nicht. Sie sind schlimmer als gewöhnliche Launen. Sie sind einfach miserable Gehässigkeiten. Die Launen eines großen Herrn aber kenne ich. Sie sind sogar zuverlässiger als Gesetze. Ein großer, ein echter Herr, der strafen kann und Gnade üben, ist durch ein einziges Wort böse zu machen, aber manchmal auch durch ein einziges Wort wieder gut. Und wie viele große Herren hat es schon gegeben, die gar niemals böse geworden waren. Ihre Launen waren immer gütige Launen. Die Gesetze aber, meine Freunde, sind fast immer böse. Es gibt beinahe kein Gesetz, von dem man sagen könnte, es sei etwa gütig, es gibt auf Erden nicht einmal eine absolute Gerechtigkeit, Gerechtigkeit, meine Freunde, gibt es nur in der Hölle! ...

Um also wieder auf meine Geschichte zurückzukommen: Damals wollte ich noch die Hölle auf Erden, das heißt, ich dürstete nach Gerechtigkeit. Und wer die absolute Gerechtigkeit will, der ist der Rachsucht verfallen. So war ich damals. Ich war Lakatos dankbar, daß er mir die Augen geöffnet hatte. Und ich zwang mich, Vertrauen zu ihm zu haben, und fragte ihn: ‚Was soll ich tun?'

‚Sagen Sie mir zuerst, unter uns', begann er, ‚haben Sie wirklich nichts anderes vorgehabt, als dem Fürsten zu sagen, daß Sie sein Sohn sind? – Mir können Sie es ja sagen, niemand hört uns. Wir sind jetzt Leidensgefährten. Vertrauen gegen Vertrauen. Wer hat Sie zum Fürsten geschickt? Gibt es in Ihrer Klasse einen Vertrauensmann der – nun, Sie wissen schon: der sogenannten Revolutionäre?'

‚Ich verstehe Sie nicht', sagte ich. ‚Ich bin kein Revolutionär. Ich will einfach mein Recht! Mein Recht!' schrie ich.

Erst später sollte ich begreifen, was für eine Rolle dieser Lakatos spielte. Später erst, als ich selbst fast ein Lakatos geworden war. Damals aber begriff ich es nicht. Er aber verstand wohl, daß ich ehrlich gesprochen hatte. Er sagte nur: ‚Nun, dann ist alles gut!' Und er mochte sich dabei gedacht haben: Jetzt habe ich mich wieder geirrt. Eine schöne Summe ist mir da entgangen.

Eine Weile später ging die Tür auf, der Beamte kam, der die Fliegen ertränkt hatte, ihm folgte ein Herr in Zivil. Ich erhob mich. Der Beamte sagte: ‚Ich lasse Sie allein' und ging. Nach ihm ging Lakatos, ohne mich anzusehen. Der Herr sagte mir, ich solle mich setzen, er hätte mir einen Vorschlag zu machen. Er wisse alles – so begann er. Der Fürst habe eine hohe Stellung und eine große Bedeutung. Von ihm hänge das Wohl Rußlands ab, des Zaren, der Welt, könnte man sagen. Deshalb dürfte er niemals gestört werden. Ich sei mit lächerlichen Ansprüchen gekommen. Die gütige Nachsicht des Fürsten allein hätte mich vor schwerer Strafe gerettet. Ich sei jung. Also könne mir verziehen werden. Allein der Fürst, der bis jetzt aus Laune den Sohn eines seiner Förster erhalten habe und selbst habe studieren lassen, wünsche nicht mehr, an Unwürdige oder Leichtfertige oder Unüberlegte – oder wie immer ich mich bezeichnen möge – Gnaden zu verschwenden. Infolgedessen sei beschlossen worden, daß ich irgendeinen meiner bescheidenen Abkunft entsprechenden Posten einnehmen solle. Ich könnte entweder Förster werden wie mein Vater, Gutsverwalter vielleicht einmal, mit der Zeit, auf einem der Güter des Fürsten, oder auch in den Staatsdienst treten, zur Post, zur Eisenbahn gehn, als Schreiber irgendwohin, zu einem Gouvernement sogar. Lauter gutbezahlte und für mich passende Posten.

Ich antwortete nicht.

‚Hier, unterschreiben Sie!' sagte der Herr und entfaltete vor mir ein Papier, auf dem stand, daß ich keinerlei Ansprüche an den Fürsten zu stellen hätte und mich verpflichtete, nie mehr eine Begegnung mit ihm zu versuchen.

Nun, meine Freunde, ich kann meinen Zustand nicht genau beschreiben. Als ich das Papier las, war ich beschämt, gedemütigt, aber auch hochmütig zugleich, furchtsam und rachsüchtig, durstig nach der Freiheit, aber zugleich auch bereit, Qualen zu erleiden, ein Kreuz auf mich zu nehmen, vom Wunsch nach Macht erfüllt und gleichzeitig von dem süßen, verführerischen Gefühl, daß auch die Ohnmacht eine Seligkeit sei sondergleichen. Ich wollte aber Macht haben, um eines Tages allen Schimpf rächen zu können, den man mir jetzt antat, und zugleich wollte ich die Kraft haben, diesen Schimpf ertragen zu können. Ich wollte, kurz gesagt, nicht nur ein Rächer, sondern auch gleichzeitig ein Märtyrer sein. – Aber noch war ich keins von beiden, das fühlte ich wohl, und der Herr wußte es sicherlich ebenfalls. Er sagte mir, grob diesmal: ‚Also schnell, entscheiden Sie sich!' Und ich unterschrieb.

‚So', sagte er und steckte das Papier ein. ‚Was wünschen Sie nun?' Wollte Gott, ich hätte damals gesagt, was mir auf der Zunge lag, nämlich das einfache Wort: Nach Hause! Zur Mutter! Aber in diesem Augenblick ging die Tür auf, ein Polizeioffizier trat ein, ein eleganter Stutzer, mit weißen Handschuhen, mit blitzendem Säbel und blankgeputzter, lederner Pistolentasche und einem blanken, blaublitzenden Blick aus Eis und Hochmut. Und nur seinetwegen und ohne den Herrn anzusehn, sagte ich plötzlich: „Ich will zur Polizei!" Dieses unbedachte Wort, meine lieben Freunde, hat mein Schicksal entschieden. Erst viel später habe ich gelernt, daß Worte mächtiger sind als Handlungen – und ich lache oft, wenn ich die beliebte Phrase höre: ‚Keine Worte, sondern Taten!' Wie schwach sind die Taten! Ein Wort besteht, eine Tat vergeht! Eine Tat vollbringt auch ein Hund, ein Wort aber spricht nur ein Mensch. Die Tat, die Handlung ist nur ein Phantom, verglichen mit der Wirklichkeit und gar mit der übersinnlichen Wirklichkeit des Wortes. Die Handlung verhält sich zum Wort ungefähr wie der zweidimensionale Schatten im Kino zum dreidimensionalen lebendigen Menschen oder, wenn ihr wollt, wie die Photographie zum Original. Deshalb auch bin ich ein Mörder geworden. Aber das kommt später. Vorläufig geschah folgendes: Ich unterschrieb noch ein Papier im Zimmer eines Beamten, den ich bis jetzt noch nicht gesehen hatte. Was darin stand, weiß ich nicht mehr genau. Der Beamte, ein alter Herr mit einem so würdigen, so langen, so silbernen Bart, daß sein Angesicht darüber winzig erschien und unbedeutend, als wüchse es aus diesem Bart empor, und nicht, als wäre aus ihm der Bart gesprossen, gab mir eine weiche, gutgepolsterte, gleichsam mit fetter Tücke gepolsterte Hand und sagte: ‚Ich hoffe, Sie werden sich bei uns einleben und heimisch fühlen! Sie fahren nach Nischnij Nowgorod. Hier haben Sie die Adresse des Herrn, bei dem Sie sich melden. Leben Sie wohl!'

Und als ich schon an der Tür war, rief er: ‚Halt, junger Mann!' Ich kehrte zurück an den Schreibtisch. ‚Merken Sie sich das, junger Mann!' sagte er, beinahe schon grollend. ‚Schweigen, Horchen, Schweigen, Horchen!' Er legte den Finger an seine bartüberwucherten Lippen und winkte mit der Hand. – Ich war somit bei der Polizei, bei der Ochrana, meine Freunde! Ich begann, Rachepläne zu schmieden. Ich hatte Macht. Ich hatte

Haß. Ich war ein guter Agent. Nach Lakatos wagte ich nicht mehr zu fragen. Er wird noch oft in meiner Geschichte vorkommen. Erspart mir inzwischen die Einzelheiten, die ich jetzt zu erzählen hätte. Es gibt noch Widerliches genug in meinem weiteren Leben.

Erlaßt mir, meine Freunde, die genauen Berichte über die gemeinen – ja, man kann, man soll sagen: gemeinen Taten, die ich im Verlauf der folgenden Jahre begangen habe. Ihr wißt alle, meine Brüder, was die Ochrana gewesen ist. Vielleicht hat sie sogar jemand unter euch am eigenen Leibe gespürt. Auf keinen Fall habe ich es nötig, sie genau zu beschreiben. Ihr wißt jetzt, was ich gewesen bin. Und wenn es euch nicht paßt, so sagt es mir bitte gleich, ich verlasse euch. Hat jemand etwas gegen mich? Ich bitte, es zu sagen, meine Herren! Nur glattweg zu sagen! Und ich gehe!" Aber wir alle schwiegen. Nur der Wirt sagte: „Semjon Semjonowitsch, da du einmal angefangen hast, deine Geschichte zu erzählen, und da wir schließlich alle, so, wie wir hier sitzen, irgend etwas auf dem Gewissen haben, bitte ich dich, im Namen unser aller, fortzufahren." Golubtschik tat noch einen Schluck und erzählte weiter:

„Ich war nicht dumm, trotz meiner Jugend, und also war ich gar bald gut angeschrieben bei meinen Vorgesetzten. Zuerst – ich habe vergessen, es zu erzählen – schrieb ich einen Brief an meine Mutter. Ich sagte ihr, daß mich der Fürst gut aufgenommen habe und daß er sie herzlich grüßen lasse. Er habe mir – so schrieb ich weiter – einen großartigen Staatsposten verschafft, und von nun ab würde ich ihr monatlich zehn Rubel schicken. Für dieses Geld brauche sie sich aber beim Fürsten nicht zu bedanken.

Als ich diesen Brief schrieb, meine Freunde, wußte ich schon, daß ich meine Mutter niemals mehr sehen würde, und ich war auch, so merkwürdig es scheinen mag, sehr traurig darüber. Aber etwas anderes, Stärkeres – so schien es mir damals – rief mich, Stärkeres als die Liebe zur Mutter, nämlich der Haß gegen meinen falschen Bruder. Der Haß war so laut wie eine Trompete, und die Liebe zur Mutter war so leise und zart wie eine Harfe. Ihr versteht, meine Freunde! …

Ich wurde also, so jung ich auch war, ein großartiger Agent. Ich kann euch nicht alle Gemeinheiten erzählen, die ich im Laufe jener Zeit begangen habe. Aber der und jener unter euch erinnert sich vielleicht noch an die Geschichte von dem jüdischen Sozialrevolutionär Salomon Komrower, genannt: Komorow – und dies war eine der schmutzigsten Taten meines Lebens.

Dieser Salomon Abramowitsch Komrower war ein zarter Jüngling aus Charkow, die Politik hatte ihn niemals beschäftigt, er lernte, wie es bei Juden gehörig ist, fleißig Talmud und Thora und wollte so eine Art Rabbiner werden. Seine Schwester aber war eine Studentin, sie studierte Philosophie in Petersburg, sie verkehrte bei den Sozialrevolutionären, sie wollte, wie es damals Mode war, das Volk befreien – – und sie wurde eines Tages verhaftet. Salomon Komrower, ihr Bruder also, hat nichts Eiligeres zu tun, als sich bei der Polizei zu melden und anzugeben, er sei schuld, und er allein, an den ge-

BEICHTE EINES MÖRDERS, ERZÄHLT IN EINER NACHT

fährlichen Umtrieben seiner Schwester. Gut! Man verhaftet auch ihn. Man setzt mich in der Nacht in seine Zelle. Es war in einem Kiewer Gefängnis, ich erinnere mich noch genau an die Stunde – es war knapp vor Mitternacht. Als ich eintrat, das heißt: hineingestoßen wurde, ging Salomon Komrower auf und ab, auf und ab, er schien mich gar nicht zu bemerken. ‚Guten Abend!‘ sagte ich, und er antwortete mir nicht. Ich spielte, wie es meine Pflicht war, einen alten Verbrecher und legte mich seufzend auf die Pritsche. Nach einer Weile hörte auch Komrower auf zu wandern. Er setzte sich ebenfalls auf seine Pritsche; ich war derlei gewohnt. ‚Politisch?‘ fragte ich, wie gewöhnlich. ‚Ja!‘ sagte er. ‚Wieso?‘ fragte ich weiter. Nun, er war dumm und jung, er erzählte seine ganze Geschichte. Ich aber, der ich immer an meinen falschen Bruder, den jungen Fürsten Krapotkin, dachte und an meine Rache, überlegte mir, ob hier nicht endlich eine Gelegenheit gegeben wäre, meinen stetig heißen Haß zu kühlen. Und ich begann, dem jungen, ahnungslosen Komrower einzureden, daß ich einen Ausweg für ihn und für seine Schwester wüßte: nämlich den, den jungen Fürsten als den Freund seiner Schwester anzugeben, und, so sagte ich dem ahnungslosen Juden, wenn einmal ein Name wie der Krapotkins mit im Spiel wäre, sei gar nichts mehr zu befürchten.

In der Tat, ich wußte damals keineswegs, daß der junge Fürst tatsächlich revolutionäre Kreise aufsuchte und daß er seit langem schon von meinen Kollegen genau überwacht worden war. Meine Gehässigkeit und meine Rachsucht hatten also gewissermaßen Glück, kann man sagen. Denn siehe da: Am nächsten Tag, nachdem man den Juden Komrower vernommen hatte, kehrte er in Begleitung eines sehr noblen jungen Mannes in Ingenieur-Uniform in die Zelle zurück. Er war, sozusagen, mein Bruder: der junge Fürst Krapotkin.

Ich begrüßte ihn, er erkannte mich natürlich nicht. Ich begann, mich mit gehässigem Eifer um ihn zu kümmern; der Jude Komrower, der dort in der Ecke auf seiner Pritsche lag, bedeutete mir gar nichts mehr. Und wie es einst Lakatos mit mir gemacht hatte, begann ich, eins ums andere, Verrat um Verrat aus dem jungen Fürsten herauszulocken, nur mit mehr Erfolg, als es damals Lakatos vergönnt gewesen war. Ja, ich erlaubte mir, den jungen Fürsten zu fragen, ob er sich noch an die Tabaksdosen erinnere, die sein Vater zu verschenken die Gewohnheit gehabt habe: Da wurde der Junge zum erstenmal rot, man sah es sogar im Halbdunkel der Zelle. So ist es nämlich: Der Mann, der vielleicht versucht hatte, den Zaren zu stürzen, wurde rot, als ich ihn an einen seiner Knabenstreiche erinnerte. Von nun an gab er mir bereitwillig Auskunft. Ich erfuhr, daß er, just infolge jener törichten Tabaksdosengeschichte, die eines Tages aufgekommen war, sich verpflichtet gefühlt hatte, eine gehässige Stellung gegen die menschliche Ordnung überhaupt einzunehmen. Er hatte also, wie so viele junge Menschen seiner Zeit, die Tatsache, daß man sein vulgäres Verbrechen entdeckt hatte, zum Anlaß genommen, ein sogenannter Revolutionär zu werden und die Gesellschaft anzuklagen. Er war immer noch hübsch, und wenn er sprach und gar wenn er mit seinen blanken Zähnen lächelte, erhellte sich gleichsam die Zelle, in der wir saßen. Von tadellosem Schnitt war seine Uniform. Von tadellosem Schnitt war sein Angesicht, war sein Mund, waren seine Zähne, waren seine Augen. Ich haßte ihn.

Er verriet mir alles, alles, meine Freunde! Es hat keine Bedeutung mehr, ich will euch mit Einzelheiten nicht langweilen. Aber es half mir nichts, daß ich alles mitteilte. Nicht der junge Fürst Krapotkin wurde bestraft, sondern der völlig schuldlose Jude Komrower.

Ich sah noch, wie sie ihm die Kugel und die Kette um das linke Bein schmiedeten. Er ging nach Sibirien. Der junge Fürst aber verschwand eines Tages, schneller, als er gekommen war. Alle Geständnisse, die mir der Fürst gemacht hatte, schrieb man dem jungen Komrower zu.

So war damals die Praxis, meine Freunde!

Ich war die letzte Nacht mit ihm in der Zelle. Er weinte ein bißchen, gab mir dann ein paar Zettel, an seine Eltern, an Freunde und Verwandte, und sagte: ‚Gott ist überall. Ich habe keine Angst! Ich habe auch keinen Haß! Gegen niemanden! Sie waren mein Freund und ein Freund in der Not! Ich danke Ihnen!‘

Er umarmte und küßte mich. Heute noch brennt sein Kuß auf meinem Angesicht.“

Bei diesen Worten berührte Golubtschik mit dem Finger seine rechte Backe.

„Einige Zeit später wurde ich nach Petersburg versetzt. Ihr wißt nicht, was für eine Bedeutung solch eine Versetzung hatte. Man war unmittelbar dem gewaltigsten Mann Rußlands, dem Oberbefehlshaber der Ochrana, unterstellt. Von ihm hing das Leben des Zaren selbst ab. Mein Vorgesetzter war kein geringerer als der Graf W., ein Pole, heute noch traue ich mich nicht, seinen Namen auszusprechen. Er war ein ungewöhnlicher Mensch. Alle, die wir in seine Dienste traten, mußten in seinem Zimmer vor ihm einen neuen Eid leisten. Ein mächtiges silbernes Kruzifix ragte zwischen zwei gelben Wachskerzen vom schwarzen Schreibtisch empor. Schwarze Vorhänge verhüllten die Tür und die Fenster. Hinter dem Schreibtisch, auf einem unverhältnismäßig hohen schwarzen Sessel, saß der Graf, ein kleines Männchen, mit einem kahlen, von Sommersprossen übersäten Schädel, mit fahlen, blassen Augen, die an getrocknete Vergißmeinnicht-Blumen erinnerten, mit dürren Ohren wie aus gelblicher Pappe, mit starken Backenknochen und einem halboffenen Mund, der große gelbe Zähne sehen ließ. Dieser Mann kannte jeden einzelnen von uns Beamten der Ochrana genau, er überwachte jeden unserer Schritte, obwohl er niemals sein Büro zu verlassen schien. Er war uns allen unheimlich, und wir fürchteten ihn mehr, als wir selbst gefürchtet wurden im Lande. Wir schworen eine lange Eidesformel vor ihm, in seinem verzauberten Zimmer, und bevor wir ihn verließen, sagte er immer zu jedem von uns: ‚Also, achtgeben! Kind des Todes! – Ist dir dein Leben lieb?‘ – Darauf antwortete man. ‚Jawohl, Exzellenz!‘ – und man war entlassen. Eines Tages wurde ich zu seinem Sekretär gerufen, der mir mitteilte, daß meiner und noch mehrerer meiner Kameraden eine besondere Aufgabe harre. Der große Schneider aus Paris, der Herr

BEICHTE EINES MÖRDERS, ERZÄHLT IN EINER NACHT

Charron nämlich – ich hörte den Namen zum erstenmal –, sei nach Petersburg eingeladen. Er wolle in einem der Petersburger Theater seine neuen Modelle vorführen. Einige Großfürsten interessierten sich für die Mädchen. Einige Damen aus der allerhöchsten Gesellschaft interessierten sich für die Kleider. Nun aber gelte es, so sagte der Sekretär, eine ganz besondere Art von Dienst einzurichten. Weiß man vielleicht, wer sich unter den Mädchen befindet, die jener Herr Charron mitbringen will? Können sie nicht Waffen, Bomben, unter ihren Kleidern verbergen? Und wie leicht hätten sie es! Sie kleiden sich natürlich immer wieder um, sie gehen von den Bühnen ab in ihre Loge, kommen wieder zurück, und ein Unglück ist bald geschehen. Herr Charron hat fünfzehn Mädchen angekündigt. Wir brauchen also fünfzehn Mann. Vielleicht werden sogar die Gesetze der üblichen Schamhaftigkeit dabei verletzt. Das müssen wir in Kauf nehmen. Ob ich dieses arrangieren und kommandieren wolle, fragte mich der Sekretär.

Diese besondere, ihr gebt zu, ziemlich ungewöhnliche Aufgabe, meine lieben Freunde, erfüllte mich mit Freude. Ich sehe jetzt, daß ich nicht umhinkann, mit euch von ganz vertraulichen Dingen zu sprechen. Ich muß euch also gestehen, daß ich bis zu jener Stunde niemals wirklich verliebt gewesen war, wie es so bei jungen Männern der Fall zu sein pflegt. Meine Beziehungen zu Frauen beschränkten sich darauf, daß ich, außer jener Zigeunerin, die mir mein Freund Lakatos verschafft hatte, nur ein paarmal in den sogenannten Freudenhäusern Mädchen sozusagen besessen und bezahlt hatte. Obwohl ich von Beruf schon verpflichtet und auch geeignet war, die Welt zu kennen, war ich damals doch noch jung genug, um mir, lediglich bei der Vorstellung, ich würde sogenannte Modelle aus Paris zu überwachen haben, einzubilden, ich sei auserwählt, ganz exquisite Damen der großen Pariser Welt in ihrer prachtvollen Nacktheit zu bespähen, vielleicht auch, sie zu ‚besitzen‘. Ich sagte sofort, ich sei bereit, und ging daran, mir meine vierzehn Mitarbeiter auszusuchen. Es waren die elegantesten und jüngsten Burschen unserer Sektion.

Der Abend, an dem der Pariser Schneider mit seinen Modellen und unzähligen Koffern in Petersburg anlangte, brachte uns nicht wenig Pein.

Wir waren also am Bahnhof, fünfzehn im ganzen, und es schien damals dennoch jedem einzelnen von uns, als wären wir fünf oder gar nur zwei. Unser allmächtiger Befehlshaber hatte uns den Auftrag gegeben, besonders scharf achtzugeben; und all dies lediglich wegen eines Schneiders. Wir mischten uns unter die vielen Leute, die ihre Angehörigen am Bahnhof erwarteten. In jener Stunde war ich überzeugt, daß ich eine großartige und wichtige Aufgabe erfüllte. Ich hatte nichts weniger zu tun, als, wer weiß, vielleicht dem Zaren das Leben zu retten.

Als der Zug eintraf und der weltberühmte Schneider ihm entstieg, sah ich sofort, daß sich unser allmächtiger Befehlshaber geirrt hatte. Dies war kein Mann, der im Verdacht stehen konnte, Attentate zu begehen. Er sah wohlgenährt aus, eitel und harmlos, und zeigte sich heftig bemüht, größtes Aufsehn zu erregen. Kurz und gut: es war kein ‚subversives Individuum‘. Er war ziemlich groß gewachsen, aber infolge seiner seltsamen Kleidung schien er eher klein, sogar kurz zu sein. Denn seine Kleidungsstücke flatterten rings um ihn, statt ihn zu bedecken, und sie paßten ihm gar nicht, als hätte er sie von irgendeinem Freunde geschenkt bekommen. Er aber hatte sie sich selber ausgedacht, und deshalb erschien er uns, jedenfalls mir, sozusagen doppelt verkleidet. Ich wunderte mich darüber, daß der Hof des Zaren einen solch verkleideten Schneider aus Paris nach Petersburg bestellt hatte; und damals begann ich auch, zum erstenmal, an der Sicherheit zu zweifeln, an der Sicherheit der Herren, der großen Herren, zu deren Gesellschaft ich so gerne gehört hätte. Bis zu diesem Augenblick hatte ich geglaubt, die großen Herrschaften könnten sich gar niemals irren und könnten niemals einen Komödianten nach Petersburg bestellen, damit er ihren Damen die Moden diktiere, die man in Rußland zu tragen habe. Aber nun sah ich es mit eigenen Augen. Der Schneider kam mit einem großen Gefolge an, und nicht nur mit einem weiblichen, was ja zu erwarten gewesen wäre. Nein! – er hatte auch ein paar junge Männer mitgebracht, junge, großartige Männer aus Paris, lauter elegante Leute, ausgestattet mit seidenen Krawatten und flotten Bewegungen. Sie hüpften freudig und leichtsinnig von den Trittbrettern der Waggons, nicht unähnlich verkleideten Spatzen oder Zeisigen, und wenig hätte gefehlt, und sie hätten zu zwitschern angefangen. In der Tat erschien mir die lärmende und fröhliche Art, in der sie miteinander sofort, unmittelbar nach ihrer Ankunft, zu reden anfingen wie eine sorglose und leichtfertige Unterhaltung zwischen menschenähnlichen Vögeln oder gewissermaßen gefiederten Menschen. Sie warteten eine Weile vor den Trittbrettern, hielten die Arme ausgestreckt und empfingen die fünfzehn Mädchen, die nach ihnen auszusteigen begannen, zierlich und umständlich und mit so ängstlichen Gesichtern und Bewegungen, als hätten sie nicht auf einen Bahnsteig zu treten, sondern sich in einen fürchterlichen Abgrund zu stürzen.

Unter den aussteigenden Frauen gefiel mir eine besonders. Sie trug, wie alle Mädchen, die der Schneider mitgebracht hatte, eine Nummer. Denn alle hatten an ihrer linken Brust eine Zahl, in roter Farbe auf blauem Grund gemalt, auf sauberen, viereckigen Seidenlätzchen. Aber es sah aus, als wären diese Ziffern eingebrannt, wie man Pferden oder Kühen Zeichen einbrennt. Obwohl sie alle so munter waren, taten sie mir unendlich leid: Ich hatte Mitleid mit ihnen, besonders aber mit jener, die mir sofort, auf den ersten Blick, gefallen hatte. Sie trug die Nummer 9 und hieß, wie ich hörte: Lutetia. Aber aus den Pässen, die ich gleich darauf im Paßbüro der Bahnhofspolizei durchsah, ergab sich, daß sie eigentlich Annette hieß, Annette Leclaire, und – ich weiß nicht, warum – dieser Name rührte mich besonders.

Es ist bei dieser Gelegenheit vielleicht nötig, euch ein zweitesmal zu versichern, daß ich vorher nie eine Frau wirklich geliebt habe, das heißt, daß ich die Frauen noch gar nicht kannte. Ich war jung und kräftig, und gleichgültig war mir keine; aber mein Herz war keineswegs bereit, meinen Sinnen zu gehorchen. Und so stark meine Sehnsucht auch war, fast alle zu ‚haben‘, so stark war doch auch meine Überzeugung, daß ich nicht imstande sein könnte, auch nur einer einzigen von ihnen anzugehören. Und dennoch sehnte ich mich, wie es ja die Art der jungen Männer sein muß, nach der einzigen Frau, das heißt, eigentlich nach einer einzigen, die meine Sehnsucht und mein Heimweh nach allen zu stillen imstande gewesen wäre. Zugleich ahnte ich, daß es wahrscheinlich dergleichen Frauen nicht geben konnte, und ich erwartete, eben wie es die Art der jungen Männer ist, das sogenannte Wunder. Dieses Wunder schien mir nun eingetroffen zu sein, in dem Augenblick, in dem ich Lutetia, die Nummer 9, erblickte. Wenn man, wie ich damals, ein junger Mensch voll von der Erwartung des Wunders ist, verfällt man allzu schnell dem Glauben, es sei bereits eingetroffen.

Ich verliebte mich also, wie man so zu sagen pflegt, auf den ersten Blick in Lutetia. Gar bald schien es mir, sie trüge ihre Nummer wie ein Schand- und Brandmal, und auf einmal erfüllte mich ein Haß gegen diesen exquisiten Schneider, der von den allerhöchsten Herrschaften eingeladen worden war, seine unglücklichen Sklavinnen vorzuführen. Selbstverständlich schien mir von all diesen unglücklichen Sklavinnen das Mädchen Lutetia mit der Nummer 9 die unglücklichste zu sein. Und als wäre der nichtswürdige, aber keineswegs verbrecherische Modeschneider in der Tat ein Sklavenhalter oder Mädchenhändler gewesen, begann ich, über die Mittel nachzusinnen, mit denen es mir gelingen könnte, das Mädchen 9 von ihm zu erretten. Ja, ich sah in dem Umstand, daß man mich dieses Schneiders wegen nach Petersburg geschickt hatte, einen besonderen ‚Wink des Schicksals‘. Und ich war entschlossen, Lutetia zu retten.

Ich habe vielleicht vorhin vergessen zu erzählen, weshalb die Polizeibehörde eines ungewöhnlichen, aber immerhin unverdächtigen Schneiders wegen derartige Vorsichtsmaßregeln angeordnet hatte. Eine oder zwei Wochen vorher hatte man nämlich auf den Gouverneur von Petersburg ein Attentat versucht. Mißlungene Attentate pflegten, wie ihr alle wissen werdet, in unserem alten Rußland eine viel schrecklichere Wirkung auszuüben als gelungene. Gelungene Attentate waren gewissermaßen unwiderrufliche Gottesurteile. Denn, meine Freunde, man glaubte in jener Zeit noch an Gott, und man war sicher, daß nichts ohne seinen Willen geschehe. Aber, sozusagen, um dem Allmächtigen vorzugreifen, bevor er noch die Gelegenheit haben könnte, jemanden von den hohen Herrschaften umzubringen, traf man, wie man so zu sagen pflegt, sogenannte Vorsichtsmaßregeln. Es waren törichte, manchmal sogar unsinnige Vorsichtsmaßregeln. Man gab uns den Auftrag, die armen, hübschen Mädchen besonders scharf zu beobachten, in den Pausen, während sie sich umzukleiden hatten, und auch in ihrem privaten Leben tagsüber im Hotel. Wir hatten den Auftrag, die Männer zu beaufsichtigen, mit denen die Mädchen, aller Voraussicht nach, zu tun haben würden, und also waren wir in jenen Tagen eigentlich keine Polizei mehr, sondern eine Art von Gouvernanten. Mich aber beschämte diese Aufgabe keineswegs, sie machte mich sogar heiter. Was alles hätte ich damals, in den ersten glücklichen Stunden meiner Liebe, nicht für heiter angesehen? Mein Herz: Ich fühlte, daß ich es bis jetzt verleugnet hatte. Seit dem Augenblick, in dem die Liebe darin eingezogen war, glaubte ich, erfahren zu haben, daß es noch da war, mein Herz, und daß ich es bis zu dieser Stunde nur verleugnet und geschmäht und vergewaltigt hatte. Ja, es war, meine Freunde, ein unaussprechlicher Genuß, zu fühlen, daß ich noch ein Herz besaß, und mein Verbrechen, es verunstaltet zu haben, zu erkennen. Ganz genauso, wie ich es jetzt darstelle, wußte ich das aber damals noch nicht. Aber ich fühlte schon damals, daß die Liebe anfing, mich gewissermaßen zu erlösen, und daß sie mir das große Glück bescherte, mit Leiden, mit Freude und sogar mit Genuß erlöst zu werden. Die Liebe nämlich, meine Freunde, macht uns nicht blind, wie das unsinnige Sprichwort behauptet, sondern, im Gegenteil, sehend. Ich erkannte plötzlich und dank einer sinnlosen Liebe zu einem gewöhnlichen Mädchen, daß ich bis zu dieser Stunde schlecht gewesen war, und auch, in welchem Grade ich schlecht gewesen war. Ich weiß, seit jener Zeit, daß der Gegenstand, der in menschlichen Herzen Liebe erweckt, gar keine Bedeutung hat im Vergleich zu der Erkenntnis, die uns die Liebe beschert. Wen und was immer man liebt: der Mensch wird dabei sehend und keineswegs blind. Ich hatte bis zu dieser Stunde niemals geliebt; wahrscheinlich deshalb also war ich ein Verbrecher, ein Spitzel, ein Verräter, ein Schurke geworden. Noch wußte ich nicht, ob mich das Mädchen lieben würde. Aber allein schon die Gnade, daß ich imstande gewesen war, mich so plötzlich auf den ersten Blick zu verlieben, machte mich meiner selbst sicher und schuf mir zugleich Gewissensbisse wegen meiner schändlichen Handlungen. Ich versuchte, dieser Gnade einer jähen Verliebtheit würdig zu werden. Auf einmal sah ich die ganze Niedertracht meines Berufes, und er ekelte mich. Ich begann damals zu büßen, es war der Anfang der Buße. Ich wußte damals noch nicht, um wieviel mehr ich später noch zu büßen haben sollte.

Ich beobachtete das Mädchen, das man Lutetia nannte. Ich beobachtete es, längst nicht mehr als ein Polizist, sondern als ein eifersüchtiger Liebhaber, längst nicht mehr von Berufs wegen, sondern von Herzens wegen sozusagen. Und es verschaffte mir eine ganz besondere Wollust, es zu beobachten und auch zu wissen, in jedem Moment, daß ich eine wirkliche Macht über sie hatte. So grausam, meine Freunde, ist die menschliche Natur. Selbst dann noch, wenn wir eingesehen haben, daß wir schlecht gewesen waren, bleiben wir schlecht. Menschen sind wir, Menschen! Schlecht und gut! Gut und schlecht! Nichts anderes als Menschen.

Ich litt wahre Höllenqualen, während ich das Mädchen beobachtete. Ich war eifersüchtig. Jeden Augenblick zitterte ich, ein anderer, einer meiner Kollegen, könnte durch einen Zufall den Auftrag bekommen, Lutetia statt meiner zu überwachen. Ich war damals jung, meine Freunde! Wenn man jung ist, kann es vorkommen, daß die Eifersucht am Beginn der Liebe steht; ja, man kann glücklich sein, mitten in der Eifersucht, und gerade durch die Eifersucht. Das Leid macht uns genauso selig wie die Freude. Fast kann man das Glück vom Leid nicht unterscheiden. Die wahre Fähigkeit, Glück vom Leid zu unterscheiden, kommt erst im Alter. Und dann sind wir bereits zu schwach, um das Leid zu meiden und das Glück zu genießen.

In Wirklichkeit – sagte ich es schon? – hieß die Geliebte meines Herzens natürlich nicht Lutetia. Es erscheint euch vielleicht ohne Bedeutung, daß ich es erwähne, für mich aber bedeutete es viel, daß sie zwei Namen trug, einen echten und einen falschen. Ich behielt lange Zeit ihren Paß in der Tasche. Ich brachte den Paß ins Polizeibüro, schrieb selbst die Daten ab, ließ, wie es bei uns üblich war, das Photo noch einmal aufnehmen, nahm zwei Kopien an mich und verwahrte sie in einem besonderen Umschlag. Beide Namen bezauberten mich, jeder in einer anderen Weise. Beide Namen hatte ich zum erstenmal gehört. Es ging vom echten Namen ein sehr warmer, geradezu ein inniger Glanz aus und ein prächtiger, geradezu kaiserlicher vom Namen Lutetia. Es war beinahe, als liebte ich zwei Frauen statt einer einzigen, und da sie beide eins waren, war es mir, als müßte ich die eine doppelt lieben. An den Abenden, an denen die Mädchen die Kleider des mondänen Schneiders – in den Zeitungen nannte man sie die ‚Schöpfungen‘ oder gar die ‚genialen Schöpfungen‘ – im Theater vorführten, mußten wir in den Ankleidezimmern der Damen stehn. Der Schneider erhob einen gewaltigen Protest dagegen. Er ging zu der Witwe des Generals Portschakoff, die um jene Zeit eine große Rolle in der Petersburger Gesellschaft spielte und die allein ihn eigentlich veranlaßt hatte, nach Rußland zu kommen. Die Generalin war trotz ihrer berühmten, bedeutenden Korpulenz unheimlich eilfertig. Sie besaß die erstaunliche Fähigkeit, an einem einzigen Vormittag zwei Großfürsten, den General-Gouverneur, drei Advokaten und den Intendanten der kaiserlichen Oper aufzusuchen, um sich über die Verfügung unserer Polizei zu beschweren. Aber, meine Freunde, was nutzte unter gewissen Umständen in unserem alten, lieben Rußland eine Beschwerde gegen eine Verfügung? Der Zar selbst hätte nichts ausgerichtet – er vielleicht am wenigsten.

Natürlich wußte ich von all den Unternehmungen der beflissenen Generalswitwe. Ich bezahlte sogar von meinem Gehalt einen Schlitten, um ihr überallhin folgen zu können, und, ebenfalls aus meiner Tasche, Trinkgelder für die Diener und Lakaien, die mir den Inhalt der Unterredungen in all den Häusern überbrachten. Ich verfehlte nicht, meine Erfahrungen sofort meinem Chef mitzuteilen. Ich wurde belobt, aber ich schämte mich, dieses Lob zu hören. Ich arbeitete, meine Freunde, nicht mehr für die Polizei. Ich stand in höheren Diensten; ich stand in den Diensten meiner Leidenschaft. Ich war wohl in jenen Tagen der geschickteste von allen Beamten, denn ich besaß die Fähigkeit, nicht nur schneller zu sein als die eilfertige Generalin, sondern auch zugleich die sonderbare Fähigkeit, an allen Orten fast gleichzeitig zu erscheinen. Ich war damals imstande, nicht nur Lutetia, sondern auch die Generalin und den berühmten Schneider fast gleichzeitig zu überwachen. Nur einen sah ich nicht, meine Freunde, nur einen nicht: Ihr werdet bald hören, um wen es sich handelt. Ich sah also eines Tages, wie der berühmte Schneider, in einen weiten Pelz gehüllt, den er sich noch in Paris hatte bestellen lassen – denn es war kein russischer Pelz, sondern einer, wie man sich in Paris einen russischen Pelz vorstellt –, ich sah also, wie er in einer Art weiblicher Kapotte aus Persianer, mit einer Kapuze aus Blaufuchs, an der eine silberne Troddel hing, einen Schlitten bestieg und zur Generalin fuhr. Ich folgte ihm, erreichte noch vor ihm den Flur, nahm ihm den merkwürdigen Pelz ab – denn der Portier war seit einigen Tagen mein Freund geworden – und wartete im Vorzimmer. Die rüstige Generals-witwe erstattete ihm einen niederschmetternden Bericht. Es gelang mir auch, ihn zu erlau-schen. Alle ihre Unternehmungen waren vergeblich gewesen. Ich lauschte mit Wollust. Gegen die Ochrana, also gegen mich gewissermaßen, konnte kein Großfürst etwas aus-richten, nicht einmal ein jüdischer Advokat. Aber es gab, wie ihr wißt, im alten Rußland drei unfehlbare Mittel – und die verriet sie ihm auch: Geld, Geld, Geld.

Der Schneider war bereit, Geld zu zahlen. Er verabschiedete sich, zog wieder seinen sonderbaren Pelz an und stieg in den Schlitten.

Am ersten Abend, an dem die Vorführung seiner ‚Schöpfungen‘ stattfand, erschien er auch, freundlich, rundlich und doch zugleich vierschrötig, strahlend und in einem Frack mit weißer Weste, an der wunderliche rote Knöpfchen leuchteten, die an Marienkäfer-chen erinnerten; hinter den Kulissen, vor den Garderoben seiner Mädchen erschien er. Ach, er war unfähig, auch nur den Miserabelsten unter uns zu bestechen! Mit den Sil-bermünzen klimperte er in seinen weiten Frackhosentaschen wie ein Mönch mit einem Klingelbeutel, und trotz seiner ganzen Pracht sah er weniger aus wie einer, der bestechen will, denn wie einer, der um Almosen bittet. Selbst der Verwerflichste unter uns hätte nicht vermocht, von dem Schneider Geld anzunehmen. Es war klar: Mit Großfürsten konnte er vielleicht besser verkehren als mit Spitzeln.

Er verschwand. Wir gingen in die Garderoben.

Ich zitterte. Wenn ich euch sage, daß ich damals Angst, wirkliche Angst empfand, zum erstenmal in meinem Leben die hohläugige Angst, werdet ihr mir aufs Wort glau-ben. Ich hatte Angst vor Lutetia, Angst vor meiner Begierde, sie im Hemd zu sehn, Angst vor meiner Wollust, Angst vor dem Unbegreiflichen, dem Nackten, dem Willenlosen, Angst vor meiner eigenen Übermacht. Ich wandte mich um. Ich kehrte ihr den Rücken zu, während sie sich umkleidete. Sie lachte mich aus. Während ich ihr also angstvoll den Rücken zukehrte, mochte sie wohl, mit dem hurtigen Instinkt der Frauen, der die Furcht und die Ohnmacht der verliebten Männer zuallererst wittert, erkannt haben, daß ich einer der unschädlichsten Spitzel des großen Zarenreiches sei. Aber was rede ich von Instinkt! Sie wußte doch wohl, daß es meine Aufgabe war, sie genau und sogar scharf zu beobachten, und sie sah doch, daß ich mich umgewandt und mich ihr also preisgegeben hatte! Schon war ich ihr ausgeliefert! Schon hatte sie mich durchschaut! Ach, meine Freunde, es ist besser, sich einem erklärten Feind auszuliefern, als eine Frau wissen zu lassen, daß man sie liebt. Der Feind vernichtet euch schnell! – Die Frau aber – ihr wer-det bald sehen, wie langsam, wie mörderisch langsam …

BEICHTE EINES MÖRDERS, ERZÄHLT IN EINER NACHT

Gut! Ich stand also da, mit dem Angesicht zur Tür, und betrachtete die weiße, langweilige Klinke, als hätte ich den Auftrag erhalten, diesen harmlosen Gegenstand zu bewachen. Es war, ich erinnere mich genau, ein gewöhnlicher Klinkenknopf aus Porzellan. Nicht einmal ein Sprung war an ihm zu entdecken. Das dauerte lange. Indessen sang, flötete, pfiff und zwitscherte die Geliebte meines Herzens hinter meinem Rücken – und vor dem Spiegel, wie ich erriet – ebenso unbekümmerte wie liederliche Weisen, und heller Hohn war in ihrem Singen, in ihrem Flöten, in ihrem Pfeifen, in ihrem Zwitschern. Lauter Hohn! …

Auf einmal klopfte es an der Tür. Ich wandte mich sofort um und sah natürlich Lutetia. Sie saß vor dem ovalen, goldumrahmten Spiegel und versuchte, mit einer immensen Puderquaste, ihren Rücken zu pudern. Sie war bereits angekleidet. Sie trug ein schwarzes Kleid, der Rücken zeigte einen dreieckigen Ausschnitt, an den Rändern mit blutroten Samtstreifen eingesäumt, und sie versuchte, mit der rechten Hand, mit der übergroßen Quaste, ihren Rücken zu erreichen, um ihn zu pudern. Mehr noch, als mich ihre Nacktheit verwirrt hätte, blendete mich in diesem Augenblick der beinahe höllische – ich finde keinen andern Ausdruck –, also der beinahe höllische Zusammenhang dieser Farben. Seit jenem Augenblick glaube ich zu wissen, daß die Farben der Hölle, in die ich gewiß einmal gelangen werde, aus Schwarz, Weiß und Rot bestehen; und an manchen Stellen, an den Wänden der Hölle zum Beispiel, wird hie und da der dreieckige Ausschnitt eines Frauenrückens sichtbar; die Puderquaste auch.

Ich erzähle all dies zu lang, und es dauerte doch nur einen Augenblick. Bevor noch Lutetia Herein! rufen konnte, ging die Tür auf. Und ehe ich mich noch umgesehen hatte, begann ich schon zu ahnen, wer der Ankömmling war. Ihr werdet es erraten, meine Freunde! Wer war es? – Es war mein alter Freund, mein alter Freund Lakatos!

‚Guten Abend!‘ sagte er auf russisch. Hierauf begann er eine längere französische Ansprache an Lutetia. Ich verstand sehr wenig. Mich schien er nicht erkannt zu haben oder nicht erkennen zu wollen. Lutetia wandte sich um und lächelte ihm zu. Sie sagte ein paar Worte, lächelte weiter, halb im Sessel umgewandt, die große Quaste in der Hand, ich sah sie doppelt, ihr lebendiges Bild und das Spiegelbild. Lakatos näherte sich ihr, er hinkte immer noch sichtlich. Er trug einen Frack und Lackstiefel, und eine rote Blume unbekannter Art loderte in seinem Knopfloch. Was mich betrifft, so war ich beinahe wie ausgelöscht. Ich hatte das sichere Gefühl, daß ich weder für Lutetia noch für Lakatos ein lebendiger Mensch sei. Fast hätte ich selbst an meiner Anwesenheit in dieser Garderobe gezweifelt, wenn ich nicht genau gesehen hätte, wie Lakatos seine Frackärmel emporzog – seine Manschetten schepperten leise – und wie er die Puderquaste aus Lutetias Händen mit zwei spitzen Fingern entgegennahm. Und als machte er sich daran, nicht etwa den Rücken einer Frau mit Puder zu bestreuen, sondern einen ganz neuen Frauenrücken zu formen, begann er, mit beiden Händen unbegreifliche Kreise in der Luft zu zeichnen, hierauf, sich zu bücken, dann, sich auf die Zehenspitzen zu stellen und den ganzen Körper zu recken, um endlich, endlich den Rücken Lutetias mit der Quaste zu berühren. Er bestrich den Rücken geradezu, wie man zum Beispiel eine Mauer tüncht. Es dauerte lange, und Lutetia lächelte – – ich sah ihr Lächeln im ovalen Spiegel. Endlich wandte sich Lakatos mir zu und so selbstverständlich, als wenn er mich vorher begrüßt und erkannt hätte, sagte er mir jetzt: ‚Nun, alter Freund, Sie auch hier?‘ – Und er steckte dabei die Hand in die Hosentasche. Es klimperte und klingelte darin von Silber- und Goldmünzen. Ich kannte den Klang.

‚So müssen wir uns wiederfinden!‘ sprach er weiter. – Ich antwortete nichts. Endlich, nach einem längeren Schweigen, fragte er: ‚Wie lange noch wollen Sie diese Dame belästigen?‘

‚Ich belästige sie gegen meinen Willen‘, sagte ich. ‚Ich habe hier Dienst!‘

Er hob beide Arme gegen den Plafond und rief: ‚Dienst! Dienst hat er!‘ Und wandte sich dann gegen Lutetia und sagte etwas leise auf französisch.

Er winkte mich heran, an den ovalen Spiegel, nahe zu Lutetia, und sagte: ‚Alle Ihre Kollegen sind fort. Alle Damen bleiben unbehelligt. Verstanden?‘

‚Ich habe Dienst!‘ erwiderte ich.

‚Ich habe sie alle bestochen!‘ sagte Lakatos. ‚Alle Damen sind unbehelligt! Wieviel verlangen Sie?‘

‚Gar nichts!‘

‚20, 40, 60?‘

‚Nein?‘

‚100?‘

‚Nein!‘

‚Ich habe den Auftrag, nicht weiterzugehn.‘

‚Gehn Sie selbst!‘ sagte ich.

In diesem Augenblick ertönte das Klingelzeichen. Lutetia verließ die Garderobe.

‚Du wirst es bereuen!‘ sagte Lakatos. – Er ging hinter Lutetia einher, und ich blieb einen Augenblick verwirrt und beklommen zurück. Es roch betäubend nach Schminke, Parfüm, Puder und Frau. Ich hatte vorher nichts von all diesen Gerüchen gespürt; oder ich hatte sie nicht gemerkt; was weiß ich? Auf einmal aber überfiel mich dieser vielfältige Geruch wie ein süßlicher Feind, und es war, als hätte ihn nicht Lutetia hinterlassen, sondern mein Freund Lakatos. Es war, als hätten vorher, bevor er angekommen war, die Parfüms, die Schminke, der Puder, die Frau gar nicht gerochen, sondern als hätte erst Lakatos alle diese Gerüche zum Leben erweckt.

Ich verließ die Garderobe. Ich sah im Korridor nach. Ich sah eine Bühnengarderobe nach der andern. Ich fand meine Kollegen nirgends. Ausgelöscht waren sie, verschwunden, verschlungen. Zwanzig, vierzig, sechzig oder hundert Rubel hatten sie genommen.

Ich stand hinter den Kulissen, zwischen den zwei diensthabenden Feuerwehrleuten, und ich sah seitwärts einen Teil des erlesenen und sogar durchlauchten Publikums, das sich hier versammelt hatte, um einen lächerlichen Schneider aus Paris zu begrüßen, und das sich zugleich vor seinen armseligen Mädchen fürchtete, die man ‚Modelle‘ nannte

Dermaßen war also die große Welt beschaffen – dachte ich bei mir –, daß man einen Schneider bewundert und fürchtet zugleich. Und Lakatos? Woher kam er? Welcher Wind hatte ihn hierher getrieben? Er machte mir angst. Ich fühlte deutlich, daß ich in seiner Gewalt war, ich hatte ihn längst vergessen, und er machte mir deshalb doppelte Angst. Das heißt: ich hatte ihn eigentlich niemals ganz vergessen; ich hatte ihn nur verdrängt, hinausgedrängt aus meinem Gedächtnis, aus meinem Bewußtsein. Also bekam ich doppelte Angst, oh, keine gewöhnliche, meine Freunde, so etwa, wie man Angst hat vor Menschen! Erst in dieser Stunde und an dieser sonderbaren Art meiner Furcht erkannte ich eigentlich, wer Lakatos war. Ich erkannte es, aber es war, als hätte ich auch noch Angst vor meiner eigenen Erkenntnis und als müßte ich um jeden Preis trachten, vor mir selber gewissermaßen diese Erkenntnis zu verbergen. Es war, wie wenn ich verurteilt wäre, eher gegen mich selbst zu kämpfen und mich vor mir selbst zu wehren, als gegen ihn zu kämpfen und mich vor ihm zu wehren. Dermaßen, meine Freunde, erliegt ein Mensch der Verblendung, wenn es der große Verführer will. Man fürchtet sich gar gewaltig vor ihm, aber man vertraut ihm viel mehr als sich selbst. Während der ersten Pause stand ich wieder in der Garderobe Lutetias. Ich redete mir ein, es sei selbstverständlich meine Pflicht. In Wirklichkeit aber war es ein merkwürdiges Gefühl, gemischt aus Eifersucht, Trotz, Verliebtheit, Neugier – was weiß ich? Noch einmal erschien Lakatos, während Lutetia sich umkleidete und während ich, genau wie vorher, mit dem Rücken zu ihr stand und die Tür anstarrte. Obwohl ich ihm eigentlich den Weg versperrte, schien er mich ebensowenig zu beachten, als wäre ich kein Mensch, sondern etwa ein Kleiderkasten. Mit einem einzigen, eigentlich eleganten, rundlichen Schwung seiner Schultern und seiner Hüften wich er mir aus. Schon stand er hinter dem Rücken Lutetias, und so, daß sie ihn im Spiegel sehen mußte, vor dem sie eben saß. Sein Eintritt erzürnte mich dermaßen, daß ich sogar meine Scham überwand und meine Liebe vergaß und mich prompt umwandte. Da sah ich, wie Lakatos drei Finger an den gespitzten Mund legte, eine Art Luftkuß gegen das Spiegelbild der Frau abfeuerte. Dabei sagte er ununterbrochen ein und dasselbe französische Wort: ‚Oh, mon amour, mon amour, mon amour!‘ Das Spiegelbild Lutetias lächelte. Im nächsten Augenblick – ich begriff nicht, ich begreife auch heute noch nicht, wie es geschah – legte Lakatos einen großen Strauß dunkler Rosen auf den Tisch vor dem Spiegel – und ich hatte ihn doch mit leeren Händen eintreten sehen! Lutetias Spiegelbild nickte leicht. Lakatos schickte noch einen Handkuß ab, wandte sich um, und mit der gleichen rundlichen Schleife, mit der er mir vorher beim Eintritt ausgewichen war, schwang er sich gleichsam um mich herum und verließ das Zimmer.

Nachdem ich mit eigenen Augen gesehen hatte, daß man Blumensträuße, die vorher nicht vorhanden gewesen waren, plötzlich hervorzaubern könne, war sozusagen auch meine berufliche Furcht rege geworden, neben meiner privaten. Wie untrennbare, zusammengewachsene Zwillinge hockten sie in meiner Brust, die beiden Ängste.

Gelang es einem Menschen, vor meinen Augen einen Strauß zu erschaffen, aus dem Nichts, so konnte es Lutetia oder auch Lakatos ebenso gelingen, eine jener Bomben mit nackten Händen herzustellen, vor denen meine Vorgesetzten und ihre Auftraggeber sich so fürchteten. Begreifen Sie, ich hatte nicht etwa Sorge um das Leben des Zaren oder der Großfürsten oder des Gouverneurs. Was gehen mich je die Großen dieser Welt an, und was kümmerten sie mich besonders in jenen Tagen! Nein, ich zitterte einfach vor der Katastrophe, vor der nackten Katastrophe allein, obwohl ich noch nicht wußte, welche Gestalt und welches Gesicht sie tragen würde. Unausweichlich erschien sie mir. Unausweichlich schien mir Lakatos ihr Urheber zu sein, ja, ihr Urheber sein zu müssen. Ich war nie sehr gläubig von Natur gewesen, und ich zerbrach mir nicht den Kopf über Gott und den Himmel. Aber jetzt begann ich, eine Ahnung von der Hölle zu bekommen – und ähnlich, wie man erst bei einem Brand nach der Feuerwehr zu rufen beginnt, fing ich in jenen Tagen an, sinnlose, unzusammenhängende, aber sehr innige und heiße Gebete zu dem unbekannten Herrn der Welt emporzuschicken. Sie nutzten mir wenig, offenbar, weil ich noch zu wenig Prüfungen erfahren hatte. Ganz andere harrten noch meiner.

Ich begann, meine Aufmerksamkeit zu verdoppeln. Zehn Tage sollte der Schneider aus Paris bei uns bleiben, aber nach drei Tagen schon hieß es, seine Toiletten, oder besser: ‚Schöpfungen‘, hätten den Damen unserer Gesellschaft dermaßen gefallen, daß man seinen Aufenthalt noch um weitere zehn zu verlängern gedenke. Welch eine frohe und zugleich welch eine verwirrende Kunde, die ich da vernahm! Ich bekam den Auftrag, das seinerzeit bekannte Haus der Frau Lukatschewski zu überwachen, bei der sich damals die Offiziere der Garnison nach Mitternacht zu versammeln pflegten. Ich kannte es wohl, von Berufs wegen, aber nur dem Äußeren nach. Sein Inneres hatte ich noch nie gesehen. Ich bekam sogar einen sogenannten Spesenbeitrag von dreihundert Rubeln und einen sogenannten Dienstfrack, wie ihn je drei unserer Leute von der mondänen Abteilung abwechselnd zu benützen pflegten. Der Frack paßte ganz gut. Einen griechischen Orden, rotumrahmtes Gold an rotem Seidenband, hängte ich um den Hals. Zwei Lakaien der Dame Lukatschewski standen in unsern Diensten. Ich postierte mich um zwölf Uhr vor dem Hause. Nachdem ich so lange gewartet hatte, bis ich annehmen konnte, daß es endlich die Zeit sei, in der man nicht mehr auffiel, ging ich hinein, mit Zylinder, Stock, Theaterpelerine, Orden. Den und jenen der Herren in Uniform und Zivil, über die ich genau unterrichtet war, begrüßte ich wie ein alter Bekannter. Sie lächelten mich an, mit dem fatalen und leeren Lächeln, mit dem man Freund und Feind und Gleichgültigen in der großen Welt begegnet. Eine Weile später gab mir einer unserer Lakaien einen Wink, ihm zu folgen. Ich geriet in eines jener diskreten Zimmer im ersten Stock, von denen ihr nicht wißt, welchen Zwecken sie dienen; nicht etwa der Liebe oder was man so nennt, sondern den Zeugen und den Lauschern, den Zuträgern und den Spitzeln. Man konnte durch eine ziemlich breite Ritze einer dünnen, tapezierten Bretterwand alles sehen und hören.

BEICHTE EINES MÖRDERS, ERZÄHLT IN EINER NACHT   729

Und – ich sah, meine Freunde! – ich sah Lutetia, die Geliebte meines Herzens, in der Gesellschaft des jungen Krapotkin. Ach, ich erkannte ihn sofort, es war kein Zweifel! Wie hätte ich ihn auch nicht erkennen sollen! Ich war damals derart verworfen, daß ich schneller imstande war, etwas Gehaßtes wiederzuerkennen, als das Geliebte und mir Angenehme. Ja, ich übte mich sozusagen in dieser Beschaffenheit und versuchte, mich in ihr zu vervollkommnen. Ich sah also Lutetia, die Geliebte meines Herzens, in den Armen des Mannes, von dem ich mir früher einmal eingebildet hatte, er sei mein Feind; in den Armen des Mannes, den ich im Verlauf meiner letzten, schmählichen Jahre fast schon vergessen hatte; in den Armen meines verhaßten, falschen Bruders, des Fürsten Krapotkin.

Ihr versteht, meine Freunde, was alles damals in mir vorging:

Auf einmal – ich hatte lange nicht mehr daran gedacht – erinnerte ich mich an meinen schimpflichen Namen ‚Golubtschik‘; auf einmal erinnerte ich mich daran, daß lediglich der Familie Krapotkin mein elendes Gewerbe zu verdanken hatte; auf einmal glaubte ich, daß gewiß seinerzeit der alte Fürst in Odessa mich ohne Schwierigkeiten anerkannt hätte, wenn nur nicht der Junge mit solch beleidigender Heiterkeit in sein Zimmer gestürzt wäre; auf einmal war die alte, törichte Eitelkeit meiner Jugend wieder wach und die Bitterkeit! Ja, auch die Bitterkeit. Er, er war ja gar nicht der Sohn Krapotkins! Ich aber, ich war es gewiß. Ihm war der Name zugefallen und alles, was dieser Name mit sich brachte: der Ruhm, das Ansehn und das Geld; der Ruhm, das Geld, die große Welt und die erste Frau, die ich liebte.

Ihr begreift, meine Freunde, was das heißt: die erste Frau, die man liebt. Sie vermag alles. Ich war ein Elender, ich hätte vielleicht damals ein guter Mensch werden können. Ich wurde kein guter Mensch, meine Freunde! In jener Stunde, in der ich Krapotkin und Lutetia erblickte, loderte das Böse, dem ich offenbar von Geburt an schon zubestimmt war und das bis jetzt nur sachte in mir geschwelt hatte, als ein offener, großer Brand empor. Mein Untergang war gewiß.

Ich wußte damals schon um meinen Untergang, und deshalb eben gelang es mir, die beiden Gegenstände meiner Leidenschaften: den meines Hasses und den meiner Liebe, genau zu beobachten. Niemals sieht man so klar und kalt wie in einer Stunde, in der man vor sich den schwarzen Abgrund fühlt. Ich empfand den Haß und die Liebe zugleich, in meinem Herzen waren sie ebenso innig vereint wie die beiden im Nebenzimmer: Lutetia und Krapotkin. Ebensowenig wie die beiden Menschen, die ich beobachten konnte, bekämpften sich die beiden Empfindungen; sondern sie vereinten sich in einer Wollust, die gewiß noch größer, gewaltiger, sinnlicher war als die fleischliche Vereinigung der beiden.

Ich empfand keinerlei körperliche Begierde, ja nicht einmal Eifersucht; wenigstens nicht Eifersucht in der gewöhnlichen Form, in der sie jeder von uns wahrscheinlich schon gespürt hat, wenn er zusehen mußte, wie ein geliebter Mensch ihm genommen wird, vielmehr, wie sich dieser geliebte Mensch mit Freuden nehmen läßt. Ich war vielleicht nicht einmal erbittert. Ich war nicht einmal rachsüchtig. Vielmehr glich ich einem kalten und objektiven Richter, der etwa die Verbrecher selbst bei der Freveltat beobachten kann, über die er später zu urteilen hat. – Ich fällte jetzt schon das Urteil, es lautete: Tod dem Krapotkin! Ich wunderte mich nur, daß ich so lange gewartet hatte. Ja, ich merkte, daß dieses Todesurteil längst beschlossen, gefertigt und besiegelt in mir gelegen hatte. Es war, ich wiederhole es, keine Rachsucht. Es war, meiner Meinung nach, die natürliche Folge der gewöhnlichen, der objektiven, der sittlichen Gerechtigkeit. Nicht ich allein war das Opfer Krapotkins. Nein! Das gültige Gesetz der sittlichen Gerechtigkeit war sein Opfer. Im Namen des Gesetzes sprach ich mein Urteil: Es lautete auf Tod.

Es lebte damals in Petersburg ein gewisser Angeber namens Leibusch. Es war ein winziger Mann, keine 120 Zentimeter hoch, nicht einmal ein Zwerg, sondern der Schatten eines Zwerges. Er war ein sehr geschätzter Mitarbeiter meiner Kollegen. Ich hatte ihn nur ein paarmal flüchtig gesehen. Um die Wahrheit zu sagen: Ich hatte, obwohl ich selbst, wie man zu sagen pflegt, schon mit allen Wassern gewaschen war, ein wenig Angst vor ihm. Es gab viele gewissenlose Fälscher und Betrüger in unserer Gesellschaft, aber keinen gewissenloseren und flinkeren als ihn. Im Handumdrehn konnte er zum Beispiel den Beweis erbringen, daß ein Verbrecher ein wahres Unschuldslamm sei und ein Unschuldiger ein Attentat auf den Zaren vorbereitet habe. Obwohl ich bereits so tief gesunken war, meine Freunde, hegte ich doch noch die Überzeugung, daß ich nicht aus purer Schlechtigkeit Böses tat, sondern daß mich das Schicksal dazu verurteilt hatte. Unbegreiflicherweise hielt ich mich immer noch sozusagen für einen ,guten Menschen'. Ich, ich hatte wenigstens noch das Bewußtsein, daß ich Böses tat und daß ich mich deswegen vor mir selbst entschuldigen müßte. Unrecht hatte man mir zugefügt. Golubtschik hieß ich. Alles Recht, auf das ich von Geburt aus Anspruch hatte, war mir genommen worden. In meinen Augen war damals mein Mißgeschick ein ganz und gar unverdientes Unheil. Ich hatte gewissermaßen ein verbrieftes Recht darauf, böse zu sein. Die anderen aber, die mit mir Böses taten, hatten dieses Recht keineswegs.

Gut, ich suchte also unsern Angeber Leibusch auf. Erst in dem Augenblick, in dem ich ihm gegenüberstand, kam mir alles Schreckliche zum Bewußtsein, das ich vorhatte. Seine gelbliche Hautfarbe, seine rötlich umrandeten Augen, seine großen Pockennarben, seine unmenschlich winzige Gestalt waren beinahe imstande, mich irrezumachen in meinem festen Glauben, ich sei ein Richter und ein Vollstrecker des Gesetzes. Ich hatte einige Hemmungen, bevor ich anfing, mit ihm zu sprechen.

,Leibusch', sagte ich, ,du kannst deine Tüchtigkeit beweisen.' Wir befanden uns damals in einem der Vorzimmer unseres Chefs. Wir waren allein, wir hockten nebeneinander auf einem giftgrünen Plüschsofa, und mir war's, als wäre es bereits eine Anklagebank; ja, ich saß gerade auf der Anklagebank in der Stunde, in der ich im Begriffe war, zu richten und zu urteilen.

‚Was soll ich noch beweisen?' sagte der Kleine. ‚Genug habe ich bewiesen!'

‚Ich brauche', sagte ich, ‚Material gegen einen gewissen.'

‚Eine hohe Persönlichkeit?'

‚Natürlich!'

‚Wer ist es!'

‚Der junge Krapotkin!'

‚Nicht schwer', sagte der Winzige, ‚gar nicht schwer!'

Wie leicht ging das! Der Winzige wunderte sich gar nicht, daß ich Material gegen Krapotkin brauchte. Also hatte man gegen Krapotkin schon längst Material gesammelt. Beinahe kam ich mir sehr großmütig vor, daß ich noch nichts davon gewußt hatte. Fast war es keine Niedrigkeit, die ich eben zu begehen im Begriff war, sondern eine echte richterliche Pflicht.

‚Wann?' fragte ich.

‚Morgen um die gleiche Stunde', sagte der Winzige.

Er besaß wirklich prachtvolles Material. Die Hälfte hätte ausgereicht, einem gewöhnlichen Russen zwanzig Jahre Katorga zu verschaffen. Wir saßen im stillen Hinterzimmer einer Teestube, deren Wirt ich kannte, und blätterten im Material. Es befanden sich darunter Briefe an Freunde, Offiziere und hochgestellte Personen, an bekannte Anarchisten und an verdächtige Schriftsteller und eine Anzahl äußerst überzeugender Photographien. ‚Hier', sagte der Winzige, ‚die und die habe ich gefälscht.'

Ich sah ihn an. In seinem kleinen gelben Gesicht, darin gerade noch Augen, Nase und Mund Platz hatten und in dem die dünnen Wangen schmählich eingefallen waren, veränderte sich gar nichts. In diesem Antlitz hatten die Züge gleichsam keinen Raum, sich zu verändern. Er sagte: ‚Dies habe ich gefälscht!' Und: ‚Dies habe ich gefälscht.' Und: ‚Dies habe ich gefälscht!' Und es bewegte sich kein Zug in seinem Angesicht. Ihm war es offenbar gleichgültig, ob er die Bilder gefälscht hatte oder ob sie echt waren. Bilder waren sie eben. Mehr als Bilder: nämlich Beweise. Da er seit vielen Jahren erfahren hatte, daß die falschen Bilder ebensoviel bewiesen wie die echten, hatte er vollkommen verlernt, diese von jenen zu unterscheiden, und beinahe mit einer kindlichen Einfalt glaubte er, die Fälschungen, die er selbst ausgeführt hatte, seien gar keine Fälschungen. Ja, ich glaube, er wußte gar nicht, er wußte überhaupt nicht mehr, wodurch sich eigentlich eine gefälschte von einer echten Photographie unterscheide, wodurch ein echter Brief von einem gefälschten. Es wäre unrichtig, wollte man diesen Leibusch, diesen Winzigen, etwa zu den Verbrechern zählen. Ein Verworfener war er, schlimmer als ein Verbrecher, böser noch als ich, meine Freunde!

Ich wußte wohl, was ich mit den Briefen und den Bildern anzufangen hatte. Mein Haß hatte einen Sinn. Der Winzige aber war kein Hasser und kein Richter. Alles, was er Böses tat, war sinnlos, der Teufel gebot ihm einfach, Böses zu vollführen. Dumm war er wie ein Gänserich, aber äußerst schlau in der Art, die schwierigen Dinge zu vollbringen, deren Sinn und Zweck er gar nicht verstand. Er verlangte nicht einmal einen kleinen irdischen Vorteil. Er tat alles gleichsam aus Gefälligkeit. Er verlangte von mir kein Geld, kein Versprechen, keine Zusage. Er gab mir das ganze, für mich so wertvolle Material, ohne das Gesicht zu verändern, ohne zu fragen, wozu ich es brauchte, ohne irgend etwas zu verlangen, ja, ohne mich selbst zu kennen. Seinen Lohn hatte er bereits anderswoher bekommen, so schien es.

Nun, was ging es mich an? Ich nahm, was ich brauchte; ich fragte nicht, woher es kam, noch von wem. Ich nahm es eben von dem Winzigen.

Kaum eine halbe Stunde später war ich bei meinem nächsten Vorgesetzten. Und zwei Stunden hierauf verhaftete man den jungen Krapotkin.

Er blieb nicht lange in der Haft, meine Freunde, keineswegs lange. Drei Tage im ganzen. Am dritten Tage wurde ich zu unserm Gewalthaber berufen, und er sagte mir folgendes:

‚Junger Mann, ich hätte Sie für klüger gehalten!‘ Ich schwieg.

‚Junger Mann‘, fing er wieder an, ‚erklären Sie mir Ihre Dummheit.‘

‚Euer Durchlaucht‘, sagte ich, ‚wahrscheinlich habe ich eine Dummheit begangen – da Euer Gnaden es doch selber sagen. Aber erklären kann ich sie keineswegs.‘

‚Gut‘, erwiderte Seine Herrlichkeit, ‚ich werde sie dir erklären: Verliebt bist du eben. Und ich erlaube mir bei dieser Gelegenheit eine sogenannte philosophische Bemerkung: Merken Sie sich das, junger Mann! Ein Mann, der es zu etwas im Leben bringen will, ist niemals verliebt. Ein Mann besonders, der das hohe Glück hat, bei uns tätig zu sein, hat überhaupt kein Gefühle. Er kann eine bestimmte Frau begehren – gut, ich verstehe das! Aber wenn ihm ein Mächtiger im Wege steht, muß unsereins seine Begierde unterdrücken. Hören Sie zu, junger Mann! Ich kannte mein Leben lang nur eine Begierde: die, groß und mächtig zu werden. Ich bin es heute, groß und mächtig. Ich kann Seine Majestät selbst, unsern Zaren, überwachen – Gott schenke ihm Glück und Gesundheit. Aber weshalb kann ich das? Weil ich niemals in meinem langen Leben geliebt oder gehaßt habe. Auf jede Lust habe ich verzichtet – deshalb habe ich auch niemals mit einem wirklichen Leid Bekanntschaft gemacht. Ich war niemals verliebt; also kenne ich auch keine Eifersucht. Ich habe niemals gehaßt; also kenne ich auch keine Rachsucht. Ich habe niemals die Wahrheit gesagt; infolgedessen kenne ich auch nicht die Genugtuung, die eine gelungene Lüge bereitet. Junger Mann, richten Sie sich danach! Ich muß Sie bestrafen. Der Fürst ist mächtig, den Affront vergißt er nie. Wegen eines kleinen, lächerlichen Mädchens haben Sie Ihre Karriere verdorben. Ja, mir selbst haben Sie, verstanden!, einen äußerst unangenehmen Tadel verschafft. Ich habe lange darüber nachgedacht, welche Strafe Sie dafür verdienen. Und ich bin zu dem Entschluß gekommen, Ihnen die strengste aller Strafen aufzuerlegen. Sie werden hiermit verurteilt, dieser lächerlichen Frau zu folgen. Ich verurteile Sie sozusagen zu ewiger Liebe. Sie gehen nach Paris, als unser Agent. Sie melden sich sofort bei dem Botschaftsrat P. Hier sind Ihre Papiere. Gnade Ihnen Gott, junger Mann! Es ist das härteste Urteil, das ich in meinem Leben gefällt habe.'

Damals war ich jung, meine Freunde, und ich lebte! Nachdem Seine Herrlichkeit sein Urteil ausgesprochen hatte, geschah mit mir etwas Außerordentliches, etwas Lächerliches: Ich fühlte mich von einer unbekannten Gewalt auf die Knie gezwungen, ich fiel wahrhaftig auf die Knie vor unserm Großmächtigen, und ich tastete nach seiner Hand, um sie zu küssen. Er entzog sie mir, stand auf, befahl mir, mich sofort zu erheben und keine Dummheiten mehr zu machen. Ach! Er war groß und mächtig, denn er war kein Mensch! Natürlich verstand er gar nichts von all dem, was in mir vorging. Er warf mich hinaus.

Ich sah draußen im Korridor meine Papiere nach. Und ich erstarrte vor Seligkeit und Überraschung. Meine Papiere lauteten auf den Namen Krapotkin. Auf diesen Namen war mein Paß ausgestellt. In einem Begleitbrief an den Botschaftsrat P. war ich ausdrücklich als einer jener Agenten gekennzeichnet, deren Aufgabe es war, die sogenannten subversiven Elemente Rußlands in Frankreich zu überwachen. Welch ein häßliches Geschäft, meine Freunde! Und edel erschien es mir damals! Wie verworfen – war ich! Verworfen und verirrt! Alle Verworfenen sind eigentlich Verirrte.

Kaum zwei Tage später sollte der mondäne Schneider mit all seinen Weibern abreisen, in meiner Begleitung. Er wurde mir, kurz vor der Abfahrt, vorgestellt. In seinen törichten und eitlen Augen war ich der Vertreter des hochadeligen Rußlands, ein Fürst und gleich ein Krapotkin gar – denn er mag sich wirklich eingebildet haben, daß man ihm einen echten Fürsten als Begleiter mitgegeben hatte. Ich selbst, ich bildete es mir ein, als ich zum erstenmal einen Paß auf den Namen Krapotkin in der Tasche wußte. Indessen aber fühlte ich damals schon, in den tiefsten Tiefen meines Herzens, die doppelte, die dreifache Schmach, die man mir angetan hatte: Ich war ein Krapotkin, ein Krapotkin von Blut; und ich war ein Spitzel; und ich trug den Namen, der mir gebührt hätte, lediglich als Polizist. Im höchsten Maße unwürdig, hatte ich erkauft und gestohlen, was mir auf eine würdige Weise hätte zukommen müssen. So dachte ich damals, meine Freunde, und ich wäre wohl sehr unglücklich gewesen, ohne die Liebe zu Lutetia. Sie aber, die Liebe meine ich, entschuldigte und verwischte alles. Ich war bei Lutetia, neben ihr. Ich begleitete sie. Ich fuhr mit ihr in die Stadt, in der sie lebte. Ich wollte sie. Ich begehrte sie mit allen meinen Sinnen. Ich brannte nach ihr, wie man sagt. Aber ich achtete vorläufig nicht auf sie. Ich bemühte mich, gleichgültig zu sein, und selbstverständlich hoffte ich, sie würde mich von selbst bemerken und mich durch einen Blick, eine Gebärde, ein Lächeln wissen lassen, daß sie mich bemerkt habe. Sie aber tat gar nichts. Ganz gewiß bemerkte sie mich nicht. Und warum auch hätte sie mich bemerken sollen?

Es waren übrigens die ersten zwölf Stunden unserer Reise. Weshalb auch hätte sie mich in den ersten zwölf Stunden bemerken sollen?

Wir mußten einen Umweg machen. Wir fuhren nicht direkt; jene Damen der guten Gesellschaft, die damals zufällig in Moskau waren oder ständig dort wohnten und die auf keinen Fall den berühmten Schneider aus Rußland fortgehen lassen wollten, ohne wenigstens ihn und seine Puppen gesehen zu haben, hatten unbedingt gefordert, er möchte sich wenigstens einen Tag in Moskau aufhalten. Gut! Wir hielten uns in Moskau auf. Am frühen Nachmittag kamen wir an, wir logierten im Hotel Europa. Allen Damen ließ ich dunkelrote Rosensträuße überreichen, allen die gleichen. Nur dem Rosenstrauß, der für Lutetia bestimmt war, legte ich meine Visitkarte bei. Oh, freilich nicht meine richtige. Solch eine hatte ich überhaupt niemals besessen. Wohl aber hatte ich jetzt nicht weniger als fünfhundert Visitkarten, falsche, auf den Namen Krapotkin. Ich muß sagen, ich zog oft eine aus der Brieftasche und betrachtete sie. Ich weidete mich an ihr. Je länger ich sie ansah, desto stärker begann ich an ihre Echtheit zu glauben. Ich betrachtete mich selbst in dieser falschen Visitkarte, etwa wie eine Frau sich in einem Spiegel betrachten mag, der sie gefälliger erscheinen läßt. Und als wüßte ich nicht, daß auch mein Paß ein falscher war, zog ich auch ihn manchmal hervor und ließ mir gleichsam durch seine amtliche Zeugenschaft bestätigen, daß meine Visitkarte nicht gelogen habe.

So dumm und eitel war ich damals, meine Freunde, obwohl mich eine noch viel größere Leidenschaft gefangenhielt. Ja, auch diese meine Leidenschaft, nämlich die Liebe, nährte sich noch von meiner Eitelkeit und meiner Dummheit.

Wir blieben zwei Tage in Moskau, und die Damen der guten Gesellschaft kamen, die aus Moskau und die andern, aus nahen und fernen Gütern. Es gab im Hotel am Nachmittag eine kurze und sozusagen zusammengedrängte Vorführung. Der mondäne Schneider war nicht im Frack. Er trug seinen violetten Cutaway und ein blaßrosa, seidenes Hemd und eine Art bräunlicher Lackpantoffeln. Die Damen waren entzückt von ihm. Er begrüßte sie mit einer längeren Ansprache. Und sie erwiderten, indem sie ihn einzeln mit noch längeren Ansprachen auszeichneten. Obwohl ich damals nur ein kümmerliches Französisch konnte, merkte ich doch, daß sich die Damen bemühten, den Tonfall des Schneidermeisters nachzuahmen. Ich hütete mich, mit ihnen zu sprechen. Denn die eine oder die andere hätte wohl erkennen können, daß ich kein Krapotkin war – und sei es auch nur an meinem lächerlichen Französisch. Im übrigen kümmerten sie sich auch nur um den Schneider und um die Toiletten. Um den Schneider noch mehr! Und wie gerne hätten sie, aller Weiblichkeit zum Trotz, ebenfalls einen violetten Cutaway und ein blaßrosa Seidenhemd getragen!

Genug mit diesen fruchtlosen Betrachtungen! Jede Zeit hat ihre lächerlichen Schneider, ihre lächerlichen Modelle, ihre lächerlichen Frauen. Die Frauen, die heute in Rußland die Uniform der Rotgardisten tragen, sind die Töchter jener Damen, die damals bereit gewesen wären, einen violetten Herrenrock anzuziehen, und die Töchter der Rotgardisten von heute werden vielleicht einmal in der Tat etwas Ähnliches tragen müssen.

BEICHTE EINES MÖRDERS, ERZÄHLT IN EINER NACHT

Wir verließen Moskau. Wir kamen an die Grenze. In dem Augenblick, in dem wir sie erreichten, in diesem Augenblick erst kam es mir plötzlich zum Bewußtsein, daß mir die Gefahr drohte, Lutetia zu verlieren, wenn ich nicht noch schnell etwas unternahm. Was unternehmen? Was unternimmt ein verlorener Mann meiner Art, der das abscheulichste aller Handwerke ausübt? Ach, meine Freunde, er hat niemals die leichte, die beschwingte, die göttliche Phantasie der einfachen Liebenden! Ein Mann meines Schlages hat eine niedrige, eine Polizeiphantasie. Der Frau, die er liebt, stellt er nach mit den Mitteln, die ihm sein Beruf zur Verfügung stellt. Nicht einmal die Leidenschaft vermag einen Menschen meiner Art zu veredeln. – Die Gewalt zu mißbrauchen ist das Prinzip der Menschen meiner Natur! Und, weiß Gott, ich mißbrauchte sie.

Ich gab an der Grenze einem meiner Kollegen einen Wink, und er verstand ihn sofort. Ihr erinnert euch, meine Freunde, was damals eine russische Grenze bedeutete. Es war weniger die Grenze des gewaltigen Zarenreiches als die Grenze unserer Willkür, will sagen: der Willkür der russischen Polizei. Die Macht des Zaren hatte ihre Grenzen, in seinem eigenen Schloß sogar. Unsere Macht aber, die Macht der Polizei, hörte erst an den Grenzen des Reiches auf, und oft – wie ihr bald hören werdet – auch noch lange nicht jenseits unserer Grenzen. Immerhin, einem Polizisten bereitete es unermeßliches Vergnügen, gerade einen harmlosen Menschen zittern zu sehen, zweitens, einem Kollegen zu Gefallen zu sein, drittens – und dies ist besonders wichtig –, gerade eine hübsche, junge Frau in Schrecken zu versetzen. Dies, meine Freunde, ist die besondere Art der polizistischen Erotik.

Mein Kollege begriff mich also sofort. Ich verschwand für einige Zeit, ich wartete im Polizeikabinett. Der Schneider und alle seine Damen mußten sich einer peinlichen Untersuchung unterziehen – und gar nichts nützte diesem mondänen Schneider seine äußerst beredte Zunge und seine Berufung auf alle hohen Herrschaften. Man verstand einfach kein Französisch. Vergeblich rief er auch ein paarmal nach mir, nach dem Fürsten Krapotkin. Ich konnte ihn zwar durch das kleine Fensterchen beobachten, das die Zwischenwand des Polizeizimmers und des Revisionssaals unterbrach. Er aber sah mich nicht. Ich blieb unauffindbar. Ich sah, wie er sich inmitten der aufgeregten Schar seiner Mädchen umhertrieb, wichtig und ratlos, weltmännisch und zugleich verloren, feig wie wichtigtuerisch und zugleich furchtsam, stolz wie ein Hahn, ein Hase, dumm wie ein Esel. Es freute mich, ich gestehe es. Ich hätte eigentlich gar keine Zeit haben dürfen, ihn zu beobachten und zu verachten. Denn ich liebte ja Lutetia! Aber, so bin ich nun einmal geartet, meine Freunde! Ich weiß oft selbst nicht, was ich von mir zu halten habe …

Aber das ist ja nicht das Wichtigste. Die Hauptsache war, daß man plötzlich, dank der kameradschaftlichen Gesinnung meines Kollegen, im Koffer der Lutetia einen Revolver gefunden hatte. Der Schneider rannte ratlos herum, er rief ein paarmal nach mir, er beschwor meinen Namen, wie man Götter beschwört – und ich zeigte mich nicht. Von meinem Guckloch aus sah ich, zufrieden und gemein, ein Gott und ein Spitzel, die Lutetia, die blasse, die hilflose. Sie tat, was alle Frauen in derlei Situationen tun müssen: sie begann zu weinen. Und ich erinnerte mich, daß ich sie, durch ein ähnliches Guckloch, kaum zwei Wochen früher beobachtet hatte, wie sie in den Armen des jungen Krapotkin selig gewesen war und gelacht hatte. Oh, ich hatte diese besondere Art des Lachens nicht vergessen! Ich empfand, niedrig, wie ich nun einmal bin, meine Freunde, eine Genugtuung. Mochte der Zug warten, zwei Stunden, drei Stunden! Ich hatte Zeit.

Endlich, nachdem es so weit gekommen war, daß Lutetia, aller Worte bar, weinend dem Schneider um den Hals fiel, alle anderen Damen rings um beide herumzuflattern begannen, dermaßen, daß das Ganze ungefähr aussah wie ein tragisches Massaker, ein aufgeregter Hühnerhof und das romantische Abenteuer eines romantischen Schneiders zugleich, erschien ich auf der Bildfläche. Sofort verneigte sich der Kollege vor mir und sagte: ,Euer Hochwohlgeboren, zu Ihren Diensten!'

Ich sah ihn gar nicht an. Ich fragte – in den Saal hinein –, ohne einen der vielen Menschen anzusehen: ,Was ist hier eigentlich geschehen?'

,Euer Hochwohlgeboren, begann mein Kollege, ,man hat hier, im Koffer einer Dame, einen Revolver gefunden.'

,Das ist mein Revolver', sagte ich. ,Die Damen stehen unter meinem Schutz.'

,Wie Sie befehlen!' sagte der Beamte.

Wir stiegen in den Zug.

Selbstverständlich fiel mir – wie ich vorausgesehen hatte – der Schneider um den Hals, kaum waren wir im Zug. ,Wer ist eigentlich jene Dame mit dem Revolver?' fragte ich. ,Ein harmloses Mädchen', sagte er, ,ich kann es mir gar nicht erklären.' ,Ich möchte sie sprechen', sagte ich. ,Sofort', erwiderte er, ,ich bringe sie Ihnen.'

Er brachte sie mir. Und er verließ uns sofort. Wir blieben allein, Lutetia und ich.

Es dunkelte schon, und der Zug schien durch den immer dichter werdenden Abend immer schneller dahinzurasen. Es erschien mir merkwürdig, daß sie mich keineswegs erkannte. Es war, als wäre alles darauf angelegt, mir selbst zu beweisen, wie wenig Zeit ich hätte, mein Ziel zu erreichen. Deshalb auch erschien mir angebracht, sofort zu sagen: ,Wo ist denn nun mein Revolver?' –

Statt jeder Antwort – die immerhin noch möglich gewesen wäre – fiel mir Lutetia in die Arme.

Ich nahm sie auf meinen Schoß. Und es begannen, im Dunkel des Abends, der um uns durch zwei Scheiben hereinfiel, von zwei Seiten her – es war gar nicht *ein* Abend mehr, es waren deren zwei – die Liebkosungen, die ihr alle kennt, meine Freunde, und die so oft das Unheil unseres Lebens einleiten."

Als er an dieser Stelle seiner Erzählung angelangt war, schwieg Golubtschik eine lange Weile. Sein Schweigen schien uns deshalb noch länger zu dauern, weil er gar nichts trank. Wir anderen alle nippten nur an unseren Gläsern, aus Scham und Zurückhaltung, weil Golubtschik sein Glas kaum zu beachten schien. Sein Schweigen schien also gewissermaßen ein doppeltes Schweigen zu sein. Ein Erzähler, der seine Geschichte unterbricht und ein Glas, das vor ihm steht, nicht an die Lippen führt, erweckt in seinen Zuhörern eine sonderbare Beklemmung. Wir alle, die Zuhörer Golubtschiks, fühlten uns beklommen. Wir schämten uns, Golubtschik in die Augen zu sehen, wir starrten beinahe stupide auf unsere Gläser. Wenn wir wenigstens das Ticken einer Uhr vernommen hätten! Aber nein! Keine Uhr tickte, keine Fliege summte, und auch von der nächtlichen Straße her drang kein Geräusch durch den dichten, eisernen Rolladen. Wir waren einfach preisgegeben der tödlichen Stille. Lange, lange Ewigkeiten schienen vergangen seit dem Augenblick, in dem Golubtschik seine Erzählung angefangen hatte. Ewigkeiten, sage ich, nicht Stunden. Denn da die Wanduhr in diesem Restaurant stillstand und dennoch jeder von uns einen verstohlenen Blick nach ihr hinwarf, obwohl wir alle wußten, daß sie stehe, erschien uns allen die Zeit ausgelöscht, und die Zeiger über dem weißen Zifferblatt waren nicht mehr schwarz allein, sondern geradezu düster. Ja, düster waren sie wie die Ewigkeit. Beständig waren sie in ihrer hartnäckigen, beinahe niederträchtigen Stabilität, und es schien uns, als bewegten sie sich nicht deshalb nicht, weil das Uhrwerk stillstand, sondern als blieben sie unbeweglich aus einer Art Bosheit und wie um zu beweisen, daß die Geschichte, die uns Golubtschik zu erzählen im Begriffe war, eine ewig gültige, trostlose Geschichte sei, unabhängig von Zeit und Raum, von Tag und Nacht. Da also die Zeit stillstand, war gleichsam auch der Raum, in dem wir uns befanden, aller seiner Raumgesetze ledig; und es war, als befänden wir uns nicht auf der festen Erde, sondern auf den ewig schwankenden Wassern des ewigen Meeres. Wie in einem Schiff kamen wir uns vor. Und unser Meer war die Nacht.

Jetzt erst, nach dieser langen Weile, tat Golubtschik wieder einen Schluck aus seinem Glase.

„Ich habe überlegt", begann er von neuem, „ob ich euch, meine Freunde, ganz genau den weiteren, den detaillierten Fortgang meiner Erlebnisse erzählen soll. Ich unterlasse es lieber. Ich will sofort mit meiner Ankunft in Paris anfangen.

Ich kam also nach Paris. Ich brauche Ihnen nicht zu sagen, was damals für mich, den kleinen Golubtschik, den Spitzel, der sich selbst verachtete, den falschen Krapotkin, den Liebhaber Lutetias, die Stadt Paris bedeutete. Es kostete mich schwere Mühe, nicht zu glauben, daß mein Paß falsch sei und daß meine schmutzige Aufgabe, die geflüchteten sogenannten ‚staatsgefährlichen Subjekte' zu überwachen, meine eigentliche sei. Es kostete mich eine unwahrscheinliche Mühe, mich selbst endgültig davon zu überzeugen, daß meine Existenz verloren und verlogen war, mein Name erborgt, wenn nicht gestohlen, mein Paß das schändliche Papier eines schändlichen Spitzels. In dem Augenblick aber, in dem ich all dies erkannt hatte, begann ich mich selbst zu hassen. – Ich hatte mich immer gehaßt, meine Freunde! – Nach all dem, was ich euch erzählt habe, wißt ihr es ja! – Aber der Haß, den ich jetzt gegen mich empfand, war ein Haß von einer anderen Art. Zum erstenmal empfand ich Verachtung gegen mich. Vorher hatte ich nie gewußt, daß eine falsche Existenz, aufgebaut auf einem erborgten und gestohlenen Namen, die eigentliche, die wirkliche Existenz vernichten könne. Jetzt aber erfuhr ich am eigenen Leibe sozusagen die unerklärliche Magie des Wortes; des geschriebenen, des aufgeschriebenen Wortes. Gewiß, ein nichtsnutziger, ein gedankenloser Polizeibeamter hatte mir einen Paß auf den Namen Krapotkin ausgestellt; und er hatte sich dabei nicht nur gar nichts gedacht; er hatte es auch für selbstverständlich gehalten, einem Spitzel Golubtschik den Namen Krapotkin zu verleihen. Dennoch, es war Magie, es ist Magie in jedem gesprochenen, geschweige denn in jedem geschriebenen Wort. Durch die einfache Tatsache, daß ich einen Paß auf den Namen Krapotkin besaß, war ich ein Krapotkin schlechthin; aber zugleich bewies mir dieser Paß noch auf andere, ganz irrationale Weise, daß ich ihn nicht nur zu Unrecht, sondern auch zu unredlichen Zwecken erworben hatte. Er war gewissermaßen der stetige Zeuge meines üblen Gewissens. Er zwang mich, ein Krapotkin zu werden, indes ich nicht aufhören konnte, ein Golubtschik zu sein, Golubtschik war ich, Golubtschik bin ich, Golubtschik bleib' ich, meine lieben Freunde! …

Außerdem aber – und dieses ‚außerdem' ist bezeichnend und wichtig – war ich verliebt in Lutetia. Begreift ihr wohl: ich war verliebt, ich, der Golubtschik. Sie aber, die sich mir hingegeben hatte, war vielleicht – wer kann es wissen – in jenen Fürsten Krapotkin verliebt, den ich darstellen mußte! Für mich allein war ich also gewissermaßen der Golubtschik, wenn auch mit dem festen Glauben, ich sei Krapotkin; für sie aber, für sie, die damals den Inhalt meines Lebens darstellte, war ich Krapotkin, ein Cousin jenes Gardeleutnants, meines Halbbruders, den ich haßte und der sie vor mir umarmt hatte.

Ich sage: vor mir. In dem Alter nämlich, in dem ich mich damals befand, ist der Mensch gewohnt, alle jene Männer mit einem tiefen Haß zu hassen, die vor ihm seine geliebte Frau, wie man so zu sagen pflegt, ‚besessen' haben. Wie aber sollte ich gar meinen falschen Halbbruder nicht hassen? Den Vater, den Namen und die geliebte Frau hatte er mir genommen! Wenn ich überhaupt einen Menschen meinen Feind nennen konnte, so war er es. Ich hatte noch nicht vergessen, wie er in das Zimmer meines Vaters – nicht des seinigen – eingebrochen war, um mich daraus zu vertreiben. Ich haßte ihn. Ach, wie ich ihn haßte! Wer, wenn nicht er, war schuld daran, daß ich das schmutzigste aller Gewerbe ausübte? Er vertrat mir immer wieder den Weg. Ohnmächtig war ich gegen ihn, übermächtig war er mir gegenüber. Immer, immer stand er gegen mich, ja immer, immer kam er mir zuvor, um gegen mich aufzustehn. Nicht der Fürst Krapotkin hatte ihn gezeugt. Gezeugt hatte ihn ein anderer. Schon in der Sekunde, in der ihn der andere gezeugt hatte, hatte er angefangen, mich zu betrügen. Oh, ich haßte ihn, meine Freunde! – Und wie ich ihn haßte!

Erlaßt mir, meine Freunde, die nähere Beschreibung der Umstände, unter denen ich der Geliebte Lutetias geworden war. Es war nicht schwierig. Es war nicht leicht. Ich liebte damals, meine Freunde, und es ist mir also heute schwer zu sagen, ob ich es schwer oder leicht hatte, der Geliebte Lutetias zu werden. Es war schwer und leicht, es war leicht und schwer – wie ihr wollt, meine Freunde! …

Ich hatte ja damals keine genaue Vorstellung von der Welt und von den sonderbaren Gesetzen, welche die Liebe regieren! Zwar war ich ein Spitzel, man hätte also denken müssen: ein mit allen Wassern gewaschener Mann! Aber ich war, trotz diesem meinem Beruf und trotz allen Erfahrungen, die er mir eingetragen hatte, Lutetia gegenüber ein harmloser Dummkopf; Lutetia gegenüber, das heißt allen Frauen, der Frau überhaupt gegenüber. Denn Lutetia war die Frau kurzweg, schlechthin – die Frau überhaupt. Sie war die Frau meines Lebens. Sie war die Frau, sie war das Weib meines Lebens.

Es ist leicht, meine Freunde, heute über den Zustand zu spotten, in dem ich mich damals befand. Heute bin ich alt und erfahren. Heute sind wir alle alt und erfahren. Aber jeder von euch wird sich an eine Stunde erinnern können, in der er jung und töricht war. Nun, es war bei jedem von euch vielleicht nur eine Stunde, nach der Uhr gemessen. Bei mir war's eine lange Stunde, eine viel zu lange Stunde! … – wie ihr bald sehen werdet.

Ich meldete mich, wie man's mir befohlen hatte und wie es meine Pflicht war, bei der russischen Botschaft.

Es war da ein Mann, sag' ich euch, der mir auf den ersten Blick gefiel. Er gefiel mir sogar außerordentlich. Es war ein großer, kräftiger Mann. Es war ein schöner, kräftiger Mann. Er hätte eher bei der kaiserlichen Garde dienen können als bei unserer geheimen Polizei. Menschen seinesgleichen hatte ich bis dahin in unserer Gesellschaft noch nicht viel gesehen. Ja, ich muß sagen, es tat mir, nachdem ich kaum eine Viertelstunde mit ihm gesprochen hatte, beinahe weh, ihn an der Stelle zu wissen, in der er keinesfalls der Niedertracht entgehen konnte. Ja, es tat mir weh! So viel echte, schöne Ruhe strahlte er aus, wie soll ich sagen: eine harmonische Kraft, das Kennzeichen eines wirklichen Herzens. ‚Sie sind mir angekündigt', so begrüßte er mich. ‚Ich weiß, welchen Unsinn Sie begangen haben. Nun – und jetzt – unter welchem Namen gedenken Sie hier zu leben?' – Unter welchem Namen? – Ja, ich hatte ja einen, den einzigen, der mir zustand. Ich hieß ja Krapotkin. Ich hatte ja Visitkarten. So jämmerlich war damals mein Überlegung. Seit einigen Jahren schon hatte ich unzählige Schurkereien verübt – und nichts, meine Freunde, sollte man glauben, macht einen Menschen mehr klug, erfahren, überlegen als die Spitzelei. Aber nein, man täuscht sich darin. Meine Opfer waren gewiß nicht nur edler als ich, sondern auch bedeutend klüger, und auch dem Einfältigsten unter ihnen wäre es unmöglich gewesen, dermaßen eitel und lächerlich und kindisch zu sein. Ich war schon mitten in der Hölle, ja, ich war schon ein hartgesottener Knecht der Hölle, und immer noch – ich fühlte es in jenem Augenblick – war mein Schmerz über den Namen Golubtschik, über die Erniedrigung, die ich erfahren zu haben glaubte, meine Sucht, um jeden Preis Krapotkin zu werden, die einzige, dumme und blinde Triebkraft meines Lebens. Durch List und Gemeinheit, glaubte ich immer noch, könnte ich das auslöschen, was ich für den Schandfleck meines Lebens hielt. Aber ich häufte nur Schande über Schande auf mein armes Haupt. In jenem Augenblick fühlte ich undeutlich, daß ich Lutetia eigentlich gar nicht aus Liebe gefolgt war und daß ich mir nur zu meiner Rechtfertigung eine starke Leidenschaft eingebildet hatte, wie sie edlen Seelen allein zukommt. In Wirklichkeit hatte ich mich darein verbissen, Lutetia zu besitzen, wie ich versessen war, nicht mehr Golubtschik zu sein. Ich schuf in mir selbst, gegen mich selbst also, eine wahnwitzige Torheit nach der anderen, ich täuschte und verriet mich, wie es meine Aufgabe war, andere zu täuschen und zu verraten. Ich verstrickte mich selbst in meinen eigenen Netzen, es war zu spät. Obwohl ich all dies halb klar, halb unklar dachte, zwang ich mich immer noch zu der Lüge, an Lutetia sei alles gelegen und ihretwegen allein könnte ich nicht auf meinen falschen Namen Krapotkin verzichten. – ‚Ich habe ja schon einen Namen‘, sagte ich und zeigte meinen Paß. Mein Vorgesetzter sah ihn gar nicht an und sagte: ‚Junger Freund, um mit diesem Namen hier Geschäfte zu machen, müßten Sie ein Hochstapler sein. Sie aber haben das bescheidene Gewerbe eines mittleren Agenten. Aber, Sie mögen private Gründe haben. Es ist wahrscheinlich eine Dame dabei. Hoffen wir, daß sie jung und hübsch ist. Ich mache Sie nur darauf aufmerksam, daß junge und hübsche Damen Geld brauchen. Und ich bin sehr sparsam. Außerordentliche Prämien zahle ich nur für außerordentliche Schuftigkeiten. Ich werde bei Ihnen keine Ausnahme machen. Falsche Papiere, auf andere Namen, können Sie in beliebiger Anzahl bekommen. Also, gehn Sie! Sie melden sich bei mir, wann Sie wollen. Wo sind Sie abgestiegen? – Im Hotel Louvois, ich weiß es. Noch eines, lernen Sie Sprachen, besuchen Sie Kurse, Hochschulen, was Sie wollen. Sie melden sich zweimal in der Woche bei mir, hier, in den Abendstunden. Hier ist der Scheck. Daß Sie von Ihren Kollegen beobachtet werden, wissen Sie. Also, keine Dummheiten!‘ Als ich wieder draußen war, atmete ich auf. Ich fühlte, daß es eine jener Stunden war, die man, wenn man jung ist, entscheidende nennt. Später, im Leben, gewöhnt man sich daran, viele, fast alle Stunden für entscheidende zu halten. Es gibt gewiß Krisen und Höhepunkte und sogenannte Peripetien, aber wir selbst wissen nichts davon, und wir können einen Höhepunkt unmöglich von einer gleichgültigen Sekunde unterscheiden. Wir erfahren höchstens dies und jenes – und auch die Erfahrung nützt uns gar nichts. Erkennen und unterscheiden aber ist uns versagt.

Unsere Phantasie ist immer mächtiger als unser Gewissen. Obwohl mir also das Gewissen sagte, ich sei ein Schurke, ein Schwächling, ein Elender, ich sollte die jämmerliche Wirklichkeit nicht verkennen, ritt meine Phantasie in einem schrecklichen Galopp mit mir dahin. Mit dem ansehnlichen Scheck in der Tasche, von meinem sympathischen Vorgesetzten entlassen, der mir jetzt allerdings in dem gleichen Grade lästig erschien, wie er mir vorher sympathisch gewesen war, fühlte ich mich frei und ledig in dem freien und ledigen Paris. Abenteuern, herrlichen, ging ich entgegen, der schönsten Frau der Welt und dem modernsten aller Schneider. In jener Stunde schien es mir, daß ich endlich eine Art des Lebens begänne, nach der ich mich immer schon gesehnt hatte. Jetzt war ich fast wirklich ein Krapotkin. Und ich unterdrückte die eindringliche, aber fast

BEICHTE EINES MÖRDERS, ERZÄHLT IN EINER NACHT

unhörbare Stimme des Gewissens, die mir da sagte, ich ginge jetzt eigentlich einer doppelten Gefangenschaft entgegen, einer dreifachen gar: erstens der Gefangenschaft meiner Torheit, meines Leichtsinns, meines Lasters, an die ich aber schon gleichsam gewöhnt war; zweitens der Gefangenschaft meiner Liebe; drittens der Gefangenschaft meines Berufs.

Es war ein milder, sonniger Pariser Nachmittag im Winter. Die braven Leute saßen auf den Terrassen vor den Kaffeehäusern, und mit einer wonnigen Schadenfreude dachte ich daran, daß sich bei uns in Rußland um die gleiche Jahres- und Tageszeit brave Leute in den heißen und dunklen Stuben verkrochen. Ich ging, ohne Ziel, von einem Lokal ins andere. Überall erschienen mir die Menschen, die Wirte, die Kellner fröhlich und gutherzig, mit jener Gutherzigkeit gesegnet, die nur eine ständige Freude geben kann. Der Winter in Paris war ein echter Frühling. Die Frauen in Paris waren echte Frauen. Die Männer in Paris waren herzliche Kameraden. Die Kellner in Paris waren wie fröhliche, weißbeschürzte, flinke Handlanger irgendeines genießerischen Gottes aus der Sagenwelt. – Und in Rußland, das ich für immer verlassen zu haben glaubte, war es finster und kalt. Als stünde ich nicht mehr in den Diensten – und in welch abscheulichen Diensten – dieses Landes! Dort lebten die Golubtschiks, deren elenden Namen ich nur deshalb trug, weil ich dort zufällig zur Welt gekommen war. Dort lebten die nicht minder elenden, von Charakter elenden Krapotkins, ein Fürstengeschlecht, wie es eins nur in Rußland geben konnte und das Blut von seinem Blute verleugnete. Niemals hätte ein französischer Krapotkin dermaßen gehandelt. Ich war, wie ihr seht, jung, dumm, elend und jämmerlich damals. Aber ich erschien mir stolz, edel und siegreich. Alles, was ich in dieser prächtigen Stadt erblickte, schien mich zu bestätigen, meine Überzeugungen, meine früheren Handlungen und meine Liebe zu Lutetia.

Erst als der Abend vollends und meiner Meinung nach viel zu früh einbrach, gleichsam mit künstlicher Gewalt von Laternen allzu schnell herbeigeschworen, wurde mir elend zumute, und ich kam mir vor wie ein enttäuschter Gläubiger, der plötzlich alle Götter verloren hat. Ich flüchtete mich in einen Fiaker und fuhr ins Hotel zurück. Alles erschien mir auf einmal schal und falsch. Und mit aller Gewalt klammerte ich mich an die einzige Hoffnung, die mir noch geblieben war, an Lutetia. An Lutetia und an das Morgen. Morgen, morgen sollte ich sie sehen. Morgen, morgen!

Ich begann, was unsereins bei solchen Gelegenheiten zu tun beginnt: ich begann zu trinken. Erst Bier, dann Wein, dann Schnaps. Mit der Zeit fing es an, sich in meinem Herzen aufzuklären, und in den frühen Morgenstunden erreichte ich fast die gleiche Seelenfröhlichkeit, die mich am Nachmittag zuvor erfüllt hatte.

Als ich, nicht mehr ganz meiner Kräfte sicher, auf die Straße trat, graute bereits der winterliche, milde Morgen. Es regnete, sanft und behaglich, wie es bei uns in Rußland nur im April regnen kann. Dies und meine Verwirrung machten, daß ich einen Augenblick nicht mehr wußte, in welcher Zeit und in welchem Raum ich mich befand. Erstaunt und beinahe erschrocken war ich, da ich sah, mit welcher Untertänigkeit mich die Dienerschaft des Hotels behandelte. Ich mußte mich erst erinnern, daß ich ja eigentlich der Fürst Krapotkin war. Es kam mir, nach einer Weile, draußen im frischen, sanften Morgenregen zum Bewußtsein. Es war, als hätte mich geradezu der sanfte, frische Morgenregen zum Fürsten Krapotkin ernannt. Zu einem Pariser Fürsten Krapotkin. Das war damals meiner Meinung nach weit mehr als ein russischer.

Es regnete vom Pariser Himmel, sanft und gütig, auf meinen nackten Kopf, auf meine müden Schultern. Ich stand lange so vor dem Portal des Hotels. Hinter meinem Rücken fühlte ich den ehrerbietigen, den angestrengt gleichgültig tuenden und – dank meinem Berufsinstinkt – auch den zugleich nicht ohne Argwohn beobachtenden Blick der Dienerschaft. Er tat mir wohl, dieser Blick. Er tat mir wohl, dieser Regen. Der Himmel von Paris segnete mich. Schon begann der Morgen von Paris. Die Zeitungsträger gingen mit unwahrscheinlich frischem Gleichmut an mir vorüber. Das Volk von Paris erwachte. Und ich, als wäre ich kein Golubtschik, sondern ein echter Krapotkin, ein Pariser Krapotkin, gähnte, aus Müdigkeit zwar, aber auch nicht minder aus Hochmut. Und hochmütig, äußerst lässig und geradezu grandseigneural ging ich an den ehrfürchtigen und zugleich argwöhnischen Blicken der Hoteldiener vorbei, deren gekrümmte Rücken dem Krapotkin und deren Augen dem Spitzel Golubtschik zu gelten schienen.

Verwirrt und ermattet sank ich ins Bett. An die Fensterbretter trommelte gleichmäßig der Regen.

Ich begann, wie ich es mir vorgenommen oder, wenn ihr wollt, nur eingebildet hatte, ein sogenanntes neues Leben. Mit neuen Kleidern – ich ließ mir einen der lächerlichen Schneider kommen, die um jene Zeit die sogenannten Herren der Welt einzukleiden pflegten – begann ich, eine Art des Lebens zu führen, die einem Fürsten angemessen erschien. Eine wahrhaft neue Art des Lebens. Ein paarmal war ich beim Schneider meiner geliebten Lutetia eingeladen. Ein paarmal lud ich ihn ein. Ihr werdet mir glauben, meine Freunde, daß ich heute, da alle meine alte Pein dermaßen von mir abgefallen ist, daß ich sie euch so offen gestehen kann, wie ich es nunmehr tue, daß ich also jetzt keineswegs aus Hochmut oder Eingebildetheit erzähle, ich sei damals äußerst sprachbegabt gewesen. Ich war sehr sprachbegabt. Innerhalb einer Woche sprach ich beinahe ein vollkommenes Französisch. Ich unterhielt mich jedenfalls fließend, wie man sagt, mit dem mondänen Schneider und mit all seinen Mädchen, die mich von der Reise her kannten. Ich unterhielt mich auch mit Lutetia. Gewiß, sie erinnerte sich meiner, besonders des Zwischenfalls an der Grenze wegen und auch wegen meines Namens und schließlich wegen der Stunde im Coupé. Ich war um jene Zeit nichts anderes als der Träger meines falschen Namens. Ich war ja längst nicht mehr ich selbst. Ich war nicht nur kein Krapotkin mehr, ich war auch kein Golubtschik mehr. Ich war wie zwischen Himmel und Erde. Mehr noch: wie zwischen

BEICHTE EINES MÖRDERS, ERZÄHLT IN EINER NACHT

Himmel, Erde und Hölle. In keinem von den drei Gebieten fühlte ich mich heimisch. Wo war ich eigentlich? Und was war ich eigentlich? War ich Golubtschik? War ich Krapotkin? War ich in Lutetia verliebt? Liebte ich sie oder eigentlich meine neue Existenz? War es überhaupt eine neue Existenz? Log ich, oder sagte ich die Wahrheit? – Um jene Zeit dachte ich manchmal an meine arme Mutter, die Frau des Försters Golubtschik, nichts wußte sie mehr von mir, verschwunden war ich aus dem engen Gesichtskreis ihrer armen, alten Augen. Nicht einmal mehr eine Mutter hatte ich noch. Eine Mutter! Welcher Mensch in der ganzen weiten Welt hatte keine Mutter? Verloren war ich und verwüstet! Aber ein solch Elender war ich damals noch, daß ich selbst aus meiner Niedertracht einen gewissen Stolz bezog und daß ich sie, die ich selber beging, zugleich als eine Art Auszeichnung betrachtete, die mir die Vorsehung angedeihen ließ.

Ich will mich bemühen, kurz zu werden. Es gelang mir, nach einigen höchst überflüssigen Besuchen bei dem Schneider der großen Pariser Welt und nachdem ich die meisten seiner neuen Kleider gesehen und gelobt hatte, die er selbst und alle Zeitungen ‚Kreationen‘ nannten, jene besondere Art des Vertrauens der Lutetia zu gewinnen, das ein Versprechen und ein Gelöbnis zwischen zwei Menschen bedeutet. Eine ganz kurze Zeit später hatte ich das zweifelhafte Glück, Gast in ihrem Hause zu sein.

In ihrem Hause! Was ich da ‚Haus‘ nenne, war ein armseliges Hotel, beinahe ein Stundenhotel, in der Rue de Montmartre. Ein enges Zimmer war's. Die braungelbe Tapete zeigte in unermüdlicher Wiederholung zwei Papageien, einen knallgelben und einen schneeweißen, die sich unaufhörlich küßten. Sie liebkosten sich. Diese Papageien hatten geradezu den Charakter von Tauben. Und auch die Tapete rührte mich; ja, gerade die Tapete. Es erschien mir Lutetias höchst unwürdig, daß sich just in ihrem Zimmer Papageien wie Tauben benahmen – und just Papageien. Damals haßte ich Papageien: Ich weiß heute nicht mehr, warum. (Nebenbei gesagt, hasse ich auch Tauben.)

Ich brachte Blumen und Kaviar mit, die zwei Gaben, die damals meiner Meinung nach einen russischen Fürsten kennzeichnen mochten. Wir sprachen miteinander, innig und lange und ausführlich. ‚Sie kennen meinen Vetter?‘ fragte ich, harmlos und verlogen. ‚Ja, den kleinen Sergej!‘ erwiderte sie, ebenso harmlos, ebenso verlogen. ‚Den Hof hat er mir gemacht‘, erzählte sie weiter. ‚Stundenlang! Orchideen hat er mir geschickt, denken Sie, mir allein, unter allen meinen Kolleginnen! Ich aber machte mir nichts aus ihm! Er gefiel mir einfach nicht!‘

‚Mir gefällt er auch nicht!‘ sagte ich. ‚Ich kenne ihn seit seiner frühesten Jugend, und schon damals gefiel er mir nicht.‘

‚Sie haben recht‘, sagte Lutetia, ‚er ist ein kleiner Schurke.‘

‚Dennoch‘, begann ich, ‚haben Sie sich mit ihm in Petersburg getroffen, und zwar, wie er mir selbst erzählt hat, in einem Chambre séparée bei der alten Gudaneff.‘

‚Er lügt, er lügt', schrie Lutetia, wie nur Frauen schreien können, wenn sie eine offensichtliche Wahrheit ableugnen wollen. ‚Nie war ich mit irgendeinem Mann in einem Chambre séparée! Nicht in Rußland, nicht in Frankreich!'

‚Schreien Sie nicht', sagte ich, ‚und lügen Sie nicht! Ich selbst habe Sie gesehen. Ich habe Sie gesehen. Sie haben es bestimmt vergessen. Mein Vetter lügt nicht.'

Wie nicht anders zu erwarten gewesen war, begann Lutetia, jämmerlich zu weinen. Ich, der ich es nicht ertrage, eine Frau weinen zu sehn, ich lief hinunter und bestellte eine Flasche Cognac. Als ich zurückkam, weinte Lutetia nicht mehr. Sie tat nur so, als wäre sie von der Lüge, bei der ich sie ertappt hatte, äußerst angestrengt und bar aller Lebenskräfte. Sie lag auf dem Bett. ‚Machen Sie sich nichts daraus!' sagte ich. ‚Ich habe Ihnen eine Stärkung mitgebracht.'

Sie erhob sich nach einer Weile. ‚Sprechen wir nicht mehr von Ihrem Vetter!' sagte sie.

‚Sprechen wir nicht mehr von ihm!' stimmte ich ein. ‚Sprechen wir von Ihnen!'

Und sie erzählte alles – all das, was ich damals merkwürdigerweise für absolute, äußerste Wahrheit hielt, so kurz, nachdem ich sie doch lügen gehört hatte! Sie war die Tochter eines Lumpensammlers. Früh verführt, das heißt im Alter von sechzehn Jahren, ein Alter, das ich heute nicht mehr ein ‚frühes' zu nennen imstande bin, folgte sie einem Jockey, der sie geliebt und sie in einem Hotel in Rouen sitzengelassen hatte. Oh, es mangelte ihr nicht an Männern! Sie blieb nicht lange in Rouen. Und weil sie so auffallend schön gewesen war, hatte sie der mondäne Schneider bemerkt, der damals auf der Suche nach Modellen war, innerhalb des bescheidenen Volkes von Paris … Und so war sie zu dem mondänen Schneider gekommen …

Sie hatte viel getrunken. Sie log immer noch, ich fühlte es nach einer halben Stunde schon. Aber wo gibt es, meine Freunde, eine Wahrheit, die man gerne hören möchte aus dem Munde einer geliebten Frau? Und log ich nicht etwa selber? Lebte ich nicht vollkommen eingebaut, hatte ich mich nicht behaglich eingenistet in der Lüge, dermaßen, daß ich nicht nur eine eigene Lüge liebte, sondern auch alle fremden Lügen zumindest anerkennen und schätzen mußte? Natürlich war Lutetia ebensowenig die Tochter eines Lumpensammlers oder Hausmeisters oder Schusters oder was weiß ich, wie ich ein Fürst. Hätte sie damals geahnt, wer ich wirklich war, so hätte sie mir wahrscheinlich eingeredet, sie sei die uneheliche Tochter eines Barons. Da sie aber annehmen mußte, daß ich mich in den Baronen auskannte, und da sie die Erfahrung besaß, daß die hochgestellten Herren die Niedrigen und die Armen mit einer geradezu dichterischen Wehmut betrachten und das Märchen von dem Glück der Armut lieben, erzählte sie auch mir das Märchen von dem Wunder, das der Armut begegnet. Es klang übrigens, während sie sprach, kaum unglaubwürdig. Sie lebte ja schon seit langen Jahren in der Lüge, in dieser speziellen Lüge, und sie glaubte zeitweilig an ihre Geschichte. Eine Verlorene war sie, wie ich ein Verlorener. Die verlorenen Menschen lügen gleichsam unschuldig, wie die Kinder. Die verlorene Existenz bedarf des verlogenen Fundamentes. In Wirklichkeit

BEICHTE EINES MÖRDERS, ERZÄHLT IN EINER NACHT 745

war Lutetia die Tochter eines zu seiner Zeit angesehenen Damenschneiders, und der große mondäne Schneider, in dessen Diensten sie jetzt stand, hatte seine Mädchen nicht unter dem geringen Volk von Paris gesucht, sondern unter den Töchtern seiner Kollegen, natürlicherweise.

Und überdies, meine Freunde: Lutetia war schön. Schönheit erscheint immer glaubwürdig. Der Teufel, der die Urteile der Männer über die Frauen bestimmt, kämpft auf der Seite der Schönen und Gefälligen. Einer häßlichen Frau glauben wir selten die Wahrheit, einer hübschen alles, was sie erfindet. Es ist schwer zu sagen, was mir eigentlich an Lutetia so gefiel. Sie unterschied sich auf den ersten Blick wenig von den anderen Mädchen des Schneiders. Auch sie war geschminkt und wie ein Wesen, zusammengesetzt aus Wachs und Porzellan, eine Mischung, aus der zu jener Zeit die Mannequins gebildet wurden. Heute freilich ist die Welt fortgeschritten, und die Damen bestehen in jeder Jahreszeit aus anderen, immer wechselnden Materien. Auch Lutetia hatte einen unnatürlich kleinen Mund, solange sie schwieg, er glich einer länglichen Koralle. Auch ihre Augenbrauen stellten zwei unnatürlich vollkommene Bögen dar, nach geradezu geometrischen Gesetzen konstruiert, und wenn sie die Augen senkte, sah man unwahrscheinlich lange, mit besonderer Kunst geschwärzte Wimpern, Vorhänge von Wimpern. Wie sie sich setzte, zurücklehnte, wie sie sich erhob und wie sie ging, wie sie einen Gegenstand anfaßte und wieder hinstellte, all das war selbstverständlich geübt und die Folge zahlreicher Proben. Ihre schlanken Finger sogar schienen von einem Chirurgen gedehnt und auf irgendeine Weise geschnitzt worden zu sein. Sie erinnerten ein wenig an zehn Bleistifte. Sie spielte mit ihren Fingern, während sie sprach, betrachtete sie aufmerksam, und es sah aus, als suchte sie ihr Spiegelbild in ihren blanken Nägeln. Nur selten war ein Blick in ihren blauen Augen zu finden. Statt der Blicke hatte sie Aufschläge. Wenn sie aber sprach und in den wenigen Sekunden, in denen sie sich vergaß, wurde ihr Mund breit und fast lüsterngefräßig, und zwischen ihren blanken Zähnen erschien für den Bruchteil eines Augenblicks ihre wollüstige Zunge, lebendig, ein rotes und giftiges Tierchen. In den Mund hatte ich mich verliebt, meine Freunde, in den Mund. Alle Schlechtigkeit der Frauen haust in ihren Mündern. Das ist, nebenbei gesagt, ja auch die Heimat des Verrats und, wie ihr aus dem Katechismus wißt, die Geburtsstatt der Erbsünde …

Ich liebte sie also. Ich war erschüttert von ihrer verlogenen Erzählung und ebenso erschüttert von dem kleinen Hotelzimmer und der Papageien-Tapete. Ihrer unwürdig, besonders gewissermaßen ihres Mundes unwürdig, war die Umgebung, in der sie lebte. Ich erinnerte mich an das Gesicht des Wirtes unten in der Loge, er sah aus wie eine Art Hund in Hemdsärmeln – und ich war entschlossen, Lutetia eine glücklichere, eine selige Existenz zu bereiten. – ‚Würden Sie mir erlauben‘, fragte ich, ‚daß ich Ihnen helfe? Oh, mißverstehen Sie das nicht! Ich habe keinerlei Ansprüche! Das Helfen ist meine Leidenschaft‘, so log ich, dieweil doch das Verderben mein Beruf war, ‚ich habe nichts zu tun. Ich habe leider keinen Beruf. Würden Sie mir also erlauben …?‘

‚Unter welchen Bedingungen?' fragte Lutetia und setzte sich im Bett auf.

‚Unter gar keinen Bedingungen, wie ich Ihnen schon sagte.'

‚Einverstanden!' sagte sie. Und da ich Anstalten machte, mich zu erheben, begann sie: ‚Glauben Sie nicht, Fürst, daß ich mich hier unglücklich fühle. Aber unser Herr und Meister, den Sie ja kennen, ist sehr oft mißgelaunt – und ich habe das Unglück, von seinen Launen mehr abzuhängen als die anderen Frauen. Diese, wissen Sie', und jetzt begann ihre Zunge, Gift herzustellen, ‚haben alle ihre noblen, reichen Freunde. Ich aber, ich ziehe es vor, allein und anständig zu bleiben. – Ich verkaufe mich nicht!' fügte sie nach einer Weile hinzu und sprang dabei aus dem Bett. Ihr Schlafrock, rosa mit blauen Phantasieblümchen, klaffte auseinander. Nein! – Sie verkaufte sich nicht: sie hatte sich mir nur angeboten.

Von nun an begann die verworrenste Zeit meines Lebens. Ich mietete eine kleine Wohnung in der Nähe der Champs-Elysées, eine der Wohnungen, die man in jenen Jahren ‚kokette Liebesnester' nannte. Lutetia selbst richtete sie ein, nach ihrem Geschmack. Es gab wieder Papageien an den Wänden – die Art von Vögeln, die mir, wie schon gesagt, verhaßt ist. Es gab ein Klavier, obwohl Lutetia nicht spielen konnte, zwei Katzen, vor deren lautlosen und tückischen, überraschenden Sprüngen ich große Angst hatte, einen Kamin ohne Luftzug, in dem das Feuer sofort erlosch – und schließlich, sozusagen als eine besondere Aufmerksamkeit für mich, einen echten russischen Samowar aus Messing, den zu behandeln Lutetia mich ausersehen hatte. Es gab ein gefälliges Stubenmädchen in einer propren und gefälligen Kleidung – sie sah aus, als käme sie aus einer Spezialfabrik für Stubenmädchen – und schließlich, was mich empörte, einen echten, einen lebendigen Papagei, der mit unheimlicher Schnelligkeit und geradezu genialem Sinn meinen falschen Namen ‚Krapotkin' gelernt hatte und der mich immer wieder also an meine Verlogenheit und Leichtfertigkeit erinnerte. Den Namen ‚Golubtschik' hätte er bestimmt nicht so leicht erlernt.

Es wimmelte überdies in diesem ‚koketten Nest' Lutetias von Freundinnen aller Art. Alle bestanden sie aus Porzellan und Wachs. Und ich hielt sie nicht auseinander: die Katzen, die Tapeten, den Papagei und die Freundinnen. Nur Lutetia erkannte ich noch. Gefangen war ich, dreifach und vierfach gefangen! Und zweimal im Tag begab ich mich freiwillig in mein süßes, ekelhaftes, verworrenes Gefängnis.

Eines Abends blieb ich dort – es konnte ja nicht anders geschehen! Ich blieb die Nacht dort. Über dem Käfig des Papageis hing eine schläfrige Decke aus rotem Plüsch. Die tückischen Katzen schnurrten wohlig in ihren Körben. Und ich schlief, nicht mehr ein Gefangener, sondern auch ein für alle Zeiten Gefesselter; wie man so zu sagen pflegt, in den Armen Lutetias. Armer Golubtschik!

Im Morgengrauen erwachte ich, selig und zugleich unselig. Ich fühlte mich verstrickt und verworfen, und dennoch hatte ich noch nicht die Ahnung von Reinheit und Anständigkeit verloren. Diese Ahnung aber, meine Freunde, zart wie ein Lufthauch im frühen Sommermorgen, war stärker noch, trotz allem stärker als der starke Wind der Sünde, der mich umwehte. Unter der Macht dieser Ahnung eben verließ ich das Haus Lutetias. Ich wußte nicht, ob ich mich selig oder bekümmert zu fühlen hatte. Und in diesem Zweifel schwankte ich, ohne Plan und Gedanken, durch die frühen Straßen.

Lutetia kostete Geld, sehr schnell sah ich es, meine Freunde! (Alle Frauen kosten Geld, besonders die liebenden; diese mehr noch als die geliebten.) Und ich glaubte zu merken, daß Lutetia mich liebte. Ich war dankbar dafür, daß irgend jemand auf der Welt mich liebte. Lutetia war übrigens der einzige Mensch, der mir meinen Krapotkin ohne jeden Zweifel glaubte – der an meine neue Existenz glaubte, ja, sie bestätigte. Nicht ihr Opfer zu bringen war ich entschlossen, mir selbst wollte ich diese Opfer bringen. Mir selbst, dem falschen Golubtschik, dem echten Krapotkin.

Es begann also eine unheimliche Verworrenheit – nicht in meiner Seele – die bestand ja schon seit langem –, sondern auch in meinen privaten, in meinen materiellen Verhältnissen. Ich fing an, Geld auszugeben – mit vollen Händen, wie man sagt. Lutetia brauchte eigentlich nicht so viel. Ich selbst brauchte es, für sie brauchte ich es. Und sie begann zu verbrauchen, sinnlos und mit jener süchtigen, ja fluchartigen Leidenschaft, mit denen die Frauen Geld zu verbrauchen pflegen, das Geld ihrer Männer und ihrer Liebhaber – beinahe so, als sähen sie in dem Geld, das man für sie ausgibt, das man gar für sie verschwendet, ein bestimmtes Maß des Gefühls, das die liebenden Männer für sie haben. Ich brauchte also Geld. Sehr bald. Sehr viel. Ich ging, wie es meine Pflicht war, zu meinem sympathischen Vorgesetzten – Solowejczyk hieß er übrigens, Michael Nikolajewitsch Solowejczyk.

‚Was haben Sie mir zu berichten?' fragte er. Es war gegen neun Uhr abends, und es schien mir, es sei niemand mehr, keine Seele, in dem großen, weiten Haus. Es war sehr still, und man hörte, wie aus einer unermeßlichen Ferne, die verworrenen Geräusche der großen Stadt Paris. Dunkel war es im ganzen Zimmer. Die eine Lampe mit grünem Schirm auf dem Schreibtisch Solowejczyks sah aus wie der lichte grüne Kern der abendlichen, kreisrunden Finsternis im Zimmer. ‚Ich brauche Geld!' sagte ich, geborgen in der Finsternis und deshalb mutiger, als ich früher gedacht hatte.

‚Für das Geld, das Sie brauchen', erwiderte er, ‚müssen Sie Arbeit leisten. Wir haben mehrere Aufgaben für Sie! Es handelt sich nur darum, ob Sie imstande sind, oder besser: ob Sie imstande sein wollen, dergleichen Aufgaben durchzuführen!'

‚Ich bin zu allem bereit!' sagte ich. ‚Ich bin dazu hergekommen.'

‚Zu allem? wirklich zu allem?'

‚Zu allem!'

‚Ich glaube es nicht', sagte der sympathische Solowejczyk. ‚Ich kenne Sie nicht lange – aber ich glaube es nicht! Wissen Sie, um was es sich handelt? Es handelt sich um einen gemeinen Verrat, um einen gemeinen Verrat, sage ich. Um einen gemeinen Verrat an wehrlosen Menschen.' – Er wartete eine Weile. – Dann sagte er: ‚Auch an wehrlosen Frauen! ...'

‚Ich bin es gewohnt. In unserm Beruf ...'

Er ließ mich nicht ausreden. ‚Ich kenne den Beruf!‘ sagte er und senkte den Kopf. Er begann, in den Papieren zu kramen, die vor ihm lagen, und man hörte nur das Rascheln der Papiere und das allzu gemächliche Ticken der Wanduhr. ‚Setzen Sie sich!‘ sagte Solowejczyk.

Ich setzte mich, und nun war auch mein Angesicht im Lichtkreis der grünen Lampe, gegenüber dem seinen. Er hob den Blick und sah mich starr an. Es waren eigentlich tote Augen, von blinden Augen war etwas in ihnen, etwas Trostloses und bereits Jenseitiges. Ich hielt diese Augen aus, obwohl ich vor ihnen Angst hatte, denn es war nichts in ihnen zu lesen, kein Gedanke, kein Gefühl, und ich wußte dennoch, daß es eigentlich nicht blinde Augen waren, sondern im Gegenteil sehr scharfe. Ich wußte genau, daß sie mich beobachteten, aber ich entdeckte nicht den Reflex, den ja natürlicherweise jedes beobachtende Auge erzeugt. Übrigens war Solowejczyk der einzige Mensch, bei dem ich diese Fähigkeit festgestellt habe: die Fähigkeit nämlich, die Augen zu maskieren, wie viele andere ihr Angesicht maskieren können.

Ich betrachtete ihn, es dauerte Sekunden, Minuten, mir schienen es Stunden zu sein. An seinen Schläfen lichtete sich leicht ergrautes Haar, und seine Kinnbacken bewegten sich unermüdlich, und es sah aus, als kaute er geradezu an seinen Überlegungen. Schließlich erhob er sich, trat zum Fenster, schlug den Vorhang ein wenig zurück und winkte mich heran. Ich trat zu ihm ‚Sehen Sie dort!‘ sagte er und zeigte mir eine Gestalt auf der gegenüberliegenden Straßenseite. ‚Kennen Sie ihn?‘ – Ich strengte mich an, ich sah genau hin, aber ich sah nichts anderes als einen verhältnismäßig kleinen, gutbürgerlich angezogenen Mann mit aufgeschlagenem Pelzkragen und braunem Hut und mit einem schwarzen Stock in der Rechten. ‚Erkennen Sie ihn?‘ fragte Solowejczyk noch einmal. ‚Nein!‘ sagte ich. ‚Also, warten wir eine Weile!‘ –

Gut, wir warteten. Nach einer Weile begann der Mann, auf und ab zu gehen. Nachdem er so seine zwanzig Schritte hin- und zurückgegangen war, durchzuckte es mich wie ein Blitz, wie man so zu sagen pflegt. Meine Augen erkannten ihn nicht, mein Gehirn erinnerte sich nicht an ihn, aber mein Herz durchzuckte es, es pochte heftiger darin, und es war, als hätten plötzlich meine Muskeln, meine Hände, meine Fingerspitzen, meine Haare jenes Gedächtnis erhalten, das meinem Gehirn versagt geblieben war. Er war es. Das war der halb schleppende und halb tänzelnde Gang, den ich einmal, als ich noch jung und unschuldig gewesen war, in Odessa im Bruchteil einer Sekunde und trotz meiner Unerfahrenheit sofort gesehen hatte. Es war das erste und einzige Mal in meinem Leben, daß ich bemerkt hatte, ein Hinken könnte ein Tänzeln sein und ein Fuß könnte sich verstellen. Ich erkannte also den Mann auf der gegenüberliegenden Straßenseite. Es war kein anderer als Lakatos.

‚Lakatos!‘ sagte ich.

‚Also!‘ sagte Solowejczyk und trat vom Fenster zurück. Wir setzten uns beide wieder einander gegenüber, genauso, wie wir vorher gesessen hatten. Den Blick auf die Papiere gesenkt, sagte Solowejczyk: ‚Lakatos kennen Sie schon lange?‘ ‚Sehr lange‘, erwiderte

BEICHTE EINES MÖRDERS, ERZÄHLT IN EINER NACHT 749

ich, ‚er begegnet mir immer wieder. Ich möchte sagen, immer in den entscheidenden Stunden meines Lebens.'

‚Er wird Ihnen noch oft begegnen – wahrscheinlich –', sagte Solowejczyk. ‚Ich glaube selten und nur sehr widerwillig an übernatürliche Erscheinungen. Aber bei Lakatos, der mich von Zeit zu Zeit besucht, kann ich mich eines gewissen abergläubischen Gefühls nicht enthalten!' Ich schwieg. Was hätte ich auch sagen sollen? Es schien mir unerbittlich klar, daß ich unerbittlich gefangen war. Ein Gefangener Solowejczyks? Ein Gefangener Lutetias? Ein Gefangener des Lakatos gar? Nach einer Pause sagte Solowejczyk: ‚Er wird Sie verraten und vielleicht vernichten.'

Ich nahm die aufgezeichneten Befehle entgegen, einen ansehnlichen Packen Papier, und ging.

‚Auf Wiedersehn nächsten Donnerstag!' sagte Solowejczyk.

‚Wenn es mir beschieden sein wird, Sie wiederzusehen!' erwiderte ich. Mein Herz war beklommen.

Als ich das Haus verließ, war Lakatos nicht mehr zu sehen. Weit und breit kein Lakatos, obwohl ich fleißig und gründlich nach ihm suchte, eifrig sogar. Ich hatte Angst vor ihm, und ich suchte nach ihm eben deshalb so eifrig. Ich fühlte aber schon, während ich ihn aufzustöbern versuchte, daß ich ihn nicht finden würde. Ja, ich war dessen sicher, daß ich ihn nicht finden würde.

Wie sollte man den Teufel finden, wenn man ihn sucht. Er kommt, er erscheint unverhofft, er verschwindet. Er verschwindet, und er ist immer da.

Seit dieser Stunde fühlte ich mich nicht mehr vor ihm sicher. Ja, nicht allein vor ihm fühlte ich mich unsicher, sondern auch vor aller Welt. Wer war Solowejczyk? Wer war Lutetia? Was war Paris? Wer war ich selber?

Unsicherer noch als vor allen anderen war ich vor mir selber! War es mein eigener Wille, der meinen Tag, meine Nacht, alle meine Handlungen noch bestimmte? Wer trieb mich zu tun, was ich damals tat? Liebte ich Lutetia? Liebte ich nicht allein meine Leidenschaft oder aber lediglich mein Bedürfnis, mich selbst, meine Menschlichkeit sozusagen, durch eine Leidenschaft bestätigen zu können? Wer und was war ich eigentlich: ich, der Golubtschik? Wenn Lakatos da war, hörte ich auf, Krapotkin zu sein, das schien mir sicher. Auf einmal war es mir klar, daß ich weder Golubtschik noch Krapotkin zu sein imstande war. Halbe Tage bald und bald halbe Nächte verbrachte ich bei Lutetia. Ich hörte längst nicht mehr, was sie mir sagte. Sie redete übrigens belanglose Dinge. Ich merkte mir viele Ausdrücke, die mir bis dahin unbekannt waren, den Tonfall der Worte und der Sätze – was meine Fortschritte im Französischen betraf, hatte ich ihr viel zu verdanken. Denn so ratlos ich auch in jenen Tagen war, so vergaß ich doch auch niemals, daß es für mich wichtig werden konnte, ‚Sprachen zu beherrschen' – wie Solowejczyk geraten hatte. Gut, nach wenigen Wochen beherrschte ich sozusagen Französisch. Zu Hause vergrub ich mich manchmal in englischen, deutschen, italienischen Büchern, ich betäubte mich geradezu an ihnen, und ich bildete mir ein, ich bekäme durch sie wirklich eine Existenz, eine wirkliche Existenz. Ich las englische Zeitungen, in der Hotelhalle zum Beispiel. Und während ich sie las, kam es mir vor, als sei ich ein Landsmann jenes weißhaarigen und bebrillten englischen Obersten im Lehnstuhl nebenan – eine halbe Stunde lang bildete ich mir ein, ich sei ein Engländer, ein Oberst aus den Kolonien. Weshalb sollte ich auch kein englischer Oberst sein? War ich denn etwa Golubtschik? War ich denn etwa Krapotkin? Was und wer war ich eigentlich?

Jeden Augenblick fürchtete ich, Lakatos zu begegnen. Er konnte in die Hotelhalle kommen. Er konnte in das große Modellhaus des mondänen Schneiders kommen, bei dem ich zuweilen vorfuhr, um Lutetia abzuholen. Er konnte mich jeden Augenblick verraten. Er hatte mich sozusagen in der Hand. Er konnte mich schließlich bei Lutetia verraten – und das war das schlimmste. In dem Maße, in dem meine Furcht vor Lakatos stieg, wuchs auch meine Leidenschaft für Lutetia. Eine übertragene Leidenschaft, sozusagen eine Leidenschaft zweiten Ranges. Denn es war in Wirklichkeit, meine Freunde, längst, das heißt seit einigen Wochen, keine wahre Liebe mehr, es war eine Flucht in die Leidenschaft, wie die Mediziner heutzutage bestimmte Krankheitserscheinungen mancher Frauen eine ‚Flucht in die Krankheit‘ nennen. Ja, es war eine Flucht in die Leidenschaft. Sicher, einzig und allein sicher meiner selbst, meiner Identität sozusagen, war ich nur in den Stunden, in denen ich Lutetias Körper hielt und liebte. Ich liebte ihn, nicht etwa, weil es ihr geliebter Körper war, sondern weil er gewissermaßen eine Zuflucht war, eine Zelle, eine Klause, ungefährdet und gesichert vor Lakatos.

Allerdings geschah leider, was sich notgedrungen ereignen mußte. Lutetia, die mich ebenso für unermeßlich reich hielt, wie sie sich selbst für eine Lumpensammlerstochter halten mochte, brauchte Geld und immer mehr Geld. Sie brauchte immer mehr Geld. Es zeigte sich bald, nach wenigen Wochen schon, daß sie ebenso schön wie begehrlich war. Oh, nicht etwa, daß sie versucht hätte, Geld zurückzulegen, auf die heimtückische Weise, die viele kleine Bürgerinnen auszeichnet. Nein! Sie brauchte in der Tat! Sie verbrauchte!

Sie war wie die meisten Frauen ihrer Art. Sie wollte nicht ‚ausnutzen‘! Aber *es* wollte in ihr die Gelegenheiten, alle Gelegenheiten, benützen. Schwach war sie und unermeßlich eitel. Bei den Frauen ist die Eitelkeit nicht nur eine passive Schwäche, sondern auch eine höchst aktive Leidenschaft, wie bei den Männern nur das Spiel. Sie gebären immer aufs neue diese Leidenschaft, sie treiben sie an und werden von ihr zugleich getrieben. Der Leidenschaft Mütter und Kinder sind sie gleichzeitig. Die Leidenschaft Lutetias riß mich mit. Ich hatte bis dahin nicht geahnt, wie viel eine einzige Frau auszugeben vermag, und immer in dem Glauben, sie gäbe ‚nur das Notwendige‘ aus. Ich hatte bis dahin nicht geahnt, wie ohnmächtig ein liebender Mann – und ich war damals bemüht, ein liebender Mann zu sein: was einem wirklich Verliebten gleichkommt – gegenüber den Torheiten einer Frau sein kann. Gerade das Törichte und Überflüssige, das sie tat, erschien mir als das Notwendige und Natürliche. Und ich will auch gestehen, daß ihre

BEICHTE EINES MÖRDERS, ERZÄHLT IN EINER NACHT

Torheiten mir schmeichelten, mir gleichsam eine erlogene fürstliche Existenz bestätigten – ich brauchte Bestätigungen dieser Art. Ich brauchte alle diese äußerlichen Bestätigungen, als da sind: Kleider für mich und für Lutetia, die Untertänigkeit der Schneider, die mir Maß nahmen, im Hotel, mit behutsamen Fingern, als wäre ich ein zerbrechlicher Götze; die kaum den Mut hatten, meine Schultern und meine Beine mit dem Zentimetermaß zu berühren. Ich brauchte, eben weil ich nur ein Golubtschik war, alles, was einem Krapotkin lästig gewesen wäre: den Hundeblick in dem Auge des Portiers, die servilen Rücken der Kellner und Bedienten, von denen ich nichts anderes zu sehen bekam als die tadellos rasierten Nacken. Und Geld, Geld brauchte ich auch.

Ich begann, möglichst viel zu verdienen. Ich verdiente viel – und ich brauche euch nicht zu sagen, auf welche Weise. Manchmal war ich für Lutetia und alle Welt eine Woche lang unauffindbar und sozusagen verreist. An solchen Tagen trieb ich mich in den Kreisen unserer politischen Flüchtlinge herum, in kleinen Redaktionen versteckter und armseliger Zeitungen, war schamlos genug, kleine Darlehen zu nehmen von den Opfern, nach denen ich jagte, nicht weil ich das armselige Geld brauchte, sondern um vorzutäuschen, daß ich es brauchte, in kärglichen, verborgenen Stuben die kärglichen Mahlzeiten zu teilen mit den Verfolgten, den Geschmähten, den Hungrigen; war niedrig genug, es hie und da mit der Verführung der Frauen zu versuchen, die sich, oft beseligt und manchmal aus einer Art weltanschaulich fundierten Pflichtbewußtseins, einem Gesinnungsgenossen hingaben – alles in allem: ich war, was ich immer im Grunde gewesen war, von Geburt und Natur: ein Schurke. Nur hatte ich bis dahin die Schurkerei nicht in diesem Maße ausgeübt. Ich bewies mir gewissermaßen in jenen Tagen selbst, daß ich ein Schurke sei, und welch einer!

Ich hatte Glück, der Teufel lenkte alle meine Schritte. Wenn ich an bestimmten Abenden bei Solowejczyk erschien, konnte ich ihm mehr berichten als viele meiner Kollegen. Und erkannte an der wachsenden Verachtung, mit der er mich behandelte, daß ich großartige Dienste leistete. ,Ich habe Ihre Intelligenz unterschätzt‘, sagte er mir einmal. ,Ich habe, nach der Dummheit, die Sie in Petersburg begangen haben, gedacht, Sie seien ein *kleiner* Schurke. Alle Achtung, Golubtschik! Ich werde Sie gut bezahlen.‘ – Zum erstenmal hatte er mich Golubtschik genannt, er wußte wohl, daß es für mich war wie ein Hieb mit einer Nagaika. Ich nahm das Geld, viel Geld, kleidete mich um, fuhr in mein Hotel, sah die Rücken und die Nacken, sah wieder Lutetia, die Nachtlokale, die gemeinen und soignierten Lordgesichter der Kellner und vergaß alles, alles. Ich war Fürst. Ich vergaß sogar den fürchterlichen Lakatos.

Ich vergaß ihn zu Unrecht.

Eines Tages – es war ein milder Frühlingsvormittag, ich saß in der Halle des Hotels, und obwohl sie keine Fenster hatte, war es doch, als strömte die Sonne gleichsam durch die Poren der Wände, ich war sehr heiter und gedankenlos hingegeben der ekelhaften

Wollust, die mir das Leben bereitete – ließ sich Lakatos bei mir melden. Er war heiter wie der Frühling selbst. Er nahm gewissermaßen bereits den Sommer voraus. Er kam herein wie ein Stückchen, wie ein menschliches Stückchen des Frühlings, losgelöst von der anmutigen Natur, im viel zu hellen Überzieher, mit einer blumenübersäten Krawatte, in einem hellgrauen Halbzylinder, das Rohrstöckchen schwenkend, das ich schon so lange kannte. ‚Durchlaucht‘ und ‚Fürst‘ nannte er mich abwechselnd, und manchmal sagte er sogar, nach der Art der kleinen Dienstleute: ‚Euer durchlauchtigste Hochwohlgeboren!‘ Mit einemmal verfinsterte sich für mich dieser helle Vormittag. Wie es mir die ganze lange Zeit ergangen sei, fragte mich Lakatos, so laut, daß es alle in der Halle hörten und der Portier vorne in der Loge. Ich war einsilbig, antwortete kaum, aus Furcht, aber auch aus Hochmut. ‚Ihr Herr Vater hat Sie also doch anerkannt?‘ fragte er mich leise, indem er sich so nahe zu mir herüberbeugte, daß ich sein Maiglöckchen-Parfüm roch, seine Brillantine, die in schweren Wellen aus dem Schnurrbart duftete, und daß ich deutlich ein rötliches Glimmen in seinen blanken braunen Augen sah. ‚Ja!‘ sagte ich und lehnte mich zurück.

‚Dann wird es Sie freuen‘, sagte er, ‚das, was ich Ihnen mitzuteilen habe.‘

Er wartete. Ich sagte nichts.

‚Ihr Herr Bruder ist seit gestern hier!‘ sagte er gleichmütig. ‚Er wohnt hier in seinem Hause: er hat eine ständige Wohnung in Paris. Er will hier, wie jedes Jahr, ein paar Monate bleiben. Ich glaube, Sie haben sich ausgesöhnt?‘

‚Noch nicht!‘ sagte ich und konnte meine Ungeduld und meinen Schrecken kaum verbergen.

‚Nun, ich hoffe‘, sagte Lakatos, ‚daß es jetzt gehen wird. Ich jedenfalls stehe Ihnen immer zur Verfügung.‘

‚Danke!‘ sagte ich. Er erhob sich, verbeugte sich tief und ging. Ich blieb sitzen.

Ich blieb nicht lange. Ich fuhr zu Lutetia. Sie war nicht daheim. Ich fuhr in das Atelier des mondänen Schneiders. Mit einem Blumenstrauß drang ich vor, wie mit einer gezückten Waffe. Ich konnte sie ein paar Augenblicke sehen. Sie wußte noch nichts von der Ankunft Krapotkins. Ich verließ das Atelier. Ich setzte mich in ein Café und bildete mir ein, ich könnte durch angestrengtes Nachdenken auf irgendeinen klugen Einfall kommen. Aber jeder meiner Gedanken war angenagt von Eifersucht, Haß, Leidenschaft, Rachsucht. Bald stellte ich mir vor, es wäre am besten, ich bäte heute noch Solowejczyk darum, mich nach Rußland zurückzuschicken. Dann wieder überfiel mich die Angst, die Angst davor, mein Leben aufzugeben, Lutetia, meinen erstohlenen Namen, alles das, was meine Existenz ausmachte. Ich dachte auch einen Augenblick daran, mich umzubringen, aber ich hatte eine grauenhafte Angst vor dem Tode. Viel leichter war es, viel besser, aber keineswegs bequemer, den Fürsten umzubringen. Ihn aus der Welt schaffen! Ein für allemal befreit sein von diesem lächerlichen Burschen, einem wahrhaft lächerlichen und nutzlosen Burschen. Im gleichen

BEICHTE EINES MÖRDERS, ERZÄHLT IN EINER NACHT

Augenblick aber und gleichsam mit der Logik, die mir mein Gewissen diktierte, sagte ich mir, daß, wenn er ein nutzloser Bursche sei, ich ein noch schlimmerer, nämlich ein, böser und schädlicher wäre. Aber kaum eine Minute später schien es mir klar zu sein, daß die Ursache meiner Schädlichkeit und meiner Schlechtigkeit er allein sei, dieser Bursche eben, und daß ihn zu töten eigentlich eine sittliche Tat sein müßte. Denn indem ich ihn auslöschte, tötete ich auch die Ursache meiner Verderbnis, und ich hatte dann die Freiheit, ein Mensch zu werden, zu büßen, zu bereuen, meinetwegen ein anständiger Golubtschik. Aber damals schon, während ich solches überlegte, fühlte ich keineswegs die Kraft in mir zu morden. Ich war, meine Freunde, damals noch lange nicht sauber genug, um töten zu können. Wenn ich daran dachte, einen bestimmten Menschen umzubringen, so war es bei mir, in meinem Innern, gleichbedeutend mit dem Entschluß, ihn auf irgendeine Weise zu verderben. Wir Spitzel sind keine Mörder. Wir bereiten lediglich die Umstände vor, die einem Menschen unweigerlich den Tod bereiten. Auch ich dachte damals nicht anders, ich konnte gar nicht anders denken. Ich war ein Schurke von Geburt und von Natur, wie ich euch schon sagte, meine Freunde! …

Unter den vielen Menschen, die zu verraten und auszuliefern damals meine schändliche Aufgabe war, befand sich auch eine gewisse Jüdin namens Channa Lea Rifkin aus Radziwillow. Niemals werde ich ihren Namen, ihren Geburtsort, ihr Gesicht, ihre Gestalt vergessen. Zwei ihrer Brüder waren in Rußland wegen der Vorbereitung eines Attentats auf den Gouverneur von Odessa zur Katorga verurteilt worden. Sie waren bereits seit drei Jahren in Sibirien, an der Grenze der Taiga, wie ich aus den Papieren wußte. Der Schwester war es gelungen, rechtzeitig zu fliehen und noch einen dritten Bruder mitzunehmen, einen halblahmen jungen Menschen, der den ganzen Tag im Lehnstuhl sitzen mußte. Er konnte nur den rechten Arm und das rechte Bein bewegen. Es hieß, daß er ein außergewöhnlich begabter Mathematiker und Physiker sei und ein ungewöhnliches Gedächtnis besitze. Organisationspläne und die Formeln, mit deren Hilfe man, auch ohne die komplizierten technischen Hilfsmittel, Sprengstoffe herstellen konnte, stammten von ihm. Bruder und Schwester lebten bei schweizer Freunden, französischen Schweizern aus Genf, einem Schuster und seiner Frau. Die russischen Genossen versammelten sich oft in der Werkstatt des Schusters. Ich war ein paarmal dort gewesen. Dieses edle jüdische Mädchen war entschlossen, nach Rußland zurückzukehren und ihre Brüder zu retten. Sie nahm alle Verantwortung auf sich. Ihre Mutter gestorben, ihr Vater war krank. Drei unmündige Geschwister blieben ihr noch. In zahlreichen Eingaben an die russische Botschaft hatte sie erklärt, daß sie bereit sei, nach Rußland zurückzukehren, gäbe man ihr nur die Zusicherung, daß ihre unschuldigen und nur durch ihre, der Schwester, geheime Handlungen schuldig gewordenen Brüder befreit würden. Uns, das heißt der russischen Polizei, handelte es sich jedenfalls darum, der Frau habhaft zu werden; aber zugleich auch darum, die Botschaft keine offiziellen Zusicherungen geben zu lassen. Das konnte, das durfte auch eine Botschaft nicht. Jene Channa Lea aber ‚brauchte‘ man dringend. ‚Wir brauchen sie‘, hieß es in den Zuschriften wörtlich.

Bis zu dem Tage, an dem ich Lakatos' Besuch empfangen hatte, war es mir, dem Schurken von Geburt und Natur, dennoch nicht möglich gewesen, diese Menschen zu verderben. Diese Menschen, ich meine das Mädchen und ihren Bruder, waren die einzigen unter all den Russen, die zu verraten meine Aufgabe war, welche noch an den Rest meines menschlichen Gewissens rührten. Wenn ich damals überhaupt noch irgendeine Vorstellung von Todsünde haben konnte, so waren es die beiden Menschen allein, die sie in mir zu wecken imstande waren. Von dem schwachen, sanften Mädchen – wenn es jüdische Engel gibt, dann müssen sie eigentlich so aussehen, in dessen Angesicht die Härte und die Lieblichkeit sich dermaßen vereinigten, daß man deutlich zu sehen vermeinte, die Härte sei eine Schwester der Lieblichkeit –, von diesem schwachen und zugleich kräftigen Mädchen ging eine zauberische Gewalt aus – eine zauberische Gewalt – ich kann es nicht anders sagen. Sie war nicht schön – was man so schön heißt in diesem Leben, wo wir das Verführerische schön nennen. Nein, diese kleine und unansehnliche Jüdin berührte unmittelbar meine Seele, und sogar auch meine Sinne berührte sie; denn wenn ich sie ansah, war es, als hörte ich ein Lied zum Beispiel. Ja, es war, als sähe ich nicht, sondern als hörte ich etwas Schönes, Fremdes, Niegehörtes und dennoch sehr Vertrautes. Manchmal, in stillen Stunden, wenn der lahme Bruder, auf dem Sofarand sitzend, in einem Buch las, das auf einem hohen Sessel vor ihm aufgeschlagen lag, der idyllische Kanarienvogel friedlich trällerte und ein schmaler Streifen guter Frühlingssonne auf den nackten Holzdielen ruhte, saß ich so dem edlen Mädchen gegenüber, betrachtete sie still, ihr blasses, breitgebautes, aber abgehärmtes Angesicht, in dem gleichsam das Leid aller unserer russischen Juden zu lesen war, und war nahe daran, ihr alles zu erzählen. Ich war gewiß nicht der einzige Spitzel, den man zu ihr geschickt hatte, und wer weiß, wie viele meiner Kollegen ich hie und da bei ihr getroffen haben mochte. (Denn wir kannten einander nur selten.) Aber ich bin überzeugt, daß es allen oder den meisten ebenso erging wie mir. Dieses Kind hatte Waffen, denen wir unterliegen mußten. Es handelte sich darum, sie entweder nach Rußland zu locken, unter der Vorspiegelung, daß ihre Brüder bestimmt freikämen; aber es war natürlich nicht leicht, sie zu täuschen, und jedem anderen Versprechen als dem gezeichneten, vom Botschafter des Zaren gezeichneten, hätte sie niemals getraut. Es hätte aber auch zur Not vielleicht genügt, von ihr die Namen all ihrer Kameraden zu erfahren, die in Rußland verblieben waren. Aber, meine Freunde, ich sagte euch schon, ich sei ein Schuft von Geburt und Natur gewesen. Im Anblick dieses jungen Mädchens nun zerrann meine Schuftigkeit, und ich fühlte manchmal, wie mein Herz weinte, wie es auftaute, wörtlich genommen. Die Monate vergingen, es wurde Sommer. Ich gedachte, mit Lutetia irgendwohin abzureisen. Eines Tages erschien in meinem Hotel ein weißhaariger, ernst angezogener und sehr feierlicher Mann. Mit seinem dichten silbernen Haupthaar, mit seinem Ehr-

BEICHTE EINES MÖRDERS, ERZÄHLT IN EINER NACHT 755

furcht heischenden weißen und sauber gestrählten Backenbart, mit seinem schwarzen, feinen Stock aus Ebenholz, dessen silberne, matte Krücke aus dem gleichen Material gemacht zu sein schien wie sein Haupt- und Barthaar, machte er mir den Eindruck eines hohen und makabren Würdenträgers am Hofe des Zaren. So, stellte ich mir vor, mußten die kaiserlichen Hofbeamten aussehn, die in der Sterbestunde und beim Begräbnis eines Zaren ihre Funktionen ausüben. Als ich ihn aber eine längere Weile angesehen hatte, schien er mir plötzlich von irgendwoher bekannt. Sein Gesicht, sein dichtes Haar, sein Backenbart und seine Stimme tauchten empor aus einer längst versunken geglaubten Kindheit. Und auf einmal, nachdem er mir gesagt hatte: ‚Es freut mich, Sie nach so langen Jahren wiederzusehen, Herr Golubtschik!', wußte ich auch, wer es war. Er mochte uralt sein. Einmal hatte ich seine Stimme hinter einer Tür erlauscht, eine Sekunde lang hatte ich einst im düsteren Hausflur seine silbrige und schwarze Gestalt gesehen. Er war der Leibsekretär des alten Fürsten. Vor Jahren, vor Jahren – wie lang war es her – war er zu meinem Pensionsvater gekommen, um für mich zu bezahlen. Er reichte mir kaum die Hand. Drei kalte, hagere, geradezu steinerne Fingerspitzen fühlte ich für den Bruchteil eines Augenblicks. Ich bat ihn, sich zu setzen. Als wollte er meinem Stuhl nicht zuviel Ehre antun, setzte er sich nur an den alleräußersten Rand, so daß er sich auf seinen Stock zwischen den Knien stützen mußte, um nicht vom Sessel hinunterzugleiten. Zwischen zwei Fingern hielt er seinen feierlichen, schwarzen, steifen Hut. Er ging sofort, wie es im Lateinischen heißt, in medias res. ‚Herr Golubtschik!' sagte er, ‚der junge Fürst ist hier. Der alte Herr dürfte auch auf der Durchfahrt nach dem Süden eine Weile hierbleiben. Sie haben beiden Herrschaften, unberechtigt und sogar auf eine nicht noble Weise – um ein stärkeres Wort zu unterdrücken –, überaus viel zu schaffen gemacht. Sie nennen sich hier Krapotkin. Sie unterhalten gewisse Beziehungen zu einem Fräulein Dingsda. Sie hat auch mehrere Namen. Der junge Fürst ist nun einmal entschlossen, diese Ihre Beziehung nicht zu dulden. Das ist eine Marotte. Aber Nebensache. Der junge Herr ist sehr großzügig. Überlegen Sie kurz, und sagen Sie mir gradheraus: Wieviel verlangen Sie, um ein für allemal aus unserm Gesichtskreis zu verschwinden? Sie haben schon einmal erfahren, wie groß unsere Macht ist. Sie laufen, wenn Sie hartnäckig bleiben, weit mehr Gefahr als jemals eines der Opfer, die von Ihnen verfolgt werden. Ich habe natürlich nichts gegen Ihren Beruf sagen wollen. Er ist, sagen wir, nicht ehrenhaft, aber äußerst notwendig, äußerst notwendig – im Staatsinteresse, versteht sich. Unser Vaterland braucht gewiß Ihresgleichen. Aber der Familie, die ich seit vierzig Jahren schon hie und da zu vertreten die Ehre hatte, sind Sie einfach unangenehm. Die Familie Krapotkin ist bereit, Ihnen zu einer neuen Existenz in Amerika, aber auch in Rußland zu verhelfen. Also, überlegen Sie, wieviel brauchen Sie?' – Und bei diesen Worten zog der silberhaarige Mann seine schwere goldene Uhr aus der Tasche. Er behielt sie in der Hand, etwa wie ein Arzt, der den Puls seines Patienten fühlt. – Ich dachte nach. Ich dachte wirklich nach. Es schien mir aussichtslos, vor diesem Mann, vor mir selbst noch Ausflüchte zu machen und mir überflüssige und höchst lächerliche, nichtsnutzige Atempausen einzureden. Seine Uhr tickte unermüdlich. Die Zeit verrann. Wie lange würde er noch warten?

Ich hatte keinen Entschluß gefaßt. Aber der gute Geist, der uns nie verläßt, auch nicht, wenn wir Schufte von Geburt und Natur sind, gab mir plötzlich die Erinnerung an Channa Lea ein. Und ich sagte: ‚Geld brauche ich nicht. Ich brauche eine Protektion des Fürsten. Wenn er mächtig ist, wie Sie sagen, wird er sie mir verschaffen können. Kann ich ihn sehen?‘ ‚Sofort!‘ sagte der Silberhaarige, steckte die Uhr ein und erhob sich. ‚Kommen Sie mit mir!‘

Die Pariser Privatkalesche des Fürsten Krapotkin – des echten – wartete vor dem Hotel. Wir fuhren. Wir fuhren vor die Privatwohnung des Fürsten. Es war eine Villa im Bois de Boulogne, und in dem Lakaien, der einen Backenbart trug wie der Leibsekretär, glaubte ich einen jener Diener zu erkennen, die ich vor langen, langen Jahren in der Odessaer Sommerresidenz des alten Fürsten gesehen hatte.

Ich wurde angemeldet. Der Sekretär ging vor. Ich wartete eine lange halbe Stunde mindestens. Ich saß, bekümmert und verdrückt, unten im Vorzimmer, wie ich einst im Vorzimmer des alten Fürsten gesessen hatte. Noch weniger war ich gleichsam als der Golubtschik von damals. Damals hatte die Welt noch vor mir offengestanden, und heute war ich ein Golubtschik, der die Welt bereits verloren hatte. Aber ich wußte es ja. Und es machte mir dennoch wenig aus. Ich mußte mich nur zwingen, an Channa Lea Rifkin zu denken, und es machte mir gar nichts mehr aus.

Ich kam endlich ins Zimmer des jungen Fürsten. Er sah noch genauso aus wie damals, als ich ihn durch den Spalt in der Wand im Chambre séparée mit Lutetia beobachtet hatte. Ja, er sah noch genauso aus; wie soll ich ihn euch beschreiben, ihr kennt den Typ: ein nobler und verbrauchter Windbeutel. Er sah einem Stück abgebrauchter Seife nicht unähnlich, so blaß und fade war seine Haut. Er sah aus wie ein Stückchen verbrauchter gelber Seife mit einem dünnen schwarzen Schnurrbart. Ich haßte ihn, wie ich ihn seit eh und je gehaßt hatte.

Er ging kreuz und quer durch sein Zimmer, und als ich eintrat, blieb er auch nicht einen Augenblick stehen. Er ging weiter herum, als hätte der Silberhaarige nicht mich, sondern eine Puppe mitgebracht. Er wandte sich auch nicht an mich, sondern an ihn und fragte: ‚Wieviel?‘

‚Ich selbst möchte mit Ihnen verhandeln‘, sagte ich.

‚Ich möchte es nicht‘, erwiderte er, hielt nicht im Herumwandern inne und sah den Sekretär an. ‚Verhandeln Sie mit ihm!‘

‚Ich brauche kein Geld‘, sagte ich. ‚Wenn Sie wirklich so mächtig sind, wie Sie sagen, so können Sie alles von mir haben, wenn Sie zwei Männer von der Katorga befreien und ein Mädchen vor Strafe. Und sofort. Wenn Sie innerhalb einer Woche die beiden befreien!‘

‚Ja!‘ sagte der Sekretär. ‚Bis dahin aber halten Sie sich möglichst verborgen. Geben Sie mir die Daten!‘

BEICHTE EINES MÖRDERS, ERZÄHLT IN EINER NACHT

Ich gab ihm die Daten der Gebrüder Rifkin. In ein paar Tagen sollte ich Auskunft haben.

Ich wartete ein paar Tage. Ich wartete, ich muß sagen, in großer Ungeduld, sozusagen in einer moralischen Ungeduld. Ich sagte: eine moralische Ungeduld, denn es überfiel mich damals die Sehnsucht nach der Reue, und ich glaubte, gerade damals wäre der Augenblick gekommen, in dem ich mit einer einzigen sogenannten guten Tat mein ganzes schurkisches Leben wettmachen könnte.

Ich wartete. Ich wartete.

Endlich erhielt ich eine Einladung, mich in der Privatwohnung des Fürsten einzufinden.

Der alte, würdige Sekretär empfing mich sitzend. Er machte eine einladende Handbewegung, aber eine nur sehr flüchtige, aber er sagte nicht etwa, ich möchte mich setzen, sondern als verscheuchte er mich vielmehr, wie man eine Fliege verscheucht.

Aus Trotz setzte ich mich aber und schlug ein Bein über das andere. Aus Trotz sagte ich auch: ‚Wo ist der Fürst?‘

‚Für Sie nicht zu Hause‘, sagte der Alte milde. ‚Der Fürst kann sich überhaupt nicht um politische Dinge kümmern, so läßt er Ihnen sagen. In schmutzige Sachen läßt er sich nicht ein. Er will auch mit Ihnen keine Tauschgeschäfte machen. Sie wären überdies imstande, ihn anzuzeigen, wie Sie es schon einmal getan haben, und ihn als den Beschützer unserer Staatsfeinde hinzustellen. Sie begreifen. Wir können Ihnen nur Geld anbieten. Wenn Sie es nicht annehmen, haben wir Mittel, Sie auf eine andere Weise aus Paris wegzuschaffen. Gar so unentbehrlich dürften Sie unserm Staat nicht sein. Es gibt sicherlich andere, die ebensoviel oder gar mehr leisten.‘

‚Ich werde kein Geld nehmen‘, erwiderte ich, ‚und ich werde bleiben.‘ Ich dachte dabei an meinen sympathischen Vorgesetzten Solowejczyk. Ihm wollte ich alles ganz genau erklären. Ihm wollte ich vertrauen. Ich hatte dabei vollkommen vergessen, welchen toten Blick Solowejczyk mir das letztemal gezeigt hatte. Ich bildete mir ein, Solowejczyk hielte zu mir, ja, er liebte mich.

Ich beschloß auch, sofort zu ihm zu gehen.

Ich erhob mich und sagte feierlich (heute kommt es mir lächerlich vor): ‚Ein echter Krapotkin‘, ich betonte das Wort ‚echter‘, ‚nimmt keine Abfindungssumme. Ein falscher bietet sie an.‘

Ich erwartete eine Geste, ein Wort der Empörung aus dem Munde des Alten. Aber er rührte sich nicht. Er sah mich nicht einmal an. Er sah nur auf die glatte schwarze Tischplatte, als lägen dort Papiere, als läse er im Holz und als stünde im Holz der Satz geschrieben, den er ein paar Sekunden später äußerte.

‚Gehn Sie‘, sagte er, ohne den Blick, geschweige denn sich selbst zu erheben, ‚und tun Sie, was Ihnen bekömmlich ist.‘

Das Wort ‚bekömmlich‘ machte mich erröten.

Ich ging, ohne Gruß. Es regnete, und ich befahl dem Portier, mir einen Wagen zu holen. Noch kam ich mir wie ein Fürst vor, während ich bereits wußte, daß ich wieder der Golubtschik war; höchstens noch ein paar Tage konnte ich Krapotkin sein.

Aber ich war froh, meine Freunde, trotzdem, daß ich in ein paar Tagen meine alte Existenz und meinen mir gebührenden Namen wiederfinden würde. Glaubt mir, ich war froh. Und wenn mich etwas damals betrübte, so war es der Umstand, daß ich der Jüdin Rifkin nicht hatte helfen können. Hatte ich doch gedacht, es gäbe eine Gelegenheit, alles Böse wettzumachen, das ich begangen hatte. – Nun! – So hatte ich wenigstens meine eigene Existenz gerettet, vielleicht auch ein bißchen gereinigt.

Ich war froh.

Als ich ins Hotel kam – es war schon ziemlich spät, und einzelne Lämpchen brannten schon in der Halle –, sagte man mir, ein Herr erwarte mich im Schreibzimmer.

Ich dachte, es sei Lakatos, und ging, ohne etwas zu sagen, ins Schreibzimmer. Aus dem breiten Sessel hinter einem der Schreibtische erhob sich aber keineswegs mein Freund Lakatos, sondern, zu meiner Verwunderung, der mondäne Schneider, der Schöpfer der ‚Kreationen‘.

Es herrschte im Schreibzimmer eine Art Halbdunkel, das noch verstärkt wurde durch die grün beschirmten Lichter an den anderen Schreibtischen, statt durch sie geschwächt zu werden. Die Lämpchen kamen mir vor wie beleuchtete Giftfläschchen.

In diesem sonderbaren Licht erschien mir das breite, fahle Gesicht des Schneiders etwa wie ein Teig im Ofen, ein Teig, der aufquillt. Ja, je näher er mir kam, desto größer wurde sein breiiges Angesicht, größer und breiter selbst im Verhältnis zu seinen übermäßig weiten, weibischen, flatternden Kleidern. Er verbeugte sich vor mir, und es war, als verneigte sich vor mir eine Art quadratischer Kugel. Ich war nicht mehr geneigt zu glauben, daß der Schneider ein leibhaftiger, wirklicher Mensch sei.

‚Fürst‘, sagte er, indem er seinen vierschrötigen und zugleich kugeligen Oberkörper wieder mühsam erhob, ‚darf ich eine Kleinigkeit mit Ihnen besprechen?‘

Es kam mir lächerlich vor, daß man mich immer noch ‚Fürst‘ nannte, aber es beruhigte mich dennoch. Ich bat den mondänen Mann zu sagen, was er auf dem Herzen hätte. ‚Eine Kleinigkeit, Fürst‘, versicherte er, ‚eine Lächerlichkeit‘, und dabei zog seine rundliche, teigige Hand einen vollendeten Bogen in der Luft. – ‚Es handelt sich um eine kleine Schuld. Es ist mir sehr peinlich, ja sogar zuwider. Es handelt sich um die Kleider Fräulein Lutetias.‘

‚Was für Kleider?‘ fragte ich.

‚Es ist schon zwei Monate her‘, sagte der Herr Charron. ‚Fräulein Lutetia ist eine besondere Person, Frau, Dame, wollte ich sagen. Es ist manchmal schwer, mit ihr auszukommen. Sie ist, ich muß sagen, eine wirkliche Dame, nicht wie die anderen. Obwohl die Tochter eines meiner gewöhnlichen, was sag’ ich, eines meiner allergewöhnlichsten Kollegen, hat sie (mit Recht) Ansprüche wie eine Dame aus den Kreisen unserer vornehmsten Kundschaft. Ich muß gestehen, Fürst, ich muß gestehen, ich habe ihr, das heißt Fräulein Lutetia, drei meiner besten Modellkleider verkauft, die sie selbst vorgeführt hatte. Auch wäre ich nicht gekommen, um zu stören, wenn ich nicht gerade gewisse akute Schwierigkeiten im Augenblick zu überwinden hätte.'

,Wieviel?' fragte ich, wie ein echter Fürst.

,Achttausend!' sagte Charron prompt.

,Gut!' sagte ich, wie ein echter Fürst. Und ich entließ ihn. Nachdem er gegangen war, fuhr ich sofort zu Lutetia. Achttausend Francs, um jene Zeit, meine Freunde – es war keine Kleinigkeit für mich, einen armen, armseligen Spitzel. Gewiß hätte ich auch vielleicht gar nichts tun dürfen. Aber, liebte ich nicht immer noch? War ich nicht immer noch gefangen?

Ich ging zu Lutetia. Sie saß am gedeckten Abendtisch und erwartete mich wie gewöhnlich – auch an den Abenden, an denen ich nicht kommen konnte –, wie es sich für eine sogenannte ,ausgehaltene Frau' gehört.

Ich gab ihr den üblichen Kuß, zu dem man sozusagen verpflichtet ist gegenüber einer Frau, die man erhält. Es war ein Pflichtkuß, wie ihn große Herren verabreichen.

Ich aß, ohne Appetit, und ich muß gestehen, ich sah mit einiger Mißgunst, trotz all meiner Verliebtheit, den gesunden Appetit Lutetias. Ich war damals niedrig genug, an die achttausend Francs zu denken. Vieles kam noch zusammen. Ich dachte an mich selbst, an den echten Golubtschik. Ein paar Stunden früher war ich froh gewesen, wieder ein wahrer Golubtschik zu sein. Jetzt aber, mit Lutetia am selben Tisch, erfüllte mich Bitterkeit darüber, daß ich ein wahrer Golubtschik sein sollte. Zugleich aber war ich doch noch irgendwo ein Krapotkin, und ich hatte achttausend Francs zu bezahlen. Als ein Krapotkin hatte ich sie zu bezahlen. Auf einmal erbitterte mich, der ich niemals gezählt und gerechnet hatte, die Höhe der Summe. Es gibt, meine Freunde, bestimmte Augenblicke, in denen das Geld, das man zu zahlen hat, für eine Leidenschaft, beinahe so wichtig erscheint wie die Leidenschaft selbst und ihr Gegenstand. Ich dachte nicht daran, daß ich Lutetia, die Geliebte meines Herzens, mit schändlichen und schurkischen Lügen erworben hatte und behalten, sondern ich machte es ihr zum Vorwurf, daß sie meinen Lügen glaubte und von ihnen lebte. Ein unbekannter, fremder Zorn stieg in mir hoch. Ich liebte Lutetia. Aber ich zürnte ihr. Bald schien es mir, noch während wir aßen, sie allein sei schuld an meiner Schuld. Ich suchte, forschte, ich grub gleichsam nach Fehlern in ihr. Ich fand, daß es einem Betrug glich, wenn sie mir nichts von den Kleidern erzählt hatte. Deshalb sagte ich langsam, während ich ebenso langsam die Serviette zusammenfaltete: ,Herr Charron war heute bei mir!'

,Schwein!' sagte Lutetia nur.

,Warum?' fragte ich.

,Altes Schwein', sagte Lutetia.

,Warum?' wiederholte ich.

,Ach, was weißt du!' sagte Lutetia.

‚Ich soll achttausend Francs für dich bezahlen‘, sagte ich, ‚warum hast du's nicht gesagt?‘

‚Ich muß dir nicht alles sagen‘, erwiderte sie.

‚Doch, alles!‘ sagte ich.

‚Nicht Kleinigkeiten!‘ sagte Lutetia. Sie stützte die gefalteten Hände unter das Kinn und sah mich an, kampfsüchtig und beinahe böse.

‚Nicht alles!‘ wiederholte sie.

‚Weshalb nicht?‘ fragte ich.

‚So!‘

‚Was heißt: so?‘

‚Ich bin eine Frau!‘ sagte sie.

Welch ein Argument! dachte ich, und ich nahm mich zusammen, wie man sagt, und sagte:

‚Ich habe nie daran gezweifelt, daß du eine Frau bist!‘ ‚Du hast es aber nie verstanden!‘ sagte sie.

‚Sprechen wir praktisch und sachlich‘, sagte ich, immer noch ruhig, ‚warum hast du mir nichts von den Kleidern gesagt?‘ ‚Kleinigkeit!‘ erwiderte sie, ‚was kosten sie schon?‘ ‚Achttausend!‘ sagte ich. – Dabei fürchtete ich – obwohl ich bereits entschlossen gewesen war, ein einfacher Golubtschik zu sein –, ich hätte nicht so gesprochen, wie ein Fürst Krapotkin in der gleichen Lage gesprochen hätte.

‚Kleinigkeit!‘ sagte sie. ‚Ich bin eine Frau. Ich brauche Kleider!‘

‚Warum sagst du mir nichts vorher?‘

‚Ich bin eine Frau!‘

‚Das weiß ich!‘

‚Das weißt du nicht! Sonst würdest du darüber kein Wort verlieren.‘

‚Du hättest mir den Besuch Charrons ersparen können‘, sagte ich, ‚ich mag es nicht. Ich will keinerlei Überraschungen!‘ Ich redete immer noch so daher wie ein Fürst – indessen beschäftigten mich die achttausend Francs.

‚Willst du noch weiter mit mir streiten?‘ fragte Lutetia. Und schon entzündete sich in ihren schönen, aber seelenlosen Augen, die mir damals wie Glasmurmeln erschienen, jenes zornige Feuerchen, das ihr wahrscheinlich schon alle, ihr, meine Freunde, in den Augen eurer Frauen gemerkt haben werdet – in bestimmten Stunden. Wenn Feuer ein Geschlecht hat, ich glaube es, es gibt ein ganz gewisses weibliches Feuer. Es hat keinen Grund, keine ersichtliche Ursache. Ich habe den Verdacht: es glimmt immer in den Seelen der Frauen, und manchmal lodert es auf und brennt in den Augen der Frauen: ein gutes und gleichzeitig ein böses Feuerchen. Wie man's ansieht. Ich habe jedenfalls Angst davor. Lutetia erhob sich, warf die Serviette hin, mit jener wollüstigen Heftigkeit, mit der die Frauen so oft spielen und die ebensooft sehr echt ist, und sagte noch einmal:

‚Ich lass' mir das nicht mehr gefallen! Ich hab' genug!‘ Und als hätte sie es nicht schon ein paarmal gesagt, wiederholte sie: ‚Du wirst das nie verstehen! – Ich bin eine Frau!‘

Auch ich erhob mich. – Ich dachte, unerfahren, wie ich damals war, man könne durch eine zärtliche Berührung eine Frau besänftigen und versöhnen. Das Gegenteil, meine Lieben, das Gegenteil ist der Fall! Kaum hatte ich einen Arm voller Zärtlichkeit ausgestreckt, da schlug mich die süße Lutetia, die Geliebte meines Herzens, mit beiden Fäusten ins Gesicht. Zugleich stampfte sie mit beiden Füßen – eine seltsame Eigenschaft, die wir nicht haben, wir Männer, wenn wir schlagen –, und sie schrie dabei: ‚Zahlen wirst du, zahlen, morgen, morgen vormittag, ich verlange es!‘

Wie hätte sich da Fürst Krapotkin benommen? – meine Freunde. Wahrscheinlich hätte er gesagt: Natürlich! – und er wäre fortgegangen. Ich aber, ich war eben ein Golubtschik, und also sagte ich: ‚Nein!‘ und blieb.

Auf einmal lachte Lutetia hell auf, so ein Lachen, wißt ihr, das man ein ‚Theaterlachen‘ nennt, das aber gar kein Theaterlachen ist. Die Frauen auf der Bühne nämlich machen es einfach nur den Frauen im Leben, sich selber, nach. Wo hört das sogenannte Leben auf, und wo fängt das sogenannte Theater an?

Sie lachte also, die Geliebte meines Herzens. Es dauerte eine geraume Weile. Schließlich hat alles ein Ende, wie ihr wißt, meine Freunde. Nachdem Lutetia zu Ende gelacht hatte, sagte sie, plötzlich ganz ernst, beinahe tragisch und mit leiser Stimme: ‚Wenn du nicht zahlst, wird dein Cousin zahlen.‘

Es erschreckte mich, was Lutetia gesagt hatte, ja, es erschreckte mich, obwohl ich doch vor nichts mehr zu erschrecken hatte. Wenn mein sogenannter Bruder schon bei Lutetia gewesen war, so konnte es ihr doch nicht lange mehr verborgen bleiben, wer ich wirklich sei. Und warum – so fragte ich mich – hätte es ihr auch verborgen bleiben sollen? Hatte ich nicht eben erst, bevor ich hierhergekommen war, gewünscht, meine schrecklichen Verkleidungen abzulegen und einfach der einfache Golubtschik zu sein?

Weshalb tat es mir jetzt wieder leid, meine so verwirrende und verworrene Existenz aufzugeben? Liebte ich Lutetia in diesem Maße? Genügte ihr Anblick allein, um alle meine Entschlüsse umzuwerfen? Gefiel sie mir denn eigentlich, gerade jetzt in dieser Stunde? Sah ich nicht, wie sie log, sah ich nicht, daß sie käuflich war? Ja, ich sah alles, und ich verachtete sie auch dafür. Und vielleicht, wäre es nicht mein sogenannter Bruder gewesen, der mir wieder, gerade hier wieder den Weg vertrat, ich hätte sie verlassen. Ich war edelmütig gegen ihn gewesen, ich hatte sein Geld zurückgewiesen – und siehe da: jetzt trat mir der elende Mächtige wieder entgegen.

Freilich konnte ich diese unermeßlich hohe Summe nicht aufbringen, nicht einmal ein Drittel. Was hätte ich alles tun müssen, um auf einen Schlag auch nur dreitausend Francs zu bekommen und mit Abzahlungen wenigstens zu beginnen? Und konnte ich, selbst wenn ich bezahlte, es überhaupt verhindern, daß Lutetia erfuhr, wer ich wirklich war? Wenn ich nur Geld hätte, dachte ich damals in meiner Verblendung, ich würde ihr sagen, wer ich wirklich bin, und daß ich ihretwegen die allerschlimmsten meiner Schurkereien begehe, und auch ein Golubtschik kann einen Krapotkin bei jeder Frau wettmachen. So dachte ich. Obwohl ich sah, daß sie log und ein Wesen ohne Gewissen war, traute ich ihr doch den Edelmut zu, meine Aufrichtigkeit nicht nur vertragen, sondern auch schätzen zu können. Ich glaubte sogar, daß Aufrichtigkeit sie rühren könnte. Die Frauen – und, um gerecht zu sein, auch die Männer – aber lieben vielleicht von vornherein aufrichtige Menschen; jedoch aufrichtige Geständnisse von Lügnern und Verstellern hören sie nicht gern.

Um aber in meiner Erzählung fortzufahren: Ich fragte Lutetia, ob sie meinen Cousin schon gesehen habe. Nein! sagte sie, er hätte ihr nur geschrieben; aber sie erwarte über kurz oder lang seinen Besuch, wahrscheinlich im Atelier des Schneiders. ‚Du wirst ihn sofort abweisen!‘ sagte ich. ‚Ich liebe das nicht!‘ – ‚Es ist mir ganz gleichgültig, was du liebst oder nicht! Überhaupt, ich hab’ dich satt!‘ – ‚Liebst du ihn denn?‘ fragte ich, ohne sie anzusehen. – Ich war so töricht zu glauben, daß sie mir ja oder nein antworten könnte. Aber sie sagte: ‚Und wenn ich ihn zum Beispiel liebte? –Was dann?‘ –‚Hüte dich!‘ sagte ich. ‚Du weißt nicht, wer ich bin, wozu ich imstande bin.‘ – ‚Zu nichts!‘ erwiderte sie, trat an den Käfig des abscheulichen Papageis und begann, seine karmesinrote Kehle zu kitzeln. Im nächsten Augenblick knarrte er auch schon dreimal hintereinander: ‚Krapotkin, Krapotkin, Krapotkin.‘ Lutetia hatte ihn so abgerichtet. Es war, als wüßte sie eigentlich schon alles über mich und als wollte sie es nur durch den Papagei sagen lassen.

Ich ließ den Papagei aussprechen, aus Höflichkeit, als wäre er ein Mensch. Dann sagte ich: ‚Du wirst sehen, wozu ich fähig bin!‘ – ‚So zeig’s doch!‘ sagte sie. Sie geriet plötzlich in Zorn, oder sie tat so, als sei sie in Zorn geraten. Es schien mir, daß ihre Haare auf einmal zu wehen begannen, und es war doch kein Wind im Zimmer! Zugleich sträubten sich auch die Federn des Papageis. Sie ergriff die metallene Schaukel, auf der der gräßliche Vogel zu hocken pflegte, sobald er seinen Käfig verlassen hatte, und schlug blind auf mich ein. Die Schläge spürte ich wohl, sie schmerzten mich auch, obwohl ich sehr kräftig bin. Allein weit stärker als die Schläge war die Überraschung, die wohlvertraute Frau, die Geliebte meines Herzens, in eine Art wohl überlegenden, parfümierten Orkan verwandelt zu sehen, einen verlockenden Orkan, der mich dennoch reizte, zum Versuch einer Bändigung reizte. Ich griff nach den Armen Lutetias, sie schrie vor Schmerz auf, der Vogel krächzte schrill, als riefe er Nachbarn gegen mich zu Hilfe, Lutetia taumelte, entfärbte sich und sank auf den Teppich. Sie riß mich nicht etwa mit, dazu bin ich freilich zu schwer. Aber ich ließ mich fallen. Sie umfing mich mit den Armen.

So blieben wir vereint, lange Stunden, in einem seligen Haß.

Ich erhob mich, es war noch tiefe Nacht, aber ich fühlte schon den Morgen kommen. Ich ließ Lutetia liegen. Ich dachte, sie schliefe. Sie aber sagte mit einer zärtlichen, lieblichen Kinderstimme: ‚Komm morgen bestimmt ins Atelier! Bewahr mich vor deinem Cousin. Ich kann ihn nicht leiden! Ich liebe dich!‘

Ich ging nach Hause, durch die stille, allmählich verbleichende Nacht. Ich ging vorsichtig, denn ich erwartete, jeden Augenblick irgendwo Lakatos zu treffen.

BEICHTE EINES MÖRDERS, ERZÄHLT IN EINER NACHT

Mir war es auch, als hörte ich von Zeit zu Zeit einen sachten, schleifenden Schritt. Obwohl ich meinen Freund fürchtete, glaubte ich doch, ihn in dieser Nacht noch dringend zu brauchen. Ich bedurfte, so glaubte ich, seines Rates. Und ich wußte doch, daß es ein höllischer Rat sein mußte.

Am nächsten Tage, bevor ich zum Schneider, das heißt, eigentlich zu Lutetia ging, trank ich ausgiebig. Während ich mich also betäubte, glaubte ich, ich würde immer klarer und schmiedete immer klügere Pläne.

Der Schneider begrüßte mich begeistert. Die Gläubiger – auf den ersten Blick zu erkennen an dem düstern Lächeln und dem beredten Schweigen – warteten auf ihn im Vorzimmer. Ich wußte nicht genau, was ich sprach. Ich wollte Lutetia sehen. In ihrer Garderobe stand sie, zwischen drei Spiegeln, man probierte verschiedene Stoffe an ihr herum, hüllte sie ein und entblößte sie wieder, und es sah aus, als wollte man sie mit hundert Nadeln langsam und elegant zu Tode martern. ‚Ist er dagewesen?‘ fragte ich, hinweg über die öligen Haare der drei Jünglinge, die mit den Stoffen und Nadeln hantierten.

‚Nein! Nur Blumen hat er geschickt!‘

Ich wollte noch etwas sagen, aber erstens war mir die Kehle zugeschnürt, und zweitens gebot mir Lutetia hinauszugehen. ‚Heute abend!‘ sagte sie.

Der Herr Charron erwartete mich schon vor der Tür. ‚Heute nachmittag bestimmt!‘ sagte ich, um nichts mehr mit ihm sprechen zu müssen, obwohl ich noch gar keine feste Hoffnung hatte, daß mir Solowejczyk das Geld geben würde.

Ich ging schnell hinaus und fuhr zu Solowejczyk.

Ich wußte wohl, daß er um jene Stunde selten anzutreffen war. Sein Zimmer hatte zwei Vorzimmer, und zwar an den entgegengesetzten Seiten je eins. Die Vorzimmer hingen so gleichsam an der Kanzlei wie zwei Ohren an einem Kopf. Das eine Vorzimmer war durch eine weiße Tür mit vergoldeten Leisten abgeschlossen. Das andere, an der gegenüberliegenden Seite, durch eine schwere grüne Portiere abgedichtet. In dem erstgenannten Vorzimmer pflegten die Ahnungslosen zu warten. Jene, die nichts von den wirklichen Funktionen Solowejczyks ahnten. Im zweiten aber warteten wir, die Eingeweihten. Ich kannte nicht alle, nur einige. Durch die Portiere konnten wir alles hören, was Solowejczyk mit den Ahnungslosen besprach. Es handelte sich um lächerliche Angelegenheiten: Aus- und Einfuhr von Getreide, besondere Bewilligungen für Hopfenkommissionäre in der Saison, Verlängerung von Reisepässen für Kranke, Empfehlungen für Händler an fremde Regierungen. Uns, die Eingeweihten, interessierten alle diese Dinge nicht, aber unsere Ohren, zum Lauschen bestimmt, nahmen alles auf. Wir hätten leicht miteinander ins Gespräch geraten können, während wir so warteten, aber keiner von uns vermochte etwas über den Horchzwang, den unsere Berufsohren auf uns ausübten, und also vermieden wir Unterhaltungen, die uns nur am Lauschen gehindert hätten. Auch mißtrauten wir uns gegenseitig, ja, wir verabscheuten uns sogar.

Sobald Solowejczyk die Ahnungslosen abgefertigt hatte, schlug er die grüne Portiere zurück, warf einen Blick in unser Vorzimmer und rief, je nach der Wichtigkeit der Person und des Falles, einen von uns zuerst zu sich. In diesem Augenblick mußten die andern ‚Eingeweihten' hinaus und über den Hof in das andere Vorzimmer, in jenes durch die Tür getrennte, durch die man nichts hören konnte.

Solowejczyk kam an jenem Nachmittag spät, aber die Ahnungslosen – mit denen er übrigens laut zu sprechen, oft sogar zu schreien pflegte – fertigte er damals in ganz kurzer Zeit ab – und wir waren unser etwa sechs, die auf ihn warteten. Mich rief er zuerst.

‚Sie haben getrunken?' sagte er. ‚Setzen Sie sich!' Freundlich, wie er noch nie zu mir gewesen war, reichte er mir sogar eine Zigarette aus seiner großen, schweren Dose aus Tulasilber.

Ich hatte mir den Anfang meiner Rede wohl zurechtgelegt, aber seine Freundlichkeit betäubte mich gewissermaßen, und ich wußte nichts mehr.

‚Ich habe nichts Besonderes zu melden!' sagte ich. ‚Ich habe nur eine Bitte: ich brauche Geld!'

‚Freilich', sagte Solowejczyk. ‚Der Fürst ist hier.' Er blies ein paar Rauchwölkchen in die Luft. ‚Junger Mann', begann er, ‚Sie werden diese Konkurrenz nicht auf die Dauer aushalten. Sie werden elend zugrunde gehn.' Er zerhackte, zerlegte das Wort ‚elend'. Es war ein ewiges, ein uferloses ‚elend'. ‚Sie sind', fuhr er fort, ‚ein Mensch, über den selbst ich' – und zum erstenmal merkte ich an ihm eine Art Eitelkeit – ‚selbst ich', wiederholte er, ‚mir noch nicht ganz klar bin. Sie haben kein Geld nehmen wollen. Sie wollen die Rifkins auslösen. Aber: Sie sind begabt, gewiß. Sie sind nicht vollkommen. Wie soll ich sagen, Sie sind noch ein Mensch. Sie sind schon ein Schurke – verzeihen Sie das Wort, in meinem Munde ist es nicht persönlich, es ist sozusagen literarisch. Sie haben noch Leidenschaften. Entscheiden Sie sich.'

‚Ich habe mich entschieden', sagte ich.

‚Sagen Sie aufrichtig', fragte Solowejczyk, ‚wollten Sie eigentlich dem Fürsten eine Falle stellen, indem Sie ihn veranlaßten, sich für die Rifkins einzusetzen?'

‚Ja', sagte ich, obwohl es nicht wahr war, wie ihr wißt. ‚So', sagte Solowejczyk, ‚dann sind Sie eben doch vollkommen. Es hätte Ihnen nichts genützt. Der Fürst läßt sich nie darauf ein. Aber dann können Sie auch das Geld haben. Sie bringen also die kleine Rifkin nach Rußland.'

‚Wie denn?' fragte ich. ‚Die Leute sind mißtrauisch.' ‚Wie, das ist Ihre Sache', sagte Solowejczyk. ‚Sie werden fälschen.'

Ich drückte die Zigarette in dem schweren, schwarzen, achatnen Aschenbecher aus.

‚Ich weiß nicht, wie man fälscht', sagte ich, hilflos, ein Kind.

Ach, meine Freunde! Vor meinen Augen stand damals das edle Mädchen Rifkin. Vor meinen Augen stand damals auch die Geliebte meines Herzens, Lutetia. Vor meinen Augen stand damals der Feind meines Lebens, der junge Krapotkin. Vor meinen Augen hinkte plötzlich Lakatos daher, mit schleifendem Fuß. Alle, alle, so schien es mir, beherrschten mein Leben. Was war es nur? War es noch mein eigenes Leben? Gegen alle vier erfüllte mich eine jähe Empörung. Eine gleich große Empörung, meine lieben Freunde, obwohl ich genau wußte, wie zwischen ihnen zu unterscheiden, obwohl ich genau wußte, daß ich eigentlich das edle Mädchen Rifkin liebte, daß ich Lutetia begehrte und geringschätzte und nur deshalb begehrte, weil ich über Krapotkin einen kleinen, billigen, elenden Triumph davontragen wollte, und daß ich Lakatos fürchtete als den leibhaftigen Abgesandten des Teufels, der mir, mir besonders, einen kleinen Sonderteufel zugedacht hatte. Es erfüllte mich auf einmal eine unsägliche und beseligende Begierde, stärker zu sein als sie alle, gleichsam stärker zu sein als meine eigenen Gefühle, die ich ihnen allen entgegenbrachte; stärker zu sein als meine wirkliche Liebe zu dem edlen Mädchen Rifkin; stärker als mein Haß gegen Krapotkin; stärker als meine Gier nach Lutetia; stärker als meine Furcht vor Lakatos. – Ja, stärker als ich selbst wollte ich sein, meine Lieben: das heißt es eigentlich.

Ich stürzte mich in das größte Verbrechen meines Lebens. Ich wußte aber noch nicht, wie man es begeht, am sichersten begeht, und ich fragte noch einmal zaghaft: ‚Ich weiß nicht, wie man fälscht.'

Solowejczyk sah mich mit seinen toten, blaßgrauen Augen an und sagte: ‚Ihr alter Freund wird Ihnen vielleicht raten. Gehen Sie hier hinaus.' – Und er wies nicht auf die Tür hin, sondern auf die Portiere, durch die ich hereingekommen war.

Es ist gewiß, meine Freunde: das Schicksal lenkt unsere Wege, eine billige Erkenntnis, alt wie das Schicksal selbst. Wir sehen es zuweilen. Meist wollen wir es gar nicht sehen. Auch ich gehörte zu jenen, die es nicht gerne sehen wollten, und allzuoft schloß ich sogar krampfhaft die Augen, um es nicht zu sehen, so wie ein Kind in der Finsternis die Augen schließt, um sich vor der Finsternis ringsum nicht zu fürchten. Mich aber – vielleicht war ich verflucht, vielleicht auserwählt, wie man will – zwang das Schicksal auf Schritt und Tritt in allzu offensichtlicher, fast schon banaler Weise, die Augen wieder zu öffnen.

Als ich die Botschaft verließ – sie lag in einer der vornehmsten Straßen, wie ihr wissen werdet, neben mehreren anderen Botschaftspalästen –, spähte ich nach einem Bistro aus. Denn ich gehöre zu den zahlreichen Menschen, die nicht im Gehen, sondern beim Sitzen und nur vor einem Glase einigermaßen Klarheit gewinnen können. Ich spähte also nach einem Bistro aus, es gab erst etwa vierzig Schritte weiter rechts eines, es war ein sogenanntes ‚Tabac', – und nicht mehr als zwanzig Schritte entfernt ein anderes. Ich wollte nicht ins Tabac, ich wollte ins andere. Ich ging also weiter. Als ich aber vor dem anderen stand, kehrte ich aus einem mir ganz und gar nicht mehr erklärlichen Grunde wieder um und ging ins Tabac zurück. Ich setzte mich an einen der winzigen Tische in der rückwärtigen Abteilung des Ladens. Durch die Glastür, die das Büfett von mir trennte, sah ich die Zigarettenkäufer kommen und gehen. Ich saß dieser Glastür zugewandt, ich hatte gar nicht bemerkt, daß sich hinter meinem Rücken noch eine andere

Tür befand, eine gewöhnliche hölzerne. Ich bestellte einen Marc de Bourgogne und beschloß nachzudenken. ‚Da sind Sie, alter Freund‘, hörte ich hinter meinem Rücken. Ich wandte mich um. Ihr werdet erraten, wer es war, meine Freunde! Es war mein Freund Lakatos.

Ich gab ihm nur zwei Finger, aber er drückte sie so, als wär's meine ganze Hand.

Er setzte sich auch sofort, er war heiter, aufgeräumt, seine weißen Zähne blitzten, sein schwarzes Bärtchen schimmerte bläulich, den Strohhut schob er seitlich auf das linke Ohr. Es fiel mir auf, daß er heute kein Stöckchen trug, zum erstenmal sah ich ihn ohne Stock. Noch auffallender war seine Aktentasche, eine Tasche aus rotem Saffianleder.

‚Gute Nachricht!‘ sagte er und wies auf die Aktentasche. ‚Die Prämien sind erhöht.‘

‚Was für Prämien?‘

‚Prämien für Staatsfeinde‘, sagte er, als handelte es sich um Prämien für Schnelläufer und Radfahrer – wie es um jene Zeit üblich war.

‚Ich komme soeben von Herrn Charron‘, fuhr Lakatos fort, ‚er erwartet Sie.‘

‚Er mag warten!‘ sagte ich. Aber ich war unruhig. Während Lakatos sein Gebäck in den Kaffee tauchte – ich erinnere mich noch genau, es war ein Kipfel, croissant, wie man es nennt –, warf er so nebenbei hin: ‚Apropos, Sie haben ja hier Freunde, die Rifkins.‘

‚Ja‘, sagte ich schamlos.

‚Ich weiß‘, sagte Lakatos, ‚das Fräulein muß nach Rußland. Schwer, schwer, solch einen braven Menschen auszuliefern.‘ – Er schwieg, tauchte wieder den Kipfel in den Kaffee und sagte, indem er den aufgeweichten Teig schlürfte: ‚Zweitausend‘ – und dann, nach einer längeren Pause: ‚Rubel!‘ Wir schwiegen ein paar Minuten. Plötzlich stand Lakatos auf, öffnete die Glastür, warf einen Blick auf die Wanduhr über dem Büfett und sagte: ‚Ich muß gehen, ich lasse hier Hut und Tasche. In zehn, höchstens fünfzehn Minuten bin ich zurück.‘

Und schon war er zur Tür hinaus.

Mir gegenüber lehnte die feuerrote Tasche Lakatos'. Der Strohhut lag neben ihr wie ein Knecht. Das Schloß der Tasche funkelte wie ein goldener, geschlossener Mund. Ein lüsterner Mund.

Eine berufliche – aber nicht allein eine berufliche, sondern auch eine Art übersinnlicher, einer teuflischen Neugier befahl mir, immer wieder über den Tisch zu schielen und die Tasche anzustarren. Ich konnte sie öffnen, bevor Lakatos wieder hier war. Zehn Minuten! hatte er gesagt. – Zehn Minuten! Ich hörte durch die geschlossene, Glastür das harte Tikken der Wanduhr über dem Büfett. Ich fürchtete mich vor der Tasche. Zu beiden Seiten, über dem mittleren Schloß, das, wie gesagt, einem Mund ähnlich sah, hatte sie noch zwei kleine Schlösser, und die erschienen mir jetzt wie Augen. Ich trank noch zwei Doppelte, und schon begannen die Augen der Tasche zu zwinkern. Indessen tickte die Uhr, und die Zeit ging, und ich glaubte auf einmal zu wissen, wie kostbar die Zeit ist.

Zuweilen, in manchen Augenblicken, schien es mir, daß sich die feuerrote Ledertasche des Lakatos von selber gegen mich vorneigte, auf dem Stuhl, auf dem sie lehnte.

BEICHTE EINES MÖRDERS, ERZÄHLT IN EINER NACHT

Schließlich, in einem Augenblick, in dem ich wähnte, sie wolle sich mir ganz darbieten, griff ich nach ihr. Ich öffnete sie. Da ich die Uhr immer noch hart und grausam ticken hörte, dachte ich daran, daß Lakatos jeden Augenblick zurückkommen könnte, und ich ging mit ihr in die Toilette. Kam Lakatos inzwischen wieder, so konnte ich sagen, ich hätte sie aus Vorsicht mitgenommen. Es war mir, als nähme ich sie nicht einfach mit, sondern als entführte ich sie.

Ich öffnete sie mit fiebrigen Fingern. Ich hätte eigentlich schon wissen müssen, was sie enthielt – wie hätte ich es auch nicht wissen sollen, ich, der ich den Teufel so gut kannte und sein Verhältnis zu mir. Aber wir erkennen, meine Freunde, oft – wie es bei mir der Fall war – mit ganz anderen Fähigkeiten als mit den Sinnen oder dem Verstand – und aus Faulheit, Feigheit, Gewohnheit wehren wir uns gegen diese Erkenntnis. So erging es damals auch mir. Ich mißtraute meiner richtigen Erkenntnis; vielmehr, ich machte noch gewisse Anstrengungen, ihr zu mißtrauen.

Der eine oder andere unter euch, meine Lieben, wird vielleicht erahnen, was für Papiere sich in der Aktentasche des Lakatos befanden: Was mich betrifft, ich kannte sie gut, diese Papierchen, von Berufs wegen kannte ich sie. Es waren jene gestempelten, unterfertigten Paßformulare, die unsere Leute den armen Emigranten einzuhändigen pflegten, damit sie nach Rußland heimkehrten. Unzählige Menschen pflegte unsere Gesellschaft auf diese Weise den Behörden auszuliefern. Die armen Ahnungslosen fuhren in einer fröhlichen Sicherheit heim, mit legalen Pässen, wie es ihnen schien, an der Grenze aber hielt man sie zurück, und erst nach martervollen Wochen und Monaten kamen sie vor das Gericht und hierauf ins Zuchthaus und nach Sibirien. Die Unseligen hatten unsereinem, einem meinesgleichen vertraut. Die Stempel waren echt, die Unterschriften waren echt, die Photographien waren echt – wie sollten sie zweifeln? Auch wußten nicht einmal die offiziellen Behörden etwas von unseren schändlichen Methoden. Es gab nur ganz kleine, ganz winzige Anzeichen, an denen unsere Leute an der Grenze die Pässe der Verdächtigen von denen der Unverdächtigen unterscheiden konnten. Einem gewöhnlichen menschlichen Auge entgingen natürlich diese Anzeichen. Auch änderte man sie häufig. Einmal war es ein kleiner Nadelstich an der Photographie des Paßbesitzers; dann wieder fehlte ein halber Buchstabe im runden Stempel; das drittemal war der Name des Paßinhabers mit einer nachgezeichneten Druckschrift aufgeschrieben statt mit der gewöhnlichen Schreibschrift. Von all dem wußten die offiziellen Behörden in der Tat nicht mehr als die Opfer. Nur unsere Leute an den Grenzen kannten diese teuflischen Zeichen. Tadellose Stempel und Stempelkissen, rote und blaue und schwarze und violette, fand ich in der Aktentasche des Herrn Lakatos. Ich kehrte mit ihr wieder an meinen Tisch zurück und wartete.

Nach einigen Minuten kam Lakatos, setzte sich, zog mit einiger Feierlichkeit einen Umschlag aus der Rocktasche und überreichte ihn mir, ohne ein Wort. Während ich mich anschickte, das Kuvert zu öffnen, das das Siegel unserer Botschaft trug, sah ich, wie er seiner roten Ledermappe eines der Paßformulare entnahm, und hörte ich, wie er Tinte und Feder bestellte. In dem Schreiben, das ich las, teilte die kaiserliche Botschaft dem Fürsten Krapotkin mit, daß die besondere Gnade des Zaren die Brüder Rifkin befreit habe und daß auch der Schwester Channa Lea Rifkin keinerlei Gefahr drohe, wenn sie nach Rußland zurückkehre. Ich erschrak, meine Freunde, ich erschrak gewaltig. Aber ich stand nicht etwa auf, um wegzugehen, ja, ich schob nicht einmal das Papier Lakatos zu. Ich sah nur, wie Lakatos, ohne sich um mich zu kümmern, mit einer schönen, kalligraphischen Kanzleibeamtenschrift den Paß für die Jüdin Rifkin langsam, sorgfältig, behaglich ausstellte.

Meine Lieben! Ich zittere jetzt, während ich all dies erzähle, vor Selbsthaß und Selbstverachtung. Damals aber war ich stumm wie ein Fisch und gleichgültig wie ein Henker nach seiner hundertsten Hinrichtung. Ich glaube, daß ein tugendhafter Mensch seine edelste Tat ebensowenig zu erklären vermag wie ein Schuft von meiner Art seine niedrigste. Ich wußte ja, daß es darum ging, das edelste Mädchen, das ich kannte, zu verderben. Ich sah schon, mit meinem geübten Berufsauge, den geheimnisvollen, den teuflischen Nadelstich über dem Namen. Ich zitterte nicht, ich rührte mich nicht. Ich Unseliger dachte an die unselige Lutetia. Und, so wahr ich ein Schurke bin, ich hatte damals nur vor *einem* Angst: Ich mußte selbst zu den Rifkins gehen und dem Mädchen und dem Bruder die tückisch frohe Nachricht bringen. Dermaßen zitterte ich davor, daß ich mich seltsamer-, das heißt schamloserweise von jeder Schuld befreit fühlte, als Lakatos, nachdem er mit dem Löschblatt sorgfältig seine Inschriften im Paß getrocknet hatte, aufstand und sagte: ‚Ich gehe selbst zu ihr! Schreiben Sie nur zwei Zeilen: Der Überbringer dieses ist ein Freund, gute Reise, auf Wiedersehn in Rußland, Krapotkin.‘ Zugleich schob er mir Tintenfaß und Papier zu und drückte mir die Feder in die Hand. Und – meine Freunde – erlaubt ihr noch, daß ich euch Freunde nenne? – ich schrieb. Meine Hand schrieb. Noch nie hatte sie so schnell geschrieben.

Ohne das Papier zu trocknen, nahm es Lakatos. Es flatterte in seiner Hand wie eine Fahne, als er hinausging. Unter seinem linken Arm flackerte die rote Tasche.

All dies ging viel schneller, als ich es zu erzählen vermag. Knapp fünf Minuten später sprang ich auf, zahlte hastig und lief vor die Tür, um nach einem Wagen zu suchen. Aber es kam kein Wagen. Statt eines Wagens sah ich einen Lakaien der Botschaft stracks auf mich zu laufen. Solowejczyk ließ mich rufen.

Selbstverständlich wußte ich sofort, daß Lakatos gesagt hatte, wo ich zu finden sei. Statt nun eine Ausrede zu gebrauchen und nach einem Wagen zu suchen, folgte ich dem Diener und ging zu Solowejczyk.

Ich saß zwar allein im Vorzimmer der Eingeweihten, aber er ließ mich lange warten. Es vergingen zehn Minuten, zehn Ewigkeiten, da rief er mich erst. Ich begann sofort: ‚Ich muß fort, es ist ein teures Menschenleben, ich muß fort!‘

‚Um wen handelt es sich?‘ fragte er langsam. ‚Um die Rifkins!‘ sagte ich. ‚Kenne ich nicht, weiß nichts von ihnen‘, sagte Solowejczyk. ‚Bleiben Sie sitzen! Sie haben Geld gebraucht. Hier! Für besondere Dienstleistungen!' Er gab mir meinen Lohn! Meine Freunde! Wer nie einen Lohn für einen Verrat erhalten hat, kann das Wort Judaslohn für einen abgebrauchten Ausdruck halten. Ich nicht. Ich nicht. Ich nicht.

Ich lief hinaus, ohne Hut, ich erwischte einen Wagen, ich trommelte mit der Faust von Zeit zu Zeit gegen den Rücken des Kutschers, er schlug und knallte immer heftiger mit der Peitsche. Wir kamen zum Schweizer. Ich sprang ab. Der gute Mann begrüßte mich mit einem glücklichen Gesicht. ‚Sie sind endlich frei und gerettet', rief er, ‚Dank Ihnen! Sie sind schon zur Bahn. Ihr Sekretär, Durchlaucht, hat sie sofort mitgenommen. Oh, Sie sind ein edler Mensch!' Er hatte Tränen in den Augen, er griff nach meiner Hand, er bückte sich, um sie zu küssen. Der Kanarienvogel zwitscherte.

Ich entriß ihm die Hand, grüßte ihn nicht, stieg wieder in den Wagen und fuhr ins Hotel.

Unterwegs nahm ich den Scheck aus der Tasche und behielt ihn krampfhaft in der Hand. Er war mein Sündengeld, aber er sollte mein Sühnegeld werden. Es war ein unwahrscheinlich hoher Lohn, heute noch schäme ich mich, die Zahl zu nennen – obwohl ich euch doch alles andere Schändliche erzähle. Keine Lutetia mehr, kein Schneider mehr, kein Krapotkin mehr. Nach Rußland! Mit Geld konnte man sie noch an der Grenze erreichen. Meinen Kollegen telegraphieren. Man kennt mich. Mit Geld kann man sie zurückschicken! Keine lächerlichen Ambitionen mehr! Gutmachen! Gutmachen! Koffer packen und nach Rußland! Retten! Die Seele retten!

Ich bezahlte das Hotel. Ich ließ die Koffer packen. Ich bestellte zu trinken. Ich trank. Ich trank. Eine wilde Fröhlichkeit ergriff mich. Ich war schon gerettet. Ich telegraphierte dem Chef unserer geheimen Grenzpolizei Kaniuk, er möchte die Rifkins aufhalten. Ich packte eifrig, neben dem Personal.

Kurz vor Mitternacht war ich fertig. Mein Zug ging erst um sieben Uhr morgens. Ich griff in die Tasche und faßte einen Schlüssel. An seiner Form, an seinem Bart erkannten meine Finger, daß es der Schlüssel zu Lutetias Wohnung war. Ah, also ein Fingerzeig des guten Gottes. Man muß heute auch zu ihr, gesegnete Nacht, man gesteht und erzählt alles. Man nimmt Abschied und gibt ihr und sich selbst die Freiheit. Ich fuhr zu Lutetia. Ich glaubte zu spüren, als ich ins Freie trat, daß ich zuviel getrunken hatte. Ich sah ringsum singende, aufgeregte Menschen. Ich sah Menschen mit Fahnen, aufgeregte Redner, weinende Frauen. Damals war, wie ihr wißt, Jaurès in Paris erschossen worden. Alles, was ich da sah, bedeutete natürlich den Krieg. Ich aber war damals in mich eingesponnen, ich begriff nichts, ein töricht und trunken Taumelnder …

Ich war entschlossen, ihr zu sagen, daß ich sie belogen hatte. Einmal auf dem Wege der sogenannten Anständigkeit angelangt, gab es für mich kein Halten mehr. Ich berauschte mich jetzt geradezu an der Anständigkeit, wie ich mich vorher am Bösen berauscht hatte. Viel später erst erkannte ich, daß derlei Räusche nicht beständig sein können. Es ist unmöglich, sich an der Anständigkeit zu berauschen. Die Tugend ist immer nüchtern.

Ja, ich wollte alles beichten. Ich wollte mich – ich stellte es mir sehr tragisch vor – vor der geliebten Frau meines Lebens erniedrigen, um dann Abschied von ihr auf immer zu nehmen. Der noble und fromme Verzicht erschien mir in jenem Augenblick weitaus erhabener als die verlogene Noblesse, in der ich bis jetzt gelebt hatte, und als die Leidenschaft sogar. Ein Leidender, Erniedrigter, aber ein namenloser Held, wollte ich von nun ab durch das Leben irren. Wenn ich bis jetzt ein jämmerlicher Held gewesen war, so sollte ich von nun ab ein wirklicher, ein echter werden.

In dieser gehobenen Düsterkeit – wenn ich so sagen darf – begab ich mich zu Lutetia. Ich schloß auf. Es war die Zeit, in der Lutetia gewohnt war, meinen Besuch zu erwarten. Ich wunderte mich schon im Vorzimmer, daß mir ihr Stubenmädchen nicht entgegenkam, denn auch sie pflegte mich um diese Zeit zu erwarten. Alle Türen waren offen. Man mußte an dem ekelhaften Papagei und an dem Getier anderer Art vorbei in den erleuchteten Salon, dann in den Toilettenraum und schließlich in das sanftblau belichtete Schlafzimmer, das Lutetia ihr ‚Boudoir‘ zu nennen pflegte. Ich zögerte zuerst, ich weiß nicht, warum. Ich ging mit sachteren Schritten als gewöhnlich. Die dritte Tür, die des Schlafzimmers, war zugemacht, aber nicht verschlossen. Ich öffnete zaghaft.

Im Bett, neben Lutetia, den Arm um ihren Nacken, lag ein Mann, und es war, wie ihr euch vielleicht denken könnt, der junge Krapotkin. Beide schienen sie so fest zu schlafen, daß sie mich nicht kommen gehört hatten. Ich näherte mich dem Bett auf den Zehenspitzen. Oh, es war gar nicht meine Absicht, eine sogenannte Szene zu machen. In jenem Moment bereitete mir der Anblick, der sich mir bot, einen tiefen Schmerz. Aber eifersüchtig war ich keineswegs. In der heroischen Verzichtsstimmung, in der ich mich damals befand, war mir der Schmerz, den mir die beiden bereiteten, beinahe erwünscht. Er bestätigte gewissermaßen meinen Heroismus und meine Entschlüsse. Es war eigentlich meine Absicht, sie sanft zu wecken, ihnen Glück zu wünschen und beiden alles zu erzählen. Aber es geschah, daß Lutetia erwachte, einen schrillen Schrei ausstieß, der den Jungen natürlich weckte. Ehe ich noch etwas sagen konnte, saß er aufrecht im Bett, in einem knallblauen, seidenen Pyjama, das seine nackte Brust offen ließ. Es war eine weiße, schwächliche, unbehaarte Jünglingsbrust, eine Knabenbrust, ich weiß nicht, warum sie mich in jenem Augenblick so ärgerte. ‚Ah, Golubtschik‘, sagte er – und rieb sich die Augen, ‚Sie sind immer noch nicht abgefertigt? Hat Sie mein Sekretär nicht endgültig ausbezahlt? Geben Sie mir meinen Rock, nehmen Sie meinetwegen die Brieftasche.‘

Lutetia schwieg. Sie sah mich an. Sie mußte schon alles wissen.

Da ich mich nicht rührte und den Fürsten nur traurig anblickte, während er, in seiner Dummheit, glauben mochte, ich sähe ihn frech oder herausfordernd an, begann er plötzlich zu brüllen: ‚Hinaus, Spitzel, Lump, bezahlter, hinaus!‘

Und da ich in dem gleichen Augenblick sah, wie sich Lutetia, nackt, mit nackten Brüsten, aufrichtete, entbrannten in mir, trotz allen Vorsätzen und obwohl ich bereits losgelöst war von aller fleischlichen Lust sozusagen, erwachte also in mir, sage ich, beim

BEICHTE EINES MÖRDERS, ERZÄHLT IN EINER NACHT

Anblick der nackten Frau, die mir, nach den stupiden männlichen Begriffen, eigentlich ‚gehören‘ mußte, die alte böse Wut.

Es fiel mir im Augenblick gar nichts ein, nur das Wort Golubtschik erfüllte mein Hirn und mein Blut, und mein Haß fand keinen anderen Ausdruck. Die nackte Lutetia verwirrte mich vollends, und lauter noch, als der Fürst Krapotkin geschrien hatte, brüllte ich ihm ins Gesicht: ‚Golubtschik heißt *du*! Nicht *ich!* Wer weiß, mit welchen Golubtschiks deine Mutter geschlafen hat! Keiner weiß es. Mit meiner aber hat der alte Krapotkin geschlafen. Und ich bin sein Sohn!‘

Er sprang auf, er faßte mich an der Gurgel, der Schwächling. Schwächer noch war er, weil er entkleidet war. Seine zarten Hände konnten meinen Hals nicht umfassen. Ich stieß ihn zurück. Er fiel aufs Bett.

Von nun an weiß ich nicht mehr, was eigentlich geschah. Ich höre heute noch die schrillen Schreie Lutetias. Ich sehe heute noch, wie sie, ganz nackt, schamlos erschien sie mir damals, aus dem Bett springt, um den Jungen zu schützen. Ich weiß nicht mehr, was ich tue. In meiner Tasche liegt ein schwerer Schlüsselbund, an dem ein eisernes Schloß befestigt ist, jenes Schloß, das ich aus besonderer Vorsicht an meinem Geheimkoffer anbringe, wenn wichtige Papiere darin sind. Ich habe keine wichtigen Papiere mehr. Ich bin kein Spitzel mehr. Ich bin ein anständiger Mensch. Man reizt mich. Man zwingt mich zum Mord. Ich greife, ohne daß ich wüßte, was ich tue, in meine Hosentasche. Ich schlage los, auf den Kopf Krapotkins, auf den Kopf Lutetias. Ich hatte bis zu jener Stunde noch niemals im Zorn geschlagen. Ich weiß nicht, wie es andern ergeht, wenn sie Zorn ergreift. Mir jedenfalls ging es so, meine Freunde, daß jeder meiner Schläge eine mir bis dahin unbekannte Wollust bereitete. Zugleich glaubte ich fast zu wissen, daß meine Schläge auch meinen Opfern Wollust bereiteten. Ich schlug, ich schlug – ich schäme mich nicht, es zu schildern – so schlug ich, meine Freunde.“

Hier erhob sich Golubtschik von seinem Stuhl, und sein Antlitz, zu dem wir Zuhörer alle emporblickten, wurde abwechselnd käseweiß und violett. Er ließ seine Faust ein paarmal auf den Tisch niedersausen, die halbgefüllten Schnapsgläser fielen kläglich um und rollten auf den Boden, und der Wirt beeilte sich, die Karaffe zu retten. Obwohl er aufgeregt die Bewegungen Golubtschiks beobachtete, fand er doch noch die – berufliche – Geistesgegenwart, die Karaffe in seinem Schoß zu bergen. Golubtschik riß die Augen zuerst auf, dann schloß er sie, hierauf begannen wieder seine Augenlider zu zucken, eine dünne Speichelspur bildete einen weißen Saum um seine bläulichen Lippen. Ja, genauso mußte er damals ausgesehen haben, als er gemordet hatte. In diesem Augenblick wußten wir Zuhörer es alle: Er war ein Mörder …

Er setzte sich wieder, sein Angesicht nahm die gewöhnliche Farbe an. Er trocknete den Mund mit dem Handrücken, hierauf die Hand mit dem Taschentuch und fuhr fort: „Ich sah zuerst an der Stirn Lutetias, oberhalb des linken Auges, einen tiefen Riß. Das Blut spritzte hervor und überströmte das Gesicht und färbte die Kissen. Obwohl Krapotkin, mein zweites Opfer, hart danebenlag, gelang es mir dennoch (es war geradezu eine wunderbare Fähigkeit, mit offenen Augen nicht zu sehen, was ich nicht schauen wollte), mir einzubilden, er wäre gar nicht vorhanden. Ich sah nur das strömende Blut Lutetias. Ich erschrak nicht vor meiner Untat.

Nein! Ich war nur erschrocken über den unaufhörlichen Fluß, den Überfluß des Blutes, das in einem menschlichen Schädel enthalten sein konnte. Es war, als müßte ich bald – wollte ich noch warten – in dem Blut ertrinken, das ich selbst vergossen hatte.

Ich bin plötzlich ganz ruhig. Nichts beruhigt mich so sehr wie die Sicherheit, daß sie jetzt beide schweigen werden. In alle Ewigkeit werden sie schweigen. Es ist ganz still, nur die Katzen kommen geschlichen. Sie springen auf die Betten. Vielleicht riechen sie das Blut. Aus dem Nebenzimmer krächzt der Papagei meinen Namen, meinen gestohlenen Namen: ‚Krapotkin, Krapotkin!'

Ich stelle mich vor den Spiegel. Ich bin ganz ruhig. Ich betrachte mein Gesicht und sage zu meinem Spiegelbild mit lauter Stimme: ‚Du bist ein Mörder!' Ich denke gleich darauf: Du bist ein Polizist! Man muß sein Handwerk gründlich kennen!

Hierauf gehe ich in die Toilette, gefolgt von den lautlosen Katzen. Ich wasche meine Hände und mein Schlüsselbund und das Schloß.

Ich setzte mich an den unangenehm zierlichen Schreibtisch Lutetias und schrieb mit verstellter Schrift, mit lateinischen Buchstaben, ein paar Worte; sinnlose Worte; sie lauteten: ‚Wir hatten ohnehin sterben wollen. Nun sind wir durch dritte Hand gestorben. Unser Mörder ist ein Freund meines Liebhabers, des Fürsten!'

Es machte mir damals ein besonderes Vergnügen, die Schrift Lutetias genau nachzuahmen. Es war übrigens nicht schwierig, mit ihrer Tinte und ihrer Feder. Sie hatte die Schrift aller kleinen und plötzlich erhobenen Kleinbürgerinnen. Trotzdem verwandte ich eine ungewöhnlich lange Zeit auf die ganz genaue Nachahmung dieser Schrift. Um mich herum schlichen die Katzen. Der Papagei rief von Zeit zu Zeit: ‚Krapotkin, Krapotkin!'

Nachdem ich fertig geworden war, verließ ich das Zimmer. Ich sperrte das Schlafzimmer von außen zweimal ab, auch die Wohnung zweimal. Ich ging seelenruhig und gedankenlos die Treppe hinunter. Ich grüßte höflich, wie ich gewohnt war, die Hausmeisterin, die trotz der späten Stunde immer noch in der Loge saß und strickte. Sie stand sogar auf, denn ich war ein Fürst – und fürstliche Trinkgelder hatte sie oft von mir bekommen.

Ich stand noch eine Weile, seelenruhig und gedankenlos, vor dem Haustor. Ich erwartete einen Fiaker. Als ein freies Gefährt vorbeikam, winkte ich und stieg ein. Ich fuhr zum Schweizer, bei dem die Rifkins gewohnt hatten. Ich weckte ihn und sagte: ‚Ich muß mich bei Ihnen verbergen.'

‚Kommen Sie', sagte er nur und führte mich in ein Zimmer, das ich bis jetzt nicht gekannt hatte. ‚Hier können Sie sicher bleiben', sagte er. Und er brachte mir Milch und

Brot. ‚Ich habe Ihnen etwas zu sagen‘, sagte ich. ‚Ich habe nicht aus politischen Motiven getötet, sondern aus privaten.‘

‚Das geht mich nichts an‘, erwiderte er.

‚Ich habe Ihnen noch mehr zu erzählen‘, sagte ich. ‚Was denn?‘ fragte er.

In diesem Augenblick – es war allerdings ganz finster – nahm ich mir den Mut zu sagen: ‚Ich bin ein Spitzel, seit langen Jahren. Heute aber habe ich privat gemordet.‘

‚Sie bleiben hier bis zum Morgengrauen!‘ sagte er. ‚Bis dahin – und keine Sekunde länger bleiben Sie in diesem Haus.‘ Und dann, als wäre in ihm der Engel erwacht, fügte er hinzu: ‚Schlafen Sie wohl! Und Gott verzeihe Ihnen!‘

Ich schlief keineswegs – brauche ich euch das noch zu sagen, meine Freunde? Lange noch vor dem Morgengrauen erwachte ich. Ich hatte in meinen Kleidern schlaflos dagelegen. Ich mußte das Haus verlassen, und ich verließ es. Ich wanderte ziellos durch die erwachenden Straßen. Als es acht Uhr von den verschiedenen Türmen schlug, begab ich mich auf den Weg nach der Botschaft. Ich hatte nicht falsch gerechnet. Ich trat, ohne mich angemeldet zu haben, in das Zimmer Solowejczyks. Ich erzählte ihm alles.

Nachdem ich geendet hatte, sagte er:

‚Sie haben sehr viel Unglück im Leben, aber doch auch ein klein wenig Glück. Sie wissen nicht, was geschehen ist. Es ist Krieg in der Welt. Er wird in diesen Tagen ausbrechen. Vielleicht um die Stunde, in der Sie Ihre Missetat, oder sagen wir lieber, Ihren Mord begangen haben. Sie müssen einrücken! Warten Sie ein halbes Stündchen. Sie werden einrücken!‘

Nun, meine Freunde, ich rückte ein, und mit Freuden. Vergeblich fragte ich an der Grenze nach den Rifkins. Auch Kaniuk war nicht mehr da. Von meinem Telegramm wußte man gar nichts. Euch allen, die ihr den Krieg mitgemacht habt, brauche ich nicht zu erzählen, was er war, dieser Weltkrieg. Der Tod war uns allen nahe. Vertraut waren wir mit ihm, ihr wißt es, wie mit einem vertrauten Bruder. Die meisten von uns fürchteten ihn. Ich aber, ich suchte ihn. Ich suchte ihn mit aller Liebe und mit aller Gewalt. Ich suchte ihn im Schützengraben, ich suchte ihn auf den Vorposten, zwischen und vor den Stacheldrähten, im Kreuzfeuer und beim Sturmangriff, im Giftgas und überall sonst, wo ihr wollt. Ich bekam Auszeichnungen, aber niemals eine Verwundung. Der gute Bruder Tod entzog sich mir einfach. Der gute Bruder Tod verachtete mich. Ringsherum fielen sie, meine Kameraden. Ich beweinte sie keineswegs. Ich beklagte die Tatsache, daß ich nicht sterben konnte. Ich hatte gemordet, und ich konnte nicht sterben. Ich hatte dem Tod Opfer geschenkt, und er bestrafte mich: Mich, mich allein wollte er nicht haben.

Ich sehnte mich damals nach ihm. Denn ich glaubte damals noch, der Tod sei eine Qual, durch die man büßen könne. Später erst begann ich zu ahnen, daß er eine Erlösung ist. Ich hatte ihn nicht verdient; und deshalb war er auch nicht gekommen, mich zu erlösen.

Es ist überflüssig, euch, meinen Freunden, die ihr es wißt, von dem Unheil zu berichten, das dann über Rußland hereinbrach. Es gehört nicht zu meiner Geschichte übrigens. Zu meiner Geschichte gehört nur die Tatsache, daß ich, gegen meinen sehnsüchtigen Willen heil geblieben, vor der Revolution flüchtete. Ich gelangte nach Österreich. Ich gelangte nach der Schweiz. Erlaßt mir bitte die einzelnen Etappen. Es zog mich nach Frankreich, es zog mich nach Paris. Es zog mich, nachdem mich der Tod verschmäht hatte, nach der Stätte meiner jämmerlichen Freveltaten, wie jeden Mörder. Ich kam in Paris an. Es war ein fröhlicher Tag, obwohl es Herbst war, fast Winter – aber der Winter sieht ja in Paris fast so aus wie bei uns der Herbst. Man feierte den Sieg und den Frieden. Was ging mich der Sieg, was ging mich der Frieden an? Ich schleppte mich nach dem Hause in der Avenue des Champs-Elysées, wo ich einst meinen Mord begangen hatte.

Die Hausmeisterin, die alte Hausmeisterin von dazumal, stand noch vor der Tür. Sie erkannte mich nicht. Wie hätte sie mich auch erkennen sollen? Ich war grau geworden – grau, wie ich heute bin.

Ich fragte nach Lutetia – und mein Herz klopfte. ‚Dritter Stock links‘, sagte sie.

Ich stieg die Treppe hinauf. Ich klingelte. Lutetia selbst öffnete mir. Ich erkannte sie sofort. Sie erkannte mich keineswegs. Sie machte Anstalten, mich nicht einzulassen.

‚Ah!‘ sagte sie nach einer Weile – trat zurück, schloß die Tür und öffnete sie wieder aufs neue. ‚Ah!‘ wiederholte sie und breitete die Arme aus.

Ich weiß nicht, meine Freunde, weshalb ich eigentlich in diese Arme fiel. Wir umarmten uns lange und ausführlich. Ich hatte die deutliche Empfindung, es ereignete sich etwas unerhört Banales, Lächerliches und sogar Groteskes. Man denke: die Frau, die ich mit eigenen Händen umgebracht zu haben glaubte, hielt ich in den Armen.

Nun, meine Freunde, es dauerte nicht lange, und ich erfuhr, ich erlebte die höchste, die tiefste – wenn ihr so wollt – aller Tragödien: die Tragödie der Banalität nämlich.

Ich blieb erstens bei Lutetia. Sie hieß übrigens längst nicht mehr so – und auch nach dem mondänen Schneider krähte kein Hahn mehr – wie man so zu sagen pflegt. Ich blieb bei ihr: aus Liebe, aus Reue, aus Schwäche: Was kann man wissen, meine Freunde?

Ich hatte keinen von beiden getötet. Ich hatte wahrscheinlich nur die Rifkins getötet. Vorgestern erst traf ich im Jardin du Luxembourg den jungen Fürsten Krapotkin. Begleitet von seinem backenbärtigen, silbrigen und schwarzen Sekretär, der immer noch lebt und, wenn auch schäbiger und armseliger als einst, dennoch immer noch nicht wie ein Begleiter des Fürsten aussieht, sondern wie sein Leichenträger, ein Leichenbegleiter sozusagen, ging der junge Fürst einher, an zwei Stöcken humpelte er – vielleicht die Folge der Verletzung am Kopfe, die ich ihm damals beigebracht hatte.

‚Ah, Golubtschik!‘ rief er, als er mich erblickte – und es klang anders, freudig beinahe.

‚Ja, ich bin es!‘ sagte ich. ‚Verzeihen Sie mir!‘

‚Nichts, nichts, nichts von der Vergangenheit!‘ sagte er und richtete sich mit Hilfe seiner zwei Stöcke zu seiner vollen Größe auf. ‚Wichtig ist die Gegenwart, die Zukunft!‘

Ich sah sofort, daß er schwach von Sinnen war, und sagte: ‚Ja, ja!‘

BEICHTE EINES MÖRDERS, ERZÄHLT IN EINER NACHT

Plötzlich erglomm ein leichtes Feuerchen in seinen Augen, und er fragte:
‚Das Fräulein Lutetia? Lebt sie?‘
‚Sie lebt!‘ sagte ich – und verabschiedete mich hastig.

Und damit ist eigentlich meine Geschichte zu Ende", sagte Golubtschik, der Mörder.
„Ich hätte euch aber noch andere Weisheiten zu sagen …"
Es wurde hell, man spürte es durch die zugemachten Türläden. Durch die seltenen
Ritzen drang der siegreiche, goldene Sommermorgen zage und dennoch kräftig herein – und man hörte die erwachenden Geräusche der Pariser Straßen und vor allem das
lärmende Jubeln der morgendlichen Vögel. Wir schwiegen alle. Längst waren unsere
Gläser geleert. Auf einmal klopfte es hart und trocken gegen den geschlossenen Rolladen. „Das ist sie!" rief Golubtschik, ‚unser Mörder‘ – und im nächsten Augenblick war
er verschwunden; er hatte sich unter dem Tisch verborgen.
Der Wirt des „Tari-Bari" ging behäbig zur Tür. Er öffnete sie. Er steckte – und es schien
uns eine Ewigkeit zu dauern – den großen Drehschlüssel in das Schloß, und langsam, langsam und lärmend stieg der eiserne Rolladen empor. Der junge Tag drang voll und siegreich
in unser übernächtiges Gestern. Entschlossener noch als der Morgen drang eine ältliche,
dürre Frau in den Laden ein. Sie ähnelte mehr einem übergroßen, hageren Vogel als einer
Frau. Eine tiefe, häßliche Narbe über dem linken Auge versuchte ein allzu dünner, zu kurzer, schwarzer Schleier, lieblos am linken Rand des lächerlichen Hütchens angebracht, vergeblich zu verdecken. Und ihre schrille Stimme, mit der sie fragte: „Wo ist mein Golubtschik? Ist er hier? Wo ist er?", erschreckte uns alle dermaßen, daß wir, auch wenn wir
gewollt hätten, nicht imstande gewesen wären, ihr die Wahrheit zu sagen. Sie verstreute
noch ein paar häßliche und unmenschlich flinke Vogelblicke – und verschwand hierauf.
Erst eine Weile später kroch Golubtschik unter dem Tisch hervor.
„Sie ist fort!" sagte er erleichtert. „Das ist Lutetia." Und gleich hierauf: „Auf Wiedersehn! Meine Freunde! – Auf morgen abend!" Mit ihm ging auch der Chauffeur. Draußen wartete schon der erste Gast. Er drückte ungeduldig auf die Hupe.

Der Wirt blieb allein mit mir. „Welche Geschichten hört man doch bei Ihnen", sagte
ich.
„Ganz gewöhnliche, ganz gewöhnliche", erwiderte er. „Was ist schon seltsam im Leben? Ganz gewöhnliche Geschichten hat es zu verteilen. Es wird Sie nichts hindern wiederzukommen, wie?"
„Ganz gewiß nicht!" sagte ich.
Als ich diese Worte aussprach, war ich auch überzeugt, daß ich den Wirt und das Gasthaus und den Mörder Golubtschik und die anderen Stammgäste alle noch oft wiedersehen würde. Ich ging.
Der Wirt hielt es für nötig, mich bis über die Schwelle zu begleiten. Es sah aus, als
zweifelte er noch ein wenig an meiner Absicht, sein Lokal auch weiterhin, wie bisher, zu

besuchen. „Werden Sie auch wirklich wiederkommen?" fragte er noch einmal. „Aber selbstverständlich!" sagte ich. „Sie wissen ja, ich wohne schräg gegenüber, Hôtel des Fleurs Vertes!" „Ich weiß, ich weiß", sagte er, „aber, es ist mir plötzlich, als seien Sie schon weit fortgezogen."

Diese unvermuteten Worte erschreckten mich zwar nicht, aber ich war durch sie stark betroffen. Ich fühlte: sie enthielten irgendeine größere, mir nur noch verhüllte Wahrheit. Es war ja nichts anderes als eine konventionelle Höflichkeit, daß der Wirt des „Tari-Bari" mich, einen alten Stammgast, nach einer durchzechten Nacht bis auf die Straße begleitete. Dennoch hatte diese Handlung etwas Feierliches, ungewohnt, ich möchte sagen: ungerechtfertigt Feierliches. Schon kamen von den Hallen die ersten Wagen zurück. Sie rollten munter dahin, obwohl die Kutscher auf den Böcken, ermüdet von der nächtlichen Arbeit, schliefen und die Zügel in ihren schlafenden Händen auch zu schlafen schienen. Eine Amsel kam zutraulich knapp vor die großen, schlappen Filzschuhe des Wirtes gehüpft. Sie blieb seelenruhig, wie in Nachdenken versunken, neben uns stehn, und so, als interessierte sie unser Gespräch. Allerhand morgendliche Geräusche erwachten. Tore öffneten sich knirschend, Fenster klirrten sachte, kehrende Besen schlurften mit strengem Kratzen über Pflastersteine, und irgendwo jammerte ein Kind, das man jäh aus dem Schlaf gerissen haben mochte. Das ist ja ein Morgen wie alle Morgen, sagte ich mir in meinem Innern. Ein gewöhnlicher Pariser Sommermorgen! – Und laut sagte ich zum Wirt des „Tari-Bari": „Aber ich ziehe ja gar nicht weg! Fällt mir ja gar nicht ein!" – Und ich stieß dabei ein kleines, zaghaftes Lachen aus – es hätte eigentlich ein starkes, überzeugendes sein sollen; es kam leider nur so kümmerlich heraus: eine wahre Mißgeburt von einem Lachen …

„Na, dann also auf Wiedersehen!" sagte der Wirt, und ich drückte seine weiche, fleischige, eigentlich käsige Hand. Ich sah mich nicht mehr nach ihm um. Wohl aber fühlte ich, daß er wieder in sein Gasthaus zurückgegangen war. Es war natürlich meine Absicht, die Straße zu überqueren, um mein Hotel zu erreichen. Ich tat es dennoch nicht. Es schien mir, daß der Morgen noch zu einer kleinen Wanderung locke und daß es unangebracht, wenn nicht häßlich sei, in ein kärgliches Hotelzimmer zu einer Zeit zu gehn, von der man nicht sagen konnte, sie sei zu früh oder zu spät. Es war kein früher Morgen mehr, und es war noch kein später. Ich beschloß, ein paarmal um den Häuserblock herumzugehen.

Ich wußte nicht, wie lange ich so herumgewandert war. Ich behielt, als ich endlich vor meinem Hotel stand, von dem ganzen morgendlichen Spaziergang nichts mehr in der Erinnerung als ein paar nicht gezählte, keineswegs gezählte Glocken verschiedener unbekannter Türme. Die Sonne lag schon kräftig und durchaus heimisch im Vestibül. Mein Hotelwirt, in rosa Hemdsärmeln, machte den Eindruck, als schwitzte er jetzt bereits so, wie er an andern Tagen nur in der Mittagsstunde zu schwitzen pflegte. Jedenfalls hatte er, obwohl er im Augenblick gar nichts tat, ein sehr beschäftigtes Aussehn. Ich erfuhr auch sofort, warum.

„Endlich ein Gast!" sagte er und zeigte auf drei Koffer, die er neben seinem Schreibtisch aufgestapelt hatte. „Sehn Sie sich nur die Koffer an", fuhr er fort, „und Sie werden gleich wissen, was für ein Gast es ist!" Ich sah mir das Gepäck an. Es waren drei gelbe, schweinslederne, großartige Koffer, und ihre messingnen Schlösser leuchteten wie geheime, versperrte goldene Münder. Über jedem der Schlösser standen in blutroter Schrift die Initialen: „J. L."

„Er hat das Zimmer zwölf", sagte der Wirt. „Knapp neben Ihnen. Feine Gäste setze ich immer nebeneinander." Damit gab er mir den Schlüssel.

Ich behielt den Schlüssel eine Weile in der Hand und gab ihn dann zurück. „Ich möchte unten den Kaffee trinken", sagte ich. „Ich bin zu müde, um noch hinaufzugehen!"

Ich trank den Kaffee im winzigen Schreibzimmer, zwischen einem längst ausgetrockneten Tintenfaß und einer Majolikavase, gefüllt mit Zelluloidveilchen, die an Allerseelen erinnerten.

Die gläserne Tür ging auf, und herein trat, nein tänzelte, ein eleganter Herr. Von ihm ging seltsamerweise ein starker Veilchenduft aus, so daß ich einen Augenblick dachte, die Zelluloidveilchen in der Majolikavase seien plötzlich lebendig geworden. Bei jedem Schritt vollzog der linke Fuß dieses Herrn − ich sah es deutlich − eine zierliche Schleife. Er war ganz hellgrau-sommerlich gekleidet, geradezu in einen silbernen Sommer gehüllt. Blauschwarz leuchteten seine straff in der Mitte gescheitelten Haare, die so aussahen, als ob nicht ein Kamm, sondern eine Zunge sie geglättet hätte.

Er nickte mir zu, freundlich und zugleich reserviert. „Auch einen Kaffee!" rief er durch die Tür, die er offengelassen hatte, zum Wirt hinaus.

Dieses „auch" ärgerte mich.

Er bekam seinen Kaffee. Er rührte lange, übermäßig lange, mit dem Löffel in der Tasse herum.

Ich wollte mich eben erheben, da begann er, mit einer Stimme, die klang wie Samt und Flöte, wie eine Flöte aus Samt: „Sie sind auch fremd hier, nicht wahr?"

Es klang in meinen Ohren wie ein Echo. Ich erinnerte mich, daß ich diese gleiche Frage heute − oder war es gestern? −schon gehört hatte. Ja, ja! Diese Frage, der Mörder Golubtschik hatte sie erwähnt, mochte sie in der Nacht erwähnt haben, oder vielleicht auch hatte sie nicht wörtlich so gelautet! Zugleich entsann ich mich des Namens: „Jenö Lakatos", und ich sah auch die blutroten Initialen auf den gelben Koffern: „J. L."

Statt dem Herrn zu antworten, fragte ich ihn also: „Wie lange wollen Sie hierbleiben?" „Oh, ich habe Zeit!" sagte er. „Ich verfüge ganz über meine Zeit!"

Der Wirt kam herein, mit einem leeren Meldeformular. Er bat den neuen Gast, seinen Namen einzuschreiben. „Schreiben Sie", sagte ich − obwohl er mich gar nicht gefragt hatte und in einer Art Anfall von Ungezogenheit, über die ich mir heute noch keine Rechenschaft geben kann −, „in der Rubrik Familienname: Lakatos; in die Rubrik Vorname: Jenö." Und ich erhob mich und verbeugte mich und ging.

Am selben Tage noch verließ ich meine Wohnung in der Rue des Quatre Vents. Den Golubtschik habe ich nie mehr wiedergesehn, auch nie mehr einen von den Männern, die seine Geschichte gehört hatten.

Das Falsche Gewicht
Die Geschichte eines Eichmeisters

ES WAR EINMAL im Bezirk Zlotogrod ein Eichmeister, der hieß Anselm Eibenschütz. Seine Aufgabe bestand darin, die Maße und die Gewichte der Kaufleute im ganzen Bezirk zu prüfen. In bestimmten Zeiträumen geht Eibenschütz also von einem Laden zum andern und untersucht die Ellen und die Waagen und die Gewichte. Es begleitet ihn ein Wachtmeister der Gendarmerie in voller Rüstung. Dadurch gibt der Staat zu erkennen, daß er mit Waffen, wenn es nötig werden sollte, die Fälscher zu strafen bedacht ist, jenem Gebot getreu, das in der Heiligen Schrift verkündet wird und dem zufolge ein Fälscher gleich ist einem Räuber ...

Was nun Zlotogrod betrifft, so war dieser Bezirk ziemlich ausgedehnt. Er umfaßte vier größere Dörfer, zwei bedeutende Marktweiler und schließlich das Städtchen Zlotogrod selbst.

Der Eichmeister benützte für seine Dienstwege ein ärarisches, einspänniges, zweiräderiges Wägelchen, samt einem Schimmel, für dessen Erhaltung Eibenschütz selbst aufzukommen hatte.

Der Schimmel besaß noch ein ansehnliches Temperament. Er hatte drei Jahre beim Train gedient und war nur infolge einer plötzlichen Erblindung am linken Auge, deren Ursache auch der Veterinär nicht erklären konnte, dem Zivildienst überstellt worden. Es war immerhin ein stattlicher Schimmel, vorgespannt einem hurtigen goldgelben Wägelchen. Darin saß an manchen Tagen neben dem Eichmeister Eibenschütz der Wachtmeister der Gendarmerie Wenzel Slama. Auf seinem sandgelben Helm glänzten die goldene Pickel und der kaiserliche Doppeladler. Zwischen seinen Knien ragte das Gewehr mit dem aufgepflanzten Bajonett empor. Zügel und Peitsche hielt der Eichmeister in der Hand. Sein blonder und weicher, mit Sorgfalt emporgewichster Schnurrbart schimmerte ebenso golden wie Doppeladler und Pickelhaube. Aus dem gleichen Material schien er gemacht. Von Zeit zu Zeit knallte fröhlich die Peitsche, und es war, als lachte sie geradezu. Der Schimmel galoppierte dahin, mit ehrgeiziger Eleganz und mit dem Elan eines aktiven Kavalleriepferdes. Und an heißen Sommertagen, wenn die Straßen und Wege des Bezirkes Zlotogrod ganz trocken und beinahe durstig waren, erhob sich ein gewaltiger, graugoldener Staubwirbel und hüllte den Schimmel, das Wägelchen, den Wachtmeister und den Eichmeister ein. Im Winter aber stand dem Anselm Eibenschütz ein kleiner, zweisitziger Schlitten zur Verfügung. Der Schimmel hatte den gleichen eleganten Galopp, Sommer wie Winter. Kein graugoldener mehr, sondern ein silberner,

ein Schneewirbel hüllte den Wachtmeister, den Eichmeister, den Schlitten in Unsicht-
barkeit, und den Schimmel erst recht, da er fast so weiß war wie der Schnee.

Anselm Eibenschütz, unser Eichmeister, war ein sehr stattlicher Mann. Er war ein alter Soldat. Er hatte seine zwölf Jahre als längerdienender Unteroffizier beim Elften Ar-
tillerieregiment verbracht. Er hatte, wie man zu sagen pflegt, von der Pike auf gedient.
Er war ein redlicher Soldat gewesen. Und er hätte niemals das Militär verlassen, wenn
ihn nicht seine Frau in ihrer strengen, ja unerbittlichen Weise dazu gezwungen hätte.

Er hatte geheiratet, wie es fast alle längerdienenden Unteroffiziere zu tun pflegen.
Ach, sie sind einsam, die längerdienenden Unteroffiziere! Nur Männer sehen sie, lauter
Männer! Die Frauen, denen sie begegnen, huschen an ihnen vorbei wie Schwalben. Sie
heiraten, die Unteroffiziere, sozusagen um wenigstens eine einzige Schwalbe zu behalten. Also hatte auch der längerdienende Feuerwerker Eibenschütz geheiratet, eine
gleichgültige Frau, wie jeder hätte sehen können. Es tat ihm so leid, seine Uniform zu
verlassen. Er hatte Zivilkleider nicht gern, es war ihm zumute wie etwa einer Schnecke,
die man zwingt, ihr Haus zu verlassen, das sie aus ihrem eigenen Speichel, also aus ihrem Fleisch und Blut, ein viertel Schnecken-Leben lang gebaut hat. Aber anderen Kameraden ging es beinahe ebenso. Die meisten hatten Frauen: aus Irrtum, aus Einsamkeit, aus Liebe: Was weiß man! Alle gehorchten den Frauen: aus Furcht und aus
Ritterlichkeit und aus Gewohnheit und aus Angst vor der Einsamkeit: Was weiß man!
Aber kurz und gut, Eibenschütz verließ die Armee. Er zog die Uniform aus, die geliebte Uniform; verließ die Kaserne, die geliebte Kaserne.

Jeder längerdienende Unteroffizier hat ein Recht auf einen Posten. Eibenschütz, der
aus dem mährischen Städtchen Nikolsburg stammte, hatte längere Zeit versucht, in seine Heimat als Sequester oder Konzipist zurückzugelangen, wenn er schon, dank seiner
Frau, gezwungen war, die Armee, sein zweites und vielleicht sein eigentliches Nikolsburg, zu verlassen. Man brauchte aber um jene Zeit in ganz Mähren weder Sequester
noch Konzipisten. Alle Gesuche des Eibenschütz wurden abschlägig beschieden.

Da ergriff ihn zum erstenmal ein echter Zorn gegen seine Frau. Und er, ein Feuerwerker, der so vielen Manövern und Vorgesetzten standgehalten hatte, gelobte sich
selbst, daß er von Stunde ab stark gegen seine Frau sein würde; Regina hieß sie. In seine
Uniform hatte sie sich dereinst verliebt – fünf Jahre war es im ganzen her. Jetzt, nachdem sie ihn in vielen Nächten nackt und ohne Uniform gesehen und besessen hatte, verlangte sie von ihm Zivil und Stellung und Heim und Kinder und Enkel und was weiß
man noch alles!

Aber der Zorn nutzte gar nichts dem Anselm Eibenschütz, nachdem er die Nachricht
erhalten hatte, daß der Posten eines Eichmeisters in Zlotogrod frei sei.

Er rüstete ab. Er verließ die Kaserne, die Uniform, die Kameraden und die Freunde.
Er fuhr nach Zlotogrod.

2

Der Bezirk Zlotogrod lag im fernen Osten der Monarchie. In jener Gegend hatte es vorher einen faulen Eichmeister gegeben. Wie lange war es her – die Älteren erinnerten sich noch daran –, daß es überhaupt Maße und Gewichte gab! Es gab nur Waagen. Nur Waagen gab es. Stoffe maß man mit dem Arm, und alle Welt weiß, daß ein Männerarm, von der geschlossenen Faust bis hinauf zum Ellenbogen, eine Elle mißt, nicht mehr und nicht weniger. Alle Welt wußte ferner, daß ein silberner Leuchter ein Pfund, zwanzig Gramm wog und ein Leuchter aus Messing ungefähr zwei Pfund. Ja, in jener Gegend gab es viele Leute, die sich überhaupt nicht auf das Wägen und auf das Messen verließen. Sie wogen in der Hand, und sie maßen mit dem Aug'. Es war keine günstige Gegend für einen staatlichen Eichmeister.

Es hatte, wie gesagt, vor der Ankunft des Feuerwerkers Anselm Eibenschütz noch einen anderen Eichmeister im Bezirk Zlotogrod gegeben. Aber, was war das für ein Eichmeister gewesen! Alt und schwach und dem Alkohol ergeben, hatte er niemals die Maße und die Gewichte im Städtchen Zlotogrod selbst geprüft, geschweige denn in den Dörfern und Marktflecken, die zum Bezirk gehörten. Deshalb hatte er auch, als er begraben wurde, ein außerordentlich schönes Leichenbegängnis. Alle Kaufleute folgten seinem Sarge: die mit den falschen Gewichten wogen, mit dem silbernen und messingnen Leuchter nämlich, jene, die mit dem Arm von der geschlossenen Faust bis zum Ellenbogen maßen, und viele andere, die es ohne Eigennutz und lediglich gewissermaßen aus Prinzip bitter beklagten, daß ein Prüfer der Gewichte dahingegangen war, der selber kaum eines besessen haben konnte. Denn die Leute in dieser Gegend betrachteten alle jene, welche die Forderungen an Recht, Gesetz, Gerechtigkeit und Staat unerbittlich vertraten, als geborene Feinde. Vorgeschriebene Maße und Gewichte in den Geschäften zu halten war bereits eine Sache, die man kaum vor dem eigenen Gewissen verantworten konnte. Was aber bedeutete erst die Ankunft eines neuen, gewissenhaften Eichmeisters! Genauso groß, wie die Trauer gewesen war, mit der man den alten Eichmeister zu Grabe getragen hatte, war das Mißtrauen, mit dem man Anselm Eibenschütz in Zlotogrod empfing.

Man sah nämlich auf den ersten Blick, daß er nicht alt, nicht schwächlich, nicht trunksüchtig war, sondern, im Gegenteil, stattlich, kräftig und redlich; vor allem: allzu redlich.

3

Unter solch ungünstigen Bedingungen trat Anselm Eibenschütz sein neues Amt im Bezirk Zlotogrod an. Er kam im Frühling, an einem der letzten Märztage. In der bosnischen Garnison des Feuerwerkers Eibenschütz hatten schon die Eichkätzchen linde geschimmert, der Goldregen zu leuchten begonnen, die Amseln flöteten bereits auf dem Rasen, die Lerchen trillerten schon in der Luft. Als Eibenschütz nach dem nördlichen Zlotogrod kam, lag noch der weiße, dichte Schnee in den Straßen, und an den Rändern der Dächer hingen die strengen, die unerbittlichen Eiszapfen. Eibenschütz ging die ersten Tage einher wie ein plötzlich Ertaubter. Er verstand die Sprache des Landes zwar, aber es ging ja gar nicht so sehr darum, zu verstehen, was die Menschen sagten, sondern was das Land selber sprach. Und das Land redete fürchterlich: Es redete Schnee, Finsternis, Kälte und Eiszapfen, obwohl der Kalender den Frühling erzählte und in den Wäldern der bosnischen Garnison Sipolje schon längst die Veilchen blühten. Hier aber, in Zlotogrod, krächzten die Krähen in den kahlen Weiden und Kastanien. In ganzen Büscheln hingen sie an den nackten Zweigen, und es sah aus, als wären sie gar keine Vögel, sondern eine Art geflügelter Früchte. Der kleine Fluß, Struminka hieß er, schlief noch unter einer schweren Eisdecke, und die Kinder glitschten fröhlich über ihn dahin, und ihre Fröhlichkeit machte den armen Eichmeister noch trauriger. Plötzlich in der Nacht, vom Kirchturm hatte es noch nicht Mitternacht geschlagen, hörte Eibenschütz das große Krachen der geborstenen Eisdecke. Obwohl es, wie gesagt, mitten in der Nacht war, begannen auf einmal die Eiszapfen an den Dachrändern zu schmelzen, und die Tropfen fielen hart auf den hölzernen Bürgersteig. Ein linder, süßer Wind aus dem Süden hatte sie zum Schmelzen gebracht, er war ein nächtlicher Bruder der Sonne. An allen Häuschen gingen die Läden auf, die Menschen erschienen an den Fenstern, viele verließen auch ihre Häuser. An einem hellblau leuchtenden Himmel standen kalt, ewig, prächtig die Sterne, die goldenen und die silbernen, und es sah aus, als lauschten sie auch von der Höhe dem Krachen und Poltern. Viele Einwohner zogen sich eilig an, wie man sich sonst nur bei Feuersbrünsten anzieht, und zogen zum Fluß. Mit Windlichtern und Laternen stellten sie sich an seinen beiden Ufern auf und sahen zu, wie das Eis barst und wie der Fluß aus seinem Winterschlaf erwachte. Manche hüpften, in kindischer Freude, auf eine der großen dahintreibenden Schollen, schwammen eilig mit ihr davon, die Laterne in der Hand, Grüße noch winkten sie mit ihr den am Ufer Zurückbleibenden, und erst nach einer langen Weile sprangen sie wieder ans Ufer. Alle benahmen sich ausgelassen und töricht. Zum erstenmal seit seiner Ankunft begann da der Eichmeister mit dem und jenem Einwohner des Städtchens zu sprechen. Der und jener fragte den Eibenschütz, woher er komme und was er hier zu machen gedenke. Er gab Auskunft, freundlich und zufrieden.

Die ganze Nacht blieb er wach, mit den Einwohnern des Städtchens. Am Morgen, als er heimkehrte und sich das Krachen des Eises schon besänftigt hatte, fühlte er sich wieder traurig und einsam. Zum erstenmal verspürte er jenen Schauder, den Ahnung allein bereiten kann. Er fühlte, daß sich hier in Zlotogrod sein Schicksal erfüllen sollte. Zum erstenmal auch in seinem ganzen tapferen Leben hatte er Angst. Und zum erstenmal, als er im grauenden Morgen heimkam und sich aufs Bett legte, fand er keinen Schlaf. Er weckte seine Frau Regina. Seltsame Gedanken kamen ihm, er mußte sie aussprechen. Er hatte eigentlich fragen wollen, warum der Mensch so allein sei. Aber er schämte sich und sagte nur: „Regina, jetzt sind wir ganz allein!"

Die Frau saß aufgerichtet in den Kissen, in einem lila Nachtgewand. Der Morgen sickerte spärlich durch die Ritzen der Fensterläden. Die Frau erinnerte Eibenschütz an eine Tulpe, die während dieser ersten Frühlingsnacht in Zlotogrod zu welken begonnen hatte. „Regina", sagte Eibenschütz, „ich fürchte, ich hätte niemals die Kaserne verlassen sollen!"

„Für mich sind drei Jahre Kaserne gerade genug", sagte die Frau, „laß mich jetzt schlafen!"

Sie fiel auch sofort in die Kissen zurück. Eibenschütz stieß einen Fensterladen auf und sah hinaus in die Straße. Aber auch der Morgen war welk. Welk war der Morgen. Sogar der Morgen war welk.

4

Ringsherum gab es Kinder. Kinder gab es ringsherum. Der Wachtmeister der Gendarmerie Wenzel Slama hatte sogar zweimal hintereinander, innerhalb von zwanzig Monaten, Zwillinge bekommen. Es wimmelte ringsherum von Kindern. Überall, wo Eibenschütz hinblickte, sah er Kinder. Sie spielten im Rinnstein mit dem schmutzigen Wasser. Sie spielten Murmeln im Trockenen. Sie spielten auf den alten Bänken des kümmerlichen Parks in Zlotogrod, ein schwindsüchtiger Park, ein Park, im Sterben begriffen. Sie spielten im Regen und im Sturm. Sie spielten Ball und Reifen und Kegel. Überall, wo der Eichmeister Eibenschütz hinblickte, sah er Kinder, lauter Kinder. Die Gegend war fruchtbar, es war kein Zweifel.

Wenn der Eichmeister Eibenschütz Kinder gehabt hätte! Es wäre alles anders gewesen: Ihm zumindest schien es so.

Sehr einsam war er, und er fühlte sich fremd und heimatlos in der ungewohnten Zivilkleidung, nachdem er zwölf Jahre in seiner dunkelbraunen Artillerie-Uniform gehaust hatte. Seine Frau: was war sie ihm! – Zum erstenmal fragte er sich, warum und wozu er sie geheiratet hatte. Darüber erschrak er gewaltig. Er erschrak darüber gewaltig, weil er sich selbst niemals zugetraut hätte, daß er überhaupt erschrecken könnte. Es kam ihm vor, daß er, wie man sagt, aus der Bahn geworfen sei – und dabei hatte er doch immer wieder und ständig seinen rechten Weg eingehalten! Aber immerhin, soldatischer Disziplin getreu und aus Furcht vor der Furcht, ergab er sich seinem Dienst und seinen Pflichten. Niemals vorher hatte man einen dem Staat, dem Gesetz, dem Gewicht und dem Maß so ergebenen Eichmeister gesehen in dieser Gegend.

Er entdeckte plötzlich, daß er seine Frau nicht liebte. Denn nun, da er allein und einsam war, in der Stadt, im Bezirk, im Amt, unter den Menschen, verlangte er Liebe und

DAS FALSCHE GEWICHT

Zutraulichkeit zu Hause, und da sah er, daß nichts davon vorhanden war. Manchmal in der Nacht richtete er sich im Bett auf und betrachtete seine Frau. Im gelblichen Schimmer des Nachtlämpchens, das oben auf dem Kleiderkasten stand und nicht nur die Finsternis nicht vertrieb, sondern sogar an eine Art leuchtenden Kerns der Nacht im Zimmer erinnerte, erschien die schlafende Frau Regina dem Eichmeister Eibenschütz wie eine trockene Frucht. Er richtete sich im Bett auf und betrachtete sie ausführlich. Je länger er sie ansah, desto einsamer fühlte er sich. Es war, als ob ihr Anblick allein ihm Einsamkeit bereitete. Zu ihm, zu Anselm Eibenschütz, gehörte sie gar nicht, so, wie sie dalag, mit schönen Brüsten, mit dem ruhigen Kindergesicht und den kühn geschwungenen Augenbrauen und dem lieben, halboffenen Mund und dem kleinen, leichten Schimmer der Zähne zwischen den dunkelroten Lippen. Keine Begierde mehr trieb ihn zu ihr wie einst in früheren Nächten. Liebte er sie noch? Begehrte er sie noch?

Er war sehr einsam, der Eichmeister Anselm Eibenschütz. Bei Tag und bei Nacht war er einsam.

5

Nachdem er vier Wochen im Bezirk Zlotogrod verbracht hatte, schlug ihm der Wachtmeister Wenzel Slama vor, dem Sparverein der älteren Staatsbeamten beizutreten. Diesem Verein gehörten Sequester, Konzipisten und sogar Gerichtsadjunkte an. Alle spielten Tarock und Bakkarat. Zweimal in der Woche versammelten sie sich im Café Bristol, dem einzigen Kaffeehaus im Städtchen Zlotogrod. Alle Mitglieder des Vereins begegneten dem Eichmeister Eibenschütz mit Mißtrauen, und zwar nicht nur deshalb, weil er ein Fremder und Neuangekommener war, sondern auch, weil sie in ihm einen durchaus Redlichen und noch nicht Verlorenen vermuteten.

Sie selbst nämlich waren durchwegs Verlorene. Sie ließen sich bestechen und bestachen andere. Sie betrogen Gott und die Welt und die Vorgesetzten. Aber auch die Vorgesetzten betrogen wieder ihre höheren Vorgesetzten, die in den weiten, größeren Städten saßen. Im Verein der älteren Staatsbeamten betrog einer den andern beim Kartenspiel; und nicht etwa aus purer Gewinnsucht, sondern einfach so, aus Lust am Betrügen. Anselm Eibenschütz aber betrog nicht. Und was seine Freunde noch stärker gegen ihn aufregte, war nicht so sehr die Tatsache, daß er selbst nicht betrog, sondern vor allem, daß er einen Betrug, dem er anheimgefallen war, gleichgültig aufnahm. Also war er in der Mitte der anderen noch einsamer.

Die Kaufleute haßten ihn – mit Ausnahme eines einzigen, von dem aber erst später die Rede sein soll. Die Kaufleute haßten ihn, weil sie ihn fürchteten. Wenn sie ihn ankommen sahen, in seinem goldgelben Wägelchen, den Gendarmen an der Seite, wagten sie selbst, ihre Türen zu schließen. Wohl wußten sie, daß sie gezwungen sein würden, die Läden zu öffnen, sobald der Gendarm dreimal angepocht hatte. Aber nein! Sie schlossen die Türen lediglich, um den Eichmeister Eibenschütz zu ärgern. Denn er hatte schon mehrere Kaufleute angezeigt und vor Gericht gebracht.

Wenn er spätabends nach Hause kam, im Sommer verschwitzt, halb erfroren im Winter, erwartete ihn mit finsterer Stirn seine Frau. Wie hatte er nur so lange Zeit mit einer so fremden Frau zusammenleben können! Es war ihm, als hätte er sie erst vor kurzem erkannt, und immer eine Minute, bevor er ins Haus trat, hatte er Angst, sie würde sich seit gestern verändert haben können und wieder eine andere, neue, aber ebenso finstere sein. Gewöhnlich saß sie strickend unter dem Rundbrenner, in emsiger, gehässiger und erbitterter Demut. Doch war sie hübsch anzusehen mit ihrem schwarzen, glatten Scheitel und ihrer trotzigen, kurzen Oberlippe, die einen kindlichen Mutwillen vortäuschte. Sie hob nur den Blick, ihre Hände strickten weiter. „Sollen wir jetzt essen?" fragte sie. „Ja!" sagte er. Sie legte das Strickzeug hin, einen gefährlichen, giftiggrünen Knäuel mit zwei dräuenden Nadeln, und ein angefangenes Stückchen Strumpf, das eigentlich aussah wie ein Überrest, ein noch nicht geborenes und schon zerstückeltes Werk.

Trümmer, Trümmer, Trümmer! Eibenschütz starrte darauf, während er die peinlichen Geräusche vernahm, die seine Frau in der Küche verursachte, und die grelle und gemeine Stimme des Dienstmädchens. Obwohl er hungrig war, wünschte er, die Frau möchte möglichst lange in der Küche bleiben. Warum gab es keine Kinder im Haus?

6

Ein paarmal in der Woche erhielt er eine umfängliche Post. Gewissenhafter Beamter, der er war, klassifizierte er alle Briefe säuberlich. Die Eichmeisterei war in der Bezirkshauptmannschaft untergebracht, im Hoftrakt, in einem halbdunklen Zimmerchen. Eibenschütz saß dort an einem schmalen grünen Tisch, ihm gegenüber ein junger Schreiber, ein sogenannter „Vertragsbeamter", der sehr blond war, geradezu aufreizend blond und sehr ehrgeizig. Er hieß Josef Nowak, und Eibenschütz konnte ihn schon des Namens wegen nicht leiden. Denn genau so hatte ein verhaßter Schulkollege geheißen, dessentwegen Eibenschütz das Gymnasium in Nikolsburg hatte verlassen müssen. Dessentwegen hatte er sich so früh zum Militär gemeldet. Dessentwegen – dies aber bildete sich der Eichmeister nur ein – hatte er auch geheiratet und gerade diese Frau Regina. Der Vertragsbeamte war freilich ganz unschuldig am Schicksal des Eibenschütz. Er war nicht nur aufreizend blond und ehrgeizig, sondern auch rachsüchtig. Hinter biegsamen und schmeichlerischen Manieren verbarg er eine, dem Eichmeister Eibenschütz aber wohl erkenntliche Sucht, seinem Vorgesetzten zu schaden. Unter den Briefen, die an das Eichmeisteramt kamen, befanden sich auch die seinen, mit verstellter Hand geschriebenen. Es waren Droh-und Denunziationsbriefe. Sie verwirrten den Eichmeister Eibenschütz. Denn seine peinliche Bedachtsamkeit gebot ihm, jeder Anzeige nachzugehen und jede Drohung dem Gendarmeriekommando anzuzeigen. Im stillen gestand er sich selbst, daß er nicht dazu geschaffen war, Beamter zu sein, und gar in dieser Gegend. In der Kaserne hätte er bleiben müssen, ja, in der Kaserne. Bei den Soldaten war alles geregelt. Man bekam keine Drohbriefe und keine Denunziationen. Die Verantwortung eines jeden Soldaten für alles, was er tat, und für alles, was er unterließ, lag irgendwo hoch über ihm, er wußte selber gar nicht, wo. Wie leicht und frei war das Leben in der Kaserne gewesen!

Eines Tages nahm er ein paar Drohbriefe in seiner Aktentasche nach Hause, obwohl er das Gefühl hatte, daß er eine Unredlichkeit begehe. Aber es drängte ihn, die Briefe seiner Frau zu zeigen, und er konnte diesem Drang nicht widerstehen. Er kam also zum Mittagessen, pünktlich, wie er nur an den Tagen war, an denen er keine Fahrten in die Dörfer des Bezirks unternahm. Je näher er seinem Häuschen kam (es lag neben dem des Gendarmeriewachtmeisters Slama am Rande der Stadt), desto heißer wurde sein Zorn, und nahe vor der Tür war es bereits eine kochende Wut. Als er gar seine Frau erblickte – sie saß, wie gewöhnlich, am Fenster mit einem giftgrünen Strickzeug beschäftigt –, erwachte in ihm auch noch ein Haß, der ihn selbst erschreckte. Was will ich eigentlich von ihr? fragte er sich. Und da er keine Antwort geben konnte, wurde er noch zorniger, und als er eintrat, warf er die Briefe auf den bereits gedeckten Tisch und sagte mit unheimlich leiser Stimme – es war, als schrie er lautlos –: „Da lies, was du mir angerichtet hast!" Die Frau legte das Strickzeug weg. Mit gewissenhaften Gebärden, als wäre sie selbst ein Staatsbeamter, öffnete sie einen Brief nach dem andern. Indessen saß der Eichmeister Eibenschütz, in Hut und Mantel, wie bereit zu einer sofortigen Abreise, wütend auf seinem Stuhl, und je schweigsamer und gewissenhafter seine Frau las, desto heißer wurde seine Wut. Er beobachtete ihr Gesicht. Er glaubte deutlich zu sehen, daß seine Frau ein hartes, ein leidendes, aber dennoch böses Gesicht bekam. In manchen Augenblicken glich sie ihrer Mutter. Er erinnerte sich genau an seine Schwiegermutter. Sie lebte in Sternberg in Mähren. Als er sie zuletzt gesehen hatte, es war bei der Trauung, hatte sie ein grauseidenes Kleid getragen, es war ein Panzer. Ihren dürren und welken Leib umschloß es bis zum Halse, als hätte sie Pfeile und Lanzen zu befürchten. Ein Lorgnon trug sie vor den Augen; wenn sie es ablegte, glich sie einem Ritter, der ein Visier fallen läßt. Auch seine Frau ließ ein unsichtbares Lorgnon, ein unsichtbares Visier fallen. Sie erhob sich, nachdem sie gewissenhaft alle Briefe gelesen hatte und sagte: „Du hast doch keine Angst? Oder hast du etwa Angst?"

So wenig bekümmern sie also die Gefahren, die mich bedrohen, dachte da der Eichmeister. Und er erwiderte: „So wenig bekümmern dich also die Gefahren, die mir drohen? Wozu hast du mich gezwungen, die Kaserne zu verlassen? Wozu? Warum?"

Sie antwortete nicht. Sie ging in die Küche und kehrte mit zwei Schüsseln dampfender Suppe zurück. In schweigsamem Groll, aber nicht ohne Appetit, aß der Eichmeister Eibenschütz sein gewohntes Mittagessen. Aus Nudelsuppe bestand es, aus Spitzfleisch und aus Zwetschkenknödeln.

Ohne ein Wort zu sagen, verließ er das Haus und ging ins Amt. Er vergaß allerdings nicht, die Drohbriefe wiedermitzunehmen.

7

In dem Dorf Szwaby, das zum Bezirk Zlotogrod gehörte, war Leibusch Jadlowker mächtiger als der Wachtmeister der Gendarmerie selbst. Man muß wissen, wer Leibusch Jadlowker war: von unbekannter Herkunft. Man munkelte, daß er vor Jahren aus Odessa gekommen und daß sein Name eigentlich nicht der richtige sei. Er besaß die sogenannte Grenzschenke, und man wußte nicht einmal, auf welche Weise er in ihren Besitz gekommen war. Auf eine geheimnisvolle, niemals erforschte Weise war der frühere Besitzer, ein alter, silberbärtiger Jude, umgekommen. Man hatte ihn eines Tages erfroren aufgefunden, im Grenzwald, halb schon von Wölfen zerfressen. Kein Mensch, auch der Diener Onufrij nicht, hätte sagen können, warum und wozu der alte Jude mitten im Frost durch den Grenzwald gegangen war. Die Tatsache allein bestand, daß er, der keine Kinder hatte, einen einzigen Erben besaß, nämlich seinen Neffen Leibusch Jadlowker.

Von Jadlowker ging das Gerücht, er sei aus Odessa geflüchtet, weil er einen Mann mit einem Zuckerhut erschlagen hatte. Im übrigen war es kaum ein Gerücht, es war beinahe eine Wahrheit. Leibusch Jadlowker erzählte selbst die Geschichte jedem, der es hören wollte. Er war – so erzählte er – Hafenarbeiter gewesen, und er hatte einen Feind unter seinen Kameraden. Und ihn, der ein bärenstarker Kerl gewesen sein sollte, erschlug eines Abends, während sie gemeinsam Zuckerhüte von einem Warenschiff abluden, Jadlowker mit einem jener Zuckerhüte, infolge eines Streits. Deswegen auch wäre er über die Grenze Rußlands geflüchtet.

Man glaubte ihm alles: daß er ein Hafenarbeiter gewesen war und daß er gemordet hatte. Man glaubte ihm nur eines nicht, nämlich seinen Namen: Leibusch Jadlowker – und man nannte ihn deshalb im ganzen Bezirk Zlotogrod einfach „Leibusch, den Wilden".

Es gab Grund genug, ihn so zu nennen. Denn seine Grenzschenke war der Sammelplatz aller Taugenichtse und Verbrecher. Dreimal in der Woche lud selbst der berüchtigte russische Agent für die American Line die Deserteure der russischen Armee in der Grenzschenke Jadlowkers ab, damit sie von da aus weiter nach Holland, nach Kanada, nach Südamerika kämen.

Wie gesagt: Taugenichtse und Verbrecher verkehrten in der Grenzschenke Jadlowkers; Landstreicher, Bettler, Diebe und Räuber beherbergte er. Und dermaßen schlau war er, daß ihm das Gesetz nicht beikommen konnte. Immer waren seine Papiere und die seiner Gäste in Ordnung. Nichts Nachteiliges, nicht Unsittliches konnten über seinen Lebenswandel die beruflichen Spitzel berichten, die an der Grenze herumwimmelten wie Mücken. Es ging von Leibusch Jadlowker das Gerücht herum, daß er der Urheber aller Verbrechen im ganzen Bezirk Zlotogrod sei – und es waren nicht wenig Verbrechen: Morde kamen vor, Raubmorde und auch Brandlegungen – von Diebstählen nicht zu reden. Österreichische Deserteure, die nach Rußland, russische, die nach Österreich flüchteten, tauschte er gewissermaßen aus. Jene, die ihn nicht bezahlten, ließ er – so hieß es – wahrscheinlich erschießen, von den österreichischen oder von den russischen Grenzposten: je nachdem!

Jadlowker hatte nicht nur auf eine rätselhafte Weise seine Konzession für die Grenzschenke bekommen, sondern auch eine für einen Spezereiwarenladen. Und unter „Spezerei" schien er etwas ganz Besonderes zu verstehen. Denn er verkaufte nicht nur Mehl, Hafer, Zucker, Tabak, Branntwein, Bier, Karamellen, Schokolade, Zwirn, Seife, Knöpfe und Bindfaden, er handelte auch mit Mädchen und mit Männern. Er verfertigte falsche Gewichte und verkaufte sie den Händlern in der Umgebung; und manche wollten wissen, daß er auch falsches Geld herstelle, Silber, Gold und Papier.

Natürlich war er der Feind des Eichmeisters Anselm Eibenschütz. Er begriff überhaupt nicht, wieso und warum ein sonst gesunder und vernünftiger Mann sich um Staat, Recht und Gesetz kümmern konnte. Er haßte den Eichmeister Eibenschütz, nicht weil dieser ein Eichmeister, sondern weil er ein unbegreiflich Ehrlicher war. Jadlowker war untersetzt, vierschrötig, kräftig, unbedenklich. Es wäre ihm keineswegs schwer gefallen, den Eichmeister und den Gendarmen, wenn sie zu ihm kamen, um seine Maße und Gewichte zu prüfen, hinauszuwerfen. Dies aber nicht zu tun, gebot ihm sein sündhaftes Gewissen. Vielmehr trat er dem Eichmeister sehr freundlich entgegen, den Haß unterdrückend und ihn sogar zeitweilig ausschaltend. Man hätte dem Leibusch Jadlowker schwerlich so viel Kunst der Verstellung zugetraut – bärenstark und vierschrötig, wie er einmal war. Die Natur wollte es so, daß er schlau sei und auch stark.

Immer, wenn der Eichmeister Eibenschütz das Wirtshaus in Szwaby betrat, gab es Wurst und Rettich und Met und Schnaps und gesalzene Erbsen. Der neunziggrädige Schnaps war gesetzlich verboten, dennoch trank ihn der Wachtmeister mit emsigem Genuß. Franz Slama, der Wachtmeister der Gendarmerie, wurde leider leicht besoffen. Es war im Grunde gleichgültig, ohnehin verstand er ja nichts von Maßen und Gewichten. Und selbst, wenn er etwas davon verstanden hätte: Man konnte die falschen Maße und Gewichte bei Leibusch Jadlowker niemals zu sehen bekommen. Er ließ sie rechtzeitig verschwinden, auf eine unfaßbare Weise erfuhr er immer von der Ankunft des Eichmeisters einen Tag früher.

In jenen Tagen gerade erfuhr der Eichmeister Eibenschütz eine seltsame Veränderung im Benehmen seiner Frau Regina. Die gab nicht nur ihre Lust zu Zwistigkeiten auf, sie wurde zusehends zärtlicher. Er erschrak einigermaßen darüber. Denn wenn er sie auch immer noch liebte, gewissermaßen, weil sie bereits zu ihm gehörte, und wie seinen neuen Beruf, an den er sich so schnell gewöhnt hatte, so begehrte er sie doch längst nicht mehr. Zu deutlich hatte sie ihm und zu lange Zeit gezeigt, daß er ihr gleichgültig war

und zuweilen sogar verhaßt. Seit langem schon war er gewohnt, in der Nacht sofort einzuschlafen, wenn sie in die hart aneinandergerückten Betten stiegen, und längst mehr
hatte er keinen Blick für ihren nackten Körper, wenn sie sich vor dem Spiegel auszog,
vielleicht in der Hoffnung, er würde sie noch begehren. Manchmal fragte sie ihn, nackt,
wie sie dastand, ob er sie liebe. Sie meinte eigentlich, ob er sie schön finde. „Ja, gewiß!"
sagte er und ergab sich dem Schlaf, gleichsam, um den Gewissensbissen zu entgehen, die
ihm seine Lüge noch hätte bereiten können.

Deshalb überraschte, ja erschreckte ihn die Zärtlichkeit, die plötzlich wiedererwach-
te, seiner Frau. Er schlief mit ihr, wie in früheren Jahren. Am Morgen dann war seine
Unlust stark, und er gab ihr fast mit Widerwillen einen Kuß, bevor er fortging. Sie stellte sich schlafend, und er wußte genau, daß es ein Spiel war. Aber das Spiel gehörte zu ihr,
und er liebte sie immer noch. Er sagte es ihr nicht.

Vergeblich grübelte er darüber nach, was sie wohl zu solch erneuter Leidenschaft gebracht haben möchte. Eines Tages sollte er die Wahrheit erfahren.

8

Eines Tages nämlich befand sich unter seinen vielen anonymen Denunziationsbrie-
fen ein ungewöhnlicher, der folgendermaßen lautete:

„Geehrter Herr Eichmeister, obwohl eines der Opfer Ihrer Strenge und demzufolge
in einen Prozeß verwickelt und das wegen eines einzigen Zehn-Kilo-Gewichtes, erlaube ich mir, Ihnen mitzuteilen, daß Ihre Frau Sie auf hinterhältige Weise hintergeht
und schändlich. Und zwar mit Ihrem Herrn Schreiber, Herrn Josef Nowak. Vereh-
rungsvoll ergebenst,

X. Y."

Anselm Eibenschütz war ebenso langsam, wie er redlich war. Zu oft hatte er überdies
erfahren, daß viele Denunziationen falsche Angaben enthielten. Er steckte den Brief
in die Tasche und ging nach Hause. Zärtlich, wie gewohnt seit einigen Tagen, empfing ihn seine Frau. Sie hing sogar noch eine Weile länger an seinem Hals. „Ich habe
dich heute besonders sehnsüchtig erwartet", sagte sie flüsternd. Arm in Arm gingen
sie an den Eßtisch. Während des Essens betrachtete er sie genau, und er bemerkte, was
ihm offenbar bisher entgangen war, daß sie einen ihm unbekannten Ring am kleinen
Finger trug. Er nahm ihre linke Hand und fragte: „Woher hast du den Ring?" – „Von
meinem Vater", sagte sie, „ich habe ihn nie getragen." Es war ein billiger Ring, ein
Männerring, mit einem künstlichen Saphir. Er sagte weiter: „Wozu hast du ihn plötzlich angezogen?" – „So, damit er uns Glück bringe", sagte sie. „Uns?" – „Uns beiden!" bestätigte sie.

DAS FALSCHE GEWICHT

Plötzlich sah er auch, wie sie sich verändert hatte. Ein neuer, großer Schildpattkamm hielt ihren dichten, schwarzblau schimmernden Haarknoten zusammen. Große goldene Ohrringe, die sie lange nicht mehr getragen hatte, Ohrringe, an denen winzige, feine Goldplättchen hingen, zitterten sacht an ihren Ohrläppchen. Ihr dunkelbraunes Angesicht hatte seine ganz jugendliche, geradezu eine jungfräuliche rötliche Tönung wiedergefunden. Eigentlich sah sie wieder aus wie einst, wie als Mädchen, als er sie kennengelernt hatte, in Sarajewo, wo sie im Sommer bei ihrem Onkel, dem Waffenmeister, eingeladen war.

Mitten in diese seine Betrachtungen, die ihn ohnehin schon erschreckten, fiel ihr Wort unmittelbar, sozusagen ohne Sinn und Verstand. Es lautete: „Ich möchte endlich ein Kind haben." Von wem? wollte er fragen, denn er dachte natürlich sofort an den Brief. Aber er sagte nur: „Warum jetzt? Du hast dir nie eins gewünscht. Du hast immer gesagt, eine Tochter würde keine Mitgift haben, und ein Sohn würde bestenfalls ein Eichmeister werden müssen wie ich."

Sie senkte die Augen und sagte: „Ich liebe dich so sehr!"

Er stand auf und küßte sie. Er ging ins Amt.

Es war ein ziemlich weiter Weg, und er erinnerte sich unterwegs, oder er glaubte, sich plötzlich erinnert zu haben, daß er den Ring mit dem künstlichen Saphir einmal, lange war es her, an der Hand des Schreibers Josef Nowak gesehen hatte. Ihm, dem Eichmeister, waren tückische und schlaue Verhandlungen zuwider. Dennoch beschloß er jetzt, tückisch und schlau vorzugehen.

Der Schreiber erhob sich wie gewohnt, als der Eichmeister eintrat. Mit ungewohnter Freundlichkeit sagte der Eichmeister: „Guten Tag, lieber Nowak! Nichts Neues vorgefallen?" – „Nichts Neues!" sagte Nowak und machte dabei einen Bückling. Er blieb stehen, bis sich Eibenschütz gesetzt hatte.

Eibenschütz las eine Weile in Papieren, dann sagte er, mit einem Blick auf die Hände Nowaks: „Wo ist denn Ihr Ring mit dem Saphir geblieben, Herr Nowak? Es war ein sehr schöner Ring!"

Nowak schien nicht im geringsten verlegen. „Ich habe ihn versetzen müssen, leider versetzen müssen!"

„Warum, Geldschwierigkeiten?" fragte der Eichmeister. Da verließ zum erstenmal die Vorsicht den blonden und ehrgeizigen Vertragsbeamten, und er sagte: „Wegen einer Frauengeschichte!"

„Ja, ja", sagte der Eichmeister, „als ich so alt war wie Sie, gab es auch noch Frauensachen!"

Zum erstenmal sah der Schreiber seinen Vorgesetzten so freundlich. Aber er zweifelte nicht daran, daß man ihn nicht ertappt hatte.

Diesmal täuschte er sich. Denn mit der Gründlichkeit, die ihm eigen war und die ihn zu einem so ausgezeichneten Prüfer der Gewichte und der Maße machte, beschloß Eibenschütz, der Sache genau nachzuspüren. Sein Herz war nicht mehr daran beteiligt. Er hatte nur eine flüchtige Vorstellung davon, daß seine Ehre beschädigt war – aber auch diese Vorstellung stammte lediglich aus der Militärzeit her und aus der Erinnerung an die Ehrbegriffe seiner Vorgesetzten, der Herren Offiziere. Es war nur, wie gesagt, eine flüchtige Vorstellung. Ihn, den Redlichen, trieb es vor allem, die ganze Wahrheit zu erforschen, man könnte sagen, Maß und Gewicht der Begebenheiten festzustellen und zu prüfen.

Infolgedessen ging er auch ganz langsam und mit gesenktem Haupt nach Hause. Und wenn ihn die Leute unterwegs grüßten, tat er so, als sähe er sie nicht, aus Angst, sie könnten ihn etwa ansprechen und stören.

Kurz bevor er sein Haus erreichte, hatte er bereits einen ganz bestimmten, sehr methodischen Plan. Und so, wie er nun einmal war, stand es fest, daß er genau nach den Plänen handeln mußte, die er sich zurechtgelegt hatte.

9

Eine Woche später bemerkte er, daß seine Frau den Ring mit dem falschen Saphir nicht mehr trug. Er sagte seiner Frau gar nichts.

Eine Woche lang schwieg er, gegen seine Frau und gegen den Josef Nowak. Dann aber sagte er unvermittelt zu diesem: „Haben Sie den Ring eingelöst?"

„Ja", antwortete der Schreiber – er heuchelte frohe Genugtuung.

„Sie bräuchten sich nicht zu schämen", sagte Eibenschütz. „Ich täte Ihnen gern das Geld vorstrecken!"

„Offen gestanden", murmelte der Schreiber – und er spielte jetzt Verwirrung wie vorher Freudigkeit.

„Aber mit Vergnügen, mit Wonne!" sagte der Eichmeister. Er gab dem jungen Mann ein hartes Fünf-Kronen-Stück, nachlässig, wie etwa einen Bleistift oder eine Zigarette. Dann hub er leutselig an: „Unter uns Männern, Herr Nowak, sagen Sie, wo treffen Sie denn in solch einem kleinen Städtchen die Dame? Das muß man doch sehen?"

Erheitert und aufgefrischt durch so viel Freundlichkeit seines Vorgesetzten, erhob sich der Vertragsbeamte vom Stuhl. Vor ihm saß Eibenschütz nicht unähnlich einem Schüler. Es war Spätherbst und später Nachmittag. Zwei ärarische Petroleumlampen, gestellt von der Bezirkshauptmannschaft, brannten milde unter ihren grünen, gütigen Schirmen.

„Sehen Sie, Herr Eichmeister", begann der Schreiber, „im Frühling und im Sommer ist es sehr leicht. Man trifft sich da im Grenzwald. Ach, wenn ich Ihnen erzählen wollte, Herr Eichmeister, mit welchen Frauen ich da zusammengekommen bin! Aber Sie wissen, daß nirgends so sehr Schweigen geboten ist wie in diesen Affären. Im Herbst und im Winter ist es schwieriger, aus dienstlichen Gründen. Im ganzen Bezirk ist nur die Grenzschenke des ‚wilden Leibusch' als Aufenthaltsstätte für Liebende geeignet.

Und Sie wissen selbst, Herr Eichmeister, daß er ein sehr gefährlicher Mann ist und daß ich Sie oft dort vertreten muß. Das Amtsgewissen vor allem, das Amtsgewissen geht voran!" „Das ist sehr brav", sagte der Eichmeister Eibenschütz. Und er vergrub sich in seinen dienstlichen Papieren. Am Abend um sechs Uhr, als der Dienst zu Ende war, sagte der Eichmeister zu seinem Schreiber: „Sie können gehen! Und viel Glück bei den Damen!"

Der Schreiber machte eine Verbeugung, die beinahe wie der Knicks eines kleinen Schulmädchens aussah, und verschwand.

Der Eichmeister aber blieb noch länger sitzen, allein mit den zwei grünbeschirmten Lampen. Es schien ihm, als könnte er mit ihnen sprechen. Wie Menschen waren sie, eine Art lebendiger, milder, leuchtender Menschen. Er hielt eine stille Zwiesprache mit ihnen. „Halte deinen Plan ein", sagten sie ihm, grün und gütig, wie sie waren. „Glaubt ihr wirklich?" fragte er wieder. „Ja, wir glauben es!" sagten die Lampen.

Der Eichmeister Eibenschütz pustete sie aus und ging nach Hause. Er ging durch einen spätherbstlichen, kalten Regen, der ihn noch einsamer machte, als er war, in ein Haus, in dem ihn eine Lüge erwartete, die noch düsterer war als dieser Abend, als dieser Regen.

Als er ankam, war zum erstenmal sein Haus finster. Er schloß die Tür auf. Er setzte sich auf das giftgrüne Plüschsofa im sogenannten „Salon" und wartete im Dunkeln. In diese Gegend kamen keine Zeitungen von gestern und vorgestern, sondern Zeitungen, die mindestens eine Woche alt waren. Eibenschütz kaufte sie niemals. Die Vorgänge in der Welt gingen ihn gar nichts an.

Das Dienstmädchen hatte ihn kommen hören. Jadwiga hieß sie. Sie kam herein, breit, selbstgefällig und mütterlich, in das Dunkel des Zimmers. Sie berichtete ihm, während sie die Tischlampe entzündete – gegen seinen Willen, aber er war zu müde, um es ihr zu verbieten –, daß die Frau einkaufen gegangen war – und bald zurückkommen würde. Und sie hätte auch hinterlassen, er möchte geduldig warten.

Er drehte den Docht der Lampe ab, so klein, daß es beinahe im Zimmer aussah wie Finsternis. Er dachte an seinen Plan.

Als seine Frau zurückkam, erhob er sich, küßte sie und sagte ihr, er wäre sehr unruhig gewesen, weil er sie so lange erwartet hatte. Sie hatte Pakete in beiden Armen. Sie legte sie ab. Sie setzten sich beide an den Tisch.

Sie aßen in einer scheinbar freundlichen und friedlichen Gemeinschaft.

Der Frau Regina erschien es wenigstens also. Sie benahm sich gefällig, dienstfertig sogar. Von Zeit zu Zeit lächelte sie ihrem Mann zu. Er bemerkte, daß sie wieder ihren Ring mit dem falschen Saphir am Finger hatte.

„Du hast deinen Ring wieder!" sagte der Eichmeister. „Das freut mich!"

„Ich glaube", sagte die Frau Regina und beugte sich über den Teller, „ich kriege endlich ein Kind!"

„Endlich?" fragte der Eichmeister Eibenschütz. „Du wolltest es ja nie! Weshalb jetzt?"

„Gerade jetzt!" sagte sie und schälte dabei sehr vorsichtig eine Orange.

„Ich habe heute", begann er – während sie noch den Kopf über Messer und Frucht gesenkt hielt–, „mit meinem Schreiber, dem Josef Nowak, gesprochen. Er ist ein Schürzenjäger, bekannt im ganzen Bezirk. Er behauptet, er hätte im Frühling und im Sommer viele Frauen hier gehabt, im Grenzwald, natürlich sagt er nicht, welche. Im Herbst und im Winter – sagt er – sei es gefährlich für ihn, das Gasthaus Jadlowkers aufzusuchen, weil er mich amtlich dort oft vertritt."

Die Frau aß gerade ihr letztes Viertel Orange. Sie erhob ihren Blick nicht. Sie sagte: „Schrecklich, die Frauen in dieser Gegend!"

„Er schenkt allen Ringe!" erwiderte der Eichmeister.

Sie ließ das letzte Stück Orange fallen und sah auf ihren Ring am linken Zeigefinger. Es entstand ein langes Schweigen.

„Dieser Ring stammt von Josef Nowak", sagte plötzlich der Eichmeister. „Ich kenne ihn, ich habe ihn an seiner Hand gesehen."

Auf einmal begann die Frau Regina heftig zu weinen. Sie streifte dabei, mitten im Schluchzen, den Ring vom Finger ab und legte ihn vor sich auf den Tisch und sagte: „Du weißt also alles?" – „Ja", sagte er. „Du bist von ihm schwanger. Ich werde meine Maßregeln treffen."

Er stand sofort auf, zog den Mantel an und ging hinaus. Er spannte das Wägelchen ein und fuhr los, nach Szwaby, zu Jadlowker.

IO

Es war spätnachts, als er dort ankam. Und man verwunderte sich nicht wenig darüber. Denn noch nie hatte der Jadlowker den Eibenschütz später als am Nachmittag gesehen. Auch war niemals noch der Eichmeister so aufgeräumt und deshalb so absonderlich erschienen. „Welche Ehre!" rief Jadlowker aus, und er tänzelte trotz seinem ziemlichen Gewicht hinter der Theke hervor. „Welche Ehre!" Zwei Taugenichtse, die an einem Tisch in der Ecke saßen, jagte Jadlowker davon. Er breitete ein rot-blau geblümtes Tuch über das Tischchen und rief, ohne den Eichmeister nach seinen Wünschen zu fragen, zur Theke hinüber: „Met, ein Viertel, ein Teller Erbsen!"

Es herrschte ein großer Lärm in der Grenzschenke Jadlowkers. Russische Deserteure saßen da, eben erst von dem Grenzschmuggler Kapturak angebracht. Sie steckten noch in ihren Uniformen. Obwohl sie ungeheuerliche Mengen Tee und Schnaps tranken und große Handtücher um die Schultern gehängt bekommen hatten, um sich den Schweiß abzuwischen, machten sie dennoch den Eindruck von Frierenden – so heimatlos fühlten sie sich bereits, kaum eine Stunde entfernt von der Grenze ihrer Heimat. Der kleine Kapturak – man nannte ihn den „Kommissionär" – betreute sie mit Alkohol. Er bekam von Jadlowker fünfundzwanzig Prozent von jedem russischen Deserteur. Die unverhoffte Ankunft des Eichmeisters störte den Wirt Jadlowker gar sehr. Er hatte eigentlich die Absicht gehabt, den Deserteuren, die doch den Wunsch hatten, ihre russische Uniformen zu wechseln, Stoffe und Anzüge anzubieten, für deren Verkauf er keine Lizenz hatte. Einerseits ärgerte ihn also die Anwesenheit des Eichmeisters, andererseits aber freute sie ihn. Endlich hatte er ihn, den Strengen, in der Nacht bei sich – und die Nacht war die große Freundin des Leibusch Jadlowker. Er rief seine kleine Freundin herunter.

Seit langen Jahren lebte er mit ihr. Es hieß, auch sie käme aus Rußland, aus Odessa, und sie hätte teilgehabt an mehreren Missetaten Jadlowkers. Ihrer Sprache, ihrem Wesen und ihrem Aussehen nach stammte sie ebenfalls aus der südlichen Ukraine. Schwarz, wild und sanft zugleich sah sie aus. Jung war sie, das heißt eigentlich: ohne irgendein Alter. In Wirklichkeit – was aber niemand in der Gegend wissen konnte – war sie eine Zigeunerin und stammte aus Jaslova in Bessarabien. Jadlowker hatte sie eines Nachts aufgetrieben und behalten. Eifersüchtig war er zwar von Natur, aber der Liebe der Schwarzen sicher und allzu sicher auch seiner eigenen Gewalt über Frauen und Männer. Viele Menschen gehorchten ihm in dieser Gegend, diesseits und jenseits der Grenze. Kapturak sogar, der allmächtige Kommissionär, der die Männer verkaufte wie Rindvieh, an die Reisegesellschaften für Auswanderer nach Kanada, Java, Jamaika, Porto Rico, Australien gar: auch Kapturak gehorchte dem Jadlowker. Gekauft hatte er die meisten Beamten, die ihm jemals hätten schaden können. Erworben hatte er lediglich noch nicht den Eichmeister Eibenschütz. Deshalb auch führte er seit Eibenschütz' Ankunft einen Kampf gegen ihn. Nach der Meinung Jadlowkers hatte jeder Mensch nicht nur eine schwache, sondern auch eine verbrecherische Stelle. Er konnte überhaupt nicht glauben – und wie hätte er auch anders leben können! –, daß irgendein Mensch in der Welt anders dachte und empfand als er, Jadlowker. Er war überzeugt, daß alle Menschen, die ehrlich lebten, verlogen waren, und er hielt sie für Komödianten. Die hervorragendsten Komödianten waren die Beamten, dann kamen die gewöhnlichen anständigen Menschen, die ohne Amt. Ihnen allen gegenüber mußte man Komödie und Anständigkeit spielen. So hielt es Jadlowker mit aller Welt. So hielt er es besonders, und mit einer ganz besonderen Anstrengung, mit dem Eichmeister Eibenschütz.

II

Die Frau kam. Die Treppe, über die sie hinunterstieg, lief seitwärts neben der Theke. Sie bahnte sich einen Weg durch das lärmende Gewimmel der Deserteure. Das heißt, der Weg bahnte sich eigentlich vor ihr selbst. Am äußersten Ende des Schankraums neben dem Fenster, der Treppe gegenüber, saß der Eichmeister Eibenschütz. Er erblickte die Frau, als sie auf der ersten Stufe der Treppe stand. Und sofort wußte er, sie würde zu ihm kommen. Er hatte sie nie gesehen. Im ersten Augenblick schon, da er sie auf der obersten Treppenstufe gesehen hatte, verspürte er eine Trockenheit in der

Kehle, dermaßen, daß er nach dem Glas Met griff und es in einem Zuge austrank. Es dauerte ein paar Minuten, bevor die Frau an seinen Tisch gelangte. Die betrunkenen Deserteure wichen vor ihrem zarten Schritt auseinander. Dünn, schlank, schmal, einen zarten weißen Schal um die Schultern, den sie mit den Händen festhielt, als ob sie fröre und als ob dieser Schal sie wärmen könnte, ging sie sicher, mit wiegenden Hüften und straffen Schultern. Ihre Schritte waren fest und zierlich. Man hörte das leise Aufschlagen ihrer hohen Stöckel einen Augenblick lang, während die lärmenden Männer verstummten und die Frau anstarrten. Ihr Blick war gleich, von der obersten Stufe an, auf den Eichmeister Eibenschütz gerichtet, als schritte ihr Auge ihren Füßen voraus.

Als sie auf ihn zutrat, war es ihm, als erführe er zum erstenmal, was ein Weib sei. Ihre tiefblauen Augen erinnerten ihn, der niemals das Meer gesehen hatte, an das Meer. Ihr weißes Angesicht erweckte in ihm, der den Schnee sehr gut kannte, die Vorstellung von irgendeinem phantastischen, unirdischen Schnee, und ihr dunkelblaues, schwarzes Haar ließ ihn an südliche Nächte denken, die er niemals gesehen, von denen er vielleicht einmal gelesen oder gehört hatte. Als sie sich ihm gegenüber niedersetzte, war es ihm, als erlebte er ein großes Wunder; als setzten sich das unbekannte Meer, ein merkwürdiger Schnee, eine seltsame Nacht an seinen Tisch. Er erhob sich nicht einmal. Er wußte wohl, daß man vor Frauen aufsteht; aber er erhob sich nicht vor einem Wunder.

Dennoch wußte er, daß dieses Wunder ein Mensch war, eine Frau, und er wußte auch, daß es die Freundin des Leibusch Jadlowker war. Natürlich hatte auch Eibenschütz alle Geschichten von der Freundin Jadlowkers gehört. Er hatte nie in seinem Leben eine bestimmte Vorstellung von dem gehabt, was man „die Sünde" nennt, aber jetzt glaubte er, er wüßte, wie die Sünde aussehe. So sah sie aus, genau so wie die Freundin Jadlowkers, die Zigeunerin Euphemia Nikitsch.

„Euphemia Nikitsch", sagte sie einfach und setzte sich und spreizte ihren vielfach gefältelten Rock. Er knisterte leise und eindringlich, durch den Lärm der Deserteure.

„Sie trinken nichts?" fragte sie, obwohl sie das frisch geleerte Metglas vor Anselm Eibenschütz stehen sah.

Er hörte gar nicht ihre Frage. Er starrte sie an, mit großen, offenen Augen, und dachte, daß er eigentlich zum erstenmal die Augen wirklich geöffnet hatte.

„Sie trinken nichts?" fragte sie noch einmal, aber es war jetzt, als wüßte sie schon, daß Eibenschütz keine Antwort geben könne. Deshalb schnalzte sie kräftig und knallend mit den Fingern. Onufrij kam, der Hausknecht. Sie befahl eine Flasche.

Er brachte eine Flasche Neunziggrädigen und eine neue Schüssel trockener Erbsen. Der Eichmeister Eibenschütz trank, aber nicht, weil es ihn danach gelüstete! Keineswegs! Er trank nur, weil er seit den paar Minuten, in denen die Frau dasaß, vergeblich nach einem passenden Wort suchte und weil er hoffte, das Wort würde ihm kommen, wenn er nur tränke. Er trank also, und es brannte gewaltig in seiner Kehle, und er aß daraufhin noch die gesalzenen Erbsen, die das Brennen noch verstärkten. Vor ihm saß indessen die Frau, unbeweglich. Mit den schlanken dunkelbraunen Fingern, von denen jeder einzelne aussah wie eine winzige, schlanke, rosenköpfige, leicht gebrechliche und dennoch kräftige Frau, umklammerte sie das Gläschen. Auch ihre Augen waren nicht auf den Eichmeister Eibenschütz gerichtet, sondern auf den wasserklaren Schnaps. Eibenschütz sah ihre langen, aufwärtsgebogenen seidenschwarzen Wimpern, die schwärzer waren als das Kleid der Frau.

„Ich habe Sie noch nie hier gesehen!" sagte er auf einmal, und er wurde rot dabei, und er zwirbelte mit beiden Händen den Schnurrbart, als könnte er auf diese Weise seine plötzliche, lächerliche Röte verbergen. „Ich Sie auch nicht", sagte sie – und es war wie die Stimme einer Nachtigall. In jungen Jahren, in den Wäldern rings um Nikolsburg hatte er sie manchmal gehört. „Kommen Sie denn oft hierher?"

„Manchmal im Dienst!" sagte er und hörte nicht auf, seinen weichen Schnurrbart zu zwirbeln. Er konnte einfach nicht mehr die Hände vom Gesicht wegnehmen.

„Im Dienst?" flötete sie. „Was für Dienst?"

Er ließ die Hände fallen. „Ich bin Eichmeister", sagte er ernst.

„Ach so!" sagte sie, leerte ihr Glas, stand auf, nickte und ging wieder die Treppe empor.

Der Eichmeister Eibenschütz sah ihr nach, dem gefältelten Rock, der auf jedem Treppenabsatz ein zartes, sachtes Rad zu schlagen schien, und den schmalen Schuhen, die darunter erschienen. Längst schon schnarchten die Deserteure. Einige hatten ihre Köpfe auf die harten Tische gelegt. Andere lagen wie pralle, atmende Säcke unter den Tischen. Alle schnarchten laut und etwas grausam.

Er ging zur Theke. Er wollte bezahlen. Hinter der Theke stand Leibusch Jadlowker, und er sagte so drohend und so freundlich: „Herr Eichmeister, heute sind Sie mein Gast! Sie zahlen gar nichts!", daß zum erstenmal in seinem Leben den früheren Feuerwerker Eibenschütz der Mut verließ und daß er nur „Gute Nacht" sagte.

Nach Hause ging er sehr langsam. Er vergaß, daß er sein Wägelchen vor dem Wirtshaus stehen gelassen hatte. Dennoch folgte ihm das Pferd gehorsam wie ein Hund und zog das Gefährt hinter sich her.

Es war schon heller Morgen, als er ankam. Das behäbige Dienstmädchen stellte ihm Tee und Brot auf den Tisch. Er schob alles weg.

Er hörte die Schritte seiner Frau. „Guten Morgen!" sagte sie. Sie trat auf ihn zu, sie machte Anstalten, ihn zu umarmen. Er erhob sich sofort.

„Du schläfst von nun ab in der Küche!" sagte er, „oder du wirst das Haus verlassen!"

Er schwieg eine Weile, dann sagte er: „Wenn dein Bett heute nacht nicht in der Küche steht, schläfst du morgen nacht bei Nowak oder draußen."

Er erinnerte sich plötzlich an seinen Wagen, an sein Pferd. Gehorsam warteten sie vor dem Gitter des kleinen Gartens. Längst war es schon wacher Tag.

Er fuhr zum Amt, in die Bezirkshauptmannschaft. Und er schrieb mit eigener Hand sehr langsam, mit Doppelrand, in der klaren, kindlich-kalligraphischen Schrift eines kaiser-königlichen Feuerwerkers ein Gesuch an die Gemeinde, sie möchte den Schreiber Josef Nowak einer Nachbargemeinde abgeben. Er sei mit ihm nicht zufrieden. Er wünsche einen andern.

Es machte ihm einige Pein, einer Gemeinde ein Schreiben zu schicken. Er war immerhin zwölf Jahre Feuerwerker gewesen, und er hätte ein Anrecht auf einen richtigen, auf einen echten Staatsbeamtenposten gehabt. Dank seiner Frau aber hatte er diesen gewählt (er war eigentlich ein Gemeindebeamter, den allerdings der Staat bezahlte).

In dieser Stunde tat es ihm besonders weh, daß er nicht unmittelbar dem Staat unterstellt war.

Er war etwa eine Stunde vor dem Dienst gekommen. Als der Schreiber Nowak eintrat, sagte ihm der Eichmeister: „Sie werden diesen Posten verlassen. Ich bin mit Ihnen unzufrieden. Ich habe Ihre Entlassung oder Ihre Versetzung soeben beantragt."

Der junge, ehrgeizige Mann sagte nur das eine Wort: „Aber –" „Schweigen Sie!" rief Eibenschütz, wie er dereinst auf dem Exerzierplatz geschrien hatte, als er noch Feuerwerker gewesen war.

Er tat so, als vertiefte er sich in Akten. In Wirklichkeit aber dachte er über sein Leben nach. Nowak, gut – so dachte er–, der wird also verschwinden. Mit meiner Frau habe ich nichts mehr zu tun. Sie wird in der Küche schlafen. Hinauswerfen werde ich sie nicht, ich liebe keine Skandale. Und was noch – und was noch? – Ich will nicht mehr zu Jadlowker gehen – außer Dienst, versteht sich. Und wenn ich einmal außer Dienst hingehe, dann nur mit dem Wachtmeister Slama. – Nein, außer Dienst werde ich nicht mehr hingehen. Dabei bleibt es.

12

Dabei blieb es nicht. Zwar wurde der Schreiber Nowak nach Podgorce versetzt; zwar schlief, neben dem Dienstmädchen, in der Küche die Frau Eibenschütz: aber die dienstlichen Besuche in der Grenzschenke, in Begleitung des Wachtmeisters Slama allerdings, mehrten sich auffallend.

Der Winter kam, und es war ein unerbittlicher Winter. Die Spatzen fielen von den Dächern, überreifen Früchten ähnlich, die im Frühherbst von den Bäumen fallen. Sogar die Raben und Krähen schienen zu frieren, so dicht beieinander hielten sie sich auf den dürren Zweigen. Das Thermometer zeigte an manchen Tagen zweiunddreißig Grad. In solch einem Winter fällt es einem Menschen einfach schwer, ohne Heim zu sein. Allein im großen Frost stand der Eichmeister, wie der einsam kahle und frierende Baum im Hof der Bezirkshauptmannschaft vor dem Fenster des Amtszimmers. Es war ein neuer Schreiber gekommen, ein träger, dicker und gutmütiger Jüngling, der sehr langsam arbeitete, aber Behaglichkeit verbreitete. Am behaglichsten war es überhaupt im Amtszimmer. Das Ofentürchen strahlte rötliches Licht aus, die beiden Lampen

DAS FALSCHE GEWICHT

grünes. Die Papiere sogar raschelten vertraulich. Aber was dann, wenn der Eichmeister Eibenschütz das Amt verläßt? In seinem kurzen Schafspelz, mit hoch aufgeschlagenem Persianerkragen, in den hohen Kniestiefeln steht er da, neben einer der zwei Laternen, die vor der Bezirkshauptmannschaft brennen. Sie brennen sehr ärmlich und gelb, die Nachtlämpchen, dem leuchtenden Schnee im Park gegenüber. Lange Zeit steht der Eichmeister Eibenschütz so da und überlegt. Er überlegt, wie es jetzt aussehen wird, wenn er nach Hause kommt. Der Ofen ist geheizt, der Tisch gedeckt, der Rundbrenner leuchtet, auf der Ofenbank hockt die gelbe Katze. Verweint und finster geht die Frau sofort bei der Ankunft des Mannes in die Küche. Das Dienstmädchen, auch diese finster und verweint, denn sie teilt Tränen und Klagen mit der Hausfrau, schneuzt sich mit dem Schürzenzipfel, mit der linken Hand stellt sie den Teller vor Herrn Eibenschütz. Nicht einmal die Katze kommt heran wie einstmals, um sich streicheln zu lassen. Auch sie hegt Feindschaft gegen Eibenschütz. Aus ihren gelben Augen leuchtet der Haß. Trotz alledem beschließt der Eichmeister, nach Hause zu gehen. Er stampft entschlossen mit den schweren Stiefeln durch den knirschenden Schnee, durch die tote Nacht, die von unten her, vom Schnee, erhellt wird. Kein lebendiges Wesen wahrzunehmen. Man hat nichts zu befürchten, man braucht sich nicht zu schämen, wenn man gelegentlich eine kleine Weile vor einem der Häuschen stehenbleibt und durch die Ritzen der Fensterläden in die fremden Wohnungen hineinlugt. Es ist noch früh am Abend. Oft sitzen die glücklichen Leute noch zusammen. Manchmal spielen sie Domino. Väter, Mütter, Brüder, Schwestern, Kinder und Kindeskinder gibt es in den Häusern. Sie essen, sie lachen. Manchmal weint ein Kind, aber auch Weinen macht selig, ohne Zweifel! Manchmal bellt ein Hund aus dem Hof, denn er wittert den spähenden Eibenschütz. Auch dieses Kläffen hat noch etwas Heimliches, Liebliches beinahe. – Eibenschütz kennt nun schon alle Familien des Städtchens und wie sie leben. Er bildet sich gelegentlich ein, es sei für einen Eichmeister gut, nützlich, ja sogar erforderlich, etwas Näheres über die Kaufleute zu erfahren, „Personalkenntnisse" nennt er das. Nun geht er weiter. Jetzt ist er vor dem Haus. Sein Schimmel hört ihn kommen und wiehert freundlich. Ein liebes Tier. Der Eichmeister kann sich nicht halten, er geht in den Stall, er will den Schimmel nur streicheln, er denkt an die glückliche Zeit beim Militär, an all die Pferde, rückwärts, im Hintergebäude der Kaserne, er erinnert sich noch an alle Namen und auch an ihre Gesichter. Jakob hat er seinen Schimmel genannt. „Jakob!" ruft er leise, als er in den Stall kommt. Der Schimmel hebt den Kopf. Er stampft zwei-, dreimal mit dem rechten Huf auf das feuchte Stroh. Eibenschütz geht heran, eigentlich nur, um ihm „Gute Nacht" zu sagen, aber plötzlich kehrt er um, sagt, wie zu einem Menschen: „Einen Moment, bitte!" und geht in den Schuppen, und holt den Schlitten und führt das Pferd hinaus und schnallt mit zitternden und dennoch sicheren Fingern das Riemenzeug um, und die warme Wollhaardecke rollt er um den Leib des Tieres und bindet sie fest. Er spannt den Schimmel vor den Schlitten. Er schnallt die Glocke um den Hals des Pferdes. Er setzt sich hin, er nimmt die Zügel in die Hand und sagt: „Jakob!" Noch einen hastigen, ge-

798   DAS FALSCHE GEWICHT

hässigen Blick wirft er auf die erleuchteten Fenster seiner Wohnung. Wie sehr haßt er die drei Frauen, die ihn drinnen erwarten: die Frau zuerst, das Dienstmädchen zunächst und schließlich die Katze. „Jakob!" sagte er, und der Schlitten gleitet auf seinen zuerst knirschenden, dann sanft und sanfter und lautlos werdenden Kufen dahin, zum Tor hinaus. Der Schimmel weiß, wohin.

Der Frost saust um das Gesicht des Eichmeisters, der Frost ist ein stummer Sturm, und die Nacht ist klar, als wäre sie aus Glas, aus Kristall gar. Die Sterne sieht man nicht, denn man achtet wohl auf den Weg, aber man fühlt sie hart und klar, als wären auch sie alle aus Eis, über dem Kopf. Man fühlt sie so sehr, daß man sie beinahe sieht, obwohl man auf den Weg achten muß. Man saust dahin.

Wohin saust man so mit dem Schimmel Jakob? Er weiß den Weg allein. Er galoppiert nach Szwaby.

Und wohin in Szwaby? In die Grenzschenke Jadlowkers. Es ist, als hätte er auch Sehnsucht, wie sein Herr, nach der Zigeunerin Euphemia Nikitsch.

13

In der Grenzschenke Jadlowkers war es warm und gut und fröhlich. Man trank, man spielte Karten, man rauchte. Der Rauch stand über den Häuptern der Männer. Es waren keine Frauen vorhanden, und das war gut. Der Eichmeister Eibenschütz hätte schwer die Anwesenheit einer Frau vertragen können, es sei denn die der Euphemia Nikitsch. Aber sie zeigte sich nicht. Eibenschütz wußte gar nicht, daß er hierhergekommen war, sie zu sehen. Erst, als er Platz genommen und einen Schluck getan hatte, glaubte er zu wissen, daß er eigentlich hierhergekommen war, um die Frau wiederzusehen. Gelegentlich kam Leibusch Jadlowker an seinen Tisch und setzte sich für eine Weile hin, flüchtig, wie sich eine Biene auf Honig setzt, ein Schmetterling auf Blumen. Je ernster der Eichmeister Eibenschütz wurde – und er wurde immer ernster, je mehr er trank –, desto heiterer erschien ihm Jadlowker. Heiterer erschien er ihm und gehässiger. Er wußte wohl, der Eichmeister Eibenschütz, daß die meisten Denunziationsbriefe von der Hand Jadlowkers stammten. Sehr wahrscheinlich war es, daß Jadlowker die Aufmerksamkeit des Eichmeisters von sich ab und auf andere lenken wollte. Er wußte das, er glaubte, es zu wissen, der Eibenschütz. Dennoch ertrug er die süßliche Freundlichkeit des Gastwirtes mit unerschütterlicher Geduld und sogar mit einer andächtigen Sanftmut. Er sah das widerliche, breite, stets grinsende Angesicht Jadlowkers an. Ein spitzes rotblondes Bärtchen zierte es. Man kann sagen: zieren, nichts hätte es entstellen können. Es war blaß, von einer wächsernen Blässe. Zwei winzige grünliche Äuglein glommen darin wie Lichter, die bereits erloschen sind, und dennoch immer noch Lichter; den Sternen ähnlich, von denen die Astronomen wissen, daß sie seit Jahrtausenden bereits erstorben sind, und die wir trotzdem immer noch leuchten sehen. Das einzig Lebendige war noch der rote Spitzbart. Er sah aus wie ein dreieckiges Feuerchen, das etwa überraschenderweise einer längst tot geglaubten, erloschen geglaubten Materie entspringt. „Gehorsamst! Herr Eichmeister!" sagte Leibusch immer wieder, sooft er an den Tisch herankam. Es war, als wollte er immer wieder, im Laufe eines einzigen Abends, den Eichmeister zum erstenmal gesehen haben. Eibenschütz ahnte in diesem Verfahren eine gewisse Ironie. Eine gewisse Ironie mochte Eibenschütz auch aus der Tatsache ersehen, daß Jadlowker niemals an seinen Tisch kam, ohne eine volle Flasche in der Hand zu haben. Nun, das konnte noch zu den vorschriftsmäßigen Abzeichen eines Wirtes gehören. Aber, wenn Jadlowker, von dem Eibenschütz genau wußte, daß er falsche Gewichte hatte, noch fragte: „Wie geht es Ihrer gnädigen Frau?", so glaubte der Eibenschütz es nicht mehr ertragen zu können, und um es ertragen zu können, bestellte er mehr Schnaps. Er trank, er trank, bis zum Morgengrauen. Längst schon schnarchten schwer und fürchterlich die Deserteure unter den Tischen und auf den Tischen. Der Morgen graute zwar noch nicht, aber er war schon zu ahnen, als sich der Eibenschütz erhob.

Onufrij gab ihm das Geleit. Immer in dem Augenblick, in dem er den Schlitten bestieg, fühlte er sich erleichtert und bedrückt. Wenn er die Stadtgrenze von Zlotogrod erreichte, graute schon der winterliche Morgen. Eibenschütz kehrte nicht nach Hause zurück. Er kehrte bei dem Barbier Leider ein, und er ließ sich rasieren und den Kopf kalt waschen. Er ging dann in das einzige Kaffeehaus der Stadt Zlotogrod, es nannte sich Bristol. Er trank einen Kaffee und aß zwei Kipfel, die so frisch waren, daß sie noch nach dem Bäcker rochen. Hierauf fuhr er ins Amt, saß stumpf vor dem leeren Tisch, auf dem begreiflicherweise noch keine Post liegen konnte, und erwartete den trägen, fetten Schreiber mit Ungeduld. Er ging hinaus und wusch sich, so, wie er war, in Pelz und Stiefeln, Gesicht und Hände unter der fürchterlich kalten Pumpe, die im Hof der Bezirkshauptmannschaft dastand, den Pferden der berittenen Gendarmerie zu dienen.

An solchen Morgen dachte der Eichmeister gar nichts oder nur sehr wenig. Er dachte daran, daß es acht Uhr vom Kirchturm schlagen und daß der neue Schreiber so bald wie möglich kommen müßte. Als es endlich acht Uhr vom Kirchturm schlug, ging Eibenschütz noch hinaus, einen Rundgang durch die Stadt machen. Der Rundgang konnte nicht lange dauern, die Stadt war winzig. Er wollte nur nicht vor dem Schreiber dagewesen sein. Auch dachte er daran, daß ihm eine Rundfahrt durch die Stadt und durch den Frost nicht nur das Aussehen, sondern auch das Gefühl eines Menschen geben könnte, der in normalen Verhältnissen die Nacht durchgeschlafen hatte.

Er fuhr also los, mit dem Schlitten durch den morgendlich knirschenden Schnee. Er kehrte zurück. Er führte den Jakob und den Schlitten zuerst nach Hause. Dann ging er, nicht ohne einen gehässigen Blick gegen die noch geschlossenen Fensterläden seines Hauses zu werfen: zu Fuß ins Amt.

14

Auch im Amt noch konnte er sich nicht enthalten, an die Freundin Jadlowkers zu denken, an die Zigeunerin Euphemia Nikitsch. Auf eine seltsame Weise vermischte sich in ihm der berufliche und menschliche Ekel vor dem Gastwirt Jadlowker mit der schönen Sehnsucht nach der Frau Euphemia. Er wußte selbst nicht, der arme Eichmeister, was ihm da geschah. Es beunruhigte, ja, es erschütterte sein Gewissen, daß er dermaßen ständig, dermaßen unerbittlich, dermaßen gleichmäßig an die gesetzlichen Verfehlungen Jadlowkers denken mußte wie an die Schönheit Euphemias. Gleichermaßen dachte er an beides und auch gleichzeitig. Eins ging nicht ohne das andere.

Auch dieser harte Winter ging vorüber, und es kam eine Nacht, da krachte das Eis wieder über dem Fluß Struminka. Und genau wie im ersten Jahr, als er angekommen war, aber nunmehr, wie ihm selber schien, sehr gealtert und vollkommen verwandelt, erlebte er in einer Nacht im März das Krachen des Eises über dem Fluß und die Aufregung der Einwohner. Diesmal aber bedeutete ihm der Einbruch des Frühlings etwas anderes. Er kam sich sehr gealtert vor, während er so das Jahr und die Welt neu werden sah, und keinerlei Hoffnung erwachte in seinem Herzen, wie damals im ersten Jahr seiner Ankunft. Auch heute noch, wie im ersten Jahr seiner Ankunft, standen die Leute da, an beiden Ufern des Flusses, mit Fackeln und mit Laternen, und sie sprangen plötzlich auf die treibenden Eisschollen, und sie hüpften wieder ans Ufer. Es war Frühling. Frühling war es! –

Der Eichmeister Eibenschütz aber ging trostlos nach Hause. Was bedeutete ihm schon der Frühling? Was bedeutete ihm schon der Frühling? – Drei Tage später kam seine Frau nieder. In der Küche. Es war eine leichte Geburt. Kaum war die Hebamme gerufen worden, und schon war er da, der Sohn des Josef Nowak. Der Eichmeister Eibenschütz dachte, daß nur Bastarde so schnell und leicht zur Welt kommen.

Die Nacht, in der ihm der Sohn des Josef Nowak geboren wurde, verbrachte der Eichmeister in der Schenke Jadlowkers. An diesem Abend erschien auch wieder an seinem Tisch die Frau Jadlowkers. Wie beim erstenmal sagte Euphemia: „Sie trinken nichts?" – „Wenn Sie wollen, daß ich trinke, so trinke ich", antwortete er. Sie schnalzte mit den Fingern, und der Diener Onufrij kam und schüttete das Glas des Eichmeisters voll.

Auch sie verlangte nach einem Glas. Man brachte es ihr. Sie trank den Neunziggrädigen in einem Zug aus.

Sie näherte ihr Angesicht dem Eichmeister, und ihm war es, als seien ihre Ohren mit den großen, leise klirrenden Ohrringen ihm beinahe näher als ihre hellen Augen. Er sah sehr wohl ihr schneeweißes Gesicht, aber wacher noch als sein Auge war sein Ohr. Er vernahm ganz deutlich das ganz leise Klingeln, das von dem sachten Anschlag der goldenen Münze an den Ohrring her kam, sobald die Frau eine Bewegung machte. Er dachte dabei, daß ihre Finger hart und stark und braun waren, seltsamerweise wußte er nicht mehr, weshalb er an ihre Finger denken mußte, dieweil er ihre Ohren ansah und das Klingeln der kleinen Goldmünzen vernahm.

Für die Dauer eines Augenblicks setzte sich auch Leibusch Jadlowker an den Tisch. Aber es dauerte nicht länger, als eben ein Schmetterling auf einer Blume sitzt. Im nächsten Moment war er weg. Euphemia beugte sich zu Eibenschütz hinüber und flüsterte: „Ich liebe ihn nicht! Ich hasse ihn!" – Hierauf lehnte sie sich zurück und nippte an ihrem Glase. Und an ihren Ohrläppchen klingelte es süß und sachte.

Eibenschütz konnte es nicht mehr aushalten. Er winkte dem Schankdiener Onufrij und zahlte und bestieg seinen Schlitten und fuhr nach Hause.

Er erinnerte sich nicht mehr, ob er der Frau Euphemia gute Nacht gesagt hatte oder nicht. Es erschien ihm plötzlich sehr wichtig.

Der Schnee war noch sehr hart, und der kleine Schlitten flog dahin wie mitten im Winter.

Aber von oben her wehte es schon milde und fast schon österlich herunter, und blickte man zum Himmel empor, so sah man, daß die Sterne nicht mehr so kalt und strenge dastanden. Es war, als hätten sie sich der Erde ein wenig mehr genähert. Auch ein sehr gütiger, kaum spürbarer Wind gab sich zu erkennen.

Es gab schon eine ganz gewisse herbe Süße in der Luft. Der Schimmel raste dahin wie noch nie, und dabei hatte Eibenschütz kaum die Zügel gestrafft. Der Schimmel warf von Zeit zu Zeit den Kopf hoch, wie um zu sehen, ob die Sterne schon der Erde näher gekommen wären. Auch er fühlte, daß der Frühling nahe war.

Besonders aber fühlte es der Eichmeister Anselm Eibenschütz. Während er seinem tristen Heim entgegenglitt, durch den glatten Schnee, unter dem milden Himmel, dachte er daran, daß ihn zu Hause ein Bastard erwartete. Auch darüber war er im Grunde sehr froh. Denn noch stärker dachte er an das Wort, daß ihm Euphemia gesagt hatte: „Ich liebe ihn nicht. Ich hasse ihn!"

Er hörte das Klingeln ihrer Ohrringe!

15

Zu Hause schrie der Säugling. Was ein Wunder! Säuglinge schreien. Sie wissen nicht, ob sie Bastarde sind oder nicht. Sie haben ein Recht, zu wimmern und zu schreien. Übrigens übertönten in Eibenschütz' Ohren die leise klingenden Ohrringe der Euphemia auch das laute Schreien des Säuglings. Eibenschütz dachte gar nicht mehr an seine Frau und an das Kind des Josef Nowak.

Als er sein Haus betrat, dachte der Eichmeister nur daran, daß er der Hebamme nicht begegnen dürfte. Dies allein war seine Sorge. Aber es gelang ihm keineswegs. Sie hatte gehört und gesehen, wie er ankam. Und sie ging ihm entgegen mit der beruflichen Fröhlichkeit, die ihr eigen war, und berichtete ihm alles, was er nicht zu wissen wünschte: daß der Junge prächtig sei und daß sich die Mutter wohl befinde.

Eibenschütz dankte ihr gehässig. Immer noch klingelten in seiner Erinnerung und in seinem Herzen die goldenen Münzen an den goldenen Ohrringen. Er fühlte sich sehr unsicher, sehr unsicher fühlte er sich. Zuweilen war es ihm, als sei er kein Mensch mehr, sondern ein Haus, und er wäre imstande, seinen nahen Einsturz vorauszuahnen, als wäre er ein Haus oder eine Mauer: Es barst und bröckelte in ihm, und er fühlte kaum noch den Boden unter seinen Füßen. Er selbst schwankte, das ganze Haus schwankte, es schwankte auch der Sessel, auf den er sich setzte, um sein Frühstück einzunehmen. Der Hebamme wegen ging er jetzt hinein, in das Schlafzimmer, in dem seine Frau Regina seit ihrer Niederkunft wieder untergebracht war. Skandale wollte er nicht. Der Hebamme wegen.

Er sagte zu seiner Frau flüchtig und gehässig: „Guten Morgen" und betrachtete den Säugling Josef Nowaks, den ihm die Hebamme mit beruflichem Diensteifer entgegenstreckte. Der Säugling wimmerte. Er roch zudringlich nach Muttermilch und Urin. Eibenschütz dankte Gott, daß es nicht sein eigener Sohn war. Er empfand ein wenig Schadenfreude darüber, daß es der Sohn des verhaßten Josef Nowak war. Aber lauter noch als die Schadenfreude tönten in seinem Herzen die klingelnden Ohrringe.

Am Nachmittag hatte er eine Dienstfahrt mit dem Wachtmeister Slama zu unternehmen, nach Slodky. Sie langweilte ihn, diese Dienstfahrt, warum ging es nicht nach Szwaby? Es klingelten sachte die Ohrringe der Euphemia.

Der Wachtmeister Slama kam, ihn abzuholen. Man spannte den Schimmel vor das Wägelchen. Es war April, kurz nach Ostern. Der Himmel mit seinen zartweißen Wölkchen und seinem hellen Blau war jugendlich. Das Windchen, das dem Eichmeister entgegenwehte, war geradezu neckisch und ausgelassen. Die Felder zu beiden Seiten der Landstraße begannen eben, fröhlich zu grünen, und die Schneereste in den Gräben waren grau wie Asche.

„Heute oder morgen kommen die Schwalben!" sagte der Wachtmeister der Gendarmerie Franz Slama. Es kam dem Eichmeister Eibenschütz seltsam, aber auch anmutig vor, daß der Wachtmeister, trotz der Pickelhaube auf dem Haupt, trotz dem Gewehr mit dem aufgepflanzten Bajonett zwischen den Knien, von den Schwalben sprach. „So spät kommen sie hierher?"

„Ja", sagte der Wachtmeister Slama, „es ist ein weiter Weg hierher." Und sie schwiegen. Und das Wägelchen rollte, und das Windchen wehte, und über der Welt wölbte sich der jugendliche Himmel mit seinen zartblauen Wölkchen.

Es war Freitag, ein Tag, den der Eichmeister nicht liebte: nicht aus Aberglauben, sondern weil es im ganzen Bezirk, in der Gegend überhaupt, ein Markttag war. Da gab es viel zu tun, nicht in den Läden, sondern auf den offenen Märkten. Die Kunden liefen einfach weg, wenn sie Gendarmen und Beamte kommen sahen.

Es entstand auch diesmal ein großer Schrecken auf dem Marktplatz von Slodky. Als das gelbe Wägelchen am Grenzrand des Marktfleckens erschien, schrie jemand, ein Junge, den man als Posten aufgestellt hatte: „Sie kommen! Sie kommen!" Die Weiber ließen die Fische, die sie eben hatten kaufen wollen, wieder in die Bottiche fallen. Die frisch-geschlachteten, noch blutenden Hühner fielen mit hartem Schlag auf die Tische der Verkaufsstände zurück.

Das noch lebende Geflügel selbst schien zu erschrecken. Hühner, Gänse, Enten und Puten rannten zappelnd, krähend, schnatternd, schwerfällig und hastig die Flügel schlagend, durch die breite, kotige Fahrbahn, an deren beiden Seiten die Verkaufsstände aufgestellt waren. Während die Käufer, die doch gar keinen Anlaß hatten, vor der Behörde zu fliehen, es lediglich aus Torheit taten, aus Haß und Mißtrauen und aus unbestimmter Furcht, überlegten die Händler, die ihre Standplätze nicht verlassen durften, weil sie sich ja sonst erst recht verdächtig gemacht hätten, was zu unternehmen sei. Zuerst schmissen sie ihre Gewichte in die Straßenmitte, in den silbergrauen Schlamm. Es sah fast aus wie eine Schlacht und als bekämpften sie sich zu beiden Seiten der Marktgasse mit ihren schweren Gewichten.

Als der einzige unter den Händlern benahm sich kaltblütig nur der Leibusch Jadlowker. Er hatte zwar keine Konzession, in Slodky Fische zu verkaufen. Dennoch verkaufte er Fische in Slodky. Stark und breit stand er da, neben seinem Bottich, beinahe so breit wie der Bottich. Zwar hatte er keine Konzession, aber auch keine falschen Gewichte. Das Gesetz kannte er: Ein Eichmeister hatte nichts mit Konzessionen zu tun. Mochte er nur kommen. Er beobachtete indessen die Hechte und die Karpfen, die sich im Bottich tummelten. Dumme Fische, die wahrscheinlich glaubten, sie lebten immer noch in Flüssen. Was weiß ein armer Fisch?

Ach, und was weiß ein armer Mensch, Leibusch Jadlowker?

Und kennt er auch alle Gesetze und alle Sitten und Gebräuche und Charakteranlagen der Beamten: Es kann ein Augenblick kommen, da steht plötzlich ein unbekannter Paragraph auf, und wenn es nicht auf den Paragraphen ankommt, so erwacht zum Beispiel eine ungeahnte Leidenschaft in einem Beamten. Beamte sind auch Menschen.

16

Der Eichmeister Eibenschütz war auch nur ein Mensch. Das leise Klingeln der Ohrringe Euphemias konnte er nicht loswerden. Manchmal hielt er sich die Ohren zu. Aber es klingelte ja drinnen, nicht draußen. Es war kaum noch auszuhalten. Man mußte ganz schnell und flüchtig sogar den Markt von Slodky kontrollieren, und dann war es vielleicht noch Zeit, nach Szwaby zurückzukutschieren.

Er fuhr durch den wüsten, verwüsteten Markt. Die Räder seines Wägelchens rollten munter über die fortgeworfenen Gewichte hinweg, und die Hufe Jakobs gruben sich noch tiefer in den Schlamm. In der Mitte des Marktes hielt Eibenschütz an. Stumm und steif, wie Wachspuppen in einem Panoptikum, standen die Händler hinter den Ladentischen. Von einem Laden zum andern ging Anselm Eibenschütz, neben ihm der Gendarm. Man zeigte ihm Waagen und Gewichte, echte Waagen, echte Gewichte. Ach, er wußte wohl, daß es die falschen waren, die niemals benutzt wurden. Er prüfte die Punzierungen, er untersuchte Kummen, Fächer, Schubladen, Winkel, Verstecke. Bei der Geflügelhändlerin Czaczkes fand er sieben falsche Pfund- und Kilogewichte. Er schrieb sie auf, sie tat ihm leid. Es war eine alte, hagere Jüdin, mit geröteten Augen, einer harten Nase und einem zerknitterten, pergamentenen Angesicht. Man hätte sich eigentlich wundern müssen, wie es möglich war, daß so viele Runzeln auf so spärliche Wangenhäute geraten waren. Sie tat ihm leid, die arme Czaczkes. Dennoch mußte er sie aufschreiben. Offenbar waren ihre Hände zu kraftlos gewesen, um rechtzeitig die Gewichte hinauszuwerfen, wie es die andern getan hatten.

Sie begann sofort zu schreien: „Gewalt! Gewalt! Gewalt geschieht mir", so schrie sie sinnlos, mit ihrer heiseren Stimme, es war etwas von Zirpen darin, von Krähen, von Schnattern. „Nicht aufschreiben, nicht aufschreiben!" rief sie, sie flatterte mit den Armen, raufte sich die braune Perücke, die über ihren silbergrauen Haaren saß und begann sofort, ihre mageren Hühner, ihre armselige Ware hinauszuschmeißen in die Straßenmitte, in den Schlamm. „Diebe, Räuber, Mörder!" schrie sie. „Nehmt mir alles, nehmt mir alles! Nehmt mir das Leben!" Aus dem Kreischen fiel sie unmittelbar in ein herzzerbrechendes Schluchzen. Es besänftigte sie aber keineswegs, im Gegenteil, es schien sie noch zu größerer Heftigkeit zu reizen. Denn während ihre Tränen aus den entzündeten Augen strömten und ihre hageren Wangen überströmten wie ein Regen, warf sie noch immer alles hin, was ihr in die Hände kam, ein Teeglas, den Löffel, den Samowar. Vergeblich bemühte sich da der Eichmeister Eibenschütz, sie zu besänftigen. Sie griff endlich nach dem Messer, mit dem sie das Geflügel zu verschneiden pflegte. Sie stürzte aus ihrem Verschlag heraus, mit dem gezückten, großen, sägeartig gezähnten Messer. Ihre Perücke verschob sich, man sah unter den falschen braunen Haaren die echten wirren Knäuel ihrer grauen Locken, und der Eichmeister wich einen Schritt zurück, nicht des Messers wegen, sondern wegen der Haare. Der Gendarmeriewachtmeister Slama, mit geschultertem Gewehr, stand noch immer regungslos.

„Man muß sie abführen!" sagte er. Er ergriff ihre hocherhobene Hand, in der das Sägemesser drohte. In diesem Augenblick stürzten alle Händler aus ihren Buden hervor. Ein ungeheures Geschrei erhob sich. Man hätte glauben können, die ganze lebendige Welt schriee und empörte sich gegen die Verhaftung der Frau Soscha Czaczkes. Der Wachtmeister Slama tat ein übriges: er fesselte die Alte. Und so, keifend, schreiend, krächzend unverständliche und sinnlose Flüche, ging sie dem Gefängnis entgegen, zwischen den beiden Männern, dem Gendarm und dem Eichmeister.

Was den Eichmeister anbetrifft, so war er sehr aufgeregt. Er hatte nicht gewollt, daß man eine arme, törichte jüdische Geflügelhändlerin einsperrte. Er selbst stammte von Juden ab. Er erinnerte sich noch an seinen Großvater, der einen großen Bart getragen hatte und der gestorben war, als er, Anselm, acht Jahre alt gewesen war. Auch an das Be-

DAS FALSCHE GEWICHT

gräbnis erinnerte er sich. Es war ein jüdisches Begräbnis. Eingehüllt in die weißen Leichengewänder, ohne Sarg, fiel der alte Großvater Eibenschütz in das Grab, und sehr schnell wurde es zugeschaufelt.

Ach, er war in einer gar schlimmen Lage, der Eichmeister Eibenschütz. Weh, sehr weh tat ihm sein eigenes Schicksal. Das Gesetz einzuhalten, war er entschlossen. Redlich war er, redlich, und sein Herz war gütig und streng zugleich. Was sollte er machen mit der Güte und Strenge zugleich? Zu gleicher Zeit läutete in seinen Ohren das goldene Läuten der kleinen Ohrringe der Frau Euphemia.

Er schritt dahin, als wäre er selbst gefesselt. Er mußte sich trotzdem noch an dem und jenem Laden aufhalten. Indessen schrie die Frau Czaczkes fürchterlich, und der Gendarm hielt sie an der Kette fest, während Eibenschütz die Waagen und Gewichte kontrollierte, an verschiedenen Ständen. Er kontrollierte flüchtig und hastig. Es widersprach seinem soldatischen und seinem beamtlichen Gewissen, aber was hätte er tun sollen? Die Frau schrie, das Volk der Händler benahm sich bedrohlich. Er wollte hurtig sein und dennoch gewissenhaft. Er wollte mitleidig, nachsichtig sein, und die Frau schrie dennoch, und außerdem läutete es fortwährend in den Ohren: die Ohrringe der Euphemia. Schließlich bat er den Wachtmeister Slama, die Frau Czaczkes freizulassen. „Wenn Sie nicht mehr schreien", sagte Slama zur alten Händlerin, „lasse ich Sie frei, wollen Sie?" Ja, freilich wollte sie. Sie wurde freigelassen. Und sie rannte davon, den Weg zurück, mit flatternden Armen. Sie glich einem Kranich.

Schließlich gelangte Eibenschütz vor den Bottich Jadlowkers. „Was machen Sie hier?" fragte er. „Haben Sie auch eine Konzession, Fische zu verkaufen?" „Nein", sagte Jadlowker, und sein ganzes breites Angesicht lächelte, es war, als lächelte irgendeine kleine, sehr häßliche Sonne, eine Sonne der Häßlichen. „Nein", sagte Jadlowker, „ich vertrete nur einen Freund, meinen Freund, den Fischhändler Schächer."

„Papiere?" fragte der Eichmeister. – Er wußte nicht, weshalb ihn plötzlich ein so heftiger Zorn gegen den armen Leibusch Jadlowker ergriffen hatte.

„Sie haben nur Gewichte zu prüfen!" sagte Jadlowker, der sich in den Gesetzen auskannte. „Sie haben nicht das Recht, nach Papieren zu fragen!"

„Sie leisten Widerstand!" sagte der Eichmeister Eibenschütz. Er wußte nicht, weshalb er den Leibusch Jadlowker so haßte. Er wußte nicht, warum er immerfort im Herzen, im Gehirn, überall, das gefährliche Klingeln der Ohrringe hörte.

Bei dem Wort „Widerstand" trat der Wachtmeister näher. „Wo kommen Sie her?" fragte er den Jadlowker.

„Ich habe die Grenzschenke in Szwaby", antwortete Jadlowker. „Das weiß ich", sagte der Wachtmeister Slama. „Ich war schon in Ihrer Schenke. Jetzt reden wir dienstlich. Keine Vertraulichkeiten: verstanden?"

Er stand da, der Wachtmeister Slama, im Abendschein. Die Sonne schickte noch den letzten Rest ihrer Kraft über den Marktplatz. Sie vergoldete auch eine Wolke, die über

dem Platz dahinschwebte, und erweckte zugleich ein gefährliches Funkeln in der Pik-
kelhaube des Gendarmen. Auch sein Bajonett blitzte.

Man weiß nicht, was damals in Leibusch Jadlowker vorging. Er stürzte sich plötzlich
auf den Gendarmeriewachtmeister, das Fischmesser in der Hand. Er stieß wüste Ver-
wünschungen gegen den Kaiser, gegen den Staat, gegen das Gesetz und sogar gegen Gott
aus.

Der Eichmeister Eibenschütz und der Wachtmeister Slama überwältigten ihn endlich.
Der Wachtmeister holte diesmal die wirklichen Ketten aus der Diensttasche: brave, biedere Ketten.

So führten sie den Mann nach Zloczow ins Bezirksgefängnis.

Von Szwaby war keine Rede mehr. Immer noch klang in den Ohren des Eichmeisters
das sachte Klingeln der Ohrringe der Frau Euphemia.

17

In Zloczow hatten der Eichmeister Eibenschütz und der Wachtmeister Slama sehr viel
und sehr Unangenehmes zu besorgen. Ganz ermattet von der Reise, kamen sie an. Es
war sehr schwer gewesen, den wilden und ziemlich gewichtigen Leibusch Jadlowker,
obwohl er gefesselt war, in den Wagen zu bringen. Der Gendarm mußte ihm auch die
Füße fesseln. Unterwegs spie Jadlowker bald dem Gendarmen, bald dem Eichmeister
ins Gesicht. Er saß eingeklemmt zwar zwischen den beiden, aber er war kräftiger als
beide Männer, und er stieß gegen sie mit dem Ellenbogen dermaßen heftig, daß sie
beide fürchten mußten, von dem kleinen Wägelchen hinunterzufallen. Nach drei
Stunden solch mühseliger Fahrt kamen sie endlich in Zloczow an. Der Gendarm Slama pfiff, und zwei Gemeindepolizisten und noch ein Gendarm kamen, um die Einlieferung des Leibusch Jadlowker zu bewerkstelligen. Es war bereits sechs Uhr abends,
als sie alle keuchend, verschwitzt das Bezirksgericht erreichten. Der Untersuchungsrichter war schlechter Laune und hatte gerade Schluß gemacht und wollte nach Hause gehen. Er nahm trotzdem ein flüchtiges Protokoll auf. Er bestellte den Wachtmeister Slama und den Eichmeister Eibenschütz für den nächsten Morgen. Sie
verbrachten die Nacht schlaflos in einem Schuppen in der Herberge „Zur goldenen
Krone", wo alle Zimmer besetzt waren und wo man Beamte ohnehin nicht gerne sah
und beherbergte.

Am nächsten und auch am übernächsten Tage gab es nichts anderes als Protokolle,
Vernehmungen und wieder Protokolle. Es ging dem Eichmeister Eibenschütz nicht gut,
gar nicht gut. Er hatte das Gefühl, daß er eine große und schwere Sache erlebt habe, und
was hätte es ihn eigentlich bekümmern müssen? Was ging ihn eigentlich der Jadlowker
an? Gewiß, man war ein Mensch, man brachte nicht gern jemanden ins Unglück! Das
sagte sich auch der Eichmeister Eibenschütz, und das sagte er auch dem Wachtmeister

DAS FALSCHE GEWICHT   807

Slama. War es nicht möglich, die ganze Angelegenheit noch ungeschehen zu machen? „Nein, es ist nicht möglich", sagte Slama. Die Protokolle, der Untersuchungsrichter, all die Verhöre und schließlich das Geständnis Jadlowkers selbst, daß er Gott gelästert hatte und, was noch schlimmer war, den Staat und seine Beamten.

Unterwegs, als sie so brüderlich zurückfuhren nach Zlotogrod, der Eichmeister und der Wachtmeister, stieg in Eibenschütz ein leiser Neid gegen den Gendarmeriewachtmeister Slama auf, der so selbstverständlich alles nahm, was ihm in den Weg gekommen war. Er kannte die Gesetze genausogut wie der Eichmeister. Auch er, der Slama, mußte wissen, daß auf Gotteslästerung und Beamtenbeleidigung mindestens zwei Jahre Zuchthaus standen. Aber was machte sich der Slama daraus? Und das Merkwürdige bestand eben darin, daß sich der Slama nichts daraus machte.

Der Abend dämmerte schon, als sie auf die breite Landstraße nach Zlotogrod einbogen. Ein sachtes Windchen wehte dem Wägelchen entgegen und kämmte die Mähne des Schimmels. Knapp drei Kilometer vor Zlotogrod gab es einen abzweigenden Landweg, der führte nach dem Grenzwäldchen. Nach dem Grenzwäldchen, das hieß auch nach Szwaby, zur Grenzschenke. Der Eichmeister, der die Zügel hielt, verlangsamte den Lauf. Er wartete, bis es ganz dunkel wurde, dann sagte er: „Wie wäre es, wenn wir nach Szwaby führen? Dann könnten wir der Euphemia berichten, was mit Jadlowker passiert ist. Es wäre eigentlich nur eine menschliche Tat."

Dem Wort „menschliche Tat" konnte der Wachtmeister der Gendarmerie nicht widerstehen. Und obwohl der seine Frau wiedersehen wollte und obwohl er morgen schon seinen neuen Dienstweg hatte, sagte er: „Gut, nach Szwaby also!"

Eibenschütz und Slama hatten sich gerade an den Tisch gesetzt, als Euphemia herankam. Sie blieb stehen, sie stützte sich mit beiden Fäusten auf den Tisch, sie sah abwechselnd den Eichmeister und den Wachtmeister an und sagte: „So habt ihr ihn also hingerichtet. Und ihr kommt noch hierher!" – Sehr leise sagte sie das. Sie wandte sich um und ging weg, kehrte aber sofort um, setzte sich an den Tisch und schnalzte mit den Fingern und bestellte zu trinken. Von ungefähr begegnete ihr Knie unter dem Tisch dem Knie des Eichmeisters. Im Nu zog er es zurück, aber er wußte auch sofort, daß er damit nichts aus der Welt schaffte. Geschehen war geschehen! Jetzt hörte er deutlich das goldene Klirren der Ohrringe, es klingelte draußen, es klingelte auch drinnen in seinem Herzen. Er sagte laut: „Nun, jetzt sind Sie uns nicht mehr böse! Der Jadlowker wird Zuchthaus bekommen! Aber er ist selber schuld!" Es war ihm, während er so oben über dem Tisch daherredete, als wäre er zwei, ein oberer und ein unterer Eibenschütz. Oben trank und sprach er. Unten aber, im guten Dunkel unter dem Tisch und unter dem Tischtuch, suchte sein sehnsüchtiges Knie die neuerliche Berührung mit Euphemia. Er streckte zage einen Fuß vor, aber er traf nur den Stiefel des Wachtmeisters, sagte „Pardon!" und sah aus den Augenwinkeln, wie Euphemia lächelte. Das verwirrte ihn zwar, gab ihm aber auch etwas Mut ein. Also sagte er: „Es tut uns beiden sehr leid, Frau Euphemia. Wir konnten aber nicht anders. Es tut uns besonders leid, weil Sie jetzt so allein bleiben!"

„Ich glaube nicht, daß ich lange allein bleibe", antwortete sie, „zumindest Sie beide werden sich meiner annehmen." Dabei sah sie nur den Eichmeister an.

Sie erhob sich und ging der Treppe zu, die Treppe hinauf. Durch allen Lärm der Schenke hörte man noch das leise, süße Rascheln ihres vielgefältelten, breiten dunkelroten Rocks.

Es war späte Nacht, als sie nach Hause fuhren, nach Zlotogrod, der Eichmeister und der Gendarm.

Unterwegs sagte Slama: „Die hätte ich auch gerne!"

„Ich auch!" sagte Eibenschütz und bereute es sofort.

„Haben Sie sie denn noch nicht?" fragte der Gendarm.

„Was fällt Ihnen ein?" sagte der Eichmeister.

„Ach, und warum nicht?" sagte der Gendarm.

„Ich weiß nicht", sagte Eibenschütz.

„Auf jeden Fall", schloß der Gendarm, „ist es gut, daß wir ihn los sind, den Jadlowker. Ich schätze: zwei Jahre!"

Eibenschütz knallte aus Verlegenheit mit der Peitsche. Der Schimmel setzte sich in Galopp. Das Wägelchen glitt weich und hurtig durch den feuchten, sandigen Boden des Landweges. Die Sterne glänzten mächtig und still. Das Windchen wehte. Der Schimmel schimmerte im Dunkelblau der Nacht vor den Augen des Eichmeisters Eibenschütz.

Zwei Jahre – dachte er – zwei Jahre Glück sind ein Leben wert, zwei Leben, drei Leben. Er hörte das sanfte Klingeln.

18

In Zloczow machte man dem Jadlowker keineswegs einen kurzen Prozeß, wie man sagt, sondern, im Gegenteil, einen sehr langen. Angeklagt war er wegen Ehrenbeleidigung, wegen Amtsbeleidigung, wegen gewalttätigen Widerstandes gegen die Staatsgewalt und, was das schlimmste war, wegen Gotteslästerung. Der Prozeß dauerte so lange, weil die Richter des Landesgerichts lange schon keinen so interessanten Prozeß gehabt hatten. Die Bezirksgerichte jener Gegend hatten viel zu tun. Lappalien und Prozesse. Der hatte jenem kein Geld gezahlt. Jener hatte den geohrfeigt. Die Bezirksgerichte in jener Gegend hatten viel zu tun. Denn es gab zum Beispiel Menschen, eine gewisse Sorte von Menschen, die sich ohrfeigen ließen, freiwillig und mit Wonne. Sie besaßen die große Kunst, ein paar Männer, die ihnen aus dem oder jenem Grunde böse gesinnt waren, so lange zu reizen, bis sie Ohrfeigen bekamen. Hierauf gingen sie zum Bezirksarzt. Der stellte fest, daß man ihnen weh getan hatte, und manchmal auch, daß ihnen ein Zahn ausgefallen war. Das nannte man: „Visum rapport". Hierauf klagten sie. Sie bekamen Recht und Entschädigung. Und davon lebten sie jahrelang.

DAS FALSCHE GEWICHT

Dies nur nebenbei. Das war auch nur die Sache der Bezirksgerichte.

Die Landesgerichte aber hatten beinahe gar nichts zu tun in jener Gegend. Wenn ein Mord oder gar ein Raubmord vorkam, so wurde er von der Polizei nicht aufgedeckt. Aber es gab überhaupt wenig Mörder oder gar Raubmörder in jener Gegend. Es gab nur Betrüger. Und da sie fast alle Betrüger waren, zeigte keiner den andern an. Das Landesgericht hatte also so wenig zu tun, daß es das Bezirksgericht nahezu beneidete. Also war es froh, als es den Fall Jadlowker zu behandeln hatte.

Vor allem galt es, viele Zeugen zu vernehmen. Denn alle Inhaber der Standplätze auf dem Markt meldeten sich als Zeugen. Sie bekamen nämlich die Hin- und Rückreise bezahlt und außerdem die Zeugengebühr, eine Krone, sechsunddreißig Heller.

Da sie der Meinung waren, daß sie die volle Zeugengebühr nicht erhalten könnten, wenn sie etwas Günstiges für den Angeklagten Jadlowker aussagen würden, sagten sie nur Ungünstiges. Sogar die Frau Czaczkes, die doch eigentlich den ganzen Prozeß verursacht hatte, sagte aus, sie sei vom Eichmeister Eibenschütz sowohl als auch vom Gendarmeriewachtmeister Slama äußerst gütig und menschlich behandelt worden.

Der Staatsanwalt erhob die Anklage wegen Widerstandes gegen die Staatsgewalt und wegen Gotteslästerung.

Der Eichmeister Eibenschütz und der Wachtmeister der Gendarmerie hatten es unter Diensteid bestätigt.

Der Verteidiger Jadlowkers dagegen gab den Geschworenen zu bedenken, daß ein Eichmeister, eigentlich ein Angestellter der Gemeinde, kein Recht hatte, den Jadlowker nach der Konzession zu fragen. Ferner hatte sich der Eichmeister an der Person des Jadlowker vergriffen, indem er sich anmaßte, ihn zu verhaften und ihn sogar zu fesseln. Drittens ferner hätte Jadlowker mit seiner Gotteslästerung gar nicht Gott im allgemeinen, den allmächtigen Gott gemeint, sondern den Gott im besonderen: nämlich den Gott der Beamten: „Euer Gott!" hätte er gesagt.

Es erwies sich aber leider außerdem, daß Jadlowker aus Odessa geflüchtet war und daß er einst, vor vielen Jahren, einen Mann mit einem Zuckerhut erschlagen hatte.

Für den Gang der Gerichtsverhandlung unbedeutend, wenn auch nicht ohne Eindruck, war die Zeugenaussage der Freundin Jadlowkers, des Fräulein Euphemia Nikitsch. Die Feierlichkeit des Gerichts verhinderte sie nicht, mit einer geradezu maliziösen Freundlichkeit auszusagen, daß sie ihren Freund, den Leibusch Jadlowker, immer schon für einen jähzornigen und vor allem ungläubigen Menschen gehalten hätte.

Ohnmächtig, zwischen zwei Wächtern, saß der arme Jadlowker auf der Anklagebank. Nicht nur, daß er sich nicht verteidigte, es fiel ihm auch gar nicht ein, daß er sich überhaupt verteidigen könnte. Man hatte sein ganzes Leben durchstöbert. Man hatte herausgebracht, daß er aus Rußland eingewandert war. Man hatte ferner herausgebracht, daß er einst, vor vielen Jahren, einen Mann in Odessa umgebracht hatte, mit einem Zuckerhut.

Er aber hatte mehrere und nicht einen umgebracht, und deshalb schwieg er. Er hieß auch gar nicht Jadlowker, sondern Kramrisch. Er hatte nur die Papiere und selbstverständlich auch den Namen eines seiner Opfer angenommen.

Man verurteilte ihn schließlich zu zwei Jahren Zuchthaus, verschärft durch einen Fasttag in der Woche, am Freitag, an dem er seine Missetat begangen hatte.

Still und entschlossen ließ er sich abführen.

19

Dem Eichmeister Eibenschütz aber war es, als hätte man ihn und nicht den Leibusch Jadlowker verurteilt. Weshalb – das wußte er nicht, das wußte er keineswegs. Er nahm sich vor, niemals mehr nach der Grenzschenke zu gehen. Er sah sich trotzdem um, nach der Frau Euphemia. Aber sie war verschwunden, auf eine merkwürdige Weise verschwunden.

Er fuhr sehr schweigsam mit dem Wachtmeister Slama nach Hause.

Der Weg war weit, etwa dreizehn Kilometer. Unterwegs schwieg der Eichmeister, obwohl der Gendarm oft und oft Anstalten machte zu reden. Den Wachtmeister Slama nämlich hatte der Prozeß äußerst munter gemacht, den Eichmeister Eibenschütz indessen äußerst niedergeschlagen.

Er befand sich in einer seltsamen Verfassung, der Anselm Eibenschütz:

Er gedachte mitleidig, ja mit wahrer Trauer des armen Jadlowker; zugleich aber auch konnte er sich nicht verhehlen, daß ihm die zwei Jahre Zuchthaus, die Jadlowker bekommen hatte, eigentlich sehr froh machten. Er wußte nicht genau, warum, oder er wußte eigentlich genau, warum, und er wollte es sich nur nicht zugestehen.

Er kämpfte mit sich selbst darüber, ob er es sich, nämlich sein genaues Wissen, zugestehen sollte oder nicht. Allerhand törichtes Zeug schien unterwegs der Gendarmeriewachtmeister Slama zu reden. Niemals vorher – so schien es Eibenschütz – hatte Slama soviel Torheiten gesagt.

Der Abend war schon eingebrochen. Sie rollten dahin auf der breiten, sandigen Landstraße zwischen zwei Wäldern. Sie rollten dahin in westlicher Richtung. Die untergehende Sonne, rötlich und gütig, schimmerte ihnen geradewegs in die Augen und blendete sie. An beiden Seiten des Weges leuchteten die Tannen der Waldränder, gleichsam von innen heraus, als hätten sie das rötliche Gold der Sonne getrunken und strahlten es jetzt aus. Man hörte das unermüdliche Pfeifen, das Trillern, das Zwitschern, das Flöten der Vögel, und man roch den scharfen Harzgeruch, den unerbittlichen süßen und herben, der den beiden unendlichen Wäldern entströmte. Dieser Duft war scharf und süß und bitter zugleich. Den Eichmeister Eibenschütz erregte er, und er streichelte sanft mit der Peitsche die rechte Flanke des Schimmels, um ihn anzutreiben. Wozu antreiben? Wo jagte er dahin? Nach Hause? Hatte er ein Haus? Hatte er noch ein Haus? Kreischte nicht ein fremder Säugling durch sein Haus? Der Säugling Nowak? – Ach, was weiß ein armer Eichmeister! Nackt, ganz nackt kam sich Eibenschütz vor, es war ihm, als hätte ihn das Schicksal ausgezogen. Er schämte sich, und das schlimmste war, daß er eigentlich nicht wußte, weshalb er sich schämte. Hatte er früher den Schimmel angetrieben, so bemühte er sich jetzt, seinen Galopp zu zügeln. Schon glänzten die Sterne am Himmel, sehr fern und ganz unverständlich. Von Zeit zu Zeit warf Eibenschütz einen Blick empor. Er versuchte, sich einen Trost zu holen, er biederte sich ihnen an gewissermaßen. In früheren Jahren hatte er sie niemals beachtet, geschweige denn geliebt. Jetzt war es ihm auf einmal, als hätten sie immer teilgenommen an seinem Leben, von ferne zwar, aber immerhin teilgenommen, wie manchmal sehr entfernte Verwandte.

Nun erreichten sie das Städtchen Zlotogrod.

„Soll ich Sie absetzen?" fragte Eibenschütz den Gendarmen. „Ja gewiß", sagte der Wachtmeister, „ich bin müde."

Der Gendarmeriewachtmeister Slama wohnte am Rande von Zlotogrod, dort, wo der Weg nach Szwaby abzweigte. Eine verwitterte Holztafel zeigte mit einem weißen Pfeil den Weg nach Szwaby an, der weiße Pfeil leuchtete, grell beinahe, durch die hellblaue Nacht.

Der Eichmeister Eibenschütz verabschiedete sich von dem Gendarmen.

Er wollte eigentlich nach Hause fahren, der Eichmeister. Aber der Pfeil, der Pfeil, der leuchtete zu sehr. Und also lenkte Eibenschütz sein Wägelchen nach Szwaby in die Grenzschenke.

20

Auf die Grenzschenke hatte Jadlowker mehrere Hypotheken aufgenommen. Das stellte sich jetzt heraus. Sofort, nachdem er verurteilt worden war, erhob sich im Städtchen Zlotogrod und überhaupt im ganzen Bezirk die Frage, wer die Grenzschenke in Szwaby übernehmen sollte – vorübergehend, versteht sich, offiziell vorübergehend – in Wirklichkeit aber für immer. Denn die Grenzschenke war ein gutes Geschäft, und seit langem schon beneidete man den Leibusch Jadlowker um ihren Besitz. Heute abend versammelten sich die fünf Hypothekengläubiger, ohne daß sie sich verabredet hätten, in der Grenzschenke in Szwaby. Alle fünf kamen sie beinahe zu gleicher Zeit, alle fünf waren sie erschrocken, einander hier zu treffen. Der Reichste unter ihnen war Kapturak.

Er war es, der die Deserteure heranführte, er handelte ja mit ihnen. Er allein wußte, was die Geschäfte der Schenke genau eintrugen, er war es auch, der jenseits der Grenze, auf dem russischen Gebiet, eine ebensolche Schenke besaß. Die anderen Hypothekengläubiger aber waren Laien: ein Korallenhändler namens Piczenik; ein Fischhändler namens Balaban; ein Droschkenkutscher namens Manes; und ein Milchhändler namens Ostersetzer.

Alle vier waren weit weniger klug als der kleine Kapturak. Fräulein Euphemia Nikitsch saß am Tisch, sie gehörte zum Gasthof, auch auf sie bezogen sich die Hypotheken. Alle fünf Gläubiger sahen sie zwar nicht an, während sie unterhandelten, aber alle fünf wußten, daß sie da sei, vorhanden sei und daß sie zuhöre. Alle fünf gefielen ihr nicht, nicht der allzu dürre Piczenik, nicht der allzu dicke Balaban; nicht der Grobian, der Kutscher Manes; und nicht der Ostersetzer, weil er pockennarbig war und sein Bart spärlich und kärglich wie der Bart eines Ziegenbocks. Am besten gefiel ihr noch, der Euphemia, der winzige Kapturak. War er auch klein und häßlich, so war er doch schlauer und reicher als die anderen. Neben ihn setzte sie sich. Man trank auf das Wohl des verurteilten Jadlowkers. Alle stießen mit den Gläsern an. In diesem Augenblick vernahm man das Klingeln eines Wagens, und Euphemia wußte sofort, daß es der Wagen des Eichmeisters war. Sie erhob sich. In Wahrheit liebte sie ihn. Sie liebte auch das Geld, die Sicherheit, die Schenke, den Laden, der an sie angeschlossen war, und auch den armen Jadlowker, der jetzt im Zuchthaus saß, aber diesen nur in Erinnerung an die guten Stunden, die sie mit ihm genossen hatte. Denn ein dankbares Gemüt hatte sie, wie so viele leichtfertige Menschen. Erinnerungen machten sie überhaupt wehmütig und zärtlich. Sie sprang auf, als sie den Wagen des Eichmeisters hörte.

Schon trat er ein, groß und stattlich wie er war, fast war es, als würden alle anderen ausgelöscht. Sein buschiger, blonder, geradezu wuchtiger Schnurrbart glänzte stärker als die drei Petroleumlampen in der Mitte des Zimmers. Auch alle fünf Gläubiger sprangen auf. Er begrüßte sie kaum. Er setzte sich einfach hin, bewußt seiner Macht und so, als stünde hinter ihm, unsichtbar, aber immer gegenwärtig, der Wachtmeister der Gendarmerie Slama, mit aufgepflanztem Bajonett und mit der schimmernden Pickelhaube.

Das Gespräch erlosch. Bald erhoben sich die Hypothekengläubiger und gingen. Sie sahen verprügelt aus, und sie erinnerten an Hunde.

21

Man muß wissen, daß die Grenzschenke in Szwaby keine gewöhnliche Schenke war. Um diese Grenzschenke kümmerte sich sogar der Staat. Es war offenbar für den Staat wichtig zu wissen, wie viele und welche Deserteure aus Rußland jeden Tag ankamen.

Eines Tages kümmert sich der Staat um dieses und morgen um jenes. Er kümmert sich sogar um die Geflügelware der Frau Czaczkes; um die Gewichte des Balaban; um die schulpflichtigen Kinder Nissen Piczeniks; um die Impfungen kümmert sich der Staat, um die Steuern, um die Trauungen und um die Scheidungen, um die Testamente und Hinterlassenschaften, um die Schmuggelei und um die Goldfälscher. Weshalb sollte er sich nicht um die Grenzschenke Jadlowkers kümmern, in der alle Deserteure zusammenlaufen? Die Bezirkshauptmannschaft hatte ein politisches Interesse daran, die Grenzschenke wohl überwacht zu wissen. Sie wandte sich dessentwegen an die Gemeinde Zlotogrod. Und die Gemeinde Zlotogrod bestimmte als vorläufigen Verwalter der Grenzschenke den Eichmeister Eibenschütz.

Die Folge davon war, daß der Eichmeister Eibenschütz eine große Freude empfand und zugleich eine große Verlegenheit. Er freute sich, und er wußte nicht, warum. Er hatte Angst, und er wußte nicht, wovor. Als er das Papier erhielt mit der Aufschrift „Streng vertraulich", in dem er von der Gemeinde auf Veranlassung der politischen Behörde gebeten wurde, „während der Abwesenheit des Gastwirtes und Gemischtwarenhändlers Leibusch Jadlowker die Aufsicht über dessen Wirtschafts- wie sonstigen Betrieb zu übernehmen", glaubte er, ein Glück und ein Unglück hätten ihn zu gleicher Zeit betroffen, und ihm war zumute wie etwa einem Manne, der träumt, er stände auf weitem, freiem Felde, ausgeliefert zwei Winden zugleich, einem Nordwind und einem Südwind. Das bittere Leid und die süße Freude atmeten ihn gleichzeitig und heftig an. Er konnte das Ansinnen der Gemeinde beziehungsweise der Bezirkshauptmannschaft freilich ablehnen. In dem Schreiben hieß es: „Es bleibt Ihnen anheimgestellt, auf den Vorschlag zustimmend oder ablehnend Bericht zu erstatten." Dadurch war die Lage des Eichmeisters noch schwieriger geworden. Er war nicht gewohnt zu entscheiden. Zwölf Jahre hatte er gedient. Er war gewohnt zu gehorchen. Wäre er doch in der Kaserne, bei der Armee geblieben! Er ging ganz langsam, den Hut in der Hand und mit gesenktem Kopf, nach Hause. Er hatte lange Zeit, er bildete sich ein, der Weg sei länger als gewöhnlich. Merkwürdigerweise empfand er keinen Widerwillen gegen sein Haus und das, was es barg: seine Frau und den Bankert. Er hatte das Kind, seit jenem Abend, an dem es ihm die Hebamme entgegengebracht hatte, nie mehr gesehen. Auch seine Frau zeigte sich nicht in den Stunden, in denen er zu Hause war. Er hörte nur manchmal durch die geschlossene Tür das Kreischen des Kindes. Es bereitete ihm eine besondere Freude, es störte ihn keineswegs, seltsamerweise. Er schmunzelte sogar vor sich hin, wenn er das Kleine so schreien hörte. Wenn er schrie, der Kleine, so war es ein Zeichen, daß er sich ärgerte. Auch seine Mutter ärgerte sich, auch das Dienstmädchen Jadwiga ärgerte sich. Sie sollten sich nur alle ärgern!

Heute abend drang kein Laut durch die geschlossene Tür. Das Dienstmädchen Jadwiga kam wortlos herein, sie brachte die Suppe und das Fleisch gleichzeitig – denn Eibenschütz hatte ihr verboten, zweimal im Laufe eines Abends ins Zimmer zu kommen. Er aß hastig und ließ die Hälfte stehen. Er vermißte das Heulen des Kindes und den beruhigenden Gesang seiner Frau.

Er zog während des Essens das streng vertrauliche Schreiben aus der Tasche und überlas es noch einmal. Eine Zeitlang glaubte er, aus den Worten, aus den Buchstaben sogar würden neue Möglichkeiten, neue Deutungen kommen. Nachdem er aber das Schreiben ein paarmal gelesen hatte, mußte er sich sagen, daß es nichts Geheimnisvolles enthielt und keinen verborgenen Nebensinn.

Er mußte sich entscheiden, es war kein Zweifel. Noch standen die Teller vor ihm, halbgefüllt, zurückgeschoben und verschmäht. Schon erhob er sich. In den Schuppen ging er und rollte das Wägelchen in den Hof, hierauf in den Stall, um den Schimmel Jakob loszubinden.

Er spannte ein, er fuhr los. Er saß ruhig, die Hände im Schoß auf dem Bock. Die Zügel lagen locker über dem Rücken des Gauls; ihr Ende war umgeschlungen um die Kurbel der Bremse. Die Peitsche lehnte links im ledernen Behälter.

Der Schimmel brachte ihn, ohne Zügel, ohne Peitsche, ohne Zuruf in angemessener Zeit nach Szwaby, unmittelbar vor die Tür der Grenzschenke.

Eibenschütz fragte sofort nach der Frau Euphemia. Er setzte sich nicht, es erschien ihm notwendig, eine Art dienstlicher Haltung einzunehmen, als wäre er mit dem festen Entschluß hierhergekommen, die Leitung der Wirtschaft zu übernehmen. Dienstliche Haltung – sagte er sich –, und er blieb am Ende der Treppe stehen, den Hut auf dem Kopfe. Es dauerte, bevor sie herunterkam. Nach einer langen Weile hörte er auf der Treppe ihren Absatz. Er blickte nicht empor, aber er glaubte, deutlich ihren Fuß zu sehen, den schmalen, langen Fuß in den schmalen, langen Schuhen. Schon rauschte ihr vielgefälteltes weinrotes Kleid. Auf den harten, hölzernen, unbedeckten Stufen scholl ihr harter, fester, gleichmäßiger Schritt. Eibenschütz wollte nicht hinaufsehen. Viel lieber war es ihm, wenn er sich vorstellte, wie sie ging und wie sich die vielen, vielen zarten Falten ihres Kleides bewegten. Noch viel mehr Stufen hätte die Treppe haben müssen. Jetzt war sie unten, jetzt stand sie schon vor ihm. Er nahm den Hut ab.

Er sagte, ohne sie genau anzusehen, über ihren Kopf hinweg, aber so, daß er den blauschwarzen Schimmer ihrer Haare allzu deutlich wahrnahm: „Ich habe Ihnen etwas Besonderes zu sagen!"

„Sagen Sie es doch!"

„Nein, etwas ganz Besonderes! Nicht hier!"

„Gehn wir also hinaus", sagte sie und schritt voran zur Tür. Der Mond stand groß und milde über dem Hof.

Der Hund bellte unermüdlich. Der Schimmel stand da, an die Hoftür angebunden, und hielt den Kopf gesenkt, als dächte er nach. Es roch betäubend süß nach Akazien, und es war Eibenschütz, als kämen alle Gerüche dieser Frühlingsnacht von der Frau allein, als hätte sie allein dieser ganzen Nacht Düfte und Glanz und Mond zu vergeben und alle Akazien der Welt.

„Ich bin hier dienstlich heute", sagte er. „Ich vertraue Ihnen, deshalb sage ich es Ihnen, Euphemia", setzte er nach einer Weile hinzu. „Es darf keiner der Gläubiger in dieses Haus. Ich bin beauftragt, es zu verwalten und zu beaufsichtigen. Wenn Sie wollen, werden wir uns gut vertragen."

„Natürlich", antwortete sie, „warum sollten wir uns nicht großartig vertragen?"

Es schien dem Eichmeister, daß ihre Stimme im silbernen Blau der Nacht anders klinge als in der Wirtsstube. Die Stimme war laut, klar und sanft, sie hatte gleichsam Wölbungen, Bögen, Eibenschütz glaubte, die Stimme sehen und beinahe greifen zu können. Bald hatte er die Empfindung, sie wölbte sich über seinem Kopfe und er stünde hart unter ihr.

DAS FALSCHE GEWICHT

Erst eine gute Weile, nachdem sie verklungen war, begriff er, was die Stimme gesagt hatte. Sie würden sich vertragen. Sie würden sich vertragen. Warum denn nicht? „Es ist streng vertraulich", sagte er. „Verstehen Sie? Werden Sie keinem ein Wort sagen?"

„Niemandem ein Wort", sagte sie und streckte ihm die Hand entgegen, eine weiße, schimmernde Hand. Es war, als schwämme sie durch die silberblaue Nacht.

Er wartete eine Weile, er sah die schimmernde Hand sehr lange an, bevor er sie nahm. Sie war kalt und warm zugleich, es schien ihm, sie sei innen heiß und ihr Rücken kalt. Er behielt das weiße, schimmernde Ding eine längere Weile. Als er es losließ, lächelte Euphemia. Man sah deutlich im Blau der Nacht ihre blanken Zähne.

Sie wandte sich schnell um, und ihr vielgefältelter Rock rauschte, ganz sachte. Das Kleid hatte ein eigenes Leben, eine Art lebendiges Zauberzelt war es. Es säuselte, rauschte.

Als der Eichmeister in die Schenke zurückkehrte, saßen der Wachtmeister Slama und der Gauner Kapturak an einem Tisch und spielten Tarock. Eibenschütz setzte sich zu ihnen.

„Armer Mann, der Jadlowker", sagte Kapturak, „was, Herr Eichmeister?"

Eibenschütz antwortete nichts, aber der Gendarm Slama sagte ungeduldig: „Sie werden wir auch noch erwischen, Herr Kapturak! Noch eine Partie gefällig?"

22

Die meisten sterben dahin, ohne von sich auch nur ein Körnchen Wahrheit erfahren zu haben. Vielleicht erfahren sie es in der anderen Welt. Manchen aber ist es vergönnt, noch in diesem Leben zu erkennen, was sie eigentlich sind. Sie erkennen es gewöhnlich sehr plötzlich, und sie erschrecken gewaltig. Zu dieser Art Menschen gehörte der Eichmeister Eibenschütz.

Der Sommer kam plötzlich, ohne Übergang. Er war heiß und trocken, und wenn er hie und da ein Gewitter gebar, so verging es schnell und hinterließ eine noch heftigere Hitze. Das Wasser wurde spärlich, die Brunnen versiegten. Das Gras auf den Wiesen wurde früh gelb und welk, und selbst die Vögel schienen zu verdursten. Sie waren zahlreich in dieser Gegend. Jeder Sommer noch, den Eibenschütz hier verbracht hatte, war erfüllt gewesen von ihrem heftigen, schmetternden Gesang. In diesem Sommer aber vernahm man sie nur selten, und der Eichmeister bemerkte zu seinem Erstaunen, daß er ihren Gesang vermißte. Wann hatte er jemals etwas auf den Gesang der Vögel gegeben? Warum empfand er auf einmal alle Veränderungen in der Natur? Was war ihm denn die Natur sein Leben lang gewesen, dem Feuerwerker Eibenschütz? Klare Sicht oder schwache Sicht. Ein Exerzierplatz. Mäntel anziehn oder umschnallen. Ausrücken oder nicht ausrücken. Die Läufe der Karabiner zweimal am Tag putzen lassen oder nur einmal. Warum nur fühlte der Eichmeister Eibenschütz plötzlich alle Veränderungen in der Natur? Warum genoß er jetzt das tiefe, sommerliche Grün der großen, breiten, reichen Kastanienblätter, und weshalb betäubte ihn jetzt der Duft der Kastanien so heftig?

Sein Kind, das heißt das Kind des Schreibers Nowak, wurde jetzt im Kinderwagen spazierengeführt. Er begegnete manchmal seiner Frau im kleinen Stadtpark, wenn er ihn durchquerte, um vom Amt in die Wohnung zu gehen. Es war zu heiß, um auf den Steinen zu marschieren. Wenn er seine Frau traf, ging Eibenschütz eine Weile neben ihr dahin, hinter dem Kinderwagen, und sie sprachen kein Wort. Längst empfand er keinen Haß, weder gegen die Frau noch gegen das Kind, beide waren sie ihm gleichgültig, zuweilen fühlte er sogar Mitleid mit beiden. Er ging dahin, hinter dem Wagen, neben der Frau, einfach, weil er darauf bedacht war, die Leute im Städtchen glauben zu lassen, es sei alles in Ordnung. Plötzlich kehrte er um, ohne Wort, ohne Gruß, und ging nach Hause. Das Dienstmädchen reichte ihm das Essen. Er aß hastig und unachtsam. Er dachte schon an den Schimmel, an das Wägelchen, an die Fahrt nach Szwaby, an die Grenzschenke.

Er ging hinaus in Schuppen und Stall, er spannte ein, und er fuhr los.

In goldenen Wolken aus Staub und Sand fuhr er dahin, seine Kehle war trocken, die unbarmherzige Sonne stach mit tausend Lanzen auf seinen Kopf durch den breitrandigen Strohhut, aber sein Herz war fröhlich. Oft und oft hätte er vor einem Wirtshaus halten können, viele Wirtshäuser standen auf seinem Weg. Er hielt nirgends. Durstig und hungrig, wie seine Seele war: so wollte er in Szwaby, in der Grenzschenke ankommen.

Er kam an, es dauerte gute zwei Stunden. Der Schimmel Jakob war schon ungeduldig, er ließ die Zunge hängen, er lechzte nach Wasser, und seine Flanken zitterten in heißer Erregung. Der Knecht kam, ihn auszuspannen. Seitdem Jadlowker eingesperrt war, betrachtete der Knecht den Eichmeister Eibenschütz als den legitimen Besitzer der Grenzschenke. Es war ein alter Knecht, ein ruthenischer Bauer. Onufrij hieß er, und taub war er auch. Man hätte glauben können, er verstünde nichts, aber er begriff alles, vielleicht, weil er so taub und so alt war. Manche, die wenig hören, sind imstande, gar viel zu bemerken.

Der Eichmeister setzte sich an den Tisch am Fenster. Er trank Met, und gesalzene Erbsen aß er dazu. In untertäniger Freundlichkeit näherte sich ihm Kapturak, zu gar keinem anderen Zweck, als um ihm guten Tag zu sagen. Der Eichmeister haßte diese untertänige Vertraulichkeit. Merkwürdigerweise mußte er selbst feststellen, daß ihn seine wachsende Empfindlichkeit gegenüber den Vorgängen der Natur auch empfindlicher machte gegen die Schlechtigkeit der Menschen. Es erschien dem Eichmeister ungerecht, daß Jadlowker verurteilt war, während Kapturak frei herumlief. Schade, daß Kapturak keinen Anhalt bot, einer Gesetzesübertretung überführt zu werden. Er hatte keinen offenen Laden, keine Waagen, keine Gewichte. Eines Tages aber würde man ihn trotzdem noch fassen.

Eibenschütz trank noch eine Weile, dann erhob er sich und befahl der Schankmagd, Euphemia zu rufen. Er stellte sich am Ende der Treppe auf, um die Frau zu erwarten.

DAS FALSCHE GEWICHT

Immer noch brachte Kapturak jeden Tag, das heißt eigentlich jede Nacht, russische Deserteure in die Grenzschenke. Man verdiente viel an ihnen, denn sie waren Trostlose und Verzweifelte, und Verzweifelte und Trostlose gaben Geld aus. Aber es gab auch Spitzel unter ihnen, die ihre Schicksalsgenossen anzeigten und auch sonst manches von den Zuständen an der Grenze anzeigten. Eine polizeiliche Überwachung zu üben lag nun zwar keineswegs in der Aufgabe eines Eichmeisters noch in der Natur des Anselm Eibenschütz. Er aber gab acht und bemühte sich, Reden zu hören und Gesichter zu behalten. Widerlich war es ihm, und dennoch tat er es.

Euphemia befand sich nicht oben in ihrem Zimmer, sondern nebenan im offenen Laden, wo sie den Bauern Terpentin, Grütze, Tabak, Heringe, Sprotten, Lack- und Silberpapier und blaue Farbe zum Tünchen verkaufte. Nur an zwei Tagen in der Woche war der Laden geöffnet, am Montag und am Donnerstag. Heute war Donnerstag. Vergeblich wartete Eibenschütz am Fuß der Treppe. Euphemia kam zu seiner Überraschung.

Sie gab ihm die Hand, und er erinnerte sich, wie diese Hand vor ein paar Wochen im Frühling durch die silberblaue Nacht dahergekommen war, dahergeschwommen war. Er faßte die Hand und hielt sie lange, länger, als ihm schicklich erschien, aber was sollte er tun?

„Was wollen Sie von mir?" fragte Euphemia.

Er wollte sagen, er sei pflicht- und dienstgemäß hierhergekommen, aber er sagte: „Ich wollte Sie wiedersehen!"

„Kommen Sie in den Laden", erwiderte sie, „ich habe keine Zeit, die Kunden warten."

Er ging in den Laden.

Der goldene Sommerabend war schon angebrochen. Die Deserteure in der Schenke sangen. Sie tranken Tee und Schnaps und wischten sich den Schweiß von den Gesichtern, nach jedem Schluck. Jeder von ihnen hatte ein Handtuch um den Hals hängen. Einen Augenblick hielten sie im Singen ein, als Euphemia und der Eichmeister hinausgingen.

Viele Bauern und Juden warteten in dem kleinen Laden. Sie wollten Terpentin, Wachs, Apollokerzen, Schmiergelpapier, Tabak, Heringe, Sprotten und blaue Tünche. Der Eichmeister Eibenschütz, der so oft hierhergekommen war, dienst- und pflichtgemäß, als Vollstrecker unerbittlicher Gesetze, um Waagen und Maße und Gewichte zu prüfen, befand sich unversehens hinter dem Ladentisch neben Euphemia. Und als wäre er ihr Lehrling, befahl sie ihm, dies und jenes zu holen, dies und jenes zu wägen, dies und jenes zu füllen, diesen und jenen zu bedienen.

Der Eichmeister gehorchte. Was sollte er tun? Er wußte nicht einmal, daß er gehorchte.

Die Kunden gingen. Euphemia und der Eichmeister verließen den Laden. Sie hatten kaum drei Schritte bis zum Wirtshaus zurückzulegen. Aber es schien dem Eibenschütz, als brauchten sie eine sehr, sehr lange Zeit dazu. Die gute, kühle Sommernacht war schon hereingebrochen.

23

Er blieb in dieser Nacht sehr lange in der Grenzschenke, bis zum frühen Morgengrauen, bis zur Stunde, in der der Gemeindepolizist Arbisch kam, um die Deserteure abzuholen. Zum erstenmal seit vielen Wochen war der Himmel an diesem Morgen bewölkt. Die Sonne ging, als Eibenschütz aus dem Tor der Schenke hinausfuhr, rot und klein, einer Orange ähnlich, am Himmel auf. In der Luft roch es schon süß und heiter und naß nach dem längsterwarteten Regen. Ein lindes Windchen wehte Eibenschütz entgegen. Obwohl er die ganze Nacht getrunken hatte, war er frisch und gleichsam gewichtslos. Sehr jung fühlte er sich, und es war ihm, als ob er bis zu dieser Stunde noch gar nichts erlebt hätte, überhaupt gar nichts. Sein Leben sollte erst beginnen.

Er war schon etwa eine Stunde gefahren und mitten auf dem Wege nach Hause, als der Regen, sachte zuerst, allmählich immer stärker, zu fallen begann. Ringsum atmete alles nasse, linde Güte. Alles unterwegs schien sich dem Regen willig zu ergeben. Die Linden am Wege neigten ihre Häupter. Die Weidensträucher zu beiden Seiten der gangbaren Pfade im Sumpf von Zubrowka gar schienen sich emporgerichtet zu haben und wollüstig im warmen Gerinn zu erschauern. Fast auf einmal setzte auch der Gesang der Vögel ein, den der Eichmeister so lange schon vermißt hatte. Am lautesten flöteten die Amseln. Seltsam – sagte sich der Eichmeister – und ungewöhnlich war es auch, daß die Vögel mitten durch den Regen pfiffen, zwitscherten und trillerten, wahrscheinlich begrüßten sie ihn – dachte er weiter – ebenso wie ich. Aber wie kommt es überhaupt, daß ich einen Regen begrüße? Was geht mich der Regen an? Ich muß mich stark verändert haben in dieser Gegend! Was geht mich der Regen an? Was kümmern mich die Vögel?

Plötzlich, er wußte selbst nicht, warum, zog er die Zügel an, und der Schimmel hielt still. Da sitzt er nun auf dem Bock, der Eichmeister Eibenschütz, der Regen strömt auf ihn herab, der weiche Strohhut schlappt auf seinem Kopf wie ein nasser Lappen. Er hält still im Regen, statt weiterzufahren, wie es sich gehört.

Er kehrt plötzlich um. Er knallt mit der Peitsche. Der Schimmel setzt sich in Galopp. Kaum eine halbe Stunde später ist er wieder in Szwaby. Es regnet immer noch in Strömen.

Eibenschütz läßt sich ein Zimmer im Gasthof geben. Er erzählt Onufrij, daß unterwegs der Boden zu aufgeweicht sei und daß kein Mensch weiterfahren könne. So möchte er lieber hier den Regen überschlafen. Man gibt ihm ein Zimmer. Er schläft leicht und traumlos und erwacht erst am Abend.

Längst hat der Regen aufgehört. Das Laub an den Bäumen vor den Fenstern ist trocken. Die Steine im Hof der Schenke sind trocken, die Sonne ist just im Begriff, im vollen Glanz unterzugehen. Der Himmel ist wolkenlos.

Der Eichmeister geht in die Wirtsstube.

24

Er wartet auf Euphemia, sie kommt nicht. Er sitzt da, den Kopf in die Hände gestützt. Er weiß auch gar nicht recht, was er hier soll. Durch den Lärm, den die anderen Gäste verursachen, hört er das unerbittliche, harte Ticken der Wanduhr. Allmählich beginnt er zu glauben, daß er nicht freiwillig hierhergekommen ist, sondern daß ihn irgend jemand hierhergebracht hat. Er erinnert sich nur nicht, wer es gewesen ist, er weiß auch nicht, wer es gewesen sein kann.

Die Tür geht auf, man merkt es am Windzug, Kapturak tritt ein. Er geht geradewegs an den Tisch des Eichmeisters. „Eine Partie?" fragt er. –

„Gut, spielen wir."

Man spielt eine Partie Tarock, eine zweite und eine dritte. Man wartet vergeblich auf Euphemia. Man verliert alle drei Partien.

Verloren ist auch der Tag, verloren ist auch die Nacht. Man weiß nicht, was man machen soll. Man spricht kein Wort, auch nicht zu Kapturak. Man wartet auf Euphemia. Sie kommt nicht.

Gegen drei Uhr nachts begann ein Deserteur, Ziehharmonika zu spielen. Er spielte das Lied: „Ja lubyl tibia" – und alle begannen zu weinen. Sie weinten nach der Heimat, die sie eben selbst aufgegeben hatten. Sie hatten mehr Sehnsucht nach der Heimat in diesem Augenblick als Sehnsucht nach der Freiheit. Allen standen Tränen in den Augen. Trocken blieben nur die Augen Kapturaks. Auch eine Ziehharmonika konnte ihn nicht rühren. Er selbst brachte die Deserteure über die Grenze. Er lebte davon. Er lebte von dem Heimweh der Deserteure, von ihrer Sehnsucht nach der Freiheit.

Selbst der Eichmeister Eibenschütz wurde wehmütig. Er lauschte der Melodie: „Ja lubyl tibia" – und er fühlte seine Augen feucht werden. Kapturak fragte, fast in dem Augenblick, in dem die Ziehharmonika zu spielen anfing, ob Eibenschütz nicht eine neue Partie spielen wollte. – „Ja", sagte Eibenschütz, „warum nicht?" Und sie spielten die vierte Partie Tarock. Eibenschütz verlor wieder.

Der Morgen graute schon, als Eibenschütz aufstand. Er ging die Treppe hinauf und mußte sich mit beiden Händen am Geländer festhalten.

Er torkelte in sein Zimmer. In den Kleidern legte er sich aufs Bett, so wie einst während der Manöver. Er schlief traumlos und ganz ruhig. Das erste Vogelgezwitscher weckte ihn. Er erhob sich sofort, zugleich auch wußte er, wo er sich befand: in der Grenzschenke, und er verwunderte sich darüber keineswegs.

Er hatte keinerlei Zeug sich zu waschen. Er konnte sich nicht rasieren. Es bekümmerte ihn. Er kam sich beschmutzt und auch verletzt vor. Dennoch ging er hinunter.

Der kräftige Sommermorgen strömte heftig durch die geöffneten Fenster. Auf dem Fußboden schliefen noch die Deserteure. Auch die Morgensonne vermochte nicht, sie zu wecken, und nicht der schmetternde Gesang der morgendlichen Amseln.

Mitten zwischen schlafenden Deserteuren, die zu seinen Füßen lagen, saß der Eichmeister Eibenschütz und trank Tee.

Onufrij bediente ihn. „Wo ist Euphemia?" fragte der Eichmeister. „Ich weiß nicht", sagte Onufrij. „Ich möchte sie sehen", sagte Eibenschütz. „Ich habe ihr etwas Wichtiges zu sagen."

„Gut", sagte Onufrij – und Eibenschütz blieb sitzen. Sie kam auch bald, Euphemia. Er schämte sich vor ihr, ungewaschen, wie er war, und mit dem Bart von gestern.

„Ich habe die ganze Nacht auf Sie gewartet", sagte er.

„Nun werden Sie mich ja sehen können!" antwortete sie. „Sie bleiben ja hier?"

Er hatte gar nicht gewußt, daß er hierhergekommen war, um hierzubleiben. Wie einfach war das. Natürlich! Was hatte er denn zu Hause zu suchen? „Ja, ja", sagte er zur offenen Tür hinaus in den jungen Morgen. Die Männer auf dem Boden erwachten langsam. Sie hockten noch eine Weile stumpf da, dann rieben sie sich die Augen, dann erst schienen sie zu merken, daß es Morgen war. Sie erhoben sich und gingen, einer nach dem anderen, hinaus in den Hof zum Brunnen, um sich zu waschen.

Eibenschütz blieb allein mit Euphemia in der großen Schankstube, die sich plötzlich geweitet hatte. Es war, als dehnte sie der Morgen immer weiter aus. Es roch nach dem Morgen und auch nach dem Gestern, nach den Kleidern und dem Schlaf der Männer und nach Branntwein und Met und auch nach Sommer und auch nach Euphemia. Alle Gerüche stürmten jetzt auf den armen Eibenschütz ein. Sie verwirrten ihn, und er unterschied sie doch genau.

Gar vieles, sehr vieles ging in seinem Kopf durcheinander. Er begriff, daß er nichts mehr Vernünftiges sagen könnte, und er mußte doch etwas tun, und Euphemia saß neben ihm. Er umfing sie plötzlich und küßte sie herzhaft und heftig. Dann, als die Männer vom Brunnen sich wieder der Tür näherten, sagte er, schlicht und redlich: „Ich liebe dich!", und schnell stand er auf. Er ließ einspannen. Er fuhr heim, seine Sachen holen.

25

Solang der Sommer dauerte, war Eibenschütz glücklich. Er erfuhr die Liebe und alle seligen Veränderungen, die sie einem Manne bereitet. Bieder und einfach, wie er war, mit etwas schwerfälligem Gemüt, erlebte er die erste Leidenschaft seines Lebens gründlich, ehrlich, mit allen Schauern, Schaudern, Seligkeiten. Nicht nur nachsichtig, auch nachlässig übte er in dieser Zeit seinen Dienst aus. Die langen Sommertage waren nur kleine Zugaben zu den kurzen, ausgefüllten, starken Nächten. Was man bei Tage, ohne Euphemia tat, war ohne Belang.

Nach Hause, zu seiner Frau, kam Eibenschütz kaum einmal in der Woche. Er kam aus einer Art von sporadischem Pflichtgefühl und der Leute wegen. Sie wußten alle, daß er mit der Frau Jadlowkers lebte, aber da er so milde und nachlässig geworden war, sahen sie ihn auch mit milden oder mindestens mit gleichgültigen Augen an. Er kümmerte sich übrigens nicht um die Aufgabe, die man ihm aufgetragen hatte. Das Gasthaus und den Laden versorgte Euphemia allein, und auch um die Papiere der Leute, die über die Grenze kamen, kümmerte sie sich, und die Namen trug sie selbst mit ihrer hilflosen Schrift in das große Buch, in das die Gendarmen nur selten und flüchtig zu blicken pflegten.

Nun, es kam der Herbst. Und wie in jedem Herbst kam der Maronibrater Sameschkin nach Szwaby, Sameschkin aus Uchna in Bessarabien. Er war ein entfernter Verwandter Euphemias; sie sagte es jedenfalls. Es war ihr Geliebter, es war kein Geheimnis, alle Welt wußte es. Jadlowker hatte sich mit ihm gut vertragen. Sameschkin kam immer im Oktober. Er blieb über den Winter. Er kam mit vielen Säcken Kastanien und mit seinem kleinen Bratofen auf vier mageren schwarzen Füßen. Er sah sehr fremd aus und so, als hätte man auch ihn gebraten. Die Sonne von Bessarabien und vom Kaukasus und von der Krim hatte ihn so gebraten. Seine kleinen, schnellen Augen erinnerten an die Holzkohlen, auf denen er seine Kastanien briet, und sein schmaler, langer Schnurrbart, der an eine schöngeschwungene Gerte aus Haaren gemahnte, war schwärzer noch als der eiserne Ofen. Hände und Angesicht waren braun wie Kastanien. Auf dem Kopf trug er eine hohe Pelzmütze aus Astrachan und um den Leib einen weißen, stark berußten und fettigen Schafspelz. Er hatte große, geradezu gewaltige Kniestiefel mit sehr weiten Schäften. In seinem Gürtel steckte ein schwerer Stock aus Weichselholz, unten mit einer vierkantigen Eisenspitze versehen. Also war er vollkommen ausgerüstet für einen harten Winter und für einen harten Beruf.

Er war ein gutmütiger, sogar weichherziger Mann. Er redete ein Gemisch von vielen Sprachen, das keiner in dieser Gegend verstand. Man nannte ihn hier einfach den „Zigeuner"; und nur wenige wußten, daß er Sameschkin hieß. Konstantin Sameschkin hieß er. Für einen Dreier verkaufte er zwanzig Kastanien, pro Stück verkaufte er seine Ware. Er lächelte oft, unter seinem schwarzen Schnurrbart erschienen groß und weiß seine Zähne. Sie erinnerten an weiße Klaviertasten.

Es gab im ganzen Bezirk noch zwei andere Maronibrater, einen sogar in Zlotogrod. Aber sie waren nicht so geschätzt wie Sameschkin, der Zigeuner. Aus der ganzen Gegend kamen viele Leute, Kastanien bei ihm zu kaufen, rohe und gebratene. Die rohen verkaufte er das Pfund für einen Zehner.

Freilich wußte auch Eibenschütz, daß Sameschkin der Geliebte Euphemias war. Früher war Sameschkin mit seinen Kastanien durch andere Länder, andere Gegenden gezogen. Jeden Winter hatte er woanders erlebt. Aus biederer Treue zu Euphemia kam er nunmehr seit Jahren nach Szwaby. Im Sommer lebte er als Gelegenheitsarbeiter in Uchna in Bessarabien. Einmal half er bei den Holzfällern aus, ein anderes Mal bei den Köhlern, manchmal grub er Brunnen, manchmal leerte er Mistgruben. Niemals noch hatte er eine größere Stadt gesehen als Kischinew. Harmlos, wie er war, glaubte er, daß ihm Euphemia treu sei. Während des Sommers erzählte er dem und jenem, jeden Herbst ginge er zu seiner Frau. Angestellt sei sie in der Grenzschenke in Szwaby und könne nicht überall mit ihm hin. Er freute sich herzlich auf den Herbst, wie andere auf den Frühling.

Es half dem armen Eibenschütz gar nichts, daß er Sameschkins Gutmütigkeit erkannte. Im Gegenteil: er hätte viel eher gewünscht, Sameschkin wäre ein Bösewicht gewesen. Ohnmächtig und mit herzlichem Kummer sah er zu, wie Sameschkin und Euphemia sich begrüßten. Sie fielen einander in die Arme. Herzhaft und kräftig lagen die rostbraunen, großen, schlanken Hände des Zigeuners auf dem Rücken Euphemias und preßten sie, und mit wahrhaftigem Entsetzen dachte Anselm Eibenschütz an die guten Brüste Euphemias – sein waren sie ja!

Sameschkin hatte seine Geräte auf einem Karren mitgebracht wie jedes Jahr. Den Karren zog ein Pudel. Den Pudel und den Karren stellte Sameschkin im Schuppen des Gasthofs ab. Vor dem Gasthof stellte er sich selbst auf, mit seinem Ofen, mit seinen Kastanien. Es roch sofort im ganzen Ort nach Herbst. Es roch nach dem Schafspelz Sameschkins, nach verbrannten Kohlen, am stärksten nach den gebratenen Maroni. Ein Dunst, zusammengesetzt aus all den Gerüchen, zog durch den Flecken wie ein Bote, Sameschkins Ankunft anzukündigen.

Eine Stunde später auch kamen die Leute aus Szwaby, gebratene Kastanien einzukaufen. Es sammelte sich ein Haufen um Sameschkin, und er verkaufte Kastanien, gebratene und rohe. In der Mitte des Haufens glühten die roten Kohlen, auf denen die Kastanien lagen. Es war kein Zweifel mehr, der Winter begann. Der Winter begann in Szwaby. Der Winter begann. Und damit begann auch das Leid des Eichmeisters Eibenschütz.

26

Ja, damals begann das große Leiden des Eichmeisters Anselm Eibenschütz.

„Du kannst nicht mehr hier wohnen bleiben", sagte ihm eines Nachts Euphemia, „Sameschkin ist gekommen, du weißt!"

„Was geht mich Sameschkin an, was geht dich Sameschkin an?" fragte er. „Sameschkin", sagte sie, „kommt jeden Winter. Ihm gehöre ich eigentlich."

„Deinetwegen", antwortete der Eichmeister Eibenschütz, „habe ich mein Haus, mein Weib und das Kind aufgegeben." (Er wagte nicht zu sagen: mein Kind.) „Und jetzt", fuhr er fort, „willst du mich fortschicken?"

„Es muß so sein!" sagte sie.

Sie saß aufrecht im Bett. Der Mond leuchtete scharf durch die runden Luken der Fensterläden. Er betrachtete sie. Niemals hatte er sie so gierig betrachtet. Im Mondlicht erschien sie ihm begehrenswert, als hätte er sie noch niemals vorher nackt gesehen. Er kannte sie genau, jeden Zug an ihrem Körper, noch besser als die Züge ihres Angesichts. Warum jetzt? sagte er sich. Warum überhaupt? Ein großer Zorn gegen die Frau erhob sich in ihm. Aber je zorniger er wurde, desto kostbarer erschien sie ihm auch. Es war, als machte sie sein Zorn mit jeder Sekunde reizvoller. Er richtete sich ganz auf, faßte sie an den Schultern, ihr Körper leuchtete, er drückte sie mit übermäßiger Gewalt nieder. So hielt er sie eine Zeitlang fest in den Kissen. Er wußte, daß er ihr weh tat, sie stöhnte nicht einmal, und das erbitterte ihn heftiger. Er stürzte sich über sie, er hatte das wonnige Gefühl, daß er sie zerstörte, während er sie liebte. Einen Laut des Schmerzes wollte er hören, er wartete darauf. Sie blieb still und kalt, es war, als schliefe er nicht mit Euphemia, sondern mit einem fernen Abbild von ihr. Wo war sie eigentlich? Sie lag schon unten, in den Armen Sameschkins. „Sag etwas", bat er sie. Sie schwieg, und wie um seine Vorstellung, daß sie nur ein Bild sei, vollkommen zu machen. – „Warum sagst du nichts?" – „Ich weiß nicht, ich habe schon alles gesagt!" – „Willst du wirklich mit Sameschkin leben?" – „Ich muß!" – „Warum mußt du?" – „Ich weiß nicht." – „Soll ich fortgehen?" – „Ja!" – „Liebst du mich nicht?" – „Ich weiß nicht." – „Liebst du Sameschkin?" – „Ich gehöre ihm." – „Warum?" – „Ich weiß nicht."

Sie wandte sich von ihm ab. Sie schlief sofort ein. Es war, als sei sie weit weggefahren, ohne Abschied.

Er lag lange wach und sah den Mond durch die Luke und kam sich sinnlos und töricht vor. Sein ganzes Leben war sinnlos. Welch ein böser Gott hatte ihn zu Euphemia gebracht? Bald glaubte der Eichmeister Eibenschütz, daß er irre geworden sei, nur weil ihm der Satz eingefallen war: „Wer regiert denn überhaupt die Welt?" – Seine Furcht war so groß, daß er, wie um ihr zuvorzukommen und sein Schicksal selbst zu erfüllen, sich im Bett aufrichtete und laut den Satz aussprach: „Wer regiert eigentlich die Welt?" – Er war ähnlich einem Menschen, der aus Angst vor dem Tode einen Versuch unternimmt, sich zu töten. Aber er lebt weiter und fragt sich: Bin ich eigentlich schon tot? – Bin ich eigentlich schon wahnsinnig?

Er erhob sich sehr früh. Euphemia schlief noch. Er betrachtete sie noch einmal lange, das schlafende Abbild der fernen Euphemia. Sie schlief, die Hände über dem Nacken verschränkt, in einer ungewöhnlichen Lage, und es sah beinahe so aus, als wüßte sie, daß er sie betrachtet.

Er wusch und rasierte sich, gewissenhaft wie jeden Morgen. Er war gewohnt, von seiner Dienstzeit her, des Morgens eine halbe Stunde an nichts anderes zu denken als an die Zubereitung seines Gesichts. Er putzte Rock, Weste und Hose. Er benahm sich dabei sehr behutsam, um Euphemia nicht zu wecken. Er ging daran, seinen Koffer zu packen. Aber mitten in dieser Arbeit fiel ihm ein, daß er hier doch noch zu tun haben werde. Er ließ den Koffer. Aus dienstlichem Pflichtgefühl, wie er glaubte. Auf den Zehen ging er hinaus.

Unten in der Schankstube stieß Eibenschütz auf Sameschkin, den Maronibrater. Er lächelte ihm entgegen, mit all seinen blendenden Zähnen. Er trank Tee und aß Brot mit Schmalz und salzte es immerfort. Es war dem armen Eibenschütz, als streute er dieses Salz auf ihn, auf Eibenschütz, nicht auf das Brot.

Er bezwang sich und sagte: „Guten Morgen, Sameschkin!" – In diesem Augenblick erfüllte ihn ein heißer Haß gegen Sameschkin. Wie er ihn so ansah, länger, den Plappernden und Lachenden, begann er, Euphemia zu hassen.

Er hoffte, daß er Klarheit bekäme, wenn er einmal nur fort wäre.

Es war gut, daß der Schimmel so klug war, ein kluger Schimmel. Allein, ohne ihn, hätte Eibenschütz den Weg nicht nach Hause gefunden. Er fuhr zuerst ins Amt. Seit vielen Tagen stapelten sich dort Papiere auf, die ihn erwarteten.

Er fürchtete sich vor den Papieren, die ihn erwarteten.

27

Eine Woche im ganzen wohnte der Eichmeister Anselm Eibenschütz zu Hause. Die Frau Regina bekam er nicht zu sehen, das Kind des Schreibers hörte er manchmal kreischen.

Eines Tages unterwegs, während er mit dem Wachtmeister Slama auf dem Wägelchen saß – sie fuhren nach Bloty –, begann er zu erzählen. Es drückte ihm das Herz ab. Er mußte sprechen – und es gab weit und breit keinen Menschen, nur den Wachtmeister Slama. Zu wem sollte man reden? Ein Mensch muß zu einem Menschen reden.

Also erzählte der Eichmeister dem Wachtmeister seine Geschichte. Er erzählte, daß er bis zur Stunde, in der er Euphemia gekannt hatte, gar nicht gewußt hatte, was das Leben bedeute. Und er erzählte auch dem Wachtmeister von dem Betrug seiner Frau mit dem Schreiber Josef Nowak.

Der Gendarmeriewachtmeister war ein sehr einfacher Mensch. Aber er verstand alles, was ihm Eibenschütz erzählte, und zum Zeichen dafür, daß er es verstehe, nahm er die Pickelhaube ab, als könnte er barhäuptig zuversichtlicher mit dem Kopf nicken.

Es war dem Eibenschütz sehr leicht ums Herz, nachdem er seine ganze Geschichte erzählt hatte. Er wurde geradezu fröhlich; und dem Wachtmeister Slama fiel nichts ein, aber er wußte wohl, daß man etwas Fröhliches sagen müsse, und er sagte also schlicht und ehrlich: „Das würde ich nicht aushalten!"

Er wollte Eibenschütz trösten, aber er machte ihn nur trauriger. „Auch ich", begann Slama, „bin betrogen worden. Meine Frau hat sich da – Vertrauen gegen Vertrauen – mit dem Sohn des Bezirkshauptmanns eingelassen. Sie ist an der Geburt gestorben." Eibenschütz, den die ganze Geschichte nicht berührte, sagte nur:

„Sehr traurig!" Ihn kümmerte sein eigenes Schicksal. Was ging ihn die verstorbene Frau Slama an?

Der Wachtmeister aber, einmal im Erzählen und mit aufgerissener Herzenswunde, hörte nicht auf, von seiner Frau zu berichten. „Dabei waren wir", sagte er, „zwölf Jahre verheiratet. Und, denken Sie, es war gar kein Mann, mit dem sie mich betrogen hat. Es war ein Jüngling, der Sohn des Bezirkshauptmanns, er war ein Kadettenschüler." Und als hätte es eine besondere Bedeutung, fügte er nach einer Weile hinzu: „ein Kavallerie-Kadettenschüler aus Mährisch-Weißkirchen."

Längst hörte Eibenschütz nicht mehr zu. Es tat ihm aber wohl, daß ein Mensch neben ihm redete, ähnlich, wie es manchmal einem wohltut, wenn es so daherregnet und man versteht auch die Sprache nicht, die der Regen redet.

Sie hatten in Bloty nur einen Laden zu besuchen, den Milchhändler und Gastwirt Broczyner, aber sie blieben den ganzen Tag dort. Man fand bei Broczyner im ganzen fünf falsche Pfundgewichte. Man zeigte den Broczyner an. Man ging dann in das Wirtshaus, zum gleichen Broczyner. Der angezeigte Broczyner kam an den Tisch und versuchte, ein Gespräch mit dem Eichmeister und dem Wachtmeister anzuknüpfen. Aber sie waren beide dienstlich und strenge, das heißt, sie bildeten sich ein, daß sie dienstlich und strenge seien.

Einen ganzen Tag, bis zum späten Abend, blieben sie dort. Dann sagte Eibenschütz: „Fahren wir nach Szwaby." Dorthin fuhren sie auch.

Sie spielten Tarock mit Kapturak. Kapturak gewann immer wieder. Der Eichmeister Eibenschütz hätte auch gewinnen können, wenn er nur achtgegeben hätte. Er aber dachte an Euphemia und Konstantin Sameschkin.

Endlich, es war schon spät in der Nacht, kamen sie beide an den Tisch, Euphemia und Sameschkin. Sie kamen, Arm in Arm, die Treppe hinunter. Arm in Arm traten sie an den Tisch. Sie erinnerten an Bruder und Schwester. Eibenschütz bemerkte plötzlich, daß sie beide die gleichen schwarzblauen Haare hatten.

Es war ihm auf einmal, als begehrte er die Frau nicht mehr aus Liebe wie bisher, sondern aus Haß. Sameschkin lächelte, gutherzig und mit allen seinen weißen Zähnen, wie immer. Indessen reichte er freigiebig seine rostbraune, große, starke Hand. Es sah aus, als verteile er Spenden.

Er setzte sich. In seiner nicht leicht begreiflichen Sprache erzählte er, daß er heute gute Geschäfte gemacht hatte. Sogar aus Zlotogrod wäre man zu ihm gekommen, rohe Kastanien zu kaufen.

Euphemia saß zwischen den Männern. Sie schwieg, sie war stumm, einer Blume ähnlich, die man an einen Tisch gesetzt hat, statt sie auf ihn zu stellen.

Eibenschütz betrachtete sie fortwährend. Er versuchte, ihrem Blick, einmal wenigstens, zu begegnen, aber es gelang ihm nicht. Ihre Augen gingen irgendwo in der Weite spazieren. Weiß Gott, woran sie denken mochte!

Sie begannen aufs neue zu spielen, und Eibenschütz gewann immer wieder. Er schämte sich ein bißchen, während er das Geld einsteckte. Immer noch saß Euphemia am Tisch, eine stumme Blume. Sie leuchtete und schwieg.

Ringsum herrschte der gewöhnliche Lärm, den die Deserteure verursachten. Sie hockten auf dem Boden und spielten Karten und würfelten. Sobald sie alles verspielt hatten, begannen sie zu singen. Sie sangen, wie gewöhnlich, das Lied: „Ja lubyl tibia", falsch und mit krächzenden Stimmen.

Schließlich erhoben sich Euphemia und Sameschkin. Arm in Arm gingen sie hinauf, und der arme Eichmeister Eibenschütz sah ihnen ohnmächtig nach. Es kam ihm schließlich in den Sinn, daß er hierbleiben müßte. Ja, hierbleiben! Er hatte schon ein wenig getrunken, der Eichmeister Eibenschütz. Es schien ihm plötzlich, daß er Sameschkin verdrängen könnte, wenn er nur hierbliebe, einfach im Hotel bliebe. Auch graute es ihm entsetzlich vor der Rückkehr, obwohl er gewiß war, daß er seine Frau nicht sehen würde noch ihr Kind, das Kind des Schreibers Nowak. Plötzlich erschien ihm auch der Wachtmeister Slama sehr vertraut. Zu ihm sagte Eibenschütz: „Sagen Sie, soll ich hierbleiben?"

Der Gendarm dachte nach und griff an den Kopf, und es war, als nähme er den Helm noch einmal ab, den er natürlich längst abgelegt hatte.

„Ich glaube, Sie sollten hierbleiben", sagte er schließlich nach einigem Nachdenken. Und der Eichmeister Eibenschütz blieb in der Grenzschenke.

Später, ein paar Wochen später, wußte er selbst nicht mehr, weshalb er den Gendarmen Slama um Rat gefragt hatte und weshalb er in der Grenzschenke geblieben war.

Es ging dem Eichmeister Eibenschütz überhaupt sehr schlecht in dieser Zeit. Der Winter kam.

Vor diesem Winter hatte Eibenschütz Angst.

28

Ach, was war das für ein Winter! Seit Jahren hatte man dergleichen nicht gesehen! Er kam plötzlich daher, wie ein ganz großer, scharfer Herr daherkommt, mit Peitschen. Der Fluß Struminka gefror sofort, an einem Tage. Eine dicke Eisschicht überzog ihn plötzlich, als hätte sie sich nicht aus dem Wasser selbst gebildet, sondern als wäre sie von irgendwoher gekommen, Gott weiß woher.

Nicht nur, daß die Spatzen tot von den Dächern fielen, sie erfroren auch mitten im Flug. Sogar die Raben und die Krähen hielten sich dicht in der Nähe der menschlichen Behausungen auf, um nur ein bißchen Wärme zu ergattern. Vom ersten Tage an hingen die Eiszapfen groß und stark von den Dächern. Und die Fenster sahen aus wie dicke Kristalle.

Ach, wie einsam war da der Eichmeister Eibenschütz! Den und jenen kannte er, zum Beispiel den Wachtmeister Slama und den Kaufmann Balaban und den kleinen Kapturak. Aber was bedeuteten sie alle! In seiner riesengroßen Einsamkeit erschienen ihm die paar Menschen, die er kannte, wie verlorene Fliegen in einer eisigen Wüste. Er war sehr unglücklich, der Eichmeister Eibenschütz. Auch suchte er gar nicht mehr nach den Menschen. Und er fühlte sich beinahe wohl in seiner Wüste. Jetzt wohnte er wieder in der Schenke. Er wohnte wieder in der Nähe Euphemias. Ja, er stand sehr früh auf, um sie kommen zu sehen. Sie kam früher als Sameschkin. Er stand erst eine Stunde später auf. Gutmütig war er und auch faul, sehr faul. Er liebte das frühe Aufstehn nicht, ja, er haßte den Morgen. Übrigens kamen die Leute, die Maroni kaufen wollten, erst am Nachmittag. Was sollte Sameschkin am frühen Morgen? Er liebte nun einmal keinen frühen Morgen.

Dennoch erwartete Eibenschütz auch ihn geduldig. Es tat dem Eibenschütz wohl, in der Nähe Sameschkins zu sein. Er begann sogar, Sameschkin zu lieben. Immerhin hatte Sameschkin noch etwas von der süßen, süßen Wärme Euphemias. Und es war so kalt in diesem Winter! – Und er war so einsam, der Eichmeister Eibenschütz!

Er war so einsam, der Eichmeister Eibenschütz, daß er manchmal vor das große, rostbraune Tor der Schenke trat und sich neben Sameschkin, den Maronibrater, stellte, ungeachtet seiner Stellung und seines Amtes. Es kamen verschiedene Leute Kastanien kaufen, rohe und gebratene, und manchmal ließ sich der Eichmeister Eibenschütz sogar herbei, den Leuten die Maroni zu verkaufen, während der Zeit, in der Sameschkin ausgetreten war. Sehr lieb wurde ihm Sameschkin mit der Zeit. Er verstand nicht recht, warum, aber Sameschkin wurde ihm eben lieb.

Mit der Zeit begann er ihn zu lieben, wie man einen Bruder liebt.

29

Es ging alles gut, oder halbwegs gut, bis zu jenem Tage, an dem das Unwahrscheinliche geschah. Es war nämlich so, als ob der Winter plötzlich aufgehört hätte, ein Winter zu sein. Er hatte einfach beschlossen, kein Winter mehr zu sein. Mit Entsetzen hörten die Einwohner des Bezirks das Eis über der Struminka krachen, kaum eine Woche nach Weihnachten. Laut einer alten Sage, die in der Gegend umging, bedeutete dieses Krachen des Eises ein großes Unglück für den kommenden Sommer. Alle Menschen waren sehr erschrocken, und mit verstörten Gesichtern gingen sie einher.

Nun, sie hatten recht. Die alte Sage hatte recht. Es begann nämlich, ein paar Tage nach dem Krachen des Eises, eine fürchterliche Krankheit in der Stadt zu wüten, eine Krankheit, die sonst nur in heißen Sommern aufzutreten pflegte: Es war die Cholera.

Es taute an allen Enden und Ecken, man hätte sagen können, der Frühling sei schon gekommen. In den Nächten regnete es. Es regnete sachte und gleichmäßig, es sah aus wie ein Trost des Himmels, aber es war ein falscher Trost des Himmels. Schnell starben die Menschen dahin, kaum waren sie drei Tage krank gewesen. Die Ärzte sagten, es sei die Cholera, aber die Leute in der Gegend behaupteten, es wäre die Pest. Es ist aber auch gleichgültig, was für eine Krankheit es war. Jedenfalls starben die Leute.

Als das Sterben gar kein Ende mehr nehmen wollte, begann die Statthalterei, viele Ärzte und Medikamente nach dem Bezirk Zlotogrod zu schicken.

Es gab aber viele, die sagten, Ärzte und Medikamente würden höchstens schaden und die Verordnungen der Statthalterei seien noch schlimmer als die Pest. Das beste Mittel, sich das Leben zu bewahren – so sagten sie–, sei der Alkohol. Es begann also ein gewaltiges Trinken. Gar viele Leute, die man sonst dort nicht gesehen hatte, kamen jetzt nach Szwaby in die Grenzschenke.

Auch der Eichmeister Eibenschütz begann, in unmäßiger Weise zu trinken. Und zwar nicht so sehr deshalb, weil er die Krankheit und den Tod fürchtete, sondern weil ihm die allgemein gewordene Sucht zu trinken sehr gelegen war. Es lag ihm keineswegs daran, der großen Seuche zu entgehen, sondern vielmehr seinem eigenen Leid. Ja, man könnte sagen, daß er geradezu die Seuche begrüßte. Denn sie bot ihm Gelegenheit, seinen eigenen Schmerz zu mildern, und ihm schien es, er sei so riesengroß, wie es keine Seuche sein könne. Er sehnte sich eigentlich nach dem Tode. Die Vorstellung, daß er eines der vielen Opfer der Cholera werden könnte, war ihm sehr angenehm, ja sogar vertraut. Aber wie den Tod erwarten, wenn man nicht wußte, ob er wirklich kommen würde, ohne sich zu betäuben?

Also trank der Eichmeister Eibenschütz.

Alle, die noch am Leben blieben, ergaben sich dem Schnaps, von den Deserteuren nicht zu reden. Drei Gläubiger Jadlowkers hatte die Cholera schon dahingerafft, und übrig blieb nur der kleine Kapturak, der unverwüstliche Kapturak. Auch er trank, sein gelbes, zerknittertes Gesicht rötete sich nicht, nichts konnte ihm etwas anhaben, weder die Bazillen noch der Spiritus.

Freilich starben nicht alle, aber viele lagen krank darnieder.

In der Grenzschenke spielten nur noch der Eichmeister, der Gendarm Slama, der Gauner Kapturak und der Maronihändler Sameschkin. Man konnte ihn überhaupt kaum noch einen Maronihändler nennen. Er verkaufte nämlich fast gar keine Kastanien mehr. Wie sollte man auch Kastanien in einer Gegend verkaufen, in der die Cholera herrschte? Und welch eine Cholera!

Die Leute starben wie die Fliegen. Das sagt man so, in Wirklichkeit sterben die meisten Fliegen langsamer als die Menschen. Es dauerte drei oder acht Tage, je nachdem, dann wurden die Menschen blau. Die Zungen hingen aus den offenen Mündern. Sie taten noch ein paar Atemzüge, und schon waren sie hinüber. Was nützten die Ärzte und die Medikamente, die man von der Statthalterei geschickt hatte? Eines Tages kam von der Militärbehörde der Befehl, das Regiment der Fünfunddreißiger möge unverzüglich den Bezirk Zlotogrod räumen, und jetzt entstand ein noch größerer Schrecken. Bis jetzt hatten die armen Leute geglaubt, der Tod sei gleichsam nur zufällig durch ihre Häuser und Hütten gegangen. Nun aber, da man die Garnison verlegte, war es auch von Staats wegen beschlossen und besiegelt, daß die „Pest", wie sie es nannten, eine dauernde Angelegenheit war. Der Winter wollte gar nicht wieder anfangen. Man sehnte sich nach dem Frost, den man sonst so ge-

DAS FALSCHE GEWICHT

fürchtet hatte. Es kam kein Frost, es kam kein Schnee, es hagelte höchstens bisweilen, und meist regnete es. Und der Tod ging um und mähte und würgte.

Eines Tages ereignete sich etwas ganz Seltsames. Es fiel nämlich ein paar Stunden lang ein roter Regen, ein Blutregen, sagten die Leute. Es war eine Art rötlichen, ganz feinen Sandes. Er lag zentimeterhoch in den Gassen und fiel von den Dächern. Es war, als bluteten die Dächer.

Da erschraken die Leute noch mehr als damals bei der Verlegung der Garnison. Und obwohl noch eine Kommission von der Statthalterei nach dem Bezirk Zlotogrod geschickt wurde und obwohl diese gelehrten Herren den Leuten in der Gemeindestube erklärten, der Blutregen sei ein roter Sand, der von weit her, aus der Wüste, durch ein besonderes, aber der Wissenschaft bekanntes Phänomen hierhergekommen sei, wich die fürchterliche Angst nicht aus den Herzen der Leute. Und sie starben noch schneller und jäher als vorher. Sie glaubten, das Ende der Welt sei angebrochen; und wer hätte da noch Lust zum Leben haben können?

Die Cholera verbreitete sich mit der Schnelligkeit eines Feuers. Von Hütte zu Hütte, von Dorf zu Marktflecken, von da ins nächste Dorf. Unversehrt blieben nur die einzelstehenden Gehöfte und das Schloß des Grafen Chojnicki.

Unversehrt blieb auch die Grenzschenke in Szwaby, obwohl so viele Menschen dort ein- und ausgingen. Es schien, als erstürben die Bazillen sofort im Dunst des Alkohols, der die Schenke umwölkte.

Was aber den Eichmeister Eibenschütz betraf, so trank er keineswegs etwa aus Angst vor der Epidemie. Im Gegenteil: Er trank nicht, weil er sich vor dem Sterben fürchtete, sondern weil er am Leben bleiben mußte, am Leben bleiben, ohne Euphemia. Seit einiger Zeit sah er sie überhaupt nicht. Kapturak und Sameschkin versorgten gemeinsam den Laden. Es kamen überdies nur wenige Kunden. Weiß Gott, was Euphemia ganze Tage lang allein in ihrem Zimmer machte. Was machte sie nur?

Eines Nachts, nachdem er sehr viel getrunken hatte, Met und Neunziggrädigen durcheinander, faßte der Eichmeister Eibenschütz den wirren Entschluß, in ihr Zimmer zu gehen. Sein Zimmer war es doch eigentlich. Er konnte es anders nicht mehr aushalten. Je verworrener seine Gedanken wurden, desto klarer stand vor seinen Augen das Bild der Euphemia. Er hätte sie beinahe mit den Händen greifen können, die nackte Euphemia, so, wie sie vor ihm dalag. Wenigstens anrühren will ich sie, dachte er sich, nur anrühren! Gar keine von den Wonnen, die ihr Körper enthält. Aber anrühren, anrühren!

„Anrühren! Anrühren!" sagte er auch laut vor sich hin, während er die Treppe hinauftorkelte. Die Tür war offen, er trat ein, Euphemia drehte ihm den Rücken zu. Sie saß da im halbdunklen Zimmer und sah zum Fenster hinaus. Was mochte sie draußen zu betrachten haben? Es regnete wie alle Tage. In der finsteren Nacht, im Regen, was suchte sie eigentlich hinter den Fenstern? Ein winziges Naphthalämpchen brannte. Es stand hoch oben auf dem Kleiderschrank. Es erinnerte Eibenschütz an einen trüben und törichten Stern.

Warum wandte sie sich nicht um? War er so leise eingetreten? Er war unfähig, sich darüber Rechenschaft zu geben, wie er eingetreten war. Er wußte jetzt nicht einmal mehr, wann es gewesen sein konnte. Er schwankte zwar, aber es schien ihm, daß er stehe. Seit Ewigkeiten stand er so da.

„Euphemia!" rief er.

Sie wandte sich um, sie stand sofort auf, sie kam zu ihm. Sie legte die Arme um seinen Hals, rieb ihre Wange an der seinen und sagte: „Nicht küssen! Nicht küssen!" Sie ließ ihn wieder los. „Es ist traurig, du!" sagte sie. Ihre Arme hingen schlaff am Körper, zwei verwundete Flügel. Sie erschien Eibenschütz jetzt überhaupt wie ein großer, schöner, verwundeter Vogel. Er wollte ihr sagen, sie sei ihm das Teuerste auf der Welt und er wolle für sie sterben. Aber er sagte nur, gegen seinen Willen: „Ich fürchte nicht die Cholera! Ich fürchte nicht die Cholera!" Und dabei hatte er so viel schöne, zärtliche Worte im Herzen für Euphemia. Aber die Zunge gehorchte nicht. Die Zunge gehorchte nicht. Er fühlte plötzlich, daß ihm schwindelte, und er lehnte sich gegen die Tür. In diesem Augenblick wurde sie aufgestoßen, und Eibenschütz fiel nieder. Er wußte alles, was vorging. Er sah genau, wie Sameschkin eintrat, zuerst eine Sekunde erstaunt stehenblieb, dann hörte er, wie Sameschkin mit seiner fröhlich grölenden Stimme fragte: „Was macht er hier?" und wie Euphemia antwortete: „Du siehst ja! Er hat sich geirrt, er ist besoffen."

Ich bin also besoffen, dachte der Eichmeister Eibenschütz. Er fühlte sich unter den Armen angefaßt, Sameschkin war es sicher nicht, es waren starke Arme, und zur Tür, die noch halb offenstand, hinausgeschleppt. Er fühlte, wie man ihn wieder losließ, und er hörte noch deutlich, daß ihm Sameschkin eine gute Nacht wünschte.

Das ist wahrhaftig eine gute Nacht, dachte er. Und er schlief ein, wie ein Hund, quer vor der Tür der geliebten Euphemia, neben den Stiefeln Sameschkins.

30

Am Morgen, sehr früh, weckte ihn der Diener Onufrij. Er hatte einen Brief für den Eichmeister, einen Brief mit einem Amtsstempel. Der Eichmeister Eibenschütz erhob sich, zerschlagen und müde, wie er war, von der harten, kalten Diele. Er schämte sich ein wenig vor dem Diener Onufrij, weil er hier, vor der Schwelle Euphemias, geschlafen hatte. Er erhob sich und las den Brief mit dem Amtsstempel. Dieser Brief war vom Bezirksarzt Doktor Kiniower abgesandt und enthielt folgenden Text:

„Sehr geehrter Herr Eichmeister, pflichtgemäß teile ich Ihnen mit, daß Ihr Kind gestern abend gestorben ist. Ihre Frau ist in Lebensgefahr. Sie wird, meiner Meinung nach, die folgende Nacht nicht mehr überstehen.

Hochachtungsvoll Doktor Kiniower."

Der Brief war kaum leserlich, auf einem Rezeptblatt geschrieben, in hastiger, medizinischer Schrift. Dennoch erschütterte sie den Eichmeister Eibenschütz.

Er ließ einspannen, er fuhr nach Hause.

Er fand seine Frau im Bett, in dem gleichen Bett, in dem er mit ihr immer geschlafen hatte. Jetzt war es von Medizinen aller Art umstellt, und es roch nach Kampfer, betäubend und erschütternd. Sie erkannte ihn sofort. Sie war vollkommen verändert. Sie sah bläulich aus, ihre Lippen waren beinahe violett. Er erinnerte sich genau an diese Lippen, als sie noch rot gewesen waren wie Kirschen, und daß sie ihn geküßt hatten. Er fürchtete sich nicht vor der Krankheit. Was brauchte er den Tod zu fürchten? Seine Frau selbst hatte Angst, ihm die Hand zu geben, eine kraftlose, gelbe Hand, ein paarmal streckte sie sich ihm entgegen, als hätte sie keinen eigenen Willen. Einmal sagte die Frau, offenbar mit großer und letzter Kraft: „Mann, ich habe dich immer geliebt. Muß ich sterben?" Es erschütterte den Eichmeister Eibenschütz, daß sie ihn nicht beim Vornamen, sondern nur „Mann" nannte. Er wußte auch nicht, weshalb es ihn so ergriff.

Das tote Kind war längst hinausgebracht worden, die Frau wußte nicht einmal, daß es gestorben war. Die Nonne saß reglos am Fußende des Bettes, den Rosenkranz mit dem Kreuz in der Hand. Sie war still wie ein Heiligenbild, nur ihre Lippen bewegten sich, und von Zeit zu Zeit hob sie die Hand und schlug das Kreuz. Am Kopfende saß Eibenschütz. Er beneidete die Nonne um ihre Unbeweglichkeit. Er mußte immer wieder aufstehen und ein paar Schritte machen und zum Fenster gehen und in die Trübsal des Regens hinausblicken. Er hätte gern seiner Frau etwas Gutes tun wollen. Musik machen zum Beispiel. Als Knabe hatte er einmal Geige gespielt. Manchmal ging ein Schüttern durch den Körper der Sterbenden. Das ganze breite Bett schütterte und quietschte. Manchmal erhob sie sich steil, wie eine tote Kerze sah sie aus in der glatten weißen Jacke. Bald fiel sie wieder zurück, wie eine umgestürzte Sache umfällt, nicht wie ein Mensch.

Der Doktor kam. Er konnte nicht mehr helfen. Er konnte nur erzählen, daß das einzige Krankenhaus des ganzen Bezirks längst überfüllt sei. Die Kranken lagen auf dem Boden. Man mußte die Neuerkrankten in den Häusern lassen. Er roch eindringlich nach Kampfer und Jodoform. In einer Wolke aus Gestank ging er einher.

Er ging. Und es wurde sehr einsam im Zimmer. Die Nonne stand plötzlich auf, um die Kissen zu richten, und das war wie ein großes Ereignis. Sie setzte sich sofort wieder hin und erstarrte. Der Regen sang leise auf den Fensterbrettern. Manchmal hörte man auch draußen schweres Räderrollen. Es fuhren die zwei Lastfuhrwerke der Gemeinde vorbei, hoch beladen mit Särgen und schwarz überdeckt. Die Kutscher trugen schwarze Kapuzen, und das regennasse Schwarz schimmerte, und obwohl es noch Tag war, waren die Laternen hinten an dem Wagen angezündet. Sie blinkten trübe und baumelten und schaukelten, und man glaubte auch zu hören, daß sie klirrten, obwohl es der schweren Räder wegen unmöglich war. Die schweren Pferde trugen überdies ein Gehänge von viel zu zarten Glöckchen, die sachte wimmerten. Manchmal fuhr der halboffene Wagen der Pfarrei vorüber. Der Priester saß darin mit dem Allerheiligsten. Der lahme Gaul trottete langsam dahin, die Räder knirschten deutlich hörbar im zähen Schlamm. Sehr selten huschte ein Fußgänger vorbei, überdacht von einem Regenschirm. Auch der sah aus wie eine festgespannte Leichenplache. Im Zimmer tickte die Uhr, die Frau atmete, die Nonne flüsterte.

Als der Abend zu dämmern begann, entzündete die Schwester eine Kerze. Einsam stand sie, unwahrscheinlich groß und einsam in der Mitte des Zimmers, in der Mitte auf dem runden Tisch. Ihr Licht war spät und gütig. Es schien dem Eichmeister, sie sei das einzig Gütige in der Welt. Plötzlich erhob sich die Frau. Sie streckte beide Arme nach dem Mann aus und fiel sofort mit einem sehr schrillen Schrei zurück. Die Schwester beugte sich über sie. Sie schlug das Kreuz und drückte der Toten die Augen zu.

Eibenschütz wollte näher treten, aber die Nonne wies ihn zurück. Sie kniete nieder. Ihr schwarzes Kleid und ihre weiße Haube sahen auf einmal sehr mächtig aus. Sie erinnerte an ein schwarzes Haus mit einem verschneiten Dach, und dieses Haus trennte Eibenschütz von seinem toten Weibe. Er drückte seine heiße Stirn gegen die kühle Scheibe und begann, heftig zu schluchzen.

Er wollte sich schneuzen, suchte nach dem Taschentuch, fand es nicht, griff aber nach der Flasche, die er seit Wochen stets bei sich trug, zog sie hervor und tat einen tiefen Schluck.

Sein Schluchzen erlosch sofort. Er ging leise hinaus, ohne Hut und Mantel, und stand da, im faulen, fauligen Geriesel des Regens. Es war, als regnete ein Sumpf hernieder.

31

Es wurde immer schlimmer. Nun war man schon im Anfang des Februars. Und immer noch hörte die Seuche nicht auf. Drei Leichenbestatter starben. Die Gemeindediener weigerten sich, in die Totenhäuser zu gehen. Es kam Anweisung von der Statthalterei, die Sträflinge als Leichenbestatter zu verwenden.

Es wurden aus dem großen Kerker in Zloczow die Sträflinge in den Bezirk Zlotogrod gebracht. Man band sie, je sechs, mit Ketten zusammen, mit langen Ketten, und klirrend und rasselnd stiegen sie in den Zug, von Gendarmen mit aufgepflanzten Bajonetten begleitet.

Man verteilte sie überall im Bezirk Zlotogrod, je sechs in jedem Flecken und im Städtchen zwölf. Man zog ihnen eine besondere Art von Mänteln mit Kapuzen an, alles mit Chloroform behandelt. In diesen sandgelben und sehr schrecklichen Kitteln, mit Geklirr und Gerassel, von den Gendarmen bewacht, traten sie in die Häuser und Hütten, und mit Geklirr und Gerassel trugen sie die Särge hinaus und luden sie auf die großen Leiterwagen der Gemeinde. Sie schliefen auf dem Boden in den Gendarmeriewachstuben.

DAS FALSCHE GEWICHT

Manchen von ihnen gelang es, an der Cholera zu erkranken. Sie kamen ins Krankenhaus, und es war dann so, als ob sie krank wären. Denn in Wirklichkeit waren sie gar
nicht krank. Manchen gelang es sogar, scheinbar zu sterben. Das heißt, Kapturak veranlaßte die Gemeindeschreiber, falsche Tote einzutragen. Von allen Sträflingen starb in
Wirklichkeit nur ein einziger, und der war alt und immer schon krank gewesen. Die
Klügsten entkamen. Alle anderen blieben am Leben. Es war, als beschützten sie die Ketten und die Sehnsucht nach der Freiheit vor der Epidemie sicherer als die Vorsichtsmaßregeln des Bezirksarztes Doktor Kiniower. Auch die Deserteure, die aus Rußland kamen, steckten sich nicht an. Was können schon so winzige Bazillen gegen eine so große
Sehnsucht des Menschen nach der Freiheit?

Unter den Sträflingen, die damals aus dem Zloczower Kerker nach Zlotogrod gekommen waren, befand sich auch Leibusch Jadlowker. Auch er sank eines Tages nieder, just,
während er den Leichenwagen begleitete. Er wurde von der Kette losgebunden. Er schleppte sich ganz langsam, vom Gendarmen begleitet, zum Zlotogroder Krankenhaus. Der kleine Kapturak kam, wie zufällig, des Weges daher. Jadlowker machte sich den Spaß, noch
einmal niederzufallen. Kapturak legte den Regenschirm weg, und er und der Gendarm
stellten Jadlowker wieder auf. Kapturak nahm den Regenschirm in eine Hand, und den
andern Arm steckte er unter den Arm Jadlowkers. Der Gendarm ging hinterdrein. Kapturak brauchte nichts zu sagen. Er verständigte sich mit dem Kranken durch schnelle Blicke und durch sehr deutlich nuancierte Druckarten des Armes. Wohin mit dir? fragte ein
Druck. – Sehr gefährlich, antwortete der Armmuskel Jadlowkers. – Wir werden sehen, es
kann sich alles glätten, sagte wieder der Arm Kapturaks, ein tröstlicher Arm.

So schleppten sie sich langsam zum Spital. Vor dem Eingang bekam Jadlowker noch
eine Flasche Neunziggrädigen. Er verbarg sie hurtig und sicher.

32

Es war eine sehr schwere Sache mit Jadlowker, und Kapturak zerbrach sich den Kopf,
auf welche Weise man ihn sterben lassen könnte. Zu sehr bekannt war er in der Gegend als der Besitzer der Grenzschenke und auch sonst, einfach als Jadlowker. Der
Wachtmeister Slama kannte ihn und der Eichmeister Eibenschütz. Aber ein glücklicher Zufall fügte es, daß der Wachtmeister Slama auf Grund seines Gesuches, das er
beim Ausbruch der Cholera eingereicht hatte, nach Podgorce versetzt wurde. Er war
Stabswachtmeister geworden und Kommandant eines Gendarmeriepostens.

Auf diese Weise war man wenigstens einen Feind los, aber es blieb noch der andere,
der Eibenschütz. Jadlowker und Kapturak beschlossen, den Eichmeister Eibenschütz zu
vernichten. Auf welche Weise vernichtet man den Eichmeister Eibenschütz?

Vor allem ging es darum, den Jadlowker zu verbergen. Von den Cholerakranken
im Spital starb nach drei Tagen einer, es war der Bauer Michael Chomnik, um den

kein Mensch sich kümmerte. Kein Hahn krähte nach ihm, und ihn begrub man unter dem Namen Leibusch Jadlowker, zweiundvierzig Jahre alt, Beruf Gastwirt, geboren in Kolomea. Nebenbei gesagt, waren auch diese Angaben falsch. Jadlowker hieß nicht Jadlowker, er war nicht zweiundvierzig Jahre alt und auch nicht in Kolomea geboren.

Unter dem Namen Michael Chomnik wurde Jadlowker aus dem Spital entlassen, als geheilt. Aber wo ihn unterbringen?

Kapturak holte ihn zuerst am Spitaltor ab und führte ihn vorderhand nach Hause. Er hatte eine geschwätzige Frau, der er nicht traute, die er haßte. Deshalb sagte er ihr: „Ein neuer Gast ist gekommen! Mein lieber Vetter Hudes. Er muß ein paar Tage hier wohnen."

Gut! Was tut man nicht für einen Vetter? – Selbst in diesen Zeiten?

Man stellte sechs Stühle zusammen, je drei auf einer Seite, und darauf bettete man den falschen Hudes.

Er rührte sich nicht aus dem Haus. Er schlief lange und aß viel. Kapturak hatte nur ein Zimmer und eine Küche. Man aß in der Küche. Obwohl er nur auf sechs Sesseln schlief, schien der falsche Vetter Hudes das ganze Zimmer einzunehmen. Die Stühle wurden niemals weggerückt. Sofort, nachdem er gegessen hatte, ging der Vetter Hudes ins Zimmer, um sich hinzulegen. Er schlief sofort ein, satt und unbedenklich und stark, wie er war. Er schnarchte, und man glaubte, daß die Wände bebten.

Was sollte man mit ihm machen? Kapturak wartete auf die Versetzung des Gendarmeriewachtmeisters Slama.

In den ersten Tagen des Februar war es soweit, und Slama hatte nur noch ein paar Tage bis zu seiner Abfahrt. Gewissenhaft, wie er war, ging er überall hin, um Abschied zu nehmen, trotz der Cholera, und sogar von jenen Leuten, die er gerne verhaftet hätte. Zuerst begab er sich in die Grenzschenke, um dem Eichmeister Eibenschütz adieu zu sagen. Und er erschrak, als er den Eichmeister wiedersah. Eibenschütz war verwandelt. Eibenschütz war einfach betrunken. Trotzdem tranken sie noch zwei, drei Gläschen und nahmen einen herzlichen Abschied voneinander. Der Eichmeister weinte ein wenig. Der Wachtmeister fühlte eine heftige Rührung.

Der kleine Kapturak saß daneben und zog sein Taschentuch und wischte sich die Augen. Es waren trockene Augen. Er dachte nur daran, wie er Jadlowker verbergen könnte. Bevor der Wachtmeister fortging, trat er näher und flüsterte: „Wißt ihr, der Jadlowker ist an der Cholera gestorben. Sagt nichts der Euphemia! Wir Hypothekare haben jetzt das Hotel!"

„Ich habe hier immer noch die Aufsicht, trotz der Cholera", sagte der Eichmeister Eibenschütz. Und der Wachtmeister Slama knöpfte seinen Mantel zu, schnallte den Säbel um und stülpte den Helm auf und drückte dem Eichmeister noch einmal die Hand. „So, Jadlowker ist also tot!" sagte er mit einiger Feierlichkeit. Es war, als nähme er auch von dem vermeintlich Toten Abschied. Vor Kapturak salutierte er nur, mit zwei Fingern. Weg war er. Dem Eichmeister Eibenschütz schien es, als wäre er von Gott und der Welt

DAS FALSCHE GEWICHT

verlassen. Er sehnte sich nach Sameschkin in diesem Augenblick. Aber der schlief oben mit der geliebten, sehr geliebten Euphemia.

33

Am einundzwanzigsten Februar, genau auf den Tag, brach plötzlich ein starker Frost aus, und alle Welt begrüßte ihn freudig.

Der liebe, grausame Gott schickte Cholera und Frost, je nachdem.

Nach der Cholera begrüßten die Leute den Frost.

Über Nacht gefror die Struminka. Der Regen hörte plötzlich auf. Der Schlamm in der Mitte der Straße wurde hart und trocken, wie Glas, graues, trübes Glas, und von einem sehr klaren, gläsernen Himmel schien die Sonne, sehr hell, aber auch sehr ferne. Auf den hölzernen Bürgersteigen gefror das Geriesel, der Überrest des Regens; und die Menschen gingen daher mit eisenbeschlagenen Stöcken, um nicht auszugleiten. Ein eisiger Wind wehte: nicht von Nord oder Süd, Osten oder Westen, sondern ein Wind, der aus gar keiner Richtung zu kommen schien. Vom Himmel kam er vielmehr. Von oben herab wehte er, wie sonst nur Regen oder Schnee von oben herabfällt.

Über Nacht erstarb auch die Cholera. Die Kranken wurden gesund, und kein Gesunder mehr wurde krank. Man vergaß die Toten – wie man immer Tote vergißt. Man begräbt sie. Man beweint sie. Am Ende vergißt man sie.

Das Leben hielt wieder seinen Einzug in den Bezirk Zlotogrod.

Das Leben hielt wieder seinen Einzug in den Bezirk Zlotogrod, aber dem Eichmeister Eibenschütz war es gleich, ob die Cholera herrschte oder nicht. Seit dem Tod seiner Frau trank er, nicht etwa aus Angst vor dem Tod, sondern aus Sehnsucht nach dem Tod.

Er übertraf alle Trinker. Er wohnte wieder in der Grenzschenke in Szwaby, sein Haus in Zlotogrod verwaltete nur die Magd, und er kümmerte sich nicht darum, wie sie es verwaltete. Er konnte sich überhaupt um nichts mehr kümmern.

Er trank. Er geriet in den Alkohol wie in einen Abgrund, in einen weichen, verführerischen, sanftgebetteten Abgrund. Er, der zeit seines Lebens so fleißig darauf bedacht gewesen war, sein Aussehen zu pflegen, aus dienstlichen Gründen, die eigentlich bereits Gebote seiner Natur geworden waren, begann jetzt, nachlässig zu werden, in der Haltung, im Gang, im Angesicht. Es begann damit, daß er, nachdem er eine ganze Nacht durchgetrunken hatte, sich in das Bett legte, ohne mehr auszuziehen als Rock und Weste und Schuhe. Er schnallte die Hosenträger ab, zu faul war er, noch Hose und Strümpfe abzulegen.

Von der Kaserne her war er gewohnt gewesen, sich abends vor dem Schlafengehen zu waschen und zu rasieren – denn der Dienst begann schon um sechs Uhr früh. Jetzt begann er, zuerst das Rasieren auf den Morgen zu verschieben. Als er sich aber erhob, war es schon spät, um den Mittag etwa, und er erinnerte sich daran, daß es manche Leute gab, die sich nur jeden zweiten Tag rasierten oder rasieren ließen. Noch hatte er die Kraft, sich zu waschen. Noch betrachtete er sich im Spiegel, und nicht etwa, um zu sehen, wie gut er aussehe, sondern vielmehr, um zu erfahren, ob er noch nicht schlecht genug aussehe. Sehr oft überfiel ihn die häßliche Lust, nachdem er aufgestanden war, seine Zunge genau zu betrachten, obwohl er gar kein Interesse an ihr hatte. Und sobald er sich selbst einmal die Zunge sozusagen aus trotziger Neugier herausgestreckt hatte, konnte er nicht mehr umhin, sich allerhand Grimassen vor dem Spiegel zu schneiden; und manchmal rief er sogar seinem Spiegelbild ein paar wütende Worte zu. Manchmal konnte er von der Selbstbetrachtung im Spiegel gar nicht mehr loskommen, es sei denn, er griff nach der Flasche, die immer am Fußende seines Bettes stand. Er schüttete einen Schluck ins Wasserglas, und noch einen, und noch einen. Nachdem er drei solcher Schlucke getan hatte, schien es ihm, er sei wieder der alte Eichmeister Anselm Eibenschütz. In Wirklichkeit war er es nicht. Es war ein ganz neuer, ein ganz veränderter Anselm Eibenschütz.

Jeden Tag in der Früh war er gewohnt gewesen, einen heißen Tee mit Milch zu trinken. Auf einmal aber, eines Nachts, kam es ihm in den Sinn, daß er Tee mit Milch nicht trinken dürfe, solange Sameschkin da sei und er mit Euphemia nicht zusammensein könnte. Erst im Frühling – – – erst im Frühling! rief er sich zu. Und er begann, jeden Morgen, den Tee, den man ihm ins Zimmer brachte, in die Waschschüssel zu gießen. Denn er schämte sich, und er wollte niemanden merken lassen, daß er des Morgens nicht mehr Warmes trinke. Statt des Warmen nahm er einen Schluck Neunziggrädigen.

Es wurde ihm sofort heiß und wohl, und er sah trotz allem heiter ins Leben. Sehr kräftig kam er sich vor, und er glaubte, er könne alles in der Welt bezwingen. Sehr stark war er da, der Eichmeister Eibenschütz, und der Maronibrater Sameschkin würde auch bald verschwinden.

Immer, in Uniform wie im Zivil, hatte Eibenschütz sehr viel auf seine Bügelfalten achtgegeben. Nun aber, seitdem er in den Hosen schlief, schien es ihm, daß Bügelfalten nicht nur überflüssig seien: häßlich waren sie auch. Überflüssig und häßlich war es auch, die Stiefel vor die Tür zu stellen, damit man sie putze.

Bei allem sah der Eichmeister Eibenschütz immer noch stattlich aus, und nur wenige konnten an ihm irgendeine Veränderung wahrnehmen. Es sei denn Sameschkin, der ihm eines Morgens mit all seiner ahnungslosen Gutmütigkeit sagte: „Sie haben einen großen, einen Riesenkummer, Herr Eibenschütz."

Er stand auf und ging, ohne ein Wort.

34

Der arme Eibenschütz mußte bald selbst feststellen, daß sich merkwürdige Dinge in seinem Gehirn abspielten. Er bemerkte zum Beispiel, daß er die Erinnerung für die jüngst vergangenen Begebenheiten verlor. Er wußte nicht mehr, was er gestern getan, gesagt und gegessen hatte. Es ging schnell abwärts mit ihm, dem stattlichen Eichmeister. Er mußte so tun, als erinnerte er sich, wenn er ins Amt kam und der Schreiber mit ihm von einer Anordnung sprach, die er gestern gegeben hatte, an alles.

Und er nahm alles zusammen, was er an Klugheit besaß, um nur vom Schreiber herauszukriegen, was er gestern gesagt haben konnte. Äußerlich sah er immer noch stattlich aus, der Eichmeister Eibenschütz. Noch war er ein junger Mann, im ganzen sechsunddreißig Jahre alt.

Er hielt sich noch stark und aufrecht, zu Fuß und im Wägelchen. Aber in seinem Innern brannte der Schnaps, wenn er ihn getrunken hatte, und die Sehnsucht nach dem Schnaps, solange er ihn nicht getrunken hatte. In Wirklichkeit glühte in seinem Innern die Sehnsucht nach einem Menschen, irgendeinem Menschen und das Heimweh nach Euphemia. Ihr Bild saß fest in seinem Herzen, zuweilen hatte er das Gefühl, er brauchte sich nur die Brust zu öffnen, hineinzugreifen, um das Bild hervorzuholen. Und er dachte in der Tat daran, daß er sich eines Tages die Brust öffnen würde.

Auch sonst gingen in jener Zeit seltsame Veränderungen in ihm vor, er bemerkte sie auch, er bedauerte sie sogar, aber er konnte nicht mehr wieder der alte Mensch werden. Er wollte es gerne, und man kann sagen: er sehnte sich nach sich selbst noch mehr zurück, als er sich nach andern Menschen sehnte.

Er wurde immer unerbittlicher und unnachsichtiger im Dienst. Dazu trug auch ein wenig der neue Wachtmeister bei, der an die Stelle Slamas getreten war, nämlich der Wachtmeister Piotrak. Er war rothaarig, und es bewahrheitete sich an ihm der alte Aberglaube des Volkes, daß die Rothaarigen böse Menschen seien. Auch der Glanz seiner Augen, obwohl sie knallblau waren, hatte etwas Rötliches, gleichsam Entzündetes und Brennendes. Er sprach nicht, sondern es war, als ob er knurrte, wenn er etwas sagte. Nur mit Widerwillen setzte er, wie das Gesetz es befahl, das Gewehr ab, wenn er in einen Laden trat. Er lachte selten, aber er erzählte dem Eichmeister unaufhörlich lästige Geschichten, mit tiefem Ernst. Er brauchte nichts zu sagen, wenn sie zusammen in einen Laden eintraten, um Gewichte und Maße zu prüfen. Der Eichmeister Eibenschütz fühlte seinen Blick, und dieser scharfe blaue und zugleich rötliche Blick fiel todsicher auf den verdächtigsten der Gegenstände. Eines Tages gar fand der Gendarmeriewachtmeister Piotrak heraus, daß man auch die Qualität der Waren prüfen könnte, und der Eichmeister gehorchte ihm. Er fragte nach den Waren. Er fand verfaulte Heringe und verwässerten Schnaps und von Mäusen angenagtes Linoleum und feuchte Streichhölzer, die nicht brennen konnten, und von Motten zerfressene Stoffe und aus Rußland herübergebrachten Samogonka, den selbstgebrannten

Schnaps, den die armen Bauern herstellten. Er hatte nie daran gedacht, daß es zu den Aufgaben eines Eichmeisters gehörte, auch die Waren zu prüfen, und der Gendarm Piotrak, der ihn darauf aufmerksam gemacht hatte, bekam eine besondere Bedeutung. Ganz langsam, ganz sachte glitt der Eichmeister Eibenschütz in eine gewisse Abhängigkeit von dem Gendarmen hinein, er gab sich keine Rechenschaft darüber, aber er fühlte es doch, und manchmal empfand er sogar Furcht vor dem rothaarigen Mann. Und besonders erschreckend war der Umstand, daß der Gendarm ganz enthaltsam war. Immer war er nüchtern, und immer war er böse. Auf seinen kurzen, festen Fäusten standen rötliche Härchen, den Stacheln eines Igels ähnlich. Dieser Mann war nicht nur vorschriftsmäßig bewaffnet. Er selbst war Waffe.

Manchmal holte er aus seiner großen schwarzen Diensttasche ein Butterbrot mit geräuchertem Schinken, brach es in der Mitte entzwei und bot eine Hälfte dem Eichmeister Eibenschütz an. Eibenschütz nahm es, obwohl er Hunger hatte, mit einigem Widerwillen. Manchmal hatte er die Vorstellung, daß ein paar der rötlichen Borsten, von denen so viele auf den Händerücken Piotraks wuchsen, auch auf die Butter oder auf den Schinken gefallen waren.

Zugleich fühlte er auch, daß er ja selbst ein böser Mensch geworden war und daß Piotrak gar nicht so viel übler war als er selber. Er zog die flache Flasche aus seiner rückwärtigen Hosentasche und trank einen großen, starken Schluck. Hierauf erschien es ihm, daß er gar nicht böse sei, daß er streng sein müsse, daß er nur seine Pflicht tue – und damit basta. Kühn und ausgefüllt von einer gewissen erhitzten Munterkeit drang er in die Läden ein, in die großen, in die mittleren, in die kleinen, in die kleinsten. Manchmal flohen die spärlichen Kunden, denn sie fürchteten sich vor der Gendarmerie, vor der Behörde, vor dem Gesetz überhaupt. Aus seiner Diensttasche zog der Gendarm das längliche, schwarze, in Seidenrips gebundene Dienstbuch. Sein gezückter Bleistift sah beinahe aus wie sein Bajonett.

Hinter der Theke stand der Eichmeister Eibenschütz, und der Kaufmann neben ihm schien verkümmert und zusammengeschrumpft (man stelle sich eine zusammengeschrumpfte Null neben einer entsetzlichen Ziffer vor), Eibenschütz diktierte dem Gendarmen: „Gramme!" oder: „drei Pfunde" oder: „sechs Kilo" oder auch: „zwei Meter". Er stellte die falschen Gewichte vor sich hin, wie man Schachfiguren hinstellt. Groß und breit stand er da, und er kam sich sehr mächtig vor, der Vollstrecker des Gesetzes. Der Gendarm notierte, der Händler zitterte. Manchmal kam aus dem Hinterzimmer des Ladens seine Frau heraus, sie rang die Hände.

Alle Menschen fragten sich, warum die Cholera nicht den Eichmeister Eibenschütz getroffen hatte. Denn er wütete schlimmer als die Cholera. Durch ihn kam der Korallenhändler Nissen Piczenik ins Kriminal, der Tuchhändler Tortschiner, der Milchhändler Kipura, der Fischer Gorokin, die Geflügelverschleißerin Czaczkes und viele andere. Wie die Cholera wütete er im Land, der Eichmeister Anselm Eibenschütz. Dann kehrte er heim, das heißt in die Grenzschenke nach Szwaby, und trank.

DAS FALSCHE GEWICHT

Es kam vor, während seiner fürchterlichen Dienstvisiten, daß die Frau und die Kinder eines Händlers sich vor ihm auf die Knie warfen und ihn anflehten, keine Anzeige zu machen. Sie hängten sich an seinen Pelz. Sie ließen ihn nicht gehen. Aber der rothaarige Piotrak stand reglos daneben. An ihn wagte sich kein Weib, kein Kind heran, weil er in Uniform war. Eibenschütz sagte: Warum nicht streichen lassen? Wem hat er etwas getan? Alle berauben sie einander in dieser Gegend. Laß ihn streichen, Eibenschütz! Es war nur der alte, der frühere Eibenschütz, der so sprach. Der neue Eibenschütz aber sagte: Gesetz ist Gesetz, und hier steht der Wachtmeister Piotrak, und ich war selbst zwölf Jahre Soldat, und außerdem bin ich selbst sehr unglücklich. Und Herz habe ich nicht im Dienst. Und es war, als nickte Piotrak fortwährend mit dem roten Kopf zu all dem, was da der neue Eibenschütz sagte.

35

Ende Februar erhielt Eibenschütz die Benachrichtigung vom Ableben des Sträflings Leibusch Jadlowker, zu dessen Beaufsichtigung die politische Behörde aus bestimmten Gründen den Eichmeister beauftragt hatte.

Am Abend des gleichen Tages, als hätte er es gewußt, erschien Kapturak nach langer Zeit wieder in der Schenke. Er machte den gewohnten Bückling und setzte sich an den Tisch, an dem Eibenschütz, Sameschkin, Euphemia und der neue Wachtmeister Piotrak saßen.

Alle Welt spielte Tarock, Kapturak verlor. Dennoch war er ausgelassen heiter.

Man verstand nicht, warum. Er sagte außer den üblichen dummen Wendungen und sinnlosen Sprüchen, welche die Tarockspieler gebrauchen, noch neue, frisch erfundene, noch sinnlosere, wie zum Beispiel: „Das Schwein hat Wind!" – oder: „Ich verliere meine Hosenträger" – oder gar: „Misthaufen ist Gold" – und ähnliches mehr. Mitten zwischen diese Wendungen und während er so saß, als überlegte er angestrengt, welche Karte er jetzt herauszugeben hätte, sagte er, wie zerstreut und in dem Tonfall, in dem er soeben einen seiner unsinnigen Sprüche hergesagt hatte: „Herr Eichmeister, es ist Ihnen gelungen? Ihr Feind ist tot?" – „Welcher Feind?" fragte Eibenschütz. „Der Jadlowker!" Und in diesem Augenblick legte Kapturak eine Karte auf den Tisch. „Er war unter den Cholerasträflingen", erzählte er weiter, „und da hat er sich angesteckt. Er verfault seitdem Monate unter der Erde. Seine Würmer sind schon satt." Euphemia sagte: „Es ist nicht wahr", sie wurde blaß. „Ja, es ist wahr!" sagte Eibenschütz, „ich habe die amtliche Nachricht." Euphemia erhob sich ohne ein Wort. Sie ging die Treppe hinauf, sich auszuweinen. Sameschkin, als erster, legte die Karten hin, und er allein war es, der sagte: „Ich spiele nicht weiter!" Sogar der rothaarige Gendarm Piotrak legte die Karten weg, Kapturak allein tat noch so, als spielte er gegen sich selbst. Auf einmal legte auch er die Karten hin wie in einem plötzlichen Entschluß und sagte: „Also werden wir Gläubiger jetzt diesen Gasthof erben, wir sind unser sechs." Dabei sah er den Eichmeister an.

Es war sehr still am Tisch geworden, der brave Sameschkin konnte es kaum ertragen. Er erhob sich und ging zum Spielkasten ans Büfett, um einen Dreier hineinzuwerfen. Der Spielkasten begann sofort, den Rákóczimarsch mit großartigem Blechgetöse auszuspeien. Mitten in dem brausenden Lärm sagte Kapturak zum Gendarmen: „Wissen Sie, seitdem Sie hier sind, ist unser Eichmeister sehr streng geworden. Alle Händler verfluchen ihn, und drei haben schon durch ihn die Konzession verloren." – „Ich tue meine Pflicht", sagte Eibenschütz. Er dachte dabei an Euphemia und an den alten Eibenschütz, der er einmal gewesen war, und an seine tote Frau; und besonders an Euphemia, ja, besonders an Euphemia dachte er und daran, daß er eigentlich schon ein verlorener Mann war, in dieser verlorenen Gegend.

„Sie tun nicht immer Ihre Pflicht", sagte Kapturak sehr leise. Aber in diesem Augenblick hatte der Kasten aufgehört zu brausen, und auch die leisen Worte klangen also sehr laut. „Wie steht es damit, daß Sie einen bestimmten Laden niemals inspizieren? Sie wissen, welchen ich meine!" – Eibenschütz wußte wohl, welchen Laden Kapturak im Sinne hatte, aber er fragte: „Welchen denn?" – „Den Singer", sagte Kapturak. „Wo ist dieser Singer?" fragte der Gendarm Piotrak. „In Zlotogrod, mitten in Zlotogrod", erwiderte Kapturak, „gleich neben der Fischerin Chajes, der Sie vor zwei Wochen die Konzession genommen haben!" Der Gendarm warf einen fragenden, mißtrauischen Blick auf Eibenschütz. „Morgen gehen wir nachsehen!" sagte der Eichmeister.

Plötzlich empfand er große Angst vor Kapturak sowohl als auch vor dem Gendarmen. Er mußte noch ein Gläschen trinken.

„Morgen gehen wir nachsehen!" wiederholte er.

Kapturak lächelte lautlos und breit. Seine dünnen Lippen entblößten im ganzen vier gelbe Zähne, zwei oben, zwei unten, es war, als zerkaute er mit ihnen sein eigenes Lächeln.

Es war in der Tat so, daß der Eichmeister Eibenschütz noch niemals im Laden Singer nachgesehen hatte. Es war der einzige im Bezirk, ganz gewiß. Und trotz seiner großen Redlichkeit und amtlichen Gewissenhaftigkeit hatte er es doch absichtlich unterlassen, die Singers zu behelligen.

Es war übrigens ein so armseliger Laden, daß er sich sogar von den sehr armseligen dieser Gegend unterschied. Er hatte nicht einmal ein Schild, sondern eine gewöhnliche Schiefertafel, auf der die Frau Blume Singer alle paar Tage und besonders, wenn es geregnet hatte und die Schrift unleserlich geworden war, ihren Namen mit Kreide erneuerte. Es war ein winziges Häuschen: Es bestand aus einem Zimmer und einer Küche, und die Küche war zugleich der Laden. Auf einem winzigen Viereck freien Bodens vor dem Eingang lag ein mittlerer Misthaufen und daneben eine hölzerne Bude. Es war die Toilette der Familie Singer. In ihrer Nähe, gewöhnlich auf dem Müllhaufen, über dem jetzt eine dicke Kruste Schnee und Eis lag, spielten die beiden Knaben Singer in den spärlichen Stunden, in denen sie nicht lernen mußten. Denn sie mußten lernen. Zumindest einer von ihnen sollte einmal das Erbe seines Vaters Mendel antreten.

Ach! Es war gar kein materielles Erbe, Gott bewahre! Es war lediglich der Ruf eines Gelehrten und eines Gerechten. Im Zimmer hinter der Küche und dem Laden lernte Mendel Singer Tag und Nacht, zwischen den zwei Betten, von denen jedes an je einer Wand lehnte. In der Mitte lagen auf dem Fußboden die Strohsäcke der Kinder.

Niemals hatte sich Mendel Singer mit etwas anderem befaßt als mit heiligen und frommen Worten, und es kamen auch zu ihm viele Schüler. Er lebte kümmerlich, aber er brauchte gar nichts. Zweimal in der Woche, Montag und Donnerstag, fastete er. An gewöhnlichen Tagen nährte er sich nur von Suppe. Er schlürfte sie aus einem hölzernen Teller, mit einem hölzernen Löffel. Am Freitagabend nur aß er Forellen in Sauce mit Meerrettich. Im Städtchen kannte ihn jedermann. Man sah ihn jeden Tag zweimal ins Bethaus rennen, hin und zurück. Auf dünnen Beinen huschte er dahin, in weißen Strümpfen und in Sandalen, über die er im Winter schwere Galoschen stülpte. Sein Mantel flatterte. Tief über den Augen ruhte die schwere Pelzmütze, ein ausgefranstes Fell. Sein schütterer Bart wehte. Seine harte Nasenschiene stieß gegen die Luft, es sah aus, als wollte sie dem Angesicht einen Weg bahnen. Nichts und niemanden sah er. Versunken und verloren war er in seiner Demut und in seiner Frömmigkeit und in Gedanken an die heiligen Worte, die er schon gelesen hatte, und an die Freude auf jene, die noch zu lesen waren. Jedermann achtete ihn, auch die Bauern aus der Umgebung kamen, wenn sie in Not waren, ihn um Rat und Fürsprach zu bitten. Obwohl es schien, daß er die Welt und die Menschen noch niemals gesehen hatte, erwies es sich doch, daß er die Welt und die Menschen verstand. Seine Ratschläge waren trefflich, und seine Fürbitten halfen.

Um die irdischen Dinge des alltäglichen Lebens kümmerte sich seine Frau. Bei den wenigen reichen und wohlhabenden Leuten Zlotogrods hatte sie sich das Geld für die Konzession und für den Einkauf der Ware erbettelt. Ach! Welche Waren! Man bekam Zwiebeln, Milch, Käse, Eier, Knoblauch, getrocknete Feigen, Rosinen, Mandeln, Muskatnüsse und Safran. Aber wie winzig waren die Mengen, und wie furchtbar war die Beschaffenheit dieser Lebensmittel! In der kleinen, dunkelblau getünchten Küche mischte sich alles. Es sah aus, als wenn Kinder Verkäufer spielten. Das Säckchen mit den Zwiebeln und dem Knoblauch ruhte auf dem großen Eimer, in dem sich die saure Milch befand. Rosinen und Mandeln standen in Häufchen über dem Weißkäse, durch ein Fettpapier von ihrem Untergrund geschieden. Neben den zwei Rahmtöpfchen hockten, eine Art von Wachlöwen, die zwei gelben Katzen. In der Mitte, vom Plafond herab, hing an einem schwarzen, hölzernen Haken eine große, verrostete Waage. Und die Gewichte standen auf dem Fensterbrett.

So arme Leute gab es in der Gegend nicht, die bei Blume Singer eingekauft hätten. Und dennoch konnten sie immerhin noch leben – so hilft Gott den Armen. Ein klein wenig Herz schenkt Er den Reichen, deshalb kommt von Zeit zu Zeit einer von ihnen und kauft irgend etwas, was er nicht braucht und was er auf der Straße fortschütten wird.

36

Dies also war der Laden, in den am nächsten Morgen der Eichmeister Eibenschütz mit dem Gendarmen Piotrak eindrang. Obwohl ein starker Frost herrschte, sammelte sich doch ein gutes Dutzend Leute vor dem Laden an, und aus der Judenschule gegenüber liefen die Kinder hinaus. Es war etwa acht Uhr morgens, und Mendel Singer kam aus dem Bethaus. Als er die Ansammlung vor dem Häuschen sah, erschrak er, denn er fürchtete, es brenne bei ihm. Einige der Neugierigen liefen ihm entgegen und riefen: „Der Gendarm ist gekommen! Der Eichmeister ist gekommen!" Er stürzte hinein. Und er erschrak noch mehr, als er vor einem Brand erschrocken wäre. Ein leibhaftiger Gendarm mit einem Gewehr stand da, indes Eibenschütz die Waren, die Waage und die Gewichte prüfte. Die zwei Katzen waren verschwunden.

Der Rahm war sauer, die Milch geronnen, der Käse wurmig, die Zwiebeln faul, die Rosinen verschimmelt, die Feigen verdorrt, die Waage haltlos und die Gewichte falsch. Man schritt zur Amtshandlung. Man mußte aufschreiben. Als der Gendarm sein großes schwarzes Kaliko-Dienstbuch herauszog, war es Mendel Singer und seiner Frau, als zückte er gegen sie beide die gefährlichste von allen seinen gefährlichen Waffen. Der Eichmeister diktierte, und der rote Gendarm schrieb. Ein Feuer wäre eine Kleinigkeit gewesen.

Die Konventionalstrafe betrug genau zwei Gulden fünfundsiebzig Kreuzer. Bevor sie nicht erledigt waren, konnte man den Handel nicht weiterführen. Der Ankauf einer neuen Waage und neuer Gewichte kostete weitere drei Gulden. Woher nimmt ein Mendel Singer zwei Gulden fünfundsiebzig und weitere drei? Gott ist sehr gütig, aber Er kümmert sich nicht um so winzige Beträge.

All dies überlegte Mendel Singer. Deshalb ging er an den Eichmeister heran und nahm die Pelzmütze ab und sagte: „Euer Hochgeboren, Herr General, ich bitte Sie, streichen Sie alles aus. Sie sehen, ich habe Frau und Kinder!"

Eibenschütz sah die hageren, erhobenen Hände, die mageren, knochigen Wangen, den schütteren, armen Bart und die schwarzen, feuchten, flehenden Augen. Er wollte etwas sagen. Er will zum Beispiel sagen: Es geht nicht, lieber Mann, es ist Gesetz. Er will sogar sagen: Ich hasse dieses Gesetz und mich auch dazu. Aber er sagt nichts. Warum sagt er nichts? Gott hat ihm den Mund verschlossen, und der Gendarm stößt Mendel Singer fort. Ein Blick von ihm genügt. Ein Blick von ihm ist wie eine Faust. Und sie gehen, mit Gewichten, Waage und dem schwarzen Buch.

Wenn die Frau Mendel Singer heute noch etwas verkauft, und sei es auch nur eine einzige Mandel, wird sie auf vier Monate eingesperrt. Die paar Neugierigen und die Kinder, die draußen gelauert haben, laufen davon.

„Das hätten wir nicht tun dürfen!" sagt Eibenschütz zu Piotrak. „Es ist trotzdem ein redlicher Mann!"

„Redlich ist niemand!" sagt der Gendarm Piotrak, „und Gesetz ist Gesetz." Aber selbst dem Gendarmen ist nicht ganz wohl.

Sie fuhren ins Amt und hinterlegten die Sachen beim Schreiber und hatten beide das Gefühl, daß sie etwas trinken müßten. Gut! Sie fuhren also zur Schenke Litwaks. Es war heute Mittwoch, also Markttag in Zlotogrod, und die Schenke war voll von Bauern, Juden, Viehhändlern und Roßtäuschern. Als sich der Eichmeister und der Gendarm setzten, an den großen Tisch, an dem auf glattgescheuerten Bänken schon gute zwei Dutzend Leute nebeneinanderhockten, ging zuerst ein verdächtiges Murmeln und Raunen los, dann begann man lauter zu sprechen, und irgendeiner nannte den Namen Mendel Singer.

Im gleichen Augenblick erhob sich ein untersetzter, breitschultriger, langbärtiger Mann von der Bank gegenüber. In einem großen Bogen spie er über den Tisch, über alle Gläser hinweg, mit meisterlicher Zielsicherheit genau in das Glas des Eichmeisters. „Alles andere kommt noch!" schrie er, und ein großer Tumult entstand. Alle erhoben sich von den Bänken, und Eibenschütz und der Gendarm versuchten, über den Tisch hinüberzusteigen. Sie erreichten die Tür aber erst in dem Augenblick, in dem der breitschultrige Bärtige sie aufgestoßen hatte. Eine Weile sahen sie ihn noch auf der weißen, beschneiten Landstraße dahinlaufen. Er lief sehr schnell, ein dunkler, geduckter Strich auf dem weißen Schnee, dem Tannenwald zu, der zu beiden Seiten die Straße säumte. Er verschwand links, als hätte ihn der Wald verschluckt.

Es war Nachmittag, es begann schon zu dunkeln. Der Schnee nahm eine leicht bläuliche Färbung an.

„Wir werden ihn schon kriegen", sagte der Gendarm.

Sie kehrten zurück.

Es ließ dem Gendarmen Piotrak wirklich keine Ruhe. Hätte er nicht die volle Rüstung gehabt und die schweren Winterstiefel, die ihm aber das Reglement vorschrieb, so hätte er wohl den Leichtfüßigen verfolgen können. Er war aber sicher, daß er ihn noch finden und eruieren könnte, und das tröstete ihn. Wahrscheinlich war er ein schwerer Verbrecher. Hoffentlich war er ein schwerer Verbrecher.

Der Gendarm Piotrak verhörte alle Leute in der Schenke, aber kein einziger wollte den Missetäter kennen. „Er ist nicht aus dieser Gegend!" sagten die Leute.

Eibenschütz aber hatte das Gefühl, daß er den Mann schon irgendwo gesehen hatte. Er wußte nicht, wo und wann. Nacht herrschte in seinem armen Kopf, und es wollte nicht dämmern. Er trank, damit es lichter werde, aber es wurde nur noch dunkler. Ringsum spürte er eine große Gehässigkeit der vielen Menschen, wie noch nie vorher.

Sie erhoben sich endlich, stiegen in den Schlitten und fuhren nach Szwaby. „Kapturak wird wissen, wer es war!" sagte unterwegs der Gendarm.

Dem Eichmeister fiel nichts ein. Nach einer Weile sagte er: „Mir ist es gleichgültig!"

„Mir nicht!" sagte der hartnäckige Piotrak.

37

Seit mehreren Wochen war nun schon der Jadlowker im Hause Kapturaks gesessen. Er konnte es nicht aushalten, er machte also einen Ausflug. Er hatte gedacht, an einem Markttag in Zlotogrod, in der Schenke Litwaks gar, würde er gar keinen Bekannten treffen. Siehe da: es kamen der neue Gendarm und der alte Feind, der Eibenschütz. Das war unbedacht, ja leichtsinnig, durch das Ausspucken Aufmerksamkeit zu erregen.

Er nahm einen sehr umständlichen Weg, um aus dem Wald, in den er geflüchtet war, nach dem Hause Kapturaks zurückzugelangen.

Der Frost war stark, zum Glück konnte man sich trauen, über die Sümpfe zu gehen. Er wartete im Walde, bis die Nacht vollends hereingebrochen war. Dann marschierte er südwärts, den ganzen Bogen lang, den die Sümpfe um das Städtchen bildeten. Der Frost war zwar ein Glück, aber man fror entsetzlich. Es stach und es peitschte den ganzen Körper. Im kurzen Pelz, den Jadlowker trug, fror er genauso, als wenn er nur im Hemd gewesen wäre.

Es war schon tiefe Nacht, als er das Haus Kapturaks erreichte. Jetzt begann seine Furcht, die er unterwegs mit aller Gewalt unterdrückt hatte, ihn mit verdoppelter Stärke zu erfüllen: nämlich die Furcht, daß der Gendarm schon auf ihn warten könnte. Er entschloß sich, ganz leise an den Fensterladen zu pochen. Er atmete auf, als er Kapturak heraustreten sah. Kapturak winkte ihn heran. Eine neue Furcht ergriff ihn: konnte man selbst Kapturak trauen? – Wem denn sonst? sagte er sich im nächsten Augenblick, und er ging heran.

Sie traten ein, Kapturak schickte seine Frau hinaus in die Küche. „Setz dich, Jadlowker", sagte Kapturak. „Was machst du? Willst du dich selbst und mich umbringen? Bist du ein erwachsener Mensch? Bist du ein Junge? Machst du Streiche? Schulbubenstreiche?" „Ich konnte nicht anders", sagte Jadlowker.

„Man hat dich wahrscheinlich erkannt", sagte Kapturak. „Ich habe den Vorfall ja gleich nachher von Litwak erzählt bekommen. Ich wußte sofort, daß du es bist. Ich habe mir natürlich nichts anmerken lassen. Was willst du nun tun?"

Der halberfrorene und ratlose Jadlowker – seine Ohren brannten ganz rot, zu beiden Seiten, rote Lampen – sagte: „Ich weiß nichts!"

„Ich habe beschlossen", erklärte Kapturak, „dich einzusperren. Besser als im Kerker in Zloczow wirst du es bei mir haben."

Wo verbirgt man einen gefährdeten Gast? Unerfahrene Leute verbergen ihn im Keller. Und das ist falsch. Wenn eine Hausdurchsuchung kommt, gehen die Gendarmen zuerst in den Keller. Aus einem Keller kann man nicht fliehen. Erfahrene Leute aber sperren einen gefährdeten Gast auf dem Dachboden ein. Dahin kommen die Gendarmen zuletzt. Außerdem hört man alles von oben her besser. Drittens gibt es eine Dachluke. Man hat frische Luft, und man kann rechtzeitig entkommen. So stieg auch Jadlowker die steile Leiter empor, die zum Dachboden führte. Einen Stuhl und einen Strohsack, eine Flasche Schnaps und einen Krug Wasser bekam er noch.

Kapturak wünschte ihm gute Nacht, versprach, ihm regelmäßig Essen zu bringen, und ging. Aus Vorsicht schob er den Riegel vor, der an der Falltür des Dachbodens angebracht war. Als er die Leiter hinuntergestiegen war, blieb er eine Weile stehen und überlegte. Er überlegte, ob er die Leiter wegnehmen sollte oder nicht. Und er entschloß sich endlich, sie wegzunehmen. Er trug sie in den Hof und lehnte sie an das Dach. Er hatte beschlossen, dem Jadlowker Nahrung nur durch die Dachluke zu reichen.

Auf dem Dachboden war es kalt, kälter noch als in der Zelle, und Jadlowker riß den Strohsack am Kopfende auf und steckte sich ganz in den Sack hinein, und über den Kopf stülpte er den Pelz. Durch die offene Dachluke, die nicht zu schließen war, schimmerte weißblau die frostklare Nacht. Bevor er einschlief, sah er noch die reglosen Fledermäuse, die über ihm ringsum an den Wäscheschnüren ihren Winterschlaf hielten. Zum erstenmal in seinem Leben hatte der wilde Jadlowker Angst. Und aus Angst allein verfiel er in einen tiefen, dennoch unruhigen Schlaf.

Früh am Morgen erwachte er, der bittere Hauch des eisigen Morgens weckte ihn. Er kroch mühsam aus seinem Sack, tat einen Schluck aus der Flasche, zog sich den Pelz an und ging zur Dachluke. Scharen frisch erwachter Krähen zogen ihre Kreise um die Dächer, es sah aus, als flögen sie nur, um sich zu erwärmen. Er sah die rote Sonne aufgehn, sie sah aus wie eine Orange, und bei ihrem Anblick bekam er Hunger. Er wußte, er mußte noch gute zwei Stunden warten, bevor Kapturak mit dem Essen kommen würde. Er horchte nach der Falltür hin, gute zwei Stunden lang beschäftigte ihn nichts anderes als sein Hunger. Es war, als wäre der Hunger eine Angelegenheit des Kopfes und nicht des Magens. Kapturak erschien endlich mit Tee und Brot, aber nicht an der Tür, sondern an der Luke. Alles reichte er sehr langsam hinein, auf dem kurzen Weg, die Leiter hinauf, war der Tee schon kalt geworden, so groß war die Kälte. Jadlowker trank und aß hastig. „Nichts Neues?" fragte er nur. „Noch nicht", antwortete Kapturak, stieg wieder die Leiter herunter und stellte sie ein bißchen seitwärts.

Nachdem Jadlowker gesättigt war, begannen ihn andere Gedanken und Empfindungen zu beschäftigen. Er dachte plötzlich und ohne zu wissen, warum, an die schönen Karpfen und Hechte, die er auf dem Fischmarkt am Donnerstag immer verkauft hatte. Es beschäftigte ihn der Gedanke, daß er, um sie zu töten, sie am Schwanz gepackt und gegen einen Prellstein gestoßen hatte, und dabei erinnerte er sich daran, daß man Menschen auf die umgekehrte Weise umbringt. Man nimmt einen Stein – es kann auch ein Zuckerhut sein – und stößt ihn gegen den Kopf des Menschen. Seltsame Gedanken kommen einem, wenn man auf einem Dachboden eingesperrt ist. Man denkt daran zum Beispiel, daß man Feinde im Leben hat, und der größte aller Feinde ist der Eichmeister Eibenschütz, der Urheber allen Unglücks, der Liebhaber der Euphemia obendrein. Sameschkin ist auch ihr Liebhaber, aber das gehört in ein anderes Kapitel. Sameschkin hat alte Stammrechte, und außerdem ist er kein Beamter. Und außerdem hat er Jadlowker

846   DAS FALSCHE GEWICHT

nicht ins Kriminal gebracht. Wenn der Eibenschütz nicht vorhanden wäre, so könnte man ruhig leben. Im Frühling geht Sameschkin weg. Der Wachtmeister Slama ist versetzt. Wer erkennt den Jadlowker in einem blonden Vollbart? So viele fremde Menschen kommen in diese Gegend! Man heißt ja gar nicht Jadlowker. Man hat schon einmal seinen Namen geändert! Man hat schon Fische beim Schwanz gepackt und mit dem Kopf gegen den Prellstein gehauen. Umgekehrt macht man es mit den Menschen. Man nimmt einen Zuckerhut und schlägt hinterrücks damit auf den Kopf? Aber wo? Aber wann? Eibenschütz ist nicht in der Nacht da, im Hafen von Odessa.

Wenn Eibenschütz nicht wäre, so könnte man ruhig leben. Er ist aber da. Er darf nicht mehr dasein, er darf nicht mehr dasein, denkt Jadlowker. Er darf nicht mehr dasein. Daran denkt er fortwährend. Die Krähen setzen sich manchmal an die Dachluke. Jadlowker wirft ihnen einige Speisereste zu. Er sitzt und friert und wartet auf den Frühling, auf die Freiheit und auf die Rache.

38

Eines Tages geschah etwas Sonderbares: der staatliche Oberförster Stepaniuk fand im Grenzwald einen erhängten Mann. Er war kalt, starr und blau, als man ihn abschnitt. Der Bezirksarzt Kiniower sagte, er sei schon viele Tage tot, vor einer Woche etwa hätte er sich erhängt. Es war ein unbekannter Mann, und der Gendarm Piotrak verständigte den Untersuchungsrichter. Der kam aus Zlotogrod. Er überführte die Leiche ins dortige Schauhaus. Aus dem ganzen Bezirk wurden die Einwohner, je ein Dutzend, zu bestimmten Tagen vorgeladen, damit sie den Toten agnoszierten. Man hätte sie gar nicht vorzuladen brauchen. Aus Neugier allein strömten sie zusammen. Auch Sameschkin, obwohl er nicht vorgeladen war, weil er nicht zum Bezirk gehörte, ging hin, aus Neugier. Er allein aber erkannte den Toten: es war der Pferdehirt Michael Klajka. Vor zwei Jahren hatte man ihn eingesperrt. Er hatte zu jenen Sträflingen gehört, die man zur Bestattung der Cholerakranken bestimmt hatte. Und es war geschrieben und versiegelt, daß er im Spital an der Cholera verstorben war und an dem und dem Tag bestattet.

Wie? Hatte er sich von den Toten erhoben, um sich dann im Grenzwald zu erhängen? Eine Untersuchung wurde eingeleitet. Auch einige Sträflinge, die man aus dem Gefängnis holte, erkannten den Mitgefangenen, den Michael Klajka. Es dauerte nur eine Woche, und man verhaftete zwei Bezirksschreiber, und sie gaben zu, daß sie bestochen worden waren und falsche Abgangszeugnisse ausgestellt hatten. Sie gestanden auch, daß Kapturak sie bestochen hatte.

Man wartete noch eine Woche. Man verständigte vom Ergebnis der Untersuchung den Gendarmeriewachtmeister Piotrak und den Eichmeister Eibenschütz, und man gab ihnen den Auftrag, weiterhin, wie bisher, mit Kapturak in der Grenzschenke zu verkeh-

DAS FALSCHE GEWICHT

847

ren. Sie verkehrten auch weiterhin mit ihm und spielten Tarock. Er fühlte sich ganz sicher. Er wußte nichts von der Verhaftung der beiden Bezirksschreiber, und das Geld, das ihm die Verwandten der totgemachten Sträflinge bezahlt hatten, war längst in Sicherheit, jenseits der Grenze, beim Geldwechsler Piczemk.

Ein paar Tage später, ziemlich früh am Morgen, kurz, nachdem er Jadlowker das Frühstück auf der Leiter hinaufgetragen hatte, hörte er ein wohlbekanntes Klingeln, das Klingeln eines Schlittens. Der Schlitten hielt, das Klingeln zitterte noch eine Weile nach, kein Zweifel, daß der Schlitten vor seinem Tor hielt. Ihm ahnte nichts Gutes, was macht so früh am Morgen ein Schlitten vor seinem Hause? Er öffnete die Fensterladen. Im Schlitten saßen der Gendarm Piotrak und der Eichmeister Eibenschütz. Er hatte gar keine Zeit mehr, die Leiter umzulegen. Er überlegte sehr schnell, daß es besser wäre, sofort hinauszulaufen und die grauenhaften Gäste zu begrüßen. Er lief also hinaus und rief, schon von der Tür her: „Welch eine Überraschung! Welch eine Überraschung!"

Beide stiegen ab und Eibenschütz sagte: „Wir wollten Ihnen einen kurzen Besuch machen. Es ist noch zu früh, Litwak hat noch geschlossen. Wir bleiben nur ein Viertelstündchen bei Ihnen, wenn Sie erlauben, Zeit genug, um einen Schnaps und einen Tee zu trinken. Das haben Sie doch, wie?" – Es war für Kapturak kein Zweifel mehr, daß sie gekommen waren, weil sie ihn verdächtigten, er beherberge jemanden, oder er verberge zumindest etwas Verdächtiges. Er sagte: „Ich gehe den Schnaps holen", und er verließ das Zimmer und kletterte sehr geschwind die Leiter hinauf. „Sie sind da", rief er durch die Luke. Hinunter ging er nicht mehr die einzelnen Stufen, er glitt hinunter, mit Händen und Schenkeln an beiden Leisten der Leiter. Er rannte in die Küche, um den Schnaps zu holen. Freudig trat er wieder ins Zimmer mit der Flasche und drei Gläschen.

„Haben Sie einen Keller?" fragte der Gendarm Piotrak.

„Ja", sagte Kapturak, „aber den Schnaps habe ich nicht aus dem Keller geholt. Es ist zu kalt im Keller."

„Woher haben Sie ihn sonst geholt?" fragte Piotrak.

„Vom Dachboden", sagte Kapturak und lächelte. Es war, als hätte er einen Witz gemacht und als entschuldigte er sich zugleich dafür, daß er einen gemacht hatte.

Der rothaarige Gendarm hielt es wirklich für einen Witz und lachte. Kapturak klopfte sich auf die Schenkel und beugte sich vor. Aus Ergebenheit, nicht aus Eitelkeit, lachte er mit. Der Gendarm und der Eichmeister leerten ihre Gläser und standen auf. „Danke für die Bewirtung", sagten sie wie aus einem Munde. Sie stiegen wieder in den Schlitten, Kapturak begleitete sie. Er sah, daß sie in die Richtung Pozloty dahinglitten.

Als sie seinen Augen entschwunden waren, nahm er die Leiter aus dem Hof und stellte sie wieder in den Hausflur. Er war entschlossen, Jadlowker wegzuschicken, ihm ahnte nichts Gutes. Flink stieg er hinauf und öffnete die Falltür und trat ein. Er sah Jadlowker unruhig hin und her wandeln, zwischen den Stricken, an denen die Fledermäuse hingen. „Setz dich!" sagte Kapturak, „wir müssen reden!" – Jadlowker wußte sofort, worum es sich handelte. „Ich muß also fort", sagte er, „aber wohin?" – „Wohin, das müssen wir eben überlegen!" erwiderte Kapturak. „Es scheint, daß man dich nicht mehr zu den Toten rechnen will, daher dieser unerwartete Besuch bei mir. Es tut mir leid, ich muß dich wegschicken. Du mußt selbst zugeben, daß ich dich wie ein eigenes Kind behandelt habe, obwohl ich dein Gläubiger bin. Und keinen Pfennig habe ich von dir genommen!" – „Wohin soll ich gehen?" fragte Jadlowker. Er saß jetzt frierend im Pelz auf dem Sessel. Durch die kleine, runde Dachluke, die wie ein Schiffsfenster aussah, stürzte der Frost herein, ein grauer Wolf, ein wütender, ein hungriger grauer Wolf. Es war dunkel, obwohl die Sonne draußen schien. Aber durch die runde Dachluke schickte der eisblaue, unerbittliche Himmel nur spärliches Licht auf den Dachboden. Es herrschte da oben eine Art frostigen blauen Halbdunkels. Beide Männer sahen fahl aus.

Wohin? Wohin? – das war die Frage. „Die anderen alle", sagte Kapturak, „habe ich befreit und habe sie laufen lassen, wohin sie wollten. Es war vielleicht ein Fehler. Ich hätte sie vielleicht zusammenhalten müssen. Aber mit dir – ich weiß nicht, was da geschehen soll. Ich glaube, es ist am besten, du gehst nach Szwaby zurück, nach Hause. Wer sollte dich dort erkennen? Euphemia wird dich nicht verraten, und Sameschkin ist ein dummer Kopf, er wird dich nicht erkennen. Bleibt noch der Eibenschütz übrig! Allerdings, der Eibenschütz!" – „Was macht man also mit ihm?" fragte Jadlowker. Er erhob sich. Er konnte unmöglich sitzen bleiben, wenn es sich um Eibenschütz handelte.

Kapturak, der die ganze Zeit still gestanden war, begann, auf und ab zu wandeln. Es sah so aus, als wollte er es sich warm machen, aber in Wirklichkeit fror er gar nicht, es war ihm geradezu heiß vor lauter Nachdenken. Lange schon hatte in ihm der Gedanke gelebt, daß es in dieser Welt besser wäre, wenn der Eichmeister Eibenschütz nicht da wäre.

„Der Eibenschütz muß weg", sagte er – und blieb stehen.

„Wieso?" fragte Jadlowker.

„Zuckerhut!" sagte Kapturak, – – nichts anderes. Er blieb eine Weile stehen. Dann sagte er: „Wir fahren hinunter, heute abend. Zuckerhut!" wiederholte er. „Ich hole dich, Jadlowker!"

Bevor er den Dachboden verließ, machte Kapturak noch ein Zeichen mit beiden Händen. Es sah aus, als hielte er einen Zuckerhut in den Händen und als schlüge er ihn auf irgend jemanden nieder.

Leibusch Jadlowker nickte.

39

Am Abend fuhren sie im Schlitten hinaus, nach Szwaby, Kapturak und Jadlowker. Jadlowker hüllte sich in einen Schafspelz mit hohem Kragen, damit man ihn nicht erkenne.

Es war bereits finstere Nacht, als sie ankamen und durch das breite, offene Tor der Grenzschenke hineinfuhren. Jadlowker pochte an die Hintertür, das hochgewölbte, rot angestrichene Tor, das zur Landstraße führte. Kapturak ging geradewegs in die Schenke.

Es gab wenig Gäste heute, es war Dienstag. Es dauerte lange, ehe Onufrij das Pochen hörte und hinausging, um das rückwärtige Tor zu öffnen.

„Ich bin es", sagte Jadlowker, „laß mich schnell hinein. Ist der Gendarm da?"

„Komm, Herr", sagte Onufrij, der gar nicht wußte, daß Leibusch Jadlowker zu den Toten gehörte. „Bist du aus dem Kriminal entkommen?"

„Ja, mach schnell!" sagte Jadlowker, und dann, als sie an die Laterne kamen: „Erkennt man mich?"

„Nur an der Stimme, Herr!" sagte Onufrij.

„Wo ist Euphemia?" fragte Jadlowker.

„Noch im Laden!" flüsterte Onufrij. „Und vor dem Laden steht Sameschkin mit den Kastanien."

„Es ist gut", sagte Jadlowker. „Geh hinein!"

Der Hund, Pavel hieß er, sah Jadlowker entgegen, mit freudig schnuppernder, erhobener Schnauze und wedelndem Schwanz. „Bell nicht! Schrei nicht!" flüsterte ihm Jadlowker zu. Der Hund sprang still und schweigsam an ihm hoch und leckte ihm die Hände.

Jadlowker sah zuerst durch die Fenster, die in den Hof gingen. Die Schenke war beinahe leer. Er hatte nicht vergessen, unterwegs aus dem Schlitten zu steigen, als sie, Kapturak und er, an der gefrorenen Struminka vorbeifuhren, und einen der kantigen, großen Steine auszugraben, aus dem Schnee, deren es dort eine Unzahl gab. Diesen Stein band er ins Taschentuch.

Er ging vom Fenster zurück, lauerte vor dem Tor. Eine ungeheuerliche, unwiderstehliche Lust erfüllte ihn, zu töten. Er dachte gar nicht mehr an den eigentlichen Zweck seines Mordens, sondern nur an das Morden selbst. Er dachte gar nicht an seine eigene Sicherheit, sondern nur an das Töten. Eine große Welle von Wollust, von Haß und Tötenwollen ging durch sein Herz. Erbarmungslos war alles in dieser Nacht und in dieser Welt. Fremd, kalt und silbern, in einem frostigen, nahezu gehässigen Silber standen heute die Sterne am Himmel. Von Zeit zu Zeit sah Jadlowker empor. Heute haßte er den Himmel und die Sterne.

Und im Kerker hatte er sich so nach ihnen gesehnt!

Warum haßte er heute den Himmel, der Jadlowker? Glaubt er, daß Gott oben sitzt, hinter den Sternen? Vielleicht glaubt er es, aber er will es sich nicht zugeben. Immer wieder, immer wieder sagt eine Stimme in ihm: Gott ist da. Gott sieht dich. Gott weiß, was du vorhast. Aber eine andere Stimme in ihm antwortet: Gott ist nicht da, der Himmel ist leer, und die Sterne sind kalt und fern und grausam, und du darfst machen, was du willst.

Also wartet Jadlowker auf das bekannte Schlittengeklingel des verhaßten Eibenschütz. Das Taschentuch, in dem der Stein eingewickelt liegt, hat er mit den Zipfeln um sein Handgelenk gebunden; um das rechte Handgelenk. Er wartet. Eibenschütz wird kommen.

40

Eine halbe Stunde später kam Eibenschütz wirklich, leider in Begleitung des Gendarmen Piotrak. Jadlowker, der gedacht hatte, der Eichmeister würde allein kommen, sah bereits, daß er nichts auszurichten hatte. Vorerst verbarg er sich im Schatten der Scheune, die am Rande des Hofes gegenüber dem Tor stand, und wartete. Als er sah, daß der Eichmeister den Gendarmen vorausgehen ließ und daß er selbst den Schimmel ausspannte, erbebte sein Herz in wonniger, mörderischer Hoffnung. Bald danach näherte sich auch der Eichmeister dem Stall, um den Schimmel anzubinden an den großen, eisernen Ring, der an der Stalltür angebracht war.

Während Eibenschütz den Schimmel anband, stürzte Jadlowker aus dem Stall hervor. Eibenschütz wollte noch einen Schrei ausstoßen, aber er sank sofort nieder, der Schrei erstarb in der Kehle. Jadlowker schlug mit dem Taschentuch, in dem der kantige Stein eingebettet war, gegen die Stirn seines Feindes, des Eichmeisters. Eibenschütz fiel mit gewaltigem, erschreckendem Krach zu Boden. Er war ein schwerer Mann, für so schwer hätte ihn Jadlowker niemals gehalten. Der Schimmel war noch nicht genügend festgekoppelt gewesen, die Schlinge löste sich, und der Gaul begann durch den Hof zu wandern, mit schleifenden Zügeln. Jadlowker beugte sich zuerst über den Eichmeister Eibenschütz. Kalt und tot war er, keinen Atemzug gab er von sich. Dann faßte Jadlowker den Schimmel und koppelte ihn fest an den eisernen Ring der Scheunentür. Hierauf kroch er in die Scheune.

Zwei Stunden später erst kam der Wachtmeister Piotrak hinaus, um nach Eibenschütz zu sehen. Vor der Scheune fand er den Eichmeister anscheinend leblos, und der Gendarm rief den Knecht Onufrij, und sie beide schleppten den schweren Kadaver bis zum Schlitten. Onufrij holte Stricke, man schnallte den unbeweglichen Mann fest. Quer lag er über dem winzigen Schlitten. Man spannte den Schimmel an, der Gendarm nahm die Zügel. Man fuhr nach Zlotogrod, geradewegs ins Krankenhaus.

Der Wachtmeister Piotrak glaubte zwar, er führe einen Toten; den Eichmeister, den er so neben dem Stall und der Scheune getroffen hatte, hätte der Schlag plötzlich getroffen. Aber dem war nicht so. Der Eichmeister begann zwar zu sterben, aber er lebte noch. Was weiß er davon, der arme Eibenschütz, daß man ihn auf den Kopf mit einem Stein geschlagen hat? Was weiß er davon, daß er mit Stricken auf einen Schlitten gebunden ist? Er erlebt, während man ihn für einen Toten hält, etwas ganz anderes:

Er ist kein Eichmeister mehr, er ist selbst ein Händler. Lauter falsche Gewichte hat er, tausend, zehntausend falsche Gewichte. Er steht da, hinter einem Ladentisch, die falschen zehntausend Gewichte vor sich. Der Ladentisch kann sie gar nicht alle fassen. Und jeden Moment kann der Eichmeister kommen.

Auf einmal klingelt es auch – die Tür hat eine Glocke –, und herein kommt der große Eichmeister, der größte aller Eichmeister – so scheint es Eibenschütz. Der große Eichmeister sieht ein bißchen aus wie der Jude Mendel Singer und ein wenig auch wie Sameschkin. Eibenschütz sagt: „Ich kenne Sie ja!" Aber der große Eichmeister antwortet: „Es ist mir ganz gleich. Dienst ist Dienst! Wir prüfen jetzt Ihre Gewichte!"

Gut, mögen sie jetzt die Gewichte prüfen, sagt sich der Eichmeister Eibenschütz. Falsch sind sie, aber was kann ich dagegen machen? Ich bin ein Händler wie alle Händler in Zlotogrod. Ich verkaufe nach falschen Gewichten.

Hinter dem großen Eichmeister steht ein Gendarm mit Helmbusch und Bajonett, und den kennt Eibenschütz gar nicht. Er fürchtet sich aber vor ihm, das Bajonett funkelt zu sehr. Der große Eichmeister beginnt, die Gewichte zu prüfen. Schließlich sagt er – und Eibenschütz ist höchst erstaunt: „Alle deine Gewichte sind falsch, und alle sind dennoch richtig. Wir werden dich also nicht anzeigen! Wir glauben, daß alle deine Gewichte richtig sind. Ich bin der Große Eichmeister."

In diesem Augenblick erreichte der Gendarm das Spital von Zlotogrod. Man lud den Eichmeister ab, und als der wachhabende Arzt ankam, sagte er nach einem Augenblick zum Gendarmen Piotrak: „Der Mann ist tot! Was bringen Sie ihn noch her?"

41

So also starb der Eichmeister Anselm Eibenschütz, und, wie man zu sagen pflegt: Kein Hahn krähte nach ihm.

Dem Wachtmeister Piotrak gelang es zu erforschen, daß Jadlowker den Eichmeister getötet hatte. Kapturak sprach, nachdem man ihn verhaftet hatte und nach einem strengen Verhör, von einer Ranküne Jadlowkers gegen Eibenschütz.

Durch Zufall fing man noch zwei andere sogenannte Choleratote, nämlich den Taschendieb Kaniuk und den Pferdedieb Kiewen. Kapturak und Jadlowker saßen schon seit acht Tagen im Zloczower Untersuchungsgefängnis, als plötzlich das große alljährliche Ereignis des Bezirkes Zlotogrod ausbrach. Es krachte nämlich das Eis über der Struminka, und der Frühling begann.

Der Maronibrater Sameschkin packte seine Sachen, die Säcke zuerst, dann den Ofen, hierauf die Reste seiner Ware, die Kastanien, in einen besonderen, ledernen Sack.

Vor seiner Abfahrt sagte er noch zu Euphemia: „Es ist eine wüste Sache, diese Grenze. Willst du mit mir fort für immer?"

Euphemia aber dachte an allerhand Möglichkeiten, in der Schenke und sonst. „Auf nächstes Jahr", sagte sie. Aber Sameschkin glaubte es ihr nicht mehr. So töricht, wie er den Leuten erscheinen mochte, war er nicht. Er ahnte alles, und er beschloß bei sich, nie mehr in diese giftige Gegend zu kommen.

Es war ein großartiger Frühlingstag, an dem er wegzog. Auf seinem Karren stand der Ofen. Um seine Schultern waren die schlaffen Säcke geschnallt. Die Lerchen trillerten hoch im Himmel, und die Frösche quakten ebenso fröhlich unten in den Sümpfen. Und er ging, der gute Sameschkin, so für sich hin, so des Weges dahin. Was ging ihn eigentlich all dies an?

Nie mehr komme ich hierher, sagte er sich. Und es schien ihm, daß ihm die Lerchen und die Frösche recht gaben.

Die Kapuzinergruft

WIR HEISSEN TROTTA. Unser Geschlecht stammt aus Sipolje in Slowenien. Ich sage: Geschlecht; denn wir sind nicht eine Familie. Sipolje besteht nicht mehr, lange nicht mehr. Es bildet heute mit mehreren umliegenden Gemeinden zusammen eine größere Ortschaft. Es ist, wie man weiß, der Wille dieser Zeit. Die Menschen können nicht allein bleiben. Sie schließen sich in sinnlosen Gruppen zusammen, und die Dörfer können auch nicht allein bleiben. Sinnlose Gebilde entstehen also. Die Bauern drängt es zur Stadt, und die Dörfer selbst möchten justament Städte werden.

Ich habe Sipolje noch gekannt, als ich ein Knabe war. Mein Vater hatte mich einmal dorthin mitgenommen, an einem siebzehnten August, dem Vorabend jenes Tages, an dem in allen, auch in den kleinsten Ortschaften der Monarchie der Geburtstag Kaiser Franz Josephs des Ersten gefeiert wurde.

Im heutigen Österreich und in den früheren Kronländern wird es nur noch wenige Menschen geben, in denen der Name unseres Geschlechts irgendeine Erinnerung hervorruft. In den verschollenen Annalen der alten österreichisch-ungarischen Armee aber ist unser Name verzeichnet, und ich gestehe, daß ich stolz darauf bin, gerade deshalb, weil diese Annalen verschollen sind. Ich bin nicht ein Kind dieser Zeit, es fällt mir schwer, mich nicht geradezu ihren Feind zu nennen. Nicht, daß ich sie nicht verstünde, wie ich es so oft behaupte. Dies ist nur eine fromme Ausrede. Ich will einfach, aus Bequemlichkeit, nicht ausfällig oder gehässig werden, und also sage ich, daß ich das nicht verstehe, von dem ich sagen müßte, daß ich es hasse oder verachte. Ich bin feinhörig, aber ich spiele einen Schwerhörigen. Ich halte es für nobler, ein Gebrechen vorzutäuschen als zuzugeben, daß ich vulgäre Geräusche vernommen habe.

Der Bruder meines Großvaters war jener einfache Infanterieleutnant, der dem Kaiser Franz Joseph in der Schlacht bei Solferino das Leben gerettet hat. Der Leutnant wurde geadelt. Eine lange Zeit hieß er in der Armee und in den Lesebüchern der k. u. k. Monarchie: der Held von Solferino, bis sich, seinem eigenen Wunsch gemäß, der Schatten der Vergessenheit über ihn senkte. Er nahm den Abschied. Er liegt in Hietzing begraben. Auf seinem Grabstein stehen die stillen und stolzen Worte: „Hier ruht der Held von Solferino."

Die Gnade des Kaisers erstreckte sich noch auf seinen Sohn, der Bezirkshauptmann wurde, und auf den Enkel, der als Leutnant der Jäger im Herbst 1914 in der Schlacht bei Krasne-Busk gefallen ist. Ich habe ihn niemals gesehn, wie überhaupt keinen von dem geadelten Zweig unseres Geschlechts. Die geadelten Trottas waren fromm-ergebene Diener Franz Josephs geworden. Mein Vater aber war ein Rebell.

Er war ein Rebell und ein Patriot, mein Vater – eine Spezies, die es nur im alten Österreich-Ungarn gegeben hat. Er wollte das Reich reformieren und Habsburg retten. Er begriff den Sinn der österreichischen Monarchie zu gut. Er wurde also verdächtig und mußte fliehen. Er ging, in jungen Jahren, nach Amerika. Er war Chemiker von Beruf. Man brauchte damals Leute seiner Art in den großartig wachsenden Farbenfabriken von New York und Chikago. Solange er arm gewesen war, hatte er wohl nur Heimweh nach Korn gefühlt. Als er aber endlich reich geworden war, begann er, Heimweh nach Österreich zu fühlen. Er kehrte zurück. Er siedelte sich in Wien an. Er hatte Geld, und die österreichische Polizei liebte Menschen, die Geld haben. Mein Vater blieb nicht nur unbehelligt. Er begann sogar, eine neue slowenische Partei zu gründen, und er kaufte zwei Zeitungen in Agram.

Er gewann einflußreiche Freunde aus der näheren Umgebung des Erzherzog Thronfolgers Franz Ferdinand. Mein Vater träumte von einem slawischen Königreich unter der Herrschaft der Habsburger. Er träumte von einer Monarchie der Österreicher, Ungarn und Slawen. Und mir, der ich sein Sohn bin, möge es an dieser Stelle gestattet sein, zu sagen, daß ich mir einbilde, mein Vater hätte vielleicht den Gang der Geschichte verändern können, wenn er länger gelebt hätte. Aber er starb, etwa anderthalb Jahre vor der Ermordung Franz Ferdinands. Ich bin sein einziger Sohn. In seinem Testament hatte er mich zum Erben seiner Ideen bestimmt. Nicht umsonst hatte er mich auf den Namen Franz Ferdinand taufen lassen. Aber ich war damals jung und töricht, um nicht zu sagen: leichtsinnig. Leichtfertig war ich auf jeden Fall. Ich lebte damals, wie man so sagt: in den Tag hinein. Nein! Dies ist falsch: ich lebte in die Nacht hinein; ich schlief in den Tag hinein.

2

Eines Morgens aber – es war im April des Jahres 1913 – meldete man mir, dem noch Verschlafenen, erst zwei Stunden vorher Heimgekehrten, den Besuch eines Vetters, eines Herrn Trotta.

Im Schlafrock und in Pantoffeln ging ich ins Vorzimmer. Die Fenster waren weit offen. Die morgendlichen Amseln in unserem Garten flöteten fleißig. Die frühe Sonne durchflutete fröhlich das Zimmer. Unser Dienstmädchen, das ich bislang noch niemals so früh am Morgen gesehen hatte, erschien mir in ihrer blauen Schürze fremd – denn ich kannte sie nur als ein junges Wesen, bestehend aus Blond, Schwarz und Weiß, so etwas wie eine Fahne. Zum erstenmal sah ich sie in einem dunkelblauen Gewand, ähnlich jenem, das Monteure und Gasmänner trugen, mit einem purpurroten Staubwedel in der Hand – und ihr Anblick allein hätte genügt, mir eine ganz neue, ganz ungewohnte Vorstellung vom Leben zu geben. Zum erstenmal, seit mehreren Jahren, sah ich den Morgen in meinem Haus, und ich bemerkte, daß er schön war. Das Dienstmädchen gefiel mir. Die offenen Fenster gefielen mir. Die Sonne gefiel mir. Der Gesang der Amseln gefiel mir. Er war golden wie die morgendliche Sonne. Selbst das Mädchen in Blau war golden wie die Sonne. Vor lauter Gold sah ich zuerst gar nicht den Gast, der mich erwartete. Ich nahm ihn erst ein paar Sekunden – oder waren es Minuten? – später wahr. Da saß er nun, hager, schwarz, stumm, auf dem einzigen Stuhl, der in unserm Vorzimmer stand, und er rührte sich nicht, als ich eintrat.

Und obwohl sein Haar und sein Schnurrbart so schwarz waren, seine Hautfarbe so braun war, war er doch inmitten des morgendlichen Goldes im Vorzimmer wie ein Stück Sonne, ein Stück einer fernen südlichen Sonne allerdings. Er erinnerte mich auf den ersten Blick an meinen seligen Vater. Auch er war so hager und so schwarz gewesen, so braun und so knochig, dunkel und ein echtes Kind der Sonne, nicht wie wir, die Blonden, die wir nur Stiefkinder der Sonne sind. Ich spreche slowenisch, mein Vater hatte mich diese Sprache gelehrt. Ich begrüßte meinen Vetter Trotta auf slowenisch. Er schien sich darüber durchaus nicht zu wundern. Es war selbstverständlich. Er erhob sich nicht, er blieb sitzen. Er reichte mir die Hand. Er lächelte. Unter seinem blauschwarzen Schnurrbart schimmerten blank die starken großen Zähne. Er sagte mir sofort, du. Ich fühlte: dies ist ein Bruder, kein Vetter! Meine Adresse hatte er vom Notar. „Dein Vater“, so begann er, „hat mir 2000 Gulden vermacht, und ich bin hierhergekommen, um sie abzuholen. Ich bin zu dir gegangen, um dir zu danken. Morgen will ich wieder heimkehren. Ich habe noch eine Schwester, die will ich jetzt verheiraten. Mit 500 Gulden Mitgift kriegt sie den reichsten Bauern von Sipolje.“

„Und der Rest?“ fragte ich.

„Den behalt’ ich“, sagte er heiter. Er lächelte, und es schien mir, als strömte die Sonne noch stärker in unser Vorzimmer.

„Was willst du mit dem Geld?“ fragte ich.

„Ich werde mein Geschäft vergrößern“, erwiderte er. Und als gehörte es sich jetzt erst, mir den Namen zu nennen, erhob er sich von seinem Sitz, es war eine kühne Sicherheit, mit der er aufstand, und eine rührende Feierlichkeit, mit der er seinen Namen nannte. „Ich heiße Joseph Branco“, sagte er.

Da erst fiel mir ein, daß ich in Schlafrock und Pantoffeln vor meinem Gast stand. Ich bat ihn zu warten und ging in mein Zimmer, um mich anzukleiden.

3

Es mochte etwa sieben Uhr morgens gewesen sein, als wir ins Café Magerl kamen. Die ersten Bäckerjungen trafen ein, schneeweiß und nach reschen Kaisersemmeln duftend, nach Mohnstrizzeln und nach Salzstangeln. Der frisch gebrannte erste Kaffee, jungfräulich und würzig, roch wie ein zweiter Morgen. Mein Vetter Joseph Branco saß neben mir, schwarz und südlich, heiter, wach und gesund, ich schämte mich meiner blassen Blondheit und meiner übernächtigen Müdigkeit. Ich war auch ein wenig verlegen. Was sollte ich ihm sagen? Er vergrößerte noch meine Verlegenheit, als er sagte: „Ich trinke keinen Kaffee am Morgen. Ich möchte eine Suppe." Freilich! In Sipolje aßen die Bauern des Morgens eine Kartoffelsuppe.

Ich bestellte also eine Kartoffelsuppe. Es dauerte ziemlich lange, und ich schämte mich inzwischen, den Kipfel in den Kaffee zu tauchen. Die Suppe kam schließlich, ein dampfender Teller. Mein Vetter Joseph Branco schien den Löffel gar nicht zu beachten. Er führte den dampfenden Teller mit seinen schwarzbehaarten, braunen Händen an den Mund. Während er die Suppe schlürfte, schien er auch mich vergessen zu haben. Ganz diesem dampfenden Teller hingegeben, den er mit starken, schmalen Fingern hochgehoben hielt, bot er den Anblick eines Menschen, dessen Appetit eigentlich eine noble Regung ist und der einen Löffel nur deshalb unberührt läßt, weil es ihm edler erscheint, unmittelbar aus dem Teller zu essen. Ja, während ich ihn so die Suppe schlürfen sah, erschien es mir beinahe rätselhaft, daß die Menschen überhaupt Löffel erfunden hatten, lächerliche Geräte. Mein Vetter setzte den Teller ab, ich sah, daß er ganz glatt und leer und blank war, als hätte man ihn eben gewaschen und gesäubert.

„Heute nachmittag", sagte er, „werde ich das Geld abholen." Was für ein Geschäft er habe – fragte ich ihn –, das er zu vergrößern gedacht hätte. „Ach", sagte er, „ein ganz winziges, das aber den Winter über einen Menschen wohl ernährt."

Und ich erfuhr also, daß mein Vetter Joseph Branco Frühling, Sommer und Herbst ein Bauer war, dem Feld hingegeben, winters war er ein Maronibrater. Er hatte einen Schafspelz, einen Maulesel, einen kleinen Wagen, einen Kessel, fünf Säcke Kastanien. Damit fuhr er Anfang November jedes Jahr durch einige Kronländer der Monarchie. Gefiel es ihm aber ganz besonders in einem bestimmten Ort, so blieb er auch den ganzen Winter über, bis die Störche kamen. Dann band er die leeren Säcke um den Maulesel und begab sich zur nächsten Bahnstation. Er verlud das Tier und fuhr heim und wurde wieder ein Bauer.

Ich fragte ihn, auf welche Weise man ein so kleines Geschäft vergrößern könnte, und er bedeutete mir, daß sich da noch allerhand machen ließe. Man könnte zum Beispiel außer den Maroni noch gebratene Äpfel und gebratene Kartoffeln verkaufen. Auch sei der Maulesel inzwischen alt und schwach geworden, und man könnte einen neuen kaufen. Zweihundert Kronen hätte er schon sowieso erspart.

Er trug einen glänzenden Satinrock, eine geblümte Plüschweste mit bunten Glasknöpfen und, um den Hals geschlungen, eine edel geflochtene, goldene, schwere Uhrkette. Und ich, der ich von meinem Vater in der Liebe zu den Slawen unseres Reiches erzogen worden war und der ich infolgedessen dazu neigte, jede folkloristische Attrappe für ein Symbol zu nehmen, verliebte mich sofort in diese Kette. Ich wollte sie haben. Ich fragte meinen Vetter, wieviel sie kostete. „Ich weiß es nicht", sagte er. „Ich habe sie von meinem Vater, und der hatte sie von seinem Vater, und man kauft dergleichen nicht. Aber da du mein Vetter bist, will ich sie dir gerne verkaufen." – „Wieviel also?" fragte ich. Und ich hatte doch im stillen gedacht, eingedenk der Lehren meines Vaters, daß ein slowenischer Bauer viel zu edel sei, um sich überhaupt um Geld und Geldeswert zu kümmern. Der Vetter Joseph Branco dachte lange nach, dann sagte er: „Dreiundzwanzig Kronen." Warum er gerade auf diese Zahl gekommen sei, wagte ich nicht zu fragen. Ich gab ihm fünfundzwanzig. Er zählte genau, machte keinerlei Anstalten, mir zwei Kronen herauszugeben, zog ein großes, blaukariertes, rotes Taschentuch heraus und verbarg darin das Geld. Dann erst, nachdem er das Tuch zweimal verknotet hatte, nahm er die Kette ab, zog die Uhr aus der Westentasche und legte Uhr und Kette auf den Tisch. Es war eine altmodische schwere, silberne Uhr mit einem Schlüsselchen zum Aufziehen, mein Vetter zögerte, sie von der Kette loszumachen, sah sie eine Zeitlang zärtlich, beinahe herzlich an und sagte schließlich: „Weil du doch mein Vetter bist! Wenn du mir noch drei Kronen gibst, verkaufe ich dir auch die Uhr!" – Ich gab ihm ein ganzes Fünfkronenstück. Auch jetzt gab er mir den Rest nicht heraus. Er zog noch einmal sein Taschentuch hervor, löste langsam den Doppelknoten, packte die neue Münze zu den anderen, steckte alles in die Hosentasche und sah mir dann treuherzig in die Augen.

„Auch deine Weste gefällt mir!" sagte ich nach einigen Sekunden. „Die möchte ich dir auch abkaufen."

„Weil du mein Vetter bist", erwiderte er, „will ich dir auch die Weste verkaufen." – Und ohne einen Augenblick zu zögern, legte er den Rock ab, zog die Weste aus und gab sie mir über den Tisch. „Es ist ein guter Stoff", sagte Joseph Branco, „und die Knöpfe sind schön. Und weil du es bist, kostet sie nur zwei Kronen fünfzig." – Ich zahlte ihm drei Kronen, und ich bemerkte deutlich in seinen Augen die Enttäuschung darüber, daß es nicht noch einmal fünf Kronen gewesen waren. Er schien verstimmt, er lächelte nicht mehr, aber verbarg dieses Geld schließlich ebenso sorgfältig und umständlich wie die früheren Münzen.

Ich besaß nun, meiner Meinung nach, das Wichtigste, das zu einem echten Slowenen gehört: eine alte Kette, eine bunte Weste, eine steinschwere, stehende Uhr mit Schlüsselchen. Ich wartete keinen Augenblick mehr. Ich zog mir alle drei Dinge auf der Stelle an, zahlte und ließ einen Fiaker holen. Ich begleitete meinen Vetter in sein Hotel, er wohnte im „Grünen Jägerhorn". Ich bat ihn, am Abend auf mich zu warten, ich wollte ihn abholen. Ich hatte vor, ihn meinen Freunden vorzustellen.

4

Der Form halber, als Ausrede und um meine Mutter zu beruhigen, hatte ich Jus inskribiert. Ich studierte freilich nicht. Vor mir breitete sich das große Leben aus, eine bunte Wiese, kaum begrenzt von einem sehr, sehr fernen Horizontrand. Ich lebte in der fröhlichen, ja ausgelassenen Gesellschaft junger Aristokraten, jener Schicht, die mir neben den Künstlern im alten Reich die liebste war. Ich teilte mit ihnen den skeptischen Leichtsinn, den melancholischen Fürwitz, die sündhafte Fahrlässigkeit, die hochmütige Verlorenheit, alle Anzeichen des Untergangs, den wir damals noch nicht kommen sahen. Über den Gläsern, aus denen wir übermütig tranken, kreuzte der unsichtbare Tod schon seine knochigen Hände. Wir schimpften fröhlich, wir lästerten sogar bedenkenlos. Einsam und alt, fern und gleichsam erstarrt, dennoch uns allen nahe und allgegenwärtig im großen, bunten Reich lebte und regierte der alte Kaiser Franz Joseph. Vielleicht schliefen in den verborgenen Tiefen unserer Seelen jene Gewißheiten, die man Ahnungen nennt, die Gewißheit vor allem, daß der alte Kaiser starb, mit jedem Tage, den er länger lebte, und mit ihm die Monarchie, nicht so sehr unser Vaterland wie unser Reich, etwas Größeres, Weiteres, Erhabeneres als nur ein Vaterland. Aus unsern schweren Herzen kamen die leichten Witze, aus unserem Gefühl, daß wir Todgeweihte seien, eine törichte Lust an jeder Bestätigung des Lebens: an Bällen, am Heurigen, an Mädchen, am Essen, an Spazierfahrten, Tollheiten aller Art, sinnlosen Eskapaden, an selbstmörderischer Ironie, an ungezähmter Kritik, am Prater, am Riesenrad, am Kasperltheater, an Maskeraden, am Ballett, an leichtsinnigen Liebesspielen in den verschwiegenen Logen der Hofoper, an Manövern, die man versäumte, und sogar noch an jenen Krankheiten, die uns manchmal die Liebe bescherte.

Man wird begreifen, daß mir die unerwartete Ankunft meines Vetters willkommen war. Keiner meiner leichtfertigen Freunde hatte solch einen Vetter, solch eine Weste, solch eine Uhrkette, eine solch nahe Beziehung zu der originellen Erde des sagenhaften slowenischen Sipolje, der Heimat des damals noch nicht vergessenen, aber immerhin bereits legendären Helden von Solferino.

Am Abend holte ich meinen Vetter ab. Sein glänzender Satinrock machte auf alle meine Freunde einen mächtigen Eindruck. Er stammelte ein unverständliches Deutsch, lachte viel mit seinen blanken, starken Zähnen, ließ sich alles bezahlen, versprach, neue Westen und Ketten in Slowenien für meine Freunde zu kaufen, und nahm gerne Anzahlungen entgegen. Denn alle beneideten mich um Weste, Kette, Uhr. Alle hätten sie mir am liebsten den ganzen Vetter abgekauft, meine Verwandtschaft und mein Sipolje.

Mein Vetter versprach, im Herbst wiederzukommen. Wir begleiteten ihn alle zur Bahn. Ich besorgte ihm ein Billett zweiter Klasse. Er nahm es, ging zur Kasse, und es gelang ihm, es gegen ein Billett dritter umzutauschen.

Von dort aus winkte er uns noch zu. Und uns allen brach das Herz, als der Zug aus der Station rollte; denn wir liebten die Wehmut ebenso leichtfertig wie das Vergnügen.

5

Ein paar Tage noch sprachen wir in unserer heiteren Gesellschaft von meinem Vetter Joseph Branco. Dann vergaßen wir ihn wieder – das heißt: wir legten ihn gleichsam vorläufig ab. Denn die aktuellen Torheiten unseres Lebens wollten besprochen und gewürdigt werden.

Erst im Spätsommer, gegen den zwanzigsten August, erhielt ich von Joseph Branco in slowenischer Sprache einen Brief, den ich meinen Freunden noch am gleichen Abend übersetzte. Er beschrieb die Kaiser-Geburtstagsfeier in Sipolje, die Feier des Veteranenvereins. Er selbst war noch ein zu junger Reservist, um den Veteranen anzugehören. Dennoch marschierte er mit ihnen aus, in die Waldwiese, wo sie an jedem achtzehnten August ein Volksfest veranstalteten, einfach, weil keiner von den alten Leuten noch so kräftig war, die große Kesselpauke zu tragen. Es gab fünf Hornisten und drei Klarinettbläser. Aber was ist eine Marschkapelle ohne Kesselpauke?

„Merkwürdig", sagte der junge Festetics, „diese Slowenen! Die Ungarn nehmen ihnen die primitivsten nationalen Rechte, sie wehren sich, sie rebellieren sogar gelegentlich oder haben zumindest den Anschein zu rebellieren, aber sie feiern den Geburtstag des Königs."

„In dieser Monarchie", erwiderte Graf Chojnicki, er war der älteste unter uns, „ist nichts merkwürdig. Ohne unsere Regierungstrottel" (er liebte starke Ausdrücke) „wäre ganz gewiß auch dem äußerlichen Anschein nach gar nichts merkwürdig. Ich will damit sagen, daß das sogenannte Merkwürdige für Österreich-Ungarn das Selbstverständliche ist. Ich will zugleich damit auch sagen, daß nur diesem verrückten Europa der Nationalstaaten und der Nationalismen das Selbstverständliche sonderbar erscheint. Freilich sind es die Slowenen, die polnischen und ruthenischen Galizianer, die Kaftanjuden aus Boryslaw, die Pferdehändler aus der Bacska, die Moslems aus Sarajevo, die Maronibrater aus Mostar, die ‚Gott erhalte' singen. Aber die deutschen Studenten aus Brünn und Eger, die Zahnärzte, Apotheker, Friseurgehilfen, Kunstphotographen aus Linz, Graz, Knittelfeld, die Kröpfe aus den Alpentälern, sie alle singen ‚Die Wacht am Rhein'. Österreich wird an dieser Nibelungentreue zugrunde gehn, meine Herren! Das Wesen Österreichs ist nicht Zentrum, sondern Peripherie. Österreich ist nicht in den Alpen zu finden, Gemsen gibt es dort und Edelweiß und Enzian, aber kaum eine Ahnung von einem Doppeladler. Die österreichische Substanz wird genährt und immer wieder aufgefüllt von den Kronländern."

Baron Kovacs, junger Militäradel ungarischer Nationalität, klemmte das Monokel ein, wie es immer seine Gewohnheit war, wenn er etwas besonders Wichtiges sagen zu müssen glaubte. Er sprach das harte und singende Deutsch der Ungarn, nicht so sehr aus Notwendigkeit wie aus Koketterie und Protest. Dabei rötete sich sein eingefallenes Gesicht, das an unreifes, zu wenig gegorenes Brot erinnerte, heftig und unnatürlich. „Die Ungarn leiden am meisten von allen in dieser Doppelmonarchie", sagte er. Es war sein Glaubensbekenntnis, unverrückbar standen die Worte in diesem Satz. Er langweilte uns alle, Chojnicki, den Temperamentvollsten, wenngleich ältesten unter uns, erzürnte es sogar. Die ständige Antwort Chojnickis konnte nicht ausbleiben. Wie gewohnt, wiederholte er: „Die Ungarn, lieber Kovacs, unterdrücken nicht weniger als folgende Völker: Slowaken, Rumänen, Kroaten, Serben, Ruthenen, Bosniaken, Schwaben aus der Bacska und Siebenbürger Sachsen." Er zählte die Völker an gespreizten Fingern seiner schönen, schlanken, kräftigen Hände auf.

DIE KAPUZINERGRUFT

Kovacs legte das Monokel auf den Tisch. Chojnickis Worte schienen ihn gar nicht zu erreichen. Ich weiß, was ich weiß – dachte er wie immer. Manchmal sagte er es auch.

Er war im übrigen ein harmloser, sogar zeitweilig guter junger Mann, ich konnte ihn nicht leiden. Dennoch bemühte ich mich redlich um ein freundliches Gefühl für ihn. Ich litt geradezu darunter, daß ich ihn nicht leiden mochte, und dies hatte seinen guten Grund: ich war nämlich in Kovacs' Schwester verliebt; Elisabeth hieß sie; neunzehn Jahre war sie alt.

Ich kämpfte lange Zeit vergebens gegen diese Liebe, nicht so sehr deshalb, weil ich mich gefährdet glaubte, sondern weil ich den stillen Spott meiner skeptischen Freunde fürchtete. Es war damals, kurz vor dem großen Kriege, ein höhnischer Hochmut in Schwung, ein eitles Bekenntnis zur sogenannten „Dekadenz", zu einer halb gespielten und outrierten Müdigkeit und einer Gelangweiltheit ohne Grund. In dieser Atmosphäre verlebte ich meine besten Jahre. In dieser Atmosphäre hatten Gefühle kaum einen Platz, Leidenschaften gar waren verpönt. Meine Freunde hatten kleine, ja unbedeutende „Liaisons", Frauen, die man ablegte, manchmal sogar herlieh wie Überzieher; Frauen, die man vergaß wie Regenschirme oder absichtlich liegenließ wie lästige Pakete, nach denen man sich nicht umsieht, aus Angst, sie könnten einem nachgetragen werden. In dem Kreis, in dem ich verkehrte, galt die Liebe als eine Verirrung, ein Verlöbnis war so etwas wie eine Apoplexie und eine Ehe ein Siechtum. Wir waren jung. An eine Heirat dachte man zwar als eine unausbleibliche Folge des Lebens, aber ähnlich, wie man an eine Sklerose denkt, die wahrscheinlich in zwanzig oder dreißig Jahren notwendig eintreten muß. Ich hätte viele Gelegenheiten finden können, um mit dem Mädchen allein zu sein, obwohl es in jener Zeit noch nicht zu den Selbstverständlichkeiten gehörte, daß junge Damen allein in Gesellschaft junger Herren ohne einen schicklichen, geradezu legitimen Vorwand länger als eine Stunde bleiben konnten. Nur einige wenige solcher Gelegenheiten nahm ich wahr. Alle auszunützen, schämte ich mich, wie gesagt, vor meinen Freunden. Ja, ich gab peinlich darauf acht, daß von meinem Gefühl nichts bemerkt wurde, und oft fürchtete ich, der und jener aus meinem Kreise wüßte bereits etwas davon, hier oder dort hätte ich mich vielleicht schon verraten. Wenn ich manchmal unerwartet zu meinen Freunden stieß, glaubte ich aus ihrem plötzlichen Schweigen schließen zu müssen, daß sie soeben, vor meiner Ankunft, von meiner Liebe zu Elisabeth Kovacs gesprochen hatten, und ich war verdüstert, als hätte man eine verfemte, geheime Schwäche bei mir entdeckt. In den wenigen Stunden aber, in denen ich mit Elisabeth allein war, glaubte ich zu spüren, wie sinnlos und sogar frevlerisch der Spott meiner Freunde war, ihre Skepsis und ihre hochmütige „Dekadenz". Zugleich aber auch hatte ich eine Art Gewissensbisse, als hätte ich mir einen Verrat an den heiligen Prinzipien meiner Freunde vorzuwerfen. Ich führte also in einem gewissen Sinn ein Doppelleben, und es war mir gar nicht wohl dabei.

Elisabeth war damals schön, weich und zärtlich und mir ohne Zweifel zugeneigt. Die kleinste, die geringste ihrer Handlungen und Gesten rührte mich tief, denn ich fand, daß jede Bewegung ihrer Hand, jedes Kopfnicken, jedes Wippen ihres Fußes, ein Glätten des Rocks, ein leises Hochheben des Schleiers, das Nippen an der Kaffeetasse, eine unerwartete Blume am Kleid, ein Abstreifen des Handschuhs eine deutliche, unmittelbare Beziehung zu mir verrieten – und nur zu mir. Ja, aus manchen Anzeichen, die zu jener Zeit wohl schon zur Gattung der sogenannten „kühnen Avancen" gezählt werden mochten, glaubte ich mit einigem Recht entnehmen zu müssen, daß die Zärtlichkeit, mit der sie mich anblickte, die scheinbar unwillkürliche und höchst zufällige Berührung meines Handrückens oder meiner Schulter bindende Versprechungen waren, Versprechungen großer, köstlicher Zärtlichkeiten, die mir noch bevorstünden, wenn ich nur mochte, Vorabende von Festen, an deren kalendarischer Sicherheit gar nicht mehr zu zweifeln war. Sie hatte eine tiefe und weiche Stimme. (Ich kann die hellen und hohen Frauenstimmen nicht leiden.) Ihr Sprechen erinnerte mich an eine Art gedämpftes, gezähmtes, keusches und dennoch schwüles Gurren, an ein Murmeln unterirdischer Quellen, an das ferne Rollen ferner Züge, die man manchmal in schlaflosen Nächten vernimmt, und jedes ihrer banalsten Worte bekam für mich dank dieser Tiefe des Klangs, in der es ausgesprochen ward, die bedeutungsvolle, gesättigte Kraft einer weiten, und zwar nicht genau verständlichen, wohl aber deutlich erahnbaren verschollenen, vielleicht einmal in Träumen vage erlauschten Ursprache.

War ich nicht bei ihr, kehrte ich in die Gesellschaft meiner Freunde zurück, so war ich wohl versucht, ihnen im ersten Augenblick von Elisabeth zu erzählen; ja sogar von ihr zu schwärmen. Aber im Anblick ihrer müden, schlaffen und höhnischen Gesichter, ihrer sichtbaren und sogar aufdringlichen Spottsucht, deren Opfer zu werden ich nicht nur fürchtete, sondern deren allgemein anerkannter Teilhaber ich zu sein wünschte, verfiel ich sofort in eine stupide, wortlose Schamhaftigkeit, um kaum ein paar Minuten später jener hochmütigen „Dekadenz" zu verfallen, deren verlorene und stolze Söhne wir alle waren.

In solch einem törichten Zwiespalt befand ich mich, und ich wußte wahrhaftig nicht, zu wem mich flüchten. Ich dachte zeitweilig daran, meine Mutter zu meiner Vertrauten zu machen. Aber ich hielt sie damals, als ich noch jung war und weil ich so jung war, für unfähig, meine Sorgen zu verstehen. Die Beziehung, die ich zu meiner Mutter unterhielt, war nämlich ebenfalls keine echte und ursprüngliche, sondern der kümmerliche Versuch, das Verhältnis nachzuahmen, das die jungen Männer zu ihren Müttern hatten. In ihren Augen waren es nämlich gar keine wirklichen Mütter, sondern eine Art von Brutstätten, denen sie ihre Gereiftheit und ihr Leben zu verdanken hatten, oder, im besten Fall, so etwas wie heimatliche Landschaften, in denen man zufallsmäßig zur Welt gekommen ist und denen man nichts anderes mehr widmete als ein Gedenken und eine Rührung. Ich aber empfand zeit meines Lebens eine fast heilige Scheu vor meiner Mutter; ich unterdrückte dieses Gefühl nur. Ich aß nur mittags zu Hause. Wir saßen einander still gegenüber, an dem großen Tisch im geräumigen Speisezimmer, der Platz meines verstorbenen Vaters blieb leer, am Kopfende des Tisches, und jeden Tag wurde, den Anweisungen meiner Mutter zufolge, ein leerer Teller und ein Besteck für den für alle Zeiten Abwesenden aufgetragen. Man kann sagen, meine Mutter sei zur Rechten des Verstorbenen gesessen, ich zu seiner Linken. Sie trank einen goldenen Muskatwein, ich eine halbe Flasche Vöslauer. Er schmeckte mir nicht. Ich hätte Burgunder vorgezogen. Aber meine Mutter hatte es so bestimmt. Unser alter Diener Jacques bediente, mit seinen zitternden Greisenhänden, in schneeweißen Handschuhen. Sein dichtes Haar war fast von dem gleichen Weiß. Meine Mutter aß wenig, schnell, aber würdig. Sooft ich den Blick zu ihr erhob, senkte sie den ihrigen auf den Teller – und einen Augenblick vorher hatte ich ihn doch auf mir ruhen gefühlt. Ach, ich spürte damals wohl, daß sie viele Fragen an mich zu richten hatte und daß sie diese Fragen nur unterdrückte, um sich die Beschämung zu ersparen, von ihrem Kind, ihrem einzigen, angelogen zu werden. Sie faltete sorgsam die Serviette zusammen. Das waren die einzigen Augenblicke, während derer ich ungehindert ihr breites, etwas schwammig gewordenes Gesicht genau anschauen konnte und ihre schlaffen Hängebacken und ihre runzeligen, schweren Lider. Ich sah auf ihren Schoß, auf dem sie die Serviette zusammenfaltete, und ich dachte daran, andächtig, aber auch zugleich vorwurfsvoll, daß dort der Ursprung meines Lebens war, der warme Schoß, das Mütterlichste meiner Mutter, und ich verwunderte mich darüber, daß ich so stumm ihr gegenüberzusitzen vermochte, so hartnäckig, ja, so hartgesotten, und daß auch sie, meine Mutter, kein Wort für mich fand und daß sie sich offenbar vor ihrem erwachsenen, allzu schnell erwachsenen Sohn ebenso schämte wie ich mich vor ihr, der alt gewordenen, zu schnell alt gewordenen, die mir das Leben geschenkt hatte. Wie gern hätte ich zu ihr von meiner Zwiespältigkeit gesprochen, von meinem Doppelleben, von Elisabeth, von meinen Freunden! Aber sie wollte offenbar nichts hören von all dem, was sie ahnte, um nicht laut mißbilligen zu müssen, was sie im stillen geringschätzte. Vielleicht, wahrscheinlich, hatte sie sich auch mit dem ewigen, grausamen Gesetz der Natur abgefunden, das die Söhne zwingt, ihren Ursprung bald zu vergessen; ihre Mütter als ältere Damen anzusehen; der Brüste nicht mehr zu gedenken, an denen sie ihre erste Nahrung empfangen haben; stetes Gesetz, das auch die Mütter zwingt, die Früchte ihres Leibes groß und größer, fremd und fremder werden zu sehen; mit Schmerz zuerst, mit Bitterkeit sodann und schließlich mit Entsagung. Ich fühlte, daß meine Mutter mit mir deshalb so wenig sprach, weil sie mich nicht Dinge sagen lassen wollte, wegen deren sie mir hätte grollen müssen. Aber hätte ich die Freiheit besessen, mit ihr über Elisabeth zu sprechen und von meiner Liebe zu diesem Mädchen, so hätte ich wahrscheinlich sie, meine Mutter, und mich selbst sozusagen entehrt. Manchmal wollte ich in der Tat von meiner Liebe zu sprechen anfangen. Aber ich dachte an meine Freunde. Auch an ihre Beziehungen zu ihren Müttern. Ich hatte das kindische Gefühl, ich könnte mich durch ein Geständnis verraten. Als wäre es überhaupt ein Verrat an sich selbst, vor seiner Mutter etwas zu verschweigen, und überdies ein Verrat an dieser Mutter. Wenn meine Freunde von ihren Müttern sprachen, schämte ich mich

dreifach: nämlich meiner Freunde, meiner Mutter und meiner selbst wegen. Sie sprachen von ihren Müttern beinahe wie von jenen „Liaisons", die sie sitzen- oder liegenge-
lassen hatten, als wären es allzu früh gealterte Mätressen, und noch schlimmer, als wären die Mütter wenig würdig ihrer Söhne.

Meine Freunde also waren es, die mich hinderten, der Stimme der Natur und der Vernunft zu gehorchen und meinem Gefühl für die geliebte Elisabeth ebenso freien Ausdruck zu verleihen wie meiner kindlichen Liebe zu meiner Mutter.

Aber es sollte sich ja auch darauf zeigen, daß diese Sünden, die meine Freunde und ich
auf unsere Häupter luden, gar nicht unsere persönlichen waren, sondern nur die schwachen Vorzeichen der kommenden Vernichtung, von der ich bald erzählen werde.

6

Vor dieser großen Vernichtung war mir noch die Begegnung mit dem Juden Manes
Reisiger beschieden, von dem noch später die Rede sein wird.

Er stammte aus Zlotogrod in Galizien. Eine kurze Zeit später lernte ich dieses Zlotogrod kennen, und ich kann es also hier beschreiben. Es erscheint mir deshalb wichtig,
weil es nicht mehr existiert, ebensowenig wie Sipolje. Es wurde nämlich im Kriege vernichtet. Es war einst ein Städtchen, ein kleines Städtchen, aber immerhin ein Städtchen.
Heute ist es eine weite, große Wiese. Klee wächst im Sommer dort, die Grillen zirpen
im hohen Gras, die Regenwürmer gedeihen dort fett geringelt und groß, und die Lerchen stoßen jäh herunter, um sie zu fressen.

Der Jude Manes Reisiger kam eines Tages im Oktober zu einer ebenso frühen Mor-
genstunde zu mir, wie ein paar Monate vorher sein Freund, mein Vetter Branco, zu mir
gekommen war. Und er kam auf die Empfehlung meines Vetters Joseph Branco. „Junger Herr", sagte Jacques, „ein Jude möchte den jungen Herrn sprechen." Ich kannte damals ein paar Juden, freilich Wiener Juden. Ich haßte sie keineswegs, und zwar gerade
deshalb, weil um jene Zeit der positive Antisemitismus der Noblesse und der Kreise, in
denen ich verkehrte, eine Mode der Hausmeister geworden war, der Kleinbürger, der
Schornsteinfeger, der Tapezierer. Dieser Wandel war durchaus jenem der Mode analog,
der da bewirkte, daß die Tochter eines Rathausdieners genau die gleiche Pleureuse auf
den Sonntagshut steckte, die eine Trautmannsdorff oder eine Szechenyi drei Jahre vorher am Mittwoch getragen hatte. Und ebensowenig wie heute eine Szechenyi die Pleureuse anstecken konnte, die den Hut der Magistratsdienertochter zierte, ebensowenig
konnte die gute Gesellschaft, zu der ich mich zählte, einen Juden geringschätzen – einfach deshalb, weil es bereits mein Hausmeister tat.

Ich ging ins Vorzimmer, und ich war darauf vorbereitet, einen jener Juden zu sehen,
die ich kannte und deren Beruf ihren körperlichen Aspekt imprägniert, ja sogar gebildet
zu haben schien. Ich kannte Geldwechsler, Hausierer, Kleiderhändler und Klavierspie-

ler in Bordellen. Als ich nun ins Vorzimmer trat, erblickte ich einen Mann, der nicht nur keineswegs meinen gewohnten Vorstellungen von einem Juden entsprach, sondern sie sogar vollkommen zu zerstören hätte imstande sein können. Er war etwas unheimlich Schwarzes und unheimlich Kolossales. Man hätte nicht sagen können, daß sein Vollbart, sein glatter, blauschwarzer Vollbart, das braune, harte, knochige Angesicht umrahmte. Nein, das Angesicht wuchs geradezu aus dem Bart hervor, als wäre der Bart gleichsam früher dagewesen, vor dem Antlitz noch, und als hätte er jahrelang darauf gewartet, es zu umrahmen und es zu umwuchern. Der Mann war stark und groß. In der Hand hielt er eine schwarze Ripsmütze mit Schirmrand, und auf dem Kopf trug er ein rundes, samtenes Käppchen, nach der Art, wie es manchmal geistliche Herren tragen. Er stand so, hart an der Tür, gewaltig, finster, wie eine gewichtige Macht, die roten Hände zu Fäusten geballt, sie hingen wie zwei Hämmer aus den schwarzen Ärmeln seines Kaftans. Er zog aus dem inneren Lederrand seiner Ripsmütze den schmal gefalteten slowenischen Brief meines Vetters Joseph Branco hervor. Ich bat ihn sich zu setzen, aber er lehnte schüchtern ab, mit den Händen, und diese Ablehnung erschien mir um so schüchterner, als sie mit diesen Händen vorgebracht worden war, von denen jede imstande gewesen wäre, mich, das Fenster, den kleinen Marmortisch, den Kleiderständer und überhaupt alles, was im Vorzimmer vorhanden war, zu zertrümmern. Ich las den Brief. Aus dem erfuhr ich, daß der Mann, der da vor mir stand, Manes Reisiger aus Zlotogrod war, ein Kutscher seines Zeichens, Freund meines Vetters Joseph Branco, der auf seiner alljährlichen Rundreise durch die Kronländer der Monarchie, in denen er die Maroni verkaufte, bei ihm, dem Überbringer des Briefes, Kost und freien Aufenthalt genoß, und daß ich verpflichtet sei, im Namen unserer Verwandtschaft und unserer Freundschaft, dem Manes Reisiger behilflich zu sein – in allem, was er von mir wünschte.

Und was wünschte er, der Manes Reisiger aus Zlotogrod?

Nichts anderes als einen Freiplatz im Konservatorium für seinen hochbegabten Sohn Ephraim. Der sollte kein Kutscher werden und auch nicht im fernen Osten der Monarchie verkommen. Der Ansicht des Vaters nach war Ephraim ein genialer Musiker.

Ich versprach alles. Ich machte mich auf den Weg zu meinem Freund, dem Grafen Chojnicki, der unter all meinen Freunden erstens der einzige Galizianer war und zweitens allein imstande, die uralte, die traditionelle, die wirksame Widerstandskraft der alten österreichischen Beamten zu brechen: durch Drohung, Gewaltanwendung, Tücke und Hinterlist, die Waffen einer alten, längst versunkenen Kulturwelt: eben unserer Welt.

Am Abend traf ich den Grafen Chojnicki in unserem Café Wimmerl.

Ich wußte wohl, daß man ihm kaum einen größeren Gefallen bereiten konnte, als wenn man ihn bat, für einen seiner Landsleute Vergünstigungen zu verschaffen. Er hatte nicht nur keinen Beruf, er hatte auch keine Beschäftigung. Er, der in der Armee, in der Verwaltung, in der Diplomatie eine sogenannte „brillante Karriere" hätte einschlagen können und der sie geradezu ausgeschlagen hatte, aus Verachtung gegen die Trottel, die Tölpel, die Pallawatsche, alle jene, die den Staat verwalteten und die er „Knödelhirne" zu nennen liebte, machte sich ein delikates Vergnügen daraus, Hofräte seine Macht fühlen zu lassen, die wirkliche Macht eben, die gerade eine nicht-offizielle Würde verlieh. Und er, der so freundlich, so nachsichtig, ja entgegenkommend Kellnern, Kutschern, Dienstmännern und Briefträgern gegenüber war, der niemals versäumte, den Hut abzunehmen, wenn er einen Wachmann oder einen Portier um irgendeine gleichgültige Auskunft bat, bekam ein kaum wiedererkennbares Gesicht, wenn er eine seiner Protektionsdemarchen am Ballhausplatz, in der Statthalterei, im Kultus- und Unterrichtsministerium unternahm: ein eisiger Hochmut lag, ein durchsichtiges Visier, über seinen Zügen. War er noch unten vor dem livrierten Portier am Portal einigermaßen herablassend, manchmal sogar gütig, so steigerte sich sein Widerstand gegen die Beamten sichtbarlich bei jeder Stufe, die er emporstieg, und war er einmal im letzten Stock angekommen, machte er den Eindruck eines Mannes, der hierher gekommen war, um ein fürchterliches Strafgericht zu halten. Man kannte ihn schon in einigen Ämtern. Und wenn er im Korridor dem Amtsdiener mit einer gefährlich leisen Stimme sagte: „Melden Sie mich beim Hofrat!", so fragte man nur selten nach seinem Namen, und geschah es dennoch, wiederholte er, womöglich noch leiser: „Melden Sie mich sofort bitte!" Das Wort: „bitte!" klang allerdings schon lauter.

Er liebte überdies die Musik, und auch deswegen erschien es mir angebracht, seine Unterstützung für den jungen Reisiger in Anspruch zu nehmen. Er versprach sofort, am nächsten Tag schon alles zu versuchen. So prompt war seine Hilfsbereitschaft, daß ich bereits anfing, mein Gewissen belastet zu fühlen, und ihn also fragte, ob er nicht vielleicht lieber erst eine Probe für das Talent des jungen Reisiger haben wollte, bevor er sich für ihn einsetzte. Er aber geriet darüber in Aufregung. „Sie kennen vielleicht Ihre Slowenen", sagte er, „aber ich kenne meine galizischen Juden. Der Vater heißt Manes und ist ein Fiaker, wie Sie mir eben erzählen. Der Sohn heißt Ephraim, und all dies genügt mir vollkommen. Ich bin von dem Talent des Jungen ganz überzeugt. Ich weiß so was, dank meinem sechsten Sinn. Meine galizischen Juden können alles. Vor zehn Jahren noch habe ich sie nicht gemocht. Jetzt sind sie mir lieb, weil diese Knödelhirne angefangen haben, Antisemiten zu sein. Ich muß mich nur erkundigen, welche Herren eigentlich an den zuständigen Stellen sitzen, und besonders, welche unter ihnen Antisemiten sind. Denn ich will sie mit dem kleinen Ephraim ärgern, und ich werde auch mit dem Alten zusammen hingehen. Hoffentlich sieht er recht jüdisch aus."

„Er trägt einen halblangen Kaftan", sagte ich. „Gut, gut", rief Graf Chojnicki, „das ist mein Mann. Wissen Sie, ich bin kein Patriot, aber meine Landsleute liebe ich. Ein ganzes Land, ein Vaterland gar, ist etwas Abstraktes. Aber ein Landsmann ist etwas Konkretes. Ich kann nicht alle Weizen- und Kornfelder, alle Tannenwälder, alle Sümpfe lieben, alle polnischen Herren und Damen. Aber ein bestimmtes Feld, ein Wäldchen, einen Sumpf, einen Menschen: à la bonheur! Das sehe ich, das greife ich, das spricht in der Sprache, die mir vertraut ist, das ist just, weil es einzeln ist, der Inbegriff des Vertrauten. Und im übrigen gibt es auch Menschen, die ich Landsleute nenne, auch wenn sie in China, Persien, Afrika geboren sind. Manche sind mir auf den ersten Blick vertraut. Was ein richtiger ,Landsmann' ist, das fällt einem als Zeichen der Gnade vom Himmel in den Schoß. Ist er außerdem noch auf meiner Erde geboren: à la bonheur. Aber das zweite ist ein Zufall, und das erste ist ein Schicksal."

Er hob das Glas und rief „Es leben die Landsleute, meine Landsleute aus allen Weltgegenden!"

Zwei Tage später schon brachte ich ihm den Fiaker Manes Reisiger ins Hotel Kremser. Manes saß knapp auf dem Sesselrand, unbeweglich, ein kolossales, schwarzes Wesen. Er sah aus, als hätte er sich nicht selbst, als hätte ihn irgendein anderer hingesetzt, zufällig, an den Rand, und als wäre er selbst außerstande, den ganzen Platz einzunehmen. Außer den zwei Sätzen, die er von Zeit zu Zeit und ohne Zusammenhang wiederholte – nämlich: „Ich bitte sehr, die Herren!" und: „Ich danke sehr, die Herren!", sagte er nichts, und er schien auch ziemlich wenig zu verstehen. Es war Chojnicki, der dem Fiaker Manes aus Zlotogrod erzählte, wie es in Zlotogrod aussehe; denn Chojnicki kannte alle Gegenden in Galizien.

„Also morgen elf Uhr gehn wir, die Geschichte ordnen", sagte er.

„Ich danke sehr, die Herren!" sagte Manes. Er schwenkte mit der einen Hand die Ripsmütze und lüftete mit der anderen das Käppchen. Er verneigte sich noch einmal an der Tür, die ihm der Portier offenhielt und dem er dankbar und beglückt zulächelte.

In der Tat war ein paar Wochen später der junge Ephraim Reisiger im Konservatorium untergebracht. Der Junge kam zu Chojnicki, um sich zu bedanken. Auch ich war damals in Chojnickis Hotel. Der junge Ephraim Reisiger sah beinahe finster drein, und während er sich bedankte, machte er den Eindruck eines Jünglings, der einen Vorwurf vorzubringen hat. Er sprach polnisch, ich verstand, dank meinem Slowenisch, nur jedes dritte Wort. Aber ich begriff, nach den Mienen und den Blicken des Grafen Chojnicki, daß ihm die vorwurfsvolle und eigentlich arrogante Haltung des Jungen gefiel.

„Das ist was!", sagte er, nachdem der Junge gegangen war. „Bei uns zu Lande sagen die Leute einem nicht: Danke schön! – sondern eher das Gegenteil. Es sind stolze Menschen, die galizischen Juden, meine galizischen Juden! Sie leben in der Vorstellung, daß ihnen alle Vorzugsstellungen einfach gebühren. Mit dem großartigen Gleichmut, mit dem sie auf Steinwürfe und Beschimpfungen reagieren, nehmen sie die Vergünstigungen und Bevorzugungen entgegen. Alle anderen empören sich, wenn man sie beschimpft, und ducken sich, wenn man ihnen Gutes tut. Meine polnischen Juden allein berührt weder ein Schimpf noch eine Gunst. In ihrer Art sind sie Aristokraten. Denn das Kennzeichen des Aristokraten ist vor allem anderen der Gleichmut; und nirgends habe ich einen größeren Gleichmut gesehen als bei meinen polnischen Juden!"

Er sagte: meine polnischen Juden in dem gleichen Ton, in dem er mir gegenüber so oft gesagt hatte: meine Güter, meine van Goghs, meine Instrumentensammlung. Ich hatte die deutliche Empfindung, daß er die Juden zum Teil deshalb so schätzte, weil er sie als sein Eigentum betrachtete. Es war, als wären sie nicht nach Gottes Willen in Galizien zur Welt gekommen, sondern als hätte er sie sich beim Allmächtigen persönlich bestellt, wie er sich persische Teppiche bei dem bekannten Händler Pollitzer zu bestellen pflegte, Papageien bei dem italienischen Vogelhändler Scapini und alte, seltene Instrumente bei dem Geigenmacher Grossauer. Und mit der gleichen Sorgfalt, mit der gleichen umsichtigen Noblesse, mit der er Teppiche, Vögel, Instrumente behandelte, kam er auch seinen Juden entgegen; dermaßen, daß er es für seine selbstverständliche Pflicht hielt, dem Vater des ziemlich arroganten Jungen, dem braven Fiaker Manes, einen Brief zu schreiben, einen Glückwunsch zur Aufnahme des Ephraim im Konservatorium. Denn Chojnicki hatte Angst, der Fiaker Manes könnte ihm mit einem Dankbrief zuvorkommen.

Der Fiaker Manes Reisiger aber, weit davon entfernt, Dankesbriefe zu schreiben, und vollkommen unfähig, die Gunst des Schicksals zu ermessen, die ihn und seinen Sohn in des Grafen Chojnicki und in meine Nähe gebracht hatte, vielmehr zu der Annahme geneigt, daß seines Sohnes Ephraim Talent so übermäßig groß war, daß ein Wiener Konservatorium beglückt sein müßte, einen solchen Sohn zu beherbergen, besuchte mich zwei Tage später und begann folgendermaßen: „Wenn einer etwas kann in dieser Welt, wird er etwas. Ich habe das meinem Sohn Ephraim immer gesagt. Es ist auch so gekommen. Es ist mein einziger Sohn. Er spielt großartig Geige. Sie müssen ihn einmal bitten, daß er Ihnen etwas vorspielt. Und er ist stolz. Wer weiß, ob er es wirklich tut!" – Es war so, als hätte ich dem Fiaker Manes dafür zu danken, daß es mir vergönnt gewesen war, seinem Sohn einen Platz im Konservatorium zu verschaffen. „Ich habe gar nichts mehr hier in Wien zu suchen", fuhr er fort, „ich werde morgen nach Hause fahren."

„Sie müssen", sagte ich ihm, „noch dem Grafen Chojnicki einen Besuch machen, um sich bei ihm zu bedanken."

„Ein feiner Herr Graf!" sagte Manes, mit Anerkennung. „Ich werde ihm adieu sagen. Hat er meinen Ephraim schon spielen gehört?"

„Nein!" sagte ich, „Sie sollten ihn darum bitten!"

Der Zug des Fiakers Manes Reisiger ging um elf Uhr abends, gegen acht Uhr kam er zu mir und bat mich, das heißt: er befahl mir beinahe, ihn in das Hotel des Grafen Chojnicki zu führen.

Gut, ich führte ihn hin. Chojnicki war dankbar und fast entzückt. Ja, er war sogar gerührt. „Wie großartig", rief er, „daß er zu mir kommt, um mir zu danken. Ich habe Ihnen gleich gesagt: so sind unsere Juden!"

Schließlich dankte er dem Fiaker Manes dafür, daß dieser ihm Gelegenheit gegeben hatte, ein Genie der Welt erhalten zu haben. Es hörte sich an, als ob Chojnicki seit zehn oder seit zwanzig Jahren auf nichts anderes gewartet hätte, als auf den Sohn des Manes

Reisiger und als sei ihm nunmehr ein längst gehegter und sorgsam gepflegter Wunsch
endlich in Erfüllung gegangen. Er bot sogar Manes Reisiger aus lauter Dankbarkeit Geld
für die Rückreise an. Der Fiaker Manes lehnte ab, aber er lud uns beide ein, zu ihm zu
kommen. Er hätte ein Haus, sagte er, drei Zimmer, eine Küche, einen Stall für sein Pferd
und einen Garten, wo sein Wagen und sein Schlitten stünden. Oh, er sei gar kein armer
Fiaker. Er verdiente sogar fünfzig Kronen im Monat. Und wenn wir zu ihm kommen
wollten, würde es uns großartig ergehen. Er würde schon dafür sorgen, daß wir nichts
zu entbehren hätten.

Er vergaß auch nicht, Chojnicki und mich daran zu erinnern, daß wir geradezu die
Pflicht hätten, uns um seinen Sohn Ephraim zu kümmern. „So ein Genie muß man pflegen!" sagte er beim Abschied.

Chojnicki versprach es; und auch, daß wir im nächsten Sommer bestimmt nach Zlotogrod kommen würden.

7

Hier, an dieser Stelle, muß ich von einer wichtigen Angelegenheit sprechen, von der
ich, als ich dieses Buch zu schreiben anfing, gehofft hatte, ich könnte sie umgehen. Es
handelt sich nämlich um nichts anderes als die Religion.

Ich war ungläubig, wie meine Freunde, wie alle meine Freunde. Ich ging niemals zur
Messe. Wohl aber pflegte ich meine Mutter bis vor den Eingang zur Kirche zu begleiten,
meine Mutter, die zwar vielleicht nicht gläubig war, wohl aber „praktizierend", wie man
sagt. Damals haßte ich die Kirche geradezu. Ich weiß heute, da ich gläubig bin, zwar
nicht mehr, warum ich sie haßte. Es war „Mode" sozusagen.

Ich hätte mich geschämt, wenn ich meinen Freunden hätte sagen müssen, daß ich zur
Kirche gegangen sei. Es war keine wirkliche Feindseligkeit gegen die Religion in ihnen,
sondern eine Art Hochmut, die Tradition anzuerkennen, in der sie aufgewachsen waren. Zwar wollten sie das Wesentliche ihrer Tradition nicht aufgeben; aber sie – und ich
gehörte zu ihnen –, wir rebellierten gegen die Formen der Tradition, denn wir wußten
nicht, daß wahre Form mit dem Wesen identisch sei und daß es kindisch war, eines von
dem andern zu trennen. Es war kindisch, wie gesagt: aber wir waren damals eben kindisch. Der Tod kreuzte schon seine knochigen Hände über den Kelchen, aus denen wir
tranken, fröhlich und kindisch. Wir fühlten ihn nicht, den Tod. Wir fühlten ihn nicht,
weil wir Gott nicht fühlten. Unter uns war Graf Chojnicki der einzige, der noch an den
religiösen Formen festhielt, aber auch nicht etwa aus Gläubigkeit, sondern dank dem
Gefühl, daß die Noblesse ihn dazu verpflichtete, die Vorschriften der Religion zu befolgen. Er hielt uns andere, die wir sie vernachlässigten, für halbe Anarchisten. „Die römische Kirche", so pflegte er zu sagen, „ist in dieser morschen Welt noch die einzige
Formgeberin, Formerhalterin. Ja, man kann sagen, Formspenderin. Indem sie das Tra-

870   DIE KAPUZINERGRUFT

ditionelle des sogenannten ‚Althergebrachten' in der Dogmatik einsperrt wie in einem
eisigen Palast, gewinnt und verleiht sie ihren Kindern die Freiheit, ringsum, außerhalb
dieses Eispalastes, der einen weiten, geräumigen Vorhof hat, das Lässige zu treiben noch
das Verbotene zu verzeihen, beziehungsweise zu führen. Indem sie Sünden statuiert,
vergibt sie bereits diese Sünden. Sie gestattet geradezu keine fehlerlosen Menschen: dies
ist das eminent Menschliche an ihr. Ihre tadellosen Kinder erhebt sie zu Heiligen. Dadurch allein gestattet sie implicite die Fehlerhaftigkeit der Menschen. Ja, sie gestattet die
Sündhaftigkeit in dem Maße, daß sie jene Wesen nicht mehr für menschlich hält, die
nicht sündhaft sind: die werden selig oder heilig. Dadurch bezeugt die römische Kirche
ihre vornehmste Tendenz, zu verzeihen, zu vergeben. Es gibt keine noblere Tendenz als
die Verzeihung. Bedenken Sie, daß es keine vulgärere gibt als die der Rache. Es gibt keine Noblesse ohne Großzügigkeit, wie es keine Rachsucht gibt ohne Vulgarität."

Er war der Älteste und Klügste unter uns, der Graf Chojnicki; aber wir waren zu jung
und zu töricht, um seiner Überlegenheit jene Verehrung zu zollen, die sie gewiß verdiente. Wir hörten ihm eher gefällig zu, und obendrein bildeten wir uns noch ein, daß
wir ihm eine Liebenswürdigkeit erwiesen, indem wir ihm zuhörten. Er war für uns sogenannte Junge ein älterer Herr. Später erst, im Kriege, war es uns beschieden zu sehen,
um wieviel jünger er in Wahrheit war als wir.

Aber spät erst, viel zu spät, sahen wir ein, daß wir zwar nicht jünger waren als er, sondern einfach ohne Alter, sozusagen unnatürlich ohne Alter. Dieweil er natürlich war,
würdig seiner Jahre, echt und gottgesegnet.

8

Ein paar Monate später erhielt ich den folgenden Brief von dem Fiaker Manes Reisiger:

„Sehr verehrter Herr!
Nach der großen Ehre und der großen Dienstleistung, die Sie mir erwiesen haben, erlaube ich mir ergebenst, Ihnen mitzuteilen, daß ich Ihnen sehr, sehr dankbar bin.

Mein Sohn schreibt mir, daß er Fortschritte im Konservatorium macht, und sein ganzes Genie habe ich Ihnen zu verdanken. Ich danke Ihnen auch von Herzen. Gleichzeitig
erlaube ich mir ergebenst, Sie zu bitten, ob Sie nicht die große Güte hätten, hierher, zu
uns, zu kommen. Ihr Cousin, der Maronibrater Trotta, wohnt immer, das heißt: seit
zehn Jahren, bei mir, jeden Herbst. Ich habe mir vorgestellt, daß es auch Ihnen angenehm wäre, bei mir zu wohnen. Mein Häuschen ist arm, aber geräumig.

Sehr verehrter Herr! Nehmen Sie mir gefälligst diese Einladung nicht übel. Ich bin so
klein, und Sie sind so groß! Verehrter Herr! Ich bitte auch um Entschuldigung, daß ich
diesen Brief schreiben lasse. Ich kann nämlich selbst nicht schreiben, außer meinen Na-

men. Diesen Brief schreibt, auf meinen Willen, der öffentlich konzessionierte Schreiber unseres Ortes, Hirsch Kiniower, also ein zuverlässiger, ordentlicher und amtlicher Mensch. Des sehr verehrten Herrn ergebener:

Manes Reisiger, Fiaker in Zlotogrod."

Der ganze Brief war in sorgfältiger, kalligraphischer Schrift geschrieben: „wie gedruckt" sagte man damals von dieser Art Schrift. Nur die Unterschrift, der Name eben, verriet die rührende Ungelenkigkeit der Fiakerhand. Dieser Anblick der Unterschrift allein hätte mir genügt, meinen Entschluß zu fassen und meine Reise nach Zlotogrod für den nächsten Frühherbst festzusetzen. Sorglos waren wir damals alle, und ich war sorglos wie alle die anderen. Unser Leben war vor dem großen Krieg idyllisch, und schon eine Reise nach dem fernen Zlotogrod schien uns allen ein Abenteuer. Und daß ich der Held dieses Abenteuers sein sollte, war mir selbst eine großartige Gelegenheit, großartig vor meinen Freunden dazustehen. Und obwohl diese abenteuerliche Reise noch so weit vor uns lag und obwohl ich allein sie zu machen hatte, sprachen wir doch jeden Abend von ihr, als trennte mich lediglich eine Woche von Zlotogrod und als hätte ich sie nicht allein, sondern wir alle gemeinsam zu unternehmen. Allmählich wurde diese Reise für uns alle eine Leidenschaft, sogar eine Besessenheit. Und wir begannen, uns das ferne kleine Zlotogrod sehr willkürlich auszumalen, dermaßen, daß wir selbst schon, während wir noch Zlotogrod schilderten, überzeugt waren, wir entwürfen davon ein ganz falsches Bild; und daß wir dennoch nicht aufhören konnten, diesen Ort, den keiner von uns kannte, zu entstellen. Das heißt: mit allerhand Eigenschaften auszustatten, von denen wir von vornherein wußten, sie seien die willkürlichen Ergebnisse unserer Phantasie und keineswegs die realen Qualitäten dieses Städtchens.

So heiter war damals die Zeit! Der Tod kreuzte schon seine knochigen Hände über den Kelchen, aus denen wir tranken. Wir sahen ihn nicht, wir sahen nicht seine Hände. Wir sprachen von Zlotogrod dringlich so lange und so intensiv, daß ich von der Furcht erfaßt wurde, es könnte eines Tages plötzlich verschwinden oder meine Freunde könnten zu glauben anfangen, jenes Zlotogrod sei unwirklich geworden und es existierte gar nicht und ich hätte ihnen nur davon erzählt. Plötzlich erfaßten mich die Ungeduld und sogar die Sehnsucht nach diesem Zlotogrod und nach dem Fiaker namens Reisiger.

Mitten im Sommer des Jahres 1914 fuhr ich hin, nachdem ich Vetter Trotta nach Sipolje geschrieben hatte, daß ich ihn dort erwarte.

9

Mitten im Sommer des Jahres 1914 fuhr ich also nach Zlotogrod. Ich kehrte im Hotel „Zum Goldenen Bären" ein, dem einzigen Hotel dieses Städtchens, von dem man mir gesagt hatte, es sei einem Europäer angemessen.

Der Bahnhof war winzig, wie jener in Sipolje, den ich in gewissenhafter Erinnerung behalten hatte. Alle Bahnhöfe der alten österreichisch-ungarischen Monarchie gleichen einander, die kleinen Bahnhöfe in den kleinen Provinzorten. Gelb und winzig, waren sie trägen Katzen ähnlich, die winters im Schnee, sommers in der Sonne lagern, gleichsam beschützt von dem überlieferten kristallenen Glasdach des Perrons und überwacht von dem schwarzen Doppeladler auf gelbem Hintergrund. Überall, in Sipolje wie in Zlotogrod, war der Portier der gleiche, der gleiche Portier mit dem erhabenen Bauch, der dunkelblauen, friedfertigen Uniform, dem schwarzen Riemen quer über der Brust, dem Riemen, in dem die Glocke steckte, die Mutter jenes seligen, dreimaligen, vorschriftsmäßigen Klingelns, das die Abfahrt ankündigte; auch in Zlotogrod, wie in Sipolje, hing am Perron, über dem Eingang zum Bureau des Stationsvorstehers, jenes schwarze, eiserne Instrument, aus dem wunderbarerweise das ferne, silberne Klingeln des fernen Telephons kam, Signale, zart und lieblich, aus anderen Welten, so daß man sich wunderte, daß sie Zuflucht gefunden hatten in einem so schweren, wenn auch kleinen Gehäuse; auf der Station in Zlotogrod, wie auf der in Sipolje, salutierte der Portier den Ankommenden wie den Abreisenden, und sein Salutieren war wie eine Art militärischen Segens; auf dem Bahnhof in Zlotogrod, wie auf dem in Sipolje, gab es den gleichen „Wartesaal zweiter und erster Klasse“, das gleiche Büfett mit den Schnapsflaschen und der gleichen blonden, vollbusigen Kassiererin und den zwei riesengroßen Palmen rechts und links vom Büfett, die ebenso an Vorweltgewächse erinnerten wie an Pappendeckel. Und vor dem Bahnhof warteten die drei Fiaker, genauso wie in Sipolje. Und ich erkannte sofort den unverkennbaren Fiaker Manes Reisiger.

Selbstverständlich war er es, der mich zum Hotel „Zum Goldenen Bären“ fuhr. Er hatte einen schönen, mit zwei silbergrauen Schimmeln bespannten Fiaker, die Speichen der Räder waren gelb lackiert und die Räder mit Gummi versorgt, so wie sie Manes in Wien bei den sogenannten „Gummiradlern“ gesehen hatte.

Er gestand mir unterwegs, daß er eigentlich nicht so sehr meinetwegen, in Erwartung meiner Ankunft, seinen Fiaker renoviert hatte wie aus einer Art jener instinktiven Leidenschaft, die ihn zwang, seine Kollegen, die Wiener Fiaker, genauer zu beobachten und seine Ersparnisse dem Gott des Fortschritts zu opfern, zwei Schimmel zu kaufen und Gummireifen um die Räder zu tun.

Der Weg vom Bahnhof zur Stadt war sehr weit, und Manes Reisiger hatte lang Zeit, mir die Geschichten zu erzählen, die ihn so nahe angingen. Er hielt dabei mit der linken Hand die Zügel. Zu seiner Rechten stak die Peitsche in ihrem Futteral. Die Schimmel kannten wohl den Weg. Es war keineswegs nötig, sie zu lenken. Manes brauchte sich gar nicht um sie zu kümmern. Er saß also nachlässig auf dem Kutschbock, hielt die Zügel sorglos und schlaff in der Linken und neigte sich mir mit dem halben Oberkörper zu, während er mir seine Geschichte erzählte. Beide Schimmel zusammen hatten nur hundertfünfundzwanzig Kronen gekostet. Es waren ärarische Schimmel, jeder auf dem linken Auge blind geworden, für militärische Zwecke also unbrauchbar und von den in

DIE KAPUZINERGRUFT

Zlotogrod stationierten Neuner-Dragonern billig abgegeben. Allerdings hätte er, der Fiaker Manes Reisiger, sie niemals so leicht kaufen können, wenn er nicht ein Liebling des Obersten von dem Neuner-Dragoner-Regiment gewesen wäre. Es gab im ganzen fünf Fiaker im Städtchen Zlotogrod. Die andern vier, die Kollegen Reisigers, hatten schmutzige Wagen, faule und lahme alte Stuten, krumme Räder und ausgefranste Ledersitze. Die Holzwolle kroch nur so wild durch das abgeschabte und löchrige Leder, und es war wahrhaftig keinem Herrn, geschweige denn einem Obersten von den Neuner-Dragonern zuzumuten, daß er sich in solch einen Fiaker setzte.

Ich hatte eine Empfehlung von Chojnicki an den Garnisonskommandanten, den Obersten Földes von den Neunern, ebenso wie an den Bezirkshauptmann, den Baron Grappik. Gleich morgen, am nächsten Tag nach meiner Ankunft also, gedachte ich beide Besuche zu machen. Der Fiaker Manes Reisiger verfiel in Schweigen, er hatte nichts mehr Wichtiges zu erzählen, alles, was wichtig in seinem Leben war, hatte er bereits gesagt. Dennoch aber ließ er immer noch die Peitsche im Futteral, dennoch hielt er immer noch die Zügel schlaff und lose, dennoch wandte er mir immer noch vom Kutschbock her seinen Oberkörper zu. Das ständige Lächeln seines breiten Mundes mit den starken, weißen Zähnen zwischen der nächtlichen, fast schon blauen Schwärze seines Schnurrbarts und seines Bartes erinnerte leicht an einen milchigen Mond zwischen Wäldern, zwischen angenehmen Wäldern eben. So viel Heiterkeit, so viel Güte war in diesem Lächeln, daß es sogar die Kraft der fremden, flachen, wehmütigen Landschaft beherrschte, durch die ich fuhr. Denn weite Felder zu meiner Rechten, weite Sümpfe zu meiner Linken dehnten sich auf dem Weg zwischen der Bahnstation Zlotogrod und dem Städtchen Zlotogrod, es war, als wäre es gleichsam in freiwilliger Keuschheit bewußt ferne dem Bahnhof geblieben, der es mit der Welt verband. Es war ein regnerischer Nachmittag und, wie gesagt, am Anfang des Herbstes. Die Gummiräder des Fiakers Manes rollten gespenstisch lautlos durch die aufgeweichte, ungepflasterte Landstraße, aber die schweren Hufe der starken, dereinst ärarischen Schimmel klatschten in wuchtigem Rhythmus durch den dunkelgrauen Schlamm, und die dicken Kotklumpen spritzten vor uns her. Es war bereits Halbdunkel, als wir die ersten Häuser erreichten. Mitten auf dem Ringplatz, der kleinen Kirche gegenüber, stand, durch eine einsame, traurige Laterne von weitem schon kundgetan, das einzige zweistöckige Haus von Zlotogrod: nämlich das Hotel „Zum Goldenen Bären". Die einsame Laterne davor erinnerte an ein Waisenkind, das durch Tränen vergeblich zu lächeln versucht.

Dennoch, auf so viel Fremdes, mehr als dies: nämlich Weites und Entferntes ich mich auch vorbereitet hatte, erschien mir auch das meiste heimisch und vertraut. Viel später erst, lange nach dem großen Krieg, den man den „Weltkrieg" nennt, mit Recht, meiner Meinung nach, und zwar nicht etwa, weil ihn die ganze Welt geführt hatte, sondern weil wir alle infolge seiner eine Welt, unsere Welt, verloren haben, viel später also erst sollte ich einsehen, daß sogar Landschaften, Äcker, Nationen, Rassen, Hütten und Kaffeehäuser verschiedenster Art und verschiedenster Abkunft dem durchaus natürlichen Gesetz eines starken Geistes unterliegen müssen, der imstande ist, das Entlegene nahezubringen, das Fremde verwandt werden zu lassen und das scheinbar Auseinanderstrebende zu einigen. Ich spreche vom mißverstandenen und auch mißbrauchten Geist der alten Monarchie, der da bewirkte, daß ich in Zlotogrod ebenso zu Hause war wie in Sipolje, wie in Wien. Das einzige Kaffeehaus in Zlotogrod, das Café Habsburg, gelegen im Parterre des Hotels „Zum Goldenen Bären", in dem ich abgestiegen war, sah nicht anders aus als das Café Wimmerl in der Josefstadt, wo ich gewohnt war, mich mit meinen Freunden am Nachmittag zu treffen. Auch hier saß hinter der Theke die wohlvertraute Kassiererin, so blond und so füllig, wie zu meiner Zeit nur die Kassiererinnen sein konnten, eine Art biedere Göttin des Lasters, eine Sünde, die sich selbst preisgab, indem sie sich nur andeutete, lüstern, verderblich und geschäftüchtig lauernd zugleich. Desgleichen hatte ich schon in Agram, in Olmütz, in Brünn, in Kecskemet, in Szombathely, in Ödenburg, in Sternberg, in Müglitz gesehen. Die Schachbretter, die Dominosteine, die verrauchten Wände, die Gaslampen, der Küchentisch in der Ecke, in der Nähe der Toiletten, die blaugeschürzte Magd, der Landgendarm mit dem lehmgelben Helm, der auf einen Augenblick eintrat, ebenso autoritär wie verlegen, und der das Gewehr mit dem aufgepflanzten Bajonett schüchtern fast in den Regenschirmständer lehnte, und die Tarockspieler mit den Kaiserbärten und den runden Manschetten, die sich jeden Tag pünktlich um die gleiche Stunde versammelten: all dies war Heimat, stärker als nur ein Vaterland, weit und bunt, dennoch vertraut und Heimat: die kaiser- und königliche Monarchie. Der Bezirkshauptmann Baron Grappik und der Oberst der Neuner-Dragoner Földes, sie sprachen beide das gleiche näselnde, ärarische Deutsch der besseren Stände, eine Sprache, hart und weich zugleich, als wären Slawen und Italiener die Gründer und Väter dieser Sprache, einer Sprache voller diskreter Ironie und voll graziöser Bereitschaft zur Harmlosigkeit, zum Plausch und sogar zum holden Unsinn. Es dauerte kaum eine Woche, und ich war in Zlotogrod ebenso heimisch, wie ich es in Sipolje, in Müglitz, in Brünn und in unserem Café Wimmerl in der Josefstadt gewesen war.

Selbstverständlich fuhr ich jeden Tag im Fiaker meines Freundes Manes Reisiger durch die Gegend. Das Land war in Wirklichkeit arm, aber es zeigte sich anmutig und sorglos. Die weit gebreiteten, unfruchtbaren Sümpfe selbst erschienen mir saftig und gütig und der freundliche Chor der Frösche, der aus ihnen emporstieg, als ein Lobgesang von Lebewesen, die besser als ich wußten, zu welchem Zweck Gott sie und ihre Heimat, die Sümpfe, geschaffen hatte.

In der Nacht hörte ich manchmal die heiseren, oft unterbrochenen Schreie der hoch fliegenden wilden Gänse. An Weiden und Birken hing noch reichlich das Laub, aber von den großen, Ehrfurcht heischenden Kastanien fielen bereits die sauber gezackten, harten, goldgelben Blätter. Die Enten schnatterten mitten in der Straße, in denen unregelmäßige Tümpel den silbergrauen, nie trocknenden Schlamm unterbrachen.

Ich pflegte am Abend mit den Offizieren des Neuner-Dragoner-Regiments zu essen; richtiger gesagt: zu trinken. Über den Kelchen, aus denen wir tranken, kreuzte der un-

DIE KAPUZINERGRUFT

sichtbare Tod schon seine knochigen Hände. Wir ahnten sie noch nicht. Manchmal blieben wir spät zusammen. Aus einer unerklärlichen Angst vor der Nacht erwarteten wir den Morgen. Aus einer unerklärlichen Angst, sagte ich eben, weil sie uns damals erklärlich zu sein schien; denn wir suchten die Erklärung in der Tatsache, daß wir zu jung waren, um die Nächte zu vernachlässigen. Indessen war es, wie ich erst später sah, die Angst vor den Tagen, genauer gesagt, vor den Vormittagen, den klarsten Zeiten des Tages. Da sieht man deutlich, und man wird auch deutlich gesehen. Und wir, wir wollten nicht deutlich sehen, und wir wollten auch nicht deutlich gesehen werden.

Am Morgen also, um sowohl dieser Deutlichkeit zu entgehen als auch dem dumpfen Schlaf, den ich wohl kannte und der einen Menschen nach einer durchwachten und durchzechten Nacht überfällt, wie ein falscher Freund, ein schlechter Heiler, ein griesgrämiger Gütling und ein tückischer Wohltäter, flüchtete ich mich zu Manes, dem Fiaker. Oft gegen sechs Uhr früh kam ich in dem Augenblick an, wo er eben aus dem Bett gestiegen war. Er wohnte außerhalb des Städtchens, in der Nähe des Friedhofs. Ich brauchte ungefähr eine halbe Stunde, um zu ihm zu gelangen. Manchmal kam ich just in dem Moment an, in dem er gerade aufgestanden war. Sein Häuschen lag einsam, umgeben von Feldern und Wiesen, die ihm nicht gehörten, blau getüncht und mit einem schwarzgrauen Schindeldach versehen, nicht unähnlich einem lebendigen Wesen, das nicht zu stehen, sondern sich zu bewegen schien. So kräftig war die dunkelblaue Farbe der Wände innerhalb des welk werdenden Grüngelbs der Umgebung. Wenn ich das dunkelrote Tor aufstieß, das den Eingang zu der Wohnung des Fiakers Manes freigab, sah ich ihn zuweilen gerade aus seiner Haustür steigen. Vor dieser braunen Haustür stand er da, im groben Hemd, in groben Unterhosen, barhäuptig und barfüßig, eine große, braune, irdene Kanne in der Hand. Er trank immer wieder einen Schluck, dann spuckte er das Wasser aus dem Munde in großem Bogen aus. Mit seinem gewaltigen, schwarzen Vollbart, gerade gegenüber der eben aufgehenden Sonne, in seinem groben Leinen, mit seinen struppigen und wolligen Haaren, erinnerte er an Urwald, Urmensch, Vorzeit, verwirrt und verspätet, man wußte nicht warum. Er zog sein Hemd aus und wusch sich am Brunnen. Er pustete gewaltig dabei, spie, kreischte, jauchzte fast, es war wahrhaftig wie ein Einbruch der Vorwelt in die Nachwelt. Dann zog er sein grobes Hemd wieder an, und wir gingen beide einander entgegen, um uns zu begrüßen. Diese Begrüßung war ebenso feierlich wie herzlich. Es war eine Art von Zeremoniell und, obwohl wir uns fast jeden Morgen sahen, immer wieder eine stillschweigende Versicherung der Tatsache, daß weder ich ihn lediglich für einen jüdischen Fiaker hielt noch er mich lediglich für einen einflußreichen jungen Herrn aus Wien. Manchmal bat er mich, die spärlichen Briefe zu lesen, die sein Sohn aus dem Konservatorium schrieb. Es waren ganz kurze Briefe, aber da er erstens nicht schnell die deutsche Sprache begriff, in der ihm der Sohn zu schreiben sich verpflichtet fühlte – weiß Gott aus welchem Grund –, und zweitens, weil sein zärtliches Vaterherz wünschen mochte, daß diese Briefe nicht zu kurz seien, achtete er darauf, daß ich sie sehr langsam lese. Oft verlangte er auch, daß ich die Sätze zwei- oder dreimal wiederhole.

Das Geflügel in seinem kleinen Stall begann zu gackern, sobald er in den Hof trat. Die Pferde wieherten, lüstern fast, dem Morgen entgegen und dem Fiaker Manes. Er schloß zuerst den Pferdestall auf, und beide Schimmel steckten gleichzeitig die Köpfe zur Tür heraus. Er küßte sie beide, so, wie man Frauen küßt. Dann ging er in den Schuppen, um den Wagen herauszubringen. Hierauf spannte er die Pferde ein. Dann schloß er den Hühnerstall auf, und das Geflügel zerstreute sich kreischend und flügelschlagend. Es sah aus, als ob sie eine unsichtbare Hand über den Hof ausgesät hätte.

Ich kannte auch die Frau des Fiakers Manes Reisiger. Etwa eine halbe Stunde später als er pflegte sie aufzustehen und mich zum Tee einzuladen. Ich trank ihn in der blau getünchten Küche, vor dem großen, weißblechernen Samowar, während Manes geschabten Rettich, Zwiebelbrot und Gurken aß. Es roch stark, aber heimlich, heimisch fast, obwohl ich niemals diese Art Frühstück gegessen hatte; ich liebte damals eben alles, ich war jung, einfach jung.

Ich hatte sogar die Frau meines Freundes Manes Reisiger gern, obwohl sie zu den – im allgemeinen Sprachgebrauch sogenannten – häßlichen Frauen gehörte, denn sie war rothaarig, sommersprossig und sah einer aufgequollenen Semmel ähnlich Dennoch, und trotz ihrer fetten Finger, hatte sie eine appetitliche Art, den Tee einzuschenken, ihrem Mann das Frühstück zu bereiten. Sie hatte ihm drei Kinder geboren. Zwei von ihnen waren an den Pocken gestorben. Manchmal sprach sie von den toten Kindern, als wären sie noch lebendig. Es war, als gäbe es für sie keinen Unterschied zwischen den begrabenen Kindern und jenem nach dem Wiener Konservatorium abgewanderten Sohn, der ihr so gut wie gestorben erscheinen mochte. Ausgeschieden war er eben aus ihrem Leben.

Durchaus lebendig und allzeit gegenwärtig aber war ihr mein Vetter, der Maronibrater. Hier vermutete ich allerhand.

Eine Woche später mußte er kommen, mein Vetter Joseph Branco Trotta.

10

Eine Woche später kam er auch.

Er kam mit seinem Maulesel, mit seinem Ledersack, mit seinen Kastanien. Braun und schwarz und heiter war er; genau so, wie ich ihn das letztemal in Wien gesehen hatte. Es schien ihm offenbar natürlich, mich hier wiederzutreffen. Es war noch lange nicht die richtige Saison der Maroni angebrochen. Mein Vetter war einfach meinetwegen ein paar Wochen früher gekommen. Auf dem Wege von der Bahn zur Stadt saß er auf dem Kutschbock an der Seite unseres Freundes Manes Reisiger. Den Maulesel hatten sie hinten mit einem Halfterband an den Fiaker gebunden. Der Ledersack, der Bratofen, die Kastanien waren zu beiden Seiten des Wagens aufgeschnallt. Also fuhren wir in das Städtchen Zlotogrod ein, aber wir erregten keinerlei Aufsehen. Man war in Zlotogrod

DIE KAPUZINERGRUFT

gewohnt, meinen Vetter Joseph Branco jedes zweite Jahr auftauchen zu sehen. Und auch an mich, den dorthin verirrten Fremden, schien man sich bereits gewöhnt zu haben.

Mein Vetter Joseph Branco stieg, wie gewöhnlich, bei Manes Reisiger ab. Er brachte mir, eingedenk seiner guten Geschäfte, die er im Sommer des vergangenen Jahres mit der Uhr und mit der Kette gemacht hatte, noch ein paar folkloristische Kleinigkeiten mit, zum Beispiel einen Aschenbecher aus getriebenem Silber, auf dem zwei übereinandergekreuzte Dolche zu sehen waren und der heilige alte Nikodemus, der mit ihnen gar nichts zu tun hatte, einen Becher aus Messing, der mir nach Sauerteig zu riechen schien, einen Kuckuck aus bemaltem Holz. Dies alles, so sagte Joseph Branco, hätte er mitgebracht, um es mir zu schenken, für den Fall, daß ich imstande wäre, ihm die „Transportkosten" zu ersetzen. Und ich begriff, was er unter „Transportkosten" verstand. Ich kaufte ihm den Aschenbecher, den Trinkbecher und den hölzernen Kuckuck ab, noch am Abend seiner Ankunft. Er war glücklich.

Um sich die Zeit zu vertreiben, wie er vorgab, in Wirklichkeit aber, um jede Gelegenheit auszunützen, die ihm etwas Geld eintragen konnte, versuchte er von Zeit zu Zeit dem Fiaker Manes einzureden, daß er, Joseph Branco, ein geschickter Kutscher sei, besser als Manes, auch fähiger als dieser, Kunden zu finden. Aber Reisiger ging auf derlei Reden gar nicht ein. Er selbst spannte seine Schimmel am frühen Morgen vor den Wagen und fuhr, ohne sich um Joseph Branco zu kümmern, zum Bahnhof und zum Marktplatz, wo seine Kollegen, die anderen Fiaker, hielten.

Es war ein schöner, sonniger Sommer. Obwohl Zlotogrod sozusagen kein „richtiges Städtchen" war, weil es nämlich eher einem verkleideten Dorf ähnlicher sah als einem Städtchen, und obwohl es den ganzen frischen Atem der Natur ausströmte, dermaßen, daß die Wälder, die Sümpfe und die Hügel, von denen es umgeben war, den Marktplatz beinahe zu bedrängen schienen und daß man glauben konnte, Wald und Sumpf und Hügel könnten jeden Tag in das Städtchen ebenso selbstverständlich einkehren wie etwa ein Durchreisender, der vom Bahnhof kam, um im Hotel „Zum Goldenen Bären" abzusteigen, schien es meinen Freunden, den Beamten der Bezirkshauptmannschaft wie den Herren von den Neuner-Dragonern, daß Zlotogrod eine wirkliche Stadt sei; denn sie hatten das Bewußtsein nötig, daß sie nicht in weltverlorene Ortschaften verbannt seien, und die Tatsache allein, daß es eine Bahnstation Zlotogrod gab, vermittelte ihnen das sichere Gefühl, daß sie nicht abseits jener Zivilisation lebten, in der sie aufgewachsen und von der sie verwöhnt waren. Infolgedessen taten sie so, als müßten sie ein paarmal in der Woche die sogenannte unzuträgliche Stadtluft verlassen und in Fiakern jenen Wäldern, Sümpfen, Hügeln entgegenfahren, die eigentlich ihnen entgegenkamen. Denn Zlotogrod war nicht nur von der Natur erfüllt, sondern sogar auch von seiner Umgebung bedrängt. Also geschah es, daß ich ein paarmal in der Woche mit meinen Freunden im Fiaker des Manes Reisiger in die sogenannte „Umgebung" von Zlotogrod hinausfuhr. „Ausflüge" nannte man so was in der Tat. Wir hielten oft vor der Grenzschenke Jadlowkers. Der alte Jadlowker, ein uralter, silberbärtiger Jude, saß vor

dem breiten, mächtig gewölbten, rostbraunen, zweiflügeligen Haustor, starr und halb-
gelähmt. Er glich einem Winter, der noch die letzten schönen Tage des Herbstes genießen und mitnehmen möchte in jene so nahe Ewigkeit, in der es gar keine Jahreszeiten
mehr gibt. Er hörte nichts, er verstand kein Wort, er war stocktaub. Aber an seinen großen schwarzen und traurigen Augen glaubte ich zu erkennen, daß er gewissermaßen all
jenes sah, was die Jüngeren nur mit ihren Ohren vernehmen konnten, und daß er also
sozusagen freiwillig und mit Wonne taub war. Die Marienfäden flogen sacht und zärtlich über ihn dahin. Die silberne, aber immer noch wärmende Herbstsonne überglänz-
te ihn, den Alten, der dem Westen gegenübersaß, der dem Abend und dem Sonnenuntergang entgegensah, den irdischen Zeichen des Todes also, so, als erwartete er, daß die
Ewigkeit, der er bald geweiht war, zu ihm käme, statt ihr entgegenzugehen. Unermüdlich zirpten die Grillen. Unermüdlich quakten die Frösche. Ein großer Friede herrschte
in dieser Welt, der herbe Friede des Herbstes.

Um diese Zeit pflegte mein Vetter Joseph Branco, einer alten Überlieferung der Maronibrater der österreichisch-ungarischen Monarchie getreu, seinen Stand auf dem
Ringplatz von Zlotogrod zu eröffnen.

Zwei Tage lang zog durch das ganze kleine Städtchen noch der hartsüße, warme Geruch der gebratenen Äpfel.

Es begann zu regnen. Es war ein Donnerstag. Am nächsten Tag, Freitag also, klebte
die Botschaft schon an allen Straßenecken.

Es war das Manifest unseres alten Kaisers Franz Joseph, und es hieß: „An Meine Völker!"

II

Ich war Fähnrich in der Reserve. Knapp zwei Jahre vorher hatte ich mein Bataillon,
die Einundzwanziger-Jäger, verlassen. Es schien mir damals, daß mir der Krieg
durchaus gelegen käme. In dem Augenblick, in dem er nun da war und unausbleiblich, erkannte ich sofort – und ich glaube, auch alle meine Freunde dürften es genauso schnell und so plötzlich erkannt haben –, daß sogar noch ein sinnloser Tod besser
sei als ein sinnloses Leben. Ich hatte Angst vor dem Tod. Das ist gewiß. Ich wollte
nicht fallen. Ich wollte mir lediglich selbst die Sicherheit verschaffen, daß ich sterben
könne.

Mein Vetter Joseph Branco und sein Freund, der Fiaker Manes, waren beide Soldaten
in der Reserve. Auch sie mußten also einrücken. Am Abend jenes Freitags, an dem das
Manifest des Kaisers an den Wänden plakatiert worden war, ging ich, wie gewohnt, ins
Kasino, um mit meinen Freunden von den Neuner-Dragonern zu essen. Ich konnte ihren Appetit nicht begreifen, ihre gewohnte Heiterkeit nicht, nicht ihre törichte Gleichgültigkeit gegen die Marschorder nach dem nordöstlich gelegenen russischen Grenzor-

DIE KAPUZINERGRUFT

te Radziwillow. Ich war der einzige unter ihnen, der schon die Anzeichen des Todes in ihren harmlosen, sogar fröhlichen, jedenfalls unbewegten Gesichtern erkannte. Es war, als befänden sie sich in einer Art euphorischem Zustand, der die Sterbenden so häufig begnadet, ein Vorbote des Todes. Und obwohl sie noch gesund und munter an den Tischen saßen und Schnaps und Bier tranken und obwohl ich so tat, als nähme ich teil an ihren törichten Scherzen, kam ich mir doch vor wie ein Arzt oder ein Krankenpfleger, der seinen Patienten sterben sieht und der sich freut, daß der Sterbende noch gar nichts von dem nahen Tode weiß. Und dennoch fühlte ich auf die Dauer ein Unbehagen, wie es vielleicht auch mancher Arzt oder mancher Krankenwärter haben mag, im Angesicht des Todes und der Euphorie des Sterbenden, in jenem Augenblick also, da sie nicht genau wissen mögen, ob es nicht besser wäre, dem Todgeweihten zu sagen, daß er bald sterben müsse, statt die günstige Tatsache zu begrüßen, daß er dahingehen würde, ohne etwas zu ahnen.

Infolgedessen verließ ich die Herren von den Neuner-Dragonern schnell und begab mich auf den Weg zu Manes, dem Fiaker, bei dem, wie schon gesagt, mein Vetter Joseph Branco wohnte.

Wie anders waren sie beide und wie wohl taten sie mir nach diesem Abend im Kasino der Neuner-Dragoner! Vielleicht waren es die rituellen Kerzen, die im blau getünchten Zimmer des jüdischen Fiakers Manes brannten, ihrem eigenen Tod, fröhlich fast, auf jeden Fall aber gefaßt und sicher, entgegenbrannten: drei Kerzen, goldgelb, in grüne Bierflaschen gesteckt; denn der Fiaker Manes war zu arm, um sich auch nur Messingleuchter zu kaufen. Es waren beinahe nur noch Stümpfe von Kerzen, und sie schienen mir das Ende der Welt, von dem ich wußte, daß es sich jetzt zu vollziehen begann, zu symbolisieren. Das Tischtuch war weiß, die Flaschen von jenem billigen Dunkelgrün, das bereits von vornherein die Gewöhnlichkeit ihres süffigen Inhalts plebejisch und übermütig anzukündigen scheint, und die sterbenden Kerzenreste goldgelb. Sie flackerten. Sie warfen unruhiges Licht über den Tisch und verursachten ebenso unruhige, gleichsam flackernde Schatten an den dunkelblau getünchten Wänden. Am Kopfende des Tisches saß Manes, der Fiaker, nicht mehr in seiner gewöhnlichen Fiakeruniform, nicht mehr in seinem Schafspelz mit Leibriemen und Ripsmütze, sondern in einem länglichen Lüsterrock und mit einem schwarzen Plüschkäppchen auf dem Kopf. Mein Vetter Joseph Branco trug seine gewohnte fette Lederjoppe und, aus Respekt vor seinem jüdischen Gastgeber, das grüne Tiroler Hütchen auf dem Kopf. Irgendwo zirpte schrill ein Heimchen.

„Jetzt müssen wir alle Abschied nehmen", begann Manes, der Fiaker. Und weit hellsichtiger als meine Freunde von den Neuner-Dragonern und dennoch von einem Gleichmut erfüllt, beinahe möchte ich sagen: geadelt, genauso wie von dem Tod, von dem jeder Mensch geadelt wird, der bereit und würdig ist, ihn zu empfangen, fuhr er also fort: „Es wird ein großer Krieg sein, ein langer, und wer von uns dreien zurückkommt, kann man nicht wissen. Zum letztenmal sitze ich hier neben meiner Frau vor dem Freitagsabendtisch, vor den Sabbatkerzen. Nehmen wir einen würdigen Abschied, meine Freunde: du, Branco, und Sie, Herr!" Und um einen wirklich würdigen Abschied zu feiern, beschlossen wir, in die Grenzschenke Jadlowkers zu gehen, alle drei.

12

Die Grenzschenke Jadlowkers war immer offen, Tag und Nacht. Es war die Schenke der russischen Deserteure, jener Soldaten des Zaren also, die von den zahlreichen Agenten der amerikanischen Schiffahrtslinien durch Überredung, List und Drohung gezwungen wurden, die Armee zu verlassen und sich nach Kanada einzuschiffen. Freilich gab es viele, die freiwillig desertierten. Sie zahlten den Agenten sogar vom letzten Geld, das sie übrig hatten; sie oder ihre Verwandten. Die Grenzschenke Jadlowkers galt als ein sogenanntes verrufenes Lokal. Aber es war, wie in jener Gegend alle verrufenen Lokale, der ganz besonderen Gunst der österreichischen Grenzpolizei empfohlen, und gewissermaßen stand sie also gleichermaßen ebenso unter dem Schutz wie unter dem Verdacht der Behörden.

Als wir ankamen – wir waren stumm und bedrückt eine halbe Stunde gewandert –, war das große, rostbraune, doppelflügelige Tor schon geschlossen und sogar die Laterne, die davor hing, ausgelöscht. Wir mußten klopfen, und der Knecht Onufrij kam, uns zu öffnen. Ich kannte die Schenke Jadlowkers, ich war schon ein paarmal dort gewesen, ich kannte den üblichen Trubel, der dort zu herrschen pflegte, jene besondere Art von Lärm, den die plötzlich heimatlos Gewordenen verursachen, die Verzweifelten, alle jene, die eigentlich keine Gegenwart haben, sondern die gerade noch auf dem Weg aus der Vergangenheit in die Zukunft begriffen sind, aus einer vertrauten Vergangenheit in eine höchst ungewisse Zukunft, Schiffspassagieren in jenem Augenblick ähnlich, in dem sie vom festen Land aus in ein fremdes Schiff über einen schwankenden Steg schreiten.

Heute aber war es still. Ja, es war unheimlich still. Sogar der kleine Kapturak, einer der eifrigsten und lautesten Agenten, der all das viele, das er zu verbergen beruflich und von Natur gezwungen war, unter einer unheimlichen, geschäftigen Geschwätzigkeit zu verbergen pflegte, saß heute stumm in der Ecke, auf der Ofenbank, kleiner, winziger, als er schon war, und also doppelt unscheinbar, ein schweigsamer Schatten seiner selbst. Vorgestern erst hatte er eine sogenannte „Schicht" oder, wie man sich in seinem Beruf anders auszudrücken pflegte, eine „Ladung" von Deserteuren über die Grenze gebracht, und jetzt klebte das Manifest des Kaisers an den Wänden, der Krieg war da, die mächtige Schiffsagentur selbst war ohnmächtig, der mächtige Donner der Weltgeschichte ließ den kleinen, geschwätzigen Kapturak verstummen, und ihr gewaltiger Blitz reduzierte ihn zu einem Schatten. Stumpf und stier saßen die Deserteure, die Opfer Kapturaks, vor ihren Gläsern, die nur halb geleert waren. Früher, sooft ich in die Schenke Jadlowkers gekommen war, hatte ich mit dem ganz besonderen Vergnügen eines jungen, leichtfertigen Menschen, der in den leichtsinnigen Ausdrucksformen der anderen, auch der Fremdesten, die legitime Bestätigung seiner eigenen Gewissenlosigkeit sieht, die Sorglosigkeit der soeben heimatlos Gewordenen beobachtet, die ein Glas nach dem anderen leerten und ein Glas nach dem anderen frisch bestellten. Der Wirt Jadlowker selbst saß hinter dem Schanktisch wie ein Unheilverkünder, zwar nicht ein Bote des Unheils, aber sein Träger; und er sah so aus, als hätte er gar nicht die geringste Lust gehabt, noch neue Gläser einzuschenken, selbst, wenn seine Gäste es verlangt hätten. Was hatte dies alles noch für einen Sinn? Morgen, übermorgen konnten die Russen dasein. Der arme Jadlowker, der noch eine Woche früher so majestätisch dagesessen war, mit seinem silbernen Spitzbärtchen, eine Art Bürgermeister unter den Schankwirten, von der verschwiegenen Protektion der Behörden ebenso beschattet und gesichert wie von ihrem ehrenden Mißtrauen, sah heute aus wie ein Mensch, der seine ganze Vergangenheit liquidieren muß; ein Opfer der Weltgeschichte eben. Und die schwere, blonde Kassiererin neben ihm hinter der Theke war ebenfalls gleichsam von der Weltgeschichte gekündigt worden, zu einem kurzen Termin. Alles Private war auf einmal in den Bereich des Öffentlichen getreten. Es repräsentierte das Öffentliche, es vertrat und symbolisierte es. Deshalb war unser Abschied so verfehlt und so kurz. Wir tranken lediglich drei Glas Met, und wir aßen schweigsam gesalzene Erbsen dazu. Plötzlich sagte mein Vetter Joseph Branco: „Ich fahre gar nicht erst nach Sarajevo. Ich melde mich in Zloczow zusammen mit Manes!" – „Bravo!" rief ich. Und ich wußte dabei, daß auch ich gern getan hätte wie mein Vetter.

Aber ich dachte an Elisabeth.

13

Ich dachte an Elisabeth. Ich hatte nur zwei Gedanken, seitdem ich das Manifest des Kaisers gelesen hatte: den an den Tod und den an Elisabeth. Ich weiß heute noch nicht, welcher von beiden der stärkere war.

Verschwunden und vergessen waren im Angesicht des Todes alle meine törichten Befürchtungen vor dem törichten Spott meiner Freunde. Ich empfand auf einmal Mut, zum erstenmal in meinem Leben hatte ich Mut, meine sogenannte „Schwäche" zu bekennen. Ich ahnte freilich schon, daß der leichtfertige Übermut meiner Wiener Freunde dem schwarzen Glanz des Todes gewichen sein würde und daß es in der Stunde des Abschieds, eines solchen Abschieds, keinen Platz für irgendeinen Hohn mehr geben könnte.

Ich hätte mich auch beim Ergänzungsbezirkskommando Zloczow melden können, wohin der Fiaker Manes zuständig war und zu dem sich auch mein Vetter Joseph Branco begeben wollte. In Wirklichkeit lag es in meiner Absicht, Elisabeth und meine Wiener Freunde und meine Mutter zu vergessen und mich so schnell wie möglich der nächsten Station des Todes auszuliefern, nämlich dem Ergänzungsbezirkskommando Zloczow. Denn ein starkes Gefühl band mich an meinen Vetter Joseph Branco wie an seinen Freund, den Fiaker Manes Reisiger. In der Nähe des Todes wurden meine Gefühle redlicher, gleichsam reinlicher, ähnlich, wie sich manchmal vor einer schweren Krankheit plötzlich die klaren Einsichten und Erkenntnisse einstellen, dermaßen, daß man trotz der Angst, der Bedrängtheit und der würgenden Vorahnung des Leidens eine Art stolzer Genugtuung darüber empfindet, daß man endlich einmal erkannt hat; das Glück, das man durch Leiden erkannt hat, und eine Seligkeit, weil man den Preis der Erkenntnis im voraus erfährt. Man ist sehr glücklich in der Krankheit. Ich war damals ebenso glücklich, in Anbetracht der großen Krankheit, die sich in der Welt ankündigte: nämlich der des Weltkriegs. Ich durfte gleichsam allen meinen Fieberträumen, die ich sonst unterdrückt hatte, freien Lauf lassen. Ich war ebenso befreit wie gefährdet.

Ich wußte bereits, daß mir mein Vetter Joseph Branco und sein Freund Manes Reisiger lieber waren als alle meine früheren Freunde, mit Ausnahme des Grafen Chojnicki. Man stellte sich damals den Krieg sehr einfach und ziemlich leichtfertig vor. Wenigstens gehörte ich zu jenen nicht seltenen Leuten, die glaubten, wir würden nach Garnisonen aufmarschieren, womöglich geschlossen, und wenn nicht nebeneinander, so doch in einer einigermaßen erreichbaren Nähe bleiben. Ich stellte mir vor, ich wünschte es mir, daß ich in der Nähe meines Vetters Joseph Branco und in der seines Freundes, des Fiakers Manes, bleibe.

Aber es war keine Zeit zu verlieren. Überhaupt bestand in jenen Tagen die Bedrängnis, ja die Bedrängung, in der Tatsache, daß wir keine Zeit mehr hatten: keine Zeit mehr, den geringen Raum zu genießen, den uns noch das Leben ließ, und auch nicht einmal die Zeit mehr, den Tod zu erwarten. Wir wußten ja damals eigentlich nicht mehr, ob wir uns den Tod ersehnten oder das Leben erhofften. Für mich und meinesgleichen waren es damals jedenfalls die Stunden der höchsten Lebensspannung: jene Stunden, in denen der Tod einem nicht erschien wie ein Abgrund, in den man eines Tages stürzt, sondern wie ein jenseitiges Ufer, das man durch einen Sprung zu erreichen trachtet; und man weiß, wie lange die Sekunden dauern, die dem Sprung an ein jenseitiges Ufer vorangehn.

Ich ging zuerst, wie selbstverständlich, nach Hause zu meiner Mutter. Sie hatte offenbar kaum noch erwartet, mich wiederzusehn, aber sie tat so, als hätte sie mich erwartet. Es ist eines der Geheimnisse der Mütter: sie verzichten niemals, ihre Kinder wiederzusehn, ihre totgeglaubten nicht und auch nicht ihre wirklich toten; und wenn es möglich wäre, daß ein totes Kind wiederaufstünde vor seiner Mutter, würde sie es in ihre Arme nehmen, so selbstverständlich, als wäre es nicht aus dem Jenseits, sondern aus einer der fernen Gegenden des Diesseits heimgekehrt. Eine Mutter erwartet die Wiederkehr ihres Kindes immer: ganz gleichgültig, ob es in ein fernes Land gewandert ist, in ein nahes oder in den Tod.

Also empfing mich auch meine Mutter, als ich ankam, gegen die zehnte Stunde vormittags. Wie gewöhnlich saß sie da, im Lehnstuhl, vor dem eben beendeten Frühstück, die

Zeitung vor dem Angesicht und die altmodische Brille mit den oval geformten, stahlgeränderten Gläsern vor den Augen. Sie nahm die Brille ab, als ich ankam, aber sie ließ die Zeitung kaum sinken. „Küß die Hand, Mama!" sagte ich, ging auf sie zu und nahm ihr die Zeitung aus der Hand. Ich fiel geradezu in ihren Schoß. Sie küßte mich auf den Mund, die Wangen, die Stirn. „Jetzt ist Krieg", sagte sie, als hätte sie mir damit eine Neuigkeit mitgeteilt; oder als wäre für sie der Krieg erst in dem Augenblick ausgebrochen, in dem ich nach Hause gekommen war, um von ihr, meiner Mutter, Abschied zu nehmen.

„Jetzt ist Krieg, Mama", antwortete ich, „und ich bin gekommen, um Abschied von dir zu nehmen." – „Und auch", fügte ich nach einer Weile hinzu, „um Elisabeth zu heiraten, bevor ich in den Krieg gehe."

„Wozu heiraten", fragte meine Mutter, „wenn du ohnehin in den Krieg gehst?" Auch hier noch sprach sie, wie eine Mutter spricht. Wenn sie ihr Kind – ihr einziges übrigens – in den Tod ziehen lassen mußte, so wollte sie es allein dem Tod überliefern. Weder den Besitz noch den Verlust wollte sie mit einer anderen Frau teilen.

Seit langem schon mochte sie geahnt haben, daß ich Elisabeth liebte. (Sie kannte sie wohl.) Seit langem schon mochte meine Mutter bereits gefürchtet haben, daß sie eines Tages ihren einzigen Sohn verlieren würde – an eine andere Frau –, was ihr vielleicht beinahe noch schlimmer erschien, als ihn an den Tod zu verlieren. „Mein Kind", sagte sie, „du bist selbst imstande und allein berechtigt, über dein Schicksal zu entscheiden. Du willst heiraten, bevor du in den Krieg gehst; ich versteh's. Ich bin kein Mann, ich habe nie einen Krieg gesehn, ich kenne kaum das Militär. Aber ich weiß, daß der Krieg etwas Schreckliches ist und daß er dich vielleicht umbringen wird. Dies ist die Stunde, in der ich dir die Wahrheit sagen kann. Ich mag Elisabeth nicht leiden. Ich hätte dich auch unter andern Umständen nicht gehindert, sie zu heiraten. Aber ich hätte dir niemals die Wahrheit gesagt. Heirate und werde glücklich, wenn es dir die Umstände erlauben. Und Schluß damit! Reden wir von anderen Dingen: wann rückst du ein? Und wo?"

Zum erstenmal in meinem Leben war ich vor meiner Mutter verlegen, ja winzig. Ich konnte ihr nichts anderes antworten als dieses kümmerliche: „Ich komme bald wieder, Mama!", das mir heute noch wie eine Lästerung nachklingt.

„Komm zu Mittag, Bub", sagte sie, als ob gar nichts sonst in der Welt los wäre und wie sie es immer schon ähnlich gesagt hatte, „wir haben heut Schnitzel und Zwetschkenknödel zu Mittag."

Es war für mich eine großartige Manifestation der Mütterlichkeit: dieser plötzliche Einbruch der friedlichen Zwetschkenknödel in die Bereitschaft des Todes sozusagen. Ich hätte vor Rührung in die Knie fallen mögen. Aber ich war zu jung noch damals, um Rührung ohne Scham zeigen zu können. Und seit jener Stunde weiß ich es auch, daß man ganz reif und zumindest sehr erfahren sein muß, um Gefühl zeigen zu können, ohne eine Hemmung der Scham.

Ich küßte meiner Mutter die Hand wie gewohnt. Ihre Hand – ich werde sie niemals vergessen – war zart, schlank, blau geädert. Durch die dunkelroten, seidenen Vorhänge, zärtlich gedämpft, strömte des Licht des Vormittags in das Zimmer, wie ein stiller, gleichsam zeremoniell verkleideter Gast. Auch die ganz blasse Hand meiner Mutter schimmerte rötlich, in einer Art schamhaften Scharlachs, eine geweihte Hand in einem durchsichtigen Handschuh aus gefilterter Vormittagssonne. Und das zaghaft herbstliche Zirpen der Vögel in unserem Garten war mir beinahe so heimisch und gleichzeitig beinahe so fremd wie die vertraute, vom Rot verschleierte Hand meiner Mutter.

„Ich habe keine Zeit zu verlieren", sagte ich nur.

Ich ging zum Vater meiner geliebten Elisabeth.

14

Der Vater meiner geliebten Elisabeth war in jener Zeit ein wohlbekannter, man kann wohl sagen, berühmter Hutmacher. Er war aus einem gewöhnlichen „Kaiserlichen Rat" ein nicht ungewöhnlicher ungarischer Baron geworden.

Die geradezu skurrilen Sitten der alten Monarchie erforderten manchmal, daß Kommerzialräte österreichischer Provenienz ungarische Barone werden.

Der Krieg kam meinem zukünftigen Schwiegervater durchaus gelegen. Er war bereits zu alt, um noch einrücken zu müssen, und jung genug, um aus einem seriösen Hutfabrikanten ein hurtiger Hersteller jener Soldatenkappen zu werden, die so viel mehr einbringen und so viel weniger kosten als die Zylinder.

Es war mittags, vom Rathaus schlug es eben zwölf Uhr, als ich bei ihm eintrat, und er war gerade von einem für ihn heiter verlaufenen Besuch im Kriegsministerium zurückgekehrt. Er hatte den Auftrag auf eine halbe Million Soldatenkappen bekommen. Auf diese Weise, so sagte er mir, könne er, der alternde, hilflose Mann, immerhin noch dem Vaterlande dienen. Dabei strählte er mit beiden Händen immerzu seinen graublonden Backenbart, es war, als wollte er gleichsam die beiden Hälften der Monarchie liebkosen, die zis- wie die transleithanische. Er war groß, kräftig und schwerfällig. Er erinnerte mich an eine Art sonnigen Lastträger, der die Bürde auf sich genommen hatte, eine halbe Million Kappen herzustellen, und den diese Bürde weit eher zu erleichtern als zu belasten schien. „Sie rücken also natürlich ein!" sagte er mit einer geradezu belustigten Stimme. „Ich glaube annehmen zu können, daß meine Tochter Sie vermissen wird."

In diesem Augenblick fühlte ich, daß es mir unmöglich sein würde, bei ihm um die Hand seiner Tochter anzuhalten. Und mit jener Überstürzung, mit der man versucht, das Unmögliche dennoch möglich zu machen, und mit jener Hast, zu der mich der immer näher heranrückende Tod zwang, die ganze Intensität meines elenden Lebensrestes auszukosten, sagte ich dem Hutmacher, unartig und ungeduldig: „Ich muß sofort Ihr Fräulein Tochter sehen."

„Junger Freund", erwiderte er, „ich weiß, Sie wollen um ihre Hand anhalten. Ich weiß, daß Elisabeth nicht nein sagen wird. Also nehmen Sie vorläufig die meine, und betrachten Sie sich als meinen Sohn!"

DIE KAPUZINERGRUFT

Damit streckte er mir seine große, weiche und viel zu weiße Hand entgegen. Ich nahm sie und hatte die Empfindung, eine Art von trostlosem Teig anzurühren. Es war eine Hand ohne Druck und ohne Wärme. Sie strafte sein Wort vom „Sohn" Lügen, sie widerrief es sogar.

Elisabeth kam, und der Hutmacher ersparte mir alle Worte: „Herr Trotta geht in den Krieg", sagte mein Schwiegervater – so, als hatte er sagen wollen: Er fährt zur Erholung an die Riviera „und er möchte dich vorher heiraten." Er sprach in dem gleichen Tonfall, in dem er eine Stunde vorher im Kriegsministerium mit dem Uniformreferenten über die Kappen gesprochen haben mochte. Aber Elisabeth war da. Ihr Lächeln war da, es schimmerte gleichsam vor ihr daher, mir entgegen, ein Licht, aus ihr geboren und anscheinend ein ewiges, sich selbst immer wieder erneuerndes, ein silbernes Glück, das zu klingeln schien, obwohl es lautlos war.

Wir umarmten uns. Wir küßten uns zum erstenmal, heiß, schamlos fast, trotz der Aufmerksamkeit des Vaters, ja vielleicht sogar noch mit dem wonnig-frevlerischen Bewußtsein, einen Zeugen unserer Verschwiegenheit daneben zu wissen. Ich gab mich preis. Ich hatte keine Zeit. Der Tod stand schon hinter meinem Rücken. Ich war schon sein Kind, mehr noch als der Sohn des Hutmachers. Ich mußte zu meinen Einundzwanzigern, in die Landstraßer Hauptstraße. Ich eilte hinaus, unmittelbar aus der Umarmung zum Militär; aus der Liebe zum Untergang. Beides genoß ich mit der gleichen Stärke des Herzens. Ich rief einen Fiaker und rollte in die Kaserne.

Ich traf ein paar Freunde und Kameraden dort. Einige von ihnen kamen, wie ich, direkt aus der Umarmung.

15

Direkt aus den Umarmungen kamen sie, und es war ihnen so, als hätten sie die wichtigsten Kriegspflichten bereits erfüllt. Die Trauungen waren festgesetzt. Jeder von ihnen hatte irgendein Mädchen zu heiraten, selbst wenn es nicht eine standesgemäße Braut war, sondern eine zufällige, wie sie unsereinem in jenen Zeiten aus unbekannten Gegenden, aus unerforschlichen Gründen häufig zugeflogen kamen, Nachtfaltern ähnlich, durch offene Fenster in sommerlichen Nächten auf Tisch und Bett und Kaminsims flatternd, flüchtig, leichtfertig, hingebungsvoll, samténe Geschenke einer großzügigen, kurzen Nacht. Jeder von uns hätte sich gewiß, wenn nur der Friede weiterbestanden hätte, gegen eine gesetzliche Bindung an eine Frau gesträubt. Nur Thronfolger mußten damals rechtmäßig heiraten. Unsere Väter waren mit dreißig Jahren bereits recht würdevolle, oft kinderreiche Familien- und Hausbeherrscher gewesen. In uns aber, dem seit Geburt krieggeweihten Geschlecht, war der Fortpflanzungstrieb sichtbar erloschen. Wir hatten keinerlei Lust, uns fortzusetzen. Der Tod kreuzte seine knöchernen Hände nicht nur über den Bechern, aus denen wir tranken, sondern auch über den nächtlichen Betten, in denen wir mit Frauen schliefen. Und deshalb eben waren unsere Frauen damals auch so zufällig. Uns lag nicht einmal viel an der Lust, die uns Lust bescherte.

Nun aber, da der Krieg uns plötzlich zu den Ergänzungsbezirkskommandos berief, war es nicht der Gedanke an den Tod, den er zuerst in uns erzeugte, sondern der an die Ehre und seine Schwester, die Gefahr. Auch das Ehrgefühl ist ein Betäubungsmittel – und in uns betäubte es die Furcht und alle bösen Ahnungen. Wenn Sterbenskranke ihre Testamente machen und ihre irdischen Angelegenheiten ordnen, so mag sie wohl ein Schauder heimsuchen. Aber wir waren ja jung und gesund an allen Gliedern! Wir empfanden keinen Schauder, keinen wirklichen, es gefiel uns nur, es schmeichelte uns, ihn in den Zurückbleibenden hervorzurufen. Ja, aus Eitelkeit machten wir Testamente; aus Eitelkeit ließen wir uns hurtig trauen, in einer Eile, die eine Überlegung oder gar eine Reue von vornherein ausschaltete. Die Trauung ließ uns noch edler erscheinen, als wir allein schon durch unser Blutopfer waren. Sie machte uns den Tod, den wir zwar fürchteten, aber jedenfalls einer lebenslänglichen Bindung vorzogen, weniger gefährlich und häßlich. Wir schnitten uns gewissermaßen den Rückzug ab. Und jener erste unvergeßliche und stürmische Elan, mit dem wir in die ersten unseligen Schlachten zogen, war sicherlich von der Angst vor einer Rückkehr in ein „häusliches Leben" genährt, vor Möbeln, die gichtig werden, vor Frauen, die den Reiz verlieren, vor Kindern, die lieblich wie Engel zur Welt kommen und sich zu fremden, gehässigen Wesen auswachsen. Nein, dies alles wollten wir nicht. Die Gefahr war sowieso unvermeidlich. Aber um sie uns zu versüßen, ließen wir uns trauen. Und also waren wir gewappnet, ihr entgegenzugehen, wie einer noch unbekannten, aber bereits freundlich winkenden Heimat …

Dennoch, und obwohl ich wußte, daß ich genauso fühlte wie meine Kameraden, der Fähnrich in der Reserve Bärenfels, der Leutnant Hartmann, der Oberleutnant Linck, der Baron Lerch und der Kadettaspirant Dr. Brociner, erschienen sie mir alle, wie ich sie hier aufzähle, verglichen mit meinem Vetter Joseph Branco und mit seinem Freund, dem jüdischen Fiaker Manes Reisiger, oberflächlich, leichtsinnig, unkameradschaftlich, stupide und weder des Todes würdig, dem sie eben entgegengingen, noch der Testamente und Trauungen, die sie zu arrangieren im Begriffe waren. Ich liebte meine Einundzwanziger-Jäger, gewiß! Die alte kaiser- und königliche Armee kannte einen eigenen Patriotismus, einen Regionalpatriotismus, einen Regiments- und Bataillonspatriotismus. Mit dem Zugsführer Marek, mit dem Korporal Türling, mit dem Gefreiten Alois Huber war ich während meiner Dienstzeit und später, in den alljährlichen Manövern, militärisch aufgewachsen. Und man wächst beim Militär gleichsam noch einmal: wie man etwa als Kind gehen lernt, so lernt man als Soldat marschieren. Niemals vergißt man die Rekruten, die zu gleicher Stunde mit einem das Marschieren erlernt haben, das Gewehrputzen und die Gewehrgriffe, das Packen des Tornisters und das vorschriftsmäßige Zusammenfalten der Decke, das Mantelrollen und das Stiefelputzen und den Nachtdienst, Dienstreglement Teil zwei, und die Definitionen: Subordination und Disziplin, Dienstreglement, erster Teil. Niemals vergißt man dies und die Wasserwiese, auf der man laufen gelernt hat, mit angezogenen Ellbogen, und im Spätherbst die Gelenksübungen, im grauen Nebel, der um die Bäume ging und jede Tanne in eine blaugraue Witwe verwandelte und die Lichtung vor unseren Blicken, auf der bald, nach der Zehn-Uhr-Rast, die Feldübungen beginnen sollten, die idyllischen Vorboten des roten Krieges. Nein, das vergißt man nicht. Die Wasserwiese der Einundzwanziger war meine Heimat.

Aber meine Kameraden waren so heiter! Wir saßen in dem kleinen Gasthaus, das eigentlich keines gewesen war, von Anfang an, von Geburt sozusagen. Es hatte sich vielmehr im Laufe der langen, undenklich langen Jahre, in denen unsere Kaserne, die Kaserne der Einundzwanziger-Jäger, heimisch und vertraut in dieser Gegend geworden war, aus einem gewöhnlichen Laden, in dem man Passepoils, Sterne, Einjährigenstreifen, Rosetten und Schuhbänder kaufen konnte, zu einem Gasthaus entwickelt. Die sogenannten „Posamentierstücke" lagen noch in den Fächern hinter der Theke. Es roch immer noch in dem Halbdunkel des Ladens weit eher nach den Pappschachteln, in denen die Sterne lagerten, die aus weißem Kautschuk, die aus goldener Seide, und die Rosetten für Militärbeamte und die Portepees, die wie gebündelte, goldene Rieselregen aussahen, als nach Apfelmost, Schnaps und älterem Gumpoldskirchner. Vor dem Ladentisch waren drei, vier kleine Tischchen aufgestellt. Sie stammten noch aus unserer Jugendzeit, aus unserer Einjährigenzeit. Damals hatten wir die Tischchen angekauft, und die Konzession, Alkohol auszuschenken, hatte der Inhaber des Ladens, der Posamentierer Zinker, lediglich dank der Fürsprache unseres Bataillonskommandanten, des Majors Pauli, bekommen. Zivilisten durften allerdings beim Posamentierer nicht trinken! Die Konzession bezog sich lediglich auf Militärpersonen.

Wir saßen nun wieder zusammen im Posamentiererladen wie einst in Einjährigenzeiten. Und gerade die Unbekümmertheit meiner Kameraden, mit der sie heute dem bevorstehenden Sieg ebenso zujubelten, wie sie vor Jahren der nahenden Offiziersprüfung entgegengetrunken hatten, beleidigte mich tief. Damals mochte in mir die prophetische Ahnung sehr stark gewesen sein, die Ahnung, daß diese meine Kameraden wohl imstande seien, eine Offiziersprüfung zu bestehen, keineswegs aber einen Krieg. Zu sehr verwöhnt aufgewachsen waren sie in dem von den Kronländern der Monarchie unaufhörlich gespeisten Wien, harmlose, beinahe lächerlich harmlose Kinder der verzärtelten, viel zu oft besungenen Haupt- und Residenzstadt, die, einer glänzenden, verführerischen Spinne ähnlich, in der Mitte des gewaltigen, schwarz-gelben Netzes saß und unaufhörlich Kraft und Saft und Glanz von den umliegenden Kronländern bezog. Von den Steuern, die mein armer Vetter, der Maronibrater Joseph Branco Trotta aus Sipolje, von den Steuern, die mein elendiglich lebender jüdischer Fiaker Manes Reisiger aus Zlotogrod bezahlten, lebten die stolzen Häuser am Ring, die der baronisierten jüdischen Familie Todesco gehörten, und die öffentlichen Gebäude, das Parlament, der Justizpalast, die Universität, die Bodenkreditanstalt, das Burgtheater, die Hofoper und sogar noch die Polizeidirektion. Die bunte Heiterkeit der Reichs-, Haupt- und Residenzstadt nährte sich ganz deutlich – mein Vater hatte es so oft gesagt – von der tragischen Liebe der Kronländer zu Österreich: der tragischen, weil ewig unerwiderten. Die Zigeuner der Pußta, die subkarpatischen Huzulen, die jüdischen Fiaker von Galizien, meine eigenen Verwandten, die slowenischen Maronibrater von Sipolje, die schwäbischen Tabakpflanzer aus der Bacska, die Pferdezüchter der Steppe, die osmanischen Sibersna, jene von Bosnien und Herzegowina, die Pferdehändler aus der Hanakei in Mähren, die Weber aus dem Erzgebirge, die Müller und Korallenhändler aus Podolien: sie alle waren die großmütigen Nährer Österreichs; je ärmer, desto großmütiger. So viel Weh, so viel Schmerz, freiwillig dargeboten, als wäre es selbstverständlich, hatten dazu gehört, damit das Zentrum der Monarchie in der Welt gelte als die Heimat der Grazie, des Frohsinns und der Genialität. Unsere Gnade wuchs und blühte, aber ihr Feld war gedüngt von Leid und von der Trauer.

Ich dachte, während wir so beim Posamentierer saßen, an Manes Reisiger und an Joseph Branco. Diese beiden: sie wollten gewiß nicht so graziös in den Tod, in einen graziösen Tod gehen wie meine Bataillonskameraden. Und ich auch nicht; ich auch nicht! Wahrscheinlich war ich in jener Stunde der einzige, der die finstere Wucht des Kommenden fühlte, zum Unterschied und also im Gegensatz zu meinen Kameraden. Deshalb also stand ich plötzlich auf und sagte zu meiner eigenen Überraschung folgendes: „Meine Kameraden! Ich habe euch alle sehr lieb, so, wie es sein soll, immer unter Kameraden, insbesondere aber eine Stunde vor dem Tode." – Hier konnte ich nicht mehr weiter. Das Herz stockte, die Zunge versagte. Ich erinnerte mich an meinen Vater – und Gott verzeih' mir die Sünde! –: ich log. Ich log meinem toten Vater etwas an, was er niemals wirklich gesagt hatte, was er aber wirklich gesagt haben konnte. Ich fuhr also fort: „Es war einer der letzten Wünsche meines Vaters, daß ich im Falle eines Krieges, den er wohl in allernächster Zeit vorausgesehen hatte, nicht mit euch zu unseren teueren Einundzwanzigern einrücke, sondern in ein Regiment, wo mein Vetter Joseph Branco dient."

Sie schwiegen alle. Niemals in meinem Leben hatte ich solch ein Schweigen vernommen. Es war, als hätte ich ihnen ihre leichtfertige Freude am Kriege geraubt; ein Spielverderber: ein Kriegsspielverderber.

Deutlich empfand ich, daß ich hier nichts mehr zu suchen hatte. Ich erhob mich und reichte allen die Hand. Ich fühle heute noch die kalten, enttäuschten Hände meiner Einundzwanziger. Sehr weh tat es mir. Aber ich wollte mit Joseph Branco zusammen sterben, mit Joseph Branco, meinem Vetter, dem Kastanienbrater, und mit Manes Reisiger, dem Fiaker von Zlotogrod, und nicht mit Walzertänzern.

So verlor ich zum erstenmal meine erste Heimat, nämlich die Einundzwanziger, mitsamt unserer geliebten Wasserwiese im Prater.

16

Ich mußte nun Chojnickis Freund, den Oberstleutnant Stellmacher vom Kriegsministerium, besuchen. Meine Transferierung zur Landwehr 35 sollte nicht länger dauern als etwa die Vorbereitungen für meine Trauung. Es war mir lieb, daß ich zwei verschiedene und auch verwirrende Demarchen fast gleichzeitig unternehmen durfte. Eine beschleunigte gleichsam die andere. Beide betäubten mich geradezu, verhinderten mich jedenfalls zugleich, meine Hast mit entscheidenden Gründen zu rechtfertigen. Ich wußte in jenen Stunden nichts anderes, als daß eben „alles schnell gehen müsse". Ich wollte auch nicht ganz genau wissen, warum und zu welchen Zwecken. Aber tief in mir rieselte schon, feinem Regen ähnlich, den man durch den Schlaf vernimmt, die Ahnung, daß meine Freunde, Joseph Branco und Reisiger, irgendwo durch die schlammigen Landstraßen Ostgaliziens westwärts dahinzogen, von den Kosaken verfolgt. Wer weiß, vielleicht waren sie schon verwundet oder tot? Gut, dann wollte ich wenigstens ihr Andenken auf diese Weise ehren, daß ich in ihrem Regiment diente. Jung war ich, und auch vom Krieg hatten wir ja noch keine Ahnung! Wie leicht verfiel ich damals der Vorstellung, daß mir die Aufgabe zufalle, den braven Fünfunddreißigern von ihren toten Kameraden Trotta und Reisiger wahre und auch ein wenig erfundene Anekdoten zu erzählen, damit man der beiden nie und nimmer vergesse. Gute, arme Bauern dienten bei den Fünfunddreißigern, Feldwebel mit ärarischem Deutsch, das ihren slawischen Muttersprachen angesetzt war wie die Distinktionen den Aufschlägen, goldgelbe Borten auf dunkelgrünen, winzigen Feldern, und die Offiziere waren nicht die verwöhnten Kinder unserer frohlebigen Wiener Gesellschaft, sondern Söhne von Handwerkern, Briefträgern, Gendarmen und Landwirten und Pächtern und Tabaktrafikanten. Unter ihnen aufgenommen zu werden war damals für mich ungefähr soviel, wie für den oder jenen unter ihnen etwa eine Transferierung zu den Neuner-Dragonern Chojnickis bedeuten mochte. Es war eine jener Vorstellungen gewiß, die man geringschätzig „romantisch" nennt. Nun, weit davon entfernt, mich etwa ihrer zu schämen, bestehe ich heute noch darauf, daß mir diese Zeit meines Lebens der romantischen Vorstellungen die Wirklichkeit nähergebracht hat als die seltenen unromantischen, die ich mir gewaltsam aufzwingen mußte: wie töricht sind doch diese überkommenen Bezeichnungen! Will man sie schon gelten lassen – nun wohl: ich glaube, immer beobachtet zu haben, daß der sogenannte realistische Mensch in der Welt unzugänglich dasteht, wie eine Ringmauer aus Zement und Beton, und der sogenannte romantische wie ein offener Garten, in dem die Wahrheit nach Belieben ein und aus geht …

Ich mußte also zum Oberstleutnant Stellmacher. In unserer alten Monarchie war eine Transferierung vom Heer zur Landwehr, auch nur von den Jägern zur Infanterie, eine Art militärischer Staatsakt, nicht schwieriger, aber verwickelter als die Besetzung eines Divisionskommandos. Dennoch bestanden in meiner verschollenen Welt, in der alten Monarchie eben, die kostbaren, die köstlichen, die ungeschriebenen, die unbekannten, unzugänglichen, den Eingeweihten wohlvertrauten Gesetze eherner und ewiger als die geschriebenen, die da besagten, daß von hundert Petenten lediglich bestimmte sieben günstig, schnell und geräuschlos ihre Wünsche erfüllt sehen sollten. Die Barbaren der absoluten Gerechtigkeit, ich weiß es, sind darüber heute noch empört. Sie schelten uns Aristokraten und Ästheten, jetzt noch; und ich sehe ja jede Stunde, wie sie, die Nicht-Aristokraten und Anti-Ästheten, den Barbaren der stupiden, plebejischen Ungerechtigkeit, ihren Brüdern, den Weg geebnet haben. Es gibt auch eine Drachensaat der absoluten Gerechtigkeit.

Aber ich hatte ja damals auch gar keine Lust und keine Muße nachzudenken, wie gesagt. Ich ging zum Stellmacher, geradewegs durch den Korridor, in dem Hauptleute, Majore, Oberste warteten, geradewegs durch jene Tür, auf der „Eintritt verboten" stand − ich, ein kümmerlicher, schmächtiger Fähnrich der Jäger. „Servus!" sagte Stellmacher, über Papieren gebeugt sitzend, bevor er mich noch erblickt hatte. Er wußte wohl, wie vertraulich man die Leute zu begrüßen hatte, die durch verbotene Eingänge hereingekommen waren. Ich sah seine harten, grauen Borstenhaare, die gelbliche, tausendfach zerknitterte Stirn, die winzigen, tiefliegenden Augen, die keine Lider zu haben schienen, die hageren, knochigen Wangen und den großen, herabhängenden, schwarzgefärbten, fast sarazenischen Schnurrbart, in dem Stellmacher seine ganze Eitelkeit angesiedelt zu haben schien, damit sie ihn gleichsam nicht mehr sonst (weder im Leben noch im Beruf) noch störe. Das letztemal hatte ich ihn in der Konditorei Dehmel gesehen, am Nachmittag um fünf Uhr, mit dem Hofrat Sorgsam vom Ballhausplatz. Wir hatten noch nicht die geringste Ahnung vom Krieg, der Mai, der städtische Wiener Mai, schwamm in den kleinen, silbergeränderten „Schalen Gold", schwebte über dem Gedeck, den schmalen, schwellend gefüllten Schokoladestangen, den rosa und grünen Cremeschnittchen, die an seltsame, eßbare Kleinodien erinnerten, und der Hofrat Sorgsam sagte, mitten in den Mai hinein: „Es gibt kan Krieg, meine Herren!" − Zerstreut sah jetzt der Oberstleutnant Stellmacher von seinen Papieren auf; er sah nicht einmal mein Gesicht, bemerkte nur Uniform, Portepee, Säbel, genug, um noch einmal „Servus!" zu sagen und gleich darauf „Setz dich, ein Moment!" Schließlich sah er mich genau an: „Fesch bist du!" und „Hätt' dich nicht erkannt! In Zivil schaust halt etwas knieweich aus!" − Aber es war nicht die sonore, tiefe Stimme Stellmachers, die ich seit Jahren kannte − und auch sein Witz war gezwungen. Noch niemals vorher war ein leichtfertiges Wort aus Stellmachers Mund gekommen. Im glänzenden Gestrüpp des schwarzgefärbten Schnurrbarts hätte es sich sonst verfangen, um dort lautlos unterzugehen.

Ich trug schnell meine Angelegenheit vor. Ich versuchte auch zu erklären, weshalb ich zu den Fünfunddreißigern wollte. „Wenn du sie nur noch findest!" sagte Stellmacher. „Schlimme Nachrichten! Zwei Regimenter fast aufgerieben, Rückzug katastrophal. Unsere Herren Oberidioten haben uns schon präpariert. Aber gut! Geh hin, schau, daß du sie findest, deine Fünfunddreißiger! Kauf dir zwei Sterndl. Du wirst als Leutnant transferiert. Servus! Abtreten!" Er reichte mir die Hand über den Schreibtisch. Seine hellen, fast liderlosen Augen, von denen man nicht glaubte, daß sie jemals Schlaf, Schlummer, Müdigkeit unterjochen, sahen mich an, fern, fremd, aus einer gläsernen Weite, keineswegs traurig, nein, trauriger als traurig, nämlich hoffnungslos. Er versuchte zu lächeln. Sein großes falsches Gebiß schimmerte doppelt weiß unter seinem sarazenischen Schnurrbart. „Schreib mal eine Ansichtskarte!" sagte er und beugte sich wieder über die Papiere.

17

Die Pfarrer arbeiteten in jenen Tagen ebenso schnell wie die Bäcker, Waffenschmiede, die Eisenbahndirektionen, die Kappenmacher und die Uniformschneider. Wir sollten in der Döblinger Kirche heiraten, der Mann lebte noch, der meine Braut dort getauft hatte, und mein Schwiegervater war sentimental, wie die meisten Heereslieferanten. Mein Geschenk war eigentlich das Geschenk meiner Mutter. Ich hatte gar nicht daran gedacht, daß Brautgeschenke unumgänglich notwendig seien. Als ich zum Essen kam, die Knödel hatte ich auch bereits vergessen, saß meine Mutter schon am Tisch. Wie gewohnt, küßte ich ihre Hand, küßte sie meine Stirn. Dem Diener trug ich auf, mir dunkelgrüne Aufschläge und Leutnantssterne bei Urban in den Tuchlauben zu verschaffen „Du wirst versetzt?" fragte meine Mutter. „Ja, Mama, zu den Fünfunddreißigern!" – „Wo stehen die?" – „In Ostgalizien." – „Fährst du morgen?" – „Übermorgen!" – „Morgen ist die Trauung?" – „Ja, Mama!"

Es war Sitte in unserem Hause, während des Essens die Speisen zu loben, auch wenn sie mißraten waren, und von nichts anderem zu sprechen. Auch durfte das Lob keineswegs etwa banal sein, eher schon kühn und weit hergeholt. So sagte ich zum Beispiel, das Fleisch erinnere mich an ein ganz bestimmtes, das ich vor sechs oder acht Jahren, ebenfalls an einem Dienstag, gegessen hätte, und das Dillenkraut sei geradezu, heute wie damals, mit dem Beinfleisch vermählt. Völlige Sprachlosigkeit spielte ich vor den Zwetschkenknödeln: „Bitte genau die gleichen, sobald ich zurück bin", sagte ich zu Jacques. „Wie befohlen, junger Herr!" sagte der Alte. Meine Mutter erhob sich, noch vor dem Kaffee, eine ungewöhnliche Handlung. Sie brachte aus ihrem Kabinett zwei dunkelrote, saffianlederne Etuis, die ich oft gesehen, bewundert und nach deren Gehalt zu fragen ich mich niemals getraut hatte. Neugierig war ich zwar immer gewesen, aber zugleich auch selig darüber, zwei unzugängliche Geheimnisse in meiner Nähe zu wissen. Jetzt endlich sollten sie mir enthüllt werden. Das eine, kleinere Etui enthielt das Bild meines Vaters in Email, von einem schmalen Goldstreifen umrahmt. Sein großer Schnurrbart, seine schwarzen, glühenden, fast fanatischen

Augen, die schwere, vielfach und sorgsam gefältelte Krawatte um den überaus hohen Stehkragen machten ihn mir fremd. Vor meiner Geburt mochte er so ausgesehen haben. So war er meiner Mutter lebendig, lieb und vertraut. Ich bin blond, blauäugig, meine Augen waren immer eher skeptische, traurige, wissende Augen, niemals gläubige und fanatische. Aber meine Mutter sagte: „Du bist genau wie er, nimm das Bild mit dir!" Ich dankte und bewahrte es. Meine Mutter war eine kluge, klarsichtige Frau. Nun wurde mir's klar, daß sie mich niemals ganz genau gesehen hatte. Sie konnte mich gewiß inständig lieben. Sie liebte den Sohn ihres Mannes, nicht ihr Kind. Sie war eine Frau. Ich war der Erbe ihres Geliebten; seinen Lenden schicksalshaft entsprossen; ihrem Schoß nur zufällig.

Sie öffnete das zweite Etui. Auf schneeweißem Samt lag ein violetter, großer, sechskantig geschliffener Amethyst, gehalten von einer zart geflochtenen, goldenen Kette, mit der verglichen, der Stein allzu wichtig erschien, gewalttätig fast. Es war, als hinge nicht er an der Kette, sondern als hätte er sich die Kette angeeignet und zöge sie in seiner Gesellschaft mit, eine schwache, ergebene Sklavin. „Für deine Braut!" sagte meine Mutter. „Bring es ihr heute!" – Ich küßte die Hand meiner Mutter und barg auch dieses Etui in der Tasche.

In diesem Augenblick meldete unser Diener Besuch, meinen Schwiegervater und Elisabeth. „Im Salon!" befahl meine Mutter. „Den Spiegel!" Jacques brachte ihr den ovalen Handspiegel. Sie sah eine lange Weile ihr Gesicht an, regungslos. Ja, die Frauen ihrer Zeit hatten es noch nicht nötig, mit Schminke, Puder, Kämmen oder auch nur nackten Fingern Kleid, Antlitz, Haar zu richten. Es war, als befehle meine Mutter mit dem Blick allen, mit dem sie ihr Spiegelbild jetzt prüfte, dem Haar, dem Gesicht, dem Kleid distinguierte Disziplin. Ohne daß sie eine Hand gerührt hätte, verschwand plötzlich jede Vertraulichkeit, Vertrautheit, und ich selbst fühlte mich beinahe wie zu Gast bei einer fremden, älteren Dame. „Komm!" sagte sie. „Gib mir den Stock!" – Der Stock, dünnes Ebenholz mit silbernem Knauf, lehnte neben dem Stuhl. Sie brauchte ihn nicht als Stütze, sondern als Zeichen ihrer Würde.

Mein Schwiegervater im Schlußrock, mit Handschuhen eher bewaffnet als ausgestattet, Elisabeth im hochgeschlossenen, silbergrauen Kleid, ein diamantenes Kreuz an der Brust, größer als sonst und so blaß wie die mattsilberne Agraffe an ihrer linken Hüfte, standen beide aufrecht, starr beinahe, als wir eintraten. Der Schwiegervater verbeugte sich, Elisabeth versuchte einen halben Knicks. Ich küßte sie unbekümmert. Der Krieg enthob mich aller überflüssigen, zeremoniellen Verpflichtungen. „Verzeihen Sie den Überfall!" sagte mein Schwiegervater. „Es ist ein angenehmer Besuch!" verbesserte meine Mutter. Sie sah dabei Elisabeth an. In ein paar Wochen wäre ich wieder daheim, scherzte mein Schwiegervater. Meine Mutter saß auf einem schmalen, harten Rokokostuhl, aufrecht, wie gepanzert. „Die Menschen", sagte sie, „wissen manchmal wohl, wann sie wegfahren. Sie wissen niemals, wann sie zurückkommen." Dabei sah sie Elisabeth an. Sie ließ Kaffee in den Salon reichen, Likör und Cognac. Sie lächelte nicht ei-

DIE KAPUZINERGRUFT

nen Augenblick. Sie heftete in einem bestimmten Moment ihren Blick auf meine Blusentasche, in der ich das Etui mit dem Amethyst aufbewahrt hatte. Ich verstand. Ich hängte, ohne ein Wort, die Kette um den Hals Elisabeths. Der Stein hing über dem Kreuz. Elisabeth lächelte, trat zum Spiegel, und meine Mutter nickte ihr zu; Elisabeth legte das Kreuz ab. Der Amethyst schimmerte in einem gewaltsamen Violett auf dem silbergrauen Kleid. Er erinnerte an gefrorenes Blut auf einem gefrorenen Grund. Ich wandte mich ab.

Wir erhoben uns. Die Mutter umarmte Elisabeth, ohne sie zu küssen. „Du fährst mit den Herrschaften!" befahl sie mir. „Komm heute abend!" fügte sie hinzu. „Ich will die Stunde der Trauung wissen. Es gibt Schleie blau!" Sie winkte mit der Hand, wie Königinnen mit Fächern winken. Sie entschwand.

Im Wagen unten, mein Schwiegervater fuhr im Auto (er nannte mir die Marke, und ich behielt sie nicht), erfuhr ich, daß in der Döblinger Kirche alles parat sei. Die Stunde, wahrscheinlich zehn Uhr vormittags, sei noch nicht bestimmt. Unsere Trauzeugen waren Zelinsky und Heidegger. Einfache Zeremonie. „Schlicht militärisch", sagte mein Schwiegervater.

Am Abend, während wir die Schleie blau langsam und vorsichtig verzehrten, begann meine Mutter, wohl zum erstenmale, seitdem sie Herrin in ihrem Haus war, während des Essens von den sogenannten ernsten Gegenständen zu sprechen. Ich begann eben, die Schleie zu loben. Sie unterbrach mich. „Vielleicht sitzen wir zum letztenmal beisammen!" sagte sie. Mehr nicht. „Du gehst heute aus, Abschied nehmen, wie?" – „Ja, Mama!" – „Morgen, auf Wiedersehen!" Sie ging, sie sah sich nicht mehr um.

Freilich ging ich Abschied nehmen. Das heißt: ich irrte eigentlich herum, um Abschied zu nehmen. Hier und dort nur traf ich einen Bekannten. Die Leute auf den Straßen stießen von Zeit zu Zeit unverständliche Rufe aus. Es bedurfte einiger Minuten, bevor ich ihren Sinn begriff, und die Rufe waren schon verklungen. Manchmal spielte die Musik den Radetzkymarsch, den Deutschmeistermarsch und „Heil du, mein Österreich"! Es waren Zigeunerkapellen, Heurigenkapellen, in kleinbürgerlichen Lokalen. Man trank Bier. Wenn ich eintrat, erhoben sich ein paar Unteroffiziere, und auch die Zivilisten winkten mir mit den Bierkrügeln zu. Es kam mir vor, daß ich der einzige Nüchterne in dieser großen Stadt war und deshalb auch fremd in ihr. Ja, die vertraute Stadt entzog sich mir, rückte von mir fort, jeden Augenblick weiter, und die Straßen und Gassen und Gärten, so erfüllt und laut sie auch waren, schienen mir bereits ausgestorben, so, wie ich sie später sehen sollte, nach dem Krieg und nach unserer Heimkehr. Ich irrte herum bis zum Morgengrauen, nahm im alten Bristol ein Zimmer, schlief, angestrengt, erhitzt und gegen Gedanken, Pläne, Erinnerungen unaufhörlich fechtend, ein paar Stunden, ging ins Kriegsministerium, bekam günstigen Bescheid, fuhr in unsere Kaserne, Landstraßer Hauptstraße, und verabschiedete mich von Major Pauli, unserm Bataillonskommandanten, bekam einen „offenen Befehl", der mich – schon hieß ich: Leutnant Trotta – zu den Fünfunddreißigern instradierte, eilte nach Döbling, erfuhr, daß ich um zehn Uhr dreißig getraut werden sollte, fuhr zu meiner Mutter und teilte es ihr mit und dann zu Elisabeth.

Wir gaben vor, daß Elisabeth mich eine Strecke begleiten sollte. Meine Mutter küßte mich, wie gewöhnlich, auf die Stirn, stieg in den Fiaker, hart, kalt und schnell, trotz ihrer langsamen Art. Es war ein geschlossener Wagen. Bevor er sich noch in Bewegung setzte, konnte ich bemerken, daß sie hastig das Rouleau hinter der kleinen Wagenscheibe zuzog. Und ich wußte, daß sie drinnen, im Dämmer des Coupés, eben zu weinen begann. Mein Schwiegervater küßte uns beide, munter und sorglos. Er hatte hundert überflüssige Redensarten in der Kehle, locker fielen sie heraus, verwehten schnell wie Gerüche. Wir verließen ihn, ein wenig brüsk. „Ich lasse euch allein!" rief er uns nach.

Elisabeth begleitete mich nicht nach dem Osten. Wir fuhren vielmehr nach Baden. Sechzehn Stunden lagen vor uns, sechzehn lange, volle, satte, kurze, flüchtige Stunden.

18

Sechzehn Stunden! Seit mehr als drei Jahren liebte ich Elisabeth, aber die vergangenen drei Jahre erschienen mir kurz im Verhältnis zu den sechzehn Stunden, obwohl es doch umgekehrt hätte sein sollen. Das Verbotene ist raschlebig, das Erlaubte hat von vornherein in sich schon die Dauerhaftigkeit. Außerdem schien mir auf einmal Elisabeth zwar noch nicht verändert, aber bereits auf dem Weg zu irgendeiner Veränderung. Und ich dachte an meinen Schwiegervater und fand auch ein paar Ähnlichkeiten zwischen ihr und ihm. Ein paar ihrer ganz bestimmten Handbewegungen waren sichtbarlich vom Vater ererbt, ferne und verfeinerte Echos der väterlichen Bewegungen. Einige ihrer Handlungen auf der Fahrt in der elektrischen Bahn nach Baden beleidigten mich beinahe. So zog sie zum Beispiel kaum zehn Minuten, nachdem sich die Bahn in Bewegung gesetzt hatte, ein Buch aus dem Köfferchen. Es lag neben dem Toilettenetui über der Wäsche – ich dachte an Brauthemd –, und die Tatsache allein, daß ein gleichgültiges Buch auf einem nahezu sakramentalen Gewand liegen durfte, erschien mir würdelos. Es waren übrigens gesammelte Skizzen eines jener norddeutschen Humoristen, die damals zugleich mit unserer Nibelungentreue, mit dem Deutschen Schulverein, mit den Hochschuldozenten aus Pommern, Danzig, Mecklenburg und Königsberg in Wien ihre verregnete Heiterkeit spazierenführten und ihr strapaziöses Behagen zu verbreiten begannen. Elisabeth sah von Zeit zu Zeit aus dem Buch auf, blickte mich an, schaute eine Weile zum Fenster hinaus, unterdrückte ein Gähnen und las weiter. Auch hatte sie eine Art, die Knie übereinanderzuschlagen, die mir geradezu indezent vorkam. Ob das Buch ihr gefalle, fragte ich sie. „Humorvoll!" entschied sie schlankweg. Sie reichte mir das Buch, damit ich selbst prüfe. Ich begann, eine der törichten Geschichten in der Mitte zu lesen, es war die Rede von dem goldigen Humor Augusts des Starken und von einer Beziehung zu einer seiner fürwitzigen Hofdamen. Die zwei Eigenschaftswörter, für mein Gefühl durchaus bezeichnend für preußische und sächsische Seelen, sobald sie sich in Sonntagsrast befinden, genügten mir. Ich sagte: „Ja, goldig und fürwitzig!" Elisabeth lächelte und las weiter. Wir gingen ins Hotel „Zum goldenen Löwen". Unser alter Diener wartete, der einzige, der von unserm Badener Plan wußte. Er gestand mir sofort, daß er ihn meiner Mutter verraten hatte. Er stand da, an der Endstation der Elektrischen, den steifen Halbzylinder in der Hand, den er von meinem Vater geerbt haben mochte, und überreichte meiner Frau einen Strauß dunkelroter Rosen. Er hielt den Kopf gesenkt, in seinem blanken Scheitel spiegelte sich die Sonne wie ein Sternchen, ein silbernes Körnchen. Elisabeth war still. Wenn sie doch nur ein Wort fände! dachte ich. Nichts erfolgte. Die stumme Zeremonie dauerte unendlich lange. Unsere beiden Köfferchen standen auf dem Trottoir. Elisabeth drückte die Rosen mitsamt ihrer Handtasche an die Brust. Der Alte fragte, womit er uns noch dienen könne. Er hatte auch herzliche Grüße von meiner Mutter auszurichten. Mein Koffer, meine zweite Uniform, meine Wäsche seien schon im Hotel. „Ich danke dir!" sagte ich. Ich merkte, wie Elisabeth ein wenig zur Seite wich. Dieses Ausweichen, ja Abrücken reizte mich. Ich sagte: „Begleite uns zum Hotel! Ich möchte noch mit dir sprechen!" – „Zu Befehl!" sagte er, hob die Köfferchen und folgte uns.

„Ich möchte noch mit dem Alten sprechen!" sagte ich zu Elisabeth. „In einer halben Stunde!"

Ich ging mit Jacques ins Kaffeehaus. Er hielt den Halbzylinder auf den Knien, ich nahm ihn sachte weg und legte ihn auf den Stuhl nebenan. Aus den fernen, blaß–blauen, etwas feuchten Greisenaugen strömte mir die ganze Zärtlichkeit Jacques' entgegen, und mir war, als hätte meine Mutter in seine Augen eine letzte mütterliche Botschaft für mich gelegt. Seine gichtigen Hände (ich hatte sie lange nicht nackt, sondern nur in weißen Handschuhen gesehen) zitterten, als sie die Kaffeetasse hoben. Es waren alte, gute Dienerhände. Warum hatte ich sie niemals beachtet? Die blauen Knötchen saßen auf den gekrümmten Fingergelenken, die Nägel waren flach, stumpf und vielfach gespalten, der Knochen am Gelenk seitwärts verschoben und schien widerwillig den steifen Rand der altmodischen Manschettenrolle zu ertragen, und unzählige Äderchen, blaßblau, bahnten sich, winzigen Flüssen gleich, mühsame Wege unter der rissigen Haut des Handrückens.

Wir saßen im Garten des Cafés Astoria. Ein welkes, goldenes Kastanienblatt wirbelte langsam auf den kahlen Schädel Jacques', er fühlte es nicht, seine Haut war eben alt und unempfindlich geworden, ich ließ das Blatt dort liegen. „Wie alt bist du?" fragte ich. „Achtundsiebzig, junger Herr!" antwortete er, und ich sah einen einzigen, großen, gelben Zahn unter seinem dichten, schneeigen Schnurrbart. „Ich sollte eigentlich in den Krieg ziehen, nicht die Jungen!" fuhr er fort. „Im Jahre 66 war ich dabei, gegen die Preußen, bei den Fünfzehnern." – „Wo bist du geboren?" fragte ich. „In Sipolje!" sagte Jac-

ques. „Kennst du die Trottas?" – „Freilich, alle, alle!" – „Sprichst du noch Slowenisch?" – „Hab' ich vergessen, junger Herr!"

„In einer halben Stunde!" hatte ich Elisabeth gesagt. Ich zögerte, nach der Uhr zu sehen. Es mochte wohl schon mehr als eine Stunde verflossen sein, aber die blassen, alten
Augen Jacques', in denen sein Herzweh wohnte und das meiner Mutter, wollte ich nicht
entbehren. Es war mir, als hätte ich jetzt die dreiundzwanzig leichtfertig und lieblos verbrachten Jahre meines Lebens wettzumachen, innerhalb einer Stunde, und statt wie
sonst ein Jungvermählter die sogenannte neue Existenz anzufangen, bestrebte ich mich,
vielmehr die verflossene zu korrigieren. Am liebsten hätte ich wieder bei der Geburt angefangen. Es war mir klar, daß ich das Wichtigste versäumt hatte. Zu spät. Ich stand vor
dem Tod und vor der Liebe. Einen Augenblick – ich gestehe es – dachte ich sogar an ein
schändliches, schmähliches Manöver. Ich konnte Elisabeth eine Nachricht schicken,
daß ich sofort wegmüsse, ins Feld, glattweg. Ich konnte es ihr auch sagen, sie umarmen,
Trostlosigkeit, Verzweiflung spielen. Es war nur die Wirrnis einer kurzen Sekunde. Ich
hatte sie sofort überwunden. Ich verließ das Astoria. Treulich, einen halben Schritt hinter mir, ging Jacques.

Knapp vor dem Eingang zum Hotel, gerade als ich mich umwenden wollte, um mich
von Jacques endgültig zu verabschieden, hörte ich ihn röcheln. Ich wandte mich halb um
und breitete die Arme aus. Der Alte sank an meine Schulter. Sein Halbzylinder kollerte
hart über die Steine. Der Portier trat heraus. Jacques war ohnmächtig. Wir trugen ihn in
die Halle. Ich bestellte den Arzt und lief hinauf, Elisabeth zu verständigen.

Sie saß immer noch über ihrem Humoristen, trank Tee und schob kleine Scheibchen
Toast mit Marmelade in ihren lieben, roten Mund. Sie legte das Buch auf den Tisch und
breitete die Arme aus. „Jacques", begann ich, „Jacques …" und stockte. Ich wollte das
fürchterlich entscheidende Wort nicht aussprechen. Um den Mund Elisabeths aber züngel-
te ein lüsternes und gleichgültiges und frohgemutes Lächeln, das ich in diesem Augenblick
mit einem makabren Wort allein verscheuchen zu können glaubte – und also sagte ich: „Er
stirbt!" Sie ließ die ausgebreiteten Arme fallen und antwortete nur: „Er ist alt!"

Man holte mich, der Arzt war gekommen. Der Alte lag schon in seinem Zimmer im
Bett. Sein steifes Hemd hatte man ihm ausgezogen. Über seinem schwarzen Gehrock
hing es, ein glänzender Panzer aus Leinen. Die gewichsten Stiefel standen wie Wachtposten am Fußende des Bettes. Die Socken aus Wolle, vielfach gestopft, lagen schlaff neben den Stiefeln. Soviel bleibt übrig von einem einfachen Menschen. Ein paar Knöpfe
aus Messing auf dem Nachttisch, ein Kragen, eine Krawatte, Stiefel, Socken, Gehrock,
Hose, Hemd. Die alten Füße mit den verkrümmten Zehen lugten unter dem unteren
Deckenrand hervor. „Schlaganfall!" sagte der Doktor. Er war eben einberufen worden,
Oberarzt, schon in Uniform. Morgen sollte er zu den Deutschmeistern. Unsere vorschriftsmäßige gegenseitige militärische Vorstellung nahm sich neben diesem Sterbenden aus wie die Inszenierung eines Theaterstücks in Wiener Neustadt etwa. Wir schämten uns beide.

DIE KAPUZINERGRUFT

„Stirbt er?" fragte ich. „Ist es dein Vater?" fragte der Oberarzt. „Unser Diener!" sagte ich. Ich hätte lieber mein Vater gesagt. Der Doktor schien es bemerkt zu haben. „Er stirbt wahrscheinlich", sagte er. „In dieser Nacht?" Er hob fragend die Arme.

Der Abend war hurtig hereingebrochen. Man mußte Licht machen. Der Doktor gab Jacques eine Kardiazolspritze, er schrieb Rezepte, klingelte, schickte nach der Apotheke. Ich schlich mich aus dem Zimmer. So schleicht ein Verräter, dachte ich. Ich schlich auch noch die Treppe zu Elisabeth empor, als fürchtete ich, jemanden zu wecken. Elisabeths Zimmer war geschlossen. Das meine lag daneben. Ich klopfte. Ich versuchte zu öffnen. Auch die Verbindungstür hatte sie abgeschlossen. Ich überlegte, ob ich Gewalt anwenden sollte. Aber im gleichen Augenblick wußte ich ja auch schon, daß wir uns nicht liebten. Ich hatte zwei Tote: die erste war meine Liebe. Sie begrub ich an der Schwelle der Verbindungstür zwischen unseren zwei Zimmern. Dann stieg ich ein Stockwerk tiefer, um Jacques sterben zu sehen.

Der gute Doktor war immer noch da. Er hatte den Säbel abgeschnallt und die Bluse aufgeknöpft. Es roch nach Essig, Äther, Kampfer im Zimmer, und durch die offenen Fenster strömte der feuchte, welke Duft des abendlichen Herbstes. Der Oberarzt sagte: „Ich bleibe hier" – und drückte mir die Hand. Ich schickte meiner Mutter ein Telegramm, daß ich unseren Diener bis zu meiner Abreise noch zurückhalten müsse. Wir aßen Schinken, Käse, Äpfel. Wir tranken zwei Flaschen Nußdorfer.

Der Alte lag da, blau, sein Atem ging wie eine rostige Säge durchs Zimmer. Von Zeit zu Zeit bäumte sich sein Oberkörper, seine verkrümmten Hände zerrten an der dunkelroten, gesteppten Decke. Der Doktor feuchtete ein Handtuch an, spritzte Essig darauf und legte es dem Sterbenden auf den Kopf. Zweimal stieg ich die Treppe zu Elisabeth empor. Das erstemal blieb alles still. Das zweitemal hörte ich sie laut schluchzen. Ich klopfte stärker.

„Laß mich!" rief sie. Ihre Stimme drang wie ein Messer durch die geschlossene Tür.

Es mochte gegen drei Uhr morgens gewesen sein, ich hockte am Bettrand Jacques', der Doktor schlief, ohne Rock, den Kopf in die Hemdärmel gebettet, über dem Schreibtisch. Da erhob sich Jacques mit ausgestreckten Händen, öffnete die Augen und lallte etwas. Der Doktor erwachte sofort und trat ans Bett. Jetzt hörte ich Jacques' alte, klare Stimme: „Bitte, junger Herr, der gnädigen Frau sagen lassen, ich komme morgen früh zurück." Er fiel wieder in die Kissen. Sein Atem besänftigte sich. Seine Augen blieben starr und offen, es war, als brauchten sie keine Lider mehr. „Jetzt stirbt er", sagte der Doktor, gerade in dem Augenblick, in dem ich entschlossen war, wiederum zu Elisabeth hinaufzugehen.

Ich wartete. Der Tod schien sich dem Alten nur äußerst sorgsam zu nähern, väterlich, ein wahrer Engel. Gegen vier Uhr morgens wehte der Wind ein welkes, gelbes Kastanienblatt durch das offene Fenster. Ich hob es auf und legte es Jacques auf die Bettdecke. Der Doktor legte mir den Arm um die Schulter, beugte sich dann über den Alten, horchte, nahm die Hand und sagte: „Ex!" Ich kniete nieder und bekreuzigte mich, zum erstenmal nach vielen, vielen Jahren.

Kaum zwei Minuten später klopfte es. Der Nachtportier brachte mir einen Brief. „Von der Gnädigen!" sagte er. Das Kuvert war nur halb zugeklebt, es öffnete sich gleichsam von selbst. Ich las nur eine Zeile: „Adieu! Ich geh' nach Haus. Elisabeth." Ich gab dem fremden Doktor den Zettel. Er las ihn, sah mich an und sagte: „Ich verstehe!" Und nach einer Weile: „Ich ordne schon alles, mit Hotel und Bestattung und Frau Mama. Ich bleibe ja vorläufig in Wien. Wohin gehst du heut?" − „Nach dem Osten!" − „Servus!"

Ich habe den Doktor nie wiedergesehen. Ich habe ihn auch nie vergessen. Er hieß Grünhut.

19

Ich ging als „Einzelreisender" ins Feld. Den Brief meiner Frau hatte ich im ersten Anfall von Unmut, verletzter Eitelkeit, Rachsucht, Gehässigkeit vielleicht − was weiß ich − zerknüllt und in die Hosentasche gesteckt. Jetzt zog ich ihn hervor, glättete den Knäuel und überlas die eine Zeile noch einmal. Es war mir klar, daß ich mich gegen Elisabeth versündigt hatte. Eine Weile später kam es mir vor, daß ich mich sogar schwer gegen sie versündigt hatte. Ich beschloß, ihr einen Brief zu schreiben, ich machte mich auch daran, das Papier aus dem Koffer zu holen, aber als ich ausgepackt hatte − man zog damals noch mit ledernen Schreibmappen ins Feld −, strömte mir aus dem leeren, blauen Blatt gleichsam mein eigener Unmut entgegen. Es war, als müßte das leere Blatt eigentlich alles enthalten, was ich noch Elisabeth zu sagen hatte, und als müßte ich es abschicken, so glatt und wüst, wie es war. Ich schrieb nur meinen Namen darauf. Diese Post gab ich auf der nächsten Bahnstation ab. Noch einmal zerknüllte ich den Zettel Elisabeths. Noch einmal steckte ich den Knäuel in die Tasche.

Ich war, laut dem „Offenen Befehl", ausgestellt vom Kriegsministerium, von Stellmacher unterzeichnet, zum Landwehrregiment Numero 35 instradiert, das heißt direkt zum Regiment, nicht etwa zum Ergänzungsbezirkskommando, das infolge der kriegerischen Ereignisse aus dem gefährlichen Gebiet in das Innere des Reiches verlegt worden war. Ich sah mich also vor der ziemlich verwickelten Aufgabe, mein Regiment, das sich auf dem ständigen Rückzug befinden mußte, irgendwo in einem Dorf, in einem Wald, in einem Städtchen, kurz: in einer „Stellung" ausfindig zu machen, das heißt ungefähr, als ein Irrender, einzelner zu einer flüchtenden, irrenden Einheit zu stoßen. Desgleichen hatten wir freilich in den Manövern niemals gelernt.

Es war gut, daß ich dieser Sorge vor allem hingegeben sein mußte. Ich flüchtete mich geradezu in sie. Ich brauchte so nicht mehr an meine Mutter, an meine Frau, unseren toten Diener zu denken. Mein Zug hielt fast jede halbe Stunde an irgendwelchen winzigen, unbedeutenden Stationen. Wir fuhren, ein Oberleutnant und ich, in einem engen Abteil, einer Zündholzschachtel sozusagen, etwa achtzehn Stunden, bis wir Kamionka erreichten. Von hier ab waren die ordentlichen Bahngeleise zerstört. Nur eine provisorische, schmalspurige Bahn mit drei ungedeckten, winzigen Lastwaggönchen führte zum nächsten Feldkommandoposten, der die augenblickliche Stellung der einzelnen Regimenter, auch nur unverbindlich, den „Einzelreisenden" anzugeben vermochte. Das Bähnchen rollte langsam dahin. Der Lokomotivführer läutete unaufhörlich, denn Scharen von Verwundeten, zu Fuß und auf Bauernfuhrwerken, kamen uns auf dem schmalen Weg entgegen. Ich bin – wie ich damals zum erstenmal erfuhr – ziemlich unempfindlich gegen die sogenannten großen Schrecken. So empfand ich zum Beispiel den Anblick der Verwundeten, die auf einer Tragbahre lagen, wahrscheinlich, weil ihnen Beine oder Füße abgeschossen waren, weniger fürchterlich als die allein, ungestützt dahinwankenden Soldaten, die nur einen leichten Streifschuß hatten und durch deren schneeweißen Verband unaufhörlich neues Blut sickerte. Und bei alledem, zu beiden Seiten der schmalspurigen Bahn, auf den weiten, schon herbstfahlen Wiesen, zirpten die verspäteten Grillen, weil sie ein trügerisch warmer Septemberabend verführt hatte zu glauben, es sei immer noch oder schon aufs neue Sommer.

Beim Feldkommandoposten traf ich zufällig den Herrn Feldkuraten von den Fünfunddreißigern. Er war ein feister, selbstzufriedener Mann Gottes, in einem engen, prallen, glänzenden Priesterrock. Er hatte sich auf dem Rückzug verloren, mitsamt seinem Diener, seinem Kutscher, seinem Pferd und dem zeltüberspannten Trainwagen, wo er Altar und Meßgeräte, aber auch eine Anzahl Geflügel, Schnapsflaschen, Heu für das Pferd und überhaupt requiriertes Bauerngut verbarg. Er begrüßte mich wie einen langentbehrten Freund. Er schien sich vor neuen Irrfahrten zu fürchten, er konnte sich auch nicht entschließen, sein Geflügel dem Feldkommandoposten zu opfern, wo man sich bereits seit zehn Tagen lediglich von Konserven nährte und von Kartoffeln. Man liebte hier den Feldkuraten nicht sonderlich. Aber er weigerte sich, aufs Geratewohl oder nur auf ein Ungefähr hin loszuziehen, dieweil ich, eingedenk meines Vetters Joseph Branco und des Fiakers Manes Reisiger, das Ungefähr dem Warten vorzog. Unsere Fünfunddreißiger, so lautete die vage Auskunft, sollten drei Kilometer nördlich von Brzezany stehen. Und also machte ich mich mit dem Feldkuraten, seinem Wagen, seinem Geflügel auf den Weg, ohne Landkarte, lediglich mit einer handgezeichneten Skizze versehen.

Wir fanden schließlich die Fünfunddreißiger, allerdings nicht nördlich von Brzezany, sondern erst in dem Flecken Strumilce. Ich meldete mich beim Obersten. Meine Ernennung zum Leutnant war bereits beim Regimentsadjutanten eingelaufen. Ich verlangte, meine Freunde zu sehen. Sie kamen. Ich bat, man möchte sie meinem Zug zuteilen. Wie kamen sie! Ich erwartete sie in der Kanzlei des Rechnungsunteroffiziers Cenower, aber es war ihnen nicht gesagt worden, daß ich es sei, der sie hatte kommen lassen. Im ersten Augenblick erkannten sie mich gar nicht. Aber im nächsten schon fiel mir Manes Reisiger um den Hals, uneingedenk aller militärischen Vorschriften, indes mein Vetter Joseph Branco noch immer dastand, in Habt-acht erstarrt, aus Verwunderung und Disziplin. Er war ein Slowene eben. Manes Reisiger aber war ein jüdischer Fiaker aus dem Osten, unbekümmert und kein Dienstreglement-Gläubiger. Sein Bart bestand aus lauter wilden, harten Knäueln, der Mann sah nicht uniformiert aus, sondern verkleidet. Ich küßte eines seiner Bartknäuel und machte mich daran, auch Joseph Branco zu umarmen. Ich selbst, auch ich, vergaß das Militär. Ich dachte nur noch an den Krieg, und ich rief vielleicht zehnmal hintereinander: „Ihr lebt, ihr lebt! …" Und Joseph Branco bemerkte sofort meinen Ehering und wies stumm auf meinen Finger. „Ja", sagte ich, „ich habe geheiratet." Ich fühlte, ich sah, daß sie mehr von meiner Heirat und von meiner Frau wissen wollten, ich ging mit ihnen hinaus, auf den winzigen, kreisrunden Ring um die Kirche von Strumilce. Ich sprach aber gar nicht von Elisabeth, bis es mir plötzlich einfiel – und wie konnte es mir auch entfallen sein! –, daß ich eine Photographie von ihr in der Brieftasche geborgen hatte. Am leichtesten war es wohl, es ersparte alles Reden, meinen Freunden das Bild zu zeigen. Ich zog die Brieftasche, ich suchte, das Bild war nicht drin. Ich begann nachzudenken, wo ich es verloren oder vergessen haben könnte, und auf einmal glaubte ich mich zu erinnern, daß ich die Photographie bei meiner Mutter zu Hause gelassen hatte. Ein unbegreiflicher, ja ein sinnloser Schrecken ergriff mich, als hätte ich das Bild Elisabeths zerrissen oder verbrannt „Ich finde die Photographie nicht", sagte ich zu meinen beiden Freunden. Statt zu antworten, zog jetzt mein Vetter Joseph Branco aus seiner Tasche das Bild seiner Frau und reichte es mir. Es war eine schöne Frau, von stolzer Üppigkeit, in der slowenischen Dorftracht, ein Krönchen aus Münzen über dem glatten, gescheitelten Haar und eine dreimal geschlungene Kette aus den gleichen Münzen um den Hals. Ihre starken Arme waren nackt, die Hände stemmte sie an die Hüften. „Das ist die Mutter meines Kindes, es ist ein Sohn!" sagte Joseph Branco. „Bist du verheiratet?" fragte Manes, der Fiaker. „Wenn der Krieg aus ist, werde ich sie heiraten, unser Sohn heißt Branco, wie ich, er ist zehn Jahre alt. Er ist beim Großvater. Er kann herrliche Pfeifen schnitzen."

20

Wir hatten in den nächsten Tagen, die vor uns lagen, breit und gefahrenschwanger, düster und erhaben und rätselhaft und fremd, keine Schlachten zu erwarten, aller Voraussicht nach, sondern lediglich Rückzüge. Von der Ortschaft Strumilce kamen wir, kaum zwei Tage später, in das Dorf Jeziory und wieder drei Tage hierauf in das Städtchen Pogrody. Die russische Armee verfolgte uns. Wir zogen uns bis Krasne-Busk zurück. Wahrscheinlich infolge eines nicht rechtzeitig eingetroffenen Befehls blieben wir länger dort, als es in der Absicht der Zweiten Armee gelegen war. Also überfielen uns eines frühen Morgens die Russen. Und wir hatten keine Zeit mehr, uns zu verschanzen. Dies war die historische Schlacht von Krasne-Busk, bei der ein Drittel unseres Regiments vernichtet wurde und ein zweites in Gefangenschaft geriet.

Auch wir wurden Gefangene, Joseph Branco, Manes Reisiger und ich. So ruhmlos endete unsere erste Schlacht.

Ich hätte hier ein kräftiges Bedürfnis, von den besonderen Gefühlen zu berichten, die einen Kriegsgefangenen bewegen. Aber ich weiß wohl, welch einer großen Gleichgültigkeit solch ein Bericht heutzutage begegnet. Gerne nehme ich das Schicksal, ein Verschollener zu sein, auf mich, aber nicht jenes, der Erzähler der Verschollenen zu werden. Man könnte mich kaum noch verstehen, wenn ich es etwa unternähme, heutzutage von der Freiheit zu sprechen, von der Ehre, geschweige denn von der Gefangenschaft. In diesen Jahren schweigt man besser. Ich schreibe lediglich zu dem Zweck, um mir selbst klarzuwerden; und auch pro nomine Dei sozusagen. Er verzeihe mir die Sünde!

Gut, wir waren also Kriegsgefangene, unser ganzer Zug. Mit mir blieben Joseph Branco und Manes Reisiger. Wir waren gemeinsam gefangen. „Für uns ist der Krieg zu Ende", sagte Manes Reisiger. „Ich war noch niemals gefangen", setzte er manchmal hinzu, „ebenso wie ihr beide. Aber ich weiß, daß uns das Leben erwartet und nicht der Tod. Ihr beide werdet euch daran erinnern, wenn wir zurückkommen. Wenn ich nur wüßte, was mein Ephraim macht. Der Krieg wird lange dauern. Auch mein Sohn wird noch einrücken. Merkt euch das! Manes Reisiger aus Zlotogrod, ein gewöhnlicher Fiaker, hat es euch gesagt!" – Hierauf schnalzte er mit der Zunge. Es knallte wie eine Peitsche. Die nächsten Wochen blieb er still und stumm.

Am Abend des zweiten Oktobers sollten wir getrennt werden. Man hatte die Absicht, wie es damals Sitte war und selbstverständlich, die gefangenen Offiziere von der Mannschaft zu trennen. Wir sollten im Innern des russischen Landes bleiben, die Personen des Mannschaftsstandes aber weithin verschickt werden. Man sprach von Sibirien. Ich meldete mich nach Sibirien. Bis heute noch weiß ich es nicht, ich will es nicht wissen, auf welche Weise es Manes Reisiger damals gelungen war, auch mich nach Sibirien mitzuschleppen. Noch niemals war, so scheint es mir, ein Mann so froh gewesen wie ich, daß es ihm gelang, durch List und Bestechung Nachteile zu erringen. Aber Manes Reisiger hatte sie eigentlich errungen. Seit der ersten Stunde unserer Kriegsgefangenschaft hatte er den Befehl über uns alle, über unseren Zug, übernommen. Was lernt man nicht alles, Gottes Gnade vorausgesetzt, von Pferden, wenn man ein Fiaker ist! und gar ein jüdischer aus Zlotogrod …

Von den Umwegen und von den geraden Wegen, auf denen wir nach Sibirien kamen, erzähle ich nicht. Wege und Umwege verstehen sich von selbst. Nach sechs Monaten waren wir in Wiatka.

21

Wiatka liegt weit in Sibirien, am Lenafluß. Die Reise dauerte ein halbes Jahr. Die Tage hatten wir auf diesen weiten Wegen vergessen, unzählig und endlos zugleich reihten sie sich aneinander. Wer zählt die Korallen an einer sechsfachen Schnur? Sechs Monate ungefähr dauerte unser Transport. Im September hatte unsere Gefangenschaft begonnen, als wir ankamen, war es März. Im Wiener Augarten mochten schon die Goldregensträucher blühen. Bald fing der Holunder an zu duften. Hier trieben gewaltige Eisschollen über den Fluß, man konnte ihn, auch an seinen breitesten Stellen, trockenen Fußes überschreiten. Während des Transportes waren drei Leute von unserem Zug an Typhus gestorben. Vierzehn hatten versucht zu fliehen, sechs Mann von unserer Eskorte waren mit ihnen desertiert. Der junge Kosakenleutnant, der den Transport auf der letzten Etappe kommandierte, ließ uns in Tschirein warten: er mußte die Flüchtlinge wie die Deserteure einfangen. Er hieß Andrej Maximowitsch Krassin. Er spielte mit mir Karten, während seine Patrouillen die Gegend nach den Verschwundenen absuchten. Wir sprachen französisch. Er trank den Samogonka, den ihm die spärlichen russischen Ansiedler der Gegend brachten, aus seiner kürbisförmigen Feldflasche, war zutraulich und dankbar für jeden guten Blick, den ich ihm schenkte. Ich liebte seine Art zu lachen, die starken, blendenden Zähne unter dem kurzen, kohlschwarzen Schnurrbart und die Augen, die nur Fünkchen waren, wenn er sie zusammenkniff. Er beherrschte das Lachen geradezu. Man konnte ihm zum Beispiel sagen: „Bitte, lachen Sie ein bißchen!", und im Nu lachte er, schallend, großzügig, weitherzig. Eines Tages hatten die Patrouillen die Geflohenen aufgetrieben. Eigentlich den Rest der Geflohenen, acht Mann von zwanzig. Der Rest war sicherlich verirrt oder irgendwo verborgen oder irgendwo untergegangen. Andrej Maximowitsch Krassin spielte mit mir Tarock in der Bahnhofsbaracke. Er ließ die Eskorte mitsamt den Gefangenen nahe an uns herankommen, bestellte ihnen Tee und Schnaps und befahl mir, der ich ja seinen Befehlen ausgeliefert war, die Strafen zu diktieren, für die Leute meines Zuges sowohl als auch für die russischen zwei eingeholten Deserteure. Ich sagte ihm, daß ich das Dienstreglement seiner Armee nicht kenne. Er bat mich zuerst, dann drohte er, endlich sagte ich: „Da ich nicht weiß, welche Strafen nach Ihren Gesetzen zu verhängen wären, verfüge ich, daß alle straflos bleiben."

Er legte seine Pistole auf den Tisch und sagte: „Sie sind am Komplott beteiligt. Ich verhafte Sie, ich lasse Sie abführen, Herr Leutnant!" – „Wollen wir nicht die Partie zu Ende spielen?" fragte ich ihn und griff nach meinen Karten. „Gewiß!" sagte er, und wir spielten weiter, während die Soldaten um uns herumstanden, Eskorten und Österreicher. Er verlor. Es wäre mir leicht gewesen, ihn gewinnen zu lassen, aber ich hatte freilich die Besorgnis, daß er es merken könnte. Kindlich, wie er war, bereitete ihm das Mißtrauen eine noch größere Wollust als das Lachen, und die Bereitschaft, Verdacht zu schöpfen, war stets in ihm lebendig. Also ließ ich ihn verlieren. Er zog die Augenbrauen zusammen, er sah den Unteroffizier, der die Eskorte kommandierte, schon böse an, so, als wollte er im nächsten Augenblick alle acht Mann füsilieren lassen. Ich sagte ihm: „Lachen Sie ein bißchen!" Er lachte los, großzügig, weitherzig, mit allen blendenden Zähnen. Ich dachte schon, ich hätte die acht gerettet.

Er lachte etwa zwei Minuten, wurde auf einmal ernst, wie es seine Art war, und befahl dem Unteroffizier „Spangen für alle acht! Abtreten! Ich verfüge dann Weiteres." Hierauf, nachdem die Männer die Baracke verlassen hatten, begann er, die Karten zu mischen. „Re-

DIE KAPUZINERGRUFT

vanche!" sagte er. Wir spielten eine neue Partie. Er verlor zum zweitenmal. Er steckte jetzt erst seine Pistole ein, erhob sich, sagte: „Ich komme gleich!" und verschwand. Ich blieb sitzen, man entzündete die zwei Petroleumlampen, sogenannte Rundbrenner. Die karwasische Wirtin wankte heran, ein neues Teeglas in der Hand. Im frischen Tee schwamm noch die alte Zitronenscheibe. Die Wirtin war breit wie ein Schiff. Sie lächelte aber wie ein gutes Kind, vertraulich und mütterlich. Als ich mich anschickte, die alte häßliche Zitronenscheibe aus dem Glas zu entfernen, griff sie mit zwei gütigen, dicken Fingern hinein und holte die Zitrone heraus. Ich dankte ihr mit einem Blick.

Ich trank den heißen Tee langsam. Der Leutnant Andrej Maximowitsch kam nicht zurück. Es wurde immer später, und ich mußte zu meinen Leuten zurück ins Lager. Ich ging hinaus vor die Balkontür und rief ein paarmal seinen Namen. Er antwortete mir endlich. Es war eine eisige Nacht, so kalt, daß ich zuerst glaubte, selbst ein Ruf müßte, kaum ausgestoßen, schon erfrieren und niemals den Gerufenen erreichen. Ich blickte zum Himmel empor. Die silbernen Sterne schienen nicht von ihm selbst geboren, sondern in seine Gewölbe eingeschlagen worden zu sein, glänzende Nägel. Ein wuchtiger Wind vom Osten, der Tyrann unter den Winden Sibiriens, nahm meiner Kehle den Atem, meinem Herzen die Kraft zu schlagen, meinen Augen die Fähigkeit zu sehen. Die Antwort des Leutnants auf meinen Ruf, vom bösen Wind mir dennoch entgegengetragen, erschien mir wie eine tröstliche Botschaft eines Menschen, nach langer Zeit zum erstenmal vernommen, obwohl ich kaum ein paar Minuten draußen in der menschenfeindlichen Nacht gewartet hatte. Aber wie wenig tröstlich war diese menschliche Botschaft.

Ich ging in die Baracke zurück. Eine einzige Lampe brannte noch. Sie erhellte den Raum nicht, sie machte seine Finsternis nur noch dichter. Sie war gleichsam der leuchtende, winzige Kern einer schweren, kreisrunden Finsternis. Ich setzte mich neben die Lampe hin. Plötzlich schreckten mich ein paar Schüsse auf. Ich lief hinaus. Die Schüsse waren noch nicht verhallt. Sie schienen noch immer unter dem eisigen, gewaltigen Himmel dahinzurollen. Ich lauschte. Nichts regte sich mehr, außer dem ständigen Eiswind. Ich konnte es nicht mehr ertragen und kehrte in die Baracke zurück.

Eine Weile später kam der Leutnant, bleich, trotz dem Winde die Mütze in einer Hand, die Pistole ragte aus dem halboffenen Etui.

Er setzte sich sofort, atmete schwer, knöpfte den Blusenkragen auf und sah mich mit starren Augen an, als kenne er mich nicht, als hätte er mich vergessen und als bemühte er sich angestrengt, mich zu agnoszieren. Die Karten wischte er vom Tisch mit dem Ärmel. Er trank einen tüchtigen Schluck aus der Flasche, senkte den Kopf und sagte auf einmal ganz schnell: „Ich habe nur einen getroffen." – „Sie haben also schlecht gezielt", sagte ich. Aber ich hatte es anders verstanden.

„Ich habe schlecht gezielt. Ich ließ sie in einer Reihe antreten. Ich wollte sie nur erschrecken. Ich schoß in die Luft. Beim letzten Schuß war's, als drückte jemand meinen Arm nieder. Es geschah schnell, es ging los, ich weiß nicht wie. Der Mann ist hin. Die Leute verstehen mich nicht mehr."

Man begrub den Mann noch in der gleichen Nacht. Der Leutnant ließ eine Ehrensalve abschießen. Seit dieser Stunde lachte er nicht mehr. Er sann über etwas nach, das ihn unaufhörlich zu beschäftigen schien.

Wir legten noch etwa zehn Werst unter seinem Kommando zurück. Zwei Tage, bevor ein neuer Transportkommandant uns übernehmen sollte, ließ er mich zu sich in den Schlitten steigen und sagte: „Dieser Schlitten gehört Ihnen und Ihren zwei Freunden. Der Jude ist Kutscher. Er wird sich auskennen. Hier ist meine Karte. Ich habe den Punkt angekreuzt, an dem Sie aussteigen. Sie werden dort erwartet. Es ist mein Freund. Zuverlässig. Niemand wird euch suchen. Ich werde euch alle drei als Geflüchtete ausgeben. Ich werde euch hinrichten und begraben." Er drückte mir die Hand und stieg aus.

In der Nacht fuhren wir los. Der Weg dauerte ein paar Stunden. Der Mann wartete. Wir fühlten sofort, daß wir bei ihm geborgen waren. Wir begannen ein neues Leben.

22

Unser Gastgeber gehörte zu den alteingesessenen sibirischen Polen. Pelzhändler war er von Beruf. Er lebte allein, mit einem Hund unbestimmter Rasse, mit zwei Jagdgewehren, einer Anzahl selbstgeschnitzter Pfeifen in zwei geräumigen, mit kümmerlichen Pelzfallen vollgelagerten Zimmern. Er hieß Baranovitsch, Jan mit Vornamen. Er sprach äußerst selten. Ein schwarzer Vollbart verpflichtete ihn zur Schweigsamkeit. Er ließ uns allerhand Arbeiten verrichten, den Zaun reparieren, Holz spalten, die Schlittenkufen einfetten, die Felle sondieren. Wir lernten dort etwas Nützliches. Aber es war uns schon nach einer Woche klar, daß er uns nur arbeiten ließ, aus Taktgefühl und auch, damit wir in dieser Einsamkeit nicht etwa Händel mit ihm oder untereinander begännen. Er hatte recht. Er schnitzte Stöcke und Pfeifen aus dem harten, starken Gestrüpp, das in der Gegend wächst und das er, ich weiß nicht mehr warum, Nastorka nannte. Er rauchte alle Woche eine neue Pfeife ein. Niemals vernahm ich einen Scherz von ihm. Manchmal nahm er einen Moment die Pfeife aus dem Mund, um einem von uns zuzulächeln. Alle zwei Monate etwa kam ein Mann aus dem nächsten Flecken und brachte eine alte russische Zeitung. Baranovitsch selbst sah sie nicht an. Ich lernte viel aus ihr, aber über den Krieg konnte sie uns freilich nicht informieren. Einmal las ich, daß die Kosaken in Schlesien einmarschieren. Mein Vetter Joseph Branco glaubte es, Manes Reisiger nicht. Sie begannen sich zu streiten. Sie wurden zum erstenmal böse aufeinander. Endlich hatte auch sie jener Wahnsinn erfaßt, den die Einsamkeit erzeugen muß. Nun griff Joseph Branco, jünger und heftiger, wie er war, nach dem Bart Reisigers. Ich wusch gerade die Teller in der Küche. Als ich den Streit hörte, trat ich mit den Tellern in der Hand ins Zimmer. Meine Freunde hörten mich weder, noch sahen sie mich. Zum erstenmal, obwohl ich vor der Heftigkeit meiner damals geliebten Menschen erschrocken war, traf mich auch eine jähe Einsicht; ich kann wohl sagen, sie habe mich getroffen, von außen her gleichsam: die Einsicht nämlich, daß ich nicht mehr zu ihnen gehörte. Ein ohnmächtiger Schiedsrichter, stand ich vor ihnen, nicht mehr ihr Freund, und obwohl ich mir darüber im klaren war, daß der Wahn der Wüste sie ergriffen hatte, glaubte ich doch daran, daß ich gegen ihn bestimmt gefeit wäre. Eine gehässige Gleichgültigkeit erfüllte mich. Ich ging zurück in die Küche, die Teller waschen. Sie tobten. Aber als wollte ich sie in ihrem irrwitzigen Kampf nicht stören, wie man etwa nebenan schlafende Menschen nicht wecken mag, legte ich diesmal behutsam, wie bis jetzt noch nie, einen Teller auf den andern, damit sie nicht klapperten. Nachdem ich mit meiner Arbeit fertig geworden war, setzte ich mich auf den Küchenschemel und wartete ruhig.

Eine geraume Weile später kamen sie auch heraus, kamen sie gleichsam zum Vorschein, einer hinter dem anderen. Sie beachteten mich auch jetzt nicht. Es schien, als wollte mir jeder von den beiden, und jeder für sich, da sie doch Feinde untereinander waren, seine Geringschätzung dafür bezeugen, daß ich mich in ihren Kampf nicht eingemischt hatte. Jeder von beiden machte sich an irgendeine überflüssige Arbeit. Der eine schliff die Messer, aber es sah gar nicht bedrohlich aus. Der andere holte Schnee in einem Kessel, zündete das Herdfeuer an, warf kleine Späne hinein, setzte den Kessel auf den Herd und sah angestrengt in die Flamme. Es wurde gemächlich warm. Die Wärme strahlte das gegenüberliegende Fenster an, die Eisblumen wurden rötlich, blau, violett zuweilen, vom Widerschein des Feuers. Die vereisten Wassertropfen auf dem Boden, knapp unter dem Fenster, begannen zu schmelzen.

Der Abend drang herein, das Wasser brodelte im Kessel. Bald kam Baranovitsch von einer seiner Wanderungen zurück, die er an manchen Tagen, man wußte nicht, aus welchen Gründen, zu unternehmen pflegte. Er trat ein, den Rock in der Hand, die Fäustlinge steckten im Gürtel. (Er hatte die Gewohnheit, sie vor der Tür auszuziehen, eine Art Höflichkeit.) Er gab jedem von uns die Hand, mit dem gewohnten Gruß: „Gebe Gott Gesundheit." Dann nahm er die Pelzmütze ab und bekreuzigte sich. Er ging in die Stube hinein.

Später aßen wir, wie gewöhnlich, zu viert. Keiner sprach ein Wort. Man hörte den Pendelschlag der Kuckucksuhr, die an einen zufällig aus fremden Landen verirrten Vogel denken ließ. Man wunderte sich, daß sie nicht erfroren war. Baranovitsch, der an unser allabendliches Geschwätz gewohnt war, forschte verstohlen in unsern Gesichtern. Er erhob sich endlich, plötzlich, nicht so langsam wie sonst und gleichsam unzufrieden darüber, daß wir ihn heute enttäuscht hatten, sagte: „Gute Nacht!" und ging ins zweite Zimmer. Ich räumte den Tisch ab, blies die Petroleumlampe aus. Die Nacht schimmerte durch die vereisten Scheiben. Wir legten uns schlafen. „Gute Nacht!" sagte ich, wie immer. Niemand antwortete.

Am Morgen, während ich Späne spaltete, um den Samowar zu heizen, kam Baranovitsch in die Küche. Unvermutet schnell begann er zu sprechen: „Sie haben sich also doch geschlagen", sagte er. „Ich habe die Wunden gesehen und das Schweigen begrif-

fen. Ich kann sie nicht mehr behalten. In diesem Hause muß Friede sein. Ich habe schon
ein paarmal Gäste gehabt. Sie blieben alle genauso lang, wie sie Frieden hielten. Ich habe nie einen gefragt, wer er sei, woher er komme. Es konnte auch ein Mörder sein. Mir
war er ein Gast. Ich handle nach dem Sprichwort: Gast im Hause, Gott im Hause. Der
Leutnant, der dich hergeschickt hat, kennt mich schon lange. Auch ihn habe ich einmal
hinausweisen müssen wegen einer Schlägerei. Er nimmt's mir nicht übel. Dich möchte
ich behalten. Du hast dich gewiß nicht geschlagen. Aber die andern würden dich anzeigen. Du mußt also mit." – Er schwieg. Ich warf die brennenden Späne in die Ofenröhre
des Samowars und legte einiges lockeres Zeitungspapier darüber, damit die Späne nicht
erloschen. Als der Samowar zu singen anfing, begann Baranovitsch wieder: „Fliehen
könnt ihr nicht. In dieser Gegend, bei dieser Jahreszeit, bleibt kein Mensch lebendig, der
hier herumirrt. Also bleibt euch nichts anderes übrig, als nach Wiatka zu fahren. Nach
Wiatka", wiederholte er, zögerte und setzte hinzu: „ins Lager. Vielleicht wird man euch
bestrafen, schwer, leicht oder gar nicht. Die Unordnung dort ist groß, der Zar ist weit,
seine Gesetze sind verworren. Meldet euch beim Wachtmeister Kumin. Er ist mächtiger als der Lagerkommandant. Ich gebe euch Tee und Machorka mit, die gibst du ihm.
Merk's dir: Kumin." – Das Wasser siedete, ich schüttete Tee in den Tschajnik, goß Wasser darauf und stellte den Tschajnik auf die Samowarröhre. – Zum letztenmal! dachte
ich. Ich hatte keine Angst vor dem Lager. Es war Krieg, alle Gefangenen mußten ins Lager. Aber ich wußte nun, daß Baranovitsch ein Vater war, sein Haus meine Heimat war,
sein Brot das Brot meiner Heimat. Gestern waren mir meine besten Freunde verlorengegangen. Heute verlor ich eine Heimat. Zum zweitenmal verlor ich eine Heimat. Damals wußte ich noch nicht, daß ich die Heimat nicht zum letztenmal verloren hatte. Unsereins ist gezeichnet.

Als ich mit dem Tee in die Stube kam, saßen Reisiger und Joseph Branco schon zu beiden Seiten des Tisches. Baranovitsch lehnte an der Tür, die zur Nebenstube führte. Er
setzte sich nicht, auch als ich sein Glas hinstellte. Ich schnitt selbst das Brot und verteilte es. Er trat an den Tisch, trank im Stehen seinen Tee, aß im Stehen sein Brot. Dann
sagte er: „Meine Freunde, ich habe eurem Leutnant gesagt, weshalb ich euch nicht mehr
behalten darf. Nehmt euren Schlitten, nehmt ein paar Felle unter die Röcke, es wird
euch wärmen. Ich begleite euch bis zu der Stelle, wo ich euch abgeholt habe."

Manes Reisiger ging hinaus, ich hörte, wie er den Schlitten sofort über den knirschenden Schnee des Vorhofs führte. Joseph Branco hatte nicht sofort begriffen. „Aufstehen,
einpacken!" sagte ich. Zum erstenmal tat es mir weh, daß ich kommandieren mußte.

Als wir fertig waren und eng aneinandergepreßt in dem kleinen Schlitten saßen, sagte Baranovitsch zu mir: „Steig ab, ich habe noch etwas vergessen." – Wir gingen ins Haus
zurück. Zum letztenmal umfaßte ich Küche, Stube, Fenster, Messer, Geschirr, den angebundenen Hund, zwei Gewehre, die aufgestapelten Felle mit verstohlenen Blicken,
vergeblich geheimen, denn Baranovitsch bemerkte sie wohl. „Hier", sagte er und gab
mir einen Revolver. „Deine Freunde werden", er vollendete den Satz nicht. Ich steckte

die Pistole ein. „Kumin wird dich nicht untersuchen. Gib ihm nur den Tee und die Ma-chorka." Ich wollte danken. Aber wie kümmerlich hätte da ein Dank geklungen! Ein Dank aus meinem Munde! Es fiel mir ein, wie oft im Leben ich das Wort Danke! leicht-fertig ausgesprochen hatte. Ich hatte es geradezu entweiht. Wie hohl hätte es in Barano-vitschs Ohren geklungen, mein gewichtsloses Dankeswort. Und sogar mein Hände-druck wäre etwas Leichtgewichtiges gewesen – und überdies zog er die Fäustlinge an. Erst als wir an der Stelle angekommen waren, an der er uns einmal abgeholt hatte, streif-te er den rechten Fäustling ab, drückte uns die Hand, sagte sein gewohntes: „Gebe Gott Gesundheit!" und rief dem Grauen ein kräftiges „Wjo!" zu, so, als fürchtete er, wir könnten stehenbleiben. Er kehrte uns den Rücken zu. Es schneite. Er verschwand mit der Schnelligkeit eines Gespenstes im dichten Weiß.

Wir fuhren ins Lager. Kumin fragte nichts. Er nahm Tee und Machorka und fragte nichts. Er trennte uns. Ich kam in die Offiziersbaracke. Manes und Joseph Branco sah ich zweimal in der Woche, wenn wir Exerzierübungen machten. Sie sahen einander nicht an. Wenn ich manchmal an einen herantrat, um ihm etwas von meinem spärlichen Tabak zu geben, sagte mir jeder von ihnen, dienstlich und auf deutsch: „Danke gehor-samst, Herr Leutnant." – "Geht's?" – „Jawohl!" – Eines Tages fehlten sie beide, als man im Hof die Namen verlas. In der Baracke, auf meiner Pritsche, fand ich abends einen Zettel, mit einer Stecknadel auf mein Kissen geheftet. Drauf stand, in der Schrift Joseph Brancos: „Wir sind fort. Wir fahren nach Wien."

23

Ich traf sie wirklich in Wien, erst vier Jahre später.

Am Weihnachtsabend des Jahres 1918 kehrte ich heim. Elf zeigte die Uhr am West-bahnhof. Durch die Mariahilfer Straße ging ich. Ein körniger Regen, mißratener Schnee und kümmerlicher Bruder des Hagels, fiel in schrägen Strichen vom mißgün-stigen Himmel. Meine Kappe war nackt, man hatte ihr die Rosette abgerissen. Mein Kragen war nackt, man hatte ihm die Sterne abgerissen. Ich selbst war nackt. Die Steine waren nackt, die Mauern und die Dächer. Nackt waren die spärlichen Laternen. Der körnige Regen prasselte gegen ihr mattes Glas, als würfe der Himmel sandige Kiesel ge-gen arme große Glasmurmeln. Die Mäntel der Wachtposten vor den öffentlichen Ge-bäuden wehten, und die Schöße blähten sich, trotz der Nässe. Die aufgepflanzten Bajo-nette erschienen gar nicht echt, die Gewehre hingen halb schief an den Schultern der Leute. Es war, als wollten sich die Gewehre schlafen legen, müde wie wir, von vier Jah-ren Schießen. Ich war keineswegs erstaunt, daß mich die Leute nicht grüßten, meine nackte Kappe, mein nackter Blusenkragen verpflichteten niemanden. Ich rebellierte nicht. Es war nur jämmerlich. Es war das Ende. Ich dachte an den alten Traum meines Vaters, den von einer dreifältigen Monarchie, und daß er mich dazu bestimmt hatte, einmal seinen Traum wirklich zu machen. Mein Vater lag begraben auf dem Hietzinger Friedhof, und der Kaiser Franz Joseph, dessen treuer Deserteur er gewesen war, in der Kapuzinergruft. Ich war der Erbe, und der körnige Regen fiel über mich, und ich wanderte dem Hause meines Vaters und meiner Mutter zu. Ich machte einen Umweg. Ich ging an der Kapuzinergruft vorbei. Auch vor ihr ging ein Wachtposten auf und ab. Was hatte er noch zu bewachen? die Sarkophage? das Andenken? die Geschichte? Ich, ein Erbe, ich blieb eine Weile vor der Kirche stehen. Der Posten kümmerte sich nicht um mich. Ich zog die Kappe. Dann ging ich weiter dem väterlichen Hause zu, von einem Haus zum andern.

Lebte meine Mutter noch? Ich hatte ihr zweimal von unterwegs meine Ankunft angezeigt.

Ich ging schneller. Lebte meine Mutter noch? Ich stand vor unserm Haus. Ich läutete. Es dauerte lange. Unsere alte Portiersfrau öffnete das Tor. „Frau Fanny!" rief ich. Sie erkannte mich sofort an der Stimme. Die Kerze flackerte, die Hand zitterte. „Man erwartet Sie, wir erwarten Sie, junger Herr. Nächtelang schlafen wir beide nicht, die gnädige Frau oben auch nicht." – Sie war in der Tat so angezogen, wie ich sie früher nur an Sonntagvormittagen gesehen hatte, niemals abends nach der Sperrstunde. Ich nahm zwei Stufen auf einmal.

Meine Mutter stand neben ihrem alten Lehnstuhl, in ihrem hochgeschlossenen, schwarzen Kleid, die silbernen Haare hoch aus der Stirne gekämmt. Rückwärts über den rund gelegten zwei Zöpfen ragte der breite Bogenrand des Kammes, grau wie das Haar. Den Kragen und die engen Ärmel umrandeten die wohlvertrauten, weißen, schmalen Säume. Den alten Stock mit der Silberkrücke hob sie empor, eine Beschwörung, gegen den Himmel hob sie ihn hoch, gleichsam, als wäre ihr Arm nicht lang genug für einen so gewaltigen Dank. Sie rührte sich nicht, sie erwartete mich, und ihr Stillstehen schien mir wie ein Schreiten. Sie beugte sich über mich. Sie küßte mich nicht einmal auf die Stirn. Sie stützte mit zwei Fingern mein Kinn hoch, so daß ich das Gesicht hob, ich sah zum erstenmal, daß sie so viel größer war als ich. Sie blickte mich lange an. Dann geschah etwas Unwahrscheinliches, ja etwas Erschreckendes, mir Unfaßbares, fast Überirdisches: meine Mutter hob meine Hand, bückte sich ein wenig und küßte sie zweimal. Ich zog schnell und verlegen den Mantel aus. „Den Rock auch", sagte sie, „er ist ja naß!" Ich legte auch die Bluse ab. Meine Mutter bemerkte, daß mein rechter Hemdsärmel einen langen Riß hatte. „Zieh das Hemd aus, ich will es flicken", sagte sie. „Nicht", bat ich, „es ist nicht sauber." Niemals hätte ich in unserem Hause sagen dürfen, etwas sei dreckig oder schmutzig. Wie rasch diese zeremonielle Ausdrucksweise wieder lebendig wurde! Jetzt erst war ich zu Hause.

Ich sprach nichts, ich sah nur meine Mutter an und aß und trank, was sie für mich vorbereitet, auf hundert listigen Wegen wahrscheinlich erschlichen hatte. Alles, was es sonst damals für keinen in Wien gegeben hatte: gesalzene Mandeln, echtes Weizenbrot, zwei Rippen Schokolade, ein Probefläschchen Cognac und echten Kaffee. Sie setzte sich ans Klavier. Es war offen. Sie mochte es so stehengelassen haben, seit einigen Tagen, seit dem Tag, an dem ich ihr meine Ankunft mitgeteilt hatte. Wahrscheinlich wollte sie mir Chopin vorspielen. Sie wußte, daß ich die Liebe für ihn als eine der wenigen Neigungen von meinem Vater geerbt hatte. An den dicken, gelben, bis zur Hälfte abgebrannten Kerzen in den bronzenen Leuchtern am Klavier merkte ich, daß meine Mutter jahrelang die Tasten nicht mehr angerührt hatte. Sie pflegte sonst jeden Abend zu spielen, und nur an Abenden und nur bei Kerzenlicht. Es waren noch die guten dicken und nahezu saftigen Kerzen einer alten Zeit, während des Krieges hatte es derlei bestimmt nicht mehr gegeben. Meine Mutter bat mich um Streichhölzer. Es war eine plumpe Schachtel, sie lag auf dem Kaminsims. Braun und vulgär, wie sie dalag, neben der kleinen Standuhr mit dem zarten Mädchengesicht, war sie fremd in diesem Raum, ein Eindringling. Es waren Schwefelhölzer, man mußte warten, bis sich ihr blaues Flämmchen in ein gesundes, normales verwandelte. Auch ihr Geruch war ein Eindringling. In unserem Salon hatte immer ein ganz bestimmter Duft geherrscht, gemischt aus dem Atem ferner, schon im Verblühen begriffener Veilchen und der herben Würze eines starken, frisch gekochten Kaffees. Was hatte hier der Schwefel zu suchen?

Meine Mutter legte die lieben, alten, weißen Hände auf die Tasten. Ich lehnte neben ihr. Ihre Finger glitten über die Tasten hin, aber aus dem Instrument kam kein Ton. Es war verstummt, einfach gestorben. Ich begriff nichts. Es mußte ein seltsames Phänomen sein; von Physik verstand ich nichts. Ich schlug selbst auf einige Tasten. Sie antworteten nicht. Es war gespenstisch. Neugierig hob ich den Klavierdeckel hoch. Das Instrument war hohl: die Saiten fehlten. „Es ist ja leer, Mutter!" sagte ich. Sie senkte den Kopf. „Ich hatte es ganz vergessen", begann sie ganz leise. „Ein paar Tage nach deiner Abreise hatte ich einen seltsamen Einfall. Ich wollte mich zwingen, nicht zu spielen. Ich hab' die Saiten entfernen lassen. Ich weiß nicht, was mir damals durch den Kopf gegangen ist. Ich weiß wirklich nicht mehr. Es war eine Sirenenverwirrung. Vielleicht sogar eine Geistesstörung. Ich habe mich jetzt erst erinnert."

Die Mutter sah mich an. In ihren Augen standen die Tränen, jene Art Tränen, die nicht fließen können und die wie stehende Gewässer sind. Ich fiel der alten Frau um den Hals. Sie streichelte meinen Kopf. „Du hast ja so viel Kohlenruß in den Haaren", sagte sie. Sie wiederholte es hintereinander ein paarmal. „Du hast ja so viel Kohlenruß in den Haaren! Geh und wasche dich!"

„Vor dem Schlafengehen", bat ich. „Ich will noch nicht schlafen gehen", sagte ich, wie einst als Kind. Und: „Laß mich noch etwas hier, Mama!"

Wir setzten uns an das kleine Tischchen vor dem Kamin. „Ich habe beim Aufräumen deine Zigaretten gefunden, zwei Schachteln Ägyptische, die du immer geraucht hast. Ich habe sie in feuchte Löschblätter gepackt. Sie sind noch ganz frisch. Willst du rauchen? Sie liegen am Fenster."

Ja, das waren die alten Hundert-Packungen! Ich besah die Schachteln nach allen Seiten. Auf dem Deckel der einen stand, von meiner Schrift, gerade noch zu entziffern, der

Name: Friedl Reichner, Hohenstaufengasse. Ich entsann mich sofort: Es war der Name einer hübschen Trafikantin, bei der ich offenbar diese Zigaretten gekauft hatte. Die alte Frau lächelte. „Wer ist es?" fragte sie. „Ein nettes Mädchen, Mama! Ich habe sie nie wieder aufgesucht." – „Jetzt bist du zu alt geworden", antwortete sie, „um Trafikantinnen zu verführen. Und außerdem gibt's diese Zigaretten gar nicht mehr ..." Zum erstenmal hörte ich, wie meine Mutter eine Art von Scherz versuchte.

Es war wieder still eine Weile. Dann fragte meine Mutter: „Hast viel gelitten, Bub?" – „Nicht viel, Mutter." – „Hast dich nach deiner Elisabeth gesehnt?" (Sie sagte nicht: „deiner Frau", sondern: „deiner Elisabeth" – und sie betonte das „deiner".) – „Nein, Mama!" – „Liebst sie noch?" – „Es ist zu weit, Mama!" – „Du fragst gar nicht nach ihr?" – „Ich hab's eben tun wollen!" – „Ich hab' sie selten gesehn", sagte meine Mutter. „Deinen Schwiegerpapa häufiger. Vor zwei Monaten war er zuletzt hier. Sehr betrübt und dennoch voller Hoffnung. Der Krieg hat ihm Geld gebracht. Daß du gefangen bist, haben sie gewußt. Ich glaub', sie hätten es vorgezogen, dich in der Gefallenenliste zu sehen oder unter den Vermißten. Elisabeth ..."

„Ich kann mir's denken", unterbrach ich.

„Nein, du kannst dir's nicht denken", beharrte meine Mutter. „Rate, was aus ihr geworden ist?"

Ich vermutete das Schlimmste oder das, was in den Augen meiner Mutter als das Schlimmste gelten mochte.

„Eine Tänzerin?" fragte ich.

Meine Mutter schüttelte ernst den Kopf. Dann sagte sie traurig, beinahe düster: „Nein – eine Kunstgewerblerin. Weißt du, was das ist? Sie zeichnet – oder vielleicht schnitzt sie gar – verrückte Halsketten und Ringe, so moderne Dinger, weißt du, mit Ecken, und Agraffen aus Fichtenholz. Ich glaube auch, daß sie Teppiche aus Stroh flechten kann. Wie sie hier zuletzt war, hat sie mir einen Vortrag gehalten, wie ein Professor, über afrikanische Kunst, glaube ich. Einmal gar hat sie mir, ohne um Erlaubnis zu fragen, eine Freundin mitgebracht. Es war – ", meine Mutter zögerte eine Weile, dann entschloß sie sich endlich zu sagen: „Es war ein Weibsbild mit kurzen Haaren."

„Ist das alles so schlimm?" sagte ich.

„Schlimmer noch, Bub! Wenn man anfängt, aus wertlosem Zeug etwas zu machen, was wie wertvoll aussieht! Wo soll das hinführen? Die Afrikaner tragen Muscheln, das ist immer noch was anderes. Wenn man schwindelt – gut. Aber diese Leute machen noch aus dem Schwindel einen Verdienst, Bub! Verstehst du das? Man wird mir nicht einreden, daß Baumwolle Leinen ist und daß man Lorbeerkränze aus Tannenzapfen macht."

Meine Mutter sagte all dies ganz langsam, mit ihrer gewöhnlichen stillen Stimme. Ihr Gesicht rötete sich.

„Hätte dir eine Tänzerin besser gefallen?"

Meine Mutter überlegte eine Weile, dann sagte sie zu meiner heftigen Verwunderung:

DIE KAPUZINERGRUFT

„Gewiß, Bub! Ich möcht' keine Tänzerin zur Tochter haben, aber eine Tänzerin ist ehrlich. Auch noch lockere Sitten sind deutlich. Es ist kein Betrug, es ist kein Schwindel. Mit einer Tänzerin hat deinesgleichen ein Verhältnis meinetwegen. Aber das Kunstgewerbe will ja verheiratet sein. Verstehst du nicht, Bub? Wenn du dich vom Krieg erholt hast, wirst du's selber sehen. Jedenfalls mußt du deine Elisabeth morgen früh aufsuchen. Und wo überhaupt werdet ihr wohnen? Und was wird aus eurem Leben überhaupt? Sie wohnt bei ihrem Vater. Um wieviel Uhr willst du morgen geweckt werden?"

„Ich weiß nicht, Mama!"

„Ich frühstücke um acht!" sagte sie.

„Dann sieben, bitte, Mama!"

„Geh schlafen, Bub! Gute Nacht!"

Ich küßte ihr die Hand, sie küßte mich auf die Stirn. Ja, das war meine Mutter! Es war, als ob nichts geschehen wäre, als wäre ich nicht aus dem Krieg eben erst heimgekehrt, als wäre die Welt nicht zertrümmert, als wäre die Monarchie nicht zerstört, unser altes Vaterland mit seinen vielfältigen unverständlichen, aber unverrückbaren Gesetzen, Sitten, Gebräuchen, Neigungen, Gewohnheiten, Tugenden, Lastern noch vorhanden. Im Hause meiner Mutter stand man um sieben Uhr auf, obwohl man vier Nächte nicht geschlafen hatte. Gegen Mitternacht war ich angekommen. Jetzt schlug die alte Kaminuhr mit dem müden, zarten Mädchengesicht drei. Drei Stunden Zärtlichkeit genügten meiner Mutter. Genügten sie ihr? – Sie erlaubte sich jedenfalls keine Viertelstunde mehr, meine Mutter hatte recht; ich schlief bald mit dem trostreichen Bewußtsein ein, daß ich zu Hause war, mitten in einem zerstörten Vaterland, in einer Festung schlief ich ein. Meine alte Mutter wehrte mit ihrem alten, schwarzen Krückstock die Verwirrungen ab.

24

Noch hatte ich keinerlei Angst vor dem neuen Leben, das mich erwartete, wie man heutzutage sagt: ich „realisierte" es noch nicht. Ich hielt mich vielmehr an die kleinen, stündlichen Aufgaben, die mir auferlegt waren: und ich glich etwa einem Menschen, der, vor einer beträchtlichen Treppe stehend, die er emporzusteigen gezwungen ist, deren erste Stufe für die gefährlichste hält.

Wir hatten keinen Diener mehr, nur ein Dienstmädchen. Der alte Hausmeister vertrat bei uns den Diener. Ich schickte ihn gegen neun Uhr früh mit Blumen und einem Brief zu meiner Frau. Ich kündigte meinen Besuch für elf Uhr vormittags an, wie ich es für gehörig hielt. Ich „machte Toilette", wie man zu meiner Zeit noch zu sagen pflegte. Meine Zivilkleider waren intakt. Ich machte mich zu Fuß auf den Weg. Ich kam eine Viertelstunde vor elf an und wartete im Kaffeehaus gegenüber. Um elf Uhr pünktlich läutete ich. „Die Herrschaften sind nicht zu Hause!" sagte man mir. Blumen und Brief waren abgegeben worden. Elisabeth hatte mir sagen lassen, ich möchte sie sofort in ihrem Büro in der Wollzeile aufsuchen. Ich begab mich also in die Wollzeile.

Ja, Elisabeth war da. An der Tür verkündete eine kleine Tafel: Atelier Elisabeth Trotta. Ich schreckte vor meinem Namen zurück.

„Servus!" sagte meine Frau. Und: „Laß dich anschaun!" Ich wollte ihr die Hand küssen, aber sie drückte meinen Arm herunter und brachte mich dadurch allein schon aus der Fassung. Es war die erste Frau, die meinen Arm hinunterdrückte, und es war meine Frau! Ich verspürte etwas von jenem Unbehagen, das mich immer bei dem Anblick von Anomalien und von menschliche Bewegungen vollführenden Mechanismen befallen hatte: zum Beispiel von irren Kranken oder von Frauen ohne Unterleib. Es war aber dennoch Elisabeth. Sie trug eine hochgeschlossene, grüne Bluse mit Umlegekragen und langer, männlicher Krawatte. Ihr Gesicht war noch von dem zarten Flaum bedeckt, die Biegung des Nackens, wenn sie den Kopf senkte, erkannte ich noch, das nervöse Spiel der kräftigen, schlanken Finger auf dem Tisch. Sie lehnte in einem Bürostuhl aus zitronengelbem Holz. Alles hier war zitronengelb, der Tisch und ein Bilderrahmen und die Verschalung der breiten Fenster und der nackte Fußboden. „Setz dich nur auf den Tisch!" sagte sie. „Nimm von den Zigaretten. Ich bin noch nicht vollkommen eingerichtet." Und sie erzählte mir, daß sie alles selbst aufgebaut habe. „Mit diesen beiden Händen", sagte sie und zeigte dabei auch ihre beiden schönen Hände. Und in dieser Woche noch kämen der Rest des Mobiliars und ein orangefarbener Fenstervorhang, und Orange und Zitrone gingen wohl zusammen. Schließlich, als sie mit ihrem Bericht fertig war – und sie sprach immer noch mit ihrer alten, etwas heiseren Stimme, die ich so geliebt hatte! –, sagte sie: „Was hast du die ganze Zeit getrieben?" – „Ich habe mich treiben lassen!" erwiderte ich. „Ich danke dir für die Blumen", sagte sie. „Du schickst Blumen. Warum hast du nicht telephoniert?" – „Bei uns gibt's kein Telephon!" – „Also, erzähl!" befahl sie – und zündete sich eine Zigarette an. Sie rauchte so, wie ich es seither bei vielen Frauen gesehen habe, die Zigarette in einem verzogenen Mundwinkel ansteckend, wodurch das Angesicht den Ausdruck jener Krankheit bekommt, die von den Medizinern facies partialis genannt wird, und mit einer schwer erworbenen Unbekümmertheit. „Ich erzähle später, Elisabeth", sagte ich. – „Wie du willst!" erwiderte sie. „Schau dir meine Mappe an." Sie zeigte mir ihre Entwürfe. „Sehr originell!" sagte ich. Sie entwarf allerhand: Teppiche, Schals, Krawatten, Ringe, Armbänder, Leuchter, Lampenschirme. Alles war kantig. „Verstehst du?" fragte sie. „Nein!" – „Wie solltest du auch!" sagte sie. Und sie sah mich an. Es war Schmerz in ihrem Blick, und also fühlte ich wohl, daß sie unsere Brautnacht meinte. Auf einmal glaubte ich auch, eine Art Schuld zu fühlen. Aber, wie sollte ich sie ausdrücken? Die Tür wurde aufgerissen, und etwas Dunkles wehte herein, ein Stück Wind, eine junge Frau mit schwarzen, kurzen Haaren, schwarzen, großen Augen, dunkelgelbem Gesicht und starkem Schnurrbartflaum über roten Lippen und kräftigen, blanken Zähnen. Die Frau schmetterte etwas

DIE KAPUZINERGRUFT

in den Raum, mir Unverständliches, ich stand auf, sie setzte sich auf den Tisch. „Das ist mein Mann!" sagte Elisabeth. Ich begriff erst ein paar Minuten später, daß es „Jolanth" war. „Du kennst Jolanth Szatmary nicht?" fragte meine Frau. Ich erfuhr also, daß es eine berühmte Frau war. Noch besser als meine Frau verstand sie alles zu entwerfen, was das Kunstgewerbe unbedingt zu erfordern schien. Ich entschuldigte mich. Ich hatte in der Tat weder in Wiatka noch unterwegs auf dem Transport den Namen Jolanth Szatmary vernommen.

„Wo ist der Alte?" fragte Jolanth.

„Er muß bald kommen!" sagte Elisabeth.

Der Alte war mein Schwiegervater. Bald darauf kam er auch. Er stieß das übliche „Ah!" aus, als er mich sah, und umarmte mich. Er war gesund und munter. „Heil zurück!" rief er so triumphierend, als hätte er selbst mich heimgebracht. – „Ende gut, alles gut!" sagte er gleich darauf. Beide Frauen lachten. Ich fühlte mich erröten. „Gehn wir essen!" befahl er. „Sieh her", sagte er zu mir, „dies habe ich alles mit meinen beiden Händen aufgebaut!" – Und er zeigte dabei seine Hände her. Elisabeth tat so, als suchte sie nach ihrem Mantel.

Also gingen wir essen, das heißt: wir fuhren eigentlich, denn mein Schwiegervater hatte freilich seinen Wagen und einen Chauffeur. „Ins Stammlokal!" befahl er. Ich wagte nicht zu fragen, welches Restaurant sein Stammlokal war. Nun, es war mein altes, wohlvertrautes, in dem ich mit meinen Freunden so oft gegessen hatte, eines jener alten Gasthäuser von Wien, in denen die Wirte ihre Gäste besser kannten als ihre Kellner und in denen ein Gast kein zahlender Kunde war, sondern ein geheiligter Gast.

Nun war aber alles verändert: fremde Kellner bedienten uns, die mich nicht kannten und denen mein leutseliger Schwiegervater die Hand gab. Auch hatte er hier seinen „Extratisch". Ich war sehr fremd hier, fremder noch als fremd. Denn der Raum war mir vertraut, die Tapeten waren mir Freunde, die Fenster, der rauchgeschwärzte Plafond, der breite, grüne Kachelofen und die blaugeränderte Vase aus Steingut mit den verwelkten Blumen auf dem Fenstersims. Fremde aber bedienten mich, und mit Fremden saß ich und aß ich an einem Tisch. Ihre Gespräche verstand ich nicht. Mein Schwiegervater, meine Frau Elisabeth, Jolanth Szatmary sprachen von Ausstellungen; Zeitschriften wollten sie gründen, Plakate drucken lassen, internationale Wirkungen erzielen – was weiß ich! „Wir nehmen dich mit hinein!" sagte mein Schwiegervater von Zeit zu Zeit zu mir; und ich hatte keine Ahnung, wohin er mich mit „hineinnehmen" wollte. Ja, die Vorstellung allein schon, ich könnte „hineingenommen werden", bereitete mir Pein.

„Anschreiben!" rief mein Schwiegervater, als wir fertig waren. In diesem Augenblick tauchte hinter der Theke Leopold auf, der Großvater Leopold. Vor sechs Jahren schon hatten wir ihn Großvater Leopold genannt. „Großpapa!" rief ich, und er kam hervor. Er mochte schon mehr als Siebzig zählen. Er ging auf den zittrigen Beinen und den auswärts gekehrten Füßen, die ein Kennzeichen langgedienter Kellner sind. Seine hellen, erblaßten, rotgeränderten Augen hinter dem wackelnden Pincenez erkannten mich sofort. Schon lächelte sein zahnloser Mund, schon spreizten sich seine weißen Backenbartflügel. Er glitschte mir entgegen und nahm meine Hand zärtlich, wie man einen Vogel anfaßt. „Oh, gut, daß Sie wenigstens da sind!" krähte er. „Kommen Sie bald wieder! Werde mir die Ehre nehmen, den Herrn selbst zu bedienen!" Und ohne sich um die Gäste zu kümmern, rief er zu der Wirtin hinter der Kasse hinüber: „Endlich ein Gast!" – Mein Schwiegervater lachte.

Ich mußte mit meinem Schwiegervater sprechen. Jetzt überblickte ich, so schien es mir, die ganze Treppe, vor der ich stand. Unzählige Stufen hatte sie, und immer steiler wurde sie. Freilich, man konnte Elisabeth verlassen und sich nicht mehr um sie kümmern. An diese Möglichkeit dachte ich aber damals gar nicht. Sie war meine Frau. (Auch heute noch lebe ich in dem Bewußtsein, daß sie meine Frau ist.) Vielleicht hatte ich mich gegen sie vergangen; sicherlich sogar. Vielleicht auch war es die alte, nur halb erstickte Liebe, die mich glauben ließ, es triebe mich lediglich mein Gewissen. Vielleicht war's mein Verlangen, das törichte Verlangen aller jungen und jugendlichen Männer, die Frau, die sie einmal geliebt, später vergessen haben und die sich verändert hat, um jeden Preis noch einmal zurückzuverwandeln; aus Eigensucht. Genug, ich mußte mit meinem Schwiegervater sprechen, hierauf mit Elisabeth.

Ich traf den Schwiegervater in der Bar des alten Hotels, in der man mich sehr wohl kennen mußte. Um sicher zu sein, machte ich dort eine halbe Stunde vorher eine Art Rekognoszierung. Ja, sie lebten noch alle, zwei Kellner waren heimgekehrt und der Barmann auch. Ja, man erinnerte sich sogar noch, daß ich ein paar Schulden hatte – und wie wohl tat auch dieses mir! Alles war still und sanft. Das Tageslicht fiel milde durch das Glasdach. Es gab kein Fenster. Es gab noch alte, gute Getränke aus der Zeit vor dem Krieg. Als mein Schwiegervater kam, bestellte ich Cognac. Man brachte mir den alten Napoleon, wie einst. „Ein Teufelsbub!" sagte mein Schwiegervater. Nun, das war ich keineswegs.

Ich sagte ihm, daß ich nunmehr mein Leben regeln müsse, unser Leben vielmehr. Ich sei, so sagte ich, keineswegs gesonnen, das Entscheidende hinauszuschieben. Ich müßte alles sofort wissen. Ich sei ein systematischer Mensch.

Er hörte alles ruhig an. Dann begann er: „Ich will dir alles offen sagen. Erstens weiß ich nicht, ob Elisabeth noch geneigt wäre, mit dir zu leben, das heißt, ob sie dich liebt; das ist deine, das ist eure Sache. Zweitens: wovon willst du leben? Was kannst du überhaupt? Vor dem Krieg warst du ein reicher junger Mann aus guter Gesellschaft, das heißt aus jener Gesellschaft, der mein Bubi angehört hat."

„Bubi!" – Es war mein Schwager. Es war Bubi, den ich nie hatte leiden mögen. Ich hatte ihn ganz vergessen. „Wo ist er?" fragte ich. „Gefallen!" antwortete mein Schwiegervater. Er blieb still und trank mit einem Zug das Glas leer. „1916 ist er gefallen", fügte er hinzu. Zum erstenmal erschien er mir nahe und vertraut.

„Also", fuhr er fort, „du hast nichts, du hast keinen Beruf. Ich selbst bin Kommerzialrat und sogar geadelt. Aber das bedeutet jetzt nichts. Die Heeresverwaltungsstelle ist mir noch Hunderttausende schuldig. Man wird sie mir nicht zahlen. Ich habe nur Kredit und ein wenig Geld auf der Bank. Ich bin noch jung. Ich kann was Neues, was Großes unternehmen. Ich versuche es jetzt, wie du siehst, mit dem Kunstgewerbe. Elisabeth hat bei dieser berühmten Jolanth Szatmary gelernt. ‚Werkstatt Jolanth'; unter dieser Marke könnte der Kram in die ganze Welt hinaus. Und außerdem", setzte er träumerisch hinzu, „habe ich noch ein paar Eisen im Feuer."

Diese Wendung genügte mir, um mir ihn aufs neue unsympathisch zu machen. Er hatte es wohl gefühlt, denn er sagte gleich darauf: „Ihr habt kein Geld mehr, ich weiß es, deine Frau Mutter ahnt es noch nicht. Ich kann dich irgendwo mit hineinnehmen, wenn du magst. Aber sprich zuerst mit Elisabeth. Servus!"

25

Ich sprach also zuerst mit Elisabeth. Es war, als grübe ich etwas aus, was ich selbst der Erde übergeben hatte. Trieb mich ein Gefühl, zog mich Leidenschaft zu Elisabeth hin? Von Geburt und Erziehung dazu geneigt, Verantwortungen zu tragen, und auch als einen starken Widerstand gegen die Ordnung, die rings um mich herrschte und in der ich mich nicht auskannte, fühlte ich mich gezwungen, vor allem Ordnung in meinen eigenen Angelegenheiten zu schaffen.

Elisabeth kam zwar zur verabredeten Stunde in jene Konditorei im Innern der Stadt, wo wir uns früher, in der Zeit meiner ersten Verliebtheit, getroffen hatten. Ich erwartete sie an unserm alten Tisch. Erinnerung, sogar Sentimentalität ergriff mich. Die marmorne Tischplatte mußte, so schien es mir, noch einige Spuren unserer, ihrer Hände aufweisen. Gewiß eine kindische, eine lächerliche Idee. Ich wußte es, aber ich zwang mich zu ihr, zwängte mich geradezu in sie ein, gewissermaßen, um zu dem Bedürfnis, „Ordnung zu schaffen in meinem Leben", noch irgendein Gefühl fügen zu können und also meine Aussprache mit Elisabeth nach beiden Seiten hin zu rechtfertigen. Damals machte ich zum erstenmal die Erfahrung, daß wir nur flüchtig erleben, hurtig vergessen und flüchtig sind wie kein anderes Geschöpf auf Erden. Ich hatte Angst vor Elisabeth; den Krieg, die Gefangenschaft, Wiatka, die Rückkehr hatte ich fast schon ausgelöscht. Alle meine Erlebnisse brachte ich nur mehr noch in Beziehung zu Elisabeth. Und was bedeutete sie eigentlich, verglichen mit dem Verlust meiner Freunde Joseph Branco, Manes Reisiger, Jan Baranovitsch und meiner Heimat, meiner Welt? Nicht einmal meine Frau war Elisabeth, nach dem Wort und dem Sinn der bürgerlichen wie der kirchlichen Gesetze. (In der alten Monarchie hätten wir uns leicht scheiden lassen können, geschweige denn jetzt.) Hatte ich noch Verlangen nach ihr? Ich sah auf die Uhr. In fünf Minuten mußte sie da sein, und ich wünschte, sie möchte zumindest noch eine halbe Stunde zögern. Vor Angst aß ich die kleinen Schokoladetörtchen aus Zichorie und Zimt, die unsere Augen allein bestechen, aber unseren Gaumen nicht täuschen konnten. (Es gab keinen Schnaps in der Konditorei.)

Elisabeth kam. Sie kam nicht allein. Ihre Freundin Jolanth Szatmary begleitete sie. Ich hatte natürlich erwartet, daß sie allein kommen würde. Als aber auch Jolanth Szatmary erschien, wunderte ich mich gar nicht darüber. Es war mir klar, daß Elisabeth ohne diese Frau nicht gekommen wäre, nicht hätte kommen können. Und ich verstand.

Ich hatte keinerlei Vorurteile, o nein! In der Welt, in der ich groß geworden war, galt ein Vorurteil beinahe als ein Zeichen der Vulgarität. Allein, das als verboten Geltende öffentlich zu demonstrieren erschien mir billig. Wahrscheinlich hätte Elisabeth eine Frau, in die sie nicht verliebt war, zu unserer Zusammenkunft nicht mitgehen lassen. Hier mußte sie gehorchen.

Erstaunlich war die Ähnlichkeit der beiden, obwohl sie so verschieden geartet waren und so verschieden von Gesicht. Dies kam von der Ähnlichkeit ihrer Kleidung und ihrer Gebärden. Man hätte sagen können, sie seien einander ähnlich wie Schwestern oder vielmehr wie Brüder. Wie Männer zu tun pflegten, zögerten sie vor der Tür, welche von beiden der andern den Vortritt lassen solle. Wie Männer zu tun pflegen, zögerten sie noch am Tisch, welche von beiden sich zuerst setzen sollte. Ich machte auch nicht einmal einen schüchternen Versuch mehr, der einen und der andern die Hand zu küssen. Ich war ein lächerliches Ding in ihren Augen, Sohn eines kümmerlichen Geschlechts, einer fremden, geringgeschätzten Rasse, zeit meines Lebens unfähig, die Weihen der Kaste zu empfangen, der sie angehörten, und der Geheimnisse teilhaft zu werden, die sie hüteten. Ich war noch in den infamen Vorstellungen begriffen, daß sie einem schwachen, gar einem inferioren Geschlecht angehörten, und frech genug, diese meine Vorstellungen durch Galanterie deutlich zu machen. Entschlossen und geschlossen saßen sie neben mir, als hätte ich sie herausgefordert. Zwischen den beiden war ein stummer, aber sehr deutlicher Bund gegen mich gültig. Er war sichtbar. Auch wenn ich das Gleichgültigste sagte, tauchten sie ihre Blicke ineinander, wie zwei Menschen, die schon längst gewußt haben, welcher Art ich sei und welcher Äußerungen fähig. Manchmal lächelte die eine, und den Bruchteil einer Sekunde später wiederholte sich das gleiche Lächeln um die Lippen der anderen. Von Zeit zu Zeit glaubte ich zu bemerken, daß Elisabeth sich mir zuneigte, mir einen verstohlenen Blick zu schenken versuchte, als hätte sie mir beweisen wollen, daß sie eigentlich zu mir gehöre und daß sie nur der Freundin gehorchen müsse, gegen Willen und Neigung. Wovon hatten wir zu sprechen? Ich erkundigte mich nach ihrer Arbeit. Ich vernahm einen Vortrag über die Unfähigkeit Europas, Materialien, Intentionen, Genialität des Primitiven zu erkennen. Notwendig war es, den ganzen verirrten Kunstgeschmack des Europäers auf den rechten, natürlichen Weg zu bringen. Der Schmuck war, soviel ich verstand, ein Nutzgegenstand. Ich zweifelte nicht daran. Ich sagte es auch. Auch gab ich bereitwillig zu, daß der Kunstgeschmack der Europäer verirrt sei. Ich konnte nur nicht einsehen, weshalb lediglich dieser verirrte Kunstgeschmack allein schuld sein sollte an dem ganzen Weltuntergang; vielmehr sei er doch eine Folge, sicherlich nur ein Symptom.

„Symptom!" rief die Frau Jolanth. „Ich hab' dir gleich gesagt, Elisabeth, daß er ein unheilbarer Optimist ist! Hab' ich ihn nicht auf den ersten Blick erkannt?" – Dabei legte

Frau Jolanth ihre beiden kleinen, breiten Hände auf die Hand Elisabeths. Bei dieser Bewegung glitten die Handschuhe der Frau Jolanth von ihrem Schoß auf den Boden, ich bückte mich, aber sie stieß mich heftig zurück. „Verzeihen Sie", sagte ich, „ich bin ein Optimist."

„Sie mit Ihren Symptomen!" rief sie aus. Es war mir klar, daß sie das Wort nicht verstand.

„Um acht Uhr spricht Harufax über freiwillige Sterilisierung", sagte Frau Jolanth. „Vergiß nicht, Elisabeth! Jetzt ist sieben."

„Ich vergess' nicht", sagte Elisabeth.

Frau Jolanth erhob sich, mit einem schnellen Blick befahl sie Elisabeth, ihr zu folgen. „Entschuldige!" sagte Elisabeth. Gehorsam folgte sie der Frau Jolanth in die Toilette.

Sie blieben ein paar Minuten weg, Zeit genug für mich, um mir darüber klarzuwerden, daß ich die Verwirrung nur noch steigerte, wenn ich darauf beharrte, „Ordnung in mein Leben zu bringen". Ich geriet nicht nur allein in die Verworrenheit, ich vergrößerte sogar auch noch die allgemeine. So weit war ich mit meinem Überlegen, als die Frauen zurückkamen. Sie zahlten. Ich kam gar nicht dazu, die Kellnerin zu rufen. Aus Angst, ich könnte ihnen zuvorkommen und ihre Selbständigkeit beeinträchtigen, hatten sie die Kellnerin unterwegs auf dem kurzen Wege zwischen Toilette und Kassa sozusagen arretiert. Elisabeth drückte mir ein zusammengerolltes Stückchen Papier beim Abschied in die Hand. Fort waren sie zu Harufax, zur Sterilisierung. Ich rollte den kleinen Zettel auf. „Zehn Uhr abends Café Museum, allein", hatte Elisabeth darauf geschrieben. Die Verwirrung sollte kein Ende nehmen.

Das Kaffeehaus stank nach Karbid, das heißt nach faulenden Zwiebeln und Kadavern. Es gab kein elektrisches Licht. Es fällt mir äußerst schwer, mich bei penetranten Gerüchen zu sammeln. Geruch ist stärker als Geräusch. Ich wartete stumpf und ohne die geringste Lust, Elisabeth wiederzusehen. Ich hatte auch gar keine Lust mehr, „Ordnung zu schaffen". Es war, als ob das Karbid mich endgültig von der wirklichen Rückständigkeit meines Bemühens, Ordnung zu schaffen, überzeugt hätte. Ich wartete nur noch aus Galanterie. Aber sie konnte nicht länger dauern als die sogenannte Polizeistunde. Und eigentlich fand ich nun diese Einrichtung, gegen die ich mich sonst empört hatte, als ein außergewöhnliches Entgegenkommen der Behörden. Gewiß wußten sie, was sie taten, diese Behörden. Sie zwangen unsereinen, unsere unpassenden Eigenschaften abzulegen und unsere heillosen Mißverständnisse zu berichtigen.

Dennoch kam Elisabeth, eine halbe Stunde vor Schluß. Sie war hübsch, wie sie so hereinstürmte, etwas gejagtes Wild, in ihrem halbkurzen Biberpelz, Schnee in den Haaren und in den langen Wimpern und schmelzende Schneetropfen auf den Wangen. Es sah aus, als käme sie aus dem Wald zu mir geflüchtet.

„Ich hab der Jolanth gesagt, daß Papa krank ist", begann sie. Und schon standen Tränen in ihren Augen. Sie begann zu schluchzen. Ja, obwohl sie einen männlichen Kragen mit Krawatte unter dem offenen Pelz zeigte, schluchzte sie. Behutsam nahm ich ihre

Hand und küßte sie. Elisabeth war keineswegs mehr in der Stimmung, meinen Arm hin-
unterzudrücken. Der Kellner kam, schon übernächtig. Nur zwei Karbidlampen brannten noch. Ich dachte, sie würde einen Likör bestellen. Aber sie wünschte sich freilich
Würstel mit Kren. Weinende Frauen haben Appetit, dachte ich. Außerdem rechtfertige
der Kren die Tränen. Der Appetit rührte mich. Die Zärtlichkeit überfiel mich, die verräterische, verhängnisvolle, männliche Zärtlichkeit. Ich legte den Arm um ihre Schultern. Sie lehnte sich zurück, mit einer Hand die Würstel in den Kren tauchend. Ihre Tränen rannen noch, aber sie hatten ebensowenig Bedeutung wie die schmelzenden
Schneetropfen auf dem Biberpelz. „Ich bin ja deine Frau", seufzte sie. Aber es klang eher
wie ein Jauchzen. „Gewiß", erwiderte ich. Brüsk setzte sie sich wieder aufrecht hin. Sie
bestellte noch ein Paar Würstel mit Kren und Bier.

Da man nun auch die vorletzte Karbidlampe auslöschte, mußten wir trachten, das
Kaffeehaus zu verlassen. „Jolanth erwartet mich", sagte Elisabeth vor der Tür des Cafés.
„Ich werde dich begleiten", sagte ich. Wir gingen still nebeneinander her. Ein lässiger,
gleichsam verfaulender Schnee fiel hernieder. Die Laternen versagten, auch sie faul. Ein
Körnchen Licht bargen sie in ihren gläsernen Gehäusen, geizig und gehässig. Sie erhell-
ten die Straßen nicht, sie verfinsterten sie.

Als wir das Haus der Frau Jolanth Szatmary erreichten, sagte Elisabeth: „Hier ist es,
auf Wiedersehen!" Ich verabschiedete mich. Ich fragte, wann ich kommen dürfe. Ich
machte Anstalten umzukehren. Plötzlich streckte mir Elisabeth beide Hände entgegen.
„Laß mich nicht", sagte sie. – „Ich gehe mit dir." –

Nun, ich nahm sie mit. Ich konnte mit Elisabeth in keines jener Häuser eintreten, in
denen man mich aus vergangenen Zeiten vielleicht noch kennen mochte. In dieser großen, verwaisten, finsteren Stadt irrten wir wie zwei Waisenkinder umher. Elisabeth hielt
sich fest an meinem Arm. Durch ihren Pelz spürte ich ihr flatterndes Herz. Manchmal
blieben wir unter einer der spärlichen Laternen stehen, dann sah ich in ihr nasses Gesicht.
Ich wußte nicht, ob es Tränen waren oder Schnee.

Wir waren, kaum daß wir es wußten, am Franz-Josephs-Kai angelangt. Ohne daß wir
es wußten, gingen wir über die Augartenbrücke. Es schneite immer noch, faul und häßlich, und wir sprachen kein Wort. Ein winziges Sternlicht leuchtete uns von einem Haus
in der Unteren Augartenstraße entgegen. Wir wußten beide, was der Stern ankündigen
wollte. Wir gingen ihm entgegen.

Die Tapeten waren giftgrün, wie gewöhnlich. Es gab keine Beleuchtung. Der Portier
zündete eine Kerze an, ließ ein paar Tropfen abschmelzen und klebte sie auf den Nachttisch. Über dem Waschbecken hing ein Handtuch.

Eingestickt darin waren mitten in einem grünen, kreisrunden Kranz die Worte:
„Grüß Gott!" mit blutrotem Faden.

In diesem Zimmer, in dieser Nacht liebte ich Elisabeth. „Ich bin gefangen", sagte sie
mir. „Die Jolanth hat mich gefangengenommen. Ich hätte damals nicht weggehen sollen, in Baden, als Jacques gestorben ist."

DIE KAPUZINERGRUFT

„Du bist nicht gefangen", sagte ich. „Du bist bei mir, du bist meine Frau."

Alle Geheimnisse ihres Körpers suchte ich zu erforschen, und ihr Körper hatte deren viele. Ein jugendlicher Ehrgeiz – ich hielt ihn damals für einen männlichen – gebot mir, alle Spuren auszulöschen, die Jolanth zurückgelassen haben könnte. War es Ehrgeiz? War es Eifersucht?

Langsam kroch der winterliche Morgen über die giftgrüne Tapete. Elisabeth weckte mich. Sie sah sehr fremd aus, wie sie mich so anblickte. Schrecken in den Augen und Vorwurf; ja, auch Vorwurf war in ihren Augen. Ihre strenge Krawatte, silbergrau, hing, einem kleinen Schwert ähnlich, über der Sessellehne. Sie küßte mich sachte auf die Augen, fuhr plötzlich auf und schrie: „Jolanth!"

Wir kleideten uns hastig an, in einer unnennbaren Scham. Der frühe Tag war schaurig. Es regnete winzige Hagelkörner. Wir hatten einen weiten Weg. Die Tramways verkehrten noch nicht. Wir gingen eine Stunde gegen den körnigen Regen bis zum Haus Elisabeths. Sie streifte die Handschuhe ab. Ihre Hand war kalt. „Auf Wiedersehen!" rief ich ihr nach. Sie wandte sich nicht um.

26

Es war acht Uhr. Meine Mutter saß schon beim Frühstück, wie an allen Tagen. Der Ritus unserer Begegnung vollzog sich wie gewöhnlich. „Guten Morgen, Mama!" Meine Mutter überraschte mich heute mit einem: „Servus, Bub!" Längst hatte ich diesen burschikosen Gruß nicht mehr aus ihrem Munde vernommen. Wann mochte sie ihn wohl zuletzt gebraucht haben? Vor zehn, vor fünfzehn Jahren vielleicht, als ich noch Gymnasiast war, in den Ferien, wenn ich am Frühstückstisch sitzen konnte. Damals pflegte sie noch manchmal den harmlosen Scherz hinzuzufügen, der ihr selbst sehr pointiert erscheinen mochte. Sie sagte nämlich, auf den Sessel deutend, auf dem ich saß: „Nun, drückt dich die Schulbank?" Einmal hatte ich „Jawohl, Mama!" geantwortet, und ich durfte dann drei Tage nicht mehr am Tisch sitzen.

Sie ging heute sogar dazu über, sich über die Marmelade zu beschweren. „Ich begreife nicht", sagte sie, „woher die so viele Rüben hernehmen! Koste, Bub! Es ist gesund, haben sie geschrieben. Hol sie …" Sie unterbrach sich, sie sprach Flüche niemals ganz aus. Ich aß Rüben und Margarine und trank Kaffee. Der Kaffee war gut. Ich bemerkte, daß mir unser Dienstmädchen aus einer anderen Kanne einschenkte, und ich begriff, daß die alte Frau den guten, mühselig erschlichenen Meinl-Kaffee für mich aufbewahrt hatte und sich selbst mit ihrem bitteren Zichorienzeug begnügte. Aber ich konnte mir nicht anmerken lassen, daß ich es wußte. Meine Mutter litt nicht, daß man ihre kleinen strategischen Züge durchschaute. Man mußte sich blind stellen. Ihre Eitelkeit war so groß, daß sie zuweilen sogar rachsüchtig werden konnte.

„Du hast also deine Elisabeth getroffen", begann sie unmittelbar. „Ich weiß es, dein Schwiegervater war gestern hier. Wenn ich mir ein wenig Mühe gebe, verstehe ich ihn vollkommen. Er war zirka zwei Stunden hier. Er hat mir erzählt, daß du mit ihm gesprochen hast. Ich hab' ihm gesagt, daß ich es von dir erfahren könnte, aber er hat sich nicht aufhalten lassen. Du willst also dein Leben ordnen – hab' ich gehört. Was sagt Elisabeth dazu?"

„Ich war mit ihr zusammen."

„Wo? Warum nicht hier?"

„Ich hab's nicht gewußt, Mama. Es war zu spät."

„Er will dich also irgendwo mit hineinnehmen, sagte er. Du kannst nichts. Du kannst keine Frau ernähren. Ich weiß nicht, wo er dich hineinzunehmen gedenkt, immerhin müßtest du irgendeine Beteiligung aufbringen. Und wir haben nichts. Es ist alles in Kriegsanleihe angelegt. Verloren also, wie der Krieg. Uns bleibt dieses Haus. Man könnte, meinte er, eine Hypothek aufnehmen. Du könntest einmal mit unserm Doktor Kiniower sprechen. Aber wo sollst du arbeiten und was sollst du arbeiten? Verstehst du was von diesem Kunstgewerbe? Dein Schwiegervater versteht sehr viel davon. Sein Vortrag war noch ausführlicher als der von deiner Elisabeth. Und was ist das für eine Frau Professor Jolanth Keczkemet?"

„Szatmary, Mama!" verbesserte ich.

„Meinetwegen Szekely", gab meine Mutter zu. „Aber wer ist das?"

„Sie hat kurze Haare, Mama, und ich kann sie nicht leiden."

„Und Elisabeth ist ihre Freundin?"

„Eine sehr gute Freundin!"

„Eine sehr gute, sagst du?"

„Jawohl, Mama!"

„Aha!" sagte sie. „Dann laß das, Bub. Ich kenne derlei Freundschaften vom Hörensagen. Es genügt mir. Ich hab' manches gelesen Bub! Du ahnst nicht, wieviel ich weiß; ein Freund wäre besser gewesen. Frauen sind kaum abzuschaffen. Und seit wann gibt's Frauen, die Professoren sind? Und von welcher Wissenschaft ist diese Keczkemet Professor?"

„Szatmary, Mama!" verbesserte ich.

„Meinetwegen: Lakatos", sagte meine Mutter nach einiger Überlegung. „Also, was willst du gegen einen weiblichen Professor, Bub? Ein Ringkämpfer oder ein Schauspieler, das ist was anderes!"

Wie wenig hatte ich meine Mutter gekannt! Diese alte Frau, die nur einmal in der Woche in den Stadtpark ging, um zwei Stunden lang „Luft zu schöpfen" und zu dem gleichen Zweck nur einmal im Monat im Fiaker bis zum Praterspitz zu fahren pflegte, wußte sogar über das sogenannte Verkehrte Bescheid. Wieviel mochte sie lesen, wie klar mußte sie überlegen und denken – in den langen, einsamen Stunden, die sie zu Hause verbrachte, auf ihren schwarzen Stock gestützt, wandelnd von einem unserer dunkelgedämpften Zimmer ins andere, so einsam und so reich, so ahnungslos und so wissend, so weltfremd und so weltklug! Aber ich mußte Elisabeth verteidigen, was könnte meine

Mutter denken, wenn ich es nicht täte! Es war meine Frau, ich kam soeben aus unserer Umarmung, noch fühlte ich in der Höhlung meiner Hände die glatte Kühle ihrer jungen Brüste, noch atmete ich den Duft ihres Körpers, noch lebte das Spiegelbild ihres Angesichts mit den beseligten halbgeschlossenen Augen in meinen eigenen, und auf meinem Munde ruhte das Siegel ihrer Lippen. Ich mußte sie verteidigen – und während ich sie verteidigte, begann ich sie aufs neue zu lieben.

„Diese Frau Professor Szatmary", sagte ich, „kann nichts gegen mich. Elisabeth liebt mich, ich bin dessen sicher. Gestern zum Beispiel …"

Meine Mutter ließ mich nicht ausreden: „Und heute?" fiel sie ein. „Heute ist sie wieder bei der Professor Halaszy!"

„Szatmary, Mama!"

„Ich geb' nichts auf derlei Namen, Bub, das weißt du, korrigiere mich nicht immerzu! Gedenkst du, mit Elisabeth zu leben, so mußt du sie erhalten. Du mußt also, wie dein Schwiegervater sagt, eine Hypothek auf unser Haus aufnehmen. Dann mußt du dich irgendwo mit hineinnehmen lassen, wie dein Schwiegervater sagt. Was sag' ich: unser Haus? Es ist dein Haus! Dann muß diese Professorin mit dem verflixten Namen sich damit begnügen, neue Korallen aus Tannenzapfen herzustellen – in Gottes Namen! Im Parterre haben wir noch eine Wohnung frei, vier Zimmer, glaub' ich, der Hausmeister weiß es. Ich hab' noch etwas auf der Bank, ich teile mit dir, frag den Doktor Kiniower, wieviel! Kochen können wir gemeinsam. Kann Elisabeth kochen?"

„Ich glaube nicht, Mama!"

„Ich hab's einmal gekonnt", sagte meine Mutter, „ich werd mich wohl schon erinnern! Hauptsache ist, daß du mit Elisabeth leben kannst. Und sie mit dir."

Sie sagte nicht mehr: deine Elisabeth, ich hielt es für ein Zeichen besonderer mütterlicher Gnade.

„Geh in die Stadt, Bub. Such deine Freunde auf! Vielleicht leben sie noch. Was glaubst du? Wenn du in die Stadt gingst?"

„Jawohl, Mama!" sagte ich, und ich ging zu Stellmacher ins Kriegsministerium, um mich nach meinen Freunden zu erkundigen. Stellmacher mußte immer vorhanden sein. Mochte das Kriegsministerium jetzt auch nur noch ein Staatssekretariat sein! Stellmacher war gewiß vorhanden.

Er war vorhanden, alt, eisgrau und gebeugt. Er saß da, hinter dem alten Schreibtisch, in seinem alten Zimmer. Aber er war in Zivil, in einem seltsamen, allzu weiten Anzug, der um seinen Körper schlotterte und außerdem noch gewendet war. Von Zeit zu Zeit griff er mit zwei Fingern zwischen Hals und Kragen. Das steife Leinen störte ihn. Seine Manschetten störten ihn. Er stieß sie immer wieder am Tischrand in die Ärmel zurück. Er wußte einigermaßen Bescheid: Chojnicki lebte noch, er wohnte auf der Wieden; Dworak, Szechenyi, Hallersberg, Lichtenthal, Strohhofer spielten jeden Tag Schach im Café Josefinum in der Währinger Straße. Stejskal, Halasz und Grünberger waren verschollen. Ich ging zuerst zu Chojnicki auf der Wieden.

922   DIE KAPUZINERGRUFT

Er saß in seinem alten Salon, in seiner alten Wohnung. Er war kaum zu erkennen, denn er hatte sich den Schnurrbart rasieren lassen. „Warum, wozu?" fragte ich ihn. „Damit ich wie mein Diener aussehe. Ich bin mein eigener Lakai. Ich öffne mir selber die Tür. Ich putze mir selbst die Stiefel. Ich klingle, wenn ich was brauche, und komme selbst herein. Herr Graf befehlen? – Zigaretten! – Hierauf schicke ich mich in die Tabak-Trafik. Essen kann ich noch umsonst bei der Alten." – Darunter verstand man in unserm Kreis die Frau Sacher. „Wein bekomme ich noch beim Dicken." – Darunter verstand man in unserm Kreis den Lautgartner in Hietzing. „Und der Xandl ist verrückt im Steinhof", so schloß Chojnicki seinen tristen Bericht.

„Verrückt?"

„Total verrückt. Jede Woche besuch' ich ihn. Das Krokodil", es war der Onkel der Brüder Chojnicki, Sapieha, „hat die Güter mit Beschlag belegt. Er ist der Kurator Xandls. Ich habe gar kein Einspruchsrecht. Diese Wohnung ist verpfändet. Noch drei Wochen kann ich hier bleiben. Und du, Trotta?"

„Ich will eine Hypothek auf unser Haus nehmen. Ich hab' geheiratet, du weißt. Ich muß eine Frau erhalten." – "Oh, oh, geheiratet!" rief Chojnicki. „Das hab' ich auch. Aber meine Frau ist in Polen. Möge Gott sie dort erhalten, lange und gesund. Ich habe mich entschlossen", fuhr er fort, „dem Allmächtigen alles zu überlassen. Er hat mir die Suppe eingebrockt, die Untergangssuppe, und ich weigere mich, sie auszulöffeln." Er schwieg eine Weile, dann hieb er mit der Faust auf den Tisch und schrie: „An allem seid ihr schuld, ihr, ihr", er suchte nach einem Ausdruck, „ihr Gelichter", fiel ihm endlich ein, „ihr habt mit euren leichtfertigen Kaffeehauswitzen den Staat zerstört. Mein Xandl hat's immer prophezeit. Ihr habt nicht sehen wollen, daß diese Alpentrottel und die Sudetenböhmen, diese kretinischen Nibelungen, unsere Nationalitäten so lange beleidigt und geschändet haben, bis sie anfingen, die Monarchie zu hassen und zu verraten. Nicht unsere Tschechen, nicht unsere Serben, nicht unsere Polen, nicht unsere Ruthenen haben verraten, sondern nur unsere Deutschen, das Staatsvolk."

„Aber meine Familie ist slowenisch", sagte ich.

„Verzeih", sagte er leise. „Ich hab' nur keine Deutschen in der Nähe. Einen Sudetendeutschen her!" schrie er plötzlich wieder, „und ich erwürge ihn! – Gehn wir, suchen wir ihn auf! Komm! – Wir ziehen ins Josefinum."

Dworak, Szechenyi, Hallersberg, Lichtenthal und Strohhofer saßen dort, die meisten noch in Uniform. Sie alle gehörten der alten Gesellschaft an. Die Adelstitel waren verboten, was machte es? „Wer mich nicht beim Vornamen kennt", sagte Szechenyi, „hat überhaupt keine gute Erziehung genossen!" – Sie spielten unermüdlich Schach. – „Wo ist der Sudet?" rief Chojnicki. „Hier bin ich!" sagte der Sudet. Er war ein Kiebitz. Papa Kunz, alter Sozialdemokrat, Redakteur des Parteiblatts und jeden Augenblick bereit, historisch zu beweisen, daß die Österreicher eigentlich Deutsche seien. „Beweisen Sie!" – rief Szechenyi. Papa Kunz bestellte einen doppelten Sliwowitz und machte sich an seinen Beweis. – Niemand hörte ihm zu. – „Gott strafe die Sudeten!" – schrie Choj-

DIE KAPUZINERGRUFT

923

nicki, der eben eine Partie verloren hatte. Er sprang auf und lief mit erhobenen und geballten Fäusten auf den alten Papa Kunz los. Wir hielten ihn zurück. Schaum stand vor seinem Munde, Blut rötete seine Augen. „Markomannische Quadratschädel!" rief er endlich. Es war der Gipfel seiner Rage. Jetzt wurde er zusehends sanfter.

Ich fühlte mich wohl, ich war wieder zu Hause. Wir hatten alle Stand und Rang und Namen, Haus und Geld und Wert verloren, Vergangenheit, Gegenwart, Zukunft. Jeden Morgen, wenn wir erwachten, jede Nacht, wenn wir uns schlafen legten, fluchten wir dem Tod, der uns zu seinem gewaltigen Fest vergeblich gelockt hatte. Und jeder von uns beneidete die Gefallenen. Sie ruhten unter der Erde, und im nächsten Frühling würden Veilchen aus ihren Gebeinen wachsen. Wir aber waren heillos unfruchtbar heimgekehrt, mit lahmen Lenden, ein todgeweihtes Geschlecht, das der Tod verschmäht hatte. Der Befund der Assent-Kommission war unwiderruflich. Er lautete: „Für den Tod untauglich befunden."

27

Wir gewöhnten uns alle an das Ungewöhnliche. Es war ein hastiges Sich-Gewöhnen. Gleichsam ohne es zu wissen, beeilten wir uns mit unserer Anpassung, wir liefen geradezu Erscheinungen nach, die wir haßten und verabscheuten. Wir begannen, unsern Jammer sogar zu lieben, wie man treue Feinde liebt. Wir vergruben uns geradezu in ihn. Wir waren ihm dankbar, weil er unsere kleinen, besonderen, persönlichen Kümmernisse verschlang, er, ihr großer Bruder, der große Jammer, demgegenüber zwar kein Trost standhalten konnte, aber auch keine unserer täglichen Sorgen. Man würde meiner Meinung nach auch die erschreckende Nachgiebigkeit der heutigen Geschlechter gegenüber ihren noch schrecklicheren Unterjochern verstehen und gewiß auch verzeihen, wenn man bedächte, daß es in der menschlichen Natur gelegen ist, das gewaltige, alles verzehrende Unheil dem besonderen Kummer vorzuziehen. Das ungeheuerliche Unheil verschlingt rapide das kleine Unglück, das Pech sozusagen. Und also liebten wir in jenen Jahren den ungeheuren Jammer.

Oh, nicht, daß wir nicht imstande gewesen wären, noch ein paar kleine Freuden vor ihm zu retten, sie ihm abzukaufen, abzuschmeicheln, abzuringen. Wir scherzten oft und lachten oft. Wir gaben Geld aus, das uns zwar kaum noch gehörte, das aber auch kaum noch einen Wert hatte. Wir borgten und verborgten, ließen uns schenken und verschenkten, blieben schuldig und bezahlten anderer Schulden. So ähnlich werden einmal die Menschen einen Tag vor dem Jüngsten Gericht leben, Honig saugend aus den giftigen Blumen, die verlöschende Sonne als Lebensspenderin preisend, die verdorrende Erde küssend als die Mutter der Fruchtbarkeit.

Der Frühling nahte, der Wiener Frühling, dem keines der weinerlichen Chansons jemals etwas anhaben konnte. Keine einzige von den populär gewordenen Melodien enthält die Innigkeit eines Amselrufs im Votivpark oder im Volksgarten. Kein gereimter Liedertext ist so kräftig wie der liebenswürdig grobe, heisere Schrei eines Ausrufers vor einer Praterbude im April. Wer kann das behutsame Gold des Goldregens besingen, das sich vergeblich zu bergen sucht zwischen dem jungen Grün der nachbarlichen Sträucher? Der holde Duft des Holunders nahte schon, ein festliches Versprechen. Im Wienerwald blauten die Veilchen. Die Menschen paarten sich. In unserm Stammkaffee machten wir Witze, spielten wir Schach und Dardel und Tarock. Wir verloren und gewannen wertloses Geld.

Für meine Mutter bedeutete der Frühling so viel, daß sie, vom fünfzehnten April angefangen, zweimal monatlich in den Prater fuhr, nicht nur einmal, wie im Winter. Es gab nur noch wenige Fiaker. Die Pferde starben vor Altersschwäche. Viele schlachtete man und aß sie als Würste. In den Remisen der alten Armee konnte man die Bestandteile der zertrümmerten Fiaker sehen. Gummiradler, in denen die Tschirschkys, die Pallavicinis, die Sternbergs, die Esterházys, die Dietrichsteins, die Trautmannsdorffs einst gefahren sein mochten. Meine Mutter, vorsichtig, wie sie von Natur aus war, und noch vorsichtiger durch das Alter geworden, hatte mit einem der wenigen Fiaker „akkordiert". Er kam pünktlich zweimal im Monat um neun Uhr morgens. Manchmal begleitete ich meine Mutter, besonders an den Tagen, an denen es regnete. In der Unbill – und ein Regen war für sie schon eine – wollte sie nicht allein sein. Wir sprachen nicht viel in dem stillen, gütigen Dämmer unter der aufgeschlagenen Regenplache. „Herr Xaver", sagte meine Mutter zum Fiaker, „erzählen S' mir was." Er wandte sich uns zu, er ließ ein paar Minuten lang die Pferde dahintraben und erzählte allerhand. Sein Sohn war ein Studierter, aus dem Krieg heimgekehrt, aktiver Kommunist. „Mein Sohn sagt", erzählte der Herr Xaver, „daß der Kapitalismus erledigt ist. Er sagt nicht mehr Vater zu mir. Er nennt mich: Fahr'n ma, Euer Gnaden! Er ist ein guter Kopf. Er weiß, was er will. Von meinen Pferden versteht er nix." Ob sie auch Kapitalist sei, fragte meine Mutter. „Freilich", sagte der Herr Xaver, „alle, die nicht arbeiten und dennoch leben, sind Kapitalisten." – „Und die Bettler?" fragte meine Mutter. „Die arbeiten nicht, fahren aber auch nicht im Fiaker zum Praterspitz, ‚wia Sö', gnädige Frau!" antwortete der Herr Xaver. Meine Mutter sagte zu mir: „Jakobiner!" Sie hatte gedacht, in dem Dialekt der „Besitzenden" gesprochen zu haben. Aber der Herr Xaver verstand. Er wandte sich um und sagte: „Ein Jakobiner ist mein Sohn." Hierauf knallte er mit der Peitsche. Es war, als hätte er sich selbst Bravo geklatscht, wegen seiner geschichtlichen Bildung.

Meine Mutter wurde überhaupt von Tag zu Tag ungerechter, besonders seit dem Tage, an dem ich die Hypothek aufgenommen hatte. Kunstgewerbe, Elisabeth, die Frau Professor, kurze Haare, Tschechen, Sozialdemokraten, Jakobiner, Juden, Büchsenfleisch, Papiergeld, Börsenpapiere, mein Schwiegervater: dies alles waren die Gegenstände ihrer Verachtung und ihrer Gehässigkeit. Unser Advokat, der Doktor Kiniower, der ein Freund meines Vaters gewesen war, hieß, der Einfachheit halber der Jude. Unser Dienstmädchen war die Jakobinerin. Der Hausmeister war ein Sansculotte, und Frau

DIE KAPUZINERGRUFT

Jolanth Szatmary hieß Keczkemet schlechthin. Eine neue Persönlichkeit tauchte in unserem Leben auf, ein gewisser Kurt von Stettenheim, geradewegs aus der Mark Brandenburg gekommen und um jeden Preis entschlossen, das Kunstgewerbe in der Welt zu verbreiten. Er sah aus wie einer jener Männer, die man heutzutage gutrassig nennt. Man versteht darunter eine Mischung von internationalem Tennismeister und landschaftlich zu fixierendem Rittergutsbesitzer, mit einem leichten Einschlag von Ozean oder Reederei. Derlei Menschen kommen aus dem Baltikum, aus Pommern, aus der Lüneburger Heide gar. Wir hatten verhältnismäßig noch Glück. Unser Herr von Stettenheim kam nur aus der Mark Brandenburg.

Er war groß und sehnig, blond und sommersprossig, er trug den unvermeidlichen Schmiß an der Stirn, das Kennzeichen der Borussen, und das Monokel so wenig selbstverständlich, daß man es nur noch selbstverständlich nennen konnte. Ich selbst gebrauche zuweilen ein Monokel, der Bequemlichkeit halber, ich bin zu eitel, um eine Brille zu tragen. Allein es gibt Gesichter aus Pommern, aus dem Baltikum, aus der Mark Brandenburg, in denen das Monokel den Anschein erweckt, ein drittes, überflüssiges Auge zu sein, keine Hilfe dem natürlichen Aug', sondern dessen gläserne Maske. Wenn der Herr von Stettenheim das Monokel einklemmte, sah er so aus wie die Frau Professor Jolanth Szatmary, sobald sie eine Zigarette anzündete. Wenn Herr von Stettenheim sprach oder gar wenn er sich ereiferte, lief sein Kainsschmiß auf der Stirn blutrot an; und der Mann ereiferte sich überflüssig. Denn in einem verwunderlichen Gegensatz zu seinem Eifer standen die Worte, mit denen er ihn ausdrückte, wie zum Beispiel: „Also, ich kann Ihnen sagen, ich war einfach starr"; oder: „Ich sage immer: nur nicht verzweifeln"; oder: „Ich wette zehn zu eins und gebe Ihnen meine Hand darauf!" Und dergleichen mehr. Offenbar hatte unsere Hypothek meinem Schwiegervater nicht genügt. Herr von Stettenheim versprach, sich am Atelier Elisabeth Trotta reichlich zu beteiligen. Ein paarmal brachte uns mein Schwiegervater zusammen. Hatte er doch, eben wegen der Hypothek, mich in das Kunstgewerbe endlich „hineingenommen!" Mußte er mich doch zumindest unserm dritten Kompagnon vorstellen. – „Ich kenne einen Grafen Trotta!" rief Herr von Stettenheim, nachdem wir kaum die ersten zwei Sätze gewechselt hatten. – „Sie irren", sagte ich, „es gibt nur baronisierte Trottas; wenn sie noch leben!" – „Gewiß, entsinne mich, war Baron, der alte Oberst." – „Sie irren sich noch", sagte ich. „Mein Onkel ist Bezirkshauptmann." – „Bedaure!" – erwiderte Herr von Stettenheim. Und sein Schmiß lief blutrot an.

Herr von Stettenheim hatte die Idee, unsere Firma „Jolan-Werkstätte" zu nennen. So wurde sie auch im Register eingetragen. Elisabeth zeichnete fleißig, sooft ich ins Bureau kam. Sie zeichnete unbegreifliche Sachen, wie zum Beispiel neunzackige Sterne auf den Wänden eines Oktaeders oder eine zehnfingerige Hand, die in Achat ausgeführt und der „Segen Krishnamurtis" heißen sollte; oder einen roten Stier auf schwarzem Grund, der „Apis" hieß, ein Schiff mit Dreiruderern, das „Salamis" genannt wurde, und eine Schlange als Armband, namens Kleopatra. Die Frau Professor Jolanth Szatmary hatte diese Einfälle, diktierte ihr diese Pläne. Im übrigen herrschte zwischen uns beiden die düsterkeitsschwangere, haßträchtige, konventionelle Freundlichkeit, auf deren Grund unserer beider Eifersucht ruhte. Elisabeth liebte mich, ich war dessen gewiß, Angst hatte sie vor der Frau Professor Jolanth, eine jener Ängste, die sich die moderne Medizin mit Erfolg zu definieren und erfolglos zu erklären bemühte. Seitdem Herr von Stettenheim als dritter Teilhaber in unsere „Jolan-Werkstätte" eingetreten war, betrachteten mich mein Schwiegervater und die Frau Professor als eine störende Erscheinung, ein Hindernis auf dem Weg des Kunstgewerbes, zu jeder nützlichen Leistung unfähig und keinesfalls würdig, in die künstlerischen und geschäftlichen Pläne unserer Firma eingeweiht zu werden. Ich war lediglich noch der Ehemann Elisabeths.

Herr von Stettenheim entwarf Prospekte in allen Weltsprachen und verschickte sie auch in alle Weltrichtungen. Und je spärlicher die Antworten einliefen, desto hitziger wurde sein Eifer. Die neuen Vorhänge kamen, nach zwei zitronengelben Stühlen, ein Sofa, zitronengelb, mit schwarzen Zebrastreifen, zwei Lampen mit sechswandigen Schirmen aus japanischem Papier und eine Landkarte aus Pergament, auf der alle Länder und Städte durch Stecknadeln kenntlich gemacht wurden – alle, auch jene, die unsere Firma nicht belieferte.

An den Abenden, an denen ich Elisabeth abholte, sprachen wir weder von Stettenheim noch von der Frau Professor Jolanth Szatmary, noch vom Kunstgewerbe. Es war zwischen uns ausgemacht. Wir verlebten süße, satte Frühlingsnächte. Kein Zweifel: Elisabeth liebte mich.

Ich hatte Geduld. Ich wartete. Ich wartete auf den Augenblick, in dem sie mir aus freien Stücken sagen würde, daß sie ganz zu mir wollte. Unsere Wohnung im Parterre wartete.

Meine Mutter fragte mich niemals nach den Absichten Elisabeths. Von Zeit zu Zeit ließ sie einen Satz fallen, wie zum Beispiel: „Sobald ihr eingezogen seid"; oder: „Wenn ihr bei mir wohnt"; und derlei.

Ende des Sommers stellte es sich heraus, daß unsere „Jolan-Werkstätten" gar nichts eintrugen. Außerdem hatte mein Schwiegervater mit den „vielen Eisen im Feuer" kein Glück gehabt. Er hatte auf Mark spekuliert, durch die Vermittlung des Herrn von Stettenheim. Die Mark fiel. Ich sollte eine zweite, weit höhere Hypothek auf unser Haus aufnehmen. Ich sprach mit meiner Mutter, sie wollte nichts davon wissen. Ich erzählte es meinem Schwiegervater. – „Du bist unfähig, ich hab's immer gewußt", sagte er. „Ich werde selbst hingehn."

Er ging zu meiner Mutter, nicht allein, sondern mit dem Herrn von Stettenheim. Meine Mutter, die vor fremden Menschen Angst und sogar Abscheu empfand, bat mich zu warten. Ich blieb also zu Hause.

Das Verwunderliche ereignete sich, der Herr von Stettenheim gefiel meiner Mutter. Während unserer Verhandlung, in unserm Salon, glaubte ich sogar zu bemerken, wie sie leise Ansätze machte, sich vornüber zu beugen, wie, um seine reichlichen und überflüssigen Redensarten deutlicher zu vernehmen. – „Charmant!" sagte meine Mutter. „Charmant!" wiederholte sie ein paarmal, und zwar bei den gleichgültigsten Phrasen des Herrn von Stettenheim. Er, auch er, hielt einen Vortrag über das Kunstgewerbe im allgemeinen, die Erzeugnisse der „Jolan-Werkstätten AG" im besonderen. Und meine gute, alte Mutter, die gewiß auch jetzt noch ebensowenig von dem Kunstgewerbe begriff wie vor langer Zeit nach dem Vortrag Elisabeths sagte immer wieder: „Jetzt versteh' ich, jetzt versteh' ich, jetzt versteh' ich!"

Herr von Stettenheim besaß den Geschmack zu sagen: „Das Ei des Kolumbus, gnädige Frau!" – Und wie ein Echo wiederholte meine Mutter gehorsam: „Das Ei des Kolumbus! – Wir nehmen noch eine zweite Hypothek auf."

Unser Advokat Kiniower wehrte sich zuerst. „Ich warne Sie!" sagte er. „Ein aussichtsloses Geschäft. Ihr Herr Schwiegervater, ich weiß es, hat gar kein Geld mehr. Ich habe mich erkundigt. Dieser Herr von Stettenheim lebt von den Darlehen, die Sie aufnehmen. Er behauptet, am Tattersaal im Berliner Tiergarten beteiligt zu sein. Mein Berliner Kollege teilt mir mit, daß es nicht wahr ist. So wahr ich ein Freund Ihres seligen Vaters war: ich sage Ihnen die Wahrheit. Die Frau Professor Jolanth Szatmary ist ebensowenig Professor wie ich. Sie hat keine von den Wiener oder Budapester Akademien jemals besucht. Ich warne Sie, Herr Trotta, ich warne Sie."

Der „Jude" hatte kleine, schwarze, tränende Augen hinter dem schiefen Zwicker. Die eine Hälfte seines grauen Schnurrbarts war aufwärts gezwirbelt, die andere hing trostlos hinunter. Also äußerte sich gewissermaßen sichtbar die Zwiespältigkeit seines Wesens. Er war imstande, nach einer längeren, düsteren Rede, in der er von meinem sicheren Untergang gesprochen hatte, plötzlich mit dem Ruf zu schließen: „Und doch geht alles noch gut aus! Gott ist ein Vater!" Diesen Satz wiederholte er überhaupt bei jeder verwickelten Angelegenheit. Dieser Enkel Abrahams, der Erbe eines Segens und eines Fluches, leichtfertig als Österreicher, schwermütig als Jude, gefühlvoll, aber genau bis zu jener Grenze, an der ein Gefühl anfangen kann, Gefahr zu werden, klarsichtig trotz einem wackligen und schiefsitzenden Zwicker, war mir mit der Zeit lieb geworden wie ein Bruder. Oft kam ich in seine Kanzlei, ohne Grund, ohne Not. Auf seinem Arbeitstisch standen die Photographien seiner zwei Söhne. Der ältere war gefallen. Der jüngere lernte Medizin. „Er hat soziale Rosinen im Kopf!" sagte der alte Doktor Kiniower. „Und um wieviel wichtiger wäre ein Heilmittel gegen Krebs! Ich fürchte, ich hab' selber einen, hinten, in der Niere. Wenn mein Sohn schon Medizin studiert, sollte er an seinen alten Vater denken, nicht an die Erlösung der Welt. Genug der Erlöser! Aber Sie wollen ja das Kunstgewerbe erlösen! Ihre Frau Mama wollte das Vaterland erlösen. Sie hat das ganze beträchtliche Vermögen in Kriegsanleihen angelegt. Eine lächerliche Lebensversicherung bleibt noch. Ihre Frau Mama bildet sich wahrscheinlich ein, sie reichte für ein beschauliches Alter aus. Zwei Monate könnte sie knapp davon leben. Sie haben keinen Beruf. Sie werden wohl auch keinen finden. Aber wenn Sie nicht etwas zu verdienen anfangen, werden Sie untergehn. Ich rate Ihnen: Sie haben ein Haus, machen Sie

928   DIE KAPUZINERGRUFT

daraus eine Pension. Versuchen Sie's, Ihrer Frau Mama begreiflich zu machen. Diese Hypothek ist nicht die letzte, die Sie aufnahmen. Sie werden noch eine dritte und eine vierte brauchen. Glauben Sie mir! Gott ist ein Vater!"

Herr von Stettenheim kam oft zu meiner Mutter, selten kündigte er sich vorher an. Meine Mutter empfing ihn immer warmherzig, manchmal sogar begeistert. Mit staunendem Kummer sah ich zu, wie die alte, verwöhnte und strenge Frau heiter nachsichtig die grobschlächtigen Scherze, die billigen Wendungen, die aufreizenden Handbewegungen annahm, billigte, lobte und wertschätzte. Herr von Stettenheim hatte die Gewohnheit, seine linke Hand nach einer brüsken, erschreckenden Streckung des Ellbogens vor die Augen zu führen, um nach der Stunde auf seiner Armbanduhr zu sehn. Mir schien es immer, als hätte er einen glücklicherweise nicht vorhandenen Nachbarn zu seiner Linken gestoßen. Wie eine Gouvernante pflegte er, wenn er die Kaffeetasse hob, den kleinen Finger der rechten Hand zu spreizen, just jenen Finger, an dem er seinen wuchtigen Wappenring trug, ein Wappen, das aussah wie ein Insekt. Er sprach in jener gutturalen Stimme gewisser Preußen, die aus einem Kamin eher als aus einer Kehle zu kommen scheint und auch das Bedeutende hohl macht, das sie manchmal äußern.

Und just dieser Mann gefiel meiner lieben alten Mutter. „Charmant!" nannte sie ihn.

28

Er bestach auch mich allmählich und ohne daß ich es zuerst merken konnte. Ich brauchte ihn, ich brauchte ihn einfach meiner Mutter wegen. Er stellte die Verbindung her zwischen unserem Haus und Elisabeth. Auf die Dauer konnte ich nicht zwischen beiden Frauen stehen und selbst zwischen dreien, wenn ich die Frau Professor mitrechnete. Seitdem Herr von Stettenheim die überraschende Zuneigung meiner Mutter gefunden hatte, kam Elisabeth zuweilen in unser Haus. Meine Mutter hatte nur angedeutet, daß sie die Frau Professor nicht zu sehen wünschte. Übrigens entfernte sie sich zusehends von Elisabeth. Auch dies war zum Teil ein Verdienst des Herrn von Stettenheim, und auch dadurch bestach er mich. Ich gewöhnte mich an seine unerwarteten Allüren (sie erschreckten mich immer seltener), an seine Rede, die immer um zwei, drei Stärken lauter war, als es der Raum erforderte, in dem er gerade sprach. Es war, als wüßte er überhaupt nicht, daß es kleine und größere Räume gibt, ein Zimmer und eine Bahnhofshalle zum Beispiel. Im Salon meiner Mutter sprach er mit jener um ein paar Grade zu hastigen Stimme, mit der manche einfachen Menschen zu telephonieren pflegen. Auf der Straße schrie er geradezu. Und da er nur inhaltslose Redensarten gebrauchte, klangen sie noch einmal so laut. Lange Zeit wunderte ich mich darüber, daß meine Mutter, der jeder stärkere Ton, jedes überflüssige Geräusch, jede Straßenmusik und sogar Konzerte im Freien körperliche Schmerzen verursachten, die Stimme des Herrn von Stettenheim ertragen und sogar charmant finden konnte. Erst ein paar Monate später konnte ich durch einen Zufall die Ursache dieser Nachsicht erfahren.

Eines Abends kam ich zu einer ungewohnten Stunde nach Hause. Ich wollte meine Mutter begrüßen, ich suchte sie. Das Mädchen sagte mir, daß sie in der Bibliothek sitze. Die Tür unseres Bibliothekzimmers, das an den Salon grenzte, stand offen, ich brauchte nicht anzuklopfen. Meinen Gruß überhörte die alte Frau offenbar. Ich dachte zuerst, sie sei über dem Buch eingeschlafen. Sie saß überdies mit dem Rücken zu mir, mit dem Gesicht zum Fenster. Ich ging näher, sie schlief nicht, sie las und blätterte sogar eine Seite um, in dem Augenblick, in dem ich an sie herantrat. „Guten Abend, Mama!" sagte ich. Sie sah nicht auf. Ich berührte sie. Sie erschrak. „Wie kommst du jetzt daher?" fragte sie. – „Auf einen Sprung, Mama, ich wollte mir die Adresse Stiasnys heraussuchen." – „Der hat lang nichts mehr von sich hören lassen. Ich glaub', er ist gestorben." Der Doktor Stiasny war Polizeiarzt, jung wie ich, meine Mutter mußte mich mißverstanden haben. – „Ich mein' den Stiasny", sagte ich. – „Gewiß, ich glaub', vor zwei Jahren ist er gestorben. Er war ja schon mindestens achtzig!" – „So, gestorben!" wiederholte ich – und ich wußte nun, daß meine Mutter schwerhörig war. Lediglich dank ihrer Disziplin, jener ungewöhnlichen Disziplin, die uns Jüngeren nicht mehr von Kindheit an auferlegt worden war, gelang ihr diese rätselhafte Stärke, ihr Gebrechen während jener Stunden zu unterdrücken, in denen sie mich zu Hause erwartete, mich und andere. In den langen Stunden, in denen sie wartete, bereitete sie sich auf das Hören vor. Sie selbst mußte ja wissen, daß sie das Alter mit einem seiner Schläge getroffen hatte. Bald – so dachte ich – wird sie ertaubt sein, wie das Klavier ohne Saiten! Ja, vielleicht war damals schon, als sie in einem Anfall von Verwirrung die Saiten hatte herausnehmen lassen, in ihr eine Ahnung ihrer nahenden Taubheit lebendig gewesen und eine vage Furcht, daß sie bald nicht mehr exakte Töne würde vernehmen können! Von allen Schlägen, die das Alter auszuteilen hatte, mußte dieser für meine Mutter, ein wahres Kind der Musik, der schwerste sein. In diesem Augenblick erschien sie mir fast überirdisch groß, entrückt war sie in ein anderes Jahrhundert, in die Zeit einer längst versunkenen heroischen Noblesse. Denn es ist nobel und heroisch, Gebrechen zu verbergen und zu verleugnen.

Deshalb also schätzte sie Herrn von Stettenheim. Sie verstand offenbar ihn am deutlichsten, und sie war ihm dankbar. Seine Banalitäten ermüdeten sie nicht. Ich verabschiedete mich, ich wollte in mein Zimmer, die Adresse Stiasnys holen. „Darf ich um acht Uhr kommen, Mama?" rief ich, jetzt schon mit erhobener Stimme. Es war etwas zu laut gewesen. – „Seit wann schreist du so?" fragte sie. „Komm nur, wir haben Kirschknödel, allerdings Kornmehl."

Ich suchte krampfhaft den Gedanken an die Pension zu verdrängen. Meine Mutter als Inhaberin einer Pension! Welch eine abstruse, ja absurde Idee! Ihre Schwerhörigkeit erhöhte noch ihre Würde. Jetzt hörte sie vielleicht gar nicht mehr das Aufklopfen ihres eigenen Stocks, nicht einmal mehr ihre eigenen Schritte. Ich begriff, warum sie so nachsichtig unser Mädchen behandelte, das, blond, beleibt und schwerfällig, zu polternden Handlungen neigte, ein braves, stumpfes Kind aus der Vorstadt. Meine Mutter mit Pensionären! Unser Haus mit zahllosen Klingeln, die mir heute schon um so lauter in den Ohren schrillten, als meine Mutter ja nicht imstande sein würde, ihre ganze Frechheit zu vernehmen. Ich hatte sozusagen für uns beide zu hören und für uns beide beleidigt zu sein. – Aber welch einen andern Ausweg konnte es geben? – Der Doktor Kiniower hatte recht. Das Kunstgewerbe verschlang eine Hypothek nach der anderen.

Meine Mutter kümmerte sich nicht darum. Ich allein hatte also, wie man zu sagen pflegt, die Verantwortung. Ich – und eine Verantwortung! Nicht, daß ich feige gewesen wäre! Nein, ich war einfach unfähig. Ich hatte keine Angst vor dem Tod, aber Angst vor einem Bureau, einem Notar, einem Posthalter. Ich konnte nicht rechnen, zur Not noch addieren. Eine Multiplikation schon schaffte mir Pein. Ja! Ich und eine Verantwortung!

Der Herr von Stettenheim indessen lebte unbekümmert, ein schwerfälliger Vogel. Er hatte immer Geld, er borgte nie, er lud im Gegenteil alle meine Freunde ein. Wir mochten ihn nicht, freilich. Wir verstummten alle, wenn er plötzlich im Kaffeehaus erschien. Außerdem hatte er die Gewohnheit, jede Woche mit einer anderen Frau zu kommen. Er griff sie überall auf, alle Sorten: Tänzerinnen, Kassiererinnen, Näherinnen, Modistinnen, Köchinnen. Er machte Ausflüge, kaufte Anzüge, spielte Tennis, ritt im Prater. Eines Abends trat er mir aus unserem Haustor entgegen, gerade als ich heimkehren wollte. Er schien es eilig zu haben, der Wagen wartete auf ihn. „Ich muß fort!" sagte er und warf sich in den Wagen.

Elisabeth saß bei meiner Mutter. Offenbar war sie mit dem Herrn von Stettenheim zusammen hierhergekommen. In unserer Wohnung spürte ich etwas Fremdes, es war wie ein außergewöhnlicher, ungewöhnlicher Geruch. Hier mußte etwas Unerwartetes passiert sein, während meiner Abwesenheit. Die Frauen sprachen miteinander, als ich ins Zimmer trat, aber es war jene Art erzwungener Unterhaltung, der ich sofort anmerkte, daß sie nur zu meiner Irreführung bestimmt war.

„Ich bin Herrn von Stettenheim vor dem Haustor begegnet", begann ich. – „Ja", sagte Elisabeth, „er hat mich hierher begleitet. Er war eine Viertelstunde mit uns." – „Er hat Sorgen, der Arme!" sagte meine Mutter. – „Er braucht Geld?" fragte ich. – „Das ist es!" antwortete Elisabeth. „Es hat heute Krach bei uns gegeben! Um dir's gleich zu sagen: die Jolanth hat Geld verlangt. Man hat's ihr geben müssen. Es ist das erstemal, daß sie Geld verlangt hat. Sie läßt sich nämlich scheiden. Stettenheim braucht es dringend, dieses Geld. Mein Vater hat in diesen Tagen Zahlungen, sagt er. Ich habe Stettenheim hierher begleitet." – „Meine Mutter hat ihm Geld gegeben?" – „Ja!" – „Bargeld?" – „Einen Scheck!" – „Wie hoch?" – „Zehntausend!" Ich wußte, daß meine Mutter nur noch wertlos werdende, immer wertloser werdende fünfzigtausend Kronen bei der Bank Efrussi liegen hatte, laut Bericht des „Juden".

Ich begann, was ich noch niemals früher gewagt hatte, auf und ab durchs Zimmer zu wandeln, vor den strengen und erschrockenen Augen meiner Mutter. Zum erstenmal in meinem Leben wagte ich, in ihrer Anwesenheit meine Stimme zu erheben. Ich schrie beinahe. Jedenfalls war ich heftig. Mein ganzer, lang aufgesparter Groll gegen Stettenheim, gegen Jolanth, gegen meinen Schwiegervater überwältigte mich; er – und auch der Groll gegen meine eigene Bestechlichkeit. Auch Groll gegen meine Mutter mischte sich darein, Eifersucht auf Stettenheim. Zum erstenmal wagte ich vor meiner Mutter einen verpönten und lediglich im Kasino beheimateten Ausdruck: „Der Saupreuß", sagte ich. Ich erschrak selbst darüber.

Ich erlaubte mir noch mehr: ich verbot meiner Mutter, noch einmal Schecks ohne meine Einwilligung auszustellen. Ich verbot auch in einem Atem Elisabeth, noch einmal meiner armen Mutter „irgendwelche Leute, die Geld brauchten, zuzuführen; irgendwelche dahergelaufenen Leute", sagte ich wörtlich. Und da ich mich selbst kannte und sehr wohl wußte, daß ich nur ein paarmal in drei Jahren imstande wäre, meinen Willen, meine Abscheu, ja meine aufrichtige Meinung über Menschen und Zustände zu zeigen, versetzte ich mich bewußt in eine noch größere Rage. Ich schrie: „Auch die Professorin will ich nicht mehr sehn!" Und: „Vom Kunstgewerbe will ich nichts mehr wissen. Um alles zu ordnen, Elisabeth! Du ziehst hierher, mit mir."

Meine Mutter sah mich aus ihren großen, traurigen Augen an. Offenbar war sie über meinen plötzlichen Ausbruch ebenso erschrocken wie erfreut. „Sein Vater war auch so!" sagte sie zu Elisabeth. Heute glaube ich es auch, es ist möglich, daß damals mein Vater aus mir sprach. Ich hatte das Bedürfnis, das Haus zu verlassen.

„Sein Vater", sprach meine Mutter weiter, „war manchmal wie ein Gewitter. Er hat so viel Teller zerbrochen! So viel Teller, wenn er böse war!" – Sie breitete beide Arme aus, um Elisabeth eine Vorstellung von der Anzahl der Teller zu geben, die mein Vater zerbrochen hatte. „Jedes halbe Jahr!" sagte meine Mutter. „Es war eine Krankheit, besonders im Sommer; wenn wir nach Ischl gingen und man die Koffer packte. Das konnte er nicht leiden. Der Bub auch nicht", fügte sie hinzu, obwohl sie mich noch niemals in einer Zeit beobachtet hatte, in der Koffer gepackt zu werden pflegen.

Ich hätte sie in die Arme nehmen mögen, die arme, alte, langsam ertaubende Frau. Es war gut so. Sie vernahm nicht mehr die Geräusche der Gegenwart. Sie hörte jene der Vergangenheit, die zerschmetterten Teller meines erbosten Vaters zum Beispiel. Sie begann auch, wie es oft bei schwerhörig werdenden älteren Menschen vorzukommen pflegt, das Gedächtnis zu verlieren. Und es war gut so! Wie wohltätig ist die Natur! Die Gebrechen, die sie dem Alter schenkt, sind eine Gnade. Vergessen schenkt sie uns, Taubheit und schwache Augen, wenn wir alt werden; ein bißchen Verwirrung auch, kurz vor dem Tode. Die Schatten, die er vorausschickt, sind kühl und wohltätig.

29

Mein Schwiegervater hatte, wie viele Menschen seiner Art, auf den Sturz des französischen Franken spekuliert. Es war eine falsche Spekulation. Von den „vielen Eisen im Feuer" blieb ihm kein einziges mehr. Auch die „JolanWerkstätte" brachte gar nichts ein. Vergeblich war das ganze zitronengelbe Mobiliar. Umsonst die Entwürfe der Frau Professor Jolanth Szatmary. Nichts galten mehr die unverständlichen Zeichnungen meiner Frau Elisabeth.

Mein stets behender Schwiegervater verlor sein Interesse am Kunstgewerbe. Er wandte sich plötzlich dem Zeitungsbetrieb zu; Zeitungswesen fing man damals nach deutschem Muster in Österreich zu sagen an. Er beteiligte sich an der sogenannten Montags-Zeitung. Auch dort wollte er mich „mit hineinnehmen". Er gab Börsentips, wie man sagt. Er verdiente dabei. Von unserem Haus blieb uns, nach Abzug der Hypotheken, kaum noch ein Drittel. Und als man das neue Geld einführte, erwies es sich, daß von dem Guthaben meiner Mutter in der Bank Efrussi kaum ein paar tausend Schilling verblieben waren.

Als erster verschwand der Herr von Stettenheim aus unserer Welt. Er „machte sich aus dem Staube", eine Wendung, die er selbst so oft und gerne angewendet hatte. Er schrieb nicht einmal einen Abschiedsbrief. Er telegraphierte nur: „Dringendes Rendezvous. Kehre wieder! Stettenheim." Die Frau Professor Jolanth Szatmary hielt am längsten aus. Seit Wochen schon war das famose Atelier mit den zitronengelben Möbeln vermietet an die Irak GmbH, die mit persischen Teppichen handelte. Seit Wochen schon war mein Schwiegervater im Begriff, sein Haus an die Gemeinde Wien zu verkaufen. Die halbe Welt hatte sich verändert, aber die Frau Jolanth Szatmary blieb, wo sie gewesen war: im Hotel Regina. Sie war entschlossen, keine einzige ihrer Gewohnheiten, Sitten und Gebräuche aufzugeben. Immer noch machte sie Entwürfe. Ihre Scheidung war gelungen: ihr Mann zahlte ihr monatlich. Oft sprach sie davon, nach San Franzisko zu gehen. Fremde Erdteile lockten sie an, Europa war ihrer Meinung nach „verpatzt". Aber sie ging nicht. Aber sie wich nicht. Zuweilen erschien sie mir in Schreckträumen. Ja, in Schreckträumen erschien sie mir als eine Art Höllenweib, dazu bestimmt, das Leben Elisabeths und mein eigenes zu vernichten. Warum blieb sie noch immer? Wozu machte sie noch ihre Entwürfe? Weshalb ging Elisabeth regelmäßig jeden Tag zu ihr? Ins Hotel, um sich überflüssige, nicht mehr, niemals mehr zu verwendende Entwürfe abzuholen?

„Ich bin wie in ein Loch gefallen!" gestand mir Elisabeth eines Tages. „Ich liebe dich!" sagte sie. „Die Frau läßt mich nicht los; ich weiß nicht, was sie treibt." – „Wir wollen mit meiner Mutter sprechen!" sagte ich. Wir gingen zu mir nach Hause, in unser Haus gingen wir.

Es war schon spät, aber meine Mutter wachte noch. „Mama", sagte ich, „ich habe Elisabeth hergebracht." – „Gut!" sagte meine Mutter, „sie soll nur bleiben!"

DIE KAPUZINERGRUFT

Zum erstenmal schlief ich mit Elisabeth in meinem Zimmer, unter unserm Dach. Es war, als steigerte mein väterliches Haus selbst unsere Liebe, als segnete es sie. Immer werde ich die Erinnerung an diese Nacht behalten, eine wahre Brautnacht, die einzige Brautnacht meines Lebens. „Ich will ein Kind von dir", sagte Elisabeth, halb schon im Schlaf. Ich hielt es für eine gewöhnliche Zärtlichkeit. Des Morgens aber, als sie erwachte – und sie erwachte zuerst –, umfing sie meinen Hals, und es war ein sachlicher, fast verletzend sachlicher Ton, in dem sie mir sagte: „Ich bin deine Frau, ich will schwanger von dir sein, ich will von der Jolanth weg, sie ekelt mich, ich will ein Kind."

Seit jenem Morgen blieb Elisabeth in unserm Hause. Von der Frau Professor Jolanth Szatmary kam noch ein kurzer Abschiedsbrief. Sie fuhr nicht nach San Franzisko, wie sie gedroht hatte, sondern nach Budapest, wo sie hingehören mochte. – „Wo bleibt denn die Frau Professor Keczkemet?" fragte hie und da meine Mutter. – „In Budapest, Mama!" – „Sie wird noch kommen!" – prophezeite meine Mutter. Meine Mutter sollte recht behalten.

Wir wohnten nun alle in einem Haus, und es ging ziemlich gut. Meine Mutter tat mir sogar den Gefallen, ihre Gehässigkeiten zu unterlassen. Sie sprach nicht mehr vom „Juden", sondern vom Doktor Kiniower, wie alle Jahre vorher. Er beharrte obstinat auf seiner Idee: wir sollten eine Pension gründen. Er gehörte zu jenen sogenannten praktischen Menschen, die außerstande sind, eine sogenannte produktive Idee aufzugeben, auch wenn die Menschen unfähig sind, sie auszuführen. Er war ein Realist, das heißt: genauso hartnäckig, wie man es nur Phantasten nachzusagen pflegte. Er sah nichts mehr als die Nützlichkeit eines Projektes; und er lebte in der Überzeugung, daß alle Menschen, ganz gleichgültig, welcher Art, gleichermaßen imstande wären, nützliche Projekte auszuführen. Es war, wie wenn ein Schneider zum Beispiel praktische Möbelstücke angefertigt hätte – ohne die Dimensionen der Häuser, der Türen, der Zimmer in Betracht zu ziehen. So gründeten wir eine Pension. Mit dem Eifer, mit dem etwa ein Versessener die patentierte Anerkennung einer seiner Erfindungen betreibt, bemühte sich der Doktor Kiniower um unsere Konzession, die wir dazu benötigten. „Sie haben ja so viele Freunde!" sagte er zu mir. „Sie haben zwölf Zimmer im ganzen zu vermieten. Ihrer Frau Mutter bleiben zwei. Ihnen und Ihrer Frau vier. Sie brauchen nur noch ein Dienstmädchen, ein Telephon, acht Betten und Klingeln." – Und ehe wir es uns noch versehen hatten, brachte er Dienstmädchen, Telephon, Installateure, gemietete Betten. Es galt auch, Mieter zu finden. Chojnicki, Steskal, Halasz, Grünberger, Dworak, Szechenyi, Hallersberg, Lichtenthal, Strohhofer: sie waren alle sozusagen obdachlos geworden. Ich brachte sie in unsere Pension. Der einzige, der die Miete von vornherein bezahlte, war der Baron Hallersberg. Sohn eines bedeutenden Zuckerfabrikanten in Mähren, huldigte er dem in unserem Kreise durchaus fremden Luxus der Penibilität. Er borgte nicht, und er verlieh nichts. Tadellos gebürstet, gebügelt, akkurat lebte er zwischen uns, intim mit uns, geduldet von uns wegen seiner Sanftmut, seiner diskreten Manieren und seiner vollendeten Humorlosigkeit. „Unsere Fabrik hatte jetzt schwere Zeiten", konnte er zum Bei-

934   DIE KAPUZINERGRUFT

spiel sagen. Und gleich darauf begann er, mit Bleistift und Papier die Sorgen seines Vaters zu berechnen. Er erwartete auch von uns, daß wir besorgte Gesichter machten, und wir erwiesen ihm den Gefallen. „Ich muß mich einschränken", pflegte er dann zu sagen. Nun, in unserer Pension schränkte er sich auch ein. Er bezahlte prompt und alles im voraus. Er hatte Angst vor Schulden, Rechnungen – „es häuft sich an", liebte er zu sagen –, und uns alle schätzte er gering, weil wir es zuließen, daß es sich „anhäufe". Dennoch beneidete er uns gleichzeitig um diese Fähigkeit, sich es „anhäufen" zu lassen. Am besten von uns allen konnte es Chojnicki. Ihn beneidete Hallersberg auch am meisten.

Zu meiner Überraschung war meine Mutter über diese unsere „Pension" entzückt. Offenbar erheiterte es sie, daß Installateure in blauen Anzügen durch unsere Zimmer wimmelten, daß sie Glocken schrillen hörte und laute fröhliche Stimmen. Offenbar schien es ihr, daß sie ein neues Leben beginnen würde, von Anfang an, sozusagen ein Leben aufs neue. Mit munteren Schritten, mit einem heiteren Stock, ging sie durch die Zimmer, die drei Stockwerke unseres Hauses hinauf und hinunter. Ihre Stimme war laut und heiter. Ich hatte sie noch niemals so gesehen.

An den Abenden schlief sie manchmal in ihrem Lehnstuhl ein. Der Stock lag zu ihren Füßen wie ein treuer Hund.

Aber die „Pension marschierte" – wie Kiniower sagte.

30

In unserm Hause schlief ich nun, an der Seite meiner Frau. Es erwies sich bald, daß sie einen ausgeprägten Sinn für die sogenannte Häuslichkeit besaß. Sie war geradezu von Ordner- und Sauberkeitswahn besessen, wie viele Frauen. Mit dieser verhängnisvollen Neigung verwandt war auch ihre Eifersucht. Damals erfuhr ich zum erstenmal, warum die Frauen Häuser und Wohnungen mehr lieben als ihre Männer. Sie bereiten also, die Frauen, die Nester für die Nachkommenschaft zuerst. Sie spinnen mit unbewußter Tücke den Mann in ein nicht zu entwirrendes Netz von kleinen, täglichen Pflichten ein, denen er nicht mehr entrinnen wird. In unserm Hause schlief ich nun, an der Seite meiner Frau. Mein Haus war's. Meine Frau war sie.

Ja! Das Bett wird ein verschwiegenes Haus mitten im sichtbaren, offenen Hause, und die Frau, die uns darin erwartet, wird geliebt, einfach, weil sie da ist und vorhanden. Da ist sie und vorhanden, zu jeder Nachtzeit, wann immer man auch nach Hause kommt. Infolgedessen liebt man sie. Man liebt das Sichere. Man liebt insbesondere das Wartende, das Geduldige.

Wir hatten jetzt zehn Telephonapparate in unserm Haus und etwa ein Dutzend Klingeln. Ein halbes Dutzend Männer in blauen Blusen arbeitete an unseren Wasserleitungen. Für alle Installationen und für den Umbau unseres Hauses streckte der Doktor Ki-

DIE KAPUZINERGRUFT

niower das Geld vor. Für meine Mutter war er längst nicht mehr der Jude schlechthin. Er war zum „braven Menschen" avanciert.

Im Herbst bekamen wir einen unerwarteten Besuch: es war mein Vetter Joseph Branco. Er kam des Morgens, genauso, wie er zum erstenmal eingetroffen war, und so, als ob gar nichts in der Zwischenzeit geschehen wäre; als hätten wir keinen Weltkrieg überstanden; als wäre er nicht mit Manes Reisiger und mir in der Gefangenschaft, bei Baranovitsch und später im Lager gewesen; als wäre unser Land nicht zerfallen: so kam er an, mein Vetter, der Maronibrater, mit seinen Kastanien, mit seinem Maulesel, schwarz von Haaren und Schnurrbart, braun von Angesicht und dennoch goldig leuchtend wie eine Sonne, wie jedes Jahr und als ob nichts geschehen wäre, war Joseph Branco hierhergekommen, um seine gebratenen Kastanien zu verkaufen. Sein Sohn war gesund und munter. Er ging in Dubrovnik zur Schule. Die Schwester war glücklich verheiratet. Der Schwager war seltsamerweise nicht gefallen. Sie hatten zwei Kinder, zwei Buben: Zwillinge; und beide hießen sie, der Einfachheit halber: Branco.

Und was mit Manes Reisiger geschehen sei, fragte ich. – „Ja, das ist eine schwere Sache", antwortete mein Vetter Joseph Branco. „Er wartet unten, er wollte nicht mit heraufkommen."

Ich lief hinunter, um ihn zu holen. Ich erkannte ihn nicht sofort: Er hatte einen eisgrauen, wilden Bart. Er sah so aus wie der Winter, dargestellt in primitiven Märchenbüchern. Warum er nicht sofort heraufgekommen sei, fragte ich ihn. „Seit einem Jahr schon, Herr Leutnant", antwortete er, „wollte ich Sie besuchen. Ich war in Polen, in Zlotogrod. Ich wollte wieder der Fiaker Manes Reisiger werden. Aber, was ist die Welt, was ein Städtchen, was ein Mensch, was gar ein Fiaker gegen Gott? Gott hat die Welt verwirrt, das Städtchen Zlotogrod hat er vernichtet. Krokus und Gänseblümchen wachsen dort, wo unsere Häuser gestanden haben, und meine Frau ist auch schon tot. Eine Granate hat sie zerrissen; wie andere Zlotogroder auch. Also bin ich nach Wien zurückgekommen. Hier ist wenigstens mein Sohn Ephraim."

Jawohl! Sein Sohn Ephraim! Ich erinnerte mich wohl an den Wunderknaben und wie ihn Chojnicki in die Musikakademie gebracht hatte. „Was macht er jetzt?" – fragte ich Manes, den Fiaker.

„Mein Ephraim ist ein Genie", antwortete der alte Fiaker. „Er spielt nicht mehr! Er hat es nicht nötig, sagt er. Er ist Kommunist. Redakteur der ‚Roten Fahne'. Er schreibt prächtige Artikel. Hier sind sie."

Wir gingen in mein Zimmer. Der Fiaker Manes Reisiger hatte alle Artikel seines genialen Sohnes Ephraim in der Tasche, einen ansehnlichen Packen. Er verlangte von mir, daß ich sie ihm vorlese. Ich las einen nach dem andern mit lauter Stimme vor. Elisabeth kam aus dem Zimmer, später versammelten sich bei mir, wie gewöhnlich an jedem Nachmittag, auch unsere Pensionäre, meine Freunde. – „Ich darf eigentlich nicht in Wien bleiben", sagte Manes Reisiger. „Ich habe eine Ausweisung." – Sein Bart spreizte sich, sein Angesicht leuchtete. – „Mein Sohn Ephraim hat mir einen falschen Paß ver-

schafft. Hier ist er." – Er zeigte dabei seinen falschen österreichischen Paß, strich sich
mit den Fingern durch den Bart und sagte: „Illegal!" und blickte stolz in die Runde.

„Mein Sohn Ephraim", begann er wieder, „braucht nicht mehr zu spielen. Er wird Minister, wenn die Revolution kommt."

Er war so überzeugt, daß die Weltrevolution kommen würde, wie von der Tatsache,
daß jede Woche im Kalender ein rotgedruckter Sonntag verzeichnet stand.

„In diesem Jahr sind die Kastanien schlecht geraten", sagte mein Vetter Joseph Branco.
„Auch sind viele wurmig. Ich verkaufe jetzt mehr gebratene Äpfel als Maroni."

„Wie seid ihr überhaupt herausgekommen?" fragte ich.

„Gott hat geholfen!" erwiderte der Fiaker Manes Reisiger. „Man hat das Glück gehabt,
einen russischen Korporal zu töten. Joseph Branco hat ihm ein Bein gestellt und einen
Stein auf den Kopf geschlagen. Dann zog ich mir seine Uniform an, nahm sein Gewehr
und führte Joseph Branco bis nach Shmerinka. Und da war die Okkupationsarmee,
Branco meldete sich sofort. Er hat auch noch kämpfen müssen. Ich bin bei einem guten
Juden geblieben, in Zivil. Branco hat die Adresse gehabt. Und wie der Krieg aus war, ist
er zu mir gekommen."

„Prächtige Armee!" rief Chojnicki, der eben ins Zimmer getreten war, um, wie jeden
Tag, Kaffee mit mir zu trinken. – „Und was macht Ihr Sohn Ephraim, der Musiker?"

„Er braucht keine Musik mehr", antwortete Manes Reisiger, der Fiaker, „er macht die
Revolution."

„Wir haben schon ein paar", sagte Chojnicki. „Nicht, daß Sie glauben, ich hätte etwas
dagegen! Aber die Revolutionen von heute haben einen Fehler: sie gelingen nicht. Ihr
Sohn Ephraim wäre vielleicht besser bei der Musik geblieben!"

„Man braucht jetzt ein Visum für jedes Land extra!" sagte mein Vetter Joseph Branco.
„Zeit meines Lebens hab' ich so was nicht gesehn. Jedes Jahr hab ich überall verkaufen
können: in Böhmen, Mähren, Schlesien, Galizien" – und er zählte alle alten, verlorenen
Kronländer auf. „Und jetzt ist alles verboten. Und dabei hab' ich einen Paß. Mit Photographie." Er zog seinen Paß aus der Rocktasche und hielt ihn hoch und zeigte ihn der
ganzen Runde.

„Dies ist nur ein Maronibrater", sagte Chojnicki, „aber sehn Sie her: es ist ein geradezu symbolischer Beruf. Symbolisch für die alte Monarchie. Dieser Herr hat seine Kastanien überall verkauft, in der halben europäischen Welt, kann man sagen. Überall, wo
immer man seine gebratenen Maroni gegessen hat, war Österreich, regierte Franz Joseph. Jetzt gibt's keine Maroni mehr ohne Visum. Welch eine Welt! Ich pfeif' auf eure
Pension. Ich gehe nach Steinhof, zu meinem Bruder!"

Meine Mutter kam, man hörte ihren harten Stock schon auf der Treppe. Sie hielt es
für schicklich, jeden Nachmittag pünktlich um fünf Uhr in unserem Zimmer zu erscheinen. Bis jetzt hatte kein einziger unserer Pensionäre etwas gezahlt. Einmal hatte
Chojnicki, ein zweitesmal hatte Szechenyi einen schüchternen Versuch gemacht, ihre
Rechnungen zu verlangen. Meine Mutter hatte ihnen darauf gesagt, daß der Hausmei-

DIE KAPUZINERGRUFT   937

ster die Rechnungen mache. Aber es stimmte nicht. Es war eigentlich die Aufgabe Elisabeths. Sie nahm Geld von dem und jenem entgegen, wie es sich traf, und sie bestritt unsere Auslagen, wie es sich traf. Die Klingeln schrillten den ganzen Tag. Wir hatten nunmehr zwei Mädchen. Sie liefen wie die Wiesel drei Stockwerke auf und ab. Ringsum im ganzen Viertel hatten wir Kredit.

Meine Mutter freute sich über die Klingeln, die sie noch vernehmen konnte, den Lärm, den unsere Gäste veranstalteten, und den Kredit, den ihr Haus genoß. Sie wußte nicht, die arme, alte Frau, daß es gar nicht mehr ihr Haus war. Sie glaubte immer noch, es sei das ihrige, weil es in unserm Zimmer still wurde, wenn sie herunterkam, mit ihren weißen Haaren und ihrem schwarzen Stock. Heute erkannte sie Joseph Branco, und sie begrüßte auch Manes Reisiger. Sie war überhaupt, seitdem wir die Pension eröffnet hatten, leutselig geworden. Sie hätte auch Wildfremde willkommen geheißen. Sie wurde nur immer schwerhöriger, und es schien, als vernichtete langsam das Gebrechen ihren Verstand, und zwar nicht etwa deshalb, weil das Gebrechen sie quälte, sondern deshalb, weil sie so tat, als störe es sie nicht, und weil sie es verleugnete.

31

Im April des folgenden Jahres bekam Elisabeth ein Kind. Sie brachte es nicht in der Klinik zur Welt. Meine Mutter verlangte, forderte, befahl, daß sie zu Hause gebäre.

Ich hatte das Kind gezeugt, verlangt, gefordert, befohlen. Elisabeth hatte es gewünscht. Ich liebte damals Elisabeth, und also war ich eifersüchtig. Ich konnte – so bildete ich mir damals ein – die Frau Professor Jolanth Szatmary aus der Erinnerung Elisabeths nicht anders verdrängen oder auslöschen als dadurch, daß ich ein Kind zeugte: das sichtliche Zeugnis meiner Übermacht. Vergessen und ausgelöscht war die Frau Professor Jolanth Szatmary. Aber auch ich, der alte Trotta, war halb vergessen und halb ausgelöscht.

Ich war nicht der Trotta mehr, ich war der Vater meines Sohnes. In der Taufe nannte ich ihn Franz Joseph Eugen.

Ich darf sagen, daß ich mich vollends verändert habe seit der Stunde, in der mein Sohn geboren wurde. Chojnicki und alle Freunde, die in unserer Pension wohnten, erwarteten mich in meinem Zimmer im Parterre so aufgeregt, als wären sie selbst im Begriffe gewesen, Väter zu werden. Um vier Uhr morgens kam das Kind zur Welt. Meine Mutter kündigte es mir an.

Es war mein Sohn, ein blutrotes, häßliches Lebewesen, mit viel zu großem Kopf und Gliedmaßen, die an Flossen erinnerten. Dieses Lebewesen schrie ohne Unterlaß. Im Nu gewann ich es lieb, dieses Lebewesen, meinen Lenden entsprossen, und sogar des billigen Stolzes konnte ich mich nicht erwehren, daß ich einen Sohn und keine Tochter gezeugt hatte. Ja, ich beugte mich, um besser zu sehen, über sein winziges Geschlecht, das aussah wie ein geringer, roter Beistrich. Kein Zweifel: es war mein Sohn. Kein Zweifel: ich war sein Vater.

Viele Millionen und Milliarden von Vätern hat es gegeben, seitdem die Welt besteht. Ich war einer unter den Milliarden. Aber in dem Augenblick, in dem ich meinen Sohn in die Arme nehmen durfte, erlebte ich einen fernen Abglanz jener unbegreiflich erhabenen Seligkeit, die den Schöpfer der Welt am sechsten Tag erfüllt haben mochte, als Er sein unvollkommenes Werk dennoch vollendet sah. Während ich das winzige, schreiende, häßliche und blutrote Ding in meinen Armen hielt, fühlte ich deutlich, welch eine Veränderung in mir vorging. So klein, so häßlich, so rötlich das Ding in meinen Armen auch war: von ihm strömte eine unsagbare Kraft aus. Es war mehr: es war, als hätte sich in diesem weichen, armen Körperchen all meine Kraft aufgespeichert und als hielte ich mich selbst in den Händen und das Beste meiner Selbst.

Die Mütterlichkeit der Frauen ist ohne Grenzen. Meine Mutter nahm ihren eben angekommenen Enkel so auf, als hätte sie ihn selbst ausgetragen, und auf Elisabeth übertrug sie den Rest ihrer Liebesfähigkeit, der ihr noch verblieben war. Erst da sie einen Sohn von mir, von meinen Lenden bekommen hatte, war sie ihre Tochter geworden. In Wirklichkeit war Elisabeth niemals mehr als die Mutter ihres Enkels.

Es war, als ob sie nur diesen Enkel abgewartet hätte, um sich zum Sterben bereitzumachen. Sie begann zu sterben, darf ich wohl sagen, langsam, wie die Zeit ihres Lebens gewesen war. Eines Nachmittags erschien sie nicht mehr in unserm Zimmer im Parterre. Eines unserer beiden Dienstmädchen berichtete, meine Mutter hätte Kopfweh. Es war kein Kopfweh: meine Mutter hatte der Schlag getroffen. Sie war rechtsseitig gelähmt.

Also blieb sie, jahrelang, uns allen eine geliebte, treu behütete Last. Dennoch freute ich mich noch jeden Tag, wenn ich sie des Morgens am Leben traf. Es war eine alte Frau, wie leicht konnte sie sterben!

Meinen Sohn, ihren Enkel, brachte man ihr jeden Tag. Sie lallte nur: „Kleiner." Sie war rechtsseitig gelähmt.

32

Eine treu behütete, geliebte Last war mir meine Mutter. Ich hatte mein Lebtag niemals eine Neigung für irgendeinen Beruf gefühlt, jetzt hatte ich endlich zwei Berufe: ich war ein Sohn, und ich war ein Vater. Stundenlang saß ich neben meiner Mutter. Wir mußten einen Krankenwärter aufnehmen, die alte Frau war schwer von Gewicht. Man mußte sie jeden Tag ins Zimmer tragen, zum Tisch. Sie hinzusetzen bedeutete schon Arbeit. Manchmal verlangte sie auch von mir, durch die Zimmer gerollt zu werden. Sie wollte sehen und hören. Seitdem sie krank war, schien es ihr, daß sie vieles, daß sie alles versäumte. Ihr rechtes Auge war halb geschlossen. Wenn sie

den Mund auftat, war es, als trüge sie eine eiserne Klammer um die rechte Lippen-
hälfte. Sie konnte übrigens nur einzelne Worte hervorbringen, zumeist Hauptwörter.
Manchmal sah es fast so aus, als hütete sie eifersüchtig ihren Wortschatz.

Sobald ich meine Mutter verlassen hatte, ging ich in das Zimmer meines Sohnes. Elisabeth, in den ersten Monaten eine hingebungsvolle Mutter, entfernte sich allmählich
von unserem Sohn. Franz Joseph Eugen hatte ich ihn getauft, für mich und Elisabeth
nannte ich ihn Geni. Elisabeth begann mit der Zeit, oft und ohne Grund das Haus zu
verlassen. Ich wußte nicht, wohin sie ging – und ich fragte sie auch nicht danach. Sie
ging, mochte sie gehen! Ich fühlte mich sogar wohl, wenn ich allein, ohne sie, mit meinem Buben blieb. – „Geni!" rief ich – und sein rundes, braunes Gesicht leuchtete. Ich
wurde immer eifersüchtiger. Es genügte mir keineswegs, daß ich ihn gezeugt hatte, am
liebsten hätte ich gewünscht, ich hätte ihn auch ausgetragen und geboren. Er kroch
durch das Zimmer, flink wie ein Wiesel. Schon war er ein Mensch – und noch ein Tier
und noch ein Engel. Ich sah jeden Tag, ja jede Stunde, wie er sich veränderte. Seine braunen Löckchen wurden dichter, der Glanz seiner großen, hellgrauen Augen stärker, die
Wimpern reicher und schwärzer, die Händchen selbst bekamen ihre eigenen Gesichter,
die Fingerchen wurden schlank und kräftig. Die Lippen bewegten sich immer eifriger,
und immer eiliger lallte das Zünglein und immer verständlicher. Ich sah die ersten
Zähnchen sprießen, ich vernahm Genis erstes wissendes Lachen, ich war dabei, wie er
zum erstenmal zu laufen anfing, dem Fenster, dem Licht, der Sonne entgegen, mit einem plötzlichen Elan, wie in einer jähen Erleuchtung; es war eher eine zwingende Idee
als ein physiologischer Akt. Gott selbst hatte ihm die Idee geschenkt, daß der Mensch
aufrecht gehen könne. Und siehe da: mein Bub ging aufrecht.

Ich wußte lange Zeit nicht, wo Elisabeth Stunden und manchmal Tage verbrachte.
Sie sprach oft von einer Freundin, einer Schneiderin, einem Bridgeklub. Unsere Pensionäre zahlten spärlich und selten, mit Ausnahme Hallersbergs. Wenn Chojnicki
durch irgendeinen Zufall Geld aus Polen bekam, bezahlte er die Miete sofort für drei,
vier Pensionäre. Unser Kredit im Viertel war unbeschränkt. Ich verstand nichts von
den Rechnungen, Elisabeth behauptete, daß sie die Bücher führte. Aber eines Tages,
während ihrer Abwesenheit, kamen der Fleischer, der Bäcker, der Kaffeehändler,
Gläubiger, die Geld von mir verlangten. Ich hatte nur mein Taschengeld, Elisabeth
pflegte mir jeden Tag, bevor sie das Haus verließ, ein paar harte Münzen zurückzu-
lassen. Manchmal sahen wir uns tagelang nicht. Ich ging mit unseren Freunden ins
Café Wimmerl. Zu Chojnickis Pflichten gehörte es, die Zeitungen zu lesen, Referate über die Politik zu halten. Jeden Sonntag fuhr er nach Steinhof, seinen verrückten
Bruder zu besuchen. Er sprach mit ihm über Politik. Er berichtete uns: „Privat ist
mein armer Bruder komplett verrückt", sagte Chojnicki. – „Was die Politik betrifft,
gibt es keinen zweiten, der so gescheit wäre wie er. Heute zum Beispiel hat er mir gesagt: ‚Österreich ist kein Staat, keine Heimat, keine Nation. Es ist eine Religion. Die
Klerikalen und klerikalen Trottel, die jetzt regieren, machen eine sogenannte Nati-

on aus uns; aus uns, die wir eine Übernation sind, die einzige Übernation, die in der Welt existiert hat. Mein Bruder', sagte mein Bruder zu mir, und er legte mir die Hand auf die Schulter, ,wir sind Polen, höre ich. Wir waren es immer. Warum sollten wir nicht? Und wir sind Österreicher: warum wollten wir keine sein? Aber es gibt eine spezielle Trottelei der Ideologen. Die Sozialdemokraten haben verkündet, daß Österreich ein Bestandteil der deutschen Republik sei; wie sie überhaupt die widerwärtigen Entdecker der sogenannten Nationalitäten sind. Die christlichen Alpentrottel folgen den Sozialdemokraten. Auf den Bergen wohnt die Dummheit, sage ich, Josef Chojnicki.'

Und zu glauben", berichtete Chojnickis Bruder weiter, „daß dieser Mann verrückt ist! Ich bin überzeugt: er ist es gar nicht. Ohne den Untergang der Monarchie wäre er gar nicht verrückt geworden!" So schloß er seinen Bericht.

Wir schwiegen nach derlei Reden. Über unserem Tisch lagerte eine schwüle Stille, sie kam gar nicht aus unserm Innern, sie kam von oben her. Wir beweinten nicht, wir verschwiegen sozusagen unser verlorenes Vaterland. Manchmal begannen wir plötzlich, ohne Verabredung, alte Militärlieder zu singen. Lebendig waren wir und leibhaft vorhanden. Aber Tote waren wir in Wirklichkeit.

Eines Tages begleitete ich Chojnicki nach Steinhof zu dem allwöchentlichen Besuch bei seinem Bruder. Der verrückte Chojnicki ging im Hof spazieren, er lebte in der geschlossenen Abteilung, obwohl er keinerlei Neigung zu irgendeiner Gewaltsamkeit zeigte. Er kannte seinen Bruder nicht. Als ich aber meinen Namen Trotta nannte, war er sofort klar. – „Trotta", sagte er. „Sein Vater war vor einer Woche hier. Der alte Bezirkshauptmann Trotta. Mein Freund, der Leutnant Trotta, ist bei Krasne-Busk gefallen. Ich liebe euch alle! Alle, alle Trottas." Und er umarmte mich.

„Meine Residenz ist Steinhof", fuhr er fort. „Von nun ab, seitdem ich hier wohne, ist es die Haupt- und Residenzstadt von Österreich. Ich bewahre hier die Krone. Ich bin dazu ermächtigt. Mein Onkel Ledochowski pflegte zu sagen: ,Dieser kleine Josef wird ein großer Mann.' Jetzt bin ich es. Er hat recht behalten."

Chojnicki begann jetzt, unverständliches Zeug zu reden. Er verlangte seinen Strumpf. Er strickte, seitdem er im Irrenhaus war, mit unermüdlichem Eifer. „Ich stricke die Monarchie", sagte er von Zeit zu Zeit. Als ich den Versuch machte, mich von ihm zu verabschieden, sagte er: „Ich habe nicht die Ehre, Sie zu kennen." – „Ich heiße Trotta", sagte ich. – „Trotta", erwiderte er, „war der Held von Solferino. Er hat dem Kaiser Franz Joseph das Leben gerettet. Der Trotta ist schon lange tot. Mir scheint, Sie sind ein Schwindler."

An dem gleichen Tage erfuhr ich auch, weshalb meine Frau so lange und so oft vom Hause wegblieb, warum sie unser Kind allein ließ und meine arme gelähmte Mutter. Als ich nämlich nach Hause kam, traf ich dort die beiden einzigen Menschen, die ich wirklich haßte: die Frau Professor Jolanth Szatmary und den Herrn Kurt von Stettenheim.

Es stellte sich heraus, daß sie schon seit Wochen wieder in Wien waren. Es stellte sich heraus, daß sie das Kunstgewerbe aufgegeben hatten. Sie waren nunmehr ganz dem Film hingegeben; Alexander Rabinowitsch – „der bekannte Rabinowitsch, Sie kennen ihn nicht?" –, erzählte der Herr von Stettenheim, hatte eine „Firma" in Wien gegründet; wieder einmal eine Firma! Es stellte sich heraus, daß Elisabeth absolut keine Mutter bleiben wollte: sie wollte unbedingt eine Schauspielerin werden. Der Film rief sie, und sie fühlte sich zum Film berufen.

Eines Tages verschwand sie auch, und sie hinterließ mir den folgenden Brief:

„Mein lieber Mann, Deine Mutter haßt mich, und Du liebst mich nicht. Ich fühle mich berufen. Ich folge Jolanth und Stettenheim. Verzeih mir. Der Ruf der Kunst ist mächtig. – Elisabeth."

Diesen Brief zeigte ich meiner gelähmten Mutter. Sie las ihn zweimal. Dann nahm sie meinen Kopf mit ihrer noch gesunden linken Hand und sagte: „Bub! – B-b-bub!" sagte sie. Es war, als gratulierte sie mir und als bedauerte sie mich gleichzeitig.

Wer weiß, wieviel Kluges sie gesagt hätte, wenn sie nicht gelähmt gewesen wäre.

Mein Kind hatte keine Mutter mehr. Die Mutter meines Kindes war in Hollywood, eine Schauspielerin. Die Großmutter meines Sohnes war eine gelähmte Frau.

Sie starb im Februar.

33

In den ersten Tagen des Monats Februar starb meine Mutter. Sie starb so, wie sie gelebt hatte: nobel und still. Dem Priester, der gekommen war, um ihr die letzte Ölung zu geben, sagte sie: „Machen Sie schnell, Hochwürden! Der liebe Gott hat nicht so viel Zeit, wie die Kirche sich zuweilen einbildet." Der Priester machte es in der Tat sehr schnell. Dann ließ meine Mutter mich kommen. Sie lallte nicht mehr. Sie sprach geläufig wie in alten Zeiten, als wäre ihre Zunge niemals gelähmt gewesen. – „Wenn du jemals Elisabeth wiedersiehst", so sagte sie zu mir, „aber ich glaube, es wird nicht passieren, so sage ihr, daß ich sie niemals habe leiden mögen. Ich sterbe, aber ich halte nichts von jenen frommen Menschen, die im Sterben lügen und edelmütig werden. Jetzt bring mir deinen Sohn, damit ich ihn noch einmal sehe."

Ich ging hinunter, ich brachte meinen Sohn, groß und ziemlich schwer war er schon, ich freute mich über sein Gewicht, wie ich ihn so die Stufen hinauftrug. Meine Mutter umarmte, küßte ihn und gab ihn mir zurück.

„Schick ihn weg", sagte sie, „weit fort! Hier soll er nicht aufwachsen. Geh weg!" fügte sie hinzu, „ich will allein sterben."

Sie starb noch in der gleichen Nacht, es war die Nacht der Revolution. Die Schüsse knallten durch die nächtliche Stadt, und Chojnicki erzählte uns beim Abendessen, daß die Regierung auf die Arbeiter schieße. – „Dieser Dollfuß", so sagte Chojnicki, „will das Proletariat umbringen. Gott strafe mich nicht: ich kann ihn nicht leiden. Es liegt in seiner Natur, sich selbst zu begraben. Das hat die Welt noch nicht gesehen! ..."

Als meine Mutter begraben wurde, am Zentralfriedhof, zweites Tor, schoß man immer noch in der Stadt. Alle meine Freunde, das heißt alle unsere Pensionäre, begleiteten meine Mutter und mich. Es hagelte, genauso wie in jener Nacht, in der ich heimgekehrt war. Es war der gleiche böse, körnige Regen.

Wir begruben meine Mutter um zehn Uhr vormittags.

Als wir aus dem zweiten Tor des Zentralfriedhofs hinaustraten, erblickte ich Manes Reisiger. Hinter einem Sarg schritt er einher, und ohne ihn zu fragen, gesellte ich mich zu ihm. Zum dritten Tor führte man den Sarg, in die israelitische Abteilung.

Ich stand vor dem offenen Grabe. Nachdem der Rabbiner sein Gebet gesprochen hatte, trat Manes Reisiger vor und sagte: „Gott hat ihn gegeben, Gott hat ihn genommen, gelobt sei Sein Name in Ewigkeit. Der Minister hat Blut vergossen, und auch sein Blut wird vergossen werden. Fließen wird es wie ein reißender Strom." – Man versuchte, Manes Reisiger zurückzuhalten, aber er fuhr fort, mit starker Stimme: „Wer tötet", so sagte er, „wird getötet. Gott ist groß und gerecht." – Hierauf brach er zusammen. Wir führten ihn abseits, indes sein begabter Sohn Ephraim begraben wurde. Er war ein Rebell, er hatte geschossen und war getötet worden.

Joseph Branco kam noch von Zeit zu Zeit in unser Haus. Er hatte kein anderes Interesse mehr als seine Maroni. Sie waren faul in diesem Jahr, wurmig, und er, Joseph Branco, konnte nur noch gebratene Äpfel verkaufen.

Ich verkaufte das Haus. Ich behielt nur noch die Pension.

Es war, als hätte der Tod meiner Mutter alle meine Freunde aus unserem Haus vertrieben. Sie zogen fort, einer nach dem anderen. Wir trafen uns nur noch im Café Wimmerl.

Mein Sohn allein lebte noch für mich. „Wer tötet", sagte Manes Reisiger, „wird getötet."

Ich kümmerte mich nicht mehr um die Welt. Meinen Sohn schickte ich zu meinem Freund Laraville nach Paris.

Allein blieb ich, allein, allein, allein.

Ich ging in die Kapuzinergruft.

34

Auch am Freitag erwartete ich sehnsüchtig meinen geliebten Abend, in dem allein ich mich zu Hause fühlte, seitdem ich kein Haus und kein Heim mehr hatte. Ich wartete wohl, wie gewohnt, in seine Obhut einzugehen, die gütiger war bei uns in Wien als die Stille der Nächte, nach dem Schluß der Kaffeehäuser, sobald die Laternen trist wurden, matt von dem unnützen Leuchten. Sie sehnten sich nach dem säumigen

Morgen und ihrem eigenen Erlöschen. Ja, müde waren sie immer, übernächtige Lampen, sie wollten den Morgen haben, um einschlafen zu können.

Ach, ich erinnerte mich oft daran, wie sie die Nächte meiner Jugend durchsilbert hatten, die freundlichen Töchter und Söhne des Himmels, Sonnen und Sterne, freiwillig herabgeschwebt, um die Stadt Wien zu beleuchten. Die Röcke der Mädchen vom Strich in der Kärntner Straße reichten noch bis zu den Knöcheln. Wenn es regnete, rafften diese süßen Geschöpfe die Kleider hoch, und ich sah ihre aufregenden Knöpfelschuhe. Dann trat ich bei Sacher ein, meinen Freund Sternberg zu sehen. In der Loge saß er, immer in der gleichen, und der letzte Gast war er. Ich holte ihn ab. Wir hätten eigentlich zusammen nach Hause gehen sollen, aber jung waren wir, und auch die Nacht war jung (wenn auch schon fortgeschritten), und die Straßenmädchen waren jung, insbesondere die ältlichen, und jung waren die Laternen …

Wir gingen also gleichsam durch unsere eigene Jugend und die jugendliche Nacht. Die Häuser, in denen wir wohnten, erschienen uns wie Grüfte oder bestenfalls Asyle. Die nächtlichen Polizisten salutierten uns, Graf Sternberg gab ihnen Zigaretten. Oft patrouillierten wir mit den Wachleuten durch die leere und bleiche Straßenmitte, und manchmal ging eines jener süßen Geschöpfe mit uns und hatte einen ganz anderen Schritt als sonst auf dem gewohnten Trottoir. Damals waren die Laternen seltener und auch bescheidener, aber weil sie jung waren, leuchteten sie stärker, und manche wiegten sich heiter im Winde …

Später, seitdem ich aus dem Kriege heimgekehrt war, nicht nur gealtert, sondern auch vergreist, waren die Wiener Nächte verrunzelt und verwelkt, ältlichen, dunklen Frauen gleich, und der Abend ging nicht in sie ein wie früher, sondern er wich ihnen aus, erblaßte und entschwand, ehe sie noch angerückt kamen. Man mußte diese Abende, die hurtigen und beinahe furchtsamen, sozusagen fassen, bevor sie zu verschwinden im Begriffe waren, und ich erreichte sie am liebsten in den Parks, im Volksgarten oder im Prater und ihren letzten, süßesten Rest noch in einem Café, in das sie einzusickern pflegten, zart und gelinde, wie ein Geruch.

Auch an diesem Abend also ging ich ins Café Lindhammer, und ich tat so, als wäre ich keineswegs aufgeregt wie die anderen. Sah ich mich doch seit langem schon, seit der Heimkehr aus dem Krieg, als einen zu Unrecht Lebenden an! Hatte ich mich doch längst schon daran gewöhnt, alle Ereignisse, die von den Zeitungen „historische" genannt werden, mit dem gerechten Blick eines nicht mehr zu dieser Welt Gehörenden zu betrachten! Ich war lange schon ein vom Tode auf unbeschränkte Zeit Beurlaubter! Und er, der Tod, konnte jede Sekunde meinen Urlaub unterbrechen. Was gingen mich noch die Dinge dieser Welt an? …

Dennoch bekümmerten sie mich und besonders an jenem Freitag. Es war, als ginge es darum, ob ich, ein vom Leben Pensionierter, meine Pension in Ruhe weiterverzehren sollte, wie bis jetzt, in einer verbitterten Ruhe; oder ob mir auch noch die genommen würde, diese arme, verbitterte Ruhe, man könnte sagen: der Verzicht, den ich mir angewöhnt hatte, eine Ruhe zu nennen. Dermaßen, daß oft in den letzten Jahren, wenn dieser oder jener meiner Freunde zu mir kam, um mir zu sagen, jetzt sei endlich die Stunde da, in der ich mich um die Geschichte des Landes zu kümmern hätte, ich zwar den üblichen Satz sagte: „Ich will meine Ruh' haben!" – aber genau wußte, daß ich eigentlich hätte sagen sollen: „Ich will meinen Verzicht haben!" Meinen lieben Verzicht! Auch der ist nun dahin! Nachgefolgt ist er meinen unerfüllt gebliebenen Wünschen ...

Ich setzte mich also ins Café, und während meine Freunde an meinem Tisch immer noch von ihren privaten Angelegenheiten sprachen, empfand ich, der ich durch ein ebenso unerbittliches wie gnädiges Schicksal jede Möglichkeit eines privaten Interesses ausgeschaltet sah, nur noch das allgemeine, das mich zeit meines Lebens so wenig anging und dem ich zeit meines Lebens auszuweichen pflegte ...

Ich hatte schon wochenlang keine Zeitungen mehr gelesen, und die Reden meiner Freunde, die von den Zeitungen zu leben, ja geradezu von Nachrichten und Gerüchten am Leben erhalten zu sein schienen, rauschten ohne jede Wirkung an meinem Ohr vorbei, wie die Wellen der Donau, wenn ich manchmal am Franz-Josephs-Kai saß oder auf der Elisabeth-Promenade. Ich war ausgeschaltet; ausgeschaltet war ich. Ausgeschaltet unter den Lebendigen bedeutet so etwas Ähnliches wie exterritorial. Ein Exterritorialer war ich eben unter den Lebenden.

Und auch die Aufregung meiner Freunde, selbst an diesem Freitagabend, schien mir überflüssig; bis zu jener Sekunde, da die Tür des Cafés aufgerissen wurde und ein seltsam bekleideter junger Mann an der Schwelle erschien. Er trug nämlich schwarze Ledergamaschen, ein weißes Hemd und eine Art von Militärmütze, die mich gleichzeitig an eine Bettschüssel und an eine Karikatur unserer alten österreichischen Kappen erinnerte; kurz und gut: nicht einmal an eine preußische Kopfbedeckung. (Denn die Preußen tragen auf ihren Köpfen keine Hüte und keine Kappen, sondern Bedeckungen.) Ich war, ferne der Welt und der Hölle, die sie für mich darstellte, keineswegs geeignet, die neuen Mützen und Uniformen zu unterscheiden, geschweige denn, sie zu erkennen. Es mochte weiße, blaue, grüne und rote Hemden geben; Hosen, schwarz, braun, grün, blau lackiert; Stiefel und Sporen, Leder und Riemen und Gürtel und Dolche in Scheiden jeder Art: ich jedenfalls, ich hatte für mich beschlossen, seit langem schon, seit der Heimkehr aus dem Kriege schon, sie nicht zu unterscheiden und sie nicht zu erkennen. Daher also war ich zuerst mehr als meine Freunde über die Erscheinung dieser Gestalt überrascht, die, wie aus der im Souterrain gelegenen Toilette emporgestiegen, dennoch aber durch die Straßentür hereingekommen war. Ein paar Augenblicke lang hatte ich tatsächlich geglaubt, die mir wohlbekannte, im Souterrain gelegene Toilette läge plötzlich draußen, und einer der Männer, die sie bedienten, wäre eingetreten, um uns zu verkünden, daß alle Plätze bereits besetzt seien. Aber der Mann sagte: „Volksgenossen! Die Regierung ist gestürzt. Eine neue deutsche Volksregierung ist vorhanden!"

DIE KAPUZINERGRUFT

Seitdem ich aus dem Weltkrieg heimgekehrt war, in ein verrunzeltes Vaterland heimgekehrt war, hatte ich niemals den Glauben an eine Regierung aufgebracht; geschweige denn: an eine Volksregierung. Ich gehöre heute noch – kurz vor meiner wahrscheinlich letzten Stunde darf ich, ein Mensch, die Wahrheit sagen – einer offenbar versunkenen Welt an, in der es selbstverständlich schien, daß ein Volk regiert werde und daß es also, wollte es nicht aufhören, Volk zu sein, sich nicht selber regieren könne. In meinen tauben Ohren – ich hatte oft gehört, daß sie „reaktionär" geheißen werden – klang es so, als hätte mir eine geliebte Frau gesagt, sie brauchte mich keineswegs, sie könnte mit sich selbst schlafen und müßte es sogar, und zwar einzig zu dem Zweck, um ein Kind zu bekommen.

Insbesondere deshalb überraschte mich der Schrecken, der bei der Ankunft des seltsam gestiefelten Mannes und seiner seltsamen Verkündung alle meine Freunde ergriff. Wir hatten, alle zusammen, kaum drei Tische eingenommen. Einen Augenblick später blieb ich, nein, fand ich mich allein. Ich fand mich tatsächlich allein, und es war mir einen Augenblick so, als ob ich mich tatsächlich lange selbst gesucht und mich selbst überraschend allein gefunden hätte. Alle meine Freunde standen nämlich von ihren Sitzen auf, und statt, wie es zwischen uns seit Jahren üblich gewesen war, mir vorher „Gute Nacht!" zu sagen, riefen sie: „Ober, zahlen!" Aber da unser Ober Franz nicht kam, riefen sie dem jüdischen Cafetier Adolf Feldmann zu: „Wir zahlen morgen!" – und sie gingen, ohne mich noch einmal anzusehen.

Immer noch glaubte ich, sie kämen wirklich morgen, um zu zahlen, und der Ober Franz sei im Augenblick in der Küche oder sonst irgendwo aufgehalten und einfach deshalb nicht so prompt wie gewöhnlich erschienen. Nach zehn Minuten aber kam der Cafetier Adolf Feldmann hinter seiner Theke hervor, im Überrock und einen steifen Hut auf dem Kopf, und sagte mir: „Herr Baron, wir nehmen Abschied für immer. Wenn wir uns einmal irgendwo in der Welt wiedersehen sollten, werden wir einander erkennen. Morgen kommen Sie bestimmt nicht mehr her. Wegen der neuen deutschen Volksregierung nämlich. Gehen Sie heim, oder gedenken Sie hier sitzen zu bleiben?"

„Ich bleibe hier, wie alle Nächte", antwortete ich.

„Dann leben Sie wohl, Herr Baron! Ich lösche die Lampen aus! Hier sind zwei Kerzen!"

Und damit zündete er zwei bleiche Kerzen an, und ehe ich mir noch von meinem Eindruck, er hätte mir Totenkerzen angezündet, eine Rechenschaft geben konnte, waren alle Lichter im Café erloschen, und blaß, mit einem schwarzen, steifen Hut auf dem Kopf, ein Totengräber eher als der joviale, silberbärtige Jude Adolf Feldmann, übergab er mir ein wuchtiges Hakenkreuz aus Blei und sagte:

„Für alle Fälle, Herr Baron! Bleiben Sie ruhig bei Ihrem Schnaps! Ich lasse den Rollbalken zu. Und wenn Sie gehen wollen, können Sie ihn von innen aufmachen. Die Stange steht rechts, neben der Tür."

„Ich möchte zahlen", sagte ich.

„Dafür ist heute keine Zeit!" – erwiderte er.

Und schon war er verschwunden, und schon hörte ich vor der Tür den Rollbalken niederrollen.

Ich fand mich also allein am Tisch, vor den zwei Kerzen. Sie klebten am falschen Marmor, und sie erinnerten mich an eine Art weißer, aufrechter, angezündeter Würmer. Ich erwartete jeden Augenblick, daß sie sich bögen, wie es Würmern eigentlich geziemt.

Da es mir unheimlich zu werden begann, rief ich: „Franz, zahlen!" – wie sonst an jedem Abend.

Aber nicht der Ober Franz kam, sondern der Wachhund, der ebenfalls Franz hieß und den ich eigentlich nie hatte leiden mögen. Er war von sandgelber Farbe und hatte triefende Augen und einen schleimigen Mund. Ich liebe Tiere nicht und noch weniger jene Menschen, die Tiere lieben. Es schien mir mein Lebtag, daß die Menschen, die Tiere lieben, einen Teil der Liebe den Menschen entziehen, und besonders gerechtfertigt erschien mir meine Anschauung, als ich zufällig erfuhr, daß die Deutschen aus dem Dritten Reich Wolfshunde lieben, die deutschen Schäferhunde. „Arme Schafe!" sagte ich mir da.

Nun aber kam der Hund Franz zu mir. Obwohl ich sein Feind war, rieb er sein Gesicht an meinem Knie und bat mich gleichsam um Pardon. Und die Kerzen brannten, die Totenkerzen, meine Totenkerzen! Und von der Peterskirche kamen keine Glocken. Und ich habe nie eine Uhr bei mir, und ich wußte nicht, wie spät es war.

„Franz, zahlen!" sagte ich zum Hund, und er stieg auf meinen Schoß.

Ich nahm ein Stückchen Zucker und reichte es ihm.

Er nahm es nicht. Er winselte nur. Und hierauf leckte er mir die Hand, der er das Geschenk nicht abgenommen hatte.

Jetzt blies ich eine Kerze aus. Die andere löste ich vom falschen Marmor los und ging zur Tür und stieß mit der Stange den Rollbalken von innen auf.

Eigentlich wollte ich dem Hund entgehen und seiner Liebe.

Als ich auf die Straße trat, die Stange in der Hand, um den Rollbalken wieder hinunterzuziehen, sah ich, daß mich der Hund Franz nicht verlassen hatte. Er folgte mir. Er konnte nicht bleiben. Es war ein alter Hund. Mindestens zehn Jahre hatte er dem Café Lindhammer gedient, wie ich dem Kaiser Franz Joseph; und jetzt konnte er nicht mehr. Jetzt konnten wir beide nicht mehr. „Zahlen, Franz!" sagte ich zu dem Hund. Er erwiderte mir mit einem Winseln.

Der Morgen graute über den wildfremden Kreuzen. Ein leiser Wind ging und schaukelte die greisen Laternen, die noch nicht, in dieser Nacht nicht, erloschen waren. Ich ging durch leere Straßen, mit einem fremden Hund. Er war entschlossen, mir zu folgen. Wohin? –

Ich wußte es ebensowenig wie er.

Die Kapuzinergruft, wo meine Kaiser liegen, begraben in steinernen Särgen, war geschlossen. Der Bruder Kapuziner kam mir entgegen und fragte: „Was wünschen Sie?"

DIE KAPUZINERGRUFT   947

„Ich will den Sarg meines Kaisers Franz Joseph besuchen", erwiderte ich.

„Gott segne Sie!" sagte der Bruder, und er schlug das Kreuz über mich.

„Gott erhalte …!" rief ich.

„Pst!" sagte der Bruder.

Wohin soll ich, ich jetzt, ein Trotta? …

Novellen
und Erzählungen

Der Vorzugsschüler

DES BRIEFTRÄGERS ANDREAS WANZLS SÖHNCHEN, Anton, hatte das merkwürdigste Kindergesicht von der Welt. Sein schmales, blasses Gesichtchen mit den markanten Zügen, die eine gekrümmte, ernste Nase noch verschärfte, war von einem äußerst kargen weißgelben Haarschopf gekrönt. Eine hohe Stirn thronte ehrfurchtgebietend über dem kaum sichtbaren weißen Brauenpaar, und darunter sahen zwei blaßblaue, tiefe Äuglein sehr altklug und ernst in die Welt. Ein Zug der Verbissenheit trotzte in den schmalen, blassen, zusammengepreßten Lippen, und ein schönes, regelmäßiges Kinn bildete einen imposanten Abschluß des Gesichtes. Der Kopf stak auf einem dünnen Halse, sein ganzer Körperbau war schmächtig und zart. Zu seiner Gestalt bildeten nur die starken roten Hände, die an den dünn-gebrechlichen Handgelenken wie lose angeheftet schlenkerten, einen sonderbaren Gegensatz. Anton Wanzl war stets nett und reinlich gekleidet. Kein Stäubchen auf seinem Rock, kein winziges Loch im Strumpf, keine Narbe, kein Ritz auf dem glatten, blassen Gesichtchen. Anton Wanzl spielte selten, raufte nie mit den Buben und stahl keine roten Äpfel aus Nachbars Garten. Anton Wanzl *lernte* nur. Er lernte vom Morgen bis spät in die Nacht. Seine Bücher und Hefte waren fein säuberlich in knatterndes weißes Packpapier gehüllt, auf dem ersten Blatte stand in der für ein Kind seltsam kleinen, netten Schrift sein Name. Seine glänzenden Zeugnisse lagen feierlich gefaltet in einem großen ziegelroten Kuvert dicht neben dem Album mit den wunderschönsten Briefmarken, um die Anton noch mehr als um seine Zeugnisse beneidet wurde.

Anton Wanzl war der ruhigste Junge im ganzen Ort. In der Schule saß er still, die Arme nach Vorschrift „verschränkt", und starrte mit seinen altklugen Äuglein auf den Mund des Lehrers. Freilich war er Primus. Ihn hielt man stets als Muster der ganzen Klasse vor, seine Schulhefte wiesen keinen roten Strich auf, mit Ausnahme der mächtigen I, die regelmäßig unter allen Arbeiten prangte. Anton gab ruhige, sachliche Antworten, war stets vorbereitet, nie krank. Auf seinem Platz in der Schulbank saß er wie angenagelt. Am unangenehmsten waren ihm die Pausen. Da mußten alle hinaus, das Schulzimmer wurde gelüftet, nur der „Aufseher" blieb. Anton aber stand draußen im Schulhof, drückte sich scheu an die Wand und wagte keinen Schritt, aus Furcht, von einem der rennenden, lärmenden Knaben umgestoßen zu werden. Aber wenn die Glocke wieder läutete, atmete Anton auf. Bedächtig, wie sein Direktor, schritt er hinter den drängenden, polternden Jungen einher, bedächtig setzte er sich in die Bank, sprach zu keinem ein Wort, richtete sich kerzengerade auf und sank automatenhaft wieder auf den Platz nieder, wenn der Lehrer „Setzen!" kommandiert hatte.

Anton Wanzl war kein glückliches Kind. Ein brennender Ehrgeiz verzehrte ihn. Ein eiserner Wille zu glänzen, alle seine Kameraden zu überflügeln, rieb fast seine schwachen Kräfte auf. Vorderhand hatte Anton nur *ein* Ziel. Er wollte „Aufseher" werden. Das war nämlich zur Zeit ein anderer, ein „minder guter" Schüler, der aber der Älteste in der Klasse war und dessen respektables Alter im Klassenlehrer Vertrauen erweckt hatte. Der „Aufseher" war eine Art Stellvertreter des Lehrers. In dessen Abwesenheit hatte der also ausgezeichnete Schüler auf seine Kollegen aufzupassen, die Lärmenden „aufzuschreiben" und dem Klassenlehrer anzugeben, für eine blanke Tafel, feuchten Schwamm und zugespitzte Kreide zu sorgen, Geld für Schulhefte, Tintenfässer und Reparaturen rissiger Wände und zerbrochener Fensterscheiben zu sammeln. Ein solches Amt imponierte dem kleinen Anton gar gewaltig. Er brütete in schlaflosen Nächten grimmige, racheheiße Pläne aus, er sann unermüdlich nach, wie er den „Aufseher" stürzen könnte, um selber dieses Ehrenamt zu übernehmen. Eines Tages hatte er es heraus.

Der „Aufseher" hatte eine merkwürdige Vorliebe für Farbenstifte und -tinten, für Kanarienvögel, Tauben und junge Küchlein. Geschenke solcher Art konnten ihn leicht bestechen, und der Geber durfte nach Herzenslust lärmen, ohne angezeigt zu werden. Hier wollte Anton eingreifen. Er selbst gab nie Geschenke. Aber noch ein zweiter Junge zahlte keinen Tribut. Es war der Ärmste der Klasse. Da der „Aufseher" den Anton nicht anzeigen konnte, weil man diesem Jungen keinen Schabernack zutraute, war der arme Knabe das tägliche Opfer der aufseherischen Anzeigenwut. Hier konnte Anton ein glänzendes Geschäft machen. Keiner würde ahnen, daß er „Aufseher" werden wolle. Nein, nahm er sich des armen, windelweich geprügelten Jungen an und verriet er dem Lehrer die schändliche Bestechlichkeit des jungen Tyrannen, so würde man das sehr gerecht, ehrlich und mutig nennen. Aber auch kein anderer hatte dann Aussicht auf den vakanten Aufseherposten als eben Anton. Und so faßte er sich eines Tages ein Herz und schwärzte den „Aufseher" an. Derselbe wurde sofort unter Verabreichung einiger Rohrstockstreiche seines Amtes enthoben und Anton Wanzl zum „Aufseher" feierlich ernannt. Er hatte es erreicht.

Anton Wanzl saß sehr gerne auf dem schwarzen Katheder. Es war so ein wonniges Gefühl, von einer respektablen Höhe aus das Klassenzimmer zu überblicken, mit dem Bleistift zu kritzeln, hie und da Mahnungen auszuteilen und ein bißchen Vorsehung zu spielen, indem man ahnungslose Polterer aufschrieb, der gerechten Strafe zuführte und im vorhinein wußte, wen das unerbittliche Schicksal ereilen werde. Man wurde vom Lehrer ins Vertrauen gezogen, durfte Schulhefte tragen, konnte wichtig erscheinen, genoß ein Ansehn. Aber Anton Wanzls Ehrgeiz ruhte nicht. Stets hatte er ein neues Ziel vor Augen. Und darauf arbeitete er mit allen Kräften los.

Dabei konnte er aber keineswegs ein „Lecker" genannt werden. Er bewahrte äußerlich stets seine Würde, jede seiner kleinen Handlungen war wohldurchdacht, er erwies den Lehrern kleine Aufmerksamkeiten mit einem ruhigen Stolz, half ihnen in die Überröcke mit der strengsten Miene, und jede seiner Schmeicheleien war unauffällig und hatte den Charakter einer Amtshandlung.

Zu Hause hieß er „Tonerl" und galt als Respektsperson. Sein Vater hatte das charakteristische Wesen eines kleinstädtischen Briefträgers, halb Amtsperson, halb privater Geheimsekretär und Mitwisser mannigfaltiger Familiengeheimnisse, ein bißchen würdevoll, ein bißchen untertänig, ein wenig stolz, ein wenig trinkgeldbedürftig. Er hatte den charakteristischen geknickten Gang der Briefträger, scharrte mit den Füßen, war klein und dürr wie ein Schneiderlein, hatte eine etwas zu weite Amtskappe und bißchen zu lange Hosen an, war aber im übrigen ein recht „anständiger Mensch" und erfreute sich bei Vorgesetzten und Bürgern eines gewissen Ansehens.

Seinem einzigen Söhnchen bewies Herr Wanzl eine Hochachtung, wie er sie nur noch vor dem Herrn Bürgermeister und dem Herrn Postverwalter hatte. Ja, dachte sich oftmals Herr Wanzl an seinen freien Sonntagnachmittagen: Der Herr Postverwalter ist eben ein Postverwalter. Aber was mein Anton noch alles werden kann! Bürgermeister, Gymnasialdirektor, Bezirkshauptmann und − hier machte Herr Wanzl einen großen Sprung − vielleicht gar Minister? Wenn er solche Gedanken seiner Frau äußerte, so führte diese erst den rechten, dann den linken blauen Schürzenzipfel an beide Augen, seufzte ein bißchen und sagte bloß: „Ja, ja." Denn Frau Margarethe Wanzl hatte vor Mann und Sohn einen gewaltigen Respekt, und wenn sie schon einen Briefträger hoch über alle andern stellte, wie nun gar einen Minister?!

Der kleine Anton aber vergalt den Eltern ihre Sorgfalt und Liebe mit sehr viel Gehorsam. Freilich, das fiel ihm gar nicht allzu schwer. Denn da seine Eltern wenig befahlen, hatte Anton wenig zu gehorchen. Aber zugleich mit seinem Ehrgeiz, der beste Schüler zu sein, ging auch sein Bestreben, ein „guter Sohn" genannt zu werden. Wenn ihn seine Mutter vor den Frauen lobte, sommers, draußen vor der Türe, auf der dottergelben Holzbank, und Anton auf dem Hühnerbauer mit seinem Buche saß, so schwoll sein Herz vor Stolz. Er machte freilich dabei die gleichgültigste Miene, schien, ganz in seine Sache vertieft, von den Weiberreden kein Wort zu hören. Denn Anton Wanzl war ein geriebener Diplomat. Er war so gescheit, daß er nicht gut sein konnte.

Nein, Anton Wanzl war nicht gut. Er hatte keine Liebe, er fühlte kein Herz. Er tat nur, was er für klug und praktisch fand. Er gab keine Liebe und verlangte keine. Nie hatte er das Bedürfnis nach einer Zärtlichkeit, einer Liebkosung, er war nicht wehleidig, er weinte nie. Anton Wanzl hatte auch keine Tränen. Denn ein braver Junge *durfte* nicht weinen.

So wurde Anton Wanzl älter. Oder besser: Er wuchs heran. Denn jung war Anton nie gewesen.

Anton Wanzl änderte sich auch nicht im Gymnasium. Nur in seinem äußeren Wesen war er noch sorgfältiger geworden. Er war weiter der Vorzugsschüler, der Musterknabe, fleißig, sittsam und tugendhaft, er beherrschte alle Gegenstände gleich gut und hatte keine sogenannten „Vorlieben", weil er überhaupt nichts hatte, was mit Liebe zusammenhing. Nichtsdestoweniger deklamierte er Schillersche Balladen mit feurigem Pathos und künstlerischem Schwung, spielte Theater bei verschiedenen Schulfeiern, sprach

sehr altklug und weise von der Liebe, verliebte sich aber selbst nie und spielte den jungen
Mädchen gegenüber die langweilige Rolle des Mentors und Pädagogen. Aber er war ein
vorzüglicher Tänzer, auf Kränzchen gesucht, von tadellos lackierten Manieren und Stiefeln, steifgebügelter Haltung und Hose, und seine Hemdbrust ersetzte an Reinheit, was
seinem Charakter von dieser Eigenschaft fehlte. Seinen Kollegen half er stets, aber nicht
weil er helfen wollte, sondern aus Furcht, er könnte einmal auch was von andern brauchen. Seinen Lehrern half er weiter in die Überröcke, war stets bei der Hand, wenn man
ihn brauchte, aber ohne Aufsehen zu erregen, und wurde trotz seines kränklichen Aus-
sehens nie krank.

Nach der glänzend bestandenen Matura, den obligaten Glückwünschen und Gratu-
lationen, den elterlichen Umarmungen und Küssen dachte Anton Wanzl über die weitere Richtung seiner Studien nach. Theologie! Dazu hätte er sich vielleicht am besten
geeignet, dazu befähigte ihn seine blasse Scheinheiligkeit. Aber – Theologie! Wie leicht
konnte man sich da kompromittieren! Nein, das war es nicht. Arzt werden, dazu liebte
er die Menschen zu wenig. Advokat wäre er gerne geworden, Staatsanwalt am liebsten –
aber Jurisprudenz – das war nicht vornehm, galt nicht für ideal. Aber man war Idealist,
wenn man Philosophie studierte. Und zwar: Literatur. Ein „Bettlerberuf" – sagten die
Leute. Aber man konnte zu Geld und Ansehn kommen, wenn man es geschickt anstell-
te. Und etwas geschickt anstellen – das konnte Anton.

Anton war also Student. Aber einen so „soliden" Studenten hatte die Welt noch nicht
gesehen. Anton Wanzl rauchte nicht, trank nicht, schlug sich nicht. Freilich, einem Verein
mußte er angehören, das lag tief in seiner Natur. Er mußte Kollegen haben, die er überflügeln konnte, er mußte glänzen, ein Amt haben, Vorträge halten. Und wenn auch die übrigen Vereinsmitglieder Anton ins Gesicht lachten, ihn einen Stubenhocker und Büffler
nannten, so hatten sie doch im stillen einen gewaltigen Respekt vor dem jungen Menschen,
der noch in den grünen Semestern steckte und dennoch ein so ungeheures Wissen besaß.

Auch bei den Lehrern fand Anton Achtung. Daß er klug war, erkannten sie auf den
ersten Blick. Er war übrigens ein äußerst notwendiges Nachschlagewerk, ein wandeln-
des Lexikon, er wußte alle Bücher, Verfasser, Jahreszahlen, Verlagsbuchhandlungen, er
kannte alle neuen, verbesserten Auflagen, er war ein Schnüffler und Bücherwurm. Aber
er hatte auch eine scharfe Kombinationsgabe, ein klein bißchen Stoffhuber, was den
Professoren aber am meisten behagte, war eine wahrhaft köstliche Naturgabe. Er konnte nämlich stundenlang mit dem Kopf nicken, ohne zu ermüden. Er gab immer recht.
Dem Professor gegenüber kannte er keinen Widerspruch. Und so kam es, daß Anton
Wanzl in den Seminarübungen eine bekannte Persönlichkeit war. Er war stets gefällig,
immer ruhig und dienstbeflissen, er fand unauffindbare Bücher auf, schrieb Zettel aus
und Vortragsankündigungen, aber auch Überröcke hielt er weiter, war Schweizer, Türsteher, Professorenbegleiter.

Nur auf *einem* Gebiete hatte Anton Wanzl sich noch nicht hervorgetan: auf dem der
Liebe. Aber er hatte kein Bedürfnis nach Liebe. Freilich, wenn er so im stillen überleg-

te, so fand er, daß erst der Besitz eines Weibes ihm bei Freunden und Kollegen die voll-kommenste Achtung verschaffen konnte. Dann erst würden die Spötteleien aufhören, dann stände er, Anton, da, ehrfurchtgebietend, hochgeachtet, unerreichbar, das Muster eines Mannes.

Und auch seine unermeßliche Herrschsucht verlangte nach einem Wesen, das ihm vollständig ergeben wäre, das er kneten und formen konnte nach seinem Willen. Anton Wanzl hatte bis jetzt gehorcht. Nun wollte er einmal befehlen. In allem gehorchen wür-de ihm nur ein liebendes Weib. Man mußte es nur geschickt anstellen. Und etwas ge-schickt anstellen, das konnte Anton. –

Die kleine Mizzi Schinagl war Miederverkäuferin bei Popper, Eibenschütz & Co. Sie war ein nettes, dunkles Ding mit zwei großen braunen Rehaugen, einem schnippischen Näschen und einer etwas zu kurzen Oberlippe, so daß das blitzblanke Mäuschengebiß schimmernd hervorblinkte. Sie war schon „wie verlobt", und zwar mit Herrn Julius Reiner, Commis und Spezialist in Krawatten und Schnupftüchern, ebenfalls bei der Fir-ma Popper, Eibenschütz & Co. An dem sauberen jungen Mann fand Mizzi zwar ein ziemliches Wohlgefallen, aber ihr kleines Köpfchen und noch weniger ihr Herz konnte sich den Herrn Julius Reiner als den Gatten der Mizzi Schinagl vorstellen. Nein, der konnte unmöglich ihr Mann werden, der junge Mensch, der noch vor kaum zwei Jah-ren von Herrn Markus Popper zwei schallende Ohrfeigen erhalten hatte. Mizzi mußte einen Mann haben, zu dem sie aufblicken sollte, einen Ehrenmann von höherer sozia-ler Stellung. Das echt weibliche Wesen, dessen angeborenen Takt ein Mann erst durch Bildung erwerben muß, empfand manche Seiten des Spezialisten in Krawatten und Schnupftüchern doppelt unschön. Am liebsten wäre Mizzi Schinagl ein junger Student gewesen, einer von den vielen buntbekappten jungen Leuten, die draußen nach Ge-schäftsschluß auf die weiblichen Angestellten warteten. Mizzi hätte sich so gerne von einem Herrn auf der Straße ansprechen lassen, wenn nur der Julius Reiner nicht so furchtbar achtgegeben hätte.

Aber da hatte grade ihre Tante, Frau Marianne Wontek in der Josefstadt, einen neu-en, liebenswürdigen Zimmerherrn bekommen. Herr Anton Wanzl war zwar sehr ernst und gelehrt, aber von einer zuvorkommenden Höflichkeit, besonders Fräulein Mizzi Schinagl gegenüber. Sie brachte ihm an den Sonntagnachmittagen den Jausenkaffee in seine Stube, und der junge Herr dankte immer mit einem freundlichen Wort und einem warmen Blick. Ja, einmal lud er sie sogar zum Sitzen ein, aber Mizzi dankte, murmelte etwas von Nicht-stören-Wollen, errötete und schlüpfte etwas verwirrt ins Zimmer der Tante. Als Herr Anton aber sie einmal auf der Straße grüßte und sich anschloß, ging Mizzi sehr gerne mit, machte sogar einen kleinen Umweg, um zu ihrer Wohnung zu ge-langen, verabredete mit Herrn stud. phil. Anton Wanzl ein Rendezvous am Sonntag und zankte am nächsten Morgen mit Julius Reiner.

Anton Wanzl erschien einfach, aber elegant gekleidet, sein fades, blasses Haar war heute sorgfältiger gescheitelt als je, eine kleine Erregung war seinem weißen, kalten

Marmorantlitz doch anzumerken. Er saß im Stadtpark neben Mizzi Schinagl und dachte angestrengt darüber nach, was er eigentlich reden sollte. In einer solch fatalen Situation war er noch nie gewesen. Aber Mizzi wußte zu plaudern. Sie erzählte das und jenes, es wurde Abend, der Flieder duftete, die Amsel schlug, der Mai kicherte aus dem Gebüsch, da vergaß sich Mizzi Schinagl und sagte etwas unvermittelt: „Du, Anton, ich liebe dich." Herr Anton Wanzl erschrak ein wenig, Mizzi Schinagl noch mehr, sie wollte ihr glühendes Gesichtchen irgendwo verbergen und wußte kein besseres Versteck als Herrn Anton Wanzls Rockklappen. Herrn Anton Wanzl war das noch nie passiert, seine steife Hemdbrust knackte vernehmlich, aber er faßte sich bald – einmal mußte das doch geschehn!

Als er sich beruhigt hatte, fiel ihm etwas Vortreffliches ein. „Ich bin dîn, du bist mîn", zitierte er halblaut. Und daran knüpfte er einen kleinen Vortrag über die Periode der Minnesinger, er sprach mit Pathos von Walther von der Vogelweide, kam auch auf die erste und zweite Lautverschiebung, von da auf die Schönheit unserer Muttersprache und ohne einen rechten Übergang auf die Treue der deutschen Frauen. Mizzi lauschte angestrengt, sie verstand kein Wort, aber das war eben der Gelehrte, so mußte ein Mann wie Herr Anton Wanzl eben sprechen. Sein Vortrag kam ihr just so schön vor wie das Pfeifen der Amsel und das Flöten der Nachtigall. Aber vor lauter Liebe und Frühling hielt sie es nicht länger aus und unterbrach Antons wunderschönen Vortrag durch einen recht angenehmen Kuß auf die schmalen, blassen Lippen Wanzls, den dieser zu erwidern nicht minder angenehm fand. Bald regnete es Küsse auf ihn nieder, derer sich Herr Wanzl weder erwehren konnte noch wollte. Sie gingen schließlich stumm nach Hause, Mizzi hatte zu viel auf dem Herzen, Anton wußte trotz angestrengten Nachdenkens kein Wort zu finden. Er war froh, als ihn Mizzi nach einem Dutzend heißer Küsse und Umarmungen entlassen hatte.

Seit jenem denkwürdigen Tage „liebten" sie sich.

Herr Anton Wanzl hatte sich bald gefunden. Er lernte an Wochentagen und liebte an Sonntagen. Seinem Stolze schmeichelte es, daß er von einigen „Bundesbrüdern" mit Mizzi gesehen und mit einem vieldeutigen Lächeln begrüßt worden war. Er war fleißig und ausdauernd, und nicht mehr lange dauerte es, und Herr Anton Wanzl war Doktor.

Als „Probekandidat" kam er ins Gymnasium, von den Eltern brieflich bejubelt und beglückwünscht, von den Professoren „wärmstens" empfohlen, von dem Direktor herzlich begrüßt.

Hofrat Sabbäus Kreitmeyr war Direktor des II. k. k. Staatsgymnasiums, ein Philologe von Ruf, mit vielen sogenannten „Verbindungen", bei den Schülern beliebt, bei Vorgesetzten gut angeschrieben, und verkehrte in der besten Gesellschaft. Seine Frau Cäcilie wußte ein „großes Haus" zu führen, veranstaltete Abende und Bälle, die den Zweck hatten, das einzige Töchterchen des Direktors, Lavinia – wie dieser sie etwas unpassend benannt hatte –, unter die Haube zu bringen. Hofrat Sabbäus Kreitmeyr war, wie die meisten Gelehrten alten Schlages, ein Pantoffelheld, er fand alles für richtig, was seine würdige Gemahlin anordnete, und glaubte an sie wie an die alleinseligmachenden Regeln der lateinischen Grammatik. Seine Lavinia war ein sehr gehorsames Kind, las keine Romane, beschäftigte sich nur mit der antiken Mythologie und verliebte sich nichtsdestoweniger in ihren jungen Klavierlehrer, den Virtuosen Hans Pauli.

Hans Pauli war eine echte Künstlernatur. Das naive Kindergemüt Lavinias hatte es ihm angetan. Er war in der Liebe noch recht unerfahren, Lavinia war das erste weibliche Wesen, mit dem er stundenlang zusammensaß, bei ihr fand er Bewunderung, die ihm sonst nicht sehr oft zuteil wurde; und wenn auch die Hofratstochter nicht schön zu nennen war – sie hatte eine etwas zu breite Stirn und wässerige, farblose Augen –, so konnte man sie doch nicht, schon ihrer schönen Statur wegen, gerade unhübsch nennen. Hans Pauli träumte zudem von einer „deutschen" Frau, hielt viel auf Treue und verlangte, wie die meisten Künstler, ein weibliches Weib, bei dem er seine Launen austoben, aber auch Trost und Erholung finden könnte. Nun schien ihm Fräulein Lavinia dazu am besten geeignet, und da noch um sie der Zauber knospender Jugend wehte, schlug die Künstlerphantasie Herrn Hans Pauli ein Schnippchen, und der angehende Virtuose von Ruf verliebte sich stracks in Fräulein Lavinia Kreitmeyr.

Wie es um die beiden stand, erkannte Herr Anton Wanzl gleich am ersten Abend, den er im Kreitmeyrschen Hause zubrachte. Lavinia Kreitmeyr gefiel ihm nicht im geringsten. Aber der Instinkt, mit dem Vorzugsschüler des Lebens stets ausgerüstet sind, sagte ihm, daß Lavinia eine gar passende Frau für ihn wäre und Herr Hofrat Sabbäus ein noch passenderer Schwiegervater. Diesen kindischen Künstler Pauli konnte man leicht an die Luft setzen. Man mußte es nur geschickt anstellen. Und etwas geschickt anstellen – das verstand Anton.

Herr Anton Wanzl hatte es nach einer halben Stunde herausgefunden, daß Frau Cäcilie die wichtigste Rolle im Hause spielte. Wollte er die Hand des Frl. Lavinia, so mußte er vor allem das Herz der Mutter gewinnen. Und da er sich auf die Unterhaltung älterer Matronen besser verstand als auf die junger Mädchen, so verband er nach der alten lateinischen Regel das dulce mit dem utile und machte den Kavalier der Frau Direktor. Er sagte ihr manche zarte Schmeichelei, die ein Pauli in seiner reinen Torheit Fräulein Lavinia gesagt hätte. Und bald hatte Frau Cäcilie Kreitmeyr den Herrn Anton Wanzl ins Herz geschlossen. Seinem Rivalen Hans Pauli gegenüber benahm sich Anton mit kühner ironisierender Höflichkeit. Dem Musiker verriet sein künstlerisches Feingefühl, mit wem er es zu tun habe. Er, der Tor, das Kind, durchschaute Herrn Anton Wanzl tiefer als alle Professoren und weisen Männer. Aber Hans Pauli war kein Diplomat. Er äußerte Anton Wanzl gegenüber stets unverhohlen seine Meinung. Anton blieb kühl und sachlich, Pauli erhitzte sich, Anton rückte bald mit seiner schweren Rüstung der Gelehrsamkeit ins Feld, gegen solche Waffen konnte Hans Pauli nichts ausrichten, denn er war wie so viele Musiker ohne größeres Wissen, seine schwerfällige Verträumtheit erdrückte in ihm dasjenige, was man in der Gesellschaft „Geist" nennt, und er mußte sich beschämt zurückziehen.

DER VORZUGSSCHÜLER

Fräulein Lavinia Kreitmeyr schwärmte zwar für Bach und Beethoven und Mozart, aber als rechte Tochter eines Philologen von Ruf hatte sie eine gleich große Verehrung für die Wissenschaft. Hans Pauli war ihr wie ein Orpheus erschienen, dem Flora und Fauna lauschen mußten. Nun aber war ein Prometheus gekommen, der das heilige Feuer vom Olymp geradewegs in die Wohnung des Herrn Hofrat Kreitmeyr brachte. Hans Pauli aber hatte sich mehrere Male blamiert, er zählte in der Gesellschaft kaum mit. Auch war Anton Wanzl ein Mann, den auch der Hofrat sehr hochstellte, den Mama so sehr lobte. Lavinia war eine gehorsame Tochter. Und als Herr Kreitmeyr ihr eines Tages riet, Herrn Dr. Wanzl die Hand zum Bunde fürs Leben zu reichen, sagte sie: „Ja." Ein gleiches „Ja" bekam auch der hocherfreute Anton zu hören, als er bei Fräulein Lavinia bescheiden anfragte. Die Verlobung wurde für einen bestimmten Tag, den Geburtstag der Lavinia, angesetzt. Hans Pauli aber verstand jetzt die Tragik seines Künstlerlebens. Er war verzweifelt, daß man ihm einen Anton Wanzl vorgezogen, er haßte die Menschen, die Welt, Gott. Dann setzte er sich auf einen Dampfer, reiste nach Amerika, spielte in Kinos und Varietés, wurde ein verlottertes Genie und starb schließlich vor Hunger auf der Straße. An einem wunderschönen Juniabend wurde im hofrätlichen Hause die Verlobung gefeiert. Frau Cäcilie rauschte in grauseidenem Kleide, Herr Hofrat Kreitmeyr fühlte sich unbehaglich in seinem schlechtsitzenden Frack und zupfte abwechselnd bald an seiner windschiefen Krawatte, bald an den blitzblanken Manschettenröllchen. Herr Anton strahlte vor Freude an der Seite seiner hellgekleideten, etwas ernsten Braut, Toaste wurden gehalten und erwidert, Becher erklangen, Hochrufe dröhnten bis hinaus durch die offenen Fenster in das Tuten der Autos.

Draußen rauschten die Wellen der Donau ihr uraltes Lied von Werden und Vergehen. Sie trugen die Sterne mit und die weißen Wölklein, den blauen Himmel und den Mond. In heißduftenden Jasminbüschen lag die Nacht und hielt den Wind in ihren weichen Armen, daß nicht der leiseste Hauch durch die schwüle Welt ging.

Mizzi Schinagl stand am Ufer. Sie fürchtete sich nicht vor dem tiefdunklen Wasser unten. Drin mußte es wohlig und weich sein, man stieß sich nicht an Kanten und Ecken wie auf der dummen Erde droben, und nur Fische gab es drin, stumme Wesen, die nicht lügen konnten, so entsetzlich lügen wie die bösen Menschen. Stumme Fische!

Stumme! Auch ihr Kindchen war stumm, tot geboren. „Es ist am besten so", hatte Tante Marianne gesagt. Ja, ja, es war wirklich am besten. Und das Leben war doch so schön! Heute, vor einem Jahr. Ja, wenn das Kindchen lebte, so mußte auch sie leben, die Mutter. Aber so! Das Kind war tot, und das Leben tot –

Durch die nächtliche Stille klang plötzlich ein Lied aus tiefen Männerkehlen. Burschengesänge, alte Lieder – – Studenten waren es. Ob wohl alle Studenten so waren? Nein! Der Wanzl! Der war doch nicht einmal ein richtiger Student! Oh, sie kannte ihn gut! Ein Feigling war er, ein Heuchler, ein Scheinheiliger! Oh, wie sie ihn haßte!

Die Lieder klangen immer näher. Deutliche Schritte waren vernehmbar.

Antons „Bundesbrüder" kehrten von einem Sommerfest zurück. Herr stud. jur. Xandl Hummer, hoch in den Dreißigern, im 18. Semester, „Bierfaß" genannt, betrank sich nicht leicht und holte jetzt rüstig aus. Seine kleinen Äuglein erspähten dort ferne am Ufer eine Frauengestalt. „Holla. Brüder, es gilt ein Leben zu retten!" sagte er.

„Fräulein", rief er, „warten Sie einen Augenblick! Ich komm' schon!" Mizzi Schinagl sah trübe in das aufgedunsene rote Gesicht Xandls. Ein jäher Gedanke durchzuckte ihr Hirn. Wie, wenn – Ja, ja, sie wollte sich rächen! Rächen an der Welt, an der Gesellschaft! Mizzi Schinagl lachte. Ein gelles, schneidendes Lachen. So lacht eine – dachte sie. Nur noch einen Blick warf sie ins Wasser. Und starrte dann eine Weile in die Luft.

Sie hörte nicht die rohen Späße des Studenten. Er aber nahm ihren Arm. Im Triumph wurde sie auf die „Bude" Xandls geführt.

Am nächsten Morgen brachte sie „Bierfaß" in die „Pension" zu „Tante" Waclawa Jancic am Spittel. –

Herr Anton Wanzl war mit seiner jungen Frau von der Ferien- und Hochzeitsreise zurückgekehrt. Er war ein gewissenhafter, strenger, gerechter Lehrer. Er wuchs in den Augen der Vorgesetzten, spielte eine Rolle in der besseren Gesellschaft und arbeitete an einem wissenschaftlichen Werk. Sein Gehalt stieg und stieg, er wuchs von einer Rangklasse in die andere. Seine Eltern hatten ihm den Gefallen erwiesen und waren kurz nach seiner Hochzeit beide fast in derselben Zeit gestorben. Herr Anton Wanzl aber ließ sich jetzt zu der größten Verwunderung aller in seine Heimatstadt versetzen.

Das kleine Gymnasium verwaltete dort ein alter Direktor, ein lässiger Mann, alleinstehend, ohne Weib und Kind, der nur in der Vergangenheit lebte und sich um seine Pflichten nicht kümmerte. Nichtsdestoweniger war ihm sein Amt lieb geworden, er mußte lachende, junge Gesichter um sich sehen, seine Bäume im großen Park pflegen, von den Bürgern des Städtchens ehrfürchtig gegrüßt werden. Man hatte drüben im Landesschulrat Mitleid mit dem alten Manne und wartete nur noch auf seinen Tod.

Anton Wanzl kam und nahm die Verwaltung der Schule in die Hand. Als Rangältester wurde er Sekretär, er schrieb Berichte an den Schulrat, bekam die Kasse in Verwaltung, beaufsichtigte den Unterricht und die Reparaturen, schaffte Ordnung. Er kam auch hie und da nach Wien und hatte Gelegenheit, an den Abenden, die seine Schwiegermutter seltener zwar, aber doch immer noch veranstaltete, hie und da einem Herrn von der Statthalterei auch mündlichen Bericht zu erstatten. Dabei verstand er es vortrefflich, seine eigene Tätigkeit ins hellste Licht zu rücken, von seinem Direktor mit einem bedauernden Unterton in der Stimme zu sprechen und seine Worte mit einem vielsagenden Achselzucken zu begleiten. Frau Cäcilie Kreitmeyr aber besorgte das übrige.

Eines Tages spazierte der alte Herr Direktor mit seinem Sekretär Dr. Wanzl in den schönen Gartenanlagen des Gymnasiums. Der alte Herr freute sich beim Anblick der Bäume, hie und da huschte ein frisches Jungengesicht vorbei und verschwand wieder. Des Herrn Direktors altes Greisenherz freute sich.

DER VORZUGSSCHÜLER

Gerade bog der Schuldiener in die Allee ein, grüßte und überreichte einen mächtigen Brief. Der Herr Direktor schnitt das große weiße Kuvert bedächtig auf, zog das Blatt mit dem großen Amtssiegel hervor und begann zu lesen. Ein Ausdruck des Schreckens belebte plötzlich seine alten, schlaffen Züge. Er machte eine Bewegung, als wollte er nach seinem Herz greifen, schwankte und fiel. Nach einigen Sekunden war er in den Armen seines Sekretärs gestorben.

Dem Herrn Direktor Dr. Anton Wanzl ging es gut. Sein Ehrgeiz ruhte seit Jahren. Manchmal dachte er wohl an eine Universitätsprofessur, die er hätte erreichen können, aber bald hatte er sich die Sache überlegt. Er war mit sich sehr zufrieden. Und noch mehr mit den Menschen. Manchmal im tiefsten Winkel seines Herzens lachte er über die Leichtgläubigkeit der Welt. Aber seine blassen Lippen blieben geschlossen. Selbst wenn er allein war, in seinen vier Wänden, lachte er nicht. Er fürchtete, die Wände hätten nicht nur Ohren, sondern auch Augen und könnten ihn verraten.

Kinder hatte er keine, sehnte sich auch nicht nach ihnen. Zu Hause war er der Herr, seine Gemahlin blickte bewundernd zu ihm empor, seine Schüler verehrten ihn. Nur nach Wien kam er seit einigen Jahren nicht mehr. Dort war ihm einmal was höchst Fatales passiert. Als er einmal in der Nacht mit seiner Frau aus der Oper heimkehrte, begegnete ihm an der Ecke ein aufgeputztes Frauenzimmer, warf einen Blick auf Frau Lavinia an seiner Seite und lachte schrill auf. Lange klang dieses wilde Lachen Herrn Anton Wanzl in den Ohren.

Direktor Wanzl lebte noch lange glücklich an der Seite seiner Frau. Aber seine stark überspannten Kräfte ließen mählich nach. Der überanstrengte Organismus rächte sich. Die lange durch die Macht des straffen Willens zurückgehaltene Schwäche brach auf einmal durch. Eine schwere Lungenentzündung warf Anton Wanzl aufs Krankenlager, das ihn nicht mehr loslassen sollte. Nach einigen Wochen schweren Leidens starb Anton Wanzl.

Alle Schüler waren gekommen, alle Bürger des Städtchens, Kränze mit langen schwarzen Schleifen überdeckten den Sarg, Reden wurden gehalten, Abschiedsworte nachgerufen.

Herr Anton Wanzl aber lag tief drinnen im schwarzen Metallsarg und lachte. Anton Wanzl lachte zum ersten Male. Er lachte über die Leichtgläubigkeit der Menschen, über die Dummheit der Welt. Hier durfte er lachen. Die Wände seines schwarzen Kastens konnten ihn nicht verraten. Und Anton Wanzl lachte. Lachte stark und herzlich.

Seine Schüler ließen es sich nicht nehmen, ihrem verehrten und geliebten Direktor einen marmornen Grabstein zu setzen. Auf diesem standen unter dem Namen des Verstorbenen die Verse:

> „Üb immer Treu und Redlichkeit
> Bis an dein kühles Grab!"

Barbara

SIE HIESS BARBARA. Klang ihr Name nicht wie Arbeit? Sie hatte eines jener Frauengesichter, die so aussehen, als wären sie nie jung gewesen. Man kann ihr Alter auch nicht mutmaßen. Es lag verwittert in den weißen Kissen und stach von diesen ab durch eine Art gelblichgrauer Sandsteinfärbung. Die grauen Augen flogen rastlos hin und her wie Vögel, die sich in den Wust der Polster verirrt; zuweilen aber kam eine Starrheit in diese Augen; sie blieben an einem dunklen Punkt oben an der weißen Zimmerdecke kleben, einem Loch oder einer rastenden Fliege. Dann überdachte Barbara ihr Leben.

Barbara war 10 Jahre alt, als ihre Mutter starb. Der Vater war ein wohlhabender Kaufmann gewesen, aber er hatte angefangen zu spielen und hatte der Reihe nach Geld und Laden verloren; aber er saß weiter im Wirtshause und spielte. Er war lang und dürr und hielt die Hände krampfhaft in den Hosentaschen versenkt. Man wußte nicht: Wollte er auf diese Art das noch übrige Geld festhalten oder es verhüten, daß jemand in seine Tasche greife und sich von deren Inhalt oder Leere überzeuge? Er liebte es, seine Bekannten zu überraschen, und wenn es seinen Partnern beim Kartenspiel schien, daß er schon alles verloren habe, zog er zur allgemeinen Verblüffung noch immer irgendeinen Wertgegenstand, einen Ring oder eine Berlocke, hervor und spielte weiter. Er starb schließlich in einer Nacht, ganz plötzlich, ohne Vorbereitung, als wollte er die Welt überraschen. Er fiel, wie ein leerer Sack, zu Boden und war tot. Aber die Hände hatte er noch immer in den Taschen, und die Leute hatten Mühe, sie ihm herauszuzerren. Erst damals sah man, daß die Taschen leer waren und daß er vermutlich nur deshalb gestorben war, weil er nichts mehr zu verspielen hatte ...

Barbara war 16 Jahre alt. Sie kam zu einem Onkel, einem dicken Schweinehändler, dessen Hände wie die Pölsterchen „Ruhe sanft" oder „Nur ein halbes Stündchen" aussahen, die zu Dutzenden in seinem Salon herumlagen. Er tätschelte Barbara die Wange, und ihr schien es, als kröchen fünf kleine Ferkelchen über ihr Gesicht. Die Tante war eine große Person, dürr und mager wie eine Klavierlehrerin. Sie hatte große, rollende Augen, die aus den Höhlen quollen, als wollten sie nicht im Kopfe sitzen bleiben, sondern rastlos spazierengehen.

Sie waren grünlichhell, von jener unangenehmen Grüne, wie sie die ganz billigen Trinkgläser haben. Mit diesen Augen sah sie alles, was im Hause und im Herzen des Schweinehändlers vorging, über den sie übrigens eine unglaubliche Macht hatte. Sie beschäftigte Barbara, „so gut es ging", aber es ging nicht immer gut. Barbara mußte sich sehr in acht nehmen, um nichts zu zerbrechen, denn die grünen Augen der Tante kamen gleich wie schwere Wasserwogen heran und rollten kalt über den heißen Kopf der Barbara.

Als Barbara 20 Jahre alt war, verlobte sie der Onkel mit einem seiner Freunde, einem starkknochigen Tischlermeister mit breiten, schwieligen Händen, die schwer und massiv waren wie Hobel. Er zerdrückte ihre Hand bei der Verlobung, daß es knackte und sie aus seiner mächtigen Faust mit Not ein Bündel lebloser Finger rettete. Dann gab er ihr einen kräftigen Kuß auf den Mund. So waren sie endgültig verlobt.

Die Hochzeit, die bald darauf stattfand, verlief regelrecht und vorschriftsmäßig mit weißem Kleide und grünen Myrten, einer kleinen, öligen Pfarrersrede und einem asthmatischen Toast des Schweinehändlers. Der glückliche Tischlermeister zerbrach ein paar der feinsten Weingläser, und die Augen der Schweinehändlerin rollten über seine starken Knochen, ohne ihm was anhaben zu können.

Barbara saß da, als säße sie auf der Hochzeit einer Freundin. Sie wollte es gar nicht begreifen, daß sie Frau war. Aber sie begriff es schließlich doch. Als sie Mutter war, kümmerte sie sich mehr um ihren Jungen als um den Tischler, dem sie täglich in die Werkstätte sein Essen brachte. Sonst machte ihr der fremde Mann mit den starken Fäusten keine Umstände. Er schien von einer eichenhölzernen Gesundheit, roch immer nach frischen Hobelspänen und war schweigsam wie eine Ofenbank. Eines Tages fiel ihm in seiner Werkstätte ein schwerer Holzbalken auf den Kopf und tötete ihn auf der Stelle.

Barbara war 22 Jahre alt, nicht unhübsch zu nennen, sie war Meisterin, und es gab Gesellen, die nicht übel Lust hatten, Meister zu werden. Der Schweinehändler kam und ließ seine fünf Ferkel über die Wange Barbaras laufen, um sie zu trösten. Er hätte es gar zu gerne gesehen, wenn Barbara sich noch einmal verheiratet hätte. Sie aber verkaufte bei einer günstigen Gelegenheit ihre Werkstätte und wurde Heimarbeiterin. Sie stopfte Strümpfe, strickte wollene Halstücher und verdiente ihren Unterhalt für sich und ihr Kind.

Sie ging fast auf in der Liebe zu ihrem Knaben. Es war ein starker Junge, die groben Knochen hatte er von seinem Vater geerbt, aber er schrie nur zu gerne und strampelte mit seinen Gliedmaßen so heftig, daß die zusehende Barbara oft meinte, der Junge hätte mindestens ein Dutzend fetter Beinchen und Arme. Der Kleine war häßlich, von einer geradezu robusten Häßlichkeit. Aber Barbara sah nichts Unschönes an ihm. Sie war stolz und zufrieden und lobte seine guten geistigen und seelischen Qualitäten vor allen Nachbarinnen. Sie nähte Häubchen und bunte Bänder für das Kind und verbrachte ganze Sonntage damit, den Knaben herauszuputzen. Mit der Zeit aber reichte ihr Verdienst nicht aus, und sie mußte andere Einnahmequellen suchen. Da fand sich, daß sie eigentlich eine zu große Wohnung hatte. Und sie hängte eine Tafel an das Haustor, an der mit komischen, hilflosen Buchstaben, die jeden Augenblick vom Papier herunterzufallen und auf dem harten Pflaster zu zerbrechen drohten, geschrieben stand, daß in diesem Hause ein Zimmer zu vermieten wäre. Es kamen Mieter, fremde Menschen, die einen kalten Hauch mit sich in die Wohnung brachten, eine Zeitlang blieben und sich dann wieder von ihrem Schicksal hinausfegen ließen in eine andere Gegend. Dann kamen neue.

Aber eines Tages, es war Ende März, und von den Dächern tropfte es, kam er. Er hieß Peter Wendelin, war Schreiber bei einem Advokaten und hatte einen treuen Glanz in seinen goldbraunen Augen. Er machte keine Scherereien, packte gleich aus und blieb wohnen.

Er wohnte bis in den April hinein. Ging in der Früh aus und kam am Abend wieder. Aber eines Tages ging er überhaupt nicht aus. Seine Türe blieb zu. Barbara klopfte an und trat ein, da lag Herr Wendelin im Bette. Er war krank. Barbara brachte ihm ein warmes Glas Milch, und in seine goldbraunen Augen kam ein warmer, sonniger Glanz.

Mit der Zeit entwickelte sich zwischen beiden eine Art Vertraulichkeit. Das Kind Barbaras war ein Thema, das sich nicht erschöpfen ließ. Aber man sprach auch natürlich von vielem andern. Vom Wetter und von den Ereignissen. Aber es war so, als steckte etwas ganz anderes hinter den gewöhnlichen Gesprächen und als wären die alltäglichen Worte nur Hüllen für etwas Außergewöhnliches, Wunderbares.

Es schien, als wäre Herr Wendelin eigentlich schon längst wieder gesund und arbeitsfähig und als läge er nur so zu seinem Privatvergnügen länger im Bett als notwendig. Schließlich mußte er doch aufstehen. An jenem Tage war es warm und sonnig, und in der Nähe war eine kleine Gartenanlage. Sie lag zwar staubig und trist zwischen den grauen Mauern, aber ihre Bäume hatten schon das erste Grün. Und wenn man die Häuser rings vergaß, konnte man für eine Weile meinen, in einem schönen, echten Park zu sitzen. Barbara ging zuweilen in jenen Park mit ihrem Kinde. Herr Wendelin ging mit. Es war ein Nachmittag, die junge Sonne küßte eine verstaubte Bank, und sie sprachen. Aber alle Worte waren wieder nur Hüllen, wenn sie abfielen, war nacktes Schweigen um die beiden, und im Schweigen zitterte der Frühling.

Aber einmal ergab es sich, daß Barbara Herrn Wendelin um eine Gefälligkeit bitten mußte. Es galt eine kleine Reparatur an dem Haken der alten Hängelampe, und Herr Wendelin stellte einen Stuhl auf den wackligen Tisch und stieg auf das bedenkliche Gerüst. Barbara stand unten und hielt den Tisch. Als Herr Wendelin fertig war, stützte er sich zufällig auf die Schulter der Barbara und sprang ab. Aber er stand schon lange unten und hatte festen Boden unter seinen Füßen, und er hielt immer noch ihre Schulter umfaßt. Sie wußten beide nicht, wie ihnen geschah, aber sie standen fest und rührten sich nicht und starrten nur einander an. So verweilten sie einige Sekunden. Jedes wollte sprechen, aber die Kehle war wie zugeschnürt, sie konnten kein Wort hervorbringen, und es war ihnen wie ein Traum, wenn man rufen will und doch nicht kann. Sie waren beide blaß. Endlich ermannte sich Wendelin. Er ergriff Barbaras Hand und würgte hervor: „Du!“ „Ja!“ sagte sie, und es war, als ob sie einander erst jetzt erkannt hätten, als wären sie auf einer Maskerade nur so nebeneinander hergegangen und hätten erst jetzt die Masken abgelegt.

Und nun kam es wie eine Erlösung über beide. „Wirklich? Barbara? Du?“ stammelte Wendelin. Sie tat die Lippen auf, um „Ja“ zu sagen, da polterte plötzlich der kleine Philipp von einem Stuhl herab und erhob ein jämmerliches Geschrei. Barbara mußte Wendelin stehenlassen, sie eilte zum Kinde und beruhigte es. Wendelin folgte ihr. Als der Kleine still war und nur noch ein restliches Glucksen durch das Zimmer flatterte, sagte Wendelin: „Ich hol' sie mir morgen! Leb wohl!" Er nahm seinen Hut und ging, aber um ihn war es wie Sonnenglanz, als er im Türrahmen stand und noch einmal auf Barbara zurückblickte.

Als Barbara allein war, brach sie in lautes Weinen aus. Die Tränen erleichterten sie, und es war ihr, als läge sie an einer warmen Brust. Sie ließ sich von dem Mitleid, das sie mit sich selbst hatte, streicheln. Es war ihr lange nicht so wohl gewesen, ihr war wie einem Kinde, das sich in einem Wald verirrt und nach langer Zeit wieder zu Hause angekommen war.

So hatte sie lange im Walde des Lebens herumgeirrt, um jetzt erst nach Hause zu treffen. Aus einem Winkel der Stube kroch die Dämmerung hervor und wob Schleier um Schleier um alle Gegenstände. Auf der Straße ging der Abend herum und leuchtete mit einem Stern zum Fenster herein. Barbara saß noch immer da und seufzte still in sich hinein. Das Kind war in einem alten Lehnstuhl eingeschlummert. Es bewegte sich plötzlich im Schlafe, und das brachte Barbara zur Besinnung. Sie machte Licht, brachte das Kind zu Bett und setzte sich an den Tisch. Das helle, vernünftige Lampenlicht ließ sie klar und ruhig denken. Sie überdachte alles, ihr bisheriges Leben, sie sah ihre Mutter, ihren Vater, wie er hilflos am Boden lag, ihren Mann, den plumpen Tischler, sie dachte an ihren Onkel, und sie fühlte wieder seine fünf Ferkel.

Aber immer und immer wieder war Peter Wendelin da, mit dem sonnigen Glanz in seinen guten Augen. Gewiß würde sie morgen „Ja" sagen, der gute Mensch, wie lieb sie ihn hatte. Warum hatte sie ihm eigentlich nicht schon heute „Ja" gesagt? Aha! Das Kind! Plötzlich fühlte sie etwas wie Groll in sich aufsteigen. Es dauerte bloß den Bruchteil einer Sekunde, und sie hatte gleich darauf die Empfindung, als hätte sie ihr Kind ermordet. Sie stürzte zum Bett, um sich zu überzeugen, daß dem Kind kein Leid geschehn war. Sie beugte sich darüber und küßte es und bat es mit einem hilflosen Blick um Verzeihung. Nun dachte sie, wie doch jetzt alles so ganz anders werden müßte. Was geschah mit dem Kinde? Es bekam einen fremden Vater, würde er es liebhaben können? Und sie, sie selbst? Dann kamen andere Kinder, die sie mehr liebhaben würde. – – – – War das möglich? Mehr lieb? Nein, sie blieb ihm treu, ihrem armen Kleinen. Plötzlich war es ihr, als würde sie morgen das arme, hilflose Kind verlassen, um in eine andere Welt zu gehen. Und der Kleine blieb zurück. – Nein, sie wird ja bleiben, und alles wird gut sein, sucht sie sich zu trösten. Aber immer wieder kommt diese Ahnung. Sie sieht es, ja, sie sieht es schon, wie sie den Kleinen hilflos läßt. Selbst wird sie gehen mit einem fremden Manne. Aber er war ja gar nicht fremd!

Auf einmal schreit der Kleine laut auf im Schlafe. „Mama! Mama!" lallt das Kind; sie läßt sich zu ihm nieder, und er streckt ihr die kleinen Händchen entgegen. Mama! Mama! Es klingt wie ein Hilferuf.

Ihr Kind! – So weint es, weil sie es verlassen will. Nein! Nein! Sie will ewig bei ihm bleiben.

Plötzlich ist ihr Entschluß reif. Sie kramt aus der Lade Schreibzeug und Papier und zeichnet mühevoll hinkende Buchstaben auf das Blatt. Sie ist nicht erregt, sie ist ganz ruhig, sie bemüht sich sogar, so schön als möglich zu schreiben. Dann hält sie den Brief vor sich und überliest ihn noch einmal.

„Es kann nicht sein. Wegen meines Kindes nicht!" Sie steckt das Blatt in einen Umschlag und schleicht sich leise in den Flur zu seiner Tür. Morgen würde er es finden.

Sie kehrt zurück, löscht die Lampe aus, aber sie kann keinen Schlaf finden, und sie sieht die ganze Nacht zum Fenster hinaus.

Am nächsten Tage zog Peter Wendelin aus. Er war müde und zerschlagen, als hätte er selbst alle seine Koffer geschleppt, und es war kein Glanz mehr in seinen braunen Augen. Barbara blieb den ganzen Tag über in ihrem Zimmer. Aber ehe Peter Wendelin endgültig fortging, kam er mit einem Sträußlein Waldblumen zurück und legte es stumm auf den Tisch der Barbara. Es lag ein verhaltenes Weinen in ihrer Stimme, und als sie ihm die Hand zum Abschied gab, zitterte sie ein wenig. Wendelin sah sich noch eine Weile im Zimmer um, und wieder kam ein goldener Glanz in seine Augen, dann ging er. Drüben im kleinen Park sang eine Amsel, Barbara saß still und lauschte. Draußen am Haustor flatterte wieder die Tafel mit der Wohnungsanzeige im Frühlingswind.

Mieter und Monde kamen und gingen, Philipp war groß und ging in die Schule. Er brachte gute Zeugnisse heim, und Barbara war stolz auf ihn. Sie bildete sich ein, aus ihrem Sohne müsse etwas Besonderes werden, und sie wollte alles anwenden, um ihn studieren zu lassen. Nach einem Jahre sollte es sich entscheiden, ob er Handwerker werden oder ins Gymnasium kommen sollte. Barbara wollte mit ihrem Kinde höher hinauf. Alle die Opfer sollten nicht umsonst gebracht sein.

Zuweilen dachte sie noch an Peter Wendelin. Sie hatte seine vergilbte Visitkarte, die vergessen an der Tür steckengeblieben war, und die Blumen, die er ihr zum Abschied gebracht hatte, in ihrem Gebetbuch sorgfältig aufbewahrt. Sie betete selten, aber an Sonntagen schlug sie die Stelle auf, wo die Karte und die Blumen lagen, und verweilte lange über den Erinnerungen.

Ihr Verdienst reichte nicht, und sie begann, vom kleinen Kapital zu zehren, das ihr vom Verkauf der Werkstätte geblieben war. Aber es konnte auf die Dauer nicht weitergehen, und sie sah sich nach neuen Verdienstmöglichkeiten um. Sie wurde Wäscherin. In der Früh ging sie aus, und in der Mittagsstunde schleppte sie einen schweren Pack schmutziger Wäsche heim. Sie stand halbe Tage im Dunst der Waschküche, und es war, als ob der Dampf des Schmutzes sich auf ihrem Gesicht ablagerte.

Sie bekam eine fahle, sandsteinfarbene Haut, um die Augen zitterte ein engmaschiges Netz haarfeiner Falten. Die Arbeit verunstaltete ihren Leib, ihre Hände waren rissig, und die Haut faltete sich schlaff an den Fingerspitzen unter der Wirkung des heißen

Wassers. Selbst wenn sie keinen Pack trug, ging sie gebückt. Die Arbeit lastete auf ihrem Rücken. Aber um den bittern Mund spielte ein Lächeln, sooft sie ihren Sohn ansah.

Nun hatte sie ihn glücklich ins Gymnasium hinüberbugsiert. Er lernte nicht leicht, aber er behielt alles, was er einmal gehört hatte, und seine Lehrer waren zufrieden. Jedes Zeugnis, das er nach Hause brachte, war für Barbara ein Fest, und sie versäumte es nicht, ihrem Sohn kleine Freuden zu bereiten. Extratouren gewissermaßen, die sie um große Opfer erkaufen mußte. Philipp ahnte das alles nicht, er war ein Dickhäuter. Er weinte selten, ging robust auf sein Ziel los und machte seine Aufgaben mit einer Art Aufwand von körperlicher Kraft, als hätte er ein Eichenbrett zu hobeln. Er war ganz seines Vaters Sohn, und er begriff seine Mutter gar nicht. Er sah sie arbeiten, aber das schien ihm selbstverständlich, er besaß nicht die Feinheit, um das Leid zu lesen, das in der Seele seiner Mutter lag und in jedem Opfer, das sie ihm brachte.

So schwammen die Jahre im Dunst der schmutzigen Wäsche. Allmählich kam eine Gleichgültigkeit in die Seele Barbaras, eine stumpfe Müdigkeit. Ihr Herz hatte nur noch einige seiner stillen Feste, zu denen die Erinnerung an Wendelin gehörte und ein Schulzeugnis Philipps. Ihre Gesundheit war stark angegriffen, sie mußte zeitweilig in ihrer Arbeit einhalten, der Rücken schmerzte gar sehr. Aber keine Klage kam über ihre Lippen. Und auch wenn sie gekommen wäre, an der Elefantenhaut Philipps wäre sie glatt abgeprallt.

Er mußte nun darangehen, an einen Beruf zu denken. Zu einem weiteren Studium mangelte es an Geld, zu einer anständigen Stelle an Protektion. Philipp hatte keine besondere Vorliebe für einen Beruf, er hatte überhaupt keine Liebe. Am bequemsten war ihm noch die Theologie. Man konnte Aufnahme finden im Seminar und hatte vor sich ein behäbiges und unabhängiges Leben. So glitt er denn, als er das Gymnasium hinter sich hatte, in die Kutte der Religionswissenschaft. Er packte seine kleinen Habseligkeiten in einen kleinen Holzkoffer und übersiedelte in die engbrüstige Stube seiner Zukunft.

Seine Briefe waren selten und trocken wie Hobelspäne. Barbara las sie mühevoll und andächtig. Sie begann, häufiger in die Kirche zu gehen, nicht weil sie ein religiöses Verlangen danach verspürte, sondern um den Priester zu sehen und im Geiste ihren Sohn auf die Kanzel zu versetzen. Sie arbeitete noch immer viel, trotzdem sie es jetzt nicht nötig hatte, aber sie glich einem aufgezogenen Uhrwerk etwa, das nicht stehenbleiben kann, solange sich die Rädchen drehen. Doch ging es merklich abwärts mit ihr. Sie mußte sich hie und da ins Bett legen und etliche Tage liegenbleiben. Der Rücken schmerzte heftig, und ein trockenes Husten schüttelte ihren abgemagerten Körper. Bis eines Tages das Fieber dazukam und sie ganz hilflos machte.

Sie lag eine Woche und zwei. Eine Nachbarin kam und half aus. Endlich entschloß sie sich, an Philipp zu schreiben. Sie konnte nicht mehr, sie mußte diktieren. Sie küßte den Brief verstohlen, als sie ihn zum Absenden übergab. Nach acht langen Tagen kam Philipp. Er war gesund, aber nicht frisch und steckte in einer blauen Kutte. Auf dem Kopfe trug er eine Art Zylinder. Er legte ihn sehr sanft aufs Bett, küßte seiner Mutter die Hand und zeigte nicht das mindeste Erschrecken. Er erzählte von seiner Promotion, zeigte sein Doktordiplom und stand selbst dabei so steif, daß er aussah wie die steife Papierrolle und seine Kutte mit dem Zylinder wie eine Blechkapsel. Er sprach von seinen Arbeiten, trotzdem Barbara nichts davon verstand. Zeitweilig verfiel er in einen näselnden, fetten Ton, den er seinen Lehrern abgelauscht und für seine Bedürfnisse zugeölt haben mochte. Als die Glocken zu läuten begannen, bekreuzigte er sich, holte ein Gebetbuch hervor und flüsterte lange mit einem andächtigen Ausdrucke im Gesicht.

Barbara lag da und staunte. Sie hatte sich das alles so ganz anders vorgestellt. Sie begann, von ihrer Sehnsucht zu sprechen und wie sie ihn vor ihrem Tode noch einmal hatte sehen wollen. Er hatte bloß das Wort „Tod" gehört, und schon begann er, über das Jenseits zu sprechen und über den Lohn, der die Frommen im Himmel erwartete. Kein Schmerz lag in seiner Stimme, nur eine Art Wohlgefallen an sich selbst und die Freude darüber, daß er am Lager seiner todkranken Mutter zeigen konnte, was er gelernt hatte.

Über die kranke Barbara kam mit Gewalt das Verlangen, in ihrem Sohn ein bißchen Liebe wachzurufen. Sie fühlte, daß es das letzte Mal war, da sie sprechen konnte, und wie von selbst und als hauche ihr ein Geist die Worte ein, begann sie, langsam und zögernd von der einzigen Liebe ihres Lebens zu sprechen und von dem Opfer, das sie ihrem Kinde gebracht. Als sie zu Ende war, schwieg sie erschöpft, aber in ihrem Schweigen lag zitternde Erwartung. Ihr Sohn schwieg. So etwas begriff er nicht. Es rührte ihn nicht. Er blieb stumpf und steif und schwieg. Dann begann er, verstohlen zu gähnen, und sagte, er gehe für eine Weile weg, um sich ein bißchen zu stärken.

Barbara lag da und begriff gar nichts. Nur eine tiefe Wehmut bebte in ihr und der Schmerz um das verlorene Leben. Sie dachte an Peter Wendelin und lächelte müde. In ihrer Todesstunde wärmte sie noch der Glanz seiner goldbraunen Augen. Dann erschütterte sie ein starker Hustenanfall. Als er vorüber war, blieb sie bewußtlos liegen. Philipp kam zurück, sah den Zustand seiner Mutter und begann, krampfhaft zu beten. Er schickte um den Arzt und um den Priester. Beide kamen; die Nachbarinnen füllten das Zimmer mit ihrem Weinen. Inzwischen aber taumelte Barbara, unverstanden und verständnislos, hinüber in die Ewigkeit.

Karriere

ER WAR DREIUNDZWANZIG JAHRE zweiter Buchhalter bei der Firma Reckzügel und Compagnie, Sattel- und Riemenzeug-Export en gros, und verdiente dreihundertundfünfzig Kronen im Monat.

Und hieß Gabriel Stieglecker.

Und weiters ist über ihn zu sagen, daß er, um nicht ganz zu verhungern, nach Nebenverdiensten suchte und einige fand. Er leistete bei den Firmen Brüder Pollacek, Simon Silberstein und Bruder, Rosalie Funkel Aushilfsdienste jeden Monat einige Tage vor Ultimo. Zusammen hatte Gabriel Stieglecker sechshundertundfünfundsiebzig Kronen im Monat. Und davon starb er nun schon drei Jahre und fünf Monate lang.

Er war ein ausgezeichneter, prompter und verläßlicher Buchhalter. Die Firmen Brüder Pollacek, Simon Silberstein und Bruder und Rosalie Funkel konnten sich dank den Leistungen des Gabriel Stieglecker einen eigenen Buchhalter ersparen. Er hielt ihre Bücher in Ordnung, wußte auch, was vor Steuerbehörden und Polizei verborgen bleiben mußte, und war diskret wie ein Brunnenloch.

Gabriel Stieglecker liebte seinen Beruf. Die grüne Tinte bevorzugte er vor der blauen und vor dieser die rote. Aber am liebsten war ihm die violette. Alle Buchhalter der Welt schrieben Zahlen in schwarzer Kaisertinte. Gabriel Stieglecker schrieb grundsätzlich violette Zahlen. Er behauptete, von der violetten Tinte bestimmt zu wissen, daß sie dauerhafter sei als die andere und mit einer unerreichbaren Intensität durch die Poren des Papiers dringe. Ja, es sei sogar anzunehmen, daß mit violetter Tinte geschriebene Ziffern noch lange nach dem völligen Zerfall des Papiers gleichsam wie transparente Bilder in der Luft fortbeständen.

Was die von Gabriel Stieglecker geschriebenen Ziffern selbst betrifft, so ist zu bemerken, daß sie niemals mit andern zu verwechseln waren. Sie hatten eine persönliche Note, einen Charakter, waren Individualitäten. Die 3 hatte keinen Bauch, die 2 keinen Buckel, die 7 keinen Schwanz. Sondern alle Ziffern hatten „Linie", waren zart und schlank wie moderne Frauen und konnten an künstlerischem Schwung nur von Modellzeichnungen in den neuesten Modezeitschriften übertroffen werden.

Denn Gabriel Stieglecker liebte seine Geschöpfe, die Ziffern. Er blies ihnen sozusagen seinen Atem ein, und davon erschienen sie so unterernährt. Er spielte mit ihnen wie ein Knabe mit Zinnsoldaten, er ließ sie in Doppelreihen aufmarschieren und markierte den Rand eines Exerzierplatzes durch einen grasgrünen Strich. Oder er richtete mit roter Tinte ein Blutbad unter ihnen an, das aber niemals mutwillig und schrankenlos sich über das Blachfeld ergießen durfte, sondern mittels eines Lineals gewissermaßen in säuberliche Kanäle abgeleitet wurde. Ordnung mußte sein, auf jeden Fall.

Nur so ist es zu verstehen, daß Gabriel Stieglecker nun schon den sechsten Monat des vierten Jahres mit sechshundertundfünfundsiebzig Kronen Monatslohn stirbt. Ich sage: „stirbt", nicht etwa aus Vergeßlichkeit, sondern mit Absicht. Denn die Geschichte ist wahr, Gabriel Stieglecker heißt anders, aber er lebt. Die Geschichte ist übrigens zu merkwürdig, als daß jemand anderer als das Leben sie erfunden haben könnte. Wie aus dem Folgenden zu ersehen ist.

Gabriel Stieglecker war immer noch Gast am Stammtisch im Café Aspern, wo er allsonntäglich einen Schwarzen mit Sacharin trank. Und allsonntäglich mußte er, der gerade damit beschäftigt war, über den seltsamen Patinaglanz seiner gestern erstandenen violetten Tinte nachzudenken, Vorwürfe anhören. Warum er denn noch immer nicht eine Gehaltserhöhung verlangt habe? Und ob er denn nicht einsehe, daß er schändlich ausgebeutet würde? heutzutage? von *der* Firma? *der* sauberen Gesellschaft?

Um diese Vorwürfe rasch und sicher vergessen zu können, ging Gabriel Stieglecker jeden Sonntag nach der Stammtischsitzung ins Büro Zahlen schreiben. Gabriel Stieglecker erledigte das ganze Montagsmorgenpensum und wäre eigentlich sehr glücklich darüber schlafen gegangen, wenn ihn nicht die Sorge geplagt hätte, daß er – am nächsten Morgen nichts mehr zu tun haben würde.

So waren Gabriel Stiegleckers Sonntagsnächte qualvoll und zerrissen. Gabriel Stieglecker war überhaupt gegen Sonntage.

An einem und demselben Tag geschah folgendes:

Die Wäscherin kündigte eine zehnprozentige Erhöhung an;

die Elektrische führte den Zweikronentarif ein;

und die Wirtin erhöhte den Mietzins mit Rücksicht auf die „Verteuerung der Elektrizität" um dreißig Kronen.

(Daß Gabriel Stieglecker trotzdem kein elektrisches Licht im Zimmer hatte, setze ich als selbstverständlich voraus und erwähne es nur zum Zweck der Beruhigung aller jener, die sich etwa über das Vorgehen der Wirtin Gabriel Stiegleckers aufregen sollten.)

Diese drei Katastrophen veranlaßten den zweiten Buchhalter Gabriel Stieglecker, sich beim ersten Buchhalter Rat zu erbitten.

Der erste Buchhalter nahm seine Brille ab, die er bei der Arbeit trug, und setzte den goldenen Zwicker auf; was er sonst nur zu tun pflegte, wenn ihn der Prokurist rufen ließ.

Der erste Buchhalter sah aber nicht, wie zu erwarten gewesen wäre, durch die Mitte der Zwickergläser, sondern über deren oberen Goldrand hinweg auf Gabriel. Dabei neigte er den Kopf auf die Brust, und es sah aus, als wollte er mit imaginären Hörnern gegen Gabriel anrennen.

„Die zwanzigprozentige Aufbesserung dürfte Ihnen doch wohl genügen, oder nicht?" sagte der erste Buchhalter, der nur deshalb erster war, weil er schon zweiunddreißig Jahre im Hause Ziffern schrieb; nur mit Kaisertinte natürlich.

Seine Frage war geflüstert, aber sie trug deutlich die Tonfarbe eines etwa in Wolkenpölstern gedämpften Donnergrollens.

„Ich habe keine zwanzigprozentige Aufbesserung erhalten!" stöhnte Gabriel.

„Dann müssen Sie sie verlangen", sagte der erste Buchhalter laut, wobei er den Zwicker wieder abnahm und die Brille aufsetzte.

Infolgedessen mußte sich Gabriel Stieglecker entfernen.

Er ging an seinen Schreibtisch und dachte nach. Eine zwanzigprozentige Aufbesserung direkt verlangen konnte man nicht. Wohl aber konnte man unter behutsamer Berufung auf die seinerzeit gütigst erfolgte Aufbesserung an alle Angestellten und mit Rücksicht auf die durch die allgemeine Teuerung besonders erschwerte Lebensführung um eine Gehaltserhöhung von fünfzig Kronen ergebenst ansuchen.

Gabriel Stieglecker tauchte eine neue Feder in die violette Tinte mit dem seltsamen Patinaglanz und schrieb einen Brief an seinen Chef. Er bat um fünfzig Kronen und zeichnete schließlich nicht nur hochachtungsvoll ergebenst, sondern auch noch ganz tief, in der unteren Ecke rechts, seinen Namen. So tief, daß der Familienname fast unter den Tisch gefallen wäre.

Am nächsten Morgen fand Gabriel Stieglecker auf seinem Tisch einen Brief, in dem ihm die Firma mitteilte, daß sein Gehalt ab Fünfzehnten dieses um fünfundzwanzig Kronen mehr betrage.

Zu Hause fand Gabriel Stieglecker zu seiner großen Überraschung einen anderen Brief vor. Und zwar von der Firma Simon Silberstein und Bruder, bei der Gabriel aushilfsweise Buchhalter war. Vielleicht stand darin um Gottes willen, daß die Firma auf seine weiteren Dienste verzichte? Dann konnte er freilich verzweifeln.

Aber die Firma Simon Silberstein und Bruder teilte dem Buchhalter Gabriel Stieglecker mit, daß sie ihren Betrieb bedeutend erweitert habe und daß sie ihn als ersten Buchhalter mit einem Anfangsgehalt von tausend Kronen zu engagieren wünsche. Gabriel Stieglecker möchte sofort schriftlich mitteilen, ob er diese Stellung anzunehmen „bereit eventuell in der Lage" wäre.

Gabriel Stieglecker überzeugte sich zuerst von der Echtheit der Unterschrift und setzte sich sofort an seinen Schreibtisch, um seine Bereitwilligkeit zum Eintritt bei der Firma Simon Silberstein und Bruder unter den ihm im Schreiben Zahl soundso mitgeteilten Bedingungen kundzugeben. Aber er erinnerte sich, daß er zu Hause keine violette Tinte habe. Mit schwarzer Kaisertinte aber konnte er einen Brief von solch entscheidender Bedeutung natürlich nicht schreiben.

KARRIERE

Während er Polenta mit Sauce aß, kamen ihm Bedenken. Jetzt mußte er natürlich kündigen! Aber wie? Konnte man so ohne weiteres einen Brief an die Firma schreiben? Ging das so? Jetzt war er dreiundzwanzig Jahre im Hause. Noch zwei Jahre, und er würde ein Jubiläum feiern. Der Chef selbst würde kommen und ihm ein Präsent überreichen, vielleicht eine außertourliche Zuwendung, und der Prokurist würde eine kleine Rede halten, und der Oberbuchhalter würde seinen goldenen Zwicker aufhaben. Konnte man so ohne weiteres kündigen?

Und wenn schon! Die Kündigung allein hätte natürlich wenig gemacht! Aber sicherlich würde ihn der Chef, zumindest Herr Reckzügel junior, in das Chefzimmer rufen. Und das Zimmer, ja, das war es, was Gabriel eigentlich fürchtete.

Es war eine Doppeltür. Die erste war aus Holz, und die zweite war gepolstert. Sie erinnerte so von ungefähr an eine Kassaschranktür, nur war sie lautlos und vornehm. Wenn man die Tür nur ansah, fühlte man schon weiche Müdigkeit. Sitzend auf gepolsterten Lederstühlen, war man in den vorhypnotischen Zustand versetzt, in den man unbedingt fallen mußte, wenn der Herr Reckzügel jemanden anredete. Im Zimmer standen breite, behagliche Ledersofas um einen nußbraunen Tisch. In der Ecke links wuchtete ein massiver Schreibtisch, und an der linken Wand schlief die braune Feuerkassa mit ihren zugefallenen metallenen Klappenlidern über den Schlössern. In der Luft aber war ein sinnbetörender Duft von Havanna, Ananasäpfeln und Perolin.

Dieses Zimmer malte sich Gabriel so deutlich aus, daß er in eine Art Lethargie fiel. In diesem Zustand schrieb er einen Brief an die Firma Simon Silberstein und Bruder, in dem er hervorhob, daß er die Ehre wohl zu schätzen wisse, aber mit Rücksicht auf sein langjähriges Verhältnis zu dem Hause, in dem er jetzt seit nunmehr dreiundzwanzig Jahren bedienstet sei, um eine Bedenkzeit von acht Tagen bitten müsse.

Diese acht Tage waren die unangenehmsten in Gabriels nicht sehr angenehmem Leben.

Gabriel Stieglecker hatte sogar seine Ziffern vergessen. Er dachte nicht mehr recht an sie, und es kam vor, daß er – man denke! – mit schwarzer Kaisertinte eine ganze Zahlenreihe auf der Soll-Seite schrieb. Hier und dort hatte sogar eine 2 schon einen Buckel, eine 7 schon einen Schwanz. Es war schrecklich.

Am Montag hatte sich Gabriel zu entscheiden. Am Sonntag ging er nicht in sein Stammcafé. Und auch nicht ins Büro.

Vielmehr machte Gabriel einen Spaziergang durch den Stadtpark in Anbetracht des schon frühlingsmilden Wetters. Und begegnete der Firma Simon Silberstein und Bruder.

Die Firma Silberstein und Bruder war unerhört freundlich mit Gabriel. Sie nahm die Voraussetzung, daß er als Buchhalter eintreten würde, als schon gegeben an und ließ sich überhaupt nur mehr in Detailfragen ein. Schließlich lud sie ihn auch noch zu einem bescheidenen Nachtmahl im Parkrestaurant ein. – –

Als Gabriel am Sonntagabend heimkehrte, stand es bei ihm fest, daß er bei der Firma Silberstein und Bruder eintreten würde.

Er stand um fünf Uhr früh auf, rasierte sich und machte mit einem Stuhl Gelenksübungen. Er atmete tief, hielt den Atem ein und führte sich überhaupt sehr sonderbar auf. Er gymnastizierte sich Mut zu. Dann fuhr er ins Büro mit der Straßenbahn; zum ersten Male seit der Einführung des Zweikronentarifes.

Er setzte sich schnell und mit jünglinghafter Gebärde an den Schreibtisch, tunkte eine neue Feder in die violette Tinte mit dem seltsamen Patinaglanz und schrieb, schrieb seine Kündigung.

Just als er hochachtungsvoll ergebenst schließen wollte, kam der Diener. Gabriel sollte zum Chef.

Seit dem ersten Jänner, an welchem Tage Gabriel Stieglecker nach althergebrachter Sitte dem Chef viel Glück zum neuen Jahre gewünscht hatte, war Gabriel Stieglecker nicht in dem gefährlichen, hypnotisierenden Zimmer gewesen. Was wollte der Chef? Vielleicht hatte er schon eine Ahnung und wollte gar Gabriel zuvorkommen? Nun! Desto besser!

Im Zimmer des Chefs duftete es sehr nachdrücklich nach Zigarren, Ananas und Perolin.

Der Herr Reckzügel senior stand in der Mitte unter dem Kronleuchter, dessen unterster Messingknopf sich bequem in seiner Glatze spiegelte, und hielt einen dunkelblauen Rock in der Hand.

Gabriel blieb hart an der gepolsterten Tür stehen. Er war betäubt. Wie durch eine sehr dicke Wand hörte er den Chef:

„Herr Stieglecker, ich wollte nur sagen, daß ich diesen noch an und für sich" – Herr Reckzügel sagte immer „an und für sich" – „sehr gebrauchsfähigen Rock in meinem Schrank gefunden habe. Ich glaube bemerkt zu haben, daß Sie sich gegenwärtig leider in nicht sehr günstigen Verhältnissen befinden. Ich wollte nur sagen, daß an und für sich nichts daran wäre. Sie wissen, wie ich es meine, wenn Sie et cetera." Herr Reckzügel sagte immer „et cetera", wenn er nichts Passendes wußte.

Gabriel Stieglecker wankte mit dem Rock hinaus und an seinen Schreibtisch. Hier brach er zusammen. Den Kündigungsbrief zerriß er in unzählige Fetzen. Und dachte dabei angestrengt nach, daß er den Rock zerreiße.

Wie konnte man da kündigen? Der Rock, der Rock! Durfte er so undankbar sein? Einen Rock hatte ihm der gegeben, und er sollte kündigen?! Das tat er nicht, er, Gabriel Stieglecker.

Sondern er tat folgendes: Er tunkte abermals eine neue Feder in die violette Tinte mit dem seltenen Patinaglanz und schrieb an die Firma Simon Silberstein und Bruder, daß er für die gestrige freundliche Einladung sehr dankbar sei, jedoch mit Rücksicht auf ganz besondere, erst im Laufe der letzten Stunde eingetretene Umstände gezwungen sei usw.

Dann schrieb Gabriel mit derselben Feder tadellos schlanke Ziffern mit violetter, patinaschimmernder Tinte auf die Haben-Seite. Es waren die herrlichsten Ziffern, die Gabriel Stieglecker je geschrieben hatte.

Das Kartell

AM 12. NOVEMBER BRACHTE die Bostoner „Aurora" auf der ersten Seite ihrer acht Blatt starken Nummer in fetten Lettern das folgende Telegramm: „Seit gestern ist die bekannte Suffragettenführerin Miß Sylvia Punkerfield verschwunden. Heute hätten bekanntlich die Massendemonstrationen der Suffragetts vor dem Regierungsgebäude stattfinden sollen, zu der hervorragende Führerinnen aus Chicago und New York gekommen waren. Die Polizei hatte sogar, wie wir vorgestern berichteten, Kenntnis von den Vorbereitungen zu einem Bombenattentat vor dem Regierungsgebäude erhalten und Maßnahmen zu deren Vereitelung getroffen. Miß Sylvia Punkerfield galt als die Arrangeurin dieser Versammlung wie überhaupt als die Seele der hiesigen Frauenbewegung. Um so verwunderlicher ist ihr plötzliches Verschwinden knapp vor der Demonstration. Man munkelt von einem Verbrechen – Miß Punkerfield hatte natürlich zahlreiche Rivalinnen. Der Polizei ist es trotz angestrengtesten Nachforschungen bis jetzt nicht gelungen, der verschwundenen Suffragettenführerin auf die Spur zu kommen."

Ganz Massachusetts kannte natürlich Miß Punkerfield. Sylvia Punkerfield, die libellenschlanke Suffragette mit dem kurzgeschorenen Haar und dem schwarzen, glatten Tuchkleid, das geradezu wie ein Programm aussah und dessen unerhört einfache Holzknöpfe, die mit schwarzem geripptem Stoff überzogen waren, sich wie Punkte in diesem Parteiprogramm ausnahmen. Und dennoch, es war ein gewisses Raffinement in dieser Einfachheit. Oder glaubte jemand wirklich daran, daß Miß Sylvia kurzes Haar trug, weil es praktisch und männlich war? Miß Sylvias Kinderkopf mit den knabenhaft jungen Zügen konnte, konnte keine passendere Haartracht tragen. Miß Sylvia hatte blaue Augen. Blau, das sagt man so und denkt dabei an den Himmel oder ähnliche Institutionen von blauem Kolorit. Aber die Bläue dieser Mädchenaugen hatte etwas von der kühl violetten Färbung spätherbstlicher Abendwolken und nichts von einem Frühlingshimmel. Es war die Kälte blankgeschliffener, violettblau schimmernder Stahlklingen in diesen Augen, wenn Miß Sylvia in der Versammlung sprach. Sie hatte die scharfe, aber nicht unangenehme Stimme einer Dompteuse oder einer Zirkusreiterin. Wenn Miß Sylvia ein Schlagwort in die Menge rief, so reckte sich ihr Körper schlank auf dem Podium, und ihre Hand mit den langen muskelranken Fingern ballte sich wie um einen unsichtbaren Peitschenstiel. Der knabenhaft sehnige Arm zeichnete einen Bogen in die Luft, und es sah aus, als hätte Sylvia das Wort wie einen elastischen Gummiball in den Saal geschleudert. Dabei bekam ihre Stimme einen blankmetallenen Klang, wie wenn ein Säbel auf Messing schlüge. So war Miß Punkerfield.

DAS KARTELL

Kein Wunder, daß ganz Massachusetts sie kannte. Die ältliche Miß Lawrence, die flach war wie ein Dielenbrett, konnte logisch sein, konsequent und unerbittlich wie ein algebraisches Lehrbuch. Niemand wagte mit ihr zu diskutieren. Mit ihrer haarscharfen Logik spaltete sie jeden Gegner in zwei Hälften von wunderbarer Ebenmäßigkeit. – Die noch junge, aber lederne Miß Esther Smith kannte alle Denker dreier Jahrhunderte auswendig und goß Bottiche von zwingenden Zitaten über die Köpfe ihrer Feinde, daß sie in die Knie sanken und um Gnade flehten. – Miß Ethel Fisher, die Tochter des Wursthändlers Fisher, war gefürchtet wegen ihrer geradezu übermännlichen Grobheit. Ihre Worte waren wuchtig und klotzig wie die Hämmer, mit denen die Arbeiter ihres Vaters die Pferdehäute zu Wurst faschierten. Aber was waren sie alle gegen die übernatürlichen Eigenschaften der Miß Sylvia! Miß Sylvia war von einer siegverheißenden Glorie umstrahlt. Von ihrem Wesen ging Sieg aus. Sie atmete Sieg. Weil sie so intelligent ist, sagten die Frauen von Massachusetts. Weil sie so schön ist, sagten die Männer von Massachusetts. Und wäre Miß Sylvia nicht so plötzlich verschwunden, es hätte sich der merkwürdige Fall ereignet, daß die Frauen samt und sonders das Amazonentum links liegen gelassen hätten und die Männer samt und sonders Suffragetten geworden wären. Denn schon hatten einige Professoren von Boston ihre Gefolgschaft zugesagt, die drei jüngsten von den vierzig Senatoren von Massachusetts hatten offen ihre Sympathie für die Suffragetten kundgegeben, und der weltberühmte Stierkämpfer, der vor drei Monaten aus seiner portugiesischen Heimat herübergekommen war, der junge Pedro dal Costo-Caval, war in sämtlichen Versammlungen, in denen Miß Sylvia Punkerfield sprach, zu sehen und klatschte mit dem Aufwand seiner gesamten Stierkämpferkräfte Beifall, wenn Miß Sylvia ihre Rede beendet oder einen Gegner niedergesprochen hatte.

Und nun war Miß Sylvia verschwunden! Nichts anderes verlautete über sie, als was in der Depesche der „Aurora" gestanden hatte.

Was war mit Miß Punkerfield geschehen?

Im Café Chesterton, in der Ecke links beim Fenster, saßen die drei Herren, die ganz Boston und Massachusetts kannte: die Herren Washer, Pumper und Klingson.

Mister Washer war Reporter von der „Little Times". Er trug einen großen braunen Hut und Röhrenstiefel, die bis zu den Hüften reichten. Was zwischen Hut und Röhrenstiefeln sich befand, war der eigentliche Mister Washer. Und das war sehr wenig. Denn Mister Washer war unansehnlich und gering an Umfang. Sein Kopf war ein kleines ovales Etwas. Sein Gesicht war zerknittert wie ein Papierknäuel. Seine Nase lag eingeklemmt zwischen zwei wulstigen Falten im Antlitz, wie in einem Polster vergraben. Es war eine jener Nasen, auf deren Rücken sich kein Klemmer halten kann. Deshalb trug Mister Washer eine Brille vor den grünen scharfgeschliffenen Äuglein. Die Brille war das einzig Imponierende in diesem Gesicht. Sie war blank und blitzend und stach seltsam ab von der braungelben Gesichtsfarbe. Wenn Mister Washer Brille und Hut abnahm, sah sein Kopf mit den zahllosen verhärteten Runzeln aus wie eine kleine Nuß.

Wer einmal den Mister Washer gesehen hatte, dem blieben nur drei Dinge im Gedächtnis haften: der braune Schlapphut, die dunkelnde Brille und die Riesenröhrenstiefel. Alle drei bildeten den Mister Washer. Was der *eigentliche* Mister Washer war, verschwand vollkommen. Aber eben der eigentliche Mister Washer war interessant. Er war Polizeireporter von Ruf und Rang. Sein Blatt, die „Little Times", hatte die genauesten Nachrichten über Abstammung, Lebenslauf und Familienangelegenheiten sämtlicher Personen, die mit der Polizei in irgendwelche Berührung kamen. Wurde irgendwo eine Fabrikarbeiterin aus dem Wasser gezogen, so wußte Mister Washer, daß sie mit dem und jenem Taglöhner von der Baumwollspinnerei ein Verhältnis gehabt hatte. Mister Washer interviewte den Taglöhner, zog Erkundigungen ein über seinen Verdienst, wußte, daß er ein uneheliches Kind war, daß seine Urgroßmutter Negerin gewesen, und baute dann ein kunstvolles Gebilde aus allen seinen Nachrichten. Er hantierte liebevoll mit seinem Wissen und spielte mit den Berichten wie ein Kind mit Bausteinen. Da und dort fehlte an dem fertigen Gebäude noch ein Giebelchen, ein Türmchen, ein Zipfelchen. Mister Washer setzte noch ein winziges Interview drauf, ein zart-behutsames Interview voll graziöser Delikatesse mit dem zweiten Verhältnis des Taglöhners. Mister Washer kam sich vor wie ein Konditor, der auf die fertiggebackene Torte noch eine Rosine, eine Mandelschnitte, ein bißchen Schaum streut. Alles war säuberlich, adrett und unfehlbar und entbehrte doch nicht einer gewissen Pikanterie. Diese Polizeigeschichten hatten Mister Washer berühmt gemacht.

Mister Pumper war das gerade Gegenteil. Groß, plump und stark. In den letzten Jahren neigte er sogar ein bißchen zur Fettigkeit und Atemnot. Er trug einen Anzug von deutlich grober Eleganz. Seine Hände waren behaart, zwischen den zwei Brillantringen auf seinem rechten Zeigefinger starrten drei naseweise Härchen widerspenstig zwecklos in die Höhe. Über der sanften Wölbung seiner Weste klirrten die Glieder einer goldenen Uhrkette, wenn sich sein Atem hob und senkte. Seine Beine waren etwas kurz und nach innen gekrümmt. Sein Schnurrbärtchen war schwarz und glänzte von Pomade. Manchmal steckte noch ein Stäubchen grüner Brillantine zwischen den Härchen. Der Schädel war kahl wie eine Billardkugel. Über den Rand seines Rockkragens wälzte sich eine schwere Nackenmasse. So war Mister Pumper.

Er ziselierte nicht, feilte nicht, ließ sich nicht auf Delikatessen und Sentiments ein wie sein Kollege Mister Washer. Er förderte Raubmorde und Überfälle auf Schnellzüge zutage, spezialisierte sich auf Leichenzerstückelungen und schwelgte in Gräßlichkeiten. Nachtschenken kannte er wie seine Westentaschen. Er war mit Raubmördern per du und trank mit Polizeispitzeln. Er wußte von zukünftigen Raubmorden und verriet nichts, bis der große Tag kam und er mit Genauigkeit den Vorfall schilderte, als wäre er selbst dabeigewesen. Alles staunte über die Berichte des Mister Pumper, und der „Boston Kiker" zahlte ihm eine Gage von 1000 Dollar monatlich.

Der dritte war Mister Klingson. Groß und dünn wie eine seiner schlechten Zigarren, die er stets im Munde hatte. Sein blondes Haar war glatt gescheitelt, fiel in schweren Wellen über die linke Gesichtshälfte und verhüllte ein Gebrechen: Mister Klingson fehlte nämlich das linke Ohr. Auf einem Ritt, den er im Auftrage seines Blattes, des „Bloody Tomahawk", weit nach dem Westen hinein unternommen hatte, war es ihm einmal weggeschossen worden. Mister Klingson hatte eine unschätzbare Fähigkeit. Er war schweigsam wie ein Dock. Wenn man ihn fragte, was los sei, antwortete er ganz einfach: Nichts. Und dabei hatte er die neuesten Raubüberfälle in der linken Brusttasche druckbereit und säuberlich ausgeführt. Er war ein Behälter für Sensationen, aus dem nichts durchsickerte. Man goß in ihn die schwersten Nachrichten hinein, und es war nichts sichtbar. Er war wie eine gut verkorkte, ganz undurchsichtige dunkelgrüne Flasche.

Diese drei Reporter bildeten das „Kartell" von Massachusetts. Sie hatten stets etwas Neues zu berichten. Die „Aurora" war sonst gut informiert. Mit den Raubüberfällen mußte sie immer nachhinken. Der Chefredakteur der „Aurora" war wütend. Die Reporter der „Aurora" rannten durch ganz Massachusetts wie gehetztes Wild. Ihre Zungen hingen bis zum Boden heraus. Sie erfuhren nichts. Im Café Chesterton wurden Ereignisse und Neuigkeiten fabriziert und in die Welt geblasen. Im Café Chesterton saß das Kartell wie in einer Festung. Wer herankam und einen Angriff versuchte, mußte vor dem schrecklichen, tödlichen „Nichts!" Mister Klingsons weichen. Dem Kartell konnte man nichts anhaben.

Weiß der Teufel, woher die drei ihre stets frischen Nachrichten hatten. Und wenn sie keine hatten, so hatten sie immer noch welche. Wenn schon just gar kein Raubüberfall zustande gekommen war, so setzte sich das Kartell zusammen und beriet über die Möglichkeit eines Raubüberfalls. Oder Mister Washer rückte mit seinen ungemein zarten, delikaten Interviews heraus und brachte eine Geschichte von der Vergangenheit des großen Lustmörders Tommy. Oder aber Mister Klingson schrieb:

„Wie wir erfahren, hat die Untersuchung der Affäre: Brandlegung in der Prärie des Erdquellenbesitzers Tompson nichts Neues zutage gebracht. Unsere Leser erinnern sich noch des ‚langen Jimmy', der dem Mister Tompson Rache geschworen hatte. Dieser Jimmy soll nun vor zwei Jahren als Heizer nach Australien gefahren und dort das Haupt einer Räuberbande geworden sein. Vor ungefähr vier Monaten – heißt es in seinem Bekanntenkreis – ist er nach Massachusetts gekommen." Und nun folgte ein zartes, ungemein delikates Interview des Mister Washer mit dem letzten Verhältnis des „langen Jimmy".

Eines Tages tauchte plötzlich ein neuer Reporter auf: Mister John Baker aus Chicago. Er war lang und mager wie ein Windhund. Seine Nase hatte sich aus seinem Gesicht gewissermaßen herausgeschoben, gleichsam selbständig gemacht. Sie bewegte sich rechts und links, hinauf, hinunter, ohne daß sich ein Muskel in Mr. Bakers Gesicht sonst gerührt hätte. Diese Nase war ein selbsttätiges unabhängiges Lebewesen von flatterhafter Rührigkeit. Sie befand sich nie im Ruhestand. Sie witterte Ereignisse. Sie zog Sensationen an wie ein Magnet Eisensplitter. Sie roch Menschenfleisch, Skalpierungen, Lustmorde, Raubüberfälle. Es war eine ganz merkwürdige Nase.

Mr. Baker kam direkt von der Bahn in die Redaktion der „Aurora".

„Was können Sie?" fragte ihn der Chef. „Alles", sagte Mr. Baker.

Er bekam achthundert Dollar und ward Reporter der „Aurora".

Mr. Baker interessierte sich sehr für Suffragetten. Er schloß dicke Freundschaft mit dem portugiesischen Stierkämpfer Pedro dal Costo-Caval. Er besuchte sämtliche Versammlungen und klatschte laut Beifall. Er gewann das Vertrauen der ledernen Miß Esther Smith durch einen Artikel in der „Aurora", in der er für die Suffragetten eingetreten war.

Die Nachricht von dem plötzlichen Verschwinden der berühmten Miß Punkerfield hatte Mr. Baker zuerst in der „Aurora" gebracht. Es war fürchterlich.

Mr. Pumper, Mr. Washer, Mr. Klingson berieten. Heute konnte man nicht der Welt wieder mit dem Präriebrand kommen und mit dem langen Jimmy oder mit Jenkins, dem Zopfabschneider, oder mit Tommy, dem Lustmörder. Was war das alles gegen das Verschwinden der Miß Sylvia Punkerfield? Man mußte schreiben, wie, warum, wieso. Mister Washer ging zu Miß Lawrence, um sie um ein Interview zu bitten, aber die Suffragettenführerin hatte den Kopf verloren. Sie gab keine Auskunft.

Die Polizei hatte die dressiertesten Spürhunde losgelassen. Mister Washer lief mit einem der Hunde um die Wette nach der verschwundenen Miß Sylvia. Er fand nichts.

Das Kartell ging zum Polizeileiter Mr. Shelly. „Mr. Shelly", hub Pumper an, „ich habe einen Verdacht!" „Nun, was für einen?"

„Ich verdächtige unseren Kollegen Baker von der ‚Aurora' der gewaltsamen Entführung der Suffragette. Diesem Mann ist alles zuzutrauen! Nur um eine Sensation zu haben, ist er imstande, einen Mord zu begehen."

Mr. Washer nickte fromm und zustimmend. Er war so ermüdet von dem Wettlauf mit dem Polizeihund, daß er kein Wort finden konnte. Mr. Klingson war steif und stumm und sog an seinem kalten Zigarrenstummel gierig, als könnte er eine Wendung in der dunklen Affäre heraussaugen.

Der Polizeileiter beschloß, den Reporter von der „Aurora" zu vernehmen.

Als man aber in die „Aurora" kam, hörte man, Mr. Baker sei schon mit dem Frühzuge weg, um Miß Sylvia zu suchen.

Unterdessen war Mister Baker in seinem Zimmer und las lächelnd und mit Behagen einen Brief. Zum erstenmal in seinem Leben ruhte seine Nase still. Sie bewegte sich nicht. Der war vom 2. November datiert und trug die Aufschrift: An Bord der „Atlantis". Er war von dem portugiesischen Stierkämpfer Pedro dal Costo-Caval und lautete:

DAS KARTELL

Lieber Freund!

Nun weiß ich erst, was ich Dir und Deinem Reporterehrgeiz zu verdanken habe. Dein Einfall, mich in Miß Sylvia verliebt zu machen, war vortrefflich. Dein Rat, sie zu entführen, noch trefflicher. Im übrigen war sie mit allem einverstanden. Sie wollte einfach nicht mehr Bomben werfen. Jedes Weib wartet schließlich doch nur auf ihren Stierkämpfer. Alles andere – Politik und Bomben – ist Verlegenheit und Ersatz. Ich entführe sie mit ihrer Einwilligung. Wir werden sehr glücklich sein. Wenn ich einen Sohn habe, wirst Du Pate. Ich telegraphiere Dir.

Gruß!
Dein Pedro

Mister Baker griff nach seinem Notizblock und schrieb ein Telegramm an die „Aurora", von New York, den 12. November datiert.

Am nächsten Morgen brachte die Bostoner „Aurora" auf der ersten Seite ihrer acht Seiten starken Nummer in fetten Lettern das folgende Telegramm:

„New York, den 12. November.
(Von unserem Sonderberichterstatter)

Die mysteriöse Angelegenheit der Miß Sylvia Punkerfield ist geklärt. Miß Sylvia ließ sich von dem portugiesischen Stierkämpfer Pedro dal Costo-Caval entführen. Zwischen beiden bestand seit längerer Zeit ein Liebesverhältnis. Das Paar ist auf der Reise nach Portugal begriffen und befindet sich an Bord der ‚Atlantis'."

Im Café Chesterton gab es große Aufregung. Mister Pumper sank, als er das Telegramm las, vom Schlag getroffen zu Boden. Mister Washer erkrankte plötzlich an hohem Fieber, delirierte Interviews und starb eine Woche später an den Folgen einer Lungenentzündung, die er sich beim Wettlauf mit dem Polizeihund zugezogen hatte. Mister Klingson wurde telephonisch entlassen. Ihr könnt ihn heute noch sehen, er wartet im Café Chesterton auf ein Dementi der Entführungsgeschichte, damit er es als erster ins Blatt bringe.

Der blinde Spiegel

DIE KLEINE FINI SASS auf einer Bank im Prater und hüllte sich in die gute, bergende Wärme des Apriltages. Einer süßen, niegekannten, fremden Ohnmacht gab sie sich willig hin wie einer Melodie. Das Blut hämmerte schwer und schnell gegen die dünne Haut der Pulse und Schläfen. Das blasse Grün der Bäume und Wiesen breitete sich aus über Kinderwagen, Steinen und Bänken. Alles Sichtbare floß ineinander, als blickte man aus einem sehr schnellen Zug in eine sehr grünende Welt. Es dauerte einen ewigen Augenblick. Dann gewannen Menschen und Gegenstände der Umgebung ihre Konturen wieder, eigene Gestalt und eigenes Leben, Gang und Haltung, besonderes Merkmal und vertrautes Gesicht. Aber die Ohnmacht schwang noch nach, singend im Blut, mit ihm kreisend, füllte sie die Adern, den ganzen Körper wie ein Choral eine Kirche. Die Leere sang, schwer waren die Glieder, aber leicht und schwebend das Leben, Flügel bekam das Herz wie in der Stunde besiegten Sterbens. Fernab flatterten schwarze Ängste nieder, kein Dunkel drohte mehr, es wartete keine Gewalt, keine Furcht zuckte auf am weiten, glücklichen Horizont eines wunderbaren Tags. Fini konnte das langsame Pochen ihres Herzens hören, tröstend war diese unmittelbare Nähe des eigenen warmen Lebens, zum erstenmal und überraschend waren sie und ihr Herz merkbar allein, und sein Pochen wie eine langsam tropfende, tröstliche Antwort auf angstvoll verschwiegene Fragen. Die Brust war leicht wie kurz nach einer ausgeschütteten Qual, und sorglich gebettet in eine beglückende Wehmut – als würde man weinen, als löste sich eine schmerzlich gekrampfte Fessel nach langen Jahren – endlich, endlich.

Fini, die Kleine, erhob sich und streckte die Arme, jung, wie ein junger Vogel zu fliegen versucht, und als sie den ersten Schritt machte, kamen die Gedanken wieder. In rätselhafter Nähe hatten sie gelauert, wie Fliegenschwärme kamen sie; die kleinen Ängste, die flinken, schwarzen Sorgen, die häßlich huschenden Nöte, die Drohungen des Morgen und Übermorgen, die grausamen Bilder grausamer Tage, und die Furcht wölbte sich wie ein niederes Joch über zitterndem Nacken.

Verrauscht war die süße Musik der Ohnmacht, der gute, schläfrige Sang des Vergessens, verblaßt alle leuchtende Weite des sorglosen Nichts und ausgekühlt die bergende Wärme des lauen Tags. Fini fror im Aprilabend, als sie aufstand, um die Briefe auszutragen an die Firma Mendel & Co., an das Landesgericht I und II, an den Nebenkläger Wolff & Söhne, die fremden Briefe in dem grüngefaßten Buch, die fremden Briefe in die fremden Vorzimmer, die leichte, die schmerzende Last, die man austrug, um das Porto zu verdienen, von vier Uhr nachmittags bis sieben Uhr abends.

Durch die großen Straßen ging sie, verloren und gering, und merkte erst in einem Hausflur, daß der Brief an das Landesgericht I nicht mehr da war, der wichtige Brief, in der lockeren Reihe flüchtiger Unterschriften fehlte eine, war eine Zeile leer und rundete sich, sah man lange darauf, zu einem furchtbar glotzenden Loch, einem hohlen, weißen Auge. Ein großes Zittern befiel das kleine, frierende Mädchen, und die Kälte wuchs, die man kaum mehr ertrug, mitten im lauen Aprilabend – man fühlte ihn, und er wärmte nicht. Fini wollte die Wärme herabziehn und sie um die dünnen Schultern legen. Wie der Abend die Stadt einhüllte, so sollte er sie auch schützen, die verloren war in der unermeßlichen Straße.

Ach! wenn man so dünn und gering ist, tut es gut, sich irgendwo bergen zu können, in der lärmenden Wüste der Stadt. Drohend wölbt sich das eiserne Leben über unsern kleinen Köpfen, und wir sind machtlos und verloren, preisgegeben dem bellenden Hund und dem blinkenden Polizisten, dem gierigen Auge des Mannes und dem keifenden Ruf des kriegsbereiten Weibes, dem wir besinnungslos in den Weg treten, jeder Macht, die auf den Plätzen lebt und an den Ecken lauert. Jetzt müßte man ein Haus wissen, in das man gehn dürfte, ein schützendes Haus mit reichem Portal, das uns mütterlich empfängt und speist und tröstet und die große Furcht aus unsern Herzen treibt wie der mächtige Portier die unbefugten Eindringlinge; jetzt, da man die Unbarmherzigkeit des Draußen gefühlt hatte, täte ein großes, bergendes Haus so wohl. Keine Sorge wäre drin um den verlorenen Brief und das bange erwartete Morgen.

Als der weißgekittelte Mann kam und eine Laterne mit langer Stange entzündete, huschte eine kleine Wärme durch das frierende Mädchen und ein armer, aber guter Trost, daß zwischen dem Heute und dem Morgen noch eine lange Nacht lag. Zwischen dem Unglück und seinen schrecklichen Folgen waren zwölf oder zehn Stunden und ein Schlaf und ein rettender Traum vielleicht und Zeit genug für ein Wunder, das einmal ja kommen muß in unserem Leben. Vielleicht, wenn kein Traum kam und das Wunder enttäuschte, ließ sich in der Früh noch mit Doktor Blum, dem Sozius, reden, der besser war, weil er jünger war, und eine Stirnlocke trug wie ein Student.

Wäre der Hausflur nicht, in den wir jeden Abend gehn müssen, der Hausflur, der schlimmer war als die Straße, in dem der Kot junger Katzen roch und die Pförtnerin lauerte, und die Treppe nicht mit dem schadhaften Geländer wie einem lückenreichen Gebiß und die vergrämte Mutter nicht mit der ewigen Neugier und dem ungläubig geschärften Ohr – wäre das alles nicht, so könnte man das Morgen Gott, dem lieben Gott, überlassen und heute noch feiern, im weichen Bett, ein Buch und Ansichtskarten auf der Decke.

2

Noch war die Mutter nicht zu Hause. – Es ist gut, wenn unsere Mütter nicht da sind, die Mütter mit den ungläubig forschenden Augen, die traurig sind und weinen müssen, strenge und fürchterlich und dennoch traurig, unsere armen Mütter, die nichts verstehen und schelten und vor denen wir lügen müssen. Wir brauchen niemandem Bericht zu erstatten, und keine Furcht ist in uns vor der Wirkung des Berichts, keine Furcht vor dem Zwang zur Lüge und keine um ihre Entdeckung. Fini entkleidete sich langsam; sie fühlte es warm und feucht an ihren Schenkeln rinnen, Blut mußte es sein, groß war ihre Sorge. Irgend etwas war mit ihr geschehen, und sie forschte in ihrem vergeßlichen Gehirn nach einer Sünde, einer vor grauen Tagen begangenen.

Es ist schön, sich allein im Zimmer vor dem Spiegel entkleiden zu können – allein, die Tür ist versperrt, als hätte man sein eigenes Zimmer wie Tilly, die Große – und festzustellen, wie die Brüste wachsen, weiß und fest und von rosigen Kuppen gekrönt, obwohl sie noch nicht so groß und durch die Kleider deutlich sichtbar sind wie bei Tilly, die einen Freund hat und küssen darf.

Gerührt, als streichelte sie ein kleines, fremdes Tier, so tastete Fini an ihrem Körper, erfühlte den beginnenden Schwung der Hüfte und das kühl gerundete Knie und sah, wie das Blut eine schmale rote Furche zog, das nackte Bein entlang.

Die kleinen Mädchen fürchten sich, wenn sie das rote Blut sehen und wenn sie nicht wissen, woher es kommt, und ganz allein und nackt sind, ohne die schützende Hülle des Kleides, mit einem lebendigen Spiegel eingeschlossen in einem Zimmer, rotes Blut, unbekanntes, aus unbekannten Gründen fließendes sehen, ist ihre Furcht dreimal so groß. Die Wunder haben in ihnen selbst ihre Ursache und ihr Leben, und wir erschrecken vor dieser Nähe des Rätsels, von dem wir geglaubt haben, daß es in der Weite wächst und ferne unsern Körpern. Fini hielt den Atem an und hörte plötzlich die große Leere im Zimmer, fühlte das Totsein der toten Gegenstände, sah die Lampe in einem Nebel brennen, in einem weißen Nebel, der die Form eines Angesichts annahm und behielt, eines gespenstischen Angesichts mit leuchtendem Kern. Fini hörte aus unermeßlicher Ferne wie aus einem geahnten Jenseits Stimmen der Straße und das Kreischen einer Bahn, die Melodie einer ewigen Geige und ein tröstliches Rauschen der Stille wie aus einer großen Muschel. Kühl und weich flutete die unendliche Stille, ein Ozean, der von den Füßen aufstieg und stieg – schon stand sie mit den Knien darin, und die blaue Stille deckte die Hüften ein und wuchs um das Herz beklemmend.

Ein gutes Dunkel kam und deckte sie zu. Sie sank in die Ohnmacht, in den weichen, ausgebreiteten, gastlichen Mantel aus zärtlichem Samt.

3

So fand sie die Mutter, die allzeit geschäftige, in Sorgen ergrauende, die Mutter, die von der Tour kam, aus Purkersdorf mit der Westbahn.

Den Hut, den schiefen, auf der Fahrt beschädigten, zum Einkassieren unerläßlichen, warf sie auf das Sofa. Eier zerbrachen mit kläglichem Laut in der Tasche. Schön öffnete sie den zitternden Mund zum Fluch, ein häßliches Wort krümmte die Lippe, da erschrak sie, dachte an Selbstmord und grausigen Bericht in der Zeitung und beugte sich über Fini.

Das Mädchen erwachte und sah über sich das breite Gesicht der Mutter, sah in die schmerzlichen Augen und eine unbekannte Güte darin, einen Trost und ein fremdes Erschrecken. Rasch hob sie die Mutter auf starken Armen ins weiße, breite, weiche Bett, kalte Milch brachte sie und küßte Stirn, Mund und Augen wie lange nicht mehr. Vertraut war die Berührung der mütterlichen Lippen, lang entbehrt und wie eine Wiederkehr der halbvergessenen Kindheit. „Mein gutes Kind", sagte die Mutter und wiederholte die Worte, und ihre Stimme war verwandelt, die Stimme einer alten, einer gewesenen, verlorenen, zurückgekehrten Mutter. „Jetzt bist du unwohl", sagte die Mutter und: „Nun bist du eine Frau." Und Fini verstand, was Tilly, die Erwachsene, immer gefragt hatte: ob sie auch schon unwohl sei. Eine stille Feier entzündete sich im Innern, ein heimliches Fest, als trüge man ein weißes Kleid und würde konfirmiert.

„Bleib morgen zu Hause, geh nicht ins Büro", sagte die Mutter. Weich und warm wie ein kleiner, lieber Wind ging ihre Stimme über Finis Gesicht. So merkwürdig verwandelt war alles; der Bruder schwieg, der sonst immer tobte, die Mutter summte leise in der Küche, und der Nachtwind spielte mit einer zart klirrenden Fensterangel im Nebenzimmer. Ruhe, weiße, war im Bett und in der Welt, die behagliche Wärme eines neugefundenen Heims, Heimat ohne Ende, Güte ohne Grenze und mit der Mutter die Gemeinsamkeit des Erwachsenseins und des Frauseins. Nicht mehr strafende Mutter war sie, sondern schwesterliche Frau.

Spät am Abend klingelte die Nachbarin noch, auf einen Plausch kam sie; leise rasselte ihr Schlüsselbund, und man hörte sie reden. Fini lauschte; die Mutter sprach mit der Frau vom Krieg; sie lasen im Abendblatt den Sieg von Sadowa und sprachen von den Männern, die lange nichts mehr schrieben. Der Duft bratender Erdäpfel wandelte durch die Zimmer; die Frauen aßen und kicherten; jetzt erzählte die Mutter von Fini, und das Kichern der alten Frau wurde unangenehm, und ihr Flüstern kam wie ein Zischen unverständlich und beunruhigend aus der Küche.

Zu schön war die Behaglichkeit des weißen, heimatlichen Bettes und zu aufregend ein mißtrauisches Lauschen. Es war besser, man legte sich gerade hin und dachte an gar nichts mehr.

Aber plötzlich überfiel Fini der Gedanke an den schrecklichen verlorenen Brief, und sie rief die Mutter herbei und erzählte es ihr, die nicht erschrak und nicht fluchte, sondern gütiger wurde und weicher, Trost und Vermittlung versprach und mit beiden Händen die Decke glättete. So verwandelt hat sich die Welt, eine Dankbarkeit strömt aus tausend aufgebrochenen Quellen, und aus den Tiefen verschütteter Kindheit holen wir unsere alten, kleinen, frommen Gebete hervor und weinen ein bißchen zu dem auferstandenen Gott und schlafen ein.

4

Um acht Uhr früh schon weckte eine schrille Klingel, eine Feldpostkarte des Vaters kündigte sie an oder eine Todesnachricht; eines von beiden nur konnte es sein. Tag für Tag, Stunde um Stunde wartete man auf die Karte, auf die Todeskarte vom Regiment, und man zitterte vor dem kurzen Geschrill der Glocke, das man ersehnte, wenn es ausblieb. Fini hörte der Mutter gewöhnliches Ächzen beim Aufstehen, das Schlurfen ihrer Pantinen bis zur Tür und zurück, den Gruß des Postboten und das Rattern der emporgezogenen, hölzernen Jalousien. Es dauerte ein paar Minuten, es waren Minuten süßer, banger Ungewißheit, die wir liebhaben, die gespannten Minuten mit dem angehaltenen Atem vor den großen Überraschungen, die man immer ersehnt, und wären sie auch fürchterlich.

Aus der Küche scholl der Mutter freudiger Ausruf, herbei eilte sie ans Bett und setzte sich und meldete die Ankunft des Vaters, der schon unterwegs war, entronnen dem Tode, verletzt, und vielleicht für immer dem Hause wiedergegeben.

Mit zärtlich zittrigen Fingern zerknitterte sie die rote Karte, schon sah sie aus wie am Busen zerdrückt, und der arme Kopf vergaß das Butterbrot für Josef und die Obliegenheiten der morgendlichen Stunden. Am Bettrand saß sie mit dünn gewickeltem Zopf und spann Träume, wollte Touren aufgeben, die vergeblichen wenigstens, und von Arnold, dem Onkel, die erträglichen und ertragssicheren abkaufen, in den Gegenden der Munitionsarbeiter, die sichere Gehälter bezogen und verläßliche Ratenzahler waren.

Eine merkwürdige Güte offenbarte das Leben, Gnaden schüttete Gott aus, er verwandelte die Mutter, die fluchende, die Rächerin und die Richterin, in die gütige, freudige Frau, fast konnte man's nicht glauben. Oft schon waren Zweifel in Fini des Morgens gewesen, ob sie in die Wirklichkeit des Tages erwacht oder entschlummert war in die Fortsetzung des Traumes. Diesmal war alles unwahrscheinlich, die Sonne und der plinkende Sperling am blechernen Fensterbrett, die goldige Staubsäule in der Ecke beim Ofen, die Wiederkehr des Vaters und die Ruhe im Herzen.

Die Mutter strömte den schwülen Duft ihrer Körper- und Bettwärme aus, sie roch vertraut wie warme Milch und weckte in Fini das Verlangen, die Arme um den Hals der Frau zu legen, die nachgiebige Weichheit der mütterlichen Brüste zu fühlen und glücklich zu weinen. Wäre nicht der Gedanke an den verlorenen Brief noch lebendig in seiner ganzen Furchtbarkeit – wie wäre der Morgen sorgenfrei und wunderbar –, wäre die nächste, die kommende Stunde nicht in der Kanzlei vor dem Doktor Finkelstein.

DER BLINDE SPIEGEL

„Ich will hingehen und ihm erzählen", sagte die Mutter. Und Fini entsann sich der Schuljahre und der mütterlichen Vermittlungen und ungeschickten Ausreden und des blamierenden Diskurses zwischen Mutter und Lehrer und entschloß sich, selbst zu gehen. Wenn Gott, der wiedergekehrte, neuerbetete, helfen wollte, so half er in allen schwierigen Dingen den kleinen Mädchen, und wie immer, wenn wir fast keinen Ausweg mehr wissen, dämmert in unsern Köpfen langsam eine Ausrede und formt sich zum wahrscheinlichen Bericht, an den wir selbst am Ende glauben. Konnte man nicht mit der Feldpostkarte hingehn und den verlorenen Brief mit Aufregung entschuldigen, die man wohl glaubte, während man eine Ohnmacht, eine gewöhnliche, belächelte? Vieles Wunderbare war seit gestern geschehn, viel mehr Wunder brachte das Heute. – Und Fini, die Kleine, ging über die Straßen, vor denen sie sich gestern so gefürchtet hatte, und war nicht mehr gering und verloren, sondern stolz und gehoben, gewachsen und reif geworden in der schwülen, regenschwangeren Luft des trüben Tags. Die Wolken hingen fallbereit. Kleiner schien die Unermeßlichkeit der Atmosphäre und näher der Welt; verlangend lag der Himmel über der Erde, bereit, sie zu umarmen und zu befruchten.

5

Die Wunder hörten nicht auf, die Güte Gottes gebar sich immer neu. Ein Mann kam, eine Viertelstunde vor dem Doktor Finkelstein, und brachte den Brief, den verlorenen, in die Kanzlei. Fini gab ihm ihr letztes Straßenbahngeld. Sie sah den Mann genau an und behielt sein Gesicht, seine Kleidung, seinen Schnurrbart treu im Gedächtnis. Jahrelang später wußte sie, daß ihm Haarbüschel, graue, aus den Ohren wuchsen. Allerdings kam der Sozius Blum in dem Augenblick herein, als der Mann fortging, groß, stark, duftend und strahlend, ein Gott der Frauen. Behutsam und väterlich faßte er Finis Arm, Milde und Verzeihung schwangen in seiner Stimme, als er zur Vorsicht für alle künftigen Fälle mahnte. Dabei spürte sie den sanften Druck seiner Finger am Oberarm, sie blickte zu ihm auf und sah seine sorgfältig verworrene Locke über dem linken Auge und seinen lächelnden Mund.

Später floß das Wunderbare über in die gewöhnliche Lauheit ärgerlichen Tages. Fini saß vor dem braunen Telephonapparat mit den verwirrenden Stöpseln und verworrenen Bändern, den grüngetupften, den rotgestreiften, den blauen und den unbesetzten Löchern, vor denen die rätselhaften Klappen aus rätselhaften Gründen plötzlich abfielen mit leisem Schlag wie verwelkte, harte Augenlider. Das Telephon schrillte, die helle Fanfarenstimme einer Frau verlangte den Doktor Blum; ein Stöpsel flog in ein beliebiges Loch, und Fini wartete auf den Erfolg. Schon ahnte sie gleichzeitig, daß es eine falsche Verbindung war, und sie wartete furchtsam wie in der Schule, wenn sie auf der Tafel eine Rechnung falsch gelöst hatte und hinter dem Rücken das peinliche Schweigen der Klasse fühlte und den triumphierenden Atem der Lehrerin auf der Schulter. Wie konnte man auch an diesem stöpselreichen Apparat den richtigen finden, wenn ein Wunder nicht zu Hilfe kam?

Ach, es kam nicht, sondern der Doktor Finkelstein. Gefräßig, mit einer Aktenmappe stürzte er, der ewig gefräßige, immer sturzbereite, streitbare, mit starken Brillengläsern funkelnde, herein; denn bei ihm hatte es geläutet und nicht beim Sozius, bei ihm hatte die Exzellenz Helena nichts zu suchen – „nichts zu suchen, sage ich" –, die Schlange, die sie beide noch ruinieren würde. „Ich mache keine Strafprozesse, das müßten Sie wissen, zehn Jahre sitzen Sie hier!" Lärm kündigte ihn an, den Doktor Finkelstein, in einer Wolke von Lärm lebte er, und er begann zu diktieren. „Lassen Sie den Apparat, den Sie doch nie verstehen werden, und setzen Sie sich an die Maschine!" – Und leise vor sich hin wiederholte er: „Zehn Jahre sitzt sie schon hier" – bis plötzlich ein Blick zu Fini hinüberflog und ihr Gesicht streifte und eine dunkle Erinnerung an die Erzählung des Doktor Blum von einer neuen, jungen Hilfskraft weckte.

Wie flatterte das Herz, wenn er diktierte, die großen, fremden, nie gehörten Worte sprudelten, Sturzbäche erstaunlicher Satzgefüge, prachtvoll exotische Klänge, lateinische Namen, Sätze, labyrinthisch gebaute, mit kunstvoll verborgenen Prädikaten, die manchmal unerklärlich verlorengingen. Während Fini stenographierte, überhörte sie ein Wort, mißverstand sie einen Namen, und der Bleistift, mühsam unter den Druck des Zeigefingers gezwungen, begann zu flattern, wild auf raschelndem Papier, der Klang eines gehörten Wortes zeugte ein ähnliches im Bewußtsein, drohend erhob sich am Ende des Diktats die unerläßliche Vorlesung des Stenogramms, und daran mußte Fini denken, während sie schrieb. An die nächste halbe Stunde, in der es sich erweisen sollte, wie kläglich das Diktat ausgefallen war, an die mißlungenen Sätze mit den verstümmelten Namen, die weggelassenen Paragraphen und verschobenen Prädikate. Es war, als hätte man ein verrücktes, wirbelndes Rad zu stenographieren; große, bunte Räder kreisten, wuchsen violett und rot gerändert aus dem Papier.

Dann erfolgte die Kündigung, notgedrungen, Entlassung auf der Stelle sogar. Rückkehr mit hängendem Kopf und Suchen in den kleinen Anzeigen des Morgenblattes.

Warten in den Vorzimmern und sorgsames Kalligraphieren der gleichlautenden Offerten. „Punktum, Schluß!" schrie Doktor Finkelstein, „lesen Sie, schnell!" Aber an diesem wunderbaren Tage strömte Rettung, plötzlich und dankbar empfangen, aus allen Türen. Nun klingelte jemand, und Exzellenz Helena trat ein, ihre Stimme klang hell, eine Siegesfanfare, in hellem Kleid rauschte sie mit dem kühngeschwungenen Hut voll jugendlicher Kornblumen. Aus einer merkwürdigen, großen Welt kam sie, aus der Welt der noblen Klientel; Leere war um sie, kein stenographierendes Mädchen und kein Bürodiener, durch Kleider und Körper drangen ihre Blicke, aus Glas war man selbst, ein durchsichtiger Gegenstand. Die tobende Wildheit Doktor Finkelsteins war dahin, Höflichkeiten stotterte er und empfahl sich bestens, den Sozius versprechend.

Einen Akt galt es zu suchen, einen verlorenen Akt. Exzellenz Helena contra Ehegatten, und man suchte ihn unter H, verzweifelt, schnell, fünfmal durchblätterte Fini den

Buchstaben H, bis Doktor Blum ungeduldig Tuschak rief, Exzellenz Tuschak. Unter T fand sich der Akt. Währenddessen saß Tilly eifrig gebeugt über raschelnden Papieren, Bleistifte spitzend, Radiergummis ordnend, Löschblätter schneidend, Briefmarken zählend; vergebens suchte Fini ihren Blick, den freundschaftlichen Blick, den Hilfe versprechenden – ein böses Ding war Tilly, sie stellte sich fleißig und ließ den Kameraden im Unglück. Es verdroß und tat weh, das Blut schoß in die Wangen, Fini fühlte, wie ein Strumpfband sich lockerte, aber ein rettender Griff nach dem Knie war verboten und hätte ein Jucken vorgetäuscht, das lockere Band und der rutschende Strumpf nahmen den letzten Rest von Haltung, Papiere stoben flatternd auseinander.

Dann folgte eine heilende Stille, keine Klingel weckte. Fini sah durchs Fenster, sah die langsame Turmuhr, das rote Kloster mit dem Wandelgang für die Nonnen im Park, die hin und her schritten, schwarz und weiß, fremde Geschöpfe im Jenseits hinter den roten Mauern, im Garten, im Vorhof der ewigen Seligkeit. Die Scheu vor den Bräuten Christi verschwand, und Fini schien es wunderbar im Garten des Klosters. Langsam rückten die goldenen Zeiger vor, Exzellenz Helena verrauschte, einen Augenblick stand Doktor Finkelstein noch da mit funkelnden Brillengläsern, dann ratterte er los mit der schwarzen Mappe und der flatternden Hutkrempe.

In den Straßen war der Frühling, es hatte geregnet, und die großen Kieselquadersteine leuchteten rot und bläulich, als spiegelte sich in ihnen ein Regenbogen. Frisch gewaschen war das Gras auf den Rasenbeeten, die Amseln standen schwarz in der Straßenmitte, Fini schlenderte langsam mit Tilly, heute schon erwachsen, unwohl und Frau. „Ich sehe schlecht aus", sagte Fini, „siehst du nicht? Ich bin unwohl", sagte Fini wie etwas Selbstverständliches und maß die Brüste Tillys, die unter der dünnen Bluse zitterten. Die Männer lächelten sie an, die jungen Männer, die beutegierig durch die Straßen gingen.

Bei Trillby lockte gelbes Eis, von zarten Waffeln überdeckt, in rundgeschliffenen Eiergläsern, die halben und ganzen Portionen auf marmornen Tischchen draußen, und die tiefen Korbsessel. Das Porto, das bitter verdiente, ging zur Hälfte drauf, ein Trinkgeld bekam die Kellnerin, und knapp, ehe ein Einjähriger sich anschickte, aus der hinteren Ecke an den Tisch der Mädchen zu treten, standen sie auf und schritten, neu gestärkt und den Glanz der untergehenden Sonne vor sich auf den Gesichtern, um die Ecke.

Es duftet zu Hause nach süßen Dingen, die man für den heimkehrenden Vater bereitet, der Bruder Josef tobt – und als wären Jahrzehnte seit gestern vergangen, so füllt wieder die graue Unerbittlichkeit das Haus, die Treppe und die Mutter. Dahin ist die warme Bettheimlichkeit von gestern, die Mutter kommt forschend aus der Küche, Einzelheiten des Tagesablaufes will sie wissen, unablässig. Tief schneiden die Seufzer ihrer Unzufriedenheit ins Herz, die Nacht kommt und die geizige Petroleumlampe mit dem graublau angehauchten Glaszylinder, aus dem die Nachbarin Regen für morgen prophezeit.

6

Es regnete wirklich, und der Vater kam, mit ergrauten Schläfen, rätselhaft klein geworden und behaftet mit dem Duft von Jodoform, Hygiene, Rotem Kreuz und Eisenbahn.

Eine Granate hatte ihn Gott sei Dank verschüttet; nun war er da, für immer vielleicht,
aber ratlos inmitten seiner gesunden Familie, betäubt von der Ankunft in seinem eigenen Haus, heimatlos in der Heimat und außergewöhnlich zwischen dem Gewöhnlichen, mit suchenden Blicken, die immer abglitten und zurückzukehren schienen in eine Ferne, in die verlassene Ferne, deren Schattenriß wir kaum ahnen konnten, deren
Wirklichkeit uns niemals erkennbar war.

In Fini lebte er als der große, starke Mann, der sie in die Arme nahm, als er schied,
jetzt war er klein und gedrückt, und ihn umarmte Fini. „Lauter sprechen", bat er und
erzählte, daß er schwerhörig geworden. Man sprach lauter, man schrie, und er hatte doch
nicht verstanden, er war stocktaub, und nach zwei Tagen kam er mit einem schwarzen
Hörrohr, das seltsam und erschrecklich aus der oberen Tasche seines Uniformrocks einen langen Hals mit breitem Trichter reckte. Verwandelt war er ohne Instrument, und
noch mehr, wenn er es ans Ohr legte. Jeden Tag humpelte er an seinem Stock ins Spital
und brachte den Geruch der Medikamente nach Hause und manchmal einen großen,
länglichen Brotlaib, den man beim Bäcker nicht bekam. Die Verwandten kamen, ihn zu
begrüßen, sie schrien mit Lust und weideten sich an seinen Mißverständnissen und lachten verstohlen. Arnold, der Onkel, wollte seine guten Touren partout nicht verkaufen,
und man sprach von einer Neugründung der Existenz.

Dann waren die lauten Besuchstage verrauscht, und einmal entstand ein Streit wegen
einer Zündholzschachtel, die der Vater im Spital vergessen hatte oder im Wirtshaus –
wer konnte es wissen? Ein wenig trank er, dann war er stiller als gewöhnlich, und manchmal stahl er kleine Dinge aus dem Hause. Die Mutter schrie, nur sie allein verstand er
gut, und er blieb die Antwort nicht schuldig. Aber sprach die Mutter leise, verstand er
dennoch nichts, und sie durfte fluchen – und Worte, die sie tief zurückgedrängt hätte,
wäre er nicht taub gewesen, tanzten jetzt frech über ihren Mund und trafen ihn nicht, so
daß er lächeln konnte, wenn sie „Schubiack" sagte.

In der Nacht aber hörte man sie zärtlich flüstern im Bett, wenn Fini zufällig erwachte; spät nach Mitternacht drang das Wispern schwül aus dem Schlafzimmer. Da belebte
sich wahrscheinlich sein Gehör, denn es ging um Liebesdinge. Merkwürdig war, daß sie
ihren Streit vergessen konnten, wenn sie Körper an Körper lagen; der warme Milchduft,
der von der Mutter kam, versöhnt ihn, dachte Fini.

Warm war die Nacht, und das Bett strömte Wärme aus; Fini stand auf und ging ans
offene Fenster, während Vater und Mutter im Schlafzimmer eine Kerze anzündeten mit
heiserem Kichern.

Rührung überfällt uns in der klaren Nachtluft, wenn die Sehnsucht aus den blauen
Gründen zu uns kommt und am Fenster der Pfiff einer weitrollenden Lokomotive hän-

genbleibt, auf dem Bürgersteig gegenüber liebesdurstig eine Katze schleicht, in einem Kellerfenster verschwindet, hinter dem der Kater lauert. Groß und sternenreich ist der Himmel über uns, zu hoch, um gütig zu sein, zu schön, um nicht einen Gott zu erhalten. Die nahen Kleinigkeiten und die ferne Ewigkeit haben einen Zusammenhang, und wir wissen nicht, welchen. Vielleicht wüßten wir ihn, wenn die Liebe zu uns käme; sie ist mit den Sternen verwandt und mit dem Schleichen der Katze, mit dem Pfiff der Sehnsucht und mit der Größe des Himmels.

Zwei Menschen entkleideten sich drüben, hinter den Jalousien sah man ihre Schatten, eine Hand löschte mit wehendem Schwung die Kerze aus, und Mann und Frau gingen schlafen – jetzt flüsterten sie, wie die Eltern flüstern. Fini fühlte die Nachtluft nicht mehr, rote Kreise vor den Augen sah sie, ein jäher Blutstrom rann in die Schenkel, und die Spitzen ihrer Brüste wuchsen, streckten sich dem Draußen, den Lokomotiven, den Pfiffen, den Sternen entgegen.

Der neue Tag graute; hinter den Häusern erhob sich ein weißes Leuchten. Sonntag war es. Der Morgen breitete sich aus, schnell hellte das Zimmer auf, am Nachmittag gehen wir mit Tilly ins Atelier; wir werden neue, wunderbare Dinge erleben in einer unbekannten Welt, neue, große Dinge, kleine, kleine Fini.

7

Dieser Nachmittag im Atelier behielt seine leuchtende Seltsamkeit noch lange Jahre später, als Fini schon in einer anderen Welt lebte und die süße Dummheit ihrer jungen Tage vergessen und vergraben hatte. Mitten zwischen den großen und klugen Menschen war sie noch einsamer als daheim, geringer als in den weiten, großen Straßen der großen Stadt, wenn sich das Leben eisern über ihrem kleinen Kopfe wölbte. Aus allen Bereichen der wunderbaren, ungekannten und kaum erahnten Welt strömten die Gedanken der Menschen, die schönen, die zarten, die unverständlichen, die weichen Gedanken, die Musik aus unzähligen, verstreuten und verborgenen Instrumenten. Die Hälfte verstand sie nicht und wußte nicht, wen zu fragen; denn unerreichbar war Tilly, die Erwachsene, Gewandte, die kühn zu Hause war, wo man sie hinstellte, und aus der glanzvollen Mitte, die sie einnahm und die ihr gebührte, in den stillen Winkel Finis kühles Lächeln schickte und kalt strahlenden Blick. Fini fühlte, daß keine Hilfe kam, und es war ihr, als müßte sie, ungelernt, wie sie war, in der nächsten Stunde zur Prüfung treten. Stolz und mutig waren die Menschen, gewiß kamen sie aus den großen, kühlen, bewachten Häusern und aus den reichen Zimmern, in denen Spiegel an jeder Wand die Haltung ihrer Besitzer unter steter Aufsicht halten und bis zur Vollkommenheit verbessern. Wer aber, wie wir, aus den engen Häusern kommt und in den Zimmern mit den blinden Spiegeln heranwächst, bleibt zage und gering sein ganzes Leben lang.

Schon sprachen die Männer, sie hatten braune Gesichter und mutige Augen, und sie waren auch im Kriege gewesen, wie der Vater; aber sie kamen nicht klein und gedrückt und nicht taub nach Hause, und selbst aus ihrer Verstümmelung noch strahlte Glanz. Die Männer sind aus einer ganz anderen Welt als wir kleinen Mädchen, sie sind klug, stark und stolz, sie lernen viel und wissen viel, sie suchen die Gefahren, und durch die Straßen gehen sie herrschend, und ihrer ist, was sie sich wünschen, die Häuser, die Bahnen, die Frauen und die ganze Stadt.

Ein Maler, Ernst hieß er, zeigte Fini Skizzenblätter, einen Hund, ein nacktes Mädchen und Schwalben im Flug, und man sah es ihm an, daß er schenken wollte, weil Fini ihm leid tat. „Sagen Sie doch etwas", bat er sie, aber nichts hatte sie zu sagen, und alles wäre so dumm gewesen, was sie einem Maler hätte sagen können, der Schwalben im Flug, einen Hund und nackte Mädchen malen konnte und der so, was er erblickte und was ihm gefiel, auf ein Papier brachte. Er sprach, Fini hörte nicht jedes Wort; denn sie dachte, daß sie selbst etwas sagen müßte. Einige Male öffnete sie den Mund, aber ein halbgedachtes Wort blieb auf der Zunge, furchtsam über einen blamierenden Laut wachte das angestrengte Gehirn. Es wurde ihr heiß in der Ecke, sie wagte nicht aufzustehn, sie hätte ein paarmal auf- und abgehen mögen, und sie durfte es nicht, und hilflos wie ein Vogel mit geputztem Gefieder kauerte sie auf einem runden, kleinen Stuhl und die getünchte Wand im Rücken, an die sie sich nicht lehnen durfte wegen des dunkelblauen Kleides. Sie hörte aus einer großen Weite die Stimme des Hausherrn, der ein Musiker war und Ludwig hieß und eine geblümte Weste mit Perlmutterknöpfen trug, seine Stimme klang wie ein dunkles Cello, und Tilly durfte ihm du sagen, so nahe war sie den Menschen und glücklich.

Eine Skizze Ernsts stellte eine Frau dar, die auf einem dünnen Pfad zwischen weiten Wiesen und Feldern ging, und obwohl kein deutlicher Zusammenhang war zwischen dem Weg dieser einsamen Frau und Fini, behielt sie das Blatt dankbar, und es schien ihr, als wäre diese schöne, sanfte Frau sie selbst und ihr enger Pfad zwischen unendlich grünenden Wiesen, in ihrer Fruchtbarkeit dennoch traurigen, mit der ganzen Melancholie vergeblichen Blühens. In braunes Papier bettete sie das Bild, so lag es drei Tage an der Wand ihres kleinen Täschchens, bis einmal, da niemand zu Hause war, auch dieses Blatt das geheime Versteck fand, das niemandem bekannte, auf der nackten Tischplatte, unter dem mit Reißnägeln befestigten Wachstuch, wo das schöne, glatte Silberpapier sich breitete, unschätzbarer Reichtum, im verborgenen leuchtend.

8

Alle unsere kleinen Geheimnisse, die wir durch harte Monate geborgen haben vor dem rohen Zugriff unbekümmerter Hände, die lieben, kleinen Perlmutterknöpfe und das gepreßte Stanniolpapier, die künstlerischen Ansichtskarten und die farbenfreudigen Seidenproben, alle Dinge, die wir sorgsam gehütet haben wie warme Geschöpfe und an die wir täglich denken: im Büro, wenn der Doktor Finkelstein diktiert und wenn wir vor dem verwirrenden, braunen Telephonapparat ratlos sitzen, auf der Straße, wenn wir die Briefe austragen, die wichtigen Briefe in dem grüngefaßten Buch – unsere warmen Geschöpfe, unsere Tröstungen und unsere Geheimnisse –, eines Tages – man räumt zu Hause auf – werden sie aufgestöbert aus ihrem sicheren Gewahrsam, schamlos preisgegeben dem schamlosen Blick der Mutter und ihrer grausam vernichtenden Hand. Wie kleine Vögel, die eine herzlose Gewalt aus dem schützenden Nest schüttet, gehen unsere kostbaren Dinge verloren in der wirren Wüste der auseinandergeschobenen Möbel.

Eines Abends kehrte Fini heim und sah die Tischplatte nackt, ohne Wachstuch; Reißnägel lagen glänzend in einem kleinen Häuflein, und zerrissen waren die letzten Reste der künstlerischen Ansichtskarten und der Skizze mit der wandelnden Frau zwischen melancholisch blühenden Feldern. Es war eine Rückkehr in eine verwüstete Heimat, in der ein Feind gehaust. Zertrümmert lag die ganze, mit liebender Mühsal aufgebaute Welt. Ein Stück hing an jeder der verlorengegangenen Nichtigkeiten, und Fini weinte, obwohl sie wußte, daß sie lächerlich wurde vor dem Bruder und dem mitleidigen Hohn der Mutter. Niemand in der Welt verstand, was Fini verloren hatte: die wunderbare Skizze mit der wandelnden Frau, das Geschenk, empfangen in einer Stunde, in der die Tore eines neuen, fremden, wunderbaren Lebens aufgegangen waren. Fini weinte und schämte sich, daß sie kindischer Dinge wegen weinte, und sie weinte zugleich, weil sie die Kostbarkeit des Verlorenen verleugnen mußte.

Nur einer verstand sie vielleicht, der Vater, der taube, der mit den Augen hörte; sie waren wissend und mitleidsvoll, und mit den letzten Resten seiner aufgehobenen Herrlichkeit bemühte er sich, den Sohn zu beschwichtigen und die fluchende Frau. Plötzlich fühlte Fini seine harte Hand auf der Schulter; gute Worte sprach er und setzte sich zu Fini in die Ecke, auf die Kante des großen, eisenbeschlagenen Koffers, und beide waren sie Verbitterte und Gefesselte im Reiche der Mutter und des tobenden Bruders. Seit diesem Tag liebte Fini ihren Vater.

Die nie gestillte Sehnsucht lebte auf, die Sehnsucht nach einer kleinen, eigenen geheimen Lade, einem warmen Zuhause im kalten Heim, einer Stätte, die Zuflucht gewährte und Geheimes barg. So eine Lade versprach ihr der Vater; merkwürdig war sein Gebrechen: Seine Taubheit schwand, und die tiefsten Wünsche vernahm er mit tausend hellhörigen Ohren. Seine harthäutigen Finger zitterten ein bißchen und lagen auf denen Finis, und er bat sie: „Gehn wir spazieren!"

Und Fini ging mit dem Vater durch die lauten Straßen, die langsam dunkelten, und war mütterlich, als führe sie ein Kind, und schenkte dem Vater, dem humpelnden, die ganze Liebe, die dem Stanniolpapier gegolten hatte, den seidigen Bändern und der wandelnden Frau. Sie gingen spazieren und fühlten sich geborgen vor dem eisernen Zugriff der unermüdlich säubernden Mutter.

9

Einmal, unterwegs, zwischen dem Landesgericht I und der Firma Marcus & Söhne, kam der Maler Ernst und grüßte tief, wie nur große Damen aus der noblen Klientel des Doktor Finkelstein gegrüßt werden. Es ließ sich nicht verbergen, daß sie das grüngefaßte Buch trug und die wichtigen Briefe darin, um das Porto zu verdienen. „Ich mache Geschäftswege", sagte sie und ließ den Maler warten vor den Häusern, in die sie hineinging. Dann lenkte er ihre Schritte durch den dunklen Park, in dem die Pärchen saßen und die Liebe blühte, in dem die weißen Schwäne auf blauen Teichen schwammen und den zu betreten die Mutter verboten hatte, eingedenk der Sitte und der mütterlichen Pflicht.

Zum ersten Male ging Fini mit einem Mann des Abends durch den Park, den sie nur am hellen Nachmittag durchschritten, wenn auf den Bänken die Schläfer Sonne tranken; am Nachmittag nur wagte sie, die hurtigen Füße hemmend, über den Kies der Wege zu gehen und der Blumenbeete Reichtum zu bestaunen und, aufgeschreckt durch den wuchtenden Fall des Turmuhrschlages, die hämmernde Sorge wegen nachlässiger Verspätung durch zehnfach beschleunigten Schritt zu betäuben.

Der Park war anders, dichter und dunkler, wärmer und gütig. Was hinter den Bäumen war, sah Fini nicht, was in der betäubenden Helle der Lampen sich zutrug, der stehengebliebenen silbernen Blitze, die den Weg bis zum nächsten Licht in schwärzere Nacht tauchten. Melodien, von der Terrasse kommend, flossen gedämpft durch dichtbelaubte Bäume und abgelenkt durch das Rauschen abendlichen Windes, auf- und abschwellend, in seltsam geschwungenen Wellen, und der starke Rhythmus eines bekannten Marsches glättete sich in der dunklen Allee zum Walzer.

Und neben Fini ging der Mann, der siegreiche Mensch mit der tiefklingenden Stimme, und roch tierhaft und fremd, wie bitteres Kraut und Waldwurzel, und gleichgültig war, was er sagte. Wie unter einem segnenden Regen ging man unter dem gleichklingenden Strom seiner unverstandenen Reden und senkte den Kopf und spähte suchend nach einem bekannten Gesicht in der Fülle der Gesichter, das zu Hause verraten könnte.

Auf die Terrasse des Restaurants stiegen sie, marmorne, herrliche Stufen empor, wie sie zu Thronen führen und gelbgetöntem, schmelzendem Vanilleeis in sanft gerundeten Tassen. In einem zärtlichen Winkel saßen sie, enge die Knie an die marmorne Platte des niedrigen Tisches gedrückt, und der silberne Klang eines kleinen Löffels, der klirrend ans Glas schlug, betäubte für den Bruchteil einer einzigen Sekunde.

Dann sah man die schweigenden, marmornen Männer, gedrückt in das schwarze Grün der rauschenden Bäume, sah, wie die starren Gliedmaßen in der flutenden Stille der Nacht zu leben begannen. Zum erstenmal sah Fini so lebendige Denkmäler, hörte sie das Pochen des eigenen Herzens in den toten, nicht mehr toten, auferstandenen Dingen und fühlte den Kreislauf des eigenen Blutes in den Steinen, den Bänken, im Rasen und im Baum, in der nächtlich geschlossenen Wasserlilie auf der unhörbar murmelnden Oberfläche des Teiches und im düster ragenden Schilf.

Den Park verließen sie, über die weiße Brücke, die von Lichtern bekränzte, gingen sie auf den schweigenden Marktplatz, in süßer Ratlosigkeit wandelnd, zwischen verlassenen Ständen, gedrängt in den kargen Schatten der niedrigen Dächer und der pferdelosen Wagen, der Karren und der aufgestapelten Fässer. Heimatlose Kinder, wandelten sie, ein Dach suchend, ein Haus für ihre Liebe. Sie gingen endlose Straßen hinunter, und wenn sie an einem Hotel vorüberkamen, hielten sie beide einen Augenblick inne und gingen dennoch weiter.

Plötzlich, aufgetaucht an einer stillen Ecke, steht der Vater da, rastend auf den Krückstock gestützt, unter dem Licht einer Bogenlampe, mit einem einbeinigen Kameraden – sie kamen wohl beide aus dem Spital. Der Vater hob langsam seine lauschenden Augen und winkte ihr mit der Hand, und sie ließ Ernst und gab dem Alten die Hand, und der Vater tätschelte ihre Wange und zeigte sie dem Kameraden. Er sagte nichts, er schickte sie zurück mit einem leisen Wink des Zeigefingers. Fini lief zu Ernst, dem geduldig wartenden, und begann zu reden, als spräche sie nicht mit dem Mann, dem sieghaft nach Erde und Wurzeln riechenden, sondern mit einer vertrauten Freundin. Alles schüttete sie in sein lauschendes Ohr, die Sehnsucht der Kinder und die Furcht ihrer Tage und die Bedrängnisse im Büro und die Enge daheim. Sie erzählte von dem verlorengegangenen Bild und dem sehnsüchtigen Schmerz um die wandelnde Frau auf engem Pfad, zwischen traurig und fruchtlos blühenden Feldern; vom atemberaubenden Diktat des Doktor Finkelstein, des fürchterlich mit kalten Brillengläsern funkelnden, des ewig gefräßigen, immer überfallbereiten, mit flatternder Hutkrempe und drohend geschwungener Mappe. Vom braunen Apparat mit den verwirrenden Stöpseln und den verworrenen Bändern, den grüngestreiften, den rotgestreiften, den blauen, von herrschend schrillen Frauenstimmen, die den Doktor Blum, den Sozius, verlangten. Von rätselhaften Klappen, die aus rätselhaften Gründen mit leisem, klagendem Klang niederfielen. Von der Mutter vergeblichen Touren nach Purkersdorf mit der Westbahn und von der Tilly Verrat im Büro, wenn sie, Bleistifte spitzend, Briefmarken klebend, den hilfesuchenden Blick nicht erwiderte. Von verwirrten Akten, die unter fremde Buchstaben gerieten, unauffindbar, wenn man sie brauchte. Von des Vaters plötzlich eingebrochener Taubheit und der Notwendigkeit, eine Existenz zu gründen.

Sie fuhren nicht mit der Bahn nach Hause, zu Fuß gingen sie den weiten Weg, durch die rauschenden Straßen der Stadt, in denen sich das Leben eisern und nicht mehr furchtbar über unsern Köpfen wölbt. Wir sind nicht verloren an der Seite eines schützenden Bruders, dem unsere Geheimnisse gehören; unsere Furcht vor daheim, unsere Furcht vor der Welt ist dahin, Jahre sind her, seitdem wir das letztemal allein nach Hause gegangen sind, Jahre seit gestern, vergangene Wochen liegen weit zurück, sagenhaft verschollen die Zeit unserer furchtsamen Einsamkeit. Wir sind hungrig und fühlen keinen Hunger, müde sind unsere Füße, und wir könnten meilenlang schlendern, kühl wird es in der späten Abendstunde, uns friert es nicht.

Neue Skizzen versprach Ernst und ein Wiedersehen auf dem Marktplatz, wo die Fässer standen, gehäuft neben der von Lichtern bekränzten Brücke – ein unauffälliger Ort, wo niemand sie finden sollte. Es war spät, nicht mehr lauerte boshaft hinter dem Geländer die Hausmeisterin. Aber erschreckend in seiner gutgemeinten Lautlosigkeit trat der Vater aus der Tür der benachbarten Schenke; er hatte gewartet, auf Fini gewartet, um sie und sich selbst zu retten vor den forschenden Fragen der Mutter; einen gemeinsamen späten Spaziergang wollte er vorschützen, und die Gelegenheit, sich einen guten Sechsundneunziger zu gewähren, lockte ihn.

Sie stolperten beide die dunklen Treppen empor, eng umschlungen, beide kannten sie ihre Geheimnisse, die Sünder, und mutig traten sie in die Küche, der Mutter entgegen.

10

Das Leben, gestern noch gedrängt in die Enge der Straße, der Stadt und des Hauses, in die vier tapezierten Wände des Büros – wie wuchs es über die Mauern in die Wälder. Im geizigen Schatten der nächtlich lagernden Fässer trafen sie sich jeden Tag, durch die leeren hölzernen Hütten gingen sie, rochen den Duft verkaufter Seefische und liegengebliebener Zwiebelschalen und gingen dennoch fromm vorbei an den toten Tischen und schlaffen Säcken, Hand in Hand, immer bereit, in der herrlichen Dürftigkeit einer Hütte ein Liebeslager aufzuschlagen und erschreckt durch den fernen hallenden Schritt des wandernden Polizisten, das Bellen des Hundes, das Schlurfen des Bettlers.

Hinaus kamen sie mit der Straßenbahn, die unter hängenden Zweigen dahinfuhr, geliebkost vom dunkelblauen, schattenden Flieder, vorbei am grünen Segen der Gehöfte, am grauen Fluch der Kasernen, hinaus auf die hügelansteigende Landstraße.

Im weichen Moose lagerten sie, auf steilen Pfaden hielten sie sich umklammert, oft waren ihre Körper einander nahe, und vor ihnen war die endliche Vereinigung, wie ein Feiertag nahe ist seinem Vorabend. Immer fühlte Fini den sanften Druck einer zärtlich gewölbten Hand auf ihrer kleinen Brust, huschende Fingerspitzen auf der kühlen Rundung der Schulter und des Oberarmes, immer wenn sie allein war und zu Hause, im Traum und wenn sie erwachte, im Büro, wo der Doktor Finkelstein seine Grausamkeit jäh verlor und der braune Apparat nicht mehr schreckte.

Musik hörten sie, enge aneinandergedrückt in einer engen Reihe, von Menschen umgeben und allein. Es erschütterte sie ein plötzlicher leiser Sang, einen Schauer fühlte man auf der nackten Haut und wartete auf die Wiederkehr dieses einen süßen Tones. Es berauschte eine rauschende Welle und hüllte sie ein, wie eine große Stille vor einer Ohnmacht einzuhüllen vermag. Es glitten die seidenbespannten Fiedelbogen auf- und ab-

wärts, und in der verschwimmenden Ecke liebkoste der Trommler mit demütig
liebender Neigung des Oberkörpers die Triangel, daß sie silbern lächelte. Aus dem
Gleichmaß der Bewegungen schwoll das warme Rauschen, keiner Stimme der Natur
vergleichbar, keinem Sang menschlicher, tierischer Kehle. Schöner als Vogelsang war
der samtene Fluß der Flöte und der zierliche Sprung eines jugendlichen Tones auf den
breiten Rücken des ehrwürdig rauschenden Tiefklanges. Aber stärker als Baß und dun-
kelviolettes Cello, herzlicher als der samtene Fluß der jungen Flöte, erschütternder als
der große Wirbel der Pauke und der kleinen, schalkhaften Trommel, all diese Zauber
verzaubernd, die Töne übertönend, die Farben überglühend und alle Instrumente zu-
sammenfassend, war die große Stimme der Orgel im Hintergrund, Sang Gottes, des
Herrn der Welt, des Schöpfers und Schaffers, des grausamen, guten, großen Gottes. Die
Orgel gebar alle Instrumente neu, und in jedem Ton, der ihr entströmte, schlummerte
der nächste und der übernächste, der eben verrauschte und der längst verhallte, das ferne Echo der laut gebärenden und wiedergebärenden Wälder. Auf den zitternden Wellen
der Luft schwammen die Worte der niemals gehörten, der unverständlichen Sprache,
und tief versank auf unsichtbaren Grund die Mühsal grausamer Tage. In den Geräuschen
der Stadt, in die man dann trat, hörte man ewig die Melodie des Orchesters. „Die Musik", sagte Ernst, „enthält alle Geräusche der menschlichen Welt, eingefangen in gesetzmäßige Bindung und gesteigert ins Übermenschliche." Aber das verstand Fini nicht.

Heim kam sie, nicht mehr ängstlich geduckt durch das dunkelgähnende Tor, nicht
mehr furchtsam vorbei an der keifbereiten Hausmeisterin, nicht mehr traurig empor die
knarrende Stiege mit dem schadhaften Treppengeländer steigend, nicht mehr den Gestank junger Kater beachtend – auch die häßliche Frage der Mutter hörte sie nicht mehr,
und leicht kam ihr die Lüge, niemals konnte sie so gut lügen, wie wenn sie Musik gehört
hatte. Straßenbahnen durften stundenlang Aufenthalt nehmen, Zusammenstöße mußten sich ereignen, Menschen von unwahrscheinlicher Ohnmacht befallen werden – und
wie verwickeln sich kunstvoll die Fäden der Erzählung, wenn wir wollen, mühelos ersinnen wir einen gefallenen Gaul, dem man auf offener Straße eine Einspritzung macht,
einen Wahnsinnigen, der nackt ein Gerüst emporklettert, wir befolgen die Einladung
eines Inserats und stellen uns vor und müssen lange Stunden warten, ehe unter vielen
Anwärterinnen an uns die Reihe kommt. Und Bescheid werden wir mit der Post erhalten.

Den kleinen Kasten hatte sie endlich, treulich gezimmert hat ihn der Vater. Am
Sonntag zog er ihn aus der Ecke hervor, einen braunpolierten Kasten mit glänzendem
Nickelschloß. Neue Skizzen von Ernst und eine neue wandelnde Frau auf einsamem
Pfad zwischen melancholisch blühenden Feldern tat Fini hinein; mit lieblichen Fingern glättete sie gedrucktes Stanniolpapier ungesehen des Nachts auf der Bettkante,
bunte Seidenfähnchen und Bänder, Perlmutterknöpfe und eine gefundene Schlips-
nadel, einen japanischen Sonnenschirm aus buntem Papier und die weiche, oft ge-
streichelte Feder eines Hahnes, die rostbraune und golden schimmernde. Es war eine

Heimat inmitten des Heims, eine heimliche Heimat, bergend und geborgen, liebend und geliebt, verschlossen und gütig. Unter dem Bett stand der Kasten, wartete auf die zärtliche, einsame Stunde vor dem Schlafengehen, zweimal knackte der sicher sitzende Schlüssel aus blankem, kühlem Stahl im sicheren Schloß, und leicht, wie in Gelenken, bewegte sich die Tür in den Angeln. Geborgen war alles gut vor dem Zugriff neugierig forschender Finger.

II

Es geschah um diese Zeit, daß Tilly krank wurde. Es fehlte wochenlang der unermüdliche Lauscher, das durstig geöffnete Ohr, unausgesprochenes Erlebnis vieler Tage staute sich in Fini.

Nichts erfuhr sie von der Krankheit der Freundin, Ausflucht und lächelndes Mißtrauen hatte man in ihrem Hause für sorgende Fragen. Zwei Wochen später ging Fini ins Sanatorium, lange zögerte sie mit dem Entschluß, sie liebte die Luft des Spitals nicht und die vergitterten Fenster.

Es lebte in ihr das Krankenhaus, nie vergessen, unvergeßlich, in dem sie gelegen war, sechsjährig und scharlachkrank, die schleichende, schwarze Krankenschwester, die bärtige Nonne, die im nächtlichen Saal vor dem aufgestellten Spiegel auf dem Nachtkästchen Haare aus dem Kinn zupfte. Die Schwester mit der Warze auf der Oberlippe, einem häßlichen Insekt. Noch schritt der weißgekittelte Arzt durch ihre Träume, die Brille auf die Stirn gerückt, der vieräugige Mann mit den tastenden Händen, den gelben, warmen, dichtbewachsenen; noch lebten in Fini die Besuchsnachmittage von drei bis fünf, wenn die Mutter kam und Kuchen liegenließ, den die Schwester sich nahm; die Korridore mit den Kranken in blaugestreiften Kleidern, mit den pergamentenen Gesichtern; und die große Badestube mit den vielen nackten Frauen, die verkrüppelte Zehen und Ballen an den Füßen hatten.

Geruch von Kampfer und Jodoform lagerte, eine böse Ahnung, über dem grünen Rasen des Sanatoriums und hemmte den Schritt. Fini roch an dem Flieder, den sie mitbrachte. Im dritten Stock lag Tilly, allein im kleinen Zimmer, blaß und verändert und mit hängendem Mund. Nicht mehr das Mädchen, das erwachsene, erwachte, sicher und bewundert; nicht mehr die Freundin, die starke, die ratende und tröstende, Tilly, die stolze und abweisende; krank war Tilly und unheilbar. Nicht mehr drohte ihr der Tod, gestorben war sie und lebte. Anders und eine Fremde.

„Kleine Fini", sagte Tilly, „wenn du wüßtest. Ein Tier ist der Mann, wenn er zu uns kommt und wenn er uns verläßt. Wenn wir dem eisernen Druck seiner Schenkel nachgeben und wenn er aufsteht, müde und mit nachlässigen Fingern uns das Kleid zuhakt. Kein Arzt will dir das Kind abtreiben, und wenn du Seife nimmst, erkrankst du. Jetzt ist alles vorbei – er kam nicht, als ich ihm schrieb, als ich sterben sollte, und auch jetzt kommt er nicht. Er wird niemals kommen. Auf den Knien flehte er mich an, und süßen Orangenlikör mußte ich trinken. Kleine Fini, wenn du wüßtest."

Wer war es? Ludwig war es. Fini hatte ihn vergessen, wie man einen alten Gegenstand vergißt, der auf dem Grunde des Kästchens ruhte, des sorgsam gehüteten. Ludwig mit der dunklen Cellostimme, der Geiger in der geblümten Weste. Von seiner geheimen Kraft erzählte Tilly, der die Frauen – und klügere auch – erlagen. Wenn er eine berührte, so, man kann es nicht schildern, würde sie schwach und war ihm verfallen. Ein böses, fremdes Tier ist Ludwig, der Mann.

„Allen mußte es geschehen. Du wirst es erleben!" sagte Tilly und weinte. Der Abend brach plötzlich heran, er überfiel die Sonne. Eine Amsel pfiff im Garten. Ein Ruf scholl im Korridor und der huschende Schritt einer Schwester. Eine Klingel schrillte. Aus fernen Straßen kam Geheul einer Autohupe. Der mitgebrachte Flieder begann stark zu duften wie hundert Gärten.

Allein ging Fini durch die Straßen, nicht mehr am nächtlichen Marktplatz vorbei, wo die schwarz gelagerten Fässer sparsamen Schatten gaben, wo Ernst wartete, der Mann, ein grausames Tier. Sie fühlte die sanfte Rundung seiner hohlen Hand dennoch auf der kleinen Brust, deren Spitzen sich hart und drängend entgegenstreckten, dem Abend, der Straße und dem grausamen Mann. Sie floh nach Hause, ängstlich geduckt unter dem Druck des eisernen Lebens, oft gestreift im Gewirr der Stadt vom Arm eines männlichen Wesens. Heim huschte sie, die kleine Fini, hinein in das dunkle Haustor, die schadhafte Treppe empor; niemand war zu Hause, und ungesehen durfte sie weinen.

Spät, nach Wochen, kam Tilly zurück, verändert und alt, mit einer neuen Frisur, weil sie lockeres Haar bekommen hatte. Wie eine Frau aus fremden Bezirken war Tilly, schweigsam und gut, nicht mehr fleißig geduckt über raschelnden Papieren, wenn Doktor Finkelstein eintrat, nicht mehr Bleistifte spitzend, sondern mit schlaffer Brust und länglich gewordener Nase, mit festgeschlossenen Lippen, nicht mehr lächelnd in den Straßen, durch die sie zusammen gingen, und einmal nur gesprächig, mit tränenerfüllten Augen, in der kleinen, billigen Konditorei, während es regnete, stundenlang, den ganzen Nachmittag. Fremd und schrecklich war alles, was Tilly erzählte, von Ludwig, dem alle Mädchen verfielen, von den jungen Ärzten im Krankenhaus, von der Narkose, in die man untertauchte wie in ein Meer des Vergessens, von dem Erwachen, nachdem man sich tot geglaubt, von den düsteren Abenden daheim und dem ewigen Seufzen der Mutter.

Es regnete, und Tilly erzählte; gedrückt saßen sie in der dunkelnden Ecke der Konditorei.

12

Eine neue Stelle für beide suchte und fand Tilly in der großen Warenzentrale, in der man Teuerungszulagen bekam und in der es lustig war. Hell und weit gestreckt lagen die Räume, reich an Fenstern, besonnt und lärmvoll und erfüllt von der Tätigkeit vieler Mädchen und Männer.

Die Mädchen saßen an den Schreibmaschinen, weiß und lächelnd, wie weiße Pflanzen blühten sie auf neben den Tischen. Viele Männer gab es, lächelnde und mürrische. Vorgesetzte, die man fürchtete und die zu gewinnen schwer war, und andere, denen man im Korridor begegnete, vor den doppelt gepolsterten Türen des Chefs.

Neue Freundschaft gewann Fini, mit Hede, der blonden, die Pralinés bekam und aus ihrer reich gefüllten Schublade verteilte.

Manchmal kam der junge Baron, vom Kriegsdienst enthoben und leutselig. Manchem weißen Mädchen griff er ans Kinn, und der und jener schenkte er Blumen.

Offiziere, heimgekehrt und in Urlaub, brachten froh gelaunt wunderbare Dinge, die man seit zwei Jahren nicht mehr gegessen hatte.

Nicht mehr ängstlich vor dem braunen Telephonapparat saß Fini, nicht mehr ratlos vor den buntgestreiften Schnüren.

Nicht mehr zitterte die Luft vor dem Schrei Doktor Finkelsteins, des fürchterlich mit Brillengläsern funkelnden.

Und am Nachmittag, spät, in die schiefen, gelben Strahlen der Sonne, liefen die Mädchen hinaus, und auf jede wartete einer.

13

Eines Tages wartete Ludwig draußen. Fini hatte ihn vergessen, wie man einen Gegenstand vergißt, der tief auf dem Grund des Kastens ruht, des sorgsam gehüteten.

Leise sprach er wieder, mit verschleierter Stimme, die wie ein Cello klang, barhaupt ging er, und sein weicher Hut steckte zusammengerollt in der Rocktasche.

Erschrocken war Fini und spähte nach einer Nebenstraße, durch die sie flüchten könnte. Ungeschickt war sie und dachte nach, wie sie fliehen könnte, wenn sie gewandter wäre in der großen Kunst der Lüge und der Ausflüchte.

Das war Ludwig, der Mann; weich ging seine Stimme, gern hörte sie ihren Klang. Einmal blickte sie seitwärts, um sein Angesicht zu sehen, und begegnete seinem Aug', dem dreieckig sonderbar geschnittenen, den aufwärts fliehenden, schmalen Brauen, und sie dachte an Tilly.

„Sie denken an Tilly", sagte Ludwig, unheimlich, der Mann, ein wildes Tier, vor dem es keine Rettung gab.

„Tilly ist eine dumme Frau", sagte Ludwig und lachte kurz und tief.

DER BLINDE SPIEGEL

Nie hatte Fini sein Lachen gehört, es klang wie ein kleiner, samtener Donner.

„Sie lieben den Maler Ernst?" fragte Ludwig.

„Nein!"

„Ich bin in Sie verliebt", sprach Ludwig und steuerte in eine belebte Straße, in der sie sich aneinanderdrängen mußten.

„Tilly hat Ihnen von mir Böses erzählt, und ich bin eigentlich nicht immer gut zu ihr gewesen. Aber Ihnen bin ich gut. Sie sind jung und schüchtern und ein bißchen dumm."

Von seinem Arm ging eine große Wärme aus, Fini fühlte sie durch das dünne Kleid.

„Gehn wir in den Park", sagte Ludwig.

Es ist zu spät, hätte sie gerne gesagt, und sie mußte nach Hause. Dennoch ging sie an Ludwigs Seite und dachte an Tilly.

Sie gingen durch den Park, und jeden Augenblick fürchtete Fini, Ernst zu begegnen.

„Fürchten Sie nichts!" sagte Ludwig. „Ernst ist heute eingeladen!"

Alles las er in ihren dummen Augen, und ihre Furcht stieg und schwoll an, und nun zitterte sie leise im Dämmer des Parks.

Ludwigs Arm fühlte sie, und gleichzeitig fiel ihr Blick auf eine verborgene Bank. Da saß Tilly und neben ihr ein Mann.

Ludwig lachte noch einmal kurz, wie vorher.

Durch fremde, dunkle Alleen gingen sie, nicht mehr war es der vertraute Park, der gute, schattende. Weit waren die Klänge der Musik, aus einer fernen Welt kamen sie. Fremd war der Park und fremd der Teich und fremd die Wasserrosen, die auf ihm schwammen. Ludwig nahm den Arm nicht mehr weg, wie eine Fessel drückte er und schmerzte nicht.

Plötzlich standen sie vor einem Haus, gingen sie eine Treppe empor, eine zweite, eine dritte, und müde wurde Fini, und ihr schwindelte vor den Treppen, die gewunden und mit ungewöhnlich hohen steinernen Stufen unendlich auf einen Turm zu führen schienen. Sah sie durch das Geländer hinunter, erblickte sie einen kleinen Ausschnitt des Flurs, ein dunkles, unbekanntes und rufendes Loch. Neben ihr ging Ludwig auf der schmalen Treppe, gedrängt an sie und Wärme verbreitend, und – blieb sie stehn und hoffte sie, daß er vorbeigehn oder zurückbleiben würde – so geschah dieses nicht, sondern auch er blieb auf demselben Treppenabsatz, und ihre Müdigkeit erriet er und legte seinen Arm um ihren Körper. Nichts sprachen sie, niemand begegnete ihnen, keine Stimme erscholl, und kein Laut wurde lebendig hinter den Türen der Wohnungen, an denen sie vorbeikamen. Fini hörte nur ihr eigenes und Ludwigs starkes Atmen. Sie wußte nicht, wohin er sie führte, und sie fürchtete sich auch nicht mehr. Eine große Leere war in ihr, und sie rastete eine Weile. Als lägen Schleier, stillende, über sie gebreitet, hörte sie gedämpftes Knarren einer Tür, und als blickte sie in einen Spiegel, sah sie sich selbst hineinschreiten in die weiße Helle des Ateliers.

Notenblätter sah sie, verstreute, über Tischen und Stühlen, und eine wirre Welt, vor der sie Achtung bekam. Hoch wohnte Ludwig, unter einem gläsernen Dach, und es fiel

Fini ein, daß es furchtbar sein mußte, so allein und so preisgegeben ein Gewitter zu erleben, Blitz und Donner und prasselnden Regen, nur durch Glas getrennt von dem Zorn des Himmels, aber nicht vor ihm geschützt. Jetzt sah man die Sonne fern hinter den Dächern rot verglühen, und die Gegenstände im Atelier bekamen eine warme, goldene Färbung. Geheimnisvolle Zeichen waren die Noten auf den großen, harten Papierbogen, halbbeschrieben nur lagen einige, und die schwarzen Notenköpfchen saßen auf den dünnen Linien wie winzige Vögel auf Telegraphendrähten.

„Was soll ich Ihnen vorspielen?" fragte Ludwig, die Geige mit dem Kinn festhaltend, und mit unglaubhaft geschickten Fingern strich er an dem schmalen, weißglänzenden Bogen, als schliffe er ein Schwert, mit dem er Fini töten sollte. In einer großen Verlegenheit schwieg sie und suchte angestrengt in ihrem armen, vergeßlichen Kopfe nach dem Bild eines Konzertprogramms, auf dem ein Lied gestanden hatte, das ihr gefiel. Wenig wußte sie von Musik, Fini, die kleine, und schließlich fiel ihr ein, daß es auch gleichgültig sei, was er spielte.

So fing er an mit tiefen, dunkelvioletten Tönen, die Helle gebaren, kühn gewölbt spannten sich Bogen aus Musik, weich geschwellt und silbern gekräuselt flossen Wellen aus Musik. In der Mitte hörte er auf und legte die Geige auf den Tisch, aufschreckend wie plötzlicher Lärm fiel die plötzliche Stille ein.

Mitten aus der wirren Unordnung des gläsernen Schranks holte er die schlanke Likörflasche und zwei dünne Gläser mit unendlich zartem Geklirr. Fini trank Likör, zum erstenmal, er schmeckte süß und nach Orangenschalen, so ähnlich waren schon einmal gefüllte Schokoladenpralinés gewesen – dieser Likör aber war nackt, nicht freundlich gebettet in lindernde Schale, und er ließ eine süße Taubheit zurück und schuf ein sanftes Schaukeln violettfarbener Lichtwellen vor den schläfrigen Augen.

Noch hörte sie den Klang der plötzlich verstummten Geige und sah den abendlichen Himmel nahe über der gläsernen Decke des Ateliers. Sie hörte Ludwigs leise Bewegungen nicht und wußte nur, daß sie hier eingeschlossen war mit dem Mann, der gefährlich war, aber sie noch ruhen ließ, und sie genoß diese Stunde, die ihr blieb, wie ein Verurteilter die letzte Spanne Zeit genießt, die ihn von seiner Strafe scheidet.

Nun stand er nahe bei ihr und sprach und sah ihr in die Augen und fiel, ehe sie begriffen hatte, in die Knie, barg seinen Kopf in ihrem Kleide und weinte. Es weinte Ludwig, der Mann, das Tier; sein Körper zuckte, seine breiten Schultern bebten. Fini, die kleine, verstand nicht, wie es gekommen war, sein Schmerz schmerzte sie.

Weil wir so klein und gering sind, wird uns doppelt weh, wenn ein großer Mann, der hoch unter dem Himmel in Gottes Nähe lebt und schmelzende Melodien spielt, kleiner und geringer als wir vor uns liegt – und wir nur können ihn erlösen. So leicht fallen uns die Kleider ab, die welke, unbrauchbare Schale, locker werden die Knöpfe und lösen sich selbst. In uns siegt das Blut, das rote, schwer ist der Kopf, im Nebel sehen wir die behaarte Brust des Mannes, riechen den Duft, den tierhaft fremden, sehen das Gesicht, das fremde, in der Nähe fremdere. Fini schloß die Augen, fühlte ihre Brust in der

DER BLINDE SPIEGEL

warmen, gehüllten Schale seiner Hand, der schmerzhaft und liebend pressenden, spürte seine zuckenden Finger drückender in der heimlichen Höhlung des Knies. Heiß überhauchte sie sein heißer Atem und deckte sie zu, scharf biß er in ihre Lippen, und wie ein großer, betäubender, schmerzhafter und erschreckender Jubel kam in sie der Mann, in ihrem Innern fühlte sie ihn, glühend mit ihrem Körper verschmelzend und fremd, ein Gast in ihr und in ihr zu Hause.

Langsam kehrte Fini wieder in die Welt, Ludwig küßte sie matt und leise. Ihr war, als leckte er ihr Gesicht mit heißer, vertrocknender Zunge, Ludwig, der Mann, ein dankbar demütiges Tier.

14

Heimlich, des Nachts, an der Bettkante glättete Fini neu gesammeltes Silberpapier und kramte unter den sorglich gehüteten Schätzen das Bild hervor, die wandelnde Frau zwischen melancholisch blühenden Feldern.

Nicht mehr lauschte sie aufgeregt dem nächtlichen Geflüster der Eltern, nicht mehr spähte sie nach den heißen Geheimnissen der nachbarlichen Häuser. Immer noch pfiffen die Züge durch die Nacht, wölbte sich der Himmel über der schlafenden Straße, schlichen die Katzen, gedrückt an die Wände. Aber nichts mehr war wunderbar, nicht mehr lockte der sehnsüchtige Schrei der Lokomotiven, unverhüllt war das Geheimnis schleichender Tiere und nachbarlichen Tuns hinter blaßerleuchteten Gardinen. Leer lagen vor ihr die kommenden Tage, Tage ohne Furcht, ohne Hoffnung, wie ausgeräumte Gemächer, nichts konnten sie geben, nur den kärglichen Widerhall zaghafter Schritte. Gleichgültig war das Getriebe der Straße, nicht mehr spannte sich eisern das Leben, nicht mehr ging Fini ängstlich geduckt unter schmerzendem Joch.

Nicht mehr war sie die wandelnde Frau zwischen blühenden Feldern, und fern und verloren war Ernst, der vergeblich wartete im geizigen Schatten der nächtlich gelagerten Fässer.

Am Ende dieses Tages lauerte das Böse, das Tilly geschehen war, ferne noch lag es, aber sichtbar.

Inzwischen reihte sich eine abenteuerliche Stunde im Atelier an die andere, das Gespräch mit Ludwig an das Spiel seiner Geige. Er holte nicht die klirrenden Gläser aus dem Schrank und die schlankgeschliffene Likörflasche. Sie legten sich schlafen mit unerbittlichem Gleichmaß, und schal war das Aufstehen wie das Ende jeder sparsam genossenen Freude. Ein anderes Gesicht bekam Ludwig, wenn er zu Hause, entspannt und nicht mehr ringend um den eroberten Besitz, ohne Rock, in Pantoffeln herumging, nicht fremd mehr roch er, nicht tierhaft und nach bitteren Wurzeln, kein grausames Tier mehr – ein einsamer Mensch, alternd, kurzsichtig und mit spärlichem Haar, demütig und bittend, lässig und vergeßlich, von ärmlicher Sorge bedrückt und kleinen Schulden.

Den warmen Celloklang verlor seine Stimme, er hörte zu spielen auf und war wie ein erloschener Krater.

Einmal erzählte er, daß er eine Brille haben müsse – und er kaufte sich eine mit schwarzem Hornrand und stark geschliffenen Gläsern. Verändert und entfremdet war er auf einmal, wie der Vater mit dem Hörrohr, und wenn er die Brille ablegte, suchte er mit verlegenen Augen nach Gegenständen, die ihm nahe waren und die er dennoch nicht greifen konnte.

Schüler, von denen er gelebt hatte, schickte er nach Hause, bestellte Arbeiten ließ er liegen. Oft hastete er, mühsam atmend, die Treppen empor und rannte wieder hinunter. Den Hut vergaß er und den Regenschirm. Flüchtige Küsse hauchte er auf den Nakken Finis, und während er mit ihr sprach, schweifte sein Auge ungeduldig über die Straße, den Platz, den Garten. Einmal brachte er einen Hund nach Hause, der sich verlaufen hatte, und am nächsten Tage kam der Besitzer, das Tier zu holen. Zwei Tage trauerte Ludwig um den Hund. Eine alte Nierenkrankheit wiederholte sich, weil er im Regen ohne Mantel ausgegangen war, und eine Woche lag er krank im Bett. Er wusch sich nicht, hatte Fieber, und sein Bart wuchs, graue Stoppeln umgaben sein Angesicht, tief in die Höhlen sanken seine dreieckig geschnittenen Augen. Zerrissen war seine Wäsche und mühsam geflickt und gelb das Leintuch, auf dem er lag. Besuche empfing er nicht. Freunde schickte er weg, ein Konzert in der Provinz gab er auf, die alte Wirtschafterin beschuldigte er des Diebstahls, und sie kam nicht mehr. Sein Haar lichtete sich schnell, an seinen Fingern wuchsen die Nägel, die Zigaretten schmeckten ihm nicht, schwarzen Kaffee trank er, um sich wach zu erhalten, und Brom nahm er, um einzuschlafen.

„Ich will dich heiraten", sagte er zu Fini, und sie führte ihn nach Hause. Beschlossen war ihr Schicksal, vorbei das Jungsein, Mädchensein, Kindsein. Ihm war sie anheimgefallen, treu blieb sie ihm und brauchte das Schicksal Tillys nicht abzuwarten. Ein kranker, alter Mann war er, arm und verlassen, vom Leben, von der Musik, von den Freunden. „Wir werden zusammen wieder jung", sagte er zu Fini. Sie führte ihn nach Hause, beklemmend legte sich ein Schweigen über das Zimmer, in dem sie saßen, die Mutter mit eilig übergeworfenem Schlafrock und der Vater mit dem bereitliegenden Hörrohr vor sich auf dem Tisch. Fini in der Mitte, zwischen ihm und den Eltern, mit hängendem Kopf, und die Fremdheit wuchs um jeden einzelnen, und jeder saß wie eingeschlossen in einer gläsernen Kugel, sah den andern an und erreichte ihn nicht.

Endlich hub der Vater an, vom Krieg erzählte er, die Mutter fiel ein und wußte Gleichgültiges zu sagen. Mit behutsamen Worten lockten sie aus Ludwig Geständnisse heraus. Alter, Stand, Abkunft und Wohnung, Geburt und Eltern, und Ludwig erzählte, aufgelebt für eine Stunde, von den Tagen der Kindheit und von der lang verstorbenen Mutter, Sorgen des Berufs und Plänen für die Zukunft. Eine Musikschule wollte er errichten, in fremdes, reiches Land fahren, zweimal im Jahr, und mit dem Geld beladen wiederkommen. Noch war er nicht alt und krank, nein, verjüngt, müde nur des Junggesellenlebens, und er aß mit Appetit und breiten, mahlenden Kiefern eilig bereitete

DER BLINDE SPIEGEL

Speisen. Spät schied er, Fini küßte er auf den Mund vor der weinenden Mutter, der Vater stieg mit nächtlicher Kerze die Treppe hinunter und leuchtete. Die Mutter umarmte Fini und küßte sie wieder, nach langer Zeit. Aus dem Kästchen nahm Fini die Bilder Ernsts und verbrannte sie mit leisem Schluchzen, Stück für Stück, an der knisternden Kerze.

15

Noch sprach man von der Heirat nicht, aber sie lag in greifbarer Nähe, und Fini galt als erwachsen, eine Stimme im Haus, ein Mensch, nicht mehr dem Schelten untertan, sondern Güte fordernd.

Und es änderte sich nichts, und vom Klappern der Maschinen erfüllt waren die Tage. Tilly fand einen Freund und dachte Ludwigs nicht mehr und nicht des erlittenen Unglücks.

Niemanden hatte Fini mehr, zu dem sie sprechen konnte, und sie hätte gern erzählt, wie die Welt jetzt aussah, eine Welt ohne Geheimnis, ohne Furcht und ohne Erwartung.

Früher – wie war unser pochendes Herz gespannt, die Straße, die wir dahinschritten, von Geheimnissen erfüllt, wie lauerten die Abenteuer hinter jeder Ecke, um die wir biegen sollten! Nun ist unsere Erwartung ausgelöscht, auf unsern Wegen eine Stille ohne Grenze, eine Landschaft ohne Fernen verbergende Hügel, alles wissen wir, Anfang und Ende, männliche Armseligkeit und unseres eigenen Angesichts bittere Zukunft.

Verrauscht war die süße Musik des Unbekannten, der gute lockende Sang anbrechenden Lebens, verblaßt die leuchtende Weite unendlich sich dehnender Tage und ausgekühlt die bergende Wärme der Jugend. Vollendet ist unser kurzer Weg, und fremd ist uns der Mann; jeden Tag wird er fremder.

Fini sah, wie er mit anderen Menschen sprach, lässige Gebärde nahm er an und hörte keine Antwort mehr, Pfeifenköpfe schnitzte er, stundenlang hockend auf niederem Schemel, Schokolade, lange im Vorrat gekauft, barg er sorgfältig vor ihrem genäschigen Auge, hoch oben unter Pappendeckeln, auf staubübersätem Schrank, kleine und große Rippen, gelb vor Alter gewordene, und Silberpapier sammelte er in dichten Knäueln zur Verzierung der Pfeifenköpfe. Zwischen den Notenständern, den weißlackierten, im Winkel gehäuften, hielt er Tabak und Zigarren, die er niemals rauchte und niemals hergab, sorgfältig wachend mit hundescharfem Aug'. Kleiderstoffe lagerten geschichtet in wachsam raschelndem Papier, gestapelt im Schrank, unter den Hüllen gilbender Notenblätter.

Es war keine Sünde, ihm etwas zu stehlen, man stahl sich selbst etwas. Und manche Stunde, in der er hockend auf niederem Schemel einen Pfeifenkopf schnitzte, schlich Fini herum, stieg sie behend auf die Stühle, die knarrten, und auf splitternde Ständer, Schätze raffend. Schickte sie einen furchtsamen Blick dann in Ludwigs geschäftigen

Winkel, sah sie, daß seine Augen zugefallen waren und daß er mit selbständig schnitzendem Messer seine Köpfe fertigmachte, dieweil seine Sinne schliefen, und sie weckte ihn.

Dann, plötzlich aufgewacht, besann er sich, strich die Weste zurecht und sammelte mit gespitzten Fingern Holzstaub und Schnitzer und begann zu erzählen von Fahrten in fremdes Land und ewig leuchtenden Sonnen. Manchmal gingen sie nebeneinander halbe Tage lang durch endlose Straßen, in den Auslagen der Konditoreien lockte schaumgefüllter Teig, braunleuchtend und süß. Hungrig war Fini, nach glattem, gelbschmelzendem Eis in sanft gerundeten Schalen sehnte sie sich. Hungrig ging sie mit Ludwig durch die Stadt. Von bösem Asthma bedrängt, mußte er sich setzen, und er setzte sich nicht auf die grünen Stühle im schattigen Park, die man bezahlen mußte, sondern draußen auf die unbarmherzig besonnte, staubige Bank. Die Beine spreizend, zeigte er offene Hosenknöpfe und an den vorgestreckten Stiefeln ein vielfach geknotetes Schnürsenkel. Fini weinte, während sie sprach, sie weinte nach innen, Tränen trockneten, unausgeschüttet, gesammelte Tränenbäche trockneten in ihr. Schmerzhaft würgte sie das gesammelte Leid im Halse. Sah sie manchmal Frauen vorbeiziehen, die verkrüppelte Männer schoben auf dreirädrigen Karren, so trug jede der Frauen Finis Gesicht.

Einmal in der Woche oder zweimal war der gemeinsame Schlaf auf dem Sofa im Atelier, eine trostlose Hingabe, still und von verborgenem Weinen begleitet, wie eines Todkranken krampfhaft gefeiertes Geburtstagsfest.

Ein Brief von Ernst fiel in diese Zeit, sehen wollte er sie wieder. Sie trafen sich, wie vor Wochen, an derselben Stelle auf dem nächtlichen Marktplatz, fremd war der Druck seiner Hand, Fini ging nicht mehr im linden Regen seiner gütigen Worte. Hinaus fuhren sie, wie einst, mit der Straßenbahn, dahin unter hängenden Zweigen, die ansteigende Landstraße schritten sie schweigsam und legten sich am Wegrand hin in den Tau des Grases, umsungen von zirpenden Grillen.

Spät wurde es, ins Wirtshaus kehrten sie ein, eine Stube und Strohlager bekamen sie. Fini wartete mit wachen Augen auf den Morgen, gedrückt an die Wand, auf das raschelnde Bündel.

16

Süß und heiß ging der Sommer vorbei und ein Herbst und ein Winter, die Primeln kamen in den dunstenden Wäldern, der Krieg hatte aufgehört, fremd ging Fini an den großen Ereignissen vorbei, klein und fremd. Zu gewichtig sind für uns die Sorgen der großen Welt.

An ihrem neunzehnten Geburtstag im April mußte sie weinen, obwohl Ludwig ihr eine Rose gekauft hatte, eine schwerblütige, die ihre äußersten Blätter abzuwerfen begann wie lästige Gewänder.

DER BLINDE SPIEGEL

Aussicht bestand für den Vater, es starb der Onkel plötzlich, dahingekommen von einem verspäteten Typhus; lohnende Touren wurden frei, es besserte sich das Gehör, langsam kehrten die fernen Augen wieder in die Gegenwart, und schon erhaschte das Ohr einmal den ungedämpften Schimpf der Mutter.

In den Prater ging Fini, und ihr war wie einem spät Gesundenden nach langer, erschöpfender Krankheit, aus der es keine Wiederkehr mehr gibt in vollkommenes Leben. Bescheiden muß er sich mit einem dürftig pochenden Herzen und Schonung fordernden Gliedern. An uns vorbei schreiten die jungen Mädchen, noch nicht gezeichnet vom bitteren Geschmack, vor ihnen die kommenden Tage, leuchtend und frisch wie niemals betretene Rasen.

17

Einmal hörte sie Rabold sprechen, den Redner, zwischen lauschende Menschen gedrückt, auf dem weiten Platz unter blau gewölbtem Himmel. Einige sprachen vor ihm, andere später, und aller Stimmen erstarben im unbegrenzten Raum und wurden gedämpft durch zufällige Geräusche der Straße. Seine Stimme nur überwältigte kühn und singend den Platz, als hätten sich unerreichbare Himmel, die Straße zu säumen, genähert und sie abgeschlossen vor dem fremden Geräusch unbekümmerter Gefährte. Alle Redner standen auf dem Dach desselben Automobils, und Rabold auch. Aber wie er hinauftrat, wurde es Postament und Thron, einen König zu tragen.

Gedrückt zwischen lauschenden Menschen stand Fini, die kleine. Es sang in ihr die Stimme nach, klar und klingend, als läutete eine Glocke erzene Worte. Lange blieb sie unter den Menschen und blieb noch, als sie auseinandergingen, spät, vom Abendwind auseinandergeschickt. Hinauf hätte sie gehen müssen, ungezählte, enge Stiegen ins Atelier. Als schöbe sie jemand, bog sie in die Seitenstraße, in der nur ein Mensch ging, groß und in einem Kreis aus Gedanken und Stille, den Blick auf sie gerichtet: Rabold.

Es kam das Wunder in ihren Weg, spät genug, fertig war sie schon, nach der bitter vollendeten Jugend. In der Mitte blieb Rabold und wartete, bis sie herankam. Es schien ihr, als müßte sie, um zu ihm zu gelangen, den Kreis aus schweigenden Gedanken durchstoßen, ein Schritt noch trennte sie von ihm, und sie blieb stehen. Sein Wort brachte sie näher. Sie wußte nicht welches, sie glaubte, er hätte ihren Namen gerufen.

Alles erriet sie, daß er verfolgt ist und unter fremdem Namen lebt, von Stadt zu Stadt fahrend. Diener einer gestrengen Gewalt und entfernt dem Getriebe dieses Lebens.

Morgen fuhr er weiter, aber eine Stunde war genug, und sie wußte, daß jetzt alle ihre Tage und Träume von ihm erfüllt sein werden.

Immer war Zeit und Raum in ihr für den Fremden. Manchmal schrieb er ihr einen Brief postlagernd. Dreimal täglich ging sie zum Schalter. Einmal kam ein flüchtiges Wort auf einer Ansichtskarte. Des Nachts auf der Bettkante saß sie und barg die Karte auf dem Grund ihres Kästchens zwischen Seidenpapier und der Schachtel mit Perlmutterknöpfen.

18

Im Dunkel des Abends schlich sie zum Bahnhof, nicht weit wohnte Rabold, in sechs Stunden erreichbar. Im Wartesaal schrieb sie Briefe, nach Hause und an Ludwig. Die vielfach gebundene Pappschachtel legte sie ängstlich unter die Füße.

In der Nacht erreichte sie ihn und sank in sein Bett. Gestillt war die wühlende Unrast, erstickt jeder Wunsch, gestorben war Fini, die unselige, und selig auferstanden in Rabolds Welt.

Durch kleine Städte fuhren sie, durch winkelige Gassen gingen sie, der Sommer kam wieder, durchsonnte Abende, Wege, vielfach verschlungene, an altem Gemäuer vorbei.

Traum waren ihre Tage, ihre Nächte, so wuchs Fini, die kleine.

Seinen Namen kannte sie nicht, fremd lebte er in fremden Städten, von Häschern verfolgt, immer auf der Flucht, immer arm, kärgliches Brot aßen sie.

Im Herbst, schon fiel der erste Schnee, fuhren sie in die große Stadt und lebten einen sicheren Winter in warmer Stube, hoch im unsicheren Viertel der Armen, der Huren und Mörder. Das ängstliche Gewirr der Dächer, der schiefen Giebel und ineinander verankerten Mauerecken drängte sich in das einzige Fenster ihres Zimmers, es kam das Geheul naher Fabriksirenen herein und der unverständliche Schrei einer nachbarlichen Welt.

Es kamen Freunde zu ihm, verwegene Menschen, Verfolgte, Flüchtige und Glückliche. Einmal erreichte Fini ein Brief, man hatte ihr Versteck gefunden, es stand etwas von Tränen der Mutter darin und sogar von Tränen des Vaters. Der Schmerz, von dem sie las, war fremder Schmerz, nichts gingen sie die Tränen der Mutter an.

In ihr lebte Rabold, den sie kannte, dessen Vornamen sie nicht wußte, für den sie selbst einen Namen erfunden hatte, Rabold, der neben ihr schlief, der zu ihr kam, glühend und fremd, immer neu in tausend Gestalten, ein Gott zum irdischen Weibe. Seinen Körper fühlte sie, ehe sie einschlief, sein müdes Knie im Schlaf, die liebe Schulter, die warme behaarte Höhlung seines umarmenden Arms, in die sie ihren Kopf legte. Den nächtlichen Kuß seiner Lippe trug sie auf ihrem Mund, den liebenden Biß seiner Zähne im schwellenden Fleisch ihrer Brust. Neben ihr, in ihr, rings um sie lebte Rabold, ihr Mann. In finsterer Nacht sah sie das Leuchten seiner Augen, und dürstend trank sie gute Worte, die er ihr schenkte. Einmal fuhr er weg, und Fini blieb zurück. Leere, unendliche, strömte jeder Winkel aus, sie heizte den kleinen, eisernen Ofen nicht und kauerte auf einem Kasten, gehüllt in den spärlich gefütterten Mantel, mit zerzaustem Haar und Augen, die sich röteten, ohne zu weinen. Kein Bild hatte sie von ihm, und es ergriff sie die Furcht, daß sie den und jenen Zug seines geliebten Gesichts vergessen könnte, den

Schwung seiner Nase, die aufwärtsstrebende Braue über dem linken Aug', die leise Biegung seines Nackens und die Art, wie er einen Gegenstand griff, mit sparsamer Bewegung der Hand und vollkommener Ruhe des Arms und des Körpers. Jeden Augenblick schloß sie die schmerzenden Augen – ungeweintes Weinen lag in ihnen – und sah sein Gesicht, spät ging sie schlafen. Kalt war das Lager, und in der zaghaft beginnenden Wärme schlummerte sie ein, stieß mit vorgestrecktem Knie plötzlich ins Leere, erschrak, weil neben ihr nichts da war, und sie erwachte. Er ist gestorben! dachte sie auf einmal, stieg mit zitternden Knien hinunter, Licht zu machen, aus dem Schrank holte sie eine Karte, die er ihr einmal geschrieben, sie sah lange und eifrig Zug um Zug der flüchtigen Handschrift, um wenigstens gewiß zu sein, daß er gelebt hatte, neben ihr, mit ihr, ein bißchen für sie. Irgendwo fand sie sein Halstuch, es war weich und gut, von ihm kam es, noch roch es nach ihm, seinem Körper, seinem Leben – er konnte nicht gestorben sein, da das Halstuch noch von ihm warm war, sie nahm es ins Bett und legte ihre Wange darauf und schlief ein.

Sie horchte tagsüber auf den Schritt der Menschen draußen, den Briefträger vermutend, verhallende Schritte beklagte sie wie den Schall verschwindenden Glücks. Ein Freund kam und brachte Nachricht von Rabold, kein Brief war da, Geld nur schickte er. Fini brauchte nichts, sie warf die Scheine in das Nähzeug und dachte nach, unermüdlich. Er war gewiß gestorben und hatte Auftrag gegeben, ihr Geld zu bringen, und er lebte nicht mehr, gewiß, sonst hätte er geschrieben. Nichts wünschte sie mehr, als die liebe Rundung seiner Buchstaben zu sehn, in frischer, überzeugender Tinte. Die Nacht kam, wie gestern, kalt und leer, die letzten mitternächtlichen Schritte erstarben im Hause, Fini wünschte zu sterben, in dieser Nacht zu sterben.

19

Aber sie erwachte, geweckt vom unermüdlichen Gezwitscher eines frühen Vogels und dem Sang schmelzenden Eises auf metallenem Fensterbrett. Von Dächern gezackt, blaute hoch der Himmel, aus geöffneten Fenstern drang Lärm der nachbarlichen Kinder. In früher Stunde kam ein Leierkasten in den Hof, wie ein Bote des Stadtfrühlings. Es sah so aus, als käme heute eine Nachricht von Rabold oder als käme er selbst. Als die Schritte des Briefträgers enttäuschend verhallt waren, beschloß Fini, in die Straßen zu gehen, draußen auf ihren Mann zu warten, wer weiß, ihm vielleicht in den Straßen zu begegnen. Hinaus ging sie, von hastenden Menschen umgeben, von der Sonne begrüßt und der guten Luft des lächelnden Märztags. In das Zentrum der Stadt ging sie, schritt sie, mit rüstigen, jungen Füßen, durch die breiten Straßen.

Sie verließ die Stadt, sie kam an den Fluß und folgte seinem Lauf. Die Sonne stand hoch, sank tiefer, rann aus dem Himmel in den Fluß, daß beide sich röteten. Da setzte sie sich ans Ufer. Ein alter Angler stand und wartete auf seinen Fang. Der Ton einer abendlichen Flöte kam, im Ufergras zirpten die Grillen.

Fini saß, aber es war ihr, als ginge sie weit und hoch, höher hinauf in den Himmel, auf goldenen Wolken, Wolken aus Scharlach, Treppen aus Purpur. Sie führten aufwärts zu Rabold. Er stand und wartete. Ausgebreitet waren seine Arme, Fini zu empfangen.

Den Hunger fühlte sie nicht, aber er fraß sie auf, saß in ihren Eingeweiden, umklammerte ihr Herz – und sie fühlte ihn dennoch nicht. Die Müdigkeit ihrer Füße fühlte sie nicht, sie lag weich am Ufer und glaubte zu schweben. Treppen aus Wolken trugen sie, sie brauchte nicht emporzuklimmen.

Wie einen fernen Schatten sah sie den alten Angler am andern Ufer. Der Alte wuchs und stand wie ein Diener ehrfürchtig und wartend am Eingang. Hatte ihn Rabold vorausgeschickt, sie zu empfangen?

Sie nickte ihm zu, sie wollte ihn streicheln, da griff sie ins feuchte Gras, sank, glitt, glaubte, sie wäre auf einer Wolke ausgeglitten, und wollte sich hochraffen, aber sie konnte nicht mehr. Jetzt erst überfiel sie die Müdigkeit, nie mehr würde sie Rabold erreichen. Warum kam er nicht, ihr zu helfen?

Sie fiel ins Wasser, tat noch einen leisen Schrei, sank unter, und der Strom führte sie mit, barg sie vor den Blicken der Welt. Drei Meilen weiter fand man sie, ihren aufgeschwemmten Leib, Wasserrosen und grüne Pflanzen im Haar, den Mund halb offen.

Sie kam in den Polizeibericht, der keine Ursachen anzugeben wußte. Ihre Leiche lag in der Totenkammer, kam in die Anatomie; denn es fehlte an Leichen, man nahm auch aufgeschwemmte. Niemand wußte, daß sie in den Himmel hatte gehen wollen und ins Wasser gefallen war. Sie zerschellte an den weichen Treppen aus purpurnen und goldenen Wolken.

DER BLINDE SPIEGEL

Stationschef Fallmerayer

I

DAS MERKWÜRDIGE SCHICKSAL des österreichischen Stationschefs Adam Fallmerayer verdient, ohne Zweifel, aufgezeichnet und festgehalten zu werden. Er verlor sein Leben, das, nebenbei gesagt, niemals ein glänzendes – und vielleicht nicht einmal ein dauernd zufriedenes – geworden wäre, auf eine verblüffende Weise. Nach allem, was Menschen voneinander wissen können, wäre es unmöglich gewesen, Fallmerayer ein ungewöhnliches Geschick vorauszusagen. Dennoch erreichte es ihn, es ergriff ihn – und er selbst schien sich ihm sogar mit einer gewissen Wollust auszuliefern.

Seit 1908 war er Stationschef. Er heiratete, kurz nachdem er seinen Posten auf der Station L. an der Südbahn, kaum zwei Stunden von Wien entfernt, angetreten hatte, die brave und ein wenig beschränkte, nicht mehr ganz junge Tochter eines Kanzleirats aus Brunn. Es war eine „Liebesehe" – wie man es zu jener Zeit nannte, in der die sogenannten „Vernunftehen" noch Sitte und Herkommen waren. Seine Eltern waren tot. Fallmerayer folgte, als er heiratete, immerhin einem sehr maßvollen Zuge seines maßvollen Herzens, keineswegs dem Diktat seiner Vernunft. Er zeugte zwei Kinder – Mädchen und Zwillinge. Er hatte einen Sohn erwartet. Es lag in seiner Natur begründet, einen Sohn zu erwarten und die gleichzeitige Ankunft zweier Mädchen als eine peinliche Überraschung, wenn nicht als eine Bosheit Gottes anzusehen. Da er aber materiell gesichert und pensionsberechtigt war, gewöhnte er sich, kaum waren drei Monate seit der Geburt verflossen, an die Freigebigkeit der Natur, und er begann, seine Kinder zu lieben. Zu lieben: das heißt: sie mit der überlieferten bürgerlichen Gewissenhaftigkeit eines Vaters und braven Beamten zu versorgen.

An einem Märztag des Jahres 1914 saß Adam Fallmerayer, wie gewöhnlich, in seinem Amtszimmer. Der Telegraphenapparat tickte unaufhörlich. Und draußen regnete es. Es war ein verfrühter Regen. Eine Woche vorher hatte man noch den Schnee von den Schienen schaufeln müssen, und die Züge waren mit erschrecklicher Verspätung angekommen und abgefahren. Eines Nachts auf einmal hatte der Regen angefangen. Der Schnee verschwand. Und gegenüber der kleinen Station, wo die unerreichbare, blendende Herrlichkeit des Alpenschnees die ewige Herrschaft des Winters versprochen zu haben schien, schwebte seit einigen Tagen ein unnennbarer, ein namenloser graublauer Dunst: Wolke, Himmel, Regen und Berge in einem. Es regnete, und die Luft war lau. Niemals hatte der Stationschef Fallmerayer einen so frühen Frühling erlebt. An seiner winzigen Station pflegten die Expreßzüge, die nach dem Süden fuhren, nach Meran, nach Triest, nach Italien, niemals zu halten. An Fallmerayer, der zweimal täglich, mit leuchtend roter Kappe grüßend, auf den Perron trat, rasten die Expreßzüge hemmungslos vorbei; sie degradierten beinahe den Stationschef zu einem Bahnwärter. Die Gesichter der Passagiere an den großen Fenstern verschwammen zu einem grauweißen Brei. Der Stationschef Fallmerayer hatte selten das Angesicht eines Passagiers sehen können, der nach dem Süden fuhr. Und der „Süden" war für den Stationschef mehr als lediglich eine geographische Bezeichnung. Der „Süden" war das Meer, ein Meer aus Sonne, Freiheit und Glück.

Eine Freikarte für die ganze Familie in der Ferienzeit gehörte gewißlich zu den Rechten eines höheren Beamten der Südbahn. Als die Zwillinge drei Jahre alt gewesen waren, hatte man mit ihnen eine Reise nach Bozen gemacht. Man fuhr mit dem Personenzug eine Stunde bis zu der Station, in der die hochmütigen Expreßzüge hielten, stieg ein, stieg aus – und war noch lange nicht im Süden. Vier Wochen dauerte der Urlaub. Man sah die reichen Menschen der ganzen Welt – und es war, als seien diejenigen, die man gerade sah, zufällig auch die reichsten. Einen Urlaub hatten sie nicht. Ihr ganzes Leben war ein einziger Urlaub. So weit man sah – weit und breit –, hatten die reichsten Leute der Welt auch keine Zwillinge; besonders nicht Mädchen. Und überhaupt: Die reichen Leute waren es erst, die den Süden nach dem Süden brachten. Ein Beamter der Südbahn lebte ständig mitten im Norden.

Man fuhr also zurück und begann seinen Dienst von neuem. Der Morseapparat tickte unaufhörlich. Und der Regen regnete.

Fallmerayer sah von seinem Schreibtisch auf. Es war fünf Uhr nachmittags. Obwohl die Sonne noch nicht untergegangen war, dämmerte es bereits, vom Regen kam es. Auf den gläsernen Vorsprung des Perrondachs trommelte der Regen ebenso unaufhörlich, wie der Telegraphenapparat zu ticken pflegte – und es war eine gemütliche, unaufhörliche Zwiesprache der Technik mit der Natur. Die großen, bläulichen Quadersteine unter dem Glasdach des Perrons waren trocken. Die Schienen aber – und zwischen den Schienenpaaren die winzigen Kieselsteine – funkelten trotz der Dunkelheit im nassen Zauber des Regens.

Obwohl der Stationschef Fallmerayer keine phantasiebegabte Natur war, schien es ihm dennoch, daß dieser Tag ein ganz besonderer Schicksalstag sei, und er begann, wie er so zum Fenster hinausblickte, wahrhaftig zu zittern. In sechsunddreißig Minuten erwartete er den Schnellzug nach Meran. In sechsunddreißig Minuten – so schien es Fallmerayer – würde die Nacht vollkommen sein – eine fürchterliche Nacht. Über seiner Kanzlei, im ersten Stock, tobten die Zwillinge wie gewöhnlich; er hörte ihre trippelnden, kindlichen und dennoch ein wenig brutalen Schritte. Er machte das Fenster auf. Es war nicht mehr kalt. Der Frühling kam über die Berge gezogen. Man hörte die Pfiffe rangierender Lokomotiven wie jeden Tag und die Rufe der Eisenbahnarbeiter und den dumpf scheppernden Anschlag der verkoppelten Waggons. Dennoch hatten heute die Lokomotiven einen besonderen Pfiff – so war es Fallmerayer. Er war ein ganz gewöhnlicher Mensch. Und nichts schien ihm sonderbarer, als daß er an diesem Tage in all den gewohnten, keineswegs überraschenden Geräuschen die unheimliche Stimme eines ungewöhnlichen Schicksals zu vernehmen glaubte. In der Tat aber ereignete sich an diesem Tage die unheimliche Katastrophe, deren Folgen das Leben Adam Fallmerayers vollständig verändern sollten.

2

Der Expreßzug hatte schon von B. aus eine geringe Verspätung angekündigt. Zwei Minuten, bevor er auf der Station L. einlaufen sollte, stieß er infolge einer falsch gestellten Weiche auf einen wartenden Lastzug. Die Katastrophe war da.

Mit eilig ergriffener und völlig zweckloser Laterne, die irgendwo auf dem Bahnsteig gestanden hatte, lief der Stationschef Fallmerayer die Schienen entlang dem Schauplatz des Unglücks entgegen. Er hatte das Bedürfnis gefühlt, irgendeinen Gegenstand zu ergreifen. Es schien ihm unmöglich, mit leeren, gewissermaßen unbewaffneten Händen dem Unheil entgegenzurennen. Er rannte zehn Minuten, ohne Mantel, die ständigen Peitschenhiebe des Regens auf Nacken und Schultern.

Als er an der Unglücksstelle ankam, hatte man die Bergung der Toten, der Verwundeten, der Eingeklemmten bereits begonnen. Es fing an, heftiger zu dunkeln, so, als beeilte sich die Nacht selber, zum ersten Schrecken zurechtzukommen und ihn zu vergrößern. Die Feuerwehr aus dem Städtchen kam mit Fackeln, die mit Geprassel und Geknister dem Regen mühsam standhielten. Dreizehn Waggons lagen zertrümmert auf den Schienen. Den Lokomotivführer wie den Heizer – sie waren beide tot – hatte man bereits fortgeschafft. Eisenbahner und Feuerwehrmänner und Passagiere arbeiteten mit wahllos aufgelesenen Werkzeugen an den Trümmern. Die Verwundeten schrien jämmerlich, der Regen rauschte, die Fackelfeuer knisterten. Den Stationschef fröstelte im Regen. Seine Zähne klapperten. Er hatte die Empfindung, daß er etwas tun müsse wie die andern, und gleichzeitig Angst, man würde es ihm verwehren zu helfen, weil er selbst das Unheil verschuldet haben könnte. Dem und jenem unter den Eisenbahnern, die ihn erkannten und im Eifer der Arbeit flüchtig grüßten, versuchte Fallmerayer mit tonloser Stimme irgend etwas zu sagen, was ebensogut ein Befehl wie eine Bitte um Verzeihung hätte sein können. Aber niemand hörte ihn. So überflüssig in der Welt war er sich noch niemals vorgekommen. Und schon begann er zu beklagen, daß er sich nicht selbst unter den Opfern befinde, als sein ziellos umherirrender Blick auf eine Frau fiel, die man soeben auf eine Tragbahre gelegt hatte. Da lag sie nun, von den Helfern verlassen, von denen sie gerettet worden war, die großen, dunklen Augen auf die Fackeln in ihrer nächsten Nähe gerichtet, mit einem silbergrauen Pelz bis zu den Hüften zugedeckt und offenbar nicht imstande, sich zu rühren. Auf ihr großes, blasses und breites Angesicht fiel der unermüdliche Regen, und das schwankende Feuer der Fackeln zuckte darüber hin. Das Angesicht selbst leuchtete, ein nasses silbernes Angesicht, im zauberhaften Wechsel von Flamme und Schatten. Die langen weißen Hände lagen über dem Pelz, regungslos auch sie, zwei wunderbare Leichen. Es schien dem Stationsvorsteher, daß diese Frau auf der Bahre auf einer großen weißen Insel aus Stille ruhe, mitten in einem betäubenden Meer von Lärm und Geräusch, und daß sie sogar Stille verbreite. In der Tat war es, als ob all die hurtigen und geschäftigen Menschen einen Bogen um die Bahre machen wollten, auf der die Frau ruhte. War sie schon gestorben? Brauchte man sich nicht mehr um sie zu kümmern? Der Stationschef Fallmerayer näherte sich langsam der Bahre.

Die Frau lebte noch. Unverletzt war sie geblieben. Als Fallmerayer sich zu ihr niederbeugte, sagte sie, ohne seine Frage abzuwarten – ja sogar wie in einer gewissen Angst vor seinen Fragen –, ihr fehle nichts, sie glaube, sie könne aufstehn. Sie habe höchstens lediglich den Verlust ihres Gepäcks zu beklagen. Sie könne sich bestimmt erheben. Und sie machte sofort Anstalten aufzustehn. Fallmerayer half ihr. Er nahm den Pelz mit der Linken, umfaßte die Schulter der Frau mit der Rechten, wartete, bis sie sich erhob, legte den Pelz um ihre Schultern, hierauf den Arm um den Pelz, und so gingen sie beide, ohne ein Wort, ein paar Schritte über Schienen und Geröll in das nahe Häuschen eines Weichenwärters, die wenigen Stufen hinauf, in die trockene, lichtvolle Wärme.

„Hier bleiben Sie ein paar Minuten ruhig sitzen", sagte Fallmerayer.

„Ich habe draußen zu tun. Ich komme gleich wieder."

Im selben Augenblick wußte er, daß er log, und er log wahrscheinlich zum erstenmal in seinem Leben. Dennoch war ihm die Lüge selbstverständlich. Und obwohl er in dieser Stunde nichts sehnlicher gewünscht hätte, als bei der Frau zu bleiben, wäre es ihm doch fürchterlich gewesen, in ihren Augen als ein Nutzloser zu erscheinen, der nichts anderes zu tun hatte, während draußen tausend Hände halfen und retteten. Er begab sich also eilig hinaus – und fand, zu seinem eigenen Erstaunen, jetzt den Mut und die Kraft, zu helfen, zu retten, hier einen Befehl zu erteilen und dort einen Rat, und obwohl er die ganze Zeit, während er half, rettete und schaffte, an die Frau im Häuschen denken mußte und obwohl die Vorstellung, er könnte sie später nicht wiedersehn, grausam war und grauenhaft, blieb er dennoch tätig auf dem Schauplatz der Katastrophe, aus Angst, er könnte viel zu früh zurückkehren und also seine Nutzlosigkeit vor der Fremden beweisen. Und als verfolgten ihn ihre Blicke und feuerten ihn an, gewann er sehr schnell Vertrauen zu seinem Wort und zu seiner Vernunft, und er erwies sich als flinker, kluger und mutiger Helfer.

Also arbeitete er zwei Stunden etwa, ständig denkend an die wartende Fremde. Nachdem Arzt und Sanitäter den Verletzten die notwendige Hilfe geleistet hatten, machte sich Fallmerayer daran, in das Häuschen des Weichenstellers zurückzukehren.

Dem Doktor, den er kannte, sagte er hastig, drüben sei noch ein Opfer der Katastrophe. Nicht ganz ohne Selbstbewußtsein betrachtete er seine zerschürften Hände und seine beschmutzte Uniform. Er führte den Arzt in die Stube des Weichenwärters und begrüßte die Fremde, die sich nicht von ihrem Platz gerührt zu haben schien, mit dem fröhlich-selbstverständlichen Lächeln, mit dem man längst Vertrauten wiederzubegegnen pflegt.

„Untersuchen Sie die Dame!" sagte er zum Arzt. Und er selbst wandte sich zur Tür.

Er wartete ein paar Minuten draußen. Der Arzt kam und sagte: „Ein kleiner Schock, nichts weiter. Am besten, sie bleibt hier. Haben Sie Platz in Ihrer Wohnung?"

„Gewiß, gewiß!" antwortete Fallmerayer. Und gemeinsam führten sie die Fremde in die Station, die Treppe hinauf, in die Wohnung des Stationschefs.

„In drei, vier Tagen ist sie völlig gesund", sagte der Arzt. In diesem Augenblick wünschte Fallmerayer, es möchten viel mehr Tage vergehen.

3

Der Fremden überließ Fallmerayer sein Zimmer und sein Bett. Die Frau des Stationsvorstehers handelte geschäftig zwischen der Kranken und den Kindern. Zweimal täglich kam Fallmerayer selbst. Die Zwillinge wurden zu strenger Ruhe angehalten.

Einen Tag später waren die Spuren des Unglücks beseitigt, die übliche Untersuchung eingeleitet, Fallmerayer vernommen, der schuldige Weichensteller vom Dienst entfernt. Zweimal täglich rasten die Expreßzüge wie bisher am grüßenden Stationschef vorbei.

Am Abend nach der Katastrophe erfuhr Fallmerayer den Namen der Fremden: Es war eine Gräfin Walewska, Russin, aus der Umgebung von Kiew, auf der Fahrt von Wien nach Meran begriffen. Ein Teil ihres Gepäcks fand sich und wurde ihr zugestellt: braune und schwarze lederne Koffer. Sie rochen nach Juchten und unbekanntem Parfüm. So roch es nun in der ganzen Wohnung Fallmerayers.

Er schlief jetzt – da man sein Bett der Fremden gegeben hatte – nicht in seinem Schlafzimmer, neben Frau Fallmerayer, sondern unten, in seinem Dienstzimmer. Das heißt: Er schlief überhaupt nicht. Er lag wach. Am Morgen gegen neun Uhr betrat er das Zimmer, in dem die fremde Frau lag. Er fragte, ob sie gut geschlafen und gefrühstückt habe, ob sie sich wohl fühle. Ging mit frischen Veilchen zu der Vase auf der Konsole, wo die alten gestern gestanden hatten, entfernte die alten Blumen, setzte die neuen in frisches Wasser und blieb dann am Fußende des Bettes stehen. Vor ihm lag die fremde Frau, auf seinem Kissen, unter seiner Decke. Er murmelte etwas Undeutliches. Mit großen, dunklen Augen, einem weißen, starken Angesicht, das weit war wie eine fremde und süße Landschaft, auf den Kissen, unter der Decke des Stationsvorstehers, lag die fremde Frau. „Setzen Sie sich doch", sagte sie, jeden Tag zweimal. Sie sprach das harte und frem-

STATIONSCHEF FALLMERAYER

de Deutsch einer Russin, eine tiefe, fremde Stimme. Alle Pracht der Weite und des Unbekannten war in ihrer Kehle.

Fallmerayer setzte sich nicht. „Entschuldigen schon, ich hab' viel zu tun", sagte er, machte kehrt und entfernte sich.

Sechs Tage ging es so. Am siebenten riet der Doktor der Fremden weiterzufahren. Ihr Mann erwartete sie in Meran. Sie fuhr also und hinterließ in allen Zimmern und besonders im Bett Fallmerayers einen unauslöschbaren Duft von Juchten und einem namenlosen Parfüm.

4

Dieser merkwürdige Duft blieb im Hause, im Gedächtnis, ja, man könnte sagen, im Herzen Fallmerayers viel länger haften als die Katastrophe. Und während der folgenden Wochen, in denen die langwierigen Untersuchungen über genauere Ursachen und detaillierteren Hergang des Unglücks ihren vorschriftsmäßigen Verlauf nahmen und Fallmerayer ein paarmal einvernommen wurde, hörte er nicht auf, an die fremde Frau zu denken, und wie betäubt von dem Geruch, den sie rings um ihn und in ihm hinterlassen hatte, gab er beinahe verworrene Auskünfte auf präzise Fragen. Wäre sein Dienst nicht verhältnismäßig einfach gewesen und er seit Jahren nicht bereits selbst zu einem fast mechanischen Bestandteil des Dienstes geworden, er hätte ihn nicht mehr guten Gewissens versehen können. Im stillen hoffte er von einer Post zur andern auf eine Nachricht der Fremden. Er zweifelte nicht daran, daß sie noch einmal schreiben würde, wie es sich schickte, um für die Gastfreundschaft zu danken. Und eines Tages traf wirklich ein großer, dunkelblauer Brief aus Italien ein. Die Walewska schrieb, daß sie mit ihrem Mann weiter südwärts gefahren sei. Augenblicklich befände sie sich in Rom. Nach Sizilien wollten sie und ihr Mann fahren. Für die Zwillinge Fallmerayers kam einen Tag später ein niedlicher Korb mit Früchten und vom Mann der Gräfin Walewska für die Frau des Stationschefs ein Paket sehr zarter und duftender blasser Rosen. Es hätte lange gedauert, schrieb die Gräfin, ehe sie Zeit gefunden habe, ihren gütigen Wirten zu danken, aber sie sei auch eine längere Zeit nach ihrer Ankunft in Meran erschüttert und der Erholung bedürftig gewesen. Die Früchte und die Blumen brachte Fallmerayer sofort in seine Wohnung. Den Brief aber, obwohl er einen Tag früher gekommen war, behielt der Stationschef noch etwas länger. Sehr stark dufteten Früchte und Rosen aus dem Süden, aber Fallmerayer war es, als röche der Brief der Gräfin noch kräftiger. Es war ein kurzer Brief. Fallmerayer kannte ihn auswendig. Er wußte genau, welche Stelle jedes Wort einnahm. Mit lila Tinte, in großen, fliegenden Zügen geschrieben, nahmen sich die Buchstaben aus wie eine schöne Schar fremder, seltsam gefiederter, schlanker Vögel, dahinschwebend auf tiefblauem Himmelsgrund. „Anja Walewska" lautete die Unterschrift. Auf den Vor-

namen der Fremden, nach dem er sie zu fragen niemals gewagt hatte, war er längst
begierig gewesen, als wäre ihr Vorname einer ihrer verborgenen körperlichen Reize.
Nun, da er ihn kannte, war es ihm eine Weile, als hätte sie ihm ein süßes Geheimnis
geschenkt. Und aus Eifersucht, um es für sich allein zu bewahren, entschloß er sich,
erst zwei Tage später den Brief seiner Frau zu zeigen. Seitdem er den Vornamen der
Walewska wußte, kam es ihm zu Bewußtsein, daß der seiner Frau – sie hieß Klara –
nicht schön war. Als er nun sah, mit welch gleichgültigen Händen Frau Klara den
Brief der Fremden entfaltete, kamen ihm auch die fremden Hände der Schreiberin in
Erinnerung – so, wie sie zum erstenmal erblickt hatte, über dem Pelz, regungslose
Hände, zwei schimmernde silberne Hände. Damals hätte ich sie küssen sollen – dachte er einen Augenblick. „Ein sehr netter Brief", sagte seine Frau und legte den Brief
weg. Ihre Augen waren stahlblau und pflichtbewußt, nicht einmal bekümmert. Frau
Klara Fallmerayer besaß die Fähigkeit, sogar Sorgen als Pflichten zu werten und im
Kummer eine Genugtuung zu finden. Das glaubte Fallmerayer – dem derlei Überlegungen oder Einfälle immer fremd gewesen waren – auf einmal zu erkennen. Und er
schützte heute nacht eine dringende dienstliche Obliegenheit vor, mied das gemeinsame Zimmer und legte sich unten im Dienstraum schlafen und versuchte sich einzureden, oben, über ihm, in seinem Bett, schliefe noch immer die Fremde.

Die Tage vergingen, die Monate. Aus Sizilien flogen noch zwei bunte Ansichtskarten
heran, mit flüchtigen Grüßen. Der Sommer kam, ein heißer Sommer. Als die Zeit des
Urlaubs herannahte, beschloß Fallmerayer, nirgends hinzufahren. Frau und Kinder
schickte er in eine Sommerfrische nach Österreich. Er blieb und versah seinen Dienst
weiter. Zum erstenmal seit seiner Verheiratung war er von seiner Frau getrennt. Im stillen hatte er sich zuviel von dieser Einsamkeit versprochen. Erst als er allein geblieben war,
begann er zu merken, daß er keineswegs allein hatte sein wollen. Er kramte in allen Fächern; er suchte nach dem Brief der fremden Frau. Aber er fand ihn nicht mehr. Frau
Fallmerayer hatte ihn vielleicht längst vernichtet.

Frau und Kinder kamen zurück, der Juli ging zu Ende. Da war die allgemeine Mobilisierung da.

5

Fallmerayer war Fähnrich in der Reserve im Einundzwanzigsten Jägerbataillon. Da
er einen verhältnismäßig wichtigen Posten versah, wäre es ihm, wie mehreren seiner
Kollegen, möglich gewesen, noch eine Weile im Hinterland zu bleiben. Allein Fallmerayer legte seine Uniform an, packte seinen Koffer, umarmte seine Kinder, küßte
seine Frau und fuhr zu seinem Kader. Dem Bahnassistenten übergab er den Dienst.
Frau Fallmerayer weinte, die Zwillinge jubelten, weil sie ihren Vater in einer ungewohnten Kleidung sahen. Frau Fallmerayer verfehlte nicht, stolz auf ihren Mann zu

sein – aber erst in der Stunde der Abfahrt. Sie unterdrückte die Tränen. Ihre blauen Augen waren erfüllt von bitterem Pflichtbewußtsein.

Was den Stationschef selbst betraf, so empfand er erst, als er mit einigen Kameraden in einem Abteil geblieben war, die grausame Entschiedenheit dieser Stunden. Dennoch glaubte er zu fühlen, daß er sich durch eine ganz unbestimmte Heiterkeit von all den in seinem Abteil anwesenden Offizieren unterschied. Es waren Reserveoffiziere. Jeder von ihnen hatte ein geliebtes Haus verlassen. Und jeder von ihnen war in dieser Stunde begeisterter Soldat. Jeder zugleich auch ein trostloser Vater, ein trostloser Sohn. Fallmerayer allein schien es, daß ihn der Krieg aus einer aussichtslosen Lage befreit hatte. Seine Zwillinge kamen ihm gewiß bedauernswert vor. Auch seine Frau. Gewiß, auch seine Frau. Während aber die Kameraden, begannen sie von der Heimat zu sprechen, alle zärtliche Herzlichkeit, derer sie fähig sein mochten, in Mienen und Gebärden offenbarten, war es Fallmerayer, als müßte er, um es ihnen gleichzutun, sobald er von den Seinen zu erzählen begann, wenn auch keine lügnerische, so doch eine übertriebene Bangigkeit in Blick und Stimme legen. Und eigentlich hatte er eher Lust, mit den Kameraden von der Gräfin Walewska zu sprechen als von seinem Haus. Er zwang sich zu schweigen. Und es kam ihm vor, daß er doppelt log: einmal, weil er verschwieg, was ihn im Innersten bewegte, und zweitens, weil er hie und da von seiner Frau und seinen Kindern erzählte – von denen er in dieser Stunde viel weiter entfernt war als von der Gräfin Walewska, der Frau eines feindlichen Landes. Er begann, sich ein wenig zu verachten.

6

Er rückte ein. Er ging ins Feld. Er kämpfte. Er war ein tapferer Soldat. Er schrieb die üblichen herzlichen Feldpostbriefe nach Hause. Er wurde ausgezeichnet, zum Leutnant ernannt. Er wurde verwundet. Er kam ins Lazarett. Er hatte Anspruch auf Urlaub. Er verzichtete und ging wieder ins Feld. Er kämpfte im Osten. In freien Stunden, zwischen Gefecht, Inspizierung, Sturmangriff, begann er, aus zufällig gefundenen Büchern Russisch zu lernen. Beinahe mit Wollust. Mitten im Gestank des Gases, im Geruch des Bluts, im Regen, im Sumpf, im Schlamm, im Schweiß der Lebendigen, im Dunst der faulenden Kadaver verfolgte Fallmerayer der fremde Duft von Juchten und das namenlose Parfüm der Frau, die einmal in seinem Bett, auf seinem Kissen, unter seiner Decke gelegen hatte. Er lernte die Muttersprache dieser Frau und stellte sich vor, er spräche mit ihr, in ihrer Sprache. Zärtlichkeiten lernte er, Verschwiegenheiten, kostbare russische Zärtlichkeiten. Er sprach mit ihr. Durch einen ganzen großen Weltkrieg war er von ihr getrennt, und er sprach mit ihr. Mit kriegsgefangenen Russen unterhielt er sich. Mit hundertfach geschärftem Ohr vernahm er die zartesten Tönungen, und mit geläufiger Zunge sprach er sie nach. Mit jedem neu-

en Klang der fremden Sprache, den er lernte, kam er der fremden Frau näher. Nichts
mehr wußte er von ihr, als was er zuletzt von ihr gesehn hatte: flüchtigen Gruß und
flüchtige Unterschrift auf einer banalen Ansichtskarte. Aber für ihn lebte sie; auf ihn
wartete sie; bald sollte er mit ihr sprechen.

Er kam, weil er Russisch konnte, als sein Bataillon an die Südfront abkommandiert
wurde, zu einem der Regimenter, die eine kurze Zeit später in die sogenannte Okkupationsarmee eingereiht wurden. Fallmerayer wurde zuerst als Dolmetscher zum Divisi-
onskommando versetzt, hierauf zur „Kundschafter- und Nachrichtenstelle". Er gelangte schließlich in die Nähe von Kiew.

7

Den Namen Solowienki hatte er wohl behalten. Mehr als behalten: Vertraut und heimisch war ihm dieser Name geworden.

Ein leichtes war es, den Namen des Gutes herauszufinden, das der Familie Walewski gehörte. Solowki hieß es und lag drei Werst südlich von Kiew. Fallmerayer geriet
in süße, beklemmende und schmerzliche Erregung. Er hatte das Gefühl einer unendlichen Dankbarkeit gegen das Schicksal, das ihn in den Krieg und hierhergeführt hatte, und zugleich eine namenlose Angst vor allem, was es ihm jetzt erst zu bereiten begann. Krieg, Sturmangriff, Verwundung, Todesnähe: Es waren ganz blasse
Ereignisse, verglichen mit jenem, das ihm nun bevorstand. Lediglich eine – wer weiß:
vielleicht unzulängliche – Vorbereitung für die Begegnung mit der Frau war alles gewesen. War er wirklich für alle Fälle gerüstet? War sie überhaupt in ihrem Hause?
Hatte sie nicht der Einmarsch der feindlichen Armee in gesichertere Gegenden getrieben? Und wenn sie zu Hause lebte, war ihr Mann mit ihr? Man mußte auf alle Fälle hingehn und sehn.

Fallmerayer ließ einspannen und fuhr los.

Es war ein ziemlich früher Morgen im Mai. Man fuhr im leichten, zweirädrigen Wägelchen an blühenden Wiesen vorbei, auf gewundener, sandiger Landstraße, durch eine
fast unbewohnte Gegend. Soldaten marschierten klappernd und rasselnd dahin, zu den
üblichen Exerzierübungen. Im lichten und hohen blauen Gewölbe des Himmels verborgen, trillerten die Lerchen. Dichte, dunkle Flecken kleiner Tannenwäldchen wechselten ab mit dem hellen, fröhlichen Silber der Birken. Und der Morgenwind brachte aus
weiter Ferne abgebrochenen Gesang der Soldaten aus entlegenen Baracken. Fallmerayer
dachte an seine Kindheit, an die Natur seiner Heimat. Nicht weit von der Station, an der
er bis zum Kriege Dienst getan hatte, war er geboren worden und aufgewachsen. Auch
sein Vater war Bahnbeamter gewesen, niederer Bahnbeamter, Magazineur. Die ganze
Kindheit Fallmerayers war, wie sein späteres Leben, erfüllt gewesen von den Geräuschen
und Gerüchen der Eisenbahn wie von denen der Natur. Die Lokomotiven pfiffen und

hielten Zwiesprache mit dem Jubel der Vögel. Der schwere Dunst der Steinkohle lagerte über dem Duft der blühenden Felder. Der graue Rauch der Bahnen verschwamm mit dem blauen Gewölk über den Bergen zu einem einzigen Nebel aus süßer Wehmut und Sehnsucht. Wie anders war diese Welt hier, heiter und traurig in einem, keine heimliche Güte mehr auf mildem, sanftem Abhang, spärlicher Flieder hier, keine vollen Dolden mehr hinter sauber gestrichenen Zäunen. Niedere Hütten mit breiten, tiefen Dächern aus Stroh wie Kapuzen, winzige Dörfer, verloren in der Weite und sogar in dieser übersichtlichen Fläche doch gleichsam verborgen. Wie verschieden waren die Länder! Waren es auch die menschlichen Herzen? Wird sie mich auch begreifen? – fragte sich Fallmerayer. Wird sie mich auch begreifen? – Und je näher er dem Gute der Walewskis kam, desto heftiger loderte die Frage in seinem Herzen. Je näher er kam, desto sicherer schien es ihm auch, daß die Frau zu Hause war. Bald zweifelte er gar nicht mehr daran, daß ihn noch Minuten nur von ihr trennten. Ja, sie war zu Hause.

Gleich am Anfang der schütteren Birkenallee, die den sachten Aufstieg zum Herrenhaus ankündigte, sprang Fallmerayer aus dem Wagen. Zu Fuß legte er den Weg zurück, damit es noch ein wenig länger dauere. Ein alter Gärtner fragte nach seinen Wünschen. Er möchte die Gräfin sehen, sagte Fallmerayer. Er wolle es ausrichten, meinte der Mann, entfernte sich langsam und kam bald wieder. Ja, die Frau Gräfin war da und erwartete den Besuch.

Die Walewska erkannte Fallmerayer selbstverständlich nicht. Sie hielt ihn für einen der vielen militärischen Besucher, die sie in der letzten Zeit hatte empfangen müssen. Sie bat ihn, sich zu setzen. Ihre Stimme, tief, dunkel, fremd, erschreckte ihn und war ihm wohlvertraut zugleich, ein heimischer Schauder, ein wohlbekannter, liebevoll begrüßter, seit undenklichen Jahren sehnsüchtig erwarteter Schrecken. „Ich heiße Fallmerayer!" sagte der Offizier. – Sie hatte natürlich den Namen vergessen. „Sie erinnern sich", begann er wieder, „ich bin der Stationschef von L." Sie trat näher zu ihm, faßte seine Hände, er roch ihn wieder, den Duft, der ihn undenkliche Jahre verfolgt, umgeben, gehegt, geschmerzt und getröstet hatte. Ihre Hände lagen einen Augenblick auf den seinen.

„Oh, erzählen Sie, erzählen Sie!" rief die Walewska. Er erzählte kurz, wie es ihm ging. „Und Ihre Frau, Ihre Kinder?" fragte die Gräfin. „Ich habe sie nicht mehr gesehen!" sagte Fallmerayer. „Ich habe nie Urlaub genommen."

Hierauf entstand eine kleine Stille. Sie sahen sich an. In dem breiten und niederen, weiß getünchten und fast kahlen Zimmer lag die Sonne des jungen Vormittags golden und satt. Fliegen summten an den Fenstern. Fallmerayer sah still auf das breite weiße Gesicht der Gräfin. Vielleicht verstand sie ihn. Sie erhob sich, um eine Gardine vor das mittlere der drei Fenster zu ziehen. „Zu hell?" fragte sie. „Lieber dunkel!" antwortete Fallmerayer. Sie kam an das Tischchen zurück, rührte ein Glöckchen, der alte Diener kam; sie bestellte Tee. Die Stille zwischen ihnen wich nicht: Sie wuchs im Gegenteil, bis man den Tee brachte. Fallmerayer rauchte. Während sie ihm den Tee einschenkte, fragte er plötzlich: „Und wo ist Ihr Mann?"

Sie wartete, bis sie die Tasse gefüllt hatte, als müßte sie erst eine sehr vorsorgliche Antwort überlegen. „An der Front natürlich!" sagte sie dann. „Ich höre seit drei Monaten nichts mehr von ihm. Wir können ja jetzt nicht korrespondieren!" „Sind Sie sehr in Sorge?" fragte Fallmerayer. „Gewiß", erwiderte sie, „nicht weniger als Ihre Frau um Sie wahrscheinlich." „Verzeihen Sie, Sie haben recht, ich war recht dumm", sagte Fallmerayer. Er blickte auf die Teetasse.

Sie hätte sich geweigert, erzählte die Gräfin weiter, das Haus zu verlassen. Andere seien geflohen. Sie fliehe nicht, vor ihren Bauern nicht und auch nicht vor dem Feind. Sie lebe hier mit vier Dienstboten, zwei Reitpferden und einem Hund. Geld und Schmuck habe sie vergraben. Sie suchte lange nach einem Wort, sie wußte nicht, wie man „vergraben" auf deutsch sage, und zeigte auf die Erde. Fallmerayer sagte das russische Wort. „Sie können Russisch?" fragte sie. „Ja", sagte er, „ich habe es gelernt, im Felde gelernt." Und auf russisch fügte er hinzu:

„Ihretwegen, für Sie, um einmal mit Ihnen sprechen zu können, habe ich Russisch gelernt."

Sie bestätigte ihm, daß er vorzüglich spreche, so als hätte er seinen inhaltsschweren Satz nur gesprochen, um seine sprachlichen Fähigkeiten zu beweisen. Auf diese Weise verwandelte sie sein Geständnis in eine bedeutungslose Stilübung. Aber gerade diese ihre Antwort bewies ihm, daß sie ihn gut verstanden habe.

Nun will ich gehen, dachte er. Er stand auch sofort auf. Und ohne ihre Einladung abzuwarten und wohl wissend, daß sie seine Unhöflichkeit richtig deuten würde, sagte er: „Ich komme in der nächsten Zeit wieder!" – Sie antwortete nicht. Er küßte ihre Hand und ging.

8

Er ging – und zweifelte nicht mehr daran, daß sein Geschick anfing, sich zu erfüllen. Es ist ein Gesetz, sagte er sich. Es ist unmöglich, daß ein Mensch einem andern so unwiderstehlich entgegengetrieben wird und daß der andere zugeschlossen bleibt. Sie fühlt, was ich fühle. Wenn sie mich noch nicht liebt, so wird sie mich bald lieben.

Mit der gewohnten sicheren Solidität des Beamten und Offiziers erledigte Fallmerayer seine Obliegenheiten. Er beschloß, vorläufig zwei Wochen Urlaub zu nehmen, zum erstenmal, seitdem er eingerückt war. Seine Ernennung zum Oberleutnant mußte in einigen Tagen erfolgen. Diese wollte er noch abwarten.

Zwei Tage später fuhr er noch einmal nach Solowki. Man sagte ihm, die Gräfin Walewska sei nicht zu Hause und würde vor Mittag nicht erwartet. „Nun", sagte er, „so werde ich im Garten so lange bleiben." Und da man nicht wagte, ihn hinauszuweisen, ließ man ihn in den Garten hinter dem Hause.

Er sah zu den zwei Reihen der Fenster hinauf. Er vermutete, daß die Gräfin zu Hause war und sich verleugnen ließ. In der Tat glaubte er, bald hinter diesem, bald hinter jenem Fenster den Schimmer eines hellen Kleides zu sehen. Er wartete geduldig und geradezu gelassen.

Als es zwölf Uhr vom nahen Kirchturm schlug, ging er wieder ins Haus. Frau Walewska war da. Sie kam gerade die Treppe herunter, in einem schwarzen, engen und hochgeschlossenen Kleid, eine dünne Schnur kleiner Perlen um den Kragen und ein silbernes Armband um die enge linke Manschette. Es schien Fallmerayer, daß sie sich seinetwegen gepanzert hatte – und es war, als ob das Feuer, das ewig in seinem Herzen für sie brannte, noch ein neues, ein besonderes, kleines Feuerchen geboren habe. Neue Lichter zündete die Liebe an. Fallmerayer lächelte. „Ich habe lange warten müssen", sagte er, „aber ich habe gern gewartet, wie Sie wissen. Ich habe hinten im Garten zu den Fenstern hinaufgeschaut und habe mir eingebildet, daß ich das Glück habe, Sie zu sehn. So ist mir die Zeit vergangen."

Ob er essen wolle, fragte die Gräfin, da es gerade Zeit sei. Gewiß, sagte er, er habe Hunger. Aber von den drei Gängen, die man dann servierte, nahm er nur die lächerlichsten Brocken.

Die Gräfin erzählte vom Ausbruch des Krieges. Wie sie in höchster Eile aus Kairo nach Hause heimgekehrt seien. Vom Garderegiment ihres Mannes. Von dessen Kameraden. Von ihrer Jugend hierauf. Von Vater und Mutter. Von der Kindheit dann. Es war, als suchte sie sehr krampfhaft nach Geschichten und als wäre sie sogar bereit, etwelche zu erfinden – alles nur, um den ohnehin schweigsamen Fallmerayer nicht sprechen zu lassen. Er strich seinen kleinen, blonden Schnurrbart und schien genau zuzuhören. Er aber hörte viel stärker auf den Duft, den die Frau ausströmte, als auf die Reden, die sie führte. Seine Poren lauschten. Und im übrigen: Auch ihre Worte dufteten, ihre Sprache. Alles, was sie erzählen konnte, erriet er ohnedies. Nichts von ihr konnte ihm verborgen bleiben. Was konnte sie ihm verbergen? Ihr strenges Kleid schützte ihren Körper keineswegs vor seinem wissenden Blick. Er fühlte die Sehnsucht seiner Hände nach ihr, das Heimweh seiner Hände nach der Frau. Als sie aufstanden, sagte er, daß er noch zu bleiben gedenke, Urlaub habe er heute, einen viel längeren Urlaub nehme er in einigen Tagen, sobald er Oberleutnant geworden sei. Wohin er fahren wolle? fragte die Gräfin. „Nirgendwohin!" sagte Fallmerayer. „Bei Ihnen will ich bleiben!" Sie lud ihn ein, zu bleiben, solange er wolle – heute und später. Jetzt müsse sie ihn allein lassen und sich im Hause ein wenig umsehen. Wolle er kommen – es gäbe Zimmer genug im Hause – und so viele, daß sie es nicht nötig hätten, einander zu stören.

Er verabschiedete sich. Da sie nicht mit ihm bleiben könne, sagte er, zöge er es vor, in die Stadt zurückzukehren.

Als er in den Wagen stieg, wartete sie auf der Schwelle, im strengen schwarzen Kleid, mit ihrem weiten, hellen Antlitz darüber – und während er die Peitsche ergriff, hob sie sachte die Hand zu einem halben, gleichsam angestrengt gezügelten Gruß.

9

Ungefähr eine Woche nach diesem Besuch erhielt der neuernannte Oberleutnant Adam Fallmerayer seinen Urlaub. Allen Kameraden sagte er, er wolle nach Hause fahren. Indessen begab er sich in das Herrenhaus der Walewskis, bezog ein Zimmer im Parterre, das man für ihn vorbereitet hatte, aß jeden Tag mit der Frau des Hauses, sprach mit ihr über dies und jenes, Gleichgültiges und Fernes, erzählte von der Front und gab nie acht auf den Inhalt seiner Rede, ließ sich erzählen und hörte nicht zu. In der Nacht schlief er nicht, schlief er ebensowenig wie vor Jahren daheim im Stationsgebäude, während der sechs Tage, an denen die Gräfin über ihm, in seinem Zimmer, genächtigt hatte. Auch heute ahnte er sie in den Nächten über sich, über seinem Haupt, über seinem Herzen.

Eines Nachts, es war schwül, ein linder, guter Regen fiel, erhob sich Fallmerayer, kleidete sich an und trat vor das Haus. Im geräumigen Treppenhaus brannte eine gelbe Petroleumlaterne. Still war das Haus, still war die Nacht, still war der Regen, er fiel wie auf zarten Sand, und sein eintöniges Singen war der Gesang der nächtlichen Stille selbst. Auf einmal knarrte die Treppe. Fallmerayer hörte es, obwohl er sich vor dem Tor befand. Er sah sich um. Er hatte das schwere Tor offengelassen. Und er sah die Gräfin Walewska die Treppen hinuntersteigen. Sie war vollkommen angezogen, wie bei Tag. Er verneigte sich, ohne ein Wort zu sagen. Sie kam nahe zu ihm heran. So blieben sie, stumm, ein paar Sekunden. Fallmerayer hörte sein Herz klopfen. Auch war ihm, als klopfte das Herz der Frau so laut wie das seine – und im gleichen Takt mit diesem. Schwül schien auf einmal die Luft geworden zu sein, kein Zug kam durch das offene Tor. Fallmerayer sagte: „Gehen wir durch den Regen, ich hole Ihnen den Mantel!" Und ohne eine Zustimmung abzuwarten, stürzte er in sein Zimmer, kam mit dem Mantel zurück, legte ihn der Frau um die Schultern, wie er ihr einmal den Pelz umgelegt hatte, damals, an dem unvergeßlichen Abend der Katastrophe, und hierauf den Arm um den Mantel. Und so gingen sie in die Nacht und in den Regen.

Sie gingen die Allee entlang, trotz der nassen Finsternis leuchteten silbern die dünnen, schütteren Stämme wie von einem im Innern entzündeten Licht. Und als erweckte dieser silberne Glanz der zärtlichsten Bäume der Welt Zärtlichkeit im Herzen Fallmerayers, drückte er seinen Arm fester um die Schulter der Frau, spürte durch den harten, durchnäßten Stoff des Mantels die nachgiebige Güte des Körpers, für eine Weile schien es ihm, daß sich ihm die Frau zuneige, ja, daß sie sich an ihn schmiege, und doch war einen hurtigen Augenblick später wieder geraumer Abstand zwischen ihren Körpern. Seine Hand verließ ihre Schultern, tastete sich empor zu ihrem nassen Haar, strich über ihr nasses Ohr, berührte ihr nasses Angesicht. Und im nächsten Augenblick blieben sie beide gleichzeitig stehn, wandten sich einander zu, umfingen sich, der Mantel sank von ihren Schultern nieder und fiel taub und schwer auf die Erde – und so, mitten in Regen und Nacht, legten sie Gesicht an Gesicht, Mund an Mund und küßten sich lange.

STATIONSCHEF FALLMERAYER   1023

10

Einmal sollte Oberleutnant Fallmerayer nach Shmerinka versetzt werden, aber es gelang ihm, mit vieler Anstrengung, zu bleiben. Fest entschlossen war er zu bleiben. Jeden Morgen, jeden Abend segnete er den Krieg und die Okkupation. Nichts fürchtete er mehr als einen plötzlichen Frieden. Für ihn war der Graf Walewski seit langem tot, an der Front gefallen oder von meuternden kommunistischen Soldaten umgebracht. Ewig hatte der Krieg zu währen, ewig der Dienst Fallmerayers an diesem Ort, in dieser Stellung.

Nie mehr Frieden auf Erden.

Dem Übermut war Fallmerayer eben anheimgefallen, wie es manchen Menschen geschieht, denen das Übermaß ihrer Leidenschaft die Sinne blendet, die Einsicht raubt, den Verstand betört. Allein, schien es ihm, sei er auf der Erde, er und der Gegenstand seiner Liebe. Selbstverständlich aber ging, unbekümmert um ihn, das große und verworrene Schicksal der Welt weiter. Die Revolution kam. Der Oberleutnant und Liebhaber Fallmerayer hatte sie keineswegs erwartet.

Doch schärfte, wie es in höchster Gefahr zu geschehen pflegt, der heftige Schlag der außergewöhnlichen Schicksalsstunde auch seine eingeschläferte Vernunft, und mit verdoppelter Wachsamkeit erkannte er schnell, daß es galt, das Leben der geliebten Frau, sein eigenes und vor allem ihrer beider Gemeinsamkeit zu retten. Und da ihm, mitten in der Verwirrung, welche die plötzlichen Ereignisse angerichtet hatten, dank seiner militärischen Grade und der besonderen Dienste, die er versah, immer noch einige, fürs erste genügende Hilfs- und sogar Machtmittel verblieben waren, bemühte er sich, diese schnell zu nutzen; und also gelang es ihm, innerhalb der ersten paar Tage, in denen die österreichische Armee zerfiel, die deutsche sich aus der Ukraine zurückzog, die russischen Roten ihren Einmarsch begannen und die neuerlich revoltierenden Bauern gegen die Gutshöfe ihrer bisherigen Herren mit Brand und Plünderung anrückten, zwei gut geschützte Autos der Gräfin Walewska zur Verfügung zu stellen, ein halbes Dutzend ergebener Mannschaften mit Gewehren und Munition und einem Mundvorrat für ungefähr eine Woche.

Eines Abends – die Gräfin weigerte sich immer noch, ihren Hof zu verlassen – erschien Fallmerayer mit den Wagen und seinen Soldaten und zwang seine Geliebte mit heftigen Worten und beinahe mit körperlicher Gewalt, den Schmuck, den sie im Garten vergraben hatte, zu holen und sich zur Abreise fertigzumachen. Das dauerte eine ganze Nacht. Als der trübe und feuchte Spätherbstmorgen zu grauen begann, waren sie fertig, und die Flucht konnte beginnen. In dem geräumigeren, von Zeltleinwand überdachten Auto befanden sich die Soldaten. Ein Militärchauffeur lenkte das Personenautomobil, das dem ersten folgte und in dem die Gräfin und Fallmerayer saßen. Sie hatten beschlossen, nicht westwärts zu fahren, wie damals alle Welt tat, sondern südlich. Man konnte mit Sicherheit annehmen, daß alle Straßen des Landes, die nach dem Westen führten, von rückflutenden Truppen verstopft sein würden. Und wer weiß, was man noch an den Grenzen der neu entstandenen westlichen Staaten zu erwarten hatte! Möglich war immerhin – und wie es sich später zeigte, war es sogar Tatsache –, daß man an den westlichen Grenzen des russischen Reiches neue Kriege angefangen hatte. In der Krim und im Kaukasus hatte die Gräfin Walewska außerdem reiche und mächtige Anverwandte. Hilfe war von ihnen selbst unter diesen veränderten Verhältnissen immerhin noch zu erwarten, sollte man ihrer bedürftig werden. Und was das Wichtigste war: Ein kluger Instinkt sagte den beiden Liebenden, daß in einer Zeit, in der das wahrhaftige Chaos auf der ganzen Erde herrschte, das ewige Meer die einzige Freiheit bedeuten müsse. An das Meer wollten sie zuallererst gelangen. Sie versprachen den Männern, die sie bis zum Kaukasus begleiten sollten, jedem eine ansehnliche Summe in purem Gold. Und wohlgemut, wenn auch in natürlicher Aufregung, fuhren sie dahin.

Da Fallmerayer alles sehr wohl vorbereitet und auch jeden möglichen und unwahrscheinlichen Zufall im voraus berechnet hatte, gelang es ihnen, innerhalb einer sehr kurzen Frist – vier Tage waren es im ganzen – nach Tiflis zu kommen. Hier entließen sie die Begleiter, zahlten ihnen den ausgemachten Lohn und behielten lediglich den Chauffeur bis Baku. Auch nach dem Süden und nach der Krim hatten sich viele Russen aus den adligen und gutbürgerlichen Schichten geflüchtet. Man vermied, obwohl man es sich vorgenommen hatte, Verwandte zu treffen, von Bekannten gesehen zu werden. Vielmehr bemühte sich Fallmerayer, ein Schiff zu finden, das ihn und seine Geliebte unmittelbar von Baku nach dem nächsten Hafen eines weniger gefährdeten Landes bringen konnte. Dabei ließ es sich nicht vermeiden, daß man andre, mit den Walewskis mehr oder weniger bekannte Familien traf, die ebenfalls, wie Fallmerayer, nach einem rettenden Schiff Ausschau hielten – und daß die Gräfin über die Person Fallmerayers wie über ihre Beziehungen zu ihm lügenhafte Auskünfte geben mußte. Schließlich sah man ein, daß man nur in Gemeinschaft mit den andern die geplante Art der Flucht bewerkstelligen konnte. Man einigte sich also mit acht andern, die Rußland auf dem Seewege verlassen wollten, fand schließlich einen zuverlässigen Kapitän eines etwas gebrechlich aussehenden Dampfers und fuhr zuerst nach Konstantinopel, von wo aus regelmäßige Schiffe nach Italien und Frankreich immer noch abgingen.

Drei Wochen später gelangte Fallmerayer mit seiner geliebten Frau nach Monte Carlo, wo die Walewskis vor dem Kriege eine kleine Villa gekauft hatten. Und nun glaubte sich Fallmerayer auf dem Höhepunkt seines Glücks und seines Lebens. Von der schönsten Frau der Welt wurde er geliebt. Mehr noch: Er liebte die schönste Frau der Welt. Neben ihm war sie jetzt ständig, wie ihr starkes Abbild jahrelang in ihm gelebt hatte. In ihr lebte er jetzt selbst. In ihren Augen sah er stündlich sein eigenes Spiegelbild, wenn er ihr nahe kam – und kaum gab es eine Stunde im Tag, in der sie beide einander nicht ganz nahe waren. Diese Frau, die kurze Zeit vorher noch zu hochmütig gewesen wäre, um dem Wunsch ihres Herzens oder ihrer Sinne zu gehorchen: diese Frau war nun ohne Ziel und ohne Willen ausgeliefert der Leidenschaft Fallmerayers, eines Stationschefs der österreichischen Südbahn, sein Kind war sie, seine Geliebte, seine Welt. Wunschlos wie Fallmerayer war die Gräfin Walewska. Der Sturm der Liebe, der seit der Schicksalsnacht, in der sich die Katastrophe auf der Station L. zugetragen hatte, im Herzen Fallmerayers zu wachsen angefangen hatte, nahm die Frau mit, trug sie davon, entfernte sie tausend Meilen weit von ihrer Herkunft, von ihren Sitten, von der Wirklichkeit, in der sie gelebt hatte. In ein wildfremdes Land der Gefühle und Gedanken wurde sie entführt. Und dieses Land war ihre Heimat geworden. Was alles in der großen, ruhelosen Welt vorging, bekümmerte die beiden nicht. Das Gut, das sie mitgenommen hatte, sicherte ihnen auf mehrere Jahre hinaus ein arbeitsloses Leben. Auch machten sie sich keine Sorgen um die Zukunft. Wenn sie den Spielsaal besuchten, geschah es aus Übermut. Sie konnten es sich leisten, Geld zu verlieren – und sie verloren in der Tat, wie um dem Sprichwort gerecht zu werden, das sagt, wer Glück in der Liebe habe, verliere im Spiel. Über den Verlust waren beide beglückt; als bedürften sie noch des Aberglaubens, um ihrer Liebe sicher zu sein. Aber wie alle Glücklichen waren sie geneigt, ihr Glück auf eine Probe zu stellen, um es, bewährte es sich, womöglich zu vergrößern.

II

Hatte die Gräfin Walewska auch ihren Fallmerayer ganz für sich, so war sie doch – wie es sonst nur wenige Frauen können – keineswegs imstande, längere Zeit zu lieben, ohne den Verlust des Geliebten zu fürchten (denn es ist oft die Furcht der Frauen, sie könnten den geliebten Mann verlieren, die ihre Leidenschaft steigert und ihre Liebe). So begann sie denn eines Tages, obwohl Fallmerayer keinen Anlaß dazu gegeben hatte, von ihm zu fordern, er möge sich von seiner Frau scheiden lassen und auf Kinder und Amt verzichten. Sofort schrieb Adam Fallmerayer seinem Vetter Heinrich, der ein höheres Amt im Wiener Unterrichtsministerium bekleidete, daß er seine frühere Existenz endgültig aufgegeben habe. Da er aber nach Wien nicht kommen wolle, möge, wenn dies überhaupt möglich, ein geschickter Advokat die Scheidung veranlassen.

Ein merkwürdiger Zufall – so erwiderte ein paar Tage später der Vetter Heinrich – habe es gefügt, daß Fallmerayer schon vor mehr als zwei Jahren in der Liste der Vermißten gestanden habe. Da er auch niemals habe von sich hören lassen, sei er von seiner Frau und von seinen wenigen Blutsverwandten bereits zu den Toten gezählt worden. Längst verwaltete ein neuer Stationschef die Station L. Längst habe Frau Fallmerayer mit den Zwillingen Wohnung bei ihren Eltern in Brunn genommen. Am besten sei es, man schweige weiter, vorausgesetzt, daß Fallmerayer bei den ausländischen Vertretungen Österreichs keine Schwierigkeiten habe, was den Paß und dergleichen betreffe.

Fallmerayer dankte seinem Vetter, versprach, ihm allein fernerhin zu schreiben, bat um Verschwiegenheit und zeigte den Briefwechsel der Geliebten. Sie war beruhigt. Sie zitterte nicht mehr um Fallmerayer. Allein einmal von der rätselhaften Angst befallen, welche die Natur in die Seelen der so stark liebenden Frauen gesät hat (vielleicht, wer weiß, um den Bestand der Welt zu sichern), forderte die Gräfin Walewska von ihrem Geliebten ein Kind – und seit der Minute, in der dieser Wunsch in ihr aufgetaucht war, begann sie, sich den Vorstellungen von der vorzüglichen Beschaffenheit dieses Kindes zu ergeben; gewissermaßen sich der unerschütterlichen Hingabe an dieses Kind zu weihen. Unbedacht, leichtsinnig, beschwingt, wie sie war, erblickte sie in ihrem Geliebten, dessen maßlose Liebe ja erst ihre schöne, natürliche Unbesonnenheit geweckt hatte, dennoch das Muster der vernünftigen, maßvollen Überlegenheit. Und nichts erschien ihr wichtiger, als ein Kind in die Welt zu setzen, das ihre eigenen Vorzüge mit den unübertrefflichen ihres geliebten Mannes vereinigen sollte.

Sie wurde schwanger. Fallmerayer, wie alle verliebten Männer dem Schicksal dankbar wie der Frau, die es erfüllen half, konnte sich vor Freude nicht lassen. Keine Grenzen mehr hatte seine Zärtlichkeit. Unwiderleglich bestätigt sah er seine eigene Persönlichkeit und seine Liebe. Erfüllung wurde ihm jetzt erst. Das Leben hatte noch gar nicht begonnen. In sechs Monaten erwartete man das Kind. Erst in sechs Monaten sollte das Leben beginnen.

Indessen war Fallmerayer fünfundvierzig Jahre alt geworden.

12

Da erschien eines Tages in der Villa der Walewskis ein Fremder, ein Kaukasier namens Kirdza-Schwili, und teilte der Gräfin mit, daß der Graf Walewski dank einem glücklichen Geschick und wahrscheinlich gerettet durch ein besonders geweihtes, im Kloster von Pokroschni geweihtes Bildnis des heiligen Prokop der Unbill des Krieges wie den Bolschewiken entronnen und auf dem Wege nach Monte Carlo begriffen sei. In ungefähr vierzehn Tagen sei er zu erwarten. Er, der Bote, früherer Ataman KirdzaSchwili, sei auf dem Wege nach Belgrad, im Auftrag der zaristischen Gegenrevolution. Seines Auftrages habe er sich nunmehr entledigt. Er wolle gehn.

Dem Fremden stellte die Gräfin Walewska Fallmerayer als den getreuen Verwalter des Hauses vor. Während der Anwesenheit des Kaukasiers schwieg Fallmerayer. Er begleitete den Gast ein Stück Weges. Als er zurückkam, fühlte er zum erstenmal in seinem Leben einen scharfen, jähen Stich in der Brust.

Seine Geliebte saß am Fenster und las.

„Du kannst ihn nicht empfangen!" sagte Fallmerayer. „Fliehen wir!"

„Ich werde ihm die ganze Wahrheit sagen", erwiderte sie. „Wir warten!"

„Du hast ein Kind von mir!" sagte Fallmerayer, „eine unmögliche Situation."

„Du bleibst hier, bis er kommt! Ich kenne ihn! Er wird alles verstehn!" antwortete die Frau.

Sie sprachen seit dieser Stunde nicht mehr über den Grafen Walewski. Sie warteten. Sie warteten, bis eines Tages eine Depesche von ihm eintraf. An einem Abend kam er. Sie holten ihn beide von der Bahn ab.

Zwei Schaffner hoben ihn aus dem Waggon, und ein Gepäckträger brachte einen Rollstuhl herbei. Man setzte ihn in den Rollstuhl. Er hielt sein gelbes, knochiges, gestrecktes Angesicht seiner Frau entgegen, sie beugte sich über ihn und küßte ihn. Mit langen, blaugefrorenen, knöchernen Händen versuchte er, immer wieder umsonst, zwei braune Decken über seine Beine zu ziehen. Fallmerayer half ihm.

Fallmerayer sah das Angesicht des Grafen, ein längliches, gelbes, knöchernes Angesicht, mit scharfer Nase, hellen Augen, schmalem Mund, darüber einen herabhängenden schwarzen Schnurrbart. Man rollte den Grafen wie eines der vielen Gepäckstücke den Perron entlang. Seine Frau ging hinter dem Wagen her, Fallmerayer voran.

Man mußte ihn — Fallmerayer und der Chauffeur — ins Auto heben. Der Rollwagen wurde auf das Dach des Autos verladen.

Man mußte ihn in die Villa hineintragen. Fallmerayer hielt den Kopf und die Schultern, der Diener die Füße. „Ich bin hungrig", sagte der Graf Walewski.

Als man den Tisch richtete, erwies es sich, daß Walewski nicht allein essen konnte. Seine Frau mußte ihn füttern. Und als, nach einem grausam schweigenden Mahl, die Stunde des Schlafs nahte, sagte der Graf:

„Ich bin schläfrig. Legt mich ins Bett."

Die Gräfin Walewska, der Diener und Fallmerayer trugen den Grafen in sein Zimmer im ersten Stock, wo man ein Bett bereitet hatte.

„Gute Nacht!" sagte Fallmerayer. Er sah noch, wie seine Geliebte die Kissen zurechtrückte und sich an den Rand des Bettes setzte.

13

Hierauf reiste Fallmerayer ab; man hat nie mehr von ihm gehört.

Triumph der Schönheit

I

ICH HALTE VIEL von der Menschenkenntnis meines alten Freundes Doktor Skowronnek. Seit mehr als fünfundzwanzig Jahren ist er Arzt in einem berühmten Kurort für Frauen, wo die wundertätigen Quellen Gebärmutterleiden, Unfruchtbarkeit und Hysterie heilen sollen. Mein Freund, der Doktor Skowronnek, versichert es jedenfalls. Immerhin spricht er fast mit der gleichen Überzeugung von der wunderbaren, wenn auch leichter zu erklärenden Wirkung, die eine erhebliche Anzahl junger, kräftiger und liebesdurstiger Männer auf die trostbedürftigen Patientinnen des Kurorts in jeder Saison auszuüben pflegen. Pünktlich wie gewisse Zugvögel treffen nämlich bei „Eröffnung der Saison" die jungen Männer in jenem Kurort ein und wetteifern mit der Heilkraft der berühmten Quellen. Mein Freund, Doktor Skowronnek, hat jedenfalls innerhalb eines Vierteljahrhunderts Gelegenheit gehabt, die körperlichen und seelischen Krankheiten der Frauen kennenzulernen. Nehmen wir an, er hätte nur dreißig Damen in der Saison zu behandeln, so hätte er, nach fünfundzwanzig Jahren, nicht weniger als siebenhundertundfünfzig Frauen gründlich kennengelernt. Ich glaube also, recht zu haben, wenn ich viel von der Weltkenntnis meines Freundes halte.

Infolgedessen pflege ich auch alle Ehemänner, die mir von Krankheiten (echten oder eingebildeten) ihrer Frauen erzählen, zu Doktor Skowronnek zu schicken. Er behandelt die Männer, die an ihren Frauen gewöhnlich mehr zu leiden haben als die Frauen an ihren Krankheiten, ebenfalls als Patienten – und dies mit Recht. Ja, ich betrachte meinen Freund, den Doktor, eher als einen Ehemänner-Arzt denn als einen Frauenarzt – obwohl er selbst nichts davon wissen will und behauptet, es schade seinem Ruf. Ich aber kenne ihn. Und ich weiß, daß er hinter einer Art beichtväterlicher Güte, mit der er die kranken Damen auf Herz und Nieren prüft, die Sorge um die den Patientinnen hörigen Herren verbirgt. Wer so viel Frauen untersucht hat, muß schließlich eine leidenschaftliche Solidarität mit den Männern empfinden.

So geschah es denn eines Tages, daß ich einem meiner Bekannten, dem Ingenieur M., den Rat gab, den Doktor Skowronnek aufzusuchen; allein zuerst, ohne die kranke Frau, von der mir der Ingenieur ein langes und breites erzählt hatte. Der Ingenieur war ein junger Mann, erst seit zwei Jahren verheiratet, ohne Kinder. Nach einem Jahr glücklicher Ehe – oder was man so nennt – hatte die Frau angefangen, über Schmerzen im Kopf, im Rücken, im Bauch, im Hals, in der Nase, in den Augen, in den Füßen zu klagen. Man soll nicht verallgemeinern: aber ich habe die Erfahrung gemacht, daß

Ingenieure – und besonders Brückenbauingenieure, solch einer war mein Bekannter –
von der Konstitution der Frauen keine Ahnung haben. Es mag Ausnahmen geben. Der
Brückenbauingenieur aber, von dem ich hier erzähle, war ganz und gar von der Panik
ergriffen, die jeden braven Mann erfaßt, wenn er eine Frau leiden oder auch nur weinen sieht. (Es ist die Panik des Gesunden vor dem Kranken, des Starken vor der Ohnmacht. Es gibt nichts Schlimmeres als die Mischung aus Liebe, Mitleid und Bangnis um
das Geliebte und Bemitleidete. Eine gesunde Xanthippe ist besser und erträglicher als
eine kränkliche Julia.) Und also riet ich dem Ingenieur, den Doktor Skowronnek aufzusuchen.

Bei seiner Zusammenkunft mit dem Doktor war ich auch anwesend – auf des Ingenieurs ausdrücklichen Wunsch und gegen meinen eigenen. Ich befand mich ungefähr
in der Lage eines Menschen, der hinter der dünnen Wand eines Hotelzimmers seinen
Nachbarn peinliche private Dinge sagen hört – und außerstande ist, etwas dagegen zu
tun. Ich bemühte mich, an anderes zu denken. Ich ließ mir Zeitungen kommen. Allein,
die berufliche Neugier des Schriftstellers siegte über private Bemühungen um private
Diskretion, und ich hörte, ohne hören zu wollen, sozusagen mit einem beruflichen Ohr,
alle Dinge, die im Augenblick und in diesem Zusammenhang nicht erzählt werden können.

Doktor Skowronnek verhielt sich schweigsam. Er hörte nur zu. Schließlich entließ er
den Ingenieur mit der Aufforderung, er möchte seine Frau in die Sprechstunde schicken.

Der Ingenieur verließ uns. Und da ich die Schweigsamkeit meines Freundes nicht begriff, fing ich an, selber um die Frau des Ingenieurs besorgt zu sein, und fragte:
„Sagen Sie, ist das so schlimm, was er von der Frau erzählt hat? Warum haben Sie geschwiegen?" „Nicht schlimm und nicht gut!" erwiderte der Doktor. „Es ist nur gewöhnlich. Und wenn ich nicht vor einiger Zeit eine besondere Geschichte erlebt hätte,
ich wäre auch nicht so schweigsam geblieben. Aber seitdem ich diese besondere Geschichte kenne, habe ich aufgehört, die Männer der kranken Frauen zu bemitleiden.
Unheilbare sind nicht mehr zu behandeln. Wer sich selbst töten will, den kann man nicht
retten. Unheilbare Selbstmörder sind die Männer ganz bestimmter kranker Frauen.
Und damit Sie mir glauben, will ich Ihnen diese Geschichte erzählen. Schreiben Sie sie
eines Tages auf."

Und Doktor Skowronnek begann zu erzählen:

2

„Vor vielen Jahren, ich war damals noch ein unbekannter praktischer Arzt in einer
mittelgroßen Stadt, kam eines Tages in meine Sprechstunde ein junger Mann. Nun,
ich hatte damals nicht viele Patienten. An manchen Tagen zeigte sich überhaupt keiner. Ich saß da, wartete und las Kriminalromane. Ich hätte vielleicht medizinische

Bücher lesen sollen, aber mein Respekt vor den Naturwissenschaften und den Erkenntnissen meiner berühmten Kollegen war eben immer geringer als mein Interesse für Verbrecher und Polizei. Sie begreifen, daß ein Arzt, der wenig zu tun hat, von einem seltenen Patienten geradezu fasziniert wird. Dennoch ließ ich ihn im Vorzimmer warten, wie es wohl jeder nichtbeschäftigte Arzt tut. Ich ließ den jungen Mann erst nach einigen Minuten eintreten – (und Sie können mir glauben, ich litt in diesen paar Minuten mehr Ungeduld als er). Ungeduld ist, wie Sie wissen, eine gefährliche Krankheit, sie führt manchmal sogar zum Tode durch Selbstmord. Nun, ich bezwang mich. Mit um so intensiverer Freude weidete ich mich an dem Anblick des Mannes, als er endlich eintrat. Natürlich suchte ich mechanisch ebenso nach Anzeichen einer äußerlich erkennbaren Krankheit in seiner Gestalt und in seinem Gesicht wie nach Anzeichen etwaiger Wohlhabenheit an seiner Kleidung. Ich sah sofort, es war ein beruhigender Patient. Er gehörte offenbar nicht nur den guten, sondern sogar den höheren Ständen an – und eine gefährliche Krankheit, die mich wahrscheinlich genötigt hätte, ihn einer medizinischen Kapazität abzutreten, hatte er auch nicht. Er war gesund, groß, sehnig, hübsch, von braunem Teint, er hatte ein schmales, sympathisches Gesicht, helle Augen, einen edlen Nacken, eine gutgewölbte Stirn, kräftige, lange Hände, er war sicher und schüchtern zugleich, also, was man gute Rasse nennt. Ich vermutete in ihm einen Ministerialbeamten von guten Eltern und mittlerer Begabung und wahrscheinlich mit einem jener Leiden behaftet, die man in der Gesellschaft ,galante' nennt.

Ich hatte mich nicht sehr getäuscht. Es war ein junger Diplomat, unserer Botschaft in England zugeteilt, Sohn eines bekannten Munitionsfabrikanten, also reicher, als ich gedacht hätte, und seine Krankheit war tatsächlich eine ,galante'. Er war aufs Geratewohl zu mir gekommen. Mit dem Hausarzt seiner Eltern wollte er sich nicht beraten. Er schlug also das Adreßbuch der Ärzte auf, tippte mit dem Bleistift auf einen Namen – es war der meine – und suchte mich unverzüglich auf. Ich behandelte ihn munter und sorgsam. Er gefiel mir. Ich erzählte ihm Anekdoten. Als er geheilt war, gestand er mir, daß er es fast bedaure, nicht noch eine andere, harmlose Krankheit zu haben, solange sein Urlaub dauere. Ich untersuchte ihn, er war leider kerngesund. Ich fragte ihn, ob er wenigstens eine Leidenschaft habe. ,Nein', sagte er, ,außer der Musik gar keine.' Musik ist, wie Sie wissen, auch meine Leidenschaft. Und kurz und gut: Die Musik machte uns erst zu Verbündeten, später zur Freunden."

Hier ließ Doktor Skowronnek eine Pause eintreten. Dann sagte er:

„Bis zu seinem Tode waren wir gute Freunde." „Er ist also jung gestorben? Und wohl plötzlich?"

„Jung und langsam und an der gefährlichsten und gewöhnlichsten aller Krankheiten: Er starb nämlich an einer Frau, und zwar an seiner eigenen …"

3

„Unsere Freundschaft hörte nicht auf, auch nachdem er seinen Urlaub beendet hatte und wieder nach London abgereist war. Im Gegenteil: Die Entfernung verstärkte unsere Freundschaft. Wir wechselten fast jede Woche Briefe. Meine Praxis war miserabel; ich wartete oft stundenlang auf einen Patienten und las meine Kriminalromane. Eines Tages schrieb er mir, ich solle für ein paar Wochen nach England kommen, als sein Gast.

Ich fuhr nach London. Ich verstand kein Wort Englisch, war also gezwungen, bei jedem Schritt die Hilfe meines Freundes in Anspruch zu nehmen. Sie erkennen einen Menschen der sogenannten ‚guten Rasse' immer daran, daß es Ihnen unmöglich ist, Dankbarkeit für seine kleinen und größeren Hilfeleistungen zu empfinden, geschweige denn, sie auszudrücken. Sie kommen niemals oder fast niemals in die Lage, einem wirklichen Herrn ‚Danke schön!' zu sagen. Ja, er weiß es so einzurichten, daß man immer glaubt, seine kleinen Dienste und Gefälligkeiten kämen ihm selbst zugute und die eigene Hilflosigkeit wäre eigentlich sein Nutzen. So war es auch mit meinem Freunde. Niemals habe ich einen vornehmeren Gastgeber gesehen. Sein diskretes Verhalten ward mit der Zeit derart, daß es mir zeitweilig fast vorkam, er hätte eine Art Schuldbewußtsein mir gegenüber. Ja, er beschämte mich. Ich dachte daran, daß ich ihn aus törichter beruflicher Eitelkeit im Wartezimmer hatte sitzen lassen, als er zum erstenmal zu mir gekommen war, und ich gestand ihm eines Tages, daß ich ihn ohne Grund hatte warten lassen. Er verstand mich gar nicht, oder er tat so, als ob er mich nicht verstünde. ‚Wahrscheinlich', so sagte er, ich erinnere mich genau, ‚hatten Sie doch etwas zu tun, Sie wissen es selbst nicht mehr. Übrigens auch mir passiert es, daß ich Menschen warten lasse, obwohl ich ganz unbeschäftigt bin. Ich muß mich sammeln, bevor ich einen Fremden empfange. Das ist ganz selbstverständlich.'

Hatte ich vorher an seine mittelmäßige Begabung gedacht, so gewann ich im Laufe der Zeit die Überzeugung, daß seine geradezu unterstrichene Mittelmäßigkeit lediglich eine vornehme Bescheidenheit war, wie es oft bei Menschen guter Rasse der Fall ist. Er hatte nicht den geringsten Ehrgeiz. Er gab mir oft Gelegenheit, Einblick in seine berufliche Tätigkeit zu nehmen. Und immer wieder sah ich, daß es sein höchstes, aber auch selbstverständliches Bemühen war, sich *nicht* vor den anderen, seinen Kollegen, hervorzutun. Er war das Gegenteil von einem ehrgeizigen Diplomaten. Er kannte wohl alle Dummheiten seiner Kollegen, aber er bemühte sich, nicht viel klüger zu erscheinen, als sie waren. Ehrgeizig ist der Plebejer. Der wirklich noble Mensch ist anonym. Es gibt eine Kraft in der angeborenen Noblesse, die größer ist als das Licht des Ruhms, der Glanz des Erfolges, die Macht des Siegers. Ehrgeiz ist, wie gesagt, eine Eigenschaft des Plebejers. Er hat keine Zeit. Er kann es nicht erwarten, zu Ehre, Macht, Ansehn, Ruhm zu gelangen. Der noble Mensch aber hat Zeit zu warten, ja, sogar zurückzustehn.

So also war mein Freund. Obwohl älter als er, begann ich, eine Art Ehrfurcht vor ihm zu empfinden. Ich liebte ihn und verehrte ihn.

Eine Woche vor meiner Abreise gestand er mir, daß er verliebt sei.

Nun, es ist selbstverständlich, daß sich ein junger Mann verliebt. Ich selbst, der ich damals noch nicht der ‚ausgekochte' Frauenarzt war, der ich heute bin, wie Sie wissen, hatte mich schon ein paarmal verliebt. Aber da es sich um meinen Freund handelte, erschrak ich. Denn ich fühlte, daß dieser vornehme Mensch einem tiefen Gefühl ohnmächtig ausgeliefert sein mußte und daß es in seiner Natur gelegen war, den Gegenstand, den er zu lieben glaubte, mit den edelsten Eigenschaften auszustatten, die er selbst besaß. Wenn die Liebe, wie das Sprichwort sagt, schon alle gewöhnlichen Menschen blind macht, wie erst die auserwählten und vornehmen!

Ich erschrak also. Und ich sagte meinem Freunde, daß ich wünsche, seine Geliebte zu sehen.

‚Auch Sie werden sich verlieben', antwortete er – mit der Naivität der Liebenden, die glauben, der Gegenstand ihrer Liebe sei unwiderstehlich.

Gut! – Wir trafen uns also alle drei eines Abends.

Es war eine junge Dame aus der sogenannten guten Gesellschaft. Hübsch, gewiß! Eine blonde Jungfrau mit himmelblauen Augen, starken Zähnen, einem etwas zu langen und langweiligen Kinn und ausgesprochen guter Figur. Gewiß hatte sie ‚Manieren' – was man so nennt. Sie war eben aus guter Familie. Gewiß war sie auch in meinen Freund verliebt – warum denn nicht? So verliebt, wie es nur Mädchen aus guter Familie sein können, für die Liebe zu einem jungen Mann von Stand und Rang so etwas ist wie Sünde ohne Gefahr, Laster ohne fluchwürdige oder sträfliche Folgen. Die jungen Mädchen dieser Art sind nicht hungrig, sie sind nur genäschig. Der Hunger, den man befriedigen muß, bringt, unter Umständen, fürchterliche Strafe. Die Genäschigkeit aber, der man Genüge tut, bringt keinen Schaden, nur Lust und die Genugtuung: man wäre ein bißchen gefährdet gewesen. Es ist der Unterschied wie zwischen dem Besuch, den man etwa einer Menagerie abstattet, und dem Versuch, in den Käfig der Löwen zu steigen. Dies alles wußte mein Freund natürlich nicht. Ihm schien die Tatsache, daß eine Tochter aus bester englischer Familie ihn heimlich küßte, Beweis genug für ihre tiefe Liebe zu ihm. Ihm war's, als hätte sie tausend Meilen durch die Gefahren irgendeiner Wüste zurückgelegt, nur, um ihm einen Kuß zu gewähren. Er fand sie tapfer, tollkühn, opfermutig und obendrein sehr gescheit.

Nun, sie war sehr dumm! Sie ist es noch heute. Sie hat ihn ins Grab gebracht. Sie ist alt und ziemlich häßlich geworden, aber sie ist immer noch dumm! So ungerecht die Natur auch ist in ihrer Bosheit, die Männer blind zu machen, wenn sie lieben: Sie gleicht diese Ungerechtigkeit aus, indem sie den Glanz der Frauen, der die Männer einst geblendet hat, ziemlich früh erlöschen läßt und indem sie die alten Damen zwingt, mit den Jahren die zweifelhafte Hilfe der Friseure, Masseure und Chirurgen in Anspruch zu nehmen, damit die verfallenen Brüste, Bäuche, Wangen und Schenkel wieder eine halb-

TRIUMPH DER SCHÖNHEIT

wegs annehmbare Form bekommen. Als eine Art von aufgebesserten Gipsfiguren sinken die einstmals schönen Frauen ins Grab. Die Männer aber, die weise genug waren, nicht an ihnen zu sterben, werden von der Natur belohnt: Bekleidet mit der Würde des Silbers und der nicht minderen Würde der Gebrechlichkeiten gehen sie in den Schoß Gottes ein.

4

In den besseren Kreisen folgt gewöhnlich die Heirat der Verlobung wie dem Blitz der Donner. Mein Freund heiratete, kurze Zeit nachdem ich ihn verlassen hatte, ging auf die Hochzeitsreise, passierte bei der Rückkehr unsere Stadt und besuchte mich mit seiner Frau. Sie waren beide hübsch, sie boten einen gefälligen Anblick, sie schienen füreinander geschaffen zu sein. Am Abend begleitete ich sie in ein Lokal, wo Offiziere, höhere Beamte, Adelige und ein paar Gutsbesitzer verkehrten. In einer mittleren Stadt, in sogenannten besseren Lokalen, sieht man sich nach jedem Gast um, geschweige denn nach Fremden, die man nicht kennt. Das Aufsehen aber, das mein Freund erregte, als er mit seiner Frau ankam, war kein gewöhnliches, sondern etwa mit der Überraschung zu vergleichen, die ein außerordentliches Naturphänomen bei ahnungslosen Menschen hervorzurufen pflegt. Es war wie ein Märchen. Alle Gespräche verstummten. Die Kellner hielten ein in ihren beflissenen Dienstgängen. Der Chef vergaß, sich zu verneigen. Es war ein warmer Spätsommerabend, die Fenster standen offen, und der sachte Wind bewegte die rötlichen Gardinen. Aber ich hatte den Eindruck, daß auch diese Gardinen aufgehört hatten, sich zu bewegen.

Wie Götter wirkten meine Freunde. Mein Freund fühlte es und beeilte sich, in die nächste freie Loge zu kommen. Seine Frau aber schien das betroffene, ja fast betretene Schweigen der Menschen gar nicht zu merken. Sie trug ein Lorgnon, es war damals bei manchen Leuten Mode, ob sie nun schwache oder normale Augen hatten. Das Lorgnon hob sie nun an die Augen, einen Augenblick nur natürlich, für den Bruchteil einer Sekunde. Sie ließ es sofort wieder fallen. Aber mein Freund hatte es bemerkt, und es muß ihn getroffen haben, ebenso wie mich. Denn er berührte unwillkürlich den Arm seiner Frau – es war eine zärtliche und sanfte Mahnung.

Als wir in der Loge saßen, hob die Frau meines Freundes noch ein paarmal das Lorgnon an die Augen. Ich bin überzeugt, daß sie nicht das geringste Interesse an all dem hatte, was im Saal vorging. Wahrscheinlich betrachtete sie den Kronleuchter durch das Glas. Aber meinen Freund und mich reizte diese Art, das Glas an die Augen zu führen. Es ist eine hochmütige Bewegung, ein Lorgnon ist ein ziemlich hochmütiger Gegenstand, und die bescheidenste Frau, die sich seiner bedient, kann unter Umständen sehr arrogant erscheinen. Ich habe wirklich vornehme und in der Tat kurzsichtige Damen gekannt, die eine ganz besondere, nahezu verschämte Art hatten, das Lorgnon zu gebrauchen, so etwa, wie es ihre ganz besondere Art war, die Röcke zu heben. Nun, es fehlte der Frau meines Freundes gewiß nicht an guten Manieren! Aber es fehlte ihr die wirkliche Noblesse. Diese besteht nicht so sehr darin, was man tut, als darin, was man unterläßt. Sie besteht aber in der Hauptsache darin, daß man fühlt, was den andern ‚schockieren‘ könnte; daß man es rechtzeitig fühlt, noch ehe etwas geschehen ist.

Die Frau meines Freundes tat das Gegenteil. Als wäre sie eine durchaus kleine Bürgerin aus London, mokierte sie sich über die mittelmäßige Eleganz unserer Stadt, über die lässige Haltung der Offiziere, über die eilfertige Dienstbarkeit des Personals, über die unmodischen Hüte der Damen. Mein Freund lächelte, verliebt und bekümmert und beschämt zu gleicher Zeit. Hie und da versuchte er, uns in Schutz zu nehmen. Einmal, ich erinnere mich, wurde er sogar deutlich und sagte etwa: ‚Aber Gwendolin! Du hast eine kleine, scharfe Zunge. Schwätzt sie so weiter, mußt du sie dem Doktor zeigen! Nicht wahr, Doktor?‘ Und weil er fühlte, daß sein Scherz keineswegs sehr gelungen war, fuhr er ernsthaft fort: ‚Der Aufenthalt hier behagt meiner Frau nicht. Wir werden morgen abend aufbrechen.‘

Um meinen Freund nicht merken zu lassen, daß ich die Mittelmäßigkeit seines Scherzes erkannt hatte, versuchte ich, sozusagen seinen Intentionen zu folgen, und sagte: ‚Zeigen Sie schnell die Zunge dem Onkel Doktor!‘ – Sie streckte mir sofort ihr schmales, beinahe karmesinrotes Zünglein entgegen, und Sie können mir glauben, es ist mein Beruf, ich habe leider vieltausendmal Frauenzungen anschaun müssen: Hier, beim Anblick dieses Züngleins, hatte ich den vielleicht allzu primitiven, aber sehr überzeugenden Eindruck: eine Schlange.

Am nächsten Vormittag kam mein Freund zu mir. ‚Wir fahren heute abend‘, sagte er. ‚Ich will mich verabschieden.‘ ‚Werde ich Ihre schöne Frau nicht wiedersehn?‘ ‚Bitte, kommen Sie zur Bahn, am Abend. Ich bin hierhergekommen, damit wir sozusagen einen Separatabschied nehmen.‘

Ich sah, daß er nicht sehr glücklich war. Ich schlug ihm einen Spaziergang vor. Ich weiß, daß man verschwiegene Dinge leichter im Gehen sagt als im Sitzen. Man sagt's eben nicht Aug' in Aug'. Der Sprechende wie der Zuhörer, sie blicken beide zu Boden. Eine laute Straße befreit manchmal die menschliche Brust genauso wie Alkohol oder auch, wenn Sie wollen, wie jener stille Kirchenwinkel, in dem gewöhnlich der Beichtstuhl wartet. Wir gingen also spazieren. Und da erzählte er mir, daß es schon während der Hochzeitsreise ein paar Unstimmigkeiten zwischen Gwendolin und ihm gegeben hätte. Es begann bei der Musik. Sie liebte Wagner. Er beschimpfte ihn. Nichts konnte einen Musiker seiner Art – und auch meiner Art – so sehr reizen wie ein Wohlgefallen an Wagner. Gewiß, die Liebhaber Wagners sind ebenfalls musikalische Menschen. Aber die musikalischen Menschen könnte man in zwei feindliche Gruppen teilen: in Mozart-Liebhaber und Wagner-Anhänger. Merken Sie, daß ich nicht einmal Wagner-Liebhaber mehr sagen kann? Ich sage: ‚Anhänger‘. Menschen mit Ohren für Posaunen und Kesselpauken – und Menschen mit Ohren für Cello, Geige und Flöte. Eher werden sich zwei

Taubstumme verständigen als zwei musikalische Menschen, von denen einer Mozart liebt und der andere Wagner. Beides zusammen kann man meiner Meinung nach nicht. Ich glaube, es sind im Grunde taube Menschen, die beides lieben; oder wenn sie hören, sind's Kapellmeister.

Nun, ich brauche Ihnen nichts mehr zu sagen: Sie vertrugen sich wie Mozart und Wagner. Ich wußte sofort, daß diese Ehe zerbrochen war. Aber ich sagte: ‚Spielen Sie zu Hause Mozart, lieben Sie viel, schlafen Sie mit Ihrer Frau, ein Kind sollte sie bald bekommen. Schwangerschaft ändert manchmal den musikalischen Geschmack. Fahren Sie mit Gott.‘

Wir umarmten uns, jetzt schon. Ich begriff, daß er mich vor seiner Frau am Bahnhof niemals hätte umarmen können.

Ich kam zum Zug. Gwendolin gab mir die Hand zum Kuß und stieg rasch ein, ein Lächeln für zehn Kreuzer um den holden Mund. (Die Damen lächeln merkwürdigerweise genauso wie die armen Straßenmädchen; das heißt, wenn sie konventionellen Abschied nehmen; so lächeln die Mädchen, wenn sie eine Bekanntschaft machen.)

Mein Freund wäre gerne noch zu mir auf den Perron heruntergestiegen. Aber er fürchtete sich, es war, als hielte ihn seine Frau hinten am Rock fest. Er beugte sich nur zum Fenster heraus, gab mir noch einmal die Hand – und ich ging – lange noch vor der Abfahrt des Zuges.

5

Ich kenne nicht die internationalen Gesetze oder Sitten der Diplomatie. Ich glaube aber, daß es nicht üblich ist, daß ein Diplomat eine Frau aus dem Lande heiratet, in dem er als der Vertreter seines eigenen fungiert. Ausnahmen gibt es, ich habe schon von einigen gehört. Mein Freund gehörte allerdings nicht zu diesen. Unser damaliger Botschafter dürfte ein strenger Formalist gewesen sein. Mein Freund mußte, weil er eine Engländerin geheiratet hatte, London verlassen. Sein neuer Posten war kein anderer als Belgrad.

Ich habe nicht erwähnt, daß die Frau meines Freundes die einzige Tochter ihrer Eltern war. Sie wissen: Engländer reisen zwar viel in der Welt herum, sie kennen sogar die verschiedenen Länder besser als andere Westeuropäer; aber sie schicken ihre Töchter nicht gerne in unwirtliche Gegenden. Einen kürzeren oder längeren Besuch verdient jedes Land; auch das unwirtlichste. Aber seinen ständigen Wohnsitz behält man in England, zumindest in einer der besseren englischen Kolonien. Wahrscheinlich hätten die Schwiegereltern meines Freundes nichts dagegen gehabt, wenn er zum Beispiel nach Indien gegangen wäre. Serbien aber flößte ihnen einen wahren Horror ein. Auch Frau Gwendolin hatte unsagbare Angst vor Belgrad und weigerte sich hinzufahren, indes mein Freund darauf bestand, daß die Frau ihn begleitete. Von den bibelkundigen, gläubigen Protestanten, die seine Schwiegereltern waren, führte er das bekannte Wort an, daß die Frau dem Manne überallhin zu folgen habe: vergebens. Es kam zum ersten ernstlichen Konflikt. Mein Freund fuhr nach Wien. Im Ministerium des Äußeren versuchte er alles Unmögliche, um seine Versetzung nach Paris oder wenigstens nach Madrid zu erreichen. Vergebens. Es gab andere, es gab, wie Sie wissen, im alten Österreich viele Protektionskinder. Paris, Madrid, Lissabon waren besetzt. Man brauchte übrigens tatsächlich einen tüchtigen Legationsrat in Belgrad. Man konnte sich dort auszeichnen. Der Sektionschef Baron S. im Ministerium wußte die Qualitäten meines Freundes zu schätzen, war auch ein wenig um dessen Karriere besorgt. Kurz, es war unmöglich. Man mußte nach Belgrad.

Zufällig – oder besser: nicht zufällig, denn ich glaube nicht an Zufälle – sollte ich im April jenes Jahres zum erstenmal meine Stellung als Kurarzt antreten. Ich gab meine Praxis auf, wir hielten im Februar. Unter zwanzig praktischen Ärzten, wahrscheinlich lauter armen Teufeln wie ich selbst, hatte die Kurverwaltung gerade mich ausgesucht. Ich wußte dieses Glück zu schätzen. Ich gab davon aller Welt sofort Kunde und natürlich auch meinem Freund in London. Er schrieb mir, es träfe sich herrlich. Da er ungefähr im März nach Belgrad müsse, könnte seine Frau bis zum April in London bleiben, dann zu mir kommen, die ganze Saison in meiner Obhut bleiben und erst im August nach Belgrad fahren. Sein Glück sei mein Posten, nicht das meinige.

Der Arme! Er hatte keine Ahnung davon, wie Frauenbäder auf gewisse jüngere Frauen wirken!

Er sollte es erst später erfahren.

6

Die Frau war mit dem Plan einverstanden. Im März sollte mein Freund nach Belgrad fahren, im April seine Frau zu mir in den Kurort kommen. Von mir behandelt und durch die wundertätigen Quellen unseres Bades gestärkt, vielleicht gar in ihrem Sinne gewandelt, würde sie dann – so hoffte mein Freund – ohne Heimweh und Kummer ihrem Mann nach Belgrad folgen können.

Nun, sehen Sie: Es gibt wenig Frauen, mit denen man etwas Festes abmachen kann. Nicht, daß sie nicht Wort hielten oder mit Absicht täuschen wollten: nein! Ihre Konstitution verträgt keine feste Abmachung. Wenn sie entschlossen sind, ein Übereinkommen einzuhalten, wehrt sich, ohne daß sie es selbst wollen, ihr Körper. Sie werden einfach krank.

Zu den wenigen Frauen, mit denen man etwas Festes abmachen kann, gehörte nun die Frau meines Freundes keineswegs. Sie gehörte vielmehr zu jenen, die krank werden, das heißt: zu jenen, deren Körper sich gegen ihre redlichen Vorsätze wehrt – und sie erkrankte tatsächlich, genau einen Tag vor der Abreise meines Freundes nach Belgrad.

Nicht sie selbst, begreifen Sie mich recht! – ihre Konstitution wollte sich nicht in das Unvermeidliche fügen. – Was ihr eigentlich fehlte? – Gott allein kann es wissen, Er, der die Eva schuf. Ein Frauenarzt weiß nur selten, was einer Frau fehlt.

Es begann mit dem Magen und der ihm benachbarten Gebärmutter. Die hastigen Ärzte in London einigten sich, wie gewöhnlich in solchen Fällen, auf eine Blinddarmentzündung. Mein Freund erbat und erhielt einen Aufschub von zwei Tagen. Man operierte die Frau. Der Blinddarm war, wie jeder zweite Blinddarm, den man herausnimmt, natürlich vereitert. (Der Ihrige, der meinige, sie sind auch vereitert.) Die Ärzte und mein Freund bildeten sich ein, die Frau sei aus großer Lebensgefahr errettet. Beglückt, wie jeder Liebende, über die Rettung des geliebten Wesens, fuhr mein Freund auf seinen neuen Posten nach Belgrad.

Es blieb dennoch bei der Abmachung. Etwa Mitte April kam Frau Gwendolin zu mir, in meinen Kurort. Natürlich holte ich sie bei der Bahn ab. Sie sah aus wie eine Göttin, eine Göttin ohne Blinddarm, eine Göttin in Rekonvaleszenz. Sie litt und triumphierte zugleich und bezog aus ihrer Rekonvaleszenz allerhand Kräfte für ihren Triumph. Selbstverständlich hatte ich etwa eine halbe Stunde zu tun, bevor alle Koffer abgeholt und verstaut waren. Es waren etwa zwölf Stück. Kleider und Wäsche genug, um zwanzig Frauen für zwei bis drei Jahre auszustatten. Ich brachte Frau Gwendolin im Hotel Imperial unter und bat sie, morgen in meine Sprechstunde zu kommen.

Sie kam, ich untersuchte sie. Ich erinnere mich genau an diese Untersuchung, nicht nur, weil Gwendolin die Frau meines Freundes, sondern auch, weil sie eine meiner ersten Patientinnen war. Der Blinddarm war weg. Man sah den Schnitt, aber die Frau behauptete, man hätte ‚etwas drin vergessen‘. Sie hatte Hunger, Übelkeiten, Herzweh, Herzklopfen, Magenschmerzen, Krämpfe und immer wieder Hunger. Schwangerschaftserscheinungen, wie Sie wissen. Aber nein, sie war nicht schwanger! Es ist so ziemlich das einzige, was ein Frauenarzt feststellen kann, mit einiger Sicherheit. Sie war nicht schwanger! Nach einiger Überlegung kam ich auf die banalste aller Krankheiten. Diese schöne, elegante Dame – nichts Menschliches ist einem Menschen fremd – hatte leider einen Bandwurm.

Aber wie sollte ich ihr das mitteilen, ohne sie zu kränken? – Ich begann zuerst, von Parasiten zu sprechen, von harmlosen, dann von gefährlichen und schilderte den Bandwurm als einen der gefährlichsten Feinde der weiblichen Schönheit. Als ich sie endlich soweit hatte, daß sie selbst ihren Wurm für äußerst interessant halten mußte, begann ich mit Vorschriften, Diät und Rezepten. Und noch niemals, seitdem Bandwürmer bestehen, ward einer so ernst genommen. Er war für Frau Gwendolin eine besondere Persönlichkeit. Alle ihre Gelüste und Schwächen schob sie seinem Einfluß zu. So kam sie zum Beispiel zu mir am Morgen und sagte: ‚Denken Sie, heute nacht hat er mich geweckt, er wollte absolut Champagner!‘ – Er – das war der Bandwurm natürlich. Oder ein anderes Mal: ‚Ich wollte zu Hause bleiben, wie Sie es mir geraten haben, Doktor, aber er wollte nicht, er machte mir Übelkeiten, ich mußte ausgehn, tanzen.‘ Und so fort. Sie schätzte ihren Wurm weit höher als ihren Mann. Er war ihr Verführer, ihr Ablaßgeber, ihr Held. Er gab ihr alles, was eine Frau ihresgleichen brauchte: Leiden, Schwäche, Lust, Gelüste. Er ließ sie tanzen, trinken, essen, alles Verbotene entschuldigte dieser Wurm. Er nahm sozusagen alle ihre Sünden auf sein Gewissen. Eine Woche später sogar eine wirkliche Sünde.

Geben Sie zu, daß ich der einzige Arzt der Welt sein dürfte, der einen solchen, geradezu schlangenartigen Bandwurm behandelt hat?

7

Etwa eine Woche später schrieb mir mein Freund aus Belgrad, ich möchte ja nicht den Geburtstag seiner Frau vergessen. Er fand statt am 1. Mai, ein Datum, das man leicht behält. Am frühen Nachmittag, bevor meine Sprechstunde begann, ging ich mit einem gewaltigen Strauß roter Rosen ins Hotel Imperial zu meiner Schutzbefohlenen. Eigentlich hatte ich die Blumen unten beim Portier zurücklassen wollen. Ich weiß nicht, ob es Ihnen auch so geht, manchen Männern geht es jedenfalls ähnlich wie mir: Ich komme mir sehr lächerlich vor mit Blumen in der Hand. Ein Mann, der etwas auf sich hält, sollte keine Blumen tragen. Aber es war die Frau meines Freundes, meine Schutzbefohlene, meine Patientin und ein ‚Geburtstagskind‘. Ich entschloß mich also, den Rosenstrauß unter den Arm zu nehmen und in den Lift zu steigen. Ich ließ mich im ersten Stock anmelden. Ich sah, wie der livrierte Kellner an die Tür der Frau Gwendolin klopfte, einmal, zweimal, dreimal. Keine Antwort. ‚Die Dame schläft vielleicht – oder sie badet‘, sagte ich. ‚Nein‘, erwiderte der Etagenkellner, ‚ich habe ihr soeben Champagner gebracht, mit zwei Gläsern.‘ ‚Hat sie Besuch?‘ ‚Gewiß‘, sagte der Kellner, ‚der Doktor von Nummer 32.‘ ‚Wer ist das ?‘ ‚Das ist der junge Rechtsanwalt aus Budapest, Herr Doktor Jenö Lakatos.‘

Nun, ich wußte genug. Zwar war es meine erste Saison in diesem Badeort. Aber ich war ja kein ‚heuriger Has‘‘, wie man bei uns sagt; und ich wußte, was die jungen Advokaten aus Budapest in Frauenbädern zu suchen hatten. Im allgemeinen, im Prinzip sozusagen, hatte ich ja nichts dagegen. Hier aber handelte es sich um die Frau meines Freundes, für die ich ihm einigermaßen verantwortlich war. Ja, ich selbst fühlte mich schon betrogen an seiner Statt. Ich bin Junggeselle geblieben. Aber ich habe die Erfahrung gemacht, daß wir gar nicht selbst zu heiraten brauchen, wenn wir verheiratete Freunde haben. Es ist, als heiratete man gewissermaßen die Frauen aller seiner guten Freunde mit, ließe sich mit den Freunden von den Frauen scheiden und würde mit den Freunden von den Frauen betrogen – wenn man nicht zufällig selbst der Betrüger seines Freundes ist.

Ich stand also ratlos da, in dem noblen, blendend weiß getünchten Korridor des Hotels, auf einem dunkelroten Läufer und blickte ratlos auf den blaubefrackten Zimmer-

TRIUMPH DER SCHÖNHEIT

kellner, den Blumenstrauß unter dem Arm, sehr lächerlich – nicht wahr?! Mir war, als fühlte ich an meiner Hüfte die schönen Rosen welken, Rosenleichen hielt ich schon. Ich beschloß, wieder hinunterzugehn. Da öffnete sich auf einmal die Tür. Heraus kam, aber mit dem Rücken zuerst, der Lakatos von Nummer 32. Ich sah ihn also zuerst von hinten. Aber es genügte vollkommen. Ein kleines, rundes Köpfchen mit glänzenden, schwarzen, geölten Haaren: als ob die Natur selbst Perücken herstellte. Ein großer, quadratischer Rumpf, eine Art bekleideter Kommode. Darunter der Körperteil, den man nicht nennt, mindestens sechsmal umfangreicher als der Kopf, hellgraue Hose, knallgelbe Schuhe. Dies war Lakatos. Er warf durch die halboffene Tür Kußhändchen ins Zimmer, kicherte, verneigte sich, schloß endlich die Tür, wandte sich um – und sah sich dem Kellner und mir gegenüber. Sein Angesicht, das lediglich aus schwarzen Knopfäugelchen, einem Näschen und einem pechschwarzen Schnurrbärtchen bestand, war wie aus Wachs, gerötetem Wachs. Er hatte keine Hautfarbe, sondern eine Art Schminke. Im übrigen: Er wurde gar nicht verlegen. Er lächelte uns zu. Er steckte die Hände in die Hosentaschen und ging zu seinem Zimmer, zur Nummer 32. Wie gerne hätte ich ihm mit meinem mächtigen Rosenstrauß ins Gesicht geschlagen. Ich hätte so gewußt, warum ich eigentlich zum ersten und einzigen Male in meinem Leben Blumen schleppte. Aber ich mußte zur Frau Gwendolin und ihr zum Geburtstag gratulieren.

In einem Anfall törichter Ratlosigkeit sagte ich zum Kellner: ‚Die gnädige Frau ist sehr krank! Sie hat nämlich einen Bandwurm.‘

‚Jawohl, Herr Doktor‘, sagte der Schlingel. ‚Er ist soeben weggegangen.‘“

8

Doktor Skowronnek machte eine Pause, sah auf die Uhr, bestellte einen Cognac und sagte: „Ich sehe eben, daß ich Sie schon lange aufhalte. Gedulden Sie sich bitte, meine eigentliche Geschichte kommt erst.“

Er trank den Cognac und fuhr fort:

„Die Begebenheiten, von denen ich zuletzt gesprochen habe, fallen in das Jahr 1910. Sie erinnern sich an jene Zeit, es gab Stürme auf dem Balkan, mein Freund in Belgrad hatte keinen leichten Posten. Seine Briefe wurden immer seltener, zwei-, dreimal im Jahr besuchte er seine Eltern, ich sah ihn nur außerhalb meiner Saison, das heißt, wenn er zufällig im Winter kam – denn ich wohnte immer noch in jener mittelgroßen Stadt, in der ich meine Praxis angefangen hatte, und zog nur im Frühling in meinen Kurort.

Die Besuche meines Freundes waren so kurz, daß wir kaum Zeit fanden, ein Konzert zu besuchen, geschweige denn, gemeinsam zu musizieren.

Die seltenen Abende, an denen wir uns trafen, wollten wir mit Gesprächen verbringen. Aber es kam im Laufe dieser Jahre zwischen uns zu keinem richtigen Gespräch mehr. Die Musik hatte uns zu Freunden gemacht. Ohne Musik – so empfand ich es damals deutlich –

erstarrte das von Natur diskrete Herz meines Freundes. Wir saßen hart nebeneinander, aber wie getrennt durch eine Wand aus Eis. Unsere Blicke mieden sich gegenseitig. Trafen sie sich manchmal für eine Sekunde, so war's eine fast körperliche, zärtliche, aber flüchtige Berührung. Wenn du nur alles wüßtest, schienen seine Augen zu sagen. Und meine Augen fragten: Also, was ist denn geschehen? Es war nichts zu machen. Die Musik fehlte uns. Sie allein war das fruchtbare Feuer unserer Freundschaft gewesen. Mein Freund schämte sich – das wußte ich. Einen vornehmen Menschen hindert nichts so sehr am Sprechen und Erzählen wie die Scham. Wenn ein vornehmer Mensch sich schämt, schweigt er, verschweigt er sogar Wichtiges – und die Scham kann ihn sogar bis zur vulgärsten aller menschlichen Schwächen führen: nämlich bis zur Lüge. Ja, ich hatte ein paarmal die Empfindung, daß mein Freund lüge. Aber Sie kennen mich: Ich bin kein Moralist. Das will heißen: Ich beurteile die Menschen nicht nach ihren Handlungen und Reden, sondern nach den Gründen ihrer Handlungen und Reden. Und ich tat also, als nähme ich seine Lügen für pure Wahrheiten. Er aber fühlte, daß ich genauso log wie er selbst. Es waren peinliche Gespräche. Sein Gesicht war verändert. Er hatte, trotz seiner Jugend, leicht angegraute Schläfen, statt einer gesunden, gebräunten Hautfarbe eine bleiche und gelbliche. Über dem ursprünglichen Glanz seiner schönen, hellen Augen lag ein grauer Schleier, der graue Schleier der Lüge eben. Nach jedem neuen Besuch, den er mir im Laufe dieser Jahre abstattete, fand ich, daß seine Schultern schmaler und abfallend geworden waren, sein Rücken runder, seine Arme schlaffer. Immer fragte ich ihn nach seiner Frau. Dann begann er, von ihr zu erzählen; so viel zu erzählen, daß ich mit Recht glauben konnte, er verschweige noch viel mehr, als er erzählte. Es war, als ob ein Mensch mit sehr viel Kleidern, mit viel zuviel Kleidern und Mänteln Blößen zudecken wollte. Frau Gwendolin war – wollte ich meinem Freund glauben – brav, heiter, treu, ernst und ausgelassen zugleich, ein Sprühteufel und eine gütige Fee, eine Hausfrau und eine flotte Tänzerin, verführerisch und außerordentlich bescheiden, eine Dame und ein süßes Mädchen, kurz: eine Gattin, wie sie ein Diplomat brauchen konnte.

,Und was macht der Bandwurm?' fragte ich hie und da, in Erinnerung an die freche Antwort des Zimmerkellners aus dem Hotel Imperial.

,Meine Frau ist ganz gesund', sagte mein Freund.

Ich zweifelte nicht daran. An ihrer Gesundheit hätte ich am wenigsten und zuallerletzt gezweifelt.

<h1 style="text-align:center">9</h1>

Dann kam der Krieg.

Mein Freund (er war Oberleutnant der Reserve bei den Neuner-Dragonern) rückte am ersten Tage der Mobilisierung ein. Sein Regiment stand an der russischen Grenze. Frau Gwendolin kam in unsere Stadt, zu den Eltern meines Freundes, mit einem Empfehlungsbrief an mich ausgerüstet. In diesem Brief wünschte mein Freund, ich möchte in der Saison seine Frau mit mir nehmen und – so hieß es wörtlich – ‚auf sie achtgeben‘. Man rechnete damals, wie Sie wissen, mit einem Feldzug von einigen Monaten. Ich selbst ahnte, daß es Jahre dauern würde. Auch wußte ich, daß es mir nicht möglich sein werde, auf die Frau ‚achtzugeben‘. Aber ich tat, wie mir geheißen ward. In der Saison nahm ich die Frau mit mir, in den Kurort.

Nun, ich bekam leider sofort, das heißt: kurz nachdem die Saison begonnen hatte, den Befehl, als Landsturmarzt einzurücken. Und ich überließ Frau Gwendolin der Obhut eines meiner Kollegen, der durch einen körperlichen Fehler – er hatte einen Buckel – vom Militärdienst befreit war.

Erst zwei Jahre später – ich hatte in einem Typhus-Spital gearbeitet und war selbst erkrankt – durfte ich ins Hinterland zurück. Am Vormittag war ich Landsturmarzt in Uniform und untersuchte kranke Soldaten. Am Nachmittag behandelte ich die weniger kranken Frauen, deren Männer meist im Felde standen und die ich mit ruhigem Gewissen eigentlich der weniger dezenten Behandlung durch meine rekonvaleszenten Soldaten hätte überlassen dürfen. Es war damals eine günstige Zeit für die Damen. Ein Lakatos, von der Art, wie ich ihn einst aus dem Zimmer der Frau meines Freundes hatte kommen sehn, war ein Waisenknabe gegen die robusten Bauern aus Bosnien, Herzegowina, Kroatien, Slowenien. Niemals hatten die wunderbaren Quellen unseres Frauenbads so herrliche Heilerfolge gehabt wie in der Zeit des Krieges, in der in unserem Kursalon die braven Krieger ihre Heilung abwarteten.

Frau Gwendolin war natürlich da … Sie schien ihr Vaterland, das feindliche England, ihre Abstammung vergessen zu haben. Die äußerst bunte Männlichkeit der österreichisch-ungarischen Armee hatte wahrscheinlich jedes Gefühl für England in ihrem schönen Busen ausgelöscht. Sie war eine österreichische Patriotin geworden, kein Wunder! – Liebe allein bestimmt die Haltung der Frauen.

Als der Krieg zu Ende war, kam mein Freund zurück, immer noch verliebt und wie jeder verliebte Mann überzeugt, daß ihm seine Frau die Treue gehalten habe. Nun, ich brauche Ihnen nicht zu sagen, daß Frau Gwendolin ziemlich erbittert war über das Ende des Krieges, vielleicht auch über die Rückkehr ihres Mannes. Sie fiel ihrem Mann um den Hals mit der Gewandtheit, die sie im Lauf der Kriegsjahre angenommen hatte und die mein Freund selbstverständlich mit der Leidenschaft für ihn verwechselte.

Es gab keine österreichisch-ungarische Monarchie mehr. Mein Freund, der noch im verkleinerten und veränderten Österreich seine Karriere hätte fortsetzen können (denn er war im Grunde ein leidenschaftlicher Diplomat), gab seinen Beruf auf. Er hatte Geld genug. Reich genug waren auch die Eltern seiner Frau. Und er beschloß, sein Leben der Frau Gwendolin zu widmen.

IO

Sie reisten durch die neutral gebliebenen Länder. Mein Freund wollte, wie er sagte, den ‚guten alten Frieden‘ wiederfinden. Er fand ihn nirgends. Er kehrte heim. Die Fabrik seines Vaters hatte keine Möglichkeit mehr, Waffen und Munition herzustellen. Alle vorhandenen Waffen mußten vernichtet oder den siegreichen Mächten ausgeliefert werden. Eines Tages erkrankte auch noch der Vater meines Freundes. Man durfte immerhin die Fabrik nicht ohne weiteres zugrunde gehen lassen. Anderen Munitionsfabriken war es gelungen, ihre Werke umzuwandeln: Statt der Granaten und Gewehrläufe erzeugte man Fahrräder, Maschinenteile, Wagen, Räder, Automobile. Auch mein Freund wollte es versuchen. Mit der Gewissenhaftigkeit, die ihm eigen war, begann er, die Industriefächer von Grund auf zu studieren. Er besichtigte Fabriken in England, Deutschland, in der Schweiz. Als er genügend Erfahrung zu haben glaubte, kehrte er zurück: Allein – er hatte seine Frau in London bei ihren Eltern gelassen. Er war unternehmungslustig, voller Hoffnung. Fast schien es, als begrüße er das Schicksal, das ihn aus seiner noblen Laufbahn geworfen hatte. Er hatte in der Tat auch kaufmännische Fähigkeiten, einen Instinkt für Menschen und Dinge. Wir kamen oft zusammen. Natürlich musizierten wir und besuchten Konzerte.

Einmal kam er zu mir, zu einer außergewöhnlichen Stunde. Er wußte, daß ich spät zu Bett zu gehen pflegte. Es war eine Stunde nach Mitternacht. Er legte eine Aktenmappe auf den Tisch, blieb vor mir stehen und fragte:

‚Sagen Sie mir die Wahrheit, Sie wissen es, ist meine Frau treu? – Hat sie mich betrogen? Wie oft? Mit wem?‘

Eine schwierige Situation, Sie begreifen. Es gehört zu den Gesetzen der Ritterlichkeit, eine Frau nicht zu verraten. Außerdem hatte ich ein paarmal gesehen, daß sich der Zorn verliebter Männer nicht gegen die betrügerischen Frauen kehrt, sondern gegen die warnenden und mahnenden Freunde. Ich weiß heute noch nicht, welche Pflicht die dringlichere ist: die Frau zu schonen oder dem Freund die Wahrheit zu sagen. Im Lauf meiner langen Praxis als Frauenarzt bin ich zwar sozusagen immer ritterlicher geworden, das heißt, ich habe Übung bekommen in der rücksichtsvollen Behandlung der Frauen; aber auch immer rücksichtsloser in der Beurteilung dieses schwachen Geschlechts, dessen Kräften wir niemals gewachsen sein werden. Es war mein bester, mein einziger Freund. Ich sah ihn an, ich erhob mich auch nicht und sagte ruhig:

‚Ihre Frau hat Sie oft betrogen.‘

Er setzte sich, kehrte die Aktentasche um und leerte auf meinem Tisch ihren Inhalt aus: Militärschleifen, Kokarden, Edelweiß, Metallknöpfe, Spiegelchen, lauter Zeug, wie es die Soldaten den Mädchen während des Krieges zu schenken pflegten.

Schließlich gab’s auch Liebesbriefe, kleine, große, einfache, bunte Kärtchen und blaue Feldpostkarten. Mein Freund stand da und starrte auf den bunten Haufen. Dann sah er mich lange an und fragte:

‚Warum haben Sie mir nichts gesagt?'

‚Das war nicht meine Aufgabe', erwiderte ich.

‚So!' schrie er plötzlich, ‚nicht Ihre Aufgabe! Ich pfeife auf Ihre Freundschaft, hören Sie, ich pfeife auf Sie!'

Er raffte den ganzen Kram in die Aktentasche, schloß sie, sah mich nicht mehr an und verließ das Haus.

‚Nun hab' ich einen Freund verloren!' sagte ich mir. – Schlimmer, viel schlimmer, als wenn man eine Frau verliert.

Ich hätte noch zwei Wochen Zeit gehabt. Aber ich fuhr schon am nächsten Morgen in meinen Kurort.

Dorthin wurde mir ein aufgeregtes Telegramm der Frau Gwendolin nachgeschickt. Auch ihr sollte ich umgehend die Wahrheit sagen: ob ihr Mann erkrankt sei, sie wüßte nicht, warum sie plötzlich zu ihm kommen müsse.

Ich schickte das Telegramm ohne ein begleitendes Wort meinem Freunde zu.

II

Vier Wochen später kamen beide plötzlich zu mir. Das heißt: Zuerst stürzte mein Freund in mein Zimmer. Es hatte sich etwas Furchtbares ereignet. In hastigen Sätzen erzählte er: Es hatte eine der üblichen Szenen gegeben. Die Frau versuchte zu leugnen. Er nannte und zeigte die sogenannten ‚erdrückenden Beweise'. Die Frau entschloß sich, unter Tränen natürlich, nach London für immer zurückzufahren. Die Koffer waren gepackt, das Billett gekauft. Eine Stunde vor der Abfahrt des Zuges kam sie in seine Fabrik. Das bekannte ‚letzte Lebewohl'. Selbstverständlich brachte sie Blumen. Sie glauben gar nicht, welch ein elender Abklatsch schlechter Romane das Leben ist. Oder: wie Sie gleich sehen werden: medizinischer Lehrbücher. Sie benahm sich merkwürdig. Sie sank auf die Knie und küßte meinem Freund die Schuhspitzen. Er konnte sich ihrer nicht erwehren. Sie schlug ihn auch ins Gesicht. Hierauf fiel sie, steif wie eine Kleiderpuppe, auf den Boden. Man konnte sie nicht aufheben. Sie haftete am Teppich wie angelötet. Hierauf verfiel sie in Zuckungen. Man brachte sie nach Hause, man berief Ärzte, man fuhr mit ihr nach Wien, zu den Koryphäen. Ihr Zustand ist beinahe unverändert schlecht, aber innerhalb der Krankheit gibt es muntere Abwechslungen. Bald ist ein Arm gelähmt, bald ein Bein. Einmal zittert ihr Kopf, ein anderes Mal ein Augenlid. Tagelang kann sie nichts essen, sie erbricht sich beim Anblick von Nahrungsmitteln. Ein paarmal mußte man sie auf der Bahre in die Kirche tragen, sie wollte beten. Auf den Mann ist sie böse. Ihrer Meinung nach ist er der Urheber ihrer Leiden.

Mein armer Freund hielt sich tatsächlich für den Schuldigen. ‚Ich habe sie vernichtet', sagte er. ‚Meine Schuld! Alles, was sie getan hat: meine Schuld! Ich war taub und blind.

Junge Frauen läßt man nicht allein. Was hätte sie tun sollen, ganze Tage und Nächte, ohne mich? Und wie brutal hab' ich mit ihr abgerechnet! Es tat mir ja gar nicht wirklich weh! Nur mein elender Stolz war beleidigt. Gekränkte, blöde, männliche Eitelkeit. Kein Doktor kann ihr helfen. Nur Sie, mein Freund! Verzeihen Sie mir alles!'

,Auch ich kann ihr nicht helfen, lieber armer Freund!' sagte ich. ,Nur sie selber könnte sich helfen, wenn sie wollte. Aber sie ist ja eben krank, weil sie sich nicht helfen will. Wir nennen das in der Medizin: die Flucht in die Krankheit. Es ist geradezu ein Musterbeispiel für diese pathologische Erscheinung. Es gibt nur eines: Retten Sie sich selbst. Geben Sie Ihre Frau in ein gutes Sanatorium.'

,Niemals!' schrie er. ,Ich verlasse sie niemals.'

,Gut!' sagte ich. ,Wie Sie wollen. Gehn wir zu Ihrer Frau.'

Sie empfing mich mit einem holden Lächeln, ihren Mann mit einem strengen Blick. Keine geniale Schauspielerin hätte das vermocht. Ihr rechtes Auge leuchtete mir selig entgegen, ihr linkes sandte finstere Blitze gegen meinen Freund. Gestern noch hatten ihre Lider gezuckt. Heute konnte sie mir nur die Linke geben, denn die Rechte war steif. Die Beine? – Ja, die waren heute gut. – ,Stehen Sie auf!' befahl ich in dem Ton, in dem ich als Militärarzt zu den Soldaten hatte sprechen müssen. Sie erhob sich. ,Kommen Sie ans Klavier! Wir wollen versuchen zu spielen!' Sie trat ans Klavier. Wir setzten uns. Und nun brachte ich meinem Freund ein unerhörtes Opfer. Denken Sie: Ich, ich spielte – nun, was, glauben Sie, spielte ich? – Wagner! – Und was von Wagner? – Den Pilgerchor. – Und ihre rechte Hand bewegte sich. – ,Wagner ist ein großer Meister!' sagte sie, als wir fertig waren. ,Ja, gnädige Frau! Als Heilmittel für kranke Damen ist er unübertrefflich', erwiderte ich.

,Sie sind der einzige Arzt in der Welt!' jubelte mein Freund. Denken Sie, er hatte gar nicht gemerkt, daß ich zum erstenmal in meinem Leben Wagner gespielt hatte!

So viel vermag eine Frau, und noch mehr! Denn von dieser Stunde an ließ sie mir nur ein paar Pausen am Tag, meinem Freund nicht eine einzige. Wir saßen Tag um Tag, Nacht um Nacht neben ihr, besser gesagt: um sie herum. In den kurzen Pausen, in denen ich allein sein durfte beziehungsweise meine anderen Patientinnen behandelte, hatte mein Freund kein leichtes Leben. Ich fühlte, mit welcher Inbrunst er mich erwartete. Wenn ich kam, umarmte er mich, blieb mit mir eine lange Weile im Vorzimmer, ich wußte genau, wie er sich danach sehnte, mit mir allein zu sein, zwei Stunden, einen Abend; und ich fühlte sein Herz klopfen, sein armes, furchtsames Herz, das Herz eines Sklaven, den die Herrin drohend erwarten kann. Kamen wir dann ins Zimmer, so fragte die Frau regelmäßig: ,Was habt ihr so lange draußen zu tun? Es ist ja warm! Der Doktor hat ja keinen Mantel! Was habt ihr vor mir für Geheimnisse? Ach Gott! Immer werde ich betrogen!'

Ich konnte mich nicht enthalten, ihr eines Tages zu antworten: ,An jeden von uns kommt einmal die Reihe …'

Sie rächte sich an jenem Tage. Ihr linker Fuß erstarrte, erkaltete, und ich mußte ihn eine Stunde lang frottieren.

Mein Freund stand ihr zu Häupten und streichelte ihre Haare. Wir sprachen kein Wort.

Als der linke Fuß beinahe wieder warm geworden war, fragte ich meinen Freund: ‚Und was ist eigentlich mit Ihrer Fabrik?'

‚Fabrik? – Welche Fabrik?' rief die Kranke.

‚Beruhige dich', sagte der Mann. ‚Der Doktor meint meine Fabrik. Ich habe sie längst verkauft, lieber Freund, wir leben vom Konto.'

Tag für Tag wiederholten sich derartige Szenen. Manchmal gingen wir alle drei aus. Dann führten wir, nein, wir schleppten geradezu die Frau in der Mitte. An unser beider Armen hing sie, die süße Last.

Wir aßen, tranken und schwiegen.

Einmal, ich erinnere mich, gingen wir in ein Tanzlokal. Sie wissen, daß ich kein leidenschaftlicher Tänzer bin. Ich hasse jede Art von Exhibitionismus – und das ist – offen gestanden – der Tanz seit dem Ende des Krieges. Da ich aber nun einmal schon, meines Freundes wegen, Wagner mit der Frau gespielt hatte, beschloß ich auch, mit ihr zu tanzen. Was muß ein Frauenarzt nicht alles! Nun, wir tanzten. Mitten im Shimmy flüsterte sie: ‚Ich liebe dich, Doktor, ich liebe nur dich.' – Ich antwortete natürlich nicht. Als wir zum Tisch zurückkehrten, sagte ich zu meinem Freunde: ‚Ihre Frau hat mir eben ihre Liebe gestanden. Ich bin der einzige Arzt, den sie liebhat.'

Ein paar Tage später, die Saison ging schon zu Ende, riet ich meinem Freund, er möchte mit seiner Frau nach England fahren, zu den Schwiegereltern, und – wenn er wolle – im nächsten Jahr wieder zu mir kommen.

‚Im nächsten Jahr kommen wir als Gesunde zu Ihnen', sagte er. Und sie fuhren nach London.

12

Im nächsten Jahr kamen sie wieder, aber keineswegs als Gesunde. Ich spreche in der Mehrzahl: Denn mein Freund war genauso krank wie seine Frau. Typhus ist weniger ansteckend als Hysterie, müssen Sie wissen. Ein Irrsinniger ist nicht deshalb gefährlich, weil er seine normale Umgebung körperlich bedrohen könnte, sondern weil er die Vernunft seiner normalen Umgebung allmählich vernichtet. Der Irrsinn in dieser Welt ist stärker als der gesunde Menschenverstand, die Bosheit ist mächtiger als die Güte.

Ich hatte den Winter über wenig Nachrichten von meinem Freund bekommen. Mein Rat war vielleicht ein schlimmer gewesen. Im Hause ihrer Eltern gewann die Bosheit der Frau neue Kräfte, es war geradezu eine Schmiedeanstalt für ihre Waffen. Ärzte, Hypnotiseure, Gesundbeter, Magnetiseure, Pfarrer, alte Weiber: nichts konnte ihr helfen. Eines Tages behauptete sie, die Beine nicht mehr bewegen zu können. Und kennzeichnenderweise war es kurz nach einem Abend, an dem ihr Mann – mit seinem Schwiegervater übrigens – zum erstenmal seit dem Ausbruch ihrer Krankheit zu irgendeinem Bankett gegangen war. Nun, die Beine waren tatsächlich steif. Krücken, Holzbeine, Prothesen sind beweglicher. Die unbewegten, unbeweglichen Beine magerten rapide ab, indes der Oberkörper der Frau ständig zunahm. Man mußte sie im Rollstuhl fahren. Und da sie keinen fremden Menschen um sich duldete, mußte sie natürlich ihr Mann, mein Freund, im Rollstuhl fahren. Als er wieder zu mir kam, war er alt und grau geworden. Aber, schlimmer als dies: Dieser noble Mensch hatte die Haltung und die Allüren eines Dieners – was sag' ich: eines Knechtes angenommen. Wie ein Rekrut beim Anruf seines Feldwebels, so erstarrte er, wenn seine Frau ihn rief. Ihre Stimme war heiser und zugleich schärfer geworden. Wie eine sirrende Säge schnitt sie durch die Luft. Dabei hatte sie blitzende, lachende, heitere Augen, ein angenehmes Lächeln, rosige Wangen, die immer voller wurden, ein Grübchen im Kinn, das immer fetter wurde, sie glich einem gelähmten Weihnachtsengel, ohne Flügel, auf armseligen, stockdünnen, harten, unbeweglichen Beinen. Mein Freund aber, wie gesagt, sah aus wie ein Lakai. Ein alter Herrschaftskutscher hätte sich neben ihm wie ein Fürst ausgenommen. Mein Freund schlich mit schiefen Schultern einher, auf geknickten Beinen, vielleicht kam es davon, daß er ewig den Karren mit seiner süßen Last durch das Leben stoßen mußte. Ja, verprügelt – das ist das richtige Wort: verprügelt sah er aus! Vielleicht schlug sie ihn auch dann und wann.

Ich fragte ihn, wie es mit der Liebe sei, ich meine, mit der körperlichen. Nun, denken Sie: Dieser Mann mußte Nacht für Nacht seine Frau entkleiden, auf seinen Armen ins Bett tragen und selbstverständlich neben ihr liegen. Er fürchtete, der Arme, diese Frau würde ihn noch einmal betrügen, wenn er sie nicht liebte. Ja, er schwärmte noch von ihrer Schönheit! Mir schwärmte er von ihrer Schönheit vor, der ich ihren fett gewordenen Oberkörper und ihre stabdünnen Beine gesehen hatte!

Am stärksten plagte ihn ihre Eifersucht. Sie konnte keinen Augenblick allein bleiben, sie lehnte Krankenschwestern ab – aus Angst, ihr Mann könnte sich in die Schwester verlieben. Aber sie war auch auf mich eifersüchtig, auf das Zimmermädchen, den Zimmerkellner, den Hotelportier, den Liftboy. Ins Konzert und ins Café und ins Restaurant schleppten wir sie beide gemeinsam, wie Zugesel, angeschnallt an den Griff ihres elenden, knarrenden Karrens, keuchend durch die schwülen Abende, manchmal durch Regen und Wind, einen Schirm haltend über ihren immer modischen Hut, die Decken unaufhörlich glättend über ihren steifen Knien. Modistinnen, Näherinnen, Schneiderinnen flatterten, wie Falter um das Licht, ins Hotel, in dem sie wohnte. Vor jedem dritten Schaufenster blieb man stehen. In Juwelierläden ließ sie sich rollen, stundenlang suchte sie nach passendem Schmuck. Jeden Vormittag kam der Friseur ins Haus. Jeden Morgen mußte sie mein Freund ins Bad legen. Und während sie im Wasser mit Gummitieren spielte, las er ihr aus törichten englischen Gesellschaftsromanen und Magazinen vor. Meine Behandlung nützte gar nichts mehr. Es war, wie wir Ärzte sagen, kein ‚Gesund-

TRIUMPH DER SCHÖNHEIT

heitswillen' mehr in der Frau, die Psychose war schon allzu heimisch in ihr geworden. Sie lachte mich aus. Ich hatte keine Macht mehr über sie.

Niemals gelang es mir, allein mit meinem Freund zu sein. Sie ließ uns nicht eine Viertelstunde allein. Ich suchte nach einem Ausweg. Ich glaubte schließlich, einen gefunden zu haben: Da sie aus Eifersucht eine Schwester ablehnte – wie war es da mit einem Wärter? Ich kannte einen braven jungen Burschen aus unserem Krankenhaus. Ich sprach mit ihm, er war einverstanden. Ich brachte ihn zu Frau Gwendolin, er gefiel ihr. ‚Aber nicht jetzt‘, sagte sie, ‚wir werden ihn mitnehmen, wenn wir zurückfahren. Hier mag ich euch beide nicht allein lassen.‘ Dabei blieb es. Kurz vor Saisonende fuhren sie mit dem jungen Wärter nach London.

Ich hatte eine kleine Genugtuung: Vielleicht konnte dieser Wärter wenigstens in London meinem armen Freund ein paar Atempausen verschaffen.

Aber es kam anders! Kaum zwei Monate später erhielt ich einen kurzen Brief meines Freundes.

Ich hätte immer recht gehabt, so schrieb er mir, jetzt wisse er es endlich, aber es sei nie zu spät, jetzt würde er seine Frau verlassen. Er hätte sie bei einer innigen Umarmung mit dem jungen Wärter ertappt. Ich würde bald Näheres hören.

Aber zwei Jahre vergingen, ich schrieb, ohne Antwort zu erhalten, ich hörte nichts mehr von meinem lieben Freund.

13

Eines Tages fuhr ich nach Paris und besuchte mehr aus langer Weile denn aus Interesse eines der vielen nächtlichen Lokale auf dem Montmartre, vor deren Türen falsche Kosaken Wache halten und echte Amerikaner hereinzulocken versuchen. Müde und fast gekränkt über meine eigene Dummheit, saß ich da und sah den tanzenden Paaren zu. Auf einmal erblickte ich Frau Gwendolin. Sie war es, kein Zweifel! Im Arm eines glattgekämmten, ölig-schwarzhaarigen Gigolos tanzte sie einen sogenannten Java. Der Mann konnte kein anderer sein als Lakatos. Das heißt: Lakatos aus Budapest ist ein Typus, keine Persönlichkeit. Es mußte nicht unbedingt der alte Lakatos von Zimmer 32 sein. Plötzlich fiel ihr Blick auf mich. Sie ließ ihren Tänzer stehen, kam an meinen Tisch, gesund, heiter, lächelnd, eine Göttin. Unwillkürlich bückte ich mich, um ihre Beine zu sehn. Gesunde, tadellose Beine in hellgrauen seidenen Strümpfen.

‚Sie wundern sich, Doktor, was?‘ sagte sie. ‚Ich setze mich ein bißchen.‘

Sie setzte sich.

‚Wo ist Ihr Mann?‘ fragte ich. ‚Warum schreibt er nicht?‘

Zwei große, glänzende Tränen erschienen auf Kommando, zwei Wachtposten der Trauer, in ihren Augenwinkeln.

‚Er ist tot!‘ sagte sie. ‚Er hat sich leider umgebracht. Wegen einer Dummheit.‘
Sie zog das Taschentuch und gleichzeitig den Spiegel aus dem Handtäschchen.
‚Wann denn?‘ fragte ich.
‚Vor zwei Jahren!‘
‚Und wie lange sind Sie schon gesund?‘
‚ Anderthalb Jahre!‘
‚Und ist das Ihr neuer Mann, mit dem Sie hier sind?‘ ‚Mein Bräutigam, Herr Lakatos, ein Ungar, famoser Tänzer, wie Sie vielleicht gesehen haben.‘

Ach, der Bandwurm! dachte ich und rief: ‚Zahlen!‘ und bezahlte schnell und ließ die Frau sitzen, und ohne von ihr Abschied zu nehmen, ging ich hinaus.

Viele, viele Frauen gingen an mir vorüber, manche lächelten mir zu. Lächelt nur, dachte ich, lächelt nur, dreht euch, wiegt euch, kauft euch Hütchen, Strümpfchen, Sächelchen! Rasch naht euch das Alter! Noch ein Jährchen, noch zwei! Kein Chirurg hilft euch, kein Perückenmacher. Entstellt, vergrämt, verbittert sinkt ihr bald ins Grab, und noch tiefer, in die Hölle. Lächelt nur, lächelt nur! …

Die Büste des Kaisers

IM FRÜHEREN OSTGALIZIEN, im heutigen Polen, sehr ferne der einzigen Eisenbahn-
linie, der Przemysl und Brody verbindet, liegt das Dörfchen Lopatyny, von dem ich
im Folgenden eine merkwürdige Geschichte zu erzählen gedenke.

Mögen die Leser freundlicherweise dem Erzähler nachsehen, daß er den Tatsachen,
die er mitzuteilen hat, eine historisch-politische Erläuterung vorausschickt. Die unnatürlichen Launen, welche die Weltgeschichte in der letzten Zeit gezeigt hat, zwingen
ihn zu dieser Erläuterung.

Denn die Jüngeren unter seinen Lesern bedürfen vielleicht der Erklärung, daß ein Teil
des Gebietes im Osten, das heute zur polnischen Republik gehört, bis zum Ende des großen Krieges, den man den Weltkrieg nennt, eines der vielen Kronländer der alten österreichisch-ungarischen Monarchie gewesen ist.

In dem Dorfe Lopatyny also lebte der Nachkomme eines alten polnischen Geschlechts,
der Graf Franz Xaver Morstin – eines Geschlechtes, das (nebenbei gesagt) aus Italien
stammte und im sechzehnten Jahrhundert nach Polen gekommen war. Der Graf Morstin hatte als junger Mann bei den Neuner-Dragonern gedient. Er betrachtete sich weder als einen Polen noch als einen Italiener, weder als einen polnischen Aristokraten
noch als einen Aristokraten italienischer Abkunft. Nein: Wie so viele seiner Standesgenossen in den früheren Kronländern der österreichisch-ungarischen Monarchie war er
einer der edelsten und reinsten Typen des Österreichers schlechthin, das heißt also: ein
übernationaler Mensch und also ein Adeliger echter Art. Hätte man ihn zum Beispiel
gefragt – aber wem wäre eine so sinnlose Frage eingefallen?–, welcher „Nation" oder
welchem Volke er sich zugehörig fühle: der Graf wäre ziemlich verständnislos, sogar verblüfft vor dem Frager geblieben und wahrscheinlich auch gelangweilt und etwas indig-
niert. Nach welchen Anzeichen auch hätte er seine Zugehörigkeit zu dieser oder jener
Nation bestimmen sollen? – Er sprach fast alle europäischen Sprachen gleich gut, er war
fast in allen europäischen Ländern heimisch, seine Freunde und Verwandten lebten verstreut in der weiten und bunten Welt. Ein kleineres Abbild der bunten Welt war eben
die kaiser- und königliche Monarchie, und deshalb war sie die einzige Heimat des Grafen. Einer seiner Schwäger war Bezirkshauptmann in Sarajevo, ein anderer Statthaltereirat in Prag, einer seiner Brüder diente als Oberleutnant der Artillerie in Bosnien, einer seiner Vettern war Botschaftsrat in Paris, ein anderer Grundbesitzer im ungarischen
Banat, ein dritter stand in diplomatischen Diensten Italiens, ein vierter lebte aus purer
Neigung zum Fernen Osten seit Jahren in Peking. Von Zeit zu Zeit pflegte Franz Xaver
seine Verwandten zu besuchen, häufiger natürlich jene, die innerhalb der Monarchie

wohnten. Es waren, wie er zu sagen pflegte, seine privaten „Inspektionsreisen". Sie waren nicht nur den Verwandten, sondern auch den Freunden zugedacht, einigen früheren Mitschülern der Theresianischen Akademie, die in Wien lebten. Hier hielt sich der Graf Morstin zweimal im Jahr, Sommer und Winter, (zwei Wochen und länger) auf. Wenn er so kreuz und quer durch die Mitte seines vielfältigen Vaterlandes fuhr, so behagten ihm vor allem jene ganz spezifischen Kennzeichen, die sich in ihrer ewig gleichen und dennoch bunten Art an allen Stationen, an allen Kiosken, in allen öffentlichen Gebäuden, Schulen und Kirchen aller Kronländer des Reiches wiederholten. Überall trugen die Gendarmen den gleichen Federhut oder den gleichen lehmfarbenen Helm mit goldenem Knauf und dem blinkenden Doppeladler der Habsburger; überall waren die hölzernen Türen der k. u. k. Tabaktrafiken mit schwarz-gelben Diagonalstreifen bemalt; überall trugen die Finanzer die gleichen grünen (beinahe blühenden) Portepees an den blanken Säbeln; in jeder Garnison gab es die gleichen blauen Uniformblusen und die schwarzen Salonhosen der flanierenden Infanterieoffiziere auf dem Korso, die gleichen roten Hosen der Kavalleristen, die gleichen kaffeebraunen Röcke der Artillerie; überall in diesem großen und bunten Reich wurde jeden Abend gleichzeitig, wenn die Uhren von den Kirchtürmen neun schlugen, der gleiche Zapfenstreich geblasen, bestehend aus heiter tönenden Fragen und wehmütigen Antworten. Überall gab es die gleichen Kaffeehäuser mit den verrauchten Wölbungen, den dunklen Nischen, in denen Schachspieler wie merkwürdige Vögel hockten, mit den Büffets voll farbiger Flaschen und glitzernder Gläser, die von goldblonden und vollbusigen Kassiererinnen verwaltet wurden. Fast überall, in allen Kaffeehäusern des Reiches, schlich, die Knie schon etwas zittrig, auf aufwärts gestreckten Füßen, die Serviette im Arm, der backenbärtige Zahlkellner, fernes, demütiges Abbild der alten Diener Seiner Majestät, des hohen backenbärtigen Herrn, dem alle Kronländer, all die Gendarmen, all die Finanzer, all die Tabaktrafiken, all die Schlagbäume, all die Eisenbahnen, all die Völker gehörten. Und man sang in jedem Land andere Lieder; und in jedem Land trugen die Bauern eine andere Kleidung; und in jedem Land sprach man eine andere und einige verschiedene Sprachen. Und was den Grafen so entzückte, war das feierliche und gleichzeitig fröhliche Schwarz-Gelb, das mitten unter den verschiedenen Farben traulich leuchtete; das ebenfalls feierliche und heitere „Gott erhalte", das heimisch war unter allen Volksliedern, das ganz besondere, nasale, nachlässige, weiche und an die Sprache des Mittelalters erinnernde Deutsch des Österreichers, das immer wieder hörbar wurde unter den verschiedenen Idiomen und Dialekten der Völker. Wie jeder Österreicher jener Zeit liebte Morstin das Bleibende im unaufhörlich Wandelbaren, das Gewohnte im Wechsel und das Vertraute inmitten des Ungewohnten. So wurde ihm das Fremde heimisch, ohne seine Farbe zu verlieren, und so hatte die Heimat den ewigen Zauber der Fremde.

In seinem Dorf Lopatyny war der Graf mehr als jede amtliche Instanz, die die Bauern und die Juden kannten und fürchteten, mehr als der Richter im nächsten Kreisstädtchen, mehr als der Bezirkshauptmann dortselbst, mehr als einer der höheren Offiziere, die jedes Jahr bei den Manövern die Truppen befehligten, Hütten und Häuser zu Quartieren machten und überhaupt jene besondere kriegerische Macht des Manövers repräsentierten, die imposanter ist als die kriegerische Macht im wirklichen Krieg. Es schien den Leuten in Lopatyny, daß ein „Graf" nicht etwa nur ein Adelstitel sei, sondern auch ein ganz hoher Amtstitel. Die Wirklichkeit gab ihnen auch nicht unrecht. Denn der Graf Morstin konnte vermöge seines selbstverständlichen Ansehens Steuern ermäßigen, die kränklichen Söhne mancher Juden vom Militärdienst befreien, Gnadengesuche befördern, unschuldig oder zu hart Verurteilten die Strafe erleichtern, Fahrpreisermäßigungen für Arme auf der Eisenbahn durchsetzen, Gendarmen, Polizisten und Beamte, die ihre Befugnisse überschritten, einer gerechten Strafe zuführen, Lehramtskandidaten, die auf eine Stellung warteten, zu Gymnasialsupplenten machen, ausgediente Unteroffiziere zu Trafikanten, Geldbriefträgern und Telegraphisten, studierende Söhne armer Bauern und Juden zu „Stipendiaten". Wie gerne erledigte er dies alles! Er war in der Tat eine vom Staat nicht vorgesehene Instanz, die gewiß mehr beschäftigt war als die meisten staatlichen Ämter, bei denen er vorzusprechen und zu vermitteln hatte. Um seinen Pflichten zu genügen, beschäftigte er zwei Sekretäre und drei Schreiber. Außerdem, der Tradition seines Hauses getreu, übte er „herrschaftliche Wohltätigkeit" – wie man im Dorfe sagte. Seit mehr als hundert Jahren versammelten sich jeden Freitag vor dem Balkon des Hauses Morstin Landstreicher und Bettler aus der Gegend, um von den Lakaien in Papier gewikkelte Kupfermünzen entgegenzunehmen. Gewöhnlich erschien der Graf auf dem Balkon und begrüßte die Armen. Und es war, als dankte er den Bettlern, die ihm dankten; als tauschten Geber und Nehmer Dankbarkeit aus.

Nebenbei gesagt: Es war nicht immer die Güte des Herzens, die alle diese Wohltätigkeit gebar, sondern eines jener ungeschriebenen Gesetze so mancher noblen Familien. Ihre Urahnen mochten noch vor Jahrhunderten aus purer Liebe zum Volk Wohltaten, Hilfe und Unterstützung ausgeübt haben. Allmählich aber, im Wandel der Geschlechter, war diese Güte gewissermaßen zu Pflicht und Überlieferung gefroren und erstarrt. Im übrigen war die heftige Hilfsbereitschaft des Grafen Morstin seine einzige Tätigkeit und seine Zerstreuung. Sie gab seinem ziemlich müßigen Leben eines Grandseigneurs, den, zum Unterschied von seinen Nachbarn und Standesgenossen, nicht einmal die Jagd interessierte, ein Ziel und einen Inhalt und eine ständig wohltuende Bestätigung seiner Macht. Hatte er diesem eine Tabaktrafik, jenem eine Lizenz, dem dritten einen Posten, dem vierten eine Audienz verschafft, so fühlte er sein Gewissen, aber auch seinen Stolz befriedigt. Mißlang ihm aber eine Vermittlung für den und jenen seiner Schutzbefohlenen, so war sein Gewissen unruhig und sein Stolz verletzt. Und er gab nicht nach, und er appellierte an alle Instanzen, bis er seinen Willen, das heißt: den seiner Protektionskinder, durchgesetzt hatte. Deswegen liebte und verehrte ihn die Bevölkerung. Denn das Volk hat keine richtige Vorstellung von den Beweggründen, die einen mächtigen Mann dazu führen, den Kleinen und Ohnmächtigen zu helfen. Es will einfach einen

„guten Herrn" sehn – und es ist oft edelmütiger in seinem kindlichen Vertrauen zum Mächtigen als dieser, in dem es immer gläubig den Edelmütigen sieht. Es ist der tiefste und edelste Wunsch des Volkes, den Mächtigen gerecht und adelig zu wissen. Darum rächt es sich so grausam, wenn die Herren es enttäuschen – einem Kinde gleich, das zum Beispiel seine Spielzeuglokomotive vollends zerbricht, wenn sie einmal versagt hat. Deshalb gebe man dem Volk stabile Spielzeuge wie den Kindern und gerechte Mächtige.

Derlei Erwägungen hatte der Graf Morstin gewiß nicht, wenn er Protektion, Güte und Gerechtigkeit übte. Aber diese Erwägungen, die vielleicht den und jenen seiner Vorfahren zur Ausübung der Güte, Barmherzigkeit und Gerechtigkeit geführt hatten, wirkten lebendig im Blut – oder, wie man heutzutage sagt: im „Unterbewußtsein" des Enkels.

Und ebenso wie er den Schwächeren zu helfen sich verpflichtet fühlte, ebenso empfand er Hochachtung, Respekt und Gehorsam gegenüber denjenigen, die höhergestellt waren als er. Die Person Seiner kaiser- und königlichen Majestät, der er gedient hatte, war für ihn immer eine außerhalb alles Gewöhnlichen bleibende Erscheinung. Es wäre dem Grafen zum Beispiel unmöglich gewesen, den Kaiser als einen Menschen schlechthin zu sehn. Der Glaube an die überlieferte Hierarchie war so seßhaft und stark in der Seele Franz Xavers, daß er den Kaiser nicht etwa wegen seiner menschlichen, sondern wegen seiner kaiserlichen Eigenschaften liebte. Er gab jeden Verkehr mit Freunden, Bekannten und Verwandten auf, wenn sie in seiner Anwesenheit ein seiner Ansicht nach respektloses Wort über den Kaiser fallenließen. Vielleicht ahnte er damals schon, lange vor dem Untergang der Monarchie, daß leichtfertige Witze tödlicher sein können als die Attentate der Verbrecher und die feierlichen Reden ehrgeiziger und rebellischer Weltverbesserer. Dann hätte allerdings die Weltgeschichte den Ahnungen des Grafen Morstin recht gegeben. Denn die alte österreichisch-ungarische Monarchie starb keineswegs an dem hohlen Pathos der Revolutionäre, sondern an der ironischen Ungläubigkeit derer, die ihre gläubigen Stützen hätten sein sollen.

2.

Eines Tages, es war ein paar Jahre vor dem großen Krieg, den man den Weltkrieg nennt, wurde dem Grafen Morstin „vertraulich" mitgeteilt, daß die nächsten Kaisermanöver in Lopatyny und Umgebung stattfinden würden. Ein paar Tage, eine Woche oder länger, sollte der Kaiser in seinem Hause wohnen. Und Morstin geriet in eine wahre Aufregung, fuhr zum Bezirkshauptmann, verhandelte mit den zivilen politischen Behörden und den Gemeindebehörden des nächsten Städtchens, ließ den Polizisten und Nachtwächtern der ganzen Umgebung neue Uniformen und Säbel anschaffen, unterhielt sich mit den Geistlichen aller drei Konfessionen, dem griechisch-katholischen und dem römisch-katholischen Pfarrer und dem Rabbiner der Juden, schrieb dem ruthenischen Bürgermeister des Städtchens eine Rede auf, die dieser nicht lesen konnte, aber mit Hilfe des Lehrers auswendig lernen mußte, kaufte weiße Kleidchen für die kleinen Mädchen des Dorfes, alarmierte die Kommandanten der umliegenden Regimenter und all das „im Vertrauen" – dermaßen, daß man im Vorfrühling schon, lange noch vor den Manövern, weit und breit in der Gegend wußte, daß der Kaiser selbst zu den Manövern kommen würde. Um jene Zeit war der Graf Morstin nicht mehr jung, früh ergraut und hager, Junggeselle, ein Hagestolz, etwas seltsam in den Augen seiner robusteren Standesgenossen, ein wenig „komisch" und „wie aus einer anderen Welt". Niemals hatte man in der Gegend eine Frau in seiner Nähe gesehn. Niemals auch hatte er den Versuch gemacht, sich zu verheiraten. Niemals hatte man ihn trinken gesehn, niemals spielen, niemals lieben. Er hatte keine andere sichtbare Leidenschaft als die, die „Nationalitätenfrage" zu bekämpfen. Um jene Zeit begann nämlich in der Monarchie diese sogenannte „Nationalitätenfrage" heftig zu werden. Alle Leute bekannten sich – ob sie wollten oder so tun mußten, als wollten sie – zu irgendeiner der vielen Nationen, die es auf dem Gebiete der alten Monarchie gab. Man hatte im neunzehnten Jahrhundert bekanntlich entdeckt, daß jedes Individuum einer bestimmten Nation oder Rasse angehören müsse, wollte es wirklich als bürgerliches Individuum anerkannt werden. „Von der Humanität durch Nationalität zur Bestialität", hatte der österreichische Dichter Grillparzer gesagt. Man begann just damals mit der „Nationalität", der Vorstufe zu jener Bestialität, die wir heute erleben. Nationale Gesinnung: Man sah um jene Zeit deutlich, daß sie der vulgären Gemütsart all jener entsprang und entsprach, die den vulgärsten Stand einer neuzeitlichen Nation ausmachen. Es waren Photographen gewöhnlich, im Nebenberuf bei der freiwilligen Feuerwehr, sogenannte Kunstmaler, die aus Mangel an Talent in der Akademie der bildenden Künste keine Heimat gefunden hatten und infolgedessen Schildermaler oder Tapezierer geworden waren, unzufriedene Volksschullehrer, die gerne Mittelschullehrer, Apothekergehilfen, die gerne Doktoren geworden wären, Dentisten, die nicht Zahnärzte werden konnten, niedere Post- und Eisenbahnbeamte, Bankdiener, Förster und überhaupt innerhalb jeder der österreichischen Nationen all jene, die einen vergeblichen Anspruch auf ein unbeschränktes Ansehen innerhalb der bürgerlichen Gesellschaft erhoben. Allmählich gaben auch die sogenannten höheren Stände nach. Und all die Menschen, die niemals etwas anderes gewesen waren als Österreicher, in Tarnopol, in Sarajevo, in Wien, in Brunn, in Prag, in Czernowitz, in Oderburg, in Troppau, niemals etwas anderes als Österreicher: sie begannen nun, der „Forderung der Zeit" gehorchend, sich zur polnischen, tschechischen, ukrainischen, deutschen, rumänischen, slowenischen, kroatischen „Nation" zu bekennen – und so weiter.

Um diese Zeit ungefähr wurde auch das „allgemeine, geheime und direkte Wahlrecht" in der Monarchie eingeführt. Graf Morstin haßte es, ebenso wie die moderne Auffassung von der „Nation". Dem jüdischen Schankwirt Salomon Piniowsky, dem

DIE BÜSTE DES KAISERS

einzigen Menschen weit und breit, dem er einigermaßen Vernunft zutraute, pflegte er zu sagen: „Hör mich an, Salomon! Dieser ekelhafte Darwin, der da sagt, die Menschen stammten von den Affen ab, scheint doch recht zu haben. Es genügt den Menschen nicht mehr, in Völker geteilt zu sein, nein! – sie wollen bestimmten Nationen angehören. National – hörst du, Salomon?! – Auf solch eine Idee kommen selbst die Affen nicht. Die Theorie von Darwin scheint mir noch unvollständig. Vielleicht stammen aber die Affen von den Nationalisten ab, denn die Affen bedeuten einen Fortschritt. Du kennst die Bibel, Salomon, du weißt, daß da geschrieben steht, daß Gott am sechsten Tag den Menschen geschaffen hat, nicht den nationalen Menschen. Nicht wahr, Salomon?"

„Ganz recht, Herr Graf!" sagte der Jude Salomon.

„Aber", fuhr der Graf fort, „etwas anderes: Wir haben diesen Sommer den Kaiser zu erwarten. Ich werde dir Geld geben. Du wirst deinen Laden ausschmücken und das Fenster illuminieren. Du wirst das Kaiserbild säubern und es ins Fenster stellen. Ich werde dir eine schwarzgelbe Fahne mit Doppeladler schenken, die wirst du vom Dach flattern lassen. Verstanden?"

Ja, der Jude Salomon Piniowsky verstand, wie übrigens alle, mit denen der Graf von der Ankunft des Kaisers gesprochen hatte.

3

Im Sommer fanden die Kaisermanöver statt, und Seine kaiser- und königliche Apostolische Majestät nahm Aufenthalt im Schloß des Grafen Morstin. Man sah den Kaiser jeden Morgen, wenn er ausritt, die Übungen zu besichtigen, und die Bauern und die jüdischen Händler aus der Umgebung versammelten sich, um ihn zu sehn, den Alten, der sie regierte. Und sobald er mit seiner Suite erschien, riefen sie: Hoch und Hurra und niech zyje – jeder in seiner Sprache.

Einige Tage nach der Abreise des Kaisers meldete sich beim Grafen Morstin der Sohn eines Bauern aus der Umgebung. Dieser junge Mensch, der den Ehrgeiz besaß, ein Bildhauer zu werden, hatte eine Büste des Kaisers aus Sandstein verfertigt. Der Graf Morstin war begeistert. Er versprach, dem jungen Bildhauer eine freie Stelle an der Akademie der Künste in Wien zu verschaffen.

Die Büste des Kaisers ließ er vor dem Eingang zu seinem Schlößchen aufstellen.

Hier blieb sie jahrelang, bis zum Ausbruch des großen Krieges, den man den Weltkrieg nennt.

Bevor er freiwillig einrückte, alt, hager, kahlköpfig und hohläugig, wie er im Laufe der Jahre geworden war, ließ der Graf Morstin die Kaiserbüste abnehmen, in Stroh verpacken und im Keller verbergen.

Dort ruhte sie nun, bis zum Ende des Krieges und der Monarchie, der Heimkehr des Grafen Morstin und der Errichtung der neuen polnischen Republik.

4

Der Graf Franz Xaver Morstin war also heimgekehrt. Aber konnte man das eine Heimkehr nennen? Gewiß, es waren noch die gleichen Felder, die gleichen Wälder, die gleichen Hütten, die gleiche Art der Bauern – die gleiche Art, sagen wir –, denn viele von jenen, die der Graf noch gekannt hatte, waren gefallen.

Es war Winter, man fühlte schon die nahenden Weihnachten. Wie immer um diese Zeit, wie einst lange noch vor dem Krieg, war die Lopatinka gefroren, auf den nackten Kastanien hockten reglos die Krähen, und über die Felder, auf die die westlichen Fenster des Hauses gingen, wehte der ewige sachte Wind des östlichen Winters. Es gab (infolge des Krieges) Witwen und Waisen im Dorf: genug Material für die Wohltätigkeit des heimgekehrten Herrn. Aber statt die Heimat Lopatyny als wiedergefundene Heimat zu begrüßen, begann der Graf Morstin, sich rätselhaften und ungewohnten Überlegungen über das Problem der Heimat überhaupt hinzugeben. Nunmehr, dachte er sich, da dieses Dorf Polen gehört und nicht Österreich: Ist es noch meine Heimat? Was ist überhaupt Heimat? Ist die bestimmte Uniform des Gendarmen und des Zollwächters, der uns in unserer Kindheit begegnet ist, nicht ebenso Heimat wie die Fichte und die Tanne, der Sumpf und die Wiese, die Wolke und der Bach? Verändern sich aber Gendarmen und Finanzwächter und bleiben auch Fichte und Tanne und Bach und Sumpf das gleiche: Ist das noch Heimat? War ich nicht – fragte sich der Graf weiter – nur deshalb heimisch in diesem Ort, weil er einem Herrn gehörte, dem ebenso viele unzählige andersartige Örter gehörten, die ich liebte? Kein Zweifel! Die unnatürliche Laune der Weltgeschichte hat auch meine private Freude an dem, was ich Heimat nannte, zerstört. Jetzt sprechen sie ringsherum und allerorten vom neuen Vaterland. In ihren Augen bin ich ein sogenannter Vaterlandsloser. Ich bin es immer gewesen. Ach! Es gab einmal ein Vaterland, ein echtes, nämlich eines für die „Vaterlandslosen", das einzig mögliche Vaterland. Das war die alte Monarchie. Nun bin ich ein Heimatloser, der die wahre Heimat der ewigen Wanderer verloren hat.

In der trügerischen Hoffnung, außerhalb des Landes diesen Zustand vergessen zu können, beschloß der Graf, ehestens zu verreisen. Doch erfuhr er zu seinem Erstaunen, daß man eines Passes und einiger sogenannter Visen bedurfte, um in die Länder zu gelangen, die er zu seinen Reisezielen erwählt hatte. Schon war er alt genug, um Paß und Visen und all die Formalitäten, welche die ehernen Gesetze des Verkehrs zwischen Mensch und Mensch nach dem Kriege geworden waren, für phantastische und kindliche Träume zu halten. Aber ergeben in das Schicksal, den Rest seines Lebens in einem wüsten Traum zu verbringen, und dennoch in der Hoffnung, draußen, in andern Ländern, einen Teil jener alten Wirklichkeit zu finden, in der er vor dem Kriege gelebt hatte, fügte er sich den Anforderungen der gespenstischen Welt, nahm einen Paß, besorgte sich Visen und fuhr zuerst in die Schweiz, in das Land, von dem er glaubte, daß in ihm allein noch der alte Friede zu finden wäre, einfach weil es nicht den Krieg mitgemacht hatte.

Nun, er kannte die Stadt Zürich seit vielen Jahren. Wohl an die zwölf Jahre hatte er sie nicht mehr gesehn. Er glaubte, daß sie ihm nichts Besonderes zu geben haben würde, weder Gutes noch Böses. Sein Eindruck entsprach der nicht ganz unberechtigten Meinung der etwas verwöhnteren, um nicht zu sagen, abenteuersüchtigeren Welt über die braven Städte der braven Schweiz. Was sollte sich schon in ihnen ereignen können? Immerhin: Für einen Mann, der aus dem Krieg und aus dem Osten der früheren österreichischen Monarchie kam, war die Friedlichkeit einer Stadt, die lediglich die vor dem Kriege Geflüchteten gekannt hatte, bereits so etwas wie ein Abenteuer. Franz Xaver Morstin ergab sich in diesen Tagen der lang entbehrten Friedlichkeit. Er aß, trank und schlief.

Eines Tages aber ereignete sich jener häßliche Vorfall in einer nächtlichen Bar in Zürich, der den Grafen Morstin in der Folge zwang, sofort das Land zu verlassen.

In jener Zeit war in den Zeitungen aller Länder oftmals die Rede von einem reichen Bankier gewesen, der nicht nur den größten Teil der habsburgischen Kronjuwelen als Pfänder gegen ein Darlehen an die kaiserliche Familie Österreichs genommen haben sollte, sondern auch die alte Krone der Habsburger. Kein Zweifel, daß diese Nachrichten den Mündern und Federn der leichtfertigen Kundschafter entstammten, die man Journalisten nennt; und mochte vielleicht auch die Nachricht, daß ein bestimmter Teil des Vermögens der kaiserlichen Familie in die Hände eines gewissenlosen Bankiers geraten sei, wahr sein, so gewiß doch nicht die alte Krone der Habsburger, wie Franz Xaver Morstin zu wissen glaubte.

Nun gelangte er eines Nachts in eine der wenigen und nur Kennern zugänglichen nächtlichen Bars der sittsamen Stadt Zürich, in der, wie man weiß, die Prostitution verboten ist, die Sittenlosigkeit verpönt und die Sünde ebenso langweilig wie kostspielig. Nicht etwa, daß der Graf nach ihr gesucht hätte! Nein: Die pure Friedlichkeit hatte begonnen, ihn zu langweilen und ihm schlaflose Nächte zu bereiten, und er hatte beschlossen, die Nächte sei es wo immer zu verbringen.

Er begann zu trinken. Er saß in einem der wenigen friedlichen Winkel, die es in diesem Lokal gab. Zwar störten ihn die amerikanischen neumodischen, rötlichen Lämpchen, das hygienische Weiß des Barmixers, der an einen Operateur erinnerte, das künstliche Blondhaar der Mädchen, das die Assoziation an Apotheken unmittelbar wachrief: Aber woran war er nicht schon alles gewöhnt, der arme, alte Österreicher? Immerhin schrak er aus der Ruhe auf, die er sich selbst mühsam in dieser Umgebung abgerungen hatte, als er eine knarrende Stimme rufen hörte: „Und hier, meine Damen und Herren, ist die Krone der Habsburger!"

Franz Xaver erhob sich. Er sah in der Mitte der länglichen Bar eine größere, heitere Gesellschaft. Sein erster Blick verriet ihm, daß alle Typen, die er haßte, obwohl er bis jetzt keinem einzigen ihrer Vertreter näher begegnet war, an jenem Tisch vertreten waren: blondgefärbte Frauen in kurzen Röcken und mit schamlosen (übrigens häßlichen)

Knien, schlanke und biegsame Jünglinge von olivenfarbenem Teint, lächelnd mit tadellosen Zähnen wie die Propagandabüsten mancher Dentisten, gefügig, tänzerisch, feige, elegant und lauernd, eine Art tückischer Barbiere; ältere Herren mit sorgfältig, aber vergeblich verheimlichten Bäuchen und Glatzen, gutmütig, geil, jovial und krummbeinig, kurz und gut: eine Auslese jener Art von Menschen, die das Erbe der untergegangenen Welt vorläufig verwalteten, um es ein paar Jahre später an die noch moderneren und mörderischen Erben mit Gewinn abzugeben.

An jenem Tisch erhob sich nun einer der ältlichen Herren, schwenkte zuerst eine Krone in der Hand, setzte sie sich dann auf den kahlen Kopf, ging um den Tisch, trat in die Mitte der Bar, tänzelte, wackelte mit dem Kopf und mit der auf ihm sitzenden Krone und sang dabei nach der Melodie eines um jene Zeit populären Schlagers:

„Die heilige Krone trägt man so!"

Franz Xaver verstand zuerst keineswegs den Sinn dieses widerlichen Spektakels. Er empfand nur, daß die Gesellschaft aus würdelosen Greisen (betört von kurzgeschürzten Mannequins) bestand, aus Stubenmädchen, die ihren freien Tag feierten, aus Bardamen, die den Erlös für den Champagner und den eigenen Körper mit den Kellnern teilten, aus nichtsnutzigen Stutzern, die mit Frauen und Devisen handelten, breit wattierte Schultern trugen und flatternde Hosen, die wie Weiberröcke aussahen, ekelhaften Maklern, die Häuser, Läden, Staatsbürgerschaften, Reisepässe, Konzessionen, gute Ehepartien, Taufscheine, Glaubensbekenntnisse, Adelstitel, Adoptionen, Bordelle und geschmuggelte Zigaretten vermittelten. Es war die Gesellschaft, die in allen Hauptstädten der allgemein besiegten europäischen Welt, unwiderruflich entschlossen, vom Leichenfraß zu leben, mit satten und dennoch unersättlichen Mäulern das Vergangene lästerte, die Gegenwart ausbeutete und das Zukünftige preisend verkündete. Dies waren nach dem Weltkrieg die Herren der Welt. Der Graf Morstin kam sich selbst wie sein eigener Leichnam vor. Auf seinem Grab tanzten jene nun. Um den Sieg dieser Menschen vorzubereiten, waren Hunderttausende unter Qualen gestorben – und Hunderte durchaus ehrlicher Sittenprediger hatten den Untergang der alten Monarchie vorbereitet, ihren Zerfall herbeigesehnt und die Befreiung der Nationen! Nun aber, siehe da: Auf dem Grabe der alten Welt und rings um die Wiegen der neugeborenen Nationen und Sezessionsstaaten tanzten die Gespenster der nächtlichen *American Bar*.

Morstin rückte näher, um besser zu sehn. Die schattenhafte Natur dieser wohlgenährten, fleischlichen Gespenster weckte seine Neugier. Und er erkannte auf dem kahlen Schädel des krummbeinigen tänzelnden Mannes das Abbild – gewiß war es das Abbild – der Stephanskrone. Der Kellner, beflissen, seinen Gästen alles Bemerkenswerte mitzuteilen, kam zu Franz Xaver und sagte: „Das ist der Bankier Walakin, ein Russe. Er behauptet, alle Kronen der entthronten Monarchen zu besitzen. Jeden Abend kommt er mit einer anderen. Gestern war's die Zarenkrone. Heute ist es die Stephanskrone."

DIE BÜSTE DES KAISERS

Der Graf Morstin fühlte sein Herz stocken, eine Sekunde nur. In dieser einzigen Sekunde aber – es schien ihm später, daß sie zumindest eine Stunde gedauert hatte – erlebte er eine völlige Verwandlung seiner selbst. Es war, als wüchse in seinem Innern ein ihm unbekannter, erschreckender, fremder Morstin, stieg und wuchs, breitete sich aus, nahm Besitz vom Körper des alten, wohlbekannten und, weiter noch, vom ganzen Raum der *American Bar*. Nie in seinem Leben, seit seiner Kindheit nicht, hatte Franz Xaver Morstin den Zorn gekannt. Er besaß ein weiches Gemüt, und die Geborgenheit, die ihm sein Stand, seine Wohlhabenheit, der Glanz seines Namens, seine Bedeutung sicherten, hatte ihn bis jetzt gleichsam abgeschlossen von aller Roheit dieser Welt, vor jeder Begegnung mit ihrer Niedrigkeit. Gewiß hätte er sonst den Zorn früher kennengelernt. Es war, als fühlte er selbst in dieser einzigen Sekunde, in der sich seine Verwandlung vollzog, daß sich, lange schon vor ihm, die Welt verwandelt hatte. Es war, als erführe er jetzt, daß die eigene Verwandlung lediglich eine notwendige Folge der allgemeinen Verwandlung war. Viel größer noch als der ihm unbekannte Zorn, der jetzt in ihm aufstieg und wuchs und über die Grenzen seiner Persönlichkeit schäumte, mußte die Gemeinheit gewachsen sein, die Gemeinheit dieser Welt, die Niedertracht, die sich so lange geduckt hatte und verborgen unter dem Kleide der schmeichelnden „Loyalität" und der sklavischen Untertänigkeit. Es war, als erführe er, der allen Menschen, ohne sie zu prüfen, von vornherein die selbstverständliche Eigenschaft, Anstand zu besitzen, zugetraut hatte, in dieser Sekunde erst den Irrtum seines Lebens, den Irrtum jedes noblen Herzens: nämlich den, Kredit zu gewähren, schrankenlosen Kredit. Und seine plötzliche Erkenntnis erfüllte ihn mit jener vornehmen Scham, die eine treue Schwester des vornehmen Zornes ist. Im Anblick der Niedrigkeit schämt sich der Vornehme doppelt: einmal, weil allein schon ihre Existenz ihn beschämt, dann auch, weil er sofort einsieht, daß sein Herz betört wurde. Er kommt sich betrogen vor – und sein Stolz rebelliert dagegen, daß man sein Herz hatte betrügen können.

Er war nicht mehr imstande, zu messen, zu wägen und zu überlegen. Es schien ihm, daß kaum irgendeine Art der Gewalttätigkeit bestialisch genug sein könnte, die Niedrigkeit jenes Mannes, der mit den Kronen auf dem kahlen Schädel eines Maklers tanzte, jeden Abend mit einer anderen, zu strafen und zu rächen. Ein Grammophon grölte das Lied vom „Hans, der was mit dem Knie macht"; die Barmädchen kreischten; die jungen Männer klatschten in die Hände; der Barmann, ganz in chirurgischem Weiß, klirrte mit Gläsern, Löffeln, Flaschen, schüttete und mixte, braute und zauberte aus metallenen Gefäßen die geheimnisvollen Zaubertränke der neuen Zeit, schepperte, rasselte und blickte von Zeit zu Zeit mit einem wohlwollenden Aug', das zugleich schon den Konsum kalkulierte, auf das Schauspiel des Bankiers. Die rötlichen Lämpchen zitterten bei jedem stampfenden Schritt des Glatzköpfigen. Das Licht, das Grammophon, die Geräusche, die der Mixer verursachte, das Gurren und Kreischen der Frauen versetzten den Grafen Morstin in eine verwunderliche Raserei. Es geschah das Unglaubliche: Er wurde zum erstenmal in seinem Leben lächerlich und kindisch. Er bewaffnete sich mit der halbgeleerten Sektflasche und mit einem blauen Siphon, trat nahe an die Fremden heran; während er mit der Linken das Sodawasser gegen die Tischgesellschaft verspritzte, als gälte es, einen häßlichen Brand zu löschen, hieb er mit der Rechten die Flasche gegen den Kopf des Tänzers. Der Bankier fiel zu Boden. Die Krone fiel ihm vom Kopf. Und während sich der Graf bückte, um sie aufzuheben, als gälte es, eine wirkliche Krone und alles, was sie darstellte, zu retten, stürzten sich über ihn Kellner, Mädchen und Stutzer. Betäubt von dem starken Parfüm der Mädchen, den Schlägen der jungen Männer, wurde der Graf Morstin schließlich auf die Straße gebracht. Dort, vor der Tür der *American Bar,* präsentierte ihm der beflissene Kellner die Rechnung, auf silbernem Tablett, unter freiem Himmel, sozusagen in Anwesenheit aller gleichgültigen, fernen Sterne: Denn es war eine heitere Winternacht.

Am nächsten Tag kehrte der Graf nach Lopatyny zurück.

5

Warum — sagte er sich unterwegs — nicht nach Lopatyny zurückkehren? Da meine Welt endgültig besiegt zu sein scheint, habe ich keine ganze Heimat mehr. Und es ist besser, ich suche noch die Trümmer meiner alten Heimat auf!

Er dachte an die Büste des Kaisers Franz Joseph, die in seinem Keller ruhte, und an den Leichnam dieses seines Kaisers, der längst in der Kapuzinergruft lag.

Ich war immer ein Sonderling — so dachte er weiter — in meinem Dorfe und in der Umgebung. Ich werde ein Sonderling bleiben.

Er telegraphierte an seinen Hausverwalter den Tag seiner Ankunft.

Und als er ankam, erwartete man ihn, wie immer, wie in früheren Zeiten, als hätte es keinen Krieg gegeben, keine Auflösung der Monarchie, keine neue polnische Republik.

Denn es ist einer der größten Irrtümer der neuen — oder, wie sie sich gerne nennen: modernen — Staatsmänner, daß das Volk (die „Nation") sich ebenso leidenschaftlich für die Weltpolitik interessiert wie sie selber.

Das Volk lebt keineswegs von der Weltpolitik — und unterscheidet sich dadurch angenehm von den Politikern. Das Volk lebt von der Erde, die es bebaut, vom Handel, den es treibt, vom Handwerk, das es versteht. (Es wählt trotzdem bei den öffentlichen Wahlen, es stirbt in den Kriegen, es zahlt Steuern den Finanzämtern.) Jedenfalls war es so in dem Dorfe des Grafen Morstin, in dem Dorf Lopatyny. Und der ganze Weltkrieg und die ganze Veränderung der europäischen Landkarte hatten die Gesinnung des Volkes von Lopatyny nicht verändert. Wie? — Warum? — Der gesunde Menschenverstand der jüdischen Schankwirte, der ruthenischen und der polnischen Bauern wehrte sich gegen die unbegreiflichen Launen der Weltgeschichte. Ihre Launen sind abstrakt: die Neigungen und Abneigungen des Volkes aber sind konkret. Das Volk von Lopatyny zum Beispiel kannte seit Jahren die Grafen Morstin, die Vertreter des Kaisers und des Hauses

DIE BÜSTE DES KAISERS

Habsburg. Es kamen neue Gendarmen, und ein Steuersequester ist ein Steuersequester, und der Graf Morstin ist der Graf Morstin. Unter der Herrschaft der Habsburger waren die Menschen von Lopatyny glücklich und unglücklich gewesen – je nach dem Willen Gottes. Immer gibt es, unabhängig von allem Wechsel der Weltgeschichte, von Republik und Monarchie, von sogenannter nationaler Selbständigkeit oder sogenannter nationaler Unterdrückung im Leben des Menschen eine gute oder eine schlechte Ernte, gesundes und faules Obst, fruchtbares und kränkliches Vieh, die satte und die magere Weide, den Regen zu Zeit und Unzeit, die fruchtbare Sonne und jene, die Dürre und Unheil brachte; für den jüdischen Händler bestand die Welt aus guten und aus schlechten Kunden; für den Schankwirt aus guten und aus schwachen Trinkern; für den Handwerker wieder war es wichtig, ob die Leute neue Dächer, neue Stiefel, neue Hosen, neue Öfen, neue Schornsteine, neue Fässer brauchten oder nicht. So war es wenigstens, wie gesagt, in Lopatyny. Und was unsere besondere Meinung betrifft, so geht sie dahin, daß sich die ganze große Welt gar nicht so sehr von dem kleinen Dörfchen Lopatyny unterscheidet, wie es die Volksführer und Politiker wissen wollen. Nachdem sie Zeitungen gelesen, Reden gehört, Abgeordnete gewählt, selber mit Freunden die Vorgänge in der Welt besprochen haben, kehren die braven Bauern, Handwerker und Kaufleute – und in den großen Städten auch die Arbeiter – in ihre Häuser und Werkstätten zurück. Und Kummer oder Glück erwarten sie zu Hause: kranke oder gesunde Kinder, zänkische oder friedliche Weiber, zahlende oder säumige Kunden, zudringliche oder geduldige Gläubiger, ein gutes oder ein schlechtes Essen, ein sauberes oder ein schmutziges Bett. Ja, es ist unsere Überzeugung, daß sich die einfachen Menschen gar nicht um die Weltgeschichte kümmern, mögen sie auch an Sonntagen ein langes und breites von ihr reden. Aber dies mag, wie gesagt, unsere private Anschauung sein. Wir haben hier lediglich vom Dorfe Lopatyny zu berichten. Und dort war es so, wie wir es eben beschrieben haben.

Als der Graf Morstin heimgekehrt war, begab er sich sofort zu Salomon Piniowsky, dem klugen Juden, bei dem, wie bei keinem zweiten Menschen in Lopatyny, die Einfalt und die Klugheit einträchtig nebeneinander lebten, als wären sie Schwestern. Und der Graf fragte den Juden: „Salomon, was hältst du von dieser Erde?" „Herr Graf", sagte Piniowsky, „nicht das geringste mehr. Die Welt ist zugrunde gegangen, es gibt keinen Kaiser mehr, man wählt Präsidenten, und das ist so, wie wenn ich mir einen tüchtigen Advokaten suche, wenn ich einen Prozeß habe. Das ganze Volk wählt sich also einen Advokaten, der es verteidigt. Aber – frage ich, Herr Graf, vor welchem Gericht? – Vor dem Gericht anderer Advokaten wiederum. Und hat das Volk selbst keinen Prozeß und hat es auch nicht nötig, sich zu verteidigen, so wissen wir doch alle, daß die Existenz des Advokaten allein uns schon Prozesse an den Hals schafft. Und so wird es jetzt fortwährend Prozesse geben. Ich habe noch die schwarz-gelbe Fahne, Herr Graf, die Sie mir geschenkt haben. Was soll ich mit ihr? Sie liegt auf dem Dachboden. Ich hab' noch das Bild des alten Kaisers. Was soll ich nun? Ich lese Zeitungen, ich kümmere mich ein bißchen ums Geschäft, ein bißchen um die Welt, Herr Graf. Ich weiß, was sie für Dummheiten machen. Aber unsere Bauern haben keine Ahnung. Sie glauben einfach, der alte Kaiser hätte neue Uniformen eingeführt und Polen befreit. Er residiert nicht mehr in Wien, sondern in Warschau."

„Laß sie nur", sagte der Graf Morstin.

Und er ging nach Hause und ließ die Büste des Kaisers Franz Joseph aus dem Keller holen, und er stellte sie auf, vor dem Eingang zu seinem Haus.

Und vom nächsten Tage an – als hätte es keinen Krieg gegeben – als gäbe es keine neue polnische Republik – als ruhte der alte Kaiser nicht längst schon in der Kapuzinergruft – als gehörte dieses Dorf Lopatyny noch zu dem Gebiet der alten Monarchie: zog jeder Bauer, der des Weges vorbeizog, den Hut vor der sandsteinernen Büste des alten Kaisers, und jeder Jude, der mit seinem Päckchen vorbeizog, murmelte das Gebet, das der fromme Jude zu sagen hat beim Anblick eines Kaisers. Und die unscheinbare Büste, hergestellt in billigem Sandstein, von der unbeholfenen Hand eines Bauernjungen, die Büste im alten Waffenrock des toten Kaisers, mit Sternen, Abzeichen, goldenem Vlies, festgehalten im Stein, so wie das kindliche Auge des Burschen den Kaiser gesehen und geliebt hatte, gewann mit der Zeit auch einen besonderen, einen ganz eigenen künstlerischen Wert – selbst in den Augen des Grafen Morstin. Es war, als wollte der erhabene Gegenstand, je mehr Zeit verging, das Werk, das ihn darstellte, verbessern und veredeln. Wind und Wetter arbeiteten, wie mit künstlerischem Bewußtsein, an dem naiven Stein. Es war, als arbeiteten auch Verehrung und Erinnerung an diesem Standbild und als veredelte jeder Gruß der Bauern, jedes Gebet eines gläubigen Juden bis zu künstlerischer Vollkommenheit das hilflose Werk der jungen Bauernhand.

So stand das Bild jahrelang vor dem Hause des Grafen Morstin, das einzige Denkmal, das es im Dorf Lopatyny jemals gegeben hatte und auf das alle Einwohner des Dorfes mit Recht stolz waren.

Dem Grafen selbst aber, der das Dorf niemals mehr verließ, bedeutete dieses Denkmal mehr: Es gab ihm, verließ er das Haus, die Vorstellung, daß sich nichts geändert hatte. Allmählich – er wurde früh alt – ertappte er sich von Zeit zu Zeit auf ganz törichten Gedanken. Stundenlang verharrte er – obwohl er ja den gewaltigsten aller Kriege mitgemacht hatte – in der Vorstellung, dieser sei nur ein wüster Traum gewesen, und alle Veränderungen, die ihm gefolgt waren, seien noch wüstere Träume. Zwar sah er, jede Woche fast, daß seine Fürsprache bei Ämtern und Gerichten für seine Schutzbefohlenen nichts mehr nutzte, ja, daß sich neue Beamte über ihn lustig machten. Er war eher entsetzt als beleidigt. Schon war es allgemein bekannt in dem nächsten Städtchen wie in der Umgebung und auf den Gütern der Nachbarn, daß der „alte Morstin halb verrückt" sei. Man erzählte sich, daß er zu Hause die alte Uniform eines Rittmeisters der Dragoner trage, mit allen alten Orden und Auszeichnungen. Eines Tages fragte ihn ein Gutsbesitzer der Umgebung – ein gewisser Graf Walewski – geradeheraus, ob es wahr sei.

DIE BÜSTE DES KAISERS

„Bis jetzt noch nicht", erwiderte Morstin, „aber Sie bringen mich auf eine gute Idee. Ich werde meine Uniform anziehn – und zwar nicht zu Hause. Ich werde sie auch draußen tragen."

Und also geschah es auch.

Von nun an sah man den Grafen Morstin in der Uniform eines österreichischen Rittmeisters der Dragoner – und die Einwohner verwunderten sich durchaus nicht darüber. Trat der Rittmeister aus dem Hause, so salutierte er vor seinem Allerhöchsten Kriegsherrn, vor der Büste des toten Kaisers Franz Joseph. Dann ging er den gewohnten Weg zwischen den zwei Tannenwäldchen, die sandige Straße entlang, die zum nächsten Städtchen führte. Die Bauern, die ihm begegneten, zogen die Hüte und sagten: „Gelobt sei Jesus Christus", und sie fügten noch die Anrede „Herr Graf" dazu – als glaubten sie, der Herr Graf sei eine Art näherer Verwandter des Erlösers und zwei Titel wären besser. Ach! – seit langem nicht mehr konnte er ihnen helfen, wie er ihnen früher geholfen hatte! Zwar waren die kleinen Bauern immer noch ohnmächtig. Er aber, der Herr Graf, war kein Mächtiger mehr! – Und wie alle, die einst mächtig gewesen waren, galt er nunmehr noch weniger als die Ohnmächtigen: Fast gehörte er schon zu der Kaste der Lächerlichen in den Augen der Beamten. Aber das Volk von Lopatyny und Umgebung glaubte an ihn, immer noch, wie es an den Kaiser Franz Joseph glaubte, dessen Büste es zu grüßen pflegte. Den Bauern und den Juden von Lopatyny und Umgebung erschien der Graf Morstin keineswegs lächerlich, sondern ehrfurchtsvoll. Man verehrte seine hagere, dürre Gestalt, sein graues Haar, sein aschfarbenes, verfallenes Gesicht, seine Augen, die in eine Weite ohne Grenze zu blicken schienen; kein Wunder: Sie blickten nämlich in die verlorene Vergangenheit.

Da ereignete es sich eines Tages, daß der Woiwode von Lwow, das früher Lemberg hieß, eine Inspektionsreise unternahm und sich aus irgendeinem Grunde in Lopatyny aufhalten mußte. Man bezeichnete ihm das Haus des Grafen Morstin, zu dem er sich auch sofort aufmachte. Zu seinem Erstaunen erblickte er vor dem Hause des Grafen, mitten in einem Boskett, die Büste des Kaisers Franz Joseph. Er betrachtete sie lange, beschloß endlich, das Haus zu betreten und den Grafen selbst nach dem Sinn dieses Denkmals zu fragen. Aber er erstaunte noch mehr – ja, er erschrak beim Anblick des Grafen Morstin, der dem Woiwoden in der Uniform eines österreichischen Rittmeisters der Dragoner entgegenkam. Der Woiwode war selbst ein „Kleinpole", daß heißt: Er stammte aus dem früheren Galizien. Er selbst hatte in der österreichischen Armee gedient. Der Graf Morstin erschien ihm wie ein Gespenst aus einem für ihn, den Woiwoden, längst abgelaufenen Kapitel der Geschichte.

Er bezwang sich und fragte vorerst gar nicht. Dann aber, als sie bei Tisch saßen, begann er, sich vorsichtig nach dem Denkmal des Kaisers zu erkundigen. – „Ja", sagte der Graf, als ob es gar keine neue Welt gäbe, „Seine hochselige Majestät war acht Tage hier. Ein sehr begabter Bauernjunge hat die Büste gemacht. Sie hat immer hier gestanden. Solange ich lebe, wird sie hier stehen."

Der Woiwode verschwieg den Entschluß, den er eben gefaßt hatte, und sagte lächelnd und wie nebenbei: „Sie tragen immer noch die alte Uniform?"

„Ja", erwiderte Morstin, „ich bin zu alt, um eine neue anzulegen. Im Zivil, wissen Sie, fühle ich mich seit dieser Veränderung der Verhältnisse nicht ganz wohl. Ich fürchte, man könnte mich dann mit manchen anderen verwechseln. – Auf Ihr Wohl", fuhr der Graf fort – hob das Glas und trank seinem Gast zu.

Der Woiwode saß noch eine Weile, verließ dann den Grafen und das Dorf Lopatyny, setzte seine Inspektionsreise fort, kam in seine Residenz zurück und gab Auftrag, die Kaiserbüste vor dem Hause des Grafen Morstin zu entfernen.

Dieser Auftrag gelangte schließlich an den Bürgermeister („Wojt" genannt) des Dörfchens Lopatyny und also unmittelbar hierauf zur Kenntnis des Grafen Morstin.

Zum erstenmal befand sich also der Graf im offenen Konflikt mit der neuen Macht, deren Dasein er bis jetzt kaum zur Kenntnis genommen hatte. Er sah ein, daß er zu schwach war, sich gegen sie aufzulehnen. Er erinnerte sich an die nächtliche Szene in der Züricher *American Bar*. Ach! Es hatte keinen Sinn mehr, die Augen vor der neuen Welt der neuen Republiken, der neuen Bankiers und Kronenträger, der neuen Damen und Herren, der neuen Herrscher der Welt zu schließen. Man mußte die alte Welt begraben. Aber man mußte sie würdig begraben. Und der Graf Franz Xaver Morstin berief zehn der ältesten Einwohner des Dorfes Lopatyny in sein Haus – und darunter befand sich der kluge und zugleich einfältige Jude Salomon Piniowsky. Es kamen ferner: der griechisch-katholische Pfarrer, der römisch-katholische und der Rabbiner.

Und als sie alle versammelt waren, begann der Graf Morstin folgende Rede:

„Meine lieben Mitbürger,

ihr alle habt noch die alte Monarchie gekannt, euer altes Vaterland. Seit Jahren ist es tot – und ich habe eingesehen –, es hat keinen Sinn, nicht einzusehn, daß es tot sei. Vielleicht wird es einmal auferstehn, wir Alten werden es kaum noch erleben. Man hat uns aufgetragen, die Büste Seiner hochseligen Majestät, des Kaisers Franz Joseph des Ersten, ehestens wegzuschaffen.

Wir wollen sie nicht wegschaffen, meine Freunde!

Wenn die alte Zeit tot sein soll, so wollen wir mit ihr verfahren, wie man eben mit Toten verfährt: Wir wollen sie begraben.

Infolgedessen bitte ich euch, meine Lieben, mir zu helfen, daß wir den toten Kaiser, das heißt seine Büste, mit aller Feierlichkeit und Ehrfurcht, die einem toten Kaiser gebühren, von heute in drei Tagen auf dem Friedhof bestatten."

6

Der ukrainische Schreiner Nikita Kolohin zimmerte einen großartigen Sarg aus Eichenholz. Drei tote Kaiser hätten in ihm Platz gefunden.

Der polnische Schmied Jaroslaw Wojciechowski schmiedete einen gewaltigen Doppeladler aus Messing, der auf den Deckel des Sarges genietet wurde.

DIE BÜSTE DES KAISERS

Der jüdische Thoraschreiber Nuchim Kapturak schrieb mit seinem Gänsekiel auf eine kleine Pergamentrolle den Segen, den die gläubigen Juden zu sprechen haben beim Anblick eines gekrönten Hauptes, wickelte sie in gehämmertes Blech und legte es in den Sarg. Am frühen Vormittag – es war ein heißer Sommertag – zahllose unsichtbare Lerchen trillerten unter dem Himmel, und zahllose unsichtbare Grillen wisperten ihnen Antwort aus den Wiesen – versammelten sich die Bewohner von Lopatyny um das Denkmal Franz Josephs des Ersten. Graf Morstin und der Bürgermeister betteten die Büste in den prachtvollen, großen Sarg. In diesem Augenblick begannen die Glocken der Kirche auf dem Hügel zu läuten. Alle drei Geistlichen stellten sich an die Spitze des Zuges. Den Sarg nahmen vier alte, kräftige Bauern auf die Schultern. Hinter ihm, mit gezogenem Säbel, im feldgrau verdeckten Dragonerhelm, ging der Graf Franz Xaver Morstin, in diesem Dorfe dem toten Kaiser der Nächste, ganz allein in jener Einsamkeit, welche die Trauer gebietet, und hinter ihm, mit rundem schwarzem Käppchen auf dem silbrigen Kopf, der Jude Salomon Piniowsky, den runden Samthut in der Linken, die große schwarz-gelbe Fahne mit dem Doppeladler in der erhobenen rechten Hand. Und hinter ihm das ganze Dorf, die Männer und die Frauen.

Die Kirchenglocken dröhnten, die Lerchen trillerten, die Grillen wisperten unaufhörlich.

Das Grab war bereit. Man ließ den Sarg hinab, breitete die Fahne über ihn – und Franz Xaver Morstin grüßte zum letztenmal mit dem Säbel den Kaiser.

Da erhob sich ein Schluchzen in der Menge, als hätte man jetzt erst den Kaiser Franz Joseph begraben, die alte Monarchie und die alte Heimat.

Die drei Geistlichen beteten.

Also begrub man den alten Kaiser zum zweitenmal im Dorfe Lopatyny, im ehemaligen Galizien.

Ein paar Wochen später geriet die Kunde von diesem Vorfall in die Zeitungen. Diese schrieben ein paar witzige Worte über den Vorfall, unter der Rubrik „Glossen".

7

Der Graf Morstin aber verließ das Land. Er lebt jetzt an der Riviera, ein alter, verbrauchter Mann, der am Abend mit alten russischen Generälen Schach und Skat spielt. Ein paar Stunden am Tage schreibt er an seinen Erinnerungen. Wahrscheinlich werden sie keinen bedeutenden literarischen Wert besitzen: denn der Graf Morstin hat keine literarische Übung und auch keinen schriftstellerischen Ehrgeiz. Da er aber ein Mann von besonderer Gnade und Art ist, gelingen ihm zuweilen ein paar denkwürdige Sätze, wie, zum Beispiel, die folgenden, die ich mit seiner Erlaubnis hierhersetze:

„Ich habe erlebt", schreibt der Graf, „daß die Klugen dumm werden können, die Weisen töricht, die echten Propheten Lügner, die Wahrheitsliebenden falsch. Keine menschliche Tugend hat in dieser Welt Bestand, außer einer einzigen: der echten Frömmigkeit. Der Glaube kann uns nicht enttäuschen, da er uns nichts auf Erden verspricht. Der wahre Gläubige enttäuscht uns nicht, weil er auf Erden keinen Vorteil sucht. Auf das Leben der Völker angewandt, heißt das: Sie suchen vergeblich nach sogenannten nationalen Tugenden, die noch fraglicher sind als die individuellen. Deshalb hasse ich Nationen und Nationalstaaten. Meine alte Heimat, die Monarchie, allein war ein großes Haus mit vielen Türen und vielen Zimmern, für viele Arten von Menschen. Man hat das Haus verteilt, gespalten, zertrümmert. Ich habe dort nichts mehr zu suchen. Ich bin gewohnt, in einem Haus zu leben, nicht in Kabinen."

So stolz und so traurig schreibt der alte Graf. Gefaßt und friedvoll wartet er auf seinen Tod. Wahrscheinlich sehnt er sich auch nach ihm. Denn er hat in seinem Testament bestimmt, daß er im Dorfe Lopatyny bestattet werde – und zwar nicht in der Familiengruft, sondern neben dem Grab, in dem der Kaiser Franz Joseph liegt, die Büste des Kaisers.

Die Legende vom heiligen Trinker

A N EINEM FRÜHLINGSABEND des Jahres 1934 stieg ein Herr gesetzten Alters die steinernen Stufen hinunter, die von einer der Brücken über die Seine zu deren Ufern führen. Dort pflegen, wie fast aller Welt bekannt ist und was dennoch bei dieser Gelegenheit in das Gedächtnis der Menschen zurückgerufen zu werden verdient, die Obdachlosen von Paris zu schlafen, oder besser gesagt: zu lagern.

Einer dieser Obdachlosen nun kam dem Herrn gesetzten Alters, der übrigens wohlgekleidet war und den Eindruck eines Reisenden machte, der die Sehenswürdigkeiten fremder Städte in Augenschein zu nehmen gesonnen war, von ungefähr entgegen. Dieser Obdachlose sah zwar genauso verwahrlost und erbarmungswürdig aus wie alle die anderen, mit denen er sein Leben teilte, aber er schien dem wohlgekleideten Herrn gesetzten Alters einer besonderen Aufmerksamkeit würdig; warum, wissen wir nicht.

Es war, wie gesagt, bereits Abend, und unter den Brücken an den Ufern des Flusses dunkelte es stärker als oben auf dem Kai und auf den Brücken. Der obdachlose und sichtlich verwahrloste Mann schwankte ein wenig. Er schien den älteren, wohlangezogenen Herrn nicht zu bemerken. Dieser aber, der gar nicht schwankte, sondern sicher und geradewegs seine Schritte dahinlenkte, hatte schon offenbar von weitem den Schwankenden bemerkt. Der Herr gesetzten Alters vertrat geradezu dem verwahrlosten Mann den Weg. Beide blieben sie einander gegenüber stehen.

„Wohin gehen Sie, Bruder?" fragte der ältere, wohlgekleidete Herr.

Der andere sah ihn einen Augenblick an, dann sagte er: „Ich wüßte nicht, daß ich einen Bruder hätte, und ich weiß nicht, wo mich der Weg hinführt."

„Ich werde versuchen, Ihnen den Weg zu zeigen", sagte der Herr. „Aber Sie sollen mir nicht böse sein, wenn ich Sie um einen ungewöhnlichen Gefallen bitte."

„Ich bin zu jedem Dienst bereit", antwortete der Verwahrloste.

„Ich sehe zwar, daß Sie manche Fehler machen. Aber Gott schickt Sie mir in den Weg. Gewiß brauchen Sie Geld, nehmen Sie mir diesen Satz nicht übel! Ich habe zuviel. Wollen Sie mir aufrichtig sagen, wieviel Sie brauchen? Wenigstens für den Augenblick?"

Der andere dachte ein paar Sekunden nach, dann sagte er: „Zwanzig Francs."

„Das ist gewiß zu wenig", erwiderte der Herr. „Sie brauchen sicherlich zweihundert."

Der Verwahrloste trat einen Schritt zurück, und es sah aus, als ob er fallen sollte, aber er blieb dennoch aufrecht, wenn auch schwankend. Dann sagte er: „Gewiß sind mir zweihundert Francs lieber als zwanzig, aber ich bin ein Mann von Ehre. Sie scheinen mich zu verkennen. Ich kann das Geld, das Sie mir anbieten, nicht annehmen, und zwar aus folgenden Gründen: erstens, weil ich nicht die Freude habe, Sie zu kennen; zweitens, weil ich nicht weiß, wie und wann ich es Ihnen zurückgeben könnte; drittens, weil Sie auch nicht die Möglichkeit haben, mich zu mahnen. Denn ich habe keine Adresse. Ich wohne fast jeden Tag unter einer anderen Brücke dieses Flusses. Dennoch bin ich, wie ich schon einmal betont habe, ein Mann von Ehre, wenn auch ohne Adresse."

„Auch ich habe keine Adresse", antwortete der Herr gesetzten Alters, „auch ich wohne jeden Tag unter einer anderen Brücke, und ich bitte Sie dennoch, die zweihundert Francs – eine lächerliche Summe übrigens für einen Mann wie Sie – freundlich anzunehmen. Was nun die Rückzahlung betrifft, so muß ich weiter ausholen, um Ihnen erklärlich zu machen, weshalb ich Ihnen etwa keine Bank angeben kann, wo Sie das Geld zurückgeben könnten. Ich bin nämlich ein Christ geworden, weil ich die Geschichte der kleinen heiligen Therese von Lisieux gelesen habe. Und nun verehre ich insbesondere jene kleine Statue der Heiligen, die sich in der Kapelle Ste Marie des Batignolles befindet und die Sie leicht sehen werden. Sobald Sie also die armseligen zweihundert Francs haben und Ihr Gewissen Sie zwingt, diese lächerliche Summe nicht schuldig zu bleiben, gehen Sie bitte in die Ste Marie des Batignolles und hinterlegen Sie dort zu Händen des Priesters, der die Messe gerade gelesen hat, dieses Geld. Wenn Sie es überhaupt jemandem schulden, so ist es die kleine heilige Therese. Aber vergessen Sie nicht: in der Ste Marie des Batignolles."

„Ich sehe", sagte da der Verwahrloste, „daß sie mich und meine Ehrenhaftigkeit vollkommen begriffen haben. Ich gebe Ihnen mein Wort, daß ich mein Wort halten werde. Aber ich kann nur sonntags in die Messe gehen."

„Bitte, sonntags", sagte der ältere Herr. Er zog zweihundert Francs aus der Brieftasche, gab sie dem Schwankenden und sagte: „Ich danke Ihnen!"

„Es war mir ein Vergnügen", antwortete dieser und verschwand alsbald in der tiefen Dunkelheit.

Denn es war inzwischen unten finster geworden, indes oben, auf den Brücken und an den Kais, sich die silbernen Laternen entzündeten, um die fröhliche Nacht von Paris zu verkünden.

2

Auch der wohlgekleidete Herr verschwand in der Finsternis. Ihm war in der Tat das Wunder der Bekehrung zuteil geworden. Und er hatte beschlossen, das Leben der Ärmsten zu führen. Und er wohnte deshalb unter der Brücke.

Aber was den anderen betrifft, so war er ein Trinker, geradezu ein Säufer. Er hieß Andreas. Und er lebte von Zufällen, wie viele Trinker. Lange war es her, daß er zweihundert Francs besessen hatte. Und vielleicht deshalb, weil es so lange her war, zog er beim kümmerlichen Schein einer der seltenen Laternen unter einer der Brücken ein Stückchen Papier hervor und den Stumpf von einem Bleistift und schrieb sich die Adresse der kleinen heiligen Therese auf und die Summe von zweihundert Francs, die er ihr von dieser Stunde an schuldete. Er ging eine der Treppen hinauf, die von den Ufern der Seine zu den Kais hinaufführen. Dort, das wußte er, gab es ein Restaurant. Und er trat ein, und er aß und trank reichlich, und er gab viel Geld aus, und er nahm noch eine ganze Flasche mit, für die Nacht, die er unter der Brücke zu verbringen gedachte, wie gewöhnlich. Ja, er klaubte sich sogar noch eine Zeitung aus einem Papierkorb auf. Aber nicht, um in ihr zu lesen, sondern um sich mit ihr zuzudecken. Denn Zeitungen halten warm, das wissen alle Obdachlosen.

3

Am nächsten Morgen stand Andreas früher auf, als er gewohnt war, denn er hatte ungewöhnlich gut geschlafen. Er erinnerte sich nach langer Überlegung, daß er gestern ein Wunder erlebt hatte, ein Wunder. Und da er in dieser letzten warmen Nacht, zugedeckt von der Zeitung, besonders gut geschlafen zu haben glaubte, wie seit langem nicht, beschloß er auch, sich zu waschen, was er seit vielen Monaten, nämlich in der kälteren Jahreszeit, nicht getan hatte. Bevor er aber seine Kleider ablegte, griff er noch einmal in die innere linke Rocktasche, wo, seiner Erinnerung nach, der greifbare Rest des Wunders sich befinden mußte. Nun suchte er eine besonders abgelegene Stelle an der Böschung der Seine, um sich zumindest Gesicht und Hals zu waschen. Da es ihm aber schien, daß überall Menschen, armselige Menschen seiner Art eben (verkommen, wie er sie auf einmal selbst im stillen nannte), seiner Waschung zusehen könnten, verzichtete er schließlich auf sein Vorhaben und begnügte sich damit, nur die Hände ins Wasser zu tauchen. Hierauf zog er sich den Rock wieder an, griff noch einmal nach dem Schein in der linken inneren Tasche und kam sich vollständig gesäubert und geradezu verwandelt vor.

Er ging in den Tag hinein, in einen seiner Tage, die er seit undenklichen Zeiten zu vertun gewohnt war, entschlossen, sich auch heute in die gewohnte Rue des Quatre Vents zu begeben, wo sich das russisch-armenische Restaurant Tari-Bari befand und wo er das kärgliche Geld, das ihm der tägliche Zufall beschied, in billigen Getränken anlegte.

Allein an dem ersten Zeitungskiosk, an dem er vorbeikam, blieb er stehen, angezogen von den Illustrationen mancher Wochenschriften, aber auch plötzlich von der Neugier erfaßt, zu wissen, welcher Tag heute sei, welches Datum und welchen Namen dieser Tag trage. Er kaufte also eine Zeitung und sah, daß es ein Donnerstag war, und erinnerte sich plötzlich, daß er an einem Donnerstag geboren worden war, und ohne nach dem Datum zu sehen, beschloß er, *diesen* Donnerstag gerade für seinen Geburts-

tag zu halten. Und da er schon von einer kindlichen Feiertagsfreude ergriffen war, zögerte er auch nicht mehr einen Augenblick, sich guten, ja edlen Vorsätzen hinzugeben
und nicht in das Tari-Bari einzutreten, sondern, die Zeitung in der Hand, in eine bessere Taverne, um dort einen Kaffee, allerdings mit Rum arrosiert, zu nehmen und ein
Butterbrot zu essen.

Er ging also, selbstbewußt, trotz seiner zerlumpten Kleidung, in ein bürgerliches Bistro, setzte sich an einen Tisch, er, der seit so langer Zeit nur an der Theke zu stehen gewohnt war, das heißt: an ihr zu lehnen. Er setzte sich also. Und da sich seinem Sitz gegenüber ein Spiegel befand, konnte er auch nicht umhin, sein Angesicht zu betrachten,
und es war ihm, als machte er jetzt aufs neue mit sich selbst Bekanntschaft. Da erschrak
er allerdings. Er wußte auch zugleich, weshalb er sich in den letzten Jahren vor Spiegeln
so gefürchtet hatte. Denn es war nicht gut, die eigene Verkommenheit mit eigenen Augen zu sehen. Und solange man es nicht anschauen mußte, war es beinahe so, als hätte
man entweder überhaupt kein Angesicht oder noch das alte, das herstammte aus der Zeit
vor der Verkommenheit.

Jetzt aber erschrak er, wie gesagt, insbesondere, da er seine Physiognomie mit jenen
der wohlanständigen Männer verglich, die in seiner Nachbarschaft saßen. Vor acht Tagen hatte er sich rasieren lassen, schlecht und recht, wie es eben ging, von einem seiner
Schicksalsgenossen, die hie und da bereit waren, einen Bruder zu rasieren, gegen ein geringes Entgelt. Jetzt aber galt es, da man beschlossen hatte, ein neues Leben zu beginnen,
sich wirklich, sich endgültig rasieren zu lassen. Er beschloß, in einen richtigen Friseurladen zu gehen, bevor er noch etwas bestellte.

Gedacht, getan – und er ging in einen Friseurladen.

Als er in die Taverne zurückkam, war der Platz, den er vorher eingenommen hatte,
besetzt, und er konnte sich also nur von ferne im Spiegel sehn. Aber es reichte vollkommen, damit er erkenne, daß er verändert sei, verjüngt und verschönt. Ja, es war, als ginge von seinem Angesicht ein Glanz aus, der die Zerlumptheit der Kleider unbedeutend
machte und die sichtlich zerschlissene Hemdbrust – und die rot-weiß gestreifte Krawatte, geschlungen um den Kragen mit rissigem Rand.

Also setzte er sich, unser Andreas, und im Bewußtsein seiner Erneuerung bestellte er
mit jener sicheren Stimme, die er dereinst besessen hatte und die ihm jetzt wieder, wie
eine alte liebe Freundin, zurückgekommen schien, einen „café, arrosé rhum". Diesen
bekam er auch, und, wie er zu bemerken glaubte, mit allem gehörigen Respekt, wie
sonst von Kellnern ehrwürdigen Gästen gegenüber bezeugt wird. Dies schmeichelte
unserm Andreas besonders, es erhöhte ihn auch, und es bestätigte ihm seine Annahme,
daß er gerade heute Geburtstag habe.

Ein Herr, der allein in der Nähe des Obdachlosen saß, betrachtete ihn längere Zeit,
wandte sich um und sagte: „Wollen Sie Geld verdienen? Sie können bei mir arbeiten. Ich
übersiedle nämlich morgen. Sie könnten meiner Frau und auch den Möbelpackern helfen. Mir scheint, Sie sind kräftig genug. Sie können doch? Sie wollen doch?"

„Gewiß will ich", antwortete Andreas.

„Und was verlangen Sie", fragte der Herr, „für eine Arbeit von zwei Tagen? Morgen und Samstag? Denn ich habe eine ziemlich große Wohnung, müssen Sie wissen, und ich beziehe eine noch größere. Und viele Möbel habe ich auch. Und ich selbst habe in meinem Geschäft zu tun."

„Bitte, ich bin dabei!" sagte der Obdachlose.

„Trinken Sie?" fragte der Herr.

Und er bestellte zwei Pernods, und sie stießen an, der Herr und der Andreas, und sie wurden miteinander auch über den Preis einig: Er betrug zweihundert Francs.

„Trinken wir noch einen?" fragte der Herr, nachdem er den ersten Pernod geleert hatte.

„Aber jetzt werde ich zahlen", sagte der obdachlose Andreas. „Denn Sie kennen mich nicht: Ich bin ein Ehrenmann. Ein ehrlicher Arbeiter. Sehen Sie meine Hände!" – Und er zeigte seine Hände her. – „Es sind schmutzige, schwielige, aber ehrliche Arbeiterhände."

„Das hab' ich gern!" sagte der Herr. Er hatte funkelnde Augen, ein rosa Kindergesicht und genau in der Mitte einen schwarzen, kleinen Schnurrbart. Es war, im ganzen genommen, ein ziemlich freundlicher Mann, und Andreas gefiel er gut.

Sie tranken also zusammen, und Andreas zahlte die zweite Runde. Und als sich der Herr mit dem Kindergesicht erhob, sah Andreas, daß er sehr dick war. Er zog seine Visitenkarte aus der Brieftasche und schrieb seine Adresse darauf. Und hierauf zog er noch einen Hundertfrancsschein aus der gleichen Brieftasche, überreichte beides dem Andreas und sagte dazu: „Damit Sie auch sicher morgen kommen! Morgen früh um acht! Vergessen Sie nicht! Und den Rest bekommen Sie! Und nach der Arbeit trinken wir wieder einen Aperitif zusammen. Auf Wiedersehn! lieber Freund!" – Dann ging der Herr, der dicke, mit dem Kindergesicht, und den Andreas verwunderte nichts mehr als dies, daß der dicke Mann die Adresse aus der gleichen Tasche gezogen hatte wie das Geld.

Nun, da er Geld besaß und noch Aussicht hatte, mehr zu verdienen, beschloß er, sich ebenfalls eine Brieftasche anzuschaffen. Zu diesem Zweck begab er sich auf die Suche nach einem Lederwarenladen. In dem ersten, der auf seinem Weg lag, stand eine junge Verkäuferin. Sie erschien ihm sehr hübsch, wie sie so hinter dem Ladentisch stand, in einem strengen schwarzen Kleid, ein weißes Lätzchen über der Brust, mit Löckchen am Kopf und einem schweren Goldreifen am rechten Handgelenk. Er nahm den Hut vor ihr ab und sagte heiter: „Ich suche eine Brieftasche." Das Mädchen warf einen flüchtigen Blick auf seine schlechte Kleidung, aber es war nichts Böses in ihrem Blick, sondern sie hatte den Kunden nur einfach abschätzen wollen. Denn es befanden sich in ihrem Laden teure, mittelteure und ganz billige Brieftaschen. Um überflüssige Fragen zu ersparen, stieg sie sofort eine Leiter hinauf und holte eine Schachtel aus der höchsten Etagere. Dort lagerten nämlich die Brieftaschen, die manche Kunden zurückgebracht hatten, um sie gegen andere einzutauschen. Hierbei sah Andreas, daß dieses Mädchen sehr schöne

DIE LEGENDE VOM HEILIGEN TRINKER

Beine und sehr schlanke Halbschuhe hatte, und er erinnerte sich jener halbvergessenen Zeiten, in denen er selbst solche Waden gestreichelt, solche Füße geküßt hatte; aber der Gesichter erinnerte er sich nicht mehr, der Gesichter der Frauen; mit Ausnahme eines einzigen, nämlich jenes, für das er im Gefängnis gesessen hatte.

Indessen stieg das Mädchen von der Leiter, öffnete die Schachtel, und er wählte eine der Brieftaschen, die zuoberst lagen, ohne sie näher anzusehen. Er zahlte und setzte den Hut wieder auf und lächelte dem Mädchen zu, und das Mädchen lächelte wieder. Zerstreut steckte er die neue Brieftasche ein, aber das Geld ließ er daneben liegen. Ohne Sinn erschien ihm plötzlich die Brieftasche. Hingegen beschäftigte er sich mit der Leiter, mit den Beinen, mit den Füßen des Mädchens. Deshalb ging er in die Richtung des Montmartre, jene Stätten zu suchen, an denen er früher Lust genossen hatte. In einem steilen und engen Gäßchen fand er auch die Taverne mit den Mädchen. Er setzte sich mit mehreren an einen Tisch, bezahlte eine Runde und wählte eines von den Mädchen, und zwar jenes, das ihm am nächsten saß. Hierauf ging er zu ihr. Und obwohl es erst Nachmittag war, schlief er bis in den grauenden Morgen – und weil die Wirte gutmütig waren, ließen sie ihn schlafen.

Am nächsten Morgen, am Freitag also, ging er zu der Arbeit, zu dem dicken Herrn. Dort galt es, der Hausfrau beim Einpacken zu helfen, und obwohl die Möbelpacker bereits ihr Werk verrichteten, blieben für Andreas noch genug schwierige und weniger harte Hilfeleistungen übrig. Doch spürte er im Laufe des Tages die Kraft in seine Muskeln zurückkehren und freute sich der Arbeit. Denn bei der Arbeit war er aufgewachsen, ein Kohlenarbeiter, wie sein Vater, und noch ein wenig ein Bauer, wie sein Großvater. Hätte ihn nur die Frau des Hauses nicht so aufgeregt, die ihm sinnlose Befehle erteilte und ihn mit einem einzigen Atemzug hierhin und dorthin beorderte, so daß er nicht wußte, wo ihm der Kopf stand. Aber sie selbst war aufgeregt, er sah es ein. Es konnte auch ihr nicht leichtfallen, so mir nichts, dir nichts zu übersiedeln, und vielleicht hatte sie auch Angst vor dem neuen Haus. Sie stand angezogen, im Mantel, mit Hut und Handschuhen, Täschchen und Regenschirm, obwohl sie doch hätte wissen müssen, daß sie noch einen Tag und eine Nacht und auch morgen noch im Haus verbleiben müsse. Von Zeit zu Zeit mußte sie sich die Lippen schminken, Andreas begriff es vortrefflich. Denn sie war eine Dame.

Andreas arbeitete den ganzen Tag. Als er fertig war, sagte die Frau des Hauses zu ihm: „Kommen Sie morgen pünktlich um sieben Uhr früh." Sie zog ein Beutelchen aus ihrem Täschchen, Silbermünzen lagen darin. Sie suchte lange, ergriff ein Zehnfrancsstück, ließ es aber wieder ruhen, dann entschloß sie sich, fünf Francs hervorzuziehen. „Hier ein Trinkgeld!" sagte sie. „Aber", so fügte sie hinzu, „vertrinken Sie's nicht ganz, und seien Sie pünktlich morgen hier!"

Andreas dankte, ging, vertrank das Trinkgeld, aber nicht mehr. Er verschlief diese Nacht in einem kleinen Hotel.

Man weckte ihn um sechs Uhr morgens. Und er ging frisch an seine Arbeit.

4

So kam er am nächsten Morgen früher noch als die Möbelpacker. Und wie am vorigen Tage stand die Frau des Hauses schon da, angekleidet, mit Hut und Handschuhen, als hätte sie sich gar nicht schlafen gelegt, und sagte zu ihm freundlich: „Ich sehe also, daß Sie gestern meiner Mahnung gefolgt sind und wirklich nicht alles Geld vertrunken haben."

Nun machte sich Andreas an die Arbeit. Und er begleitete noch die Frau in das neue Haus, in das sie übersiedelten, und wartete, bis der freundliche, dicke Mann kam, und der bezahlte ihm den versprochenen Lohn.

„Ich lade Sie noch auf einen Trunk ein", sagte der dicke Herr.

„Kommen Sie mit."

Aber die Frau des Hauses verhinderte es, denn sie trat dazwischen und verstellte geradezu ihrem Mann den Weg und sagte: „Wir müssen gleich essen." Also ging Andreas allein weg, trank allein und aß allein an diesem Abend und trat noch in zwei Tavernen ein, um an den Theken zu trinken. Er trank viel, aber er betrank sich nicht und gab acht, daß er nicht zuviel Geld ausgäbe, denn er wollte morgen, eingedenk seines Versprechens, in die Kapelle Ste Marie des Batignolles gehen, um wenigstens einen Teil seiner Schuld an die kleine heilige Therese abzustatten. Allerdings trank er gerade so viel, daß er nicht mehr mit einem ganz sicheren Auge und mit dem Instinkt, den nur die Armut verleiht, das allerbilligste Hotel jener Gegend finden konnte.

Also fand er ein etwas teureres Hotel, und auch hier zahlte er im voraus, weil er zerschlissene Kleider und kein Gepäck hatte. Aber er machte sich gar nichts daraus und schlief ruhig, ja, bis in den Tag hinein. Er erwachte durch das Dröhnen der Glocken einer nahen Kirche und wußte sofort, was heute für ein wichtiger Tag sei: ein Sonntag; und daß er zur kleinen heiligen Therese müsse, um ihr seine Schuld zurückzuzahlen. Flugs fuhr er nun in die Kleider und begab sich schnellen Schrittes zu dem Platz, wo sich die Kapelle befand. Er kam aber dennoch nicht rechtzeitig zur Zehn-Uhr-Messe an, die Leute strömten ihm gerade aus der Kirche entgegen. Er fragte, wann die nächste Messe beginne, und man sagte ihm, sie fände um zwölf Uhr statt. Er wurde ein wenig ratlos, wie er so vor dem Eingang der Kapelle stand. Er hatte noch eine Stunde Zeit, und diese wollte er keineswegs auf der Straße verbringen. Er sah sich also um, wo er am besten warten könne, und erblickte rechts schräg gegenüber der Kapelle ein Bistro, und dorthin ging er und beschloß, die Stunde, die ihm übrigblieb, abzuwarten.

Mit der Sicherheit eines Menschen, der Geld in seiner Tasche weiß, bestellte er einen Pernod, und er trank ihn auch mit der Sicherheit eines Menschen, der schon viele in seinem Leben getrunken hatte. Er trank noch einen zweiten und einen dritten, und er schüttete immer weniger Wasser in sein Glas nach. Und als gar der vierte kam, wußte er nicht mehr, ob er zwei, fünf oder sechs Gläser getrunken hatte. Auch erinnerte er sich

DIE LEGENDE VOM HEILIGEN TRINKER

nicht mehr, weshalb er in dieses Café und an diesen Ort geraten sei. Er wußte lediglich noch, daß er hier einer Pflicht, einer Ehrenpflicht, zu gehorchen hatte, und er zahlte, erhob sich, ging, immerhin noch sicheren Schrittes, zur Tür hinaus, erblickte die Kapelle schräg links gegenüber und wußte sofort wiederum, wo, warum und wozu er sich hier befinde. Eben wollte er den ersten Schritt in die Richtung der Kapelle lenken, als er plötzlich seinen Namen rufen hörte. „Andreas!“ rief eine Stimme, eine Frauenstimme. Sie kam aus verschütteten Zeiten. Er hielt inne und wandte den Kopf nach rechts, woher die Stimme gekommen war. Und er erkannte sofort das Gesicht, dessentwegen er im Gefängnis gesessen war. Es war Karoline.

Karoline! Zwar trug sie Hut und Kleider, die er nie an ihr gekannt hatte, aber es war doch ihr Gesicht, und also zögerte er nicht, ihr in die Arme zu fallen, die sie im Nu ausgebreitet hatte. „Welch eine Begegnung“, sagte sie. Und es war wahrhaftig ihre Stimme, die Stimme der Karoline.

„Bist du allein?“ fragte sie.

„Ja“, sagte er, „ich bin allein.“

„Komm, wir wollen uns aussprechen“, sagte sie. „Aber, aber“, erwiderte er, „ich bin verabredet.“

„Mit einem Frauenzimmer?“ fragte sie.

„Ja“, sagte er furchtsam.

„Mit wem?“

„Mit der kleinen Therese“, antwortete er.

„Sie hat nichts zu bedeuten“, sagte Karoline.

In diesem Augenblick fuhr ein Taxi vorbei, und Karoline hielt es mit ihrem Regenschirm auf. Und schon sagte sie eine Adresse dem Chauffeur, und ehe sich es noch Andreas versehen hatte, saß er drinnen im Wagen neben Karoline, und schon rollten sie, schon rasten sie dahin, wie es Andreas schien, durch teils bekannte, teils unbekannte Straßen, weiß Gott, in welche Gefilde!

Jetzt kamen sie in eine Gegend außerhalb der Stadt; lichtgrün, vorfrühlingsgrün war die Landschaft, in der sie hielten, das heißt der Garten, hinter dessen spärlichen Bäumen sich ein verschwiegenes Restaurant verbarg.

Karoline stieg zuerst aus; mit dem Sturmesschritt, den er an ihr gewohnt war, stieg sie zuerst aus, über seine Knie hinweg. Sie zahlte, und er folgte ihr. Und sie gingen ins Restaurant und saßen nebeneinander auf einer Banquette aus grünem Plüsch, wie einst in jungen Zeiten, vor dem Kriminal. Sie bestellte das Essen, wie immer, und sie sah ihn an, und er wagte nicht, sie anzusehen.

„Wo bist du die ganze Zeit gewesen?“ fragte sie.

„Überall, nirgends“, sagte er. „Ich arbeite erst seit zwei Tagen wieder. Die ganze Zeit, seitdem wir uns nicht wiedergesehen haben, habe ich getrunken, und ich habe unter den Brücken geschlafen, wie alle unsereins, und du hast wahrscheinlich ein besseres Leben geführt. – Mit Männern“, fügte er nach einiger Zeit hinzu.

„Und du?" fragte sie. „Mittendrin, wo du versoffen bist und ohne Arbeit und wo du unter den Brücken schläfst, hast du noch Zeit und Gelegenheit, eine Therese kennenzulernen. Und wenn ich nicht gekommen wäre, zufällig, wärest du wirklich zu ihr hingegangen."

Er antwortete nicht, er schwieg, bis sie beide das Fleisch gegessen hatten und der Käse kam und das Obst. Und wie er den letzten Schluck Wein aus seinem Glase getrunken hatte, überfiel ihn aufs neue jener plötzliche Schrecken, den er vor langen Jahren, während der Zeit seines Zusammenlebens mit Karoline, so oft gefühlt hatte. Und er wollte ihr wieder einmal entfliehen, und er rief: „Kellner, zahlen!" Sie aber fuhr ihm dazwischen: „Das ist meine Sache, Kellner!" Der Kellner, es war ein gereifter Mann mit erfahrenen Augen, sagte: „Der Herr hat zuerst gerufen." Andreas war es also auch, der zahlte. Bei dieser Gelegenheit hatte er das ganze Geld aus der linken inneren Rocktasche hervorgeholt, und nachdem er gezahlt hatte, sah er mit einigem, allerdings durch Weingenuß gemildertem Schrecken, daß er nicht mehr die ganze Summe besaß, die er der kleinen Heiligen schuldete. Aber es geschehen, sagte er sich im stillen, mir heutzutage so viele Wunder hintereinander, daß ich wohl sicherlich die nächste Woche noch das schuldige Geld aufbringen und zurückzahlen werde.

„Du bist also ein reicher Mann", sagte Karoline auf der Straße. „Von dieser kleinen Therese läßt du dich wohl aushalten."

Er erwiderte nichts, und also war sie dessen sicher, daß sie recht hatte. Sie verlangte, ins Kino geführt zu werden. Und er ging mit ihr ins Kino. Nach langer Zeit sah er wieder ein Filmstück. Aber es war schon so lange her, daß er eines gesehen hatte, daß er dieses kaum mehr verstand und an der Schulter der Karoline einschlief. Hierauf gingen sie in ein Tanzlokal, wo man Ziehharmonika spielte, und es war schon so lange her, seitdem er zuletzt getanzt hatte, daß er gar nicht mehr recht tanzen konnte, als er es mit Karoline versuchte. Also nahmen sie ihm andere Tänzer weg, sie war immer noch recht frisch und begehrenswert. Er saß allein am Tisch und trank wieder Pernod, und es war ihm wie in alten Zeiten, wo Karoline auch mit anderen getanzt und er allein am Tisch getrunken hatte. Infolgedessen holte er sie auch plötzlich und gewaltsam aus den Armen eines Tänzers weg und sagte: „Wir gehen nach Hause!" Faßte sie am Nacken und ließ sie nicht mehr los, zahlte und ging mit ihr nach Hause. Sie wohnte in der Nähe.

Und so war alles wie in alten Zeiten, in den Zeiten vor dem Kriminal.

5

Sehr früh am Morgen erwachte er. Karoline schlief noch. Ein einzelner Vogel zwitscherte vor dem offenen Fenster. Eine Zeitlang blieb er mit offenen Augen liegen und nicht länger als ein paar Minuten. In diesen wenigen Minuten dachte er nach. Es kam ihm vor, daß ihm seit langer Zeit nicht so viel Merkwürdiges passiert sei wie in dieser einzigen Woche. Auf einmal wandte er sein Gesicht um und sah Karoline zu seiner Rechten. Was er gestern bei der Begegnung mit ihr nicht gesehen hatte, bemerkte er jetzt: Sie war alt geworden: blaß, aufgedunsen und schwer atmend schlief sie den Morgenschlaf alternder Frauen. Er erkannte den Wandel der Zeiten, die an ihm selbst vorbeigegangen waren. Und er erkannte auch den Wandel seiner selbst, und er beschloß, sofort aufzustehen, ohne Karoline zu wecken, und ebenso zufällig, oder besser gesagt, schicksalshaft wegzugehen, so wie sie beide, Karoline und er, gestern zusammengekommen waren. Verstohlen zog er sich an und ging davon, in einen neuen Tag hinein, in einen seiner gewohnten neuen Tage.

Das heißt, eigentlich in einen seiner ungewohnten. Denn als er in die linke Brusttasche griff, wo er das erst seit einiger Zeit erworbene oder gefundene Geld aufzuheben gewohnt war, bemerkte er, daß ihm nur noch mehr ein Schein von fünfzig Francs verblieben war und ein paar kleine Münzen dazu. Und er, der schon seit langen Jahren nicht gewußt hatte, was Geld bedeute, und auf dessen Bedeutung keineswegs mehr achtgegeben hatte, erschrak nunmehr, so wie einer zu erschrecken pflegt, der gewohnt ist, immer Geld in der Tasche zu haben, und auf einmal in die Verlegenheit gerät, sehr wenig noch in ihr zu finden. Auf einmal schien es ihm, inmitten der morgengrauen, verlassenen Gasse, daß er, der seit unzähligen Monaten Geldlose, plötzlich arm geworden sei, weil er nicht mehr so viele Scheine in der Tasche verspürte, wie er sie in den letzten Tagen besessen hatte. Und es kam ihm vor, daß die Zeit seiner Geldlosigkeit sehr, sehr weit hinter ihm zurückläge und daß er eigentlich den Betrag, welcher den ihm gebührenden Lebensstandard aufrechterhalten sollte, übermütiger sowie auch leichtfertiger Weise für Karoline ausgegeben hatte.

Er war also böse auf Karoline. Und auf einmal begann er, der niemals auf Geldbesitz Wert gelegt hatte, den Wert des Geldes zu schätzen. Auf einmal fand er, daß der Besitz eines Fünfzigfrancsscheins lächerlich sei für einen Mann von solchem Wert und daß er überhaupt, um auch nur über den Wert seiner Persönlichkeit sich selbst klarzuwerden, es unbedingt nötig habe, über sich selbst in Ruhe bei einem Glas Pernod nachzudenken.

Nun suchte er sich unter den nächstliegenden Gaststätten eine aus, die ihm am gefälligsten schien, setzte sich dorthin und bestellte einen Pernod. Während er ihn trank, erinnerte er sich daran, daß er eigentlich ohne Aufenthaltserlaubnis in Paris lebte, und er sah seine Papiere nach. Und hierauf fand er, daß er eigentlich ausgewiesen sei, denn er war als Kohlenarbeiter nach Frankreich gekommen, und er stammte aus Olschowice, aus dem polnischen Schlesien.

6

Hierauf, während er seine halbzerfetzten Papiere vor sich auf dem Tisch ausbreitete, erinnerte er sich daran, daß er eines Tages, vor vielen Jahren, hierhergekommen war, weil man in der Zeitung kundgemacht hatte, daß man in Frankreich Kohlenarbeiter suche. Und er hatte sich sein Lebtag nach einem fernen Lande gesehnt. Und er hatte in den Gruben von Quebecque gearbeitet, und er war einquartiert gewesen bei seinen Landsleuten, dem Ehepaar Schebiec. Und er liebte die Frau, und da der Mann sie eines Tages zu Tode schlagen wollte, schlug er, Andreas, den Mann tot. Dann saß er zwei Jahre im Kriminal.

Diese Frau war eben Karoline.

Und dieses alles dachte Andreas im Betrachten seiner bereits ungültig gewordenen Papiere. Und hierauf bestellte er noch einen Pernod, denn er war ganz unglücklich.

Als er sich endlich erhob, verspürte er zwar eine Art von Hunger, aber nur jenen, von dem lediglich Trinker befallen werden können. Es ist dies nämlich eine besondere Art von Begehrlichkeit (nicht nach Nahrung), die lediglich ein paar Augenblicke dauert und sofort gestillt wird, sobald derjenige, der sie verspürt, sich ein bestimmtes Getränk vorstellt, das ihm in diesem bestimmten Moment zu behagen scheint. Lange schon hatte Andreas vergessen, wie er mit Vatersnamen hieß. Jetzt aber, nachdem er soeben seine ungültigen Papiere noch einmal gesehen hatte, erinnerte er sich daran, daß er Kartak hieße: Andreas Kartak. Und es war ihm, als entdeckte er sich selbst erst seit langen Jahren wieder.

Immerhin grollte er einigermaßen dem Schicksal, das ihm nicht wieder, wie das letztemal, einen dicken, schnurrbärtigen, kindergesichtigen Mann in dieses Caféhaus geschickt hatte, der es ihm möglich gemacht hätte, neues Geld zu verdienen. Denn an nichts gewöhnen sich die Menschen so leicht wie an Wunder, wenn sie ihnen ein-, zwei-, dreimal widerfahren sind. Ja! Die Natur der Menschen ist derart, daß sie sogar böse werden, wenn ihnen nicht unaufhörlich all jenes zuteil wird, was ihnen ein zufälliges und vorübergehendes Geschick versprochen zu haben scheint. So sind die Menschen – – und was wollten wir anderes von Andreas erwarten? Den Rest des Tages verbrachte er also in verschiedenen anderen Tavernen, und er gab sich bereits damit zufrieden, daß die Zeit der Wunder, die er erlebt hatte, vorbei sei, endgültig vorbei sei, und seine alte Zeit nun wieder begonnen habe. Und zu jenem langsamen Untergang entschlossen, zu dem Trinker immer bereit sind – Nüchterne werden das nie erfahren! –, begab sich Andreas wieder an die Ufer der Seine unter die Brücken.

Er schlief dort, halb bei Tag und halb bei Nacht, so wie er es gewohnt gewesen war seit einem Jahr, hier und dort eine Flasche Schnaps ausleihend bei dem und jenem seiner Schicksalsgenossen – – bis zur Nacht des Donnerstags auf Freitag.

In jener Nacht nämlich träumte ihm, daß die kleine Therese in der Gestalt eines blondgelockten Mädchens zu ihm käme und ihm sagte: „Warum bist du letzten Sonntag nicht bei mir gewesen?" Und die kleine Heilige sah genauso aus, wie er sich vor vielen Jahren seine eigene Tochter vorgestellt hatte. Und er hatte gar keine Tochter! Und im Traum sagte er zu der kleinen Therese: „Wie sprichst du zu mir? Hast du vergessen, daß ich dein Vater bin?" Die Kleine antwortete: „Verzeih, Vater, aber tu mir den Gefallen und komm übermorgen, Sonntag, zu mir in die Ste Marie des Batignolles."

DIE LEGENDE VOM HEILIGEN TRINKER

Nach dieser Nacht, in der er diesen Traum geträumt hatte, erhob er sich erfrischt und wie vor einer Woche, als ihm noch die Wunder geschehen waren, so als nähme er den Traum für ein wahres Wunder. Noch einmal wollte er sich am Flusse waschen. Aber bevor er seinen Rock zu diesem Zweck ablegte, griff er in die linke Brusttasche in der vagen Hoffnung, es könnte sich dort noch irgend etwas Geld befinden, von dem er vielleicht gar nichts gewußt hätte. Er griff in die linke innere Brusttasche seines Rockes, und seine Hand fand dort zwar keinen Geldschein, wohl aber jene lederne Brieftasche, die er vor ein paar Tagen gekauft hatte. Diese zog er hervor. Es war eine äußerst billige, bereits verbrauchte, umgetauschte, wie nicht anders zu erwarten. Spaltleder. Rindsleder. Er betrachtete sie, weil er sich nicht mehr erinnerte, daß, wo und wann er sie gekauft hatte. Wie kommt das zu mir? fragte er sich. Schließlich öffnete er das Ding und sah, daß es zwei Fächer hatte. Neugierig sah er in beide hinein, und in einem von ihnen war ein Geldschein. Und er zog ihn hervor, es war ein Tausendfrancsschein.

Hierauf steckte er die tausend Francs in die Hosentasche und ging an das Ufer der Seine, und ohne sich um seine Unheilsgenossen zu kümmern, wusch er sich Gesicht und den Hals sogar, und dies beinahe fröhlich. Hierauf zog er sich den Rock wieder an und ging in den Tag hinein, und er begann den Tag damit, daß er in ein Tabac eintrat, um Zigaretten zu kaufen.

Nun hatte er zwar Kleingeld genug, um die Zigaretten bezahlen zu können, aber wußte nicht, bei welcher Gelegenheit er den Tausendfrancsschein, den er so wunderbarerweise in der Brieftasche gefunden hatte, wechseln könnte. Denn so viel Welterfahrung besaß er schon, daß er ahnte, es bestünde in den Augen der Welt, das heißt in den Augen der maßgebenden Welt, ein bedeutender Gegensatz zwischen seiner Kleidung, seinem Aussehen und einem Schein von tausend Francs. Immerhin beschloß er, mutig, wie er durch das erneuerte Wunder geworden war, die Banknote zu zeigen. Allerdings, den Rest der Klugheit noch gebrauchend, der ihm verblieben war, um dem Herrn an der Kasse des Tabacs zu sagen: „Bitte, wenn Sie tausend Francs nicht wechseln können, gebe ich Ihnen auch Kleingeld. Ich möchte sie aber gerne gewechselt haben."

Zum Erstaunen Andreas' sagte der Herr vom Tabac: „Im Gegenteil! Ich brauche einen Tausendfrancsschein, Sie kommen mir sehr gelegen." Und der Besitzer wechselte den Tausendfrancsschein. Hierauf blieb Andreas ein wenig an der Theke stehen und trank drei Gläser Weißwein; gewissermaßen aus Dankbarkeit gegenüber dem Schicksal.

7

Indes er so an der Theke stand, fiel ihm eine eingerahmte Zeichnung auf, die hinter dem breiten Rücken des Wirtes an der Wand hing, und diese Zeichnung erinnerte ihn an einen alten Schulkameraden aus Olschowice. Er fragte den Wirt: „Wer ist das? Den kenne ich, glaube ich." Darauf brachen sowohl der Wirt als auch sämtliche Gä-

ste, die an der Theke standen, in ein ungeheures Gelächter aus. Und sie riefen alle:
„Wie, er kennt ihn nicht!"

Denn es war in der Tat der große Fußballspieler Kanjak, schlesischer Abkunft, allen
normalen Menschen wohlbekannt. Aber woher sollten ihn Alkoholiker, die unter den
Seine-Brücken schliefen, kennen, und wie, zum Beispiel, unser Andreas? Da er sich aber
schämte, und insbesondere deshalb, weil er soeben einen Tausendfrancsschein gewechselt hatte, sagte Andreas: „Oh, natürlich kenne ich ihn, und es ist sogar mein Freund.
Aber die Zeichnung schien mir mißraten." Hierauf, und damit man ihn nicht weiter
fragte, zahlte er schnell und ging.

Jetzt verspürte er Hunger. Er suchte also das nächste Gasthaus auf und aß und trank
einen roten Wein und nach dem Käse einen Kaffee und beschloß, den Nachmittag in
einem Kino zu verbringen. Er wußte nur noch nicht, in welchem. Er begab sich also im
Bewußtsein dessen, daß er im Augenblick so viel Geld besäße, wie jeder der wohlhabenden Männer, die ihm auf der Straße entgegenkommen mochten, auf die großen Boule-
vards. Zwischen der Oper und dem Boulevard des Capucines suchte er nach einem Film,
der ihm wohl gefallen möchte, und schließlich fand er einen. Das Plakat, das diesen Film
ankündigte, stellte nämlich einen Mann dar, der in einem fernen Abenteuer offenbar
unterzugehen gedachte. Er schlich, wie das Plakat vorgab, durch eine erbarmungslose,
sonnverbrannte Wüste. In dieses Kino trat nun Andreas ein. Er sah den Film vom Mann,
der durch die sonnverbrannte Wüste geht. Und schon war Andreas im Begriffe, den Helden des Films sympathisch und ihn sich selbst verwandt zu fühlen, als plötzlich das Ki-
nostück eine unerwartet glückliche Wendung nahm und der Mann in der Wüste von
einer vorbeiziehenden wissenschaftlichen Karawane gerettet und in den Schoß der europäischen Zivilisation zurückgeführt wurde. Hierauf verlor Andreas jede Sympathie
für den Helden des Films. Und schon war er im Begriff, sich zu erheben, als auf der Leinwand das Bild jenes Schulkameraden erschien, dessen Zeichnung er vor einer Weile, an
der Theke stehend, hinter dem Rücken des Wirtes der Taverne gesehen hatte. Es war
der große Fußballspieler Kanjak. Hierauf erinnerte sich Andreas, daß er einmal, vor
zwanzig Jahren, mit Kanjak zusammen in der gleichen Schulbank gesessen hatte, und er
beschloß, sich morgen sofort zu erkundigen, ob sein alter Schulkollege sich in Paris auf-
hielte.

Denn er hatte, unser Andreas, nicht weniger als neunhundertachtzig Francs in der Tasche.

Und dies ist nicht wenig.

DIE LEGENDE VOM HEILIGEN TRINKER

8

Bevor er aber das Kino verließ, fiel es ihm ein, daß er es gar nicht nötig hätte, bis morgen früh auf die Adresse seines Freundes und Schulkameraden zu warten; insbesondere in Anbetracht der ziemlich hohen Summe, die er in der Tasche liegen hatte.

Er war jetzt, in Anbetracht des Geldes, das ihm verblieb, so mutig geworden, daß er beschloß, sich an der Kasse nach der Adresse seines Freundes zu erkundigen, des berühmten Fußballspielers Kanjak. Er hatte gedacht, man müßte zu diesem Zweck den Direktor des Kinos persönlich fragen. Aber nein! Wer war in ganz Paris so bekannt wie der Fußballspieler Kanjak? Der Türsteher schon kannte seine Adresse. Er wohnte in einem Hotel in den Champs-Élysées. Der Türsteher sagte ihm auch den Namen des Hotels; und sofort begab sich unser Andreas auf den Weg dorthin.

Es war ein vornehmes, kleines und stilles Hotel, gerade eines jener Hotels, in denen Fußballspieler und Boxer, die Elite unserer Zeit, zu wohnen pflegen. Andreas kam sich in der Vorhalle etwas fremd vor, und auch den Angestellten des Hotels kam er etwas fremd vor. Immerhin sagten sie, der berühmte Fußballspieler Kanjak sei zu Hause und bereit, jeden Moment in die Vorhalle zu kommen.

Nach ein paar Minuten kam er auch herunter, und sie erkannten sich beide sofort. Und sie tauschten im Stehen noch alte Schulerinnerungen aus, und hierauf gingen sie zusammen essen, und es herrschte große Fröhlichkeit zwischen beiden. Sie gingen zusammen essen, und es ergab sich also infolgedessen, daß der berühmte Fußballspieler seinen verkommenen Freund folgendes fragte:

„Warum schaust du so verkommen aus, was trägst du überhaupt für Lumpen an deinem Leib?"

„Es wäre schrecklich", antwortete Andreas, „wenn ich erzählen wollte, wie das alles gekommen ist. Und es würde auch die Freude an unserem glücklichen Zusammentreffen bedeutsam stören. Laß uns darüber lieber kein Wort verlieren. Reden wir von was Heiterem."

„Ich habe viele Anzüge", sagte der berühmte Fußballspieler Kanjak.

„Und es wird mir eine Freude sein, dir den einen oder den anderen davon abzugeben. Du hast neben mir in der Schulbank gesessen, und du hast mich abschreiben lassen. Was bedeutet schon ein Anzug für mich! Wo soll ich ihn dir hinschicken?"

„Das kannst du nicht", erwiderte Andreas, „und zwar einfach deshalb, weil ich keine Adresse habe. Ich wohne nämlich seit einiger Zeit unter den Brücken an der Seine."

„So werde ich dir also", sagte der Fußballspieler Kanjak, „ein Zimmer mieten, einfach zu dem Zweck, dir einen Anzug schenken zu können. Komm!"

Nachdem sie gegessen hatten, gingen sie hin, und der Fußballspieler Kanjak mietete ein Zimmer, und dieses kostete fünfundzwanzig Francs pro Tag und war gelegen in der Nähe der großartigen Kirche von Paris, die unter dem Namen „Madeleine" bekannt ist.

9

Das Zimmer war im fünften Stock gelegen, und Andreas und der Fußballspieler mußten den Lift benützen. Andreas besaß selbstverständlich kein Gepäck. Aber weder der
Portier noch der Liftboy noch sonst irgendeiner von dem Personal des Hotels verwunderte sich darüber.

Denn es war einfach ein Wunder, und innerhalb des Wunders gibt es nichts Verwun-
derliches. Als sie beide im Zimmer oben standen, sagte der Fußballspieler Kanjak zu seinem Schulbankgenossen Andreas: „Du brauchst wahrscheinlich eine Seife."

„Unsereins", erwiderte Andreas, „kann auch ohne Seife leben. Ich gedenke hier acht
Tage ohne Seife zu wohnen, und ich werde mich trotzdem waschen. Ich möchte aber,
daß wir uns zur Ehre dieses Zimmers sofort etwas zum Trinken bestellen."

Und der Fußballspieler bestellte eine Flasche Cognac. Diese tranken sie bis zur Neige. Hierauf verließen sie das Zimmer und nahmen ein Taxi und fuhren auf den Montmartre, und zwar in jenes Café, wo die Mädchen saßen und wo Andreas erst ein paar Tage vorher gewesen war. Nachdem sie dort zwei Stunden gesessen und Erinnerungen aus
der Schulzeit ausgetauscht hatten, führte der Fußballspieler Andreas nach Hause, das
heißt in das Hotelzimmer, das er ihm gemietet hatte, und sagte zu ihm: „Jetzt ist es spät.
Ich lasse dich allein. Ich schicke dir morgen zwei Anzüge. Und – brauchst du Geld?"

„Nein", sagte Andreas, „ich habe neunhundertachtzig Francs, und das ist nicht wenig.
Geh nach Hause!"

„Ich komme in zwei oder drei Tagen", sagte der Freund, der Fußballspieler.

10

Das Hotelzimmer, in dem Andreas nunmehr wohnte, hatte die Nummer neunundacht-
zig. Sobald Andreas sich allein in diesem Zimmer befand, setzte er sich in den bequemen
Lehnstuhl, der mit rosa Rips überzogen war, und begann, sich umzusehn. Er sah zuerst
die rotseidene Tapete, unterbrochen von zartgoldenen Papageienköpfen, an den Wänden drei elfenbeinerne Knöpfe, rechts an der Türleiste und in der Nähe des Bettes den
Nachttisch und die Lampe darüber mit dunkelgrünem Schirm und ferner eine Tür mit
einem weißen Knauf, hinter der sich etwas Geheimnisvolles, jedenfalls für Andreas Geheimnisvolles, zu verbergen schien. Ferner gab es in der Nähe des Bettes ein schwarzes
Telephon, dermaßen angebracht, daß auch ein im Bett Liegender das Hörrohr ganz
leicht mit der rechten Hand erfassen kann.

Andreas, nachdem er lange das Zimmer betrachtet hatte und darauf bedacht gewesen
war, sich auch mit ihm vertraut zu machen, wurde plötzlich neugierig. Denn die Tür mit
dem weißen Knauf irritierte ihn, und trotz seiner Angst und obwohl er der Hotelzimmer ungewohnt war, erhob er sich und beschloß nachzusehen, wohin die Tür führe. Er

hatte gedacht, sie sei selbstverständlich verschlossen. Aber wie groß war sein Erstaunen, als sie sich freiwillig, beinahe zuvorkommend, öffnete!

Er sah nunmehr, daß es ein Badezimmer war, mit glänzenden Kacheln und mit einer Badewanne, schimmernd und weiß, und mit einer Toilette, und kurz und gut, das, was man in seinen Kreisen eine Bedürfnisanstalt hätte nennen können.

In diesem Augenblick auch verspürte er das Bedürfnis, sich zu waschen, und er ließ heißes und kaltes Wasser aus den beiden Hähnen in die Wanne rinnen. Und wie er sich auszog, um in sie hineinzusteigen, bedauerte er auch, daß er keine Hemden habe, denn wie er sich das Hemd auszog, sah er, daß es sehr schmutzig war, und von vornherein schon hatte er Angst vor dem Augenblick, in dem er wieder aus dem Bad gestiegen und dieses Hemd anziehen müßte.

Er stieg in das Bad, er wußte wohl, daß es eine lange Zeit her war, seitdem er sich gewaschen hatte. Er badete geradezu mit Wollust, erhob sich, zog sich wieder an und wußte nun nicht mehr, was er mit sich anfangen sollte.

Mehr aus Ratlosigkeit als aus Neugier öffnete er die Tür des Zimmers, trat in den Korridor und erblickte hier eine junge Frau, die aus ihrem Zimmer gerade herauskam, wie er eben selbst. Sie war schön und jung, wie ihm schien. Ja, sie erinnerte ihn an die Verkäuferin in dem Laden, wo er die Brieftasche erstanden hatte, und ein bißchen auch an Karoline, und infolgedessen verneigte er sich leicht vor ihr und grüßte sie, und da sie ihm antwortete, mit einem Kopfnicken, faßte er sich ein Herz und sagte ihr geradewegs: „Sie sind schön."

„Auch Sie gefallen mir", antwortete sie, „einen Augenblick! Vielleicht sehen wir uns morgen." – Und sie ging dahin im Dunkel des Korridors. Er aber, liebebedürftig, wie er plötzlich geworden war, sah nach der Nummer ihrer Tür, hinter der sie wohnte.

Und es war die Nummer siebenundachtzig. Diese merkte er sich in seinem Herzen.

II

Er kehrte wieder in sein Zimmer zurück, wartete, lauschte und war schon entschlossen, nicht erst den Morgen abzuwarten, um mit dem schönen Mädchen zusammenzukommen. Denn, obwohl er durch die fast ununterbrochene Reihe der Wunder in den letzten Tagen bereits überzeugt war, daß sich die Gnade auf ihn niedergelassen hatte, glaubte er doch gerade deswegen, zu einer Art Übermut berechtigt zu sein, und er nahm an, daß er gewissermaßen aus Höflichkeit der Gnade noch zuvorkommen müßte, ohne sie im geringsten zu kränken. Wie er nun also die leisen Schritte des Mädchens von Nummer siebenundachtzig zu vernehmen glaubte, öffnete er vorsichtig die Tür seines Zimmers einen Spaltbreit und sah, daß sie es wirklich war, die in ihr Zimmer zurückkehrte. Was er aber freilich infolge seiner langjährigen Unerfahrenheit nicht bemerkte, war der nicht geringzuschätzende Umstand, daß auch das schöne Mädchen sein Spähen bemerkt hatte. Infolgedessen machte sie, wie sie es Beruf und Gewohnheit gelehrt hatten, hastig und hurtig eine scheinbare Ordnung in ihrem Zimmer und löschte die Deckenlampe aus und legte sich aufs Bett und nahm beim Schein der Nachttischlampe ein Buch in die Hand und las darin; aber es war ein Buch, das sie bereits längst gelesen hatte.

Eine Weile später klopfte es auch zage an ihrer Tür, wie sie es auch erwartet hatte, und Andreas trat ein. Er blieb an der Schwelle stehen, obwohl er bereits die Gewißheit hatte, daß er im nächsten Augenblick die Einladung bekommen würde, näher zu treten. Denn das hübsche Mädchen rührte sich nicht aus ihrer Stellung, sie legte nicht einmal das Buch aus der Hand, sie fragte nur: „Und was wünschen Sie?"

Andreas, sicher geworden durch Bad, Seife, Lehnstuhl, Tapete, Papageienköpfe und Anzug, erwiderte: „Ich kann nicht bis morgen warten, Gnädige." Das Mädchen schwieg.

Andreas trat näher an sie heran, fragte sie, was sie lese, und sagte aufrichtig: „Ich interessiere mich nicht für Bücher."

„Ich bin nur vorübergehend hier", sagte das Mädchen auf dem Bett, „ich bleibe nur bis Sonntag hier. Am Montag muß ich nämlich in Cannes wieder auftreten."

„Als was?" fragte Andreas.

„Ich tanze im Kasino. Ich heiße Gabby. Haben Sie den Namen noch nie gehört?"

„Gewiß, ich kenne ihn aus den Zeitungen", log Andreas – und er wollte hinzufügen: mit denen ich mich zudecke. Aber er vermied es.

Er setzte sich an den Rand des Bettes, und das schöne Mädchen hatte nichts dagegen. Sie legte sogar das Buch aus der Hand, und Andreas blieb bis zum Morgen in Zimmer siebenundachtzig.

12

Am Samstagmorgen erwachte er mit dem festen Entschluß, sich von dem schönen Mädchen bis zu ihrer Abreise nicht mehr zu trennen. Ja, in ihm blühte sogar der zarte Gedanke an eine Reise mit der jungen Frau nach Cannes, denn er war, wie alle armen Menschen, geneigt, kleine Summen, die er in der Tasche hatte (und insbesondere die trinkenden armen Menschen neigen dazu), für große zu halten. Er zählte also am Morgen seine neunhundertachtzig Francs noch einmal nach. Und da sie in einer Brieftasche lagen und da diese Brieftasche in einem neuen Anzug steckte, hielt er die Summe um das Zehnfache vergrößert. Infolgedessen war er auch keineswegs erregt, als eine Stunde später, nachdem er es verlassen hatte, das schöne Mädchen bei ihm eintrat, ohne anzuklopfen, und da sie ihn fragte, wie sie beide den Samstag zu verbringen hätten, vor ihrer Abreise nach Cannes, sagte er aufs Geratewohl: „Fontainebleau." Irgendwo, halb im Traum, hatte er es vielleicht gehört. Er wußte jedenfalls nicht mehr, warum und wieso ihm dieser Ortsname auf die Zunge gekommen war.

DIE LEGENDE VOM HEILIGEN TRINKER

Sie mieteten also ein Taxi, und sie fuhren nach Fontainebleau, und dort erwies es sich, daß das schöne Mädchen ein gutes Restaurant kannte, in dem man gute Speisen speisen und guten Trank trinken konnte. Und auch den Kellner kannte sie, und sie nannte ihn beim Vornamen. Und wenn unser Andreas eifersüchtig von Natur gewesen wäre, so hätte er wohl auch böse werden können. Aber er war nicht eifersüchtig, und also wurde er auch nicht böse. Sie verbrachten eine Zeitlang beim Essen und Trinken und fuhren hierauf, noch einmal im Taxi, zurück nach Paris, und auf einmal lag der strahlende Abend von Paris vor ihnen, und sie wußten nichts mit ihm anzufangen, eben wie Menschen nicht wissen, die nicht zueinander gehören und die nur zufällig zueinander gestoßen sind. Die Nacht breitete sich vor ihnen aus wie eine allzu lichte Wüste.

Und sie wußten nicht mehr, was miteinander anzufangen, nachdem sie leichtfertigerweise das wesentliche Erlebnis vergeudet hatten, das Mann und Frau gegeben ist. Also beschlossen sie, was den Menschen unserer Zeit vorbehalten bleibt, sobald sie nicht wissen, was anzufangen, ins Kino zu gehen. Und sie saßen da, und es war keine Finsternis, nicht einmal ein Dunkel, und knapp konnte man es noch ein Halbdunkel nennen. Und sie drückten einander die Hände, das Mädchen und unser Freund Andreas. Aber sein Händedruck war gleichgültig, und er litt selber darunter. Er selbst. Hierauf, als die Pause kam, beschloß er, mit dem schönen Mädchen in die Halle zu gehen und zu trinken, und sie gingen auch beide hin, und sie tranken. Und das Kino interessierte ihn keineswegs mehr. Sie gingen in einer ziemlichen Beklommenheit ins Hotel.

Am nächsten Morgen, es war Sonntag, erwachte Andreas in dem Bewußtsein seiner Pflicht, daß er das Geld zurückzahlen müsse. Er erhob sich schneller als am letzten Tag und so schnell, daß das schöne Mädchen aus dem Schlaf aufschrak und ihn fragte: „Warum so schnell, Andreas?"

„Ich muß eine Schuld bezahlen", sagte Andreas.

„Wie? Heute am Sonntag?" fragte das schöne Mädchen. „Ja, heute am Sonntag", erwiderte Andreas.

„Ist es eine Frau oder ein Mann, dem du Geld schuldig bist?"

„Eine Frau", sagte Andreas zögernd.

„Wie heißt sie?"

„Therese."

Daraufhin sprang das schöne Mädchen aus dem Bett, ballte die Fäuste und schlug sie auch beide Andreas ins Gesicht.

Und daraufhin floh er aus dem Zimmer, und er verließ das Hotel. Und ohne sich weiter umzusehn, ging er in die Richtung der Ste Marie des Batignolles, in dem sicheren Bewußtsein, daß er heute endlich der kleinen Therese die zweihundert Francs zurückzahlen könnte.

13

Nun wollte es die Vorsehung – oder wie weniger gläubige Menschen sagen würden: der Zufall –, daß Andreas wieder einmal knapp nach der Zehn-Uhr-Messe ankam. Und es war selbstverständlich, daß er in der Nähe der Kirche das Bistro erblickte, in dem er zuletzt getrunken hatte, und dort trat er auch wieder ein.

Er bestellte also zu trinken. Aber vorsichtig, wie er war und wie es alle Armen dieser Welt sind, selbst wenn sie Wunder über Wunder erlebt haben, sah er zuerst nach, ob er wirklich auch Geld genug besäße, und er zog seine Brieftasche heraus. Und da sah er, daß von seinen neunhundertachtzig Francs kaum noch mehr etwas übrig war.

Es blieben ihm nämlich nur zweihundertfünfzig. Er dachte nach und erkannte, daß ihm das schöne Mädchen im Hotel das Geld genommen hatte. Aber unser Andreas machte sich gar nichts daraus. Er sagte sich, daß er für jede Lust zu zahlen habe, und er hatte Lust genossen, und er hatte also auch zu bezahlen.

Er wollte hier abwarten, so lange, bis die Glocken läuteten, die Glocken der nahen Kapelle, um zur Messe zu gehen und um dort endlich die Schuld der kleinen Heiligen abzustatten. Inzwischen wollte er trinken, und er bestellte zu trinken. Er trank. Die Glocken, die zur Messe riefen, begannen zu dröhnen, und er rief: „Zahlen, Kellner!", zahlte, erhob sich, ging hinaus und stieß knapp vor der Tür mit einem sehr großen breitschultrigen Mann zusammen. Den nannte er sofort: „Woitech." Und dieser rief zu gleicher Zeit: „Andreas!" Sie sanken einander in die Arme, denn sie waren beide zusammen Kohlenarbeiter gewesen in Quebecque, zusammen beide in einer Grube.

„Wenn du mich hier erwarten willst", sagte Andreas, „zwanzig Minuten nur, so lange, wie die Messe dauert, nicht einen Moment länger!"

„Grad nicht", sagte Woitech. „Seit wann gehst du überhaupt in die Messe? Ich kann die Pfaffen nicht leiden und noch weniger die Leute, die zu den Pfaffen gehn."

„Aber ich gehe zur kleinen Therese", sagte Andreas, „ich bin ihr Geld schuldig."

„Meinst du die kleine heilige Therese?" fragte Woitech. „Ja, die meine ich", erwiderte Andreas.

„Wieviel schuldest du ihr?" fragte Woitech. „Zweihundert Francs!" sagte Andreas.

„Dann begleite ich dich!" sagte Woitech.

Die Glocken dröhnten immer noch. Sie gingen in die Kirche, und wie sie drinnen standen und die Messe gerade begonnen hatte, sagte Woitech mit flüsternder Stimme: „Gib mir sofort hundert Francs! Ich erinnere mich eben, daß mich drüben einer erwartet, ich komme sonst ins Kriminal!"

Unverzüglich gab ihm Andreas die ganzen zwei Hundertfrancsscheine, die er noch besaß, und sagte: „Ich komme sofort nach."

Und wie er nun einsah, daß er kein Geld mehr hatte, um es der Therese zurückzuzahlen, hielt er es auch für sinnlos, noch länger der Messe beizuwohnen. Nur aus Anstand wartete er noch fünf Minuten und ging dann hinüber in das Bistro, wo Woitech auf ihn wartete.

Von nun an blieben sie Kumpane, denn das versprachen sie einander gegenseitig. Freilich hatte Woitech keinen Freund gehabt, dem er Geld schuldig gewesen wäre. Den einen Hundertfrancsschein, den ihm Andreas geborgt hatte, verbarg er sorgfältig im Taschentuch und machte einen Knoten darum. Für die andern hundert Francs lud er Andreas ein, zu trinken und noch einmal zu trinken und noch einmal zu trinken, und in der Nacht gingen sie in jenes Haus, wo die gefälligen Mädchen saßen, und dort blieben sie auch alle beide drei Tage, und als sie wieder herauskamen, war es Dienstag, und Woitech trennte sich von Andreas mit den Worten: „Sonntag sehen wir uns wieder, um dieselbe Zeit und an der gleichen Stelle und am selben Ort."

„Servus!" sagte Andreas.

„Servus!" sagte Woitech und verschwand.

14

Es war ein regnerischer Dienstagnachmittag, und es regnete so dicht, daß Woitech im nächsten Augenblick tatsächlich verschwunden war. Jedenfalls schien es Andreas also.

Es schien ihm, daß sein Freund verlorengegangen war im Regen, genauso, wie er ihn zufällig getroffen hatte, und da er kein Geld mehr in der Tasche besaß, ausgenommen fünfunddreißig Francs, und verwöhnt vom Schicksal, wie er sich glaubte, und der Wunder sicher, die ihm gewiß noch geschehen würden, beschloß er, wie alle Armen und des Trunkes Gewohnten es tun, sich wieder dem Gott anzuvertrauen, dem einzigen, an den er glaubte. Also ging er zur Seine und die gewohnte Treppe hinunter, die zu der Heimstätte der Obdachlosen führt.

Hier stieß er auf einen Mann, der eben im Begriffe war, die Treppe hinaufzusteigen, und der ihm sehr bekannt vorkam. Infolgedessen grüßte Andreas ihn höflich. Es war ein etwas älterer, gepflegt aussehender Herr, der stehenblieb, Andreas genau betrachtete und schließlich fragte: „Brauchen Sie Geld, lieber Herr?"

An der Stimme erkannte Andreas, daß es jener Herr war, den er drei Wochen vorher getroffen hatte. Also sagte er: „Ich erinnere mich wohl, daß ich Ihnen noch Geld schuldig bin, ich sollte es der heiligen Therese zurückbringen. Aber es ist allerhand dazwischengekommen, wissen Sie. Und ich bin schon das dritte Mal daran verhindert gewesen, das Geld zurückzugeben."

„Sie irren sich", sagte der ältere, wohlangezogene Herr, „ich habe nicht die Ehre, Sie zu kennen. Sie verwechseln mich offenbar, aber es scheint mir, daß Sie in einer Verlegenheit sind. Und was die heilige Therese betrifft, von der Sie eben gesprochen haben, bin ich ihr dermaßen menschlich verbunden, daß ich selbstverständlich bereit bin, Ihnen das Geld vorzustrecken, das Sie ihr schuldig sind. Wieviel macht es denn?"

„Zweihundert Francs", erwiderte Andreas, „aber verzeihen Sie, Sie kennen mich ja nicht! Ich bin ein Ehrenmann, und Sie können mich kaum mahnen. Ich habe nämlich wohl meine Ehre, aber keine Adresse. Ich schlafe unter einer dieser Brücken."

„Oh, das macht nichts!" sagte der Herr. „Auch ich pflege da zu schlafen. Und Sie erweisen mir geradezu einen Gefallen, für den ich nicht genug dankbar sein kann, wenn Sie mir das Geld abnehmen. Denn auch ich bin der kleinen Therese soviel schuldig!"

„Dann", sagte Andreas, „allerdings stehe ich zu Ihrer Verfügung."

Er nahm das Geld, wartete eine Weile, bis der Herr die Stufen hinaufgeschritten war, und ging dann selber die gleichen Stufen hinauf und geradewegs in die Rue des Quatre Vents in sein altes Restaurant, in das russisch – armenische Tari-Bari, und dort blieb er bis zum Samstagabend. Und da erinnerte er sich, daß morgen Sonntag sei und daß er in die Kapelle Ste Marie des Batignolles zu gehen habe.

15

Im Tari-Bari waren viele Leute, denn manche schliefen dort, die kein Obdach hatten, tagelang, nächtelang, des Tags hinter der Theke und des Nachts auf den Banquetten. Andreas erhob sich am Sonntag sehr früh, nicht so sehr wegen der Messe, die er zu versäumen gefürchtet hätte, wie aus Angst vor dem Wirt, der ihn mahnen würde, Trank und Speise und Quartier für so viele Tage zu bezahlen.

Er irrte sich aber, denn der Wirt war bereits viel früher aufgestanden als er. Denn der Wirt kannte ihn schon seit langem und wußte, daß unser Andreas dazu neigte, jede Gelegenheit wahrzunehmen, um Zahlungen auszuweichen. Infolgedessen mußte unser Andreas bezahlen, von Dienstag bis Sonntag, reichlich Speise und Getränke und viel mehr noch, als er gegessen und getrunken hatte. Denn der Wirt vom Tari-Bari wußte zu unterscheiden, welche von seinen Kunden rechnen konnten und welche nicht. Aber unser Andreas gehörte zu jenen, die nicht rechnen konnten, wie viele Trinker. Andreas zahlte also einen großen Teil des Geldes, das er bei sich hatte, und begab sich dennoch in die Richtung der Kapelle Ste Marie des Batignolles. Aber er wußte wohl schon, daß er nicht mehr genügend Geld hatte, um der heiligen Therese alles zurückzuzahlen. Und er dachte ebenso an seinen Freund Woitech, mit dem er sich verabredet hatte, genau in dem gleichen Maße wie an seine kleine Gläubigerin.

Nun also kam er in der Nähe der Kapelle an, und es war wieder leider nach der Zehn-Uhr-Messe, und noch einmal strömten ihm die Menschen entgegen, und wie er so gewohnt den Weg zum Bistro einschlug, hörte er hinter sich rufen, und plötzlich fühlte er eine derbe Hand auf seiner Schulter. Und wie er sich umwandte, war es ein Polizist.

Unser Andreas, der, wie wir wissen, keine Papiere hatte, wie so viele seinesgleichen, erschrak und griff schon in die Tasche, einfach um sich den Anschein zu geben, er hätte etwelche Papiere, die richtig seien. Der Polizist aber sagte: „Ich weiß schon, was Sie su-

DIE LEGENDE VOM HEILIGEN TRINKER

chen. In der Tasche suchen Sie es vergeblich! Ihre Brieftasche haben Sie eben verloren. Hier ist sie, und", so fügte er noch scherzhaft hinzu, „das kommt davon, wenn man Sonntag am frühen Vormittag schon so viele Aperitifs getrunken hat! ...‟

Andreas ergriff schnell die Brieftasche, hatte kaum Gelassenheit genug, den Hut zu lüften, und ging stracks ins Bistro hinüber.

Dort fand er den Woitech bereits vor und erkannte ihn nicht auf den ersten Blick, sondern erst nach einer längeren Weile. Dann aber begrüßte ihn unser Andreas um so herzlicher. Und sie konnten gar nicht aufhören, beide einander wechselseitig einzuladen, und Woitech, höflich, wie die meisten Menschen es sind, stand von der Banquette auf und bot Andreas den Ehrenplatz an und ging, so schwankend er auch war, um den Tisch herum, setzte sich gegenüber auf einen Stuhl und redete Höflichkeiten. Sie tranken lediglich Pernod.

„Mir ist wieder etwas Merkwürdiges geschehen", sagte Andreas. „Wie ich da zu unserem Rendezvous herübergehen will, faßt mich ein Polizist an der Schulter und sagt: ‚Sie haben Ihre Brieftasche verloren.‘ Und gibt mir eine, die mir gar nicht gehört, und ich stecke sie ein, und jetzt will ich nachschauen, was es eigentlich ist."

Und damit zieht er die Brieftasche heraus und sieht nach, und es liegen darin mancherlei Papiere, die ihn nicht das geringste angehen, und er sieht auch Geld darin und zählt die Scheine, und es sind genau zweihundert Francs. Und da sagt Andreas: „Siehst du! Das ist ein Zeichen Gottes. Jetzt gehe ich hinüber und zahle endlich mein Geld!"

„Dazu", antwortet Woitech, „hast du ja Zeit, bis die Messe zu Ende ist. Wozu brauchst du denn die Messe? Während der Messe kannst du nichts zurückzahlen. Nach der Messe gehst du in die Sakristei, und inzwischen trinken wir!"

„Natürlich, wie du willst", antwortete Andreas.

In diesem Augenblick tat sich die Tür auf, und während Andreas ein unheimliches Herzweh verspürte und eine große Schwäche im Kopf, sah er, daß ein junges Mädchen hereinkam und sich genau ihm gegenüber auf die Banquette setzte. Sie war sehr jung, so jung, wie er noch nie ein Mädchen gesehen zu haben glaubte, und sie war ganz himmelblau angezogen. Sie war nämlich blau, wie nur der Himmel blau sein kann, an manchen Tagen, und auch nur an gesegneten.

So schwankte er also hinüber, verbeugte sich und sagte zu dem jungen Kind: „Was machen Sie hier?"

„Ich warte auf meine Eltern, die eben aus der Messe kommen; die wollen mich hier abholen. Jeden vierten Sonntag", sagte sie und war ganz verschüchtert vor dem älteren Mann, der sie so plötzlich angesprochen hatte. Sie fürchtete sich ein wenig vor ihm.

Andreas fragte darauf: „Wie heißen Sie?"

„Therese", sagte sie.

„Ah", rief Andreas darauf, „das ist reizend! Ich habe nicht gedacht, daß eine so große, eine so kleine Heilige, eine so große und so kleine Gläubigerin mir die Ehre erweist, mich aufzusuchen, nachdem ich so lange nicht zu ihr gekommen war."

„Ich verstehe nicht, was Sie reden", sagte das kleine Fräulein ziemlich verwirrt.

„Das ist nur Ihre Feinheit", erwiderte hier Andreas. „Das ist nur Ihre Feinheit, aber ich weiß sie zu schätzen. Ich bin Ihnen seit langem zweihundert Francs schuldig, und ich bin nicht mehr dazu gekommen, sie Ihnen zurückzugeben, heiliges Fräulein!"

„Sie sind mir kein Geld schuldig, aber ich habe welches im Täschchen, hier, nehmen Sie und gehen Sie. Denn meine Eltern kommen bald."

Und somit gab sie ihm einen Hundertfrancsschein aus ihrem Täschchen.

All dies sah Woitech im Spiegel, und er schwankte auf aus seinem Sessel und bestellte zwei Pernods und wollte eben unseren Andreas an die Theke schleppen, damit er mittrinke. Aber wie Andreas sich eben anschickt, an die Theke zu treten, fällt er um wie ein Sack, und alle Menschen im Bistro erschrecken und Woitech auch. Und am meisten das Mädchen, das Therese heißt. Und man schleppt ihn, weil in der Nähe kein Arzt und keine Apotheke ist, in die Kapelle, und zwar in die Sakristei, weil Priester doch etwas von Sterben und Tod verstehen, wie die ungläubigen Kellner trotzdem glaubten; und das Fräulein, das Therese heißt, kann nicht umhin und geht mit.

Man bringt also unsern armen Andreas in die Sakristei, und er kann leider nichts mehr reden, er macht nur eine Bewegung, als wollte er in die linke innere Rocktasche greifen, wo das Geld, das er der kleinen Gläubigerin schuldig ist, liegt, und er sagt: „Fräulein Therese!" – und tut seinen letzten Seufzer und stirbt.

Gebe Gott uns allen, uns Trinkern, einen so leichten und so schönen Tod!

DIE LEGENDE VOM HEILIGEN TRINKER

Der Leviathan

IN DEM KLEINEN STÄDTCHEN PROGRODY lebte einst ein Korallenhändler, der wegen seiner Redlichkeit und wegen seiner guten, zuverlässigen Ware weit und breit in der Umgebung bekannt war. Aus den fernen Dörfern kamen die Bäuerinnen zu ihm, wenn sie zu besonderen Anlässen einen Schmuck brauchten. Leicht hätten sie in ihrer Nähe schon noch andere Korallenhändler gefunden, aber sie wußten, daß sie dort nur alltäglichen Tand und billigen Flitter bekommen konnten. Deshalb legten sie in ihren kleinen, ratternden Wägelchen manchmal viele Werst zurück, um nach Progrody zu gelangen, zu dem berühmten Korallenhändler Nissen Piczenik.

Gewöhnlich kamen sie an jenen Tagen, an denen der Jahrmarkt stattfand. Am Montag war Pferdemarkt, am Donnerstag Schweinemarkt. Die Männer betrachteten und prüften die Tiere, die Frauen gingen in unregelmäßigen Gruppen, barfuß und die Stiefel über die Schultern gehängt, mit den bunten, auch an trüben Tagen leuchtenden Kopftüchern in das Haus Nissen Piczeniks. Die harten, nackten Sohlen trommelten gedämpft und fröhlich auf den hohlen Brettern des hölzernen Bürgersteigs und in dem weiten, kühlen Flur des alten Hauses, in dem der Händler wohnte. Aus dem gewölbten Flur gelangte man in einen stillen Hof, wo zwischen den unregelmäßigen Pflastersteinen sanftes Moos wucherte und in der warmen Jahreszeit einzelne Gräslein sprossen. Hier kamen den Bäuerinnen schon die Hühner Piczeniks freundlich entgegen, voran die Hähne mit den stolzen Kämmen, die so rot waren wie die rötesten Korallen.

Man mußte dreimal an die eiserne Tür klopfen, an der ein eiserner Klöppel hing. Dann öffnete Piczenik eine kleine Luke, die in die Tür eingeschnitten war, sah die Leute, die Einlaß heischten, schob den Riegel zurück und ließ die Bäuerinnen eintreten. Bettlern, wandernden Sängern, Zigeunern und den Männern mit den tanzenden Bären pflegte er durch die Luke ein Almosen zu reichen. Er mußte recht vorsichtig sein, denn auf allen Tischen in seiner geräumigen Küche wie im Wohnzimmer lagen die edlen Korallen in großen, kleinen, mittleren Haufen, verschiedene Völker und Rassen von Korallen durcheinandergemischt oder auch bereits nach ihrer Eigenart und Farbe geordnet. Man hatte nicht zehn Augen im Kopf, um jeden Bettler zu beobachten, und Piczenik wußte, daß die Armut die unwiderstehliche Verführerin zur Sünde ist. Zwar stahlen manchmal auch wohlhabende Bäuerinnen; denn die Frauen erliegen leicht der Lust, sich den Schmuck, den sie bequem kaufen könnten, heimlich und unter Gefahr anzueignen. Aber bei den Kunden drückte der Händler eines seiner wachsamen Augen zu, und ein paar Diebstähle kalkulierte er auch in die Preise ein, die er für seine Ware forderte.

Er beschäftigte nicht weniger als zehn Fädlerinnen, hübsche junge Mädchen, mit guten, sicheren Augen und feinen Händen. Die Mädchen saßen in zwei Reihen an einem langen Tisch und angelten mit zarten Nadeln nach den Korallen. Also entstanden die schönen, regelmäßigen Schnüre, an deren Enden die kleinsten Korallen, in deren Mitte die größten und leuchtendsten steckten. Bei dieser Arbeit sangen die Mädchen im Chor. Und im Sommer, an heißen, blauen und sonnigen Tagen, war im Hof der lange Tisch aufgestellt, an dem die fädelnden Frauen saßen, und ihren sommerlichen Gesang hörte man im ganzen Städtchen, und er übertönte die schmetternden Lerchen unter dem Himmel und die zirpenden Grillen in den Gärten.

Es gibt viel mehr Arten von Korallen, als die gewöhnlichen Leute wissen, die sie nur aus den Schaufenstern oder Läden kennen. Es gibt geschliffene und ungeschliffene vor allem; ferner flach an den Rändern geschnittene und kugelrunde; dornen- und stäbchenartige, die wie Stacheldraht aussehn; gelblich leuchtende, fast weißrote Korallen von der Farbe, wie sie manchmal die oberen Ränder der Teerosenblätter zeigen, gelblichrosa, rosa, ziegelrote, rübenrote, zinnoberfarbene und schließlich die Korallen, die aussehen wie feste, runde Blutstropfen. Es gibt ganz- und halbrunde; Korallen, die wie kleine Fäßchen, andere, die wie Zylinderchen aussehen; es gibt gerade, schiefgewachsene und sogar bucklige Korallen. Es gibt Sterne, Stacheln, Zinken, Blüten. Denn die Korallen sind die edelsten Pflanzen der ozeanischen Unterwelt, Rosen für die launischen Göttinnen der Meere, so reich an Formen und Farben wie die Launen dieser Göttinnen selbst.

Wie man sieht, hielt Nissen Piczenik keinen offenen Laden. Er betrieb das Geschäft in seiner Wohnung, das heißt: er lebte mit den Korallen, Tag und Nacht, Sommer und Winter, und da in seiner Stube wie in seiner Küche die Fenster in den Hof gingen und obendrein von dichten, eisernen Gittern geschützt waren, herrschte in dieser Wohnung eine schöne, geheimnisvolle Dämmerung, die an Meeresgrund erinnerte, und es war, als wüchsen dort die Korallen, und nicht, als würden sie gehandelt. Ja, dank einer besonderen, geradezu geflissentlichen Laune der Natur war Nissen Piczenik, der Korallenhändler, ein rothaariger Jude, dessen kupferfarbenes Ziegenbärtchen an eine Art rötlichen Tangs erinnerte und dem ganzen Mann eine frappante Ähnlichkeit mit einem Meergott verlieh. Es war, als schüfe oder pflanzte und pflückte er selbst die Korallen, mit denen er handelte. Und so stark war die Beziehung seiner Ware zu seinem Aussehen, daß man ihn nicht nach seinem Namen im Städtchen Progrody nannte, mit der Zeit diesen sogar vergaß und ihn lediglich nach seinem Beruf bezeichnete. Man sagte zum Beispiel: Hier kommt der Korallenhändler – als gäbe es in der ganzen Welt außer ihm keinen anderen.

Nissen Piczenik hatte in der Tat eine familiäre Zärtlichkeit für Korallen. Von den Naturwissenschaften weit entfernt, ohne lesen und schreiben zu können – denn er hatte niemals eine Schule besucht, und er konnte nur unbeholfen seinen Namen zeichnen –, lebte er in der Überzeugung, daß die Korallen nicht etwa Pflanzen seien, sondern lebendige Tiere, eine Art winziger roter Seetiere – – und kein Professor der Meereskunde hätte ihn eines Besseren belehren können. Ja, für Nissen Piczenik lebten die Korallen noch, nachdem sie gesägt, zerschnitten, geschliffen, sortiert und gefädelt worden waren. Und er hatte vielleicht recht. Denn er sah mit eigenen Augen, wie seine rötlichen Korallenschnüre an den Busen kranker oder kränklicher Frauen allmählich zu verblassen begannen, an den Busen gesunder Frauen aber ihren Glanz behielten. Im Verlauf seiner langen Korallenhändlerpraxis hatte er oft bemerkt, wie Korallen, die blaß – trotz ihrer Röte – und immer blasser in seinen Schränken gelegen waren, plötzlich zu leuchten begannen, wenn sie um den Hals einer schönen, jungen und gesunden Bäuerin gehängt wurden, als nährten sie sich von dem Blut der Frauen. Manchmal brachte man dem Händler Korallenschnüre zum Rückkauf, er erkannte sie, die Kleinodien, die er einst selbst gefädelt und behütet hatte – und er erkannte sofort, ob sie von gesunden oder kränklichen Frauen getragen worden waren.

Er hatte eine eigene, ganz besondere Theorie von den Korallen. Seiner Meinung nach waren sie, wie gesagt, Tiere des Meeres, die gewissermaßen nur aus kluger Bescheidenheit Bäume und Pflanzen spielten, um nicht von den Haifischen angegriffen oder gefressen zu werden. Es war die Sehnsucht der Korallen, von den Tauchern gepflückt und an die Oberfläche der Erde gebracht, geschnitten, geschliffen und aufgefädelt zu werden, um endlich ihrem eigentlichen Daseinszweck zu dienen: nämlich der Schmuck schöner Bäuerinnen zu werden. Hier erst, an den weißen, festen Hälsen der Weiber, in innigster Nachbarschaft mit der lebendigen Schlagader, der Schwester der weiblichen Herzen, lebten sie auf, gewannen sie Glanz und Schönheit und übten die ihnen angeborene Zauberkraft aus, Männer anzuziehen und deren Liebeslust zu wecken. Zwar hatte der alte Gott Jehovah alles selbst geschaffen, die Erde und ihr Getier, die Meere und alle ihre Geschöpfe. Dem Leviathan aber, der sich auf dem Urgrund aller Wasser ringelte, hatte Gott selbst für eine Zeitlang, bis zur Ankunft des Messias nämlich, die Verwaltung über die Tiere und Gewächse des Ozeans, insbesondere über die Korallen, anvertraut.

Nach all dem, was hier erzählt ist, könnte man glauben, daß der Händler Nissen Piczenik als eine Art Sonderling bekannt war. Dies war keineswegs der Fall. Piczenik lebte in dem Städtchen Progrody als ein unauffälliger, bescheidener Mensch, dessen Erzählungen von den Korallen und dem Leviathan ganz ernst genommen wurden, als Mitteilungen eines Mannes vom Fach nämlich, der sein Gewerbe ja kennen mußte, wie der Tuchhändler Manchesterstoffe von deutschem Perkal unterschied und der Teehändler den russischen Tee der berühmten Firma Popoff von dem englischen Tee, den der ebenso berühmte Lipton aus London lieferte. Alle Einwohner von Progrody und Umgebung waren überzeugt, daß die Korallen lebendige Tiere sind und daß sie von dem Urfisch Leviathan in ihrem Wachstum und Benehmen unter dem Meere bewacht werden. Es konnte nicht daran gezweifelt werden, da es ja Nissen Piczenik selbst erzählt hatte.

Die schönen Fädlerinnen arbeiteten oft bis spät in die Nacht und manchmal sogar nach Mitternacht im Hause Nissen Piczeniks. Nachdem sie sein Haus verlassen hatten, begann der Händler selbst, sich mit seinen Steinen, will sagen: Tieren, zu beschäftigen.

Zuerst prüfte er die Ketten, die seine Mädchen geschaffen hatten, hierauf zählte er die Häufchen der noch nicht und der schon nach ihrer Rasse und Größe geordneten Korallen, dann begann er, selbst zu sortieren und mit seinen rötlich behaarten, starken und feinfühligen Fingern jede einzelne Koralle zu befühlen, zu glätten, zu streicheln. Es gab wurmstichige Korallen. Sie hatten Löcher an den Stellen, an denen Löcher keineswegs zu brauchen waren. Da hatte der sorglose Leviathan einmal nicht aufgepaßt. Und um ihn zurechtzuweisen, zündete Nissen Piczenik eine Kerze an, hielt ein Stück roten Wachses über die Flamme, bis es heiß und flüssig ward, und verstopfte mittels einer feinen Nadel, deren Spitze er in das Wachs getaucht hatte, die Wurmbohrungen im Stein. Dabei schüttelte er den Kopf, als begriffe er nicht, daß ein so mächtiger Gott wie Jehovah einem so leichtsinnigen Fisch wie dem Leviathan die Obhut über die Korallen hatte überlassen können.

Manchmal, aus purer Freude an den Steinen, fädelte er selbst Korallen, bis der Morgen graute und die Zeit gekommen war, das Morgengebet zu sagen. Die Arbeit ermüdete ihn keineswegs, er fühlte keinerlei Schwäche. Seine Frau schlief noch unter der Decke. Er warf einen kurzen, gleichgültigen Blick auf sie. Er haßte sie nicht, er liebte sie nicht, sie war eine der vielen Fädlerinnen, die bei ihm arbeiteten, weniger hübsch und reizvoll als die meisten. Zehn Jahre war er schon mit ihr verheiratet, sie hatte ihm keine Kinder geschenkt – und das allein wäre ihre Aufgabe gewesen. Eine fruchtbare Frau hätte er gebraucht, fruchtbar wie die See, auf deren Grund so viele Korallen wuchsen. Seine Frau aber war wie ein trockener Teich. Mochte sie schlafen, allein, so viele Nächte sie wollte! Das Gesetz hätte ihm erlaubt, sich von ihr scheiden zu lassen. Aber inzwischen waren ihm Kinder und Frauen gleichgültig geworden. Er liebte die Korallen. Und ein unbestimmtes Heimweh war in seinem Herzen, er hätte sich nicht getraut, es bei Namen zu nennen: Nissen Piczenik, geboren und aufgewachsen mitten im tiefsten Kontinent, sehnte sich nach dem Meere.

Ja, er sehnte sich nach dem Meere, auf dessen Grund die Korallen wuchsen, vielmehr, sich tummelten – nach seiner Überzeugung. Weit und breit gab es keinen Menschen, mit dem er von seiner Sehnsucht hätte sprechen können, in sich verschlossen mußte er es tragen, wie die See die Korallen trug. Er hatte von Schiffen gehört, von Tauchern, von Kapitänen, von Matrosen. Seine Korallen kamen in wohlverpackten Kisten, an denen noch der Seegeruch haftete, aus Odessa, Hamburg oder Triest. Der öffentliche Schreiber in der Post erledigte ihm seine Geschäftskorrespondenz. Die bunten Marken auf den Briefen der fernen Lieferanten betrachtete er ausführlich, bevor er die Umschläge wegwarf. Nie in seinem Leben hatte er Progrody verlassen. In diesem kleinen Städtchen gab es keinen Fluß, nicht einmal einen Teich, nur Sümpfe ringsherum, und man hörte wohl unter der grünen Oberfläche das Wasser glucksen, aber man sah es niemals. Nissen Piczenik bildete sich ein, daß es einen geheimen Zusammenhang zwischen dem verborgenen Gewässer der Sümpfe und den gewaltigen Wassern der großen Meere gebe – und daß auch tief unten, in den Sümpfen, Korallen vorhanden sein könnten. Er wußte, daß er, wenn er diese Ansicht jemals geäußert hätte, zum Gespött des Städtchens geworden wäre. Er schwieg daher und erwähnte seine Ansicht nicht. Er träumte manchmal davon, daß das große Meer – er wußte nicht welches, er hatte niemals eine Landkarte gesehen, und alle Meere der Welt waren für ihn einfach das große Meer – eines Tages Rußland überschwemmen würde, und zwar just jene Hälfte, auf der er lebte. Dann wäre also die See, zu der er niemals zu gelangen hoffte, zu ihm gekommen, die gewaltige, unbekannte See mit dem unmeßbaren Leviathan auf ihrem Grunde und mit all ihren süßen und herben und salzigen Geheimnissen.

Der Weg von dem Städtchen Progrody zum kleinen Bahnhof, in dem nur dreimal in der Woche die Züge ankamen, führte zwischen den Sümpfen vorbei. Und immer, auch wenn Nissen Piczenik keine Korallensendungen zu erwarten hatte, und selbst an den Tagen, an denen keine Züge kamen, ging er zum Bahnhof, das heißt zu den Sümpfen. Am Rande des Sumpfes stand er eine Stunde und länger und hörte das Quaken der Frösche andächtig, als könnten sie ihm vom Leben auf dem Grunde der Sümpfe berichten, und glaubte manchmal in der Tat, allerhand Berichte empfangen zu haben. Im Winter, wenn die Sümpfe gefroren waren, wagte er sogar, seinen Fuß auf sie zu setzen, und das bereitete ihm ein sonderbares Vergnügen. Am faulen Geruch des Sumpfes erkannte er ahnungsvoll den gewaltig herben Duft des großen Meeres, und das leise, kümmerliche Glucksen der unterirdischen Gewässer verwandelte sich in seinen hellhörigen Ohren in ein Rauschen der riesigen grünblauen Wogen. Im Städtchen Progrody aber wußte kein Mensch, was alles sich in der Seele des Korallenhändlers abspielte. Alle Juden hielten ihn für ihresgleichen. Der handelte mit Stoffen und jener mit Petroleum; einer verkaufte Gebetmäntel, der andere Wachskerzen und Seife, der dritte Kopftücher für Bäuerinnen und Taschenmesser; einer lehrte die Kinder beten, der andere rechnen, der dritte handelte mit Kwaß und Kukuruz und gesottenen Saubohnen. Und ihnen allen schien es, Nissen Piczenik sei ihresgleichen – nur handele er eben mit Korallen. Indessen war er – wie man sieht – ein ganz Besonderer.

2

Er hatte arme und reiche Kunden, ständige und zufällige. Zu seinen reichen Kunden zählte er zwei Bauern aus der Umgebung, von denen der eine, nämlich Timon Semjonowitsch, Hopfen angepflanzt hatte und jedes Jahr, wenn die Kommissionäre aus Nürnberg, Saaz und Judenburg kamen, eine Menge glücklicher Abschlüsse machte. Der andere Bauer hieß Nikita Iwanowitsch. Der hatte nicht weniger als acht Töchter gezeugt, von denen eine nach der anderen heiratete und von denen jede Korallen brauchte. Die verheirateten Töchter – bis jetzt waren es vier – bekamen, kaum zwei Monate nach der Vermählung, Kinder – und es waren wieder Töchter – und auch diese brauchten Korallen; als Säuglinge schon, um den bösen Blick abzuwenden. Die Mitglieder dieser zwei

Familien waren die vornehmsten Gäste im Hause Nissen Piczeniks. Für die Töchter beider Bauern, ihre Enkel und Schwiegersöhne hatte der Händler den guten Schnaps bereit, den er in seinem Kasten aufbewahrte, einen selbstgebrannten Schnaps, gewürzt mit Ameisen, trockenen Schwämmen, Petersilie und Tausendgüldenkraut. Die anderen, gewöhnlichen Kunden begnügten sich mit einem gewöhnlichen gekauften Wodka. Denn es gab in jener Gegend keinen richtigen Kauf ohne Trunk. Käufer und Verkäufer tranken, damit das Geschäft beiden Gewinn und Segen bringe. Auch Tabak lag in Haufen in der Wohnung des Korallenhändlers, vor dem Fenster, von feuchten Löschblättern überdeckt, damit er frisch bleibe. Denn die Kunden kamen zu Nissen Piczenik nicht, wie Menschen in einen Laden kommen, einfach, um die Ware zu kaufen, zu bezahlen und wieder wegzugehn. Die meisten Kunden hatten einen Weg von vielen Werst zurückgelegt, und sie waren nicht nur Kunden, sondern auch Gäste Nissen Piczeniks. Er gab ihnen zu trinken, zu rauchen und manchmal auch zu essen. Die Frau des Händlers kochte Kascha mit Zwiebeln, Borschtsch mit Sahne, sie briet Äpfel am Rost, Kartoffeln und im Herbst Kastanien. So waren die Kunden nicht nur Kunden, sondern auch Gäste im Hause Piczeniks. Manchmal mischten sich die Bäuerinnen, während sie nach passenden Korallen suchten, in den Gesang der Fädlerinnen; alle sangen sie zusammen, und sogar Nissen Piczenik begann, vor sich hinzusummen; und seine Frau rührte im Takt den Löffel am Herd. Kamen dann die Bauern vom Markt oder aus der Schenke, um ihre Frauen abzuholen und deren Einkäufe zu bezahlen, so mußte der Korallenhändler auch mit ihnen Schnaps oder Tee trinken und eine Zigarette rauchen. Und jeder alte Kunde küßte sich mit dem Händler wie mit einem Bruder.

Denn wenn wir einmal getrunken haben, sind alle guten und redlichen Männer unsere Brüder und alle lieben Frauen unsere Schwestern – und es gibt keinen Unterschied zwischen Bauer und Händler, Jud' und Christ; und wehe dem, der das Gegenteil behaupten wollte!

3

Jedes neue Jahr wurde Nissen Piczenik unzufriedener mit seinem friedlichen Leben, ohne daß es jemand in dem Städtchen Progrody gemerkt hätte. Wie alle Juden ging auch der Korallenhändler zweimal jeden Tag, morgens und abends, ins Bethaus, feierte die Feiertage, fastete an den Fasttagen, legte Gebetriemen und Gebetmantel an, schaukelte seinen Oberkörper, unterhielt sich mit den Leuten, sprach von Politik, vom Russisch-Japanischen Krieg, überhaupt von allem, was in den Zeitungen stand und was die Welt bewegte. Aber die Sehnsucht nach dem Meere, der Heimat der Korallen, trug er im Herzen, und aus den Zeitungen, die zweimal in der Woche nach Progrody kamen, ließ er sich, da er sie nicht entziffern konnte, etwaige maritime Nachrichten zuerst vorlesen. Ähnlich wie von den Korallen hatte er vom Meer eine ganz besondere Vorstellung. Zwar wußte er, daß es viele Meere in der Welt gab, das wirkliche, eigentliche Meer aber war jenes, das man durchqueren mußte, um nach Amerika zu gelangen.

Nun ereignete es sich eines Tages, daß der Sohn des Barchenthändlers Alexander Komrower, der vor drei Jahren eingerückt und zur Marine gekommen war, auf einen kurzen Urlaub heimkehrte. Kaum hatte der Korallenhändler von der Rückkehr des jungen Komrower gehört, da erschien er auch schon in dessen Hause und begann, den Matrosen nach allen Geheimnissen der Schiffe, des Wassers und der Winde auszufragen.

Während alle Welt in Progrody überzeugt war, daß sich der junge Komrower lediglich infolge seiner Dummheit auf die gefährlichen Ozeane hatte verschleppen lassen, betrachtete der Korallenhändler den Matrosen als einen begnadeten Jungen, dem die Ehre und das Glück zuteil geworden waren, gewissermaßen ein Vertrauter der Korallen zu werden, ja, ein Verwandter der Korallen. Und man sah den fünfundvierzigjährigen Nissen Piczenik mit dem zweiundzwanzigjährigen Komrower Arm in Arm über den Marktplatz des Städtchens streichen, stundenlang. Was will er vom Komrower? fragten sich die Leute. Was will er eigentlich von mir? fragte sich auch der Junge.

Während des ganzen Urlaubs, den der junge Mann in Progrody verbringen durfte, wich der Korallenhändler fast nicht von seiner Seite. Sonderbar erschienen dem Jungen die Fragen des Älteren, wie zum Beispiel diese:

„Kann man mit einem Fernrohr bis auf den Grund des Meeres sehen?"

„Nein", sagte der Matrose, „mit dem Fernrohr schaut man nur in die Weite, nicht in die Tiefe."

„Kann man", fragte Nissen Piczenik weiter, „wenn man Matrose ist, sich auf den Grund des Meeres fallen lassen?"

„Nein", sagte der junge Komrower, „wenn man ertrinkt, dann sinkt man wohl auf den Grund des Meeres." „Der Kapitän kann's auch nicht?"

„Auch der Kapitän kann es nicht."

„Hast du schon einen Taucher gesehen?"

„Manchmal", sagte der Matrose.

„Steigen die Tiere und Pflanzen des Meeres manchmal an die Oberfläche?"

„Nur die Fische und die Walfische, die eigentlich keine Fische sind."

„Beschreibe mir", sagte Nissen Piczenik, „wie das Meer aussieht."

„Es ist voller Wasser", sagte der Matrose Komrower.

„Und ist es so weit wie ein großes Land, eine weite Ebene zum Beispiel, auf der kein Haus steht?"

„So weit ist es – und noch weiter!" sagte der junge Matrose. „Und es ist so, wie Sie sagen: eine weite Ebene, und hier und da sieht man ein Haus, das ist aber sehr selten, und es ist gar kein Haus, sondern ein Schiff."

„Wo hast du die Taucher gesehen?"

„Es gibt bei uns", sagte der Junge, „bei der Militärmarine, Taucher. Aber sie tauchen nicht, um Perlen oder Austern oder Korallen zu fischen. Es ist eine militärische Übung,

DER LEVIATHAN

zum Beispiel für den Fall, daß ein Kriegsschiff untergeht, und dann müßte man wertvolle Instrumente oder Waffen herausholen."

„Wieviel Meere gibt es in der Welt?"

„Das kann ich Ihnen nicht sagen", erwiderte der Matrose, „wir haben es zwar in der Instruktionsstunde gelernt, aber ich habe nicht achtgegeben. Ich kenne nur das Baltische Meer, die Ostsee, das Schwarze Meer und den großen Ozean."

„Welches Meer ist das tiefste?"

„Weiß ich nicht."

„Wo finden sich die meisten Korallen?"

„Weiß ich auch nicht."

„Hm, hm", machte der Korallenhändler Piczenik, „schade, daß du es nicht weißt."

Am Rande des Städtchens, dort, wo die Häuschen Progrodys immer kümmerlicher wurden, bis sie schließlich ganz aufhörten, und die weite, bucklige Straße zum Bahnhof begann, stand die Schenke Podgorzews, ein schlecht beleumundetes Haus, in dem Bauern, Taglöhner, Soldaten, leichtfertige Mädchen und nichtswürdige Burschen verkehrten. Eines Tages sah man dort den Korallenhändler Piczenik mit dem Matrosen Komrower eintreten. Man reichte ihnen kräftigen, dunkelroten Met und gesalzene Erbsen. „Trink, mein Junge! Trink und iß, mein Junge!" sagte Nissen Piczenik väterlich zu dem Matrosen. Dieser trank und aß fleißig, denn so jung er auch war, so hatte er doch schon einiges in den Häfen gelernt, und nach dem Met gab man ihm einen schlechten, sauren Wein und nach dem Wein einen neunziggrädigen Schnaps. Während er den Met trank, war er so schweigsam, daß der Korallenhändler fürchtete, er würde nie mehr etwas von dem Matrosen über die Wasser hören, sein Wissen sei einfach erschöpft. Nach dem Wein aber begann der kleine Komrower, sich mit dem Wirt Podgorzew zu unterhalten, und als der Neunziggrädige kam, sang er mit lauter Stimme ein Liedchen nach dem anderen, wie ein richtiger Matrose. „Bist du aus unserem lieben Städtchen?" fragte der Wirt. „Gewiß, ein Kind eures Städtchens – meines – unseres lieben Städtchens", sagte der Matrose, ganz so, als wäre er nicht der Sohn des behäbigen Juden Komrower, sondern ein ganzer Bauernjunge. Ein paar Tagediebe und Landstreicher setzten sich an den Tisch neben Nissen Piczenik und den Matrosen, und als der Junge das Publikum sah, fühlte er sich von einer fremdartigen Würde erfüllt, so einer Würde, von der er gedacht hatte, nur Seeoffiziere könnten sie besitzen. Und er munterte die Leute auf: „Fragt, Kinderchen, fragt nur! Auf alles kann ich euch antworten. Seht, diesem lieben Onkel hier, ihr kennt ihn wohl, er ist der beste Korallenhändler im ganzen Gouvernement, ihm habe ich schon vieles erzählt!" Nissen Piczenik nickte. Und da es ihm nicht behaglich in dieser fremdartigen Gesellschaft war, trank er einen Met und noch einen. Allmählich kamen ihm all die verdächtigen Gesichter, die er immer nur durch eine Türluke gesehen hatte, ebenfalls menschlich vor wie sein eigenes. Da aber die Vorsicht und das Mißtrauen tief in seiner Brust eingewurzelt waren, ging er in den Hof hinaus und barg das Säckchen mit dem Silbergeld in der Mütze. Nur einige Münzen behielt er lose in der Tasche. Befriedigt von seinem Einfall und von dem beruhigenden Druck, den das Geldsäckchen unter der Mütze auf seinen Schädel ausübte, kehrte er wieder an den Tisch zurück.

Dennoch gestand er sich, daß er eigentlich selber nicht wußte, warum und wozu er hier in der Schenke mit dem Matrosen und den unheimlichen Gesellen saß. Hatte er doch sein ganzes Leben regelmäßig und unauffällig verbracht, und seine geheimnisvolle Liebe zu den Korallen und ihrer Heimat, dem Ozean, war bis zur Ankunft des Matrosen und eigentlich bis zu dieser Stunde niemandem und niemals offenbar geworden. Und es ereignete sich noch etwas, was Nissen Piczenik aufs tiefste erschreckte. Er, der keineswegs gewohnt war, in Bildern zu denken, erlebte in dieser Stunde die Vorstellung, daß seine geheime Sehnsucht nach den Wassern und allem, was auf und unter ihnen lebte und geschah, auf einmal an die Oberfläche seines eigenen Lebens gelangte, wie zuweilen ein kostbares und seltsames Tier, gewohnt und heimisch auf dem Grunde des Meeres, aus unbekanntem Grunde an die Oberfläche emporschießt. Wahrscheinlich hatten der ungewohnte Met und die durch die Erzählungen des Matrosen befruchtete Phantasie des Korallenhändlers dieses Bild in ihm geweckt. Aber er erschrak und wunderte sich darüber, daß ihm derlei verrückte Einfälle kommen konnten, noch mehr als über die Tatsache, daß er auf einmal imstande war, an einem Tisch in der Schenke mit wüsten Gesellen zu sitzen.

Diese Verwunderung und dieser Schrecken aber vollzogen sich gleichsam unter der Oberfläche seines Bewußtseins. Inzwischen hörte er sehr wohl mit eifrigem Vergnügen den märchenhaften Erzählungen des Matrosen Komrower zu. „Auf welchem Schiff dienst du?" fragten ihn die Tischgenossen. Er dachte eine Weile nach – sein Schiff hieß nach einem bekannten Admiral aus dem neunzehnten Jahrhundert, aber der Name schien ihm so gewöhnlich in diesem Augenblick wie sein eigener, Komrower war entschlossen, gewaltig zu imponieren –, und er sagte also: „Mein Kreuzer heißt ‚Mütterchen Katharina'. Und wißt ihr, wer das war? Ihr wißt es natürlich nicht – und deshalb werde ich es euch erzählen. Also, Katharina war die schönste und reichste Frau von ganz Rußland, und deshalb heiratete sie der Zar eines Tages im Kreml in Moskau und führte sie sofort mit Schlitten – es war ein Frost von 40 Grad –, mit einem Sechsgespann direkt nach Zarskoje Selo. Und hinter ihnen fuhr das ganze Gefolge in Schlitten – und es waren so viele, daß die ganze Landstraße drei Tage und drei Nächte verstopft war. Eine Woche nach dieser prächtigen Hochzeit kam der gewalttätige und ungerechte König von Schweden in den Hafen von Petersburg, mit seinen lächerlichen, hölzernen Kähnen, auf denen aber viele Soldaten standen – denn zu Lande sind die Schweden sehr tapfer –, und nichts weniger wollte dieser Schwede, als ganz Rußland erobern. Die Zarin Katharina aber bestieg unverzüglich ein Schiff, eben den Kreuzer, auf dem ich diene, und beschoß eigenhändig die blödsinnigen Kähne des schwedischen Königs, daß sie untergingen. Und ihm selbst warf sie einen Rettungsgürtel zu und nahm ihn später gefangen. Sie ließ ihm die Augen herausnehmen, aß sie auf, und dadurch wurde sie noch klüger, als sie vorher gewesen war. Den König ohne Augen aber verschickte sie nach Sibirien."

„Ei, ei", sagte da ein Taugenichts und kratzte sich am Hinterkopf, „ich kann dir beim besten Willen nicht alles glauben."

„Wenn du das noch einmal sagst", erwiderte der Matrose Komrower, „so hast du die kaiserlich-russische Marine beleidigt, und ich muß dich mit meiner Waffe erschlagen. So wisse denn, daß ich diese ganze Geschichte gelernt habe in unserer Instruktionsstunde, und Seine Hochwohlgeboren, unser Kapitän Woroschenko selbst, hat sie uns erzählt."

Man trank noch Met und mehrere Schnäpse, und der Korallenhändler Nissen Piczenik bezahlte. Auch er hatte einiges getrunken, wenn auch nicht soviel wie die anderen. Aber als er auf die Straße trat, Arm in Arm mit dem jungen Matrosen Komrower, schien es ihm, daß die Straßenmitte ein Fluß sei, die Wellen gingen auf und nieder, die spärlichen Petroleumlaternen waren Leuchttürme, und er mußte sich hart an den Rand halten, um nicht ins Wasser zu fallen. Der Junge schwankte fürchterlich. Ein Leben lang, fast seit seiner Kindheit, hatte Nissen Piczenik jeden Abend die vorgeschriebenen Abendgebete gesagt, das eine, das bei der Dämmerung zu beten ist, das andere, das den Einbruch der Dunkelheit begrüßt. Heute hatte er zum erstenmal beide versäumt. Vom Himmel glitzerten ihm die Sterne vorwurfsvoll entgegen, er wagte nicht, seinen Blick zu heben. Zu Hause erwartete ihn die Frau und das übliche Nachtmahl, Rettich mit Gurken und Zwiebeln und ein Schmalzbrot, ein Glas Kwaß und heißer Tee.

Er schämte sich mehr vor sich selbst als vor den andern. Es war ihm von Zeit zu Zeit, während er so dahinging, den schweren, torkelnden jungen Mann am Arm, als begegnete er sich selbst, der Korallenhändler Nissen Piczenik dem Korallenhändler Nissen Piczenik – und einer lachte den anderen aus. Immerhin vermied er außerdem noch, andern Menschen zu begegnen. Dieses gelang ihm. Er begleitete den jungen Komrower nach Hause, führte ihn ins Zimmer, wo die alten Komrowers saßen, und sagte: „Seid nicht böse mit ihm, ich war mit ihm in der Schenke, er hat ein wenig getrunken."

„Ihr, Nissen Piczenik, der Korallenhändler, wart mit ihm in der Schenke?" fragte der alte Komrower.

„Ja, ich!" sagte Piczenik. „Guten Abend!" Und er ging nach Hause. Noch saßen alle seine schönen Fädlerinnen an den langen vier Tischen, singend und Korallen fischend mit ihren feinen Nadeln in den zarten Händen.

„Gib mir gleich den Tee", sagte Nissen Piczenik zu seiner Frau, „ich muß arbeiten."

Und er schlürfte den Tee, und während sich seine heißen Finger in die großen, noch nicht sortierten Korallenhaufen gruben und in ihrer wohltätigen, rosigen Kühle wühlten, wandelte sein armes Herz über die weiten und rauschenden Straßen der gewaltigen Ozeane.

Und es brannte und rauschte in seinem Schädel. Er nahm aber vernünftigerweise die Mütze ab, holte das Geldsäckchen heraus und barg es wieder an seiner Brust.

4

Und es näherte sich der Tag, an dem der Matrose Komrower wieder auf seinen Kreuzer einrücken mußte, und zwar nach Odessa – und es war dem Korallenhändler weh und bang ums Herz. In ganz Progrody ist der junge Komrower der einzige Seemann, und Gott weiß, wann er wieder einen Urlaub erhalten wird. Fährt er einmal weg, so hört man weit und breit nichts mehr von den Wassern der Welt, es sei denn, es steht zufällig etwas in den Zeitungen.

Es war spät im Sommer, ein heiterer Sommer übrigens, ohne Wolke, ohne Regen, von dem ewig sanften Wind der wolynischen Ebene belebt und gekühlt. Zwei Wochen noch – und die Ernte begann, und die Bauern aus den Dörfern kamen nicht mehr zu den Markttagen, Korallen bei Nissen Piczenik einzukaufen. In diesen Wochen war die Saison der Korallen. In diesen Wochen pflegten die Kundinnen in Scharen und in Haufen zu kommen, die Fädlerinnen konnten mit der Arbeit kaum nachkommen, es gab nächtelang zu fädeln und zu sortieren. An den schönen Vorabenden, wenn die untergehende Sonne ihren goldenen Abschiedsgruß durch die vergitterten Fenster Piczeniks schickte und die Korallenhaufen jeder Art und Färbung, von ihrem wehmütigen und zugleich tröstlichen Glanz belebt, zu leuchten begannen, als trüge jedes einzelne Steinchen ein winziges Licht in seiner feinen Höhlung, kamen die Bauern heiter und angeheitert, um die Bäuerinnen abzuholen, die blauen und rötlichen Taschentücher gefüllt mit Silber- und Kupfermünzen, in schweren, genagelten Stiefeln, die auf den Steinen des Hofes knirschten. Die Bauern begrüßten Nissen Piczenik mit Umarmungen, Küssen, unter Lachen und Weinen, als fänden sie in ihm einen lang nicht mehr geschauten, langentbehrten Freund nach Jahrzehnten wieder. Sie meinten es gut mit ihm, sie liebten ihn sogar, diesen stillen, langaufgeschossenen, rothaarigen Juden mit den treuherzigen und manchmal verträumten, porzellanblauen Äuglein, in denen die Ehrlichkeit wohnte, die Redlichkeit des Handelns, die Klugheit des Fachmanns und zugleich die Torheit eines Menschen, der niemals das Städtchen Progrody verlassen hatte. Es war nicht leicht, mit den Bauern fertig zu werden. Denn obwohl sie den Korallenhändler als einen der seltenen ehrlichen Handelsleute der Gegend kannten, dachten sie doch immer daran, daß er ein Jude war. Auch machte ihnen das Feilschen einiges Vergnügen. Zuerst setzten sie sich behaglich auf die Stühle, das Kanapee, die zwei breiten hölzernen und mit hohen Polstern bedeckten Ehebetten. Manche lagerten sich auch mit den Stiefeln, an deren Rändern der silbergraue Schlamm klebte, auf die Betten, das Sofa und auch auf den Boden. Aus den weiten Taschen ihrer sackleinenen Hosen oder von den Vorräten auf dem Fensterbrett holten sie den losen Tabak, rissen die weißen Ränder alter Zeitungen ab, die im Zimmer Piczeniks herumlagen, und drehten Zigaretten – denn auch den Wohlhabenden unter ihnen schien Zigarettenpapier ein Luxus. Ein dichter blauer Rauch von billigem Tabak und grobem Papier erfüllte die Wohnung des Korallenhändlers, ein goldig durchsonnter, blauer Rauch, der in kleinen Wölkchen durch die Quadrate der ver-

DER LEVIATHAN

gitterten und geöffneten Fenster langsam in die Straße zog. In zwei kupfernen Samowaren – auch in ihnen spiegelte sich die untergehende Sonne – kochte heißes Wasser auf einem der Tische in der Mitte des Zimmers, und nicht weniger als fünfzig billige Gläser aus grünlichem Glas mit doppeltem Boden gingen reihum von Hand zu Hand, gefüllt mit dampfendem braungoldenem Tee und mit Schnaps. Längst, am Vormittag noch, hatten die Bäuerinnen stundenlang den Preis der Korallenketten ausgehandelt. Nun erschien der Schmuck ihren Männern noch zu teuer, und aufs neue begann das Feilschen. Es war ein hartnäckiger Kampf, den der magere Jude allein gegen eine gewaltige Mehrzahl geiziger und mißtrauischer, kräftiger und manchmal gefährlich betrunkener Männer auszufechten hatte. Unter dem seidenen schwarzen Käppchen, das Nissen Piczenik im Hause zu tragen pflegte, rann der Schweiß die spärlich bewachsenen, sommersprossigen Wangen hinunter in den roten Ziegenbart, und die Härchen des Bartes klebten aneinander, am Abend, nach dem Gefecht, und er mußte sie mit seinem eisernen Kämmchen strählen. Schließlich siegte er doch über alle seine Kunden, trotz seiner Torheit. Denn er kannte von der ganzen großen Welt nur die Korallen und die Bauern seiner Heimat – und er wußte, wie man jene fädelt und sortiert und wie man diese überzeugt. Den ganz und gar Hartnäckigen schenkte er eine sogenannte „Draufgabe" – das heißt: er gab ihnen, nachdem sie den von ihm zwar nicht sofort genannten, aber im stillen ersehnten Preis gezahlt hatten, noch ein winziges Korallenschnürchen mit, aus den billigen Steinen hergestellt, Kindern zugedacht, um Ärmchen und Hälschen zu tragen und unbedingt wirksam gegen den bösen Blick mißgünstiger Nachbarn und schlechtgesinnter Hexen. Dabei mußte er genau auf die Hände seiner Kunden achtgeben und die Höhe und den Umfang der Korallenhaufen immer abschätzen. Ach, es war kein leichter Kampf!

In diesem Spätsommer aber zeigte sich Nissen Piczenik zerstreut, achtlos beinahe, ohne Interesse für die Kunden und das Geschäft. Seine brave Frau, gewohnt an seine Schweigsamkeit und sein merkwürdiges Wesen seit vielen Jahren, bemerkte seine Zerstreutheit und machte ihm Vorwürfe. Hier hatte er einen Bund Korallen zu billig verkauft, dort einen kleinen Diebstahl nicht bemerkt, heute einem alten Kunden keine Draufgabe geschenkt; gestern dagegen einem neuen und gleichgültigen eine ziemlich wertvolle Kette. Niemals hatte es Streit im Hause Piczeniks gegeben. In diesen Tagen aber verließ die Ruhe den Korallenhändler, und er fühlte selbst, wie die Gleichgültigkeit, die normale Gleichgültigkeit gegen seine Frau sich jäh in Widerwillen gegen sie wandelte. Ja, er, der niemals imstande gewesen wäre, eine der vielen Mäuse, die jede Nacht in seine Fallen gingen, mit eigener Hand zu ertränken – wie alle Welt es in Progrody zu tun pflegte –, sondern die gefangenen Tierchen dem Wasserträger Saul zur endgültigen Vernichtung gegen ein Trinkgeld übergab: Er, dieser friedliche Nissen Piczenik, warf an einem dieser Tage seiner Frau, da sie ihm die üblichen Vorwürfe machte, einen schweren Bund Korallen an den Kopf, schlug die Tür zu, verließ das Haus und ging an den Rand des großen Sumpfes, des entfernten Vetters der großen Ozeane.

Knapp zwei Tage vor der Abreise des Matrosen tauchte plötzlich in dem Korallenhändler der Wunsch auf, den jungen Komrower nach Odessa zu begleiten. Solch ein Wunsch kommt plötzlich, ein gewöhnlicher Blitz ist nichts dagegen, und er trifft genau den Ort, von dem er gekommen ist, nämlich das menschliche Herz. Er schlägt sozusagen in seinem eigenen Geburtsort ein. Also war auch der Wunsch Nissen Piczeniks. Und es ist kein weiter Weg von solch einem Wunsch bis zu seinem Entschluß.

Und am Morgen des Tages, an dem der junge Matrose Komrower abreisen sollte, sagte Nissen Piczenik zu seiner Frau: „Ich muß für ein paar Tage verreisen."

Die Frau lag noch im Bett. Es war acht Uhr morgens, der Korallenhändler war eben aus dem Bethaus vom Morgengebet gekommen.

Sie setzte sich auf. Mit ihren wirren, spärlichen Haaren, ohne Perücke, gelbliche Reste des Schlafs in den Augenwinkeln, erschien sie ihm fremd und sogar feindlich. Ihr Aussehn, ihre Überraschung, ihr Schrecken schienen seinen Entschluß, den er selbst noch für einen tollkühnen gehalten hatte, vollends zu rechtfertigen.

„Ich fahre nach Odessa!" sagte er, mit aufrichtiger Gehässigkeit. „In einer Woche bin ich zurück, so Gott will!"

„Jetzt? Jetzt?" stammelte die Frau zwischen den Kissen. „Jetzt, wo die Bauern kommen?"

„Grade jetzt!" sagte der Korallenhändler. „Ich habe wichtige Geschäfte. Pack mir meine Sachen!"

Und mit einer bösen und gehässigen Wollust, die er niemals früher gekannt hatte, sah er die Frau aus dem Bett steigen, sah ihre häßlichen Zehen, ihre fetten Beine unter dem langen Hemd, auf dem ein paar schwarze, unregelmäßige Punkte hingesprenkelt waren, Zeichen der Flöhe, und hörte er ihren altbekannten Seufzer, das gewohnte, beständige Morgenlied dieses Weibes, mit dem ihn nichts anderes verband als die ferne Erinnerung an ein paar zärtliche, nächtliche Stunden und die hergebrachte Angst vor einer Scheidung.

Im Innern Nissen Piczeniks aber jubelte gleichzeitig eine fremde und dennoch wohlvertraute Stimme: Piczenik geht zu den Korallen! Er geht zu den Korallen! In die Heimat der Korallen geht Nissen Piczenik! …

5

Er bestieg also mit dem Matrosen Komrower den Zug und fuhr nach Odessa. Es war eine ziemlich umständliche und lange Reise, man mußte in Kiew umsteigen. Der Korallenhändler saß zum erstenmal in seinem Leben in der Eisenbahn, aber ihm ging es nicht wie so vielen anderen, die zum erstenmal Eisenbahn fahren. Lokomotive, Signal, Glocken, Telegraphenstangen, Schienen, Schaffner und die flüchtige Landschaft hinter den Fenstern interessierten ihn nicht. Ihn beschäftigte das Wasser und

der Hafen, denen er entgegenfuhr, und wenn er überhaupt etwas von den Eigenschaften und Begleiterscheinungen der Eisenbahn zur Kenntnis nahm, so tat er es lediglich im Hinblick auf die ihm noch unbekannten Eigenschaften und Begleiterscheinungen der Schiffahrt. „Gibt es bei euch auch Glocken?" fragte er den Matrosen.
„Läutet man dreimal vor der Abfahrt eines Schiffes? Pfeifen und tuten die Schiffe wie
die Lokomotiven? Muß das Schiff wenden, wenn es zurückfahren will, oder kann es
ganz einfach rückwärts schwimmen?"

Gewiß traf man, wie es auf Reisen ja immer vorkommt, unterwegs Passagiere, die sich
unterhalten wollten und mit denen man dies und jenes besprechen mußte. „Ich bin Korallenhändler", sagte Nissen Piczenik wahrheitsgemäß, wenn man ihn nach der Art seiner Geschäfte fragte. Fragte man ihn aber weiter: „Was wollen Sie in Odessa?", so begann er zu lügen. „Ich habe dort größere Geschäfte vor", sagte er. „Das interessiert
mich", sagte plötzlich ein Mitreisender, der bis jetzt geschwiegen hatte. „Auch ich habe
in Odessa größere Geschäfte vor, und die Ware, mit der ich handle, ist sozusagen mit
Korallen verwandt, wenn auch viel feiner und teurer als Korallen!" „Teurer, das kann
sein", sagte Nissen Piczenik, „aber feiner ist sie keineswegs." „Wetten, daß sie feiner ist?"
rief der andere. „Ich sage Ihnen, es ist unmöglich. Da braucht man gar nicht zu wetten!"
„Nun", triumphierte der andere, „ich handle mit Perlen!" „Perlen sind gar nicht feiner",
sagte Piczenik. „Außerdem bringen sie Unglück." „Ja, wenn man sie verliert", sagte der
Perlenhändler. Alle anderen begannen, diesem sonderbaren Streit aufmerksam zuzuhören. Schließlich öffnete der Perlenhändler seine Hose und zog ein Säckchen voller
schimmernder, tadelloser Perlen hervor. Er schüttete einige auf seine flache Hand und
zeigte sie allen Mitreisenden. „Hunderte von Austern müssen aufgemacht werden", sagte er, „ehe man eine Perle findet. Die Taucher werden teuer bezahlt. Unter allen Kaufleuten der Welt gehören wir Perlenhändler zu den angesehensten. Ja, wir bilden sozusagen eine ganz eigene Rasse. Sehen Sie mich zum Beispiel. Ich bin Kaufmann erster
Gilde, wohne in Petersburg, habe die vornehmste Kundschaft, zwei Großfürsten zum
Beispiel, ihre Namen sind mein Geschäftsgeheimnis, ich bereise die halbe Welt, jedes
Jahr bin ich in Paris, Brüssel, Amsterdam. Fragen Sie, wo Sie wollen, nach dem Perlenhändler Gorodotzki, Kinder werden Ihnen Auskunft geben."

„Und ich", sagte Nissen Piczenik, „bin niemals aus unserem Städtchen Progrody herausgekommen – und nur Bauern kaufen meine Korallen. Aber Sie werden mir alle hier
zugeben, daß eine einfache Bäuerin, angetan mit ein paar Schnüren schöner, fleckenlo-
ser Korallen, mehr darstellt als eine Großfürstin. Korallen trägt übrigens hoch und nieder, sie erhöhen den Niederen, und den Höhergestellten zieren sie. Korallen kann man
morgens, mittags, abends und in der Nacht, bei festlichen Bällen zum Beispiel tragen,
im Sommer, im Winter, am Sonntag und an Wochentagen, bei der Arbeit und in der
Ruhe, in fröhlichen Zeiten und in der Trauer. Es gibt viele Arten von Rot in der Welt,
meine lieben Reisegenossen, und es steht geschrieben, daß unser jüdischer König Salomo ein ganz besonderes Rot hatte für seinen königlichen Mantel, denn die Phönizier,

die ihn verehrten, hatten ihm einen ganz besonderen Wurm geschenkt, dessen Natur es war, rote Farbe als Urin auszuscheiden. Es war eine Farbe, die heutzutage nicht mehr da ist, der Purpur des Zaren ist nicht mehr dasselbe, der Wurm ist nämlich nach dem Tode Salomos ausgestorben, die ganze Art dieser Würmer. Und seht ihr, nur bei den ganz roten Korallen kommt diese Farbe noch vor. Wo aber in der Welt hat man je rote Perlen gesehn?"

Noch niemals hatte der schweigsame Korallenhändler eine so lange und so eifrige Rede vor lauter fremden Menschen gehalten. Er schob die Mütze aus der Stirn und wischte sich den Schweiß. Er lächelte die Mitreisenden der Reihe nach an, und alle zollten sie ihm den verdienten Beifall. „Recht hat er, recht!" riefen sie alle auf einmal.

Und selbst der Perlenhändler mußte gestehen, daß Nissen Piczenik in der Sache zwar nicht recht habe, aber als Redner für Korallen ganz ausgezeichnet sei.

Schließlich erreichten sie Odessa, den strahlenden Hafen, mit dem blauen Wasser und den vielen bräutlichweißen Schiffen. Hier wartete schon der Panzerkreuzer auf den Matrosen Komrower wie ein väterliches Haus auf seinen Sohn. Auch Nissen Piczenik wollte das Schiff näher besichtigen. Und er ging mit dem Jungen bis zum Wachtposten und sagte: „Ich bin sein Onkel, ich möchte das Schiff sehn." Er verwunderte sich selbst über seine Kühnheit. Ach ja: es war nicht mehr der alte kontinentale Nissen Piczenik, der da mit einem bewaffneten Matrosen sprach, es war nicht der Nissen Piczenik aus dem kontinentalen Progrody, sondern ein ganz neuer Mann, so etwa wie ein Mensch, dessen Inneres nach außen gestülpt worden war, ein sozusagen gewendeter Mensch, ein ozeanischer Nissen Piczenik. Ihm selbst schien es, daß er nicht aus der Eisenbahn gestiegen war, sondern geradezu aus dem Meer, aus der Tiefe des Schwarzen Meeres. So vertraut war er mit dem Wasser, wie er niemals mit seinem Geburts- und Wohnort Progrody vertraut gewesen war. Überall, wo er hinsieht, sind Schiffe und Wasser, Wasser und Schiffe. An die blütenweißen, die rabenschwarzen, die korallenroten – ja die korallenroten – Wände der Schiffe, der Boote, der Kähne, der Segeljachten, der Motorboote schlägt zärtlich das ewig plätschernde Wasser, nein, es schlägt nicht, es streichelt die Schiffe mit hunderttausend kleinen Wellchen, die wie Zungen und Hände in einem sind, Zünglein und Händchen in einem. Das Schwarze Meer ist gar nicht schwarz. In der Ferne ist es blauer als der Himmel, in der Nähe ist es grün wie eine Wiese. Tausende kleiner, hurtiger Fischchen springen, hüpfen, schlüpfen, schlängeln sich, schießen und fliegen herbei, wirft man ein Stückchen Brot ins Wasser. Wolkenlos spannt sich der blaue Himmel über den Hafen. Ihm entgegen ragen die Mäste und die Schornsteine der Schiffe. „Was ist dies? – Wie heißt man jenes?" fragt unaufhörlich Nissen Piczenik. Dies heißt Mast und jenes Bug, hier sind Rettungsgürtel, Unterschiede gibt es zwischen Boot und Kahn, Segel und Dampfer, Mast und Schlot, Kreuzer und Handelsschiff, Deck und Heck, Bug und Kiel. Hundert neue Worte stürmen geradezu auf Nissen Piczeniks armen, aber heiteren Kopf ein. Er bekommt nach langem Warten (ausnahmsweise, sagt der Obermaat) die Erlaubnis, den Kreuzer zu besichtigen und seinen Neffen zu begleiten. Der Herr

DER LEVIATHAN

1107

Schiffsleutnant selbst erscheint, um einen jüdischen Händler an Bord eines Kreuzers der kaiserlich-russischen Marine zu betrachten. Seine Hochwohlgeboren, der Schiffsleutnant, lächeln. Der sanfte Wind bläht die langen schwarzen Rockschöße des hageren roten Juden, man sieht seine abgewetzte, mehrfach geflickte, gestreifte Hose in den matten Kniestiefeln. Der Jude Nissen Piczenik vergißt sogar die Gebote seiner Religion. Vor der strahlenden weißgoldenen Pracht des Offiziers nimmt er die schwarze Mütze ab, und seine roten, geringelten Haare flattern im Wind. „Dein Neffe ist ein braver Matrose!" sagen Seine Hochwohlgeboren, der Herr Offizier. Nissen Piczenik findet keine passende Antwort, er lächelt nur, er lacht nicht, er lächelt lautlos. Sein Mund ist offen, man sieht die großen gelblichen Pferdezähne und den rosa Gaumen, und der kupferrote Ziegenbart hängt beinahe über die Brust. Er betrachtet das Steuer, die Kanonen, er darf durch das Fernrohr blicken – und weiß Gott, die Ferne wird nahe, was noch lange nicht da ist, ist dennoch da, hinter den Gläsern. Gott hat den Menschen Augen gegeben, das ist wahr, aber was sind gewöhnliche Augen gegen Augen, die durch ein Fernglas sehn? Gott hat den Menschen Augen gegeben, aber auch den Verstand, damit sie Fernrohre erfinden und die Kraft dieser Augen verstärken! –

Und die Sonne scheint auf das Verdeck, bestrahlt den Rücken Nissen Piczeniks, und dennoch ist ihm nicht heiß.

Denn der ewige Wind weht über das Meer, ja, es scheint, daß aus dem Meer selbst ein Wind kommt, ein Wind aus den Tiefen des Wassers.

Schließlich kam die Stunde des Abschieds. Nissen Piczenik umarmte den jungen Komrower, verneigte sich vor dem Leutnant und hierauf vor den Matrosen und verließ den Panzerkreuzer.

Er hatte sich vorgenommen, sofort nach dem Abschied vom jungen Komrower nach Progrody zurückzufahren. Aber er blieb dennoch in Odessa. Er sah den Panzerkreuzer abfahren, die Matrosen grüßten ihn, der am Hafen stand und mit seinem blauen, rotgestreiften Taschentuch winkte. Er sah noch viele andere Schiffe abfahren, und er winkte allen fremden Passagieren zu. Denn er ging jeden Tag zum Hafen. Und jeden Tag erfuhr er etwas Neues. Er hörte zum Beispiel, was es heißt: die Anker lichten, oder: die Segel einziehn, oder: Ladung löschen, oder: Taue anziehn und so weiter.

Er sah jeden Tag viele junge Männer in Matrosenanzügen auf den Schiffen arbeiten, die Masten emporklettern, er sah die jungen Männer durch die Straßen von Odessa wandeln, Arm in Arm, eine ganze Kette von Matrosen, die die ganze Breite der Straße einnahm – und es fiel ihm schwer aufs Herz, daß er selbst keine Kinder hatte. Er wünschte sich in diesen Stunden Söhne und Enkel – und es war kein Zweifel –, er hätte sie alle zur See geschickt, Matrosen wären sie geworden. Indessen lag, unfruchtbar und häßlich, seine Frau daheim in Progrody. Sie verkaufte heute an seiner Statt Korallen. Konnte sie es überhaupt? Wußte sie, was Korallen bedeuten?

Und Nissen Piczenik vergaß schnell im Hafen von Odessa die Pflichten eines gewöhnlichen Juden aus Progrody. Und er ging nicht am Morgen und nicht am Abend ins

Bethaus, die vorgeschriebenen Gebete zu verrichten, sondern er betete zu Hause, sehr eilfertig und ohne echte und rechte Gedanken an Gott, und wie ein Grammophon betete er lediglich, die Zunge wiederholte mechanisch die Laute, die in sein Gehirn eingegraben waren. Hatte die Welt jemals solch einen Juden gesehn?

Zu Haus in Progrody war indessen die Saison für Korallen. Dies wußte Nissen Piczenik wohl, aber es war ja nicht mehr der alte kontinentale Nissen Piczenik, sondern der neue, der neugeborene ozeanische.

Ich habe Zeit genug, sagte er sich, nach Progrody zurückzukehren! Was hätte ich dort schon zu verlieren! Und wieviel habe ich hier noch zu gewinnen!

Und er blieb drei Wochen in Odessa, und er verlebte jeden Tag mit dem Meer, mit den Schiffen, mit den Fischchen fröhliche Stunden.

Es waren die ersten Ferien im Leben Nissen Piczeniks.

6

Als er wieder nach Hause nach Progrody kam, bemerkte er, daß ihm nicht weniger als hundertsechzig Rubel fehlten, Reisespesen mit eingerechnet. Seiner Frau aber und allen andern, die ihn fragten, was er so lange in der Fremde getrieben habe, sagte er, daß er in Odessa „wichtige Geschäfte" abgeschlossen hätte.

In dieser Zeit begann die Ernte, und die Bauern kamen nicht mehr so häufig zu den Markttagen. Es wurde, wie alle Jahre in diesen Wochen, stiller im Hause des Korallenhändlers. Die Fädlerinnen verließen schon am Vorabend sein Haus. Und am Abend, wenn Nissen Piczenik aus dem Bethaus heimkehrte, erwartete ihn nicht mehr der helle Gesang der schönen Mädchen, sondern lediglich seine Frau, der gewohnte Teller mit Zwiebeln und Rettich und der kupferne Samowar.

Dennoch – in der Erinnerung nämlich an die Tage in Odessa, von deren geschäftlicher Fruchtlosigkeit kein anderer Mensch außer ihm selber eine Ahnung hatte – fügte sich der Korallenhändler Piczenik in die gewöhnlichen Gesetze seiner herbstlichen Tage. Schon dachte er daran, einige Monate später neuerdings wichtige Geschäfte vorzuschützen und in eine andere Hafenstadt zu reisen, zum Beispiel Petersburg.

Materielle Not hatte er nicht zu fürchten. Alles Geld, das er im Verlauf seines langjährigen Handels mit Korallen zurückgelegt hatte, lag, unaufhörlich Zinsen gebärend, bei dem Geldverleiher Pinkas Warschawsky, einem angesehenen Wucherer der Gemeinde, der unbarmherzig alle Schulden eintrieb, aber pünktlich alle Zinsen auszahlte. Körperliche Not hatte Nissen Piczenik nicht zu fürchten; und kinderlos war er und hatte also für keine Nachkommen zu sorgen. Weshalb da nicht noch nach einem der vielen Häfen reisen?

Und schon begann der Korallenhändler, seine Pläne für den nächsten Frühling zu spinnen, als sich etwas Ungewöhnliches in dem benachbarten Städtchen Sutschky ereignete.

DER LEVIATHAN

In diesem Städtchen, das genauso klein war wie die Heimat Nissen Piczeniks, das Städtchen Progrody, eröffnete nämlich eines Tages ein Mann, den niemand in der ganzen Gegend bis jetzt gekannt hatte, einen Korallenladen. Dieser Mann hieß Jenö Lakatos und stammte, wie man bald erfuhr, aus dem fernen Lande Ungarn. Er sprach Russisch, Deutsch, Ukrainisch, Polnisch, ja, nach Bedarf und wenn es zufällig einer gewünscht hätte, so hätte Herr Lakatos auch Französisch, Englisch und Chinesisch gesprochen. Es war ein junger Mann, mit glatten, blauschwarzen, pomadisierten Haaren – nebenbei gesagt, der einzige Mann weit und breit in der Gegend, der einen glänzenden, steifen Kragen trug, eine Krawatte und ein Spazierstöckchen mit goldenem Knauf. Dieser junge Mann war vor ein paar Wochen nach Sutschky gekommen, hatte dort Freundschaft mit dem Schlächter Nikita Kolchin geschlossen und diesen so lange behandelt, bis er sich entschloß, gemeinsam mit Lakotos einen Korallenhandel zu beginnen. Die Firma mit dem knallroten Schild lautete: N. Kolchin & Compagnie.

Im Schaufenster dieses Ladens leuchteten tadellose rote Korallen, leichter zwar an Gewicht als die Steine Nissen Piczeniks, aber dafür um so billiger. Ein ganzer großer Bund Korallen kostete einen Rubel fünfzig, Ketten gab es für zwanzig, fünfzig, achtzig Kopeken. Die Preise standen im Schaufenster des Ladens. Und damit ja niemand an diesem Laden vorbeigehe, spielte drinnen den ganzen Tag ein Phonograph heiter grölende Lieder. Man hörte sie im ganzen Städtchen und weiter – in den umliegenden Dörfern. Es gab zwar keinen großen Markt in Sutschky wie etwa in Progrody. Dennoch – und trotz der Erntezeit – kamen die Bauern zum Laden des Herrn Lakatos, die Lieder zu hören und die billigen Korallen zu kaufen.

Nachdem dieser Herr Lakatos ein paar Wochen sein anziehendes Geschäft betrieben hatte, erschien eines Tages ein wohlhabender Bauer bei Nissen Piczenik und sagte: „Nissen Semjonowitsch, ich kann nicht glauben, daß du mich und andere seit 20 Jahren betrügst. Jetzt aber gibt es in Sutschky einen Mann, der verkauft die schönsten Korallenschnüre, fünfzig Kopeken das Stück. Meine Frau wollte schon hinfahren – aber ich habe gedacht, man müsse zuerst dich fragen, Nissen Semjonowitsch."

„Dieser Lakatos", sagte Nissen Piczenik, „ist gewiß ein Dieb und ein Schwindler. Anders kann ich mir seine Preise nicht erklären. Aber ich werde selbst hinfahren, wenn du mich auf deinem Wagen mitnehmen willst."

„Gut!" sagte der Bauer. „Überzeuge dich selbst."

Also fuhr der Korallenhändler nach Sutschky, stand eine Weile vor dem Schaufenster, hörte die grölenden Lieder aus dem Innern des Ladens, trat schließlich ein und begann, mit Herrn Lakatos zu sprechen. „Ich bin selbst Korallenhändler", sagte Nissen Piczenik. „Meine Waren kommen aus Hamburg, Odessa, Triest, Amsterdam. Ich begreife nicht, warum und wieso Sie so billige und schöne Korallen verkaufen können."

„Sie sind von der alten Generation", erwiderte Lakatos, „und, entschuldigen Sie mir den Ausdruck, ein bißchen zurückgeblieben."

Währenddessen kam Lakatos hinter dem Ladentisch hervor – und Nissen Piczenik sah, daß er etwas hinkte. Offenbar war sein linkes Bein kürzer, denn er trug am linken Stiefel einen doppelt so hohen Absatz wie am rechten. Er duftete gewaltig und betäubend – und man wußte nicht, wo eigentlich an seinem schmächtigen Körper die Quelle all seiner Düfte untergebracht war. Blauschwarz wie eine Nacht waren seine Haare. Und seine dunklen Augen, die man im ersten Moment für sanft hätte halten können, glühten von Sekunde zu Sekunde so stark, daß eine merkwürdige Brandröte mitten in ihrer Schwärze aufglühte. Unter dem schwarzen, gezwirbelten Schnurrbärtchen lächelten weiß und schimmernd die Mausezähnchen des Lakatos.

„Nun?" fragte der Korallenhändler Nissen Piczenik.

„Ja, nun", sagte Lakatos, „wir sind nicht verrückt. Wir tauchen nicht auf die Gründe der Meere. Wir stellen einfach künstliche Korallen her. Meine Firma heißt: Gebrüder Lowncastle, New York. In Budapest habe ich zwei Jahre mit Erfolg gearbeitet. Die Bauern merken nichts. Nicht die Bauern in Ungarn, erst recht nicht die Bauern in Rußland. Schöne, rote, tadellose Korallen wollen sie. Hier sind sie. Billig, wohlfeil, schön, schmückend. Was will man mehr? Echte Korallen können nicht so schön sein!"

„Woraus sind Ihre Korallen gemacht?" fragte Nissen Piczenik.

„Aus Zelluloid, mein Lieber, aus Zelluloid!" rief Lakatos entzückt.

„Sagen Sie mir nur nichts gegen die Technik! Sehn Sie: In Afrika wachsen die Gummibäume, aus Gummi macht man Kautschuk und Zelluloid.

Ist das Unnatur? Sind Gummibäume weniger Natur als Korallen? Ist ein Baum in Afrika weniger Natur als ein Korallenbaum auf dem Meeresgrund? – Was nun, was sagen Sie nun? – Wollen wir zusammen Geschäfte machen? – Entscheiden Sie sich! – Von heute in einem Jahr haben Sie infolge meiner Konkurrenz alle Ihre Kunden verloren – und Sie können mit allen Ihren echten Korallen wieder auf den Meeresgrund gehn, woher die schönen Steinchen kommen. Sagen Sie: ja oder nein?"

„Lassen Sie mir zwei Tage Zeit", sagte Nissen Piczenik. Und er fuhr nach Hause.

7

Auf diese Weise versuchte der Teufel den Korallenhändler Nissen Piczenik zum erstenmal. Der Teufel hieß Jenö Lakatos aus Budapest, und er führte die falschen Korallen im russischen Lande ein, die Korallen aus Zelluloid, die so bläulich brennen, wenn man sie anzündet, wie das Heckenfeuer, das ringsum die Hölle umsäumt.

Als Nissen Piczenik nach Hause kam, küßte er gleichgültig sein Weib auf beide Wangen, begrüßte die Fädlerinnen und begann, mit einigermaßen verwirrten, vom Teufel verwirrten Augen, seine lieben Korallen zu betrachten, die lebendigen Korallen, die lange nicht so tadellos aussahen wie die falschen Steine aus Zelluloid des Konkurrenten

Jenö Lakatos. Und der Teufel gab dem redlichen Korallenhändler Nissen Piczenik den Gedanken ein, unter die echten Korallen falsche zu mischen.

Also ging er eines Tages zur Post und diktierte dem öffentlichen Schreiber einen Brief an Jenö Lakatos in Sutschky, so daß dieser ihm ein paar Tage später nicht weniger als zwanzig Pud falscher Korallen schickte. Nun, man weiß, daß Zelluloid ein leichtes Material ist, und zwanzig Pud falscher Korallen ergeben eine Menge von Schnüren und Bunden. Nissen Piczenik, vom Teufel verführt und geblendet, mischte die falschen Korallen unter die echten, dermaßen einen Verrat übend an sich selbst und an den echten Korallen.

Ringsum im Lande hatte die Ernte bereits begonnen, und es kamen fast keine Bauern mehr, Korallen einzukaufen. Aber an den seltenen, die hie und da erschienen, verdiente Nissen Piczenik jetzt mehr, dank den falschen Korallen, als er vorher an den zahlreichen Kunden verdient hatte. Er mischte Echtes mit Falschem – und das war noch schlimmer, als wenn er lauter Falsches verkauft hätte. Denn also geht es den Menschen, die vom Teufel verführt werden: An allem Teuflischen übertreffen sie noch sogar den Teufel. Auf diese Weise übertraf Nissen Piczenik den Jenö Lakatos aus Budapest. Und alles, was Nissen Piczenik verdiente, trug er gewissenhaft zu Pinkas Warschawsky. Und so sehr hatte der Teufel den Korallenhändler verführt, daß er eine wahre Wollust bei dem Gedanken empfand, daß sein Geld sich vermehre und Zinsen trage.

Da starb plötzlich an einem dieser Tage der Wucherer Pinkas Warschawsky, und Nissen Piczenik erschrak und ging sofort zu den Erben des Wucherers und verlangte sein Geld mit Zinsen. Er bekam es auch auf der Stelle, nicht weniger als fünftausendvierhundertundfünfzig Rubel und sechzig Kopeken. Von diesem Geld bezahlte er seine Schulden an Lakatos, und er forderte noch einmal zwanzig Pud falscher Korallen an.

Eines Tages kam der reiche Hopfenbauer zu Nissen Piczenik und verlangte eine Kette aus Korallen für eines seiner Enkelkinder, gegen den bösen Blick.

Der Korallenhändler fädelte ein Kettchen aus lauter falschen, aus Zelluloid-Korallen zusammen, und er sagte noch: „Dies sind die schönsten Korallen, die ich habe."

Der Bauer bezahlte den Preis, der für echte Korallen angebracht war, und fuhr in sein Dorf.

Sein Enkelkind starb eine Woche, nachdem man ihm die falschen Korallen um das Hälschen gelegt hatte, einen schrecklichen Erstickungstod, an Diphtherie. Und in dem Dorfe Solowetzk, wo der reiche Hopfenbauer wohnte (aber auch in den umliegenden Dörfern), verbreitete sich die Kunde, daß die Korallen Nissen Piczeniks aus Progrody Unglück und Krankheit brächten – und nicht nur jenen, die bei ihm eingekauft hatten. Denn die Diphtherie begann in den benachbarten Dörfern zu wüten, sie raffte viele Kinder hinweg, und es verbreitete sich das Gerücht, daß die Korallen Nissen Piczeniks Krankheit und Untergang bringen.

Infolgedessen kamen den Winter über keine Kunden mehr zu Nissen Piczenik. Es war ein harter Winter. Er hatte im November eingesetzt, er dauerte bis zum späten März. Jeder Tag brachte einen unerbittlichen Frost, der Schnee fiel selten, selbst die Raben schienen zu frieren, wie sie so auf den kahlen Ästen der Kastanienbäume hockten. Sehr still war es im Hause Nissen Piczeniks. Er entließ eine Fädlerin nach der anderen. An den Markttagen begegnete er zuweilen dem und jenem seiner alten Kunden. Aber sie grüßten ihn nicht.

Ja, die Bauern, die ihn im Sommer geküßt hatten, taten so, als kennten sie den Korallenhändler nicht mehr.

Es gab Fröste bis zu vierzig Grad. Das Wasser in den Kannen der Wasserträger gefror auf dem Wege vom Brunnen zum Hause. Eine dicke Eisschicht bedeckte die Fensterscheiben Nissen Piczeniks, so daß er nicht mehr sah, was auf der Straße vorging. Große und schwere Eiszapfen hingen an den Stäben der Eisengitter und verdichteten die Fenster noch mehr. Und da kein Kunde mehr zu Nissen Piczenik kam, gab er daran nicht etwa den falschen Korallen die Schuld, sondern dem strengen Winter. Indessen war der Laden des Herrn Lakatos in Sutschky immer überfüllt. Und bei ihm kauften die Bauern die tadellosen und billigen Korallen aus Zelluloid und nicht die echten bei Nissen Piczenik.

Vereist und glatt wie Spiegel waren die Straßen und Gassen des Städtchens Progrody. Alle Einwohner tasteten ihre Wege entlang mit eisenbeschlagenen Stöcken. Dennoch stürzten so manche und brachen Hals und Bein.

Eines Abends stürzte auch die Frau Nissen Piczeniks. Sie blieb lange bewußtlos liegen, ehe sie mitleidige Nachbarn aufhoben und ins Haus trugen.

Sie begann bald, sich heftig zu erbrechen, der Feldscher von Progrody sagte, es sei eine Gehirnerschütterung.

Man brachte die Frau ins Spital, und der Doktor bestätigte die Diagnose des Feldschers.

Der Korallenhändler ging jeden Morgen ins Krankenhaus. Er setzte sich an das Bett seiner Frau, hörte eine halbe Stunde ihre wirren Reden, sah in ihre fiebrigen Augen, auf ihr spärliches Kopfhaar, erinnerte sich an die paar zärtlichen Stunden, die er ihr geschenkt hatte, roch den scharfen Duft von Kampfer und Jodoform und kehrte wieder heim und stellte sich selbst an den Herd und kochte Borschtsch und Kascha und schnitt sich selbst das Brot und schabte sich selbst den Rettich und kochte sich selbst den Tee und heizte selbst den Ofen. Dann schüttete er auf einen seiner vier Tische alle Korallen aus den vielen Säckchen und begann, sie zu sortieren. Die Zelluloidkorallen des Herrn Lakatos lagen gesondert im Schrank. Die echten Korallen erschienen Nissen Piczenik längst nicht mehr wie lebendige Tiere. Seitdem dieser Lakatos in die Gegend gekommen war und er selbst, der Korallenhändler Piczenik, die leichten Dinger aus Zelluloid unter die schweren und echten Steine zu mischen begonnen hatte, waren die Korallen, die in seinem Hause lagerten, erstorben. Jetzt machte man Korallen aus Zelluloid! Aus einem toten Material machte man Korallen, die aussahen wie lebendig und noch schöner und vollkommener waren als echte und lebendige! Was war, damit verglichen, die Gehirnerschütterung der Frau?

DER LEVIATHAN

Acht Tage später starb sie, infolge der Gehirnerschütterung, gewiß! Aber nicht mit Unrecht sagte sich Nissen Piczenik, daß seine Frau nicht an der Gehirnerschütterung allein gestorben war, sondern auch, weil ihr Leben von dem Leben keines andern Menschen auf dieser Welt abhängig gewesen war. Kein Mensch hatte gewünscht, daß sie am Leben bleibe, und also war sie auch gestorben.

Nun war der Korallenhändler Nissen Piczenik Witwer. Er betrauerte die Frau in vorgeschriebener Weise. Er kaufte ihr einen der dauerhaftesten Grabsteine und ließ ehrende Worte in diesen einmeißeln. Und er sprach morgens und abends das Totengebet für sie. Aber er vermißte sie keineswegs. Essen und Tee bereiten konnte er selber. Einsam fühlte er sich nicht, sobald er mit den Korallen allein war. Und ihn bekümmerte lediglich die Tatsache, daß er sie verraten hatte, an die falschen Schwestern, die Korallen aus Zelluloid, und sich selbst an den Händler Lakatos.

Er sehnte sich nach dem Frühling. Und als er endlich kam, erkannte Nissen Piczenik, daß er sich umsonst nach ihm gesehnt hatte. Sonst pflegten, jedes Jahr, noch vor Ostern, wenn die Eiszapfen um die Mittagsstunde zu schmelzen begannen, die Kunden in knarrenden Wägelchen oder in klingenden Schlitten zu kommen. Für Ostern brauchten sie Korallen. Nun aber war der Frühling da, immer wärmer brütete die Sonne, jeden Tag wurden die Eiszapfen an den Dächern kürzer und die schmelzenden Schneehaufen am Straßenrand kleiner – und keine Kunden kamen zu Nissen Piczenik. In seinem Schrank aus Eichenholz, in seinem fahrbaren Koffer, der, mächtig und mit eisernen Gurten versehen, neben dem Ofen auf seinen vier Rädern stand, lagen die edelsten Korallen in Haufen, Bünden und Schnüren. Aber kein Kunde kam. Es wurde immer wärmer, der Schnee verschwand, der linde Regen regnete, die Veilchen in den Wäldern sprossen, und in den Sümpfen quakten die Frösche: aber kein Kunde kam.

Um diese Zeit bemerkte man auch zum erstenmal in Progrody eine gewisse merkwürdige Veränderung im Wesen und Charakter Nissen Piczeniks. Ja, zum erstenmal begannen die Einwohner von Progrody zu vermuten, daß der Korallenhändler ein Sonderbarer sei, ein Sonderling sogar – und manche verloren den hergebrachten Respekt vor ihm, und manche lachten ihn sogar öffentlich aus. Viele gute Leute von Progrody sagten nicht mehr: „Hier geht der Korallenhändler vorbei", sondern sie sagten einfach: „Nissen Piczenik geht eben vorbei – er war ein großer Korallenhändler."

Er selbst war daran schuld. Denn er benahm sich keineswegs so, wie es die Gesetze und die Würde der Trauer einem Witwer vorschreiben. Hatte man ihm noch seine sonderbare Freundschaft für den Matrosen Komrower nachgesehen und den Besuch in der berüchtigten Schenke Podgorzews, so konnte man doch nicht, ohne weiterhin schwersten Verdacht gegen ihn zu schöpfen, seine Besuche in jener Schenke zur Kenntnis nehmen. Denn jeden Tag beinahe seit dem Tode seiner Frau ging Nissen Piczenik in die Schenke Podgorzews. Er begann, Met mit Leidenschaft zu trinken. Und da ihm mit der Zeit der Met zu süß erschien, ließ er sich noch einen Wodka beimischen. Manchmal setzte sich eines der leichtfertigen Mädchen neben ihn. Und er, der nie in seinem Leben eine andere Frau gekannt

1114   DER LEVIATHAN hatte als seine nunmehr tote Ehefrau, er, der niemals eine andere Lust gekannt hatte als die, seine wirklichen Frauen, nämlich die Korallen, zu liebkosen, zu sortieren und zu fädeln, er fühlte sich manchmal in der wüsten Schenke Podgorzews anheimgefallen dem billigen weißen Fleisch der Weiber, seinem eigenen Blut, das der Würde seiner bürgerlichen und geachteten Existenz spottete, und der großartigen, heißen Vergessenheit, die die Leiber der Mädchen ausströmten. Und er trank, und er liebkoste die Mädchen, die neben ihm saßen, zuweilen sich auf seinen Schoß setzten. Wollust empfand er, die gleiche Wollust wie etwa beim Spiel mit seinen Korallen. Und mit seinen starken, rotbehaarten Fingern tastete er, weniger geschickt, sogar lächerlich unbeholfen, nach den Brustwarzen der Mädchen, die so rot waren wie manche Korallen. Und er verfiel – wie man zu sagen pflegt – schnell, immer schneller, von Tag zu Tag beinahe. Er fühlte es selbst. Sein Gesicht wurde magerer, sein hagerer Rücken krümmte sich, Rock und Stiefel putzte er nicht mehr, den Bart strählte er nicht mehr. Mechanisch verrichtete er jeden Morgen und Abend seine Gebete. Er fühlte es selbst: Er war nicht mehr der Korallenhändler schlechthin, er war Nissen Piczenik, einst ein großer Korallenhändler.

Er spürte, daß er noch ein Jahr, noch ein halbes Jahr später, zum Gespött des Städtchens werden müßte – und was ging es ihn eigentlich an? Nicht Progrody, der Ozean war seine Heimat.

Also faßte er eines Tages den tödlichen Entschluß seines Lebens.

Vorher aber machte er sich eines Tages nach Sutschky auf – und siehe da: Im Laden des Jenö Lakatos aus Budapest sah er alle seine alten Kunden, und sie lauschten den grölenden Liedern des Phonographen andächtig, und sie kauften Zelluloidkorallen, zu fünfzig Kopeken die Kette.

„Nun, was habe ich Ihnen vor einem Jahr gesagt?" rief Lakatos Nissen Piczenik zu. „Wollen Sie noch zehn Pud, zwanzig, dreißig?"

Nissen Piczenik sagte: „Ich will keine falschen Korallen mehr. Ich, was mich betrifft, ich handle nur mit echten."

8

Und er fuhr heim nach Progrody und ging in aller Stille und Heimlichkeit zu Benjamin Broczyner, der ein Reisebureau unterhielt und mit Schiffskarten für Auswanderer handelte. Es waren vor allem Deserteure und ganz arme Juden, die nach Kanada und Amerika auswandern mußten und von denen Broczyner lebte. Er verwaltete in Progrody die Vertretung einer Hamburger Schiffahrtsgesellschaft.

„Ich will nach Kanada fahren!" sagte der Korallenhändler Nissen Piczenik. „Und zwar so bald wie möglich."

„Das nächste Schiff heißt ‚Phönix' und geht in vierzehn Tagen von Hamburg ab. Bis dahin verschaffen wir Ihnen die Papiere", sagte Broczyner.

DER LEVIATHAN

„Gut, gut!" erwiderte Piczenik. „Sagen Sie niemandem etwas davon."

Und er ging nach Hause und packte alle Korallen, die echten, in seinen fahrbaren Koffer.

Die Zelluloidkorallen aber legte er auf das kupferne Untergestell des Samowars, zündete sie an und sah zu, wie sie bläulich und stinkend verbrannten. Es dauerte lange, mehr als fünfzehn Pud falscher Korallen waren es. Es gab dann einen gewaltigen Haufen schwarzgrauer, geringelter Asche. Und um die Petroleumlampe in der Mitte des Zimmers schlängelte und ringelte sich der graublaue Rauch des Zelluloids. Dies war der Abschied Nissen Piczeniks von seiner Heimat.

Am 21. April bestieg er in Hamburg den Dampfer „Phönix" als ein Zwischendeckpassagier.

Vier Tage war das Schiff unterwegs, als die Katastrophe kam: Vielleicht erinnern sich noch manche daran.

Mehr als zweihundert Passagiere gingen mit der „Phönix" unter. Sie ertranken natürlich.

Was aber Nissen Piczenik betrifft, der ebenfalls damals unterging, so kann man nicht sagen, er sei einfach ertrunken wie die anderen. Er war vielmehr – dies kann man mit gutem Gewissen erzählen – zu den Korallen heimgekehrt, auf den Grund des Ozeans, wo der gewaltige Leviathan sich ringelt.

Und wollen wir dem Bericht eines Mannes glauben, der durch ein Wunder – wie man zu sagen pflegt – damals dem Tode entging, so müssen wir mitteilen, daß sich Nissen Piczenik lange noch, bevor die Rettungsboote gefüllt waren, über Bord ins Wasser stürzte zu seinen Korallen, zu seinen echten Korallen.

Was mich betrifft, so glaube ich es gerne. Denn ich habe Nissen Piczenik gekannt, und ich bürge dafür, daß er zu den Korallen gehört hat und daß der Grund des Ozeans seine einzige Heimat war.

Möge er dort in Frieden ruhn neben dem Leviathan bis zur Ankunft des Messias.

Juden auf Wanderschaft

Juden auf Wanderschaft

Vorwort

DIESES BUCH VERZICHTET auf den Beifall und die Zustimmung, aber auch auf den Widerspruch und sogar die Kritik derjenigen, welche die Ostjuden mißachten, verachten, hassen und verfolgen. Es wendet sich nicht an jene Westeuropäer, die aus der Tatsache, daß sie bei Lift und Wasserklosett aufgewachsen sind, das Recht ableiten, über rumänische Läuse, galizische Wanzen, russische Flöhe schlechte Witze vorzubringen. Dieses Buch verzichtet auf die „objektiven" Leser, die mit einem billigen und sauren Wohlwollen von den schwanken Türmen westlicher Zivilisation auf den nahen Osten hinabschielen und auf seine Bewohner; aus purer Humanität die mangelhafte Kanalisation bedauern und aus Furcht vor Ansteckung arme Emigranten in Baracken einsperren, wo die Lösung eines sozialen Problems dem Massentod überlassen bleibt. Dieses Buch will nicht von jenen gelesen werden, die ihre eigenen, durch einen Zufall der Baracke entronnenen Väter oder Urväter verleugnen. Dieses Buch ist nicht für Leser geschrieben, die es dem Autor übelnehmen würden, daß er den Gegenstand seiner Darstellung mit Liebe behandelt, statt mit „wissenschaftlicher Sachlichkeit", die man auch Langeweile nennt.

Für wen also ist dieses Buch bestimmt?

Der Verfasser hegt die törichte Hoffnung, daß es noch Leser gibt, vor denen man die Ostjuden nicht zu verteidigen braucht; Leser, die Achtung haben vor Schmerz, menschlicher Größe und vor dem Schmutz, der überall das Leid begleitet; Westeuropäer, die auf ihre sauberen Matratzen nicht stolz sind; die fühlen, daß sie vom Osten viel zu empfangen hätten, und die vielleicht wissen, daß aus Galizien, Rußland, Litauen, Rumänien große Menschen und große Ideen kommen; aber auch (in ihrem Sinne) nützliche, die das feste Gefüge westlicher Zivilisation stützen und ausbauen helfen – nicht nur die Taschendiebe, die das niederträchtigste Produkt des westlichen Europäertums, nämlich der Lokalbericht, als „Gäste aus dem Osten" bezeichnet.

Dieses Buch wird leider nicht imstande sein, das ostjüdische Problem mit der umfassenden Gründlichkeit zu behandeln, die es erfordert und verdient. Es wird nur die Menschen zu schildern versuchen, die das Problem ausmachen, und die Verhältnisse, die es verursachen. Es wird nur Bericht erstatten über Teile des riesigen Stoffgebiets, das, um in seiner Fülle behandelt zu werden, vom Autor so viel Wanderungen verlangen würde, wieviel einige ostjüdische Generationen durchlitten haben.

Ostjuden Im Westen

Der Ostjude weiß in seiner Heimat nichts von der sozialen Ungerechtigkeit des Westens; nichts von der Herrschaft des Vorurteils, das die Wege, Handlungen, Sitten und Weltanschauungen des durchschnittlichen Westeuropäers beherrscht; nichts von der Enge des westlichen Horizonts, den Kraftanlagen umsäumen und Fabrikschornsteine durchzacken; nichts von dem Haß, der bereits so stark ist, daß man ihn als daseinerhaltendes (aber lebentötendes) Mittel sorgfältig hütet, wie ein ewiges Feuer, an dem sich der Egoismus jedes Menschen und jedes Landes wärmt. Der Ostjude sieht mit einer Sehnsucht nach dem Westen, die dieser keinesfalls verdient. Dem Ostjuden bedeutet der Westen Freiheit, die Möglichkeit, zu arbeiten und seine Talente zu entfalten, Gerechtigkeit und autonome Herrschaft des Geistes. Ingenieure, Automobile, Bücher, Gedichte schickt Westeuropa nach dem Osten. Es schickt Propagandaseifen und Hygiene, Nützliches und Erhebendes, es macht eine lügnerische Toilette für den Osten. Dem Ostjuden ist Deutschland zum Beispiel immer noch das Land Goethes und Schillers, der deutschen Dichter, die jeder lernbegierige jüdische Jüngling besser kennt als unser hakenkreuzlerischer Gymnasiast. Der Ostjude hat im Krieg nur jenen General kennengelernt, der eine humane Ansprache an die Jidden in Polen affichieren ließ, die das Kriegspressequartier formuliert hatte, nicht aber den General, der kein schöngeistiges Buch gelesen hat und trotzdem den Krieg verliert.

Dagegen sieht der Ostjude nicht die Vorzüge seiner Heimat; nicht die grenzenlose Weite des Horizonts; nichts von der Qualität dieses Menschenmaterials, das Heilige und Mörder aus Torheit hergeben kann, Melodien von trauriger Größe und besessener Liebe. Er sieht nicht die Güte des slawischen Menschen, dessen Roheit noch anständiger ist als die gezähmte Bestialität des Westeuropäers, der sich in Perversionen Luft macht und das Gesetz umschleicht, mit dem höflichen Hut in der furchtsamen Hand.

Der Ostjude sieht die Schönheit des Ostens nicht. Man verbot ihm, in Dörfern zu leben, aber auch in großen Städten. In schmutzigen Straßen, in verfallenen Häusern leben die Juden. Der christliche Nachbar bedroht sie. Der Herr schlägt sie. Der Beamte läßt sie einsperren. Der Offizier schießt auf sie, ohne bestraft zu werden. Der Hund verbellt sie, weil sie mit einer Tracht erscheinen, die Tiere ebenso wie primitive Menschen reizt. In dunklen Chedern werden sie erzogen. Die schmerzliche Aussichtslosigkeit des jüdischen Gebets lernen sie im frühesten Kindesalter kennen; den leidenschaftlichen Kampf mit einem Gott, der mehr straft, als er liebt, und der einen Genuß wie eine Sünde ankreidet; die strenge Pflicht, zu lernen und mit jungen Augen, die noch hungrig nach der Anschauung sind, das Abstrakte zu suchen.

Ostjuden gehen meist nur als Bettler und Hausierer über Land. Die große Mehrzahl kennt den Boden nicht, der sie ernährt. Der Ostjude fürchtet sich in fremden Dörfern und in Wäldern. Er ist teils freiwillig, teils gezwungen ein Abgesonderter. Er hat nur

Pflichten und keine Rechte, außer denen auf dem bekannten Papier, das nichts verbürgt. Aus Zeitungen, Büchern und von optimistischen Emigranten hört er, daß der Westen ein Paradies sei. In Westeuropa gibt es einen gesetzlichen Schutz vor Pogromen. Juden werden in Westeuropa Minister und sogar Vizekönige. In vielen ostjüdischen Häusern ist das Bild jenes Moses Montefiore zu sehn, der am Tisch des Königs von England rituell gespeist hat. Der große Reichtum der Rothschilds wird im Osten märchenhaft übertrieben. Hie und da schreibt ein Ausgewanderter einen Brief, in dem er den Daheimgebliebenen die Vorzüge der Fremde schildert. Die meisten jüdischen Emigranten haben den Ehrgeiz, nicht zu schreiben, solange es ihnen schlecht geht; und das Bestreben, die neue Wahlheimat vor der alten herauszustreichen. Sie haben die naive Sucht des Kleinstädters, den Ortsgenossen zu imponieren. In einer kleinen Stadt des Ostens wird der Brief eines Ausgewanderten eine Sensation. Alle jungen Leute des Orts – und sogar die Älteren – ergreift die Lust, auch auszuwandern; dieses Land zu verlassen, in dem jedes Jahr ein Krieg und jede Woche ein Pogrom ausbrechen könnte. Und man wandert, zu Fuß, mit der Eisenbahn und auf dem Wasser, nach den westlichen Ländern, in denen ein anderes, ein bißchen reformiertes, aber nicht weniger grausames Getto sein Dunkel bereithält, die neuen Gäste zu empfangen, die den Schikanen der Konzentrationslager halb lebendig entkommen sind.

Wenn hier die Rede von Juden war, die das Land nicht kennen, das sie ernährt – so war damit der größte Teil der Juden gemeint: nämlich der in Frömmigkeit und nach den alten Gesetzen lebende. Es gibt freilich Juden, die weder den Herrn noch den Hund, weder die Polizei noch die Offiziere fürchten, die nicht im Getto leben, Kultur und Sprache der Wirtsvölker angenommen haben – den Westjuden ähnlich und eher gesellschaftliche Gleichberechtigung genießen als diese; dennoch in der freien Entfaltung ihrer Talente immer noch gehemmt, solange sie ihre Konfession nicht gewechselt, und sogar, nachdem sie es getan haben. Denn unvermeidlich ist die durchaus jüdische Verwandtschaft des glücklich Assimilierten, und selten entgeht ein Richter, ein Advokat, ein Kreisarzt jüdischer Abstammung dem Schicksal, einen Onkel zu besitzen, einen Vetter, einen Großvater, der schon durch sein Aussehen die Karriere des Arrivierten gefährdet und dessen gesellschaftliche Achtung beeinträchtigt.

Diesem Schicksal entgeht man schwer. Und statt es zu fliehen, beschließen viele, sich ihm zu unterwerfen, indem sie ihr Judentum nicht nur nicht verleugnen, sondern sogar kräftig betonen und sich zu einer „jüdischen Nation" bekennen, über deren Bestand seit einigen Jahrzehnten kein Zweifel mehr ist und über deren „Berechtigung" unmöglich ein Streit entstehen kann, weil schon der Wille von einigen Millionen Menschen genügt, eine „Nation" zu bilden, selbst, wenn sie früher nicht bestanden haben sollte.

Der jüdisch-nationale Gedanke ist im Osten sehr lebendig. Sogar Menschen, die weder mit der Sprache noch mit der Kultur, noch mit der Religion ihrer Väter viel gemein haben, bekennen sich, kraft ihres Blutes und ihres Willens, zur „jüdischen Nation". Sie leben als „nationale Minderheit" im fremden Lande, um ihre staatsbürgerlichen und nationalen Rechte besorgt und kämpfend, teils der palästinensischen Zukunft entgegen, teils ohne den Wunsch nach einem eigenen Land, und mit Recht überzeugt, daß die Erde allen gehört, die ihre Pflicht ihr gegenüber erfüllen; doch nicht imstande, die Frage zu lösen, wie der primitive Haß gelöscht werden könnte, der im Wirtsvolk gegen eine gefährlich scheinende Anzahl Fremder brennt und Unheil anrichtet. Auch diese Juden leben nicht mehr im Getto, ja, nicht einmal mehr in der wahren und warmen Tradition – heimatlos wie auch die Assimilierten und zuweilen heroisch, weil sie freiwillig Opfer für eine Idee sind – und sei es auch für eine nationale …

Sowohl die nationalen als auch die assimilierten Juden bleiben meist im Osten. Jene, weil sie ihre Rechte erkämpfen und nicht fliehen wollen, diese, weil sie sich einbilden, die Rechte zu besitzen, oder weil sie das Land lieben, wie der christliche Teil des Volkes – und mehr als dieser. Die Emigranten also sind Menschen, die müde werden dieser kleinen und grausamen Kämpfe und die wissen, fühlen oder nur ahnen, daß im Westen ganz andere Probleme lebendig werden, neben den nationalen, und daß die nationalen Streitigkeiten im Westen ein lärmendes Echo von gestern sind und nur ein Schall von heute; daß im Westen ein europäischer Gedanke geboren ist, der übermorgen oder sehr spät und nicht ohne Leid zu einem Weltgedanken reifen wird. Diese Juden ziehen es vor, in Ländern zu leben, in denen die Rassen- und nationalen Fragen nur noch die stimmkräftigen und sogar mächtigen, aber zweifellos gestrigen und mit einem Geruch von Moder, Blut und Dummheit umherwandelnden Teile der Völker beschäftigen, in Ländern, in denen trotz allem einige Köpfe an den Fragen von morgen arbeiten. (Diese Emigranten stammen aus den russischen Grenzländern, nicht aus Rußland.) Andere wandern aus, weil sie Beruf und Arbeit verloren haben oder nicht finden. Es sind Brotsucher, Proletarier, wenn auch nicht immer mit proletarischem Bewußtsein. Andere sind vor dem Krieg und der Revolution geflohen. Es sind „Flüchtlinge“, meist Kleinbürger und Bürger, verbissene Feinde der Revolution und konservativ, wie es kein bodenständiger Landadeliger sein könnte.

Viele wandern aus Trieb und ohne recht zu wissen warum. Sie folgen einem unbestimmten Ruf der Fremde oder dem bestimmten eines arrivierten Verwandten, der Lust, die Welt zu sehen und der angeblichen Enge der Heimat zu entfliehen, dem Willen, zu wirken und ihre Kräfte gelten zu lassen.

Viele kehren zurück. Noch mehr bleiben unterwegs. Die Ostjuden haben nirgends eine Heimat, aber Gräber auf jedem Friedhof. Viele werden reich. Viele werden bedeutend. Viele werden schöpferisch in fremder Kultur. Viele verlieren sich und die Welt. Viele bleiben im Getto, und erst ihre Kinder werden es verlassen. Die meisten geben dem Westen mindestens soviel, wieviel er ihnen nimmt. Manche geben ihm mehr, als er ihnen gibt. Das Recht, im Westen zu leben, haben jedenfalls alle, die sich opfern, indem sie ihn aufsuchen.

Ein Verdienst um den Westen erwirbt sich jeder, der mit frischer Kraft gekommen ist, die tödliche, hygienische Langeweile dieser Zivilisation zu unterbrechen – und sei es selbst um den Preis einer Quarantäne, die wir den Emigranten vorschreiben, ohne zu fühlen, daß unser ganzes Leben eine Quarantäne ist und alle unsere Länder Baracken und Konzentrationslager, allerdings mit modernstem Komfort. Die Emigranten assimilieren sich – leider! – nicht zu langsam, wie man ihnen vorwirft, sondern viel zu rasch an unsere traurigen Lebensbedingungen. Ja, sie werden sogar Diplomaten und Zeitungsschreiber, Bürgermeister und Würdenträger, Polizisten und Bankdirektoren und ebensolche Stützen der Gesellschaft, wie es die bodenständigen Glieder der Gesellschaft sind. Nur sehr wenige sind revolutionär. Viele sind Sozialisten aus persönlicher Notwendigkeit, in der Lebensform, die der Sozialismus erkämpfen will, ist die Unterdrückung einer Rasse unmöglich. Viele sehen im Antisemitismus eine Erscheinung der kapitalistischen Wirtschaftsform. Sie sind nicht bewußt *deshalb* Sozialisten. Sie sind Sozialisten, weil sie Unterdrückte sind.

Die meisten sind Kleinbürger und Proletarier ohne proletarisches Bewußtsein. Viele sind reaktionär aus bürgerlichem Instinkt, aus Liebe zum Besitz und zur Tradition, aber auch aus der nicht unbegründeten Furcht vor einer veränderten Situation, die für Juden keine verbesserte sein könne. Es ist ein historisches Gefühl, genährt durch Erfahrungen, daß die Juden die ersten Opfer aller Blutbäder sind, welche die Weltgeschichte veranstaltet.

Deshalb ist vielleicht der jüdische Arbeiter ruhig und geduldig. Der jüdische Intellektuelle mag mit leidenschaftlicher Aktivität der revolutionären Bewegung Antrieb und Schärfe geben. Der ostjüdische Arbeiter ist in seiner Liebe zur Arbeit, seiner nüchternen Denkweise, seinem ruhigen Leben dem Deutschen zu vergleichen.

Es gibt nämlich ostjüdische Arbeiter – ich vermute, daß man diese Selbstverständlichkeit unterstreichen muß, in einem Land, in dem in so kurzen Abständen „Organe der Öffentlichkeit" das Wort von der „unproduktiven Masse der östlichen Einwanderer" wiederholen. Es gibt ostjüdische Arbeiter, Juden, die nicht feilschen, handeln, überbieten und „rechnen" können, alte Kleider nicht einkaufen, mit Bündeln nicht hausieren, die aber dennoch oft gezwungen werden, einen demütigenden und traurigen Handel zu betreiben, weil keine Fabrik sie nimmt, weil (gewiß notwendige) Gesetze die einheimischen Arbeiter vor der Konkurrenz Fremder schützen und weil, gäbe es selbst diese Gesetze nicht, das Vorurteil der Unternehmer, aber auch der Kameraden den jüdischen Arbeiter unmöglich machen könnte. In Amerika ist er nicht selten. In Westeuropa weiß man nichts von seiner Existenz und leugnet sie.

Man leugnet im Westen auch den jüdischen Handwerker. Im Osten gibt es jüdische Klempner, Tischler, Schuster, Schneider, Kürschner, Faßbinder, Glaser und Dachdecker. Der Begriff von Ländern im Osten, in denen alle Juden Wunderrabbis sind oder Handel treiben, die ganze christliche Bevölkerung aus Bauern besteht, die mit den Schweinen zusammenwohnen, und aus Herren, die unaufhörlich auf die Jagd gehen und trinken, diese kindischen Vorstellungen sind ebenso lächerlich wie der Traum des Ostjuden von einer westeuropäischen Humanität. Dichter und Denker sind unter den Men-

JUDEN AUF WANDERSCHAFT

schen im Osten häufiger als Wunderrabbis und Händler. Im übrigen können Wunderrabbis und sogar Händler im Hauptberuf Dichter und Denker sein, was westeuropäischen Generälen zum Beispiel sehr schwerzufallen scheint.

Der Krieg, die Revolution in Rußland, der Zerfall der österreichischen Monarchie haben die Zahl der nach dem Westen emigrierenden Juden bedeutend erhöht. Sie sind gewiß nicht gekommen, um die Pest zu verbreiten und die Schrecken des Krieges und die (übertriebenen) Grausamkeiten der Revolution. Sie sind von der Gastfreundschaft der Westeuropäer noch weniger entzückt gewesen als diese von dem Besuch der geschmähten Gäste. (Die Ostjuden hatten die westeuropäischen Soldaten ganz anders aufgenommen.) Da sie nun einmal, diesmal nicht freiwillig, im Westen waren, mußten sie einen Erwerb suchen. Sie fanden ihn am leichtesten im Handel, der durchaus kein leichter Beruf ist. Sie gaben sich auf, indem sie Händler im Westen wurden.

Sie gaben sich auf. Sie verloren sich. Ihre traurige Schönheit fiel von ihnen ab, und eine staubgraue Schicht von Gram ohne Sinn und niedrigem Kummer ohne Tragik blieb auf ihren gekrümmten Rücken. Die Verachtung blieb an ihnen kleben – früher hatten sie nur Steinwürfe erreicht. Sie schlossen Kompromisse. Sie veränderten ihre Tracht, ihre Bärte, ihr Kopfhaar, ihren Gottesdienst, ihren Sabbat, ihren Haushalt – sie selbst hielten noch an den Traditionen fest, aber die Überlieferung löste sich von ihnen. Sie wurden einfache, kleine Bürger. Die Sorgen der kleinen Bürger waren ihre Sorgen. Sie zahlten Steuern, bekamen Meldezettel, wurden registriert und bekannten sich zu einer „Nationalität", zu einer „Staatsbürgerschaft", die ihnen mit vielen Schikanen „erteilt" wurde, sie benutzten die Straßenbahnen, die Lifts, alle Segnungen der Kultur. Sie hatten sogar ein „Vaterland".

Es ist ein provisorisches Vaterland. Der jüdische Nationalgedanke ist im Ostjuden lebendig, auch dann noch, wenn er eine halbe Assimilation an die westlichen Sitten und Gebräuche vollzogen hat. Ja, Zionismus und Nationalitätsbegriff sind im Wesen westeuropäisch, wenn auch nicht im Ziel. Nur im Orient leben noch Menschen, die sich um ihre „Nationalität", das heißt Zugehörigkeit zu einer „Nation" nach westeuropäischen Begriffen, nicht kümmern. Sie sprechen mehrere Sprachen und sind ein Produkt mehrerer Rassenmischungen, und ihr Vaterland ist dort, wo man sie zwangsweise in eine militärische Formation einreiht. Die kaukasischen Armenier waren lange Zeit weder Russen noch Armenier, sie waren eben Mohammedaner und Kaukasier, und sie lieferten den russischen Zaren die treuesten Leibgarden. Der nationale Gedanke ist ein westlicher. Den Begriff „Nation" haben westeuropäische Gelehrte erfunden und zu erklären versucht. Die alte österreichisch-ungarische Monarchie lieferte den scheinbar praktischen Beweis für die Nationalitäten-Theorie. Das heißt, sie hätte den Beweis für das Gegenteil dieser Theorie liefern können, wenn sie gut regiert worden wäre. Die Unfähigkeit ihrer Regierungen lieferte den praktischen Beweis für eine Theorie, die also durch einen Irrtum erhärtet wurde und sich durchgesetzt hat, dank den Irrtümern. Der moderne Zionismus entstand in Österreich, in Wien. Ein österreichischer Journalist hat ihn begründet. Kein anderer hätte ihn begründen können. Im österreichischen Parlament saßen die Vertreter verschiedener Nationen und waren damit beschäftigt, um nationale Rechte und Freiheiten zu kämpfen, die ganz selbstverständlich gewesen wären, wenn man sie gewährt hätte. Das österreichische Parlament war ein Ersatz für nationale Schlachtfelder. Versprach man den Tschechen eine neue Schule, so fühlten sich die Deutschen in Böhmen gekränkt. Und gab man den Polen in Ostgalizien einen Statthalter polnischer Zunge, so hatte man die Ruthenen beleidigt. Jede österreichische Nation berief sich auf die „Erde", die ihr gehörte. Nur die Juden konnten sich auf keinen eigenen Boden („Scholle" sagt man in diesem Fall) berufen. Sie waren in Galizien in ihrer Mehrheit weder Polen noch Ruthenen. Der Antisemitismus aber lebte sowohl bei Deutschen als auch bei Tschechen, sowohl bei den Polen als auch bei den Ruthenen, sowohl bei den Magyaren als auch bei den Rumänen in Siebenbürgen. Die Juden widerlegten das Sprichwort, das da sagt, der dritte gewänne, wenn zwei sich stritten. Die Juden waren der dritte, der immer verlor. Da rafften sie sich auf und bekannten sich zu einer, zu ihrer Nationalität: zur jüdischen. Den Mangel an einer eigenen „Scholle" in Europa ersetzten sie durch ein Streben nach der palästinensischen Heimat. Sie waren immer Menschen im Exil gewesen. Jetzt wurden sie eine Nation im Exil. Sie entsandten jüdisch-nationale Vertreter ins österreichische Parlament und begannen ebenfalls, um nationale Rechte und Freiheiten zu kämpfen, ehe man ihnen noch die primitivsten menschlichen zuerkannt hatte.

„Nationale Autonomie" war der Schlachtruf Europas, in den die Juden einstimmten. Der Versailler Friedensvertrag und der Völkerbund bemühten sich, auch den Juden das Recht auf ihre „Nationalität" zuzuerkennen. Heute sind die Juden in vielen Staaten eine „nationale Minderheit". Sie haben noch lange nicht, was sie wollen, aber sie haben viel: eigene Schulen, das Recht auf ihre Sprache und einige solcher Rechte mehr, mit denen man glaubt, Europa glücklich zu machen.

Aber selbst, wenn es den Juden gelingen würde, in Polen, in der Tschechoslowakei, in Rumänien, in Deutschösterreich alle Rechte einer „nationalen Minderheit" zu erkämpfen, so erhöbe sich immer noch die große Frage, ob die Juden nicht noch viel mehr sind als eine nationale Minderheit europäischer Fasson; ob sie nicht mehr sind als eine „Nation", wie man sie in Europa versteht; und ob sie nicht einen Anspruch auf viel Wichtigeres aufgeben, wenn sie den auf „nationale Rechte" erheben.

Welch ein Glück, eine „Nation" zu sein, wie Deutsche, Franzosen, Italiener, nachdem man schon vor dreitausend Jahren eine „Nation" gewesen ist und „heilige Kriege" geführt und „große Zeiten" erlebt hat! Nachdem man fremde Generäle enthauptet und eigene überwunden hat? Die Epoche der „National-Geschichte" und „Vaterlandskunde" haben die Juden schon hinter sich. Sie besetzten und besaßen Grenzen, eroberten Städte, krönten Könige, zahlten Steuern, waren Untertanen, hatten „Feinde", wurden gefangengenommen, trieben Weltpolitik, stürzten Minister, hatten eine Art Universität, Professoren und Schüler, eine hochmütige Priesterkaste und Reichtum, Armut, Prosti-

JUDEN AUF WANDERSCHAFT   1125

tution, Besitzende und Hungrige, Herren und Sklaven. Wollen sie es noch einmal? Beneiden sie die europäischen Staaten?

Sie wollen gewiß nicht nur ihre „nationale Eigenart" bewahren. Sie wollen ihre Rechte auf Leben, Gesundheit, persönliche Freiheit, Rechte, die man ihnen in fast allen europäischen Ländern entzieht oder schmälert. In Palästina vollzieht sich tatsächlich eine nationale Wiedergeburt. Die jungen Chaluzim sind tapfere Bauern und Arbeiter, und sie beweisen die Fähigkeit des Juden, zu arbeiten und Ackerbau zu treiben und ein Sohn der Erde zu werden, obwohl er jahrhundertelang ein Buchmensch war. Leider sind die Chaluzim auch gezwungen, zu kämpfen, Soldaten zu sein und das Land gegen die Araber zu verteidigen. Und damit ist das europäische Beispiel nach Palästina übertragen. Leider ist der junge Chaluz nicht nur ein Heimkehrer in das Land seiner Väter und ein Proletarier mit dem gerechten Sinn eines arbeitenden Menschen; sondern er ist auch ein „Kulturträger". Er ist ebenso Jude wie Europäer. Er bringt den Arabern Elektrizität, Füllfedern, Ingenieure, Maschinengewehre, flache Philosophien und den ganzen Kram, den England liefert. Gewiß müßten sich die Araber über neue, schöne Straßen freuen. Aber der Instinkt des Naturmenschen empört sich mit Recht gegen den Einbruch einer angelsächsisch-amerikanischen Zivilisation, die den ehrlichen Namen der nationalen Wiedergeburt trägt. Der Jude hat ein Recht auf Palästina, nicht, weil er aus diesem Lande kommt, sondern, weil ihn kein anderes Land will. Daß der Araber um seine Freiheit fürchtet, ist aber ebenso verständlich, wie der Wille der Juden ehrlich ist, dem Araber ein treuer Nachbar zu sein. Und dennoch wird die Einwanderung der jungen Juden nach Palästina immer an eine Art jüdischen Kreuzzugs erinnern, weil sie leider auch schießen.

Wenn also auch die Juden durchaus die üblen Sitten und Gebräuche der Europäer ablehnten, sie können sie nicht ganz ablegen. Sie sind selbst Europäer. Der jüdische Statthalter von Palästina ist ohne Zweifel ein Engländer. Und wahrscheinlich mehr Engländer als Jude. Die Juden sind Objekt oder ahnungslose Vollstrecker europäischer Politik. Sie werden benutzt oder mißbraucht. Jedenfalls wird es ihnen schwer gelingen, eine Nation mit einer ganz neuen, uneuropäischen Physiognomie zu werden. Das europäische Kainszeichen bleibt. Es ist gewiß besser, selbst eine Nation zu sein, als von einer anderen mißhandelt zu werden. Aber es ist nur eine schmerzliche Notwendigkeit. Welch ein Stolz für den Juden, der längst abgerüstet hat, noch einmal zu beweisen, daß er *auch* exerzieren kann!

Denn es ist gewiß nicht der Sinn der Welt, aus „Nationen" zu bestehen und aus Vaterländern, die, selbst, wenn sie wirklich nur ihre kulturelle Eigenart bewahren wollten, noch immer nicht das Recht hätten, auch nur ein einziges Menschenleben zu opfern. Die Vaterländer und Nationen wollen aber in Wirklichkeit noch mehr, noch weniger: nämlich Opfer für materielle Interessen. Sie schaffen „Fronten", um Hinterländer zu bewahren. Und in dem ganzen tausendjährigen Jammer, in dem die Juden leben, hatten sie nur den einen Trost: nämlich den, ein solches Vaterland *nicht* zu besitzen. Wenn es jemals eine gerechte Geschichte geben wird, so wird sie es den Juden hoch anrechnen, daß sie die Vernunft bewahren durften, weil sie kein „Vaterland" besaßen in einer Zeit, in der die ganze Welt sich dem patriotischen Wahnsinn hingab.

Sie haben kein „Vaterland", die Juden, aber jedes Land, in dem sie wohnen und Steuern zahlen, verlangt von ihnen Patriotismus und Heldentod und wirft ihnen vor, daß sie nicht gerne sterben. In dieser Lage ist der Zionismus wirklich noch der einzige Ausweg: wenn schon Patriotismus, dann lieber einen für das eigene Land.

Solange aber die Juden noch in fremden Ländern leben, müssen sie für diese Länder leben und leider auch sterben. Ja, es gibt sogar Juden, die für diese Länder gerne leben und gerne sterben. Es gibt Ostjuden, welche sich an die Länder ihrer Wahl assimilieren und die Vorstellungen der einheimischen Bevölkerung von „Vaterland", „Pflicht", „Heldentod" und „Kriegsanleihe" vollkommen aufgenommen haben. Sie sind Westjuden, Westeuropäer geworden.

Wer ist „Westjude"? Ist es derjenige, der nachweisen kann, daß seine Ahnen in der glücklichen Lage waren, vor den westeuropäischen, bzw. deutschen Pogromen im Mittelalter und später niemals fliehen zu müssen? Ist ein Jude aus Breslau, das lange Zeit Wroclaw hieß und eine polnische Stadt war, mehr Westjude als einer aus Krakau, das heute noch polnisch ist? Ist derjenige schon Westjude, dessen Vater sich nicht mehr erinnern kann, wie es in Posen oder in Lemberg aussieht? Fast alle Juden waren einmal Westjuden, ehe sie nach Polen und Rußland kamen. Und alle Juden waren einmal „Ostjuden", ehe ein Teil von ihnen westjüdisch wurde. Und die Hälfte aller Juden, die heute verächtlich oder geringschätzig vom Osten sprechen, hatte Großväter, die aus Tarnopol kamen. Und selbst, wenn ihre Großväter nicht aus Tarnopol kamen, so ist es nur ein Zufall, daß ihre Ahnen nicht nach Tarnopol hatten fliehen müssen. Wie leicht konnte einer im Gedränge eines Pogroms nach dem Osten geraten, wo man ihn noch nicht zu prügeln begonnen hatte! …Es ist deshalb ungerecht, zu behaupten, daß ein Jude, der 1914 aus dem Osten nach Deutschland kam, den Sinn der Kriegsanleihe oder der Musterung weniger begriffen hätte als ein Jude, dessen Ahnen schon seit 300 Jahren zur Musterung oder zum Steueramt gingen. Je dümmer der Einwanderer war, desto schneller zeichnete er Kriegsanleihe. Viele Juden, Ostjuden oder Söhne und Enkel von Ostjuden, sind für alle europäischen Länder im Kriege gefallen. Ich sage es nicht, um die Ostjuden zu entschuldigen. Im Gegenteil: *ich werfe es ihnen vor.*

Sie starben, litten, bekamen Typhus, lieferten „Seelsorger" für das Feld, obwohl Juden ohne Rabbiner sterben dürfen und der patriotischen Feldpredigt noch weniger bedurften als ihre christlichen Kameraden. Sie näherten sich vollkommen den westlichen Unsitten und Mißbräuchen. Sie assimilierten sich. Sie beten nicht mehr in Synagogen und Bethäusern, sondern in langweiligen Tempeln, in denen der Gottesdienst so mechanisch wird wie in jeder besseren protestantischen Kirche. Sie werden Tempeljuden, das heißt: guterzogene, glattrasierte Herren in Gehröcken und Zylindern, die das Gebetbuch in den Leitartikel des jüdischen Leibblattes packen, weil sie glauben, man er-

JUDEN AUF WANDERSCHAFT

kenne sie an diesem Leitartikel weniger als an dem Gebetbuch. In den Tempeln hört man die Orgel, der Kantor und der Prediger tragen eine Kopfbedeckung, die sie dem christlichen Geistlichen ähnlich macht. Jeder Protestant, der sich in einen jüdischen Tempel verirrt, muß zugeben, daß der Unterschied zwischen Jud und Christ gar nicht groß ist und daß man eigentlich aufhören müßte, ein Antisemit zu sein, wenn die jüdische Geschäftskonkurrenz nicht gar so gefährlich wäre. Die Großväter kämpften noch verzweifelt mit Jehova, schlugen sich die Köpfe wund an den tristen Mauern des kleinen Bethauses, riefen nach Strafe für ihre Sünden und flehten um Vergebung. Die Enkel sind westlich geworden. Sie bedürfen der Orgel, um sich in Stimmung zu bringen, ihr Gott ist eine Art abstrakter Naturgewalt, ihr Gebet ist eine Formel. Und darauf sind sie stolz! Sie sind Leutnants in der Reserve, und ihr Gott ist der Vorgesetzte eines Hofkaplans und just jener Gott, von dessen Gnaden die Könige herrschten.

Das nennt man dann: westliche Kultur haben. Wer diese Kultur hat, darf bereits den Vetter verachten, der, noch echt und unberührt, aus dem Osten kommt und mehr Menschlichkeit und Göttlichkeit besitzt, als alle Prediger in den theologischen Seminaren Westeuropas finden können. Hoffentlich wird dieser Vetter genug Kraft haben, nicht der Assimilation zu verfallen.

Im Folgenden werde ich versuchen, zu beschreiben, wie er und Menschen seiner Art in der Heimat und in der Fremde leben.

Das jüdische Städtchen

Die kleine Stadt liegt mitten im Flachland, von keinem Berg, von keinem Wald, keinem Fluß begrenzt. Sie läuft in die Ebene aus. Sie fängt mit kleinen Hütten an und hört mit ihnen auf. Die Häuser lösen die Hütten ab. Da beginnen die Straßen. Eine läuft von Süden nach Norden, die andere von Osten nach Westen. Im Kreuzungspunkt liegt der Marktplatz. Am äußersten Ende der Nord-Süd-Straße liegt der Bahnhof. Einmal im Tag kommt ein Personenzug. Einmal im Tag fährt ein Personenzug ab. Dennoch haben viele Leute den ganzen Tag am Bahnhof zu tun. Denn sie sind Händler. Sie interessieren sich auch für Güterzüge. Außerdem tragen sie gern eilige Briefe zur Bahn, weil die Postkasten in der Stadt nur einmal täglich geleert werden. Den Weg zur Bahn legt man zu Fuß in 15 Minuten zurück. Wenn es regnet, muß man einen Wagen nehmen, weil die Straße schlecht geschottert ist und im Wasser steht. Die armen Leute tun sich zusammen und nehmen gemeinsam einen Wagen, in dem sechs Personen zwar nicht sitzen können, aber immerhin Platz finden. Der reiche Mann sitzt allein in einem Wagen und bezahlt für die Fahrt mehr als sechs Arme. Es gibt acht Droschken, die dem Verkehr dienen. Sechs sind Einspänner. Die zwei Zweispänner sind für vornehme Gäste, die manchmal durch einen Zufall in

1128   JUDEN AUF WANDERSCHAFT

diese Stadt geraten. Die acht Droschkenkutscher sind Juden. Es sind fromme Juden, die ihre Bärte nicht schneiden lassen, aber keine allzu langen Röcke tragen wie ihre Glaubensgenossen. Ihren Beruf können sie in kurzen Joppen besser ausüben. Am Sabbat fahren sie nicht. Am Sabbat hat auch niemand etwas bei der Bahn zu suchen. Die Stadt hat 18 000 Einwohner, von denen 15 000 Juden sind. Unter den 3000 Christen sind etwa 100 Händler und Kaufleute, ferner 100 Beamte, einer Notar, einer Bezirksarzt und acht Polizisten. Es gibt zwar zehn Polizisten. Aber von diesen sind merkwürdigerweise zwei Juden. Was die andern Christen machen, weiß ich nicht genau. Von den 15 000 Juden leben 8000 vom Handel. Sie sind kleine Krämer, größere Krämer und große Krämer. Die anderen 7000 Juden sind kleine Handwerker, Arbeiter, Wasserträger, Gelehrte, Kultusbeamte, Synagogendiener, Lehrer, Schreiber, Thoraschreiber, Tallesweber, Ärzte, Advokaten, Beamte, Bettler und verschämte Arme, die von der öffentlichen Wohltätigkeit leben, Totengräber, Beschneider und Grabsteinhauer.

Die Stadt hat zwei Kirchen, eine Synagoge und etwa 40 kleine Bethäuser. Die Juden beten täglich dreimal. Sie müßten sechsmal den Weg zur Synagoge und nach Hause oder in den Laden zurücklegen, wenn sie nicht so viele Bethäuser hätten, in denen man übrigens nicht nur betet, sondern auch jüdische Wissenschaft lernt. Es gibt jüdische Gelehrte, die von fünf Uhr früh bis zwölf Uhr nachts im Bethaus studieren, wie europäische Gelehrte etwa in einer Bibliothek. Nur am Sabbat und an Feiertagen kommen sie zu den Mahlzeiten heim. Sie leben, wenn sie nicht Vermögen oder Gönner haben, von kleinen Gaben der Gemeinde und gelegentlichen frommen Arbeiten, wie zum Beispiel: Vorbeten oder Unterricht oder Schofarblasen an hohen Feiertagen. Ihre Familie, das Haus, die Kinder versorgen die Frauen, die einen kleinen Handel mit Kukuruz im Sommer, mit Naphtha im Winter, mit Essiggurken und Bohnen und Backwerken betreiben.

Die Händler und die andern im Leben stehenden Juden beten sehr schnell und haben noch hie und da Zeit, Neuigkeiten zu besprechen und die Politik der großen Welt und die Politik der kleinen. Sie rauchen Zigaretten und schlechten Pfeifentabak im Bethaus. Sie benehmen sich wie in einem Kasino. Sie sind bei Gott nicht seltene Gäste, sondern zu Hause. Sie statten ihm nicht einen Staatsbesuch ab, sondern versammeln sich täglich dreimal an seinen reichen, armen, heiligen Tischen. Im Gebet empören sie sich gegen ihn, schreien zum Himmel, klagen über seine Strenge und führen bei Gott Prozeß gegen Gott, um dann einzugestehn, daß sie gesündigt haben, daß alle Strafen gerecht waren und daß sie besser sein wollen. Es gibt kein Volk, das dieses Verhältnis zu Gott hätte. Es ist ein altes Volk, und es kennt ihn schon lange! Es hat seine große Güte erlebt und seine kalte Gerechtigkeit, es hat oft gesündigt und bitter gebüßt, und es weiß, daß es gestraft werden kann, aber niemals verlassen.

Dem Fremden erscheinen alle Bethäuser gleich. Aber sie sind es nicht, und in vielen ist der Gottesdienst verschieden. Die jüdische Religion kennt keine Sekten, wohl aber verschiedene sektenartige Gruppen. Es gibt eine unerbittlich strenge und eine gemilder-

JUDEN AUF WANDERSCHAFT

te Orthodoxie, es gibt eine Anzahl „aschkenasischer" und „sephardischer" Gebete und Textverschiedenheiten in denselben Gebeten.

Sehr deutlich ist die Trennung zwischen sogenannten aufgeklärten Juden und den Kabbalagläubigen, den Anhängern der einzelnen Wunderrabbis, von denen jeder seine bestimmte Chassidimgruppe hat. Die aufgeklärten Juden sind nicht etwa ungläubige Juden. Sie verwerfen nur jeden Mystizismus, und ihr fester Glaube an die Wunder, die in der Bibel erzählt werden, kann nicht erschüttert werden durch die Ungläubigkeit, mit der sie den Wundern des gegenwärtigen Rabbis gegenüberstehn. Für die Chassidim ist der Wunderrabbi der Mittler zwischen Mensch und Gott. Die aufgeklärten Juden bedürfen keines Mittlers. Ja, sie betrachten es als Sünde, an eine irdische Macht zu glauben, die imstande wäre, Gottes Ratschlüssen vorzugreifen, und sie sind selbst ihre eigenen Fürsprecher. Dennoch können sich viele Juden, auch, wenn sie keine Chassidim sind, der wunderbaren Atmosphäre, die um einen Rabbi weht, nicht entziehen, und ungläubige Juden und selbst christliche Bauern begeben sich in schwierigen Lagen zum Rabbi, um Trost und Hilfe zu finden.

Dem Fremden und dem Feind stellen alle Ostjuden eine geschlossene Front entgegen, oder eine scheinbar geschlossene Front. Nichts dringt an die Außenwelt von dem Eifer, mit dem einzelne Gruppen einander bekämpfen, von dem Haß und der Bitterkeit, welche die Anhänger des einen Wunderrabbis gegen die des andern aufbringen, und von der Verachtung, die alle frommen Juden gegen jene Söhne ihres Volkes hegen, die sich äußerlich an die Sitten und die Tracht ihrer christlichen Umgebung angepaßt haben. Die meisten frommen Juden verurteilen einen Mann aufs schärfste, der sich den Bart rasieren läßt – wie überhaupt das rasierte Gesicht das deutliche Merkmal für den Abfall vom Glauben darstellt. Der rasierte Jude trägt nicht mehr das Kennzeichen seines Volkes. Er versucht, auch wenn er es nicht will, so auszusehen wie einer der glücklichen Christen, die man nicht verfolgt und nicht verspottet. Auch er entgeht dem Antisemitismus nicht. Aber es ist eben die Pflicht der Juden, nicht von den Menschen, sondern von Gott eine Milderung ihres Schicksals zu erwarten. Jede noch so äußerliche Assimilation ist eine Flucht oder der Versuch einer Flucht aus der traurigen Gemeinschaft der Verfolgten; ist ein Versuch, Gegensätze auszugleichen, die trotzdem vorhanden sind.

Man hat keine Grenzen mehr, um sich vor Vermischung zu schützen. Deshalb trägt jeder Jude Grenzen um sich. Es wäre schade, sie aufzugeben. Denn so groß die Not ist, die Zukunft bringt die herrlichste Erlösung. Die scheinbare Feigheit des Juden, der auf den Steinwurf des spielenden Knaben nicht reagiert und den schmähenden Zuruf nicht hören will, ist in Wahrheit der Stolz eines, der weiß, daß er einmal siegen wird und daß ihm nichts geschehen kann, wenn Gott es nicht will, und daß eine Abwehr nicht so wunderbar schützt, wie Gottes Wille es tut. Hat er sich nicht schon freudig verbrennen lassen? Was tut ihm ein Kieselstein und was der Speichel eines wütigen Hundes? Die Verachtung, die ein Ostjude gegen den Ungläubigen empfindet, ist tausendmal größer als jene, die ihn selbst treffen könnte. Was ist der reiche Herr, was der Polizeioberst, was ein

General, was ein Statthalter gegen ein Wort Gottes, gegen eines jener Worte, die der Jude immer im Herzen hat? Während er den Herrn grüßt, verlacht er ihn. Was weiß dieser Herr von dem wahren Sinn des Lebens? Selbst, wenn er weise wäre, seine Weisheit schwämme an der Oberfläche der Dinge. Er mag die Gesetze des Landes kennen, Eisenbahnen bauen und merkwürdige Gegenstände erfinden, Bücher schreiben und mit Königen auf die Jagd gehn. Was ist das alles gegen ein kleines Zeichen in der Heiligen Schrift und gegen die dümmste Frage des jüngsten Talmudschülers?

Dem Juden, der so denkt, ist jedes Gesetz, das ihm persönliche und nationale Freiheit verbürgt, höchst gleichgültig. Von den Menschen kann ihm nichts wirklich Gutes kommen. Ja, es ist fast eine Sünde, bei den Menschen um etwas zu kämpfen. Dieser Jude ist kein „nationaler" Jude im westeuropäischen Sinne. Er ist Gottes Jude. Um Palästina kämpft er nicht. Er haßt den Zionisten, der mit den lächerlichen europäischen Mitteln ein Judentum aufrichten will, das keines mehr wäre, weil es nicht den Messias erwartet hat und nicht Gottes Sinnesänderung, die ja bestimmt kommen wird. Es liegt in diesem großen Wahn so viel Opfermut wie in der Tapferkeit der jungen Chaluzim, die Palästina aufbauen – mag diese auch zu einem Ziele führen und jene zur Vernichtung. Zwischen dieser Orthodoxie und einem Zionismus, der am Sabbat Wege baut, kann es keine Versöhnung geben. Einem ostjüdischen Chassid und Orthodoxen ist ein Christ näher als ein Zionist. Denn dieser will das Judentum von Grund aus verändern. Er will eine jüdische Nation, die ungefähr so aussehen soll wie die europäischen Nationen. Man wird dann vielleicht ein eigenes Land haben, aber keine Juden. Diese Juden merken nicht, daß der Fortschritt der Welt die jüdische Religion vernichtet und daß immer weniger Gläubige ausharren und daß die Zahl der Frommen zusammenschmilzt. Sie sehen die jüdische Entwicklung nicht im Zusammenhang mit der Entwicklung der Welt. Sie denken erhaben und falsch.

Viele Orthodoxe haben sich überzeugen lassen. Sie sehen nicht mehr im rasierten Bart das Abzeichen des Abtrünnigen. Ihre Kinder und Enkel gehen als Arbeiter nach Palästina. Ihre Kinder werden jüdisch-nationale Abgeordnete. Sie haben sich abgefunden und versöhnt, und sie haben trotzdem nicht aufgehört, an das Wunder des Messias zu glauben. Sie haben Kompromisse geschlossen.

Unversöhnlich und erbittert bleibt noch eine große Masse der Chassidim, die innerhalb des Judentums eine sehr merkwürdige Stellung einnehmen. Sie sind für den Westeuropäer ebenso ferne und rätselhaft wie etwa die Bewohner des Himalaja, die jetzt in Mode gekommen sind. Ja, sie sind schwerer zu erforschen, denn sie haben, vernünftiger, als die wehrlosen Objekte europäischen Forschungseifers, bereits die zivilisatorische Oberflächlichkeit Europas kennengelernt, und man kann ihnen weder mit einem Kinoapparat noch mit einem Fernglas, noch mit einem Aeroplan imponieren. Aber selbst, wenn ihre Naivität und ihre Gastfreundschaft so groß wären wie die der andern fremden Völker, die von unserem Wissensdrang mißbraucht werden – selbst dann fände sich schwerlich ein europäischer Gelehrter, der eine Forschungsreise zu den Chassidim unternehmen würde. Man betrachtet die Juden, weil sie überall in unserer Mitte leben, als bereits „erforscht". Am Hof eines Wunderrabbis ereignet sich aber ebensoviel Interessantes wie bei den indischen Fakiren.

Viele Wunderrabbis leben im Osten, und jeder gilt bei seinen Anhängern als der größte. Die Würde des Wunderrabbis vererbt sich seit Generationen vom Vater auf den Sohn. Jeder hält einen eigenen Hof, jeder hat seine Leibgarde, Chassidim, die in seinem Haus aus- und eingehn, die mit ihm beten, mit ihm fasten, mit ihm essen. Er kann segnen, und sein Segen geht in Erfüllung. Er kann verfluchen, und sein Fluch erfüllt sich und trifft ein ganzes Geschlecht. Wehe dem Spötter, der ihn leugnet. Wohl dem Gläubigen, der ihm Geschenke bringt. Der Rabbi verwendet sie nicht für sich. Er lebt bescheidener als der letzte Bettler. Seine Nahrung dient nur dazu, sein Leben knapp zu erhalten. Er lebt nur, weil er Gott dienen will. Er nährt sich von kleinen Bissen der Speisen und von kleinen Tropfen der Getränke. Wenn er im Kreis der Seinen am Tische sitzt, nimmt er von seinem reichlich gefüllten Teller nur einen Bissen und einen Schluck und läßt den Teller rings um den Tisch wandern. Jeder Gast wird von des Rabbis Speise satt. Er selbst hat keine leiblichen Bedürfnisse. Der Genuß des Weibes ist ihm eine heilige Pflicht und nur deshalb ein Genuß, weil er eine Pflicht ist. Er muß Kinder zeugen, damit das Volk Israels sich vermehre wie der Sand am Meer und wie die Sterne am Himmel. Immer sind Frauen aus seiner nächsten Umgebung verbannt. Auch das Essen ist weniger Nahrung als ein Dank an den Schöpfer für das Wunder der Speisen und eine Erfüllung des Gebotes, sich von Früchten und Tieren zu nähren – denn alles hat *Er* für den Menschen geschaffen. Tag und Nacht liest der Rabbi in heiligen Büchern. Er kann viele schon auswendig, so oft hat er sie gelesen. Aber jedes Wort, ja, jeder Buchstabe hat Millionen Seiten, und jede Seite kündet von der Größe Gottes, an der man niemals genug lernen kann. Tag für Tag kommen die Menschen, denen ein teurer Freund erkrankt ist, eine Mutter stirbt, denen Gefängnis droht, die von der Behörde verfolgt werden, denen der Sohn assentiert wird, damit er für Fremde exerziere und für Fremde in einem törichten Krieg falle. Oder solche, deren Frauen unfruchtbar sind und die einen Sohn haben wollen. Oder Menschen, die vor einer großen Entscheidung stehen und nicht wissen, was sie zu tun haben. Der Rabbi hilft und vermittelt nicht nur zwischen Mensch und Gott, sondern, was noch schwieriger ist, zwischen Mensch und Mensch. Aus weiten Gegenden kommen sie zu ihm. Er hört in einem Jahr die merkwürdigsten Schicksale, und kein Fall ist so verwickelt, daß er nicht einen noch komplizierteren schon gehört hätte. Der Rabbi hat ebensoviel Weisheit wie Erfahrung und ebensoviel praktische Klugheit wie Glauben an sich selbst und sein Auserwähltsein. Er hilft mit einem Rat ebenso wie mit einem Gebet. Er hat gelernt, die Sprüche der Schriften und die Gebote Gottes so auszulegen, daß sie den Gesetzen des Lebens nicht widersprechen und daß nirgends eine Lücke bleibt, durch die der Leugner schlüpfen könnte. Seit dem ersten Tag der Schöpfung hat sich vieles geändert, nicht aber Gottes Wille, der sich in den Grundgesetzen der Welt ausdrückt. Man bedarf keiner Kompromisse, um das zu beweisen. Alles ist nur Sache des

1132   JUDEN AUF WANDERSCHAFT

Begreifens. Wer soviel erlebt hat wie der Rabbi, kommt bereits über den Zweifel hinaus. Das Stadium des Wissens hat er schon hinter sich. Der Kreis ist geschlossen. Der Mensch ist wieder gläubig. Die hochmütige Wissenschaft des Chirurgen bringt dem Patienten den Tod und die schale Weisheit des Physikers dem Jünger den Irrtum. Man glaubt nicht mehr dem Wissenden. Man glaubt dem Glaubenden.

Viele glauben ihm. Er selbst, der Rabbi, macht keinen Unterschied zwischen den treuesten Erfüllern der geschriebenen Gebote und den weniger treuen, ja nicht einmal zwischen Jude und Nichtjude, nicht zwischen Mensch und Tier. Wer zu ihm kommt, ist seiner Hilfe gewiß. Er weiß mehr, als er sagen darf. Er weiß, daß über dieser Welt noch eine andere ist, mit anderen Gesetzen, und vielleicht ahnt er sogar, daß Verbote und Gebote in dieser Welt von Sinn, in einer anderen ohne Bedeutung sind. Es kommt ihm auf die Befolgung des ungeschriebenen, aber desto gültigeren Gesetzes an.

Sie belagern sein Haus. Es ist gewöhnlich größer, heller, breiter als die kleinen Judenhäuser. Manche Wunderrabbis können einen wirklichen Hof halten. Ihre Frauen tragen kostbare Kleider und befehlen Dienerinnen, besitzen Pferde und Ställe: nicht, um es zu genießen, sondern um zu repräsentieren.

Es war ein Tag im Spätherbst, an dem ich mich aufmachte, den Rabbi zu besuchen. Der Tag eines östlichen Spätherbstes, der noch warm ist, von einer großen Demut und einer goldenen Entsagung. Ich stand um fünf Uhr früh auf, die Nebel hoben sich feucht und kalt, und über die Rücken der wartenden Pferde strichen sichtbare Schauer. Fünf jüdische Frauen saßen mit mir im Bauernwagen. Sie trugen schwarze, wollene Tücher, sahen älter aus, als sie waren, der Kummer hatte ihre Leiber und ihre Gesichter gezeichnet, sie waren Händlerinnen, sie brachten Geflügel in die Häuser der Wohlhabenden und lebten von geringen Verdiensten. Alle führten ihre kleinen Kinder mit. Wo hätte man die Kinder lassen können, an einem Tage, an dem die ganze Nachbarschaft zum Rabbi fuhr?

Wir kamen, als die Sonne aufging, in die kleine Stadt des Rabbi und sahen, daß schon viele Menschen vor uns gekommen waren. Diese Menschen waren schon einige Tage da, sie schliefen in den Hausfluren, in Scheunen, in Heuschobern, und die bodenständigen Juden machten gute Geschäfte und vermieteten Schlafstellen für gutes Geld. Das große Wirtshaus war überfüllt. Die Straße war holprig, verfaulte Zaunlatten ersetzten ein Pflaster, und auf den Zaunlatten hockten die Menschen.

Ich trug einen kurzen Pelz und hohe Reitstiefel und sah aus wie einer der gefürchteten Beamten des Landes, auf deren Wink man eingesperrt werden kann. Deshalb ließen mich die Leute vorgehen, sie machten mir Platz und wunderten sich über meine Höflichkeit. Vor dem Hause des Rabbi stand ein rothaariger Jude, der Zeremonienmeister, den alle mit Bitten, Flüchen, Geldscheinen und Stößen bedrängten, ein Mann von Macht, der keine Gnade kannte und mit einer Art gemessener Roheit die Flehenden ebenso zurückstieß wie die Scheltenden. Ja, es kam vor, daß er von manchen Geld nahm

JUDEN AUF WANDERSCHAFT

und sie dennoch nicht einließ, daß er vergaß, von wem er Geld bekommen hatte, oder so tat, als hätte er es vergessen. Sein Angesicht war von wachsbleicher Farbe und von einem schwarzen, runden Samthut beschattet. Der kupferrote Bart sprang in dichten Haarknäueln vom Kinn aus den Menschen entgegen, war an den Wangen hier und dort ausgegangen wie altes Futter und wuchs ganz nach seinem Belieben und ohne eine gewisse Ordnung zu beachten, welche die Natur auch für Bärte bestimmt hat. Der Jude hatte kleine, gelbe Augen unter sehr spärlichen, kaum sichtbaren Brauen, breite, harte Kinnbacken, die slawische Mischung verrieten, und blasse, bläuliche Lippen. Wenn er schrie, sah man sein starkes, gelbes Gebiß und, wenn er jemanden zurückstieß, seine starke Hand, an der die roten Borsten starrten.

Diesem Mann gab ich einen Wink, den er verstehen mußte. Es bedeutete: hier ist etwas Außerordentliches, und wir können nur unter vier Augen miteinander reden. Er verschwand. Er schlug die Tür zu, sperrte sie ab und kam, die Menschenmenge zerteilend, auf mich zu.

„Ich bin von weit her gekommen, ich bin nicht von hier und möchte den Rabbi sprechen. Aber ich kann Ihnen nicht viel Geld geben."

„Haben Sie einen Kranken, oder wollen Sie ein Gebet für seine Gesundheit, oder geht es Ihnen schlecht, dann schreiben Sie auf einen Zettel alles, was Sie wollen, und der Rabbi wird es lesen und für Sie beten!"

„Nein, ich will ihn sehen!"

„Dann kommen Sie vielleicht nach den Feiertagen?"

„Das kann ich nicht. Ich muß ihn heute sehen!"

„Da kann ich Ihnen nicht helfen, oder Sie gehen durch die Küche!"

„Wo ist die Küche?"

„Auf der andern Seite."

„Auf der andern Seite" wartete ein Herr, der offenbar viel gezahlt hatte. Es war ein Herr, in jeder Beziehung ein Herr. Man merkte es an seiner Fülle, an seinem Pelz und an seinem Blick, der weder ein Ziel suchte noch eines gefunden hatte. Er wußte genau, daß die Küchentür aufgehen werde, in fünf, spätestens in zehn Minuten.

Aber als sie wirklich aufging, wurde der reiche Herr ein wenig blaß. Wir gingen durch einen dunklen Korridor, dessen Boden holprig war, und der Herr entzündete Streichhölzer und schritt trotzdem unsicher.

Er verweilte lange beim Rabbi und kam in bester Laune wieder heraus. Später hörte ich, daß dieser Herr die praktische Gewohnheit hatte, zum Rabbi jedes Jahr einmal durch die Küche zu kommen, daß er ein reicher Naphthahändler war und Gruben besaß und so viel Geld unter Armen verstreute, daß er viele Pflichten umgehen durfte, ohne eine Strafe fürchten zu müssen.

Der Rabbi saß in einem schmucklosen Zimmer an einem kleinen Tisch vor dem Fenster, das auf einen Hof hinausging, und stützte die Linke auf den Tisch. Er hatte schwarzes Haar, einen kurzen, schwarzen Bart und graue Augen. Seine Nase sprang kräftig, wie mit einem plötzlichen Entschluß, aus dem Gesicht und wurde am Ende etwas flach und breit. Die Hände des Rabbi waren dünn und knöchern und die Nägel weiß und spitz.

Er fragte mit starker Stimme nach meinen Wünschen und sah mich nur einen Augenblick flüchtig an, um dann in den Hof hinauszusehen.

Ich sagte, ich hätte ihn sehen wollen und von seiner Klugheit viel gehört.

„Gott ist klug!" sagte er und sah mich wieder an.

Er winkte mich an den Tisch, gab mir die Hand und sagte mit dem herzlichen Ton eines alten Freundes: „Alles Gute!"

Ich ging denselben Weg zurück. In der Küche aß der Rothaarige hastig eine Bohnensuppe mit einem Holzlöffel. Ich gab ihm einen Geldschein. Er nahm ihn mit der Linken und führte dabei mit der Rechten den Löffel zum Munde.

Draußen kam er mir nach. Er wollte Neuigkeiten hören und wissen, ob man in Japan noch einmal zum Kriege rüste.

Wir sprachen von den Kriegen und von Europa. Er sagte: „Ich habe gehört, daß die Japaner keine Gojim sind wie die Europäer. Warum führen sie dann Krieg?"

Ich glaube, daß jeder Japaner verlegen geworden wäre und keine Antwort gefunden hätte.

Ich sah, daß in dieser kleinen Stadt lauter rothaarige Juden wohnten. Einige Wochen später feierten sie das Fest der Thora, und ich sah, wie sie tanzten. Das war nicht der Tanz eines degenerierten Geschlechts. Es war nicht nur die Kraft eines fanatischen Glaubens. Es war gewiß eine Gesundheit, die den Anlaß zu ihrem Ausbruch im Religiösen fand.

Die Chassidim faßten sich bei den Händen, tanzten in der Runde, lösten den Ring und klatschten in die Hände, warfen die Köpfe im Takt nach links und rechts, ergriffen die Thorarollen und schwenkten sie im Kreis wie Mädchen und drückten sie an die Brust, küßten sie und weinten vor Freude. Es war im Tanz eine erotische Lust. Es rührte mich tief, daß ein ganzes Volk seine Sinnenfreude seinem Gott opferte und das Buch der strengsten Gesetze zu seiner Geliebten machte und nicht mehr trennen konnte zwischen körperlichem Verlangen und geistigem Genuß, sondern beides vereinte. Es war Brunst und Inbrunst, der Tanz ein Gottesdienst und das Gebet ein sinnlicher Exzeß.

Die Menschen tranken Met aus großen Kannen. Woher stammt die Lüge, daß Juden nicht trinken können? Es ist halb eine Bewunderung, aber auch halb ein Vorwurf, ein Mißtrauen gegen eine Rasse, der man die Stete der Besinnung vorwirft. Ich aber sah, wie Juden die Besinnung verloren, allerdings nicht nach drei Krügen Bier, sondern nach fünf Kannen schweren Mets und nicht aus Anlaß einer Siegesfeier, sondern aus Freude darüber, daß Gott ihnen Gesetz und Wissen gegeben hatte.

JUDEN AUF WANDERSCHAFT

Ich hatte schon gesehen, wie sie die Besinnung verloren, weil sie beteten. Das war am Jom Kippur. In Westeuropa heißt er „Versöhnungstag" – die ganze Kompromißbereitschaft des westlichen Juden liegt in diesem Namen. Der Jom Kippur aber ist kein Versöhnungs-, sondern ein Sühnetag, ein schwerer Tag, dessen 24 Stunden eine Buße von 24 Jahren enthalten. Er beginnt am Vorabend, um vier Uhr nachmittags. In einer Stadt, deren Einwohner in der überwiegenden Mehrzahl Juden sind, fühlt man das größte aller jüdischen Feste wie ein schweres Gewitter in der Luft, wenn man sich auf hoher See auf einem schwachen Schiff befindet. Die Gassen sind plötzlich dunkel, weil aus allen Fenstern der Kerzenglanz bricht, die Läden eilig und in furchtsamer Hast geschlossen werden – und gleich so unbeschreiblich dicht, daß man glaubt, sie würden erst am Jüngsten Tag wieder geöffnet. Es ist ein allgemeiner Abschied von allem Weltlichen: vom Geschäft, von der Freude, von der Natur und vom Essen, von der Straße und von der Familie, von den Freunden, von den Bekannten. Menschen, die vor zwei Stunden noch im alltäglichen Gewand, mit gewöhnlichen Gesichtern herumgingen, eilen verwandelt durch die Gassen, dem Bethaus entgegen, in schwerer, schwarzer Seide und im furchtbaren Weiß ihrer Sterbekleider, in weißen Socken und lockeren Pantoffeln, die Köpfe gesenkt, den Gebetmantel unter dem Arm, und die große Stille, die in einer sonst fast orientalisch lauten Stadt hundertfach stark wird, lastet selbst auf den lebhaften Kindern, deren Geschrei in der Musik des Alltagslebens der stärkste Akzent ist. Alle Väter segnen jetzt ihre Kinder. Alle Frauen weinen jetzt vor den silbernen Leuchtern. Alle Freunde umarmen einander. Alle Feinde bitten einander um Vergebung. Der Chor der Engel bläst zum Gerichtstag. Bald schlägt Jehova das große Buch auf, in dem Sünden, Strafen und Schicksale dieses Jahres verzeichnet sind. Für alle Toten brennen jetzt Lichter. Für alle Lebenden brennen andere. Die Toten sind von dieser Welt, die Lebenden vom Jenseits nur je einen Schritt entfernt. Das große Beten beginnt. Das große Fasten hat schon vor einer Stunde begonnen.

Hunderte, Tausende, Zehntausende Kerzen brennen neben- und hintereinander, beugen sich zueinander, verschmelzen zu großen Flammen. Aus tausend Fenstern bricht das schreiende Gebet, unterbrochen von stillen, weichen, jenseitigen Melodien, dem Gesang der Himmel abgelauscht. Kopf an Kopf stehen in allen Bethäusern die Menschen. Manche werfen sich zu Boden, bleiben lange unten, erheben sich, setzen sich auf Steinfliesen und Fußschemel, hocken und springen plötzlich auf, wackeln mit den Oberkörpern, rennen auf kleinem Raum unaufhörlich hin und zurück, wie ekstatische Wachtposten des Gebets, ganze Häuser sind erfüllt von weißen Sterbehemden, von Lebenden, die nicht hier sind, von Toten, die lebendig werden, kein Tropfen netzt die trockenen Lippen und erfrischt die Kehlen, die so viel des Jammers hinausschreien – nicht in die Welt, in die Überwelt. Sie werden heute nicht essen und morgen auch nicht. Es ist furchtbar, zu wissen, daß in dieser Stadt heute und morgen niemand essen und trinken wird. Alle sind plötzlich Geister geworden, mit den Eigenschaften von Geistern. Jeder kleine Krämer ist ein Übermensch, denn heute will er Gott erreichen. Alle strecken die

Hände aus, um Ihn am Zipfel seiner Gewänder zu erfassen. Alle, ohne Unterschied: die Reichen sind so arm wie die Armen, denn keiner hat etwas zu essen. Alle sind sündig, und alle beten. Es kommt ein Taumel über sie, sie schwanken, sie rasen, sie flüstern, sie tun sich weh, sie singen, rufen, weinen, schwere Tränen rinnen über die alten Bärte, und der Hunger ist verschwunden vor dem Schmerz der Seele und der Ewigkeit der Melodien, die das entrückte Ohr vernimmt.

Eine ähnliche Verwandlung der Menschen sah ich nur bei jüdischen Begräbnissen.

Die Leiche des frommen Juden liegt in einer einfachen Holzkiste, von einem schwarzen Tuch bedeckt. Sie wird nicht geführt, sondern von vier Juden getragen, im Eilschritt – auf dem kürzesten Wege, ich weiß nicht, ob es Vorschrift ist oder ob es geschieht, weil den Trägern ein langsamer Schritt die Last verdoppeln würde. Man rennt fast mit der Leiche durch die Straße. Die Vorbereitungen haben einen Tag gedauert. Länger als 24 Stunden darf kein Toter auf der Erde bleiben. Das Wehklagen der Hinterbliebenen ist in der ganzen Stadt zu hören. Die Frauen laufen durch die Gassen und schreien ihren Schmerz hinaus, jedem Fremden entgegen. Sie reden zum Toten, geben ihm Kosenamen, bitten ihn um Vergebung und Gnade, überhäufen sich mit Vorwürfen, fragen ratlos, was sie jetzt tun würden, versichern, daß sie nicht mehr leben wollen – und alles in der Straßenmitte, auf dem Fahrdamm, im eiligen Lauf –, während aus den Häusern teilnahmslose Gesichter sehen und Fremde ihren Geschäften nachgehen, Wagen vorbeifahren und die Ladenbesitzer Kunden heranlocken.

Auf dem Friedhof spielen sich die erschütterndsten Szenen ab. Frauen wollen die Gräber nicht verlassen, man muß sie bändigen, der Trost sieht wie eine Zähmung aus. Die Melodie des Totengebetes ist von einer grandiosen Einfachheit, die Zeremonie des Begrabens kurz und fast heftig, die Schar der Bettler, die um Almosen ringt, ist groß.

Sieben Tage sitzen die nächsten Hinterbliebenen im Hause des Toten auf dem Boden, auf kleinen Schemeln, sie gehen in Strümpfen und sind selbst wie halbe Tote. In den Fenstern brennt ein kleines, trübes Totenlicht vor einem Stückchen weißer Leinwand, und die Nachbarn bringen den Trauernden ein hartes Ei, die Nahrung desjenigen, dessen Schmerz rund ist, ohne Anfang und ohne Ende.

Aber die Freude kann ebenso heftig wie der Schmerz sein.

Ein Wunderrabbi verheiratete seinen 14jährigen Sohn mit der 16jährigen Tochter eines Kollegen, und die Chassidim beider Rabbis kamen zum Fest, das acht Tage dauerte und an dem etwa 600 Gäste teilnahmen.

Die Behörde hatte ihnen eine alte, unbenutzte Kaserne überlassen. Drei Tage dauerte die Wanderung der Gäste. Sie kamen mit Wagen, Pferden, Strohsäcken, Pölstern, Kindern, Schmuck und großen Koffern und quartierten sich in den Räumen der Kaserne ein.

Es war große Bewegung in der kleinen Stadt. Etwa 200 Chassidim verkleideten sich, zogen alte russische Gewänder an, umgürteten sich mit alten Schwertern und ritten auf

Pferden ohne Sattel durch die Stadt. Es waren gute Reiter unter ihnen, und sie desavouierten alle schlechten Witze, die von jüdischen Militärärzten handeln und zu berichten wissen, daß Juden sich vor Pferden fürchten.

Acht Tage dauerte der Lärm, das Drängen, das Singen, das Tanzen und das Trinken. Zum Fest wurde ich nicht zugelassen. Es war nur für die Beteiligten und ihre Anhänger arrangiert. Die Fremden drängten sich draußen, sahen durch die Fenster und lauschten der Tanzmusik, die übrigens gut war.

Es gibt nämlich gute jüdische Musiker im Osten. Dieser Beruf ist erblich. Einzelne Musiker bringen es zu hohem Ansehen und zu einem Ruhm, der ein paar Meilen über ihre Heimatstadt hinausreicht. Einen größeren Ehrgeiz haben die echten Musiker nicht. Sie komponieren Melodien, die sie, ohne von Noten eine Ahnung zu haben, ihren Söhnen vererben und manchmal großen Teilen des ostjüdischen Volkes. Sie sind die Komponisten der Volkslieder. Wenn sie gestorben sind, erzählt man noch fünfzig Jahre lang Anekdoten aus ihrem Leben. Bald ist ihr Name verschollen, und ihre Melodien werden gesungen und wandern allmählich durch die Welt.

Die Musiker sind sehr arm, denn sie leben von fremden Freuden. Man bezahlt sie miserabel, und sie sind froh, wenn sie gute Speisen und Lebkuchen für ihre Familie mitnehmen dürfen. Sie bekommen von den reichen Gästen, denen sie „aufspielen", Trinkgelder. Nach dem unerbittlichen Gesetz des Ostens hat jeder arme Mann, also auch der Musiker, viele Kinder. Das ist schlimm, aber auch gut. Denn die Söhne werden Musiker und bilden eine „Kapelle", die um so mehr verdient, als sie größer ist und der Ruhm ihres Namens um so weiter verbreitet wird, als es mehr Träger dieses Namens gibt. Manchmal geht ein später Nachkomme dieser Familie in die Welt und wird ein berühmter Virtuose. Es leben einige solcher Musiker im Westen, deren Namen zu nennen keinen Sinn hat. Nicht, weil es ihnen etwa peinlich sein könnte, sondern weil es ungerecht wäre gegenüber den unbekannten Ahnen, die es nicht nötig haben, sich ihre Größe durch das Talent ihrer Enkel bestätigen zu lassen.

Zu einem künstlerischen Ruhm bringen es auch die Sänger, die Vorbeter, die man im Westen Kantoren nennt und deren Berufsname Chasen lautet. Diesen Sängern geht es meist besser als den Musikern, weil ihre Aufgabe eine religiöse, ihre Kunst eine andächtige und weihevolle ist. Ihre Tätigkeit stellt sie in die Nähe der Priester. Manche, deren Ruf bis nach Amerika dringt, erhalten Einladungen in die reichen amerikanischen Judenviertel. In Paris, wo es einige reiche ostjüdische Gemeinden gibt, lassen die Repräsentanten der Synagogen jedes Jahr zu den Feiertagen einen der berühmten Sänger und Vorbeter aus dem Osten kommen. Die Juden gehen dann zum Gebet, wie man zu einem Konzert geht, und sowohl ihr religiöses als auch ihr künstlerisches Bedürfnis wird befriedigt. Es ist möglich, daß der Inhalt der gesungenen Gebete, der Raum, in dem sie vorgetragen werden, den künstlerischen Wert des Sängers steigern. Ich habe nie nachprüfen können, ob die Juden recht hatten, die mir mit Überzeugung sagten, der und jener Chasen hätte besser gesungen als Caruso.

Den seltsamsten Beruf hat der ostjüdische Batlen, ein Spaßmacher, ein Narr, ein Philosoph, ein Geschichtenerzähler. In jeder kleinen Stadt lebt mindestens *ein* Batlen. Er erheitert die Gäste bei Hochzeiten und Kindstaufen, er schläft im Bethaus, ersinnt Geschichten, hört zu, wenn die Männer disputieren, und zerbricht sich den Kopf über unnütze Dinge. Man nimmt ihn nicht ernst. Er aber ist der ernsteste aller Menschen. Er hätte ebenso mit Federn und mit Korallen handeln können wie jener Wohlhabende, der ihn zur Hochzeit lädt, damit er sich über sich selbst lustig mache. Aber er handelt nicht. Es fällt ihm schwer, ein Gewerbe zu betreiben, zu heiraten, Kinder zu zeugen und ein angesehenes Mitglied der Gesellschaft zu sein. Manchmal wandert er von Dorf zu Dorf, von Stadt zu Stadt. Er verhungert nicht, er ist immer am Rande des Hungers. Er stirbt nicht, er entbehrt nur, aber er will entbehren. Seine Geschichten würden wahrscheinlich in Europa Aufsehen erregen, wenn sie gedruckt würden. Viele behandeln Themen, die man aus der jiddischen und aus der russischen Literatur kennt. Der berühmte Scholem Alechem war der Typus eines Batlen – nur bewußter, ehrgeiziger und von seiner Kulturaufgabe überzeugt.

Die epischen Begabungen sind überhaupt häufig im Osten. In jeder Familie gibt es einen Onkel, der Geschichten zu erzählen weiß. Es sind meist stille Dichter, die ihre Geschichten vorbereiten oder, während sie erzählen, erfinden und verändern.

Die Winternächte sind kalt und lang, und die Geschichtenerzähler, die gewöhnlich nicht genug Holz zum Heizen haben, erzählen gerne für ein paar Glas Tee und ein bißchen Ofenwärme. Sie werden anders, besser behandelt als die Spaßmacher von Beruf. Denn jene versuchen wenigstens, einen praktischen Beruf auszuüben, und sind schlau genug, vor dem durchaus praktisch gesinnten Durchschnittsjuden den schönen Wahn zu verbergen, den die Narren weithin verkünden. Diese sind Revolutionäre. Die Geschichtenerzähler aus Liebhaberei aber haben Kompromisse mit der bürgerlichen Welt geschlossen und sind Dilettanten geblieben. Der Durchschnittsjude schätzt Kunst und Philosophie, sofern sie nicht religiös sind, nur als „Unterhaltung". Aber er ist ehrlich genug, es zuzugeben, und er hat nicht den Ehrgeiz, von Musik und Kunst zu sprechen.

Das jiddische Theater ist seit einigen Jahren im Westen so bekannt geworden, daß an dieser Stelle eine Würdigung überflüssig wäre. Es ist fast mehr eine Institution des westlichen Gettos als der östlichen. Der fromme Jude besucht es nicht, weil er glaubt, es verstoße gegen die religiösen Vorschriften. Die Besucher des Theaters im Osten sind aufgeklärte Juden, die meist heute schon national fühlen. Sie sind Europäer, wenn auch noch weit entfernt vom Typus des westeuropäischen Theaterbesuchers, der den „Abend totschlägt".

Man kennt im Westen den Typus des ostjüdischen Landmenschen überhaupt nicht. Er kommt nie nach dem Westen. Er ist mit seiner „Scholle" so verwachsen wie der Bauer. Er ist selbst ein halber Bauer. Er ist Pächter oder Müller oder Schankwirt im Dorf. Er hat nie etwas gelernt. Er kann oft kaum lesen und schreiben. Er kann gerade noch kleine Geschäfte machen. Er ist gerade noch klüger als der Bauer. Er ist stark und groß und von einer unwahrscheinlichen Gesundheit. Er besitzt körperlichen Mut, liebt eine Schlägerei und scheut keine Gefahr. Viele nützen ihre Überlegenheit gegenüber den Bauern aus und gaben im alten Rußland Anlaß zu örtlichen Pogromen, in Galizien zu antisemitischen Hetzen. Aber viele sind von einer bäuerlichen Naturfrömmigkeit und einer großen Redlichkeit des Herzens. Viele haben den gesunden Menschenverstand, den man in allen Ländern findet und der sich dort entwickelt, wo eine vernünftige Rasse unmittelbar den Gesetzen der Natur ergeben ist.

Es fällt mir schwer, vom ostjüdischen Proletariat zu sprechen. Ich kann einem großen Teil dieses Proletariats nicht den schweren Vorwurf ersparen, daß es seiner eigenen Klasse feindlich gegenübersteht; und wenn nicht feindlich, so doch gleichgültig. Keiner der vielen ungerechten und sinnlosen Vorwürfe, die man im Westen gegen die Ostjuden erhebt, ist so ungerecht, so sinnlos wie der, daß sie Zerstörer der Ordnung sind, also das, was der Spießer Bolschewik nennt. Der arme Jude ist der konservativste Mensch unter allen Armen der Welt. Er ist geradezu eine Garantie für die Erhaltung der alten Gesellschaftsordnung. Die Juden in ihrer großen, geschlossenen Mehrheit sind eine bürgerliche Klasse mit eigenen nationalen, religiösen und Rassenmerkmalen. Der Antisemitismus im Osten (wie übrigens auch im Westen) ist oft revolutionärer, nach dem bekannten Wort wirklich ein „Sozialismus der Trottel" – aber immerhin ein Sozialismus. Der slawische arme Teufel, der kleine Bauer, der Arbeiter, der Handwerker, sie leben in der Überzeugung, daß der Jude Geld hat. Er hat ebensowenig Geld wie seine antisemitischen Feinde. Aber er lebt bürgerlich. Er hungert und darbt mehr geregelt als der christliche Proletarier. Man kann sagen: er nimmt täglich zu bestimmten Stunden seine Mahlzeiten nicht ein. Nur einmal in der Woche – am Freitagabend ißt er wie der wohlhabende Glaubensgenosse. Seine Kinder schickt er in die Schule, er kleidet sie besser, er kann sparen, und er besitzt, weil er einer alten Rasse angehört, immer etwas: einen Schmuck, den er von den Urvätern ererbt hat, Betten, Möbel. Immer findet er noch eine wertvolle Kleinigkeit in seinem Hause. Er ist klug genug, nichts zu verkaufen. Er betrinkt sich nicht und hat nicht den traurigen, aber gesunden Leichtsinn des christlichen Proleten. Er kann seiner Tochter fast immer eine kleine Mitgift, immer eine Aussteuer geben. Er kann sogar seinen Schwiegersohn erhalten. Mag der Jude ein Handwerker oder ein kleiner Händler sein, ein armer Gelehrter oder ein Tempeldiener, ein Bettler oder ein Wasserträger – er *will* kein Proletarier sein, er *will* sich von der armen Bevölkerung des Landes unterscheiden, er *spielt* einen Wohlsituierten. Er wird, wenn er ein Bettler ist, es vorziehen, in den Häusern der Reichen zu betteln, nicht auf der Straße. Er bettelt auch in den Straßen, aber seine Haupteinnahme bezieht er bei einer Art Stammkundschaft, die er sehr pünktlich aufsucht. Er wird beim reichen Bauern nicht betteln; aber beim weniger bemittelten Juden. Er hat immer einen bürgerlichen Stolz. Das bour-

1140   JUDEN AUF WANDERSCHAFT

geoise Talent der Juden, wohltätig zu sein, hat seinen Grund im Konservatismus des Judentums, und es verhindert eine Revolutionierung der proletarischen Masse. Religion und Sitte verbieten jede Gewaltsamkeit, verbieten Aufruhr, Empörung und sogar offenen Neid. Der arme gläubige Jude hat sich mit seinem Schicksal abgefunden wie der arme Gläubige jeder Religion. Gott macht den einen reich, den andern arm. Empörung gegen den Reichen wäre Empörung gegen Gott.

Bewußte Proletarier sind nur die jüdischen Arbeiter.

Da gibt es einen Sozialismus verschiedener Schattierungen. Der ostjüdische Sozialist und Proletarier ist naturgemäß weniger Jude als sein bürgerlicher oder halbproletarischer Stammesgenosse. Auch dann weniger Jude, wenn er sich zum nationalen Judentum bekennt und zum Zionismus. Der nationalste jüdische Sozialist ist der Poale-Zionist, der ein sozialistisches, mindestens ein Arbeiter-Palästina ersehnt. Zwischen jüdischen Sozialisten und Kommunisten sind die Grenzen weniger scharf, und von einer Feindschaft unter Proletariern, wie bei uns, kann keine Rede sein. Viele jüdische Arbeiter gehören den sozialistischen und kommunistischen Parteien ihrer Länder an, sind also polnische, russische, rumänische Sozialisten. Bei fast allen steht die nationale Frage hinter der sozialen. Die Arbeiter aller Nationen denken so. „Nationale Freiheit" ist der Luxusbegriff eines Geschlechts, das keine anderen Sorgen hat. Wenn von allen Nationen eine berechtigt ist, in der „nationalen Frage" einen lebenswichtigen Inhalt zu erkennen, so sind es die Juden, die der Nationalismus der andern zwingt, eine „Nation" zu werden. Dennoch empfinden sogar die Arbeiter *dieser* Nation die größere Wichtigkeit des sozialen Problems. Sie sind stärker in ihrem proletarischen Empfinden, ehrlicher und konsequenter: sie sind also „radikaler", was ja in Westeuropa durch den modernen Jargon der Parteiführer bereits eine schimpfliche Eigenschaft ist. Es ist nur ein Irrtum der Antisemiten, zu glauben, die Juden wären radikale Revolutionäre. Den bürgerlichen und halbproletarischen Juden ist ein jüdischer Revolutionär ein Greuel.

Ich bin in der großen Verlegenheit, Menschen gegen ihren Willen Proletarier nennen zu müssen. Einigen kann ich die mildernde, in Westeuropa erfundene unsinnige Bezeichnung „geistige Proletarier" konzedieren. Es sind dies die Thoraschreiber, die jüdischen Lehrer, die Gebetmäntelhersteller und die Wachslichterzeuger, die rituellen Schlächter und die kleinen Kultusbeamten. Es sind, sagen wir: konfessionelle Proletarier. Dann aber gibt es noch eine ganze große Schar von Leidenden, Getretenen, Mißachteten, die weder im Glauben noch in einem Klassenbewußtsein, noch in einer revolutionären Gesinnung Trost finden. Zu ihnen gehören zum Beispiel die Wasserträger in den kleinen Städten, die von morgens früh bis zum späten Abend die Fässer in den Häusern der Wohlhabenden mit Wasser füllen – gegen einen kargen Wochenlohn. Es sind rührende, naive Menschen, von einer fast unjüdischen körperlichen Kraft. Ihnen sozial gleichgestellt sind die Möbelpacker, die Kofferträger und eine ganze Reihe anderer, die von Gelegenheitsarbeiten leben – aber von *Arbeiten*. Es ist ein gesundes Geschlecht, tapfer und gutherzig. Nirgends ist Güte so nahe bei körperlicher Kraft, nirgends Roheit so fern von einer groben Tätigkeit wie beim jüdischen Gelegenheitsarbeiter.

Manche zum Judentum übergetretene slawische Bauern leben von solchen Gelegenheitsarbeiten. Derlei Übertritte sind im Osten verhältnismäßig häufig, obwohl das offizielle Judentum sich dagegen wehrt und die jüdische Religion unter allen Religionen der Welt die einzige ist, die nicht bekehren will. Ohne Zweifel ist in den Ostjuden viel mehr slawisches Blut als etwa in den deutschen Juden germanisches. Wenn die westeuropäischen Antisemiten und deutschnationalen Juden also glauben, die Ostjuden wären „semitischer" und also „gefährlicher", so ist das ebenso ein Irrtum wie der Glaube eines westjüdischen Bankiers, der sich „arischer" fühlt, weil in seiner Verwandtschaft schon Mischehen vorgekommen sind.

Die westlichen Gettos

WIEN

I

Die Ostjuden, die nach Wien kommen, siedeln sich in der Leopoldstadt an, dem zweiten der zwanzig Bezirke. Sie sind dort in der Nähe des Praters und des Nordbahnhofs. Im Prater können Hausierer leben – von Ansichtskarten für die Fremden und vom Mitleid, das den Frohsinn überall zu begleiten pflegt. Am Nordbahnhof sind sie alle angekommen, durch seine Hallen weht noch das Aroma der Heimat, und es ist das offene Tor zum Rückweg.

Die Leopoldstadt ist ein freiwilliges Getto. Viele Brücken verbinden sie mit den andern Bezirken der Stadt. Über diese Brücken gehen tagsüber die Händler, Hausierer, Börsenmakler, Geschäftemacher, also alle unproduktiven Elemente des eingewanderten Ostjudentums. Aber über dieselben Brücken gehen in den Morgenstunden auch die Nachkommen derselben unproduktiven Elemente, die Söhne und Töchter der Händler, die in den Fabriken, Büros, Banken, Redaktionen und Werkstätten arbeiten.

Die Söhne und Töchter der Ostjuden sind produktiv. Mögen die Eltern schachern und hausieren. Die Jungen sind die begabtesten Anwälte, Mediziner, Bankbeamten, Journalisten, Schauspieler.

Die Leopoldstadt ist ein armer Bezirk. Es gibt kleine Wohnungen, in denen sechsköpfige Familien wohnen. Es gibt kleine Herbergen, in denen fünfzig, sechzig Leute auf dem Fußboden übernachten.

Im Prater schlafen die Obdachlosen. In der Nähe der Bahnhöfe wohnen die Ärmsten aller Arbeiter. Die Ostjuden leben nicht besser als die christlichen Bewohner dieses Stadtteils.

Sie haben viele Kinder, sie sind an Hygiene und Sauberkeit nicht gewöhnt, und sie sind gehaßt.

Niemand nimmt sich ihrer an. Ihre Vettern und Glaubensgenossen, die im ersten Bezirk in den Redaktionen sitzen, sind „schon" Wiener, und wollen nicht mit Ostjuden verwandt sein oder gar verwechselt werden. Die Christlichsozialen und Deutschnationalen haben den Antisemitismus als wichtigen Programmpunkt. Die Sozialdemokraten fürchten den Ruf einer „jüdischen Partei". Die Jüdischnationalen sind ziemlich machtlos. Außerdem ist die jüdisch-nationale Partei eine bürgerliche. Die große Masse der Ostjuden aber ist Proletariat.

Die Ostjuden sind auf die Unterstützung durch die bürgerlichen Wohlfahrtsorganisationen angewiesen. Man ist geneigt, die jüdische Barmherzigkeit höher einzuschätzen, als sie verdient. Die jüdische Wohltätigkeit ist ebenso eine unvollkommene Einrichtung wie jede andere. Die Wohltätigkeit befriedigt in erster Linie die Wohltäter. In einem jüdischen Wohlfahrtsbüro wird der Ostjude von seinen Glaubensgenossen und sogar von seinen Landsleuten oft nicht besser behandelt als von Christen. Es ist furchtbar schwer, ein Ostjude zu sein; es gibt kein schwereres Los als das eines fremden Ostjuden in Wien.

2

Wenn er den zweiten Bezirk betritt, grüßen ihn vertraute Gesichter. Grüßen sie ihn? Ach, er sieht sie nur. Die schon vor zehn Jahren hierhergekommen sind, lieben die Nachkommenden gar nicht. Noch einer ist angekommen. Noch einer will verdienen. Noch einer will leben.

Das Schlimmste: daß man ihn nicht umkommen lassen kann. Er ist kein Fremder. Er ist ein Jude und ein Landsmann.

Irgend jemand wird ihn aufnehmen. Ein anderer wird ihm ein kleines Kapital vorstrecken oder Kredit verschaffen. Ein dritter wird ihm eine „Tour" abtreten oder zusammenstellen. Der Neue wird ein Ratenhändler.

Der erste, schwerste Weg führt ihn ins Polizeibüro.

Hinter dem Schalter sitzt ein Mann, der die Juden im allgemeinen und die Ostjuden im besonderen nicht leiden mag.

Dieser Mann wird Dokumente verlangen. Unwahrscheinliche Dokumente. Niemals verlangt man von christlichen Einwanderern derlei Dokumente. Außerdem sind christliche Dokumente in Ordnung. Alle Christen haben verständliche, europäische Namen. Juden haben unverständliche und jüdische. Nicht genug daran: sie haben zwei und drei durch ein *false* oder ein *recte* verbundene Familiennamen. Man weiß niemals, wie sie heißen. Ihre Eltern sind nur vom Rabbiner getraut worden. Diese Ehe hat keine gesetzliche Gültigkeit. Hieß der Mann Weinstock und die Frau Abramofs-

JUDEN AUF WANDERSCHAFT

ky, so hießen die Kinder dieser Ehe: Weinstock recte Abramofsky oder auch Abramofsky false Weinstock. Der Sohn wurde auf den jüdischen Vornamen Leib Nachman getauft. Weil dieser Name aber schwierig ist und einen aufreizenden Klang haben könnte, nennt sich der Sohn Leo. Er heißt also: Leib Nachman genannt Leo Abramofsky false Weinstock.

Solche Namen bereiten der Polizei Schwierigkeiten. Die Polizei liebt keine Schwierigkeiten. Wären es nur die Namen. Aber auch die Geburtsdaten stimmen nicht. Gewöhnlich sind die Papiere verbrannt. (In kleinen galizischen, litauischen und ukrainischen Orten hat es in den Standesämtern immer gebrannt.) Alle Papiere sind verloren. Die Staatsbürgerschaft ist nicht geklärt. Sie ist nach dem Krieg und der Ordnung von Versailles noch verwickelter geworden. Wie kam jener über die Grenze? Ohne Paß? Oder gar mit einem falschen? Dann heißt er also nicht so, wie er heißt, und obwohl er so viele Namen angibt, die selbst gestehen, daß sie falsch sind, sind sie auch wahrscheinlich noch objektiv falsch. Der Mann auf den Papieren, auf dem Meldezettel ist nicht identisch mit dem Mann, der soeben angekommen ist. Was kann man tun? Soll man ihn einsperren? Dann ist nicht der Richtige eingesperrt. Soll man ihn ausweisen? Dann ist ein Falscher ausgewiesen. Aber wenn man ihn zurückschickt, damit er neue Dokumente, anständige, mit zweifellosen Namen bringe, so ist jedenfalls nicht nur der Richtige zurückgeschickt, sondern eventuell aus einem Unrichtigen ein Richtiger gemacht worden.

Man schickt ihn also zurück, einmal, zweimal, dreimal. Bis der Jude gemerkt hat, daß ihm nichts anderes übrigbleibt, als falsche Daten anzugeben, damit sie wie ehrliche aussehen. Bei einem Namen zu bleiben, der vielleicht nicht sein eigener, aber doch ein zweifelloser, glaubwürdiger Namen ist. Die Polizei hat den Ostjuden auf die gute Idee gebracht, seine echten, wahren, aber verworrenen Verhältnisse durch erlogene, aber ordentliche zu kaschieren.

Und jeder wundert sich über die Fähigkeit der Juden, falsche Angaben zu machen. Niemand wundert sich über die naiven Forderungen der Polizei.

3

Man kann ein Hausierer oder ein Ratenhändler sein.

Ein Hausierer trägt Seife, Hosenträger, Gummiartikel, Hosenknöpfe, Bleistifte in einem Korb, den er um den Rücken umgeschnallt hat. Mit diesem kleinen Laden besucht man verschiedene Cafés und Gasthäuser. Aber es ist ratsam, sich vorher zu überlegen, ob man gut daran tut, hier und dort einzukehren.

Auch zu einem einigermaßen erfolgreichen Hausieren gehört eine jahrelange Erfahrung. Man geht am sichersten zu Piowati, um die Abendstunden, wenn die vermögenden Leute koschere Würste mit Kren essen. Schon der Inhaber ist es dem jüdischen Ruf seiner Firma schuldig, einen armen Hausierer mit einer Suppe zu bewirten. Das ist nun auf jeden Fall ein Verdienst. Was die Gäste betrifft, so sind sie, wenn bereits gesättigt, sehr wohltätiger Stimmung. Bei niemandem hängt die Güte so innig mit der körperlichen Befriedigung zusammen wie beim jüdischen Kaufmann. Wenn er gegessen hat und wenn er gut gegessen hat, ist er sogar imstande, Hosenträger zu kaufen, obwohl er sie selbst in seinem Laden führt. Meist wird er gar nichts kaufen und ein Almosen geben.

Man darf natürlich nicht etwa als der sechste Hausierer zu Piowati kommen. Beim dritten hört die Güte auf. Ich kannte einen jüdischen Hausierer, der alle drei Stunden in denselben Piowati-Laden eintrat. Die Generationen der Esser wechseln alle drei Stunden. Saß noch ein Gast von der alten Generation, so mied der Hausierer dessen Tisch. Er wußte genau, wo das Herz aufhört und wo die Nerven beginnen.

In einem ganz bestimmten Stadium der Trunkenheit sind auch die Christen gutherzig. Man kann also am Sonntag in die kleinen Schenken und in die Cafés der Vororte eintreten, ohne Schlimmes zu befürchten. Man wird ein wenig gehänselt und beschimpft werden, aber so äußert sich eben die Gutmütigkeit. Besonders Witzige werden den Korb wegnehmen, verstecken und den Hausierer ein wenig zur Verzweiflung bringen. Er lasse sich nicht erschrecken! Es sind lauter Äußerungen des goldenen Wiener Herzens. Ein paar Ansichtskarten wird er schließlich verkaufen.

Alle seine Einnahmen reichen nicht aus, ihn selbst zu ernähren. Dennoch wird der Hausierer Frau, Töchter und Söhne zu erhalten wissen. Er wird seine Kinder in die Mittelschule schicken, wenn sie begabt sind, und Gott will, daß sie begabt sind. Der Sohn wird einmal ein berühmter Rechtsanwalt sein, aber der Vater, der so lange hausieren mußte, wird weiter hausieren wollen. Manchmal fügt es sich, daß die Urenkel des Hausierers christlich-soziale Antisemiten sind. Es hat sich schon oft so gefügt.

<h1 style="text-align:center">4</h1>

Welch ein Unterschied zwischen einem Hausierer und einem Ratenhändler? Jener verkauft für bares Geld und dieser auf Ratenzahlung. Jener braucht eine kleine Tour und dieser eine große. Jener fährt nur mit der Vorortbahn und dieser auch mit der großen Eisenbahn. Aus jenem wird niemals ein Kaufmann, aus diesem vielleicht.

Der Ratenhändler ist nur in einer Zeit der festen Valuta möglich. Die große Inflation hat allen Ratenhändlern die traurige Existenz genommen. Sie sind Valutenhändler geworden.

Auch einem Valutenhändler ging es nicht gut. Kaufte er rumänische Lei, so fielen sie an der Börse. Verkaufte er sie, fingen sie an zu steigen. Wenn der Dollar in Berlin hoch stand, die Mark in Wien ebenfalls, so fuhr der Valutenhändler nach Berlin, Mark einkaufen. Er kam nach Wien zurück, um für die hohen Mark Dollar einzukaufen. Dann fuhr er mit den Dollars nach Berlin, um noch mehr Mark einzukaufen. Aber so schnell

JUDEN AUF WANDERSCHAFT

fährt keine Eisenbahn, wie eine Mark fällt. Ehe er nach Wien kam, hatte er schon die Hälfte.

Der Valutenhändler hätte mit allen Börsen der Welt in telephonischer Verbindung stehen müssen, um wirklich zu verdienen. Er aber stand nur mit einer schwarzen Börse seines Aufenthaltsortes in Verbindung. Man hat die Schädlichkeit, aber auch die Informiertheit der schwarzen Börse gewaltig überschätzt. Noch schwärzer als die schwarze Börse war die offizielle, schneeweiße, in Unschuld prangende und von der Polizei geschützte. Die schwarze Börse war die schmutzige Konkurrenz einer schmutzigen Institution. Die Valutenhändler waren die gescholtenen Konkurrenten der ehrenhaft genannten Banken.

Nur die wenigsten kleinen Valutenhändler sind wirklich reich geworden.

Die meisten sind heute wieder, was sie gewesen sind: arme Ratenhändler.

5

Die Kunden des Ratenhändlers sind Leute, die kein Geld besitzen, aber ein Einkommen. Studenten, kleine Beamte, Arbeiter. Jede Woche kommt der Ratenhändler zu den Kunden, einkassieren und neue Ware verkaufen. Da der Bedarf der kleinen Leute groß ist, kaufen sie verhältnismäßig viel. Da ihr Einkommen sehr gering ist, zahlen sie verhältnismäßig wenig. Der Ratenhändler weiß nicht, worüber er sich freuen soll: über den steigenden Absatz oder über den fallenden. Je mehr er verkauft, desto langsamer bekommt er sein Geld.

Soll er die Preise erhöhen? Dann gehen die Leute in das nächste Warenhaus, deren es jetzt in allen kleinen Städten einige gibt. Der Ratenhändler ist für sie billiger, weil er die Eisenbahn bezahlt, die sie sonst bezahlen müssen. Mit ihm kommt das Warenhaus zu den Kunden. Er ist bequemer.

Infolgedessen ist sein Leben unbequem. Wenn er die Eisenbahn ersparen will, muß er, schwer bepackt, zu Fuß gehen. Also geht er langsam. Dabei kommt er nicht überall zurecht. Er muß Sonntag bei allen sein, die ihm Geld schuldig sind. Der Lohn ist Sonnabend bezahlt worden, er ist also Montag nicht mehr vorhanden. Fährt der Ratenhändler aber Eisenbahn, so zahlt er auf jeden Fall, er kommt auch überall zurecht, aber sehr oft ist der Wochenlohn schon am Sonntag nicht mehr vorhanden.

So sind die jüdischen Schicksale.

6

Was kann ein Ostjude sonst werden? Ist er Arbeiter, so nimmt ihn keine Fabrik. Es gibt viele heimische Arbeitslose. Aber selbst, wenn es sie nicht gäbe – man nimmt nicht einmal christliche Ausländer, geschweige denn jüdische.

Es gibt auch ostjüdische Handwerker. In der Leopoldstadt und in der Brigittenau leben viele ostjüdische Herrenschneider. Die Juden sind begabte Schneider. Aber es ist ein Unterschied, ob man ein Lokal, einen „Modesalon" im ersten Bezirk, in der Herrengasse hat oder eine Werkstatt in der Küche eines Hauses in der Kleinen Schiffgasse.

Wer kommt in die Kleine Schiffgasse? Wer nicht gezwungen ist hinzugehen, der geht lieber an ihr vorbei. In der Kleinen Schiffgasse riecht es nach Zwiebeln und Petroleum, nach Hering und Seife, nach Spülwasser und Hausrat, nach Benzin und Kochtöpfen, nach Schimmel und Delikatessen. Schmutzige Kinder spielen in der Kleinen Schiffgasse. Man staubt Teppiche an offenen Fenstern und lüftet Betten. Flaumfedern schwimmen in der Luft.

In so einer Gasse wohnt der jüdische kleine Schneider. Aber wäre es nur die Gasse! Seine Wohnung besteht aus einem Zimmer und einer Küche. Und nach den rätselhaften Gesetzen, nach denen Gott die Juden regiert, hat ein armer ostjüdischer Schneider sechs und mehr Kinder, aber nur selten einen Gehilfen. Die Nähmaschine rasselt, das Bügeleisen steht auf dem Nudelbrett, auf dem Ehebett nimmt er Maß. Wer sucht einen solchen Schneider auf?

Er „zehrt" nicht „am Mark der Eingeborenen", der ostjüdische Schneider. Er lockt keinen Kunden dem christlichen Schneider weg. Er kann zuschneiden, seine Arbeit ist vorzüglich. Vielleicht wird er nach zwanzig Jahren einen wirklichen Modesalon im ersten Bezirk, in der Herrengasse haben. Aber dann wird er ihn auch redlich verdient haben. Auch Ostjuden sind keine Zauberer. Was sie erreichen, kostet Mühsal, Schweiß und Not.

7

Wenn ein Ostjude viel Glück und Geld hat, kann er unter Umständen eine „Konzession" erhalten und einen Laden aufmachen. Seine Kunden sind die kleinen, armen Leute des Viertels. Zum Beispiel der oben geschilderte Herrenschneider. Der zahlt nicht bar, er hat Kredit. Das sind die „Geschäfte" der Ostjuden.

Es gibt ostjüdische Intellektuelle. Lehrer, Schreiber und so weiter. Es gibt auch Almosenempfänger. Verschämte Bettler. Straßenbettler. Musikanten. Zeitungsverkäufer. Sogar Stiefelputzer.

Und sogenannte „Lufthändler". Händler mit „Luftware". Die Ware liegt noch irgendwo in Ungarn auf einem Bahnhof. Sie liegt aber gar nicht auf dem ungarischen Bahnhof. Sie wird am Franz-Josephs-Kai gehandelt.

Es gibt ostjüdische Betrüger. Freilich: Betrüger! Aber es gibt auch westeuropäische Betrüger.

8

Die zwei großen Straßen der Leopoldstadt sind: die Taborstraße und die Praterstraße. Die Praterstraße ist beinahe herrschaftlich. Sie führt direkt ins Vergnügen. Juden und Christen bevölkern sie. Sie ist glatt, weit und hell. Sie hat viele Cafés. Viele Cafés sind auch in der Taborstraße. Es sind jüdische Cafés. Ihre Besitzer sind meist jüdisch, ihre Gäste fast durchwegs. Die Juden gehen gerne ins Kaffeehaus, um Zeitung zu lesen, Tarock und Schach zu spielen und Geschäfte zu machen.

Juden sind gute Schachspieler. Sie haben auch christliche Partner. Ein guter christlicher Schachspieler kann kein Antisemit sein.

In den jüdischen Cafés gibt es stehende Gäste. Sie bilden im wahren Sinne des Wortes die „Laufkundschaft". Sie sind Stammgäste, ohne Speise und Trank einzunehmen. Sie kommen achtzehnmal im Lauf eines Vormittags ins Lokal. Das Geschäft erfordert es.

Sie verursachen viel Geräusch. Sie sprechen eindringlich, laut und ungezwungen. Weil alle Besucher Menschen von Welt und guten Manieren sind, fällt niemand auf, obwohl er auffällig ist.

In einem echten jüdischen Kaffeehaus kann man den Kopf unter den Arm nehmen. Niemand kümmert sich darum.

9

Der Krieg hat viele ostjüdische Flüchtlinge nach Wien gebracht. Solange ihre Heimat besetzt war, gab man ihnen „Unterstützungen". Man schickte ihnen nicht etwa das Geld nach Haus. Sie mußten in den kältesten Wintertagen, in den frühesten Nachtstunden anstehen. Alle: Greise, Kranke, Frauen, Kinder.

Sie schmuggelten. Sie brachten Mehl, Fleisch, Eier aus Ungarn. Man sperrte sie in Ungarn ein, weil sie die Nahrungsmittel aufkauften. Man sperrte sie in Österreich ein, weil sie nichtrationierte Lebensmittel ins Land brachten. Sie erleichterten den Wienern das Leben. Man sperrte sie ein.

Nach dem Krieg wurden sie, zum Teil gewaltsam, repatriiert. Ein sozialdemokratischer Landeshauptmann ließ sie ausweisen. Für Christlichsoziale sind's Juden. Für Deutschnationale sind sie Semiten. Für Sozialdemokraten sind sie unproduktive Elemente.

Sie aber sind arbeitsloses Proletariat. Ein Hausierer ist ein Proletarier.

Wenn er nicht mit den Händen arbeitet, so schafft er mit den Füßen. Wenn er keine bessere Arbeit findet, so ist es nicht seine Schuld. Wozu diese Selbstverständlichkeiten? Wer glaubt das Selbstverständliche?

BERLIN

I

Kein Ostjude geht freiwillig nach Berlin. Wer in aller Welt kommt freiwillig nach Berlin?

Berlin ist eine Durchgangsstation, in der man aus zwingenden Gründen länger verweilt. Berlin hat kein Getto. Es hat ein jüdisches Viertel. Hierher kommen die Emigranten, die über Hamburg und Amsterdam nach Amerika wollen. Hier bleiben sie oft stecken. Sie haben nicht genug Geld. Oder ihre Papiere sind nicht in Ordnung.

(Freilich: die Papiere! Ein halbes jüdisches Leben verstreicht in zwecklosem Kampf gegen Papiere.)

Die Ostjuden, die nach Berlin kommen, haben oft ein Durchreisevisum, das sie berechtigt, zwei bis drei Tage in Deutschland zu bleiben. Es sind schon manche, die nur ein Durchreisevisum hatten, zwei bis drei Jahre in Berlin geblieben.

Von den alteingesessenen Berliner Ostjuden sind die meisten noch vor dem Kriege gekommen. Verwandte sind ihnen nachgereist. Flüchtlinge aus den okkupierten Gebieten kamen nach Berlin. Juden, die in Rußland, in der Ukraine, in Polen, in Litauen der deutschen Okkupationsarmee Dienste geleistet hatten, mußten mit der deutschen Armee nach Deutschland.

Es gibt auch ostjüdische Verbrecher in Berlin. Taschendiebe, Heiratsschwindler, Betrüger, Banknotenfälscher, Inflationsschieber. Fast keine Einbrecher. Keine Mörder, keine Raubmörder.

Vom Kampf um die Papiere, gegen die Papiere ist ein Ostjude nur dann befreit, wenn er den Kampf gegen die Gesellschaft mit verbrecherischen Mitteln führt. Der ostjüdische Verbrecher ist meist schon in seiner Heimat Verbrecher gewesen. Er kommt nach Deutschland ohne Papiere oder mit falschen. Er meldet sich nicht bei der Polizei.

Nur der ehrliche Ostjude – er ist nicht nur ehrlich, sondern auch furchtsam – meldet sich bei der Polizei. Das ist in Preußen weit schwieriger als in Österreich. Die Berliner Kriminalpolizei hat die Eigenschaft, in den Häusern nachzukontrollieren. Sie prüft auch auf der Straße Papiere. In der Inflation geschah es häufig.

Der Handel mit alten Kleidern ist nicht verboten, aber er ist auch nicht geduldet. Wer keinen Gewerbeschein besitzt, darf meine alte Hose nicht kaufen. Er darf sie auch nicht verkaufen.

Dennoch kauft er sie. Er verkauft sie auch. Er steht in der Joachimsthaler Straße oder Ecke Joachimsthaler Straße und Kurfürstendamm und tut so, als täte er gar nichts. Er muß den Passanten ansehen, ob sie erstens alte Kleider zu verkaufen haben und zweitens, ob sie Geld gebrauchen.

Die gekauften Kleider verkauft man am nächsten Morgen an der Kleiderbörse.

Auch unter den Hausierern gibt es Rangunterschiede. Es gibt reiche, mächtige Hausierer, zu denen die kleinen sehr demütig aufblicken. Je reicher ein Hausierer ist, desto mehr verdient er. Er geht nicht auf die Straße. Er hat es nicht nötig. Ja, ich weiß nicht einmal, ob ich ihn wirklich „Hausierer" nennen darf. Eigentlich hat er einen Laden mit alten Kleidern und einen Gewerbeschein. Und wenn es nicht sein eigener Gewerbeschein ist, so ist es der eines Eingesessenen, eines Berliner Bürgers, der nichts vom Kleiderhandel versteht, aber prozentual am Geschäft beteiligt ist.

In der Kleiderbörse versammeln sich am Vormittag die Ladeninhaber und die Hausierer. Diese bringen den Ertrag des vergangenen Tages, alle alten Röcke und Kleider. Im Frühling ist Hausse in Sommer- und Sportanzügen. Im Herbst ist Hausse in Cutaways, Smokings und gestreiften Hosen. Wer im Herbst mit Sommer- und Leinenanzügen kommt, versteht das Geschäft nicht.

Die Kleider, die der Hausierer den Passanten für ein lächerliches Geld abgekauft hat, verkauft er mit einem lächerlich geringen Aufschlag an den Ladeninhaber. Dieser läßt die Kleider bügeln, „auffrischen", richten. Dann hängt er sie vor sein Ladenschild und läßt sie flattern im Wind.

Wer alte Kleider gut zu verkaufen versteht, wird bald neue Kleider verkaufen können. Er wird ein Magazin eröffnen, statt eines Ladens. Er wird einmal Warenhausbesitzer werden.

In Berlin kann auch ein Hausierer Karriere machen. Er wird sich schneller assimilieren als seine Standesgenossen in Wien. Berlin gleicht die Verschiedenen aus und ertötet Eigenheiten. Deshalb gibt es kein großes Berliner Getto.

Es gibt nur ein paar kleine Judenstraßen, in der Nähe der Warschauer Brücke und im Scheunenviertel. Die jüdischste aller Berliner Straßen ist die traurige Hirtenstraße.

2

So traurig ist keine Straße der Welt. Die Hirtenstraße hat nicht einmal die hoffnungslose Freudigkeit eines vegetativen Schmutzes.

Die Hirtenstraße ist eine Berliner Straße, gemildert durch ostjüdische Einwohner, aber nicht verändert. Keine Straßenbahn durchfährt sie. Kein Autobus. Selten ein Automobil. Immer Lastwagen, Karren, die Plebejer unter den Fahrzeugen. Kleine Gasthäuser stecken in den Mauern. Man geht auf Stufen zu ihnen empor. Auf schmalen, unsauberen, ausgetretenen Stufen. Sie gleichen dem Negativ ausgetretener Absätze. In offenen Hausfluren liegt Unrat. Auch gesammelter, eingekaufter Unrat. Unrat als Handelsobjekt. Altes Zeitungspapier. Zerrissene Strümpfe. Alleinstehende Sohlen. Schnürsenkel. Schürzenbänder. Die Hirtenstraße ist langweilig vororthaft. Sie hat nicht den Charakter einer Kleinstadtstraße. Sie ist neu, billig, schon verbraucht, Schundware. Eine Gasse aus einem Warenhaus. Aus einem billigen Warenhaus. Sie hat einige blinde

Schaufenster. Jüdisches Gebäck, Mohnbeugel, Semmeln, schwarze Brote liegen in den Schaufenstern. Ein Ölkännchen, Fliegenpapier, schwitzendes.

Außerdem gibt es da jüdische Talmudschulen und Bethäuser. Man sieht hebräische Buchstaben. Sie stehen fremd an diesen Mauern. Man sieht hinter halbblinden Fenstern Bücherrücken.

Man sieht Juden mit dem Talles unterm Arm. Sie gehen aus dem Bethaus Geschäften entgegen. Man sieht kranke Kinder, alte Frauen.

Der Versuch, diese Berliner langweilige, so gut wie möglich saubergehaltene Straße in ein Getto umzuwandeln, ist immer wieder stark. Immer wieder ist Berlin stärker. Die Einwohner kämpfen einen vergeblichen Kampf. Sie wollen sich breitmachen? Berlin drückt sie zusammen.

3

Ich trete in eine der kleinen Schankwirtschaften. Im Hinterzimmer sitzen ein paar Gäste und warten auf das Mittagessen. Sie tragen die Hüte auf dem Kopf. Die Wirtin steht zwischen Küche und Gaststube. Hinter dem Ladentisch steht der Mann. Er hat einen Bart aus rotem Zwirn. Er ist furchtsam.

Wie sollte er nicht furchtsam sein? Kommt nicht die Polizei in diesen Laden? War sie nicht schon einige Male da? Der Schankwirt reicht mir auf jeden Fall die Hand. Und auf jeden Fall sagt er: „Oh, das ist ein Gast! Sie sind schon so lange nicht dagewesen?" Niemals schadet eine herzliche Begrüßung.

Man trinkt das Nationalgetränk der Juden: Met. Das ist der Alkohol, an dem sie sich berauschen können. Sie lieben den schweren, dunkelbraunen Met, er ist süß, herb und kräftig.

4

Manchmal kommt nach Berlin der „Tempel Salomonis".

Diesen Tempel hat ein Herr Frohmann aus Drohobycz getreu nach den genauen Angaben der Bibel hergestellt, aus Fichtenholz und Pappmache und Goldfarbe. Keineswegs aus Zedernholz und echtem Gold wie der große König Salomo.

Frohmann behauptet, er hätte sieben Jahre an diesem Miniaturtempelchen gebaut. Ich glaube es. Einen Tempel wiederaufzubauen, genau nach den Angaben der Bibel, erfordert ebensoviel Zeit wie Liebe.

Man sieht jeden Vorhang, jeden Vorhof, jede kleinste Turmzacke, jedes heilige Gerät. Der Tempel steht auf einem Tisch im Hinterzimmer einer Schenke. Es riecht nach jüdischen zwiebelgefüllten Fischen. Sehr wenige Besucher kommen. Die Alten kennen den

JUDEN AUF WANDERSCHAFT

Tempel schon, und die Jungen wollen nach Palästina, nicht um Tempel, sondern um Landstraßen zu bauen.

Und Frohmann fährt von einem Getto zum andern, von Juden zu Juden und zeigt ihnen sein Kunstwerk, Frohmann, der Hüter der Tradition und des einzigen großen architektonischen Werkes, das die Juden jemals geschaffen haben und das sie infolgedessen niemals vergessen werden. Ich glaube, daß Frohmann der Ausdruck dieser Sehnsucht ist, der Sehnsucht eines ganzen Volkes. Ich habe einen alten Juden vor dem Miniaturtempel stehen gesehen. Er glich seinen Brüdern, die an der einzig übriggebliebenen, heiligen Mauer des zerstörten Tempels in Jerusalem stehen, weinen und beten.

5

Das Kabarett fand ich zufällig, während ich an einem hellen Abend durch die dunklen Straßen wanderte, durch die Fensterscheiben kleiner Bethäuser blickte, die nichts anderes waren als simple Verkaufsläden bei Tag und Gotteshäuser des Morgens und des Abends. So nahe sind den Juden des Ostens Erwerb und Himmel; sie brauchen für ihren Gottesdienst nichts als zehn erwachsene, das heißt über dreizehn Jahre alte Glaubensgenossen, einen Vorbeter und die Kenntnis der geographischen Lage, um zu wissen, wo Osten ist, der Misrach, die Gegend des Heiligen Landes, der Orient, aus dem das Licht kommen soll.

In dieser Gegend wird alles improvisiert: der Tempel durch die Zusammenkunft, der Handel durch das Stehenbleiben in der Straßenmitte. Es ist immer noch der Auszug aus Ägypten, der schon Jahrtausende anhält. Man muß immer auf dem Sprung sein, alles mit sich führen, das Brot und eine Zwiebel in der Tasche, in der anderen die Gebetriemen. Wer weiß, ob man in der nächsten Stunde nicht schon wieder wandern muß. Auch das Theater entsteht plötzlich.

Jenes, das ich sah, war im Hof eines schmutzigen und alten Gasthofes etabliert. Es war ein viereckiger Lichthof, Gänge und Korridore mit Glasfenstern klebten an seinen Wänden und enthüllten verschiedene Intimitäten der Häuslichkeit, Betten, Hemden und Eimer. Eine alte, verirrte Linde stand in der Mitte und repräsentierte die Natur. Durch ein paar erleuchtete Fenster sah man das Innere einer rituellen Gasthofküche. Der Dampf stieg aus den kochenden Töpfen, eine dicke Frau schwang einen Löffel, ihre fetten Arme waren halb entblößt. Unmittelbar vor den Fenstern und so, daß sie es zur Hälfte verdeckte, stand ein Podium, von dem aus man direkt in den Flur des Restaurants gelangen konnte. Vor dem Podium saß die Musik, eine Kapelle aus sechs Männern, von denen die Sage ging, daß sie Brüder sind und Söhne des großen Musikers Mendel aus Berdiczew, an den sich noch die ältesten Juden aus dem Osten erinnern können und dessen Geigenspiel so herrlich war, daß man es nicht vergessen kann, weder in Litauen noch in Wolynien, noch in Galizien.

Die Schauspielertruppe, die hier bald auftreten sollte, nannte sich „Truppe Surokin“. Surokin hieß ihr Direktor, Regisseur und Kassierer, ein dicker, glattrasierter Herr aus Kowno, der schon in Amerika gesungen hatte, Vorbeter und Tenor, Synagogen- und Opernheld, verwöhnt, stolz und herablassend, Unternehmer und Kamerad zu gleichen Teilen. Das Publikum saß an kleinen Tischen, aß Brot und Wurst und trank Bier, holte sich Speise und Trank selbst aus dem Restaurant, unterhielt sich, schrie, lachte. Es bestand aus kleinen Kaufleuten und deren Familien, nicht mehr orthodox, sondern „aufgeklärt“, wie man im Osten Juden nennt, die sich rasieren lassen (wenn auch nur einmal wöchentlich) und europäische Kleidung tragen. Diese Juden befolgen die religiösen Bräuche mehr aus Pietät als aus religiösem Bedürfnis: sie denken an Gott nur, wenn sie ihn brauchen, und es ist ihr Glück, daß sie ihn ziemlich oft brauchen. Unter ihnen finden sich Zyniker und Abergläubische, aber alle werden in bestimmten Situationen sentimental und in ihrer Gerührtheit rührend. Sie sind in Dingen des Geschäfts rücksichtslos gegeneinander und gegen Fremde – und doch braucht man nur an eine bestimmte verborgene Saite zu rühren, um sie opferwillig, gütig und human zu machen. Ja, sie können weinen, besonders in einem solchen Freilufttheater, wie es dieses war.

Die Truppe bestand aus zwei Frauen und drei Männern – und bei dem Versuch zu schildern, wie und was sie auf dem Podium aufgeführt haben, stocke ich. Das ganze Programm war improvisiert. Zuerst trat ein dünner, kleiner Mann auf, in seinem Gesicht saß die Nase wie ein Fremdes, sehr Verwundertes; es war eine impertinente, zudringlich fragende und dennoch rührende, lächerliche Nase, eher slawisch als jüdisch, breite Flügel mit einem unvermutet spitzen Ende. Der Mann mit dieser Nase spielte einen Batlen, einen närrisch-weisen Spaßmacher, er sang alte Lieder und verulkte sie, indem er ihnen überraschende komische, widersinnige Pointen anhängte. Dann sangen beide Frauen ein altes Lied, ein Schauspieler erzählte eine humoristische Geschichte von Scholem Alechem, und zum Schluß rezitierte der Herr Direktor Surokin moderne hebräische und jiddische Gedichte lebender und jüngst verstorbener jüdischer Autoren; er sprach die hebräischen Verse und gleich darauf ihre jüdische Übersetzung, und manchmal begann er, zwei, drei Strophen leise zu singen, als sänge er so für sich, in seinem Zimmer, und es wurde totenstill, und die kleinen Kaufleute hatten große Augen und stützten das Kinn auf die Faust, und man hörte das Rauschen der Linde.

Ich weiß nicht, ob Sie alle die jüdischen Melodien des Ostens kennen, und ich will versuchen, Ihnen eine Vorstellung von dieser Musik zu geben. Ich glaube, sie am deutlichsten gekennzeichnet zu haben, wenn ich sie bezeichne als eine Mischung von Rußland und Jerusalem, von Volkslied und Psalm. Diese Musik ist synagogal-pathetisch und volkstümlich naiv. Der Text scheint, wenn er nur gelesen wird, eine heitere, flotte Musik zu erfordern. Hört man ihn aber gesungen, so ist es ein schmerzliches Lied, das „unter Tränen lächelt“. Hat man es einmal gehört, so klingt es wochenlang nach, der Gegensatz war ein scheinbarer, in Wirklichkeit kann dieser Text in keiner anderen Melodie gesungen werden. Er lautet:

JUDEN AUF WANDERSCHAFT 1153

Ynter die griene Beimelach
sizzen die Mojschelach, Schlojmelach,
Eugen wie gliehende Keulalach …
(Augen wie glühende Kohlen)

Sie sitzen! Sie tummeln sich nicht etwa unter den grünen Bäumen. Tummelten sie sich –
dann wäre der Rhythmus dieser Zeilen so flott, wie er es auf den ersten Blick zu sein
scheint. Aber sie tummeln sich nicht, die kleinen Judenknaben.

Ich hörte das alte Lied, das Jerusalem, die Stadt singt, so wehmütig, daß ihr Schmerz
über ganz Europa weit hinein nach dem Osten weht, über Spanien, Deutschland, Frankreich, Holland, den ganzen bitteren Weg der Juden entlang. Jerusalem singt:

Kim, kim, Jisruleki l aheim (nach Hause)
in dein teures Land arain …

Diesen Sang verstanden alle Kaufleute. Die kleinen Menschen tranken kein Bier und
aßen keine Würste mehr. So wurden sie präpariert für die schöne ernste, sogar schwierige und manchmal abstrakte Poesie des großen hebräischen Dichters Bialik, dessen Lieder in fast alle Kultursprachen übersetzt sind und von dem eine Wiederbelebung der hebräischen Schriftsprache ausgegangen sein soll, die sie endgültig zu einer lebendigen
macht. Dieser Dichter hat den Zorn alter Propheten und die süße Stimme eines jubelnden Kindes.

PARIS

I

Die Ostjuden haben nicht leicht den Weg nach Paris gefunden. Sie kamen viel leichter nach Brüssel und Amsterdam. Der direkte Weg des jüdischen Juwelenhandels
führt nach Amsterdam. Einige arm gewordene und einige reich werdende jüdische
Juwelenhändler bleiben aus Zwang im französischen Sprachgebiet.

Der kleine Ostjude hat eine übertriebene Furcht vor einer *ganz* fremden Sprache.
Deutsch ist beinahe seine Muttersprache. Er wandert viel lieber nach Deutschland als
nach Frankreich. Der Ostjude lernt leicht fremde Sprachen verstehen, aber seine Aussprache wird niemals rein. Er wird immer erkannt. Es ist sein gesunder Instinkt, der ihn
vor den romanischen Ländern warnt.

Auch gesunde Instinkte irren. Die Ostjuden leben in Paris fast wie Gott in Frankreich.
Niemand hindert sie hier, Geschäfte und sogar Gettos aufzumachen. Es gibt einige jüdische Viertel in Paris, in der Nähe des Montmartre und in der Nähe der Bastille. Es sind die

ältesten Pariser Stadtteile. Es sind die ältesten Pariser Häuser mit der billigsten Miete. Juden geben nicht gerne Geld für „unnützen" Komfort aus, solange sie nicht sehr reich sind. Sie haben es schon aus äußeren Gründen in Paris leicht. Ihre Physiognomie verrät sie nicht. Ihre Lebhaftigkeit fällt nicht auf. Ihr Witz begegnet dem französischen auf halbem Weg. Paris ist eine wirkliche Weltstadt. Wien ist einmal eine gewesen. Berlin wird erst einmal eine sein. Die wirkliche Weltstadt ist objektiv. Sie hat Vorurteile wie die andern, aber keine Zeit, sie anzuwenden. Im Wiener Prater gibt es beinah keine antisemitische Äußerung, obwohl nicht alle Besucher Judenfreunde sind und obwohl neben ihnen, zwischen ihnen die östlichsten der Ostjuden wandeln. Weshalb? Weil man sich im Prater freut. In der Taborstraße, die zum Prater führt, fängt der Antisemit an, antisemitisch zu sein. In der Taborstraße freut man sich nicht mehr.

In Berlin freut man sich nicht. Aber in Paris herrscht die Freude. In Paris beschränkt sich der grobe Antisemitismus auf die freudlosen Franzosen. Das sind die Royalisten, die Gruppe um die *Action française*. Es wundert mich nicht, daß sie in Frankreich ohnmächtig sind und immer bleiben werden. Sie sind zu wenig französisch. Sie sind zu pathetisch und zu wenig ironisch.

Paris ist sachlich, obwohl Sachlichkeit eine deutsche Tugend sein mag. Paris ist demokratisch. Der Deutsche ist menschlich. Aber in Paris hat die praktische Humanität eine große, starke Tradition. In Paris erst fangen die Ostjuden an, Westeuropäer zu werden. Sie werden Franzosen. Sie werden sogar Patrioten.

2

Der bittere Lebenskampf der Ostjuden, der gegen „die Papiere", wird in Paris gemildert. Die Polizei ist von einer humanen Nachlässigkeit. Sie ist zugänglicher der Individualität und dem Persönlichen. Die deutsche Polizei hat Kategorien. Die Pariser Polizei läßt sich leicht überreden. In Paris kann man sich anmelden, ohne viermal zurückgeschickt zu werden.

Die Pariser Ostjuden dürfen leben, wie sie wollen. Sie können ihre Kinder in rein jüdische Schulen schicken oder in französische. Die in Paris geborenen Kinder der Ostjuden können französische Staatsbürger werden. Frankreich braucht Menschen. Ja, es ist geradezu seine Aufgabe, schwach bevölkert zu sein und immer wieder Menschen zu brauchen, Fremde französisch zu machen. Es ist seine Stärke und seine Schwäche.

Freilich lebt ein französischer Antisemitismus auch in den Nicht-Royalisten. Aber kein hundertgrädiger. Die an einen viel stärkeren, rüderen, brutaleren Antisemitismus gewohnten Ostjuden geben sich mit dem französischen zufrieden.

Sie dürfen sich zufriedengeben. Sie haben religiöse, kulturelle, nationale Freiheiten. Sie dürfen Jiddisch reden, soviel und so laut sie wollen. Sie dürfen sogar schlecht Französisch sprechen, ohne daß man sie verdächtigt. Die Folge dieses Entgegenkommens ist, daß sie Französisch lernen, daß ihre Kinder kein Jiddisch mehr sprechen. Sie verstehen es gerade noch. Es hat mich belustigt, in den Straßen des Pariser Judenviertels die Eltern Jiddisch, die Kinder Französisch sprechen zu hören. Auf jiddische Fragen erfolgen französische Antworten. Diese Kinder sind begabt. Sie werden es in Frankreich zu etwas bringen, wenn Gott will. Und Gott will es, wie mir scheint.

Die Berliner jüdischen Schenken in der Hirtenstraße sind traurig, kühl und still. Die Pariser jüdischen Gasthäuser sind lustig, warm und laut. Sie machen alle gute Geschäfte. Ich habe manchmal bei Herrn Weingrod gegessen. Er führt ausgezeichnete Bratgänse. Er braut einen guten, starken Schnaps. Er amüsiert die Gäste. Er sagt zu seiner Frau: „Gib mir das Soll und Haben, s'il vous plaît." Und die Frau sagt: „Nehmen Sie sich vom Büfett si vous voulez!" Sie sprechen ein wirklich heiteres Kauderwelsch.

Ich habe Herrn Weingrod gefragt: „Wie sind Sie nach Paris gekommen?" Da sagt Herr Weingrod: „Excusez, monsieur, pourquoi nicht nach Paris? Aus Rußland schmeißt man mich hinaus, in Polen sperrt man mich ein, nach Deutschland gibt man mir kein Visum. Pourquoi soll ich nicht kommen nach Paris?"

Herr Weingrod ist ein tapferer Mann, er hat ein Bein verloren, er hat eine Prothese und ist immer guter Laune. Er hat sich in Frankreich freiwillig zum Kriegsdienst gemeldet. Viele Ostjuden haben freiwillig und aus Dankbarkeit im französischen Heer gedient. Aber das Bein hat Weingrod nicht im Krieg verloren. Er kam gesund zurück, mit heilen Knochen. Da sieht man, wie das Schicksal lauert, wenn es will. Weingrod verläßt den Laden, will über die Straßenmitte. Niemals, einmal in der Woche vielleicht, fährt ein Auto durch diese Gasse. Gerade jetzt kommt es, da Weingrod hinüberwill. Fährt ihn nieder. So verlor er ein Bein.

3

Ich habe ein jiddisches Theater in Paris besucht. In der Garderobe wurden Kinderwagen abgegeben. Regenschirme nahm man in den Saal. Im Parkett saßen Mütter mit Säuglingen. Die Stuhlreihen waren lose, man konnte die Sessel herausnehmen. An den Seitenwänden lustwandelten Zuschauer. Der eine verließ seinen Platz, der andere setzte sich. Man aß Orangen. Es spritzte und roch. Man sprach laut, sang mit, klatschte den Darstellern auf offener Szene. Die jungen jüdischen Frauen sprachen nur Französisch. Sie waren pariserisch elegant. Sie waren schön. Sie sahen aus wie Frauen aus Marseille. Sie sind pariserisch begabt. Sie sind kokett und kühl. Sie sind leicht und sachlich. Sie sind treu wie die Pariserinnen. Die Assimilation eines Volkes beginnt immer bei den Frauen. Man gab einen Schwank in drei Akten. Im ersten Akt will die jüdische Familie eines kleinen russischen Dorfes auswandern. Im zweiten kriegt sie die Pässe. Im dritten ist die Familie in Amerika, reich geworden und protzig, und im Begriff, ihre alte Heimat zu vergessen und die alten Freunde aus der Heimat, die nach Amerika kommen. Dieses Stück gibt reichlich Gelegenheit, amerikanische Schlager zu singen und alte russisch-jiddische Lieder. Als die russischen Lieder und Tänze kamen, weinten die Darsteller und die Zuschauer. Hätten nur jene geweint, es wäre kitschig gewesen. Aber als diese weinten, wurde es schmerzlich. Juden sind leicht gerührt – das wußte ich. Aber ich wußte nicht, daß ein Heimweh sie rühren könnte.

Es war eine so innige, beinahe private Beziehung von der Bühne zum Zuschauer. Für dieses Volk Schauspieler sein ist schön. Der Regisseur trat vor und kündigte die nächsten Programmwechsel an. Nicht durch die Zeitung, nicht durch Plakate. Mündlich. Von Mensch zu Mensch. Er sprach: „Ihr werdet Mittwoch den Herrn X. aus Amerika sehen." Er sprach wie ein Führer zu seinen Getreuen. Er sprach unmittelbar und witzig. Seinen Witz verstand man. Ahnte beinahe voraus. Erwitterte die Pointe.

4

Ich sprach in Frankreich mit einem jüdischen Artisten aus Radziwillow, dem alten russisch-österreichischen Grenzort. Er war ein musikalischer Clown und verdiente viel. Er war ein Clown aus Überzeugung und nicht von Geburt. Er entstammte einer Musikantenfamilie. Sein Urgroßvater, sein Großvater, sein Vater, seine Brüder waren jüdische Hochzeitsmusikanten. Er, der einzige, konnte seine Heimat verlassen und im Westen Musik studieren. Ein reicher Jude unterstützte ihn. Er kam in eine Musikhochschule in Wien. Er komponierte. Er gab Konzerte. „Aber", sagte er, „was soll ein Jude der Welt ernste Musik machen? Ich bin immer ein Clown in dieser Welt, auch wenn man ernste Referate über mich bringt und Herren von den Zeitungen mit Brillen in den ersten Reihen sitzen. Soll ich Beethoven spielen? Soll ich Kol Nidre spielen? Eines Abends, als ich auf der Bühne stand, begann ich, mich vor Lachen zu schütteln. Was machte ich der Welt vor, ich, ein Musikant aus Radziwillow? Soll ich nach Radziwillow zurückkehren und bei jüdischen Hochzeiten aufspielen? Werde ich dort nicht noch lächerlicher sein?

An jenem Abend sah ich ein, daß mir nichts anderes übrigblieb, als in den Zirkus zu gehen, nicht, um ein Herrenreiter zu sein oder ein Seiltänzer! Das ist nichts für Juden. Ich bin ein Clown. Und seit meinem ersten Auftreten im Zirkus ist es mir ganz klar, daß ich die Tradition meiner Väter gar nicht verleugnet habe und daß ich bin, was sie hätten sein sollen. Zwar würden sie erschrecken, wenn sie mich sehen würden. Ich spiele Zieh- und Mundharmonika und Saxophon, und es freut mich, daß die Leute gar nicht wissen, daß ich Beethoven spielen kann.

Ich bin ein Jud aus Radziwillow.

Ich habe Frankreich gern. Für alle Artisten ist die Welt vielleicht überall gleich. Aber für mich nicht. Ich gehe in jeder großen Stadt Juden aus Radziwillow suchen. In jeder großen

Stadt treff' ich zwei oder drei. Wir reden miteinander. In Paris leben auch einige. Sind sie nicht aus Radziwillow, so sind sie aus Dubno. Und sind sie nicht aus Dubno, so sind sie aus Kischinew. Und in Paris geht es ihnen gut. Es geht ihnen gut. Es können doch nicht alle Juden beim Zirkus sein? Wenn sie nicht beim Zirkus sind, müssen sie mit allen fremden und gleichgültigen Menschen gut sein, und mit niemandem dürfen sie es sich verderben. Ich brauche nur in der Artistenliga eingeschrieben zu sein. Das ist ein großer Vorteil. In Paris leben die Juden frei. Ich bin ein Patriot, ich hab' ein jüdisches Herz."

5

In dem großen Hafen Marseille kommen jährlich ein paar Juden aus dem Osten an. Sie wollen ein Schiff besteigen. Oder sie kommen gerade von Bord. Sie haben irgendwo hinfahren wollen. Das Geld ist ihnen ausgegangen. Sie mußten an Land gehen. Sie schleppen alles Gepäck zum Postamt, geben ein Telegramm auf und warten auf Antwort. Aber Telegramme werden nicht schnell beantwortet, und solche überhaupt nicht, in denen um Geld gebeten wird. Ganze Familien nächtigen unter freiem Himmel.

Manche, einzelne bleiben in Marseille. Sie werden Dolmetscher. Dolmetscher sein ist ein jüdischer Beruf. Es handelt sich nicht darum, zu übersetzen, ins Französische aus dem Englischen, ins Französische aus dem Russischen, ins Französische aus dem Deutschen. Es handelt sich darum, den Fremden zu übersetzen, auch, wenn er nichts gesprochen hat. Er braucht den Mund nicht aufzumachen. Christliche Dolmetscher übersetzen vielleicht. Jüdische erraten.

Sie verdienen Geld. Sie führen die Fremden in gute Wirtsstuben, aber auch auf die Dörfer. Die Dolmetscher beteiligen sich am Geschäft. Sie verdienen Geld. Sie gehen zum Hafen, besteigen ein Schiff und fahren nach Südamerika. Nach den Vereinigten Staaten kommen die Ostjuden schwer. Die erlaubte Zahl ist längst und oft überschritten.

6

Einige ostjüdische Studenten sind nach Italien gefahren. Die italienische Regierung – sie hat manches gutzumachen – verleiht Stipendien jüdischen Studenten.

Viele Ostjuden haben sich nach dem Zerfall der Monarchie in das neuerstandene Südslawien begeben.

Aus Ungarn werden Ostjuden prinzipiell ausgewiesen. Kein ungarischer Jude wird sich ihrer annehmen. Die Mehrzahl der ungarischen Juden sind – trotz Horthy – nationalmagyarisch. Es gibt ungarische nationalistische Rabbiner.

7

Wohin können die Ostjuden sonst fahren?

Nach Spanien kommen sie nicht. Es ruht ein Bannfluch der Rabbis auf Spanien, seitdem die Juden dieses Land hatten verlassen müssen. Auch die Nichtfrommen, „die Aufgeklärten", hüten sich, nach Spanien zu fahren. Erst in diesem Jahr erlischt der Bannfluch.

Von einigen ostjüdischen Studenten hörte ich, daß sie nach Spanien fahren wollten. Sie werden gut daran tun, die polnischen Universitäten, auf denen der Numerus clausus herrscht, die Wiener Universität, auf der außer dem Numerus clausus auch noch die Borniertheit herrscht, und die deutschen Universitäten, an denen der Bierkrug herrscht, zu verlassen.

8

Es wird noch einige Jahre dauern. Dann werden Ostjuden nach Spanien kommen. Alte Legenden, die man sich im Osten erzählt, knüpfen an den langen Aufenthalt der Juden in Spanien an. Es ist manchmal wie eine stille Sehnsucht, ein verdrängtes Heimweh nach diesem Lande, das so stark an die Urheimat, an Palästina, erinnert.

Man kann sich freilich keinen stärkeren Gegensatz denken als den zwischen Ostjuden und spaniolischen. Die spaniolischen Juden verachten die Aschkenasim im allgemeinen, die Ostjuden im besonderen. Die spaniolischen Juden sind stolz auf ihre alte adelige Rasse. Mischehen zwischen Spaniolen und Aschkenasim kommen selten, zwischen Spaniolen und Ostjuden fast niemals vor.

9

Nach einer alten Legende sind einmal zwei Ostjuden durch die Welt gezogen, um Geld zum Bau einer Synagoge zu sammeln. Sie kamen zu Fuß durch Deutschland, sie kamen an den Rhein, gingen nach Frankreich und begaben sich in die alte jüdische Gemeinde Frankreichs, nach Montpellier. Von hier zogen sie ostwärts, ohne Karte, ohne die Wege zu kennen, und verirrten sich. Sie gelangten in einer finstern Nacht in das lebensgefährliche Spanien, wo sie getötet worden wären, wenn sich nicht ihrer die frommen Mönche eines spanischen Klosters angenommen hätten. Die Mönche luden die jüdischen Wanderer zu einem Disput ein, waren über die Gelehrtheit der Juden sehr erfreut, brachten sie sicher über die Grenze zurück und gaben ihnen noch einen Klumpen Gold, zum Bau der Synagoge. Beim Abschied mußten die Juden schwören, das Gold wirklich zum Bau der Synagoge zu verwenden.

JUDEN AUF WANDERSCHAFT

Die Juden schworen. Aber die Sitte (wenn auch nicht das Gesetz) verbot ihnen, das Gold, das aus dem Besitz eines Klosters, wenn auch eines freundlichen, kam, für das Heiligtum zu benutzen. Sie überlegten lange und kamen endlich auf die Idee, aus dem Goldklumpen eine Kugel zu formen und sie auf dem Dach der Synagoge als eine Art Wahrzeichen anzubringen.

Diese goldene Kugel leuchtet noch auf dem Dach der Synagoge. Und sie ist das einzige, das die Juden des Ostens noch mit ihrer alten spanischen Heimat verbindet.

Diese Geschichte erzählte mir ein alter Jude. Er war Thoraschreiber von Beruf, ein Sophar, ein frommer und ein weiser und ein armer Mann. Er war ein Gegner der Zionisten.

„Jetzt", sagte er, „wird der Cherem (der Bannfluch) gegen Spanien erlöschen. Ich habe nichts dagegen, daß meine Enkel nach Spanien gehen. Es ist den Juden nicht immer dort schlecht gegangen. Es gab fromme Menschen in Spanien, und wo fromme Christen sind, können auch Juden leben. Denn die Gottesfurcht ist immer noch sicherer als die sogenannte moderne Humanität."

Er wußte nicht, der Alte, daß die Humanität nicht mehr modern ist. Er war nur ein armer Thoraschreiber.

Ein Jude geht nach Amerika

I

Immer noch und obwohl die erlaubte Zahl für die östlichen Einwanderer schon einigemal überschritten war und obwohl die amerikanischen Konsulate so viele Papiere verlangen wie kein Konsulat der Welt, immer noch wandern viele Ostjuden nach Amerika aus.

Amerika ist die Ferne. Amerika heißt die Freiheit. In Amerika lebt immer irgendein Verwandter.

Es ist schwer, eine jüdische Familie im Osten zu finden, die nicht irgendeinen Vetter, irgendeinen Onkel in Amerika besitzen würde. Vor zwanzig Jahren ist einmal einer ausgewandert. Er floh vor dem Militär. Oder er desertierte, nachdem er assentiert worden war.

Wenn die Ostjuden nicht soviel Angst hätten, sie könnten sich mit Recht rühmen, das militärfeindlichste Volk der Welt zu sein. Sie waren lange Zeit von ihren Vaterländern, Rußland und Österreich, nicht würdig befunden worden, Militärdienst zu leisten. Erst als die staatsbürgerliche Gleichberechtigung der Juden kam, mußten sie einrücken. Es war eigentlich eine Gleichverpflichtung, keine Gleichberechtigung. Denn hatten bis dahin nur die Zivilbehörden die Juden schikaniert, so waren sie nun auch den Schikanen der Militärbehörden ausgeliefert. Die Juden trugen den Schimpf, nicht dienen zu müssen, mit großer Freude. Als man ihnen die große Ehre, kämpfen, exerzieren und fallen zu dürfen, verkündete, herrschte unter ihnen Trauer. Wer sich dem 20. Lebensjahr näherte und so gesund war, daß er annehmen mußte, man würde ihn assentieren, floh nach Amerika. Wer kein Geld hatte, verstümmelte sich. Die Selbstverstümmelung grassierte ein paar Jahrzehnte vor dem Krieg unter den Juden des Ostens. Die so große Furcht vor dem Soldatenleben hatten, ließen sich einen Finger abhacken, die Sehnen an den Füßen durchschneiden und Gifte in die Augen schütten. Sie wurden heldenhafte Krüppel, blind, lahm, krumm, sie unterwarfen sich dem langwierigsten, häßlichsten Leid. Sie wollten nicht dienen. Sie wollten nicht in den Krieg ziehen und fallen. Ihre Vernunft war immer wach und rechnete. Ihre helle Vernunft berechnete, daß es immer noch nützlicher ist, lahm zu leben als gesund zu sterben. Ihre Frömmigkeit unterstützte die Überlegung. Es war nicht nur dumm, für einen Kaiser, für einen Zaren zu sterben, es war auch eine Sünde, fern von der Thora und entgegen ihren Geboten zu leben. Eine Sünde, Schweinefleisch zu essen. Am Sabbat eine Waffe zu tragen. Zu exerzieren. Gegen einen unschuldigen, fremden Menschen die Hand, geschweige denn das Schwert zu erheben. Die Ostjuden waren die heldenmütigsten Pazifisten. Sie litten für den Pazifismus. Sie machten sich freiwillig zu Krüppeln. Noch hat niemand das Heldenlied von diesen Juden gedichtet.

„Die Kommission kommt!" Es war ein Schreckensruf. Gemeint war die militärärztliche Musterungskommission, die alle kleinen Städte bereiste, um Soldaten auszuheben. Wochen vorher begann das „Plagen". Die jungen Juden plagten sich, um schwach zu werden, um Herzfehler zu bekommen. Sie schliefen nicht, sie rauchten, sie wanderten, sie liefen, sie wurden ausschweifend zu frommen Zwecken.

Auf jeden Fall aber bestach man noch die Militärärzte. Die Vermittler waren höhere Beamte und ehemalige Militärärzte, die wegen dunkler Affären den Dienst hatten quittieren müssen. Ganze Scharen von Militärärzten wurden reich, verließen das Heer und eröffneten eine Privatpraxis, die zum Teil darin bestand, Bestechungen zu vermitteln.

Wer Geld besaß, überlegte sich, ob er es mit einer Bestechung oder einer Flucht nach Amerika versuchen sollte. Die Mutigsten gingen nach Amerika. Nie mehr durften sie zurück. Sie verzichteten. Sie verzichteten schweren Herzens auf die Familie und leichten Herzens auf das Vaterland.

Sie gingen nach Amerika.

JUDEN AUF WANDERSCHAFT

2

Das sind heute die sagenhaften Vettern der Ostjuden. Die früheren Deserteure sind drüben reiche, zumindest wohlhabende Kaufleute. Der alte jüdische Gott war mit ihnen. Er belohnte ihre Militärfeindschaft.

Dieser Vetter in Amerika ist die letzte Hoffnung jeder ostjüdischen Familie. Er hat schon lange nicht geschrieben, dieser Vetter. Man weiß nur, daß er sich verheiratet und Kinder gezeugt hat. Irgendein altes, vergilbtes Bild hängt an der Wand. Vor zwanzig Jahren kam es an. Zehn Dollar lagen dabei. Man hat lange nichts mehr von ihm gehört. Dennoch zweifelt die Familie in Dubno nicht, daß man ihn in New York oder Chikago finden wird. Freilich heißt er nicht mehr so jüdisch, wie er zu Hause genannt worden war. Er spricht Englisch, er ist amerikanischer Staatsbürger, seine Anzüge sind bequem, seine Hosen sind weit, seine Röcke haben breite Schultern. Man wird ihn doch erkennen. Der Besuch wird ihm vielleicht nicht angenehm sein. Hinauswerfen wird er seine Verwandten sicherlich nicht.

Und während man so seiner gedenkt, kommt eines Tages der Briefträger mit einem dicken Einschreibebrief. Dieser Brief enthält Dollars, Anfragen, Wünsche und Grüße und verspricht „bald eine Schiffskarte".

Von diesem Augenblick an „fährt man nach Amerika". Die Jahreszeiten wechseln, die Monate reihen sich aneinander, das Jahr verrollt, man hört nichts von einer Schiffskarte, aber „man fährt nach Amerika". Die ganze Stadt weiß es, die umliegenden Dörfer wissen es und die benachbarten kleinen Städte.

Ein Fremder kommt und fragt: „Was macht Jizchok Meier?" „Er fährt nach Amerika", erwidern die Einheimischen; indessen Jizchok Meier noch heute und morgen, wie gestern und vorgestern, seinen Geschäften nachgeht und scheinbar sich nichts in seinem Haus verändert.

In Wirklichkeit verändert sich viel. Er stellt sich nämlich um. Er rüstet innerlich für Amerika. Er weiß schon genau, was er mitnehmen und was er behalten wird, was er zurücklassen und was er verkaufen wird. Er weiß schon, was mit dem Viertelhaus, das auf seinen Namen intabuliert ist, geschieht. Er hat einmal ein Viertelhaus geerbt. Die andern drei Viertel besaßen drei Verwandte. Die sind gestorben oder ausgewandert. Die drei Viertel gehören jetzt einem Fremden. Diesem könnte man noch das letzte Viertel abtreten. Allein er zahlt nicht viel. Wer also sonst in aller Welt kauft ein Viertel von einem Haus? Man wird also, wenn es „hypothekenfrei" ist, noch möglichst viel Schulden aufzunehmen trachten. Das gelingt nach einiger Zeit. Man hat Bargeld oder Wechsel, die so gut sind wie Bargeld.

Der Jude, der nach Amerika will, lernt nicht etwa Englisch. Wie er im fremden Land zurechtkommen wird, weiß er schon. Er spricht Jiddisch, die am weitesten verbreitete, geographisch, nicht zahlenmäßig verbreitete Sprache. Er wird sich verständigen. Er braucht nicht Englisch zu verstehen. Die seit 30 Jahren im Judenviertel von New York ansässigen Juden sprechen auch noch Jiddisch und können ihre eigenen Enkel nicht mehr verstehen.

Die Sprache des fremden Landes also kann er schon. Es ist seine Muttersprache. Auch Geld hat er. Ihm fehlt nur noch der Mut.

Er fürchtet nicht Amerika, er fürchtet den Ozean. Er ist gewohnt, durch weite Länder zu wandern, aber nicht über Meere. Einmal, als seine Vorfahren ein Meer zu überqueren hatten, geschah ein Wunder, und die Wasser teilten sich. Wenn er durch den Ozean von seiner Heimat getrennt ist, so trennt ihn eine Ewigkeit von ihr. Vor Schiffen hat der Ostjude Angst. Dem Schiff traut er auch nicht. Seit Jahrhunderten lebt der Ostjude im Binnenland. Er fürchtet die Steppe nicht, nicht die Grenzenlosigkeit des Flachlandes. Er fürchtet die Desorientierung.

Er ist gewohnt, dreimal im Tag sich gegen Misrach, den Osten, zu wenden. Das ist mehr als eine religiöse Vorschrift. Das ist die tiefgefühlte Notwendigkeit, zu wissen, wo man sich befindet. Seinen Standpunkt zu kennen. Von der Sicherheit des geographischen Standpunktes aus kann man seinen Weg am besten finden und Gottes Wege am besten erkennen. Man weiß ungefähr, wo Palästina liegt.

Auf dem Meer aber weiß man nicht, wo Gott wohnt. Man erkennt nicht, wo der Misrach liegt. Man kennt seine Stellung zur Welt nicht. Man ist nicht frei. Man ist abhängig vom Kurs, den das Schiff genommen hat. Wer so tief das Bewußtsein im Blut hat wie der Ostjude, daß es jeden Augenblick gelten kann zu fliehen, fühlt sich auf dem Schiff nicht frei. Wohin kann er sich retten, wenn etwas geschieht? Seit Jahrtausenden rettet er sich. Seit Jahrtausenden geschieht immer etwas Drohendes. Seit Jahrtausenden flieht er immer. Was geschehen kann? – Wer weiß es? Können nicht auch auf einem Schiff Pogrome ausbrechen? Wohin dann?

Wenn einen Passagier auf dem Schiff der Tod überrascht, wo begräbt man den Toten? Man versenkt die Leiche ins Wasser. Die alte Legende aber von der Ankunft des Messias beschreibt genau die Wiederauferstehung der Toten. Alle Juden, die in fremder Erde begraben sind, werden unterirdisch rollen müssen, bis sie in Palästina angelangt sind. Glücklich diejenigen, die schon in Palästina begraben werden. Sie ersparen sich die weite und mühevolle Reise. Die unaufhörliche, meilenlange Drehung. Werden aber auch die Toten erwachen, die ins Wasser versenkt worden sind? Gibt es Land unter dem Wasser? Welch seltsame Geschöpfe wohnen dort unten? Eine jüdische Leiche darf nicht seziert werden, ganz, unversehrt muß der Mensch dem Staub wieder übergeben werden. Fressen die Haifische nicht die Wasserleichen?

Außerdem ist die versprochene Schiffskarte noch nicht da. Sie muß freilich kommen. Aber sie allein genügt ja auch noch nicht. Man muß die Einreisebewilligung haben. Die bekommt man ohne Papiere nicht. Wo sind die Papiere?

Und nun beginnt der letzte, erschütterndste Kampf gegen die Papiere, um die Papiere. Ist dieser Kampf siegreich, dann braucht man nichts mehr. Drüben in Amerika kriegt jeder sofort einen neuen Namen und ein neues Papier.

JUDEN AUF WANDERSCHAFT

Man wundere sich nicht über die Pietätlosigkeit der Juden gegen ihre Namen. Mit einer Leichtfertigkeit, die überraschend wirkt, wechseln sie ihre Namen, die Namen ihrer Väter, deren Klang doch immerhin für europäische Gemüter irgendeinen Gefühlswert hat.

Für die Juden hat der Name deshalb keinen Wert, weil er gar nicht ihr Name ist. Juden, Ostjuden, haben keine Namen. Sie tragen aufgezwungene Pseudonyme. Ihr wirklicher Name ist der, mit dem sie am Sabbat und an Feiertagen zur Thora aufgerufen werden: ihr jüdischer Vorname und der jüdische Vorname ihres Vaters. Die Familiennamen aber von Goldenberg bis zu Hescheles sind aufoktroyierte Namen. Die Regierungen haben den Juden befohlen, Namen anzunehmen. Sind es ihre eigenen? Wenn einer Nachman heißt und seinen Vornamen in ein europäisches Norbert verändert, ist nicht Norbert die Verkleidung, das Pseudonym? Ist es etwa mehr als Mimikry? Empfindet das Chamäleon Pietät gegenüber den Farben, die es fortwährend wechseln muß? Der Jude schreibt in Amerika Greenboom statt Grünbaum. Er trauert nicht um die veränderten Vokale.

3

Leider ist er noch immer nicht soweit, sich nennen zu können wie er will. Noch ist er in Polen, in Litauen. Noch mußte er Papiere haben, die seine Geburt, seine Existenz, seine Identität beweisen.

Und er fängt an, die Wege zu wandern, die genauso unübersichtlich, verworren, ziellos und tragisch, lächerlich im kleinen sind, wie einst die Wege seiner Väter im großen waren. Man schickt ihn nicht von Pontius zu Pilatus, man schickt ihn vom Vorzimmer des Pontius zum geschlossenen Tor des Pilatus. Überhaupt sind alle Staatstüren verschlossen. Nur mit Kanzleisekretären sperrt man sie auf. Wenn aber überhaupt jemand am Zurückschicken seine Freude haben kann, so sind es die Kanzleisekretäre.

Man kann sie bestechen? Als ob eine Bestechung leicht wäre! Weiß man, ob eine Bestechung nicht einen großartigen Prozeß einträgt und mit Gefängnis endet? Man weiß nur, daß alle Beamten bestechlich sind. Ja, alle Menschen sind bestechlich. Die Bestechlichkeit ist eine Tugend der menschlichen Natur. Aber wann und ob einer seine Bestechlichkeit eingesteht, kann man nie wissen. Man kann nicht wissen, ob der Beamte, der schon zehnmal Geld genommen hat, beim elftenmal die Anzeige erstattet, einfach, um zu beweisen, daß er zehnmal nichts genommen hat, und um noch weitere hundertmal nehmen zu können.

Glücklicherweise gibt es fast überall Leute, die ganz genau um die Seele des Beamten Bescheid wissen und die davon leben. Auch diese Kenner sind Juden. Aber weil sie so selten vorkommen und vereinzelt in jeder Stadt und weil sie die Fähigkeit haben, mit den Beamten in der Landessprache zu trinken, sind diese Juden beinahe selbst schon Beamte, und sie selbst muß man zuerst bestechen, um überhaupt erst einmal bestechen zu können.

Aber auch die vollendete Bestechung erspart keine Demütigungen und keine unnützen Wege. Man erträgt Demütigungen und wandert nutzlose Wege.

Dann hat man die Papiere.

4

Wenn also alles klappt, macht Amerika die Grenze wieder zu, sagt, für dieses Jahr hätte es schon der Ostjuden genug, und nun sitzt man da und wartet auf das nächste Jahr.

Dann endlich fährt man vierter Klasse Personenzug sechs Tage nach Hamburg. Man wartet weitere zwei Wochen auf das Schiff. Schließlich besteigt man es. Und während alle Passagiere mit Schnupftüchern winken und dem Weinen nahe sind, ist der jüdische Emigrant zum erstenmal in seinem Leben froh. Er hat Angst, aber auch Gottvertrauen. Er fährt in ein Land, das alle Ankommenden mit einer riesengroßen Freiheitsstatue grüßt. Diesem riesigen Monument muß die Wirklichkeit einigermaßen entsprechen.

Einigermaßen entspricht die Wirklichkeit dem Symbol. Aber nicht etwa deshalb, weil man es drüben mit der Freiheit aller Menschen so ernst nimmt, sondern weil es drüben noch jüdischere Juden gibt, nämlich Neger. Dort ist ein Jude zwar ein Jude. Aber er ist in der Hauptsache ein Weißer. Zum erstenmal bietet ihm seine Rasse einen Vorteil.

Der Ostjude fährt dritter Klasse, beziehungsweise Zwischendeck. Die Überfahrt ist besser, als er es sich vorgestellt hat, aber die Landung ist schwieriger.

Schon die ärztliche Untersuchung im europäischen Hafen war übel genug. Nun kommt auch noch eine strengere Untersuchung. Und irgendwo stimmen die Papiere nicht ganz.

Es sind zwar richtige, mit großer Mühe erhaltene Papiere. Aber sie sehen dennoch so aus, als ob sie nicht stimmten.

Möglich auch, daß auf dem Schiff ein Ungeziefer sich ins Hemd des Juden geschlichen hat.

Alles ist möglich.

Und der Jude kommt in eine Art Gefangenschaft, die man Quarantäne nennt, oder ähnlich.

Ein hoher Zaun schützt Amerika vor ihm.

Durch die Gitter seines Kerkers sieht er die Freiheitsstatue, und er weiß nicht, ob er oder die Freiheit eingesperrt ist.

Er darf nachdenken, wie es in New York sein wird. Er kann sich's kaum vorstellen.

JUDEN AUF WANDERSCHAFT

So aber wird es sein: er wird zwischen zwölfstöckigen Häusern, zwischen Chinesen, Ungarn und anderen Juden wohnen, wieder ein Hausierer sein, wieder die Polizei fürchten, wieder schikaniert werden.

Seine Kinder werden vielleicht Amerikaner werden. Vielleicht berühmte Amerikaner, reiche Amerikaner. Könige irgendeines Materials.

Davon träumt der Jude hinter den Gittern seiner Quarantäne.

Die Lage der Juden in Sowjetrussland

Auch im alten Rußland waren die Juden eine „nationale Minderheit"; aber eine mißhandelte. Durch Verachtung, Unterdrückung und Pogrom kennzeichnete man die Juden als eine eigene Nation. Man war nicht etwa bestrebt, sie durch Vergewaltigung zu assimilieren. Man war bestrebt, sie abzugrenzen. Die Mittel, die man gegen sie anwandte, sahen so aus, als wollte man sie vertilgen.

In den westlichen Ländern war der Antisemitismus vielleicht ein primitiver Abwehrinstinkt. Im christlichen Mittelalter ein religiöser Fanatismus. In Rußland war der Antisemitismus ein Mittel zu regieren. Der einfache Muschik war kein Antisemit. Der Jude war ihm kein Freund, sondern ein Fremder. Rußland, das für so viele Fremde Raum hatte, war auch frei für diesen. Der Halbgebildete und der Bürger waren Antisemiten – weil der Adel es war. Der Adel war es, weil der Hof es war. Der Hof war es, weil der Zar, für den es sich nicht schickte, seine eigenen, rechtgläubigen „Landeskinder" zu fürchten, vorgab, nur die Juden zu fürchten. Man schrieb ihnen infolgedessen Eigenschaften zu, die sie allen Ständen gefährlich erscheinen ließen: für den einfachen „Mann aus dem Volke" wurden sie Ritualmörder; für den kleinen Besitzer Zerstörer des Eigentums; für den höheren Beamten plebejische Schwindler, für den Adel gefährliche, weil kluge Sklaven; für den kleinen Beamten endlich, den Funktionär aller Stände, waren die Juden alles: Ritualmörder, Krämer, Revolutionäre und Pöbel.

In den westlichen Ländern brachte das 18. Jahrhundert die Emanzipation der Juden. In Rußland begann der offizielle, legitime Antisemitismus in den 80er Jahren des 19. Jahrhunderts. In den Jahren 1881–82 organisierte Plehwe, der spätere Minister, die ersten Pogrome in Südrußland. Sie sollten die revolutionären jungen Juden abschrecken. Aber der gedungene Pöbel, der sich nicht für Attentate rächen, sondern nur plündern wollte, überfiel die Häuser der reichen konservativen Juden, auf die man es gar nicht abgesehen hatte. Man ging deshalb zu den sogenannten „stillen Pogromen" über, schuf die bekannten „Ansiedlungsbereiche", vertrieb die jüdischen Handwerker aus den großen Städten, bestimmte einen Numerus clausus für die jüdischen Schulen (3:100) und unterdrückte die jüdische Intelligenz an den Hochschulen. Da aber gleichzeitig der jüdische Millionär und Eisenbahn-Unternehmer Poljakow ein intimer Freund des Zarenhofes war und man seinen Angestellten den Aufenthalt in den großen Städten gestatten mußte, wurden Tausende russischer Juden Poljakows „Angestellte". Derlei Auswege gab es viele. Der Schlauheit der Juden entsprach die Bestechlichkeit der Beamten. Deshalb ging man in den ersten Jahren des 20. Jahrhunderts wieder zu den offenen Pogromen über und zu den kleinen und großen Ritualmordprozessen …

Heute ist Sowjetrußland das einzige Land in Europa, in dem der Antisemitismus verpönt ist, wenn er auch nicht aufgehört hat. Die Juden sind vollkommen freie Bürger – mag ihre Freiheit auch noch nicht die Lösung der jüdischen Frage bedeuten. Als Individuen sind sie frei von Haß und Verfolgung. Als Volk haben sie *alle* Rechte einer „nationalen Minderheit". Die Geschichte der Juden kennt kein Beispiel einer so plötzlichen und einer so vollkommenen Befreiung.

Von den zwei Millionen siebenhundertfünfzigtausend Juden in Rußland sind: 300 000 organisierte Arbeiter und Angestellte; 130 000 Bauern; 700 000 Handwerker und freie Berufe. Der Rest besteht: a) aus Kapitalisten und „Deklassierten", die als „unproduktive Elemente" gelten; b) aus kleinen Händlern, Vermittlern, Agenten, Hausierern, die als nicht produzierende, aber proletarische Elemente angesehen werden. Die Kolonisation der Juden wird eifrig betrieben – zum Teil mit amerikanischem Geld, das vor der Revolution fast ausschließlich der Palästina-Kolonisation zugute kam. Es gibt jüdische Kolonien in der Ukraine, bei Odessa, bei Cherson, in der Krim. Seit der Revolution sind 6000 jüdische Familien zur Landarbeit herangezogen worden. Im ganzen wurden 102 000 Desjatinen Acker den jüdischen Bauern zugeteilt. Gleichzeitig „industrialisiert" man die Juden, das heißt: man versucht, die „unproduktiven Elemente" als Arbeiter in den Fabriken unterzubringen und die Jugend in den (etwa 30) jüdisch „professionell-technischen" Schulen zu Facharbeitern heranzubilden.

In allen Orten mit starker jüdischer Bevölkerung gibt es Schulen mit jüdischer Unterrichtssprache; in der Ukraine allein 350 000 Frequentanten jüdischer Schulen, in Weißrußland ungefähr 90 000. Es gibt in der Ukraine 33 Gerichtskammern mit jüdischer Verhandlungssprache, jüdische Vorsteher in Kreisgerichten, jüdische Miliz-(Polizei-)Verbände. Es erscheinen drei große Zeitungen in jüdischer Sprache, drei Wochenschriften, fünf Monatshefte, es gibt einige jüdische Staatstheater, an den Hochschulen bilden die nationalen Juden einen starken Prozentsatz, in der Kommunistischen Partei ebenfalls. Es gibt 600 000 jüdische Jungkommunisten.

Man sieht aus diesen paar Zahlen und Fakten, wie man in Sowjetrußland an die Lösung der jüdischen Frage herangeht: mit dem unbeirrbaren Glauben an die Unfehlbarkeit der Theorie, mit einem etwas unbekümmerten, undifferenzierten, aber edlen und reinen Idealismus. Was verordnet die Theorie? – Nationale Autonomie! – Aber um dieses Rezept vollständig anwenden zu können, muß man aus den Juden erst eine „richtige" nationale Minderheit machen, wie es zum Beispiel die Grusinier, die Deutschen, die Weißrussen sind. Man muß die unnatürliche soziale Struktur der jüdischen Masse verändern, aus einem Volk, das von allen Völkern der Welt am meisten Bettler, amerikanische „Pensionen-Empfänger", Schnorrer und Deklassierte hat, ein Volk mit einer landesüblichen Physiognomie machen. Und weil dieses Volk in einem sozialistischen Staat leben soll, muß man seine kleinbürgerlichen Elemente und die „unproduktiven" verbauern lassen und proletarisieren. Schließlich wird man ihnen ein geschlossenes Gebiet anweisen müssen.

Es ist selbstverständlich, daß ein so kühner Versuch nicht in einigen Jahren gelingen kann. Das Elend der armen Juden ist vorläufig nur gemildert durch die Freizügigkeit. Aber so viele auch in die neuerschlossenen Gebiete abwandern – die alten Gettos sind immer noch überfüllt. Ich glaube, daß der jüdische Proletarier schlechter lebt als jeder andere. Meine traurigsten Erlebnisse verdanke ich meinen Wanderungen durch die Moldowanka, das Judenviertel von Odessa. Da geht ein schwerer Nebel herum wie ein Schicksal, da ist der Abend ein Unheil, der aufsteigende Mond ein Hohn. Die Bettler sind hier nicht nur die übliche Fassade der Stadt, hier sind sie dreifache Bettler, denn hier sind sie zu Hause. Jedes Haus hat fünf, sechs, sieben winzige Läden. Jeder Laden ist eine Wohnung. Vor dem Fenster, das zugleich die Tür ist, steht die Werkstatt, hinter ihr das Bett, über dem Bett hängen die Kinder in Körben – und das Unglück wiegt sie hin und her. Große, vierschrötige Männer kehren heim: es sind die jüdischen Lastträger vom Hafen. Inmitten ihrer kleinen, schwachen, hysterischen, blassen Stammesgenossen sehen sie fremd aus, eine wilde, barbarische Rasse, unter alte Semiten verirrt. Alle Handwerker arbeiten bis in die späten Nachtstunden. Aus allen Fenstern weint ein trübes, gelbes Licht. Das sind merkwürdige Lichter, die keine Helligkeit verbreiten, sondern eine Art Finsternis mit hellem Kern. Sie sind nicht verwandt mit dem segensreichen Feuer. Sie sind nur Seelen von Dunkelheiten …

Die alte, die wichtigste Frage stellt die Revolution überhaupt nicht: ob die Juden eine Nation sind wie jede andere; ob sie nicht weniger oder mehr sind; ob sie eine Religionsgemeinschaft, eine Stammesgemeinschaft oder nur eine geistige Einheit sind; ob es möglich ist, ein Volk, das sich durch die Jahrtausende nur durch seine Religion und die Ausnahmestellung in Europa erhalten hat, unabhängig von seiner Religion als „Volk" zu betrachten; ob in diesem besonderen Fall eine Trennung von Kirche und Nationalität möglich ist; ob es möglich ist, aus Menschen mit ererbten geistigen Interessen Bauern zu machen; aus stark geprägten Individualitäten Individuen mit Massenpsychologie.

Ich habe jüdische Bauern gesehn: sie haben freilich keinen Getto-Typus mehr, sie sind Landmenschen, aber sie unterscheiden sich sehr deutlich von anderen Bauern. Der russische Bauer ist zuerst Bauer und dann Russe; der jüdische zuerst Jude und dann Bauer. Ich weiß, daß diese Formulierung jeden „konkret eingestellten" Menschen sofort zu der höhnischen Frage reizt: „Woher wissen Sie das?!" – Ich sehe das. Ich sehe, daß man nicht umsonst 4000 Jahre Jude gewesen ist, nichts als Jude. Man hat ein altes Schicksal, ein altes, gleichsam erfahrenes Blut. Man ist ein geistiger Mensch. Man gehört einem Volk an, das seit 2000 Jahren keinen einzigen Analphabeten gehabt hat, einem Volk mit mehr Zeitschriften als Zeitungen, einem Volk, wahrscheinlich dem einzigen der Welt, dessen Zeitschriften eine weit höhere Auflage haben als seine Zeitungen. Während ringsum die andern Bauern erst mühselig zu schreiben und zu lesen anfangen, wälzt der Jude hinter dem Pflug die Probleme der Relativitätstheorie in seinem Hirn. Für Bauern mit so komplizierten Gehirnen sind noch keine Ackergeräte erfunden worden. Ein primitives Gerät erfordert einen primitiven Kopf. Ein Traktor selbst ist, verglichen mit dem dialektischen Verstand des Juden, ein einfaches Werkzeug. Die Kolonien der Juden mögen gut erhalten, sauber, ertragreich sein. (Bis jetzt sind es nur sehr wenige.) Aber sie sind eben „Kolonien". Sie werden keine Dörfer.

Ich kenne den billigsten aller Einwände: daß die Ahle, der Hobel, der Hammer der jüdischen Handwerker gewiß nicht komplizierter sind als der Pflug. Aber dafür ist die Arbeit eine unmittelbar schöpferische. Den schöpferischen Prozeß bei der Entstehung des Brotes besorgt die Natur. Aber die Erschaffung eines Stiefels besorgt der Mensch ganz allein.

Ich kenne auch den andern Einwand: daß so viele Juden Fabrikarbeiter sind. Aber erstens sind die meisten gelernte Facharbeiter; zweitens halten sie ihr hungriges Gehirn schadlos für die mechanische Handarbeit durch geistige Nebenbeschäftigung, durch künstlerischen Dilettantismus, durch eine verstärkte politische Tätigkeit, durch eifrige Lektüre, durch Mitarbeit an Zeitungen; drittens kann man gerade in Rußland eine zwar nicht zahlenmäßig starke, aber ständige Abwanderung jüdischer Arbeiter aus Fabriken beobachten. Sie werden Handwerker, also selbständig – wenn auch nicht Unternehmer.

Ein kleiner jüdischer „Heiratsvermittler" – kann er ein Bauer werden? Seine Beschäftigung ist nicht nur unproduktiv, sie ist in einem gewissen Sinn auch unmoralisch. Er hat schlecht gelebt, wenig verdient, mehr „geschnorrt" als gearbeitet. Aber welch eine verwickelte, schwierige, wenn auch verwerfliche Arbeit hat sein Gehirn geleistet, um „eine Partie" zu vermitteln, einen geizigen, reichen Volksgenossen zu einem beträchtlichen Almosen zu veranlassen? Was soll dieses Gehirn in der tödlichen Ruhe?

Die „Produktivität" der Juden ist ja niemals eine grob sichtbare. Wenn zwanzig Generationen unproduktiver Grübler nur dazu gelebt haben, um einen einzigen Spinoza hervorzubringen; wenn zehn Generationen Rabbiner und Händler nötig sind, um *einen* Mendelssohn zu zeugen; wenn dreißig Generationen bettelnder Hochzeitsmusikanten nur dazu geigen, damit ein berühmter Virtuose entstehe, so nehme ich diese „Unproduktivität" in Kauf. Vielleicht wären auch Marx und Lassalle ausgeblieben, wenn man aus ihren Vorfahren Bauern gemacht hätte.

Wenn man also in Sowjetrußland Synagogen in Arbeiterklubs verwandelt und die Talmudschulen verbietet, weil sie angeblich religiöse sind, so müßte man sich zuerst ganz klar darüber sein, was bei den Ostjuden Wissenschaft, was Religion, was Nationalität ist. Aber Wissenschaft ist ja bei ihnen Religion, und Religion – Nationalität.

JUDEN AUF WANDERSCHAFT

Ihren Klerus bilden ihre Gelehrten, ihr Gebet ist eine nationale Äußerung. Was aber jetzt in Rußland als „nationale Minderheit" Rechte und Freiheit genießen wird, Land bekommt und Arbeit – das ist eine ganz andere jüdische Nation. Das ist ein Volk mit alten Köpfen und neuen Händen; mit altem Blut und verhältnismäßig neuer Schriftsprache; mit alten Gütern und neuer Lebensform; mit alten Talenten und neuer Nationalkultur. Der Zionismus wollte Tradition und neuzeitlichen Kompromiß. Die nationalen Juden Rußlands blicken nicht zurück, sie wollen nicht die Erben der alten Hebräer sein, sondern nur ihre Nachkommen.

Selbstverständlich weckt ihre plötzliche Freiheit hier und dort einen heftigen, wenn auch stillen Antisemitismus. Wenn ein arbeitsloser Russe sieht, daß ein Jude in einer Fabrik Aufnahme findet, um „industrialisiert" zu werden, wenn ein Bauer, den man enteignet hat, von der jüdischen Kolonisation hört, so regt sich gewiß in beiden der alte, häßliche, künstlich gezüchtete Instinkt. Aber während er im Westen eine „Wissenschaft" geworden ist, der Blutdurst bei uns eine politische „Gesinnung" ist, bleibt im neuen Rußland der Antisemitismus eine Schande. Die öffentliche Scham wird ihn umbringen.

Wird in Rußland die Judenfrage gelöst, so ist sie in allen Ländern zur Hälfte gelöst. (Jüdische Emigranten aus Rußland gibt es noch kaum, eher jüdische Einwanderer.) Die Gläubigkeit der Massen nimmt in einem rapiden Tempo ab, die stärkeren Schranken der Religion fallen, die schwächeren nationalen ersetzen sie schlecht. Wenn diese Entwicklung dauert, ist die Zeit des Zionismus vorbei, die Zeit des Antisemitismus – und vielleicht auch die des Judentums. Man wird es hier begrüßen und dort bedauern. Aber jeder muß achtungsvoll zusehn, wie ein Volk befreit wird von der Schmach zu leiden und ein anderes von der Schmach zu mißhandeln; wie der Geschlagene von der Qual erlöst wird und der Schlagende vom Fluch, der schlimmer ist als eine Qual. Das ist ein großes Werk der russischen Revolution.

Nachwort

Es ist mir eine höchst erwünschte Pflicht, den geschätzten Leser zum Schluß auf die Tatsache hinzuweisen, daß sich wahrscheinlich die Verhältnisse der Juden in Sowjet-Rußland, so, wie ich sie im letzten Abschnitt zu schildern versucht habe, geändert haben dürften. Zahlen und Ziffern stehen mir nicht zur Verfügung. Meine im Vorliegenden mitgeteilten Angaben hatte ich von einer Studienreise in Rußland mitgebracht. Die gewiß unzuverlässigen, weil tendenziösen Angaben, die ich vielleicht aus Moskau erhalten könnte, darf ich nicht verwenden, wenn ich nach bestem Wissen und Gewissen Zeugnis ablegen soll. Aber ich bin gewiß, daß sich in der *prinzipiellen* Haltung Sowjet-Rußlands den Juden gegenüber nichts geändert hat. Auf dieses Prinzip aber kommt es an; nicht auf die Zahlen.

Es ist vielleicht gestattet, an dieser Stelle auf das schauerlichste Ereignis des letzten Jahres hinzuweisen, und zwar mit Bezug auf meine Mitteilungen über den jüdischen Bannfluch, der nach der Vertreibung der Juden aus Spanien von den Rabbinern ausgesprochen wurde: auf den Spanischen Bürgerkrieg. Wenigen Lesern wird wahrscheinlich die Version bekannt sein, der zufolge in diesen Jahren der Cherem, der große Bannfluch, erlöschen sollte. Ich darf mir selbstverständlich nicht anmaßen, eine deutliche Beziehung zwischen dem Metaphysischen und der so grauenhaften Realität herzustellen. Aber ich darf es wohl verantworten, wenn ich auf diese immerhin frappierenden Tatsachen hinweise.

Ich will nicht etwa die Formulierung gelten lassen: just, wenn der Bannfluch erlischt, beginnt die größte Katastrophe, die Spanien jemals gekannt hat. Ich will nur auf diese – gewiß mehr, als nur kuriose – Gleichzeitigkeit hingewiesen haben; und auf jenen Satz der Väter, der lautet: „Das Gericht des Herrn tagt zu jeder Stunde, hier unten und dort oben."

Es vergehen manchmal Jahrhunderte – aber das Urteil ist unausbleiblich.

Im Juni 1937

Joseph Roth

Vorrede zu einer geplanten neuen Auflage

I

Als ich vor vielen Jahren dieses Buch schrieb, das ich jetzt in abgeänderter Fassung den Lesern wieder darbieten möchte, gab es noch kein akutes Westjuden-Problem. Es handelte sich nur damals in der Hauptsache darum, den Nichtjuden und Juden Westeuropas Verständnis für das Unglück der Ostjuden beizubringen: insbesondere im Lande der unbegrenzten Möglichkeiten, das nicht etwa Amerika heißt, sondern Deutschland. Ein latenter Antisemitismus war freilich immer dort (wie überall) vorhanden. In dem begreiflichen Bestreben, ihn entweder nicht zur Kenntnis zu nehmen oder ihn zu übersehen, und in jener tragischen Verblendung, die bei vielen, bei den meisten Westjuden den verlorenen oder verwässerten Glauben der Väter zu ersetzen scheint und die ich den Aberglauben an den Fortschritt nenne, fühlten sich die deutschen Juden trotz allerhand bedrohlichen antisemitischen Symptomen als ebenbürtige Deutsche; an hohen Feiertagen bestenfalls als jüdische Deutsche. Manche unter ihnen waren leider oft versucht, für die Äußerungen der antisemitischen Instinkte die nach Deutschland eingewanderten Ostjuden verantwortlich zu machen. Es ist eine – oft übersehene – Tatsache, daß auch Juden antisemitische Instinkte haben können. Man will nicht durch einen Fremden, der eben aus Lodz gekommen ist, an den eigenen Großvater erinnert werden, der aus Posen oder Kattowitz stammt. Es ist die ignoble, aber verständliche Haltung eines gefährdeten Kleinbürgers, der eben im Begriff ist, die recht steile Leiter zur Terrasse der Großbourgeoisie mit Freiluft und Fernaussicht emporzuklimmen. Beim Anblick eines Vetters aus Lodz kann man leicht die Balance verlieren und abstürzen.

In dem Bestreben, jene Terrasse zu erreichen, auf der Adelige, christliche Industrielle und jüdische Finanzmenschen unter bestimmten Umständen geneigt waren, vorzugeben, daß sie alle gleich seien, und ihre Gleichheit so nachdrücklich betonten, daß jeder Empfindliche deutlich hätte hören können, daß sie eigentlich alle ihre Ungleichheit betonten, warf der deutsche Jude seinem Glaubensgenossen sehr schnell ein Almosen zu, um nur nicht am Aufstieg behindert zu werden. Almosen einem Fremden geben ist die schimpflichste Art der Gastfreundschaft; aber immerhin noch Gastfreundschaft. Es gab aber manche deutsche Juden – und einer ihrer Repräsentanten büßt heute im Konzentrationslager –, die sich nicht nur einbildeten, ohne den Zuzug der ostjüdischen Menschen wäre alles in Butter, schlimmstenfalls in deutscher Margarine, sondern die sogar auch den plebejischen Büttel auf den hilflosen Fremdling hetzten, wie man Hunde hetzt auf Landstreicher. Als aber dann der Büttel zur Macht kam, der Hausmeister die „herrschaftliche Wohnung" okkupierte, alle Kettenhunde sich losrissen, sah der deutsche Jude, daß er heimatloser und schutzloser war als noch vor einigen Jahren sein Vetter aus Lodz. Er war hochmütig geworden. Er hatte den Gott seiner Väter verloren und einen Götzen, den zivilisatorischen Patriotismus, gewonnen. Ihn aber hatte Gott nicht vergessen. Und der schickte ihn auf die Wanderung: ein Leid, das den Juden gemäß ist – und allen andern auch. Auf daß sie nicht vergessen, daß nichts in dieser Welt beständig ist, auch die Heimat nicht; und daß unser Leben kurz ist, kürzer noch als das Leben der Elephanten, der Krokodile und der Raben. Sogar Papageien überleben uns.

2

Nun scheint es mir an der Zeit, die deutschen Juden vor ihren Lodzer Vettern ebenso zu verteidigen, wie ich damals die Lodzer Vettern vor den Deutschen zu verteidigen versucht hatte. Der deutsche Jude ist nicht einmal ein Ostjude. Das Wandern hat er verlernt, das Leiden und das Beten. Er kann nur arbeiten – und gerade dieses erlaubt man ihm nicht. Von den 600 000 deutschen Juden sind etwa 100 000 ausgewandert. Die Mehrzahl findet nirgends Arbeit. Ja, sie dürfen nicht einmal Arbeit suchen. Die Reisepässe laufen ab und werden ungültig. Und man weiß, daß die zeitgenössischen Menschenleben fast ebenso von den Pässen abhängig sein können wie die altertümlichen von den bekannten Fäden. Mit den von den klassischen Parzen ererbten Scheren stehen sie da, Gesandtschaften, Konsulate, Geheime Staatspolizisten. Unglückliche werden von niemandem geliebt, nicht einmal von ihren nächsten Kollegen, den

Unglücklichen; lediglich von Frommen und Heiligen, die man in dieser plebejisierten Welt ebenso verachtet wie die Juden. Wohin soll man gehn? Der Emigrant errät dank der Feinfühligkeit seiner Wirrnis, die den sechsten Sinn verleiht, jene unsichtbare Inschrift, die ringsum, an allen Grenzen, ihm zuruft: „Bleibe im Lande und stirb elend!"

Diese ausgewanderten deutschen Juden bilden gleichsam ein ganz neues Volk: sie haben verlernt, Juden zu sein; sie fangen an, das Judensein langsam zu erlernen. Sie können nicht vergessen, daß sie Deutsche sind, und sie können auch ihr Deutschtum nicht verlernen. Wie Schnecken sind sie, die zwei Häuser zugleich auf ihrem Rücken tragen. In allen fremden Ländern, in den exotischen gar, wirken sie deutsch. Sie können es nicht so leicht leugnen, wenn sie nicht lügen wollen. Ach! die gemeine Welt denkt in herkömmlichen, faulen, abgegriffenen Schablonen. Sie fragt einen Wanderer nicht nach dem Wohin, sondern nach dem Woher. Indessen ist einem Wanderer doch das Ziel wichtig, und nicht der Ausgangspunkt.

3

Wenn eine Katastrophe hereinbricht, sind die Menschen nebenan hilfreich aus Erschütterung. Das ist die Wirkung akuter Katastrophen. Es scheint, daß die Menschen wissen, daß Katastrophen kurz sind. Aber chronische Katastrophen können die Nachbarn so wenig ertragen, daß ihnen allmählich Katastrophen und deren Opfer gleichgültig, wenn nicht unangenehm werden. So tief eingepflanzt ist in den Menschen der Sinn für Ordnung, Regel und Gesetz, daß sie der gesetzlosen Ausnahmen, der Verwirrung, dem Wahn und dem Irrsinn nur eine knappe Zeitspanne zugestehen wollen. Wenn der Wahn aber lange dauert, erlahmen die hilfreichen Arme, erlischt das Feuer der Barmherzigkeit. Man gewöhnt sich an das eigene Unglück, weshalb nicht an das Unglück des Nächsten, insbesondere an das Unglück der Juden?

Viele Wohltätigkeitskomitees haben sich aufgelöst, freiwillig und unfreiwillig. Ein paar großzügige Wohltäter können einem Massenelend nicht steuern. Den sogenannten „intellektuellen" emigrierten Juden sind alle europäischen Länder als Berufsstätten versperrt, ebenso alle Kolonien. Palästina hat, wie man weiß, nur ein paar tausend aufnehmen können. Aus Argentinien, Brasilien, Australien kommen viele nach kurzer Zeit zurück. Die Länder hielten nicht, was die Komitees versprochen hatten – sich selbst wie den Emigranten. Von jenen, die dort bleiben, weiß ich nicht, in welchem Zustand sie sich befinden: das heißt im lebenden oder im toten. Einzelnen gelingt manches: es ist ein ewiges Naturgesetz. Gründlich geholfen hat die Welt nicht; nicht einmal zweckmäßig. Wie hätte man es auch von dieser Welt erwarten können?

4

In einer solchen Welt ist es nicht nur unmöglich, daß die Emigranten Arbeit und Brot bekommen: das ist beinahe selbstverständlich. Aber es ist auch unmöglich, daß sie ein sogenanntes „Papier" bekommen. Und was ist ein Mensch ohne Papiere? Weniger als ein Papier ohne einen Menschen! Der sogenannte „Nansen-Paß", mit dem die russischen Emigranten nach der Revolution ausgestattet wurden und der ihnen – nebenbei gesagt – auch keine ungehinderte Bewegungsfreiheit verschafft hat, kommt für die deutschen Emigranten nicht in Frage. Freilich gibt es beim Völkerbund eine Stelle – einen englischen Kommissar –, dessen Aufgabe es ist, die „Papier-Verhältnisse" der deutschen Emigranten zu regeln. Allein, wir kennen den Völkerbund, seine schwerfällige Administration und die goldenen Ketten, mit denen die Hände seiner auch gutwilligen Kommissare gebunden sind. Der einzige Staat, der bis jetzt den deutschen Emigranten gültige Papiere ausgestellt hat – die aber auch nicht volle Bewegungsfreiheit bedeuten – ist Frankreich. Auch diese Papiere wurden nur einer beschränkten Anzahl deutscher Emigranten ausgefolgt, jenen, die vor einem bestimmten Termin nach Frankreich geflüchtet waren – und nur unter gewissen Bedingungen. Es ist schwierig, wenn nicht unmöglich, selbst auf einem solchen legalen Papier ein Visum eines anderen beliebigen Staates zu erhalten. Italien, Polen, Litauen, England sogar lassen Staatenlose ungern ins Land. Mit einem solchen Papier kann eigentlich nur ein „prominenter" Flüchtling reisen: ein jüdischer Journalist, Zeitungsherausgeber, Filmschauspieler, Regisseur: sie kennen die Botschafter und Gesandten meist persönlich. Aber man frage sich, auf welche Weise zum Beispiel ein armer jüdischer Schneider in die Kanzlei eines Legationsrates gelangt? Es ist ein abstruser Zustand: man ist ein Wanderer und dennoch festgeklemmt; man flüchtet und ist zurückgehalten; man muß unstet sein und darf sich nicht rühren. Und man muß noch Gott und insbesondere der Polizei dafür danken.

In manchen Kulturländern Europas veranstalten alljährlich die Tierschutzvereine seltsame Flugexpeditionen nach dem Süden: man sammelt die Zugvögel, die von ihren Artgenossen im Herbst zurückgelassen wurden, und befördert sie in Käfigen nach Italien – wo sie übrigens vom Volke abgeschossen und gebraten werden. Wo gibt es einen Menschen-Schutzverein, der unsere Artgenossen ohne Paß und ohne Visum in das von ihnen ersehnte Land bringen wollte? Fünftausend Schwalben, die doch offenbar einem unerforschlichen, unerforschten Naturgesetz zufolge zurückgeblieben sind, haben mehr Wert, als 50 000 Menschen? Ein Vogel braucht keinen Paß, kein Reisebillett, kein Visum – und ein Mensch wird eingesperrt, wenn ihm eins von den dreien fehlt? Sind die Menschen bereits den Vögeln näher als den Menschen? Tierpeiniger werden bestraft und Menschenpeiniger mit Orden ausgezeichnet. Den Zugvögeln gleich – obwohl sie es nicht so nötig haben – werden auch sie zuweilen von Nord nach Süd, von Süd nach Nord in Flugzeugen befördert. Kein Wunder, daß der Tierschutz-Verein in allen Ländern, in allen Schichten der Bevölkerung populärer ist als der Völkerbund.

5

Zum Wandern verurteilt sind auch jene Juden, die in Deutschland geblieben sind. Aus den ganz kleinen Städten müssen sie in größere ziehn, aus den größeren in große und, hier und dort aus den großen ausgewiesen, wieder zurück in kleinere. Aber selbst, wenn sie faktisch seßhaft bleiben, welch eine Wanderung vollzieht sich mit ihnen, in ihnen, um sie herum! Man wandert von Freunden fort, vom gewohnten Gruß, vom vertrauten Wort. Man schließt die Augen, um es nicht wahr sein zu lassen, was sie soeben wahrgenommen haben, und es ist eine Wanderung in eine gelogene, gewollte, falsche Nacht. Man wandert vom Schrecken, den man eben erfahren hat, in die Furcht, die gewaltigere Schwester des Schreckens, und man versucht, sich in ihr, der unheimlichen, behaglich und wohlig zu fühlen. Man wandert in die Lüge – in die schlimmste Art der Lüge, nämlich in die Selbstlüge. Man wandert aber auch von einer Behörde zur andern, vom Polizeikommissariat zum Polizeipräsidium, vom Steueramt zur nationalsozialistischen Parteistelle, man wandert vom Konzentrationslager zur Polizei, von hier zum Gericht, vom Gericht ins Gefängnis, aus dem Gefängnis ins Besserungslager. Das jüdische Kind in Deutschland beginnt im zarten Alter seine unheimliche Wanderung aus dem natürlichen, der kindlichen Seele gemäßen Vertrauen in Angst, Haß, Fremdheit und Mißtrauen. Es wandert in der Klasse, die Schulbänke entlang, von der ersten bis zur letzten, und selbst, wenn es schon Platz genommen hat, scheint es ihm, als ob es wanderte. Man wandert von einem Nürnberger Gesetz zum andern. Man wandert von einem Zeitungsstand zum andern, als hoffe man, eines Tages würden doch dort die Wahrheiten feilgeboten werden. Man wandert in jenen gefährlichen opiatischen Spruch hinein, der da heißt: „Alles nimmt ein Ende!", und bedenkt nicht, daß man selbst wahrscheinlich früher ein Ende nehmen wird. Man wandert – nein, man torkelt in die lächerliche Hoffnung: „Es wird nicht so schlimm werden!" – und diese Hoffnung ist nichts anderes als eine moralische Korruption.

Man bleibt und wandert dennoch: eine Art Akrobatie, derer nur die Unglücklichsten fähig sind, die Sträflinge vom Bagno.

Es ist das Bagno der Juden.

6

Es ist schlimmer als die Babylonische Gefangenschaft. An den Ufern der Spree, der Elbe, des Mains, des Rheins und der Donau darf man nicht nur nicht baden, sondern auch nicht sitzen und weinen; höchstens im sogenannten „Kulturbund", dem staatlich erlaubten geistigen Zentrum des neuen Gettos.

Dieser Kulturbund, so edlen Intentionen er auch seinen Ursprung verdanken mag, erscheint als eine unerlaubte Konzession der Juden an die barbarischen Theorien des Nationalsozialismus. Denn er basiert nicht auf der Voraussetzung – der auch so viele Juden heute zustimmen –, daß sie eine eigenartige Rasse seien, sondern auf dem Zugeständnis (implicite), daß sie eine *inferiore* seien. Während man zum Beispiel einem tibetanischen, japanischen, kaukasischen Kulturbund keineswegs verboten hätte, Goethe oder Beethoven aufzuführen, verbietet man's den Juden des Kulturbunds. Gesetzt den Fall, die deutschen Juden gingen mit den Nationalsozialisten in der Auffassung ganz konform, daß die Juden ein anderes Volk seien als die Deutschen, (es sei auch deren „Gastvolk" seit langer Zeit), so liegt eine schwere Diskriminierung in der Tatsache, daß man einem fremden Volk verbietet, deutsche Kunst aufzuführen. Eine Diskriminierung, die die Juden des Kulturbunds ohne weiteres akzeptiert haben: und a priori. Nicht als eine Minderheit wurden sie behandelt, sondern als eine *Minderwertigkeit*. Es erschien ihnen selbstverständlich. Ihre Vorstellungen, ihre Konzerte, ihre Versammlungen werden von einem Kommissar überwacht, dem sie außerdem noch ihre Reverenz erweisen müssen, wie seinerzeit am Berliner Alexanderplatz die „Witwenbälle" von Kriminalkommissären überwacht waren, in den Kaschemmen.

Kann man von einem Mangel an Stolz der deutschen Juden sprechen? Mein Mitgefühl für sie bekäme jenen verdächtigen Beigeschmack der Sentimentalität, die in Wahrheit ein echtes Mitgefühl ausschließt oder aufhebt. Man kann nicht „ein Auge zudrücken", wenn von den Fehlern der deutschen Juden die Rede ist. Nachsicht verdienen sie, aber keine Blindheit. Bei den Pogromen in Kischinew – wie lang ist es her, daß Europa noch Europa war und daß England dem Zaren zu verstehen gab, was es heute dem Gefreiten des Weltkriegs bescheiden vorenthält – setzten sich die Juden zur Wehr. Sie erschlugen 61 Kosaken. Die jüdischen Fleischhauer in Ungarn stellten sich den „weißen" Horden entgegen, schlugen sie oft in die Flucht. In Deutschland hat ein einziger Jude geschossen – am „Tag des Boykotts"! (Er wurde selbstverständlich umgebracht.)

Womit sollte man diese fischblütige Art erklären, auf die perfidesten Infamien zu reagieren? Etwa mit der Gläubigkeit? Die Mehrzahl der deutschen Juden zahlte Steuern an die israelitische Kultusgemeinde, mehrere abonnierten das Hamburger Israelitische Familienblatt: damit erschöpfte sich ihre Beziehung zum Judentum. (Ich spreche hier selbstverständlich nicht von den Zionisten und den „bewußt nationalen" Juden, sondern von den „deutschen Staatsbürgern jüdischer Konfession".) Wenn man die Namen ihrer für Deutschland gefallenen Brüder von Ehrentafeln und Denkmälern auslöscht, und also mit *einem* Schlag an den Juden sowohl Leichen- als auch Lebendigenschändung vornimmt, wenn man ihnen Brot, Ehre, Erwerb, Besitz gesetzmäßig raubt, schweigen sie und leben weiter. Nicht weniger als fünfhunderttausend Menschen leben in dieser Schmach weiter, gehen auf die friedliche Straße, fahren Tramway und Eisenbahn, zahlen Steuern, schreiben Briefe: es ist nicht vorstellbar, wieviel ein einmal Gedemütigter an Schimpf ertragen kann.

Die deutschen Juden sind doppelt Unglückliche: sie erleiden nicht nur die Schmach, sie ertragen sie sogar. Die Fähigkeit, sie zu ertragen, ist der größere Teil des Unglücks.

7

Es gibt keinen Rat, keinen Trost, keine Hoffnung. Möge man sich darüber klar sein, daß der „Rassismus" keine Kompromisse kennt. Millionen von Plebejern brauchen dringend ein paar armselige Hunderttausende Juden, damit sie bestätigt erhalten, schwarz auf weiß, daß sie bessere Menschen sind. Die Hohenzollern (und mit ihnen der deutsche Adelsklub) haben den Hausmeistern ihre Reverenz erwiesen. Was können da noch Juden erwarten. Der Pöbel ist schon unerbittlich genug, wenn er sich, gesetzlos und blinden Instinkten gehorchend, zusammenrottet. Wie erst, wenn er sich organisiert? – Wenn es den deutschen Juden ein Trost sein kann, so mögen sie daran denken, daß sie in einer ähnlichen Weise den Schimpf ertragen wie das Haus der Hohenzollern – (das allerdings bedeutend jünger ist als das Geschlecht der Juden).

Nichts hätte dem nationalsozialistischen Regime so sehr geschadet als etwa die wohlorganisierte, prompte Auswanderung aller Juden und aller Judenstämmlinge aus Deutschland. Der Nationalsozialismus gibt sich selbst auf, sobald er irgendeinen Kompromiß mit Juden schließt. Er zielt ja weiter, in eine Richtung, die Juden gar nicht unmittelbar angeht.

Er spricht von Jerusalem, und er meint: Jerusalem und Rom.

8

Es ist nur sehr wenigen, sehr auserlesenen gläubigen Christen klar, daß hier – zum erstenmal innerhalb der langen und beschämenden Geschichte der Judenverfolgungen – das Unglück der Juden mit dem der Christen identisch ist. Man prügelt den Moritz Finkelstein aus Breslau, und man meint in Wirklichkeit jenen Juden aus Nazareth. Man entzieht dem jüdischen Viehhändler aus Fürth oder Nürnberg die Konzession, aber man meint jenen Hirten in Rom, der die fromme Herde weidet. Es genügt ja in der Tat nicht, daß man ein paar hunderttausend Menschen einer bestimmten Herkunft diffamiert und schändet. Die Söhne der Zollwächter fordern Re-

JUDEN AUF WANDERSCHAFT

vanche für die Austreibung der Zöllner. Das ist die echte „Stimme des Bluts". Sie brüllt aus jedem Lautsprecher.

Freilich sind viele gläubige Christen – und selbst hohe christliche Würdenträger – dieser Einsicht unzugänglich. Die Vorgänge im Dritten Reich werden sie belehren. In ihrer Verblendung gleichen diese frommen Christen fast den deutschen Juden. Man wird zur Einsicht kommen müssen, daß jenes banale Witzwort, auf die Juden geprägt, das da lautete: „Sie sind nicht zu dertaufen", lediglich für das Dritte Reich gilt. Es ist „nicht zu dertaufen".

Auch nicht durch Konkordate.

9

Von den Juden, die heute noch in Deutschland leben, wird höchstwahrscheinlich nur noch ein unwesentlicher Bruchteil auswandern können – und wollen. Denn auch nach einer hundertjährigen Emanzipation und einer Scheingleichberechtigung, die etwa 50 Jahre gedauert hat, besitzen die Juden wenn auch nicht die göttliche Gnade, leiden zu können wie ihre gläubigen Brüder, so doch die merkwürdige Fähigkeit, Unsagbares zu erdulden. Sie werden bleiben, sie werden heiraten, sich vermehren, ihre Finsternisse und Bitterkeiten vererben – und hoffen, daß eines Tages „alles anders" werde.

Eines Tages – und gewiß früher als in 1000 Jahren – wird sich freilich manches in Deutschland ändern. Aber mit der Generation, die jetzt in der Hitler-Jugend heranwächst, werden weder die Juden noch die Christen, noch die kulturbewußten Europäer erfreuliche Erfahrungen machen können. Es ist Jasons Drachensaat, die da aufgehn wird. Um die nächsten zwei Generationen der deutschen Heiden zu taufen, wird es einer ganzen Armee von Missionaren bedürfen. Solange die Deutschen nicht Christen sind, haben die Juden wenig von ihnen zu erhoffen.

Es ist also menschlichem Ermessen nach wahrscheinlich, daß die Juden noch lange Parias unter den Deutschen bleiben werden. Es sei denn, man rechnete mit der beinahe utopischen Vorstellung, daß Europa zu seinem Gewissen zurückfindet; daß ein gemeinsam anerkanntes Gesetz den törichten Standpunkt der sogenannten „Nicht-Einmischung" verbietet, der sich aus dem geradezu vulgären und plebejischen Sprichwort herleitet: „Jeder kehre vor seiner Tür." Es ist wahrhaftig die Hausmeister-Philosophie, die seit einigen Jahrzehnten die Welt bestimmt. Vielmehr sollte jeder vor der Tür des andern kehren. Es kann mir nicht verwehrt sein, in das Haus meines Nachbarn einzudringen, wenn er im Begriff ist, seine Kinder mit der Hacke zu erschlagen. Es kann keine europäische und auch keine europäisch-christliche Moral geben, solange der Grundsatz der „Nicht-Einmischung" besteht. Weshalb denn maßen sich die europäischen Staaten an, Zivilisation und Gesittung in fernen Erdteilen zu verbreiten? Weshalb nicht in Europa?

Eine jahrhundertealte Zivilisation eines europäischen Volkes beweist noch lange nicht, daß es durch einen unheimlichen Fluch der Vorsehung wieder barbarisch wird. Auch unter den Völkern in Afrika, die heute der Protektion zivilisierter Völker bedürfen, hat es bestimmt einige gegeben, deren jahrtausendealte Kultur eines Tages, eines Jahrhunderts möchte man sagen, aus unergründlichen Ursachen verschüttet worden ist. Die europäische Wissenschaft selbst beweist es.

Man redet konstant von einer „europäischen Völkerfamilie". Wenn diese Analogie stimmen soll: Wo hätte man je gesehn, daß ein Bruder dem andern nicht in den Arm fällt, wenn dieser im Begriff ist, eine Dummheit oder eine Bestialität zu begehn? Ist es mir lediglich erlaubt, dem schwarzen Kopfjäger bessere Sitten beizubringen, nicht aber dem weißen? Fürwahr, eine seltsame Art von Familie, diese „Völkerfamilie"! ...Der Vater ist fest entschlossen, nur vor seiner eigenen Tür zu kehren; und aus dem Zimmer seines Sohnes stinkt schon der Mist zum Himmel.

10

Ich wollte, ich besäße die Gnade und die Einsicht, einen Ausweg auch nur andeuten zu können. Die Aufrichtigkeit, eine der oft verkannten bescheidenen Musen des Schriftstellers, zwingt mich zu einem pessimistischen Schluß dieses meines zweiten Vorworts:

1. Der Zionismus ist nur eine Teillösung der Judenfrage.
2. Zu vollkommener Gleichberechtigung und jener Würde, die äußere Freiheit verleiht, können die Juden erst dann gelangen, wenn ihre „Wirtsvölker" zu innerer Freiheit gelangt sind und zu jener Würde, die das Verständnis für das Leid gewährt.
3. Es ist – ohne ein Wunder Gottes – kaum anzunehmen, daß die „Wirtsvölker" zu dieser Freiheit und dieser Würde heimfinden.
   Den gläubigen Juden bleibt der himmlische Trost.
   Den andern das „vae victis".

Joseph Roth

Große Werke. Sehr kleine Preise.
Nur bei Zweitausendeins.

Alle Romane und Erzählungen in der Kafka-Edition von Max Brod.

Franz Kafka
Das Werk

Als Franz Kafka 1924 im Alter von 41 Jahren starb, hatte er nur wenig veröffentlicht und galt als literarischer Geheimtip. Inzwischen, nach der Veröffentlichung seines bedeutenden Nachlasses, den sein Freund Max Brod vor der Vernichtung bewahrt hat, gilt er als eine der literarischen Portalfiguren der Moderne.

Dieser Band versammelt sein zentrales Werk: die drei großen Romane sowie sämtliche Erzählungen und die erzählende Prosa. Mit den Romanen • Der Prozeß (mit einem der berühmtesten Romananfänge der Weltliteratur: „Jemand musste Josef K. verleumdet haben, denn ohne dass er etwas Böses getan hätte, wurde er eines Morgens verhaftet"), • Amerika („Da entfaltet sich eine Komik, deren Rang nur im Blick auf Falstaff, Don Quichote und die Walpurgisnächte zu bestimmen ist", FAZ), • Das Schloß und den Erzählungen Ein Landarzt, Ein Hungerkünstler, Ein Bericht für eine Akademie, In der Strafkolonie, Die Verwandlung („Eine ausnehmend ekle Geschichte … ekelhaft ist sie grenzenlos", Kafka an Felice Bauer), Das Urteil (für Kafka „von allen Erzählungen die liebste"), Brief an den Vater („Wer immer sich mit Kafka beschäftigt, greift auf diesen Brief zurück", Reich-Ranicki), Der Kübelreiter, Josefine, die Sängerin oder Das Volk der Mäuse, Zum Nachdenken für Herrenreiter, Wunsch, Indianer zu werden u.a.

Franz Kafka „Das Werk". 1.232 Seiten. Broschur. Rundumfarbschnitt.
9,99 €. Nummer 101 036.

„Im Mittelpunkt aller Lehren von Buber steht der Mensch."
Robert Weltsch

Martin Buber
Politische Schriften.

Martin Buber war mit seinem philosophischen, theologischen und literarischen Werken eine der zentralen Figuren des europäischen Geisteslebens. Schon zu Beginn der zionistischen Bewegung und der jüdischen Einwanderung nach Palästina sah er künf-

www.Zweitausendeins.de

tige Konflikte voraus und warb dafür, gute Beziehungen zu den Arabern aufzubauen. Er ahnte, dass sonst die jüdischen Einwanderer nur als Vorposten des Westens (speziell der Briten) angesehen und auf den Widerstand der arabischen Bevölkerung stoßen würden. Der nicht genau geklärte Grenzverlauf wurde eine stete Quelle für Konflikte in den kommenden Jahren. Jüdischer Terrorismus wetteiferte mit arabischem.

Martin Buber beobachtete die politische Entwicklung in Palästina genau. Auf dem zionistischen Weltkongress 1929 in Zürich sagte er, es sei für ihn bei seinem Besuch dort zwei Jahre zuvor „erschreckend" gewesen, „wie wenig wir den arabischen Menschen kennen" und schloss mit den prophetischen Worten: „Wir haben in Palästina nicht mit den Arabern, sondern neben ihnen gelebt. Das Nebeneinander zweier Völker auf dem gleichen Territorium muss aber, wenn es sich nicht zum Miteinander entfaltet, zum Gegeneinander ausarten." Dieser Band versammelt die zentralen politischen Schriften Bubers: Reden, Aufsätze, Briefe, Rezensionen, Polemiken und Interviews. So entsteht zum ersten Mal ein umfassendes Bild des politischen Buber, sowohl in seiner inner-jüdischen Politik wie auch in seinen hellsichtigen Stellungnahmen zu jüdisch-arabischen Problematik, die bis heute aktuell geblieben sind und mit denen er zum Vater der israelischen Friedensbewegung geworden ist.

Martin Buber „Politische Schriften". Mit einer Einleitung von Robert Weltsch und einem Nachwort von Rupert Neudeck. 778 Seiten. Broschur. Rundumfarbschnitt. **9,99 €. Nummer 108 301.**

„Der Ruf nach Nachhaltigkeit, nach neuen ökologischen Prinzipien, der Bio-Boom und das Interesse an alternativen Heilmethoden führen zu einer Renaissance anthroposophischer Grundsätze."

Neue Zürcher Zeitung

Rudolf Steiner
Gesammelte Werke.

Von biodynamischer Ernährung über Waldorfschulen bis zur modernen Architektur: Es steckt mehr Steiner in unserem Alltag, als wir ahnen. Für Kunst, Architektur, Pädagogik, Wirtschaft und Politik war der Begründer der Anthroposophie einer der großen Impulsgeber.

Steiners Anspruch war umfassend: Nicht nur die Ideen der Waldorf-Pädagogik gehen auf seine Konzepte zurück – er wollte Ballett, Religion und Landwirtschaft reformieren, entwarf Kleider, Möbel und Gebäude. Wassily Kandinsky, Piet Mondrian, Kasimir Malewitsch und Franz Marc zogen wertvolle Impulse aus Steiners Ideenkosmos. Joseph Beuys bekannte sich zu Steiner, vor allem die Architekten der Moderne ließen sich von Steiners Visionen inspirieren, darunter Le Corbusier, Henry van de Velde, Frank Lloyd Wright, Erich Mendelsohn, Hans Scharoun und auch Stararchitekt Frank Gehry.

Preisänderungen und Lieferungen vorbehalten

Viele Elemente seines ganzheitlichen Menschenbildes gehören heute ganz selbstverständlich zu unserem Alltag, dazu zählen eine neue Sensibilität in den Bereichen Erziehung, Medizin, Pharmazeutik und Kosmetik und unser geschärftes Bewusstsein in Fragen von Umweltschutz und biodynamischer Ernährung. „Politische, wirtschaftliche und kulturelle Umwälzungen der letzten Jahre haben zudem neue Trends gesetzt, die mit Teilaspekten der Steinerschen Lehre übereinstimmen", hat die Neue Zürcher respektvoll anerkannt. Wir haben den 150. Geburtstag Rudolf Steiners 2011 zum Anlass genommen, seine zentralen Schriften in einem kompakten Werkband zusammenzufassen.

Rudolf Steiner „Gesammelte Werke". 1.152 Seiten. Broschur. Rundumfarbschnitt. **9,99 €. Nummer 200 391.**

> „Freud hat den Träumen die Unschuld genommen und den Trieben eine Rechtfertigung gegeben."
>
> *Der Spiegel*

Sigmund Freud
Die Traumdeutung & Das Unbehagen in der Kultur. 2 Bände.

Auf seiner Couch berichteten Männer und Frauen von ihren Zwängen, Ängsten und Begierden. Sigmund Freud hörte ihnen zu, oft jahrelang. Aus seinen Beobachtungen entwickelte er eine neue Wissenschaft, die Psychoanalyse. Mit ihr veränderte er die Welt – und den Sex.

Die Entdeckungen des großen Gelehrten sind längst Teil unseres Alltags geworden. Wir beobachten bei uns und anderen Freudsche Fehlleistungen und narzisstische Kränkungen, leisten Trauerarbeit, ahnen, warum wir bestimmte Erlebnisse verdrängen und dass alle unsere Entscheidungen im Bann der Libido stehen. Und Freud hat gezeigt, dass Sexualität ohne ihre dunklen Seiten nicht zu denken ist.

Der große Archäologe des Unentdeckten unserer Seele war einer der mutigsten und kreativsten Denker des 20. Jahrhunderts. Er versuchte das Rätsel künstlerischer Kreativität zu ergründen und zählte selbst zu den größten Anregern der Künste und Gesellschaftswissenschaften. In dieser zweibändigen Werkausgabe finden sich die zentralen Texte, mit denen Freud unsere Sicht auf den Menschen verändert hat.

Sigmund Freud „Die Traumdeutung & Das Unbehagen in der Kultur".
Mit einer Einleitung von Micha Brumlik. 2 Bände. 2.406 Seiten. Broschuren.
15,99 €. Nummer 108 024.

www.Zweitausendeins.de

„Zählt wegen ihrer

Einfühlungskraft, Dramatik und Erzählkunst

unbestritten zu den klassischen Werken

der europäischen Geschichtsschreibung."

Die Zeit

Jules Michelet
Geschichte der Französischen Revolution. 2 Bände.

Wir verdanken ihr die parlamentarische Demokratie, die Trennung von Kirche und Staat und die Proklamation der Menschenrechte. Die Französische Revolution ist der Beginn einer neuen Zeitrechnung in der Weltgeschichte.

Es war eine Wirtschaftskrise, die die revolutionären Ereignisse ins Rollen brachte. Der Haushalt des regierenden Königs Ludwig XVI. war rettungslos überschuldet, ans Sparen wurde aber nicht gedacht. Statt dessen lässt der König seine Kriege und seine ausschweifende Hofhaltung von Banken finanzieren und deckt deren Luftgeschäfte an der Börse. Echtes Geld kommt nur aus den Steuern des Dritten Standes, von jenen 95% der Franzosen, die weder adlig noch Geistliche sind und keinerlei Mitsprache bei der Verteilung des Vermögens haben. Im Juni 1789 lebt die Landbevölkerung in tiefster Armut, in den Städten beginnen die Einwohner zu hungern. Es muss etwas geschehen …

Der König delegiert die selbst gemachten Probleme nach unten und lässt zum ersten Mal seit 175 Jahren die Generalstände einberufen, um einen Ausweg zu suchen. Doch auch hier ist das Volk nicht wirklich vertreten. Über diese Ungerechtigkeit kommt es zum Eklat, Teile des niederen Klerus schlagen sich auf die Seite der Bürger und gründen mit ihnen die Nationalversammlung, eine Verfassung wird formuliert, die die Monarchie reformieren soll. Aber das verzweifelte Volk will nicht mehr warten … Die Französische Revolution ist der Auftakt zur radikalen und umfassenden Veränderung Europas, die bis heute, 220 Jahre später, noch nicht vollendet ist.

Das revolutionäre Geschehen ist oft erzählt und gedeutet worden, bildet den Hintergrund zahlreicher Biografien, Romane und Spielfilme. Sie alle werden überragt von dem Werk des französischen Historikers. Michelet hatte die revolutionären Ereignisse von 1789 zwar nicht selbst erlebt, kannte sie jedoch seit Kindertagen aus den Erzählungen seines Vaters. Und Michelet wird der erste Geschichtsforscher, der gleichberechtigt die Aussagen von Zeitzeugen heranzieht. Seine Geschichte der Französischen Revolution beschäftigt sich nicht nur mit den Helden, sondern gibt auch der Bevölkerung eine Stimme und einen vollwertigen Platz im Geschichtsbuch. Es ist genau diese Mischung aus detaillierten Quellenstudien (Michelet war Chef der historischen Sektion des französischen Nationalarchivs) der Authentizität in der

Preisänderungen und Lieferungen vorbehalten

Darstellung unmittelbar am Geschehen Beteiligter und der inneren Anteilnahme des Verfassers, die Michelets Erzählung so lebendig macht. Bis heute ist seine Darstellung das bedeutendste Standardwerk zum Thema.

Jules Michelet „Geschichte der Französischen Revolution". Aus dem Französischen von Richard Kühn und F.M. Kircheisen. 2 Bände. 2.120 Seiten. Broschuren. **15,99 €. Nummer 107 533.**

Alle Theaterstücke und Sonette in 2 Bänden
nach der 1623er First Folio und in der Schlegel-Tieck-Übersetzung.

William Shakespeare
Sämtliche Werke in 2 Bänden. Zweisprachig

Mit 18.000 Wörtern verfügte Shakespeare, der Sohn eines einfachen Handschuhmachers aus der Provinz, über den größten Wortschatz der Dichter und Schriftsteller aller Zeiten, das Fünffache eines gebildeten Menschen von heute. 1.500 Wörter und Wortverbindungen schenkte er der Welt gleich selbst. Kein Zweifel: Shakespeare ist der erfolgreichste Schriftsteller aller Zeiten, seine Stücke zählen zu den faszinierendsten, meistgelesenen, meistgespielten, meistdiskutierten und mit Sicherheit auch zu den meisterforschten Literaturwerken überhaupt. „Wer in der westlichen Kultur aufgewachsen ist, kennt Shakespeare, auch wenn er ihn nie gelesen hat", hat Christiane Zschirnt (Uni Hamburg) ermittelt. „Die ganze Welt ist eine Bühne", „Viel Lärm um nichts", „Sein oder Nichtsein, das ist hier die Frage", „Last not Least" - alles Shakespeare!

„Hat Shakespeare eigentlich selbst gewusst, wie absurd gut, wie ungeheuerlich perfekt er war?" staunt Daniel Kehlmann über den Theaterzauber seines großen Kollegen. Denn der Engländer aus dem 16. Jahrhundert hat nicht nur für seine Zeit geschrieben. Ihm ist der Sprung ins 21. Jahrhundert glänzend gelungen, „ein Name der Superlative, Shakespeare kennt keine Grenzen. Er ist Hochkultur und Popkultur, er fasziniert Feministinnen ebenso wie die Vertreter des konservativen Kultur-Establishments" (Zschirnt). Jetzt gibt es seine zeitlosen Komödien und Tragödien, alle seine Historien und die berühmten (und berüchtigten) Sonette im englischen Original nach der legendären 1623er First Folio, der Mutter aller Shakespeare-Editionen, und parallel dazu in der klassischen Schlegel-Tieck-Übersetzung („das große Sprachkunstwerk", Süddeutsche).

William Shakespeare „Sämtliche Werke". Im englischen Original und in der klassischen deutschen Übersetzung von August Wilhelm Schlegel, Dorothea und Ludwig Tieck sowie Wolf Graf von Baudissin. Mit einem einführenden Essay des amerikanischen Literaturwissenschaftlers und Shakespeare-Experten Harold Bloom. 2 Bände. 2.592 Seiten. Broschuren. Rundumfarbschnitt. **19,99 €. Nummer 108 349.**

---

www.Zweitausendeins.de

„Ein großes Lese- und Lehrbuch vom richtigen Leben."
Die Zeit

Michel de Montaigne
Essais

Montaignes Schriften in der ersten deutschen Gesamtübersetzung. Sie wurde von Lessing und Herder gerühmt und machte Montaigne in Deutschland bekannt. Mit seinen „Essais" begründete der gascognische Gutsherr und Edelmann Michel de Montaigne eine neue literarische Gattung, „sein Name steht für den Beginn der Moderne" (FAZ). Überzeugt davon, dass der Mensch ein zutiefst irrationales Subjekt randvoll mit Widersprüchen sei, notierte Montaigne seine Beobachtungen und Erfahrungen - scharf- und tiefsinnig, voller Witz und dabei mit einem „vorbehaltlosen Ja zum Leben" (Hans Stilett). Philosophische Betrachtungen und literarische Fundstücke, Alltägliches, Politisches und sehr Persönliches, Sonderbarkeiten, Anekdoten sowie historisch überlieferte Begebenheiten und jede Menge schonungslose Selbsterkenntnis. „Montaignes Versuche sind vielleicht bis heute die mutigste Selbsterforschung des neuzeitlichen Ichs" (Montaigne-Kenner Matthias Greffrath).

Montaigne war passionierter Reisender, Berater der wichtigsten Politiker seiner Zeit und Bürgermeister von Bordeaux, er interessierte sich für die Trunksucht ebenso wie für Fragen der Kindererziehung, schreibt über die Sinnlosigkeit der Folter, über Zorn, Eitelkeit, Alter, den Genuss von Melonen und Alkohol, über seine sexuellen Vorlieben, die Macht der Fantasie u.a. Kurzum: Das ist „grandiose Literatur" (FAZ). Mit seinen Essais erwarb sich Montaigne die glühende Bewunderung der unkonventionellsten und brillantesten Denker: Shakespeare, Diderot, Voltaire, Rousseau, Goethe, Schopenhauer, Proust, Canetti waren neben vielen anderen bekennende Montaigneros.

Dies ist die Neuausgabe der ersten deutschen Montaigne-Gesamtausgabe, herausgegeben und übersetzt von Johann Daniel Tietz. Sie zählt zu den wenigen deutscher Editionen, die alle 107 Essais enthält.

Michel de Montaigne „Essais". 1.242 Seiten. Broschur. Rundumfarbschnitt. **9,99 €. Nummer 200 390.**

Ein Bestseller der Aufklärung vom ersten Biologen der Moderne.

Georges-Louis Leclerc Comte de Buffon
Allgemeine Naturgeschichte.

Der 1707 geborene Richtersohn Georges-Louis Leclerc Comte de Buffon war der Erste, der die Naturgeschichte der Erde auf eine wissenschaftliche Basis stellte. Mit seinen Untersuchungen an Skeletten legte er den Grundstein zur vergleichenden Anatomie. Er wurde Mitglied der Académie française und Intendant des Königlichen Botanischen Gartens, in dem auch die königliche Naturaliensammlung verwahrt wurde. Doch statt lediglich die Bestände zu verwalten, fasste Buffon den Plan zu einem wahren Mammutprojekt:

Über ein Jahrhundert vor Darwin gelangte er zu der Auffassung, dass alle Lebensformen einer Entwicklung unterlägen. Sein Mammutprojekt war, eine Geschichte der Welt zu schreiben, in der alles Wissen über die Mineralien, Pflanzen, Tiere und den Menschen enthalten sein sollte. Die ersten Bände („ein Musterbeispiel literarischer und gelehrter Meriten", FAZ) von Buffons Naturgeschichte erschienen 1749 und wurden nicht nur von den Fachkollegen begeistert aufgenommen. Buffons hochfeiner und klarer Stil, der unter anderem von Diderot, Voltaire und Rousseau bewundert wurde, machte das Werk zu einem Klassiker der französischen Literatur. Es wurde zu einer Legende und einem Bestseller des Zeitalters der Aufklärung, bis weit ins 19. Jahrhundert hinein ein viel gelesenes und zitiertes Werk.

„Buffon ist, deutlicher noch als Humboldt, eine Schwellenfigur. Er konnte noch eine Form der Wissenschaft pflegen, die sich an ein großes Publikum richtete. Der literarische Ruhm (kürzlich wurde er in die offiziöse französische Klassikeredition, die Pléiades, aufgenommen) überblendete die gar nicht geringen wissenschaftlichen Einsichten Buffons auf dem Feld der Erdgeschichte und der sich herausbildenden Biologie" (FAZ). Wir legen die Berliner Ausgabe vor, die von 1771 bis 1774 erschien, ergänzt um den Buffon-Aufsatz von Wolf Lepenies („bietet einen hervorragenden Einstieg", FAS).

Georges-Louis Leclerc Comte de Buffon „Allgemeine Naturgeschichte".
1.152 Seiten. Broschur. **7,99 €. Nummer 106 537.**

Die „bahnbrechende Analyse über das Funktionieren der Marktwirtschaft."
Financial Times Deutschland

Adam Smith
Der Wohlstand der Nationen.

Was bleibt von unserem Wirtschaftssystem? Was muss sich ändern? Viele der führenden Fachleute berufen sich ganz aktuell bei der Suche nach haltbaren Regeln und Gesetzen für eine funktionierende Ökonomie auf das „bedeutendste unter den klassischen Werken der modernen Volkswirtschaftslehre" (Carter/Muir): Adam Smiths „Wohlstand der Nationen".

Was, so fragte der schottische Aufklärer, macht wirtschaftlichen Erfolg aus? Wie lassen sich die Millionen freiwilliger Transaktionen zwischen Käufern und Verkäufern, von denen jeder einzelne nur sein eigenes Interesse verfolgt, so koordinieren, dass alle davon profitieren? Wann muss der Staat handeln, und wo darf er auf keinen Fall eingreifen? Adam Smiths erste systematische Wirtschaftstheorie markierte, ganz im Sinne der Aufklärung, auch einen Durchbruch in der Theorie individueller Freiheit, die nach Entscheidung und Verantwortung verlangt.

www.Zweitausendeins.de

Aus der Beobachtung grundsätzlicher menschlicher Verhaltensmuster und ihrer Umsetzung im Handelsleben formulierte der „berühmteste Wirtschaftstheoretiker der Neuzeit" (Frankfurter Allgemeine Sonntagszeitung) Regeln, die in ihren Grundzügen bis heute Bestand haben und ohne die etwa unser erfolgreiches Modell der Sozialen Marktwirtschaft undenkbar wäre. Keine alternative dirigistische Wirtschaftsform hat sich seitdem selbst bei größter Anstrengung als annähernd so erfolgreich erwiesen. Wer Smith ernst nimmt, kann von ihm lernen: Krisen gibt es immer dann, wenn der Staat seine Rolle als Partner seiner Bürger nicht ernst nimmt.

Adam Smith „Wohlstand der Nationen. Untersuchung über das Wesen und die Ursachen des Volkswohlstandes". Aus dem Englischen von Franz Stöpel. Mit einer Einführung des Wirtschaftswissenschaftlers H.C. Recktenwald. 1.056 Seiten. Broschur. **7,99 €. Nummer 107 352.**

„Sein Werk ist und bleibt das Erstaunlichste, was die amerikanische Literatur hervorgebracht hat." *Ulrich Greiner*

Edgar Allan Poe
Gesammelte Werke

Sein Roman über die Schrecken eines Schiffbruchs, „Arthur Gordon Pym", inspirierte Melville, als er an „Moby Dick" schrieb. Dostojewski verehrte in ihm den scharfsinnigen Psychologen. Stevenson war von der Erzählung „König Pest" so mitgenommen, dass er Krankheitssymptome an sich feststellte. Bayern-König Ludwig II. bekannte: „Für mich ist Poe einer der größten Menschen, die je geboren wurden". Für ein einstündiges Gespräch mit dem amerikanischen Autor hätte er angeblich jederzeit den Thron hergegeben.

Poes fantastische Reiseabenteuer gelten als Vorläufer der Science-Fiction-Literatur. Als die Erzählung „Die Morde in der Rue Morgue" erschien, war dies die Geburtsstunde von Poes folgenreichster literarischer Innovation: der Detektivgeschichte. Poe selbst schrieb zeitlebens am Rande der psychischen und physischen Selbstauflösung, seine Zeitgenossen schauten mit Verachtung auf seine Alkohol- und Drogenexzesse, was die Verleger nicht davon abhielt, sich an den auflagenstarken Erzählungen und populären Gedichten, zu bereichern.

Dieser Band enthält das erzählerische Hauptwerk Edgar Allan Poes, die Kriminalgeschichten, grausige und humoristische Erzählungen, Abenteuergeschichten, Groteske Geschichten, die Gedichte (zweisprachig) sowie seinen einzigen Roman: „Der umständliche Bericht des Arthur Gordon Pym von Nantucket". „Wenn man das eine Schock wahrhaft bedeutender Schriftsteller, welches die Menschheit bis jetzt hervorgebracht hat, namentlich aufzählt, dann ist er einer davon" (Arno Schmidt).

Edgar Allan Poe „Gesammelte Werke". Aus dem Englischen von Hedda Eulenberg. 1.070 Seiten. Broschur. Rundumfarbschnitt. **9,99 €. Nummer 200 396.**